吴宓

吴宓文集

著作编（下）

吴宓◎著

吴学昭◎整理

人民文学出版社

吴宓先生在南京东南大学任教时肖像

（即《学衡》杂志初创年代，摄于 1921 年）

年四冊。售價一金鎊。郵費在內。

文學雜誌。吾國人之從事文學者。亟宜購讀之也。編者識。

《学衡》杂志稿件

1926 秋冬

五号字 低二格

學衡雜誌稿件（未成）

按本誌於美國白璧德先生之學說。已屢為譯述介紹。尤要者。為第三期第十九期第三十二期第三十四期第五十七期所載各篇。讀者可自檢閱。今此篇為英國孟孫君 Gorham B. Munson 所作。原題為 The Socratic Virtues of Irving Babbitt。登載英國新標準雜誌 The New Criterion 第四卷第三號。一九二六年六月出版 以白璧德先生之學說。撮要陳述。使英國之人皆知有白璧德。皆知有人文主義。與本誌第十九期所譯登之馬西爾君「白璧德之人文主義」一篇。為法人而作者。用意正同。而其於白璧德先生之學說。並能得其真而擷其要。二篇互有詳略。讀者可參閱之。知白璧德先生之人文主義已漸行於各國。而吾國人之研究享受為不容緩矣。又按新標準雜誌名見上 年出四冊。該雜誌為倫敦 Faber and Gwyer 書店發行。地址如下 24 Russell

文学研究法

研究文学，本无定法，随人而异，能收良果即为良法。然皆不外熟读深思、博览旁通而已。吾自愧于国学未尝深研，故此篇所论只限于西洋文学之研究法。窃疑以此法研究中国文学，必亦可通。而吾国先儒所论列研究文学之法术义理，亦必与西洋之说互相发明，是在学者之融会贯通，择善取长以用之耳。今请首述美国人研究文学之分派；次略论吾国学生研究西洋文学之切宜注意者；继则条列十事，简明概括，以为读书修学之指针。凡此皆非敢以己意妄为指引，惟撮述通人大家之说，且实施之而收效者，取而受用之，有利无害，可断言也。

（壹）美国人研究文学之分派。美人主功利、重实用，且乏久远历史，其文化之渊源不长，故于文学哲理常存鄙视之心。虽有少数学者号呼提撕，而酷嗜文学及能文章者，究属甚少，远不能比拟英法等国。然欧美情形相去终非甚远，物质功利之说，工业革命之事，欧洲与美国同出一辙。故就美国之现情察之，亦可略知欧人今日研究文学之法焉。今美国人之研究文学者，由其目的及方法之不同可分为四派。

（一）商业派。此派文人，借文章为营利之途，专求售出而得酬资，不顾通人评訾、识者讪笑，而一意趋奉时好，博众欢迎。大率腹中空空，自无主见，或则千篇一律，不耻摹仿；或则今是昨非，不嫌变节,只图成功而已。既无渊博之学问,亦无警切之议论,以摭拾为良法,以剽窃为能事。一旦机会在前,金钱可攫,则虽谤污名贤、侮弄先圣,淆乱黑白、颠倒是非,亦乐为之而无所顾惜。至作者之文稿,须经报馆主笔、书局编辑、戏园经理评阅定夺,采取收用之后,方可付印而得资。故作者之视评者,如兵卒之于将帅,僚属之于上官,趋奉惟谨,凛尊无违,非尊其才也,实重其位而羡其财耳。评者笔严斧钺,取与之际,报酬随之。一字之褒贬,真有千金之值。寒士以笔墨为生者,视其好恶,而依附求活焉。然评者亦不能自作主张,惟随众好而趋时髦,以揣摩心理为能事,以同流合污为定法。夫然后其书报之销路可广,其戏园之座客日增,营业主人获利,而职司评文者之位置薪俸,亦可永保矣。是则文章之善否,一以金钱为准衡。故文不必其工也,而必望其长,字数多则获钱多。宁疏毋严,宁冗毋洁,宁重复,毋简括,以有限之材料,伸之延之,以得数倍之资,如是方为本领。而称许评骘人物者,不曰某人名高,而曰某人之文曾载某报,或某人之剧,曾经某戏园演唱;不曰某人文工,而曰某人所作,每千字足值若千元。至教人作文,亦如是也。盖此类作者评者之心理,惟互相步趋而已。今美国此派人之势力极大,举凡各地日报杂志之主笔及访员,纽约城中百老汇路一带大戏园之经理及排演者,各地大小书坊之编辑及发行职员,以及运销代售书籍等人,皆属之。凡此皆操主权者也。此外蚁附膻趋,仰若辈以为生者,又千万人,或麇集于纽约等各大城,或散布于全国乡区,均操笔墨生涯,投稿于日报杂志;或编著剧本,冀售与戏园而得演唱;或编著电影剧本、长篇及短篇小说,及诗歌等,要皆以售出得钱为鹄的。其以此中秘诀教人者,则有如 Dr. Esenwein 所设之学校最为著名,并刊行丛书,曰 The Writer's Library,凡十余卷,一以简明实用为归。近见此丛书已流传中土,故及之。

(二)涉猎派。此派之人,于文章一道,未尝刻苦用功、博览群籍,仅随意涉猎、略行翻检,即信口谈论,自称文人,故常不免耳食之讥与道听途说之病。至其操笔评文,多以己意为之,重一时之感情,而不遵文章之定理,亦不信古人之成言,以文章为一种装饰品,或一种消遣物。交际场中,周旋酬酢之际,则偶诵莎士比亚、弥尔顿之诗句,以自矜其名贵;或于男女欢爱之情,则动引Shelley、Browning之艳史,以自比其风流。即有著作,亦成文率易,而常流于轻滑浮靡、绮丽空疏。大凡天性聪敏而不能沉潜读书,或别有职业而以余力旁骛文学者,悉属此派。豪华公子、江湖名士、名媛贵妇、诗社吟朋,皆是也。美国近今中小学校教员,几全为女子,是则学生幼年之所受者,殆皆女子之教育。美国女子,喜用感情而工摭拾,埋头用功者甚鲜。故此盈千累万之女教师,悉涉猎派之文人。其所训练陶镕之男女学生,自亦不能有异。大学教师属此派者间亦有之,其轻易浮华之态与中小学校女教员较相去无几。美人重实利,男子十九皆趋商工。晚近大学学生之治文学者强半为女生。夫一国文学之趋势,为女子所左右,则文人欲不相率而归于涉猎派,其可得乎?

(三)考据派。此派之人,于学问不事博通,而能专精,但流于干枯狭隘。盖皆熟悉文字之源流,语音之变迁。其于文章,惟以训诂之法研究之,一字一句之来源,一事一物之确义,类能知之。而于文章之义理结构词藻、精神美质之所在,以及有关人心风俗之大者,则漠然视之。大学教师、皓首老儒皆属此派,顾此派在大学中极占势力。自十九世纪以还,历史之学昌,考古之事盛。人各爱其国,皆欲自褒扬其先民,而称道其本国之典章文物,故研究希腊拉丁古文者日少,而研究其本国往古草昧蛮野时代之文章日多。如英美之人，则肆力于Anglo-Saxon、Middle English、Gothic等文字，旁及德法等国之古文High German、Low German、Old French、Provençal，更及瑞典、挪威等国之古文。无如此类古文之书籍原属甚鲜，即其中一二名篇巨制，如*Beowulf*及*Nibelungenlied*等，以与昔日希腊罗马之杰作、近今英法德意之文章相比较，则殊猥陋简缺，不堪卒读。故彼不读荷马、但丁、莎士比亚、弥尔顿等之诗文，而专读*Beowulf*等者，实不异舍珠玉而趋粪土，绝江海而饮池潦，悖谬孰甚矣？考据家亦有研究希腊罗马之文章者，但专考求史事之年月地域、当时之典章制度，以及文中引用之器具装饰，详其大小色泽等，著为图表。凡此谓为考古学家也可，而不可以文人称。至若辈之研究莎士比亚集也，惟训释其一字一句之一义，责令学生背诵，而不能言其文章精妙之处何在。总之，考据家之误，在以科学之法术，施之文章，而不知文章另有其研究之道也。此派之人，除己所治之数种古文外，万事万物，皆不关心。其视文章，如解剖学家之视死兽，矿物学家之视石块。惟欲精通古文古语，非强记苦读，耗去多年之心血，不能有成，非可剽窃妄拟、游戏谈笑而致之。故俗人于考据派之文人，反事尊崇。今美国大学主持文学一科者，此派之人为多。故其所定授与博士学位之章程，首注重英国及德法之古文。求学位者虽明知其无用而心恶之，亦须降志辱身以学习焉。否则掉首而去，自成其学与名，而视博士如敝屣，此高明者之所常为也。要之，考据派之文人，极似吾国之小学家，谓其成绩与研究文学者不无裨助则可；然以此为研究文学之惟一正轨，则大谬也。

（四）**义理派**。此派文人，**重义理，主批评**。**以哲学及历史之眼光，论究思想之源流变迁；熟读精思，博览旁通，综合今古，引证东西，而尤注意文章与时势之关系，且视文章为转移风俗、端正人**

心之具。故用以评文之眼光，亦即其人立身行事之原则也。此派文人，不废实学，而尤重识见，谓古今文字，固必精通娴习，以求词义无讹，而尤贵得文章之旨要，及作者精神之所在，然后甄别高下精粗。于古之作者，不轻诋，不妄尊；于今之作者，不标榜，不毁讥。平心审察，通观比较。于既真且美而善之文，则必尊崇之，奖进之；其反乎是者，则必黜斥之，修正之。盖能守经而达权，执中以衡物，不求强同，亦不惧独异；本其心之所是，审慎至当，而后出之。故其视文章作家，必当以悲天悯人为心，救世济物为志，而后发为文章。作文者以此志，而评文者亦必以此志。盖其所睹者广，而所见者大。其治学也，不囿于一国一时，而遍读古今书籍，平列各国作者，以观其汇同沿革，而究其相互之影响。至其衡文也，悬格既高，意求至善，常少称许。其待人接物也，风骨严正而又和蔼可亲。盖希踪于古哲，深得文章之陶镕者之所为。其治世也，以崇文正学为本务，教育必期养成通人。化民成俗，必先修身正己。以情为理之辅，情须用之得宜，而不可放纵恣睢。谓幻想可助人彻悟，而不可堕入魔障。凡此毫厘之别切宜注意，而非拘泥固执以及囫囵敷衍者之所可识也。惟然，故此派文人如凤毛麟角，为数甚少。或任大学教师，或为文坛领袖，其学识德业，所至受通人尊崇，而流俗则鲜能知之。且有名著欧陆，而在本国反无闻焉者。盖棺论定，异日文学史上，江河万古流，则必为此派之魁硕无疑。而此派者，实吾侪研究文学所应取法者也。

（贰）美国研究文学者之分派，及如上述，其在吾国，因时势所趋，恐（一）（二）（三）三派，亦将有日盛之势。然有志于文学者，应效法第（四）派之方法及精神，此不容疑者也。自新文化运动以来，吾国学生热心研究西洋文学者甚多，然盲从一偏，殊多流弊，吾另有文言之。今惟掬诚，为海内有志文学者正告曰：（一）勿卷入一时之潮流,受其激荡而专读一时一派之文章。宜平心静气、通观并读,而细别精粗、徐定取舍。(二)论文之标准,宜取西洋古今哲士通人之定论,不可专图翻案而自炫新奇。(三)研究文学之方法与精神,宜从上所言第四派之行事。外此则专书具在,不待末学之哓哓也。

(叁)至于读书修学之法,仅就师友所言,及吾平生所经验实用而获益者,条列十事,以为修学者之一助云尔。

(一)首须洞明大体,通识全部,勿求细节。如研究西洋文学,则宜先读极简明之西洋文学史一部,如Emile Faguet著之*Initiation into Literature*等书。次读各国文学史,然后再及一时一家之作。

(二)欲研究西洋文学,宜先读西洋历史及哲学,以为之基。此外如宗教美术等,与文学关系甚密,亦须研究。

(三)精通西洋各国文字,英、法、德文而外,如西班牙、意大利文,亦应通习。古文拉丁最要,希腊文次之。能习希伯来文及阿拉伯文则尤善。但梵文及巴利文亦当通习,以其既为西洋文字之总源,而佛教与我国尤有极重要之关系也。习外国文愈早愈善。宜自髫龄即始业,否则不能深通遍习。且幼时记忆力强,而口音圆活也。读外国文章,宜读原文,不可但读其译本,致失其真。惟若不通原本之文字,则读译本,尚愈于不读耳。例如未通希腊文,则宜读Jowett英译之《柏拉图语录》是也。

(四)择名篇巨制而精研细读,并参阅各家之注释及评语。

(五)非极佳之书不读。所谓极佳之书,乃名人所著,而经众口同赞、久有定评者。人之时力有限而应读之书无穷,故必严行选择,而决不可消费时力于无益无味之作也。

(六)闻某书之名,应即直取该书自读之,不可专读他人论述此书之作而遂止。且读原书之后,真知灼见,可自下评判,免致为人所误也。

（七）多读本文。如散文、诗词、小说、戏剧之类，苟能细心熟读，则其中之方术、道理、沿革、历史，自能审知。如小说法程及戏剧史等书可以少读，或竟不读。节钞选本，摘要叙略，以及杂纂汇编之书，亦勿多读。

（八）一书或一文读毕，宜平心远识，徐下评判。勿观察浮表，勿激于感情，勿用先入之见，勿逞一偏之私。今之人或专重理性，或但取才华，或徒赏词藻，或尽黜浪漫而惟尊写实，凡此皆大误也。

（九）宜注意文章与人事之关系。文章所以表现人格、阐明真理，且为美术品，其影响及于天下后世者甚远，凡此皆不可不察也。

（十）宜以庄严郑重之心研究文学。将如Matthew Arnold云：欲熟知古今最精美之思想言论（To know the best that has been thought and said in the world），将与古今东西之圣贤哲士、通人名流，共一堂而为友也。故立志不可不高，而在己则宜存谦卑恭敬之心。然于世俗卑谬之论，则视之如撼树之蚍蜉，了不关怀。他如粗疏无味、畅销一时之书籍文章，则视为覆瓿之良材，而不值我之一顾。总之，学者当以“取法乎上”四字为座右铭，得其正道而持之以恒；则文学工夫，必彰彰日有进矣。

——本文原载于1922年2月出版之《学衡》杂志第2期。

西洋文学精要书目

序 例

三年前,余肄业美国哈佛大学,其图书馆收藏之富,居全美国各图书馆中第三,而美国各大学中第一。综各部各类计之,约一百八十余万卷。余春假得暇,则拟编一小册,颜曰“西洋文学书目提要”,即此编之用意,以饷吾国人。事已草创矣,诸友尼余曰:“子毋为是。夫张文襄公《书目答问》,以及西国类此之作,率皆耆儒博学,本其一生之所得,以召示后学,于书无不读,读之始能揭其要。子少年初学,方待人之召示,乃欲操觚为此,不亦僭妄之甚耶! 且吾国人通西文者甚少,又无从得书。子之书目编成亦终归无用。若其既能读西文而又有其书,则可进而自研目录之学(Bibliography),西文类书专籍具在,又何用子之多此一举哉? 子休矣!”余闻其言,愧惭而止。及归国以后,见近年吾国学生多喜言西洋文学,好学之士自向英美书店,或日本丸善书店、上海商务印书馆,购取西书自读之者,为数实众。顾往往不知选择,出重价、费时力,而所读之书未为精要。多读者亦不免博而寡要、劳而少功之悔;少读者更必有管窥蠡测、挂一漏万之讥。余始叹昔年若竟编成,则亦未尝无小补于国人也。又屡接故友来函,命开出文学书名数种，乃复勉成此编。宗旨体例一切仍旧，惟昔年有哈佛图书馆之收藏供我查考，取用不竭，俯拾即是，为之者其事至易；今之所凭借，仅脑中之恍惚记忆，与箧中之零星纸片而已。无书可查、无簿可稽，其苦其难较昔万倍。而残缺遗漏，谬误滋多，编成废然不怿。明达博学，尚乞有以教之。

（一）文学范围至广，西洋文学书籍尤浩如烟海。上下千年，纵横数国，著其目录已累卷帙，而分类部居尤为困难。是编专供吾国今日学生之需，一切以实用为归。因事制宜，不尽遵西国目录之学之定例。

（二）吾国学生时力有限、财力有限，故是编所录之书宁缺毋滥、宁少毋多；宁收普通，不取专门；宁收小册，不取巨帙。然所录者皆确有价值之书，久经通人公认者（Standard Works）。其浅俚凡近，及书贾射利之书，概不阑入。选择去取，殊费苦心。一切从严，阅者谅之。

（三）吾国学生通英文者多，而通德、法等文者甚少。故此编专录英文书籍，其德、法等文之书，有译本者，则著其英文译本，否则悉行从略。至希腊、拉丁名著，亦只列英文译本，不列希腊、拉丁原文之版本。盖阅者如能径读希腊、拉丁文之书，则尚何取于此编哉！

（四）每书之下，均注明出版之年及发售之书局。然如已遗忘而无从查出，则不得不从缺。阅者如向丸善书店等处函购，不必开明原出版所，亦可得之也。

（五）某书如需说明之时，则于其下加注。

（六）所列之书，均编成号数。以后纲目或小注中，叙及此书之时，则但举号数，不录全名，以求简括。

（七）纲目分类，略以时代为序。以后再及各种文体及无类可归者。

第壹部　总部(关于西洋文学之全体者)

第一类　普通参考用书(此类所列,为学校图书馆所不可不备者。卷帙繁重,私人恐无力及此。然如有力,亦当购置。)

(一)The 11th Edition of *Encyclopaedia Britannica*《大英百科全书》。(按《大英百科全书》第十二版正将出书,第十一版似已陈旧。然究竟所差不多,如不格外考究,则第十一版尽可合用。且当此时,第十一版价廉者易得,购之正为得计也。)

(二)*Dictionary of National Biography*, edited by Sidney Lee and Leslie Stephen. With Supplements. 67 vols. Macmillan.(按此书内容,以英国名人为限,然皆名家撰著,并附极详书目。)

(三)*The Cambridge Modern History*, planned by the late Lord Acton; edited by A. W. Ward, G. W. Prothero and Stanley Leathes. 14 vols. The Macmillan Co.(按Lord Acton生时任剑桥大学近世史总教授,为近代有数之博学家,故此书极有价值。其所录之书目,最丰备,各科皆可资为引导,不特史学与文学也。)

(四)*The Cambridge Mediaeval History*, planned by J. B. Bury; edited by H. M. Gwatkin and J. P. Whitney. vol. I & II. Macmillan Co.〔按Bury氏现任剑桥大学近世史总教授。此书编辑体例,一遵(三)书。预定全部八册,仅出二册,余尚在编辑中云。〕

(五)*The Cambridge History of English Literature*. Edited by A. W. Ward and A. R. Waller. 14 vols. Cambridge University Press; Putnam.〔此书亦仿(三)之体例,书中内容不尽精美,由于撰述员非皆最上选。然附录之书目甚丰备,其价值亦在此也。〕

（六）*The Cambridge History of American Literature*. Edited by J. Erskine, Stuart P. Sherman and W. P. Trent. 4 vols. Putnam.〔此书仿（五）之体例，以补其所不及。然内容更不如（五），附录之书目则亦丰备，名为三卷，而第三卷分钉上下册，故实为四册也。〕

（七）G. Lanson *Manuel bibliographique de la littérature française moderne*. 4 vols.（注见下。）

（八）Petit de Julleville *Histoire de la littérature française*.〔本编定例，不录德、法等国文之书，而忽阑入（七）（八）二书者，以此二者实为法国文学书目之总汇。又出魁儒之手，博而精，故为参考不可缺者也。〕

（九）William Smith *Dictionary of Greek and Roman Biography and Mythology*. 3 vols. John Murray, London.（作者为十九世纪最博学之一人，故所编各种字典类书，皆极有价值也。）

（十）William Smith *Dictionary of Greek and Roman Geography*. 2 vols. John Murray, London; Little Brown Co., Boston.（注同上。）

（十一）William Smith *A Classical Dictionary of Greek and Roman Biography, Mythology and Geography*, revised by G. E. Marindin, John Murray, 1899.〔此为汇合（九）（十）二种而成之节本，以五册简成一册，较便初学及通常之用。〕

（十二）William Smith *A Dictionary of Greek and Roman Antiquities*, revised by Wayte and Marindin. 2 vols. John Murray. 1901.〔注同（十一）。〕

（十三）William Smith *Dictionary of the Bible*. 3 vols. John Murray.〔注同（九）。〕

（十四）*Century Dictionary* 或 *Webster International Dictionary*.

（十五）*The Oxford Dictionary*, edited by Sir James Murray.（此

为最大最完备之英文字典，每字母占一卷至数卷，尚未出完，仅至S。）

（十六）J. E. Sandys *History of Classical Scholarship*. 3 vols. Cambridge University Press.

第二类　文学参考用书（此类为研究文学所必备者，且皆单本小册，私人可有力购置。）

（十七）L. Whibley *A Companion to Greek Studies*. Cambridge University Press. 1906. 3rd Edition, revised and enlarged, 1916.

（十八）J. E. Sandys *A Companion to Latin Studies*. Cambridge University Press. 1910.

（十九）E. P. Coleridge *Res Graecae.* George Bell & Sons, London. 1898.〔如无（十七），可以此勉强代之。〕

（二十）E. P. Coleridge *Res Romamae.* George Bell, London. 1896.〔如无（十八），可以此勉强代之。〕

（二十一）J. E. Sandys *A Short History of Classical Scholarship.* Cambridge University Press.〔此即（十六）之节本，以三册简为一册，常用最宜。〕

（二十二）F. W. Cornish *A Concise Dictionary of Greek and Roma Antiquities*. John Murray. 1898.〔此为汇合（九）（十）二种而成之节本，以五册简成一册。〕

（二十三）E. H. Blakeney *A Smaller Classical Dictionary.* Everyman's Library. E. P. Dent; Appleton.〔注同（二十二）。易于购得，又价廉，最合用。〕

（二十四）William Smith *A Smaller Dictionary of the Bible.*〔此即（十三）之节本，以三册简成一册。〕

（二十五）Chambers's *Cyclopaedia of English Literature.*

Revised 2 or 3 vols.

第三类　欧洲文学史(按一国一时之文学史甚多，然欲求一包括欧洲古今各国文学全史，而著其纲要者，殊不可得。只有下开一书，虽过简略，爰取录之。)

(二十六)Emile Faguet *Initiation into Literature*, translated from French into English by Sir Home Gordon. Putnam.(参看《学衡》第二期《文学研究法》篇第七页第一条。)

第四类　哲学美术宗教等略史(按此类之书至夥。今强自限定，每种只列一书，不足者随意增读可也。)

(二十七)Weber *History of Philosophy*, translated into English by Frank Thilly. Charles Scribner' Sons.(参看《学衡》第二期《文学研究法》篇第七页第二条，下同。)

(二十八)S. Reinach *Apollo: An Illustrated History of Art throughout the Ages*. Scribner's.

(二十九)*The University Prints*. The University Prints, Newton, Mass; U.S.A.(此非书，乃画片也。古今图画雕刻等美术品，摄影印成片册者，在美国以此为最廉，购之亦最便。)

(三十)G. F. Moore *History of Religions*. 2 vols. Scribner's.(此书于耶、回等教甚佳，而于儒、佛等教，则殊嫌简缺。)

(三十一)Maxime Collignon *Manual of Mythology, in Relation to Greek Art*, Translated from French and enlarged by Jane E. Harrison. 1899. H. Grevel, London.

(三十二)E. M. Berens *A Hand-book of Mythology*, Charles E. Merrill Co., New York.

(三十三)Arthur Fairbanks *The Mythology of Greece and Rome*. Appleton, New York.

(三十四)C. M. Gayley *Classic Myths*. Revised Edition. Ginn & Co.〔以上四种,皆述希腊罗马之神话,得一种可矣,不必兼备。其中以(三十一)为最佳,然(三十三)(三十四)最易购得也。〕

第贰部 希腊文学

第一类 希腊史

(三十五)J. B. Bury *A History of Greece to the Death of Alexander the Great*. 1900. Macmillan.〔作者之为人,见(四)注。此为最完善合用之希腊史,得此一种,其余皆可不备。〕

(三十六)J. P. Mahaffy *Alexander's Empire*. Putnam.(作者专精于亚历山大时代,故可补前书后半之不足。)

(三十七)Evelyn Abbott *A History of Greece*, in 3 vols. 1888—1900. Longmans. With bibliography and appendix on authorities.

(三十八)George Grote *History of Greece*, in 12 vols. 1846—1856. Everyman's Library. J. M. Dent; E. P. Dutton.(此书虽为名著,然卷帙浩繁,初学可不必购读。)

第二类 希腊文学史

(三十九)Alfred & Maurice Croiset *An Abridged History of Greek Literature*, translated from French into English by G. F. Heffelbower. 1904. Macmillan.(作者兄弟,巴黎大学希腊文学总教授,为当代希腊文学专家之第一第二人,所著法文《希腊文学史》五巨册,节本简为一册。此其英译也,译笔雅洁,故为希腊文学史最善之本云。)

(四十)O. Müller & J. W. Donaldson *A History of the Literature of Ancient Greece*. 3 vols. 1858. J. W. Parker. London.(此书虽旧,然

甚有价值。)

(四十一)J. P. Mahaffy *A History of Classical Greek Literature*. 4 parts; 2 vols. 1891. Macmillan.(此所谓偏近守旧派之作,确实可靠。)

(四十二)William Mure *A Critical History of the Language and Literature of Ancient Greece*. 3 vols. 2nd Edition. 1854. Longmans.

(四十三)Gilbert Murray *A History of Ancient Greek Literature*, in the Short Histories of the Literatures of the World, edited by E. Gosse.1897; 1903. Appleton.(此类丛书,各国文学史,共十三四册,皮面皆绘有地球之半为记。其中良莠不齐,后此选用时,分别言之。Gilbert 著中国文学史,亦在其内。)

(四十四)R. C. Jebb *Greek Literature*, in the Literature Primers Series, edited by J. R. Green. 1880. American Book Co.(此类丛书,至为简短明晰,便于初学。)

(四十五)W. C. Wright *A Short History of Greek Literature*. 1907. American Book Co.(此为教科书中之佳本,附有书目等,甚便读者。)

(四十六)W. C. Lawton *Introduction to Classical Greek Literature*. 1903.(注同上。)

(四十七)J. H. Wright *Masterpieces of Greek Literature*. 1903. Houghton Mifflin & Co.(此为选录希腊诗文名篇之译为英文者,冠以作者小传,极便初学,可以尝鼎一脔矣。)

(四十八)E. Capps *From Homer to Theocritus*, an excellent manual on Greek Literature with well selected translations. Scribner's.(注同上。)

(四十九)F. M. Foster *English Translations from the Greek*. 1918.

第三类　希腊文学参考用书

(十七)L. Whibley *A Companion to Greek Studies*. Cambridge University Press.(见前。)

(五十)Alfred Zimmern *The Greek Commonwealth*. Oxford University Press.

(五十一)G. Lowes Dickinson *The Greek View of Life*. Century Co.

(五十二)S. H. Butcher *Some Aspects of Greek Genius*. 1893. Macmillan.

(五十三)J. P. Mahaffy *Survey of Greek Civilization*. Macmillan.

(五十四)J. P. Mahaffy *What have the Greeks done for Modern Civilization*. 1909. Putnam.

(五十五)W. S. Ferguson *Greek Imperialism*. 1913. Houghton Mifflin Co.

(五十六)Charles B. Gulick *The Life of the Ancient Greeks*. Illustrated. Appleton.

(五十七)F. B. Tarbell *A History of Greek Art*. 1908. Macmillan.

(五十八)G. F. Hill *Illustrations of School Classics*. 1903. Macmillan.

(五十九)J. Addington Symonds *Studies of the Greek Poets*. 2 vols. 1893. Adams & Charles Black, London.

(六十)J. W. Mackail *Lectures on Greek Poetry*. 2nd Edition, 1911.

(六一)Barrett Wendell *The Traditions of European Literature*, *from Homer to Dante* 1921. Scribner's.

第四类 史诗(Epic Poetry)

(六二) *The Iliad of Homer*, translated into English prose by A. Lang, W. Leaf & E. Myers. 1883. Macmillan.

(六三)*The Odyssey of Homer*, translated into English prose by S. H. Butcher & A. Lang. 1879. Macmillan.

按荷马全集,英文译本甚多,其译为诗者,如George Chapman, Alexander Pope, William Cowper及W. C. Bryant所译,皆出文学巨子之手。惟传译异国文学,诗不如文。盖文易达意,可期其信确。若译为诗,纵能精工,亦由译者之诗才,而非原本之真相矣。上所言诸译本中,Chapman生最早,故其译本在英国文学史上甚为重要。若以译者之资格论,则Pope古今一大诗人,然其所译,最不可信。盖中间改动极多,讥之者谓其求合十八世纪之风尚,尽失荷马古代之精神。外此Lord Derby所译*Iliad*及Philip Stanhope Worsley所译*Odyssey*(1861)皆译为诗者,比之上言诸家,尚有一日之长,似为诗中之最善者。至兹所列(六二)(六三)皆译为文者也,朴直明显,虽不尽雅,而信达则足,诚为欲知荷马诗中内容者所宜取读。又美人G. H. Palmer亦曾译*Odyssey*为英文(1891)。其余译本尚多,不能备述。

(六四)R. C. Jebb *Introduction to Homer*. 1890. Ginn & Co.

(六五)Henry Browne *Handbook of Homeric Study*. 1905.

(六六)Andrew Lang *Homer and the Epic*. 1893.

(六七)Gilbert Murray *The Rise of the Greek Epic*. 2nd Edition, revised and enlarged. 1911. Oxford.

(六八)Thomas D. Seymour *Life in the Homeric Age*. 1907. Macmillan.

第五类　训诗(Didactic Poetry)

(六九)A. W. Mair *Hesiod*, translated into English prose, in the Oxford Translation Library. 1908. Oxford.

第六类　情诗(Lyric Poetry)

(七〇)Francis Brooks *The Greek Lyric Poets*. English prose translation with parallel Greek texts. 1896.

(七一)H. T. Wharton *Sappho: Memoir, Text, Selected Renderings and a Literal Translation*, prose with parallel Greek texts. 1887. London.

(七二)T. Stanley *Anacreon*, translated into English verse. 1893.

(七三)E. Myers *Pindar*, translated into English prose. 1883.

第七类　庄剧(通译悲剧,Tragedy)

(七四)Lewis Campbell *A Guide to Greek Tragedy for English Readers*. 1891. Percival & Co., Lonon.

(七五)A. E. Haigh *The Tragic Drama of the Greeks*. 1896. Oxford.

(七六)A. E. Haigh *The Attic Theatre*. 1898; 1907. Oxford.

(七七)R. G. Moulton *The Ancient Classical Drama*. Oxford.

(七八)J. H. Huddilston *The Attitude of Greek Tragedians towards Art*. 1918. Macmillan.

(七九)Lewis Campbell *Aeschylus*, translated into English verse, in the World's Classics Series, Oxford.

(八〇)E. H. Plumptre *Aeschylos: Tragedies and Fragments*, translated into English verse. Two volumes in one. 1901 D.C.

Heath, Boston and New York.（Tragedies also found in Everyman's Library, J. M. Dent and E. P. Dutton. 以上二种，得其一即可，不必重复购置。）

（八一）R. C. Jebb *The Tragedies of Sophocles*, excellent English prose translation. 1904. Cambridge.

（八二）Lewis Campbell *Sophocles*, translated into English verse, 1883, in the World's Classics Series. Oxford.

（八三）Sir George Young *The Dramas of Sophocles*, translated into English verse. Everyman's Library.〔以上三种，得其一即可。二种之中，（八一）较佳，（八二）虽佳，但不易得。〕

（八四）Lewis Campbell *Sophocles* in the Classical Writers Series, 1880.

（八五）A. S. Way *The Plays of Euripides*, translated into English verse, 3 vols. 1894—1898.（Reprinted with Greek texts in Loeb Classical Library）

（八六）*The Plays of Euripides*, translated into English verse, by Shelley, Wodhull, Potter & Milman. 2 vols. Everyman's Library.

（八七）Gilbert Murray *Euripides*, translated into English verse. 1912.（以上三种，得其一即可，不必重复购置。）

（八八）P. Decharme *Euripides and the Spirit of his Dramas*. 1893, translated from French into English. 1906.

（八九）Gilbert Murray *Euripides and His Age*. 1913. Home University Library.

第八类　谐剧（通译喜剧，Comedy）

（九〇）F. M. Cornford *The Origin of Attic Comedy*. 1914.

（九一）B. B. Rogers *The Comedies of Aristophanes*. Greek

texts, with excellent English translation and introduction, notes, criticism. 6 vols. 1852—1902.〔以下四种,不必重复购置。其中以(九一)为最完善,然价奇昂。故宜购(九二),否则购(九三)与(九四)亦可,但必二种合购。〕

(九二)J. Hookham Frere *Aristophanes*, translated into English verse, with introduction by W. W. Merry, in the World' s Classics Series. Oxford.

(九三)J. Hookham Frere *The Acharnians and three other Plays of Aristophanes*, translated into English verse. Everyman' s Library.

(九四)*The Frogs and three other Plays of Aristophanes*, translated into English verse by Frere, Hickie, Mitchell and Cumberland. Everyman's Library.

(九五)Maurice Croiset *Aristophanes and the Political Parties at Athens*, translated from French into English by James Loeb. 1909. Macmillan.

第九类　历史

(九六)J. B. Bury *The Ancient Greek Historians*(Harvard Lecture). 1909. Macmillan.

(九七)George Rawlinson *The Histories of Herodotus*, translated into English. 2 vols. Everyman's Library.(此外英文译本,尚有数种。)

(九八)B. Jowett *Thucydides*, translated into English. 2 vols. 1881. Cambridge University Press.

(九九)Richard Crawley *Thucydides' Peloponnesian War*, translated into English. 2 vols. In The Temple Classics and

Everyman's Library.〔以上二种，仅购其一即足。(九八)较完善，然(九九)较易得而廉也。〕

(一〇〇)H. G. Dakyns *The Works of Xenophon*, translated into English. 4 vols. 1897.〔Also reprinted in Bohn's Library，3 vols. 此为足本，然不易得。以(一〇一)及(一〇二)代之亦可。〕

(一〇一)H. G. Dakyns *Xenophon: Cyropaedia and Memorabilia*, translated into English, 2 vols. Everyman's Library.

(一〇二)H. G. Dakyns *Xenophon: Hellenica Cyropaedia, Anabasis*, *Symposium*, translated into English with parallel Greek texts, in Loeb Classical Library.

(一〇三)M. H. Morgan *Xenophon: The Art of Horsemanship*, translated into English. 1893. Boston.(此种无关紧要，不购亦可。)

第十类　哲学上　柏拉图

(一〇四)B. Jowett *The Dialogues of Plato*, classic English translation. 5 vols. 1871; 1892. Oxford; Macmillan.(Also published by C. Scribner Co.，New York. 此为万不可不购之书。)

(一〇五)J. L. Davies & D. J. Vaughan *The Republic of Plato*, translation with analysis and notes. 2nd Edition. 1858.〔既有(一〇四)，则此种可不必购。〕

(一〇六)George Grote *Plato, and the Other Companions of Socrates*. 3rd Edition. 3 vols. 1875. John Murray, London.(诠论柏拉图之书，多不胜举。此下所列，数种而已。)

(一〇七)B. Bosanquet *A Companion to Plato's Republic*. 1895.

(一〇八)W. Lutoslawski *The Origin and Growth of Plato's Logic*. 1897.

(一〇九)J. A. Stewart *The Myths of Plato*. 1905.

(一一〇)J. A. Stewart *Plato's Doctrine of Ideas*. 1909.

(一一一)Paul E. More *Platonism*. 1917. Princeton University Press.

(一一二)Paul E. More *The Religion of Plato*(Vol. I of the Greek Tradition). 1921. Princeton University Press.

(一一三)D. G. Ritchie *Plato*, in The World's Epoch-Makers Series. 1902.

(一一四)A. E. Taylor *Plato*, in The People's Books Series. 1911.

第十一类　哲学中　亚里士多德

(一一五)*The Works of Aristotle*, translated into English by various men and edited by J. A. Smith and W. D. Ross. 12 vols. 1910—1915.(全集译本未完,Oxford亦可单购零本,如Metaphysics,则宜购此中者。余则宜分购下列四种。此外在文学上不甚重要,不购可矣。)

(一一六)S. H. Butcher *Aristotle's Theory of Poetry and Fine Art*, Greek text and English translation of *The Poetics*, with analysis, notes and critical essays. 1895. Macmillan.

(一一七)R. C. Jebb *The Rhetoric of Aristotle*. 1909.

(一一八)B. Jowett *The Politics of Aristotle*, translated into English, and edited with introduction, analysis, and index by H. W. C. Davis. 1905. In Oxford Translation Library.(以上二种,Welldon亦有译本,并佳。)

(一一九)J. E. C. Welldon *The Ethics of Aristotle*, translated into English. 1892. Macmillan.〔以上四种,皆极重要,尤以(一一八)(一一九)为万不可不购之书。〕

（一二〇）Poste *Aristotle On the Constitution of Athens*, translated into English. 1891. London.

（一二一）Ogle *Aristotle On the Parts of Animals*, translated into English. 1882. London.（以上二种，不甚重要。）

（一二二）George Grote *Aristotle*, unfinished. 2 vols. 2nd Edition. 1880. John Murray.（诠论亚里士多德之书，多不胜举。此下所列，数种而已。）

（一二三）Sir Alexander Grant *Aristotle*. 1877.

（一二四）Sir Alexander Grant "On the Nicomachean Ethics", in *The Ethics of Aristotle* Greek text, edited with introductory essays and notes. 4th Edition. 1885.

（一二五）Edwin Wallace *Outlines of the Philosophy of Aristotle*. 3rd Edition. 1883.

（一二六）T. Davidson *Aristotle and Ancient Educational Ideals*. 1896. Scribner's.

（一二七）A. E. Taylor *Aristotle*, in the People's Books Series.

（一二八）E. Caird *The Evolution of Theology in Greek Philosophers*.

第十二类　哲学下　其他

（一二九）R. C. Jebb *The Characters of Theophrastus*, Greek text and English translation. 1870. New edition by J. E. Sandys. 1909. London.

（一三〇）J. Healey *Characters of Theophrastus*, translated into English, in The Temple Classics.〔以上二种，只购一种，以免重复。（一二九）较完善，然（一三〇）易得而价廉。〕

（一三一）Sir A. F. Hort *Theophrastus Enquiry into Plants*,

translated into English. 2 vols. Loeb Classical Library.(此种极不重要,可以不购。)

(一三二)William Wallace *Epicureanism.* 1880. London.

(一三三)W. L. Davidson *The Stoic Creed.* 1907.

(一三四)Edwyn Bevan *Stoics and Sceptics.* 1913.

(一三五)N. Maccoll *The Greek Sceptics.* 1868. London and Cambridge.

第十三类　辞令(Oratory)

(一三六)R. C. Jebb *The Attic Orators from Antiphon to Isaeus.* 2 vols. 1893. Macmillan.

(一三七)C. R. Kennedy *The Orations of Demosthenes*, complete English translation in 5 vols. Bohn's Library. George Bell & Sons.〔此为足本,如不能得,可以(一三八)或(一三九)代之。〕

(一三八)A. W. Pickard-Cambridge *The Public Orations of Demosthenes*, translated into English in Oxford Translation Library. 1912.

(一三九)Lord Brougham *Select Orations of Demosthenes*, translated into English. Everyman's Library.(以上三种,购其一已可,以免重复。)

(一四〇)S. H. Butcher *Demosthenes* in the Classical Writers Series. 1882. Appleton. New York.

(一四一)Biddle "Aeschines' Against Ctesiphon" in *Two Orations on the Crown. Aeschines and Demosthenes* translated into English. 1881. Philadelphia.(此种不甚重要,不购亦可。)

第十四类　亚历山大时代之文学(Alexandrian Literature)

(一四二)W. R. Paton *The Greek Anthology*, Greek text and

English translation. 5 vols. Loeb Classical Library.〔并参阅(五十九)。〕

(一四三)Andrew Lang *Theocritus, Bion and Moschus*, translated into English Prose. 1880.

(一四四)C. S. Calverley *Theocritus*, translated into English verse. 1869. Cambridge.〔以上二种,只购一种,以免重复。其中以(一四三)为较佳。〕

(一四五)E. S. Shuckburgh *The Histories of Polybius*, translated into English. 2 vols. 1889. London and New York.

第十五类 亚历山大时代以后之文学(Post-Alexandrian Literature)

(一四六)W. Rhys Roberts *Longinus On the Sublime*, Greek text, English translation, with introduction, analysis and notes. 1899. Cambridge University Press.

(一四七)A. O. Prickard *Longinus On the Sublime*, translated into English in Oxford Translation Library.〔以上二种,只购一种,以免重复。(一四六)为极完善之本,如不能得,可以(一四七)代之。〕

(一四八)Matheson *Epictetus*, translated into English with introduction and notes, in Oxford Translation Library.

(一四九)A. H. Clough *Plutarch's Lives of Illustrious Men* (Dryden's translation revised). 1859. Little Brown Co., Boston. (Also in Everyman's Library)

(一五〇)W. W. Goodwin *Plutarch's Moralia*, translated into English. 1870. Little Brown Co. Boston.

(一五一)George Long *The Thoughts of Marcus Aurelius*, translated into English. 1863. Little Brown Co., Boston.

(一五二)John Jackson *The Meditations of Marcus Aurelius Antoninus*, translated into Engllish, with introduction by Charles Bigg. Oxford Translation Library.〔以上二种,只购一种,以免重复,(一五一)较佳。〕

(一五三)Paul B. Watson *Marcus Aurelius Antonius*(Life and critical essay). 1884. New York.

(一五四)J. G. Frazer *Pausanias Description of Greece*, translated into English with commentaries. 6 vols. 1898. London.(此书不购亦可。)

(一五五)H. W. & F. G. Fowler *The Works of Lucian of Samosata*, complete except some spurious and undesirable passages, translated into English in Oxford Translation Library. 4 vols.

第叁部　罗马文学

第一类　罗马史

(一五六)H. F. Pelham *Outlines of Roman History.* 1901. Putnam.(此书于政治史尤精。)

(一五七)A. H. J. Greenidge *A History of Rome During the Later Republic and Early Principate*. 1904. Macmillan.

(一五八)J. B. Bury *The Student's Roman Empire*. American Book Co.

(一五九)J. B. Bury *A History of the Later Roman Empire from Arcadius to Irene*(395 A.D.—800 A.D.). 2 vols. 1889. Macmillan.

(一六〇)Charles Merivale *History of the Romans under the Empire*. 7 vols. Scribner's.

（一六一）Edward Gibbon *The History of the Decline and Fall of the Roman Empire*, with notes by J. B. Bury and edited by Sidney Lee, in Methuen's Standard Library. 7 vols. 1905. Methuen & Co.（Also in Everyman's Library）

（一六二）Theodor Mommsen *The History of Roman* 1854—1856 translated into English, in Everyman's Library. 4 vols. J. M. Dent; E. P. Dutton.

第二类　罗马文学史

（一六三）J. W. Mackail *Latin Literature*, in The University Series. 1895. Scribner's.

（一六四）Marcus S. Dimsdale *A History of Latin Literature*, in The Short Histories of the Literatures of the World series. William Heinemann, London; Appleton, New York.〔注同（四十三）。〕

（一六五）H. N. Fowler *A History of Roman Literature*. Appleton.

（一六六）W. S. Teuffel & L. Schwabe *History of Roman Literature*, 1891—1892 translated into English by G. C. W. Warr. 2 vols. London. 1900.

（一六七）J. Wight Duff *A Literary History of Rome from the Origins to the Close of the Golden Age*, in The Library of Literary History series. 1909; 4th impression, 1920. T. Fisher Unwin, London.

（一六八）Walter C. Summers *The Silver Age of Latin Literature From Tiberius to Trajan*. 1920. Methuen & Co., London.

（一六九）W. C. Lawton *Introduction to Classical Latin Literature*. 1904. American Book Co.

（一七〇）G. J. Laing *Masterpieces of Latin Literature*. 1903. Houghton, Mifflin Co.〔此书体例，与（四十七）同，为罗马诗

文名篇之译为英文者,冠以作者小传,可以尝鼎一脔,极便初学。〕

第三类 罗马文学参考用书

(十八)J. E. Sandys *A Companion to Latin Studies*. 1910. Cambridge University Press.

(一七一)W. Warde Fowler *Social Life at Rome in the Age of Cicero*. 1908. Macmillan.(Also reprinted in Chautauqua Home Reading Series).

(一七二)Samuel Dill *Roman Society from Nero to Marcus Aurelius*. Macmillan.

(一七三)Samuel Dill *Roman Society in the Last Century of the Western Empire*. 1898. Macmillan.

(一七四)W. Y. Sellar *The Roman Poets of the Republic*. 1891. Oxford.

(一七五)W.Y. Sellar *The Roman Poets of the Augustan Age*. 1892. Oxford.

(一七六)Domenico Comparetti *Vergil in the Middle Ages* (1872) translated from Italian into English by E. F. M. Benecke, with introduction by Robinson Ellis. 1895. London.

第四类 共和初年(纪元前二百四十年至纪元前一百三十三年) 谐剧

(一七七)W. L. Collins *Plautus and Terence*, in Ancient Classics for English Readers series. Blackwood, London.

(一七八)H. T. Riley *The Comedies of Plautus*, translated into English. 2 vols. Bohn's Classical Library. Henry G. Bohn, London.

(一七九)Paul Nixon *The Plays of Plautus*, Greek text and English prose translation, Loeb Classical Library. 54 vols. William

Heinemann, London.〔如有(一七八),则此种可不购。〕

(一八〇)H. T. Riley *The Comedies of Terence and the Fables of Phaedrus*, with Smart's metrical version of *Phaedrus*. Bohn's Classical Library.

(一八一)John Sargeaunt *The Plays of Terence*, Greek text and English prose translation. Loeb Classical Library. 2 vols. Heinemann.〔如有(一八〇),则此种可不购。〕

第五类　黄金时代上(即Cicero时代,又称该撒时代。纪元前八十年至纪元前四十三年。)

第一目　训诗　LUCRETIUS

(一八二)Cyril Bailey *Lucretius on the Nature of Things*, translated into English prose, with introduction, analysis, etc., in Oxford Library of Translations. 1910. Oxford.

(一八三)H. A. J. Munro *Lucretius on the Nature of Things*, Greek text, with notes, and English prose translation. 1891—1893.〔First edition, 1864. 如有(一八二),此书可不购。〕

(一八四)John Masson *Lucretius: Epicurean and Poet*. 1907.

第二目　情诗　CATULLUS

(一八五)Theodore Martin *Poems of Catullus*, translated into English verse. 2nd Edition. 1875.

(一八六)*The works of Catullus and Tibullus, and the Vigil of Venus*, literally translated into English, with the metrical versions by George Lamb, James Grainger, etc. Bohn's Classical Library.〔如有(一八五),此书可不购。〕

(一八七)H. A. J. Munro *Criticisms and Elucidations of Catullus*. 2nd Edition. 1905.

第三目　辞令及哲学　CICERO

(一八八)C. D. Yonge *The Treatises of M. T. Cicero: on the Nature of Gods; on Divination; on Fate; on the Republic; on the Laws; and on Standing for Consulship*, translated into English. Bohn's Classical Library.

(一八九)C. D. Yonge *The Academic Questions, Treatise de Finibus and Tusculan Disputations of M. T. Cicero: with a Sketch of the Greek Philosophers Mentioned by Cicero,* translated into English, Bohn's Classical Library.

(一九〇)C. D. Yonge *The Orations of Marcus Tullius Cicero*, translated into English. 4 vols. Bohn's Classical Library.

(一九一)J. S. Watson *Cicero on Oratory and Orators*, translated into English. Bohn's Classical Library.

(一九二)Cyrus R. Edmonds *Cicero's Three Books of Offices, or Moral Duties*; *also His Cato Major, an Essay in Old Age; Laelius*, *an Essay on Friendship*, *on Old Age*, *etc.*, literally translated into English, with notes and comments, in Harper's Classical Library. 1857. Harper &Bros. New York.〔此目所列之书,以(一九二)为最重要,宜首先购之。〕

(一九三)Roger L'Estrange *Tully's Offices*, English translation reprinted in The Temple Classics. Dent; Dutton.

(一九四)Andrew P. Peabody *Cicero's Tusculan Disputations*, translated into English. 1886. Little, Brown, and Co., Boston.〔如有(一八九),则此书可不购,以免重复。〕

(一九五)E. S. Shuckburgh *The Letters of Cicero*, translated into English. 4 vols. 1899—1900. George Bell and Sons.

(一九六)Conyers Middleton *The History of the Life of Marcus Tullius Cicero*(1741).

(一九七)J. L. Strachan-Davidson *Cicero and the Fall of the Roman Republic*. 1894.

第四目　历史　CAESAR;SALLUST

(一九八)F. P. Long *Caesar's Gallic War*, translated into English, in Oxford Library of Translations. Oxford.

(一九九)T. Rice Holmes *Caesar's Conquest of Gaul*, being English translation of The Gallic War. 1899; 1911.〔如有(一九八),则此书可不购,以免重复。(一九八)较佳。〕

(二〇〇)F. P. Long *Caesar's Civil War*, translated into English, in Oxford Library of Translations. Oxford.

(二〇一)W. Warde Fowler *Julius Caesar and the Foundation of the Roman Imperial System*. 1892.

(二〇二)A. W. Pollard *The Catiline and Jugurtha of Sallust*, translated into English prose.

(二〇三)J. S. Watson *Sallust, Florus, and Velleius Paterculus*, translated into English with copious notes, etc. Bohn's Classical Library.〔如有此书,则(二〇二)可不购。〕

第六类　黄金时代下(即奥古士德时代,纪元前三十一年至纪元后十四年。)

第一目　史诗　VIRGIL

(二〇四)John Conington *The Works of Virgil*, translated into English prose. Edited by J. Addington Symonds. 1900. David Mackaye, Philadelphia.〔如有此种,则(二〇五)及(二〇六)皆可不购。〕

(二〇五)J. W. Mackail *Aeneid*, translated into English prose, 1885.

(二〇六)John Jackson *The Eclogues, Georgics, and Aeneid of Virgil*[①], translated into English prose, in Oxford Library of Translations.

(二〇七)H. Nettleship *Vergil*, in Classical Writers series, edited by J. R. Green. Appleton.

(二〇八)H. Nettleship *Ancient Lives of Vergil, with an Essay on the Poems of Vergil in Connection with His Life and Times*. 1879. Oxford.

第二目　刺诗(Satire)　HORACE

(二〇九)E. C. Wickham *Horace for English Readers*, poems of Horace, translated into English prose, in Oxford Library of Translations.

(二一〇)C. Smart *The Works of Horace*, translated literally into English prose with introduction and notes, in The Classical Library. Popular Edition. T. Werner Laurie, London.〔如有(二〇九),则此书可不购。〕

(二一一)A. S. Cook *The Art of Poetry*, containing Francis Howes' translation of Horace's Satires(1842), with notes and comments. Ginn & Co. 1892.

(二一二)J. F. D'Alton *Horace and His Age*. 1917.

第三目　挽诗(Elegy)　OVID AND OTHERS

(一八六)*The Works of Catullus and Tibullus, and the Vigil of Venus*, literally translated into English, etc. Bohn's Classical Library.

① 本版书名即 *Virgil*,包含维吉尔上述三部作品。

（二一三）W. K. Kelly *The Elegies of Propertius, the Satyricon of Petronius Arbiter, and the kisses of Johannes Secundus*, literally translated into English, with various poetical versions. Bohn's Classical Library.

（二一四）J. S. Phillimore *Propertius*, translated into English prose, in Oxford Library of Translations. 1906.

（二一五）Christopher Marlowe *Ovid's Elegies*, translated into English verse.

（二一六）John Dryden *Fragments of Ovid's Metamorphoses, Art of Love, and Epistles*, translated into English verse.

（二一七）Henry King *The Metamorphoses of Public Ovidius Naso*, translated into English blank verse. 1877.

（二一八）H. T. Riley *The Complete Works of Ovid*, translated English. 3 vols. Bohn's Classical Library.〔如有此书，则（二一五）及（二一六）及（二一七）均可不购。〕

（二一九）A. J. Church *Ovid*, in Ancient Classics for English Readers series. 1876.

第四目　历史　LIVY

（二二〇）D. Spillan, Cyrus Edmonds, & William A. M' Devitte *The History of Rome*, literally translated into English with notes and illustrations. 4 vols. Bohn' s Classical Library. 1850.（Also in Everyman's Library. 3 vols.）

（二二一）W. W. Capes *Livy*. 1880.

第七类　尼罗王纪（The Age of Nero，纪元后五十四年至六十八年）

（二二二）F. J. Miller *The Tragedies of Seneca*, translated into

English, with introduction by J. M. Manly. 1907.(Also, with Latin text, in Loeb Classical Library.)

(二二三)Thomas Lodge & Roger L'Estrange *The Morals of Seneca*, translated into English.

(二二四)Thomas Lodge *Seneca On Benefits*, translated into English, and reprinted in The Temple Classics. Dent; Dutton.

(二二五)Clark *Natural Questions of Seneca*, translated into English. 1910. Macmillan.

(二二六)H. T. Riley *The Pharsalia of Lucan*, translated into English with copious notes, etc. Bohn's Classical Library.

(二二七)J. Conington *The Satires of A. Persius Flaccus*, translated into English prose, edited by H. Nettleship. 1872.

第八类　白银时代(Silver Age,纪元后六十九年至九十六年)

(二二八)D. A. Slater *The Silvae of Statius*, translated into English with introduction and notes, in Oxford Library of Translations.

(二二九)*The Epigrams of Martial*, translated into English verse and prose by various writers. Bohn's Classical Library.

(二三〇)W. T. Webb *Selected Epigrams from Martial for English Readers*. Macmillan.〔如有(二二九),则此书可不购。〕

(二三一)John Bostock & H. T. Riley *The Natural History of Pliny*(*the Elder*), translated into English with copious notes. 6 vols. Bohn's Classical Library.

(二三二)J. S. Watson *Quintilian's Institutes of Oratory*, translated into English. 2 vols. Bohn's Classical Library.

（二三三）Arthur Murphy *Tacitus: Historical Works*, translated into English（1811）with introduction and notes. 2 vols. Everyman's Library.

（二三四）A. J. Church & W. J. Brodribb *Annals of Tacitus*, translated into English. 1876.

（二三五）A. J. Church & W. J. Brodrib *The Agricola and Germany of Tacitus*, translated into English. 1868.

（二三六）W. Hamilton Fyfe *Tacitus*: *The Histories*, translated into English with introduction and notes, in Oxford Library of Translations. 2 vols.

（二三七）W. Hamilton Fyfe *Tacitus*: *Dialogus*, *Agricola*, *and Germania*, translated into English with introduction and notes, in Oxford Library of Translations.〔如有（二三三），则此上四种均可不购，以免重复。否则或购（二三四）及（二三五）；或购（二三六）及（二三七），皆足。〕

（二三八）S. G. Owen *Thirteen Satires of Juvenal*, translated into English in Methuen' s Classical Translation series. Methuen & Co., London.

（二三九）Lewis Evans *The Satires of Juvenal*, *Persius*, *Sulpicia*, *and Lucilius*, translated into English prose, edited by H. F. Fox, with the metrical version of Gifford Bohn's Classical Library.

（二四〇）William Melmoth *The Letters of Caius Plinius Caecilius Secundus (the Younger)*, translated into English（1746）. Bohn's Classical Library.（Also in Loeb classical Library.）

（二四一）J. D. Lewis *The Letters of the Younger Pliny*, literally translated. 1879; 1882.〔如有（二四〇），此书可不购。〕

(二四二)John B. Firth *Caius Plinius' Letters*, translated into English with an introduction. 1913.

第九类　安敦王纪(The Age of the Antonines,纪元后九十六年至一百八十年)

(二四三)Thomson *Suetonius: The Lives of the Twelve Caesars, Emperors of Rome*, translated into English, revised by T. Forester. Bohn's Classical Library.

(二四四)Philemon Holland *Suetonius: History of Twelve Caesars*, translated into English(1606), reprinted 1899. 2 vols.〔如有(二四三),此书可不购。〕

(二四五)H. E. Butler *The Metamorphoses or Golden Ass of Apuleius of Madaura*, translated into English, in Oxford Library of Translations. 2 vols. 1910.

(二四六)H. E. Butler *Apologia and Florida of Apuleius of Madaura*, translated into English, in Oxford Library of Translations.

(二四七)W. Adlington *The Golden Ass of Apuleius*, translated into English(1566), reprinted and edited by C. Whibley, in The Temple Classics. 1893. Dent;Dutton.〔如有(二四五),则此书可不购。〕

——本篇为吴宓于1922年为我国喜好西洋文学之学生所编《西洋文学精要书目》,先后连载于1922年6月出版之《学衡》杂志第6期、同年7月出版之《学衡》杂志第7期、11月出版之《学衡》杂志第11期。原刊中第一三八条后即为第一四〇条,整理时进行了相应调整。

西洋文学入门必读书目

吾前编《西洋文学精要书目》，载登《学衡》杂志第六、第七、第十一各期，尚未卒业，容当续成之。惟彼中所录皆确有价值而为众所公认之书籍（Standard Works），甚为详备，最合各大学及公立图书馆之用。若私人恐无力及此，断难照单尽数购买，但读书者，可凭该目录以资选择而定取舍耳。今此编专供初学入门者之用，故简之又简，虽各类均备而务取精华，为人人所必当读。今日流行语所谓“最小限度”之西洋文学书目是也。如购买得法，有二百元国币，可将单中所列者全行购来。若能时时购得减价之旧书，则一百五十元以下亦可办到。常见今之学生欲研究西洋文学者，往往奔走千里，投考数校，费时二三载，而不得研究之机会。吾愿其各自择地安居，以旅行枉费之资，照此单分期购书，自行潜心研读，必有事半功倍之实益，惟须先通英文以为之基础耳。是则兹目之作，亦不无小补乎？

第一类　世界文学史

Richardson & Owen *Literature of the World*. Ginn & Co. 1922.

Anne C. L. Botta *Handbook of Universal Literature*. Houghton Mifflin Co. Revised edition. 1907.

Emile Faguet *Initiation into Literature*. English translation by Sir Home Gordon. Heinemann; Putnam.

第二类　各国文学史(每国只列一书)

A. & M. Croiset *An Abridged History of Greek Literature*. English translation by G. F. Heffelbower. Macmillan. 1904.

J. W. Mackail *Latin Literature*. The University Series. Scribner's. 1905.

Moody & Lovett *A History of English Literature*. Scribner's. 1905.

C. H. C. Wright *A History of French Literature*. Oxford University Press, American Branch. 1912.

J. G. Robertson *A History of German Literature*. Putnam. 1902. (此书有节本名曰 *Outlines of the History of German Literature*)

Wendell & Greenough *A History of Literature in America*. Scribner's. 1904.

J. Fitzmaurice- Kelly *Spanish Literature: A Primer*. Oxford University Press. 1922.

R. Garnett *A History of Italian Literature*
K. Waliszewski *A History of Russian Literature*
} Short Histories of the Literatures of the World Series. Heinemann; Appleton.

Stuart P. Sherman *On Contemporary Literature*. Henry Holt. 1917.

第三类　汇选读本

J. H. Wright *Masterpieces of Greek Literature*. Houghton Mifflin Co.

G. J. Laing *Masterpieces of Latin Literature*. Houghton Mifflin

Co.

Cunliffe, Pyre & Young *Century Readings in English Literature*. Century Co.

Brander Matthews *Chief European Dramatists*. Houghton Mifflin Co.

W. A. Neilson *Chief Elizabethan Dramatists*. Houghton Mifflin Co.

Thomas H. Dickinson *Chief Contemporary Dramatists*. First Series. Houghton Mifflin Co.

Thomas H. Dickinson *Chief Contemporary Dramatists*. Second Series. Houghton Mifflin Co.

第四类　希腊文学名著

The Iliad of Homer, translated into English by Lang, Leaf & Myers. Macmillan.

The Odyssey of Homer, translated into English by Butcher & Lang. Macmillan.

Richard Crawley *Thucydides' Peloponnesian War*. 2 vols. Everyman's Library.

The Dialogues of Plato, translated into English by B. Jowett. 4 vols. Oxford.（如不能得，则仅读以下诸篇：Apology, Crito, Phaedo, Phaedrus, Symposium, reprinted in Everyman's Library; and, *The Republic* in Oxford Library of Translations）

J. E. C. Welldon *The Nicomachean Ethics of Aristotle*. Macmillan.（如不能得，则可以 D. P. Chase之译本代之。Everyman's Library）

Lord Brougham *Select Orations of Demosthenes*. Everyman's Library.

第五类　罗马文学名著

Cyril Bailey *Lucretius on the Nature of Things*, in Oxford Library of Translations.

Cyrus R. Edmonds *Cicero's Three Books of Offices, or Moral Duties; also his Cato Major, an Essay on Old Age; etc.* in Harper's Classical Library and in Everyman's Library.

J. Jackson *The Eclogues, Georgics, and Aeneid of Virgil*, translated into English prose, in Oxford Library of Translations.

E. C. Wickham *Horace for English Readers*, in Oxford Library of Translations.

Arthur Murphy *Tacitus: Historical Works* translated into English. 2 vols. Everyman's Library.

第六类　中世文学名著

Thomas à Kempis *Of the Imitation of Christ.* The World Classics, No. 49.

第七类　意大利文学名著

Charles Eliot Norton *The Divine Comedy of Dante Alighieri*, translated into English prose. Complete Edition. 1920. Houghton, Mifflin Co.

第八类　西班牙文学名著

Cervantes *Don Quixote*, translated into English. The World's Classics, No. 130, 131. 2 vols.

第九类　法国文学名著

Montaigne *Essays*, translated into English by John Florio. The World's Classics. No.65, 70, 77. 3 vols.

Voltaire's Tales, translated into English by R. B. Boswell. Bohn's

Libraries. George Bell & Sons.

Rousseau *Social Contract, and the Discourses*. Everyman' s Library.

Rousseau *Emile*. Everyman's Library.

Sainte-Beuve *Causeries du Lundi*, translated into English by E. J. Trechmann. 7 vols. Routledge, London.

Hugo *Notre Dame de Paris*. Everyman's Library.

Balzac *Old Goriot*. Everyman's Library.

Flaubert *Madame Bovary*. The Modern Library. Boni & Liveright, New York.

Zola *Germinal: or Master and Man*. Heinemann.

Anatole France *Penguin Island*; *The Revolt of Angels*. John Lane.

第十类 德国文学名著

Goethe *Faust* etc. Bohn's Standard Library.

Goethe *Novels and Tales*. (The Sorrows of Young Werther, etc.) Bohn's Standard Library.

第十一类 英国文学名著

The Complete Works of Shakespeare. Cambridge Edition. Edited by W. A. Neilson. Houghton, Mifflin Co.

The English Poems by John Milton edited by R.C. Browne. 2 vols. Clarendon Press Series. Oxford.(应读*Paradise Lost*全部)

Henry Fielding *Tom Jones*. C. T. Brainard Co., New York.

Goldsmith *Vicar of Wakefield*.(商务印书馆有翻印本)

Jane Austen *Pride and Prejudice*. Everyman's Library.

Scott *Ivanhoe* or *Quentin Durward*. Everyman's Library.

Dickens *David Copperfield* and *A Tale of Two Cities*. Everyman's Library.

Thackeray *Vanity Fair* and *The Newcomes*. Everyman's Library.

George Eliot *Adam Bede* and *Middlemarch*. Everyman's Library.

George Meredith *The Ordeal of Richard Feverel*. The Modern Library.

Thomas Hardy *Return of the Native*. The Modern Library.

第十二类　美国文学名著

Poe's Short Stories. The World's Classics. No. 21.

Hawthorne *The Scarlet Letter*. Everyman's Library.

第十三类　俄国文学名著

Tolstoy *Resurrection* or *Anna Karènina*. Everyman's Library.

第十四类　各体文学之艺术(每体只列一书)

R. M. Alden *Introduction to Poetry*. Henry Holt.

Lane Cooper *Theories of Style*. Scribner's.

Clayton Hamilton *A Manual of the Art of Fiction*. Doubleday, Page & Co.

G. P. Baker *Dramatic Technique*. Houghton Mifflin Co.

第十五类　普通参考书(必须购置)

Holy Bible

Blakeney *A Smaller Classical Dictionary*. Everyman's Library.

The Concise Oxford Dictionary. Oxford.

附注

(一)以上共十五类,计书六十种。

（二）自第四至第十三各类，实应为一类。盖皆文学名著，兹求分类简便，故析为若干类。

（三）名著之中，戏剧全无。盖因第三类汇选读本之中戏剧甚多，已足代表各大作者故也。

（四）上列各书之外有商务印书馆近顷出版之《英文泰西文学》（A. E. Zucker *Western Literature*），全书共四册，现仅出二册。第一册《希腊罗马文选》（*Greece and Rome*），第二册《圣经及中古文选》（*The Bible and the Middle Ages*）。余续出。此书最适于吾国学生之用，不可不购。盖其书选录西洋文学名篇，而附以导言及说明。初学者购此一书，所费极微，而其余诸多书籍均暂可免购。且读其导言，易知梗概而得纲领，兼备数善。惟此中所选之文学名篇，实与以上所列之书材料重复，故不列入书目中，而另附于此。

（五）上列各书，固皆可直汇款至英国、美国原出版书局购买，然近便之法，可于下列三处购之：1. 日本东京丸善书店（Maruzen Co.）或用C.O.D.即先令该店寄书来，然后在本地邮局交款，换取寄到之书；或直由邮局汇款至该店存储，以后购书，其价即从中零星扣取，二法均可行。2. 上海河南路C四四五号广学书局Oxford University Press，China Agency，此为上海贩卖外籍诸书店中之最高等者。3. 商务印书馆、中华书局亦设有西书部，可托其代办，惟恐需时日耳。

——本篇系吴宓专为初学西洋文学者所编《西洋文学入门必读书目》，原载于1923年10月出版之《学衡》杂志第22期。

研究文学必读书籍

Theories of Style by Lane Cooper(Ed.),Macmillan Co.

寻常修词作文之书,类皆肤浅琐细,读之不得益处。此书选辑古今名篇,专论文章要理及作文遣词之法,至为精当。读此书,不惟有裨作文,且可于现今中国文言白话及翻译等问题,得其旁证而易得解决也。

Handbook of Universal Literature by Anne C. L. Botta, Houghton Mifflin Co.

此书乃世界古今各国文学史撮要汇编;所刊各国甚为完备,其材料皆由节取文学史名著而得;如西班牙文学系撮录Ticknor之书,中间重要部分,竟一字不易也。读之,可知古今各国文学大概。

Literature of the World by Richardson & Owen, Ginn & Co.

此书为世界文学史,以国分章,甚为简明。欲知世界文学之内容,及其源流转变,应先读此书,以窥大概。

A Small Classical Dictionary by Blakeney(Ed.), Everyman's Library 495. $1.00

此为案头必备之书,价又甚廉;得此则平日读文学书,遇有希腊拉丁人名、地名及书籍、神话,不能索解者,均可于此中检得之也。

Helps to the Study of Bible Oxford University Press, 445 Honan Road, Shanghai. $1.00

此为案头必备之书，价又甚廉；得此则平日读文学书，遇有《圣经》新、旧约中之人名、地名及器物、故事等均可于此中一检得之，且知其出于某篇某章也。

《文学论》（订正三版）刘永济著。价一元。湖南明德学校（商务印书馆代售）

此书论文学原理，并述中国文学变迁及文学发达之略史。识鉴精微，品评允当。以中国材料，证西方学说，见其会通，实由读书有得，决非武断比附。文笔亦优美。末附古今论文名著选。（近顷三版，多所订正，加增材料。）

The Legacy of Greece by R. W. Livingstone (Ed.), Oxford University Press, 445 Honan Road, Shanghai.

此书叙述希腊之宗教哲理文艺美术科学，及其及于后世之影响；以见希腊文化之真价值，及其在西洋文化中之地位。各篇作者皆各家巨子，内容甚精，文笔尤美，并附图画。

The Legacy of Rome by Cyril Bailey, Oxford University Press, 445 Honan Road, Shanghai.

此书叙述罗马之政治、法律、文学、建筑、工程及家族生活等，及其及于后世之影响；以见罗马文明之物质，及其在西洋文化中之地位。各篇作者皆有名学者，文笔甚美，并附图画。

——本文为吴宓应《清华周刊》之请而作，原载于1925年《清华周刊·书报介绍副刊》第16期。

“文学与人生”应读书目

“四书”(《论语》《孟子》《大学》《中庸》)

《毛诗》(《国风》)

《礼记》(《礼运》《学记》《乐记》《儒行》)

《春秋左传》(长篇纪事)

《史记》(《项羽本纪》《孔子世家》《伯夷列传》《屈原贾生列传》《刺客列传》《李广列传》《公孙弘列传》《游侠列传》《滑稽列传》《货殖列传》)

《前汉书》(《艺文志》《张耳陈余列传》《窦田灌韩列传》《司马迁传》《佞幸传》《外戚列传》)

《后汉书》(《党锢传》《郭符许列传》《独行传》《逸民传》《列女传》)

《资治通鉴》

柳诒徵:《中国文化史》

冯友兰:《中国哲学史》

《楚辞》王逸注(屈原:《离骚》《九歌》《天问》《九章》《远游》《卜居》《渔父》)

《古诗源》

《十八家诗钞》

《杜诗镜铨》

《吴梅村诗集》

《顾亭林诗集》

黄节:《蒹葭楼诗》

吴芳吉:《吴白屋先生遗书》

《吴宓诗集》

《艺蘅馆词选》

《桃花扇传奇》

《长生殿传奇》

《世说新语》

汪国垣编:《唐人小说》

张潮辑:《虞初新志》

《水浒传》

《石头记》(《红楼梦》)

刘宗周:《人谱》

陈宏谋辑:《五种遗规》

吴宓编:*Outlines of the History of Greek Literature*

The Dialogues of Plato — Translated by Jowett, Vol. I. II. III.

《柏拉图五大对话集》——郭斌龢、景昌极合译(商务印书馆发行)

The Republic of Plato — Translated by Lindsay (Everyman's Library)

《柏拉图之理想国》——吴献书译(商务印书馆发行),二册

The Nicomachean Ethics of Aristotle — Translated by Welldon (Macmillian) or by Chase (Everyman's Library)

《亚里士多德伦理学》——向达译(商务印书馆发行)

Aristotle's Politics — Translated by Jowett (Oxford)

Aristotle's Politics — Translated by Welldon(Macmillian)
S. H. Butcher: *Aristotle's Theory of Poetry and Fine Art*
《亚里士多德诗学》——傅东华译(商务印书馆)
W. T. Stace: *A Critical History of Greek Philosophy*
《批评的希腊哲学史》——庆泽彭译
A. E. Taylor: *Socrates*
Paul E. More: *Platonism*
Paul E. More: *The Religion of Plato*
Edwin Wallace: *Outlines of the Philosophy of Aristotle*
A. E. Taylor: *Aristotle*
M. de Wulf: *Philosophy and Civilization in the Middle Ages*
《中古文化与士林哲学》——赵尔谦译述(传信书局发行)
Alfred Hoernlé: *Studies in Contemporary Metaphysics*
Hoernlé: *Matter, Life, Mind, and God*
Hoernlé: *Idealism as a Philosophical Doctrine*
冯友兰:*A Comparative Study of Life Ideals*
冯友兰:《人生哲学》(商务印书馆新学制高中教科书)
景幼南:《哲学新论》(南京书店)
许思园:*On the Nature and Destiny of Man*
景昌极:《道德哲学新论》(钟山书局)
黎锦熙编:《佛教十宗概要》
黎锦熙编:《宋元明思想学术文选》
Sacred Book of the East — Vol. XI(Buddhist Suttas)
《频伽精舍校刊大藏经》,昃十卷
《大正新修大藏经》,第一卷
Holy Bible

《新旧约全书》(中文文言译本)

A. E. Zucker: *Western Literature* — Vol. II: *The Bible and the Middle Ages*(《圣经及中古文选》——商务印书馆印行)

赵紫宸著:《耶稣传》

Paul E. More: *The Christ of the New Testament*

Meditations by Marcus Aurelius; *Discourses of Epictetus* (合订一册)

Essays of Montaigne(World Classics 英译本,2 vols)

Bacon's Essays(Bonne Library)

Pascal "*Pensées*" 英译本(Everyman's Library)

La Bruyère "*Les Caractères*"

La Rochefoucauld "*Maximes*"

Edmund Burke: *Reflections on the Revolution in France*. etc. (Everyman's Library)

Joseph Joubert "*Pensées*"

Stendhal "*De l'Amour*"

Sainte-Beuve's "*Causeries du Lundi*" — English translation by E. J. Trechmann. 7 vols.(Routledge)

Sainte-Beuve's *Portraits of the 17th Century* — English translation(2 vols. In I)

Matthew Arnold: *Essays*(Everyman's Library).

Paul E. More: *Shelburne Essays* — Vol. I—XI

Irving Babbitt: *Literature and the American College*.

Babbitt: *The New Laokoon*.

Babbitt: *Masters of Modern French Criticism*.

Babbitt: *Rousseau and Romanticism*.

Babbitt: *Democracy and Leadership*.

吴宓等译:《白璧德与人文主义》(新月书店)

Stuart P. Sherman: *On Contemporary Literature*.

Century Readings in English Literature.

Oxford Book of English Verse.

C. H. Page: *British Poets of the 19th Century.*

The Works of William Shakespeare(全一册)

Shakespeare's Hamlet(edited by G. P. Baker).

邵挺译:《天仇记》(商务印书馆,小本小说)

田汉译:《哈孟雷特》

梁实秋译:《汉姆来德》

Molière's Comedies — English translation (Everyman's Library, 2 vols.)

赵少侯译:《恨世者》(正中书局)

Castiglione's Book of the Courtier(Il Libro del Cortegiano), in English translation(Everyman's Library).

Chesterfield's Letters to his Son (1774) — (Everyman's Library)

Boswell: *Life of Dr. Johnson*(1791) — (Everyman's Library, 2 vols.)

The Confessions of Rousseau 英译本

张竞生译:《卢梭忏悔录》(节本)

Newman: *Apologia Pro Vita Sua* (1864) — (Everyman's Library)

梁济:《桂林梁先生遗书》

熊十力:《尊闻录》

徐志摩:《爱眉小札》

朱湘:《海外寄霓君》

钱基博:《现代中国文学史》(世界书局1936增订本)

林语堂:*My Country and My People*

The Arabian Nights

奚若译:《天方夜谭》(商务印书馆“说部丛书”初集五十四编)四册

Cervantes: *Don Quixote*英译本(Modern Library一册全)

林纾、陈家麟译:《魔侠传》(商务印书馆“万有文库”)

蒋瑞青译:《吉诃德先生》(世界书局“世界少年文库”本)

Bunyan: *Pilgrim's Progress*(Everyman's Library)

译者名佚:《天路历程》

Jonathnn Swift: *Gulliver' s Travels* (1726) — (Everyman' s Library)

林纾译:《海外轩渠录》(商务印书馆“说部丛书”)

韦从芜译:《格里佛游记》(未名社)

*Voltaire's Tales*英译本(Bohn's Library)

陈汝衡译(吴宓校注):《福禄特尔小说集》(商务印书馆“世界文学名著”)

徐志摩译:《戆第德》(*Candide*)

Henry Fielding: *Joseph Andrews* (1742) — (Everyman' s Library)

Fielding: *Tom Jones*(1749) — (Everyman's Library, 2 vols.)

Fielding: *Amelia*(1751) — (Everyman's Library, 2 vols.)

Oliver Goldsmith: *Vicar of Wakefield*(1766) — (Everyman' s Library)

商务印书馆编译所译述:《双鸳侣》(商务印书馆“说部丛书”)

伍光建译:《维克斐牧师传》(商务印书馆,1935)

Jane Austen: *Pride and Prejudice*(1813)

杨缤译:《傲慢与偏见》(商务印书馆,二册)

Thackeray: *Vanity Fair*(1847—1848)—(Everyman's Library)

伍光建译:《浮华世界》(Max J. Herzber节本)

Thackeray: *Pendennis* (1849—1850)

Thackeray: *English Humourists of the 18th Century*(1852—1853)—(Everyman's Library)

Thackeray: *The History of Henry Esmond*(1852)

Thackeray: *The Newcomes*(1854—1855)

George Eliot: *Middlemarch* (1871—1872) — (Everyman' s Library, 2 vols.)

George Meredith: *The Ordeal of Richard Feverel*(1859)—(Everyman's Library)

Flaubert: *Madame Bovary*(1857)—(Everyman's Library)

李青崖译:《波华荔夫人传》(商务印书馆)

Tolstoy: *Anna Karenina*(1875—1877)—(Everyman's Library)

陈家麟、陈大镫译:《珂娜小传》(中华书局)

Thomas Hardy: *Tess of the D'Urbervilles*(1891)

吕天石译:《苔丝姑娘》(中华书局)

张谷若译:《德伯家的苔丝》(商务印书馆,1936)

Arnold Bennett: *Old Wives' Tales*(1908)(Everyman's Library)

王友竹译:《老妇谭》

Sinclair Lewis: *Main Street*(1920)

杨历樵(白华)译:《大街》(二册,大公报社)

潘式(凫公):《人海微澜》(二册)

潘式(凫公):《隐刑》

——编者按,以上“应读书目”乃吴宓为清华1936至1937年选修其新开“文学与人生”课之学生所开列。书目所列之书,均可于学校图书馆借得。为方便学生借书,吴宓原在本“书目”之每一册书名前,皆注有清华图书馆对各该书之编号,此处从略。

诗学总论

今欲论诗，应先确定诗之义。惟诗与文既相对而言，故诗之定义，须示其有别于文之处。但英文之所谓诗(Poetry)，实应译为韵文。盖所包甚广，如戏曲亦在其中，非若吾国诗之外尚有词与曲等另列也。英文之文(Prose)，又曰散文，乃指无韵之文。(英文诗不用韵者甚多，诗与文之真正区别，说见后。)至若吾国之骈文，如以英文按之，则界在诗文之间，未可勉强划分也。

古今人所作诗之定义极多，不可殚述。(如R. M. Alden著之*An Introduction to Poetry*开卷即胪列二十余条，皆名人所作。)然作者下笔之时，各有其特别着眼之点、注重之处，志在申明己意，专论诗中之某事。故每一定义虽各有其精神独到之处，而究各有所偏，未足以概诗之全体。今以己意，并参酌各家之说，作成诗之定义，力求平正浑括，再由英文译成中文，如下：

> 诗者以切挚高妙之笔(或笔法)，具有音律之文(或文字)，表示生人之思想感情者也。(Poetry is the intense and elevated expression of thought and feeling in metrical language.)

此定义须详细解释。今先设文之定义如下：文者，以文字表示生人之思想感情者也。此数语用之于诗亦合。特未显诗文二者之间,究何所区别耳,或疑威至威斯[①](William Wordsworth,参观《学衡》第七期插画)有言:诗者,激烈感情之自然发泄于外者也。〔Poetry is the spontaneous overflow of powerful feelings. 语出其所著 *Preface to the Second Edition of Lyrical Ballads*(1800)。〕则诗当专主表示感情而不及思想矣。不知安诺德[②](Matthew Arnold)亦有言,诗乃评判人生者也。〔Poetry is the criticism of life. 语出其所著 *The Study of Poetry*(1880)。〕此则谓诗专重理智思想而不及感情矣。其实二子之说各有所偏,只举一端,而不见全体。即如韩愈《祭十二郎文》,岂非感情之作?而如陶潜之《饮酒》诗,何尝不说理?又如卢梭之《忏悔录》,狄昆西[③](De Quincey)之 *Confessions of an English Opium-Eater* 岂非任情之文?而 Pope 之 *Essay on Criticism* 及莎士比亚之 *Hamlet* 剧中(Act III, Scene I)最著名独唱,论生死之一段,乃正说理之诗。故文与诗各皆表示思想及感情,兼有其二,不废其一。特若比较论之,则文重思想,诗重感情,略有所偏耳。惟然,故文主以理服人,而诗则主以情动人。同一字也,文中用之,则以其确切之本义为训(Intellectual Denotation);诗中用之,则指其就吾人日常习惯所能引起之感情而言(Emotional Association or Connotation)。例如"父"字,用之于文,则仅明甲为乙之子之关系而已;而用之于诗,则并宣乙于甲生身之恩、教训之德、慈爱之怀等等。而读诗者,立即忆及我自己之父之种种情形及平时相待之感情矣。又如"某日,王生不携仆从,由西安赴上海,行途凡三千四百六十五里"。此文也,述事以外,无他意。而柳宗元诗"一身去国六千里",则极写放逐孤臣感

① 今译威廉·华兹华斯。
② 今译马修·阿诺德。
③ Thomas de Quincey.

愤之意、长途险阻艰难之苦。六千里者,不必其以里计程,而适为六千之整数,犹言极长之路、极远之地而已。然即此用字之不同,亦属比较言之耳。论诗与文之区别,只能究其极端而辨其大不同之处。固有似诗之文,亦有文中之诗。界在二者之间,罔两因依者,实难强定。惟不当以例外末节,而破坏大体之界说耳。

由是言之,则诗与文之差别,仅诗用(一)切挚高妙之笔,(二)具有音律之文,而文则无之耳。(一)者属于内质,(二)者属于外形,以下当分别释之。惟兹有须郑重申明者,则内质与外形之美,常合一而不可分离是也。质(Matter)与形(Form)之说实始于亚里士多德之形而上学,谓质与形合,而成一物。去质或形,则无此物,故形质并重。譬如方砖,乃砖质而方形者也。如掷为碎块,则非复方砖矣,然犹是砖也。苟去砖之色泽形相等等,则并此砖而无之矣。故形与质不可分离,相合而互成其美,缺一则均归消灭,未可以意为之高下轻重也。天下之美人美器,妙文妙诗,皆合其外形之美与内质之美而成。美人之肤色似属外形,然去此肤色,则血肉之躯已无存,更何有于美乎?以诗言之,诗所表示之思想感情,其内质之美也;韵律格调,则外形之美也。如有高妙之思想感情,尚是浑沌未成形之质,苟得以精美之韵律格调表而出之,则为极佳之诗,否则不能。故韵律格调正所以辅成思想感情之美,并非灭绝之摧抑之也。思想感情不佳,徒工于韵律格调,必不能为上等之诗。此固显而易见。然若划除一切韵律格调,使不留存,则所余者已不能为诗矣,尚何有于美乎?故善为诗者,既博学行德以自成其思想感情之美,更揣摩谙练以求得韵律格调之美。夫然后其所作乃璀璨深厚,光焰万丈。中国之屈原、杜甫,西方之但丁、弥尔顿,皆是也。若不讲思想感情,徒事韵律格调,则或流于模仿,或堕入纤巧。中西之下等诗人,皆此类也,然彼固犹能为诗人也。若举韵律格调而歼除之,是直破坏诗之本体,使之不存。虽有极佳之思想感情,何所附丽?何由表达?至若并思想感情亦不讲求,专以粗浅卑劣之思、激躁刻薄之情,毫无学问书卷之益,绝少温柔敦厚之气,此则既无外形之美,而亦何尝有内质之美哉?甚矣其惑也。故今之作粗劣之白话诗,而以改良中国之诗自命,举国风从,滔滔皆是者,推原其本,实由于不知形与质不可分离之理,应并重而互成其美,不应痛攻而同归消灭。惟昧于此理,故扰攘恣睢,去正途愈远,入魔障益深。呜呼哀哉!吾今之介绍英文诗(参阅本期《英诗浅释》篇),亦欲借此以明诗之根本道理精神,及格律程式之要。苟能贯通而彻悟,则中国诗之前途,或有一线生机乎。(此外似相反而实相成,可合一而不可分离之事,如天才与人工、自然与修琢等,皆与内质外形之问题相类。通人利用而成其美,盲俗攻掊而益其乱。此类之事例极多,今均不赘论。读者可推而知之也。)

今于上所言诗与文之差别,分条释之。(一)所谓切挚(Intense)之笔者,犹言加倍写法或过甚其词之谓。盖诗人感情深强,见解精到,故语重心急,惟恐不达其意,使人末由宣喻者,故用此笔法。如前所引柳宗元诗"一身去国六千里,万死投荒十二年",又陈其年诗"百年骨肉抛三地,万死悲哀并九秋"。夫二人之艰难困苦,虽至其极,然尚未死。即人死亦只一次,乃曰万死,是切挚之笔也。又如杜甫之"穷年忧黎元,叹息肠内热。取笑同学翁,浩歌弥激烈",又"谁能久不顾,庶往共饥渴。入门闻号啕,幼子饿已卒。吾宁舍一哀,里巷亦呜咽",是切挚之笔也。又如西德尼(Sir Philip Sidney)所作"Via Amoris"之诗,其末二句谓:吾自计不如此路,数百年中,常得亲美人之玉趾。虽然,吾不恨也。(I envy you no lot...Hundreds of years you Stella's feet may kiss!)又如莎士比亚之*The World's Way*一诗,开端即云:厌见此种种,吾惟求速死。(Tired with all these, for restful death I cry.)又如无名氏Anon所作*The Great Adventurer*一诗,谓极高之山,极深之海,萤所不能度之微隙,蝇所不能栖之狭地,爱我之人皆可逾越经行而至。又如Thomas Hood之《缝衣歌》(Song of the Shirt,此歌今人已译为中文诗)谓:米薪(原作面包)竟若是之贵,而人之血肉竟若是之贱乎。是均切挚之笔也。综上诸例观之,可知切挚有二法:或加增其数量,或改易其事理。所谓改易其事理者,即诗人感情深挚激切之时,所言实与真理实象不合,与世中常情相悖,而写来又但觉其逼真,而颠扑不破是也。或疑诗人可不诚耶?曰非是之谓也。作文贵诚,作诗尤贵诚。作文尚可伪托,作诗断难假冒。西德尼曰:Look to your heart and write。盖作诗非语语自我心中爬剔而出不可也。所谓切挚,即诚也。惟兹所言改易其事理一层,实本于心理之变态,正惟不合于常情,乃愈见其诚耳。如孝子苫块昏盲,遂忘饥渴寒热。常人而忘饥渴寒热,则系矫情作伪。若孝子当椎心泣血,昏迷失次之后,而犹不忘饥渴寒热,则其所为种种,皆作伪欺人矣。诗人之诚与不诚,其关系正类此。故上言切挚之二法,均正著诗人之诚,而不可以不诚疑之也。

(二)所谓高妙(Elevated)之笔者,犹言提高一层写法。即不实指,不平铺,不直叙,不顺写,不白描,不明断,不详释,不遍举,不密绘,不条分缕析,不量尺度寸,不浅俚凡近,不蹈常习故,不因袭陈腐,不以法律科学机械之法,论人叙事写景绘物。而透过一层直达核心,而又选择凝炼,直传一人一事一景一物之本性之精神之要旨之菁华,略其边幅,不留渣滓。于是能见人之所不能见,达文之所不能达,使读诗者立刻领悟而别有会心,咸具同感。其方法在于想象力(Imagination)造成一种幻境(Illusion),而此幻境以文字为其媒质(Medium)。以上云云,今不逐句详释。读者以所知之诗按之,必可了解。略举数例,如杜甫之“摘花不插发,采柏动盈掬。天寒翠袖薄,日暮倚修竹”,此写人笔法之高妙也;“翻身向天仰射云,一笑正坠双飞翼。明眸皓齿今何在,血污游魂归不得。清渭东流剑阁深,去住彼此无消息”,此写事笔法之高妙也;“锦江春色来天地,玉垒浮云变古今”,又“无边落木萧萧下,不尽长江滚滚来”,此写景笔法之高妙也;“数回细写愁仍破,万颗匀圆讶许同”,又“此皆骑战一敌万,缟素漠漠开风沙。其余七匹亦殊绝,迥若寒空动烟雪”,此写物笔法之高妙也。更如威至威斯之“London, 1802”云 Thy soul was like a Star, and dwelt apart; etc., 此写人笔法之高妙也。如前举莎士比亚之“Sonnet 66”云 And captive good attending captain ill,此写事笔法之高妙也。如摆伦[1]之 Childe Harold 诗 All heaven and earth are still — though not in sleep, / But breathless,此写景笔法之高妙也。如 Shelley 之“To a Skylark”诗云 From the earth thou springest, / Like a cloud of fire, 此写物笔法之高妙也。反之诗中亦有笔法极不高妙,因而为人所诟病者。如威至威斯之“The Thorn”诗云:I've measured it from side to side; / 'Tis It's three feet long, and two feet wide。又其“Peter Bell”诗云:Only the Ass, with motion dull, / Upon the pivot of his skull, / Turns round his long left ear。皆为其至友辜律己(参观《学衡》第七期插画)所讥,谓不成为诗,则以其描叙之呆板笨拙,而粗俗猥鄙,犹其余事也。

诗为美术之一,凡美术皆描摹人生者也(Imitation of human life)。惟其描摹之法,非以印板写照,重拓复本,毕肖原形,毫厘不爽之谓。盖如是则理固不宜而势亦不能,其法乃于观察种种,

① 今译拜伦。

积久成多之后,融聚一处,整理而修缮之。另行表而出之以示人(Representation)。故美术皆造成人生之幻境(Illusion),而此幻境与实境(Actuality)迥异。盖实境者,某时某地某人所经历之景象、所闻见之事物也。幻境则无其时、无其地,且凡人之经历闻见未尝有与此全同者。然其中所含人生之至理、事物之真象,反较实境为多。实境似真而实幻,幻境虽幻而实真。譬如屋外之山,实境也;画中之山,则幻境也。吾友适间所乘之马,实境也;"缟素漠漠开风沙"之马,则幻境也。实境迷离闪烁不易了解,幻境通明透彻至易领悟。实境成于偶然,而凌乱无理;幻境出之化工,故层次位置关系极清。凡美术皆示人以幻境,而不问实境。至若究二者之关系,则幻境乃由实境造出。取彼实境整理而修缮之,即得幻境矣。整理修缮之法,要者有二:一曰剪裁,二曰渲染。剪裁(Selection,直译曰选择)者,不将实境中所有之形色事物,均取而纳之幻境,但选其佳者、合用者,而弃其不佳者、不合用者,即足。譬如为美人画像,则不可存其面上之黑痣。叙英雄之行事,则不必记其每餐所食之蔬肴。小说书中所谓有话即长,无话即短是也。渲染(Improvement,直译曰改善)者,实境中之形色事物,不必存其原来之真,而尽情改易,变不佳为佳,化无用为有用,然后入之幻境,以符作者之意旨。譬如白居易作《长恨歌》,欲读者感动而怜爱歌中之女主人,遂谓杨太真"养在深闺人未识"是也。又如《琵琶记》中之蔡邕,岂《后汉书》中之蔡邕哉?余可类推。既经此层步骤,故美术中之幻境,比之原有之实境,必较为精美,较为清晰,较为趣味浓深。试以诗中之境界,与吾生所见者,相比而证之,必见其然也。

美术中幻境之价值,不在其与实境相去之远近,而在其本身是否完密(Complete),无一懈可击,使读者置身其间,视如真境。

真境者,其间之人之事之景之物,无一不真。盖天理、人情、物象,今古不变,到处皆同,不为空间、时间等所限。故真境(Reality)与实境迥别,而幻境之高者即为真境。故凡美术,皆求造成一无殊真境之幻境。惟诗亦然。昔者亚里士多德著《诗学》(*Poetics*),谓史专叙一时一地三数人之事,而诗则叙古今天下所有之人之事,故二者相较,诗高于史云云,实即此处所言之理。盖史者实境之纪录,而诗则幻境之真相也。

凡幻境之造成,必有其媒质(Medium)以为接引之具。幻境只能在此媒质中出现,不能舍此而独存。譬如光之传达由于空气中之以太,苟无空气、无以太,则无光。又如木之传声,比水与空气为敏速清朗,何哉?媒质之异也。故幻境与其媒质,至有密切之关系。各种美术皆主造幻境,故各有其专用之媒质。今列表如下:

美术	媒质	美术之类
雕刻	体　面	空间之美术
绘画	线　黑白　色	空间之美术
音乐	声音	时间之美术
诗	文字	时间之美术
建筑	位置(空间中之节奏)	节奏之(Rhythmic)美术
舞	动作(时间中之节奏)	节奏之(Rhythmic)美术

诗之媒质为文字,诗附丽于文字。每种文字之形声规律,皆足以定诗之性质,故诗不可译。以此国文字与彼国文字为异种之媒质也。又各种美术之媒质既不同,故不可以此美术之媒质,强用之于彼美术。譬犹以声音作画,势有所不能。夫诗亦犹是也,

不可以作画作乐之法而作诗也。若然,是乱其畛域(Confusion of the genre)而灭其本质也。此Lessing所以有*Laocoon*之作,而白璧德有*New Laocoon*之作也。今之形象派(Imagists)以作画之法作诗,而象征派(Symbolists)则时以作乐之法作诗,故谬误层出,其诗少可诵者,而尤不宜效其法也。

诗人能造幻境,端赖其想象力(Imagination,释之为心相。亦实应直译曰想,简而且确。吾国人现多喜用双字,冗杂繁复,皆由不究字义之过。故笼统含糊,惟以想象力一名今已多用之者,苟译为想,反滋误解,故勉曰想象力)。想象力者,质言之,即设身处地、无中生有之天才也,故能造成幻境。想象力愈强者,其所造之幻境亦愈真。诠释想象力者极多,其说今不备述。心理学者以想象力为记忆之一种,与梦略同。各人自身从未见闻感受之事物,决不能入梦。梦中之境界,不过摭取异时异地所见闻感受者,集而纳之一处,遂合成新幻之楼台。想象力亦然,故想象力有集合归纳之功用。文学家之论想象力,则谓凡具想象力者,能见他人之所不能见。所谓能见他人之所不能见者何物耶?曰:事物间之同异而已。例如杜甫诗"人生不相见,动如参与商"(人生两朋友之不易相逢,与参商之不易相逢同,但此层之同常人不能见。惟杜甫有想象力,故独能见之),又"细柳新蒲为谁绿"。(杜甫,人也,具有灵性,故感慨兴亡伤今昔情形之异。柳与蒲,物也,无灵性,故不能感慨兴亡,不能见今昔情形之异。故杜甫处此而兴趣都非,而蒲柳处此犹茂绿如恒。此人与物赋性之不同也。此层之不同,常人不能见,独杜甫能见之。)如Burns之"To a Mouse"诗,既谓田鼠之巢倾,将如人之苦寒而无家者(此人与田鼠之同也),而末章又言田鼠但知有目前之苦乐,而不伤既往,不忧后来,故尚比人为差幸也。(此人与田鼠之异也。)凡此皆见人之所不能见也。

辜律已谓想象力之作用先一一解离分析，然后重行结合构造。此即上文所言整理修缮之法也。诗人富有想象力，见常人之所不能见。故人每以诗人为狂，缘狂人之想象力亦强，故见神见鬼。昔柏拉图谓狂有四种，而诗人居其一。（见其语录Phaedrus篇。）而莎士比亚亦谓（见*A Midsummer Night's Dream* Act V, Scene I.）疯人、情人、诗人，皆为想象力所充塞。实乃一而三，三而一者也。诗人凝目呆视，忽天忽地，无中生有，造名赋形云云。（The lunatic, the lover and the poet, / Are of imagination all compact; etc.）皆可互证也。

以上已申明诗与文内质之差别，今进而论其外形之差别。即诗必具有音律（Metre），而文则无之也。然文与诗皆有节奏（Rhythm）。试究其本原，天下之物全同则无美，全异则亦无美；纯整则无美，纯散则亦无美。惟异中有同，或寓整于散，而美始生。所谓Unity in Variety之理，乃凡百美术之起点也。譬如市街之上，一片瓦砾荒墟，或房屋大小形色，各各不同，毫无次序条理之可言，则观之徒乱人意，美感何从而生？然使行遍全城，所见房屋皆同式同样之五层洋楼，鳞集栉比，毫无别异，则生厌烦之心，而亦难得美感。惟若其房屋有高有低，有大有小，忽中式忽西式，而色泽形式亦有变化，而变化之中确有条理可寻，则观者必觉其美焉。又如击钉入木之声，忽高忽低，忽轻忽重，忽断忽续，忽长忽短，忽疾忽徐，忽响忽息，使人闻之心烦意乱。而榨机吸水者，拍拍续响，每次皆然，亦使闻者厌倦。故知全同全异之形，不足以悦目；全同全异之声，不足以悦耳。惟同中有异、异中有同者始能之。若是者何也？即目见某形之后，稍转而复见此同一之形，目能辨之，其间又杂以他形；又耳闻某声之后，过顷而复闻此同一之声，耳能辨之，其间又杂以他声。如是则生美感，而谓之曰有节奏

(Rhythm)。转言之,某形式某声相重而叠见,而与他形式他声相间而错出,合此二者而成节奏。故节奏者,重叠(Repetition)、错综(Alternation)之排列也。若其为形之上下前后左右等位置之排列,则为空间之节奏;若其为声之长短高低轻重等次序之排列,则为时间之节奏。而皆本乎异中有同、寓整于散之原理,而动人之美感者也。今以此按之于诗文,古希腊拉丁之诗文,以长音之部分(Long Syllable)与短音之部分(Short Syllable)相间相重者也。英国之诗文,以重读之部分(Accented Syllable)与轻读之部分(Unaccented Syllable)相间相重者也。吾国之诗文,以平声之字与仄声之字相间相重者也。惟每一相间相重之处,其间隔(Interval)之长短无定以图表之如下:

甲甲乙甲乙甲甲乙乙乙乙乙甲甲乙乙甲乙乙乙甲乙甲甲(第一图)

然既相间相重,固已为节奏矣。故知节奏者,文亦有之,不独诗有之,节奏不能为诗文之差别也明矣(文有节奏,固有抑扬顿挫之音,高下疾徐之调)。

今设使其二者相间相重之处之间隔有定,如下图,则名之曰音律(Metre)。

甲甲乙乙甲甲乙乙甲甲乙乙甲甲乙乙甲甲乙乙甲甲乙乙(第二图)

甲甲乙甲甲乙甲甲乙甲甲乙甲甲乙甲甲乙甲甲乙甲甲乙(第三图)

故音律者,节奏之整饬而有规则者也(Regular rhythm)。其法或每一相重相间之间隔全同,如第二图之甲甲与乙乙均隔二字是也;或成一定之比例,如第三图之甲甲与乙,为二与一之定比例是也。音律乃节奏之一种,特节奏之最整者耳。故凡有节奏者,皆可成音律。音律(Metre)原为尺度之义,用之于建筑绘画音乐等,诸凡空间时间之排列,固无不可。但常例以此字专用于诗,以名诗中整饬有规则之节奏,而不推之于他种美术(间亦用于音乐,而义自略异)。故此后亦只论诗中之音律。文中有音律否?曰:无之。何以知其然也?试任取英国文一篇,寻其重读之所在。或取中国文一篇,寻其平仄之排置。所得者必类于第一图,而绝异于第二图、第三图也。若按之于诗,则所得者,必为第二图、第三图之形无疑(惟中国之五七古诗及歌行等似不符此例。然五七古之平仄无规则之中,尚自有其规则出于天籁,合乎自然。总之,五七古等中平仄之排比,较之散文要为整饬多多,况有句之长及韵之限制耶?以中西比较只能观其大体之相同,阐明其中之要理,未可末节逐处牵强附会也)。由是,知节奏者,诗与文之所同具;而音律者,乃诗之所独有,故可以音律别诗与文。如前述定义之所云,无音律者不能谓之诗。否则其所号为诗者,实无殊于文也(譬如开水之中不入茶叶,则只可以开水称,而不可名为茶。非谓开水不可饮也,但名不可假也。如指开水为茶,则将何以名茶乎?即强为之,然世人之自饮其茶者,必犹多而不愿以开水代茶也)。今之作诗而欲尽去平仄者,可以憬然而知止矣。

由上言之,诗之音律有三种。(一)如希腊拉丁文之诗,以长音短音之部分定之,故名长短音律(Quantity Metre)。(二)如英文之诗,以字中重读轻读之处定之,故名轻重音律(Accent Metre)。(三)如吾国之诗,以平仄——即字音之高下(Pitch)——定之,然其为用一也。音律之单位曰节(Foot),诗之每行曰一句(Verse)。(此"句"与文法句读之"句"迥异,如"遥怜小儿女,未解忆长安",

又"独有宦游人，偏惊物候新"，以文法论之，则十字为一句。而以此所谓诗句之句论之，则五字为一句，十字为二句矣。）取诗一句，将其音律画出（是曰 to scan，其事曰 Scansion）。则该句必可分为数段，各段之音律全同，此一段即为一节。例如上文第二图可分为，"甲甲乙乙""甲甲乙乙""甲甲乙乙"等。而每一"甲甲乙乙"即一节也。第三图可分为，"甲甲乙""甲甲乙""甲甲乙"等。而每一"甲甲乙"即一节也。一句共有数节，各节又相同。故一句之音律，可以其节之式，再加倍数，以简单表明之。例如上文第二图。可以六"甲甲乙乙"表之，犹言该句共有六次叠见之"甲甲乙乙"也。第三图可以八"甲甲乙"表之，其义亦同。惟所应注意者，诗中之音律属于时间之节奏，即其中所以相间相重者，无非时间之隔离与划分而已。兹更详释之。（一）在希腊拉丁文之诗，读一长音之部分所需之时，适为读一短音之部分所需之时之一倍。设读一长音之部分需时二秒始竣，则读一短音之部分需时一秒即足。今试以线之长短，表读音之时间之久暂，则 Virgil 之 *Aeneid* 开卷第一句 Verse，可以图示之如下：

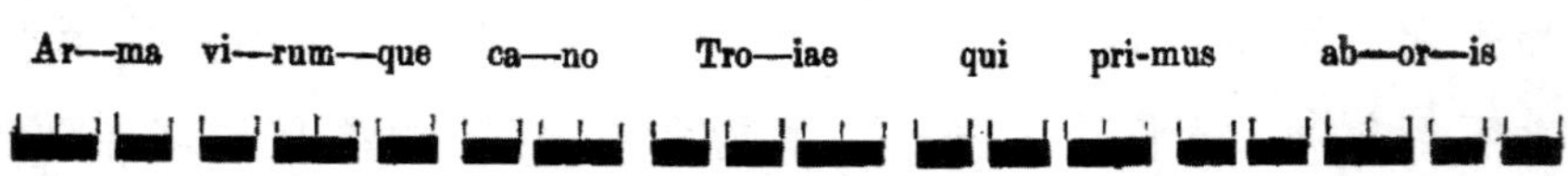

今设线之一段为一秒时，则谓二秒之长音与一秒之短音相间相重也可。谓每四秒中，有长音一次也亦可。或谓每隔二秒，再有长音出现也亦无不可。通用之符号系以—表长音，以⌣表短音（犹吾国旧例，以—表平声字，以｜表仄声字也）。前既言节为音律之单位，故欲表示音律，首须标明每节中有长音若干、短音若干。希腊诗于每种之节，各与以专名，罗马诗中沿用之。（英文诗亦沿用之，惟义稍异，见下。）兹列其最要之数种于下：

节之名称	符号	节之名称	符号
Iambus(-bic)	◡—	Anapest(-tic)	◡◡—
Trochee(-chaic)	—◡	Dactyl(-lic)	—◡◡
Spondee(-daic)	——		

集相同之数节而成一句,故欲表示某句之音律,只须先举每节之名称或符号,再言如是者此句中共有若干节即可。兹列希腊文之数目字如下,拉丁诗亦沿用之。(英文诗同见上注。)

Mono(一)	Di(二)	Tri(三)	Tetra(四)
Penta(五)	Hexa(六)	Hepta(七)	Octa(八)

故如上所举Virgil之诗,乃连缀六个—◡◡而成一句,故可名为Dactylic hexametre(上一字须用形容词)。若其连缀五个◡—而成一句,则当名为Iambic pentametre也。余可类推。

(二)在英国之诗,则情形大异。英文最初之诗毫无韵律,仅于每句中置字首子音相同之字(Alliteration)三个,前半句有其二,后半句有其一,藉是以略求整饬,而成相间相重之道,然备极散漫。其句之长短、句中字数之多少,均毫无定准。今举"Pearl"诗中之二句为例,其时已至十四纪之中叶,然犹简陋如此也。(其诗第一句用W起首之字三,第二句用d起首之字三。)

What wryde has hyder my juel wayned
And don me in del and gret daunger?

按英文之Alliteration字首子音相同者,其最简之式,如do、done、den、day等,即吾国文之双声也。而英文之Assonance字中母音相同,其最简之式,如day、say、way、nay等,即吾国文之叠韵也。《诗经》中用双声叠韵字极多,亦可与此英国古诗比较也。

自后英国之诗逐渐发达,作者取拉丁古诗为模型,而造音律。故其所造者为长短音律,惟英国文字本与拉丁文截然不同,英文中长音短音之分不严。虽欲力效拉丁古诗之音律,而终有刻鹄之诮。况中世之拉丁诗,亦渐用轻重音律,以代长短。故其后英国诗人多有彻悟者,知所造音律非本于英国文字之性质,决不合用。英国文字本有读轻读重之处之分,遂以读重之部分(Accented Syllable)当拉丁古诗之长音,而以英诗读轻之部分(Unaccented Syllable)当拉丁古诗之短音,制为轻重音律,通用至今,永为定法。惟当其变更之始,长短音律实与轻重音律并为世用。如弥儿顿作*Paradise Lost*犹效拉丁古诗而用长短音律。降至十九世纪如英国丁尼生(Tennyson)作*Idylls of the King*、美国Longfellow作*Evangeline*(编者昔曾译之为《沧桑艳传奇》未卒业,又民国四五年《小说月报》中亦有译本为小说体)皆仍用长短音律于英诗。然终嫌勉强,庸手不能仿效也。英诗始创音律之时,其表示节句,均沿用拉丁旧名(实希腊字)。迨既改定为轻重音律之后,犹沿用不衰。迄于今日,虽众皆知英诗以读音轻重之相间相重定其音律,易言之,即每经若干秒之时,而重读之音(Accent or Stress)出现一次,亦沿用希腊拉丁之名词如故,并不顾名思义,而自审其不当也。例如Gray诗"The curfew tolls the knell of parting day"固亦称为Iambic pentametre,然与上文所言拉丁诗之Iambic pentametre相去极远,不待辩而明矣。不但此也,英诗且移用拉丁诗长音之符号—而表读重之处(Accent),又以拉丁诗短音之符号◡表读轻之处。故如兹所引Gray之诗句,应表之如下:(每节与节之间例以极细之竖线隔断,此句共五节)

The cur′-few toll′s the knell′ of par′ ting day′

⏑ — | ⏑ — | ⏑ — | ⏑ — | ⏑ —

亦有虑其含混，用读重之符号′代—以别之者，即如下：

⏑ ′ | ⏑ ′ | ⏑ ′ | ⏑ ′ | ⏑ ′

晚近二十年来，或又以Iambic pentametre等名词，用之英诗中。既与原来字义相去甚远，且繁复冗长，难于记忆，不便抄写。遂倡为新法，以符号简单表示之。其法略如代数公式，以X表读重之部分，以A表读轻之部分。故AX即Iambus也，XA即Trochee也，AAX即Anapest也，XAA即Dactyl也，XX即Spondee也。然后再加数目字于前，以表该句中共有若干节，以代希腊数目字。例如5AX即Iambic pentametre也，6XAA即Dactylic hexametre也，余类推。此法极简便。惟文人作者，以其新出而不雅驯，故尚不用之。今编者为明显起见，以后诠释英诗，均用此新式符号，读者幸毋误会其意也。

（三）其在吾国之诗，以平仄为音律。平仄之分，由于字音之高低（Pitch，就物理学论之，凡音之高低，由于每秒中音波振动数之多寡，音之轻重则由于音波波幅之宽狭）。去声音最高，上声次之，平声又次之，入声最低（合上去入为仄声。约略言之，则可云仄声高而平声低），故与音乐上之高调低调（Soprano、Alto、Tenor、Bass）相类。惟平上去入之间，其详确之关系，尚待今之物理学家试验测定。如取若干组之平上去入之音（如吴五误屋、鱼语御玉之类），一一测定其每秒音波之振动数，然后取其平均数，则可定平上去入声之振动数之相互比例为若干，即可按之于西乐谱，而知平上去入各当音乐谱中之何级何调，而其间声音高低之差，究为几何也。至平仄之中，音之长短有无关系尚不能断。盖平声低而长，入声低而短，去声高而长，上声高而短。约略言之，则平声长而仄声短。既云平声低而长，仄声高而短，则音之长短，是否亦足以定平仄？此事仍属疑问，尚待研究者也。然吾国以平仄为诗之音律，利用相间相重之法，以成时间中极有规则之节奏，此则与希腊拉丁及英国之诗，均全相同，可谓不谋而合也已。兹更列比较表如下：

一、希腊拉丁诗之音律，以长音及短音之部分，相重相间而成。（物理学上无关系。）

二、英国诗之音律，以重读及轻读之部分，相重相间而成，以音波波幅之宽狭定之。

三、吾国诗之音律，以仄（高）声及平（低）声字，相重相间而成，以音波振动数之多寡定之。

以上于诗之定义，每段阐发无遗。或疑吾国有韵为诗，无韵为文。何不可以韵之有无，别诗与文耶？曰：此中西不同之处也。在昔希腊拉丁之诗，皆恃长短音律而不用韵（Rhyme，所谓韵者，即数句之诗句末之字之尾音皆相同也）。至中世纪时，拉丁诗渐有用韵者。韵之兴也，盖与轻重音律同时，自有以轻重音律代长短音律者。而韵即与之俱来，不能分离。英国诗最初只有字首子音相同之字，固无韵也。其后模仿拉丁古诗之长短音律，自不用韵。十四世纪中，即有用韵者，前所举之"Pearl"诗是也。迨Chaucer始大用韵。自后英诗凡用轻重音律者，必皆有韵。故有韵无韵之诗同时并行，作者各持一是或互相攻斥。迟至十七世纪，如弥尔顿作*L' Allegro*及*Il Penseroso*虽亦用韵，然其作*Paradise Lost*乃不用韵。且于其序中，斥韵为the invention of a barbarous age，谓诗人才绌而欲自掩其丑，乃创为韵，其实诗不必有韵也云云。是时今文古文二学派之争方烈，弥儿顿为古文派巨子，故其所言如此。至十八世纪之初，而韵大行，无或訾议者矣，盖轻重音律已经通用故也。自后韵之有无，则随诗之体裁及作者之精神而定。大率摹古之作而雄浑高亢者，则以英文强效长短音律而不用韵；述今之作而平易曲尽者，则径用轻重音律而必用韵。至今犹然。如弥尔顿作*Paradise Lost*系用Iambic Pentametre而无韵，此体名曰Blank Verse。又如Pope作*Essay on Criticism*亦用Iambic Pentametre，而每二句必同韵，此体名曰Heroic Couplet。此二体乃英诗中之最要而常见者也，其他俟后分述。要之，可知英文诗之无韵者多多（其故则由昔日模仿希腊拉丁诗之长短音律而然），故不能以韵之有无，而当以具有音律（Metre）与否，为诗文之差别也。（希腊拉丁诗用长短音律，故不宜用韵。英诗除摹古者外，皆用轻重音律。既用轻重音律，故不能不用韵。此皆由于其国文字之本性而然。吾国文字之本性与以上截然不同，既适于用韵，行之数千年，而已然经验可以证明。故今仍当存之，决不可强学希腊拉丁古诗，或藉口英诗之Blank Verse而径倡废韵也。）

以上略论诗学之要理，明其大体。另于《英诗浅释》篇中，所引每首诗之下，注明其格律程式等，以及诗之原理精神，均各就实例指说，详细阐发，庶免空疏之讥，而补本篇之所未备云。

——本文原载于1922年发表之《学衡》第9期。

英文诗话

天理人情，一定而不变。古今东西，曾无少异。惟疆界部落，政教风俗，衣冠文物种种，外象末节，则息息迁改，绝无全同之时。此不可不辨之明审，惟其本质之相同也。故若论诗之本旨、诗之妙用、美恶工拙如何分辨、作诗必讲韵律等事，则中西各国之诗皆同。西儒自亚里士多德以下，其论诗论文，悉与吾国先贤名家之说，节节吻合，或互相发明。苟博读细思，必知其然，而惟其外形之有异也。故韵律文字，各国不同。又诗中材料，多系本国之历史国情，及当时之事迹、群众之习尚、作者之境遇。凡此，非熟知之、详解之，则不能领悟诗之妙义。例如未读唐史者，决不能了解杜诗；未悉西洋历史及十七八世纪英国情况者，决不能判断Pope与Wordsworth①之高下。且诗之所述，无非喜怒哀乐之情而已。此情为人所同具。而诗之妙处，正在其形式：韵律格调之工。若去韵律格调而不讲，则所余之糟粕，人人心目中有之，何必于诗中求之？韵律格调，属于文字之本体，不能以他国文字表出。故诗决不能翻译，强译之亦必不佳也。

杜诗云："美人细意熨贴平，裁缝灭尽针线迹。"凡诗文佳构，看来最自然者，其作出也必最费力。盖惨淡经营，锻炼炉锤之后，方能斟酌尽善，去芜词，除鄙想。他人读之，以为神来之笔，而不

① 即蒲柏与华兹华斯。

知其匠心久远也;他人以为纯出天籁,而不知其有意摹仿也。英文诗中,以Robert Burns[①]之诗最为自然。多言田野风物、里巷琐事,及农家之苦乐、儿女之隐情。不事雕镂,一本天真。故其诗成后,老妪都解。或尝疑此公之诗,必非推敲而成,乃据晚近学者之考据,始知Burns之诗,亦系按步循规,苦心经营,久久始脱稿者。又如美国Edgar Allan Poe[②],狂荡不羁,有仙才之誉,其所作"The Raven"[③]悲戚缠绵,情深语重,读者必谓其人确抱鼓盆之戚,身受心感,乃能言之如此,而其实竟不然。Poe作"Philosophy of Composition"[④]一文,自述作此诗之情形,则固未尝有悼亡之事,只欲作一篇佳诗,沉思至再,以为诗必哀而后工,今如何而能哀乎?天下惟夫妇之情最深,而美人夭折,其尤最可伤,故即以悼亡定为题旨,而设为亡妻美艳绝伦,死当妙龄,以重其哀思。既复思之,表哀之音,以"呜——呜——"为最妙,盖其音愁痛而有绵延不尽之意。"呜——呜——"之声,在英文必以Ore表之。遂翻检字典,将末尾有Ore之字,如Evermore及Nevermore等,悉另纸录出备用,察其中有Nevermore一字,译言"不能再矣",其义其音,均表哀思。Poe大悦,遂决用此字为韵脚。既再思之,悼亡之情,惟深夜三更,孤坐书斋,不能成寐。处此情景,最难排遣,故决以此为诗中之情景。但如何而能嵌入Nevermore之韵字乎?深夜既孤坐,所可为伴者,惟禽兽。夜间有何禽兽乎?忽思得乌鸦。且其声呜呜,遂决以鸦入诗。又情深之极,必思魂魄之来见。然此乃必无之事,故宜但写其人迷离惝恍之心理,而却无人鬼叙谈之

① 即罗伯特·彭斯。

② 即爱伦·坡。

③ 该诗今译作《乌鸦》。按此诗后由顾谦吉君译出,为离骚体,题曰《鹏鸟吟》。载登《学衡》杂志第45期。

④ 即《文章原理》,今译《创作哲学》。

事。既决此层,又欲将鸦插入,乃得最后之结果。设为寒鸦敲门,而斋中人疑为鬼至,更将其情景步骤,逐一分析,得以下之数层:"始闻声,其声息,已而又作。开门视之,不见一物。归室中,则一鸦已飞入,栖止案头。因对鸦述哀。鸦但作异声。初不解,已而悟其意为'不能再矣',则益哀。久之鸦去,魂魄终不来。天将曙,斋中人但低徊感泣而已。"层次既定,因拟作诗若干首,每首写其一层之曲折,以Nevermore一字,用于每首之末,以与此字同韵之字,用于句末。先将韵字及意思排定,然后乃作句以嵌合之。全诗作成,更悉心斧削。而其诗一出,洛阳纸贵。佥谓非身历者不能道,而不知作者实无悼亡之事,全局情节,皆故意造作,但求文之工致耳。

文非静心不能作。喜怒哀乐,情大动于中,此际神思昏乱,言不成章,必不能成诗。惟事过境迁,消闲之中,回思往事,方可吟咏出之。故Wordsworth谓诗为"静中回思前情"之所得(Overflow of powerful emotions recollected in tranquillity)。祭文必非易箦时所可作出,必经久始成篇。与人涉讼,必用他人代为状词,或延请律师,亦缘本人为感情所激,不能言之成章也。Diderot[①]云:凡优伶善表情者,专摹拟局中人感情发动时之形于外者,如面容手脚之姿态位置等,而优伶之内心,则冰冷如铁石,毫无悲悯愤怒等意。使其内心亦真感动,则必动作失据,不能做戏矣。此虽言之甚奇,而实理之至确者。语云:旁观者清,当局者迷。做戏作诗,实同一理。即初学者,苟自行体验,必可知之也。

绚烂之极,归于平淡。故文章雕琢过甚,则必有作者出,一洗故套,返于清新。此在中西文学史上,常见不鲜,毫不足为异。如齐梁之后,至唐初"王杨卢骆当时体"盛行,于是有陈子昂之高

① 即狄德罗。

抗。其后杜工部别开天地，集其大成。又如六朝之文，骈俪是尚，韩文公起八代之衰，蔚兴古文。夫"革命"二字，乃推翻政府，以武力取而代之之义。"文学革命"本不成语。（譬如吃饭坐椅，今曰"吃椅"，可乎？）即暂予通假，而究其实事，则所当尊为文学革命之元勋者，当为杜工部、韩文公之流。应如何顶礼而崇祀之，反是则为倒行逆施，矛盾甚矣。大率诗文体制之变也，率由二因。其一，则每一大作者，其精神必有独到之处，后人共欣赏之而竞仿效之，然又无其才，只能效其皮毛而遗其精神。如东施效颦，满涂脂粉。又凡多则生厌，文体之卑，乃后人之过。而昔日大作者，其光焰万丈，固未为之稍减也。其二，文体之变，必由杰才出世，其智德学识，天资人工，均属第一流。其所作诗文，自足宝贵，于是群俗乃自然趋效之，非仅攘臂号呼，即可成事。若乃毁瓦画墁，指鹿为马，盲从以取利者，则有之。文章只受其害，是特破灭之、摧残之而已。变革云乎哉？

西国文体之变迁，例甚多。其中根本之因果，亦与中文相类似。如英国当十八世纪，文治武功，一时称盛。诗人以Pope首屈一指。Pope之诗，多言朝廷及都市事，然其诗曲尽人情之变，能以极凝炼简短之句，达复折难显之情。此种才力，为英国至今诗人中第一。其后学之者过多，而奇才罕见。至十八与十九世纪之间，Wordsworth出，乃终变诗体。Wordsworth生长田间，性冲淡，不亲世事，盖陶渊明、孟东野之流也。Wordsworth之诗，纯取清新，以矫正当时之弊。Wordsworth天生诗才，故其诗极为名贵。迨后倡为自然之说，则大误。盖生于山者言乎山，生于水者喻于水，各人循其本分，不假虚伪，是谓自然。狮效驴鸣，即不自然。天下之人，不皆田夫，不皆村女。今于凡作诗者，悉令摹仿田夫村女之词意，是实专制之尤者。Wordsworth诚误矣。后之论者，谓

Wordsworth只善作诗而不能谈诗。其所作之诗，确是极佳，而所谈则左。其后自作诗稿序(Preface to the Second Edition of *Lyrical Ballads*)，畅言作诗之道，其中瑕瑜互见。其至友Coleridge[①]当时即于《文学传记》(*Biographia Literaria*)书中，纠正其误。且曰：此公一生所作诗，可分二类。其中佳篇，悉与己所言作诗之条理相反悖。其按照此等条理勉强作出者，皆属下品。后之论者皆以Coleridge之评，为不可易。盖知Wordsworth之深，而爱Wordsworth之切者，莫Coleridge若也。

Wordsworth以当时诗体甚卑，满纸陈言，毫无新意，韵律虽协而精采甚乏，亦犹中国诗以红香绿玉等字堆砌成章者。Wordsworth思矫正之，作诗乃务为简洁，又多言农氓疾苦，有类白香山《秦中》《乐府》。其诗既经人传诵之后，Wordsworth乃作诗序，自言其为诗之法则。中有曰："吾欲以生人实用之言语入诗。"推Wordsworth之意，似欲直摅胸臆，不假藻饰。又客套话、酬应语、文人相与谈论之词，前人入诗者已多，渠今则欲以率直纯朴之农民，其天伦至情之事，取作诗中材料。止此而已，非谓照钞农民口中之言也。特其用字浑含，后人将有误解之忧，故Coleridge即指正其非，且曰：俗语断不可入诗。Wordsworth所生居之乡(The Cumberland and Westmoreland Counties)本皆民风淳厚之地，居人久受宗教之陶镕，感化开通，故其所言尚多和雅之致。Wordsworth间取其一二语入诗，故不为病。若谓凡俗语皆可入诗，则他处之流氓匪徒诅咒詈骂之词，直钞以示众，吾知Wordsworth决不为此。后之读者，其幸勿以词害意而妄从之也云云。按Wordsworth生平受卢梭之影响，其言亦多由感于时势而发，兹不具论。但其采用俗语入诗，亦系甄陶融化过来者，更以天

① 即柯勒律治。

生诗才运用其间，故尚不为病。若后之人欲作诗作文尽以白话，则实为Wordsworth所梦想未及者。作俑之讥，固不任受也。

［附录］

阿伦波《鹏鸟吟》(The Raven，1849) by Edgar Allan Poe

顾谦吉 译

阿伦波者(Edgar Allan Poe，1809—1849)，美国富有天才之诗人，而最负盛名于欧陆者也。以其性浪漫，故颇为吾国时派文人所称道。吾昔游学于勿吉尼亚大学(University of Virginia，在美国Charlottesville, Va.)得波氏[1]所寓之室，犹闻人道其生时轶事。盖纵酒好博，放浪不羁，卒以短折。窃谓若以英文诗中之拜伦拟李太白，弥尔顿拟杜工部，华次华斯拟陶渊明、白香山，则阿伦波其西方之李长吉乎？波氏之文与诗具有仙才，亦多鬼气。于今所译一篇亦可见之也。顾波氏行虽放诞，然推理之力极强，思致绵密，深入幽邃。观其生平所作，若小说则由果推因、倒装结构，开侦探小说之端。又严择材料、厚积色情，立短篇小说之法。而其诗亦惨淡经营，完密复整。外似自然浑成，纯由天籁；而实则具备格律韵调之美，以苦心焦思，积久而成之。波氏又尝撰文数篇，论作文作诗之法，颇可为后人取径之资。其《文章原理》(The Philosophy of Composition)一篇，述《鹏鸟吟》(The Raven)一诗作成之步

① 此指爱伦·坡。

骤,纤悉分明。吾昔年所作《英文诗话》(载民国九年秋季之《留美学生季报》)中有一条,即撮述该篇之内容。今照录于下,以释兹所译之诗。然粗明大旨,语焉不详。深望读者觅取波氏《文章原理》之本文(载其诗文集中)而紬绎之,则必深有得于作诗作文之法也。

又按《英文诗话》中,直译Raven为"乌鸦",今顾君则译为"鹏鸟"。昔贾谊居长沙,鹏鸟集其承尘。长沙俗,以鹏鸟至人家,主人死。谊因之作《鹏鸟赋》。夜为恶声,不祥之征。与此篇之情景类似,故鹏鸟之译名甚合。惟《英文诗话》则姑仍其旧,一物两名,读者鉴之。

(一)悲长夜兮凄切,耿不寐兮愁结。溯往事兮如焚,方思乱兮神灭。忽闻声兮轻微,似有人兮弹扉。亦过客之偶然,苟舍此兮何希。

(二)忆当日兮严寒,炉炭黯兮烬残。空执卷以自遣,何东方之漫漫。中心有思兮念伦娜(Lenore),美人永别兮摧肺肝。

(三)罗帏舒卷兮自开,忧惧交并兮增悲。魂荡漾兮不可抑,聊重言以自慰。而过客兮欲启扉,何舍此兮嫌猜。

(四)止喘息兮神旺,叩远客兮不遑。夜方半兮倚枕,胡轻弹而忽藏。急推户以四望,奈墨墨而无光。

(五)终伫立兮迷惑,梦转急兮不测。忧郁结兮无声,寂静深而难极。轻呜咽兮呼卿名,空房应兮更沉恻。

(六)神烦倦兮如焚,方局促而不宁。镇吾怀之怦怦,穷窗侧之纠纷。聊自壮兮究晦隐,舍寒风兮何所云?

(七)骤推窗兮启关,有鹏堂皇兮逾闲。修容止兮不余礼,徐敛羽兮貌悠闲。踞龙女〔Pallas(Athene)〕之碣像，惟雍容兮当闑。

（八）何此鸟兮多姿，释余悲兮解颐。虽作态兮亦不弱，君何称乎幽之陲。鹏举首兮奋翼，谓吾名兮永无期。

（九）中迷惑兮长太息，鹏不言兮有深臆。野鸟萃兮像之巅，据我室兮多凄恻，既履止兮祸将频，复取名兮永无极。

（十）鹏闲暇兮碣之端，惟呼名兮倾肺肝。语默兮心伤，所愿终逝兮无端。岂此鸟兮终不飏，而谓吾兮永摧残。

（十一）声断续兮不可继，吾谓鹏兮何数唳？殆汝主兮多幽思，不遇是时兮久淹滞。悼命穷兮泣血，歌永离而长逝。

（十二）鹏转相逗兮破涕倏忽，推椅近鸟兮冲门对碣。冥独坐兮幽思深，何此鸟兮空咄咄。形厌戚兮音穷凶，朝所指兮永埋没。

（十三）中心忖度兮自伤，鹏目炯炯兮沸我肠。背锦茵兮斜倚，灯黯淡兮无光。嗟紫绮之失色，卿不再抚兮永亡。

（十四）忽异馨兮轻绵延，似众仙兮舞锦毡。天降怜兮赐香草，餐落英兮忘婵娟。舍中情兮蠲忧思，鹏相谓兮终渺然。

（十五）巫乎告我兮汝何恃，风与魔所使兮抑自栖止。据我室兮反鹰扬，我有疑兮祈相指。闻蓬莱(Gilead，见《圣经》。系山名，在约旦河之东。此处意言神山，故借译为蓬莱)之巅兮多芳菲，鹏乃叹息兮长已矣。

（十六）瞻彼昊天今吾与汝同，巫乎告我兮聊慰我衷。苟能邂逅兮彼姝，长诉别离兮琼宫。姝名伦娜兮仙所赐，鹏谓途阻兮永难通。

（十七）聆兹语兮心欲裂，长呼鹏兮趣为别。脱汝喙兮毋我撄，返幽域兮归凶穴。勿流连兮阈之巅，鹏唏嘘兮终不别。

（十八）此鸟敛羽兮宁且夷，爪摩碣像兮睛不移。状若土伯兮欲余噬,其影憧憧兮增疑思。吁嗟乎余命兮,亦永散而长离。

——本文1920年初作成,原载于1920年秋出版之《留美学生季报》第九年秋季第三号。《留美学生季报》刊出吴宓《英文诗话》时,未录Edgar Allan Poe之"The Raven"译诗。今为方便读者参阅,将1925年9月出版之《学衡》杂志第45期所载顾谦吉君译诗,节录于此。按语均为吴宓所作。

英诗浅释

凡　例

（一）本篇作法，系取英文诗之最精美而为世所熟赏者若干首，加以诠释。逐字逐句，不厌繁琐，力求精详。务使读者豁然贯通，胸中不留疑义。至二三十首之后，读者则可举一反三，用此篇诠释之法，自行研读其他之英文诗，皆可迎刃而解，不复待人为之诠释。故此篇实教人研读英文诗之妙法，比之坊间粗略注解者，自谓有一日之长。又诠释之文力求浅显，故名英诗浅释。

（二）诗之原理及精神，至为幽微渺茫，难以喻晓。若肆为空论，必堕五里雾中，遂浮泛而无所归宿。而诗之格律程式，亦至繁复沓杂，不便撮述。若条分缕析，必流于支蔓，且枯燥而毫无趣味。本篇以诗之原理精神及格律程式，分述于每首之下，即就此首之例而实在说明之，以见读诗、作诗、论诗，皆须就实有之篇章而研究之。先有作出之诗，而后始有原理、精神、格律、程式，故未可悬空立论，闭户造车也。

（三）异国之诗，本可不译，以原诗之神韵音节，决非译笔所能传也。兹为诠释明白起见，凡本篇选录之诗，均由编者自行译成中文。译笔不计工拙雅俗，但求密合原意，以备读者比并观之耳。

（四）读此篇者，祈先取本期《诗学总论》篇读之，否则恐有扞格之患。盖此二篇，本相辅而行者也。

【一】《牛津尖塔》（THE SPIRES OF OXFORD） 英国Winifred M. Letts女士作 吴宓译

I saw the spires of Oxford	牛津古尖塔
As I was passing by,	我行认崔嵬
The gray spires of Oxford	黝黝古尖塔
Against a pearl-gray sky.	矗立青天隈
My heart was with the Oxford men	忽念行役人
Who went abroad to die.	忠骨异国埋
The years go fast in Oxford,	岁月去何疾
The golden years and gay,	韶华不少待
The hoary Colleges look down	广场恣跳掷
On careless boys at play.	人间绝忧痗
But when bugles sounded war	一旦胡笳鸣
They put their games away.	从征无留怠
They left the peaceful river,	浅草供蹴鞠
The-cricket-field, the quad,	清流容艇棹
The shaven lawns of Oxford	舍此安乐窝
To seek a bloody sod—	趋彼血泥淖
They gave their merry youth away	事急不顾身
For country and for God.	为国为神效

God bless you, happy gentlemen,	神兮能福汝
Who laid your good lives down,	就义何慨慷
Who took the khaki and the gun	戎衣荷戈去
Instead of cap and gown.	不用儒冠裳
God bring you to a fairer place	永生极乐国
Than even Oxford town.	勿念牛津乡

(一)此诗成于一千九百十五年(民国四年),乃英国Winifred M. Letts女士所作。一时传遍各国,脍炙人口。盖欧战中最著名之篇章也。欧战亘四年余之久,伏尸数百万。各国文人学士,志切国难,咸多挂名军籍、厕身行伍。枪林弹雨之中,九死一生之际,时多著述吟咏。一以写一己之壮怀,一以激国人之敌忾。如Alan Seeger之流,本亦能诗,迨舍身沙场,马革裹尸,其诗之名乃因此而大显。凡此皆构成所谓欧战文学者,慨慷淋漓,激昂奋发,读之最足以增长吾人爱国合群之义气、急公赴难之决心者也。说部之中,如Arthur Empey之*Over the Top*,如Dawson之*Carry On*。(以上美国)如Donald Hankey之*A Student in Arms*(有第一集、第二集),如Alice Cholmondeley之*Christine*。(以上英国)如Henri Barbusse之*Under Fire*(原名*Le Feu*),如Antoine Redier之*Comrades in Courage*(原名*Les méditations dans les La tranchée*〇以上法国)等。诗之中,如Alan Seeger之"I have a rendezvous with Death"及Rudyard Kipling之"The Hun is at the gate"等,皆最风行,为人所传诵。其通俗乐歌,为众所共知者,更不必论。惟文学须具有普遍及永久之性,方得列上等,而有传后之望。欧战中之文学,气虽壮,情虽切,志虽雄,然而人各爱其国,而互相仇杀。同一旗帜,则亲如家人骨肉;偶尔从敌,则视如豺狼蛇蝎。在我则为忠君报国,

在人则为蔑天背义。故其弊也,不免狭隘之讥,专凭狠戾之气。甚或藉文章为宣传之具,受政府之津贴,求邻邦之赞助,颠倒是非,肆行谩骂。本此意而为文,有愧于所谓问题小说、问题戏曲者多矣。故欧战中之诗文,既失温柔敦厚之旨,并无据事直书之功,虽受国人之欢迎,而为他族所诟弃,则以其乏普遍性也。至其内容,多缘于此日之事变,专重一时之感情,语重心急,发指眦裂。方战之酣,人读之无不感动。然战后事过境迁,人心厌乱,恶谈兵革,则视之味同嚼蜡,且如不祥之毒鸩。且外交政治之形势时刻转变,友好翻成仇雠,强敌乃为婚媾。利害强弱之局既易,其诗文中所言扞格不合,宜为人所屏弃,则以其乏永久性也。以此之故,欧战文学虽大盛于当时,而能传于后者甚鲜。即上文所举之说部及诗,至今不三四年,而声价已大损减,余可概见。惟若此段所译《牛津尖塔》之诗及类此者,虽名盛当时,而亦必可传之后世。何以故?以其中有普遍及永久性也。读者细读之,当知其纯用诗人温柔敦厚之心、悱恻缠绵之意,而不牵入一时一地之感情、一国一党之是非。且其诗内外之美皆具,格律韵调极佳,而字义明晰、毫不费解,故首译录之也。

(二)诗之一行曰一句,积数句则为一首(Stanza)。此诗共分四首,而前后意思联贯,成为一体。第一首,兴也。作者因经行其地,睹此尖塔,因物思人,而念及牛津大学之学生皆战于欧陆,而多殒身也。第二首,追忆昔年,欧战未起之前,诸生在校,酣嬉优游,何等快乐,讵知有今日?然战起即挺身荷戈,毫无留恋,足见平日之酣嬉,乃待时而有为,非玩物丧志也。又足见牛津大学(一千一百六十七年创立)为数百年文艺之渊薮,英国人才之枢纽,及今犹足以保其令名。其所养成之士,能赴危纾难,捍卫国家也。且牛津大学向以希腊拉丁古文学为其专长,而所出人材,率皆雄图远略、定内抚外的大政治家。(所谓Empire-Builders是也〇剑桥大学与牛津大学齐名。该大学向重数理科学,乃所出之人材则以大诗人为多,如Gray、Johnson、Wordsworth、Tennyson等皆是,亦异事也。)足见古之人文教育,以智、仁、勇三德并重,造成通才,治世则可福民,乱世则足靖难。其功效之大为何如哉!(今之无知者流,妄肆攻击,其不当可知。)凡为英国人,而爱重英国之文明者,即莫不爱重牛津大学。(犹旧日吾国之视曲阜及太学也。)故作者今过牛津,亦不胜其低徊拳拳之思。读者所当知也。第三首专叙前日,欧战初起之时,诸生挺身奋起、弃学从军之情事。两两相形,舍安趋危,具见其坚苦牺牲之志。作者之于诸生,亦变怜惜而为敬重矣。上文第二首,多是怜惜之情。下文第三首,则纯然敬重之心,故曰前后思致一贯也。第四首悬想未来,直与诸生之在欧陆战死者望空对语,并祝告明神,俾若辈早生福地,视牛津犹为尘浊。此非迷信也,乃谓求仁而得仁者。其死后之乐,远胜过于生前,所以重道德,励薄俗也。通篇不及狭小国家之见、一党一族之争。超空立论,起于学术,终于明神,足见其命意之高妙。至作者感情深挚、悱恻低徊,有余而不尽。试反复读之,必可得其音律及神韵矣。

(三)此诗文法浅显,不待解释。第一首第三、第四两句〔凡此所谓一句即一行(Verse)〕,乃重复表明第一句之Spires of Oxford,文法上所谓in apposition是也。第二首第二句,乃重复表明第一句之The years也,亦同。第三首第一句之后半,及第二、第三两句,一气如贯珠,皆第一句left之目的格(Object),而逐件列举之耳。

(四)诗中单字,有宜注解者,如下:第二首第三句hoary Colleges。(此处Colleges一字,指各科各院如Jesus College、Balliol College、Magdalen College等之校舍房屋而言,矗立俯瞰,言其高也。又房屋古老亦如人老,故曰头白hoary,假借通用之词也。)第四句Careless。(无愁也,并非粗心失检之义。)第三首第一句river。(牛津大学因地得名,建于牛津镇。其地有河曰牛津河,棹艇赛船之处也。)第二句the quad。(此字乃quadrangle之简写。牛津大学中有校舍,其屋为方形,而中空为草地,名曰方形屋quadrangle,诸生藏息休游之所也。)第四句Sod。(葬身之一块地土之义)第四首第三句khaki。(梵文Khak即尘土之义,故此字乃土色土黄色之义。厥后英兵之居印度者,久以军服色系土黄,故呼军服为khaki。今言khaki但指军服而言,初不问其颜色。欧战中英美人多喜用之。)第四句Cap and gown。(即学生毕业得学位时所着之方顶帽及青袍也。英国大学生平日亦多着之者。可与吾国之青青子衿比较。)

(五)此诗之音律,至为简单,各首皆同。每首之第一、第三、第五句,皆为4AX,即Iambic tetrametre也。第二、第四、第六句,皆为3AX,即Iambic trimetre也。惟如第一首及第二首之第一句,则仅有七个Syllables。其音律之图式,为◡— | ◡— | ◡— | ◡,不足4AX之数,顾何以仍谓之4AX? 曰无误也。盖句末所缺之一重音部分,乃表示文义之停顿、语气之间歇,在诗中名为Caesura(Pause)。读诗者读至此处,应停息少顷,俟已过读一重音之时间(例如一秒或半秒)之后,乃复读下。故此之所缺,亦有深意,非偶然也。此停歇之处,本应在一句之中段。(如"一封朝奏——九重天夕贬潮阳——路八千"亦是也。)然今之多在句末者,则以若将本句与下句合为一句视之,则本句之末,适当全句之中也。何以知其然? 盖此诗之第二、第四、第六句押韵,故知其视第一、第二共为一句,第三、第四共为一句,第五、第六共为一句也。(吾国之诗多五、七言而少六言、八言者,其中实有至理。盖句末必当留停

息之处，占有一字之时间。又或其字为韵字，则将该字之音延长读之，共占有二字之时间，与此言者正同。例如“遥怜小儿女——未解忆长安——”此处女字下为句中之停歇。安字下之空，则韵字之延长也。余可类推。〇更举一例，苏轼《水调歌头》中间一段，“不知天上宫阙今夕是何年——我欲乘风归去，又恐琼楼玉宇高处不胜寒——”此处凡六字之句，皆与下句连贯，应一气读下而无停歇。其五字之句，既系韵字，必须读长音。又为文气收煞之处，应有停顿间歇，所以如此排置，始合音节也。）

（六）译文力求密合原诗之意，非至大不得已处，皆以译文之一句，当原诗之一句。原诗句简短而意明晰，且每句只三四节。故今译为五言古，摹其格，并传其神也。原诗每首之第二、第四、第六句押韵，今亦同。且译文韵字之声音，亦求逼肖原诗。故第一首用平声九佳韵，第二首用上声十贿韵，第三首用去声十九效韵，第四首用平声七阳韵。且不惟求声音之相同，更摹其高低、长短、起落之神致。凡此苦心经营之处，读者幸垂察焉。

【二】《古意》原题曰 COUNSEL TO GIRLS　英国 Robert Herrick作　邵祖平译　吴宓译

Gather ye rose-buds while ye may,	采采蔷薇英，	有花堪采直须采，
Old time is still a-flying:	迈期仍此逝。	光阴如飞去不回。
And this same flower that smiles today,	今朝此花明，	今朝含笑双蓓蕾，
Tomorrow will be dying.	明日复凋瘁。	明日凋落安在哉。

The glorious Lamp of Heaven, the Sun,	曜灵属高穹，	曈曈初日出云天，
The higher he's a-getting	赑屃升未已。	飞升直上照寰海。
The sooner will his race be run,	经天路易穷，	跳丸急转下虞渊，

And nearer he's to setting.	崦嵫复税止。	倏见夕阳已西改。
That age is best which is the first,	妙年实权舆,	人生青春苦无价,
When youth and blood are warmer	齿稚血温煦。	秾情绮貌人争夸。
But being spent, the worse, and worst	过去但成迁,	春风秋月欢场罢,
Times, still succeed the former.	韶华终无伫。	等闲衰老空咨嗟。
Then be not coy, but use your time;	揽时勿自羞,	速占凤卜托良媒,
And while you may, go marry:	傥可从嫁去。	摽梅愿得及时嫁。
For having lost but once your prine,	看汝久迟留,	莫令蹉跎心志灰,
You may for ever tarry.	芳时未知处。	终身寂寞容华谢。

(一)吾友某君尝言,统观中国历代文学,而知自东汉亡至唐之兴,中历三国、两晋、五胡、十六国、南北朝抵隋,乃一最悲观之时代也。其时华夏分崩,戎狄内侵,政治大坏,兵争不息,凡此皆可为悲观之原因。而其悲观之征象,一在哲学。崇奉老庄,高谈玄理,以放浪形骸为道德,以清净无为为功业,要皆厌世之心、出世之教,盖悲观之极之所驱也。二在宗教。是时佛法大盛,固亦有悦其中之哲理者,然以悲观之极,众心迷离痛苦,无所依宿,故急皈依,以求一安身立命之地,此外来宗教之所以骤盛也。(耶教之得大行于欧陆,亦由其适乘罗马帝国分崩之时会而传入耳。)三在文学。以曹孟德世中之雄杰,犹有"对酒当歌,人生几何"之叹。其子曹丕、曹植之诗,亦极悲忧之思。至如阮嗣宗之《咏怀》诗,忧谗畏祸,朝夕慄慄。《古诗十九首》中亦多此旨,遂成此数百年中文思诗情之定规。陶渊明有道之士,乃犹必藉饮酒以忘忧,思桃源而避世。其他文士,莫不皆然,可以一一覆按。此时代既

为最悲观之时代，其时之文学，亦遂为极悲观之文学。言为心声，信哉！

比较西史，此时代可当罗马衰亡之后，中世黑暗之初，而亦适为同时也。此吾友之说，吾深然之。今以此层按之英国文学史，则知其最悲观之时代，实为十七世纪之中叶。盖欧洲当十七世纪，实为新旧交战，科学与宗教争斗剧烈之时。其时文艺复兴已成陈迹，而宗教改革流血未已（三十年战争自一六一八年至一六四八年），政治、社会、道德、学说均有大变动。凡十八世纪爆烈出现者，实皆于十七世纪伏其根，熟其机。百年后强弱胜负之局，早于百年前判定之矣。惟然，故十七世纪之人皆感受异变，危疑惶吓。而在英国，正当伊利萨伯女王中兴之后，忽值国家分崩鼎革之时。政治革命，今固视如寻常，然弑君废帝，建立民主，在当时实惊为创见。且各处结党构兵，纷争离叛，幸得克林威尔武力削平。而攻城略地，杀人流血，民众之受祸可知。且嗣皇居外国，结厚援，暗集内应，日谋复辟。政局如此，欲人心之安定，难哉！又当革命之时，诸怪毕现。主共产者有之，倡劳工政府者亦有之，邪教异说更为纷纭。惟然，故英国之人尤深罹忧患而坚抱悲观。今就文学，以察十七世纪。英国人士，其所以求免于忧患之法，则有三派之不同。一曰逃于宗教，其上者也。如诗人 George Herbert 隐居修道，独善其身，亲信上帝，若与神接。本其恭肃纯笃之至诚，发而为颂神劝德之诗，高尚晶莹，为后人所莫及。又或如弥尔顿及 Bunyan 均欲并善天下，故投身漩涡，思有所为。迨经历种种之后，视斯世如修罗地狱，为造孽积罪之所，乃各本其悲天悯人之怀，作为 *Paradise Lost* 一诗及 *Pilgrim's Progress* 一书。意在揭明众生之罪恶，而促其忏悔，勖其皈依，所谓度己并以度人，教他人脱离忧患之方也。二曰逃于隐逸，其中者也。如 Sir Thomas

Browne及Izaak Walton等,见世之乱,遂隐居不出。自操所业,或医或商,终身享田园之乐,得山水之趣,与世人隔绝,尽发奇书读之,成为博学。而其所著作则极谲奇恢诡、琐碎支离,或渔樵闲话,无关宏旨,如*Urn Burial*及*The Complete Angler*等。然义正而约、语婉多讽,有时宗教之名言、政治之至理,忽流露于字里行间。然读者则多赏其恬淡冲和之天趣也。三曰逃于酒色,则其下者也。当时之骑士诗人如Cavalier Poets,如Richard Lovelace及John Suckling等,皆属此类。大都置身朝廷之上、行伍之中,锐意功名。再则纵情酒色,逢场作戏,以自求其乐。所作之诗,亦皆采兰赠芍之事、伤春惜别之意,以名花喻美人,视欢爱为神圣。以上三派,其行事及著作虽不同,然其急求脱于忧患,则一也。

今所选择之诗之作者Robert Herrick(1591—1674)生当此时,而与以上三派皆有相关之处。著有写情诗*Hesperides*一卷(一六四八年刊行),号称骑士诗人之一。然论其职业,则牧师也,且著有颂神诗*Noble Numbers*一卷(一六四七年刊行),固非忘怀于宗教者。其写情诗中,多述田园之风物、农家之生涯,及纯朴无知之少年男女之爱情。其恬淡冲和之趣,又似上言之第二派也。然语其大体,则作者实为写情诗人中之能手。古今写爱情及美人之诗人约分二派:一为乐天派。其立意略以韶华易逝,青春难留,故宜放浪形骸之外,及时行乐。互相爱悦之人,即宜速成眷属,即李白《春夜宴桃李园序》之意。二为忧天派。其立意略以情天恨海,好事多磨,今日花前之美人,即明日垄中之枯骨,故宜幡然改悟,解脱魔障,明心见性,匿迹销声,即《红楼梦》警幻歌曲之意。二派之方法虽不同,然皆深堕悲观,急欲逃于忧患之外,而于生命之短促、爱情之不可久长,则皆一再郑重申明之焉。英国莎士比亚同时之诗人,Elizabethan Sonnets,即多咏美人黄土之意(Love and

Death)。降至十九世纪，如Keats仍有此作。其词意均低徊缠绵、萧索悲苦，皆可谓之忧天派。若今所译之诗之作者，则乐天派也。虽然，乐天派之悲观之消极，固未减于忧天派。此则为读诗者所当知也。（上文言东汉亡后为一大悲观之时代，如唐之李白、白居易仍然悲观，但属乐天派耳。）

（二）吾昔年初读英文诗，至此首，见其词意酷似杜秋娘之《金缕曲》（劝君莫惜金缕衣，劝君惜取少年时。有花堪折直须折，莫待无花空折枝）而惊之，以为中英文诗之相同，未有过于此二首者也。然杜秋娘之诗系劝男之速娶，此诗则劝女之速嫁；杜诗劝彼少年速往采花，此则劝花之宜听人攀摘。斯其不同之处耳。

（三）此诗共分四首，词意明显，无待解释。其精神与前录《牛津尖塔》诗相反，盖彼庄严而此诙谐，彼沉痛而此洒脱，应分别观之也。论其章法，则第一首以花为喻，今日繁艳，明日萎凋，比也。第二首以日为喻，愈至中天之高处，则愈近夕阳冥坠之时，亦比也。第三首直言青春不再，老境难堪，以理动之，赋也。第四首乃题旨正面，劝女郎即谋嫁，亦赋也。

（四）诗中文法，亦甚易了解。第二首第一句之Sun即Lamp (in apposition)，其下三句之he亦即指此。

（五）诗中单字，宜解释者，仅第二首第三行his race be run。〔译言"趱毕其行程"也。按希腊神话太阳之神名曰Helios，每晨升于东海，横过中天，至晚入于西海之暗陬。以上见于荷马之诗。后之诗人，更附会而增益之，谓东海有宏壮富丽之宫，太阳神所居。每晨则乘兵车而出，驷马驾之，晚抵西海之离宫而宿，其壮丽与东海等。神之驷马食福岛(Island of the Blessed)之水草而生云云。要之，此神话不过附会日出东方而没于西方之现象耳。此处所谓"趱毕其行程"，即暗用此神话，犹言夕阳西坠而已。〕

(六)此诗之音律(metre),亦甚简单。各首皆同。每首之第一、第三句,为4AX,即Iambic Pentametre也。(第一首第一句第一字Gather,其Accent在前段不合音律,然此字乃例外,亦可偶然通融也。)每首之第二、第四句,亦为4AX,但句末均缺一读重之部分,盖留作语气之停歇也(Pause,惟此处用特别之韵,见下节。故亦可云每首第二、第四句为3AX,因用特别韵之故,遂于句末多增一读轻之部分耳)。

(七)凡表韵(Rhyme)之法,一首之中,句末之字,凡同韵者均以a表之。此外同在一韵者则以b表之。更有,则以c表之。由是类推。此诗每首第一、第三句同一韵,第二、第四句同一韵,故应以符号表之如下:abab。

惟有言者,通常押韵之法,仅句末一字之最后一部分相叶耳。如此者名为阳韵(Masculine Rhyme),又曰单韵。如此诗第一首第一、第三句,又第三首之第一、第三句,皆是也。若句末有二部分(或共在一字,或分在二字),各互相叶,则名曰阴韵(Feminine Rhyme),又曰双韵(Double Rhyme)。如此诗第一首之第二、第四句(盖fly—与dy—叶,又—ing与—ing叶),以及其余各首之第二、第四句,皆是也。又或句末有三部分,各互相叶(如tenderly与Slenderly是。见Thomas Hood之"Bridge of Sighs"诗)则名曰三重韵(Triple Rhyme),亦可名为阴韵。(总之,凡二重以上之重韵,皆可名为阴韵。)此外并有四重韵(如meditation与destination是),然不常见也。

(八)译文 兹所录之诗,由二人分别译出,读者比并而观之可耳。惟此诗虽依原式,写作四首,然前后意思句法均联贯,读者应当作一篇五言或七言古诗读之,不可作数首绝句读也。

(甲)邵祖平译 五言,逐句译。意思力求密合原文。原文每首间句为韵，今从之。仍双押趁韵，惟自由取韵，不摹仿原韵之字音。

（乙）吴宓自译　七言，亦逐句译。意思力求密合原文。惟窃意凡译笔欲达原作之精神，必当力摹原作之文体。原文矜炼，则译笔亦宜矜炼。原文朴直，则译笔亦宜朴直。原文多用典故（Allusions），则译笔亦当多用相当之典故。原文不入词藻（Figures of Speech），则译笔亦不宜入词藻。此诗原文简洁明显，流利俊快，译者自当仿效。似以拟白香山体为最宜，但自愧工力未逮，故所成者粗疏浅陋，以视邵君所译，珠玉在前，相形见绌矣。读者谅之。原文每首间句为韵，今从之。惟双韵趁韵而外，且摹仿原文韵脚之字音。如原文第一首，第一、第三句之韵字，为may、day，今故用十贿韵之采、蕾二字。又如原文第二首，第一、第三句之韵字为sun、run，今故用一先韵之天、渊二字。余皆同，可以类推也。

（九）又此诗之源流，有可得而记。先是纪元后四世纪（约三百七十年前后）罗马诗人Ausonius（生于今法国之Bordeaux，任Trèves大学文法及修辞学教授，著有诗集*Idyllia*一卷）所作《玫瑰花》（De Rosis Nascentibus）诗，其末句云：

> 拉丁原文Collige, virgo, rosas, dum flos novus et nova pubes.
> （英译Pluck roses, girl, in bud, whilst thou art young.）

即此诗第一首之词意也。至十六世纪，意大利诗人Torquato Tasso（1544—1595）著《圣地恢复纪》（*Jerusalem Delivered*）之长诗（一五七六年成书，一五八一年刊行）引用之。其诗之第十六出Canto第十五首Stanza云〔今所录者为J. H. Wiffen之英文译本（1824）〕：

> ...Then gather the rose in its fresh morning beauty,

The rose of a day too soon dimmed from above;
Whilst, beloved, we may love, let — to love, be our duty,
Now, now, whilst'tis youth, pluck the roses of love.

而英国之诗人 Edmund Spencer（1552—1599）著《仙后》（*Faerie Queene*）之长诗。（一五九〇年至一五九六年刊行。）其诗之第二卷第十二出第七十五首，则节译此意大利诗一段，加以变化而用之。如下：

"Ah see," she sang, "the bashful blushing rose
...how soon it droops and fades;
Nor seems the same rich blossom of delight
Desired so much in songs and serenades,
By thousand amorous youths and thousand blooming maids!"

又未几而 Robert Herrick 出，作成兹所译录之诗。其第一首之词意，实出于是，特未能明断其溯源直取之罗马诗人 Ausonius，抑近取之英国先辈 Spencer 耳。由此可见诗人取材，常相辗转沿用，毫不避忌。苟能融化而善用之，甚或青出于蓝，即不可以模仿讥之。英文诗与中国之诗同。彼专以不用前人片词只义为创造之妙法者，可以悟其非矣。

［附录］

顷见《明德》半月刊（湖南长沙明德学校出版）第十五期所载吴芳吉君亦译此诗，题曰《告女儿》。兹录吴君所译如下，以资比较。

韶华去如飞　且摘而蔷薇　今日花如笑　明朝花就痿
相彼明明日　升彼天高处　惟高则易倾　转瞬成昏暮
人生惟少年　青春血气好　过此衰复衰　终身只烦恼
从今莫畏羞　待年行且字　盛会倘蹉跎　汝将长留滞

【三】《挽歌》(REQUIESCAT）　英国安诺德 Matthew Arnold 作　吴宓译

Strew on her roses, roses,　　采来桃李花
And never a spray of yew!　　勿献松柏朵
In quiet she reposes;　　羡渠得安息
Ah, would that I did too!　　劳生仍独我

Her mirth the world required;　　举世但追欢
She bathed it in smiles of glee.　　强颜为歌舞
But her heart was tired, tired,　　生前谁见怜
And now they let her be.　　久矣渠心苦

Her life was turning, turning,　　珠喉裂弦管
In mazes of heat and sound.　　血汗逐香尘
But for peace her soul was yearning,　　孽债速偿了
And now peace laps her round.　　黄土可栖身

Her cabin'd, ample spirit,　　小鸟困樊笼
It flutter'd and fail'd for breath.　　娇喘怨逼窄
To-night it doth inherit.　　今宵从所适

The vasty hall of death.　　　　广漠此窀穸

（一）论安诺德之诗　安诺德（参观本志第十二期插画，至其学说，本志曾屡引之）之诗才，常为其文名所掩。世皆知安氏为十九世纪批评大家，而不知其诗亦极精美，且所关至重，有历史及哲理上之价值。盖以其能代表十九世纪之精神及其时重要之思潮故也。安诺德深罹忧患而坚抱悲观。然生平奉行古学派之旨训，以自襮其郁愁为耻。故为文时深自敛抑，含蓄不露。所作者光明俊爽，多怡悦自得之意，无激切悲丧之音。惟作诗时则情不自制，忧思牢愁倾泻以出。其诗之精妙动人处，正即在此。因之，欲知安诺德之为人及其思想学问之真际者，不可不合其诗与文而观之。十九世纪英国诗人之最悲观者二人，一即安诺德，一为安氏之至友克罗（Arthur Hugh Clough，本志第六期《葛兰坚论新》篇中曾引其诗）。二人作诗之方法虽不同，而旨趣及情感则如一，皆恶近世之过重物质及权力，事务纷繁而思想淆乱，致高明纯一之人，萎靡挫阻，不能有所施为。而尤苦世变之来，宗教道德失其信仰，人心旁皇忧疑，无所依归。欲另求一新信仰，以为立身行事之标准，而卒不可得。如舟浮大海，遇风失舵，四顾茫茫，莫知所之。于是群情惶骇沮丧，而感锐思深之士，尤抑郁悲愤，莫能自遣。安诺德及克罗之诗，皆写此种已失旧信仰，另求新信仰而不得之苦。夫二人皆天性笃厚，识高学博，而仍不能得一安身立命之地者，时为之也。吾侪生当其后，承十九世纪之余波，世变愈烈。安诺德等之所苦，皆吾侪之所苦，而更有甚焉。且中国近三十年来政治、社会、学术、思想各方变迁之巨，实为史乘所罕见。故生于今日之中国，其危疑震骇、迷离旁皇之情，尤当十倍于欧西之人。则吾侪诚将何以自慰，何以自脱，何以自救也？呜呼！此吾之所以读安诺德之诗而感慨低徊不忍释卷也。世有高明之士，尚乞有以教我哉！

在昔欧洲中世，学术思想，统于一尊。欧洲之人，咸心悦诚服，虔信上帝。而耶教仅有天主教而无异派，其所定之信条仪式及规律，全欧之人悉恪遵奉行，莫之或外。至于政治，则行封建。各地之王公诸侯，名义上悉隶属于神圣罗马皇帝之下。彼神圣罗马皇帝及教皇，皆上帝之臣仆，受命而宰制人寰者，故不惟政教各自统一，且政教相合，互为表里。此外如拉丁文为各国各族公用之语言文字，举凡政令之颁布、狱讼之判决、诸侯之于盟聘、学者之所诵述，无非拉丁文。其他风俗、礼节、衣饰等等，各国亦均无大异。故中世乃极端统一之时代，虽近人讥其摧残个性，阻碍思潮，并时有争战、疫疠、荒歉之事，然处此统一之世局之下，以有共同之信仰，人心得所依附。故有安闲稳固之态，少忧愁怨乱之思，无惑无惧，似非后世所可及也。

自宗教改革以还，耶教分崩，各宗并立，将谓孰真孰伪、孰正孰邪？人心之信仰遂失，其苦乃甚。又各国独立自主，政俗一切亦渐失其统一，各自别异。至十八世纪，为新旧倾轧、异说蜂起之时代，其极遂为法兰西大革命。既经此变，而封建制度之遗迹乃扫荡无遗，而中世统一之精神完全澌灭不可复睹矣。故入十九世纪，凡百分崩离析，杂糅散漫，至于极地。学术思想纷纭万端，旧日之宗教道德悉遭屏弃。而人心乃旁皇无主，歧途百出，莫知所从。且政治社会之改革，一时未见收效，世乱日甚，民生之苦不减。十九世纪之中叶，实为迷梦顿醒之时（Age of Disillusion）。其时高明闳识之士，皆深致忧戚，以为破坏之局已完而建设难期，旧者已去而新者未立。譬之栋折榱崩、石飞瓦散，而风雨飘摇、栖身无所。安诺德之诗所谓“wandering between two worlds, one dead / The other powerless to be born”者是也。当此青黄不接、危机一发之世局,所以救之之道将奈何?又宗教如为群治之根本、人心之归宿,则倡言救世者,对于宗教将如何主张耶?是时诸家并起,各以其帜相号召:

(1)如英之马考黎(Macaulay)等,则专重人事之改革、有形之设施。以为工场栉比,学校林立,军备修整,版图增拓,便为国福。更若选举权普及,监狱改良,教育强迫,信仰自由,数者既已实行,人民自必日进于康乐,无庸他虑。不知政令制度,不能移易人性,苟无术感化人心,使向善去恶,则世终不治。况兹所言数者,多陷于一国一族,帝国主义,非为全世谋也。国与国争,侵略争夺,动辄大战,流血伏尸,可云治耶?

(2)如法之孔德、雷南(Renan,其《科学之未来》一书,实成于一八四八年),英之约翰·弥勒、赫胥黎等,则崇信科学。以为科学进步,新事物、新方法之发明日多,生财有道、富源益辟,全体人民之衣食住均可丰美如意,无复饥寒枯瘠之人。故科学之造福人群,使之无欲不遂,可预卜也。不知科学之于人生,乃一种方法而非目的。夫得陇望蜀,人之常情,但事供给所欲,决无厌足安乐之时。而况科学用之不慎,则但制造机关枪、氯气炮、潜水艇,为杀人之利器耳。

以上二派皆谓世之治、人心之安,无需乎宗教也。至如:

(3)英之白朗宁(Browning,参阅本志第十一期插画)则谓宗教固不可缺,然今日者,旧宗教虽去,新宗教业已产出。人皆自信具有绝大志愿、绝大力量,竭力奋斗,不挠不屈,无忧无悲,且能牺牲一己、裨益群众,为社会服务,为后世造福。此种新宗教已渐普及于人心,比之旧宗教有过之,无不及也。虽然,白朗宁之宗教,不足为宗教,特人心中一种神秘而兼浪漫之感情耳。以此为宗教，虚空渺茫不可恃也。且社会服务与人道主义等等，不惟时流于矫饰，难期于多数；且往往利小而失大，福一而弃百，而又有亲疏厚薄轻重倒置之嫌焉。

（4）如英之Pre-Raphaelites派，则主以美术代宗教，谓人能专心致志于绘画、雕刻、音乐等，则自有其无上之乐，世中烦恼不足以动其心，且日进于高尚纯洁之域。不知所谓无上之乐者，常为一种淫靡柔冶之感情，体肤之欲，非精神之诚也。以此为宗教，亵渎实甚，匪特恶莠乱苗而已。彼以欣赏圣母像之美而自命为天主教信徒者，是欺人之事也。

（5）如英之卡莱尔（Carlyle）等，则谓人必有所事，苟能以全力经营之，则可忘忧患。今日宜作今日之事，不忆昨日，不问明日。往者不究，来者亦暂不计及，但能精心所业，即身在天国矣。此义德之葛德（Goethe）亦曾言之。虽然，欲以事业代宗教，则先当辨其为何种事业。昔亚里士多德以潜思静虑为最高尚之事，而近人则但以手工贱役及其他有形之操作为事业。至性命玄虚之理、存养修省之功，则尚不得为事业。此其去宗教岂不甚远哉！

以上诸说，均未能为救时之药，于是：

（6）如法之De Maistre及Lamennais，英之Newman及Kemble等，乃倡言复古。谓今时之弊在无宗教，与信仰不统一，则惟有复返于中世之情状，尽废各派，而同归依天主教，俾可定于一尊。而天主教亦不可改革，昔日之信条仪式等，仍当恪遵奉行。众惟虔心服从，不必自用思想，妄为判断，则烦恼自除而人心可安矣。

安诺德生当其时，于前述五派之说固不赞许，而于此复古之主张亦不乐从，且明斥其非。盖安诺德注重理智，以为科学发达，迷信既已破除，今古异情，安可复效中世？且即强为之，则如纸已着墨，涤之难去。无论如何热诚皈依，人心中终存怀疑之念，邪虑横生,断不能如昔人之浑然无知,一往虔敬。故复返中世之说,在理固不可,在势亦断不能行也。且安诺德以为救时当用希腊之学术思想,由智慧进于光明,不宜厉行希伯来之教理,专重实行与服从也。安诺德固深信宗教之不可缺,但谓宗教须破除迷信及旧规,而不悖于理智。然何以臻此,则安诺德亦实无办法。譬之人心世局之病,安诺德身为名医,察知其病源,又知他医用药之不当,然己亦无术以愈之,则亦徒唤奈何,于是大苦。

安诺德之诗,即专写此种伤感者也。旧宗教既衰竭,无新信仰以代之。己心欲信一教,而己之理智又不许为,于是郁苦惶急之至,而一写之于诗。今细绎其诗,强索安诺德所以自慰自救之法,则见其颇近于古斯多噶派(Stoicism)之教旨,即谓人须平心静气,尽力于己所当为之事。又用修养工夫,使此心不为外物所扰。无论事境如何,吉凶祸福,喜怒哀乐,均不足以动吾之心。彼宇宙中天然之物,如星如日月,或止或行,各有定程,万年如一日历久不变,皆为吾人所宜取法者也。安诺德之诗,如Quiet Work、Resignation、Self-Dependence等,皆写此意最明显者。然究之此乃一种消极而非积极之办法,强勉忘忧,未能即为大乐。惟诗以宣泄感情为主,与哲理及批评异,故虽不能示人以终极之归宿及正当之出路,亦固无害其为佳诗也。

由上所言,故安诺德之诗有二特性。一曰常多哀伤之旨,动辄厌世,以死为乐。(今所译之诗是也。)又多作为挽歌以寄其情,或挽己之亲故(如"A Southern Night"则伤其弟之死于旅途,"Rugby Chapel"则吊其父之墓,"Thrysis"则挽其至友克罗),或挽世中之人(如巴黎著名女优"Rachel"三首),或挽所蓄动物(如"Kaiser Dead"则挽其所爱之猫,又"Geist's Grave"则吊其所爱之犬)。要之,皆托辞以寄慨,实写宗教信仰之已失而不可复得耳。

甚至如写风景之诗（如“Dover Beach”实写耶教信仰之消灭）、吊古人之作（如“Obermann”及“Empedocles of Etna”），亦皆藉以自况而寓此意。读之只觉其幽深绵邈，呜咽慨叹，无往而非哀音也。二曰常深孤独之感。作者自以众醉独醒，众浊独清，孤寂寡俦，又以身之察察而受物之汶汶，既不能与世中各派之人勉为同调，而亦不为各派之人所谅，横遭诽诋，忧思郁结，无可告愬，只得自为问答（如“Youth's Agitations”），或呼星月木石而共语（如“Self-Dependence”）。此安诺德一身之孤独也。又凡人与人之间，情意隔阂，终不能互喻，且处茫茫大千之中，人类全体亦为孤独，前不见古人，后不见来者（见“*To Marguerite: Continued*”）。而物类亦为孤独，禽兽不能达其意于人（如“Giest's Grave”）。甚至天然之物，亦均孤独。譬彼高峰，突出云表，只与星月之寒光近接，而与尘世隔绝。又如彼旭日，照临下土，其功至伟，然东出西没，无人陪伴，壹志孤行。如此地球，厚德载物，旋转运行，无或少息，而呻吟痛楚，无人怜惜，无人襄助（见“In Utrumque Paratus”）。综按以上云云，盖皆安诺德托物寓意，以写一己曲高和寡、守道行志、终身孤独之情况也。

安诺德之诗之佳处，即在其能兼取古学、浪漫二派之长，以奇美真挚之感情思想，纳于完整精炼之格律艺术之中。如上所言，哀伤之旨、孤独之感，皆浪漫派之感情也；然以古学派之法程写出之，故所作之诗，词意明显，章法完密，精警浓厚，锤炼浑成，不矜才，不贪多，无一冗笔，无一懈字，所以难能而可贵也。安诺德虽为奉行古学派之人，然其诗绝少希腊罗马之题目，间有一二（如“Merope”及“Empedocles of Etna”及“Stagnius”），亦皆借题发挥，名为吊古，实为伤今。名为述往，实则自叙。故安诺德所以为古学派者，乃以其诗之形式，非以其诗之材料也。安诺德用古学派之法程,故其诗以Sonnet为最佳。盖此种诗体只有十四行,格律精严,一切有定,不容驰骋,故最适宜于作者也。或讥安诺德于诗短于写情,又不善叙事,绝少生动活泼之致。斯言固是,安氏所作叙事诗绝少(如"Sohrab and Rustum"虽为众所称赏,然非安氏得意之作,且此篇最不足代表安氏之为人与其诗格也),而说理之诗至多,然其写情之才不能谓之缺乏。盖安氏所写者非寻常男女欢爱之情,亦非天伦骨肉之情,乃另一种之情,即上所言,由宗教信仰已失不可复得,人心无所归依之痛苦。此为十九世纪之人所共有,亦二十世纪之人所同具,而惟安氏感受最烈,故写来亦最美满有力。此其情至深且大,读其诗者靡不为之动,又乌得谓安氏短于情趣哉?

安诺德之诗皆其少年所作,最佳之篇章多成于三十以前。而三十八岁以后,则几于未尝为诗。寻绎其故,盖有三焉。(1)安氏之诗情思并深,内外皆工,精湛细密,惨淡经营,然当时之人不加欣赏。即至友克罗,犹痛诋其失,安氏遂兴趣索然。(2)安氏之诗皆写世变之感触及无信仰之苦,词意哀伤,始终如一。所作诗既多,情文皆已用尽,故不能再作。异乎他人之以诗为业,命题挥毫者也。(3)安氏年渐长,学识益进,恪奉古学派之旨训,以自襮其郁愁为失德,且治心工夫愈严,修养进功,牢愁略减,故遂无发舒倾泻之必要云。

(二)今兹所译之诗,题曰《挽歌》("Requiescat",一八五三年出版,然当早已作成),托言吊某歌妓舞女,而实则写生人厌世之思。仍本于宗教信仰已失之痛苦,与安诺德前后所作各诗均为一贯也。兹更分释之。(1)其表面之意,则挽此歌妓舞女也。略谓此女生时,以色艺事人,形劳神匮,诸客惟事日夕追欢,无能谅其生涯之苦。今死矣,可得安息,无惊无扰,故人皆吊之,而吾独为此女庆幸。吾且自恨不能随之同死，以享大乐，而犹生息斯世以受苦也。（与安诺德同时英国诗人有D. G. Rossetti者，约于一八五〇年作“Jenny”一诗，亦写妓女之苦，作为某游客自叙。略谓吾涉身花柳历年已多，惟于某夜至此妓家，拟留宿焉。已而妓自舞场归，醉惫不胜，倒卧于榻上。吾欲醒之而意良不忍，遂听其酣睡。吾则枯坐室中达旦，望壁上时钟，思潮起伏，顿若有悟，乃知欢乐场中苦痛至深，而人不省。即如此女生涯之劳苦卑下，综其始末，实为世界最可怜之人，而市贾狂徒纷纷扰扰，谁解惜花，莫嫌伤德。吾向亦不察，念此大悲。已而鸡声喔喔，天已破晓，妓仍未醒，吾乃置金钱一块于其枕畔，潜身径去，从此誓不再入平康矣云云。按此诗与安诺德之作似同而实异。盖此诗叙妓女身世之苦，乃人道至义之盛情，其所悲悯者至妓而止，别无寓意。故可为社会改良之警钟，而初无悲天悯人之深思也。）（2）其中所寓之意，即著精神之苦与厌世之思也。略谓今世之所图者，物质而已，机械而已，功利而已，权力而已。（第三首第一、二句。）扰攘纷争，无或止息。彼庸众溺于声色酒肉之乐，恣意欢笑，流连忘返，如醉如狂。（第二首第一、二句。）而高明深思之士，以及清醒恬适之人，则其精神异常郁苦，视世中之生活为卑污狭隘，劳生挫形，不可一日居。反不若死去，归于混茫太虚之境，无拘无束，而长得安息也。（彼女之生涯即以喻今人之心境，亦即所谓时世之精神是也。）

（三）原文第一首第一、二句，直译曰以玫瑰花覆洒女身，而勿用水松（Yew-tree，又译扁柏）朵。盖西俗吊死送葬者，例以水松枝针所编之朵献于柩前或墓侧，以志哀戚。而遇婚礼等事，则致玫瑰花，以志喜庆。今送丧而命用玫瑰花者，盖谓此女之死实为可乐，并不足悲，故宜贺之，不宜吊之也。译者以吾国坟园多长松柏，又送柩入土常用柏朵，而玫瑰非吾国诗文中常见之花，桃李与之性质为近,故译文云云。原文第三首第一、二句,以歌场回旋之舞态,比生涯流转之情形,衣裙蹁跹,笙管吹沸。繁华缛丽,扰攘纷纭,而个中人形惫神劳,以至于死。哀哉!此段笔意至妙,译者愧不能曲曲传出,不得已略易其词,读者谅之。

(四)此诗之音律,与前所译《牛津尖塔》诗(见本志第九期)同。即每首之第一、第三句为4AX,惟句末皆缺一重音之部分,而第二、第四句则均为3AX。

(五)此诗每首之第一、第三句叶韵,第二、第四句亦叶韵。即为ab,与前所译《古意》诗(见本志第十二期)同。今因强效之或反致意思不自然,故只以第二、第四句叶韵,以符中国诗体。

失望(DESPONDENCY) 英国安诺德 Matthew Arnold 作 徐书简译

The thoughts that rain their steady glow 思潮泻光辉
Like stars on life's cold sea, 若星照生命
Which others know, or say they know— 世人或觉之
They never shone for me. 嗟余终掩映

Thoughts light, like gleams, my spirit's sky, 思潮烛灵魂
But they will not remain. 斯须不肯住
They light me once, they hurry by; 相期刹那间
And never come again. 杳如黄鹤去

有所思(LONGING) 英国安诺德 Matthew Arnold 作 邵森译

Come to me in my dreams, and then	愿梦中兮君来
By day I shall be well again!	舒白日兮余怀
For so the night will more than pay	昼恹恹兮望违
The hopeless longing of the day.	酬长夜兮无涯
Come, as thou cam'st a thousand times,	东皇降兮阳池
A messenger from radiant climes,	宛君来兮千回
And smile on thy new world, and be	睨兹新土兮倩笑微
As kind to others as to me!	哀众人兮莫余差
Or, as thou never cam'st in sooth,	
Come now, and let me dream it truth,	身不来兮聊将梦以真持
And part my hair, and kiss my brow,	柔荑既掠我蓬鬓兮朱唇又熨我愁眉
And say: my love! why sufferest thou?	扣君欢兮胡为乎心伤悲
Come to me in my dreams, and then	愿梦中兮君来
By day I shall be well again!	舒白日兮余怀
For so the night will more than pay	昼恹恹兮望违
The hopeless longing of the day.	酬长夜兮无涯

按以上所录二诗(《失望》《有所思》),与安诺德之《挽歌》意旨相同,故今不加诠释云。

【附录】《学衡》第十二期本篇登有邵祖平君及编者吴宓所译Robert Herrick之《古意》(Counsel to Girls)一诗,顷见《明德》半月刊(湖南长沙明德学校出版)第十五期所载吴芳吉君亦译此诗,题曰《告女儿》。兹录吴君所译如下,以资比较。

韶华去如飞　且摘尔蔷薇　今日花如笑　明朝花就痿
相彼明明日　升彼天高处　惟高则易倾　转瞬成昏暮
人生惟少年　青春血气好　过此衰复衰　终身只烦恼
从今莫畏羞　待年行且字　盛会倘蹉跎　汝将长留滞

——本文原连载于1922年9月出版之《学衡》杂志第9期(凡例、《牛津尖塔》)、1922年12月出版之《学衡》第12期(《古意》)及1923年2月出版之《学衡》第14期(《挽歌》)。

英诗之韵律形式

壹　中西诗之韵律比较表

一、简表

	中国		西洋		
				近代意、法、德、英、美、俄 etc.	
	古体诗	近体诗	古代 希腊、罗马	古体诗	近体诗
韵 Rhyme					
律 Metre		仄声(高音) | 平声(低音)—	长音— 短音◡	重音— 轻音◡	重音— 轻音◡

Pitch metre　　Quantity metre　　Accent(stress) metre

二、详表

<table>
<tr><td rowspan="2">中国</td><td>古体诗</td><td>近体诗</td></tr>
<tr><td>有韵　平声　韵
　　　仄声
　　　可“通韵”,又可“换韵”。
(无律)</td><td>有韵　平声韵,30韵严分,
有律　仄声(高音)|
　　　平声(低音)—</td></tr>
<tr><td>西洋古代
希腊、罗马</td><td>有律　长音—
　　　短音◡
　　　(原定符号)</td><td>(无韵)公元后十二世纪,始有韵出现。</td></tr>
<tr><td rowspan="2">西洋近代
意、法、德、英、美、俄等国</td><td>古体诗</td><td>近体诗</td></tr>
<tr><td>(无韵)
有律　重音—
　　　轻音◡
　　　(符号借用)</td><td>有韵
　(1)先以各字之首同字母(Alliteration);
　(2)决有“不完全”之尾韵(Assonance);
　(3)终乃有“完全”之尾韵(Rhyme),
有律　重音—
　　　轻音◡
　　　(符号借用)</td></tr>
</table>

贰　诗之定义

古希腊人〔如亚里士多德(Aristotle,388 B.C.—322 B.C.)在其《诗学》中所论述〕按其内容分文学为二类:

I. 诗——创造出的文学作品：

ποίημα（Poem）一首一篇诗

ποίησις（Poesy）诗 Poetry

ποιητής（Poet）诗人

（Maker）作者

II. 史——研究所得之资料（记录）ιστορία (History) 历史：

而按照希腊文学发展之历史（如下图）过程，则先有诗，后有文：

史诗（Epic） 情诗（Lyric） 戏剧（Drama）	诗——有诗（Metre）之文学作品（或体裁）。
历史（History） 哲学（Philosophy） 雄辩（演说，Oratory） 与修辞（Rhetoric）	文（或散文）——无律（Metre）之学术著作（或体裁），按 Prosa（拉丁文）即 Prose（英文）一名，出于罗马人，乃“直说”之义。

于是（自此以后）遂以形式分矣。

广义的“文学”（一切书籍、写作）：

I. 诗——有律（Metre）之作品

II. 文——无律（Metre）之作品

（不问内容）

宓按：希腊、罗马之诗，根本无韵，一律无韵（Rhyme），古昔定名之时，从未想到韵之问题；而西洋古代以及近代之诗，始终皆以律（Metre）之有与无划定 Poetry 与 Prose 之界限……译 Poetry 曰“韵文”，或译 Prose 曰“无韵文”者，乃极明显之错误，必须改正。但 Prose 可译为“散文”，并不错：因，在中文，骈文与散文对举,二者皆无韵(散文亦是无律之文)也。

叁 英诗之韵律

英文(英语)以日耳曼(条顿)语系之德文为父,而以拉丁文语系之法文为母。在英语中(亦如在德语中),音之轻重分别(轻音与重音)极为显著(法语则不然);故英诗必须用轻重音律(Accent Metre),势极自然。至于韵之问题,则分二派:(甲)派,笃旧、好古之学者,一意效法古希腊、罗马之诗法,坚持不用韵(如 Milton 犹斥韵为"the new invention of a barbarous age"[①]),且强用英文中之重音与轻音,替代、摹仿彼希腊、罗马诗中长音与短音之位置与工作;(乙)派,普通人民,则愿遵照英语之性质,顺从实际而自然之趋势,在民歌及音乐歌唱中早已用韵,而刻意为诗之诗人,效法近世先进国文学之办法(十五、十六世纪取法意大利,十七、十八世纪取法法兰西),更一律用韵且精心讲求,由用韵表现其技术之工妙。最后之结果,为二派合流同归,而现存之英诗遂具有(甲)古体诗与(乙)近体诗之二类形式与体裁。

英诗每行(line)之音律单位,名曰节(foot)[②]。

其	(一)Iambic	每行一节,名曰 monometre
形	(二)Trochaic	每行二节,名曰 dimetre
容	(三)Anapaestic	每行三节,名曰 trimetre

① 约翰·弥尔顿在《失乐园》前言中表达了对"韵"的否定态度,认为韵是"一个野蛮时代的新发明"。

② 英诗中每个节有重读、轻读之分,不同重读、轻读规律所对应之形容词则作者所举之抑扬格(iambic)、扬抑格(trochaic)、抑抑扬格(anapestic)、扬抑抑格(dactylic)、扬扬格(spondaic)。按诗行(line)中组成音步(foot)数量,可分为文中所举之单音步(monometre)、双音步(dimetre)……八音步(octametre)诗行。

词　　（四）Dactylic　　每行四节，名曰 tetrametre
名　　（五）Spondaic　　每行五节，名曰 pentametre
　　　　　　　　　　　　每行六节，名曰 hexametre
　　　　　　　　　　　　每行七节，名曰 heptametre
　　　　　　　　　　　　每行八节，名曰 octametre

取前五者之一，与后八者之一相配合则得各种行（line）音律名称。如：Iambic pentametre，5◡—。

节之形式，主要者有以下四式：（一）Iambus ◡—，（二）Trochee —◡，（三）Anapaest ◡◡—，（四）Dactyl —◡◡，附（五）偶一出现 spondee ——◡。

（借用中国诗中相当之名目）：

（甲）古体诗——无韵

（乙）近体诗——有韵

而每一诗人则各体并作，随其题及兴趣而自由采用之焉。兹分述如下：

肆　英语古体（无韵诗）

古体诗之惟一主要形式，是名“无韵诗”（Blank verse，直译则为“空白诗”）：

1. 每行必为5◡—（Iambic pentametre）。

2. 绝不用韵。

3.（1）音律的结构及分段（metrical construction & division）……（2）文法（词句）的结构及分段（Grammatical construction & punctuation），二者不相关合（各走各路，譬如用纵横格纸钞写文章）。

4. 主要用于长篇诗中,其每段(paragraph)亦可甚长(须一气读下)。内容(题材)多为深思独往的哲理诗,或本末详备的叙事诗。

5. 最著名之例:(1)莎士比亚(Shakespeare)的戏剧;(2)弥尔顿(Milton)的《失乐园》(*Paradise Lost*);(3)Wordsworth(韦次华斯)的《旅行》(*Excursion*);(4)丁尼生(Tennyson)的《亚瑟王古曲》(*Idylls of the king*);etc.

附言:常有摹仿古希腊、罗马诗人之短诗,称为Alcaics, Sapphics等者,句末乃用韵:此虽系摹古,而非真纯之古体诗(甚似中国词中之"小令"),今暂置之不论。

伍　英诗近体各式举要

近体诗一律用韵,其最重要之形式(体裁)如下:

(一)十四行诗(Sonnet,或又译音曰"商籁",甚不妥;直译应曰"小曲"):

1. 每首14行,每行必为5◡—(Iambic pentametre)。

2. 其结构及韵式,有以下三种之不同:

意大利式:弥尔顿、韦兹华斯用之

前八行,名曰Octave,为一段,用作叙述。

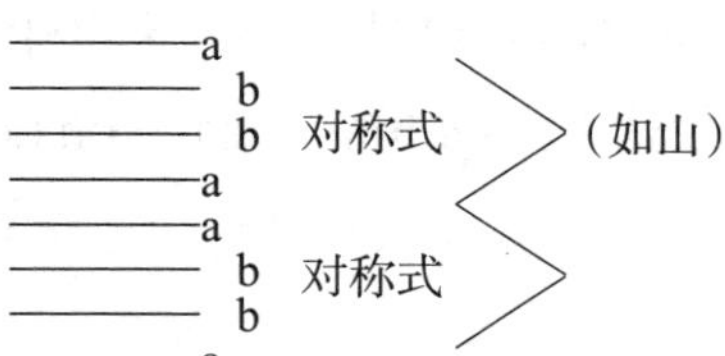

后六行，名曰 Sestet，为一段，用作评断。

两 e，两 d，两 e 可以任何次序排列，

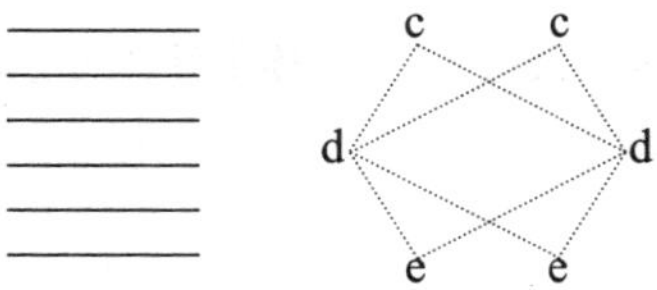

（网线式）

英国式：(I)莎士比亚式

列举事例，每四行，为一段，名曰 Quadrain。

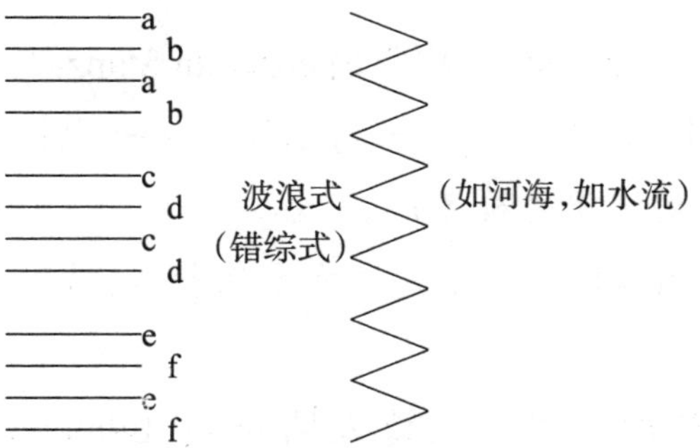

末二行为一段，名曰 Couplet，作出结论。

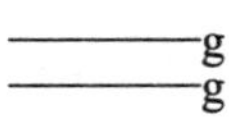

英国式：(II)斯宾塞式

分段与莎士比亚式同，但各段之间互相连锁，以前一段之末韵，作后一段之起韵，较为整密，内容亦一层更进一层，不是平排。

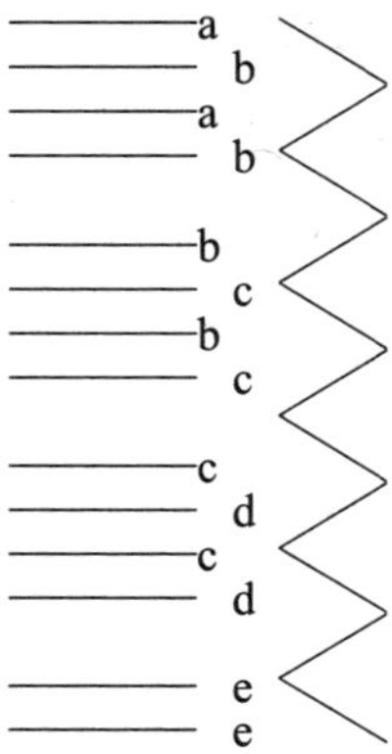

(亦是波浪式,而有逐步升高之意味)

(二)九行诗——原名斯宾塞体(Spenserian Stanza):

1. 每首9行,前8行为5 ◡—,末行则为6 ◡—,名曰亚历山大式(Alexandrine,法国诗用之最多)。

2. 其韵式为ababbcbcc(由斯宾塞式十四行诗,截取其前九行之韵式,即得)。

3. 此体为伊利沙白时代之诗人斯宾塞(Edmund Spenser,1544—1599)所创,在其《仙后》(Faerie Queene,1596)中用之。以后多用于长篇叙事兼抒情诗,如拜伦之《哈罗德纪行诗》(Childe Harold's Pilgrimage)四卷,最有名。

(三)八行诗(Ottava Rima):

1. 每首8行,每行皆为5 ◡—。

2. 其韵式为abababcc。

3. 此体为意大利名小说家卜伽丘(G. Boccaccio,1313—1375)所创,在其Filostrato[①](1347)诗中用之。其后讽刺兼滑稽(意大利)诗人普齐(L. Pulci,1432—1487)在其《大魔王》(Morgante Maggiore)亦用之——拜伦即效之而作《唐璜》(Don Juan)十七曲

① 今译《爱的摧残》,或《菲洛斯特拉托》。

(1818—1824)。

(四)七行诗——原名国王体(或御制体,Rhyme Royal):

1.每首7行,每行皆为5 ◡—。

2.其韵式为ababbcc。

3.乔叟(Chaucer,1340—1400)始创此体,用于其所作Troilus and Criseyde[①]诗中。后有苏格兰国王詹姆斯一世(James I)被英人捕去,在英国幽囚十八年(1406—1424),狱中作诗,用此体,名曰《国王诗歌集》(*Kingis Quair*),故此体遂名为国王体。

(五)四行诗(Quatrain):

1.每首4行,每行皆为4 ◡—。

2.其韵式为abab。

3.时常连缀多首,如T. Gray所作《墓间夕吟》[②](Elegy written in a country church-yard,1751),其最著名之例也。

(六)三行连锁诗(Terza Rima):

1.每行十一音,◡—◡—◡—◡—◡—◡。

2.其韵式为aba bcb cdc ded efe……etc.;如是连下,至一百数十行之长篇。

3.此体为意大利人但丁(Dante,1265—1321)所创,用于《神曲》中——雪莱(P. S. Shelley)之《西风歌》[③](Ode to the west wind)效之。

(七)双联诗(Heroic Couplet,昔罗马诗人Ovid,作诗叙述古之名人或英雄,题曰"Heroides"[④];每行为5 ◡—,但无韵。今此体每行皆是5 ◡—,本于Ovid,故借其名曰Heroic体,不可译为"英

① 今译《特罗勒斯与克丽西德》。

② T. Gray《墓间夕吟》,即托马斯·格雷《墓畔挽歌》。

③ 《西风歌》,今译《西风颂》。

④ 即奥维德《爱经》,又译为《女杰书简》《爱的艺术》等。

雄诗”也）：

1. 每行皆是5 ◡—，但每两行为一韵，即是aa bb cc dd……一直连下，成为数百行之长篇。

2. 每行皆有抑扬↗↘，中间有一停顿处（caesura）。

3. 文法之结构与音律之分段，必相密合。

4. 用于长篇说理或叙事诗，乔叟（Chaucer）先已用之。在十七世纪末及十八世纪最风行，几成惟一诗体，所谓“古典时期”是也。其代表诗人为Dryden（1631—1700）及Pope（1688—1744）。近体诗中，双联诗为最主要者。

——本文系1962年3月29日，吴宓在西南师范学院外语系演讲稿。

牛津尖塔诗

昔予留学美国，正当欧洲大战之后半期。战争文学，盛极一时。诗歌小说等，各体俱备，或浪漫，或写实，而皆感人甚深，其主旨不外防卫国土与维持公理二义。今清华图书馆中有 G. H. Clarke 教授选编之 *A Treasury of War Poetry*（1914—1917）一书，可以取读。该书中予所最爱诵者，为八十七页与一七一页之两诗。前者题曰《牛津尖塔》（The Spires of Oxford），英国 Winifred M. Letts 女士所作。予曾译为旧诗体[①]。盖用原韵，登载《学衡》杂志第九期（一九二二年），又录入《吴宓诗集》卷五第二页。兹更译为新体。原诗单句四节，双句三节；今译为单句五节，双句四节。原诗每首双句押韵，今译从之。窃以今之清华园（燕京亦同）即可作牛津观，望读者亦以此意读之耳。

我看见牛津的许多尖塔
　　当我偶然走过那边，
那些牛津的灰白尖塔
　　直映在高穹的青天。
我心中想念着牛津的学生
　　他们战死在异国的郊原。

① 参见《英诗浅释》篇。

在牛津,一年一年如飞的过去,
　　那个快乐的黄金时代,
头白的学院层楼俯首下窥
　　看无愁的学生们欢呼竞赛。
但悲笳忽然吹起了军声
　　立刻解散他们的球队。

他们离开了那平静的河流,
　　那宿舍和球场的方圆部位,
那绿草剪得平整的校园,
　　去找寻一块浴血的土地——
他们毅然牺牲了快乐的青春
　　为着国家,为着上帝。

愿上帝保佑你们,幸福的诸君,
　　你们殉国殉道,一死争先,
你们穿上黄色军服,肩起铁枪,
　　代替了学士的黑袍方冠。
上帝一定护送你们到一个极乐世界里
　　比这座牛津城更为美丽庄严。

——本文原载于1936《清华周刊》。

安诺德《鲛人歌》

按安诺德之生平及其学说，本志已一再论述（第十四期），其诗已译登数篇（第十四期、第三十九期）。今所译之诗，名 The Forsaken Merman。译言鲛王见弃于其妻，而作是歌也。此诗情思流涌，音调谐和，故最为人所爱读。Merman 者，义云湖海之人。据神话所载，此族为人首鱼身，自腰以下为鱼，长居海底。其女美而能歌，男亦富风情。今借译为鲛人（鲛，见《述异记》）。此诗内容，略谓鲛人之王娶人间之女名玛加莱（Margaret）者为妻，生子女若干人。已而玛加莱不乐居此，竟弃鲛王而去，复归人世。鲛王思念悲苦，乃率子女登陆招之，见之于礼拜堂中。玛加莱掉首不顾，鲛王绝望，独率子女而返。入海时且行且歌，以自鸣其依恋之情。

今更分析之。第（一）首，鲛王在陆上，知其妻终不愿同往，乃呼其子女自归也。第（二）首，临去仍依依不舍，故复命儿女呼其母，冀能动玛加莱之情也。第（三）首，临去复返顾玛加莱之所在也。第（四）首，追忆昨日玛加莱尚在海中同居之情景也。第（五）首，追忆昨日玛加莱别去而归人间也。第（六）首，追叙顷者鲛王自率子女登陆寻求玛加莱，遇之于礼拜堂。而玛加莱目注《圣经》，竟不一回首也。第（七）首，叙今兹别后，玛加莱独居陆上之情况。彼虽亦念其子女，而实能恬愉自乐也。第（八）首，鲛王率其子女,已归至海底旧宫,仍思玛加莱,悲歌自遣,且拟复往陆上觇之,亦舒其想念之情也。至于此诗所寓之意,盖谓近世物质生活发达,宗教道德失势,而人之思想迷乱,感情悲苦。今之所急需者,厥为耶教之精神,使能得此,足为人之慰乐。然而宗教衰微,此种精神势难复现。而安诺德深用悼伤,亦他篇诗中之意也。鲛人指世间之俗人未受耶教之感化者(Pagans),玛加莱则指耶教之精神。其弃夫而去,谓耶教之衰微也。且织且歌,极为欢愉,谓耶教之精神足使人得内宁之乐也。而玛加莱终不同返。鲛王悲苦作歌,则藉以寄世人之情而已。

此篇译笔力求质直流畅,以传原诗语重心急、呼之欲出之情。逐字逐句而译,中留一字空处,即示原诗一句之起结也。又原诗作于一八四九年。编者识。

[附录]

鲛人歌(The Forsaken Merman) Matthew Arnold 作

李惟果 译

(一)

来,来,亲爱的孩子,莫久留。/ 不留,远去。/ 去,沉,沉,沉到深海悠悠。/ 呀,岸边兄弟唤我莫留。/ 呀,狂风卷沙飕飕。/ 呀,洪潮澎湃海中流。/ 呀,野马银白,雪浪拍长空,浪花里正浮游。/ 亲爱的孩子,远去莫久留。/ 不留,远去。/ 去,沉,沉,沉到深海悠悠。

(二)

孩子,你去呵,唤他莫逡巡。/ 唤他一声“母亲,母亲”。/ 孩子声柔动娘心，/ 孩子，唤他莫逡巡。/ 孩子声惨情思迸，/ 他归也，一定，一定。/ 唤他了，远去莫逡巡。/ 来，来，海宫幽且深。/ "母亲，母亲，我等不能久逡巡，野马银白怒目瞋。母亲，母亲。"

（三）

不再唤了。/ 临去目波过白城，回岩上礼堂灰沉。/ 不多看了，他不归我海王庭。/ 断肠泣血何足论。/ 来来，海宫幽且深。

（四）

亲爱的孩子，是也昨天，钟波幽渺发岸边。/ 我等岩间正闲眠，风波吹渡银钟声声远。/ 此间沙岩气唊寒。/ 此间风息，万籁凝烟。/ 此间残蜡火颠颠。/ 此间海藻荡流泉。/ 此间海兽连肩晏，觅食往来沼泽间。/ 此间海蛇共盘桓，晒甲出入绕盐田。/ 巨鲸张目往复还，往复大地千万年。/ 亲爱的孩子，是也昨天，海波起落和鸣弦。

（五）

亲爱的孩子，是也昨天，他弃我一去永不还。/ 唤，唤，唤。/ 曾记得我等共欢谈，海中宝座金辉妍，幼儿横膝开笑颜。/ 他淡试梅妆贴花钿。/ 贴花钿，波伴银钟声声远。/ 他垂首低叹，举目遥观，看到海边绿波漪涟。/ 他说："今天，我族人岸边祈祷意诚虔，/ 我去也。/ 鲛王呵，你知复活大节在目前。/ 我留此，可怜。心离魂荡意阑珊。"/ 我闻言意趣顿消残，回道："爱卿，你去，去。去过波涛澜汗。/ 祈祷了，快，快，快，快快归来我海穴间。"/ 他眼波微转意无言，无言泛水渡海滩。/ 亲爱的孩子，是也昨天，他弃我一去永不还。

（六）

亲爱的孩子，我等寂寞锁离愁。/ 海波狂起，小儿啼饥声啾啾。/ 世人何事长祈修？/ 来，来，来，孩子莫久留。/ 起步过海洲，沙邱，滩下海花正含羞。/ 迈迈行到白城楼，渡狭巷，静无俦，来到礼堂翼回丘。/ 堂中祷颂声悠悠。/ 咳！ / 苦了我寒风里久立好生愁。/ 摄衣履步登墓石，风蚀谁知几度秋。/ 穿窗回廊共凝眸，瞥见他坐近石柱色清幽。/“玛加莱，住了，快来！ 我等迎风久候。/ 爱卿，我身在此独愁。/ 海波狂起，小儿啼饥声啾啾。”/ 看呵，他目注《圣经》不回头。/ 户闭了，教士高声说虔修。/ 来，来，来，孩子，莫唤。/ 莫唤了，海宫深且幽。

（七）

沉，沉，沉，/ 沉到海底森凉。/ 他坐跨机辘留世乡，高歌狂放乐未央。/ 听听他唱了："极乐无方。/ 极乐无方。/ 乐彼喧嚣世人乡，乐彼幼童游玩狂。/ 乐彼真人，乐彼银铃，乐彼圣井、馨香。/ 又且乐我机杼织素裳，乐彼日辉笑融光。"/ 酣歌起舞心飞扬，忽乃梭头坠地旁。/ 机杼声寂，美人摇曳过碧窗。/ 看不尽，看不尽，无边沙岸，海天茫茫。/ 他呆打儿痴想，/ 想，/ 一声苦叹吐苍凉。/ 一滴相思泪，脉脉柔情转芳肠。/ 肠转心伤，/ 伤，/ 伤他孩子紫目凝寒光，伤他孩子金发露微芒。

（八）

孩子，来到海底阴森森。/ 狂风怆我心喑，灯光闪闪照城闉。/ 狂风猎猎撼重门，狂风唤起他梦沉沉。/ 他且耳听风哀吟，又听波涛起汹腾。/ 沉，沉。/ 看那头上白浪飞卷正悲鸣，波下举目色冥冥，步践珠砌玉琳琳。/ 吟，吟：/“嗟彼人间女，心多情意轻。忍抛海中王，孤坐愁思瘿。"/ 亲爱的孩子，中宵夜色引清冷，和风吹渡无限情。/ 春潮低，水落，惠风引岸过荒林。/ 林点黄花晶晶，沙岸危峰倒影。/ 穿过沙滩明净，依着巉崖，卧卷枯藻，我等且将身来隐。/ 山后望见白石城。/ 山后望见小礼堂，崖边独耸色森沉。/ 看完了，归来我海王庭。/ 吟，吟：/“彼方独坐美仙人，桃李丰姿铁石心。忍教海王抱孤枕。秋去秋来苦重新。”

——本文系吴宓为李惟果君译《鲛人歌》所撰编之按语，原载于1925年5月出版之《学衡》杂志第41期。

论罗色蒂女士之诗

按英国文学史上之女诗人，以白朗宁夫人（Elizabeth Browning，1809—1861）与罗色蒂女士（Christina Rossettii，1830—1894）并称。二人者生同时，而白朗宁夫人之名较著，所作亦较多。顾论其人之情性、品格及其诗之真正价值，则罗色蒂女士实在白朗宁夫人之上。所以然者，白朗宁夫人志气豪迈，精力弥满，不甘以女子自居，而喜效法男子之所为。其用情于白朗宁也，则私奔同逃，不自以为非。其以诗写情也〔观其所作《葡萄牙歌》（*Sonnets from the Portuguese*）自明〕，但自状其情之暴烈坚强，如长江大河，冲荡横决，弗能抑止，实不类女子自述。至其诗中之材料，则政治社会之问题、科学宗教之思想，凡男子所萦心而从事者，无不搜入，侃侃而谈，申申以指。其智力之广博，固可惊服，而其矫揉作态，强行追步，言不由衷之处，则未能或免焉。

夫行事首宜自然，作诗尤贵真诚，既生为女子，则当以女子天性中最高贵之处，及一己之所亲切感受者，形之歌咏，召示吾人。此等诗且非其他男子诗人所能为。其为希世之珍、传后之宝，可断言也。由此以论，罗色蒂女士夐乎远矣。女士者，英国诗人兼美术家Dante Gabriel Rossetti（1828—1882）之妹也，性温淑而诚挚。其诸兄皆慧而好学，而Dante Rossetti倡立所谓Pre-Raphaelite

Movement[①],尤为当时闻人。家中所往来者,莫非少年文士,纵意尚情,沉酣自喜。女士居则燕处超然,恬静自持,然早岁已以工诗著称。盖其性实和厚而品尤高洁,虽蓄情至深,而慎其所发也。年十七,有柯林生(James Collinson)者慕之,思与为婚。柯林生业艺术,才具平常,亦女士之兄之友。其家本耶稣教,早岁改入天主教,旋以爱罗色蒂女士之故,知教派不同,难谐婚配,乃重返耶稣教,然女士心颇轻之。盖以宗教信仰,其事何等高贵重大,安可以爱一人之故,率尔改变。已而科林生愧悔不自安,遂复入天主教,至是而女士乃毅然与之断绝,时女士年十九也。越数年,又识其兄之友凯莱(Charles Bagot Cayley)。凯为剑桥大学出身,积学书生,不谙世务,和厚而沉默,与女士实为佳偶,且相爱极笃。居久之,婚期在迩,而女士忽与决绝。其绝之也,非有所不满,且爱之之心丝毫未减。只以女士天性高洁,视人间种种,终带污秽尘俗气,而又过于矜慎。平居温恭以事上帝,恪顺自保,终觉婚姻之事,其中有无限蹈危履险之处,忧疑悚惧,不能自决。又若冥冥之中,时有止其前而招之返者。女士为求其心之安而行事一生无悔,故不惜牺牲一己与凯莱之爱情及幸福,譬诸悬崖勒马,前途渺茫,静止以待天命,其心非不欲长驱而直下也。女士与凯莱绝时,年方三十。虽与其人绝而心实爱之,且爱之终身不减,自少至老。常若有用情不遂,思嫁其人而不得之感。此种深挚之情、幽凄微婉之意,一见之于其诗。今兹所译《愿君常忆我》(Remember)之诗,即与凯莱绝后不久所作,而自道其诀绝时之心情者也。

——本文原载于1926年1月出版之《学衡》杂志第49期。原未附录女士《逝矣逝矣》《古决绝辞》《上

① 即“前拉飞叶派”文艺运动。

山》诸译诗,为方便读者参阅,今将诸诗附录于后。

［附录］

愿君常忆我(Remember,1862)

C.罗色蒂女士 作　吴宓 译

Remember me when I am gong away.
愿君常忆我　逝矣从兹别
Gone far away into the silent land;
相见及黄泉　渺渺音尘绝
When you can no more hold me by the hand,
昔来常欢会　执手深情结
Not I half turn to go yet turning stay.
临去又回身　千言意犹切
Remember me when no more, day by day,
絮絮话家常　白首长相契
You tell me of our future that you planned:
此景伤难再　吾生忽易辙
Only remember me; you understand
祝告两无益　寸心已如铁
It will be late to counsel then or pray.
惟期常忆我　从兹成永诀
Yet if you should forget me for a while

君如暂忘我　回思勿自瞋

And afterwards remember, do not grieve:

我愿君愉乐　不愿君苦辛

For if the darkness and corruption leave

我生无邪思　皎洁断纤尘

A vestige of the thoughts that once I had,

留君心上影　忍令失吾真

Better by far you should forget and smile.

忘时君欢笑　忆时君愁颦

Than that you should remember and be sad.

愿君竟忘我　即此语谆谆

女士与凯莱绝后，即深居孤处，希与世人交接，而益笃志宗教，虔事上帝。见彼人世荣华欢爱之不常，而益思天上光明智慧之恒在。移其男女相悦、为妻为母之恩情慈爱，服事明神，恪遵圣道。由是除幻趋真，力求解脱。端居以俟天命，自求精神心意之安。盖其身虽非尼，而实已在家修持矣。顾于诗，则常作不辍，积为巨帙。且自与凯莱绝后，其诗益进。虽所作多系颂神说教之诗，不言尘世，而始终未能忘情。坠欢犹在，旧梦可寻，每一言及，则不胜其幽凄哀怨，如泣如诉者。即其言宗教、亲上帝之作，亦足表见女子之天性，芳馨独抱，恭默自守。静待缘法之转、机遇之来，为人所爱而不往求爱于人。至于爱深情极，则不难壹志牺牲，忘却一己。功利浅见，声华浮誉，举不足以动其心。呜呼！若此者始可与之言情，始可与之言诗矣。

罗色蒂女士之诗，情旨深厚，音节凄惋，使读之者幽抑缠绵，低徊吟诵，而不忍舍去。惟其词意均相近似，所作既多，遂少变化，是其所短。然诗不贵多，选其精者而读之可矣。总而论之，白朗宁夫人以女子而能与男子联镳并驾者也。读其诗者,莫不惊其才之高,服其力之伟。而以其情旨殊不自然,故终有厌之之意。若罗色蒂女士,则女子而能发挥其所特长者也。读其诗者,敬其高尚纯洁,喜其幽凄缠绵,而稔其一秉天真,发于至诚,则莫不爱之。盖彼之为人,有如今世之新女子,而此则为古今东西之名媛淑女、贤母良妻之代表。中国无论,若西洋之罗拉(Laura,系意大利诗人Petrarch所歌咏者)、裴雅德(见本志第三十九期插画及《但丁梦杂剧》)、圣加撒林〔St. Catherine of Siena(1347—1380)意大利Dominican派有道女尼〕等,皆罗色蒂女士之类也。

［附录］

逝矣逝矣(Passing Away)

C.罗色蒂女士 作　吴宓 译

罗色蒂女士之诗,以《逝矣逝矣》(Passing Away)一篇为最佳。(拙译此诗,见宓《诗集》卷首插画,不在集中。)次则如《上山》(Up-hill,张荫麟译,登载《学衡》杂志第五十六期。)及《安息》(Rest)等,甚为重要。又如《末席》(The Lowest Room)一诗,乃女士自况其生平之作。而今兹所译之《愿君常忆我》(Remember),其所寓之情与所指之事,则已具述于上文矣。编者识。

Passing away, saith the World, Passing away:
逝矣逝矣　(尘世告我曰)　逝矣逝矣
Chances, beauty and youth, sapp'd day by day:
良机　美貌　韶华　日日摧毁

Thy life never continueth in one stay,
汝之生命迁流曾不稍止
Is the eye waxen dim, is the dark hair changing to grey
明目转盲　黑发变白　若彼之子
That hath won neither laurel nor bay?
夫岂未尝服衮冕而垂金紫
I shall clothe myself in Spring and bud in May:
春草仍绿　春花再发　吾身若被锦绮
Thou, root-stricken, shalt not rebuild thy decay
而汝根本斫伤　今番一度凋靡
On my bosom for aye
难望重来随喜
Then I answer'd: Yea.
（我谨答曰）　唯唯

Passing away, saith my Soul, passing away:
逝矣逝矣　（灵魂告我曰）　逝矣逝矣
With its burden of fear and hope, of labour and play,
忧虞愿望　工作游戏　重重烦累
Hearken what the past doth witness and say:
过去生涯　所识所见　无非如此
Rust in thy gold, a moth is in thine array,
汝金蚀锈　汝衣藏蠹
A canker is in thy bud, thy leaf must decay.
汝之蓓蕾中心腐烂　而枝叶亦必枯萎
At midnight, at cockcrow, at morning, one certain day

终有一日　中夜　鸡鸣　或当晨晷
Lo, the Bridegroom shall come and shall not delay:
看　看那天上新郎　不再稽迟　前来迎尔
Watch thou and pray.
尔其虔敬祈祷以俟
Then I answer'd: Yea.
(我谨答曰)　唯唯

Passing away, saith my God, passing away:
逝矣逝矣　(上帝告我曰)　逝矣逝矣
Winter passeth after the long delay:
久盼终获　此日春来冬徙
New grapes on the vine, new figs on the tender spray,
柔条又结硕果　嫩枝已发新蕊
Turtle calleth turtle in Heaven's May
天上鸟鸣嘤嘤　阳和春景美
Though I tarry, wait for Me, trust Me, watch and pray.
吾虽行迟　汝须静待　汝须坚信　虔敬祈祷勿弛
Arise, come away, night is past and lo it is day,
长夜已完　重光复旦　快随吾来　起起
My love, My sister, My spouse, thou shalt hear Me say.
吾爱　吾妹　吾妻　汝听吾言勿诡
Then I answer'd: Yea.
(我谨答曰)　唯唯

——吴宓所译《逝矣逝矣》诗,登载《吴宓诗集》卷首插画《罗色蒂女士像》下。译者附注:按右诗原题曰Passing Away,共三首。乃罗色蒂女士一八六〇年(时年三十岁)除夕所作。盖饯岁之辞,亦以自道其生活心情之变迁也。原诗久为世所传诵,可称女士一生最佳之作。其中词旨,不外脱弃尘寰,解除人间男女之爱,而上企天国,归依上帝,以求最后之安定及精神之慰乐。予诗集中屡有论述,惟此译则不见于本集。此诗音节凄婉,而辞句则极纯粹。然其中字字皆有所本。无非改用(paraphrase)《圣经》中(散见各处)之辞句,细读自知。例如(1)题云"逝矣",乃用《新约》圣保罗致哥林多人前书七章三一节,又后书五章十七节。及使徒约翰第一书二章十七节。又如(2)本诗第二首三、四等行,乃用《新约》使徒雅各书五章二节及三节,兼及他处,余不尽释。至于(3)以男女爱情婚姻喻天人之接引,而称上帝或耶稣基督曰新郎。盖源于《旧约·诗篇》第十九首第五行,《以赛亚书》六十二章五节,《新约·马太福音》第九章十五节,又二十五章一至十二节,《约翰福音》三章二十九节,等处。兹不细论矣。

[附录]

古决绝辞(Abnegation,1881)

C.罗色蒂女士 作　吴宓 译

按罗色蒂女士《愿君常忆我》(Remember)一诗,已译登本志第四十九期“文苑”。罗色蒂女士之身世及其诗之品质,并详见该诗前之译序。读者务请参阅。此诗与彼诗旨意相同,情趣并高。合观细味,方知情妙也。编者识。

If there be any one can take my place
若有一人兮　代我为君俦
And make you happy whom I grieve to grieve,
使君常欢乐　君愁我先愁
Think not that I can grudge it, but believe
勿谓吾憾兹　借箸愿为筹
I do commend you to that nobler grace,
彼美盛容仪　贱妾愧不侔
That readier wit than mine, that sweeter face;
秀外复慧中　勖君速取求
Yes, since your riches make me rich, conceive
我宝君所赠　痴爱誓无休
I too am crowned, while bridal crowns I weave,
织君鸳鸯被　梦寐共衾裯
And thread the bridal dance with jocund pace.
连君合欢舞　蹁跹等绸缪
For if I did not love you, it might be
昔爱苟非诚　吾或行嫉忌
That I should grudge you some one dear delight;
致君失奇缘　所欲终难遂
But since the heart is yours that was my own.
奈此区区心　久已君怀置

Your pleasure is my pleasure, right my right
君愉我自愉　君利即吾利
Your honourable freedom makes me free,
君行宽且荣　我亦从适意
And you companioned I am not alone.
君既获良匹　吾身非孤寄

——此诗原载于1928年7月出版之《学衡》杂志第64期。按语为吴宓所撰。

［附录］

上山（Up-hill，1862）

C.罗色蒂女士 作　张荫麟 译

按此诗系问答体。大旨谓劳苦终生，死后可获安乐，而以譬喻出之。发问者为罗色蒂女士，而上帝答之。实即罗色蒂女士心中自相问答，亦犹丁尼生（Tennyson）之“Crossing the Bar”诗意。读者祈参阅本志第四十九期译诗各篇，略悉罗色蒂女士之身世，则此篇更易明矣。译笔稍有增饰之处，然与原作意旨似无出入。编者识。

Does the road wind up-hill all the way?
为问此豁径　上达山巅否
Yes, to the very end.
答言信如斯　直达无偏纽

Will the day's journey take the whole long day?
为问跋涉程　须尽全日否
From morn to night, my friend.
答言朝至暮　实以告吾友
But is there for the night a resting place?
为问昏夜间　息肩有地否
A roof for when the slow dark hours begin.
答言有一椽　飧客备饭糗
May not the darkness hide it from my face?
为问黑暗中　尚能摸寻否
You can not miss that inn.
答言此逆旅　灯光溢户牖
Shall I meet other wayfarers at night?
遇否众徒侣　昏夜长途后
Those who have gone before.
答言先行者　相逢非邂逅
Then must I knock, or call when just in sight?
一见即高呼　抑待阍扉叩
They will not keep you standing at that door.
答言屋中人　不令门外守
Shall I find comfort, travel-sore and weak?
远行渴且惫　可得饮美酒
Of labour you shall find the sum.
答言劳酬均　所施如所授
Will there be beds for me and all who seek?
可有容身榻　衾裯温且厚

Yes, beds for all who come.
答言广榻多　来宾得歇首

——此诗原载1926年8月出版之《学衡》杂志第56期。按语为吴宓所撰。

穆莱教授新著《诗之古典传统》

美国哈佛大学出版部最近印行穆莱教授(Gilbert Murray)新著《诗之古典传统》(*The Classical Tradition in Poetry*)一书。按此书为穆莱氏集其在哈佛大学演讲稿而成。其主旨在明诗人之所以为诗人与诗之所以为诗。自希腊古诗人以至近代名诗家,薪尽火传,其诗之原理与艺术,有亘古不变者。

此书之立论甚高,而文笔流畅易读,诚现代文艺批评中一名作也。其论近日诗坛衰颓不振,盖因新进为诗者沉溺于其所谓"写实主义"之故。夫诗与小说、散文有别,小说、散文不厌写实,不厌讨论社会政治问题,而诗则当为想象之摹仿,而非观察之摹仿也。诗人固不能完全脱离现实生活,然当其放怀为诗,不宜过拘束于浮浅的现实经验。故作者深愿现代诗人抛弃其所谓"写实主义"而遵奉自希腊迄近代凡伟大之诗家所共具之古典的传统精神。

——本文原载于1928年5月14日出版之《大公报·文学副刊》第19期。

希腊文学史

第一章　荷马之史诗

第一节　荷马以前之诗歌

纵览欧洲文学全史，其巍然居首、最古之杰作，实推荷马（Homer，参观本期插画第一幅）之史诗（Epic，一译纪事诗）二篇。然荷马乃集希腊上古诗之大成者，并非开创之作家。诗至荷马，音律词藻，业已久有定格而灿然明备，荷马一切沿用而成为巨制。盖希腊文学发达最早，源远流长，有自来矣。惟荷马以前之诗歌皆不传，仅于荷马之诗及后人著述中知其名，见得当时有此种诗歌流行而已。其有传者，皆后人伪造，毫不足凭信。故荷马史诗实欧洲文章传来之最古者，无复疑义也。荷马以前之诗，由希腊古时之神话史乘习俗旧说，及近今考古家之发掘地藏，史学家之比证群籍，而可悉其梗概。其诗大率简陋，又与乐舞二事合一，而以歌唱出之。今以其用途，分为三类如下。至其详则不可得而考矣。

（一）祭祀之诗　文学之发达，诗先于文，又必托始于宗教，此各国之通例也。希腊人相传最古之时，北方Thrace及Pieria一带，有诗人若干，为诸神之子孙，受神之宠，而尤为文艺之神（The Muses）所钟爱。此类诗人之生平，率皆奇诡芳馨，可泣可歌。然其事迹实无可征信，并其名氏亦出后人臆造。惟由此类诗人，可以推知当时由北方传来诸种祭祀之仪式及祭祀时所唱之诗歌，以颂祷于神祇者。其歌词虽不传，然祭祀之典礼则希腊文学中常声叙及之。意者初民仅能默祷，再则手舞足蹈，以致其心中之诚悃。久后始能发出声音而形于言语，由片词只字而进于篇章，并以乐器佐歌词。乐器之中，最古而常用者为筝（Cithara）。北方诗人中之最著者为林纳（Linus）及奥斐斯（Orpheus）等。兹述之以概其余。

（1）林纳（Linus）者，谓系天王星神（Urania）之爱子，美绝，日与诸牧童共出牧羊。某次为一群疯狂之野狗所噬，碎其身而吞食之。方其生时，精于音乐，善歌，尝与阿波罗神（Apollo）竞技。又与Hercules较弹筝之技而胜之。及其死也，人多哀之，乃制为林纳歌以悼之。每年夏日，行所谓“羊祀”之典，杀狗以祭其人，而唱此歌。歌词不传，但其首句曰：“呜呼哀哉！林纳死矣！”亦可见其歌音节之悲苦矣。又当每年葡萄成熟之际，往采之者，自田归家。则以一童为首前导，手拨筝弦而唱此歌，其声清越。其他少年男女，人手葡萄一篮，分为二列。随行其后，步武整齐，以与歌声及筝声相应和。此亦古希腊之习俗也。（见荷马史诗*Iliad*卷十八第五百七十至五百七十二句。）或疑林纳乃某王之太子，年少而夭，其民吊之而作是歌。其实不然，盖希腊初民之宗教，多系以天然之物或景象，拟之为神。而其神又与人同科，有生老病死、喜怒哀乐之事。今所谓林纳者并无其人，实即春也。盖彼入田采葡萄者，见春日美景之不可留，为夏日炎威所逼杀，竟尔飞逝，不能复睹，顿起悲思。夫以春拟人，正当年少，中道殂夭，藉作此歌，以自遣怀。故所谓林纳歌者,实乃伤春之歌。而野狗之吞噬,即骄阳之肆虐耳。

(2)奥斐斯(Orpheus),相传为文艺之神之子,得Apollo之传授,且与以琵琶(Lyre),其艺遂精绝。每琵琶一奏,不惟鸷禽猛兽为之感动,即神山Olympus上之岩石树木,闻声亦追随而来,循其所往而止焉。后居北方,娶仙女Eurydice为妻,妻为毒蛇所啮而死。奥斐斯以其琵琶之力,得至冥府Hades。冥府之王竟许其偕妻复返人世。惟命奥斐斯前行,其妻后随,戒其途中不得返视。奥斐斯行行将出冥府,已至阴阳二世交界之处,只余寸步,以为无患,急不能待,遂回头一望,而其妻竟为阴间之鬼卒立时攫去。奥斐斯独返家,懊丧至极,遇其地Thrace之妇女,不为礼。诸妇女怒,乃乘祭赛之会,杀之而碎裂其尸焉。于是诸文艺之神,收集其遗体而瘗于神山之麓。惟其断首,则因掷入河中,顺流飘浮而下至海,直抵Lesbos岛,而其所遗之琵琶亦辗转流传至此。故该岛后遂为希腊情诗(Lyric Poetry)最盛之地云。按此故事,实写男女爱情足以回生死,动鬼神。又写音乐之力能使木石移地、虎豹驯伏,可谓至矣。而其出于虚构,可断言也。厥后至纪元前六世纪时,有Orphism之宗教,自北方传入希腊,势力极大,柏拉图等皆受其影响。其教重忏悔罪恶、冥府果报,及灵魂永存不灭诸旨。然与古昔之诗人奥斐斯(Orpheus)初不必相关也。

(二)英雄史迹之诗　祭祀颂神之诗而外,则有歌咏英雄古事之诗,此即史诗之所由昉也。希腊上古颂神之诗,已极简陋,仅能道神之名或其职掌,再则传述神与神间血统支裔之关系而已。纪英雄古事之诗,其初之简陋亦类此。略纪各族各邦之所由来,若祖为何人,其国为何人所建。大率比附一著名之古英雄,而自诩为其后裔嫡派。又歌咏此类古英雄之丰功伟烈,如何行事,及诸英雄之家谱。又各邦建立以来盟好战伐之旧迹,如是而已。纪英雄古事之诗,大率出以歌唱。一人唱而众人听,唱时以筝(Cithara)佐之。行之既久,其音律词藻遂有定程,渐臻完善。后之为此类诗者,亦遂遵循而无或改易,至荷马出而集此类诗之大成。故荷马史诗之文字,颇为古奥。盖所用者非其时之语言,乃以前作者之词章也。至荷马所用之六节音律(Hexametre),亦英雄古事诗中之定规,盖由积渐发达之功而得致此也。

(三)人事之诗　此类之诗,缘于生人日常之礼俗行事,所以发抒感情,亦即后日情诗(Lyric Poetry)之所由起也。人事之诗亦出以歌唱,然非一人独歌,而由一群合唱〔其后变为乐队(Chorus)〕。所宣泄者即此一群人共具之感情,故以音节谐和、步调整齐为主。其乐曲虽或自外土传来,不必皆希腊人自制,然其情则皆希腊人之情。其初至为简陋,片词只语,重叠号呼,即足抒愁遣愤,不需长篇巨制也。人事之诗,由其用途之不同,可分以下之数种:

(1)挽诗(Threnodies)。其声凄哀。由业此之歌者,环绕停尸之床,立而歌之,诸妇女则号哭以为之和。

(2)贺婚诗(Hymeneals)。贺人家结缡时用之,其声俊浮。唱者分为二队:一为童子,手执火炬,随箫声之抑扬而歌。一为少女,牵手而立,依琴声之节奏而舞。又或男女共为一队环舞,中立一人,弹筝而歌。

(3)颂神诗(Paeans)。颂神之功德用之,其声安定。凡有大难在前,求神庇佑,深信必可无患。或值大功已成,乃告于神,而表其感谢之忱,均歌此诗。又有所谓迎春诗者,于冬去春来、郊园始见绿色时唱之。又有军歌,于冲锋作战时唱之,以求克敌致果,是皆颂神诗之一体也。

(4)田功诗。农人赴田中耕植工作之时唱之,其声浑舒,以求协力而忘劳苦。此又训诗(Didactic Poetry)及农事诗之所由孳乳也。

以上所述,体制虽多,然其诗皆不传于后,盖由时势及历史之事实为之也。荷马之煌煌巨制,独得而传,亦云幸已。要之荷马之史诗虽在今称为最古,然其出甚晚。合前人之余绪,含英咀华,惨淡经营,乃得企于精美完备。而固非洪荒草昧中开创之第一人,此则不可不知者也。

第二节　荷马史诗之内容

荷马所作史诗凡二篇:一曰《伊里亚》(*Iliad*),二曰《奥德西》(*Odyssey*)。篇幅皆甚长。《伊里亚》分为二十四卷,共凡一万五千六百九十三句。《奥德西》亦分二十四卷,共凡一万二千一百二十句。荷马史诗本不分卷,浑然一幅,首尾完具。兹所谓二十四卷,乃纪元前三世纪中,亚历山大城中之文人(有云系Zenodotus、有云系Aristophanes、有云系Aristarchus,三者未知孰是。要之,不出此三人也。三人相继为亚历山大图书馆长。文学史上之亚历山大时代,约当纪元前三世纪至一世纪。详说见后),按其诗中情事起伏断续之处,而以意为之区分者也。(区分之后,并以希腊文之二十四字母为各卷之名。)惟后人则沿用之。各卷之长短不一,长者一卷至九百句,短者仅三百余句。兹所谓一句,即诗中之一行(Verse)。盖荷马之作为具有音律之诗,每句皆为六节(Foot)。每节由一长音之部分与二短音之部分构合而成。此种音律名曰Dactyllic Hexametre。每句以音律图式表之(参观本志第九期《诗学总论》)则如下:—◡◡—◡◡—◡◡—◡◡—◡◡—◡◡。各句皆然,始终如一。自经荷马用之而后,此种音律遂为史诗之定程。后来凡作史诗者,如Virgil等,无不遵仿用之。至荷马史诗所用者,乃希腊之安尼央族(Ionian)之文字,而中杂以奥利安族(Aeolian)之词句。(详见后文第四节)其文颇古奥,盖沿用以前诗人之词章,以为藻饰之具。其诗虽为万众欢赏,而固未用通俗之语言也。

荷马史诗之材料,悉本于希腊之神话及古英雄之遗事,而其两史诗皆与希腊人大举伐特罗(Troy)之役有关。故欲明荷马史诗之内容,须先知此役之所由起。兹略述如下。

昔者上帝(Zeus,为百神之主,有类吾国世俗相传之玉皇),眷海中之神女名色蒂斯(Thetis)者,拟娶为后。问于命运之女神(The Fates)。女神为三姊妹,对曰:"此女所生子,勋名之隆必超轶其父。"上帝惧贻跨灶之讥,遂不果娶,而命色蒂斯嫁Phthia王,名白留氏(Peleus)者。色意雅不欲,上帝许以结缡之日躬偕百神来祝,以饰盛典,色始从之。于是成婚礼于海中之珊瑚洞,色蒂斯之父之所居也。是日百神毕集,礼仪隆盛,欢乐无间。惟怨仇之女神Eris独不与喜筵。怒而至,披其如蛇之发,嘘其甚毒之气,掷金苹果于席上而去,镌有字曰:最美者得此。于是诸妇女皆争欲得果,而以三女神之争为尤烈,互不相下。三女神者,上帝之妻、天国之后海拉(Hera),上帝之女、智慧兼军旅之神雅典尼(Athene),爱与美之神金星(Aphrodite,罗马人以此神为即Venus金星也,故今借用此名以免译音之繁)也。各自道其所长,谓果应属彼,争久不决。诸客亦惧祸,莫敢为之轩轾。卒议定,往就巴黎(Paris)而决焉。巴黎者,特罗王之次子也。特罗(Troy)位于小亚细亚之西北隅,近黑海之外口。赫然大国,时方鼎盛。王名波连木(Priam),后名海克巴(Hecuba)。巴黎始生,王与后卜之,曰:"亡国破家者必此子也。"乃弃之深山,有牧人收而抚之。巴黎既长,美秀异常。神女绮那尼(Oenone)悦之,遂私相为婚。巴黎居恒独出以牧羊为事。日者，于荒山绝顶遇三女神来请判决。雅典尼先至，戎装，辉煌璀璨，愿以无穷之智慧为赂。海克巴次出，服御如王后，黼黻冕旒，雍容华贵，以富贵及无上威权相许。金星女神最后来，服装淡雅，丰韵天成，靡曼融冶，风流窈窕，而迟惑娇羞，若不敢前，徐谓巴黎曰："若得金果，当以人间美妇人如妾者为酬庸之赠。"巴黎震眩于其美，不更迟疑，即以金果置诸其手。自是海克巴与雅典尼深衔巴黎，并恶特罗国之人。而金星女神情切报德，则授计与巴黎，使弃绮那尼而遄归故国。归时值特罗方有祭典，巴黎与众角艺，自显其才勇。其妹加散德(Cassandra)首识之，以告父母，且叹曰："他日亡国破家之祸，必由于彼，不可免矣。"先是上帝之长子、太阳之神阿波罗(Apollo)，尝艳加散德之美而求昵之，遂授以神识，能预知未来事。然特罗王与后欣获爱子，急收容巴黎，使居宫中，恩宠备至，亦不恤加散德之言矣。居顷之，巴黎得请于父，率兵船若干艘泛海西至希腊，以觅其姑为词。既至，斯巴达王麦乃劳斯(Menelaus)偕其妻海伦(Helen)以国宾礼款之，殷渥备至。海伦者，天下第一美妇人，而金星女神以许巴黎为酬庸者，亦即特罗与希腊战祸之所由兴也。先是上帝幻形为白鹭，求欢于Leda而生海伦。既长，美绝。希腊之诸侯求娶者众，久久莫置可否。海伦之家人知其意，盖虑娶之者必有杀身之祸，乃要诸求婚者共为盟誓，曰："听海伦自择婿。惟海伦所嫁者，众毋得而侵凌，且须为之卫护。有夺海伦于其夫者，众当合兵以讨伐而归之。"既盟，海伦乃言愿嫁斯巴达王麦乃劳斯。婚未久而巴黎即至，故海伦年犹甚少也。已而麦乃劳斯忽将有事于克里底岛(Crete)，乃嘱其妻款待国宾，而后行。巴黎得间诱海伦为欢，挟之东归，以为己妻焉。麦乃劳斯返，深愤巴黎之以怨报德，决帅师伐特罗以讨其罪并归海伦。传檄诸侯，希腊诸国王及部酋以有前誓,皆率师来集。独绮色佳岛(Ithaca)国王奥德西(Odysseus, Ulysses)者,以足智多谋称。时方娶柏尼罗璧(Penelope),美而贤,生子曰第赖马克(Telemachus),甫周岁,眷恋室家,故不欲行。使者来征,佯狂称疾以却之。使者亦固黠,日者,共行海岸,奥德西驾一牛一马而耕,使者遽夺其小儿,置之耒耜之前。奥德西恐伤儿,转侧绕越而行,其诈遂破,乃亦率其众至军。合希腊诸侯之师,凡数十万。舳舻千里,旌旗蔽空。举麦乃劳斯之兄、斯巴达王(斯巴达有二王)亚格满能(Agamemnon)为元帅,帅之东航。濒行卜于神,谓非藉白留氏与色蒂斯(均见前)之子曰阿克力斯(Achilles)者之力,则特罗城终莫能下,遂使求之。先是色蒂斯爱其子甚,又信卜者之言,恐其战死。遂于襁褓中,持一足,而浸其全身于冥府之河水,使刀剑不能入体。又使从神师学,精通诗乐诸艺,而武技尤精,以勇力闻。及使者先后来征,色蒂斯悲戚无可为计,乃饰其子为女,送其戚处,使杂诸公主及婢媪共居,人莫能识。希腊人卒遣奥德西。奥德西自饰为丐,沿门售小物。诸公主婢媪皆取珠玉针线之属,独阿克力斯径取其下所藏剑而回旋舞之,其诈遂破。阿克力斯乃从军行。师集于Aulis,阻风,不能进。亚格满能从卜者言,遣使归家。迎其长女绮斐吉尼(Iphigenia)至军,诡言将以婚阿克力斯。及至,竟缚而献之神。将杀,忽为月神攫去得免。自是风始利于军行。既至特罗,特罗人于岸上张大军迎拒。某将Protesilaus不从卜者言,先登,立即见杀。其妻Laodamia闻而哭之恸,神乃携某复返人世,使还家与其妻为片时之会。会终而妻亦以哀伤死,合葬一墓,上生榆树,其高可望见特罗之战场云。希腊军既抵特罗城下,舣船于岸,而筑堡寨,长围以困之。特罗人亦出城迎战,相持九年余,不下。两军虽互多死伤,而终无胜负。以上所述,皆希腊人伐特罗之役之起源,是为荷马史诗所不详。盖凡此皆荷马之书以前之事实，而荷马之《伊里亚》(*Iliad*)，则径从此役之第十年中叙起者也。

今试撮述荷马史诗《伊里亚》书中之事实。希腊人攻特罗城，十年不下。士多倦怠思归，无复斗志，而内讧复起。时军中又遭大疫，死亡相继。其故由希腊人俘得二女，皆美。以一归主帅亚格满能，以一归大将阿克力斯。亚格满能所得者，阿波罗(Apollo)神庙祭司老僧之女也。僧闻耗，以巨金献亚格满能而请赎其女。亚格满能不之许，且凌辱之。僧归，诉于阿波罗神。神乃降疫于希腊军。希腊诸将求卜于神，知非送还老僧之女不足以蠲阿波罗之怒，乃推阿克力斯进言于亚格满能。亚曰："汝以所获之女与我，则吾可舍此僧人之女。"阿克力斯勉允从之，惟自誓曰："苟吾所获之女见夺，我必不战。"于是亚格满能遂释僧人之女，军中之疫立止。又率众入阿克力斯之营，夺俘女以去。阿克力斯怒，自解甲胄，移其众另处，誓不再战。而其母色蒂斯亦赴诉于上帝。上帝眷恋旧情(见前)，允降祸于希腊人，以泄阿克力斯之愤。(以上《伊里亚》卷一)于是上帝示梦于亚格满能，诱之战，以速其败。希腊人与特罗人各自点兵备战，详列在军诸国诸族之名，并其兵舰数目，及将领之为人。(以上卷二)及战，特罗王之长子海克多(Hector)为其军之主帅，请令麦乃劳斯与巴黎独为步战，而两军皆作壁上观。希腊人从之。巴黎几为麦乃劳斯所擒，遇金星女神救之入城，乃免。(以上卷三)诸神不平，雅典尼乃入阵，诱特罗某将以矢暗射麦乃劳斯而伤之。希腊人大愤。亚格满能按壁巡行，激励诸将。于是两军混战，希腊将Diomedes大显其勇(以上卷四)，且伤金星女神及火星军神Ares(即罗马人之Mars)。二神归诉于上帝，上帝乃尽召诸神返，禁其干预人间事。(以上卷五)其时希腊军声势极盛，特罗帅海克多虑战败即死于是役，乃入城，嘱其母后与诸妇女往祷于神,而自往与妻子诀别。海克多者,特罗国之太子,仁且勇。其妻安德罗马克(Andromache),亦名王之女,美而贤。伉俪綦笃,生一子,甫在襁褓。海克多入宫,不见其妻,出而遇之城门之侧。(参观本期插画第二幅)其妻泣而留之曰:“妾父母双亡,兄弟七人皆见杀,所相依为命者惟君。愿君勿轻身出战,登陴而守可矣。”海克多曰:“吾亦知战必不利,国破家亡。卿将为敌之婢妾,受其污辱。念此吾心已碎。虽然,身为军帅,义无退缩。若能早日授命疆场,免亲见卿之为俘虏,亦吾之幸也。”言次,欲抱其儿,儿惧避。海克多自免其胄,抱儿亲之,又为祷于神,乃授儿与妻。又温慰之,径疾驰出城去。(以上卷六)既至战场,与希腊勇将Ajax力斗。会天晚,两军混战,中夜暂休。希腊军收葬死骸,并筑垒以为掩蔽。(以上卷七)翌晨复战,希腊军大败,特罗人直逼其垒而军。(以上卷八)于是亚格满能自怨自艾,叠遣使恳求阿克力斯复出御敌,不为动。(以上卷九)其夜,希腊二将入敌营窥探军情。(以上卷十)明日复战,亚格满能虽显其才勇,然特罗人屡胜。(以上卷十一)竟破希腊军之垒。(以上卷十二)希军势危急,海若(Poseidon)助希腊人坚守其舟。敌一再猛攻,未破。(以上卷十三)海拉及海若两神,复助希腊人战。敌军败却,海克多受伤。(以上卷十四)上帝闻之,怒,逐海若。于是特罗军转败为胜,进逼希腊军,焚其舟。(以上卷十五)时有希腊将派斗克拉斯(Patroclus)者,阿克力斯之至友也,往告阿克力斯以败状。请出助战,不许;请假其甲胄,许之。披之赴战。特罗人以为无敌将军阿克力斯至矣,大惊,弃舟而逃。既知其诈,派斗克拉斯遂为海克多所杀,剥其甲胄。(以上卷十六)希腊四将苦斗,欲夺其尸还。(以上卷十七)阿克力斯闻派斗克拉斯死耗,恸极,大哭。其母色蒂斯闻声至,阿克力斯告以将出战,誓复友仇。其母阻之,不听。乃疾驰至西西里(Sicily),求火神(Hephaestus,罗马人谓之Vulcan)为子铸造甲胄矛盾。破晓而成,备极精工。尤以其盾为最,上镌人天世界、山川景色、草木鸟兽、农战风俗等等。(以上卷十八)时亚格满能已送还所夺俘女,阿克力斯与之言归于好。尝登陴一呼,敌众惊骇辟易,诸将乃夺得派斗克拉斯之尸而还。(以上卷十九)及其母以甲胄矛盾至,阿克力斯遂出战。诸神分助两军苦斗,阿克力斯大败敌军。敌军溃走,斩获甚众。(以上卷二十)投尸于某河,尸多如山。河神怒,河溢,几将阿克力斯淹毙。幸遇火神来救,以烈火御之,水乃退却。阿克力斯乘胜追杀敌军,直抵特罗城下。(以上卷二十一)特罗人皆入城拒守,独海克多植立城门之外,坚决御敌。特罗王及后自城上苦劝其入城自保,不听。自念与其怯敌而偷生,何如循义而战死?已而阿克力斯冲至,海克多绕城而走。阿克力斯追之,三周特罗城。雅典尼女神为助阿克力斯成功,遂幻形为海克多之幼弟Deiphobus,止海克多勿更逃,而合力杀敌。海克多止,遂为阿克力斯追及,奋战良久,卒为其所斩杀。阿克力斯剥海克多之甲裳,系其尸于兵车,曳之绕城行,凡九周,然后归营。(以上卷二十二)希腊军举行祭典庆贺成功,并葬派斗克拉斯。(以上卷二十三)阿克力斯愤亡友之仇雠,辄驾兵车,曳海克多之尸而回旋。上帝为之惨戚。命色蒂斯往谕其子,毋为已甚。更示意于特罗王波连木,王乃厚备礼物,夜入希军见阿克力斯,以情动之,求其子之尸。阿克力斯为之泪下,遂以礼殓海克多,躬自载之柩车。留王晚膳,而后遣之归。特罗之人空城而出,咸来哭迎。阅旬日,葬海克多。(以上卷二十四)《伊里亚》一书,遂终于是云。

此下之事实,为荷马所未详。以其与希腊之文章在在均有关系,故更叙其结局如下:海克多既葬,两军复战。女儿国(The

Amazons)之王,率娘子军来助,故特罗人一时小胜,旋遭败劫。先是阿克力斯睹特罗王之幼女Polyxena美,故有贰心,力主和议,未成。至是求于特罗王,约为婚姻。行聘礼于城门之外,谓战争告终,即当完娶。乃聘礼甫成,巴黎遽由阿克力斯身后,以毒矢射之,中其足,阿克力斯遂死。希腊二将争获其甲胄,为奥德西所取。他一将Ajax不得,愤而自杀。初希腊军之东也,有Philoctetes者,善射。以足生疮,有恶臭,为众弃于荒岛。至是希腊人因卜者言,谓非得此人所藏古英雄Hercules之毒矢,则特罗城终不能破。因迎之至,叠奏奇功。巴黎中毒矢,势危殆,忆其已弃之妻绮那尼善医,急召之来。绮那尼怨愤未平,不遽为之施治,巴黎遂死。绮那尼亦悔恨自焚死。希腊人又因卜者言,遣二将潜入城中,盗取雅典尼女神像以出,而特罗城仍不能下。乃用奥德西计,制一极巨之木马,中藏死士,而全军伪退,乘舟而去。特罗人惊喜逾分,欲取木马入城。僧人Laocoon力言其不可,众不之省。该僧以泄漏天机,与其二子,均为蛇噬。(参观《学衡》第八期插画《僧人遇蛇像》及其说明。)木马既入城,死士尽出,内应外合,城遂陷,焚掠一空。全城之人,自老王以下皆死,无一存者。于是希腊人以其俘虏财货满载而归。然归途历尽艰辛,重遭危难。或覆舟于海,或遇敌见杀,或即安抵故土而沧桑已改,人事都非。若奥德西之所遇,其尤酷者也。其详见荷马史诗《奥德西》(*Odyssey*)一书中。方城之破也,麦乃劳斯重获海伦,虽年华已逝而美丽犹昔,载与俱归,重为夫妇如初。至亚格满能归国,即为其妻与奸夫所杀,并欲杀其子。幸其次女Electra富有胆略,以计纵之,逃亡于外。久后归报父仇,手刃奸夫,并弑其母。此子遂为神之所不容,到处为凶煞The Furies所逼,不能安居。后以卜者启示,远赴黑海北岸之Tauris,迎得其长姊绮斐吉尼(见前)而归。其详见希腊三大庄剧家（见后）所作剧本中。凡此皆英雄末路及身后之厄遇。故希腊人伐特罗之役，其卒也两败俱伤。败者固亡国破家，人民为奴，宗社为墟；而胜者亦飘流转徙，死亡丧乱，未足云差幸也。

希腊人伐特罗之役其始末既明，今乃进述荷马史诗《奥德西》（*Odyssey*）之内容。即记奥德西（Odysseus，Ulysses）归途之所遭遇者也。初奥德西从役希腊军（见前），围特罗城，凡十年乃破。城破之后，飘流海上。又阅十年，始安抵故土。故在外凡二十余年，其国之豪强者，肆意侵凌。夺其产，占其居。日在其庭中饮酒为乐，狂暴恣睢。又艳其妻柏尼罗璧之美而欲取之，屡造作奥德西之死状以闻。柏尼罗璧矢意守贞，乃告诸豪，言方织锦络，此络成时始可嫁人。柏尼罗璧每日所织者，入夜则取刀断之，复断复织，故其络卒无成时，藉是以为缓兵之计。诸豪久而不能待，且知其设词以拒也，将强娶之。奥德西之子第赖马克（见前），年甫逾冠，力弱势孤，不能抵御。祸将作矣，而不意奥德西竟于三四旬中归来也。《奥德西》一书，即于此托始。开卷先叙上界诸神会集，雅典尼女神言于上帝，以奥德西所受患难已多，情实可悯，今即宜纵之归家，不必再加磨折；上帝许之。雅典尼乃下凡，幻身为奥德西之老友孟达（Mentor）往见第赖马克，劝其出外寻父，且自任乡导。（以上卷一）次日，第赖马克召集国人，当众面求诸豪引去，勿扰其家，且言外出寻父之意。国人惧诸豪势，莫敢为之助。幸得孟达阴为布署舟具及徒众，乃得乘夜逸出。（以上卷二）至Pylos，晤其王Nestor，款以优礼，然不能道其父之踪迹。孟达（即雅典尼）忽潜去。（以上卷三）第赖马克自乘车至斯巴达，其王麦乃劳斯及后海伦（均见前）亦厚款之。麦乃劳斯自言特罗城陷后，崎岖八载，乃得抵国。闻人云奥德西实未死，而在某岛为俘囚，亦不能道其所在也。（以上卷四）于是第赖马克暂居斯巴达。而当此时，其父奥德西实远在Ogygia岛。初奥德西航海覆舟,只身飘流至此。女神加里苏(Calypso)为岛之主,委身嫁之,遂为夫妇,凡八载。女神谓若长居此,可能长生不老。而奥德西终不愿,苦思归也。至是上帝遣使示梦,加里苏知奥德西终不可留,乃遣之。奥德西以树制槎,浮海去。海若未忘夙仇,重兴风作浪,槎碎。奥德西遇某神救,至西方极乐之菲斯(Phaeace)国,登岸,卧枯叶中。(以上卷五)其国王之女Nausicaa以艳称,得雅典尼示梦,赴海滨濯锦以备婚礼。至,方与女伴舞蹈歌笑为乐,忽遇奥德西,乃载与俱归,引见其父。(以上卷六)国王敬而礼之,奥德西具言乘槎至此之故。(以上卷七)其明日,奥德西以国王命,与众较武艺,独取巨石,掷之极远。王与后惊问,始得悉其真名氏。(以上卷八)于是奥德西为王历述归程十载之所遭遇,详其颠末。初特罗城陷之后,奥德西与其徒众具舟满载货财俘虏,泛海而归。途经Thrace之Ismarus城。登岸,入其城,劫掠而还。旋遭援军追杀,死多人。再航海,遇飓,桅折帆碎,飘荡十日而抵食莲国(Lotus-eaters)。其国之人,惟食莲花及实以活。先行者三人,被邀共食,既乃昏昏思睡,忘却一切,疲不能兴。奥德西乃严禁余众勿食,急解缆行。西向而抵西西里岛(Sicily),单眼之巨人Cyclops聚族居之。奥德西率十二人登岸觅食。见山间广场,肥羊无算。又入单眼族之王所居之洞,中藏乳酪饼饵之属极富,欲待其归而乞取之。王名Polyphemus,海若之子也。〔单眼王状貌极丑怪,常眷海中女神曰加拉蒂亚(Galatea)。千方百计欲诱之上岸而不能。盖单眼族皆不敢入水也。然加拉蒂亚爱一甚美之牧童曰Acis,常登岸共坐石上,喁喁情话。单眼王见之怒极,以巨石掷而压之。加拉蒂亚幻形而遁,牧童之身则压为齑粉,其血化为河水,直流至海,以与加拉蒂亚相会云。此亦希腊神话之一段,但与本事无关,故为《奥德西》书中所不详云。〕已而单眼王归，驱群羊入洞，以巨石塞洞门，防其逸出。既见奥德西等，询其名。奥德西诡对曰："我名无人，航海覆舟，乞助。"单眼人遂攫奥德西之徒二人而吞食之。及寝，鼾声如雷。奥德西持剑欲杀单眼王，既念王死则洞口之石终莫能移，乃别为深长之计。次日，王率群羊出，仍以石抵门。奥德西等乘间取巨木，削其一端使尖，又入火以坚之。是夕，单眼王归，复取奥德西之徒二人食之。入夜，奥德西献酒一篓，单眼王饮之，沉醉，酣卧。奥德西爇巨木之尖端而刺入单眼王之目，王遂全盲，负痛狂呼怒詈。其族众自洞外问何人加害于王？王答曰："无人害我。"众遂散归。翌晨，羊啼不止，单眼王乃微转洞口之石，仅开隙地，俾诸羊鱼贯而出。王一一以手触之，藉知其出洞者确为羊也。奥德西急缚其徒众于羊腹，潜身羊下以自隐蔽。单眼王抚摩羊背，而不知奥德西等竟得逸出也。及知而已晚，以巨石掷之，几中奥德西之舟，然奥德西等竟得扬帆脱去。顾以伤残单眼王而开罪于海若，归途遂益多险阻云。（以上卷九）至奥利安（Aeolian）群岛，其王即风伯 Aeolus 也。与以革囊，嘱慎携之，曰："所有逆风，尽锢于此中。只余一帆顺风，子可归矣。"奥德西在舟，日夜目不交睫，紧握其囊，舟行至速。阅九日，将抵绮色佳，故国已俨然在望。奥德西倦极，以囊授其徒，假寐片时。其徒疑囊中满储巨金，欲窃之。甫启囊而逆风骤起，海天震荡，流转多日，复抵风伯之国。风伯已以单眼王之事怨奥德西，遂拒而不纳。奥德西等又浮海多日，而至食人国（Laestrygonia），其人掷巨石碎客舟，然后攫人而吞食之。奥德西之徒众多为所食。丧其十一舟，仅以一舟逃去。至意大利南岸之 Acaea 岛，神巫沙西（Circe）居之。沙西为金发之美妇人，太阳神之女，具有魔术。奥德西之徒至岛，溺于其美，沙西饮以毒酒，挥杖诅咒，皆变为豕。奥德西后至，得某神启示,先服以药,故沙西之术均无灵。于是为奥德西所降服,仍还其徒众为人,且浴以芳液,被以锦衣,而厚享之。奥德西与沙西居一载,几于乐不思蜀。逾年,其徒乃谋归计。(以上卷十)奥德西从沙西之教,得至冥府之边界,新死之鬼居之。杀牛以血饮鬼。诸鬼先后出,与奥德西语。某卜者之鬼,示以谋归之法。又见其母,及特罗城下战死之同袍。毕,仍返沙西之国。(以上卷十一)告别而行,舟近色冷(Sirens)族所居之土。色冷族者海中之仙女,其歌声之美,至能移魂荡魄。使舟人转舵近之,而舟必触岩壁,成为碎粉矣。奥德西从沙西之教,以蜡塞其徒之耳,使聋。又命其徒缚己于桅上,虽闻歌声而悦之,亦不能有为,遂得渡此难关。旋遇二女魔当前,左右夹处。其一名Charybdis,居海中。每日三次吸水入其洞,并巨舟亦吞之。其二名Scylla,居陆上岩穴中,常伸其六首出外,攫人物食之。(此魔本为极美之少女,海神Glaucus爱之,然女不遽俯就。海神问计于沙西。沙西固亦爱此海神,故妒该女而以毒药授之。海神不知,俟女浴时,以药投水中。女遂立变为六首而奇丑之魔,永食人以泄愤焉。)奥德西持矛立船首,严为戒备。舟甫过第一魔之险,而第二魔遽攫其徒六人以去。(故西语falling from Charybdis into Scylla即"前门去虎,后门进狼"之意。)舟至太阳岛(Trinacria,即西西里,见前),诸人不从奥德西言,径登岸,饥不择食,竟杀太阳神之牛羊牧于此者而果腹,且留连七日不去。太阳神(即阿波罗)闻之怒,请于上帝而降之罚。于是暴风碎舟,奥德西之徒众皆溺死。独奥德西以未尝食神牲之肉,得孑身免。坚握破桨,浮海中九日夜,游泳至Ogygia岛岸上。女神加里苏(见前)为该岛之主,厚赐款接,并委身嫁之。(自卷九至此,皆特罗城破后二年中奥德西之所遭遇,而自述于菲斯国王之前者也。)居此八年乃行(此时已至特罗城破后之第十年矣)。遂得乘槎辗转而至菲斯国焉。(以上卷十二)奥德西告菲斯国王之语竟,王及在廷之人均大为感动,唏嘘不置。(此处复合于卷八之末。盖卷九至卷十二之事实,在卷五之前,特就奥德西口中穿插补叙之耳。)于是王及后设筵祖饯,并厚赐奥德西,而以大舟送之归绮色佳。抵岸,奥德西方寐,众置之岸上而还。海若怒菲斯人之助奥德西也,使其归舟化为巨石,植立菲斯国之港口,永阻绝其海上之交通焉。奥德西寤,遇雅典尼幻形为牧童,为藏其携归之珍物,并教以行事之方。(以上卷十三)奥德西自饰为乞丐,往见己之圉人(Eumaeus),刺得家中近况,及别后情形(即卷一、卷二所叙者)。知妻受逼而子出亡。(以上卷十四)雅典尼至斯巴达,示梦于第赖马克(此处紧接卷四之后半)而促之归。麦乃劳斯厚遣之,诸豪设伏狙击,未成。第赖马克得安抵故乡。(以上卷十五)往见圉人。圉人告以奥德西已归之实情,引其父子相会,共议定诛仇之策。(以上卷十六)第赖马克往见其母。奥德西旋亦乔装为丐归家,为诸豪之盘踞其室者所凌辱。(以上卷十七)奥德西与他丐斗,而胜之。又受欺凌,悉隐忍不与较。(以上卷十八)柏尼罗璧出,询丐以其夫之消息。奥德西答以据闻其人未死,不日即归。其老乳母为丐濯足,见痣,审知此丐即其主人。奥德西嘱勿声。(以上卷十九)诸豪仍聚饮于庭,凌轹横暴如故。(以上卷二十)柏尼罗璧以诸豪逼之急,定期择婿。至期,出奥德西之劲弓,悬十二环于空中,曰:"有能挽此弓而射穿诸环者,吾当嫁之。"诸豪相顾却沮,奥德西乃前为之,若甚易易也者。(以上卷二十一)于是奥德西迅脱丐装,与第赖马克及二仆合力,尽杀诸豪。(以上卷二十二)时柏尼罗璧犹卧,乳母唤醒而告以故,乃与奥德西相会,惊为已死也。奥德西往拜其老父Laertes。(以上卷二十三)诸豪之党,集众谋复仇,为奥德西等祖孙三辈大破之,众慑服。于是奥德西重为全岛之主,骨肉团聚,得享天伦之乐。盖距从军出征之日,已二十余年矣。(以上卷二十四)荷马《奥德西》一书止此。别传奥德西静极思动,不甘宁居,乃复率舟师入海,往寻西方之极乐园(The Isles of the Blest)而得之,遂为其国之王,优游光宠以终身云。此则为荷马所不详也。

第三节 荷马史诗之结构

荷马史诗之结构,至为完整精密,为后世作史诗、小说、戏曲者,以及凡百叙事之文所取法。今欲明其结构,当先知荷马史诗之题目。两诗固皆有关于希腊人伐特罗之役,然决非以此役为题目。盖此役之所由起及其所以终,皆为荷马所不详。此役之起需数年,其终亦非斩钉截铁、骤然而止。但就战争之本体论之,希腊人军于特罗城下者十年。而《伊里亚》(*Iliad*)则只叙第十年中之一段,为时不及两月,又不及城破凯旋之事。至《奥德西》(*Odyssey*)所叙者,为特罗城破后第十年之事,为时仅四十二日。其去此役之本体尤远。即谓为奥德西一人作传,亦属不可。盖所叙者,并非奥德西之一生,乃仅此四十二日中之遭遇耳。其非正经之题目可知也。或曰伊里(Ilium)者,特罗(Troy)城之别名也。〔相传此国为特罗(Tros)之子Ilus所建,或以其父名或以其子名,故此国有二名。〕《伊里亚》(*Iliad*)译言伊里之歌,即特罗之歌也,谓非以歌咏特罗城之兴亡为题者乎?又《奥德西》(*Odyssey*)者译言奥德西(Odysseus)之歌也,谓非以赞叙奥德西之生平为题者乎?顾名思义,则又何说?应之曰:“不然。荷马之两史诗,本无名也。其名乃后人所加,毫无涉于荷马,故于此不能顾名思义也。且常人之名物也,每举其物最显著之性行一二以为名,而不问其浑括确当与否。彼后人之名荷马之诗,殆亦类此。今谓为有关于特罗之战之某诗，或有关于奥德西生平之某诗，则其名质直浑朴，而众易晓。苟另用精详冗长之名，众必不能记忆矣。(譬如中国之业弹词者，若大书特书赤壁之战，众且茫然。若改言诸葛孔明草船借箭，众立喻矣。盖常人名物喜征实而忌虚空，喜特确而忌笼统，喜简短而忌冗长。此显而易见之事也。)故即后人所与之名，亦不可郑重视之。盖彼用以指示此物，非描画之也。为通用之便捷，故与之名，非与之题目，固未可牵强混淆也。”

欲知荷马史诗之题目，当于其本体求之。盖荷马固已自言之既明且确矣。两史诗之开卷初，皆先祷告于诗神(Invocation of the Muse)，求其指示赞助(文艺之神The Muses凡九人，为姊妹行。盖皆上帝Zeus之女，分掌各种文艺学术。其最幼者曰Calliope，专掌史诗。荷马所向之祷者即此，故曰诗神)，俾成此歌。随即将此歌之大旨及重要事迹，简括叙之，以概全书。(犹我国传奇首出之传概也。)取此段读之，则荷马两史诗之题目赫然俱在，何劳妄为推测？兹就荷马所自言者分列如下。《伊里亚》之题目为《阿克力斯之一怒》(*The Wrath of Achilles*)，《奥德西》之题目为《奥德西之归家》(*The Return of Odysseus*)，由此推之，思过半矣。

荷马史诗之结构所以能如是完整精密者，即在就题作文，处处不忘此题目。其书以此题始，以此题终。全书之事实，悉选其有关本题者，然后收用之，否则概归摈斥。又其所用之事实，皆细心排置，重重关锁，心营目注，一线到底。以书中本事(Story)之进行，为发挥此题之步骤，重重堆积，逐渐紧张。既达极峰(Climax)，则急转直下(Denouement)，以赴结局之大变(Final Catastrophe)。又书中处处注重因果之律，前后关连。有起脉，有伏线，有逆流，有障碍。眼观全局，笔笔照应，决不无中生有，或违悖情理。且表里相维，其精神上之转变与事实上之进止，谐和一致。故读毕一卷或全书,不惟知叙事已达何处,且精神亦潜移默化,受其感动,与为喜怒哀乐而不能自已。凡是悉由惨澹经营之功,此之谓布局(Plot),此之谓结构(Structure)。故在今众所熟知为小说、戏曲及长篇叙事诗所不可离者,实缘荷马开其端,启其机,示以楷模,俾后世得所师法,乃臻此耳。呜呼,伟矣!

今试就上言之题目,略明荷马史诗之结构。(一)《伊里亚》之题目既系《阿克力斯之一怒》,而非希腊人伐特罗之役。故于此役之缘起及相持十载之经过,概不叙及,而直叙阿克力斯发怒之原因。开卷即径详亚格满能强夺俘女之事,致阿克力斯愤激誓不再战。自卷一之末至卷八,为一段。连写阿克力斯一怒之影响。此绝世英雄不肯赴敌,于是希腊之军屡败。又叙天神降疫,以见此一怒之关系重大。虽有雄兵(卷二)猛将(卷三、卷四、卷六)侥胜于一时,亦属无补。则阿克力斯以身系全军之重,由其行止而两方之胜败决焉。自卷九至卷十七,悉用顿挫之笔,益见阿克力斯一怒为祸于希腊人之大。始则亚格满能已有悔心,而阿克力斯不肯出。(卷九)自后中间虽有小挫(卷十四),而特罗军愈胜,希腊军愈败,至不可支,危在旦夕。(卷十一、卷十二、卷十三、卷十五)阿克力斯至是仍不肯出,可见其怒之甚。复用顿挫笔法,而有派斗克拉斯借甲战死之事。(卷十六)卷十八为全书之极峰(Climax),譬如弯弓极满,矢乃发矣。盖阿克力斯虽以甚怒而不恤希腊军之败衄,而急报友仇,竟允出战也。其母求火神造甲仗,亦是顿挫之笔,以见此次阿克力斯再出声势之大也。(卷十八)卷十九为阿克力斯息怒之正文。自此至卷二十一,急转直下(Denouement),然先后轻重仍有次序。始则登陴一呼(卷十九),次则大败敌军(卷二十),然后乘胜进逼敌城(卷二十一),终乃斩海克多。(卷二十二)此段乃全书终局之大变(Final Catastrophe),以全力写之。而阿克力斯息怒之效始大见，则其一怒所系之重亦可知矣。至卷二十三及卷二十四，则余波耳。凡其写希腊军之欢庆（卷二十三）及特罗人之哀戚（卷二十四）之处，实所以写阿克力斯之英勇，而得见其一怒之关系重大也。此后之事，无关于阿克力斯之一怒，故《伊里亚》一书遂止于此。又书中虽阿克力斯不在场之时，亦皆用反衬笔法，形容阿克力斯之英勇与其一怒之威风。全书以阿克力斯为主人（Hero），海克多为其陪衬，故加倍出色写之。准是，则《伊里亚》之题目为《阿克力斯之一怒》，尚何疑哉？（二）《奥德西》之题目既系《奥德西之归家》，而非奥德西之一生，故于特罗战役，毫不叙及。而欲见其归家之事关系之重大，则先写其家中之苦况，及急待其归之实情。（卷上）又叙其子往寻，以与奥德西急欲归家而不得反相衬。（卷二、卷三、卷四）自卷五至卷十三，历叙奥德西所经之患难，濒死不得归者屡。凡此皆顿挫之笔，以见归家之不易，即上文所谓弯弓之法也。至十年之流转事迹，由奥德西口中叙出，以告菲斯王（卷九至卷十二）用倒插补详之法。不惟省笔墨、避平直，且见得此书所叙乃奥德西将归家时之四十日之事，而非十年之飘流记也，故不得不如此叙法。卷十三之末，奥德西安抵故国，上陆。此为全书之极峰，自此至卷二十二，急转直下，层层脱解，但仍叠用顿挫之笔（Suspense），直至复仇之顷，始露本相（Recognition），出人不意（Surprise），写来更觉有力。卷二十二复仇一段，为归家之正文，亦即全书终局之大变也。以下二卷，写室家骨肉之团圆，则余波之用作渲染者耳。准是，则《奥德西》之题目为《奥德西之归家》，亦不容疑矣。

亚里士多德于其所著《诗学》（*Poetics*）之第八章，极赞荷马史诗之结构。略云，夫所谓结构之整严（Unity of Plot）者，谓必全书专写一事（Unity of Action），非谓将某人之一生所历悉行叙出也。如专写一事，则书中各部分必相衔接而关连，相维相系；苟删去或移动其一段，则全局破裂。不如此，不能谓之结构整严也。荷马事事出人头地，于此亦然。故其《奥德西》一书，即符上言之例。而《伊里亚》亦专叙一事者云云。又《诗学》之第十章，谓结构可分二种。一曰直叙法（Simple Plot），即一线到底。按事之先后次序，逐一叙之，如《伊里亚》是也。二曰曲叙法（Complex Plot），即书中人物之境遇，忽然转变，此祸彼福、此胜彼败，形势适与顷刻之前相反（Sudden Reversal of Situation，如诸豪盘踞奥德西之家，逐其子，占其产，将污其妻矣；而奥德西骤归斩杀诸豪，转祸为福，转危为安，转弱为强是也）。或其人物隐姓埋名，乔装伪饰，既乃忽露本相，见之者惊喜交集（Recognition，如奥德西之归，乔装为丐。至卷二十二报仇之顷，始露本相。而至卷二十三其妻始得知之，然后夫妻团圆是也）。苟书中不具此二者，则为直叙法。曲叙法如《奥德西》是也云云。故结构之法，荷马实开其端，后来戏曲、小说及叙事诗之结构，大都不出此二种，甚或加以变化，兼采而并用之。然则推本穷源，能不于荷马史诗之结构三致意焉哉！

第四节　荷马史诗之作成

荷马略传　西谚有云：其人愈伟者其传愈简短。盖真能立德立功立言者，初不必藉其家世及生平琐事而始闻于后也。荷马为欧洲文学首出之作者，而其事迹极不详，甚至生于何时何地，亦难约略言之。后人虽加意考究，终无定论与确据。所可信者，荷马为移殖于小亚细亚海岸之希腊人中之安尼央（Ionian）族人，生于Smyrna城或Chios岛。〔据上古各种记载，有七地者，皆争以荷马为其处之人，谓有坟墓及他种遗迹，藉是以为光荣。七地者，即Smyrna、Rhodus、Colophon、Salamis、Chios、Argos、Athens是。

其中要以Smyrna及Chios为最可征信。然究生于Smyrna抑Chios乎？则仍难臆断。或谓Smyrna城始为安尼央族所居，旋为其北之奥利安(Aeolians)族所夺而据之，后又为安尼央族重行取得。正以荷马为此城中人，故荷马之诗虽为安尼央族之语言，而中杂奥利安族之字句也。此一说也。或曰彼Chios岛中，既有自称为荷马之族(Homeridae)者，多年聚居于斯，则荷马为此岛之人，更何容疑哉？此亦一说也。或曰荷马实生于Smyrna城，几经迁徙，卒至Chios而居之，且殁于斯，故有上言之二种证据，并非矛盾也。此又一说也。三说皆未可全信。但知其必为上言之两地之人可矣，不必强为辩定也。]其时约在纪元前八百五十年之顷。(详见下文。)荷马之职业为沿门卖唱之歌者(亦详见下文)，生平流离迁徙，至为贫苦，既老且盲。惟《伊里亚》及《奥德西》二诗为其所编，到处为人歌诵，备受欣赏，如是而已。至世所传荷马之石像，乃纪元前四世纪中某雕刻家所为，亦系想象其神采，以意为之，并非可据之真容也。

荷马问题　《伊里亚》及《奥德西》二诗，自古相传为荷马所作，无或致疑者。乃至十八、十九世纪之交，忽有持异议者，谓荷马实无其人，二诗亦非一人所作。于是所谓荷马问题(The Homeric Question)者遂起，聚讼纷纷，末由判决，为治文学史者最繁难困苦之一事。荷马问题之内容，即论究古来是否有荷马其人，其生平如何，《伊里亚》及《奥德西》二诗，是否荷马所作。如非是，然则为谁氏之作，且以何法而作成之乎？推原此问题之所由起，盖因十八世纪之末及十九世纪之上半叶，为浪漫主义大行之时。人皆骛为新奇，喜为不经之论，一反前人成案，藉此鸣高。又溺于天才(Original Genius)之说，谓凡惨澹经营、完整精密之作，必非佳品，嫌其过事雕镂也。且以好奇之故，遂专嗜各国各族古昔草昧质朴之时之文章。于所谓初民之歌谣(Ballads)者,尤矢意搜采〔英国 Bishop Percy 之 *Reliques of Ancient English Poetry*(1765)其最著者也〕,供众欣赏。甚或私自造作,以今冒古,以伪乱真,欺世盗名。〔如英国 James Macpherson 之 *Ossian*(1762)及 Thomas Chatterton 之 *Rowley Poems*(1777),其最著者也。〕此乃当时之风气,而以此法施之荷马,异说遂生。至十九世纪中,人多用所谓科学方法者治文学,遂常不免割裂挑剔、破碎支离,及吹毛求疵、强作解事之病。且言语文字之学发达,治荷马者肆为寻章摘句,以一声一字之微,遽断荷马史诗此段与彼段为一人之作,而某句与某节则另出一人之手。繁分缕析,不可究诘。故各家之说,及其争辩之陈迹,若详述之,徒乱人意,无多裨益。故今以先后为序,仅申明其中最要之数人之主张如下,以见一斑。

(一)英人Robert Wood于一七六九年,撰*Essay on the Original Genius of Homer*,谓荷马之时,尚无文字,故荷马史诗以口授而传于后,初非文章也。

(二)德人武鲁夫(F. A. Wolf)读上言之书而善之,乃扩充其意,于一七九五年撰"Prolegomena"及"Preface to the Edition of Iliad"二篇。谓始初有短歌若干,各自为一体,互不相涉。其中大半为荷马所作,余则为多人之作,均以口诵而流传。迨后既有文字,乃另有人汇集而整理之,合为一篇,书之竹帛。为此者非荷马也。(按武氏以前已有人疑荷马史诗为多人合作者。即在上古时亦有谓《伊里亚》为荷马所作,而《奥德西》则另出一人之手者。然皆偶尔言之而已,未为坚确之主张也,殊无影响。故论近世之荷马问题者,常以武氏托始,且以武氏与拉赫满氏为最重要云。)

(三)德人拉赫满(Karl Lachmann,1793—1851)既将德国之国史诗 *Nibelungenlied* 析为二十短歌,遂于一八一六年著

*Betrachtungen über Homers Ilias*一书，将《伊里亚》亦析为短歌十八篇。谓系十八人所作，本不相联属，后人汇为一体，而假托荷马之名云。

（四）德人哈曼（Hermann），于一八三四年撰"Dissertatio de Interpolationibus Homeri"。又于一八三五年撰"Uber Homer und Sappho"论。又于一八四〇年撰"De Iteratis apud Homerum"一文，谓原本《伊里亚》（*Ur-Ilias*）及原本《奥德西》（*Ur-Odyssee*）乃荷马所撰，其篇幅之长，约当今本之六分之一。中所叙者，惟阿克力斯之一怒及奥德西之归家两事，而不及其他。后人扩而充之，增入无关本题之材料甚多，乃成为今所传之本。而荷马原作，则不可见矣。

（五）德人倪奇（G. W. Nitzsch）于一八三〇年至一八三七年著*De Historia Homeri maximeque de Scriptorum carminum aetate meletemata*一书，谓荷马之时，确已有文字。在荷马之先，已有各不相关之短歌若干种。荷马取此为材料，汇编之为二篇史诗，与以结构，遂成今传之《伊里亚》与《奥德西》。故荷马之生甚晚，虽取材于短歌，然今所传之史诗，实系其一手编成者也。（倪奇氏之主张，与武鲁夫氏适相反，而最近人之意见，则多合于倪奇氏云。详见下文。）

（六）英人郭罗特（George Grote，1794—1871）于所著《希腊史》（*History of Greece*，一八四六年至一八五六年出版）中，谓昔有史诗曰《阿克力斯传》（*Achilleid*），专叙阿克力斯之一怒，其书即今所传之《伊里亚》之卷一、卷八、卷十一、卷二十二也。迨后荷马出，乃扩充之为今本。而因内容已变，故易其名为《伊里亚》（*Song of Troy*）焉。（按此公实兼采哈曼及倪奇两氏之说者。）

（七）英人戈德斯（William D. Geddes）于一八七八年著*The*

*Problem of the Homeric Poems*一书,谓荷马所作者为《阿克力斯传》(*Achilleid*),后另有诗人某,增益之为今本之《伊里亚》。而此诗人即作《奥德西》之人也。(此说与郭罗特之说略同,惟谓荷马在前,并谓《奥德西》非荷马所作。)

(八)英人W. Christ于一八八四年撰*Prolegomena to the Edition of Iliad*,谓荷马初作短歌四十首,每首自成一体,但其间有一定之次序,是即古本之《伊里亚》也,以授其族。其后荷马之族(Homeridae)乃增益之,而成今本之《伊里亚》焉。(按此说略同于拉赫满氏。)

(九)英人费克斯(Ficks)于一八八五年所刊《伊里亚》之序中,谓荷马史诗原为奥利安(Aeolian)文。其后于纪元前五三〇至五〇〇年之间,经人译成安尼央(Ionian)文,行于后世,而荷马之原本遂失传焉。(此说殊无理据,详后。)

(十)英人解布(R. C. Jebb)于一八八六年著*Introduction to Homer*一书,谓《伊里亚》之原本,乃荷马所作,全形已具,约当今本之卷一、卷八、卷十六、卷二十二。此本实作于希腊北方之Thessaly,厥后流传之小亚细亚,其地之人乃增益之,遂成今所传之本云。(此说与戈德斯略同,惟谓荷马所作原本即为具体而微之《伊里亚》,而非《阿克力斯传》也。)

以上所述,皆所谓新派之见解也。然当其时,笃信旧说者仍不乏其人。即谓《伊里亚》及《奥德西》二诗,实成于荷马一人之手,其后亦并无改动。荷马乃天才卓越之诗人,又以惨澹经营之工夫,而成此名著。故荷马之作此二史诗,实无异于桓吉儿(Virgil)之作*Aeneid*与弥尔顿(Milton)之作*Paradise Lost*也。彼妄事揣测,强翻成案者,实属多此一举,费精神于无补者已。如安诺德Matthew Arnold,如布查S. H. Butcher,皆此旧派之翘楚;余人尚多。其立论之根据，多本于二事。一者，荷马史诗全书结构完整细密，若曾经多人割裂增补，何克臻此？二者，其诗有一种特殊之精神之感情，弥漫全书，前后浑然一致。若非由荷马一心一手所作成，逐处必露痕迹，断难天衣无缝也。平心论之，大凡读荷马之诗者，苟一气读下，观其全体，综合而取其内蕴之精神，则易见其同，而必信从旧说。而若取其一段，反复推究，分析而察其外形之末节，则易见其异，而必依附新说。此其一也。此系乎方法者也。又诗人及文士，读荷马之作，欣赏之，感慕之，神思契合，若见其人，则多信从旧说。而专事考据之语言学者及古物学者，取荷马之诗，推勘之，比证之，自喜得间，便下铁案，则多依附新说。此其二也。此系乎人性者也。由是推之，思过半矣。

惟当十九世纪之中叶，实为新说最盛之时。然最近三四十年来之趋势，则众多归于旧说；或稍事折衷，而其主张，要非纯如昔日之旧说焉。其所以新说衰而旧说复盛之故，则因浪漫派已成陈迹，一时好奇心之狂潮渐杀，复返于平心静气之途；而新说自为矛盾纷纭，令人莫知所适从故也。尚有一原因焉，即古物学之进步，与探险家发掘地下古迹之成功，而证明荷马史诗实为当年之信史，并非臆造杜撰。既为信史矣，则必为深知当时之情形之人所撰述，而非由异地异时众多之人拼合杂凑、增删改易而可成者也。若如彼而仍适成为信史，天下殆无如此之巧事也。探险家发掘古迹之最著名者二人。

（一）为德人希里满（Heinrich Schliemann，1822—1890）。其人自幼贫贱，为杂货店之佣保。又航海覆舟，流离转徙，备尝艰苦。少年闻人读荷马史诗而好之，决往探其遗迹，乃苦读希腊文。及后以业煤油致富，乃得于一八七〇年偿其素志，率土耳其小工一队，赴黑海之西南、小亚细亚一隅探险。世之所谓学者及考古家者,皆非笑之,斥为妄,莫肯为助。而希里满苦心孤诣,竟于一八七三年发掘一土山,而得古特罗城之故址。原彼特罗城,实建于石山之上。据后人续行发掘所得,知其城实有多层。在中而最下者最古,是曰第一城,约系纪元前三千年时所建。由此而上,得第二城。甚小,已近山顶,是曰第二城,约系纪元前二千五百年时所建。更有第三、第四、第五以至第六城,为历次扩充增修者。因城之范围每次扩大,故包前城于其中。而新城之城根,乃由山顶而下降于山麓矣。惟城墙之高厚,则每次增加。其中尤以第六城之雉堞为最雄阔坚厚,约筑于纪元前一千五百年,而毁于一千二百年。更于其傍有第七、第八两城。最上一层,名第九城,是即罗马人之伊里城,有神祠翼然矗立焉。凡此均为沙土所覆塞,盖陵谷桑田,阅年深矣。希里满自山顶掘下,得圆谷如井。更下,得第二城,且获宝藏。因止于此,而断定此为荷马史诗中之特罗城,终不自知其误也。后之继其志者,尽发诸城,乃知荷马史诗中之特罗城,实为此间之第六城,而非第二城也。以第六城之形势,及城垣之曲折,坡陀之起伏,按之于《伊里亚》书中所言,悉合。至是,而荷马之为诗史,乃得证明矣。希里满此役既毕,更于一八七六年,赴希腊南部之中区发掘,得古Mycenae及Tiryns之城垣街市,及其名王之宫阙器物冠冕等,世乃惊叹其功之伟焉。

(二)自此以后,各国考古家联袂偕来,相继发掘,各有所获,而以英人伊文思(Arthur J. Evans)之功为最著。伊文思于一八九四年,为牛津大学派往。除竟希里满未成之功外,并于克里底岛(Crete)掘得古昔该岛名王Minos朝之宫殿坟墓等。于是古代地中海沿岸诸国诸族之事迹及关系大明,而荷马问题亦易得解决矣。

荷马史诗之作成　今更就晚近学者研究之结果及考古家所

证明，撮述其折衷新旧而为众所公认之说，以见荷马史诗所由作成之迹。昔日欧洲文明初启之时，距今五千年前，居欧洲南部地中海沿岸者，为一种白人。其人确非阿利安种(Aryan Race，又曰Indo-European Race，即印度人及今日欧洲人之始祖)，而与埃及人及细米底族(Semites)关系较近，姑名之曰地中海种。此种人之一部，居地中海之东部，即希腊半岛、地中海诸岛及小亚细亚海岸者，可名之曰东地中海族，又称Cretan-Mycenaean族。然通称之为培拉斯吉族(Pelasgi，或又以其居爱琴海一带而称之曰爱琴族Aegeans)。当纪元前三千年至二千年之间，此族之居克里底(Crete)岛者，以地当海上交通之冲，受埃及之影响，始创一种文明，曰克里底之文明。雕镂绘画及制作器皿甚精，又创为象形文字。纪元前二千年时，其各部之王威力远播，是曰海王(Sea Kings)。希腊神话中所谓每年需食童男女之Minos王，即是也。克里底艺术文明最盛之顷，为纪元前一千六百至一千五百年间。希腊半岛南部之土人(即培拉斯吉族)受其启迪感化，遂亦造成一种文明，是曰Mycenaean文明。自纪元前一千五百年至一千二百年之间，称为Mycenaean时代。方其盛时，且以兵入克里底岛而臣服之，于是克里底之文明遂告终。又培拉斯吉族之一部，于纪元前三千年时，在小亚细亚之西北隅建立特罗王国。自纪元前二千五百年至一千五百年，国势日盛。然国人习于骄奢荒惰，国运遂衰。而纪元前一千四百五十年至一千二百年之间，小亚细亚又有海地族(Hittites)之王国出现，亦蔚然大国也。至于希腊民族，属阿利安种，由中央亚细亚迁徙而来。约于纪元前二千年时，至丹牛波河(Danube)流域而居焉。厥后逐渐南侵而入希腊，至纪元前十三世纪，竟灭Mycenaean诸国，并据有希腊半岛之南部焉。希腊人自谓皆系其始祖Hellen之后裔，故自称为希腊族

(Hellenes),而分为四支派:曰奥利安族(Aeolian),曰铎利安族(Dorian,以上二族系Hellen之二子之后裔,故名),曰安尼央族(Ionian),曰阿克央族(Achaean,以上二族系Hellen之孙之后裔,故名)。其分布于希腊半岛之情形,略如(甲)图。纪元前十二世纪中,希腊诸族曾合兵伐特罗而陷其城,灭其国,是即荷马史诗之本事也。(或谓特罗城陷为纪元前一一八四年事,然未必确也。)当此之时,希腊人尚为游牧之民。其分布之情形略如(甲)图。纪元前十一世纪中,希腊诸族忽大转动迁徙,其原因不详。要之,北方异族南下,驱(1)Thessalian人而占其地。此族东向排(2)Boeotian人而占其地。(2)被迫,乃侵入希腊中部而占有之。其地之(3)铎利安族,除一小部分外,悉数南迁,夺希腊南部半岛而据之。其俗强悍,势大盛。且侵入克里底岛,占有之。更东进,直抵小亚细亚海岸。此次变动,名为铎利安族之迁徙(Dorian Migration)。迁徙后各族分布之情形,略如(乙)图。希腊有史以后,其情形均如

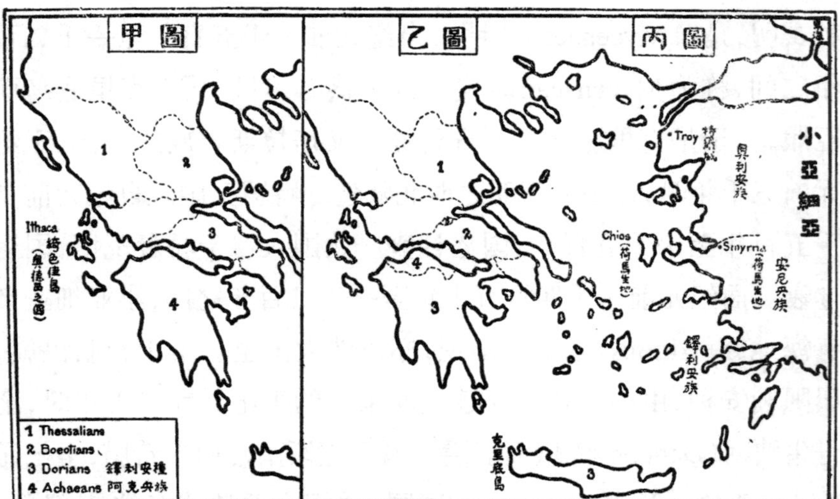

希腊各族迁徙示意图,原载于《学衡》杂志第十三期

此。然荷马史诗中所载者，悉本于(甲)图之情形，故读者每患其淆乱扞格。然苟知其所叙者为铎利安族之迁徙以前之事，以(甲)图按索之，则迎刃而解矣。当此迁徙之时，安尼央族受逼，乃横海东出，移殖于小亚细亚海岸及其附近之岛屿。其时小亚细亚海岸诸族殖民地分布之情形如(丙)图。北为奥利安族，中为安尼央族，南为铎利安族。自经此次大迁徙之后，各族之分划区域乃定，永远奠居。又自游牧进而为耕植之民。纪元前一千年至七百五十年之间，史家称为诸王时代(Age of Kings)。盖当此期中，国家之形式略具，农业之习俗大成，而希腊文明渐有进步矣。荷马史诗即作于是时。自纪元前九百五十年至七百五十年，此二百年，为史诗盛行及作成之期，故在文学史上谓之史诗时代(The Epic Period)。是时风俗淳朴，生活简陋。其号为贵族者，仅广有田产，较为富足而已。若辈大都聚族而居，于宅中之广厅(Meagron)，爇薪燔肉，与亲友家人共食。冬日晚饭既罢，无术可消永夜。或值宾朋宴集，思有以娱悦之。而众均心直口拙，无多言词可谈，则召歌者(Bard)至，命弹唱古英雄故事，众肃坐而恭听焉。歌者为其时一种专业，父子师弟相传，以沿门弹唱为生。其唱也，手自调筝(Cithara)佐之。所唱之古英雄故事，中杂神话，其大纲皆为听众所熟知。惟每一歌者可加以变化，铺排粉饰，而详为描画形容之。此则随人而异，故术有精粗，名有显晦，而得资亦有厚薄焉。此类歌者毋宁名之为说书人，盖其声调甚简而平，而所重者在其演述之材料。其时尚无书籍，歌词均无传写之本，歌者类须默记于心而背诵之。每次所歌，大约节取古英雄故事之一段，其长约如今荷马史诗之一卷。先祷于神(诗神 Muse 之原义，即记忆 Memory 也，可见其须背诵)，次略述此段之始末，再详演之，率为定法。间有命歌者连演多日，藉悉该故事之首尾者。久之，而诸短故事遂相关连,有一定之后先次序,而隐隐中构成长篇巨制之史诗焉。故歌者,亦即著作史诗之人也。彼荷马者,盖即此千百歌者中一人,而为出类拔萃者耳。所歌之材料,不必其为希腊人伐特罗之役也,此特其一事焉耳。此役之故事,实早成于希腊本土,即北方 Thessaly 之奥利安族,首传诵之。(故《伊里亚》诗中之英雄阿克力斯为该地该族之人,盖由编者重其本土故也。)迨后因铎利安族之迁徙(见上文),奥利安族移殖于小亚细亚海岸之北段,正即特罗国之故地。又初来之时,需与内陆及邻近之土著民族争战以自存。此奥利安族之人,栖流异域,追念先烈。又以目前之境遇,殊类当年之情形,于是特罗战役之故事顿觉亲切有味,而成为传诵歌唱之资,故史诗遂大发达。是为史诗作成之第一期,约当史诗时代(见上)之前半。其后渐流传于其南方之安尼央族。彼安尼央族之聪明睿智,为希腊诸族之冠,最富诗情,文艺之发达皆由其力。故史诗传至此土,顿形进步。上述之习俗多为安尼央族,而歌者亦多为此族之人。于是百余年中,为史诗全盛时代。是为史诗作成之第二期,约当史诗时代之后半。荷马为安尼央族人,生于此期之前半,即纪元前八百五十年至八百年之间,正即史诗由奥利安族之手而传于安尼央族之时。其所生地 Smyrna 及 Chios,又适当二族国土相接之处。意者,荷马尝取奥利安族之歌,增饰之、迻译之,而衍为安尼央族之歌,遂成为《伊里亚》及《奥德西》二篇。故二诗虽为安尼央族之文字,而中多奥利安族之词句,其以此故也欤?史诗之作者千百人,荷马特其中之一人而已。惟其所编撰者,似较余人为皆胜之,故独得而传。虽然,各家之本实并行于时。至纪元前七百五十年时,史诗时代告终。其故由国情民俗大变,故自此更无作史诗者,而情诗起而代之(详见后情诗章)。史诗时代既过,遂无歌者(Bards),而有诵者(Rhapsodists)

出继其业。其不同之处，即歌者自兼编著之事，即后世之诗人。而诵者只诵述他人之成本，有如后世之伶工。又歌者专娱豪族富人，手一筝自随而已。诵者则于都市之中，广场之上，万众围观之时，粉墨衣冠登场，并描摹书中人之神态，故已甚近于戏剧矣。其后当纪元前五百五十年之顷，培西塔突(Pisistratus)为雅典执政，因见诸多诵者，传述希腊人伐特罗之故事，其事实之先后次序，各不相同。乃择其中最完美者，即荷马所编撰，勒为定本。饬诵者一体遵用，余本作废。〔或谓此系梭伦(Solon)在雅典执政时之事，其人在培西塔突之前。〕于是荷马之史诗，遂得独普行于希腊，永传于后世。古希腊罗马之名篇，泰半失传或残缺，而《伊里亚》及《奥德西》篇幅独完整。虽其中要有其身后之歌者增删之处，不必尽为荷马原本。然大体无损，得蔚然为千古文章之灵光，亦云幸哉！观于此节荷马史诗作成之迹，可知《伊里亚》及《奥德西》之结构及精神，虽本于荷马之天才，而其篇章形式格调等，则由于当日之环境。盖所以便于演唱，又求合于满堂中听众之心理，故即末节细处，亦非偶然也。

第五节　荷马史诗之评论

古今评论荷马史诗之书，至为繁夥。若引述之，累卷帙不能尽。兹惟就大处，略论其数事。如下：

(一)内容　荷马史诗所叙者，为英雄与儿女。虽为希腊之古史，而亦千古之所同也。如《伊里亚》既叙两国之大战，而复夹叙海克多与安德罗马克夫妻之情，及特罗老王潜入敌营，乞还其子之尸。又如《奥德西》既写征人归家、骨肉团聚之情节，而复详述奥德西十年中险阻备尝之毅勇，皆兼英雄与儿女者。古今说部之材料，不外此二者矣。且荷马之书所叙者虽只一事及若干人，而实将千古之人情,悉寓于其中。父子君臣、夫妇朋友,离合悲欢、喜怒哀乐,恩仇义利、荣辱祸福,万端曲尽。此所以异时异国之人,虽重译读之,犹为之感动,唏歔欣赏不置也。

(二)文章　荷马之文,以雄浑胜。安诺德(Matthew Arnold)称之为大手笔(Grand Style)。又谓荷马之文之特质有四:曰迅疾,曰思直而显,曰词直而显,曰崇伟(见其所著 *On Translating Homer*)。一者谓叙事不冗沓,二者谓命意不曲晦,三者谓不堆砌词藻,四者谓设喻叙事不流于鄙琐也。又荷马之文,能兼具内外形质之美。解布(R. C. Jebb)氏谓荷马史诗有远古初民浑朴清新之意趣,而其艺术则精美细密,一若晚近之作。兼此二者实难,诚确论也。荷马非开创之作家,乃集希腊上古诗之大成者,前已言之。又观于其史诗作成之迹,而知其文为工力深到、艺术昌明之时之作,更非无故矣。今试就其文察之,结构之完整细密(见前),一也。所用者,非通行之俗语,而为以前作者所常用之文体(见前),二也。其属辞比事,多沿袭前人之词藻(见前),三也。用六节音律,为史诗中之定法(见前),四也。故或以荷马史诗为初民时代之文章,拟专赏其朴陋者,实大误矣。

上古时论荷马史诗最精当者,当推郎迦南(Longinus,纪元后三世纪时人,或云一世纪时人)。郎氏于所著《超卓论》(*On the Sublime*,见本志第三期《文德篇》)中,谓《伊里亚》当是荷马壮岁所作,故精力弥满,如日方中天。而《奥德西》则晚年所作,故颓唐零落,如夕阳西下时也。所以然者,《伊里亚》写排天干地之行事及真挚深厚之感情,以事为主,故浑然大成。《奥德西》但铺排许多荒诞鄙琐之神话,以人为主,故曲折别致。二者优劣之辨在此云云。其言至耐人寻味也。

(三)性质之比较　可分三层言之。(1)荷马史诗本于历史之事实、民族之思感、社会之习俗，且由歌者之实行演唱，逐渐成形。出于天然，非由人意。故为自然史诗(Natural Epic)，而与后世所作，如桓吉儿(Virgil)之*Aeneid*、弥儿顿之*Paradise Lost*等截然不同。缘此等诗全出人力，乃模仿而非创造，命题作文，事皆虚构。一诗人作之，诸文士读之，无与于国民之全体，故为人为史诗(Artificial Epic)。二者未可相提并论也。(2)荷马史诗又与近世诸民族之歌谣(Ballads)不同，缘歌谣为洪荒草昧时期之作，零篇短制，意浅词粗，绝少艺术之可言。而荷马史诗则为文明大启时之作，长幅精构，形质并佳。且其艺术之造诣甚深而为集大成者，故绝不类也。(3)近世文章与荷马史诗最相似者，莫如英国司各脱(Sir Walter Scott)之小说。盖荷马生于铎利安族迁徙之后，而追写纪元前十二世纪英雄之丰功伟烈，与司各脱之生于文艺复兴之后而追写中世武士之流风余韵者正同。二人均能写往古之事之人，使其栩栩如生。又二人皆于不知不觉之中，将己身所处之社会之思想风俗写入书中，误充前世之文物。然读者欣赏至极，亦不暇辨。此又荷马与司各脱相同之处也。

(四)描画人物之法　荷马史诗中之人物栩栩如生，读者若亲遇之。细究其描画之法，全在大处落墨。每写一人，则择其容貌性行最显著最重要之一二端，以数语概括叙之。后此但重复申言，不如他语，不详末节，此人之情状遂得深印于读者之心目中矣。如写亚格满能，则但写出一国王，一主帅，威足服众而骄蹇自视。又屡称其殊类王者(lordly)，统御万方(wide-ruling)，善于驭众(shepherd of the host)。此外如写阿克力斯，则但写其勇猛易怒，又屡称其捷足善走(the swift-footed)。写麦乃劳斯常为霹雳将军(of the loud war-cry)，写海克多常为明盔元帅(of the shining helmet)，皆其例也。又荷马史诗中，只有每一人物各自发言

(Speeches),而无多人对谈(Dialogue)。甲乙互相问答,此以一言间彼一语之事。即遇多人共话,亦各自陈词,滔滔长篇,毕宣其意,而由作者逐一叙出之。此荷马与近世小说戏曲不同之处也。

(五)神与人之关系　读荷马史诗,可知希腊人对于宗教之观念。希腊人富美术心,故其所造作之神,多美丽之形、美丽之意。他教之神多牛鬼蛇神,奇丑凶怪。其来则飞砂走石,食肉吮血;又于地狱中刀山剑树,逞其刑威。希腊之神如此类者绝无仅有。又他教之神严居高拱,与人世悬绝。希腊人则谓人天密迩,神常降临人世,与此中休戚事。又神有室家邦国之统,有父子夫妇兄弟之伦,有贪嗔痴爱之累,有吉凶祸福之遭,有恩仇党类之别,有干戈玉帛之事。故神所秉之性、所居之土、所行之事,实与人无异。神亦人也。所异者,神力大而人力小,神之情欲强而人之情欲弱,神行速而人行迟。简言之,神与人之质同,仅其量异,故神者可名之曰伟人。而所谓人间之英雄,则介在神人之间者,半类神半类人者也。以上云云,皆可于荷马史诗中见之。希腊人与特罗人战,神乃亦分二党,各助其所私,劳不惮烦,神之为神可知矣。又凡初民之宗教,多崇祀木石禽兽及风云雷雨等。厥后进化,始以神象为人形,各有职司,如官吏然。故荷马史诗所示者,为已经进化之宗教,而非初民之宗教。由此亦可证荷马史诗乃文明大启以后晚出之作,而非草昧洪荒之际开创之作也。

(六)道德观念　昔柏拉图以荷马史诗中叙及神之秽行,恐伤少年之品德,故拟禁绝之使不得读(见《理想国》)。此盖专指其诗中之一二事而言耳。就通体论之,未必然也。而亚里士多德则分史诗为四种,谓《伊里亚》为感情之诗(Pathetic),《奥德西》则为道德之诗(Ethical)。缘《伊里亚》书中事实之动机(Motive),为阿克力斯之一怒,而《奥德西》书中则写奥德西坚忍刚毅之德。(亚氏之说见所著《诗学》第十八章及第二十四章。)故以道德论,《奥德西》实在《伊里亚》之上云。此又比较二诗而言之耳。今综合而观之,荷马史诗,写室家骨肉之情(如海克多与安德罗马克之情分是),明合群奉公之义(如谓亚格满能及阿克力斯将帅不和,而致希军一再挫败是)。故主恩深,牵衣涕泣(如奥德西之老乳母及圉人是),亡人食惠,宾至如归(如菲斯王之优礼奥德西是)。恩仇各完其私愿,善恶常得其正报。鬼神无亲,惟德是辅。荷马之于道德,亦可谓三致其意矣。其尤要者,则为申明希腊人所共信之Nemesis之义。谓人而妄干非分,行无节制,则将触神之怒而受其惩罚。故荷马教人以敬神重祀,尊古崇法。以视后之作者如尤立比底氏(Euripides,希腊三大庄剧家之一,见后)乃谓人为神之玩物,天道报施,在在不公;国法故俗,悉强凌弱、智欺愚之具。以致国之少年皆失其宗教道德之信仰。夫荷马正与此辈相反,则谓为无裨于希腊人之道德,乌可耶?

(七)描绘之入神　荷马描绘事物,最为擅长。摄影传声,令人恍若身历目睹。后之作者多效之,师其法并用其词,此世所熟知者也。其描绘事物之法,有二特点。其一,荷马凡写一人一事一物一景,至极要而极难之处,则避实就虚,用譬喻法以明之。而其所引作譬喻者,必取常人所常见之事物,寥寥数语,而指示已极明确,足达其为此之目的。例如写大军之远来,则以万鸦横空而飞过喻之;写败兵之逃窜,则以麋鹿带箭惊走喻之;写两将苦斗,则以虎豹争食喻之:皆是也。其二,荷马写一人一事一物一景,喜以一定之词句,重叠反复用之,则有感叹留连之神味。写人之例已见前,写事者,如写人死,战场中某将被杀,则曰两眼墨黑,一命归阴(Darkness clouded his eyes, and his soul went down to the shades),是其例也。

第六节　荷马史诗之影响

荷马史诗为欧洲古今数一数二之名著,且其出又最早,故影响极大。兹略述之。

(一)在希腊之影响　荷马史诗所至风行,希腊各族各邦之人无不传述而诵读之。其结果遂有五端:

(1)希腊人读荷马史诗,乃恍然于若辈系出一祖,同为Hellen之后。虽有各邦各族之分,实则谊若同胞。且知若辈之先人尝共历患难、同冒锋镝,合师以伐特罗,统于一帅,齐心协力。所谓兄弟阋于墙,外御其侮。于是油然生互相亲爱之意,而希腊民族之观念乃成。其后值波斯来伐,又复合兵却寇,且有全希腊之祭赛习艺(Olympic Games)之举,于是此观念益深,自诩为天骄文明之希腊人。而其外则皆以戎狄(Barbarians)目之。非我族类皆谓之戎狄,初不问其文野如何也。

(2)荷马史诗旋成为全希腊公用之教科书。各邦各族少年儿童从师入塾,莫不熟读荷马史诗,至能成诵。非仅为习文章、知国故而已,且将使儿童效法书中英雄名贤之立身行事也。(此语出《柏拉图语录》Protagoras篇)芝诺芬(Xenophon)之Symposium篇有曰:“吾父望我为善人,故命我读荷马之诗。《伊里亚》及《奥德西》全书,今吾皆能背诵矣。”又曰:“荷马者诗人之魁首,其诗于人事无所不详。诸公而欲为名将、为辩士,欲治国、欲齐家,则请读荷马可也。”而布鲁特奇(Plutarch)之《英雄传》(*Parallel Lives*)中,叙Alcibiades少时就塾师乞假荷马诗集。答曰:“无。”因怒而挟之,曰:“荷马之诗不自手一编,而能忝为人师乎?”由此亦可见荷马史诗实为希腊教育之基础矣。

(3)荷马史诗中之宗教,已详前节。其所纪者,为已经进化之宗教,存旧日宗教之精华而去其芜秽。希腊古代之神话,原无定案,人各一说,错杂紊乱。自荷马史诗出后,希腊人于诸神之名位、形貌、性情、职掌等,悉以荷马史诗所言者为标准、为归宿。故荷马不惟编定希腊之神话,抑且有改良希腊之宗教之功焉。

(4)希腊人于其古代英雄之事迹,亦以荷马所记者为定准。荷马固未尝言及崇祀死者之事,然后来各邦各族,大都托言某英雄为其远祖,实建此国,而崇祀之。虽多系伪托,而常不敢与荷马诗中所言者相悖也。

(5)希腊人又共尊荷马为国史氏,以为荷马诗中所叙者字字征实,无可些须致疑。后之史家如Thucydides且就之取材焉。又如波斯来伐,小国乞援,以及会师连盟,两大争长。其时之行人及主事者,均引荷马诗中事实以自成其说。其例多不胜举,亦可见荷马受希腊人推重之深矣。

(二)在后世之影响　后世对于希腊宗教民俗等之观念,常取资于荷马,固矣。而荷马之影响以在文学上者为尤钜,亦分五端述之。

(1)荷马创立史诗(Epic Poetry)之一体,后之作史诗者,远如桓吉儿(Virgil)及亚历山大时代之希腊作者,近如弥儿顿及福禄特尔(福禄特尔于一七二八年作*La Henriade*)等,皆仿效之。既师其意,又摹其形者也。

(2)荷马始阐明文章之布局及结构之法。古今凡作戏曲、小说及纪事诗者,皆遵用而仿行之。所谓首尾之五段、布局之极峰、终结之大变等,皆由荷马开其端而示之则焉。

(3)后世作诗文者,诸多规程杂例,皆出于荷马史诗。例如诗之开端,必祷神求助(Invocation of Muses)。一也。戏剧之开场处,先将全剧之事迹及大旨,概括叙说一番(Prologue),以醒观客之目。二也。又常语所谓荷马之文体、荷马之人物、荷马之风俗等等，无非以《伊里亚》及《奥德西》中所见者为准也。

(4)荷马诗中之词藻、之名句，及所用譬喻等，后之作者，亦沿袭而引用之。

(5)荷马诗中之事迹，为后人作戏曲、小说及诗之材料。远如希腊之三大庄剧家（见后），近如法国十七世纪之名剧作者Racine等，其例多不胜举云。

第七节　荷马史诗与中国文章比较

荷马史诗之事迹，具详于第二节。初读荷马之《伊利亚》，两军作战，颇觉其类吾国之《封神传》及《三国演义》。读《奥德西》，流离迁徙，遍历诸国，颇类吾国之《西游记》及《镜花缘》。又以荷马比之《左传》，则《伊里亚》如城濮及邲之战，而《奥德西》则如晋公子重耳出亡也。虽然，荷马所作，史诗也。而吾国则固无史诗，今人常言之矣。惟若按究其故，此亦未必为吾国文学之羞。盖史诗必作于上古，必起于自然。否则虽有，不足为贵。故求史诗于吾国文明大启，既有竹帛书法以后，宜乎其不可得也。窃意以史诗与国家民族之关系论，则《书经》实为吾国之史诗。若以其文章之篇幅体制论，则《两京》《三都》诸赋差可为史诗乎！

以上所言，初无当也。吾以荷马史诗比之中国文章，窃谓其与弹词最相近似。试举其相同之点。弹词所叙者多为英雄儿女（即战争与爱情），其内容资料与荷马史诗同。一也。弹词虽盛行，而其作者之名多不传。二也。弹词之长短，本可自由伸缩。有一续二续三续者，有既详其祖并叙其孙，亲故重叠，支裔流衍，溯源寻底，其长至不可究诘。而通常则断其一部为一书者。此正如荷马史诗未作成以前，史诗之材料，为人传诵，前后一贯，各相连钩挂。又有所谓Epic Cycles者，将荷马史诗亦统入其中，为一小部焉。三也。弹词不以写本流传，而以歌者之奏技而流传。歌者亦此为专业，父子师弟相传。虽亦自备脚本，而奏技时，则专恃记忆纯熟而背诵(recite)之。此均与荷马时代之歌者(bard)同。四也。业弹词者，飘泊流转，登门奏技，且多盲。其奏技常于富人之庭，且以夜，主人之戚友坐而听焉。此均与荷马时代歌者奏技之情形同。五也。弹词之歌者，只用一种极简单而凄楚之乐器，弹琵琶以自佐，与荷马时代歌者之用筝(Cithara)者同。六也。弹词之音调甚简单，虽曰弹唱，无殊背诵，不以歌声之清脆靡曼为其所擅长，而以叙说故事绘影传神为主(Story-teller)。自始至末，同一音调。句法除说白外，亦只七字句与十字句两种，与荷马史诗之六节音律，通体如一者同。七也。弹词意虽浅近，而其文字确非常用之俗语，自为一体，专用于弹词，间亦学为古奥，以资藻饰。凡此均与荷马史诗之文字同。八也。弹词中写一事，常有一定之语句，每次重叠用之，与荷马史诗同。(如“晓行夜宿无多话，不日已到北京城”；又如“阎王注定三更死，谁能留人到五更”，皆类荷马诗中之Darkness clouded his eyes, and his soul went to the shades。)又其譬喻亦用眼前常见之事物。九也。弹词中人物各自发言，此终彼继，由歌者代述之(Speeches)，而无如章回体小说中之详细问答(Dialogue)，此亦与荷马史诗同。(又弹词中常云某某即便开言说，正如荷马诗中之So spoke he也。)十也。弹词开端，常漫叙史事，或祝颂神佛与皇帝，此与荷马之Invocation相近。再则概括全书，与荷马同。十一也。弹词中之故事及人物虽简陋质朴，然写离合悲欢、人情天理，实能感动听者，虽绩学而有阅历之人，亦常为之欷歔流涕。故弹词亦自有其佳处长处，与荷马史诗同(但非国史)。十二也。总之，以其大体精神及作成之法论之，弹词与荷马史诗极相类似。〔《天雨花》《笔生花》等弹词，其出甚晚。其艺术颇工，然已甚雕琢(Artificial)，毫无清新质朴之气，与荷马大异。吾所谓弹词非此类也。盖吾意中之弹词，乃今日尚见于内地各省随处飘流而登门弹唱者。吾幼时听之甚为感动。其脚本就吾所读者，略举数例。如《滴水珠》全本(又名《四下河南》)，如《安安送米》则写贞与孝，而至性至情之文也；如《雕龙宝扇》(又名《五美图》)，如《薛仁贵征东》，则写爱情而又加以降魔平寇之英雄事业者也；如《潜龙传》，则附会晋史而全无根据；如《钦命江南》，则名字虽不同而实歌颂于成龙之吏治，皆史事之作也。总之，此种弹词质朴简陋，其在文学上之价值虽当别论，然确与荷马史诗有类似之处，故为率尔唐突言之如此。〕故窃意若欲译《伊里亚》及《奥德西》为吾国文，则当译之为弹词体矣。

第八节　伪托荷马之著作

荷马既作《伊里亚》及《奥德西》，声名大显。于是自纪元前七百年以来，即有伪托荷马之著作者，史诗三篇：曰 *Thebaid*，曰 *Cyprian*，曰 *Epigoni*。当时皆传为荷马所作，旋即有人证其非是。且文绝不类，其非荷马所作，殆无丝毫疑义。至下列四种，亦非荷马所作，但一向伪托于荷马，古今人信之者甚多，且颇多爱读之者。故约略述之。

(一)《马格体斯》(*Margites*)　亚里士多德之《诗学》(*Poetics*)第四章谓荷马作此诗，描画可以发噱之事，实开谐剧(Comedy)之先河云。此诗仅六句得传于后。中叙一愚而好自用之人，名马格体斯，所至辄受人侮辱，而其咎皆由自取。大约纪元前七百年时人所作也。

(二)《蛙鼠战争》(*Batrachomyomachia*)　此诗长凡三百零五

句，今存。中叙蛙招鼠宴于河上，鼠溺。于是群鼠来伐，群蛙迎战，大败。蛙将尽歼，诸神欲救之，以雷电击鼠众，不为惧。诸神束手，乃促群蟹来，始得将鼠兵逐去云云。此诗用荷马史诗之章法体裁，写龌龊小动物之争斗，为一篇游戏文章，以讥笑作史诗者，实开后世游戏史诗（或曰滑稽史诗，又曰反史诗，Mock Heroic）之一体。（如英人Pope之*Rape of the Lock*其最著之例也。）其法纯在小题大做（即系Serious treatment of a light and insignificant subject，与此适相反者为Burlesque，即大题小做也）。此篇夙亦相传出荷马手，其实则纪元前一六〇年以后之人所作而伪托者也。

（三）《短诗》（*Epigrams*） 凡十六（或曰十七）篇，共一百零六句，多叙诵史诗者（Rhapsodist）之生平。相传荷马所作，故有就此以探索荷马之身世者。其实荷马之时只有歌者而无诵者（其差别见第四节之末），即此一端，已可证其诬矣。

（四）《祷诗》（*Hymns*） 凡三十三篇，为诵史诗者发端之时求助于神之词。大约系纪元前六七世纪时人所作，后人集为一卷而托于荷马，其伪必矣。

荷马殁后，作史诗者实繁有徒，然皆庸碌，遵守成法而毫无精采。就上言之蛙鼠战争等，亦可见史诗之衰微矣。纪元前七百五十年以还，无复作者，史诗时代遂告终。及其后情诗戏剧代之而起，并演史诗者亦绝迹矣。

（第一章 完）

附识

（一）编著文学史，其业至为艰钜。盖为此者必需具有五种资格。一曰博学。凡欲述一国一时代之文学史，必须先将此国此时代之文学载籍,悉行读过。而关于此国此时代之政教风俗、典章制度等之纪述,亦须浏览涉猎,真知灼见,了然于胸。然后下笔,始不同捕风捉影、向壁虚造也。二曰通识。欲述一国一时代之文学,又必须先通世界各国古今各时代之文学,及其政教风俗、典章制度等之大要。全局洞见,然后始得知此国此时代之文学与他国他时代之文学之关系,其间之因果,及生灭起伏递嬗沿革之故。三曰辨体。每种文学史,当有其特别着意之处,运用精思以定体例。体例既定之后,则编著全书,须遵此以行。举凡结构布局范围去取等,悉以此体例为准,不可自有中途紊乱之事。四曰均材。体例既定,则本书之详略,亦有一定之标准。于是某作者或某书应否收入,及收入之后应占篇幅若干,至宜审慎。大率每人每书每事所占之篇幅,应与此人此书此事价值之轻重、影响之大小,成均平之正比例;决不可有所偏畸,以意为之。五曰确评。凡文学史,于一人一书一事,皆须下论断。此其论断之词,必审慎精确,公平允当,决不可以一己之爱憎为褒贬。且论一人一书一事,须著其精神而揭其要旨,一语破的,不可但为模糊影响之谈。或舍本逐末,仅取一二小节反复论究。凡此皆足淆乱人之目耳,而贻误读者也。

(二)文学史之于文学,犹地图之于地理也。必先知山川之大势、疆域之区划,然后一城一镇之形势之关系可得而言。必先读文学史,而后一作者一书一诗一文之旨意及其优劣可得而论。故吾人研究西洋文学,当以读欧洲各国文学史为入手之第一步,此不容疑者也。近年国人盛谈西洋文学,然皆零星片段之工夫,无先事统观全局之意,故于其所介绍者,则推尊至极,不免轻重倒置,得失淆乱,拉杂纷纭,茫无头绪。而读书之人,不曰我只欲知浪漫派之作品,则曰我只欲读小说,其他则不愿闻知。而不知如此从事，不惟得小失大，抑且事倍功半，殊可惜也。欲救此弊，则宜速编著欧洲文学史。周作人君所著似有下卷，尚未见出版。此外各国文学史，或区区小册，仅列名氏；或已登广告，尚未出书。然亦不过二三种。故辄自忘其谬妄浅陋，成为此篇。编著文学史之难，上节已详言之，今编者与应有之资格相去千万里，何待赘言。篇中错误缺略至多，应俟从缓增删补正，并望读者常赐教焉。

（三）近顷吾国关于文学及文字之议论纷起，欲解决此等问题，须先察各国历史上之陈迹，以为借镜。如但丁提倡意大利国语，又如法国Pleiades之文字改革等。其实象如何，其意义何在，皆不可不确知。此又今日急宜编著欧洲文学史之一原因矣。

（四）拙作《西洋文学精要书目》（已登本志第六期、第七期、第十一期，余仍续出），实与此篇相辅而行。其篇章次序均同，读者可取为参考。故本篇于应读及所征引之书名概不叙及，以免繁复割裂之弊。

（五）作欧洲各国文学史，应将其中之名篇巨制节译之以饷国人；俾读者尝鼎一脔，可以知味。编者如有其时与力，拟并为此，期与此篇相辅而行。本杂志所已登者，如《柏拉图语录》、亚里士多德《伦理学》等，皆可取而并读之也。

第二章　希霄德之训诗

第一节　希霄德以前之训诗

希腊远古诗人，常以荷马与希霄德并称。荷马，史诗之集大成者；而希霄德（Hesiod），则训诗作者之泰斗也。希腊最古之文学为史诗，已述于前章。迨史诗将衰，训诗（Didactic Poetry）即起而代之,时当纪元前八百年时。其后亦衰,至纪元前五百年为止。过此无复作训诗者,而情诗早已起而代之矣。故纪元前八百年至五百年此三百年中,为训诗时代。训诗与史诗截然不同,略举其异点如下:史诗以叙述古事为主,训诗以说理垂教为主。一也。史诗之材料为英雄儿女,训诗之材料多田时农功。二也。史诗重在娱乐感化,故其述古也,不必拘率事实,而可尽情改易,但求情真理真,不问时合地合。训诗重在训诲教导,故其说理也,平淡朴实,详悉确切,诚能义蕴毕宣,毫末吻合,则绝不厌琐屑芜杂。易言之,史诗尚美,训诗尚真。三也。史诗本于往古之传说,训诗则本于现今之实况。故史诗重意想,训诗重观察。史诗固多奇精异采,而训诗则较切于日常人生。四也。史诗体裁,类后世之稗官小说。训诗体裁,类后世之科学典籍。史诗以娱乐为主,而训诗则以实用为归。五也。史诗之作者重归纳,明于选择,故史诗皆通体结构整严,而有机括运行之妙。训诗之作者重分析,惟事兼收,故训诗前后片段,厘然画分,章节次序穿插倒乱,而有堆积牵合之病。六也。史诗之作成多出自然,训诗则纯由人工。七也。史诗为贵族而设,其材料为英雄侯王之功业。训诗为平民而作,其材料为村隶农氓之生涯。八也。然尤有最要之分别焉,即史诗为希腊人当游牧时代之文学,训诗则其进为耕植时代之文学。此其时代之不同也。史诗表示安尼央族之习性及艺术,训诗表示铎利安族之习性及艺术,此其种族之不同也。史诗既衰,其后遂变为戏剧中之庄剧。训诗本有二种,其后遂变为情诗中之挽歌及散文中之历史。此又其流别及影响之不同也。

希霄德生于纪元前八百年之顷(详见后)。然希霄德亦非开创之作者,在其先已有训诗。史诗起于小亚细亚之希腊人殖民地,而训诗则起于希腊本土。即希腊中部之Doris、Locris、Boeotia

诸地,后又推及南部半岛。〔即《学衡》第十三期本篇插图之乙图中之(2)与(3)。〕缘该地之人,多务农,鲜营商,勤俭耐苦而有恒。素重实用,凡事遵依往古,喜守先人之成法,故史诗不得大行,而训诗遂起。训诗之始亦不可考。其初约为神签中之诗句,道德之格言,流行之谚语,各种职业之规矩及方法,择要编为短歌俾易记忆者,一年中神节之历书、颂神之歌曲等等。要皆简短精当,便于记诵而期于实用者也。希霄德之诗,当系本于此而集其大成。惟此等诗皆不传于后,故今推希霄德为希腊训诗最古之作者云。

第二节　希霄德略传

希霄德生于纪元前八百年之顷。其生平事迹,虽不尽可考,然较之荷马之为人纯由传说者,则甚为征实矣。盖希霄德确有其人,且于其所作训诗中,曾自道其际遇及行事。由是可知希霄德之父,始居小亚细亚海岸希腊人奥利安族之殖民地之Cyme地方,航海营商。以生计艰难,乃携家东迁,至希腊本土Boeotia地方之Ascra村而奠居焉。购得小田庄,务农为业。(见《田功与日占》第六三三至六四〇句。)所生二子,长即希霄德,次名波西(Perses),亦皆随之务农。希霄德当系其父移居此间后始生,以其自言生平除赴Euboea岛一次外,未尝航海也。(见《田功与日占》第六四八至六五六句。)其所居村,气候风土均极不适。惟适当赫里康(Helicon)山下,山为上界诸神所常来住之离宫。希霄德尝牧羊于山麓,得遇文艺之女神九人,呼希霄德而语之曰:"咄汝蠢奴,吾侪能伪托古事而言之使如真(指史诗),亦能据实直陈,字字皆真(指训诗),随所宜而行之耳。"言次,以一杖及桂枝授希霄德,并嘘神气入其身,使能言过去及未来事。又命其献身为诗人,颂神之功德,而尤须讴歌文艺之女神。言讫而去,自是希霄德遂能为诗,为众所称道。(见《诸神纪》二二至三五句。)其后父死,遗产以贻二子。波西横暴无理,强取其大半以去。希霄德诉之其地之君王,而君王得赂,竟直波西之所为。希霄德大愤,以为人世只有强横而无公理。(见《田功与日占》第二七至四二句。)其后波西荒嬉废业,遂荡其产,复致贫困。希霄德转怜而周济之,且劝其从早改行为善,勤俭营生。因教以耕稼之术,甚为详备。(《田功与日占》中幅及后半。)希霄德又尝为游转之歌者,渡海峡至Euboea岛之Chalcis地方。值其王Amphidamas方葬,举行祭典。王之诸子,召众角艺,希霄德赋颂神诗一首,竟获首选,得所奖之小鼎以归。(见《田功与日占》第六四八至六六四句。)以上皆希霄德于其诗中所自叙,要皆可凭信也。(惟兄弟争产一段,向来学者皆谓弟实夺产,君王受贿,希霄德赴诉不得直,后又分财与弟以德报怨云云。惟近者A. W. Mair氏则一反此说,谓就希霄德之诗,细绎其词意,并无此等情事。希霄德诗中但言弟既夺产,希霄德知君王好货纳贿,故并未赴诉而即作诗晓谕其弟,言不义之财必不能久享,尚望作速修德务正云云。是赴诉不得直以及其弟倾家荡产之事全属子虚乌有,纯由后人杜撰,误解原文之义。此乃A. W. Mair氏之说,但不知向来学者何至终始相沿以讹传讹。兹仍存历来相传之说,而并附此君之新见解于此。读者谅之。)

后人所作传,述希霄德之事迹者极多,然皆不可信。如纪元后十二世纪Ioannes Tzetzes所作《希霄德传》,叙希霄德之死,略谓希霄德既以赋诗得荣奖,归途至Delphi求得神签,谓尔必死于Nemea。希霄德知希腊南都有此地名,遂不敢往,而至邻近Locris地方之Oinoe,而不知此处亦别名Nemea也。既至,居于其王Phegeus所。王有女名Ktimene,即诗人Stesichorus之母,为希霄德所奸污。或曰其同伴所为也。女之二兄乃杀希霄德而投其尸于海。然杀人者航海覆舟，受天谴死。希霄德之尸浮海中三日，乃为神鱼送之至岸，土人就地掩埋之。厥后Orchomenos之人得神签谕示，乃往求希霄德之尸，而改葬于已国之通衢中，并勒铭志其墓，赞其诗说理之真切。或谓Pindar亦为希霄德作墓铭而盛称其智慧焉。此外各人所作传，所纪希霄德死事，与此大同小异云。

诸家传记最奇诡有趣而最荒唐不可信者，莫如无名氏所作传，称为*Agon*（必为纪元后二世纪以后之作）者，叙希霄德与荷马角艺而胜之之一事。谓此二人本为姻戚，惟按世系表希霄德班辈较高。当希霄德赴Chalcis角艺之时，值荷马亦来此，二人遂相遇。角艺之详情如下：希霄德先问曰："荷马乎？人皆谓汝智，请语我，人生何事最适？"荷马答曰："不生于斯世最适，既生之顷即速死，亦适。"希霄德又问，荷马诵《奥德西》卷九第六至十一各句以为之答。希霄德又设种种渺茫晦昧之问题以难之，荷马均解答无误。今均不赘述。座中诸客皆赞荷马。希霄德又作半句之诗而强荷马续之，亦如式。其后希霄德乃问荷马曰："昔日伐特罗之役，希腊人从征者其数若干？"荷马答曰："是不难。军中为食，设五十巨灶。每灶置五十釜，每釜煮肉五十块，每块肉由三百人者三队环而共食之。由此可推知希腊全军当为一亿又一千二百五十万人也。"希霄德大愧愤，卒无术以陷荷马。众皆欲以奖物予荷马，独国王不许，而命二人各诵其所为诗。于是希霄德诵《田功与日占》第三百八十三至三百九十二句一段，荷马诵《伊里亚》卷十三第一百二十六至一百三十五句，又第三百三十九至三百四十四句二段。毕，国王曰："荷马歌咏战争，易启畔乱；希霄德歌咏农事，可致升平。宜赏希霄德而黜荷马。"故其荣奖之鼎竟为希霄德所得以去云云。此其事之荒诞无稽，何待辩说？惟传述荷马与希霄德之关系者，有谓二人同时；有谓荷马之生较早；亦有谓希霄德远在荷马之先,实生于纪元前一千年之顷,Arxippos即雅典王位之时者。要以二人之生约为同时,而荷马略早之说,为最可信。即谓荷马生于纪元前八百五十年之顷,而希霄德则生于纪元前八百年之顷。至于二人者,一在小亚细亚,一居希腊本土。生涯各异,若风马牛不相及,故谓其间有如何之关系者,实捕风捉影之谈耳。

第三节　希霄德训诗之内容

希霄德所作训诗,凡二篇:曰《田功与日占》(Works and Days),曰《诸神纪》(Theogony)。《田功与日占》长凡八百二十八句;《诸神纪》现存者一千零二十二句,后幅尚阙,已非全璧。二诗之体裁,与荷马史诗同,亦用六节音律(见前期本篇)。至其文字亦为安尼央族之语言,与荷马史诗同,而非希腊本土及希霄德所居地Boeotia之语言。虽有该地之土语一二词句,参杂其中,然极不足重轻也。此盖由史诗发达在早,其格律程式业已灿然明备,久有定轨。洎希霄德等创为训诗,虽题旨迥异,亦乐借径于史诗,遵依其格律程式。不惟摹仿其六节音律,且沿用其安尼央族之语言文字。斯乃自然之势,亦文学史中常见之事也。至或谓希霄德之先,本为小亚细亚殖民地之人,自其父始迁来希腊本土,故希霄德犹习于小亚细亚殖民地之语言,未能即改者,此实非中肯之论也。

兹分述二诗之内容。《田功与日占》一诗,乃希霄德自叙。通篇可分三段。开端处(第一至十句)祈文艺之神及上帝为助,且作者将与其弟言真实之事理,请为鉴证云云。第一段(自第十一至三百八十句)述其弟波西强夺良产,希霄德似曾赴诉而不得直。于是忧伤怨愤,极悲苦懊丧之意,而卒归于笃信天命,谓上帝必能扶善惩恶，天道无亲，惟德是辅，彼多行不义者必自毙也。第二段（自第三百八十一至七百八十四句）似其弟已倾荡其产，希霄德怜而复亲之，乃教之以耕植之法，至详且尽。历叙一年中农人应为之事，自秋而冬，自冬而春，自春而夏，复止于秋。举凡播种以迄收获之事，靡不详为指教。至于冬夏农隙闲暇之顷，则教之以修葺仓廪器械及练习操舟航海之术。又再三致意于节用持家之道，谓苟能本此以行，克勤克俭，则未有不致丰裕而享愉乐者矣。第三段（自第七百八十五句至末）本于吉凶之迷信，历述一月之中，某日宜于某事，而忌行某事，亦为农人说法也。

今更将第一段之内容详述如下。希霄德谓人世之争，厥有二种：一善一恶。厚生殖产是为善，诈取强夺是为恶。乃弟波西已陷于恶，强夺良产。而彼辈为君王者好货重赂，不知“半多于全”“知足者盈”之古训，又不知山花野草之香，致希霄德冤莫能伸，是可愤也。（以上第十一句至四十一句）次劝乃弟工作以谋自养，谓昔日者上帝绝人间之火，某神Prometheus复窃出以贻人世。上帝怒，乃造作女人，名Pandora，以为世人种种烦恼之因，而示惩罚。（按此段神话并见《诸神纪》一诗之第五二一至六一六句，详见下文。）此女揭去上帝所授巨瓶之盖，瓶中所储之物，除“希望”一物而外，均即飞散于人间。于是人世始有生老病死之苦、水火刀兵之厄。海陆到处皆满愁苦，人罹疾患，昼夜不得宁息。悲哉！（以上第四十二至二百零五句）次言自世界创造以来，凡历五世。最古为黄金时代。其人不知有忧患，不知有罪恶。坐享丰裕，长生不老，其死也特入寐耳。次为白银时代。其人为儿童之期凡百年，甚乐。然既长则互争而不敬神，遂速死。后此为赤铜时代。其人皆强大孔武有力，以战争为事，互相残杀，而其种不存。再后为英雄时代。半人半神，亦多事战争。或斗于希腊本土，或远征特罗以归海伦。(见荷马史诗)及其死也,以上帝之命居于西方极乐之国。最后至于今日,为黑铁时代,乃末世也。人生烦郁困苦,至于极地。昼夜不宁,世变日亟。父子相仇,宾主失和。兄弟争斗,不孝于其亲,不惧神谴。有强权而无公理,行欺诈而绝信义,恶人得志而善人受祸。无敬无恩,相忌相仇,终必致于澌灭,全归于尽。吾何不幸,而生斯世,尚不如不生之为愈也。〔以上第百零五至二百零一句〇按进步乃近世之新说,希腊罗马古人皆信退化(Decadence)之说,以为由古迄今一代不如一代。此段乃其说最初之所从出,故详述之。可与中国古人称道三皇五帝及孟子世衰道微、子弑其父者有之等文相比较也。〕次劝其弟勤治所业,改行为善。而著其端曰:勿偷窃;勿欺侮患难中人及异乡之客;勿与汝兄弟之妻同床;勿欺侮无父之孤儿;宜孝父母直至于老;宜焚香奠酒以敬祀神。(第二一三至三四一句〇按此六条可与《摩西十诫》比较也。)此下又有格言多条,而第一段乃终。略举一二:(1)亲我者食之以肉,仇我者宜远避之;(2)勿取不义之财;(3)谋及妇女,必致泄漏而偾事。其他可类推矣。

《诸神纪》叙天上诸神之世系谱牒,著其亲族血胤之关系。穷源竟委,取所有之神而归纳之、编纂之,一一明言其性行位次及职掌。得此一卷而希腊神话了如指掌,著为定法,流传于后,不虞散失矣。其叙述之法,由古而今,托始洪荒,由祖而父而孙,依序直下。若遇同班辈之神多人,为兄弟及姊妹行者,则由长而次而三以及最幼,不乱次序。此纵横二法同时并用,故步骤整饬、层次分明。虽间有一二脱略舛误之处,而大体不乱,组织严密,亦可见作者之才也。兹所谓《诸神纪》者,亦即一部鸿蒙开辟、世界创造之历史。故由简而繁,由单而复,由奇而偶,由少而多。(颇类太极、两仪、四象之说。)开卷处先叙希霄德幼时,牧羊山中,遇文艺之神下降,授以作诗之法。(第一至一〇三句)于是希霄德乃决歌咏诸神之世系及其功德,而祈文艺之神为助。(第一〇四至一一五句)以下本文,谓太初鸿蒙,本无一物,始生者地,次则伉俪之爱之神。以此神之力,而其他诸神乃先后由地中生出。其生也,皆由两神之配合。始则黑暗之神与夜之神配合,而生黎明及白昼之光两神。地又生天、山、海三神。由天地之配合而所生之神乃无算,其最著者为巨灵之族(Titans)、单眼人之族、千手巨人之族、风伯、雨师等等,而以时神为最幼。其地母教时神设网以陷其天父,得中,伤天父之体。流出之血变为嫉愤怨毒之神、海中仙女及爱美之神,于是人天两界从此多事矣。第一辈之神于此告终,作者乃遂一叙此诸神之后裔。今均不详述。最要者为时神所生之三子:长为阎罗,次为海若,三即上帝(Zeus)。时神欲将上帝吞而食之。上帝以其母之助,驱逐其父而自为上界之主。有强有力之神曰Prometeus者,阴险多智。上帝以镣铐絷此神于荒山之下,且以岩壁夹之,又命神鹰往啄食其心。入夜,心中之肉复生,卒赦之,亦不计夙仇也。盖前此该神尝以牛骨藏肉脂中,以给上帝使食之。上帝怒,尽收人间之火以去,以使绝食。而该神乃藏火于茴香管中,窃之出,而传于人世。于是上帝怒,思有以惩罚世人,乃特造为女人,名Pandora,美容貌,盛衣饰,工媚巧,多诡谋,喜为恶。上帝造作此女,以为人患。(前此只有男人。)自有女人,而人世之苦乃不可胜言。男子劳苦工作,而女子坐食安享。男子苟不娶妻,不惟老境无人调护扶持,且死后财产亦归他人。若其娶妻者,妻贤犹不能免于忧患困苦,不贤更有勃磎诟谇之厄,故无往而得适也。(第五二一至六一六句〇此段神话以女人为上帝惩罚男子之具,视女人为祸水、为罪人。其意旨与耶教《圣经·旧约》上帝创造夏娃,而夏娃不慎并陷亚当于刑辟,遂堕天宫,而人世之罪恶乃永远销除不尽之说,可以比较也。)其后上帝又与巨灵之族大战,败其众而歼灭之,于是上帝乃独为上界之主。威声远震,百神慑伏,并人世亦归其辖治焉。诸神之渊源及事迹,今不一一复述。末段作者言将叙诸女神之履历,而竟未及见。《诸神纪》一书今所存者止此,后半散失,不得传于后云。

上所述《田功与日占》及《诸神纪》二诗为希霄德所作,毫无可疑。惟《诸神纪》尚有疑其另出一人之手者,以其开端处叙及希霄德而直称其名,若系自撰,则不宜有此也。至《田功与日占》,则古今共信为希霄德所作。此二诗以外,尚有小诗若干篇,或谓亦系希霄德之作。然细绎其内容及体裁,皆甚不类,当系伪托无疑。此等小诗之传于后者,多仅零片断句。兹举其最要者之名如下。(1)《大田功》(Great Works),仅传二句。(2)《鸟卜》(Divination by Birds),全佚。(3)《星学》(Astronomy),今存十余句。(4)《人首马身之神之规训》(Precepts of Chiron),相传该神尝为阿克力斯(见荷马史诗)之师,以此等格言授之,今传八句。以上乃属于《田功与日占》一类者也。(5)《列女传》(Catalogues of Women),体例与《诸神纪》同,叙人间妇女为神所宠爱而诞育英雄者。当系纪元前七百年时人所作,今存五十余段。(6)《续列女传》(Eoiae),仅存数段。(7)《铎利安族之王传》(Aegimius),今存三段。(8)Melampody,今存六小段。(9)《阿克力斯父母婚礼记》(Marriage of Peleus and Thetis),全佚。(10)《游地狱记》(Theseus),全佚。(11)Marriage of Keyx,仅存一句。(12)《神山曲》(Dactyls of Mount Ida),全佚。(13)《海拉克里之盾》(Shield of Heracles),今存其前半,凡四百八十句。似摹仿荷马《伊里亚》卷十八叙阿克力斯之盾一段,而文笔远逊之。以上乃属于《诸神纪》一类者也。

第四节　希霄德训诗之评论

希霄德所作训诗与荷马所作史诗之比较已见前节(本章第一节),兹更略论希霄德之训诗。

(一)希霄德之人生观　希霄德之人生观见于《田功与日占》一诗,尤以其第一段为要。略谓人生到处无非灾难困苦,无时不在劳病愁郁之中。斯世只有强权而无公理,恶人得志而善人受祸,且人性卑劣,易趋下流,难自振拔。彼神又以人为傀儡、为儿戏,毫不郑重顾惜,于是世风日下,反以速死为乐。准是,则希霄德可谓悲观厌世之极矣。虽然,希霄德,诗人也。诗人感愤牢骚、语重心急,乃其本性。且诗兴所至,其所言者每不可以常情衡之。况当希霄德作此段诗时,己身方受屈枉,怨愤中集。故其视世界千古皆若一体黑暗横暴者,刹那之情,非可据之以为定论也。而至第一段之末,则宗旨已变。若读至卷终,则知希霄德并不为悲观,深信明神必能平反人世之屈抑,而修德行善者终有佳报,恶人殆将自毙。故吾人宜笃信天命,勇往向前,勤俭矜慎,自营所业,必可享丰裕而得安乐。虽受欺骗攘夺,终无损于我。所最要者,我须辛勤操作,不可游手好闲,坐吃山空耳。总之,希霄德,一农民也。其思想感情,皆农民公有之思想感情也。而其人生观,亦即勤俭正直之农民之人生观也。谓之狭小也可,谓之浅近也可,谓之含混也可,谓为极端厌世悲观则不可也。盖世间农民之生涯虽至苦,然彼确为最能乐观者也。

(二)希霄德诗才之特长　希霄德作诗之法与荷马大异,派别不同,故未易轩轾。即谓其才不如荷马,然亦自有其所长。今略为标举如下:

(1)性情真挚。希霄德生为农民,生活朴陋、思想简缺,然性情则极真挚。又其诗中所叙,皆己身之所遭遇,并非无病呻吟。故其诗言必由衷,且语重心急、情意激切。因之虽不假修琢,而听者读者无不为之感动焉。(以上《田功与日占》)又其叙神话,虽为虚诞,然彼固自深信不疑,写来异常认真。惟其信之笃,故能言之妙也。(以上《诸神纪》)

(2)文笔简洁。希霄德之笔法异常简洁,词约而旨达,凝炼而刻峭。其于写景(如写冬日寒风冷雾及耕田之状)、叙事(如叙黄金白银等五世及上帝造女人以惩世之故事)、说理(如谓不可谋及妇人,又宜避谣诼、人言可畏),均仅着一二语或十余字,而已全神活现,旨意悉明。盖由选择之得当,能分别轻重缓急,著其特性及要点,而删去浮冗,故不需词费。且常用冷语,异常峭拔有力。虽嫌刻薄而少生发圆融之致,而亦足见辛勤质朴之农民之本性也。

(3)描绘逼真。希霄德叙田间景物及农家生涯,异常真切详尽。此固由其观察之精细、记忆之确切,而亦由其常用避虚就实之法。说理述事,均不假浮词,而示以实例。直描绘某人某处之情况,使读者有如目睹。例如写播种不宜过迟之意,则曰:“汝闲坐垄畔,直过冬至,则将来田中麦穗之数甚少,且穗瘦而薄。汝所得不盈一筐,携之归家,汝心戚戚,而称道汝者无其人矣。”(《田功与日占》第四七九至四八二节)如此写来,自然警策。此外例不胜举云。

(4)利用自然。希霄德为农人,故于自然景物,观察至为详审,而描叙亦极多。然绝少审美之思,常多利用之意。如风云月露之形,至为美丽,而漫不加察。所悬悬于心者,则其于农事之关系如何耳。风起云行,则盼雨来可润禾苗也。日光可以晒草,水波可以载舟,牛所以耕田,鸟防其啄穗。盖无时无地,不为利用厚生计也。此外如希霄德作《诸神纪》,眼观全局,大气包举,明定章法，有条不紊，亦可见其结构经营之才。已详前节（本篇第三节），故兹不赘述云。

（三）希霄德训诗与希伯来圣书比较　希霄德之诗，以说理垂训、劝化世人为务。故若持以与他国他时之文章比较，则知其与古希伯来民族之圣书最相类似。如《旧约全书》中之《约伯记》（Book of Job）、《箴言》（Proverbs）、《传道书》（Koheleth）、《以赛亚书》（Isaiah）诸篇，又《圣经外传》（*Apocrypha*）中之《所罗门智慧书》（Wisdom of Solomon）、《西勒之子耶稣智慧书》（Wisdom of Jesus, Son of Sirach）诸篇，其内容及精神，均极与希霄德训诗相类。二者皆所谓智慧文学（Wisdom Literature，亦可云载道之文）也。智慧文学之特点，二者皆备具之，略举如下。一曰以实用为归。所述者，宗教道德之规戒、国家社会之法律、立身处世之楷模，以至耕耘之法、灌溉之道、衣服器用之制作等，靡不言之精详，期裨实用。〔如《箴言》（Proverbs）第八章第十二节起之一段，及《以赛亚书》（Isaiah）第二十八章第二十三节起之一段，可与《田功与日占》第六百六十句起之一段比较。〕二曰其报施在于生前，在于此世。如谓善人必能享安富尊荣，而恶人必有贫乏饥寒疾病疫疠之遭，或且绝嗣而无后。其劝人为善之意，至为浅显也。〔如《箴言》（Proverbs）第二章第二十一节，又第八章第十八节起之二段，可与《田功与日占》第二二五至二四七句一段比较。〕三曰常用隐语以示意。即不直说，不用本字，而以神话、故事、谜语、譬喻、典故、词藻等以代之，所以求劝导感化之得力也。《旧约全书》中，此例固多不胜举，而《田功与日占》中上帝造女人一段，及世运退化、凡历五世之一段，皆是也。

（四）希霄德训诗与中国文学比较　吾国向来文学中，虽无训诗之名，而有训诗之实。如《纲鉴》开端处，纪尧舜以前之事，及罗泌《路史》之类,皆与希霄德之《诸神纪》相类。至《田功与日占》一诗,则《诗经·豳风·七月》一篇最为近之。《周官·考工记》亦有似处。《易经》为吾国最显著之智慧文学,故《易》系辞、说卦、序卦、杂卦,皆可为训诗,特无韵律耳。若论《田功与日占》中之格言古训,则《古诗源》卷一所载古逸诸作,散见于群籍者,极可比较。以其由于古代之民俗,而自然作成者也。下及吕新吾《小儿语》及朱柏庐《家训》等,皆不可谓非训诗。乃若《田功与日占》之第三段,则《礼记·月令》,并其所衍为后世之时宪书,均最为近似也。

结论　按上所述,希霄德之训诗,可分二类:一为道德之类,《田功与日占》是也;二为历史之类,《诸神纪》是也。希霄德之后,作训诗者甚多,虽其名及书有存者,然以究无足重轻,故今均略而不叙。训诗时代,约自纪元前八百年起,至五百年止。训诗既衰,其道德一类,遂变为情诗中之挽歌。历史一类,则变为戏剧中之庄剧,而训诗自此亡矣。

(第二章　完)

——本文第一章原载于1923年1月出版之《学衡》杂志第13期,第二章原载于1923年2月出版之《学衡》杂志第14期。

希腊罗马之文化与中国

余此次谈话之旨，即欲引起诸君去外国学习希腊文及拉丁文之兴趣也。顾中国时局棼乱，百业不兴，吾劝人学此不适用之古典文字，恐难免不有人怀疑，请试申吾旨。

希腊罗马之文化为西方近世文化之源泉，此乃无人得而否认者，故研究古典文字即探求西洋文化之根源之工夫也。吾国留学生多昧于此点，舍本逐末，研究古典文字者寥若晨星，有之，读拉丁文者至多不过三年，读希腊文者至多不过两年，亦殊嫌浅薄无济于用也。彼教会中人之习古典文字者，更浅薄可笑，全部文法不加细考，只抱一部字典、一本《圣经》，以此戋戋者为目的，更无足道矣。

余前在清华所受之益处虽多，但殊以从未有人告以须习拉丁文为歉。及到外国时，科目繁多，不能兼顾；回国后，俗务冗忙，更无暇从事矣。故欲学希腊或拉丁文者愈早愈好，庶不致遗后悔也。

中国旧学者及普通人，轻视西洋文化者居多。分而言之，约有两种。一为不知西学之人，妄斥物质文明，而对于西洋物质之压迫，则取无抵抗主义，只是空口自诩东方文化之价值，高谈精神文明。其错误在于不知外人研究中国文化之心理。盖外人研究中国文化之动机不外两种：一是好奇心，一则如德国青年欧战后受环境压迫之反动。究其实,均未能真正了解中国文化也,报上常有关于外人如何重视中国文化之通信,大都言过其实,未可深信。至法国研究中国学问之人虽多,但大半偏于考古方面,于中国文明之精神,仍茫然也。

第二为咀咒外国帝国主义、资本主义之人,以为均由物质文明过发达之故,因而轻视西洋文化,殊不知此乃不可免之现象,西洋文明之精华,一时反对,将来仍将复兴。且树反对之旗者,亦不过只反对其表面上之侵略,而于精神方面仍无了解也。

西洋文明骨子里不易看见者,有两部分:一是基督教,一是希腊罗马文明。

其内容分析起来,约有二端:一是普遍之道德(Universal Morality),一是狭义之宗教形式。前者虽好,但中国之先哲,已言之无余。不必定须采取于基督教。故吾人欲了解西方文明之真精神,舍研究希腊罗马文化外无他道矣。盖欧洲文化之可贵,全在古典精神也。

文艺复兴时,古典文明随得以复兴,但仍少澈底了解。如意大利当时之人文派学者(humanist)认自然享乐为宗旨且不重操行,是即误解希腊精神之一证也。

希腊罗马文明在欧洲势力虽极微弱,但尚绵续不绝。且此实欧洲文明极好之成分,则无疑也。

吾人欲研究人生问题或探求哲学文艺之根本,若不从希腊罗马文化入手,决不能澈底了解。故为西洋计为中国计,均望古典精神之兴盛,如炉火然,彼处火大,则吾人得光必多也。

希腊文明与罗马亦多不同之点。要言之,罗马较近现代精神,且较重实用(practical);希腊则较重理想。华次华斯所谓"平淡之生活,高尚之思想"(plain living and high thinking)惟希腊人有之。此其大较也。

此时，西洋文明之弊病已传染及于吾国。欲医西洋传来之病，只好用西洋药，古典精神即西洋药也。欲医治中国本身之病，则须研究中国文化本身之好成分，而施方剂。希腊文化最与中国国粹接近。研究希腊文化且可以促国人对于中国古来最好文明之信仰。

近来世人偏重（Over-Emphasis）享受及悲观等病，希腊文明实对症之良药。盖希腊重简朴（Simplicity）、均平（Balance）、节制（Moderation）诸德也。

希腊历史乃后世历史之雏形，后世一切不同之学说（除一部分科学外），奇怪之事实，均可溯源于希腊。但就希腊文学史而论，亦为各种文学史之根本。故研究希腊历史，实可以作全史之借鉴与参考。希腊情形尤其与中国春秋战国孔、孟时相近，更可以作吾国人之借镜与参考也。

以上不过拉杂略述希腊与罗马文明之价值与地位，及吾人所以应透澈研究之原因而已。至研究文学之方法有二。一曰自外研究法（external method），以考察为主，如研究某书之真伪如何，何人所作、何时出版，作者之生平如何。书中文字有改变与否，训诂如何，句子之构造如何，及某诗代表何种社会情状之类，是外研究法也。二曰自内研究法（internal method），即以涵泳为主，研究一书之本身，考求其思想及艺术之所在。如浮水然，钻进水底，不只究其表面，是内研究法也。可惜现时之西洋学者大都只知科学方法，考据其表面，殊不知研究文学、哲学须用内研究法，不然便是为人而非为己之学矣。

外国人率皆轻视中国人，见中国人对于西学稍有所知，便觉惊异。因此普通留学生，只得与外国商人俗人来往，极少有与外国古典学者接着之机会。故苟有立意欲研究希腊文或拉丁文者，则非难百出，难成事实。甚望清华同学中，有人能于此努力也。

——本文原为吴宓对清华学校留美预备部学生的一次讲演，由该部学生贺麟笔述，刊载于1925年出版之《清华周刊》第364期。

支那客谈欧洲事

法国文人吉德[①](André Gide)者,年已古稀,与韦拉里(Paul Veléry)共为现今法国文学界之最负盛名者,均被选为法兰西学会会员,其书销行至广。吉德所作,有小说,有戏剧,有批评,兹不备举。又尝选译太戈尔及莎士比亚之作为法文。吉德之批评论文集曰*Incidences*(《观察点》)者,近已至第六版。中有一篇,题曰《欧洲之未来》(L'avenir de l'Europe)假托中国人之言,以自抒其见解及思想。略谓非知古不能知今,非知远不能知近。故历史知识与世界眼光,均不可不具。今之少年厌习古事,实为可忧。而欲判断本国之事而求无误,则宜远适异国,考察比较,徐为论断。又他山之石,可以攻玉。某日者,友人Arthur Fontaine招余陪"支那"贵客同宴。贵客曾任中国内务及财政总长,来法国已数月,意在考察此土情形。席间,与予座比肩,顾贵客不能法语,与予谈,各假舌人为通译,不无困难,而深饶趣味。客殊谦和。客曰:"中国革命后事事改观,君欲游,宜速往。否则旧物不可见矣。"予问:"中国之革命,亦以宗教改革为其先导而助成之否?"客曰:"否,否。中国人行事准乎道德,而不言宗教。"予曰:"革命亦由外来影响乎?"客曰:"受西方思想之影响甚大。国人喜读西书,而以陀斯妥威夫斯克、易卜生、萧伯纳三人之作,为最受欢迎。"予曰:"异

① 吉德,今译纪德。

哉！陀斯妥威夫斯克性质原近东方,顾何取于易卜生？至若萧伯纳之所攻诋者,皆系西方特有之风俗习惯制度。贵国人本无其病,何贵其药？此诚我所不解也。”客曰:“吾国人不问萧伯纳所攻诋者为何,但取其攻诋而已,吾国之少年,见萧伯纳一味主张破坏,惟事谩骂,毫无庄言正理,故心悦诚服而向往之至于如斯也。”予曰:“哀哉！公到欧洲之感想若何?”客曰:“战后萧条,人多厌世。此予所见欧人之情况也。吾国之人,首重安闲,以冲淡保其天和,不求胜过他人,不求物质进步,不肯重利盘剥,不愿劳心焦思、急功责效,故与欧人殊。欧洲物质文明之进步,造福于人类者甚大,惟吾所不解者,则欧洲之宗教是。耶稣基督教人勿近功利,勿存贪私,宜损己爱人,而归于纯朴之生活。欧人所行,与此适反。而前此吾中国之人未受基督教之影响者,乃均能实行基督之所教。推原其故,盖欧洲人所造之文明,与基督教之教义原不相合,故欧洲人之生活常徘徊折衷于二者之间。基督教不得已而承认人类智慧之进步,并以理性解释其信条及教规,而不知信仰与理性本不能相容。今欲以理性辅助信仰,是不啻引敌入室,操刀自割。于是基督教遂与理性偕同进化变迁,而离其原本之教义愈远。若东方之孔子、老子、释迦牟尼则不然。此诸圣贤,认定道德与智慧不能分别,深信最合理之人亦即最有德之人。故不提倡宗教之信仰,而注重道德之实行。不假神道以设教,不藉迷信以立威。其结果,亦遂不以信仰与理性之冲突为虑。不必力图弥缝补苴,设词以欺人,而自堕于迷阵中也。”予曰:“公所指之矛盾诚是。吾欧洲人殆习焉而不察耳。基督教之所培养者厥为个人主义,而耶稣新教为尤甚。”客曰:“吾中国则以个人同化于群众为尚,决不离经叛道,出奇立异,而自鸣得意也。”客言如此,予聆之深有感触,窃思欧洲人痛苦之由来,厥为文化与宗教牵引吾人背道而驰，主张物质进步及功利之文化。既不忍舍弃精神生活，而主张纯朴生活之宗教，又欲享受文化之利益，界限不清，互相牵制，卒至欧洲大战。各国之人相残相杀，而同奉一教、同祀一神，得非文化、宗教强合不分之结果乎？予思竟，旋询客到欧洲所见如何。答云一切甚好。已而席散，言遂止于此。予常悲欧洲远识同情之人士甚少，欲解决欧洲之问题而谋公共之利益，非可专务提倡国家主义，亦非可专恃提倡国际主义便可成功。盖对于国家及个人必先使自身趋于完善，而后方能为全体之裨益，此一义也。能克己，能自制，然后自身方得其所，此又一义也。予夙所主张救时之道，乃合此二义而用之。"支那"贵客之言，益我实非浅也。以上乃吉德该篇中之大意也。

一九二六年四月号之《法国新评论》（*Nouvelle Revue Francaise*）载有法人马鲁（André Malraux）所作之《"支那"人来函》（Lettres d'un Chinois）一篇。函云"予所见欧洲人愈多，与之谈愈深，则愈觉欧洲人实不明人生之正道。古昔之时，欧洲人喜言魔鬼。予服其想象力之雄伟。近今虽已推翻魔鬼，而又为造乱之主神即理智之奴隶。苦哉欧洲人也"云云。此"支那"人以希腊与中国之人生观、宇宙观互相比较。又论爱情曰"见妇女之色美而逐悦之，鄙哉欧洲之人也。吾中国凡有名之娼妓，莫不文雅通书史。狎客赏其才学，欢乐倍增。中国人所取于女子者，亦即男子所应具之美德。男女之间，初无差别。若汝欧洲人所取于女子者，特以其身为女子耳"云云。此文甚可与吉德之说比较也。

按假借外国游客之言谈，以表示一己之思想，此实文人惯技，由来已久。其初意，一以避祸患，故托词隐讽。一以增趣味，故造景生情。近世假借东方游客以讥评欧洲者，实始于法国孟德斯鸠（Montesquieu）之《波斯人之书札》（*Lettre Persanes*，出版于一七二一年,按此书已经译为中文,名曰《鱼雁抉微》,载《东方杂志》第十二卷九号至十三卷。译者为林纾及王庆骥)。继起而作者甚众,其假托中国人之手笔者,以英人戈斯密(Oliver Goldsmith)所作《世界公民之书札》(*Letters of the Citizen of the World*,一七六二年出版)为最有名。近今则有英国迭更生(G. Lowes Dickinson)所作之《中国贵官之书札》(*Letters from a Chinese Official*,一九〇一年出版)亦为世所共知。欧洲大战以后,西人对于东方、对于中国,事事注意。近十年中欧美所出版之新书,凡以世界文学艺术等为名者,莫不有专论中国之一章或数章。即立论取材,亦常以中国、日本与西方并列,互资参证。其在思想界之影响及变动尤大,应俟另篇详论。兹所引述之二篇,虽属游戏文章,又系借"支那"游客之名,以抒欧洲本土思想家之意,然亦可见潮流迁转之一斑。至于各篇作者之本旨,与其为庄为谐,读者当能洞见,毋俟赘释矣。

——本文原载于1928年1月9日出版之《大公报·文学副刊》第2期。

十三世纪之综合(清华教授在文友会之演讲)

文友会系北京中西人士注重学术思想等问题者所组织,成立已有数年。本年会长为燕京大学哲学系主任教授博晨光(Lucius C. Porter 美国人),书记为京师大学兼清华学校教授温源宁。会员共二百余人,然现时多不在京。

民国十六年十二月二十九日晚,该会假崇文门内德国饭店开会,并聚餐。会员到者二十余人,中西各半。餐毕,特请清华学校西洋文学教授翟孟生(R. D. Jameson,美国人)演讲《十三世纪在欧洲文学史上之重要》。演讲甚长,略记如下。

最近欧洲文学思想界,颇有提倡复兴中世圣亚规那(St. Thomas Aquinas)之学说而用之于今世者。此种运动之意义,乃求人生思想之扩大而完成。故予今略述中世文明及思想之特点,以供留心此运动者之参考焉。

文艺复兴时代,以反抗中世为能事,诋诬太过,而实未了解中世之真情。及浪漫运动起,欲复归于中世。然其所谓中世,乃一种美丽之幻想,并不合于事实。故近世对于中世常多误解,至今犹然也。中世末期之十二三世纪,文化之造诣极高,发达极盛,亦一种文艺复兴,其光荣实不减于后来之文艺复兴运动。中世之文化,以十三世纪为最高点。而十三世纪之特殊精神,可以"综合"(Synthesis)之一字概括之。曰信仰与理性之综合,曰此世界(人)

与彼世界(天)之综合,曰智慧与知识之综合,曰柏拉图学派与亚里士多德学派之综合。其实乃一事,而皆以解决人生思想之种种矛盾冲突,而以精深博大之学说解释之,以求精神之一致与安乐者也。

通常对于中世之误解有三:(一)以中世为专重信仰,而不知中世为甚重理性(Reason)之时代;(二)以中世为专务宗教,而不知中世实侈谈男女恋爱,无所隐讳,亦为阳刚之时代,而不流于一偏之阴柔;(三)以中世为基督教专制,而不知中世之思想实极发达而自由。吾人细读中世名人之著作,即可见(1)其思想极为锐敏深透。(2)其行文多用象征及比喻,今人亦然。今世之科学定理及假说,亦正如此。(3)其所征引,多言新、旧约《圣经》。然彼中世之学者,常以《圣经》所言者与实在之自然界同立并存而互相对待,谓必并通《圣经》及科学原理,方可解决宇宙人生之秘奥。是故中世之思想中,亦见有理想派与物质派之冲突。而十三世纪之文学及艺术,则专求调和此冲突,避免此矛盾,而有甚大之成功者也。十三世纪之重要,即在于此矣。

世人之大多数,不究真理,无彻底之思想。其在十三世纪,正与今同,然十三世纪之文学艺术极为发达,而其时名人之思想精神及方法,则极与近世相合。试举亚伯拉(Abelard)、亚比根西派(Albigenses)、圣伯纳(St. Bernard)及博学之阿尔拔(Albert the Great)为例,即可知之。而此实由于在其前之十二世纪之人,入世之观念极重,已脱宗教之束缚,而精神及行事甚为自由。盖凡伟大文学之产生,皆由于古典派之精严之规律义法,与平民文学之雄浑之创造力,二者相摩相荡,合而为一,乃成巨制。此正十三世纪之情形也。今举例以明之。以下所举,皆十三世纪之伟大文学作品也。

(一)Wolfram之*Parzival*,此篇作成于一二一〇年。写一少年入世之经验,而显明上言二种(理想与物质世界)之矛盾冲突者也。

(二)《蔷薇艳史》(*Roman de la Rose*),上篇作于一二三〇年至一二四〇年之间,下篇作于一二七〇年。以比喻之笔法,叙爱情之故事。欧洲文学史中,叙写爱情终未间断,而屡有变异。十二世纪中之法国南部之诗人,所谓Troubadours者,其所叙者为现实世界中之男女恋爱。自《蔷薇艳史》出,始将爱情加以理想,引入高尚之,并扩充其范围,如*Golden Legend*则描写对于上帝之敬爱;如*Curs Mundi*则描写对于人民之博爱,不但内容扩大而完备也。即比喻(Allegory)之写法,以理想与物质世界两两并写,双管齐下,亦"综合"之一种表示也。

(三)但丁(Dante)其所作《新生》及《神曲》,乃由现实世界寻常男女之爱,逐渐趋于高尚之境界,而终抵上帝之极乐天国,即完全之理想世界是已。

除文学艺术外,十三世纪"综合"之精神,又表现于其时之政治与神学。如圣多明各(St. Dominic)、圣方济(St. Francis)、圣亚规那(St. Thomas Aquinas)诸人之著作及生活,均最佳之例证也。

如上所述,凡由精神思想之矛盾冲突,必起"综合"之努力。有此矛盾冲天,又有此综合,则伟大之文学生焉。十三世纪,特此例之最著者耳。此因其时之矛盾冲突最甚,而综合之工夫亦最完成也。其矛盾冲突之性质,已述于前,而可以"神"(或上帝)及"自然"二字简括之。此种矛盾冲突,至二十世纪而又甚。今人之理想生活与科学事实,互不相容。今人之所谓智慧,皆由于感官,皆系于物质及现实世界,偏狭之中,乃生迷惘。吾既言十三世纪之特性与其最大之成绩,厥为"综合"之工夫,而今世之最重要问题及事业诚亦为“综合”,则十三世纪对于吾今人之重要,概可知矣。

翟君演讲毕,座中诸人复互相讨论,至十一时始散。

——本文原载于1928年1月9日及16日出版之《大公报·文学副刊》第2、3期。

罗马历法简说

一 总说

罗马"历法"(kalendarium)一字,为"朔"(kalendae)字之变格。"朔"字出于动词"Calare",意云"呼喊;宣布",因教长(大祭司)于每月朔(阴历初一日)必公开宣布"今日是月朔",故名(今英文、俄文"日历"或称"月份牌",仍即此字)。罗马历法,乃以阴历配合阳历:即是,以月为基础(单位),积月成年。但因日月周转运行之时间参差,年与月不合适,故其历法需要逐步改良,今举其过程如下:

二 纪年法

罗马先以执政官之姓名纪年;其后乃自建国之年即753 B.C.起算,称为"建国之第几年"(ab urbe condita,或 anno urbis conditae),简写作A.U.C.。例如西塞禄任执政之年,为罗马历691年=公元前63年。折合之公式:(一)由754减去罗马历年数,即得公历纪元前(B.C.)此年;由罗马历减去753,即得公历纪元后(A.D.)此年。(二)由754减去公历纪元前(B.C.)年数,即得罗马年;公历纪元后(A.D.)年数,加753,亦得罗马历年数。

三　历法之改进

（一）古罗马历（传说罗慕路建国时所用）每年十个月，以“战神（一作军神）之月”Martius（今公历三月份March）为岁首，以数为月名（元月，二月，三月……十月），十个月之天数（日数）如下：31，30；31，30；31，30，30；31，30，30。全年共304日。

（二）第二王努马·旁皮利（Numa Pompilius）初改定历法，每年十二个月，共355日，以元月望日（公历三月十五日）定为“岁神”（女）之祀期（按此略同中国之上元或元宵节）。

（三）十人团（Decemviri）或十人立法委员，在451—450 B.C.年，制定“十二铜表法”时，亦曾改定历法，每年355日，其中元月（今三月）、三月（今五月）、五月（今七月）、八月（今十月）各31日（按今仍同），余皆29日（按今不同），惟十二月（今二月）为28日。但阳历一年（即地球绕日公转一周）=365 $\frac{1}{4}$ 日，与罗马年355日相差甚远，故须置闰：其法，两年一闰，遇闰年，则十二月（今二月）截短为二十三日，而后加一闰月（即第十三月），其闰月之日数不定，大约为二十五日或二十六日相间，临时由教长又称大祭司（略同中国之钦天监）宣布，以求以月行追合于日行之周期而已。例如，甲乙丙丁连续四年，依此法，甲年为(31×4)+(29×7)+28=355日；乙年为(31×4)+(29×7)+23+25=375日；丙年（同甲年）为355日；丁年为(31×4)+(29×7)+23+26=376日。甲乙丙丁四年(355+375+355+376)=1461；此与阳历连续四年（365 $\frac{1}{4}$ ×4)=1461之日数相等。然以闰月之日数无定，须待教长临时推算宣布（旨在改正或减少日月之行差），即使推算准确，而甲年与乙年，丙年与丁年，相差至二十日之多，长年短年，不便实甚，其待改良必矣。（按阴阳历之差，每年约得$10\frac{1}{4}$日：中国三年一闰，恰积成一月，而与各月之大建30日与小建29日为调整日月差错之办法，其优点在每月之日数有定，不出30与29，而纯依阴历，每月朔望及上下弦及二十四节气皆准确而便于人民生活之实用，故中国实比罗马古时之历法为优长；至于中国以干支纪年、纪月、纪日、纪时之法，根据数理，一一确指，免除错误与误会。便利历史之研究考证，在今仍不可废也。）

（四）该撒（尤里氏，Julius Caesar）于46 B.C.年执政时，改定历法，颇称完善，通常所谓“罗马历”，即指该撒所改定而称为“尤里历”（Julian Calendar）者是也。为实行此新历法，是年（46 B.C.）特延长为445日。其法，全同于今之公历：每年定为十二个月（仍以今之三月为元月，由该月起计数为各月之名），各月或为31日（凡七个月），或为30日（凡四个月），悉与今同（详下表）；惟最后之第十二月（今二月）为28日，闰年则29日，亦与今同——盖全年共365日，较阳历年$365\frac{1}{4}$尚少$\frac{1}{4}$日，积四年即成一整日，加于闰年（四年一闰）之岁末，故该月为29日。该撒历以年为主（即阳历），而又与月（即阴历）勉强结合，故每月之望（月圆之日）有在十五日者，亦有在十三日者，而每月之朔距上弦只三日或五日，非真朔也。（按中国旧历，为阴历，以月为主，故朔望及上下弦之日有定，又有闰月。）罗马历各月之名称，见下表。其计日之法（见下详表）甚笨拙而复杂。每月之元日称曰“朔”（Kalendae）；每月之十五日或十三日为“望”（Idus）；由望始，上数（回溯）至第九日（中隔七日）名曰上弦（Nonae=“第九”）日之名称，上半月由望算起，倒数，名曰“望前日”（即由望回数第二日），曰“望三日”……“望八日”，即抵

"上弦";更回数,为"上弦前日,上弦三日,上弦四日"……而抵"朔"。下半月,则由月底向前倒数,名曰"下月之朔前日"(即由下月朔倒数之第二日),"朔三日,朔四日"……直抵本月之"望"(无下弦)。是故,一月分为三段,而日数倒算(逆计)大数在前。(以较中国计年、计月、计日之法,既精确,又合理,简单而便利,不能不深服中国古人之智慧矣。)折算之法,由罗马历某日改为公历,其法如下:①如"某月之朔几日"则取上月之总日数,加二,减去朔几日之日数,即得公历上月之日数。(例一)朔VIII Kal.Feb:(31+2−8)=Jan.25;②如"某月之弦几日"或"某月之望几日",则先查表,知本月之弦或望适在本月之第几日,此数加一,减去弦或望几日之日数,即得公历本月之日数。(例二)弦IV Non.Mar:(7+1−4)=Mar.4。(例三)IV.Id.Sept:(13+1−4)=Sept.10。惟此折算法,只可用于46 B.C.年以后之罗马史;其在此以前之年月日,只可按罗马古历推算,而有不能尽详确者矣。

(五)该撒之"尤里历"通用至今,号称完善,然尚非至极精密(盖所谓"一年"=365$\frac{1}{4}$日,乃约略之数,实不及$\frac{1}{4}$日),平均每四百年多出三日,故天主教皇格赖哥黎十三世(Gregory XIII)加以修正,于1582二月二十四日(春分)颁布通行,称为"格赖哥黎历"[①]。其办法:①特除去十日,即以是年十月十五日改作十月五日,以弥补前此(由46 B.C.至1582A.D.,每四百年多出三日,积成十日)占用过多之日期。②原定四百年100闰,今后改为四百年97闰,即每四百年减去三闰日;其减法如下,今后凡遇百数整年,其数能以4整除尽者始闰,不能以4整除尽者不闰——即是,公元1600年闰($\frac{16}{4}$=4),1700不闰,1800不闰,1900不闰,2000闰。总

① 格赖哥黎历,亦称格里高利历。

之，四百年中，减去三日（三个二月二十九日）即合。“格赖哥黎历”颁布后，南欧各国立即遵用，而如英国1752年始改历，故治西史者遂有“旧历”与“新历”之问题存在；最迟者俄国至1917年革命后，土耳其至1922年改革后，始改新历，新旧历今相差十三日（1582年特减十日，1700年与1800年与1900年各应减一日），故苏联社会主义革命为1917年旧历十月二十五日，而为新历十一月七日也。

（六）然即“格赖哥黎历”尚非尽善，盖与其云“每四百年多出三日”，尚不如云“每九百年多出七日”较为精确，而 $\frac{7}{900}-\frac{3}{400}=\frac{28-27}{3600}=\frac{1}{3600}$，故用“格赖哥黎历”（由1582年起算）而于每3600年再减一闰日（共减二十八闰日），斯为最得矣。

四　罗马月名表

罗马月	原名（拉丁文）	命名之理由	改名（拉丁文）	改名之原因	相当于今公历何月	英文名	法文名	德文名	俄文名
元月	Martius	“战神（火星）之月”；亦是春正月，青年月。			三月	March	mars	März	март
二月	Aprilis	“开月”：是月花开，春景毕露（正如中国之清明节）。			四月	April	avril	April	апрель
三月	Maius	“女神Maia之月”：此女神为水星之母，北斗七星之一。			五月	May	mai	Mai	май
四月	Junius	“天后朱诺（Juno）之月”。			六月	June	juin	Juni	июнь
五月	Quinctilis	“五月”	Julius	44 B.C.该撒在世时所改，因该撒生于五月，用为纪念（尤里氏）。	七月	July	juillet	Juli	июль

（续表）

罗马月	原名（拉丁文）	命名之理由	改名（拉丁文）	改名之原因	相当于今公历何月	英文名	法文名	德文名	俄文名
六月	Sextilis	“六月”	Augustus	8 B.C. 奥古士都所改，因其生于六月，用以纪念自己。	八月	August	août	August	август
七月	September	“七月” 按今世各国沿用此诸月名，全失其命名之意矣。			九月	September	septembre	September	сентябрь
八月	October	“八月”			十月	October	octobre	Oktober	октябрь
九月	November	“九月”			十一月	November	novembre	November	ноябрь
十月	December	“十月”			十二月	December	décembre	Dezember	декабрь
十一月	Januarius	“门神月”：门神 Janus 有二面容：一向战争，一向和平。			一月	January	janvier	Januar	январь
十二月	Februarius 闰置于岁末	“清除月”：是月十五日行洁祀 Februum，大加扫除。（按即中国“除夕”之意）			二月	February	février	Februar	февраль
元、二、三月为春季，四、五、六月为夏季，七、八、九月为秋季，十、十一、十二月为冬季。罗马人重农业，其四季之分与中国同。									

——本文系吴宓在西南师院时所作，发表于1957年《古代世界史通讯》杂志。

关于英国小说

英国十九世纪之大小说家，常以沙克雷[1]（William Makepeace Thackeray）与迭更司[2]（Charles Dickens）并称。林琴南先生译迭更司之书甚多，吾国人遂多知有迭更司而未尝闻沙克雷之名。实则二人者，生同时，名亦相埒；所著书卷帙之多寡，亦复相等。而若论学问之淹博，文笔之隽雅，意境之高敻，工力之深到，则沙克雷且有一日之长，为迭更司所莫及。顾吾国人竟无译沙克雷之书者，宁非憾事哉？

窃尝比而论之，迭更司之书，似《水浒传》，而沙克雷之书，则似《石头记》；二人之短长得失，以及读者轻重抑扬之处，悉可由此定之矣。迭更司多叙市井里巷、卑鄙龌龊之事，痛快淋漓，若不胜其愤激者。沙克雷则专述豪门贵族，奢侈淫荡之情，隐微深曲，若不胜其感慨者。其于褒贬人物也，迭更司直而显，扬善嫉恶，惟恐不及。其弊则书中之善人，几同贤圣，而恶人皆如鬼蜮，刻画过度，反而失真。且其人多性行一偏，言动怪癖。著者方诩其音容宛具，栩栩欲活，而读者则疑其不近人情，殊类优孟，粉墨衣冠，插科打诨而已。沙克雷则不然，用笔婉而深，似褒实贬，半讥若讽。描画人物，但详其声色状貌之流于外者，而于微处，偶露其真性

① 沙克雷，今译萨克雷。

② 迭更司，今译狄更斯。

情。明眼读者，自能领悟。而沙氏则不自著评语，恶人必有才足以济其奸，善者常有失以为德之累。读者但觉其入情入理，合乎世中实境。而沙克雷赏善惩恶之意，自已潜入人心，深固不拔，不必如迭更司之叫嚣愤激，惟恐人之不喻其旨也。二氏之书，皆能感人极深，至于流涕。惟其作法不同，故世之论者，皆以迭更司属于感情派（Sentimentalists）之小说家，而以沙克雷为写实派（Realists）之小说家。故迭更司与沙克雷，不惟才名相埒，抑且各为一派小说家之登峰造极者。

盖若论究英国小说之沿革，则感情与写实二派，实如黄河之与扬子江，源远流长，并行直下，互有盛衰，而未尝断绝。夫英国之有小说，实始于千七百四十年，即李查生（Samuel Richardson）之《潘美拉》（*Pamela*）一书出版之年也。前乎此者，虽亦有Bunyan之《天路历程》（*Pilgrim's Progress*）及Defoe之《鲁宾孙漂流记》，Swift之《海外轩渠录》[1]〔一译《红柳娃》（*Gulliver's Travels*）〕。然作小说之法术程式，尚未完备，故论英国小说史者，皆以《潘美拉》出版之年托始云。

李查生者，感情派小说之开端立极者也。《潘美拉》书出，而并世之人有费尔丁（Henry Fielding）者非之，乃于千七百四十二年，作*Joseph Andrews*[2]，以与之对抗，而纠正感情派之非，专主写实。费尔丁遂为写实派之开端立极者，而二派由是并峙而传。故百年以后，至迭更司实暗袭李查生之衣钵，而沙克雷则继承费尔丁之遗绪，而分执十九世纪英国小说界之牛耳焉。论其身世，则李查生业印书，生长伦敦中流社会，所与往还皆商贾，尤喜周旋妇女

① 即乔纳森·斯威夫特《格列佛游记》。

② 即菲尔丁《约瑟夫·安德鲁斯》。

间。而费尔丁则出贵家,少游欧陆,学于Leiden大学[①],习法律。归任伦敦警厅长及审判厅推事,藉是周知人情伪诈,及娼优隶卒、污秽鬼蜮之事。读书多,见闻广,经历又繁富,非李查生所及。其所著小说,有一日之长,宜也。迭更司出身微贱,少年时备尝艰苦,《块肉余生述》[②]中之事,多系自叙。及名显而后,始出伦敦而游他邦。沙克雷生于印度,稍长即归英受学。又游学德国,以绘画为职业,旋为伦敦某报之编辑。该报专以文章及滑稽图画,评骘人物,讽讥世俗。沙克雷所与游者,不特文士,且多贵胄绅商。其读书之多,见闻之广,经历之繁博,远非迭更司所及。其所著小说,有一日之长,亦正与费尔丁及李查生之关系同也。至论其文章,则李查生纡曲徐缓、冗沓繁复,费尔丁明白晓畅、犀利俊快。一为阴柔派,一为阳刚派,截然分判,高下自别。然迭更司与沙克雷则皆属阴柔派,惟迭更司之文,时流于粗疏放纵,且声调激越,以诗中抑扬顿挫之音律,施之散文,论者病之。沙克雷之文,沉着高华,修洁雅典,实远胜之。此又后二子与前二子同而又不同之处也。

英国古今小说大家,以此四子为最重要,而吾国人仅知有其一。窃意费尔丁及沙克雷之书,尤宜急译。今英国剑桥大学汉文主教Herbert A. Giles所著《中国文学史》一书,中论《石头记》,谓其结构之佳,可媲美费尔丁。吾则以《石头记》一书,异常宏大而精到,以小说之法程衡之,西洋小说中,实罕见其匹。若必欲于英文小说中,求其最肖而差近者,则惟沙克雷之《钮康氏家传》(*The Newcomes*)一书,足以当之。故先译之,以饷国人。至原文意趣之深,辞笔之妙,非末学不文所能曲达,则译者所深愧歉,而愿以

① 即荷兰莱顿大学。

② 《块肉余生述》,今译《大卫·科波菲尔》。

留待大雅者之修正者也。民国十年冬吴宓谨识。

——本文乃作者为其所译英国沙克雷(W. M. Thackeray)小说《钮康氏家传》(*The Newcomes*)所撰之译序，原载于1922年1月出版之《学衡》杂志第1期。

美国文学批评

美国佛斯特氏(Norman Foerster)近著《美国批评史论》一书(*American Criticism: A Study of Literary Theory from Poe to the Present*),定价每部美金三圆五角,Houghton Mifflin书局出售。首言批评对于文学创造之重要。美国今日文学创作成绩之粗劣,即由其缺乏批评之指导,致作者思想不清、辨认价值不清所致。次论述美国批评之往史,谓美国文学中,自来即见两种思想势力之冲突:(一)为美国本土之旧礼教,与其人爱乡爱国之虚侨心;(二)为欧洲历史渊源之文化,即世界中公共价值之标准。美国自亚伦·波以来之批评家,同时并受此二种思想势力之影响,互相牵掣。虽欲极力摆脱(一)之束缚而专趋于(二),而终未能。故其学说及主张中,常有自相矛盾而不能一贯融洽之处。如亚伦·波,则有(一)其美术的感情作用及(二)为艺术而艺术之见解之冲突。如爱玛生,则有(一)不受拘束之个人主义与(二)清教徒之道德的精神之冲突。如惠德曼,则有(一)毫无选择之平民热情与(二)勇往直前之人道主义之冲突。如罗威尔,则有(一)狭小之国家观念与(二)深至之文学见解之冲突。以此之故,美国之批评学说终不能臻于完美,而美国之文学作品常有瑜不掩瑕之情形。直至近今,乃有所谓新人文主义之运动者出,以白璧德及穆尔二氏为领袖,其目的即为完全脱除美国旧有之束缚限制,而专以世界中央公共之价值为文学思想之标准，惟承认人之内心中终有不能调和解息之矛盾冲突在，即(一)自然情欲之表现与(二)遵守价值之标准之志愿及努力是也。此二趋向，永远背驰，故人皆当舍(一)而就(二)。既承认人之内心中有此二者之互争，则矛盾糅杂之显于外者固不难明辨而解除之耳云云。

按此书所论，甚有精当。读者可参读本副刊第二十七期至三十期《美国现代文学中之新潮流》译论，则更了然矣。

又按美国少年批评家孟孙氏(Gorum B. Munson)最近著一书曰《目的地》(*Destinations*)，论美国现代文学批评之派别及趋势，亦推重新人文主义之运动。其书颇为一时所称，吾人尚未购得，容俟后更详述之云。

——本文原载于1928年12月17日出版之《大公报·文学副刊》第50期。

美国文学新解

美国佛斯特氏(Norman Foerster)所著《美国批评史论》(*American Criticism*)一书,已于本副刊第五十期介绍。兹佛斯特氏又编成《美国文学新解》(*The Reinterpretation of American Literature*)一书,纽约Harcourt Brace书店发售。此书系汇编"美国近世方言学会"中之美国文学组会员所作之论文若干篇,均讨论美国文学及历史而互有关系者。作者皆少年博学,其著述在现今之美国最有希望,故其书为一时所称。《伦敦时报·文学副刊》论之曰:近二十年中,由白璧德及穆尔二氏之指导,而美国文学启一曙光,放一异彩。

缘十九世纪之最后二三十年中,美国之学术界纯受德国之影响。而哈佛大学校长伊略脱氏实为美国教育界之惟一宗师,一切学问,悉注重科学方法及精细切实之研究,即文学亦专重干枯之考据。以哈佛大学教授Kittredge氏为领袖,门徒遍布全国各校。凡欲从事文学而任教职者,非得博士学位不可。而非精通峨特文、冰岛文及古英文、古德文等。又费长久之时力,考订一种语言、文字、史事、地域、器物、礼俗上极纤细琐屑之问题作成论文者,则不给予博士学位,以此为风尚。而于现代文学,及文学之意义并与人生道德之关系,则一概忽略焉。及白璧德及穆尔二氏出,本其精博之学,锐敏之识,用圣伯甫、雷纳、但因等之方法,以世界文学之公共的标准，来重新评定美国文学，另开风气。白璧德氏任哈佛大学教授多年，门徒尤众。于是二十年来，其影响渐著。而所谓“新人文主义”之运动，不但使美国文学日进于光明，且进而解决道德思想之根本问题，将以救人心之危与群治之乱，使全世界均蒙其福利焉。白璧德等人之影响，最近十年中骤为增进广被。

今日美国之文学批评界可分为三阶级：（一）老辈批评家。即白璧德及穆尔二氏，并其同辈之友。其功在打破旧日美国文人拘囿之见，使毋夜郎自大，而进窥世界文学之光辉。又创立人文主义，思想完密，系统整严，理论平正，足为二十世纪之指导及楷模。（二）中年批评家。此辈专与白璧德等人为敌，攻诋争辩，历久弗息。其所短在过于重视现代文学，对于历史上社会上一切事物制度，悉行冷嘲热骂，而言之过当，析理不清。若撰作《偏见》论文集及《美国新字汇》之孟肯（H. L. Mencken）氏，及撰作《清教徒之酒》及《马克吐温之努力》之Van Wyck Brooks氏，其代表也。（三）少年批评家。近十年中始露头角，最著者为佛斯特及Mumford及孟孙（Munson）及Allen Tate等人。或为白璧德氏之弟子，或读白璧德及穆尔之书而善之，信服其说，更加以推阐，而宣传应用之焉。今日者，中年批评家孟肯氏等之气焰已衰，多自甘缄默。而老辈批评家之势力乃渐确立。少年与老辈接近，避无谓之纷争，为正当之建设。美国文学之希望与价值，盖在于是。而人文主义近亦颇行于欧洲云。本书作者均少年批评家一流，彼等谓美国文学史向无佳作，前此之为人所称者，已陈腐不适用，应由批评审查之结果，另行编著。此书即代表彼等之意见。

按吾国今日文学之趋势，似方入注重考据时期，再则破坏与攻诋，其去文学思想之建设，及新人文主义之盛行，为时尚远。是在吾国少年文人及批评家之努力耳。

——本文原载于1929年4月1日出版之《大公报·文学副刊》第64期。

文人三十自忏

美国最新派作者孟孙氏(Gorham B. Munson)著《目的地》(*Destinations*)一书,论述美国现今文学之趋势。略谓现今美国文学界可分三派。(一)老派,即古典派。人文主义大师白璧德及穆尔诸先生为其领袖。(二)中年派,即浪漫派,以攻诋破坏为能事之文人如孟肯、杜来色[1]、安德生等属之。(三)少年派,即审美派,主张调和二者而兼采其长之少年(三十岁以下),作者如孟孙氏本人即属之。往者(欧战前后)中年派盛极一时,美国少年悉受其影响,以为老派之著述主张悉陈腐不足道,无人诵读其书。乃自欧战之终以至今日,此十年中,趋势渐改。今则少年派对于中年派复起一种反抗,一若中年派昔之推翻老派者然。同时少年派渐知,诵读老派之书,而惊其宏博精到,乃大倾服。以为老派实足为少年作者之模范及指针,足以救治中年派所施之恶影响。故少年派之崭露头角者如孟孙等,遂极力以老派介绍于少年派,勖其同辈以脱离中年派之弊病而取法于老派,以使其艺术著作日益精进,而望美国文学另放光辉云。然美国近年此种趋势,极为重要。老派作者之复受尊崇,及人文主义之渐行于世,均吾国人所当注意者也。

最近孟孙氏撰《三十三岁自述》一文,载纽约《星期六文学周

① 杜来色,今译德莱赛。

报》,略谓吾为少年派之健将,十年以来,不无微功。对于前乎我辈之作者,则极力攻诋,摧陷廓清,辟榛除莽。对于富有天才而尚未知名之少年文人,则极力赞扬,汲引推挽,成美见真。老辈纵视吾为狂生,新派应不讥吾为学究或乡愿也。今者,吾年已三十三,波浪重叠,世尘代谢;吾势不得不舍少年之帜而入中年之林,愿述吾之经验感想,以为后来少年派之一助。吾与吾之同辈,皆生长于今之中年派即孟肯等之影响中。久乃知其偏,识其误,而谋所以自救自脱,益广益精。惟愿后此继吾辈而起者,勿再蹈此覆辙,染此旧病,故撰此文,以当自忏。

吾辈少时所受中年派即浪漫派之教导,其大错误有四事。(一)曰骛新。以为凡文学艺术之作,必为后来居上,新者胜前,循一直线,每进愈上。以新旧为评判标准,不暇细察其内容。此一误也。(二)曰主专精。以为业贵专精,故文学作者只须练习一种文体,如短篇小说或戏剧。此外各体文学,则不作,且不读不看,致成狭隘枯塞之文学工匠。此二误也。(三)曰不求人解。以为文学作品为我自己之表现,我要如何说便如何说,我喜如何写便如何写。他人读之能了解与否、欣赏与否,我不暇问,且亦不当问。凡作者须高自位置,但求自赏。他人若不能了解,不能欣赏,是彼人目盲心盲,非我之咎。于是行文体裁,趋奇走怪,人自为法,而对于表现之艺术毫不讲求。此三误也。(四)曰不修品行。以为生活与艺术乃截然二事,作者之品格无关与其著作。品格卑下者,其作品尽可精美,甚且欲作出好文章,先须为放纵卑靡之波希米式生活。由是作者之品格堕落,文人无行,为世诟病。而不知此时代之文学作品均缺乏完美强固之德,弊正坐此。以上四种错误,我辈躬自蹈之,窃愿后来者得免,而能洞明四义。(一)宜广读博览,不趋新而舍旧。(二)宜习作各种文体,久后乃专精一种。

(三)所作须求人能解,毋取险怪。(四)主张“文人有行”,极力修德植品。

按此篇所言,实足为中国今日文学界之针砭,故述其内容如上。

——本文原系吴宓为其所译《薛尔曼评传》撰写之“附录”之文,今收于本《文集》此编。

蜗逊论心理学与文学

按美国行为派心理学大家蜗逊教授(John B. Watson)之学说,近年经郭任远君等之提倡宣传,已为吾国人所稔知。自学理上言之,行为派心理学颇嫌一偏而多弊病,然在美国有绝大势力。本篇为蜗逊氏论心理学与文学之关系之文,登载纽约*Saturday Review of Literature*第四卷第四期。大意指斥今之小说家、戏剧家,好以心理分析自诩,而其描写却完全不合男女实在之心理,亦犹自号为写实派者所写并非某社会、某地方实在之情形。此层颇可为从事文学者之当头棒喝。至作者于下半篇极力劝人研究彼行为派之心理学,此则吾人固不必重视之也。蜗逊氏现为纽约J. Walter Thompson公司协理,兼纽约社会研究学院讲师,兼《实验心理学报》编辑。所著书之重要者如下:(一)《动物之教育》、(二)《鸟类之家居及其他活动》、(三)《行为论》、(四)《行为派心理学》、(五)《由行为派之观察点论心理学》、(六)《婴孩之心理的保养》、(七)《行为派心理学大要》(*Ways of Behaviorism*)等。以上各书,均译其英文原名。而第七书乃最近出版,每部价美金二圆。纽约Harpers书店发行。编者识。

"心理学"一语,予闻之惫矣。予无在不遇人举此相质。予至办公室，电话铃响，则有曰："蜗逊博士，某处某报传语，欲知先生曾见知更雀因食烂杨梅而致醉否？"铃复响，则曰："某处某报有人欲来见先生，问女子之衣饰，为男人抑为其女伴？"曰："某处某报来言，海西陵伯爵谓美国女子使男子成为中性之人，问先生赞成其说否？"曰："某处某报欲来见先生，问轻易离婚，是否必至消灭婚姻制度。"曰："某处某报欲知儿童若未经父母与之接吻，则长后是否不能伸颈。"或则曰："某处某报欲知先生之心理学与俄国生理学家普罗夫(Pavlov)之心理学有何分别。"予告以无别。则曰："必有别。不然，彼等当不能据作小说。"或则曰："报界公会问，有人言先生之行为主义足以破坏全国道德基础，其说然否？如曰不然，何为不然？"

斯世若中心理学狂，处处闻人曰，某也已撰一奇异之心理学戏剧。某也已撰一深奥之心理学小说，更有某也已撰一骇心怵目之心理学的神秘故事。末一种立使予心向往，因予最爱神秘故事也。予取而读之，深讶其心理学不知在何时始见也，至末页(或末页之前一页)则心理卒然羼入，如旧日奇迹戏剧(Miracle play)中之神灵然。作者之布局繁碎混沌，惟藉上帝之力，乃能解其结耳。中有一妩媚之女子，自幼受温和之教育，无学习作恶技术之机会，乃忽见其驾一汽车向一峻崖奔驰，疾如电掣。车内载此书之女主角，已为彼女用巨钳击伤，不能动弹。此巨钳惟村中之铁匠乃能运用耳。彼女显然欲车中安全跳出，而任受伤之女主角滚入崖下云。其后乃点明彼受温和教育之恶女子，其父乃一巨猾。女生不久，其父即逝，然女竟传其作恶之倾向焉。作者之心理学或生物学果何所据耶？盖据半世纪前，朽败至于露骨之朗毕露苏(Lombroso)氏学说，谓罪恶之子，长为罪犯者也。若曰，生育于罪犯之空气中，习于罪犯之技术，及其长也，舍罪犯外，复何所成哉！

予读一心理学戏剧，中述一富家女子，其文仅存，爱之备至。女遇一男子，可以委身，然女之“劣性杂合”（inferiority complex）立时使女神魂失措。自是恹恹病损，数月不瘳。或告男子，使之来见。男子至，方取玫瑰花结于胸前，女已死矣。作者固曾咨询若干心理学家及精神学家，彼女乃因缺乏生之意志而死，彼其“劣性杂合”夺去其一切欲求云。予于人之天性亦尝略事探究矣，然徒未见如此之性格也。任何纽约女子，苟曾经历彼女主角之生活者，必将急急攫取彼男子而嫁之，虽扯断其发而不顾矣。彼之失身，将使彼踟蹰耶？曰否。如此贞洁之女子已与女皇维多利亚同埋于地下矣。实则彼等从未尝存在也。据实际之人生观察所示，人之劣性，绝无猝然显现者，而可于个人之生活史中追溯，直至其孩提之时。于此，吾人可见作者猝然将神灵（即心理学）引至舞台上，惟此次非使其人物从混沌中解脱，而使其戏剧之布局成为可能耳。使作者曾与精深之心理学一谈，则此剧当可不作，而一行为主义者，当不致于初昏时假寐一小时矣。

顷有人送一书来，曰：“先生试请批评此激烈之心理学小说。”书叙一神经衰弱之法国家庭，其主角为一女子，爱一有病之医士甚，然从未与之通款曲。其父知而阻之。一夕，女忽推其父坠楼下，死焉。然女不能与医士婚，医士固不爱女，且知其杀父之事也。女遂成狂。

倘有一精神学家改业为小说家，而以正确之笔述此，予将深感兴趣，且受教益。然作者所弄者乃其所知甚浅之乐器也。

今有一作者于此，不明化学，将与人谈，“某某诸原质并置，则产生另一某化合物之事乎？”曰：“否，彼将被嗤为愚人矣。”有作者于此，不明生物学中之曼德尔定律，将与人谈“甲与乙配合，则其所产生第一代，及第二代之身体特性，当如何如何乎”？曰：“否，彼不敢为此也。”然小说家及戏剧家同样昧于心理学者，乃敢将心理学之原素搀合，以产生新组织，而毫无所踌躇。例如使其书中人物以发狂或自杀而终是也。曷为若是，则因读众之昧于心理学，视其昧于化学及物理学为更甚耳，彼作家不难置心理学不用，所当受责者，故不全在作家也。彼与其读众同昧于下述一事，即今日心理学上已有若干真知灼见，彼未加研究之前，不如置之不问之为愈也。

自佛洛特(Freud)示人以“潜意识”之鬼以来，各国皆产生一班文学上或戏剧上之点金术者。彼辈所著之书如地崩山坍，掩袭而来，吾不知有何法以避免之也。予思久后或能改善，群众之教育亦当有助。吾人好以通达自命，吾人以读精神病作家描写精神病更深之人物，为文雅及通达之表征。吾以为此等书亦有其地位，惟必须出自康健之人之手笔。作者于精神病人物，宜知之稔而察之详，乃可动笔耳。

在吾谢世之前，吾欲得见一良小说家及一良戏剧家采用行为主义的背景，吾欲其将人看作一片流转之原生质，而使之富于兴趣。而其为此，不致跨出自然科学界限之外。

吾非要求任何文人转入学校，而成为一专门之行为主义者也。吾劝彼不妨费两晚之力于行为主义，而明了其在常识上之地位耳。

吾且试将行为主义者之观点，提要钩玄述之如下，以节省其两小时中之三十分钟。

吾侪之视人类婴孩，一如其视任何他种原生质之团，彼其形状、大小及颜色，禀自遗传。彼属于所谓灵长类。此其所以能直立，有两臂两腿十指十趾而无翼及蹄也。彼生而为蠕蠕然之一团，无本能、无模仿之行为。因其身体之形式及其神经系之复杂丰富配列及伸缩性,又因其能感受多种刺激,故能成为种种习惯,与其他动物之习惯大异。彼与其骨肉兄弟猩猩猿猕等之主要差别非他,即其学习出声谈说及对自己谈说(即思想,或谓之反省,又谓之觉性)之能力而已。此蠕蠕之一团,若从自始生而范塑之,几可于其中造成任何行为型式。易言之,吾人皆为环境之产物,吾人能使此产物为宗教上之神秘主义者为爱德夫人(Mrs. Eddy),或为勇猛之基本主义者如斯托拉登博士(Dr. Strattov),吾人能使之为戏玩之儿童如美国太子,为肃穆寡言之清教徒,如柯立芝总统,为莎士比亚剧中之拳师,如登尼氏(Tunney),为作家如札克伦敦,为优伶如苏顿(Sothern,此则上帝所不许)。吾人若及早范塑之,则所能成之型式,几于无限。

或曰作家之构造其人物,当使适合于其通盘计划,惟彼更当使其人物符于真际。其人物之个性之产生须使明显,然个性当自环境之支配中生出。作者无须反求之于神秘主义、祖宗遗传、潜意识、心灵感通(telepathy)及精神主义等等。在实际之生活中,本无神秘之人物。吾人曷为不能屏之于所作之书之外乎?吾非为黑暗之写实主义作辩护,欧露世(Jules Verne)一派之材料尚可供描写,*Connecticut Yankee*, *Tom Sawyer*, *Peter Pan*及《金银岛》一类亦然。惟当吾人之著作,涉及生活,涉及与人相处之道时,则吾人须将正确之观察,织入其故事或布局中。

既具此行为主义的背景,吾乃进而请求作者,须依实际生活以定其书之计画,以选择其人物,而追随其左右,历六月之久。吾更有求彼者,非其人物自己之语言,勿使出诸其口。非确见其人物所处之地位,非确见其人物所为之行动,勿写入书中。

此等人物,式样孔多,随手可得。当吾与人商量其著作时,所发现之资料,每视遇于所读之戏剧或小说中者,更富兴趣。吾窥见生活，如实际所历，惟吾不能以妙笔写之，以娱读众耳。任何精巧之作家，当能观察其资料，并能笔之于书。资料殊不难得，亦不必为一行为主义者然后能得之，所需者惟观察而已。

近代作家，文笔美矣。其在运用文字上所具之精巧与魔力，前此所未有也。吾所与争论者，惟其资料而已。怠于观察与轻视观察所得之人生资料，此乃予对于近今文人之主要责言也。有若干作家，亦犹若干美术家然，尚未脱去旧日之观念，以为彼等之发必须长，彼等之衣服不须整洁，彼等必须爱恋一切女子（或一切男子），必须居于污秽之地，必须兀坐半夜与其俦侣闲谈。然作家必须骄奢度日之观念，已渐消灭。作家及美术家与商人之接触，于己有利，而作家且成为商人矣。作家与人世愈接近，则不复视文学与美术为超妙夐绝之事，而承认真实人物之谨慎观察，于己有助，则其所资于背实变真且常为病态而搬弄文字之组织（彼等美其名曰想象）者日以少，而资于耳目者日以多矣。

近世对于传记之狂热，吾亟欲赞一言。此等著作之出，孰能止之哉！凡有思想之人读之（尤以心理学的或精神分析学的传记为然）孰不觉其兴味哉！许多传记家，为欲求其传主之生活线索之连续，每追溯至其孩提及儿童时代。试取近今之传记而观之，绳以行为主义者关于孩童所受影响及习染之见解，则其不正确之处，显然立见。未有于传主之孩提时代无若干真切之智识，而能撰成有价值之传记者也。传记而根据片断之事实，或社会上之功绩，或能成为富兴趣之读物，且或能成为优良之文学作品，或可为传主一生中若干大事之正确记载，然非所语于传记也。欲成一传记，作者必需如鲍斯威（作《约翰生传》者），且一鲍斯威只能作一传记而已。根据浅薄之记录，于一年内便写传记两三部，无论所传为死人，即为生人，此种工作，苟非射利之事，亦不过书呆子之滑稽行为而已。

自传尤下,除极天真纯朴之人外,吾未见有人能叙述其一己之生活者也。任何人皆有不可告人之事太多,欲其作忠实之自传,难矣。即肯直书无隐,然其不能以言达者亦甚多。读者试悬想自己逐日记录少年时之行事,其在大学之四年中,其自私(其所以对待他人者)、其猥鄙(其关于异性之幻想)能无踌躇耶?自传之作,或以自炫其优点,或以压服其批评家而已。倘有自传作者,日日直书己事,剖析无隐,行之六月,苟不致自杀,亦必尽丧其昂藏之气矣。未有丈夫能读其妻之真确自传者也。父母之于子女,子女之于父母,亦然。

此种关于人生之自然科学观念,他日或将影响及于剧院,而吾人可免于今日舞台上所听及银幕上所见之蠢事。人类若能充分摹状,实为有趣而感人之动物。吾确信真正之人类可以入剧。如此事实行,则可养成真正之伶人以摹拟之。今日之舞台,尚在旧日奇迹戏剧之时代,大多数编剧者及演剧者尚为孩童。欲创新规模,必须养成一班新伶人,彼等以新方法研究"人",视之为另一种新动物,而不复聆戏剧作者及专门导演者之言。

凡属于心理学范围之事,不复能适用"安乐椅之方法"(谓不肯费力实验也)。在动物心理学之范围,吾人已须放弃安乐椅之方法,而代以行为主义。若文学及艺术上并放弃安乐椅之方法,岂不善哉?吾侪独不能训练幼辈之著作家及戏剧家,使其观察人生,并告以其所当寻求之事乎?吾试以此说与一种旧观念比较。昔人恒谓作家必须狂歌纵饮,尝试激烈之经验。吾并不反对豪饮,吾非主张禁酒者也。然身为狂歌纵饮之人,与观察一班狂歌纵饮之人,其间大有差别。即就吾自身而论,当吾观察之时,当吾采集经验之时,必须十分严肃。吾以为凡良好之观察者,必待其一日之工作完毕，然后开樽可也。

未有非字字由经验炼出，而能为佳妙之想象者也。吾人之大病，在写出仅由文字凑成之男女，而其文字之组织，不基于实事。读者如不信吾言为当，则请读下次日报上音乐批评家之文。彼所能弄之乐器，惟其声带；彼所能奏之音，惟有字之歌。然彼于音乐会竟大肆批评矣。彼所有权谈论者，惟曰“吾喜之”或“吾不喜之”而已。然若是则报馆将不予酬金，而彼必须写满一篇也。倘吾今夕若具特别悲观之心态，必并举文学及戏剧批评家而遍讦之。“批评家”使予以回想及孩提时代。予生长于南方，少时嬉游之侣，大都为黑人。予每见黑种妇女咀嚼食品以哺其幼子。以吾观之，今日文学之读众及戏剧之观众，其成熟之程度，盖无殊于彼受哺之幼儿。吾人常闻之矣：“吾不欲观此剧，因其败德。”“吾不欲读此小说，因其不佳。”倘吾人能（并肯）咀嚼坚硬之食品，则劣等之书及戏剧当日少矣。

——本文原载于1928年9月17日出版之《大公报·文学副刊》第37期。

摩拉论传记文学

法人摩拉[①](André Maurois)氏,近今之传记作者也,曾著《雪莱传》及Disraeli传,颇闻于时。比者氏撰《近代传记作者》一文,刊于美国《耶鲁评论》(*Yale Review*,本年正月号)。其言颇足供今日中国作传记者之借镜,兹撮述其略于下。

所谓近代之传记者,指乔治时代(英王乔治第五即位以后)之作品也,其前则为维多利亚时代。此二时代之风尚文物皆有显著之差别,而传记文学即其一例。语其异点,厥有二端:一者作传之动机与目的,二者作传之方法。

(一)旧日之传记作者,大抵藉以为善恶之资鉴、德行之仪型,或以表扬先烈前贤,使流芳于百代。或则出于出版家之请托,借传者之名,提高被传者之声价,以畅其著作之销行。如约翰生所为英国诗人之传记即其例。幸而约翰生下笔不苟,虽塞责而能工耳。又当维多利亚时代之英国,凡遇大人物逝世,其家族或戚友,辄物色相当人物,为死者作赞誉之传记。(与中国子孙之丐托闻人为其先人作墓志铭或行状如出一辙。)更有心思精密之人,当其生时,已预嘱一人身后为之作传,一如其预托律师执行身后之遗嘱焉(中国人之于其墓志铭及行状亦有如此者)。是故作者有隐恶扬善之责任,以铺张粉饰为常例。其结果受传者皆成为百行俱

① 摩拉,今译莫洛亚。

美、无瑕可击之人。且也，崇拜英雄为维多利亚时代之风气，即传者与受传者毫无连谊，亦不免由钦慕之心而将其传中人思想化、偶像化。故维多利亚时之传记，其所描写者大抵为伟人之面具。面具之下，作者从不肯探窥也。近今之作者则反是，每以扯破面具、打倒偶像为务。若Strachey之作维多利亚时代名人传，以无孔不入之透视，以冷酷客观之笔墨，表露传主之真容，不着一褒贬之词，而使读者笑怒难禁。此目的上今异于昔者一也。其二则近世作者，每藉他人之传记为自我之表现（此即中国旧语所谓“借他人之酒杯，浇自己心中之块垒”者也）。见乎某人一生之际遇、性格或理想有类于己，则同情之心油然而生。缅念前修，自居知己，情不能已，遂奋笔为之传（《史记》中之列传多是此例）。故其所作恒亲切动人。

（二）论方法上之差异，则昔人使传记为一完备之记录，故闲言琐事、书札文件之搜罗，多多益善。初不问其孰有兴趣而加以去取也。及其成书，卷帙繁重，使见者生畏，读者罕卒业。近人矫是弊，力使传记成为一艺术作品。夫传记所描写者，乃人生之实事，非作者所能控制。艺术之要素在形式之匀称，然人之一生或数年中无一入录之事，或旬日间而事故纷来，作者将何以处之？曰作者固不能创造资料，然可别择取舍其资料。今有书函数百封、日记一厚册于此，作者或于其中仅抽出足以表达全体印象之若干句足矣。凡人之一生，其中恒有隐藏之谐协、神秘之韵节，史家能发现之，则可谓得艺术之能事矣。例如雪莱童时即喜近水，长后岁月多消磨于一叶扁舟中，一若自始即预示其溺死海中者。此等处史家最宜留意。

摩拉氏又据其过去之经验，指陈作传记当循之规则数条如下：

(一)须依编年之顺序,以阐明个人性格之进化历程。勿如旧日史家之颠倒时次,或抽出一遗闻轶事以为叙述之开端。

(二)勿作善恶褒贬之辞。事实具陈,是非自见。

(三)与题目有关之资证,须尽量搜集,并一一加以细察,只字不遗(采用时自须加以选择)。

(四)人生行事,鲜有全为意志之自觉的成就(即所谓"有志者事竟成")者,机缘之作用恒占重要位置,作者须予以相当之地位。

(五)传主之友朋及敌人,对于传主之意见各异其趣,宜两著之,使读者得从其中窥见传主之为人。

最后为选择传主之问题。寻常大抵以传记资料之有无多寡为标准,然尚有宜先决之问题,即某人物之一生有无为之作传之价值是也。昔G. H. Palmer氏(曾任哈佛大学哲学教授多年)传其妻Alice Freeman Palmer(未嫁时为威尔士雷女子大学校长有声)之生平,于传末有言:"使吾描写吾妻之面目而正确无差,则此传当挟有振奋激扬之力,使神志颓丧之人为之鼓舞,为之壮胆焉。"一切有价值之传记,皆当如是。

——本文原题为《论传记文学》,载于1928年6月25日出版之《大公报·文学副刊》第25期。

福禄特尔[①]与法国文学

按并世各国各族之中，以法兰西人为最明于辨理、工于运思，故近世各种新学术、新思想、新潮流，靡不发轫于法国。由此导源，而后流传于他邦。法兰西人诚智慧之先驱者也。惟然，故欲研究近世学术思想变迁之迹者，首当于法国文学中求之。约而论之，欧洲新旧之争，实始于十七世纪之末，而终于十八世纪之末。此百年中，实为最要之关键。其间旧者日衰，新者渐兴。旧者卒以式微，而新者取而代之，遂有今日之世局。所谓旧者，即欧西古来之旧文明。其中有二原素：一为希腊、罗马之学术文艺，属于人文之范围；二为耶稣教，属于宗教之范围。所谓新者，即是时发生之新思想、新学说。其中亦有二原素：一为科学，即自然科学，如物理、化学、天文、生物之类；二为感情的浪漫主义，以卢梭为始祖、为代表。二者皆属于物性（或曰自然）之范围。故今日者，实科学与感情的浪漫主义并立称霸，而物性大张、人欲横流之时代。彼宗教与人文，仅存一线之生机，不绝如缕。而欧西之旧文明，将归澌灭，抑有复兴之象，则皆冥冥之数，而非今人所能预断者矣。

上所言十七、十八世纪新旧之争，又可简释之为从古相传之礼俗教化（Tradition）与进步（Progress）之新说之争。百年中此兴

① 福禄特尔（Voltaire），今译伏尔泰。

彼衰、此起彼伏之陈迹,有如一结构完整之戏剧,其步骤、其线索、其因果,历历分明。就法国论之,则以所谓古文派与今文派之争(La Querelle des Anciens et des Modernes,共分三段,其中段即最主要之一段。始于一六八七年)为开场之第一幕,而以法国大革命(一七八九年)为结局之大变,前后适为百年。原夫十七世纪之末,当路易十四之时代,为法国文治武功最盛之时,国运方隆,雄霸全欧。自文物制度以至衣饰陈设之微,靡不为各国所效法。又人才荟萃,为法国文学大成时代(Classical Age)。乃适于此时,变端遽起,所谓盛极必衰者非耶?自古文派与今文派相争,所号为新党者,大都以攻击旧社会、旧制度、旧礼俗、旧学说为事业,而尤集矢于君主政治与法国天主教会。此二者之势力既为一七八九年之大革命所摧灭,而所谓旧社会、旧制度、旧礼俗、旧学说,均随之俱去矣。

今更略究百年中新陈代谢之迹之见于文学者,简括述之,则如下。(一)古今文派之争,其中最要之点,厥惟彼今文派信进步之说,谓路易十四时代法国之文豪,如拉辛(Racine)、毛里哀(Molière)、巴鲁(Boileau,见本志第十五期插画)等,其所著作,较之古希腊、罗马之荷马、苏封克里、桓吉儿等,决无逊色,或且凌驾其上。文章如此,艺术科学亦然,可见后来之居上矣。(二)巴黎城中有所谓Salons者,为学士、文人、名媛、贵妇会集之地。而是时相聚,则文学以外,多谈朝政、议国是,并改革之道,俨然成一势力。而各种新说,即由是制造宣传焉。(三)朝廷虽于攻击君上、破灭礼教之新书,认为邪说,禁止出版,不许流布,严刑峻法,防范周密。然实成为具文,虚应故事。甚至以身居此职之命官,而亦暗为新党之奥援,时馈巨金,于是新说得以流行无阻云。(四)白勒(Pierre Bayle,1647—1706)著成《历史批评大字典》(*Dictionarie historique et critique*)一部,一六九七年出版,于宗教颇致怀疑,而力主宽容(Tolerance)之说。(五)圣爱勿芒(St. Evremond,1610—1703)于其论文论学之著作中,力主无定标准之说。谓凡文艺以及法律制度等,皆不外随境设施,因事制宜,异时异地,各有其所适用者,故其中无绝对之优劣短长,断不能谓古人必胜于今人也(Historical Relativity)。由是则文艺以及法律制度等,无定标准之可言,而当随时改革变更,以求适用。(六)孟德斯鸠(Montesquieu,1689—1755)继之,其《法意》(*L'Esprit des Lois*)一书(一七四八年出版),三权分立而外,尤盛言法律制度皆环境之产物,以适于国情民性为至善,只能比较言之,而无虚空绝对之标准。亦即圣爱勿芒之意也。孟德斯鸠又于一七二一年,著《波斯人之书札》(*Lettres Persanes*)一书。设为波斯国二士人,游欧居巴黎者,致其国人之书札,以讥评法国政治社会、风俗制度之缺点,托词以明己意耳。〔前乎此者,有英人Sir Thomas More所著之《乌托邦》(*Utopia*)小说(1516)。后乎此者,有英人戈斯密(Oliver Goldsmith)所作之《世界公民之书札》(*Letters from a Citizen of the World to his Friends in the East*,1760—1761),该游客乃中国人侨居伦敦者。近年又有英人狄克生(G. Lowes Dickinson)所作之《中国贵官之书札》(*Letters from a Chinese Offiial*)。凡此皆托为外国人士冷眼旁观之论,实则自行讥评本国之现状。其宗旨、其方法前后如出一辙也。〕(七)其时所谓感情主义(Sentimentalism)者大盛,即凡喜怒哀乐之来,均张大其意,加重其量。于是纵感情而蔑理智,重悲悯之怀,而轻礼法之守。如Vauvenagues(1715—1747)于其所著书中,谓人性本善,故宜纵欲任情,顺天性之所适。此感情派之道德也。如Marivaux(1688—1763)著*Vie de Marianne*及*Le Paysan parvenu*等书。如Abbé Prévost(1697—1763)译英人李查生之小说,又撰

《漫郎摄实戈》(*Manon Lescaut*)等书,则感情派之小说也。如La Chaussée(1691—1754)作*Préjugé à la mode*及*Melanide*等,所谓流涕之谐剧(*La Comédie Larmoyante*),则感情派之戏剧也。(八)福禄特尔出,以明显犀利之笔、嬉笑怒骂之文,投间抵隙,冷嘲热讽,其破坏攻击之力至伟。迨福禄特尔等身之著作既成,而法兰西之礼俗制度、法律纪纲,亦已体无完肤,而天主教会基础倾圮,不能自存矣。(详后)(九)已而狄德罗(Denise Diderot,1713—1784)与D'Alembert编撰百科全书,以二十余年之力,成书二十巨帙。主理性之批判,而破宗教之观念;主科学之实验,而破本质之旧说;主仿行英国之宪法及民权,以破法国之专制政体;主公益事业及缓刑保商,以破严法重税之苦民者。此百科全书之大旨也。当时襄助狄德罗等任编撰之役,或互通声气,结为朋友者,有D'Holbach, Condillac, Helvetius, Condorcet, Grimm, Marmontel等人,皆一时名士,孟德斯鸠与卢梭亦在其列。此诸人大率皆崇信物质科学,主用理性宰割一切,而攻击宗教最力,兼及君主政治,提倡改革群治。在当时势力极大,世称之为百科全书派云。(十)卢梭虽曾与百科全书编撰之役,然实自树一帜。盖百科全书派诸人皆主理性,而卢梭则专重感情,故其势力与影响为尤大云。(详见另篇按语。)(十一)同时继卢梭而起者,有Bernardin de Saint-Pierre(1737—1814)其人,著*Etudes de la Nature*(1784)等书,及*Paul et Virginie*(1787)小说,力宣自然之美,及少年男女真挚之爱情、纯朴勤俭之生活,攻击社会习俗及礼教之弊,几欲灭绝文明而崇尚野蛮,与卢梭互为倡和云。(十二)先是Le Sage(1668—1747)之小说Gil Blas、Marivaux之戏剧*Le Jeu de l'amour et du hasard*已写社会之珠玉其外、败絮其中之实情,及出生微贱者之聪明才力,超轶贵族豪富,略施小术,即可玩弄在上位者于股掌,而自弋获名利,致身通显,取而代之,诚极易事也。及一七八四年,Beaumarchais(1732—1799)所撰之*Mariage de Figaro*一剧,当众排演,欢声雷动。剧中叙一贵族之仆人,不惟才智卓越,善为主谋,抑且品德高尚,志行芳洁。既受屈枉,竟慷慨陈词,指教社会之罪恶,谓殷鉴之不远。其言至足动众,而当时法王及后,率朝廷之人,均临场观剧,不知局势之危、人心之变。故说者谓孱王路易十六不能禁此剧之排演,有识之士皆知祸在眉睫,而法国大革命为不可免矣。果也,越五年而此亘古之奇变遂起。以上略述百年中思想变迁之大势,及新陈代谢交争之迹。其所以推移至此,无论向善向恶,为祸为福,综而论之,半出天运,半由人力。而人力之最巨者,厥推福禄特尔及卢梭二人。故此二人之生平及其著述,有至足研究之价值。本志此期登载二人图像及关于其人之文章各一篇,亦本此重视之意也。

福禄特尔生平事迹,略述如下。"福禄特尔"(Voltaire),乃其人之别号。其真姓名为Francois-Marie Arouet(le jeune),然以别号传。(以其姓Arouet之六字母,再加le jeune之首字l及j共得八字母,又变u为v,变j为i,将此八字母倒乱次序,另行排列,即得Voltaire之别号。)于一六九四年十一月二十一日,生于法国巴黎。幼即丧母,父为律师。一七〇四年,入耶稣会,入所设之路易大王学校(路易大王指法王路易十四,时方在位)。以早慧称,为师所钟爱。福禄特尔拉丁古文学及文章格律之工夫,即得力于此时。出校后,颇负才名。常与新教中之信教不笃,而言行狂放、肆无忌惮者往还。其父忧之,遣赴荷兰。福禄特尔在彼识法国某女郎,即堕情网。归后,充某律师书记,作拉丁文诗,曰《幼主》(Puero Regnante)。又其时有无名氏,作诗曰《吾已见》(其首句云:吾年未及二十,已见种种弊端),讥刺朝政。或亦指为福禄特尔之作,以此触摄政王之怒(一七一五年路易十四崩,其孙路易十五继立,年仅五岁,故其叔Philip, Duke of Orleans摄政。其人有才而喜为恶云),下之于巴士的狱。此一七一七年事也。福禄特尔在狱中作国史诗一篇,曰*La Ligue*,后改为*La Henriade*,叙法王亨利第四之勋业。又完成其*Oedipe*一剧,次年排演,大受欢赏。福禄特尔之文名,由是大起。一七二五年,与Rohan公爵因事争持。公爵雇流氓六七人,要之于途而痛殴之。福禄特尔赴诉,欲与决斗。不惟不得直,且以此被捕,复下巴士的狱。次年释出,然不许居国内。福禄特尔乃走至英国,居三年,尽交其国枢府要人及文坛知名之士,并研究英国宪法政术及文艺,获益至钜。一七二九年返国,仍居巴黎,力行谨慎。一七三一年,著《瑞典王查里斯十二史》。一七三二年,其所撰之剧*Zaire*排演,极受欢迎。一七三四年,其所作之《英吉利书札》又曰《哲理书札》者出版,中述其在英国之闻见,极道英国宪政及风俗之善,而实即所以讥刺法国之君主政治。又称述英人洛克之实验派哲学及牛顿之物理、天文之学,而实即可以摧陷天主旧教之基础。故其书立为当道所严禁。搜得之本,悉以焚毁。福禄特尔惧祸,潜走之Lorraine之Cirey地方,依De Châtelet侯爵夫人以居。夫人固博学多能,互相爱悦。居此十五年,备承夫人照拂调护,得以专力文章,故著述极多。一七三六年,其庄剧*Alzire*始行排演。一七三八年,著《牛顿之哲学发凡》。一七四三年,所撰之*Merope*一剧初次排演,亦极受欢迎。又从事于《路易十四时代史》及《历代风俗史》(*Essai sur les moeurs*)之著作。福禄特尔文名既大著,又得大力者缓颊,且因与路易十五之宠姬Madame de Pompadour之交谊,遂得朝廷赦免其罪。一七四五年,且授职为国史纂修,续迁他职。次年又被选为法兰西学会(Academie francaise)会员。(该会于一六三五年成立,会员人数以四十人为限,被选者视为殊荣。)然福禄特尔无意仕进。朝中之虔奉宗教者,乘间谗毁,亦有忌其文名而中伤之者。而一七四九年,De Châtelet侯爵夫人又死,福禄特尔乃决受普鲁士王弗烈得力大王之礼聘,往就之。一七五〇年七月十日抵柏林,次年其所著之《路易十四时代史》在柏林印行。弗烈得力大王为其时欧洲第一英主,文治武功悉极可称。又以文人自命,礼贤下士,招纳延揽。于福禄特尔之来也,授显职,给厚俸,且面谀甚至,然终不能相安。福禄特尔行事诸多不检,骄慢自恣,且面斥王御制诗文之缺谬。王怫然,遂失和。一七五三年三月二十六日,福禄特尔不别而行,且挟王御制诗稿一卷以俱去。王命骑追及之于Frankfort,搜得御制诗稿以归。福禄特尔走居于瑞士之日内瓦。一七五八年,购得法国境内与瑞士交界之处之丰奈田庄。次年,遂奠居于是,前后几二十年。方其初至,该地一荒凉小村耳。而福禄特尔出其资财,锐意整顿,兴水利、奖农功、营居室、起苑囿、辟市场、造戏园。不数年间,居人群集,竟成一繁华之都市。而福禄特尔俨然为其地之国王,故世称之为“丰奈之族长”(Le Patriarche de Ferney)。是福禄特尔为全欧洲文艺、学术、思想界之领袖。以一平民,而各国王后卿相,悉与常通函,敌体为友,且多遣使馈遗。故其声势之大,谓为王者,亦非虚语,实古今来文人希有之殊荣之奇遇也。是时狄德罗等编纂百科全书,福禄特尔亦分任撰著之事。一七五九年,著小说*Candide*。次年,以设立戏园事与卢梭失和,以文互诋。一七六二年三月,Toulouse议会诬耶稣教徒克拉(Calas)以杀子之罪,斩之,并籍其家。福禄特尔怜其屈枉,大愤,悉力营救争持。卒得于一七六五年三月御前上控于巴黎之时,法廷明其冤抑,判为无罪,给还其产。福禄特尔所为矜恤弱小,助人急难,代鸣不平之事,类此者尚多,而此其最著者耳。福禄特尔终身体弱多病,然勤奋过人,故经营筹谋,成事极多,而著作之富,尤为可惊云。一七六四年,重行刊印大戏剧家康乃(Corneille)全集,并为作序,得资以赡康奈后裔之贫乏冻馁者。一七七六年,作书致法兰西学会,力诋莎士比亚,盖为自保声名计,有类出尔反尔矣。路易十五既于一七七四年崩,福禄特尔无所顾忌,遂于一七七八年二月复至巴黎,备受欢迎。时法兰西戏园排演其所撰之*Irène*一剧,福禄特尔亦临观。剧毕,于台上置福禄特尔半身石像,加以桂冠,尊礼之为诗人。殊荣盛典,昔所未有也。时福禄特尔年已八十有四,惊喜逾分,且连日酬接劳倦,遂得疾,即于一七七八年五月三十日之夜,溘然长逝。其生时攻击宗教无所不用其极,故至是巴黎之天主教会不许葬以教礼。卒以其侄之力,葬于Champagne之寺园中。及大革命起,福禄特尔之功大成,其名益著。法国之人追念先烈,尊为元勋。乃于一七九一年七月十一日举行国葬,迎取福禄特尔骸骨,改葬于巴黎城中之先贤祠(Pantheon)。以一寒微书生而能致此,无论功罪相较如何,要其影响之大,成功之巨,不可埋没,而至足惊诧者已。

福禄特尔著作极富,全集多至七十卷。仅即尺牍一类,已有一万余通。其最关重要之著作,除上文就其生平事迹中所已举者外,于诗,则有《世中人》(Le Mondain,一七三六年)、《可怜人》(Le Pauvre diable,一七五八年)、A Boileau(一七六九年)、A Horace(一七七二年)、《论人七篇》(Sept Discours sur l'homme,一七三八年)等。于哲理,则有《宽容论》(*Traité sur la Tolérance*,一七六三年)、《哲学字典》(*Dictionnaire Philosophique*,一七六四年)等,其他不胜枚举。福禄特尔又作一诗,题曰《拟上中国皇帝书,帝有御制诗集付梓印行》。又作一剧曰《中国之孤儿》(*L'Orphelin de la Chine*)所用者即今京戏中《搜孤救孤》事,而略有不同。该剧在巴黎演唱后，复转至伦敦演唱，亦受欢迎。戈斯密（见前）仿效之，作为英文戏剧一种，载戈斯密文集中。此又福禄特尔与吾国有关之处也。

福禄特尔所著各书之内容，今不及逐一评述。总而论之，其人与其文章影响均极大。葛德与圣伯甫皆谓福禄特尔为最能代表法兰西人者，而福禄特尔亦最足代表十八世纪者也。其人重理性，富常识，信物质科学，乏想象，绝感情，无热烈真诚之信仰。对于宗教，及旧日之礼俗制度、学说思想，均出以怀疑而厉行攻击。虽提倡社会改良，增进人群幸福，然其立足点不高，故持论常流于肤浅及刻薄。其观察人生也，精明透彻，而忠厚之意不足。又虽力主宽容，欲祛除彼拘墟顽固之旧见（Prejudice），而实则己所持者，常不免褊狭而陷于一偏，故破坏有余而建设不足。虽于政俗种种肆行抨击，而除旧之后，所布之新，应为如何，其精密实施之办法，并未细心筹画，但自为其所为而已。以上乃十八世纪之通病，而福禄特尔亦固如是也。福禄特尔之思想言论，所可见于其著作者，至不一致，纷纭淆杂，常自矛盾冲突。然概括言之，则皆破坏之工夫，攻击摧陷旧宗教、旧礼俗、旧制度、旧学术、旧思想之利器耳。此可为福禄特尔最终之评断，而确切不易者也。惟然，故福禄特尔著作之最要者，在今日观之，非其长篇巨制之历史，精心结撰之史诗，而为其出之偶然、最不矜意之短篇小说。盖福禄特尔文章之魔力及其破坏之大功，全恃其善用讥刺之法，冷嘲侧讽，寥寥数语，寻常琐事，而写来异常有力，极刻峭、极辛辣、极狠毒，而又极明显、极自然、极合理。此外或但用描叙之法，而加重其词，渲染过度，使读者一见，即觉旧制度、旧礼俗等之不近人情，不合天理，而当去之矣。即如今所译之《记阮讷与柯兰事》

(*Jeannot et Colin*,作于一七六四年),全篇大旨,在写法国贵族之金玉其外、败絮其中之情况,人皆钦羡,而实则毫无聪明才力,且专务骄奢淫泆,游乐狎玩。其覆亡也,固理宜而势顺矣。欲明此意,则但写彼假贵族为子延师,凡百皆不必学,皆不可学,而终乃决学跳舞,而唾弃之意,已在言外矣。且以柯兰为平民之代表,不惟勤俭治生,抑且多情多义。二者相形之下,孰愚孰贤?孰可贬?孰可褒?业已明白。而平民将兴,其势已成,行见取贵族君主而代之,读书者自能推想及此也。又如篇首写柯兰之父生活状况,谓彼纳税后岁终已无余积,但胪列各类杂税之名目,而当时繁征苛敛、民不聊生之情形,已透过纸背,旁敲隐喻,一字千钧,举重若轻,不待词费。而其尤为难能者,即作者命意如此苛刻,如此深重,而始终以诙谐出之,语语滑稽,饶有趣味。读者苟不具深心,则将视为消遣谈笑之资,而乐此不疲。噫嘻!此所谓"高卢人之精神"(l'esprit gaulois)。此乃为法国之文学名著,此亦足见福禄特尔之天才也。

福禄特尔常自相矛盾,上文已曾言及。其著作之内容,虽主改革,主进步,然于著作之外形,即文辞格律,则专趋保守。彼虽攻击旧有之礼俗制度等,力倡维新与破坏,然于文学,则主张遵依前人之成法与定程,且悬格极高,而取予惟严。又重摹仿,重凝炼,重修琢。此盖由其幼年在学从师时,于拉丁古文学曾下切实工夫,故遵从古学派,而异于其时勃兴之浪漫文人也。福禄特尔之文章,能如是之简洁明净,凝炼峭拔,其亦以是欤?惟十七、十八世纪中之所号为古学派者,大都非真正之古学派,而为后起摹仿之古学派(Neo-Classicism),或为鱼目混珠之伪古学派(Pseudo-Classicism)。福禄特尔之议论见解,虽有合于真正之古学派之处,而常近于伪古学派。如其论文学之赏鉴〔le goût(Taste)〕,则谓此事有如饮食口味之赏鉴，然可意会而不可言传。可与知者道，而难与俗人言。其标准极有定，不能丝毫假借，故宁失勿滥，宁严毋宽。此文学批评之要义也。又作《赏鉴祠》(*le Temple du Goût*)一篇，以譬喻之法，专论之曰："此祠中所居者，仅古今有数之人确能赏鉴者。祠以外，夜以继日，常有大群之蛮族围而攻之、咆哮示威，欲闯入祠中。而文学批评家则严扃祠门，不令启闭。又守御围墙，与蛮人苦斗，拒之使不得入。"意谓学为文者多，而能工者少；论文者众，而真能赏鉴者则寡也。福禄特尔又曰："宇宙之大，几于无处非野蛮。全世界之中有文学赏鉴之资格者，不过三四千人。而此三四千人，皆居于巴黎城中及其四周，此外皆不可与论文矣。"福禄特尔又极重诗之格律及雕琢工夫，曰："艺术之可贵者，以其难于作成耳。如不难，则读之无复乐趣。"又曰："法国之诗，可比之为马戏中之美女，在悬空之长绳上跳舞回旋，极难极险，所以成其美也。"福禄特尔斥但丁之《神曲》为鬼怪不成形之呐喊；詈莎士比亚为野蛮；谓弥儿顿之诗瑜不掩瑕：其持论之刻酷失当，有如此者。其于古今文人，极少称许。故福禄特尔虽自具真知灼见，然常流于伪古学派矫揉造作之恶习，专以雕琢为工者。且真正之古学派，目的必高尚，精神必庄严，格调必雅正。岂若福禄特尔之痛攻礼教，矢口谩骂，时入以媟亵淫秽之词者？故福禄特尔在当时虽以力保文学之旧格律自任，而终成其为伪古学派而已。

福禄特尔与卢梭为造成法国大革命最有力之二人，其地位之重要，可以互相颉颃。吾国人闻福禄特尔与卢梭之名，亦均近三十年。然卢梭之《民约论》早经译出，为吾国昔年之革命家所甚称道。其《爱米儿》一书，近数年新文化家之言教育者，亦斬斬言之。独福禄特尔之著述，从无片词只字译成中文。而福禄特尔之生平及其为人,吾国人犹鲜知之者。故今特由陈君径译此篇,以示麟爪。又以*Zadig*及*Candide*篇幅甚长,故舍彼而取此[①]。本志介绍法国文学,以此期为初次。而福禄特尔、卢梭、圣伯甫,固皆法国文学史中极重要之作者也。

——本文系吴宓为陈钧君译福禄特尔《记阮讷与柯兰事》(*Jeannot et Caolin*)所撰之编者识语,原载于1923年6月出版之《学衡》杂志第18期该译文篇首。本书编者以福禄特尔为法国文学史中极重要的作者,本文于评介福禄特尔之生平及其为人,取材精详、持论公正,故收入《文集》,供读者参阅,今题为本书编者所加。

[附录]

福禄特尔新传

法国文人莫拉氏[②](André Maurois)以善作传记著称,本刊已屡有叙记。近莫拉氏又著《福禄特尔传》(*Voltaire*),以百五十页之小册,叙享寿七十余年而著书七十余巨册之人之生平,其难可知,其成功尤可喜也。现该书已有英文译本。伦敦Peter Davis书店发行,定价五先令。译者仍为Hathish Miles,即译莫拉氏所著《拜

① 福禄特尔的此两部著名小说*Zadig*《查德熙传》及*Candide*《坦白少年》,《学衡》杂志后旋陆续翻译刊出。

② 莫拉氏,今译莫洛亚。

伦传》之人云。

——编者按，1928年5月30日为福禄特尔逝世百五十年，吴宓撰有《福禄特尔逝世百五十年纪念》一文，刊于1928年5月28日出版之《大公报·文学副刊》第21期，以其重要事略评论已于《福禄特尔与法国文学》文中充分表见，故未收入本《文集》。又1932年8月8日出版之《大公报·文学副刊》第240期，刊出吴宓所撰法国莫拉氏出版近著《福禄特尔新传》的书讯，附录于此。

福禄特尔之《坦白少年》

按福禄特尔之生平及著作，其在当时之势力及后世之影响，均已详述于本志第十八期福禄特尔《记阮讷与柯兰事》篇首按语[①]（读者务请取观）。其所著作，以短篇小说为最重要。善用讥刺之法，而大成破坏之功。凡此今均不复述。兹陈君所译之《坦白少年》[②]，为福禄特尔所作短篇小说之最著名者（亦篇幅最长者）。全书大旨，专务攻诋莱布尼慈（Gottfried Wilhelm Leibniz，1646—1716，德国大哲学家）之乐观哲学。盖自笛卡儿立说之后，以精神与物质完全分离，于是信仰与理智、宗教与科学，皆成互相冲突而不能并容。人心惶惑迷惘，堕入悲观。莱布尼慈欲调和而解救之，乃创为灵子（Monads）之说。谓凡物质皆积聚灵子所成，而此极细微之灵子实具精神作用，故宇宙之中，并无二元之隔离，而有前定之和谐（The preëstablished harmony）。上帝者，即最高之灵子而和谐之代表也。上帝凭其理智而造此世界，故此世界乃至完美。其各部分皆互相和谐而不矛盾，有如钟表匠之造钟表，必使各机件、各轮轴皆互衔接密合，同时运行，相助相成，灵活自如。如有不尽美尽善之处，则上帝必不如此造世界，或将另造一世界。凡今已有之事物，必为尽美尽善者无疑。至若世中有种种

① 该篇首编者按语，即本书收录之《福禄特尔与法国文学》。

② 《坦白少年》，今译《老实人》。

烦恼痛苦、灾祸劫杀、罪孽恶行，此非缘上帝之力不能除去之，乃上帝故意使有此，得恶而善益显，有苦而乐益增。以一部之疵瑕而成全体之完美，俾此世界为极完美之世界也云云。莱布尼慈之说，极盛行于当时。后复传入英国，英国如蒲伯（Pope〇蒲伯以性欲及感情为善之根源，见其所作诗“Essay on Man”）、夏夫慈波雷（Shaftsbury，1671—1713〇其人以感情为道德，见所著*The Characteristics*）等，所号为有神派（Deists）者，皆信从之。莱布尼慈乐观之说为流俗所称道者，综合之约有三层。（一）吾人所居之世界，为各种世界中之最完美者。（二）上帝安排各种事物，皆已使其尽美尽善。（三）凡事眼见如此，即是理当如此，必如此乃合。以上均见其所著*Essais de Théodicée sur la bonté de Dieu, la liberté de l'homme et l'origine du mal*（一七一〇年出版）一书。福禄特尔《坦白少年》之作，即专针对此书，而破以上三层乐观之说也。故《坦白少年》一书又名为《乐观主义》（*Candide ou l'Optimisme*）。书中之班格罗教师，即为奉行莱布尼慈之说者。而一观坦白少年等人之遭遇，则知世中之罪恶痛苦如此之多，离合悲欢、升沉荣枯，皆成于机会之偶然，毫无定准。果上帝如此恶作剧，罚善而赏恶，则上帝诚可鄙。世人皆如坦白少年等之生平，则又安有乐观之可言哉？此全书之旨意也。至其书中局势变化之速，语言机锋之妙，捉摸不定，趣味浓深，文笔则轻清洒脱，叙事则简洁明显，讥刺处辛辣刻毒，异乎长篇小说之详细铺叙描写。然理无不明，旨无不达。其大博时人之欢赏，而至今犹为人所传诵者，盖有由矣。

福禄特尔之文章，神奇变化，故自相矛盾之处极多。而一篇之中，意思复杂，信手拈来，随所向而施攻诋焉。《坦白少年》一书，虽以辟莱布尼慈乐观哲学为主旨，然并攻击天主教，不遗余力。

(福禄特尔属有神派,信自然宗教,而不信灵异显示之宗教。信有上帝,且谓人当信上帝,而痛诋耶教之灵迹传说为虚伪。又深憾教会僧侣及种种祭祀仪式,一若尽去之始为快云。)尤丑诋耶稣会徒(其时在法国有大势力)。故其书出版后,即为法国政府严禁销行。此其一。此书成于一七五九年。其前岁福禄特尔始奠居于丰奈田庄,与普鲁士弗烈得力大王既已失和,而又值七年战争之役(此战自一七五六年至一七六三年)。故书中并有攻诋弗烈得力大王及七年战争之处。此其二(均见下注)。此外所攻诋之事尚多。遇有一己之私仇,则牵入书中本事,直用其姓名,以恣报复。故读《坦白少年》者,于当时欧洲史迹及福禄特尔之所遭遇,又不可不详考也(均见下注)。

《坦白少年》书中猥亵之处甚多,此乃福禄特尔之惯技。今译时于其极不堪者,略加删改讳饰,余均仍旧。读者应知此书为哲理小说,故以说理为主。观其如何而能辞达理举,则足矣。且存此亦可见历来所谓革新先导,痛诋旧宗教、旧礼俗、旧制度、旧学术、旧思想者,常流于轻薄猥亵,在昔名贤如福禄特尔已然,则在今更不足异矣。

福禄特尔全集刊本,其最要者凡三种。(一)曰Kehl刊本。凡七十卷(每卷为一册),刊于一七八五至一七八九年,此本曾经福禄特尔手订。又Beaumarchais曾与编校之役。(二)曰布孝氏(Beuchot)刊本。(Beuchot为编校者之姓氏,余类推。)凡七十二卷,刊于一八二九年,校雠甚精。其前后尚有某某二氏刊本,均分订九十六七卷,故福禄特尔有"百卷作家"之称。(三)曰木郎氏(Louis Moland)刊本。凡五十二卷,刊于一八七七至一八八三年。在今为最晚出而最完善之本,今兹译稿即据木郎氏刊本校定。〔第二十一卷第一三七页至二一八页〇木郎所刊《福禄特尔全集》(*Oeuvres Complètes de Voltaire*, *Louis Moland editeur*)系巴黎Garnier Frères书局发售。]该本中所有之小注,悉行译出,间又增注若干处。凡本篇小注中所称"全集某卷某页"者,皆指木郎氏所刊法文原本而言也。编者识。

[附录一]

木郎氏刊本(Moland Edition)《福禄特尔全集》第二十一卷之首,有叙言。今译录如下。

福禄特尔所作哲理小说之优美,乃文学中众所公认而鲜或辩争之事也。今撮录各家之评断,而先之以拉阿布(La Harpe, 1739—1803,法国古学派文学批评家)之说。(见其所著*Cours de la littérature*第十六卷二九九页,一八二五年刊本。)其言足可信也。拉阿布曰:"福禄特尔平生所为,常不落人窠臼,而必自辟蹊径。所作各体文章,皆能自出心裁。其所撰小说,亦一洗前人故套,所为诚是也。彼非不取材于前人也,如其*Zadig*书中之数章,均借用成书。绿臂人则取之于亚里奥斯多(Ariosto,意大利诗人,1474—1533,著有*Orlando Furioso*, 1510),隐士则取之于《天方夜谭》。其《小大人》(*Micromegas*)一书,则摹仿《海外轩渠录》。其《天真童子》(*L'Ingenu*)一书,则用Duclos所著《吕芝(Luz)侯爵夫人》之本事。然其作法皆异乎人人之所为,而适成为福禄特尔之作也。《坦白少年》《天真童子》等书之特点,在处处以流利新奇而刻峭之文体,表达哲理。更用极显著之反映,出人意外之会集,以明其旨,使人感动。此为福禄特尔最得意之作法。福禄特尔最工于以诙谐之笔写严正之事。使读者若与作者促膝对谈,一听作者之指挥,信其言之诚,见其理之真,清明而可悦者。又福禄特尔于小处每用郑重反讥之词、谑浪笑傲之语,殊类哈米顿(Hamilton)伯爵(法国文人,1640—1720,著有 *Mémoires de Grammont* 及 *Contes* 二书)。盖哈米顿与福禄特尔之比较,正如隽谈之与佳书也。”(以上均拉阿布之言)

欧吉尔(Auger,1734—1792)者,法兰西学会之终身书记,而亦后来硕果仅存之古学派文人也。其言曰(见所著 *Melanges Philosophiques et littéraires* 第一卷四二一页):“福禄特尔小说之悦人,他书鲜能及之。其所作,比之寻常所谓小说者篇幅较短,毋宁谓之故事为宜。其中有类东方传来之故事者,有取材于英国文学者,然皆寓哲理于其中。如 *Zadig* 一书则见天行无常,以吾人局促乖张之理智,不能测度。因之每有怨天詈神之举。如《坦白少年》则写人生之苦,似谐而含深悲。前此(一七五六年)福禄特尔曾撰《里斯本之灾》(Poème sur le désastre de Lisbonne)一诗〔一七五五年十一月一日,葡萄牙京城里斯本大地震,死伤甚众。详见后注。福禄特尔乃作此诗,大意谓既云上帝仁慈而世间一切皆乐,何得有此奇骇惨痛之巨劫哉?详见其所作序(Préface),载木郎氏刊本《福禄特尔全集》第九卷四六五至四六九页。此诗又名“Ou Examen de cet axiome: Tout est bien”,其义可见〕。今更撰此书,皆所以攻辟彼乐观哲学也。(中略)庄谐杂陈,悲乐互见,而写以轻清隽妙之笔,此福禄特尔之特长也。福禄特尔欲聚各国之风俗于一图,而显其异。故书中之主要人物,常远游异域。盖以人情安于故常,溺于习惯,则不能辨别真是非。今以异国之人来为观察评判,则能明其理而得其要。此《波斯人之书札》(注见本志第十八期《福禄特尔〈记阮讷与柯兰事〉》篇首按语)之法术,而亦《坦白少年》及福禄特尔所撰其他小说之法术也。”(以上均欧吉尔之言)

此种世界主义，乃福禄特尔始用于文学者，此层欧吉尔未为表彰。盖迄于十八世纪，其在人心目中者，仅由罗马递衍之拉丁社会，如卜苏爱(Bossuet)著《世界史论》(见第十八期注)即守此范围。其时耶稣会中人所撰关于中国之书籍，人皆蔑弃之，知之者仅三数之博学者耳。譬犹一室，窗户严闭，而福禄特尔即破窗启户，而开拓其时人之眼界，使不拘囿于一隅，而远瞩天涯地角焉。使若辈知拉丁社会仅占地球表面之一片土，而人类之广大乃若此也。不但此也，且进而使《小大人》引导吾人，脱离地球，上行虚空，游涉天际星球之间。凡此意想，足令世人之思想大变。今当设身处地，自居于福禄特尔之时，且读以前之载籍，然后始见福禄特尔开拓世人眼界之功之钜也。

欧吉尔之赞福禄特尔，词意冷漠。自后批评之语调大变，而词意均激切有生气。今举近人某君之说(见H. Plon刊本《福禄特尔全集》，一八七二年巴黎出版，末卷《坦白少年》卷下叙言)如下，以见一斑。"欲知福禄特尔者，首须于其短篇小说中求之矣。盖福禄特尔于此纵其天才，以深曲之谐谑与高贵之理智动人，笑谑之中，真理流泻。此孟德恩也，此拉白雷也(均见第十八期小注)，此福禄特尔也。福禄特尔之全神，寓于其杰作《坦白少年》一书中。虽一简单之小说，而实法兰西人精神之所表现也。诚然，书中之想象、之詈谑，其博大与精简之处，无在而非福禄特尔也。诚然，法兰西人精神，皆在此矣，吾言岂过哉！彼斯威夫的(Swift，1667—1745，英国文人，即著《海外轩渠录》者)、斯坦(Sterne，1713—1768，英国文人，著有*Tristram Shandy*及*A Sentimental Journey*等)能更善于诙谐乎？彼亚里奥斯多能更浪漫乎？彼席万德(见第十八期小注)写愚智之交杂，能更胜之乎？彼上古(指希腊、罗马)之诗人，能有以诙谐之意，写生人之苦者乎？直至福禄特尔，始以化工之笔,写空前之景色,若由天授,随手拈来,悉成妙谛。书中或反衬,或着力,或奇幻之处,其所描写,悉涌现灵光,历劫不可磨灭。作者殆执地狱之烛,直视芸芸人类之面,无所恇怯。彼昔之但丁,其入九幽,尚不若是之深也。福禄特尔深抱郁愁,而冤愤之人类,骤起而拜伏于其床前矣。”(意言彼写人类之冤苦,甚切挚,故人皆爱读之也。)

褒之过当,无异乎贬。作者其慎之哉!总之,《福禄特尔全集》中,惟其小说,历时而不减色,今人犹爱读之,评者亦无异辞。虽赏鉴之标准几经变迁,而文学各派迭为废兴,而称赏福禄特尔之小说者,今昔曾无少异。而研究福禄特尔之小说,亦必有益于后来之文学也。

[附录二]

布孝氏刊本(Beuchot Edition)《福禄特尔全集》中,有关于《坦白少年》一书之事实,逐年分列。今摘译若干条如下。

(一)《坦白少年》于一七五九年三月下旬出版。四月二十八日,普鲁士王(弗烈得力大王)出示严禁销行。

(二)福禄特尔尝以此书稿本寄示华里亚(De la Vallière)公爵夫人。夫人复书,谓书中猥亵之处尽可删去;以君之文才,更不必藉此以博人之阅读也云云。

(三)《坦白少年》书出,诋毁者甚众。福禄特尔对人言此书极恶劣,非我所作。又云,乐观者悲观之末运也,故读此书者,不当为名所愚(此书又名《乐观》,见前)。(中略)

(四)一七六一年,《坦白少年续编》(*Seconde Partie de Candide*)一书出版,群疑为Thorel de Champigneulles所作,其人

一八〇九年卒。自后印行福禄特尔集者，屡以此续编混入集中，冒充福禄特尔所作。一七六四年之所谓《福禄特尔全集》，及一七七八年之《增像绘图坦白少年》（图像为Daniel Chodowiecki所绘），皆并收续编云。

（五）一七六〇年，Marconnay撰《坦白少年致谢福禄特尔先生书》。

（六）一七六六年，林奎（Linguet）发行一书，名*Cacomonade*（《政治道德史》）。班格罗博士归自君士但丁后所著，自德文本译出。其后一八二二年十一月二十六日，法王上谕，饬将林奎氏所著之*Cacomade*，又名《那波里罪恶史》一书销毁。此即指前书，特上谕中书名错误耳。按前此一七六一年八月六日，廷谕将*Salmeron*（《述记》）卷十三焚毁，而不知该书共只四卷。与上之错误，同为无的射矢，殊可噱也。

（七）《坦白少年游丹麦国记》，又名《君子之乐观》。此书作者未详。

（八）*Antoine Bernard et Rosalie*又名《小坦白少年》，凡一册。一七九六年出版。

（九）"《小坦白少年游极乐国记》。时当十八世纪之末，续其父坦白少年之前游也。"此书凡二册，一八〇三年出版。

（十）一八一五年Lemontey作《威尼斯游宴记》，摹仿《坦白少年》之第二十六章。

（十一）一七六四年三月十一日，卢梭宣言，彼曾作《论天命书》（*Lettere sur la Providence*），致福禄特尔。逾数月，福禄特尔著《坦白少年》一书作答，故此书之意实由彼造。又彼自叙乡间之游，凡二页。而福禄特尔窃取其一页，以入《坦白少年》云云。按卢梭之《论天命书》作一七五六年八月十八日，是年九月二十一日,福禄特尔作覆。而《坦白少年》越二年余始出版,故卢梭之言未可信也。

观(四)(六)(七)(八)(九)各条,可知凡书出而名重一时,洛阳纸贵,则模拟续貂,或假名影射之作必群出。吾国之《后红楼》《红楼梦补》《红楼圆梦》等,以及《新石头记》《新红楼梦》,下逮《红楼梦传奇》《黛玉葬花剧本》之类,亦无足怪矣。兹若干条,琐屑考据,本属无关大体,但以其每条各有特别事实,饶有趣味,故译录之云。编者再识。

——本文系吴宓为陈钧君译福禄特尔著哲理小说《坦白少年》(*Candide ou l'Optimisme*)所撰之编者识语,原载于1923年11月出版之《学衡》杂志第22期该译文篇首。题目为本书编者所拟。

本《文集》编者按,1924年4月,吴宓为陈钧君校阅及增补注释之福禄特尔哲理小说《坦白少年》,在《学衡》第二十八期既已连载完毕,觉意有未尽,复于篇后刊出"编者再识"[①],自述己见。现一并录下,供读者参阅。

按福禄特尔《坦白少年》一书止此。常有以Thorel de Campaignelles所作之《续编》(*Seconde Partie de Candide*)合刊一处者。然以其非福禄特尔所作,事不容疑。〔参阅本志第二十二期《坦白少年》篇第六页附录二第(四)条〕故今亦不译之云。

本篇文字,由译者、校者协同负责,其间颇费苦心。能感动读者与否,固不可知。然密合原文,则可以自许。译校之时,字斟句

① 本文系吴宓为陈钧君译福禄特尔《坦白少年》全篇刊毕所撰之编者按语,原载1924年4月出版之《学衡》杂志第28期《坦白少年》篇尾。

酌，几经删改。委曲达意而外，且常使句法结构亦遵依原文。甚至一副词、形容词之选用，及一句中各字排置之次序，亦力求与原文无殊，欲于拙中见巧。其结果，或反致弄巧成拙，有牵强生硬之病，固不获已。至于注解之繁，为使读者尽领略书中之意。盖翻译之精详审慎，本为本志宗旨之一也。

本期插画《坦白少年游程图》，乃何东保君所绘，期为读者之一助。其凡例如下：(一)力趋简明。(二)坦白少年经行之路程，以粗线表之，以矢示其方向。(三)班格罗、巧梗、老妇人等，与坦白少年时分时合。其所行之路，若悉绘出，则嫌过繁，非用诸色线不可，故悉从略。(四)凡坦白少年所经行之地，图中悉为标出。地名一律以书中译名为准。至地名之仅见于谈话、补叙、史事，而非坦白少年所身历之地者，概不阑入。

吾前译《钮康氏家传》，未能卒业(见本志第一至第八各期)。今校阅此编，幸得完成。又尝比而论之。《钮康氏家传》一书类《石头记》，而《坦白少年》则似《西游记》。前者代表写实派小说，后者代表写意派小说。斯乃小说中之二大分野也。写实派小说主于叙事，以精密详赡为尚。写意派小说主于说理，以空灵跳脱为尚。前者为小说中之正宗，后者则其别派。凡小说中最大之杰作类皆属于写实派，然写意派小说亦自有其所长，今特表而出之。(一)写实派小说，以其处处必须详细描叙之故，无论其篇幅如何之长，范围如何之广，终不能将人生社会各部分、各方面悉行包括，而有所偏重遗漏，其势然也(试以《石头记》为例自明)。写意派小说，则随手拈来，轻描淡写，略着一二语即复抛开。故如本书《坦白少年》，于人生社会之各部分、各方面，得以具备无缺。上自帝王，下逮娼妓。东至土耳其，西抵新大陆。读者合而观之，似于人生之真谛、社会之全形，尚较易领略而洞见也。(二)写实派小说，最重结构。书中所叙，无论事之巨细，皆必为理之所常有（Probable）、势之所必至（Necessary）。故作者极不自由，而牺牲甚大。若夫写意派小说则不拘乎此，只求意味深长，不虑荒诞不经。而作者如有佳思妙义、新词隽语，均可立时收取而利用之。《坦白少年》书中，生者忽死，死者忽生；祸福得失，转变俄顷。多年故人，一时都集，而不嫌其不合情理者，正以此也。苟以不合情理讥此书，则为不善读书者矣。（三）写实派小说，其时地之关系甚深（即所谓历史社会背景）。故在此国此时之人所视为惟妙惟肖、入情入理之佳书，而彼国彼时之人，或直不能了解，因之不能赞赏。非学问知识广博深厚者，未易读也（如欧美之人，必不能称赏《石头记》是）。而写意派小说，以其不事深入，无沾无碍，故易超脱时地而无所拘囿。其普遍性较强，易于行远而传久。如《坦白少年》一书，福禄特尔为快一己之恩仇，示我心之赏罚，业已牵入其时其国之事实人物不少，然苟加以相当之注解，则吾中国人无不能了解领会之者。故夫以上三者，皆写意派小说最显著之特长也。吾中国人士，读《坦白少年》译本，其有感兴奋发，仿效其意其法，而作为《中国之坦白少年》或《坦白少年游中国记》（前者写一中国人，后者仍用彼德国之坦白少年）者乎？企余望之。编者识。

又按福禄特尔小说最重要者三种，本志已译登其二，即《记阮讷与柯兰事》（载第十八期）及《坦白少年》（载第二十二期、二十五期及本期）是。尚有 *Zadig ou La Destinée* 一书，仍将由陈钧君译之，以次登载。将来当汇刊为《福禄特尔小说集》问世云。编者再识。

福禄特尔著《查德熙传》

按福禄特尔所撰小说最重要者三种，一曰《记阮讷与柯兰事》(见本志第十八期)，二曰《坦白少年》(见本志第二十二期、二十五期、二十八期)。本志皆已先后译登。兹所译之《查德熙传》(*Zadig ou la Detinée*：*Histoire orientale*，1747)即其第三种也。读者务请参阅前二种及其篇首按语(见本志第十八期、二十二期)，藉知福禄特尔生平行事及其著书之意旨。《查德熙传》之大旨，与《坦白少年》略同。皆以怀疑之意、讥刺之法，以攻诋宗教及上帝。夫以查德熙之才之德，人世所仅见，宜乎安富尊荣，以终其身。而乃动辄得咎，转辗飘流，九死一生。其遇极蹇，其命极厄，遍历种种祸患困辱，举非其罪。而彼龌龊小人，恣为恶行，丧廉失义，反致通显而获安乐。揆诸福善祸淫之例，则上帝之居心诚不可问。殆以世人为儿戏，任彼颠倒拨弄欤？抑故意倒行逆施，以奖恶而惩善欤？诚如是，则彼上帝安足受人崇敬，而虔心皈依宗教者，真至愚之人已。夫世事既如此变幻莫测，则其间只有偶然之机会耳，更安得有天命？此书以《天命》标题〔此书一名《天命》(*La Destinée*)〕，正以见天命之不可信也。

至此书之章法文笔，亦与《坦白少年》同，宜互相参证。此书亦用帷灯匣剑、指桑骂槐之法，虽标名东方故事，而所描叙攻诋者，皆当时法国情事。故事中所谓巴比伦者，法国也。回教者，天主教也。其他可以类推。而此书开卷处有沙提上皇后书,皇后虽为阿剌伯苏丹之妻,而实指法王路易十五之宠姬庞巴都夫人(Madame de Pompadour,1721—1764)也。又就全书言之,其主人查德熙,盖即福禄特尔自寓。查德熙(*Zadig*)命名之意,说者纷纷,或谓系宣示真理之人之义。凡此细微考证,兹不具述,读者可检阅法文《福禄特尔全集》木郎氏刊本第二十一卷、本书之注,及W. R. Price所著*The Symbolism of Voltaire's Novels*(With special reference to Zadig,一九一一年出版,美国哥伦比亚大学发售)一书,当知其详也。

《查德熙传》于一七四七年出版,原名*Memnon*。次年再版,增入第十二、十三、十七各章,并改今名(*Zadig*)。一七八五年Kehl刊本,又增入第十四、十五等章,是为定本。又早年诸刊本中,载有福禄特尔戏拟查禁书籍委员所作报告如下,"窃本员素以文人学士知名(意言资格甚合),顷细阅《查德熙传》一书稿本,实觉其奇趣横生,寓意深远。虽于小说一道深恶痛绝者,犹不能不加赞赏。顾虽如此,本员仍拟将该书批驳,并力请当局迅将该书厉行查禁"云云。此段语意滑稽,意谓彼审查委员,于佳书非不能识别,而仍主禁止刊行者,毋亦奉行故事,希承上旨耳。此报告后来诸刊本均删去不载。以其虽善为讥刺,而无关宏旨故也。编者识。

——本文系吴宓为陈钧君译福禄特尔著《查德熙传》所撰之篇首编者按语,原载于1924年10月出版之《学衡》杂志第34期。

哈代评传

英国大小说家兼大诗人哈代氏，于今年一月十二日逝世。（遗像已见本刊第三期）距生于一八四〇年，享年八十八岁。群情以哈氏为不世出之文才，遂葬其遗灰于西寺（Westminster Abbey）之时人茔隅中大小说家迭更斯之旁。葬仪隆重，参与其典礼者，胥政治艺术界之名人。大雨中鹄立以观者数百人。盖自迭更斯殡葬以后，未有若斯之盛者也。哈代在今日不独为英国大文学家，已为现代世界文学中最重要之作家之一，负盛名者垂四十年，一旦老成凋谢，能不使人哀悼也耶！

汤玛司·哈代于一千八百四十年六月二日生于英国南部 Dorset shire 之 Upper Bockhampton 村。其父母二系皆久居该地者。哈代一生甚爱其故乡，故其小说均以其故乡作背景，易以古地名曰 Wessex。Wessex 者即 Land of West Saxons 之意也。世界地名有依文人而万古不朽者，如 Dorset 者真随哈代而不朽矣。哈氏生八岁入附近之小学校受教育，凡六年。其后未入学校，仅就私馆读书及刻苦自修而已。一八五六年从 John Hicks 学教堂建筑。哈代学建筑亦近六年，用心甚专。日测量 Dorset 郊野之古教堂，欲重建之。论者谓哈代虽其后弃建筑而习文艺，因享盛名，然其文学上之成就，受其少时所习建筑艺术之赐者实多。试读哈氏之小说，其结构之严紧，布局之缜密，宛如一闳大之建筑物，雕栏飞甍，各得其所。昔日之一砖一石，今日之一字一句，质料虽不同，而运用此质料以成极高之艺术则一也。读哈氏之书，觉现代英国文学中以彼用字最简洁。倘知其少时曾专工建筑学者，则亦可恍然悟矣。哈氏为尽心建筑故，渐培养惓怀往古之心。对于良好之风景，酷爱慕之。对于自然，渐有深刻之了解。同时对人类及尘嚣之社会，渐觉冷淡。凡此影响于其文学作品均至钜且深。一八六二年至伦敦为Sin Arthur Bloomfield之助手，专注意峨特派（Gothic）之建筑。翌年以"Coloureld Brick and Terra-Cotta Architecture"一论文，得"英国皇家建筑学会"之奖，同年又得"建筑协会"之奖。

哈氏于少时即喜文学，时窃为小诗。其第一篇小说则登载于一八六五年三月十八日之《谦伯氏杂志》（*Chambers's Journal*）上，名*How I Built Myself a House*。自是以后，其心常徘徊于建筑与文学之间，常有弃此而就彼之想。其后又作*The Poor Man and the Lady*一篇，适当时大小说家迈里迭斯（Meredith）见其稿，谓之曰："君作不甚佳，可再作之，多加布局。"哈氏敬守其言，故于一八七一年成*Desperate Remedies*。书中情节复杂，尽布局之能事。翌年作《绿树下》（*Under the Greenwood Tree*），描写乡村生活，人渐有称之者。一八七三年作《一双秋水》（*A Pair of Blue Eyes*），其书写乡村之恋爱故事，结局终为悲剧。屡以墓道棺材为暗示，而终结于美人黄土之慨。盖哈氏定命论（Fatalism或Determinism）之人生观已确乎不拔矣。《一双秋水》情节之变幻与紧凑，大类剧本。斯蒂文生（Stevenson）读之叹曰："A Worthy Specimen of the Dramatic novel."夫哈代之小说篇篇皆Dramatic Novel也，岂独此书为然哉！

一八七四年哈氏与Emma Lavinia结婚。是年发表其《避世》

(*Far From the Madding Crowd*)于*Cornhill*杂志上。哈氏初为小说均不署真名,是篇亦未署名,于是读之者疑为George Eliot之作。Eliot者当时最大之(女)小说家也。哈氏此篇众以为非Eliot不能作。及后知出哈氏手,于是哈氏名大噪。一八七六年成*The Hand of Ethelberta*。越二年《还乡》(*The Return of the Native*)成,于是哈氏一跃而为英国第一流之小说家。《还乡》至今尚被推为哈氏第一杰作。今以其故事略介绍于下。其书之背景在Wessex之Egdon Heath。书中Mrs. Yeobright为一寡妇,有侄女名Thomasin,与Wildeve结婚,未得其同意也。此寡妇惟有一子曰Clym Yeobright方自巴黎归来,不满意于其乡人之愚昧无知之生活,欲在本乡办一道德智识兼顾之学校。其母不赞成,事遂废。而与Eustacia婚,此事更违其母之意。于是母子之间感情日趋恶劣。Eustacia为一美丽而不知足且无经验之女子。初爱Wildeve,后移爱于Clym,乃与之婚,婚后同居一小屋。居久之,渐觉其夫并非其理想中之人物,复继续其与Wildeve之关系。一日酷暑,Mrs. Yeobright悔恨从前不应与其子失和,于是亲赴Clym之居,欲恢复其母子间爱情。至其家适Clym熟睡未醒,其妻方与Wildeve密谈。叩门久之无应者,愤极回家,中途中暑病死。Clym痛其母之死实已害之,亦病。事后更悉其妻不贞,遂诟诤其妻。其妻归其家,后Wildeve载之欲赴Budmouth。中途遇大风雨,两人皆死。Thomasin再嫁于久崇拜彼之Diggory Venn。Clym为其乡之布道师以终。统观全书之重要之人物者即此六人,而此六人皆极重要不可轩轾。无一人可为特别之主人翁。故论者以为哈氏之书无主人翁,倘有之则其背景Egodon Heath一地是全书之主人翁也。凡西洋一部小说必有着重之处,或重人物(Character),或重情节(Plot),或重背景(Setting)。哈代之著作大都属于第三种。其叙各色之人物,离奇之情节,又加野火乡村跳舞婚宴等等,皆所以点缀其地点者也。

一八七九年以后,哈代仍努力为小说。惟其作不甚重要,故从略。一八八六年成《加斯德桥之市长》(*The Mayor of Casterbridge*),亦其杰作之一。是书重要人物,主人为Henchard,亦世界文学中一不朽之人物。一八八八年哈代集其所为短篇小说刊之,名曰*Wessex Tales*。其中最佳者为《三奇客》(*Three Strangers*),作于一八八三年三月。其后改编戏剧,易名*Three Wayfarers*,伦敦Terry剧园于一八九二年演之,备受观众欢迎。哈氏小说编成戏剧者,不自此始。一八八二年利物浦之Globe剧园曾排演其*Far From the Madding Crowd*也。*Wessex Tales*中《痿臂》一篇,亦表示哈代之个性。中叙一男子弃其前妇,另娶爱人。其前妇深恨此新人,一夜梦与争斗,猛扼其臂。同时其新人亦梦人创其臂,醒而其臂遂痿,乃成残废。其夫渐厌之,新欲复其爱,百计疗其臂不效。闻术人言,倘其手得触新被绞死者之颈者,则血脉转易可愈。一日背其夫往刑场,后知该被绞死之罪人即为其夫与旧妇所生之独子。其夫与旧妇均在,三人相值,精神震悸无地。新妇即气绝,其夫后二年亦即抑郁而死。一八九一年哈代成《推斯传》(*Tess of the D'Urbervilles*)[①],极得读者之眼泪与同情。推斯一生之不幸,岂推斯所自造?盖注定人生之悲剧者天也命也。前年见上海文学研究社广告已有人译此书。惟迄今尚未见其出版。吾人甚望此文学钜著能早日译成中文。哈氏之著作中,国人最嗜此书,而许多批评家亦认此书为哈氏之第一杰作也。与《推斯传》《还乡》二小说鼎足而三者,则为《无名之瞿德》(*Jude the Obscure*)。《瞿德》一书最难读,以其书心理分析多,论哲理处更多。普通一般人

① 《推斯传》(*Tess of the D'Urbervilles*),今译《德伯家的苔丝》。

不喜读之，而好之者则以为在他二书之上，且为哈氏晚年最经意之作。欲知哈氏者不可以其艰涩而弃之也。瞿德为一清寒子弟，而居傍大学，见莘莘学子而羡之。乃刻苦工作，渐获资财，欲入学。忽结识一卑下女子，意志薄弱，乃日堕落，苦闷至死，而读书之志终未遂。论者谓此书半系自传，盖哈氏少年因种种关系，未得受大学教育也。

哈氏少时颇为诗，中年努力为小说，及于小说享盛名后，晚年遂一志奋为诗。今日盖棺论定，哈氏一生最伟大之著作为何？非《还乡》，非《推斯传》，亦非《瞿德》，而为其一本巨大之剧的史诗（Dramatic epic）曰 *Dynasts*。*Dynasts* 分三段，共十九幕一百三十场。述拿破仑之战争。第一段作于一九〇四年，第二段作于一九〇六年，第三段成于一九〇八年。以最伟大之手笔，写世界上最伟大之一叶，宜乎其为最伟大之文学矣。此书为二十世纪第一大著作，而英国文学史上自弥尔顿《失乐园》以后，无其伦匹也。哈氏于作 *Dynasts* 前，曾刊行其二部诗集。一为 *Wessex Pomes*，一为 *Pomes of the Past and the Present*。其小诗亦多佳者，惟论者谓此不过为其伟大之诗剧之预备耳。哈氏晚年刊行诗集甚多，今不备举。读者可视此文后所附之哈氏著作年表。哈氏之诗，均以人生为对象，无在而不表达其人生观（定命论与悲观主义）。故根本无人生观者不喜读之；有人生观而与哈氏相背者，尤不喜读之。一般人之喜哈代，非喜其诗，喜其小说。一般人推重哈代，非推重其诗，推重其小说。哈代之诗名往往为其小说所掩，于异国尤然。

Lionel Johnson《哈代之艺术》一书中云，英国旧派之小说以 Thackeray 为结束，新派之小说以 George Eliot 为开场。非谓其间有显著之鸿沟，乃谓吾人读 Thackeray 之作品时，每联想及 Thackeray 以前之小说。而读 Eliot 之作品时，每令人联想及 Eliot

以后之作家,尤令人想及汤玛司·哈代也。夫哈代始学为小说时,即Eliot名最盛之时,深受其影响,自不待言。Eliot之著作,其特性为深刻之心理描写。哈代之小说对于书中人物即心理分析亦极为注重,故其于艺术上虽参以法国左拉之写实手腕,而仍不失为英国式之小说也。成名略前于哈代而其小说足以敌哈氏者为乔治·迈里迭斯。迈氏亦师Eliot,且变本而加厉。其在文学史上之地位适与哈代相对。哈氏一生作悲剧结果之小说,迈氏则多作喜剧结果之小说。此二人相对者一。哈氏抱悲观主义,有叔本华哲学之精神,而否认其最高意志之说。其视人类以为不过是造物之刍狗,冥冥之中,自有主宰,莫能与抗。迈氏以为自然势力虽大,或有人焉,努力与抗,终能战胜环境有所成功。此二人之相对者二。迈氏之注重心理分析时有过甚之病,其小说情节少而辞多,艰涩冗长,为一般人所不喜。而哈氏之作动作紧凑如剧本,又以简洁清秀之文笔出之。此二人之相对者三。论哈氏之小说者,或喜分其著作为三大类:一为"田野的"(Idyllic),《绿树下》等属之;一为"悲剧的",《还乡》《推斯传》等属之;一为"滑稽讽刺的",《塔上二人》(*Two on a Tower*)等属之。然哈氏著作以尊严冷酷胜,滑稽讽刺非其特性。至于田野风味,则哈氏诸作均富有,以之特立一类亦不平允也。

论者或有拟哈代以卢梭者,哈氏之蔑视人生推美自然,与卢梭实相同,然哈氏无丝毫浪漫主义。不特无丝毫浪漫色彩,且其精神实近古典。何以言之?哈氏文词庄严简洁近古作,一也。其作小说处处以希腊Aeschylus及Sophocles之悲剧为模型,二也。其重视"三一律",三也。小说中本无三一律之可言,然情节之一致为佳小说所当具,此为一般人所共认者。而哈氏尤注重时间及空间,其伟大之悲剧多建设于此两大范畴中。试观《一双秋水》书中二情人，抱同一之目的，乘同一之火车，只争一刻而美人已为黄土。其时间之重要为何如？又其《还乡》一书中，时间一致不待言，其空间之一致至为可怪。第一卷中其背景不过一英里之广，第二卷中渐扩展至一英里半，第三卷中扩展至六英里，以至于本书之末不更扩展矣。Eustacia欲至Budmouth欲至法国，然其死仍在Egdon Heath境中。谁谓其非苦心布置者耶！故曰哈氏深具古典之精神。呜呼哈氏逝矣！哈氏之著作今犹得称为现代文学，不数年后必将侪于Classics之林矣。

附　哈代著作年表

（此表仅列其整部刊行之书。凡杂志上发表之零篇及私友传观之小册，兹概从略）

一八六五年三月　*How I Built myself a House*（短篇小说）载*Chambers's Journal*上（此篇为其文学上之处女作，故特著录之。）

一八七一年　*Desperate Remedies*（长篇小说）

一八七二年　*Under the Greenwood Tree*（同上）

一八七三年　*A Pair of Blue Eyes*（同上）

一八七四年　*Far from the Madding Crowd*（同上）

一八七六年　*The Hand of Ethelberta*（同上）

一八七八年　*The Return of the Native*（同上）

一八八〇年　*The Trumpet-Major*（同上）

一八八一年　*A Laodicean*（同上）

一八八二年　*Two on a Tower*（同上）

一八八六年　*The Mayor of Casterbridge*（同上）

一八八七年 *The Woodlanders*(同上)

一八八八年 *Wessex Tales*(短篇小说集)其中所收短篇小说,最早者作于一八七九年,最近者即一八八八年所作。

一八九一年 *A Group of Noble Dames*(短篇小说集)

Tess of the D'Urbervilles(长篇小说)

一八九四年 *Life's Little Ironies*(短篇小说集)所收各篇,最早者作于一八八二年,最近者作于一八九三年。

一八九六年 *Jude the Obscure*(长篇小说)

一八九七年 *The Well-Beloved*(同上)

一八九八年 *Wessex Pomes and Other Verses*(诗集)其中所收之诗,最早者作于一八六五年,最近者作于一八九七年。

一九〇二年 *Pomes of the Past and the Present*(同上)其中所收之诗,最早者作于一八八七年,最近者作于一九〇〇年。

一九〇四年 *The Dynasts*, Part I(诗剧)

一九〇六年 *The Dynasts*, Part II

一九〇八年 *The Dynasts*, Part III

一九〇九年 *Time's Laughing-stocks and other Verses*(诗集)其中所收之诗,最早者作于一八六六年,最近者即作于一九〇九年。

一九一三年 *A Changed Man and other Tales*(短篇小说集)其所收各篇,最早作于一八八五年,最近者作于一九〇〇年。

一九一四年 *Satires of Circumstance; Lyrics and Reveries*(诗集)其中所收之诗,最早者作于一九一〇年。近者作于一九一四年。

一九一七年 *Moments of Vision*(诗集)其中所收之诗,最早者作于一八九三年,最近者作于一九一七年。

一九二二年 *Late Lyrics and Earlier*（诗集）其中所收之诗，最早者作于一八七〇年，最近者作于一九二〇年。

一九二五年 *Human Shows, Far Phantasies*（同上）

【附注】哈氏著作麦美伦公司均可购得。

附 研究哈代应读书目

（仅举整部专书，杂志上零篇论文兹概从略）

一、L. Abercrombie: *Thomas Hardy, a Critical Study.* 1912.

二、W. Archer: *Real Conversations.* 1904.

三、L. W. Berle: *George Eliot and Thomas Hardy.* 1917.

四、J. W. Beach: *The Technique of Thomas Hardy.* 1922.

五、E. Brennecke: *Thomas Hardy's Universe.* 1924.

六、E. Brennecke: *The Life of Thomas Hardy.* 1925.

七、S. C. Chew: *Thomas Hardy, Poet and Novelist.* 1922.

八、H. Child: *Thomas Hardy.* 1916.

九、H. C. Duffin: *Thomas Hardy, A Study of Wessex Novels.* 1916.

十、H. Garwood: *Thomas Hardy, an Iillustration of the Philosophy of Schopenhauer.* 1911.

十一、H. B. Grimsditch: *Character and Environment in the Novels of Thomas Hardy.* 1925.

十二、F. A. Hedgcock: *Thomas Hardy, Penseur et Artiste.* 1911.

十三、R. T. Hopkins: *Thomas Hardy's Dorset.* 1922.

十四、L. P. Johnson: *The Art of Thomas Hardy.* 1894.

十五、Hermann Lea: *Thomas Hardy's Wessex.* 1913.

十六、A. Macdonell: *Thomas Hardy*（*Contemporary Writers Series*）. 1894.

十七、F. O. Saxelby: *Thomas Hardy Dictionary.* 1911.

十八、W. Sherren: *The Wessex of Romance.* 1902.

十九、B. C. A. Windle: *The Wessex of Thomas Hardy.* 1901.

——本文原载于1928年2月6日出版之《大公报·文学副刊》第5期。

易班乃士评传

据一月二十八日路透电，西班牙小说家易班乃士[①]，以肺炎及糖尿病，在法国东南部地中海岸之孟顿(Mentone)地方逝世。享年六十岁。按易氏乃西班牙最负盛名之小说家。其著作风行一时，曾译成英、法、俄各国文，而在美国尤受热烈之欢迎。吾国人曾观电影《四骑士》者，当皆知有易氏矣。

易氏之性行，与意大利著名文人邓南遮(D'Annunzio)甚相类似。盖其人精力超群，天性活泼，喜作敢为。旅行冒险，演说交际，且好为惊人之奇事。于一八六七年，生于西班牙东部瓦兰西亚省之瓦兰西亚(Valencia)城，出中等人家，父营一杂货店。易氏长，入瓦兰西亚大学，习法律。卒业后为新闻记者，赞成共和，喜谈革命，以此被捕，在Barcelona地方入狱。时氏年仅十八。旋释出，不久，乃被举为国会(Cortes)议员。为民党领袖之一，名甚噪，喜谈改革。对于各种问题，常为激烈进步之主张，又以文字宣传鼓吹。尝激挑西班牙国王与彼个人决斗，其狂放不羁类此。其著述之享大名，亦半由此。而以此之故，屡遭放逐，不得居本国。自其壮岁以还，常侨寓外邦。居巴黎最久。又尝至南美洲阿根廷山中之草原居住，效野人农牧之生活。曾赴美国周游四次，到处演讲而受欢迎。本年一月二日，易氏在巴黎尝对美国新闻记者言，

① 易班乃士，Vicente Blasco Ibáñez，1867—1928，今译伊巴涅斯。

近十年中,世界各国君主政府相继颠覆。可断言至二十一世纪全世界必成民主。西班牙一日不变为共和,予一日不回国。予今将赴孟顿,拟居彼著一小说曰 *Ma damociselle Bec et Ongles*,叙美国少年游历巴黎情事云云(见合众电社)。彼所谓不回本国者,今竟成谶语矣。

易氏之文如其人,其为文不加思索,信笔速写,文笔明显而流利。其小说大率谈论社会问题,攻诋现状,发表一己主张,类似激烈之宣传。故人多以社会改革家目易氏。氏志未必在此,顾以社会改革家之态度作小说,其小说乃大风行。至论技术,易氏系仿效法国自然派小说家左拉(Zola)一流。晚年之作亦略事心理分析。然其所以动人者,实在其描写人物之生动。书中大率皆身强而意坚,欲多而血盈,径情真行,活泼机敏。其事实则变化神速而多趣味。夫著作小说,而专谈社会问题、宣传个人主张,此实有悖文学之正理。然此法最易使作者得名,易氏于此点类似英国之高尔士华绥。而其以奇巧之技术,助成其问题之主张,则又似易卜生之于戏剧矣。是故易氏在今世名固甚大,然其在异日世界文学史之地位则不甚高。其著作永久之价值亦殊有限。此吾人于其盖棺之日即可断言者也。

易氏始作小说阅二十年,名未甚著。迨一九一六年《四骑士》(*Los Cuater Jinetes del Apocalip sis*)出版,名乃大起。其英译本名 *The Four Horsemen of the Apocalypse*,于一九一八年七月至一九一九年十月之间,在美国重印至一百三十五次,其受人欢迎盖可想见。此书既出,易氏之声名确立不拔,然后世人乃复细读其早年之著作矣。易氏所作小说共二十余种,约可分为三时期。而关于欧洲大战者又另成一类云。

第一时期所作,自一八九四年出版之 *Arroz y Tartana* 及一八九五年之《五月花》(*Flor de Moyo*),至一九〇二年之*Canaz y Barro*,皆叙其本乡瓦兰西亚省之风土人情。

第二时期自易氏任国会议员时始,专谈社会问题。其最重要者如下:(一)《小舍》(*La Barraca*),一八九八年出版。英译本名*The Cabin*。叙农民之疾苦。(二)《礼拜堂》(*La Catedral*),一九〇三年出版。英译本名*The Shadow of the Cathedral*。叙其本土之少年,身已为僧,久而不乐。逃之法英两国居住,读达尔文之书,又与一英国少女妍识,飘流半生,晚岁回乡。其兄招至家中同居,待之甚厚。又与其老园丁话种种事,不胜今昔之感。而深感西班牙信奉天主教者之和善,但皆贫苦可怜,是以知宗教之无裨人生也。此书意在显明宗教对于国政民生之恶影响,而攻诋天主教会不遗余力。(三)《闯入者》(*El Intrus*),一九〇四年出版。英译本名(*The Intruder*)。论耶稣会徒(Jesuits)在西班牙国中之地位及势力,并攻诋之。(四)《葡萄果》(*La Bodega*),一九〇五年出版。英译本名*The Fruit of the Vine*。力言酗酒之害,又攻诋有资产阶级之自私自利,对于下等社会之人不思开导,致若辈由愚昧而成堕落,特藉酒以写之。此书英文译本于一九一九年六月出版。其时美国方议禁酒,故甚欢迎此书,一月之中重版六次。(五)《群众》(*La Horda*),一九〇五年出版。英译本名*The Horde*,叙贫民之苦。申明贫民中亦多有才有德有貌之人。(六)《血与土》(*Sangre y Arena*),英译本名*Blood and Sand*。西班牙全国上下之人莫不喜观斗牛戏,习俗由来已久。此书极写斗牛戏之残暴。略谓有某少年,贫寒交迫乃习斗牛之技,为角力之士。未几成名,中心甚为满意。于是母妻皆得赡养,一家欢乐。然某以成名而骄,遂与有色无行之妇人有私,渐远其妻。顾每入斗牛之场,一家悉为悬心。已而小挫,为牛所伤。旋又大败,名堕,人皆厌弃而耻笑之。某思再奋，卒为牛所觝死，母妻复受冻馁云云。氏著此书，意在废止斗牛之旧俗。而此书内容亦可代表其一般之作法，即以极真切活动之描写，助成其所提倡之主旨，使人皆感动而听从之焉。

第三时期为欧战以后，模仿法国派小说作法，而颇用心理分析，然在易氏全部著作中为别体。其重要者（一）《裸体美人》（*La Maja desnuda*），英译本名 *Woman Triumphant*。虽作成较早，而当归入此期之一类。（二）《妇女之敌》（*Los Enemigos de la Mujer*），一九一九年出版。英译本名 *The Enemies of Woman*，在美国亦甚风行，一月之中重印十四版云。

至关于欧战者，首推《四骑士》，其故事已为吾国人所熟知，不须赘述。易氏此书之享盛名，以其成书适当欧战方酣之时。易氏指斥德兵之残暴，而以法英等协约国之作战为替天行道，故此书在法国最受欢迎。虽云为人道立言，实类宣传性质也。易氏从此又作《地中海》（*Mare Nostrum*），一九一七年出版。英译本名 *Our Sea*。大旨谓西班牙与法国同出欧洲旧文明之源泉，故同一休戚，而西班牙之中立实为不当，应即参战云云。此书之实际影响甚大，亦政治宣传之作也。

——本文原载于1928年2月13日出版之《大公报·文学副刊》第6期，后收入1928年9月出版之《学衡》第65期《一九二八年西洋文学名人纪念汇编》中。

易卜生诞生百年纪念

本年三月二十日为近世大戏剧家挪威国人易卜生(Henrik Ibsen,1828—1906)诞生百年纪念。自十余年前胡适君始译《傀儡家庭》登载《新青年》杂志以来,国中介绍翻译易卜生之著作者,后先相望,极多且盛。国人于易卜生之生平及其所作戏剧之内容,皆已稔知。举凡易卜生传、易卜生著作年表、研究易卜生应读书目等等,汇阅各杂志及此类专书,不难得之。故今亦不必重编。仅略论易卜生作剧之宗旨及方法。

易卜生之享大名于欧洲,其著作大影响于各国,实在十九世纪之末与二十世纪之初年。约为一八八〇至一九一〇年之间,今已渐衰。现代戏剧中,已有他种趋势起而代之。平心而论,易卜生之在当时,确系影响极大,名望极隆。若其在世界文学史上永久之地位及价值如何,尚难预卜,然必不能如其生时之重要。后人之推崇之者,亦必不如今之甚,则可断言者也。

易卜生在当世能享如此大名者,以其所作戏剧,皆(一)讨论社会问题,正合其时代多数人之心理。而(二)又以精美完密之艺术作成,适于舞台上之排演。兼此二者,实为难能。盖凡讨论问题之戏剧,多流于虚空板滞。其中人物不啻傀儡,只用于表现作者之思想及意旨,而使观众昏然思睡,排演难受欢迎。乃易卜生本具戏剧天才,又在挪威京城为戏团经理,不乏实际经验,故所作皆无上言之病。而其艺术之精密尤为可称。每剧皆苦心经营、结构紧严、人物生动,能使观众得一极简单、极浓厚、极强烈之印象,而对于作者之主张及宗旨无不明了。是故易卜生作剧之方法与材料相助相成。即不赞成其剧中之意旨者,亦皆倾服其作剧之技术而仿效之也。

问题戏剧与问题小说,本非文学上品,以此类作者之人生观往往一偏狭隘,而训诲主义又文学之所忌也。易卜生之主张及其剧中之意旨,可谓为浪漫主义之余波。易卜生天性近于忧郁,多愁而善疑,言动颇怯懦羞涩,而意志则极坚强。少遭家难,境遇颇苦,世情冷暖早所谙悉,足以激成其愤抑不平之气。故其人生观、社会观遂流于浪漫,视一己甚重,以个人为万事之标准。谓个人与社会相对立,而非社会之一部。个人常遭社会蹂躏摧残,其内心中冥漠之愁思及热烈之感情无由表现。社会既以强力暴行而成立,种种风俗、习惯、制度、礼节,皆扶强抑弱、伪饰欺人之具。于是世人相习为恶,彼此同化,而社会之进步难期。偶有超群出众、特立独行之人,不甘屈伏,本其良心之觉悟,对于社会种种,先之以怀疑,继之以攻诋。苟其人意志坚强,能破除一切。则个人主义张,然后社会可望改进。故救世之道,端在扶持个人之意志,使与社会为敌。无如此事行之匪易,以功名利禄、安舒快乐等等,皆足使人苟且沮丧。世间受社会压抑最甚者为妇女。妇女多为爱情婚姻之牺牲,甘为玩物而不辞,无复良心与意志之可言。此所以易卜生最喜提倡妇女之自由与解放,而视爱情婚姻为堕行丧志之大恶事也。由彼之说,终不免流于悲观。盖即据易卜生所观察,社会中人,能行彼之所言者甚少。大都肆行暴虐,或甘于屈伏而共趋堕落。戏剧中所写,不如是则不合于实际之人生。故观易卜生之戏剧者,多谓其为作者悲观主义之表现也。

然而易卜生戏剧之受世人欢迎，其故即在于是矣。（其艺术之精密亦其见重之原因，乃另一事，上已言及。）盖（一）千古人生本多缺陷。失意时多，称心事少。人之欲望从无满足之时，而死伤贫困患难挫折，在在可使人人悲丧。人人心中皆常有一种冥漠之愁思及热烈之感情，自怜自哀，不可名说。今观易卜生之剧，则觉吾之情怀有人代为抒写，吾之愁冤有人代为鸣泄，乌得不喜动于中乎？（二）以人为社会之一部，则社会之种种罪恶缺陷，我身当负责任。改良社会，宜自一身作始。此则需克己之功与奋发之行。既须强勉用力，终局且多失望。其事苦而逆也。若乃以社会与个人相对待，而所谓社会者又为一种幻象，渺茫虚空。凡善则归个人，凡恶则归社会。委过失于环境而个人之责任轻；企进步于未来而当前之情感舒，其事乐而顺也。故如易卜生一流之写法，不特可满观众之虚荣心。且一顺一逆，一苦一乐，情势显分。观众安得不欣然从之乎？（三）如是写法，编剧者似若热心，似若认真，似若关切社会之事，而实无具体之方法。对千古道理既不必有圆满通彻之了解，对当前事象亦未尝为切实精密之研究。但事呼号鼓吹，义愤填膺，便尽其能事。此易为也，抑亦观众之所欢迎者也。盖人之观剧，首为消遣而来，将以求乐。（读小说亦然。）而庄严之态度，精密之用心，实非尽人所优为，亦非常人所能堪。是故剧场之中，而真以研究事理、改良社会为事，则国忧家难、实际痛苦，立现于观众之眼前，使之悒然寡欢。而实际之解决、改良之办法，又不易遽得结果，且使人一致失望而互起争执。由是戏剧中讨论问题改良社会，其态度必假而不可真。诚真，则其剧必失败。彼作问题戏剧者深明此理。故其态度似诚而非诚，似真而非真；貌为热心而实则不负责任，意似郑重而实则但供口说。易卜生之所为实不外此。纵易氏无作伪之心，一本至诚，然其所用之道理及方法,实与此合辙而同归。况古今艺术之至精者,无不由作伪而来,纯凭心智之运用。易卜生之艺术工夫如此完善,岂浑沌无知之人所能辨哉?以上云云,非欲减损易卜生之盛名也。易卜生为一代戏剧大家,世界文学史上赫然终存其名。固无待吾人之抑扬褒贬以为轻重。兹惟约略说明此中道理,以见易氏成功之原因及其真价值之所在,然后尊之不为盲从耳。

——本文原载于1928年3月26日出版之《大公报·文学副刊》第12期。

但因诞生百年纪念

一八二八年四月二十一日，法国大史家兼文学批评家但因[①]（Taine）诞生于法国Vouziers地方，迄今适满百年。但因于一八四一至一八五一年间，肄业于Bourbon学院及高等师范学校。毕业后为Poitiers高等学校教员。一八五二年，以其学说不为当道所喜，被迫去职。一八五三年得博士学位。一八五七年撰《法国十九世纪之哲学家》，攻诋其时众所崇奉之Cousin之学说，遂大知名。一八六四年任艺术学院教授，一八六八年结婚，一八七一年至英国牛津大学演讲。一八七八年被举为法兰西学会会员。终身以著作及教授为业，行事可纪者殊少。而晚岁以二十年之光阴，成《现代法国之由来》之巨著，用力尤为精勤。但因论学好为激烈武断，然其人之品性则极温和可亲。虽专重科学理智之分析，而实富感情。常觉一己之孤独而堕于悲观，或谓此半由天性，而半则其学说之必然结果也。

但因生平著作之重要者，列举如下：【一】《拉丰丹之寓言论》（*La Fontaine et ses fables*，一八五三年初稿，一八六〇年改正）、【二】《比里尼斯山游记》（*Voyage aux Pyrénées*，一八五五）、【三】《罗马史家李维论》（*Essai Sur Tite Live*，一八五六）、【四】《十九世纪法国之哲学家》（*Philosophes français au XIXe siècle*，一八五七

① 但因，Hippolyte Adolphe Taine，今译为丹纳。

年初稿，一八六八年改订）、【五】《批评及历史论文集》（*Essais de critique et d'histoire*，一八五八）、【六】《英国文学史》五卷（*Histoire de la littérature anglaise*，一八六三至六七年）、【七】《批评及历史论文续集》（*Nouveaux Essais de critique et d'histoire*，一八六五）、【八】《意大利游记》二卷（*Voyage en Italie*，一八六六）、【九】《艺术哲学》五卷就后改二卷（*Philosophie de l'art*，一八六五至六九年）、【十】《葛林多传》（*Vie et opinions de Thomas Graindorge*，一八六八）、【十一】《智慧论》二卷（一八七〇，*De L'intelligence*）、【十二】《英国杂述》（*Notes sur l'Angleterre*，一八七二）、【十三】《现代法国之由来》六卷（*Origines de la France contemporaine*，一八七六至九三年）、【十四】《批评及历史论文》三集（*Derniers essais de critique et d'histoire*，一八九四年汇辑出版）、【十五】《书札附传记中》（*Vie et Correspondance*，后人于一九〇三至一九〇七年所撰集，今附及之）。至评论但因之书籍极多，不能遍举。吾国人士可读美国白璧德教授（Irving Babbitt）所著《近世法国批评大家》（*Masters of Modern French Criticsism*，一九一二）书中之但因论（二一八至二五六页）最为便利也。

次略述评但因之学说。

今国中时流之论学者，甚喜言逻辑及科学方法，且用之于政治及文学批评。顾若以此二者为治一切学问之惟一工具，而不求宇宙事理之全体及生人之本性，则往往陷于一偏谬误，而流弊滋多。（参阅 R. F. A. Hoernle 之 *Studies in Contemporary Metaphysics* 一书第二章）彼但因即为最重视逻辑及科学方法者，以此治史学及文学批评，卓有成就而获盛名。乃其学说之缺失亦为人所共见，其所短即其所长。但因身为法兰西人，长于推理，精于运思，尊崇理智，乃其民族之本性。故但因最注重逻辑，喜为虚空抽象之推论，而不细审事实，甚或颠倒改变事实以证明其学说及原理。此其一。但因生于十九世纪之中叶及后半，值自然科学大盛之时，又当政治文学中之浪漫主义理想主义破灭之后，遂益舍彼趋此，专务笃信科学，以人性比于物性，谓其间无等差。又谓道德、文学、风俗、政治以及人生万事，悉为机械定律所支配，而为化学作用之结果。由甲生乙，无可避免。世间既无所谓意志之自由，亦无所谓文艺之创造。凡此仅为事实之偶然与诸多势力影响之集合而已。此其二。合此二者，但因之实证的自然主义遂进为科学的定命论（Determinism）。而主张此学说之但因遂深堕悲观，亦必然之势也。夫人性本极复杂，理智而外，兼具想象、感情、意志等等。岂可勉强归纳，使尽合于逻辑？又宇宙事理有一有多，兼备二者乃为正智。仅知其一而昧其他，则必至扞格不通。是故人文主义者常明观善择于一多之间，谓人性为二元；而逻辑派之理论家及信奉科学机械之人生观者，则均知有一而不知有多，而以一元论为一切真理之归宿。由武断之方法，为统括之结论，则缺谬岂能免哉？

兹更引述但因之言，以为上文之例证。但因尝自论其治学方法曰："人类精神之活动，不外科学实验与逻辑抽象之二事。前者主实行，后者主玄想。前者使人视自然为诸多事实之集合，后者使人视自然一种定律之系统。前者英国人之所长，后者德国人之所长。吾十九世纪之法国人，则当合此二者为一而用之。且以明显之文笔表达之，使凡人皆能领悟而畅行于全世。"但因所谓合此二事为一者，即由事实以得结论也。又尝曰："诸多之小事实，专取其重要者，慎为选择，广为搜集，详为注释，此今日一切学问知识之方法与内容也。"是故但因之搜讨事实，仅为求得概括之结论。但因最喜为虚空之思想，以事实供逻辑之驱遣，用为其学说之例证及材料。及结论既得,公式既成,则反持此结论公式来范围一切事实。但因少时肄业师范学校,其师评之曰:“此君之大病在专喜抽象。”另一师曰:“此君最喜种种公式,常牺牲实事以造公式。其心固不自知也。”由但因观之,欧洲中世以绝欲去乐、辛苦修行为务,故中世之人无一非悲观者。又但因曰:“吾之研究工作中最难之事,为求得其人主要之性行,由此可以解释一切,无殊几何学之定理。易言之,即求得此事之公式是也。吾谓罗马之史家李维,乃由雄辩家而成为史家,此李维之公式也。”且不但个人,一时代,一种文明,亦可以简单之公式概括之。但因曰:“此种创造之公式,充满时间与空间,而又不为时间空间所限制。此公式不在时间空间之中,时间空间且由此公式而得。古今之人生无非此公式之一刹那,宇宙之事物无非此公式之一体相。由此公式而产出种种事物,悉遵循一成不变之定律,而难逃一定之因果关系。此公式无情、不动、永存、万能,不可名状。当其庄严之体相显示之时,世人莫不敬畏拜倒,而自觉其精神振起,忘却人类之渺小而夭短,于伟大而无穷尽之思想之中,得极深厚之快乐焉。”此段文字描写公式及科学定律,盖无殊昔之宗教家、神学家绘摹上帝之情状。但因之爱公式而尊科学,可谓极矣。

但因以爱公式而尊科学之故,其人生观为纯然机械的。但因曰:“凡生物皆受制于自然之律,绝对不可逃免。”又曰:“科学求得真理,首须推倒一切外来之权威,专凭直接之证据,以手之所触及目之所见为准。研究讨论证实之后,方可信之。无证据而立说,是曰偏见;不怀疑而即信,是曰盲从:皆科学所痛恨者也。”以此实证之科学方法施之于文学与历史等,则个人无所谓意志与灵魂,世间无所谓精神与价值。而社会之演进,风俗、制度、礼教、学术等之产生及变迁,亦皆遵循一定之轨辙,成于一定之因果,丝毫不能错乱。而古今之圣贤、英雄、文士、艺术家等等，皆无非环境时势之产物，同为自然之傀儡，绝无自心之创造。至若所谓“道德与行为之善恶，亦如白糖与青矾，均为自然之产物而已”。呜呼！何其武断而一偏也。

是故但因不信人性二元之说，视人与禽兽无别。以放纵及扩张为能事，谓暴力及强权为美德。但因尝赞巴尔札克(H. Balzac)小说中所描写之人物皆凶如猛兽，故为可称。谓吾人日常经验，如行乡野，多见群羊，了无趣味；遇虎狮又畏其噬人。若置虎狮于槛中，则众皆乐观。小说之艺术正犹槛虎狮之铁笼栏杆耳云云。又赞美Marneffe夫人为“最完备之恶妇人，如善走而性气暴烈之劣马，使人又爱又畏之也”。但因推文艺复兴为“最完全而激烈之放纵时代”。谓其时代绝少家畜，所见悉为猛兽。“读此时代之戏剧及历史，则可闻其咆哮凶肆之声。十六世纪者狮虎之穴也。”即莎士比亚及同时英国作者戏剧中所描写之人物，悉为“真正獉狉之人类。如疯如狂如痴如梦，为其兽性所驱遣。欲火中焚，专求目前之快乐。行事矛盾愚顽，只知淫欲，喧呼震荡，忽喜忽悲，流连荒亡，如危岩滚石，甘心下堕于万丈之深渊而不自顾惜”。使莎士比亚当日著成《心理学》一书，彼必曰：“人者乃一神经之机器，随脾性而转移，常有种种幻想错觉，情欲放纵而不能自制，根本无理性，合猛兽与诗人而一之。以感情为道德，以想象为原动力及指南针，处于极复杂而完全有定之环境中，为所胡乱转移播弄，遂至受痛苦，犯罪行，终于疯狂，终于惨死。”莎士比亚之人生观未必如此。而但因所见如此，则但因精神之悲苦可知。正以但因生性温和而行事谨饬，乃愈感世中人之残暴，而著书描写，遂不觉厚诬莎士比亚矣。

但因既不信生人有克己之能力，又喜用简单之公式，故盛倡

"主要之性行"(La faculté maitresse)之说。谓每人(无分男女)各为一种感情或嗜欲所宰制、所趋遣,其一生行事及成就,无非此种感情或嗜欲之表现而已。故无所谓道德之标准,亦无所谓意志之自由。但因曰:"人心以数理物理构成,如钟表然。吾所谓主要之性行,譬如表中之弹簧(发条)。由彼发动,全机运行。如必谓人有意志,此即意志也。"又曰:"人类可称为高等之动物。人之创造哲学,制成诗歌,亦不过如蚕之作茧,蜂之酿蜜而已。"是故历史家不异动物学家。而法国大革命以还史迹之变迁,正如昆虫之由卵而蛹又由蛹而蛾之蜕变也。

但因谓文学艺术之作品,全视其作者"主要之性行"为何而定。而作者"主要之性行"又成于三种之原因或影响,即(一)种族、(二)环境、(三)时势是也。种族包含国民性及家庭遗传等。环境兼指天然、人事而言,气候、山川、风土亦在内。时势则指前此历史之推衍及其时政治、社会、思想之趋势。本此三因,作品之形式、文字、思想等无不可以说明。但因著《英国文学史》一书,即为此学说之例证,此其视文学艺术作品殆无异机械模型所制造之货物。则试问古今(1)如Sophocles之与Aristophanes,(2)如莎士比亚之与Ben Jonson,(3)如迭更司之与沙克雷,(4)外此不胜枚举,彼皆生同时同国,以上三种原素皆同,何以其作品乃如是之别异耶?但因《英国文学史》中一书,倒乱事实以成其武断之学说,故错误极多,已为前人所指出,于以见其说之不可通也。

由但因之说,人生毫无意义与价值,即但因己身亦不免深堕悲观。但因曰:"彼自然操纵人类,随其一时之喜愁,而颠倒吾人于祸福苦乐之中。如养豖畜,挥鞭痛击,使听主人之命,不敢有违。而终不免送之屠家,宰割而成咸渍之肉,以充口腹。"又曰:"人者如狐如狗,生而有利齿。自其幼时,即以利齿毒噬同类,深入肌肤。至其子孙益事争夺，为一片残肉之故，乃持石刀、石斧互相所杀焉。”又曰：“所谓自然者，乃一种神秘之势力或冲动，既毒且鄙且盲，在人心中鼓荡播弄，常思冲破廉耻及理性之屏蔽而自显于外。吾人自谓宰制此种冲动，而实则为其所宰制。吾人之行为实皆不由自主，而出于种种冲动耳。”但因之悲观，深切显露，于其书中处处可见，兹不列举。但因费二十年之力作史，而谓研究历史乃一种忘忧去愁之术，比之吸鸦片烟似为略胜云云。何言之悲丧至于此极哉？由是知实证的自然主义绝非学问真理之全体，科学的定命论实非中正健全之人生观，而兼备一多确信人性二元之人文主义允为救世之良药。呜呼！但因已矣。彼终为学术史上不朽之人物，亦吾人先路之导师，其功与名长在。今者吾人立己救人，苟能参得正法，有所成就，则并食但因之赐矣。此吾人于纪念但因之际所愿再三致意者也。

——本文原载于1928年4月30日出版之《大公报·文学副刊》第17期。

哈代纪念迈里迭斯之文

英国大小说家乔治·迈里迭斯[①](George Meredith, 1828—1909)生于一八二八年二月十二日。《十九世纪月刊》(*The Nineteenth Century and After*)将于今年出百年纪念号,先期约哈代为文。哈氏于去年十月四日复该刊主笔,略谓余病甚,不能为文。但迈里迭斯极值得吾人之纪念,余将勉作一纪念文字,恐甚简短无当,不能称之为文章云云。哈代卒于今年一月十二日。幸其文先已草就,得于今年二月号《十九世纪月刊》中发表。该刊主笔附言云,哈代君之作此文,距其逝世时至近,故此文或为哈代君最后所作之一篇文字,亦未可知。吾人发表此文,不特纪念百年前诞生之迈里迭斯君,且对于最近逝世之哈代君表示无限哀悼也。

案哈代虽视迈里迭斯为后辈,然其后声誉雀起,十九世纪末叶无数小说家中,惟哈、迈二氏,声闻相匹,才力相当(二人之比较略见本刊第五期《哈代评传》中)。故为纪念迈氏之文字,哈代实为最有资格之一人。惜其文甚简短,又在病中,不无草率之处。哈氏于此文中,首言吾人读迈氏之著作,常觉其文格之新,而屈指其生日,已与今日相去有百年之遥,吾人当如何错愕也。次述其认识迈氏之由来。哈氏最初撰一小说(即 *The Poor Man and the*

① 迈里迭斯,今译梅瑞狄斯。

Lady。此小说极无价值,故哈氏未明言之。读者可参看本刊第五期),其友亚历山大·麦美伦君谓宜携至Chapman and Hall书店,哈氏从之。盖麦美伦氏心中以为倘携稿至该书店者,则可以就正于迈里迭斯,特未与哈氏明言耳。其后该书店果招哈氏去,谓有一"曾拜读先生大作之人"欲与先生晤谈。哈氏遂往晤其人,其人即迈里迭斯也。数年以后,哈氏始得再睹迈氏。其后以人事睽隔,过从亦疏。一九〇九年迈氏之死,哈氏仅于报端见之。由今追忆,哈氏始见迈氏之时,去今辽已远。但哈氏谓印象甚深,思之殊可宝耳。且迈里迭斯其时已有诗及小说公诸世(其小说*The Ordeal of Richard Feverel*出版于一八五九年,其诗集*Modern Love*出版于一八六二年,皆在哈氏第一次见迈氏以前),而不为人所称。其交游亦不广,盖除其亲戚外,以纯粹文学因缘而得识迈氏者,可谓绝无其人。故哈氏颇以获交迈氏之早自喜也。哈氏始见迈氏之时,《旁观报》及《星期六评论》等在英国有权威之批评杂志,对于迈氏态度甚为冷酷。夫卓然有所树之文人,于其已成名后,受尽世人之膜拜;而当前其未成名时,亦受尽世人之讥评。岂特迈里迭斯为然哉!

哈代于其文之末段评迈里迭斯曰:"夫迈氏之如何影响于现代文学余不能言,然新进作家颇有效迈氏之风格者,于所谓喜剧的精神(the comic spirit)一点,尤显而易见。虽然,余独谓彼等实未能得迈氏之精髓也。盖罗司金(Ruskin)云:'苟吾人作深进一层之观察,则凡所谓喜剧者皆是悲剧。'迈氏明乎此,而效迈氏为小说者则不足以言此也。今日之推崇迈氏者,尚是一种浮面的观察。夫迈氏之特长甚多,而其最高之造诣则隐没于其他之特长中而不易见。千载而下,卓识之士,或有能搜剔而特彰之欤!当此时也,则吾人之论迈氏,必不只称其为一能纳最精微、最深湛之思想于吞吐晦涩之文辞中之作家而已足。吾人必将纳迈氏之著作于一伟大之宇宙之巨册中,此巨册之投稿者,皆将不朽而神圣。盖皆已充分记录其最宝贵之人生观也。”

——本文原载于1928年4月16日出版之《大公报·文学副刊》第15期。

罗色蒂诞生百年纪念

一八二八年五月十二日，英国大诗人兼画家但丁·罗色蒂(Dante Gabriel Rossetti，1828—1882)诞生于伦敦Charlotte街三十八号寓宅，迄今适满百年。昔人谓王摩诘诗中有画，画中有诗。罗色蒂先为诗，后习画。及长，以生计所关，益肆力于画而少作诗。然比较论之，罗色蒂于诗之成就乃在其画之上。即罗色蒂生时亦以此自许。罗色蒂之为诗，精心为结撰，反复推敲，一字不肯苟且。故其诗凝炼而精纯，时或以用力太过，有损真气。其于画则误于早岁颖悟胜人，不肯按部就班，谙习画中之规矩技术，而别树新帜，创立"前拉飞叶派"(The Pre-Raphaelite Brotherhood，一八四九年)。虽与其事者皆一时才俊，对英国绘画有起衰救弊之功，然以工夫修养终有所缺，未获大成。罗色蒂于画亦固苦心冥思，惨淡经营，乃其所作悉精妙之小幅断片，而乏结构之才，不能有巨大繁复之制作。又其设色之术未精，故以单色及图案画为最擅长云。或尝称罗色蒂为"画家之诗人"，亦可称为"诗人之画家"。盖其作诗作画，同一旨趣，同一方法。其题目率取宗教及神话中之故事，而以写实之技术详细描绘之。故(一)真切之感觉、(二)神秘之意想，实为罗色蒂之画与诗之特点。其中不具明显之哲理，亦无浓厚之感情，其能赫然为"前拉飞叶派"之领袖者以此。而其为Robert Buchanan(托名Thomas Maitland)诋为"肉体派之诗"

(The Fleshly of Poetry,原文登载一八七一年十月之《现代评论》)者亦以此也。

罗色蒂之父,为意大利爱国志士,以奔走革命,出亡至英国。一八二四年定居于伦敦,旋即娶妻。妻之父亦意大利人,其母则英人。故以血统论,罗色蒂四分之三属意大利,仅四分之一为英人耳。罗色蒂之父亦系诗人,生平喜研读但丁之诗。故于罗色蒂生时,以但丁之名命之,冀其有所成就。罗色蒂精通英、意两国文字,其以英文所作之诗,多取材于意大利文学。而又译但丁《新生篇》及同时诗人之作为英文,名《意大利诗人译集》(*Dante and his Circle*)。译笔精工,为人所艳称云。罗色蒂同胞兄弟姊妹共四人,相差各仅一岁,而皆颖慧有异禀。(一)长姊名 Maria Francesca,著《但丁之研究》(*A Shadow on Dante*)一书,有名。综理家务,四十以后为尼。(二)次即但丁·罗色蒂。(三)弟名 William Michael,亦能文,享年最久。故其兄及妹之诗集,皆由其编订刊布,并作传以冠卷首。(四)妹名 Christina Georgina,亦终身不嫁。为诗最工,与白朗宁夫人(E. B. Browning)为英国文学史上二大女诗人,才虽异而名相埒云。以上诸人皆天性笃厚,一门孝友,其乐融融。惟父为寓公,业教授,所入薄,又不善治生,故常为贫所累。及父殁(一八五四年),家中益困,于是罗色蒂兄弟均早年失学,汲汲谋家人生计。罗色蒂年十四,即习画,决以此为终身之业。然鬻画得钱不多,常贫困潦倒,聘妻十年而不能娶(妻名 Elizabeth Eleanor Siddlal,一八六〇年成婚)。其后虽得罗斯金(Ruskin)等诸友之助,其困略舒,然处境常非丰。且身为艺术家,染名士之恶习,遭世冷落,遂常多愤郁牢愁。又缺乏修养自治之功,纵情任气,饮酒过度,兴居无时。患失眠,神经作痛,乃常服阿芙蓉膏以自解。其妻即以服食此药过多而毙命(一八六二年二月)。罗色蒂痛自悔责，自是常独居一室，不与人接。或一时兴到，收购古玩，饲畜猫犬及奇异鸟兽多种于家中，而烟酒之吸食益无节制，鸦片及安神止痛之药尤常服不休。于是身益弱，愁益浓，卒丧其生。可哀也已！然其神智若未减损，晚岁十年甚多制作。盖艺术家及文人，当其凝精会神之顷，驱使意匠，造诣卓绝，固与其平日之狂放萎靡者截然有别，未可以常识范围之也。

罗色蒂早慧，能强记。年十二，作"*Sir Hugh the Heron*"诗（凡四段），外祖父为之刊布以奖之。（其妹Christina尤慧，年数岁即能为诗。）年十七，即译但丁之诗及其他人之诗篇。而罗色蒂生平第一杰作《幸福女郎》（The Blessed Damozel）之诗，实成于一八四七年，时罗色蒂年仅十九。而此外佳诗多篇，均作于二十岁内外。一八五〇年与友人刊行《珍珠》杂志（*The Gem*），诸诗均载其中。一八六一年印行《意大利诗人译集》。次年正拟刊印己之诗集，而其妻暴卒。罗色蒂哀悼之余，乃以编订成册之诗稿扃置其妻棺中，以为殉葬之具。其后卒以友人之劝，于一八七〇年乘夜发墓启棺，取出原稿。诸事由诸友代办，罗色蒂不忍临视也。惟稿已霉毁，乃钞录刊布，而将原件付之一炬。一八八一年诗集再版，增入新诗若干篇。又另刊《歌曲集》（*Ballads and Sonnets*）一卷，迨一八八六年其弟为编印总集，乃合诸卷而成一帙云。罗色蒂尝用同一题目，既作为诗，又绘为图，比较观览，获益殊多。然诗与画不必作于一时。如《幸福女郎》一诗作于一八四七年，而《幸福女郎图》则作于一八七九年，相去盖三十余年之久也。

《幸福女郎》诗兹由素痴[①]君译出，又罗色蒂手绘之《幸福女郎图》，并于本期中一同刊登，读者可以审阅。按罗色蒂作此诗时，年仅十九，并无悼亡之事。盖因读美国诗人阿伦波（E. A. Poe）之

① 素痴，为张荫麟笔名。

“Raven”一诗（按此诗已由顾谦吉君译出，题曰《鹏鸟吟》，载《学衡》杂志第四十五期）而有所感。罗色蒂自言“阿伦波之诗，写丈夫悼伤其亡妻，愁苦至极，无法排遣。吾此诗则由反面着笔，见得死之不足哀而可乐。为妻者已登天界，成为幸福之女，然情深不解，盼其丈夫亦速离人世（死）来此间同享极乐”云云。诗中情景，纯由在地上（人世）之丈夫眼中看出。此幸福之女，已成为圣母之侍从歌者。然旧情不断，缠绵固结，于是立身天国而凭栏俯视，大类白居易《长恨歌》“回头下望人寰处，不见长安见尘雾”之景况。天上才过一日，人间已度十年。而情深悼亡之夫则觉其悠悠久别不止十年。是时为夫者上窥幸福之女，形貌毕呈，美过生前，如亲晤对。又闻其清音娇啼，且泣且诉，以为咫尺不隔，便合偎抱。倏忽醒觉，方知人天悬绝。此女惟冀其夫之来结天上永久之因缘，享仙家之幸福，乃望之久而卒不至，遂掩面涕泣不胜。此诗（1）写天国仙女不绝情缘，憨痴如许。（2）写此仙女栩栩欲话，形色体态，依实描画。甚至谓其酥胸久倚，应使金阑干亦成温暖矣云云，可谓体会入微。凡此均足代表罗色蒂之艺术与“前拉飞叶画派”之主张者也。

外此《金妮》（Jenny）一诗，亦为人所艳称。罗色蒂此诗作于一八四八年（一八五八至六九年复加删改），写妓女之悲苦。诗中设为伦敦某书生，已近中年，欢场久不涉足。某日偶在跳舞场中，遇其夙昔所识之妓曰金妮（Jenny）者。因于晚间同至其家，意在留宿。而金妮劳且惫，遽头枕某生怀中而入睡乡。生怜之，不忍惊醒。如是枯坐冬夜，残灯荧荧，万籁俱寂，惟闻壁上钟声。生思潮起落，忽若有悟，觉妓女之生涯至苦。世人惟知纵欲求乐，无或怜惜，即我往者亦未感念及此。视此怀中之金妮，秀媚尚似儿时，而已为落茵堕溷之花，几经摧残蹂躏，劳倦至此。可怜可怜！而我之表妹某女士，生长名门，父母百般调护教导，不日正将于归，终其身安乐和善。与金妮较,奚啻霄壤?天之生人,岂得云平?扰扰尘世,如斯如斯!且即我此刻之所思所叹者,彼久为玩物而沉溺于卑污之生活之金妮,亦乌能知之解之?彼所求者银钱耳,此刻梦中尚不知与何家狎客恣为欢笑也。天明矣,雀噪矣,街上有行人矣,吾其归休。乃置金币于金妮之发际,整衣自去。金妮犹酣睡,而诗已告终。罗色蒂生平不甚注意政治运动及社会改良之事,诗中毫不及此。彼盖纯然一艺术家也。《金妮》一篇自系诗人之诗,著一己之观感,初非讨论社会问题,为废娼运动作前驱也。

《人生之室》(The House of Life),乃罗色蒂所作十四行诗(Sonnet),一百一十余首(名为一百零一首,实不止此数),合为一篇,多论爱情。其中之诗非作于一时,亦不依次序,又非尽倾吐一己之感情,但藉题为诗耳。十四行诗体原不易作,而罗色蒂又力主精严,矜心刻意,以难见工。然雕琢凝炼过度,而真挚之情、明显之思,反不见焉。此《人生之室》之失也。其他罗色蒂所译及零篇之诗,不及一一细论。读者可取 A. C. Benson 之《罗色蒂传》(*Rossetti*,在 English Men of Letters 丛书内)及其弟 W. M. Rossetti 所编订之《罗色蒂全集》(*The Works of D. G. Rossetti*,伦敦 Ellis 书店发行)读之,自可尽知矣。

[附录]

幸福女郎(*The Blessed Damozel*)

罗色蒂 作　素痴 译

吴宓按,罗色蒂此诗作于一八四七年。诗共二十四首,合为一篇。每首六行,第二、四、六行叶韵,今译悉仍之,以一句当一行。惟依中国七古诗转韵定例,每首之第一句亦叶韵。诗中第十二至十六首,又第十八至二十二首,均述幸福女郎口中之言。读者请参阅本期《罗色蒂诞生百年纪念》文中所述《幸福女郎》一诗之意旨及内容,则一切自无扞格矣。

幸福女郎天国居,金阑斜倚望乡闾。灵眸深比昆池水,夜静波平云影舒。发上明星簪七颗,手持三朵白芙蕖。

衣裳无带轻飘举,不绣绫花与锦羽。襟头独佩白蔷薇,圣母见贻慰劳苦。丝发散披覆两肩,黄似丰田秋熟黍。

竭来执役上帝前,歌队追随习管弦。初入天宫未终日,尚留惊讶在眉端。只于人世伤离者,此日悠悠已十年。

十年之日作年算,不及愁予一日倦。当前此际恍见伊,丝发低垂拂予面。惊回却是秋叶飞,忽觉催人时序变。

伊所立兮琅玕台,旁临帝阙银屏开。神力造成镇天极,从兹肇始宇宙恢。台阙高高高几许,俯瞰不见皎日来。

楼阁如桥空际悬,横渡以太之洪川。其下昼夜为潮汐,黑暗光明互代迁。小千世界居最下,比拟微虻自转旋。

环伊左右多欢侣,相逢各各衷曲诉。软语声声唤芳名,石烂海枯吾爱汝。更有灵魂似焰轻,才别人寰赴帝所。

伊人尚自凭高望,仙姿灿灿播清光。感旧怀人俯立久,金阑温暖酥胸香。臂上芙蕖安抚抱,已是恹恹入睡乡。

天国遥瞻何所觉,时移世转如脉搏。凝眸悄悄对银河,直欲眼光穿碧落。欷歔不已继开言,悠扬如奏钧天乐。

此时日隐西山阿,新月初出如弯蛾。徐徐飘荡纤云里,待下银河浴素波。八荒寥寂闻伊语,疑是群星相和歌。

仙语绵绵何宛转，嗟予梦寐犹怀恋。只今春鸟唱枝头，是伊音咳传幽远。只今风雨动花铃，是伊步步行相伴。

仙语绵绵何所云，但愿我郎得相亲。侬今在天吁上帝，郎今在地祈祷频。两心至诚动天地，阿侬何事长愁颦。

待郎脱却浊世尘，待郎乘风来紫宸。见郎欢喜执郎手，同赴光明玉泉温。双双跃入泉中浴，上帝鉴临证夙因。

双双肃向圣坛揖，仙龛深邃无人迹。一祷神灯焰一扬，灵烟飞升上帝侧。上帝仁慈许所求，灵烟消散难复识。

双双来憩神树底，并肩偃卧浓阴里。萋萋翠叶蔽琼柯，其上神鸠恒戾止。金翮掠叶微响生，声声道出神名氏。

侬身自愿作郎师，教郎天上歌曲辞。清音低唱身相偎，歌成一支复一支。歌辞微妙不可说，中心欢乐获新知。

嗟予聆此只呜咽，双栖空忆旧时节。相爱深情尔我同，尘心难比仙心洁。可能上帝念微诚，肯使薰莸永相结。

仙语绵绵犹可辨，但待郎来偿宿愿。双双挽臂出林皋，间寻圣母之芳甸。其中侍女有五人，芳名与貌同娇艳。

侍女列坐式如圆，覆额花簪新束发。手持细绢白灼灼，采丝金缕绣针穿。绣成锦袄问谁着，生夭婴儿与世捐。

郎到此际或惊眩，待将侬面偎郎面。道尽胸中无限情，不似从前犹腼腆。圣母定能不我责，天心由来多恩眷。

双双随从圣母行，朝来谒帝广殿廷。万众成行齐俯伏，顶上各有光环明。群仙迎客歌且舞，协以瑶琴玛瑙笙。

我向耶稣圣主拜，为郎与我乞恩赉。只求天国共安身，依然得享人间爱。只求来日似往时，郎与我兮长相对。

词毕凝眸复静听，凄切续语貌温宁。盼得郎来万事足，仙语绵绵至此停。于时众仙乘云至，女郎回望笑轻盈。

仰见笑容何了了,须臾云逝众仙渺。女郎撒手抚金阑,掩面长啼无限恼。我闻此际啜泣声,至今耳畔余音绕。

——本文原载于1928年5月14日出版之《大公报·文学副刊》第19期。

以爱情喻理想

本年五月十二日，为英国大诗人兼画家罗色蒂(D. G. Rossetti)生世百年纪念(详见本副刊第十九期)，而英国Evelyn Waugh女士所作之评传*Rossetti: His Life and Works*适于是时出版，伦敦Duckworth书店发售，价十二先令六便士。盖凡名人之生歿纪念期到，必有关于此人之新书出版，此乃著作家之习惯，书贾且可乘机获利也。

女士此书，虽无多新意，然尚可观。其于画学则不赞成佛莱(Roger Fry，容另详)之说。其于诗则颇能发明罗色蒂之天才所在。伦敦《泰晤士报·文学副刊》从而申论之曰：《幸福女郎》一诗(见本刊第十九期素痴译)初出，备受赞赏。迨十九世纪之末，世变俗易，彼自命慧黠之文人乃盛讥之，以为男女之事原系肉欲，无殊禽兽，今乃寓以理想，殊为失实；且礼教既当推翻，道德不许存在，则此类描写高尚贞固之爱情之诗文，皆当拉杂摧烧之矣。是故法国著名文人雷纳(Renan)谓"自然本无取乎贞洁"。今人则谓"人间且不必有夫妇伉俪"。法郎士(Anatole France)谓道德皆出勉强，非由人之本心。今人则所谓违反道德乃吾人之责任。虽然，此等见解实属谬误，盖彼慧黠之文人，自谓智识渊博，所见高人一等，而不知其实返于愚昧幼稚，譬犹人至老耄衰颓，性情乃如小儿也。从古以来，理想必在尽人生活之平均点之上，若尽人能优为之,则不成为理想矣。理想既已普及于社会之后,则化为礼教习俗。故礼教习俗乃理想之所寓,虽浸成衰微,终有改良社会、提高生活之能力。此类理想,最近已多见之明审者。前日之错误,或可逐渐洗刷乎?然则如罗色蒂之追步但丁,以男女之真情寓高尚之理想者,讵可鄙薄之耶?顷者赫胥黎君(Aldous Huxley)论之曰"以男女之情,与己之智力想象融合,则有奇美之经验,而可成奇美之著作。若必不许有此事,是减少人生之价值与趣味也。法郎士生平常讥古基督教之苦行者,遏绝情欲为不当。若彼对于男女爱情之见解,其谬误且过之矣"云云。

按以男女之情,高尚之理想,乃文学中之惯例。西国基督教男女作者常以己身为新郎(或新妇),而以耶稣基督或上帝为我所娶之新妇(或所嫁之新郎),又或以基督教会为新妇而以耶稣基督为新郎,是以婚姻男女喻宗教之超度人天之接引也。中国古来常以男女喻君臣之际,自《离骚》以下,几多《闺愁》《妾薄命》《宫怨》之诗,皆自写其不得于君之忠愤之意,而其得君固为行道计也。又古今作落花诗者多矣,大率感伤身世,自伤其所怀抱之理想不得实现、所爱慕之事物日即澌灭,故假花落春残,以致其依恋之情。盖男女之情最为真挚而深厚,故欲写内心精神生活,发乎中诚,而隐微复杂不易宣者,莫妙于托诸男女爱恋之情。要之,藉男女之情,显明高尚切挚之理想,此中西所同。纵或时移世易,后人之理想异于前人,然其寄托表现之方法,固仍可用之,而蔚成奇美之文学制作也。因《幸福女郎》而讨论之如此。

——本文原载于1928年6月18日出版之《大公报·文学副刊》第24期。

卢梭逝世百五十年纪念

今日(七月二日)适为卢梭逝世百五十年之期,允宜纪念。卢梭与福禄特尔同为十八世纪法国文学中最重要之人物,同为造成法国大革命之原动力。(《福禄特尔逝世百五十年纪念》,已见本副刊第二十一期。)然二人相较,则卢梭之影响尤为深且钜,盖不惟被于欧洲,抑且及于全世界。浪漫派固以卢梭为始祖,而近世之民权主义革命学说,则脱胎于《民约论》。所谓新教育,如解除束缚、顺儿童之天性、实体教法、职业教育、选科制度诸端,则取材于《爱米尔》。而其尤要者,则今世之思想学术文艺生活,既为科学及感情的浪漫主义所统辖、所操纵、所弥漫、所充塞,则谓今世为培根及卢梭二人所宰制可也。今之谈文艺者,所谓表现自我、纯任自然、平民生活、写实笔法;今之谈道德者,所谓纵情任欲、归真返朴、社会万恶、文明病毒;今之言改革者,所谓打破礼教、摆脱拘束、儿童公育、恋爱自由:凡此种种,皆无非承袭卢梭之遗言遗行,奉为圭臬。故在今非特文学之士,凡欲对于政治、社会、道德、教育等事理有所主张,而裨益国家世界者,悉当于卢梭之言行著述加意研究,分别是非,指其缺失,证以历史之实迹,藉为前途之指针。此实正本清源之办法,而事之不可缓者矣。

卢梭与福禄特尔之性行适为相反,而其所以成功之途径亦异。福禄特尔专重理智,卢梭则纯任感情。福禄特尔惯于嬉笑怒骂，其攻击旧制度也，专用讥刺与冷嘲为武器。卢梭则常忧愁病苦，其提倡新学说也，惟凭愤激与热诚以动人。福禄特尔言词刻薄而聪明外露，使人畏而不能使人亲，故只能收破坏之功。卢梭则伪托圣贤，悲天悯人，牺牲救世，怜之者多，而信服之者尤众，故竟能成建设之业。特其所建设者，纯驳互见，瑜不掩瑕，实大有害于人群耳。福禄特尔之文章，简洁犀利、晓畅明达，长于说理及叙事。卢梭之文章，则纤艳柔和、低徊宛转，长于写景及传情。十八世纪之人过重理性，又为伪古学派盛行之时礼节繁重而生活枯寂，人心久已厌苦，旁皇思动。而卢梭适于其时，应运而生。以其天真自然之说相号召，又注重感情，有如久旱禾苗，骤得甘雨，故举世倾倒，而其势力之大，莫之与京，非偶然也。

卢梭生平事迹略述如下。卢梭者（Jean-Jacques Rousseau，1712—1778），瑞士国人。一七一二年六月二十八日，生于瑞士之日内瓦（Geneva）。其先世为法兰西人，奉耶稣新教，以避宗教之难而迁来者。卢梭之兄少时赴德国，一去不复返。卢梭为次子，其母生卢梭时死于产难，故卢梭幼育于父。父名以撒（Issac），以制造钟表为业，性情乖僻，多愁善感，不能治生产。卢梭幼时，父子形影相依，常共读十七世纪之感情派小说，彻夜不寝，每至沉痛之处，则相向而哭。又喜读《布鲁特奇之英雄传》（*Plutarch's Lives*），慕古英雄之为人。甚至以手指入火，勉强忍痛，以效法古英雄坚强之行，其沉溺痴迷有如此者。故卢梭之理智未经锻炼，而感情先大发达，后来一生之性行，盖已成于儿时矣。已而卢梭之父与人争斗，本乡不能安居，逃往君士但丁堡，终不复返。卢梭为从某牧师读书，十龄甫过，情窦已开，自言爱恋其师之妹。又私种柳树于园中，旁有其师所种一树。卢梭为沟渠，窃引其师树下之水，使尽溉己树，为师所见，扑责之。卢梭乃大愤人世之不平，决提倡自由而除暴锄奸。又以窃食厨肉,为师所责。至何故为此下流之事,则卢梭亦不能自解云。日者,同学某生窃师物,师强指为卢梭所为,痛抶之。卢梭愤甚,遂出塾,为某雕刻匠之艺徒。习其业凡三年,心殊厌之。怏怏既久,乃于某年潜逃。自是脱离故乡,终身飘泊,时卢梭正十六龄也。卢梭转徙流荡,几同乞丐。旋遇同乡某牧师,介绍往见贵妇华朗夫人(Mme de Warens)。夫人皈依天主旧教,秉性虔诚,力行好善,与其夫离异,自居霞梅脱(Charmettes)地方,常有教会中人寄食其家,卢梭至是乃往依之。一见如故,款待殷渥。居顷之,夫人作函付卢梭,令至土伦,投天主教某寺,愿改为天主教徒,遂得栖止于此。久之而恶其每日定时祈祷工作、规矩之严,乃逃去,为某贵家僮仆。日者,窃主母绣囊。主母尽召诸男女仆来前责询。有婢曰玛利,卢梭素悦其美,至是惶遽间竟诬指婢为窃取绣囊赠己之人。婢被逐,临行犹泣指卢梭而责其无故冤陷好人也。卢梭深自悔恨,乃亦去之。某商肆主人在外,主妇颇有色,招雇卢梭为之司账,待之甚厚。居久之,肆主人归,见状,大不悦。卢梭知机,即辞去,复返华朗夫人家。自是久居于此,与华朗夫人双栖双宿。时卢梭二十岁,夫人二十九岁。卢梭乘时读书,夫人又出资使学音乐。日者,夫人偶他往。卢梭独出游,遇所识二女郎,为之牵马,俾得过河,相携至其一女之家,樱花满树,偃息其下,酒酣饭饱,终日而别,自诩为平生最乐之一日也。

阅数年,卢梭因夫人另与其管家某相爱悦,心不自安,乃于一七四〇年赴里昂,就某巨绅家教读。其子顽劣不听感化,卢梭乃于次年走之巴黎。途遇乡人某,总角旧交且同学者,与同行。中途此人得病,卧道旁,卢梭竟弃之而去。卢梭自言作《忏悔录》,以叙己身之罪恶。而罪恶之尤著者有三事,即上文之窃食厨肉、诬陷婢女,与此处弃友患难之中是也。卢梭至巴黎,以代人钞写乐谱为生。以己所发明之新式音乐标符公于世,不受欢迎。旋得营谋为法国驻威尼斯公使馆秘书,在职二年。谓公使骄慢玩忽,迭进忠言不纳,卒与决裂而去之。

其在威尼斯时,常赴花船宴集。艳某妓之美,独访其家,拟留宿。而至时坐床侧,执妓手,忽觉悲从中来,泪下如泻,急即踉跄返寓,人皆疑其癫狂也。既归巴黎,仍以代人钞写乐谱为生。旅社之婢曰特雷斯(Thérèse Levasseur)者,性极愚蠢,姿色平庸,而卢梭悦之,私焉。自是特雷斯与卢梭俨同夫妇,相随数十年。所生子女五人,卢梭皆弃之育婴堂,不认为己出,亦不自抚育。迨卢梭年近六十[①],始与特雷斯行结缡之礼。特雷斯极蠢,不惟一字不识,卢梭教之记家中日用账目,费尽心力,终不能使之识五数也。特雷斯之母,积世虔婆,率其家人亲族,为数极众,皆来居卢梭家,就食取给。卢梭所至,则追随之,致卢梭终身疲于供养。且卢梭好乡居隐处,而特雷斯羡城中之繁华,每与卢梭之仇敌勾通,暗中骚扰,使其不得安居乡间。卢梭以特雷斯故,开罪于友人亦屡屡也。

卢梭居巴黎,所编乐剧,颇受欢迎。稍稍知名,渐与当时之文人名士交游,又涉身上流社会,与贵族妇女往还。卢梭性怯懦,而举止笨拙,语言讷滞。又衣饰不整,礼节未谙,故交际场中动贻笑柄,不能得志。初本欲力学当时之礼俗规矩而未能,自惭自愤之余,乃转而肆行攻击,提倡革命。媚世之术未工,乃一变而为傲世。益行不自检,冠服奇异,遇人辄加白眼,然非其本志也。

一七五〇年,卢梭往访其友狄德罗于狱。途中阅报,知狄养

---

① 此处原作为"年逾"六十,本书编者改为"年近",盖卢梭与特雷斯举行婚礼时年五十七。

(Dijon)学会曾悬奖征文，题为："问：科学文艺之发达，使风俗淳美乎？抑衰敝乎？"卢梭从狄德罗之教，欲以新异动人，故作翻案文章，谓科学文艺愈发达，则风俗愈败坏云云。文入，竟获取录、得奖，卢梭由是知名。而卢梭攻诋文明，攻诋社会，攻诋礼俗、制度、学术、文艺，其事亦由是作始也。一七五二年，卢梭所编乐剧《村中卜者》(*Devin de Village*)演唱。法王与后临观，甚赏之。召见，将给以俸金，赐以恩荣。而卢梭畏怯惶悚之极，前夕所拟陛见奏对之词，背诵成熟者，翌晨则全行忘却，一字不能记忆。又自惭形秽，以须长未剃，假发鬈饰未工，蹀躞忧惧，竟不敢入觐。于是功名富贵，竟成泡影空花矣。一七五四年，狄养学会第二次悬奖征文，题为："问：生人之不平等，其原因安在？"卢梭复作文应征，略谓在昔所谓"自然之世"(l'Etat de Nature)，人与禽兽少别，凡人皆自由而平等。厥后有家国社会、财产交易、礼俗制度等，而人与人间，始有贫富贵贱、上下主属之别。此类不平等之设施，为救一时之急，原系权宜之计，而强者、黠者永远据为己有，并非理之所当然云云。此文缴入后未得奖，然其设词诡激，实革命之导火线也。时卢梭颇思幽居，又已复皈依耶稣新教，欲归居故国，而虑不见容。其友艾比乃夫人(Mme d'Epinay)乃招之住其家之别庄，在Moutmorency林中，号为"茅屋"者。卢梭于一七五六年携眷迁入，居茅屋凡十八阅月，潜心著述。其生平之大著作，均成于此时。

卢梭自谓感情强烈，而思虑极钝，记忆犹劣。每作文，构思甚苦，甚至非行步时不能作出。然若于风和日丽之中，值繁花盛开，百鸟娇鸣，携良伴，作春游，赏心乐事之余，回忆往昔之所遭遇，则苦乐悲欢，前尘影事，历历在目。此时若下笔作文，滔滔不能自休，而尤以自叙一己之经历，为能毫厘不爽云。卢梭居茅屋时，艾比乃夫人常携其表妹伍德稻夫人(Mme d'Houdetot)来存视。卢梭遇伍德稻夫人,遽堕情网。尝于每晨散步园中,期与伍德稻夫人相值。夫人例以法国常礼与之接吻,而卢梭则如受魔术,乐不可支。不久,因致大病,几殆。卢梭身体素弱、神经过敏、牢愁愤郁之外,性又多疑。常谓诸友皆诡谋密计,忌我才名而思陷害,以此几致癫狂。神志时迷时爽,而与狄德罗及艾比乃夫人等所有之朋友,先后龃龉决裂,断绝交情。一七五七年冬十二月,以艾比乃夫人之催迫,卢梭于风雪中迁出茅屋,辗转道途,备极狼狈。卒蒙卢森堡公爵(Duc de Luxembourg)收容于其邸中,即在茅屋邻近之处。一七五八年,福禄特尔议设立戏园于日内瓦。卢梭闻之大愤,乃致书其友戴兰伯(D'Alembert),极言戏剧之足以伤风败俗,教人为恶;日内瓦向以淳朴著称,何忍污而扰之云云。此函虽致戴兰伯,而实诋斥福禄特尔。福禄特尔亦以恶声相报,往复辩驳,而二人乃为终身莫解之仇雠矣。一七六一年,卢梭著之写情小说《新爱罗斯》(*Julie ou la Nouvelle Heloise*)出版,备受欢迎。〔先是中世时有阿贝拉(Albelard, 1079—1142)与爱罗斯(Heloise, 1100—1163)之情史,最为人所艳称。阿贝拉为爱罗斯之师,其情节与卢梭之书极相似,故卢梭本此而名其书曰《新爱罗斯》,犹言爱罗斯第二也。〕①而名媛贵妇尤喜读之,至不能释卷。书叙贵家女玉丽(Julie)与其师互相爱悦,然以父命另嫁某贵族。嫁后深自忏悔,力尽妇职。其夫信其无他,乃招其师来家留住,待以宾客之礼,不加防闲。久之,二人间旧情复生,虽彼此皆勉以礼自持,然其境极难处。幸玉丽以痛女之殇,罹疾遽死,故得免于不贞之行云云。一七六二年,卢梭之《民约论》(*Le Contrat social*)出版。其书虽力倡民权,谓行政须本人民之公意,否则所谓民约即可撤

① 此注为作者在本文刊出后所加,现一并载此,供读者参考。

消。然实主张国家极端专制，在民约尚存之时，国家万事可为，即宗教亦可制定，人民只有服从云云。后来法国大革命，即本此书以行，故有山岳党罗拔士比等，及恐怖时期之惨剧云。卢梭之教育小说《爱米儿》(*Emile*)，亦于是年出版。其书中常设为师生之问答，叙爱米儿自初生以至成人所受教育之情形，以为新式教育之模范。大率主自动、主实验、主放任、主顺从天性及情欲，不加遏抑。又重手工职业，而轻文字书籍。末卷其师为爱米儿择妻，因论及女子之教育，大率以养成贤母良妻为宗旨，重勤俭和柔之德性。而书中尤要者，则为卷四中论宗教一段 Profession de foi du vicaire savoyard，提倡自然宗教，谓见风景、山川、草木、禽兽之美，而信此中必有神焉云云。惟然，故《爱米儿》书出，法国政府即视为离经畔道之邪说，严禁销行，并下令缉捕卢梭。然缉捕者实亦未至，卢梭乃避居于瑞士。瑞士虽为卢梭之故国，然不许留居。卢梭乃走之普鲁士王国境内之 Motiers-Travers 地方，居三年。效阿米尼亚人(Armenian)之装束，长服皮冠，以自矫异。又自谓世人皆欲杀我，甚至行街衢中，群犬亦尾随吠之。而某日晨起，则见有人乘夜于其室外堆木柴，若将火焚其居而歼之者。然凡此云云，殆皆所谓疑心生暗鬼之类，否则故托奇险以鸣高耳。一七六五年，卢梭作《山中与人书》，凡六通，驳斥 Tronchin 之《乡居与人书》，而攻击日内瓦共和国之法制及宗教甚力。此次卢梭所居之地之人，亦愤不能平，群起以石投击之。卢梭仓皇走匿于 Bienne 湖中之圣彼得小岛，地甚幽僻。是年九月至此。十一月，以英国大哲学家谦谟(David Hume)之招，离此赴英国。十二月，潜至巴黎，与谦谟会晤。一七六六年正月，同行至英。谦谟谓卢梭身体强健，堪御风波。三月，谦谟介绍卢梭至 Derbyshire 之卧登(Wotton)地方其友 Davenport 家中居住。未几，特雷斯与其家之管家妇因小故争闹。又英人Horace Walpole伪托普鲁士王弗烈得力大王之手笔，致书卢梭，以讥让之。卢梭疑谦谟串通他人以害己。尝遇谦谟来访，抱之痛哭，曰："我命在君手，生杀惟命！"故卒与谦谟决裂失和，乃于一七六七年四月三十日，径舍卧登（Wotton）而行。一再回旋，卒典质银制杯碟等，乃得渡海峡而归法国，受某亲王（Prince du Condi）之聘，居其别墅之在Tyre地方者。自一七六七年六月至一七六八年六月，凡一载，仍虑人之害己，复去之，栖止某村。一七六八年八月二十九日，在Monquin镇旅店中，与特雷斯举行婚礼，结为夫妇。卢梭即席演说，颇为铺张。一七七〇年六月三十日，卢梭再至巴黎，欲将《忏悔录》印行。自是居巴黎凡八载，仍以为人钞写乐谱为生。然公卿大夫时来造访，卢梭性气亦较昔和易近人，专以研究植物学及音乐为事。然仍著有语录，题曰《卢梭自讼文》（*Rousseau, juge de Jean-Jacques*），以自明心迹，而解释己之行事。又《独行客之遐想》（*Réveries d' un promeneur Solitaire*）十篇，多追忆过去之景物。一七七八年春，卢梭即觉心神不宁。是年五月，以Girardin侯爵之招，偕特雷斯赴Ermenonville地方，居侯爵宅中。罗拔士比来访一次。七月二日，卢梭外出采集植物。晚间归来，晕倒，旋苏，卒于是夜二时逝世。葬于其地花园中之小洲。至大革命时，始迎其骸骨入巴黎，以国葬礼，重瘗于先贤祠（Pantheon）。此卢梭生平之大略，而极耐人寻味者也。

卢梭著作甚多，今不能一一评述，惟略论《忏悔录》（*Les Confessions*）。《忏悔录》者，供状之义，即卢梭之自传也。凡八卷，其晚年之作，非成于一时，有暇即执笔，于一七八一至一七八八年分数次出版。卢梭于开卷处自言向来作传之人，多事讳饰，或以谀颂为旨，故常失真。今吾自为传，则一本于诚。凡吾平生之过失罪恶，以及羞愧悔恨，至不堪告人之事，均一一据实写出，不稍隐讳。此古人之所未敢为，而吾独创行之者也。又曰："世之读吾传者，其各毋再自欺，独居抒诚，抚心自问，孰敢自谓胜于我卢梭者？吾知必无其人也。"又曰："吾虽未必高出人上，然能与众不同。"观此数语，则卢梭之为卢梭，盖可知矣。故其传中常有委琐龌龊以及猥亵之处，为雅人所不屑道者。又处处自谓洗刷，表明"吾行虽有可议，吾心则实无他"之意。隐恶而扬善，尊己而卑人。名为自述罪恶，实则自夸德能。且据后人考察，其书中事实，常有颠倒错乱，或有意涂改隐饰，凭空造作者。是则彼以诚自炫者，抑知其为不诚之尤者耶？虽然，卢梭之诗情富而文笔工，书中虽寻常琐事，写来津津有味，尤以绘景叙情，为最能动人。十八世纪之礼俗，过重繁文缛节，虚伪可厌。卢梭自叙生涯，一主清新自然，足以矫当时之弊，合乎人心之所同望；故书出极受欢赏，其长固不可没也。《忏悔录》又为文学史上极有关系之书，则以其与构成欧洲旧文明之古典派人文主义及基督教教理显然背驰，而为近代浪漫主义之大源泉也。古典派人文主义最重礼(Decorum)之一字。礼者，适宜之谓也，毋过当之谓也；乃精神之标准，非浮表之仪节。有礼之人，决不自炫，尤不藉文章以自炫。至若于文章中，专以阐扬秽德而自炫者，则诚无礼之尤者矣。基督教教理最重谦卑(Humility)与模仿(Imitation)之义。盖谓人当自视极轻，了无我见，而专以法天法圣为职志，仿效上帝及耶稣之存心行事，以求与之日近，浼焉若恐不及，如是始可望日进于善。巴斯喀尔(Pascal)曰："'我'者至为可厌。"(Le moi est haissaible)诚以克己实为入德之门也。若卢梭自谓前无古人、后无来者。吾独为出类拔萃之人，以矫异离奇为高。其骄傲自恣之处，又与谦卑、模仿二义相背驰矣。古亦有作《忏悔录》者，如圣奥古斯丁(St.

Augustine)是也。然圣奥古斯丁之作实于既信基督教之后,追叙昔日荒淫游荡情形,痛自悔艾,以身作则;劝他人共信基督教,以求安身立命之地。此其作《忏悔录》之本志也。后世又有作《自传》者,如意大利雕刻家齐里尼(Benvenuto Cellini,1500—1571)是也。然此人虽狂荡无行,其自叙生平,聊作消遣而已,非欲强人之效己也,亦非敢以此自喜也。故卢梭皆不能与之相提并论。卢梭死未久,英人巴克(Edmund Burke,1729—1797)即斥之为"虚荣学派之导师"(the great professor and founder of the philosophy of vanity),而极言其学说在法国之大害。最著者以感情为道德,以骄傲为美行;惟我独是,人皆可杀。由是良心破灭,是非靡定,相习成风,世乱无已矣!(见其《致巴黎国民议会议员某君书》[①],时为一七九一年。)浪漫派性行之主要者,约举之。自尊自私,自命天才,而斥人为凡庸,凡有悖吾意者皆为有罪。一也。以奇异为高,异容异服,甚至别立文字,别创文体;但求新异,不辨美恶。二也。纵任感情,灭绝理性;谓感情优美之人(Beautiful Soul),无论其行事如何,不能谓之有罪。三也。谓情欲发乎自然,无往不善,不宜禁阻;世间之美人,以及厚生利用之物,皆专为天才而设。四也。天才及善人必多忧思,常深堕悲观,虽在欢场而掩泪;茫茫奇愁,莫知其所以然。五也。天才及善人必终身饥寒困苦,世人忌之嫉之,皆欲杀之。六也。天才与世人必龃龉不能相容,而独居乡野,寄情于花鸟草木,徜徉于山水风光,则异常快乐。七也。天才常梦想种种乐境,而不能办事,不善处世;喜过去与未来,而恶现在。八也。天才喜动而恶静,而其动必无目的、无计划,任性之所之,不计方向,不用思想;文章艺术,皆成于自然,出之无心。九也。天才必身弱而多病,早夭者多,然赋性仁慈,存心救世。十

① 即*Letter to a member of the National Assembly in Paris*。

也。凡此诸端，皆于卢梭之《忏悔录》中见之，故曰《忏悔录》为近世浪漫主义之大源泉也。即此而论，卢梭岂不值吾人之纪念哉？

——本文系吴宓为纪念卢梭逝世百五十年而作，原载于1928年7月2日出版之《大公报·文学副刊》第26期。

托尔斯泰诞生百年纪念

按托尔斯泰生时，俄国尚用旧历(Julian Calendar)，未改新历(Gregorian Calendar)。托尔斯泰生日，为旧历八月二十八日，即新历九月八日。故其诞生百年纪念日，亦有两说云。

今国内文坛中有一甚嚣尘上之问题，曰“革命与文学”。此问题又包涵一先决之问题，曰“文学之功能与目的”。文学之最终目的在美欤？抑善欤？文学之功能，在精神之赏乐欤？抑在为改革之工具欤？此亘古抗持不决之问题，而近世重新发起此论战并提出极激烈之答案者，托尔斯泰也。虽布雪维克党曾摧烧并禁读托尔斯泰之书，此特由于其所拟改革方案之不同。然所谓“第四阶级文学”，托尔斯泰实为其开山祖矣。

旷观文学之历史，凡“为艺术而艺术”之理论受怀疑时，大抵皆社会杌臬不安，而人民颠沛无告之时也。故托尔斯泰之艺术论，不生于美，不生于英，不生于德、法，而生于尼古拉治下之俄罗斯。今日中国之国患民艰，以视彼时之俄罗斯，性质虽异，程度殆或过之。托尔斯泰在生活上所感之苦闷、疑惧、愤激、彷徨，一一皆吾人所能亲验。故托尔斯泰关于人生之教训，吾人当聆之弥殷，初无论吾人赞同之与否也。

以此二故，吾人今当托尔斯泰诞生百年纪念之际，一论述其生平与贡献,弥觉亲切有味也。

利奥·尼古拉·托尔斯泰(Count Leo Nikolaevich Tolstoy,1828—1910)以一八二八年八月二十八日生于莫斯科南一村落,名Yasnaya Polyana者(村名译意为明野)。其先世多勋显、富产业。母出侯门,貌丑而性仁。父袭伯爵,一生消磨于问舍求田,无闻于世。托尔斯泰生二年而母卒,其后长成,追慕甚殷,每于著作中想象其美德,曰:“呜呼,当予艰苦时,苟得一睹先母之微笑,则一切忧愁,当不知消失于何所矣。”九岁,其父又卒。遗孤五人,子四。尼古拉最长,托尔斯泰少年时颇受其影响。次萨尔哲斯(Sergins)、德默脱利(Dmitri),皆托尔斯泰之兄也。一女最幼,名玛利亚,后谢绝尘缘,致身宗教。托尔斯泰晚年避妻离家,即与之相依。是时五孤儿由其姑亚历山得拉及远亲泰坦娜抚育。此二妇人皆虔信上帝,恤弱怜贫,故托尔斯泰实生长于极浓厚之宗教空气中。其后托尔斯泰尤称泰坦娜,曰:“彼有二德:曰宁静,曰爱人。”又曰:“彼于予一生,有极大之影响。彼使予自孩提时即了解爱人之乐。彼之教也,不以言说,惟其人格,溉予以爱。予见并觉其爱人时之欢悦,予因解爱人之乐。”托尔斯泰曾著《孩提》《童年》及《少年》三书,乃为半自传之小说。彼自幼即富于想象,且喜观察。自言五岁时即觉人生非乐事而为苦工。又嗜闻故事,尤熟于《圣经》、神话及《天方夜谭》。年十三移居于伽参(Kazan),次年始入学校。是时其特性已渐显呈,重虚荣而貌不扬每揽镜自伤,又怯葸,见人腼腆。在校初无异于常儿,时里中论及其同学之三兄弟,有熟语曰:“萨尔哲斯欲之而且能,德默脱利欲之而不能,利奥不欲亦不能。”其在小学,生活极孤寂。稍长入大学,已能为独立之思想,喜分析穷推,每流于极端之怀疑,所不敢疑者惟有上帝。志高愿大,既欲济众,又欲立名。顾不胜于少年之物欲,检制日弛。尝于日记中自讼曰:“吾今之生活真与禽兽无异,吾之卑下如一堕落之人。”其修学也,喜为自动之探讨、自主之判断,视校中正课为无足轻重。每嗜一科,则全神注之,而荒弃其余。初习东方语言无成,继习法律亦无成。惟是时始知有卢梭《忏悔录》及《爱弥儿》等书,手不释卷。此新发现不啻托尔斯泰心灵中之狂风暴雨,彼自云:“吾直以卢梭为宗教的崇拜之对象。吾特铸一卢梭小像悬于颈下,视之如圣像焉。”托尔斯泰既厌苦学校生活,会其兄尼古拉毕业于大学,遂随之离校而归故乡,“到民间去”,欲隐身田野,与农夫处,而为之恩主,为之导师云。时年二十矣,居乡年余,到处所遇者惟冷漠、猜疑、刻薄、忘恩、罪恶,乃如大梦初觉。其初期著作中有名《地主之一朝》(*A Landlord's Morning*)者,即描写此一年余之经验。其中主人公Nekhludov即托尔斯泰之化身也。彼心灰意冷之余,乃赴圣彼得堡,以寻快乐。前路茫茫,不知所适。时则欲游历外国,时则欲预备大学试验,时则欲掷笔从戎,而皆未果。惟放情从欲,饮博射猎,以遣时日。其兄尼古拉既卒业大学,服军职于高加索山中。时方请假归,睹托尔斯泰状,虑其道德生活将败坏至不可救药,因邀其同往山中小住。托尔斯泰亦厌倦物质之享乐,视其兄之提议为惟一之救星,立允偕行。时一八五一年之春也。既至山中,时或幽居静思,领略自然之美景,陶养宗教之虔诚。其后所作《哥萨克人》小说,即此时之自传。其主人公在高加索山森林中独坐,沉思人生之意义,“卒然恍若一新境界展开于其前。彼自语曰:‘快乐须求之于为他人而生活,此理极明显。求乐,人之天性也,亦正当之事也。行之以自私之道,而追求货利、名誉、声色与生活之安适,则欲或难厌,故此等欲望为不正当。然求乐之欲非不正当也。有无在而不可厌足之欲望欤?此为何欤?曰爱。曰自己牺牲。……’”于是托尔斯泰之方向定矣。是年长夏与兄处，曾从征山中野人。冬，至铁夫里斯（Tiflis）应军职考试。在铁夫里斯始作其第一部小说《孩提》。试既获售，衣军服而归见其兄，在炮兵旅部中为闲员。明年七月，《孩提》一书成，以简名“L. N. T.”投于圣彼得堡之《现代月刊》（*Sovremennik*）。其主笔N. Nekrasoff为名诗人，一读此书，即认识此无名作者之天才，立与复书，许为发表。是年九月即践其言，是为托尔斯泰文字生涯之第一步。不久，托尔斯泰于日记中书曰：“吾内中所存，使吾自觉一事，吾生世之任务不与他人同。”明年冬，克里米亚战争起，托尔斯泰于役多瑙河畔，塞巴斯多波尔（Sebastopol）要塞之坚守，俄军奋勇赴死者二万二千人。此爱国之狂热使托尔斯泰大受感动，后此尝作《塞巴斯多波尔》一书追述其事。彼虽未临大阵，亦屡濒于危，而处之夷然。尝作军歌，营伍传诵。又感于屠杀、死亡之恐怖，不禁反思人类之命运、人生之目的及永久之真理。因在一八五五年三月五日之日记中书曰：“一论及上帝及信仰使吾发生一伟大之理想，吾自觉能致身以求此理想之实现。此理想非他，即创造一新宗教，与人类之发展相应合。一除去独断与神秘之基督教，一实用之宗教，不希天国之庥，惟求现世之乐。……以自觉之工作，藉宗教以联合人类，此即吾之理想之基础。”此乃托尔斯泰晚年之事业，然在少年时已萌芽矣。

战既终，托尔斯泰衔命赴圣彼得堡报告战事，遂不复返，旋脱军籍。始至圣彼得堡，受《现代月刊》（*Sovremennik*）编辑部诸人之欢迎。而屠格涅夫（Turgenef）尤喜其初作，极爱重之。延居于其家，殷勤备至，如待幼孩。甚或敛步低声，恐惊其清梦。然彼不久发现此幼孩不独早已抛去襁褓，自立自行，并且操戈入室，为思想上之冲突矣。屠格涅夫悔之，乃稍与之疏远，惟终身称羡其天才不衰。托尔斯泰性孤耿，好持己见，不肯下人。故《现代月刊》编辑部中人亦不能与之共事。托尔斯泰既脱军籍,预备出游外国,而先回家一行。此时彼已不慊于孤独漂流之生活,而渴望家庭之快乐。睹其邻贵族少女名Valérie Arsenef者,顿生柔情,与通款曲。然欲试此乍起之感情是否错误,乃毅然遄返圣彼得堡,而继续与彼女通信,视之一如己之未婚妻。此等函札,直可成一小说。托尔斯泰欲于此教育彼女,使成为其理想之配偶云。然二人间之感情不胜其距离之远,书函中语日渐冷淡。其终觉彼此间无真爱存在,遂互致诀别之书,而中止通信焉。一八五七年正月,托尔斯泰遂赴西欧,居于巴黎。时与屠格涅夫过从,交谊益密。彼来西欧,本欲一历西方生活,而观其是否有长可采以益国人。甫至巴黎,一日见行刑于断头台上,痛彻神魂。后此于《忏悔录》中记之曰:"当吾见首与身离,砉然坠于承盘中时,立觉所有为近代文化及其制度张目之学说,无一足为此种行为辩护。吾之觉此,非以理智,乃以全个人。纵自有世界以来,全世界人类皆以此事为必要,纵有种种学说为之曲解,吾确知此事为无用、为罪恶。吾知善恶之标准,非众人之所言所为,非进步,而为我自身、我之本心。"观行刑后之次日,又于日记中书曰:"吾七时前即起,往观行刑。肥白而康健之颈与胸。彼先吻《新约圣经》,然后就死。此何等荒唐之事!此事与吾一极深之印象,未为徒然。吾非政客,道德与艺术,吾知之,吾爱之。……断头台上之事,使吾长夜不寐,寐复屡屡惊起。"五月,离巴黎、游瑞士,访卢梭之故里于日内瓦,过洛森(Lucerne)入德国,遂返俄罗斯。八月抵家。冬与友人猎,射母熊不中,几遭不测。次年秋复返莫斯科,恣情游乐。日与都中文士往来,被选为莫斯科文学会会员,居年余。会其兄尼古拉得肺病,移居于苏顿(Soden)。托尔斯泰偕妹玛利亚并其二女往侍之。道出柏林,独留数日,继游德国诸名城,参观其学校。盖托尔斯泰久已蓄志自办一学校。每至西欧,苟有机会必考察其初等教育,涉历其学校,并时读当世关于哲学、历史及教育之书。既抵苏顿,尼古拉病益深,急偕迁法国南部,然已无及,一八六〇年九月二十日遂卒。托尔斯泰受此重创,既回复后,仍续行游历。在德、法、英等国研究初等教育。次年二月俄国解放农奴之诏下,托尔斯泰被委为农民与贵族间之调停人。彼左袒农民,竭力维护其利益,以此大触贵族之怒,未一年而被逼辞职。自是托尔斯泰遂专心致志于初等教育问题。初,一八四八年托尔斯泰归自伽参,即于其庄内设一小学校。旋赴高加索山,校遂停。一八五八年冬第一次游欧归,校复开办,期年亦无所成就。至是积经验及研究之结果,重整旗鼓,谋为俄国初等教育之改革树一模范。招聚青年教师多人至其故乡,自立学校数所,并创一教育杂志,即以其故乡之名名之曰 Yasnaga Polyana(明野)。于其中发表其教育原理及成绩报告。首揭明普通教育发展之大障碍,在先立空中楼阁之原理,强施于他人,而不顾他人之实际需要;其补救在破除成见,以经验为师。次论读写非教育之第一步,亦非其最重要之一步。有不识字之人而富于经验,且富于有用之专门智识者,而识字之人或反缺之。政府及智识阶级所办之学校,无裨于民众之生活,且不能适应之。小学不过为中学之预备,中学则为高等学校之预备,而高等学校则不过为政府及教会造人才,与人民之生活无与也。其论教授之方法,则重自由,以需要儿童之劳苦愈少为愈佳。其自述所办学校之情形曰:“校舍占两层之砖屋一所。二室为讲堂,二室以居教师。一为操场。廊间悬一钟,系绳其下。前厅及梯下皆立栏杆。楼上前室设木匠凳一。楼梯及前厅满布沾泥或沾雪之足印。厅上并悬功课表,功课之程序如下。每日上午八时,住校之教师命一住校之学生摇铃。村人多早起,农家灯光恒可远从校中见之。铃响后半小时,无论当浓雾或霖雨,或在秋朝斜晖之下,辄见若干小黑影出现于隔离学校与村落之山凹之斜坡上。或独行,或成对。彼等不如旧日之互相期待,群集之欲望已失;彼等已学有所得,因之各能独立。彼等不需携一物来,无书,无钞本,回家亦无自修之功课。彼等不独手无所持,心亦无所系。彼等不须记诵任何功课,即昨日所习之功课亦不须记;彼等不致念及当前之工作而战慄;彼等所携来者,惟(一)其自身,(二)其易受印象之天性,(三)其夷然无挂虑之心;彼等在一课开始之前无须念及此课,迟到者无受罚之惧;而彼等除为其父母留在家中工作外,亦绝无迟到者,工作既毕即飞奔至校。"此次托尔斯泰办学之试验颇著成效。后此俄国小学教育受其影响不少。然托尔斯泰惨淡经营,神敝力疲,渐厌苦教育之生活。乃去居巴什克尔(Bashkir)之草原,藉马乳以疗养。时一八六二年春也。彼自言曰:"当农奴解放之年,予归俄罗斯任调停人之职。乃始于学校中教不识字之人,于杂志中教有智识之人,工作之进行颇顺利。然予觉予心非在常态,而需要一种变迁。"此变迁为何耶? 今当解答此问题之前,请一总结托尔斯泰三十四岁以前之生活。三十四岁以前可划为一时期,乃不断失望、不断冲突之时期也。初入大学,失望而去;继"到民间",失望而去;继入军营,兴尽而去;继办教育,兴尽而去。其将以宗教为终身事业耶? 抑将以艺术为终身事业耶? 此又为其内心中时常冲突之问题。其初期之作品,又不为当世批评家所重视,不行于时。即托尔斯泰于一己之艺术亦无深确之信仰,瞻顾人世,更有何途可寻快乐? 所余未历者,惟家庭生活耳。此中之温柔与美满,托尔斯泰三年前已于《家庭快乐》一小说中想象得之矣,至是自巴什克尔归后,遂结婚。

以下当述托尔斯泰婚后之生涯矣。彼自少即与莫斯科一姓贝尔(Bers)之家庭相稔。始恋爱其主母,继遍爱其三女,而终属意于其次女苏菲。时托尔斯泰年三十四,苏菲年十八耳。苏菲肄业莫斯科大学,通德、法文,嗜文学音乐,尤喜读托尔斯泰之少作《孩提》。托尔斯泰于一八六二年八月始识之,尔后日必至其家。九月十二日于日记中书曰:"吾已发生恋爱,吾不料此乃可能之事。吾已成狂人,倘长如此,吾非举枪自射不可。伊家夜宴,伊一切皆足使人心醉。"次日又书曰:"明朝一起必立往告伊一切。不然,惟有举枪自射。"然次日未往告,亦未举枪自射。迟至十六晚,始以求婚之书手交苏菲。二十三日遂结婚,同居于故乡。此后十四年间,托尔斯泰安心著书济人。苏菲爱文学,重天才,在艺术上允为托尔斯泰之佳侣,惟不能共其宗教之狂热及乌托邦之思想。托尔斯泰一生之悲剧即在艺术与宗教之冲突。此冲突在未婚前既露端倪矣,当其创造之冲动盛时,则其与苏菲之结合为美满之姻缘。及其宗教之热情爆发时,则其相处为痛苦矣。然此爆发尚有待于十余年后也。此以前,其家庭生活盖备极人间之乐。苏菲之自述曰:

> 结婚生活之初期既过,吾夫始觉快乐之外,尚需活动与工作。彼于一八六二年十二月之日记书曰,"予感觉需求创作之势力"云云。此势力乃极大之势力。创造一伟大之著作,使吾等初年之结婚生活备极欢愉。吾等结婚不久,吾夫即完成其《普列苦斯加》(*Polikushka*)一书,继复完成《哥萨克人》。于是始研究十二月党之事,欲著为一书。彼等之活动与命运,予吾夫以极深之兴趣。彼既从事描写此时代,以为必需叙及其人物为如何,其来源及以前之历史为何如。因远溯一八二五以至一八〇五年之事,彼渐不慊于十二月党。惟

一八〇五年遂为其《战争与和平》一书之开端。此书吾夫不喜以小说称之。吾夫撰此书时至勤且乐,使吾等之生活完满生发。至一八六四年此书之大部分已草成。吾夫每毕一章,辄择其中动人之数段,为余及其二侄女朗诵。……吾夫善朗诵,惟受刺激时乃稍逊耳。犹忆曩在明野(Yasnaya Polyana),当《战争与和平》无新稿可读时,每聆其读莫里哀之喜剧,何其声之悦耳也?居明野之初数年,吾等之生活殊幽静。关于是时之人民社会政府有何大事,今已不忆,盖一切皆与吾等相隔而逝。吾等长日居于乡间,无所慕,无所见,无所知,吾等对之不感兴趣也。吾则除与《战争与和平》中之人物相处外,别无欲望。吾爱彼等,而静观各人物之生活之发展,一若其为活人者,有吾等之互爱,有吾等之儿女。而超乎一切者,有此伟大之著作。吾夫之著作,为吾所爱,而后此为全世界所爱者。故吾此时之生活,为完全之生活,且为常快乐之生活,吾复何所求哉?偶当夜间,既安置儿女就枕,既将校妥之稿邮寄莫斯科,则共休憩,并坐钢琴前,一歌一奏,至深宵乃已。然此不常也。……是时吾琴技殊劣,惟苦习求进。吾夫亦然,惟安之若命。一八六四年彼致书其兄有曰:"吾觉蜜月适才起始也。"又曰:"吾思之,如吾之幸者,百万中一人耳。戚有责音书疏者,答曰:'Les Peuples heureux n'ont pas d'histoire。'(译言幸福之人无历史。意谓快乐只有自家知,惟遭逢忧患痛苦,乃始作为纪载而宣扬于外耳。)此正吾等之情形也。"凡有一新意想,或一新创作之成功,辄使之快乐不已。例如彼在一八六五年三月十九日日记中书曰:"予欲写亚历山大与拿破仑之心理的历史而不禁喜跃无已也。"吾夫因感觉其创造之美而著作者也。昔人有言:"诗人取其生活

者但记其所受宗教影响之深及其对于卢梭之崇拜,则其答案思过半矣。托尔斯泰曰:"吾弃绝同侪之生活,然吾认此非生活,乃模仿而已。吾人生活之奢侈,已剥夺吾人了解生活之能力。吾人若欲了解生活,则所当了解者,非寄生虫之生存形态(彼等乃例外而已),乃劳动者之生活,彼等创造生活并生活之意义。环吾四周之劳动者皆俄国人,吾问以人生之意义。彼等所言如下:人为上帝所造。上帝造人之道,使之能自救其灵魂,亦能丧失其灵魂。各个人之问题即如何以救其灵魂。欲其灵魂得救,必须依上帝之意志而生活。欲依上帝之意志而生活,必须弃绝人间之欢乐,彼当工作、谦卑、忍耐、慈悯。……此观念极明晰,而极近于吾心坎。"虽然,未必近于人人之心坎也。尝谓托尔斯泰之教,最近于我国墨子。其依据天志而不希望未来之生活也同,其尚慈爱也同,其重工作而弃娱乐也同。然其道之觳,则过于墨子矣。此后三十余年中,托尔斯泰即以实行此主义并宣传此主义为主要之工作,而艺术不过其副业,且大部分不过通俗故事用以启牖愚民,散播其教说而已。其间最主要之作品,为《何谓艺术》,一译《艺术论》(一八九七年)一书,及《复活》,一译《心狱》(一八九九年)之一部小说。前者表明其艺术之原理,后者为此原理之实验下文当分论之。此时期托尔斯泰生活中之大事有当略述者。一八九一年夏,俄国大饥。托尔斯泰全家尽瘁于救济之事,并为呼吁全国求助。自设粥厂二百余所,存养一万三千余人;儿童收留处一百二十余所,存养三千余人。是时托尔斯泰之声名已震铄全世界,瞻谒参拜者相望于道,信仰其学说而改变生活者日多。托尔斯泰亦终遂其少年时"到民间去"之愿,与农民共处,每日劳作无间。而其学说与希腊正教会之精神不相容。其势力愈大,教会之嫉忌亦愈深。至一九〇一年三月五日,遂宣布屏逐托尔斯泰出教。是日,莫斯科之学生、工人大举游行，为托尔斯泰表同情。途遇托尔斯泰，环之喧呼，乱掷花束及礼物于其旁。托尔斯泰乃益努力宣传其主义，提倡社会改革。为书遍致俄皇、致教士、致政客、致官吏、致兵士、致工人，各勖以正当生活之方法。又集东西古哲如耶稣、苏格拉底、卢梭、巴斯喀尔、释迦、老子等之言论，为《读书丛录》(*A Cycle of Reading*)，以张己说。托尔斯泰与民众愈接近，则与家庭愈疏远。终且觉其家庭不可一朝居，而决计离弃之。一八九七年七月二十日，预作与其妻诀别书，已早有离家之志。其所以离家之故，于此书可见。书曰：

> 桑雅(Sonya)吾爱：家中生活与余宗教信仰之矛盾，苦予久矣。余不能强卿改变其生活。卿之素习，余实有以致之也。前乎今日，余亦不能与卿诀，以诸儿尚幼，不忍弃余教育之责，以重卿忧也。忍痛流连，亦既十六年矣。时或与卿勃谿，触卿忿怒。时或退甘于所习所近之安愉，今不能继续为此矣。今余决意实行余所久蓄之愿望，离家他适。第(一)因余衰迈之年，生涯日恶，欲得息于孤寂之境。第(二)诸儿已长，无须余在家教育。而卿之兴趣，有所专属。虽余不在，亦当无可觉之缺憾。尤有要故，天竺国人，年届六十则退隐山林。凡虔心于宗教之老人亦欲以其晚岁专事上帝，而不以谐笑杂谈博弈网球之类易其心也，余亦犹然。今届七十之年，以全灵魂之力，求安息，求孤寂。即不能得绝对之和谐，亦不使余之生活及与余之信仰及良心，有剧烈之冲突。余若公开实行此计画，则将有无穷之恳求、责备、争辩、诉怨。而余或将为所移，而不能成余素志。故余有祈于卿。桑雅，苟余之行动苦卿特深者，千万恕余。以善意允余之行，勿追索余，勿

怨余,勿罪余。余之离卿,非余不慊于卿之证也。余知卿之所见所感必不能与余同,故知卿必不能改变其生活,而为其所不能思议之事牺牲,是故余不责卿。反之,余实以感激切爱之心,纪念吾二人三十五年同居之生活。尤可感念者,为初期同居之生活。是时卿以天赋之慈母心,夙夜匪懈,力尽天职。卿已举其力能予人者,予余及全世界。卿予世界以慈母之爱,以慈母之牺牲,此固非言语所能尽美也。惟当吾二人共同生活之末期,当最后之十三年,卿与余已疏远。余不能自以为非是。以余之改变,非为一己,乃为他人,乃因余舍此别无可择也。然余亦不因卿不能随从余之故而责卿。反之,余感谢卿,余实以切爱之心,永念卿之所以与我者。别矣!桑雅吾爱。利奥·托尔斯泰手书。

此函标明待彼死后乃发。然此函成后,越十三年,托尔斯泰乃始成行,然尚未决定所之。时一九一〇年十一月十日也。越十二日卒于途,垂绝叠语曰:“一切且佳……一切皆简单且佳……佳……唯唯。”生活与信仰一致,此其所以为佳欤?

论曰:古今文学家对于人生之认真,与爱人类之恳挚,未有甚于托尔斯泰者也。彼于人生之意义,求之不得,则徨徬不可终日,甚且将至自杀。及其自以为得之也,则不惜牺牲一切人世之乐,以求其实现。其于人类之救助、社会之改革,瘏古强聒,鞠躬尽瘁,死而后已。就此两点而论,其人格之伟大,已足以拓千古之心胸,动万世之歌泣矣。而其艺术上之成就犹不与焉。虽然,彼自以为得人生之意义,果已得之否耶?彼求之于俄国乡间之农民之信仰,求之于上帝之意志,然彼能变天下人之头脑使尽如乡间农民头脑之简单否耶?理智之烛照,固非感情所能遮掩也。彼又修正摩西十诫为伦理五律令曰:“(一)毋愤怒,与一切人和平相处。不论何时,勿以愤怒为正当。(二)勿以自身为性欲之玩具。人皆有妻,妻皆有夫。夫各一妻,妻各一夫。夫妻间之贞操,不得藉任何口实而破坏。(三)毋诅咒。不论对何人、为何事,均勿发誓。(四)毋以力抗恶,毋以暴对暴。人若击汝,忍之。人若迫汝劳作,则从之劳作。人若欲取汝所有,则让与之。(五)爱一切人类如一,无种族之界,不认帝王及邦国。”由是观之,托尔斯泰一方面提倡博爱,而一方面反对争平等自由。一方面主张社会之澈底改变,而一方面根本反对革命。持托尔斯泰之说,以求人类之平等自由,惟有俟一朝全世界之暴者同时自动洗心革面而后可。是亦俟河之清而已,而无数人无穷期之牺牲,果何为者?则不得不曰为上帝之意志,然上帝之意志早已成强弩之末矣。虽然,撇开其一切宗教上之根据,托尔斯泰尚予吾人以一极真切之教训,此即其 Happiness consists in living for others(快乐存于为他人而生活)之名言是也。托尔斯泰之所以伟大,盖在其能实行此教训矣。

托尔斯泰之论艺术也,首发“何谓艺术”之问。而其书即以此为题(耿济之译本题作《艺术论》)。艺术之目的在美,当时艺术家之所公认也。然何谓美?异说纷纭。试综论之,略有二根本观察点:从客观而言,绝对完全者为美;从主观而言,能予人以无自利目的之快乐者为美。然吾人从绝对完全之表现而得快乐,故此两种美之意义同归结于快乐一点。然托尔斯泰在人生哲学上根本反对快乐论,其在艺术上反对快乐论乃自然之结论也。托尔斯泰曰:“欲确定一种人类行为,当先明其意义与关系。欲明一种人类行为之意义与关系,必先考察此种人类行为所涉及之原因与结果,而不能仅凭吾人所得之快乐。吾人若认某种行为之目的惟在快乐,因以此种快乐断定其意义,则此断定必伪;艺术之断定亦然。试一研究食物问题。夫人皆知食物本身与吾人因食之而生之快乐全无关系,皆知吾人味觉之满足不能为食物特质之确定基础。吾人亦有何权利敢断定其所喜食且常食之物,如胡椒、干酪、醇酒等类,为人类最良之食品乎?所谓美或吾人之所喜者,亦犹是焉。不能以为艺术之根据,而使吾人得快乐之物,亦不能竟认为艺术之当有的模范。"然则艺术之意义何在?曰艺术者乃人类交通之方法之一,犹语言为人类交通方法之一,皆人类生活中之重要条件也。语言所传达者为意想及经验,艺术所传达者为各个人之感情。然凡传达感情之方法不皆为艺术,如哭笑呻吟、皱眉沉脸。凡正当受感之时,直接用自己之形式与声音,传所感于他人者,不足为艺术。必重新将此感情引出,而用一定之外的标准表现之,斯为艺术。"举一极普通之例。譬一童遇狼,大受惊恐,归而述之,为欲使他人亦受同样的感情。因描写自身,历叙自身在未遇狼前之地位、林间之风景、己身之闲适。其后又描写狼之形状、行动及其与狼之距离。若此童在讲述之时将前此所受之感情重加经历,传之于听者,使历其所历,此即艺术。若此儿本未遇狼而常惧之,欲将其恐惧之情宣于他人,因造出遇狼之故事而述之,使听者引起同样之感情,此亦艺术也。若有人在事实上或想象上感受痛苦或愉快,而形容之于布上或白石上,传之于他人,是亦艺术也。若有人感受喜乐或忧惧而以声音形容之、传之于他人,是亦艺术也。"于此有一问题起焉。艺术将传任何感情而无所择欤?藉曰有之。将何择欤?托尔斯泰曰:"艺术乃以传达人类至善的情感为目的之一种人类行为。"然何谓至善?托尔斯泰反对美善合一之说,曰:"或以真美善齐高,而认为极有根据,且关系于形而上学,实则全谬。善乃人生永远之最高目的。无论吾人对于善之了解至何地步,人生终向善的方面(即上帝方面)前趋。……

善绝不受其他任何标准所决定,决定其余一切。至于美,不过为吾人所悦者。美之意义不独不与善合,且与之极端相反。盖善恒与嗜好之战胜者相合,而美乃一切人类嗜好之根据。"要言之,托尔斯泰认一切享乐为罪恶,即艺术的享乐亦无例外。彼所认为至善者,惟宗教意识及人道主义之情感。彼认艺术只为"人类生命及趋向幸福所宜有之一种交通方法,使人类得以相联结于同样情感之下"。因之,彼竭力提倡平民文学(或通俗文学),诋斥当世上等阶级所崇奉之文学,而攻击莎士比亚无完肤,亦以其为少数人所专有,而不能与全人类交通也。托尔斯泰之艺术论极富于刺激力,然其偏颇之点显而易见。今但列举二问题。(一)人生是否宜屏绝"美"或"无自利目的之快乐"?托尔斯泰既以艺术为情感交通之方法矣,美的情感之交通,何尝非生活之要件乎?(二)谓现今当有一种通俗文学,以谋平民之利益。吾人无间言,然不当因此而抹杀平民所不解之文学。上等阶级与下等阶级之艺术标准孰优为一问题;下等阶级是否永远不能提高且不当提高,此又为一问题。此二问题之解答,非本文及本刊之篇幅所容许。惟读者当知托尔斯泰于此二问题,实未能予吾人以圆满之解答也。

托尔斯泰之艺术理论既如上述,其艺术作品则何如?以下请略述其主要作品三,(一)《战争与和平》、(二)《安娜传》、(三)《复活》(一译《心狱》),以结此篇。

(一)《战争与和平》 此书为托尔斯泰之第一部伟大著作。其成书之经过,上引苏菲之自传中已详之矣。全书甚巨,凡二千余页。故虽一极简单之提要,亦非本文篇幅所容许。此书叙一八〇五至一八一二年间俄国五贵族家庭之事,而以拿破仑侵入俄国之历史为背景,乃以散文作成之近代大"史诗"也。托尔斯泰作此书前,曾细读荷马史诗而悦之。故此书富于荷马式闳大庄严之气象。虽论者病其组织散漫而不统一,然全书实有一贯之精神以为纲领。且其中人物情节及写景,多真切动人,固不为其形式之缺憾所掩也。在此书以前,托尔斯泰不长于写女角。至是方燕尔新婚,藉其经验,乃辟一新境域。其写家庭生活之细腻、女性之温柔,出人意外。书中之女主角纳答莎(Natasha,即其妻苏菲及妻妹妲雅 Tanya),与荷马《伊里亚》中之海伦、歌德《浮士德》中之玛伽泪争辉,而描写之精细且过之矣。

(二)《安娜传》[①] 托尔斯泰之文艺天才有两特点。其(一)为构拟具体细节及丰富灿烂之外表情形之能力,以此能力描写人物,古今作家罕有其比。其(二)为其感觉道德责任之锐敏,而注重其人物之内的道德生活。在其结婚以前之作品,第一种特点为盛。在《战争与和平》中,此特点尚占首要位置。惟在《安娜传》中,则道德观点更坚牢而更显著。其描写外表事实之真切不减于前,而更有一统一之目的。此书范围较前为狭,仅限于两家庭中之私事而已。本书垂教训之大旨,以为男女关系当以纯粹基督教式之爱为指引,而不以自私之情欲及社会或教会之定规。其中主要人物有两对,第一对安娜与佛郎斯基(Vronsky),资质视其他一对更优。以只知计虑个人之快乐,卒至戕生。第二对克地(Kitty)与利文(Levin),能牺牲宽恕,惟以他人之快乐为念,因得快乐。而安娜尤为全书之主角。安娜者年三十,已嫁八载,敬慕其夫,推诚相处无间言。偶省其兄于莫斯科,在跳舞场中遇一少年,不觉堕入情网。少年与安娜同车返圣彼得堡,遂于车上通款曲。抵站下车,安娜与其夫遇,疑夫已察觉己事。目触其耳上小赘疣,顿觉其可厌,对夫之心完全改变。实则此赘疣,安娜熟见之至少已八年矣。其后安娜产难病殆,召其夫及少年嘱其言归于好,以为将

① 《安娜传》,今译《安娜·卡列尼娜》。

死之言也。其夫大受感动，恕其既往。无何安娜病转愈，又觉其夫耳上赘疣可厌，去之与少年同居。其夫亦欲与之离婚使得自由，惟囿于教会之成规，终不肯慷慨撒手。安娜与少年既非正式结合，渐为所轻，愤而投火车轨自戕。

（三）《复活》（一译《心狱》） 此书为托尔斯泰艺术之最后杰作，书成时年已七十矣。此书之技术仍颇散漫，多与主题无关之描写，及插入之教义宣传及社会问题讨论，然不能掩其中沉痛动人之情节及言语也。书叙侯爵德密达利（Dmitri）少年时颇有高尚之理想，然不胜安乐生活之诱惑，终至梏亡。尝与姑家之女婢麦丝露华（Maslova）乱，遣以百卢布而弃之。麦丝露华因此有孕，遂见逐，流离失所。生儿遽殒，沦落为娼，侑歌卖笑，如是者七年。后为鸨母假手毒毙嫖客，而以罪归之。因系狱，谳定，配西伯利亚。时德密达利适为陪审官，闻其情，感发天良，自悔自艾，一改其素行，求自忏以赎前愆。既为之营救不得，乃尽弃家产，随麦丝露华至西伯利亚，决娶之为妇。沿途殷勤奉侍维护，甚于下仆。先是又尝为乞赦于俄皇，途次赦书至，两人喜可知矣。德密达利至此时始向麦丝露华乞婚，盖依律囚人不能婚嫁也。于是麦丝露华哭，德密达利亦哭。女沉吟久之曰："明早囚人大队将行。我若留，则此身属君。若去，则勿以为念。"诘朝德密达利醒，女已行矣。盖女欲德密达利专心为人类服务，而不欲其耽于安乐，故出此也。

——本文原载于1928年8月27日、9月3日及10日出版之《大公报·文学副刊》第34、35、36各期，后收入1928年9月出版之《学衡》杂志第65期《一九二八年西洋文学名人纪念汇编》。本文依据《学衡》收录版本整理。

马勒尔白逝世三百年纪念

一　绪论

本年十月六日，为法国诗人兼批评家马勒尔白（François de Malherbe，1555—1628）逝世三百年纪念之期。马勒尔白为法国文学史上极重要之人物，而吾国人知其名者尚鲜。其一生之事业，为提倡对于“七星社”运动（见后）之反动，力主纯粹之文字与精严之格律，有功于法国文学甚大。孟子曰：“天下之生久矣，一治一乱。”斯宾塞谓：“世事如钟摆。”古语云：物极必反。而西国史家谓一部西洋史，只是自由与权威（或解放与规律）二者相互循环替代之过程。按文学史上之实迹亦正如此。一国之为文学，枯燥平淡寂无生气，久之必来解放发扬之运动，其弊则流为粗犷散漫、紊乱无归，于此而整理收束之运动又不得不起。此二种运动方向相反，如寒来与暑往，形迹上虽似此推彼倒、互相破坏，实则相资相成，去其瑕垢而存其精华。读史者放眼千古，统计其全盘之因果，则谓二者同为深宏之建树，其事业与成绩皆长赫然存立而不磨。至其间主持倡导此运动之人，固为先识之俊杰，亦系时势与环境所造之英雄；固有过人之长，亦未可遽贪天之功。吾人治法国文学史者，于七星社龙萨、杜伯莱之徒（均见后），以及马勒尔白等自当一体研究而崇敬之也。

数年前，白话新文学之运动起。提倡主持之者，或自比于（一）意大利之但丁与（二）法国七星社诸子之所为。吾人以为就历史实迹及其运动之目的内容论，中国之白话新文学运动与此二者均不相似，未可并拟。（一）但丁无关本题，今姑舍而不论。（二）七星社诸子所倡者，乃极力研究希腊罗马之文学，而摹仿其格律，甚至采用其词句，以使法兰西本国之文学成为古雅而丰富，不至如前此之幼稚而粗简。故其所倡者，乃复古运动而非革新运动；乃贵族文学（观下文所述诸子之生平，此层更明），而非平民文学；乃欲提高文学之标准而使成精炼，非欲降低文学之标准而使简易而能普及。此其异于中国之白话新文学运动彰明较著者也。且法兰西在七星社成立之时，为近世新兴之国家，历史不长，文化渊源不深。故七星社诸子本其爱国之热诚，欲吸收运用希腊罗马之古文学，而使此初生而未十分成长之法国文字文学培育而发达。若中国，则数千年之文化绵延一线，而文学之成就尤为宏伟。文字与文体，常在逐渐变迁改革之中。今之古文非昔之古文，而民国七八年间之文言犹为常人所习用而并非难解。文言既非陈死，而文言与白话之相悬，亦绝不如拉丁文与法兰西文二者之甚，强比而同之，无当也。至若细究七星社杜伯莱等之宣言（见后）之内容，以及龙萨等人著作之性质（好古矜炼），则其与中国白话新文学运动不同之处，更显而易见矣。

是故病患之来，众所同觉，而彼提倡白话新文学者之诊断书及其药方，尚非确当。自吾人观之，今日中国之文字、文学上最重大急切之问题（人人所深切感受觉察者），乃为："如何用中国文字，表达西洋之思想？如何以我所有之旧工具，运用新得于彼之材料？"（旧指中国固有者而言，新指始由西洋传来者而言。非今古之谓,亦无派别之见。)此问题如何解决,言人人殊,今正在试验时期。今日中国新旧各派作者,其行文选词,甚至标点符号,各自别异,千类万殊。每一作者,皆正行此种试验,各以其一已特有之材料及器械行之,以求解答上言之问题者也。究竟何人之答案为是,毫不系于此时之争辩喧呶,而纯视将来试验所得之结果,比较选择以为定。此问题易词言之,则可曰:“今欲以中国文学表达西洋之思想及材料,而圆满如意,则应将中国原有之文字、文体解放至如何程度,改变至如何程度。”其必须解放,必须改变,乃人人所承认;适可而止之义,亦众意佥同。然其所谓可,所谓最适宜之程度,则今日国中新旧各派作者,千类万殊,各异其辞,各异其法。是故(一)有主张用纯粹之唐宋八家古文或魏晋六朝文者。(二)有主张用明畅雅洁之文言,只求作者具有才力、运用得宜,固无须更张其一定之文法,摧残其优美之形质者。(《学衡》杂志简章)(三)有主张用中国式之白话者。(四)有主张非用完全模仿欧西文字句法之白话不可者。(五)有主张废汉字而以罗马拼音代之者。而于标点之使用,由极旧至极新,由右端至左端,亦有无穷之阶级焉。孰为适中?孰为得当?今难遽断,且看后来。惟吾人今所欲亟亟申明者,即其与法国七星社运动及马勒尔白之事业深相类似是也。七星社诸子皆热心爱国之士,其致力之目的,(一)以发达法国之文字,创造法国之文学。(二)则竭力吸收文艺复兴时代磅礴璀璨之希腊拉丁古学(Humanism)以入本国。正犹吾国今日非尽量吸收西洋学术,非大规模传入西洋之事物思想材料不可也。彼时法国文字、文学上最重要之问题,厥为“为吸收希腊拉丁古学,应将法兰西文字文体,解放改变至如何程度”。正同与吾国今日文字解放之问题也。吾国文字文体近顷受西洋文字(尤以英文为甚,因吾国学生多读英文书)之影响业已极钜。学问知识材料之来源，几全赖西籍（以英文书籍为主）。思想感情事件之表示，几同于西文（实即英文）。是故彼时希腊拉丁文之于七星社诸子，实等于今日西文（英文）之于吾国人士。乃外来之异国文字，非本国旧有之古雅文字。然则七星社诸子之主张行事以及继起之马勒尔白所持以救其弊者，大可供今日吾国人士解决上文所谓“最重大急切之问题”之参考及借鉴。此则本副刊郑重纪念马勒尔白逝世三百年之初意也。

七星社诸子及马勒尔白之生平及事业，叙述于下方。约而言之，七星社诸子乃主张将法兰西文解放，多取（1）希腊字、（2）拉丁字，及（3）古字、（4）俗语、（5）专门学术名词等以入法文。作诗则用希腊拉丁文学中之典故词藻，并模仿其体裁格律，刻意作成摹古式之法国文学是也。诸子所为，有功于法国文字文学者甚大。然至其末流，则弊害滋多，文字污杂而芜乱，文体卑靡而堆砌。及马勒尔白出，乃本其严正清刚之精神，毅然为澄清文字、厘正文体之事。亦以国运方隆，人心向往，故其收功亦钜。于是法国文字、文学，由丰富而凝练，由侈靡而纯粹，由放纵凌乱而合于规矩律法，近于大成之期，而蔚为路易十四御极，法国文学极盛时代之预备矣。昔韩昌黎文起八代之衰，于六朝以来骈俪之句调、浮华之词藻、空疏放荡侈靡堆砌之文章，能痛加裁抑，一归于清健真朴。迹其所为，实可与马勒尔白相提并称。昔人尊之或未知旨，今人攻诋亦甚非是。而韩昌黎之性情尤类似马勒尔白，真诚而偏狭，刚强而激躁；为正道尽忠竭力，而攻诋他派至不稍留余地。盖世之为严师者皆如是。史乘中对文字文学有芟繁去秽、拨乱反正之功者，亦莫不如是。所短即其长也。韩昌黎提倡古文，而后世之桐城派等严立义法，于各种不见于古书而不甚习用之字，概不许阑入文中。此其注重纯粹之文字与精严之规律，与马勒尔白之主张亦多有合也。

吾国文字文体,今正值解放之期。然解放太过,必至芜杂凌乱而漫无标准,必至为之者各趋极端,而其中乃有非英、非法、非德、非俄而使人不能辨识了解之中国文字文体。即今日者,解放之事尚未终,吸收西洋文化学术之功尚未成,而日常所见之书籍文报中,已有"射他耳""幽默"等不能了解之名词,"吹牛""吊膀子"等市井污秽之俗语,"前提""场合"等误解其义之译辞。甚至以中国人而自称贵国,古书中常见之单词而必加引用符号,支离破碎,迷乱心目。而一种谩骂之口吻、尖刻之笔锋、粗野辛辣有伤忠厚之语调,尤为今之学人所赏称。类此事象,不烦吾人具引。非谓白话不可为,非谓文字文体不宜解放,若此者吾人诚窃疑之。夫古今中西之论文字文体者虽多,其结论要必归于明显雅正四字。已达此鹄,则美与实用合一,而文字之能事备矣。马勒尔白之所倡者亦此而已。然则中国不久必将有马勒尔白之出现,以完成今世中国文字文体解放之功,而使归于正途,蔚成国粹世宝。吾人谨当拭目以俟之矣。

以上简论七星社运动及马勒尔白继起而纠正之(主张纯粹之文字与精严之格律)之功,及其与中国现今文字文体解放问题之关系竟;以下惟叙述历史事实。读者合观,自可了然于心矣。

二　叙事

法兰西为近世新兴之国家,十六世纪之初年,法国政治之统一已告成功,于是文化蔚起。其时法国一切咸受意大利之影响,文艺复兴时代之学术及精神即自彼方传入。学者多务古学,或事翻绎及刊印书籍，而法国本国文学反黯然无色。至十六世纪之中叶，乃有“七星社”（La Pléiade）之运动。该社系致力希腊拉丁文学之诗人七人合组而成，初无社之形式。其目的为注入文艺复兴时代之精神于法国文学（尤以诗为主），俾能自由表示个人之感情。其方法则专务模仿希腊拉丁古文学，效其格律，取其材料，俾法国文学之内容得以充实而光辉。是故“七星社”之动机，本于爱国热诚，欲振兴本国现时之文学，而其行事则不厌效法异国古代之文学，奉为模范，得所资借。由是努力制作，所为各体之诗咸备。（龙萨所为短歌“Sonnet à Hélène”见本志第四十七期《仙河集》第八至九页，李思纯译。）虽佳者不多，疵瑕屡见，而其结果则能使法国文学具有蓬勃之生气，使法国之抒情诗确具感情，与后世之浪漫运动实有相似之处也。

“七星社”之倡始者为（1）龙萨（Pierre de Ronsard, 1524—1585）。龙萨乃绩学之诗人。幼为贵官侍从及外交随员，旋以病聋绝意仕进，而专致力于文学。洎遇（2）杜伯莱（Joachim Du Bellay, 1522—1560），二人境遇志向相同，立成密友，遂聚其师若友（3）Daurat、（4）Baif、（5）Belleau、（6）Pontus de Thyard、（7）Jodelle共七人，相约致力于古学之研究及各体诗之创作。初仅以“一军”（la Brigade）自称，其后因希腊季世、埃及亚历山大城中之诗人有“七星社”之组织，今亦适得七人，遂取以为号焉。一五四八年Thomas Sébillet氏作《诗之艺术论》（*l' Art poétique*），无甚新奇之见解。“七星社”诸子初无炫世之心，至是不得不有所宣示，以自别异，且纠正此人之说。于是杜伯莱乃于一五四九年撰《法国文字之辩护及发扬论》（*Défense et Illustration de la langue française*），公布七星社诸子之意见及主张。此文为法国文学批评史中极有关系之著作,其后龙萨等虽亦另有撰述,然皆与杜伯莱之文互相发明而略为补益之,终不若杜伯莱此论言之明显痛切而为时所重也。龙萨、杜伯莱等所作之各体诗及戏剧,今均不论及,而惟述《法国文字之辩护及发扬论》之内容。

此论为一小册之书,分上下二篇。(一)上篇为法国文字作辩护。略谓今之学者文人以及凡夫愚子,咸鄙视本国文字,谓为野蛮。其实不然,法国文字之不能上比于希腊拉丁文,乃由吾国人向日不崇奖、不努力之故。今若借资于希腊、罗马文学,而多以法文创作文学,则法文自可发达而荣光灿烂矣。但其法非仅赖翻译,或一味模仿希腊、罗马古名人作品,但求形似,不知变通,便可成功;必须取得其精华而善用之,则所作自能清新独造,而为吾国光也云云。(二)下篇论发达法国文字而使底于完善之方法。首列举前此法国之诗人而一一诋斥之,谓除《蔷薇艳史》之两作者外,无一可称者。缘其所作诗歌之体裁格律极为陋劣,今宜一概废除,而专效法希腊、罗马之大家而作为抒情诗、哀歌、牧歌以及长篇史诗等。或疑法国文字过于简陋,不适于此事,是宜用各种方法输入新字铸造新辞,使法文词藻丰富,则不患行使之不足矣。为此之法有六:(1)借用希腊拉丁字及成语;(2)仿照希腊拉丁成语而铸造法文新字及新名词;(3)法文古字之废弃不用者,今一新其意义,复取而用之;(4)宫廷用语及法国各地之方言俗语,均可取以入诗入文;(5)各种专门学术职业之名词用语,均可引用;(6)仿照希腊拉丁文法,而略变法文本字之用法。如是,则法国文字自然丰美而适于创造文学之用。凡能毅然实行以上所言者,皆识时之杰与爱国之士也云云。

杜伯莱此论中之所主张,非皆自创,多取资于意大利人Sperone Speroni之说。其说亦不无语病,顾在当时,实应时势之急需，而为诸多文士心中之所同，故其说遂大行。龙萨与杜伯莱等，古学之工夫非极深博，惟所制作之诗歌之佳者，则颇有清新之趣味及真挚之感情，与其学说相得而益彰。平心而论，彼等虽主文字文学之革新与解放，然其立论实多含蓄而审慎，非如后世之甚。且彼等固皆绩学之士，又为宫廷贵族文学侍从之臣，对一般庸俗之人辄有深恶而卑视之意，故亦未可与倡导平民文学者并论也。

七星社诸子，以其主张及所制作之篇章，有功于法国文学者甚大，然积久而流弊亦生。个人主义之自由发达太过，用字作文，漫无规律；各乐奇僻放纵之行为不一见，而晦涩不可解之制作亦层出不穷。于是改革之事，为不可缓矣。迨十六世纪之末及十七世纪之初，亨利第四在位，统一政教，巩固国基。黎塞留等贤相，继佐幼君，平内乱而扬国威，纪纲整饬，政事修明，蔚成统一富强之规模。其时法国之文学与思想亦与此相应，而趋于整齐凝练之一途。凡所制作，典雅而庄重，明显而清切，一洗前此浮华凌乱之习，为后来法国文学大成时代之预备。而当此际应运而生、转移风气者，则马勒尔白其人也。

马勒尔白于一五五五年，生于法国之Caen地方。父为邑宰，有弟妹八人，终身从天主旧教。少时以贫故，从Angoulême公爵为书记。至南方，而娶该地议长之女。公爵既死，转徙无定居。屡以诗干朝中之贵人，冀得援助，均无成。其早年所作诗，犹不免七星社之影响，从意大利之风气，殊不佳也。一五九九年，马勒尔白作《慰友人丧女》诗（*Consolation à M. du Périer*，见本志第四十七期《仙河集》第九页，李思纯译），清新简洁，自然真挚，群推为马勒尔白生平第一篇佳作，而亦风气转变之关键也。既入十七世纪，马勒尔白之际遇遂隆。一六〇五年，以某贵官之荐举，得蒙亨利第四召见,授太仆寺卿(écuyer du roi)及内廷侍从之职。自是一身常在朝廷。黎塞留摄政及路易十三亲政时代,恩礼均优渥,叠赏金帛。《马勒尔白集》(*Poésies*)中之诗多作于此时,大率皆应制及称颂君王或贺凯祈捷之作。其诗殊乏个人之感情,然皆简洁修整,格律体制咸宜。又是时国运方隆,人心厌乱。论马勒尔白诗中之意旨,虽属歌颂王室,实亦足代表全国人之心理也。马勒尔白晚年与其妻离居,但未失和。一六二六年,其子某与人决斗,依律判死刑,营救甫得释;又与另一人决斗,为所杀死。马勒尔白痛甚,以谋杀罪,诉此人于法庭。越二年,为一六二八年十月六日,马勒尔白亦病逝,享年七十三岁。

马勒尔白在朝之时名誉极隆,一时文人奉为师表。凡所制作,莫不欲得的其一言以为重。苟为所讥斥,即无人过问。马勒尔白俨然居衡诗衡文之任,笔严斧钺,先后二十余年;名望之崇,势力之大,古今文人所罕遇也。马勒尔白之诗,在当时亦甚为人推重。由今观之,其诗之价值,惟在其能显明马勒尔白评诗评文之学说耳。马勒尔白之诗中,绝少个人之感情。彼非无感情,特谓感情须以理性节制之而不可放纵,更不必于诗中表示;诗乃文学艺术之事,故所重者不在感情,而在格律之完整、韵脚之和谐与运词用字之处处恰当。其作之也,必须苦心精思,力求凝练。又不惜费时费力,反复修改,企于至善至美。而决不可率尔吟成,便以示人。尝曰:"凡人作成百句之诗一首或三页之文一篇之后,必须完全休息十年,方可恢复精力。"其勖人苦吟精思有如此者。又曰:"予尝作一首诗,反复修改,至费去稿纸半捆。"(二百四十页)杜伯莱主张不厌修琢以企至美,又有如此者。马勒尔白性情刚烈而质直,威厉而真诚,褊急而忠厚。其律己也严,其责人也亦重而切。人或比之为塾中执夏楚之学究云。方其得君在位而名盛之时，日造门以诗文求正者踵相接。马勒尔白则手挥朱笔，一一为之批改，丝毫不少宽假；劣者则全篇涂抹，甚或面斥其妄作。马勒尔白之于诗文，可谓忠于所事，衡鉴必准而标准至严。虽系当朝权贵或盛名文士，苟以诗文请谒，则决不稍为谀悦瞻徇之事。故其生平招尤致怨不少，特其人皆无如马勒尔白何。而马勒尔白之能奏大功，整饬文体，转移风气者，亦正在此。求之他国，惟英国之约翰生博士差可比拟。而其境遇之隆，成功之伟，则尚非约翰生所可及者矣。

马勒尔白对于文学及作诗之法之主张，不外以上所述。主以理性节制感情；主以共循之规矩裁抑个人之自由；主以格律韵调之妥适和谐成文学作品之美，而须锻炼修琢，斟酌尽善，不可矜才使气；又主以模仿及苦心研读古大家之名篇，为入手及成为文人诗人之方法，而须耐烦忍苦、持之以恒，不可急于求功。总之，此皆历来古典派之所偏重，而据以反抗并矫正浪漫派者也。然马勒尔白之功绩，尤在其对于文字之改革。其大体之宗旨，以为诗文以纯粹精当为归，而文字以明显通达为要。文字之用，必期众人易解，故当以能通行与否及常用之习惯（l'usage），为甄别文字之标准。自七星社诸子提倡增加各种新字以还，继之者变本加厉，于是法国文字之芜杂至不堪言状。彼辈所输入之外国字（希腊拉丁意大利文等）、俗语、方言、古字及专门学术名词等，千奇百怪，生僻诘曲，决非大多数读书作文谈话之人士所能了解通识。故此等字亟应立刻屏去勿用，一扫而空之，如蔓草、如毒菌、如害马，毋使滋留，则法国文字自能明显纯粹，而嗣后创制之诗文乃可雅正完美矣。于是马勒尔白毅然以甄别文字之事自任。凡以诗文求教者，不但注意推寻其格律韵调等，凡生僻芜杂之字悉为删削或改易，不稍忽略。久之，风气所播，标准以立，众亦共知所趋避，而马勒尔白改良文字之功成矣。细观马勒尔白之所谓明显易解,绝非后世他国之所谓白话。盖里巷市井、一乡一地之俗语方音之字,更非此国中其他之大多数人所能喻晓,故亦在马勒尔白所屏斥之列。马勒尔白似以宫廷贵族及文人社会之用语为实际之标准,然造成巴黎语而为法国文字中坚者,非此等社会之用语乎?文字语言,其天然之趋势,辄向外分歧而日趋于乱。故譬如结晶,必常向内收缩乃渐稍归于整。世界各国各族中,宝爱其国之语言文字而常谋修正之者,莫如法兰西人;而理性澄明,注重统一归纳整齐纪律者,亦莫如法兰西人。试征其国文字文学史之往迹,则此二者之间实有密切之因果关系。马勒尔白死后不及十年(一六三五年)而法兰西学会(l'Académie française)成立,专以监护修正改良法国文字为事。每阅数十年,必新出一字典,以为全国奉行之圭臬。此其事业功效,至今不绝不衰。然则马勒尔白者,乃法兰西国民性之代表,而为此大事业全史中开创肇造之人也。岂不伟哉!或又疑马勒尔白推翻七星社运动之成绩,专以破坏为功;今如此尊之,未免太过。不知马勒尔白之功,并非破坏,乃系完成。譬诸果树枝叶生长突出,园丁以巨剪裁剪之、修整之,俾其适宜成长。又譬如大河之沙中挟金,泛滥之后,矿人来淘泥择金,正所以成前人未竟之功。彼七星社运动之结果,使法国文字增加繁富,今得马勒尔白出而汰去其若干芜秽,所留存之新字新词仍极繁夥,但皆经融化而归于精纯。七星社诸子身后果其有知,必且相视而笑。夫按之历史实迹,所名为反动者,率皆由于起伏循环之理,相反而实相成。何推翻之足云?何破坏之可言?惟独生乎并世,重视当前功利、个人恩怨、党派纠纷者,乃指异己者为仇敌,谓规我者非益友。此实蔽于狭隘之私见。呜呼!吾人有所主张,有所评判,鉴于七星社与马勒尔白之故事,亦足感悟,而大可开拓心胸而端正目光也矣。

——本文原载于1928年9月出版之《学衡》杂志第65期《一九二八年西洋文学名人纪念汇编》，并连载于1928年10月8日及15日出版之《大公报·文学副刊》第40期及41期。本文据《学衡》收录版本整理。

戈斯密诞生二百年纪念

一、绪论

本年十一月十日，为英国诗人兼小说戏剧作者戈斯密（Oliver Goldsmith，1728—1774）诞生二百年纪念之期。戈斯密之著作，以《威克斐牧师传》（*The Vicar of Wakefield*）一书（一七六六年三月出版）为最有名。近二三十年来，吾国各学校多以此书为英文读本。商务印书馆早有汉文注释本出版，而英文学生杂志中逐字逐句译注登载者，又不止一次。至全部之译本则名曰《双鸳侣》，列入商务印书馆“说部丛书”第一集中。故吾国人于戈斯密之著作早已稔知，而于其人生平行事之放诞疏狂而多奇趣，则鲜有能道之者。兹叙其略，以篇幅所限，不能详也。

戈斯密一生穷困潦倒，放荡不羁，入不敷出，常为债累。死时犹欠书贾及商家二千镑。论者每举戈斯密以为文人命薄遇蹇之例。夷考其实，则戈斯密虽出寒家，少时常得至戚知友之资给，以学以游，未尝断绝。壮岁以编书鬻文为活，每一著作成，所得酬报亦皆甚丰，苟能稍自绳检，不事浪费，足可安居乐业以终其身。即或一时拮据，常有知己朋友如约翰生博士者慷慨解囊济助。戈斯密岂真患贫哉？顾乃纵情任性，不治生产，不思撙节，而好为美衣华服,共市中伧荒时髦,酒食游宴,且尤喜赌博,以致尽耗其资。虽得友助,亦不思用于正途,以答赠金之厚意,而辄浪掷虚耗立尽。例如(一)其《好性人》(*The Good-natured Man*)一剧编成,演唱三夜,得四百镑。时方穷困,乃尽举此四百镑典华美之宅而居,不问余事。又如(二)一七六四年冬日之晨,为寓主妇逼索房租甚急,至呼警吏来,将逮捕入狱。戈斯密作函驰告约翰生博士求救。约翰生尚未起,立送一金往;已则着衣冠,踵至其寓。彼戈斯密方拥被坐床,与寓主妇勃谿。又已以此一金币市美酒,持杯酣饮。约翰生索得其《威克斐牧师传》稿本,持示相识之书贾,易得六十镑,以付戈斯密,围遂解。而戈斯密立返其狂豪之故态。不数日,此款又尽矣。举兹二事,以概其余。夫不善治生,不矜细行,乃古今文人之通病;或竟以此为文人之美德,则大谬不然。不观乎约翰生博士少壮之时贫困数倍于戈斯密,而能辛勤刻苦,发愤自立,全恩尽义,树节立名,以道德行谊为后世模范,不特学问文章成就之伟大远在戈斯密之上。彼亦人耳,且为密友,何不效之耶?总之,文人之所以见重,由其著作。苟其文章光焰万丈,行稍有亏,世或恕之。若文章不佳,著作毫无,而但以"无行"自诩,冒窃文人之名,此则戈斯密等之罪人矣。按吾国旧俗,以为放诞风流,不拘行检,破坏礼法,方可称为名士。而今欧美之新派文人(吾国亦多起而仿效之者),自号为波希米人(Bohemians)者,尤务为离奇乖僻,痛攻道德礼教,以疾病、愁苦、疯狂、沉沦、堕落相尚。后生少年迷而效之,更倡言苟能生活放浪必可以著作名世,不知此乃事理之所必无者。(《新月》杂志第二期梁实秋君《文人有行》篇,论甚警切,至宜参阅。)夫文人之著作,与其生活固有关系,然非完全受生活之支配。(例如戈斯密,终身不娶,行为放荡,而其名著《威克斐牧师传》则为描写家庭骨肉之恩情及勤俭忠诚之道德之第一部小说,可类推。)文人之声名价值,全视其著作之精美与否,不在其生活之有趣味与否。故凡有志于文学者,宜精思力学以成其著作,而不可沉溺虚荣,恣情游乐,以求其所谓丰富之生活。此吾人所愿重申明,以为世人之从事文学及诵读文学者告也。

虽然,无行之文人,又可分为二派。属第(一)派者,负才干,明事理,而其行为则悖德玩法,误国殃民。如明末阮大铖,能作为《咏怀堂诗》,见称于世,乃竟媚阉擅权,残害忠良;又如英国之培根,学贯天人,所作论文尤曲尽道德事理,乃竟贪赃枉法,至于身陷刑辟:皆是也。属第(二)派者,怠于谋生,拙于应世,于是颠困潦倒,放浪郁愁,甚或自戕其生。如阮籍之醉酒猖狂,痛哭穷途;又如戈斯密之耗财纵博、常为债累:皆是也。比而论之,第(二)派文人,所行虽误,其心常善,有损于人而无害于人。故较第(一)派实在其上。吾国旧日清议,对于第二派虽多激赏,而对于第一派从无恕辞,斯诚是也。(第一派犯功利的罪恶,第二派仅犯浪漫的过失。)至若戈斯密者,其行事虽可怜可悯,应受谴责;然一生秉赤子之心,天真烂漫,诚挚而多情。随物寄兴,触处流连,只知有爱,不知有仇。洞悉世途险诈,而行皆坦白质直。备受忧患牢愁,而天机活泼,不改其诙谐之风趣。虽嗜酒纵博,好以华服豪行自炫,而中怀谦虚,外貌羞怯,从不妄尊己而卑视他人。即著为文章,讽世刺时,亦绝无刻薄之意、刁钻之辞,乐而不淫,谑而不虐,使观众欢笑感动,不能自已。以故曾遇其人以及读其书者,对于戈斯密,莫不亲之爱之,绝无恨之畏之者。此诚文人难得之佳遇,而甚可称道者已。"具成人之智慧,与赤子之天真。"(In wit a man, in simplicity a child.)此戈斯密一生之定评也。"落笔似神仙,出言类村婢。"(Who wrote like an angel, but talked like poor poll.)此其友伴Garrick状戈斯密之形态及其为人也。约翰生博士于其殁后，为作墓铭，谓戈斯密之于文章，触手成春，各体无不能为，而为之无不精工。(Nullum fere genus scribendi non tetigit; nullum quod tetigit non ornavit.)戈斯密自叙其著作之用意曰："人生如梦，则以幻情影事使人愉乐，无伤于德性，亦未远于智慧也。"(Innocently to amuse the imagination in this dream of life is wisdom.)而大小说家沙克雷(Thackeray)亦记读戈斯密之书者之观感曰："生活困人。一日之职务既终，甚劳且惫，开卷聆此仙人之乐歌，莫不神怡，孰忍加害于此流浪慈和之乐工？此乐工一生亦何尝害及一人。彼遨游乡里间，所挟惟一琴，外此别无武器，唱其质直之丽情之歌，而能使贵贱老少、贤愚万众莫不倾心而悦耳。凡军营将士、边关戍卒，以及村中之妇妪童稚，殆皆心授魂与，乐不可支焉。"戈斯密文章之价值、著作之成就如此，则更非彼无行之文人所可妄为比拟以自作解嘲者矣。

二、略传

戈斯密者，爱尔兰人，祖上则为英国人。父查理，为牧师。子女众多，常患贫。戈斯密于一七二八年十一月十日生于爱尔兰某县之Pallas村。未几，全家移居邻县之Lissoy村。或谓戈斯密《荒村》诗中之Auburn村，即系描写此村。实则戈斯密作《荒村》诗时，方甚穷困，伏处伦敦，回忆儿时之乐，如在天上。其所述叙，悉以见志，虚构于想象者为多，未必为即摹拟此村之实在风物也。戈斯密幼从女仆习识字。年六岁，入村塾。以家贫故，转徙无定，屡易其受学之地。在塾碌碌无异常儿，且有"愚蠢"之称。戈斯密面麻而貌寝，衣服褴褛，举止拙呆，常为同学欺侮嘲笑。顾不善谈说,而常思求悦于人。年十六,自塾归家。骑瘦马,投某村镇宿。询镇中最华美之逆旅何所,或误指至一贵乡绅之家。戈斯密囊中仅只一金,而谬为阔绰,邀请乡绅及其妻女同餐,以致笑话百出。其后戈斯密撰《俯就》(*She Stoops to Conquer*)一剧,即以此事为根据,而此举亦足代表戈斯密一生之行为也。其父以嫁女厚奁资而贫,乃于一七四五年遣戈斯密至都柏林(爱尔兰首府)之三一大学(Trinity College)肄业,为免费及工读生。幸得其姑丈Contarine氏常予资助,又时典质衣物,或为市人作俚歌,得微资,勉强支持在校。某次得奖金,乃邀男女朋友多人,于宿舍中饮酒歌唱为乐。值师至,痛责之。戈斯密愧愤之余,遽离校,归其家。时父已殁,其兄乃复送之返校,卒得于一七四九年毕业,得学位,名次则居榜末。时戈斯密方二十一岁也。

戈斯密居家无所事事,性懒惰,不思振作,惟喜饮酒、斗牌、吹笛、唱歌。家人使入教会,习为牧师,见拒于主教。其姑丈为觅馆地,充教师。积束脩得三十镑,而与主人口角,不终其业。骑马挟囊金,将游北美洲。自海滨函禀其母与姑丈,谓为船主所骗,已付船资,未及登舟,而船遽开行入海,己之一马及行李均在船中云云。此言殊属荒诞滑稽,而其姑丈竟信之,另付以五十镑,使至都柏林习为律师。未几何时,以赌博尽丧其资,走归家。其姑丈更与之金,使离爱尔兰本土(自是终身遂不复返)而至苏格兰之爱丁堡习医。阅一年有半,时为一七五四年,函言须至外国留学,以求深造。其姑丈汇付二十镑,为旅资。戈斯密乃渡海峡,至欧陆,学于荷兰之莱登(Leyden)。虽亦尝从师学,而赌博则迄未间止。胜而复博,尽丧其资。假得一金,将行,过花肆,见有姑丈平生所心爱之花,立即购之寄归,以尽其诚。自是戈斯密囊无一钱,而遨游欧洲者二载。(一七五五至一七五六年。)其时实在情况,无人能知。或曰戈斯密在各大学与人辩论以自给,然戈斯密固甚拙于口才也。或又曰彼以吹笛唱歌,随处博得微资,如《威克斐牧师传》第二十章所叙者然,是亦未可信。质言之,戈斯密乃沿街乞讨而已。然其姑丈常汇钱与之,戈斯密卒获得一医士学位,亦莫详其所自来。旋以家款不至,乃于一七五六年二月一日归至伦敦而居焉。

戈斯密孑身入世。历经贫困,而能善自娱乐。初在药店任微职,次则悬壶行医,皆未久。继在大小说家李查生(Richardson)之印刷局中任校对,旋去之Peckham任Milner博士塾中之领班,由博士介识伦敦书贾葛里非氏(Gaiffiths)。一七五七年,从之归伦敦,眠食其家,得微薪,助作新书批评介绍等稿,以充其所办杂志材料。是时戈斯密所作皆无足称,又历经葛里非氏删改。然以受驱迫而辛勤工作,练习既久,文笔大进,已身亦未尝不获益也。阅五月,卒以与葛里非氏夫妇不相能而去之。仍至Milner博士塾中任领班,不久又去之。欲考得印度Coromandel地方医官之职,乃编著《欧洲文艺学术现状论》(*Enquiry into the Present State of Polite Learning in Europe*)一书,并贷款于戚友以为印费,盖欲藉此书以立名也。戈斯密纳考费十镑,又特制新衣以赴考场,而竟不获售。时戈斯密年三十矣。

一七五九年四月二日《欧洲文艺学术现状论》出版,此书题目范围之广大,以戈斯密之学识,乌足任之?彼特藉此以自发议论而已。略谓批评乃文学艺术之仇敌,有害无益。凡著作家应由自然直资感发,而不必于书中求之。又叹息今世更无爱重天才之人,愿资助以使得成其著作,如昔日之盛况也。以上乃全书之大意。书中分古学为三期:最初盛时曰诗人之时代,次曰哲学家之时代,其后衰世曰批评家之时代。戈斯密于其时伦敦之杂志批评家,痛为诋毁。又极言德国等处优待学者文人而英国则否。故英国之天才悉穷饿不能自立,而逐字计钱,为书贾服编撰之苦役,于是所作日益庸劣。夫作者之地位无殊印局之排字工人,则文艺学术安得不日趋衰败乎云云。以上所言事实未必皆是,戈斯密但以己身之所经受,畅发牢骚、自鸣不平而已。顾此书文笔颇佳,故戈斯密之名以立。另有书贾曰 Wilkie 者,于一七五九年十月六日创办《蜜蜂》杂志(*The Bee*),延戈斯密独任撰述。戈斯密所撰各篇,既自叙其性行之疏狂,又讥斥社会人士之愚暗。而皆以诙谐出之,语婉而妙,读者激赏。此类文章乃戈斯密一生之所擅长,自是其天才乃走入正路,表现施用得其宜焉。

时另有书贾 Newbery 氏,办日报曰《公论报》(*Public Ledger*),倩戈斯密每星期为作通信二篇,每篇酬一金。阅年余,积所作,得若干篇,为一书出版(时在一七六〇年)。颜曰《世界公民之书札》(*Letter of the Citizen of the World*)。盖仿孟德斯鸠《波斯人之书札》等书之体例,托为中国人 Lien Chi Altangi 之所作,谓此君系中国士人,通西语西文,来欧洲游历,兼营商业,至伦敦暂居,出而观察英国政治社会情形,书其见闻感想,以函告其友。友名 Fum Hoam,居北京,官礼部尚书,时亦覆函加以评赞。诸函中虽于英国及欧洲现状屡致不满之词,且持与中国比较,然并非欲描写中国人之心理,特藉异邦来宾之口,以抒作者之所见而已。故此世界公民之见解,仍即伦敦城中一般文士之见解。书中论及中国,多荒诞奇趣之处,而在吾中国人正不必重视之也。戈斯密善用诙谐之笔,得此益能展其所长,故人皆乐读之。

当是时,戈斯密文名渐著,移居酒店街较宽敞之屋。所与游者,多为一时名士,如 Percy 及约翰生博士等。又经约翰生博士引入其所设之文学会,该会会友不多,而皆此时代英国文学史上最负盛名之人。约翰生之徒鲍思威(Boswell),记约翰生及诸会友之言动甚详。约翰生以硕学盛德为会中主宰,兼为英国文坛山斗,又健谈而尚气,众莫敢撄其锋,独戈斯密敢与辩争。貌为极端恭谨,而伺隙抵瑕,时以短兵胜约翰生之长枪大戟。盖戈斯密外似痴愚,而内实活泼机敏,诙谐之才尤得自天也。约翰生亦最爱戈斯密,以幼弟畜之,二人一生交谊最笃。戈斯密性喜挥霍,约翰生常以金济其穷困,殁后并铭其墓。均于本篇第(1)节(绪论)述及。戈斯密时喜鲜衣华服以炫人,而常不修边幅,并引约翰生以为例。某日戈斯密招饮,约翰生往,衣冠特整洁。人询之,曰:“毋使戈斯密君以予为藉口也。”方戈斯密尚未知名之时,约翰生即许其文章著作必大有成,折节与为敌体之友。及既知名之后,约翰生爱护之尤谨,从不许他人讥评戈斯密文章之不佳,有则必当面怒叱之。呜呼!其感人深矣。

戈斯密之获大名,以其诗《旅客篇》(The Traveller)自叙其游历欧陆之往迹者也,出版于一七六四年。时英国诗坛沉寂,此诗为矜心刻意之作,情感真挚而声韵和谐,是以动人。至其内容,则不外故乡骨肉之思,游子风尘之感,再则爱国怀古,材料殊平常而浮泛,而戈斯密已身在欧陆流传旅途之实况,则毫未道及云。既出版,约翰生亟称赏之,谓为一时杰作,足见戈斯密日有进步云云。某贵族时适被任命为爱尔兰总督,读此诗而悦之,亟招戈斯密往,欲以荣之。问其所欲,戈斯密不自求官职,仅云:“吾有兄,在乡为牧师,甚贫。望公有以眷顾之。”戈斯密之廉介而笃于骨肉,大率类此。

戈斯密喜挥霍而不事节俭,故常患贫。实则其鬻文所入并不为少。仅《世界公民之书札》一种,每年可得二百镑。而零星为书贾编撰之杂书,尤多不胜记。或售稿得酬,或约定计划,先支书款巨额而用之。出版期届,其书有成有不成,常失信于人。戈斯密殁时犹欠书贾二千镑者即由此故。其所编杂书中,有希腊史,有罗马史,有英国史,有已所撰之论文选集。今均不述,但详其重要之著作。

戈斯密一生最大之著作,厥为《威克斐牧师传》,已见前(译本名《双鸳侣》)。书贾由约翰生手购得此书稿本后,犹搁置一载有余,始于一七六六年三月二十七日印成出版。此书为英国小说中传诵最广者之一。其书大体仿《旧约》中之《约伯记》,叙好善行德之人全家遭祸,受种种惊骇痛苦,卒乃复归于安乐幸福。书之结构极粗疏,多不合情理之事实。顾其趣味全在人物之真切生动,所言所行简单诚挚,感人甚深。尤以威克斐牧师为全书之主,故名《威克斐牧师传》。译本定名《双鸳侣》,轻重倒置,且误以此道德小说为艳情小说,其错谬殊不可恕也。此书之妙处全在轻描淡写,与后来小说之铺排琐屑、渲染过度者正相反对。然书中描画自然景物,如写深夜犬吠空巷其声如洪钟,寥寥十余字,而能传神尽相,殊不可及也。从来劝善明德之书,每念一偏,使人生厌。此书叙威克斐牧师一家皆慈祥和善,而尘世中人则大都无恶不作。一门之内泄泄融融,伦常骨肉备极欢爱。而外此社会则黑暗残酷,以欺诈劫夺相尚。譬犹冬日,室内炉火如春,室外则满天风雪。二者相形,乃得其全而见其妙。此由戈斯密半生流落穷困,备知人情险诈及生活艰苦,且己之本性,原为放纵不羁,易趋堕落,以内心善恶上下之交争,演为社会中贤愚邪正之相冲互击,故能合于真而成其美。此固非手持高头讲章之空疏道学家,或登坛衣冠说教之牧师辈,所能为者也。吾国旧小说中,惟《儿女英雄传》一书,意境与此书最相近似,而近顷重印行世之《歧路灯》,亦可与之相提并论也。由此书更可征小说家之创造,固不限于描叙本身之实在经历，且毋宁避去之为愈也。

戈斯密虽常患贫，然当政之某贵族，日日使人往说，欲其为某政党作宣传文字，许以厚酬。戈斯密却之曰："吾无需于此。吾笔墨收入，差足自赡矣。"当是时，戈斯密所作之戏剧曰《好性人》（*The Good-natured Man*）者已成，一七六八年一月二十九日星期五之夜，在Convent Garden戏园演唱。于是戈斯密年四十矣。其剧之开场词为约翰生所作，以示提倡之意。此为滑稽剧，中间虽有一段不合俗好，然全剧甚受欢迎。始演唱之三夜所得资四百镑，归戈斯密。其后剧本印行，戈斯密又得百镑，共五百镑，殊出望外矣。

戈斯密既得此巨款，立以四百镑租新寓宅，置备器具陈设，而以所余之一百镑大宴宾客，不数日而尽，复患贫如故。戈斯密性喜热闹而务为豪华。每友朋众集，酒肴纷纭，欢呼高歌，则乐不可支。而衣饰饮馔亦务择精美，以悦宾客。用是入不敷出。困累益甚，负债重重。又不得不为书贾编撰各种无聊之书，终日劳碌，耗其精力，实可伤叹已。又是时戈斯密名既著，忌嫉之者日众。同时伦敦一般无聊文人，乃作为种种诗歌杂文，于戈斯密痛施诋毁，词至秽鄙丑恶，或妄造谣言以中伤之。戈斯密天性和善柔懦，又好虚名，每遇攻诋之来，辄大感苦痛，不能自持。约翰生则竭力劝慰，谓蚍蜉撼树，何伤于日月之明？不应丝毫介意。戈斯密未能听也。然戈斯密虽处如斯之境，仍致力于其诗，辛苦琢磨推敲，以求后世之知。卒至一七七〇年五月二十六日，《荒村》（The Deserted Village）诗一册出版，于是戈斯密年四十二矣。

《荒村》一诗，乃写作者客居异地，追忆儿时所见故乡之情景，谓其时景美人和，民康物阜，熙熙皞皞，如羲皇上人。其后因人众地瘠，居民不得已相率离乡远徙，以求自活，今其地甚荒凉矣云云。按戈斯密所写者,未必即系其幼时所居之Lissoy村之实况。(见前所论)该村今甚繁盛,并非荒烟蔓草之区。村中人民虽多携家移殖于北美洲等处者,然居者生活之丰裕过于往昔,与戈斯密之观感全然不同。又戈斯密谓物质进步,富源增辟,则风俗浇漓,无醇朴之德。人口且缘之而减少。此亦系诗人之主张,不合于经济学说及事实。虽然,就诗论诗,《荒村》诚属佳作。戈斯密以此骤获大名,人争推誉。而戈斯密怀乡念旧之情,亦出至诚,终身未改也。

戈斯密欲稍事休养,乃偕某夫人及其二女游巴黎。所至愀然寡欢,谓不若二十年前只身流浪至此之有味也。遂急返伦敦,仍以友朋游宴赌博歌唱为乐。与书贾葛里非氏约,为撰《生物志》(*History of Animated Nature*),预支八百金,犹患度用不足,乃作《俯就》(*She Stoops to Conquer*)谐剧,于一七七三年三月十五日在Convent Garden戏园演唱。此剧中事实系根据戈斯密十六岁时之奇遇(见前),机趣横生,浑脱流利,使观者一致鼓掌捧腹。当时英国盛行感情派戏剧,此剧描写世情,刻画逼真,别开生面,自然清新,所以擅胜场也。开演之夜,戈斯密至为忧悚,约翰生乃邀同文学会诸友公宴以慰解之。及宴毕,戈斯密久久蹀躞于公园中,不敢即赴戏场。将毕乃往,遂庆成功。忌之者或作无名函登报攻击,且牵入与戈斯密同游巴黎之某女士之名而肆丑诋。戈斯密怒甚,操杖至印行此报之人伊文思处,痛抶之。伊文思还斗,正相搏间,灯翻,油倾二人之身。乃经亲友劝和,由戈斯密赔偿五十镑,捐入慈善事业,以了事云。

戈斯密名利双收,而债累益甚,劳忙如故,体渐不支,精神亦不如前。除与文学会诸友互撰墓铭以相戏谑外,无他著作足称。一七七四年三月二十五日遂病,卧床不能起,延至四月四日晨竟尔溘逝，越五日葬。又越二载，乃立碑于西寺（Westminster Abbey），约翰生为撰墓铭（拉丁文）刻碑上。称誉得宜，为世传诵，谓戈斯密于各体文章无一不精；又谓彼实为伟大之人，虽有过失，顾世人勿复省记云云。以上乃戈斯密一生行事著作之大略也。

附　戈斯密书札汇编

向例凡遇名人诞生、逝世或他种纪念日，必有关于此人之书籍出版，亦文学界投机之事业也。本年十一月十二日为英国戈斯密诞生二百年纪念，而《戈斯密书札汇编》（*The Collected Letters of Oliver Goldsmith*），系K. C. Balderston女士所编。其中所收，颇有以前未经刊布之作。定价每部七先令六辨士。剑桥大学出版部发售。

附　戈斯密论文新集

《戈斯密论文新集》（*New Essays by Oliver Goldsmith*），亦近顷出版。编者为美国Ronald S. Crane氏。芝加哥大学出版部发行，每部定价皮装美金十元，布装三元。集中为文凡十八篇，均前此未曾刊布之作。

——本文原载于1928年11月5日、12日出版之《大公报·文学副刊》第44、45期。后收入《学衡》杂志第65期之《一九二八年西洋文学名人纪念汇编》。本文依据《学衡》收录版本整理。

彭衍诞生三百年纪念

本年十一月下旬，为英国宗教寓言小说作者彭衍（John Bunyan，1628—1688）诞生三百年纪念。彭衍生日不详，但知其父母得此子后，于一六二八年十一月三十日赴村中浸会礼拜堂注册。则其诞生之日当为十一月二十七八日之间。彭衍家本寒微，终身贫贱。幼时仅入乡塾，略习诵读。而其生平所著书乃有六十余种，至今为世所知者亦四五种。其宗教寓言小说《天路历程》（*The Pilgrim's Progress*，1678—1684）自初作成之日，即大受人称誉。凡英国语言文字所到之处，此书真为家诵户读，而欧陆各国，译本亦风行。除新旧约《圣经》外，无有如此书之流传广被者。迄今犹为世界文学之一大名著。呜呼，岂无故哉！

彭衍名约翰，生于英国Bedford Shire县之Elstow村。父为瓦匠，当时所视为最微贱之业也。家本清教徒，宗教之观念深。本Calvin之训，视人生为罪戾之所丛集，当严自绳检，力行为善，一息不懈；冀蒙上帝之惠，而免地狱之苦。彭衍感觉锐敏，想象力强，故受宗教之影响尤钜。幼时亦尝共村中群儿戏，击板拍球，歌舞跳掷，而后来乃大悔之，以为罪恶。彭衍稍长，入Bedford邑中之小学，为时不久，仅能阅看粗浅之书。至若高深渊博之古学，从未窥涉。惟新旧约《圣经》，则终身诵读吟味不辍。既出塾，从父习瓦匠业。年十七，乃投身入革命军（或曰勤王军）。是时英国政教之争方烈，西洋新旧思想事境之大变迁，虽成于十八世纪，而其发动则远在百年以前。故彭衍所生之时代，实今古历史上一大重要关键，而至有研究之价值者也。今不具详。其时在政治则为王权（专制）与民权（国会）之争，在宗教则为国教与诸异派之争。诸异派中，极多刻励纯朴勤俭廉洁之人，力斥国立教会之贪淫荒惰，故与主张民权者合，而为革命军之中坚。彭衍不涉政治，惟期人心风俗之改善。其后见革命军不免暴戾恣睢之行，亦遂厌之。投军未久，旋遭遣散，仍归家为瓦匠，而娶一贫而贤之女为妻。妻无一碟一勺之妆奁，仅带来劝善之书两册。时彭衍沉思宗教之事，几于入魔。日者，由邑归村，道中忽发奇想，欲自试其信仰之坚与否。拟即试为咒诵，谕途中之池潦，使速变干土，而谕干土使转为池潦。谕出如行，则吾诚可见。顾终迟惑未敢试行，恐言之无效验也。既又屡觉魔鬼来诱，使背弃耶稣及上帝而入恶道，苦逐之不去，以是精神烦苦。幸得邻邑某牧师之教，读《旧约》中所罗门之歌，顿觉眼前一片光明。至是专思上帝之仁慈恩爱，而心境乃舒，精神大乐。幻想及梦寐中所见者，亦皆善士之福报，而非恶魔之孽果。此彭衍发大信心而精神皈依（Conversion）之经过也。彭衍既已悟道，本其特具之热诚，为邻近之人讲说，听者莫不感动。于是彭衍遂为牧师，往来为人讲道。自以口才乃上帝所赐，应为上帝宣传真理。彭衍出身贫贱，深知村人疾苦，又以至诚之心、热烈之情，故其言莫不直入听者心头深处。于是彭衍说教之名大著。彭衍既为此五年，时为一六六〇年，即查理斯第二复辟之岁。是年十一月，谕逮治异教派之教徒。于是彭衍亦被捕入Bedford邑狱。在狱中凡十二载，以制作皮鞋带为业，得微资以养家。在狱又日日为群囚讲道，感化甚众。又著阐扬宗教之书多种，文皆浅显明白。当是时，彭衍如愿具结，言此后不再在外说教,即可立时出狱。而彭衍坚不肯,其后在狱中亦渐得自由。一六七二年,免治异派教徒之赦令下,彭衍乃出狱,归乡。仍为瓦匠。兼为人讲道,以终其身。彭衍所著《天路历程》一书出版后,名大起,为人延至伦敦城中说教。每年一往,听者甚众。远近之人咸推重之,戏呼之为"彭衍主教"(Bishop Bunyan),缘彭衍既未受职为牧师,亦未得薪俸,而能为宗教真理尽职如此。牧师彼且非,况其上贵显之主教乎?时人如是呼之,所以愧彼尸位素餐之教会中人也。噫嘻!世之真能行事尽职有所成就者,多在本身所操之业以外,而毫无所得酬。古今情形大率如此。一六八八年,有父怒责其子,子实屈枉。彭衍闻之,急冒雨奔往,为子说情。途中受寒,归来即病,以此毕命。享年六十岁。其平生热心救人,不惮劳苦,此特其一事耳。从来大事业大著作,均非至诚莫办。彭衍宗教信仰之诚,可证以其一生之行事。而其著作之风行广被,亦由此内心之至诚为之基也。

彭衍生平所著之书,皆言其日夕心思口诵身体力行之事,阐明宗教之真理而劝人为善。正以其天性诚挚而学识浅薄之故,言皆由衷而文不假雕饰,其感人之力乃至伟大。然彭衍虽未深造于学,实具文学天才者。其所取舍制作,无意中动合轨辙。其所终身循诵而深铭于心者,厥惟新旧约《圣经》。《圣经》文章之美,世所熟知,纯粹简洁,如浑金璞玉。彭衍遵此为模仿,奉此为圭臬,宜其文章之有光辉价值也。当其生时,宗教信仰犹盛,彭衍心中之所宛转思索,与其文中之所启发叙述者,皆全国并世之人心中之所有。而彭衍又生长贫贱之中,深悉英国乡村小邑贫苦劳作之人之境遇与心理,其书以深厚之同情,专为此辈说法。其所言之道理,皆若辈所能知所可解;其所叙之经验,皆若辈所心历所身受;其书所绘之景物,皆若辈所目睹所足履。此所以彭衍之书一出骤受欢迎，由是遂能流传广被也。今者时移势异，宗教既已衰微，神学少人研究。当时之问题今人咸不知不问，则彭衍之书，近数十年来渐少人诵读者，非无故矣。前此评者，推重《天路历程》一至于极地。至于美国爱伦·坡（E. A. Poe）氏出，乃有异辞，谓此书毫无足取。然自纯粹文学之观点论之，《天路历程》（*The Pilgrim's Progress*）亦实有其价值，终为不可废之作。兹先论此书，次及彭衍其余之作。不按时代，但择其尤者而言之如次。

（一）《天路历程》（*The Pilgrim's Progress*）

此书作于一六七八至一六八四年，吾国之基督教会早有译本，定为此名。此书意境颇似吾国小说中之《西游记》，乃一宗教寓言而为小说体。叙一基督教徒，梦中自其本乡出发，远道孤征，经历诸多地方，诸多人物，种种迷惑，种种陷阱，本其坚定之信心及强固之道力，卒能不为恶魔所吞噬摧抑，而得达天国（Celestial City）免堕破灭之域（City of Destruction）。至是豁然梦醒，而既已得道，心旷神怡矣。作者之初意，虽系以此书为宗教信仰之寓言，谓以坚诚心信，得避恶魔而亲上帝，离地狱而登天堂。而自吾侪读者观之，此书亦普通人生之寓言。写人之一生，由其二元之本性，凭德慧术智为引导，常抉择于善恶之间，辨别乎邪正之际。内则理欲交争，外则趋舍异途，其结果则为成为败、有得有失、受福受祸，各各不同。而一己之功能与道德之因果律，亦显而易见焉。人生之实况如此，想象即可得之。人性二元，终古不改。则此书之寓言亦久久常真。是故《天路历程》非特可与但丁之《神曲》并论，抑且可与中世 Wolfram von Eschenbach 之 *Parzival* 及近世葛德（Goethe）之 *Wilhelm Meister* 同列齐称者也。又按寓言（allegory）之体，昔盛今衰，遂使此书亦减光辉。然自其根本论之，诸种艺术均用象征，凡百小说戏曲皆寓言也。但寓言须有其适当之分际,不可太过。详言之,则书中所用以显明虚理、代表意旨之人物事实,须有其特殊之形状、具体之性质、活动之态度,否则成为傀儡及标符,而全书索然乏味矣。此层最关重要,苟且作者能为此。虽寓言何伤?若近今之自然主义写实派小说家,描述人生,不事融化,不加选择,惟摹一时末节之真,不究全体内蕴之理,其有悖于艺术之原理,与虚空板滞之寓言同。斯乃相反之二极端。要贵得其中道而调剂均平,此乃万事之通理,又不特文学艺术为然矣。《天路历程》固系宗教信仰或普通人生之寓言,然书中所描绘之山川景物及各种人之衣饰性情、言谈举止,皆取诸当时英国乡村、城镇间之实在所见者,写来栩栩如生。夫彭衍之《天路历程》一书,虽为寓言,而兼具写实之妙,其能流传广被,岂无故哉?

(二)《罪人遇赦记》(*Grace Abounding to the Chief of Sinners*)

此书于一六六六年作成出版,乃彭衍精神生活之自传。详叙其内心所经历之种种幻象、种种苦痛。见一己罪恶之繁多,信仰之不坚,常来魔扰而近天刑。坐是忧惧惶骇,如针刺背、如刀被体,出生入死,几类疯狂。卒遇某牧师(John Gifford),得其指教,乃生信心,而得宁静之乐焉。此书描写之真切,感人之深至,尤过于《天路历程》。自非宗教家观之,此书毫无价值。然凡百宗教道德皆基于人性二元(善恶或理欲)之观念,而罪恶之认识实一切精神生活道德行事之初步。所异者,人文道德主于适可而止,用相当之克己工夫,调剂均平,无使冲决横溢,便为满足。凡此皆以证明理性成之。而宗教则主于根本铲除罪恶,期上帝之援引,底于绝对之至善,方为完功。凡此乃以丰富之想象及激烈之感情致之。是故宗教与人文道德,虽有如斯之不同,而实成败一致、休戚相关者。今彭衍此书,虽为宗教之作,而自人生经验论之,亦自有其地位也。试以此书与(1)圣奥古斯丁之《忏悔录》、(2)卢梭之《忏悔录》、(3)托尔斯泰之《忏悔录》,以及(4)富兰克林之《自传》比较,则可多所阐发,裨益吾人者匪浅。惟以篇幅所限,不及一一详论之云。

(三)《恶人传》(*Life and Death of Mr. Badman*)

此书一六八〇年出版,为两人(皆贤)谈话体,叙某恶人之一生。幼即诳语偷盗。及为学徒,不喜工作,游手好闲,读淫秽之小说唱本,嫖赌渔色,无所不为,师逐之归家。其父乃为另择严师,仍为学徒。常受扑责,犹不能改。父给以资,使为商。荒怠,尽丧其资。乃饰为热心宗教,以此骗术,得与贤明而有资产之某孤女结婚。虐待其妻,所生子女七人。爱其不贤者而恶其贤者。旋为"告密者",害人不少。又以妻之资产,得厕身为缙绅,而无法无天,肆行不义,反以新奇之学说自解。旋事营运居积,重利盘剥。以术诈财,私造借券,小秤大斗,贱卖居奇,久之遂成巨富。彼既藐视宗教,而法律亦为其所买通。虽无恶不作,而竟为社会中最有名望之人,受人钦羡,其后病死。其妻冀其临死有悔心,庶死后免入地狱。忽有科学家之医生来,谓彼病由于失眠而致神经疲劳,治之可愈,勿复他虑。妻愤恨而死。此恶人滥交淫妇,而娶其一,为继室。此妻悍恶异常。恶人与之同室十六年,备受凌虐,卒乃离异,而家产亦倾荡略尽。恶人尚未老,仍恣意求乐,遂得诸种疾病,卒以肺痨死。临死,毫无悔过之心,其精神若甚安乐者。彭衍曰:"此人临死犹不及忏悔,其必往地狱中,受诸种苦,必矣。"全书如此结局,虽寓地狱惩恶之意,实见作者小说艺术工夫深至。不令此人中途变其情性、一转而成善人也。(如是为之则幼稚矣。)

(四)《神圣战史》(*The Holy War*)

此书一六八二年出版,体裁与《天路历程》同,亦为人生之寓言,而与弥尔顿之《失乐园》有极相似处。书叙宇宙之上,有人之灵魂之国,其都城以眼耳口鼻等为门。某年,恶魔作乱,攻入都城,幽囚国王而据其国。天帝遣将救之,不克。乃遣救主将大军至,力战,卒破城。逐恶魔,出国王,使复其位;并为设官治事,百政一新。然救主率兵去后,国中祸患犹日生未已。恶魔卷土重来,国都再陷。天帝又急遣兵及将来援,此城乃获保全。恶魔复遁。全书事实繁多,大意谓人之内心无主,易陷于恶。即已生信心,皈依上帝以后,犹须力自矜持,时时严为防备。苟稍懈,则恶事又乘机而起矣。以艺术论,此书盖远不及《天路历程》之真切而生动云。

彭衍其余之著作,以篇幅所限,不及一一述,兹均从略。

[附录]

彭衍纪念新书

本年十一月之末,为英国彭衍诞生三百年纪念。按照著述及出版界习惯,关于彭衍之新书,最近出版者颇有数种。如下:(一)《彭衍传》(*John Bunyan*:*A Study in Personality*)。著者为C. B. Harrison氏。伦敦Dent书店发售,定价六先令。(二)《彭衍传》(*John Bunyan*)。著者为W. H. Hutton氏。列入People's Library丛书。伦敦Hodder & Stoughton书店发售,定价二先令六便士。(三)《彭衍传》〔*John Bunyan*(*1628—1928*):*His Life, Times & Writings*〕。著者为Henry Guppy氏。曼彻斯特大学出版部发行,

Longmans书店代售。定价一先令。其杂志中之论文，不胜列举云。

——本文原载于1928年9月出版之《学衡》第65期之《一九二八年西洋文学名人纪念汇编》辑中。其后复刊于1928年11月26日出版之《大公报·文学副刊》第47期，原所附《彭衍纪念新书》则从略。

《圣伯甫释正宗》

自来学问之博者鲜能精，文章之美者不必其言之有物，著述之富者决非篇篇可读，盖斯数者兼之诚难也。又报馆文字，常为人所唾弃。以其脱稿于风檐寸晷之间，立意须俯仰随俗，以媚世为工，而择题则须取此日之事、偶然之机，不由己意，难遵定轨，非无故也。独法国十九世纪文学批评巨子圣伯甫（Charles-Augustin Sainte-Beuve）者，任巴黎各报撰述，专作书评一门。积至二十余年，所作汇集成书四十余卷，几于每篇皆传世之作，且其中之意思、材料绝少重复。论其题目，则上下古今，包括法国各时、各家、各类文学，又兼英、德、意诸国文学，旁及政治、宗教等。论其内容，则考据精确，搜采渊博，理解明晰，评断允当。尤能窥见一人、一书、一事之真精神，而以委婉曲尽、神奇变化之笔达之。故其生前殁后，即享盛名。世共推举圣伯甫为“文学批评家之王”及“十九世纪之精神主宰”，谓凡读毕其全集者，学问即已成，而于十九世纪学术思想之潮流之沿革，能一目了然。吁其伟矣！

圣伯甫于一八〇四年十二月二十三日生于Boulogne-sur-Mer。襁褓中失怙，母系出英国，故圣伯甫生平酷好英国Cowper、威至威斯、薛雷等之诗，而仿作之。年十余，至巴黎受学。以母命，习医学。久而厌之，遂肆力于文学。一八二四年，始为《地球报》（*Globe*）作文。一八二六及一八二七年，以评Alfred de Vigny

之*Cinq-Mars*小说及嚣俄(Victor Hugo)之*Odes et Ballades*诗集知名。得识嚣俄,遂从其后,为当时提倡文学革命之浪漫派之健将,著《十六世纪法国诗及戏剧之研究》(*Tableau historique et critique de la Poésie française et du Théâtre française au 16me siècle*)一书。圣伯甫虽服膺嚣俄甚至,然亦指其缺失,又与嚣俄之妻相爱悦。一八二九年,刊行诗集一卷,题为*Vie*,*Poésies et Pensées de Joseph Delorme*,极写浪漫派少年之牢骚。一八三〇年,七月革命起,诸种新潮骤兴,圣伯甫皆热心信从,然旋又厌弃之。时已为《巴黎杂志》(*Revue de Paris*)作文,旋又为《国民报》(*National*)及《两世界杂志》(*Revue des Deux Monthes*)作文。一八三〇年,又刊行诗集一卷,曰*Les Consolations*。一八三二年,著小说曰*Volupté*,凡二卷。一八三七年又刊行诗集一卷,曰*Pensées d' Août*。圣伯甫本欲以创作诗及小说为专业,若批评文章,尚非其本志也。一八三七年及一八三八年,在瑞士国之洛桑Lausanne大学演讲,成*Histoire de Port-Royal*五卷,后增为七卷,评述Jansenism教派之历史。一八四〇年,在巴黎Mazarine图书馆任职事。一八四四年,被选入法兰西学会(I'Academie française)。一八四八年,二月革命起后,走之比利时,任里爱巨(Liège)大学法国文学教授一年,成*Chateaubriand et son groupe littéraire*一书,诋斥浪漫派之短。一八四九年九月归巴黎,定每星期为《宪法报》(*Constitutionnel*)作批评文一篇,于星期一刊出。一八五三年,改为*Moniteur*报撰述,体例如前。一八五二年,拿破仑第三以权谋倾覆共和而自称帝,圣伯甫赞成此举。一八五四年,得被聘为法兰西学院(Collège de France)拉丁诗文教授,而学生以其赞成帝政,滋闹反对。圣伯甫大窘,勉强上课二次,即辞职。巡警之力不能镇压学生,使之听讲也。一八五八年至一八六一年,任国立师范学校(Ecole Normale)

讲师。一八六一年,仍归任《宪法报》撰述。以赞成帝政之故,得于一八六五年举为参议员。然除提倡文艺、奖励学术之事以外,在国会从不发言。又主张思想言论自由,无逢迎皇帝意旨之卑谄举动,故人复敬重之。一八六九年十月十三日,卒于巴黎。其每星期为各报所作批评文章汇集成书者,计《月曜谈》(*Causeries du Lundi*)十六卷,《新月曜谈》(*Nouveaux Lundis*,续集也)十三卷,《前月曜谈》(*Premiers Lundis*,早年之作)三卷。此外有《文人列传》(*Portraits littéraires*)三卷,《名媛列传》(*Portraits des Femmes*)一卷,《时贤列传》(*Portraits Contemporains*)五卷,实皆夹叙夹议之批评文章也。除前举之诗集小说等外,尚有尺牍及杂文若干卷,诚可谓著述宏富矣。

十九世纪之特征,曰历史的精神(Historic Spirit)。所谓历史之精神者,即认文章、艺术、法律、制度等,皆时势环境及民性之产物,故各国各时均自不同,而各有其特别之原因。或由天然之地理,或由政治社会情形,要之断非无因而至者。吾人当研究各国各时之状况,洞明文艺、法制等产生之迹象,及在当时之短长得失,然后可下评判,而断不可以一时一地之眼光,立为规矩,而以此简单狭隘之标准,评判一切也。易言之,即此中只能有比较之优劣,而决无固定或绝对之标准。又批评者之责任,以研究通悉及同情(Comprehension and Sympathy)为首要,而不可凭偏见、理性及已定之规矩,以为武断也。十七世纪以来古学派之末流,本有狭隘武断之病。而十八世纪之人,过重理性,以当时所谓新学家之道理,衡论一切,其武断尤甚。故至十九世纪,有历史的精神之说,亦自然之反动也。又科学之势力,历史及考古学之发达,亦足以助成之。今不详论。惟圣伯甫者,即最富于此历史的精神,而能代表十九世纪者也。圣伯甫之生平,经历极富。凡各派各家之主张学说，均以满腹热诚研究之，服从之，赞助之，实行之。迨既知其底蕴，明其真象，因而懊丧悔恨，则弃之去，且批评之，攻诋之。然不久又与他派为缘，复行故事。其始也，信之至笃，可谓盲从。其终也见之至明，终能自立。且惟其如是，故于十九世纪之各种新潮，悉能通彻了悟，而用为批评之根据。综其一生所涉历，以先后为序，举其大者，则有(一)嚣俄等之浪漫派文学，(二)Lamennais及Lacordaire之新耶教(近于神秘派，又以社会主义施之耶教)，(三)Jansenism教派，(四)圣西门(Saint-Simon)及布鲁东(Proudhon)之社会主义，(五)Carrel之激烈共和派，(六)拿破仑第三之帝政等。惟其于各派之主张，曾经身体而力行，故知识广博，理解精到，他人无此奇遇也。且圣伯甫之治学也，亦谓宜遍读各家之书，不可拘囿。且当常有变化，不可专治一种学问，宜时求新知识，常辟新门径，至老不衰，庶可望有成耳云云。

惟然，故圣伯甫研究一人之著作时，最注重此人生平之事迹。先详究此人所生之地及其家世亲族；其少年时之境遇及为学情形；所爱读者何书；其入世之事业及位置；成名立功之关键；其所交之朋友；其对于宗教、政治、科学等之见解；其与妇女之交际及情史；其贪财与否；奢俭何若；有何不良之嗜好；有何特异之性行；其学说传于何人；其在后世之影响何若。凡此诸端，无论大小巨细，均考证精确。又设身处地，诚心信服此人所主张之学说，用此人之观察点，细读其著作，以毋误解其意，然后徐下评判，故圣伯甫最能得一人、一书、一事之真精神。既获此诀窍，则全局透彻于心矣。因之其所著作，虽广博而极精粹，提要钩玄，而能发人之所未发。盖圣伯甫与古人为友，藉窥其隐，正与其一生之经历同出一辙也。

圣伯甫之性行，今不及详为论述。上所言批评之法，有利亦有弊。其弊维何?(一)者,天才名工,往往出人意表,不可以常理测。故圣伯甫之方法,施之第二流作者,最为得力。而施之不世出之大家,则扞格不行,且往往重小忽大。用之不善者,直以作小说、外传,或诗文丛话之法,妄充文学批评矣。(二)者,专重研究及了解,必至漫无标准,徒言比较之得失,必至文学批评之本意及其功用全失。而良莠杂陈,瑕瑜互见,甚至颠倒黑白,淆乱范围,妄为新说,人各自是,而文学将至沦亡澌灭矣。虽然,圣伯甫之论人论文,常以其上者为标准,虽审慎虚心至极,而并非漫无权衡,读兹译之一篇[①]可见。综其一生,年渐长而学识愈进,则愈倾向古学派之作家,而持论愈益精确严正。虽其始偏于自然派,而终则进于人文派,力言规矩格律及道德修养之要。故少年(一八二九年四月)所作论巴鲁(Boileau,见本志第十五期插画)一文,其后悔之。于一八五二年九月,另作一篇,推崇至极。末段有谓路易十四时代所以能产生毛里哀、拉丰旦等大作者之故,实由巴鲁在侧纠正指导,故能雕金琢玉,完成天才,使有卓然之成就。若今则无巴鲁其人,故虽有天才,皆入邪路。今之文人(指浪漫派嚣俄等以下之文人),叫嚣恣睢,狂荡跳掷,有如小学学生之离校酣嬉者。哀哉!云云。由是言之,吾人读圣伯甫之文集,不惟可多得知识,效其虚心理解之方法,且可学其由博而约,由泛而精,由乱而定,进修向上之工夫。于今日百说杂陈,滔滔洪流之中,觅一立足地也。

圣伯甫全集中,以《月曜谈》及《新月曜谈》为最精要。此篇即由《月曜谈》(*Causeries du Lundi*)中选出者,原刊于一八五〇年十月二十一日之《宪法报》(*Constitutionnel*),题曰“Qu'est-ce qu'un Classique?”所谓Classique者,即文章中极精美之名篇杰作,可永

① 即指徐震堮君所译《圣伯甫释正宗》一文。

为后人诵读揣摩者是也。徐君译为“正宗”，吾意以为甚合。盖犹吾国旧所谓古文正宗、骈体正宗之意也。按此字英文作Classic，为Classicism一字所从出。Classicism今人译为“古典主义”，谬甚。盖Classicism之义如何，读此篇亦可略知。即不言其他，Classicists行文最重简洁明显，岂以堆积典故为工者？故此译名急宜改正。吾意Classicism可译为“精正主义”，Romanticism（即浪漫主义）可译为“奇美主义”（用Walter Pater之定义Strangeness added to Beauty）。若嫌其生，以为未妥，则用“古学派”或“古学主义”以释Classicism，比之“古典”之名，总觉差强人意也。编者识。

——本文乃吴宓为徐震堮君译《圣伯甫释正宗》（Saint-Beuve“Qu'est-ce Quen' Classique?”）一文所撰之编者识语，今题为本书编者所加。原文载于1923年6月出版之《学衡》杂志第18期。

圣伯甫之《月曜谈》

本副刊每逢星期一出版。此缘本年岁首，本报增设七种副刊。日出一种，每周遍及。而将《文学副刊》排置于星期一，原系偶然之事，而不知乃与世界文学史上一大事暗合。此事维何？曰十九世纪法国文学批评大家圣伯甫氏（Charles-Augustin Sainte-Beuve，1804—1869）一八四九年以后，为巴黎各报撰作书评，每周一篇，亦于星期一登载报中。积之既多，乃汇编为批评论文集出版，名曰《月曜谈》（*Causeries du Lundi*），凡十六卷。续编则为《新月曜谈》（*Nouveau Lundis*）十三卷及《前月曜谈》（*Premiers Lundis*）三卷。外此尚有多种。自来学问之博者鲜能精。文章之美者不必其言之有物，著述之富者决非篇篇可读，盖斯数者兼之诚难也。又报馆文字常为人所唾弃，以其脱稿于风檐寸晷之间，立意须俯仰随俗，以媚世为工。而择题则须取此日之事，偶然之机（或新出之书），不由己意，难遵定轨，非无故也。独圣伯甫氏历任巴黎各报撰述，专作书评一门，每周一篇（每篇平均约六千字）。积至二十余年，汇集成书四十余卷。几于每篇皆传世之作，且其中之意思材料绝少重复。论其题目，则上下古今，包括法国各时各家各类文学，又兼英德意诸国文学，旁及政治宗教等。论其内容，则考据精确，搜采渊博，理解明晰，评断允当，尤能窥见一人一书一事之真精神，而以委婉曲尽、神奇变化之笔达之。故自其生时殁后，皆享盛名。世共推圣伯甫为“文学批评家之王”及“十九世纪之精神主宰”。谓凡读毕其全集者，学问即已成，而于十九世纪学术思想之潮流及沿革，能一目了然。吁其伟矣！

本副刊以批评为职志，故每期必有专论或书评一篇（或二者兼具）。然执笔者材力绵薄，学识短浅，合数人之力，而成绩仅止如此，不但读者为之颦蹙，吾人自视尤为缺然。以与外缘偶合之圣伯甫《月曜谈》较，宁能及其万一，此吾人所愧惭不胜者也。然圣伯甫氏之文学批评，贡献甚多，关系甚大。其方法、其原理、均可供吾侪借镜；而圣伯甫氏之时势及境遇，亦与今之中国有类似处。彼一生思想主义之屡变，学说标准之造成，及其作文之经验，涉世之感情等，尤足供此日吾国有志热心而深思好学者之效法及参考。且圣伯甫之诞辰（十二月二十三日）不久即至，故将略述圣伯甫之生平及其文学批评之要旨，以说明现今中国文学思想中若干问题，其亦为读者之所许乎？（读者祈就现时之实在问题思之，而勿以异国之陈旧历史视之，则幸甚。）

圣伯甫《月曜谈》(*Causeries du Lundi*)中之文，自一八四九年十月一日为始，每星期一，刊登于巴黎《宪法报》(*Le Constitutionnel*)中。是年九月下旬，《宪法报》特登启事如下：

> 法国之文学决不能死。一时虽掩光辉，时局略定则复出现。且以前此几于丧失之故，人之爱重文学乃尤笃。吾人窃信现今一般人士之心理正是如此。政治之风潮渐归平静，于是社会复注意于夙昔盛时所爱好之事物，文学其一也。日报既须趋从而又引导公众之嗜好，于此自不能不为之计。本报（《宪法报》）一向注重文学，今更拟特为提倡，而使本报对于此举尤能自信者，则圣伯甫君已慨允每星期一为本报撰作书

评一篇,词意严正而兼有趣味,自十月一日起登出。此固可喜之事,而希望亦甚大。首望国中每周多新书出版,其书足当此种批评而无愧。而以有此批评之故,著作家及出版界或共努力制作有价值之书,所谓相资相成也。今虽共叹出版界之寂寥,吾人窃信可值批评之书亦必不乏。而圣伯甫君兹允为本报撰文,亦谓法国文学前途正有希望,故愿与同事诸君协同努力,期于文学之发达有所裨补。且谓欲求言出有效,惟当坚持其所主张,反复强聒,文笔须生动圆熟而简洁;作者又须常与公众密相接触,探其意向,聆其词说,而后乃以己之宗旨见解灌输与之。当今之时,系统规矩业已破灭无存,于文学中亦然。执笔为批评者,苟能识解丰富,不干枯,不陈腐,注意各种思想道理而一一评判之。即不足言评判,亦当娓娓而谈,畅宣己意,丝毫不骄矜,如是则亦可告无罪于读者矣。此种清谈式之口吻,乃今兹本报所欲提倡,而圣伯甫君所拟持与读者诸君相见者也。

此事行之既满一年,圣伯甫乃汇集此一年中为《宪法报》所撰之批评论文而刊布之,是为《月曜谈》之第一卷。圣伯甫特撰自序以弁其首。序云:

予在比利时里爱巨(Liége)为教授既一载,乃于一八四九年九月归至巴黎。予常思,盖为田者,每岁易其所种,则收获较丰。人之心亦犹土田,故宜每年为一新事业、新研究,以求自益。予时沉潜于书卷寂寞之生涯既满一年,故甫抵巴黎,即怦怦然急欲有所为,顾应为何事亦不自知。时适《宪法报》总经理韦朗君(Véron)闻予归,特约每星期一为其报中撰文。予奉命既感且惧。盖《宪法报》读者数千人,其职业、境遇、心性、嗜好各各不同,予乃以纯粹文学与虚空批评与之讲论,岂非难事?况以今日政潮之起伏,人心之危疑,谁复甘注意文学者,此事予安能为?此责予安能尽?遂以予心中之疑虑尽告韦朗君。韦朗君夙精赏鉴而爱好文学,又深明公众之心理,乃力与予辩,劝予勿忧。予信之,遂敢尝试。幸得韦朗君及报馆同人之援助及恕谅,予奋力为此事而未甚陨越者既已一年矣。

实则韦朗君所赐予之机会,乃正予所求之不得者。予久欲献身为批评家,为予心目中之批评家,具有随年岁阅历以俱进之学识及大无畏之精神。既受韦朗君之约,乃始悉心撰作公正而坦直之批评文字。其所作悉于光天化日、和风甘露之下成之。(意谓无偏私、无隐讳、不攻讦、不挟嫌中伤)

自予始为文学批评,迄今已二十五年,其间予之所作凡三变。盖由予所经历之时代及环境不同,故予发表一己文学见解感想之途径及方式,亦有异也。

昔当复辟时代(1824—1830,按复辟时代始于一八一五年,圣伯甫始为批评文则在一八二四年),予在《地球报》(*Globe*)及《巴黎评论》(*Revue de Paris*)中为文。时予年少气盛,初事批评,但肆攻击,争论辩驳,勇往直前,是为予批评之第一期。

路易腓立王御极十八年(1830—1848)中之文学,平妥顺适,而绝少新意及生气。时予为《两世界评论》(*Revue des Deux Mondes*)撰批评文,所作者大率中正无偏,注重分析叙述及考据,穷源竟委,惟毫无结论,乃其所短。是为予批评之第二期。

今日者(1849)时势又复横暴粗恶。潮流所激,市井之中，万口喧嚣，人争腾为词说。惟近年各种事变，使国人皆渐深于阅历，明乎善恶之分与公私之辨，则此时正可为劲直明显之批评，不致贻狂暴非礼之讥。以简质之言词，直告公众以予对于某书及其作者之见解，惟真理是从。此予批评之第三期，而今所拟致力者也。

此种劲直简短之批评，似颇为社会人士所赞赏，故予兹以近一年中（一八四九年十月至一八五〇年十月）所撰作者汇集而刊布之，一切悉按原文，不增改一字。有持论素极严刻之某某诸君，尝谬赞予在《宪法报》中发表之论文曰："彼之文作成甚急，故尚不恶。"予乐闻此评语，愿更勉力耳。

一八五〇年十二月　　圣伯甫自识

余容次期续述。读者先读此二篇译文，可知《月曜谈》发轫之情形焉。

——本文原载于1928年12月10日出版之《大公报·文学副刊》第49期。

圣伯甫略传

圣伯甫(Sainte-Beuve)于一八〇四年十二月二十三日,生于法国Bonlogne-sur-Mer地方,襁褓中失怙。母系出英国,故圣伯甫生平酷好英国考伯(Cowper)、华次华斯(Wordsworth)等人之诗,而仿作之。按圣伯甫之文学批评,最注重作者生平之事迹,谓其著作之特点每可由此窥察得之。今以此法试用之于圣伯甫,则可曰:圣伯甫尝谓古今之大作者、大人物,其父若兄每多庸碌,然其母若妹必为资质颖慧而才德坚定之异常之人。惟是,圣伯甫之母盖亦奇女子也。由作者之性行,以说明且断定作品之种类及价值。此乃十九世纪文学批评之新法。而若但因(Taine)等人则用之太过。〔但因(Taine)诞生纪念见本刊第十七期,可参阅。〕但因谓每一著作皆由(一)种族、(二)环境、(三)时势之三要素成之,为一定不可变之公式。此由但因迷信科学定命论,亦由但因为法国人,崇理智而重逻辑,乃其本性。圣伯甫则异是,不遵一成不易之标准,而能为精微独到之了解及窥察。固由其博学多闻,亦由其血统半出英国,具备丰富之常识也。其酷好英国之诗,固无足怪,亦以其出身寒家,幼居乡野,而一生则埋身书卷中;常居喧阗之都市,既疲劳,且孤寂,益梦想田园之乐、山水之趣、质朴宁静之生涯。故其早年所作诗常仿效此诸英国诗人,而晚年亟称赞女作家乔治·桑(George Sand)描写乡村人物风俗之小说也。

圣伯甫生而岐嶷。状其相貌者,谓其额甚方广,唇曲而含微笑,表示多欲而又含讽刺之神情。面严冷若不可亲近,而内藏清明之智慧,此亦与其学说态度有关。其身体则极强,故能耐多年之劳苦,而著作如是宏富。夫学问之成,半由人力,半由天赋。近今世事日繁,学问益博,而生活之困迫及精神之负荷亦较昔为钜,苟非资秉聪慧,则记诵思想必有所缺,而非体魄雄厚坚强,则决不能凝神理纷、任重致远而企大成也。

圣伯甫幼学于本乡,在校以精通拉丁文学著称。于希腊文学亦研究终身不懈,虽至晚岁职务极繁忙时,犹从希腊人某君复读荷马之史诗*Iliad*及*Odyssey*数过。至其一生博览旁涉尤为过人。大凡学问之成,幼时则重记诵,壮年则贵博览,而精研之功则始终不可废。今之学校,课务繁杂,病在粗浅,不易深入。由此中出身者,多乏涵泳、浸淫、琢磨、修炼之工夫。而多读并熟读基本书籍,允为有志文学者早年最要之事业矣。圣伯甫由其乡先辈及贵显交游中,并得窥旧日法国文学之规矩及文士之风范,且谙悉十七、十八世纪中贵族交际社会之情形,而常想象此类隽雅谐妙之会集,以有学识才智之妇女为之主持领导,风趣环生,既高尚,且和乐,而伤其不见于今日。圣伯甫生平虽未能笃信宗教,而少时亦常与天主旧教、罗马新教之人士近接,得悉其教义及精神。夫欲为新时代之文学批评家,首须于旧日之义理学问具有根底,否则随波逐流,毫无定见。世徒知圣伯甫遍历各派,能出能入;而不知彼以学识素丰,中自有主,随所涉历,一一了解通悉,而不为所羁绊。其思想主要每变而愈上,晚年益造宏深,此非偶然者也。圣伯甫入世之初,其信仰及见解,不出所谓十八世纪之新思想。质言之,则浅薄之物质主义而已。

圣伯甫年十余,至巴黎受学。以母命习医学,久而厌之,遂肆力于文学。或谓古今文人出于医者不少。圣伯甫辨析人之性行品格，亦犹医之解剖骨肉脏腑，同一精致而准确也。一八二四年，始为《地球报》（*Globe*）作文。一八二六及一八二七年，以评维尼（Alfred de Vigny）之 *Cinq-Mars* 小说及嚣俄（Victor Hugo）*Odes et Ballades*诗集知名。得识嚣俄，遂从其后，为当时提倡文学革命之浪漫派之健将。著《十六世纪法国诗及戏剧之研究》（*Tableau historique et critique de la Poésie française et du Théâtre française au 16me siècle*）一书。是时浪漫文学方方称极盛，作者皆少年，才气蓬勃，情志强烈。而嚣俄实为之魁率，其徒党视嚣俄如天神。然圣伯甫乃理性及感情皆极强之人，惟其理性强，故虽在情感激动之时，亦克保其冷静之评判观察力；故虽身在局中，随众鼓舞喧噪，而常以其心置诸局外，自有不可摇惑移易者存。其于嚣俄，崇拜甚至，然亦能言其短，不为讳饰。一八二七年二月十二日，嚣俄以所撰《克林威尔》剧本为众宣读，同人莫不谀颂交加，圣伯甫亦深致推崇。迨归寓，独处一室，细思，乃觉其不妥。次日遂作函致嚣俄，略谓公才气横溢，不知收敛，感情过强，言词过于激烈，均为美中不足云云。是时圣伯甫年仅二十三，而已能见及此。其一生批评之态度，由此语可见端倪矣。圣伯甫既窥见浪漫派诸人之短，谓皆豪纵自私，只知有己，而卑视他人，遂与脱离。其后，更屡为文指浪漫文学之缺失。浪漫派诸人深恨之，谓圣伯甫忌嫉嚣俄等名过于彼，故转而相攻。此实冤诬。圣伯甫之于批评之文，视之极重，从不肯为丝毫违心之言。晚岁与巴尔札克（Balzac）、弓枯尔兄弟（Goncourts）为友，每周会宴叙谈，然评其著作则不为曲讳。又拿破仑第三帝制时代，圣伯甫固赞成帝制，且受职为参议员。然某公主之诗集出版，求圣伯甫为文评赞揄扬。圣伯甫婉词拒却，终不肯为此执笔。呜呼！忠于理想、忠于文学者，固当如是。然圣伯甫以此获罪于友朋,终身贾怨招尤不少,常引以为戚云。

然圣伯甫之感情及想象力亦极强,故常以热情所驱,行事激切,不能自持,于少年时尤甚。其受浪漫文学之影响固无足怪。方其随嚣俄提倡文学革命之时,乃与恋爱嚣俄夫人,以实行其浪漫之理想,事凡六阅月而止。圣伯甫写嚣俄夫人之情书,于多年后尽行刊布。世或以此短圣伯甫,然圣伯甫之天性有二方面:其一为情冷严正(男性)之批评家,其二为多情多感(女性)之诗人。故兼重了解及同情,常若无所主张,非以己之身心附属于一大人物或一种学派运动不可。其涉身浪漫,亦其天性然也。一八二九年,著诗集曰 *Vie, Poésies et Peusées de Joseph Delorme*,实则自叙其生活及心情者。同时又撰浪漫小说曰 *Volupté*(一八三四年出版)。圣伯甫曰:"予之想象常为予之感情所驱使。予之作小说,实由予陷身情网而以此事宣示于人耳。"一八三〇年撰诗集一卷曰《安慰》(*Les Consolations*),为宗教之诗。实则以寻常人世之恋爱与天国之理想混合杂糅,荡心动魄,谓之情诗可也。以上数种著作,皆由于嚣俄夫人之影响。圣伯甫之加入浪漫文学革命之运动,半为夫人而来。圣伯甫之文集中,评述十七、十八世纪之才媛各篇,为其杰作。彼对于女子之心情及生活,了解至为纤悉。谓由嚣俄夫人及彼所求而不得之 d'Arbouville 夫人教导之可也。然圣伯甫年既长,则热情渐减,故于一八三七年刊行 *Peusées d'Acut* 诗集后,遂不再作诗,而专力于批评。其致友书曰:"吾今者独留纯粹之评判之理智,坐观予之感情死歇,不胜悲戚。譬犹清冷之月光,该照于丘墓之间。"圣伯甫喜引哥德(Goethe)之言,谓古典派为健全之文学,浪漫派为疾病之文学。圣伯甫虽生世较哥德为晚,其经历感受更为复杂,然其一生之态度亦系由浪漫而渐进于古典,与哥德同也。

当一八三〇至一八五〇年之间，关于文学政治宗教社会，各种奇异之思想纷起，矛盾复杂，不可究诘，而以巴黎为中心。圣伯甫本其信仰之热诚，历与各派为缘，然又以其清冷之理智，自为观察评判，不久则窥知其学说主张之缺失及该派人行事之虚伪，遂复与断绝。而另投一派，另为一事。惟然，故圣伯甫于各派之思想，均曾为深密之研究，而了解无遗，用为批评之根据，不至以偏见理性及已定之规矩，武断以立言。譬犹神农之尝百草，立方较确，而自苦亦甚矣。据圣伯甫所自述，彼所出入涉历者，先后凡十派，曰："在此精神之游行中，吾之意志及评判力从未衰息。惟与嚣俄等接近时，则一时有如中魔。吾从未尝自致其信仰。惟吾对于各派之人物及其学理十分了解，于是各派之真正信徒咸望吾能正式皈依，甚或视吾已为其同道。实则吾之心性好奇，欲广见博识，且欲每事就内中研究，窥其底蕴。见各种事理之真仅为绝对的，则吾喜。此吾之所以从事于长久之试验。吾所研究者，名为道德之生理学可也。"

虽然，此事行之匪易。盖与各派为缘，虽不堕入罗网，而得自脱。然在当时，自不得不以真心热诚相向，及既窥知其中底蕴，则不胜其失望痛苦。而圣伯甫之时代，为各种虚伪之理想盛行之期，无怪圣伯甫之冷漠而悲观也。曰："近年读吾文者，常觉吾事事怀疑，不敢轻信。此由吾昔者屡以吾全部之热诚及真挚之情感，举而用诸与吾政治上或文学上有关系之人与事，而结果吾则大受痛苦。故今兹之态度不得不如是也。"圣伯甫所见当时之所谓名士伟人，无非自私自利之徒。道德理想，皆欺人之空谈。有如Consiu提倡真善美之标准，而毫无克己与节制之德。有如Villemain博学多识，口头自言慷慨仁慈、利人济物，而实则"最卑污而工为恶之猿猴"而已。有如嚣俄，极端"骄傲已极，自私已极，只知世界中有我一人耳”。有如巴尔扎克,“其每一毛孔中,无不流露其自私自谄之心”。有如Chateaubriand,其一日之生活,半日则俨然以《耶教之美》一书之作者自居,提倡礼教;余半日则以年老而善渔色之人自豪,与钗钿为缘。由是,偶像墓铭,岂可妄信?金玉其外,败絮其中,无往而不然。圣伯甫又尝从提倡基督教之社会主义之拉门奈氏(Lamennais)游,奉之为师。其后拉门奈氏思想速变,方针无定,尽弃其徒党。圣伯甫始知彼为感情作用而无真实理想之人,直告彼曰:“公岂不知,招他人诚心信仰,而为之主帅者忽离营潜逃,弃其众于战场,此其咎为何如之大乎!公谓怀疑非佳事,公不特无法救治之,公且驱徒众于怀疑之途。公所团聚之徒众,以高尚之教理相追随,已生信仰与希望,而公乃弃之。倾箱倒箧,昔所视为珍宝者,今投之于泥中。”不特此公为然,当时之名人,苟知之深者,不容有丝毫热诚之存留矣。此诸公者,吾始则极端钦敬赞颂,终则尽窥其底蕴,自私与虚憍而已。……吾至嚣俄宅中,如入神寺,视彼如天人,顷之乃知为巨魔之窟穴耳。圣伯甫自言其屡至嚣俄之家,不过为赏心乐事求一藉口。质言之,则为嚣俄夫人而来。是圣伯甫生此时代,亦不免随波逐流,以理想为图利纵欲之武器矣。

——本文原载于1928年12月17日出版之《大公报·文学副刊》第50期。

雷兴诞生二百年纪念(上)

旷古天才葛德(Goethe)在其自传中言曰:

> 雷兴之《拉奥空》一书(*Laocoon*)影响于吾人之大,惟尔时之青年乃能觉识之。……久遭误解之"即诗即画"之原则〔Ut pictura,poesis,按此为罗马诗人霍莱士(Horace)之语,支配欧洲文学界自十六世纪中叶以至十八世纪中叶,凡二百年〕,至是乃立见祓除,而雕塑艺术与文章艺术之界别乃显。无论二者之基底如何连接,至是其峰顶乃见分隔。雕塑艺术必当以美者为界限,惟著作家得跨越之。凡有重大意义者,皆彼所不忽弃也。雕塑艺术为外感(external sense)而工作,外感者惟美像能满足之。文章艺术为想象而工作。在想象中,美丑可并容。此灿烂思想之一切结论,有如闪电,撼烁吾侪。一切旧日之批评学说皆被抛除,如弃敝服。

《拉奥空》不过雷兴(Gotthold Ephraim Lessing, 1729—1781)等身之著作中之一,而葛德所论又不过其书中之一端而已。然即此已可见雷兴在文学史中之地位矣。

雷兴之生,先于葛德二十载。恰当距今二百年前,即一七二九年一月二十二日是也。方是时也,欧洲文学界以德国为最衰寂。法国则Grand siècle之余耀犹照映文坛。英国则巨灵弥尔顿虽凋谢已久,而狄佛、斯威夫脱、阿迭生、蒲伯辈继往开来,前途靡艾。而德国则何如者?自经三十年战争后,创巨痛深,国疲文敝。诗则囿于矫揉堆砌其描写。戏剧则"新古典派"以模仿法国为事。亦步亦趋,徒袭形式,而毫不足以表现德国民族之感情与特性。与今日中国之所谓欧化文学,正复同科。此类作品陈陈相因,文界遂奄奄无生气。至十八世纪中叶始有两大作家出现:一曰克洛勃斯托克(Klopstock),二曰雷兴。筚路蓝缕,开德国文学史上之黄金时代之先路。克洛勃斯托克予德国诗以感情与生命,雷兴则树立真正德国戏剧之良模,奠定近世文学批评之基础,厥功尤伟矣。

雷兴者,德之撒克逊邦(Saxon)嘉门慈镇(Kamenz)人。其父为续学而皈依极严之新教徒,任本镇宣教师终身。其母为寻常之乡曲妇女。雷兴幼即头角峥嵘,为父母所期许。年十二,由本镇小学转入迈森城(Meissen)之圣亚佛拉中学。以入学试验成绩(拉丁文、希腊文、数学及新教问答)优异,擢升第二年级。是校课业以新教教说及拉丁文为主,希腊文及希伯来文次之,数学、自然科学及历史又次之。而德文则几于全不措意。惟教授极认真,且校课一时与自修一时相间。在自修时,学生得自择己意所喜之学,请益于教师。雷兴所择为罗马戏剧。时圣亚佛拉校有教师克林谟(Klimm)者,为有名之数学家。且精通古典文学,能读英、法、意文。彼有一格言,谓语言不过学问之工具,不通数学及哲学,则不足为学者。雷兴极钦慕其人,从其问学甚殷,恒至深夜不息。以热情之好尚,研习数学。欧克里得其书,与雷兴富于逻辑性之心智尤相契合。雷兴欣喜之余,且译其前四卷为德文焉(原为希腊文)。此后雷兴每治一种学问,无论为诗、为剧曲、为寓言,必皆厘其界限,疏其条理,寻其法则。盖其得力于数学者深。其所以能成为近世第一大批评家,非偶然也。在圣亚佛拉校中,雷兴之天资及学绩并超其侪辈,时已斐然有述作之志。诗文剧曲遍加尝试,于当世最新之人生及宇宙学说皆涉其藩。惟此时少作,无足传者。其中《少年学者》一剧,后此在来比锡大学曾修正刊行。顾亦平平耳,然是亦无足异。盖雷兴卒业斯校时(一七四六年)才十七龄耳。雷兴之学识已广于校中所有之课程,屡求去,至是年六月乃得校长之许可。去之日,用拉丁文为临别之演说,礼也。其题目"夷国之教学"(夷国指希腊、罗马以外诸国)。其级友Birckholtz为德文诗一首以答之。题为"昆虫之教学智识"。以此观之,尔时十七八岁之中学生之造就,视今日中国之中学生为何如耶?

是年九月,赴来比锡大学,入神学科。父命也。是时来比锡为德国出版界之中心地,而亦葛脱雪德(Gottsched)一派步趋法国之文人之中心地也。雷兴以初出乡曲之书痴,与大都市之"文明"习尚殊相扞格。二年后致其母书曰:

> 初来数月,生活之孤寂,视在迈森时为尤甚。恒在书丛中孤自探索,后始觉书足以致吾为学者,而不足以致吾为人。吾于是放胆杂入同学群中。天乎,吾乃知吾与彼等之殊异如此其大也。乡人之怯葸、笨拙而未经锻炼之身躯,对于社会礼节之愚昧,黯郁落落之态度,使人一见辄疑吾心存轻蔑者,凡此皆自省所发现之美德也(反语)。吾此时乃感觉前此从未感觉之羞愧。知耻之效,使吾发愤决自改善。一切劳费,在所不顾。吾乃习跳舞、习击剑、习高跃……吾于此诸事进步之奇速,使前此预断此等事为予力所不胜者,至是亦不能不惊服。……予寻求群侣之生活,欲以学习处世。予暂时

将严正之书放下,为欲与他人应接。此事视读书更为可乐,且或同等有用也。

于是交游日广,征逐日多。时来比锡有女伶纽白者,为全城观听所注。而雷兴之全副精神亦被吸引于其剧院中。旋得一同学名怀沙者,亦有同好,相与披读英法剧本,考究戏剧之法规原理。然二人皆贫,莫供顾曲之资。乃请于纽白,为译述法文剧本,以易免费入场之权利。因渐与纽白诸人相稔,时备顾问。用是雷兴虽未尝粉墨登场,而得习知舞台上之情形与需要,为他日戏剧批评与创作之根据焉。时雷兴与之表兄麦里士(Mylins)亦居来比锡,屡办短命之期刊。雷兴于其中始以诗歌及戏曲与世人相见。虽非成熟之作,然颇受侪辈之倾慕。未几,克洛勃斯托克亦赴来比锡。然雷兴雅不喜其一派文学,终未与之游。一夕与剧院中人论葛脱雪德派文人所作某戏曲,雷兴短之。或曰:"然则子能为一胜于是者乎?"雷兴应之曰:"能,且将为之。"归,取其旧作《少年学者》大加修改,持示纽白。纽白一览,大赏其才,以为德国戏剧界初升之旭日,立为之排演。然雷兴此剧言词虽佳,其于个性之表现、事绩之创构所造甚浅。然以恒人鉴赏力之缺乏,又因其时来比锡有一假学者,与剧中主人相类,遂大受欢迎。初,雷兴入大学本习神学。未几知宣教师之生活,非己所适,改习语言学。旋复弃去,欲习医,选受化学植物诸学,然其心实惟戏剧是骛。戏剧家固当时教会中人所视为无行文人者也。至是《少年学者》一剧既出,流言传至其家。又雷兴与麦里士友善,而麦里士在故乡中固不理于众口者也。以此二故,其父深惧雷兴堕入下流,矫言其母病亟,召之速归,一见方知其所虑之过。雷兴居家数月,复返来比锡。至则纽白之剧院已因亏折歇业,诸伶云散。而雷兴曾为数伶保债,其人既逸,债主遂临雷兴之门。然尤有足破坏雷兴心中之安宁者,则某伶之女,名罗兰芝(Lonenz),为雷兴所恋慕者,芳踪已渺。彼女从未尝与雷兴亲昵,然是时雷兴之心魂竟为之摇荡,其后特赴纳也维谋重晤之。然丽人之青眼,固不易加于寒士也。

雷兴为债主所迫,来比锡不可居,遂随麦里士赴柏林。时一七四八年七月也。途次伟敦堡(Wittenberg),雷兴抱病独留,比愈,而麦里士在柏林亦无所遇而归来比锡。雷兴遂入伟敦堡大学,仍学医,而实心驰于文学。续成戏剧数种,并编定诗集付印。然未几债主追踪而至,与订据还之约。雷兴毫无所入,亦无谋生之径。会麦里士复往柏林,为一重要杂志之编辑。雷兴遂以一七四八年十一月潜逃往依之,立意舍弃大学之生涯而以著作自给焉。柏林为普鲁士首都,时右文之普王弗烈得力大王即位已八载。方礼养法国大文豪福禄特尔于其廷。(其后雷兴亦尝为福禄特尔座中之客,为任翻译之事。)然普王所重者惟法国文学,德国文学为举世所卑视。柏林学会之演讲及会议且用法文焉。在此时代之柏林,欲以德国文学谋生,殊非易易。雷兴初为一书店任编辑之事,及其他种种文字之小劳役,间亦自撰剧本出版,颇受世人注意。一七五〇年与麦里士合办一杂志,名《对于戏院之历史及改革之贡献》。在其序言中,雷兴始言将来德国国剧宜模仿英国戏剧而不宜模仿法国。自第二期起,发表所译罗马普罗突斯(Plautus)之《俘虏》(*Captivi*)一剧及其批评。出至第四期,以与麦里士见解不合引退。次年任《勿斯时报》(*Vossische Zeitung*)文学副刊主笔。此时雷兴之文笔已臻成熟之境。居未几,忽厌倦报馆生涯,思得幽居潜思,决返伟敦堡。时其弟狄奥菲拉斯(Theophilus)方肄业于伟敦堡大学也。然在离柏林之前,尚以一事触福禄特尔之怒,后此食其恶报焉。福禄特尔成一剧,拟以最先印成之一部进呈普王。其友某女士欲求先睹之快而不可得。福禄特尔之书记某以其校对样本私假与雷兴。雷兴转借之于他人。某女士因得见之,遂诘责福禄特尔,福禄特尔大怒。然雷兴不知其所种恶果,已携其书赴伟敦堡。待福禄特尔贻书追索,乃还之。此事喧传柏林,而普王亦闻之矣。

雷兴以一七五一年十二月杪至伟敦堡,与其弟共读于大学。始研究罗马诗人马薛尔(Martial)及其他"铭诗"(epigram)作者,探索铭诗之法则。并自作以为试验。次年四月得文学士学位,仍留其地,以笔墨自食。至年底乃返柏林,复任《勿斯时报》文学副刊主笔,继续至三载之久。

是时雷兴已自觉在德国文学界足以翘然自立。一七五三年,其诗文集二册出版。(至一七五五年共出六册。)次年独办一戏剧期刊,名《雷兴戏剧丛刊》。以介绍外国戏剧为任务,内容为西班牙及法国剧本之节译。次年《沙拉珊博孙女士》(*Miss Sara Sampson*)一悲剧成。此剧之出,实予葛脱雪德一派之戏剧理论以最后之致命一击,而奠定德国国剧之基础。雷兴谓德国戏剧当摆脱法国古典主义羁绊,而模仿英国更自由、更自然之方式。此剧即其学说之实验,剧中背景人名皆取英国。其本事略如下。沙拉女士与其情人玛赖方德(Mellefond)偕逃,宿于一客店。为玛赖方德之旧好马乌德(Marwood)所发现。往告沙拉之父以其匿处,继复以计求玛赖方德许与沙拉一见,见则巧言说沙拉使其与玛赖方德离心。旋闻沙拉之父愿恕其过,后往晤沙拉,毒死之。沙拉毙命于其父之前,而玛赖方德则夺马乌德手中刀自刎。此剧所现情感,悲惨至于极度。其中对话恒冗赘可厌,其人物之描状亦颇粗疏,不二十年遂成过去之物。然在当时,风行一世。德国剧院,家家传演。当此声名跃起之际,雷兴离柏林而赴来比锡。盖又厌倦柏林之生活矣。

至来比锡,有撒克逊富人子温克(Winker)拟游外邦,约雷兴与偕。甫至荷兰而七年战争起,普王引兵攻撒克逊。温克眷念故乡,辍游而返。雷兴旅食来比锡,终不称意,遂于一七五八年五月复返柏林,居二年。此二年中,其在文学上主要之事迹,厥为《最新文学通信》之投稿。此为一期刊,而以书札体出之。假设受信者为一作战负伤之军官,雷兴于其中评骘当代之著作,于维兰德(Wieland)及克洛勃斯托克皆予以极公允之批评。又严劾翻译界之谬误,加入神学之辩论。而最重要者,则为辩护莎士比亚之文字。当时"新古典派"诋莎士比亚之作为粗野鄙倍,不足登大雅之堂。雷兴谓莎士比亚之遵守亚里士多德规律贯视康乃(Corneille)、拉辛(Racine,皆新古典派所崇奉之法国戏剧家)为谨云。以理智及科学方法批评文学,雷兴之文学通信,实开其端矣。马考莱谓雷兴为"欧洲批评家之第一人",未为过也。

自一七六〇年秋至一七六五年夏,雷兴居勃拉斯老(Breslau)任陶思津(Tauentzien)军长秘书。其职甚闲,因得潜心著述。其生平不朽之二大作(一)《拉奥空》、(二)《弥娜封巴伦赫尔穆》戏曲(*Minna von Barnhelm*,一名《军人之福》[①])即于此时完成。兹论《弥娜》一剧。(此剧有北京大学、清华大学教授杨震文博士译本,附注释,北京景山书社经售,定价八角五分。吾人所见杨君译德国剧,皆极谨严正确。其白话文亦流畅,实今国内不可多得之"学者的"翻译,故乐为介绍于此。)此剧为德国喜剧之第一部伟作。雷兴苦心经营,实竭全力。尝寓书友人曰:"此作若不优于吾以前诸剧,则吾将永与戏曲绝缘矣。"其自信果不虚。所有雷兴之创作

① 又名《士兵的幸运》《明娜·冯·巴恩赫姆》,后文《弥娜封特尔罕穆》亦指此作。

皆以工力见长,而缺乏诗人之天才。然《弥娜》一剧终不失为十八世纪之一大名著。其特点尤在切合当世之思想与时事。此剧之本事略如下。初,义侠之少佐封特尔罕穆与贵女弥娜有婚约。战事既终,少佐失职,沦落天涯,资斧告罄。逆旅主人迁之于湫秽之下室,而以其舍居新来之一贵女。少佐以一金指环质抵所欠,遂行。此贵女即弥娜,来寻少佐者。盖少佐自以降处寒微,不足为弥娜偶,绝而避之。逆旅主人以金环示弥娜,弥娜惊喜失措,立为赎之。而召少佐至,少佐意不少动。弥娜问其故。曰:"吾之良心,命我忘尔。"问何谓。曰:"小姐听之,小姐不呼我为特尔罕穆乎?其名是矣。然小姐以我为犹是曩在祖国所识之特尔罕穆乎?犹是一茂美之男儿,志气发扬,身心健奋,荣华幸福之树,当前广开,纵不值小姐之钟情授手(授手谓许婚也)亦日进而有值小姐之钟情授手之望者乎?此特尔罕穆,今已非我,犹我之非吾父矣。我今非他,乃落职丧誉之特尔罕穆,一废人,一乞丐而已。若此之人,小姐将践前言而以身许之乎?"弥娜执其手,笑慰之。少佐不顾,脱手而去。弥娜乃计使其女仆诡言于少佐,弥娜之叔闻弥娜与少佐定婚,以其为普鲁士军官之故,已褫夺弥娜继承之产。此言使少佐立奔赴弥娜所,而弥娜故作庄严之态,曰不欲累君,且还其指环。俄而普王书至,彰少佐之功而复其职。以下结果,读者可猜得之矣。

一七六五年夏,雷兴复至柏林。时皇家图书馆长缺出。雷兴亟欲得其位,或荐之于普王。王记其开罪福禄特尔之事,不报。乃刊行《拉奥空》及《弥娜封特尔罕穆》。于是此"德国文学界方升之旭日"遂为人人所共见矣。一七六七年四月,雷兴赴汉堡,任其地之国立剧院批许员,并编辑该院出版之《汉堡剧学》(*Hamburgische Dramaturgie*)。雷兴于其中继续发表其戏剧学说。然不一年剧院失败,剧刊亦停。雷兴在汉堡时获交一丝商康尼及其妻伊华,过从极密。伊华为一明慧而风雅之女子,年可三十五。一七六九年,康尼客死。雷兴为料理其家事,又或因对伊华之柔情故,迟至次年四月始应布伦斯威克(Brunswick)侯之招,离汉堡而就武芬布泰(Wolfenbüttel)图书馆长任。次年复至汉堡,与伊华秘密定婚而返。雷兴自为罗兰芝绝后,二十余年,无论在生活上及艺术上,皆未受异性影响。至是,劳苦半生,乃得知己于迟暮。浪漫之情趣,虽已成过去,然其感激悲喜之情当何如也?

是年《爱弥利亚嘉洛脱》(*Emilia Galotti*)一剧成。此为"城市生活之悲剧"(Buergerliches Tranerspiel)与《沙拉》一剧同。其本事略如下。加斯塔拉(Guastalla)王子慕爱弥利亚之色,而伊已许婚伯爵亚毕安尼(Appiani)。王子从谋士之策,俟爱弥利亚与伯爵同车,遣人要之于近王邸之道而杀伯爵,后使人佯救爱弥利亚至王邸。爱弥利亚之父从王子所弃之嬖人某悉王子之谋,恐其女为王子所辱,手刃之。此剧之最大之缺点,即爱弥利亚之见杀于其父,太背情理。然除此点外,实为极可钦佩之悲剧。论其结构及人物之描写,实可厕于德国最优戏剧作品之林。然雷兴对于文学界有主动的影响之著作,此为最后一次矣。

居武芬布泰图书馆四年,布伦斯威克侯待之尚优渥,然薪俸不甚丰。雷兴以积逋待偿,时苦不给。室家之营,更无论矣。以故屡欲求去而作别图。布侯慰挽之,并许使兼他职,而迁延久之,未践其言。一七七五年,布侯之弟利奥朴(Leopold)偕雷兴同游意大利,历时凡九月。雷兴之行也,至纳也维别伊华。而托友人某转递此后其与伊华之来往书信。雷兴本预定游期甚短,而利奥朴流连不知作归计。雷兴殊怏怏,而其致伊华书久不得复,再至第二第三书,仍消息渺然。念伊华非变心即剧病。人间最焦急难堪之事，无以过此。然雷兴惟有安心任命，静待事实之证明而已。比归，始知其书函皆为其友人等闲搁置，而伊华亦苦矣。时雷兴在武芬布泰之地位仍未见改进。雷兴乃为书致布伦斯威克侯，具过其抑郁不平之意。伊华读其稿，谓雷兴曰："吾纵前此未尝爱君，但读君此书，亦当为君倾倒矣。"此书今不传，不然当可与约翰生上Chesterfield伯爵之名札比美也。布侯终能下士，得书未久，即践前言。雷兴生活问题既解决，遂于一七七六年十月与伊华结婚。卜居与图书馆对，盖虽只半日之暌隔，亦欲减小其距离至最低限度。其相爱之深可知矣。然即此迟慕之绮梦，亦等昙花。结缡期年，而伊华以产难死。越四年为一七八一年，雷兴憔悴之余生亦结束。自《爱弥利亚》一剧以后，雷兴主要著作皆为宗教上之争辨或训说。即其*Nathan der Weise*一剧（一七七九年）亦为教说之工具而乏文学价值。兹皆无述焉。

——本文原载于1929年1月28日出版之《大公报·文学副刊》第55期。

雷兴诞生二百年纪念(下)

上文略述雷兴之行迹及其主要著作既竟，其著作中最有不朽价值而可为雷兴智力上成绩之代表者，厥为《弥娜封巴伦赫尔穆》一剧本及《拉奥空》(*Laocoon*)一论文集。前者为其创作上之最大贡献，后者为其批评上之最大贡献。前者上文已论及，后者《拉奥空》一书，为文学批评史及美学史上之要典。而国内尚未有人为充分之介绍，故吾人特借此机会，撮述其要如下。

此书之所以名者，当时有名之希腊艺术史家温克曼(J. J. Winkelmann，1717—1768)尝以桓吉尔(Virgil)史诗中叙述拉奥空见殛于神遣之毒蛇事，与希腊人以此事为题材之一雕刻品(即名《拉奥空》)比较。以为前者描写拉奥空痛楚至极，张吭厉号，丑态斯露；后者之表现拉奥空也，临难挣持，筋肉奋张而神色镇静，足见其精神之坚强伟大，而益使观者感觉其苦痛之深刻焉。因以此定后者之优、前者之劣。雷兴曰："不然，二者之不同，由于此两种艺术之性质及限制之不同，未可以此论其优劣也。"以此事为发端，雷兴因进而论诗与绘画、雕刻之性质及其限制。

绘画及雕刻乃空间之艺术，用颜色、线画及立体为工具，以摹状理想的自然(Ideal nature)。其所摹状者只能为刹那间之静态或动态之一断切片。换言之，其对象以物体为主。其对象之各部分在空间上相连接，而同时呈现于吾人之前，试一观摄影片便明此理。诗歌为时间之艺术,以声音(代表以文字符号)为工具,声音者在时间上相连续者也。其所表现之对象之各部分,不能同时呈现于吾人之前。故诗歌最宜于描写进步的历程,最宜于描写动作。而不能用以摹状静的形体。盖各部分时呈示,则失去其全体在一刹那间所生之效果也。绘画及雕刻非绝对不表状动作者也,惟其表状动作也以物体。诗歌非绝对不表状物体者也,惟其表状物体也以动作。

以上皆自明之理,其浅显几无待证说。而由此观之,"即诗即画"之论,若解为诗画之对象可以相易,作用可以相代,则其说之破,不待攻矣。由以上之前提,复可演绎出下列之结论。

【一】美术家既只能采用自然在一瞬间之相。(绘画家所受之限制尤甚,只能采用此一瞬间相之从一观点所见者耳。)而其作品非以供一瞥之过目,乃以供长久而重复之审览者也。是故此瞬息及此观点之选择,殊非易事。能容许想象自由活动之意境,斯为合选耳。有此,则凝视愈久,想象之所益愈多,而吾人自信所见愈丰富。在一情感之全部历程中,其最不适宜于此条件者莫如其最高之阶段。盖过此以往,无复余意,极端既呈于目前,则足以搽幻想之翮,使不能翱翔于感官所得印象之外,而迫其安于薄弱之影像。是故若表现拉奥空喟然呻叹,则吾人在想象中能闻其哀号;若表现其哀号,则苟非想象其在极缺乏兴味之情形下,无能升于所表现之上或降于所表现之下。是故吾人当或见其呻吟,或见其已死。

【二】复次,此一刹那,经美术之表现而得不变之续存(Duration)。是故所表现此刹那之相,必不宜属于过渡性质。凡骤来骤去,或仅有俄顷存在之相,无论其为可说或可惧,一经美术之延长其存在,则赋以一种不自然之性质,使吾人每重览一次,所得印象愈弱一分,最后且对其全部生厌恶之感。试就拉奥空而论,彼剧烈之痛楚使彼厉号者,当不久即消失。不然,则使受者毁灭。是故若极忍耐、极果勇之人而厉号,彼必不为之无间。而美术上之表现,使成为类似久续之动作。则苟非弱其效力,即侪之于童稚之使性无制矣。

【三】此刹那之相,必须选择最足以代表其对象之特性者。不然,则流于肤泛。以上三例,可以一语总括。即美术须选择蕴蓄最富(The most pregnant)之刹那间相是也。

【四】诗人欲使抽象之观念人格化,但以其名称及其在诗中之动作,已足以显示其特性。惟美术家不能使用此等工具,故必须于其人格化之观念上,加以特别之征志(如中国魁星持笔之类),使其易为人所认识。此等征志,因其随对象而殊,且各有特殊之意义,因构成所谓"隐喻形像"(Allegorical figures)。

【五】当目所能见之境界与目所不能见之境界同时存在时,诗歌能表现之,而美术之摹状则有不可克服之困难。例如荷马史诗中描写两将相斗,每有天神暗助,或当成重要之机缘,天神出现为人目所不能见之事。若用图画或雕刻表现之,则本当目所不能见者成为目所能见矣。旧日画家于不当见之天神,例以轻云或薄雾置之(此中西图画皆然),然终不符本相,因此等云雾在想象中实不存在也。又例如(此例为作者所附益),诗中人物可使卧床或隐几而同时作奇梦,此亦美术所不能表现者。中国昔日绘画者例以一曲线自睡者顶引出,稍进乃歧为二,乃划出一空间,于其中表现梦境焉。此亦极荒谬之事也。

【六】诗歌既不将一对象之各部分同时并呈,又所表现者不仅一刹那。故丑恶之动作,因其部分之离异,又因其与前后美善之行为相照应,不独其丑恶之效力减杀,且可资衬托之用。是故丑

恶虽不容许于美术中,而可容许于诗歌中,雷兴之言曰:

彼诗人每完全忽略此种资料(外形及体质之美好),盖其诗中之英雄若博得吾人之尊敬,则其高尚之性质既先入吾人之心,吾人将不复措意于其身体之形式。即措意焉,亦因先有良好印象之故而思其形纵不美好亦当不可厌。要之,凡诗人所不立意表现之外体的形式,吾人必不加意。当桓吉尔诗中之拉奥空哀号时,吾人宁必觉其口之广张而此张口为丑恶欤?非也。(中略)无论对于目可有如何之印象,其对于耳实为一强有力之感动者矣。

此言对象之部分离异之效也。又曰:

诗人无须集中其图画于一刹那。彼可应用其英雄之任何动作而远溯穷追其前后种种相。每一种相在美术家当成一独立作品,而在诗人不过为其英雄之一种性行而已。即使此性行单独观之,于读者之想象中生不良之影响。而或有以前之叙述已为之备,或有以后之叙述为之补救。用能失去其孤独之印象,而其与前后组合反生所能得之最良效果。是故因受肉体并酷痛而厉号,纵为不雅之事,然使其人之其他性行,已得吾人之敬仰,则对此暂时之小小失礼,复有何恶感耶?桓吉尔之拉奥空固厉号,然此拉奥空非他。乃即吾人久已尊礼之有远见的爱国者而慈爱之父也。吾人视其厉号,不由于其性格,而由于其不能忍受之痛苦。惟此不能忍受之痛苦,乃吾人从其厉号中之所感者也。惟藉此厉号诗人乃使人感其痛苦。(原书英译本第二十一至二十三页。)

以上乃言前后衬托之效也。

因美术与诗歌之限制各异，故其状美也亦异。美术所以状“式样之美”(Typical beauty)，而诗歌则不足以事此，盖“式样之美生于诸部分之谐和的效力。而诸部分可以同时入于一览之中者也，是故此诸部分必须相迩平列。诸部分之相迩平列，为美术作品之特质。惟此乃能模仿式样之美。若夫诗人，因其仅能将物之构成各部分，继续展示，为求美故，完全放弃式样之美之描写。彼知此诸部分，若在时间上一先一后排列之，不能产生其相迩平列时所生之效力。彼知各部分既逐一叙述后，纵回顾全文，聚神一览，终不能使吾人得和体之影像。如此之口鼻眼共同所生之效力，非人类之想象所能表示。除非心求相似部分之相类组合于自然及美术中耳”。(原书英译本一三八至一三九页。)

若是诗人既不能状形式之美，然则彼以何道状美？曰其道有二：(一)曰美之效力，(二)曰以动的美。试举粗浅之例：“一顾倾人城，再顾倾人国”，美之效力也；“解舞腰肢娇又软，千般嫚(袅)娜，万般旖旎，似垂柳在晚风前”，此动的美也；“……一朵芙蕖，开过尚轻(盈)盈。何处飞来双白鹭？如有意，慕娉婷”，此言美之效力也；“落红成阵，风飘万点”，此动的美也；“此中有真意，欲辨已忘言”，此自然美之效力也；“寒波澹(澹)起，白鸟悠悠下”，此动的美也。(《拉奥空》原书多举希腊罗马古诗为例，兹代以中国诗歌。)古今诗歌状美而成功者皆由此二道，其不由此，而为部分之枚举，未有不失败者。“足下蹑丝履，头上玳瑁光。腰若流纨素，耳着明月珰。指如削葱根，口如含朱丹”，以视“行者见罗敷，下担捋髭须。少年见罗敷，脱帽着帩头。耕者忘其犁，锄者忘其锄。来归相怒怨，但坐观罗敷”。一拙一巧，其相去岂不若霄壤哉？放弃“式样之美”之原则，实《拉奥空》一书中最重要贡献，盖雷兴实发现一文学上之“死胡同”。历来文学家，许多闯入而不知出也，又不惟发现此死路,而且指示出路也。

以上述《拉奥空》书中之要点竟。此书原为未完之作,乃雷兴所预定全书三部分之一。其第三部分所拟之内容,乃论音乐及跳舞者。今竟未得闻其说矣。更有一点当注意者,雷兴言诗歌之对象在动作,而于情感全不措意。彼以为艺术之目的在模仿理想的自然。彼之艺术论实不出亚里士多德之窠臼。彼乃推翻“伪古典主义”而返于“真古典主义”者也。伪古典主义之混乱艺术型类,雷兴廓而清之,其后复有浪漫主义之混乱艺术的型类。于是白璧德教授之《新拉奥空》一书出,以在题外,须俟另为文详之。

——本文原载于1929年3月11日出版之《大公报·文学副刊》第61期。

弗列得力·希雷格尔逝世百年纪念

目次:(一)十九世纪初年德国之浪漫派 (二)希雷格尔兄弟略传 (三)加罗林、陶乐泰合传 (四)弗列得力·希雷格尔所撰小说《鲁信德》 (五)威廉·希雷格尔之戏剧艺术及文学讲义 (六)威廉·希雷格尔之译莎士比亚剧本 (七)结论

本年一月十二日,为德国浪漫派哲学家兼文学批评家弗列得力·希雷格尔逝世百年纪念。弗列得力(Friedrich Schlegel,1772—1829)与其兄威廉·希雷格尔(August Wilhelm Schlegel,1767—1845)同为十九世纪初年德国浪漫派(Die Romantische Schule)文学运动之领袖,在文学史上关系重要。而其人之思想及生活,亦可与中国现时之情形比较而有所启发。故兹分段述说,藉资纪念云尔。

第一节 十九世纪初年德国之浪漫派

十八世纪为古典主义盛行之时代,其在德国亦然。惟此为古典主义之末流,过重形式而偏于功利。及雷兴(Lessing)出(参阅本副刊第五十五及六十一期《雷兴诞生二百年纪念》文),始图所

以改良而矫正之,发明希腊亚里士多德等之立说之精意,以求归于真正之古典主义,或曰人文主义。雷兴始肇其端,其后经葛德晚年之提倡与致力,人文主义乃确立,而影响殊微细。约当一七七〇至一七八〇年之十年中,德国有所谓狂飙运动(Sturm und Drang)者起。葛德时方少年,亦为其中要人。此运动为对彼形式的功利的古典主义之直接反抗,注重感情与少年之热诚,崇拜英雄,提倡恋爱,而尊重天才及个人之自由,欲举一切暴君、贪官、虐政、强权而歼除之,盖多原于卢梭之影响。(参阅本副刊第二十六期《卢梭逝世百五十年纪念》文。)其文学作品可分二类:刚劲者如席拉(Schiller)之《强盗》(*Die Rauber*,一七八一年出版),表彰替天行道、锄强扶弱之侠义英雄;柔靡者则如葛德之《少年维特之烦恼》(一七七四年出版),描状抑郁牢愁、失恋自杀之多情天才。是故通常之所谓浪漫主义、浪漫文学者,惟此狂飙运动足以代表之。而中国今日文学及生活中之浪漫观念,亦正合于此狂飙运动。若夫十九世纪初年希雷格尔兄弟等所主持领导之浪漫派,虽名浪漫,而其内容颇异。名实之间,不可不辨之审也。

十九世纪初年之浪漫派,其特异之点,厥为注重理智,而非徒肆感情;致力于学问,多读古书,而非侈谈天才。又提倡国家主义,谋德意志民族之独立与统一,而非专务个人意志行为之放纵自由。然浪漫派乃继承狂飙运动之后,而与形式的、功利的古典主义作战者,故其所取资于狂飙运功者亦多。自由之观念,一也;个人主义,二也;诗情,三也;打破社会之礼俗制度,四也;蔑视彼庸俗之众人,五也。是故浪漫派与狂飙运动有异有同。合诸异同之点,乃构成浪漫派之特别主张与见解。约略言之:

(一)浪漫派既注重理智,又注重自由。故其所谓理智,乃极端放纵而无归宿,又不遵守任何之规律,其结果遂成为不负责任之滑稽态度。如弗列得力·希雷格尔以提倡Ironie(讥嘲)之说著名。其用此字之意,即谓人之理智乃极端自由。世间一切,以及此人之本身,皆为其理智所操纵宰制。理智既不受人之驱遣,而理智之作用又极恢诡而不可捉摸,故文学家与艺术家不能随己意以造出某种文学艺术作品,而须听理智之自由行使,忽而严正,忽而诙谐,忽而奋发热诚,忽而澄明冷淡。对一事一物,无决定之观察评断,即对作者本身,亦不忠不信,常来讥嘲而鄙笑之,使作者不克有一定之意见及感情,且诸种幻象甫经造出,理智忽来冲断之、破坏之。故所谓文学艺术之创造,乃偶然幸而得成之畸形产物。其先既无计划,中间亦无规程,其终更难补救。作者虽欲用力以求其完善,不可得也。

(二)浪漫派颇提倡创造新诗,奉葛德所作为模范。夫作诗必需伟大之想象力,而浪漫派则注重理智,理智与想象常对待而互不相容。其结果,则浪漫派之想象均变为兴趣(Die Phantasie)。兴趣既不受理智之管束,又不问感情与实在之关系(即不参证经验)。其在文学艺术作品中所造出者,但为空泛广漠之奇思幻想,纷纭破碎,既不切于人事,又不符文学艺术之根本规律。故浪漫派之各种作品,甚少完整成篇者。而其所作之诗尤为幽渺而空虚,其中缺少实在之描写,而处处用象征及比喻,又缺乏强盛之感情,而纯用隐微之暗示。虽另有一种境界及趣味,然实非诗之正体。读多但觉其混茫不清,层累可厌。虽然,浪漫派非不知作诗之需注重技术规律,如弗列得力·希雷格尔即痛切言之。特该派误以兴趣代想象,故难语于创造之成绩耳。

(三)浪漫派之理智与想象,各自发达,独立对待,而不能如真正古典派之使二者融合为一而相助相成,其结果遂生出种种矛盾离奇之现象。(1)曰诗与哲学之界域不清。诗本想象之事,而今乃以理智作成。杂入学说,求合逻辑,遂至诗意全失。而其哲学中则缺乏澄明坚强之理智,时以想象及感情构成之。故有如菲希特(Fichte,1762—1814),其学说足以鼓舞人心,唤醒群众,为德意志民族独立统一之基础。又有如弗列得力·希雷格尔等,以诗意混入哲学,视宗教为甘美醉人之艺术,而晚年相率皈依天主旧教焉。(2)曰创造与批评之界域不清。诗与小说,多着议论。批评之作,自道感情。其尤甚者,使观剧之人坐剧台上,兴来则加入表演。而剧中人物之丑角,则以批评本剧之优劣为插科打诨之材料。其剧之情节又复杂,剧中有剧,层次模糊,不易辨识。(3)曰主观与客观之界域不清。浪漫派作品中,常描写所谓"两重人格"(Der Doppelganger)。一人之身,忽而为高僧,忽而为美女,又忽而为恶犬,变转无定。即每人内观自省之时,必觉我之行为、思想、生活实有二途,并非一致。有甲我,有乙我;有此我,有彼我;有真我,有幻我。斯二我者,常来互相对语,互相批评,互相冲突;为友为仇,若即若离。所谓主观与客观者,漫无标准。而文学艺术作者虽欲表现自我,亦不知何者之为我,实即心理学家之所谓离魂病是。(4)曰艺术与生活之界域不清。即艺术文学作品中所描写之幻境与日常生活经验中之实境,常相混淆,而致两失。盖浪漫以鄙视世中庸人(Philister)之故,一己之言行,力求矫然特异,遂偏于理想梦幻,少实际之成功,并乏道德之绳检。而其作品中所描写者,时杂以实际之经验及观察,遂致幻境不圆满,不能引人入胜。故浪漫派人物之行事,大率缺乏意志及恒心,而其艺术创造亦流为无目的之游戏也。

然浪漫派中,如弗列得力·希雷格尔等人,实为渊博之学者,邃于希腊古文学,晚年又研究梵文及印度哲学,为欧土东方学之滥觞,不能谓之无所成就。虽然,学问中之知识材料,苟不能受用于个人之行为及创造，则学问仍与生活及艺术无关，而浪漫派之缺陷固犹在也。

第二节　希雷格尔兄弟略传

弗列得力·希雷格尔，少于其兄威廉·希雷格尔五岁（威廉生于一七六七年九月八日，弗列得力生于一七七二年三月十日），而共为浪漫派之领袖。弗列得力天才独擅，踔厉奋发，富于热诚。其兄威廉则学力较深，缜密明晰，长于思辨。弗列得力之著作中，常多新奇之理想，言人之所不能言，然多悖谬一偏，或造端宏大而终未完工。威廉有所造述，则凭冷观静思，广征博考，故其批评之作，持论平允，而于诗文之规律技术，亦能熟习而恪遵之。即论二人之立身行事，弗列得力喜径情直行，或故作违世惊人之举；而威廉则审慎周到，应付得宜，故声誉较隆，成绩较钜。此其不同之处也。

（一）希雷格尔兄弟生长名家，其父若叔（父为 Hanover 之牧师）均为著名之文人，学术渊源有自。故二人幼即博览广读。及长，共学于苟廷根大学。威廉·希雷格尔既出校，在荷兰为私家教读三年。一七九六年，定居于耶拿（Jena），欲以著述自活。撰批评论文多篇，又试译莎士比亚剧本为德文，均投登席拉（Schiller）所办之*Die Horen*杂志。莎士比亚剧本之翻译，不特为威廉·希雷格尔一生最大之事业，抑且为德国浪漫派最光荣而实在之成绩。以其关系重大，另于第六节详论之。是年（一七九六年）与其妻加罗林（Caroline Böhmer，1763—1809）结婚。加罗林为苟廷根大学教授、东方学家 J. D. Michaelis 之女，再嫁始归威廉·希雷格尔。一八〇三年二人离婚。加罗林改嫁哲学家谢林（F. W. J. von

Schelling,1775—1854)。加罗林为浪漫派中学识才华最富之女子。其性情行事,另于下文第三节详述之。加罗林除书札外,不自为著作,惟赞助其夫者甚大。威廉·希雷格尔之莎士比亚名剧译本及评论《罗密欧与朱丽叶》一文(一七九七年),实与加罗林合力成之。离婚后,遂亦不再续译,而专事批评。威廉·希雷格尔早年曾撰批评论文数百篇,分登各文学杂志,声名已著。而其重要之批评著作,应推一八〇一至一八〇四年在柏林所作之《文学艺术讲义》(*Uber schöne Litteratur und Kunst*)及一八〇七至一八〇八年在维也纳所作之《戏剧艺术及文学讲义》(*Uber dramatische Kunst und Litteratur*,一八〇九年、一八一一年印行)二书。另于下文第五节详论之。一七九八年五月,威廉·希雷格尔至柏林,旋至耶拿,与其弟弗列得力并友 Tieck Novalis 等同居,是为浪漫派最盛之时。诸人以批评之事尚不足,必须实行创造,乃共相约为诗。而于一八〇一至一八〇二年,办 *Musenalmanach* 杂志,专载诸人所作之诗。威廉·希雷格尔为批评家,虽深通诗之格律技术,其诗殊无足观。曾于一八〇〇年,编为诗集(*Gedichte*)一卷,又于一八〇三年作希腊故事悲剧 *Ion*。葛德曾为排演,极不受欢迎。浪漫派诸人在耶拿者,推威廉·希雷格尔为领袖。然以家庭妯娌间之龃龉,此浪漫派之团体旋即解散,诸人各自他适。一八〇四年以后,威廉·希雷格尔对时世无大影响,惟曾提倡古代德国文学,其友 Tieck 因之选辑中世德国之情歌。其友 Hagen 因之校刊《尼伯隆歌》。又威廉·希雷格尔所译罗马及意大利、西班牙名家之诗,亦甚有功于德国文学也。一八〇四年,威廉·希雷格尔以葛德之荐,为斯达尔夫人(Mme de Stael)家中西席,教其子读,遂得偕夫人游意大利及瑞典、挪威。一八一三至一八一四年,充瑞典国王太子秘书,旋弃职而从斯达尔夫人于日内瓦湖上。斯达尔夫人所作《德意志》(*De L'Allemagne*，一八一七年出版)一书，多由威廉·希雷格尔供给材料。一八一七年斯达尔夫人死后，威廉·希雷格尔得充任邦恩(Born)大学教授，至一八四五年，卒于职。晚年关于东方学之研究，颇为人所重视也。

(二)弗列得力·希雷格尔与其兄同学于苟廷根大学，深研希腊文学。一七九四至一七九六年间，刊行其所为论文多篇，中以论希腊诗之一篇为最重要。一七九七年七月，弗列得力·希雷格尔至柏林，年少心热(时年二十五岁)，毅然欲有所为，乃函招其兄威廉及其友Tieck等均来柏林，成一团体，创造浪漫派之新诗，奉葛德所作为模范，以与旧派抵抗。并自办一文学杂志，名*Athenaeum*(一七九八至一八〇〇年出版)，专载批评之作，以发表浪漫派之主张，期于五年或十年之内，与其兄威廉成为德国批评界之主宰云。诸人中以弗列得力·希雷格尔为最热心，故其所作投登该杂志之稿亦独多。然多急遽未完篇，或为简赅之短条，类格言，未及发挥说明，含意甚深而人多莫能解。其后汇编为杂稿(*Fragmente*)。一七九九年，弗列得力·希雷格尔以所著(未完)小说《鲁信德》(*Lucinde*)出版，提倡自由恋爱。然内容颇猥恶，殊不足表现浪漫派高尚之理想，徒事描写放纵之情欲而已。另于下文第四节详述之。此书出后，攻诋者群起。浪漫派哲学家希雷马哈(F. E. D. Schleiermacher，1768—1834)特于一八〇〇年作函为之辩护焉。弗列得力·希雷格尔又于一八〇二年，作悲剧曰*Alarcos*，较其兄所作尤劣。然希腊文学及东方语言学则为其所特长。弗列得力·希雷格尔于一八〇三年至巴黎，习梵文，遂得于一八〇八年著成《印度之语言及智慧论》(*Uber die Sprache und Weisheit der Indier*)一书，是为欧洲梵文及比较言语学之滥觞。先是弗列得力·希雷格尔在柏林时，遇哲学家孟德孙(Moses Mendelssohn)

之女陶乐泰(Dorothea Veit),已适人矣。弗列得力与陶乐泰相爱悦,其《鲁信德》小说,即以陶乐泰为书中女主人。书出,遂起风波,陶乐泰乃与其夫离婚而归弗列得力·希雷格尔。二人虽为夫妇,始终未行婚礼,藉为新式恋爱者之榜样也。陶乐泰曾译斯达尔夫人之小说*Corinne*,又自撰小说曰*Florentin*(一八〇一年),未完。陶乐泰与加罗林,为浪漫派著名之女子。其性行另于下文第三节详述之。一七九九年九月,弗列得力·希雷格尔偕陶乐泰至耶拿定居,诸同志并集。是为浪漫派最盛之时,亦弗列得力·希雷格尔等一生最快乐之时,然不久即离散。自后弗列得力·希雷格尔之性情渐趋和易而坚定。中年除研究梵文外,倾心于神秘之宗教,卒于一八〇八年皈依天主旧教。晚年更热心功名,喜为社会事业。奠居奥国,为外交显宦,并作政治中之投机文章,一八二九年一月十二日卒于职。绝异二十五岁创立浪漫派时之弗列得力·希雷格尔矣。

第三节　加罗林、陶乐泰合传

德国浪漫派中,颇多富才华而能文学之女子,若威廉·希雷格尔之妻加罗林(Caroline Böhmer,1763—1809)与弗列得力·希雷格尔之妻陶乐泰(Dorothea Veit,1763—1839)其尤著者。二人虽有著作,不关重要。其在文学史上之地位,由于其直接、间接对于希雷格尔兄弟及其他浪漫派文人之影响,故作希雷格尔兄弟传者,于此二人之身世及性行,亦不得不叙述之。

(一)弗列得力·希雷格尔著小说《鲁信德》(*Lucinde*,一七九九年出版),写男女二人相爱,不拘礼法。男名佑里斯(Julius),乃著者自寓。女名鲁信德,即其妻陶乐泰也。当是时,柏林甚繁华,游乐之事盛。上流社会有智识之女子交际极自由。而有犹太种女子所组织之文会，尤以文学显，奉葛德为导师。陶乐泰即其中之一人。陶乐泰之父为著名哲学家孟德孙（Moses Mendelssohn）。陶乐泰生十九岁，以父命适柏林银行家Simon Veit氏为妻，生二子。父之择婿，以其多财。婿固端谨，然以陶乐泰之聪慧博学，嗜音乐、哲学，厌其夫为俗商，遂思离异，久而未行。一七九七年，弗列得力·希雷格尔至柏林，一见倾心。时弗列得力年二十五岁，陶乐泰年三十二岁。陶乐泰貌非美，二人为学问中之知己，故相爱悦。陶乐泰迟惑久之，卒于一七九八年十二月与其夫正式离婚，而于次年随弗列得力至耶拿居焉。陶乐泰天性和平而忠诚，以得嫁弗列得力为大幸，爱之綦切，愿为之牺牲，无所不至。时弗列得力贫甚，家徒四壁。又性情乖僻，喜怒无常，出言刻峭。陶乐泰一意承顺，以柔情抚慰，助成其著作之事，始终无怨色。尤所难能者，弗列得力·希雷格尔主张恋爱神圣而鄙视世俗婚姻之礼节制度，故与陶乐泰同居为夫妇而不行婚礼。又于所著《鲁信德》小说中，描写一己少年之放浪行为，词多秽鄙。而书中男女二人，即己与陶乐泰之小影，亦同居而不结婚。此书出版，大受各方之攻击。某某诸邦且特布律令，不许弗列得力·希雷格尔入境。是时不特拥护礼教者斥此书为大有害于世道人心，谥曰晦淫；即专务文学赏鉴者亦嫌此书意境不高，内容粗恶，而深致憾叹。陶乐泰之脱身以从弗列得力·希雷格尔，已遭人攻诋笑骂，《鲁信德》之事尤使其难堪，顾陶乐泰笃挚之爱始终弗减。观其致诸友人书中，对弗列得力·希雷格尔尊礼眷爱至极，惟恐己之才力薄弱，不克为彼理想之伴侣。且愿自己加倍勤苦，作为文章，售稿得钱，供二人生活之费，俾弗列得力专心于彼之理想之著作，而不以生计扰其心思。呜呼！世之为文人之妻者，有能如陶乐泰之忠诚挚爱与其勇往坚贞之精神者乎？陶乐泰之有助于弗列得力之著作者甚多。又往往以己之所撰述，署弗列得力名发表，人莫能辨。尝谓为妻者助成其夫之事业，乃义所当为，不必使外人知，亦不必令其夫得知。苟无一人知之，其事乃可贵云云。是所谓功成不居者，非爱之极耶！陶乐泰之著作有若干种，最要者为自传体小说*Florentin*(一八〇一年出版)。书中之男主人即寓弗列得力·希雷格尔。陶乐泰描叙其性情颇详，略谓其人外貌虽似奇僻可厌，然中具魔力与别才，能使人悦服，不得不倾心以向之，虽以冷傲自持，不能拒也。人之谀之者，或反使彼不悦；偶为无心之言，则彼又欢欣逾量。要之，其人思想深微，性情多变，不易窥测，而其触忤世俗亦自然之理矣云云。以此书与《鲁信德》对观，益叹陶乐泰之贤而其夫弗列得力·希雷格尔实不可及也。一七九九年，陶乐泰随弗列得力·希雷格尔至耶拿，与先在其地之威廉·希雷格尔及加罗林夫妇同居。菲希特及希雷马哈亦同寓，如一家人。而其他浪漫派重要作者常相过从，名贤并集，一时称盛。陶乐泰性情柔和而仁厚，能忍让，又深自谦抑。虽共诸文士从事著作，而常以己之撰述为粗浅不足道，求诸人切实删改指正。其嫂氏加罗林则纵横跌宕，以才华自负，往往盛气凌人。豪迈之人与谨厚之人原不易相处，而家庭之间，每缘小故而致龃龉。于是陶乐泰遂与加罗林失和，而此浪漫派之文学团体亦即离散。一八〇二年，弗列得力·希雷格尔与陶乐泰正式成礼，结为夫妇，居巴黎。一八〇四年，陶乐泰受洗，入耶稣新教。一八〇八年，复随弗列得力·希雷格尔皈依天主旧教，居维也纳。陶乐泰早年尝望弗列得力不以文人自限，而能立德立功，为理想国中之一公民。后此夫妇在奥国虽安居乐业，而其去昔年之期望，则甚远矣。此又陶乐泰为弗列得力·希雷格尔牺牲而甘于卑屈之一事也。

（二）加罗林之性行与陶乐泰适相反对，其人貌美而多才，豪迈俊爽，英明果决。既富情感，有女性妍媚之美，兼具识解，同男子刚毅之德，故一时文人莫不为之倾倒。而其一生之遭遇，亦奇特而多变，祸福苦乐，悉根于是矣。加罗林凡三嫁，其第三次所嫁之夫为哲学家谢林（F. W. J. von Schelling，1775—1854）。谢林赞加罗林曰："兼备此诸长之女子，世间决不能再见也。"又曰："此女殊奇特，人之对彼，非极爱之，则深致不满，无中道之可言。"盖加罗林之感情与理性均极强，故其才足以操纵一切，而乃常自陷于罗网；明达人情世故，而乃动为群俗礼教之所不容。迹其一生行事不无可议，要其情理俱真之处，实足以表现其人格之俊伟光明也。

加罗林以一七六三年生于荷廷根，父Johann David Michaelis为著名东方学家。年二十一，嫁Böhmer医士，居Clausthal地方。一七八八年，医士殁，加罗林寡，乃归依其父居。威廉·希雷格尔时在荷廷根大学肄业，见而爱之，求为夫妇。加罗林不许，音息遂绝。及威廉·希雷格尔在荷兰为教读时（一七九一年以还）复与通函为友。威廉·希雷格尔行不自检，多所系恋。某次用情尤真，几全忘却加罗林矣。一七九二年，加罗林至Mainz访其女友Therese，为著名学者佛斯特（Georg Forster）之夫人。佛斯特氏极赞成法国大革命，在该地创立政党，秘密传布自由平等及政治革命之学说，且图谋举事。加罗林热心赞助之，多所擘画运动，为当局觉察，以兵至，捕而下之狱。在狱共诸男子一室，备尝艰苦，乃函威廉·希雷格尔乞援救。当是时，加罗林公私交困，处境至难。原冀刚毅而多能之Tatter氏将向之求婚，至是彼竟默然，遂与萍水相逢之一法国人相爱悦。其人佻达无行，加罗林终身之不受其累者几希。威廉·希雷格尔闻讯，设法为之脱解，而尤赖加罗林之弟辛勤不懈,卒得普鲁士王向当局之一言而释之。加罗林既出狱,茫无所归,声名狼藉。攻诋造谣者不一而足,或谓其与佛斯特氏有私,信此说者尤众。其家人及戚友亦为所惑,竟与加罗林绝。乡邦苟廷根及其他各地,亦明布禁令,不许加罗林入境。世之视加罗林,殆为无行之政客而兼娼妓者矣。加罗林在狱所作书函,词旨悲酸,冤抑之情可见,谣言当无根据。惟加罗林出狱未久,忽产生一子,来源不明。此层殊难为之洗刷。幸威廉·希雷格尔忽于此时挺身而前,毅然愿与加罗林结婚,其厄遂解,而攻诋之流言亦自息。时威廉·希雷格尔以加罗林委托其弟弗列得力伴护照料。据弗列得力所自述,其初见加罗林时,疑为诡诈无行而厌之。及与交谈,略有往还,乃觉其人极为真诚可爱。于是热情倾溢,不能遏止。顾念叔嫂名分攸关,乃力自绳检,不敢十分亲近,而以赤子天真之心与宾客疏远之礼待加罗林,幸无他失云云。弗列得力·希雷格尔所著《鲁信德》小说,其中亦叙及此事。略谓佑尼斯(即弗列得力自寓)虽承所亲者(指其兄威廉)之托,而爱此女日甚。自知己行之不端,极力隐忍,中心如焚,痛苦至极,而外貌则强效赤子之天真,做作极工。虽彼女(指加罗林)亦受欺,未疑及吾之爱彼也。凡女性之特长及优点,此女无不具,刚健婀娜,备于一身。矛盾之美,樊然并列,而不觉其杂乱。且彼女之情性体态,变易无常。忽而柔媚姣俏,如歌台之舞妓;忽而庄严高华,如天上之女神。时则痴笑如婴儿,时又仁厚如慈母。其于世间万事,无所不知,无所不能。寻常薄物细故,一经彼女之心之手,辄运以感情与兴趣,而增其美丽与价值。彼之同情心极浓且挚,与人交谈,眉语心传,往往不言而喻对方之意,于以见其聪慧。彼又工书翰,能诗文,以若是之才华,更具惊人之胆略及勇气,因事而用之,虽男子不能及,诚可谓女中英雄也云云。以上乃弗列得力·

希雷格尔描状加罗林之词，当非溢美者也。（是时弗列得力年甫二十，尚未遇陶乐泰。）

一七九六年，威廉·希雷格尔与加罗林结婚。初拟相偕赴北美洲，旋以席拉之援引，得为耶拿大学教授，遂奠居于耶拿。一时名贤同志毕集，而加罗林实为领袖，周旋其间。彼之学识才华，至是乃得其大用。加罗林与葛德、菲希特、谢林等人均为谈宴之密友，而其批评言论又悉中肯綮，不愧卓识之称。谈话而外，见于来往书札。书札中又描状诸文学家、哲学家之日常行事，并其声音笑貌。偶尔着笔，惟妙惟肖，而多诙谐之趣。时又隐名作为文章，登诸杂志，以与诸名士斗智角胜，更传为美谈焉。惟与席拉不相得，且轻侮才力较逊之陶乐泰，终使兄弟妯娌不欢而散，而浪漫派之盛会亦遂离析，至可叹惜。加罗林亦尝欲作自传体之小说而未成，仅成大纲，凡一页有半，稿今存。略谓此书中所描叙之女子，遇事自有主张，而又为人所爱。其处事不甚顾虑一切，乘兴而为之，随意挥洒，性复乐观。此由才气横溢，非欲矜张，盖其本性实端庄严肃而真诚也云云。此为加罗林之自状，然其何因而不免与贤淑温和之陶乐泰勃谿，后人终莫能明。惟哲学家谢林（Schelling）与加罗林之恋爱，要必有重大之关系。先是加罗林嫁威廉·希雷格尔时，携其前夫之女Auguste Böhmer以俱来。此女聪慧异常，复得其母教导，年十三，便成博学，且能诗文，可与诸名士齐列。哲学家谢林遂钟情于此女。一八〇〇年，女病死，加罗林与谢林痛悼此女，实有同哀。由是二人遂互相爱悦，虽非正当，实出真情。时威廉·希雷格尔他适，加罗林与其夫通函如故，而心则爱谢林。陶乐泰等皆稔知其状，为函以告其亲友。先是加罗林之嫁威廉·希雷格尔，虽感其救援之恩，实无爱之之心。而威廉·希雷格尔在柏林亦早别有所恋，对其妻亦为不忠。二人情形如此,故当加罗林函其夫请求离婚,威廉即慨然允之。于是加罗林遂于一八〇三年改嫁谢林,伉俪极为相得。而威廉·希雷格尔与彼二人仍为朋友如故,且常往来访晤,共论文学。由此可见浪漫派人物之感情变化之速,亦可见若辈实能视恋爱为一种理想,而不存世俗之芥蒂焉。一八〇九年,加罗林殁。先是加罗林少有大志,爱国救世,是其本怀。即于其早殇之爱女,亦切切以是教导。故虽羁身婚姻家务,沉溺于友朋文学中,犹留心时事,喜作惊人之豪语。所作书札,字里行间,常流露其美人而兼英雄之气概。合观加罗林与陶乐泰,及同时著名之女子,其识解精神,似皆在其夫及所爱之人之上。世之文士才人,每思得出众之才女以为配偶。顾其结果,则往往使彼才女降低其品格,贬损其价值。若希雷格尔兄弟者,恐尚不免爱之适以害之之讥。呜呼,可不慎之也哉!

第四节　弗列得力·希雷格尔所撰小说《鲁信德》

弗列得力·希雷格尔所撰小说《鲁信德》(*Lucinde*)于一七九九年出版。全书未完,仅成其一部,为信札及对话体。书中叙佑里斯(Julius)与鲁信德(Lucinde)相爱悦,互致其情愫。实即写作者自身与陶乐泰也(参阅上文第三节)。全书多着议论及理想,事实极简单,几不足以当小说之名。佑里斯乃一浪漫之少年,习艺术,多情多感,偏于悲观,不谙世务,鄙视世中庸俗之群众,沉溺于理想之幻梦。而无目的,无意志,不欲有所为,安于怠惰,昏昏度日。其少年之历史及心性之变迁,可以其与诸多女子之恋爱之关系代表之。佑里斯放荡不自检,任情纵欲,先后所遇女子甚多。其中一妓,殊类茶花女。以真情倾向佑里斯,不见信;乃盛装艳服,坐温软之绣茵上,四壁皆玻璃镜,影照其中,神光四射,香气满室，于是服毒自尽。弗列得力少时喜为狎邪，其写佑里斯之经历，殆皆自叙。而全书中最猥鄙为人所讥之处，即此段也。其后佑里斯得遇鲁信德，精神契合，引为知己。鲁信德为女艺术家，视美与爱为神圣。其习艺术非为谋生，即平日作画，亦随兴之所至，信笔挥洒，从不矜心刻意，惨澹经营。其性情亦偏于理想梦幻，神游物表。而日常实际行事，则富于勇决刚毅之精神，不拘世俗之礼法，不顾庸流之毁誉。二人同居如夫妇，而不行婚礼，以实行其所谓“艺术结婚”或“自然结婚”者。久之，鲁信德生一子。佑里斯大悦，谓前此吾二人间仅有情欲，今后则为自然世界中之公民，而参与世中生命创造之秘机焉云云。书中之主要部分，乃描叙佑里斯与鲁信德二人之爱。其爱分三种，缺一则爱犹未至。(一)曰肉体之爱。(二)曰精神之爱。(三)曰神秘之爱。大意以最初人类本为一体，无分男女。其后上帝创造，乃赋两形，以使相慕相悦。故非男女结合，则人之所以为人之资格未完具。然此结合乃自然之定程，不必假借世俗造作之礼节制度。故为夫妇者，只须两心契合，有所谓友谊或精神之爱，即已足，而不必举行婚姻之礼，婚姻反失爱之真。至相爱之两人死后，其灵魂复归于天上，而仍合为原来之一体，形质俱化，浑沦无间，此则所谓神秘之爱是矣。书中二人并未死，但藉佑里斯之一梦写此神秘之爱。佑里斯尝梦鲁信德死，既葬，佑里斯哀痛至极。初欲自杀，旋因久病而有奇异之幻觉。昏瞀之中，忽睹光明之丽景。又若内心有人传语，勖其勿死勿悲，言死乃正当之事。汝不日便死，即可与彼女永久结合矣，其梦遂醒。综上所述，此书之大旨，不外(一)尊重爱情，(二)浮游梦幻，(三)破灭礼法，(四)崇尚自由诸端。皆普通浪漫派之见解，而秉承狂飙运动之遗绪者，即其惊人骇俗之处，亦只(一)描写肉体之爱，(二)主张婚礼可废(但仍存一夫一妻之制)，之二事。而当时竟惹起如许风波。弗列得力·希雷格尔为举世攻击至于极地,陶乐泰亦蒙不白之冤(陶乐泰之贞淑,绝异鲁信德之放荡),而遭人丑诋。由今观之,诚异事也。

其时之攻击者,多指为诲淫之书。实则《鲁信德》书中虽写猥鄙之行事,而其描绘肉体之爱之处甚少,且并无力量,决不若类此之小说之所写者。非缘弗列得力·希雷格尔有所顾忌,盖其才力实不足也。读者但觉其满纸议论,虚空冥渺,不可捉摸。谓为诲淫,犹嫌过誉矣。攻之者又责其破坏礼法。其时之人之见解自异今日,以婚礼为绝对不可缺者。而当时之德国尤为守旧:贤母良妻,教化所崇;缝纫烹调,妇职在是。毋怪《鲁信德》一书之能骇俗也。按此书,即论其艺术之结构等,亦殊欠完美。故当时浪漫派同志,自威廉·希雷格尔以下,均极言此书非佳作。弗列得力·希雷格尔深为懊丧。其后自编全集付刊之时,竟将《鲁信德》删削不存焉。当时友朋中惟希雷马哈(F. E. D. Schleiermacher, 1768—1834)盛誉此书,于一八〇〇年六月刊布《与人论鲁信德书》若干通(*Vertraute Briefe uber Friedrich Schlegel's Lucinde*),力为辩解,并称之为纯粹神圣之作。希雷马哈为著名之神学家及道德学家,时在柏林之慈善教堂为牧师。陶乐泰与其夫离婚而嫁弗列得力·希雷格尔时,希雷马哈热心奔走其间,多所助力。或谓希雷马哈其时方与另一牧师之妻Eleonore Grunow恋爱,怜其处境极苦,思欲娶之而格于礼法。故深同情于彼二人之事,而屡于己之著作中提倡自由恋爱,极诋现行之婚姻制度。《与人论鲁信德书》中所言,仍即其平日之见解。略谓世间道德,有真有伪。世俗所重,但其末节。男女之爱,正如饮食,同一正当,同一尊严,何容隐讳?何所耻辱?世中婚嫁,重利轻爱,一时机缘,遂订白首。人之初婚,毫无经验,先遇遂合,岂即知己?既审其误,分散为宜。若今礼法，不许离婚，强其偕老，如处牢狱。或则伪善，心恨其妻；或因路绝，毒毙乃夫。如斯婚姻，讵为人益？试就世中，取四五偶，互易其妻，各得欢洽。寻常所遇，有苦无乐，皆由婚礼，强从一终。非经试验，安知所宜？爱情既灭，婚姻应破。兹所提倡，实衷至道云云。细察希雷马哈之所求者，厥为离婚制度。苟许离婚，则婚姻之礼仍可保存。此外则皆浪漫派崇尚感情之普通词旨。比较言之，希雷马哈之论多本实际经验，似有改良社会之志。而弗列得力·希雷格尔则但写浪漫派艺术家之心性，专以蹈空脱俗为高耳。

然《鲁信德》在文学史上之地位极为重要。盖因弗列得力·希雷格尔将其一己之种种思想见解均写入此书中，足可代表浪漫派之人生观、艺术观也。本书之大旨，在以生活中之实际境界与诗中之理想境界合而为一，而注重天才及主观。纯任主观之自我，自由放纵而无规律，且无目的。艺术作者不重视其材料及题目，而随时改变态度及方法，视为诙谐游戏，丝毫不可认真。即弗列得力·希雷格尔所谓讥嘲（Ironie）之作用是也。其于人生，亦主讥嘲。即少数特出之天才，自负其智力，行动无所不可，而卑视群俗之勤勤恳恳、忠于职务者。天才不但非常情所能测，且亦不自知，即有所成就皆由于偶然。天才以无定为鹄，故不肯择专门之职业，而以闲居怠惰为高。其所谓快乐，非奋力取得者，乃自然而来，我但静居以享受之者。一切放任，纯事消极。勤勉与功利能使人之神死，亟应避之。总之，清静无为，破除规律。恣意享乐，恃才傲世。此浪漫派对于人生之态度，而其对于艺术亦同。以无规律无目的之故，其艺术作品遂不免散漫冗沓，毫无力量。《鲁信德》一书之缺少价值，正可为其中所标榜之学说之例证也。

第五节　威廉·希雷格尔之戏剧艺术及文学讲义

威廉·希雷格尔最重要之文学批评之作,为其一八〇八年在维也纳所撰之《戏剧艺术及文学讲义》(*Uber dramatische Kunst und Litteratur*),凡三十篇。到场听讲之士女约三百人,斯达尔夫人亦与焉。次年刊行,斯达尔夫人为之作序,揄扬备至。不久译成各国文字。不但斯达尔夫人著书采其说,威廉·希雷格尔曾于一八二三年至英国,辜律己关于莎士比亚之评论等亦取材此书为多。其书系西洋戏剧文学史论,立说新奇,故与前人相反,实足代表浪漫派文学批评之见解也。

第一篇先述批评之职责,非指陈缺失,乃在说明美之原理及其应用,使人皆广大其心目,增长其学识。不拘囿于一时一地之偏见,不盲从一家一派之学说,而能鉴赏古今各国文学艺术之精妙。盖诗乃普遍之艺术,凡人皆有天赋之诗才,但当启发淬厉之耳。希腊文学,后世莫能及。俗人遂专务摹古,类小儿之抚玩具。其实后世之大作者,皆能匠心独运,自出心裁,而不依傍古人,所作方极伟大,为一般人民所称赏。然所谓饱学士夫,则惟推重摹古不化之下等作家,迂谬可厌。此种分别,不可不知也。又谓古代(古典)诗及艺术之精神为雕塑的,近世(浪漫)诗及艺术之精神则为图画的。希腊文学之特质,为人之各种才性之调和。基督教之所传授者,为无限之观念与幽微深远之思。中世骑士宗传,则尊崇女性而尚纯粹热烈之爱。此二者合流,遂成近世之浪漫文学。

第二篇总论戏剧,谓希腊之戏剧作者皆大胆而敢直言之人,不惜与从古之礼教及当时之群众之见解相抵触、相违抗。

第三篇谓悲剧之主旨为热诚，喜剧之主旨为游戏。由此至第十四篇，论述希腊戏剧；第十五篇论述罗马戏剧；第十六篇论述意大利戏剧：均无特别之处。

第十七至二十一篇，论述法国戏剧。前此法国戏剧常为诸国之楷模，十八世纪中雷兴等尤在德国提倡模仿。威廉·希雷格尔则于法国戏剧力致攻诋，谓其受亚里士多德及巴鲁（Boileau）等之拘缚过甚，而重视所谓三一律，不为观众留想象自由之余地，遂致毫无生气及精采。威廉·希雷格尔于法国三大剧作者皆有贬词，谓（一）康乃（Corneille）之剧，如着朝衣朝冠而背诵修辞名篇。（二）拉辛（Racine）以诗作剧，而以法国贵族士女交际之风尚，杂入希腊人之性情行事。（三）毛里哀（Molière）劲剿袭前人剧本，而剧中事多离奇不合情理。其描写最下等之粗俗人物尚可，若上流社会则毛里哀实无描绘之能力，处处失之板滞拙呆。至若福禄特尔，则直如插科打诨之丑角耳云云。按此处威廉·希雷格尔之持论实为不公。盖彼有意一反成见，必须推倒法国在文化上之权威，而以德国代之以为快。其论毛里哀最刻，则以毛里哀之剧本为法国人公认之不朽杰作也。历来改革家及宣传者之言论率皆如此，又何可独责威廉·希雷格尔哉！

第二十二至二十八篇，论述英国戏剧，皆褒赞之词。而于莎士比亚尤极端推崇，则以英国戏剧重自然，轻技术，又具浪漫性质，莎士比亚允足为其代表。莎士比亚为杰出之天才，近世之人，溺于法国派学究之观念，漠视莎士比亚，今亟须为之表彰。莎士比亚常写人生可惊可怖之奇变，怵目刿心，或乃讥为犷野，不知此正悲剧之所有事。非若近世之所谓悲剧，仅写巧笑浅颦、轻云密雨之儿女柔情者。此下威廉·希雷格尔逐一细评莎士比亚之剧本，多精警之论，以其翻译之前研究深到故。莎士比亚之作剧，本乎天才，班·江生（Ben Jonson）则凭人力。故威廉·希雷格尔扬莎士比亚而痛抑班·江生，固亦无足怪也。

第二十九篇，论述西班牙戏剧，盛赞其能传出中世英雄之精神。第三十篇论述德国戏剧，对雷兴多有微辞，于葛德及席拉并致钦仰。结论主张以德国历史为材料，多编表现德国民族性行之剧，期使文学蔚为国光云云。

综上所撮述，威廉·希雷格尔之戏剧批评，实有其独到之处，而亦有囿于此时代浪漫派流行之见解，遂致偏激失当者，要当分别观之也。

第六节　威廉·希雷格尔之译莎士比亚剧本

莎士比亚所为戏剧凡三十七种，而威廉·希雷格尔仅译其十七。其中十六种，成于一七九七至一八〇一年间，分为八册出版。阅九年，复译成《理查第三》一种，自是遂辍笔。余二十种，则由 G. W. Baudissin 氏（1789—1878）与 Dorothea Tieck（1798—1841）补译成之。威廉·希雷格尔所译，间有意思未尽密合原文之处，然逐句对译，以德文之一行，当英文之一行；模仿原作之音节（Metre），每行亦皆轻重相间之五段（Iambic Pentametre）。技巧如斯，实难能而可贵。（自是德国作剧者乃常用轻重五段音节之诗体，实本于此。）而其独到之处，则由威廉·希雷格尔识作者之用心，能洞明莎士比亚每剧之真意，能传出英国依里萨伯时代戏剧之环境及精神。译笔流畅生发，使人爱读。故能使莎士比亚成为德国民族所崇拜眷恋之诗人，使百数十年来在本国亦遭人冷落或致误解之莎士比亚之名剧，重显其价值，而成为南欧各国条顿民族之瑰宝。伟哉！翻译至此，盖兼有创造之能事矣。

威廉·希雷格尔之所以能致此者,非偶然也。其家学渊源,少年沉潜博学,已述于前。其父其叔,对于莎士比亚研究素深,多所启发。而威廉·希雷格尔又早年谙练作诗之技术规程。及肄业荀廷根大学时,以前此德国仅有将莎士比亚剧本译成散文者,于是发愿译之为德国诗体,而以《夏夜梦》托始焉。当是时,浪漫诗人布格(G. A. Burger, 1747—1794)晚岁侘傺,为荀廷根大学教授,师生一见倾心,深相契合。威廉·希雷格尔既从布格学为诗,尽得其传。布格且以他日名必出己上相期许。威廉·希雷格尔乃以所译《夏夜梦》稿本呈布格恣意删改,一切遵从无违。布格重浪漫之感情而喜民众文学(歌谣之类),故其所改译者全失真面,于原文粗恶放纵之处,则更加点染,使成猥鄙不堪卒读。而于其精妙微婉之处,则忽略遗弃。此手稿今存,观之使人欲呕。幸威廉·希雷格尔虽受布格之影响,而为时甚暂。诚欲从事于民众文学,在当时应奉海达(Herder)为师,犹胜于布格也。此为威廉·希雷格尔翻译事业之第一期。

一七九一年,威廉·希雷格尔在荷兰任私家教读。时方潜心读席拉(Schiller)之美学著述及席拉所为诗,遂仿效之,威廉·希雷格尔之诗格乃变为庄严高华。为席拉所译莎士比亚剧本《麦克白斯》(*Macbeth*),亦以己意为之而全失真,使剧中之女巫变为希剧之凶神(Furies),阍人之俚歌变为雍熙之雅颂。其与布格之译法,趋向相反而所失维均。威廉·希雷格尔之弃彼而从此,犹为不幸之事也。是为威廉·希雷格尔翻译事业之第二期。

然席拉大有功于威廉·希雷格尔者,厥为介绍其研读葛德(Goethe)之著作。时葛德诗文全集初版方行世,世人之注意者甚少。盖众之所喜读者仍为《少年维特之烦恼》一类作品,而不知葛德已大有进于是。其新作宏深精严,时人不解。威廉·希雷格尔独深嗜之,心折葛德之才识无上。始知从事创造之艺术家,须能暂时将自己完全忘却,沉溺于所经营之作品中,以全神注之。而其作品之体裁,应不拘一格,惟视其题目材料之性质,适宜而变化。今威廉·希雷格尔从事翻译,亦当效法葛德,具有此种忘却自己而俯仰步趋以就原作者之本领。盖翻译家所必不可缺之资格有二:(一)为女性之灵敏之感觉力,于异国原文中细微精密之特点,悉能领会。(二)为男性之刚健之创造力,能于己心中再造出全部之印象。此二种资格,葛德一身兼备,故其天才卓绝,其所著作神奇精妙、变化多端而不可捉摸。今威廉·希雷格尔正宜奉为师表而仿效之也。

且德国文字夙号简陋,自经葛德之手,秉其天才,为诸种精妙之文学创作。于是德国文字内涵之能力乃尽发现,而成为完备可用。威廉·希雷格尔当时正可坐享其成,从事翻译,不愁文字工具之短缺。又威廉·希雷格尔前此误从布格之说,以格律技术为外表之事,今始知文学作品之内容与其形式实相密附而不可分离。而所谓文体者乃作者全部心性之表现耳。故翻译之功匪特为作品之运输,亦即使本国人得深悉了悟异国古代之人之精神造诣之正途。由是威廉·希雷格尔益重视其翻译莎士比亚剧本之大业,而郑重从事焉。是为其翻译之第三期。

然其时威廉·希雷格尔又受菲希特(Fichte)及其弟弗列得力·希雷格尔之影响,致力于浪漫文学运动,乃暂将莎士比亚搁置,而翻译南欧文学名著。若荷马史诗,若希腊情诗牧歌,若罗马著名诗人及意大利、西班牙、葡萄牙之诗(后此又兼译印度梵文古诗),均以各种不同之体裁译之。其目的(一)以使德国文学内容丰富,(二)自作勤苦精工之练习,藉为翻译莎士比亚之预备也。其于但丁费力最久,而译之仍不见精工。是为其翻译事业之第四期。

一七九五至一七九六年间，威廉·希雷格尔始译莎士比亚《罗密欧与朱丽叶》及《哈孟雷特》之一部。由其弟弗列得力以送致加罗林（Caroline Böhmer，参阅本篇第三节）评阅。加罗林大体赞赏，但谓文词颇嫌古奥艰深，恐系由于近顷翻译但丁之故。威廉·希雷格尔之翻译事业，得加罗林之赞助为多。一七九六年，二人结为夫妇，其伉俪同居之数年中，为威廉·希雷格尔翻译莎士比亚最重要之时期。《罗密欧与朱丽叶》译本之初稿，加罗林所手钞而威廉·希雷格尔复以笔涂改之者，今犹存，可参证。一七九七年九月，加罗林复为钞写《从汝所欲》（*As You Like It*）一剧之译稿，于致友人函中言及。顾加罗林之功不止于钞写。其时为人所盛道之论《罗密欧与朱丽叶》剧之文，实加罗林与威廉·希雷格尔所合撰。而莎士比亚诸剧本，亦可云夫妇二人所合译也。大率译本中表示女子之感情及文笔流畅之处，皆出加罗林手笔。而加罗林又能了解作者之真意与全剧之大旨，所以启发威廉·希雷格尔者至多。然细察其手稿之存于今者，则新婚之始，译稿全由加罗林钞写，其后渐归威廉·希雷格尔自钞。而《威匿思商人》一剧，译成于一七九八年之秋，犹为加罗林所钞。此后则加罗林之手迹不可复见。盖是年十月谢林（Schelling）至耶拿，与希雷格尔兄弟等同居，而情形顿异矣。（参阅本文第三节。）

葛德于 *Wilhelm Meisters* 书中，始力辟当时盛行之谬说，谓莎士比亚为粗豪放纵之天才而毫无艺术家之心思与训练者。威廉·希雷格尔于一七九七年著论，续阐葛德之主张，但以葛德之未能译莎士比亚剧本为德国诗体为憾事。威廉·希雷格尔之译本则纯为诗体，每行皆轻重五段（5◡—）之音节，与原文同。始犹参用亚历山大句式，旋知其不佳，乃尽毁其稿另译。初颇患德国文字之冗长散漫，原文之为十字者，德文用十四字犹不足以表达之。然而威廉·希雷格尔苦志不懈,力求凝炼。用力既久,乃能使译文之文字数与原文同,而又能尽达原文之意,且传其神。迨文体铸造既成,如顺水行舟,于是四年之中(一七九七至一八〇一年)译成剧本十六种,与当时葛德及席拉之作品价值相等,而威廉·希雷格尔毕生之大功成矣。此可谓之威廉·希雷格尔翻译事业之第五期。

如上所述,有雷兴等之批评研究以启其先,有海达之精神热诚以广其绪,有葛德之天才以示其秘,并为造成文字之工具。又须经历布格及席拉等诸人之传授,由错误而获正途,由失败而底成功。而苟无彼才智卓越之加罗林,倾注其热烈之爱情,为之批评,为之赞助,为之诱导劝慰,则威廉·希雷格尔之译莎士比亚,犹未能完功。呜呼!天时人事,诸种机缘,共相凑逼,乃结此区区之善果。甚矣,文学创造之非出偶然。甚矣,翻译外国文学名篇之未易言也。吾人于以上情形不惮详述之者,以今日中国翻译之业方盛,而草率猥陋者居多。苟欲深致力而求大成,威廉·希雷格尔之译事可为取法,盍注意及之。今人每谓吾中国文字繁难,不能表示西来之思想及感情,遂主废弃,或务为变革。殊不知文字之效用实系于作者之才力,是在作者、译者不惮辛苦,勉强试验,久之自可满足一己而造福后人。彼葛德与威廉·希雷格尔之发挥运用德国文字,可为榜样也。今人又备恶文学中之体裁格律,主一切破除。于是译西书者,不问其为诗、为文、为小说、为戏曲,又不辨其文笔(Style)之为浅、为深、为俗、为雅、为雄健、为柔和,而均以一种现代(并欧化)之语体译之。其合于原文之体裁否?不问也。其能完全表达原文之精神风韵否?亦不问也。使知文章内容之美与外形之美乃一事而非二事,使知文体须求符合于其题目及材料,则所为或将异乎今者。此又葛德之理论与威廉·希雷格尔之工作，可为吾人模范者也。呜呼！世间万事，愈难即愈可贵。翻译亦然，翻译文学名篇尤然。翻译乃一种精妙之艺术，从事者其慎之哉！至吾国之莎士比亚译本，有田汉君所译之《哈孟雷特》及《罗密欧与朱丽叶》等，今不及一一评论。惟以吾人所知，有邵挺君者，译成*Hamlet*，名曰《天仇记》，列入商务印书馆说部丛书第四集第二十一编。又译成*Julius Caesar*，均用文言，且多作韵文及诗句，气骨遒劲，辞藻俊美，而短歌尤精绝。其人盖于风、骚、乐府、古诗根柢甚深，又富于文学之鉴别力，故其译笔求工而不谐俗，颇有合于威廉·希雷格尔之所为者。惜邵君之译本不见称于世。邵君之职业居处，世亦未悉。爰特表彰之，尤望邵君能努力续译莎士比亚其余各剧，以竟全功也。（有知邵君住址者，务祈赐告本刊编者，以便通讯。）

第七节　结论（与现今中国比较）

十八世纪末年及十九世纪初年之德国，在政治上为最衰之时。弗烈得力大王之雄风消歇，诸小邦独立为治，不相统一，而蹂躏于拿破仑铁蹄之下。然在文学上，则此时之德国实为最盛之时。不但各种运动风起云涌，而天才之作者亦辈出。尤以异禀神慧之葛德，鹤立虎啸，为此时代之领袖中心人物。即希雷格尔兄弟之天才及成就，亦自有其不可及者。试以德国此时代之文学流派趋势，与今日中国比较，可约略比附如下。（一）中国有纯粹旧派之老辈文学家，如陈散原、郑海藏之诗，柯凤孙、马通伯之文，此可比于德国之古典派如Nicolai等。（二）陈独秀、胡适之文学革命及徐志摩等浪漫之诗，此可比于德国之狂飙运动。（三）现今鲁迅等之讥嘲主义及郁达夫等之情欲描写，此可比于希雷格尔兄弟所领导之浪漫派(Die Romantische Schule)。(四)最近出现之成仿吾、郭沫若等之革命文学,此可比于后来德国之“少年德意志”(Das junge Deutschland)一派。但(1)所异者,德国诸派先后相隔较久,而在中国则十年之中重叠凌逼而并集。譬犹望远镜之缩藏,又如层塔,自其顶以强力下压,诸层均落地面,而里外环围。今之中国,思想感情之冲突,古今新旧之混淆,较他国、他时均为甚,此特其一事耳。(2)又所异者,德国当时有葛德与席拉二人,秉其雄厚之天才,虽由狂飙运动入,而旋即脱弃之,精研古学,以人文主义为倡。其学识则包融新旧,其宗旨则在寻求普遍之真理而发明艺术之精理与正法。其所创造之作品则佳美无上,为古今所莫及。其在当时之影响,则能补益纠正各派之所短,而使新进作者有所取法。譬如众星在天,而日月居中照耀。中国今日,其孰能当葛德与席拉?其孰以葛德之志为志、葛德之法为法?其孰以精美纯正熔铸一切之人文主义为倡?其孰能为古学渊博之今世模范思想家及文艺创造者?此其人谁耶?或答曰恐尚无之。若是者,众皆当勉为之。吾人首先竭诚企望之矣。

——本篇长文原连载于1929年4月8日出版之《大公报·文学副刊》第65期、1929年4月15日出版之该刊第66期及1929年4月22日出版之该刊第67期。

《欧那尼》排演百年纪念

一八三〇年二月二十五日，法国浪漫文学领袖嚣俄（Victor Hugo，1802—1885）所撰《欧那尼》（*Hernani*）一剧，初次排演于巴黎法国剧院（la Comédie-Française），是为浪漫派完全获胜而古典派一衰不振之枢机。其事甚为热闹，而关系又极重大。至今适满百年，允宜纪念。按浪漫派文学盛极于十九世纪之上半期，至今余波犹存。而如梁实秋君（见其所著《浪漫的古典的》一书）等所论，吾中国近今之新文学，实受西洋浪漫派文学之影响。饮水思源，穷根究底，则吾国人于《欧那尼》排演之故事及法国浪漫派之奏捷，亦不可不详知。所幸嚣俄之《欧那尼》一剧，有东亚病夫（曾朴，字孟朴）君译本。是为其所译"嚣俄戏剧全集"之第三种，民国十六年九月出版，上海静安寺路斜桥总会对面一二二号真善美书店发行，实价大洋八角。读者苟细阅此佳良之译本，则于该剧之内容自可洞悉无遗。且其卷末又附虚白君所撰《〈欧那尼〉初次出演纪事》一篇，叙记当日情形，则吾人今兹亦无庸赘述，但指明此事之重要及纪念之不可缺，亦已足矣。

法国浪漫派之正式发动及其主张之宣布，实在一八二七年十二月嚣俄所撰《克林威尔》一剧之序文。高笛儿（Théophile Gautier）之《浪漫运动史》（*Histoire du romantisme*）有曰："奇哉此时也！《克林威尔》剧序文煊耀于吾侪眼前，如上帝之显威灵于西奈山头之景象(见《旧约·出埃及记》第十九章)。其言透辟,无可答辩。由是遂发起一种运动,与昔之文艺复兴可以并称。吾侪受其感动,皆若有新生气,诗情竟可复得矣。"顾前此嚣俄业已发表其主张,而后此复作其他序文以明己旨。尤要者为(1)一八二二年及一八二四年之《歌集》序,(2)一八二六及一八二八年之《歌谣集》序,(3)一八二九年之《东方诗集》序,(4)一八三一年之《秋叶诗集》序,(5)一八三五年之《黄昏歌集》序,(6)一八三七年之《内声诗集》序,(7)一八三〇年三月九日之《欧那尼》剧本补序,(8)一八三二年之《嬉王》剧本序,(9)一八三三年之《吕克兰斯鲍夏》剧本序,(10)一八三四年之《马丽丢陶》剧本序,(11)一八三八年之《吕伯兰》剧本序,以及(12)一八三四年之"文学哲学丛著"等。然其时宣示浪漫派关于文学艺术之主张者,非止嚣俄一人。此外尚有诸多文章,其重要足可与嚣俄之《克林威尔》剧本序并称者,今约举之如下。(1)斯丹达尔之《拉辛与莎士比亚》,一八二三年作,一八二五年续作。(2)德歆(Emilie Deschamps)之《和平时代之战争》,一八二四年作。(3)德歆之《法国及外国文学研究》序,一八二八年作。(4)那底儿(Charles Nodier)之《文学与批评杂论》,一八二〇年作。(5)那底儿之《论文学中之幻思》,一八三二年作。(6)维尼(Alfred de Vigny)之《致某贵爵论》《一八二九年十月二十四日之夜戏》及《戏剧之系统书》,一八二九年作。(7)维尼之《安克大将》剧本序,序系一八三一年七月补作。(8)维尼之《买塔登》剧本序,一八三四年六月二十九夜作。(9)拉马丁(Lamartine)之《深思诗集》再序,题曰《诗之运命》,一八三四年作。(10)弥瑟(Alfred de Musset)之《致 Dupuis 及 Cotonet 书》,一八三六年作。(11)大仲马之《亨利第三王》剧本序,一八二九年作。(12)大仲马之《查理第七王》剧本序,一八三一年作。欲究浪漫派重要作者之主张及见解,取以上各篇细读之可矣。

《欧那尼》一剧之排演，为当时法国古典派与浪漫派争斗之机会。浪漫派雄心热诚，再接再厉，累获胜利。而古典派则益疲靡不支，固由时会使然，亦缘浪漫派人才众多，极一时之盛也。(一)《欧那尼》初次排演，为一八三〇年二月二十五日。其情形详见高笛儿之《浪漫运动史》一书。惟此书系一八七四年所作，相去已三十余年矣。是日关于《欧那尼》之第一次战争。(二)此剧第二次排演，为一八三〇年二月二十七日，其情形详见嚣俄夫人所作《嚣俄生平实记》一书之第五十三章。是日关于《欧那尼》之第二次战争。(三)一八六七年，时嚣俄已遁居外国，此剧复又排演，仍获胜利。或并名此日关于《欧那尼》之第三次战争云。

浪漫文学之特点及其优劣短长，非本篇所欲论。惟有一言，即浪漫运动所以在文学史上赫赫烈烈获不朽之名者，实以其人才众多，而加入运动者皆踔厉奋发、辛勤刻苦。不但倾注极端之真情及过人之热诚以赴之(观于《欧那尼》第二次排演之日，诸少年群集拥护嚣俄之狂烈情形可知)，且其著作之诗文戏剧小说极多且富(嚣俄著作之多尤为惊人)，纵或瑜瑕互见，而其价值自在，成绩确可树立。吾国之新文学运动既系受西洋浪漫派之影响而产生，姑不论其利弊完缺，先当问吾国近今之从事新文学运动者，确具彼法国浪漫派之真诚与热情乎？再当问吾国近今之致力于新文学创造批评或翻译者，其实际著作之成绩有能如嚣俄等之既多且富而又精实雄伟者乎？此问非吾人所敢置答，请举寻常套语以终之曰：有则加勉，无则更应积极努力也矣。

——本文原载于1930年3月10日出版之《大公报·文学副刊》第113期。

劳伦斯逝世

(一)电传逝世消息

据三月五日《北平英文导报》载三月三日电讯,英国著名小说家劳伦斯(D. H. Lawrence,1885—1930)氏,于本日在法国南部地中海岸Nice地方之Vence村中,以肺疾逝世,享年四十五岁。其德国夫人在侧视殓云云。按劳伦斯为现代欧洲极重要之小说家,本刊特请国立清华大学及北京大学教授英国瑞恰慈君(I. A. Richards)撰劳伦斯评传一篇,题曰"D. H. Lawrence—A Modern Rousseau",译登后方(按原文已登三月十八日《北平英文导报》)。劳伦斯之著作,提倡感情生活,描写性欲恋爱,常为英国政府所查禁。实则其书并非如何淫荡,特彼作者自有其见解而已。瑞恰慈君推之为今世之卢梭,洵为卓识。劳伦斯之著作,今另列表于后。已译成中文者有若干种,一时未及查检,遗像附登。在近世工业化、科学化之社会中,人之感情无所使用,无所发泄,故人皆感觉烦闷郁苦,此乃普遍之现象,特于恋爱、性欲方面尤为显著。劳伦斯一生著作之大旨,即将此事表而出之,并由心理分析及潜意识之研究,为筹备补救之方,惜功未竟而遽殁。劳伦斯以为田野农夫及中下等社会中人,尚有真正感情之可言。至所谓智识阶级及贵族，则太过机敏，太过聪明，心思复杂，感情汩没，行事依违迟疑，多评论而少成功。此实一病态的现象（参阅本刊第七十四期《罗素评现代人之心理》篇），惟有坦白真率、径情直行，可以救之。除个人之烦苦，求社会之安宁，其道端在于是矣。如（一）劳伦斯第一部小说《白孔雀》（一九一一年出版）中叙农家兄妹二人，妹与一贵族而博学之少年相爱，而此少年终不能娶之。兄亦与一贵族少妇相爱，此少妇亦不能冲破藩篱而嫁之。兄悲丧至极，流转至某氏园，与白头园丁，为述己身昔年所遭。盖情形相同，然却得与所爱之贵族女成婚。顾其结果，终归离散，不能和洽。此二人所遇不同，均终于悲苦。此书大旨，盖点明今世之病源，而谓其无法解救也。至若（二）劳伦斯最后一部小说《贾德勒夫人之爱人》[①]一书（一九二九年出版），所叙之事与彼书极相类似。但其结局则贾德勒夫人竟能幡然改辙，与其所眷之质朴之少年得谐欢爱而获真正之安乐。此言苟世人自能觉悟，径情直行，而又不陷于卑靡虚伪，则结果亦佳。是则今世之病不难救治，待人力以成之而已。两相对比，亦可见二十年中劳伦斯由悲观而渐变为乐观。彼终身常病，时多郁疾。除作小说与诗及论文而外，兼习绘画，所作画尝在英国展览会中陈列。当局闻其画出于淫书之作者劳伦斯之手，亟遣人往撤毁之。劳伦斯之小说，亦多在国外出版。某书刊行后，英国当局不许入境，或假外交部人员寄递公事之便，始得偷混运入一部，亦趣闻也。

（二）瑞恰慈教授特撰评传

劳伦斯之殁，年仅四十有五。今世英国文学中最有趣味之人

① 《贾德勒夫人之爱人》，今译《查泰莱夫人的情人》。

物于焉殂谢,所失至大。盖劳伦斯近二三年中之著作较昔更有进步,创造之精力不减,而澄明之意、均平之旨,有为其早年书中所不能见者。彼之一生,殚精竭力,以求解决极端意识之实际问题。今其目的将达,所获答案当必确切不易。乃不幸天不假年,彼试为此业,一力独任。其才其勇,匪人所及,今后更无能继武者。则其研究之结果终不得见于世,是足伤矣。

在近世工业化之生活中,人之思想既纯受科学支配,则感情之地位及权力为如何,此劳伦斯所欲究之问题也。感情薄弱或粗钝之人,必视此为难题。所幸劳伦斯之感觉极锐敏而精细,其著作中之佳篇,悉以畅宣感情之力量为主旨,故读之者每致惊骇而感苦闷,盖吾人平日生活贫乏枯燥无殊半死,而此情形又不愿为人揭破也。

劳伦斯生而为平民(译者按其父为煤矿工人),此事所关极重。其晚年所作小说中有曰:“苏玛斯乃一平民,故其邻居及侪辈所需所思者,彼悉以敏捷之本能感而知之。惟平民乃能如是。”此虽描写书中人物,实即自叙。即在其最后之著作《贾德勒夫人之爱人》一书中,劳伦斯仍尊崇平民而厌弃智识阶级。谓彼智识阶级中人,但以言语互喻,而不以情感相通也。劳伦斯生长于英国那汀翰郡[①]之矿区,该地天然风景最美,在全国数一数二。而矿穴中之情况则如斯残酷黑暗,两两相形,其刺激劳伦斯者为如何?劳伦斯少年至伦敦,为学校教员,即在感觉迟钝之人,久任教员,亦必深感生活之无意义,况劳伦斯耶?(译者按劳伦斯以其母之启诱,在那汀翰中学肄业,尝得奖金。年十六,任小学教员,课余从校长修学。年二十一,肄业于那汀翰职业学校。年二十三,至伦敦为教员。至二十九岁,乃始以著作自活云。)凡读劳伦斯之书

① 那汀翰郡,今译诺丁汉郡。

者，应从其第一部小说《白孔雀》入手。读此书，即知劳伦斯具惊人之天才，善能描绘天然美景而注入感情。又知劳伦斯此时业已制定一种价值之标准，异乎他人而极有趣味者也。其第二部小说《犯人》[①]甚为悲惨，所叙情欲之力足以摧坏一切。在近世社会情形之下，能使生活干枯至极。其第三部小说《儿子与爱人》[②]叙为母者病床临殁之情形，亦甚悲惨。此段殆系自叙，夫家庭关系常不免烦难痛苦，而写来如此动人，在全部英国文学中所仅见也。

于是劳伦斯渐辍小说，而转写诗。成《意大利之黄昏》诗集一卷。叙旅游彼邦所见。劳伦斯生平颇奋力宣示各国民、各种族之意识，而以此为托始。劳伦斯名为研究（一）意大利、（二）撒地尼亚、（三）澳洲、（四）墨西哥，实皆研究其自身。即深深钻入世俗及浮表之意识之下，以求另一种感情作用，以求另一种感情与理智之关系，藉作成所认为近世精神之致命病毒之治疗剂或解脱方，其用心盖甚苦矣。

此后劳伦斯所作小说，用意亦同，而由另一方面着眼。一曰《虹》。一九一四年初次发行，为警厅所禁，一九二二年再发行。二曰《恋爱中之妇女》。三曰《亚伦之杖》。（此书命名之典故出《圣经·旧约·出埃及记》第七章。）劳伦斯虽痛恶近世之意识，彼实为最富于近世精神者。以上各书，皆写男女问题，且直写女子对于性欲之经验及意识。性欲经验为凡人生活中必有之一部分。劳伦斯之描写，力求真切而无误谬。读其书者，每恍然于前此作者何以未尝描写性欲经验，是可怪也。谓劳伦斯之描写性欲经验实前无古人，此言似属过誉，然彼实当之无愧。譬犹垦辟牧场以为耕地，费力多而收功亦钜也。所惜者，此三部及嗣后续成之小说，

① 《犯人》，今译《入侵者》。

② 《儿子与爱人》，今译《儿子和情人》。

皆作成太易，急遽不遑，未暇深思。此盖由劳伦斯身患肺痨，常虑其生命之不获久长也。

欧战后，劳伦斯住居澳洲。一则避厌恶国中作战之精神而思有以避之，一则另移水土以疗养身体也。遂作《袋鼠》及《草莽童子》二书，自叙其在澳洲所得之印象，亦自非人所及。其后迁居墨西哥，作《女骑士》《墨西哥之晨景》《羽蛇》三书。且乘机研究南美洲之红印度人之初民意识，谓与北半球之美国人之意识适相反对者。由是劳伦斯遂谋采取《金枝》（译者按《金枝》乃英人Sir James George Frazer所著之书名，叙野蛮民族之宗教、迷信、魔术等而归本于性欲之本能，出版于一八九〇年。又按《金枝》著者生于一八五四年，生平著作甚多。其新著*Myths of the Origin of File*今年二月出版定价十二先令，伦敦麦美伦书店发行云）以下各书中之材料以为神话，而创立一种崇尚本能之宗教。此盖劳伦斯生平反抗现代意识之最激烈之举动也。劳伦斯归至欧洲，乃作《贾德勒夫人之爱人》一书，此为其性欲小说中之描写最明显者，亦其所有著作中之功夫最精到者。书成，自出资印行，而警厅百方销毁禁止，其所持理由徒使通人齿冷而已。劳伦斯续作一小说，亦拟私自印行，但当其殁时恐尚未成书也。

至论劳伦斯之诗，则《鸟兽花》一集最足代表作者。此集乃以半象征之法表示作者之意旨。依据所谓本能，以状绘羊龟蚊及无花果等。其体裁则变体而几同白话之自由诗也。劳伦斯早年所作之诗，常类未来最精之心理学家之笔记，殊不能以诗称。然即此早年之诗，亦常言昔人之所未能言，而有其价值在也。

劳伦斯在现代影响业已甚大，此无可置疑者。其影响随地皆可见，而在欧战后之德国传播尤速。吾今人纵或不喜劳伦斯之说，然历时不久必赞成而乐从之。劳伦斯能将未可以言语形容之感情表而出之，而又不致扰乱人之全部心志，其工于为此，前人未有克及之也。吾人所当注重者，非劳伦斯之主张，乃其意识。彼之见解不同于人者，十之九殆皆错误。然即极不赞成彼之见解者，亦不得不研究其引导世人深入意识之方法。总之，劳伦斯可称为卢梭之后身。彼乃今世之卢梭，而新浪漫主义之倡导者也。所异者，卢梭在昔反抗旧传之宗教政治社会之规制，而劳伦斯则反抗今世之科学心理及纯凭理智之生活习惯等。劳伦斯用柏格森之学说而见诸实行，乃诗人而非哲学家。但其影响之速且钜，远非任何哲学家所能及。将来无论结果如何，劳伦斯生平所增益于今世生活者至富，其功终不可没。纵其说行之或有害，亦可取也。

（三）劳伦斯著作一览表

（甲类）长篇小说　（1）《白孔雀》（*The White Peacock*），一九一一年出版，伦敦Duckworth书店发行。（2）《犯罪者》（*The Trespasser*），一九一三年出版，书店同上。（3）《儿子与爱人》（*Sons and Lovers*），一九一三年出版，书店同上。（4）《虹》（*The Rainbow*）一九一四年伦敦Methuen书店出版，但遭禁毁，一九二二年始准发行；然一九一五年在美国出版，列入Modern Library丛书中。（5）《失足女郎》（*The Lost Girl*），一九二〇年伦敦Secker书店出版。（6）《亚伦之杖》（*Aaron's Rod*），一九二一年伦敦Daniel书店出版。（7）《恋爱中之妇女》（*Women in Love*），一九二二年出版，书店同上。（8）《袋鼠》（*Kangaroo*），一九二三年伦敦Secker书店出版。（9）《草莽童子》（*A Boy in the Bush*），与M. E. Skinner女士合著，一九二五年伦敦Centaur印刷所出版。（10）《羽蛇》（*The Plumed Serpent*），一九二六年出版,书店同上。(11)《贾德勒夫人之爱人》(*Lady Chatterley's Lover*),一九二九年出版,书店同上。

(乙类)短篇小说 (1)《娇鸟》(*The Ladybird*),一九二三年出版。(2)《我的英国》(*England, My England*),一九二四年出版。(3)《女骑士》(*The Woman Who Rode Away*),出版年未详。此外尚有二三种。

(丙类)戏剧 (1)《何乐德夫人之守寡》[①](*The Widowing of Mrs. Holroyd*),一九一四年出版。(2)《一触即发》(*Touch and Go*),一九二〇年伦敦Daniel书店出版。(3)《大卫》(*David*)一九二六年伦敦Centaur印刷所出版。

(丁类)诗 (1)《爱情诗集》(*Love Poems and Others*),一九一三年伦敦Duckworth书店出版。(2)《爱歌集》(*Amres*),一九一五年出版,书店同上。(3)《吾侪幸而免》(*Look, We Have Gone Through*),一九一六年伦敦Chatto & Windus书店出版。(4)《新诗集》(*New Poems*),一九一九年伦敦Secker书店出版。(5)《蝴蝶花集》(*Pansies*),一九二〇年出版,书店同上。(6)鸟兽花集(*Birds, Beasts & Flowers*),一九二三年伦敦Daniel书店出版。

(戊类)游记及杂文 (1)《意大利之黄昏》(*Twilight in Italy*),一九一六年伦敦Cape书店出版。(2)《撒地尼亚[②]之海岸》(*Sea and Sardinia*),同上。(3)《墨西哥晨景》(*Mornings in Mexico*)。(3)《见刺猬死记所感》(*Reflections on the Death of a Porcupine*),一九二五年伦敦Centaur印刷所出版。(4)《论写淫之文学》(*Obscenity and Ponography*),此为一小册,乃劳伦斯一生最后之著作也。

(己类)专门书籍 (1)《无意识之梦幻梦》(*Fantasia of the*

---

① 《何乐德夫人之守寡》,又译《霍罗伊德夫人的丧偶》。

② 撒地尼亚,今译撒丁岛。

Unconscious)，一九二四年伦敦Secker书店出版。(2)《无意识与心理分析》(*Psycho-analysis and the Unconscious*)，一九二四年出版，书店同上。(3)《美国文学史论》(*Studies in Classic American Literature*)，一九二三年纽约Seltzer书店出版。(4)《欧洲史纲要》(*Movements in European History*)，一九二五年英国牛津大学出版。

本刊编者按，上著作表匆促编成，且平津一带参考书籍有限，缺漏容或不免，读者谅之。又按今国内报章杂志有论及西洋文学者，多系直接翻译英美杂志书籍中之成篇或节取其一段，本刊所登纪念文，则悉由自撰其逝世哀悼文，则闻某人死耗立即自行撰作登出，决不等待欧美杂志到后，方为选译，读者细计时日可明。凡所搜集编列，尽力求详。虽无足称，惟区区不敢苟且塞责之意，望社会知之而已。

——本文原载于1930年3月24日出版之《大公报·文学副刊》第115期。

斯特来奇逝世

斯特来奇(Lytton Strachey,1880—1932)为英国新派传记文学之首领,生平著作仅五六种,属传记者仅四种,而皆独具异彩,为后起传记作家之圭臬。近十余年来,欧洲有三大传记作家,(一)为德国之路德威(Emil Ludwig),(二)为法国之摩拉(André Maurois),(三)即为英国之斯特来奇,本刊并屡有记述。前二人今犹健在,而斯氏竟于本年一月二十一日在故乡逝世,英国文坛黯然失色。盖继斯氏而起者,固大有人在,然皆皮毛之模仿,等于画虎不成。将来此派文章或成绝响,未可知也。

斯特来奇以一八八〇年三月生于英国一书香之家。父理查爵士(Sir Richard Strachey)曾任英国军职与印度行政官,母简夫人(Lady Jane Strachey)为著作家,为英国当时一有名女子,姊妹兄弟多为文人。一门皆好学能文,斯氏之天赋与成就固有渊源也。斯氏既长,肄业于剑桥大学之三一学院(Trinity College)。在校时,即好为诗。卒业后,时在杂志上发表论文,而于法国文学尤有心得,其第一部著作为《法兰西文学述要》(*Landmarks in French Literature*),列入"大学自修丛书"(Home University Library)遂得名,时一九一二年也。厥后乃倾心于英国前代人物之研究,成《维多利亚朝四名贤传》(*Eminent Victorians*)。初时无处求售,及一九一八年出版,购者云集,纸贵一时,于时斯氏又在传记文学上得一新地位。继又用三年之力著成《维多利亚女王传》(*Queen Victoria*),于一九二一年出版,说者推为斯氏传记之杰作。一九二二年出版《书籍与人物》(*Books and Characters*)。一九二六年出版《蒲伯传》(*Pope*)。一九二八年出版《伊丽沙白与蔼色斯》(*Elizabeth and Essex*)。斯氏一生之重要著作即尽于此。伦敦之戈登广场(Gordon Square)文士所集,皆擅名当代,如小说家武鲁夫夫人(Virginia Woolf)、艺术家培尔(Vanessa Bell)等,斯氏亦与其列。斯氏身躯高瘦,大眼长须,益以好静善思,举止纯然一绅士式之学者。因患溃疡(肠)病,历二月,遂致不起。其家在Berkshire之Inkpen地方,即其逝世之处。享年五十有一。

传记之作,昔时虽亦间有名著,然在文学上未占重要地位。十九世纪以来作者渐多,至二十世纪而大放异彩。十九世纪之作大半犹如一变形之讣闻,只有夸大之赞颂,而无真正之批评。如传一帝王,必写其人之如何尊贵、如何威严,而不顾其具有王者之品格与否也。此种隐恶而扬善之文,自不足以称传记文学。其次则但将其人之生平事迹作客观之叙述,至其人之性格如何、特点何在,全赖读者自为领会,著者不参意见。此二体,前者失之虚妄,后者失之芜滞,皆无足取。至维多利亚朝,小说家沙克雷、迭更司、乔治·哀丽奥[①]辈出,继其后者,如麦雷迪斯及哈代,佥以为传记犹如小说,所需要者为个性而非形式,于是传记之作风乃为之一变。自此新兴作家皆以为一部传记必以一人之性格为中心,所取事迹必以与其性格发展有关系者为限,其他皆无足轻重。若其为人为多方面的,则写其全照,否则只写其一面即足,而以切于其人之真实为第一要义。此派性格化之传记,论者名之曰"解释的传记"(Interpretative biography)。第一,必先驱除一切成见,以

① 乔治·哀丽奥,今译乔治·艾略特。

搜集所有之材料如信札、日记、自传著作等,以为事实之基本,进而想象其时代,研求其品性,得一真确之主脑意识,然后与选定之材料,作相当之配合,于是其人遂得活现于纸上。比较言之,旧式传记,犹如一印版之照相,只求表面之逼真(as he looks);新派之传记,则如一活动之写真,必得其为人之所以然(as he is)。然此种作法实非易易,盖不特须有整个之诚意,且须有相当之聪明与深刻之判断力,非仅能文章便可率尔操觚也。若能达此境,其作品之价值当然甚高,既可屏去许多无用之材料,又可转移读者之成见,而成一精美之文学矣。至其作法,约有两种:(一)为分析的,即将其事实之成分分析之而求其品格之所在;(二)为演述的,即由连叙之事实中表露其品格之发展。(一)为实际的,(二)为幻想的,皆以作者之智力为中心,而尤以(二)法较为成功,故近世传记皆取小说之作法,即此之谓。斯特来奇即此派最新传记文学中之成功者,其由来固有历史之关系,非偶然独造者也。

斯氏个人之成功,又有二点为一般作家所不及,即其才与学是也。斯氏能见人之所未见,以同样之题材传出异样之人物,如《维多利亚传》是。以近代之想象达于前世纪之知识境界而无误,如《四名贤传》是。四名贤,一为满宁教揆(Cardinal Manning),二为南丁格尔夫人(Florence Nightingale),三为安诺德博士(Thomas Arnold),四为戈登将军(General Gordon)。斯氏以讽刺之笔,使其传记显明人格,不求人物之伟大,而求人性之实在。既求得之,又能表出之。如演傀儡戏然,作者在暗中操弄弦机,使人物出场重演其当时之活动,使读者陡见前代人物之活现于字里行间,而不觉其生动之灵机皆玩转于作者指掌之间也。其文章之风格,又如演歌舞戏然,表相处,皆是做作,而实则丝丝皆是单纯。直观之,是一色当时之境界,细味之,竟是一种远代之回音,使读者欣赏之下，不禁一种过去印象充满心目矣。

次如《维多利亚女王》，在位六十四年，科学、实业、文明、教化皆臻极盛，在英国历史上为一重要时代。为之作传，材料自然美不胜收，无论如何着笔，皆可有声有色，而斯氏专从其性格着力，使此一代名王一变而为一真正之女子，所谓尧舜亦犹人也，有为者亦若是。全书将女王一生分为五时期：（一）墨尔伯时期（Melbourne）为当时自由党之首领，任英首相，与女王至为亲密；（二）婚后时期〔女王二十一岁下嫁其表兄阿尔拔（Albert）亲王〕；（三）因阿尔拔亲王之丧而退隐时期；（四）受Disraeli相之影响而再亲政时期；（五）晚年。斯氏著此书最费苦心，书出亦举国倾动，为一九二一年英国文坛最著之一事。至《伊利沙白与蔼色司》则又是一种笔墨。伊利沙白女王为一伟大女子，在英史上造成一黄金时代，晚年宠幸一美貌而有大志之男子蔼色司，时女王年已五十三，而蔼仅二十龄耳。斯氏写此二人悲苦之爱史，极为真挚，与前数书之以讽刺落笔者不同也。

斯氏有言曰："作传记者之第一责任，即须有剪裁史料之工夫。第二则须有保持其自己自由之精神。其天职不在颂誉，而在就其所了解者率真以写出之耳。"寥寥数语，乃斯氏作传之原则，亦即近代传记文学之新定义也。至斯氏在文学史中之地位，此刻尚不易断定，盖成名不过十余年即死，不特路德威与摩拉犹在努力，即英国之尼柯孙（Harold Nicolson）与古达拉（Philip Guldala）亦前途难量。然盖棺论定，斯氏除其著作外，其创立传记之新体，功亦长在。惟其影响不尽佳。盖斯氏有学有才，能见而得之，衡以表之。若后起之模仿者，率皆寡才浅学，所作殊恶劣，在美国尤甚，斯可憾耳。

附按本年四月号之《法国文学杂志》(*La Nouvelle Revue Française*)中,有Jacques Heugron氏所作《论斯特来奇》一篇,可窥法人对斯氏之意见,兹撮译如下。该文谓斯氏为“欧战后”期之作者,介立于治乱动止之间。然斯氏实为英国“反抗维多利亚时代者”之一人,即重个人、重生活、重艺术。而以隐喻讽刺之态度,攻诋彼时代过重形式之虚伪的道德是也。故斯氏首为观察精微、讽刺婉妙之传记作者。其叙帝王卿相、耆宿名儒,皆直揭其精神之内幕。以确实可据之琐屑情事或书札日记中之片语,表见其性格,栩栩如生。从其所描绘,则知维多利亚非仅衮冕端严之傀儡女王,乃多情而尚气之灵活少女。则知满宁主教虽斋戒沐浴以事上帝,而常思佳肴美酒。则知南丁格尔夫人固为创立战地看护病院之女英雄,然本为柔婉而慈祥之妇人。其他政客文人,其心思之错综、行为之矛盾、境势之复杂变幻,尤一一耐人寻味。而批郤导窾、绘影传声,则斯氏之功也。复次,斯氏亦今世极有价值之历史家,盖从古良史家皆以描摹人物、显示品性,为其要责及长技(按中国自《史记》列传以下皆如此)。而近世乃有疑而非之者。于是作史者遂流于干枯琐屑,反以科学的史家自诩,是诚不幸(参阅本期《历史之美学价值》篇)。今斯氏虽专作传记,实亦良史家。所描叙者虽属个人,然一朝政治之得失,一时风教之变迁,各种复杂详密之关系,皆罗列清疏。读彼一篇,而全局了如指掌。非良史家而何?且今世有斯特来奇其人,于以知真正之史家尚有继武,不至湮绝。此则尤可喜也,云云。

——本文原载于1932年7月25日出版之《大公报·文学副刊》第238期。

《白璧德中西人文教育谈》

按白璧德先生(Irving Babbitt)为哈佛大学文学教授。而今日美国文学批评家之山斗也,与穆尔先生(Paul Elmer More)齐名。其学精深博大,成一家言。西洋古今各国文学而外,兼通政术哲理,又娴梵文及巴利文,于佛学深造有得。虽未通汉文,然于吾国古籍之译成西文者靡不读。特留心吾国事,凡各国人所著书,涉及吾国者,亦莫不寓目。其讲学立说之大旨,略以西洋近世,物质之学大昌,而人生之道理遂晦。科学、实业日益兴盛,而宗教、道德之势力衰微。人不知所以为人之道,于是众惟趋于功利一途,而又流于感情作用,中于诡辩之说,群情激扰,人各自是。社会之中,是非善恶之观念将绝,而各国各族,则常以互相残杀为事。科学发达,不能增益生人内心之真福,反成为桎梏刀剑。哀哉!此其受病之根,由于群众昧于为人之道。盖物质与人事,截然分途,各有其律。科学家发明物质之律,至极精确,故科学之盛如此。然以物质之律施之人事,则理智不讲,道德全失,私欲横流,将成率兽食人之局。盖人事自有其律。今当研究人事之律,以治人事。然亦当力求精确,如彼科学家之于物质然。如何而可以精确乎?曰:绝去感情之浮说、虚词之诡辩,而本经验、重事实,以察人事,而定为人之道;不必复古,而当求真正之新;不必谨守成说,恪遵前例,但当问吾说之是否合于经验及事实;不必强立宗教,以为统一归纳之术,但当使凡人皆知为人之正道;仍可行个人主义,但当纠正之,使其完美无疵。此所谓对症施药,因势利导之也。今将由何处而可得此为人之正道乎? 曰:宜博采东西,并览今古,然后折衷而归一之。夫西方有柏拉图、亚里士多德,东方有释迦及孔子,皆最精于为人之正道,而其说又在在不谋而合。且此数贤者,皆本经验,重事实。其说至精确,平正而通达。今宜取之而加以变化,施之于今日,用作生人之模范。人皆知所以为人,则物质之弊消,诡辩之事绝。宗教道德之名义虽亡,而功用长在。形式虽破,而精神犹存。此即所谓最精确、最详赡、最新颖之人文主义也。人文教育,即教人以所以为人之道,与纯教物质之律者,相对而言。

白璧德先生之说,既不拘囿于一国一时,尤不凭藉古人,归附宗教,而以理智为本,重事实,明经验。此其所以可贵。故有心人闻先生之说者,莫不心悦而诚服也。今兹率尔撮述,自知不免失真。白璧德先生所著书,有*Literature and the American College*(1908)及*The New Laokoon*(1910)及*The Master of Modern French Criticism*(1912)及*Rousseau and Romanticism*。原书具在,读者可取而观之也。本志行将撮译先生之书,以介绍于国人。今此篇原名"Humanistic Education in China and the West",登载《中国留美学生月报》第十七卷第二期(民国十年十二月出版)。去年九月,美国东部之中国学生年会,曾请白璧德先生莅会演说。此篇即系当时演说中大旨,以其论特为吾国人而发,故首先由胡君先骕译出,以登本志。吴宓附识。

——本文系吴宓为胡先骕君译《白璧德中西人文教育谈》所撰之编者按语,原载于1922年3月出版之《学衡》杂志第3期。

Outlines of an Address on "The Humanism of Irving Babbitt"

Delivered in Dalian, October 20, 1924

I. Introduction.

II. The Value of Mr. Babbitt' s Doctrine- Reasons Why I Believe in and am Propagating This Doctrine:

1. Its Intrinsic Value.

i. Synthesis of the World's Culture (west + east).

ii. Inheritance of Great Traditions (Classical + Christian).

iii. Search after Fundamental Principles, which are of Universal Application.

iv. Positive Method.

v. Critical Attitude.

vi. Essential Concern with the Problems of Life and Culture.

vii. Cosmopolitan Outlook.

2. Specially Needed in and Adapted to the Orient.

i. To Preserve the Oriental Civilization.

ii. To Get the Best Things from Occidental Civilization.

iii. To Avoid Falling into the Wrong Paths of the West.

iv. To Promote Cosmopolitan Peace and Happiness.

III. Short Biography of Mr. Babbitt.

IV. Books written by Mr. Babbitt. 5（Published in 1908, 1910, 1912, 1919, 1924）.

Also books by Messrs, Paul E. More and Stuart P. Sherman; Articles in the “Critical Review”.

V. Fundamental Principles in Mr. Babbitt.

1. The Three Levels of Life: Religious, Humanistic, Naturalistic.
2. Dualism of Human Nature.
3. The Problem of the One and Many. Necessity of Having Unity and Concentration and Standards.
4. To Acquire Standards: Imagination to Assist the Will（and Reason）.

VI. Definition of Humanism.

1. The old Meanings: “Literae humaniores.”（Classical）
   “Humanists” of the Renaissance.
   Contemporary Uses.
2. General Explanation: Emphasis on the Element Peculiar to Man（vs. Religious and Naturalistic）.
3. Mr. Babbitt’s Definition: Idea of Selection and Discipline（vs. the Utilitarian Humanitarianism of Bacon and the Emotional Romanticism of Rousseau）.
   The modern movement = Humanitarianism + Progress.

VII. Practical Aspects of Mr. Babbitt’s Doctrine:

1. Life and Morality.
   i. Liberty vs. Restraint. Inner Principle, to Replace the Outer Principle（Tradition, Religion）.
   ii. Centripetal Virtue - Check on Impulses and Emotions.

iii. Imitation. Emphasis on Character.

iv. Principles of Measure and the Mean.

v. The Right Use of Imagination - to Perceive the Moral Law.

2. Literature & Art:

i. Possibility of Critical Standards: Universality in literature.

ii. Critical Standards to Serve as Check upon the Individual Impressions. Emphasis on Form and Artagainst Dilettantism.

iii. Right Method of Study-against Philological & Impressionistic Methods.

iv. Insistence upon a Proper Relation of Literature to Life - against Art for Art's Sake & Didacticism.

v. Against the Confusion of the Genres. (*Laokoön*).

3. Education:

i. Education to be Based on Humanistic Ideas. Complete Reform of Curriculum Necessary.

ii. Against Utilitarian Education of the Training for Power.

iii. Against Over-specialization and Vocationalism.

iv. Against the Humanitarian Education of Training for Social Service.

4. Society and Politics:

i. Problem of leadership-Aristocracy of Intellect and Character. Against Radical Democracy of Counting Heads.

ii. Man,not Institutions. Against Over - legislation.

iii. Defense of Veto - Power in Government. Against Radical Changes Based upon the Impulses of the Moment.

iv. Preaching the Right of the Minority. Against Intolerance.

v. Denouncing Popular Flattery. Against Class - Warfare and the Undue Power of Labor.

5. Internationalism:

i. Modern International Situation Analyzed. It is due to:

a. Growth of Nations.

b. Development of the Science.

c. Frenzied Patriotism.

d. Lack of humane conceptions.

ii. Against Imperialism. International Chaos, a Larger Reflection of Individual's Excesses. The Lessons of History: Nemesis.

iii. Unity of Civilization. The International Ideal to be Based on a Synthesis of Culture.

iv. Inefficacy of Humanitarian Projects:

a. League of Nations.

b. International Peace.

c. Disarmament Conference.

d. Socialistic dream of Utopia.

e. White Man's Burden, etc.

v. The only remedy - Humanism as the Basis of Life and Politics in All Countries. Co-operation among International Humanists Necessary.

关于“欧文·白璧德的人文主义”的演讲提纲

一、介绍。

二、白璧德先生学说的价值——我相信并传播这一学说的原因：

1. 它的内在价值。

i. 世界文化的综合（西方+东方）。

ii. 伟大传统的继承（古典+基督教）。

iii. 搜索具有普遍适用性的基本原则。

iv. 实证的方法。

v. 批判的态度。

vi. 对人生和文化问题的根本关注。

vii. 世界视野。

2. 特别需要并适应东方。

i. 保存东方文明。

ii. 从西方文明中获得最好的东西。

iii . 以免误入西方错误的道路。

iv. 促进世界和平与幸福。

三、白璧德先生的简短传记。

四、白璧德先生的著作。5部（1908年、1910年、1912年、1919年、1924年出版）。还有其他先生，穆尔（Paul E. More）和薛尔曼（Stuart P. Sherman）的书籍；《学衡》中的文章。

五、白璧德先生的基本原则。

1. 生命的三个层次：宗教、人文主义、自然主义。

2. 人性二元论。

3. 一与多的问题。统一、精约、标准的必要性。

4. 获得标准：想象力帮助意志（和理性）。

六、人文主义的定义。

1. 旧含义：“与人更为相关的学习。”（相对神学而言）“Literae humaniores”（拉丁文）。

文艺复兴时期的"人文主义者"。

当代用途。

2. 一般解释:强调人类特有的元素(相对于宗教和自然主义)。

3. 白璧德先生的定义:选择和规训的理念(对比培根的功利人道主义和卢梭的情感浪漫主义)。

现代运动=人道主义+进步。

七、白璧德先生学说的实践方面:

1. 生命与道德:

i. 自由与克制。内在原则,取代外在原则(传统、宗教)。

ii. 向心美德——节制冲动和情绪。

iii. 模仿。强调品格。

iv. 有度和中和的原则。

v. 想象的正确使用——感知道德法则。

2. 文学与艺术:

i. 批评标准的可能性:文学的普遍性。

ii. 用作节制个人印象的批评标准。强调形式和艺术。反对门外汉。

iii. 正确的学习方法——反对语文学和印象派方法。

iv. 坚持文学与人生的适当关系——反对为艺术而艺术和说教主义。

v. 反对文艺体裁的混淆。(《拉奥孔》)

3. 教育:

i. 教育要以人文思想为基础。彻底改革课程是必要的。

ii. 反对功利主义教育的权力训练。

iii. 反对过度专业化和职业主义。

iv. 反对社会服务培训的人道主义教育。

4. 社会与政治:

i. 领导力问题——智力和品格的贵族。反对计数人头的激进民主。

ii. 人,不是机构。反对过度立法。

iii. 捍卫否决权——政府权力。反对基于一时冲动的激进变革。

iv. 宣扬少数派的权利。反对不宽容。

v. 谴责对民众的奉承。反对阶级——战争和劳工的不当权力。

5. 国际主义:

i. 现代国际形势分析。这是由于:

a. 国家的成长。

b. 科学的发展。

c. 狂热的爱国主义。

d. 缺乏人文关怀。

ii. 反对帝国主义。国际混乱,是个人过分行为在更大范围内的反映。历史教训:不可避免的失败。

iii. 文明统一。以文化综合为基础的国际理想。

iv. 人道主义项目的失效:

a. 国家联盟。

b. 国际和平。

c. 裁军会议。

d. 社会主义乌托邦梦。

e. 白人的负担等。

v. 唯一的补救办法——人文主义作为各国生活和政治的基础。国际人文主义者之间的合作是必要的。

——本文为吴宓1924年10月20日在大连所作之英文演讲提纲,从未发表。编者译为中文,供读者参阅。

《亚里士多德伦理学》卷一

亚里士多德氏对于道德专论,今世所尚存者有三。(一)为《大伦理学》(*Great Ethics*),有二卷。仅一撮要,乃为初学者所作。(二)为《尤德明伦理学》(*Eudemian Ethics*),计七卷。(三)为《尼可马克伦理学》(*Nicomachean Ethics*),计十卷。均为程度高者说法。第二种为弟子尤德明所编。第三种为其弟子尼可马克记,兹所译者是也。(译文据J. E. C. Welldon之英文译本。此下所注英文名辞,悉出此书。)据近人考证,较第二种为确实。亚氏于他书中常引用之。其行文体裁既为一种笔记,故常杂乱无统系,然细读之,则条理井然,义均有归。读者幸勿以其难读而忽略之。

亚氏以为人类之道德,以有国家而成就。国家者,乃合于道德发展之地,故道德之讨论属于政治学。亚氏视德为灵魂之作用,故治其伦理者,应知其心理学。于道德之本性,亚氏力反师(柏拉图)说,则涉及宇宙本质问题,故亦应知其形而上学。是以此书在亚氏学理中乃极有关系者。亚氏传苏格拉底注重人生之意,合前哲学说,熔铸一炉。而其伦理学说,传布欧西,深入人心,为西方文化主要渊泉之一。则此书在西洋学术中地位之重要,更可知矣。

亚氏以福(Happiness)为至善,然绝非所谓快乐功利主义。因其所谓福者,非一种快愉之感情,亦非以利害为善恶。其定义曰:

福者,为合德之行动,独存不倚。自身即为目的,非为达到目的之方法也。自身即为目的,则不事外求,则为自足。而其所谓德者,则为合理之灵魂行动。灵魂之行动有二:一关实用,一关理想。故德亦有二。(一)实用之德,出于意志之选择。意志者,合理(Reason)及欲(Desire)而言。欲者动作之起原,然无理性之支配,则溃围出范,与道德违。理者选择之标准,然德亦非徒理性。盍若"德即知"(苏格拉底语)?则德与知识何别?仅知事之善恶,而不见之行动,似亦不得为道德。故道德之行为,在正欲合理。(二)理想之德,在对待必然之真理。必然云者,因此种灵魂之动作,或对于实质界及其定律之知识,如知识(Science)、理性(Reason)、智慧(Wisdom)是也。或在供给人生行事以原则,巧(Art)及术(Prudence)是也。此等理智绝不变易,故曰必然。总上二种德言之,灵魂行动所根据之理想如臻圆满,则为理想之德。行为发展,选择适中,则为实用之德。德虽二种而同关人生也。

选择须适中,故过与不及,均不足为善行。中庸之道,固宜相度外界情势,尤须体察自身特性,以二者为范。必以术性(Prudence)为用,道德标准于是取决。勇者不惧直取之气,须能得其时、得其道、得其地。太过则为莽,不及则为怯。善施者,合德之取与,太过则为侈,不及则为吝。故实用之德,当运用如巧匠,动中肯綮,恰到善处。循理行之,濡染日久,道德遂成第二天性。故道德者,出于习惯者也。非出天性,非由教授。人类虽有遵守道德之可能性,然习惯成自然。端赖笃行,即对于道德学问,亦须先有经验。天下绝无不躬践德行,而能了解德之为何物者也。

福为人生最上目的。福既为合德的灵魂动作,则魂之最上部分所发动作,自为最有价值之生活,即发展理性,作玄想生活(Contemplative Life)是也。盖动作须得自由无碍,完全生活贵在自足。理想探讨最不假外求。不假外求,乃自身即目的之谓,即至善之谓。此所以理想之德,尤贵于实用之德,而哲学家者,实道德上之全人也。校者识。

——本文系吴宓为校阅向达君译《亚里士多德伦理学》卷一所撰之校者识语,原载于1923年1月出版之《学衡》杂志第13期该译文篇首。

薛尔曼《现代文学论序》

按薛尔曼（一译许曼，Stuart Pratt Sherman，1881—1926）者，美国今世文学批评大家，而骎骎与白璧德（Irving Babbitt）、穆尔（Paul Elmer More）两先生齐名者也。（白璧德先生之著作，本志已屡有译述。穆尔先生之生平及其著作，还待介绍。姑俟另篇。兹暂不赘陈。）消息传来，薛尔曼君竟于本年八月二十一日，在密西根湖（Lake Michigan）中溺毙。〔此事及薛尔曼君生平，见美国《新共和报》（*New Republic*）九月一日号。《星期六文学评论》（*Saturday Review of Literature*）八月二十八日号，以及他处，均有略转及详赞。〕年仅四十五岁。并世各国人士，凡爱好文学艺术，注重美善标准，而欲提倡人文主义以补救今之世局者，闻此噩耗，莫不哀伤悲悼，异常恻怆，以为薛尔曼君之死，其关系至重大，非仅为才人惜命而已。盖自白璧德及穆尔两先生讲明人文主义，以学说召世，迄今逾三十年。两先生年皆六旬以上，虽其学说影响渐大，各国信从者日众，然而门生后辈，从两先生亲炙受业，执卷问难，或仅读两先生之书，心悦诚服，为私淑弟子者，其数何止千百。乃其中能卓然自树立，著述斐亹，为世推重，足以继两先生之志而传其学者，则惟有薛尔曼君一人。呜呼！岂不哀哉！（孔子之丧颜渊，曾文正之丧罗泽南，今白璧德及穆尔先生，其感伤追同此矣。）

薛尔曼君当其年少，即负重名，才思横溢。其文笔犀利晓畅，而极富于辞藻情韵。与人辩论，尤善以诙谐取胜。学与年皆不逮，故其所撰作，常不及白璧德、穆尔两先生之宏博精深，而轻清俊快，则过之。两先生归纳古今学说，穷探义理之根本，期为斯世造立标准规范，故多发为至理精思，危言庄论，不喜为浮浅边际之谈。晚年更无暇与人辩论。不知者或讥为自立崖岸，好作持重。薛尔曼君则与两先生同归而殊途，秉两先生之学，而能善为运用，有所发挥。率以明白浅近出之。又不惜于报章杂志中多为文章，批评新出之书籍作品，与激躁粗浅之新进文人反复驳诘，为驰突纵横之笔战，锐利无前，常奏奇功。故若以提倡人文主义譬之行军，白璧德、穆尔两先生为其主帅，而薛尔曼君则最良之先锋也。又薛尔曼君性情活泼，富于才干，多与新派文人往还接近。其与人争辩，于敌之所持，常为相当之让步，然后即以其道还治之。故评之者或谓薛尔曼君虽与白璧德、穆尔两先生共为偏于保守派之文人，同事竭力提倡人文道德，树立艺术标准，以遏止文艺及生活中粗浅、滥污、颓废之趋势。然薛尔曼君之精神，则为民治的而非贵族的。又其持论中和，大可调剂于保守与激进二派之间，成为美国文学批评之正鹄，而为全体所属望云。世俗之论如此，固当以见仁见智解之，然亦藉可略窥见薛尔曼君之生平矣。

薛尔曼君于一八八一年（清光绪七年）生于美国之Iowa省[①]。既长，学于麻省之威廉大学（Williams College），又入哈佛大学毕业院[②]，得受业于白璧德先生，而立其一生学问之基础。纵观博览，识解高卓，故对于克亦里吉[③]教授（George Lyman Kittredge）

① 即美国爱荷华州。

② 毕业院，即研究生院，graduate school。

③ 克亦里吉，今译乔治·莱曼·基特里奇。

及其徒党在哈佛大学文学一科所用之办法,即专务枯燥琐屑之训诂考据者,极不赞成。(此中利弊,详见白璧德先生《文学与美国大学》一书所论。又参阅本志第三期《文学研究法》篇。)著文力言其非,不少讳。一九〇六年,薛尔曼君既得博士学位,才名已著,哈佛大学拟即聘为文学教授,已有成议,卒为克亦里吉一派所尼阻,遂出为伊利诺省立大学英文系主任教授,在职凡十七年,声誉优隆。

二十世纪之初年,穆尔先生方为纽约《民族周报》(*The Nation*)总编辑。〔时又兼《纽约晚报》(*New York Evening Post*)文学编辑。〕撰述投稿者皆宏博知名之士。该杂志之精粹,卓绝一时,后此亦终莫及其盛。而薛尔曼君批评现代文学之论文,亦络绎出现于此杂志中,为读者所宝贵。薛尔曼君之得重名以此,亦即后来(一九一七年)汇刊为《现代文学论》一书者是也。欧战初起时,《民族周报》以经济关系,改组易主。穆尔先生辞去,隐居著书。〔其后偶在布林斯敦大学[①](Princeton)及哈佛大学讲演希腊哲学,然皆短期。〕该杂志特聘薛尔曼君继任总编辑,迟疑久之卒未就,仍专任教授。至一九二四年,始改就纽约*Herald-Tribune*报[②]文学编辑之职。

生平所撰批评论文,皆以次汇集刊布成书。其名如下:(一)《安诺德之研究》(*Matthew Arnold*:*How to Know Him*,1917)、(二)《现代文学论》(*On Contemporary Literature*,1917)、(三)《美国之伟人》(*The Americans*,1922)、(四)《美国之精神》(*The Genius of America*,1923)、(五)《观察点》(*Points of View*,1924)、(六)《吾所

① 布林斯敦大学,今译普林斯顿大学。

② 即《国际先驱论坛报》,*International Herald Tribune*。

爱之康奈里亚》(*My Dear Cornelia*, 1924)、(七)《批评论文断简》(*Critical Woodcuts*, 1926)。此外编辑之书,如《剑桥美国文学史》(*The Cambridge History of American Literature*, 1917)等,多不胜举。

上所列薛尔曼君所著各书,中以《现代文学论》(*On Contemporary Literature*)为最精要。该书批评现代重要作家,明示其派别,篇名及目录如下:(一)《马克陀温[1]之民治主义》(The Democracy of Mark Twain)、(二)《韦尔斯之乌托邦自然主义》(The Utopian Naturalism of H. G. Wells)、(三)《杜来色[2]之野蛮自然主义》(The Barbaric Naturalism of Theodore Dreiser)、(四)《班乃德[3]之写实主义》(The Realism of Arnold Bennett)、(五)《莫雅之唯美自然主义》(The Aesthetic Naturalism of George Moore)、(六)《法朗士之怀疑主义》(The Scepticism of Anatole France)、(七)《辛格之海外新奇主义》(The Exoticism of John Synge)、(八)《奥斯丁之温和保守主义》(The Complacent Toryism of Alfred Austin)、(九)《詹姆士之唯美理想主义》(The Aesthetic Idealism of Henry James)、(十)《麦雷地斯之人文主义》(The Humanism of George Meredith)、(十一)《莎士比亚新评》(Shakespeare, Our Contemporary),而冠以《现代文学论序》(Introduction)一篇,尤足见其一生立说之宗旨,及白璧德、穆尔诸先生所倡之人文主义之要义,故为最有关系之作。本志早拟译出刊布,碌碌三四年,卒未有成,今兹于薛尔曼君辞世之后,追叙其生平,以告吾国人士,乃以此篇用为纪念。缅怀名贤,忽焉殂谢,执笔申述之余,真不知涕

① 马克陀温,今译马克·吐温。

② 杜来色,今译德莱塞。

③ 班乃德,今译阿诺德·本涅特。

之何从矣。编者识。

——本文系吴宓为浦江清君译薛尔曼《现代文学论序》所撰之编者识语,亦以追念薛尔曼君之辞世。原载于1926年9月出版之《学衡》杂志第57期。

《柯克斯论古学之精神》

按柯克斯先生(Kenyon Cox,1856—1919)为美国近今画家及美术批评家,数年前辞世,生时负盛名。〔为美国文艺学会(The American Academy of Arts and Letters)及国立文艺学会(The National Institute of Arts and Letters)会员。〕其所作画清澹雅正,重格律,守家法,意境高妙,布局工密。不设艳色以炫人,不染时习以邀誉。而尤以其评画之文章为世所重。盖其学识渊博,明于往古而不囿于一曲。且毕生以画为业,深得此中三昧。故所言悉中肯綮,而于比较新旧派别之短长,追溯古今法术之流变,则其论有精博而允当。故柯克斯先生之画名,竟为其文名所掩云。

生平所著作,大都断篇零幅之批评,散见于各杂志。其汇纂成书者有二:(一)曰《古学家之见解》(*The Classic Point of View*),系一九一一年先生在芝加哥美术学院演讲之稿。为篇凡六:曰古学之精神(The Classic Spirit);曰美术之题目;曰布局;曰描画;曰明暗及彩色;曰技术。今徐君所译者[①],即此书之第一篇也。(二)曰《美术家及公众》(*Artist and Public*),一九一四年出版。为篇凡七:曰《美术家及公众》;曰《米勒论》〔米勒(Jean François Millet,1814—1875)为法国十九世纪大画家,专绘农人及田间生活,兼具写实之工夫与仁厚之感情、恬适之意境,故为难能云〕;曰《进步之

① 即指此《柯克斯论古学之精神》篇。

幻梦》;曰《拉飞叶论》(Raphael,见本志第二、第五期插画及说明);曰《作画之二法》;曰《美国派画法》;曰《圣古丹论》(圣古丹,Augustus Saint-Gaudens,1847—1907,美国雕刻家,原籍爱尔兰,为柯克斯之友)。

第一书柯克斯先生自述平生研究所得、画术之原理、作画评画之宗旨及标准。第二书则举例而阐明之。柯克斯先生之所主张,观译文自明,无待撮述。**大率崇奉古学派之家法,谓命意及择题必求高尚,而不当专以模仿实物为能**。一也。**重布局及描画而轻彩色及渲染**。二也。**必苦研勤习,深得于格律之细、技术之功,而不可粗率涂抹,以浓艳奇丑炫人**。三也。**须从师习学,深通前人之艺术规矩,渐渍于往古大家之作品,取其长而善用之,而不可恣意横行,炫新斗异,动辄自立宗派,诋毁前人,而破坏艺术,使之荡然无存**。四也。**又画师须尚志励学,立品修德,而不可贪财好名,专趋时好,自堕其标准**。五也。总之,柯克斯先生为古学派奉行人文主义之画家,与白璧德(参观本志第三及第十九期)、葛兰坚(参观本志第六期)诸先生,所谓志同道合,或于文学,或于哲理,或于教育,或于美术,各言其是,而殊途同归,声气相应者。惟然,故柯克斯先生,于今所谓未来派、立方派、回旋派、后起印象派等,辄指其缺失而攻辟之,并思所以引进而改善之。以其尽反前人成法,而有悖于美术之原理也。以其托名骛新,中实空空,足以铲灭艺术,戕贼人性,为祸甚大也。夫岂得已而为此哉!

吾国近数年亦盛言美术矣。教育家以美育为倡,美术学校先后设立于各地,杂志、报章特辟此一栏,或插入美术之图画。众口汹汹,竞谈美术。且若惟美术为足重,而宗教、道德、科学均可废除者。呜呼!盛哉!乃观其所介绍、所称道、所模仿者,则皆不外彼未来派、立方派、回旋派、后起印象派,以及其他堕落派之图画或雕刻。原作者多鄙琐无大名之辈,但以新近为尚。又或专取裸体人物,以惊骇吾国旧派老年之人,一若西洋美术惟裸体之一事者。至于拉飞叶、廖那多(均见本志第二及第五期插画)、麦坎吉罗(Michelangelo,1475—1564,文艺复兴时代意大利大建筑家兼雕刻家兼画家。后当专为介绍)之姓名及作品,则鲜有道及者。其评论艺述,则但堆凑"平民化""表现自我"等空虚名词,而美术中之规矩格律、源流派别,则更无通体平情、精详入微而道之者矣。又因其于西洋美术所见偏谬、舍精取粗、本末颠倒,故于中国之美术,亦视为鄙陋不足言。听其澌灭,或且掊击以速其死。呜呼!骛新一偏之祸,中于吾国人心者已深,岂独美术然哉!今以柯克斯先生之论,亦适为吾国人对症之药,故选译之。俾闻者自知其误,夫然后于西洋美术求其全体而通其正法,且转而阐扬吾国旧有之美术,发挥而光大之。若柯克斯先生之尽力于欧美之美术者然,则幸甚矣。编者识。

——本文系吴宓为徐震堮君译《柯克斯论古学之精神》所撰之编者按语,原载于1923年9月出版之《学衡》杂志第21期该译文篇首。

[附录]

《柯克斯论美术家及公众》

按柯克斯先生(Kenyon Cox)之为人与其著述,已详见本志第二十一期《柯克斯论古学之精神》篇,兹不赘述。此篇《美术家及公众》(Artist and Public)为先生所著第二书中之首篇。大意谓美术家与公众必须互相了解,互相扶助,始能造成精美之艺术,而决不可背道而驰,各不相顾。今世美术之堕落腐败,弊正坐此。又评论立方派、未来派、后起印象派、奥斐斯派等之得失短长,至为精当。故由徐君更译此篇,以与国人商榷。编者识。

——本文系吴宓为徐震堮君译《柯克斯论美术家及公众》所撰之编者按语,原载于1923年11月出版之《学衡》杂志第23期。

《柯克斯论进步之幻梦》

按进步之说，为今世最大之迷信。即谓后来者必居上，晚出者必胜前。万事万物，均循一直线前行，历久不息，而益臻于美善。信此说者，不求本质之价值，而惟务新奇，不察实事，不用分析，而徒逞其妄执偏见，浮光掠影，自愚而凌人。今世思想之淆乱，文学、美术之衰败，此其一主因也。考进步说之起原，近二三百年事耳。吾国人以尊古著称固矣，即在西洋，向亦不主进步之说。希腊罗马人信盛衰循环、治乱相生之理。而谓堕落衰败为事之所常有，且常多思古伤今之悲观之论。（参阅本志第十四期《希腊文学史》第七、第八页。）中世之人遵依耶教，而耶教宗传首重人类堕落、丧失天国之说，视斯世为造孽积罪之所。迨去古极远，人类之罪恶贯盈，则世界之末日至，而斯世终于毁灭矣。文艺复兴之时似有进步说之见端，而犹不著。近世物质科学发达，人力戡天，视为易事。求福兴利，惟所欲为，于是进步之说乃大起。故进步之说实原于物质科学之发达，而论其影响势力之最巨者，则当以十七世纪英之培根，为其所托始矣。降至十九世纪，达尔文进化论出，世俗乃更以进化之说推及于文学美术等（按主文学进化者，如Mme de Stael等，先已有之。特其势力之普及未若达尔文进化论以后耳），遂有今日之现象。此其谬误，一言以蔽之，盖由举一端以概全体。就物质上之发明，及生物界之经历，以武断人事,强为之解,而不悟其格格不相入也。近年欧美宏哲之士著书论进步之真义及其界限,以辟世人之迷信者,颇不一见。如英国布勒 J. B. Bury 教授(剑桥大学历史总教授。本志曾屡及之)之 *The Idea of Progress*:*An Inquiry into its Origin and Growth*(1920, McMillan Co. 印行)及尹吉(W. R. Inge)主教(见本志第二十四期《希腊之宗教》篇)之 *The Idea of Progress*(*The Romanes Lecture*, 1920,牛津大学印行)等书,均于进步说之起原及沿革考证甚详,容当陆续译述介绍。兹徐君所译柯克斯(Kenyon Cox)之《进步之幻梦》(The Illusion of Progress)一文。专就美术立论,推绎美术前史,以见进步之说毫不足征。既全悖于事实,则其虚谬之处不待言矣。(至此篇论美术之处,可与本期《希腊美术之特色》篇互相参证。)愿吾国之迷信进步者一审思之。至柯克斯先生之为人及此篇之所从出(系《美术家及公众》一书之第三篇),均详见本志第二十二期《柯克斯论古学之精神》篇首按语,兹不赘。编者识。

——本文系吴宓为徐震堮君译《柯克斯论进步之幻梦》所作之编者按语,原载于1924年3月出版之《学衡》杂志第27期该文篇首。

介绍《文学评论之原理》

国内所出版之杂志书籍，如是其繁多，而可读者则绝少。语云：种瓜得瓜，种豆得豆。书籍之于人才，犹农田之粪肥、工场之原料。异日之所谓社会柱石、国民领袖者，皆将由此造成。今中国千万之青年，群舍正书不读，而惟费时费力于此等浅薄谬误、冗漫晦涩之杂志书籍。自明眼深心之人观之，天下最可痛哭伤心之事，孰有大于此者乎？故本志于新出书籍之可读者，辄愿为一言；而遇有甚佳之译著，则尤乐为绍介。披沙得金，亦云苦矣。

《文学评论之原理》一卷，美国温采斯德〔C. T. Winchester，其人任 Wesleyan University（Middletown，Conn.）主任教授多年。三年前辞世〕著，景昌极、钱堃新合译，梅光迪校，商务印书馆出版，定价六角（八五折）。此书早经付印，《文哲学报》第三期已有刘文翩撰一文介绍，而今始出版。温氏原书之价值，早为人所公认，本志亦尝引其说。刘文翩君谓温氏之书"析理周致，主张中和。不滥许新派之主张，不固主先哲之言论。判析今昔，有类明决法官，未尝偏听，亦未尝武断也"。其评甚当。译笔亦明畅雅洁，足达原文之意。书中例证，则取诸本国文学，以代原有者。此法有利有弊。译者新入之中文例证均合，似所得足偿所失而有余。惟若于原有例证悉译出而详加注解，更附中国例证，以资比较而明渊源，则尤善矣。此书用作中等学校以上教本，甚宜。自修者读之亦可受益。

书中印刷、排版之讹误在所不免。据校者译者言,尚须修正之处甚多。兹略举数端,虽属微细,亦藉为修正之一助云尔。(一)吾国译书者通病,不将原著者名氏及书名写出,使读者茫然,无从检寻。如商务印书馆所出之说部丛书,书名既系译者新撰,尤令人不能捉摸。治西洋小说者,欲究中国已译之小说,直无从问津焉。今此书于 Winchester 一字,仅见于底页内面著者之下,而并 C. T. 二字无之。其人履历及原书发售书店,均未详。凡此均当于书面及书内第一页分别标明,以便读者欲求原本对照也。(二)译名常从通用之名,不宜自行杜撰,以免纷歧。(本志中所用译出之人名、地名、书名,均从通用者;又无论其为何人之译稿,均前后一律;虽间有失察之处,然用力固甚勤也。)此书中但丁作"丹丁",丁尼生作"太孋生",迭更司作"狄更世",外此其例尚多。窃意此皆译本之疵瑕,不可不改。译名须前后一致。此书于 *Middlemarch* 一书,一三四页译作"密马区",一四二页作"三月中旬"。又译 Shelley 为"薛立",而薛字又误排为薜字;薜立之音与原字大异矣。此等处再版自当改正。

吾国事事腐败,即印书一事,格式体例,欠讲究之处极多。有时于理且不通,况论美术观念耶!本志颇欲尽其一份力量,为中国文艺界树立标准。即印版字体形式之微,亦必合理合法,悦目悦心,岂好为吹毛求疵,劳不惮烦哉!兹篇意在称道《文学评论之原理》译本之善,以介绍于读者。兹录其《译序》如下,以见宗旨。其详则读者自审之可矣。

> 尝读温氏书,喜其擘肌分理,惟务折衷,平理若衡,照辞如镜。亟亟与同学相称道,以其可为国人立论之则而拯其狂

悖也。因相与译之。比义次言,作辍有间。九阅月乃成,而为之序曰:先哲之以评论称者,莫如彦和刘氏,探本振源,判情析采,超超元箸,后世宗之。温之书其俦与?其为书也,剖分犀利,立题精确,非若刘之糅杂也。标理陈言,有以适于今,可不劳钻研而有获,非若刘之隆古而疏今也。博征广喻,不惮尽言,使人目识心通,又非若刘之渊永而隐蓄也。故学者之探讨取温为便。虽其曲溯古先、声闻悠远者,未之或逮,亦可以大有补于今之世也。今之君子,党朋而伐异,嗜奇而惮正。稍得一二,便操斤斧,肆其狂荡之说,以腾于报章杂志者,往往而是。彦和所谓"执一隅之解,拟万端之变。东向而望,不见西墙"者(安诺德所谓成见之评论类如是),非其人与?夫岂果于自好哉!生不睹连城璧,是用碔砆自珍耳。是故正轨不启,迷而不复,本根未立,虽善无功。安诺德诸人评论善矣,而是书实可为之基。又拯纷乱于既往,未若正基础于方来。著以为学校课本,有正始之意焉。其先诸评论而译者此也。嗟乎!评论之道,岂易言哉!"感觉欲其敏,断制欲其中。其为之也,变动不居,如水之流。诡异错杂,如鱼龙之化,而又有谨慎温文之度以临之",安诺德评论之说也。(见荷马译文篇)"操千曲而后晓声,观千剑而后识器。圆照之象,先务博观",彦和知音之说也。(见《知音篇》)综斯二道,而后有评论,夫岂一蹴可就者。今人乃务言评论,连篇累牍不能休,得非不自量力度德与?原温氏之旨,非教人评论也,示之以文学原理,使知文人之艰辛,领略作品之匪易,以息其浅尝而夸之喙耳。因引他山,欲自攻错。览者傥因其言而益张,踞踞然若救火扬沸,则非所敢望已。至其书中之精义,览者当自得之,无俟赘述。特抉此说,以弁诸端,知音君子尚其教之。

——本文系作者为《文学评论之原理》一书所撰之评介,原载于1924年4月出版之《学衡》杂志第28期卷末“附录”。

《日本中国现代之思想》

此书系英文，原名 *Contemporary Thought of Japan and China*，日本土田杏村博士（Dr. Kyoson Tsuchida）著，列入英国W. Tudor Jones所编辑之“现代思想丛书”（Library of Contemporary Thought），1927年出版，伦敦William and Norgate书店发售，价英币五先令。作者系日本东京高等师范出身，治生物学。近年多为评论文化之著作。英美杂志评此书者，谓其叙述日本现代思想之部分甚佳，而叙述中国之部分则劣。此评殊当。盖原书凡十二章，除导言及结论外，十章中之八章皆叙述日本，仅二章叙述中国，所占篇幅为百五十页与四十页之比。就题而论，分配实不匀称。而论中国处，颇嫌草率。以中国之大，乃竟无人能自撰此类之书一部。在该丛书中，印度及伊斯兰教各国各占一席。爱尔兰则附于英国之下，中国则附于日本之下。日本学术思想之发达，人才之众多，固吾人所极端承认，然中国人与此类工作，或不注意，或不能为之，斯固中国之耻也。

书中大意，具见导言一章，书为西洋读者而作。故叙述从简，谓日本文明之发达，与其国家政府之组织常密相关连，斯乃由于历史及环境。迨明治维新之时，日本人因受外侮而生敌忾，故爱国之热诚奋兴。而其国家的浪漫主义实为各种思潮之根本。其时无论主张完全模仿西洋或保存国粹，皆以强国兴国为共同之目的。明治初年日人极力效法西洋,留学外国之人众多,全国教育经费之八分之一用于派遣国外留学生。国内学校中,以外国语教授者始为正式生,其以日语教授者仅为特别生。古学古物,吐弃无遗。所得西洋之文学艺术,多系糟粕。直至一八八二年,日本修改条约之事成功,废除不平等条约,而后日本之思想乃趋于健全而入轨道。外来之思潮可分三期。(一)传入最早(明治初年)而持续最久者,为英国自由功利主义(边沁、弥勒、斯宾塞等)。福泽谕吉及中村正直,其领袖也。(二)于明治十年至二十年之间传入者,为法国之民主及社会思想(孟德斯鸠、福禄特尔、卢梭)。其结果为自由党及宪政改良会之相对成立。(三)德国之专制思想,伊藤博文等人用之,力效俾士麦之政略,故各派之思想皆集中于政治。其时,创立政教社(一八八一年)发行日本杂志而主张保存国粹之三宅雪岭等,与创立民友社发行《民友》杂志而提倡自由进步思想之德富苏峰等,虽似对峙,而实同一目的,互相接近,以常识中道为归宿。已而一八九四年中日战起,日本之国家的浪漫主义得发泄之良机,偏新偏旧、主东主西之各派,均移其爱国之热诚以对外,于是思想之分野及冲突乃自然解决,无形调和,而归于一致。又前此之日本思想,不离政治,不脱国家主义。迨战胜中国,日本之国家基础已固,于是乃有个人主义之发生,人生哲学及人生问题乃有深思而研讨之者。此一关键也。然个人主义仍属于理想及浪漫。至日俄战后,自然主义乃始输入,影响极大,盖由工业发达资本集中之反动。此又一关键也。欧洲大战以还,日本思想约分二大支派。一为承继康德及其同派之理想哲学,大学中之哲学教授等属之。二为研究并宣传马克斯之社会经济思想,少年新派团体及社会科学家多属之。今之日本思想界,论其全体,亦与西洋各国相同,而无大别异也。至于中国则不然,中日政治关系虽密切，而思想则分道扬镳，互无影响。近五十年中，中国受外患之压迫，中国人之文明及思想，不得不趋于国家的浪漫主义之一途，亦与日本同。然中国非先求国家之统一，非先改善人民之经济生活，非先有物质上之成功，则思想终必紊乱而不能发达。若今未能统一全国，则中国人决不能有完全宏大之人生哲学，以环境所厄，思想精神不能自由故也。是故欲发达中国之思想，应协同努力，速谋中国之统一。政治建设，既有成功，思想乃得发达，日本之前例可循也云云。

以上乃著者之意见也，其说之当否，大有讨论之价值。夫谓思想厄于环境，则是不承认天才之偶然与精神之自由。谓思想之盛衰必系于国势之强弱，则又何解于古今大哲若老子、孔子、孟、荀、庄、列、苏格拉底、柏拉图、亚里士多德、芝诺、伊壁鸠鲁等，皆诞生于将衰或大乱之世？而太平盛世，人多习于怠惰，安于故常，思想何由振奋？虽然，著者之言，实非无见，细究前例，其中要有重大之分别。盖(一)凡乱国衰世所产生之大思想家，多蔑视当前之环境，不谈实际之问题，或流于玄虚，推阐宇宙之本原，万物之因果。其于个人，则注重精神之修养，而耻言建设之事功。其于社会，则不认有国家之界限，欲尽去种族之分别，而冥想大同，盛言博爱，为万世谋良法，为人道立极则。一时之盛衰得失，并世人民之颠连疾苦，则有不暇计、不屑问者，此为一类。例如以上所举东西大贤，以及中世初年之圣奥古斯丁，近世德国之葛德及康德等皆是也。至若(二)生于富强之国、康乐之世者，其人之思想，多偏于人生哲学功利主义及实际政治社会问题，理不必高也而止于实用，言不必多也而期其必行。此又为一类，若英国十九世纪之功利派及美国今日之实验派(Pragmatism)皆是也。是故思想之超越实际之上者，常不为环境所限制，而专注重人生哲学及政治社会问题之思想家,其所受环境之影响最大,生于乱世,实为不适。土田君谓日本国民性绝类英国,其近世国势之兴盛,亦与英国同。故其主要之思想,皆与国家主义相关连,而在本国实际之影响甚大。此属于第二类者也。中国近值衰乱,局势若长此不改,则思想发达之途径必趋于第一类,与日本不同,否则直不能发达。但就另一方面察之,中国之国民性乃属于功利的与实际的,中国古昔思想之贡献皆在人生哲学与政治社会问题;可断言中国思想之未来,仍必取第二途,乃可发达,第一途恐无多希望。是则土田君对于中国争论仍为不误者矣。

试问今将先求中国全国统一,政治及社会均上轨道,而后乃望思想之完全发达乎?抑先求思想之统一,国民精神之凝合,藉此以促成政治之统一乎?二者孰因孰果?今欲致力,则将奚先?曰:就目前之情形及吾人所处之地位言,应先思想,但所谓思想统一者,非专提倡某种思想,以强力灌输宣传,使之普及全国,而尽屏斥其他思想之谓。乃谓全国国民,应了解人生之要理、历史之教训,及中国今日所处之地位,而后对于政治建设、社会改良,努力协作,出于正途,同其鹄的,毋滋纷纠而增迷误,则国家统一可期,而思想之发达乃为真有望耳。

土田君原书第十章及第十一章,论述中国现代思想,拟俟另篇撮述,并加评断,今暂不及之。

——本文原载于1928年1月2日出版之《大公报·文学副刊》第1期。

西人研究中国绘画之新著

最近出版（一九二七年）之《中国画学指南》（*Guide-Posts to Chinese Painting*）一书，美国女士Louise Wallace Hackney著，系由伯希和博士指导编撰。Houghton Mifflin Co.书店发行，北京饭店西人所办之中国图书公司（The China Booksellers）有此书出售，价二十五元。按自欧战告终，今十年中，欧美所出版之书，以世界文学、艺术、宗教、哲学、政治、经济等为标题及范围者，莫不以中国、日本、印度之材料，赫然列为一章或数章（本刊前期已论及）。而关于一国一门之专著，尤络绎出版，多不胜举。后人之作，能利用前人之材料，而知识益富，观察较深，故即此类研究东方文化之书，晚出者必胜前，乃自然之理也。按中国画法之影响于西洋画法，共有二时期。（一）为十七、十八两世纪，所谓罗柯柯时代①（Rococo）。其时画家如法国之华士（Watteau，1684—1721）等，颇受中国画之影响，所作务求清空淡雅，疏散自然。力避均整、浓密、过度之病，又喜用单色，不尚浮艳。其山水背景，酷类宋人。（二）为十九世纪之后半叶，约在一八七〇至一八八〇年间，中国及日本画由日本传入欧洲，其时之印象派（Impressionists）画家如Monet、Ingres、Manet等，均受其影响，注重明光及彩色，写入意象及感情，并表示天空之变态。此后之各种新派，力反欧洲旧日

① 罗柯柯时代，今译洛可可时代。

画术之规律，亦未始不由于中国及日本画之输入有以促成之也。顾中国画术之西渐虽甚早，而西人对于中国画之真能了解者，则初无其人。视中国画仅为一种奇特怪诞之艺术而已。约在一八七〇年以后，比利时人毕斗齐（R. Petrucci）始著 *Chinese Painters*（英译名）一书，评论中国画见解极高，且与中国旧日之评画者往往不谋而合。毕氏又译《芥子园画谱》为法文而刊布之。毕氏之后，惟芬诺罗萨（E. Fenollosa，1853—1908）颇有卓见，惜其人居日本，所见中国画不多，而称誉日本书太过。芬氏所著《中国日本美术史》（*Epochs of Chinese and Japaness Art*）出版于一九一二年。至于人所熟知之白谢尔（S. W. Bushell，1844—1908）之《中国美术》（*Chinese Art*，一九〇六年出版，商务印书馆有戴岳译本发售）则不脱商人古董客之习气，一若为西洋采购中国物品之人而作者。论瓷器极详备，而论画则极简短。宝扬（R. L. Binyon）之《远东之绘画》（*Painting in the Far East*，一九〇八年出版）、福开森（J. C. Ferguson）之《中国美术大纲》（*Outlines of Chinese Art*，一九一八年出版）均平平无奇。以上三书，并不足观也。近年法国艾里佛氏（File Faure）《世界美术史》（*Histoire d' Art*）（有英译本）之巨著，立论至为宏博精到。其所论中国美术之部分并佳，实不可不读之书也。以上略评西人关于中国画学之著述，以资参考。至于今所介绍之《中国画学指南》一书，作者初无新发明与新见解，其材料乃撮取前此西人论中国艺术及文化之书，而融汇于一处者，然征引详备，论断充允，是其所长。其开卷处谓艺术之原理及目的，东西古今皆同，惟其技术、材料及中含之思想则各国各族互异。故今吾西人研究中国、日本等国之艺术，一方须观其通，不可诧为奇异，而一方又须深知该国之历史、宗教、民情、风俗等，乃能见其所以然。故书中各章，于此诸端叙述綦详，末附研究中国艺术所应读之英法文书籍杂志目录,甚便读者云。

本书插画二十一幅,皆中国古来名画。自唐至明,若米芾之山水,赵孟頫所题管夫人画竹幅等,今皆在美国。按中国古画除散在中国内地(恐亦无多)及日本者外,今多聚于美国,欧洲远不之及。在美国收藏之富首推波士顿美术博物馆,所藏中国画之多,系世界第一。其次当华盛顿Freer氏美术馆。按照中国现时情形,恐古来美术作品之流入外国,其势将益不可免。异日中国研究本国艺术之学生,殆非至西洋观光不可。中国战乱频仍,民生痛苦,谁复究心美术,保存古物。而博物馆亦成立者绝鲜。内地之人,于易于搬运之卷轴等,则以极廉之价售与古董商,转售于外人,于不能搬运之物,如深山古寺之壁画等,则听其剥落晦蚀,甚或任意毁坏,不知顾惜。就吾人日常所知,此类之事多不胜举。平心而论,中国人苟长此日事破坏,坐视美术珍品之摧残,则实不如听外人购去,藏之欧美之美术博物馆中。既得加意爱护保存,且可供千万人之鉴赏。而中国之艺术亦可影响西方,收远大之效果。盖艺术、文化乃世界之公物,非一国之私产,政治经济之侵略,与文化学术之沟通,截然两事。吾人于此,初不必存狭隘畛域之见也。

本书共分十一章,其第十一章题曰《中国对于西方文化之影响》。此章内容除起结处外,均系撮述德人雷希完(A. Reichwein)所著《中国欧洲文化通史》(*China and Europe: Intellectual and Artistic Contacts in the Eighteenth Century*)一书。该书材料丰备,搜讨精详,实为近年所出此类书籍之最佳者。就吾人所见,《学衡》杂志第五十四期(民国十五年)有该书绪论《孔子老子学说对于中国青年之影响》之译文。五十五期复有撮述全书内容之一长篇题曰《中国欧洲文化交通史略》。未见原书者可取而读之也。

按北京饭店内附设之中国图书公司,系法国人A. Vetch所办,所售西书价极昂,然英、法、美各国新出之佳书名著风行一时者,该公司均常有之。而关于东方及中国文化之书籍尤为齐备。北京之书店,自商务印书馆以下,均只贩卖学校教科书,外此西书不肯发售。对于西洋之出版界及文化消息,可谓毫无关系。北京之人士,除自与欧美书店常相交通者外,惟藉北京饭店该公司以窥见并购买欧美之新书。该公司实为现今北京一种文化之中心。往购书者西人多而中国人少,岂西人皆豪富而中国人皆贫寒欤?抑读书兴趣之缺乏欤?书籍一经精选,则购者愈少。贩来亦需资本,故该公司虽系商业性质,而吾人对于其售价之奇昂亦未尝不为之恕也。(该公司不日即将迁出北京饭店,在使馆界内之台基厂,天津印字馆旁租屋营业云。)

——本文原载于1928年1月30日出版之《大公报·文学副刊》第4期。

《年节与圣诞节》

《中国科学美术杂志》(*China Journal of Science & Arts*)最近一期(一九二七年十二月号)首载Arthur de C. Sowerby氏(该杂志之总编辑)一文,论中国年节与西洋耶稣圣诞节甚相似,均为初民风俗之遗留,或同出一源亦未可知。欧洲耶稣圣诞节从古条顿民族之Yule节胎化而来,其日期已与中国年节至近。而Yule节中之Santa Claus(即St. Nicholas,即圣诞老人)与中国廿三送灶之灶王也极相似。圣诞节中之"梅糕"(Plum pudding)与腊八粥或亦有关系。其说诚新颖可喜,然尚少证据,吾人殊不能遽信也。按腊八粥与送灶之俗,不知始于何时,尚待考。惟周密《武林旧事》及其他唐宋人笔记中已言及之。欧洲中世Nicholas为司施与之圣,其重要传说之一谓助三贫穷女子以嫁奁,因又成提倡女性与儿童之圣。但丁诗中亦曾言之。今北京风俗,送灶不许妇女参与,有"男人不拜月,女子不送灶"之谚。何中西相反若此耶?盖除其出入由烟突而外,此西洋之灶君与中国之灶君,关系甚薄。至以腊八粥与"梅糕"出一源,吾人更觉其附会矣。

——本文原载于1928年1月16日出版之《大公报·文学副刊》第3期。

《斯宾格勒之文化论》

按欧战而后，西人对于本土文化纷起怀疑。其最深澈而亦最悲观者，莫如德国历史哲学家斯宾格勒（Oswald Spengler）之论。氏著一书，名《西土沉沦论》（*Der Untergang des Abendlandes*），综括世界历史之全部，而以详赡之事实，证明（一）各文化之发展大体上皆循一定之途径；（二）文化恰如一有机体，有生、长、灭三期。因而推断（三）近世欧美之文明将达其不可逃之命运，距其灭亡之期只二三百年耳。此书于一九一八年七月出版，全欧震惊。初版销行至九万部。批评及攻诋者蜂起，至今犹争辩不绝。其影响当世之大，达尔文《种源论》以来所未有也。现时欧洲之思想家及言论家，约可别为赞成及反对斯宾格勒之二派。其中重要作者及所著书籍内容，后当另有论述。独怪吾国人士犹鲜知有斯宾格勒者。仅本志[①]第二十二期李思纯君《论文化》篇中曾略及之。斯氏原书，共二巨册。可谓体大思精，然其卷帙繁重，内容充实，征引详博，而文笔甚艰晦，故甚不易读。至一九二六年始有上卷之英文译本，名 *The Decline of the West*，系美国 Charles Francis Atkinson 所译。伦敦 George Allen & Unwin 书店发行。下卷之译本迄今犹未成书，而美国葛达德（E. H. Goddard）及吉朋斯（P. A. Gibbons）二氏，乃撮取原书大意，以浅显之笔，演述而阐明之，题

① 指《学衡》杂志。

曰《斯宾格勒之文化论》(*Civilization or Civilizations*:*An Essay in the Spenglerian Philosophy of History*),一九二六年出版,美国Boni & Liveright书店发行。全书共分八章:(一)《导言》、(二)《政制》、(三)《基本理想》、(四)《思想》、(五)《艺术》、(六)《十九世纪》、(七)《将来》、(八)《结论》。未能窥斯宾格勒原书者,读二氏此作,亦可知其大概。故今由张荫麟君译出,以饷国人。

据斯宾格勒原书自序,谓著此书费时三载。一九一四年欧战将起时即已告成,又细加增改,于一九一八年七月问世,故实作于欧战以前。书中之主旨及结论已早定,并非由于欧战之影响,特就观察事实所得,以推测未来,所持论乃不期然而与欧战后一般人士之见解与情感相合耳。又谓"思想家仅能观察事实以发见真理,不能以己意自由立论。吾博览详考,所见历史之实迹如此,文化之真象如此,不得不笔而出之。人多讥吾为悲观,吾不受也"。又谓"吾作此书,实受葛德(Goethe)与尼采之影响。葛德示吾以方法,而尼采则教吾以勇敢之怀疑,务必彻底探求真理,言人之所不敢言,而无所恇怯也"云云。

斯氏所云葛德所授之方法,盖谓广求知识,博征材料,而于其中求普遍之原理及全体各部相互之关系。即综合(Synthesis)是也。然葛德之综合,实含有微妙之观察与精神价值之选择,而非拘泥于外表之迹象,制成一成不变之公式,强以材料纳入其范围,以证明我所发见之某种回环因果律也。易言之,斯氏自许其工作为包括全世界之历史哲学。又斯氏以文化之生、长、灭比于有机体,名为形态学,实缘受生物学之影响。而葛德则虽研究科学而能超乎科学家之上,虽论究人事之原理而不创造一种历史哲学。此葛德高于斯宾格勒之处,亦即斯氏之书之短长所由判也。

综合之研究,为现代主要之思想方法。十九世纪之所谓综合,仍限于欧美之历史及文化。今则知识益增,接触日密,于是东西两方之畛域不存,研究之范围推广,治学立论者均不得不综合古今东西远近各国之材料而供其探求。近十年中,欧美所出版之世界文学、艺术、宗教、哲学、政治、经济等书,或叙述史实,或阐发理论。其稍可观者,莫不以中国、日本、印度之材料,赫然列为一章或数章,用资参证比较,以求公律而明全体。斯宾格勒即代表此综合精神及趋势,而为之先导者也。斯氏学问之广博,至为可惊。其书之难读,亦以其材料过于充实,例证过于繁夥。然作者知识之丰富,实今世所少见。其书出版后,诸多专门学者犹指摘其错误缺略之处若干条;斯氏于一九二二年其书再版时,已一一改正。彼之学包罗万有,但取一部分较,自不敌专治此学者之精确。顾其全书之价值及其立论之根据,初不因其记诵、闻见有万一之失而为之减损也。

斯氏不但学问渊博,且其观察极为锐敏,一往思深,而敢于立言。古今之大发明家皆富于想象力而不惧错误失败之人,用能大刀阔斧,树立规模,静待后人之增删修正。斯氏惟深信古今东西各族各国之历史及文化,皆有公共之原理而具同一之因果律,故能归纳其迹象、事实,而创为宏大精微之规模及议论。夫若谓世事有定有变,未可尽纳于科学规律,而人之知识有限,故历史之实迹、生涯之琐事,常有无因而至、出于偶然,而神秘不可解者。昧此而行,强作解事,终不免武断之嫌。由是以言,则历史哲学根本不能成立,而斯氏之书实为多事矣。然在一定之范围内,此种研究,实亦有其价值。斯氏固已申明此书并非文化生灭律最后之定案、真确而不可移易者,仅彼一人研究思索之结果耳。斯氏之长处,在能超出欧美寻常人士思想感情之范围之外;在能破除当前社会之偏见及习俗之藩篱;在能不以科学为万能,不以进步为常轨及定理；在能不拘囿于时间空间，而从大处着眼，静观历史，而发见其各部分真正之异同；在能了悟国家、社会、民族、文化有盛有衰，有起有灭，而不以一族一国为天之骄子，可常役使他国他族而自保其安富尊荣；在能洞见文学、艺术、宗教、哲学、政治、经济、风俗等等发达之迹象，寻出其相互之关系，而沿溯其兴灭之轨辙，按之吾人所熟知之事物，动多符合；在能探索得每种文明内蕴之精神，所谓其基本理想，本此以观察解释一切。头头是道，而人类之全史乃了如指掌。视文化兴灭，不殊观弈者之全局在其胸中也。总之，斯氏之分类比较及其论断，孰敢言其无误者，然其大体之观察，实有至理，而合于实际。即使其运用材料评判史迹全属错误，而其创立一种宏大精严之新研究方法，实已予吾人以极深之刺戟及有益之榜样也。

由上所言，而攻诋斯宾格勒者之为是为非，亦可略论。今若斥斯宾格勒为狂妄、为夸大、为武断、为比附、为浪用想象而流于虚幻，为强改事实以明其学说，皆可也。然如法人马西（H. Massis）等斥之为“战败后之德意志”之感情冲动，为德国人忧郁愤怒之表现，则似有未当。盖（一）则斯氏之攻诋欧洲文明，未尝以德国为例外。其所指之缺点及病象，皆欧美各国之所同。（二）则斯氏序中固已明言其书作成于欧战未起时也。然斯氏划分欧洲文明为（1）上古之希腊、罗马，（2）中世之基督教，（3）近世之日耳曼、条顿民族之三段，谓其根本不同。而以（1）Apollo、（2）Magi、（3）Faust之精神（soul）分别代表之。所谓近世欧洲或西洋之文化者，实即日耳曼族之文化。其主要精神为趋向于无限之扩张，故其基本科学为数学，其基本艺术为音乐。重知识而轻行为及修养，务抽象分析而不求综合，皆Faust精神之表现也。斯氏书中推重德意志之处，不一而足。自序中且赞许己之学说为德国派哲学,谓此足以自豪,宜评者斥其国家观念之过重。更有进者,无论斯氏初意如何,战败后之德国人确为忧郁愤怒,故读斯氏书而大悦之,而极端推重之。德、法两国之民情及历史环境根本不同,毋怪其国中名士持论之相反也。

今世物质虽未衰敝,而精神之乱、人心之苦,极矣。斯氏之书,虽为综合之论究,乃止于叙述病状,甚至抉发病源,而曾未示治病之方,且谓西方文明行将绝灭,此言徒使世人惶骇迷乱,莫知所措。虽自辩非悲观,而劫运、难逃之说,几何不使闻之者灰心丧气也哉!据吾侪之所见,救今世之病之良药,惟赖实证之人文主义,如本志夙所提倡介绍之白璧德等人之学说是也。东方西方各族各国,盖同一休戚矣。

斯宾格勒论中国文化亦颇有卓见,然终嫌所知不多。深望吾国宏识博学之士,采用斯氏之方法,以研究吾国之历史及文化,明其变迁之大势,著其特异之性质,更与其他各国文明比较,而确定其真正之地位及价值,则幸甚矣!编者识。

——本文系吴宓为张荫麟君所译美国葛达德、吉朋斯合撰之《斯宾格勒之文化论》所撰之编者识语,原载于1928年1月出版之《学衡》杂志第61期。

斯宾格勒《西土沉沦论》述评

距今十年前，一九一八年七月，德国历史哲学家斯宾格勒(Oswald Spengler)所著之《西土沉沦论》(*Der Untergang des Abendlandes*)出版。凡二巨册，体大思精，综括世界历史之全部，而以详赡之事实，证明(一)各文化之发展，大体上皆循一定之途径。世界古今之文化，可归纳区分为九团，每团所历之轨道同。而其存在之期限皆为一千四百年。(二)文化恰如一有机体，有生、长、灭三期。各文化虽有独具之精神，然当其行至轨道中同一段落之时，各文化中之政治、经济、社会情形及文学、艺术、思想等亦悉同。正如祖、父、子、孙各有其幼小、少壮、老耄时期之性行也。(三)近世欧美之文化，肇始于纪元后三百年日耳曼民族之南侵，今已渐衰，将达其不可逃之命运，距灭亡之期只二三百年耳。今之西洋，正相当于中国上古之战国时代。二十世纪中欧洲之政局，将为美国纽约等处之富豪资本家所操纵指挥。依常例言，终必有混世魔王出现，以雄大之才力统一世界而致和平。然西洋文明之气数已尽，继之而兴之新文明团，恐为俄罗斯之文明。但方在其初期，未能确定其为如何也云云。按近年西人对于本土文化纷起怀疑，其最深澈而亦最悲观者，则斯宾格勒也。

斯氏之书一出，全欧震惊，初版销行至九万部。批评及攻诋者蜂起，至今犹争辩不绝。其影响当世之大，达尔文“种源论”以来所未有也。现时欧洲之思想家及言论家,约可别为赞成及反对斯宾格勒之二派,独吾国人尚少知之者。斯氏之书,卷帙繁重,内容充实,征引详博,而文笔则甚艰晦,故甚不易读。直至一九二六年始有上卷之英文译本,名 *The Decline of the West* 系美国 Charles Francis Atkinson 所译。伦敦 George Allen & Unwin 书局发行。下卷之译本迄今犹未成书,而美国葛达德(E. H. Goddard)及吉朋斯(P. A. Gibbons)二氏,乃撮取原书大意,以浅显之笔演述而阐明之。题曰《斯宾格勒之文化论》(*Civilization or Civilizations*),一九二六年出版。美国 Boni & Liveright 书局发行。全书共分八章,其第一章《导言》及第二章《政制》,已由张荫麟君译出,登载《国闻周报》第四卷第四十八、九两期。未能窥斯宾格勒原书者,读此亦可知其大概矣。

据斯宾格勒原书自序,谓著此书费时三载。一九一四年欧战将起时即已告成,又细加增改,于一九一八年七月问世,故实作于欧战以前。书中之主旨及结论早已确定,并非由于欧战之影响:吾但就观察事实之所得,以推测未来,所持论乃不期然而与欧战后一般人士之见解及情感相合耳。又谓"思想家仅能观察事实以发见真理,不能以己意自由立论。吾博览详考,所见历史之实迹如此,文化之真象如此,不得不笔而出之。人多讥吾为悲观,吾不受也"。又谓"吾作此书实受葛德(Goethe)与尼采之影响,葛德示吾以方法,而尼采则教吾以勇敢之怀疑,务必彻底探求真理,言人之所不敢言,而无所恇怯也"云云。

斯氏所云葛德所授之方法,盖谓广求知识,博征材料,而于其中求普遍之原理及全体各部相互之关系。即综合(Synthesis)是也。然葛德之综合,实含有微妙之观察与精神价值之选择,而非拘泥于外表之迹象。制定一成不变之公式,强以材料纳入其范围，以证明我所发见之某种回环因果律也。易言之，斯氏自号其工作为包括全世界之“历史哲学”。又斯氏以文化之生、长、灭比之有机体，实缘受生物学之影响。而葛德则虽研究科学而能超乎科学家之上，虽论究人事之原理而不创造一种历史哲学，此葛德高于斯宾格勒之处，亦即斯氏之书之短长所由判也。

综合之研究，为现代主要之思想方法（本刊第三期已论及）。斯宾格勒即代表此综合之精神及趋势，而为之先导者也。斯氏学问之广博，至为可惊。其书之难读，亦以其材料过于充实，例证过于繁多之故。然作者知识之丰富，实今世所少见。其书出版后，诸多专门学者犹指摘其错误缺略之处若干条；斯氏于一九二二年其书再版时，已一一改正。彼之学包罗万有，但取一部分相较，自不敌专治此学者之精确。顾其全书之价值及其立论之根据，初不因其记诵、闻见有万一之失而为之减损也。

斯氏不但学问渊博，且其观察极为锐敏。一往思深，而敢于立言。古今之大发明家皆富于想象力而不惧错误失败之人。用能大刀阔斧，树立规模，静待后人之增删补正。斯氏惟深信古今各族各国之历史及文化，皆有公共之原理而具同一之因果律。故能归纳其迹象、事实，而创为宏大精严之规模及议论。或曰，世事有定有变，未可尽纳于科学规律。而人之知识有限，故历史之实迹、生涯之琐事，常有无因而至、出于偶然，而神秘不可解者。昧此而行，强作解事，终不免武断之嫌。由是以言，则“历史哲学”根本不能成立，而斯氏之书实为多事矣。然在一定之范围内，此种研究，实亦有其价值。斯氏固已申明此书并非文化生灭律最后之定案，并非真确而不可移易者，仅被个人研究思索之结果耳。斯氏之长处，(1)在能超出欧美寻常人士之思想感情之范围之外。(2)在能破除当前社会之偏见及习俗之藩篱。(3)在能不以科学为万能,不以进步为常轨之定理。(4)在能不拘囿于时间空间,而从大处着眼,静观历史,而发见其各部分真正之异同。(5)在能了悟国家、社会、民族、文化有盛有衰,有起有灭,而不以某一族某一国为天之骄子,可常役使他国他族而常保其安富尊荣。(6)在能洞见文学、艺术、宗教、哲学、政治、经济、风俗等等发达之迹象,寻出其相互之关系,而沿溯其兴灭之轨辙,按之吾人所熟知之事物,动多符合。(7)在能探索得每种文明内蕴之精神,所谓其"基本思想"。本此以观察解释一切,头头是道。而人类文化之全,乃了如指掌而全局在胸矣。总之,斯氏之分类比较及论断,无人敢言其无误者。而其创立一种宏大精严之新研究方法,实已予吾人以极深之刺戟及有益之榜样也。

由上所言,而攻诋斯宾格勒者之为是为非,亦可略论。今若斥斯宾格勒为狂妄,为夸大,为武断,为比附,为浪用想象而流于虚幻,为强改事实以证其学说,皆可也。然如法人马西(H. Massis)等斥之为"战败后之德意志"之感情冲动,为德国人忧郁愤怒之表现,则似有未当。盖(一)斯氏之攻诋欧洲文明,未尝以德国为例外。其所指之缺点及病象,皆欧美各国之所同。(二)斯氏序中固已明言其书作成于欧战未起时也。然斯氏划分欧洲文明为(1)上古之希腊、罗马,(2)中世纪之基督教,(3)近世之日耳曼或条顿民族之三段,谓其根本不同。而以(1)Apollo、(2)Magi、(3)Faust之精神分别代表之。所谓近世欧洲式西洋之文化者,实即日耳曼族之文化。其主要精神为趋向于"无限"之扩张。故其基本科学为数学,其基本艺术为音乐,重知识而轻行为及修养,务抽象分析而不求综合,皆Faust精神之表现也。斯氏书中推重德意志之处,不一而足。自序中且谓己之学说为德国派哲学,以此自豪。宜评者讥其国家观念之过重也,且无论斯氏初意如何,战败后之德国人，确为忧郁愤怒，故斯氏之书出而大受欢迎。德、法两国之民情及历史环境根本不同，毋怪其国中人士持论之相反也。

今世物质虽未衰敝，而精神之乱、人心之苦，极矣。斯氏之书，虽为综合之论究，止于叙述病状，甚至抉发病源，而曾未开示治病之方，且谓西方文明行将绝灭，此言徒使世人惶骇迷乱，莫知所措。虽自辩非悲观，而劫运、难逃之说，几何不使闻之者灰心丧气也哉！以吾人之愚见，救今世之病之良药，惟在实证之人文主义。如美国白璧德（Babbitt）等人所倡者是也。东洋西洋，各族各国，盖同一休戚矣。

斯宾格勒论中国文化亦颇有卓见，然终嫌所知不多。深望吾人国中宏识博学之士，采用斯氏之方法，以研究吾国历史及文化，明其变迁之大势，彰其特异之性质，更与其他各文明国比较，而确定其真正之地位及价值，则幸甚矣。

——本文原载于1928年2月13日出版之《大公报·文学副刊》第6期，主体内容与前文《斯宾格勒之文化论》一致，具体文字稍有不同，为保存文献面貌，本《文集》完整收录。

中国字改用罗马字母之主张

《中国科学美术杂志》(*China Journal of Science & Arts*),本刊已屡介绍。该志本年二月号已出版。其中可注意之文,为厦门大学教授周辨明之“A Phonetic System for Alphabeting Chinese”一篇。作者主张中国字改用罗马字母。此种主张,近人多有提倡,固不自作者始,抑更不自近人始。三百年前,方以智已启其端。然此主张实不可行。国粹问题,艺术上之损失,及历史关系,兹完全抛弃不问;即就实用上立论,改用罗马字母,亦属得不偿失。(一)中国语言,字多音少。(据某西人统计,中国语言只有四百余音,而字则有四万以上。)故同音异义之字甚多。作者虽想出种种符号及方法以区别之,然音标之区别,终不若字形之区别之显而易辨。(二)字义之记忆及辨认,全靠字根为帮助与指引。若一国文字而无字根,则其字义之记认,当不知难几十倍。中国文字与西方文字有一大异点,即其字根多存于字形,而存于声音者极罕。故改汉文为罗马字母,是不啻消灭汉文之字根作用也。(三)各地之人所读字音不同,地大人众,国音尤难一致普及。舍字求音,必致歧误而纷乱。为此主张者何不思耶?

又按本月二十日本报新闻栏所载,交通部已训令京奉津浦路局,嗣后拍发电报须用国音字母。此固交通部与各路局之事,然其谬妄而不便实用,可以预卜。盖其困难不特以上所言,且中国电报制度，以四数目字译一汉字。比之英文，平均并不为多。且人人熟习，久已普及。凡此实用之事，以成为习惯而能敏捷为第一义。今乃因此而特学习国音字母，是不啻将平常善走之人，断其双足，而令学习跛者之扶杖而蹒跚也。呜呼慎哉！窃谓吾国电局投送电文，应将全文译出，不收译费。舍此而外，本无不便之处。若他日者更有人提倡公众拍电报亦用国音字母，则更矫揉造作，害及全体之国民矣。呜呼，立论可不慎哉！

——本文原载于1928年4月23日出版之《大公报·文学副刊》第16期。

韦拉里[①]诗译成汉文

法国《文学新闻》(*Les Nouvelles Littéraires*)每星期出一册,约十至十二版。内容性质与英国《泰晤士报·文学副刊》略同,关于国内外学术界、文艺界出版新书批评介绍及重要文人作者之言行等之记载,应有尽有,甚为丰备。吾国人留心西洋文学者宜订阅。该报总编辑为 Frédéric Lefèvre 氏,编缉及发行所设巴黎 Montmartre 路一四六号。订阅价目连国外邮费,每年六十佛郎,合美金二元四角。该报已出至第七年,本年五月十二日该报有 Maurice Rouzaud 氏所撰短篇,题曰《韦拉里之作品译成汉文矣》(Valéry en Chinois),略谓韦拉里之诗一篇“Narcisse”业已译成汉文,异哉!未知彼富于哲学思想之中国人,读韦拉里之作,所感如何,亦极有兴味之问题也。今译韦拉里之诗者,为一中国之少年,名梁章泰(译音其汉名待考)。吾闻其事,曾往访梁君,得与晤谈。梁君来瑞士留学,习法文,已三年于兹。同学或以韦拉里之作品示之,梁君读之大喜,遂译“Narcisse”为汉文。梁君固能诗,后日且不可限量。曾作法文诗一篇曰《纪念》,又译王维诗一篇。均由某君之介绍,登《欧洲》杂志。梁君谓韦拉里之诗比其散文更为重要,若由韦拉里诗中研索其思想,则可尽明其思想之由来。梁君又谓韦拉里之诗中纯粹及清净无为之意,极似中国之王维及

① 韦拉里,Paul Valéry,1871—1945,今译瓦雷里。

屈原等。盖王维之诗既具理智又富感觉。而屈原之才,虽在韦拉里之下,然与韦拉里尤为酷似。韦拉里有《棕树》(Palme)之诗,屈原则有《橘颂》凡三十八句,二诗正相当。而棕与桔均可表现二人之特点。盖屈原兼重道德观念,韦拉里则专务理智。又屈原答渔父曰:"举世皆浊而我独清。"此亦似韦拉里所设为Testo氏与法国南部之农夫之间问答也云云。以上乃该报所记,吾人未见其所译诗,未能确评译者之造诣如何。按韦拉里之著作,本副刊曾于第八、九、十期中介绍一二,又《国闻周报》第五卷第二十三期有吴宓译《韦拉里论诗中韵律之功用》一篇。外此则在国内出版界中,尚未见有传述此名震今世之韦拉里之作品者也。

——本文原载于1928年7月2日出版之《大公报·文学副刊》第26期。

雪莱新传

雪莱(Shelley),英国十九世纪诗人,其抒情诗在世界文学史中居极高之地位,已为国人所熟悉。生于一七九二年,卒于一八二二年,为年仅三十。然其丰富浪漫之一生,其时代、其人格、其天才、其交游、其恋爱,诚可为传记之最佳之材料。为雪莱传者,最早有T. J. Hogg诸人之著作,至陶腾(Edward Dowden)教授之书出,而后所有关于雪莱之材料几搜索无遗矣。陶氏之书出版于一八八七,迄于今四十年。其详博诚不可及,而文字干枯冷酷,以故普通人士,欲知雪莱之生平者,往往取读William Sharp或J. A. Gymonds较轻妙之作。非专攻文学之人,少有读陶氏之书也。近W. E. Peck君,复搜集四十年来新发现之材料,重作雪莱传记,书名*Shelley:His Life and Work*,二册,美国Houghton mifflin书店出版。据最近*Modern Language Notes*中A. Koszul君所评,谓该书计划甚大,而临文则潦草不堪。一若初时悠闲布局,忽觉时迫促,遂草草完事,更不为修整校阅之功夫者。列如雪莱之交游,常有忽于某处出现,而初未略叙其人之履历。故其书虽增补陶书之处不少,而终未能取陶而代之也。Koszul君又谓Peck君过分重视其所搜集之新材料,每不惜迂缓其文笔,以尽纳雪莱交游中不重要之书信及银行支票等等于本文中,为全书之大疵。吾人谓此乃考据家之通病,而于做前人已做过之工作时尤显著。盖落落大端,已经前人详说，故不得不借重琐屑之事物，究属新知而非因袭，聊以自慰也。故文学史、文人传记等，以词章家作之，则文词华美，琅琅可诵，而内质空虚，一清如水。以考据家作之，则广征博引，切实可信，而结构散漫，详略失宜。往往有话即长，无话便短。极重要处，草草放过，小有心得，则下笔不能自休。诚能于此二者，挹长去短，方称良史。国内作家，对于此点，亦殊有注意之必要也。

——本文原载于1928年10月29日《大公报·文学副刊》第43期。

雪莱献玛丽诗(其一)

按此系雪莱(Shelley)所为长诗《天方革命纪》(*Revolt of Islam*)之献词(Dedication)之第一首,玛丽(Mary)乃其妻也。

长夏事已完,归来重对汝。玛丽吾所欢,此心有寄处。譬彼仙侠客,奏凯诣后所。俘获颇足珍,魔宫辉锦炬。吾名尚未立,顾念常惭沮。羡彼众星光,拨云照寰宇。初出但纤纤,颇欲事遐举。吾名与君合,君能毋我拒?智慧兼爱情,生军非凡侣。

——本文原载于1931年2月21日出版之《大公报·文学副刊》第206期。

亚伦·波之影响

近Célestin Pierre Cambiaire博士著一书,名《亚伦·波在法国之影响》(*The Influence of Edgar Allan Poe in France*)。亚伦·波实文学史上之怪杰,其生时注意之者甚少,身后则嗜者日众,扬之为最高之天才。大批评家乔治·勃兰提司曾谓法国近代文学最受(一)亚伦·波、(二)海涅、(三)托尔斯泰、(四)雪莱、(五)陀思妥耶夫斯基五人之影响。今Cambiaire博士作详博切实之研究,乃知亚伦·波之影响远在其他四人之上。文学家之受其影响者,除最显著之鲍德莱尔外,Cambiaire博士列举梅德林(Maeterlinck)、欧露世(Jules Verne)、大仲马、莫泊桑等多人之名,可谓盛矣。反观吾国,近来颇有人惧过分之欧化,中国文学将完全变成西洋文学。实则此亦杞人之忧。试观自新文化运动以来,腾嚣于万人之口者,非易卜生、托尔斯泰、拜伦、雪莱耶?然而国内任何作家有敢自诩其作品曾受易卜生之影响乎?托尔斯泰之影响乎?拜伦、雪莱之影响乎?乃至于屠格涅夫、柴霍甫、莫泊桑、太戈尔、曼殊斐儿、蔼理斯诸人之影响乎?介绍仅介绍,创作还创作,曾有若何深刻之关系?而土气息、泥滋味则有根深蒂固在焉。亚伦·波为短篇小说之开山祖。我国近日短篇小说渐届成熟之期,然而作品之受亚伦·波影响者,吾人殊不多见。惟诗歌方面则间接自法国文学带来,略有丝毫亚伦·波之气息耳。

——本文原载于1928年10月29日出版之《大公报·文学副刊》第43期。

葛兰坚论《梅子与棱镜》

美国哈佛大学教授葛兰坚氏（Charles Hall Grandgent）积学深思，又以能文著称。著有论集三种。一曰《新旧杂识》（*Old and New*）一九二〇年出版（《学衡》杂志中曾译登数篇）。二曰《聊博一粲》（*Getting a Laugh*）一九二四年出版。三曰《梅子与棱镜》（*Prunes and Prisms, with other odds and ends*），系最近出版。哈佛大学出版部发行，定价美金二圆五角。

中为文凡七篇。本其渊博之学识、脱俗之见解、锐敏之观察，而以闲适之意趣、雅淡之文笔、谐妙之语调写出之。至理名言，络绎而来。又婉而多讽，耐人寻味，诚今世论文集中之神品也。集中大旨，无非谓世域广博，人性复杂，未可拘囿，本可执一。一也。好奇心与想象力，苟善用之，足使人生增加趣味与价值。二也。闲暇为不可少之物，若终日操劳急忙，疲于奔命，则心性汩漓而精神烦苦。三也。标语口号，自智士观之，无殊锣鼓之乱鸣，只可喧震一时而已。四也。

其第一篇《梅子与棱镜》，以诙谐之笔，考究美国教育界所习用之标语口号，曰学生课外作业（实即游戏之美名耳），曰相关系数，曰反应，曰心理作用。又极言美国人心思过于简单，虽成人亦无殊小儿。故其行事往往轻躁而易为人所利用。谓："心思简单之人，与其所爱好之事物，辄必为之过度，趋于极端，至于失败而后已。凡阅历甚深之人,多不敢与小儿狎玩,以彼小儿将乐此不疲。一经作始游戏,断不肯令汝撒手也。今吾美国之人,无分老少,于事皆不知适可而止之义,必走极端,至于疯狂。且以游戏之事而视为庄严郑重之业。其例殆不胜举。……又如欧战初起,蹉跎数年,吾国备受人之侵凌侮辱,而笑颜相向,绝不动怒,坚持局外中立。既则态度一变,忽而参加战争,其勇敢坚忍、举国若狂之情形,殆不减于昔之伊斯兰教国人。凡以德文刊印之书籍,一概禁止发卖。而人之姓名有类于乎外国人者均受嫉疑。……甚至欧战告终已久,而吾人敌忾同仇之气,与其关防视察之严密,犹不少变。此一事也。吾人饮酒必逾量而至沉醉,不知少加节制,而必须将酒一体禁绝,使全国之人涓滴不饮。此又一事也。凡此皆心思简单之表现。故常为标语口号所驱遣,一往直前而不能自止也。"

作者游历多而见识广,又喜述谐谑之故事,不失美国人之本色。兹举一例。"学校中女教员责某生徒曰:'汝速回家洗濯,吾课堂中不能容如此污秽之学生。'言次,并作函致该生之母。而遣生归家。函云:'请速为令郎洗濯,然后来校。令郎浑身污秽,至有一种难闻之气味。'乃此生归去,不及半小时即复来。污秽之形容依然如故,而气益盛。持其母之复函以授女师。函云:'吾儿当令其在校上课。校中以钱雇汝,为教吾儿学问,非使汝闻吾儿之气味也。'"亦可见集中文字之庄谐杂陈矣。

——本文原载于1928年11月19日出版之《大公报·文学副刊》第四十六期,原题为"美国名家论文",现标题为编者拟。

《近世文明》

《近世文明》(*Whither Mankind: A Panorama of Modern Civilization*)一册,美国Charles A. Beard教授编。纽约Longmans, Green & Co.书店出版。定价美金三元。

本书系汇集现代作者若干人之论文而成。先由编者作成导言一篇,表明全书大旨。略谓"古昔之文明以农业及手工制造之商业为基础,近世之文明则以机器及科学为基础,此其显然不同之处。近世文明仅有二百年之历史。……在今日,机器文明与资本主义有密切之关系。大规模制造能有现时之盛者,以有资本主义之故。但彼日新月异之剥削图利之妙策,而名为资本主义者,与机器文明实非一物。……机器文明之异于他种文明者,以其为十分活动的,其本体可以常时改造"云云。并本此见解,立定书中各章之规模。其内容乃就各方面论究近世文明之往迹及现况,然后聘请诸学者分别担任撰述。大率皆注重物质文明、阐扬经济工业,崇拜现代而尊视美国者。此书理论殊平庸,然销行颇广云。

书中第一篇为胡适君之《论东方与西方文明》。纽约《星期六文学评论》评此篇曰:"书中以此篇褒然居首,吾(按系著作*Mediaeval Mind*等书之耆年博学Henry Osborne Taylor氏自称)殊不以为然。"盖此篇作者胡适君乃一非常聪明之中国激烈少年。其人比之西方人尤为西方化。吾虽颇钦胡君,然以为彼不过亚洲人之从事反抗者之一,对于其本国旧有之礼俗文物、典章制度之美而有价值者,亦一概吐弃。而又未能窥见西方思想感情生活之全体,故恣意逞其词锋,肤浅而未能深入。所言所思,悉人人所知而又非尽真之事理。但胡君此篇之大意,谓西方之物质文明,比之东方半开化之文明,尤为富于精神未尽物质化者。其言似亦有理也。"

第二篇题为《古代及中世文明》,殊潦草不足观。

第三篇为罗素氏之《科学》,亦不如其平日著作之佳。

第四篇为Julius Ken氏(现任美国联邦国内外贸易局长)之《商业》,谓西方文明乃成于商业。盖商业不仅为物质文明之要素,且为一切人类活动进步之途径。无商业则文明立即灭绝。次叙商业世界之往史,极赞美国近今商业之道德化,及欧战后惊人之进步。

此外有英人Sidney & Beatrice Webb合撰之《劳工问题》。有H. E. McBain《关于政治法律》之文。有路德威氏(传记作者)《论战争之害与和平之益》,而以注重儿童教育为弭兵息战之根本之方。有C. E. A. Winslow《论公众卫生》之文。有蔼理斯氏《论家庭》之文。有G. A. Dorsey《论人种与文明》之文,谓种族本无高下优劣之分。又有鲁宾孙氏(著名史学教授及历史教科书编纂者)《论宗教》之文。最末一篇,则为杜威氏《论哲学》之文。由哲学之观察点,赞颂现今美国之工业文明,极言实验之益、科学之功,而攻诋普通在大学任哲学教授者,只知讲虚空之学理,不知以哲学解决目前之实际问题,而美国之哲学并未能充分解释美国近世文化之真义云云。

按现今(尤以美国为最甚)出版之书籍日多,而可读之书愈少。大率肤浅剽窃,求悦公众,而缺乏真知灼见与实在研究思辨之工夫。由是标准愈乱，选择愈不易。书之能畅销而享大名者（如今春出版之Durant之*The Story of Philosophy*是）往往由于偶然之机会与广告之方术，与作者题目内容皆无关系。故生于今世，不但著书难，即读书亦难。如《近世文明》亦一时盛行之书，然则粗浅如此。其能畅销，盖以其为美国之物质商业机器文明作辩护耳。非美国人读之，注重精神、道德、美术之价值者读之，能不为之齿冷乎？举此一书，则一般之情形可以知矣。

——本文原载于1928年12月24日出版之《大公报·文学副刊》第51期。

《三国志》与《西游记》

日本帝国大学教授盐谷温氏，于中国小说戏曲深有研究，并有著书。已为我国人所共知。去年日本宫内省图书寮发现元刊《全相平话》，中多秘本，为他处所未见者。盐谷氏仅选印《三国平话》一种。今年盐谷氏来游我邦，复以其新印之万历本《西游记》分贻京中学术界闻人。二书兹分记如下。

（一）《三国志平话》

此书共分三卷，首页题“建安虞氏新刊”“新全相三国志平话”。首行题“至治新刊全相平话三国志卷之上”。图在页之上部，精细绝伦。每半页二十行，每行二十字。自汉光武赏春，彭越、韩信等托梦起，至刘渊灭晋止。其叙孔明卒后至蜀吴灭亡，及蜀之外孙刘渊遁入北荒，兴师灭晋，虏怀、愍二帝北去一节，至为草率。行文仅数百字。与今世通行本《三国演义》大体雷同，而详略迥殊。盖今本《演义》为明初人作品，已据陈寿正史改正，故无此等奇异之话。其云全相者，相即像之俗字，全相即今世小说所谓绣像耳。考三国故事，宋时演述颇盛。《都城纪胜》记说话有讲史书等四目，且谓小说者能以一朝代故事顷刻间提破。作小说人则《东京梦华录》《梦粱录》，详之，亦大略相同。则此二者犹今之说书人，而《平话》者即所以供说书人作话本矣。三国故事民间传述，宋时独盛。《事物纪原》《东坡志林》均有记载。故元明人杂剧演三国故事者亦不下数十见。今所传者，仅无名氏《隔江斗智》《连环计》二剧耳。其剧情与此平话亦略似，可知其有渊源可寻。而小说与戏曲互有关系，亦可推之矣。宫内省尚有《武王伐纣书》《乐毅图齐七国春秋后集》《秦并六国》《前汉书续集》。其中虽有非全帙者，而有资于考证及戏曲史者，当不亚于《三国志》。吾人深望盐谷氏将继此而刊行也。（北京琉璃厂来薰阁书店寄售此书。每部价八元。）

（二）《西游记杂剧》

元吴昌龄撰。昌龄西京人。此剧《录鬼簿》著录作《唐三藏西天取经》。钱氏《也是园书目》作《西游记》，云四卷。曹氏《楝亭书目》云六卷。可知此书我国清初犹存。今以此本验之，则曹目云六卷得之也。盖此剧合六本而成，与《西厢》之合四本，均为杂剧中稀有之例。王氏《曲录》于“杂剧”“传奇”二部中互见。盖当时未见此书，故以六卷本为传奇，自不足责。此为明万历勾吴蕴空居士杨东来批本，每半页十行，行二十二字。白文作双行排列。每卷前有图四幅，工细与世传明刊传奇及《盛明杂剧》略同。其故事与今之《西游记》小说亦大同。治小说史者可以观其会通矣。（东京市本乡区汤岛二丁目一番地汤岛圣堂构内斯文会发行，价目未详。）

——本文原刊于1928年4月2日出版之《大公报·文学副刊》第13期。

曼殊斐尔之日记

英国已故曼殊斐尔女士(Katherine Mansfield)之作品,经徐志摩君之介绍与翻译,国人多已知之。近女士之日记由其夫麦雷(J. Middleton Murry)校订刊行。纽约 Alfred A. Knopf 书店出版,价美金三元五角。全书凡二百余页,乃纪其最后七年之生活者。女士生平最圆满之作品,大抵成于此七年中。日记之内容,或以简短而不贯属之句语描写一刻或一日间之情态,或追叙数月前之事实,或将小说之腹稿用一二语撮举其大纲(此等小说有已写出者,有未写出者),或用三数字形容偶见之面目或姿势。

女士生平属文,惟顺自然之流露,不假苦思及推敲。日记中有一段云"顺其自然耶?抑逼其使然耶?将谁决此?吾夫固主张用鞭者。彼云:吾马雄健罕俦,惟怠惰而畏葸,望前途而徘徊。(谓必须鞭策也。)然吾之所感则异是。使吾马而非自动奔腾者,吾毋宁下骑耳"云云。盖曼殊斐尔为天才之作家,而其夫麦雷为缜密之批评家,宜乎其所感不同也。

使曼殊斐尔之体质能许其多用精神于生活之事务及流俗之娱乐,则以其美丽慧巧及欣豫之态度,自当无往不宜。然若是,则伊于艺术上能有如许之贡献耶?以曼殊斐尔观之,盖恐不能。伊于日记中有云"思之,假若吾有儿女,则吾今当与之嬉弄而忘吾身于其中,吾当吻之而使之笑,吾将以儿女为盾,以防极深之感情之来袭。……吾思之,此在一切妇女,莫不皆然。少妇已有子女者,其所以特具安详坦荡之貌者,正以此故。彼等有儿女在抱,斯得安全之慰藉,而免于最剧烈之感情状态"云云。曼殊斐尔此段深思,实含一部分真理。女作家之少,此实其主要原因。吾国惟一文学史上可占一席之女词人李清照,固无儿女者也。(以社会学眼光观之,女子应否为他事而弃其母职,此另为一问题。)

日记止于女士卒前数日。时在法国Fontainebleau。其最末一语云"一切皆佳"。此语何义,女士不及告吾人,抑恐不及自知矣。

——本文原载于1928年2月20日出版之《大公报·文学副刊》第7期。

曼殊斐尔之书札

英国已故曼殊斐尔女士之日记，前经其夫麦雷君刊布，本刊第七期已经介绍。近麦雷君复以女士之书札刊布。*The Letters of Katherine Mansfield* 凡二卷，附像二帧。伦敦 Constable 书店出版，定价英金十五先令。麦雷君之序文中，谓吾昔刊布吾妻之日记，颇有人讥斥之者，谓日记中皆私人情感思想，不应公布。今刊布此二册书札，逆知必有仍以是讥我者云云。

其实不然，盖曼殊斐尔女士之日记，较为深挚，然立有存于心而未笔之于纸者，故谁以日记尽行刊布，亦不嫌过分。至若书札，尚不如日记之亲切。其中多叙女士对于人生及艺术之感想。盖自女士得不医之症，心情一变，而欧战对于女士之影响尤大。当欧战终结之年，女士自见其前此所为之文学作品，均不当意，而对于同时之人物及著作则深为厌弃。自觉其生活异于欧战以前，似较清切，而更感空虚。以为生即是死，死无异于生。固不能效他人酒食征逐，及时行乐，而亦不能“万古一深广之沙漠耳”之感想，又不愿告人。且以为艺术者非描写而已，非仅结构材料、文笔等之谓艺术之创作，必作者先对于人生根本了解，对于外境谐和一致。吾今但感人生之穷乏，故亦不乐再事撰作云云。彼于临殁之前，益感人生之虚伪，欲破除前此之生活而自新，以求真正简单之生活。谁遽即与世长辞，对女士自身亦可谓之成功，亦可谓为乐事也。

——本文原载于1929年1月14日出版之《大公报·文学副刊》第53期。

《英雄之死》

英国文人奥丁顿（Richard Aldington）近著小说曰《英雄之死》（*Death of a Hero*），伦敦Chatto & Windus书店发行，定价八先令六辨士。叙欧战时英国少年艺术家George Winterbourne殒身战场，其母与其所爱之三女子备极悲痛。又描绘战争之凶残，不胜愤愤之意。按日前纽约《星期六文学周报》著论，谓自欧战终结之十年中，欧美文学界为悲观主义所笼罩。理论上则认文明世运为不可挽救，于叙述方面则多显示人性之弱点及沉沦。所幸此种趋向最近业已改变。欧战既渐成历史上之陈迹，而文学另见超脱光明之象。而奥丁顿君此书，亦可视为欧战时代悲观主义之尾声欤！

又奥丁顿君自序中言，吾书虽系小说，而不按小说常规。评吾书者，谓其作法如戏台上之伶人，忽而自言自语，或互相附耳道其心中事。又若台下观客忽而加入扮演，混淆错杂，毫无壁垒界限云云。按此种主观客观糅合不分之作法，即所谓"两重人格"者，并非新奇。百余年前，德国浪漫派希雷格尔等已早用之，本刊亦已述及之矣。近顷以一种奇异之方法作小说而大成名者，莫如法国已故小说家卜鲁斯特（Marcel Proust）氏。韦拉里氏评其书，谓历来作小说者，多取人生经验之最有关系者，而忽略其琐屑细微者，即吾人日常生活中所思、所感、所言、所行，仅一小部分为人所自觉，为连续而有结果。此外之大部分，则出于不自觉，随时消灭，无复影响于后来。卜鲁斯特之方法，即系专取以为人所忽略遗弃之经验，而细辨其质别，推其因果。如其《过去之追寻》[①]书中之所写，皆此类材料，但出以极精妙之技术耳。

近年出版小说之最难读者，莫如爱尔兰人居耶斯[②](Joyce)之*Ulysses*一书。此书几于无人能了解。其著作方法之要点有三。(一)无时间之观念，将今年、去年以及五年前、二十年前之景物、事迹、感觉、经历，悉糅混于一处。读之者似若迷惘不清，然此种惝恍迷离、依稀隔膜之情态，乃正合于吾人平日之所真切经验者。(二)取某人生活中之各种细微琐屑之材料，如账簿、支票、电车票、购送物件收条、游艺会入场券、戏单、菜单，以及破履旧衣、残书秃笔等等，胡乱堆积于一处，而依实描叙之。读之者乃只觉此人之为实有与其当时生活情况之真切。如此不经选择不用归纳之材料，为昔之小说家所弃掷者，彼乃取用之而收效焉。(三)书中似若不成片段、毫无意义之文字，乃系一种声音符号，代表并模拟各种动作，如鼠逐鸡鸣以及人之喷嚏咳嗽之类。读者须一一遵照做出，如伶人之用脚本而事表演，乃见其妙。尝有聆居耶斯自读其书之数段，则不可解者皆明白易晓矣，总之，时至今日，文学作品繁多至极，其技术方法精妙至极，作者欲不雷同而出奇见长实非易事。遂有反其道而行，以拙为巧、以粗为精、以浅为深、以旧为新者。苟偶然拾得一妙诀，而终身行之不懈，悉可成名，但须先他人而为之耳。虽然，文学根本之原理乃终古不

① 《过去之追寻》，今译《追忆似水年华》。

② 居耶斯，今译乔伊斯。

变,而艺术至要之规律亦人人所当遵守。欲创造伟大之文学,终当循乎正轨而求其至精至上者。若徒恃小慧巧术,只可成名于一时耳。

——本文原载于1929年11月18日出版之《大公报·文学副刊》第97期。

穆尔论“绝对之鬼”

穆尔先生(Paul Elmer More)为现今美国数一数二之文学批评家,其所著《基督之道》一书,已于本副刊第十九期介绍,并汇列穆尔先生所著书目。先生少年尝为诗及小说,而其知名则由于*Shelburne Essays*论文集十一卷,精实宏博。其中之文皆成于二十世纪之最初十年,而刊于欧战以前。最近十余年中,则专致力于《希腊宗传》一书,凡五卷。及去年春此书之第五册《基督之道》出版,兹役告终,先生乃复从事撰作论文。岁底,遂汇刊其近作之论文集一卷曰《绝对之鬼》(*The Demon of the Absolute: New Shelburne Essays* Vol. I)美国Princeton大学出版部发行,定价美金二圆五角。论文集冠以新字,以别于昔年之旧集十一卷也。至书名则以书中第一篇论文之题为之,虽本常例,而意实一贯。所谓“绝对之鬼”者,即“暴戾恣睢之理性”是也。作者以为今世之大病根即在于此。夫理性运用得其宜,固可为吾人之良师益友。然理性乃极危险之物,常易超出实际经验之范围,而以虚空之绝对为真理,妄欲以某种公式来解释复杂生活之各方面。于是使人迷惘,忘却爱玛生所谓二元之意识。即不复体察人性乃兼具神性、物性之二种原素,而误以人性为纯善或纯恶。古今伟大之道德、文艺,悉托始于人性二元之观念。昧乎此,则走入歧途,终无是处。盖人性非绝对的,所谓绝对者妄也,幻也。惟此种谬误之绝对观念,在古来各家之宗教、道德、科学主张中,常常见之,似若持之有故,言之成理,而实引人堕入魔障,故特以鬼称之。而今世之事业及生活中,仍常见此绝对之鬼之踪迹,是不可不明辨而慎防之也。

古来之文学批评,着重标准,而今人则谓“世间决无正当之标准,可以衡量一切艺术作品而无误者”。穆尔先生曰,此言是也,然必以“无标准”及“不负责任”为文学艺术中绝对之规律,强人以必从,岂非更为谬妄耶!又今日欧美之文人,主张极端纵性任情之说,其拘泥顽固,实不异于昔之学究。穆尔先生曰:“此等文人乃绝对之鬼之奴隶,而主张应有合理的赏鉴之标准者则非也。”穆尔先生生平最重理性,然极反对“理性主义”,以为“理性主义与合理之常识(即上智之公性)决不相容”。盖合理之常识实可为万事之标准也。

穆尔先生以为今日哲学中之类似宗教之自然主义,乃绝对之鬼最恶之现形。因评F. J. Sheen之《上帝与知识》一书而痛论之。又评Whitehead教授之主张曰:“前此谓人之灵魂遵从石之规律,灵魂即石也。今乃谓石之性质与灵魂无异,凡石皆灵魂矣。”是故今日最急要之事,厥为“推翻此种一元之偶像,而剀切承认石与灵魂乃为二物,绝难混为一体。今之主张科学的绝对主义以代宗教者,吾人只有坦直语之曰:‘君休矣,君得而治杂事,为琐役,不当于学问中寻门路也。’”

此下一篇,题曰《美国现代文学中之新潮流》(译文见本副刊第二十七至三十各期)。盖美国今日流行之文学创作,皆受绝对之鬼之影响,甚或作者亦不自知也。

又有《吾之所得于杜洛布者》一篇。杜洛布(Anthony Trollope,1815—1882)为英国维多利亚时代之小说家。穆尔先生喜读其书，则以杜洛布能认明道德与艺术之关系之故。“道德非艺术，此言固是。然‘绝对之鬼’由是遂为武断而害世之结论曰，艺术与道德全无关系，此则谬矣。”今人多为此谬说所中，故不能见杜洛布小说之佳处。盖杜洛布写状“人之品性与其环境之关系”最得其宜也。

穆尔先生又甚喜读英国十七世纪宗教诗人武汉（Henry Vaughan，1622—1695）之诗，盖近今之绝对主义，以神与物混为一体，武汉则未中此“绝对之鬼”之毒。武汉谓自然界中有神之势力存，但神为幽渺不可知者。武汉深悉人类之罪恶及苦痛，但谓：“人生之缺陷，日常之愁苦及烦郁，皆非由于一时一地偶然之环境，乃由于人类之本性如斯。”其关系，在人而不在物，在内而非在外者也。于是武汉遂遁居山谷间。“彼以自然为栖止之所，然谓上帝之存在灼然可见，故不敢违上帝之教而妄行。”神虽不可知，而实能为人助。此穆尔先生有取于武汉之处也。

综上言之，穆尔先生以近世之绝对主义及一元论，实属一偏而违真理，武断而昧事实，笼统杂糅，愚妄自是，故于此书中明白攻诋之。穆尔先生认定天、人、物三界截然划分。杜洛布书中表现人性二元之真理，明示人性有别于物性。武汉之诗则显言神性与人性并与物性有异。故穆尔先生推重此二作者，藉以明己之意而已。其他各篇，关系较小，兹均略而不述云。

——本文原载于1929年3月18日出版之《大公报·文学副刊》第62期，作者后将其作为所译《穆尔论自然主义与人文主义之文学》一文之译者识语，收入《学衡》杂志第72期，文字略有改动。本文据《大公报·文学副刊》整理。

一九二八年诺贝尔文学奖金为挪威小说家翁德塞女士所得

一九二七年之诺贝尔文学奖金(Nobel Prize)为法国哲学家柏格森氏所得,众颇惊异。而一九二八年之诺贝尔文学奖金,为挪威小说家翁德塞女士(Sigrid Undset)所得,则众尤惊异。其实二事实无足奇,缘柏格森在文学上之势力亦甚大。至若翁德塞女士虽在南欧各国不甚知名。然一九二五年法国《文学新闻》(*Les Nouvelles Littéraires*)中,已有万德(Victor Vinue)君著论特为提倡介绍,甚引起各界之注意。兹节译万德君该篇中数段,以明翁德塞女士著作之特长,而见其得奖之不为无因矣。

万德君曰:"自来作者,从无竭其一生精力专研究女性者,为此者自翁德塞女士始。前此及今后之文学家,固多于其篇章中描写妇女,而能得其确切之心理、灵动之神采、奇美动人者。顾其视妇女仅为其各种研究对象之一。翁德塞女士则不然,彼不以一时偶然之兴趣研究女性。彼乃以毕生之精力为之,且就自己本身细为剖析,以求说明己所常感受之一种隐秘之痛苦,并发现此无形之痛苦之原因何在。此他人所未尝从事者。"

万德君又曰:"德国悲苦之哲学家范尼加氏(Otto Weininger,按此君痛恨女性,称妇女纯系色欲而毫无道德、良心、羞耻,至若天才、理想、美感等,妇女均无之)谓妇女决不能作出卢梭《忏悔录》或斯特林伯《女仆之子》一类之书。若有能作之者，则自彼时起，作者已非妇女，而变为男子云云。此范尼加氏痛恶女性之刻论也。然范尼加氏尚未弃此五浊世界之日，挪威之翁德塞女士业已动笔著作其小说。其小说非某夫人、某女士之历史。乃女性全体之忏悔录。且语语切实，笔笔明显。既无卢梭之浮夸自炫，又异斯特林伯之切齿怒恨，较彼二书且胜过之。翁德塞女士著作之价值盖即在此。彼乃女性之说明者，彼能解释女性之种种性行之所以然。吾人在文学或实际生活中，每觉女性为一神奇变化而不可捉摸之物。吾人在感情生活中，每觉女性时而复杂时而空虚。此宇宙间至极繁复神妙之物所号为女性者。一经翁德塞女士于其书中解释之，则成为至简至真、至易了解、至易捉摸之物矣。”

翁德塞女士之著作，可分二类。第一类为描写现代生活之小说。其目如下：(一)*Marthe Oulié*，一九〇七年出版。(二)《幸福之时期》(*L'Age Heureux*)，一九〇八年出版。(三)*Jenny*，一九一一年出版。(四)《可怜虫》(*Pauvres Etres*)，一九一二年出版。(五)《春》(*Le Printemps*)一九一四年出版。(六)《魔镜之光》(*L' Eclat du Miroir Magique*)，一九一七年出版。(七)《智女》(*Les Vierges Sages*)，一九一八年出版。(八)《春云》(*Nuages printaniers*)，一九二一年出版。

第二类为(一)女士之杰作 *Kristin Lavransdatter* 三卷，并附(二)*La Légende de Vigdis*，一九〇九年出版；(三)*La Légende du Roi Arthur et des Chevaliers de la Table Ronde*，一九一五年出版；(四)*La Légende de Saint-Halvard*，一九二〇年出版。此三篇为古英雄之轶事及神话。

翁德塞女士著有《初识贫乏记》(*Première rencontre avec la pauvreté*)，为一向未经刊布之作。本年十一月十七日之《法国新闻》始以法文译本揭载之。今译登本刊，读者可观览焉。

——本文原刊于1928年12月31日出版之《大公报·文学副刊》第52期，系吴宓对1928年诺贝尔文学奖金获得者挪威女小说家翁德塞女士（Sigrid Undset）的介绍，缘我国读者于翁德塞女士（1882—1949）著作了解不多，故叙述甚详，文中附女士像。并请雍光君将近日《法国新闻》揭载之翁德塞女士从未刊布之《初识贫乏记》法文译本译出，冠以《获得一九二八年诺贝尔文学奖金者挪威女小说家翁德塞女士未刊之著作〈初识贫乏记〉》之标题，与本文同期刊出，于1929年1月31日出版之该《副刊》第54期继续登完。

李思纯译《仙河集》

译事之难，莫难于译诗。昔杜来登（Drydan）著论（见其所作 *Preface to Ovid's Epistles*）谓凡译诗者，必当精通两国文字，且己身亦为诗人，能将各家作者特具之神色韵味，及其所习用之辞藻句法，均一一表现出之，方为称职。西国论翻译之专书，如 A. F. Tytler（1747—1814）之《翻译原理论》（*Essay on the Principles of Translation*）等，为译事标立义法，而皆以论译诗为主。顾欧西古今各国文字，相去尚不远，则以西文之诗译成吾国之诗，其繁难更可想见。吾国译西文诗者，共推苏玄瑛。辜鸿铭氏亦有迻译之篇章，严、林书中，亦附见一二首，但皆零星而无统系，一也。所译限于英文，二也。至近年新派译者众多，骛诸报纸，然皆行以无韵之白话体，逐字逐句直译，而意思晦昧不清，其事无异传钞，虽多曾何足贵？由斯以言，今兹《仙河》一集，其可尚已。此篇义例，译者自详。惟是登录译诗，须每行并列原文，俾读者逐一对勘，乃辨译事之精粗，而见选辞之佳妙。本志于短篇译诗，夙已行之。但综计《仙河》全集，若并录原诗，则所占篇幅需二百数十页。本志内容力求充实，故常于编辑之时细心核算字数。遇表格等，则设法妥为排置，以免虚留空白、减少材料。至长篇稿件，则皆力求一次登完，而不分刊数期，使读者得见全体结构，而无悬盼检寻之苦。故今于《仙河集》，为节省篇幅起见，至不得已，割弃法文原诗，专录译什。且按照中国书籍旧例,一行连下,而不逐句横列,如今日新派诗人之所为(第三十六、七期吕伯兰剧排列形式亦同此故),虽检寻略有不便,而审慎吟读者自有会心。苟按题求索,固亦不难取得法文原诗一一勘证之也。编者识。

[附录]

《仙河集》目录

自序○例言○查尔奥里昂(Charles d' Orléans, 1394—1465)《春》 菲农(François Villon, 1431—1463)《老与死》 龙萨尔(Pierre de Ronsard, 1524—1585)《短歌》 马尔勒白(François de Malherbe, 1555—1628)《慰友人丧女》 拉芳丹(Jean de La Fontaine, 1621—1695)《劳工父子》《城鼠与乡鼠》《老狮》《雄鸡与珍珠》《狮与牛羊》《二医生》《狐狸与雕像》《死与樵夫》《蝇与马车》 波哇罗(Nicolas Boileau Despréaux, 1636—1711)《寄西奈莱侯爵》 佛罗里央(Jean-Pierre Claris de Florian, 1755—1794)《蟋蟀》 解尼埃(André Chénier, 1762—1794)《青年之囚女》 柏朗惹(Pierre-Jean de Béranger, 1780—1857)《旧衣》 沙多伯里昂(François-René de Chateaubriand, 1768—1848)《幽林》 拉马丁(Alphonse de Lamartine, 1790—1869)《秋》《孤寂》《鹰与日》《湖》 嚣俄(Victor Hugo, 1802—1885)《拿破仑》《坟墓与玫瑰》《高山之所闻》《二海岛》《滑铁卢》 费尼(Alfred de Vigny, 1797—1863)《死狼》 弥瑟(Alfred de Musset, 1810—1857)《八月之夜》

《赠嚣俄》《邻女之窗帷》《长别》 哥体野(Théophile Gautier, 1811—1872)《燕语》《泉源》《春之第一笑》《鸽》《烟》《最后之所望》《圣诞节》《蔷薇色之女衣》 黎留(Leconte de Lisle, 1818—1894)《日午》《月光》《南美洲之斑豹》 邦斐耳(Théodore de Banville, 1923—1891)《忆吾母》 蒲鲁东(Sully Prudhomme, 1839—1907)《破瓶》《眼》《破晓》《雨》《乡村之正午》 波德莱尔(Charles Baudelaire, 1821—1867)《鬼》《鸱枭》《血泉》《腐烂之女尸》《猫》《破钟》《凶犯之酒》《密语》《赭色发之女丐》《暮色》 都德(Alphonse Daudet, 1840—1897)《乳婴》 赫累帝亚(José-Maria de Heredia, 1842—1905)《遗忘》《落日》《五色琉璃古窗》 哥贝(François Coppée, 1842—1908)《铁匠之罢工》 凡莱恩(Paul Verlaine, 1844—1896)《狱中》《落日》《晨星》《秋歌》 布萿(Paul Bourget, 1852—1935)《黄昏》《暮与愁》

——本文系吴宓为李思纯君所译法兰西诗选名《仙河集》所撰之编者按语,原载于1925年11月出版之《学衡》杂志第47期。

《王孙哈鲁纪游诗》(第三集)

按英人摆伦[①](Lord Byron,1788—1824,一译拜轮,又译裴伦。其像见本志第九期及本期插画)之诗,吾国人知之最早。其 *Don Juan* 第三曲中之《哀希腊歌》(The Isles of Greece)有苏曼殊、马君武、胡适三君译本,而梁任公于所撰小说《新中国未来记》中,早已译其数首为曲体。顾皆尝鼎一脔,而于摆伦之长篇巨制,则未有完全译之者。今杨葆昌君乃将摆伦之"Childe Harold"之第三集(Canto III)全行译出,凡一百一十八首,又附歌四章,共九千八百四十字。以吾人所见,译西诗者,零碎篇章居多。其较长较巨而有系统者,当推郭沫若君雪莱诗译集及《鲁拜集》(*Rubaiyat of Omar Khayyam*),再则李思纯君之《仙河集》(载登本志第四十七期,惜无单行本)系译法国古今著名之诗,凡六十四篇,三百七十八首。以时代为序。每诗人各系短评,每篇又缀小序。今杨君如能将"Childe Harold"之第一第二第四集悉行译,则诚可为翻译界之巨大工作矣。

又按摆伦此篇实即自叙,王孙哈鲁(Childe Harold)乃其托名。第一第二集,叙一八〇九至一八一一年,摆伦由英国航海至葡萄牙、西班牙,再乘舟东行入地中海,游希腊及土耳其各地。归国后诗名大显。迨一八一六年春与其妻密尔般氏离婚(结婚甫一

① 摆伦,今译拜伦。

年。生一女,名阿达),复为怨家所中,攻诋者纷起。摆伦痛愤之余,乃于一八一六年四月二十五日长别祖国,渡英伦海峡,游比利时,吊滑铁卢战场(滑铁卢之战在一八一五年六月)。由是溯莱茵河而上,入德国境,抵瑞士,留居日内瓦湖上风景最佳之第。以上游程历时约二月,即兹译之第三集所叙者是也。其第四集乃摆伦于一八一六年十月至意大利,奠居威尼斯后,于一八一七年春,费时一月有半,遍游意大利诸名城,凭吊古迹之作。四集之中,以第三、第四两集为最佳。至关于摆伦之身世性情及其诗之短长得失,兹以篇幅所限,不能具述云。本志第五十九期《西征杂诗》所摹仿者,即今所译者也。

——本文系吴宓为杨葆昌君译拜伦《王孙哈鲁纪游诗》第三集所作之编者识语,原载于1929年3月出版之《学衡》杂志第68期。

德效骞撰《古代中国伦理学上权力与自由的冲突》

美国德效骞君(Homer H. Dubs)之略历,已见本期[1]《论中国语言之足用及中国无哲学系统之故》译文。至此篇原题为"The Conflict of Authority and Freedom in Ancient Chinese Ethics",登载美国*The Open Court*杂志第四十一卷第三号。兹为译登本志。

按此篇大旨,可撮述如下,俾读者一目了然。礼为中国古传之旧规范,仁则孔子所倡之新学说。礼以权力为本,仁以自由为用。孔子以仁(自由)与礼(权力)并重。孟子言性善而重自由。荀子主性恶而复重权力。荀子谓圣人为仁之至者,故世人惟当效法圣人,此遂成为儒家之正统学说。厥后朱元晦宗荀,王阳明宗孟,而权力之概念终为中国之正统道德学说。由今以往,则不可知矣。编者识。

[附录]

德效骞《论中国语言之足用及中国无哲学系统之故》译者识语[2]

美国德效骞(Homer H. Dubs)博士,字闵卿。昔为遵道会

① 即《学衡》第69期。

② 本文系张荫麟君译德效骞君《论中国语言之足用及中国无哲学系统之故》一文所作之译者识语,因叙有德效骞君之略历,又其感言值得注意,故附录于此,供读者参阅。

(United Evangelical Mission)牧师，居湖南湘潭甚久，深研中国学问，尤致力先秦诸子之思想。近年返美国，任勿吉尼亚[1]省Marshall大学教授，著有《古代儒教之范成者荀子》(*Hsün-tze: the Moulder of Ancient Confucianism*)一书。伦敦Arthur Probsthain书店发行。近又将《荀子》译成英文。至兹所译之文，曾登载《通报》第二十六卷第二第三合号，原题"The failure of the Chinese to Produce Philosophical Systems"(《论中国人不能产生哲学系统》)。兹为求明显，改题如上。其分段及各段标题亦译者所加[2]。

本篇上半论中国文字之足用，尤足值吾人之注意。自中西两文化接触后，中国语言文字之优劣，久成为两方学者争持之问题。此非等闲之问题也。许多中国学者深信中国文字之不足用，因遂不以中文论学。此种信仰，最足阻碍一国语言之进步。盖既断定其不足用，不复试验，则永无足用之日。使中国学者疑本国语言之不足用者，盖有二故。(一)曾试用中国语述西方学术而感觉其困难。(二)大多数译述西学之书之难读或竟不可解。然此果由于中国语本质上之缺憾欤？抑中国学者之未尽其力欤？吾侪确信为仅由于后一种原因。德效骞君此篇所论，足助吾侪张目。吾人确信假令作者精通一种外国文字，精通所译述之学问，并精

① 勿吉尼亚，今译弗吉尼亚。

② 译者将译文分成两半，标题分为：(一)论中国语言之足用、(二)论中国无哲学系统之原因。又，吴宓鉴于德效骞君于本文最后写道："吾人用能追溯中国无哲学系统之故，乃由于偶然的历史的事实，而非由于其语言之性质。语言之于此民族及其思想，自有重大之影响无疑(原注此种影响详拙著《古代儒教之范成者荀子》一书中第七页)。惟其影响不在于妨阻哲学之发展也。中国语言足以表现凡能思及之任何意象。"乃补撰"编者识语"于该文之后，谓：按美国人芬诺罗萨(Ernest Francisco Fenollosa，1853—1908)曾撰《论中国文字之优点》一文，原题云"The Chinese Written Characters as a Medium for Poetry"，虽以诗及想象为主，然亦能道出中国文字之特长及其足用之理由，与此篇实互相发明。其文曾经张荫麟君译出，登载本志第56期。甚望读者取阅也。

通本国文字，则译述必无不可克服之困难。至于现今市上所售译述书之难解，盖有三故。(一)则译述者能力之缺乏（包括外国语、本国语及对于所译述学问之智识）。(二)则翻译名词之纷歧。(三)则新名之不下定义。第一原因可听诸自然淘汰之解决。关于第二、第三两种原因之消灭，除期望国内学术团体努力从事于译名之厘定及标准辞典之编纂外，今后译述西学，有当注意者二事。(一)凡译名宜参考前人之所译，其已通行之译名，苟无谬误，而异译又不能远胜者，不宜轻改之。其或确当更改，宜注明通行之译名，并更改之故。(二)隐晦或新造之译名，宜申注其意义。因译德君之文，联想及此，因附陈焉。译者识。

——本文乃吴宓为梁敬钊君译德效骞君撰《古代中国伦理学上权力与自由之冲突》所作之编者识语，原载于1929年5月出版之《学衡》杂志第69期。

评美子女士《世界文艺批评史》

《世界文艺批评史》一册，民国十七年十二月初版，美子女士编译（据编译者自言根据宫岛新三郎之《文艺批评史》），厦门思明南路国际学术书社发行，实价大洋四角五分，北平景山东街景山书社代售。按今日中国学术界之大病曰“空疏苟简”，就出版之书籍及发表之著述可以见之。然其空疏苟简之程度未有若此书者，故不得不语及之，以为极端之榜样。昔法国文学家法格氏（Emile Faguet，1847—1916）著 *Initiation Littéraire*（此书有顾钟序君译本名《欧洲文学入门》，商务印书馆出版）及 *Initiation Philosophique* 二书。以出名人之手，虽区区小册，而综指文学、哲学全史，颇便初学，故颇为人所称。然已嫌等于粗简之点鬼簿、人名录及书目表，读之有如不读。今美子女士所编译之书，题其名曰《世界文艺批评史》。范围可谓广博，内容充实应至何度。吾人首忆及 Saintsbury 氏之书 *History of Criticism* 三巨册，尚嫌 Saintsbury 氏之学虽博而识殊差，持论殊属一偏而不可信。然以较美子女士之书，当如何者？美子女士之书共二百二十八页，每页平均约二百字（从宽计算），则全书仅二万五千字耳。若除去英文及章节题目空白，字数当更减，而又以冗长之白话写成。但即以此论，计读者每出一分八厘大洋之资财，可读美子女士一千字之著作。北平、天津之司书生，以楷书为人誊钞文稿，每千字得酬一角，但所钞只一份耳。美子女士之书,假定其初版印一千部,则是其劳力之效率(与得酬之厚)为彼司书生之一百八十倍矣。其实,美子女士之工作亦不过传钞录写而已。则请观其所传钞者为如何。

(一)曰词意之不明也。如书中第一页"那么,若下抽象的定义,没有暧昧不明了的,是文艺批评"。又如第十三页"或著作试以思索的研究的者,对于人生,又对现生存世界,若对于世界与自己底关系,无异于执何等态度"。又如第二十一页"解这基本的事实,古来文艺批评为中心而生种种问题。批评文艺底作品,尝有恶口"。又如第一一五页"又他自身思使这物差,实这物差,仍是旧式古物差,见当违批评,后人误解为旧式批评家"。其文理均欠通,吾人苦思不得其解,通日本文者或可按索其意。以上仅举二三例。全书之文词殆皆如此。读者其奈美子女士何哉?

(二)曰材料之简略也。全书空疏苟简,上文已言之,兹更于书中举例,以见其材料之简略实足惊人。如第二页于古今文艺家、批评家,仅举六名以尽括之。而六人之中且无圣布威(Sainte-Beuve,本副刊第四十九及五十期有介绍Sainte-Beuve之文,译名者作伯甫)。至第一〇一页论述圣布威处,仅云"定批评界的形势。他排斥波亚路一派诗学舍一切标准,只管重自己的印象与感情",而其事遂告终。又如结论之目录已有七行之多,而结论之本文仅占十四行。其中日本占二行,中国三行半,德国一行半,英国三行半。中国之全部文艺批评史,只举(1)《文心雕(误作彫)龙》、(2)唐宋(误作唐宗)诗文话、(3)金圣叹之评小说三事,而中国在世界文学史中之地位于焉确定。此犹为中国人所编之书,甚矣,文学家之不私其本国也!

(三)曰译名之奇特也。本书译名奇特无比。夫译名已经通用,为一般人所熟知。则译者不当擅自立异,淆乱耳目。此从事编译者所应有之常识与道德也。本书于但丁(Dante)译作旦丁,蒲伯(Pope)译作颇普,雪莱(Shelley)译作塞理,丁尼生(Tennyson)译作绚泥逊,雅典(Athens)译作亚善。如此类者,固已避熟就生,有害于读者矣。而尤奇者,则如第二十三页译但因(Taine)为勅伊褡。三十二页有“花路拉斯”一名,吾人略事思索,乃知为*Phadrus*篇。七十四页Daniello译为拉材埃鲁。九十一页Sidney译为施路昵。九十六页Dryden译为路来连。九十七页福禄特尔(Voltaire)译为波尔勅尔。一〇八页王尔德(Wilde)之译为瓦尔路。其译音皆与原音相去甚远。大抵美子女士系用福建某地方音为之,故不特以N音与L音互换(犯此病者地域甚广,他省亦然)。且凡D均译作L音,而凡L均译作D音。此则他地之人,用国语之正音来读书者,不得不叫苦呼冤矣。岂美子女士之书仅为一乡之人而编者耶(顾又列入“国际文艺丛书”)?至V音之译为波,此乃沿于日本音之误。窃意此书中人名盖均由日本假名之拼音直译出者,故其奇特若是也。外此若Dryden一名,第二及第九页译作德来登,而九十页译作路来连。希腊悲剧作者Aeschylus二十六页译作伊士拉斯,三十五页又译作唉斯基拉斯。又Sophocles二十六页译作索福客俪,三十五页又译作苏福克里兹。失检粗心,至于如此。吾人复何言哉?

至书中小错,不胜枚举。如佛兰斯(Anatole France)殁于一九二四年,而书中第二页及一〇四页均作“1844—1925”。又如三十一页波山启(Bosanquet)作“(1848—　)”,而不知其人已于一九二四年逝世。七十八页述七星社杜伯莱(Du Bellay)所著之书(参阅本副刊第四十一期《马勒尔白逝世三百年纪念》篇下)其书名中Illustration一字,乃“使之光荣”,即发挥光大之意,而美子女士乃以常意测之,译为释明。又九十三页德来登所撰“An Essay of

Dramatic Poesy"译为《剧诗试论》。按Essay最初虽有尝试之意，但后来即用作论文。今云试论，得毋蛇足乎？——七页Spingarn译音作斯俾颜，又可证其由日本音译出者。总之，吾人不避琐细之讥，哓哓于此书，将以其为近今编译界之显例。愿有志者共图改良进步，益企精上而已。

——本文原载于1929年5月20日出版之《大公报·文学副刊》第71期。

《多兹华》

美国现代著名之小说家路易斯(Sinclair Lewis,参阅本副刊第二十九期《美国现代文学中之新潮流》篇)所著小说甚多。而一九二〇年出版之《大街》(*Main Street*)及一九二二年出版之《巴比陀》(*Babbitt*)二书,为最风行。此二书名之二字。已成为寻常谈话及文章中通用之名词。(一)《大街》一书,叙女学生之浪漫性格嫁后逐渐销磨。其提倡文艺及服务社会之卓志热诚,为庸人俗事所阻格,不得行,卒乃铩羽韬光,低首下心,随其夫(小城中医生)归家,偃然为家中之主妇,事夫育儿以终。此书写理想之幻梦与实际之事境冲突而为所败。其Gopher Prairie一市,足以代表全美国之情形,故曰大街。以美国到处均有类此之大街与其人物风俗也。(二)《巴比陀》一书则描写美国一般庸俗之人,从事工商业,重货利、勤职事,思想平凡、见识狭隘。高等之学艺文化,非所措意。其行事悉遵循一定之轨道,不敢矫然特异,谓为良好公民固可,谓为无知蠢物亦可。盖物质昌盛、实业发达、教育普及之国家所必有之现象,而大多数美国人之写照也。(按吾国受美国文化之影响甚深,现今吾国一种留学生所提倡之生活及思想,实不外此巴比陀式。)去岁路易斯氏又著(三)*Elmer Gantry*述牧师之性行及境遇。论者多言其不佳。而最近出版之(四)《多兹华》(*Dodsworth*)一书,则评者极赞其人物描写之工致。盖路易斯氏长于写实而意主讥讽。其法专务堆叠平凡琐屑之人与事，状其言动，绘其形色，纪其始末因果，不厌详悉，使读者置身此境，久与接触晤对，不得不起憎恶之心，而作者讥讽之目的达矣。

本书《多兹华》系美国Harcourt Brace书店出版，定价美金二元五角。又英国伦敦Jonathan Cape书店发售，定价七先令六辨士。（按普通之书在美国发行者在英国亦可购得，而在英国售价较廉，故本副刊介绍多列举英国发售书店及价目，为便于吾国人也。）书叙美国默示汽车公司总经理多兹华氏（Sam Dodsworth），行年五十岁，性行颇异于普通实业界中人，富于常识，又多奇思妙策，以是致富。惟现时其公司营业为另一新兴之汽车公司所挤夺，有不能支持之势，为总经理者甚忧之。其妻福兰Fran乃劝多兹华暂赴欧洲一游，以资消遣而纾愁烦。于是夫妇相偕赴欧，惟二人之心理截然不同。多兹华虽喜异邦之新景，然拟二三月后即归，重振其公司之营业。一身职责，念兹在兹。其妻福兰，则已为美国实业家之良妻者二十年，抚育二子，亦皆成长，故欲一往而不返，久留欧土，乘此四十岁徐娘半老之佳境，享受快乐而浪漫之生涯。虽然，故在海舟中，夫妇即起嫌隙。既解复生，以其趋向相反也。福兰欣然为旅途中所遇之男子所簇拥，以妍媚之女郎自居，狎昵调笑，骄恣放纵，不可向迩。而对人则以嫁得此俗贾为终身之恨，自怜自伤。其在伦敦、巴黎、柏林等地，态度无不如是。偶或遭人厌恶，受挫折而归，不自知其愚蠢，反娇啼乱嗔如小儿，而须其夫矜怜抚慰焉。其夫多兹华，牺牲一己之幸福，意图其妻之觉悟。其后知妻之沉迷太深，终必自贻伊戚，无术挽救，乃弃之而只身返美国，全书告终。按此书描写颇为深刻，夫虽俗商，身到欧洲，如游仙境。见诸多珍奇之古物胜迹，以及文化艺术，均茫然不解，欲研究而终患扞格。然其人实忠厚正直，对于人生道理大体明白，以较其妻福兰之庸妄自私、假托聪慧，强不知以为知，求男子之容悦，而常受流氓及浮浪子弟之作弄者，实远出其上矣。

——本文原载于1929年6月10日出版之《大公报·文学副刊》第74期。

《巴尔札克新传》

《巴尔札克新传》(*La Prodigieuse Vie d'Honoré de Balzac*)一卷,法国René Benjamin著,英国J. P. Scanlan译,伦敦Heineann书店出版。定价十先令六辨士。

按近年传记之作,盛极一时。几于古今百千名人皆有新传出版。其体裁大都以小说之法为传记,不顾事实,不考载籍,但凭作者之构造及意想,借彼名人之姓氏,以撰小说。读者固觉其生动有趣,然以讹传讹,害不胜言。若夫旧式传记,则与此相反。大率不事铺张,不取繁琐,严别材料之真伪,多录文字之证据(如信札、日记、公文、著述等)。又不参己见,不妄论评。要其笔底所录,足为信史,俾异日读者自为别择。

二者相较,旧式传记实较新体远胜过之。盖人生虽似小说而终异乎小说中所描写者。真实之人生,决非如是奇诡有趣。且古今各种大人物,率皆心力有所专注,积久而成功,故其对于寻常现实之生活不得不漠视而舍弃之。此实一种必要之牺牲,非此不能成其伟业。其冥行孤往,隐居避世,至不得已也。惟然,故若将大人物写作平常世中多方面而极有趣之人,必至失真。如圣伯甫所谓凡著作家欲求大成,须将世中功名、富贵、政治、恋爱种种均粗略经历一番,过后视为不足轻重,毫无趣味,尽绝幻想,其心如槁木死灰,无所歆动。此时方能为有价值之著作云云。实则凡百事业皆然。大人物之精神生活必常皆孤寂冷漠,而能不以孤寂冷漠为苦。由是新体传记匪特不可征信,抑且以伪乱真,所出愈多愈为学术界之不幸矣。如巴尔札克与圣伯甫,文学见解相反,且常辩论龃龉。而巴尔札克殁后,圣伯甫所为传,于其一生之实事,所叙详而确。如巴尔札克与同时诸多名士之交游均可考见。其能成为大小说家之迹象亦正可睹。善矣。今此新传作者,乃专重巴尔札克与某某二夫人之恋爱事迹,且造作铺张,一若巴尔札克毕生之成绩均由于此者。岂知恋爱与事业常不可得兼,世间固无如此之美事也。

——本文原载于1929年7月8日出版之《大公报·文学副刊》第78期。

《梭伦与克里苏》

英国名士芮满氏（Alfred Zimmern）治希腊文学，而喜著论指陈当世之事。本刊第三十八期曾述其《学问与领袖》一书之大旨。最近氏又著论文集曰《梭伦与克里苏》（*Solon & Croesus, and Other Greek Essays*）。牛津大学出版。定价美金三圆。其中最重要者为首篇。梭伦与克里苏故事，出希腊史家希罗多德之书卷一第九至三三章，克里苏为吕底亚帝国之雄主，富甲全世。而雅典名贤梭伦以客礼来谒。克里苏志骄意盈，欲自炫其贵富，询梭伦孰为世间最乐之人。梭伦历数某某等三人而及克里苏，克里苏大怒。梭伦乃勖克里苏以天命之无常，人事之多变，生当荣宠者未必能死于安乐，以及满招损、谦受益诸义。克里苏终不悟。梭伦去后，祸乱相举，克里苏身死国亡，为天下笑。于以见财富不足恃而德智为可贵也。

芮满君曰："呜呼！今之世界，克里苏实为之君主，梭伦之裔，不得立法行政，苟得免于为富人役使，斯已幸矣。"易言之，今之文明乃专门家、思想家、科学家所造成，然宰制世界者非思想家而为富人也。克里苏竟尔得志成功，梭伦反而狼狈失势。此二十世纪文明最重要之问题也。芮满君又曰："知识非可聚积屯贮之货物，知识只存于人心中。"一国家一世界号称文明，必其中之大多数男女皆为文明人。即各人自己努力，融化吸收前古文化之思想，证以本身之新经验,使于吾心中再现光明者是。一切政治、社会、经济、制度之短长得失,应视其能否确实造就此类传授文明种子之人以为断。传授绝,则其文明必将衰息矣。今世之危险正在于此。夫纯粹科学为一切技术工程之根据,而今人徒知重视应用科学,得酬亦丰。其以思想为职业之人,如教育家、研究员、艺术家、言论家等,皆不尽职,而使富人操纵百事。今之梭伦(智识阶级),华饰美服,多得勋章,备受荣宠。每承各大学赠与名誉博士。报纸中亦常纪其言谈行事。然实皆为克里苏(富豪财主资本家)供驱役、效奔走者耳,于是真理日日亡矣。芮满君以为此种恶现象成于二原因:(一)曰知识之发达,(二)二曰教育之普及。盖艺术广博,事理纷繁,使思想家不能统御,不能使用。人人皆识字而未必人人皆为受教育之人。何以故?克里苏为之作祟,富人操纵教育,专以训练机械工业社会中人日常必具之技能,使其内容日趋浅薄卑下,以美国为尤甚。今欲救此世患,惟望智识阶级奋力起而团结。彼克里苏长于团体组织,有数百万动员供其作战。而梭伦之本性及事业皆重个人而不喜苟同。但凭一己坚强之志愿,而毫不讲合群之方。然今者智识阶级实非团结不可。(参阅本刊第七十七期张澄园《和落花诗》。)宜由各种学会作始,使科学、艺术、教育、文学各界融为一体,以与克里苏之大军抗。合则强,分则弱。合则万一可胜,分则终于败亡。振学术之正气,杀财富之威权。成败得失,其机轴皆在于是矣。亦上乃芮满君之见解及主张也。

按芮满君立论正大,其教世之心甚苦。然细究之,则所主张实欠精密而不可行。盖芮满君仍不免拘泥于阶级斗争之观念,以智识阶级与资本家对抗。谓前者为文明之友而后者乃其敌。岂知好货财而轻视学问智识乃生人本性,未必即以阶级职业为区分，且亦未必缘古今时代而有异也。夫希罗多塔所述梭伦见克里苏故事，犹吾国诸子书中之寓言，不必属实。而细按史迹，即在古希腊文明盛世，在朝在野之人，为行政，为谋生，亦不能不着意于货殖经济。而希腊之智识阶级，所谓诡辩派者，鼓吹异说，谀闻动众，只为求利。既不以真理为怀，而又忌嫉自私，甘受贿买，竟置苏格拉底于死。此其胜于后世者安在？若夫今之智识阶级，其中之大多数，亦咸耽逐货利，惟富与乐是求。执笔为文者，苟悉心研究，积日穷年，广征博考，结果撰成极精深确实之考据文字，登载于报章，宣读于学会，愿细读而恭听之者不过数十百人。皆专治此学，号称同业者，然钦佩赞颂之余，忌嫉之者亦往往有之。若更进而推详义理，论评世事，本一己之真知灼见，惟以至理为归，但求吾心之所安，不计言出之受谤与否、获罪与否。如此之文章，纵作者抱悲天悯人之心，救国益世之愿，其理至真，其文至美。而印行之后，诵读之者几人？讨论之者几人？赞成之、响应之者更几人？对于作者，不惟不足获些许荣利，徒以贾祸陨身。反之，若违心而行，揣摩风气，趋逐时流，偶有所作，书局报馆争为印布，获酬且不赀。而书局报馆非得千万读者之购买订阅，不足维持营业，则作者之不得不自贬其作品之价值而求合大多数人之心理，亦势也。是故今日之著作家，莫不以住洋房、乘汽车、华服美御、安居享乐为目的。美国如此，中国亦然。而世情驱迫，实有使若辈不得不然者。著作家既如此，教育家、艺术家等均可类推。是故智识阶级之轻视真理，放弃其保障文明、传授文明之责，其原因未必即由于资本家之威逼与利诱，毋以若辈先有求利骛财之心故不免随波逐流。至若特立独行之士，以至道真理为天下倡，不惟冻馁饥寒，在所不惧，即身死名裂、负谤于后世亦初不悔。如此之人，古固有之，今亦非无。然决不可多觏。总之，逐利好货为人类之通病。而以今世科学发达、生活安适，奢侈技巧增华斗靡，此病或较昔者为更甚。其选择取舍之枢机，纯在个人，而无关于阶级。文明世运之希望，仍赖少数智慧优卓、品德高洁之士，奋起以为表率，或收万一感化之功。但如芮满君所倡，团结智识阶级，以从事奋斗，犹是隔靴搔痒、抟沙筑室也。且即如芮满君之议，先有二难，何以解决？（一）智识阶级之组织团结，首需巨款，何从取得？如因此营求财利，不几与资本家异途同趋乎？（二）智识阶级中人，各治专门之学，各有其派别，又各有其个人之意见，如斯歧异复杂之分子，何能团结？故芮满君之诊断书纵或无误，其所开药方亦不能治今世文明之大病也。

——本文原载于1929年10月28日出版之《大公报·文学副刊》第94期。

李普曼《道德引言》

医生不难于诊病而难于处方。盖观察易明，而补救之能成功收效与否，则未可知也。政治、经济之事，苟为时势所许，尚可以一定之办法勉为试行而期获善果；唯独文明世运之安危升降、精神道德之根本问题，则至为重大精微。此所以本副刊常引述欧美名贤对此问题之主张，率皆观察明确而办法则徒托空言或不易行。惟本其悲天悯人之素怀，于悲观之中，强为乐观；纵以勤修而获独善，亦终未能移世而拯溺。李蒲曼君（Walter Lippmann）之《道德引言》（*A Preface to Morals*）一书，又其例也。（此书本年夏出版，伦敦 Allen & Unwin 书店发售，定价十先令。）

李普曼君，美国人，才思骏发。十余年前（1913 年）著《政治引言》（*A Preface to Politics*）一书，为世所重。今之《道德引言》一书，视前书尤进。此书大意，可撮述如下。昔人信仰上帝，尊为人类幸福运命之主宰。今人则不复信仰，且除极少数人外，即欲勉强信仰上帝而亦不能。昔日社会之道德，赖上帝之信仰以维持之。今宗教既亡，将何以保存道德乎？复兴宗教，势不可能。而道德则不能听其沦丧，以常长安于今之乱世，欲图补救，其道何由？曰：由人类经验中所具有之道德智慧。盖古今东西之宗教大师，其所以教人者，有公同之点在。此种智慧，此种训教，虽有种种不同之说法，然皆勖人以抑制己之私欲而服从宇宙之原理，勖人以舍弃其虚浮之自我而不以为苦。年长而有识之人苟就一己之经验自行体察，未有不认此说为真而愿从之者。然世俗一般人则多不解此。必须假外力以强迫其实行道德。宗教也，上帝也，皆昔人所假借之外力以驱迫大多数人为善者耳。惟此外力今既不复可假借，前途将如何，不几于绝望乎？李蒲曼君之答案曰：

> 时至今日，吾侪以种种证据，可断定（一）古圣所创立之宗教，（二）心理学家所描叙之圆满之人格，（三）凡百“理想社会”能实现时所必需之“不自私自利”之德性。此三者其根本皆一物也。近世道德之构成，亦将基于此矣。

然细究之，此答案仍嫌空泛。犹云人性本善，而人之为不善如故也。李蒲曼君所以自圆其说者，则举近世工业社会种种事象，谓非舍私为公、舍己为人，不能成功，足征世人于此不难觉误。又昔日以个人经济、产业权利为重之人生观，今已逐渐改变，而注意全体之利益及合作之效验，故前途甚可乐观也云云。此说实为敷衍空虚。总而论之，道德之事惟在个人，古今东西于此皆无办法，惟恃少数人自有真知灼见而愿实行道德，由此少数人树立榜样逐渐可以转移风俗。此法虽弱虽缓虽无凭准，舍此更无他法也。此少数人者，本不需有宗教与上帝。至于大多数人，则是否需有宗教以维持道德，则在今犹是未决之问题。近年欧美先觉之士于此辩论甚烈，讨求甚至。如美国白璧德先生及其友徒，则主张无需宗教。如英国钱德斯顿（G. K. Chesterton）及久居英国之美人伊略脱（T. S. Eliot）等，则主张必需宗教，容另为引述。读者为便利起见,读去年及今年之《论坛》杂志(*The Forum*)当可知其大略云。

——本文原载于1929年11月4日出版之《大公报·文学副刊》第95期。

《潘彼得》

上海新月书店，定有计划，拟译印英文名著百种。已出者三种：一曰《诡姻缘》，二曰《造谣学校》，均伍光建译；三曰《潘彼得》，梁实秋译。实价一元。今正当耶稣圣诞之期，故先论潘彼得，余俟另篇。

《潘彼得》一书，原名《彼得与文黛》(*Peter Pan & Wendy*)，系英国巴利(Sir J. M. Barrie)所作之儿童故事。一九一一年出版。前此(一九〇四年)巴利又撰《潘彼得》(又名《一个不愿长大的孩子》)剧本。今梁君所译者乃故事而非剧本。本书有叶公超君(崇智)所为序，于此书作成之历史及潘彼得之精神与意义，言之甚为详备。英人约克逊(Holbrook Jackson)氏之《南向》(*Southward Ho*)一论文集中，有文一篇，题曰《潘彼得主义》(Peterpantheism)，论旨精深，叶君序中已撮取该篇大意而转述之，读者可审阅。按《潘彼得》剧本在伦敦初次表演，时为一九〇四年十二月二十五日，旋即风行于美法德奥等国。至今每年耶稣圣诞节前后，伦敦纽约戏园中必演此剧(犹吾国戏园七月七日必演《天河配》)。其事几成为圣诞节之一部，极受群众欢迎。而潘彼得一字亦成为文学上及字典中常见而通用之名词矣。

《潘彼得》原剧之目的，为表现长存于宇宙之儿童精神，故潘彼得乃永恒之象征，重来唤醒吾人。谓世间之真主人不外青春之大地与儿童之幻梦。昔华次华斯(Wordsworth)作《回思儿时情况而悟及灵魂不灭》之歌,其第八段有云:“汝光荣而自由之儿童乎,汝何苦如此着急,急欲长大?汝终必不免长大而受种种烦恼危害,此时何苦急来破坏摧残汝之幸福?汝真愚不可及已。”然而儿童之急欲长大,非自欲之,乃成人教之诱之也。成人长大且至老境,所得不外痛苦失望,观彼儿童若是其乐,因羡生忌,乃召儿童以速长大。实则人孰不欲返老还童,人孰不欲金丹驻颜、羲和停驶,特苦无术以致此耳。盖变迁乃宇宙之定程,生长实人生之悲运,欲避不能,欲逃难免。故推理者以贞恒为至德,论人者以不失其赤子之心为上选,亦深知其难也。以女较男,聪明有过,女子辄隐其年龄而自称幼小,然以此术欺人未必能售。女子心性之易变老成乃过于男子,男女之不得不倏趋于老也正同,所幸世间常有儿童。宇宙万物,动静盛衰,往复流转,循环不止,彼儿童似若日日长大,而终不失其为儿童,而终不长成。故儿童乃宇宙间永存不息之生力之表现,所谓潘彼得之精神者此也。

是故儿童之观念、潘彼得之精神,实为吾人一切信仰、一切努力、一切兴趣之根本,否则沧海桑田,盛衰无定,朝菌蟪蛄,生命何促,所余只有悲观与颓废耳。潘彼得之来斯世,已二十余年,而此二十世纪之新社会中,更不肯为儿童稍留安身之地。在昔旧礼教、旧家庭之中,尚以儿童视同珍宝,今则惟以儿童为累害,为多此一物,家中几无儿童活动顽耍之处,或闭置别室,或送之学校。其父若母,既厌儿童,乃复教之种种智术,使之效法成人,惟恐不速肖。于是儿童之本性先于是成人与儿童间之关系断绝,情意隔阂。此成人之罪恶,既戕贼儿童,复以自害者也。

今人辄喜言进化与进步,进化半属虚诞,其中所实有者惟儿童之精神耳。进步之说则如将钟表拨回。时间已去,终不可返,徒以自欺自慰耳。然吾人谛观儿童(或动物之儿童)之顽要,若是其自由活泼,若是其认真热心,若是其聚精会神,兴趣浓厚,于是不胜欣羡,亦欲仿效儿童之顽要,以求如儿童之能自乐其乐,然成人虽强效儿童而终不能到。成人每日之工作,因已辛苦勉强而不感兴趣矣。即其顽要之法,如观剧,如看电影,如观赛球或角力,亦无非出钱雇人代自己顽要之下策,自己终在局外,不能身入局中(仅艺术家约略能为之)。呜呼,此盖由吾人已成长,虽欲强效儿童顽要而未能也。己既不能,何忍更摧残之。昔法国名画家柯乐(Coror)曾云:“吾每日祷于上帝,惟愿使我长得为儿童,即使我能以儿童之眼光观察此世界而描绘之,吾无他求矣。”由是言之,儿童乃不自知觉之生活之艺术家。吾人诚欲享受生活,吾人诚欲得真正之慰藉,惟当效法儿童为一艺术家,即皆当追随步趋潘彼得,强求不生长而已。黄金世界不知何在,如其可至,舍此所言,无他道矣。潘彼得岂非吾人之救主、之导师也耶?

以上论《潘彼得》一书之大旨竟。吾人重有感者,即西国儿童尚与潘彼得之性行为近,吾中国素日教导儿童,辄束缚以成人之规矩礼法,使全失其自由活泼之生趣。又观市中贫家儿童,年十龄内外者容貌举止已类三十岁人。此则(1)物质环境之贫穷,与(2)精神教育之束缚,皆有以斩儿童之生机而促其寿命者也。至于成人,不特年终无耶稣圣诞之欢乐,平日又无星期之休息。既缺宗教之慰藉,更乏社会公共设备之娱乐。吾国人诚苦矣哉!顾西人之觇国者,辄谓吾国人民最能自乐其乐,工作之时偷暇休息、吸烟谈话,或手足动作而口歌啸欢呼,不觉其苦。至于内地乡间,则有迎神赛会,演戏设筵,更有年终一月以上之休息娱乐。自腊八而祭灶、除夕度年以至元宵灯节,品目繁多,礼仪隆盛。爆竹锣鼓、酒席糖果、纸牌盆骰、龙灯傩剧,凡此种种均可为乐。斯言诚是,然皆往昔之情况,非所论于今日也。今之中国、今之内地,战乱不息、民生凋敝、天灾人祸、积月累年,安居且难,生计又乏,何所语于娱乐。至于旧日年节之种种风俗,早已逐渐衰竭。广漠禹城(除津沪等都市外),几成一片黑暗枯索之死国荒土。而当政谋国之硕英群彦,锐志革新,积极主张督促废除阴历。民困未苏,民命未拯,而先举年节娱乐之种种旧俗琐事悉废止之,岂非更减少民生之乐趣而湮灭久远之意识乎!惜其不读《潘彼得》一书,不知潘彼得之精神也。吾人又有感者,昔在罗马帝国之初建,永大乱之余,农民困于兵祸,多鬻弃田土而逃居都市,乃有诗人桓吉尔(Virgil)作,惧民生之长敝,国本之遂凋,乃撰《田功诗》(Georgics)四卷,述农事之要。凡耕地种树饲畜养蜂之术,细为指陈,并详说农民之种种迷信旧俗,如吉凶历日灾异预兆等,冀以启农民亲切之想象而动其深至之心情,使知农作生活之多福而有趣,遂相率返其田园,重理农事,而国本以立。诗人所志所行如此,其当政者又能戡乱靖国,使民安居乐业。此皆罗马人之幸事,为中国人所莫及。综吾人以上所言,非欲评论阴历废除之当否,但望潘彼得之精神得稍留于中国。嗟乎,茫茫宇宙,悠悠今古,至乐真情,常住不灭。惟一大道,是曰有恒。儿童精神,正其表现。而值兹岁晚年节,以此召示吾人者,潘彼得也。未观《潘彼得》原剧排演者,读梁君所译之故事可矣。

——本文原载于1929年12月30日出版之《大公报·文学副刊》第103期。

最近美国文学中之中国儿童

西俗每至岁终,耶稣诞节,为儿童娱乐之期。故届时必有诸多专为儿童编辑之书如童话故事等出版。而各杂志及文学专刊亦均大事介绍此类儿童书籍,殆成定例。

本年冬在美国出版之儿童书籍有关于中国儿童者三种:(一)曰《中国墨锭传》(*The Chinese Ink Stick*),作者 Kurt Wiese 君;(二)曰《行商》(*Travelling Shop*),作者 Dorothy Rowe 女士;(三)曰《领事馆中之女孩》(*Betty of the Consulate*),作者 Lydia J. Trowbridge 女士。以上三书定价皆美金二圆。第一、第三书为 Doubleday Doran 书店出版。第二书则为 Macmillan 书店出版。

(一)第一书设为墨锭之自述。先叙其祖先,即中国古人发明制造墨锭之历史。次叙其经历,谓此墨锭由笔墨庄之红漆盘中,走入画竹之画家之案头,旋复移至一代人写诉状及信函者之屉内,由是遂得聆悉中国社会之情形及诸多人家之秘事。其后乃流传至一商人家中。商人梁姓,以墨锭授其子。时墨锭已老朽破败,梁子方入塾读书,爱护之甚至。其父之友见之,赞曰:此子宝视墨锭,他日必为饱学之士矣。此书盖藉墨锭为线索,而描写中国社会之各种人物及生活实况,故甚有趣味也。

(二)第二书专叙中国市中挑担卖物者,如卖水果者,卖糖食者,卖丝线者,以及其他。形形色色,甚为生动。又兼述牧童伴牛之生活。

(三)第三书则记一八六〇年前后,美国驻中国某地领事之家庭中,有一女孩,年方三岁,其后略长大。此女孩生于中国,与中国之幼孩为伴侣,习而狎之,亲而乐之,遂得尽知中国幼孩之生活。若辈之物质享受,远不如美国之小孩,然其真率之天机及活泼之兴趣则固相同。美国小孩读此类书,则必觉中国小孩为可亲。使此等心理早养成于幼时,则他日国与国之间、种与种之间,或可有了解与同情,而渐得减少世界之纷争乎?此本书作者之微意也。

——本文原载于1929年12月23日出版之《大公报·文学副刊》第102期。

伍鲁夫[①]《假我一室》

英国负盛名之小说家伍鲁夫夫人(Mrs. Virginia Woolf，系Leslie Stephen之女)，著作甚多。最近又有论文集出版，题曰《假我一室》(*A Room of One's Own*)。伦敦Hogarth Press书店出版，定价五先令。书出风行一时。缘剑桥大学某某两学院之女学生曾敦请伍鲁夫夫人演讲妇女与著作小说之艺术。故夫人作此书以答其请而明己意。略谓任何妇女著作小说，其事极易。只须得(1)一室为己所独有，可以静居其中拈毫构思，不虑他人来此侵扰。再得(2)每年五百镑之进款，供己之生活费，而毋须奔走衣食，或依赖他人，筹谋生计，便可作出甚佳之小说。所以然者，往昔风俗以妇女玩弄笔墨为不经之奇事。在家庭中妇女群居而多杂务，鲜能闭户撰作者。如奥斯丁女士(Jane Austen)之小说近复为人所艳称。然女士当日著作诸书，必在其姑姨姊妹终日群居之一间客室中，不免种种烦扰。使得地以专心凝思，所作必更有进也。又旧日妇女之撰作小说者，在己自视为奇情壮举，为寻常裙钗所不敢为。于是态度矜张，专务描写妇女对于男子、对于礼教习俗之勇决反抗，而不知倔强过度，反以失真。在他人则斥为愚事妄行，从而讥笑之，困辱之，使女小说家愈以激躁郁屈。其结

① 伍鲁夫，今译伍尔夫。

果,遂有如Chalotte Bronte女士之*Jane Eyre*[①]一书之描写男女之爱至不合情理者。夫女子之才力不下于男子,其观察描摹之本领且较男子为细密深彻。但使有安居之地,无生计之忧,则成为著名之女小说家,其事甚易易耳云云。按伍鲁夫夫人初作小说,虽得人称誉,而得钱殊少,不足自赡。其后获其舅若叔之遗产,生计始裕,著作乃大进步。此书所言者,岂独为女小说家所急需?抑亦一般男子以文学著述为志业者所皆必不可缺之事也。

——本文原载于1929年12月30日之《大公报·文学副刊》第103期。

① 即夏洛特·勃朗特之《简爱》。

《布朗乃尔与美国之新野蛮主义》

按美国之新人文主义，近年势力日大，推行益广，本志已迭有纪述。本篇作者马西尔（Louis J. A. Mercier）君，法国人，任美国哈佛大学法文教授。距今约十年前，曾撰《白璧德之实证人文主义》一文，载法国《星期杂志》，以白璧德先生之学说，撮要陈述于法国人之前。译文见本志第十九期。一九二八年，马西尔君又著《美国人文主义之运动》（*Le Mouvement Humaniste aux Etats-Unis*）一书。将此运动为详细及具体之介绍。该书所叙列美国人文主义之大师及此运动之领袖凡三人：（一）布朗乃尔（William Grary Brownell，1851—1929）先生，（二）白璧德先生，（三）穆尔先生。该书之第一章题曰《独立之人文主义者布朗乃尔及批评家之责任》，可与今篇互相发明。又译布朗乃尔所撰《爱玛生论》为法文，入附录中。乃马西尔之书甫出版，而布朗乃尔先生遽于去年溘逝。马君遂以英文撰"W. G. Brownell and our Neo-Barbarism"一文，刊登美国《论坛杂志》（*The Forum*）第八十一卷第六号（一九二九年六月份）。即兹所译者是也。此篇可谓为布朗乃尔学生之简略评传，余俟另详。编者识。

——本文系吴宓为乔友忠君译马西尔君撰《布朗乃尔与美国之新野蛮主义》一文所作之编者按语，原载于1930年3月出版之《学衡》杂志第74期该文篇首。

新任英国桂冠诗人梅丝斐尔

伦敦五月十日电，英国桂冠诗人卜雷吉斯博士故后，英王任命约翰·梅丝斐尔(John Masefield)继任云云。此消息已登五月十三日本报第四版，惟译名作“曼殊斐儿”颇嫌淆混。按英国著名女文人Katherine Mansfield(已故)，即文学批评家麦雷氏之妻，经徐志摩君等提倡，颇见知于吾国人士。其名通译为曼殊斐儿，若今兹继任桂冠诗人之John Masefield应译作梅丝斐尔。既非一人，其姓之音又不尽同。固不当用同一译名而使读者分辨不清。兹先登略转，至其所著书一览表，及其诗之内容述评，容俟续登。

约翰·梅丝斐尔，以一八七四年六月一日，生于英国之Shropshire县。父母早亡，由婶抚育成长。在Ledbury地方入学。好读司各脱及马考黎之诗。仿马考黎《古罗马壮士歌》而有作。性喜遨游乡野而不乐读。年十四，受雇于Conway商船之船长，由是航海，备悉舟人海上生活，历世界诸国。一八九五年四月至美国纽约居。囊中仅美金五圆，遂躬为各种贱役以自赡。尝为面包房工人、马车夫、旅馆酒店侍者、毯工等。每星期五得工资，则必购诗集一册，于星期六下午及星期日研读之。一八九六年，因读乔塞之《鸟集》而有感，立志为一诗人，以感情兼系统作诗。更读济慈、雪莱、弥尔顿、莎氏比亚之篇章，并仿作之。一八九七年归英国，奠居伦敦附近，以著述为业。一九〇二年其诗集《咸水歌》

出版，稍稍见知。爱尔兰诗人辛忌及叶慈尤重之，时加勖勉。一九〇三年与Constance de Cherois-Crommelin结婚后，生一子一女。其后仅作描写同上生活之小说，又为戏剧。一九一一年，其《永久之慈惠》诗在《英国评论》中刊布，始获盛名。于是多作长篇叙事诗。欧战中，在法国任红十字军职务，又赴巴尔干半岛及黑海战地。一九一六年至美国，游历，直抵太平洋岸。一九一八年在美国演讲。其后多居英国牛津附近。一九一二年英国王家文学会赠以奖金。一九一三年十一月被选为该会职员。一九二二年牛津大学赠以文学博士学位。同年圣安德柳大学赠以法学博士学位。其著作可分(一)海上诗歌、(二)小说、(三)叙事诗、(四)戏剧、(五)个人生活之介绍。又有论述莎士比亚之书，然以其诗为最有价值云。

——本文原载于1930年5月19日出版之《大公报·文学副刊》第123期。

瑞恰慈演讲《论信仰》

北平中西人士所组织之文友会,成立将近十年。现任会长为博晨光[①],书记温源宁。上次该会集会在民国十六年十二月二十九日,由翟孟生[②]君演讲,题曰《十三世纪之综合》,已详载本刊第二第三期。自兹以后,遂未集会。直至本月十三日晚,方始举行,相隔二年有半。是晚仍在崇文门内德国饭店聚餐,中西男女会员来宾到者三十余人。

餐毕,特请英人瑞恰慈教授(L. A. Richards,见本刊第百一十期)演讲,题为《论信仰》(On Belief)。略谓常人用信仰一字,其意义不一,首宜分辨。次究今后是否能得新信仰,以替代已破坏摧残之旧信仰。以大势论之,恐不能得。藉曰能之,其时机未至。末论文学中是否需有信仰。倘不赞同古来某大作者之信仰,是否亦能欣赏其所作之文或诗而无梗阻。(例如不赞同耶教之神学及伦理观者,是否能欣赏弥儿顿之《失乐园》一诗是。)瑞恰慈君之意,以为二者均否。信仰既非必要,不同信仰亦可欣赏其作品云云。按瑞恰慈君乃以科学及心理学之方法研究文学者,故其言如是。吾人以为世间事理意象,有一有多,有本有末。一同而多异,本合而末分。一者有定,多则恒变。本为真理,末则浮象。见宗

① Lucius Chapin Porter。

② R. D. Jameson。

教、道德、艺术、政治各种问题，自其根本或全局观之，无不同而可以互通。自其末节或片面观之，无不异而决难并立。世间之信仰虽变，所变者为多为末。至为一为本之真理，则时隐时显，终必存在。由是推之，文学作品之读者，必需与作者根本之信仰相同，否则决不能欣赏其作品。但信仰之末节则无需同。例如读弥儿顿之《失乐园》者，不信天上确有上帝于某年某日遣天使至埃田乐园晓谕亚当、夏娃之事为真实者，尽可欣赏《失乐园》一诗。但若不信人性二元，有神性、物性之分，有上修下堕向善随恶之可能者，则决不能欣赏之也。其分别似在此。

是晚瑞君演讲毕后，座中诸人复互相讨论。至十一时始散云。

——本文原载于1930年6月23日出版之《大公报·文学副刊》第128期。

路易斯论《治术》

英国文学批评家兼小说家温丹穆·路易斯（Wyndham Lewis）于一九二六年著一书，曰《治术》（*The Art of Being Ruled*），系Harpers书店出版，伦敦Chatto & Windus书店代售，定价十八先令。又于一九二七年著一书，曰《西人与时间之观念》（*Time and Western Man*）伦敦Chatto & Windus书店出版，定价二十一先令。（路易斯尚著有小说*The Wild Body*及关于莎士比亚之研究，及*The Lion and the Fox*等。兹暂不论及。）二书体大思精，论究近今西洋之政治、社会、生活及哲学思想，综括各种事象道理，而为精密深刻之分析，独具只眼，言人之所不能言、所不敢言。故其书出，震动一时，评议纷起，立成为当世最重要之著作。顾吾国人知之者尚鲜。吾国人今欲改良百度，举措得宜，则不可不多读书。对于西洋，亦应知古知今。而欲通知现今之西洋，则非仅恃翻阅供人消遣娱乐之杂志，或搜集专门事项之统计报告章程等所可奏功，必当多读、深思、密察，见解精到，论究社会、生活、政治、文化之根本精神之书，如兹所举者是。盖吾国人于西洋之历史能详知者已不多，而近顷西洋思想、生活之变化尤速且骤。十年之间，全异故辙。苟不精详考察，但以昔视今，则有时在国内盛炫以为新奇佳妙者，在西洋已成过去而历经修正改良矣。今国人喜以时代之落伍者及思想陈腐讥人，且倡言打倒。然究之孰为时代之不落伍者，及何种思想乃非陈腐，则当审辨。吾人愚见，以为多读精要之书籍，力求广博之知识，实为今日吾国人士之第一要务。而若路易斯所著二书，则断乎在应读之列也。

路易斯之第一书《治术》，分析近今西洋政治社会之组织。其第二书《西人与时间之观念》，则论究现今流行之哲学及思想。二书互相关连，而其作用之方法亦相同。即搜集目前所见之各种事物现象，而究其实在之意义，终乃以一贯之原理解释之。此种方法之长处，在能使纷纭淆杂之事象顿成明晰，其间有理路可寻、关系可求。而提要钩元，从大处着眼，于是思想潮流之真正趋势，时代之大症结，各种问题解决之要着，均由是获得焉。此种方法之短处，在其结论终不免偏于武断。而人事过繁、世界甚大，今来归纳综合，以一种公式一种原理，解释一切涵盖一切，实属勉强。即使大处不误，亦多削足适履之嫌。况若强词夺理而为之，则由任何之一点立说，皆可解释全世之事象，乌见其必有当耶？是故此种方法，利弊维均。而一书之价值，终系乎作者之知识与辨析工夫为如何。今路易斯之二书，吾人认为大体不误，堪资启发。以下不更着吾人之意见，但撮述二书之内容，待读者自下评判可耳。本篇述《治术》，余一书于次篇述之。

《治术》一书之内容，略谓政治之基础在于威权。威权与自由实相维相辅，以统治者具有威权，乃能保障被治者相当之自由。（此所谓统治、被治，与君主、民主政体无关。民主政府亦系统治者也。）昔之政治，以个人为本位，而注重人格之观念。即统治者之才德威望，被治者之祸福苦乐、权利义务，为政治设施之标准也。迨十八世纪中卢梭等人以其学说倡，而政治之根本观念大变，积渐以成今日之现象。盖自科学发达，人多梦想未来之黄金世界，谓进步为可期，以变革为能事。故自十八世纪以迄今日，政治之根本观念为“革命”。在此革命政治观念之下，个人废，人格灭，而以虚空之人类全体奉为标帜，人道、博爱、平等之说盛倡，而权利、义务之界限渐不分明。盖所谓全体人类者，本为空洞模糊之物，徒存诸想象中而已。今乃奉为偶像而尊祀之，其实在之结果，徒使每一个人成为不足重轻，其才德功业受种种限制摧抑，充平等之说，将使人类日趋于下，以求彼此相同。而威权之说、统治之道，无人敢言矣。昔人崇拜英雄、崇拜伟人，以才德超群为尚。今人则耻为英雄，不敢为伟人，以才德资望不出于众为荣。昔人勉为“大人”，今人求为“小人”。为大人纵或有功于社会及文明而其事实苦，为小人则虽只谋一己之利益及舒适而其事固乐。故今日可谓为小人时代，普通人皆愿为小人。实则皆藏身众中以图其私利，愿为被治者而不愿为统治之人。即有具功名野心，愿为伟人或领袖者，亦力自掩饰，矫袭小人之言谈、衣饰、动作，貌若不屑，而暗地行事，无取明目张胆、开诚布公、愿自负责任而为真正之伟人领袖者。此统治之术之所以不能讲，而世局之久乱也。

此种崇拜“小人”之心理，实普及于一般社会，而于各种风俗、习尚、衣饰中均可表见之。兹但举一例，今人因崇拜小人，故进而崇拜小儿，学为幼稚。文学中则歌颂小儿之天真，教育中则注重小儿之自由。如斯坦因女士（Gertrude Stein）之流，其作诗作文，则故仿效小儿谈话呢喃其词而意思断续迂回不清之神态及语法，以此享大名。又如新式妇女，剪发作男装，实则仿效小儿之装束。常见年逾四十之妇人，亦作十四五岁少女之妆扮。又如电影中贾波林（Charlie Chaplin）之受世人如此欢迎，亦以其身体短小，形貌本类小儿，而又扮演诙谐激闹之事、无知顽童之行为，适合于众人之心理耳。此外凡事亦皆以小为尚云。

革命心理与崇拜“小人”之心理合而为一，其结果乃引起社会中之各种斗争。众人不究心于统治之术，谋各个人与全体之幸福，而但无的放矢，呼号扰攘，为各部分、各阶级、各团体、各党派间之纷争，久而不息。此诚世事之大可哀者也。盖世人常以为强者肆威，弱者受欺，于是竞起推倒威权，援助弱者，而社会遂因之基础摇动而秩序紊乱。就事论事，亦尽非弱者之利焉。于是(1)有种与种之争，(2)有国与国之争，此不必论矣。(3)有阶级斗争，不但为劳工与资本家之争，不但为贫与富之争，且为无产阶级之争。甚至，(4)家庭中且有男女之争，即所谓妇女运动是也。妇女运动亦为今世政治现象之一部。盖男女性本不同，男大女小，男强女弱。男以力，女以美；男主智，女主情。在家庭政治中，男夙为统治者而女为被治者。近今潮流所向，妇女运动自不可免。男女夫妇之间，成为敌国。其实妇女运动倡自男子。其始也，一部分男子，本恋爱崇拜之心，以义侠公正为尚，遂起而倡导女权，迨其后相争既烈，男固苦而女亦不乐。或谓男女间之自然关系有非此运动所可破坏者，彼美丽可爱之女子，必常受男子之亲依崇拜，不知世有所谓妇女运动。彼热心妇女运动者，盖皆婚姻不得意，或欲嫁不能，或本身不适于配偶之竞争者也。今以妇女运动之结果，视男子若仇雠，以不嫁为主义。于是男女之关系益漓，而异日不得配偶之女子将较今更多。统计报告，实为可惊。此种运动，奖励之而利用之者，实大有人在。彼资本家之阴险者，由是可得女工女员，所需佣值较男工为少，故以金钱津贴报馆而鼓吹此举。正犹美国资本家之赞成禁酒，乃望其工厂中之工人每日作事较多，获利较丰，故宁甘以汽车、香烟酬奖不饮酒之工人，而实则利用之也。世事复杂，未可以其浮表妄为推断。此其一例耳。总之，即使无妇女运动。而以近世生活之急迫、人事之繁忙、工业制度之推广，男女夫妇之间，亦不得不常相分离，各自作事。决不能再如昔日之朝夕聚处,煦沫偎依,喁喁情话。妇女运动徒为之推波助澜,益使男女分,爱情衰,家庭破,而大多数之妇女反以自苦耳。社会中其他斗争皆有类是者,斗争决非改良社会、增进幸福之正道。而斗争之所以日多者,则革命哲学与崇拜小人心理为之也。

此外又有(5)打倒智识阶级之运动,以彼有智识之人士在昔亦为威权之所寄也。然而真有智识之人士,必崇尚真理而坚持思想自由,自言其所见,不畏不怯,不媚世,不苟同,故最不宜于结党。三五友朋,犹难合为实际之团体,况阶级耶!故世间本无所谓智识阶级。倡言打倒,实属多事。然而有智识之人士允宜受社会之崇拜而不当受其鄙夷。彼有智识之人士亦当自爱自尊,而不必学为乡愿,强谓人曰"我并无知识"。是自放弃其权利与责任也。

由上所言,欲促世界之改良,谋人群之福利,今社会中之各种斗争运动实属南辕北辙。而欲图良善政治之实现,则首当树立威权之观念。有威权乃有政治,藉威权以得自由。而此威权必寄托于一国中智识最高之人士,使为实际上之统治者。(作者此处所言,乃一极平正之理想,类乎昔之所谓贤人政治。至若意大利法西斯党,以一党专政,又非皆才德优秀之人,决非作者所主张者。读者幸明辨之。)昔Sorel著书,谓凡革命皆为思想革命。又谓凡革命皆有二时期。在其前期,则有种种激烈之动作及改革,一切骚乱。至其次期,则众心厌倦,但望安居乐业,而革命领袖亦自知一偏主张之不可行,过度希望之不能达,于是尽弃之,转而为实事求是之政治,按部就班之改革。见解迥异于前,而结果乃或胜之云云。今者世界之革命时代亦已长且久矣,思想转变,此其枢机,勿更忻慕小人,勿更蔑视威权,认明政治之真谛,而尊崇各种价值，则世界之前途庶有豸乎？

以上撮述《治术》一书之内容，未必切当。读者可取观原书。又路易斯君自言，此二书分析欧西社会生活思想，仅系叙述现状，譬犹医生之脉案，尚非药方。至其一己之信仰及主张，应俟另著专书，详为论列云。（书中屡引《庄子·齐物论》，而以庄子写作“Kwang Tze”，亦一小疵也。）

——本文原载于1930年3月出版之《学衡》杂志第74期。

路易斯论《西人与时间之观念》

兹述路易斯所著第二书《西人与时间之观念》之内容如下。

试考究近今西洋流行之哲学及其文化之各方面，则可见其中所注重之事实及一贯之原理，厥为时间之观念。此时间之观念弥漫一切，支配一切，无人不受其影响，无事不受其影响。所谓现今时代之精神，实即时间之观念而已。由是观察立论，思过半矣。

时间乃与空间对待而言，大率(1)注重空间之观念者，主静，主定，主一，主绝对，主整。主精详之分析，主认明事物之关系，主形式与结构，主澄明之理性与坚定之意志，主价值之分等与保存。主积累，主建设，主重视现今而根据历史。其终极之印象为实在而切近，而(2)注重时间之观念者，主动，主变，主多，主相对，主杂。主浮泛之归纳，主穷溯先后之递嬗，主变迁与进化，主激荡之感情与冥漠之想象，主潮流之方向与速率。主改革，主破坏，主蔑斥现今而梦想未来。其终极之印象为虚幻而昏迷。此其大较也。每一个人之性行，及一时代中主要之趋势，有偏于(1)者，有偏于(2)者。若近今之西洋，则注重时间之观念。其中大多数人皆受时间观念之影响，故以变迁为哲学，以革命为政治，以进化论及相对论为科学，以创造新奇及摹仿儿童为文学，以未来派等为艺术，以改革及进步为信仰，以“生活”“动作”为口头禅，以扩张及发展为职志，以无限为终极。其重视时间观念之甚，不但事事贱视前古而尊仰未来，且常以去、来、今三者混于一处，淆乱而不可分，连续而不得断，回旋而不能定。如乘气球，方向都失；如梦黄粱，久暂莫辨。盖时间观念之于西人，直如醇酒与麻药，饮服过多，而中其害深矣。

更细论此书之内容，则分上下二卷。上卷叙述现今社会生活、文化艺术之各种事实现象，甚为详备，以明此种种新奇谬妄之风尚及运动，均为过于注重时间观念之结果。下卷评论现今流行之时间哲学，细为推勘，以正其缺失。最主要者为柏格森（Bergson）、亚历山大（S. Alexander）、惠德海（A. N. Whitehead）等数人，而相对论家爱因斯坦与历史哲学家斯宾格勒亦附见焉。上卷题曰《愚蠢之革命家》（*The Revolutionary Simpleton*），下卷题曰《时间哲学之分析》。上卷为普通人而作，下卷则为专门学术性质。上卷罗列事实，下卷辨析思想，兹分述之。

上卷谓今日乃革命时代，人人讲革命，事事须革命。昔之革命，限于政权之转移，为一时不得已之举。今之革命则普遍而永久，革命已成为最时髦之风尚及最正当之事业，人心之陷溺于革命者已深。由今以往，革命将无已时。高尚之理想价值，及真正之自由民治，咸有倾覆之忧。社会中人，莫不自命为某一事之革命家。而究其所提倡所实行者，极不合理，且非必要，不过趋从风气，肆言变革而已。故今日社会中之普通人，均可加以"愚蠢之革命家"之徽号。此名称指全体之人而言，非专指奔走政治者也。

若穷究此种风气之起原，则由于所谓时间哲学。今世流行之学术思想，皆以是为本。爱因斯坦之信徒Moszkowski氏尝著书谓"今世政治中之绝对主义（统法权在上而集中）既经推翻，相对主义自必应之而起，为支配宇宙人生之通则。爱因斯坦之相对论，不过此通则之见于数学、物理学者耳。Max Planck氏之能子论(Quantum Theory)亦然。柏格森之时间哲学亦符此例，柏格森之直觉与爱因斯坦之发见无殊，盖皆受时势潮流之驱使而不自知也"云云。是故今世事之大不幸者，即所谓纯粹玄虚之思想家及学者，亦皆受政治之影响太深。此等人虽自号为哲学家或科学家(杜威、罗素一流皆是)，然其心智乃为实际的及应用的。以其制造胰皂、装订书籍、改良卫生、经营投资之心理，来治学术思想，因之其所提倡之学术思想遂多一偏而失真。物理学、数学犹且如此，他何论焉？

此时间哲学对于实际生活之影响，厥为使人人成为时间之奴隶，趋从风气，惟恐稍迟；骛新好奇，惟恐不力。夫衣饰服用求合于时尚，可也；今则学术、思想、事业无不求合时尚，不信有良心，不知有真理，其极乃如中风走狂、捕风捉影，惴惴焉虑以落后见讥。亦可怜哉！

时间观念中于社会之第(一)征象，即众皆喜言浪漫生活是也。夫昔之所谓浪漫事业者，英雄儿女而已。易言之，战争与恋爱而已。今人既不崇拜英雄，又解放妇女，摧残爱情。且处此分工定制、印板生活之工业社会之中，更安得有浪漫之可言？然今世之男女老少乃皆以浪漫自诩，半效时髦，半属自欺。苟细究之，则(1)大多数人姝姝焉。习见今之电影、小说、艺术、教育、宣传、广告等等不以为忤而悦之喜之，以极平凡丑恶者认为奇美，而自得其所谓浪漫。(2)少数人梦想昔日封建贵族社会之文艺生活而今已不可复睹者，以虚幻非真为浪漫。由是推之，柏格森不承认有去、来、今之连续，而另倡所谓心理上之时间(久暂之观感)而乃虚幻而违反实在，故可称之为浪漫哲学。噫嘻！此柏格森之所以为今人所重欤？

时间观念中于社会之第(二)征象，即广告术之盛行是也。今之广告术不仅用于商业，凡事无不藉广告与宣传之助。广告之秘诀及效用，在以无为有、以假为真、以虚为实。自广告术盛行，而价值与标准尽失，是非优劣莫能辨矣。美国詹姆士（Wm James）所倡之实验主义之哲学，谓凡事以功用为断。我信以为有则有，我信以为真则真。此说实广告之基础，而与郭威（Dr. Emile Coué）博士之催眠术丝毫无异者也。又柏格森之“变之哲学”，推重每一刹那间之感觉，而不承认有绝对普遍之价值，亦为广告术推波助澜。盖既不认时间为连续的，而以感觉兴奋为尚。于是普通人之生活乃只顾目前，今日不计明日，无全局之眼光，无思想评判之能力。近今广告之术日精，而文学、艺术、教育等等益成腐败庸劣矣。

时间观念中于社会之第（三）征象，即以群众为艺术之标准是也。历来思想及艺术上之发明创造，悉皆少数天才之事业，且皆离群独处、冥心孤行者之所为。今则不然，既以趋时为能，遂又以从众为尚，于是艺术大受其害。盖众人之智识赏鉴必不高，使艺术之标准日低。一也。所谓群众者本属渺茫，滑黠者善用广告术，遂得托名群众。二也。将文学艺术分为若干派别主义，与作者之作品不加审察，径武断归纳之于某派某主义，因是攻诋之或崇奉之。而作者苟不加入一派，或标明某主义，附属于一旗帜之下，藉其援引，则虽创为极精之作，亦不能见知于世。三也。

时间观念中于社会之第（四）征象，即崇尚古昔原始社会之生活、文化、艺术是也。盖今人既不承认时间为有定，蔑视历史，又一意好奇趋新求变，不知世事有穷，乃至变无可变。今之所谓新者古亦有之。其结果，彼自谓革新者实乃复古。初不自觉，但以别异于近今之文明社会为目的，则惟有返于故之獉狉野蛮，舍此无他途矣。名曰进步，其实退化。今之所谓最新最上之某事某物者,实皆獉狉野蛮时代之旧俗耳。如噍杀粗厉之音乐(jazz)、白话自由诗及方言俗语之用入文学,皆是也。

时间观念中于社会之第(五)征象,即崇拜儿童是也。此与上条崇拜古昔原始社会,实为一事。就政治言,家庭中儿童之暴恣乃推倒父权之表征,固革命家所最欢迎者。彼电影明星贾波林之大成功,亦由其身材矮小,善效顽童,而得妇女观众之同情也。其在文学,则有如斯坦因女士(Gertrude Stein)之作文方法,迂回缭绕,意思昧晦不清。盖意在摹仿无知小儿说话不清、喃喃学语之神态句法,一若此儿有事往奔诉于其母,而言之急遽无绪者。又其散文中常多叶韵而类似诗句之处,亦摹仿小儿无意识歌唱之习惯也。若鲁思女士(Anita Loos)则系步武斯坦因女士而能大售其术者。斯坦因女士趋时之念过重,其书中时间之关系反致甚不清晰。读者只觉其材料堆积凝滞,毫无生气。此外今时有名之小说家,若(1)爱尔兰之James Joyce氏,其*Ulysses*一书乃写维多利亚时代之生活,将各种零星杂乱之材料,如日记、账目、电车票、牙粉包纸之类,堆聚一处,而人物之行事极少。又若(2)已故法国著名小说家Marcel Proust氏,其作小说之法,务搜索过去之情势,而与现今了无关系,皆同此术。是故作者缺乏正确之时间观念,亦由受时间哲学之影响过重而然也。

综上所言,今日西洋(译述者按,中国现今亦同。读者一一细思,当知之也)社会文化各种情形,乃源于科学哲学中时间观念,而成于大规模之工业制造。惟有二种现象尚须揭明者:(i)革命思想虽弥漫于社会,然笃信而实行,主持而操纵之者,仍为极少数人。彼真正之大多数人不能了解,偶尔附和,亦无成心。问其本意,毋宁偏于保守,此亦自然之理也。(ii)所谓此极少数人者,多系拥有资产,甚或为百万之富豪,丰衣美食,安居乐业,固今日重财拜金之社会中之得意人也。乃此辈偏喜效法昔之穷困潦倒、放纵委靡之文人及艺术家之行为，而倡言种种革命。此事之至离奇者也。若辈大都沉溺于柔糜舒适之享乐主义，重感觉，喜言男女之事，视时间为金钱，故趋时骛新惟恐不及。而文学艺术之革新创造，实由若辈操纵其权柄。故自一方言之，在今西洋，盗窃革命之名而亵渎之者为此极少数人。而使文化、艺术、思想日趋于谬妄庸劣，负其责任者，亦惟此极少数人也。（下卷之内容，俟另篇述之。）

——本文原载于1930年3月出版之《学衡》杂志第74期。

《碎瓦集》

《碎瓦集》(*Broken Tiles*)乃清华大学教授美国毕莲女士(Anna Matilda Bille)所作之英文诗集。本年九月,自刊于北平,非卖品。内多游历中国各地感怀风物之作。统观全集,作者似受现代美国女诗家如Emily Dickinson及Sara Teasdale及Amy Lowell等之影响较深。如集中《北京之青天》(二十二页)、《芝麻》(二十九页)、《清华之秋》(三十一页)诸首,颇显露一种迟缓而流畅之音节。又如《北京之青天》中之轻妙之诙谐,则颇令读者忆及Amy Lowell女士之"Picture of the floating world"。至论《碎瓦集》体裁,则新旧并用,其自由诗以短章为多。其中一二首颇具Emily Dickinson之诗之风味。又如《南口岭上作》(十一页)、《河北之春》(十八页)诸首,含有一种诗人羞涩吞吐之神态,一若不惜为此言而姑言之者。《大钟故事》(二十四页以下)一篇,用谣歌体,最长且佳。《骆驼》一篇,写北平之骆驼,可与本刊首登顾随君咏骆驼词比较。外此各篇,亦富色泽及情趣。衡论全集,可推为描写中国景物之英文诗中之佳制矣。

——本文原载于1931年11月23日出版之《大公报·文学副刊》第201期。

《少年维特之烦恼》

“Sorrows of Werther”，英国沙克雷（W. M. Thackeray）撰，吴宓译。原诗第一行云“Werther had a love for Charlotte”。

维特苦爱霞洛脱
此爱深极难言说
闻道美人初见时
面包牛油随手割

妾已有夫作家活
郎君情性非佻达
宁夫东方百万金
礼防严守不可越

悲愁销瘦心恻怛
热情如沸终难遏
头破脑涨命呜呼
恩爱从兹断藤葛

美人临轩双目豁

枢车在道近闺闼
步履端谨远嫌疑
面包牛油如旧割

叙曰,明年三月二十二日为葛德[①](Goethe)生世百年纪念。葛德所作小说《少年维特之烦恼》,其译本早已风行于中国。中国近今青年,因感国运艰难、人生烦苦,或由失恋、自杀者甚多,是书恐不无影响。按是书为葛德早年之作,当其初出,举世倾倒。未几葛德即甚不满于此书力言其缺陷,而读者尤崇拜之。盖葛德一生惯用金蝉脱壳之法,每当忧疑悲痛、烦闷郁激之时,即撰作一小说或戏剧或诗,将心中所怀尽情写出。经此一番发泄,葛德之精神复归于平和,如用泻药使病脱体。至其书对世人有何影响,葛德初不之顾,亦由浮士德之爱玛加莱,结果,己身跳出孽海,惟图自救,对方牺牲,听其自然。葛德智慧琼绝,足为近世人之模范。盖其所历所感,正同于近世之青年,而其晚年造诣之高及自得之深,则为人所莫及。我望中国青年之受此书影响者,亦当知葛德自救(解脱)之妙法也。或云,葛德《少年维特之烦恼》一书,义理精深,人莫能解。盖此书非专写恋爱,乃畅究宇宙人生万物之本原及至理。其所论议,均可另成专书,而其所以零星插入此男女恋爱故事中者,则因人当恋爱时,其精神灵魂如铁之炽为白热,于一切事理感之特深,而见之特明。故惟真正伟大之人,其恋爱方有价值。盖所贵者,不在其恋爱之本事,而在其人处此特别境界中之思想感情,《少年维特之烦恼》应以此眼光读之云云。以上为德国文学家所常道,其是否姑置不论云。

除葛德自救之术外,另一解脱之法,即利用谐剧或讥讽之精

① 葛德,今译歌德。

神(Spirit of Comedy Satire)是也。昔麦雷迭斯(George Meredith)尝释谐剧为"有思想或含有理智成分之笑"。以此精神,旁观冷眼,自嘲自讽,结果必至哑然失笑,而冷静证明,得解脱矣。沙克雷(William Makepeace Thackeray,1811—1863)为立意忠厚而措词婉妙之小说家,世徒以沙克雷为专工讽刺者,未为知言。沙克雷作诗以讥嘲《少年维特之烦恼》,予于两年前译出如上,世之失恋痛苦而欲自杀者,不可不一读之也。

——本文原载于1931年12月21日出版之《大公报·文学副刊》第206期。

阿米儿恋史英译

瑞士国文人阿米儿(Henri-Frédéric Amiel,1821—1881)之《日记》(*Journal*),为世间极精粹之智慧书之一。英国安诺德尝盛称之(见所著文集)。安诺德之女华德夫人(Mrs. Humphrey Ward)曾译之为英文,惟于中间一长段描叙阿米儿与女友菲林(Philine)之热烈恋爱者,则删略而未译。今英国伦敦Constable书店特补译之,最近出版,价十先令六辨士。按自来深思卓识之士,其恋爱之历史必警切有味。盖当其热烈用情之时,精神激动,如金铁入炉,炽灼成白光,遂将人生万事,悉加以透澈之观察,深刻之思索。此一段内心生活之历史,其价值固非寻常情书所可望其项背也。阿米儿之恋史,亦正代表阿米儿之特殊智慧,与葛德《少年维特之烦恼》同。即不言此,而阿米儿之日记实为不可不读之书。书系瑞士日内瓦某书店发售,在巴黎购之尚不能得云。

——本文原载于1931年12月21日出版之《大公报·文学副刊》第206期。

《佳壤》

自本年《佳壤》(*The Good Earth*)一书出版,勃克夫人之名遂腾闻于美国文学界。夫人虽属美籍而生长于中国,精通中国语文,深悉中国民情,故能著此英文小说,描写中国之农民生活,且较以前西人之描写中国社会者为切实,为深刻。其文章之美,亦甚可称。

夫人名Pearl S. Buck,生于湖南岳州。原籍美国之勿吉尼亚省。父Sydenstricker为一传教士。兄姊数人皆殇去,只一弟留学美国。幼时,其父移家于潜江,地临长江,山水秀丽。有一女仆侍夫人十八年,常为述太平天国之乱。其父远出传教,归来亦时述其各地之经历。其母则教以文学。课余则与中国儿童相嬉游。十五岁时就学上海,复睹中国之繁华生活。计自少至长,夫人未尝自觉其为异国人也。十七岁至欧洲,继至美国,在勿吉尼亚省之Randolph-Macon College肄业,习社会学,而尤喜英文学。惟对美国学校之生活则殊隔膜,如居异乡,每感不安。卒业后归中国,侍母病二年。嫁一二十年美国传教士名John Lossing Buck,系康南尔大学毕业生,习农田经济与社会学。夫妇在中国北方偕居五年,生活极丰富亦极艰苦。盖一面能深入民间,接触其真实之生活,一面灾荒匪患时相扰也。后勃克先生掌教金陵大学,为农科主任,著*Farm Economy*一书。夫人则在东南大学、金陵大学教授英文文学。夫人以十年光阴遍读中国小说，于此中所得真正之中国民情与特性不少。夫人现尚居南京，膝前二女，有花园一座。每于树影花香之间，夫妇相伴读书著作不辍，诚足乐也。

夫人已成小说二部：（一）名《东风西风》（*East Wind, West Wind*），一九三〇年出版；（二）即《佳壤》（*The Good Earth*），一九三一年出版。美国John Dan书店发售，每部定价美金二圆五角。出版后颇得诸多杂志之赞许。此书叙述一农夫名王龙（Wang Long）与其妻欧兰（O-lan）之艰苦奋斗生活。王龙极贫，有田甚少。其妻则原为一厨下女，革命以后（未知所指系何次革命），夫妇乃得一越而为中产之家，且购得某王府之宅以居焉。此书故事平凡，中国读者或不甚欣赏。然叙述简洁，描写生动，不但能表现一对东方男女之勤苦度日，且具有普遍性。即不但可作中国北方人看，且可作美国北方人看，全书富有热情及谐趣，又能将故事中所隐含之悲剧烘托出云。

——本文原载于1932年1月4日出版之《大公报·文学副刊》第208期。

《佳壤》再志

《佳壤》一书，本刊第二百零八期已介绍。现有宜闲君译为中文，名曰《大地》，自本年一月起，在《东方杂志》中按期登载。此书去年欧美杂志中评者甚众，多表赞许。国人评论之见于西文杂志者，有叶崇智君（公超）载去年十月份之《中国社会政治学报》，与陈衡哲女士载去年十月份之"Pacific Affairs"，各有见地。

要之，西人描写中国农民心理习惯者，是书较可推重。作者身是外人，所言自不免有肤浅隔膜之处。反观中国文艺界，学派纷纭，作家如林，有几人能寻求国民（尤其占最大多数之农民）之灵魂，作忠实深刻之描写耶？茫茫禹域，不特外人视为蛮荒，即国人自己究有如何之了解，是诚可叹也。Buck夫人，近又作《发妻》（His First Wife）一篇，载《亚细亚》（*Asia*）月刊。其背景略同《东风西风》（本刊第二百零六期），读者可参阅也。

——本文原载于1932年2月1日出版之《大公报·文学副刊》第212期。

《傲慢与偏见》译序

英国奥斯登女士(Jane Austen,1775—1817)所撰《傲慢与偏见》(*Pride and Prejudice*)小说,夙称名著,学校多采用为课本,以此书造句工细,能以繁密复杂之意思,委曲表达之极为明显,学生由是得所模仿,且能启发其心灵也。奥斯登女士殁逾百年而名益盛。近年英国文学批评者尤称誉之,至谓《傲慢与偏见》一书,以结构论,固凌驾一切小说。按奥斯登女士作此书时,年仅二十二三,生平未出乡里,其执笔构思,均在茶余饭后,与家人共坐叙谈之时,或针黹烹饪之暇,处如斯烦嚣忙乱之境,而能成此名作,此英国现代小说大家武鲁夫[①]夫人(Mrs. Virginia Woolf)所以极推许奥斯登女士,而以《假我一室》(*A Room of One's Own*)名其书也。(该书系论小说作法,一九二九年出版。)燕京大学英文系学生杨缤女士于四年前即译完此书,近又细加改正。予闻国中拟译此书之人士甚多,未见出版,喜杨女士译事之先成也,乃为重复校阅而序之。至奥斯登女士之生平,此书之内容及其命名之意,均见杨女士所为评传,不更赘云。民国二十一年春,吴宓序。

——本文为吴宓为杨缤女士校阅其所译《傲慢与偏见》后作之序,该书由商务印书馆于1935年6月初版,1947年重印。

① 武鲁夫,今译伍尔夫。

《老妇谭》译序

按此书系英国现代写实派社会小说家班乃德氏(Arnold Bennett,1867—1931)之名著。班氏在英国负盛名,去年三月二十七日逝世。民国二十年五月十八日《大公报·文学副刊》有奕珊君撰《论班乃德》一篇,述氏之生平及著作甚详,并附插遗像。班氏一生最大之著作为《老妇谭》一书,出版于一九〇八年。美国文学批评家薛尔曼氏(Stuart P. Sherman,1881—1926)所著《现代文学论》(*On Contemporary Literature*,此书一九一七年出版)中,有一篇题曰《班乃德之写实主义》,极推许此书。谓今世作者每完全蔑弃道德观念及人生二元之见解,故其所描写者不合于实在之人生,独班氏《老妇谭》一书,写莎菲(Sophia Baines)虽曾失身于佻达少年,被诱偕逃。既为所弃,则励志湔祓,明智自处。孤身奋斗,备历艰难,终得保其贞洁,不为势屈,不为利诱。当其在巴黎极穷困时,外受荡子之逼惑,内感春情之驱遣,怦怦心动。而当此际,终觉灵府中有一种幽微亲切之声音,若呼莎菲名而语之曰:"速止！此事不可为。不大妥当,难为情。"于是悬崖立马,卒以自全。呜呼！此与苏格拉底"灵几"(Daemon)之说,何以异耶！圣贤禽犊,天理人欲,其胜败因果之机,原不外此。审察乎此,则知良知为人所共具,而道德亦人生之本真。舍道德而言人生,则其所见偏而不全,而人生之实象莫明。舍道德而言文艺,则其所作浅而不深,而文艺之基础未立。至于道德在人生中之地位及道德与文艺之关系如何,就《老妇谭》一书亦可得其大概。世徒知班乃德为写实派小说巨子,长于铺叙,纤细详尽,而不知其写实创作之成功,正以其窥见道德之要素,故能真能达,遂非并世诸写实派作者所可及耳。

此书系燕京大学英文系学生王友竹君所译,予更为之校阅,不敢云无疵,然已极详审矣。国中有志创作写实小说者,其亦有取于此书乎?民国二十一年春,吴宓序。

[附录]

《老妇谭》自序

一九〇三年秋,余频就餐于巴黎克黎希路之某酒馆。其中女侍者二人,余颇注意之。一为年少女郎,面苍白而美。因其所侍之桌距余桌甚远,从未得与之交谈。他一则为短硕之中年布勒通(法国西部)妇人,善治事,专司余桌职务。其后竟以为母者之口吻训余。余思殆非迁地不可矣。若连续二夜弗往,则彼必痛斥,谓:"君何不忠于我耶?"某次余以所食之法国豆非佳,有所挑剔。彼即直谓法国豆岂汝所知者?于是余心决永久不忠于彼而离此馆。当决定与此馆永诀之数夜前,一老妪妇人来馆就食,身肥硕,状貌奇丑,其语音动作,皆堪引人发噱。视其状,即易知其必独居者,因久不与人接触,致养成异人之处。浅思之士视之不免发笑耳。携小包累累,随行随落。既择一席,心不惬,舍而之他;复不惬，再易之。如是数分钟间，全馆之人皆笑之。侍余之中年布勒通妇人尤大乐。余无所感，惟见粗俗之狞笑浮于我向未与交谈之年少美丽女侍者之苍白面上，私衷滋痛耳。

默念此丑怪餐客，青春时，亦曾一度身材窈窕、容色艳丽，必绝无今之情态。彼盖尚未知己之异人之处，彼之情状直一悲剧。设有人将一妇人之身世类此老妪者撮叙而成书，必一荡魄动心之说部也。肥硕而年老之妇人毫不为怪异，惟因此而思及凡肥硕年老之妇，昔为少艾时，身体动作及心灵情感皆曾具稀有之魔力。抚今追昔，令人心生极度之悽恻。且由一少艾，化为一肥硕老妇，此显著之变化，乃由无数极微之变化积聚而成，乃身受此等变化之人反不自觉，此则尤可悲也。

此际心中忽生著书之念。此《老妇谭》最后因之作成。自忖此引起全酒馆卑鄙笑谑之妇人，自不足为吾书女主人翁之蓝本。盖彼年既过高，且显然不启人之同情，而说部之主角必须引人同情，此乃绝对之规律。且现代写实小说之全体倾向，在主要人物务避奇异。固知欲作我书之女主角者，非在群众中出没而不为人所注意之妇人不可也。

余旁置此念甚久，但从未淡忘之。此念之所以萦绕于吾胸者，盖有数因。余素赞美克利佛德夫人所撰之《安姑母》说部，但此书虽描写老妇，而材料尚有遗漏欠缺。再则余素反对此不近人情之通常说部中女主角皆华年永驻。以此，余于一九〇三年，已从事计划一名“廖诺拉”之说部。其中女主角年已届不惑，即其诸女亦达求凰之期矣。评此书者，怪余冒然以一年四十之妇人作主角。社会人士对之能否发生真兴趣，殊为一问题。但余意则四十犹未足也。最后亦最大之原因，则为余以莫泊桑之《一生》作吾书之榜样，而与之争胜。千九百年时，人皆视《一生》为小说成功之极点。犹忆萧伯纳先生或因威廉·亚彻尔君之提示而读《一生》,读毕,竟谓不见其中有何卓异之处。余因此颇与萧先生之柄凿。但实言之,当一九〇八年余重读该书时,虽极不欲同萧氏所见亦不能。盖余对此书竟大失所望。该书虽为好说部,但不逮《彼得与约翰》自无疑义,且或较《痛苦如死》亦弗如也,今再请言一九〇三年事。《人生》述一妇人之一生历史。吾书述一少年女郎生命之进展,化成肥硕老妇。心中私有此书必使成为英文中之《一生》之念。非虽余之瑕疵者多,顾从无人讥余乏自信力。在数星期内,余又决定,吾书既欲驾《一生》而上之,须不仅述一女之身世,而为二女之一生历史。故《老妇谭》有二女主角,康丝坦司原有其人,莎菲则余所凭空造作,以显余才,而证明莫泊桑非后世无人胜过之小说家也。余虽惧吾计划之太勇敢,但誓终必使之实现。然时思时弃,五六范围较小之小说竟先此书而作成。既思此事不能永久搁置,乃于一九〇七年秋确实开始撰作。时余居于枫丹白露附近之一村,住人家一宅之半,系租自一退职之铁路夫役者。余度此书将长至二十万言,结果竟恰符其数。窃思昔人说部,除李查生所撰者外,无若是之长者。偶计维多利亚时代之诸著名小说,平均每部乃长四十万言。余以六星期之时日成此书之首编。此事极易,因当一八七〇年时,余未满十岁,确曾于培类似贝恩斯氏之布店中所知所见极精细,此仅孩提能之。其后余游历伦敦,思于一旅馆中继续作之。乃伦敦市嚣,神为之乱,遂辍。一九〇八年正月,余撰《活埋》,随即付刊,但极不受英国人士之欢迎,即今日众犹漠视之也。

其后余复返枫丹白露,从事撰述《老妇谭》,直至一九〇八年七月底完成,并未间辍。是年秋季出版。六星期后,英国社会之舆论,正如余所敬服之某君所预言者,即谓此作极忠实,但索然无味，有味之处亦嫌太做作。发行此书者，虽非畏首畏尾之人，然殊忧其销路不畅。但人对此书之观念逐渐变佳，书渐销行。

书中关于法国之部分，乃余完成首编后，以研究年代之根据始觉巴黎之围可写入书。此意虽妙，余殊恨且畏考据工作之繁重，此心理至今未变。且余所知之巴黎，仅二十世纪之巴黎。忽忆余之屋主曾充铁路夫役者，当一八七〇年战时，正与其妻居巴黎。余谓之曰："君曾身经巴黎之围者乎？"彼转而面其老妻，作迟疑状曰："巴黎之围耶？然。吾侪曾身历之，非耶。"夫巴黎之围，仅彼等生命史中无数细小事实之一耳。在彼等脑海中虽未留强烈之印象，然彼等自当善忆之。顾余得其助非少。最有裨于我者，则得知当巴黎围时，城中居民，大半度日如恒，而非如历史所述之类似演剧诸呈奇观、惊心动魄也。此觉悟初使余骇异，余决加入此围于吾计划中。余为余妻朗诵萨塞（Francisque Sarcey，1827—1899）之《围中日记》（*Le Siège de Paris*），观朱尔克拉提（Jules Claretie，1840—1913）之《围城杂记》（*La Vie à Paris*；*Le Drapeau*），吾之考据工作遂止于是焉。

人有力言余必目睹行刑，否则必不能述莎菲在奥舍耳经历之事。然余实未尝一临刑场，所有关于行刑之知识，乃得自《巴黎晨报》记行刑之文若干篇者。哈利斯君于《虚荣市》杂志中评余书，谓余显然未尝观行刑（所言大意如此）或描写行刑之文字，并示余行刑应当如何描写。其文简短而使人异常倾服，诚不愧为《屠手芒特》之著者，及几于身历全球、目睹万事之人也。此亦可证余之描述距事实何其远哉！余致函哈里斯君，以余著书时未及睹彼之作为憾，因余应取其材也，并承认余从未目睹行刑之事。彼仅答余曰："余固亦未尝目睹行刑也。"此琐事有可留传之价值。多数读者，当其倾服某一小说，辄不假思索而断言曰："噫！此必作者之自传。"闻此琐事,其亦可以废然知返矣。

——本译序与原书作者班乃德所作自序(王友竹译),
原载于《国闻周报》第9卷第18期。

《中国欧洲文化交通史》

英国哈德森氏（G. P. Hudson，按此君系牛津大学All Souls学院Fellow，教授中国史），新著《中国欧洲文化交通史》（*Europe and China：A Historical Survey of Cultural Influences*）一书。伦敦Arnold书店出版，定价十五先令。其书叙述欧洲之希腊文化对中国之影响，及中国文化对欧洲之影响。自上古起，至十八世纪之末为止，谓"在此时期（约二千五百年）中，此两世界，此二文化，各自独立，互相对峙，其价值与势力约略相等"，故其间有交通与影响可言。迨一七八九年法国大革命以后，入十九世纪，则中国与欧洲密相接触，譬之泾渭合流，清浊不分，其相互之影响不能推寻矣。其书结论，谓至十八世纪之末为止，亚洲影响于欧洲者实比欧洲影响于亚洲者为深远。惟是法国大革命后，中国文化在欧洲之势力不复存留，故"欧洲史家大都未认明十八世纪中，中国思想在欧洲之影响之大"。又十九世纪中，欧洲所谓"汉学"虽有突飞进步，然皆学者之专门考据。而欧洲普通受教育之人士，其知晓中国，反不如十八世纪中之深澈而普遍也云云。

此书作者学识渊博，事实详确，而能执简以驭繁，故无重累之病。又其文笔生动，叙史事极灵活而饶趣味。书以中国欧洲直接交通为限，故于希腊美术影响于中国佛教，经由西域，如斯坦因等人所发见者，概不阑入。书分六章。第一章谓古希腊人所称之

Hyperboreans国人(按此见Herodotus《史记》卷四第三十二至三十五章)即系中国北方人。第二章叙张骞通西域后,中国丝绸输入欧洲。第三章叙大秦王安敦聘使。罗马既衰,商运中断,丝绸由波斯经纪人私贩销售。第四章叙第六至十二世纪间,西土无两方交通之记载。第五章叙蒙古建国,自十四世纪中叶,交通大盛。一五一七年葡人据麻六甲,于是中欧直接交通。至"十八世纪之末,则欧洲人作成绳带,于海于陆,环绕中国。中国殆如围城之受攻矣"。第六章叙中国艺术有大影响于欧洲,即十八世纪之罗柯柯时代是也。按《中国欧洲文化交通史》,与此书类似者,有德人Reichwein之*China und Europa*一书,有吴宓君节译本,载《学衡》杂志第五十五期。又北平西郊圆明园遗址,实中西文化交通史之重要征记。记者昨游园中,见工人车马成队,方毁坏惟一残留之暗红色长垣,而取其砖。又搬运石柱。云由管理该园之某机关出售于城内之工程公司,石每立方尺取价仅四角云。呜呼!欧洲人保存古物至慎且勤,又著书搜讨。吾国人则坐视圆明园之完全毁灭,不留踪影。此诚大可痛哭也矣。

——本文原载于1932年2月29日出版之《大公报·文学副刊》第217期。

杜威论哲学与文化

杜威教授近著一书曰《哲学与文明》(*Philosophy and Civilization*),凡三三〇页。美国纽约Minton, Balch & Co.书店出版。定价美金四圆五角。内容为近年所作之论文集,凡十八篇。而以最前二篇《哲学与文明》及《美国实验主义哲学发达史》为最重要云。

《哲学与文明》一篇,揭明全书大旨。谓:"哲学本身乃人类文化中之一现象,与政治文学艺术同。"旧说以为哲学家专务探求"永久之真理与实在,不受时地之影响"。吾谓不然,盖哲学依附于历史而变迁。哲学仅表明各时代人类之希望及奋斗情形而已。哲学所从事者,乃"意义"而非"真理"。哲学者,神游古代,窥察其文化之成绩。一时代一民族之文化之特殊性质及功用,是即此时代此民族之哲学。哲学常努力调和(1)时代流行之思想事业,与(2)古昔传统之学说及习惯。折衷新旧,融为一体,以资实用。如此说明广大之连续,即是解释生存之"意义"也。是故哲学者,乃当每一文化改变之时期所造之模型或图样,又可称之曰预言。为未来世界之所遵循。哲学能影响历史,即由于此。惟有须声明者,(一)每一时代思想至不一致,所谓某时代之思想仅就其主潮而言。(二)所谓"意义"实不能与存在分离。(三)哲学之功用实比精密之科学研究为大。(四)美国有特殊之文化,又值转变之时期,自应有美国之特殊之哲学出现。(五)今兹著论,为哲学之全体着想,非专欲倡导某一派哲学。以上为均附陈之议也。

按杜威此书,实为普通读者而作,举其一篇,可概全书。总之,其立说仍不出实验主义之观点,拘泥于环境与事迹,而蔑弃虚空之玄想。与杜威前此各书,固属一辙而无异趋者矣。

——本文原载于1932年5月2日出版之《大公报·文学副刊》第226期。

柏格森新著《道德宗教之两源》

柏格森氏近著一书曰《道德宗教之两源》(*Les Deux Sources de la Morale et de la Religion*),巴黎Alcan书店发行,定价二十五佛郎。此书盖直继《创化论》而作。《创化论》出版二十余年来,柏格森哲学虽号称时髦,然势力已潜消。缘中经欧战,世人好新趋异,别寻趣味。今日极端理智主义之盛行乃过于二三十年前。柏氏此书思想精微、文笔流畅,不减前作,宜其书出极为人所重视也。兹述其内容如下。

本书第二章,复述《创化论》之大意。略谓进化者,乃由"生命之冲动力"(élan vital)为求自己表现而创造而活动,冲破物质之顽钝的抵抗,此活动乃顿变而非渐变,故达尔文环境积造之说有误。又此活动无目的,无一定之方向及规律,故亚里士多德及宗教家宇宙计划之言不可信。惟此生命之冲动力,当其与物质对抗时,分为诸多支流。其(一)支流曰本能,于蜂类为最显。其(二)曰理智(Intelligence),于人为最良。理智者,即以量及空间处理物质之能力也。几何学、数学、机械学乃理智之正当活动范围。然理智一接触物质,则失其固有之动力及质性,故宇宙实在决不能以数学、几何学等之观点而了解,所幸在人之理智之四周,尚黏附诸多原来精神界之遗物,凭此以超出理智之范围而得明悉生命冲动力之方向及性质,此即所谓直觉是。易言之,直觉者,未与物质接触而分为本能理智等以前之生命冲动力也。

是故柏格森之哲学,以“不连续”为主旨。其于生物学,则谓以习惯造成之才能不克传于后嗣。又主张本能与理智划分对立,其于道德宗教,亦显为区分。略谓道德有二种。(一)曰关闭之道德(morale close),本于自然宇宙中之社会秩序,本于“义务”或“责任心”。旧道德皆属此类,如对于家庭或国家须忠实尽职、牺牲小己,然当此家庭或国家或其他社会团体发生危险或剧变之时,则人之道德观念皆颠倒谬误,以残虐为美德,谓仁爱为罪恶,杀人可以邀功,作恶反云事神。如近今欧洲大战即其明显之例证。(二)曰开放之道德(morale ouverte),本于个人精神中一种神秘之爱。将来之新道德应属此类,为柏格森所欲提倡者。此种道德,本于对全人类之同情,而以完善仁爱之行事为教。此为纯粹之道德,亦是真道德。总之,(一)之来源由于区分理智及本能,(二)之来源由于未区分前之直觉,故柏格森特点(一)而进(二)也。

次论宗教。柏格森谓由古迄今,在历史中,宗教并未进化。凡古来及儿童时代之迷信崇拜等等,仍存于今世文明成长之人之心坎中。盖宗教本即“造作之神话”,为恐理智之运用将使人趋于极端之自私自利,故自然特设为此种机械以防止之。神魔等之虚幻荒诞,皆自然所以引诱人限制人,不便凭其理智计算太工而自私太甚者。命运既不可窥测,徒凭理智者,见世中诸多失败及不巧之事,必感痛苦及惊骇,宗教即所以安之慰之者也。近世文明人,遇地震、水灾、战争或投机赌博失败,辄乞灵于宗教。宗教语之曰:汝之敌亦加汝身,有喜怒爱憎,可以礼物或友情求其与汝亲善而不为汝虐,汝其无忧。质言之,宗教殆如治精神病者所用之催眠术而已。是故宗教亦有二种之不同。(一)曰静的宗教,相当于关闭之道德,其缺点亦同。旧宗教如基督教等皆属此类。(二)

曰动的宗教，相当于开放之道德，本于一种神秘的道德之知觉，可谓为宗教之直觉，认明“生命之冲动力”之本体，乃一“创造之爱”之源泉，汩汩不息，但当使此直觉勿壅塞而长流动而已。柏格森又论神秘派宗教家之缺乏成绩曰：

> 试问其果有成功者否耶？……神秘派所遇最大之困难，乃在其不能造成似神之人类，人皆须汗珠点额而作工求食。易言之，人乃一种动物，人亦须遵从动物界之规律，而不得不生，不得不食。人之食物常患不足，不得不与自然争，与他人争，而竭力以求之。人之智慧，殆天所与之武器，以为求食之争战者耳。人之思力既全注于地上，欲使改而仰视苍穹致其诚敬，不其难哉！

柏格森于其书之末章，论实行“开放之道德”及“动的宗教”而促进人类幸福之方法，如防止战争；如改良工业制度；如利用机械之进化；如何使人类生活变为简单，以得神秘之快乐。盖“此宇宙，论其最要之职责，乃一造神之机器而已”。全书遂终。

按综观柏格森之说，其最大之缺陷，即在其“断成两截”。彼以理智与直觉对立，谓理智为恶，谓直觉为善，由是强为分别。凡古今种种罪恶及人生厌见之事，悉归之理智；而今世时髦之运动（人道主义、非战主义、国际联盟等）及人类理想之快乐（如自由、仁爱等），悉归之直觉。从彼之说，苟黜理智而依直觉，世治而人乐矣。虽然，此乌可致耶？夫柏格森之所谓理智，乃仅形而下之理智，所谓几何学之精神是也。而其所谓直觉，恐不免为浮动之感情及欲望，即卢梭及浪漫派所倡之返乎自然及生人本性是也。实行柏氏之说，仍等于浮游梦幻之中，坐观世间日即残酷，终不能救。是故柏氏之书固为名著，而根本误谬。自柏拉图、亚里士多德以下，均谓宇宙二元，善恶同存；人性二元，理欲并具。以善克恶，以理制欲，其道非如水火之相激，乃以正当之方法及环境，使人类之本性完全发达而企于至上。今世若白璧德先生等立说实本于此。其说之所以可信，以其窥见宇宙及人性之全，统合以为治，调济均平以为理。而柏格森则强为划分，故终于障蔽而空疏耳。

——本文原载于1932年5月9日出版之《大公报·文学副刊》第227期。

傅东华译《失乐园》

密尔顿（即弥儿顿，Milton）之《失乐园》（*Paradise Lost*）已由傅东华君译成汉文。原作凡十二卷，今已译出六卷，分订三册。列入《万有文库》第一集，商务印书馆发行。原作系西洋文学中最重要之作品，傅君已译亚里士多德《诗学》及荷马史诗《奥德赛》，又译此书，选材殊为可称。惟《万有文库》不肯单售，致学校授课参考或私人研习诵读，均欲购此书而不能得，不能不为商务印书咎耳。

傅君所译为诗体，略如本刊张荫麟君之译《浮士德》，与原文甚密合，但每段之行数与原文不尽相同。每卷首译提纲（Argument）系文言，多用四言，仿佛经文体，颇凝炼。文中有注，并见匠心。译文字句修琢工整，多参文言，辞藻沉着明显可诵。纵未能完全表达原作庄严纯肃之神韵，在今实为佳译。愿傅君能速竟全功也。

向日读《失乐园》者，多选取首二卷撒但及其徒在地狱中之情景，以为描叙真切而有力。然时易世变，政治、宗教、思想、事境一切均大异昔日，而《失乐园》仍常为人所爱读者，则由于其中描写埃田（即伊甸）乐园中亚当、夏娃未堕落前欢喜同居之情景，至能动人艳羡。盖理想中之黄金世界为众所同有，而人之想象力必须满足也。（此论始发于美国穆尔先生，见所著论文集第四集。）书中

第四卷即描写此境。译本第二册第六十七页上云："男的欲其多谋而勇进，女的则欲其柔和妩媚、温雅宜人。"此段写弥儿顿理想之男女，而此二句（原文卷四第二九七至二九八行）尤能简括列举世间男女特具之美德。惟傅君译Contemplation为多谋，实极不妥。盖Contemplation乃睿思玄想之义。柏拉图所谓真正之哲学、真正之幸福、真正之智识、真正之自由解脱，不外游心于理想世界中，洞观万事物之真谛，是曰玄想。亚里士多德谓玄想之生活实胜于作事，亦即指此。至于足智多谋，此谋乃机巧诈术，以计较利害、衡量多寡为目的，绝非男子之美德（吾中国今之男子率皆多谋，此中国所以濒于衰亡）也。

——本文原载于1932年9月19日出版之《大公报·文学副刊》第246期。

《被幽囚的普罗米修士》

近年我国逐译欧美文学书籍虽夥，而西洋文学源泉之希腊古典著作，及英国文学泰斗莎士比亚之戏曲，则至今只见零星试译，未有系统介绍，此诚我国文坛之大缺憾。努力补救，为今后当务之急。

关于希腊文学译本，整部者惟傅东华之荷马史诗《奥德赛》等二三种，虽结果未尽满意，要其努力有足多者。惟《奥德赛》收在“万有文库”中，购置不易，诚为憾事。外此有向达译亚里士多德《伦理学》、郭斌龢译《柏拉图语录》五篇，均分期登载《学衡》杂志中，迄无单行本。惟吴献书译之柏拉图《理想国》、傅东华译亚里士多德《诗学》，均商务印书馆发行，可以单购。

至若希腊悲剧，为研究西洋文学者之宝笈，有全部翻译之价值，而亦未有译本，以饷国内一般读者。惟于前年《华北日报》副刊上载有杨晦君所译之埃斯基拉（Aeschylus）《被幽囚的普罗米修士》（*Prometheus Bound*）以终，译文极浑厚信确，为近来所少见。近由译者重加订正，印为单册，本年八月出版，北平宣内大街中间路东人文书店发行，北平、天津、上海佩文斋分售，每册定价四角。杨君所据原文，系“世界文学名著”中堪培耳（Campbell）之英译本，同时并参考（一）Blackie、（二）Potter、（三）Smyth三种译文。前三种皆系韵文，中译文则用“忠实而含有诗意的散文”，极能表达原著之悲壮雄伟,不似傅君之译荷马史诗,因用韵而对原书面目多所改动。卷前并附万言长序,解释"为人类而战的普罗密修士"之坚忍伟大的精神。此种精神恰为我国所最需要,而文坛上所少有,故为可贵。又有关于埃斯基拉生平之译文一篇,亦为介绍西洋古籍应有之。要之,此书虽或读者不多,然必不致滥竽充出版界,可断言也。

按此剧(*Prometheus Bound*)之英译本,尚有Plumptre(诗剧体)、Merhead(诗剧体)、Buckley(散文)等。而以穆尔(Paul E. More)所译(诗体)及所撰引论为最精。其后1系列入"Riverside Classics"内,美国Houghton Mifflin Co.出版。又P. H. Frye所著*Romance and Tragedy*一书中有论希腊悲剧,最为精湛,不可不读云。

——本文原载于1932年9月26日出版之《大公报·文学副刊》第240期。

《梵文学史》

《梵文学史》(*A History of Sanskrit Literature*),开斯氏(A. Berriedale Keith)著,英国牛津大学出版。开斯氏前从麦克唐纳尔氏(Arthur A. Macdonell)受业,精印度语言文学考证之学。麦氏著有《梵文学史》(*A History of Sanskrit Literature*),为 Edmund Gosse 所编著名之"世界文学史丛著"(Short Histories of the Literature of the World)之一种。但该书出版至今垂三十年,此三十年中,梵籍考订之学大盛。故今日确有重编一简明梵文学史,以应学者修览之必要。且麦氏之书,据其所自言,(一)侧重印度上古文学。盖当时印度古文明,尚不为欧洲人士所深悉,麦氏极力发挥之,以为源泉之富,不下希腊。故吠陀时期文学,详述过于全书之半。(二)该书为"世界文学史丛著"体例所限,对于文学性质以外之印度典籍,如法律、文法、医学、天文,及其他术数之书,或所述甚简,或完全从略。实则印度学问系统不同西洋,亦犹吾国之经史子集,彼此都有关系。故昔之编《艺文略》《经籍志》者,均包举典籍之全部。若仅论诗文以成文学史者,往往不能得融通之旨也。

今开氏之著作,实可补麦氏之所不逮。虽与麦氏书同名,而内容略异。如吠陀文学及大史诗等均不讨论,印度古剧亦从略。其所详论者乃抒情诗及散文,以及童话故事、罗曼司等。于印度诗歌之趣旨及成就,与夫印度人对于诗歌之基本观念以及诗律等之议论,介绍特详。此皆文学之中心问题,昔贤所略而开氏所注意者也。其次,开氏于印度辞书、文法、法制、政治、哲学、宗教、医学、天文、星相、数学等,各方面均约略论及。虽不求十分详备,亦足示读者以印度学术之大端矣。

书前有长序,能掊取近数年印度学者考证之菁华,如印度大诗家Kalidasa之生卒年代,如印度寓言与希腊寓言之关系等等,皆能取最新之学说。凡已读麦氏之书者,亦不可不一读此书也。

——本文原载于1929年9月16日出版之《大公报·文学副刊》第88期。

《印度文学》

《印度文学》，一册，许地山著，“百科小丛书”本，商务印书馆发行。民国二十年十月初版，凡百四十一页。价洋四角。

印度文学，唐玄奘《西域记》、义净《南海寄归传》均曾述及，然自其后以至现代中国，殊无谈印度文学者。仅毛乃庸之《印度杂事》，及吕澂之《声明略》均稍涉及。然比之西人所作，如Winternitz之印度文学史巨著，Keith及Levi之研戏剧，Hopkins谈记事诗，Roth及Macdonell等之致力于吠陀，中土人士对之应为汗颜。许地山君，曾游天竺，专精其文学多年。兹得其《印度文学》之作，虽非巨帙，然空谷足音至为可喜。

全书分印度文学为四期。第一期为吠陀文学。首叙《四明集》之内容，中述《净书》(原作《净行》)、《奥义书》。然于《奥义书》似仍嫌太简，后略言经书之类别。第二期为非圣文学，佛教文学及耆那教文学属之。佛教文学中详叙巴利三藏之内容。作者认巴利语为“佛陀所生国土底俗语”。此言如指佛陀本身所说即此俗语，则似有可疑。又作者叙小阿含中未言及(一)*Sutta-Nipata*、(二)*Theva-Gatha*、(三)*Theri-Gatha*三书。此三者似亦最重要，应行叙入。第三期为雅语文学，分为七项述之，共占全书将及三分之二，叙述自较他处为详。惟亦因雅语文学最为丰富，本书篇幅有限，当只列举书名，未能详其内容，颇为可惜。第四期为近代文学,则述伊斯兰教侵入以后之情形。于本期之雅语及突厥波斯及印度俗语诸文学作品,均曾述及。而泰戈尔,因其为“印度空前的诗翁”,故作者用以作全书的压尾也。

全书叙述,颇能见印度文学之源委。现国内人士,对于欧西大小各国文学均颇注意。而于与中华接近而求有渊源之印度文学,反不齿及。许君此书或可启发国人对此之兴趣。但吾人徒知文学之史迹而未能读其作品,则于其神理风格全不能了然。作者似宜于书中加入译文若干篇。如最优美之吠陀篇什,《奥义书》最有名之作,卫黄之诗若干段,娑困达罗之若干节,或更使读者对于印度文学有更深之了解也。若作者今后能依此意,多译印度名著,作成印度文学选本,与本书相辅而行,则更佳矣。

——本文原载于1932年8月8日出版之《大公报·文学副刊》第240期。

《意大利文学史》

英译本《意大利文学史》(*History of Italian Literature*),全二册。已故意大利文人山体斯(Francesco de Sanctis)原著,英国Joan Redfern女士英译,意大利著名文人兼哲学家克洛齐(Benedetto Croce)特为之序。英国牛津大学最近出版。每部定价英金四十二先令。北平北京饭店内法文图书公司已有此书出售。按此为一重要之佳籍。作者山体斯,意大利之那波里城人,殁于一八六〇年顷,殁后十年即一八七〇年此书出版,犹未杀青也(最末数章犹嫌简略)。作者系浪漫派及理想派(颇受黑格尔之影响,然持论亦有不同处),极反对其时新兴之以科学方法及文字考据治文学者。及氏殁而此种风气更盛,迄今未全衰,故氏之佳著亦久埋没、不为人知。近顷克洛齐既得名,乃极力表彰此书。克洛齐倡唯美主义之文学批评,自奉山体斯氏为私淑之师,于是此书遂大行于其本国。译为异国文字,今犹初次也。此书除作者之浪漫理想点及其流利雄放之笔足使读者奋发鼓舞外,尚有一重要之价值。即其时意大利危亡割裂,尚未统一,甚似今之中国。而作者投身革命,力谋意大利之自由与独立,以此入狱放逐者屡。作者尝谓一国之文学艺术,为民族精神所寄托所滋养,故惟精深涵泳于本国之文学艺术者,方具真正之爱国心。而欲复兴民族、建立国家,御外侮、求统一,非藉本国文学艺术以激发人心团结众力不为功。故氏之著此书(原为多年在各地之演讲稿),目的实为感化国民而促成意大利之自由独立。故此书非寻常之文学史,实乃在文学中所表现之意大利国家民族史,亦即意大利之精神文化史。作者特注重古来有名之大作者,以为今日国人之模楷。如其论麦克韦里(Machiavelli),力为辩护,且致赞颂。谓今异于古,今为理智之世界。故能洞悉人情,运用机智,操霸术以企奇功:

> 如麦克韦里者,实为今世所必需。譬之故家旧宅,需落倾地,业已不可维持,所需者麦克韦里也。而新建崇屋,砖石木片,均待搜集堆砌,所需者麦克韦里也。今吾国革命尚未完成,吾意大利国军甫得入罗马旧京(时为一八六〇年),所需者麦克韦里也。麦克韦里之功,存于天壤矣。

呜呼!加富尔之克奏伟绩,非偶然矣。加富尔,非山体斯氏所想望之麦克韦里耶?奈之何今日中国之讲述本国文学者,惟以疑古辨伪、诋毁先哲、斫丧国魂为高也。山体斯书中论但丁,有曰:

> 在自然及艺术中,丑与美同价,丑亦美也。是故善为美,恶亦为美。但丁写天堂,更不可不写地狱,地狱之美或过天堂。葛德写《浮士德》,亦不得不写靡菲斯托菲力斯,其美亦无逊也。知此,乃可与言美,乃可读但丁。

此其见解之新颖,无殊今人。故作者非意气矜张之爱国狂呼者,盖实能了解近世者也。其论阿里奥斯多(Ariosto)之诗,谓为纯粹之艺术及梦想。盖凡生长名门贵族,于文艺涵泳深厚之人,其处新旧交替之世,辄必发思古之幽情,托梦想于天国。中国《离骚》以下，诸多游仙或无题之作，皆此类已。

——本文原载于1932年8月8日出版之《大公报·文学副刊》第240期。

顾理雅论《中国人之宇宙观》

美国人顾理雅(Herrlee Glessner Creel)君,通汉文,研究中国学,于一九二九年著书曰 *Sinism: A Study of the evolution of the Chinese World-view*,译云《中国教》或《中国人之宇宙观》。美国芝加哥Open Court Publishing Co.发行,北平北京饭店内法文图书馆代售,取价国币十元。顾君后此尚多著作,未印行。顾君在芝加哥大学得博士后,即入哈佛大学研究院,从该大学汉文教授梅光迪君学。顷顾君偕其夫人来中国,拟居北平专治中国学。吾人以顾君已到北平,则吾国人于其所著书不可不知,爰述其略。

顾君以为中国古人,在佛教未传入及未受任何外国影响以前,已自有其特殊之宇宙观。此可称为"中国教"或"中国人之精神"。顾君特造Sinism一字以名之。此种宇宙观,乃古代中国农村生活经济之产物。其视宇宙,乃和谐而有规律之整体。人为宇宙之一部,故人生亦和谐而有规律之整体。宇宙与人生,实谐和一致而互相影响者。然宇宙人生皆非静止而运行不息,宇宙人生乃是一种历程而非一个境界,常久进化以企于无穷。故宇宙人生至善之"和",乃如一机器之各部协调按照规律而运行工作。以是,阴阳之外更有五"行",而宇宙之本原及人生之究竟曰"道"。道即自然之法则,亦即天理、天运、天命。人能行道,即与宇宙和谐而完成其在宇宙中一部分之职务,即得幸福。惟自实际人生言之,社会亦宇宙之一部,故社会亦为通体和谐而按照规律运行不息之一大组织。其组织如网在纲,如臂使指。封建实本此意,而帝王为社会之中心,王者之职务厥为行道,即整理人事使与宇宙之运行相因应而共和谐是也。又农民多守旧,故众咸信古之王者实有顺天理而能行道者。以上乃中国古人共具之观念,而孔子、老子、墨子之教所从出之源泉也。

当孔子之时,纲纪凌夷,社会紊乱,故孔子亦如其他之人,主张效法先王,以求行合乎道。则天法古,为孔、老、墨等之所同,惟以孔子最近人情,最富常识,其人格又最伟大,故影响独钜,而后人乃以则天法古为孔子所始创或独擅,实非然也。又孔子之功,在整理文献,编辑书典,俾后人易明悉古圣王之行事,而得合乎道焉。(按顾君书中第四章论孔子之人格极透彻,此章拟另译述,今不详及。)

孔子所主张之礼,巨细千百,皆非以古有前例,乃因如是始合于道,始与宇宙谐和一致。效法先王,即法天,亦即完成生人之本性也。孔子坚信宇宙为善,又坚信人性为善。其道德之调教,实以一宏大精深之形而上学为之背景,故绝无浅隘偏狭之弊。孟子继之,发明孔子之道,仍为性善之说。惟其时世局日益险恶凶残,而孟子亦无孔子之深广宏大、光明俊伟之人格,染后世学者辩士之风,虽称亚圣,难救孔教之衰焉。至于荀子,对孔教实为异端,为叛徒。盖最大分别,即荀子完全抛弃形而上学之根据,完全脱离中国古人共信之天人和谐之宇宙观。荀子乃一经验派之合理主义者。荀子抛弃旧信仰、旧宗教,而为知识论。荀子使天人分离而主张人性恒恶。其救世之法,惟欲由书籍中求得关于先王之知识及经验,以其所得,用之于教育及政治,强制人性,束缚之,驱迫之,使就规范。从荀子之教,道德不免为专制之桎梏,非人性之自然。而议政施教,仅为根据历史之龟鉴,凭权宜,图利益而已。其与古人之教及孔子之宗旨相去天渊矣。〔述者按,孔子及中国古教盖一多兼取,荀子则弃一而存多。此乃根本差别,故有精粗大小之殊。从来以信仰与智识合一者胜,但凭经验与实际知识而无信仰者败。又以形而上学宇宙观为道德政治之根据,如柏拉图、亚里士多德者优;但究历史偶然之迹,而以功利主义为道德政治之目的,如穆勒、边沁、孔德者劣。此其大较,不可不察。又按已故诗人吴芳吉君坚信性善之说,论者许为真得儒教之精神,诚是。又按荣成姜忠奎君著有《荀子性善证》一书,谓荀子实主张性善。而本刊第六十四期译述之美国人德效骞(H. H. Dubs)君所著书,则谓荀子乃孔教之大功臣。凡此诸说均存,读者取而并观之可也。述者附识。〕

后世儒家之徒,率遵荀子之教,莫明古圣及孔子之真意,惟务恪守旧典,严行古制。其幸而未使中国人思想精神陷于绝境者,则老子之功也。老子亦信所谓道,亦慕先王,与孔子同。但老子主张道既弥纶宇宙,必可以其自力运行于人间社会,不假外力。人之知识能力极为渺小,人不自量而强来替天行道,结果非徒无益,反增纷乱而长祸害。古之明王率由自然,而世治,今之为君者亦宜如此。返乎自然,即是无为,则道自行,世立治。是故老子之无为主义与孔子之礼治主义,其方法途径相反,而其信天法古则一也。但孔子之真传既未显于后世,流为荀子之道德专制及复古主义,益之以老子之放任无为,其影响于中国之国民性实至不良云。

墨子亦信古人之所谓道,则天法古,与孔子、老子同,而其主张积极救世之态度,尤与孔子近似,而与老子相反。不幸儒家之徒,以末节琐事(如葬礼)之主张不同,痛攻墨家(孟子亦其一例),

于是儒墨相争无已。实则孔、老、墨皆秉承古来之“中国教”，惟老子为颖慧而激烈之革命派思想家。若夫荀子之徒，乃有韩非子、李斯等，惟机智是用，争夺是务，但求成功，不计损道。此与真正纯粹之中国精神相反，而乃大行于后世（按近世西洋以及今日国内国外皆充满此种理想精神），诚可悲叹之事也。

孔、老、墨等皆属于智识阶级，然更研究古代中国之民俗及种种迷信、传说、歌谣、祭典等，则知中国古代平民亦皆具有上言之宇宙观，而“中国教”或“中国之精神”实为一致，且又为中国特产，非自外国外族传入者也。

自汉以后，此“中国教”忽显忽绝。如汉之荀悦，即从荀卿而主张自然主义之道德说。然如大儒朱熹，实笃信“道”之存在者，惟后世之儒者，崇尚思辩，遂时流于释老，而儒者亦屡受帝王摧残。但应注意者，即兹所言之“中国教”或“中国之精神”，托根于远古之中国社会，历久绵延未绝，在今犹支配中国人之生活态度，故其关系极为重要。且其根本信仰为人文主义，谓人类之幸福及繁荣乃善能适应环境之结果，凡此均与西洋近世之哲学理想及最近之趋势相类似，故尤可称也。

——本文原载于1932年9月26日出版之《大公报·文学副刊》第247期。

《葺律已[1]未刊书札》

《葺律已未刊书札》(*Unpublished Letters of Samuel Taylor Coleridge*),一部二册。英国Earl Leslie Griggs氏校辑,伦敦Constable书店发行,定价三十七先令六辨士。

按葺律已为英国浪漫派重要诗人及文人,逝世将及百年。其书札总集之行于世者,为E. H. Coleridge所编,当时曾加删汰,于书札之述及葺律已本人性行之弱点,认为有妨其名誉者,特屏弃不收。而今集之编者则复为搜集而刊布之。读此编更可了解葺律已之为人。盖世之文士天才可分二类。其(一)如莎士比亚,虽亦深思锐感,然其雄健刚毅之德,中实有主,克自树立,内敛精气,发为文章。而对于世事,则随缘应付,不滞不粘,故生活平静,实则有近于斯多噶派。其(二)则如葺律已,情多思繁,不能自制。人是义务,动多欠缺。家庭社会,处处乖忤。实则其人责任之心极重,处处自律自责,以负人为疚。而同时笃爱友朋,于所遇之人用情皆挚。此类之天才,不能自立。精神上虽自知其伟大,而常依赖他人,寻求友爱。顾其性行之弱点恒右,因爱人过度,且自己感情一往直前,汩汩不息,又如阴晴替代对彼人忽而爱怜,忽而罪责,自己深为悔疚,而其所爱之人,衡以世俗之标准,不特不感,且怨而疏之。葺律已即最能代表此种人内心之痛苦者,于今刊之书

① 葺律已(Samuel Taylor Coleridge,1772—1834),今译柯勒律治。

札中尤可见之。

以上第(一)类天才令人爱且敬,第(二)类则令人爱且怜。实则此即古典派与浪漫派人生观根本之差异。至如弥儿顿,实介乎二类之间。然弥儿顿资禀厚,学问深,故生活虽备历烦苦激扰,而卒能自振拔,其著述尤在高夐清明之境界。此不可不知也。外如安诺德,亦凭修养与学问之功,由浪漫之渊,而造古典派之峰。亦可为世之美才厚实、颠倒问难者法也。

——本文原载于1932年10月10日出版之《大公报·文学副刊》第249期。

《韩国文苑》

韩国志士赵素印君，辑有《韩国文苑》一书，将该国历代诗古文辞（汉文）搜罗详备，不特保存故国文学，且有许多史料由是发见，实为极有价值之书。本书系大韩民国十四年（一九三二年）十月一日出版，编者赵素印，印刷者上海宝山路文记印刷局，发行者槿花学社、天津大公报馆及各地大公报分馆代售，每书定价一圆五角。书前有编者自序，先述韩国今古文之源流，次称：

> 韩人除用国字外，善用华文。纶音疏章、国书制诏、诗赋词章、序记铭跋，乃至一切著书，概用汉字。而文足以畅达其辞，诗能协于声律。肇自数千载以前，至于李朝末叶，斯文硕学，横行词苑，与中华文豪争雄焉，迥非倭、越、回、藏、满、蒙等所可侔也。（中略）韩人以天下难解之文字，用之雄，作之杰，使世界人类三分之一之大多数，不劳而读，读而蒙其化久矣。如元晓之佛学，李滉之理学，许浚之医学等，盛行于东亚诸国。由此观之，华文之于三韩文学，所构成之量，思过半矣。而韩人之贡献于世界文化也，功亦大矣。

华文汉字与韩国文化历史之关系由是可知，昧于史实者曷一诵其言？吾人夙信中国文明之精神实寄托表现于其文字。中国文字，乃中华民族之天才所特创，美且有力，与世界各国文字截然不同,其价值且为欧美学者文士所称道(本刊已屡引述)。中国人之思想感情、生活历史、学术技艺、文物典章,无在不与其文字密相关联。能解识此文字之原义,则事物理道一切悉明。能运用此文字之构造,则政刑德教万端齐举。能体会此文字之特殊优点,而运以想象,渗人感情,则可以鼓舞国民精神使之坚凝奋发。虽谓中国今后之建设、民族前途之希望,皆系于中国之文字(汉文)可也。西洋各国古今文字,源出梵文,自成一体,彼此之间大同而小异,故西洋各国之历史文化亦自有其一贯之中心。中国文字(汉文)则与之绝异。中国文字(汉文)之在东洋,实等于西洋希腊拉丁及英、法、德、俄等国文字之总和。(中国文字中之佛教梵文原素可谓相当于西洋文字中之基督教希伯来文原素。)中国文字,不但为今日中国四万万人直接诵读书写、口说行用之活文字,且为东洋诸多民族、诸多国家文字之所从出、所由构成,或(1)直接采用,历年悠久,或(2)部分影响,不易判分。如日本与朝鲜,虽各有其国文,实皆属于(1)之例。苟去中国文字,则中国每一个人皆丧失其所有之意识。苟去中国文字,吾直不能想象尚有我身、尚有世界。苟去中国文字,则中华民族固将澌灭沦亡,而全部东洋历史、东洋文化亦不能存立,所有者惟模仿欧美之西洋文化附属品耳。呜呼!吾国人多有不宝爱其文字,不知此文字之地位及影响者矣。读赵君书,亦可憬然悟。此《韩国文苑》之价值一也。赵君之序文续曰:

> 然而屡经兵燹,龙图瑞牒委于泥涂,鸟迹玄文烬乎燎原。近遭强秦之祸,而古代文献之遗存者复经摧残,丧亡殆尽。噫!国亡而文亦亡。使我祖先遗传之英华,一朝而埋葬之,安得不抚尸而哭耶!此余所以不揣固陋,特编此书于今日者。

此言何其沉痛！文亡,然后国乃真亡耳。中国典籍久经摧毁,如牛弘五厄之论,其后不知更遭若干厄。今世中国上下售卖焚掠,自残其典籍,或以种种新奇之方式口号务图自破灭其文字以为快者。吾愿其略作反省勿为虎伥也。呜呼！辅车相依,唇亡齿寒,前辙之覆,后车之鉴。已届桑榆之候,岂仅履霜之征。今春上海东方图书馆之焚,尚可云战争恒例(如欧战中德军炮毁法国Rheims古寺)。然闻东邦日本近亦有种种维新运动,力求减少或直不承认日文与汉文之关系,其国人之能诵读汉籍、撰作汉文者日益少(韩国人自更被禁止学习汉文)。此国家民族主义之大有害于文化及真理者也。异日情形,可为危惧。昔古希腊,列国相争而文字齐一。故(一)纪元前六四五至六二八年间,斯巴达战败,求援于雅典,雅典使盲者塾师Tyrtaeus往。其人善乐律,为制军歌,鼓舞士心,斯巴达卒以获胜。而(二)其后纪元前四一三年,雅典大军败于西西里岛,敌人即为斯巴达。敌帅置俘虏之雅典军于一处,将尽杀之。忽闻雅典军人皆歌其诗人尤里比底氏(Euripides)悲剧中之歌曲(按当是*Trojian Women*一剧),叙亡国之惨,词旨音调并极凄苦。敌帅感泣,乃释之,使之生还其国。猗欤！吾不知中国与韩国朝鲜,中国与日本,其文字因缘,有能如是深切否？此《韩国文苑》对于吾国读者之价值二也。赵君此书上篇为文,下篇为诗。书凡九卷,编为一册,约十余万言。远自(一)扶余、(二)马韩、(三)高句丽、(四)渤海、(五)百济、(六)后百济、(七)新罗、(八)高丽,逮夫(九)李朝朝鲜之季世而止焉。二千余年之名文秀句,概为包括于此矣,历代创业艰难之迹,良相名将忘身报国之诚,忠人义士慷慨之辞,硕德逸隐、佳人才子、名媛、高僧之作,一以贯之于此,如见其面目,而焕乎其有文章焉。是韩族文苑之一部英华也。不啻华也,实亦存焉。乃若历世政事损益,国交沿革，文体变换及思想递嬗之机，亦可以展览于斯矣。为子孙传此书者，筌可忘也，而鱼不可失也。为友邦公此书者，昭其同文之久，而欲其德之不可孤也。

聚千年民族之精神，萃一国文苑之英华，读此一编，则约略通识韩国之文学史，可以感发，可资赏鉴，著兴亡之真迹，存得失之明镜。读此一编，以韩国往史按之今日中国，则吾侪急当有所警惕，知所先务。此《韩国文苑》价值三也。呜呼！国之形式可亡，而立国之精神不可灭。得鱼忘筌，赵君之词苦矣。昭同文之夙谊，期大邦之克保，赵君之所以投赠而勖勉吾中国人者甚至，吾国人将何以报之耶？赵君此书搜罗已甚详备，然材料仍有所缺，此编所录，以见于中国之载籍为多。若夫纯粹韩国之汉文典籍，尚极丰富。集部尤繁，均未采及，殆由事实之困难耳。赵君谓：

> 去国已二十余年，奔走十余邦，或一月三迁，席无暇暖。所藏书籍，亦多纷失。仅得于数百种可考之书纵横采据。

吾人实谅其苦心，敬其贞节。据吾人所知，日本对于韩国典籍，无论汉文或韩国文，虽不摧毁，亦皆秘藏，尤不愿轻售与他国人。即如《李朝实录》一书，为韩国近世重要史籍。其书原无刻本，日本人影印之，吾国学者久思阅读，北平图书馆已设法购求一部，迄未能得。此外如京城（朝鲜）帝国大学所出《青丘学丛》季刊内所述及之书籍，此间亦均不能得见。然其可增益赵君之书者当不少也。

——本文原载于1932年12月12日出版之《大公报·文学副刊》第258期。

《歌德之认识》

去年三月二十二日为歌德(Johann Wolfgang von Goethe，1749—1832)逝世百年纪念。本刊整备纪念文若干篇，以稿多地狭，未能尽登。忽忽周岁，又值歌德逝世之日，除续登张荫麟君精译之《浮士德》(*Faust*)外，谨以《歌德之认识》一书介绍于国人。

此书系宗白华、周辅成(冰若)二君合编，南京钟山书局发行，民国二十二年一月初版，实价八角。凡三百四十余页，插像二幅，内容系收集去年春北平及他处日报杂志上所出之歌德逝世百年纪念文及特撰之论文数篇，而分部编列者(其中四篇系录自本刊)。据编者周辅成君《编者前言》述其编完此集之特别感觉，谓：

> 本集子中所收诸先生的文章，实在可表现我国人之吸收西洋思想，并不示弱于日本人。只要我们稍一读日本之研究德国文学的权威(如山岸光宣等)论歌德的著作，再一看此集内重要的文章，其忠实的研究，表现我国思想界对于外国文化颇有深刻了解的能力。……并明白今年国难期中临歌德逝世百年纪念日到来，国人们对此纪念是如何地热闹，证明我国人在物质困苦里还没失却对精神价值的欣慕。

本刊去年春原拟介绍日本对于歌德逝世百年纪念之刊物，今姑取岩波书店(东京市神田区一桥通町三番地)所出之《思想》杂志第百八十号(昭和七年三月)之《歌德(原题グーテ,今改汉字,以下仿此)研究(百年祭记念)》而观之。该志约二百页,要目如下。(一)小宫丰隆,论《〈威廉·迈斯特〉之演剧上的使命》。(二)吹田顺助,《歌德与现代》。(三)木村谨治,《歌德宗教的信仰之基础之构成》。(四)舟木重信,《歌德的Götz及德国农民战争与现代戏曲之关系》。(五)须永克己,《歌德与音乐》。(六)一濑雅央,《龚多夫(F. Gundolf)之基本态度》。(七)依田喜藏,《李克图(H. Rickert)之浮士德论》。(八)池岛重信译,《L. Klages论歌德的人间之限界》。(九)奥津彦重编,《最近之歌德文献》。此为全册中最有价值之部分,凡六十四页,极详备。又观本期《思想》所登新书广告,仅岩波书店所出者,有歌德以下各书:(一)茅野萧萧著,《浮士德物语》。(二)东新译编,《新译浮士德第一部释注》。(三)林久男译,《威廉·迈斯特》。(四)林久男著,《歌德之面影》。(五)成濑清、小牧健夫合编,《德文近代歌德论集》。(六)森鸥外译,《浮士德》。(七)林久男译,《威廉·迈斯特》。(八)茅野萧萧译,《少年维特之烦恼》。(九)松尾相译,《Marlowe之浮士德博士悲剧》。(十)亀英四郎译,《艾克曼侍歌德谈话记》。由是可窥知日本人研究翻译歌德之勤且多,实远在吾国人之上。窃以比较似可不必,努力则所应为。今更列《歌德之认识》之目录于下,俾读者知其内容梗概而自购读此书。至各篇之精粗优劣,今不具评述云。

《歌德之认识》目录:插画(一)《歌德七十九岁时画像》,Stieler氏画;(二)《歌德在意大利》,Tischbein氏画。《向往》(诗),冰心女士。《编者前言》(周辅成、宗白华),《附言》(宗白华)。第一部,歌德的人生观与宇宙观:《歌德之人生启示》(宗白华),《歌德之人生观与宇宙观》(程衡),《歌德对于哲学的见解》(周辅成),《自然科学者歌德》(戈绍龙)。第二部,歌德的人格与个性:《歌德何以伟大》(杨丙辰译),《歌德论》(宗白华译),《歌德处国难时之态度》(贺麟),《论歌德》(谢六逸译)。第三部,歌德的文艺:《歌德诗中所表现的思想》(田汉译),《歌德的浮士德》(徐仲年),《歌德的少年维特之烦恼》(宗白华)。第四部,歌德与世界:《歌德与德国文学》(杨丙辰),《歌德与英国文学》(范存忠),《歌德与法国》(徐仲年),《歌德与中国文化》(卫礼贤著,温晋韩译),《歌德与中国小说》(陈铨),《孔子与歌德》(唐君毅),《歌德与中国》(郑寿麟)。第五部,歌德纪念:《纪念歌德》(华林),《德国怎样纪念歌德年度》(姜公伟)。附录:《魏玛举行纪念歌德之盛况》,《苏俄的歌德百年纪念会》,《歌德的生平与著作》(魏以新)。

本书校对甚勤,印刷亦尚可观。惟每页页边之文题及书名,乃与书内本文同用五号铅字,行间之相隔亦等宽,又低四格,而书中引用原文或诗之译文亦低四格,致于一二一及一二二等页使读者混淆,误以《歌德之认识》等页边题认为引用诗中之一行。此虽小疵,亦计划印版形式者所宜注意者也。

——本文原载于1933年3月27日出版之《大公报·文学副刊》第273期。

《万国评论》

近瑞士人Felix Valyi创办一季刊，名《万国评论》（*The Review of Nations*），自为总编辑兼经理。其研究范围，据该志所揭橥者为各国家民族心理、宗教学、社会学、科学与玄学，世界文化、政治及经济问题，欧亚社会问题，各旧文化之遗教及人类精神之先觉者。其目的欲于世界事务及人类知识之问题，求一简约的比较的观察，包括近世一切关于人类思想及感情之探索及比较分析结果。观此，其眼光不可谓不大，其立愿不可谓不宏。在近今如雨如云之定期刊物中，若此者盖未尝有偶。该志现已出至第六期，执笔者类皆当世知名之士。其论文兼用英、德、法等国文字。其编辑人确具世界（Cosmopolitan）精神，绝无偏袒一国之狭隘态度。（如该志第四期对于美国压迫尼加拉瓜事，攻诋美国之金元外交政策不遗余力。）

该志定价，全年四册，美金四元。零售每册美金一元，邮费在内。订购处如下：The Business Manager of the Review of Nations, c/o Verlag G. Braun, 14 Karl-Friedrich Str. Carlesrule in Baden, Germany。其编辑通讯处则为：Mr. Felix Valyi, c/o Banque de Paris & des Paps Bas 6 Rue de Hollande, Geneva, Switzerland。

该志极希望各国人士赞助并投稿。其所约撰稿人名单中，列有蔡元培、胡适、俞大维、郭秉文之名。然仅第五期中有戈公振君之《中国人之中国革命观》一篇,外此无中国人之作,殊为憾事。何中国人之不立志奋起而事事落人后耶?

各期内容之重要者如下。(一)第一期之《发刊辞》,略谓本志之目的在提倡大人文主义及精神之自由。本志以"普遍""同情""综合"三字为标语。对于古今、东西,各国、各族、各派之文化学术一体研究,由知识之综合,而使人类之精神趋于高尚纯粹,然后国际间方可有真正之了解及和平。本志于政治及精神之自由一体重视,竭力鼓吹,毫无偏袒。愿以本志为各国明达人士之公共机关云云。

(二)第二期德人卫礼贤之《中国诗之精神源泉》,略谓中国人皆注重内心生活,与欧洲之葛德同,而与莎士比亚绝异。惟欧人之言内心生活者,往往好奇立异,竭力表现我与他人不同之处。而中国人则以我为人类一种性行之代表,谓凡事皆有一定之规矩。到此地步,行所当行,但求适宜,不畏与人同。中国人视人生仅为宇宙大戏剧中之一幕,随缘守分,谓一己之生死成败均不足重轻。故中国诗中多内外和谐、人我相安之乐趣,而缺少悲剧及深刻强烈之抒情诗。今中国与西方接触,群情激扰,人生观顿改。兹后如何,殆难言矣。

(三)第三期德人卫礼贤之《中国之精神》,略谓中国之精神,为将宇宙及社会以理性组织而区划之。凡百义务权利,等级分明,配布适当。众皆遵依,不求特异。恪守前规,不事澈底思考。是故东方(中国)之文明可使各人明心见性,于玄想生活中得种种真切之经验。西方之文明可使个性自由发达,强烈深厚,遂能承当外界之压力而不摧沮。此乃东西文明之专长,而在今宜兼收并取,使互相裨益。今言东西联合,其真义当不外此也。

(四)第三期又有日本人川上清之《日本人之中国革命观》,略谓中国人不息战，不整理内政，而但高呼打倒帝国主义与取消不平等条约，无有是处。日本维新所取之途，于此正相反也。

（五）第四期法人Paul Masson-Oursel《东方与西方之对待》，略谓东西之互相交通、互相影响，在昔已然，历史事实，昭昭具在。不能谓东西千古对立，其间有若何牢不可破之町畦也。今之所谓东方西方问题者，苟细究之，实为欧洲近世文明与异乎此种文明者之对待冲突。世人眼中之西方，实仅近世欧洲之一片段。尚功利、重物质、急进取、善分析，皆此一片段文明之特性，未可以概欧洲文明之全体也。今日者东西文明接触，本可互相裨益，乃事之大不幸者，（1）东方并未注意欧洲希腊、罗马之文化与基督教之精神，其目光只限于近世文明。即于近世，亦未能取得其科学之精神及穷理深思之态度，仅学得彼中人之奢侈、激扰、斗争之恶习。（2）西方亦未能了解东方文明之特长，未能取得东方中正平和之人生观。而仅欢迎其厌世悲观、清净无为之老庄哲学及佛学，更加以误解。妄言修养，实则堕落。号曰乐天，实则怠惰。此其结果，将使两方之美德俱丧而互种恶因。非东西文明本体之有所缺损，学之不善，择之不慎之为害也。今之热心沟通东西文化者，盍不明察深思，引导世人去邪归正，反其道而行之？是予所厚望也云云。按此君之论实为切中肯綮。吾国人近今言东西文化者，其错误亦正如此君所言，愿共三思而加勉也。

（六）第五期戈公振君之《中国人之中国革命观》，其结论谓以（1）强固之组织、（2）坚实之理想、（3）牺牲之精神三者而论，未来之中国当在国民党之手中云云。

（七）第六期Paul Richard《西方理智之危机》，略谓欧战后，全世界革命扰乱，欧人之精神迷惘惶惑，于是有主张专效美国之商人以精明敛财为事者,有主张吸取东方即印度之文化而以出世潜修为教者。此二极端皆非正途。欲救今日之病,其良方惟在精神理智之综合。欧洲向日文明之精神重分析而不能综合。分析在今亦有其破坏之功用。由此综合之功夫,可知心与物(灵魂与世界,又精神与物质)原为一体。心乃物之力,物乃心之形。物中有心,心中有物。无限即寓于有限之中,一切不相对立而皆融合。精神之综合既得,再进而求社会政治之综合。国家组织当为一种神学系统之表现,政府乃人神、大小、绝对相对各种意志集合之影像。上有中央集权之政府,统于一尊,又适为全体人民意志权利之集合体。此乃所谓真共和。中国昔日即已有之,今希望推至全世,寓绝对之精神于相对及变换的事态之中。所谓神者,非如昔之世界创造之主,乃各人心灵之产物,即各人之理想人格之集合体。但欲以上所言者之成功,应有一新出之智识阶级担任破坏及建设之事,若昔佛教之救除婆罗门教衰时之弊者然,而难望于今日之号称智识阶级者也。

(八)第六期Felix Valyi之《亚细亚之心理》,中谓中国古来之宗教思想,以人调和天地,天生地受。天成时间,地成空间,以宇宙为一体,方可有长久之谐和。此孔老所同,而见于《易经》一书。孔子之目的在造成自然文明之和谐,故以家为社会政治之基本单位。老子则以人为自然之一部。以前事证之,中国人今虽处精神迷乱之状态中,当所整理而战胜之。最不幸之事,即使中国人误认美国式之商业主义为西方物质文明之代表,然中国人当知西方文明之真际及价值决不在此。今惟望西方希腊之人文主义与东方孔教、佛教中之人文主义协力合作,以造成今世所需之精神文明,而其径路要必为全世界文明及知识之大综合。此即吾人所汲汲提倡者也。此君之论,尚有多人批评补充之者,兹均从略。

——本文原载于1928年3月12日出版之《大公报·文学副刊》第10期。

《两星期评论》创刊百年纪念

近半年中，英美历久而著名之杂志停刊者甚多，已叠志本刊。而法国之《两世界评论》[①]（*Revue des Deux Mondes*）乃于去年十二月，张盛筵，集大会，以庆祝其创刊百年纪念。后此且续出不穷。其盛衰不同，有如是者。

按《两世界评论》虽非毕罗（François Buloz）氏所创办，而其能有今日之盛，则皆毕罗氏之力。毕罗家贫，肄业于路易大王高等学校。旋辍学，为排字工人，乘暇自研文学。通英文，译英书。鉴于英国《爱丁堡评论》及《四季评论》之盛，深叹当时（一八三〇年）法国杂志界之衰颓萧索，遂有志于经营大规模之杂志，以与英国争盛。毕罗对此事异常热心，且有理想、有计划。常与其饮谈之文士，均为所感动，乃共集款收买《两世界评论》而使毕罗为总编辑，主持其事。时该评论出版已一年有半，多记载国外旅行游览及风土景物等（其所以得名以此，两世界指新大陆及旧大陆），无甚出色。自经毕罗接办，乃大显声光。内容一以英国诸评论为模范，注重政治、文学及艺术，兼及小说。两星期出版一次。第一期中，即有大仲马、圣伯甫、巴尔札克诸人之著作。当是时，法国浪漫运动盛极一时（一八三〇年）。毕罗虽大体赞成浪漫运动，然以

① *Revue des Deux Mondes* 中文译法不一，本文中译为《两星期评论》或《两世界评论》，亦有译者译作《两世杂志》或《两个世界评论》等。

本评论之前途为重，不肯自贬作浪漫运动宣传之机关。故其后情势转变，而本评论不受损失。又英国各评论初办之时，财力雄厚，人才济济，其后则每况愈下，黯然无色，终至衰竭停刊。毕罗主持《两世界评论》之初，明知经费不足，刻意节俭，文人投稿者多不与酬金，仅以情谊及名誉为吸引。遇有景况极艰、衣食无资之作者，则或给以十佛郎或五佛郎以济其急。缘此精密计算，不事铺张，故能由小而大，逐渐发展。根基既固，历史遂长。虽中经国内战乱之惊扰，迄未停辍。接办之日，仅销三百五十份。十年后增至二千份。一八五一年增至五千份。一八七七年增至一万八千份。一八八九年增至二万五千份。初则营业不振，虽苦口劝说，无人入股，不久乃能使股东得二倍之红利。经营三十余年后，有愿出一百四十万佛郎以收买毕罗之股份者，毕罗不与也。

《两星期评论》所以能盛极独尊，压倒一切杂志者，并非由随风转舵，善投时好。乃由态度谨严，选材精慎。出版百年，内容汇集成帙，均有复读之价值。谓毕罗为具有编辑之天才，或谓其德性坚定，均属泛论。盖(1)毕罗深知法国人于文学主保守而贵中庸，虽有各种新奇之风气，然不久即消灭，而复归于典型。故其选材一主谨严，宁缺毋滥。虽酬金缺乏，能使作者以得列名此志为荣。(2)毕罗深知国人之需要及每一作者学问文笔之优劣短长，善能利用人才。为题择人，所邀撰稿者无有不当。其文中不妥之处，则为之修改，或径退回请其另作。彼之识鉴过人，所成就之文人实不为少，功未可量。后之继任编辑者秉其规范，故《两星期评论》遂为文化之宝库、学艺之明灯也。

——本文原载于1930年2月24日出版之《大公报·文学副刊》第111期。

吴宓

吴宓文集

著作编（上）

吴宓◎著
吴学昭◎整理

人民文学出版社

图书在版编目(CIP)数据

吴宓文集 ：全三册 / 吴宓著 ；吴学昭整理. -- 北京 ：人民文学出版社，2024. -- ISBN 978-7-02-018820-8

Ⅰ. I206.7-53

中国国家版本馆 CIP 数据核字第 2024DE1345 号

责任编辑 张梦笔 胡文骏
装帧设计 刘 远
责任印制 苏文强

出版发行 人民文学出版社
社 址 北京市朝内大街 166 号
邮政编码 100705

印 刷 河北新华第一印刷有限责任公司
经 销 全国新华书店等

字 数 1446 千字
开 本 880 毫米×1230 毫米 1/32
印 张 64.75 插页 9
版 次 2024 年 8 月北京第 1 版
印 次 2024 年 8 月第 1 次印刷

书 号 978-7-02-018820-8
定 价 278.00 元(全三册)

吴宓先生在哈佛大学读书时肖像

吴宓先生在清华大学任教时（1925—1937）肖像

（摄于1931年）

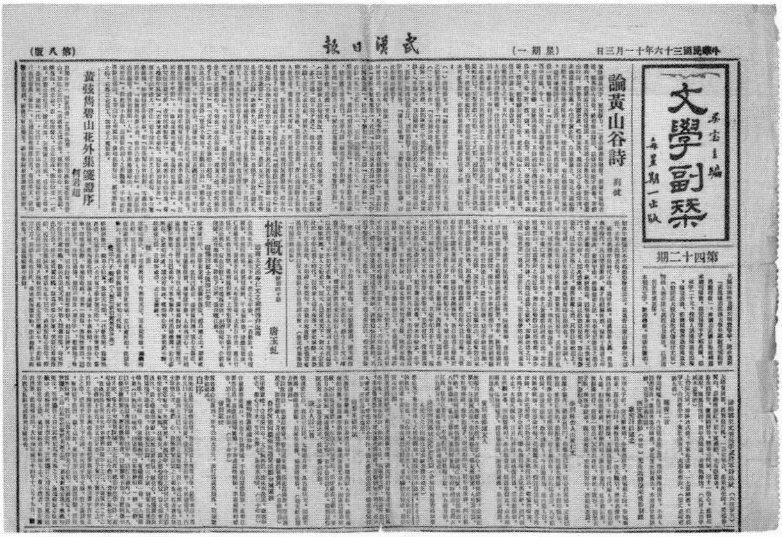
中華民國三十六年十一月三日 （星期一） 武漢日報 （第八版）

文學副刊 吳宓主編 每星期一出版

第二十四期

論黃山谷詩

叢弦蕉碧山花外集箋證序

慷慨集 唐玉虬

吴宓先生主编《武汉日报·文学副刊》

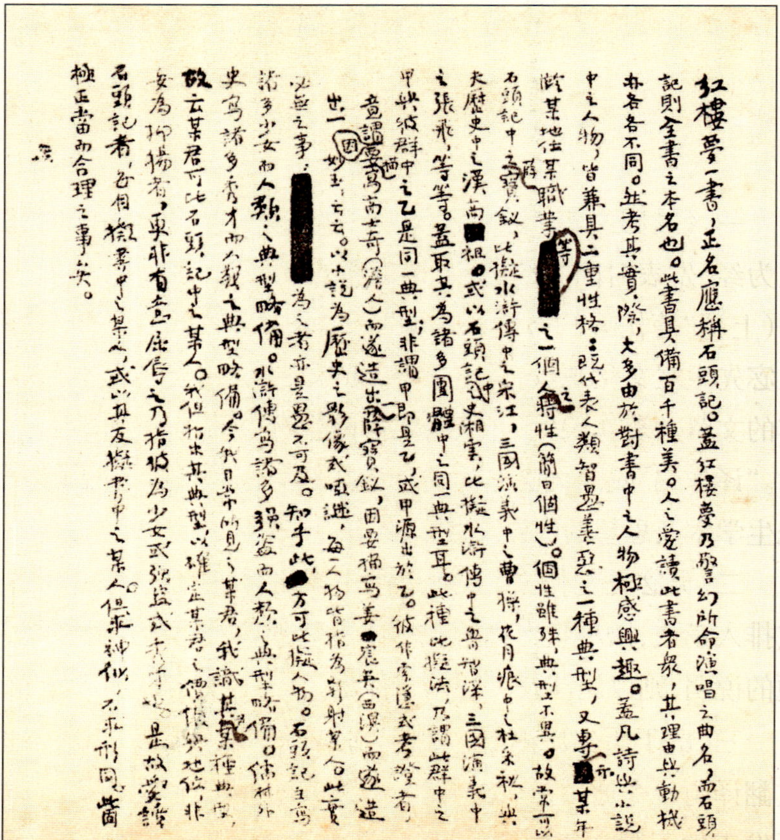

紅樓夢一書，正名應稱石頭記。蓋紅樓夢乃警幻所命演唱之曲名，而石頭記則全書之本名也。此書具備百千種美。人之愛讀此書者衆，其理由與動機亦各各不同。然考其實際，大多由於對書中之人物極感興趣。蓋凡詩與小說中之人物，皆兼具二重性格：既代表人類智愚善惡之一種典型，又是亦某年某地任某職業等之一個人之特性(簡曰個性)。個性雖殊，典型不異。故常以石頭記中之薛寶釵，比擬水滸傳中之宋江，三國演義中之曹操，花月痕中之杜采秋，與夫歷史中之漢高祖。或以石頭記中史湘雲，比擬水滸傳中之魯智深，三國演義中之張飛，等等。蓋取其為諸多團體中之同一典型耳。此種比擬法，乃謂此群中之甲與彼群中之乙是同一典型，非謂甲即是乙，或甲源出於乙。彼作家還或考證者，竟謂因要寫高士奇(澹人)而遂造出薛寶釵，因要描寫姜宸英(西溟)而遂造出一個妙玉，云云。以小說為歷史之影像或啞謎，每人物皆指為影射某人，此實必無之事。為之者亦是愚不可及。知乎此，方可比擬人物。石頭記自為諸多少女而人類之典型略備。水滸傳為諸多豪傑而人類之典型略備。儒林外史為諸多秀才而人類之典型略備。今我日常所見之某君，我識其某種典型，故云某君可比石頭記中之某人。我但指出其典型以確定某君之價值與地位，非妄為抑揚者，更非有意屈辱之乃指彼為少女或強盜或秀才也。是故愛讀石頭記者，各自擬書中之某人，或以其友擬書中之某人，但求神似，不求形同，皆極正當而合理之事矣。

宓

吴宓先生在西南师范学院任教时，对学生关于《红楼梦》提问的一页书面回复手迹：《个性虽殊，典型不异》。

（二十世纪六十年代）

出版说明

一、《吴宓文集》全三册，收录文章近三百篇，全书以创作方式为经、发表时间为纬，结合内容特点进行分类编排，分为“著作编（上）”“著作编（下）”“译作编”三部分。“著作编（上）”收录体现吴宓先生之文化观点、文学思想，和有关办学办刊、悼念怀人等内容的文章。“著作编（下）”收录吴宓先生有关西学的介绍与评论文章。“译作编”收录吴宓先生的翻译类作品。读者可借此了解吴宓先生学术及思想的大致面貌。

二、吴宓先生作文，多随文作注。此类自注文字皆以括注方式排入正文，以尽量保存原貌。本书整理者对底本及其他相关问题的说明，则以尾注及脚注形式标出，以与作者自注相区别。

三、由于历史原因，本书中个别外文人名、地名、书名等的中文翻译与现今通用译名差异较大，编集时标注通用译名。在作者所发表的不同文章中，乃至同一篇文章中，此类译名存在不一致的情况，整理时原则上以底本为准，视情况进行统一。底本中明显的错字，直接改正不另出注。标点符号据现行规范做了适当调整。

四、涉及西学的部分文章标题，因包含书名与作者名，底本于中文译名后多并列外文原名，为避繁冗，编集时仅保留中文译名。

五、本书所收全为作者的中文作品，主要来自民国时期出版的《学衡》《大公报·文学副刊》《国闻周报》《武汉日报·文学副刊》

等报刊,亦有个别未刊稿。吴宓先生许多讲演稿及授课讲义,因种种原因未能收入本书,祈读者朋友见谅。

人民文学出版社编辑部

二〇二四年六月

《吴宓文集》总目录

整理前言 …………………………………………………… 吴学昭 1
目录 ………………………………………………………………………… 1

著作编(上) ………………………………………………………… 1
著作编(下) ………………………………………………………… 811
译作编 ……………………………………………………………… 1429

特录 ………………………………………………………………… 2023

整理前言

我父亲吴宓（字雨生，又字雨僧）自幼即对汉字之美有特殊的爱好，及长，酷爱读书，尤喜文学，少年时候，即屡试创作及翻译。清末在陕西家乡学习时，即撰有《陕西梦传奇》。赴京入清华学堂不久，就将美国名宿马登（Orison Swett Marden）所著之*Pushing to the Front*一书，译为《青年励志编》，发表在1921、1922年（民国十年、十一年）之《中华新报》。又将美国著名诗人朗费罗（Henry Wadsworth Longfellow）之长篇叙事诗《伊凡吉琳》（*Evangeline*），以己意增删补缀，改编为《沧桑艳传奇》，刊登于《益智》杂志。

1914、1915年（民国三年、四年），父亲撰有《二城新事》（纪实小说）、《如是我闻》、《榛梗杂话》、《余生随笔》等，并为《清华周刊》撰写了三篇社论和《清华周刊临时增刊引》等。1919、1920年（民国八年、九年）间，应《民心周报》之约，陆续撰写了《世界近史杂记》《欧战论略》等文。

以上诸文，除《余生随笔》中论诗各篇已收入《吴宓诗话》外，因均属少年习作，不够成熟，本《文集》未予收录。其英文著作，仅将对外介绍白璧德新人文主义以及中国文学现状的两篇文章（演讲提纲），由整理者译出刊布，余者一概未收。有些文章，因与已出版吴宓著作内容重复，本书亦不收。

吴宓在东南大学、东北大学、清华大学、西南联大、燕京大学、武汉大学及西南师范学院等校任教近半个世纪，主要讲授西洋文学、世界文学史、英国浪漫诗人、中西诗比较、文学与人生、世界古代史、世界中世纪史等，均各撰有讲义，最能反映他毕生的教学内容与思想。可惜经历次社会动乱，这些讲义悉被抄没、盗窃、毁弃，有些则因曾托人保管，而所托非人，最后无法索回。父亲所撰讲义，家中一概无存，其多年所作大量读书笔记，亦以上述原因，所剩无几。今其《文集》不能收入这些内容，实为憾事。读者朋友如有相关稿件线索，敬祈赐告，以便弥补此阙，使《文集》日趋完善。

本书所收文章，主要为吴宓1921年自美留学回国任教后所译所作，散见于民国时期其所主编的《学衡》杂志、《大公报·文学副刊》，以及当时的《大公报》《国闻周报》《中华新报》《宇宙风》等报刊。

《文集》编辑按常规分为著作及译作两大类。著作类中，又依据作者多年研习及教学的特点，分为偏重国学和偏重西学的上下两编。两编内部，按照主题整合，同主题文章，一般以发表时间先后为序，综论性文章排在专题文章之前。不同主题之间，在目录中以空行分隔。

本书"著作编（上）"，有两组专门阐发作者办学与办刊宗旨的文字。办学方面，吴宓在创办清华国学研究院，或为清华大学外国语文学系制订办学方针、学程方案时，始终强调："学问者——无穷之事业也。其在人类，则与人类相终始；在国民，则与一国相终始；在个人，则与一身相终始。"其办刊，又恰值新旧文化递嬗之际，新文化运动势头正盛，倡导者极力诋諆批判我国传统文化，只注重汲取和传播西方晚近一家一派之思想；不仅主张废除文言，通用白话，且有以罗马字母替代汉字之说。凡此，都使一向极其宝爱中西古今文明精华的吴宓异常痛心，尤其是汉字拉丁化的主张，使他产生了一种文化沦落的恐惧。于是联合学贯中西的同道之士，共同昌明国粹，融化新知，以示反抗。其于国学，切实精研，力求明其源流，著其旨要。于西学，介绍西洋思想，翻译西方古今之哲学、文学名著。又几番精心编撰《西洋文学精要书目》，引导热心西学的少年学子博览群书，深窥底奥，明白辨析，审慎取择，而不致道听途说，陷于一偏。以上思想，贯穿于其所有著译文字中。

本书所收诗文作品，几乎全为民国时期作。1949年后，作者自知未能“与时俱进”，为避免犯错，除为教学需要而撰写一些有关世界古代史、中世纪史的知识性材料，供学生参考外，再未主动发表过作品。仅有的三篇文章：《改造思想，站稳立场，勉为人民教师》，乃其1952年参加全国高校思想改造运动的思想总结；《毛主席讲话给我之启示》及《再谈毛主席讲话对我之启示》两篇，则为受西南师院领导之命，对1957年4月学习毛主席在最高国务会议上的讲话后所作之表态。这三篇文章均由西师代为发布，今按时间顺序录于集末。

长期以来，吴宓被新文学派视为顽固守旧的保守派、新文化运动的绊脚石，备加讥斥歪曲、排挤攻击，必欲除之而后快。其实吴宓一直在思考我国文化进步的问题，亦渴望“真正的新文化运动得以发生”。他信奉安诺德(Matthew Arnold)为文化所作定义：“文化者，古今思想言论之最精美者(Culture is the best of what has been thought and said in the world)。”故主张兼取中西文明之精华而镕铸之、贯通之，以造成中国之新文化。吴宓之所以不慊于新文化运动者，非以其新，实以其所主张之道理，所输入之材料，多有偏颇，既昧于大体，态度又激进武断，又以新为贵，凡旧者皆斥之。

如新文化运动倡文学革命，强制推行白话而废文言。吴宓公开表示反对，谓：“白话可用，而文言断不可废。”此言一出，立即被批为白话文的“绝对的反对者”，遭到了攻击，根本不容其说理。

其实吴宓并不绝对反对白话文。早在二十世纪二十年代初，他即“屡言今日吾国文学界最急要之事，即为创造一新文体，强以固有之文字，表西来之思想，以旧形式入新材料。融合之后，完美无疵。此本极难之事，执笔者人人有责。时人竟尚语体，而欲铲除文言，未免有误。且无论文言白话，皆必有其文心文律，皆必出以凝炼陶冶之工夫，而致于简洁明通之域。大凡文言首须求其明显，以避难涩饾饤。白话则首须求其雅洁，以免冗沓粗鄙。文言白话，各有其用。分野殊途，本可并存。然无论文言白话，皆须精心结撰，凝炼修饰如法，方有可观。昔约翰生博士（Dr. Johnson）赞阿狄生（Addison）之文章，谓为：familiar but not coarse, elegant but not ostentatious。其上半句可用作吾国今日白话之模范，下半句可用作吾国今日文言之模范”①。吴宓自陈其所以使用白话文翻译《钮康氏家传》，“亦惟竞竞焉求尽一分子之责，以图白话之创造之改良而已。”②

新文化运动激进派的“破旧立新”、自由派的“弃旧图新”，与基于文化渐进观而主张“推陈出新”的学人之间的论战，许多年来，频频见于众多有关中国文学史的著作，观点结论大体相近，至于是否公正确切，还有待历史进一步检验。所幸随着时代进步、思想解放，近十几年来，已有相当多的学者对此有所反思，有了更为客观的讨论。希望本《文集》所提供的材料，能促进相关研究的深入。

《文集》的编译整理错漏之处难免，敬请读者不吝赐教。

吴学昭

二〇二一年一月二十日

①② 《钮康氏家传》（前六回）附录：《译者陈述其译此书之初衷》。本《文集》之《译作编》，第2007—2008页。

目 录

著作编(上)

论新文化运动 …… 3
新文化运动之反应 …… 23
论今日文学创造之正法 …… 45
文学与人生 …… 70
中国文学现状 …… 81
民族生命与文学 …… 87
论战争能振起民族精神并产生充实光辉之文学 …… 99
文学与道德 …… 105
我的小说观(《新旧因缘》第一回) …… 107
论写实小说之流弊 …… 132

我之人生观 …… 138
立论之标准 …… 163
论事之标准 …… 170
人生问题大纲 …… 175
一多总表 …… 179

　　[附录一]一多 …… 183

　　[附录二]学人访问:吴宓教授谈文学与人生 …… 186

读章氏遗书 …… 188

欧洲战后思想变迁之大势与吾国人应有之觉悟 …… 190

为罢课救国者进一解 …… 196

中华民族在抗敌苦战中所应持之信仰及态度 …… 199

道德救国论 …… 203

世界历史世界文学训示吾国人应积极抗敌
　苦战牺牲到底论 …… 209

改造民族精神之管见 …… 217

宗教精神与艺术修养 …… 221

谈真诚不苟 …… 223

简括之自白 …… 224

介绍与自白 …… 227

孔子之价值及孔教之精义 …… 230

论孔教之价值 …… 237

新孔学运动(郭斌龢君演讲) …… 266

孔诞小言 …… 268

孔子圣诞感言 …… 271

清华开办研究院之旨趣及经过(开学日演说辞) …… 276

　　[附录一]清华学校研究院缘起 …… 278

　　[附录二]清华学校研究院章程 …… 279

　　[附录三]研究院各教授指导之学科范围 …… 283

研究院发展计划意见书 …… 285

[附录]梁任公教授来函 …… 290
由个人经验评清华教育之得失 …… 293
清华大学外国语文学系概况(1934年) …… 298
清华大学外国语文学系概况(1936年) …… 303
清华大学外国语文系学程一览(民国二十五至二十六年度)…… 309
沃姆中国教育谈 …… 321
欧美大学之起原及大学教育之本旨 …… 329
[附录]《大学起源与本旨——吴宓教授讲演》 …… 330

《学衡》杂志简章与启事 …… 333
《学衡》杂志对于译文的选择 …… 337
《学衡》杂志卷首插画及评介 …… 339
插画之一:拉斐尔《雅典学院》…… 339
插画之二:达·芬奇《蒙娜丽莎》 …… 341
插画之三:拉斐尔《圣礼的争辩》…… 343
插画之四:达·芬奇《最后的晚餐》 …… 345
插画之五:乔觉那《耶稣基督像》…… 347
插画之六:雅典圣女祠 …… 348
插画之七:希腊著名雕刻《僧人遇蛇像》…… 350
插画之八:杰拉德《荷马像》…… 352
插画之九:迈尼昂《海克多别妻出战图》…… 353
插画之十:米勒《拾谷图》 …… 354
插画之十一:安格《李维亚夫人像》…… 356
插画之十二:巴马维雀《三姊妹像》…… 357
插画之十三:丁脱雷脱《酒神与阿吕亚德尼成婚之图》…… 359
插画之十四:德拉夸《但丁地狱渡河图》…… 361

插画之十五:罗色蒂《但丁与裴雅德遇于人间之图》 …… 363
插画之十六:罗色蒂《但丁与裴雅德会于天上之图》 …… 364
插画之十七:滑田友塑《诗人陈伯严先生(三立)八十寿像》 …… 365
插画之十八:蒂施拜因《葛德在罗马城外苍茫吊古图》 …… 366
《学衡》杂志编者吴宓先生来函 …… 367
《大公报·文学副刊》之宗旨及体例 …… 369
《大公报·文学副刊》体例申言(答朱希祖君) …… 373
第五年之本副刊 …… 376
[附录]本期编者引言 …… 379
第五年之本副刊编辑赘言 …… 381
《武汉日报·文学副刊》序例 …… 384
《武汉日报·文学副刊》编者小言 …… 386

《红楼梦》新谈 …… 387
《石头记》评赞 …… 401
《红楼梦》之文学价值 …… 415
《石头记》之教训 …… 418
《红楼梦》之人物典型 …… 421
贾宝玉之性格 …… 425
论紫鹃 …… 429
王熙凤之性格 …… 433
《红楼梦本事辨证》 …… 438
《红楼梦》善本之新刊布 …… 440
王际真英译节本《红楼梦》述评 …… 441
《红楼梦》讲谈 …… 447

个性虽殊,典型不异 …… 449
《石头记》书中年岁考 …… 451

评杨振声《玉君》 …… 453
《浪漫的与古典的》 …… 467
评《留西外史》 …… 472
伦理小说《青年镜》序 …… 476
王静安遗著之刊行 …… 478
王静安纪念刊物 …… 480
王静安遗书初集出版 …… 481
王静安先生遗书续志 …… 483
《苏曼殊年谱及其他》 …… 485
评《湘绮楼日记》 …… 488
评《歧路灯》 …… 492
评陈铨《天问》 …… 500
留美学生自传 …… 505
[附录]留美学生自传弁言 …… 506
留法学生自传(盛成著《我的母亲》) …… 508
《清列朝后妃传稿》 …… 519
评陈铨《冲突》 …… 524
《小雨点》再版 …… 528
《人海微澜》序 …… 530
评卢葆华女士《血泪集》 …… 532
佛典与今之翻译 …… 534
《洙泗考信录评误》 …… 535
《中国新文学的源流》 …… 538

《廉俭救国说》…… 541
《崇德老人八十自订年谱》…… 546
《归心》…… 548
茅盾著长篇小说《子夜》…… 552
公民教育丛书《国族精神》(附《国族精神论例浅释》)…… 555

劝世人多读正经书 …… 560
续谈读书 …… 563
(民国)二十四年我爱读的书 …… 566
中学生课外优良读物介绍 …… 568

论诗之创作(答方玮德君)…… 570
诗韵问题之我见 …… 575
[附录]诗韵问题　大招 …… 578
《旧诗新话》…… 581
《南帆集》序 …… 582
[附录一]《审安斋诗集》序　康有为　遗稿 …… 589
[附录二]《审安斋诗集》序　覃寿堃 …… 590
《艮斋诗草》后序 …… 592
[附录]《艮斋诗草》引言 …… 594
《西安围城诗录》序 …… 596
评顾随《无病词》《味辛词》…… 600
环天诗人逝世 …… 616
吴芳吉论史诗计划书跋 …… 623
[附录原书] …… 623
吴芳吉述家中情形书跋 …… 626

［附录原书］…… 627
评王越《风沙集》 …… 630
评萧公权《反五苦诗》 …… 633
《吴宓诗集》编辑例言 …… 635
《吴宓诗集》刊印自序 …… 638
［附录］《两吴生集》序　柳诒徵 …… 642
《吴宓诗集》自识 …… 643
《宴池诗录甲集》 …… 644
凌宴池诗跋 …… 647
胡步川著诗集《雕虫集》序言 …… 651
李自苏先生绝笔诗 …… 652
《志学斋诗集》序 …… 655
笔答周显忠君问词与曲之分别 …… 657

王国维在颐和园投河自尽之详情（附遗嘱原文）…… 659
悼辜鸿铭先生 …… 661
王静安先生逝世周年纪念 …… 666
德国著名汉学家卫礼贤博士逝世 …… 668
挽徐志摩君 …… 674
徐志摩与雪莱 …… 676
白屋诗人吴芳吉逝世 …… 685
［附录］白屋吴生诗稿自叙　吴芳吉 …… 687
白屋诗人吴芳吉逝世续志 …… 695
白屋诗人吴芳吉逝世三志 …… 697
汪荣宝君逝世 …… 702
悼白璧德先生 …… 706

悼柯凤孙先生 …………………………………………………… 710
悼简竹居先生 …………………………………………………… 716
最近逝世之中国诗学宗师黄节先生学述 ………………………… 726
悼诗人王荫南烈士 ……………………………………………… 739
悼诗人常乃悳先生 ……………………………………………… 756

《清华学报》第四卷第二期 ……………………………………… 761
《学衡》杂志第五十九、六十期 ………………………………… 765
创造社三种刊物 ………………………………………………… 768
创造社刊物续志 ………………………………………………… 770
《一般杂志》 …………………………………………………… 771
述学社《国学月报》"王静安追悼专号" ………………………… 773
《燕京学报》第二期 …………………………………………… 775
《贡献旬刊》 …………………………………………………… 780
《新月》创刊号 ………………………………………………… 782
《新月》第二期 ………………………………………………… 788
《中国评论周报》 ……………………………………………… 790
《国学论丛》第一卷第三号 …………………………………… 792
《新月》月刊第二卷第五号 …………………………………… 795
《新月》第二卷第六、七期 …………………………………… 797
《优生月刊》 …………………………………………………… 802
《国风》半月刊创刊号 ………………………………………… 805

著作编(下)

文学研究法 ……………………………………………………… 813

西洋文学精要书目 …… 820
西洋文学入门必读书目 …… 849
研究文学必读书籍 …… 856
“文学与人生”应读书目 …… 858

诗学总论 …… 866
英文诗话 …… 884
[附录]阿伦波《鹏鸟吟》(The Raven，1849)
by Edgar Allan Poe 顾谦吉译 …… 889
英诗浅释 …… 893
英诗之韵律形式 …… 919
牛津尖塔诗 …… 929
安诺德《鲛人歌》 …… 931
[附录]鲛人歌(The Forsaken Merman) Matthew Arnold作
李惟果译 …… 932
论罗色蒂女士之诗 …… 936
[附录]愿君常忆我(Remember，1862) C.罗色蒂女士作
吴宓译 …… 938
[附录]逝矣逝矣(Passing Away) C.罗色蒂女士作 吴
宓译 …… 940
[附录]古决绝辞(Abnegation，1881) C.罗色蒂女士作
吴宓译 …… 943
[附录]上山(Up-hill，1862) C.罗色蒂女士作 张荫麟译 …… 945
穆莱教授新著《诗之古典传统》 …… 948

希腊文学史 …… 949

希腊罗马之文化与中国 …… 1007
支那客谈欧洲事 …… 1011
十三世纪之综合(清华教授在文友会之演讲)…… 1015
罗马历法简说 …… 1019
关于英国小说 …… 1026
美国文学批评 …… 1030
美国文学新解 …… 1032
文人三十自忏 …… 1035
蜗逊论心理学与文学 …… 1038
摩拉论传记文学 …… 1046

福禄特尔与法国文学 …… 1049
[附录]福禄特尔新传 …… 1060
福禄特尔之《坦白少年》 …… 1062
[附录一] …… 1065
[附录二] …… 1068
福禄特尔著《查德熙传》 …… 1073
哈代评传 …… 1075
易班乃士评传 …… 1085
易卜生诞生百年纪念 …… 1089
但因诞生百年纪念 …… 1093
哈代纪念迈里迭斯之文 …… 1100
罗色蒂诞生百年纪念 …… 1103
[附录]幸福女郎(The Blessed Damozel) 罗色蒂作 素痴译 …… 1107
以爱情喻理想 …… 1111

卢梭逝世百五十年纪念 …………………………………… 1113
托尔斯泰诞生百年纪念 …………………………………… 1124
马勒尔白逝世三百年纪念 ………………………………… 1142
戈斯密诞生二百年纪念 …………………………………… 1154
彭衍诞生三百年纪念 ……………………………………… 1166
　　[附录]彭衍纪念新书 ………………………………… 1172
《圣伯甫释正宗》 ………………………………………… 1174
圣伯甫之《月曜谈》 ……………………………………… 1180
圣伯甫略传 ………………………………………………… 1185
雷兴诞生二百年纪念(上) ………………………………… 1191
雷兴诞生二百年纪念(下) ………………………………… 1201
弗列得力·希雷格尔逝世百年纪念 ……………………… 1207
《欧那尼》排演百年纪念 ………………………………… 1233
劳伦斯逝世 ………………………………………………… 1236
斯特来奇逝世 ……………………………………………… 1244

《白璧德中西人文教育谈》 ……………………………… 1249
Outlines of an Address on "The Humanism of Irving Babbitt"
（关于"欧文·白璧德的人文主义"的演讲提纲） …………… 1251
《亚里士多德伦理学》卷一 ……………………………… 1259
薛尔曼《现代文学论序》 ………………………………… 1262
《柯克斯论古学之精神》 ………………………………… 1267
　　[附录]《柯克斯论美术家及公众》 ………………… 1269
《柯克斯论进步之幻梦》 ………………………………… 1271
介绍《文学评论之原理》 ………………………………… 1273
《日本中国现代之思想》 ………………………………… 1277

西人研究中国绘画之新著 …… 1281
《年节与圣诞节》 …… 1285
《斯宾格勒之文化论》 …… 1286
斯宾格勒《西土沉沦论》述评 …… 1291
中国字改用罗马字母之主张 …… 1296
韦拉里诗译成汉文 …… 1298
雪莱新传 …… 1300
雪莱献玛丽诗(其一) …… 1302
亚伦·波之影响 …… 1303
葛兰坚论《梅子与棱镜》 …… 1305
《近世文明》 …… 1307
《三国志》与《西游记》 …… 1310
曼殊斐尔之日记 …… 1312
曼殊斐尔之书札 …… 1314
《英雄之死》 …… 1316
穆尔论“绝对之鬼” …… 1319
一九二八年诺贝尔文学奖金为挪威小说家
翁德塞女士所得 …… 1322
李思纯译《仙河集》 …… 1325
[附录]《仙河集》目录 …… 1326
《王孙哈鲁纪游诗》(第三集) …… 1328
德效骞撰《古代中国伦理学上权力与自由的冲突》 …… 1330
[附录]德效骞《论中国语言之足用及中国无哲学系统之故》
译者识语 …… 1330
评美子女士《世界文艺批评史》 …… 1333
《多兹华》 …… 1337

《巴尔札克新传》…… 1340
《梭伦与克里苏》…… 1342
李普曼《道德引言》…… 1346
《潘彼得》…… 1349
最近美国文学中之中国儿童 …… 1353
伍鲁夫《假我一室》…… 1355
《布朗乃尔与美国之新野蛮主义》…… 1357
新任英国桂冠诗人梅丝斐尔 …… 1358
瑞恰慈演讲《论信仰》…… 1360
路易斯论《治术》…… 1362
路易斯论《西人与时间之观念》…… 1368
《碎瓦集》…… 1374
《少年维特之烦恼》…… 1375
阿米儿恋史英译 …… 1378
《佳壤》…… 1379
《佳壤》再志 …… 1381
《傲慢与偏见》译序 …… 1382
《老妇谭》译序 …… 1383
［附录］《老妇谭》自序 …… 1384
《中国欧洲文化交通史》…… 1389
杜威论哲学与文化 …… 1391
柏格森新著《道德宗教之两源》…… 1393
傅东华译《失乐园》…… 1397
《被幽囚的普罗米修士》…… 1399
《梵文学史》…… 1401
《印度文学》…… 1403

《意大利文学史》 …… 1405
顾理雅论《中国人之宇宙观》 …… 1408
《辜律己未刊书札》 …… 1412
《韩国文苑》 …… 1414
《歌德之认识》 …… 1418
《万国评论》 …… 1421
《两星期评论》创刊百年纪念 …… 1426

译作编

穆莱撰《希腊对于世界将来之价值》 …… 1431
赖斯德撰《罗马之家族及社会生活》 …… 1453
葛兰坚《论新》 …… 1485
马西尔撰《白璧德之人文主义》 …… 1504
白璧德论《民治与领袖》 …… 1528
白璧德论欧亚两洲文化 …… 1549
《世界文学史》 …… 1573

钢和泰男爵撰《一七三四年班禅喇嘛告谕译释》 …… 1660
亨勒撰《物质生命心神论》 …… 1667
葛兰坚撰《但丁〈神曲〉通论》 …… 1702
吉罗德夫人《论循规蹈矩之益与纵性任情之害》 …… 1733
雷赫完撰《孔子老子学说对于德国青年之影响》 …… 1759
雷赫完撰《中国欧洲文化交通史略》 …… 1770
韦拉里论理智之危机 …… 1804
韦拉里说诗中韵律之功用 …… 1818

穆尔论现今美国之新文学 …… 1825
穆尔论自然主义与人文主义之文学 …… 1846
白璧德论今后诗之趋势 …… 1852
古拉塞作事格言 …… 1857
班达论智识阶级之罪恶 …… 1868
佛斯特《小说杂论》 …… 1877
拉塞尔论柏格森之哲学 …… 1883
薛尔曼评传 …… 1889

钮康氏家传(前六回) …… 1906
第一回 乌萃鳞集寓言讽世 涤腥荡秽壮士叱奸 …… 1906
第二回 织素缘恩深完好梦 芦花孽情误走天涯 …… 1922
第三回 青鸟传书金钱骨肉 白头话旧风雨沧桑 …… 1940
第四回 陋室德馨英雄训子 谈言微中壮士衡文 …… 1956
第五回 慕荣华至亲成陌路 娱晚景老父抱痴心 …… 1969
第六回 薰莸冰炭两弟薄情 腹剑唇枪一侄构怨 …… 1993
[附录]译者陈述其译此书之初衷 …… 2007
《名利场》(第一回) …… 2009
译者对作者此书书名及书中人物姓名寓意识语 …… 2009

特　录

改造思想,站稳立场,勉为人民教师 …… 2025
毛主席讲话给我之启示 …… 2038
再谈毛主席讲话对我之启示 …… 2040

著作编（上）

论新文化运动

近年国内有所谓新文化运动者焉。其持论，则务为诡激，专图破坏。然粗浅谬误，与古今东西圣贤之所教导，通人哲士之所述作，历史之实迹，典章制度之精神，以及凡人之良知与常识，悉悖逆抵触而不相合。其取材，则惟选西洋晚近一家之思想、一派之文章，在西洋已视为糟粕、为毒鸩者，举以代表西洋文化之全体。其行文，则妄事更张，自立体裁，非马非牛，不中不西，使读者不能领悟。其初为此主张者，本系极少数人。惟以政客之手段，到处鼓吹宣布，又握教育之权柄，值今日中国诸凡变动之秋，群情激扰。少年学子热心西学，而苦不得研究之地、传授之人，遂误以此一派之宗师，为惟一之泰山北斗，不暇审辨，无从决择，尽成盲从，实大可哀矣。惟若吾国上下，果能认真研究西洋学问，则西学大成之日，此一派人之谬误偏浅，不攻而自破，不析而自明。但所虑者，今中国适当存亡绝续之交，忧患危疑之际，苟一国之人，皆醉心于大同之幻梦，不更为保国保种之计，沉溺于淫污之小说，弃德慧智术于不顾，又国粹丧失，则异世之后不能还复；文字破灭，则全国之人不能喻意。长此以往，国将不国，凡百改革建设皆不能收效。譬犹久病之人，专信庸医，日服砒霜，不知世中更有菽粟，更有参饵。父母兄弟苟爱此人，焉能坐视不救？呜呼！此其关系甚大，非仅一人之私好学理之空谈。故吾今欲指驳新文化运动之缺失谬误,以求改良补救之方。孟子曰:“予岂好辩哉?予不得已也。”

昔赵高指鹿为马,以语二世,秦廷之人莫敢有异辞。然马之非鹿,三尺童子犹信其然。林肯曰:“欺全世之人于一时,可也。欺一部分人于千古,可也。然欺全世之人于千古,则不可。”海客谈瀛洲,烟波微茫,莫知其际。然使有身履蓬莱者,则不当为所炫惑。今中国少年学生,读书未多,见闻缺乏,误以新文化运动者之所主张,为西洋文明全部之代表,亦事理之所常有。至留学美国者,其情顿殊。世界之潮流、各国之政术学艺、古今之书籍道理,岂尽如新文化运动者之所言?此固显而易见。今者于留美学生,有不附和新文化运动者,即斥为漠心国事。有不信从新文化之学说者,即指为不看报纸。夫岂可哉?古人云:盖棺论定,凡品评当世之人,不流于诋毁,即失之标榜。故中国文化史上,谁当列名,应俟后来史家定案,非可以局中人自为论断。孰能以其附和一家之说与否,而遂定一人之功罪?我留美同人,所习学科各有不同,回国后报效设施亦自各异,未可一概而论。总之,留美学生之得失短长,是一事;而新文化运动,另是一事。若以留美学生不趋附新文化运动,而遂斥为不知近世思潮、不爱国,其程度不如国内之学生,此当为我留美同人所不任受者矣。

孔子曰:“必也正名乎。”苏格拉底辩论之时,先确定词语之义。新文化运动,其名甚美,然其实则当另行研究。故今有不赞成该运动之所主张者,其人非必反对新学也,非必不欢迎欧美之文化也。若遽以反对该运动之所主张者,而即斥为顽固守旧,此实率尔不察之谈。譬如不用牛黄而用当归,此亦用药也,此亦治病也。盖药中不止牛黄,而医亦得选用他药也。今诚欲大兴新学,今诚欲输入欧美之真文化,则彼新文化运动之所主张,不可不审查,不可不辩正也。

何者为新?何者为旧?此至难判定者也。原夫天理、人情、物象,古今不变,东西皆同。盖其显于外者,形形色色,千百异状。瞬息之顷,毫厘之差,均未有同者。然其根本定律,则固若一。譬如天上云彩,朝暮异形,然水蒸发而成云,凝降而为雨,物理无殊。故百变之中,自有不变者存。变与不变,二者应兼识之,不可执一而昧其他。天理、人情、物象,既有不变者存,则世中事事物物,新者绝少。所谓新者,多系旧者改头换面,重出再见。常人以为新,识者不以为新也。俗语云:少见多怪。故凡论学应辨是非精粗,论人应辨善恶短长,论事应辨利害得失。以此类推,而不应拘泥于新旧。旧者不必是,新者未必非,然反是则尤不可。且夫新旧乃对待之称,昨以为新,今日则旧。旧有之物,增之损之,修之琢之,改之补之,乃成新器。举凡典章文物、理论学术,均就已有者层层改变递嬗而为新,未有无因而至者。故若不知旧物,则决不能言新。凡论学论事,当究其终始,明其沿革,就已知以求未知,就过去以测未来。人能记忆既往而利用之,禽兽则不能。故人有历史,而禽兽无历史。禽兽不知有新,亦不知有旧也。更以学问言之,物质科学以积累而成,故其发达也。循直线以进,愈久愈详,愈晚出愈精妙。然人事之学,如历史、政治、文章、美术等,则或系于社会之实境,或由于个人之天才。其发达也,无一定之轨辙。故后来者不必居上,晚出者不必胜前。因之,若论人事之学,尤当分别研究,不能以新夺理也。总之,学问之道,应博极群书,并览古今。夫然后始能通底彻悟,比较异同。如只见一端,何从辩证?势必以己意为之,不能言其所以然,而仅以新称,遂不免党同伐异之见。则其所谓新者,何足重哉?而况又未必新耶!语云:“城中好高髻,四方高一尺。”当群俗喜新之时,虽非新者,亦趋时阿好,以新炫人而求售。故新亦有真伪之辨焉!今新文化运动,其于西洋之文明之学问,殊未深究。但取一时一家之说,以相号召,故既不免舛误迷离,而尤不足当新之名也。

今即以文学言之。文学之根本道理以及法术规律,中西均同。细究详考,当知其然。文章成于摹仿(imitation),古今之大作者,其幼时率皆力效前人,节节规抚。初仅形似,继则神似,其后逐渐变化,始能自出心裁,未有不由摹仿而出者也。韩昌黎文起八代之衰,然姚姬传评其吊田横墓文云:此公少时作,故犹用湘累成句。莎士比亚早年之戏曲,无异于其时之人,晚作始出神入化。Wordsworth一变诗体,力去雕琢字句之风(Neo-Classic Diction),自求新词新题,然其三十岁以前之诗,则犹Pope及Dryden等之词句也。文学之变迁,多由作者不摹此人而转摹彼人,舍本国之作者,而取异国为模范,或舍近代而返求之于古,于是异采新出。然其不脱摹仿一也。如英国文学,发达较迟。自Chaucer至Elizabethan Age,作者均取法于意大利。而在Restoration Period,则专效法兰西。近者比较文学兴,取各国之文章,而究其每篇每章每字之来源,今古及并世作者互受之影响,考据日以精详。故吾国论诗者常云:此人学杜,彼人学陶,殊不足异。今世英文之诗,苟细究之,则知其某句出于Virgil,某篇脱胎于Spenser。斯乃文章之通例,如欲尽去此,则不能论文。又如中国之新体白话诗,实暗效美国之Free Verse,而美国此种诗体,则系学法国三四十年前之Symbolists。今美国虽有作此种新体诗者,然实系少数少年,无学无名,自鸣得意。所有学者通人,固不认此为诗也。学校之中,所读者仍不外Homer、Virgil、Milton、Tennyson等等。报章中所登载之诗,皆有韵律,一切悉遵定规。岂若吾国之盛行白话诗,而欲举前人之诗，悉焚毁废弃而不读哉？其他可类推矣。

又如浪漫派文学。其流弊甚大，已经前人驳诘无遗。而十九世纪下半叶之写实派及Naturalism，脱胎于浪漫派，而每况愈下，在今日已成陈迹。盖西方之哲士通人，业已早下评判。今法国如E. Seillièrre、P. Lasserre，美国如Irving Babbitt、Paul E. More、Stuart P. Sherman、W. C. Brownell、Frank Jewett Mather、Jr.诸先生，其学识文章，为士林所崇仰，文人所遵依者，均论究浪漫派以下之弊病，至详确而允当。昔齐人以墦祭之余，归骄妾妇，妾妇耻之。又如刘邕嗜疮痂，贺兰进明嗜狗粪，其味可谓特别，然初未强人以必从。夫西洋之文化，譬犹宝山，珠玉璀璨，恣我取拾，贵在审查之能精，与选择之得当而已。今新文化运动之流，乃专取外国吐弃之余屑，以饷我国之人。闻美国业电影者，近将其有伤风化之影片，经此邦吏员查禁不许出演者，均送至吾国演示。又商人以劣货不能行市者，远售之异国，且获重利，谓之Dumping。呜呼！今新文化运动，其所贩入之文章、哲理、美术，殆皆类此，又何新之足云哉？

文化二字，其义渺茫，难为确定。今姑不论此二字应为狭义广义，但就吾国今日通用之意言之，则所谓新文化者，似即西洋之文化之别名，简称之曰欧化。自光绪末年以还，国人动忧国粹与欧化之冲突，以为欧化盛则国粹亡。言新学者，则又谓须先灭绝国粹而后始可输入欧化。其实二说均非是。盖吾国言新学者，于西洋文明之精要，鲜有贯通而彻悟者。苟虚心多读书籍，深入幽探，则知西洋真正之文化，与吾国之国粹，实多互相发明、互相裨益之处，甚可兼蓄并收，相得益彰。诚能保存国粹，而又昌明欧化，融会贯通，则学艺文章，必多奇光异采。然此极不易致，其关系全在选择之得当与否。西洋文化中，究以何者为上材，此当以西洋古今博学名高者之定论为准。不当依据一二市侩流氓之说、偏浅卑俗之论,尽反成例,自我作古也。然按之实事,则凡夙昔尊崇孔孟之道者,必肆力于柏拉图、亚里士多德之哲理。已信服杜威之实验主义(Pragmatism-Instrumentalism)者,则必谓墨独优于诸子。其他有韵无韵之诗,益世害世之文,其取舍之相关亦类此。凡读西洋之名贤杰作者,则日见国粹之可爱,而于西洋文化专取糟粕,采卑下一派之俗论者,则必反而痛攻中国之礼教、典章、文物矣。

此篇篇幅有限,只言大体,至于陈义述词,引证详释,容俟异日。〔一九二〇年正月号之《中国留美学生月报》(*The Chinese Students' Monthly*)所载拙作"Old and New in China"一文,实与此篇互有详略而义旨则同。〕惟所欲亟解国人之惑者,即彼新文化运动之所主张,实专取一家之邪说,于西洋之文化,未示其涯略,未取其精髓,万不足代表西洋文化全体之真相。故私心所祷祝者,今国内之学子,首宜虚心,苟能不卷入一时之潮流,不妄采门户之见,多读西文佳书,旁征博览,精研深造,如于西洋之哲理、文章等,洞明熟习,以其上者为标准,则得知西方学问之真际。而今新文化运动一派人所倡导厉行者,其偏浅谬误,自能见之明审矣。

按以上所录之文,原登民国十年春季之《留美学生季报》。其年夏,宓由美归国,海舟中,复作《再论新文化运动答邱昌渭君》一篇,投登该报。而该报以商务印书馆印刷迟滞,今逾半载,犹未能出版。故撮其篇中之要义,附录于此。凡解释答辩之词,均删弃之。惟存自述主见之处,以引申前文余义而阐明之云尔。

吾素不喜作互相辩驳之文,盖以作此类文字者,常不免流于以下之数弊。(一)不谈正理,但事嬉笑怒骂。将原文之作者加以戏侮轻鄙之词,以自逞快于一时,而不知评其文,非论其人也。况论人焉可以村妪、小儿之姿态出之。即使所指者确实,则如晋文骈胁,项羽重瞳,何伤乎其为人哉!(二)误解原文之意,不看其全篇、全章之主旨,而但摘出其一字、一句,蹈瑕寻疵,深文入罪。夫文章本皆一气呵成,前后联贯。今特摘出一语,而略其上下文,则有时所得之意义与原文适成相反。且辩论本以求理之胜而根本宗旨之明确也。今即使原文作者,其用字、用典实有误,以此为彼人学问未深,一物不知之证,可也。以此为彼人成文率易,修改未详之咎,亦可也。然彼人所主张之道理,其全文之大旨,固未以此而攻破也。(三)凡作辩驳之文者,无论其人如何心平气和,高瞻远瞩,犹常不免有对症发药之意,目注鸿鹄,思援弓缴而射之。只求攻破原文之作者,而一己出言是否尽真确,立论是否尽持平,措词是否尽通妥,则不暇计矣。此等文出,纵或得达其一时之目的,摧坚破敌。然境过时迁,则成为无用之废物,更无重读之价值。即在当时,以专务胜敌之故,而己所持论,偏激过正,牵强失真,亦大有害于世道人心也。(四)凡作文为使读者受益,否则此文可不作。今互相辩驳之文,窃见人之读之者,如观卖艺者之角力然,以为消遣,以资笑乐;但看一时之热闹,毫无永久之爱憎取舍于其间,吾实痛之。故吾深望世之有志而能文者,皆自抒己见,各述主张,使读者并取而观之,而后自定其从违,自判其高下。孰是孰非,孰贤孰愚,孰有学,孰无理,均可待读者自决之。吾但尽吾知识学问之所至,审虑精详,发为文章。文出以后,成败如何,利害如何,读者之评判如何,吾今皆不当计及。如是,则可免以至可宝贵之精力时间,枉费于笔墨辩论之中,无益于人,有损于己。两方作者,有此时间精力,则可读书成学,另作佳文以饷世也。(五)辩论固为求真理,而辩论之后,真理未必能明,徒事诋諆,多滋纠纷。且夫论学之文,以理为尚。有经千古儒者之聚讼,而尚未能定案者。论事之文,以识为尚。此必待后来实事之成败利钝,而始可得确评焉。一二人偶尔笔墨之争,何足重轻?且凡根本道理不相合之人,不能互相辩论。必两方有所可取以为准则,共信不疑者,然后可。一文之出,智者见之谓之智,仁者见之谓之仁。凡赞成此文者,多系先已有合于此作者之宗旨者也。凡反对此文者,多系先已有违于此作者之宗旨者也。以其文词理之胜,而能转易读者之信仰者,实事上吾见之甚少焉。吾文即极佳,非之者必有人。吾文即极劣,誉之者亦必有人。决未有一文之出,而全世之人,咸异口同声,非之誉之也。作者固不能望全世之人,皆信己之所信,亦不能求读此文者,其中无误会吾意之人。不能就人人而喻晓之,而辩争之。今有一二人出而驳吾之说,或仅就吾之一二主张,而加以修改,此实偶然之事耳。或尚有痛驳吾之文千百篇,而吾未得见之,则虽欲一一答辩之而不能也。准是,而世中攻辩之文、解释之文,汗牛充栋,拥塞堆积,读者将不胜读之矣。故吾见有人驳我者,惟当虚心受而细读之。苟吾误而彼人能纠正之,或更进一解者,吾当谨记之,深感其人。后此,吾另有述作,必改此非而求有进焉。苟吾自覆审以为无误,而彼人未明吾意,或徒事辱骂者,则吾当淡然忘之,亦不怒其人焉。窃谓世之作文者皆存此心,则可以时间精力用之正途,而读者可多得佳文、佳书,而免费目力、时间于无益之篇章矣。

以此五因,吾夙抱宗旨,不作辩驳之文。有攻我者,吾亦不为答复解释之举。吾自视极轻微,攻诋误会,实无损于我。盖我初无名誉之可言。个人之得失利害,尤不足较。作文惟当准吾之良心,毋激亦毋讳,决不曲说诡辩,所谓修辞当立其诚是也。(下略)

(一)此段从略。

(二)吾所谓“其行文”者,乃指一国文字之体制(system of language)而言,非谓一篇文章之格调(style)也。评者以吾之“行文”为style,误矣。文章之格调,每作者不同,即在中国古时亦然。韩之古文异乎苏之古文,李之诗异乎杜之诗。即作八股文者,其style亦有别也。即一人之文,其每篇之格调,亦有不同者焉。如杜诗之《北征》异乎《丽人行》是也。至若文字之体制,乃由多年之习惯,全国人之行用,逐渐积累发达而成。文字之变迁,率由自然,其事极缓,而众不察。从未有忽由二三人定出新制,强全国之人以必从。一旦变革,自我作古,即使其制完善,国大人多,一部分人尚未领悟,而他处之人又创出新文字、新语音。故行用既久者,一废之后,则错淆涣散,分崩离析,永无统一之一日。故吾文云:“文字破灭,则全国之人,不能喻意。”诚以吾国之文字,以文(Written language)之写于纸上者为主,以语(Spoken language)之出于口中者为辅。字形有定,而全国如一。语音常变,而各方不同。今舍字形,而以语音为基础,是首足倒置。譬如筑室,先堆散沙,而后竖巨石于其上也。吾于吾国文字之意见,他日当更申言之。总之,文章之格调可变,且易变;然文字之体制不可变,亦不能强变也。自汉唐迄今,文字之体制不变,而各朝各大家之诗文,其格调各不同。Pope、Byron、Tennyson同用一种英文,而其诗乃大别异。故不变文字之体制,而文章之格调,本可自由变化,操纵如意,自出心裁。此在作者之自为之耳。今欲得新格调之文章,固不必先破坏文字之体制也。各国文字,互有短长。中西文字,孰优孰劣,今亦不必强定,惟视用此文字者之聪明才力如何耳。天生诗人,如生于法国,则用法文而成佳诗焉;如生于英国,则用英文而成佳诗焉。文字不能限之也。凡文字得大作者用之,其功用、其价值,乃益增。如英文初仅宜于诗,而不宜于散文。论者常以 Jeremy Taylor 为散文之祖。至 Addison 及 Steele 之时,散文以多用之而发达,终至十八世纪之下半,而散文乃大成焉。夫中国今日输入西洋之事物理想,为吾国旧日文章之所无,故凡作文者自无不有艰难磨阻之感。然此由材料之新异,非由文字之不完。今须由作者,共为苦心揣摩,徐加试验,强以旧文字表新理想,必期其明白晓畅,义蕴毕宣而后已。如是由苦中磨出之后,则新格调自成,而文字之体制仍未变也。昔欧洲自耶教盛行之后,以其为外来之物。以拉丁古文表达之,未尽其意,粗俗可厌,逐渐改良。至 Thomas Aquinas 而希腊、罗马之文化,与耶教之教理,始得融合无间,集其大成。而欧西文字,亦足表达耶教之教理而无遗憾矣。此乃缓功,不能急致。然决非破灭文字所可致。盖如是则无异南辕而北辙,先自杀其兵卒,而后求获胜仗也。(下略)

(三)文如其人(Le style c'est l'homme),此法人 Buffon 之言也。盖谓赋性仁厚之人,其所为文,必有一种慈祥恺悌之气,流露于字里行间。生来阴鸷残酷之人,即强学之,亦必不能到。他皆类此。故欲文之工美,必先修学植品,而不当专学他人之文章皮毛也。又如李太白作诗,欲强学杜工部之忧时爱国,杜欲强学李之纵酒豪放,亦必不成。今评者谓"各人赋性不同,产生体裁自异",似即此意,斯固是也。虽然,每篇文章,词句不同,意旨不同,即当另视为一文。不当仅因其格调之同,而遂一体斥之为印板文章也。

(四)今中国之人能读西书者甚少,故以笔墨辩论,虽作者述经据典,繁征博引,而读者实莫从审判。满纸人名、地名、书名等,堆积充盈,读者见之,如堕五里雾中,徒震惊于作者学问之博,以为彼其胸中蕴蓄乃如此之多。至于其证据之确当与否,引用之合宜与否,狼藉杂凑,牵扯附会,离题太远,与理无涉:凡此则皆读者之所不能洞见也。夫未读原书,焉可评论?今争论西洋文学,而求国人判决之,其事诚难矣。吾见近年国中报章论述西洋文学之文,多皆不免以人名、地名、书名等拉杂堆积之病。苟细究其一篇,毫不成章,毫无宗旨。但其西文名词满纸,五光十色,能令读者咋舌拜服而已。呜呼!此通人所不屑为也!举例不必其多也,惟其事之合;措词不必其长也,惟其理之精。否则何贵焉?此等妄为引用,以堆满篇幅之名词,苟一一指出而辩正之,则不胜其繁矣。(下略)

(五)此段从略。

(六)此段从略。

(七)昔之弊在墨守旧法。凡旧者皆尊之,凡新者皆斥之。所爱者则假以旧之美名,所恶者则诬以新之罪状。此本大误,固吾极所不取者也。今之弊在假托新名,凡旧者皆斥之,凡新者皆尊之。所恶者则诬以旧之罪状,所爱者则假以新之美名。此同一误,亦吾所不取者也。惟按吾国人今日之心理,则第一层流弊已渐消灭,第二层流弊方日炽盛。故今为救时之偏,则不得不申明第二层一味趋新之流弊,以国人多但知其一,不知其二也。吾于新旧,非有所爱憎于其间。吾惟祝国人绝去新旧之浮见,而细察个中之实情,取长去短,亲善远恶,以评判之眼光,行选择之正事,而不为一偏之盲从。吾前作“Old and New in China”一文,结句引Pope之诗,以明吾之宗旨,曰:“Regard not, then, if wit be old or new, But blame the false and value still the true.”吾原文已再三申明,吾之所以不慊于新文化运动者,非以其新也,实以其所主张之道理、所输入之材料,多属一偏,而有害于中国之人。如言政治、经济,则必马克思;言文学,则必莫泊三、易卜生;言美术,则必

Rodin之类是也。其流弊之所在,他日当另详言之。总之,吾之不慊于新文化运动者,以其实,非以其名也。吾前文已言:"今诚欲大兴新学,今诚欲输入欧美之真文化,则彼新文化运动之所主张,不可不审查,不可不辩正也。"故或斥吾为但知旧而不知有新者,实诬矣。(下略)

今新文化运动,自译其名为New Culture Movement,是固以文化为Culture也。Matthew Arnold所作定义曰:文化者,古今思想、言论之最精美者也。(Culture is the best of what has been thought and said in the world.)按此,则今欲造成中国之新文化,自当兼取中西文明之精华,而镕铸之,贯通之。吾国古今之学术、德教、文艺、典章,皆当研究之,保存之,昌明之,发挥而光大之。而西洋古今之学术、德教、文艺、典章,亦当研究之,吸取之,译述之,了解而受用之。若谓材料广博,时、力、人才有限,则当分别本末轻重、小大精粗,择其尤者而先为之。中国之文化,以孔教为中枢,以佛教为辅翼。西洋之文化,以希腊、罗马之文章、哲理,与耶教融合孕育而成。今欲造成新文化,则当先通知旧有之文化。盖以文化乃源远流长,逐渐酝酿,孳乳煦育而成。非无因而遽至者,亦非摇旗呐喊、揠苗助长而可致者也。今既须通知旧有之文化矣,则当于以上所言之四者,孔教,佛教,希腊、罗马之文章、哲学,及耶教之真义,首当着重研究,方为正道。若不读李杜之诗,何以言中国之文学?不知Scholasticism,何能解欧洲之中世?他皆类此。乃事之大不幸者,今新文化运动,于中西文化所必当推为精华者,皆排斥而轻鄙之。但采一派一家之说,一时一类之文,以风靡一世,教导全国。不能自解,但以新称。此外则皆加以陈旧二字,一笔抹杀。吾不敢谓主持此运动者,立意为是。然观年来国内学子思想、言论之趋势,则其实事之影响,确是如此。此于造成新文化，融合东西文明之本旨，实南辕而北辙，吾故不敢默然。恶莠恐其乱苗也，恶紫恐其夺朱也。吾惟渴望真正新文化之得以发生，故于今之新文化运动有所訾评耳。（下略）

（八）共和肇建，十载于兹。非丧心病狂之人，孰有言复辟者？普及教育之重要，国人夙已知之，不自新文化运动始也。所当研究者，普及教育中之材料、方针而已。五四运动与女子解放，此亦时会所趋。至于李纯之自杀捐资，陈嘉庚之毁家兴学，皆个人之义举。今论者必欲以此种种均归美于新文化运动，亦可谓贪天之功为己力矣。而遇不称许马克思、易卜生者，则指为赞成复辟，及反对普及教育，此则尤牵强武断之甚者也。吾所欲审究者，新文化运动所主张之道理是否正确，所输入之材料是否精美。至若牵扯时事，利用国人一时之意气感情，以自占地步而厚植势力，是则商家广告之术、政党行事之方，而非论究学理、培植文化之本旨。窃观自昔凡欲成功于一时者，类皆广树旗帜，巧立名目。彼群众见此种种有形之物、实在之事，遂蚁从而蜂动焉。至若学理之精微，众亦不解。空漠之谈，鲜能聚众者也。今新文化运动之成功，或即由此。惟吾则亲见附从新文化运动者，其中不免有目空一切、跬步自封之人，以为新文化运动高矣美矣，无以有加矣。如有怀疑而评骘之者，则谓其人必皆丧心病狂，有意破坏者也。于是责在卫护新文化运动者，遂亦专务为胜敌之举，不许天下人得一置喙，将欲绝除异己，而统一文化之疆域焉。此等盲从之人，其心固热诚可嘉，而其智则愚陋可怜。使其读书稍多，当必有进，吾所信也。

（九）吾原文谓英国文学当Elizabethan Age多取法于意大利，而Restoration Period则效法法兰西。此特言文章格调形式之摹仿而已。彼英人当时固未主张废英文也。如有之，则以英人之爱本国,明事理,必痛斥之矣。且即以Elizabethan Age而论,当时英人摹仿意大利之文章风俗,已有流弊,非无指斥之人,如Roger Ascham所著*Schoolmaster*一书,即痛言当时英国学生赴意留学归来者之缺点者也。

(十)此段从略。

(十一)欲谈文学,必须著译专书。今报纸零篇,连类而及,区区数行之内,而欲畅言一国、一时代之文学,岂易事哉?势必流于吾前所言之堆积书名、人名、地名之弊矣。言者既系率易成章,妄相牵合;评者亦莫穷究竟。欲确解而详析之,必须累十万言。即如Classicism、Romanticism、Realism、Naturalism之意义,及其短长得失,决非匆促所可尽也。惟今有欲为国人告者,即此等字面,实各含二义。其一,常用之义。系指文章之一种精神、一种格调,及立身行事之一种道理、一种标准。譬之食味中之酸甜苦辣,何时何地均有之。中西古今之诗文中,皆可得其例。故并无一定之后先次序,孰为新,孰为旧也。其二,专用之义。则指某时、某国之文人,自为一派,特标旗帜,盛行于时者。如十八世纪之Neo-Classicism,十九世纪上半叶之Romantism,十九世纪下半叶之Realism及Naturalism是也。其后先次序如此,原因甚多,要当别论。然皆可谓为事实之偶然,非必甲生乙,乙生丙,丙生丁,以一定之次序而递嬗循环者也。且所谓某派盛行之时,他派并非绝迹。治文学者,不当徒震惊耳目,专谈影响也。譬如江西诗派盛行之时,直学杜者,非无其人也。今国人谈文学者,多误以上言之诸派,必循一定之次序而发达,愈晚出者愈上。故谓今者吾国求新,必专学西洋晚近之Realism及Naturalism然后可,而不辨其精粗美恶,此实大误。诗文应以佳者是尚,故各派中之名篇,皆当读之。岂可专读一派之文,专收一时之作耶?况晚近欧西之Realism

与Naturalism,其流弊又若彼之大耶!

(十二)此段从略。

(十三)(上略)今吾国人之求西学,如以轻舟浮大海,渺茫无际,皆所谓一知半解,初入门耳。彼善于此,或有之;其真能大成者,吾见之甚鲜矣。吾人各当日求进益,视其最上者为标准。薛文清曰:学问当看胜于己者,则愧耻自增。吾侪岂可有自满之心哉!特谦之一事,实在虚衷自慊,不在口头客气。友朋各宜互相切磋,同为求学者,乌可存互相凌越之见,敢自谓百事皆通,永无错误也哉?今之评者,惟事讥侮,实昧于此旨矣。论者又以为不学某科,即不应谈某事。吾殊不谓然。盖我辈在校所习分科之名,本系随缘而假定者。吾曾见学工程之人,其所读之文哲学书,比之普通之文哲学生,尚多出也。论者评人之文,又以其人有无学位,或在外国大学毕业与否为轻重,吾亦窃以为不可。夫求实学者,不当以学位萦心。尝见师友中有生平未得学位,而学识渊深,受人尊仰者焉。吾国留学欧美之学生,有专骛学位,而国中之人亦或盲敬之,吾则视之为欺世盗名,以为此种心理,与昔之科第功名何异哉?故常谓吾辈取人,但当究其实在之蕴蓄,而不必问其有无学位可也。且美国每年自大学卒业之人,盈千累万。而美国之大学,尤远下欧洲之大学。欧洲之得高深学位者,且车载斗量矣。彼在美国所得之学士硕士,何足贵哉?得此区区而以为荣,亦深可羞矣。(下略)

(十四)此段从略。

(十五)邪之为言,曲也。邪说者,曲说也。凡偏激矫诬,不合论理之说,皆谓之邪说。故邪说(Sophistry)与异端(other sects)不同。常语以二者并举,邪说异端云云,此犹通才卓识之句法,本截然二事,否则何用重叠费词哉!惟其然也,故孔子曰:攻乎异端,斯害也已。而孟子曰:我亦欲正人心,息邪说。孔孟之说,固未尝相矛盾也。例如耶教,自宗教改革以来,分为新教、旧教。其后支派愈出愈多,互相攻诋,至于血战,而耶教大衰。近今世界交通,耶教、佛教、孔教相遇,即天性笃厚、近于宗教之人,目睹各教之并立,彷徨疑虑,莫知所从违,于是信仰之心亦归消灭,各教互争而同受损失。今日宗教之衰微,亦由攻乎异端所致也。然如苏格拉底、柏拉图,则终身与希腊之Sophists辩争,攻而辟之,按Sophists本智者之义,自苏、柏二氏辟之而后,英文中今遂有Sophistry、sophisticated等名,转为曲邪奸猾之义矣。故若其说确为邪说,则以邪说(Sophistry)目之,不为过也。

(十六)吾前文于天理、人情、物象,根本内律不变,枝叶外形常变,二者之区别,郑重申明,反复致意者,盖有重大之故焉。今以宗教道德为例以说明之。夫宗教实基于生人之天性,所以扶善屏恶,博施广济,使信之者得以笃信天命,心境和乐,精神安宁,此固极善之事也。道德之本为忠恕,所以教人以理制欲,正其言,端其行,俾百事各有轨辙,社会得以维持,此亦极美之事也。以上乃宗教道德之根本之内律也,一定而不变,各教各国皆同也,当尊之爱之,而不当攻之非之者也。然风俗、制度、仪节,则宗教道德之枝叶、之外形也。故各教不同,各国不同,各时不同,尽可随时制宜,酌量改革,此固无伤乎宗教道德之本体也。然决不可以风俗、制度、仪节有当改良者,而遂于宗教道德之本体,攻击之,屏弃之。盖如是,则世界灭而人道熄矣。窃观吾国近年少年学子之言论,多犯此病。新文化运动不惟不图救正之,且推波助澜,引导奖励之焉。例如孔子之时,一夫多妻之制尚行,然孔子并未创立此制,而以一夫一妻、匹耦敌体为教。今以恶纳妾而排击孔子,岂可乎?耶教《旧约》圣书所载之历史,亦固君主也,多妻也,则将以此攻耶教可乎？总之，孔教、耶教，其所以教人，所以救世之主旨，决不在此。多妻也，君主也，皆当时风俗、制度、仪节之末，特偶然之事耳。又如仁义忠信、慈惠贞廉，皆道德也，皆美事也，皆文明社会不可须臾离者也。寡妇守节，往事有不近人情者矣。此等弊俗，果其出之勉强，则革之可也，然遂必铲去贞洁(Chastity)之一念，谓禽兽既无贞洁，而人类何必有之？凡贞洁，皆男子暴力摧压女权云云，此亦不思之甚矣。此外之例，多不胜举。总之，彼以一事而攻击宗教道德之全体，以一时形式之末，而铲绝万古精神之源，实属诬罔不察之极。古圣教人，莫不曰守经而达权。即如孔子答他人之问孝者，每次所言不同，然通观遍览，其义可见。后人墨守之罪，拘囿之行，非可以为古圣之咎也。而况世界之大宗教，如佛、如耶，皆实破除当时之迷信，而注重理智者耶！宗教与迷信，犹医药之于疾病。今人动斥宗教为迷信，遂欲举宗教而歼除之。呜呼，误矣！迷信属于仪式者，即不能革，听其暂存，其为害于世者尚浅。今以不慊于仪式之故，而去宗教，绝道德，岂特犯投鼠忌器之嫌，抑且真有率禽兽食人之事矣！

凡人之立身行事，及其存心，约可分为三级：(一)上者为天界(Religious level)。立乎此者，以宗教为本，笃信天命。甘守无违，中怀和乐。以上帝为世界之主宰，人类之楷模，凡人皆当实行师法上帝，以求与之日近。为求近上帝之故，虽破除家国，谢绝人事，脱离尘世，亦所不惜者也。如耶教、佛教是也。(二)中者为人界(Humanistic level)。立乎此者，以道德为本，准酌人情，尤重中庸与忠恕二义，以为凡人之天性皆有相同之处，以此自别于禽兽。道德仁义、礼乐政刑，皆本此而立者也。人之内心，理欲相争，以理制欲，则人可日趋于高明，而社会得受其福。吾国孔孟之教，西洋苏格拉底、柏拉图、亚里士多德以下之说，皆属此类。近人或称之为人本主义,又曰人文主义(Humanism)云。(三)下者为物界(Naturalistic level)。立乎此者,不信有天理人情之说,只见物象,以为世界乃一机械而已。孟子曰:人之所以异于禽兽者几希。此派之人,则不信有此几希之物。以为人与禽兽实无别,物竞天择,优胜劣败,有欲而动,率性而行,无所谓仁义道德等等,凡此皆伪托以欺人者也。若此可名为物本主义(Naturalism)。吾国之庄子,即近此派。西洋自近世科学发达以后,此派盛行,故忧世之士,皆思所以救之。吾国受此潮流,亦将染其流毒,然当速筹调和补救之术也。上所言三级,就大纲区别之而已。常见之人,多介立二界之间。或其一身兼备二派三派之性行,未可武断划分。读者毋以辞害意可也。

今设例以明之,即如婚姻之事:(一)如其人自立于天界也,则自礼拜堂牧师成礼,或祭天祀祖之后,即自认为夫妇。一与之齐,终身不改。非得教门中如律为之,不能离异。即吾夫吾妻,五疾六丑,凶顽痴愚,夫妇之恩爱,仍不稍减。吾惟自安天命,有乐无苦。(二)然如其人自立于人界也,则必有父母之命、媒妁之言,或他种礼节。总之,遵依社会之习俗,当时之通例,不求怪异,一切持平,而合乎人情。至于家庭及离婚之事,则按酌中道,相机为之,以毋伤于忠恕信义之道为限。(三)而如其人自立于物界也,则以为男女之合,由于色欲而已。凡人尽可效法禽兽,行野合乱伦之事,不必有室家夫妇,更不必有聘合婚嫁。彼世中闺房反目者,皆由体欲不满意故也云云。其他均可按此例推之也。

宗教道德,皆教人向上者也。宗教之功用,欲超度第二、第三两级之人,均至第一级。道德之功用,则援引第三级之人至第二级而已。故人群之进步(Progress),匪特前进,抑且上升。若于宗教道德,悉加蔑弃排斥,惟假自然之说,以第三级为立足点,是引人堕落，而下伍禽兽草木也。吾此节所论述者，本与新文化运动无关。惟窃以为凡立说教世者，于此中消息影响，不可不深加注意。统观新文化运动之所主张，及其输入材料，似不无蔑弃宗教道德，而以第三级之物界为立足点之病。今欲造成真正之新文化，而为中国及世界之前途计，则宜补偏救正不可忽也。

历来世变最烈，新旧交替之时，宗教道德必衰微失势，而物本主义大行。吾国之孔孟，西洋之苏格拉底、柏拉图，其所处之时势，皆是也。西洋自十六世纪以来，耶教大衰。自十八世纪以还而益甚。故今日者，宗教之力已不足恃。且宗教必不脱迷信，如耶教之三位一体，童女诞圣之类，实与科学事实不合，难以强人遵从。故今日救世之正道，莫如坚持第二级之道德，昌明人本主义，则既可维持教化，又可奖励学术，新旧咸宜，无偏无碍也。西洋既如此，吾国自当同辙。宗教之事，听其自然。既不定孔教为国教，则可永远不用国教，各教平视，悉听其自由传布。孔教之地位，亦不必强为辩定。彼不以孔为教者，可自行其是。而确信孔为教者，则亦可设庙聚徒，与他教一体行事，众亦毋得非而议之。如是方可谓为信教自由。实则今日者，无论何教苟能得势，皆人群之福。个人如能崇信一教，则比之无宗教之人，内心实较安乐。但信教必以诚，不可伪托形式耳。吾国既不用宗教，则亦当坚持第二级之道德，昌明人本主义。孔孟之人本主义，原系吾国道德学术之根本，今取以与柏拉图、亚里士多德以下之学说相比较，融会贯通，撷精取粹。再加以西洋历代名儒巨子之所论述，熔铸一炉，以为吾国新社会群治之基，如是则国粹不失，欧化亦成。所谓造成新文化，融合东西两大文明之奇功，或可企致。此非旦夕之事，亦非三五人之力。其艰难繁钜，所不待言。今新文化运动如能补偏趋正，肆力于此途，则吾所凝目伫望，而愿馨香感谢者矣。此吾所拟为建设之大纲,邦人君子,尚乞有以教之。

(十七)或讥宓有“维持圣道之苦心”云云。夫维持圣道,此其名如何之美,此其事如何之大,宓万死何敢当此?夫圣道者,圣人之道也,译言 The truth that is taught by the sages。出类拔萃之人(Ideal man),谓之圣人。故不特孔子之道为圣道,而耶稣、释迦、柏拉图、亚里士多德等之所教,皆圣道也。自其根本观之,圣道一也。苟有维持之者,则于以上诸圣之道,皆一体维持之矣,固不必存中西门户之见也。今中国之少年,常有以维持圣道及礼教仁义等,极高贵、极庄重之字面,为戏谑讥侮之词者。呜呼!此诚有心人所当视为大不幸之事矣!吾对于宗教及道德之意见,已略述于前节。吾夙爱诵 Tennyson 之“Locksley Hall”诗中之二语,今录此,且以飨同好之人也。其诗云:

The good, the true, the pure, the just—

Take the charm “For ever”, from them, and they crumble into dust.

——本文原载于1922年4月出版之《学衡》杂志第4期,节录自《留美学生季报》。

新文化运动之反应

泾阳吴宓为美国哈佛大学文学硕士，现为国立东南大学西洋文学教授。君既精通西方文学，得其神髓，而国学复涵养甚深，近主撰《学衡》杂志，以提倡实学为任，时论崇之。兹承以鸿著见惠，特刊登如下，并志谢意焉。（记者识）

民国创立今十一载，而文化精神之建设事业尚未有成。异说纷纭，莫衷一是，人心摇惑，失所依归。夫文化者，就广义言之，统政治、学术、文艺、哲理、道德、风俗等而言，实民志、民智、民德、民力之所寓，即全国国民公有之精神，而隐隐中实足以指挥国民之行事者也。就狭义言之，则学术文艺而已。姑无论其为广义狭义，凡一国一时之文化，必为其历史上之所遗传，与异国新来输入者，融合孕育而成。故吾国今后之文化亦必为吾国之国粹（指固有之文化而言），与西方之学术文艺等融合孕育而成。若欲独存其一者遏绝其他，不惟理所不宜，亦势之所不能也。故今之所当辨者材料方法而已。何者宜存？何者宜革？何者宜取？何者宜拒？如何而融会其精神？如何而解释其矛盾？如何而采集众长创立至善至美之新说，以为最后之归宿，国民之圭臬，全世界之受用，此吾国言文化者所当三致意者也。窃意吾国今日，纯事守旧者，已无其人。虽有新旧之争、国粹欧化之争，实皆皮相虚名。吾国今日真正之争乃在文化建设之材料方法耳。于国粹则各有视为应存之精华,而不能相合,于是乎争。于西学则各有视为最要之珍品,而急图输入,于是乎争。主论方法,亦各不同。或主尊此抑彼,或主兼蓄并收,于是乎争。或欲宣传鼓吹,到处演讲,或欲殚力学术,潜心著述,于是乎争。而所谓国学者又百千其门类、派别、义理、方法,而所谓西学者,亦百千其门类、派别、义理、方法。本非一致,何能强合?于是乎争。凡有心于建设文化者,处此扰攘漩涡之中,当思以博大之眼光、宽宏之态度,肆力学术。深窥精研,观其全体而贯通彻悟。然后平情衡理执中驭物,造成一是之学说,融合中西之精华,以为一国一时一世之用。夫然后争端自息,疑难尽解,新旧中西之名义亦不存,而中华民国灿烂伟大之文化方以实现。而今则去之尚远也。

近年有所谓新文化运动者,本其偏激之主张,佐以宣传之良法,更因时会所趋,国家多故,人民心理情急思变,加之喜新盲从者之多,新文化运动遂得大盛于一时。迄今其声势犹极浩大。惟较之二三年前,则稍减耳。方其盛时,影响及于政治社会、风俗人心,而其说尤深中于少年之学生。甚至书店印局,非新文化之书籍不敢印售;日报杂志,非新文化之稿件不予登载。诸多顽固老儒、迂拘村叟,亦期期以附和提倡新文化自命。甚矣其盛也。是时虽有持异议而窃窃疑虑者,亦为势力潮流所冲压,末由得伸其说。或且以衣食念重,祸福萦心,自安缄默,强作达观,不问时事。甚矣新文化运动之盛也。然物极必反,理有固然。近顷于新文化运动怀疑而批评之书报渐多,虽其种类各别,主张不一,然皆可谓为新文化运动之反应,故不可不汇合而比论之也。

惟有需申明者数事。(一)吾国之讲新学,为时已久,不自新文化运动始,更不自今日始也。故今者新文化运动与其反应者之所争持，乃材料方法之实事之争，非新旧之名义之争也。故欲论新文化运动及其反应者之长短得失，应取其两方所主张之道理、所著译之文章，一一分别论究之。期总穷源竟委，详悉曲尽。决不可强指一方为新，斥一方为旧，不加审察，一笔抹杀，以意气为从违也。(二)所谓新文化运动，亦仅就其大纲，合为一体而言之耳。其中人之所主张，固互有不同之处，而前后亦多改变，不可不知。而反应者之书籍报章，其宗旨办法、内容材料尤不一致。其与新文化运动之所主张，有针锋相对者，有大同小异者，有全相径庭者，亦有偶尔龃龉者。其所持之态度，有剑拔弩张者，亦有心平气和者，有直肆攻击者，亦有婉而微讽者。有因自身本有主张，因其与新文化不合，而遂相持者；亦有本无定向，但凭一时感触而略施讥弹者。其所用之方法亦有异，有著为论说，逐条驳诘，明示批评者；亦有著译诗文，专心创造，而以吾文之体裁格律，暗寓抵制者。其复□□□□□□□□□□□□□□□□□□□□□□□□□□实不当读者幸毋以辞害意可也。(三)吾于篇首已申明吾国今日文化建设应循之正轨。今论新文化运动及其反应，即应据此以为标准。二者平列，比较异同而为论断。是者进之，非者斥之。其材料方法有合于上言之正轨者，则称誉之；有悖于此正轨者，则指正之。总期改良尽善，逐渐引而上之，使日进于文化建设之正轨，以此为目的。非谓今之相持二派之间，其一必全是，其一必尽非，天下之学问思想、艺术文章尽在于是，必铲除其一而奉其他为金科玉律也。吾惟自有其理想之标准，夫然后视新文化运动及其反应者，乃成为比较之短长得失，而非相对之从违取舍矣。(四)吾国自维新以来，新旧之争，率皆为事实之争，权利之争，势位之争，而非理想之争。即其所争者在政治，在教育，在实业，在种种之设施建树，而不在学术文艺之域也。例如《国粹学报》，以提倡国学为职志,而乃亟亟于种族之革命,何所见之狭耶?其他更不必论。至新文化运动出,虽以理想主义为号召,而仍急谋事实之设施、权利之发展。年来评新文化运动者,亦多取其中人之行谊及事迹而短长之,固犹不脱事实之迹象也。此类评论应有与否及其评之当否,另为一事。吾之论新文化运动及其反应,则专就学术文章、思想道理立论,所本者乃双方刊布之书报,而不及此外之事实。质言之,论学论文,而非论人论事也。(五)新文化运动之发轫及其大盛之时,吾皆旅学美国。远道事实隔阂,而书籍报章所见亦不多,未能遍览周知。而反应者之言论文章,尤不易得见,故所读者寥寥。其时,持异议者,或竟甘默尔而息;或具有思想,著成文章,而苦无发表之地。语人则听者惶骇,掩耳却走;投稿则书局报馆,概斥不录。其有自行集资印为小册者,亦苦无术流布,所在受阻,仅可寄示一二亲友,矧能流传国外。故吾于新文化运动反应者之书报,所见绝少。兹之所论,挂一漏万,惟读者谅之。

以上已申明吾立论之宗旨与方法。吾以为欲评两造之得失,必须将其中所含之问题及事理,一一加以精深详尽之研究。穷源竟委通观彻悟之后,以其所得晓示国人。夫然后言者可自信不疑,听者亦心悦诚服。否则徒凭意气之豪、声势之大、笔锋之利、词藻之佳,往复辩驳,虽取胜而无价值。即徒事折衷,漫言兼取,亦不免"执中无权,犹执一也"之讥。终属无裨于己,无益于人也。惟然,故建设文化之正法,惟在研究学术、著译书籍。于国学必沉潜经史,博览群书。其工力造诣,与昔之耆儒宿学无异,然后可言整理国故。整理国故者,非妄谈新法,多分纲目,东钞西凑,割裂篇章,望文生义,牵强比附所可从事也。于西学必深通语言文字,兼习各种学问,更专精一类之学。其所知之广,所极之深,须与西土名士硕儒比肩齐誉无逊色，然后可言介绍西学。介绍西学者，非掇拾零篇，字移句译，意晦词塞，矛盾荆棘，散漫模糊，夸张凭陵者所可从事也。而整理国故及介绍西学二者，皆尤非以白话语体，英文标点，横行排印诸种形式，即可冒充名家，众咸推尊，而不问其内容也。上所言之资格，似虽望国人之遽能及此。然行远者必自迩，登高者必自卑。今只求方向之正，则进步日有可睹，吾愿有志于文化建设之士，均实心实力研究学术、著译书籍，而并劝他人为此，一改数年来流行之恶风气，则中国文化之前途幸矣。

吾于新文化运动，曾作文二篇论之。分载民国十年春季冬季之《留美学生季报》，《学衡》杂志第四期复合而录之。是二篇均浑括立论，只言大体。稍暇拟取其中之问题事理，一一作专论，详细探究。如(一)文言白话论，(二)创造与批评，(三)古典主义、浪漫主义、写实主义等原义解，(四)论融贯中西学术之正法，(五)民德论，(六)我之人生观等。吾作文之规则，总必心有所蓄，然后发之。决不为欲评新文化运动之故而出题作文也。

今就吾所及见新文化运动之反应者之书籍报章，择取数种而论述之。见闻不周，已述于前。兹更有申明者，即以下所列各杂志中，有吾尝投稿或与吾有他种关系者。然今之立论，则纯然置身局外，中立不倚，平衡论断。其与吾有关系之杂志，则宁分外从严批评，而直指其失，不为曲讳。又所谓反应者，非反抗之谓。各杂志自有其宗旨，明载卷端。读者幸勿因吾论列于此，而遂疑其为不赞成新文化者。此固非各杂志所任受，而亦非吾之初意也。

(一)《民心周报》 《民心周报》者，中国国防会所办也。先是，民国四年，日本以“二十一条”迫我之后，留美学生中之笃实有志者，痛愤国事，乃创为国防会，专以培养国民自卫力为宗旨。其致力范围，不限于军事。凡实业教育等，直接间接可以增进国力民力者,皆拟从事。民国五年出有《国防报》一册。民国七年改为《二十世纪报》亦出一册。民国八年,出《乾报》二册。均在上海印刷发行,以军事外交为主。民国八年秋,国防会总会由美移回本国,设于上海。先已捐集美金七千余圆,拟办印书局一所。旋以资本不足,经理无人而止。民国八年冬,即在上海刊发《民心周报》,共出一百二十期,至民国十一年二月停刊。其间之经费多由捐助及会中人筹垫。国防会移回本国后,举聂云台君为名誉会长。故《民心周报》性质渐变,除每期评述国内外政局外,几成为商业金融之专门杂志矣。惟自发刊以至停版,除小说及一二来稿外,全用文言,不用所谓新式标点。即此一端,在新潮方盛之时,亦可谓砥柱中流矣。民国八年夏,吾为该会驻美分会编辑部长,曾草拟周报编辑及办事章程,会员某某诸君亦各具意见书若干条。其后《民心周报》出版之时,仅各采数条,加以变更。初办之时,张贻志君为总编辑,后易他人。此报驯至漫无宗旨,为人所讥。然初办之时,尚思有所表见,兹略论其内容。

第一卷第一期《发刊宣言》,首言本报所不为之事,如不偏持一成不变之学说,不偏取何种社会主义,不营私利等。次述其宗旨六条。第三条云:“根据吾国固有文明特长之处,以发挥而光大之,使人人知吾国文明有其真正之价值,知本国文明之所以可爱,而后国民始有与之生死存亡之决心,始有振作奋发之精神。遇外敌有欲凌辱此文明者,始有枕戈待旦之概。”第五条云:“对于欧美输入之新思想及学说,皆以最精粹独立之眼光观察审断之,不惟使普通国民具有世界知识,且使其对于西洋文化之真粹与皮毛,有鉴别取舍之能力,至对于吾国一切之固有社会制度,不为笼统的诋毁攻击。务以历史眼光究其受病之原,而求适当改良之法。”其所列本报言论之性质八条有云:“不尚新奇,不主偏激,不事谩骂,不尚武断。”其所列本报言论之态度六条有云:“贵持平,主虚衷,用分析的眼光,为有条理之批评。”凡此皆针对当时之新文化派报章杂志而言也。此其陈义不可谓不高。所惜该报内容遽变,未能实行耳。

第一卷第一期《民心释义篇》,述本报之志愿。其第四条略谓国人作事往往不按程序,本末倒置,不察实事,而竟倡无政府主义、大同主义、劳动主义等,应为之矫正云云。

第一卷第一期《平新旧文学之争》一文,张贻志君作。略谓文学之价值,不在其新旧,惟视其优美如何适用与否而已。今之所谓文学革命不惟不能改良,适足变恶,其理由有二。一则白话繁复冗长,徒使笔画字数加多,略识字者亦不易读,且费时耗纸。二则白话仅为一地之方言,不通普通话者反难索解,且无以传神。当世有志之士,欲行文学革命,则宜改良语言,统一方言,普及教育,铸造新字及术语,而决非以粗冗之白话尽代文言所可致也云云。此论平心说理,按切事实,乃当时新文化派之报纸竟大肆攻诋。第一卷第九期中,张君又作《论国粹再答某君》以解发刊宣言中宗旨第三号之义,乃攻者仍蜂起。主持《民心周报》之人,忧于大势,欲俯仰随俗,又为离间者所媒孽,卒至张君辞去总编辑之职,而《民心周报》亦遂再不敢谈及新文化。虽有第一卷第四期稚嵋君作之《文化运动》,及第一卷第七期次羽君作之《白话文与应用文》两篇皆无足重轻者也。

然第一卷第七期中,有梅光迪君作《自觉与盲从》一文,略谓人贵有自觉之心,乃为真知灼见。若今之纷纷附和新文化者,皆盲从者耳。此后惟于第一卷第三十七期,陈茹玄君作《亡国之朕兆》一文,述其由欧美初抵本国之所感,语重心急。所谓“亡国之朕兆”者,即指举国汹汹,甚嚣尘上之白话文、新体诗、无政府主义等耳。

总之,《民心周报》志切爱国励群。初出时确具宗旨,甚足嘉赞。惟其后一变而为工商金融之摘钞陈编,则卑卑不足道者已。

(二)《经世报》　昌明孔教《经世报》者,孔教会之机关报也。旧为日报,自本年正月起,另订体例,改为月报。陈焕章博士主撰,已出七期。其内容释经述学,并著论提倡孔教,又载往来函牍及会务情形。该报既为一教会之机关报,则体例应迩,不得遂以标榜宣传讥之。盖各教各会,皆自为鼓吹,何独禁制孔教?若夫读《经世报》者,其批评将视其对于孔教之观念如何而定。愚意耶佛即不论,苏格拉底、柏拉图亦有其宗教,安能谓孔之非教耶?国教乃法律问题,故孔教之定为国教与否,应以法律解决之,非笔墨口舌之事。此案既不通过于议院,则国教一层可不再议。然虽不定为国教,而孔教仍可为孔教也。信教自由,为国民应有之权利。彼不以孔为教者,或竟不奉教,或皈依耶佛,固悉可自由。然在彼以孔为教者,则亦可设庙聚徒,与他教一体行事,非可谓耶佛宣传无碍自由,而孔教立名便为专制也。夫信教自由者,各行其是而已。人不得而强我,我亦何得而强人?今我谓他人奉孔为教乃大误,焉知我以孔为非宗教者之非误耶?总之,宗教乃各人良心问题,孔教亦各人良心问题耳。不正当之宣传固不可为,越俎芸人之禁制之攻击,夫亦可以已矣。此吾对于孔教之私意也。安诺德(Matthew Arnold)谓宗教者,道德而参以感情,能激发策励人,使之实行为善者也。今凭此义,更引史迹为证,吾固确信孔之为教者也。兹就《经世报》而论,处今日而办此类之报,其事至难。该报中作稿之人甚寡,有材料不继之忧,每册愈出愈薄,若论其内容可得数端。

自某氏以“万恶孝为首,百善淫为先”之说倡,新说之盛,风气之恶，遍国中滔滔皆是。孔教之《经世报》，其不能不与此种种新说风气壁垒相当，攻击辩驳者势也。惟辩说之道应根本人情，切中时势，以明白晓畅之笔，为浅说近譬之言，使人恍然反省，验之于己验之于人，既平道理复审利害，然后乃有真知灼见，心悦诚服。如是则淑世教人之志达。若不此之为，而徒引经据典、博考群征，反复于字义之训诂，拘泥于古儒之传说，断难收效。为古书之考证则尚可，而求今日青年为之感动，则万不能也。由此以论，《经世报》中最佳之作，厥为第一卷第一号陈焕章君之《存伦篇》，而尤以《夫妇之伦》一章为最精警。篇中所论，证以吾国今日社会之实况，及西洋人生之缺点，不能不赞其言之扼要通彻。其于君臣之伦，另下新解，足裨实用。而《亚洲学术杂志》讥其牵强附会，必以君为帝王，则过矣。窃思今日中国人心风俗之祸，决非二三耆宿儒师，专研经籍，高揭礼教者所可救。惟私祝后进少年中能多有笃厚纯挚、天性近于宗教之人，又有坚固卓绝之力、宏伟沉毅之行。合新旧道德而为一，兼具公德私德。然后以身作则，躬行实践，以为世倡，则民德或可立，而国之前途其庶几乎。顾欲得此等人才，必藉学问书卷之陶镕培养。经书固不可不读，然居今而读经，应以其中所含之道德精神，能为人受用者为主，章句门户之学，不宜过于讲求也。

与《存伦篇》相类似之佳作，则为第三号中谢祖贤君之《辟仇孝之谬说》、第五号中谢祖贤君之《贞洁辩》、第六号中谢祖贤君之《明耻说》，皆犀利透辟，据事立言，切中时弊。此外，意之精而词之警者，尚有第三号中小柳司气太博士《儒教在日本之变迁》其第三节《儒教非迂阔陈腐之教也》，及第四号中左学昌君之《论圣教兴废关系中国存亡》一篇。其警语曰："不知道德属于伦理性命，有何新旧之分？"又引许崇清之言曰："夫学无新旧，犹天无二日也。真理而已。真理岂有新旧乎?”又第六号中谢祖贤君之《孔教真理不灭说》,第七号中谈道隆君之《教育议》。其警语曰:“教育者何?亦使人大别于禽兽已矣。”又曰:“吾故谓不修私德,更万无公德也。”又曰:“然则不道之智不诚为伐德之斧耶?”与西儒之主张人文教育、道德教育,重行修而斥博爱及功利家者,皆在在相合也。

(三)《亚洲学术杂志》 《亚洲学术杂志》乃上海亚洲学术研究会所编辑发行(该会所在上海横滨桥克明路顺大里七一号)。原定月出一册,惟自去年八月至今年三月仅出三期。总编辑孙德谦君。亚洲学术研究会乃一纯粹讲学之团体,每月讲书二三次。会中宗旨,以六条为体,以八项为用。六条者,主忠信以修身,尊周孔以明教,敦睦亲以保种,讲经训以善世,崇忠孝以靖乱,明礼让以弭兵。八项者,亚洲人之性情、政治、道德、法律、礼俗、和平、教学、文化是也。杂志发行亦即此旨。盖欲本孔教及旧学之精神,以淑世正俗者也。每期兼附英文数页,皆辜鸿铭君之论说。印刷精洁,全用文言,每句只加单圈。至其内容,可得而述者。

作者类皆湛深旧学,识解鸿博,文词渊雅。每篇皆言之有物,精粹确实,不事敷衍补缀。其方法亦甚允当,虽专事发明经义,整理旧学,然处处针对时势,以实用为归。该杂志《例言》第二条云:“论说者,将我亚洲旧有之学术,发明真理,著为专篇,以备世贤之研究。不过为高论,亦不为陈腐之谈。凡琐屑之考据、空疏之议论,皆在所摈弃。于近今学说之悖谬者,则辞而辟之。”该杂志中最佳之作。如第一期孙德谦君之《中国学术要略》、第二期孙德谦君之《中国四部书阐原》、第三期孙德谦君之《六经为万世治法其实行自汉始论》,皆洞究学术之本原,而篇末更标明读经治学之正法,而有符此条例言者也。又如第一第二期达庵君之《中国弭兵学说》、第三期达庵君之《战国策士论》,皆援古证今,切中吾国现状而发议论。其非琐屑空疏,至可知也。

《亚洲学术杂志》之内容,虽以国学为主,而时以西人之说参证比较,尤注意于中西文化之沟通。故如第一期敬庵君之《中国法律生于礼》、第二期敬庵君之《台莪儿自我扩大与赫尔褒兹自然征服论争辩书后》,皆于此三致意焉,而卷末更附录《各报中德国人之倾向东方文化》及《罗素之中国文化观》等文,以及译稿一门。其用意皆甚可称,特惜其材料仅限于此耳。

《亚洲学术杂志》按其宗旨,按其方法,则不能不与文化化之种种学说风气,壁垒相当,往复辩驳者亦势也。与《经世报》正同。《例言》中所谓"于近今学说之悖谬者时辞而辟之者",其即此矣。诸篇文中,常隐隐及之。而卷末撮录关于新文化运动之新闻,亦足供参考也。

该杂志选材极为审慎,其《例言》第四条云:"文苑门所载传记,必取其人有学问者,信札则在讨论学术,无关紧要者去之。"第三条云,专著一门,专载近儒已刊未刊之著作,"但必有关于学术,足资研究者。若无谓诗文则概不杂厕其中"。此其体例深可敬佩。夫文之美者,必言之有物,而使人读之,足以增长知识,裨益道德,激发感情者也。苟题目卑琐,材料空疏,旨意污滥,奚取焉。乃强指其格律之工、词藻之美,欲以为世人模范,则人将斥笑之矣。今之杂志,注重文艺者,其中之文录各篇,多不外二三人之作。若究其题旨及材料,恒无足取。而诗录之题目,常有携妓饮酒等事。呜呼,此激烈新派所以竟欲全废中国之诗文也!此西人所以谓中国之诗人,除醉酒外,别无所事也!呜呼,耻辱之来,横逆之加,非无因矣!

(四)《史地学报》 《史地学报》为南京高等师范学校史地研

究会所编撰,商务印书馆印刷发行,每季一册。自去年十一月至今,已出四期。以研究专门学术为宗旨,内容不拘一格,听作者自由。印版形式系横行,大都为文言,但用新式标点。门类分为十六。自专著评论、搜集材料、比较考证,以至调查通讯、书籍介绍、海外消息等,靡不登载,甚为繁富详备。足见编撰者好学心切,不惮劳苦,深堪敬佩。惟略病芜杂,倘能体例谨严,材料精审,则更善矣。此报与新文化运动毫无关系,而吾乃厕之于此者,则亟待解释。本篇所谓新文化运动之反应者,非即反抗之义。盖指因新文化运动直接间接之影响而刊发之书报,而其报中之义旨材料方法,与新文化运动所号召者,不尽相同,或且显标歧异焉。尤该运动极盛之时,众皆汲汲于其所鼓吹之各种主义及行事,无人读书,无人悦学。迨近者新文化之狂浪稍杀,少年学生渐多解悟,其优秀者静思有得乃幡然而改为实学之研究。故吾思此《史地学报》之不出现于三四年前,而独出于民国十年者,非无故也,而研究实学之好现象,亦可谓因新文化运动反激而得之结果矣。吾此篇论新文化运动,固不宜自离本题而评《史地学报》,但有私见数条,非仅系乎该报,实愿贯诸国内报章著述者之前,故亦条列附陈于下。惟若《史地学报》第一期柳诒徵君之《论近人讲诸子之学者之失》等篇,实为全报最精之作,而固与新文化有直接之关系也。

《史地学报》为论述学术之报,其文多为考据体,固所当然。惟考据体之文,亦有弊病,不可不知。(一)则易流于支离琐碎也。一事一物之名,一语一字之微,征引繁博,连篇累牍,而精旨反缺,大义乃晦。既失作文之本意,且使读者厌倦沉闷,不能终卷。(二)则趋重糟粕,而不能得学术之精要。今欲输入西学。彼土书籍,浩如烟海。有志者宜博览群籍,采其精要融贯成为一己之心得,然后表而出之,使读者读此一篇能得百卷之益。若依据篇章,仅事贩输而不消化，纵极详确，亦不免顾此失彼，轻重倒置之嫌。甚且有玩物丧志、沾沾自喜之讥。读者只惊作者之学博，而实未了然于心也。某君谓昔窥基进谏玄奘怿经之语，实今日所宜奉为圭臬者矣。（三）则割裂篇章字句，而批评不能正确也。断章取义，深文曲解，昔人所忌。凡评一家之学术，一集之优劣，应取其全部通观细读，然后持平扼要而下断语，或发明其义蕴。此批评家之正事也。若但摘钞一二语，曰此可见其学之属于某派也，作者之模仿某文人也，或自己仅著一语而汇集原书中类似之数十条，以为吾之实证，则有时貌似精确而实则武断矣。（四）则用之过度，有编纂而无著作也。分类摘钞，依序排置，看似材料充盈，实则精神缺乏，譬犹堆土偶衣冠而为人也。且人皆习于此，成为机械，于是构思作文之法遂亡。更欲求一篇流利雅洁之文章，读之而赏心悦意、兴起奋发者而不可得矣。吾国昔之朴学家、西洋今之专治科学者多不免此病，宜引以为戒而不宜趋效也。（五）则作□好名者，藉此自矜淹博也。夫作者之学识如何，不待自为表张。通人读其文，必能断之。间有好名者流，引用成书，多加注释，述其出处，以自矜炫。遂至于极寻常、极易知之事物人地，亦详注而疏解之；极无关重要、不负责任之语意，亦参证某书某页，以立根据。甚或未读其书，而胪列书名，一若烂熟于胸中也者。凡有意为此数者，皆文人所不宜出，只可歆动庸人。而在真正学者之前，徒易露破绽耳。以上云云，皆吾有感于国中之现情，非必为《史地学报》发也。

《史地学报》篇幅充盈，足见编撰者之精勤。惟有二义，窃愿陈之。（一）文人不宜滥作，恐流于油腔滑调也。学人尤不宜滥作，恐材料空乏有失资格也。今人常不免务多而不务精。故一篇之材料，分置数题者有之；一句之新意，重出叠见于数文者有之；

一首之诗、一篇之文，同时送登于数种杂志者有之。是皆不如改之之为愈也。（二）美国各种专门学会，皆合全国各大学校之上等学者而组织成。之被选入会者，视为荣誉。其会报刊登之文，亦必为严行甄选之佳作。惟其范围广，资格严，故名望隆而影响大也。至一地一校，虽自立学会者亦多，然名实皆远逊之矣。此层吾国人固不必效颦。惟今吾国学术未发达，而学会学报已嫌过多。如北京、南京、武昌三高师校，各有史地、教育、数理等报。或名丛刊，或名学报，或名杂志。分立固善，多出尤佳。然若能合而为一，使其材料尤精，价值增重，不惟驰誉全国，亦且风行欧美。则吾国之学者，能结团体而成巨功，当尤可称矣。乃近年中小学校，三五学生，亦自出杂志，成为声气，固系进步。其学校藉得美名，然读者有不能遍览之苦。而学生为此者，其学业之损减，时间之消耗，金钱之负担，恐所得实不偿失矣。凡此皆泛论时事，亦非为《史地学报》发也。

《史地学报》用横行排版，此固有其便利之处。惟因吾国文字之本性及常人之习惯，不易诵读，且模糊错杂，章节体例，不易分晰。例如第一期柳诒徵君之《论近人讲诸子之学者之失》，为全报最精之作。乃因横行之故，致其本文及引书之语，不能分辨。西文书遇此常用大小二种字体及行间之宽窄松紧以别之。该报又未能，亦可惜也。

（五）《文哲学报》 《文哲学报》乃南京高等师范学校文学研究会及哲学研究会所编撰，中华书局印刷发行，每季一册。自民国十一年三月至今，已出二册。据其《发刊要旨》所言："本志以研究文学哲学为旨。国故西学，齐重互见；古言今说，兼取并论。于哲学不宗一派，惟真是归；于文学不拘一格，惟美是尚。诚以学术本无畛界，而哲学示真理之广溥，文学寓情思之潜通，尤为至公无私之物。”又云：“作者取义，各由己见。既无共守之准，故不期于一致。盖学校团体，较为宽泛，非共立信条，宣达其说。”惟然，故该报文体则文言白话并用，标点则新式旧式并列，不立门户，一听各人自由。《文哲学报》材料精美，用意远大，甚多可称，然本与新文化运动无关，而吾列之于此者，其故则与《史地学报》同。盖平心研学，不宗一派，不拘一格，正新文化一流之所不能为，所不许为。故《文哲学报》仅其不偏不倚，已足为新文化运动之反应矣。且报中直论及新文化之处甚多，兹略论其内容如下。

窃意该报中最精实圆满而有重大关系之作，当首推第一期徐景铨君之《桐城古文学说与白话文学说之比较》，略谓详细论究，则知胡适君之《文学改良刍议》及《建设的文学革命论》之所主张，桐城古文学说固皆具有之矣，何能为新来之特创？彼旧所无者，仅以俗语俗字入文耳。然文言达意表情，两臻其至，有声有色，足以感人，远非白话所能及。既知（一）文言可产生有生命、有价值之文学，与（二）文言暗示情感之力强矣，则将来借径桐城古文以创造佳妙文学，当无可致疑。转言之，今日改善中国文学之基，乃为文言而非白话也。

外此警策透辟、深中肯綮之作，则为（一）第一期景昌极君之《评近今群籍说理文之失》，略谓其失有二。一则骛于辞章求其文之长也。今之白话，冗而无当，繁而寡要。今之新名，昧故而生，弃简而复。故不可取。二则骛于考据炫其文之博也。夫说理之文，要贵明达与周贯。乃今以训诂考据之体行之，搬书运典，博引详征。其能免于稗贩之讥乎？（二）第一期景昌极君之《文学与真与美》，略谓情的真假，事的真假，理的真假，均与文学的好坏不生关系。（此篇系白话。）文学所尚者美。美有美响、美影、美构、美意诸端。今之新文学家于此诸美皆忽而弃之，而欲创造，是南辕而北辙也。(三)第一期缪凤林君之《文哲与内外》,略谓文哲至内而非外。作者之义蕴意旨,亦悉以是内为准则。故欲真正研究文哲者必当从内着眼,而后诸家之真相精神可得。乃今人只知拘牵末节,趋附迹象,惟从事于外之比较,于是言多而学益晦矣。(四)第二期景昌极君之《随便谈谈》,中论某某各报以谩骂为批评之不当。又以次略评现今中国学术界之新风气,略谓各种专家学术研究会,殊嫌范围太窄,时机太早,一也。(此篇系白话。)论文而徒争主义与派别,于是成见深,真理晦,廓然大公之批评无,二也。白话应为雅言,并非俗语,但丁之说,可为先例,三也。中文既有语助辞及虚字,又何用英文句读标点,四也。识字本不难,记忆注音字母反较费力,五也。然则可以休矣。

至若第一期钱堃新君之《理想之中国文学家》,折衷新旧,兼取众长,周密详审,实为经意之作。其所论文人之目的,曰发展自我,改善社会。文人之程器,曰观察精细,敬虔温文,操守艰贞,事业坚定。文人之陶铸,曰多读以友古人,广交游以友今人。为文之步骤,曰由模仿、融化而臻创造。因古之文达今之意,是为正轨。文人之禁忌,曰不狂热,不褊狭,不偏奇,不滥作,不轻许人,不卖文。凡此皆对今日各方之情况而下针砭也。

此外长篇专论,佳作尚多,以不直接系于新文化,故均不之及云。

(六)《学衡》　《学衡》杂志系南京《学衡》杂志社所编撰。社所设于南京鼓楼北二条巷二十四号。该社纯为私人集合,与任何团体学校均无关系。上海中华书局印刷发行,每月一册。至民国十一年一月迄今,已出十期。自《学衡》杂志之始出,上海《时事新报》《民国日报》及北京《晨报》等之文学附刊,即指为反新文化,攻诋痛抗而之不遗余力。虽然,岂尽然丑耶。原《学衡》社员等之用心，实欲共图建设中华民国灿烂伟大之新文化。只以其所持之材料方法，以及议论见解，与今日号称新文化运动之所揭橥者，多有歧异而少符合。因局势之偶然，至不获已，而被此嫌。夫岂其初心所望者哉？故吾谓欲为《学衡》下确评者，胸中宜脱去现今新文化运动之一念，勿究其关系，而专就《学衡》之本身评论之，则得其真矣。夫《学衡》之有关于新文化运动，孰不知之？如第一期梅光迪君之《评提倡新文化者》、胡先骕君之《评尝试集》，第二期梅光迪君之《评今人提倡学术之方法》，第三期胡先骕君之《论批评家之责任》、刘伯明君之《评梁漱溟著东西文化及哲学》，第四期梅光迪君之《论今日吾国学术界之需要》、胡先骕君之《说今日教育之危机》、吴宓君之《论新文化运动》、缪凤林君之《评胡氏诸子不出于王官论》，第七期邵祖平君之《论新旧道德与文艺》，皆明白坦率直接者，评新文化运动之主张及其成绩者也。而若第一期刘伯明君之《学者之精神》、萧纯锦君之《中国提倡社会主义之商榷》，第二期萧纯锦君之《马克思学说及其批评》，第三期《白璧德中西人文教育谈》、缪凤林君之《文德篇》，第五期萧纯锦君之《平等真诠》、柳诒徵君之《顾氏学述》，第六期之《葛兰坚论新》，第八期王焕镳君之《论周代婚制》，则皆连类而及，间接批评新文化运动之学说及其主义者也。凡此诸篇，其持义之正否，批评之当否，读者皆自知之，毋待吾之词费。故我今论及《学衡》，一反前数条所用之法，将其与新文化运动之关系置而不论，而惟就《学衡》之本身，一察其宗旨及内容焉。

先论其宗旨。据《学衡》第一期卷首之《弁言》曰："出版之始，谨矢四义。(一)诵述中国先哲之精言，以翼学。(二)解析世宙名著之共性，以邮思。(三)籀绎之作，必趋雅音，以崇文。(四)平心而言，不事谩骂，以培俗。"又按每期所载《学衡》杂志简章之宗旨，一条曰:“论究学术,阐求真理,昌明国粹,融化新知。以中正之眼光,行批评之职事,无偏无党,不激不随。”此谓昌明国粹者,言非徒保存而已,且将以发挥光大之也。此所谓融化新知者,言非徒以囫囵吞枣、字移句译之法,介绍西学,盖求能使吾国人吸收而受用之也。再观其次条之《体裁及办法》。(甲)其于国学,则主以实在之工夫,为统系之整理。(乙)其于西学,则先之以渊博之造诣,而终之以简当之选译。(丙)其行文,则既不为艰涩古奥,又不为破碎灭裂。欲不用白话及英文标点等无益而有害之法,而自行造成一种雅洁明显之文体。因古之文,达今之意,以为世人之模范,而解目前之纷纠焉。综上所陈,平心而论,如此宗旨,孰不赞许。其为平正通达,宁待赘词。故所宜究者,即《学衡》十期之内容,能否副其宗旨而已。《学衡》之内容,有能副其宗旨者,亦有不能者,优劣不齐。苟逐篇评判,则嫌涉及个人,且流于琐碎。总之,《学衡》社员,应自有觉悟。主持编辑之人,应收集事权,破除情面,严加甄选。其能副宗旨之佳作,则当更求增多。不能副宗旨之劣篇,则悉予摈斥。但能使材料精益求精,则爱读者日众,有心人乐予赞许,而攻诋者必且自息矣。兹就管见所及,并所闻于他人者,条列改良《学衡》内容之法四则。敢为刍荛之献,深望《学衡》社中人能采行也。

(一)欲求材料之精,首贵集思广益,故以延揽人才为第一要务。《学衡》社员人数不多,其智慧时力自属有限,况历观各期之内容,优劣不等,忽盛忽衰,并非始终如一。且社员中要人,有仅在首数期作稿,以后遂常默尔而息。又有一期专凭二三人著述者,可知即社内亦非人人能长足倚赖者。故窃望该社社员均能觉悟奋发,而尤望该社能以诚敬之心,广恳新旧学者及国内外各方识解闳通之士,宗旨相合者,常时投稿。期使每期内容充实精湛,无论何门何题，均专取极上之作。则该杂志庶几可望为中国首屈一指之杂志也。

（二）整理国学，非有学问识力者，不可轻于从事，且其事亦非最急。盖吾国今日，老辈耆宿所在多有，通国学之人极众，均可尽此责。故非确有发明，不宜东缮西录，班门弄斧。惟西方之德教政术、学艺文章，尚未得灌输于我国。今于我文化运动，既谓其偏激舛误矣。竞谈主义派别者，既嫌其浮泛空疏矣。然究竟欧美文明之真谛之精神何在？彼土贤哲之教旨、各家之学说、艺术典籍、诗文名篇，亟待广为介绍以益吾国人之神智，而定今后之民志与国本。今如少数有志有力者不从事译述，将留待何人为之耶？自不能以成绩示人，而徒讥弹他人，夫岂恕耶？故窃望《学衡》杂志此后于国学勿多著录，于西学则加增篇幅，尽力译述以饷吾国人也。（闻陈伯严先生亦曾以此语劝告该社员。）

（三）诗文虽以艺术为工，然其中之思想、感情、材料，亦不可不讲究。若旨在淑世正俗，则其诗尤必使人读之能增益知识，陶舒感情，鼓励志气方合。《学衡》杂志文苑一门所录之诗，固多佳制。其格律技术之造诣，亦均无可议。然亦不免有浮泛空疏、鄙陋陈腐之作，缀词成篇、毫无自表现之处。亦有枯寂寒瘦、了无春气，或命题琐屑、玩物丧志者。凡此均宜斟酌删汰。且选诗而专重一派，未免示人以不广。甚愿其能改善也。又一杂纂一门，虽在报中为附庸，然其内容亦不可潦草敷衍，而须精选慎择。窃尝论之，今日作诗之正法，当以新材料入旧格律。所谓新材料者，不惟国中之现情、民生之实况、一身之经历已也。而世界之大势，五洲各国之山川、风土、民俗、政教，东西洋史中之事实、人物，西方之宗教、哲理、文章、艺术、科学、实业，以及典志国籍之所载、稗官报纸之所谈，无一不可为今日中国诗人之资料。汪洋充塞，俯拾即是。若不此之务,而故步自封,钞袭前人,此与伪新派之专以了无关系之俗事俗语铺排为诗者,同一固陋空虚之病。然则有学问,有思想,有感情之真正诗人,其亦知所从事矣。《学衡》杂志注重批评。然既谈文艺,何不于此方向致力,以导吾国诗人于创造之正途,而示以模范之作品,则其功□不小,而亦吾国诗界前途之幸也。

(七)《湘君》 《湘君》季刊乃湖南长沙三数同志友朋所编撰,主其事者为四川吴芳吉君。该社亦纯系私人集合,与任何团体学校均无关系。□社所则暂附设于长沙明德学校内。印刷发行,均由该社自理。每季一册,年出四册。现仅出民国十一年夏季之第一号,内容不预分类别,除一二短篇社论外,全卷均为自选之诗文词及小说戏曲等。间有自西文译出者,不拘一格。“无论文言白话,新旧体裁,俱所欢迎。”据其《简章》所言:“本刊以陶写性情,注重文艺趣味,藉以互相观摩砥砺为宗旨。”其《发刊词》中谓同人所相尚相勉者以三事:一曰道德,二曰文章,三曰志气。缺一皆不足以为人。盖该季刊专注重文艺与道德之合一,而以性情为根本。上海《中华新报》评为有益于世道人心之作,兹略论其内容。

以《湘君》季刊与《学衡》杂志之内容比较。则二者虽大不同,而各有所长,未易轩轾。约而言之,《学衡》主批评,《湘君》主创造,一也。《学衡》重理论,《湘君》重材料;《学衡》欲解决文化精神之大问题,《湘君》欲产出诗词文章之好规模,二也。《学衡》凭知识,《湘君》凭性情,三也。《学衡》尤尚真,《湘君》尤尚美,四也。《学衡》自外探讨,求折衷新旧,平和中正,圆满精密;《湘君》自内发动,求发达艺术,笃实亲切,幽雅高妙,五也。《学衡》重化人,《湘君》重自得,六也。《学衡》介绍欧美学者之名作,《湘君》描写乡曲民生之实况,七也。《学衡》近于古学派之甚通达者,《湘君》近于浪漫派之甚纯正者，八也。《学衡》本事理之真，故拒斥粗劣白话及英文标点；《湘君》求文艺之美，故兼用通妥白话及新式标点，九也。《学衡》印版及封面之形式庄严整肃，《湘君》印版及封面之形式精雅别致，十也。至论《学衡》及《湘君》之旨趣，是一是二，究系分道扬镳，抑系各行其是，则留待读者自定之矣。

《湘君》第一号中直接有关新文化运动之文，为（一）刘永济君之《论文学中相反相成之义》，谓摹仿与创造、自然与雕琢等，皆似相反而实相成者也。（二）吴芳吉君之《吾人眼中之新旧文学观》，略谓今之新文学家，日骂旧派之观念笼统、趋重摹仿、弄古典、用僻字、狭隘偏执、排除异己、绝灭理性、崇尚繁文等等，而实乃躬自蹈之，或又甚焉。夫文学不幸而有新旧之争，则其离乎文学之本体，失乎文学之真谛，亦已远矣。新旧既两失，故今救济之道，须从根本入手。即不问新旧之事而专论文学之本体，求文学之真谛，则庶几焉。（三）刘朴君之《与刘宏度书》长至万余言，实暗驳胡适君之《国语文法概论》之第二篇，题曰《国语的进化》（见《胡适文存》卷三第十页至三十四页）。逐层推勘，针锋相对。大意以深研细考，凭据千端。乃知吾国之文言实能表情达意，能纪人类生活之畴昔经验，能为教育之具，能为共同生活之媒。彼诟詈者之说，不足信也。又彼主张以俚话代文言者，谓宜以单音字易复音字，以多数之字补少数字，以公式代雌雄等之异名，以有定之规则代杂而不整之文法变化，故而为此改革，实不知此等处皆有窒碍不可行，且亦不必。盖若论应繁者繁，应简者简，则文言固能之而俚语不能也。此篇引证详博，条理周密，实蕴蓄宏富之作也。

至《湘君》季刊中之诗词文章，佳作甚多，不能一一论列。就其全体言之，虽格律技术时多未工，然皆趣味浓深、性情纯厚，又能直抒己意，写出此时此地之实况。如刘鹏年君之日记《劫余残泪》，尤可为民国之信史、真正写实派文章之上乘也。吾按《湘君》季刊之诗文，能实行远到今新文学家所主张之目的，而不误解题义，无其矫揉造作之弊，以创造论，诚吾新文学界之不可多得者矣。

以上所论列者凡七种。新文化运动之反应之报章杂志，或不止此数，为吾所未及见。而专书刊本，兹亦尚未论及。即所评断，亦恐未尽确。大雅君子幸垂教焉。

——本文原载于《中华新报》1922年10月10日。

论今日文学创造之正法

创造之为言，作也；批评之为言，评也。作文作诗，评戏评画，作与评皆吾国旧有通行之字。而今人喜造新名词，不厌繁冗，好为重叠，乃曰创造与批评云云，殊嫌多事。惟本篇既为今之自命创造者说法，名从主人，故亦沿用之。其他如不曰仿（如仿黄鹤山樵笔意，仿元人法是）而曰摹仿，不曰文或诗而曰作品，不曰思而曰思想，不曰情而曰感情，皆同犯此牵合堆积之病，然非此篇之所欲言也。原文学之有批评与创造，如车之两轮，鸟之双翼，所以相辅相助，互成其美与用，缺一而不可者也。本志发刊，以“学衡”为名，首数期中，若梅、胡诸君所作文，于批评之要义及今日中国文学批评之正法，业已阐发无遗。然本志实以创造与批评并重，故今者聊贡其一得之愚。以常理言，必先有创造而后有批评。又创造之作必多于批评之作。反是则如未有人民及原告、被告而有审判厅及法官。又一马曳车而以四五人御之也。吾国年来之文学杂志，综各派各种而言之，似批评多于创造。论究文学之义理方法者，连篇累牍，且不乏佳制。而作出之诗词、文章、小说、戏曲，其可观者则寥寥可数，谓非一偏之失耶？必自能创造而本于经验以为批评，则其批评始不落空疏。必有极多创造之新材料以为批评之资，则其批评始能有用。又必先读古人及异国之书，而后读今人批评此类书之文或征引及之者，则读者始能获益也。准是，则欲谋改良光大吾国之文学，批评与介绍而外，尤须研究创造之正法也明矣。

窃尝读各国文学史，而知古今来文章著作之盛，即光明伟大之文学创造，常由于二事：一曰天才，二曰时会。一者人也，二者境也。(一)所谓天才者，如希腊远古，史诗之歌者千百，而独荷马之《伊里亚》《奥德西》二篇能传于后。如纪元前五世纪中，雅典每年必有庄剧比赛之事。每届报名与赛者多人，中选获奖者三人。每人作庄剧三种，行之百年，所作之多可想。而今传者惟有爱斯克拉、苏封克里、尤里比底三人之作，合计不足四十种；余人则并其名氏亦均湮没。如罗马共和时代，以元老院为政治中枢，文武百官，均于此宣示政见，请决可否，往复辩说，指陈利害。又法廷之上，每案皆有律师，逞其词锋。而其时之人，皆以辞令为专学，故何独西塞罗(参观本期《西塞罗说老》篇)之辞令著作传于后世，而为罗马之第一人。如英国伊利萨伯时代，戏剧大盛，作者若彼其多，传于今而为人所熟读者，亦有十余人，顾何以莎士比亚之作，独远在诸人之上，其意境、其思想、其艺术，皆非余子所可几及。比并而观，优劣显分。此外之例，不胜枚举。其在吾国，如唐诗中之有杜甫，宋词中之有清真、稼轩、白石、梦窗，元曲中之有关汉卿、马致远，清代小说中之有曹雪芹，皆为出类拔萃，卓然精工而享盛名者。则问其曷克臻此，若谓纯由于时会，则与彼等同时之人及作者，固皆处同一之时会，何不能也？若谓由于彼诸人奋志攻苦，精心结撰，而持之以恒(法人 Buffon 有言曰：能耐苦至极之人谓之天才)，本于一生之经验及练习，而其业以进，遂能登峰造极。然与彼等同时之人及作者，立志之坚，用功之勤，享寿之长，著作之多，且有过之者矣，又何不能为此也？此其中必有缘于彼诸人之本身，生来禀赋之资，而非由于外境及人力，无以释之，名之曰天才。(二)所谓时会者,如古代纪元前五世纪希腊之雅典,既破波斯,又为盟主,国力鼎盛,财源充辟,人民精神焕发,才思横溢。凡百艺术事业,均造诣绝伦。不仅文人作者巍巍辈出而已,所谓贝里克里之时代是也。又如纪元前一世纪之罗马,所谓奥古士都时代,共和之乱甫定,帝政之业初成,海宇太平,人民乐业,府库充盈,兵备修整。而朝廷之上,优礼文人,诸大作者如桓吉儿(Virgil)辈,均聚居都下,侍从唱和,一时称盛,而各成其不朽之杰作。近世如英之伊利萨伯时代,女王中兴,大破强敌(西班牙之海军号称无敌事在一五八八年)。永绝外族侵凌之势,确立海上霸业之基。将帅欢颂,作史以扬国威,人民讴歌,演剧以祝胜事,作者辈出,而莎士比亚即挺生于其间。又如法之路易十四时代,国运方隆,霸业鼎盛,文治武功,雄视全欧。其国之典章制度、礼节风俗,甚至服饰冠裳之微,世人均争来效法。而法国数百年中之大文豪,几尽生于此际,群集巴黎城中。举凡庄剧、谐剧、诗、文评、辞令、宗教道德之作,以及尺牍传记,每种文体皆有其造诣精绝之大作者。是故法国文学全史中最盛之时期,而亦古今各国所希见也。此外之例,不必遍举。吾国若汉武帝、唐太宗、清圣祖之时代,依稀似之。大凡政治修明、声威远被、民康物阜、风美俗淳之际,亦必人才辈出,文学昌盛。故一国之文学史实与其政治史关系密切,而文章著作最盛之时,正即其国运最隆、国威最张之时。此即治文学史者所谓文学大成时代(Theory of Classical Age)者是也。次于此者,则为国运最衰、世变最烈之时。海宇分崩,扰攘割据,争战不息,生民涂炭,不免于困穷流离死亡。又邪说暴行有作,人心忧疑惶骇。然当此际,每有大作者挺生,以诗文写其目击身受之忧患,而成为千古名篇。若吾国之杜甫、屈原,西洋之但丁、弥尔顿是也。以上二者不同之处,即当国运最盛之时,天才必众多。一时各体之文章,均有首出之作者,济济雍雍,如诸天列宿,风云际会。而当国运最衰之时,人才必寥落。一二杰出之大作者,如孤峰万仞,老松千尺,独立云霄,以傲霜雪,此其别也。但除此二者以外,则文学创造决不能臻甚盛,吾所谓时会者此也。

今试以此说按之吾国,吾国有五千年之历史,其间负天才之作者接踵相望,而尤长于文学。就往以察来,则今后不乏文学创造之天才,可以断言。若论时会,则今日者,诚千载一时之机遇,而不可再得者也。东方西方之文明接触,举凡泰西三千年之典章文物、政术学艺,其人之思想感情经验,以及穷研深几之科学哲理文史诸端,陆离璀璨,悉涌现于吾国人之前,供我研究享受,资用取汲。且由此而吾国旧有之学术文物,得与比较参证,而有新发明,新理解,琢磨光辉,顿呈异采。凡此皆创造文学之新资料也。且征之前史,世变之速且钜,殆未有若近今之中国者也。三十年来,国中政治社会、风俗学术之变迁,下及水火刀兵,饥馑颠危,各省人民之苦况,无一而非创造文学之资料,信手拈来,写之如法,均成佳篇。虽不能望文学大成之时代之出现,而或可有一屈原一杜甫一但丁一弥尔顿之出现。故曰:为创造文学计,今日者诚千载一时之机会也。

然而天才果已出乎?千载一时之机会,又果曾利用之乎?呜呼,秏矣。哀哉!吾国今日之为文学创造者也,纷纭号呼,扰攘喧呶。横暴激烈,骄蹇自憙,此创造者一般之态度也。书报之多如鲫。所号为创造家之已知名未知名者,其数千百。每人所作,又连篇累牍,洋洋洒洒。且稍露头角之人,其作品及名氏必散见于各种书报,而不专囿于一隅。于是成绩之富,出品之多,乃使各家书局承印不暇,内地报馆转载不遑。全国少年学子,即不诵读古书、研究科学,而以其全副时力尽读此等文学创造之作,犹苦不能周遍。或略读之后，即无暇再读，而亦自行吮笔伸纸，为我之创作。几于遍中国皆作者也，皆天才也，皆文豪也。猗欤盛哉！吾国其已臻文学大成之期乎？然试读此等作品，则见其陈陈相因，千篇一律。读过十篇可知其余千百篇之内容。以体裁言，则不出以下数种。二三字或十余字一行，无韵无律，意旨晦塞之自由诗也。模拟俄国写实派，而艺术未工，描叙不精详，语言不自然之短篇小说也。以一社会或教育之问题为主，而必参以男女二人之恋爱，而以美满婚姻终之戏剧也。发表个人之感想，自述其经历或游踪，不厌琐碎，或有所主张，惟以意气感情之凌厉强烈为说服他人之具之论文也。综上各种，察其外形，则莫不用诘屈敖牙、散漫冗沓之白话文，新造而国人之大多数皆不能识之奇字，英文之标点符号。更察其内质，则无非提倡男女社交公开、婚姻自决、自由恋爱、纵欲寻乐、活动交际、社会服务诸大义。再不然，则马克斯学说、过激派主张，及劳工神圣等标帜。其所攻击者，则彼万恶之礼教、万恶之圣贤、万恶之家庭、万恶之婚姻、万恶之资本、万恶之种种学术典章制度，而鲜有逾越此范围者也。其中非无一二佳制，然皆瑜不掩瑕，且以不究学问，不讲艺术，故偶有一长，亦不能利用之修缮之而成完美之篇章。又其中非无聪慧之才及天性宜于文学之人，惟以拘于以上所述之外形及内质之范围，如受枷锁，莫能自拔。故虽有天才，亦误入邪路，沉溺于风狂浅陋之万众之中，遂以汩没，不能磨砺成材，是则更可悲矣。而以万众少年之所作，常不免错字满纸，花椒生姜之讥。其于吾国旧学，更不能言。而于西洋学术，尤无心问津，以其所已知及所能言者，奉为圭臬，外此则深闭固拒。故其作文也，于吾上文所谓千载一时之机会者，丝毫未能理解，未能利用之焉。是故由今之道，无变今之俗，则吾国文学创造之前途，尚复何望？如此而欲得完美精深之作品,是缘木而求鱼也。且率此以往,偏激空疏之祸,将永中于世道人心,国家、社会、世界悉受影响,固不特文学创造中之事而已也。

然则改良挽救之道奈何?曰:因势利导,使归于文学创造之正法而已。今之从事于创造者,其中实多正直聪慧之士,徒以误解创造之原理及方法,且为瞽说恶习所中,故其所行南辕而北辙,是宜启示之、开导之,以使其得偿宿愿,而达其最初之鹄的也。且老辈凋残,新陈代谢,欲谋吾国文学之创造,亦只可望之于今此一辈之少年耳。吾所馨香祷祝之天才,要必出于若辈之中,而生当其时,适能利用吾所谓千载一时之机会者,亦惟若辈耳,故惟望若辈之醒悟与努力而已。文学创造之原理与方法,有极平常、极普通,而为今人所忽视或不信者。吾今请逐条揭橥之,诚能照此以行,则前途成效必有可观。此等原理与方法,为古今东西治文学与从事著述者所共晓、所久行,本无待吾之疏解辩证。至于不信吾言者,吾亦末之何,未敢深求也。吾以为今之从事文学创造者,宜于下列诸条深信而力行之。

(一)宜虚心　语云:取法乎上,仅得乎中。又云:满招损,谦受益。凡作诗文者(兹所谓诗文,凡小说戏剧等均在其中,以下皆同),其所悬之标准不可不高。视己之所作总不惬意,夫然后始可每篇用尽我之全副精力,以求完美,而能常有进境。法国十九世纪大批评家圣伯甫(Saint-Beuve),于所作"What is a Classic?"(此文已由徐震堮君译出,本志下期登载。)文中有曰:"吾侪立志不可不高,目的不可不远。虽以今之文述今之事,然作文之际宜常昂首入云,注视彼间巍巍高座、古之不朽之作者,而自问曰,此诸作者其将谓我何?"故如作一诗成,应以屈原、杜甫、但丁、弥尔顿等为比较。作一小说成,应以曹雪芹、施耐庵、迭更司、沙克雷等为比较,余可类推。而勿曰某杂志揄扬我,某名流称赞我,便泰然自足也。

（二）宜时时苦心练习　虚心过度，悬格过严之人，往往因自视所作陋劣已极，遂生厌弃之心，而终不敢从事练习，俗所谓眼高手低是也。然作诗文如弹琴拍球打字等事然，非时时勤于练习，断难精熟。既不谙其中艺术之精微奥妙，且一生不免艰涩之苦，故必时时练习作之。然若不用心，率尔成篇，粗疏油滑，则虽作千百篇亦无益处。故练习之作又不宜过多，但每作一篇，必注以全力，惨淡经营，使极精工而后已。如是则不为虚作，而练习乃有裨也。

（三）宜遍习各种文体，而后专精一二种　欧美戏园之排剧者，谓每一伶人须遍充生旦净丑之角色。凡男女老少、贤愚善恶各种人物，喜怒哀乐、离合悲愁各种情节，均须经彼一身演过，然后专演某戏中之某角，始能见长而精擅云。作文者于各种文体，亦犹是也。兹所谓各种文体者，旧者如古文、骈文、诗、词、歌、赋、曲、弹词之类，新者如小说、短篇小说、戏剧、论评、辩说之类，皆是也。窃谓居今之世，而号称文人者，须于以上所列新旧各体，每体皆能作之，而皆合于其中规定之艺术法程。此乃文人之普通知识、寻常本领。无之，则不足为中国之文人。各体练习通熟之后，深悉其中甘苦，而一己性之所近、才之所长，亦可察知。然后乃专心著作一二体，以求大成。总之，习为文者不必定须处处自造新意，或有感而后发。但学作各种文体，而精通其艺术法程，亦必不可少之事也。大作者如丁尼生等，少年时皆先以精通艺术法程著名，久后乃自有所表见。今之专求别异于人，而不研习艺术法程者，徒为自误误人，愚不可及而已。

（四）宜从摹仿入手　作文者所必历之三阶级：一曰摹仿，二曰融化，三曰创造。由一至二，由二至三，无能逾越者也。一人练习著作之经历如此,一国文章进化之陈迹亦如此。创造之必出于摹仿,此凡稍研文学者之所共信所稔知,而不需辩说征引者也。古今论此者,以英人雷那芝 Sir Joshua Reynolds 所作 *Discourses on Painting* 之论为最精。时贤亦多阐发,故今不具述。总之,作文固以创造为归宿,而必以摹仿为入手。世有终身止于模仿或融化之境界者,然决无不能摹仿而能创造者也。犹之小儿未尝学步,则终身瘫废而已,何能望其与力士越沟跨野而竞走哉!有疑此者,试取莎士比亚之生平著作研究之,则见其不但毕生所历,有如此之阶级,即每种戏剧(如庄剧、谐剧、史事剧等)之编著,亦由摹仿而企于创造也。〔G. P. Baker 著之 *The Development of Shakespeare as a Dramatist*(Macmillan Co.)论莎氏之艺术最精,不可不读。〕故今之为文者,仍不能不从事于摹仿。李杜苏黄之诗,可摹仿也。而拜伦、雪莱、丁尼生、白朗宁之诗,亦可摹仿也。或师其意,或师其法,或取其词,或并为之。凡作文,苟非有意抄袭雷同,即非前人之作,而系我之作。盖无论如何摹仿,此中终有我在,固不待趋奇走怪,费尽气力,而后始可自为表现也。翻译亦摹仿之良法,可为之。然翻译之佳而入神者,已进于创造之境矣。

(五)勿专务新奇　古之作者,其人藉其文而得传于后,非其文以人而传也。同时或异世,有数多作者,同作一题,同用一法,而其能传于后者,必为其中艺术最精工、旨意最高尚之一人,而不必为生最早,或当时声名最大之一人也。天才之最高、学力之最深、艺术之最精、道德之最伟者,其吐属、其篇章,必不同于人。不必其用僻字、创新体、倡异说、反成法,而后为能出类拔萃也。今之作文者,皆犯专务新奇之病,故谬妄百出,而尤患识见狭隘,以己之所闻知、一家之主张、一人之学说,奉为金科玉律,而许以新奇。此外无论古今中外之学理、之文章,则一概斥为腐旧而屏弃之。是则其专务新奇之结果，适成为雷同而已，摹仿而已，奴隶而已。昔又有惧己之文与古今人所作雷同，为己之所不及知，而终身迟惑不敢下笔者，此则其愚更可怜矣。

（六）勿破灭文字　文章者，美术之一。凡美术各有其媒质，文章之媒质即为本国之文字，故作者必须就本国文字中施展其才力。若易以外国文字，则另是一种媒质，另需一种本领，而当别论矣。文章不能离文字而独立。自根本观之，无所谓文字之优劣，与适宜于文学创造与否也。盖文字之功用与力量，实无穷无限，要在作者之能发达运用之而已。彼不能创为佳作，或且词不达意，而倡言破灭本国之文字，别创怪体，谓非是不足显其文才者，徒见其作伪饰非，心劳日拙而已。中国文字问题，吾另有论议。文言白话之优劣，英文标点之不可用，注音字母之多此一举，吾均于彼篇详释之。兹所欲言者，即文学创造者，断不可破灭或改易吾国之文字。至于笔法（Style），则随人而异，逐篇而异，固不求其划一，而亦决不虞其雷同也。小说戏剧等有当用白话者，即用简练修洁之白话。外此文体之精粗浅深，宜酌照所适，随时变化，而皆须用文言。此外尚有一因焉，即文学之创造与进步，常为继承的、因袭的，必基于历史之渊源，以前之成绩，由是增广拓展，发挥光大，推陈以出新，得尺以进程。虽每一作者自有贡献，然必有所凭借，有所取资。苟一旦破灭其国固有之文字，而另造一种新文字，则文学之源流根株，立为斩断；旧文学中所有之材料、之原理，其中之辞藻、之神理，此新文学中皆固无之。而因文字之断绝隔阂，又不能移为我用，势必从新作始，仍历旧程。此其损失之巨，何可言喻？例如某家之长子，年二十余，已毕业大学，负有才名，正可服务社会，赡养家庭。而今忽无故毒杀之，而将其三四龄之弱弟，竭力教养，责以赡养家庭、服务社会之事。不特缓不济急，抑且弟之贤愚未可知,而兄之学问才能均归乌有,不能传于幼弟。此种损失,至可哀惜。今废文言而专以白话为创造文学之资,其弊正与此事同。故即不言保存国粹,发扬国光,巩固国基诸远大之关系,但为文学创造者之便利、之成功计,亦不宜破灭文言而代以白话也。

(七)宜广求知识　文章须言之有物。易言之,即须有充实佳美之材料,此各派文人所公认也。欲多得此种材料,自须广求知识。求得知识之法有二:曰读书,曰阅历。应读之书,国学一方如经史子集,以及掌故地理,下及说部笔记杂俎之类,均应分别精粗轻重,研读或涉猎。西学一方,如西洋各国之文哲史诸学,以及宗教美术政法科学,下及游记杂志报章之类,而尤宜于各国文字、各类文学加倍用功。虽云汪洋浩瀚,言之可惊,然当尽时与力之所至。比较言之,多读得一册,则将来作出文章,即较多一分价值与精采耳。至论阅历,国内各处之山水风物,各界之实况内情,固应身历目睹,有真知灼见,而国外世界各处,亦须亲自游历察看。所获既多,不惟知识启牖,即精神亦受其感化,作文不患不精湛、不新奇矣,例如吾国向日诗文,言海者甚少。今如有人焉,其文学功深,而海上之经验又极富,则可作为至有味而至实在之诗或小说,而不必假手于彼吉百龄(Kipling)与Joseph Conrad也。且读书多而阅历富之人,其所见自广大正确,而不流于偏激狭隘。吾国今日文学创作所以空疏浅陋、剿袭雷同,而无价值者,即因作者之无知识与阅历之故。(即如今之写实小说,吾所见者,每觉其不近人情,不合事实,其他优劣,尚不论焉。)惟其材料缺乏,故不得不呼号标榜,趋奇走怪,而去文学正法愈远也。由前所言,我侪生当今日之中国,欲求知识,实千载一时之机会,左右逢源,俯拾皆是。有志于文者,可不勉乎哉!

（八）宜背诵名篇　中西文章之最精美者，不惟须熟读深思，且须背诵，不必甚多，然非背诵极熟不可。惟能背诵，故其诗或文中之神味格调，于不知不觉之中化为吾有，则将来作文之时，自能仿效之。且能仿效之而无痕迹，真正融化过来，得其神似而不见形似，如此又何害于摹仿哉！且摹其神非窃其意也，摹其格调非窃取其材料也。然非背诵之功不能致也。譬如欲作纪游诗一篇，自谓感情及闻见皆与杜工部有合，则宜一方自整理其所闻见之材料，分析其感情，谋篇布局，计划周妥。然此时胸中尚是浑然一块，乃取杜工部之《自奉先县咏怀》及《北征》二诗复读之，至极熟，掩卷置之。少过，乃实行作诗。此时须严遵原定之计划，惟用自家之材料。（如恐暗中游移随人，可预先将所画者用散文写之于纸，分定段落。今乃执纸为凭，逐段译之为诗，自不患失原意矣。）然因读过杜诗之故，故作出甚觉流畅，而不知不觉之间，局势格调，迥不若人。此固杜诗之力也，而吾固未尝有意摹仿也。又如欲译迭更司或沙克雷之小说为吾国文，应取《水浒》或《红楼》之一段情事相似者，熟读之几能背诵，然后从事翻译。此际当力求密合英文原意，而不知不觉之间构成字句，亦不觉中英文相去之甚远也。此二例虽似琐碎迂拙，然背诵名篇而能裨益创造之理，固在于是。无论今之教育家如何论断主张，吾愿有志于文学创造者，自实行其背诵名篇之事也。（今世文学创造之要旨、之定法，必须以新材料入旧格律，或以西文之材料入中文之格律，其秘诀全在于背诵也。）

（九）宜绝除谬见　绝除成见，勿为时俗之瞽说狂潮所中，此文学批评家之第一要事，而亦文学创造者所宜着意者也。盖凡文学以真善美为归，应力求内质外形之精工，此其标准，难以数语赅括，且易于意会而难以言传。只宜相题酌材，临机定之，然决不可先存成见,著为一定之方针,即所主张者确是,亦于创造有碍,况其为时俗之谬见耶!例如作戏剧小说者,应体察人事,就其所得而表出之。其要在显示深厚之感情与人生之公理,此外应毫无拘束,无所顾忌。若乃于未作之先,遽自矢曰:我将编一戏剧或一小说以写父母主婚之横暴无理,以激成家庭革命,而鼓舞婚姻自由。作者既存此心,其命意选材,属辞比事,必受其影响,而所作者必不甚合当前之事实,与人生之真理。其书中之父母则穷凶极恶,子女则至美且淑。其间之是非过于分明,劝惩过于明显,虽受同道者之欢赏,而终难为文学之佳构也。即此一端,可见文学创造,须先绝除成见。今之作者,犯此病者最多,几若以文学为推广宣传新文化运动所主张者之器械。夫新文化运动所主张者之为是与非,如何利弊,应作别论,然文学岂可以此效用而尽之乎?故非速铲除今日所流行之俗见,使无涉于文学,则文学创造之前途断难有望,终必锢蔽沉溺而不能自返也。

以上所列,为今之从事文学创造所宜深信而力行之事,固皆老生常谈,然实对症下药,宜反复申说,而促今人之猛省者也。今更略陈就吾所见各种文学应如何著作之法,约得五类:

(1)诗　作诗之法,须以新材料入旧格律。即仍存古近各体,而旧有之平仄音韵之律,以及他种艺术规矩,悉宜保守之、遵依之,不可更张废弃。旧日诗格律绝稍嫌板滞,然亦视才人之运用如何,诗格不能困人也。至古诗及歌行等,变化随意,本无限制,镣铐枷锁之说,乃今之诬蔑者之所为,不可信也。至新体白话之自由诗,其实并非诗,决不可作。其弊本志已一再言之,兹不具述。总之,诗之格律本可变化,而旧诗格律极有伸缩创造之余地,不必厌恶之、惧避之、废绝之也。凡作诗者,首须知格律韵调,皆辅助诗人之具,非阻抑天才之物;乃吾之友也,非敌也。信乎此,而后可以谈诗。今日旧诗所以为世诟病者，非由格律之束缚，实由材料之缺乏。即作者不能以今时今地之闻见事物、思想感情，写入其诗；而但以久经前人道过之语意，陈陈相因，反复堆塞，宜乎令人生厌。而文学创造家之责任，须能写今时今地之闻见事物、思想感情，然又必深通历来相传之文章、之规矩，写出之后，能成为优美锻炼之艺术。易言之，即新材料与旧格律也。此二者兼之甚难，然必须兼之，始合于文学创造之正轨。有志之士只能勉为其难也。所谓以新材料入旧格律之法，古今东西之大作者，无不行之，此其所以为大作者也。例如杜工部所用之格律，乃前世之遗传，并世之所同。然王杨卢骆只知蹈袭齐梁之材料，除写花、写景、写美人、写游乐以外，其诗中绝少他物。杜工部则能以国乱世变，全国君臣兵民以及己身之遭遇，政治、军事、社会、学艺、美术诸端，均纳入诗中，此其所以为吾国古今第一诗人也。（李白亦文学改革家，然以李与杜较，则李之材料枯窘，多篇如一，故其诗常有重复之病。真在杜下，不待辩矣。）今欲改良吾国之诗，宜以杜工部为师，而熔铸新材料以入旧格律。所谓新材料者，即如五大洲之山川风土、国情民俗，泰西三千年来之学术文艺、典章制度，宗教、哲理、史地、法政、科学等之书籍理论，亘古以还名家之著述、英雄之事业、儿女之艳史幽恨，奇迹异闻，自极大以至极小，靡不可以入吾诗也。又吾国近三十年来国家社会种种变迁，枢府之掌故，各省之情形，人民之痛苦流离，军阀政客学生商人之行事，以及学术文艺之更张兴衰，再就作者一身一家之所经历感受，形形色色，纷纭万象，合而观之，汪洋浩瀚，取用不竭。何今之诗人不知利用之耶？即如杜工部由陇入蜀，几于每至一地皆有诗。吾国留学欧美者千百人，有能著成一集，详述其所闻见者乎？虽有之（参观本志前期李思纯君游欧及巴黎杂诗），吾殊未多见也，此无他。今之少年,命之写七言四句,平仄不误且多不能,安能责以熔铸新材料以入旧格律之大业耶!故欲谋诗之创造,则旧格律与新材料当并重。此后不难得新知识丰富之人,然能通旧格律者必甚少,一代不如一代,故吾尤祷祝倾心文艺之青年,苦研吾国诗之艺术规程也。〔近世诗人能以新材料入旧格律者,当推黄公度。昔者梁任公已言之。梁任公所作如游台湾、吊安重根、书欧战史论后诸长古,以及康南海之欧洲纪游诗,均能为此者。国内名贤遗老所作关于掌故及述乱纪事之诗,佳者尤夥。王湘绮诗以摹拟精工见长,樊樊山诗多咏酒色优伶,吾甚所不取。然如王之圆明园词,樊之前后彩云曲,均极有关系之作。间尝欲专取此类之诗外,如曾重伯之庚子落叶词、王国维之颐和园词,以及他人之无题乐府、竹枝词之佳者,抄录为一集,以供一己及知友之诵读,而示以新材料入旧格律之模范。然以见闻未广,功课少暇,故蓄志多年而无所成。世之大雅君子有为此者,吾馨香祝之。〇又尝与友谈。友曰:试为我出一二题目,俾作诗数首而行君之所谓以新材料入旧格律者。予曰:诺。第一题五言长古三首,题曰苏格拉底、柏拉图、亚里士多德赞。友曰:欲作此题,须将三子之学说理想及其在欧洲学术上影响之沿革,洞明于胸中,而撷精取要归纳于二三百字之中,予愧未能也。予曰:然则作七言长古一首,叙诗人弥尔顿之生平而传其精神。友曰:此题须先俟我读过Masson之*Life of John Milton*及弥尔顿诗文全集后,然后下笔,今则尚未能也。予曰:兹易以较易之题,请仿丁尼生(Tennyson)之Second之"Locksley Hall"而作七古一首或七绝四十首,写中国近年之种种奇怪思想运动及一己之感慨。友曰:此题我能为之,当即从事。然亦以他故梗沮,殊可惜也。〕

(2)文　作文之法,宜借径于古文。无论己所作之文为何类何题何事何意，均须熟读古文而摹仿之。盖凡文以简洁、明显、精妙为尚，而古文者固吾国文章之最简洁、最明显、最精妙者，能熟读古文而摹仿之，则其所作自亦能简洁、明显、精妙也。故惟精于古文者，始能作佳美之时文与清通之白话。古文一降而为时文，时文再降而为白话，由浓而淡，由精而粗。又如货币中之金银铜，其价值按级递减。取法乎上，仅得乎中。若共趋下，必至覆亡。故即作白话文者，亦当以古文为师资，况从事于文学创造者耶！试一察吾国今日通行常见之文章，则就其体裁，可别为三类：曰文选体，曰古文体，曰白话体。举例以名之，如下。

(一)文选体 《邃雅堂诗序》 柳诒徵

黔中诗家，照耀海内，俶落雪鸿，袭奕桐野。郘亭经巢，堂庑弥廓。雄夺万夫，秀抚千哲。鳛部振采，煜于龙鸾。黚水缋文，郁乎濉涣。灵怪所闷，晚近益恢。毕节余子，磦硌英多。纷纶五经，皋牢百氏。服膺洨长，上溯结绳。哜胾郑堂，旁求失野。出其一艺，已轶九能。声韵之作，篇什尤富。玉积玄圃，珊交邓林。大句硉兀，惊轧霄霆。曼歌裴回，香草醉骨。瘖瘵所系，笃于饭颗。恢诡之趣，式诸漆园。芒屩万里，锦字一囊。虒河腾精，蜻洲濯魄。综厥诗境，跨越乡贤。诒徵尝预麈论，窃窥骥毛。燕市抚尘，吴语述愫。长城之喻，今有长卿。三都之序，远愧玄晏。敬缀简末，庸识石交。

(二)古文体 《书义丐》 王焕镳

义丐某，佚其氏籍。一日，晨出，拾金钗一。及午，见一婢蓬首号，奔河下。止而询之，知其主妇遗钗，意婢，挞之，无以白，遂思自沉也。亟归其物，主人遣以金。笑曰：“苟利此，奚返钗为?"竟去。初丐得钗,喜甚,既念窭人卒得此,不祥;脱累人,不德。遂蹲以须,卒用全婢。夫士平居以道义自期,临利不能以稊米,狐趋而犬夺之恐后,履行之艰如是哉!困蹇至丐,独急人而不悔,此其所以丐也与。庚申秋,吾师徐益修先生言此事,因命笔之云。

(三)白话体　《记痕》(译短篇小说)　陈训慈

他们俩这样的结合,就发生真著的效果了。距他们结婚不久的一天,埃尔茂兀坐着,注视他的夫人,脸上现出一副厌苦不安的形状,缓缓的说:"琼哀娜!你脸上这个记痕,果然从不曾拭去过吗?""不曾,确是不曾的,"她笑着回答,但是见了他庄重的神气,她便深深地赧颜了,"老实告诉你吧,别人说我这记痕是幻符,我也只得当它是应该的。"

"唉!在别人的脸上,这或者是不妨的。"她的丈夫回答,"但是绝不该在你的,亲爱的琼哀娜!你禀生于自然这样完全,就这一点微瑕——我原不敢说这是瑕还是美——实在震惊我;因为这正是地球上缺点的表识啊!"

上举三篇,均可为每体极佳之例。(三篇均见《文哲学报》第一期、第二期文苑门〇《记痕》一篇仅节钞两段,又擅易一二字,以示今日白话文之通例,作者谅之。且此三篇吾借用为文体之例与原作者毫无关也。)比较观之,可知为适中合用计,则古文体实远出其他二体之上,而为今日作文者所宜奉为规范者也。世之所病于古文者,以其陈腐也,以其空疏也。不知今日学为古文,乃学其形式与格律耳。而当以今日之新思想、新材料融纳其中,则又何陈腐空疏之足患哉?试稽各国文学史、散文与诗,各有其最精之时期。后之学之者,惟取此最精之时期而学之,初不问其为远古为近古也。如英法两国之散文，均以十七、十八世纪为最精，后人尊之为文章正宗。故迄于今日，仍摹而效之，而不径学十九世纪之散文也。今日美国文学泰斗，如白璧德，评之者谓其文实得力于约翰生，彼固十八世纪之人也。又如穆尔，评之者谓其文颇学Sir Thomas Browne。彼则十七世纪之人也，古文虽盛于唐宋，而衍于明清，益兹光大，并非远古之珍物。以古文较之文选体，更较之于李梦阳、何景明辈之文必秦汉，非是则弗道者，果孰为远孰为近也？且古文之价值，不惟在其形式，抑且在其材料。唐宋人之倡古文，以破选体之词章；明清人之倡古文，以矫制艺之八股。当举世伈伈伣伣，卑污苟且，咸以此机械文章之词章八股，为骗取功名之具，以求富贵利达。而有人焉，特立独行，茹苦耐贫，究心于学问经济，致力于圣贤之教、经史之学、治世经邦之要、天下郡国利病之途，以及教育大凡、人生要理，凡此种种，乃以古文写之。然则以古文与词章八股较，果孰有价值孰无价值也哉？果孰为空疏陈腐也哉？（今人无知而武断，不惟盲于新旧之争，亦且有以古文与八股并为一物而攻击者。吾亲见其人，谓桐城派古文即八股，而曾文正之《经史百家杂钞》乃以八股家眼光选成，而备学八股之人之诵读。呜呼！吾欲无言。）且吾已言之，今之学古文，乃学其格律，非学其材料；则作出之文之究空疏与否，当视作者之有无材料为断，而不得辄为前人格律之咎也。古文之最可厌者，莫如赠序，以其为应酬文字，言之无物而颂常溢量。然此亦后来效颦者之咎，**其在大家，则往往避实就虚，借题发挥，虽系应酬小件，而以平生蕴蓄之学术义理怀抱，倾泄而出之。后之人固未敢以应酬文字目之也**。其在西国，自希腊之 Theocritus 及罗马之桓吉尔（Virgil）以降，有所谓Pastoral Tradition焉。即将己身及己之亲友，各与别号，饰为牧童牧女以写之，而以牧事田功喻文章事业，此文学上之一规例也。又有挽歌(Elegy),以吊死者而颂扬之。此为文学上又一规例也。一六七三年,弥尔顿之友金氏(Edward King),溺死于海。盖尝同学于剑桥大学,既死,同级十余人,议各作诗或文一首,合刊小册以志哀,盖尤今之开追悼会、刊哀思录者之所为也。弥尔顿与金氏,交本非厚,乃循例作挽歌一首,曰*Lycidas*,亦用牧童之旧典。常人所为,尽于此矣。而弥尔顿默察世变,知大乱之将至,而尤恨教会中人之腐败,贪囊淫污,实为召乱之主因,愤激之极,乃一畅发之于此诗。盖以金氏尝有为牧师之意,故托言及之。于是*Lycidas*遂为传世之作,此一例也。又如两国报章杂志中,例设书评一门,汇纪新出版书籍之名目而加以短评,为之者不能工也。而法国十九世纪文学批评大家圣伯甫(Sainte-Beuve),任巴黎*Globe*、*National*、*Revue de paris*、*Revue des Deux Mondes*、*Constitutionnel*、*Moniteur*等报之书评门记者,每星期作文一篇,为之数十年,几无间断。其题悉非自择,而视新出之书为定。然以圣伯甫之博学多才,凡其所作,皆借题发挥,自抒所见。风檐寸晷,蔚成名文,综之为*Causeries du Lundi*、*Nouveaux Lundis*等书,共凡四十余卷,篇篇皆传世之作。论者且谓读毕圣伯甫全集者,于十九世纪学术思想变迁之大要,已尽窥知。则其精博,可想而知。此又一例也。由是可见大作者用借题发挥之法,虽作应酬文字,亦迥不犹人,而文章程式不能困之也。且古今东西,无时无地,不有应酬文字,而在今为尤繁。总统之告谕、官吏之贺电、公司团体之宣言、名流之演讲、议员政客之发表意见、报章杂志之社论时评、宴会欢迎之说辞、事务结束之报告,下及男女学生办校刊、奏新剧、开游艺俱乐会等,其中所用之文章,何一而非应酬文字哉?何一而非印板死套哉?何一而非极端陈腐空疏哉?不特中国,西洋亦然。此类事务,吾亦尝躬与其间,亲自执笔，乃知其中皆有定格，非此程式之是遵，非涂饰堆砌许多陈套烂熟之门面语，则作出必不受欢迎。即吾有极新奇极伟大之思想，极精警极富丽之文章，当局者亦必不许吾之阑入而害于其事也。以此等文章较之韩柳欧苏方姚恽张之古文，果孰为空疏陈腐也哉？总之，文之虚实精粗，有无价值，全系于作者之才学，而非文章格律之为病。故今者摹仿古文，而使所作各种文字皆能简洁明显精妙，以臻创造之极轨，故无所用其迟惑也。（参读《文哲学报》第一期徐景铨《桐城古文学说与白话文学说之比较》一文。）

（3）小说　西洋近今盛行短篇小说及独幕剧，此亦文学衰象之一。盖人皆趋重物质生活，专心致力于文艺者甚少。彼蚩蚩营营之大多数之人，以文学为消遣品，仅于其作工治事图利赚钱之余暇，以及乘火车住旅馆候客人等无聊之片时，展卷以求娱乐，时刻一到，即复抛置。若强以读长篇章回体小说，一时既苦未能终卷，而随意取来一书，中途阅起，亦苦前事不明，线索不清，茫然如堕五里雾中。且彼辈不惟无此时，亦且无此力。盖今世之人，于其所营之事业、所研之专门学问而外，其他万事漠不关心，于文艺纯属门外汉。即小说亦不惯诵读，读之亦不甚能解，而厌倦思睡。故编著小说杂志者，为迎合此大多数人之心理，而广销路起见，遂专作为短篇小说。盖短篇小说可于十分钟或十五分钟内读毕一篇。而其中人物极少，情事极简单，易于领会。且稿费印工较少，故杂志之定价亦可较廉，而凭广告以博巨资也。（长篇小说单行本，在在与此相反，故难谋利。）此短篇小说之所以盛也。独幕剧之盛，亦同一理，皆由于供消遣、广招徕，速成而赚大钱之心理，供给与需求两方相助相成，遂以效此。然小说中究以长篇章回体为正宗。从古之小说大家所作者皆长篇。而惟长篇小说始有精深优美之艺术之可言。西洋现今作长篇小说之人，尚不为少。返观吾国,则近年新派之言文学创造者,莫不作短篇小说,而鲜有作长篇章回体者。吾以为此亟待改良,而不必效西人之所短,且又过之也。至于在今日作小说之法,亦宜以新材料入旧格律。吾国旧有之稗史,其中各体均备。(稗史分为四种,其中惟短篇小说,欧洲十九世纪中叶以来所发明者,似为吾国所无,其余均有。至稗史之四种,小说与稗史之别,均详拙撰《小说法程》,下期登出。)而章回体之长篇小说,艺术尤精。其中之规矩法程及词藻,均宜保存之,遵依之。(其故与前节诗同。)同时更须研究西洋长篇小说之艺术法程,以增广之,补助之,而进于至美至善。此所谓旧格律也。至所谓新材料者,与前(1)诗之一节所言之新材料略同,不必复述。且今日者,尤为著作长篇小说最佳之机会,不可不利用之。盖小说乃写人生者,而惟深思锐感、知识广、阅历多之人能作之。吾国近三十年来,国家社会各方变迁至巨,学术文艺、思想感情、风俗生计,亦日新月异,今是昨非。苦乐悲欢、成败兴亡、得失荣辱,尤有泡影楼台、修罗地狱之观。凡此皆长篇小说最佳之资料,任取一端,皆成妙谛。如能熔铸全体,尤为巨功,而惜乎少人之利用之也。(吾尝有志于十余年前与友共为预备,而终嫌时力学识阅历均不足,卒乃废然也。)作此类小说之定法,宜以一人一家之事,或盛衰离合,或男女爱情,为书中之主体,而间接显示数十年历史社会之背景,然后能举重若轻,避实就虚,而无空疏散漫之病。(作一部历史、一部自述,写三十年来中国之情况,其事不难。求一现成或虚构之故事为寻常小说之资料,其事亦不难。然欲求一段故事可作小说,而又足以代表政治社会各方三十年中之情形则甚难。吾之终未敢试作者,以难得此一段故事也。)自昔大家作历史及社会小说者,靡不用此法。一者如曹雪芹,则以宝黛之情史、贾府之盛衰,写清初吾国之情况。二者如沙克雷,作

*Henry Esmond*则以此人之遭遇及家庭爱情，写十八世纪初年英国之情况及一七一四年政变之始末。三者如George Eliot，作*Middlemarch*，则以三对男女之爱情，或成或败，写十九世纪初年英国村镇之情况。外此例不胜举，今均可取为法也。（吾国晚近小说，如《孽海花》《二十年目睹之怪现状》及《广陵潮》，篇幅范围均甚大，而颇用吾兹所言之法，惟皆有所短。大率吾国之新小说，其人生观皆欠深厚，欠中正。辛亥以前之小说，多以鼓吹种族及政治革命为志。而最近十年来之小说则流于刻薄冷酷，写恶人处处形容太过，而无善可感可法。近者黑幕、大观等书流行，而新文学家又力倡写实小说，适足推波助澜，助长其恶而已。）如上所言，其事甚难。然教育小说则极易作，少年学生亦可下笔。兹所谓教育小说者，非如寻常教育杂志之所载，关于学校生活，意在说明教育原理、教授方法，而晓示品格修养者。（如《馨儿就学记》《埋石弃石记》之类。）兹所谓教育小说，乃指小说之一种，内述一人自幼而少而壮而老之思想感情、见闻境遇之变迁，而国家社会种种之变迁，即由此一人之所见所感者而代表。以时为序，层次阶级显然，内外兼具。外示环境之沿革，内示个人身心之发育成长，又可谓之纲鉴体之小说。最著名者如葛德（Goethe）之*Wilhelm Meisters Lehrjahre*及*Wilhelm Meisters Wanderjahre*两书[①]。又如今世英人Arnold Bennett之*Milestones*，虽系戏剧，亦用此法。吾国今日学生之有志者，甚可从事此种。但将一己及其朋友之经历，依实写出，娓娓动人，虽不能为巨构，而亦必可观也。故吾特表而出之。除上言诸义以外，吾所愿为今世从事于创造之青年告者：多读中西之佳小说，而深究其艺术法程，一也。勿作问题小说（见前），二也。勿专务作写实小说，而宜有深厚中正之人生观，三也。总之，

① 即歌德《威廉·麦斯特的学习时代》《威廉·麦斯特的漫游时代》。

但以恶劣牵强之白话,每行数字至十余字,英文标点,写一零片一小段极平凡之感情闻见。此种短篇小说,实无价值。而彼专图谋利糊口之下等文人,所作不出酒色歌舞、游乐赌博之事,陈词滥调、堆满词章之非新非旧之小说,其无价值,更何待言也。

(4)戏剧　欧美今日通行之戏剧,种类綦多,若Opera,若莎士比亚等之名家戏剧,若寻常新戏,即Comedy of Manners,若Musical Comedy、Burlesque、Leg Show等(各种杂剧,极视听之娱者,尚不在内),同时并存。虽术有精粗,道有高下,然因人性之不同,地位嗜好之各异,故以上每种戏剧各有其光顾之座客,而无废绝衰竭之忧。由此数证观之,则吾国之新旧各种戏剧,悉可听其存在,并宜自求发达精工,观者随其所好而往,固不必斩斩争辩绝此废彼也。要之,每种艺术必自有其价值,自有其格律规程,决不可以此例彼,强以一端概全体,而有入主出奴之见。吾国旧戏以京剧为主,再则昆曲,此二者之一切艺术规矩,其著作排演布景衣饰之各种格律法程,悉应遵仍旧贯,不可妄事更张,强以新戏之布景等入之,致成非牛非马之观。所谓改良旧戏之法,只宜添著脚本而止。即所著者虽用新思想、新事实,然亦必恪守旧剧之规矩,方为合用。有如欧洲昔日希腊古剧及莎士比亚时之剧,其剧场布景等等,皆极简陋,然其剧之价值,反远在今日新剧之上,何哉?因戏剧之真正目的,在想象力之感化,而非写实之摹仿。故古剧中之剧场(Stage of Imaginative Suggestion),实胜过今日新剧之剧场(Stage of Realistic Imitation),而近年欧美有所谓提倡剧场布景趋于简单之运动,并主张剧场观客之数宜减少。彼非好为摹古,实欲救今日剧场过度写实之弊也。准是以论,则在吾国新剧亦宜于精神艺术上用功夫,而不可徒炫布景之繁复。而吾国旧戏中之京戏,实与莎士比亚时代之戏剧相似,而昆曲之人少事简而重歌唱及词藻，实近于希腊古剧也。（此事后当另作专文详论之。）由是比较，而吾国之旧戏之价值乃见，以其有多年之旧规，而自能造成一种幻境以悦人也。若论新剧，吾意此决不可苟作，宜多读名家剧本，精研西洋戏剧之艺术之法程。编剧宜有深厚中正之人生观，不可专作问题戏剧。（其理由与小说同，见前。又参阅本志第四期华桂馨《论戏曲与社会改良》一文。）不可徒倡训诲主义。剧中人之谈话，固宜用白话，以求合身份而描摹逼真。（然学生式、英文式似是而非之白话，亦不可用。）然布景之说明等，则宜用文言，以示分别。（印刷宜用两种字体以分别之。）外则戏剧一业，实含编剧、排剧、演剧三事，而三者关系至为密切。欧美之编剧者，有学校，有师承，须经长久之练习，其事非易，固人所共知。而其于排剧演剧，视之尤重，其办法可谓以军法部勒之，井井有条，能者在位，职权分明。上施令而其下绝对服从，谋全剧之成功，而毫不存显扬个人之想。其精密严整、协力同心之处，不惟为排剧演剧之良法，亦且可为凡百办事者之模范也。吾国近来学生演剧之事盛甚，然其排演多不免凌乱散漫，实与吾国腐败之政治、腐败之社会相为呼应。吾故愿吾国之排剧演剧者振作精神，修明法规，效法欧美排演者之郑重其业，辛苦从事，则不惟新剧前途之幸，且可由此养成办事奇才，与纪律合群之观念也。

（5）翻译　翻译之术非他，勉强以此国之文字，达彼国作者之思想，而求其吻合无失。故翻译之业，实吾前所谓以新材料入旧格律之绝好练习地也。翻译有三要：一者，深明原文之意。二者，以此国之文达之而不失原意，且使读之者能明吾意。三者，翻译之文章须自有精采。是即严又陵所谓信达雅也。翻译之法无定，或逐字逐句译之，或通篇译其大意，要视为之者如何耳。然其最要之着，在求两国文中相当之词句，既得之，则以此易彼。古今翻译大家论翻译者:(一)如乔威德(Benjamin Jowett)则有折衷两全之说。(参阅本志第八期《钮康氏家传》第十六页按语。)(二)如杜来登(John Dryden,参观本期插画第一幅)则谓翻译有三途:一曰直译(Metaphrase),二曰意译(Paraphrase),三曰拟作(Imitation)。三者之中,直译窒碍难行,拟作并非翻译,过与不及,实两失之。惟意译最合中道,而可以为法。凡译诗者,不惟须精通两国文字,且己身亦能诗,尤须细察所译之作者意境格律之特点,即其异于他诗人之处。既得,吾乃勉强练作一种诗体,其意境格律与彼同,然后译之,始能曲折精到也。至于意译之法,简括言之,词藻尽可变化,而原意必不许失。执两用中,求其适当而已。〔以上之说见其所著 *Preface to the Translation from Ovid's Epistles*(1680)。其言虽为译诗者而发,然各体文章之译法均可通用,有志译事者可取而读之也。〕翻译固非创造,然翻译之佳者,其文章自有精采,亦即可谓创造。如莎士比亚之时,英国Sir Thomas North之由法文本重译布鲁特奇之《英雄传》〔Plutarch *Parallel Lives*(1579)〕。又John Florio之译Montaigne文集〔*Essays*(1603)〕及George Chapman之译《荷马史诗》(1610—1615),在当时及后世,固皆以创造之作目之也。故希腊罗马文学名著,英国早皆有极佳之译本。而近今日本之翻译外籍,尤称敏速普遍。吾国译事与之相较,殊远不及也。近年吾国人译西洋文学书籍诗文小说戏曲等不少,然多用恶劣之白话及英文标点等,读之者殊觉茫然而生厌恶之心。盖彼多就英籍原文,一字一字度为中文,其句法字面,仍是英文。在通英文者读之,殊嫌其多此一举,徒灾枣梨。而在不通英文者观之,直如坐对原籍,甚或误解其意。此其病由于操译事者未尝下苦,以求相当之部分,融化过来。故今欲改良翻译,固在培养学识,尤须革去新兴之恶习惯,除戏剧小说等其相当之文体为白话外,均须改用文言。(参阅本志第九期“文苑”《梦中儿女》篇第一页编者按语。)至欲求译文之有精采,须先觅本国文章之原文意趣格律相似者,反复熟读,至能背诵其若干段,然后下笔翻译。此时需求密合原文之意,则所得者,既不失原意而又有精采矣。〔参阅上文(七)宜背诵名篇一节。〕

以上略陈吾对于创造各种文学之意见,多本于读书及经验揣摩而得来。虽吾不必能躬行之,然确信其理为不谬,其法为不拙,而愿国中有志文学创造者之教正并试行者也。至上述各义,概括言之,则吾首注重以新材料入旧格律,故不取白话及英文标点等之怪体,而归本于背诵名篇,为吸收融化文章精神之惟一善法。其详则分具于各节云。

——本文原载于1923年3月出版之《学衡》杂志第15期。

文学与人生

（一）

文学以人生为材料，人生藉文学而表现，二者之关系至为密切。每一作者，悉就己身在社会中之所感受，并其读书理解之所得，选取其中最重要之部分，即彼所视为人生经验之精华者，乃凭艺术之方法及原则，整理制作，藉文字以表达之，即成为文学作品。此尽人所知晓，惟其间有数事，似为今日吾国人所宜注意者，爰分述之。

文学之范围本无一定，广义之文学，包括所有书籍著作之有可读之价值者。哲理、政治、历史等等皆在其中。如圣亚规那（St. Thomas Aquinas）之《神学大全》（*Summa Theologiae*），如卢梭之《民约论》，如达尔文之《种源论》，如孟森（Mommsen）之《罗马史》，皆文学也。中国之《红楼梦》《儒林外史》《七侠五义》《施公案》等允为文学，而十三经、二十四史、六朝隋唐人翻译之佛经、宋明诸子之论学语录等，尤不能摈斥于文学疆域之外。此就广义而言之者也。若夫狭义之文学，或称纯粹文学，则但取直接表现人生之实况者，而弃其虚空论究人生之真理者，此亦未尝不可。但在纯粹文学中，更不宜妄生分别，有入主出奴之见。如新旧及平民贵族文学等之区别，岂可遽用为抑扬去取之标准。西洋现代生活与中国古代生活，同为实际之人生，帝王、卿相、学士、文人、倡优、皂隶以及工人、教徒、军阀、政客，其在文学上之价值相等，均可用为材料，但视作者描写如何耳。总之，吾人决不可以己意中之文学标准妄定文学之范围。盖标准乃用以衡量各个作品之高下，而明示文学创造之方法与其鹄的者。今若不论标准，不分别审究作品之价值，而径谓内容描写某时代某种生活之书均非文学，均在应行屏弃摧毁之列，此实未见文学之全体，未明文学之真相者也。近今中国与西洋接触，政治社会经济思想种种变迁，人生之经验遽增，人生之情况益繁，故中国文学之范围不得不随之而扩大，应合中国古今及西洋古今人生之经验而为一。居今日而欲创造及评论文学，均当以中外东西古今新旧人生之总和，及中外东西古今新旧文学之全体，为思想之对象，为比较及模仿之资料。乃若故步自封、限于一隅，尊己而蔑人，是丹而非素。己身为渊博之学者，则谓诗中每字每句均应取材于典籍，而不问情感之真挚与否。己身为达官贵人，则谓洋车夫及农民生活不宜入诗，而不问其描写之工力如何。己身提倡某种主义，则谓前此之文学均为专制君主、骄奢贵族歌功颂德，或为资本家及帝国主义助虐张目，而不细究其作品之内容及作者之意旨。己身富于情感，喜作抒情诗，则谓凡文学以感情为主，说理叙事均非文学。此等议论，吾人目前见之极多，不胜列举。盖皆由不知文学之范围实与人生之全体同大，而未可以一时一事限之也。

（二）

人之本性，原甚复杂。其所禀赋，有本能，有直觉，有理性，有意志,有感情,有想象。人之生活及行事,实为以上各种同时运用活动之结果。文学中所描写之人生,亦为本能、直觉、理性、意志、感情、想象联合所构成。人性固有所偏,然理性强者不乏想象,意志强者非无感情,其他类推。就一人所行之事言,于此时或专重理性,于彼事或纵任感情。又以此人与彼人较,其本性中之理性感情等成分之比例各不同。然就其人之一生全体论之,未有不兼具上言各种性行之原素者也。是故文学描写人生欲得其真,必同时兼写此诸种性行原素之表现于事实者。如所写之人纯为意志或感情所支配,则其人不啻傀儡,其书毫无文学趣味,但足宣示作者之主张见解而已。古学派(一译古典派)之伦理的主张,乃以各种性行原素之调和融洽、平均发达、适宜运用,为修养之鹄的及人格之标准。然希腊、罗马文学中之上品,如荷马之诗,苏封克里之悲剧,以及桓吉尔(Virgil)之诗,其描写感情想象非不强烈,岂仅专重理性者。中世之基督教文学,似重意志,然亦不能废理性及感情。后来之新古学派及伪古学派,特重一偏之理性,致有浪漫派之反动,专务提倡感情及想象。写实派继浪漫派而兴,复趋他一端,专主以冷静之头脑观察社会人生之实况,详细描写,不参己见,其所重者乃为科学之理性。自然主义变本加厉,专重本能及冲动。最近对于自然主义之反动又起,将来趋向尚难预言。

统观西洋文学之全史,此兴彼仆,各派循环递代,实足证明专重性行原素之一之文学,决非正当,亦不能持久。其始也补偏救弊,为时世所需要,受众人之欢迎。其弊旋即由此而生。所长即其所短。其情形有如欹器独乐,倾覆旋转,常倾向于中心,欲归于静止而不能。又如调色和味,注此挹彼,终难得所求之色,或匀正之味;而于其经过中,则遍见各色、备尝各味焉。既知夫此,则吾人今日对于已往之各派文学俱应充分欣赏,并择己之所好者自由仿作。然决不可专举注重性行之一原素之某派文学，悬为批评之标准，创造之模范，而不许他派文学之存在或处同等之地位也。

于此宜注意者，文学界中有天演淘汰、适者生存之公例，而各派之文学作品，其地位及权利同等。凡能历久而传于后者，必系伟大之作，而劣下之作品终归淘汰。文学史上兴灭起伏之陈迹，与各派文学作品本身之价值毫无关系。不得以甲派先出，乙派后兴，遂谓凡属甲派之作品其价值均在乙派作品之下也。又不得以今日所流行者偶为丁派，遂谓丁派为文学之正宗，而以前之甲乙丙各派悉应废止蔑弃也。总之，吾人研究文学，不可过于注重文学史上之各派，更不可惑于其名，而资为去取。每一文学作品，自其作成之日，即永久存在，迄于今日犹存。自古至今之文学，为积聚的，非递代的。譬犹堆置货物行李，平列地面，愈延愈大，并非新压旧上，欲取不能。吾人今日之文学财产，乃各时代各国各派之文学作品之总和，非仅现今时代（或本国）所作成者而已。有财而不用，反谓无财，推以与人，或毁之而自安于贫穷，是诚愚不可及矣。

（三）

文学既系作者人生经验之表现，故世无绝对主观亦无绝对客观之文学。每一作品中主观客观之程度或成分，应视其作品之种类、体制、性质、目的而定。例如史诗必须客观，情诗自宜主观，戏剧则当以客观为主观。述论哲理宜凭客观之理性，而作书函或演说，意在动人，则宜用主观之感情，斟酌于主观客观二者之间而得其宜。此固古学派最高之鹄的，而未易言也。浪漫派最重主观，以“表现自我”为口号，欲纵任一己之冲动、欲望及感情，听其自然发泄,不加制止。叙述一己之奇特感想,以及谬误之行事,不事讳饰。其所重惟在对己能诚。然人乃社会环境经验与其本性相合而产生之物,人莫不受前古或同时之影响。诸多年少浪漫之人,常谓:吾性奇特,前无古人,后无来者。吾之思想感情不与人同,一切是吾独创。然细考之,实未必然。如卢梭幼读布鲁特奇之《英雄传》,长读李查生(Richardson)之小说。而其谓科学文艺发达足使风俗衰败之论文(一七五〇年)乃采其友狄德罗(Diderot)之意见。如雪莱(Shelley)尝奉古德温(Goodwin)为导师。如济慈(Keats)则以斯宾塞(Spenser)为模范。而如拜伦之与自然亲近,视人类如仇敌,此不过其对于社会、家庭失望愤恨之一种表示。其厌世之深,正显其爱世之切也。夫人既不能与社会绝缘、与人类隔离,则不能有完全之主观,不受他人丝毫影响。表现之时固可偏重自我,然欲所表现者为完全纯粹之自我,实不可得也。

写实派与自然派最重客观,一则曰:吾但就吾观察所得者而实叙之,不敢参以己见。吾之材料方法,皆与科学家所用者无异。吾所描写者,一人之声容衣饰,一物之颜色形状,悉本事实,惟真是崇。再则曰:吾为艺术而作艺术,吾非欲提倡某事,亦非欲褒贬某种人物,吾但注意吾作品之佳妙而已。虽然,人生材料至极繁博,今欲写入书中,自难遍收而无遗漏,其不能不加以选择者势也。选择之际,自必有一定之标准,凭此以为去取。此其选择之标准,非主观而何?且实际之人生常为迷乱而无序,写入文学或艺术,则必加以剪裁修缮,斟酌改变,增减分合,重行排列而整齐之,使合于艺术之形式及需要,然后读者方能知其事实之因果、人物之关系,而与作者同其感想。此种整理之工夫,又非主观而何?

是故文学虽为模仿人生,然非印版照像之谓。文学中所写之人生，乃由作者以己之意旨及艺术之需要，选择整理而得之人生，且加以改良修缮，使比直接观察所得者，更为美丽，更为真切，更为清晰。知乎此，则浪漫派之表现自我，与写实派、自然派之惟真是崇、为艺术而作艺术，并属一种理想，不惟尚多可议之处，且决难实现。而吾人今日不当以此或彼为一切文学去取抑扬之标准，更不待辩而明矣。

（四）

夫文学既以人生（Life）及人性（Human Nature）为材料及范围矣，然人生及人性有变有常，匪特人生及人性然也。宇宙原理、世界万事，莫不如是。盖皆无独有偶，相反相成（此题甚大，容俟另释）。惟变与常亦然，变必有常，常能生变，世无绝变之常，亦无离常之变。知常而不知变，则为拘泥。知变而不知常，则为浮嚣。二者皆一偏而愚昧，非真知灼见也。凡论事衡物，须明一多并存之义，即须知常变同存之旨，否则陷于迷误，其说不确不完。今但论文学与人生人性。文学所表现者，乃人生与人性之常，兼及其变。苟常与变二者缺一，则不能有博大充实之文学，亦不能成精警奇妙之作品。凡批评文学或有志创造者，均可以此为衡鉴之标准、致力之途径矣。

文学为写（写即表现）人生人性之常，故凡古今伟大之文学作品，无论何类何式，必各攫取人生人性中之一根本普遍之事实，为其题材，藉是以成其伟大。如西班牙席万德[①]（Cervantes，1547—1616）之《魔侠传》[②]（*Don Quixote*，原书系一六〇五年出版，续编系

① 席万德，今译塞万提斯。

② 《魔侠传》，今译《堂吉诃德》。

一六一五年出版。此书商务印书馆说部丛书中有节译本)。其影响及声名之大,固由作者之意在攻诋彼盛极当时、风行一世之描写中世武士义侠恋爱之小说,书出而此类小说无复诵读或著作之者,而亦由其书之主要题材,为显示人生人性中理想与实际(The Ideal and the Real)之两方面。二者对立共存,及其相互之关系,此书均描写如法。夫人之性情行事(一)有偏于浪漫而趋重理想者,书中以魔侠Don Quixote代表之。此类人激于热诚及至情,认幻作真,为己所宝爱所尊尚之理想价值牺牲奋斗,出死入生,冒万苦千辛而不悔。其结果多竟无所成就,憬然自失。间亦有杀身成仁、惠及百世者。为圣为狂、殉道殉情,悉属此类。其例甚多,不备举。孔子曰惟上智与下愚不移;莎士比亚谓疯人、情人、诗人乃是一类;拜伦谓霸主、辩士、哲人、骚客以狂导狂滋蔓无已:皆指此类人而言。(二)有偏于实际而趋重功利者,书中以魔侠之从仆Sancho Panza代表之。此类人心思平淡,目光短小,情感缺乏,观察锐澈,计算精密。凡事脚踏实地,谨守范围,以一己之利益为归,本当前之事境为断。其结果无大成功,亦无大失败;无大苦,亦无大乐。为辕下驹,为井底蛙,庸庸碌碌,泯泯棼棼,饱暖终身,没而无闻。然社会之组成、人类之绵续,亦实有赖于此大多数人:孔子所谓乡愿,孟子所谓凡民,弥尔顿所谓of men the common rout,今人所谓"普通之公民"或"群众",皆是也。此二种人之苦乐利害得失短长各别,性习所定,莫能自择。然每人之性行中,有其理想浪漫之成分,亦有其实际功利之成分在。随时依事,重甲轻乙。而同一之事,亦有此两种看法及做法,错综糅杂,不易分辨。要之,理想与实际之对立,为人人观察经验所有之事,而席万德乃用为《魔侠传》之题材,且解释描叙得真而合法,故天下后世人莫不喜其书也。

文学又必写人生人性之变，故重选择。专取人生经验中最有价值最有趣味之部分，写入书中。庸陋平凡者须从删弃。选择愈精严，则愈为佳作。例如古今男女莫不恋爱、莫不婚嫁，然必如宝玉黛玉之爱，或罗密欧与朱丽叶之爱，始值得一写。即在《石头记》中，于宝玉黛玉之爱，不惜费许多篇幅字数，而于秦司棋潘又安之爱，则数十百字而尽，以其价值趣味不相等故也。又如人莫不有父母，莫不有室家，乃若《哈孟雷特》[1]（*Hamlet*，莎士比亚所为悲剧）之母淫于叔而鸩杀父，已亦遂不得不手刃叔而逼母自刎以报父仇。以及古希腊之《肿足王》〔*Oedipus*，乃苏封克里氏（Sophocles）所为悲剧〕误杀其父而烝其母且生二子二女，阅二十余年始知真相，悔痛无地，求死不得。此皆人生之异事、人性之奇变。当局者固已震骇迷惘，闻之者亦皆动魄惊心。而作者写来酣畅淋漓，尤能使千万读者莫不激切感动。必选取类此不常见之经验事实境遇情感，以为题材，方可成文学之伟制。惟于此有需申明者二事：（一）所谓人生经验之价值与趣味，系于其人之贵贱尊卑贤愚美丑，不系于其事之公私大小成败得失，亦不系于其人所信持之道理、之真伪高下及其作此事之动机之是非精粗，但须作者用此为题材，写来酣畅淋漓，使读者激切感动，便为有价值有趣味。如娼妓淫贱者多，而乃有怒沉百宝箱之杜十娘，血染桃花扇之李香君，狄佛[2]（Defoe）之*Moll Flanders*传（小说），罗色蒂之《锦妮》（Jenny）之诗，托尔斯泰之《复活》（一译《心狱》）小说等。又农夫牧童愚蠢无学，而乃有《豳风·七月》之诗，李绅《悯农》、柳宗元《田家》之歌，桓吉尔（Virgil）之《田功诗》（Georgics），彭士（R. Burns）之《村氓之星期六夜》诗，华次华斯之"Michael"诗，丁尼生

① 《哈孟雷特》，今译《哈姆雷特》。

② 狄佛，今译笛福。

之新式旧式之《北方农夫》诗等,皆不失其为佳作。再则如嚣俄之《活冤孽》(电影译名曰《钟楼怪人》)及最近Feuchtwanger之《丑郡主》(*The Ugly Duchess*)小说,以丑男丑女用为书中之主人,亦前此所不多见。(二)梦幻想象中之仙佛鬼怪,以及寓言神话中之奇事异迹,亦(广义的)人生经验之一部,苟其确具趣味与价值,则可取以入书,不当以迷信诞妄有悖科学而非难之。故《西游记》《伊索寓言》《天方夜谭》《天路历程》《海外轩渠录》《阿丽思漫游奇境记》等,皆有其文学中之地位也。

文学写人生人性之常,又写人生人性之变,此乃一事而非二事。不但一书中之材料有常有变,且其常者即是变,变者即是常;常变合一,不可分离。易言之,即伟大文学作品中之主要题材,必为人生人性中根本普遍之事实,但其事又奇特精妙,富有价值与趣味,而为常人平居所不能见、所不能行者。如抢劫奸淫到处有之,然必如《水浒传》中写吴用智取生辰纲或武松杀嫂方足称为文学,以其奇美动人也。文学兼写常变,其法惟在注重必然及当然之律(Law of Probability and Necessity)。盖人事可分三类:(一)曰必然(Necessary),乃事势之所必至。(二)曰当然(Probable),乃情理之所当有。(三)曰偶然(Possible),乃经验之所偶逢。文学作品描写人事,其中最重要之关节及结局,应为必然的。其中大部分之事实,应为当然的。仅有一二无关重要之处,可写作或然的。作者能谨守此律,则所叙述者奇美而不失真。如《石头记》第九十八回黛玉之死,是为必然。前此凤姐定策等等,是皆当然。而九十六回黛玉遇傻大姐而得知宝玉娶亲,则为偶然的,是其佳例也。

又按常者生人性行经验之所共同,变者一时一地事实情态之所独异。文学既兼写常变,故其题材(Subject)难免与昔之作者雷同，而其描写之方法（Treatment）要必为我之所自创。由是更得一义，即文学中之所谓新旧，不以题材而分，乃以描写之方法为断。但使我之作法与前人不同，虽皆用此题材，我之所为亦系创造而非因袭或模仿也。

以上总论文学中常变之理，以下分述各派文学对于常变之所偏重。

古典派文学注重表现人生人性之常。希腊罗马作者之所谓Nature，乃指常人之本性而言，谓文学以直接模仿或描摹（Imitate）常人之本性为职志，故其所写之事皆必合于各人之身分地位（Decorum）而有平和中正之意，不务奇僻，不取险怪。世或以平淡枯窘为古典文学病，殊不知古典文学之巨子皆能兼写人生人性之变（如前举苏封克里之《肿足王》悲剧是），但虽变而不离于常（如肿足王虽抉目椎心、悔痛无地，类似疯狂而仍不离人之本性，且不失彼之特性）。易言之，即真正之古典文学，实能兼写人生人性之常与变，即并具奇美而不失真。此诚文学之极诣，而为后世所难及。不幸文艺复兴以还，十七、十八世纪中之新古典派及伪古典派，不知观察人生以自行直接模仿，但务熟读希腊罗马古贤之作，而模仿其书中所写之人物事实。故其所得者，非直接之人生真谛，乃辗转钞袭之古代文学作家之意想。譬之照像印刷，翻版愈多，愈益失真。且其途径益狭、范围愈小，此诚不免枯窘平庸、了无生气。是故新古典派及伪古典派之文学，不知人生人性之变，但写其常，且系由书本中得来之知识，既无奇无美而亦失真。然后世末流之弊如此，决不能持为古典派文学咎也。

浪漫派文学不遵规矩、惟务创新，以奇特为高，以诡异为尚。又凡事喜趋极端，矜炫浮夸，纵获奇美而失真善。写实派文学描绘务期得真，惟观察不广、选择不精，每以一时一地偶然掇拾之材料概括人生人性之全体,故不免拘囿而陷于一偏。自然派文学昧于人性二元之要理,不知人实兼具神性与物性,而视人如物,谓人之生活纯为物质机械,受环境之支配、为情欲所驱使,无复意志责任道德之可言。此其对于人生人性仅知其半,而未识人之所以为人者何在。总之,浪漫派、写实派、自然派,皆只注重表现人生人性之变,而遗弃其常。未若古典派文学之真切而完善也。

以上泛论人生人性全体之变与常。更就一人之身论之,则每人各具有普通善恶二元之人性,又自有其特殊之品格。由少而壮而老,此品格之必不能改,是其常也。然此人之感情行事嗜好态度则随时随地而改异,似若矛盾迁转不可捉摸,此其变也。在昔文学未发达之时期,小说中描写一人,率皆始终如斯,毫无更改。此固简陋不合于真。而最近小说作者则喜用“意识之流”之说,谓人生是断而非续,是离而非整,无所谓人格与特性,仅有在时间之长流中显映之影片而已。从此说,则是人生一切,有变无常。时间之观念大盛,支配一切。空间之观念甚衰,几于消失。此现代文学哲学中甚著明之一事也。

——本文原分(一)(二)(三)(四)节,载于1928年1月9日、30日,2月20日及1929年11月25日出版之《大公报·文学副刊》第2期、第4期、第7期及第98期。

中国文学现状

Present State of Chinese Literature

I. Down to 1900, China, in "splendid isolation" has developed a literature of her own—rich & highly finished, the Embodiment of her ideas & Expressions of her civilization.

The Characteristics of Chinese Literature(to me):

1. Humanism
2. Highly moral
3. Limited Perfection of Beauty

II. Marquis 曾国藩, the last great representative figure of Chinese literature.

His character & many-sided achievements.

III. The literary (complicated with political, economic & social) history of China from 1900 to 1930. 今暂不作.

IV. General Impression of the whole field of Chinese literature today:

(i)Confusion & Heterogeneity.

(ii)Co-existence & mixture of all Forms of Expressions & all types of thoughts & feelings.

V. Classification according to Forms.

1. Problem of the language.

i. Different from West. viz. European language—Esperanto（International utopian）Romanization.

ii. Difficulty to learn（?）Inherent or Method?

Phonetics. Real solution: Communication & more efficient teaching.

Adult Education

Mandarin

iii. No Grammar（?）

iv. For expressing new（west.）thoughts & feelings.

v. For which of new literature

2. The Literary Revolution & the Vernacular literature: Its Reaction & the Real Solution.

3. 文言白话之 Co-existence & mixture.

4. Rhyme & Meter in Poetry: the Vernacular Free-Verse.

Experiment & Endeavor.

5. Problem of Styles：Old(1) 六朝体;(2)古文体;

New(1) 全欧化;(2)半欧化;

(3)俗语;(4) 旧白话.

VI. Classification according to Matter: Thought & Expression.

1. Ultra - conservatives

2. 中学为体,西学为用。

3. 兼收并览,审慎别择。(Critical attitude: comprehension & selection.)

4. 研究旧籍，以新法整理。Its abuses：反古，立异。

5. Ultra - Radical: Communists：焚书

VII. Classification according to the Union of Matter & Form：

1. Old style, old thought

2. Old style, new thought：学衡派（宓）

3. New style, old thought：（胡适）

4. New style, new thought：

VIII. General Arbitrary Grouping, with leading figures（persons）

（左）

无产阶级文学（since 1928）

讽刺派（鲁迅）

颓废派（郁达夫、曾朴）创造社

近世派（浪漫派，加以聪明）徐志摩　新月派

近世派（功利派，加以考据）胡适　新月派

中立兼收派（研究，了解，同情，批评）《东方杂志》梁启超

《大公报·文学副刊》

标准派（人视为复古派）：中国文学——学衡派

西洋文学——学衡派

（求其最善者而今品合之）

旧派江湖先生，雅俗文人 ——樊增祥

旧派道学家 ——梁济

以孔教及君主为理想之旧派学者文人 ——陈三立、郑孝胥、康有为

旧派经学考据家 ——马其昶

（右）

中国文学现状

1930 年 12 月

一、直到 1900 年,中国在“绝妙的隔离”中发展出属于自己的文学——丰富而极其优秀,她的思想的体现和她的文明的表达。

中国文学的特点(对我而言):

1. 人文主义

2. 道德性强

3. 有限的形式完美

二、曾国藩,中国文学的最后一位伟大代表人物。

他的品格和多方面的成就。

三、1900—1930 年中国文学史(因加上政治、经济、社会因素而愈发复杂)。今暂不作。

四、当今整个中国文学界的总体印象:

(i) 混乱和多样。

(ii)所有表达形式和所有类型的思想和感觉的共存和混合。

五、按形式分类。

1. 语言问题。

i. 与西方不同,与欧洲语言——世界语(不同)

(国际乌托邦)罗马化。

ii. 难学(?)固有问题还是方法问题?

语音学。真正的解决方案:沟通和更有效的教学。

成人教育

普通话

iii. 没有语法(?)

iv. 用于表达新的（西方）思想和感受。

v. 对于哪一种新文学

2. 文学革命与白话文学：引起的反动，与真正的解决方案。

3. 文言白话之共存与混合。

4. 诗歌中的韵律：白话自由诗。

实验与努力。

5. 文体问题：

旧（1）六朝体；（2）古文体；

新（1）全欧化；（2）半欧化；（3）俗语；（4）旧白话。

六、按内容分类：思想与表达。

1. 极端的保守者

2. 中学为体，西学为用。

3. 兼收并览，审慎别择。

4. 研究旧籍，以新法整理。其滥用反古，立异。

5. 极端的激进派 ：共产主义者：焚书。

七、根据内容与形式的统一来分类：

1. 旧风格，旧思想

2. 旧风格，新思想：学衡派（宓）

3. 新风格，旧思想：（胡适）

4. 新风格，新思想：

八、随意的大致分组，各自的领军人物

（下）

无产阶级文学（自1928年以后）

讽刺派（鲁迅）

颓废派（郁达夫、曾朴）创造社

近世派（浪漫派，加以聪明）徐志摩　新月派

近世派(功利派,加以考据)胡适　新月派

中立兼收派(研究,了解,同情,批评)《东方杂志》梁启超
《大公报·文学副刊》

标准派(人视为复古派):中国文学——学衡派
西洋文学——学衡派
(求其最善者而今品合之)

旧派江湖先生,雅俗文人——樊增祥

旧派道学家——梁济

以孔教及君主为理想之旧派学者文人——陈三立、郑孝胥、康有为

旧派经学考据家——马其昶

(上)

——本文原为1930年12月吴宓在英国爱丁堡大学应邀介绍"中国文学现状"所作的演讲概要,铅笔书于纸片,经年累月,纸稿磨损,字迹模糊不清,幸蒙专家友好赐助辨认,得以整理翻译如上,谨此致谢。

民族生命与文学

外患侵逼，吉辽沦陷，我全国上下，方忍辱负重，励志矢诚，以谋救国，以图御侮，当此之时而言文学，毋乃太迂！虽然，文学与民族之运命实有至密切之关系。夫国家民族之盛衰强弱，亦如个人在社会中之升沉荣枯，一时之利害得失不足轻重，要视其根本之培养与永久之趋向为如何。培养得其道，趋向得其正，则今日虽弱，异时必强。侵地可复，条约易改。远之如齐归鲁汶阳之田，近者如法国取回阿尔萨斯罗伦。历史如电影，舆图常易色，我国民固无所用其悲丧忧急，此一义也。然《孟子》曰：人必自侮也，然后人侮之。家必自毁也，然后人毁之。国必自伐也，然后人伐之。《大学》云：天下之本在国，国之本在家，家之本在身。[①]此谓欲国家之不亡，民族生命之继续光荣，必须其国中各个人（无分男女老少富贵贫贱智愚贤不肖）悉能精勤淬厉、笃志力行，悉能深切感觉本国之可爱，而愿竭诚尽瘁以爱护之。欲使国中各个人悉成为切实有用之爱国分子，其道多端，而文学实为最直接最有效之一途。所谓培养其根本、端正其趋向，乃文学之职责。今拟取中西文学之事例，可为国民之棒喝指针者，略加疏解，贡献于国人。而先略论文学所以裨益民族生命之道，详其所以然，略分四义，条述如下。至于感情之刺激、号呼之宣传，取用于一时、收效于毫末

① 按“天下之本”诸句出自《孟子·离娄上》。

者,尚非文学之本旨,抑亦无取于深厚伟大之文学也。

(一)文学能晓示真理,发明道德之因果律。

爱玛生(Emerson)谓世间有二律,一曰自然之律,二曰人事之律。前者即物理,后者即人道。前者为科学之所发明者,如物质不灭,铜球加热则膨胀,苹果因重力而坠地等是。后者为文学及哲学及历史艺术所晓示者,简言之,即道德之因果律是也。昔人谓种瓜得瓜,种豆得豆,即本此理。故有不问收获,但问耕耘之训。然此律并非谓每一国家或个人,行善者必立时得福,作恶者必显然受罚。盖祸善福淫,世亦常见。兼弱攻昧,武之善经,故遂有深信强权即公理之说者。此律之本意,盖谓人事虽繁,然若合其全体、溯其始末、察其隐微,统而观之,则见每一民族、每一个人,其今时此地之所遭所受者,必为其前此多年所行之事之结果。此公例实不可逃。至其似若反悖此公例者,则或缘吾人考察未周,误以甲因为乙之果,或缘时境偶合,而不必有相互之关系。如今吾国水灾而有吉辽沦陷之事。日本进兵,并非因水灾而始思动。水灾乃吾国人怠惰荒疏、漠视民生、不治水利之果。吉辽沦陷,则又全国泄沓腐败,不励精图治、发奋自强之结果。故夫深察于人事之律者,不归咎于一人,不专重毫末之事,而亟谋根本永久之补救。今日所受,昔日行事之结果。异日所受,亦即今日行事之结果。既往不咎,责人奚益?此时只有每一个人发奋自强而已。然人事之律,其准确既不减于自然之律,则非虚饰敷衍所可收果。故万事必主于诚。诚者,真也。先有真心,乃有实事。先造真因,方生真果。古有揠苗助长,又有续凫胫以为鹤膝者。此实虚伪,而悖于自然之律。人事中之虚伪而悖于人事之律者更多，吾人切宜警戒。要之。文学最能晓示人生之真理，发明道德之因果律（例证详后）。故美善之文学，能使其民族中之各个人皆知所抉择，发愤力行。于是从善去恶，崇真黜伪，重公忘私，舍生取义，不徒为感情之所驱役，而本于洞明人事之真知灼见。由理智之所召示，知人事中之道理如此，故我必须如此，不得不如此。能为此者，人必乐，国必兴。反是，则人必苦，国终亡。呜呼！英国诗人华茨华斯（Wordsworth，1770—1850）之诗（题曰“When I Have Borne in Memory”）曰：“予每忆世中强大之国，以其国人思想卑下，不能执干戈而惟逐货利，不读书治学而但骛金钱，遂终于衰亡。予深为吾本国忧。”又当英国十七世纪战乱危疑之时，诗人弥尔顿（Milton，1608—1674）告其国人曰：“勿徒烦恼自伤，凡此丧乱痛苦，皆各人所自召，不可以责他人。当知欲得自由，先须诚敬，先须明智，先须温良公正，先须节俭，又须宽大而勇毅，舍此无他途也。”凡此篇章，吾国人其谛听之，此即道德之因果律，而有关于民族之运命者已。

（二）文学描写历史中或虚构之伟大人物，足为模仿之资。

模仿为人类之天性。人性二元，亦善亦恶，由其所模仿者，而人之感情思想行事遂定。往往因偶然之遇合，随其所闻见，由无意（或下意识）之模仿而成为习惯，牢不可改，而品性以立。集人而成国，故一民族一国家之运命，乃视其中各个人所实行模仿者为何等人。举凡政府之功令、父师之训谕、报馆之社论、友朋之箴规，以及民众领导者之标语口号，其势力迥不敌各个人所随意模仿他人之性行者。世无绝对自由独立之人，即皆处处模仿他人者，思想言论行事似若相反者，其为模仿则一，仅其所模仿之人物不同耳。例如汉高祖见秦始皇，喟然曰："嗟乎！大丈夫当如此矣。"汉光祖则曰："仕宦当至执金吾，娶妻当如阴丽华。"而法国大革命时代之人物如罗拔士比等，其衣冠言词举止行事，莫不仿效布鲁特奇(Plutarch)传中所叙古希腊罗马之英雄豪杰。今日中国，知识阶级之青年，其所模仿之人物为何人？孔子乎？耶稣乎？释迦乎？苏格拉底乎？孙中山乎？马克思乎？列宁乎？曾文正乎？文天祥乎？史可法乎？林德伯乎？贾波林[1]乎？贾宝玉乎？少年维特乎？其故亦可深长思矣。

人之知识经验愈增，则其所模仿之人物之范围亦愈大。能读书之士，其所昕夕模仿者，不仅为目前常见之亲友僚伴，且为异国异时未尝识面之人；不仅为言行事迹确凿可考之历史中之人物，且为全由意象造作之诗与小说中之人物。其模仿之诚挚与否，固不视该人物之虚实远近以为差。不宁维是，世界本为想象力所控制(此拿破仑语)。想象力常欲行使自由，如意选择。历史中之人物，其事迹或偏而不全，其性行或隐而未露，其地位或高而过远，不如诗与小说中之人物较为亲切、较为完密、较为生动，而更合于读者之情趣。故诗与小说(戏剧同)中之人物之受人模仿，乃过于历史中之人物。今日吾国之学者重考据而好疑古，以大禹为虫兽，谓孔子为私生，诬墨子为印度人，明唐太宗为鲜卑种。从若所为，将使吾国历史中无一伟大人物之存在。其好驰骋议论者，非以屈原为褊急好名，则以岳飞为不识时务。从若所言，又将使吾国历史中无一可崇敬可模仿之人物。呜呼！水灾与外侮之相衔而至，岂无因欤？夫古来事迹证据之传于后者终属残缺，古人心理未易推测。以此法考史论史已不尽当。而文学作品，乃以想象力及艺术规律创造而成者，其人物事迹本属虚构，今亦用此法考

① 贾波林，今译卓别林。

证论评,更见其愚矣。吾非好为责难,良以吾国之尚可见重于世界者,以有光荣久远之历史。吾民族所可自信而自豪者,以吾国历史及文学中有千百伟大之人物。其情真,其意诚,其智高,其德厚,其力猛,其行事坚而有恒。凡吾上文(第一节,见本刊前期)所谓好善嫉恶、急公忘私、重德轻财、舍生取义诸大端,此种人物均具之。可羡可敬,可泣可歌,可以崇拜而模仿;吾民族之运命将于是乎赖,吾国历史文学之价值亦正在此也。

昔孔子作《春秋》,正名分、寓褒贬、别善恶,能使乱臣贼子惧。后之作史者踵效其法。夫已死之古人、已往之陈迹,靳靳然考究论断之胡为者,则以后人行事,无时无地而不仿效古人。人之一生如弈棋,为不断的选择。而每一步骤,当皆以古人处境之类似我者取为比较,然后本于感情之好恶理智之辨识,以定意志之从违。孔子以及史家之所为(小说家亦同),特借古之若干人物为例,以显明人生之真理及价值之标准耳。

匪特正史实迹,即论小说戏剧,刘玄德败于新野,携民渡江。长坂坡一役,至弃糜夫人于死而不顾。读《精忠传》者,未有不爱敬岳飞而唾骂刘豫者。《水浒》写梁山泊好汉,粗莽而至性过人。又极写宋朝官吏之暴虐、人民之痛苦,而梁山军所至则秋毫无犯。《荡寇志》续作,则写陈希真、云天彪等人之热心为国为民,超乎世俗而不图私利,合衷共济以治军,忧勤惕厉以求必胜,其军纪又极严肃,百姓箪食壶浆以迎。而梁山泊纪纲败坏,内争倒戈,其军亦盛为抢掠。总之,成败利钝之数、强弱智愚之判,彼通俗之小说家亦能于大处描写得真。能读通俗小说而受其益,亦可谓差强人意矣。

夫使此次转变发于欧美(试以一九一四年欧战之时德兵入比境为例),则沈阳及其他各地之军兵商民妇孺,必皆立时抗战自卫其生命财产,然后诉之世界、质诸公理。而同时全国上下亦必立时响应,被发缨冠,无志御侮,又复沉着坚忍、务求实功。夫中西人之差异如此,乃精神,非物质。西人之精神,约言之,曰直情径行,曰热烈笃至,曰坚忍不拔,曰迅速断制,曰为团体之奋斗,曰求远大之利益,曰重实际,曰恃强力,曰先求诸己,曰敢负责任,曰有纪律,曰善组织,曰能为理想而牺牲。异乎中国人之诈伪冷淡、因循敷衍、散漫自私、欺软怕硬,尚空谈、要面子、重虚荣,好货逐利、蔑视理想者。而西人之所以致此,则由于其宗教哲理文学艺术陶铸之功。以历史及虚构的伟大人物及模范,而养成一种人格、一种精神、一种态度,然后以此人格,以此精神,以此态度,运用科学技术,支配经济政治军事,故其国富强,其民康乐,战则屡胜,败亦复兴,非偶然也。

西洋文化之二大渊泉,为(一)希腊罗马文学;(二)基督教。基督教最重模仿(Imitation)之义。以耶稣为理想人格,而共竭力则效之。耶稣合天与人,其人格不但为世中最崇高者,且超诸世外,通乎宇宙。模仿之结果,能使人心胸伟大,志意高洁,卑视物质利欲,而以仁爱及同情施诸全人类。理想之所召示,精神之所驱遣,能使人知所当信,信所当行。虽赴汤蹈火而不辞。是故耶教虽以圣贤为鹄,而亦能造就英雄。虽以天国大同为教,而亦能养成卫国保民、舍生取义之精神习惯。世徒以耶教为教人退让懦弱,或为帝国主义之所用者,皆未知耶教之真。盖凡世间最勇之人,亦必为最仁最智之人。即见理最明,看事最准,而又有热心真情,能实行死干之人。中国史上舍身保国之英烈节义之士,皆为读书人,皆为讲理学之人,耶教之影响亦犹是耳。

希腊罗马之爱国精神最为发达,英雄伟人项背相望,实为后世之所取资。近世之国家观念,虽谓孕育于希腊罗马历史文学可也。《柏拉图语录》Protagoras篇(326A),记希腊儿童入塾,列坐木凳上，其师则“取贤诗人之作，使之读，且必背诵”，盖使儿童受诗人之道德训教，知古昔伟人之行事，“以资为模范，而悉力求与之相似”。又芝诺芬（Xenophon）《筵话篇》[①]（Symposium，三章三节）记客之言曰：“吾父欲使吾成为善人，遂使吾读荷马全集，今吾犹能背诵 *Iliad* 及 *Odyssey* 二史诗之全部。”又曰：“荷马为诗人魁首，叙论人间百事。汝等如欲善治其家，或为辩士，或为军师，如 Achilles、Ajax、Nestor、Odysseus 等人者，则首当研诵荷马之诗。”今按荷马 *Iliad* 之诗虽叙战争，兼及道德。书中人物以 Hector 最为崇伟，盖其人忠勇仁贤，一身系邦家之重，惨死疆场，国社遂屋。至如希腊将帅不和，为争美女，致全军败退不支，调和其间者煞费苦心，战场中暗箭伤人，背誓渎神，立致大败。而希腊军得胜之后，敌国老王身入吾营，竟使生还，不乘机擒斩，且归其子尸，以礼葬焉。至荷马 *Odyssey* 一诗则写 Odysseus 百抑不挠，终还故国。而其妻守贞数十年，以计阻诸暴客，亦可称道。他如忠仆义犬，并能感人。荷马之诗如此，至描写亡国破家之惨最痛切者，莫如 Euripides 之 *Trojan Women* 一剧。此盖本于当时实事，正以希腊当日情况如此，故爱国精神自然发达。捍卫国家，则所以保妻子、守财产、全生命，故不得不舍身以从事也。罗马文学历史中，尤多英烈之事，今不备述。总之，西人之勇武忠诚，其爱国奉公沉着刚毅之精神，实为文化教育所铸造，而诵读本国及世界文学名篇，仿效其中伟人之立意行事。实为吾国人士之要务也。

（三）文学具感化之力，造就理想之品格（上）

文学之功用，不在训诲，而主于感化。此稍具文学常识者所

① 芝诺芬《筵话篇》，今译色诺芬《会饮篇》。

我的小说观(《新旧因缘》第一回)

第一回　溯渊源明稗官要旨　寓理想撰新旧因缘

读者诸君，我现在提笔要作小说了。(《学衡》编者按，此句应与 George Eliot 之小说 *Adam Bede* 起句比较。)当日英国阿狄生(Addison)曾说过，大凡读书之人，总要知道那作者为人如何。是个白皙俊俏的书生呢，还是个黧黑粗恶的莽汉？性情是温厚和平呢，还是激烈暴躁，动辄打人骂人？本身已经娶妻生子呢，还是尚未授室，犹虚中馈？以及此外种种详细情形，尽皆了然于心，不啻成了那作者的知己熟人，然后读那本书，方觉得津津有味，快乐无穷。〔按阿狄生之言，见所撰《旁观报》(*Spectator*)第一期"The Spectator Introduces Himself"篇起句。此处非直译。〕平常读书之人，是否如阿狄生所言，我不敢妄断。但是我觉得读小说的人，其心理确是如此。读了一本小说，读得称心乐意，便要去追究那作者的生平，刻舟求剑，胶柱鼓瑟，牵藤扯蔓，寻根觅底，闹个不休。甚或那作者已经死了千百年，姓名都在若隐若现之间，还要去做一番考证的工夫，依照着经学家的系统、科学家的方法，苦苦的爬剔搜罗，恨不得连那作者的冢中枯骨，也翻一个身，把他的心和脑取来，做教育家智识测验、心理测验的材料。并且还有一层，硬认定一部小说便是作者的自述。此种脾性,中西之人原来相同。中国人十之八九都断定《石头记》中的怡红公子贾宝玉,必是那悼红轩主曹雪芹,以为若非身历其境,那得有这样一部好小说给我们读。西洋自浪漫派文学盛行以来,注重表现自我。所谓主观派的批评家,推己及人,因今蔑古。于是说,凡小说中所写的人物风景、悲欢离合,均不外作者亲身所见所闻所感所受。所以要知那作者之为人,及其家世、职业、容止、习性,但看那书中的男女主角(Hero or Heroine)就了然了。平心而论,小说之中,如迭更司所作的《块肉余生述》(*David Copperfield*)、托尔斯泰所作的《婀娜传》(*Anna Karenina*),其中颇多自叙之处,然亦限于一部分的情节。至如李查生(Samuel Richardson)营印书之业而专写上流社会;司各脱(Scott)居十九世纪而善描中古英雄;拉克里夫人(Mrs. Ann Radcliffe)作《乌斗弗之怪异》(*Mysteries of Udolpho*)一书,写意大利山水,而其人足迹未到欧陆;史梯文孙(Stevenson)一生身体羸弱,而其书多叙侠盗剽击之事。此外之例,不胜枚举。正如丁尼生(Tennyson)之 *Break, Break, Break* 一诗,写海滨秋暮、寒波激石,而实作于四月晴晨、花木繁荣乡村小巷之中。又如法国文学批评家但因(Taine)作一部《英国文学史》,因读丁尼生早岁之诗,见其词藻富丽,便下笔断定丁尼生是一个膏粱纨绔子弟,沉溺酒色,风流放诞。书出之后,巴古雷(Francis Palgrave,按即选辑 *Golden Treasury* 之人)对他说,丁尼生是我总角之交,出身寒素。自幼即持躬勤俭,为人端正拘谨,并非如君所悬揣者。但因虽明知自己错了,却不肯去照改。你道这不是趣话么?且休繁絮。原来我小子久有编著小说之意,但只怕书出以后,被人家看作我本身的历史。一般相识亲友拿出书中几件事来,和我当面笑谑,或是背后讥评,那我可就十分难受。甚或妄作聪明,钩稽细绎,说我连自家父母妻子都写在里边了。更有些相识不相识的人,因见自己的姓名居处、秉性行事,与书中几个人物、几处情节偶然相合,便立刻恨我咒我,说我有意编排他进去,坏他名誉,快我私仇,定要乘机前来报复。咳!那我如何承担得起?并且妄遭不白之冤,为着何来呢!因此我审慎了多年,未敢轻举妄动。如今既然不自揣重,放胆来作这部小说《新旧因缘》。下笔之先,却要把我自己的生平约略叙述一番,并且把我作这部书的方法和经历,一概说与读者得知。大家读了这回楔子,见得我这部书全由理想虚构,书中人物事迹,不惟与我本身以及相识亲友、时下髦英毫无类似绾合之处,而且人物乃如此如此产生,事迹情节系如此如此推衍出来。方法有定,步骤分明,纯按艺术之原理,用人工制造而成此书。大家既然看破一切,不存疑窦,不当横生枝节,以帷灯剑匣之意竞相窥测了。

如今且说我作书的人,姓王,名志雄,现年三十一岁。籍贯湖南省湘阴县。祖上在长沙省城里开了一家绸缎布店,生意不大,却颇足一家度用之资。我半生总算得温饱无忧,舒服安乐的过了三十年。现时父母在堂,兄弟无故。本身早已娶妻,并已生了一子一女。我父亲一向自己照管着布店,却也有钱供给我读书。我资性平常,但只按部就班的读下去。中学毕业,又补习了一年英文,便考入北京清华学校,插入高等科一年级。那时校中分文实二科,我父亲因要我学实业,我自家性情也与此相近,算学、物理等功课,分数常在八十五分以上。又听了大家的议论,看了《物质救国论》等书,深信救中国非振兴农工商业不可,一心只想做煤油大王、钢铁大王,当下便选定了实科。毕业后,由清华学校官费送往美国游学,进了那大名鼎鼎的麻省工业专门学校(一称麻省理工大学),入了机械工程科。那里功课甚为繁重,三年毕业,得了学士学位。又读了一年半的书,兼选些旁的功课,便得了机械工程师及电气工程师学位。出校后,又在纽沃克(Newark,N. J.)一家机器厂里,和特罗(Troy,N. Y.)地方美国普通电气公司(一称奇异电气公司),作了一年半的工,得了许多实习的经验,又赚了几百块美金。回到中国,一看种种情形,令人心中十分难过。我因父母要我在家,便在长沙城中华兴机器厂中,做了工程部主任,一面制造,一面由美国贩卖机器轮件之类。有些空的时候,便又在湖南省立工业专门学校,担任几点钟功课。以上两项,每月约有二百四五十元的进款。如是已经二载,将来有好机会,或者另求发展。至于我的著作,除了在学校中所撰的论文报告,及在杂志上零星发表讨论工程学的文章而外,就只译成了一部书,名为《青年励志编》,原名*Pushing to the Front*,系鞭策前进之意。此书乃美国《成功报》主笔马登(Orison Swett Marden)所著,极为通行,想来大家也都见过。我在十六年前,就着手译这部书,直到民国九年,方将全书译完,寄稿子到上海一家书局出版,得了不少的稿费。读者看到此处,必定要问我说:“据你以上所说,你这人的性行志业、识见学问,大约也不过如此罢了,为什么忽然要离开本行,侵入别人的范围,胡诌小说,不是发了疯吗?”读者诸君所说,不错不错。但其中却有一番渊源,一层道理,容我详细诉说。

原来我幼时,虽不甚喜欢正经书,却极爱读小说。我们家中藏有中国旧小说也就不少。其中分门别类,有好有坏,我便私自翻出来乱看。看到不忍舍的时候,吃饭时一只手还擎着书本,那些不识字的亲戚邻舍,都称赞我勤学用功。我的外婆一年到头常来我家住着,却要我念那些传奇唱本小说故事与他听,可怜我的小说教育便从此根深蒂固了。我有一位表兄,在长沙城里开了一家书店,贩卖新书及学校用品之类。我在高等小学和中学的时候，便常常到他那书店里，看那新出的小说书报。他那里可算得是新小说的聚宝窟，不用花一文钱去买去赁，却是取之不竭，恣我所欲。故所以二十几年前风行一时的小说如《官场现形记》《孽海花》《恨海》《二十年目睹之怪现状》之类，创立风气的小说月报如《新小说》《新新小说》《绣像小说》《月月小说》《小说林》之类，还有许多不甚出名的，我都自始至终完全读过，并且大部分记得很熟。后来如商务印书馆的说部丛书百种，我至少总读过其中八十种。其他可以类推。由辛亥革命入了民国，中国小说创造之时期告终，所出的小说愈少愈坏。后来新文化家所提倡的短篇小说另是一种，当作别论。且说我身入民国，年纪渐长，功课渐忙，事务渐多，读小说的时光也就比从前少了，却幸得把英文慢慢学通。所以到了清华，见那学校图书馆里藏的英文小说极多，如迭更司、沙克雷、托尔斯泰等人的全集，无不俱备，并且英文读本也多半是小说，所以我又如鱼得水，大肆饕餮起来。但凡功课余暇，无他事要做，便接二连三、积时计晷的去读那英文小说。暑假年假更是好机会，所以读过的书颇不为少，如迭更司的《块肉余生述》、沙克雷的《钮康氏家传》，更如托尔斯泰的《战争与和平》，篇幅甚长，然而我都有胆量与恒心，去自头到尾的读完，觉得趣味浓深，比起从前所读的中国旧小说，另是一个境界。我费了这许多时间精神去广读小说，当时常不免良心的责备，但自问总是正经功课做完以后，方敢去读小说，也可以强告无罪了。

以上述我读小说的渊源，如今再说我作小说的经历。原来少年虽无创造天才，然而摹仿心都是最富的。我幼时读了许多小说，便由不得提笔仿作起来。初读了《新民丛报》中的《十五小豪杰》（译本），我便去作了一部《十八小豪杰》，把我连我相好的一般同学，放在一只轮船上，去南太平洋中飘流了一回。又读了《经国美谈》,便又作了一部《爱国男儿传》,把我和我的好朋友,写作海外中国殖民地的志士,身经忧患,亡命邻邦,后来成了大政治家、大外交家、大军人,富国强兵,破敌复仇。一面又把我平日厌恶的人,改换姓名,写作那敌国的暴君污吏,兵败授首,以泄我胸中之忿。说来煞是可笑,这都是我十二三岁的事情。以一两年中,便摹仿《福尔摩斯侦探案》,作了好几篇奇案,把我自己写作长沙城里智勇神奇的大侦探。又摹仿梁任公的《新中国未来记》,和某君作的家庭小说《黄绣球》,去作一部长篇小说,专写几个男女志士,先就本乡做起来,后推及全国,改良社会,奖进实业,提倡教育,施行宪政。中间还夹着志士游学、侠客革命等事情。比起前二三年所作的小说,可算是推理力与组织布置的工夫,都有些进步。但统观我前后所作小说,却有三件事始终缺乏:第一是叙说男女爱情;第二是摹绘鬼魔形状;第三是描写世路险巇、人情诡诈,以及各种社会之黑幕。论起来,我那时所读的小说,各体均备,原不限于冒险、侦探、爱国诸种,而作出的却是如此,这其中或另有缘故。至于我所作的那些小说,除三数短篇外,多未完备,然而名目繁多,有些登在学生团体所出的杂志上刊行过的,连我自己也记忆不清了。到了清华以后,那时已经过辛亥革命,时局艰危,民生憔悴。我年纪略长,稍谙人生滋味,虽素主乐观,与同学们周旋嬉笑,而中心时不免稍带悲感,自觉对于人生之意解较前深远,决以小说写之。因便与同学好友某君,合撰小说一部,名曰《崆峒片石录》,先做了一篇缘起和说略,大意以此书专写中国近二三十年中政治、社会、风俗、文教种种变迁,范围极广,材料极杂,而以一家兄弟二人代表之。兄名黄理,弟名黄毅。黄理为出世派之哲士文人,黄毅为入世派之英雄侠客。二人性情行事相反,而互有短长,不易轩轾。一寓阴柔之美,一寓阳刚之美。一则高明沉潜,一则英锐坚强。一为理想家，一为实行家。这部小说便是他兄弟二人一生的小传。论我们当时的计划及用意，未尝不好。只可惜知识浅陋，才力微弱，笔底下不能切实描画出来。做了五六回，便歇住了。那本稿子早已遗失。却是我还记得其中的一二回目。第一回是“小学子味理解谈经　侠男儿拯溺独贾勇”。第二回是“乌水黔山初浮宦海　黄笏白简终误鹏程”。第三回是“放春灯老制军陶情　捷秋闱小书生感遇”。以下便记不得了。总之，那本《崆峒片石录》可算是这部《新旧因缘》的蓝本，然而其间不同之处甚多，请看下文自明。且说我那本《崆峒片石录》做不成功，便知是计划太大，决意改从小处入手，先做短编。因那时听同学讲一件故事，与辛亥革命时某省城中汉人杀满人之役有关。又因那时我方读迭更司所作的《二城故事》（魏易译本，载《庸言报》），故而便作了一篇《二城新事》，可惜亦未能完结。自此以后，我便不再去做小说，于今已十年了。

且说我那年游美之时，中文书籍概不携带，却将一部烂熟于胸中、一百二十回回目能一气背诵到底的《石头记》，放在行箧。海船中无事，便又取出来看看。我旅美数载，功课事务虽忙，消遣的方法虽多，但当烦闷思家之时，即将《石头记》翻出一段，重行细读，觉得异样亲切，非常快乐。想到美国与中国之人情风俗，千差万别，相去天渊，两两比较，愈觉得此真彼幻，似远若近，不禁有感于中，大有“梦里不知身是客，一晌贪欢”的样子。又想到当日沙克雷留学德国，研习法律，常把正经功课抛开，屡次缺席，却坐在寓所诵读斐尔丁、施坦（Sterne）等人的小说，后来竟自己成了小说大家。我既不敢追步沙克雷，中国时势又如此艰难危迫，我今贪恋小说，沉溺其中，真不免为罪人。想到此，忙把《石头记》丢开一边。此类情形，不必细述。却说那麻省工业专门学校，规模真是宏大，工程数理等科目以外并设有文学、历史、政法、经济等学程，名曰 General Subjects，每一学生必须选修二三种。我便首先选了“英国小说”。此学程一年中须读完英美小说约五十部，其中短者二三十页，长者至千余页不等。上自笛佛（Defoe）、李查生，下迄威尔斯、班乃德（Arnold Bennett）诸人。起先那教员说我是外国人，读书迟缓，恐难读完这许多书，执定不许我选此学程。我好说歹说，硬插身进去。幸亏那五十部书之中，我已读过的有二十部。又抽暇积晷，拼命赶读，便也好好的对付过去，成绩列入优等（Fair）。第二年我又选了“小说法程”（The Technique of the Novel），乃另一教员讲授，并演述小说发达沿革略史，学生须读中世及近世法德班俄等国之著名小说若干部，却都是用英文译本读的。过了这一年之后，惭愧说，我于小说之艺术及编著方法，胸中颇为清楚了。又用中西小说比较，愈觉得《石头记》这一部书做得精绝，处处深合小说的法程原理，只可惜中国向来那般批书的丝毫不懂，什么护花主人、大某山氏之流，全不知在法程艺术上着眼。上焉者划分段落，点醒关目，月旦人物，分别功罪，左不过是评注古文和作史论的老法子，拿来玷辱《石头记》。下焉者附会易理，乱用水火木金、相生相克之说，好像书中人之一言一动，皆为五行八卦造定一般。然而作书人之天才精思、苦心孤诣，终竟无人知晓，岂非恨事吗？所以我便想着，前人之说，虽有可取之处，但我异日有暇，定要用西洋小说法程的眼光，将《石头记》另行评注一番。评注的全文，直可当作一部中文的小说法程教科书读。那年适逢麻省工业专门学校中国学生会轮流到我演说，我便出了个题目，叫作《红楼梦新谈》，把我当时所见得到的，略为演述一番。大家朋友们也讨论了许久，还有位朋友，当晚作了一首诗赠我。今录其诗，以志那年这一段鸿爪因缘。诗云：

等是阎浮梦里身，梦中谈梦倍酸辛。
青天碧海能留命，赤县黄车更有人。（虞初号黄车使者）
世外文章归自媚，灯前啼笑已成尘。
春宵絮语知何意，付与劳生一怆神。

这位朋友以中国的小说家期许我，我固然不敢当，但我要作一部小说之心，则从未抛却。我在美国，从第三年起，便无暇再上小说的功课，只在课外抽暇自去翻读。各国小说名家的集子以外，当世的作者新著，以及美国现出的《礼拜六晚报》（*The Saturday Evening Post*）、《世纪杂志》（*The Century Magazine*）、《琴师杂志》（*The Harper's Magazine*）等，里边的长篇短篇小说，我都常时去看，大有应接不暇之苦。一面看着，一面便偶尔想到我将来这部小说如何做法。自己计虑之外，也和几位朋友讨论过。明知在美国万分无暇，预备回到中国若得空闲之时，方才着笔，但不能不先按部就班，细细计划一番。好像砍竹剥笋，把这里面的困难问题，一个一个都解决了，想定将来那部小说中，某处某士，应如此如此，这般这般。有时一得之愚，窃窃自喜；有时又想到我这小说未必能作出，劳心用思，殊属无益。况言之匪艰，行之维艰。小说不难在全盘之计划，而难在细处之描写。我虽痴心妄想，那里有绘影绘声、传真写生的天才呢？哎！胡闹胡闹，还不及早改悔。且说我这逐层计划和问题解决之法，若详细叙说出来，必然琐屑无味，令读者生厌。而且大家看了以下小说本文，凡此自然在内，何必骈指蛇足呢！如今单说这其中最关重要而最难解决的问题，便是全书的题目和内容。我素知长篇正经小说约分二类：第一类以布局或结构为主（Plot-Novel），第二类以人物为主（Character-Novel）。前者重事实，后者重人物。前者自外着眼，须用客观。

后者自内着眼,须用主观。前者多凭观察及描写,后者多凭感情及表达。前者为一事之起因、进展、关头、转袭、结局,布置周密,机括凑集,而后变化神速,有类地雷之爆发。后者叙一人之弱龄、少时、壮岁、中年、老境,首尾完具,表里合一,而常进行纡徐,有类河流之入海。其详不及述说,读者但将迭更司之《二城故事》与《块肉余生述》比较,或将《石头记》与《水浒传》比较,也可以知第一类与第二类小说之大别了。我所以迟惑多年、不能决定的,就是我现在还是作一部结构小说呢,还是作一部人物小说呢?二者不可得兼,一人才力有限,方法不定,作出来必成非牛非马之形。分作两书,用材料必有顾此失彼之忧。究竟我还是取那一途好呢?我自己一向的计划,若作结构小说,我便写一件留学生退婚之事。此类材料在今日甚为丰富,俯拾即是。然既云结构,一切要合一定章法局势,便非处处剪裁,以人工造作不可。于是我决定不用实事,纯去凭空虚构,大概总不出一男二女,以新间旧的三角公式罢了。若作人物小说,我便决定叙吴贻椠君之生平。原来我与吴君虽同学数月,却未识面。他的性情、行事、遭遇,我均不详知,仅得之友人传说。但总觉得那吴君是一个极纯粹、极清白、极真实、极忠厚、极可敬可爱的少年,因忧世自伤,兼之家中遭遇不幸,某年某月,自投黄浦江而死。去年八月,上海《中华新报》文苑栏所登的吴庆曾孝女传,那孝女便是吴贻椠君的胞姊,与吴君正是一先一后,悬梁自缢而死。这一家的情形真是可伤可惨!我既认定吴君为人极有传写之价值,但下笔描写之时,自然以理想造作,决不引入实事,不过用为起点而已。同吴君有瓜葛之人,读完我这部书,便知毫无钞袭真迹之处了。以上两部小说,题目内容已定,但论我资性才具之所偏,还是作那一部小说,较为容易藏拙而能勉强完工呢?我自问自答,究竟二者之间,应当何去何从？我心中盘算数年，仍未决定。近来一想，俟河之清，人寿几何。姑且胡乱作下去，写到那里是那里。既当作游戏消遣，又何必远虑深谋。所以我如今下笔开场之时，上面讲的那个问题，仍尚未了。语云：只可以不了了之。故而我这《新旧因缘》一书，终不免依违于二者之间，又写事实，又寓理想；结构人物，兼容并顾；半内半外，又客又主；势必弄到矛盾百出，造成一种四不相，我作书的人狼狈不能下台。诸位大慈大悲的读者，读到那个时候，务恳高抬贵手。指点给我一条出路，或者把我唾骂一顿，从宽饶恕，命我不必续做下去，就此偃旗息鼓，抱头鼠窜而去，那便是我的救命恩人了。此层既已交代明白，作者尚有几层意思，要乘全书将要开场之时，奉告读者得知，务请耐烦一下，如果执定不肯，就请立刻掩卷，等候过一个月之后，直由本书第二回"玄武湖边清谈娓娓　春申浦上别意深深"读起罢了。话休烦絮，第一层，我这部书，号为理想小说。理想二字的意思并非凭空捏造，与事实人情全相反背，专要写出我个人理想中所视为道德最高、学问最博之男子，或美丽至极、才情绝世之女郎，此其二。又非藉此小说发表我自己的政见、学说、人生观、社会批评之类，如梁任公的《新中国未来记》等书。我要有思想见解，就直截了当的作为文章发表，不必取径于小说。小说而以改良国家社会为目的，一陷于训诲主义，便不可救药，此理大家都是知道的，此其三。尤非同以前的《极乐世界》《黄金国》《乌托邦》《游环月球》《金虫》（*Gold Bug*，一译《宝窟》）《未来战争记》等书，悬想一世界中所无之世界，以描叙一己之政治希望、科学思想，专以理智之分析综合，构造成书。书中人物，无感情，无个性，无殊戏中之傀儡，与化学试验室中之药品仪器，岂得称为小说？此其四。综而言之，我这理想二字（Idealistic），乃与写实反对，但其间却要分辨清楚。

我在三四年前,写给我的朋友刘宏度君的一封信中有一段论及此事,今节录于下,请读者注意看看。

(上略)今夫凡百艺术,皆主以理想运用事实,决不可专事模仿(to imitate)、抄袭(to copy),将我在某时某地耳闻目见之实境(Actuality),一丝不变表现出之,而当用整理剪裁选择修缮之法(Selection and Improvement),改易实境,造成想象之幻境(Illusion)然后写出。此幻境必比原来之实境为美。盖实境乃事物偶然之实况(Things as they are),幻境则系理想所当然之情形(Things as they ought to be)。但当改易实境而造成幻境之时,必以不悖人生事物之真理为归宿。凡幻境之处处合于人生事物之根本原理者,即名曰真境(Reality),否则不能。故真境乃幻境之最高最美者。到此地步,真与幻合而为一,不可划分,而小说与其他艺术皆以表现此种境界为目的,似幻实真,亦真亦幻,然与实境则相去天渊矣。譬如酿酒,实境乃水与生米,理想为制造佳酿之规条及药方,想象力(Imagination)为发酵之酵母(Yeast),幻境乃酿出之酒。然酒有好坏,真境则味甘色美质浓之上品醇酒也。《石头记》作者深明此理,所谓真甄假贾,以及真事隐去、太虚幻境云云,实皆不外此理。但凡其所谓真甄,实皆实境之义;而所谓假贾,则幻境中之真境也。太虚幻境乃人世所绝无,则不合乎真之幻境也,故终在虚无缥缈之间。《石头记》一部书中所写之事,皆幻而皆真。袭人家中姨妹等之婚姻恋爱,刘老老与狗儿、板儿、青儿平常在田庄上所言所行,妙玉被盗劫后如何结果,贾兰、贾桂如何长大成立、复兴贾氏;凡此则已轶出幻境之边界,而属于实境中者,故曹雪芹不叙及之也。由是言之,甄宝玉与贾宝玉本为一人。甄宝玉者，实境中之宝玉，原来之宝玉也。贾宝玉者，幻境真境中之宝玉也，改良修缮后之宝玉也。故谓甄宝玉当日实有其人，似可；而谓当日确有贾宝玉其人，则决不可也。又人之禀赋高下不齐，想象力又有强有弱。然凡人当年少之时，想象力必强。故威至威斯（Wordsworth）谓：凡小儿皆天生之诗人，及年长入世，想象力汩没，俗事萦心，诗情消灭，而变为庸人。所谓"At length, the Man perceives it die away, And fade into the light of the common day"者是也。甄宝玉即此等寻常庸夫，贾宝玉则能年长而不失其想象力与诗情之人。惟然，故甄宝玉神游太虚幻境只能一次而止，而二人后来之性行如此别异也。曹雪芹洞明凡百艺术之根本要理，独得作小说之正法，遂作为《石头记》，而惧人之不解其意，不明真境幻境实境相关之理，故特一再申说。而世之庸妄之徒，偏欲胶柱鼓瑟。彼肆为考据者实属多事，以其在历史及古书上所寻求者，乃实境中之蛛丝马迹，而无涉于幻境也。彼以黛玉葬花制为戏曲而扮演于红氍毹上者，其卑劣尤不可恕。以其强欲化极美之真境幻境为不美之实境，变酒为水与米，真所谓倒行逆施，不解事之甚矣。凡此见解，质之吾兄，以为何如？抑弟尚有言者，弟非推尊曹雪芹过高。兹所言者，乃艺术之原理，小说之定法，古今中西皆同。中国小说家解此理而用其法者，固亦甚多，不止一人。而因曹雪芹言之甚为透彻，又《石头记》书中之事，可为最佳之说明及例证，故姑就该书而言之如此。

照上面所讲的，凡小说皆当以描写真境为目的，即是要造出一个无懈可击之幻境，而处处合于天理人情。只求情真理真，人物事迹愈是凭空假造的愈好,这便是Realistic一字的本义。如同费尔丁、沙克雷等人的小说,都合于此法。不幸后人误写真为写实,把Realism一字改变了意思。他们作小说,但依照着实人实事实物实境,丝毫不变的描摹出来,便算能手。不知融化拣选,用古人所谓脱胎换骨之神技,而专用匠笔,做印板文章。做得极好,亦不过一篇详细的历史,几幅照相的真迹罢了,何足称为小说?直到后来,每况愈下。作者专务描写粗俗淫秽的事物,不知羞惭避忌,反扬扬得意,以写实小说家自豪〔参观Bliss Perry著*A Study of Prose Fiction*书中写实主义(Realism)〕。像中国的《金瓶梅》,西洋曹拉(Zola,一译左拉)所作的小说,都是这一派了。西洋近来盛行这一派小说,然亦有皎皎出群的真正写实派小说大家,如英国班乃德(Arnold Bennett)等人。班乃德所作的*The Old Wives' Tale*一书,我奉劝大家取来看看。

闲言少叙,却说现在新文化派所提倡的西洋小说,固然多是下等写实一派。然而中国人近三十年来自撰的小说,凡能风行一时的,上溯《孽海花》《官场现形记》,下迄《广陵潮》,那一部不是这一派呢?我本不合批评他们,不过要申明一句话,我现在做《新旧因缘》所取的方法,与他们截然不同,决不专写人类之弱点、社会之罪恶,引大家同入魔道,永堕悲观。但我却也不是要提倡道德、表现理想,不过下笔运思之际,处处求合天理人情。我并非抱有一定的学说宗旨,但只要表出一种平正通达的人生观。我书中所写的几个好人,无非忠厚和平,论其学问德业,皆今世所常见,社会中所实有,毫无铺陈夸饰之处。我自己加上"理想小说"四字,意思不过如此。总之,我自己以为是向着艺术的正路上走,不入下等写实小说的那条歧途。究竟能走到那里,连我也不自知了。第二层,我这部书名为《新旧因缘》,平常"因缘"二字,总不外男女的情史之意,但我却不然,我这书中最主要的情节,固然也是男女爱情,不惟用着爱情的三角公式,并且有三四个三角形牵缠在一处。可是读者若把这书误认做言情小说去看,那就要十分失望了。我这书并非言情小说,因缘二字,乃人与人之间、事与事之间,前后彼此、善恶利害、得失祸福的因果关系。我这书就要借几个幻境中的人物及其遭遇,来显明这种因果关系。此中道理,片言可尽。大凡小说的正经材料,无非人生之真理,而人生之真理,又即是人生万事之因果关系。认明此层因果,乃有是非高下予夺褒贬,乃有所谓正当之人生观。此种因果关系,简言之,即叫做天理人情。此处所说的,乃西洋论究小说原理者之所公认,老生常谈,不足为奇。至于中国旧小说论到小说材料的,要算《儿女英雄传》缘起首回说得最好。他那儿女英雄人情天理之说,实小说中之公式原理,我最佩服。现在我这《新旧因缘》,读者也可直当作一部儿女英雄人情天理的演义看罢了。第三层,这部书名曰《新旧因缘》,"新旧"二字,却非今日中国之新派旧派、新人旧人。新非西洋文明,旧非中华礼教。何以故呢?新旧本对待之名,随缘假定。据上段所说,小说正当材料之人生真理,乃永久而非一时,乃虚空抽象而非实在,一着形色,便失价值。我若糊涂荒谬,认定今日中国之新旧界限,来作一部小说,扬此抑彼,论罪计功,将一边说得极好,一边说得极坏,那便违背了小说正法,作出的小说,便好像一轴劝人戒烟的月份牌,和那劝人保险的广告罢了。但虽如此,我这部书的一个附带的目的,却是要描叙中国近二三十年中政治、社会、风俗、文教的种种变迁,此即当年《峪峒片石录》之用意。凡此种种变迁,自然可说是由旧而新,但其事乃始终一贯。步骤层次不能分析,我只遵照着小说法程来下笔,于新旧二者之间毫无偏袒顾忌之意。读者遇见书中人物,请万勿径自武断，说王某代表新派，李某代表旧派，可见得新人好，旧人不好呀。像王某那人，你说他新也合，你要说他旧也可以的。李某刘某黄某亦同。若要刻舟求剑、胶柱鼓瑟，莫怪我说，便真是不会读书了。第四层，这部《新旧因缘》，不是环境小说。大家都知道，结构、人物、环境（Setting）是小说必不可缺的三件，又随其所偏重，而有结构小说、人物小说、环境小说之分。前二种在上文已经讲过，至于环境小说，专以描写某时某地之某部分社会或山水风景为主。例如沙克雷的《爱思孟传》（*Henry Esmond*）、伊略脱（George Eliot）的《密马区》（*Middlemarch*），又如《儒林外史》和《官场现形记》，皆是环境小说。我这部《新旧因缘》，以结构与人物为主，前面已经表明，既非环境小说，故而盼望读者不要用历史小说、时事小说的眼光去看，不要常把书中的人物事迹，和今日中国实有的，以及各人所闻所见的，去逐一推勘比较，所谓帷灯匣剑，含沙射影，以及藏头露尾，隐姓埋名等等，决非作小说之正法，尤非我此书所用之法。此书中所用的人名地名，以及机关学校官职事业等等，皆是凭空杜撰随手拈来，以助成书中之幻境，使其完密符合、点染生色为主，并非暗射某地，反衬某人，隐说某事。务祈读者勿妄加猜疑，误用聪明，必又不免为费尔丁所讥了。〔见费尔丁（Fielding）所撰小说《龚腾传》（*Tom Jones*）每卷之首章所论。〕

上文已说过，作者并不丝毫现身说法。即连我之亲友相识，以及我所闻见经历之事，亦并未写入书中，惟有近今最出名的人物，如孙文、袁世凯、威尔逊、路德乔治之类，不得不偶尔借用一下，然亦无写真或月旦之意。至于革命以来，中国之时局政变等，书中所记的亦与实事不合。譬如书中说长沙有条太平街，而实无此街名。说长沙城中民国十年一月兵变，而实无此事。原来在若干年前，我认定要做小说，须将历史、地理烂熟于胸中，又须将二三十年来全份《申报》或《新闻报》买来备查。又每晚须写日记，到处照像留片，凡零星章程、文牍、报告、函札、诗词之类，统须尽力搜集，分类编存，好作为小说书中的资料。然而现在我却不如此想了，固说是我性懒事忙，并未去做这种预备工夫，也因为我今已明白作小说之法，是要只凭一管笔、几张纸，去运用神思，凭空撰作，脱离实相，勿留渣滓，所以连那种预备工夫也大可不必了。此层业已交代清楚，若读者将来万一找出某段某事，与本身所遭、报纸所载的一式一样，便当他作偶然符合，不期而会，这也是人生经验中常有的事情。如今再把以上连篇累牍的说话，作个结束。

却说我这篇楔子，恰正写到此处，忽然因事搁笔。次日适逢星期，家中来了几位极相熟的朋友，在桌上翻着我的稿子，大略看了一遍，便取笑我道："志雄，你又闹这个顽意吗？"我因他们逼着要问，也只得把书中情节内容，约略述说给他们听了。当时大家议论纷纷。张君道："你做小说，我原本极赞成，不过你不应当起首就说这一篇大话。俗语说：眼高手低。古书上也说：言之匪艰，行之维艰。你开笔便将别人痛驳一番，自以为独得此中诀窍。倘若你这部《新旧因缘》竟作不成，或者作出来疵瑕百出，毫无趣味，你那时还有脸见人吗？难道你忘记了耶稣教人去吃喜酒，总当占住末座，等主人往上边让；不要自己便去横在首席，闹到后来贵客入门，无法下台。（见《新约·路加福音》第十四章第八至十一节。）志雄，恕我直言，你谦字上的工夫太差了。"李君道："做小说是文学家的事情，你是一名工程师，却去抢夺人家的饭碗，抛荒自己的学问职业，便是做得好，大家见你不是个真正的专门家，是个Jack of all trades，对你就没有信仰了。"我尚未及答言。冯君接口道："志雄做这部小说，自然不是为钱。说到抢夺饭碗，人人都有此权利，只要能抢得过来，便算能手。你看现在中国一般名流巨子，那一个不是离开本行做事,又出风头又赚钱,再也没人说他的闲话。不过我另有一番意思。志雄你现在公司和学堂里事情也很忙,一人的时间精神有限。曹雪芹一部《红楼梦》作了一二十年,你这部书何时方能作完呢?等到全书杀青,出卖版权的时候,恐怕你同嫂夫人的头发也要白了。况且现在不比二十几年前,什么《孽海花》《官场现形记》,轰动一时;如今人家都不愿意看长篇小说,连林琴南也被骂得一文不值。我劝你还是翻译些外国时下流行的短篇小说,一星期足可翻就几篇,加上新式标点,送到《东方杂志》《小说月报》那边,就算三块钱一千字,一月总可多添百元以上的进款。再不然,编译些妇人问题、劳动问题的小本子书籍,销行更可畅旺。只要你会因应潮流,便可名利双收,不强似你辛辛苦苦的去做这部小说吗?至于工程学的专门书籍,现在也没有人要看,我并不劝你去从事编译的。”唐君便驳他道:“密司脱冯太重实利了,金钱乃是社会给个人的报酬。我们作事无论大小,总当要对社会有益。志雄把《石头记》一书说得天上高。《石头记》我也未曾看完,不过总嫌这书容易使人悲观,少年人看了便志气颓唐,不求进取。就是翻译西洋小说,如《茶花女遗事》,曾有人做了两句诗说,‘可怜一卷茶花女,销尽支那荡子魂’。我听了非常生气,我们中国人尽成荡子,销魂这样容易!可见得西洋小说也是有害的了。照我看来,现在新文化派的书报,也是良莠不齐,害多益少。譬如山额夫人的学说,就是把我中国人种斩尽杀绝、永远断根的最妙的法子。马克思的学说,大家更不懂。弄到后来大家都不讲生产,只要讲分配。都不尽义务,只要享权利。人人都自命劳工,却是人人都想作资本家。你争我夺,只不过一群饿狗龈骨头,全国糟乱罢了。更说什么自由恋爱、社交公开,这些事情,我都赞成的。不过中国的青年男女,不思勤苦奋斗,却只专门顽这种恋爱社交的把戏，甚至失望自杀，这样闹下去，和抽大烟、缠小脚，不是一样的吗？我们要想改良政治，发达实业，第一应当多作几本有益青年的书籍，提倡坚苦力行，牺牲救国，像志雄从前翻译的那本《青年励志编》就是顶合格的。你现在何不再译几本这样的书呢？”当时座中尚有一位韩君，独默然不发一言。我听了大家的这许多议论，心中惶乱，不好意思，便道：“诸位老兄指教的甚是，但是我写下这一篇东西，也不过是乘一时的高兴，并没有心肠要做下去。慢说八十回、一百二十回，恐怕连第一回也做不完，诸兄未免看得过重了。”当下我便引大家说了些别的话。冯君问我：“学堂里薪水已经发出了没有？”我道：“前天已领到八成。”冯君道：“好在你不专靠此项。”李君接着说：“他有一个内亲，为人忠厚勤谨，从前做过几天生意，现时赋闲，意欲我替他在华兴公司里谋一个相帮管账的事情，每月有三十元的薪水便好。”我道：“目下公司里恐无位置。我对总经理讲一声，给令亲留心就是了。”大家接着又讲论火星今年接近地球，以及奉天安东县有一个活到一百三十五岁的老农，现还康健在世等话。过了歇，那位韩君便道：“我总说人生要及时行乐，其他统可不必计较。志雄作小说，也是他消遣的法子，兴来时便提笔写几句，不高兴时便丢开一边，就是了。所以大家方才议论风生的时候，我独一言不发。如今我却有个提议，徐仲方同他的新夫人，昨天已经由汉口回到长沙，我们现在一同去到他家，给他贺喜，瞻仰瞻仰他的新夫人，过后便在他家打一天牌，混吃晚饭，或者约着仲方夫妇，同到岳麓山或长沙公园里去辟克匿克（Picnic），晚上我们就在馆子里公请他们一次。你们赞成不赞成？”大家都道：“好极！”于是我进内招呼一声，便同他们出去，耍了一天。

当晚九点半钟回到家中，和家人周旋一阵，然后独坐书斋。

静心一想,今天午间,诸位朋友在此所发的议论,都有道理,却也都无道理。大率各得一偏,未见其全,不值得辩驳。惟有张君规我之言,却是金石,可当针砭。至于我这部小说,还是做下去好呢,还是不做为是呢?细想古今名篇佳作,天才人工,两不可缺,天才尤为要紧。我自己天才缺乏,又无学问,而且时间有限,职务繁多。目前虽境遇尚好,室家无冻馁之忧,然而后顾茫茫,时局不知变到甚么样子。即就长沙这一处地方而论,今年一年之中,又是水灾,又是火灾,又是六一案,又是蔡钜猷称兵,无辜小民,倾家荡产。便连我们安居省城内的人,也受了许多的惊恐。再推想到中国的大局、世界的前途,真令人忧心如焚,到有兴致作小说呢。又胡思乱想了许久,抽完两根纸烟,方想到韩君的话,何必就拿编著小说当作我消遣忘忧之良法,兴来执笔,兴去即止。若能将此身寄托于幻境之中,同书中的人物周旋,人乐亦乐,人愁亦愁。看人生离死别,而我却室家团聚。看人枪飞肉薄,而我却安居闲暇。那几多痴情儿女,颠倒梦魂,泪珠洗面,或竟兰摧柳折,玉碎珠沉,而我却身心泰然,终宵安枕。又有些个苦行志士,焚膏继晷,尝胆卧薪,不免艰难百倍,阻逆横生,而我却饱食暖衣,打牌吃酒。俗语说:站在干滩子看人淹水,是最难得的快乐。罗马王尼罗故意命人放火,把罗马全城烧尽,自己登楼眺望,以饱眼福。我虽非如此,然而心在个中,身居境外,这种别致的福分,便是我做小说所得的报酬了。至于午间唐君所说的话也不尽然。亚里士多德论到悲剧的功用,说悲剧能洗涤感情,裨益心性。〔亚里士多德之说,见其所著《诗学》(*Poetics*)第六章第二第三节。读者宜参阅 S. H. Butcher 所著 *Aristotle's Theory of Poetry and Fine Art* 二四〇至二七三,解释此理甚精。〕因为我们观剧的人,见那剧中的人物,其容貌之美、品性之良、学问之博、道德之高、功业之伟、名位之崇，皆属上上一流，远非我们平常庸俗之人所可比拟。然而那些人物，竟不免身遭横祸飞灾，或困郁终生，或摧折以死，命运残酷，情节离奇。我们看了，自必起一种怜悯与畏惧之心。当看戏之时，全神贯注，替戏中人物耽忧，倒捏着一把汗，反把我自己日常所受的辛苦郁闷，一概忘却了。于是化私为公，推己及人。此种仁慈之怀，恻隐之意，便是道德的起点。又当看戏之时，我们虽不免愤恨悲伤，蹙眉堕泪，然戏完之后，泡影空花，万缘俱净，我们的愤恨悲伤，也便止息。譬如狂风巨浪之后，风静月明，海平如镜的一番境界，但觉得心胸广大，性气和平。这种美满甜适、幽微凄婉的感情，便是灵魂的最高境界。悲剧能使观者达到此境，这便是悲剧无上的功用。并且我们将自己和戏中人物比拟之下，便觉得我实卑鄙庸碌，何足称道？至于我的遭遇，我的忧患，我的身世，也都琐屑平凡，不足惊心动魄、怨天尤人的了。悲剧能激起我们的怜悯和畏惧之心，而使之变为高尚广大的感情。凡人心中的愁绪块垒，都可藉此宣泄一番，这便叫做感情之洗涤（Katharsis），此字乃澄清提炼之意。而悲剧所以能有裨于道德者，亦即在此。亚里士多德立说之意，大概如是，确有至理。其实亚里士多德所说的悲剧（按悲剧一字宜译为庄剧。兹用悲剧云云，从众从俗而已），连小说也包在内。今若取亚里士多德之说，验之于《石头记》，便益发见得亚氏之说颠扑不破，而《石头记》一书真是精深博大的了。

且说我心中将亚里士多德的道理沉思一番，便觉得上等小说能使人心胸广大，性气和平，可见得著作小说也是服务社会之一法。既然此事对人对己，两有裨益，我便胡乱做他一番，再看成败如何。但要做小说，第一先须有一种高尚正确的人生观，可是人生观怎样便可算得高尚正确呢？这却是个难题目。就我平常读书经验的结果,总觉得人生问题,非理智所能解决,然道德上各人须自负责任。大凡一个人,任你如何天亶聪明,深谋远虑,每做一件事,其事之为祸为福,为成为败,为利为钝,你决不能预知,不能逆料,不能确断,不能密防。可是论到此事之是非所在,你又必不能逃道德因果之律,冥冥之中,若有天罚。古人所谓"一失足成千古恨",又道"自作孽,不可活",正是此意。我既看到此层,便用他来作我小说的根据罢。

且说我苦心思索这人生观的问题,愈想愈深,愈想愈难。正没得开交,忽见我的妻子推门进来,笑说:"已经十二点三刻了,小孩子已睡醒一觉,你还不快去安眠,明天早晨八点钟还要到工场里去呢。"我只得走入卧房,解衣而寝。那晓得今晚用心过度,再也睡不着,在床上翻来覆去,总是想着那人生观的问题。如同蚕儿抽丝作茧,愈引愈长,摆脱不得,直到午前两点钟过后,方才朦胧睡去。忽觉己身来到一个广场之上,挤在人丛中,围观场中的马戏。但见一东一西,竖起两根木杆,约有三丈多高,杆顶上绷起一根细绳。有两个女子,一个年约十七八岁,一个十四五岁,都是红裤绿袄,窄袖弓鞋,打扮得十分妖艳,在那根细绳上飞舞盘旋,走来走去。手中各拿着兵器,好像学校中的长杆哑铃一样,如飞摆动,使出种种花样。地下锣鼓齐鸣,喝采之声不绝。我当时提心吊胆,满身冷汗,看那两个女子左欹右侧,蹈空失足,要跌下来了,却又不曾跌下来,由不得神迷目眩,啧啧称奇。后来忽觉我自身也飞到空中去了,原来我正同几个朋友在野外骑马,忽然那马腾空而上,愈前愈高,愈行愈速。我紧握缰绳,禁制不住,眼看离地甚远,脚下树木房屋城郭山川如飞而过,霎时已走入云端,上下左右,浑沌渺茫,不见一物。但觉水气冰冷,衣履俱湿。耳中呼呼的风声,愈响愈大。我心想驾驶飞机大约也有如此经验,但那马不比飞机，一直顺着地球的圆切线的方向行去，离地愈远，闯入太空。我那时早已失去知觉，心想此刻我浮游宇宙之中，广漠无边，上下尽是日月星辰，何处更辨东西南北。这马究竟跑到那里为止呢？又想到此刻时间空间已失，既无方向，这马恐未必跑，我身恐亦不在马上。想到此，便觉宇宙翻覆旋转，我立刻昏晕过去，身离马背，也不知向何方跌落下去。

及至知觉回复，却是脚踏实地，但觉神清气爽。细心观看，原来我正同与许多旅客一同出发。那时夜黑如墨，每人手中一个灯笼，只照着数尺之地。有一个引导的人，对我们说："由此前去，是一直的路，十分平坦，并无危险。但这路只有一丈多宽。左边全是插天峭壁，右边却是万丈深沟，你们须要十分小心，顺着路走去，最好靠近左边，不要跌到右边沟里去。要紧要紧！"我旁边一个人便问："这路有几十里远？何时可到？"引导的人道："路长确是有限，但各人行步快慢不同，有人先到，有人后到。"又有一人问道："到了便怎样呢？"那引导的人道："到了那边，便有现成的房屋住宅，让大家舒舒服服的休息。但是一路上不免有风雪饥寒之苦，总得勉强挣扎着些。"说着，大家便一同前进。无奈那手中灯光不能照远。后来便各自散失。我紧记着那人的话，一直前行。又时时伸出左手，摸着那光滑的峭壁，以免堕入深沟。后来我因见许多人把灯笼凑拢来照着石壁，用手摸索，好像在那壁上搜寻什么宝贝一般。又有些人将面孔紧紧贴着石壁，俯身向内窥看，如同看西洋景一般。我不禁诧异，便也照样行事。起先只觉得那个平直如砥、天衣无缝的石壁绵亘无穷。后来无意中却在那石壁上面摸得一个小孔，约有银角子一般大，我连忙把一只眼睛凑近那孔，向内窥看。谁知这一看非同小可，原来石壁内方，却是一个美丽光明、庄严无上的世界。我当时目定舌呆，要描画却描画不出，但觉得千年花果、七宝楼台、霞光缭绕、瑞气氤氲等词句，还不能形容出这个世界的万分之一。其间正中最高之处，垂拱端坐着一位天帝尊神，虽已高入云端，还令人肃然不敢仰视。周围列坐着几位神仙，衣冠状貌，各各不同，仿佛像平常雕刻图画中所见的孔子、释迦、耶稣、苏格拉底、柏拉图、亚里士多德等人，还有诸多神仙，皆不知姓名。个个都是衣冠整洁，态度庄肃，容色和善，心地欢乐。其他景致人物，形形色色，不及备睹。我那时但觉得如饮醇酒，说不出的身体轻畅、心性恬适。正欲逗留细观究竟，却被那路上同行的人走过来向前一拥，便把我挤开一边。我当下恍然若失，再去找寻那小孔，却死也找不着了。我无法，又因赶路心急，便随众前行。走了不知好远，一时不慎，又被同行的人左推右拥，便走到那路的右边、悬崖尽头之处，我右足一敲，猛不防踏在空中，连忙说声“不好”，手中的灯立时灭了，我的身躯便向那万丈深沟底一直坠落下去。

我早已昏迷，及至清醒过来，却身陷泥淖之中。向四边一看，不觉魂飞魄散。原来那地方一片阴森森的黯无天日，长满了大小树木。树下便是洪水污泥，怪石毒草，攒满了各种豺狼虎豹、蟒蛇巨象，下迄蛇蝎蜈蚣、甲虫刺猬之属，以及马牛羊豕、鱼鳖虾蟹。万般动物，无不具备，一齐蠕蠕蠢动，汹汹相向。那地上本无一些空隙，这些动物，便互相吞噬，争战不休。说不尽的残杀蹂躏，断肢折骨，宛转哀号，一片腥风血雨，毒雾妖氛。我自分必死，定一定神，因见身旁有一棵松树，忙爬将上去，到那树顶一个大枝上，骑着坐了。双手紧抱树身，就树叶空处，往下一看，神魂俱碎。蓦地想起我从前在美国留学之时，常同朋友们到哈佛大学毕卜德博物院（Peabody Museum）去参观。见那相连的几层楼房，尽摆着动物标本，十分可怕。我平常虽然胆大，白昼也不敢一人走进去。

那些标本还是死的，岂知今日我竟到这个可惊可惨的活动物的世界里来，如何是好？再细看那四围树枝上，满栖着各种鸟雀，其中猛鹫飞鹰、寒鸦驯鸽均有。就是我身骑坐的那个树枝上，甲虫微生物之类，已经密如沙砾，不计其数，一齐往我上身攒来。我正在惊慌，忽听身后怪吼一声，回头只见一个女鬼，恍惚好像德国杜雷尔的镌刻画《忧患图》（*Melencolia*，参观本期插画第二幅）中的女子，直向我身边扑来。我惊吓之极，大叫一声，便跌下树来。那知却是一梦。却说我妻子听得我梦中怪叫，连忙摇着我的身躯，一叠连声，将我唤醒，说："你不该把手放在心口上睡觉，又魇住了。"我说："好了，不要紧。"当下我冷汗遍体，勉强定住了神。过了好些时，方才把梦中所闻所见的，重复想了一遍，细细玩索其中意思。自己对自己说："我一心研究人生观的问题，却做这样的梦。难道人生的景况，人生的意义，竟如同梦里的那种情形不成？"想到此，忽听钟鸣五下，天已微明。我说："哎呀，不好！今夜失眠了。"幸喜过了一刻，又朦胧睡去。起来便赶忙收拾，到工场里去办事，只好与读者诸君暂别了。欲知书中本事，且听下回分解。

——本篇原载于1924年12月出版之《学衡》杂志第36期，乃吴宓用"湘阴王志雄"的笔名，畅述自身读小说、作小说、研究小说的经历，及其对于小说撰作的认识与体会。此篇为其所拟撰理想小说《新旧因缘》的楔子，实际后来并未续作。篇名为编者拟。

论写实小说之流弊

吾国今日所最盛行者，写实小说也。细分之可得三派：(一)则翻译俄国之短篇小说，专写劳工贫民之苦况。愁惨黑暗，抑郁愤激，若将推翻社会中一切制度而为快者。(二)则如上海风行之各种黑幕大观及《广陵潮》《留东外史》之类，描写吾国社会人生，穷形尽相，绘影传声，刻薄尖毒，严酷冷峭。读之但觉一片魍魉鬼域世界，机械变诈，虚伪油滑，无一好人，无一善行。吾惟将逃世以求死耳。(三)则为少年人所最爱读之各种小杂志，如《礼拜六》《快活星期》《半月》《紫罗兰》《红杂志》之类，惟叙男女恋爱之事。然所写皆淫荡猥亵之意、游冶欢宴之乐、饮食征逐之豪、装饰衣裳之美，可谓之好色而无情，纵欲而忘德。且所描画之地域，不出此十里洋场——隶属外人，有金钱而无文化之上海。然外地学生及商号学徒读之，徒足歆动其羡慕繁华之热心，养成肆意挥霍之习惯，不特诲淫已也。至若描写爱情挫折失败，则又抑郁其思，凄惋其声，缛丽其词，悲丧其旨，使青年读之颓惰萎靡，而少奋发刚健之精神。凡此皆吾国今日之写实小说也。其中固不乏一二佳作，然大体如此。有心人将谓之何？尤可慨者，吾国之新文学家，其持论乃常以写实小说为小说中之上乘、之极轨，而不分别优劣，并言利弊。惟尊写实小说而压倒一切，其余悉予摈斥。是不啻于上言三派之劣作，亦承认其为文学之精华巨制也。是乌乎可！写实小说之佳者,固极可称,而其中流弊亦不可不知。试略论之。

写实小说之劣下者,其弊在于刻画过度,描摹失真,诲淫失德,戕性堕志。而其所以为弊者,则有二因:一曰有悖文学之原理也。小说(Novel)为稗史(Fiction)之一种。凡稗史所载,事皆虚构,但求其入情入理,尽善尽美,固不问其确符于某时某地之情形否也。纵能尽合,亦不为工。盖人生(Life)可有三种境界。(一)实境。谓某时某地某人为某事之实在情形。刹那万变,每境不同,以科学之观察而得之。(二)真境。谓凡时、凡地、凡有如此之人,为如此之事、之定规、之常情,通古今东西而不易。以哲学之理解得之。(三)幻境。谓并未曾有此时此地,亦无此人此事,一切皆由虚构,而又入情入理,合乎定律,而逼肖真境。以美术之表达得之。凡作小说者,皆必首先观察人情之实境。或凭经历,或由读书。所得既多,乃悟人生之真理,是即真境也。然此真境虚空渺茫,欲以晓示于人,则必假设一种幻境,以显明之,而予人以己之观察理解之所得。故幻境虽幻而最真,与所有之实境皆不同,以其由凝练陶冶而出者也。凡小说家皆必遍经此三种之步骤。又其所造之幻境必圆满无缺,否则人将不之信。故小说中所写之人生,必求其情真理真,而不求其时真地真也。徒抄一种实境,不能为小说,以其未经过真境而达幻境也。彼照相者必去面上之黑痣,作画者常改易树木屋宇之位置,图像者取众多美女之美态,各择一端,合而为一帧仕女图,亦即此理。盖彼其目的,在求此相、此画、此容之美,而不问其密合逼肖一人一地否也。即使密合一美人,逼肖一佳景,亦决非天下之至美。况所本者乃无盐嫫母、荒山污市耶?故小说家最忌径直抄袭其一己之经历见闻,一毫不改,而必须用剪裁及渲染之法。写实小说之佳作,其中所写者绝非原来之实境,乃幻境之最真者耳。其于剪裁及渲染之法,用之至多,特读者不察,只觉其多有合于我所历之实境,而遂信之为真耳。写实小说中劣下之作,则不解此。彼惟以抄袭实境为能事,而不用剪裁及渲染之法,故所得者生吞活剥,狼藉杂凑,不合因果之律,绝少美善之资。虽其字字皆有所本,节节皆系实录,亦奚取焉?综而言之,小说须写由真境蜕化而出之幻境,以幻写真,而不可描摹未经剪裁渲染之实境,而不可以直抄而以真为法也。故劣下之写实小说,纵其所写者实,亦有悖于文学之原理矣。

二曰以不健全之人生观示人也。语所谓大盗不操戈矛者,其惟写实派小说家乎?彼其言曰:我毫无所主张;我不作问题小说(Problem novel);我不行训诲主义(Didacticism);我纯凭客观,但就我所见所闻所历之实象描摹一二,语必征实,事皆有本;我只搬运传达而已,无所爱憎于其间。读吾书者,或为善,或为恶,皆非我之责,是世事如此有以致之也。以上云云,固属有理,殊不知人生至广漠也,世事至复杂也,作者势必选其一部以入书,而遗其他。即此选择去取之间,已自抱定一种人生观以为标准,而于无意之中,以此种人生观传授他人。虽曰客观,仍主观也。虽云于我无与,仍系自为权衡也。譬之贩卖砒霜,亦足杀人,不必自行配药也。所赎何药,关系至重大。故每一小说作者,必抱定一种人生观,以此传授他人。此势所不能免。而所贵者,即其所抱之人生观,须甚健全是也。小说书中事实之能真与否,与其中之人生观,为截然两事,各不相涉。固有书中事实灼灼逼真,人物栩栩欲活,而其人生观又甚健全者,此可谓之上等写实小说。亦有书中之事实极不类真,然其人生观则甚健全,此虽非写实小说而固为佳小说也。若事实逼真,而人生观不健全,则在所不取。以其能导人于恶,或养成抑郁沉闷之心境、颓废堕落之行事故也。总之,欲为佳小说,不限于写实也。即欲为甚佳之写实小说,亦不必假手于不健全之人生观也。乃世之操笔为写实小说者，多犯此病。即以不健全之人生观教人，而犹借词不负其咎，是可叹也。所谓人生观者，即个人立身行事之原则也。人生观以何者为正，应俟别论。小说家应取之人生观，亦不必拘定一格，但决不宜以不健全之人生观著书也。有如《威克斐牧师传》（*The Vicar of Wakefield*，商务印书馆小本小说译本易其名为《双鸳侣》，甚不妥，盖此非言情小说也），其中事实极不真切，不足使人信之，然而趣味深长，能为传世之作。大文豪如葛德（Goethe）等极口称赞，谓曾身受其益。则以其叙一博施好善、躬行道德之士，及其和乐勤俭之家庭。虽受种种诬陷冤仇、横祸飞灾，而志不挠、行不乱，诚信不渝，无怨天尤人之意。在囹圄困穷之中，不改其乐，不易其行，使读者敬祝之、爱慕之。悠然向往，思得亲近，而自觉其心胸伟大，性气和平焉。中国旧小说中《儿女英雄传》最为近之，故殊可取也。新小说中如《恨海》，如林译之《不如归》，皆佳。而近年则此类之作绝少，求人生观健全之小说，几如凤毛麟角。如本报所载之《天伦之乐》及《理想的丈夫》，皆戛戛独造，不易多见者矣。

以上略论写实小说之弊。今更引西方名儒之说，以为吾之佐证。（一）俄国托尔斯泰，写实派小说之大作者也。其长篇小说如《心狱》（又译《复活》，*Resurrection*），如《婀娜传》[①]（*Anna Karenina*），我国皆早有译本。然英国十九世纪文学批评大家安诺德 Matthew Arnold，于一八八〇年评托尔斯泰之《婀娜传》（见其所著文集第二集 *Essay in criticism*：*second series* 二五三至二九九页），谓此书乃人生之片影，非美术之作品也。虽事实逼真，而于美术未工。盖书中所描叙生动美观之情景甚多，然每一事与他事之间，其因果之关系甚薄弱而隐晦，无或然及必然之律以贯注之。

① 《婀娜传》，今译《安娜·卡列尼娜》。

虽乱其前后之次序而删去数段,亦毫无妨碍,此结构之失也。此书描画诸种屋宇陈设、衣饰器物,至极精工,毫发毕现,丹漆并陈,足可钦佩。惟其弊则在所描画者往往与书中之要局无关,虽删去之亦无伤结构,此背景之失也。书中几多人物,音容宛在,须眉毕现,衣冠整齐,笑语杂沓,异常亲切可爱。然无道德之作用,少善恶之判分,其行事无大关系,无大影响,且各行其是,一若互不相属也者。各自言动,各自思想,而他人对之如无物,殊类傀儡戏,而非活剧场也。且人物无自己之主张,纯听作者之布置,牵丝扭捩,任意操纵离合。又其感情强烈,欲望奋发,然无三思之工夫,无良心之作用,直情径行,随流迁移,遂成为命运之奴隶。人之善恶为环境所造成,无能逃避,无能改易,于是陷于罪恶,每况愈下,终成绝望。茫茫大造,有类黑狱。读者以人例己,亦将黯然自悲,颓然自放而已。此人物之失也。故写实小说,有类活动影戏,每段不乏奇情妙事,然前后不贯串。又如旅客汇集之风景照片,虽罗列一册之中,而实远在天边,各不相涉。昔人所谓七宝楼台拆碎不成片断,又所谓走马看花者,庶几近之矣。(二)法国佐拉(Zola),极端写实派(即物性派,一译自然派),写实小说之大作者也。然当*La Tefre*一书出世时(一八八八年),法朗士(Anatole France)评之曰(见其类著*La Vie Litteraire*第一卷第二三六页):"夫爱美之天性,为生人之所同具。凡百之物,必欲装饰之、修葺之,以成其美,而世事始足系恋。佐拉君不知有此也。世有人焉,既有情欲,而复能以礼自防。且纵且敛,含蓄不泄,乃成至妙。佐拉君不知有此也。世界之上有瑰伟之行,高尚之思,纯洁之心肠,英雄之胆识。佐拉君不知有此也。人之弱点,人之过失,乃至罪人之罪恶,其中皆常有足以动人之美感者存。忧愁为神圣之事,眼泪乃凡百宗教起信之初步,故惟忧思足以使人刚毅,所以忧爱启圣。佐拉君不知有此也。佐拉君不知写艳情必须节制，而不可淫靡。又不知高士感叹之词，必须远而不迫。凡心胸伟大之人，阅历人事，只起二种感情：成则敬慕，否则怜悯。若佐拉君者，实至足怜悯者也。”

综上所论，吾非谓写实小说不可作也。盖谓写实小说而外，他派小说亦当撰作。而作写实小说者，亦须力求精美，免除流弊，不当专作劣下之写实小说耳。

——本文原载于1922年10月22日出版之《中华新报》。

我之人生观

目　次

绪论　（人生观之定义　人生观之构成　今时为博放之世正当人生观之难得）

第一节　宇宙事物不可尽知

第二节　天人物三界

第三节　三种人生观

第四节　观念皆一长存不变浮象反是

第五节　宗教之本体惟一旨在谦卑

第六节　人性二元为道德之基本

第七节　实践道德之法

（一）克己复礼

（二）行忠恕

（三）守中庸

第八节　事业及出处进退

（一）穷则独善其身达则兼善天下

（二）行而无著

（三）职业与志业之别

结论

绪　论

所谓某之人生观者，即其人立身行事之原则也。凡此人对于人生之权利义务。一己与他人及国家社会之关系，人与人相接之道，以及是非利害、得失轻重、贤愚高下、悲欢苦乐、恩仇亲疏、祸福荣辱等，种种见解，集合而总称之为其人之人生观。然人生观者：(一)非空想而不见之行事者。譬彼身居草野而心羡富贵，日言闭门退休，而结交官场、馈送请托不遗余力，则其人之人生观仍为热中求仕，而非恬淡隐逸也。(二)非一家之学说，一宗之教理，而不尽合于此人者。譬如信耶教者，一国之中，凡若千万人，其人生观实千差万别，而不能谓皆遵奉耶教之人生观也。又如有笃好墨家之学说者，然虽主兼爱矣而未尝薄葬也，虽主息战矣而未尝非乐也，则此人之人生观不能以墨家二字赅之也。(三)非一时之感慨而过顷即改变者。譬有丧其慈父、丧其爱妻、丧其良友者，一时痛不欲生。念己身之孤独寡欢，恨不相从于地下。然数月或一年之后，乃复兴高采烈，热心所事。若此人者，不能谓为悲观也。又如有留学生痛骂政府，立志欲献身社会，用其所学。及归国，则亟亟于部院衙署谋一位置，效彼中人之所为，自食前言。若此人者，不能谓为热心社会服务也。以上三者，皆不足为人生观。必也，能见之透彻，深信不疑，持久不变，而又能身体力行者，始可定为其人之人生观。有时不自知其人生观为何等，而他人则可从旁察知之。又不于其所言，而于其所行定之。凡评前人之诗文著述者，每曰其人生观如何云云，此特就其诗文著述中所表现者而言，非谓其人立身行事亦如此也。故凡欲自审其人生观者，惟当求出之以诚，不取高尚，不涉玄渺，不趋新异，要必为己之所确信而愿勉力躬行之者,夫然后始可免于虚憍自欺也。

人生观之构成,厥由五事:一曰天性,谓生来之所禀赋。人与人各不相同之处,即今人所谓个性。二曰境遇。例如农家子以勤俭力作为天职,官场中人以结纳奔竞为能事。三曰时势。例如生于欧洲中世,则不期然而崇信耶教。生于十九世纪后半叶,则信物竞天择之说。四曰读书(即学理)。例如读毕叔本华(Schopenhauer)之 *The Metaphysics of the Love of the Sexes* 及托尔斯泰之 *Kreutzer Sonata*,则以为男女夫妇之结合纯由体欲,无殊禽兽,而无所谓礼教与爱情。而读毕亚里士多德之伦理学者,则以中庸为正道,而德行成于习惯,故以训练与修养为要务。五曰涉世(即经验)。例如一生安乐丰裕者,则好行慈惠。受贪官污吏之逼虐者,则走而为游侠寇盗,劫掠残杀,肆行报复。以上五者,有由于内者,有由于外者;有出之己意者,有因事之偶然而不自知,或即知之而非吾力之所能控御矫正者,未可一概论也。虽然,比较言之,(1)彼顺天性之所适,恣意行事,不自省察,不加训练,不事补偏救弊。或(2)惟就己之身份地位。俯仰随人,不自树立。在官言官,在商言商,为学生则言论行事悉准于当时大多数之学生。又或(3)因一身之遭遇、片刻之愤慨,而断定千古人性及道德之标准。吾适贫困,则谓世间财产悉由攘夺;吾受欺骗,则谓信义皆奸宄乡愿之托词。又或(4)仅读一家之书,受一人之教,观察一国一地之习俗,而即盲从坚附,奉为天经地义,以为舍此更无些须是处。以上四者,其人生观必不能为正当。若乃有人焉,既能勤于省察、勇于改过,又能慎于抉择、明于辨析。遍读古今各家之书,一一理解而领会之。历行东西各派之教,一一辛苦而体验之。又曾涉历种种生涯,荣枯升沉,悉所身受;哀乐悲欢,悉所心感。然后静思熟计,融贯归纳,而作成一种人生观,则其为纯正健全,必无可疑。常人即不能致此，苟仿其意而为之，虽有小大精粗之别，然所得者，必高出于上言之四种，而要为略有价值之人生观也。

本志第一期初出版之时，京沪诸报之侈谈学术文艺者，多为文攻诋甚至。独上海《中华新报》曾著社论（题曰《读〈学衡〉书后》，署名一苇，民国十一年一月十九日）赞成本志之宗旨，而更进一义以相勖。略谓年来吾国青年思想解放，顿觉旧有全非，乍入于一种精神的无政府状态，此非仅求智问题，乃人生观问题。所望该杂志诸君能努力奋斗，为举国青年下一正当解决云云。此诚为卓见之言。虽然，学术思想之淆乱，精神之迷离痛苦，群情之危疑惶骇、激切鼓荡，信仰之全失，正当之人生观之不易取得，此非特吾国今日之征象，盖亦全世之所同也。孟子曰：天下之生久矣，一治一乱。西儒谓通观前史，精约之世（Age of Concentration）与博放之世（Age of Expansion）常交互递代而来，不惟疆域之分合、政权之轻重，而学术思想，忽而归于一致，忽而人自为主。精约之世，趋重克己与潜修；博放之世，趋重服人与任情尚气。当精约之世，众之人生观皆同，而精神安定；当博放之世，众之人生观各不相同，而时刻变转，遂致精神迷惘，无所依归。大凡精约之世，宜以博放之精神济其偏；而博放之世，则须以精约之工夫救其乱。近人有谓博放之世必胜于精约之世者，实未尽然也；希腊邃古，精约之世也；纪元前四五世纪，苏格拉底、柏拉图所生之世，博放之世也；罗马帝国与中世，精约之世也；文艺复兴与宗教改革，博放之世也。近世若十七世纪之法国，精约之世也；而自十八世纪中叶以迄今日，则全欧洲（美洲同）皆在博放之世也。其在吾国皇古，初亦精约之世，至春秋战国孔孟所处之时代，则博放之世也。二千年来，精约之时多。而近今则为博放之世，为前此所未有者。不惟欧西二千余年历史之变迁，一旦降临于我前，归我承袭，且又当东西洋交接方盛之会,于是学术思想之淆乱、精神之迷惘,至今日中国而极矣。(惟然,故吾国孔孟之时代,西洋苏格拉底、柏拉图之时代,及十七世纪以还之学术思想,亟须研究了解。以此三者,皆为博放之世,可为吾国今日之取法及借鉴也。)欲求解决之方,不亦难哉！彼西土之贤哲高明,如有能知往察来,造成一种纯正健全之人生观,为举世之受用,则自当径往取法,而介绍于我国人,其事甚易。更就我国历史及国情民俗,斟酌变化而用之,是亦不难。所可痛者,所谓正常之人生观,求之西方亦不易得。(参阅本志第十四期《安诺德之文化论》及《英诗浅释》篇。)纵有二三贤士致力于此者,其影响亦尚未著,则其业之艰钜可知。而况西方之人生,向为耶教所支配,迄今犹有绝大势力;东洋则有佛教。又西方旧日之学术文艺,以希腊罗马之文化为基本、为渊源,而我国则有孔子之儒教,故虽在同时,而为实用裨益计,则所求之人生观亦当有别也。为中国计、为东洋计,似宜以儒教、佛教为基本而新造一人生观,比之以耶教及希腊罗马文化为基本者,较为势顺而易行,然此犹待决之问题也。总之,创造正当之人生观固为急务,而其事至难。虽云人人有责,而吾自惭菲薄,为己身谋之不暇,敢言救世？若论今世思想淆乱、精神迷惘、信仰丧失、行事无所依据之苦,吾本身即为感受最深之一人,常愿得名师高人,尽弃其所学而从之,或归依一教,虔心一志,遵依崇奉,不用思想,而卒未能。且夙昔行事,所悔已多,虽崇奉人文主义,而浪漫派、自然派之思想言行,吾皆曾身历而躬为之。综吾成童以来思想行事之变迁,苟按其步骤迹象而详记之,亦可成为代表世变国情之小说,若是乎吾生之迷惘也。兹吾正届三十而立之年,岁暮有暇,略自省察,将吾中心所确信而愿终身奉行者,条列出之,是为吾之人生观。大雅君子,有能进而教之者,是吾师也,愿输诚以学焉。其有素志相同、喜所见之契合者，是吾友也，愿共切磋焉。若不以兹所条列为然者，必有亿万人，则当各行其是而已，非敢谓以吾之人生观劝他人之同之也。

第一节　宇宙事物不可尽知

宇宙间之事物，有可知者，有不可知者。可知者有限(Finite)，不可知者无穷(Infinite)。故须以信仰及幻想济理智之穷，而不可强求知其所不能知。〔庄生曰：吾生也有涯(Finite)，而知也无涯(Infinite)，以有涯随无涯殆已。〕又须以宗教道德成科学之美，而不可以所已知者为自足而败坏一切。(孔子曰：知之为知之，不知为不知，是知也。)

> 例如吾固确信各种科学之所主张，然试问太阳系及目所能见之恒星以外，是否更有星球？有之，则如何排列？如何钩挂？果从何生？果如何灭？地球冷灭以后，是否另有人类所居之星球出现？诸如此类，皆非天文学所能解答。而若纯凭科学以定人生观，则所得者为物本主义而已。

第二节　天人物三界

宇宙间之事物，约可别为三种。有在理智之上，而为人之所不能知者，是曰天。有适合于人之理智，而为人之所能尽知者，是曰人。有在理智之下，而为人之所不能尽知者，是曰物。此三种各自存在，不得抹杀其一。

第三节　三种人生观

人生观(即立身行事之原则)约可别为三种:一者以天为本,宗教是也。二者以人为本,道德是也。三者以物为本,所谓物本主义(Naturalism)是也。(参阅本志第四期《论新文化运动》篇第十九至二十二页。)处今之世,以第二种之人本主义,即人文主义为最适,故吾崇信之。

第四节　观念皆一长存不变浮象反是

吾信有各种绝对(又曰纯正)观念(Absolute or Pure Ideas)之存在,但必附丽于外物实体,而后吾人能知之。例如白者观念也,无始无终,固常有之。吾见白马白玉白纸等,而后知有白。然当吾未见白马白玉白纸之时,即已有白,特吾未能知之耳。彼时既非吾之所能知,故亦不必辩定绝对观念究栖止于何处。(如柏拉图谓其各占一星,由星生前,以入人心之类。)但宜信其有,即已足矣。惟然,故吾信世间有绝对之善、绝对之恶、绝对之是、绝对之非,乃至绝对之美之丑。由是类及,盖善恶是非美丑,皆观念也。仁义礼智、慈惠贞廉,亦观念也。乃至酸甜苦辣、强弱高下,亦观念也。此诸观念所附丽之实体、所藉以表现之外物,则千差万别,时刻转变。常人只能见此实体外物,而由是间接以知观念,故每感其繁杂淆乱,迁转靡常,遂堕于迷惘,甚或悍然曰:世间无所谓善恶是非美丑也,从人之所好,设词以强欺而已。此其误,正如见黑马,或告之曰:此白马也。又见斑马焉,又见灰色马焉,又见白马而黑其鬣与尾者焉,遂断曰:世间无所谓白马,固安得有白哉?

彼因惑于各世各邦各族风俗制度仪节之不同，而遂于道德礼教等一概屏弃，甚且强指不道德为道德。礼教力之所不及者为礼教之目的及结果。（例如以多妻诋孔子；以白起之坑降卒四十万于长平，为中国古圣贤之影响者是。）固与前者同一误也，皆因未信或未究道德礼教等之本体（即观念），而但就实例外物，为片段之研究，径肆为攻诋也。不特道德礼教然也，即文章之美、诗词之美、图画之美等等亦同。文章虽有中文、英文、希腊文、法文、俄文之不同，而其中要必有绝对之美焉。智者为求真理，即在研究如何而得此绝对之美。纵不能得，亦当得其比较而为最美者，以为标准，而为美之观念之不完全之影像。总之，观念为一，千古长存而不稍变；外物实例则为多，到处转变而刻刻不同。前者为至理，后者为浮象。吾惟信此原则，故信世间有绝对之善恶、是非、美丑，故虽尽闻古今东西各派之说，而仍能信道德礼教为至可宝之物。故虽涉猎各国各家各派之文章艺术，而仍能信其中有至上之标准为众所同具。故虽处今百家争鸣、狂潮激荡之时，而犹信吾可黾勉求得一纯正健全之人生观。故虽在横流之中，而犹可得一立足点。故虽当抑郁懊丧之极，而精神上犹有一线之希望。此中之关系，亦可谓极重大也矣。虽然，吾虽信绝对观念之存在，而吾未能见之也。吾虽日求至理，而今朝所奉为至理者，固犹是浮象，其去至理之远近如何，不可知也。吾确知他人之误矣，然吾亦不自知其无误也。吾研究所得之道德礼教之定义及文章艺术之标准，究否正当完美，吾亦不能自断也。于此则须虚心，则须怀疑，然徒虚心怀疑而无信仰，则终迷惘消极而无所成就而已。故吾须兼具信仰（Belief）与怀疑（Scepticism），二者互相调剂而利用之。重叠言之，即应信彼为一常存之观念（Ideas）及为多常变之浮象（Appearances or Illusions），二者共存而不可偏废也。（参阅本志第四期《论新文化运动》篇第三页。)

第五节　宗教之本体惟一旨在谦卑

今就上言之义而论宗教。吾以为今之诸种宗教,如儒教、佛教、道教、伊斯兰教等及其支派,如耶教之分为希腊教、天主教、基督新教之各宗等,纷纭扰攘,各树一帜,皆宗教之浮象也。或曰昊天,或曰上帝,或曰明神,或曰佛(指大乘末流之佛),或曰梵,或曰耶和华,或曰 God,皆神之浮象也。浮象之下,本体(即观念)存焉。本体为何?可言之如下:神者,超乎理智之上,为人之所不能知,而为宇宙间至完善者(the most Perfect Being)是也。宗教者,信奉此神,而能感化人,使之实行为善者也。(安诺德谓宗教乃道德而加以感情者也。Religion is morality tempered with emotion.)如此之神,吾信其有而崇奉之。如此之宗教,吾皈依而隶属之。原世间只应有一种宗教,而乃有耶、佛、伊斯兰诸多名目者,由于信条及仪式之分歧,本应和谐,岂特互相容忍(Tolerance)而已。而乃至于相攻,至于仇视,至于残杀,至于血战,此乃各教信徒之胡行妄为,然非宗教本体之过也。夫宗教之信仰,应视乎人心自然之机,非可以力逼势屈,尤非可以财诱利取。其实一教得盛行,亦即他教之福。而各教之相争相仇者,则多缘以他事(如政治等)混入宗教之故。彼世间之各教,自有信心者观之,谓其皆真可也;自无信心者观之,谓其皆伪可也。然则何所趋择乎?曰:由二法。一曰事之偶然,二曰先入为主。例如某人生于英国,而先世皆遵从英国教会,则此人果有信心,径遵用该教会之信条仪式可也。另有人生于日本,其先世皆奉日莲宗之佛教,则此人果有信心,径遵用佛教之日莲宗之信条仪式可也。其后更与他教如天主教、伊斯兰教等相遇，仍宜坚守原信，不必迟疑，尤不必改投他教。此吾所谓真能信教，与真能信教自由者之所应为也。若吾之一身，既生于中国，先世所奉者为儒教。吾虽曾略研究耶教之教理，然耶教之历史之环境，与吾之生涯相去太远，若风马牛不相及，且耶教派别如是之多，吾诚不知所择。至若佛教，吾闻人言其教理之高为各教冠。然吾于佛书未尝研读，而自吾有生有知以来，长读儒家之书，行事待人，亦常以儒家之规训自按。故无论世人如何辩论，然吾过去之生涯，固已合于儒教，此所谓事之偶然，此所谓先入为主。吾将终身仍依儒教，而决不作归佛归耶之想矣。由是言之，吾信神之本体，常奉宗教之本体，此吾之真信仰也。而遵依儒教之规条与仪节，则由事境之偶然者也。

今人之谈宗教者，每多误解。盖宗教之功固足救世，然其本意则为人之自救。故人当为己而信教，决不当为人而信教也。宗教固重博爱，然博爱决不足以尽宗教。（Charity 者，Love of God 之意也。）宗教之主旨为谦卑自牧。真能内心谦卑者，虽不焚香礼拜，或诵经祈祷，吾必谓之为能信教者矣。格言有云：人当傲以视人，而谦以对神。（We should be proud towards men, but humble towards God.）其意谓如有人于此，智仁勇兼备，富贵不能淫，贫贱不能移，威武不能屈。其文章功业，又足盖世，人皆视为天人，而此人则中心常觉有所慊然不自足。冥冥孤独之时，觉另有监临于我上，而来与我问答者。世人之不及我远甚，然我之缺失多端，独此公知之而我自知之，我何敢骄哉！惟内心谦卑之人，为能克己。人不能克己，则道德必无所成。（详下节。）谦卑为宗教之本，克己为道德之源。此所以宗教实足辅助道德。而若宗教全然熄灭，则道德亦必不能苟存也。

第六节　人性二元为道德之基本

吾确信人性二元之说，以为此乃凡百道德之基本。主此说者，谓人性既非纯善，又非纯恶，而兼具二者。故人性有善有恶，亦善亦恶，可善可恶。西方柏拉图、亚里士多德即主此说，而吾国先贤亦同。(参阅《文哲学报》第二期缪凤林撰《孟荀之言性》篇。)盖皆见之真切，最合事实者也。彼主张人性一元者，约分两派：(1)为昔之宗教家，如耶教之圣奥古斯丁以下，以及十七世纪法国之Jansenists，又十八世纪美国之Jonathan Edwards等，皆谓人性纯恶。其原因则缘昔日人类始祖亚当夏娃犯罪之故，人生乃与罪恶俱来，故所行常趋卑下，且罪孽深重。虽毕生虔敬修持，犹未必能赎其罪，死后将入地狱受苦，惟遇上帝怜悯而特赐恩典(Grace)者，始可获免而得福。然何人能得此恩典，无或能知，亦无凭准，惟视上帝之权衡。(2)为近世(古亦有之，然人数少而影响不著。近世十六世纪始发其端，而以十八世纪为大盛)之浪漫派及自然派，以卢梭为最著。谓人性纯善，而其所以陷于罪恶者，则由于社会之环境驱使之、逼迫之。故当任先天之情，纵本来之欲，无所拘束，无所顾忌，则所为皆合于善。若为礼教制度、风俗习惯所阻碍，即不得不转而为恶，且人当冥然无知，直情径行。苟自用思想，计较是非，则成为下等之禽兽矣。(此乃卢梭之言。)以上二派之主张，本不合于事实，而其弊病之尤著者，则为信偶然之机(Chance)，主命运之说(Fatalism)，谓万事前定(Determinism)，而使人废然堕于悲观。(1)派之用意甚善，然危词耸听，使人震惊忧惧，或至疯狂。且上帝之赏罚既不视一生行事之善恶功过为定，则其所谓权衡者，从其心之所欲(Capric)而已，是亦偶然之机也。

若(2)派设词之诡,害世之深,彰明较著。一察欧西近二百年之历史及现今之世乱,即可知之。此乃极端之利己主义,人于其所为,不自负责,而归罪于环境。然环境乃虚空渺茫之物,且人若全为环境所制,不能自脱,则环境固亦偶然之机也。二派虽分高下,然其信偶然之机同。凡信偶然之机者,必怠惰萎靡,不能精勤奋发。又世事既无定准,则亦无所谓是非功过,而人各宜纵恣。肆行损人利己矣。〔(1)派尚有畏惧上帝之心,足以钳制之、驱策之。(2)派则诚所谓率兽食人毫无顾忌。然其说今方盛行,此人心世局之大忧也。〕

若夫主张人性二元者,则反乎是。吾之所以确信人性二元者,非因其理论之动听也,非因其与吾国先圣先贤偶合也,亦非因其说之足以扶植道德也,实因吾曾取一元及二元之说,一一体验之、躬行之。又沉思默察,内观反省,积之久,见之明,乃知一元之说实不合于事实。而人性二元,则为吾体验反省所得之结果,虽欲不信之而不能也。窃谓道德乃实行之事,苟但遵父师之教,读古人之书,虚爱道德之高之美而行之者,必不能坚,必不能笃。惟若自行体验。少年之时,依从上言(1)(2)等各派之教,自放于不道德;一一涉历之后,深知其中之利害苦乐,然后幡然改途,归于道德,视道德为至真、为至乐,如衣食生命之不可须臾离者,彼人之于道德,始能坚而能笃也。

主张人性二元者,以为人之心性(Soul)常分二部:其上者曰理(又曰天理,Reason),其下者曰欲(又曰人欲,Impulses or Desire)。二者常相争持,无时或息。欲为积极的,理为消极的;欲常思行事,而理则制止之,阻抑之。故欲又称为Inner Check或Will to Refrain。(苏格拉底所谓灵几常“戒余毋为某事于欲为之顷,而未尝诏余当为何事”。灵几即理也。见本志第三期苏格拉底《自辩》

篇第一七页第一行,又第二三页第十一至十四行,宜取读。)彼欲见可求可恋之物近前,则立时奔腾激跃,欲往取之;而理则暂止之,迅为判断。如谓其物而合于正也,则任欲之所为而纵之。如谓其物之不合于正也,则止欲使不得往。此时欲必不甘服,而理欲必苦战一场,理胜则欲屈服,屡屡如是,则人为善之习惯成矣。若理败,则欲自行其所适,久久而更无忌惮。理愈微弱,驯至消灭,而人为恶之习惯成矣。其关系犹御者之于马。(西语谓 The bridle and the spur,盖鞭马使之前进,而衔勒则所以止之,二者相济为用。〇柏拉图语录中,常有黑白二马共曳兵车之喻。)理所以制欲者也。或疑所谓理者,太过消极。不知理非不许欲之行事,乃具辨择之功,于所可欲者则许之,于所不可欲者则禁之而已,犹之御者不使马之越沟跳涧、践踏禾苗,俾其遵道而驰,方向既正,则达其所往之地亦愈速也。人能以理制欲,即谓之能克己,而有坚强之意志;不能以理制欲,则意志毫无,终身随波逐流,堕落迷惘而已。故曰:人必有所不为而后可以有为也。〔制欲使之有节,故与完全禁欲(Asceticism)不同,此其一。而与卢梭之徒视欲为纯善,丝毫不加禁制者又不同,此其二。二者皆极端,而制欲之说则归本于中道,故最可取也。〕又曰:人之所以异于禽兽者几希。所谓几希者,即心性中之理也,即以理制欲之"可能性"也。

何言乎人性二元之说,为凡百道德之基本也。曰:道德者何? 行事之是非也。如前所述(1)(2)两派人性一元之说,一切成于偶然之机,人无力于其间,则行事安所谓是与非,又从何处得道德乎?(譬之近火而热,立雪则寒。彼热与寒之感觉皆非人之所自取,则固无所谓是与非矣。)若从人性二元之说,则因人遇事用理为判断,自行抉择,故于其结果自负责任,善则我之功,恶则我之罪。一也。环境固非一人之力之所能制,然人各有其意志之自由

(Freedom of the Will)。易言之,选择之结果,为善为恶、为祸为福,固非吾所能前知,亦非吾所能转移、所能补救。然当选择之顷,则吾有全权自由决断。舍生而取义,可也;去膏粱文绣而趋鼎镬斧锯,亦可也。吾诚欲之,无人得而阻之,或强吾以所不欲为也。二也。〔除前所述之(1)(2)两派外,尚有主张人性一元之一派,即近今心理学之行为派(Behaviorism),是此派视人之心性全为机械,由是则善恶是非皆物质之作用。此盖科学之极端,而其归于机会命运则与前二派同也。〕正惟人有意志之自由,而于其所行事自负道德责任,故世事乃有因果之律,而人生关系乃明了,非浑沌冥漠、混乱杂糅也。因果之律明,人我之关系显,然后是非功过乃可究论也。详言之,既信意志自由与道德责任之说,则所谓环境者,皆可分析之为(甲)天命、(乙)人力、(丙)物性三事,合此三者而成环境。天命信者甚少,物性殊易探察,其所余者必为人力,显而易见。故凡大小罪恶过失,无论环境如何之不良,其中要必有由于人之自取而甘愿为之者。易言之,环境固可减轻罪名,然不可委其全责于环境,而直云世间无所谓罪恶也。(近今论事论人者多犯此病。)综上所陈,非共确信人性二元之说,则道德直不能言也。

第七节　实践道德之法

道德之基本既明,请进而论实践道德之法。道德者何?行事之善,而合于正道(Justice)者之谓。而所谓正道者,又就人与人间之关系而言。道德浑涵,不易确定其旨义,然欲实践道德,则吾确信,首宜奉行下列之三条。

一曰克己复礼　克己者,并非容让他人,损失我之权利之谓。盖即上节所言以理制欲之工夫也。能以理制欲者,即为能克己(Exercise of the Inner Check)。故克己又为实践凡百道德之第一步矣。或疑克己过于消极,不知人必有所不为而后可以有为。此理已详阐于前节。彼日日训练,将能大有建树,何消极之可讥哉?且克己者,诚也,不自欺之谓也。能常以理制欲,则能勤于省察而见事明了。世固有因一己所受之私愤怨毒,其后乃大倡平等之说,为工党平民之领袖,而煽起政治社会革命之风潮者矣。在彼固诚心为是,毫不自知其有恶意,即人亦无以泄私愤疑之责之者,然而冥冥之中已害世不浅。若彼昔日能克己,则不至有是也。此其一。世又有因一己所见他人之妻之美,求纵其欲,乃大倡婚姻废弃、恋爱自由之教者矣。即在彼诚心诚意,以为前后两事各无关系,而他人亦无并为一谈者,然而冥冥之中已害世不浅。若彼昔日能克己,则不至有是也。此其二。世又有以攘财取利而肆言爱国者,又有因好名心急而命笔作文者,虽自信其无是心,而不知早为感情物欲所蔽,对人无私,对己则不诚,于是冥冥之中害世亦已不浅。若彼昔日能克己,则不至有是也。此其三。(参阅本志第七期《钮康氏家传》篇第十六页第四至十二行。)其他可以类推。要之,法律道德,皆不能全然略迹原心。(盖因事迹有定而可寻,人心微渺而难测也。)易言之,即吾人作事,目的虽正,而方法亦不可有疵瑕。(西语云 The end does not jusify the means。)若此惟克己者能之。且举事立言,关系愈重、影响愈远者,则愈当慎之于始。不可因一时快意之故,轻于发动,而自贻后悔。近世重热心,尚急功,故其中之贤者,尚不免有犯此病。而惟克己者为能免之。由是亦可见克己非仅为对己之私德,而亦对天下国家后世之公德之基础也。

复礼者,就一己此时之身分地位,而为其所当为者是也。易言之，即随时随地皆能尽吾之义务，而丝毫无缺憾者也。故对父母则孝，对兄弟则友，对师长则敬，对邻里则睦，对贫弱则悯恤。素富贵行乎富贵，素贫贱行乎贫贱。交际酬酢，则蔼然如春，无人能比其温雅。遇国有大事，则执干戈以卫社稷，凛如霜雪，屹如金刚，无人能及其勇武。若而人者，可谓能有礼矣。《易》曰：大人虎变，君子豹变。变亦礼也。故礼（Decorum）者，适宜（Propriety）之谓，乃精神上行事做人之标准（The inner principle of Decorum），而非形式上步履饮食之规矩也。此等繁文缛节之属于形式者，可名仪注，昔尝以礼名之，实仪注之意，要当分别也。虽然，精神上之标准，可意会身体而不易言宣。故古之圣贤教人，每举外形实物或某人某事以为例。然吾侪当通其意，不可自为拘泥，或反而攻击礼之本体也。仪注（Etiquette）者，琐细之规则（Rules）也。故随时随地而异。礼（Decorum）者，通达之原理（Principle）也。故能应万变而无穷，阅千时而不废。且由上述之定义，则今日凡人应行复礼，尚何疑哉？（礼教为今之时流所痛攻者。礼之义已略释于此。至教者，教化也，教育也。今人固日言提倡教育与文化，彼攻击者是乃狂人，不足措意也。）

人性二元，亦善亦恶。克己者，所以去人性中本来之恶；而复礼者，所以存人性中本来之善。合而用之，则可使人性企于完善。而积极消极、为公为私之道德，皆可彰明完备矣。（道德本不能有公私之分，试问公私之界限从何而定？以己为私，对家则公矣。以家为私，对国则公矣。以国为私，对天下则公矣。将以国家主义抑以世界主义为标准乎？且即以今人之所谓公德私德言之，则以吾之所经验，凡公德美者，其私德未有不美；而私德无亏者，公德亦必可取。绝少有其一而无其二者。试举一例，学生之中未有一身挥霍奢侈，而能多捐赈多助友者也。）

二曰行忠恕　尽心之谓忠,有容之谓恕。忠以律己,恕以待人。忠恕者,严于责己而宽于责人之谓也。忠者自爱极笃,故自视极重。做事不容丝毫苟且,精勤专一,黾勉奋发,竭尽心力。事前须预为筹划,事中当全神贯注,事后更力图补救。且无论事之大小,皆当如是,所谓搏兔搏狮皆用全力。至若团体之中,多人共事,虽云各有职责,要当视公事之重要逾于私事,无论他人之勤惰若何,有无异心,吾之一身必精勤不改,即明知事已无济,亦须使其事不因我而败,自问可以无疚于心,则视不成犹成功也。忠者,知人类共有之优点(即长处)而欲发达之于己身,纯恃克己之力。而恕者,则知人类共有之弱点(即短处)而能怜悯之于他人,全凭修养之功。二者相资为用者也。躬自薄而厚责于人,又或己所不欲而施于人,固不恕之甚者也。即一己之所能,亦不可望之人人,而强责之于朋友侪辈。盖一则所见不同,未必我是而人非。二则即使我是人非,深责无益,徒自忧伤气愤,于我于事皆无补。故须行宽恕之道,具斩钉截铁之手腕,而济以光风霁月之精神,斯为上矣。

更就人我之关系论,则忠恕者,宁使天下人负我,不使我负一人之谓也。圣贤与奸雄盗跖之分在此,故当力学之。易言之,忠恕者,视我之义务甚重,视我之权利甚轻;而视人之义务甚轻,视人之权利甚重之谓也。由此义以言,苟凡人能行忠恕,则国家未有不富强,而天下未有不平治者也。无如世人之行事,大都适得其反,中西皆然。西国古昔之宗教哲学,亦固重忠恕之道,而近世之新说,则皆教人轻视义务而重视权利。始也谓已尽义务者,必须享相当之权利,如十三世纪英国之《大宪章》(一二一五年)及十七世纪之《权利请愿》(一六二八年)是也;终则谓天赋人权,众生平等,不问各人之才力智德如何,曾尽何种义务,而惟嚣嚣然、蜂蜂然，惟权利之是争是求，如卢梭之政治学说及法国大革命是也。今世尤为不忠不恕之时，吾国少年之效法欧美者，每以其权利相号召，而不及其中人之义务。仅举一端，学生倡读书神圣之说，强父母供给学费，而不念其父母为辛苦之农民，终年所得，不及美国工人一星期之多。顾安所得资？而学生何不效美国贫儿之半工半读耶？又如少年注重婚姻问题，而不知西国非能自立赡家者不敢言婚姻。又如半生用父母之钱，受其鞠育，及己身成立，则倡分家异产之说，不以锱铢供父母。夫道德本不校报施，然今即不言孝，若今日少年之所行，有悖于忠恕之义多矣。又如内地中学之学生，不屑与乡间之女儿为婚，已婚则弃之。留学于京沪等处之高等大学者，则又不屑与内地中学师范毕业之女学生为婚，已婚则弃之。而教会学堂及其他高等大学之女生，必须得留学欧美者为夫婿。而留学于欧美之女生，则于普通一般留学于欧美之男生，已不屑嫁之。乃彼留学欧美之男生中之所谓出类拔萃者，又欲娶得西国妇女为室矣。坐是相凌相傲，各跻各攀，于是婚姻难成，空闺独老，仳离脱辐，怨偶綦多，而奇情惨剧又时有所闻。此皆由于不忠不恕之故也。窃尝谓道德人事中之权利义务，犹经济实业中之消费与生产也。吾国国民，能消费而鲜能生产。进口之货多，出口之货少，故我国日贫而外人则富。吾国国民徒言权利而不讲义务，故政局分崩，民生疾苦，裁兵理财，徒资虚说。教育实业，未收大效。而江河日下，虽欣慕外人而不能效之也。吾以为吾国可忧之事莫甚于此层，故忠恕之一端，既足察人品之高下，亦能定国家之祸福也。

三曰守中庸　中庸者，中道也，常道也；有节制之谓也，求适当之谓也；不趋极，不务奇诡之谓也。过与不及，皆不足为中庸。（西谚有云：善者两恶间之中点也。）恶事不必论，为善而过度，而失中庸,则亦非善矣。(如用功过度而因疾废学,热心过度而忧愤自杀。)故中庸者,实吾人立身行事,最简单、最明显、最实用、最安稳、最通达周备之规训也。中庸之义,吾国古圣贤多言之,而亚里士多德讲论尤详(参阅本志第十四期夏崇璞译《亚里士多德伦理学》卷二),故今不须诠释。总之,凡道德皆为绝对的,以质定之(Qualitative);而中庸则为比较的,以量定之(Quantitative)。子曰:执中无权,犹执一也。中庸易言而难行,盖遇事以何者为适中之标准耶?此未可以一言赅括。亚里士多德之说,可以详细揣摩。大率所谓中道者,随人之学识经验而转易,故只当随时竭诚输智,以求所谓中庸而履行之也。惟中庸在今世颇为人所忽视,如前(第六节)述之(1)宗教家、(2)浪漫自然派,皆各趋一端而非中庸。盖一重天命而专务敬神灭罪,一重物性而徒事纵欲任情,漫无止所,故结果不良。而惟其间之人文主义,犹笃信中庸之道也。

第八节　事业及出处进退

道德者,理想之生涯也。如何而能以此理想见之实事,使不遇挫折,不遭困厄,不至途穷而改节,不因感愤而殒身,此极要而亦极难之事也。此其一。人有志业抱负,少年之时,莫不热诚喷溢,思欲用世。乃不幸生当末世,群俗汶汶,众人嚣嚣,莫或予知,莫或予助,莫或予用,甚且处处龃龉,着着阻难。如在名利竞争之场,尤有杀身灭门之祸。即能忘却一己之利害祸福,然时局国运,江河日下,人力难挽,终于不救。天荒地老,奇恨茫茫,处此之时,我当如何?此其二。宇宙间事物,不可知者多。(见第一、第二节。)故生涯一幻象(Illusion)耳。究极论之,道德、理想、功业,无非幻象。人欲有所成就，有所树立，亦无非利用此幻象，所谓弄假成真、逢场作戏而已。虽然，既有幻象，必有解脱（Disillusion），如影随形，相伴而来。解脱之时，则一切破灭，顿成空妄。昔之视为极重要者，今则谓为无关得失。昔之视为最高尚完美者，今则谓其卑陋浅薄，略无价值。昔则热中如焚，今则冷怀若冰。强弱攸判，苦乐顿殊。幻象与解脱，前起后仆，相生相灭，为人生所不能免，故末路常堕于浪漫派之悲运。然则如何运用之，而使幻象与解脱，得以相反相成？由百千解脱而更生幻象，则其幻象始颠扑不破；知幻象之必有解脱，则其幻象可免迷惘依恋，如此岂不善哉！此其三。由是三者，而事业及出处进退，为凡人生涯中极重要之问题，盖可知矣。

吾对于事业及出处进退问题，有三种之解决答案，而以其二为尤要。分列如下。

一曰穷则独善其身，达则兼善天下　今人偏重进取，专主热诚与积极。故于孟子此语，讥为消极与自私。此实大误。盖二语并举，不可分离。所言者乃是一事，并非截然二事。意谓在我应练习成就一种才智道德，凭此资格，以俟外境。至若穷达，非吾力所能控御，但以吾已有之资格，处穷固能独善其身，处达亦能兼善天下也，又何消极之足讥乎？彼以作官为进取，以弋名获利为积极，只求私欲目的之得达，而不计方法之谬误者，固难与语此也。孔子曰："邦有道，危言危行；邦无道，危行言孙。"苏格拉底临死之言曰："余果为政，则其死已久，将无以善君等，且善其身矣。实言之，人而抗众恶，犯众怒，于其国事，鲜有不丧其生者。苟欲稍延残喘，以维正义者，当从事于私家，不入公门也。"（见本志第三期《苏格拉底自辩》篇第十七页。）呜呼！苏格拉底从事于私家教育，而犹不免于刑戮，则生当乱国末世者，其亦知所自处矣。且不入仕途、不求功名、不争权位者,不惟为保身计,即为行道计,亦当如此也。苏氏为希腊古圣,受人敬仰,固远在贝里克里(Pericles)之上矣。莎士比亚,一伶工耳,而当时英国乐部尚书(Master of Revels)以及戏园主人之名,几人能道之乎?安诺德之文章,足以益世,昭昭在人耳目。使彼身为英国之教育总长或牛津大学校长,其于英国之教育,果能加倍改良乎?他人能为此者,亦必不王,而能作*Essays in Criticism*者,固只安诺德一人也。由是言之,人生之幸与不幸,不在其名位之隆、声望之崇,而在其所居之职、所办之事,是否适足以用我之所长,而行我之所志。故志士之所谓穷达,异乎俗人之所谓穷达也。吾以穷则独善其身,达则兼善天下之义,求之于泰西,得柏拉图。柏拉图之时势与怀抱,与孔孟最相近似,其三次赴西西里岛,急于择君行政而济世,与孔子同。乃不旋踵而败,几蹈死机,为人掠卖俘囚,亦可哀矣。其《理想国》(*The Republic*)一书中,叙所谓圣贤而兼王者(The Philosopher-King)得志而为君,则能使寰宇澄清,与民共为善。(且曰:非斯人为政,则政治决难望修明,国家决难望平治。)若其不得志也,则行其所谓天下无道则隐者。

> 若斯人者,殆如天民之下而与鸟兽同群。既不能同流合污,效众人之所为,又不能只手障澜以救其失。自念生无益于国与友,而死又将轻如鸿毛,与己与人皆无裨也。于是默尔而息,掉首自去之。有如风狂雨骤、飞砂走石之时,独来栖身于岩墙之下。苟吾能自善其生,终不陷于不义。而易箦之顷,心平气和,企向光明,则已足矣。(*The Republic*,496A)

此非穷则独善其身,达则兼善天下者耶?

二曰行而无著　吾昔年尝患感情思想之杂乱,心境之不宁;

思欲得一简明之原理或格言旨训，俾用为吾生之轨范，遵依行事，而精神有所安顿。吾非出世逃世者，故所求者，仍为入世用世之方法而须能满吾意者。久后读古印度神曲（*Bhagavad Gita*，吾所读为英文译本，非梵文）得此格言："行而无著。"（Work without Attachment）甚喜之，私意若无更善于此者，则当终身奉之为圭臬矣。至此格言之由来及其义旨，美人穆尔先生（Paul E. More）于其文集卷六〔*Shelburne Eassays*, 6th Series（Studies of Religious Dualism）〕中，曾详言之，兹不引述，约而论之。所谓"行"者，谓人每日须有所为，又针对袖手旁观、逃虚遁形者而言也。每日作事，所以顺天命，所以尽人力，所以安吾心。（俗谚云：人不可一日无事。西语云：怠惰为万恶之母。）纵云世事皆不满吾意，皆无可为。然吾既在某职，既居某地，即当勉尽其责任，勤勤孜孜，竭尽心力，但同时须下"无著"，此层最关紧要。盖"行"与"无著"之二义，所谓合则两美，离则两伤。相资为用，不可须臾分判者也。"无著"一语，粗释之，中含三义：

(1)作事须尽力，而勿问其结果如何。即不计此事之成败利钝，又不问其及于吾身之利害、祸福、苦乐。易言之，吾之于事也，尽心焉耳。既尽吾心，他非所虑及。事成吾不喜，事败吾不惊。吾于事固极热心，而吾则淡然自忘矣。董子曰："正其谊不谋其利，明其道不计其功。"曾文正曰："不问收获，但问耕耘。"诸葛武侯曰："鞠躬尽瘁，死而后已。"胥此义也。其在欧西，则古之斯多噶派（Stoicism）与此为近。斯多噶派与伊壁鸠鲁派（Epicureanism）皆衰世之宗教，即孟子所谓畏天者与乐天者是也。然二者相较，则吾宁取斯多噶派矣。至于近世，卡莱尔（Carlyle）之主张颇似之。其所著 *Signs of the Times* 书中，有诗一首，吾夙爱诵之，今录如下：

Knowest thou YESTERDAY, its aim and reason;
识昨日之因果
Work'st thou well TO-DAY, for worthy things?
行今日之正事
Calmly wait the MORROW's hidden season,
待明日之潜流
Need'st not fear what hap soe'er it brings.
夫何惧兮何忧

(2)惟是为归,而无党见。盖谓作事须有正当目的、正当方法,不必专附一人,不必永在一党。合则留,不合则去,无所拘泥,无所顾恋。吾现与甲乙丙丁共事,特在此局中则为同道耳,不必求种种之相合也。此局以外,各行其是,不必其所为吾皆须赞助之也,若是则私矣。吾与子丑寅卯相抗,特于某事,各持异议,或方针相背耳,不必其处处皆为敌也,若是则偏矣。公义私交,要皆分别,事之成败与人之恩怨无关。为事择人,而不因人成事也。

(3)为事作事,非为人作事,亦非为我作事。盖谓吾作此事,实因其中有正当重大之目的,故勉力为之;非为见好于某人,或助其成功。又非为我树立声名,培植势力,攫取金钱。故事不必需人知,功不必自我成,而后一切计划措施决断,始能专心为事策万全也。

合上三者而观之,则"行而无著"之义略见。苟能本此以行,既不怠,又不溺;既用世,而又不为世所用;既缘幻象,又得解脱,但能今日之光阴不为浪掷,今日之生涯不为错度,今日吾曾竭吾诚、尽吾力,以行吾之正事。入夜自省,念此吾乃大乐,凡百不足苦我。此种无上愉乐之感情,即吾辛苦之报酬也。

三曰职业与志业之别　由上言之，人之必当作事，固矣。然所作者为何事乎？窃尝谓人生所作之事，可分为二种：曰职业，曰志业。职业者，在社会中为他人或机关而作事，藉得薪俸或佣资，以为谋生糊口之计，仰事俯畜之需。其事不必为吾之所愿为，亦非即用吾之所长，然而为之者，则缘境遇之推移，机会之偶然。志业者，吾闲暇从容之时，为自己而作事，毫无报酬。（纵有报酬亦自然而来，非吾之所望或措意。）其事必为吾之所极乐为，能尽用吾之所长，他人为之未必及我。而所以为此者，则由一己坚决之志愿、百折不挠之热诚毅力，纵牺牲极巨、阻难至多，仍必为之无懈。故职业与志业截然不同，职业较普通，志业甚特别。职业几于社会中人人有之，志业则仅少数异俗奇特之人有之。有职业者不必有志业，而有志业者仍不得不有职业。职业之功效有定，而见于当时；志业之功效无限，而显于后世。职业平淡而必有物质之报酬，志业艰苦而常有精神之乐趣，皆二者之异也。职业与志业合一，乃人生最幸之事，然不亦数觏，所谓"达"者即此也。有志业者，其十之九，须于职业之外另求之。二者分离，所谓"穷"者即此也。（穷者不必贫困冻馁，凡职业非具志业即为穷。）昔孔子尝为委吏矣，曰："会计当而已矣。"尝为乘田矣，曰："牛羊茁壮长而已矣。"此孔子之职业也；而删诗书、定礼乐、作春秋，设教于洙泗，德及于千古，则孔子之志业也。杜工部曾为左拾遗、为华州府椽、为严武幕宾，此杜工部之职业；而"语不惊人死不休"，作成诗集一部，则杜工部之志业也。英国小说家李查生与斐尔丁（见本志第一期《钮康氏家传》译序），以印刷及检察官警厅长为职业，而以著作小说为志业。安诺德以视学为职业，而以文学批评为志业。由上诸例察之，可知吾侪之职业与志业，殆不能不分而为二。于己之职业，应求充分尽职，无负所得之报酬而止。此外则应聚精会神,努力费时于己之志业,望其成功。此为中道,亦是正道。世固有自负卓志,别有所经营,而于一己之职业,因意所不屑,完全旷废者;又有溺于俗务,尽心于职业,而于平生之志愿、之抱负,淡焉忽焉,久而尽忘之者。斯二者皆一偏,义有未尽,皆吾之所不取也。

结论

以上粗述吾三十之年之人生观,盖由读书阅历,又经几多之变化之痛苦而得者也。此后如无更善于此者,取而代之,则愿终身奉行之矣。惟兹有申明者:(一)人生观必求其至善至美而惬于心者,故以上所陈,乃吾之理想所悬之鹄的。虽不能至,心向往之,非谓吾已皆能实行之也。(二)以上所述之意旨,散见于群书。吾逐渐融合吸收,而造成吾之人生观,故亦不能一一分析,而著其来源,且亦不必为此。其中亦有吾由阅历感触所得,自造之意思,不能辨别也。(三)人生观只能著吾生最普通之见解、最主要之方针、基本大纲,凭此以御事接物。故吾对于诸种特别问题(如婚姻问题及教育宗旨等)之主张,不能述于此篇。(应俟另论。)(四)以上所条列者,仅为吾一己之人生观,并未能将各种人生观(如浪漫派及功利派及悲观派等)比较论列,而详其得失短长也。(五)今兹自著其人生观,非敢有强人同我之意存,此层已声叙于前矣。(见绪论之末。)

——本文原载于1923年4月出版之《学衡》杂志第16期。

立论之标准

予不敏，将欲执笔有所论述，请先申明予立论之标准，俾读者鉴予之诚而明予之意。其标准有三：一曰全，二曰通，三曰宜。试分释之。

（一）全　全者，谓洞明宇宙间所有事物之原理及真象，见其全体，而不蔽于一端。每论一事，必有此全体之原理及真象在胸，夫然后观察始能详尽，判断始能正确。抑所谓全者，非仅博学多识之谓。例如论中国现今之政治者，必须将中国及西洋之历史烂熟于胸中。此固属全之范围，而尚不足以尽其义。吾之所谓全者，乃具备以下之诸层。

（甲）自形而上学（即玄学）论之，宇宙间之事物义理，皆有两方面，皆为二元，而非一元。此二者相互对待，同时存在，不得抹杀其一。而应用于人事，则二者实相反而相成。常人仅知其一，不知有二。深思彻悟之士，则能于二者兼容并蓄，斟酌损益而善用之，以致中道。中也者，调和一多，而得其宜之谓也。兹举二者之名如下：一与多、有与为、定与变、静与动、绝对与相对、普遍与特殊、合与分、久与暂、质与量、实在与浮象（真如与幻觉）、体与用（原理与应用）、本与末、精神与物质、内质与外形、真理与意见、综合与分析、彻悟与观察、信仰与智识等等。以下连类而及，不备举。总括之，曰一类多类（the One and the Many）。凡人之观察思考想象所得者,终不能出此一多之范围。再上至于一多不分,则为不可知之境矣,中国古人所谓阴阳消长及太极之上更有无极者,似即此理。老子之书专明此理,故于人事观察精到。孔子亦深明此理,其说皆本此而出,故似浅而实深,似近而实远,似卑而实高,惟不当举此以告人耳。吾又疑中国古书所谓天人者,每即一类多类之分别。所谓天道人道,即一多之现象耳。未知是否,兹不具论。要之,造论立说者,知一而并知有多,则其说全。知一多相互之关系,则其说精。苟但知有一而不知有多;或但许有多而不许有一,则其说必偏而不全,迷惘而失真。虽似证据确凿,分析精到,而实则纠纷不清,浮浅而不能入也。

(乙)宇宙间之事事物物形形色色,人之观察思考想象之材料及对象,综合而区分之,则可得三大类:曰天界,曰人界,曰物界(God,Man,Nature)。凡人立身处世之标准,与其思想言论行事之根据,必各以此三界之一为主,而有所偏重。天界者,超乎吾人知识之上,而不可得知者也。物界者,潜于吾人知识之下,而不可得知者也。惟人界适为吾人知识之所能及,知之较多,然亦不能尽知。天界物界虽不能直接知觉,而可以想象得知之。既以想象乃可得知,则尔我均无确实证据,甲不能谓乙之所想象者为误,乙亦不能自断其所想象者为非。然甲与乙则皆有其所想象者在。易言之,虽其所言天界、物界之情状不同,而固皆承认有天界物界之存在也。谓天界或物界实不存在,是偏而不全,强不知以为知矣。至论三界之关系,则天在上,物在下,而人居其中。人性实兼备天与物之性,故为二元。人性上达则法乎天,法天而终不能高至与天同。人性下堕则溺于物,溺物而终不至卑与物齐。人性乃二元而变动不居者,终有以异于天物之为一元而一成不变者也。凡论事立说者,于天人物三界之位置,断不可颠倒错乱。是故知有天人物三者并存，则其说全。又知天上、人中、物下之关系，则其说精。若谓天人物三者相同，漫无分别；或谓三者之一乃随缘假造，本只有二；或谓天可下与物合，物具天性；或谓人当降为物役，物为最尊。斯皆一偏之主义、害世之学说，而由其未能洞见全体故耳。

（丙）寻常造论立说，不离人事。欲论人事，须先明人性。合身与心，乃成为人。就人心言，知觉而外，并具思考、想象、情感、记忆、直觉诸种能力。人之所以寻求知识，支配行为者，非仅以其五官之知觉，且以思考、想象、情感、记忆、直觉等等。社会人生，千古历史，乃知觉、思考、想象、情感、记忆、直觉等协同活动之结果。无论如何单纯之男女，决无专用知觉，或专恃思考，或专骛想象，或专纵情感，或专尚记忆，或专凭直觉，而丝毫不受其他各力之支配者。故论人事，须于知觉、思考、想象、情感、记忆、直觉等兼筹并顾。若其立论之范围及材料，只取以上数者之一，而蔑绝其他，如谓人乃感情之动物，毫无理性之可言；或谓政治与历史必本于逻辑，法律之编订纯赖乎哲理；或谓鬼神不能以尺斛量度，故世间人必不信有鬼神，且鬼神亦不当信，信之有害无益。诸如此类，皆一偏之论。以其未计及人性之全体，是故明乎人性之全体者，其立论较为正确。若徒执一端以概其余，则其阙漏蒙蔽可立见也。

以上三者，乃全之说也。于此有当知者，即人之知识，实为有限，而非无限。天下事物理境，有可知者，有不可知者。可知者有限，不可知者无穷。彼无穷之境界，匪特不能知觉，不能以耳目观察接触，且亦不能想象，不能思议及之。想象思议之范围虽较大，而比之于彼无穷不可知之境界，则渺乎其小。无论世运如何进化，人类知识如何扩充，凡此所言之情形，终不能易。试设喻以明之。有人于此,自生及老,禁居一室之中。铜墙铁壁,不得穿出,亦不能透视。则此室以外,花草之美,林园之盛,北京上海之繁华,伦敦巴黎之壮丽,以及南北之兵事,欧美之政局等等,举非彼人之所能知觉,所能想象,所能思议。彼惟可就室内之境界细加研究,而增益其知识。今日得知地板共有百二十五条,明日得知壁上之花纹为镂云刻月之态,象龙飞凤舞之形,如斯逐渐进步,亦几于无穷尽。然室外则为其人所不能知之范围,纵或想象思索,亦渺乎其小,不得其真。且所想象思议者,随人而异,随时而异,难为确据。故夫上文之所谓全者,犹此人尽其室内之所能知者而已。孔子曰:"知之为知之,不知为不知,是知也。"苏格拉底曰:"人皆曰余知,不知其知之为不知也。"又曰:"恒人之所能至,余亦幸至焉者。若夫超人之智,则非余之明所能妄测,不自有之故也。"葛德(Goethe)语其徒艾克曼(Eckermann)曰:"此语吾愿君终身记之。自然界中,有'人之知识'所能到者,有不能到者。二者应慎为分别,而恭谨从事焉。"(一八二七年四月十一日,见谈话记。)凡此诸圣贤之说,其义一也。故夫明乎知识之为有限,而后可勉求其全。即此有限之全,亦无人能取得之,惟尽其力之所能至而已。

(二)通　通者,谓洞明诸多事物间实在之关系,明其因果,辨其同异。不事比附,不妄绾合。同者不强以为异,异者不妄谓为同。不倒果以为因,不造因以释果,以及小大轻重之比,高下优劣之分,亦皆适得其真象,而无颠倒迷误,此之谓通。欲至此境,应于上文所言一多之关系再三注意。凡所观察比较,应探源觅底,舍其末而求其本,透过浮象而究其实在。多中之异同,不足为异同;多中之因果,非真正之因果。惟一中之异同因果,乃足凭信。盖多为幻而一为真,非一不足以定多也。例如今人于诗之一道,强别新旧，又分为文言白话。旧诗之中，则或主宋，或主唐；或重格律，或重词藻；或尚气势，或尚情韵。新诗之中，则创造与模仿，思想与感情，天才与人力，自然与雕琢，理智与神秘，主观与客观等等，各有所偏重而互相攻诋。实则如此呐喊叫嚣，扰攘纷纭，毫无是处。盖皆不究乎诗之本体，离题甚远，故言之莫能得当。夫凡百诗中必有其共同之要质，此诗之所以为诗也。凡百佳诗之中，亦必有其共同之特点，此佳诗之所以为佳诗也。由是察之，则天下只有诗与非诗之别，而无所谓新旧文言白话之别。天下只有佳诗与劣诗之别，而时代国家地方宗派之不同，断不足为价值之轻重。诗与非诗、佳诗与劣诗之别，属于一，故真；其他种种分别，属于多，故幻。以一驭多，以真别幻，则无失误。反是，则终于迷惘而已。于诗如此，百事皆然。是故善恶是非真伪美丑等，属于一，乃真实之分别；中西古今新旧南北等，属于多，乃虚幻之假定。吾人讨论今日种种问题，以及批评人物、甄别文艺，严辨其间孰善孰恶、孰是孰非、孰真孰伪、孰美孰丑，立定标准。本此规矩，操刀而割，无所瞻徇。而不可略持中西古今新旧南北之成见，专与此方为友而与彼方为敌也。吾所深信者，宇宙间生灭循环之理，固为无所不包，一成而不变；即人生之要义、道德之因果律，以及个人团体盛衰兴亡之故，其在中西古今，决无少异。彼惊怖其异而不许有其同者，实由见闻不周、考察未深之故耳。今国人多哀叹于中国之贫乱危亡。愚夫妄人，更归罪于圣贤礼教，而不察吾国人近今所行之事，何莫非自侮之道、召祸之因。彼其拥兵割据，贪饕自肥，啸聚山林，劫掠绑票，固系乱国衰世之象；而此之标榜主义，提倡学说，所见既偏，用心犹诡。充其所至，不惟使中国礼教之厚泽澌灭无存，使西洋文明之精华不得输入；且将使全国青年对于善恶是非真伪美丑等等，适持相反而颠倒之观念。此真所谓毒害人心、遗患无穷者也。吾非好为悲观,吾以为今日欲救中国,根本只有一法,即提倡实用道德,使国中大多数人无论居何地位、操何职业,悉受其感化而能躬行实践,则政治实业教育诸端均有可望。否则此等事业,恐不免装点门面、劳民伤财之讥,而国事终鲜进步。至于收回治外法权、添办航空邮政等等,虽亦当为,然皆末节,应分别其轻重缓急,乘机审势而举行之。苟根本不治,末节固无济于事也。若夫呼号奔走,结队游行;徒逞意气,而无决心;但事责人,而不励己;其实际无所裨益,人已尽知。吾今所言之道虽迂,然非由此莫能达所欲至之地。至提倡之方法何若,所提倡之道德应为何等,应俟另论。又今吾国人动谓西洋文明纯为物质文明。言此者又分二派,其拒斥西洋文明者,则盛夸东洋之精神道德,足以驾乎其上,而谓东亚古国必将复兴。其崇拜之者,则又武断西国之强盛,由于其科学发达;而谓其人趋重功利,纵任自然,未中礼教之毒,故收富强之效。呜呼!此二说者,同一失误,均瞽言也。夫西洋文明,决不止物质一端。稍有历史知识者,当能辨此。近世西洋固系偏重物质科学,而其能富且强,操纵全世、殖民五洲者,决非仅凭其物质科学之力。有如英人昔之于北美及印度,先后能驱除敌国,收取广漠之疆土以入版图者,岂非以英人德性中,具有成功之原素,其忠勇沉着、审慎有恒,不轻率、不懈怠之习性,为他人所不及。此稍读英国文学历史之书者所共知也。总之,无论前此及今后中国之盛衰如何,西洋之盛衰如何,其迹象虽不同,其根本之道理则不异。结局虽殊,原因固无二也。

(三)**宜**　宜者,**谓须针对现今时代之实际情形而立言**。不为空论,不作危词,不袭他人之成说,不揭一偏之主义。必也,详察当前之情势,慎求适宜之解决,然后吾之所主张者,乃有价值。苟或得行,应有微效。今夫凡百意见主张,皆不外以普遍之原理施用于特殊之事境而已。施用之得当与否,则视其人之识见何如,而原理本身之价值关系尚小。譬诸药物,良医庸医所用者同此数十种。然良医能窥察病源,善为处方,选择配合,而使病人服之,乃收奇效,庸医则不能也。吾人苟读书稍多,细心默察,则觉世间更无新事。所有道理,均被前人说过。即我之遭际闻见,亦悉为前人所已经,我大可默尔而息,何庸哓哓不息,以复述前人之陈言,而自取烦恼乎?然欲默尔而息,正不可得。盖一时一地之实际情形,决无与前完全相同者。即欲施用前人所已用过之原理,亦须另行损益,斟酌变化而用之,庶免扞格。且即使吾所处之时之地,其情形与昔完全相同,吾亦当重述前人之陈说。有时非吾言之,则无人能言之。或能言者多,而皆有所顾忌,不愿言之。若望此言之出而收效,则吾虽欲无言,不可得矣。宜之义既如此,自当随事随时而定,不得浑括妄言今世以何者为宜。然论其大体,则复与前所言一多之义有关。统观古今,精约之世(Age of Concentation)常与博放之世(Age of Expansion)交互替代而来。精约之世,偏重于前所言之一类,而须以多济之。博放之世,偏于前所言之多类,而须以一济之,以求其平。今日正值博放之世,故吾人造论立说,不得不偏重于一,以资补缺救弊。然此乃缘于时势,姑为权宜之计,非不知一多并重之理也。故宜之义,未能独立,须与全及通,合而用之,方可资为标准也。

以上所述予立论之标准凡三:曰全,曰通,曰宜。按其所言,实为空疏无当,然在势不得不表而出之。标准既明,乃可进而论究今日中国各种问题。抑所谓标准者,犹云所悬之鹄的。虽不能至,心向往之,非谓予能有合于此标准也。读者谅之。

——本文原载于1926年《国闻周报》第3卷第38期。

论事之标准

吾前作《吾之人生观》一文（载本志第十六期），以著个人立身行事之原则。今此文，则以表明吾对于人生社会诸种问题之态度，及立论之根据也。兹所谓事者，乃指此时此地各种实际问题而言，如政治、教育、道德、风俗等。夫论事与论学绝异，论学以真为归，惟理是崇。遵道而前，任其所之。只知有是非，而不容以利害苦乐人我今昔之见，扰杂其间，无所用其惶惑顾忌。惟然，故论学之标准甚简而易明，只能有一，不能有二。若夫实际问题，则千变万化，此牵彼掣，表里判分，因果淆杂，至为繁复紊乱，不可捉摸。论事者所下之判断，所立之主张，不惟为我心之所欲言，尤必准酌实情，体察环境，使社会国家世界行吾之言而必能受益。吾之议论，既求不悖吾之良心，且须适宜于今之时势，必极审慎精熟而后出之。惟然，故论事之标准甚繁，而不易立，随时随地当有变更。然其重要固不下于论学之标准也。何以言之？试一观今日中国之立论互辩者，殆不出以下之数种：（一）举国所尊敬之名流，所称为智识界之领袖者，其为论辩也，惟事寻章摘句，互相诋諆。不惟无充满之学识，为之根据，且直抛弃本题，对人射矢。俚语村言，秽词恶谑，层见迭出。甚或征引小说中之故典，咬文嚼字，以相讥骂，极其所能，不过表示一己之小聪明，善于掉转笔尖，效彼顽童小女说俏皮话之技俩而已。（谓余不信，请取近顷出版风行之

《人生观之论战》二册读之。其中所录,大抵然也。)此其论辩,于读者何益?于国家社会更何益哉?(二)另一派人,专就一己之身份地位及利害关系以立言。以文章议论,为一己成功之器具,为敷衍他人之礼物,为一党会、一机关、一主张、一事业、一运动之宣传、之铺张、之点缀,为兵战政争以及其他巧取豪夺之事之前驱、之后盾、之羽翼。彼其所重本不在文章议论,故其文章议论亦皆空疏陈套之门面语,或堆积词藻、运用典故之晦涩文。其间即有警辟切当之议论,使读者心服意满,然仍疑发言者之别有作用,未必言行如一,始终若此。故以修辞不立其诚之故,且害及其文章,贬损其议论之价值焉。(三)更有一派,学生多属之。其意甚诚,然立论多凭感情。每以一己之好恶、一时之激动,发为议论,一偏过当,而持之甚坚。闻者即知其误,欲与之辩,而亦不能辩,计惟有以我所已读之某书某书,使彼尽读之,举我所知之某事之内容、某地之情形,悉告彼得知,然后始可相喻,而此又必不能行之事也。综上三者,名流之谩骂、政客之宣传、学生之感情表示,皆不足为有价值之议论者(此就其大部而言,非谓今之立论者,无一中肯者,亦非谓今世无稳健精当之言论家也),以其中实无标准故耳。无标准、无根据之言论,虽偶有精警中肯之处,然推阐未明,思虑未周,态度不定,信仰不坚,故不足为建设之思想(Constructive thinking),而国家社会难受其益也。

论事必有标准,而后对己可以立诚,对人言不妄发,辩论乃有归宿,问题始可解决。与其执一词一意,就一事一题,为枝枝节节之辩论,诚不若就标准以立言。标准是,则其应用此标准而得之论断必不误;标准非,则其引申之绪论都非。标准合,则自成沆瀣;标准不合,则终必径庭。今日中国思想言论之淆杂可谓极矣,遇有意见不合之人,彼此肆行辩论,必无结果。且一极小之问题,亦将愈辩而愈纠纷。盖不采源立极,寻根觅底,举一以反三,执简以驭繁,则虽他人无有误会,在我亦累千万不能尽意也。吾对于中国今日政治、教育、道德、风俗各种问题,久欲有所陈述,然常觉其冗繁牵掣,有言之不能尽之苦。既细思之,莫如将吾个人论事之标准表而出之,说明此标准之何以成,更举例以示此标准应用于各种问题之情况。如是则吾对于各种问题之态度,不待言而自明。而所以持此态度之故,必为人所谅矣。此本篇之所以作也。

多 Many	一 One
成 Becoming	在 Being
变 Change	定 Fixity; Continuity
动 motion	静 Rest
相对 Relative	绝对 Absolute
特殊(专) Particular	普遍(通) Universal
分 Diversity	合 Unity
暂 Transitory	久 Permanent
量 Quantity	质 Quality
浮象(幻觉) Illusion(Appearance)	实在(真如) Reality
用(应用) Application	体(原理) Principle
末 Peripheral	本 Fundamental
物质 Matter	精神 Spirit
外形 Form	内质 Essence
意见 Opinion	真理 Truth
分析 Analysis	综合 Synthesis
观察 Observation	领悟 Comprehension
知识 Knowledge	信仰 Faith

等等　Etc.　　　　　　　　等等　Etc.

吾之论事标准至为简单，其起点为本质论之二元说，如上表所示。(一)吾信有“一”与“多”之存在，相互对立，不得抹杀其一。推而衍之，则“一”之变形，为在、定、静、绝对、普遍、合、久、质、实在等。“多”之变形，为成、变、动、相对、特殊、分、暂、量、浮象等。各成对偶而同时并存，观上表自明。(二)凡论人事，须于“一”“多”两类同时并重，苟摈绝其一而不计及，则理论不能圆满充实。(三)然常人之心性，有偏于“一”类者，有偏于“多”类者。因之，于不知不觉之中，各人之思想见解亦各有所偏重。一时代一社会之趋势，由其中大多数人之所偏重者定之。故有偏于“一”类之时，有偏重“多”类之时。大率精约之世(参阅本志第十六期《我之人生观》篇)为偏重“一”类者，博放之世为偏重“多”类者。(四)今世为博放之世，故一般之趋势，多数人之思想，皆偏重“多”类。而欲调剂其偏，救正其失，则持论立言，宜偏重“一”类，始能近真而有裨云。

更自另一方面言之，宇宙间之事物有天人物三界之别(天者近乎“一”，物者近乎“多”。若“人”则性本二元，兼备“一”“多”。详《我之人生观》篇)，不得抹杀其一。然世人每有所偏重。按之历史，则西洋上古(希腊罗马)为偏重人之时，中世为偏重天之时，近世(自文艺复兴以迄今日)则为偏重物之时。趋于一极端之弊，显而易见。今欲救之，而又不欲趋彼极端，则当提倡偏重“人”之义。其法在扶植人性中高尚之部分，而抑制人性中劣下之部分。(详见《我之人生观》篇。)易言之，即今日救时之道(指全世界，不仅中国)端在不用宗教，而以人文主义救科学与自然主义之流弊也。〔吾师事美国白璧德先生，崇奉其学说(见本志第十九期《白璧

德之人文主义》篇）。白璧德先生固系提倡人文主义者，然吾之论事标准，非皆由白璧德先生之教，读者幸察之。〕

综上所言，吾之论事标准，为信“一”“多”并存之义，而偏重“一”。且凡事以人为本，注重个人之品德。吾对于政治、社会、宗教、教育诸种问题之意见，无不由此所言之标准推衍而得。宗教与人生观二事已详前篇。今后当就新旧、礼教、政治、教育诸端，按上言之标准而阐明之。

按此文作成于三年以前，以其中说理空疏，自视多缺失，故抑置至今。原拟另补材料，大加删改，旋以今来思想系统与前未可强合，遂决另作专篇，而先以此篇供读者之质正焉。

——本文原载于1926年8月出版之《学衡》杂志第56期。

人生问题大纲

按此大纲，乃民国二十一年五月在北平青年会之演讲稿，今重录于此。关于人生问题，宓将续有所论究，先以此发端云。

人生之究竟，即道德，亦即幸福。人生问题，即(1)道德之修养(2)幸福之取求，斯乃一事而非二事。

壹　原理

一、一多并存

知有一，又知有多，一多无碍。但一与多乃存于一处，并非二处。

二、真幻互用

入幻以求真，明真以识幻。不胶执，亦不流荡。

三、情智双修

高尚之仁爱，与通彻之理智，应兼具而合用之。无智之仁，是曰愚痴。无仁之智，是曰残刻。在最高境界，仁智合而为一，情理并不互相违反。若夫平常之人，或重情而有善(仁者)有恶(不仁者)，或重理而有善(智者)有恶(不智者)，大别四类，品殊万千。

四、知行一贯

知与行,在最高点,不但合一,且所知所行完全成一和谐而有序之统系,非片段之生活,亦非偶然之行事。

五、人我共乐

利己即是利人。但利己与利人,皆必为最高之利己——即使自己得到“道德”与“幸福”,并非分财取货,纵欲伤身。

六、义利分明

在实际生活中,应注重中庸之道。常为小大轻重之辨,而定适宜之取舍(是曰中庸)。但在理论及思考中,则义利之辨宜极严,极明。义利之辨,极“幸福”与“快乐”之别,亦即“罪孽”与“痛苦”之别,并非“义”为苦而“利”为乐也。(是非善恶为义之事,苦乐得失为利之事。)

贰　方法

一、蓄养精力,锻炼体魄。

“灵魂”与“肉体”,非对待,乃一体。非互克,乃共强。但体育乃基础而非目的。

二、接近自然,保存天真。

一以救近世生活之弊——如西洋露宿及裸体运动。二以培智慧道德之本——但却异于浪漫之消极。

三、直情径行,诚心负责。

此种行事,最不适于今日中国之恶社会,但却为当前所最需要者。直情径行,即直截(Clear-cut)了当(Down-right)之意。诚心负责,谓自甘任劳任怨,只求于事有益。

四、重公爱群,务实图功。

此为西洋人之所最擅长而习为之者。例如(1)离室必关电灯,(2)退课之教员自拭黑板,(3)旅馆中静肃,(4)木匠做书箱尺寸适合,等等。

五、克己恕人,多施少受。

第一,须常念人性二元,人各有"缺点"及"弱点",勿动以最严之规矩绳人。第二,最好仿照商家出入债款列账之法,必常使我所施于某人者恒大于我之所受于彼者。

六、不逐小利,不计浮名。

如是乃可成远大之事功,立真实之德业。

附言:

(1)曰道德,曰幸福,皆即人生之全体,非特殊之部分。故今兹所讨论者,非专门之学,乃普通常识,且时时处处所需用者。

(2)道德、幸福、人生问题——无古今东西新旧之别。应明见其本体及真象,又评判他人,或策励自己,皆应注重其人全部之精神及态度,而不当斤斤于一事(如离婚)或末节(如吸纸烟)。

(3)对于上言诸问题,解答最圆满而最正确者,为①孔子,②佛,③耶稣,④柏拉图及亚里士多德。

(4)凡当思想递嬗、环境变革之后,应有人重新发明道德幸福之真义,以今语今事为例证而阐说之,既以存真,亦以救世。

(5)中国今日救亡御侮之道,首在人之改良。其改良之法,即务仿效中国古人及西洋人,而革除今世中国之谬误心理及恶劣习惯。

(6)针对中国人之病根,则在中国旧说,宜取孔孟之教,而参以墨家之精神。在西洋,宜取柏拉图、亚里士多德之说,而参以耶教之精神。

(7)吾人今所需求者,为①深广正确之智慧,②刚健光明之道德,③热烈诚挚之爱情,④切实有效之事功。反释之,吾人今所当革除者,为①偏僻琐屑之学术,②虚伪巧滑之谦谨,③自私深刻之计算,④粉饰铺张之成绩。综合言之,即当以智仁勇三者合一为精神,为事业。

——本文原载于1935年8月出版之《清华暑期周刊》第10卷第6期。

一多总表

宇宙人生，事事物物，皆有两方面：曰一，曰多。此二者常存于一处，但可分别。由是(1)知有一且有多，知一多之关系(是一是二，亦分亦合)是曰真知。如此之真知，可名曰道(至真之理)，又曰智。(2)知一比多更为重要，更有价值，我必当处处为一尽力，重一而轻多，是曰正行。如此之正行，可名曰情(至正之爱)，又曰仁。(3)深信宇宙间之精神价值永久长存，不销不减，仅其所表露之形色、所寄托之事物，隐现生灭，变化不息，是为正信。由此而自愿毕生为一尽力，不疑不惧，不急不怠，无论如何结果，仍可心安意得，有内心之安定与和平。是曰殉道殉情之人生观：即以仁智合一，情理兼到，为其一生之目的与方针者也，以公式表之如下：

(1)有一，有多。

(2)一多同在(佛经云一多无碍)，可云一在多中。

(3)而我当重一轻多，处处恒为一尽力：即须弃多而从一，或凭一以定多(一比多更为重要，更有价值故)。

惟兹所谓一与多，并非目所见手所触之物件数目。一多只是两个符号(喻如代数中之正负、电气之阴阳)，代表诸多事物之二因素，代表每一问题之两方面而已。其所代表者，极多至繁，今但择举其最重要者列表于后。细观此表,则知宇宙人生一切事理,均可按一多之关系简单归纳,要言不烦,朗若列眉。得此一表,繁文详说巨帙成书皆可废。又细观此表,则知古今东西诸大宗教哲学以及文学政治中之道理,与夫圣哲名贤大师通人之所教,无不可以融汇贯通,归纳比较,见得真理惟一,左右逢源。盲俗浅识,始多扞格拘泥,而妄为主奴高下耳。然而孰真孰伪,孰是孰非,孰可信孰不可从,其分别却正在此,如前所标三条,即可据以判得失焉。古今东西宗教哲学各宗各家所用之名词各不同,但所指之实则一,所明之理亦无异,曰本末终始可也,曰道器体用可也,曰理曰气可也,曰观念曰物体可也,曰形式曰质料可也,曰绝对曰相对可也,曰灵魂曰肉体可也,曰一曰多亦同是。吾今特选用一多两字为符号者,以西洋哲学自希腊即用之,而柏拉图阐释尤精,佛经中亦恒见一多二字,故用之。读者不必斤斤于此二字,则幸甚。

一多之内容总表

	一（One）	多（Many）
一		
知识论：	心（思）　唯心论	感观（觉）　唯物论
	主观　以想象了悟	客观　凭经验观察
论理学：	共相　普遍　通　全	自相　特殊　专　个
（逻辑）	整　大　纲　综合	别　小　目　分析
形上学：	存在　观念（柏拉图）	变化　物（柏拉图）
（玄学）	价值（黑格尔派）	事实（黑格尔派）
（本体论）	理想世界（太虚幻境）	现实世界（贾府大观园）
	出世间　天国　净土	世间　人世　红尘

	形（亚里士多德）	质（亚里士多德）
	实在（已然）	可能（将然）
	理（宋儒） 道	气（宋儒） 器
	无极	太极两仪四象八卦等
二		
	久（天） 同 常 静	时（地） 异 变 动
	本 终 目的 计划	末 始 方法 施行
	（《大学》：物有本末，事有终始，知所先后，则近道矣。《易》曰：其作始也简，其将毕也钜。宓按：《大学》此句即亚里士多德目的重于方法之义。）	
	本体 绝对（自性）	关系 相对（比较）
	真 真如 实在	幻 浮象 虚假
	道 佛 上帝	魔
	内（里） 品德与业力	外（表） 影响与效果
	精	粗
	体（原理）	用（应用）
	质	量
宇宙论：	神（上帝佛） 天 宗教	物（自然） 地 科学
	天命（宇宙实况）	气运数力星相（迷信）
	事物之是非真假	生灭消长循环升降等（宓按阴阳之说属此）
人性论：	灵魂（灵）	肉体（肉）
	理 天理（良知）	欲 人欲物欲（冲动）
	性（中和）	情（喜怒哀乐）
	君子（重一之人） 狂狷 又曰大人（孟子）	小人（重多之人） 乡原 亦即凡民（孟子）

	智与愚	聪明或笨拙
	贤与不贤	性情之刚柔缓急等
	智慧	知识学问
	德	才
伦理学：	所行善(仁)恶(不仁)	男女老幼文野盛衰古今东西
	所行是(义)非(不义)	新旧左右贫富寿夭得失成
	所行真(智)假(不智)	败贵贱隐显荣辱夷险等等

三

	幸福与不幸福	乐与苦(身体享受)
	造福或作孽(孟子与范文正公所谓忧乐指此)	利与害(人事计较)
	品格(性情行为习惯)	名誉　环境　地位
	道德　礼意	风俗　礼节(仪注)
	笃信天命　吾行吾素 以身殉道九死不悔	卜吉凶问休咎　趋时尚 顺潮流惟恐不及
	公(无我)　为义	私(有我)　为利
	人文主义(择善执中) 正名尚志　爱人以德	人道主义(兼爱平等) 务实图功　救济利养
政治学：	王道　人治　尚德主诚	霸道　法治　尚力用术
	畏天命　天下为公	顺民情　专制纵横
	正名尊贤　先裕民兴学	营私结党　惟富国强兵
	崇德务本修己化人	综合名实责效图功
	但求纲纪立、赏罚明、百事举、货财丰裕、民安众和、国运昌隆	常为君主民主立宪共和政体之争、总统内阁集权分治之辩
	举用才识贤能之士	修改法律制度之文

改良　建设　分职有序　革命　破坏　阶级斗争
事小事大独立共荣　　　统一全世侵略战争

文艺论：天才　灵感　创造　　　工力　学问　摹仿批评
立意　赋情　表现自我　技巧　经营　雕琢字句
言之有物　精深而简辨　词藻典故以艰深文浅陋
文以载道　引人入胜境　文以博名利　描写现实
理得情郁不得不言　　　宣传主义强人从我

上表仅简示一多之内容，即一多符号所代表之事物理境之最主要者。每项皆两两对举，不可混淆，读者祈细参。至于一多之关系及应用（即此表每项之解释与实例），须俟另篇。惟此表原稿乃用英文写出，然后译为汉文，再加儒佛名词。如柏拉图之观念（Idea）与物（Object），亚里士多德之形（Form）与质（Matter）等，而一即One，多即Many，皆应注出原字西文。但因排版困难，故悉从略。

——本文原载于《哲学评论》1947年第10卷第6期，并刊于1947年3月31日《武汉日报·文学副刊》第16期。

［附录一］

一　多

本副刊[①]第十六期所登《一多总表》，其中二、三末节条文虽有可议，然大体不误。今举日常人事为例，以说明该表之用法。

【例一】原表第十四行：目的为一，方法（工具）为多，故目的重

① 指《武汉日报·文学副刊》。

于方法。今设“我要往西安”是目的。我往为省视父亲,而父此时住居西安,不在南京北平,我遂决定往西安,而不往南京不往北平不往成都不往昆明等地。故“我要往西安”之目的是一,不当更变。而往西安之方法,或乘飞机,或乘轮船,或乘火车,或乘帆船,或乘汽车,或乘骡车,或乘轿,或步行,则为多。我应“凭一以定多”,即“先目的,后定方法”。于是我就实境所有者比较选择:由武汉至西安,本无轮船。飞机难得,欲速反迟。我决由火车经郑州以达西安,是为上策。即最合理想之实际,最能达此目的之方法也。倘我但凭客观,认定“飞机一小时行二千里,火车在中国一小时只行一百里:飞机定比火车快,此不须辩”而空运暂停,托人无路,在汉口旅馆中留住一月之久,仍不能行(火车纵慢,当不出五六日),是则我之愚矣。此愚名曰法执。反之,我素喜步行,在成都常步行至望江楼四川大学上课,于是我决不改夙习,我决步行以返西安。行两月不达,途中遇匪劫,且病。本欲省父以慰亲心,今则反致父忧,其他损失不必论。是亦我之愚也。此愚名曰我执。法执我执,其失维均。二者皆是执一:执定飞机之一物,步行之一途,其他皆拒绝不用(此一非一多之一),所以为愚也。若能兼顾一多,凭一以定多,则所行可不误,是之谓执中。中庸者,即寓一于多之原理,亦即凭一以定多之方法也(俗讲中庸多误)。故曰“君子而时中”,又曰“孔子圣之时者也”,时即目前之环境,为变,为多;而孔子所崇信之道理与其行事之目的则有定,为一。孔子合此两方面,在此时此地之实际环境中,斟酌损益而行事,期于(比较的)能更多接近其理想,更多完成其目的。吾人即不知有孔子,甚或反对孔子,但若吾人之所行确是,则亦必不出兹所言之途径。是故方法为达目的。诸多方法中,以能达此目的者为善法。理想超越实际,而可以指导实际。如人行旷野,欲东或北,可常望某星之位置而决定自己在地面所行之方向。星不在地面,人亦不能脱空而行,然星可引人向东而背西,趋北而舍南,以达其在地面上所欲达之目的一点。星并不要人飞至星中(如嫦娥之奔月),更不妨碍人之行路,但帮助指使各人行各人之正路耳。理想与实际(乃至凡一与多)之关系如此。彼谓理想完全无用,或因不能飞至星球而遂愤急自杀者,皆可以休矣。

【例二】原表第十四行,目的重于方法,亦即计划重于施行。例如今欲造房屋一所,则首须决定所造者为体育馆乎,图书馆乎,教室乎,食堂乎,电影院乎?必先决定所造者为何目的,又须想象此房屋造成后全部内外大小是何式样。于是首须请工程建筑公司画一详图,次乃勘定地址(如系电影院,则当在汉口胜利街,而不当在珞珈山)。次乃员工购料,逐步进行。而每一步骤之施行,无非为完成最后之目的,合于预定之全体计划。能如此,斯为善。若画虎不成而反类狗,所造成之电影院而不无一广座大厅,则何取焉。是故目的与计划实为首要。亚里士多德所谓"目的在一切中为最主要"是也(见亚氏《形而上学》及《诗学》)。宓按《大学》:"物有本末,事有终始,知所先后,则近道矣。"此句"事有终始"何以不曰"始终",而曰"终始"乎?盖此句正即亚里士多德所言之义,今吾设例以明之者也。意云:在一物(如树)中,有本(根干)有末(枝叶),先有本而后有末(由根发枝叶),本重于末(根斩则枝叶亦枯落):知此者则近道(大致不错)。反之(重末轻本)则远于道(错误特甚)。又上一事(如建屋)中,有终(造电影院,画图)有始(勘地址,买砖瓦等),先有终而后有始(就全部工作主持全部工作之人之心中之次序),终可以决定始:知此者则近道。反之,谓先有始而后有终(只就旁观人眼中及工匠手底之次序),无始何来终?如此,则大错矣。犯此错者甚多。例如学校之设,为育才也,为读书也。假设有一大学,校舍宏丽,图书丰备,而教授不上课,学生不读书。而另有一村中私塾茅屋三间,塾师切实讲授,学生能背诵"四书"、《左传》、《诗经》,曾读点"二十四史"一过。博通经书史籍,贯通古今(下缺)

	一	多
物:	本	末
事:	终(目的、计划)	始(方法、施行)
(正)	所先(较重)	所后(较轻)
(误)	所后(较轻)	所先(较重)

——本文稿原系作者拟举日常人事为例,以说明《一多总表》之用法,未完,附录于此,供读者参阅。

[附录二]

学人访问:吴宓教授谈文学与人生

"红学大师"吴宓先生,原为西南联大及清华大学教授,去年武大在乐山时,聘吴宓先生到校讲学,专讲"文学与人生",并引著《红楼梦》人物为例证,一时听者颇众,武大乐山的大礼堂几成剧场,据统计每日听众均在千人以上。此次吴先生随武大复员来到武昌,现任该校外文系主任,记者日前因驱车到珞珈山,特往走访。武大因复员甫定,一切均未就绪,因此先生还暂住在武大招待所中。在一个天色灰茫的下午,记者见到了吴宓先生。承吴先生客气招待之余,并答复了记者如下的提问。

问:吴先生研究《红楼梦》之经过如何?有何心得?

答:予有一贯综合之人生观及道德观,予之讲《红楼梦》,只是借取此书中之人物事实为例证,以阐明予之人生哲学而已。至于对此书之总批评,曾撰一文,登载《旅行杂志》第十六卷第十一期,可寻阅。

问:吴先生将教授武大外文系何种课程?

答:外文系课程,须俟新旧教授齐到校后方可决定分配。大体悉照旧年,不改动。至宓个人,近数年在西南联大及他校专授两课:一为"世界文学史",二为"文学与人生"。"文学与人生",乃述宓读书经验之心得,期与一部分高明诚挚之同学互相切磋讨论,其中有予一贯综合之人生观,而以古今东西圣贤哲士之著作教训为根据,以日常生活现今社会之事象为例证,就近取譬,深入浅出,其中根本义有二:曰一多,曰两世界。向例任何院系,二、三、四年级之同学,均可选"文学与人生",但须先与予面洽,得予签字准许者,方可正式选修,旁听者欢迎。

问:请吴先生指示学习外国语之方法?

答:学习外国语,无一定之方法,而每一方法,各有利弊,要在各人自己精心努力而已。

最后吴先生又申说,予半生精力,瘁于《学衡》杂志,知我罪我,请视此书。大体思想及讲学宗旨,遵依美国白璧德教授及穆尔先生之新人文主义。其所常持之口号曰:"汉字文言断不可废,经史旧籍必须诵读。"而当记者问到吴先生对时局有何高见时,吴先生却截然谢绝曰"生平未入任何党,不愿谈政治"云。记者以未便久扰,至此乃告辞而归。

——本文摘自1946年10月21日《中华人报》特约记者锐锋撰《吴宓教授谈文学与人生》一文。

读章氏遗书

宓读章学诚氏所著书，服其明确周密、析理甚精而论断至公。以为中国古昔学者中，真有合乎正宗哲学，而具备西洋批评家之精神与资格者，章氏一人而已。盖刘勰（彦和）《文心》妙悟文理而尚辞藻。刘知几（子元）《史通》根纠史事而局于专门。求其立本溯源，通变知方，融贯今古，执两用中，合学问道德于一事，视文章、治术非二物，确能言每事之所以然，绝非有意而为之，而自能归于中正，则无人能与比肩章氏。诚以他人（如柳子厚《封建论》、韩昌黎《原道》等文）皆片段之论，独章氏乃系统之学耳。

宓尤服章氏深明一多相关及重一轻多之理，本之以立言。章氏处处以道与器相形，理与事对举。由是而上下、精粗、本末、轻重，靡不显然区别。事物各归其类，不离其宗，则优劣是非自见，不待言词觍缕；故章氏比“原道”所原者实为道，“言公”所言者确是公。盖皆由于深明一多之理，而能善用之耳。世儒多盛称章氏流别及校雠之学，其实不外章氏以一多之理，本其一贯之系统，而施用之于史学及批评之学。故其论深得吾心，合乎常识，而又多暗同于近世西儒之论究文学思想源流。及从事版本校注者之所为，夫岂偶然而致乎是？

宓尝作日记，求其文约而事周，详略得宜。或分述或互见，久之而悟史法。悉如章氏之所云，此所谓精微之常识、系统之经验，史法亦即自然而必要之记事方术耳。

宓昔年刊印《吴宓诗集》，其编辑全用纪年，附录亲友之诗文，并详述其名号职历。每诗必系年月日，诗中所用时事及今典(此名，陈寅恪君所造，而章氏书中已有之)辄详确注明，且屡注“参阅某卷某页”，以资通观而明互见。凡此，固皆以意为之，但出于敬慎之心(非有所矜夸)，行其所不得已者；然久为师友所讥责、庸俗所诋笑。乃今读章氏书，知章氏所主张文集诗集应如何如何编定，并应如何如何存注。宓所为者多与之暗合。盖章氏视文集诗集为一人之私史，亦即家史国史之一部分，编撰者之心，只为后人检阅便利，不必有我之见存。故知无我乃真正之客观，胜于虚伪之自谦。而史即一人一时之载记，苟合乎精到之常识，即是良史法。此又章氏对后学之启迪，欣感而附记之。

按张尔田先生论章实斋之学，文数篇，极精。盖其学之所从出。宜细读。又《浙江大学院季刊》有郭秉龢君《章实斋之文学批评》一文，亦有所发明，推尊甚当，并宜参考。

一九四六年六月十五日上午撰

——本文为作者所作读书笔记，未曾发表。原题下注“民国十一年癸亥　吴兴刘氏嘉业堂刻”。

欧洲战后思想变迁之大势与吾国人应有之觉悟

欧洲大战，创钜痛深。其人之精神大受刺戟，故战后欧洲之思想变迁最钜，吾国人亦多知之，但绝少注意研究之者。不读其书籍，不究其派别，不悉其因果，不明其真相，不评论其主张及义理，而惟震惊嚣扰，互相走告。或曰，欧洲之物质文明行将覆亡，科学业已失势，欧人竞欲尽弃其所固有，而吸取东方之精神文化，吾国古圣贤之教瞬将普及于欧美，今后吾国学子更不必治科学、通西文矣。此一说也。否则曰，目今世界大变，思想一新，欧洲三千年之宗教、哲理、艺术、文学、政治、经济、组织、社会、风俗、习惯，业已全盘推倒，一笔勾消。希腊罗马文化、基督教与工业社会、资本制度、帝国主义，皆同无存在之余地。而中国五千年之历史经验、文物典章、道德学术、礼俗教化，其恶劣无价值，亟应摧毁消灭，更不待言。所当仿效者，我等意中之苏俄而已。英法德美，不足道也；中国日本，更不足道也。至若久灭印度、已死之佛教，谁复问及之哉！此又一说也。呜呼！今中国固陋之守旧派与偏激之急进派，其议论及态度大概如此，并皆错误。而其介于二者之间者，所言欧洲战后之新思潮，亦只能举杜威、罗素、柏格森之名，反复称道，奉为圭臬；再则韦尔斯、萧伯讷等，立说不皆与欧战有关，或在其前。然统观国中出版之书籍杂志，其所论列，实不逾此范围。以赫赫有名之斯宾格勒(Spengler)之《西土沉沦论》(*Der Untergang des Abendlandes*)一书,亦鲜人道及,其他可知。吾人既不偏新,又不偏旧,但主张吾国人于欧洲战后思想之变迁,应加意研究。知识丰富,则见事自可明确;材料充实,则立论不流虚诞。稔悉世界之现状,欧美之真情,然后中国之种种问题乃可得正当之解决。广征博览,归纳综合,比较选择,而后新旧中西物质精神文明各方面、各种事物之真价值乃得估定。故吾人拟于欧洲近今思想之各派,择要介绍,以简明为主,而先以下列数事敬告国人。

(一)征之往史,凡大战争之后,人之精神思想,必因刺激而起剧烈之变化。近今欧洲大战正符此例。其战时杀伤损耗之巨,远迈前古。然范围数量虽殊,而事理则无二致。故战后之种种结果及影响,虽似奇特,实极自然,乃世界历史中之一章,并非千古独一之例外。吾人只当细心分别研究评断,不可震骇失次,徒事叫嚣,于此事视之过重,言之过甚是也。

(二)凡思想精神之变化,亦如政治社会之改革,必皆由积渐而来,而非成于一时。又必有因果相生之关系,而非出于偶然。故非通古不能知今。吾人欲洞明欧战后新生之思想,须先识欧洲文化史上之旧迹,然后知欧战之刺激固属有力,然近十年中思想之发达,实循前此有定之轨辙而续进,非事事皆由欧战之影响也。

(三)思想常受环境之影响。欧洲大战,德国败而法国胜,德人之失望悲观甚于法人。故德国之斯宾格勒谓欧洲文化行将覆灭,而凯撒林(Keyserling)等力赞东方之精神文明。德国青年运动亦竞奉孔子、老子及释迦等为导师。法国之马西(H. Massis)等则斥斯宾格勒等为狂悖,为昏瞀,而力为欧洲文化及科学作辩护。两国思想趋势之不同,尚有历史之原因,盖德人素重感情,而法人则主理性。今之德国固犹是百余年前葛德(Goethe)所生、斯达尔夫人(Mme. de Stael)所见之德国。而法国则夙为欧洲文化之中心,旧文化之渊源最深,历史之观念较盛,而推理察事又复清晰透辟。故比较二者,吾人虽极同情于德人之热诚伟伦,而宁当遵从法人之真知正见也。

(四)征之往史,思想变化之轨辙,必由混乱冲突而逐渐整理调和,以归纳之工夫,达综合之目的。其始也,异说争鸣,波谲云诡,各有号召,莫知所从,矛盾纷纠,使人迷惘。然阅时稍久,则理路渐清,结果自见。由无主而归于有定,由分歧复杂而归于单纯明晰。故吾人对于欧洲思想之变化,宜沉静考察,而不当急为选择,奉一派一人之说,而据以评判一切也。

(五)又征之往史,凡文化之范围推广,或两种文化相遇,互为影响,则每一文化,必尽力吸收外来新增之材料,终乃造成一种包罗万有之新文化。欧战后最显著之事实,厥为东西洋文化之接触与联合。自欧洲方面言之,则为广大西方文化之范围,采纳东方文化之材料与事实,以入己体,融合而成世界共同之文化。前此东西文化虽有接触,然欧美之人常以西方文化代表全世,而不认有他种文化。十九世纪之特征为历史的精神,即认文章、艺术、法律、制度等,皆时势环境及民性之产物。故各国各时均自不同,而各有其特别之原因,或由天然之地理,或由政治社会情形,要之断非无因而至者。吾人当研究各国各时之状况,洞明文艺、法制等产生之迹象,及在当时之短长得失;断不可以一时一地之眼光立为规矩,而以此简单狭隘之标准遽尔评判一切也。易言之,即此中只能有比较之优劣,而决无固定或绝对之标准。研究批评者,应以知识及同情为首要,而不可凭偏见理性及已定之规矩以为武断也。此其立说甚是。顾十九世纪之历史的精神,仅用之于西方各时代各国各族之文化,直至今兹二十世纪,乃始推及于中国、日本、印度等之文化，确乎不存畛域之见，是故以相对之标准及归纳之方法，求综合之结果。在十九世纪，用于纵的方向（时间古今）者，今则并用之于横的方向（空间东西）。欧战以还，近十年中，欧美所出版之世界文学、艺术、宗教、哲学、政治、经济等书，或叙述史实，或阐发理论。其稍可观者，莫不以中国、日本、印度之材料，赫然列为一章或数章，用资参证比较，以求公律而明全体。斯宾格勒之《西土沉沦论》，实当名为世界文化史总论，亦足为此趋势之代表。至若关于中国、日本、印度文学、艺术、宗教、哲学、政治、经济等之专书或论文，则每年所出甚多，更难数计，实可喜之现象也。

（六）东西文化联合之结果，不特文化之范围扩大，材料增多，而思想之趋势，亦以综合（Synthesis）为归宿。赏鉴批评，均以采集各派之长而不主一偏（Eclecticism）为标准。其综合采集之范围，乃合古今东西而一之，不特破除地理之隔阂，亦且祛革时代之偏见，新旧无别，古今一例。德国之新青年运动，乃虔奉二千年之孔、老为导师，法国之反浪漫文学主张，不惜指正十九世纪之错误。英国之尊崇十三世纪之圣亚规那（St. Thomas Aquinas），而以模仿中世为号召。盖深知中世综合之工夫，专务了解宇宙人生全体真际，而免除理性、感情、信仰与夫物质精神之冲突者，实可用为吾今人最高之鹄的，而非妄言复古也。外如英国文学中新古典主义之兴起，美国批评家人文主义之倡导，悉皆此综合精神之表现。顾综合有二义，盖不特采集众派之特长，更欲解决宇宙人生之矛盾。此在今日繁复庞杂之世界，尤为难能。然惟其难，乃益可贵。虽不能至，尽可悬为前路之明灯。近年关于进化论之讨论，宗教神秘主义之提倡，以及科学相对论之应用，皆有如斯之意存。盖明辨每事之需要及价值，厘定其相互之关系，知识及玄学之新系统乃可逐渐构成也。至论实际之结果,则东西文化之综合,足使各洲各国之人互相了解,由真知灼见而生同情,而政治之侵略、经济之竞争,凡足以启人类相杀、相仇、相嫉之心者,当可逐渐调和轻减,虽不能根本改变,终有微末之效。近年欧洲深思远识之士,其著书立说,多为世界全体及人类公共之文明筹计,而甚少国家及种族之偏见。此等人其数虽少,未能左右一国之舆论及政策,然其势力逐渐增长。近年发刊之杂志,属于国际性质,即破除国界种界而主持公论者,亦颇有见。〔如《万国评论》(*Review of Nations*)是。〕实亦东西文化综合之趋势之表征耳。

(七)宇宙及人生事理,各有两方面,互为消长起伏,递代循环,物极必反,乃自然之情势。而执两用中,虽为人生之要理,此征之世界全史与人类全体经验而可见者也。欧战后思想之趋势,若分别论之,则每一思想、每一主张,要必为对于前此时代某种特别现象之反动。夫反动常易流于过度,而贻后患,如何调节之,使适于中道而止,勿趋于他极端,则今世人之责任也。例如或以科学为杀人利器,遂欲废黜科学,或谓理性不能增进人生幸福,因而提倡神秘浪漫之感情,皆非是也。欧战后之思想,就其新兴之方面论之,实为对于科学、对于物质文明、对于理性及分析之反动。然而科学与宗教之交争、物质与精神之对待、理性与感情之同存、分析与综合之互相为用,皆宇宙人生常有之事实。此等问题终无完全解决之一日。当调剂二者而并用之,偏袒抑扬决无是处。此理欧洲少数远识之士已见之明审,故对于反动过度而流于晦昧(Obscurantism)、偏激(Radicalism)之主张,辄力言其不当。吾国人于此亦负责任,不可以国家境遇之恶劣,深恨前此欧洲霸国对于吾国之侵凌残暴,遂以报复为主旨,加入上言之反动思想而行之过当,此断断不可。盖今后世界既为一体,起伏成败,痛痒相关。真知灼见、正情雅化、至道真福，凡可裨益吾国人者，亦必可裨益世界。吾国人如走入歧途，不特对于世界文明之责任未完，即建设新国、改良群治之目的亦不能达也。

（八）近来吾国人多有以破坏本国固有文化为能事者，对于中华五千年之历史人物、典章制度、道德学术、文艺风俗，专务攻诋，吐弃无遗。此盖由不明世界大势之故。使知欧洲人士方热烈研究吾国固有文化之各方面，发为著述，我不加以助力，乃忍破坏宝贵之材料，淆乱世人之观感，以阻抑若辈之成功乎？使知东西文明现方融汇，而综合归纳、采集众长为举世所公认之正当途径与方法，吾人焉可不协同努力，发挥吾国之文化产业，而贡献于世界人类公用之宝库乎？使知万事万物各有其适当之价值，而执两用中为宇宙之原理、人生之正道，则又何必自安于陈腐固陋，或妄事摧残破坏？岂复古与过激而外，竟无正途乎？呜呼！吾国人鉴于欧洲思想变迁之近况，亦当知所从事矣。

——本文原载于1928年1月16日出版之《大公报·文学副刊》第3期。

为罢课救国者进一解

最近各地学生有罢课救国之举，某等极欣佩学生诸君救国之热诚，惟于罢课，则期期以为不可，军事训练可于晡夕行之，不必停课，今请以“知识救国”“学术救国”之说进，且申明其要旨。

（一）按照人事之定理、道德之因果律，今日所食，昔日之果；异日所食，亦今日之果。种如是因，得如是果，其间不能丝毫错乱，亦不容勉强涂饰。故救国之道，以及救己救世之道，皆应为根本之计，作久远之图。即当以培养实力为首务，学生读书，求学问、求知识，直接增加个人之能力，间接即系增加国家民族之能力，学生读书求学所得之效用，不止今日，而今日求学读书之工夫却万不可废。此日之学生不读书求学，譬如商店无营业进款，譬如一人不吃饭不吸收养料，对于我国家、我民族未来远大之损失直不可量计。即以此次辽吉事变而论，其在平日，日本政府个人之知识、学术、技能、才力，实远在我之上，无可讳言；其熟悉吾国之情形，远过于吾国人自知及知日本之情形，亦不必讳言。至论临时，数月以来，危机日见，守土之军将，指挥全国之政府，未见为之准备，人民亦无警觉，此缘知识不足、学问缺乏之故。如其有之，何至茫无所知，事变叱起，除“不抵抗”仓皇逃遁，及呼吁国联外，毫无办法，毫无作为，其无办法、无作为，正由无知识、无学问、无能力之故，如在他国，有知识、有学问、有能力，定有办法。吾国今日学生若更罢课，是减少吾民族取得知识、学问、能力之机会。吾国一切已不如日本，故而受屈受辱，被凌被践，今即一校罢课十日，此十日中吾民族之知识、学问、能力便损失若干，全国学校罢课期长，损失更大，而同时日本学生正在读书求学，即是日本民族之知识、学问、能力更为比例的增加。譬如沈阳兵工厂之军械入日本人手，我失而彼得，其损失加倍尚不止也。救国不尚空谈，不在一时，而为根本久远之计。惟有急切培养实力，即应发奋取得知识、学术、技能，一时一刻亦不可废。此不宜罢课之理由一。

（二）任何国家，其国中之大多数人能冒死苦干、忠勤职务者必盛强，反是则衰弱。我中国今日上下，大都不能且不愿尽其本身之责任，此最可痛心。今言救国，应每人皆深切反省“我此刻是否正在做我应做之事”，纵之以强毅之决心曰“我虽枪临头，炮弹穿胸，亦必屹然不动，泰然不惊，而不停止的做我应做之事”。国人皆当如此，而学生尤当如此，国中多一个上课读书、努力学业之学生，即中国多一个尽忠尽职之国民，如此之国民多一个，则国虽亡，光荣亦增一分，耻辱亦减一分。欧战时，各国教员学生战死疆场者极多，纪念战死者之碑遍于各校，吾亲见之。然当时各校皆上课未停，直待征发某人之令至，则彼人由讲堂中肃然退去，立赴前敌，而同班仍上课不息，此亦吾当时所亲见。故今日学生诸君应存不怕死、敢赴前敌之决心，但同时又须有忠勤职务、一息不懈之苦志。姑不论多读一日书之实效如何，至少亦可使四万万无用而偷懒之中国人中，多一个忠于职务之人，多一个不骛虚声、不尚意气而以实功真心报国之人，多一个可与欧美及日本人比肩而无愧之人。今应连续上课，虽飞机临头我亦不仰视，必有如此之定力，然后出身作战之时方可显出见敌不逃之真勇。不罢课，不一刻怠忽我之职务，正所以示威于外敌，亦所以表率于国人也。此不宜罢课之理由二。

(三)凡做大事,须真,须务实。今学生诸君,从事军事训练以谋救国,志极可嘉。然须知舍死卫国,乃古今中外所有国民之天职,乃我自己分内之事,无所用其矜骄;从军抗敌,杀身死义,乃极严肃、极悲壮之事,无所用其铺张。今做此事为求实益,为作民气,断非如平日开运动会或游艺会之用心。全国共此一事,非一地一校之事;民族之前途所系,非我一人之得失荣辱。故军事训练宜通国一致,严肃整齐,不宜各校自为特异办法,而注重个人表现。此愿为学生诸君更进一解,非好为苛论也。呜呼!国难起后,有守土执戈之责者,惟见遁逃,甚如吉林熙洽等之所为,比投降尤为卑屈。至于殴打外交部长、请愿国府、请愿副司令,甚至到乡村都市宣传演讲,志虽可取,然皆不免含有"催促他人努力"之意味,仍属弱者(怨天尤人、推让求助)而非强者(自责自励、以身当先)之态度。又昨报载南京阔人眷属有迁沪者,日前曾闻北平某校学生有夜半出避之事,此等行事,无论日人知之否,英、美、德、法人知之否,皆为我中国人所断不宜有。故吾望全国人忠于职务,至死不懈。吾望学生诸君遵照教育部令,每日以下午二三小时行军操,永远不停(不以数星期或数月为限)。同时晨晚上课,较平日决不减少,且更加倍用功苦作。吾更望大家共设一誓,即"日本兵到我面前时,要日本兵亲眼看见我受弹受刃而死之顷,我正在全副精神做我之职务"。荷戈疆场,埋头书案,事虽不同,精神则一,而其所以自处之道,亦无差异。此则感想所及,更愿为学生诸君及全体国人劝告者也。

——本文原载于1931年10月13日出版之《大公报》。

中华民族在抗敌苦战中所应持之信仰及态度

旧腊季尽，春气昭苏。沪滨一战，风云变色。我十九军将士奋勇抗敌，追击至租界中，影响所及，全中国人心振厉激昂，外人亦啧啧称道。所望我炎黄世胄衰微堕落已百千年者，能从此策励发扬，宁为精神道德、正义公理、光荣自由、快乐幸福而死，不为物质货财、小利私欲、卑屈苟偷、麻木呻吟而生。若全国中四万万人皆能如此，或至少有五百人确能如此，则中华民国虽亡必兴，中华军队虽败犹胜，中华人民虽死亦生。一时之成败利钝，无关于我民族之永久之运命与其在大地历史中之价值也。

吾侪平日深信（一）应凭目的决定方法，（二）应以精神支配物质，（三）应使理想显于实际，（四）应用道德施诸事功。而此种种又本于一多无碍及相反相成之理，故目的之与方法，精神之与物质等，似若二事而实属一事。自其本质及全体观之，则（1）成己即是成物，（2）为我即是为人，（3）利公即是利私，（4）救国即是救身，（5）求死即是求生，（6）殉道即是殉情，（7）尽忠即是尽智，（8）立德即是立功，（9）存仁即是主敬，（10）得福即是得利。然在日常生活及实际经验中，则兹所列举互相对待之二者，常不能一致，有时或至背驰而冲突，于是遂有比较权衡取舍选择之必要，是故人生之真象不外连续之选择，而道德之本体实即选择得其当而已。易辞言之，则吾侪深信【甲】宇宙及人生（兼包感觉理智想象之所召示者)中,有二世界:第一世界为一为真,第二世界为多为幻。第一为理想或观念(Ideas)之世界,第二为事实(Facts)或经验之世界。第一为价值之世界,第二为事物之世界。第一世界永存不改,第二世界息息变换。第一世界为真理之所寄托,灵魂之所安居;第二世界为祸福利钝、成败得失、苦乐喜怒、荣辱尊卑,总之人世万事,之所翻滚,所嬗演。【乙】在其最高境界,曰真曰善曰美,三者实为一物,不可分别。此即人世理想之极诣,此即灵魂之所骛趋,此即上帝。真善美皆永久之价值,荣光长在。惟其表现于第二世界中者,时隐时显,时小时大,时弱时强。其表现之情形及所以然之故,吾人知之而不能尽知。所知之部分名曰因果,所未知之部分名曰偶然或命运。每一个人,其一生之总价值及终极之安乐,应视其在此数十年短时间中努力之结果,使第一世界中之真善美在第二世界中表现者有如何多少并经如何久暂。由此义言,世界古今最有价值之人为孔子、释迦、耶稣、苏格拉底、柏拉图、亚里士多德等。而(一)后巴比伦王尼布甲尼撒(Nebuchadnezzar),(二)李底亚王克里苏(Croesus),(三)罗马帝尼罗及(四)中国之黄巢、朱温、刘铱、朱由崧等不与焉。同是,每一国家一民族之总价值及永久之荣誉,亦视其数十年数百年乃至数千年之短时间中努力之结果,使第一世界中之真善美在第二世界中表现者有如何多少并经如何久暂。由此义言,世界古今最有价值之国家民族为(一)周及春秋战国时代之中国,(二)佛教初起时之印度,(三)耶稣降生及受刑时之犹太,(四)纪元前第五第四世纪之希腊等,而(一)大流士(Darius)、泽耳士(Xerxes)父子两征希腊时之波斯,(二)三次战胜迦太基而亡其国之罗马,(三)蹂躏欧洲中原烧毁文物之峨特(Goths)、番达(Vandals)诸族,(四)威震欧亚之蒙古,(五)拿破仑时代之法兰西,(六)威廉第二时代之德意志,(七)现代为军国政略支配之日本均不与焉。于此,复有附带之二义须郑重声明。

【子】真善美之价值永久存在于第一世界中,此为吾人之信仰。其存在为绝对的,不待吾人之努力,此信仰亦颠扑不破,寻常之经验及事象不足以反证而摧毁之,但真善美价值之能表现于第二世界中,且其表现能久能大能强,则全赖吾人之努力。国无强弱,人无智愚,悉当努力,悉皆负此责任。譬如二加三必等于五,此为信仰,亦是真理。然此刻桌上有两圆银币,我心极爱银币,望其愈多愈好,遂欲使之变为五圆银币,则非努力求得另三圆银币增置桌上不可。此为功业,即是实事。是故理想与实际,信仰与事功(即努力)之关系如此。无理想,则所谓事功者卑鄙钻营、争权夺利、纵欲偷闲而已。无信仰,则虽欲求达某种目的,亦迟疑瞻顾审虑计算,不肯受一毫牺牲,甚至望他人出力而我食其果。于是其目的亦终不能达,乃至烧香拜佛占卦求签等等,皆不外此种错误之思想(故曰迷信以别于真正之信仰,又曰邪道以别于真正之宗教)及卑下之心理之表现而已。吾今所倡者,乃凡人皆当本所信仰,以事功推行理想。吾并非蔑弃事功,惟欲求真正有价值之事功,必需有理想。若无理想,则事功为无益而有害;无信仰,则事功必败而难成耳。

【丑】物质与精神、经济与道德,其关系亦约略同此。吾人所生息之第二世界中,事事物物,殆皆质(Matter)与形(Form)合成而不可分者。而吾人有生之时,既为灵魂与肉体之结合,则亦不能舍弃经济与物质而不问。然如不信有精神与道德而专务物质与经济,则科学变成(或用为)杀人之毒具,技术徒为作恶之助力,金钱财富惟长物欲而增痛苦,资本固不能造福,共产亦徒以致乱,以其悖乎正智(二元对立只取一元),逆乎人性(不使上达专趋下流,不使仰近上帝求为圣贤,只使下同俗夫比于禽兽),自然之理不可违也。今即以御侮及国防论,苟无精神与道德以运用经济与物质,则以民脂民膏重价购来之炮械飞机,亦可私售或轻弃与敌人;战争紧急之际,参谋人员亦可泄漏机密,后方土匪亦可拆毁铁路阻碍运输;又或将帅不和,此进彼退,克扣军饷,以饱私囊;操纵金融,制造空气;搬运家私,希图苟全。凡此皆败亡之征,抑亦国民奇辱。

总之,吾人今兹著论,并非书生空谈,不顾实际,欲以梦幻之理想,却日本之坚甲利兵,实因鉴于中华民族堕落销沉已久(不止近百年事),而以吾民族之生性,所长即成其所短,于是太无信仰而习畏缩,太乏理想而好货利,太不负责任而惟图卑下之享乐,太不知人之本性与生活之要义,而惟事麻痹自杀。吾人早已深忧锐感,而自九一八事变以来,层层表现,尤为明显。但其间亦多可喜可庆之征象,最近沪滨一战,或足震动吾国人之精神,唤醒吾民族之灵魂,今后为信仰为理想而生活,则生活方有意义与幸福,为世界中国文化精神而作战,则抗敌奋斗方有勇气与坚诚实力。实际方面之军事财政外交各端,非此文之范围,吾极愿以本报社评之主张,为吾个人之所张。此文未尽之意,容续陈述云。

——本文原载于1932年2月8日出版之《大公报·文学副刊》第213期。

道德救国论

世界历史、世界文学皆召示吾人者一事，曰惟道德足以救国。方今吾中华民族在抗敌苦战中，尤当知此，尤当信此。至于道德何以能救国，及今者吾国人应如何实行道德以图自救，非本篇所能详言。兹惟条陈大纲，粗明要旨，凡百例证，概从省略。中西古今之名言宝训、义行壮举，读者亦可自忆得之，几于俯拾即是，不待吾文之著录矣。

第一节

道德之势力至伟大，因道德乃根本于人性而支配万事。

道者自性自理，德者正言正行。细究各字之本义，则知 Virtue 者，人之元气或精力；Morality 者，风俗及习惯；Character 者，特性与优点。是故道德者，即遵照宇宙之真理实况，发挥生人天赋之本性，使之向上向善而成事立功。

以此之故，(1)道德乃自然而非人为，故有复性与成己成物之说。(2)道德乃必要而非勉强。圣贤之不能(非不欲)为禽兽，犹禽兽之不能(非不欲)为圣贤。(3)道德乃积极而非消极。无道德则宇宙破灭，人类僵息。寻常公私事业之成败利钝系乎此者，更不待言。(4)道德乃强健而非柔弱。《易》曰："天行健，君子以自强不息。”耶稣教人左颊被批更奉右颊使彼批之,并非巽懦畏葸,乃缘吾心自有真知灼见,欲藉此确证力言千古宇宙间精神道德势力之伟大,胜过一时一地三五人之暴力横行也。吾侪于古今人之言论行事,贵得其意,不可误解。兹举此一例,余可类推矣。(5)道德乃永久长存而非转瞬变灭。盖道德全亡则宇宙毁、人类绝。惟按“一多”相关之理,道德必藉事象而显,是即为礼节风俗制度。道德为一为本,永久不改,礼俗制度等为多为末,随时随地而异,且应当时时修改以求适宜。修改之后,不但便利人生,且使道德之本义更可表示明显。此处所言道德(Morality)与礼俗(Manners)之分别至为重要。例如对己对人、为家为国、工作事业处处竭智尽力是曰忠,乃道德也。见皇帝必俯伏叩首称陛下、自称臣,否则受贬黜或杀戮,此礼俗也。男女夫妇间应有真爱情、应切实互助,此道德也。婚姻之立,原为达此目的,离婚则仅礼俗之事,故评他人离婚之当否,应详察其实在之环境及当事人之心理及办法,而不可径斥离婚为违反道德。(6)道德之本体或其原理为绝对的,盖道德乃绝对之善,亦即绝对之真与美。惟按“一多”相关之理,道德表现于实际,施行于人事中者,则不得不相对的。易辞言之,道德为绝对的,但礼俗为相对的。中庸之教,及守经达权之说,即本于此。(7)道德乃普遍的,故曰放诸四海而皆准。惟礼俗制度等则各国各地不同,其故即以上(5)(6)二条所言,亦本于“一多”相关之理。(8)道德之本体为谐和一致(亦按“一多”相关之理),惟显于外者(即礼俗制度)常多矛盾。古今大哲人如孔子与柏拉图,皆发明一种合乎道德之理想社会,全体谐和,各部衔接,其中事事皆合于礼法。然此种理想社会决难为完全之实现,更不可以其部分之模仿式实现为无价值而攻诋之也。又人事极复杂而多转变,故道德甚高之人,其一生各时期及生活各部分之行事亦常不免矛盾。

论人当概括生平，究其立身致行之大节，不可枝节苛绳，盖欲加之罪何患无辞。如是为之，岂特中国之三代以下无完人乎？大抵能忠者亦必能恕，敦品励行者责人未必过严也。(9)道德之本体为绝对之真，惟其施行于人事中者，则迷离纷错不可辨识，故礼俗及行为之真与伪，仅为相对的，即比较的。惟然，故宗教树立上帝以为鹄的及最高审判官，而法律亦只能凭行事之有确据者以判案施刑，即论动机亦以能确由行事证明者为限。所谓略迹原心，其事极难。而世变愈新，人之心理愈益复杂，行事者每不自知其动机之为何，充弗洛依德下意识等说，似可使道德不能存在。然如明乎此，则谓其说固不足摧毁道德也。

第二节

古今言道德者，莫善于亚里士多德，其次为孔子，但耶稣、释迦、柏拉图之教亦实与之一致。亚里士多德谓道德乃生人本性之完成即发达至其极者，而幸福(亦即至善)乃灵魂遵依正道之积极的活动。人之品格成于习惯，儿童之道德教育必以苦乐为用，使之趋善避恶。在实际人生中，中庸可为道德之标准公式。中庸者，无过无不及之谓，即权衡于两极端之间而择取其在此时此地此种情形之下对此人比较的最适宜之行为及态度也。

中庸亦孔子所以教人者。中庸者，实宇宙之至理，亦基于生人之本性，盖中庸乃由多而见一，本一以择多，实调和“一多”而求行事之适当(适当即合理，亦即有利)者也。人生渺茫而纷乱，中庸为一比较的明显而简单之可据之规矩，犹海舟之罗盘，未必能使舟不沉，但可避礁因风而渐近目的地耳。然道德首贵真，君子之中庸与乡愿之假冒为善，只真伪之分耳。人如处取舍从违两难之境,或情与事不能并全,内心外礼不能谐和一致,则当毅然行吾心之所谓是,甘受举世之唾骂,而不当隐忍畏缩,自违本衷,以顾全世俗之浮誉及地位权利。古今之大道德家时或似若行事为最悖道德者,其机在此,所谓处变异乎处常是也。

曰宇宙中之天人物三界,曰人性二元,亦善亦恶,皆简单之区分耳。实则宇宙极深幽广漠,人性亦极复杂玄秘,故必以宗教立道德之本而济道德之穷(吾意苟无宗教则道德实难维持,即今佛耶孔诸教既衰,国人亦必需保有吾心中之宗教,避其名而取其实可耳)。而未窥此境界,未能于人性深入细察而备见其复杂玄秘者,不能言道德,亦不可言道德。盖其所言,不流于空疏虚浮,即陷于偏执而苛刻矣。

第 三 节

道德之事千端,今弗能详论,惟读者必致疑于"公理胜强权"之说,以为讲仁义谈性理何能抵抗暴日之大炮、飞机、铁甲车。则对曰:自其浅者言之,道德非静坐空言之谓,乃指积极行事而处处行所当行也。孔子之教勇,其言备矣。吾国人不敢死,不能牺牲,御暴日之侵凌,乃不道德之尤者。而求抗日之成功,求国命之不斩,则必军事政治经济实业教育诸端,皆有精神皆合乎道德而后可。道德非专门之业,而为凡人凡事随地随时所必需,犹燃薪炭与燃火酒煤油其中皆具热力也。自其深者远者大者言之,"公理胜强权"者,乃谓若就人类万世着眼,算全盘之总说,则精神必超越物质,道德(仁爱)必战胜武力(残暴)。此为正理,亦可坚信,非谓一时一地,有理者必能占便宜也。试观于社会中之个人,行善得祸、行恶得福者多矣,然福善祸淫之天道固终存在,此多人之罹屈枉受牺牲者，皆有维持此天道之存在之功，其中亦有个人行事骄奢偷惰因而贫困死亡者，更足以证明天道之不误。以此推之国家，则吾谨虔肃以告国人曰：（一）公理终必胜强权，然中国与日本间之孰胜孰败孰兴孰亡孰得孰失，要视双方国人之努力如何。成败利钝之形势刻刻变化，一时固难定永久之局，然异日所食即今日之果，请勿论虚理，但努力于实事。（二）读世界史，则见如罗马之强盛，固缘武力，亦由其人忠勇坚诚。夫迦太基何罪，而终亡于罗马，虽有如汉尼拔仁贤果敢之名将亦不能救，则以迦太基国中上下骄奢偷惰，所行久皆亡国之事。我国晚明之亡，亦可资比较。其后罗马帝国亦以骄奢偷惰而亡。尤温纳（Juvenal）早已痛切言之。以上各事皆不违公理。迦太基之亡是迦太基所自召，非天有爱于罗马人也。罗马之亡亦罗马所自召，非天为迦太基复仇也。是故今者我国人在抗敌苦战中，应知（1）保国抗战乃吾人（全体中国人，兵与民皆在内）自己对自己之义务与天职，不能为此，即应皆羞愧自杀，将东亚神州让与优越之民族居住，方合天理。（2）今兹抗敌苦战，乃道德上之所当为，应即生死以之，不问成败胜负利害如何，不考量日本之意向，不希望西国之援助，实行固应缜密，方方顾到，事事（外交等）利用，然精神则应勇往，宁甘失败到底，绝对牺牲，不愿卑屈苟偷，负己负人。（3）吾人当知“师直为壮，曲为老”，藉以自奋，然却不可以此自骄。吾人又宜坚信“公理必胜强权”，为维持此公理而战（即在此时此地先不肯使强权竟胜公理，即反面之维持局部之维持），虽四万万人尽死，中国之名不存，亦属值得，亦是光荣，但亦不可以此自炫，因古今东西能为此而牺牲之民族甚多，吾人久已有忝祖宗愧比邻居，湔涤之不暇，何骄矜为？吾所谓道德救国，及目前以道德精神作战抗敌者，其义如此。更有进者，作事目的愈高远（但非剽窃炫饰）者，无论成败，其事皆愈有价值。吾人今兹抗敌作战,匪特为中华民族保存此土地财产以为今后子孙生活长养之资(此为物质的、经济的理由自极正当),且实为世界人类保存中华民族所创造而留传之中国文化(此为精神的理由更为高远)。所欲保存者,有文学、哲理、美术、工艺各端,而尤以孔孟所倡之人文主义及儒教之道德精神,为今后世界所急需,将以纳入世界中新人文主义运动之潮流以救来世。吾人为保存此宝物、此神品而战,任何牺牲亦甘,生命、财产、家室、恋爱、艺术、功名等诚区区小事矣。

——本文原载于1932年2月15日出版之《大公报·文学副刊》第214期。

世界历史世界文学训示吾国人应积极抗敌苦战牺牲到底论

去年此日，国难正殷，锦州既失，沪战初起。吾人曾于本刊第二百十三期撰登《中华民族在抗敌苦战中所应持之信仰及态度》一文，略谓：

> 所望我炎黄世胄衰微堕落已百千年者，能从此策励发扬，宁为精神道德、正义公理、光荣自由、快乐幸福而死，不为物质货财、小利私欲、卑屈苟偷、麻木呻吟而生。……今后为信仰为理想而生活，则生活方有意义与幸福。为世界中国文化精神而作战，则抗敌奋斗方有勇气与坚诚实力。

沪战方酣，吾人又于本刊第二百十四期撰登《道德救国论》，末段云：

> 吾人今兹抗敌作战，匪特为中华民族保存此土地财产以为今后子孙生活长养在资（此为物质的、经济的理由自极正当），且实为世界人类保存中华民族所创造而留传之中国文化（此为精神的理由更为高远）。所欲保存者，有文学、哲理、美术、工艺各端，而尤以孔孟所倡之人文主义及儒教之道德精神，为今后世界所急需，将以纳入世界中新人文主义之潮流以救来世。吾人为保存此宝物、此神品而战，任何牺牲亦甘，生命、财产、家室、恋爱、艺术、功名等诚区区小事矣。

岁星甫周,而敌势益张,国难益急。榆关已失,平津将陷,华北悬危。祸延寖深,国人之精神益当振奋,国人之信仰益当坚实。吾人惟祝南北军民,万众一心,牺牲无余,抗战到底。损失愈大,则敌忾之心愈强;创痛愈深,则觉悟之时愈早。吾人但恐日人不进兵、不大事劫掠残杀,致吾华北将士无湔祓效命之机,全国人民无愤发自新之念。吾人不惧北平宫殿化为灰烬,宝器名磁悉为敌取,亦不惧中国北部悉成荒野,片瓦无存,生命尽绝。吾人惟忧军民上下仍多怯懦畏葸、庸愚昏昧,以退让为策,但计目前之便宜者。吾人又忧各地诸方尚有汉奸蟊贼为虎作伥、引敌前驱,藉图个人之私利者。盖吾人深信(1)精神超越物质,(2)理想支配事功,(3)道德重于生命,(4)力行必有效果,(5)形势随人而转,(6)成败不系一时。易言之,吾人今兹所欲奉勖国人者,仍系上举二篇中之义,敬望读者复阅,但更简单引申之如下。

(一)全部世界历史、世界文学(中国历史、中国文学亦同)皆吾人所陈义理之注脚,无烦一一引证。今姑自其浅者言之,英法百年战争(1338—1453)相持久久。法国创败,疆土尽入敌手,而君庸臣贪,士气涣衰。乃有女杰贞德(Jeanne d'Arc)起而振之,虽身命俱殉、冤狱惨刑,而英军卒退出法境。窃谓日本之大陆政策,以地势论,极似英国之大陆政策。直待此役既终,英国决计不图割据大陆片土,而两国乃各保安宁。今试问吾人抗日,已满百年否耶?

(二)读史则知各国疆界从无固定,地图颜色范围无日不改。江山易主,前仆后兴。有德、有智、有力者得之,无德、无智、无力者失之。是故五大洲中任何一片土地皆时时刻刻主奴代替,难云某地谁属,而当其取得而保有之时,皆掷无数头颅,费莫大牺牲。例如古罗马之灭迦太基,三次战役(The 3 Punic Wars)杀伤无算。

仅纪元前二一六年甘奈(Cannae)一役,罗马军败,阵亡者四万五千人(最近欧洲大战,其各国杀伤统计昭昭在人耳目,数尤可惊)。迦太基名将汉尼拔,一门忠烈,以身为国柱石,屯田西班牙,又逾亚尔卑斯山,间道深入罗马,其一生志节及用兵方略极类诸葛武侯,然末路亡命自杀则与岳武穆千古同伤。希腊最大雄辩家德谟森尼(Demosthenes)欲以文化灿烂而政俗偷惰之雅典,抗新兴边塞雄武蛮野之马其顿,而党议纷纭,和战无定,执政者畏敌挟私,望风纳款,终至城破国亡,自刎于神庙中,至死不落敌手。中国即使亡于日本,亦当如迦太基之抗战一二百年,亦当如甘奈一役杀敌四万五千人,亦当有汉尼拔、德谟森尼之人辈出,以与文天祥、史可法诸先贤媲美。等而下之,洪承畴之降清固不足道,然松山之败"四十万人同日死,浑河流血增奔湍"。榆关之陷,安德馨全营覆没,国民固应式敬,然仅一营耳,去四十万之数尚远,去四万万之数尤远也。

(三)读希腊史,则知比罗奔尼苏战役既起,同文同种之希腊各国(日本与我国同用汉字,同为黄种)互相残杀,日益惨烈。诛俘戮降,灭国屠城。至于人马相食,妇女登陴助守,亦恒见之事。盖由疆域甚少,而通国皆兵。军败国亡,即是身死家破,无可倖免,无或思逃。我国春秋战国时,情形与此相类,故其时武侠之风盛而爱国之事显。近世欧洲之三十年战争及拿破仑战役等,杀伤亦多,然皆限于战场中之军士,为主上之功名权力而战。此如白起坑赵降卒四十万于长平,王翦以六十万秦兵伐楚。与昔异矣。欧洲自罗马之衰以迄中世,皆用佣兵。自意大利麦克韦里(Machiavelli)忠愤爱国,在翡冷翠城布置战守,既著《原君》(*Il Principi*, 1513)以冀政权之确立,又著《战术论》(*Arte della Guerra*, 1520)首倡征兵制度,藉图国民之自保。各国先后仿行。

今中国尚无征兵制度。一般人民之根本观念,仅知逃避,未知抗战。正如市中火警,众惟指手画脚而谈,甚少汲水施救者(甚且有乘机抢劫者)。其对外寇仍作如是观。此盖由中国地大物博,境遇过优(如富厚子弟袖手坐食已成习惯,虽冻馁亦只知行乞)。沈阳陷则逃之关内,榆关陷则逃之平津,设使平津全陷则逃之黄河、大江以南。未成背水之兵,安有困兽之斗?此就全国人民而言,非专指军人也。夫今日本作战及占领后之凶残,不及昔之希腊,而我国人之直接感受国亡寇深之祸,亦未至异国异时之迫切程度。使非以色列(古犹太)民族在埃及沦为奴隶已历四世,安有神武之摩西崛起挈众西归,在沙漠中困苦流转逾四十年?又非以色列民族全为俘虏迁于巴比伦(纪元前606至534年),安有郇山每年祭节之万众号哭?总之,吾国人患难痛苦尚未深切,故仍宁柔坦易,不为自救之谋。或属望国联,或责难政府,或根据古史傲然自足曰"东三省原为中国领土",或乞怜泥佛大书于报纸曰"日本蛮横无理,世界文明各国均对我同情"。凡此而有效,则历史必当改观,他人早已获救。是故今日吾国民首要之事,为细察历史之实迹,尤当改变自己之心理也。

(四)改变心理之道如何?第一曰明真幻。宇宙人生无非幻象,视为乐园则乐园,视为地狱则地狱。是故人之行事,非由理智,乃成于意志,"我欲仁,斯仁至矣"。惟明于真幻者,方可善择善取,笃信死守。知声色、货财、生命、快乐之为幻,则尽去系恋无所忧疑。知忠诚、仁爱、道德、理想之为真,则视死如归、慕义若渴。上焉者可同苏格拉底之饮鸩、耶稣基督之钉死十字架,以血与生命证实其理想、显明其志节。中焉者可效古之海克多(Hector,见荷马史诗)、近世之讷耳逊(Nelson),及欧战中诸多年少文士英雄,荷枪赴敌,死于炮火而欣然谈笑自若。下焉者尚可能坦白率真，享受个人之快乐，而不至如今日多数中国人之深思密算、畏首畏尾、自造网罗、到处荆棘。论真幻之理者，以(1)柏拉图之物体世界与观念世界，(2)耶稣基督之人间之国与天上之国，(3)佛家之幻境与真如之说为最精最显。惟明于真幻之人，方可为积极行动与理想事业。希腊诗人品达(Pindar)曰："人乃影之梦耳。"然梦中所见所行，乃或较醒时为真实。柏拉图谓人为诸神之玩物固也。人间万事本不值得认真，然又不得不处处认真。此乃人之不幸之运命。(说见《柏拉图语录》Laws篇803B节。)莎士比亚谓世界乃一舞台，人皆戏中角色。然既演此一出戏，则不得不用尽全力，演得十分精彩。虽以汉姆来德(Hamlet)之深思锐感，其报父仇之举固极英勇果断也。西万提斯(Cervantes)著《魔侠传》[1](*Don Quixote*)，叙此为世所讪笑之狂人，乃真英雄、真智士。欧战中，英国爱丁堡大学教授格莱逊(Grierson)氏著论，谓英人之慷慨赴敌者皆秉此魔侠之精神。(见其书*Background of English Literature*。)呜呼！凡此所征引，皆足为吾国人之明灯者矣。

(五)改变心理之道，第二曰别义利。行所当行曰义，别义利者，即行事以是非为取舍，不以利害定从违也。实则苟明于真幻之理，则谓义即是利，利与义不可分矣。人事固如着弈或居积营运，取义者所算乃全盘永久之总账，主利者惟计一页一局之所获，似多而实非多也。昔荷马史诗*Iliad*叙海克多(Hector)以身殉国，彼固能善择于义利者，是真"道德之英雄"也。(参阅J. A. Scott所著*Unity of Homer*一书。)又如英国诗人Richard Lovelace，将赴敌，作诗别其所爱之女友，有曰"I could not love thee, Dear, so much, Loved I not Honour more"，此处之Honour，即所谓义也。宋之岳飞今为人所崇拜，而刘豫、张邦昌及秦桧则受众唾骂，此即择

① 《魔侠传》，今译《堂吉诃德》。

义择利之别,林肯所谓“全体之人不可欺于永久”也。呜呼!今之事势殊有类乎昔。愿中国之人,共效岳武穆,而毋为刘豫、张邦昌、秦桧也。平居常自感伤,今之中国人,何其异于中国之古人,又何其不同于今日之西洋人?盖今世中国之人,率皆缺乏感情,缺乏想象,缺乏意志;缺乏热烈之真诚,缺乏坚贞之毅力,缺乏远大之目光,缺乏精细周密之才能。常溺于小利,滞乎形迹。不思自奋,惟事责难;不谋造产,但图攘夺。不爱才而忌功,不外扩而自争。对事对人,则自利自私,老谋深算,取巧弄术,观变沉机。畏葸怯懦,乏勇往之精神;阴柔郁曲,无豪爽之乐趣。以此而图片面之利,利殊难获。以此而求寸心之乐,乐实无有。故吾人常谓中华民族今所急需者,为精神之改造,而制度、方法尚其次要者。国难紧急时不合情、不合理之行事,亦仅平日此种精神之表现耳。然一年以来,国难使吾国人淬厉奋发之处(尤以十九路军之淞沪战役马占山、苏炳文等之久久抵抗,及此次榆关安德馨营之全营覆没为极好之现象)已不为少。所望国难益深,破坏损失愈大,而吾国民之精神亦能与之俱进而更善耳。

(六)改变心理之道,第三曰知祸福。日军甫入榆关,平津人士业已纷纷走避,挈眷南迁。学生则要求免考及提前放假。关心大局者则请将北平划出战区,北平古物移藏他地。而绝少见其他动作,甚矣其愚也。姑不言“哀莫大于心死”,但论避祸求福,若此之计未为得矣。夫皮之不存,毛将安傅?中国诚亡,身家何托?去年淞沪,今岁平津,走避者特庸人自扰,如烧烤猪之绕炉盘旋,终不免于焚燎。况但求一身一家之安全,不顾其他千万同胞之死于炮火饥寒,此乃无心肝之凉血动物,为祖宗所伤叹、异国所腾笑者也。今日抗战却敌之责,无分军民,应尽一己之力,处处予日军以破坏及阻碍,能以吾民十命换得日军一命,亦应为之。是故今者，能荷枪临阵，冒死受苦，与日军搏战（遇日军来攻，不待长官命令即应开火，且当乘势追击），行之上者也。不能，则当恪守原来之职责，尽心尽力做事，丝毫不惊不扰。如学校应照常上课，教员且当于讲授时激励勖勉学生，加倍精勤读书。必使日军已至我旁，枪刺我腹，弹穿我目，而我犹端坐持卷诵读或执笔挥写。此行之中者也。学生即不赴前线参战，事急亦当任保卫学校之责。归家胡为者？在此战斗期中，能杀敌者荣，能全身者免。若惶扰激切，强求他人或公家保障我之生命财产，是无耻，亦大愚矣。但将某地划出战区，比之治水以邻国为壑者尤为罪过。盖一国之人，必同休戚、共祸福，而后始有互助及敌忾之心。若于自家群中划分町畦，是资敌也。在昔之时，长安、洛阳宫殿久成灰烬，即北平近郊山川锦绣之圆明园，亦全毁于英法联军及吾国奸氓。北平宫殿今兹纵毁，亦适足重日人之罪，较以上各例未能有过之也。欧战中，德国炮毁法国Rheims及比国Louvain城中之礼拜堂，千年古物，世以此短德军，德人战后且为赔修焉。至于古物之迁移，则我能往寇亦能往，何地为安？如不监守自盗，业已差强人意。且鼎彝古玩，图书仪器，皆仅文化之形体、学术之工具。真正之文化精神、学术智理，必赖人而传。人者道之器也。人存则学不亡，道亦不亡。苟无人焉，以吸收融汇文化学术于其心志灵魂中而表见之于品德事功，则纵有千百之图书馆、博物院，亦无裨也。去年春，上海东方图书馆固为巨劫，然读牛弘五厄之论，观江陵玉轴之焚，则吾国人之自残其文物者亦已多且久。欧战中，法人曾迁巴黎Louvre院中之要件于行都，然其时法人固背城借一，再接再厉，非不战而避敌也。总之，真正之祸福，不在物质之增损，而系于精神之起灭。即为保障物质财产，亦须有远识毅力，作根本之图。枝枝节节，恐不免心劳日拙。惟是以上所言之现象及动作，或系由于政府及军事当局漫无计划、游移退缩使然。若是,则政府及军事当局责任更大,更宜觉醒。吾文之主旨,乃在指示一种精神及态度,事实非吾所注意。且即事实异乎吾所闻,凭吾之标准,亦可定功罪之主归也。

由上所论,世界历史、世界文学实训示吾国人,此刻应积极抗敌苦战,牺牲到底。而其首要者,政府、官吏、将帅、士兵以及一般人民,均应采取一种正当之态度及精神。夫自吾侪观之,历史与文学,乃世间最切实、最有用之学问也已。(二十二年一月五日。)

——本文原载于1933年1月9日出版之《大公报·文学副刊》第262期。

改造民族精神之管见

如何培养及革新中华民族之精神及行为，时贤多所论列，愚见以为只应将中国及西洋历史文化中之道德精神，兼收并取而融化之、受用之，使确能见诸实行，施于个人生活及日常行事。（譬如培养身体者，由各种食物中吸收多量维他命，而又运动足、消化良，则其人定必健康愉快矣。）

（壹）中国之遗产

（一）中国二千年来，实系道家握权得势。上自朝廷政治，下至社会家庭，皆为此种道家精神所支配。此道家精神，由二因素合成：（甲）黄老之道；（乙）阴阳家之五行说。解释之，（甲）权术，即权诈机变；（乙）唯物主义之身体的享乐。更解释之，（甲）麦克威里式之策略及方法，以处世待人；（乙）物质的及肉欲的情爱。此（甲）（乙）二因素，实为自然主义的两方面，亦即自私自利主义之两方面也。

此种道家精神之表现，在上位，则为帝王君相之所谓“人君南面之术”。自秦用李斯，汉用公孙弘之徒，自汉之文、景至清之雍、乾二帝，此种治国驭众之方术迄未稍变。名相功臣如曾文正公，亦不免参用几分道家精神，其他可知已！其在下位，则为一般社会所谓“人情世故”之整套心理及方法,以为处世居家之秘诀及熟路。(按鲁迅所谓阿Q之精神者,实即此道家精神之一部份的表现而已。)

(二)在道家精神之宰制及支配之下,中国二千年来,遂将下列各种“理想的人物”尽作惨苦之牺牲(吾所谓“殉道殉情”者是也):

(A)圣贤——以孔孟为首。孔子在中国,被帝王君相以及士大夫、乡愿阳奉阴违,其道实未得行于世,仅在道德精神方面有不少之影响而已。(五四以来更一切归咎集矢于孔子,尤冤且误。)

(B)英雄——如岳飞、熊廷弼、袁崇焕等将帅,及一切尚气任侠、直言仗义之社会中人。

(C)诗人艺术家情人——如屈原、贾谊、杜甫,以及“浮生六记”中之人物,又《石头记》中之林黛玉等。(薛宝钗即道家精神。)

以上被牺牲者,即所谓“殉道殉情”者,皆真能代表儒家精神者。换言之,即是理想派之人物(在实事历史与虚构文学中)也。

(贰)西洋之贡献

西洋数千年之历史及文化,其特别优异之精神的贡献,如下:

(一) 古希腊——其贡献为真善美合一之精神,尤注重真(真理)之因素。

(二) 古罗马 —— 其贡献为政治、道德及家族伦理。按此为中国所同有(因中国人之精神甚似罗马人),故此点无须取自西洋。

(三) 基督教 —— 其贡献为伟大之仁爱,建立于坚实之信仰上者。换言之,即生活及行事中之理想主义,恒能见之明而勇于行者。(按中国旧文化中之佛教实已有此,但以佛教来自印度,故未列入壹项下。)

(四)欧洲中世——其贡献有二:

(甲)由封建制度而有忠。此即中国昔之所谓“忠”,包含对人之忠与非对人之忠二种。

(乙)由骑士文学而有爱。按骑士之爱,即中国昔所谓“义”。孟子言义,后人亦重义士义行、仗义执言;但西洋尊崇女性之“骑士之爱”,非止为扶助弱者,其中实含有“理想之爱”之倾向,为宗教与爱情之结合体,此则为中国夙所未有,亟应输入于思想及生活中者也。

(五)欧洲近世—— 近世欧洲之特点,即斯宾格勒氏所谓“浮士德之精神”,即渴求无尽之知识与无尽之经验。此中包含好奇心,力学不厌,对自然详切之研究(即科学精神及科学方法)等;此中亦包含西人之勇敢及冒险性行。然而歌德诗剧中之浮士德不但前进,且亦上进,浮士德之灵魂终归天上,不堕地狱。浮士德恒与魔鬼麦菲斯多非里斯争持而卒战胜之。魔鬼盖象征消极与肉欲(错误之两极端)者。是故“浮士德之精神”兼包含对于(1)消极、(2)肉欲二者之反抗,而此二者正今日多数萎靡卑鄙之中国人之大病也。

(叁)结论

综上所言,今欲革新或改良中华民族之生活及精神,以为抗战建国之根本基础,其方案应如下:

(一)恢复中国旧有之儒家真精神(即历来圣贤、英雄、诗人、艺术家、情人所代表者),而铲除彼支配上下之道家精神——即以人文主义与理想主义,代替自然主义与自私自利主义。

(二)吸收(或采取)西洋历史文化所贡献之道德精神原素(或优点)。即如下:

(1)真善美合一之精神及态度,尤注重真(真理),即要意真、言真、行真,而同时不忘美与善。

(2)伟大之仁爱,以坚实崇高之信仰为其基础。

(3)忠。

(4)理想的、无私的,骑士式之爱。

(5)广求知识经验,使个人生活充实丰富:即所谓"浮士德之精神"是。

惟兹所谓恢复与吸收,要必每人皆能心领意会,身体力行,实现之于日常生活、公私行事,乃合;非为空谈浮议。又此方案,譬如医生治病,配合上言之材料以为药方,而厚植基本,随缘灌输,期以久远,庶可有效;初非为一时一地少数人士标榜呼号之用者也。

《大公报·战国副刊》编者按,吴先生这篇大纲式的文章,内容却极丰富。其中可以发挥讨论之处甚多。我们希望读者执笔参加。

——本文原载于1941年12月10日出版之重庆《大公报·战国副刊》第2期。

宗教精神与艺术修养

世间最重要而不可缺之二事:一曰宗教,二曰艺术。二者皆能使人离痛苦而得安乐,超出世俗与物质之束缚,而进入精神理想境界。论其关系与功用,则宗教精神为目的,而艺术修养为方法。宗教譬如结果,艺术譬如开花。宗教树立全真至爱,使人戒定慧齐修,智仁勇兼备,成为真实有益于世之人。世间万事,若政治教育实业社交等,苟非以宗教精神充盈贯注其中,则皆不免偏私争夺虚伪残酷。而艺术者,借幻以显真,由美以生善,诱导人于不知不觉中进步向上,更于无所为而为之之际,吸引一切人,亦使之进步向上。人在日常生活中,若无艺术之补救与洗涤,则直如黑狱中囚犯、热锅上蚂蚁,劳乏奔走,忧急煎熬,气愤愁苦,自觉可怜亦复可恨,几禽兽之不若。是故宗教精神与艺术修养,实互相为用,缺一不可。古今东西最伟大之艺术,其时代,其人物,莫不以宗教精神为基础。而欲上达宗教之灵境,由艺术之修养进身,实为最便利之途径。

上为宓三四年前在昆明市所撰文之一段。今录布之,以为张捨之先生演奏会之介绍。民国三十三年冬,宓至成都,识张捨之君,觉其人有灵魂之美。继聆其提琴演奏,又读其所作新诗与《水浒传》人物评论等文,知其人乃属“积极的理想主义"一流,合于宓生平求友取人之内在的标准者。故踪迹虽不甚密,而心实仪重之。夫如张君,亦如吾知友赵紫宸先生,方不愧为基督教徒。而以张君之性情与生活,其音乐艺术自能精到。上录之文,为宓所深信、所力行之言。于张君得其实证。谨以此一语,介绍张君与武汉之人士。

——本文最初在昆明发表时题目为《宗教精神与艺术修养》,1947年11月10日出版之《武汉日报》第43期"鹦鹉洲特刊"转载此文,改题目为《艺术修养与宗教精神》,现采用初名。

谈真诚不苟

为救国益世，必须人人勉为真诚不苟：（一）真者，对每一事物必求确知尽知。又必辨析毫厘，分别精细。事未考，书未见，境未历，则当存疑，不妄为从违。（二）诚者，我之感情意思皆须发乎本心，自然流露。不强止，亦不矫饰。爱憎褒贬，表现于交际谈话诗文中，适如真实分量轻重，否则宁甘沉默。（三）不苟者，每日公私大小事，皆必尽我之责。心眼口手俱到，详为计划，力图补救。又不虚言，不过取。不偷看人信。甲款不作乙事用，张书不借李读。中西文字拼写正确，笔画清楚。为上帝苍生爱惜片纸微物。常准备卸职离世，立可交代。

——本文原载于1947年11月10日出版之《武汉日报·文学副刊》第43期，原文无标题，现标题为编者拟。

简括之自白

本年二月下旬，大雪中，予游香山，作诗二首，中有云："避世藏名求自得，可能往事化云烟？"盖予今者，只求与世相忘，苟全性命于乱世，不求闻达于危邦。予素性淡泊，且喜浮游于思想世界中。故于恒人所趋骛之事业、功名、金钱、权利，一切等闲视之，少与人争。非敢鸣高，本性实然。夙昔所重，惟(一)道德、(二)爱情、(三)文艺三事。予于民国十二年二月，撰《我之人生观》一文，登《学衡》杂志第十六期。积十余年之经验，自觉其中所言大体不误，而我之所行亦未尝有违于此。然此十余年之经验，使予失望多端，痛苦甚深。结果，予出世之心乃更多于入世。予固为重视人生之责任与义务者。窃以按照中西新旧之习惯道理，或公或私，于情于理，予皆克尽其家庭、学校、社会、国家之"一分子"之责任与义务矣。今后一日不死，此种责任义务，仍必能尽之。然此非予之所志，尤非予之所乐。予日前偕友游达园、朗润园感赋诗云：

> 旧地同游各断肠，天涯泉路恨茫茫。万缘解脱惟留梦，一夕温柔未有乡。濩落自甘为爱死，忠贞翻使负名狂。千家庸福真堪羡，适体轻肥与世忘。

盖予于(一)道德、(二)爱情同感幻灭，今惟留存(三)文艺。

然予坚信道德、爱情之真实崇伟，特鉴于人生之艰苦，吾力之虚薄，今后拟不再于实际生活中建立道德、寻求爱情，而但欲将此二者消纳表现于文艺中。易言之，即以道德爱情为文学作品之材料而已。人生之精华本质，无非真情、真理、真事。凡人如能本此为文，不拘体裁，皆可成佳作。予于著作，无大志，无宏愿，仅欲将我生所得之区区真情、真理、真事，整理条贯，笔而出之，然后吾事方完，死可瞑目，此予今者惟一之愿望。敬祈我之亲友及相识人士，专就此一途、此一事，积极的鞭策我，消极的成全我，感且无既。予去年出版《吴宓诗集》（中华书局发行，定价二圆四角）。此外，欲更著成二书，一为"人生哲学"或名"道德要旨"，一为长篇章回体小说《新旧因缘》。以上三书，分别表现（一）真情、（二）真理、（三）真事。所谓真者，乃超离境地、脱除迹象之真，并非依实钞摹。就中惟（一）诗集最着行迹，纯由主观之感情，而本于事实之经验，余二者则不然。是则三书之中，诗集为最下而最易成，故已得刊印。然予之刊印《吴宓诗集》，实不啻与人世告别。读者偶细释内容，当明予意。予友予敌，因见诗集出版，乃以亏损道德、沉溺爱情责予诋予者，实为未解予意，或直未尝翻阅予之诗集者也。往者王国维先生（静安），尝谓人生理想事业须经过三时期，而举宋人词句描写之。第一时期"昨夜西风凋碧树。独上高楼，望断天涯路"。第二时期"衣带暂宽终不悔，为伊消得人憔悴"。第三时期"众里寻他千百度。回头蓦见，那人却在灯火阑珊处"。窃以予亦有此三时期之经过。（一）自予一九二一年由美回国，至一九二八年止，为予之第一时期。此时期编辑《学衡》杂志，凡七十九期，所谓"七载婚姻伤索寞"而终之以《落花诗》。此时期注重道德，而未忘爱情。（二）第二时期，自一九二八年至一九三五年。此时期编辑《大公报·文学副刊》。凡三百十六期，所谓"七年恋爱更摧伤”而结之以《忏情诗》。此时期注重爱情,亦未违道德。(三)今后当为第三时期,注重文艺,余事拟一概脱除或谢绝。以撰作二书,为予生存于斯世之唯一目的。凡百行事,依此为归。呜呼!四十三年,忽焉已过。古今文人,寿多不至此。况当大难之会,处危乱之邦。偷生视息,须求免辱。明哲保身,夫岂易言。至于职务之劳忙,身心之烦累,人事之纷迫,生涯之变乱,每日能得片刻宁静休息,已属大幸,况著作之业,精思所寄,其繁难可想见。今虽言之,他年恐亦无成,徒增悲恨。然不惜言之者,以求关心我之亲友人士知所以爱我助我之正道耳。

——本文原载于1936年5月15日出版之《人物月刊》第1卷第1期。

介绍与自白

我今生只拟作三部书，能成便是万幸。第一是《吴宓诗集》，已于去年出版（中华书局印行）。此为我个人感情生活之纪录，而以中国旧诗之艺术规律方式表现者。第二是一部人生哲学，根据个人经验，参酌古今东西学说，而发明道德原理，探求行事准则。近来所读之书，多为此事预备，然尚未着手，完成不知何日。第三是一部长篇章回体小说，名《新旧因缘》，其体裁及意旨，略仿中国之《石头记》及英国沙克雷（Thackeray，即《浮华世界》之作者）所撰诸书，而内容材料，则为中国近今三四十年之事象，及个人直接间接经验之结晶，文体拟用中国式之白话，采取西文之情味神理，而不直效其句法，亦不强纳其词字，总之，力求圆融通适，而避烦琐生硬。此书之作，更在幽远之未来，以其在三书中为最大且最难也。

撰作上列三书，乃我今生唯一之事业，亦即最大之愿望。今后我之生活计划及处事方针，皆将以此为依归，苟能完成此三书，死可瞑目。此外悉当淡然置之，或随缘应付。知我罪我，请视此三书。凡我之亲友，务须督促或帮助我完成此三书，则惠我实深矣。

我今郑重言此，乃因深觉其事之难。盖匪特才力有限，年命频催，而国危世乱，劳生少暇，酬应纷繁，情感痛苦，即在安居乐业之日,亦乏深思静修之时。且人事无常,希望多空,我所欲为者,未必能为之,于是渴望他人有先我而为之者,更望他人有为之而胜过我者。左列诸君,或存或亡,与我同趋一涂,同制一器,我闻之极欣喜,我读其所作佩服,故乐得而介绍之于世人,曰,请速读此诸君之作,如读我之作,且诸君之才力及成绩实远胜于我也。

(一)诗——吴芳吉,字碧柳,民国二十一年逝世。著有《吴白屋先生遗书》,木刻本,一部六册,定价三圆,南京龙蟠里江苏省立国学图书馆发售(北平清华大学吴宓教授代售)。

黄节,字晦闻,吾所从问诗学之师也。民国二十四年逝世。遗集曰《蒹葭楼诗》,一册,系前行政院长汪精卫先生印行,无发售处,不易得。

又《吴宓诗集》卷末诗话所叙及诸诗人,皆精上。外此亦恒有佳诗名篇而为人所忽略者。如陈柱尊(上海大夏大学)所主编之《学术世界》杂志一卷三期,载有刘天行君四诗,极佳。而竟未知刘君为何如人,欲纳交求益而不得也。

(二)人生哲学——第一,景昌极,字幼南。著有《哲学新论》及《道德哲学新论》,均南京钟山书局发行或代售。二书体大思精,为哲学中之真能融合而创造者。南京钟山书局发行之《国风》月刊。最近各期,内容极佳,尤以八卷三期中景昌极《说四维》及八卷四期中景昌极《新理智运动刍议》及喻兆琦君各篇为有精采。

第二,许思园,著有《人性与人之使命》,书系英文,思深而文美。

第三,贺麟,前已介绍,所作有《近代唯心论浅释》,载二十四年七月十九日《北平晨报·思辨》第九期。又《经济与道德》,载《国闻周报》十三卷三期。

第四,赵紫宸。著有《耶稣传》,前已介绍。新著《学仁》一书,在印刷中。又燕京大学出版之《真理与生命》月刊，每期皆有赵君之论文及诗词，篇篇皆精。

（三）小说——第一，潘式，字伯鹰，号凫公。著有《人海微澜》《隐刑》《强魂》《稚莹》《残羽》《蹇安五记》等。现作《生还》，刊登《大公报》中。

第二，胡微，字彦久。已撰布之短篇小说甚多，皆用笔名，最近有《穷巷斜阳》一中篇小说，刊发南京《救国日报》。仍有他作，继刊。

以上所列举，皆我所佩服而不为世人所知之作者。其他当世名家甚多，已为众知，或其著作之宗旨方法不尽与我同，故不叙及，非敢轻视或有去取门户之见也。

——本文据1936年《国风月刊》第8卷第6期整理，该文转录自北平《实报》"星期偶感"。

孔子之价值及孔教之精义

今日为孔子圣诞。自其生世，二千四百余年来，孔子常为吾国人之仪型师表，尊若神明。自天子以至庶人，立言行事，悉以遵依孔子、模仿孔子为职志。又藉隆盛之礼节，以著其敬仰之诚心。庙宇遍于全国，祭祀绵及百代。加赠封号，比于王者。入塾跪拜，与祖同尊。欧美人士见此，亦相与惊叹不置。自新潮澎湃，孔子乃为人攻击之目标，学者以专打孔家店为号召，侮之曰孔老二。用其轻薄尖刻之笔，备致诋諆。盲从之少年，习焉不察，遂共以孔子为迂腐陈旧之偶像、礼教流毒之罪人，以谩孔为当然，视尊圣如狂病。而近一年中，若武汉、湘中等地，摧毁孔庙，斩杀儒者，推倒礼教，打破羞耻，其行动之激烈暴厉，几令人疑其为反对文明社会，匪特反对孔子而已。次如苏、浙、秦、晋各省，其人之态度显然为尊信孔子者，即不能在军政商学界插足，或在稠人广众中发言。而教育党化，新宗教、新仪式，代之而兴。孔子在中国人心目中之影象，似将消灭而不存矣。然未及一年，而武汉又有保护孔庙之令，唐生智且有祀孔之举，裸体游行，主之者通电自白，谓无其事。若北京政府，则本年秋间丁祭祀孔，礼节较昔为隆重。今日圣诞，亦当不致草草。至于学校读经，礼教立国，并已腾于口说，见之功令，似孔圣之教不至灭绝矣。或且更有复兴之望乎？虽然，吾人所亟欲申明者，即形式之尊毁、礼仪之隆杀，固可转移一时之视听，影响少年之心理，然究无关于孔子之本身与孔教之真义。历代帝王，对于祀典之兴废，陪享人物之增减，率以一时之好恶为之（其于释道二教尤甚）。降至今日，众说纷纭，人心混乱。但致尊崇，立意虽佳，决不能维持孔子之道于不敝。今日之要务，厥在认识孔子之价值，发明孔教之义理。使知孔子之为人，如何而当尊。其教人之学说，如何而可信。由于我之良心，我当尊孔。本于我之智慧思考，我坚信孔子之学说，故今虽举世皆侮孔谩孔，虽以白刃手枪加于我身，我仍尊孔信孔，毫无迟惑之情、游移之态。必使世人对孔子及孔教之态度能至如此，则孔子方得为尊，而我对于孔教之责任，乃为已尽。吾夙抱此志，故关于孔子及孔教，尝以其一得之愚，发为文章，强聒不舍。今值此机缘，复申吾说，虽或不免重复，迹近烦琐，亦不暇计也。

窃谓今日尊孔，厥有二途：一为实行，二为理论。按孔子教人，首重躬行实践。苟如其言而试行之，则己身必获福。人人能行之，则社会国家世界均必获益。故今之要务在自勉勉人，随时随地实行孔子之教。此凡人之责任也。而理论方面，则须融汇新旧道理，取证中西历史，以批评之态度、思辨之工夫，博考详察，深心体会，造成一贯之学说，洞明全部之真理。然后孔子之价值自见，孔教之精义乃明。此一部分人之责任也。理论与实行，相资为用，缺一不可。欲为孔子及孔教尽力者，应各就其资性之所近，才力之所长，或专其一，或兼其二，知所从事，可矣。

孔子之价值何在耶？孟子述宰我之言曰："以予观于夫子，贤于尧舜远矣。"子贡曰："仁且智，夫子既圣矣乎。"又曰："自生民以来，未有若夫子也。"有若曰："圣人之于民亦类也，出于其类，拔乎其萃。自生民以来，未有盛于孔子也。"以今语释之，则可谓：孔子者，理想中最高之人物也。其道德智慧，卓绝千古，无人能及之，故称为圣人。圣人者,模范人,乃古今人中之第一人也。是故孔子之价值可分二项言之:(一)者,孔子之本身。其人之学问道德事功,具见载籍,不烦引述。孔子为中国文化之中心。其前数千年之文化,赖孔子而传;其后数千年之文化,赖孔子而开。无孔子,则无中国文化,此人所共知、所共许者也。(二)孔子者,中国道德理想之所寓,人格标准之所托。不特一人一家之运命,即一国之盛衰、一民族之兴亡、世界文化之进退,靡不以道德之升降、大多数人人格之高低,为之枢机,因果昭然。中西前史,可为例证。今欲救国救世,根本之法仍不外乎是。道德之要,在崇善去恶,从是拒非,取义轻利。而人格之成,实由模仿;必取法乎上,乃可免堕落。即使孔子本无其人,其言行悉属伪造,又或其人本无足取,然以有此理想标准之故,千载声光,人所同钦。一般人之行事,尚不敢显背道德,且常自勉勉人,企图效法孔子之为人。虽不能至,心向往之。冥冥之中,收效何限。今中国人而不尊仰孔子,是不啻根本上不承认道德之存在。而事实上但相率为卑污贪横、纵欲快心之行为。人类无所团结,进步何由企致?当前景象,已足痛哭。后此所极,宁堪设想。呜呼!孔子之生久矣,尊之毁之,于孔子何益何损?惟其实际之关系如是,用特申明。彼假科学考证之奇术,或平等进化之概念,以推倒偶像、攻诋孔子者,其亦思及此乎?

孔教之精义又安在耶?简括言之,则孔子确认人性为二元(善恶,理欲)。揭櫫执两用中为宇宙及人生之正道,以孝为诸种德行之本。而以(1)克己复礼、(2)行忠恕、(3)守中庸为实行道德之方法。凡真正之创造,必有所因袭。孔子观察宇宙及人生,能得其大体真象,又积承历来人类之智慧经验,供其参考,用为材料。(祖述尧舜,宪章文武,上律天时,下袭水土。)此即孔子所因袭者也。又凡颠扑不破、行久无弊之学说，必兼具(一)全、(二)通、(三)宜之标准。(一)全者，谓宇宙间之事物义理皆有两方面，皆为二元，而非一元。此二者相互对待，同时存在，不得抹杀其一。而应用于人事，则二者实相反相成，须兼容并蓄，斟酌损益而善用之，以致中道。中也者，调和一多，而得其宜之谓也。此全之说也。又宇宙之大，人之知识所及，可别为天界、人界、物界，而论事立说者，于此三界之位置，断不可颠倒错乱，此亦全之说也。又论人事者，须于人之知觉、思考、想象、情感、记忆、直觉等，兼筹并顾。非是，则陷于一偏，此亦全之说也。(二)通者，谓洞悉诸多事物间实在之关系，明其因果，辨其同异，不事比附，不妄绾合。凡所观察比较，应探源觅底，舍其末而求其本，透过浮象而究其实在。此通之说也。(三)宜者，谓针对现时此地之实际情形而立言，故切中利病而不致拘泥，此宜之说也。孔子于(一)全、(二)通、(三)宜之标准，实兼具之。例如信仰与怀疑一事，今人于此多陷一偏，或则盲从迷信，或则一切怀疑攻诋，至于悲观自杀。而孔子于此，则曰："知之为知之，不知为不知，是知也。"孔子不语怪力乱神，又罕言利与命与仁。但曰："祭如在，祭神如神在。"又谓君子有三畏，而以畏天命居其一。又曰："天生德于予，桓魋其如予何。""死生有命，富贵在天。"合此数语而观之，孔子信其所信，疑其所疑，信疑皆得，允可为法矣。又如孔子对诸人问仁问孝，语各不同。孟子以圣之时称孔子，即宜之见于外者也。

由上所言之标准，故孔子观察宇宙人生而得"执两用中"之要理，所谓"允执厥中"，所谓"中也者，天下之大本"，所谓"君子而时中"，所谓"中庸其至矣乎"，所谓"君子依乎中庸"，所谓"从容中道，圣人也"，所谓"极高明而道中庸"，所谓"执中无权，犹执一也"。而《易经》一书，尤专明此义，故孔子赞述而阐发之。

又由上言之标准,故孔子认定人性为二元,而道德之基础以立。夫人无纯善,亦无纯恶。生人本性,亦善亦恶,有理有欲。盖人之内心中,高上之部分,常向善而从理;其劣下之部分,则趋恶而肆欲。二者互争,无时或休,此为尽人所同。而兹所谓人心中高上之部分,能使人守礼法,乐德义,卓然自别于禽兽者,固亦人人所共具。今取此凡人所同具之一点,而培养之、发达之,则其人成为善人,行事无不合理合义,此一点即谓之仁。故仁也者,人之所以同也。仁者诸德之本,而仁又人性之别名,人道之特征也。

孔教最重孝,何也?盖孔子知"性相近,习相远"。故欲培养仁心,发达仁心(仁心即人性中高上之部分),须由初生最早时做起。又譬如种树,须因势利导,择其最易滋荣发育之处,而栽培之、灌溉之,促其成长。迨根坚枝固。习与性成,则自安然无患。人在襁褓,所知者惟父母,所依赖爱恋者亦惟父母,天真未凿,外物不扰。于此时,设法发达其仁心,势顺而易成,事半而功倍,故首以教孝为重。人既能孝,则是其仁心已发达,其"人性"已确立。推之其他诸伦,社会国家,由近及远,由亲及疏,无往而不以真诚仁爱待之,无往而不以"人道"相处。若以初生之嫩芽,骤置之严寒冰霜,或烈日风沙中,未有不生机立绝者。故若人人能孝,则物与民胞,大同博爱,自然可致。否则相争相杀,为寇为仇,亲善徒托空言,弭兵决无成事。自古已然,何待今日而始憬然悟哉!

是故孔子之教,于教育政治诸端,本末一贯。其宗旨、其方法,惟在仁字上做工夫,即发挥生人固有之本善,使能尽其人之"人性",而人格以立,道德以成。若但论孔子教人实行道德之方法,则有前举之三种,最为重要。(一)曰克己复礼。克己者,以礼制欲之谓。(凡百道德之起点,皆在于有所不为,不可以消极讥之。)又克己者,诚也,不自欺之谓也。复礼者,就一己此时之身份地位,而为其所当为者是也。亦即随时随地,皆能尽吾之义务,而无丝毫缺憾者也。礼者,适宜之谓。乃精神上行事做人之标准,而非形式上步履饮食之规矩也。(昔有以仪注为礼者,今当分别。仪注可改,礼不可废。)由前所论,人性二元,克己者,所以去人性中本来之恶。复礼者,所以存人性中本来之善。合而用之,则可使人性企于完善焉。(二)曰行忠恕。尽心之谓忠,有容之谓恕。忠恕者,严于责己而宽于责人之谓也。又忠恕者,视我之义务甚重,视我之权利甚轻;而视人之义务甚轻,视人之权利甚重之谓也。(宁人负我,毋我负人。宁以世之公害我之私,毋以我之私害世之公。对群之公德,诚莫高于忠恕矣。)(三)曰守中庸。中庸者,中道也,常道也。有节制之谓也,求适当之谓也。不趋极、不务奇诡之谓也。过与不及,皆不足为中庸。中庸乃吾人立身行事最简单、最明显、最实用、最安稳、最通达周备之规矩也。然以中庸为活动之标准,知易而行难,故孔子极言其不可能,而谓吾未见中庸之人。常人行事,但求以此为的,而能不甚相远,则已足矣。(古希腊亚里士多德论中庸极详。西洋关于中庸之学说,颇可资比较,今不及引述。)

孔子之价值及孔教之精义,既如上述,则吾中国之人当尊孔祀孔,复何容疑。窃谓祀者所以致其诚敬也,既尊之,则当祀之。然则今日之纪念放假为不虚矣。惟兹尤欲言者,则孔子已成为世界之人物,孔教今亦为世界之公产。孔子不但为中国国民性及中国文化最高之代表,且为世界古今三数圣贤之一。其教人之学说,至平实而至精微,不特为中国人所宜保存奉行而勿失,且为凡欲以人文主义(一作人本主义)救今日世界物质精神之病者最良之导师。孔子所赐与人类之功德、孔教对于世界之贡献，方且日增未艾，惟西方人文主义之运动非本篇之范围，应俟另篇述之矣。

——本文原载于1927年9月22日出版之天津《大公报》头版“专论”。

论孔教之价值

十月三日，即阴历八月二十七日，为孔子圣诞，适值星期。是日上午，予独游北海。忽遇李君克成，遂共绕湖而行，且行且谈，互抒其孔圣诞日之感想。归后仿《柏拉图语录》(*The Dialogues of Plato*)之体，拈笔记之，以志鸿爪。后此谈话，如成系统而有关系者，当续记也。

【李】吾国学校放假，多无意义。双十国庆，最为重典，而十五年来，国乱日甚，民生痛苦，何庆之可言？云南马厂，恢复共和，皆一时政治作用。事过境迁，等于毫无影响。南北统一，更为虚话，何纪念之足云？至于孔子生日放假，自我观之，尤无理由。盖(一)者，孔子之人格有何足重，其生日究应纪念与否，尚是一问题。(二)者，即使守旧之徒，欲维持礼教，渴望全国之人崇拜孔子。无如孔子之偶像及势力业已消灭，孔家店已为新文化家捣毁一空。今者时代已过，而欲强迫少年学生尊敬孔子，其势不能。且为达此目的，亦岂区区放假所能奏功？即如我所肄业之学校，不过明天补放一日假，俾学生得外出顽要而已。既不行谒圣之礼，又不请名人演说，试问此一日假期，对于孔子，对于彼辈所欲维持之礼教，有何好处？故无论从何方面言之，孔子生日皆不当放假。私意教育部早应通令取消此种假期。先生以为如何？

【吴】君之言,甚为澈底而切实。予十余年前,亦尝与君同此见解,今则不然。予意孔子不但为代表中国国民性及中国文化最高之人物,且为世界古今三数圣贤之一。其学说,至平实而至精微,不特为中国之人所宜保守奉行而勿失,且为凡欲以人文主义救今日世界物质精神之病者最良之导师。其人格,则于公于私,在家在国,处动处静,遇穷遇达,无往而不足为吾人立身行事之师表。若孔子而不足受吾人崇拜,则世界古今竟无可崇拜之人。若中国人而不知尊礼孔子,且加诋毁,则中国人可谓邻于丧心病狂,中国之前途决无可望。故中国人至应崇敬孔子,此层决无可疑。其理由当与君细剖析之。至所以致其崇敬之道如何,则人各异说,大都各有所见,予于此亦不愿坚执。惟今先欲与君言者,即若假定孔子有可为中国人崇敬之资格,则予谓孔诞纪念,学校放假决不可废,且须于是日师生齐集,一同谒圣。礼毕则当讲论孔子人格之价值及其学说之精意,互相勖勉,期共模仿奉行。且于领悟悦服之余,更当进而思所以发挥光大中道焉。

【李】今即如先生所言,姑假定孔子有受人崇敬之资格,然必放假行礼,有此种动作,则我所不解。夫崇敬之诚,藏之中心可矣。何必著之仪文,流于作伪?吾常闻先生一多之论,谓当重精神而忽形式。又谓礼教之所贵,惟在其中含之精意。今乃亟亟于末节胡为者,岂以孔子为宗教家,遂欲效法基督教徒之所为,藉此诞日,以行礼拜祈祷及说教之事乎?

【吴】唯唯否否。君此言包涵甚多,请分数层解释之。第一,所谓敬爱之诚,当藏之中心者,乃以诚与不诚之人相较而言耳。世多假冒为善、言不顾行之人,故有取于真能为善之士。世多空口腾说、大言不惭者流,其言不可信,其外不足凭,故有爱于具此诚心而默默不自表襮者。凡此抑扬轻重之间,皆图去伪而得真耳。非谓既有其内之实，即可弃其外之行也。夫以甲之内不诚而外伪为善者，与乙之内外如一、并合于善者较，则甲固远在乙下。然以甲与丙之蓄意为恶，见之行事，且直言不讳者较，则丙果愈于甲乎？未可知也。吾意宁得其反。盖若一社会之人，均谓甲愈于丙，则其间虽多以伪善冒真善者，然大多数人之心理，固皆认此善为吾人之所当为，而图勉力以赴之。而其中确能实行为善者，亦必不乏也。乃若众人均谓甲不如丙，则是其时社会中人，良心业已麻痹，善恶观念不清，甚或颠倒。如是，则为善不受一群之奖励之荣褒，顾安所得为善者乎？毋宁肆无忌惮，共流于恶，翻可得狂直之美名耳。故夫由个人之修养与人格之高下言之，则伪善实为首恶，立意必须真诚。然就社会之安宁与民德之升降察之，则伪善之存，必其群之人尚知有善，而真善不至绝迹。若并伪善与真善而俱无之，鹄的既亡，前途何望？虚表且无，遑论实迹，则此群乃真不可问矣。譬诸买珠而得空椟，恨受商人之欺。然就常情及全体论之，如斯受欺者最多不过十之二三，而奉椟盛珠以归家者，至少亦必十之七八。又譬诸米豆中杂砾沙糠粃，食之固不适口，若米豆全无一颗，则人皆早饿死矣。以上云云，似离本题，惟吾常见古今纵笔恃才，取快一时之士，其攻诋伪善，往往伤及真善。有如德谚所云，将浴盆中小儿，并污水倾出之病。吾痛惜之，故为君絮絮言之如此。总之，就个人之理想论，则当诚心潜修，注重精神之自得。而就社会之实情论，则务须明示奖善惩恶，勿废形式之标准。此法律之所以不可无也。此社会舆论及乡曲毁誉之可以济法律之穷而助其成也。此宗教虽专重精神之感化，基于个人之信仰，而种种仪式祀典礼节繁文之终不可缺、不可废也。改之固可，绝之则不能也。至于一多之论，乃缘世人只知有多，故须亟亟进之以一，以济其偏。然一多并存，方为正道。吾固屡言之矣。

且吾常以全及通及宜,为立论之标准,知精神之当注重而形式亦不可全废,乃为全而通。而鉴于今之时代思想,须使人知形式之不当废,庶几有合于宜耳。

【李】先生之意,盖谓假定孔子之人格,应当尊崇而效法;孔子之学说,应当奉行而传布;则孔子诞日必须行放假谒圣祭祀等事。此非先生之意欤?

【吴】然。

【李】若是,则吾犹未能尽明先生之意。研读六经,讲明孔子之学。以此教人,互相传授,不已足乎?且古人有心香一瓣之说,平居亦可自致其诚慕。何必于诞日聚集行礼乎?此吾所未解也。

【吴】善哉!吾适所言,仅告君以形式之诚敬,不可尽指为作伪,而禁绝之。顾形式之诚敬,尚有其不可废之理由。君之父母,君之女友,君所深敬爱者也。何以敬之爱之,君能确切言其故乎?

【李】否,不能。此感情中事,知其然而不知其所以然也。

【吴】有是哉!今使君之严父,呼君来前,询问某事。君亦将回首不答,掉臂径去乎?曰予虽不答其问,而爱父固依然也。又使君之慈母一旦弃世,君闻耗,即不泣写稽颡,迹近作伪,有不涕泪潸然者乎?君致书于所眷之女友,时觉心血潮涌,感情郁结,下笔滔滔,终觉不能自尽其心曲;而君此书,必望女友得读之。有是乎?否乎?

【李】有之,皆感情为之也。夫感情必以表达为快者。

【吴】君今所服之马褂,设使有人以剪割裂之,则君必怒。何故?又君于六七月间,服单薄之西装,其时尚念念不忘于皮箱中堆叠之夹绵马褂乎?如其不然,何故?

【李】怒者以马褂不能复着,须另费十余元以缝制之也;忘之者以其时不必服夹绵马褂,故此等为不足重轻也。

【吴】然则君之爱其马褂，固不如君爱父母与女友之甚也。今学校中人之于孔子，必须能显然自言其所以爱孔子之故，而后爱之，则其爱为未深也。溺于其他所爱而忘孔子，则其爱为未深也。爱孔子而不动于中情，而不至足之蹈之，手之舞之，则其爱孔子亦非真也。故使吾人对于孔子爱敬之心极诚，则非藉祀典仪式等，无由表见。有此心必有此事，无此事亦遂无此心。故予谓诞日之放假谒圣等等，不可废也。研读六经，讲明孔子之学。以此教人，斯乃少数上智好学之士所能为，而难语于全体国民。夫既定孔子为全国读书之人以及不读书之人所共应效法崇敬，则诞日祀典礼节，其不可废明矣。孔子曰："赐也，尔爱其羊，我爱其礼。"盖保存形式，亦即所以保存其中所寓之精神及意旨也。

【李】先生之言，殆近为宗教之仪式作辩护者。

【吴】宗教仪式之不可径废，理亦同此。然吾兹所言，初不涉于宗教。吾所举例，父母女友，皆生人之爱也。圣贤英雄之崇拜，亦皆人与人之关系，而皆不能废形式。夫人匪特具理性，亦有想象及感情。斯二者支配人之生活行为之力，至为伟大。如何而利用学生之感情及想象，使其理想日趋高尚，行为日趋纯正，识解日趋深到，乃教育家重要之职责。孔子诞日之祀典及礼节，正即真正教育家绝妙之机会耳。无此，则学生对于孔子爱敬之心不诚不深。然少年人必有理想，必有所以致其诚敬。不施于孔子，则施于其他卑劣一偏、远不能望孔子项背之人，若卢梭，若托尔斯泰，若尼采……皆今之少年所不当致其爱敬而常为之者也。夫既已假定孔子为中国人所最当崇拜之人，则苟全废诞日之仪节，是不啻为渊驱鱼，使学生尽流于卑劣一偏之见解与行事也。

【李】苟如前之所定，则先生之言诚是。顾吾所急欲知者，则先生究认孔子为宗教家乎？否乎？窥先生之意，似以孔子为非宗教家者。

【吴】此问题予殊不欲轻易答复。盖欲答此问,须先问询予之人,其所持之“宗教”与“宗教家”之定义为何。若以常人心目中之宗教为言,而强迫予作答,则予只可漫应之曰:孔子非宗教家。然决不能尽吾意也。夫翻译乃检定文字词义正确明白与否最妙之方法,今试以“宗教家”一语,求诸英文,则无此字。只可译为:(一)创教者或教主(Founder of a religious sect),(二)说教者或宣教师(Teacher of religious truths)。夫孔子之功,乃在集上古文化之大成,传诸后世,继往开来,为万世师,而绝未创立任何教派。故由(一)言之,孔子非宗教家,断然无疑。若自(二)言之,则不易下断语。孔子固非牧师、神父,亦非预言家、先知者流,然而孔子学无所不包,能洞见宇宙全部之至理与事物之关系,则宗教自亦在其中。故孔子并以宗教之真理教人。特所教人者,不专限于宗教,宗教仅其所教人之全部真理中之一部耳。苟不明宗教,或不认有宗教,则其知识卑下褊隘,何足以为孔子?若仅以宗教教人,又何足以尽孔子?夫近世若英国之约翰生(Dr. Samuel Johnson, 1709—1784)、德国之葛德(Goethe, 1750—1832)等,均以其本于经验或知识所得之全部之真理教人,中含宗教所论至精。如谓此等人非宗教家,则孔子自亦非宗教家。然而孔子真正之地位,乃与希腊之苏格拉底(Socrates)、柏拉图(Plato)、亚里士多德(Aristotle)相同。孔子之时,中国确有宗教,正与此三贤之时,希腊之有宗教相同,不能否认。(彼谓中国本无宗教者,乃一部分基督教徒之偏见,彼盖以宗教与基督教同其范围也。)而孔子对于宗教之态度,亦与此三贤有合。故若谓此三贤为宗教家,则孔子亦为宗教家。若谓三贤非宗教家,则孔子亦非宗教家。虽然,孔子在中国历史上之地位及其在后世之势力,乃非希腊三贤所可及,而实与释迦我佛及耶稣基督比肩同等。历代奉祀,文庙遍于国中。儒释道三教,并行千载。释迦与耶稣乃最合格之宗教家,则孔子生时虽未创宗教,而亦当以宗教家称之矣。故若与释迦、耶稣比论,则孔子实为宗教家。以上皆平情立论,毫无先入之见。合此三层,而孔子之性质及地位可见,而孔子为宗教家抑非宗教家之问题,亦得其答案矣。至但凭一二作者所下"宗教"之定义,及某某名人之口谈,以断孔子为宗教家否,实不足据。而亦不胜其讨论。盖作者言者,意各有所偏重故也。例如从安诺德(Matthew Arnold)之说,谓"道德而加以感情,即为宗教",则孔子固是,而中国之宗教家亦不止孔子一人。而如欧阳竟无先生之主张,佛法且非宗教,释迦难称教主,则孔子更不足当宗教家之名矣。其实吾侪苟能洞明孔子之真性质与其地位,则孔子之为宗教家与否,此问题正可不必发,亦不必求答也。

【李】先生既不以宗教家尊孔子,又谓孔子兼备宗教家之性质与地位。然则孔子究为何等人?先生欲学校中人敬祀孔子,与基督教徒之敬祀耶稣基督,究有何别乎?

【吴】吾国历代尊崇孔子,典礼隆重。所加徽号,亦至繁多。若尼父、素王、衍圣公、文宣王、至圣先师之类,或出帝王,或由儒生,意各有所专重,不及遍举。惟吾以为古今尊崇孔子而最得其当者,莫若孔子所述宰我、子贡、有若之言。子贡曰:"仁且智,夫子既圣矣乎?"子贡曰:"自生民以来,未有若夫子也。"有若曰:"圣人之于民,亦类也。出于其类,拔乎其萃。自生民以来,未有盛于孔子也。"以今语释之,则可谓:孔子者,理想中最高之人物也(The ideal man)。又可谓孔子之道德智慧,卓绝千古无人能及之(The best and wisest of men, in all places and at all times)。是以称为圣人。圣人二字,乃孔子最确当之徽号。吾侪今来尊崇孔子,即径尊之为圣人,方为至当。彼偏激无知之徒,对孔子痛加抨击诋毁,呼之曰孔老二,然固丝毫无损于孔子。盖孔子之"圣人",乃其本有之资格,非外加之徽号。乃天爵,非人爵。即属天爵,孰从而夺之?于此有当知者,圣人乃普通全体人类中最伟大最高尚之人之称,并非圣人自为一类,偏僻奇怪,不与众同,以致众人忌嫉指摘,避之若逸。此乃狂人,决非圣人。孟子有自知之明,不敢以圣人自居。老子不得为圣人。庄子显非圣人。卢梭、尼采、托尔斯泰之流,皆狂人,与圣人相去极远。总之,圣人乃模范人,乃古今人中之第一人。乃The best of the whole group,而非a variation from the type也。由是,吾人决不可以圣人与某特种之人相比较。曾记儿时有同窗友伴作诗云:"纵有烈风休变色,英雄岂较圣贤差。"此实胡说。英雄乃一特种之人,何能与圣贤比较?圣人之定义,已不容(Preclude)其与任何种人作比较矣。

【李】然则先生谓孔子乃人也,决非神也。人之敬祀孔子,正犹崇拜英雄,致其仰慕之意。否则如吾国人之祀祖,追念先烈,略尽孝思,非谓祖宗必来吃喝案头供献之酒馔,拾取地上焚化之纸钱也。吾此言能得先生之意否?

【吴】诚然,君言实获我心。吾甚喜。须知孔子与耶稣之不同,正即在此。孔子乃纯人而非神,耶稣则合神人而为一体。今之偏激无知者流,取《史记》"纥与颜氏女野合而生孔子"及"祷于尼丘得孔子"二语,及《论语》撰考识《春秋演孔图》所记,颜氏梦感黑龙黑帝以生孔子,又《拾遗记》所述,孔子生时,二龙绕室,五星降庭之故事,指为迷信。谓孔子之生平多由虚造。或且诬孔子为私生子,更属无理。夫谶纬说部之书,原不足据。西国古马其顿王亚历山大,征服欧亚,雄功伟业,焜耀古今。然亚历山大之母梦希腊之上帝尊神来临,化身为龙,梦中相接,遂生亚历山大,故王常自信为神种。此事史家布鲁特奇(Plutarch)记之,后世传之。而英国之杜来登(Dryden)且作“Alexander’s Feast”诗以咏之。顾无人因此而致疑,径谓亚历山大古无其人者。诸书所记孔子之生,正与此同。至若梦兆及祈祷等事,乃由人心之感应,其事在可解不可解之间,不必深求。即以科学严格论之,当知尼丘之祷,乃是一事。(祷乃当时习俗,《左传》所记祷事甚多,初无足怪。)颜氏之孕,孔子之生,另是一事。二者之间本无关系,何得以前者而疑后者?至于孔子为私生子之说,乃本于“野合”二字。此二字应如何解,尚待讨究(观《史记》索隐及正义自明)。即使如若辈所解,孔子为私生子,然私生子云者,法律上不承认其有财产继承之权,而在社会上为人所卑视而已。虽然,法律及社会礼俗习惯,古今各地不同。在孔子之时,私生子未必即有如在后世之耻辱。即有之,亦丝毫不足为孔子损。舜之父顽母嚚象傲,以及舜之所遭,适足以见舜之贤孝。今人盛称美之林肯,以其生于贫寒。又爱读黑人华盛顿(Booker T. Washington)《自传》(*Up From Slavery*),以其崛起奴隶之中。故即使孔子确为私生子,而能奋发为圣,一生有如此之成绩,如此之造诣,吾人之对于孔子,只有敬重之心弥增,何论者之薄于孔子而厚于林肯及黑人华盛顿乎?究极言之,论人之生平,当于其大;纤微琐细,无关得失之事,不能悉知,亦不待考究也。曾文正公曾患疥疮,见于其家书,夫疥疮何关于曾公之道德文章功业乎?吾但举祷于尼丘一事,其他孔子一生之事,凡足以启论者之疑而藉为攻诋者,均可如是以解之也。虽然,**孔子之身,固纯乎为人,而孔子之学识,则兼赅天下而贯通之**。凡人之知识理解所能及者,孔子莫不及之。形象名物之末(科学),尽有非孔子所能知者,无庸为讳。而义理道德之本(宇宙大原,人生要理),则孔子能周览而洞见。故于鬼神之机,天人之故,物质精神之关系,言之悉中肯要,非后人所能超过。即如其"祭如在,祭神如神在"及"天道远,人道迩"及"获罪于天,无所祷也"数语,所含理解,至精且正,非善用想象力以佐其周密之经验者,不能知其妙。吾今不能详言,君试多读希腊苏封克里(Sophocles)之剧本、柏拉图之语录,及但丁、莎士比亚、葛德之著作,研几体会,返而求之,必有得于孔子简短而精深之言矣。

【李】闻先生所言,吾人不当以宗教迷信牵入孔子。然耶稣则不免为宗教迷信所累,而无价值。知孔子之可尊,益见基督教之可鄙矣。

【吴】是又不然,基督教乃显著之宗教,耶稣乃其教主。凡宗教必具备三种要素:一曰哲学;二曰神学;三曰神话,或迷信。此三者,佛教与基督教均有之。宗教乃根于人之天性。故当人类之存,宗教必不能废。特各教之盛衰变化、生灭递代,极为迅速繁多,不可悉数耳。凡宗教必有其相当之神话,贬之则曰迷信。神话迷信,可自内改良而不可自外铲灭。铲灭之,则该宗教亦不复能存。彼以神话迷信而攻诋宗教者,决无是处。盖犹不许四足善走者之为马也。宗教之功用,一言以蔽之,在利用人之理智、想象及感情,说明宇宙及人生全体之真象,而使人之生活行为,日进于道德之途者也。以其根据人之想象及感情,故不能以科学批判宗教。以其利用想象,故必有神话迷信,以其为达实用之目的,感化人为善。故其神话迷信乃有益无害之物,不宜一概痛斥。各教之衰,弊端迭见。教会教士,造恶亦多。但每事应分别论之,宗教之本体,至须维护。而基督教之本身,亦不可诋毁也。宗教中之天神上帝,均为理想之善的境界。而人性二元,合善与恶。千古终身,恶不能绝。如何而使人去恶从善,利用外力之援助,至于自改其本性(Conversion),此则宗教以全力所企图之事,而亦极难之事也。譬如人居楼下，既无楼梯，顶板又严密封固，如铜墙铁壁。而欲将此人移置楼上，何能办到？易言之，即如何而使人性上同于天性是也。此种事业，此种工夫，名之曰天人之接引。而其际必需有接引者（Mediator）来施外力，为之援助。接引之法，各教不同。基督教则使上帝之爱子，降生为人，名为耶稣。故耶稣实具备天人之性，惟其性兼天人，故能成接引之功。非是，则无此力量。吾所谓耶稣为神人合体者，此也。此为基督教力量之所在，全局之关键。不认耶稣为神人合体，则基督教不能存，亦不必存。故基督教之祀典仪节纵可改良，而关于此点者必不能动。彼近百年来，以科学眼光，攻诋基督教之迷信神话者，往往不解此。又彼考究犹太之古史、耶稣之生平，以考古学、地质学，版本、校勘、训诂学之助，详细推勘，因而断定耶稣生平某事某事实系如何如何，《圣经》所记不真。所谓Higher Criticism者，自吾侪观之，可谓毫无意识，心劳日拙。盖即证明耶稣乃一生人，不具神性。或耶稣本无其人，亦复何所裨益？宗教原本想象，新旧约所记，所谓信则有，不信则无。欲摧残基督教，径谓吾自不信书中所记者可耳，何必如此费力哉！言归本题，以上所论孔子与耶稣不同之处，君当已尽解。更设一喻，则譬如一学校之中，天神上帝为教员，人为学生。耶稣乃介居二者间之助教，孔子则全校学生中之学问品行成绩最优者。自该校成立以至停办，如此之好学生，未见有第二人也。故夫孔子者人也，非神也，然孔子乃圣人也。

【李】先生谓圣人乃人类之首出者，然则孔子仅为中国之圣人欤？抑全世界之圣人欤？西洋古今有能及孔子者否也？

【吴】由"圣人"之定义，严格言之，圣人只能有一，而孔子即为全世界之圣人。此固二千五百年来，奉行儒教之中国人一致之坚深信仰也。虽然，柏拉图尝于《斐都篇》（Phaedo）中，借斐都之口，以赞苏格拉底曰:“若而人者,诚所谓聪明正直,尽善尽美。自生民以来,曾有至于此极者乎?余未之有闻也。”(译文见《学衡》杂志第二十期,景昌极译。)此与有若赞孔子之言,意同词同。不特苏格拉底足为圣人,即柏拉图、亚里士多德,以其学之博、识之高、行之笃,亦足与孔子比肩,同为圣人而无愧。彼圣人者,德高而意广,决无所谓国界,亦不妄争虚名。设想孔子而与苏格拉底、柏拉图、亚里士多德,相遇于无何有之乡,必能握手言欢,莫逆于心,互相推让,各不敢以圣人自居。而彼此之言论思想,切磋补益,有相得益彰之乐。由是,则此四人者,皆可尊为圣人,无分轩轾。孟子谓舜为东夷之人,文王为西夷之人。“地之相去也,千有余里。世之相后也,千有余岁。得志行乎中国,若合符节。先圣后圣,其揆一也。”陆象山谓东方有圣人,西方有圣人。此心此理同也。吾人正不必刻舟求剑、胶柱鼓瑟,为此诸圣人强争位置。最要者,为使一般人心中皆有“圣人”之观念,以为向上之鹄的、模仿之标准。至于应以某人为当居此正位,则无妨随缘而自定之。例如生于西土,则当以苏格拉底为圣人可也。虽为中国人,而自幼即读柏拉图之书,熟诵精研,洞然有悟,终身依之,则此人径以柏拉图为圣人可也。若夫中国人,则能知希腊三哲者甚少,孔子之教化绵延千载,涵濡至深。中国人自幼所薰习而受益者,无非孔子之德泽,故中国之人,终以尊孔子为圣人为正途。且希腊三哲,偏于主知,孔子则知行并重,于中国人之国民性尤为适合。故吾主张中国学校于孔子诞日,不应废除祀典。此种祀典,对孔子不增丝毫之荣光,而于国民之精神及教育之前途,或可收无量之功效。君今者当喻吾意矣。

【李】释迦牟尼不当为圣人乎?先生未及其名?何也?

【吴】吾意释迦当与耶稣同等,为神人合体者,故不与于圣人之列。佛教固为理智最发达之宗教，然绝不废想象及感情。佛教自有其哲学，有其神学，有其神话及迷信。无之，则不成为佛教。今之学人志在阐扬佛教，而因时代思潮重科学而鄙迷信，有所顾忌，遂专以哲理言佛教，藉示尊崇。呜呼！此其意固佳而行则未善。(一)者，释迦之生平，纵可详悉考见，然尚不关重要。释迦之受尊崇，乃缘其成佛。自一二人之理智言之，成佛为了悟宇宙人生之至理。此等境界，为斯宾挪沙、康德、黑智儿[①]等，凡号称大哲学家者所已经。然由百千亿万佛教徒之想象感情言之，释迦成佛，乃以人体合于神体，变为神人合体，与耶稣所经之方向相反，而结果相同。印度之佛陀(智者之义)，正如犹太之预言家、先知者，及基督，乃一种超凡入圣之特别资格，一种感天化人之特别官职。有此资格，居此官职者，前此不止一人。今来则群众久已想望，卒得之于释迦之身。故释迦说法布教，能有如许之大成功、大影响也。(二)者，试一读佛经全藏，即或偶一翻阅，亦可见其中神话之繁多，想象之富丽。诸佛之转生，轮回之定程，诸天之奇景宝光，地狱之恶苦惨毒，我佛说法之奇效巨功，圣灵异迹。凡此皆佛教本身之一部，去之而空谈其中所含之一二哲理，非佛教也。又稽历史，佛教流传之广，势力之大，近今语言学、考古学之发明，益足证明，而令闻者咋舌。即在我国，庙宇僧徒，无地无之。碑塔建筑，自成一体。文学美术哲理，更浸濡佛教，深入骨髓，不必细述。凡此历史实迹，传布确证，又皆佛教本身之一部。离此而但举片词只义，哓哓辩说，非佛教也。总之，佛教为宗教，释迦乃教主。诸种条件资格俱备，毫无疑义。故吾以释迦我佛与耶稣基督并尊，而不插入圣人之列也。

【李】聆先生以上所言，知先生之尊孔，乃以孔子为人中之圣，

① 黑智儿，今译黑格尔。

与释迦耶稣之具神性者不同。而先生主张学校祀孔,亦系崇德报功,资人感发仿效之意,犹之敬礼英雄祖先,非若他教之奉祀神与上帝也。惟今若学校祀孔,亦将遵用古礼乎?孔子诞日,师生齐集谒圣,亦将行跪拜之仪乎?抑先生所主张之仪式,能必得各校之一致赞同而照行乎?

【吴】吾昔尝语君,凡论衡事理,必兼明一多。知有常,又知有变。重本而轻末,方为正道。吾侪居今之世,颇欲讲明礼教之精意,而图保存之。然所图保存者,乃礼教之精意,亘万世而不易者也。至若仪文制度之末节,乃随人民生活社会情状及风俗习惯,刻刻改变,无有留停,自当随时变通,斟酌损益,决无强摹古人之理。今兹祀孔,为致诚敬,确有此心,而能表达,则任何仪式皆可。何用拘泥?凡以此疑吾侪而致责难者,皆未通之人也。愚意值孔圣诞日,文庙祭祀,仍当全用古礼。备具繁文缛节、乐器俎豆,一遵古制,俾可留历史之纪念,且资后人及外宾之考镜。至于各学校祀孔,尽可以现代通用之礼制为准。跪拜与否,由各团体各个人自定之,正犹今之婚丧礼节,原无划一之定制也。吾所主张祀孔,及保存礼教之精意,在理应荷各学校及一般人士之赞同。如其不能,实属不幸,吾亦无法以喻之。至于仪式礼节,吾初无一定之主张,尚何有于赞同否耶!吾亦知世人大都不明一多之理,致偏于急进者,则全体破坏,玉石俱焚。而偏于守旧者,则一味复古,不辨精粗。各走极端,并乖正道。其结果,则互贻攻击之口实,而徒长紊乱交争之局势,此可为痛哭流涕者也。今有行投壶及乡饮酒之礼者,其人真能明白古礼之精意与否,吾所未悉。然若其他百事均不整顿,而徒奉行古礼,是亦玩骨董者流,优孟衣冠,吾所不取也。

【李】先生对于孔教会之意见如何?

【吴】吾平昔立说，只论国中大势及根本道理，而不涉及实事专件，不评论团体个人。数年来严守此戒。今与君私谈，无妨言之。孔教会办理情形及实际内容如何，吾所未悉，不敢妄评。窃谓处今信教自由、法律平等之世，凡百团体，皆可组织成立，岂孔教独不可？况孔教存在之理由及根据为甚深耶！不以孔为教者，正不必对他人之以孔为教者而非之也。然会既以孔教为名，其在今日最重要之事业，厥为讲明孔子学说礼教之真意，而谋其实施与普及。至于会务之经营，章程之编订，诸多有形之动作，热烈之宣传，以及社会服务等等，不特非关重要，抑且易生疵累。夫宗教之本意，惟在各人之自救，而救人为末，且救之必于精神之途。基督教之本义，见于《马太福音》第十六章第二十六节，曰："利尽天下而失其灵魂者，何益之有？"故社会服务及慈善事业，虽系佳事，而不系于宗教之本体。青年会乃专以此为务，且增饭馆、电影等物质之娱乐，故青年会实基督教末流之外道。基督教既衰，而后青年会兴。他教办理情形，有类青年会否？吾不能言，以吾未加考察。惟窃见今日中国各教之努力提倡者，皆可隐隐分为二派：甲派则广设团体，大事组织，联络宣传，出版发表，文章腾溢，声气流布。以功利之方法，成修行之志业。此一派也。乙派则隐居潜修，聚徒讲学，研诵古籍，探求道理，势力未彰，境遇颇苦。由学问之工夫，明宗教之道理。此又一派也。二派之中，以乙派为胜。然乙派所研讨者，果能不溺于名物训诂、史事典籍之探求，而注意精神之感化；果能不安于敦品修行、小廉曲谨之切磋，而兼及悲天救世之大业，则尤善矣。吾对于各派之热心苦志，一体佩服；对于其内容成绩，亦不敢妄事评断。惟吾侪之态度，则又不同于各派。意在超乎诸宗之外，各谋生业，诸遵常轨，然后乃本其读书之所得，以审慎研究世事。由文学之批评，进而为政治社会道德宗教之批评。除自用其思想,或间亦发抒为言论,以就正于通人外,决不为功利之计划,决不为事实之经营。即有所谓同志,惟取学问精神之切磋,而不为形式之团结。旁观孤处,优游自得,是为吾侪之本旨。纵来冷僻固陋之讥,庶免悔怨丛集之咎。凡此云云,恐近于虚侨,未敢向人自白。以君厚我,屡与谈说,故私为君言之。君能毋误会吾意,则幸甚。

【李】先生言之颇为诚恳,吾即有不赞同处,今亦不必谈。聆先生以上所言,则先生最初之假定,谓孔子有可为中国人崇敬之资格,而据为学校祀孔之理由者,我今已大致明白。不知先生尚有何见教之处否?

【吴】君已明吾意,无须详说,甚善。惟吾谓中国人当崇敬孔子者,决非吾一人之私意。今晚归校后,当钞集近今中外名贤及吾之师友评论孔子之说若干条,寄君阅看。所举各篇一一注明出处。甚望君购取原书读之,细细参证研究,必有所得,或可以益我也。

【李】如承先生费神钞寄,吾定当详细研读。累先生谈过久,今已下午一时零五分,为时已迟,请即此告别。

【吴】君归寓,恐饭早已开过,盍即共予至漪澜堂便餐,然后归休。

【李】先生邀,敢不从命。

予与李君克成所谈问题,遂止于此。归至书斋,乃钞录下列之书籍论文,或节取原作,译成中文,凡十五条。于十月七日邮寄李君。越二日,得李君自城中来书,略谓钞示各条,略一翻阅,且惊且喜。其中有颇赞同者,亦有私心多所怀疑、未敢即以为然者。要以向未得见之作居其大半。一俟读竟,当整理一己之思想感触，笔之于纸，就先生质正云云。予所钞寄李君各条，兹汇录如下：

（一）节译已故法国汉学大家、法兰西学院教授沙畹氏（Ed. Chavannes）《中国人之道德理想》篇（*Quelques idées morales des Chinois*，一九一八年出版）。

孔子生当耶稣纪元前五百年，而已为其民族道德精神之所寄托，中国远古之理想，见于诸种经书者，已极深厚。然皆仅具大纲。孔子乃确定之而明其关系。（中略）孔子周游列国，以前此千百年所逐渐积累而成之道德理想教导世人。其时之人溺于利禄逸乐，恋恋不舍，故皆不肯从孔子之教。然而其视孔子殆如神明，聆其语，非仅人世之智慧而已。盖孔子所代表者，乃远古传来之精魂。孔子所教导者，乃若辈之祖先所窥见之真理，故遂不觉心动魂慑而感彻肺腑也。

（二）节译德人加摆伦资（G. von der Gabelentz）《孔子与其学说》（*Confucius und seine Lehre*）一书，第四、第五页。

吾人欲测定史的人物之伟大之程度，其适当之法，即观其人物所及于人民者，感化之大小、存续之长短，及强弱之程度，三者如何是也。以此方法测定孔子。彼实不可不谓为人类中最大人物之一人。盖经过二千年以上之岁月，至于今日，使全人类三分之一，于道德的社会的及政治的生活之点，全然存续于孔子之精神感化之下也。

（三）节译美国文学批评家、哈佛大学教授白璧德先生（Irving Babbitt）《中西人文教育谈》（*Humanistic Education in China and the West*，一九二一年出版）。

孔子谓颜渊曰："惜乎！吾见其进也，未见其止也。"此真正之进步也。但功利主义者,乃误混道德与物质之进步为一物焉。

孔子以为凡人类所同具者,非如近世感情派人道主义者所主张之感情扩张,而为人能所以自制之礼。此则与西方自亚里士多德以下人文主义之哲人,其所见均相契合者也。若人诚欲为人,则不能顺其天性,自由胡乱扩张。必于此天性加以制裁,使为有节制之平均发展。(中略)凡愿为人文主义之自制工夫者,则成为孔子所谓之君子,与亚里士多德所谓之甚沉毅之人。予尝佩孔子见解之完善。盖孔子并不指摘同情心为不当(孔子屡言仁,中即含同情心之义),不过应加以选择限制耳。中国古代亦已有如西方今日之抱博爱主义者。孟子所攻墨子之徒爱无差等,孟子之言亦可用于今日,以正西方托尔斯泰之徒,抱感情主义者之非也。

吾深信今中国之人,有旧日之教育,尽可淘汰其浮表之繁文缛节。孔教教育中,寻章摘句,辨析毫末之事,亦当删去不讲。即经籍亦有宜改易之处。如《礼记》中所载之礼文,多有与士君子修身立行之原理无关,无异于孔子之不彻姜食也。又中国之人,并宜吸收西方文化中之科学与机械等,以补中国之所缺。然吾以为虽其末节,宜如此改革,然中国旧学中根本之正义,则宜保存而勿失也。盖其所以可贵者,以能见得文化非赖群众所可维持,又不能倚卢梭之所谓"公意"及所谓"全体之平均点",而必托命于少数超群之领袖。此等人笃信天命而能克己,凭修养之功,成为伟大之人格。吾每谓孔子之道有优于吾西方之人文主义者,则因其能认明中庸之道,必先之以克己及知命也。

孔教虽可敬爱,然究不得谓为宗教。

(四)节译白璧德先生(Irving Babbitt)《民治与领袖》(*Democracy and Leadership*)一书(一九二四年出版)第五章《论欧亚两洲文化》(*Europe and Asia*)。

若夫孔子，骤观之，似于亚洲三大圣人中（其余二人耶稣基督、释迦我佛）绝不类者。盖如前所言，孔子以人文化世，而不以宗教为务也。西方之人文大师，亚里士多德为最重要。孔子与亚里士多德立说，在在不谋而合。比而观之，若欲窥见历世积储之智慧，撷取普通人类经验之精华，则当求之于我佛与耶稣之宗教教理，及孔子与亚里士多德之人文学说，舍是无由得也。论其本身价值之高，及其后世影响之巨，此四圣者，实可谓为全人类精神文化史上最伟大之人物也。自此诸圣之生以迄今日，世界中之经验，固皆导源于诸圣，即其生世以前，人类之经验，亦多借诸圣为归宿。岂不伟哉！

亚里士多德与孔子，虽皆以中庸为教，然究其人生观之全体，则截然不同，而足以显示欧洲人与亚洲人习性之殊异焉。盖亚里士多德之所从事者，非仅人文之学问而已，且究心于自然科学，好奇心甚盛。而于孔子及佛、耶所申明之“谦卑”之义，则未之具。盖亚里士多德者，学问知识之泰斗（此乃但丁《神曲》所下之评语），而孔子则道德意志之完人也。常人反躬内省，必不免愧怍歉疚，此常人最无把握之处，而孔子于此则最有把握。孔子尝欲以礼（即内心管束之原理）制止放纵之情欲。其所谓礼，显系意志之一端也。孔子固非神秘派之轻视理智者，然由孔子观之，理智仅附属于意志，而供其驱使。二者之关系，如是而已。西方有苏格拉底，其专务道德，与孔子同。故若舍亚里士多德而取苏格拉底，以与孔子比较，则不复见东西人习性之不同矣。然而苏格拉底之道德观念，已有过重理智之流弊。迨夫欧西近世，脱离耶教之束缚，不复遵守东方首重意志之训（耶教乃东方传来即以此为教）。而自文艺复兴以来，众人亦并不从苏格拉底之教，以知识为道德，且更笃信培根之说，视知识为权力。其所悉心从事者惟此，斯则尤为不幸者矣。

(五)节译英国香港大学伦理学教授沃姆先生(G. M. Orme)《中国教育谈》(一九二三年)。

吾以为中国教育中首要之事,即注重道德精神。道德精神之根本要旨,乃东西文明之所共具,无古今,无中外。若苏格拉底,若耶稣基督,若孔子之所教,均相同,若合符节,随在取而受用之,无所用其分别疑惧也。中国古来之思想家,其对于人生道德之理解,实最高尚而完备,为世界各国所莫及。此种精神之教训,乃千年储积之智慧,故决不可抛弃之,且宜保存而发扬之。中国人对于世界,于此实负有莫大之责任也。

(六)节译德国雷赫完氏(Adolf Reichwein)《十八世纪中国与欧洲文化交通史略》(*China und Europa*)绪论《论孔子老子学说对于德国青年之影响》。

今日欧洲崇拜东方之人,虽皆倾心于老子,然孔子立说之价值及其势力,并未十分减损。著书立说者若其目的不尽在解决今世理智之问题,而欲本于常识实证,重新造成平正通实之伦理观念,以为国民立身行事之规范,则其书必常引孔子之言。由此派作者观之,老子之神秘主义理想虽深,不合实用。而老子之无政府主义,尤与人生实况相背戾,直可谓之毫无意识也。即在欧洲大战以前,恪守规矩之孔教徒辜鸿铭氏,其著作在德国已有深钜之影响。而潘韦慈氏(Pannwitz)著《欧洲文化之危机》一书,亦始终承认孔子所定之社会组织之原理,实甚安全切实而又开明。虽系为其时之中国说法,今人仍可遵照而仿行之也。又哥廷根(Göttingen)大学教授讷尔逊氏(Nelson)及其徒众,从事于政治思想者,竟搜辑辜鸿铭氏之论文,译成德文而刊布之。辜氏文中大旨,正如二百年前之人之所为,力劝欧洲人实行孔子之教,正名务本,藉可取得确实详明之世界观，而后政治上之纷争扰攘，或可免也。

请更简括言之，今日欧洲人研究东方圣贤之学说者，约可分为二派。其一为无理性的，崇奉老子；其二为有理性的，崇奉孔子。按照现今智识思想之趋势，则前一派崇奉老子者较为著名，后派知者较少，亦自然之理，无足深怪者也。

（七）节录柳诒徵先生《论中国近世之病源》一文。

中国最大之病根，非奉行孔子之教，实在不行孔子之教。（中略）孔子之教，教人为人者也。今人不知所以为人，但知谋利，故无所谓孔教徒。纵有，亦不过最少数之书呆子，于过去及现在国家社会之腐败，决无关系。论者不察此点，误以少数书呆子概全国人。至以孔子为洪水猛兽，殊属文不对题。（中略）虽然，今日社会国家重要问题，不在信孔子不信孔子，而在成人不成人。凡彼破坏社会国家者，皆不成人者之所为也。苟欲一反其所为，而建设新社会新国家焉，则必须先使人人知所以为人，而讲明为人之道，莫孔子之教若矣。（中略）孔子固不必使人挂招牌，实心为人者，亦何必挂孔子之招牌，但令其道常存天壤，即无异孔子常存天壤矣。今人所讲之新道德，绝对与今日腐败人物所行所为不相容，而绝对与孔子所言所行相通，所争者在行与否耳。

（八）节录柳诒徵先生《中国文化史》第一编第二十五章。

孔子者，中国文化之中心也。无孔子则无中国文化。自孔子以前数千年之文化，赖孔子而传。自孔子以后数千年之文化，赖孔子而开。（中略）孔子不假宗教以惑世，而卓然立人之极，故为生民以来所未有。学者欲知孔子，当自人事求之，不可神奇其说也。

孔子为学之目的，在先成己而后成物。其成己之法，在充满其心性之本能，至于从心所欲不逾矩之境，而一切牖世觉民之方，乃从此中自然发见于外。既非徒受外界之反感，愤激悲悯，欲学一种方法或主义以救世,亦非徒慕古人,欲蹈袭其陈迹,冀自树于功名。至于垂老无成,乃托教学著书,以期留名后世,及与当世讲学者争持门户,独立一派别也。《论语》及《大学》《中庸》所言,十九皆明此义,不知孔子所学为何事,第以褊狭骛外之心测孔子,宁能窥见其涯涘哉?

孔子所学,首重者曰成己,曰成人,曰克己,曰修身,曰尽己。其语殆不可以偻举,惟其以此为重,故不暇及于外,而怨天尤人之意,自无自而生。其遇虽穷,其心自乐。人世名利,视之淡然。自孔子立此标准,于是人生正义之价值,乃超越于经济势力之上。服其教者,力争人格,则不为经济势力所屈。此孔子之学之最有功于人类者也。人之生活,固不能不依乎经济。然社会组织不善,则经济势力往往足以锢蔽人之心理,使之伏屈而丧失其人格。其强悍者,蓄积怨尤,则公为暴行,而生破坏改革之举。今世之弊,皆坐此耳。孔子以为人生最大之义务,在努力增进其人格,而不在外来之富贵利禄。即使境遇极穷,人莫我知,而我胸中浩然,自有坦坦荡荡之乐,无所歆羡,自亦无所怨尤。而坚强不屈之精神,乃足历万古而不可磨灭。儒教真义,惟此而已。

虽然,孔子之学亦非徒为自了汉,不计身外之事也。成己必成物,立己必立人。故修身之后,即推之于家国天下。其于道国为政理财治赋之法,无一不讲求,而蕲致用于世。本末兼赅,有体有用。非若二氏之专言虚寂、遗弃一切也。孔子之所主张,亦不尽周法。即世俗所通行而协于人情者,亦无不可从也。

孔子著述之功关系绝钜。史称其时"礼乐废,诗书缺",使非孔氏,则书籍放佚,浸衰浸微。古代之文化复何从考见乎?

《易》之神妙,正赖孔子发明神明之德,必须洗心斋戒,退藏于密,而后可见。非腾口说、骋文辞所能指示也。至于孔子讲《易》

以明人伦日用之道者，则有二义焉：曰中，曰时。中以方位言，时以先后言，必合此二者而义乃全。且其几至微，稍过不及，即非所谓中。人心之执著胶滞，皆为未喻此义也。自尧舜以来，以中为立国之道。孔子祖述其说，而又加以时义。故孟子谓孔子为圣之时者也。其实中之一字，已足赅括一切，加以时字，则所以衡其中否者益密耳。此语至平常，而又至难。原其初，须得喜怒哀乐未发前之气象。推其极，则可以位天地、育万物。故孔子于中道系之曰庸，而极言其不可能。贤智则过，愚不肖则不及。强为貌似，则又成为乡原。三者皆病，乃取其微偏者而救正焉。世人徒执后世乡原之儒者以病孔子，不知孔子固于此反复明辩，不容伪儒之矫饰也。

孔子推演忠恕，以为终身可行之道，对于子臣弟友上下左右，一以恕待之。盖人类之相处，最难各得其平。处处以责人之心责己，则平心静气，于人毫无怨望。而人之对我，亦必出于和平。充其功效，岂惟一人可行于世，使举世行之，则举世之战争奋斗猜疑欺诈种种不德，皆可蠲除，而全体之人类，咸相安而遂其生矣。曾子之告其门人，谓忠恕即一贯。盖孔子所知所行，无不本于此。故以"而、已、矣"三字决之。明忠恕之外，无他道也。为人谋而不忠，亦由待人不恕。故曾子论一贯，犹兼言忠恕。孔子论终身可行之道，惟举一恕字，以恕可以赅忠也。忠恕之事，属行不属知。子贡问行，而孔子答以施。行与施皆指事为，非指一人独居讲学也。从来学者解释恕字，未有以为属于知识者。近人（指章太炎）好为异论，乃以恕为推知，匪惟误解《论语》，抑亦误解戴《记》，断章取义，贻误后人，匪浅鲜也。

孔子论治之书，以《春秋》为主。《春秋》之义，在正名分，寓褒贬。若以《左传》凡例论，则君臣相对，初非专责人臣也。又凡《春秋》褒贬之志,止以当时之事为断,而言外尚有微旨。如公羊家张三世之说,则借事明义,正以寓其理想,亦非专限于事实也。礼运正论历史事实,故由大同降而小康。《春秋》悬想文明世界,故由升平而至太平,顺逆虽殊,其为孔子所怀抱之宗旨一也。

孔子理想之广大,随在可见。《论语》及《易》之言教育,皆其不分族类,不参疆域之证也。而《中庸》之言化育,则尤进于是。教育之功,至于尽物性,参天地,则不独为一时一世之人群谋矣。极钜之效,由极简之法而生。所谓宇宙内事,皆性分内事也。吾国古代圣人之思想,常思以人力造天地。其功既见于此数千年之大国,而其义犹未罄万一。后人准此而行,则所谓范围天地,曲成万物者,无不可以实现。正不必以国家人类为界,而区区于知识技能,以为教育之大事者,抑又不足深论矣。

自汉以来,虽已举国崇奉孔子之教,而立庙奉祀,近于宗教性质者。乃由人心渐演渐深,踵事增华之故,初非孔子欲创立一教,亦非仅一二帝王或学者,假孔子之教以愚民也。

(九)节录刘复礼先生《治经杂语》。

孔门删订六经,是世界上独一无二之奇书。第一不是劝世文。第二不是发表个人意见书。第三不是搜集遗文总集。第四不是近世所谓政治家、教育家、哲学家言。第五不是史学、经学、义学也。贵义不贵事,与史学诸科专言事者不同。又经学,内圣外王之学也。内圣本诸内证,外王征诸庶民。不废江河,悬诸日月不刊之书,与子家及近世政治、哲学、教育诸家专从现象上着手者不同。又经学,人道主义之学也。不如此,则近于禽兽。故礼经屡称人道。又经学,常住之学也。不以地变,不以时迁,永远有效。逾越范围则乱,墨守焉则治。又经学,修已治人之学也。近世言修养,则废治人;言治人,则驰逐而不返。皆未闻孔周遗训,成己成物是一贯，而昧者分为两极。学者须先认明孔学之范围如此，处心积虑，力求其通，乃有入处。

治经须就制度上勘合。虽古制有不必宜今者，而圣人立法，宅心圆满，必有一定之公式。粗迹可以变更，公式万不可变更。依公式以为之所，所谓因革损益是也。盖人道无论古今，仁至义尽，只此一种公式。此种公式从何处来？从圣人内证诸身、外征诸民来。时势虽变，人不变，心不变，则此种公式永远通用，不得出入。不然，便非人道。

孔教广大，人道二字，可以概括无余。夫人道也者，非谓饱食已耳、暖衣已耳、逸居已耳。孟子曰：饱食、暖衣、逸居而无教，则近于禽兽。此数语，为孔教真精神，见作人之必有道也。人之为道奈何，不出治性情三字。性情如何治？不出事为之节。事为之节，以何为根据？不出仁义二字。仁者，人心固有之理，无不爱也。然使人兼爱，势有所不能，于是义生焉。义者何？等差之法是也。于平等人类上，建立等差法。其事大难，圣人处此，为之定其亲疏等级，厚薄差次，丝毫不苟，铢两悉称，而无稍牵强者。圣人觑着人生天然次第，而为之法也。此法建立而不伤平等者，各有其亲疏，各尽其厚薄。各各环境，亲疏停匀，厚薄齐等。即是不兼爱而兼爱，不平等之平等，乃真兼爱，真平等。以为彼言兼爱平等者，施有不遍，而归于偏枯。不如各亲其亲，而群伦普被，操之约而确有实际。其体是仁，其用是义。以义行仁，虽立畛域而无不周遍。从仁起义，虽无不爱，而施有次第，所以谓仁至义尽，畅圣心而无遗憾。此等差法，当于丧服中求之。

（十）撮录孙德谦先生《论儒学异同》。

墨学譬如治病良药。孔子之教，则经世常道，如日用饮食之不可须臾离。盖墨子兼爱诸学说，固思以救一时之失，不若孔教之大,足以万古行之而无弊者也。墨子学说,凡其尚贤尚同,非乐非命,意在救国家之失。然矫枉者不免过直。岂若儒之言有物而行有恒耶?墨子兼爱,专为战时之争夺侵凌者说法,不计平时。又兼爱而不计亲疏,尚俭而国弥患贫,非乐而使人心劳瘁忧戚。天下将乱,均不若孔子约之以礼之为适中普遍也。又墨子浑称尚贤,而无等差。久之,不贤亦将杂厕其中,不若孔子立等之为愈也。墨子尚同,而不要之以和,则必为孔子所谓小人之同,是强人以从同,而不能和合欢欣,未得也。墨子但主薄葬,不若孔子节葬之以礼为衡之无弊也。墨子非命,将使人侥幸行险,不复为君子之居易,何如孔子之乐天知命,乃可无忧乎?孔子盖知尊天之说胜,人且惑于祸福,名为尊天,而实为亵天。夫事鬼而谄祭非类,弃生人而奉事死者之鬼,有何益乎?故墨子之尊天事鬼,皆无益之说也。总之,孔子者万世师表,亦以行其学说,可万世无弊耳。

(十一)节录柳诒徵先生《中国文化西被之商榷》。

是故吾国文化,惟在人伦道德,其他皆此中心之附属物。西方立国以宗教,震旦立国以人伦。国土之恢,年祀之久,由果推因,孰大乎此。今虽礼教陵迟,然而流风未沫,父子夫妻之互助,无东西南朔皆然,此正西方个人主义之药石也。其于道德,最重义利之辨。粗浅言之,则吾国圣哲之主旨在不使人类为经济之奴隶。厚生利用,养欲给求,固亦视为要图,然必揭所谓义者,以节制人类私利之心,然后可以翕群而匡国。至其精微之处,则不独昌言私利,不耻攘夺者,群斥为小人,即躬行正义,举措无尤,而其隐微幽独之中,有一念涉于私图,亦不得冒纯儒之目。故吾国之学,不讲超人之境,而所悬以为人之标准者,最平易亦最艰难。所陈克治省察之功夫,累亿万言而不能尽,由其涂辙,则人格日上,而胸怀坦荡,无怨无尤,无入而不自得。西方人士,日日谋革命,日日谋改造。要之，日日责人而不责己，日日谋利而不正义。人人为经济之奴隶，而不能自拔于经济之上。反之，则惟宗教为依皈，不求之上帝，则求之佛国，欲脱人世而入于超人之境。而于人之本位，漠然不知其定义及真乐。苟得吾国之学说以药之，则真火宅之清凉散矣。

（十二）节录胡稷咸君《敬告我国学术界》。

居今日而欲矫正欧洲物质文明之失，非采取中国与希腊之人本文明，悬道德以为人类文明进化之最后目的不可。

我国文明之精髓，即在以道德为人类最高无上之目的。举凡政治、学术、风俗、制度，莫不受此理想之影响。唐虞禹汤文武之时，道德观念既已发达，而以为治国之轨范，然因兹数人俱为政治之元首，力求道德之实践，故未能将其思想稍加组织，以造成比较的有系统之记载。迨孔子出，始将前此之德治主义发明而光大之。《大学》"古之欲明明德于天下者"至"致知在格物"一段，乃我国道德哲学之结晶。要知孔子不能将此理想施诸事实，仅垂空言以传后，乃孔子之不得已也。孔子因非政治之元首，无权力实行德治主义，故用他法以求传布此高尚之理想。1.周游列国，希见用于诸侯。2.聚徒讲学，望门弟子中有用于诸侯者，以实行此德治主义。孔子见此二方法俱不成功，故删诗书，定礼乐，作春秋，赞周易，以传此理想于后代，遂为我国哲学之正宗。其他虽有老庄之清静无为说，墨子之兼爱说，魏晋时又有佛学输入中国，然总不能在我国学术界占极大势力者，或因学说趋于极端，或因过于消极，不合中国民族之心理。孔子之道德哲学所以能独步者，固半由其门徒传播之影响与帝王之尊重；而实因其不偏不颇，适合我国民族之精神也。

道德之原理约，而所重者在实行。后儒之所发明，总不能出孔子道德范围之外。此所以我国学术界无所谓进步,而对于物质界,亦未加以研究也。然人类精神文明进化之程序,必先从真美两方面,发现善之高尚,而后进化始渐而稳。质言之,必自研究物质界,发现精神生活之重要,而后其信仰精神生活之心,始坚定而不可拔。不然,只不自觉的知精神生活之高尚,而不知物质生存之卑下,其弊即易不自觉的流于卑下之物质生存。我国自古至今,仅少数人自觉的实践道德生活,多数人皆奉为模范而仿效之。故一旦无道隆德硕者为之师表,则全国之道德败坏不堪,此我国文明之缺点也。

(十三)节录民国十一年上海《中华新报》记者一苇君《再论宗教问题》文。

世界各大宗教,就根本言,似无差异。盖要为修养一念,即统一精神,使与宇宙合一是也。是以各教之仪式及传说,在现代科学昌明之后,有许多已令人不可忍耐。然推本追原,则固为真理,无可反对。(中略)近代以来,尝有人评论孔教非宗教,而以吾等无学者观之,实毋宁认为最进步的宗教。数千年来,支配中国民族之思想,而为其精神生活之根本者为信天。其曰乐天知命,曰畏天命,固认天为全智全能之神。各教言天堂,儒家亦言升遐,言在帝之左右,此其同者。然而儒教无离奇之传说,无专制之教主,不立门户,不设阶级。盖正如罗素之理想,非社会的宗教,而为个人的宗教。收宗教之功,而无他教之弊。且也,儒教实本能、知识、精神、三种生活并重者。盖其理想为尽人生之义务,而安于天命。中国古来所生产之伟人,皆由此等修养造成者。设由此以论宗教,则其可根本排斥之点果安在耶?

(十四)节录胡先骕君《文学之标准》篇。

浪漫主义之道德观念,亦极与事实相违,而足以破坏正当之人生观。人性具善恶两元之原素，殆为不可掩之事实。孔教虽主性善，然不过以为人性具有为善之端倪，而要以克己复礼、博学审问、慎思明辨为工夫。故孔子曰："十室之邑，必有忠信如丘者焉，未如丘之好学也。"又云："我非生而知之者，好古敏以求之者也。"其自叙学业之经过：自十五志学，至四十始能不惑，至七十始能从心所欲。以孔子之圣，尚须修省如此也。随顺感情之冲动，而不求中庸节制之训练，实为浪漫主义惟一之症结。在孔子则曰："天下国家可均也，爵禄可辞也，白刃可蹈也，中庸不可能也。"又曰："暴虎冯河，死而无悔者，吾不与也。"故虽为美德，苟反乎中庸，亦非孔子所许。浪漫文学尚有一最大症结，厥为夸张情感之恋爱。孔子删诗，首以《关雎》，笃于情爱，固圣贤所许，惟乐而不淫，哀而不伤，方得情爱之正耳。

（十五）节录景昌极君《礼乐教育之真谛》篇。

微论黜文化，绝智慧，返素朴之逆于自然而无当于理。即使有当于理，势亦有所不能。然则如之何？亦曰为之节文以求其当，为之分界以免其争而已；于是乎有礼乐。何谓礼？礼者，履也，理也。人所履行之制度仪文，皆可谓之礼。礼之大用有二：一即节制各人之情欲云为，以求其当；一即分别众人之伦次界限，以免其争。何谓乐？乐者，乐也。必合于礼之乐，然后谓之乐。"以道制欲，则乐而不乱。"举凡一切合于道德之美术，与夫一切正当之消遣法，皆乐之类也。礼乐虽本于道德，然仍必假物而行。然若惟讲道德而弃礼乐，则其道德必难成就。即勉有成，亦必不能普及社会。今西洋教育学者，称改造个人，必从环境着手，然后事半而功倍。不然，则虽日聒以仁义道德之说，终不得而化，此之谓也。

——本文原载于1926年《国闻周报》。

新孔学运动（郭斌龢君演讲）

十月十九日下午四时半，前东北大学教授郭斌龢君，应北平华文学校[①]之请，在东四头条该校用英文讲演，题为《孔学》（Confucianism）。

讲演大意，谓中国向以孔学立国，孔学为中国之国魂。近三十年来，为新派摧残抨击，孔学遂一蹶不振。国人根本信仰已失，思想界产生一种无政府状态。此种无政府状态在内政与外交上完全暴露，长此不改，外侮将源源而来。此正爱国志士所深切忧虑，而亟思挽救者也。继谓孔学非宗教，而为一种人文主义。以人为本，不含神学及超自然之理论。然自中国过去历史言之，孔学为智识阶级普遍之信仰。此阶级之优秀者每愿为孔学牺牲生命与一切物质上之享受，则孔学实含宗教性，谓之为广义的宗教，亦无不可。末谓中国目今最要者，为一新孔学运动。此种新孔学，应为一切改革之原动力。哀莫大于心死，中国国心已濒死境。新孔学实为使此将死之国心复活之唯一良方。新孔学（一）应发扬光大孔学中有永久与普遍性之部分（如忠恕之道，个人节操之养成等等），而铲除受时间空间之影响所产生之偶然的部分（如繁文缛节易流于虚伪之礼仪，及后人附会之阴阳家言等等）。

① 北平华文学校，为常驻北平的西方学者所组织的一个学术团体，亦有中国学者参加，定期聚会，以交流中西文化为主旨。

(二)应保存有道德意志的天之观念。(三)应积极实行知、仁、勇三达德,提倡儒侠合一、文人带兵之风气(中国历史上如诸葛亮、文天祥、王阳明、史可法,及清末之曾国藩、胡林翼等皆以文人而握兵权)。知耻近乎勇,杀身成仁,士可杀不可辱等古训,应尽量宣传,成为全国国民牢不可破之信条。(四)要使孔学想象化,具体化,俾得产生新孔学的戏剧、诗歌、图书、音乐、雕刻等艺术云云。

按郭君近以英文撰《孔子与亚里士多德之人文主义》一文,登美国*Bookman*杂志第七十三卷第一期(本年四月)。又以英文撰《浪漫派之庄子》一文,登美国*Sewanee Review*杂志第三十九卷第三期(本年七月至九月)。闻郭君将续撰长篇中文论说,发表其平日所持之主张云。

——本文原载于1931年11月2日出版之《大公报·文学副刊》第199期。

孔诞小言

明日为阴历(八月二十七日)孔子圣诞。孔子为吾国人所崇敬者二千余年。吾国之文化精神,寄托于孔子一身。今虽时移世异,然孔子仍为中华民族之模范代表人物,非任何人所能否认。关于孔子之人格及其立教之旨,中外名贤学者已多论列。吾人今所欲申明者,即世间万事成于模仿,而每人一生之功业成就,亦视其平日所倾心模仿者为何等人。所模仿者或中或西或左或右或新或旧或圣或狂,虽各不同,然其不能自脱于模仿则一。当今中西交通,文明合汇,在精神及物质上,毫无国种之界,但有选择之殊。是故中国少年尽可模仿释迦、耶稣、苏格拉底、葛德、白璧德以及马克思、列宁等等,而欧美人士亦不少模仿孔子、孟子、司马光、朱熹、王守仁、曾国藩者。中国人今欲挽救国难、振起人心,必须每人取法乎上,精勤奋勉。所取法者不必为孔子。苟能自立自达益国益世,虽不知有孔子之名可也。反之,西国学者研究孔子及中国古学者日众。若美国白璧德先生等,其所提倡之新人文主义,盖欲融汇世界圣贤之教化及人类经验智慧之结晶,更用实证批评之方法,针对近世社会之需要,本兹立言,以为全世界全人类(中国亦在其内)受用之资,其所取于孔子者亦不少焉。是故孔子已成为世界的人物,而中国之精神文明从兹亦非中国人之私产,可以自豪而不能独占者，势为之也。

又按近世研究古人古事，首重了解与同情，而其法不外（一）考证、（二）批评二者。顾考证事实必求其精确，而批评义理必求其允当。否则未能了解，安有同情？专就孔子而论，近若干年来，吾国人士之立说动众者，大都由于感情之刺激，为过度之反动，对于孔子，一切归狱，惟事诋諆。众亦未察，欣然向从。然试静心细究之，则知此种诋毁孔子之说，考证既未精确，批评尤非允当。一因未能洞悉中国之历史，二因未能周知世界之文化。故其说似信而多误，似新而实陋。若本期所介绍之二书[①]可资启发，可促反省，其裨益吾人者实多。夫（一）崔述乃时贤所认为二千年来一个了不得的疑古大家，其《洙泗考信录》又被推为极伟大又极细密的著作。而据张昌圻君所考证，则崔氏书中主观武断、感情用事、凭空臆测、违反事实之处极多。崔书考证之不精确如此，则据崔书以诋毁孔子者其为冤诬可知。张君非欲为孔子辩护，但希望真正之科学精神考证方法能实现于中国学术界而已。至于（二）顾理雅君之书，尤系纯粹学者之观察。然以异国之人，但凭读书所得，无利害之纠纷、感情之驱使，其了解孔子同情孔子，乃似过于今日之中国人。而其批评之允当，尤足称道。盖以西人论述中国事，不难于材料之搜罗普遍，而难于义理之体会精微。是故负盛名之伯希和以下之西洋汉学者，皆只能为考证，而如顾理雅君之不废考证而进于批评，能以了解与同情获得孔子为人立教之真象者，实不易数觏也。吾人敢断言，若张昌圻君所为之考证，在中国今后必更进于精确，而如顾理雅君所事之批评，在西国今后亦必更增其允

---

① 编者按，指张昌圻所著《洙泗考信录评误》，及美国顾理雅（Herrlee Glessner Creel）著《中国人之宇宙观》（*Sinism: A Study of the Evolution of the Chinese World-View*）二书。

当。中国西洋，固同其休戚，而孔子之更为人认识崇敬，亦文化昌明学术进步必然之结果矣。

——本文原载于1932年9月26日出版之《大公报·文学副刊》第247期。

孔子圣诞感言

民国以阳历代阴历,故定今日(八月二十七日)为至圣先师孔子诞生二千五百年纪念。孔子为中华民族之真正代表人物,为中国文化集大成、造极峰、继往开来、天与人归之圣哲,且为世界古今最伟大真实之四五教主哲人之一。窃以今日纪念之期,欧美诸国尤其日本博学宏识之人士,必不少撰文述学以志,以表扬孔子之学德,而鸣其崇敬之忱者,更无论于我中国也。

宓昔幼时,即闻普通社会,不读书不识字之一般人口中辄道“孔圣人”云云。及入塾,恭肃跪拜,每次背书亦必再揖。尔时心目想象中,实觉“至圣先师”常监临我之上,在我之左右。而经中之语意文字皆圣贤之所口述笔书,于是尊圣而亲师。由亲师而好学,由好学而昵书,由昵书而觉读书为唯一乐事。又由尊圣而时时自律自责,重以家教,谨慎诚实,忠厚宽仁,早成习惯。迨年长自觉,通习世事,益复兢兢业业,事业分明,不敢苟且。对公私大小义务职责,一一黾勉履行。又不敢骄妄自是,效古今文士为快意之论,作武断之言。生平为文必字句斟酌,惟恐其中引据之事实不确,评断之语意过重。虽尝与人辩论,不免急激,但从不为嫚骂或刻薄之言。数十年中所行之事,亦固多悔,然绝不怨天尤人,嫉时愤世。对人恒为恕辞,论事不作深文周纳,不敢先意他人之不善,广座之有骂人者,已惟力守缄默。自廿六年对日抗战以来,流离各地,更得习劳苦,涉贫困,安居斗室,有案有床,蔬食饮水,便为至乐。不忮不求,一切惟心自足,不假外物,深信眼前即是幸福,儒佛一理。而功名富贵、事业斗争,甚至男女爱情、天伦乐事,在我观之,皆为痛苦、为义务。但期他人努力从事,而我则避去不遑,自乐自适于书卷之中,宁为伯夷叔齐之清,愧少披发缨冠之救。至于寿命修短,明知早已注定,到时便死,无可逃避,但必日日修身以俟之。日正己,日善生,他非所知所论。兹仅举宓为例,非敢自夸。宓之性行,大略如此。若宓不生中国,未尝读孔子之书,及今当必不同。以上乃孔子之教对宓个人之影响也。

及宓留学美国,至哈佛大学,幸蒙亡友梅光迪先生介引,得受学于美国白璧德师,略识东西学术思想之本原及文明教化之精意,乃知孔子亦为西方有识者所崇敬,而与希腊三哲(苏格拉底、柏拉图、亚里士多德),及释迦我佛、耶稣基督,同为世界之先觉、人类之明灯。其教至深广亦至平实,至高尚亦至有用。历史悠长,社会进化,事物繁赜,制度变改。世运升降,人道苦乐,忽而晴明煦和,忽而晦冥风雨。又复王霸杂陈,分合异势,尚德尚刑,主义主利,有时歧兵农教战,有时偃武修文,甲方踵事增华,乙欲归真返朴。更有思想学说,千歧百异,此攻彼辩,纷淆并陈。或重一,或重多,或唯心,或唯物,或遵天志,或明人性,或阐物理,或说群情,或主兼容互摄,或主独立武断,或达成圆融之智慧,或取得亿兆之信徒。然在此种种纷纭变化之中,无论何时何地,孔子(兼孟、荀)与希腊三哲、释迦我佛、耶稣基督所言所教之道理,皆未尝废,皆必有用,惟其名有异同,其迹有隐显耳。此在当时(民国七八年间)已为宓所深信不疑。其后卅年中,读书有悟,盖能明见东西古今根本道理之相通,及此诸圣哲设教立说之同异(所谓异,亦只轻重先后之差)焉。举一例言之:诸圣哲教人之目的与方法,皆主仁智合一、情理兼到。然（一）东方之佛教主由智以得仁，而（二）东方之孔子儒教主由仁以成智，（三）西方之基督教主由仁以成智，而（四）希腊三哲主由智以得仁。其间又如此互相错综。由仁以成智，即《中庸》所云“诚则明矣”；由智以得仁，即《中庸》所云“明则诚矣”。二途虽分，同达一地。譬如石磴路分成两半圆，或左或右，苟拾级以登，均可到厅堂之门而会合。以上乃宓所了解孔子立教之大旨与其在世界文化史中之地位，其详非今匆促所能说矣。

其时正当五四运动时代。国内之新文化运动者，以“打倒孔家店”为号召。举凡“中国之固有伦理道德信仰，乃至风俗文艺，一切失其信赖，皆被视为粪土。……将来十年二十年之后，虽反省回头，而老成凋谢，典型已尽”（节录吾友某君函中语）。孔子之在中国，亦遂如苏格拉底之饮鸩于雅典，耶稣基督之钉死于十字架，岂所谓“凡先知先觉，在其本邦本土皆不受人尊礼”者耶！此后国内各种变革，吾不必言，亦不忍言。凡各派之所以痛诋孔子者，其事皆孔子当年之所不及知，即知之，亦绝不能负责。盖后世利用孔子者或误解孔子者，其言其行，是彼利用误解者之言行，而非孔子之言行。倘必问罪，请直捕罪人，而勿归狱于孔子。孔子初不冀他人之崇敬，又岂能禁后世之利用与误解？凡彼崇敬孔子，利用孔子，误解孔子者，皆当自己负责。吾尤盼世人明白率直，自言其所主张“吾主张如何如何，吾反对某事某事……”，而不必集矢于孔子，或以孔子为护符，徒使孔子受累，而淆惑世人之视听亦何益哉！

指正五四运动之缺失，而在当时敢为孔子作辩护者，有梅光迪先生民国九年在南京所创立之《学衡》杂志。该志民国十一年一月始发刊，月出一期，上海中华书局印行。至民国廿二年停刊，共出七十九期。宓虽被命为总编辑,然此志之宗旨义法皆梅光迪先生所制定。其中发挥孔子的立教立说之精意之文(有撰有译)甚多。以宓所见,近世论述孔子其人与其学说价值,最明显公允正确者,莫如柳诒徵先生的《中国之文化》中《孔子》之一章。此书先刊布于《学衡》杂志中,后出专书,上下二册,南京钟山书局(用中华书局《学衡》原纸板)印行。

五四运动之另一主要主张,亦即五四运动领导者之一大功罪,厥为废文言而立白话。此举既成功,中国之青年男女以及全国人民,皆不复能读文言书,不复能写文言信,不复能阅文言报纸杂志。于是而中国政治统一之基础失,于是而中国历史文化之统系亡,于是而中国人之生活及教育全失其理想之成分,而美术文学专门之损失不与焉。尽废文言而专用白话之危险,《学衡》杂志中曾反覆痛切言之。而汉学家瑞典人高本汉(B. Karlgren)氏,于其《中国之语言与文字》一书(一九二三年牛津出版)中,亦畅论之。此书有张世禄教授译本,民国十九年开明版,读者可取览焉。自文言始废,白话初兴,迄今正三十年,而我中国之大多数男女国民,以不解文言之故,皆未尝读孔子之书。举凡孔子所删述之群经,记载孔子言行最真切之《论语》,以及赞扬孔子之书自《大学》《中庸》《孟子》以下,试问今之学生曾读过者几人?平日但习闻近人有意无意诋毁孔子之语,而盲从涂说。彼将视今日之隆重纪念孔子为多事,为无意义。吾夙认为中国政治可以改革,社会可以改革,然废除文言推行白话,实万万不可,而为中国近五十年中最不幸之事。经此以后,孔子固仍为世界之圣哲,然与中国人之特殊关系(譬如家人父子受业师生)则断绝矣。

忆昔民国十六年八月二十七日,宓曾为天津《大公报》撰孔诞纪念文,甚长,备述所见,并选列当时诸多人士之言论。今忽忽廿二年，值此二千五百年重要纪念，宓愧未能有所发明，仅抒个人之一二感想，以求质证于崇敬孔子之人士云尔。

——本文录自1949年8月27日出版之重庆《大公报》第三版，为作者在全国解放前公开发表的最后一篇文章。

清华开办研究院之旨趣及经过（开学日演说辞）

本校设立研究院之初意，详见曹校长所著《西方文化与中国前途之关系》小册中（民国十三年五月出版），至于研究院之切实宗旨及办法，则备具于《研究院缘起及章程》。曹校长之意，约分三层：（一）值兹新旧递嬗之际，国人对于西方文化宜有精深之研究，然后可以采择适当，融化无碍；（二）中国固有文化之各方面（如政治、经济、哲理学），须有通彻之了解，然后今日国计民生，种种重要问题，方可迎刃而解，措置咸宜；（三）为达上言之二目的，必须有高深学术机关，为大学毕业及学问已有根柢者进修之地，且不必远赴欧美，多耗资财，所学且与国情隔阂。此即本校设立研究院之初意。总之，研究院所具之目的及效用，非可期之于寻常之普通专门教育者。适值本校改变政策，另订游美办法，设立大学普通专门科，研究院亦得同时实现。原拟规模甚大，兼办各科（如自然科学、社会科学等），嗣以经费所限，只能先办国学一科。且以国学之在今日，尤为重要，一切已详具于《研究院缘起》。盖以“中国经籍，自汉迄今，注释略具，然因材料之未备与方法之未密，不能不有待于后人之补正。又近世所出古代史料，至为夥颐，亦尚待会通细密之研究。其他人事方面，如历代生活之情状，言语之变迁，风俗之沿革，道德、政治、宗教、学艺之盛衰；自然方面，如川河之迁徙，动植物名实之繁赜，前人虽有记录，无不需专门分类之研究”,而“此种事业,终非个人及寻常学校之力所能成就”,故今即开办研究院,而专修国学。惟兹所谓国学者,乃指中国学术文化之全体而言,而研究之道,尤注重正确精密之方法(即时人所谓科学方法),并取材于欧美学者研究东方语言及中国文化之成绩,此又本校研究院之异于国内之研究国学者也。研究院之地位:(一)非清华大学之毕业院(大学院),乃专为研究高深学术之机关;(二)非为某一校造就师资,乃为中国养成通才硕学。研究院之性质:(一)研究高深学术;(二)注重个人指导(详细办法,均见《研究院章程》中)。惟其如是,故不惜经费,布置种种,专为少数人谋研究学术之利便。学生名额极少,又复从严考试录取,期望甚大,所谓在精而不在多也。又于教授讲师,则务敦聘国内硕学重望,具有上言之三种资格:(一)通知中国学术文化之全体;(二)具正确精密之科学的治学方法;(三)稔悉欧美日本学者研究东方语言及中国文化之成绩,与学生以个人接触、亲近讲习之机会,期于短时间内获益至多。今幸得王静安、梁任公、赵元任、陈寅恪、李济诸先生为教授讲师。(陈教授须明年二月到校。)诸先生为通国之人所熟知共仰,无烦赘辞介绍。研究院前途之声望与成绩,悉惟诸教授讲师之学问指导,与学生之进修研究工夫是赖。本人被学校命为研究院主任,学识浅薄,经验缺乏,实不克图。惟自审主任之职务,在上承校长,中与各方合作,措办研究院各种事务,并筹思未来之计划,总使教授学生,能得最大量之便利,专心学问,指导研究,获益倍蓰,而研究院原来之目的,得以实现,故亦愿竭绵薄,略尽供应之职,渴望后来之效。尤有进者,由上所言,本校研究院在中国实属创举,他校如北京大学亦设国学研究所,然组织办法颇有不同。以是本校研究院今年开始,实在试验时期,一切尚待逐渐改良,所望国内名贤以及各地好学深思之士，常赐教言，藉作指针，则本校之幸，研究院之幸已。

——本文原载于1925年9月18日出版之《清华周刊》第351期。

［附录一］

清华学校研究院缘起

学问者——无穷之事业也。其在人类，则与人类相终始；在国民，则与一国相终始；在个人，则与其一身相终始。今之施高等教育专门教育者，不过与以必要之预备，示以未来之途径，使之他日得以深造而已。故东西各国大学，于本科之上更设大学院，以为毕业生研究之地。近岁北京大学亦设研究所。本校成立十有余年，今年既新设大学部，复以地处京师西郊，有交通之便，而无嚣尘之烦，故拟同时设立研究院。良以中国经籍，自汉迄今，注释略具，然因材料之未备与方法之未密，不能不有待于后人之补正。又近世所出古代史料，至为夥颐，亦尚待会通细密之研究。其他人事方面，如历代生活之情状，言语之变迁，风俗之沿革，道德、政治、宗教、学艺之盛衰；自然方面，如川河之迁徙，动植物名实之繁赜，前人虽有记录，无不需专门分类之研究。至于欧洲学术，新自西来，凡哲理文史诸学，非有精深比较之考究，不足以挹其菁华而定其取舍。要之，学者必致其曲，复观其通，然后足当指导社会昌明文化之任。然此种事业，终非个人及寻常学校之力所能成就，此研究院之设所以不可缓也。本校有鉴于此，因念大学院之成立尚需四五年，乃设立研究院，先开办国学一门，延名师，拓精舍，招海内成学之士，凡国内外大学毕业者，与现任教育事业，或闭户自修，而有相当之学力者，入院肄业，分门研究，冀于世界文化有所贡献。事难责重，所不敢辞，亦本校尽力国家、服务社会之微意也。

——本文原载于1925年3月13日出版之《清华周刊》第339期。

[附录二]

清华学校研究院章程

一、宗旨

本院以研究高深学术，造成专门人才为宗旨。

二、办法

本院为清华学校之一部，其经费及设备，均暂不另划分。清华学校校长总揽本院一切事务。

三、科目

本院拟按照经费及需要情形，逐渐添设各种科目。开办之第一年（民国十四年至十五年），先设国学一科，其内容约为中国语言、历史、文学、哲学等，其目的专在养成下列两项人才：

（一）以著述为毕生事业者。

（二）各种学校之国学教师。

四、教授及讲师

（一）本院聘宏博精深、学有专长之学者数人，为专任教授。常川住院，任教授及指导之事。

(二)对于某种学科素有研究之学者,得由本院随时聘为特别讲师。

五、学员

(一)本院于每年七月,考收合格学员若干名,住院研究,其招考规程另定之。

(二)学员之资格如下:

(甲)国内外大学毕业生,或具有相当之程度者。

(乙)各校教员或学术机关服务人员,具有学识及经验者。

(丙)各地自修之士,经史小学等具有根柢者。

附注:清华学校旧制"大一"级毕业生,得学校推荐及专任教师许可者,得为本院特别学员。

(三)投考手续约分二步:第一步报名,听凭审查资格,合格者由本院发给准考证一纸。第二步持此证应考。考题分三部:第一部,经史小学,注重普通学识,用问答体;第二部,作论文一篇;第三部,专门科学,分经学、中国史、小学、中国文学、中国哲学、外国语(英文,或德文,或法文)、自然科学(物理学,或化学,或生物学)、普通语音学八门。考生于其中任择三门,作出答案,即为完卷。

(四)学员经取录后,须按期到院,常川住宿,屏绝外务,潜心研究,笃志学问,尊礼教授,并不得有逾越行检、妨害本院之行为。

(五)学员研究期限,以一年为率,但遇有研究题目较难、范围较广,而成绩较优者,经教授特别许可,得续行研究一年或二年。

(六)学员免交学费及宿费,但每学期入学时,应缴膳费约三十五元,预存赔偿费五元。此外零用各项,均归自备。

(七)本院设奖学金,每名每年国币一百元,其名额及给与详章另定之。力学之士,研究成绩优越,而能以撰述文字证明者,得此可略补助生活所需。

(八)学员研究期满,其成绩经教授考核,认为合格者,由本院给予证书,其上载明该学员研究期限及题目,并由清华学校校长及教授签字。

六、研究方法

(一)本院略仿旧日书院及英国大学制度:研究之法,注重个人自修,教授专任指导,其分组不以学科,而以教授个人为主,期使学员与教授关系异常密切,而学员在此短时期中,于国学根柢及治学方法,均能确有所获。

(二)本院开学之日,各教授应将其所担任指导之学科范围公布,各学员应与各教授自由谈话,就一己志向兴趣学力之所近,择定研究之题目,限于开学后两星期内,呈报讲师,由其核定备案。核定后,应即随时受教授指导,就此题目切实研究,大体不得更改,以免旷时杂骛之弊。

(三)教授所担任指导之学科范围,由各教授自定,俾可出其平生治学之心得,就所最专精之科目,自由划分,不嫌重复。同一科目,尽可有教授数位并任指导,各为主张。学员须自由择定教授一位,专从请业,其有因题目性质,须同时兼受数位教授指导者亦可;但既择定之后,不得更换,以免纷乱。

(四)教授于专从本人请业之学员,应订定时间,常与接谈,考询成绩,指示方法及应读书籍。其学员数人所研究之题目全部或一部相同者,教授可将该学员等同时接见,或在教室举行演讲,均由自定。

(五)除分组指导、专题研究以外,各教授均须为普通演讲,每星期至少一小时。所讲或为国学根柢之经史小学,或治学方法,或本人专门研究之心得。此种普通演讲,凡本院学员,均须到场听受。

(六)特别讲师,专就一定之学科范围演讲一次或多次,学员研究题目与此有关者,均须到场听受。

(七)学员研究成绩,经教授认为确有价值者,亦得由该教授介绍,向本组学员或公众为一次或数次之演讲。

(八)教授讲师之讲稿及著作,又学员研究之成绩,经教授认为确有价值者,得由本院出版。

(九)教授学员当随时切磋问难,砥砺观摩,俾养成敦厚善良之学风,而收浸润薰陶之效。

(本简章未尽善之处,俟后随时修正)

1925年秋研究院教职员表

姓名	号	职位
王国维	静安	教授
梁启超	任公	教授
赵元任	宜重	教授
陈寅恪	寅恪	教授
李　济	济之	讲师
陆维钊	维钊	助教
梁廷灿		助教
章明煌	芇亭	助教
吴　宓	雨僧	主任
卫士生	澳青	事务员
周光午	卯生	助理员

——本文原载于1925年3月13日出版之《清华周刊》第339期。

［附录三］

研究院各教授指导之学科范围

该院定于九月十四日，正式始业。先期将各教授所指导之学科范围宣布，俾诸生可就其范围内，与各教授商谈研究题目。由教授认定后，即可从事研究。若欲于范围以外研究，则须取得教授之特许。该院各教授指导之学科范围，宣布如下：

王国维先生　经学：（一）书；（二）诗；（三）礼
　　小学：（一）训诂；（二）古文字学；（三）古韵
　　上古史
　　中国文学

梁启超先生　诸子
　　中国佛学史
　　宋元明学术史
　　清代学术史
　　中国文学

赵元任先生　现代方言学
　　中国音韵学
　　普通语言学

陈寅恪先生　年历学（古代闰朔日月食之类）
　　古代碑志与外族有关系者之研究（如研究唐蕃会盟碑之藏文、阙特勒碑之突厥文部分，与中文比较之类）
　　摩尼教经典回纥译文之研究

	佛教经典各种文字译本之比较研究(梵文、巴利文、藏文、回纥文及中央亚西亚诸文字译本,与中文译本比较研究)
	蒙古满洲书籍及碑志与历史有关系者之研究
李济先生	中国人种考

该院尚有普通演讲,诸生均须往听。旧制清华学生,得该教授特许者,亦可前去旁听。兹录其讲题及时间表如下:

教授名氏	讲题	时间	备考
王国维先生	古史新证	星期一(上午)九时至十时	
	说文练习	星期三(上午)九时至十时	
梁启超先生	中国通史	星期三(下午)七时半至九时半	与大学及旧制部合班
赵元任先生	方音学	星期二、四(上午)九时至十时	
	普通语言学	星期二、三(下午)二时至三时	乃备研究生及旧制生选修
陈寅恪先生	未定		
李济先生	人文学(Ethnology)	每星期二小时,时间未定	必修。但须至十一月半方始开讲。

以上除“中国通史”在旧礼堂上课外,均在第一院一一七号开讲云。

——本文原载于1925年9月18日出版之《清华周刊》第351期。

研究院发展计划意见书

校务会议会员诸先生钧鉴：

本年一月五日校务会议匆促通过张君仲述[①]之提议，此后研究院应改变性质，明定宗旨，缩小范围，只作高深之专题研究，而不教授普通国学，教授概不添聘，学生甄取从严，或用津贴之法，冀得合格之专门研究生。又研究院应与普通科专门科完全划分，各不相涉云云。宓当场亦曾表示意见。此种办法，实不赞同。迨一月七日，研究院教务会议开会，宓报告之下，对于校务会议所通过之办法，王静安教授未置可否，梁任公教授表示反对，赵元任教授及李济之讲师则赞成。窃念此事关系本校前途极为重大，知而不言，是为不忠；明见其非而不图补救，是为自私。故特请校长召集临时会议，覆议此案，并陈述宓一人对于研究院宗旨及办法之意见，以供参考。

按此次研究院向校务会议提出之明年发展计划，及预算大纲，招考办法全案，其中诸条皆系由研究院教授会议讨论通过者。该计划之优点，厥为兼营并进，委曲求全，由现时研究院实在

① 张彭春（1892—1957），字仲述，天津人。美国哥伦比亚大学文学硕士。时任清华学校教授、旧制部及大学普通部主任兼教务长，旋于清华研究院风潮后离校。后任南开中学部主任，南开大学、西南联合大学教授，第一届国民参政会参政员。1940年起从事外交工作，曾任驻土耳其、智利公使，驻联合国代表。1952年退休。1957年病逝于美国。

情形,而逐渐导入正轨。故一方注重高深之专题研究,一方并拟讲授普通国学。既使已在院之各教授,各得有充分如意之发展,而又添聘海内精深宏博之著名学者为教授,以为清华学校树立国学之声誉,为本院培植强固之根基。即招考办法,分科选考,实侧重研究专题之人才。总之,此计划全案,固拟逐渐改良研究院,使之趋于正途,成为有声有色之国学研究院,而对于国学,实取广义,不废专门研究。按所规划,已在院之教授,各能用其所学,充分发展进修,两全其美,无往不宜,未见其不可采用也。至按此计划,添办种种事业,增聘教授二人,学生由三十人增至五十人,而经费仅较今年增多一万一千元,安得云多,胡严靳于此?而新拟学生数人之津贴,已占五千元,此岂经济之道哉?

夫既不赞成此委曲求全、兼筹并顾之办法,而欲认明宗旨、根本改组,斯固是矣。惟宓以为研究院正当之宗旨及办法,只能有二:一为国学研究院,一为科学研究院。今欲根本改组,只能就此二者择一而行,不容丝毫混淆假借。除此之外,凡所设施皆是补苴敷衍,因人为政,既耗经费,又贻笑柄者矣。而抉择于斯二者,则宓极主张办国学研究院,而不取科学研究院。理由详下,今分述之。

(一)国学研究院

今之国学,紊乱残缺,不绝如线,亟待提倡,以资保存,而发挥光大,固人人能言之矣。然国内提倡国学之机关甚少,而又办理不善,人才缺乏。或则陈腐,嫌其过旧;或则偏激,强名曰新;或则但务琐屑之考据;或则徒事浮华之词章。至于编查档案、征集歌谣,如北京大学研究所国学门所为者,固亦有其相当之价值,而究未尽国学主要之能事也。窃以为今日研究国学,急宜以下列二事悬为目标:(1)则整理全部材料,探求各种制度之沿革,溯其渊源,明其因果,以成历史的综合。如梁任公之《中国文化史》之体例,及其他急宜编著之中国文学史、哲学史皆是也。(2)则探讨其中所含义理,讲明中国先民道德哲理之观念,其对于人生及社会之态度,更取西洋之道德哲理等,以为比较,而有所阐发,以为今日中国民生群治之标准,而造成一中心之学说,以定国是。如梁任公所拟讲授之“儒家哲学”,即合于此类也。进而观之,由(1)则中国之文明,可以昌明树立于世界;由(2)则中国对于解决全世界之迷乱纷争,或可有所贡献,则其关系之重大,与其事之有价值,盖可知矣。然以如此目标讲授国学之机关,在今中国尚无有见。清华设备及经费,均已足用,又有王、梁二先生在此,更逐渐添聘精博宏通之教授,则为此也甚易,是清华对于国学、对于社会、对于中国之前途,实负有此重大之责任,而不当懈怠规避者也,况提倡国学,清华亦早有此决心。自研究院开办以来,外界之奖评,社会之观察,悉认此为研究国学之地,甚至通函者,亦径用“国学研究院”字样。而考取之研究院学生三十余人,其中十之九,皆为研究国学而来,屡有所陈说表示。经宓晓以本院所谓国学,乃取广义,举凡科学之方法、西人治汉学之成绩,亦皆在国学正当之范围以内,故如方言学、人种学、梵文等,悉国学也。彼等方以研究院中国学科目未尽完备,有待于未来之扩充,今乃谓本院初非为国学而设,此层实由误会。国学二字,急应铲除云云,殊为骇异。夫即使此层由于误会,而若清华以此误会而无意中博得社会之美誉,增高本校之地位及声名,则其事亦有益无损,又何必急谋改辙,对社会失信负约,自贬损其资格,使今年之学生失望以去,下年之学生裹足不来,使外人疑清华当局不特毫无卓识,抑且毫无一定之政策,忽起忽灭,出尔反尔,弹指楼台,袖中妙计。外人失望轻视之余,真有百思而不得其解者矣。

若今校务会议,确定宗旨,认清华研究院为国学研究院,本此进行,则自下学年起,即当以"国学研究院"五字永远定为研究院正式之名称,章程亦宜酌加修改。普通与专题研究,同时并进,方言学、人种学、梵文等,仍定为国学研究院之研究科目。招生办法,亦可分为二种,使普通与各门专题,各得合格之学生,均可充分发展。惟国学教授,必须添聘,而普通国学之课程,须另为筹划。清华教授之教授高等国学课程者,自当将其课程划归研究院,作为兼课性质。学生仍定为五十人,经费略如前所提出之预算案。惟若行此办法,更当注意二事:(1)国学研究院,专以国学为范围,故其性质为独立,而并非清华大学院(即毕业院),举凡自然科学、社会科学等之高深研究,将来或另设各该科研究,或即于大学院中行之,均与国学研究院无关。(2)专门科可不设国学各系,普通科毕业学生,欲专修国学各门者(如中国文学,史学,哲学等),即径入国学研究院(将来院中普通课程,不止一年)。按此则国学研究院性质虽属特别,而实与大学沟通。普通科以上所有之国学课程,均归国学研究院专办,机关虽系分立,事业却无重复,既便行事(如购买中文旧籍等),尤省经费。窃以为为清华全局计,如此办法实胜于此次校务会议所通过者万万也。

(二)科学研究院

若谓研究院之设,顾名思义,为作高深之专门研究,不应牵入国学,则亦不当专办现有各科而遂止。应仿照各国成例,添设各种自然科学、社会科学之研究,并不仅以中国之材料为范围。如物理学、生物学等,均在首应举办之例。惟如此办法,亦须修改章程,规划细目,非可将就敷衍。科学研究院之重要及其价值,固人人所知,惟院中应先举办何种科学之研究,尚待慎重磋商,且尚须注意者三事:(1)本校大学专门科尚未成立,各种科学尚未有专门科之毕业生，而即设立科学研究院，不能衔接，实嫌太早。(2)校外如中国科学社、中美文化基金会、地质调查所等，均努力提倡科学之研究，清华今欲办科学研究院，似当接洽考察，俾免重复，而致人才难得，仪器不备，瞠乎其后，实为失策。(3)设立科学研究院，经费所需极多，清华现时是否有此财力？今年开办，明年以经费拮据而取消，是否为得计？即令但办一二种科学，亦当先定为某种，并预计经费若干，由校中当局努力筹出，而未可以改组已有之研究院，即为尽筹备科学研究院之能事也。

由上所言，研究院之宗旨性质及其大体办法，只能有二，今欲确定抉择，亦只能于国学研究院及科学研究院二者之中，明取其一，此外更无别途。若乃依违于二者之间，比附摽窃，所办既非国学，又非科学，而但以专题研究为号召，冒研究院之名，实理之至难通，而势所至不可者也。此次校务会议所通过之办法，实即犯此“四不像”之病。局外之人，固茫然不解此畸形研究院之用意，即实行办事，亦有困难。外界以糜费相责，一也；学生因失望而裹足不来，二也；现有二三科目，中国学生对之发生兴趣，而有预备工夫者，实为甚少，即特设津贴学额，恐亦难得合格之人，三也；何以现今研究院独设此三数科目，而校内各种科学已有高深研究之教授，则不得参与，凭何标准，以为划分，四也；政策多变，使人疑清华当局为儿戏，此后设施，随时可改，将何以取信于人，五也。凡此皆实察事势之所必至，而不敢参以一毫之私意者也。

综兹所论，比较而观，利害分明，轻重大别，孰去孰从，不待烦言而解。宓之私意，以为(1)清华急当办国学研究院(办法略如上述)；(2)科学研究院亦当办，但须详为筹划；(3)非国学非科学之“四不像”式之研究院，则决不宜办，不如将研究院径行取消之为愈。此事关系重大，故今特以研究院主任之资格，条陈意见，请求校务会议覆议一月五日所通过之案,另行辨明宗旨,决定办法,实为至幸。又附陈者,宓忝任研究院主任一年,原冀徐图改良,引入正轨,故慎重将事,委曲求全。今兹根本问题,亟待明白,决定公布,以为后来办事之方针。若此次覆议结果,仍维持前议,或条文虽有更变,而犹是非国学非科学之"四不像"式之研究院之办法,则宓愿谨先此声明,下年决不肯在研究院任事。即目前照此方针筹办下年各事,亦宓所极不乐为。如寒假后能由校中觅得替人,甚愿早卸研究院主任之仔肩也。爱校心切,措词但求明显,披沥以陈,尚祈鉴察。此启。

民国十五年一月十日　研究院主任吴宓谨启[①]

[附录]

梁任公教授来函[②]

雨僧吾兄足下:

承示研究院发展计划意见书[③],仆大致赞成。若校中维持一月五日决议原案,则仆自愿辞去研究院教授一职;若仍留学校,则宁愿在大学部任职而已。其理由如下:

(1)若以研究院为教授研究机关,则仆自己研究学问,当然以回家为便利。不独起居饮食较适而已,即舍下书籍亦较校中为

① 吴宓所撰之此《意见书》于《清华周刊》第371期刊出时,《周刊》编者之一、清华研究院学生吴其昌,于吴宓《意见书》末尾附按数语:"此事已成过去。虽为研究院风潮之根源,然与此次风潮,实丝毫不相关涉。存之特以见本末而已。至于此次研究院风潮发生之近因,实由于'清华改组委员会'之改组草案,突然欲将研究院取消所致也。"

② 梁先生此函曾登载于1926年1月17日出版之《清华周刊》第371期。

③ 指清华学校研究院主任吴宓于1925年1月10日致清华校务会议会员诸先生函,亦即其所拟之《研究院发展计划意见书》。

备，我何必徒糜校中数千元之供养，于己不适，而反招物议。

(2)所谓高深专题云云，界说本难确定，若严格的论之，我可谓一无专长，实难与此决议，名实相副，合在“陈力就列，不能者止”之例。

(3)勉强找一专题，虽未尝不可，但我根本不以此种办法为然。例如要我专授佛教史专题，虽或有一日之长，但试问费数年工夫，养出一两个研究佛教史之人，于国家有何益处？我虽自己对于此门学科有特别嗜好，然殊不愿多数人靡精力于此。在学校方面，尤不应费许多金钱，专为此三两个学生造特别机会。

(4)假使我因为喜欢佛教史，在研究院专以此为教，然而事实上国内青年与我同好者，恐未必有人；若因其无人而特设津贴，以招罗学生，则我以为现在应提倡之学科，不止一端。如佛教史，如方言学之类，以学科之先后缓急论，恐须排列在第十几名以后。学校究以何为标准，别的学科不补助，而独补助此一两科？

(5)严格的论之，现在中国学界，实不配设研究院，因为根本没有研究生。例如虽出津贴，以招致研究佛教史或方言学之人，恐亦未必可得；应津贴而来之人，未必便可以栽成。

要之，一月五日之决议，在理论上适当与否，别一问题；在事实上决然办不出成效，实为我所确信。故若依此决议，我实不愿在院中虚靡校中金钱，及我自己之精力。

我两月前为院中诸生讲演，演题为“我为什么来研究院当教授”。大意为两件事：(一)养成做学问的良好习惯；(二)指导做学问的良好方法。我对于研究院事业有兴味，对于本院前途有希望者，即在此。以现在半年间成绩而论，实属不坏，也可以说超过我的希望。现在三十人中，我认为可以栽成者，实占三分之一以上。其中有三五人，研究成绩实可以附于著作之林而无愧。其所研究者,固皆专题也,但专题却非由教授指定。我不以我自己所研究者强彼辈,彼辈所欲研究者我若绝对不能指导则谢之,若相对的可以指导,则勉强为之帮助。我以为若循此办法办下去,明年招考稍加严,则成绩必更优于今年,前途发展未可限量。今骤然欲根本推翻,真所不解。鄙意谓研究院以现在之精神及办法继续下去,而教授个人专门研究原亦不妨同时并存;若经费充裕,则将一两门特别稀奇功课,设津贴以招致学生,亦未始不可,何必将现在办法根本变更耶?校中决议,仆殊不愿以个人意见破坏,惟自己进退应有自由,故研究院若果如决议所采之方针,仆惟有引退而已。公提出计划书时,望并以此意代达当局。

启超　(民国十五年一月)十三日

——本文原载于1926年1月17日出版之《清华周刊》第371期。

由个人经验评清华教育之得失

近顷各方评论清华学校者,多注意于末节实事(如科系之组织、机关之裁并、请假规则之修改等等),而忽略根本之理想及方针。(惟《周刊》第三百三十三期钱端升先生《清华改办大学之商榷》一文,于此曾有所主张,私心颇甚赞同。)窃谓学校既以培植学生、造就人才为目的,则学校之功过得失,当视其所毕业之学生、所成就之人才以为断。近年清华改变方针开办大学,凡百设施均与以前大异,今后结果自难预测。兹惟论已往之清华教育,并以作者本身之经验及平日之观察思考为论据,直抒所见,力求持平,读者谅之。

由吾本身之经验及对于毕业同学大多数之观察,则清华教育所养成之学生,具有以下之优点及缺点:

优点(毕业学生人人所长)

(一)办事能力　(二)公民道德

缺点(毕业学生中虽有之而不多见)

(一)渊博之学问　(二)深邃之思想

(三)卓越之识见　(四)奇特之志节

清华本为预备留美之专校,办理经营者皆留美出身之人。宣统三年开学时,所聘来之美国教员皆仅足教授美国之中学(High

School）者，是直视清华为设在中国之一美国中学而已。自开办至民国六年（当吾在此为学生时），功课及管理均取严格主义。同时，当局极力提倡运动及课外作业。简言之，即美国之学校生活（American College Life）。其所造就之学生，遂具有上列之优点及缺点，此乃自然之结果也。盖清华既一力仿美国教育，故美国教育之短长得失，亦均移植于清华。上列各点，亦即全体美国人之确实批评。夫清华不能取美国教育之长而弃其短，固为缺憾；然清华既仿效美国而实得其长，亦属难能。且此诸优点与缺点实密切相关连，不易分离，斯亦不可不察也。

美国人之通性，重实际而蔑理想（英人亦然，美为尤甚）。其注重农工商业、注重经济社会等学不必论矣，即其文学艺术等等，亦多不能超出实际。昔日美国之思想家，如爱玛生（R. W. Emerson）之流，其著述无非道德之讲话而已，近今之哲学名家，如詹美士（Wm. James），如杜威（Dewey），其所倡导之哲学，仍不脱实验及实用之范围，故偏而不全，滞而不得出。美国人以有此通性，故注重办事。其办事有条理而敏捷（但其弊则方法过于繁密，而原理反不清楚），以人为办事之机械。故即个人生活，如衣饰之整洁、交际之繁密、常识之取求、游戏之练习、案头之日历、怀中之记事册，以及作事最畏人讥评，婚姻礼拜一切必求合式，不敢违众等等，皆为办事之便利及成功计耳。清华昔日提倡学校生活及课外作业，皆为使学生练习办事。故清华之毕业生几无一人不能办事，率皆敏捷而有条理。居各种位置，善于应付而能尽职。此实清华教育之良果，不容蔑视者也。

美国人之务实际，非仅专图实利，且并注重实用道德（英人亦然），其政治建设之成功，国势财利之雄厚，悉由于此，不可不察。最初移殖彼土之清教徒（Puritans）以道德留贻后人，成为风尚。

开国元老，如华盛顿、富兰克林等；中兴名贤，如林肯，皆以道德运用政治，故能成赫赫之功。迄今美国人之崇尚道德，其风犹未尽灭。惟其所重之道德，非凭高尚之理想，乃本诸经验，成于习惯，实行之而使国家与个人受益者。转言之，即共和国家之公民道德。其学校教育，于此亦再三致意。惟所谓公民道德者，非仅用之于政治，即寻常团结及私人交际，亦随在可以用之。小之如不走草地，不随处涕唾，不私取他人物件，借人银钱必还，有约必到。大之如维持大局，力趋稳健，不使学校风潮扩大，不使学校卷入政治漩涡，不以党派权利及私人恩怨动起暴争。凡此皆清华学生之特长，高出于中国今日他校而可以自豪者。而皆历年教育模仿美国、注重公民道德之效果也。

美国人以重实际而轻理想之故，又以实行民主政治，注重平等之故，其弊则凡百设施均带商业性质，纯粹之学者不受尊礼，出众之天才时受裁抑。而美国人之性行，犹不免（一）识见狭隘（Provincial）与（二）行事拘囿（Conventional），以同乎流俗，合乎污世为方针；（三）注重物质（Materialistic）而与精神隔膜——即其著书立说，亦不免此病；（四）视职业过重，教育亦职业化，不求综合一贯之人生观，只设职业指导、成功要术；（五）于金钱，多积货财，贪墨无厌；（六）耽安逸，尚奢侈（Comfort and Luxury）；（七）日夕劳忙活动而不休息，于是无思想之暇时（Leisure），无精神之幸福；（八）但言方法而不问目的，推之则为但事积聚而不能享用，但计数量而不问品质，但务宣传而不思改良。以上皆美国人性行之最显著者。又注重标准齐一，故通国到处皆然。*Main Street*一书，描摹最佳，全美国皆Main Street也，或曰：清华园亦“Main Street”，不特“北院”[①]一隅而已。此虽谑言，而清华大多数毕业生及学生，

① 此指清华学校北院，美国教师聚居之地。

其性行恐不免有如以上所言者。姑以目前二事为例,(一)国学甚有根柢,好读书,长于诗文撰述,身体弱,如此之学生,赴美乃不学文哲史等学,而必欲学陆军、政治,或畜牧;(二)最幽静美丽又最天然之荷花池中央,乃欲建立西式之喷泉。(以外国大公园之主要品,为此地点缀。如妙龄之东洋美女,头戴高顶阔缘之西式礼帽。)此皆纯粹模仿美国教育之不满意之结果,而足代表上列四种缺点者也。

吾草此文,乃欲平心论列清华教育之得失,其已往政策之良否。并非专反对某事(如实利主义),或欲藉此专提倡某事(如劝人学纯粹科学及文学哲学)。近顷批评清华者,只指责本校之缺点,而不著其优良之成绩,实属未平。故吾欲并著其功过而就根本立论。至于此后之设施,自当保存其所长而补救其所短。其事虽难,惟当尽力为之而已。吾昔在清华肄业凡六七载,如有寸得,皆清华所赐。自念昔在此中所学得之办事能力及公民道德,足以矫正我身心之偏。即对于我之理想事业,亦未尝无补。然在当时,常患精神郁抑,思虑繁杂。于当时之课外作业,虽身为之而心厌之。又对于选科之事,始则欲习应用化学,继则欲习新闻业,以为文学非今世所急需,又以为文学可以自己研究,不必到美国学之。此种见解,过后方知其误。而竟未走入邪路,实为极幸。到美国后,得遇真正之名师、超群之益友,眼界大开、心神愉快。然后乃知学问之大原、世事之因果、吾生之正事。顾又不免有嗟惜之意,以为使我当日者,早遇名师益友,或从专师研读中国书十载,然后入圣约翰,专读应用英文二年,以二十岁之年龄,即自费(或官费)出洋,暂留美而久留欧,居外洋十二载,然后回国,再续行自修,庶几称心遂愿。今在清华毕业,所得虽多,然而所谓"渊博之学问,深邃之思想,卓越之识见,奇特之志节"者,我此生一无望矣。虽然，人生成就，半由己力，半由外缘，未可强必。对己奋励则可，对学校悔怨则非也，此又吾后来之观感也。窃念今之同学中与我昔时同感者亦当不少，故辄自记前情，以著清华教育之实况。近年清华设施，与昔迥乎不同，进步实多，众所共见。学校则延聘名师，提倡讲学之风，同学亦皆知一偏模仿美国之非。惟愿扶得西来，不至东倒。勿以印象派之见解（Impressionistic）责望学校。勿以一时之感触，权衡世事。而当好学深思，由广博之知识，以求中正之人生观。凭一己实在之努力，以谋国家社会之改进，则吾所馨香祷祝者已。

——本文原载于《清华周刊》1926年十五周年纪念增刊。

清华大学外国语文学系概况(1934年)

按查本校外国语文系课程,系在开办大学部时审慎编定①,今仍遵用,无大更改。请细阅本校学程大纲中所载本系学程表及本系学程总则,便知其详。兹增补说明如次。

(一)本系授东洋西洋外国语文。东洋现仅有日本文,故本系课程以西洋语文为主。惟鉴于国家时势之需要,今特注重日俄两国语文。自本学年起,添设第三年俄文。

(二)本系现今之职务及工作,可分二部。第一部为教授全校各系学生以英、法、德、俄、日及希腊、拉丁等语言文字。其中或为全校必修,或为各该系所定必修,或为学生自由选修。学生人数及上课钟点,均极多。本系所以需用教授讲师十余位而经费预算数目亦不在少者,实由此故。细按课程表可知。第二部为教授本系学生以各国语言文字及文学,详下。

(三)本系始终认定,语言文字与文学二者互相为用,不可偏废。盖非语言文字深具根柢,何能通解文学而不陷于浮光掠影?又非文学富于涵泳,则职为舌人亦粗俚而难达意,身任教员常空疏而乏教材。故本系编订课程,于语言文字及文学二者并重。授教各系学生之语言文字,时参以文学教材及文学常识。而教授本

① 清华大学外国语文学系此时的办系方针与课程设置,与吴宓1926年为清华西洋文学系初建时所制定的学程方案基本一致,变化无多。

系专修文学之学生,亦先使其于语言文字深植基础,本系学生专修英国文学者,于英文必须修习四年。专修法国德国文学者,于法文德文必须修习三年(原定四年,近因本校新章第一年级生不能选修第二外国语,故遵改)。而选修任何国之语言文字,非修满二年不给学分。凡此皆所以防浅尝辄止之弊。又本系教授语言文字之方法,注重熟练及勤习。读书、谈话、作文并重,使所学确能实用,足应世需。自民国二十二年起,第一年英文更改良制度,加重习作。是故他系选修学生,固可藉为研求专学入世任事之工具;本系专修学生,毕业后即不从事文学,亦可任外国语文之良好教员,或任外交官吏,及翻译编辑等职务也。

(四)本系文学课程之编制,力求充实,又求经济,故所定必修之科目特多,选修者极少。盖先取西洋文学之全体,学生所必读之文学书籍及所应具之文字学知识,综合于一处。然后划分之,而配布于四年各学程中。故各学程皆互相关连,而通体成一完备之组织,既少重复,亦无遗漏。更语其详,则先之以第二年之西洋文学史(原名西洋文学概要,今虽改名,内容不变),使学生识其全部之大纲。然后将西洋文学全体,继分之为五时代,分期详细研究,即(1)古代希腊罗马,(2)中世,(3)文艺复兴,(4)十八世纪,(5)十九世纪,更加以(6)现代文学,分配于三年中。又横分之,为五种文体,分体详细研究,而每一体中又择定一家或数家之作品详细讲读,以示模范,亦分配于三年中,即(1)小说——近代小说,(2)诗——英国浪漫诗人,(3)戏剧——近代戏剧及莎士比亚,(4)散文——第三年及第四年英文,(5)文学批评。此其区分之大概。复先之以全校必修之西洋史及本系必修之西洋哲学等。益之以第四年之专题研究及翻译术等。翼之以每年临时增设之科目如西洋美术、但丁、浮士德、拉辛、吉德等,可云大体完备。总之,本系学生虽似缺乏选择之自由,而实无选择之需要。因课程编制之始,已顾及全体。比之多列名目、虚张旗帜,或则章程学科林立而终未开班,或则学生选修难周而取此失彼者,似差胜一筹也。

(五)本系学生必修之科目,按原定计划,每年均须开班。惟因本系经费甚属有限,且顾念校中全局,力事撙节,故近年实行轮流合班之制。即将第二、三、四年之文学必修科目,使上下连接之两级学生同时选修,合班教授。如是,每一科目每两年始开一次,而轮流递换,每年仅必修科目之半数实行开班。此办法,对学生修习之正当程序不无妨碍,然可节省经费甚多,实不得已而出此。按此办法,民国二十三至二十四年度,(1)英国浪漫诗人,(2)中世文学,(3)文艺复兴时代文学,(4)戏剧概要,(5)现代西洋文学,(6)莎士比亚,均开班。而(1)西洋小说,(2)古代文学,(3)英文文字学入门,(4)文学批评,(5)十八世纪文学,(6)十九世纪文学,均暂停。

(六)本系课程表中,第四年必修之现代西洋文学一科目,原定每星期二小时,先授现代诗,次授现代小说,后授现代戏剧。今改为三组分设:(1)现代诗,(2)现代小说,(3)现代戏剧。各授课一小时。每学生须于三组中选修二组,所得时数及学分仍旧。

(七)西洋美术一科目,为本系所旧有,今年仍开班。原拟列为必修,以本系学生必修之时数学分数已多,故今列入研究科目,仍切望本系学生多多选修。按查美术与文学关系至深,众所共悉。而本校学生于西洋语言文字及西洋历史文学研究有素,移治美术,成就自当不同,固不特西洋美术为治西洋文学之辅翼也。

(八)本系必修科目似甚多。然按照现行课程,学生于四年中仍可自由选修十六学分,高材者且可多于此数,并非不能选修也。本系对学生选修他系之学科,特重中国文学系。盖中国文学与西洋文学关系至密。本系学生毕业后,其任教员,或作高深之专题研究者,固有其人。而若个人目的在于(1)创造中国之新文学,以西洋文学为源泉为圭臬;或(2)编译书籍,以西洋之文明精神及其文艺思想介绍传布于中国;又或(3)以西文著述,而传布中国之文明精神及文艺于西洋,则中国文学史学之知识修养均不可不丰厚。故本系注重与中国文学系联络共济。惟其联络不在形式,即谓本系全体课程皆为与中国文学系相辅以行者可也。

(九)本校第一年课程,文法理三院一律相同。惟志愿入本系之学生,及拟由他校转来入本系第二年级者,宜先注重英文,且选修西洋通史,则便利多多。又本系所有语言文字及文学科目,他系学生均可选修。凡此均详载学程大纲中云。

又按吾国大学教育,如果统筹全局,实心改造,裁冗去复,精益求精,则应注意各大学之特殊环境及历史。清华昔为留美预备专校,特重英语英文,教员督查勤严,学生讲谈写作恒用英语英文,亦成习惯。西文文学书籍杂志购订甚多,积久益丰。又教授中各国人均有。且以经办留美学生事多年,对欧美学术界、教育界素常接洽,声气较通。外国大学之遣派员生来华留学,或求聘吾国人士赴彼土授汉文或作讲演者,每多向本校接洽或委托办理。是故清华以国立大学,而实具国际文化之空气,当中外学术交通之枢机。由此种历史环境之特点,今后外国语文系在本校之地位,及对于国家特殊之任务,可得而言。简述之,可分三层。而本系毕业学生职业之途径,亦在于是焉:

(1) 曰养成外交人才;

(2) 曰造就编译人才;

(3) 曰造就外国语文教师;

(4) 曰代办国内国外文化学术机关委托交换介绍及调查通讯之事。

关于(1)者,本系可与历史政治等各系计划合作,而请求外交部之指导赞助。关于(2)者,除本系之基本训练外,应授学生以编辑翻译之技术,且加练习。又须常与国内外出版界及编译机关接洽,以备咨求。关于(3)者,为本系之主要事业,不待更加详说。关于(4)者,国内固已有此种专立之机关,本校不思越俎,更非争骛,仅可以已有之资力,尽其绵薄之责任而已,惟是本校经费非裕,而本系预算尤绌,故以上四途之计划仅能酌量逐渐施行,未敢存奢望也。

主　　任　王文显(本学年休假)

代理主任　吴　宓

教　　授　毕　莲　陈福田　吴可读　温　德　翟孟生　钱稻孙　艾　克(本学年休假)　石坦安　叶崇智　华兰德

讲　　师　葛其婉　陈作福　梁宗岱　黄伟惠　魏瑞池　瓦斯烈夫斯基　陈　逵

教　　员　张锦宏

助　　教　张友祥　朱木祥

——本篇系吴宓1934年为《清华周刊》“向导专号”所撰清华大学外国语文学系概况,原载于1934年6月1日出版之《清华周刊》第41卷第13、14期合刊。

清华大学外国语文学系概况(1936年)

按查本校外国语文学系课程,系在开办大学部时审慎编定,今仍遵用,无大更改。请细阅本校学程大纲中所载本系学程表及本系学程总则,便知其详。兹增补说明如次。

(一)本系授东洋西洋外国语文。东洋现仅有日本文,故本系课程以西洋语文为主。惟鉴于国家时势之需要,并注重日俄两国语文。

(二)本系现今之职务及工作,可分二部。第一部为教授全校各系学生以英、法、德、俄、日及希腊、拉丁等语言文字。其中或为全校必修,或为各该系所定必修,或为学生自由选修。学生人数及上课钟点,均极多。本系所以需用教授讲师十余位而经费预算数目亦不在少者,实由此故。细按课程表可知。第二部为教授本系学生以各国语言文字及文学,详下。

(三)本系始终认定,语言文字与文学二者互相为用,不可偏废。盖非语言文字深具根柢,何能通解文学而不陷于浮光掠影?又非文学富于涵泳,则职为舌人亦粗俚而难达意,身任教员常空疏而乏教材。故本系编订课程,于语言文字及文学二者并重。授教各系学生之语言文字,时参以文学教材及文学常识。而教授本系专修文学之学生,亦先使其于语言文字深植基础。本系学生专修英国文学者,于英文必须修习四年。专修法国德国文学者,于法文德文必须修习三年(原定四年,近因本校新章第一年级生不能选修第二外国语,故遵改)。而选修任何国之语言文字,非修满二年不给学分。凡此皆所以防浅尝辄止之弊。又本系教授语言文字之方法,注重熟练及勤习。读书、谈话、作文并重,使所学确能实用,足应世需。自民国二十二年起,第一年英文更改良制度,加重习作。是故他系选修学生,固可藉为研求专学入世任事之工具;本系专修学生,毕业后即不从事文学,亦可任外国语文之良好教员,或任外交官吏,及翻译编辑等职务也。

(四)本系文学课程之编制,力求充实,又求经济,故所定必修之科目特多,选修者极少。盖先取西洋文学之全体,学生所必读之文学书籍及所应具之文字学知识,综合于一处。然后划分之,而配布于四年各学程中。故各学程皆互相关连,而通体成一完备之组织,既少重复,亦无遗漏。更语其详,则先之以第二年之西洋文学史(原名西洋文学概要,今虽改名,内容不变),使学生识其全部之大纲。然后将西洋文学全体,继分之为五时代,分期详细研究,即(1)古代希腊罗马,(2)中世,(3)文艺复兴,(4)十八世纪,(5)十九世纪,更加以(6)现代文学,分配于三年中。又横分之,为五种文体,分体详细研究,而每一体中,又择定一家或数家之作品详细讲读,以示模范,亦分配于三年中。即(1)小说——近代小说,(2)诗——英国浪漫诗人,(3)戏剧——近代戏剧及莎士比亚,(4)散文——第二年级、第三年级英文材料以散文为主,(5)文学批评。此其区分之大概。复先之以全校必修之西洋史及本系必修之西洋哲学等。益之以第三年之文字学及第四年英文(英文文法之史的研究)等。翼之以每年临时增设之研究科目,如中西诗之比较、但丁、翻译术等,可云大体完备。总之,本系学生虽似缺乏选择之自由,而实无选择之需要。因课程编制之始,已顾及全体。比之多列名目、虚张旗帜,或则章程学科林立而终未开班,或则学生选修难周而取此失彼者,似差胜一筹也。

(五)本系学生必修之科目,按原定计划,每年均须开班。惟因本系经费甚属有限,且顾念校中全局,力事撙节,故近年实行轮流合班之制。即将第二、三、四年之文学必修科目,使上下连接之两级学生同时选修,合班教授。如是,每一科目每两年始开班一次,而轮流递换,每年仅必修科目之半数实行开班。此办法对学生修习之正当程序不无妨碍,然可节省经费甚多,实不得已而出此。按此办法,民国二十五至二十六年度(1)英国浪漫诗人,(2)中世文学,(3)文艺复兴,(4)戏剧概要,(5)现代文学,(6)英文文字学入门,均开班。而(1)西洋小说,(2)古代文学,(3)文学批评,(4)十八世纪文学,(5)十九世纪文学,(6)莎士比亚,均暂停。

(六)本系设置研究课程若干种,按年变更。每教师就其特长及研究心得担任一种或二种。每课程每周二小时,全年四学分。研究生应在此项研究课程中,择定其论文及范围。论文即由该教授指导评阅。民国二十五至二十六年度,本系设研究课程如下:

高等文字学	毕　莲
乔叟〔或蒲伯,Chaucer (or Pope)〕	翟孟生
莎士比亚研读	王文显
海尔贝(Fredrick Hebbel)	陈　铨
法国文学专家	温　德
中西诗之比较	吴　宓
翻译术	吴　宓
密尔顿	陈福田
近代德国戏剧	华兰德

哥德(Geothe)	杨业治
拉丁文学专家	吴达元
题未定	叶崇智

(七)自民国二十四至二十五年度起,第二、三、四各年英文亦均特重写作,以二小时专授作文,余授读本。

(八)本系四年课程原为一四二学分,今改为一三二学分,此外学生仍可量力选修。本校定章学生四年可选至一六〇学分也。本系对学生选修他系之学科,特重中国文学系。盖中国文学与西洋文学关系至密。本系学生毕业后,其任教员,或作高深之专门研究者,固有其人。而若个人目的在于(1)创造中国之新文学,以西洋文学为源泉为圭臬;或(2)编译书籍,以西洋之文明精神及其文艺思想,介绍传布于中国;又或(3)以西文著述,而传布中国之文明精神及文艺于西洋,则中国文学史学之知识修养,均不可不丰厚。故本系注重与中国文学系联络共济。惟其联络不在形式,即谓本系全体课程皆为与中国文学系相辅以行者可也。

(九)本校第一年课程,文法理三院一律相同,惟志愿入本系之学生,及拟由他校转来入本系第二年级者,宜先注重英文,且选修西洋通史,则便利多多。又本系一年级学生如有余力,宜旁听第一年德法文,本系所有语言文字及文学科目他系学生均可选修。凡此均详载学程大纲中云。

又按吾国大学教育,如果统筹全局,实心改造,裁冗去复,精益求精,则应注意各大学之特殊环境及历史。清华昔为留美预备专校,特重英语英文,教员督察谨严,学生讲谈写作恒用英语英文,亦成习惯。西文文学书籍杂志购订甚多,积久益丰。又教授中各国人均有。且以经办留美学生事多年,对欧美学术界、教育界素常接洽,声气较通。外国大学之遣派员生来华留学,或求聘吾国人士赴彼土授汉文或作讲演者,每多向本校接洽或统托办理。是故清华以国立大学,而实具国际文化之空气,当中外学术交通之枢关,由此种历史环境之特点,今后外国语文学系在本校之地位,及对于国家特殊之任务,可得而言。简述之,可分三层。而本系毕业学生职业之途径,亦在于是焉:

(1)曰养成外交人才;

(2)曰造就编译人才;

(3)曰造就外国语文教师;

(4)曰代办国内国外文化学术机关委托交换介绍及调查通讯之事。

关于(1)者,本系可与历史政治等各系计划合作,而请求外交部之指导赞助。关于(2)者,除本系之基本训练外,应授学生以编辑翻译之技术,且加练习。又须常与国内外出版界及编译机关接洽,以备咨求。关于(3)者,为本系之主要事业,不待更加详说。关于(4)者,国内固已有此种专立之机关,本校不思越俎,更非争骛,仅可以已有之资力,尽其绵薄之责任而已,惟是本校经费非裕,而本系预算尤绌,故以上四途之计划仅能酌量逐渐施行,未敢存奢望也。

主任　王文显

教授　陈福田　吴宓　毕莲(Miss A. M. Bille)

吴可读(A. L. Pallard-Urqulart,本年休假)

翟孟生(R. D. Jameson)　温德(R. Winter)

钱稻孙　石坦安(Diether von den steinen)

华兰德(Miss L. Holland)　叶崇智　陈铨

讲师　黄伟惠　吴达元　秦善鋆　杨业治

教员　张锦宏　朱木祥　雷夏(E. C. Reieher)　杨允修

苗迪青　史丕司烈夫(A. N. Speshneft)

助教　徐锡良　蒋恩钿

——本篇系吴宓1936年为《清华周刊》所撰之清华大学外国语文学系概况,原载于1936年6月出版之《清华周刊》“向导专号”。

清华大学外国语文系学程一览

（民国二十五至二十六年度）

课程总则

一、本系课程之目的，为使学生得能：（甲）成为博雅之士；（乙）了解西洋文明之精神；（丙）造就国内所需要之精通外国语文人才；（丁）创造今世之中国文学；（戊）汇通东西之精神思想而互为介绍传布。

二、本系课程之编制，本于二种原则，同时并用：其一则研究西洋文学之全体，以求一贯之博通；其二则专治一国之语言文字及文学，而为局部之深造。课程表中，如西洋文学概要及各时代文学史，皆属全体之研究，包含所有西洋各国而为本系学生所必修者；但每一学生并须于英、德、法三国中（此外更设希腊、拉丁及俄罗斯、日本语文各班，意大利、西班牙等国语文俟后增入），择定一国之语言文字及文学为精深之研究，庶同时可免狭隘及空泛之病。

三、本系因：（1）每年均有教授轮流休假；（2）为经济起见，凡无系统关系之分期文学课程均两两轮替，每间一年开班一次。学生选课必须将本年开班此等课程完全选习，否则非俟至第三年无

补习机会。(注意各课程项下小注。)

四、本系课程,文学而外,语言文字之研究特为注意。普通功课皆以英文讲授,而专修德法文者,在本系至少须续修三年,以得专长而求实效。

五、自二十四至二十五年度起,除大一英文以三小时授读本、二小时授作文外,第二、三、四年英文亦均各以二小时专授作文,以达到使学生能用英文自由写作之目的。

分年课程表

第一年	三十六或三十八学分
国文	六学分
第一年英文	八学分
中国通史 西洋通史 } 择一	八学分
逻辑 高级算学 微积分 } 择一	六或八学分
普通物理 普通化学 普通地质学 普通生物学 } 择一	八学分

凡志愿将来入本系学生,在第一年级时,宜旁听或选习第一年第二外国语。

第二年	共三十六学分
第二年英文	六学分

第二外国语(任择一种)　八学分
西洋哲学史　六学分
西洋文学概要　八学分
英国浪漫诗人(专集研究一)　四学分
西洋小说(专集研究二)　四学分

第三年　共三十二学分

第三年英文或德法文(择一)　八学分
西洋文学分期研究:
(一)古代希腊罗马　四学分
(二)中世(至但丁止)与十八世纪轮流开班　四学分
(三)文艺复兴时代(至十七世纪末止)与十九世纪轮流开班　四学分
英文文字学入门　四学分
戏剧概要(专集研究三)与莎士比亚轮流开班　四学分
文学批评(专集研究四)与现代文学轮流开班　四学分

第四年　共二十四学分

第四年英文或德法文　八学分
西洋文学分期研究:
(四)十八世纪与中世文学轮流开班　四学分
(五)十九世纪与文艺复兴轮流开班　四学分
现代西洋文学:(一)诗,(二)戏剧,(三)小说(任择二种)与文学批评轮流开班　四学分
莎士比亚(专集研究五)与戏剧轮流开班　四学分

【附注一】除上列必修课外,学生须选习至少四学分以足学校规定之一三二学分,才力胜任者更可多选。

【附注二】自由选修之学程,或在本系或在他系之课程中选修均可。

【附注三】三、四年级学生,经主任允许,可选习研究所课程一种或二种。

【附注四】凡第二外国语课程,非修业二年不给学分。

选修课程

第一二年拉丁文	八学分
*第一年希腊文	八学分
第一二年日文	八学分
第一二年俄文	八学分
*高等英文作文	四学分
*英国文学书选读	四学分
英语捷径	四学分
其他研究课程	六学分

【附注】上列本系之必、选修学程,凡他系学生程度相当者,均可选修。

*二十五至二十六年度不开班。

学程说明

外101—102第一年英文

本学程分读本与作文两部:

(甲)读本:精读英美模范散文,特重字句之用法、段之构造及章法。

教员:陈福田、张锦宏、朱木祥、徐锡良、邱汉森。

(乙)作文:校正及研究文法及修辞上之普通错误,分析节段

(Paragraph)之构造。学生每周除练习外必试作Paragraph至少一次,每学期有讨论会二次。

教员:张锦宏、朱木祥、徐锡良、邱汉森、王友竹。

外111—112第一年法文　　吴达元、黄伟惠、秦善鋆

本学程于法文文法及常用之不规则动词为系统之研究,且多以会话、作文、默写使学生熟习语句之构造;又注重学生读书之能力,一俟学生能领会时,课本之讲解,即全以法语行之。

每周四小时,两学期共八学分。

外121—122第一年德文　　华兰德、陈铨、杨业治、雷夏

本学程之目的为使学生能读浅近之德文,文法注重练习、发音及单字。

每周四小时,两学期共八学分。

外103—104第二年英文　　吴宓、陈福田、毕莲、张锦宏

本学程接读第一年英文,惟程度较高。其目的在训练学生使能表达思想正确无误,又养成其读书敏捷之能力。每星期须作短篇论文或练习课一次,俾于篇章之分段、表解大纲之编制、各种文体之写作,以及交际事务之函札、图书馆之运用、会议演说之姿势与规矩等等均能熟习而应用无碍。目的在使学生明了说明、描写、辩论、叙事各文体之运用。甲组学生兼习诗之构造。(本学程甲组专为外国语文系学生而设,其他各组则他系学生选修第二年英文者入之,故其所修之书略有不同。)

每周三小时,两学期共六学分。

外113—114第二年法文　　吴达元、黄伟惠、华兰德

本学程以文法及读本为根据,藉会话及作文以续行研究语句之构造,及动词之变化,尤注重浅近书籍之精细研读。

每周四小时,两学期共八学分。

外123—124第二年德文　　陈铨、杨业治、雷夏

本学程之教授法及目的,与第一年德文同,惟程度较高。加以练习及作文,并使学生直接用德语会话。

每周四小时,两学期共八学分。

外131—132西洋文学概要　　翟孟生

本学程讲授欧洲文学史全部之大要,期使学生稔欧洲各国古今重要之典籍及文学之源流。演讲而外,并选取欧洲文学中之名篇巨制使学生阅读之。

每周四小时,两学期共八学分,本系二年级必修。

外151—152西洋小说(专集研究一)　　陈福田

本学程讲授西洋小说发达之历史,以其范围广博,故专注重近二百年中之大家,取其所著小说研读而评论之,明示其优劣短长之所在,庶学者他日撰作小说可资为模范而知所从违云。

每周二小时,两学期共四学分,本系二年级必修。

外153—154英国浪漫诗人(专集研究二)　　吴宓

本学程取英国浪漫时代诗人(Wordsworth, Coleridge, Byron, Shelley, Keats)之重要篇章,精细研读。由教员逐字逐句讲解,务求明显详确,不留疑义;兼附论英文诗之格律,诸诗人之生平,及浪漫文学之特点。

每周二小时,两学期共四学分,本系二年级必修。

外105—106第三年英文　　温德

本学程为有志文学及欲深造英文者而设,为注重精读课程,又细究散文及诗中文笔(style)构成之道,藉作文以实验证明之,更论究诗之韵律格调等,并练习散文及诗之读法。

每周四小时,两学期共八学分。

外115—116第三年法文　　吴达元

本学程以精读为主，更辅以会话及作文，法国代表诗、散文及古典戏剧皆选读之，课堂中之讲解讨论，纯以法语为之。

每周四小时，两学期共八学分。

外125—126第三年德文　杨业治

本学程之目的，在使学生发达其阅书敏捷之能力，讲授几全用德语，材料取较难德国文学名篇，使学生熟悉深奥德文文体，及德国文学主潮。

每周四小时，两学期共八学分。

外133—134西洋文学史分期研究一——古代希腊罗马　吴宓

本学程为西洋文学史分期研究之第一段，其目的在使学生广读古代希腊及罗马文学中之重要篇章（暂均读英文译本），教员于精要处酌加讲解，俾学生读之能深入而有心得。

每周二小时，两学期共四学分，本系三年级必修。

外135—136西洋文学史分期研究二——中世至但丁　翟孟生

本学程为西洋文学史分期研究之第二段。其目的在使学生广读中世文学中之重要篇章，至但丁为止。（除原作为英文外暂均读英文译本。）教员于精要处酌加讲解，俾学生读之能深入而有心得。

每周二小时，两学期共四学分，本系三年级必修。

外137—138西洋文学史分期研究三——文艺复兴时代　温德

本学程为西洋文学史分期研究之第三段。其目的在使学生广读文艺复兴时代（至十七世纪之末为止）各国文学中之重要篇章。（除原作为英文外，暂均读英文译本。）教员于精要处酌加讲解，俾学生读之能深入而有心得。

每周二小时，两学期共四学分，本系三年级必修。

外161—162英文文字学入门　毕莲

本学程之目的,为使学生明悉欧西各国语言文字相互之关系,及其发达之历史;并略比较言语学上之重要问题,撮述语言文字研究之理论,故首先揭明语言文字学全部之纲领,且使学生得知英国语言文字之特性,及其在世界各种语言文字中之位置。

每周二小时,两学期共四学分,本系三年级必修。

外155—156戏剧概要(专集研究三)　　王文显

本学程讲授西洋戏剧发达之略史。自上古希腊以至现今,选读名剧约五十篇以资阐明,并论究戏剧之技术。关于编剧、演剧、排剧之各种问题亦讨论及之。

每周二小时,两学期共四学分,本系三年级必修。

外157—158文学批评(专集研究四)　　吴可读

本学程讲授文学批评之原理及其发达之历史。自上古希腊亚里士多德以至于现今,凡文学批评上重要之典籍,均使学生诵读,而于教室中讨论之。

每周二小时,两学期共四学分,本系三年级必修。

外107—108第四年英文　　毕莲

本学程为有志专修英文文学及愿深造英文者而设。注重英国文学之文法历史,并加以练习,俾学习者得成一专门人才,并得识前进之路线。

每周四小时,两学期共八学分。

外117—118第四年法文　　温德

本学程之目的,与第四年英文同——为有志专攻法文者而设。注重法国文学之体裁及性质,尤注意拉马丁以来之诗的进展,俾学习者得成一专门人才,并得识前进之路线,作更深之研究。

每周四小时,两学期共八学分。

外127—128第四年德文　　陈铨

本学程之目的，与第四年英文同——为有志专攻德文者而设。注重德国文学之历史、性质，及哲学背景，俾学习者得成一专门人才并得识前进之路线，作更深之研究。

每周四小时，两学期共八学分。

外139—140西洋文学史分期研究四——十八世纪　　翟孟生

本学程为西洋文学史分期研究之第四段，其目的在使学生广读十八世纪西洋各国文学中之重要篇章，教授于精要处酌加讲解，俾学生读之能深入而有心得。

每周二小时，两学期共四学分。

外141—142西洋文学史分期研究五——十九世纪　　翟孟生

本学程为西洋文学史分期研究之第五段，其目的在使学生广读十九世纪西洋各国文学中之重要篇章，教授于精要处酌加讲解，俾学生读之能深入而有心得。

每周二小时，两学期共四学分。

外143—144现代西洋文学：（一）诗，（二）戏剧，（三）小说

王文显、温德、吴可读

本学程专为本系四年级学生而设，其目的在使该级学生接近现代欧美各国著名之诗、戏剧及小说。教授方法：全学程由三专家分任之，每项每周一小时，全学年二学分。学生可任选习二种。

每周各一小时，两学期各二学分。

（本年度因吴可读先生休假，现代小说暂停开班。现代诗与现代戏剧均暂改为每周各二小时，全学年各四学分。学生可任选习一种。）

外159—160莎士比亚（专集研究五）　　王文显

本学程之目的有二：（一）为学生讲解莎士比亚之文学价值；

(二)使学生自知如何欣赏莎士比亚文学,莎士比亚之生平及其著作之精妙所在,统于两学期内教授之。读莎氏重要著作十余篇。

每周二小时,两学期共四学分。

外201、202、203、204第一二年拉丁文　　吴达元

本学程原为专修英文之学生而设,以各国文字之源大半出于拉丁文,惟欲求高深学术者,实皆以本学程为其基础,若将来专治文学及医学等之学生,则尤不可不通识拉丁文。

每周四小时,两学期共八学分(选修)。

外205—206第一年希腊文

希腊文亦为研究高等英文及西洋文学者所需。本学程乃一入门学科,对于希腊文之文法、读法等加以最实用之教导,俾学生既知希腊者大概,并将从事浅近翻译之工作。

每周四小时,两学期共八学分(选修)。

外165—166第一年日文　　钱稻孙

本学程前学期不用课本,择最要之语法语汇口授、例演,并作练习。后学期选读现代短篇文字,注重语汇及小句之解释。

每周四小时,两学期共八学分。

外167—168第二年日文　　钱稻孙

本学程选读日本近代长篇名作,并自由译读现代文学,每学期至少一篇,由教师批改。

每周四小时,两学期共八学分。

外169—170第一年俄文　　史丕司烈夫

专习俄国语言文学之入门。注重文法会话,尤重动词之变化及运用。

每周四小时,两学期共八学分。

外171—172第二年俄文　　史丕司烈夫

继续一年之俄文工作,注重文法会话及作文,并精读短篇文学作品。

每周四小时,两学期共八学分。

外173—174第三年俄文(二十五年至二十六年度不开班)

此课为专攻俄文者而设。注重精读俄国现代名著,俾学生将来能自己继续研究。

每周四小时,两学期共八学分。

外109—110高等英文作文　毕莲、陈福田

专为本系及他系学生有志多得英文练习机会者而设。讲求字句之构造、文章之布置,以及一切词藻之修饰;并重实用英文之写作。

外173—174英国文学书选读　陈福田

不分时代,不拘派别,博采各作家之书而读之,以为本系各循时期而分之各科之补。本系或他系学生均可选修。

外207—208英语捷径　水天同

本学程专为增进学生普通阅读、写作、谈话之能力而设。

每周三小时,两学期共六学分。

本科毕业班论文规则:

一、凡四年级学生,必须于第四年内,就本系所设各研究课程或任何文学课程中择定一门,作论文一篇。

二、学生必须于二十五年十一月一日以前,将经指导教授允准之论文题目送交本系主任。

三、作论文学生除于该课程与他生一样习读外,更须与该教授时常接洽讨论其论文内容。论文必须于二十六年四月一日以前呈该教授核阅。

四、该教授必须于二十六年五月一日前将该项论文送交系主任转呈学校,且须附以成绩及评语。

五、论文最好用打字机打出,至少亦须誊清。不必过长,二三十页即足。翻译非经特别允许,不得代替论文。

以上各端,必须严格遵守。任何违犯皆将影响学生毕业之年限也。

——本学程为吴宓所编制,原题《文学院外国语文系学程一览》,载于《清华大学一览》1937年,后收入《清华大学史料选编》第二卷(上),第315—325页,清华大学出版社1991年版。

沃姆中国教育谈

英国人沃姆(G. N. Orme)先生者,昔由牛津大学出身,精研希腊文学。来吾国已二十余年,任香港英国高等审判厅推事,兼香港大学伦理学教授,并授希腊文。平日极留心中国文化,而于近年吾国少年之所为,尤深致憾。盖若辈弃旧从新,专务学习西洋物质文明。所取者实皆糟粕土苴,而于本国之精神文明,则吐弃不屑,或且妄肆攻诋。先生睹此,恻然忧之,以为中国之精神文明,若听其破灭,不特非中国民族之福,而亦世界之大不幸也。先生对于西方文明之见解,及教育之主张,与本志历述白璧德、葛兰坚诸先生所持论,在在符合。先生以为物质功利,决非彼土文明之真谛。西洋文明之精华,惟在希腊之文章哲理艺术。此为中国学生所首应殚力研究者。不此之图,而远涉旁骛,纷纭杂陈,徒致心思之淆乱与精神之丧失耳。呜呼!君子爱人以德,若沃姆先生者,诚可为能爱中国之人矣。

本年五月,先生将归英国,以本志同人之议论尚异流俗,特过访同人于南京,谈叙极为欢洽。同人承先生之教益勖勉,心感靡既。又见先生之诚恳坦易、温温大雅,深为敬佩。以为如此方为人文学者与"君子人",而足代表牛津之宗风与希腊精神之陶镕者也。以较近年自美国聘来之政客市侩式

> 学者,即不论学问,其态度已相去天渊。独惜吾国学生闻先生名者极少,而亲就先生受希腊文学者,更几于无其人也。先生五月间到此时,以诸人之怂恿,乃在东南大学演讲二次。第一次所讲,题为《教育之要义》(The Essentials of Education),余为口译。讲稿由学生卫君士生记录,登载五月二十八日《东南大学日刊》。卫君所记甚简略。兹就一己记忆所及,为增补如下。

(上略)教育之要义,可分二种:一为**普通**,即根于生人之本性及事物之常情,而为各国各时所同者也。二为**特别**,即系乎种族历史之异点,而仅适用于某国某时者也。今先言特别,更先言西洋。西洋文明,创自希腊,前此无大关系。希腊人以山川气候之佳美、人种之优秀、外敌之刺激,约当中国孔子之时,造成一种极高尚完备之文明,为西洋文明之祖。希腊人尚美乐生,爱真求智,重自由而兼取节制,喜进步而能用中和。**故其文明以人生为本,而最擅长者为文章哲理艺术**。又希腊人思想深邃,事业繁多,**然其生活则极为纯朴,其所以能造成文明者,亦由此也**。其后继起而承受希腊之文明为罗马。罗马人最重公平之义,又善组织。整饬纪纲,遵守秩序,乃其天性。**故其最擅长者为法律政治,而尤以其所创造之帝国,规模宏备,为后世治理大国或宰制世界者之模范焉**。罗马衰亡而欧洲大乱。北方蛮族,乘机侵入,占有欧陆。此等蛮族,属条顿种,大率强悍善战,富于冒险及进取精神。或驰突大陆,或剽掠海上,以自卫为天职,视战争为常事。保存其部落酋长之旧规,故国家之观念甚为强固,且有人我不并存之意,而以竞争侵略为唯一之正事。又其人备历艰苦,饱经忧患,故多重实际,主功利,绝玄想,轻道德。但善能牺牲小己,尊受约束,绝对服从，同心协力，以求国家团体之胜利，个人藉以托庇其下。凡此皆由艰难搏战之经验中得来，非偶然也。与北方蛮族之性质适相反对者，则有由犹太传来之基督教。该教之教义，多本于犹太人之国情民俗，与其种族之遗传及历史之陈迹，故重家族生活，重伦常道德，主内心自由，主世界大同。教人以相亲相爱，能忍能让，与中国之旧俗甚相类似。综上所言，今世西洋之文明，实由以上四种原素所合成，即（一）希腊之文明，（二）罗马之文明，（三）北方蛮族之性行，（四）基督教之教义是也。惟细察之，则（四）基督教之势力甚微，而（三）北方蛮族之性行所关最钜。故近世欧洲人之好战喜争、进取冒险、拥护国家、善结团体、尚功计利、灭人肥己，严约束而绝自由，重个人而轻家族；又种族之观念甚深，而鄙弃世界大同之说。凡此实非偶然之因，盖以彼北方蛮族为其嫡亲之祖先之故。种族之遗传与历史之陈迹，所关诚大矣哉！此言教育者所当知也。

至若中国，其情势与此适成相反。中国文明发达极早，西洋人犹在榛狉时代，黄河流域即已文明蔚起。惟中国文明发达之迹象与西洋大不同。（一）者，西洋之文明起于交通，而中国之文明则纯由闭关自造，与外界全无关连。虽有谓上古时亚洲之东北与美洲陆地相接，然其时亦必甚早，故实无关系。（二）者，西洋之文明成于战斗。自希腊罗马以迄近世，皆然。中国文明初启时，似无多战争之必要。情境宽舒，故中国人天性爱好和平，而其文明亦成于和平。中西人以种族历史情形不同之故，各行所是。降及近世，中国人民之处事接物，遂与西洋人相反。约举之，中国人道德观念极强固，常凭理性以判是非、审曲直，而时盲于远大之利害。西洋人则重在卫护一己，力求保其权利，不畏战争，故常忽略道德而惟安全利便之是图。一也。西洋民族抱个人主义，国家者个人权利生命之所托,爱国即为自卫。而国与国间之互不相容,极端争攘,固犹是个人主义之稍稍推广者耳。中国人则最重家族之生活,明于伦常之关系及道德。又常抱世界大同主义,民胞物与,而不知有国家。二也。西洋人守法律,喜干涉,办事精敏,条理分明,易为实事上之成功。故其物质文明异常发达,生活高贵,而一切组织皆极完备而有系统。中国人则酷爱自由,不愿人之来干涉,而欲自乐其乐,遂常颓惰放任,萎靡自足,而物质生活遂无进步。又因其以家族为主体,虽能为家族牺牲个人,而不能越过家族之范围而结更大之团体。故其政府日益腐败,官吏弄权,人民纵受其虐,亦漫不思干涉,不事抵抗,且不图群起而改善之。又以家族伦常骨肉之间,宜重礼让。故中国人乏竞争心,毫不知自卫,不能自保其权利,而坐听人之劫夺。三也。以上乃中国人之性行及其文明异于西洋人之处,而亦由于种族之遗传与历史之陈迹也。

晚近东西交通,中国乃忽与西洋民族接触,细准上言之情形,则其结果可逆睹矣。其时西洋各国海陆军精强,炮械坚利,灭国攫地,兼弱攻昧之术,异常讲求。又政制修明,财源富裕。夫西洋之情形如此,而中国千年养成之实况又如彼,毋怪乎中国之屡受欺侮,几遭败衄。割地赔款之余,且岌岌有不能自存之势。凡此皆理与势之所必至也。中国人新受惩创,触目惊心,群起号呼奔救。其主张计划,亦皆所谓持之有故,言之成理者也。虽然,西洋亦自有其不了之局,中国即灭亡,于西洋亦何益?今日最重要之问题,乃如何而使全世界之人同享和平快乐之幸福也耶!今中国之学生,莫不谓中国急宜效法西洋,发达其物质文明。然如何而发达中国之物质文明,同时又于人生最高尚最尊贵之精神事业,毫无损伤?转言之,即如何而采取西人之长,而不铲灭己之所长,且进而以己之所长，补救西洋之所短？此则尤重要之问题也。夫物质生活，固极重要，于一身一家一国，均为助成幸福康强所必不可缺者。然精神生活尤宜重视，苟废精神而不讲，则凡人偏重物质，漫无凭制，国家社会且随之而堕落覆亡矣。故今为全世界之和平快乐计，则如何而维持中国人之精神生活，保存其旧有之美德，此则今日教育之所有事也。

吾以为中国教育中首要之事，即注重道德精神。此与今日所急宜发达之物质生活，及夙昔所最宝贵之个人自由，二者均无妨碍。道德精神之根本要旨，乃东西文明之所共具，无古今，无中外。若苏格拉底，若耶稣基督，若孔子之所教，均相同。若合符节，随在取而受用之，无所用其分别疑惧也。若详析言之，最要者三义：一曰纯朴之生活；二曰牺牲一己；三曰节制。凡此皆不可须臾离之物，乃人生最高生活之实现，而真善美三者之归宿也。吾人在世，非可但求增加需要，驱役物质以充满之，而在如何而能减少我之欲望，使精神安宁快乐。此为中西哲人所共提倡者，吾所谓教育之要义者此也。

虽然，物质生活与精神生活实互不相容者也。希腊人之生活至为简单纯朴，其后物质生活日益奢靡，而精神遂致灭绝。今中国教育，固应取西洋之物质文明，学习之，享受之。然若因此而一改故辙，将精神生活全然抛弃，则实得不偿失，而大可悲痛之事也。例如体育中之各种操练运动，使人坚强活泼，其目的无非发达人性中与兽类公同之部分。若乃专务体育，而于为人之道缺焉不讲，此种教育可谓之倒行逆施矣。又如美术，亦与人性之陶冶最有关系者。予（沃姆先生自称）此次到南京，游览各古迹名胜，多颓废埋没，剥落荒芜，重堪嗟惜。其最不满人意，见之欲呕者，即满街粘贴之纸烟广告，奇丑不堪，使予觉西洋文明之劣点，业已传染至中国。其形式既粗恶,而亦足见人民精神之腐败焉。吾以为中国人民处此时会,宜毅然看定精神文明,坚抱不释,竭诚以赴之。而如何确立标准,明白指导,大声疾呼,勇敢直前,引众入于正途。此则教育家之责任也。

吾今更简单明白,以为中国之教育家及学生正告曰:(一)中国古来之思想家,其对于人生道德之理解,实最高尚而完备,为全世界各国所莫及。此种精神之教训,乃千年储积之智慧,故决不可抛弃之。(二)中国之美术,造诣夐绝,实为世界之冠。此言或似过当,然苟深通中国之美术,而按之以美术之原理,必见其然。故宜务为保存而发扬之。以上二者(人生哲学及美术),匪特为中国之光辉,且亦世界中公有之珍宝。中国人对于世界实负有保存贡献之责任。然欲保存贡献,则非继续研究不为功。故吾意以上二者,在今日中国之教育中,必须占最要之位置也。须先通中国之文明,而后及于西洋文明。吾于出洋留学,固认为有益,然吾意留学生研究西洋文明,宜直取其精华,即求得其中最高之智慧与所以为人之法。最要者(1)希腊之哲理文章,再则(2)耶教之《圣经》(新旧约)。此二者至须着重研究。至于科学固亦有其长处,如数学可以训练心思,使之精密正确。然皆与精神生活无补,略而不讲,殊无妨也。昔之希腊人尝崇信科学,专务物质,其结果至不良。苏格拉底乃起而提倡内心生活,注重精神,可为借镜。总之,今日中国欲创造新文明,切不可斩断旧文明。宜取旧文明为根据,以享受西洋之真文明也。

沃姆先生第二次在东南大学演讲,题为《希腊文学中之理想》(Ideals in Greek Literature)。其所述希腊人理想之见于文学者,虽亦谓为今世之人所宜取法,然究与中国教育无直接之关系，故今略而不述。

沃姆先生回国后，复于七月七日自伦敦寄来一书，兹节译其书如下。

别后久拟作书，一以谢　诸君招待之盛惠，且欲乘此闲适宁静之时，将仆平日对于中国教育之意见，笔而出之，以补前言之所未尽。仆谓今日中国之为教师及领袖者，其所当为之事至简且易，而世界各国中，独中国能有此机会也，盖今世界各国中，其尚未为浅陋之新说所蒙蔽，保其聪慧，足以遵从古昔智慧及经验之教诲者，恐独中国耳。方今之时，西方流行之说，甚嚣尘上。召人以物质之福利，共趋科学及进步之途，莫可逃避。而智慧及经验之教诲，为其所掩，几于汩没无闻。然仆此次行经美国，与其国明达贤俊之人士多次叙谈之后，乃知众人之所同感者，厥为彼科学进步之途，实不能导人群于福利，即彼西人亦无从得好处。此可以告慰足下者也。西人之所患，在彼潮流所趋，其势莫当，为所卷覆以去；欲砥柱中流，或因势利导，均有所不能耳。今日中国之所急需者，非西方物质之富，丝毫不系乎此。中国人民欲求自身之幸福及改良，但当返求之于己可矣。若旁骛外求，是自取败亡也。中国欲凌驾欧西之上，其法不当效日本之模仿西方，亦步亦趋，而当自行造出一种高尚完美之生活，使西方今日所受之病患无从施其伎俩。中国人苟能以此教导西方，乃足自豪耳。中国今日之所以情见势绌，岌岌不可终日者，非由其国物质富源之不足，实因其人民缺乏自信力，而渐染西方之病，以安乐放纵为目的也。中国之青年，见西方事物之灿烂谲奇。于是蜂从而蚁附之。此乃人情之常，不足深怪。然施以援手，导之于正途，则凡有识之士，身为父母师长者之天职矣。

吾之所见,以为中国之国立大学,应设于山林之中,与自然景物密接。由此而教师及学生,乃得根据本国之前史及彼自然之召示,而造成一种人生方法,以为世用。此种人生方法,不以效颦追步西人为能。盖西方流行之生活,昔尝以其能满足物质之欲,为人所称道。至今则主张此种生活者,其心亦已厌倦之矣。若中国人欲了悟西方之智慧及其病患之所在,惟当精研希腊之艺术文章,而不必从事于近世之艺术思想文章。如是必至如飘浮大海,渺茫而无所归宿。且近世之作,其可传后者绝少,恐大都过顷即无人取读耳。足下可往见郭斌龢君,与之商量,在中国学校添设希腊文一科,不知能否办到?仆意中国学生须研究中国文化之各方面,无所遗漏,而当以希腊文为之补助。郭君应赶一二年内,编成初级希腊及中国文字典,又中文之希腊文法,各一部,则中国学生诵习希腊文者,入门之能事备矣。

仆现与芮满(A. E. Zimmern,著述甚多,最知名者为 *The Greek Commonwealth* 一书,牛津大学出版)君同舟返英。(按沃姆先生此函系在海舟中所作。)芮满君明年或可来香港。君为西方现今希腊学者中之翘楚,亦为极不可多得之良教师。如其果来,则于中国真正教育之前途,必大有所补益也。中国向未得西方真正之学者与良教师前来讲学,今可望得其一人矣。(中略)今西方之教育疲靡如此,故每年所出之书籍盈千累万,而可读者绝少。因之,教育之程度与众人之智识理解,乃益趋于浅薄鄙陋矣。(下略)

——本文为吴宓所译述,前言及注释亦为其所作,原载于1923年10月出版之《学衡》杂志第22期。

欧美大学之起原及大学教育之本旨

【壹】起原　欧美大学所讲之学术及内容，起于上古。但大学之名义及组织，则自中世纪（十二世纪）传来。

【贰】本旨　（一）大学为研究高深学问，造成出类拔萃之领袖人才，故不应降低标准，以成全大多数之学生。（二）大学首重博通（此非浮泛涉猎之谓），次及专精，于文史哲，则尚融会贯通，于自然科学及社会科学，则重基本原理及历史实践。故异于各专科学校。（三）大学之设，为使学者研究学问。沉酣典籍，识古镜今，继往开来。注重保存旧有之文化，使千古累积之智慧、人类最高之造诣，得以发扬光大，推陈出新，留供后人享用。其裨益国家与社会者，在根本而不在末节，在精神而不在事功。注重理想而不求目前之实用。故大学非职业学校，亦非专科研究院或训练所。（四）大学为研究学术、息养精神之地，非政治斗场，非训练办事对人之活动舞台，亦非社交娱乐之场所。（凡此均非大学设立之本旨。）

——本文系1947年2月1日，吴宓应武汉大学学生自治会学术股之邀所做演讲之大纲。1947年2月8日、9日，《武汉日报》第六版分两期刊出孙汾笔录之《大学起源与本旨——吴宓教授讲演》。吴宓认为该报道谬误极多,为避免误会,乃将演讲大纲以《欧美大学之起原及大学教育之本旨》之题发表于1947年2月17日《武汉日报·文学副刊》第10期。

[附录]

《大学起源与本旨——吴宓教授讲演》[①]

[本报专讯]武大外文系主任兼本报《文学副刊》主编吴宓教授,于日前应该校学生自治会学术股之请,作自治会成立以来第一次学术讲演。吴氏风度潇洒,着蓝袍马褂,由掌声中起立于讲台即席侃侃而言,听者无不欢欣。讲题为《欧美大学之起源及大学教育之本旨》。吴氏首谓欧美大学之起源:欧美大学所讲所教之学术与内容起于上古。上古学术,希腊之Schoci,原意为闲暇。那时的学子与教员皆为有闲阶级者。嗣后的演变,形同中国周秦时代诸子之讲学,再进入类似秦始皇之焚书坑儒阶段。明白的说,第二世纪有音乐、天文等,第九世纪文学稍有端倪,第十一世纪创逻辑学,一直到了第十二世纪始粗具大学之雏形。世界上最早的大学是在一〇八八年,意国的Doiogna,次早的大学亦为意国之普鲁大学,时在一一〇一年。再次为英国的牛津大学,时在一一六七年,更次的是在一二八九年的剑桥大学。牛津大学之成

① 吴宓对该报道颇有微词,乃将演讲大纲《欧美大学之起原及大学教育之本旨》刊于2月17日《武汉日报·文学副刊》,在文后"按"中指责记录"谬误极多,恐滋误会",特将"所撰大纲录登如右,以志识者"。其实大纲主体内容与报导基本一致,他应该是担心其中的一些修饰语会让读者误解,特别是关于男女同学交往的片段。本文1947年2月8日、9日分两期登载于《武汉日报》。

立，系英国留学巴黎大学之学生回国后而组织成立者。英国剑桥大学又由牛津大学而分出成立者。

至于College，原为“斋舍”之意，最初供修道院之用。后即作为学生之斋舍，以研究专门之学科。故即形成今日专门之学院。而University源于拉丁文，其定义为一个公共研究的地方，即一个讲学之地方。世界各国之学生由各地集聚而来，研究各种专门学术，故演绎而为大学之意。

吴氏讲至此处，很幽默诙谐的说：“在当时各大学也有罢课的事件，不过不多罢了，那时候是因教授的不良与地方的不好而转移地方或退至他地，不愿继续受其教导，而另行成立一所学校。”惹得同学哄堂大笑。

吴氏总结此一小题，其大学教育的发展系因：（一）古代希腊罗马文化的不断传播。（二）宗教的信念极深，教会之组织普遍，故由教会演进而为大学。但大学之名义及组织等，则自中世（十二世纪）传来。

吴氏次论及大学教育之本旨，略谓：（一）大学为研究高深学问，造成出类拔萃之领袖人才。故不应降低标准，以成全大多数之学生。（二）大学首重博通（此非浮泛涉猎之谓），次及专精，于文史哲，则尚融会贯通，于自然科学及社会科学，则重基本原理及历史实践。故异于各种专科学校。（三）大学设立之目的为使学者研究学问，沉酣典籍，识古镜今，继往开来。注重保存旧有之文化，使千古累积之智慧、人类最高之造诣，得以发扬光大，推陈出新，留供后人享用。其裨益国家与社会者，在根本而不在末节，在精神而不在事功。注重理想，而不求目前之实用。故大学非职业学校，亦非专科研究院或训练所。（四）大学为研究学术、息养精神之地，非政治斗争场，非为练习办事对人之活动舞台，亦非社交娱乐之场所(凡此均非大学设立之本旨)。

吴氏谈及第四点时,分别论述各国之大学教育,法国重逻辑学,英国重实干、研究学术,美国商业化,且注重处理小事,所以美国大学生小事情做得非常良好。同时美国大学生男女同学社交公开,意图过四年天堂生活,以弥补进入社会后之遗憾。至于中国的大学生谈恋爱之机会太少,所以不得不在大学里积极找线索、找出路。吴氏最后说到我非常同情这些男女同学时,全体同学喜形于色,鼓掌大笑不已。

《学衡》杂志简章与启事

《学衡》杂志简章

（一）宗旨　论究学术，阐求真理。昌明国粹，融化新知。以中正之眼光，行批评之职事。无偏无党，不激不随。

（二）体裁及办法　（甲）本杂志于国学，则主以切实之工夫，为精确之研究。然后整理而条析之，明其源流，著其旨要，以见吾国文化，有可与日月争光之价值。而后来学者，得有研究之津梁、探索之正轨，不至望洋兴叹，劳而无功，或盲肆攻击，专图毁弃，而自以为得也。　（乙）本杂志于西学，则主博极群书，深窥底奥，然后明白辨析，审慎取择。庶使吾国学子，潜心研究，兼收并览，不至道听涂说，呼号标榜，陷于一偏而昧于大体也。　（丙）本杂志行文，则力求明畅雅洁，既不敢堆积饾饤，古字连篇，甘为学究；尤不敢故尚奇诡，妄矜创造。总期以吾国文字，表西来之思想，既达且雅。以见文字之效用，实系于作者之才力。苟能运用得宜，则吾国文字，自可适时达意，固无须更张其一定之文法，摧残其优美之形质也。

（三）编辑　本杂志由发起同志数人，担任编辑[①]。文字各由

① 此项规定后实际未照此实行，而自始至终由吴宓一人独自负责编辑。

作者个人负责,与所任事之学校及隶属之团体,毫无关系。

(四)投稿　本杂志于投稿者,极为欢迎。投稿祈径寄南京鼓楼北二条巷二十四号《学衡》杂志社收。不登之稿,定即退还。但采登之稿,暂无报酬。

(五)印刷发行　本杂志由上海中华书局印刷发行。每月一册,阳历朔日出版。每册售价二角。凡欲定购本杂志或就登广告者,祈径与中华书局总分局接洽可也。

——此简章为吴宓据《学衡》杂志社诸君讨论意见所归纳写定者,刊于1922年1月出版之《学衡》第1期。

《学衡》杂志社、中华书局启事

《学衡》杂志办理五年,已出六十期。兹因时局及种种关系,不得已由第六十一期起,暂改为两月一期。年出六期。他日仍望恢复原状。今兹期数虽减,内容当益求精美。藉酬爱读诸君之雅意。

改定价目表(邮费在内)

国内及日本	每期三角	全年(六期)一元五角
欧美各国	每期四角	全年(六期)二元

——此启事曾刊于1926年出版之《学衡》第60期卷首,1931年1月出版之《学衡》第73期卷末原刊此文,但定价有变。"国内及日本"改为全年一元八角、"欧美各国"改为全年二元七角。

《学衡》杂志社启事一

本社自民国十一年发行《学衡》杂志以来，现已出至七十八期。概由吴宓君负责编辑，上海中华书局印售。七十九期亦同。自第八十期起，则改由南京钟山书局印行。编辑职务亦改由缪凤林君担任。每年出版六期，定价每册三角。预定全年，连邮费一圆六角。海内外人士欲投稿者，请径函南京国立中央大学收转缪凤林君。欲补购全份（七十九册连邮费特价十八圆）零册（每册三角）及预定全年者，请径函南京城北蓁巷钟山书局可也。

民国二十二年八月一日　《学衡》杂志社敬启

——此启事系吴宓起草，刊于1933年5月出版之《学衡》第78期卷首第2页。又刊于《学衡》第79期卷首，个别措词有改动。

《学衡》杂志社启事二

本社自民国十一年发行《学衡》杂志以来，现已出至七十九期，概由吴宓君负责编辑，上海中华书局印售。自第八十期起，改由南京钟山书局印行。[①]编辑职务亦改由缪凤林君担任。每年出版六期，定价每册三角。预定全年，连邮费一圆六角。海内外人士欲投稿者，请径函南京国立中央大学收转缪凤林君。欲补购全份（七十九册连邮费特价十八圆）零册（每册三角）及预定全年者，

① 《学衡》杂志社当时虽作出如此决定，其后并未实行。《学衡》实际即于第79期后终刊。

请径函南京城北蓁巷钟山书局可也。

民国二十二年八月一日　《学衡》杂志社敬启

——此启事由吴宓起草,重刊于1933年7月出版之《学衡》第79期卷首。其内容,除个别字句外,与前所刊于《学衡》第78期之启事完全相同。

《学衡》杂志对于译文的选择

按本杂志于翻译之业，异常慎重，力求精美。其特定之方法，约有五种：一曰选材。所译者，或文或诗，或哲理，或小说，要必为东西古今之名著，久已为世所推重者。甄取从严，决不滥收无足重轻之作。二曰校勘。凡译者，必其于所译原作，研究有素，精熟至极，毫无扞格含糊之处，更由编者悉心覆校，与原文对照，务求句句精确，字字无讹，庶不贻误读者。三曰加注。凡原文之义理词句，以及所引史事故实等，有难解之处，则由译者（或编者）加以精确简短之注解，俾读者完全了悟，不留疑义。且有欲研究原文者，可以此译本对照细读。故本杂志亦可作外国文教科书及自修参考书也。四曰修词。译文首贵明显，再求典雅，总以能达出原作之精神而使读者不觉其由翻译而来为的。五曰择体。文必译为文，诗必译为诗，小说、戏曲等类推。必求吾国文中，与原文相当之文体而用之。又译文或用文言，或用白话，或文理有浅深，词句有精粗，凡此均视原文之雅俗浅深如何而定，译文必与相当，而力摹之，并非任意自择。（如《钮康氏家传》则效《石头记》之白话，苏格拉底《自辩篇》则甚肖《孟子》《史记》《左传》之文言，皆为达原作之文体文情故，并非有意摹古书也。）

凡此五者皆本杂志同人所悬之鹄的，力或未逮，谬误滋惭，然深望国中操翻译之业者，咸用此为法，信能行此五者，则吾国翻译界之前途,必辉煌灿烂矣。

——本文原系吴宓为陈钧所译英国蓝姆(Charles Lamb)著《梦中儿女》(Dream-Children: A Review)一文所作之编者识语,原载于1922年9月出版之《学衡》杂志第9期。今题为整理者所加。

《学衡》杂志卷首插画及评介

插画之一：拉斐尔《雅典学院》

Raphael[①] （Raffaello Sanzio，1483—1520）为泰西古今第一画家，意大利之Urbino[②]人。其人品格高洁，性行和雅。处文艺复兴豪侈放纵之时，有举世皆浊而我独清之誉。画亦如其人，故后世

① Raphael，今译拉斐尔。

② Urbino，今译乌尔宾诺。

爱之,称为the most beloved painter[①]。年三十余,即早卒。生时任罗马教皇宫殿建筑工程师。泰西文明之二大源泉:一曰希腊之学艺文章;一曰耶稣教。Raphael实能融汇而贯通之,合二者之精神为一。取希腊之美意(Ideal of beauty)用之于耶稣教之题目。故其所画圣母像多幅,尤精美绝伦,最为著名,即以此也。此图*School of Athens*[②],说者谓可作一部希腊文化史读。盖将希腊古时之哲人文士、艺术专家,悉聚而纳之一幅之中,为群英之会。图中正中为首者二人,左为柏拉图,右为亚里士多德。余人之位次排置,均寓高下等第之意。于以见Raphael学识广博,品骘咸宜也。至以技术论,则Raphael为Umbrian school[③]之集大成者。其于画最长于结构,尤能显示空间,分别深浅远近。Space Composition[④]就一定之篇幅,布置密合,于此图即可见之。此图原系画于罗马教皇宫中之壁上。今美国如勿吉尼亚省立大学[⑤],其礼堂之正壁,演坛之上,即绘有此图。今以其既传希腊文化之精神,又见Raphael空间结构之工夫,故先录之。吴宓附识。

——本图及说明原载于1922年2月出版之《学衡》杂志第2期卷首。

① the most beloved painter,最受爱戴的画家。

② *School of Athens*,《雅典学院》。

③ Umbrian school,翁布里亚学院画派。

④ Space Composition,空间结构。

⑤ 勿吉尼亚省立大学,今译弗吉尼亚州立大学。

插画之二:达·芬奇《蒙娜丽莎》

Leonardo da Vinci[①](1452—1519)亦泰西古今数一数二之美术大家。意大利之Vinci村人。其人天资敏慧,博学多能,兼通诸艺。最足代表文艺复兴时代,尽窥人天秘奥,于事无不能之精神。生平通兵略,尝奔走诸侯间,为规划战守,创制新式营垒及气枪等。又精科学,谓科学宜用归纳法,以数理为基础。尝思发明飞艇,已粗具大纲。又因水波,而思及声光波动之理。又信地形圆,且绕日如行星。此外于植物及地质学,均有著述,皆为人所未道及者。而尤精人体解剖,谓为作画所不可缺之知识。解剖之结果,笔绘为图,至今犹传,为习画者所宝贵。于美术则并精建筑、雕刻及绘画。惟其人博而不专,多而未精。故单论一艺,则不能

① Leonardo da Vinci,列奥纳多·达·芬奇。

胜过或且不能比肩与并世诸名手也。此图 *Mona Lisa*[①],为某美且贵之妇写照。说者谓此图实将文艺复兴时代尚美乐生、穷奇探幽之精神,全行归纳其中。此图今藏巴黎博物院 Louvre[②],久为世所熟赏,故亟录之。吴宓附识。

——本图及说明原载于1922年2月出版之《学衡》杂志第2期卷首。

① *Mona Lisa*,《蒙娜丽莎》。

② Louvre,卢浮宫。

插画之三:拉斐尔《圣礼的争辩》

甲圖

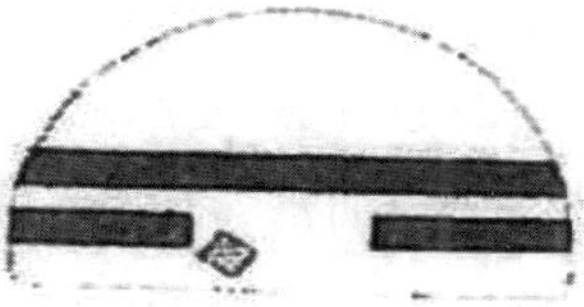

乙圖

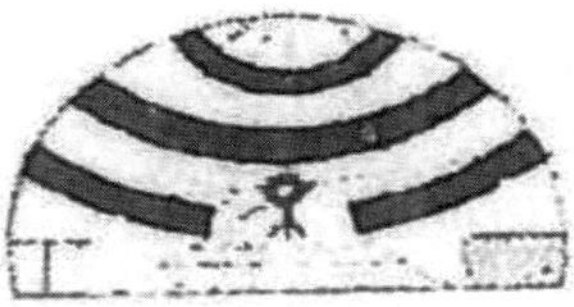

按拉飞叶[①](Raphael)所绘之*School of Athens*[②]图,已选登本杂志第二期,并附有说明,述拉氏之略传及其画术之特长。今此图

① 拉飞叶,今译拉斐尔。

② *School of Athens*,《雅典学院》。

La Disputà[①]亦拉氏之杰作。拉氏融合欧西文明之二大源泉。前图示希腊文化之精神，此图则示耶教之规模及信仰，故均极重要。至以画术论，此图且远在前图之上。盖拉氏最长于结构，然前图之结构，犹有舛谬之处。其中人物之位置，约可以（甲）图表之。上下二列，本极均平。忽为画蛇添足之举，更增入Heraclitus[②]，即（甲）图中之◈也，遂致偏畸。且其身扭转作书，殊不合情理，为该图美中之玷云。今此图之结构，约可以（乙）图表之。全图之中心枢纽为祭品（所供面饼，共信为耶稣之血肉所化），即♀形物是也。因其极细小，惟可以烘云托月之法显之，故特置之一带白云之中。图中最上之一层为天父，诸仙列其左右。次层为耶稣，而施洗者约翰偕圣母及十二使徒，列其左右。此皆在白云之上者。白云之下，则为教皇僧正之类，分列两侧。因图之上边为半圆而向下曲，故诸层之位置，皆为弧形而向上曲。且自上而下，曲度愈减，藉是以为相反相成，均平比例之势。然各层诸神及人之视线，皆趋注于祭品之一点。且最下层地面之砖纹，如引伸之，亦集交于祭品之一点。可见其结构细密，良工心苦矣。又此图绘于罗马教皇宫中壁上，左下角本有门，图形为之破阶。拉氏乃于右下角特绘栏杆，以相调剂，而求平衡，使观者忘此门隅之侵入盘踞矣。又砖上之石阶，乃故用长平之直线，以救曲线过多之病，使图有安稳沉静之态，不至过于流动而柔软无力也。此其结构之大略，若详言之，有不能尽矣。吴宓附识。

——本图及说明原载于1922年5月出版之《学衡》杂志第5期卷首。

① *La Disputà*，全名为*La Disputa del Sacramento*（《圣礼的争辩》）。

② Heraclitus，赫拉克利特。

插画之四:达·芬奇《最后的晚餐》

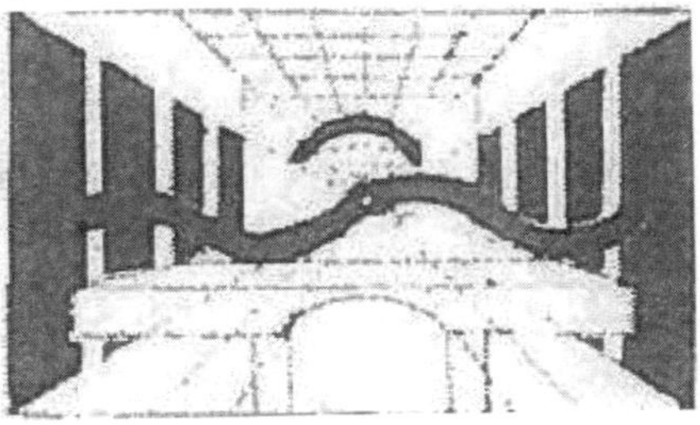

按廖那多[①](Leonardo da Vinci)所绘之*Mona Lisa*[②]像已选登本杂志第二期,并附有说明,述廖氏之传略及其画术之特长。今此图*The Last Supper*[③]亦廖氏之杰作,其题为耶稣磔死之前夕,与十二门徒末次会餐。(事见《路加福音》第二十二章第十四至三十八节,他处亦有之。)时耶稣已知大难将至,席间对众言明,汝十二人中,有一人(指犹大)将为奸细以陷我于死。言出,众皆大惊失度。惟犹大恐人窥破其奸,强为镇静。而耶稣至圣,视生死如无

① 廖那多,今译列奥纳多·达·芬奇。

② *Mona Lisa*,《蒙娜丽莎》。

③ *The Last Supper*,《最后的晚餐》。

物。故图中十一人皆旁皇骇诧，惟耶稣与犹大二人凝神安坐，亦传神之笔也。

语其结构，略如上图。耶稣之面，适当全图之中心。举凡屋顶之板纹，侧壁窗户之上下缘、食桌之两端、地面之砖纹等线，如引而伸之，则皆交集于耶稣面上正中之一点。又用烘云托月之法，置白而有光之方窗于耶稣身后，俾耶稣之像愈显豁。所以分宾主，别轻重，而示尊崇也。十三人之首，横列一线，而略有上下出入，成蛇形，整而不滞。又图中直线过多，故有耶稣顶上之窗台及支桌柱之二弧线以救之。廖氏最精远近三角法及光线明暗之显示，密合科学原理，于此图可见之也。其他细微工巧之处，难以缕举。参观本杂志前后所录各图，亦可略知大家作画之要术矣。吴宓附识。

——本图及说明原载于1922年5月出版之《学衡》杂志第5期卷首。

插画之五：乔觉那《耶稣基督像》

此像中耶稣基督负十字架而趋。绘之者乔觉那[①](Giorgione da Castelfranco，1477—1510)亦泰西古今名画家之一。文艺复兴全盛时代(The High Renaissance)，意大利之绘画，以地为别，分为四派。其中最晚出而影响近世画术最巨者，为威尼斯派(Venetian School)，乔觉那即属之。此派特以着色浓艳见长(Colorists)。所绘多示人生之乐趣，骀荡之感情，沉溺酒色之中，放荡形骸之外，铺陈富丽，藻采缤纷。其短处亦即在此，丰而多肌，柔若无骨，婀娜有余，刚健不足，易流于妖冶靡曼、涂抹渲染之病，遂致衰落(Decadence)。此派不常绘宗教之题目，故兹所录之《耶稣基督像》尚不足为威尼斯派及乔觉那画术之代表也。吴宓附识。

——本图及说明原载于1922年6月出版之《学衡》杂志第6期卷首。

① 乔觉那，又译乔尔乔内。

插画之六:雅典圣女祠

圣女祠(Parthenon, The Virgin's Chamber)在雅典城中高阜[1](The Acropolis of Athens),所以祀女神雅典(Athena)者也。该女神为智慧兼勇力之神,又为社稷之神。人间百事,皆归其治理。始造耒耜,敷农功,又司纺绩之业,盖兼吾国之神农与后妃嫘祖而一之。且始创法廷,兼治兵戎。相传昔者该女神与海若[2](Poseidon)争有雅典之地,诸神命各发明一有利民生之物,以觇高下。海若以足顿地,一马出现。该女神则植橄榄树一株,诸神谓橄榄树之利生民,实过于马,遂以雅典之土属该女神。自是女神遂为雅典一邦之主宰,雅典城之得名以此。故雅典人建祠祀之,所以崇德报功而祈福也。

此图中之祠,系贝里克里[3](Pericles)执政时所建。纪元前四

① Parthenon,今译帕特农神庙。高阜,即雅典卫城。

② 海若,今译波塞冬。

③ 贝里克里,今译伯里克利。

百三十八年完工，迎神入祠。建筑之事由Phidias[1]总其成，指挥布置一切。祠为长方形，纯以大理石建。计长二百二十七英尺，阔一百零一英尺，高六十五英尺。其建筑为极纯洁之Doric[2]式，四周以柱环之。内中结构，今不悉述。祠之内外，以雕刻图像满饰之，咸出名手，为世奇珍。故此祠实希腊美术之总汇也。不幸二千余年来，屡遭兵火之摧残。尤以一千六百八十七年威尼斯人攻城时，一弹正堕祠之中央，损及四壁，为最钜。祠内之雕刻图像，多零星散处，为人移去，而以大英国博物院收藏为多。然迄于今日，祠尚屹立，大体犹存，观图可知也。吴宓附识。

——本图及说明原载于1922年8月出版之《学衡》杂志第8期卷首。

① Phidias，菲迪亚斯。

② Doric，多立克。

插画之七:希腊著名雕刻《僧人遇蛇像》

《僧人遇蛇像》[①](*The Laocoön*),为希腊著名雕刻之一。约当纪元前五十年 Agesander of Rhodes[②]及其二子所刻,埋于地中。一千五百零六年,乃得发见。今藏罗马教皇宫中博物院。其事迹如下。

初希腊人大举伐Troy[③],围攻其城,十年不克。希腊人乃设计,制极大之木马,中空,伏勇士多人,弃木马于城外,全军伪退。城中人欲取木马入城,独有僧人 Laocoön[④]者,Thymbra 地方 Apollo[⑤]神庙之祭司也。明知其中有诈,力阻其国人勿取此马入城,以中

① 《僧人遇蛇像》,又译《拉奥孔雕像》。

② Agesander of Rhodes,罗德岛的阿格桑德斯。

③ Troy,特洛伊。

④ Laocoön,拉奥孔。

⑤ Apollo,阿波罗。

敌计。众不听。及木马推入城内，夜中，其中勇士尽出，内应外合，城遂破。全城之人皆死，仅三人以神助得免。此乃劫运定数，不可逃。而该僧人竟敢泄漏天机，致触神怒而降之罚。某日，僧人率其二子，立于海岸，将杀牛以祭海若。忽二巨蛇自海中跃出，缠绕僧人及其二子之身，并死之。此像所刻即僧人父子垂死之状。奇惨极痛，故最能动人。然希腊美术重节制，尚安定。故此像中人，虽惊痛号呼，而仍具沉着镇静之态。十八世纪复古派诗人以画为诗，所作诗毫无情意，只取描绘渲染。德国大文学家Lessing[①]著书攻辟之，谓诗与画与乐其道各别，未可以此之法施之于彼。因就《僧人遇蛇像》推论艺术之原理，故以像名其书，曰*Laocoön*。迨十九世纪之末，浪漫派文人又多以乐及画之法为诗为文，故美国白璧德先生复著书攻辟之，重申Lessing之意。以有彼书在前，故冠以新字，而自名其书曰*The New Laocoön*。其实二人之书，皆非以《僧人遇蛇像》为主题，特偶然及之耳。吴宓附识。

——本图及说明原载于1922年8月出版之《学衡》杂志第8期卷首。

① Lessing，莱辛。

插画之八:杰拉德《荷马像》

《荷马像》(*Homer*),法国 François Pascal Gérard[①]绘,参阅本期《希腊文学史》。

——本图及说明原载于1923年1月出版之《学衡》杂志第13期卷首。

① François Pascal Gérard,弗朗索瓦·帕斯卡·西蒙·杰拉德。

插画之九:迈尼昂《海克多别妻出战图》

《海克多别妻出战图》(*The Parting of Hector and Andromache*),法国Maignan[①]绘,参观本期《希腊文学史》。

——本图及说明原载于1923年1月出版之《学衡》杂志第13期卷首。

① Maignan,迈尼昂。

插画之十:米勒《拾谷图》

米勒(Jean François Millet,1814—1875)者,法国十九世纪名画家,专绘农家风物,而富于古学之精神。(参阅本期通论《柯克斯论古学之精神》篇。)古希腊美术之要旨曰:"高尚而简朴,凝静而伟大。"(此语盖出于德人Winckelmann[①]。)米勒以极寻常琐细之题,寓深远精美之意。其写田间生活,既真切而又庄严,盖有得于斯旨矣。不特其博爱仁厚之意为足感人也。

此图为其杰作之一。绘农妇三人,于夏日午,至田间拾取刈获之谷。左方二人方俯身取拾,右方一人则微俯其身,所以示拾取之步骤,以静表动也。曲背寓劳苦之意,不得直立稍舒身体而休资息也。后方之藁堆及载运之大车,将刈获拾禾之事完全绘出。至此图之结构(布局)最佳。以水平线分图为二部,上一下二。线之左端低斜,故置藁堆以调剂之。农妇三人之身皆成于极简单之曲线,左方二人全同。右方一人之曲线,则与之畸角反捩,而互成平衡之势。实则此图简单至极,平衡至极,无一可省之

① Winckelmann,温克尔曼。

物。而各线各区皆配合匀整,得和谐之美。试去其一人,或移其位置,易其短长,改其姿势,以资比较,则立觉其不完整矣。故曰,深得于希腊美术之旨也。此图今藏法国博物馆(Louvre)。编者附识。

——本图及说明原载于1923年9月出版之《学衡》杂志第21期卷首。

插画之十一:安格《李维亚夫人像》

安格[①](Jean Auguste Dominique Ingres,1780—1867)为法国十九世纪纯粹古学派之名画家。(参阅本期通论《柯克斯论古学之精神》篇。)其作画崇理法而抑情感,重描画而轻彩色。以为人图像(Portraits)为最著称。此图《李维亚夫人像》,乃其杰作之一。富丽而幽雅,美艳而静肃,以及其图之作卵圆形,皆足显示希腊美术之要旨。而此图之尤长处在结构(布局),细审自明。可谓之精巧美备矣。此图今亦藏法国博物院。编者附识。

——本图及说明原载于1923年9月出版之《学衡》杂志第21期卷首。

① 安格,又译安格尔。

插画之十二:巴马维雀《三姊妹像》

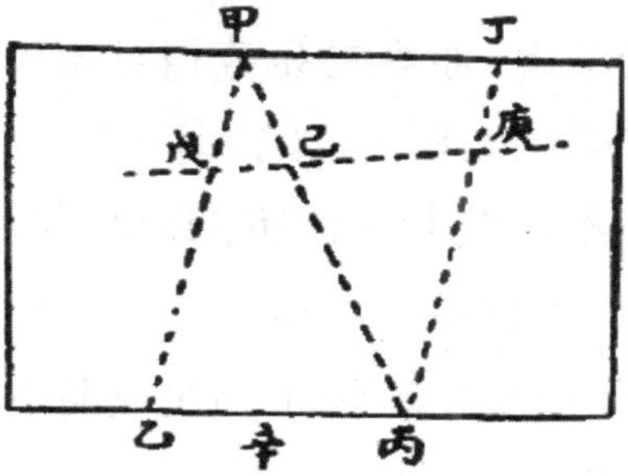

按文艺复兴时代意大利绘画共分四大派,其中以威尼斯派(Venetian School)最为重要。该派之特长,前已约略述及。今此图《三姊妹像》,绘之者为巴马维雀[①](Palma Vecchio,1480—1528)亦威尼斯派之名画家,而能传乔觉那(见本志第六期插画)之衣钵者。此图原本今藏德国Dresden[②]之画院中。

夫作画最重结构,而此图之结构至足研究。盖如小图所示。(一)试平分三女面部为两半而各作直线,即以直线连接各女额上

① 巴马维雀,又译帕尔玛。

② Dresden,德累斯顿。

发分之处、眉心之正中、口唇之中点,且延长之。则得甲乙、甲丙、丙丁三直线,此三直线可表三女头部之位置及方向。然后细察之,则见甲乙线与丙丁线为平行,而甲丙线为此二平行线之横截线,且甲丙线与甲乙、丙丁二线相交于甲、丙二点,该二点正在图之边线上。(二)设戊、己、庚为三女眉心之中点,试通过此三点而作直线,则见戊、己、庚三点在一直线上。且此线右端向上倾斜,左端低下,故图中特于右上角作树石,左上角露天空,所以调剂戊己庚线之倾斜,而维持平衡也。(三)又设想通过三女之身体而作平面,均分其体为左右两半,则此三平面必集交于纸前空中之一点。此点之位置不难想象得之,而该点之投影必落于图中辛点之处。(四)综以上之布置,故三女之视线及身体之方向,均集注于中心之一点,虽平列纸上,而观之宛若相对团坐,成半圆形也者。(五)又题既为三姊妹,故图中三女之轻重皆相等,并无宾主正副之分。倘图中己点不在戊庚线上而略高出,则中间一女俨为主人矣。由上以观,可知此图结构之精工。至三女容貌之秀美,姿态之婉约,又其貌颇相似而又各不同,适足显明三女之为同胞姊妹,而令观者赞赏不置也。编者识。

——本图及说明原载于1924年11月出版之《学衡》杂志第35期卷首。

插画之十三：丁脱雷脱《酒神与阿吕亚德尼成婚之图》

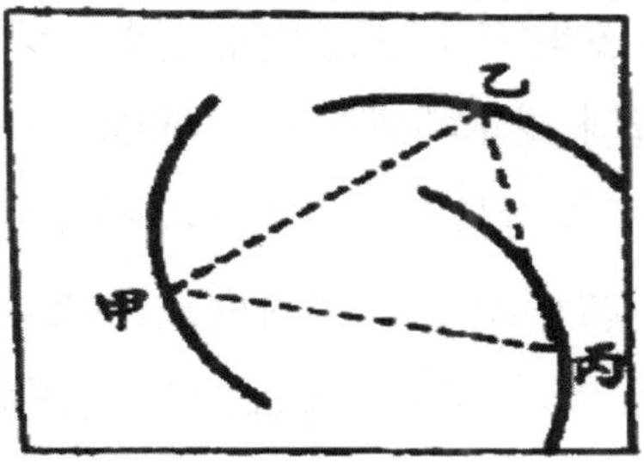

绘此图者，为文艺复兴时代意大利名画家丁脱雷脱[①]（Tintoretto，本名 Jacopo Robusti，1518—1594），亦属威尼斯派。师狄贤，而并学麦坎吉罗，善于用色。此图原本今藏威尼斯公宫。图中之故实略述如下。

古希腊雅典太子西修斯（Theseus，亦为太阳之神）雄武有胆略。至克里底岛，其国王之女阿吕亚德尼（Ariadne，晨曦所托化）见而悦之。私赠以长丝及利剑，遂得入迷洞（Labyrinth），斩食人之牛魔（Minotaur）而复出。以阿吕亚德尼为妻，挈之归。途经纳

① 丁脱雷脱，又译丁托列托。

克苏岛(Naxos),乘女熟睡,弃之而去。女醒,见已身被弃于荒岛,悲泣不胜。适酒神(Bacchus,Dionysus)帅其徒侣行经该岛,见而悦之,遂求为夫妇,赠以七星宝冠(七星黎明犹见,此其取意)而成婚焉。此图中,左为阿吕亚德尼,面海倚石而坐,右为酒神,右上角为专司爱情之金星女神,来为二人接引配合,方以七星宝冠加诸阿吕亚德尼头上焉。此图论其结构,实与前图异曲同工,正合比较。惟前图写静坐之形,此图写飞动之态。前图中人物比肩并列,尚近平面。此图中人物,则回旋飞舞,纯是立体。虽不如前图之工细,而大体之结构为尤难,如小图所示。(一)图中三人身体之位置及方向,可以三圆弧表之。试设想此图为立体而非平面,则此三圆弧实共在一球面之上,且其位置匀称。即若通过三弧各作平面,则此三平面必集交于球之中心,且其相交之角度皆相等。转言之,即三弧若延长之,可成为正式球面三角形。(二)又设三人之脐甲、乙、丙,为三人身体长度之中点,则连此甲、乙、丙三点,必成为等边三角形。然小图中甲乙丙视之不类等边三角形者,则以此三点所在之平面,不与纸面一致,而悬空倾斜之故也。以上所言,观图者初不觉察,但觉其飞翻生动,谐合匀称而已。(三)此图中,酒神与阿吕亚德尼为主要人物,故显其正面。而金星女神仅为从旁赞助之者,故只示其背面,此又宾主轻重之分别也。编者识。

——本图及说明原载于1924年11月出版之《学衡》杂志第35期卷首。

插画之十四：德拉夸《但丁地狱渡河图》

此图所绘故事，见但丁《神曲·地狱篇》第三曲，参读本期钱稻孙君译文可明。盖地狱之界，是名亚凯隆德河，意云愁河。仙魔老人喀隆，职司操舟楫，驱诸渎神背义者之亡魂，载以渡河，送至地狱，受种种苦。惟但丁系未死之魂，又无罪，故喀隆另以轻舟载维琪尔（即桓吉尔）及但丁以渡。图中左方衣白者为但丁，其右衣黑者为桓吉尔，共立舟中。而诸多有罪者之冤魂，围绕追攀，争欲附乘此舟而不得，怨苦叫号。此图亦绘地狱幽黯阴森之状。

作此图者为法国德拉夸[①]（Delacroix，1798—1863）。德拉夸为浪漫派画家之翘楚。此图始表示激烈之感情，故或推为十九世纪第一开幕杰作，今藏巴黎博物院（Lourve）云。又按但丁此曲亚凯隆德河及舟魔喀隆，系本于桓吉尔之《伊尼德》（*Aeneid*）史诗卷六第二九八句以下。而本曲第一一二至一一四句“若秋风之杀

① 德拉夸，又译德拉罗瓦。

伐,树叶叶兮剥夺”云云,即袭用《伊尼德》卷六第三百零九至三百十二句。钱稻孙君尝检该四句拉丁原文而译之如下:“秋冷夺枯枝,叶落纷林谷。岁寒驱群鸟,觅暖渡海渎。”编者识。

——本图及说明原载于1929年10月出版之《学衡》杂志第72期卷首。

插画之十五:罗色蒂《但丁与裴雅德遇于人间之图》

英国诗人兼画家罗色蒂(Dante Gabriel Rossetti,1828—1882)之生平,已详见本志等六十五期罗色蒂纪念文。此图乃罗色蒂于一八五九年所绘。图中右为但丁,左方白衣女郎夹二女之中而立者为裴雅德,其事详见但丁所著《新生篇》第三章。但丁自言,年九岁初见裴雅德,时裴雅德年八岁,绛衣倩饰。虽幼,已如天人。越九年,但丁年十八,裴雅德年十七,始获再见。即此图所绘者是也。是日但丁行佛罗稜斯[①](Florence)市中,忽遇裴雅德迎面来,白衣,二女伴在其左右。裴雅德回眸致礼,意态端淑。而但丁则震骇失次,如被无上之庥。自是深情固结,急避人归卧已室。随即沉睡而得奇梦,醒乃以诗写之。此梦盖《神曲》所托始云。编者识。

——本图及说明原载于1931年1月出版之《学衡》杂志第73期卷首。

① 佛罗稜斯,今译佛罗伦萨。

插画之十六:罗色蒂《但丁与裴雅德会于天上之图》

此图系罗色蒂于一八五九年所绘。其事详见但丁《神曲·净罪界》(*Purgatorio*)第三十及三十一两曲。诸仙女散天花,馥郁缤纷。裴雅德戴橄榄之冠(象智慧平和),面幂白色,袍红色,外套绿色(此三色象信仰、希望、仁爱),尊严昳丽莫可名状。首以言词开导但丁,责其久溺尘缘,不专心上趋精神之爱。既引之入河,涤除罪恶净尽,乃从随侍诸仙女之请,揭去面幕而现妙相。但丁深感无上极乐,遂从入天国游观涉历云。图中但丁居左,右为裴雅德。二仙女拱立于后。编者识。

——本图及说明原载于1931年1月出版之《学衡》杂志第73期卷首。

插画之十七：滑田友塑《诗人陈伯严先生（三立）八十寿像》

本年十月二十日（阴历九月二十一日）为义宁（今改修水）陈伯严先生（三立）八十寿辰。先生硕德耆年，海内企仰。其诗为世宗风，无待颂赞。先生现居庐山，以国难世屯，不令称觞，并谢绝馈仪，惟艺术家徐悲鸿君及智识界同人等，特尊先生为东方大诗人，延淮阴滑田友君及元和江小鹣君赴庐山为先生塑像，铸赠为寿。此图即是滑田友君所塑之像。愿加入此举公同祝寿者，每人可出款十圆，汇交南京中央大学徐悲鸿君。至各地大学图书馆等机关，若出四百圆，可得铸成之像一座，以供陈列，亦请与徐悲鸿君接洽。编者敬识。

——本图及说明原载于1932年12月出版之《学衡》杂志第77期卷首。

插画之十八:蒂施拜因《葛德在罗马城外苍茫吊古图》

按葛德[1]于一七八六年十月二十九日,初至罗马。此图即是年秋冬间J. H. W. Tischbein氏所绘。一七八七年春,葛德出游那波里与西西里岛。一七八七年六月初至一七八八年四月二日,葛德仍居罗马。学识日进,著作益佳,而精神亦更庄严超旷云。

——本图及说明原载于1933年5月出版之《学衡》杂志第78期卷首。

① 葛德,今译歌德。

《学衡》杂志编者吴宓先生来函

顷见《清华周刊》四十一卷六期《本刊二十周年纪念号导言》第三页，文中有“前东南大学的《学衡》”云云，实与事实不符。按查《学衡》杂志，乃私人团体之刊物，与东南大学始终无丝毫关系。此志乃民国九年冬梅光迪君在南京发起，旋因东南大学之教授欲加入者颇不少，梅君恐此纯粹自由之刊物，与学校公共团体牵混，而失其声光及意义，故径主张停办。民国十六年冬，重行发起，社员咸属私人同志，散布全国。其中仅有三数人（在社员中为少数）任东南大学教职，然本志历来各期即已宣明“与所任事之学校及隶属之团体毫无关系”，盖《学衡》社同人始终不愿被人误认为与东南大学或任何学校为有关系也。读者试阅《学衡》各期内容，则见第二十期以后，几无一篇之作者为东南大学教员。而民国十三年七月（本志第三十期）总编辑吴宓北上，所有社员分散，且无一人留居南京者。自是迄今，凡阅九载，《学衡》由三十期出至七十九期，总编辑吴宓长居北平，诸撰稿人无一在南京，而经费二千数百圆悉由吴宓与三四社友暨社外人士（有名单久已公布）捐助，未尝借用东南大学一张纸、一管笔、一圆一角之经费。夫其实情如此，而社会人士每以《学衡》与东南大学连为一谈，实属未察，而乃《学衡》社友尤其总编辑吴宓所疾首痛心而亟欲自明者也。今敬求贵刊将此函登载，俾清华同学校友均可明悉此中真相。又附《学衡》社启事一纸,亦望赐登,以便世人得知《学衡》现状,及负责为何人。

吴宓　五月初四日

——本文原载于1934年出版之《清华周刊》第41卷第7期。

《大公报·文学副刊》之宗旨及体例

（一）本报今兹增设《文学副刊》，略仿欧美各大日报之文学版（littérature et critique）及星期文学副刊（Literary Supplement; Review of Literature）之体例，而参以中国现今之情形及需要。盖以日报杂志之内容不外政治与文学，而二者实关系密切。广义之政治，包含经济、实业、教育及国民之各种组织经营活动。广义之文学，包含哲理、艺术、社会、生活及国民凡百思想感情之表现。政治乃显著于外之事功，文学则蕴蓄于内之精神，互为表里，如影随形。政治之得失成败、因革变迁，每以文学之趋势为先导，为枢机。而若舍政治而言文学，则文学将无关于全体国民之生活，仅为文人学士炫才斗智、消遣游戏之资。是故欲提高政治而促进国家之建设成功，应先于文学培其本，植其基，浚其源。而欲求文学之充实、发挥、光大，亦须以国家政治及国民生活为创造之材料，为研究之对象，为批判之标准。更就狭义之政治与狭义之文学而论，征之中西往史，无分专制共和，凡在国运兴隆、民生安乐之时，文学与政治常最接近而相辅相成。而当衰亡离乱之秋，则文学与政治率背道而驰，各不相谋。吾人望从事于政治者毋蔑视文学，并望努力文学者能裨益政治。凡此均指广义，如上所说，惟文学亦自有其价值与标准，不可不知耳。总之，本报注重政治，而尤着眼于国民生活之全体，故设各种副刊。而今兹对于文学特为加意改良，努力从事。国中爱读本报之人士，幸其指教而助成之。

（二）本报《文学副刊》每星期出一期，每期一版。其内容约分十余门，各期互见。除主要之二三门外，以材料之优劣精粗为去取之权衡，不以门类为重。但总括之，可分四大类：一曰通论及书评；二曰中西新书介绍，间附短评；三曰文学创造，诗、词、小说等择尤登录，笔记谈丛之类亦附此中；四曰读者之通信、问答及辩难。各门体例及范围，不须详说，当于内容见之。

（三）本报之宗旨为大公无我，立论不偏不倚，取公开态度。愿以本报为国中有心人公共讨论研究之地。此宗旨亦即《文学副刊》之宗旨。《文学副刊》之言论及批评，力求中正无偏，毫无党派及个人之成见。其立论，以文学中之全部真理为标准，以绝对之真善美为归宿。以古今中西名贤哲士之至言及其一致之公论为权威（Authority）。以各国、各派、各家、各类之高下文学作品为比较，以兼具广博之知识及深厚之同情为批评之必要资格。以内外兼到，即高尚伟大之思想感情，与工细之技术、完美之形式合而为一，为创造之正当途径。以审慎之研究、细密之推阐及诚恳之情意，为从事文学批评及讨论者所应具之态度。更释言之，则重真理而不重事实，论大体而不论枝节，评其书而不评其人。但就此册作品之文字及内容以推勘评判，而不问作者之为人及其生平行事如何。诗、词、小说等之选录去取，惟以其作品之精美程度为断；登载与否，其间绝无表彰此人、推重此人，或专提倡此体、标榜此派而压抑其余之意存。本报《文学副刊》，既系《大公报》之一部，又非一人编撰，且又极端欢迎社外投稿，故其绝非代表某党派之主张或某个人之意见，自无疑义。即对于中西文学、新旧道理、文言白话之体、浪漫写实各派，以及其他凡百分别，亦一例平视，毫无畛域之见、偏袒之私。惟美为归，惟真是求，惟善是从。此须郑重声明于始,而望读者鉴谅者也。综上所言,本报《文学副刊》之宗旨及态度,为纯然大公无我,而专重批评之精神(Critical attitude)。虽然,文字雠仇,自古为烈;抑扬褒贬,怨毒所丛;自本真诚,人疑作伪;虽矢坦白,亦类偏私;既不得人人而赞扬之、推崇之,则或因失望而致愤懑,亦人情之常。故西方多有主张对于现今新出书籍及文学作品之批评,作者以不署名为善者(Anonymous Reviewing),亦自持之有故,言之成理。但本报同人以为文学固非宣传之资,不可有训诲之意,然在其最高境界,文艺实可与道德合一。本报常思提倡树立大国民之态度,及忠厚仁爱之诚意,故《文学副刊》,无论讨论辩难,决不流于偏狭之意气,决不登谩骂攻诋之文章。于创造文学,则不取专务描写社会黑暗及人类罪恶之作品。于文体(Style),则力避尖酸刻薄、讥讽骂詈之风尚。此则本报《文学副刊》于无成见、无一偏主张之中所具之微意也。

(四)欧美各大日报之《文学副刊》,每期必有最近一星期中出版之新书书目,分类汇列,而详记其书名、作者及出版书局、发售价目,择尤撮叙内容,并加评断。新出杂志及小说,亦在其中。但中国习惯不同,交通不便,实难仿行。今兹本报《文学副刊》,虽有此意,惟不能每期编列新出书目,仅能就本报同人所见及所得知者,为读者批评介绍,且篇幅有限,故重选择,极望国内外各书局、各出版社、各报馆、各个人,以新出之书籍报章,多多寄赠本报,以供介绍批评。此事既甚便利全国之读者,而于该书之销售流行,亦大有裨。至若在本报《文学副刊》登载广告,尤易接近一般好读书、愿购书之人士。出版界及著作界幸其注意。按以上乃指国内出版之书籍而言,至若欧美日本新出之书及出版界消息,较易知晓,但苦于种类繁多,不及具录,且亦不必多录,故本报《文学副刊》拟但择其极重要者,及与中国有特别关系者,而论列之,余悉从略。

(五)本报《文学副刊》既愿为我国文学界之公开机关,故所有各门,均极端欢迎社外人士投稿,而通论及长篇小说,尤为重视。来稿文字及通信地址,务祈书写清楚,直寄天津大公报馆收。来稿需酬报者须先声明,本报亦可酌奉酬金。长篇稿于决定不登之时即寄还,短篇恕不奉还。文字偶尔笔误及引书叙事有误者,本报得径行改正。至署名一照稿上所写者,真名别号听便。

(六)本报《文学副刊》力求与读者发生关系,后幅专为读者而设。读者惠寄之书函,当择尤选登,但力避标榜及诋诬之习。又设问答一门,凡读者如有疑难,倘承下问,当就本报同人所知,并征询专门学者,详为解答。惟问题须为新颖、正大而关系重要者。若平常检书问人即可得知之琐屑知识及事项,恕不答覆。凡读者对于本副刊之文字,如有辩难之作,本副刊亦极愿登载。遇必要时,且请原文作者另篇解释答覆,一同录布。若读者与读者藉本副刊之地位,互相通信辩难,结文字因缘,尤增趣味而资切磋,并所欢迎。但辩论宜重主旨而持大体,不可流于支离琐碎。又切戒谩骂诋毁,此类辩难之作,概屏不录,亦不答覆。凡读者通信问答辩难之文,既蒙赐教,即经登录,亦不给酬。

(七)以上所言,仅其大略。一切应俟逐渐计划改良,尤望读者不吝赐教,是为至幸。

——本文原题《本副刊之宗旨及体例》,原载于1928年1月2日出版之《大公报·文学副刊》第1期。

《大公报·文学副刊》体例申言（答朱希祖君）

顷于九月十七日北平《新晨报副刊》第四十四号，得见朱希祖君《再致〈大公报·文学副刊〉编辑书》，题曰《关于古代铁制兵器先行于南方考之讨论》，尚未登完。其前并有引言。兹谨答复如下，以谢朱君，并告读者。

（一）朱君第二次及第三次致《大公报·文学副刊》编辑书二通，不知于何日寄出？是否挂号？此二书本馆确未接到，恐系邮失。学术公开讨论乃本副刊之职志，无论如何，决无接到而不发表之理。兹于《新晨报副刊》始见此书，不胜惊异，抑且愧歉。谨当在本副刊第三十九期中，将朱君两次赐书全文，连同引言，一起录登，俾未见《新晨报》而曾读本副刊以前关于此题讨论之文者，皆得寓目。所以不在本期（三十八期）即行录登者，因本期稿已编就，无多篇幅，且朱君原书在《新晨报副刊》须连续数日方能登完故也。

（二）朱君第一次致本副刊编辑书，本副刊未能一次登完，而分登第三十二、第三十三、第三十四各期，此实由于事实所限，并无他意。盖凡读本副刊者，当知本副刊常患材料充积而地位窄狭，兼之各门并具，每有拘曲痉挛之感。夫通论专文长篇，每期必有，再加介绍新闻等，其不得不将朱君赐书三次分登者势也。（其他稿件亦常有分登数期者。）

(三)至将朱君来书所开,中插评论,此亦无深意,以为每段所讨论之事件,可以密迩齐列,两两对照,使读者观之易醒豁耳。朱君书固经分段,即本刊答辞亦同割裂,岂有轻重轩轾之意? 且本刊答辞均低一格,犹之古经传注疏分别行文。读者于来书及答辞,均仍不难一气读下,使之贯穿明了也。若夫该篇题目,本应写作《朱希祖君来书〇附本副刊答朱君书》,乃仅题为《答朱希祖君书(附来书)》,此由代理编辑人临事匆促,未及斟酌至善,然亦似无大关系也。

(四)本副刊文字常多不署名,此决非不负责任之意,乃缘本副刊体例如此。已于第一期发刊辞《本副刊之宗旨及体例》中,详述其理由。兹更申说如下:

(1)西国大日报杂志文学评论之作,常多不署名。本副刊实仿效之。例如英国《泰晤士报·文学副刊》(*London Times Literary Supplement*)每星期一巨册,自通论以迄介绍书评新闻杂感,无一处署名者。(仅外人来函署名登录。)

(2)吾国普通人之习惯,尤注意作者及个人之关系,往往不就本篇细行阅看研究,而于人的关系妄为揣测,实属无当。故本副刊以为在今中国,惟有提倡不署名之批评,方可得近真理而免误会。此正区区负责任之愚诚也。

(3)本副刊体例,始终如一。"来稿"署真姓名或别号,一随其人之意。专篇"书评"均署名,因此中不免有个人意见,须昭郑重也。"通论"或撰或译,全不署名。其属于浮泛性质如"某人百年纪念"者更不署名。"新闻"短条不成问题。至于第三十期《评清华学报五卷二号》一文,乃属"介绍"一类。此类原非专评,大都夹叙夹议,且杂志内容,各门学问均备,更不能以一人径事雌黄。故本副刊对于杂志之介绍,每次均由数人分别担任,各评一篇,或汇集众意而由一人执笔写出，故此类文学本系多人合撰，事实上即欲署名，亦不能办也。

(4)无论署名之问题如何，本副刊编者，对于全体文字均负责任，即有缺失，无论原撰稿者何人，编者决不敢辞其咎。外界来稿及往复通函，可视为其与本副刊全体之交涉，毋问个人。(其单独具名相互商榷者如戴家祥与容庚君不在此例。)至发出之函，均由编者经手盖章，亦不系乎何人执笔拟稿也。

(5)是故各界人士赐稿或通函，封外务论如何书写，或“《大公报·文学副刊》编辑先生收”，或“《大公报·文学副刊》编辑部收”，或仅“大公报馆(编辑部)收”，均无关系，但要件必须挂号，庶免遗失。本副刊于投稿之不登者，均已一一寄还，绝少忽略弃置之事。投稿及通函诸君，当自知之。又以种种关系，邮递常多迟缓。馆中稿多，偶亦舛错，尚须检寻。兼之本副刊排版费时，稿多预先编定，且须各门齐备而分配平均，故有时投稿来函未能立刻登出者，或正拟于下期登出(如三十七期张尔田君来函积压一月始获登出)，并非不登。尚希诸君及读者原谅，勿径误会，则幸甚矣。

本副刊编者敬启　(九月十八日)

——本文原题《本副刊体例申言(答朱希祖君)》，原载于《大公报·文学副刊》第38期。

第五年之本副刊

宗旨体例仍旧不改　内容材料尽力求精

本副刊每星期一出版一次，今已至第五年。第一期（民国十七年一月二日）中，有《本副刊之宗旨及体例》一文，叙说详明，是为本副刊成立及办理之根据。此四年中，虽编辑中经易人，内容常有变换，然始终遵守此文所言之宗旨及体例，未敢有违。今后本副刊仍当本此政策办理。编者之责任，惟在处理事务，选择稿件。无论何人续任编辑，要必恪谨执行该文中所宣示之条款。该文甚望读者覆阅，今摘录其中一段如下：

> 本副刊之言论及批评，力求中正无偏，毫无党派及个人之成见。其立论，以文学中之全部真理为标准，以绝对之真善美为归宿。……重真理而不重事实，论大体而不论枝节，评其书而不评其人。……对于中西文学、新旧道理、文言白话之体、新旧写实各派，以及其他凡百分别，亦一例平视，毫无畛域之见、偏袒之私。惟美为归，惟真是求，惟善是从。……本副刊之宗旨及态度，为纯然大公无我，而专重批评之精神。……于创造文学，则不取专务描写社会黑暗及人类罪恶之作品。于文体，则力避尖酸刻薄、讥讽骂詈之风尚。

上列之宗旨及体例，虽始终遵守，然四年来之本副刊，内容实未为佳良。不特不满读者之期望，且未能符吾人之理想之百分之一，此编者所甚歉感者也。顾内容之丰啬美恶，乃受事实环境种种限制，成于偶然之机，编者实不能如意操纵。譬之行驶火车或驾驭飞机，只能按照罗盘指定途径及方向，至每日能达若干里之远及速度如何，非所敢问也。所谓限制者，（一）曰篇幅狭小。本副刊每星期仅出一次，篇幅有定，故各门材料不能周遍，得此失彼，挂一漏万。拘挛之苦，读者当久已窥见。而经济、人才、时间、精力，在事实上又恒与篇幅之大小成正比例。区区篇幅，亦不能挹注过多之资本，势也。且坐是而稿件拥挤，常多积压，登出迟缓，稽延时日，遂使佳稿亦失其时间性。如奥国戏剧家显尼志劳氏（Arthur Schnitzler）于一九三一年十月二十七日逝世，本副刊于十一月十日即已撰成长篇，叙论其生平及著作，而以每星期须赶登他稿，致将此篇搁置至今年一月中旬。又如《民族生命与文学》及《德国三大伟人处国难时之态度》两篇，至今未能登完。皆极不获已之事也。（二）曰稿件空缺。本副刊立意，欲以每期八栏之篇幅，为海内文人作者之公开地盘，登载各派各体之批评议论文及创造作品。宁登外来之稿，不取自撰。然投来之稿，常多不合本刊之所希望者，又多为某门某类某体，而他门他类他体则无有者。本刊编者，仅能就临时所收到之稿件，为比较之选择。取其中之佳者、精者、上者而先登布之，劣者、粗者、下者则暂缓登或径不登。故其去取及先后，仅为相对的排列，而非绝对的评判。易言之，即本刊材料欠佳，乃由海内外读者吝于投稿，供给不丰。而本刊内容优劣之升降，其机仍由读者及投稿人操之也。又按本副刊以“大公”为标准，故凡各派各体之稿投来，编者甄采编列之时，决不以其稿属于某派某体而特右之或特黜之，乃视其稿在该派该体中之地位与价值为如何。故有时本刊连登甲派或甲体之作数篇,而乙派或乙体之作则历久未见,此并非有所好恶偏袒,乃由此数星期中本刊接到甲派甲体之投稿特多而又较佳,而乙派乙体则逊或直无来稿耳。例如本刊近顷登旧体诗多而新体诗少,实由旧诗作者投来者多,新诗作者虽众而投稿于本刊者则鲜佳制,苟其有之,必早登矣。又如去年一年中,国内旧派文人逝世者,有樊樊山(增祥)、王书衡(式通)、朱古微(孝臧)诸君,本刊职责所在,皆应有长文论述其生平及著作。惟因编辑部同人自审其才力未为通国中能作此文而最佳者,故不敢自操觚而特请托专家名宿最适于此者撰文,其后因种种缘故,竟未撰成寄来,而时日倏逝,只好从缺,徒留歉憾而已。以上略述本刊所受篇幅及来稿之限制,非敢自恕,仅欲读者及投稿诸君略知编辑困难之实况耳。

是故今后本副刊之宗旨及体例仍旧不改,至其内容及材料,则当于事实之限制之下,及可能之范围内,尽力求精。外此编辑方针有可言者,(1)拟多登短篇。此为救篇幅狭小之弊。惠投稿件者,务求词简意密,删去浮冗。若其材料充实,义理丰富,而衍成数千言,通体精粹,则长篇亦所欢迎。但如能分为数短篇,各自标题,则尤幸事。(2)拟注重纯文学。本刊对于文学虽取广义,然实以纯文学为正当之范围,材料应以纯文学为主。前此亦尝登载考古学、史学及哲学之长篇不少,因所收到此类稿件确有价值,故乐于登载。今后就所收稿件中,在比较选择之范围内,决拟注重纯文学,批评创作兼取。甚望投稿诸君亦趋重纯文学一途,则本刊受赐多矣。

按本刊为《大公报》之《文学副刊》,印入本报而不单行,至综合以前各期,分门归类,刊印汇编之事,屡蒙爱读诸君来函提议,然现时本报印刷忙碌,无此力量,不能举办,甚为歉憾。又日报例须连夜赶印，成事急促，故排版及校对，虽加倍细心，难免错误。本刊编者亦知文人造述，咸出匠心。尤其诗词创作，一字偏旁之微，苟致错误，大损声光而减意兴。故常尽力求免错误，于来稿多另钞录工整，且以笔逐一细改简体及草字，不惜费时费力，而校对及印刷部职员工友，对于《文学副刊》亦特予注意，顾虽如此，错误仍不少。此则祈求投稿及读者诸君谅恕。本刊以校勘难以周遍，且登出已在二星期后，读者未必检寻旧报，而明眼人一见误字即知其应作某字，故本刊向例不列勘误表（仅遇特别重要之错误乃始声明），亦希谅恕。投稿诸君如能将来稿誊写工整，勿写草字或简笔俗体字（如體勿作体，難勿作难），勿涂改过多，又勿一纸两面书写，则可省本刊编辑部及校对排版者之劳苦，而印出之错误必可减少。斯亦本刊之幸已。

［附录］

本期编者引言

按本副刊之宗旨体例，具如上述，态度完全公开。对主张相反、评鉴不同之论文，双方皆乐予登载，盖文责由作者自负，读者皆可自由公判，本刊固无所用其抑扬或偏袒也。本期来稿，正可为例。自徐志摩君惨殁，本刊以徐君为国内负盛名之诗人文士，极深哀悼，立请叶公超君特撰一文刊登第二百零二期。并登胡适君之悼诗及吴宓君之挽诗（第二百零五期）。而十二月六日本报又特约张奚若君撰文刊登。顷者本刊于一星期内连收杨丙辰君（北京大学）及方玮德君（南京中央大学）投稿二篇，对徐君诗持论不同。本刊依例并为刊登,以杨君文先收到,且较长,故列于前。按古今作者之成就及其为人之真价值,每需经数百年而论始定。并世评判,未必悉中毫厘。永久之毁誉,决不系于一人或数人之褒贬。然见仁见智,各应畅其所言。苟非恶意之批评,皆应一体质示公众。本刊对关于徐志摩君之文态度如此,即对于讨论批评古今东西任何作者之文,其态度亦如此矣。

——本文原题《第五年之本副刊》,原载于1932年1月11日出版之《大公报·文学副刊》第209期。

第五年之本副刊编辑赘言

第二百零九期中《第五年之本副刊》一篇，已将本副刊今后之方针及敬望读者及投稿诸君注意之点，叙说靡遗。惟尚有三事，补陈于此，并祈谅鉴。

（一）本副刊常登西国文学家生殁百年、二百年等纪念文，且多长篇。读者或以为疑，甚至讥为为外国人作起居注。此实未明吾人之用意。夫此类文章，欧美文学杂志中多有之，其间毫无国界。且古今东西文学本为一体，息息相关，为了解享受计，岂可严分町畦？抑本刊所登各纪念文，大都精心结撰。且皆由吾人自作，依照定期刊载，异乎寻取东西杂志中之成篇抄录摘译者。尤有进者，即本刊每篇纪念文，实皆讨论今日中国文学上之一大问题。如（1）第三十四等期托尔斯泰纪念，讨论“革命与文学”及“第四阶级文学”问题。（2）第四十等期马勒尔白纪念，讨论文言白话及吾国文字、文体解放革新之问题。（3）第四十四等期戈斯密纪念，讨论文人生活与其著作之关系，及文人有行无行之问题。（4）第五十三期苏德曼纪念，讨论个人在社会中之生活行事及道德价值问题。（5）第五十五等期雷兴纪念，讨论艺术之型类及美的本体问题。（6）第六十五等期弗列得力·希雷格尔纪念，讨论翻译之原理与方法，及翻译西洋文学名篇之问题。外此不具举。要之，每一纪念文之深切用意，及所论究之问题，悉已于本篇中说明，读者固不难知。至各篇未加副题,将此点明白指出,则缘借题发挥乃批评论文作者之恒蹊与惯例,而含蓄融化实文学不可缺之美德,故不愿为浮表之张扬。试观法国圣伯甫(Sainte-Beuve)之《月曜谈》(*Causeries du Lundi*),英国斯梯芬(Leslie Stephen)之《书室杂稿》(*Hours in a Library*),美国穆尔先生(Paul E. More)之《雪伴论文集》(*Shelburne Essays*),皆如是也。(间亦有另标题者,然非通例。)

(二)本副刊因篇幅狭小,稿件拥挤,排置甚为困难,已于前期详述。乃常有投稿诸君来函,指定该稿必须于最近某日第几期中登出,此事断难办到,即或可以办到,亦不能预约。又有文稿尚未作成,而先函请于某期中预留若干字之地位者,此层更难照行。更有来函询问,谓现拟作某题某文,能否采登,请即答覆云云。按无论其人是编者之知交友好,或素未闻识,编辑部未见文稿,未得机会以该稿与所收来之多篇比较,实不能决定该稿是否刊登。且此期不登,留置他日或可采录。故投稿者,务请精心结撰,作成寄下。倘系佳稿,自必早登。空函询问,恕不答复。又稿件(短篇小诗不在此例)一经决定不登,即由编辑部付邮寄还,决不迟延。故对于来函催问某稿何不速登者,编辑部如值忙碌之时,即不能专函奉覆。以上办法均不得已。总括声明于此,希投稿诸君谅之。

(三)近年国中风气,往复辩难之文,多流于琐屑冗漫。双方不就根本立论,不言主题,而惟取对方琐细之点,层层驳诘。或摘其中单词只字,陈说攻诋累千言。又将原文一再辗转引录。凡此所为,在辩论之两侧固饶趣味,对大多数读者未必有益。而本刊篇幅狭小,稿件拥塞为患。故敢敬告投稿诸君,凡在本刊中辩论驳诘者,甚为欢迎,但其文字务求词意简赅,直捷痛快,毋取琐细支蔓,则登出亦可从速也。

至本刊缺漏错误之处,尤祈爱读诸君时予指教,俾得改良,感甚幸甚。

——本文原题《第五年之本副刊编辑赘言》,原载于1932年1月18日之《大公报·文学副刊》第210期。

《武汉日报·文学副刊》序例[①]

本刊态度完全公开，欢迎各地人士投稿，稿费每千字暂定国币六千圆至八千圆。登出后，由《武汉日报》社尽速致送。不登之稿须退还者，请投稿人预付邮资足用。

本刊内容范围甚广。举凡文学、哲学、历史、宗教、艺术等，皆认为广义之文学。又于考证、研究、批评、创作之稿，悉皆收纳。惟于各类之稿，必取精上者。编者之责任，乃就所得之稿，为公平审慎之选择（编者学识固有限，然另聘有专门顾问，随时指导匡助，投稿人可勿疑）。编者所认为较佳之稿，必先予刊登。故各类不能遍及，时或偏颇。盖纯以当时所收得之佳稿为定，非编者对某类有畸轻畸重之心也。

本刊不立宗派，不持主义，而尊重作者之思想及表现自由。举凡旧学新学、旧法新法、中国外国、东洋西洋、远古近今、同时异世、理想写实、唯心唯物、古典浪漫、贵族平民、雅正精奇、保守进步等等，一律平视。惟以每一篇来稿自具之价值为断。

---

① 吴宓1946年秋应知友刘永济（弘度）之邀，赴武汉大学外文系任教。同年11月初，湖北省立民众教育馆馆长兼《武汉日报·文史副刊》主编王楷元来访，代表《武汉日报》社约请吴宓主编《文学副刊》。吴宓在程千帆等热心推促下，同意试办一段时间。该副刊于1946年12月9日创刊，由于吴宓的编辑理念及其认真不苟的性行和办事风格与报社有所不同，合作中每多不愉快，故于1947年4月即拟提出辞职，为王楷元、程千帆所劝阻，勉强支撑到1947年12月，吴宓在编完第五十期后，正式离职，《武汉日报·文学副刊》就此停刊。

本刊不拘文体，不别形式。文言语体、古文白话，或摹古或欧化，本刊兼蓄并收。又或高华凝炼，或明白晓畅，或雅或俗，或庄或谐，悉听作者自由。但以每一篇来稿自具之真善美成分为断。至于标点符号、分章断节，亦全遵各篇作者原稿之旧。本刊不为变改，不求一律。

本刊编者吴宓先生，昔年曾任中华书局刊行之《学衡》杂志月刊总编辑十一年（民国十一年至二十二年，共出七十九期），又任天津《大公报·文学副刊》周刊编辑六年（民国十七年至二十二年底，共出三百一十七期）。其个人著作则有《吴宓诗集》一厚册（民国二十四年上海中华书局印行）。惟今兹担任《武汉日报·文学副刊》编辑，其性质及关系与昔不同。故在本刊所秉之态度及所定之办法，亦与《学衡》杂志等所表示所推行者有异。读者与投稿人幸其鉴察。今后（1）凡吴宓在"编者"之立场，或选别稿件，或酌加按语及注释，必悉遵照以上所宣示数条之态度及办法而行事。若（2）其表示个人之思想感情之作品，如旧诗，如《红楼梦》评论，如《文学与人生》诸篇，则皆明署"吴宓"名，以示分别。盖公私不同，根本未容混淆也。

——本文原载于1946年12月9日出版之《武汉日报·文学副刊》第1期。

《武汉日报·文学副刊》编者小言

本副刊出版仓促，诸多未合体制、有待改良之处。第一期（十二月九日）中，诗词录原定用五号字，因篇幅不足排为六号小字。又编者生平最恶简笔及俗体字。多年来所写文稿、信札、日记、便条等，无不每字作真楷。此次编稿，亦如素日习惯，凡各位作者稿中有简笔及俗体字者，编者均一一改写为正楷。但手民未知我之苦心深意，排出时仍见有“擔貿”等字。又编者并将稿中所有之“证”字改写为“證”，“验”字改写为“驗”，余类推，此类改写，幸得收效。而如“耶稣”误作“至苏”，编者早已预防，且经指示。今后惟望逐渐改善，使“委託”不作“委托”，“徵兵”不作“征兵”，“穀米”不作“谷米”，等等。若今后本刊中仍有“实痴国岩”等字出现，读者当知：此必是编者已改作“實癡國岩”等，而排版时未能悉遵照也。第一期中，错字甚多，尤以唐长孺先生《读陈寅恪〈唐代政治史述论稿〉后记》一篇，其中第六栏第五行至第五十行之一大段，应排在第四栏第十行与第十一行之间，乃误置此处，实不可恕。编者谨对唐先生深致歉意，并告读者。

——本文原载于1946年12月16日《武汉日报·文学副刊》第2期。

《红楼梦》新谈

《石头记》(俗称《红楼梦》)为中国小说一杰作。其入人之深,构思之精,行文之妙,即求之西国小说中,亦罕见其匹。西国小说,佳者固千百,各有所长,然如《石头记》之广博精到,诸美兼备者,实属寥寥。英文小说中,惟 W. M. Thackeray 之 *The Newcomes* 最为近之。自吾读西国小说,而益重《石头记》。若以西国文学之格律衡《石头记》,处处合拍,且尚觉佳胜。盖文章美术之优劣短长,本只一理,中西无异。细征详考,当知其然也。

美国哈佛大学英文教员 Dr. G. H. Maynadier 授小说一科,尝采诸家之说,融会折衷,定为绳墨,谓:凡小说之杰构,必具六长。见所作 Introduction to Fielding's "Tom Jones"中。何者为六?

壹、宗旨正大(Serious Purpose);

贰、范围宽广(Large Scope);

叁、结构谨严(Firm Plot);

肆、事实繁多(Plenty of Action);

伍、情景逼真(Reality of Scenes);

陆、人物生动(Liveliness of Characters)。

《石头记》实兼此六长。兹分别约略论之。

壹、宗旨正大

凡文章杰作,皆须宗旨正大。但小说中所谓宗旨者:(一)不可如学究讲书,牧师登坛,训诲谆谆,期人感化;(二)不可如辩士演说,戟指瞪目,声色俱厉,逼众听从;(三)又不可如村妪聚谈,计算家中之柴米,品评邻女之头足,琐屑鄙陋,取笑大方。凡此均非小说所宜有。小说只当叙述事实,其宗旨须能使读者就书中人物之行事各自领会。仁者见之谓之仁,智者见之谓之智。但必为天理人情中根本之事理,古今东西,无论何时何地,凡人皆身受心感,无或歧异。

上等小说,必从大处落墨。《石头记》作者,尤明此义,故神味深永,能历久远,得读者之称赏。《石头记》固系写情小说,然所写者,实不止男女之情。间尝寻绎《石头记》之宗旨,由小及大,约有四层,每层中各有郑重申明之义,而可以书中之一人显示之。如下表:

一	个人本身之得失(为善,作恶;向上,趋下)	一、教育之要(外) 二、以理制欲(内)	贾宝玉
二	人在社会中之成败	一、直道而行则常失败 二、善恶报施之不公	林黛玉
三	国家团体之盛衰	一、弄权好货之贻害大局	王熙凤
四	千古世运之升降	一、物质进化而精神上之快乐不增 二、归真返朴之思想	刘老老

以上四端,实未足尽书中之意,又勉强画分,多有未当。兹姑藉表中之次序纲目,论《石头记》之宗旨。

一

贾宝玉者，书中之主人，而亦作者之自况也。护花主人读法，释《石头记》之宗旨，曰“讥失教也”。开卷第一回，作者叙述生平，“少壮不努力，老大徒伤悲”，追悔往昔，自怨自艾。第五回《红楼梦》歌曲〔世难容〕一曲，亦夫子自道。盖谓美质隽才，不自振作，而视世事无当意者，随波逐流，碌碌过日。迟暮回首，悔恨无及，此际仍不得不逐逐鸡虫，谋升斗以自饱，亦可哀矣。第五回，警幻有劝告宝玉之言。第十二回，风月宝鉴有正反二面。而第百二十回，卷末结处，犹是此意。夫以宝玉资质之美，境遇之丰，而优游堕废，家人溺爱纵容。仅有贾政一人，明通儒理，欲施以教诲，而贾母等多方庇护，使贾政意不得行。宝玉既不读书，又不习世务，顽石不获补天，实由教育缺乏之故。荀子曰：“学不可以已。”语云：“玉不琢，不成器。”于以见教育之要。此其一也。

然人无生而纯善，亦无纯恶。人之内心，常有理欲交战其间，必须用克己工夫，以理制欲，始日有进境。如慵怠成性，委心任运，或则看行云之变化，按飞蝇之踪迹（见 Sterne 之小说 *Tristram Shandy*），纵极赏心乐事，亦觉抑郁无聊。（见第三十七回起处。外此例甚多。）佛家以偷惰为第一戒。宝玉之失，亦由其乏修养自治之功，可以为鉴。此其二也。

亚里士多德所作《诗论》（*Poetics*）为西国古今论文者之金科玉律，中谓悲剧中之主人（Tragic Hero），不必其才德甚为卓越，其遭祸也，非由罪恶，而由一时之错误，或天性中之缺陷；又其人必生贵家，席丰履厚，而有声于时云云。宝玉正合此资格。宝玉之习性，虽似奇特，然古今类此者颇不少，确在情理之中。约言之，宝玉乃一诗人也。凡诗人率皆(一)富于想象力(Imagination),(二)感情深挚,而(三)其察人阅世,以美术上之道理为准则。凡具此者,皆宝玉也。

(一)拿破仑曰:“想象力足以控制世界。”盖古今东西之人,无有能全脱忧患者。眼前实在之境界,终无满意之时,故常神游象外,造成种种幻境,浮泳其中以自适。抑郁侘傺之人,以及劳人思妇,借此舒愁解愤,享受虚空之快乐,事非不美,然若沉溺其中,乐而忘返,则于人生之义务责任有亏。又或以幻境与真境混淆,强以彼中之所见,施之斯土,则立言行事,动足祸世,故不可不辨之审也。中国诗文中,幻境之例多矣。(1)如无怀葛天之民,王母瑶池之国,文人幻想之世界也。(2)如巫峡云封,天台入梦,诗人幻想之爱情也。(3)如陶靖节之桃源,王无功之醉乡,名士幻想之别有天地也。(4)蕉鹿黄粱,斤斤自喜,此识者之所鄙而俗人幻想之富贵荣华也。征诸西国,其例尤夥。古昔柏拉图(Plato)之《共和国》(Republic),又 Sir Phillip Sydney 之 *Arcadia*,又 Sir Thomas More 之《乌托邦》(*Utopia*)。然此均为仁人志士,欲晓示其政见学说,特设为理想中之国家社会,民康物阜,德美俗醇,熙熙皞皞,其用处如建筑工程师之模型,本于设教之苦心。迨近世卢梭(Jean Jacque Rousseau)之 *Pays des Chimères*,又 Edward Young 之 *Empire of Chimeras*,又 Thompson 之 *Castle of Indolence*,又 Tennyson 之 *Palace of Art*,又 Sainte Beuve 之 *Ivory Tower* 等,则皆梦想一身之快乐,与宝玉之太虚幻境同。而卢梭之性行,尤与宝玉相类似云。

人为想象力所驱使,如戴颜色眼镜,相人不准,见事不明,后来一经觉察解悟(Disillusion),眼前之天堂,顿成地狱,则又悔恨懊丧,情实可悯。盖以梦幻中之美人,而强求之于日常戚党交游之中,必不可得,徒然自生磨折。即得一心赏之美姝矣,当时谓其穷妍极丽，德性和柔，无以复加，不几日而所见顿殊，其人竟丑如无盐，悍戾如河东狮。今日眼中之美人，他日又不免如此。故得甲思乙，虽益以古今之飞燕、玉环侍侧，终无满意之时。如英国大诗人P. B. Shelley者，未冠时，眷其表妹，名Harriet Groove，旋又爱其妹同学之女友，名Harriet Westbrook，诱之奔，不成礼而为夫妇。阅年不睦，而因通幽识一女教员，名Elizabeth Hitchener，敬其学识，极道倾仰，旋复斥为黑鬼(Black Demon)而绝之。已而入伦敦遇某名士之女，名Mary Godwin，与私逃而成伉俪，居意大利。前妻见弃，投河身死。Shelley旅意，复爱其国之贵家女，名Emilia Viviani，作诗颂之。又函达其友之妇Mrs. Williams道情款。盖其时与次妻又不水乳矣。用情之滥，如旋风车，如走马灯，实由为想象力所拖引。目前之人物，常不适意，而所爱者终在穹远不可到之域。蓬莱神山，虚无缥缈；天上之星球，Desire of the moth for the star，海中之仙女，Nymphetic longing；梦里之故乡，Nostalgia，又谓之"青花"(Blue Flower)：凡此均诗人幻境耳。卢梭亦曰："吾日日用情，而不知所爱者为何物。"宝玉长日栩栩于群芳之中，富贵安闲，而终不快乐。紫鹃谓其得陇望蜀，心情不专。与上同出一例。然想象力亦有其功用。当如乘马然，加以衔勒而控御之，可以行远，否则放纵奔逸，人反为所制矣。

古昔耶教修道苦行之士，如St. Augustine及Pascal等，均谓想象力最难管束，深以为苦。妙玉之走火入魔，即因此。凡想象力过强之人，易撄疯疾。诗人多言行奇僻，人以为狂。索士比亚云："疯人、情人、诗人，乃三而一，一而三者也。"（见*Mid-Summer Night's Dream*，VI）卢梭晚年，即近疯癫，宝玉平日举动，常无伦次，又屡入魔。宝玉尝有"意淫"之说。此意字即想象力之谓也。

（二）宝玉之于黛玉，固属情深。此外无时无地，不用其情。

大观园中人,固皆得其敬爱。即于贾环,亦不忍加以谴责(第二十回)。与宝玉同道者,有卢梭,亦富于感情,故以一穷书生,而行踪所至,名媛贵妇,既美且显者,悉与欢好,愿荐枕席。生平艳福,常引以自豪云。见其所著*Confessions*书中。又英国小说家Samuel Richardson,亦多情多感,故常"目注女人",细察其衣饰举止。又甫成童,常为少女代作情书,后遂以小说负盛名。

(三)宝玉一生,惟以美术上之道理,为察人阅世之准则。盖哲学家每硁硁于真伪之辨;道德家则力别善恶;至美术家,惟以妍媸美丑为上下去取之权衡。以是宝玉虽亲女人,而于李嬷嬷、刘老老之龙钟老丑则厌之;虽恶男子,而于秦钟、柳湘莲、蒋玉函之年少美材,则或友之,或昵之,从可知矣。

美术家,惟事审美,求其心之所适,世俗中事,不喜过问;而又任自然重天真,身心不受拘束。故宝玉不乐读书以取功名,家中之事,从不经意。贾政当抄家之后,辅助无人,独念贾珠。又宝玉甚厌衣冠酬酢,庆吊往还等事。甚至居贾母之丧,身伏苫块,而独赏鉴宝钗哭时之美态,不殊《西厢记》"闹斋"一出。盖美术家之天性然也。

综上三者,则宝玉之为诗人,毫无疑义。顾宝玉亦非创格,古今诗人,类皆如是。即质诸常人,凡有几分之幻想,即有几分之诗情,即皆有类似宝玉之处。大抵人之少时,幻想力最强,年长入世,则逐渐销减。如冰雪楼台,见日融化。(参看Wordsworth之诗:"At length the Man perceives it die away, and fade into the light of common day.")悼红轩主,善体此意,故有甄贾宝玉之设。甄宝玉者年长而失其诗情,世人大都如是。贾宝玉则不改其天性之初。书中虽多褒贬,而作者意实尊贾而抑甄。此一说也。又凡跛者不忘履,瞽者不忘视。山林之士,忽自梦为宰辅,表率群僚,奠安国社。蓬门老女，忽自梦为命妇，珠围翠绕，玉食锦衣。故人皆有二我，理想之我与实地之我，幻境之我与真如之我。甄贾二宝玉，皆《石头记》作者化身。其间差别，亦复如是。卢梭*La Nouvelle Heloise*小说，书中之主人Saint-Preux，本即卢梭，但自嫌老丑，则故将此人写作华美之少年。是卢梭亦有二我也。

二

宝黛深情。黛玉亦一诗人，与宝玉性情根本契合，应为匹配，而黛玉卒不得为宝玉妇。作者不特为黛玉伤，亦藉黛玉以写人在社会中成败之实况也。夫婚姻以爱情为本。黛玉本有其完美资格，此席断不容他人攘占，然黛玉直道而行，不屈不枉，终归失败。彼宝钗等，以术干，以智取，随时随地，无不自显其才识，以固宠于贾母、王夫人，虽点戏小事，亦必细心揣摩。又纳交袭人，甚至使黛玉推心置腹，认为知己。权变至此，宜有大方家之号，而卒得成功。盖理想与实事，常相径庭，欲成事而遂欲者，每不得不趋就卑下，以俗道驭俗人，乘机施术，甚至昧心灭理，此世事之大可伤者。又天道报施，常无公道，有其德者无其名，有其才者无其位，有其事者无其功，几成为人间定例。而圣智热诚之人，真欲行道，救世或自救者，则不得不先看透此等情形，明知其无益而尽心为之，明知其苦恼而欣趋之。宝玉之出家成佛，即寓此等境界也。

书中尊黛而黜钗之意屡见，然恰到分际，并不直说，使读者自悟，适成其妙。盖诗人褒贬（Poetic Justice），与律师办案、史家执笔者不同。读者莫不怜爱黛玉，而宝钗寡居，终亦甚苦。如此结束，极合情理，而作者抑扬之意，固已明矣。

金玉木石，亦寓此意。金玉乃实在之境界，木石则情理所应然。而竟不然者,金玉形式璀璨,其价值纯在外表;木石资本平朴,而蕴蓄才德于其中。金玉者人爵,木石者天爵;金玉者尘世之浮荣,木石者圣哲之正道。由是推之,思过半矣。

三

凡小说巨制,每以其中主人之祸福成败,与一国家、一团体、一朝代之兴亡盛衰相连结,相倚伏。《石头记》写黛宝之情缘,则亦写贾府之历史。贾府王熙凤桀骜自逞,喜功妄为,聚敛自肥,招尤致谤,群众离心,致贾府有查抄之祸。奸雄弄权,贻害国家,亦犹是也。王熙凤最善利用人之弱点,供其驱使。贾母精明而仁厚,王夫人则乏才。由贾母而王夫人,由王夫人而王熙凤,每况愈下矣。盖古今亡国,多出一辙。而是时荣宁二府,一切无非衰世之象。或谓使宝钗早出为贾氏妇,或探春在位,握权当政,则可免抄家之祸。然亦正难言。事变之来也,察知之尚易,而实行挽救则甚难。有德莫斯尼而不能救雅典之亡,有汉尼拔而不能救迦太基之灭,有西西罗而不能救罗马之衰。路易十四世临崩,即知有大洪水将至,而法国大革命之祸卒不免。贾府上下,奢侈淫乱,子弟均不好学,财源匮竭,事务丛脞,以至党狱株连,鬼哭人怨,妖异朋兴。征之史迹,按其因果,虽欲不衰亡,得乎?

四

原夫精神与形体截然判分,各有其律。物质进化,而人之道德未必高出前日。又生人绝少圆满适意之境。自古迄今,苦常不减,而乐未必增。此学者之所公认。而高明上智之人,独抱千古之忧，则其精神上所感受隐忍者，尤比群俗为甚。故诗人文士，往往沉思冥想，神游于理想中之黄金世界。谓人之一生，当其为婴孩时，最为快乐。不识不知，顺帝之则，忧患未侵，酣嬉自适。于是推至一国一世，亦疑草昧洪荒之时，人民必能用其浑沌未凿之天真，熙熙皞皞，安生乐业，家给人足。此黄金世界既在往昔，故常欲返于上古淳朴之世。此种淳朴思想(Primitivism)，本属谬误，然乃感情中事，未可以推理求。吾国所谓巢许怀葛，又所谓羲皇上人，三代与尧舜之治，皆梦想过去。而老庄无为之说，自然之论，一则曰“我无事而民自富，我无欲而民自朴”，再则曰“剖斗折衡而民不争”，实乃淳朴思想之激论，最足动人，而害世不浅。西国亦早有黄金世界之梦想，惟至卢梭千七百四十九年，应Academy of Dijon悬奖征文作*Discourses on Arts and Sciences*，始肆行放言无忌。至谓文化足使众生体弱德丧，礼法俗尚，添出种种苦恼魔障，宜返于獉狉之治始获安业。其说一出，风靡数世。凡中心不乐，而茫昧思动者，均附之，故其影响至巨，卒成法国大革命。卢梭以梦境为真，任用感情，诡词鼓动，激生变乱，其害至今未已，姑不具论。总之，文明社会中，亦有无穷痛苦。Matthew Arnold诗中亦云：The strange disease of modern life。此种归真返朴之思想，实古今人类所同具者。而《石头记》亦特写之，故谓为目光及于千古，殆非虚誉也。

物极必反，见异思迁，绚烂之极，乃思平淡。当卢梭生时，十八世纪之法国，文艺武功，方称极盛，为全欧崇仰，太平治世。巴黎京都，繁华富丽，士女笙歌，雅郁缤纷。卢梭以草野寒士，襆被入都，素不习于衣冠酬酢，深厌礼文之繁缛，已苦学之而未能娴熟，蹒跚嗫嚅，动贻笑柄，疑虑愧惭，因羞成怒，遂反而大倡返本之说，力主黜华崇实，归真习朴。然卢梭本出微贱，少年转徙流落，为人厮养。既失学，又尝艰苦，骤见贵人之奢侈晏乐，不免因羡生嫉，特自号为不平之鸣。后来附之者，不深究其义理之是非，但为激攘争夺之举，假其说以自重，而实则皆汉高祖"取而代之"之意耳。前乎卢梭斥贫富之不均者，亦甚多。杜工部"朱门酒肉臭，路有冻死骨"，二语深刻简当。后乎卢梭者，如Thomas Hood之《缝衣歌》(Song of the Shirt)，则曰："天乎，面包如此之贵，血肉如此之贱！……吾愿富人之闻此歌声也。"则激矣。

李孟符先生《春冰室野乘》，述光绪中叶，宫廷奢靡胜前，而诸旗人王公贝勒，则好作乞丐装，闲游陶然亭一带，座中多目击之。或曰：服之不衷，不祥之征也。后来事变竟多。法国大革命前，贵人相聚宴乐，每喜乔装为牧童牧女，所著小说，亦多言此，似织女牛郎故事。西国凡寓淳朴思想之诗，多托于牧童牧女，故名曰Pastoral。与卢梭同时，英国有Oliver Goldsmith作《荒村》(The Deserted Village)一诗，亦主返本崇朴。设言某村人之和乐丰厚，高尚有德之情形。而George Crabbe讥其不合事实，另作《村之景》(The Village)，叙村人之贫苦无聊，及其种种卑贱偷盗之行为，斯乃不可遮掩之实景，而非幻想之村落也。

《石头记》写淳朴思想，以刘老老代表之。堂堂贾府中，或则奢侈淫荡，或则高明博雅，而皆与刘老老之生平，反映成文。刘老老二进荣国府，宴于大观园，见鸽蛋堕地，顾惜而叹。此叹微婉得神，与上言缝衣之歌，一则愤激，一则淳厚，甚相悬殊也。刘老老为人，外朴实而内精明，又有侠义之风。贾府厚施老老，自贾母以至平儿，皆有赠遗，自是巨家好风范。而老老能不负熙凤之托，卒脱巧姐于难，亦足报之而有余。施者受者，各尽其义，此可见我国当时人心之厚。《石头记》揭而著之，洵足称矣。

第五回，《红楼梦》歌曲之〔虚花悟〕一曲，虽言惜春，而实著明淳朴思想之大旨。"三春桃柳"似指物质文明,"清淡天和"乃古时淳朴之盛境,亦犹Wordsworth之Plain living and high thinking are no more诗意也。

贰、范围宽广

《石头记》范围之广,已经前人指出。其中人物,多至五百余人,色色俱备。其中事实,包罗万象。虽写贾府,而实足显示当时中国社会全副情景。即医卜星相书画琴棋之附带论及者,亦可为史料。如黛玉教香菱作诗之法,纯是王渔洋宗派。其他类推。昔人谓但丁作*Divine Comedy*一卷诗中,将欧洲中世数百年之道德宗教、风俗思想、学术文艺,悉行归纳。《石头记》近之矣。

小说材料既多,必须运用神思,将其泡制融化,合成一体,不能生硬杂糅,凌乱堆砌。譬犹筑室,千门万户,壮丽宏阔之中,一钉一屑,各有定位,全赖匠心经营,安放构造。若但将砖瓦木材,积成山丘,则尚非召人居住之时也。又如机器,其中一轮轴一螺旋,各有功用,去其一,则全机不能动转。若仅聚铁片与齿轮,而不关连凑接,则尚不能开工也。又如庖人治馔,烹调精熟,乃供宾客。若以米粉鱼肉,成块而未入火者,罗列案头,则无人下箸也。《石头记》中材料,悉经十分融化过来,非若俗手初学所为,零星掇拾,杂凑成篇,虽以小说号于人,而实类怀中记事册,及博物院标本目录也。

作小说者,见闻广博,材料丰备,尚易得之。最难能而可贵者,为其人识解之高,能通观天人之变,洞明物理之原。夫然后以中正平和之心,观察世事,无所蔽而不陷一偏,使轻重小大,各如其分,权衡至当,褒贬咸宜。《石头记》之特长,正即在此。故虽写宝黛等多人之爱情,而读者解得爱情仅为人生之一事,非世界中男女,皆昼夜浮沉情海者也。虽写王熙凤等之机谋,而见得世中仍有方正之贾政,忠厚之李纨,坦率之湘云,非尽人皆苏、张、操、莽也。余可类推。西国近世小说,其中价值堕落,为人诟病,而有恶影响者,即缘作者仅着眼于一点,所叙无非此事,或专写婚姻之不美满,或专言男女情欲之不可遏抑,或专述工人之生活,或专记流氓之得志。如 George Moore, Theodore Dreiser, Zola, Balzac 以及托尔斯泰,皆犯此病。读其书毕,掩卷之顷,常有一种恶感,似世界中,只是一种妖魔宰制,一种禽兽横行,一种机械绊锁,甚为懊丧惊骇,不知所为,皆由作者只见一偏之故。譬犹人坐室中,欲绘此室之图,则目所应见者,首为几案之位置,墙壁之颜色等。若其人细心,或视线偶转,而察见屋隅有鼠矢,地板上有蚁缘行。鼠矢与蚁,固亦属室内之物,然画中似可略之。若其人忽遂翻箱倒箧,移桌去毡,到处搜寻鼠矢与蚁,聚积赏玩,而更不知有几案墙壁,纸上墨点狼藉,只将鼠矢与蚁绘出,而以名画骄人,冤哉!嗜痂者纵多,亦不足为贵矣。

叁、结构谨严

凡小说中,应以一件大事为主干,为枢轴,其他情节,皆与之附丽关合,如树之有枝叶,不得凭空架放,一也;此一件大事,应逐渐酝酿蜕化,行而不滞,续不起断,终至结局,如河流之蜿蜒入海者然,二也;一切事实,应由因生果,按步登程,全在情理之中,不能无端出没,亦不可以意造作,事之重大者,尤须遥为伏线,三也;首尾前后须照应,不可有矛盾之处,四也。以上四律,《石头记》均有合。读者自明,不须例证也。

肆、事实繁多

作小说有三大病。其一,文中插入作书人之议论,连篇累牍,空言呶呶,在每回之开端处尚可,乃若杂置文中,或自诩卓识,或显示博学。可见《儿女英雄传》之论吃醋,嚣俄(Victor Hugo)之*Notre Dame*书中,述Gypsy族语言文字之源流,则尤足令读者厌倦也。其二,将书中人物之心理,考究过详,分析过细,叙说过多,而其行事之见于外者,反因之减少,几成心理学教科书,而不类叙事之小说。大家如George Eliot间不免此。其三,风景服饰器皿等,描画精详,而与书中之人之事,无切要之关系。如Bernardin de Saint-Pierre之*Paul and Virginia*,专写岛中气候物产是也。《石头记》均无以上之病。芜词空论,删除净尽。描画人物,均于其言谈举止,喜怒哀乐之形于外者见之。欲明大观园之布置,则特命宝玉往题对额(第十七回);叙怡红院中之陈设,则兼写刘老老之醉态(第四十一回)。其他各人之衣裳装饰,莫不肖其身分,显其性情。至如香菱之石榴裙,晴雯之雀毛裘,王熙凤素服以擒尤二姐,秦可卿房中陈设精丽,以备宝玉入梦。凡此微物,均与彼刹那之事实大有关系,非漫作装点,空着色彩者也。

伍、情景逼真

《石头记》叙事,情景至为真切,而当极复杂纷乱之境,尤能层次井然,照应周密,各人自见其身分,如第三十三回宝玉受笞一段是也。又同作一事,而各人之办法不同;同处一境,而各人之感想不同。如第七十四回抄检大观园,第一百一十回贾母之丧是也。

外此则有细腻熨贴之文，如第八回梨香院之会，第十九回玉生香，第二十一回湘云之胭脂水供宝玉洗脸，第二十六回潇湘馆春困，第三十六回绛芸轩刺绣伴眠，第五十七回抚慰痴颦，第八十九回宝玉过访黛玉等是也。有堂皇富丽之文，如第五回太虚幻境，第十七、十八回元妃归省，第四十九、五十回赏雪，第五十三、四回年节等是也。有奇骇惨痛之文，如第十一、二回贾瑞之死，第六十五及六十九回尤二姐之死，第七十七回晴雯之死，第九十六及九十八回黛玉之死等是也。其余类别尚多。而插科打诨，俗趣雅谑，佳者尤不可胜数。如第二十二回贾环所作灯谜，元妃猜不出，此谜乃白话诗中之上选也。

陆、人物生动

《石头记》中人物，栩栩如生，而均合乎人情；其性行体貌等，各各不同，而贤愚贵贱，自合其本人之身分。且一人前后言行相符，无矛盾之处。人数既众，于是有反映，两两相形，以见别异。如宝钗与黛玉及迎春与探春、惜春是也。又有陪衬，如袭人为宝钗影子，晴雯为黛玉影子是也。又至善之人，不免有短处；至恶之人，亦尚有长处。各种才具性质，有可兼备于一身矣，如王熙凤能办事，又善谐谑是也。有必不能兼者，如贾政不能诗是也。按以上各层，英国大小说家Henry Fielding在所著*Tom Jones*论列已详，后人更多阐发，而《石头记》均符其例云。

——本文原载于1920年3月27日出版之《民心周报》第1卷第17期、同年4月3日出版之《民心周报》第1卷第18期。

《石头记》评赞

本篇作者吴宓，字雨僧，现任国立西南联合大学外国语文学系教授。吴先生曾任《学衡》杂志（月刊）总编辑十一年，又为天津《大公报·文学副刊》编辑六年。著有《吴宓诗集》，中华书局印行，民国二十四年出版。《红楼梦》一书，我国上流士女，在旅行中或家居时，可说是无人不爱读。此篇由中西比较文学之观点，评定《红楼梦》一书之文学价值，并阐发该书之优点，读者自必感觉兴趣。书中的事迹与理想，经作者详为分析，且多用图表，帮助读者不少；篇中小说与艺术理论的指示，抵得一部文艺论，其功更不限于文艺批评而已。关于《红楼梦》，尚有吴宓先生的短篇杂稿，以及吴先生的朋友学生所作文字多篇，均有价值，容当逐渐在本志刊登云。

（《旅行杂志》）编者识

（弁言）按《红楼梦》一书，正名应称《石头记》。宓关于此书，曾作文二篇：

（一）曰《〈红楼梦〉新谈》。系民国八年(1919)春，在美国哈佛大学中国学生会之演说。其稿后登上海《民心周报》第一卷十七、十八期。

当宓作此演说时,初识陈寅恪先生(时在哈佛同学)才旬日。宓演说后,承寅恪即晚作《红楼梦新谈题辞》一诗见赠,云:“等是阎浮梦里身,梦中谈梦倍酸辛。青天碧海能留命,赤县黄车更有人(原注:虞初号黄车使者)。世外文章归自媚,灯前啼笑已成尘。春宵絮语知何意,付与劳生一怆神。”此诗第四句,盖勖宓成为小说家,宓亦早有撰作小说之志,今恐无成,有负知友期望多矣!

该篇内容,大致以(1)贾宝玉,(2)林黛玉,(3)王熙凤,(4)贾惜春四人,代表内外四层:

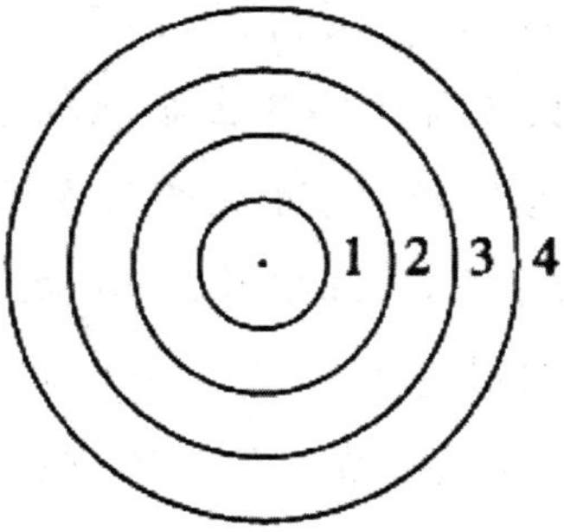

(1)个人之性情行事——贾宝玉为全书之主角,一切描写之中心。以贾宝玉与中西诸多人物(如卢梭等)比较,而判定其性格。

(2)人与人之关系——就爱情一事写之:(甲)宝与黛,真情而失败;(乙)钗对宝,诈术乃成功。

(3)团体社会中政治之得失——贾母王道;熙凤霸道(才略可取,贪私致祸)。

(4)千古世运之升降——文明进步,而人之幸福不增,遂恒有出世(宗教)及归真返朴之思想(Primitivism)。《红楼梦曲》中〔虚花悟〕所言者是也。

（二）曰《〈石头记〉评赞》(A Praise of THE DREAM OF THE RED CHAMBER)。民国二十八年(1939)一月初，在昆明所作。未能详为阐发，仅叙列大纲。该稿系英文。今撮译其要点，成为此篇。

【壹】《石头记》之小说技术至为完美。故为中国说部中登峰造极之作。

一、试以西洋小说法程规律，按之《石头记》，莫不暗合。例如全局之顶点（或转变，Climax）应在全书四分之三之处。《石头记》之顶点即九十七回（黛玉焚稿，宝钗出闺），约为四分之三。而《石头记》又兼具中国小说法程规律之长。

二、若以结构或布局(Plot)判定小说之等第优劣，则《石头记》之布局可云至善。析言之：(1)以贾府之盛衰为

三角式情史之成败离合之背景，外圈内心，互同演变。(2)如一串同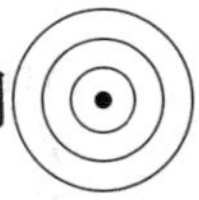心圆，

以外，有大观园诸姊妹丫头，此外更有贾府，此外更有全中国全世界。但外圈之大背景，只偶然吐露提及，并不详叙（如由贾政任外官，而写地方吏胥之舞弊；又如写昔日荣、宁二公汗马从征，及西洋美人等等），愈近中心则愈详，愈远中心则愈略。(3)依主要情史之演变，而全书所与读者之印象及感情，其atmosphere或mood，亦随之转移，似有由春而夏而秋而冬之情景。但因书中历叙七八年之事，年复一年，季节不得不回环重复，然统观之，全书前半多写春夏之事，后半多写秋冬之事。

【贰】《石头记》之价值，可以其能感动（或吸引）大多数读者证明之，所谓universal appeal是也。异时异世，中国男女老少之人,其爱读《石头记》者,仍必不减;若全书译成西文,西人之爱读《石头记》者亦必与日俱增,可断言也。

附按:(1)《石头记》最早之英文译本,为英国驻宁波领事H. Bencraft Joly所译,1872年上海别发洋行出版,二巨册。其书系逐字逐句直译,毫无遗漏,但仅至五十二回而止。(2)近有王际真君之节译本,名*Hung-Lou-Meng; or Dream of the Red Chamber*。王君,山东济南人,清华1923级毕业,留美,任美国哥伦比亚大学汉文讲师及图书馆事多年,今仍寓居美国。王君于1929年编成一书(英文),综叙《石头记》全书之故事,并译其第一回,且加批评及考据,此书可为介绍《石头记》与一般英美读者之用,毋殊导言。王君原拟英译全书,其后于1934年所出版者(伦敦George Routledge书店发行,卷首有已故Arthur Waley氏之序)。仍非全璧,仅有十余回系直译全译,其余则撮叙事实,删去小节,使前后连贯,俾读者得知大略而已。(3)林语堂君尝欲译《石头记》为英文,旋撰《瞬息京华》(*Moment in Peking*)而止。(4)《石头记》之德文译本,名*Der Traum der roten Kammer*,德人Franz Kuhn氏所译,Leipzig城Insel书店出版。此书宓未得见。(5)法文仅有徐仲年君节译《石头记》数段,见所译编之*Anthologie de la littérature Chinoise*书中二九三至三零二页,1933年巴黎Delagrave书店出版。

以《石头记》为研究材料,而作成论文(法文)在法国(巴黎或里昂大学)得博士(或硕士)学位者:(1)李辰冬君。其书名*Étude sur le Songe du Pavillon Rouge*(《红楼梦研究》),1934年巴黎大学博士论文,凡一五〇面,巴黎L. Rodstein书店出版。书中以《红楼梦》与西洋文学名著如但丁《神曲》、莎士比亚悲剧、西万提司《吉诃德先生传》、巴尔札克《人间喜剧》、托尔斯泰《战争与和平》等比较，议论颇精。如谓《红楼梦》能表现中国文明之精神。其结构乃如一大海，万千波浪层叠，互为起伏影响，浩莽而晃荡，使读者感觉其中变化无穷，深厚莫测。又全书是一整体，不以章回为限，割裂而成片段，故非《战争与和平》所能及。而其自然及宁静之处，则胜过巴尔札克之小说。又谓曹雪芹运用中国文字极工，不但能曲达思想感情，抑且活绘人物之动作与姿态。其所写之贾府，实为中国文化与社会之中心，故极有精彩。其书当如但丁《神曲》，为后来凡作小说者所取法云云。按李辰冬君曾译其书为汉文（白话），分章登载天津《国闻周报》（民国二十三至二十四年）。近顷正中书局出版之李辰冬著《红楼梦研究》（重庆文化新闻第一零七期有评文，纯为隔靴搔痒之论），似即汇合各章译文而成者也。(2)郭麟阁君、(3)吴贻泰君，皆在里昂大学所作，1935年至1936年之间出版。郭君书，为《红楼梦之研究》，撮述此书之内容，备列旧日索隐及胡适君考证之说，无甚新意。吴君书，则为《中国小说发达史》，大致依据鲁迅之《中国小说史略》，而叙述《红楼梦》书中故事竟占全书五分之二，亦无所发明。(4)卢月化女士之*Les Jeune-filles Chinoises d'après LE REVE DANS LA CHAMBRE ROUGE*（《红楼梦中所描写之中国闺秀》），1937年巴黎大学博士论文，除泛论诸闺秀之地位及教育外，又特举钗、黛、凤等为例而详叙其性情品格，文笔灵活，饶有趣味。以上诸君宓皆曾晤识，其书（法文原本）亦均读过。至若精心专力研究《石头记》而以汉文（白话）作成评论者，吾所知有顾献梁君（良）。顾君搜集《石头记》各种版本及评论考证之作咸备，已撰成王熙凤、妙玉等论文数篇，均有特见云。

【叁】《石头记》为一史诗式(非抒情诗式)之小说,描写人生全部(a Complete Book of Life),包罗万象。但其主题为爱情,故《石头记》又可称为"爱情大全"(a complete Book of Love),盖其描写高下优劣各类各级之爱情,无不具备(例如,上有宝、黛之爱,下有贾琏及多姑娘等),而能以哲学理想与艺术之写实熔于一炉(可与柏拉图《筵话篇》、加斯蒂里辽《廷臣论》、斯当达尔《爱情论》等书比较)。其全体之结构,甚似欧洲中世之峨特式教堂,宏丽、整严、细密、精巧,无一小处非匠心布置,而全体则能引读者之精神上至于崇高之域,窥见人生之真象与其中无穷之奇美。

《石头记》描写人生之各方面,由内心以至外象,层层相关,其一则政治是也。政治以王熙凤治理贾府为代表。熙凤当权时,贾府已由王道之君主政治,降为霸道之独裁政治,道德与政治分离,滥用权力,营私敛财,对人只图逞欲,不择手段,而贾府衰亡相迫矣。《石头记》写贵族之衰亡,但无革命、共产、民治、无政府等思想,因时机尚未至也。使曹雪芹生今日,则晚近人类之政治经验,皆必写入书中矣。书中贾府情形,甚似十八世纪中路易十五、路易十六治下之法兰西。路易十五临终,有洪水将至之语,何异十三回秦可卿梦嘱王熙凤云云。而晚清之政治社会,亦有与《石头记》书中情形相似处。至于〔虚花悟〕曲,即西洋文学中之归真返朴主义(Primitivism),而宝玉与《忏悔录》作者卢梭尤多契合之点也。

【肆】《石头记》为中国文明最真最美而最完备之表现,其书乃真正中国之文化、生活、社会,各部各类之整全的缩影,既美且富,既真且详。盖中国当清康熙、乾隆时,确似路易十四、路易十五治下之法兰西,为欧洲及世界政治之中心,文物之冠冕,后世莫能及之盛世。今日及此后之中国,纵或盛大,然与世界接触融合,一切文化、思想、事物、习惯,已非纯粹之中国旧观,故《石头记》之历史的地位及价值,永久自在也。

【伍】《石头记》之文字,为中国文(汉文)之最美者。盖为文明国家,中心首都,贵族文雅社会之士女,日常通用之语言,纯粹、灵活、和雅、圆润,切近实事而不粗俗,传达精神而不高古。正如古希腊纪元前五世纪之谐剧(通译曰喜剧)及四世纪柏拉图语录(俗译曰对话)中之希腊文。又如但丁理想中之意大利文,而采用入《神曲》中者。又如十七世纪巴黎客厅中之谈话,及当时古典派大作者如莫里哀剧中之法文。皆历史世运所铸造,文明进步所陶成,一往而不可再得者也。而《石头记》书中用之,又能恰合每一人物之身分,而表现其人之性格,纤悉至当,与目前情事适合。《石头记》之文笔更为难及,可云具备中国各体各家文章之美于一人一书者。每一文体,如诗、词、曲、诔、八股等,均为示范,尤其余事。

一、《石头记》文章之美,艺术之精,言不胜言。但观其回目,如:

三十五回　白玉钏亲尝莲叶羹　黄金莺巧结梅花络——(对偶之工丽)

四十三回　闲取乐偶攒金庆寿　不了情暂撮土为香——(自然,合情)

六十九回　弄小巧用借剑杀人　觉大限吞生金自逝——(评断深刻)

九十八回　苦绛珠魂归离恨天　病神瑛泪洒相思地——(对举,哀艳)

西洋小说,如《名利场》(*Vanity Fair*,伍光建译名《浮华世界》)等之回目亦工,然无此整丽也。

【陆】《石头记》具有亚里斯多德所云之庄严性(High-seriousness),可于其人生观见之。《石头记》之主角贾宝玉,在人生社会中,涉历爱情之海,积得种种经验,由是遂获宗教之善果,即:(1)真理、(2)智慧、(3)安和、(4)幸福、(5)精神之自由等是。又可云:《石头记》乃叙述某一灵魂向上进步之历史,经过生活及爱情之海,率达灵魂完成自己之目的(可与柏拉图《筵话篇》,圣奥古斯丁《忏悔录》,但丁《新生》及《神曲》,歌德《威廉麦斯特传》比较。又可与卢梭《忏悔录》及《富兰克林自传》反比)。此《石头记》之人生观也。世界文学名著,莫不指示人生全部真理,教人于现实中求解脱,《石头记》亦然。谓《石头记》为佛教之人生观,尤嫌未尽也。

《石头记》之义理,可以一切哲学根本之"一多(One and Many)观念"解之。列简表如下:

一、太虚幻境——理想(价值)之世界。

人世:贾府,大观园——物质(感官、经验)之世界。

二、木石——理想、真实之关系;真价值(天爵)。

金玉——人为、偶然之关系;社会中之地位(人爵)。

三、贾(假)——实在(真理,知识),惟哲学家知之。

甄(真)——外表(幻象,意见),世俗一般人所见者。

四、贾宝玉——理想之我,人皆当如是。

甄宝玉——实际(世俗)之我,人恒为如是。

附按:《石头记》作者之观点,为"如实,观其全体";以"一多"驭万有,而融会贯通之——此即佛家所谓"华严境界"也。而《石头记》指示人生,乃由幻象以得解脱(from Illusion to Disillusion),即脱离(逃避)世间之种种虚荣及痛苦,以求得出世间之真理与至爱(Truth and Love)也。佛经所教者如此,世间伟大文学作品亦莫不如此。宓于西方小说家最爱

Vanity Fair（《浮华世界》）之作者沙克雷（W. M. Thackeray）氏，实以此故。

【柒】《石头记》之伟大，亦可于其艺术观见之。作者盖欲(1)造成完密之幻境。盖欲(2)创作全体人生之理想的写照。盖欲(3)藉艺术家之理想的摹仿之法，而造成人类普遍性行之永久记录。此《石头记》之艺术观也。作者以此意示读者处，表列如下：

一、
- 太虚幻境——艺术（文学艺术作品）中之人生（喻如熟饭）。
- 贾府，大观园——日常实际经验中之人生（喻如生米）。

二、
- 警幻仙姑——无上之艺术家（作者）。正如莎士比亚《暴风》（*Tempest*）剧中之老王魔术家Prospero，其说明己意之处，亦相同。
- 甄士隐与贾雨村——将经验加以选择及改造之艺术方法（或步骤）。

三、
- 贾宝玉——用艺术改造过（即理想化）曹雪芹。
- 贾宝玉实际生活中之曹雪芹，或历史人物之曹雪芹。
- 《石头记》——采用曹雪芹生平事迹（实际经验）为其一部分之艺术材料，而作成之小说。
- 《石头记》曹雪芹之自传。

又按西洋论文学创造，尤其论著作小说者，恒谓须经过三层步骤：(1)曰经验的观察，(2)曰哲理的了解，(3)曰艺术的创造。于此，遂有三世界。

第一步，经验的观察，世俗之人皆能，在（Ⅰ）实际经验世界中行之。第二步，哲学的了解，乃由此观察，以取得宇宙人生之普遍的原理，一切事物间正常的关系，遂造成（Ⅱ）第二世界，即理想世界,此惟哲学家能之。艺术家亦必能到此世界。第三步,更借用诸多虚幻(随意造作)之事境人物,以具体之方法,表现第二世界之原理及通则。因其事境人物皆随意造作,故更能表达如意。此所创造或虚构者,乃第三世界,即(Ⅲ)艺术所创造之世界。凡艺术家(小说家),必由(Ⅰ)经过(Ⅱ)而达到(Ⅲ)。必须经历此三世界,始能作出上好之文艺作品。《石头记》作者亦然:

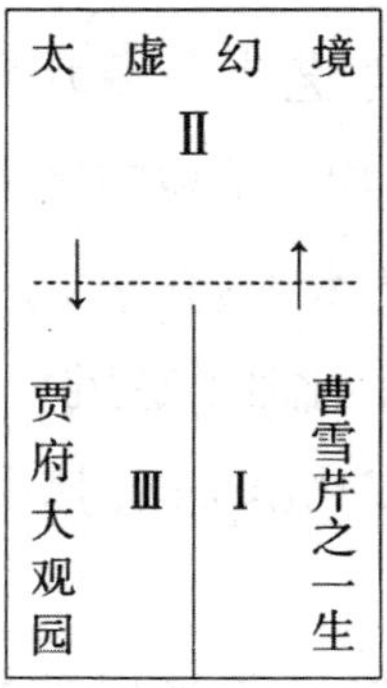

(Ⅰ)第一世界……世俗人所经验。	实	曹雪芹之一生(中国、清朝、十八世纪、北京、南京等等)。
↓	↓	↓
(Ⅱ)第二世界……哲学家所了解。	虚	太虚幻境(警幻仙姑、正副册、《红楼梦曲》)。
↓	↓	↓
(Ⅲ)第三世界……艺术家所创造。	真	贾府,大观园(诸姊妹丫头众人之事迹、生活、遭际、离合悲欢等)。

是故《石头记》一书中所写之人与事,皆情真理真,故谓之真,而非时真地真。若仅时真地真,只可名为实,不能谓之真;即是未脱离第一世界,不能进入第三世界。书中"甄"字(甄士隐、甄宝玉)乃代表第一世界(实),"贾"字(贾宝玉等)却是代表第三世界(真)。

甄(假)贾(真)之关系如此。例如甄宝玉一类人,到处皆是,吾人恒遇见之;然其人有何价值与趣味?何足费吾笔墨(甄宝玉在书中,无资格,不获进大观园);必如贾宝玉等,乃值得描写传世。由此推求,一切皆明了矣。

又按兹所云云,原非奇特,凡多读小说而善为体会人生者,尤其平日有志创作小说,而于一己之生活经验时时低徊涵泳者,皆其明其故而信其然也。

一、按三世界之关系,及其统一性,更可以下图表之:

(I)第一世界……乱而实Many	曹雪芹	《石头记》作者
(II)第二世界……整而虚One	警幻仙姑	
(III)第三世界……整而实One in Many	贾宝玉	

二、太虚幻境中之正册副册,区分等第,评定诸女品格,论断其一生行事,此正如(i)孔子作《春秋》之书法,及谥号褒贬。尤似(ii)但丁《神曲》中,天堂、净罪界、地狱三界各有九层,每层又分数小层,厘定上下优劣品级,以定善恶功罪之大小。先定每层之性质(或善或恶),然后再以如此如彼性质之人,一一分别插入。当时生存之人,及历史中之古人,均入之——总之,以品德判分诸男女,而等第其高下而已。此办法,喻如(1)教员先有学生名册,按照各生学号或姓名笔画多少排列者。将考试所得分数,随时记入各生名下。终乃按照成绩优劣,另行编排一过,使最优(九十七分)之甲生居首,而最劣(十四分)之癸生殿末,如是列之为榜,一见而优劣分明矣。又如(2)医生所开药方,杂取诸药而选之,以治病。但药书所论述,及药店中之屉,则按科学分类及次序,排列诸种药品,使读书者及取药者了然于心目焉。

【捌】吾信《石头记》全书一百二十回,必为一人(曹雪芹,名霑1719—1764,其生平详见胡适君之考证)之作。即有后人(高鹗或程伟元等)删改,亦必随处增删,前后俱略改。若谓曹雪芹只作前八十回(1—80),而高鹗续成后四十回(81—120)竟能天衣无缝,全体融合如此,吾不信也。欲明此说,须看本书全体之结构,及气势情韵之逐渐变化,决非截然两手所能为。若其小处舛错,及矛盾遗漏之处,则寻常小书史乘所不免,况此虚构之巨制哉。且愚意后四十回(81—120)并不劣于前八十回(1—80),但盛衰悲欢之变迁甚巨,书中情事自能使读者所感不同,即世中人实际之经验亦如此,岂必定属另一人所撰作乎?按如西国古希腊荷马之史诗,十九世纪中,一时新奇风气,竞疑为伪,或谓集多人之作而成。迨1873年特罗城(Troy)发见,考古学者证明荷马诗篇多传历史实迹,于是风气顿改,而今共信"荷马史诗"为真矣。吾不能为考证,但亦不畏考证,私信考据学者如更用力,或可发见较多之事实与材料,予以证明《石头记》全书果系曹雪芹一手作成者焉。

【玖】《石头记》之价值光辉如此,而攻诋之者恒多,不可以不辩:

(一)旧说指《石头记》为淫书,谓其使人读之败坏道德。——按一切文学作品之合于道德与否,不在其题材,而在其作法(treatment),即作者之观点。《石头记》既教人舍幻以求真(见第六节),与古希腊悲剧,与莎士比亚悲剧,甚至与"新约"及佛经,同其宗旨。彼愚蠢之读者,偏欲效"贾天祥正照风月鉴",或恐烧杀宝玉,痛哭成疾,此岂《石头记》作者所能负责?细察《石头记》中所着重描写之爱情,乃富于理想之爱,乃浪漫或骑士式之爱(即斯当达尔《爱情论》中所主张,又即费尔丁及沙克雷等人小说中所表现之爱),而非肉欲之爱(登徒子与《金瓶梅》即是:西书若Frank Harris之自传亦是)。贾宝玉之于爱情,纯是佛心:无我,为人,忘私,共乐;处处为女子打算,毫无自私之意存。故自《石头记》出,而中国人对爱情之见解始达其最高点。于此,《石头记》可与西万提斯所作之《吉诃德先生传》(*Don Quixote*,林纾译此书曰《魔侠传》,名甚佳)比较,如下:

《吉诃德先生传》乃最佳之骑士游侠小说,但至真至美,与前此千百此类之书不同,卓然自立。《吉诃德先生传》出,而西班牙盛行已久之千百种骑士游侠小说,竟无人读,一扫而空。

《石头记》乃最佳之才子佳人(爱情与文艺)小说,亦至真至美,与前此千百此类之书(如《平山冷燕》《天雨花》等)不同,卓然自立。(参阅《石头记》五十四回贾母评女先儿说书一段。作者藉贾母口以自道《石头记》之胜人处。此与《吉诃德先生传》中讥评当时骑士游侠小说之诞妄且伤德处,正同。)《石头记》出,而旧日之才子佳人小说弹词,降为第二三流,有识者亦不爱读之矣。且《石头记》力求"得真""如实",既不以感情为道德(所谓 Sentimentalism),又不故意使善人获福,恶人受祸,以强示道德之训诲(所谓 Didacticism),而居中取全,以理想纳于实际之中,造出奇美之悲剧。至于结处,如"忏宿冤凤姐托村妪",刘姥姥之救巧姐等,每于小处存忠厚之意(但无害于真),于以见作者之仁心至意云。

(二)新派则斥《石头记》为过去时代社会之陈迹幻影,无关于今日,无裨于斯世。——如此说,则世界之文学艺术皆可毁灭不存。非然者,中国文明犹得绵续一日,即《石头记》仍必为人所爱读,且读之必有益(如前述),可知也。

新派又斥《石头记》思想陈腐,谓其不提倡国家主义,或社会主义,或共产主义,又无进步、进化、平等、自由等观念。——不知《石头记》之佳处,即在其非政治宣传之小册子,亦非某种问题小说;而为一部描写全体人生,至真且美之一部大小说。其能历久而价值光辉长存,必矣。

【拾】旧评或问曰:“《石头记》伊谁之作?”曰:“我之作。”“何以言之?”曰:“语语自我心中爬剔而出。”此一语,实能道出《石头记》之真价值,有如英国 Sir Philip Sidney 十四行诗中所云 Look into thy heart and write 是也。吾侪读《石头记》,有类 W. Hazlitt 所谓“感情激动之回忆”(impassioned recollection)。试细绎吾个人每次读《石头记》时之情景,则可历睹此三四十年中,世界中国政治社会思想文化之变迁,兼可显映吾个人幼少壮老、悲欢离合之遭遇焉。是故每一读者,不必能摹仿《石头记》作成一部长篇小说。但每一读者,尽可由彼自己之观感,而作成一篇《石头记》评赞,其间当各有独到之处。若宓此篇,聊以自陈所见,以资谈论,未足列于文学批评之林也。

附按:《石头记》书中情事,可与西洋文学名著比较之处尚多。如:

(1)大观园姊妹之开诗社,猜灯谜——法国十七世纪之客厅士女(Préciosité)。

(2)贾宝玉神游太虚幻境——法国十四世纪之《蔷薇艳史》(*Roman de la Rose*)。

(3)贾宝玉只对于女子及爱情,极见疯傻;外此之议论,则极通达,而入情合理。

——吉诃德先生只渴慕游侠,追踪骑士,行实疯狂;外此之议论思想,皆极纯正,而入情合理。

今不一一论列云。

——本文原载于1942年2月出版之桂林《旅行杂志》第16卷第11期。

《红楼梦》之文学价值

予近年在昆明屡为人讲说《红楼梦》（正名应称《石头记》）。所讲多触机起意，存之于心，偶尔笔写出者，亦仅为节目纲要之体，词简意赅，读者莫省。其作成文章而刊印者，仅有《〈石头记〉评赞》一篇，登载中国旅行社出版之《旅行杂志》第十六卷第十一期（民国三十一年十一月），甚望同好人士寻取赐阅。今撮录该篇中要义如下：

（壹）《石头记》之小说技术，至为完美，故为中国说部中登峰造极之作。

（贰）《石头记》之价值，可以其能感动（或吸引）大多数读者证明之。

（叁）《石头记》为一史诗式之小说，描写人生全部，包罗万象。惟其主题为爱情，描写高下优劣各级各类之爱情无不具备，故《石头记》可称为“爱情大全”。其书结构整密，意旨崇高，能以哲学理想与艺术之写实，熔于一炉，使读者得窥见人生之全真与其奇美。

（肆）《石头记》为中国文明最真最美最完备之表现。为真正之中国文化生活社会各部各类之整全的缩影。

（伍）《石头记》之文字，为中国文（汉文）中之最美者：盖为国运盛时，文明首都，贵族文雅社会之士女，日常所用之语言，而用之又能表现各人之身分性情,恰到好处。又其书具备中国各体各家文章之美。

(陆)《石头记》之人生观,具有亚里士多德所云之庄严性。教人洞观人生全体如真,由幻象以得解脱。书中主角贾宝玉由爱情之经验,获宗教之善果,即智慧与精神之安乐。又可云:《石头记》乃叙述某一灵魂向上进步之历史,经过生活及爱情之海,卒达灵魂完成自己之目的。

(柒)《石头记》之艺术观,乃欲造成完密之幻境,为全体人生做一理想的写照。藉艺术家"理想的摹仿"之法,造成人类普遍性行之永久纪录。是故此书中所写之人与事,皆情真理真,而非时真地真。书中甄宝玉等代表常人所经验之现实世界;太虚幻境代表哲学家所了解之世界;贾府大观园代表艺术家所创造之世界,该世界既整实,且完美也。

(捌)《石头记》全书一百二十回必为曹雪芹(1719—1764)一人所作。纵有高鹗等人增改,亦必随处增删,前后俱略改,若谓"曹作出前八十回,而高续成后四十回",决无是理。且此说证据不完,纯为臆测。

(玖)《石头记》既教人舍幻以求真,且贾宝玉之爱情,为理想的,为浪漫或骑士式之爱,绝异于世俗之占有争夺之爱。故《石头记》不但非才子佳人小说,不但非诲淫之书,抑且根本大有裨于道德者。又《石头记》不为政治宣传,不为问题讨论,但描写全体人生至真至美,此小说定能历久长存,其价值光辉不随时代社会而消减,必也。

(拾)旧评谓《石头记》"语语自我(指每一读者)心中爬剔而出"——此一语最能道出《石头记》之佳处。吾侪徒词费矣。

兹更简述吾对《石头记》一书之观感如下:

《石头记》是(1)人生真象、(2)爱情大全、(3)文艺精华、(4)宗教因缘。

《石头记》
- (一)其价值——全人生之缩影,且如真。
- (二)其功用——壮美之悲剧。
- (三)其趣味——与我(每一读者自己)之生活经验比较。
- (四)其意义——"两世界"之人生观:金玉与木石。

——本文原载于1945年1月出版之成都《流星月刊》第1卷第1期。

《石头记》之教训

重“一”而轻“多”

凡真正之伟大文学作品，皆能于无形中施感化之功，使全体读者之性情行事得以根本改善。而不务提倡或反对某一末节小事，不教人必如此如此作而不可如彼如彼作。《石头记》亦然。故《石头记》并无“教训”。如其有之，只可云：《石头记》作者洞明“一多”之关系，善能写人生“全体如真”，遂渐引人精神向上，离弃此肉欲货财争夺变乱之红尘浊世，而进入彼宁静光明美丽之理想价值世界中。此固《石头记》全书之性质及功用，而非教训也。兹更简释之如下：

一、宇宙人生，本有一与多之二方面。然一即具于多中，而一比多更为重要。故凡人当洞识一多之关系，而处处为一尽力。观念为一，物体为多。价值为一，事实为多。余不具列。《大学》云：“物有本（一）末（多），事有终（一）始（多），知所先（本与终最重要）后（末与始不足重），则近道（宇宙人生全部之真理）矣。”即谓此也。《石头记》中，木石为一，金玉为多。世俗趋多，独情知卓越之人（仁且智者）归宿于一。黛玉之殉情，宝玉之出家，皆守一而离多者。与佛之出世，耶稣之上十字架，苏格拉底之饮鸩，虽有小大之差，实同一精神、同一方向也。

二、宇宙人生之两方面，分言之，可名曰“一之世界”与“多之世界”。基督教称前者为天国,后者为人间。佛教名前者曰出世间,后者曰世间。盖一之世界为永久不变之观念与价值,而多之世界为纷纭变灭之事物形态。前者为至理与真爱,为大道与能仁;后者为名利场,为浮华世界。《石头记》书中,以太虚幻境示一之世界,以大观园与贾府示多之世界。如贾宝玉、林黛玉,以及惜春、紫鹃、芳官、鸳鸯等人,逐渐离弃多之世界而归入一之世界,是曰真仁,是曰猛慧,是为归宿,是为解脱。

《石头记》教人解脱,是教一切读者随时随地须重一而轻多,即教人处处多存一点仁心,多留几分真情;而不可但图多抢夺些货品、积聚些金钱。又即教人看明宇宙之真象,了达人生之大道理,心安意得,乐天知命;而不当一味弄权使诈,作奸作恶,贪占便宜,卖弄鬼聪明,使自己私心片刻得意而祸害中于天下国家后世。总之《石头记》教人“视人生全体如真”,从大处着眼,由自身改良;每一男女老少之人,能去贪去嗔去痴,则社会、国家、世界自可逐渐变好。《石头记》并不提倡或反对某一事,《石头记》亦不有意奖赏或惩罚某种人。《石头记》并不劝人出家修道,《石头记》并不阻止人恋爱或结婚。《石头记》亦不劝人尽情享乐、纵欲败德。《石头记》亦不教人欺世盗名、巧言乱真。《石头记》亦不教人劫夺焚杀、替天行道。《石头记》更不戒人勿吸烟、勿打牌、勿从军、勿作诗、勿跳舞等。犹要者,《石头记》之作者并非悲观而是乐观,其态度并非消极而是积极(正如孔子、苏格拉底、释迦牟尼佛、耶稣基督,乃是真正乐观而积极之人)。故彼社会中之巧宦、贪商、华士、荡女皆不读《石头记》。而爱读《石头记》最有心得者,乃正即平日好读《论语》、《孟子》、《史记》、杜诗、《水浒传》、《桃花扇》以及《涅槃经》、《路加福音》、柏拉图《理想国》、弥尔顿《失乐园》、卜思威《约翰生行述》、萨克雷《浮华世界》等书之一类人。呜呼!

从可知矣。

——本文原载于1945年3月25日出版之《成都周刊》第3期,1947年《觉有情》半月刊第183—184期转载。

《红楼梦》之人物典型

《石头记》书中每一人物，各有其个性，而又代表一种典型。寓一于多，乃成奇妙，乃见真实。所谓典型者，不分男女老少，不问职业地位，不别中西古今，综合一切人而观察之。人之性情行事，以及其所以自处、所以待人之方法，可根本区为若干类，每一类为一典型。典型犹言品质（或性格），由实际经验，在任何多数人之团体中（例如一学校、一银行、一大家庭、一政府、一党会以及一时代、一国家或全历史中之人物），各类典型大率具备。而文学创造所得，在任何包含多数人物之一部大书（或史诗、或戏剧、或小说）中，此各类典型亦大率具备。惟文学书中之人物，其典型更为完美，更为真切明显，故比实际经验中之人物亦更易认识，更多趣味与价值耳。惟然，故善观人物及能了解体验人生甚深微之人，恒喜以彼书中某人（甲乙等）与我眼前某人（子丑等）相为比较，指其同，判其异，而此人（子丑等）之功过是非长短得失，亦不待辩而明矣。或有于今人有所顾忌不便评论者，则借褒贬书中之人物以隐喻之，要在指明书中之甲与眼前之子、书中之乙与眼前之丑，为同一典型。由此互喻，则甲乙或子丑之品质性格灼然可见。此中别有会心，趣味浓深。吾意：诸多人喜读小说，尤喜读《石头记》，其真实之理由与动机，实在于此。吾平日与吾之知友谈心述事"言必称《红楼梦》"者，亦由此故（其例未便举述）。

且不特人与人也,人之品质与物之品质亦有相同或相当者,故亦可按其典型,互相比拟。中国阴阳家、方士、星相卜者,以金木水火土五行,分配于人之性情行事,而决定本来之吉凶祸福。西洋古希腊以至中世纪之医学,以水(湿)火(热)风(干)土(寒)四大(即四原质或四元素)两两结合,成四种液:(一)血、(二)黄胆汁、(三)粘液、(四)青胆汁。谓每人身中具备此四液,但其一分量独多,由是,人之脾性遂可别为(一)多血质、(二)胆汁质、(三)粘液质、(四)神经质之四类。病则按其盈虚以为增减,用药补足各液适当之分量,而得健康之中和。凡此,其初意皆同。中国古今人物风鉴之书,亦可参证。

今专论文学。世传希腊之《伊索寓言》,以各种动植物及山石器皿等,喻各种人物之性情行事,以为劝戒。后世多仿效而增衍之者。中国自庄子以下,寓言尤多。《离骚》以香草喻君子,以恶草喻小人。《诗经》尤多以物喻人,取物之品质以示人之性格,以物之变化喻人之行为。由此而后,其用愈多,其术愈巧,中国全部文学,几全充满人物之譬喻。凡此人物象征,盖皆本于"寓一于多"之理。

人之最尊贵者,为圣人。昔孟子记子贡推尊孔子之言:"麒麟之于走兽,凤凰之于飞鸟,类也。……圣人之于民,亦类也。"而孔子凤兮之叹,获麟之伤,亦尝以麟凤自比矣。其次,以动物显明英雄之典型,甚为适宜。故《三国》关云长曰"吾虎女焉配犬子",而《水浒传》人物之浑名,常为九纹龙、跳涧虎、豹子头、扑天鹏、两头蛇、鼓上蚤之类,但多信手拈来,随意用之,未必皆有当也。至于《石头记》一书,主于描写女子,其所用之比喻,所取之名号,无一不巧妙适合。而以花草植物(如藕官、葵官、香菱、夏金桂以及贾蓉、贾蔷等)为最多,亦有用珠玉云霞及春秋等字为名者,然立意必新而选字必雅(如迎春、探春、惜春等),兹不细论。总之,以花草植物显示女子之品质性格，最为适宜。而旧作评赞者，亦有“黛玉如兰，宝钗如牡丹，史湘云如海棠”等，其所拟皆甚合。

其以古今人（历史或小说）为比拟者，如旧评谓“黛玉似贾谊，宝钗似汉高祖，妙玉似阮籍”等，大体均合。宓意尚可推广之，全世界历史文学中之人物，以及中国近百年中之人物，均可取为比拟。例如（1）贾宝玉可比日本紫式部女士所撰小说《源氏物语》中之光源亲王，（2）王熙凤可比歌德《浮士德》诗剧中之魔鬼，（3）林语堂君可比贾探春，是也。

以上略说人物典型与一多象征之理。窃以世人爱读《石头记》之真实理由，实在于是。而宓之所以屡事评论大观园中人物，不惮琐屑烦劳者，亦犹王船山之作《读通鉴论》，亦犹林黛玉之“悲题五美吟”，亦如王荆公诗“一时谋议略施行，谁道君王薄贾生”，又“商鞅能令政必行”，又“区区庸蜀支吴魏，不是虚心岂得贤”，又“秦晋纷纷等亡国，可能王衍胜商君”，亦如张文襄公诗“调停头白范纯仁”，云云。以及其他万千之例，皆所以抒一己之忠愤，论千古之得失，明道德之义旨，指人生之正途。其法在藉古以论今，托人以自表，借彼以喻此。吾素主为学当文哲史并治，古今中西兼通而一贯，须成为渊雅之士，尤须先勉为笃行知耻、不颓惰、不苟且之人。按文哲史之学，首贵博通，毋取专家。《石头记》为文学人生集大成之书，尤须以各人之真情常识读之验之。彼旧式专家（如读书中某事后，紧按某事是金可克木，木能生火）及新式专家（如《东方杂志》某君以历法考定此书年代）皆同一离题甚远，无有是处。“红学”久为世诟病，俗人以“红学”为承平时代有闲阶级士大夫玩物丧志之行。故近年有称宓为红学家或《红楼梦》专家者，宓恐滋误解，殊未敢受。宓甲申年四月有诗曰：“千端忧世凭谁诉，遥指红楼说梦人。”即有感于此事也。

附按,三十五年十二月十一日《武汉日报》某君《红楼索隐补》,谓《红楼梦》作者"描写人物,脱胎于《水浒》者,确也"云云。愚意未敢苟同。夫谓"宝钗似宋江,袭人、熙凤似吴用,黛玉、晴雯似晁盖,探春似林冲,湘云似鲁达,薛蟠似李逵",固可。然此由此人与彼人乃属同一典型,即此人与彼人之性情行事相似或相当。但遽谓前者必由后者蜕化而出,则实无凭证。设想曹雪芹生平未尝得见《水浒传》一书,以彼之才,亦必能创作出一部《石头记》。即谓《水浒》某段某事,对曹雪芹撰作《石头记》某段某事之时,有提示之功用,斯亦可能之事,然而非即必然之事,固未可以断定者。又三十五年十一月二十二日《武汉日报》周文标君作《〈红楼梦〉的地点问题》一文,列举"书中三个内证",以证宁府荣府大观园之所在地为北京(今称北平),殊见细心,有功考据。夫《石头记》一书所指绘之地点必为北京,本有其内在之理由,不烦详证。然得此三证,更见确凿。吾人不废考据,然若专治考据而不为义理词章,即只务寻求并确定某一琐屑之事实,而不论全部之思想及中涵之义理,又不能表现与创作,则未免小大轻重颠倒,而堕于一偏无用与鄙琐。此今日欧美大学中研究文学应考博士之制度办法之通病,吾国近年学术界亦偏于此。吾人对于精确谨严之考证工作,固极敬佩,然尤望国中人士治中国文哲史学者,能博通渊雅,综合一贯,立其大者,而底于至善。夫考据、义理、词章三者应合一而不可分离,此在中西新旧之文哲史学皆然。吾人研究《红楼梦》,与吾人对一切学问之态度,固完全相同也。

——本文原载于1945年4月1日《成都周刊》第4期,

1947年1月6日《武汉日报·文学副刊》第5期转载。

贾宝玉之性格

贾宝玉之性格(总论):

一、狂(介乎圣凡之间)。

1.《书经》:“惟圣罔念作狂;惟狂克念作圣。”——故终于解脱为僧。

2.《孟子》:“必也狂狷乎……”(胜于乡原)。

3.柏拉图《斐德维斯篇》四种神狂(其一为情人或爱者)。

4.《石头记》第二回“戾气”之所钟。

二、痴(在三类人中,属于痴,而非贪,亦非嗔)。

按古今东西文艺之士,大多如此。又按贪嗔痴乃佛说。孟子曰:戒之在色,即痴也;戒之在斗,即嗔也;戒之在得,即贪也。欧洲中世纪天主教说人有三种罪恶,与此大同小异,即色情欲、权力欲、知识欲是。人之性行各有所偏,即不免各犯一罪恶。

三、浪漫的(Romantic)。

彼醒悟(觉)之后,感情升华,更为庄严高尚,而并未下降以屈服于肉欲或堕于悲观。故《石头记》一书非“消极”。

四、色情的(Erotic)。

1.柏拉图《筵话篇》详论爱情,谓爱有两种,一高一卑,一正一邪,一善一恶,一精神一肉体,一向上一堕落,正即《石头记》第五回警幻仙姑之教训。

2.所谓“意淫”,即自己想象中之爱。若真心修道,此亦应戒除。故宓诗曰:“意澄应断淫。”

3.还泪之说,正可说明男女间爱之关系,兼有肉体之象征。

4.宝玉“女为水,男为泥土所造成”之说,甚妙且真。按《旧约·创世纪》,谓上帝抟土作男亚当,折肋作女夏娃。《柏拉图语录》,谓男强而浓,如酒;女弱而淡,如水。英国诗人丁尼生引此说入诗(《洛克来厅前篇》)。

贾宝玉之性格(分析):

一、性情真挚。

宝玉之性情,即孟子所谓“赤子之心”。孟子又曰:“此之谓失其本心。”宝玉未曾失却。《书经》“惟精惟一”为古圣贤所传之心法:盖即灵明不昧之良知,不诱于物欲,不泊于世俗者,《石头记》中通灵宝玉指此。

二、爱自然,喜自由,而恶礼法形式。

三、爱美。

参考:柏拉图《筵话篇》说灵之上升。又柏拉图《斐德罗斯篇》白马黑马曳车一人为御之比喻人性。

四、富于“想象的同情”。

1.忠恕之德(视人如我)。

2.设身处地(以我心入他身)。

3.一多明识(得真)。

五、好色,多欲,贪恋,然见解超轶流俗。

宝玉尊重道德之根本,而厌恨礼法之形式。其对于女子及婚姻恋爱之见解,在中国为极新之卓识。宝玉若生今日,必痛斥彼侈言“革命”或“爱国”而引起阶级斗争、族党残杀与大规模之国际战祸者。

六、了解女子心理，能乐为诸多女子忠实服务。

七、悲剧的人生观。

参考：已故西班牙人乌那牟那氏所著《悲剧的人生观》一书（1931年英译本）六章。

八、秉性仁慈，具有佛心，故卒能解脱。

贾宝玉与其他人物比较：

一、与曹雪芹是一是二。

1. 贾宝玉为（按照艺术规律）整理改变后之曹雪芹。（《石头记》乃小说而非自传。）

2. 曹雪芹虽解脱（与宝玉同）而未出家为僧，且撰作小说。

二、与今世之许多人为知友（吴宓亦其一）。

借用陈寅恪挽文廷式诗："隔代相怜弥怅惘，平生多恨看缠绵。"

又按：萧公权赠吴宓诗："欲遣情弥天地外，妨何品列圣凡间。"

三、与但丁《新生》及《神曲》比较：

1.《石头记》极似《神曲》，写人生全体如真。

2.《石头记》之"太虚幻境"，即《神曲》第三部之《天国》。

3. 正册、副册，如地狱、炼场、天国三界之各层。

4. 宝玉与但丁，二人精神同向上，而皆得宗教之善果。

四、与西万提司所作《魔侠传》[1]中之吉诃德先生比较：

1. 吉诃德先生，恒"无缘无故而疯狂"，与宝玉"无故寻愁觅恨，有时似傻如狂"者同。

---

① 西万提司《魔侠传》，今译塞万提斯《堂吉诃德》。

2. 吉诃德先生除谈武侠救世外,贾宝玉除谈女人爱情外,二人之一切议论均合理入情。此其同。

3. 二人皆忠于一女子□□。然吉诃德先生所爱之村妇,蠢陋无识;宝玉所爱之林黛玉则是天仙化身,美善无双。此其同而异。

4. 吉诃德先生誓以武侠尽平世中之不平,而宝玉则无此志,此其异。

五、与卢梭《忏悔录》比较:

1. 卢梭被巴克称为“虚荣之哲学家”。其人格卑劣,出身寒微,远不及宝玉,此其异。

2. 卢梭亦爱美,好色,贪恋女子。与宝玉性情略同。

3. 卢梭促成法兰西大革命。宝玉皈依佛教,欲以慈悲和平救世。此其异。

六、与葛德《浮士德》比较:

1. 浮士德之本性,乃贪而非痴。此其异。

2. 浮士德之从魔(靡非斯多非里斯),异于贾宝玉之“着魔”。

3. 吴宓诗:“未能起信资魔力,只辨安心学圣藏”,可用于宝玉类型之人其遭遇不同者,而不可用于浮士德。

4. 玛加莱(永久之女性)引浮士德灵魂上升,与宝玉之在太虚幻境得觉悟,其事同。

——本文原载于1945年2月出版之成都《流星月刊》第1卷第2期。

论紫鹃

昔年在清华园中聚餐，同座诸友以《石头记》中人物互拟。刘文典教授（叔雅，合肥）以宓拟妙玉，众韪之。谓宓“气质美如兰，才华馥比仙”，我实愧不敢当，然心中亦颇自喜。南渡后，居昆明，乃改《世难容》曲，以自悼自况（见《旅行杂志》十六卷十一期）。于是世传宓尝自比妙玉云云，其实非也。宓生平所识某女士，觉其性情甚似妙玉。故宓赠诗语云“曾来栊翠庵中坐，瀹茗谈诗境最清”，颇自许其真切。宓所作《无题》诗，虽有“槛外长怜身独立”之句，亦系借用，非不自知其性行多异妙玉也。或又以宓性端严，可比贾政，斯亦未尝不可。然宓于《石头记》中人物，所最爱敬而“虽不能至，心向往之”者，厥为紫鹃。

以典型论紫鹃，盖最忠于理想之人。旧评赞谓“忠臣之事君也，不以羁旅引嫌；孝子之事亲也，不以螟蛉自外”云云。其所称美紫鹃者同是。然忠孝原出于天性，初不计及本身，岂复存有世俗分别之见。盖凡趋骛理想之人，即具有宗教性之人，亦即真正高尚明智之人，其行事皆发乎本心，由于自性。于是行其所必当行，止于至美最上。一切出之自然，丝毫不须勉强。其殉情殉道，殆如水之就下，火之上升，从吾性之所适，行吾心之所悦。既不为邀名，亦不知避祸。“富贵不能淫，贫贱不能移，威武不能屈”，在彼只如汽车所行道路忽软土、忽沙砾、忽泥水，而车之构造及其功用固未稍改变也。能见及此,方可知人论世;能深信此,方可立德化俗。且由此方可与论紫鹃。

今夫《石头记》一书所写之理想精神,为“美”与“爱情”。而此理想与此精神实完全表现寄托于林黛玉之一身。林黛玉者,美与爱情之结晶也。黛玉既为此理想与精神之代表,故不得不终生忧伤憔悴、痛苦呼吟,而卒至“苦绛珠魂归离恨天”,以身殉美殉情;而“美”之理想与“爱”之精神乃皎然卓立于天地之间,正如耶稣基督负荷人类之罪恶而上十字架也者(予另有详论)。然当时门徒中能深知耶稣者几人?彼时大观园中能同情而赞助林黛玉者谁乎?曰:紫鹃一人而已。黛玉临终,李纨以其仁,探春以其智,均能在侧视殓,已属不可多得。然能详知黛玉多年之隐情,旦夕服侍,不厌不倦,不怨不违,厥惟紫鹃。彼能洞悉其所奉之理想,深信不疑,终身为此尽力,不离不叛,不懈不衰,岂非所谓“造次必于是,颠沛必于是”者乎?此紫鹃一生之大节,而为人所难能者也。

夫紫鹃之受命服侍黛玉,原出偶然。然紫鹃一遇黛玉便觉契合,盖其人天性中夙具理想之成分,故遽觉如磁之引铁。此则非偶然,而出于前定、本乎宿命者。语曰:“人之相知,贵相知心。”黛玉一生之志事与愿望,为与宝玉相爱而结婚。黛玉病笃语贾母:“老太太系白疼了我了!”盖谓贾母自诩最爱黛玉而实未尝爱之,以其不成全宝黛之婚姻,逆黛玉之志以行,固无异于逼杀黛玉也。其他男女上下人等,或漠不相关,或知黛玉之心而不赞许其事,或赞许其事而袖手旁观,不肯为助。世情固常如斯,而正面旁面之敌人,如薛宝钗、王熙凤、花袭人等更无论矣。紫鹃之忠于黛玉,尚不在其服侍辛勤,于黛玉之饮食、衣服、起居处处体贴周到(即此已不易得,然他仆他婢亦或能之)。其最难能可贵者,即紫鹃深知黛玉爱宝玉,必须嫁宝玉。此事紫鹃不惟衷心赞许、渴望实现，且随时随地、以己之全力助其成功。而其为此也，丝毫未为紫鹃自己着想，且不顾一身之利害。例如二十六回、二十九回等处，凡宝黛间生误会，有隔阂时，紫鹃必从旁婉转解释，往往一语能使涣然冰消，宝玉既得立足，黛玉亦可转舵。此其调护成全之苦心妙诣，一也。

五十七回“慧紫鹃情辞试莽玉”一段，更是大智大勇，忠而忘身。犯天下的大不韪，集众怒于一己，毅然挺身出，代黛玉行其所不便行，为黛玉求其心所欲之事，试探宝玉之真情，使今后黛玉可以完全放心，而天下人对此问题（宝黛应当且必须结婚）更不容犹疑误会。忠矣紫鹃！仁哉紫鹃！吾读此段，如吾读《荡寇志》“苟桓三让猿臂寨”一段，或读《儿女英雄传》“识良缘横刀联嘉偶”一段，未尝不涕泪滂沱也。此一回下接“慈姨妈爱语慰痴颦”一段。紫鹃反促姨妈：既知林小姐之情，何不去向老太太说明而促成其事？紫鹃此语，其心理，乃在极热烈之希望中，至祈求彼邻人或老于世故者助我行义，冀其“万一可成”“或者收效”也。而不知乃直刺薛姨妈之心，使薛姨妈之奸情毕露，诈伪全出。此紫鹃切实匡助之大智大勇，二也。

八十二回，紫鹃夜寝劝黛玉，乘贾母未死，速自为计；实指明黛玉不嫁宝玉，别无出路。黛玉虽口责紫鹃而心实感之。此其忠其言直谏之谋虑周详，三也。

黛玉临终，引紫鹃为“知己”，视如亲妹妹，感激之心至为诚挚。而紫鹃亦生死始终，寸步不离病榻。亲受遗言，手为装殓，养生送死，大事备矣！至若怒拒府中之招，不肯伪饰以迎宝钗，而遣雪雁自代。又先以黛玉病危情形往禀贾母，而受呵责。此二事，在品德较逊之人亦或能之，以其正在感情强烈刺激之时，易动义愤。此紫鹃养生送死之忠贞不渝，四也。

紫鹃之厌世出家,盖决于黛玉毕命之时。盖理想不存,寄托无主,复何恋生?而婚姻爱情,若宝若黛犹如斯结局,我又何倖何望?然而紫鹃不遽“引决”者,盖犹欲探知宝玉之真心:彼婚期中是否昏迷,彼是否对黛玉移情变节。故紫鹃忍死以待,直至百十四回“释旧憾情婢感痴郎”一段,紫鹃最后确知宝玉当日实昏迷,对黛玉并非负心。于是紫鹃不禁作胜利之微笑,喜黛玉之殉情而死确有价值,决非痴妄,如此亦好!此正如三马利亚及门徒等亲见确知耶稣基督之复活飞升,重归天上;于是回忆其在人间之行事施教,但感其言行之真切伟大。而未来基督教之发挥光大,与上帝天国之真实荣光,更不容怀疑,只须欣庆矣。黛玉原非枉死,宝玉甘心弃世——《石头记》至此而紫鹃之心事毕,而紫鹃之理想终于在破灭中得以完成实现。故紫鹃之出家最为心安意得。心安意得,此忠于理想、甘为理想牺牲没也者之最后归宿,亦其最高之报酬也。

《诗》云:“高山仰止,景行行止。”紫鹃紫鹃,吾实敬爱其人。吾愿效法紫鹃,且愿引紫鹃以自慰,终吾之余年也。吾亲吾友,欲知宓者,请视紫鹃!

——本文原为作者在成都燕京大学所作《红楼梦》讲谈之一,后整理成文刊于1945年3月11日出版之《成都周刊》第1期。本文据1946年12月16日《武汉日报·文学副刊》第2期整理。

王熙凤之性格

壹、王熙凤乃十二金钗之一。

“十二金钗”之定义：十二金钗，并非满堂妻妾之谓，乃指我(贾宝玉)一生所见，最可爱之女子，其性情遭际各各不同者，举例以代表之(今语曰人物典型)。而此诸女子，对于小说作者(曹雪芹)亦为最有价值与意义者。

由是，每一男或女皆有彼之(异性)十二金钗(容另细释)。昔年某夫人尝指说宓之十二金钗云云。按宓之《空轩诗》亦具此意。皆就我所着之定义而言，固可人人有之也。

贰、王熙凤属于三等人(如下表)中之下等。

上等人
天界(神仙) 其立身行事，本于：①真理；②爱情。 例一：贾宝玉——由爱得真(出家) 例二：林黛玉——其爱极真(殉情)
中等人
人界(凡俗) 其处世接物，恒勉为：①谨慎，明达；②伪善矫饰。 例：薛宝钗。

下等人
物界(魔鬼)
其对人成功,专凭:①机诈;②势力。
例:王熙凤。

"瞒消息凤姐设奇谋"是魔害神圣。故云黛玉之焚稿与其死,正同耶稣之被钉十字架也。宝玉出家,是逃脱魔窟,归入圣域。而凤之助钗,钗之亲凤,是凡人易趋下流,不愿上进之意。〔兹所谓魔,即小说中之恶人(Villain)破坏好事者。〕

叁、王熙凤在三类人中,属于贪之一类。(又兼带嗔,但并无痴之成分。)

王熙凤一生营私聚敛,不但放债剥利,助讼取贿,甚至区区二两银之月钱亦乘机侵没,过生日并强迫周姨娘、赵姨娘送礼。

今按人生各做一梦,即各居住一世界中,大别之可为下三类:(一)贪者求财富,(二)嗔者求权力,(三)痴者求爱情。同类中人,可以互喻(即互能了解),但不免互争;而异类之人,彼此间完全隔膜。上所言,乃天性之差异,非职业之区别。详情兹不及述。惟所谓《红楼梦》者之,即第三类"痴人"所居之"爱情(兼色欲)之世界"之意也。

人生一大悲剧,即在此:上所列三类不同之人,各有其"世界"以求满其所欲,而此三(或更多)世界却又集合于一世界中。熙凤所贪者,钱财与权力耳。而为得此二者(尤重钱财)之故,竟不惜蹂躏破坏痴人之世界,而置彼等于死。——初心非必欲死之,直是"无知觉,想不到"耳。

喻如:载货载兵之汽车驰过,压毙或撞伤小孩之在路中做游戏者。又喻如:学校教育为求升格增薪,致将饱学善教,专心学问之好教员排斥以去。

于是凤姐直接间接乃杀害：(1)张金哥与守备女、(2)尤二姐、(3)晴雯、(4)芳官、(5)彩霞、(6)鲍二媳妇、(7)……等人，以其贪耳。而抄家后，所积蓄尽丧。故云“采得百花成蜜后，为谁辛苦为谁甜”(按吾友李思纯教授，用悲多汶乐曲之意，为诗曰：“能将酿蜜供天下，辛苦黄蜂莫自哀。”其态度与此正相反)，抄家乃凤姐一生之大失败也。(英国小说《浮华世界》[1]中Becky所取Steyne侯爵之财物尽为其夫Rawdon Crawley所弃掷一段，可与抄家后之凤姐比较。)

然凤姐兼有嗔病，即喜与人斗气、要强：

1. 对贾瑞，尽可正拒，或婉避，何必故为亲近而置之于死？——只为欲显凤姐自己之威力耳(你敢在太岁头上动土！要你尝尝二奶奶的利害)。

2. 对尤二姐，亦尽可斥逐以去，何必赚之入园而杀之，且连逼张华告贾琏状乎？——亦只为欲对死者(尤二姐)、生者(琏)及一切人表示二奶奶之威力耳。

王熙凤外，若(1)贾赦，因贪取藏扇而使石呆子人亡家破，又强索鸳鸯卒逼之自缢。若(2)贾珍，与冢妇秦可卿通奸，事泄，则定计令可卿寻死而珍独生；又助弟贾琏娶尤二姐，俾珍可常住染指。以及(3)其他某某等，皆是同一类人。(贾雨村乃此类之总代表。)即冯紫英等，亦安知其非此类？盖贪嗔之人古今恒多，而贪者尤众。(柏拉图在其《理想国》中，分人为三等，亦以贪求多欲者其格最下而其数最多。)若夫贾琏，惟患淫欲，其罪极轻。(按但丁《神曲》中，亦以犯体淫即肉欲者，定为轻罪，置于地狱之最上层。)故贾琏之人格实在凤姐等之上。故曰：“巧姐之兴，琏之福，非凤之福也。”(旧评)盖凤姐当日之遇刘老老，乃出于无心，故曰“偶因

① 《浮华世界》，今译《名利场》。

济刘氏,巧得遇恩人”,譬如乞丐拾金,非缘修积,幸获而已。

肆、王熙凤视爱情甚轻,非痴类人故。

1.送宫花(第七回):只是多欲,无关重要。

2.对秦可卿:或云,二人系同性爱。宓不信此说。

3.对宝玉:吾深信其无实在之关系。(吾认为宝玉与秦氏亦无实在之关系。)

4.对贾蓉:亦是疑案。

伍、王熙凤为霸道之政治家,即柏拉图《理想国》书中所描写之霸主或暴君(Tyrant)是也。(旧评以王熙凤比曹操甚确。)

> 按古今东西之雄才大略之君主(或权相)大都是性行(如汉高祖、明太祖,又如英国小说家费尔丁所作《大盗 Jonathan Wild 传》),其缺点在心术不正,即不仁义,而使风俗败坏(魏武帝之用人即其例),为国家世界长久之害,故读《石头记》者,观于凤姐,可以明政理,通治道矣。

陆、王熙凤在书中(后二十回)性行之改变(实不合理),与《石头记》增补改动之痕迹。

高鹗意存忠厚,而全不解诗人裁判(Poetic Justice)与文学道德间之真正关系。(参阅民国三十三年十二月十六日成都《星期快报》第六期宓作《文学与道德》一文。)反之彼亦不解“愈真,愈惨,则愈美”之原理及作法,乃于本书结局处妄为改动,使王熙凤之收场不如原作者曹雪芹所定之悲惨,而且作行变为和善仁慈,几于前后判若两人。此高鹗改作之痕迹,而有损于《石头记》全书之价值者也。今按太虚幻境正册云:“一从二令三人木,哭向金陵事更哀。”意云“自从冷(二令)后,便被休(人木)而回娘家(金陵王氏)去”。盖自抄家又贾母殁后,王熙凤“致祸抱羞惭”“力诎失人心”,

既少权威且无贾母为之保障，而贾琏不忘尤二姐惨死之仇恨，况有秋桐在侧，此时贾琏尽可休妻，逼令凤姐大归（王氏亦已失势，且王仁等素与熙凤不和，故无人为之抗议）。第百十四回题曰“王熙凤历幻返金陵”，不云“往太虚幻境”去（所谓“归入册子”殆指归隶该城户籍之意），可为证明。盖王熙凤末路乃自不能自庇一身，并自己“妻”之地位亦不克保持，此比病死在贾家更为失败，更为受侮受辱。王熙凤为《石头记》书中之恶魔（Villain），如此结局，乃最悲惨，在艺术上却为最真最美。窃意原作者曹雪芹所定计划（或本书之原文）必如此也。又愚意：原书（未改动者）中之凤姐，必未尝忏悔，终未能善，临死时见神见鬼，备极痛苦。且原书中之巧姐必为贾芸、贾环等实行盗卖，而未能如今本之良好结局。浦江清教授谓巧姐所嫁必是一村农（疑即板儿），非乡绅子，嫁后生活必甚苦（贫且劳），非如今本所言情形，云云。

——本文原载于1945年4月出版之成都《流星月刊》第1卷第3、4期合刊。

《红楼梦本事辨证》

《红楼梦本事辨证》一册，寿鹏飞著，商务印书馆出版，列入文艺丛书乙集。内容系钞集各家之说，而证明《红楼梦》一书，乃暗叙清代朝廷及宫闱秘事。其异于蔡元培氏《石头记索隐》等书者，则谓书中所指非止一时之事，而系分别影射数件大事。

按此书无甚新材料，其论点亦属陈腐。以吾人之见，《石头记》一书乃中国第一部大小说，其艺术工夫实臻完善。其作成之历史及版本之源流，固应详为考定，然此乃专门学者之业。普通人士，只应当原书作小说读，而批评之者亦应以艺术之眼光从事。即使《红楼梦》作者对于种族国家心中偶有感慨，其描写人物亦有蓝本，间参一己之经验；然写入书中，必已脱胎换骨，造成一完密透明之幻境，而不留渣滓。寻根觅底，终无所益。是故蔡元培氏之《石头记索隐》以及类此之书，实由受排满革命思想之影响，而比附太过，近于穿凿。胡适氏之《红楼梦考证》，则又受浪漫派表现自我及写实派注重描写实迹之影响，认为曹雪芹之自传，殊属武断。其他近今之考证论辩，优劣互见，然皆未尝以艺术之眼光评此大书（王国维氏之评论较佳，然专以叔本华一家哲学之论点临之，亦嫌一偏，有所未尽），是诚可惜。若今兹新出之小册，更无足观已。

——本文原载于1928年1月9日出版之《大公报·文学副刊》第2期。

《红楼梦》善本之新刊布

现坊间所售新旧式标点之《红楼梦》，大抵直接或间接以乾隆五十六年程伟元排印本为依据。此本后经程与高鹗“聚集各原本，详加校阅，改订无讹”（高鹗《引言》中语）。校订本流传极稀，现所得知者，惟胡适藏有一本，燕大教授容庚藏有一写本。

最近胡氏以藏本付标点印行（上海亚东图书馆出版，式样及定价与旧泰东标点本同）。卷首有胡氏一新序，驳正容氏以其所藏写抄百二十回本为曹氏原本之说（容氏说见北京大学《国学周刊》第五、第六、第九期）。此本文辞与事实多较旧本为优（书中有《校读后记》，将新旧本重要异点对照举出）。举其一例，如旧本第二回：“第二胎生了一位小姐（元春）……不想次年又生了一位公子（宝玉）……”而第十八回谓宝玉未入学之先三四岁时，已得贾妃口传授受如母子，则元春断不止长宝玉一岁。新本作：“不想隔了十几年，又生了一位公子。”便无抵牾矣。

——本文原载于1928年2月27日出版之天津《大公报·文学副刊》第8期。

王际真英译节本《红楼梦》述评

《红楼梦》一书，旧有（已故）英国驻宁波领事焦里氏（H. Bencraft Joly）之英文译本，出版于一八九二年（光绪十八年）。上海别发洋行发售，凡二巨册。系逐句直译，虽无精彩，而力求密合原文，无所删汰。惟仅译五十二回而辍笔。题名*Dream of the Red Chamber*。翟理斯（H. A. Giles）于所著《中国文学史》（*History of Chinese Literature*）中，叙述《红楼梦》之本事颇详，占全书篇幅三分之一。评者讥其比例不合，有失均平。然西人之得知《红楼梦》，藉此而已。

吾人常惜无如韦理氏（Arthur Waley）之译《源氏物语》（*The Tales of Genji*）者（见本副刊第三十一期介绍），将《红楼梦》全书译成西文，以使西人知吾国小说艺术之精绝及其结构之伟大。最近（本年四月）乃有王际真[①]君（Chi-chen Wang）之节译本（英文）出版，仍题名*Dream of the Red Chamber*。纽约Doubleday Doran Co.书店发售。每册定价美金三圆。纽约《星期六文学评论》第五卷第三十九期（四月二十日）第九〇〇页，有Younghill Kang（当系

① 王际真（1899—2001），字稚臣，山东桓台人。北京清华学校1922年毕业留美，先后在威斯康辛大学、哥伦比亚大学学习经济、政治和新闻学。曾任纽约艺术博物馆东方部职员、哥伦比亚大学汉文教员。王将《红楼梦》节译为39节和一个楔子，后半部故事作提要叙述，译名*Dream of the Red Chamber*，1929年同时由美国纽约杜伯台（Doubleday）公司和英国伦敦劳特里奇（Routledge）公司出版。

中国留美学生,原名待考)君所撰评论。与韦理氏之《枕草纸》[1]译本(见本期)并列。略谓王君译本,删节颇得当。虽为西方读者而作,甚能保存原书之精华。文字亦通妥,并酌译原书中之诗句若干,以见一斑云云。

吾人顷始购到王君之英译本,爰就翻检所得,略述如下。

译者王际真君,山东桓台人。民国十一年,由清华学校资送赴美国,在威斯康辛及哥伦比亚大学,习政治及新闻学,得学士位。现为纽约艺术博物馆(Metropolitan Museum of Art)东方部职员,兼受聘为哥伦比亚大学汉文教员。现方回国,不日即再赴美,并拟从事翻译《西游记》云。

本书题为曹雪芹、高鹗合撰。卷首有韦理氏所为序,谓小说在中国夙为人所轻视。故小说不外(1)附会名人轶事及(2)托于鬼神仙佛之二种。唐张鹫之《游仙窟》实为中国最初第一部小说。此书幸流传至日本,故得精印而保存。(按此书乃《会真记》《西厢记》之所由胚胎,兹不具详。)此后千年中,则有于空场上说书者,逐渐产生小说。因之(一)小说每回自成片段,而有"欲知后事如何,且听下回分解"之妙结。(二)一书既成,后人或续作,或增改。层累堆积,绵延翻滚,如雪球然。如(1)《水浒传》,(2)《西游记》,(3)《三国演义》三书,皆大有影响于《红楼梦》者。其影响之最著者四事:(一)篇幅长至百二十回。(二)不敢明写人生实事,而托于神怪仙佛、虚空幽渺之传述。(三)注重每回每段之描写,而轻视全书之布局及结构。(四)附会道德训诲之目的,如宝玉之出家是也。

按韦理氏兹所言四事皆误。盖(一)《红楼梦》一书晚出,

[1] 即Waley之*The Pillow Book of Soi Shonagon*。

至长且精。其艺术乃中国小说之登峰造极者,此正文学进化之公例。(二)《红楼梦》中所谓真境幻境,为表明文学创造之秘诀,显示人生实际经验,与艺术中之理想化而因果分明、曾经选择锻炼者之有别。此正作者之卓识,非不敢以写实自见。(三)《红楼梦》全书结构及布局至精,且以贾府之盛衰为宝黛爱情生灭之背景。感情与事实互相呼应,尤为可称。(四)宝玉出家,乃喻人生之解脱。立意最高,岂以教人成佛为宗旨者乎?凡此种种,须另篇详为阐发。若韦理氏,殊未能窥见《红楼梦》之精且大,然不足深责矣。

然《红楼梦》之特长,在直写人生之实况。不托附名人及鬼神仙佛之事迹,且为曹雪芹之自传。

按韦理氏取胡适君之说。惟从古中西伟大之小说,虽亦本于作者之经验,然其著作成书,决非以自传为目的及方法者。故谓《红楼梦》一书直为曹雪芹之自传,殊属武断错误。盖不知Fiction与History之别。又不知Dichtung与Wahrheit之别。此事时贤已有论列(参阅《学衡》杂志第三十八期缪凤林《评胡适〈红楼梦考证〉》篇),容另篇更详说之。

以其为自传,故书中列叙琐事,不厌详悉,不嫌重复。如宝黛之屡次争闹及第一百十六回宝玉重游太虚幻境是也。

按以吾人观之,此诸件均深有意味。(1)宝黛屡次会晤情形,乃表示二人年龄爱情之成长及精神心理之变迁,何重复之有?(2)梦为人生经验之重要部分,写梦便是写实。韦理氏必以象征及寓言释之,谓宝玉代表想象力及诗情,贾政代表艺术家生活之困难及所受之阻碍与痛苦云云。殊嫌胶柱鼓瑟,以此法解释《西游记》则可,而决不可用之于《红楼梦》。盖《红楼梦》乃至精且正之描写真实人生之小说也。

以上皆韦理氏之说也。

以下为译者(王际真君)所为导言及凡例。分六节,如下:

第一节论《红楼梦》为中国第一部写实小说。谓此书不蹈袭前人,独辟蹊径。结局不令宝黛美满结婚,又不垂示道德训诲,只是描写一大家庭(贾府)之复杂生活,真确而详悉。西人苟读此书,必能审知中国人生活情态。比之读其他千百之书胜过多多也。

第二节撮述胡适民国十年所发表之《红楼梦考证》及俞平伯《红楼梦辨》之内容。

第三节论高鹗续编之得失。谓高鹗甚能得曹雪芹之用心,续编能与全书通体一致。惟有一失,即第一回曹雪芹自言"今风尘碌碌,一事无成……",而高鹗乃使宝玉中举,且若大可以事功自见者,殊误。宜使宝玉处处失败,走投无路,然后出家,方合。

按此论殊浅谬。盖(一)误认《红楼梦》必为曹雪芹自传。(二)第一回"风尘碌碌"云云,乃就作者实际生活而言,书中不必与之一致。犹但丁《神曲》开场言人生中路云云,是时但丁固系三十五岁,然以下梦游三界则虚构矣。(三)宝玉中举,乃对于其家人一种冷嘲式(Ironical)之表示。意言我与黛玉之深情及我出家之道理,汝等终不能了解。汝等所要者不过此类俗事虚荣,我均给与汝等。其使宝钗有孕,亦同。譬犹今世离婚者,以家中财产尽给其妻,独住外国。因当年婚事,纯为彼家美慕吾家之富,故以女强塞给我,而不虑其不合也。(四)宝玉实际并未失败,尽可以事功表见,而脱然出家,正见其对于黛玉之情深，而其态度乃所谓从容就义者之所为。倘宝玉因生活完全失败而出家，是仅由于寻常环境之压迫，何足见其解脱了悟之深至？又何足见其对于黛玉之真情哉？以上均译者所未察也。

第四节述民国十七年四月《新月》创刊号所载胡适《考证〈红楼梦〉的新材料》一文之内容。

第五节为凡例。分数条:(一)译文据民国十一年上海同文书局出版之《红楼梦》。(二)译本节缩之法，以宝黛情史为主。外此枝叶，多从删汰。惟能显示中国之风俗习惯为西人所欲知者，则亦留存。如秦氏之丧是。全书第一回悉行译出，以见中国小说楔子之一般。此下分为三卷。前二卷为原书之前五十七回，较详。五十八回以下均入第三卷，较略。(三)为西人阅读之便，书中女子之名皆译意，如黛玉作Black Jade。男子之名皆译音，如宝玉仍作Pao Yu。以示区别而归整齐。(按此法殊善。又如宝钗译为Precious Virtue含有讥讽之意，鸳鸯译为Loyal Goose，袭人译为Pervading Fragrance，以及王熙凤译为Phoenix一字，均佳妙。)(四)书中称呼如老爷、太太、姑娘等，均译音。又姐姐、妹妹等亦均译音。(五)传话或面谈称谓，原文用第三人称者，今多改为第二人称。(按此二法均善。)(六)人名译音从威妥玛所订之式。

第六节为附言。(一)谓书中偶有小错，不足为病。如写宝玉之乳母李嬷嬷过于龙钟，不知作者此段之意。只是要写一多管事而喜动气之老妪，非写宝玉之食乳，故虽李嬷嬷如是之老亦无妨也。(按此论殊是。)(二)全书纪事，可考者七年，宝玉十二岁而黛玉来贾府居，十九岁出家。第十八回以后，每以新年之庆祝，皆明写。时间之次序固秩然不乱也。

次为书中重要人物名单及亲属关系图。

此下即为本文。全书节译为三百七十一页,分三卷。先之以楔子,第一至十二章为第一卷,第十三至二十七章为第二卷,第二十八至三十九章为第三卷,每章分为数节。而每章各系以两句对偶式之题目,颇类原书回目。

总观全书,译者删节颇得其要。译笔明显简洁,足以达意传情。而自英文读者观之,毫无土俗奇特之病(西人译述东方事,文笔往往故意如此,殊可厌),实为可称。今举一例,以概其余。译本第三十九章(原书第一百二十回)叙袭人之卒嫁蒋玉函曰:And thus, in the case of Pervading Fragrance,as in many others before her, “it is impossible to do otherwise”, bore the responsibility of her deed。夫译事之成败,以结果为定。与其遂译全书,旷日持久,不克成功,且使西方读者迷离淆乱,不尽了解,何若译为节本,使西人一览而得明《红楼梦》之本事及其书佳妙之处。故吾人于王际真君所译,不嫌其删节,而甚赞其译笔之轻清流畅,并喜其富于常识,深明西方读者之心理。《聊斋》《今古奇观》《三国演义》等,其译本均出西人之手。而王君能译《红楼梦》,实吾国之荣。闻王君更将续译他书,吾人谨当拭目以俟之矣。

——本文原载于1929年6月17日天津《大公报·文学副刊》第75期。

《红楼梦》讲谈

壹、我研究及讲说《红楼梦》之经过，及对我自己《红楼梦》研究的批判。

(甲)i. 初读 1907

ii.《红楼梦》新谈 1919

iii.《石头记》评赞 1939至1942

iv. 成都刊登之论文 1945

v. 各地之演讲 1942至1949

(乙)vi.(西南师院)中文系会 1954十二月

vii.(四川)省政协发言 1955一月——批判

(1)纯技术观点。

(2)唯心论(天才)。

(3)唯情论(恋爱)。

(4)佛教(解脱)。

(5)未知其真价值(最后之结论)。

viii.《西南文艺》1955六月。

贰、《红楼梦》何以不见重于世界各国，不得与莎士比亚、托尔

斯泰等之书相比?(答问)

一、由国际之隔阂,与中国之积弱。

二、由文字之困难,与外文译本之缺乏。附西人之研究与《红楼梦》之外文节译本。

三、由内容之丰富,与异国、后世人了解之困难。

叁、为学习中国之文字、文学,而读《红楼梦》——其方法如何?

肆、《红楼梦》如何作成?(宓之假说)

一、贾宝玉	二、曹雪芹	三、高鹗
自传	小说作者	编辑、修改者
(痴情、主观)	(客观,天才)	(庸俗,好人)

——是晚讲出,实际如下之次序:(贰)→(叁)→(壹)→(肆)。本大纲:全部讲完(实费二小时)。

——本文为作者1957年5月26日晚8点至10点,应西南师院中文系三四年级学生之邀请,所作《红楼梦》演讲的大纲。据是日《吴宓日记》:"晚赖澄来,宓至3128大教室,8—10凡二小时,为中文系三四年级学生,作《红楼梦讲谈》。所讲大纲,存粘。听众热烈鼓掌,表示满意。"

个性虽殊，典型不异

《红楼梦》一书，正名应称《石头记》。盖“红楼梦”乃警幻所命演唱之曲名，而“石头记”则全书之本名也。此书具备百千种美，人之爱读此书者众，其理由与动机亦各各不同。然考其实际，大多由于对书中之人物极感兴趣。盖凡诗与小说中之人物，皆兼具二重性格：既代表人类智愚善恶之一种典型，又专示某年龄某地位某职业等之一个人之特性（简曰个性）。个性虽殊，典型不异。故常可以《石头记》中之薛宝钗，比拟《水浒传》中之宋江、《三国演义》中之曹操、《花月痕》中之杜采秋，与夫历史中之汉高祖。或以《石头记》中之史湘云，比拟《水浒传》中之鲁智深、《三国演义》中之张飞，等等。盖取其为诸多团体中之同一典型耳。此种比拟法，乃谓此群中之甲与彼群中之乙是同一典型；非谓甲即是乙，或甲源出于乙。彼非索隐式考证者，竟谓因要描写高士奇（澹人）而遂造出一薛宝钗，因要描写姜宸英（西溟）而遂造出一妙玉，云云。以小说为历史之影像或哑谜，每一人物皆指为影射某人。此实必无之事，为之者亦是愚不可及。知乎此，方可比拟人物。

《石头记》主写诸多少女而人类之典型略备，《水浒传》写诸多强盗而人类之典型略备，《儒林外史》写诸多秀才而人类之典型略备。今我日常所见之某君，我识其为某种典型，故云某君可比《石头记》中之某人。我但指出其典型,以确定某君之价值与地位,非妄为抑扬者,更非有意屈辱之乃指彼为少女或强盗或秀才也。是故爱读《石头记》者,每自拟书中之某人,或以其友拟书中之某人。但求神似,不求形同。此固极正当而合理之事矣。

——本文为作者二十世纪六十年代在重庆西南师范学院任教时,对学生提问的一页书面回复。

《石头记》书中年岁考

《石头记》全书所叙之情事，前后共历八年。今依书中所用之纪年。列表如下：

次序	年岁	是年黛玉	宝玉	宝钗几岁	叙述在本书中第几回
一	己酉	十一（入贾府）	十二	十三（入贾府）	2至8回
二	庚戌	十二	十三	十四	9至12回
三	辛亥	十三	十四	十五	13至16回
四	壬子	十四	十五	十六	17至53回上半
五	癸丑	十五	十六	十七	53回下半至69回
六	甲寅	十六	十七	十八	70至93回
七	乙卯	十七（死）	十八（娶）——	十九（嫁）	94至108回
八	丙辰		十九（出家）	二十（寡）	109至119回

推而广之，1609至1616，是一个己酉至丙辰：尚是明神宗万历末年，与宝、黛、钗等绝不相合。再则1669至1676，又是一个己酉至丙辰：当清顺治至康熙朝，庶几合乎贾府（汉军旗贵族）情形。再降1729至1736，又是一个己酉至丙辰：当清雍正朝，不合《石头记》之气象。更降，为1789至1796，又是一个己酉至丙辰，

当清乾隆盛时,和平、文雅,与贾府大观园绝合。其下,则为1849至1856,快到清咸丰十年,英、法人火烧圆明园之期,外患日迫,此时必无《石头记》之事(不可能有)。……

此下,直接宓所历之1909至1916,则辛亥革命起,清亡,而入中华民国矣。宓(十三岁)于1907年阴历十二月始读《增评补图石头记》,共十六册,每册八回。第一册为目录、序、像赞。(商务本,装成上下二册,内容与此本全同,乃最佳之本也。)……自是,宓几于每日必背诵《石头记》120回目录一遍。[①]

——本文为吴宓1972年在"牛棚"中所作其"《红楼梦》研究"专篇之一,西南师范学院在1979年吴宓获平反后,发还家属,文稿已破损不全。吴宓原作字句下加有圈点者,今仍其旧。

① 未完,下佚。

评杨振声《玉君》

蓬莱杨振声新撰小说曰《玉君》，列入现代社“文艺丛书”，出版以来，销行甚畅，各报章杂志著文评其书者，后先相望。誉之者固多推尊过当，迹近标榜。毁之者则嫌吹毛求疵，未悉作者之用心。愚意此书作者敢为长篇，注重理想，以轻描淡写之笔，表平正真挚之情。又能熟读《石头记》等书，运用中国词章，故句法不乏整炼修琢之美，文体亦有圆转流畅之致。就此诸端而论，《玉君》一书在今世盛行之欧化文法短篇写实小说中，实为矫然特异，殊有可取。然而此书之篇幅初非甚长，书中人之理想亦非甚高，攻诋礼教、教育平民等，不出寻常新派学生之见解。书中文法词句亦仍未脱时派欧化之式，牵强支离在所不免，效颦末节处处皆见。此则重可惜也。吾初未识作者之为人，但读其书，窃恐作者之意与吾相反者多。吾之有取于是书者，作者自视皆不惬于心；而吾之所指责者，正作者刻意经营、自鸣得意之处。呜呼！苟其如是，则此书之缺点可谓时世之过、风气所驱，贤者犹不能脱免，况以揣摩迎合为职志者耶！《玉君》一书，所关宁不重哉！

（一）

作短篇小说易，作长篇小说难，此尽人而知者也。盖长篇小说非有绝大智慧、绝大才力、绝大经验、绝大学问不能从事,而尤非有绝大闲暇不能完工。智慧才力等已不易觏,而闲暇尤难得。世无古今,国无中外,寻常之人,率皆营营逐逐,惟名利私欲是图,孰愿发愤苦行、以半生光阴著成一部无足轻重之小说?此从来作小说者多兼他种职业,而在吾国为尤甚也。然吾国旧日小说如《石头记》等,不但篇幅之长,论其工力艺术,实足媲美且凌驾欧美而无愧。西洋之长篇史诗(一译叙事诗),为文学之正体、艺术规律之源泉,宏大精美,吾国文学中则无之。然有长篇小说,亦可洗此羞而补此缺矣。但所谓长篇小说者,非仅以其字数之多、篇幅之长,而须有精整完密之结构。结构之优劣,可别小说之高下种类,亦可觇小说进化发达之次第。就篇幅之长短言之,小说可分三种:(一)短篇小说(Short Story),(二)小本小说(Novelette),(三)长篇小说(章回体,Novel)。小本小说,乃长篇小说之较短者。虽有一定之结构,而事迹不甚繁复,描画不求精详。但比之短篇小说则为甚长耳。又就结构之优劣言之,小说(应称"稗官"或"说部"为是,Fiction)可分四种:(一)故事(Tale),即但叙某人某时在某地做某事,据事直书,绝少铺排与点缀者,如寻常报纸之记事,及《聊斋志异》中之短篇是也。(二)短篇小说(Short Story),谓短篇故事而加以整理选择之工夫,期以最简单最经济之材料方法(谓篇幅极短,字数极少,人物事实亦均减之又减,至无可减)。使读者读之,起一定之印象或观感,而此印象或观感,只可有一,不容有二,愈强愈佳,愈明显愈妙。如此者,方足称为短篇小说。故事来源已久,而短篇小说之作,则始于十九世纪中叶。故事出乎天然,到处遇之。短篇小说则赖人工,须经苦心精思,矫揉造作。二者之间,至须分别。(三)连贯体小说,原名荡子小说(Picaresque Novel, Rogue Romance),起于十六七世纪时西班牙所盛行之小说。其中多叙一流氓荡子(Picaro,Rogue),凭其智术,投身各种社会,乔装幻形为各色人物,终致通显,名利双收。实则借此流氓荡子,以描画各种社会之内情。以一人之身为线索,而历叙各种不相关连之事。或另借一事一义为题目,而将无关系之事绾合一处。去此人,去此绾合之具,则全书之结构不存,而破裂为诸多小故事矣。如以绳穿珠,绳断则珠散。例如《彭公案》《施公案》,每次访案捕盗,皆自成首尾,苟去彭公施公,则前后渺不相涉,随处可止矣。《水浒传》与《西游记》,亦近于此种。至于(四)长篇章回体小说,惟《石头记》足以代表之。篇幅甚长,人物甚夥。事实至繁,然结构精严,以一事为骨干,以一义为精神,通体贯注,表里如一。各部互相照应起伏,丝毫不乱,而主要之事,又必有起原、开展、极峰、转变、结局之五段。斯乃小说之正宗,文章之大观。而其撰著之难,亦数十百倍于短篇小说,非有丰识毅力,不敢从事也。

吾国当前清光绪末年,小说大为发达。其时撰译率皆长篇,蓬勃漫汗。入民国后,顿形衰竭。自新文化运动之起,乃提倡短篇小说,且标榜写实主义,而以俄国作者如乞克夫[①]、郭尔克[②]等奉为圭臬。于是所谓新文学界者,白话诗而外,殆为短篇小说所充满。虽间亦有佳作,然论其全体,殊无足取。且辗转仿效,流弊斯生。约举如下:(一)短篇小说简短易于成篇,于是启苟且成名之念,长潦草塞责之风。(二)短篇小说之方法有定,几如算学公式,苟遵照前人之作,依样葫芦,其事极易,而欲自出杼轴,则甚难。故作短篇小说者,率皆模仿西人,而绝少适合国情之创造。(三)短篇小说但写片段之人生,一时一地之遭遇景况,且加重其词,以使

① 乞克夫,今译契诃夫。

② 郭尔克,今译高尔基。

读者感动。故其中绝难有中正深厚之人生观,而多偏激悲愤之情,阴郁愁惨之气。(四)短篇小说易流于滥。作者每以己身某日之见闻、某时之感想,和盘托出,不加丝毫剪裁修饰,虽极平庸秽陋而不自慊。今日吾国所盛行之短篇小说,其特点不外乎此数者,而足证吾国国民性之已陷于衰弱萎靡也。著者杨君振声独毅然创作长篇,诚足为小说界生色,为吾国人吐气。然《玉君》一书,计其字数,不过四万五千与五万字之间,其长仍属有限。以篇幅论,又以体裁论,《玉君》实上节所言之小本小说(Novelette),而非长篇章回体小说,吾犹当引领以盼长篇章回体之出现耳。

杨君自序中谓《水浒》《红楼》等长篇小说皆偏于横面的写法,而如西洋之长篇小说由纵面写者,在中国几未曾有,此亦未必尽然。总之,纵写横写之小说,中西各皆有之。西洋小说如伊略脱(George Eliot)之 *Middlemarch*,又如近者 Sinclair Lewis 之 *Main Street*,均用横面写法。中国小说如《儿女英雄传》,如近者吴沃尧之《恨海》,亦系纵写。然无论中西,大率二者兼具者为多。能纵写者亦能横写,如《红楼》则纵横兼到,成为艺术之巨制,虽终身仅能作一部,亦何患其少哉!纵写者注重人物之生长(Development of Character),横写者注重环境之铺叙(Description of Setting),由斯选择,思过半矣。杨君书名《玉君》注重人物,其用纵写,宜也。

(二)

处今写实主义、黑幕大观盛行之中国,杨君乃独撰著理想小说,诚为卓见。其论小说家与历史家、科学家不同之处,亦是。(自序首段。)惟理想小说之目的,初非为表现自我。杨君主观客观之论,恐滋误解。盖作小说者,不当就所见所闻、一时一地之实在情况，钞写记录；而当用选择修缮之法，改良事实，使成为完美之材料。然凡百小说皆写人生，故以己意改良之后，书中事实人物仍须处处合于人情，而不背于真理。故上等之理想小说，兼具写实之长。特其方法灵活，选择精当，而不用生吞活剥、杂凑堆积之材料耳，是则凡写实小说之具有纯正深厚之人生观者，即可称为理想小说。理想小说中之人物，不必其为奇才异能、道高德尊之士，为人间所希见者。但取其能表现作者心中之纯正深厚之人生观即足。且既涉及于人生实况，境遇愈恶劣、事务愈平凡者，愈足表现此中人性行之高贵、智能之卓越。（威至威斯[①]赞弥尔顿诗云：So didst thou travel on life’s common way, / In cheerful godliness; and yet thy heart / The lowliest duties on herself did lay。）易言之，理想小说，须描写理想人物在实际环境中奋斗生活之实况，而观其对某事某事如何处理，甚至愈困难愈失败，愈足显其为理想人物。若断绝人间烟火，使之浮游太空，与列仙为伍，则其事既易而不足称也。

由上之义，以论《玉君》。《玉君》描写甚佳，实兼有写实小说之长。其叙玉君与林一存二人之关系，脉脉含情，而能以礼自持，以淡雅胜。较之时下短篇小说，专以搂抱接吻等事写恋爱者，实高出其上多多。然论玉君之为人，亦不过今世之女学生耳。除其父逼嫁黄氏外，无他种困苦之遭。习于自由恋爱，委身于杜平夫，无知人之明；及其后以乃父之昏聩，一己婚事之不如意，乃遂一改平日之性情，痛恶礼教。其寄寓林一存别庄之日，竟使林将其架上程朱陆王之书，悉行掷出室外，谓见之头痛，不悟圣贤立教初非为一二人而设，我之境遇拂逆，岂可遂归罪礼教？其教导岛中女儿读书习画，亦不过今日提倡平民教育者之思想，不洞究人生之根

① 威至威斯，今译华兹华斯。

本、教育之目的。虽多一玉君为小学教师,于世何所裨益?至论林一存之为人,以用情于玉君之故,竭诚尽力,仗义行侠,有足多者。然其思想言论亦殊平凡,痛斥宋儒,犯今人之大错。又主张恋爱自由、儿童公育,而误解柏拉图所言之爱之意义。且彼谓中华以农业立国者,亦自持之有故,言之成理,岂可但凭新旧进化之说,一语杜绝。总之,玉君与林一存,皆代表浪漫派之人生观,主张纵性任情,而不承认礼教规矩之价值。其立论则喜新奇,主偏激,又务为滑稽尖刻。至其行事,则由心所之而不为远虑深谋,但顾一身而不计及他人。如一存之往见黄氏子,则又为浪漫派不能办事、拙于应世之写照。虽然,通观全书,玉君与一存,皆性情敦厚、行事端正之人。玉君以礼自防,一存之出言必诚,悉足动人爱敬。顾何以其思想言论竟平凡如此,始终不脱新派时流之口吻,岂作者之理想遂止于斯耶?甚矣,习俗与风气之溺人也。故若作者之意,初固无所轩轾,仅以今世之男女青年其见解主张不过如是,新文化学说恶影响之所及,虽聪明之士亦不能自超拔,爰特写玉君与一存二人为今世青年男女之代表。苟其如是,则吾甚赏作者之能传真。然若作者如此描写,正为推重玉君与一存,见得二人之名贵,以表明作者心目中之理想人物(如自序中所谓Sublimation者),则吾重为作者惜矣。〔屈原之远游,但丁之梦游三界,其中皆寓极高贵之理想与奇美之感情,所以足称。至于寻常游山玩水,流连风物,何关轻重?即如威至威斯(Wordsworth)之接引自然(Communion with Nature),在今已成陈腐。故出游不足以为名贵也。至留学之在今日,无殊科举之在前朝,为常人骗取功名利禄之具。故当视留学之人与其所怀抱之目的,仅留学亦不足称也。若夫种田,亦自有说。福禄特尔《坦白少年》(*Candide*)一书结尾处(见本志第二十八期该篇)叙坦白少年决以灌园种菜了此余生。而葛德(Goethe)之《浮士德》(*Faust*)第二篇结尾处,亦叙浮士德以垦治淤田为业。此二事久已为评者所讥。盖工作有精神之工作(即道德之修养)与筋力手腕之工作,高下显分,不容混为一谈。谓凡百工作皆有价值者,实大谬不然也。准是以谈,则林一存之出游及种田等事,未足为理想人物之表征也。(参阅原书自序。)]

(三)

历来传世名作,率皆为全社会之人之心理,及其国民性之表现。旧传之礼教,通行之习俗,作者悉当深悉洞察,渐渍融会,取以入书。若夫文字文体,尤为国民性之泡制酝酿之结果,故东西各国,其文字虽有更改,文体常多变化,然从无破灭文字,毁坏文体,一切蔑弃,完全遵从他国,而模仿又不适当,致成一非中非西之文字文体,强迫通行,如吾国今日之欧化式之白话文者也。欧化式白话文之弊,非兹评所能详。夫白话文用之小说,固属正当,然亦须用简练修整之白话文,又必其为中国之白话文而后可。若小说中之谈话,作者意在摹仿乡间人或儿女之口吻,而亦用英文文法语句之构造及次序,更混入时派学生所习用之名词、所常道之思想,则读者读之,不惟不能直接体认书中人之声音笑貌,且谓全书事实皆子虚乌有,何其不近情理如此!故为完成小说中之幻境起见,此层不可不注意。至于谈话以外,小说书中之文体,则不宜拘定,应斟酌情形,随所宜而变化,或雅或俗,或深或浅,或整或散,或浓或淡,或工细或简易,要在能合本节之旨而达个中之情。试观吾国之《石头记》,西洋之萨克雷、司各脱之书,皆如此也。(吾昔译《钮康氏家传》,而评者以文体雅俗不一致见讥,实由不解此理。)吾国近顷流行之小说,通篇到底悉用欧化式之白话文,毫无变化。其文体完全脱胎于英文,效颦逐末,惟恐不至。其奇丑荒谬之处,足令读者作三日恶。欲救此弊,不外:(一)力矫盲从他人模仿英文之陋习。(二)熟读中国旧日名作,以取得其遣词造句、表情达意之法。吾观《玉君》作者,似颇能熟读《石头记》者,不但其中人物事实脱胎于《石头记》之处甚多,如赵大娘来说亲一段(第二十四页以下)、兴儿之用火石作画作字(第六十三页○椿龄画蔷故事)、男女老少工人摘果(第六十八页至七十二页○群婢相聚戏谑)、一存质问兴儿(第一百二十三页○宝玉之于焙茗)、偕玉君菱君钓鱼(第一百三十三页○占旺相四美钓游鱼)、玉君梦中呼一存相救(第一百六十一页○病潇湘痴魂惊恶梦)、一存勖玉君以泪灌花(第一百七十一页○神瑛与绛珠仙草)等,以及其他零星小节,不及备举。且即《玉君》一书之词句文体,亦深得熟读《石头记》之益,而有圆融流畅之致。如:

(一)有一次她(玉君)同姐姐在后院子里灌花,手里提了水壶,仰着脸同姐姐说笑,冷不防被老树根绊倒了,抛了水壶,溅了新衣。我过去拉她起来,她擎着两只小泥手只是哭。姐姐过来替她用手帕擦干衣上的水,她还是哭个不休。我跑到屋子里,找了一把斧头,过去对那老树根拼命的叮叮乱砍,她见了才转哭为笑。(原书第六页)

(二)我转过身来,见杜平夫与周玉君正向我走来。玉君高细身材,眉目间犹是幼年的秀朗,而神采越见飘逸了。我正想向前迎上去,而两足偏偏越趄不前。玉君乍见时红了脸,蹒跚地走过来。(第十二页)

(三)张妈回答说:"前天我们姑奶奶回家,那样地劝他,证古论今，甚么话没说到。轻啦，他当作耳边风。重啦，他抢白我们姑奶奶一顿。姑奶奶红了脸，气得个两眼泪汪汪的再不作声了。嗐，你那里晓得我们这位少爷的古怪脾气。”（第二十五页）

（四）“这个水果园子，我在十二三岁的时候来过几次。那时伯母与先母都在世，你在北京。这条道路我还依稀记着。昨夜乘着夜色，走来不难。心里只有恐慌，眼前只见道路，一骨脑儿跑到西海边来。及至看见你的房子，反倒停住了步，犹豫起来。想到自己夤夜跑来，实在要犯嫌疑。父亲与黄家晓得了，岂不更证实了他们的猜疑吗？况且不止我自己，又连累了……你。所以自己又想反不如死了干净，便顺脚向海边走去。”（第八十七页）

（五）我们就坐在山坡上商议了许多关于学校的事情，觉得有些口渴，我们又重到郑家去讨茶吃。郑家的母女看见玉君来了，都喜的眉飞色舞起来，忙得烹茶买点食。如侍候神女一般地款待她。大家谈了一回闲话，玉君同我来到院子里，去看墙角下几丛初放的菊花。我们正在批评那菊花的种类，忽听得背后郑家的妈妈对她女儿说：“他们俩真是一对儿。”玉君听到，红了脸，低下头说：“咱们走吧。”（第一百七十三页）

虽其中一二语句尚嫌生硬，而大体可以谓之中国文矣。《玉君》作者又曾诵读中国诗词，故常有修琢完整之句法，或单或偶，足增文字之美，而为表情之助。此亦今之新派作者所不能为也。例如：

乌发雪面，明眸皓齿。（原书第六页）　　回家的第二日，

> 天气新晴,日光满院,灰尘不起。(第四十三页)　　轻罗被体,丝发披肩。(第五十三页)　　丝发飞动,罗衣飘扬。(第五十三页)　　花腮含露,玉齿生光。(第五十四页)　　树影在墙,落日衔山。(第一百七十三页)

吾非谓此等对仗排偶便为惊人之佳句,盖谓文章以奇偶而成,表情端赖词藻。《玉君》作者能修琢句法,不避对仗,足见其不为八不主义等瞽说所拘囿,而深可进于真正文学之途也。又如书中第五十六页之译诗,第一百二十一页之渔歌,均有旧日词曲神味,非今之徒作新诗者所能为。夫一国旧传之文学,譬如食品之调料,味浓质厚,取其一勺而搀入之,则新制羹汤味已甚美,而况渐积工深,取用不竭。其有裨于新来之作者,宁可限量,彼专务奇特,力求断绝旧文学之因缘者,徒见其愚而已。

虽然,《玉君》作者,犹不免受欧化式白话文学之恶影响。书中语句模仿英文文法造句者,在在皆是。即如上文所引之五段,其中仍有一二欧化之语句。又如《自序》起处即云:"若有人问玉君是真的,我的回答是没有一个小说家说实话的。"此完全英文句法也。第六页"从两眼滢滢的泪光中,射出感谢我的笑意",第十四页"抬起头来与我握手—— 一只丰软的小手——指根上一行四个小窝",第八十六页"生命的兴趣,是全从旁人对你(泛指一般人)的兴趣生出来的",第九十二页"你若同享了我的喜乐,那我的喜乐就增加了",第一百七十五页"你何不离开此地?你玷污了这园子的树、这园子的草、这园子的花鸟。我们是为了真爱而忘记一切。你是根于假爱而生出嫌猜与妒忌。你何不离开此地?"皆英文句法也。又凡与他人问答之言,均截为两段,而以出言者之姓名及情态夹叙于两段之中,或只有一段,则系于其后。如:

“今天晚上，”他停了一会又接着说，“我会到玉君。你看，这是她泪洗了的一条手帕。”（第五页）

“这倒罢了。”于大娘歪了头回到自己的坐位。（第三十七页）

“张妈，你几时学的哲学？”我问她。（第九十六页）

此则效颦英文句法，而大可不必者也。有之，不足增美，徒令读者迷惘厌倦。此外则“她”“牠”等字常见，吾亦深为作者惜。试取书中一段，将其所有“她”字改为“玉君”而读之，则觉其顺适，而不嫌刺目，可为证也。书中零星分段（Paragraph），乃西文通例。然在中国书中，亦可不必，或反致斩断文气之紧凑连络，而使读者之感情与注意不能集中而连续，则又何取乎此？

《玉君》一书，用新式标点。然若尽去此西文符号，而代以旧式圈点，则全书之价值必且增进。盖作者圆融流畅之中文句法，为新式标点所掩。而艰涩未化之西文句法，以有新式标点而益觉彰著。人以为功，我以为过矣。或曰《玉君》书中，玉君、一存、菱君等人名之左，未加竖线，斯亦差强人意之事也。

近顷国中作白话诗者，体裁一变，其所作大率摹仿中国旧词曲，而句末常用韵，或谓作白话诗者渐已醒悟过来。吾则以为此种变体之白话诗，其恶劣乃较完全自由之白话诗为尤甚，而其流弊为尤大。盖完全自由之白话诗，句之长短不一，又毫不用韵，使人一见而知其为散文冒充诗之名者。而诗与散文之界限固仍厘然划分，未尝混淆。即强许其为诗，而世人亦加以新体或白话诗之名，与旧体之佳诗仍显然有别也。旧诗中韵脚之字，常为全句中最关重要、最有精采之一字。且位置此处，纯出自然，不由勉强凑合，而与全诗处处又互相照应绾连。今之变体白话诗不悟此理,但求有韵。其韵字皆若无因而突至,蛇足赘添,以成其韵者。譬如村妇涂脂抹粉,适增其丑。然以其有韵之故,形似而神非,恶莠恐其乱苗,且影响所及,此后不惟诗受其害,即纯粹修洁之散文亦难再得矣。故曰其流弊为尤大也。《玉君》全书起处数语:“正是初秋夜里,窗外月清如此,我一人独坐在屋子里。”或出无意,然甚似押韵之词句矣。夫以迭更司(Dickens)文中杂用诗之音节(Rhythmic Prose),犹为人所诟病。况今不中不西非诗非文之作品,宜乎读之使人起不快之感也。又《玉君》第六十九页“大家闹着笑着洗完了,都来到树阴下席地坐成个大圆圈。吃着水果谈天,我也坐在他们的旁边”数句叠韵,此等处亦须检点而戒绝之也。

(四)

外此尚有二事。(一)者,凡作小说,须观察领悟人生真理之全部,造成纯正深厚之人生观。更凭一己之想象及理智,从事造作,为小说而作小说。但遵艺术之原理、文章之需要,不知其他。决不可拘于一定之公式,囿于一家之学说。如竟以某种科学或某派哲学为根据,则所作成者必为科学哲学之例证说明,而非真挚动人之小说。《玉君》一书颇能感人,并非板滞。“作者初无意比附于心理分析学来写小说”(见自序第三页),其立意固甚善,然而此“一篇Freudian序”亦大可不作,所谓Unfulfilled Wish,所谓Suppressed Wish,所谓Complex等,原不必说明,待读者自行看出。即欲说明,亦当用寻常人事中之字面,而不必用心理学名词,且即用心理学名词,何不译成中文,而必杂入英文,则又何说?毋亦今之恶习,贤者未能免乎?且“真正之学者与君子,不藉一事以自夸”。

文人固不得不有职业，然高贵之文人决不使其职业得影响其所著作。读其书者，无从得悉作者所操何业，方为正当。今吾读此段自序，即窥知杨君为研究心理学之人，此亦《玉君》之微玷也。

（二）者，《玉君》书中写海景甚佳。西洋文学中，自荷马以迄康拉德（Joseph Conrad），善能状海之作者极多，吾国文学中则甚少。吾国文人工于描写山水，而鲜与海为缘。今后欲扩大文学之范围，加增文学之材料，海中景色及航海经验，其一要事也。《玉君》作者之写海滨景物，亦可谓小试其端矣。

综上所论，《玉君》乃一甚有价值之小说，而亦有其重大之缺陷。居今日欲创造完美精粹之文学，应遵何途，吾前已有所论列。（参阅本志第十五期《论今日创造文学之正法》。）吾友王君志雄亦尝论小说之作法。（参阅本志第三十六期《新旧因缘》。）要之，西洋小说之体裁方法，尽可摹仿。西洋小说中之事实材料，尽可采用。但须洞明其意旨，取得其精华，且须完全融化过来，不露痕迹，方可以入吾书。如是方为善能利用西洋小说者。若乃效颦逐末，沾沾自喜，或改变中文语句，或杂入西式标点，或敷陈一偏之学理，或炫示满纸之名词，又或专务攻诋礼教，鄙弃道德，于人世重要之问题，不求沉着深微之了解，而以谑浪笑傲之态度，妄肆论评，但表现感情放纵之美，而不悟规矩检束之要。凡兹所为，根本谬误。以其有悖艺术原理，而徒欲以虚憍伪饰胜人也。窃思今之具有文学天才，而辛苦致力于小说一道者，遍国中必不为少，而大都为号称新学家者所误，闻风响慕，走入迷途，一往不返，此诚可痛心之事也。吾读《玉君》，颇为感动，觉其表情甚佳，有淡雅轻清之致，持以与盛行一时之短篇小说比较，实远出其上，如此之书曷可多得。然而《玉君》作者，亦颇染时习，追步新文学家，致其书有种种缺陷。如闻吾之评骘，或且斥吾为迂谬，吾言遂成逆耳之谈，若是者亦不足异。呜呼！《玉君》之佳处，悉作者杨君之功也。《玉君》之缺点，则时世之过也。吾不惮哓哓，岂徒为《玉君》之故？准斯以谈，《玉君》之关系，宁不重哉！

——本文原载于1925年3月出版之《学衡》杂志第39期。

《浪漫的与古典的》

处今争杀劫夺、艰难困穷之中国，而言文学批评，则人皆将讥为迂远而不切于实用。虽然，文学批评者非仅如前人之诗话艺谈，零篇断句，自述其涵泳之心得，以为专门研究此道之人说法者。文学批评之范围较大，目的较正，方法较精。盖今之文学批评，实即古人所谓义理之学也。其职务，在分析各种思想观念，而确定其意义，更以古今东西各国各时代之文章著作为材料，而研究此等思想观念如何支配人生，影响实事，终乃造成一种极普遍的、理想的、绝对的、客观的真善美之标准，不特为文学艺术赏鉴选择之准衡，抑且为人生道德行事立身之正轨。其于历史政治风俗及社会凡百现象，无不注意及之，既不同哲学家之虚空推衍，成一家言，又异乎科学家之专计物质，蔑视人性。是故文学批评乃以哲学之态度及方法研究人生，即在常人，亦当视为切实而有用者也。今之中国，处新旧递嬗、东西接触之会，不特政治经济，即礼俗行事，以及众人之思想感情，均异常纷乱，迷惘惶惑，盲从妄肆，若不从根本研究，寻其源流，明其条理，以定行政、施教、立身、济世之大方针，则凡百设施，止不过头痛医头、脚痛医脚，甚或狐埋狐搰、倒行逆施。由是言之，今之中国正有需于文学批评，未可遂以虚空薄之也。

前东南大学教授梁君实秋，近著《浪漫的与古典的》一书（上海新月书店出版，定价五角五分），为文虽仅九篇，而议论精湛，材料充实,为现今中国文学批评界仅见之作(文学批评之佳者,虽有零篇,未见专书)。故于其书出版伊始,乐得而介绍之。梁君自序中,谓曾从美国哈佛大学教授白璧德先生(Irving Babbitt)研究西洋文学批评,乃能有今之著述,愿深致敬谢云云。即不见此序,而细读梁君之书者,亦知其受白璧德先生之影响不少。然梁君之书实有其见解独到之处,今撮述节取其一二段以告读者。

梁君书之第一篇,为全书主干,略谓:

> (一)新文学运动,根本的是受外国影响。(二)新文学运动是推崇情感、轻视理性。(三)新文学运动所采取的对人生的态度,是印象的。(四)新文学运动主张皈依自然,并侧重独创。以上所举的四点,是现代中国文学(指新文学)最显著的现象,同时也是艺术上浪漫主义最主要的成分。故我说,现今文学(指中国之新文学)是趋向于浪漫主义。

而篇中于浪漫主义之流弊,复详细言之。

梁君于第四篇中,谓:

> 我国中国文人之爱好自然,与西洋浪漫派之"与自然同化"又略有不同,不可以不辨。中国人之爱自然,究竟还是以人为本位。我们讲"吟风弄月",吟弄者固仍是人。"侣鱼虾而友麋鹿",仍是为人的侣友。在这一点,我们中国人的精神,真有一点像希腊。中国人的爱自然,不是逃避现实生活,而是逃避社会,因为我们根本承认自然也是现实。我们不把自然看作神祇,我们只把自然当作供我们赏乐的东西。中国人之爱自然,不带宗教的气味,所以也很难说与自然"同化"。

末篇《文学批评辩》,甚为重要。略谓:

> 考希腊文“批评”一字，原是判断之意。判者乃分辨选择的工夫，断者乃等级价值之确定。其判断的标准，乃固定的、普遍的。其判断之动机，乃为研讨真理而不计功利。阿诺德之定义曰：“文学批评者，乃一种无所为而为之努力，藉以学习并传播世上最优美之智慧思想者也。”文学批评既非艺术，更非科学。以科学方法施于文学批评，有绝大之缺憾。文学批评根本的不是事实的归纳，而是伦理的选择；不是统计的研究，而是价值的估定。文学乃“人性”之产物，而“人性”又绝对不能承受科学的实证主义的支配。纯正之“人性”乃文学批评唯一之标准。文学并没有进步之趋势。一切伟大的文学，都是倾向一个公同的至善至美的中心。文学批评史的任务，便是叙说各时代各国土的文学品味之距离中心的程度。文学批评是以批评家为单位，而不是以民众为单位。文学批评是一种判断的活动，初无理论与应用之分。

以上所节录者均极精要。惟其然也，故今世之志在鉴别文艺、探求学理者，固从事于文学批评，而志在扶持道德、启迪社会，以宗教家之精神树立改善群治之基础者，亦托迹于文学批评。文学批评之在中国，岂可废哉？

抑有言者，今日中国之新文学，其趋势固纯为浪漫主义，而就中国之全体论之，则旧日礼教风俗学术所涵育之人本主义的道德，方逐渐绝灭。而卑下浅狭之现实的功利主义，乃支配人心，横流无忌。伤哉！自来浪漫主义与功利主义，常同为盛衰。征之往史，凡人本主义的道德衰微失势之秋，则一切行事漫无标准。人之内心，理蔽而欲炽，情又不得其正而乱发。社会中之强有力者，杀戮劫夺，惟所欲为。贪恣无餍，不戢自焚。智巧者则以诡诈行其计，便其私，其目的亦在敛财纵欲。而感情盛而势力弱之人,不能或不愿与若辈大多数人竞争,或试为之而失败,则非学养功深,道德坚定,鲜有不流于浪漫者。是故浪漫者多为失败之人,而浪漫主义绝无力与功利主义抗衡。能摧陷廓清功利主义者,惟有人本主义之道德。然人本主义之道德,同时又须与浪漫主义为敌,势分力弱,希望甚少。偶一成功,或在当时,或阅百年,世运竟以人力而得转移,则千古之幸事、圣哲之荣誉也。以上所述之三角局势,可以中西全史按之。孔、孟、荀所生之时代如此,苏格拉底、柏拉图、亚里士多德所生之时代亦如此。今日西洋、今日世界,正是如此。而今日之中国尤为如此,可不明审而彻悟哉!即舍文学而论政治,中国之革命政治,夙为浪漫的,今则不脱功利的。浪漫的行事必失败,古今无外。以浪漫派之理想,虚伪而非真,而意志薄弱,不能自主。感情偾张,常互冲突,无魄力,无决心,其失败宜也。若夫现实的功利派,其成功较多。然图利不图义,益己而反损人,成功愈大,造劫愈深。故浪漫派消极的害世,功利派积极的害世;浪漫派如邪魔现于仙花皓月之中,功利派如猛兽冲出丰草长林之外。同能为害,而悉为人所当避。人力若盛,则魔消而兽隐矣。信仰人本主义之道德者,其致力之点即在此。

人本主义者确信人性二元,有善恶、理欲、真伪、是非之别。此其别为绝对的,而利害、祸福、荣辱、得失、新旧等,则为相对的,不足措意。凡人性皆二元,故皆相同。世间政治、经济、法律、制度等之设施,以及礼俗、教育、文学、艺术之改良,皆必当根本于人性。奖善而除恶,崇是而黜非,扶真而去伪,从理而制欲。苟反背乎人性,必失败。虽成功,亦有害。惟其注重人性与道德,故轻视礼俗制度之末节,谓道不变而法可变,然徒善不足以为政,徒法不能以自行,故常寓人性于政治之中,以法律制度为道德之表现。贤人政治为最良之政治,而君主民主、一院两院、集权分权等,均无大关系。政体不必多变,已变不可再变。无论在何政体之下,悉宜竭力使有才有德之士,得在政府及社会中居高位而握重权。以得行其合乎道德之意志,而为国利民福。故人本主义者,根本不信绝对之自由与虚空之平等,又不信泛滥无归之兼爱,以为反乎人性,徒托空言。其所致力,要重道理,在明职责,严取与,辨公私,分义利,行忠恕。先图自治,再图治人,由近及远,宏毅而不挠,贞恒而不懈。由人本主义者观之,今日中国之政治,其实际之设施,合于人性而裨益道德者,乃为良政治。今日中国之人物,其信仰及行事,近于人本主义而远于浪漫及功利者,比较的即为有价值之人物。真正之革命,惟在道德之养成。真正之进步,惟在全国人民之德智体力之增高。真正之救国救世方法,惟在我自己确能发挥我之人性(即真能信仰人本主义)而实行道德,推己及人,力行不懈。无论我之境遇地位如何,永不改吾志。而行事则日趋积极,愈益猛厉,坚决敏速,一洗虚伪委靡迟缓之旧风,比如逆水行舟,久旱望雨。其事至难,然非逆水而行,则舟终莫达其所向;非雨,则旱且益久而已。凡我国人,盍兴乎来!

惟今须申明者,即以上所言昌明人本主义,乃辨明义理,非立党会、资标榜也。所谓发扬人性,增进道德,乃就各人行事之动机及态度,希望改良,非欲到处演说鼓吹,效慈善家事业家之呼号宣传也。以学说裨益社会,其法应自内而不自外,惟在涵濡日久,自然收功。非可以力服人,当前强取。譬之土田耕种,吾侪只欲加增肥料,使逐渐成为沃土。于彼揠苗助长者,固不赞成,以其甚愚。然吾侪亦不欲挺身而前,为人代耕,更不忍手持镰刀,强割农夫之禾稼,以实吾之仓廪也。由是推求批评家之职责,思过半矣。

——本文原载于1927年9月17日《国闻周报》第4卷第37期。

评《留西外史》

《留西外史》第一集，陈春随著，上海华龙路新月书店出版，实价五角。此书为近今所出小说中之佳构。其长处可以一语尽之，曰情景真挚。按现今中国之作小说者，虽日言创新，实属摹仿过度。多局局于西洋小说法程，而未能深通其意。又专步武西洋时下流行之某派某人之作，以一偏之学说及方法自囿。于是作短篇小说者，率遵一定之格式，无殊昔之作八股文。而作长篇者，(一)或则以提倡革命，推翻礼教，鼓吹劳工神圣及女子解放等为宗旨，此囿于所谓问题小说者也。(二)或则以描写各种社会之黑幕、人类之弱点，穷形尽相，著其凶残恶毒为方法，此囿于所谓写实主义者也。(三)或则取一己日常饮食行动交际言谈之琐，按其实迹而记之，不嫌其平淡无味，不畏取笑大方，此囿于所谓表现自我者也。(四)或则谓人为感情冲动所驱使，无理性意志品格之可言，而以男女性欲及潜伏之意识解释一切。此囿于所谓佛洛德(Freud)之学说者也。(五)再则刻意撰作一种欧化式之白话文，以靡曼流荡之感情，寓于堆砌晦茫之字句，此囿于文体之摹仿者也。第一派就题作文，其所选之材料自不能代表人生之真象。第二派刻画过度，遂以失真，且泥于一时偶然之迹，未能明人生永久全部之真理。第三派失之猥琐，对材料不知选择区别。第四派误在武断，其观察如戴着色眼镜。至于第五派之误在过重文字，只于表面用功，不知文字与材料、意旨应密合为一而不能独立。若夫小说中之文体应为何等，尚其次也。昔人评赞《石头记》曰："语语从我心中爬剔而出。"Sir Philp Sidney教人作诗曰：Fool, look in thy heart and write。居今日而作小说，其事极难而亦极易，苟能不以上述各派之原理及方法自囿，对于一己之生活经验及社会情形，深切体会，详细观察，更多读中西小说名作，涵泳久之，然后不矜不张，以舒淡平和之态度，信笔徐写，所得必尚可观。窃意《留西外史》之作成必系此种情形，故能无所依傍，无所沉溺，皎然独立，清新可喜。作者或足以证吾人言之不误乎？

留学为中国近世史中之一大事。描写留学生生活之小说，昔年有《留东外史》，为黑幕式小说。日人且讥此书为专务表扬彼国之淫风者，实则只欲作者刻画我国留学生也。近年《北京晨报·星期画报》刊有《留法外史》，亦系黑幕式。闻以上二书中所写皆系实有之事，人物亦确有所指。此非作小说之正法也。留美学生人数极多，而《留美外史》尚未见有人著作（叙留美学生情形者有王一之之《旅美观察谈》与徐正铿之《留美采风录》，均非小说）。今陈君作为《留西外史》诚盛事矣（吾人望其第二、第三各集即行续出，万勿停辍）。

《留西外史》之佳处在情景真挚，固矣，而其所以能致此之故，试分析之，盖缘以下之理由。

（一）曰作成之方法。见上节，即不强效一派，又不刻画太过。

（二）曰本身之经验。盖作者亦为留法学生，所写海途及到法后情形，均就一己之经验而加以变化者，无隔膜影响之谈，亦无穿凿附会之处。

（三）曰材料之周备。谓其描写留学生之经验及感情，各方面俱备，而无遗漏，如爱国之诚心、交际之琐事、集会结党、谈天煮饭等等。又书中人物之贤愚高下、性情形态各不同,非如他书所写留学生皆是浮浪子弟,除狎妓幽欢及饮食赌博外无事也。

(四)曰结构之简单。小说结构,可分二种,在中国可以《石头记》及《儒林外史》代表之。前者为正宗,后者为别体。就结构论,《留西外史》殊非上选,因其书甚少组织,仅以书中之虞小龙为线索,就虞小龙观察涉历所及,以一串不相连属之事,顺序写之。此正《儒林外史》之办法,而偏于主观者。然缘是而其材料之范围有定,事实人物不至过多,而亦不至头绪纷繁。譬如泛舟小河顺流而下,两岸景物一一入目,所得印象清晰而又不凌乱也。

(五)曰感情之诚挚。书中之虞小龙确系作者自寓。盖不特虞小龙为全书之线索,书中事实人物,一一由彼眼中看出。且书中写他人皆系显于外之动作。写虞小龙则常有独行孤处、深思自语之时。又按书中人名,乃仿《儿女英雄传》纪献唐即年羹尧之例,以一字暗合一字。故如周美灵即郑毓秀女士,林幼君字崇孔即林长民字宗孟。其他类推。书中叙虞小龙系江西人,陈乃虞舜之后,一登龙门,声价十倍。故知虞小龙者,正即江西修水县(旧义宁州)之陈登恪君,今世诗人陈三立先生之公子,而已故陈衡恪君及陈寅恪君之幼弟也。春随乃其别号。此吾人就其书而推知者也。书中之虞小龙,为一感情深挚而性行和厚之少年文士,又孤介沉默,喜旁观批评他人之动作。对于世中之猥琐卑贱情形,常存鄙笑之心,而亦不能热面冷心,勇往直前,投入漩涡,与世人争名争利。书中九十三页叙虞小龙之思母,又一百二十六页写虞小龙未免有情谁能遣此,而又孤洁自守,皆使读者爱重虞小龙之为人,而谓现实世界太过粗恶,社会人物太过凶残,不适于虞小龙君之栖止周旋。此诚可为悲叹者也。又书中五十五页叙虞小龙居常喜读《儒林外史》。足证吾人言此书与《儒林外史》之关系不为无因矣。

(六)曰文笔之雅洁。此书虽为白话,然作者曾涵泳中国旧小说,故其行文流畅而修词工美,亦其胜人之处。顾作者并受西洋小说之影响,处处可见。而尤以描写自然景物,如第一页之海中落日、九十三页之卢森堡公园、一百二十二页之国葬院门前,皆能情景双融,绘叙入妙云。

自另一方面观之,此书之意旨非甚高,结构亦非小说正格,人物事实非甚繁多,不足表现人生之全体,故不能谓为伟大之小说。然其情景真挚,如上所言,方法不误,趋向极正,故在近今出版之小说中,尤称罕见之佳构也。

——本文原载于1928年3月5日出版之《大公报·文学副刊》第9期。

伦理小说《青年镜》序

文非至性至情不能作，而小说为尤甚。诗虽主性情，尚可以辞藻艳丽见长，移人于不知不觉之中。小说则写人生俗事，平庸凡近，而又须鞭辟近里，深切入微。苟不以至性至情贯注其间，则如仅存糟粕而丧其精华。又如杂置瓷片，盛陈机括，而无力以团结之使厚，驱遣之使前也。故凡小说皆可名曰写情（或言情）。然小说家之情，必得其正，亦如诗者持也，持即端其性情而表示之之义。夫真正之道德行为，皆生于至情。小说之佳者，必寓有平正深厚之人生观。此种人生观为何？盖即至性至情之人，涉历社会之真切经验与审慎结论耳。小说最忌直说道德，最忌训诲主义，固也。然若趋彼极端，专尚污秽卑劣刻薄刁诈之写实主义，则尤不可。世之陷溺于此，奉黑幕大观为小说正宗者，又或迷惑于此，自视慊然，以年少未尝饱历恶浊社会、备见人生惨毒，遂不敢执笔试作小说者，盖均由不知至性至情为小说之根本故耳。惟至性至情之人始能作小说，又惟至性至情之人始能作写实小说而臻佳美。予尝细考古今中西之小说，比较推寻，深信此说为颠扑不破，故窃谓小说家之资格，可以八字赅之曰：思深感锐，情挚意切。以此为衡鉴之资，可也；以此为修养之方，亦可也。予屡执笔作小说，而未能有成。予之所短，其在兹乎？予友凌君其垲（别号梦痕），至性至情人也，予夙与其兄其峻（幼华）同学相知。民国十一年秋，君以兄命，从予于金陵。自是同居共学，息游作伴，昕夕相亲，前后凡二载。君以兄事予。予虽年长君且十岁，亦引君为惟一契友，凡学问文章之道理、国家社会之问题、天伦骨肉之隙、悲欢离合之遭，下及米盐服饰之琐屑，无不谈，而谈之无不尽其意、畅其情。严冬岁暮，予寓宅楼上小室，君之所居。寒梅瓶冻，炉火不温，君秉笔苦思，几忘寝食，成《青年镜》小说。予读而善之，民国十二年，为投登于《湘君》季刊，仅见其半，而《湘君》遂停刊。兹值君婚期在迩，予劝其以全书发刊，以作纪念，并附其续作之小说若干篇于其后。嗟夫！《青年镜》之所述，乃凌君涉历社会之真切经验与审慎结论也。君作此书时，年才十九，经验固不能甚丰，技术他日亦更当有进。然君之为至性至情之人，君之思深、君之感锐、君之情挚、君之意切，则为读此书者之所灼然共见。君之于小说，吾卜其必有成也。君其勉乎哉！民国十四年乙丑中秋前一日，吴宓序于清华园荷池西轩。

——本文据《吴宓诗集》中华书局1935年版整理。

王静安遗著之刊行

王国维先生（静安）逝世后，其生平著作，由其戚友在津组织遗书刊行会捐资印行。选举董事五人，由罗振玉氏总其成。凡一切印刷及体例商榷，均罗氏主之。现拟定分四集出版。其第一集，阴历丁卯年年底出书。实价十四元，天津法界秋山街嘉乐里贻安堂经籍铺发售。第二集则阴历戊辰年三月。以后每三月出一集，至阴历戊辰年九月出齐。总名曰《海宁王忠悫公遗书》。兹录其细目如下。

【初集】《观堂集林》二十四卷。（蒋刻二十卷，今增文三十八篇，增加四卷。蒋氏已刻者，亦多改订处。）《观堂别集》一卷。《补遗》一卷。《后编》一卷。《外集》四卷。《尔雅草木鸟兽虫鱼释例》一卷。《观堂古金文考释》一卷。《两周金石文韵读》一卷。《史籀篇疏证》一卷。《校正松江本急就篇》一卷。《唐韵佚文》一卷。《唐写本唐韵校记》二卷。

【二集】《魏石经考》一卷。《附录》一卷。《补高邮王氏说文谐声韵谱》一卷。《联绵字谱》三卷。《释币》二卷。《简牍检署考》一卷。《汉魏博士题名考》二卷。《清真先生遗事》一卷。《耶律文正公年谱》一卷。《余录》一卷。《五代两宋监本考》三卷。《两浙古刊本考》二卷。《宋代金文著录表》一卷。《国朝金文著录表》六卷。《观堂译稿》五卷。

【三集】《古本竹书纪年辑校》一卷。《今本竹书纪年疏证》二卷。《杜环经行记校注》一卷。《刘郁西使记校注》一卷。《刘祁北使记校注》一卷。《王延德使高昌记校注》一卷。《蒙鞑备录笺证》一卷。《黑鞑事略笺证》一卷。《圣武亲征录校注》一卷。《长春真人西游记校注》二卷。《水经注校记》(未定卷)。《乾隆浙江通志考异》四卷。

【四集】《唐宋二十家词辑》二十卷。《唐宋大曲考》一卷。《戏曲考源》一卷。《宋元戏曲史》一卷。《古剧脚色考》一卷。《优语录》一卷。《曲录》一卷。《录曲余谈》一卷。《人间词话》一卷。《观堂校词记》一卷。

——本文原载于1928年1月2日出版之《大公报·文学副刊》第1期。

王静安纪念刊物

关于王国维先生（静安）逝世后之纪念出版物，据本刊调查，有下列六种：

（一）《文字同盟》月刊第四号“王国维纪念专号”（日本桥川时雄编辑，北京西长安街二十一号该社出版）。

（二）《文学周报》“王国维先生追悼专号”（上海开明书店出版）。

（三）《王忠悫公哀挽录》（王氏后人刊印）。

（四）《国学月报》第八、九、十三期“王静安先生纪念号”（北京朴社印行）。

（五）《东方杂志》二十四卷第十三期有徐中舒《王静安先生传》。

（六）《国学论丛》第三期“王静安先生纪念号”（北京清华学校研究院编辑，上海商务书馆出版）。

——本讯原载于1928年1月9日出版之《大公报·文学副刊》第2期。

王静安遗书初集出版

王国维先生(静安)遗著,由罗振玉主持刊行,详见本副刊第一期。其四集目录亦已登载。该书第一集现已出版,印刷及版本形式均精致美观。分钉十二册,天津贻安堂发售。闻罗氏辑刊此书已垫款数千元,热诚可佩。细阅初集,并检全书目录,知该书于王静安一生著作,搜罗略备。惟吾人所认为缺憾者,即《静庵文集》中所收,及曾登载《教育世界》杂志中之各篇,绍介西洋哲学(康德、叔本华等)、评论文学及解释《红楼梦》等,均极精要;今兹弃而不收,实为可惜。推罗氏及其他注重考据之旧学者之意,盖谓考订经史、阐明文字、校勘版本、著录金石,乃中国之正经学问,允宜藏之名山;其他则皆野狐禅、偶尔游戏,存之不足为作者荣,反足为作者辱,改从删削。吾人以为此类见解一偏狭隘,殊属错误。

(一)者,王先生早年治西洋哲学文学六七年之久,甚能得其精要,故其议论见解精深透辟,不同流俗。即如《人间词话》一作,近复为众所赏;然亦非受西洋哲学文学之影响者不能为此。王先生治学常造新境,既精且博,论其大体乃由思想义理精神,而趋于考据校勘训诂,虽成绩精绝,然世另一方面观之,则其趋向愈专愈狭,脱离人生,不问时世,而专为虫鱼简编之业。以其人之勤且慧,晚年如不专务考据,则成就亦必甚宏,而裨益中国之学术思想界者或当更大。总之,《静庵文集》已经绝版,《教育世界》初未广布,欲读王先生早年之精著者,无从检寻。普通读者,实乐读此,而或不愿研究甲骨文及辽金蒙古史料也。

(二)者,凡人一生学问及事业,前后大小、本末精粗,其间均有因果之关系。近世批评,有重了解作者之性格,而明溯其治学之方法及思想技术之变迁。今后有欲发明并批评王先生之学问者,不得见其早年西洋哲学文学之作,乌能从事?故即认此诸作为非上品,亦应收入全集中也。

闻王先生之友生等,有补印今集未收诸作,另为一编之意;吾人实切望之。又闻王先生之门人在沪曾得见王先生所作《自叙》,如能从速印布,则裨益批评匪浅矣。

——本文原载于1928年1月16日出版之《大公报·文学副刊》第3期。

王静安先生遗书续志

王静安先生遗书出版一节，本刊第一期、第三期已迭有纪载，并声言其未将《静安文集》列入为未尽然。盖《静安文集》乃先生壮岁所作，为晚清思想界中仅见之著述(参阅本刊上期《王静安先生与晚清思想界》一文)。虽先生晚岁不甚重视其少作，又先生一部分之挚友亦深以该书为乱阶，然在后人，则与先生考据学之著作应一例平视，而无稍歧异者也。盖学以通方，文以载道，设所通之方，所载之道有当于千万人之心，虽一时不甚显于世，而潜光重辉，可立而待焉。又遗书第一集其最舛错者，莫如《外集》与《别集》。盖非一时一人所编，故《别集》中之诗应入《外集》者有之，《别集》中之文应入于《集林》者亦有之。而《集林》中韦庄《秦妇吟》第二跋，罗氏编印时据先生自藏本眉端所记编入，实乃先生初稿。其改定稿另录他纸，即北京大学《国学季刊》所登者是也。又《集林》目录篇题，亦间有小误。《辽金时蒙古考》乃其初名，其定稿始确定篇题为《萌古考》，观先生此文小序可知矣。又《蒙鞑备录笺证跋》《黑鞑事略笺证跋》，"笺证"二字均可删。盖其文一考《蒙鞑备录》作者，一考《黑鞑事略》作者出使岁月，与先生之作笺证无涉。及先生笺证成，遂以此二跋附之。此虽小节，然再版时不可不订正也。又《唐写本唐韵校记》须置《唐韵佚文》前。盖佚文为校记之附录。二者固非区为二也。又《唐韵佚文》有引岛田翰《古文旧书考》《五行大义》卷子背记所引者。考背记中引《唐韵》者凡数十处,先生不容只录其一。此当时先生因旁及他事致未及终补者,亦再版时所当增订者也。

遗书第二集顷已出版,三集闻亦在装钉中。二、三两集共价十五元(遗书总发售处为天津法租界秋山街嘉乐里一号贻安堂经籍铺)。二集各书大都为先生未定稿,校印尤难。故罗氏编理时颇费手续。而《国朝金文著录表》,罗君更据《梦郼草堂吉金图》《窸斋集古录》《移林馆吉金图识》三书次第补录。又先生原有之舛误,亦多所勘正。此外各家未著录之器,补入尤多。此书为治古器物学、古文字学之索引书,先生草创之,罗君补苴之,实大有功于学术界者也。

二集中新增《殷礼征文》一卷,闻此稿原在罗君处,故各家所编王先生著述目录均无之。三集中原有《水经注校记》,现闻拟仿戴校例全刊原文,别出单行。兹事体大,不知何日方能实现。又四集中尚有《唐五代二十家词辑》一书。本刊第一期所载目录中失载,为补正于此。

——本文原载于1928年6月11日出版之《大公报·文学副刊》第23期。

《苏曼殊年谱及其他》

《苏曼殊年谱及其他》一册，柳亚子（弃疾）、柳无忌父子合编。上海四马路北新书局发行，民国十六年十二月出版，实价一元二角。

此册所收，插画七幅，文十九篇，附录九篇。于苏曼殊（玄瑛）之生平（1884—1918）考证极详，其要点则证明苏曼殊父母均为日本人。父宗郎，母河合氏。父卒后，母嫁中国商人香山苏氏为妾。曼殊年五岁，随之归粤。故曼殊实纯粹之日本人而同化于中国者，昔人以为苏氏子者误也。

苏曼殊为浪漫之人物，其人天性极聪慧。所为诗文，尝得章太炎等为之润饰，故如译拜轮[①]（Byron）诗为人传诵，而《断雁零鸿记》《绛纱记》等小说，颇学唐人说部笔法，亦自可称。至于其诗，则不脱黄仲则、龚定庵及近今所谓南社一派，所作既不多，而格调亦未为高也。少年浪漫之人，多倾心于苏曼殊，此乃当然之理。

惟吾人于此册之考证材料，殊嫌其过繁。盖琐屑干枯之考证，乃近今西洋治史学文学者之一大流行病，往往不问其题目是否重要、材料是否珍贵，而恣意搜索、苦心推勘。其上者尚不失真，惟嫌琐细；其下者则伪饰造作，更伤不足凭信。彼德国美国每年所出盈千累万之博士论文及杂志篇章，直令专治此学之人亦读

① 拜轮，今译拜伦。

不胜读,且读之亦鲜获益。此由误用所谓科学方法,以发明及勘证为能,而不知锢蔽心灵,晦灭道理,疲劳神思,灾祸梨枣,误人误己。对作者读者两无所益之事,莫此者也。以故远识之士对此咸疾首痛心,而谋改良之方(如本副刊第九期所译韦拉里氏之论,谓取古史中繁琐干枯之事一一研究整理得毋令人厌苦耶云云。读者请参阅,不具录),而不幸此种风气已传入中国,更合于所谓清代汉学家之考证方法,于是近今所号为学者靡不务此,精粗杂糅,真伪莫辨(即如今兹之书篇幅虽多至三百八十页,然其校勘所得材料多系改正前人之错误。以柳亚子君与苏曼殊为知友,而其旧作《苏玄瑛传》于曼殊生平大事错误至如此之多,悉烦改正,足见考证之事积极的贡献甚少,不免心劳日拙用力多而成功微也)。苟其所注释者为主要之典籍,所推勘者为重大之问题,尚有可说。若乃以繁复之考证、辛勤之精力,施之于极琐细无关系之人之书之事,则甚可嗟惜者矣。

吾人于《苏曼殊年谱及其他》一书,既服柳君父子搜讨之勤,而同时颇有此感。窃以为(一)苏曼殊者不过十九、二十世纪之间亚东之一浪漫人物而已,世界文学史上如此之浪漫人物多矣。苏氏之价值当在其所著作之诗文,至其生平毋庸如此详为考证,但得其大概而作成一详明之传可矣。(二)所贵乎考证者,在其所得之结果,不在其研究之经过。此册所录,以通讯占其大半,于材料之来源著列极详,固见真确,然如是为之,则世间之书更多不胜读,而读者益难分辨选择。故为读者计,不如于苏曼殊之生平,取其重要而确实之材料,作成一传记(甚或年谱),而其余则悉从屏弃之为愈也,抑吾人更有进者。(三)文学作品,贵能脱离狭小杂乱之现实生活,而进于空灵完美之创造之域。又凡诗与小说等,纵有取材于作者本身之经验之处,亦出无心,而决不可谓此诸作品悉作者自传自叙也。以上二层乃文学常识。故今就《断雁零鸿记》等小说中，寻求苏曼殊本身之历史，纵多所获，亦惟对于苏氏传记之作成增加材料，而对于诸篇小说之价值反为减损，使读者心分而意驰，欣赏之力远不如前矣。（四）凡浪漫之人物，其行事多飘忽而破碎，有言不从心与行不顾言之憾，但凭感情及冲动，而缺乏理智及意志之指导。其生活之美，在一端而不在全体，宜虚幻而不宜于真实。故浪漫人物，常须置之缥缈虚无之境，如所谓神龙，不见首尾，但露一麟一爪则愈使世人艳羡崇拜，自用想象而增益其价值。苟于其生平详为考证叙述，对于彼人殊为有损无益，非竭忠致爱之道也。今之苏曼殊宁有异是。全书中以郑桐荪君函（附录九至十五页）所论最为切当。郑君曰：“他的拼命吃Chocolate、八宝饭、雪茄烟，实是一种自杀政策。”又曰：“盖彼之所好不过一场热闹而已。”又曰：“他的早死，虽然可惜，一方说来，或者也可以算是好事……一来，他的名誉是完全而死的，活下去恐难说。”又曰：“他的行为虽是落拓，却并非不羁。意志虽极冷，而心肠却是极热。”苏曼殊之性行尽具于此数语，足见其为浪漫人物。又郑君云：“倘用胡适之汉学方法去读苏曼殊诗，必定失败。”此尤吾人所同意者也。

——本文原载于1928年4月9日出版之《大公报·文学副刊》第14期。

评《湘绮楼日记》

凡叙述个人生活之作，虽其材料不外饮食起居、言谈交际之微琐，然苟能详细真确，足以表见作者之性行，及其时国势民风之大概，并所与往还人物之琐事轶闻，则亦深饶趣味。故如英国John Evelyn（1620—1706）及Samuel Pepys（1633—1703）之日记（Diary），今人犹喜读之，且为考史者重要之资料焉。能作日记至数十年不辍而又纤悉并载者，其人率具如下之资格：（一）长寿；（二）与人颇多交际往还，而所居之地位，所办之事，则非直接负重大责任者；（三）天才学力以及文章功业均非第一流；（四）性行冷静而和易，无多感情，无大热心，无深厚之精神生活。苟不如是，或可作成自叙、自传、忏悔录等，然必非此类之日记也。最近商务印书馆出版之王闿运《湘绮楼日记》，二函，三十二册。每部定价十六圆。所记自同治八年己巳起，至民国五年丙辰止（1869—1916），凡四十余年，中缺一二年，孜孜有恒，久而不辍，实堪惊服。然作者之资格乃正如上所云，而其日记之价值殊有限耳。

近年出版之名人日记，有聂云台氏重印《曾文正公日记》，及商务印书馆印行之李慈铭《越缦堂日记》、《翁文恭公（同龢）日记》。以上均影印，《湘绮楼日记》则系铅印。曾公为中国近世真正伟大之人物。其日记中关于为学、治事、阅历、修养各项可以启示后人者诚非浅鲜，不待言矣。读李氏日记可窥见清同光间所谓学者文人之事业生活，以及当时学术文章之派别内容。读翁氏日记可略知国政朝局之内幕，及为官者祸福转瞬、升沉无定、忧谗畏讥、危言危行之情形。顾今读《湘绮楼日记》，则觉其可以增益吾人之闻见者甚少。此四十余年中，为中国历史上变迁最剧之时期，政治、社会、风俗、礼教以及人之精神思想，如波涛起伏，层层转变，新陈代谢，重叠相逼而来。而王氏于其日记中惟记家庭生活及一己酬酢交际事务，对此世界国家社会之种种变迁、种种消息，一若毫无闻知，而漫不经意也者。又其人玩世不恭，自私而傲物。对于公私事务，毫无一定之宗旨及主张，但出以诙谐放任之态度，至晚年尤甚。其人之无热心、无感情、无宗旨、无信仰，完全缺乏内心经验与精神生活，乃至此极，殊可惊叹也。试观其入民国后数年所记，则其对于出处进退之节毫无审计，办事用人更无诚心。往来京湘，奔走游戏，骗钱取乐而已。夫假冒为善固非吾人所取，然王氏日记中对于其妻妾之交争、友朋之互诟，尤其对于所谓周妪之关系，不惜用卑鄙粗俗之词语，自骂自笑，以乐以豪，使有心人见之悲愤，谓作者之靦颜冷心乃至于此。如古人所谓"齐家""修身"之义何？如今人所谓"以身作则""救人救世"之义何？中经甲午、庚子、辛亥各种大变，而作者对于国事毫无系心，偶记时局国政之可悲叹者则缀其下曰"亦可乐也"。就此日记观之，则作者只有计算钱财、追求愉乐之心，决无对国家民物略负责任之意。作者盖非无自知之明，故曰："知天下有心人固不如我之凉血也。"平心而论，其早年所记尚多合于正道，晚年则益贪鄙轻薄。如以八十余岁之老人而自比林黛玉；又如屡讥某友谈房中术未精。试问此种无聊之邪思，郑重书之于日记胡为者？然而王湘绮固系一代名流、博学能文之文士，学术所陶铸，文章所感发者，乃如是乎？中国古今文人之无行者多矣，岂宜独于王氏苛责。然而吾人秉理想之价值,持世界文学之标准,以衡论王湘绮之日记,则不得不为中国之学术与近今之时世痛哭矣。

除道德见解之外,《湘绮楼日记》中论事之固陋迂腐可笑者,多不胜举。如(一)同治八年己巳正月初八日,谓《汉书》"梁孝王欲得容车之道,自梁属长乐宫以朝太后。此英吉利火轮车道始见于史传中者也"。(二)光绪二十六年庚子六月初一日,"观此知夷患可无虑,以天下官犹多也。讹言汹汹,云京中已无一鬼矣"。(三)光绪二十七年辛丑正月十五日,"晳子论时局则未确。盖为俗染,颇以东西夷为能为害"。(四)光绪二十八年壬寅正月初二日,"昔解孟子书驱飞廉于海隅,是讲洋务者"。(五)民国三年七月十五日,"摄政不救月蚀,遂以亡国"。(六)民国五年三月十二日,"禄孙出洋,以为不贻羞,不知耻,人不可教化如此"。日记中凡涉及国事者皆此类也。

《湘绮楼日记》足为研读王氏诗文及各种专著者之裨助,此无待言。如同治十年正月二十九日,记为人传诵之《摸鱼儿》词(问汀洲、几多芳草,青青远黏天去……)作成时之景物及心境。又同治十年四月初十日及十一日,记往游圆明园之所见,是为其《圆明园》词(宜春苑中萤火飞……即今福海冤如海,谁信神洲尚有神……)之起原。知当时圆明园遗迹尚存如此之多。民国初年,台阁池榭犹可寻见。近一二年中则并园门园墙而毁灭矣。又王湘绮所作书札、挽联、诗词,闻有未曾刊布而始见于此日记中者,亦日记价值之所在也。

《湘绮楼日记》亦可为历史之参考材料,借以考见一时一地之风俗及生活情况。而诸多名人之交游赠答闲谈轶事等,亦错杂常见。又如光绪十五年五月十四日在天津瓦庄始见火车云:"则板屋数十相连,前一锅炉牵引以行,可至数百丈。行处旁地皆震,人亦摇摇，但不晕耳。其速如飞，八刻可二百里。”吾人顿忆英国丁尼生（A. Tennyson）所作“Locksley Hall”诗中“Let the great world spin forever down the ringing grooves of change”之名句。自言系一八三〇年第一次乘火车时之经验与感想，可持以比较也。此外日记中有趣味之事尚多，然均与作者之生平无大关系。夫文学批评，首重估定作品全体之价值，而以日记为最亲切最主观之个人文学，故今兹不得不兼论其人耳。

——本文原载于1928年4月9日出版之《大公报·文学副刊》第14期。

评《歧路灯》

较论中西文学，不特其内蕴之原理精义根本相同而可以贯通，即其显著于外之事实迹象亦往往符合，虽出偶然，实增奇趣已。有如英国之小说发达于十八世纪，而中国小说之全盛亦在此时。前此虽有长篇小说，然多叙述历史事实或英雄鬼怪。其以描写人生实况为职志而艺术复臻精妙者，要推《石头记》及同时之作。亦犹论述英国小说者每以一七四〇年李查生之*Pamela*一书托始，而英国之有小说固已久矣。今试罗列十八世纪英国及中国最重要之小说作者数人生卒年代及其书著作、出版之年如下（书但列最主要者）：

李查生（Samuel Richardson，1689—1761）所著书：一、*Pamela*（1740）；二、*Clarissa Harlowe*（1748）；三、*Sir Charles Grandison*（1753）。

费尔丁（Henry Fielding，1707—1754）所著书：一、*Joseph Andrews*（1742）；二、*Tom Jones*（1749）；三、*Amelia*（1751）。

施摩来（Tobias Smollett，1721—1771）所著书：一、*Roderick Random*（1748）；二、*Humphrey Clinker*（1771）。

施丹因（Laurence Sterne，1713—1768）所著书：一、*Tristram Shandy*（1759—1767）；二、*Sentimental Journey*（1768）。

吴敬梓(1701—1754):《儒林外史》(1735)。

曹雪芹(1719—1764):《石头记》(1754—1763)。

李绿园(1707—1790):《歧路灯》前半部(1748—1753)、后半部(1772—1777)。

观上表,知此诸作家之生世及其书之作成出版约略同时。更细按之,则(一)费尔丁与李绿园同年生。(二)费尔丁与吴敬梓同年死,而是年曹雪芹始作《石头记》。(三)李绿园《歧路灯》前半部与李查生、费尔丁第二、第三两书著作之时同。夫天之降才,本无定算,而各国文学演进又自有其历史,顾此诸大小说家乃均生于十八世纪之中叶,成其巨著,东西辉映,亦云奇矣。

上表所列中国小说家凡三人,其中独李绿园(名海观,河南宝丰人)不见知于世。而其以三十余年之精力所著作之小说《歧路灯》,凡百零五回,六十余万字。观者亦甚少,仅在河南有流传之本,且多讹误。近得冯友兰君(芝生)搜辑校订,又经冯淑兰(沅君)女士加以标点,由北京朴社出版,总经售处北京景山东街十七号景山书社。第一册已于民国十六年八月出书,实价八角。内容系原书第一至二十六回。依此计算,须四册可印完全书。闻朴社已将第二册付印,不久即出版。吾人深望冯君与朴社续行热心努力,并望各地好读书之人士加以鼓励。俾如此佳书巨著得以完本广为流传,不至中辍,则幸甚矣。

已出版之《歧路灯》第一册中,有李绿园自序及全书回目,又有冯友兰君所作长序及董作宾君之《李绿园略传及年谱》。读者逐一审阅,则于作者之意旨及原书之内容,又此书之佳处何在,均能明了,无待吾人赘词。然吾人之深赏此书者,不特以其篇幅宏广、艺术精工,且以其为道德小说;道德小说最不易作,故此书尤为可称。上表中以《歧路灯》与《石头记》《儒林外史》并列,读者或疑为不伦,而以吾人愚见,《歧路灯》比《石头记》固不足,比《儒林外史》则有余。夫评衡小说者当论其全体,不当专就一端立说,而尤不可拘于成见。尝见美国哈佛大学教授G. H. Maynadier氏校刊费尔丁之*Tom Jones*一书,于所作序文中,列举上等小说所必具之资格如下:(一)宗旨正大;(二)范围宽广;(三)结构谨严;(四)事实繁多;(五)情景逼真;(六)人物生动。此所举六事尚属赅括而均平,颇可用为衡量一切小说之标准。夫《石头记》为中国小说登峰造极之作,决无能与之比并者,此已为世所公认。吾人尝以西洋小说之技术法程按之《石头记》,无不合拍。因叹曹雪芹艺术之精、才力之大,实堪惊服。又尝本西洋文学批评之原理及一切文学创造之定法,以探索《石头记》,觉其书精妙无上,义蕴靡穷。简言之,《石头记》描写人生之全体而处处无不合于真理。兹即不论内容,但观技术,《石头记》亦非他书所可及者矣。至于《儒林外史》,专写读书人,又往往形容太过,刻画失真。而其书漫无结构,一人或数人之事为一段,前后各不相关,仅藉明神宗下诏旌儒之榜(第六十回)为之强勉绾合,与《水浒传》之梁山石碣刻示天罡地煞姓名同。而《儒林外史》近顷乃极为人所重,至选为学校读本,实为异事。此盖由攻诋中国旧礼教者,喜此书有摧陷廓清之功,故竭力提倡而奖进之。然平心而论,《儒林外史》之所讥刺者,乃科第功名官爵利禄之虚荣心,非穷理居敬修身济世之真学问,乃假托欺人小廉曲谨之恶行为,非博思明辨克己益人之真道德也。《石头记》为小说正宗,《儒林外史》为小说别体。一正一奇,故大小显分;谓可并驾,实属瞽言。且以一己之性好嬉笑怒骂,而遂专务推尊刻书丑诋之小说。如斯人者,实为未明文学与道德之真确关系者也。

文学与道德之关系至为简单，而常人每多误解。文学不以提倡道德为目的，而其描写则不能离乎道德。文学表现人生，欲得其全体之真相，则不得不区别人物品性之高下，显明行为善恶之因果关系，及对己对人之影响。其裨益道德，在根本而不在枝节。其感化读者，凭描写而不事劝说。若夫训诲主义（Didacticism）与问题之讨论、主张之宣传，皆文学之最忌者也。

上所云云，凡略通文学批评之原理及文学创造之正法者，盖无不知之信之，无待详释。然世人多拘于一偏而昧于正理，古今无殊。昔之弊在视道德过重过狭，故虽写淫之书如《金瓶梅》者，亦必假托劝善惩恶之旨，明因果报应之律。而其所提倡之道德，则常不外衣食言动之节、功名利禄之事，鄙陋迂拘，令人齿冷。今之弊在视道德过轻过泛，凡遇涉及道德之书则诋毁怒骂，不遗余力，甚且专务描写人生之丑恶，穷形尽相，以提倡罪恶疯狂为宗旨。其另一派，则藉小说戏剧等宣传一己之见解、片面之主张，凌厉激昂，惟恐他人不受吾之感动。此与昔之劝善书及今之商业广告何异？今请以小说为例，陈下之三义，以明此问题症结所在，而解世人之惑。

（一）小说之职志为描写人生，而造成一完美无缺之幻境，引读者身入其中。今忽插入作者之议论，则足使书中之世界与眼前之世界混合为一而界限不清。其结果幻境破灭，大有损于本书之艺术。〔然此法如沙克雷（Thackeray）固常用之，而今世批评家如英国之麦雷（J. Middleton Murry）力为之解，谓此亦造成幻境之一法，且可使读者脑筋休息不至厌苦而掩卷也云云。至如中国小说起源于平话，本为说书人之口述，则如《儿女英雄传》及《歧路灯》等等之插入作者议论固自有说，然究非小说艺术之上乘也。〕惟是小说作者固不可自发议论，然其人对于道德之见解，于所写之人物事实中处处表现,虽欲尽去之而不能。盖道德本为人生之一部,不能分离。一也。人生至繁至大,书中所写者必经选择,而选择之标准即为作者道德之观念。二也。作者描写书中各种人物,贤愚高下,各各不同,不期然而有抑扬褒贬之意存,读者亦不期然而有爱憎喜畏之心生。此种感情,即系灵魂之作用,即寓有精神之价值。三也。(麦雷亦主此说,见其所著*Pencillings*论文集。)以此三因,欲使小说(及他种文学作品)完全与道德无关,实为不可能之事。人非木石,又非机械,几何学、动力学中可无道德,而文学艺术中终必含有道德之原素。今人有欲使文学艺术与道德绝缘者,此绝不能做到。是故作小说者应悟此理,不必屏弃道德,不必逃避道德,而当求得极广大、极高尚、极中正之道德观念,以为一己作书取材之根据也。

(二)世人每以道德(Morality)与风俗(Manners)并为一谈,实则二者截然不同,至宜分辨。道德乃内蕴之原理,千古常存而不变。风俗则外形之末节,随时随地而不同。道德有真伪高下之分,系一定之标准。风俗则各求所适,各从所好,不能断言彼善于此也。例如赌博足以害身堕行,此道德之事也。而或押宝、或掷骰、或打麻雀、或推牌九、或从事于彩票公债交易所等投机生意,则风俗之事矣。世之人以不明此二者之差别,故常误以主张某种风俗为维持道德。如以禁止女子剪发为拥护礼教,以不穿洋服不吃西餐为保存国粹是。又常误以攻诋一切道德为改良风俗,如讥孔子为君主时代多妻制度中之人,而谓其学说均不适用;以学校胜于科举,而谓昔日之名贤学者皆钻研八股热心利禄功名是。前者后者同一失误,同一固陋拘执,既违实情,又悖论理,此显而易见者也。其在文学,亦有此弊。简切言之,文学之材料(Subject)乃风俗之事,其作法(Treatment)则道德之事也。文学家之道德观念正确与否高尚与否，不在其所描写者为某种之人某类之事，而在其描写方法如何，使读者所生之观感为何也。例如《石头记》写林黛玉如此高尚，又写多姑娘如此卑贱，则《石头记》决非淫书矣。又如Dreiser之*American Tragedy*写商人诱奸工女一段（卷二第十七章即第一册二八二页）原无伤于道德，然全书告终，使读者感人世之奇惨，觉命运厄迫之不可逃，则大有损于精神矣。是故作小说、评小说者首宜辨此，固不可因书中写世间丑恶事便屏去不读，尤不可因书中写古来良善行事理想人物而概斥为迂腐见解、礼教流毒，乃欲拉杂摧烧之也。盖即不论道德，对文艺之态度不当如是也。善乎麦雷（Murry）之言曰："古今之大作者，其书中所寓之道德观念（理想精神价值）皆本于一己之信仰及思考，而其书中所描写之风俗事项（人物情态衣饰言谈）则常求合于其时代大多数人之心理。"麦雷此言，诚可为欲作小说者之圭臬矣。

（三）极端之怀疑主义亦是一种信仰，事事消极者其态度亦是积极。由是推之，彼谓文学作品须丝毫不含有道德性者，其人于文学与道德之关系，终不能完全置而不论也。实则为此言者，其心乃反对某种道德观念而欲施行己之道德主张。若然，则直言之，不较善耶？由前所言，作小说者尽可有其道德之信仰及主张，但书中所描写之人生首须正确而不失真，切忌以下之二病：一者，矫揉造作，故意使书中之人物甲得善果、乙得恶报，以明吾意中之从违（以上训诲主义）。二者，牵强武断，使丙如斯纯善、丁如斯极恶，俾读者皆效丙而反丁之所为，而不悟世间绝无如此之人。此种写法完全不合情理（以上问题小说）。此二病者，昔之小说家尝犯之，今之小说家亦犯之；主张道德者固犯之，攻诋道德者亦犯之；主张忠君孝亲贤母良妻者固犯之，主张爱国合群自由解放者亦犯之。惟第一流之大作者，无论生于何国何代，则决不蹈此失。是在批评者之细为辨析耳。

综上所言,文学与道德之关系明,而《歧路灯》一书之价值亦可定矣。盖《歧路灯》为道德小说,其书之足见重于世者亦以其为道德小说。此书之主旨,在描写谭绍闻品行之逐渐堕落,详叙其家庭及社会之情形。其于道德,可谓内外兼到。于内则申明人性二元,内心中高下善恶争斗(所谓理欲消长)之义,于外则于遗传教育环境诱惑各端,无不描绘精详,分析入微。更以其母其妻其师其仆其友其伴各色人物,用为陪衬反映,一一穿插其间,对于谭绍闻各有其积极消极、引上引下之影响,而处处合乎情理。故吾人断定《歧路灯》为能写出道德与人生之真确关系者,实为有价值之小说也。至若书中之材料,乃李绿园所生之时代之风俗,吾人不当以其异于今时之风俗而薄之。吾人苟能略用想象,则不难想见今世之谭绍闻、盛希侨、王隆吉,其衣饰言谈容止各如何,其堕落之途径又如何。其豪奢恣肆沉溺迷惑之事项方法,当不异乎吾人在京津沪等处所习闻而常见者。使李绿园生于民国,亦必如是写之,可无疑也。

至若《歧路灯》之艺术,则冯友兰君之序中已论之甚详。吾人更愿赘陈三义:(一)《石头记》以结构为主,《歧路灯》则以人物为主(Character-Novel)。其叙谭绍闻之一生,自襁褓而幼而少而壮而老。所历数代,境遇非甚复杂,然逐渐成长变化,迹象显然,而又始终不失其为谭绍闻。中国旧小说描叙一人从无如此之详者。故以人物之发达(Development or growth of character)论,《歧路灯》诚中国小说之巨擘也。(二)《歧路灯》所写乃真正之旧中国之情形。二三十年前,在中国内地北方各省犹能见之,悬知即此日之读者中,亦必有觉其亲切真至,为己身所历之生活者。然而《歧路灯》所写,一非神仙鬼怪,二非英雄豪杰,三非名士美人,又非《石头记》之贵族豪华动人歆羡。但写中等乡绅儒家及市井之生活，而写来能如此详尽，深饶趣味，此乃写实主义之上乘，而作者之功力技术殊为可佩者矣。（三）此书虽用河南方言，然简洁明净，无诘屈敖牙、怪字连篇令人不解之恶习，故读者但当以中国之真小说视之，初不必以方言文学称。然使李绿园此书亦用京语，则将尽失其本地风光（Local Colour）而大减其书之价值与趣味矣。

——本文原载于1928年4月23日出版之《大公报·文学副刊》第16期。

评陈铨《天问》

最近上海新月书店(上海望平街一六一号)出版之小说《天问》,凡六十章,分上下二册,每册实价七角。著者陈铨君,北京清华学校学生(现留学美国)。吾人得读此书,至为欣喜。盖近年国内盛行小说,出版之多,不可数计,体裁内容亦日新月异,而其中佳者绝少。细绎其故,盖由此类小说作者(一)对人生无深彻之了解;(二)于中国近二十年之社会民生情况及旧日之风俗习惯心理等无详密之经验;(三)于西洋小说之技术法程毫无研究,故其所作,第一缺乏小说趣味,第二缺乏艺术组织,或则效颦某派窃取皮毛,或则妄立宗旨自为夸饰。苟以批评之眼光观察之,或即仅以爱读小说者之心理欣赏之,皆谓其不足观也已。以吾人所见,惟本报年来所登之《人海微澜》与今兹之《天问》,实属可称。《人海微澜》之意境及方法,均脱胎于吾国旧小说,而其所写者为现今北平之真实生活,故亦无害其为旧。《天问》之组织艺术,纯由精研广读西洋小说得来,而所写者则确系中国之人情风俗事物景象,故毫不嫌其过新。惟《人海微澜》为锁链式之结构,类《儒林外史》。一事既完,另叙一事,虽相衔接,实无绾合。其书亦可长可短,无起无结。《天问》则结构精严,章法完密,全局布妥,乃始着笔,通体照应,用力不懈。中国旧小说惟《石头记》乃能及此。又《人海微澜》之内容固多深挚感人之处,而中间亦有一二段颇嫌潦草,近于劣下之写实派。《天问》之取材纯以其结构为标准。叙事写景，皆有其特别之意义与切实之效用，非无故阑入者。凡此皆《天问》胜于《人海微澜》之处。要之，二书皆富于小说趣味，其作者均有小说天才。而《天问》则更加以西洋小说之技术法程，其作者并经勤细之研究，不惜惨淡经营，辛苦致力。吾人对于今后中国小说发达之途径，可断言曰：技术法程，须取资于西洋；而书中之材料感情，要必为真正中国人之所具有者。合兹两美，乃可大成；二者缺一，必将失败。而后者较前者为尤要。吾人今兹于《天问》出版之初，深觉其书为一时罕见之佳作。吾人自问初无阿私之心，故敢为明显之推许。至其书之佳处何在，读者购取一部细阅一过，自能言之。吾人感想所及，略志此书之优点如下：

（一）曰结构之严密　全书以张慧林为线索。爱慧林而先后娶之为妻之两男子（1）林云章、（2）陈鹏运，其相互之关系均极密切。全书开场即写林云章，而上册（第三十章）之末，陈鹏运甫与慧林结婚，林云章即以旅长之资格驰至富顺城中屯驻，此点接笋极紧，为一大段落之结局，而适当全书之中半。此外书中次要之人物，其行事生活亦皆互相关连，有因果之关系，不胜一一列举，细观自知。云章借刀杀人，所与何三之凭据偏落于金纯一等二人之手，布置细密。而全书结局，云章、慧林皆将死，此二人适来逼，如凶煞之至，悲剧之空气弥漫紧张，如此惨恶收场，但觉其真。是能学哈代（Thomas Hardy）而得其神者，且非读过莎士比亚者不能办（参阅上册一五三页）。至如二一四页，云章取壁上宝剑，抽出以御警察。剑既在手，则二一六页之自刎极自然、极便利，又极迅速。此段真有雷轰电掣、既疾且怖之观。而此壁上之宝剑，已于二〇四页赶鸡脚神时点明，并非无因在此。至若云章之学剑，于全书开场即已叙说。中间又写云章与万常五订交之日之舞剑奏技,宴陈鹏运日之舞剑助兴,其后云章失职不得意时之舞剑消遣,一路连贯,伏线细密。吾人就书中所见,类此者极多,兹惟举其一例耳。

(二)曰人物之生动　书中主要之人物,不但各具特性,且逐渐成长变化,而其变又极合理。如云章幼时本处逆境,意志又强,故能造成立志发奋而有作为之人。既为军官,境遇习染,变为残酷阴狠,此极自然,抑亦无悖于其本性。及娶慧林后之摧折堕落,步骤极分明而理由甚充足。其他书中人物之变化称是。吾人曾见作者(陈铨君)所著第一部小说《梦频》之稿本(尚未印行),其中爱梦频之二男子,一为陈凌华,为柔性可爱之人物,犹此书中之陈鹏运也;二为许衡山,为刚性有作为之人物,犹此书中之林云章也。虽结果不同,德行亦异,而此二种人物之区分及反衬(Contrast)实甚真切而明显。此外如陈鹏运元配之妻(万常五之妹,书中称曰新娘子,又从慧林称曰表嫂)与慧林为一反衬,何表姐与慧林又为一反衬。小之如女子中学校前后两校长为一反衬,与何三同赌之诸客亦互为反衬,其例甚多。尤妙者,在表明一人之长处即其短处,可憎之处即其可爱之处。如以慧林与其表嫂比较,又以陈鹏运之母与其媳比较,即可知之。不特哀乐迭更,祸福互倚,为观察人生深彻者之所共见,而浪漫与实在之关系、感情与理性之关系,此书均能写得真切而平允。夫人生至理,本系二元。智慧所极,可云双轨,兼具一多,无碍彼此,既全且通,乃精乃一。能见到此处,能写出此意,方可为有希望之小说家也。读者于慧林、鹏运、云章诸人之遭遇,莫不为之唏嘘悲叹,而吾独赏上册第五章新娘子敬酒一段,写来乃极深挚动人,此亦人生之悲剧,读者能不为丑拙之新妇恻然于心乎？作者于书中不重要之人物、不重要之事实,能如此出力写,能写得有如此深厚之同情,吾侪焉得不赞许之乎!

（三）曰环境之丰备　凡小说佳作，亦如凡百艺术品，必须内精外广。易言之，小说中之环境必须丰备，人物始得生动也。此书虽写慧林、鹏运、云章等数人数家之事，而实以民国元年至十二年之四川省富顺县为全书之背景（Setting）。作者生长此邑，故所写叙者极为真切详备。而中国政治世界潮流之大变迁，亦隐隐然淡淡焉现于其后方。此亦本书之特长也。其写环境，处处与人物事实相缩合，自是正法。而如写一西湖公园历经多少变迁，其影响于各人之生活及精神者各如何如何，此亦作者得力于哈代之处，然又非专取法于哈代者也。吾侪读毕全书，如身在内地，游于川省，居于富顺，与其地方之各种社会各种人物接触亲狎。若此者方可为中国所作之小说。若此之小说，中国人读之方有趣味。四川省人、富顺县人读之当更多趣味。即论此一端，已非上海、北平各地蜂起菌滋之小说所能及者矣。

（四）曰文笔之流利　本书文笔简练，虽系白话，毫无费辞，而且凝练而迅疾，真合叙事之文。至重要关头，则字字句句皆是表现事实与动作，无冗词、无软语、无泛义、无弱态。推想作者当日著作之时，必非有意作文，但想象力强，而精神凝聚，每写一章或数章，一气写下，至极迅速，方有致此。若徘徊推敲，则可为诗人而难为小说家矣。书中诙谐之处、讥讽之处、反说之处（Irony），亦均婉妙而有力。作者又喜用排比重复之辞及堆叠之语，此盖个人之习惯，亦具特有之姿致。如上册一三八至一三九页“他可以”连用十二遍，“他是”连用四遍，意思一层比一层深切，依序排列，如升级然（Climactical order）。而如“胜利之神，好像在前面向他招手，向他微笑”一语，于上册五四页、八四页及下册一五页、四四页、六七页、八九页共用六遍，又于下册一一一页反用一遍，每次不同，加以变化；而指明林云章之先升后降，由善而恶，逐步变迁，身世之大悲剧于是构成,节段厘然,又若有命运明神之潜伏者,此亦得力于哈代处,而文笔工妙极矣。(书名《天问》之意,于下册二〇六页点明。)

以上言其荦荦大者,外此小节,不及细评。惟吾人读《天问》一过,发见错字不少,望新月书店于此书再版时改正,兹不具列。惟(一)上册一一二页“请姻母同陈太太原谅”应改为“请姻母同妹夫原谅”;(二)上册一四二页“第一鹏运”之下应加“同表嫂”三字;(三)上册一五〇页之布告中华民国三年应该为民国四年。此三处似非手民之误,故附记于此,并质作者云。

——本文原载于1928年11月19日出版之《大公报·文学副刊》第46期。

留美学生自传

美国《日晷》杂志(*Dial*)为主张新颖并尊重创造自由之文学艺术杂志,月出一册。总编辑Marianne Moore女士。馆址及发售处为纽约西十三街五二号。每册售价美金五角。订阅全年美金五元。

本年十月出版之该杂志第八十五卷第四号,中有吾国留美学生陈逵君(湖南人,现已归国,在北平任教授)所作《自传之四章》(*Four Chapters of Autography*),描写中国旧日之风俗,藉使西人得知中国生活之真相及其中之趣味。文笔轻清婉约,饶有情感。闻陈君自传之作,用力甚久而结构宏大,尚在推敲修整之中。全书未成,此特其一小部分耳。此所登之四章为(一)我之初生,(二)入塾谒圣从师受业,(三)出外从师读书,(四)族中丧礼。虽所叙者在中国人观之不为特别,而在西人读之则趣味浓深。惟吾人愚见,以为自传尚可更求深厚精微,俾可藉一人之生活经验而将近三四十年中国政治、社会、经济、风俗、道德、艺术各方面由旧由新之步骤,及精神、感情、思想、道理、行事之矛盾冲突之情形,悉行写出。则不特可以代表国情世变,而可望为文学上确有价值之著作。然此事言之易而行之难。吾人未得见陈君自传之全稿。吾人所思及者,陈君或已实行之。陈君所撰造,或更过于吾人之理想,则非吾人所敢预断者矣。

陈逵君之零篇著作(英文),登载美国各种杂志者甚多。本期《日晷》杂志中,除《自传之四章》外,又有方令孺女士(亦留美学生)所作中文之诗一首,由陈君译为英文,文但甚简短云。

本期《日晷》杂志中,又有美国Witter Bynne君(曾为美国诗学会会长,尝来中国游历,喜西湖之风景而慕李白之为人)所撰《诗与文化》(Poetry & Culture)一篇。略谓向来西洋之谈诗与文化者,只知有希腊罗马及希伯来基督教之二大宗传。溯源必于此,甚而诗之内容及艺术亦必取资于此。今则不然,吾人既知有东方文化,又知东方之中国,其诗之发达极早,技术极工,作品极富。故今后作诗,当并取法于中国。中国应与希腊罗马等并立,共为诗及文化渊泉。欲求为佳美而新颖之诗者,舍用力研究中国之诗,别无他途矣。

——本文原载于1928年12月24日出版之《大公报·文学副刊》第51期。

[附录]

留美学生自传弁言

本副刊第五十一期曾记吾国留美学生陈逵君以英文所作自传,并附评论。谓当以个人之生活经验代表近数十年中之世变国情,则自传可更深厚精严云云。该条登出后,即接到陈逵君由北平来函,寄示其书(未刊)之《弁言》(Forword,英文)。乃正与吾人所提议者相同,不胜欣喜。前文已言"吾人未得见陈君自传之全稿。吾人所思及者,陈君或已实行之。陈君所撰造,或更过于吾人之理想”云云，陈君当能相谅也。兹将陈君自传之《弁言》译录如下：

老子曰：“知足不辱，知止不殆。”实窥见人类本性之可伤感之处，顾吾生则有发泄愉乐之方术，试回忆一己之生活，则见一己之生活与中国之生活，在在密相关连。而正当四千年所未变之模型大为改造之时，此非极有乐趣者乎？此乃吾生之幸事。故吾实乐得而笔述吾之回忆所及者，举凡中国变革之情形，及吾幼时之景况，均组合于一处。而人生之悲欢亦均在其中矣。

在以下各篇中，吾意非欲详述吾生之历史而无遗，所述固系个人之经验，而皆足表现中国人之人生观。虽非可据为定论，而悉根本于事实者也。读吾书者，如不至误解中国之情形，则吾亦知足知止矣。陈逵自识

——本文原载于1929年2月18日出版之《大公报·文学副刊》第58期。

留法学生自传(盛成著《我的母亲》)

本副刊第五十一期曾记吾国留美学生陈逵君以英文所作自传,谅荷读者注意。又去年秋冬间,吾国留法学生盛成君(Sheng-Cheng)曾以法文作成自传一册。曰《我的母亲》(*Ma Mère*),在法国出版。巴黎 Victor Attinger 书店发行。每册售价十五佛郎[①]。其书有法国著名文人韦拉里[②]氏(Paul Valéry,见本刊第八、九、十等期)所作序,称誉甚至。兼之材料新奇,故出版后在法国大为风行。本副刊久拟论列,以未购到原书,故迟延至今,兹述其略如下:

(一)盛成君小传

盛成君今年三十岁,至欧洲已八九年。在英、法各工场工作,半工半读,研究生物学,现任法国巴黎大学(Sorbonne)生物学教员。兹所登盛成君之画像,乃自《法国文学新闻》采取者。盛君江苏仪征县人,系出旧家。母之外家姓李,故书中自云系老子之后。初学于南京美国教会所办之学校(按系汇文学校或金陵中学之类)。辛亥革命起,避居上海,入南洋路矿学校,旋肄业震旦学

① 佛郎,今译法郎。

② 韦拉里,今译瓦雷里。

院。盛君虽出旧家而思想甚新。民国五年加入革命团体，欲以平等之信仰征之实验，遂在京汉铁路为行车员三年。民国八年参加“五四”及“六三”诸运动，被举为铁路工会会长及长辛店工人学生大同盟主席。时因军阀内战，其地甚危，乃弃职至上海。在全国劳工协会中，充北方工人总代表。是时深感学识不足、责任重大，乃于民国八年十月二十二日辞职出洋。此皆盛君二十岁以前之事迹也。

盛君抵欧，先至英国，后至法国。盛君曰：“余来欧洲，因余羡慕欧洲各国之社会组织，又因余深感今日中国少年精神之烦闷激躁故。自余幼时即颇注意欧洲文化对于中国之影响，至欧洲以后，乃益了解吾祖国之真象焉。”盛君在欧半工半读，忽此忽彼，其所为殆类一乌托邦之社会主义者。盛君初来时，为华法教育会之勤工俭学生。先在巴黎Duchixon木厂中为木匠，次至Verdome，入其地之高等学校。次在工场中作工，得资以给衣食。不久，转至Montpellier地方。民国九年，入该地之国立农业学院肄业。旋又先后在Pyrénées及Cévennes及Alpes各处工场中作工，继又入学，旋复在织绸机房为艺徒，又在国立农业学院为学生。次赴意大利作工，次在Padua之制酒学校肄业，即又返法国，在Montpellier大学研究生物。民国十三年，得理学士学位，并得优等毕业特奖。嗣后即在巴黎大学任生物学教课云。

（二）自传之宗旨

盛君之自传，在中国时即已着笔。友人见者颇赞赏，力劝其成书。至巴黎后，得暇乃复取原稿加以改削，而以法文写之。盛君自言：“吾贵精而不贵多。居今之世，凡百制造，皆以大规模，所出常逾量。吾之时间可宝,读吾书者之时间尤可宝也。”故盛君于其书及复修缮,力求精工,而不急于问世。此固著作家之所有事也。

及书成,韦拉里氏慨允为之作序,以示奖励提倡。序中有云:“有趣味而为人所乐读之书不多见,真有价值之书亦不多见。兼此二者,绝无仅有矣。然而情理所不当有者,事实乃偶尔见之。如此书固多趣味,而亦世界史上一新代之征象也。”

盛君亦颇自负,自谓此书对于东方、西方之关系将开辟一新纪元。其自序中云:“吾深望欧洲之文化成为东方生活之一部。吾并望东方之天才,受西方文化之影响,而亦成为欧洲生活之一重要原素。此非两方互相了解不可。欲求了解,必须实地观察研究。中国人决不当以纯粹中国之心理,来判断欧洲人。欧洲人如不些须改变其平日所持之观点,而欲判断中国人,亦不能正确公允也。”是故盛君作自传之宗旨,乃以其母为旧日中国妇女之代表,就其母一生之性情言论、行事际遇,以表见东方之灵魂或其真精神。此册中之材料多出其母口中之自述。其所述者,实非东方、西方之所专有,乃世界文化中共同之成分也。

(三)全书之结构

盛君之自传,结构甚宏,据其书中自序所述,全书分为五册,总名曰《趋于一致》(*Vers l'Unité*)。(一)第一册曰《我的母亲》(*Ma Mère*),已出版,余在撰作中。(二)第二册曰《我的母亲与我》(*Ma Mère et Moi*)。叙盛君少年时代之闻见、革命时代之各式人物、最下等之欧化的人物,及兼具东方、西方之劣点而无其优点之种种现象。以上二册,均以表现中国人之真相为主旨。不事隐讳,亦不虚饰。(三)第三册曰《我在欧洲之漫游》(*Mon odyssée en Europ*),描写东方人在西洋之情形及西方人之实况。远离故乡,无上下贵贱之分别,观察更有趣味也。至描写欧洲人处,则力求以欧洲人之观点临之。(四)第四册曰《东方与西方》(*L' Orient et L' Occident*)。第五册曰《一致与团结》(*L'Unité et la Soldarité*)。此二册论究全人类所共具之优点及劣点,并论究东方人及西方人各自特具之优点及劣点,如何而联合东西为一,存其优点而去其劣点,以共企于大同及进步云。此全书之大纲,吾人惟望全书早日出版,俾得窥始末,而评述或有当也。

(四)法国人士对于此书之评论

盛君自传第一册出版后,极受法国人士之重视,名噪一时。法人以盛君为新起之东方代表人,足以传达东方之精神与西方,谓其人具有学问与思想之工夫,又有实际之观察与经验。书中所言真切委婉,不矜张,不浮夸,而又以精美圆熟之法文写出。欧人可直接诵读,不假翻译之功。其为欧人所注意,非无故矣。兹译录法人培黎(Auguse Bailly)君在巴黎*Candide*报中所作评此书之文如下,以见法人对此书批评之一斑。(以下译原文。)

《我的母亲》一书,乃一受高等教育之中国人盛成君所作,综记其少年时代之回忆与印象者也。以文学论,此书甚有趣味又情感真挚,足以动人。而此书之有特别价值,则缘作者欲使东方、西方互相接近,互相了解。盖作者对于西方文化实能完全领悟。彼非寻常之过客走马看花,乃曾经细心研究考察。其生涯之大部,确已消费于吸取西方文化之材料以自益也。

盛君之目的,乃在描写中国家庭中为母者之实况(即其生身之母),柔婉而细密。彼欲使吾欧洲人深知中国之精神。其方法,不以论文,不以虚空之理论,而专描画中国人生活中所含之人类所同具之感情,俾读者自然感动,而兴四海一家之思焉。吾人读《我的母亲》一书,第一感想,即母慈子孝之情乃世界各国各地之所同。不但此也,彼中国人对于父母祖先尽孝尽礼、遵命无忤、感恩报德之心情,吾法国人之家庭尚不能及。然而中国人之恪遵父母之命,非尽由于感恩报德之心,乃由于礼教。礼教之势力甚大,或且流于横暴。由盛君观之,今日中国生活之全剧实起于礼教与新势力之争。礼教图保其所固有,而青年派之新势力则欲破除旧日之种种枷锁羁绊而取得自由。此活剧之缩影,于盛君一家之历史中即可见之。盛君之母以遵从礼教之故,与盛君之父结婚而未尝识,嫁后乃始有爱其夫之心。惟配偶决非由其自择者,又以遵守礼教之故,一家之中,为姑者主持一切,肆行专制;为媳者恭谨服从,不啻奴隶焉。礼教之力大哉。

全书自始至终,以盛氏一家之事与中国之历史互相关合,举凡权力之争夺以及冲突反抗之情形,盛氏一家与全中国之所遭,固无异也。书中国事、家事之融合组织极为巧妙,亦有数章但言国事,不及家事。如甲午中日之战、庚子拳匪之役。欧人读之,或可知当时实在情形及中国人对此诸事之意见也。惟吾所最称赏者,为作者以诚挚真切之笔,描写中国之一种生活。其外表末节与欧洲之生活绝异,而内蕴之感情则同。斯乃全书精华。如其描写中国妇女缠足之痛苦,甘为礼教之牺牲。此章(第一章)题曰《吾母之双足变成小金莲》。诗意与写实兼而有之。母之自述曰:

> 此三年中,每至夜间,吾足痛不可忍,辄翘双足使高于顶。盖如是则血脉停滞,不能流至吾泪泉所涌出之处,而吾

之悲苦乃稍杀也。若在白昼，则吾畏见所有之人。故常独自匿身于花园之一隅，或径以花枝自蔽。彼花之受风雨剥蚀摧残，亦如我也。吾以双手自握其双足，则已变为异常纤小。前此双足固与双手同大，手足亲如姊妹。以手抚足，若为姊者之看护其弟辈之从军而负伤于战场者。时吾刻刻战栗危惧，惟恐有人来知吾所匿处。又常见花瓣之萎落，迫于自然之代谢，不觉凄然于心，而吾嘤嘤泣矣。（原书第四一至四二页。）

读者如醉心于异国民俗及本地风光，则应细读盛君书中关于鸦片烟之一章（第四章）。然若欲直入心重深处，见得东西方之爱是一非二，则当读盛君之母自叙其与盛君之父婚后之生活，及家境艰难时之种种困苦。其感人为最深也。（以上译培黎君之原评终。）

（五）本书内容撮要

兹撮述盛君《我的母亲》一书中之事实如下。

《第一章》　秋夕，坐园中谈，母为盛君兄弟述其少时情况。

盛君之外祖郭述曾（译音）年二十一，娶李氏长女，生子而殇。阅二年，于同治九年十二月初一日生一女取名玉康（译音），即盛君之母也。时洪杨之乱甫平而有天津教案。郭氏上下重男轻女，故于玉康咸不爱之。玉康年五岁，其母李氏殁。临殁，执玉康手而长吁。意谓此女长大亦将如我之苦也。玉康稚，初不解死，犹冀其母之再起，已而随众哭。七七既满，母葬，玉康由乳母抚养。

家人为玉康缠足，脓血淋漓，备受痛苦，恨不生于农家，犹得免此。

《第二章》 他日,母(玉康)又续述其少时事。

玉康之外家李氏,不重虚文,而家中融融泄泄,一团和气。玉康常乐至外家。

光绪三年二月,郭述曾续娶唐氏。虽系继母,而爱玉康甚。然不久即死,玉康大悲痛。

玉康年十二,其父又续娶王氏,为盐商之女。待玉康刻薄寡恩,谓女子无才便是德。使玉康专习针黹。已而外祖母殁,玉康益无所依。王氏再生女,于是郭述曾有四女,以此常发怨言。王氏惟袒护其所生之女,玉康独悲泣,祷天,愿嫁得好夫婿。

《第三章》 某日,为盛君之父逝世忌日,玉康乃续述往事。

果也,皇天不负苦心人。玉康竟嫁得盛君之父,名盛元麟[①](译音)。

玉康在家,羞怯寡言,然人多誉之。媒来议婚,谓盛氏家颇富,世代书香,郎君年少未娶。婚事由玉康之父主持,玉康则走避逃匿,佯为不闻不问,而心神实驰往之。

既嫁,夫妇爱情极笃。元麟聪慧多能,年十五,为童子试冠军。顾元麟之母,以玉康奁薄,常轻诋之。玉康如坐针毡。元麟曰:“为吾娶为德,非为财也。”母嗤曰:“郭家嫁女,是直卖女耳。”

玉康常劝元麟以孝感其母。元麟曰:“吾母性暴,吾兄汝麟与嫂雷氏(均译音)受其虐久矣。卿强为聋哑可也。”

于是盛家分为二党。老太太与其未嫁之二女及其侄女为一党,而二子二媳为一党,此正当时中国宫廷之小影也。老太太专制独裁众惟仰承色笑,而一家之中,猜忌怨毒,纵横离间,盖无异于一国。玉康始知为媳之难,甚于在家为女之时矣。

① 后文亦有将“元麟”写作“元龄”处,据底本直录,不再另注。

《第四章》 盛君之家世。

盛氏为上古之百姓之一,原居河南,周穆王封其弟为汝南公,是为盛国,然实姬姓,盛后为魏所灭。三国时,盛成君之八十世祖始迁于安徽,其族有盛孝章者出名。盛氏初居太湖县,后迁徽州,以族大人多,遂更迁徙。明时,盛君之十五世祖为盐商,始奠居于江苏之仪征县,故盛君今为仪征县人。

盛君之祖父(即元麟之父),一生嗜鸦片烟。两入举场鬻文于邻舍生,既又狂吸鸦片,一卷未完而出场之时已至,遂两次皆中副榜。

呜呼!鸦片之祸人国大哉。日者,盛君兄弟请祖母述家中往昔情形。祖母率之先拜观世音菩萨。而后言曰"五十年前,民生丰裕,吾家亦鼎盛,常有储积。今则人人穷困,吾家亦衰贫,入不敷出。所以者何?鸦片之为害,此外国蛮人所种之毒也"云云。

《第五章》 盛君之故乡。

此章叙仪征县之所在及风景,城垣、佛塔、奎星楼、鼓楼等,结论归于人类可一体,无时间、空间之畛域存。

《第六章》 某日为盛君之伯母雷氏逝世忌日,盛君之母为盛君兄弟述往事如下。

雷氏与玉康妯娌极为和睦。光绪十七年,玉康生长女盛乔(译音)。乔之为言,仙也。时雷氏亲侍产蓐。伯父汝麟亦甚喜,而祖母则怒,恨不生男孙。光绪十九年,玉康生子曰盛廉(译音),祖母乃喜,分送红蛋于戚友,且告于祖庙。未几,伯母雷氏病,祖母谓系伪饰示娇,不为延医。六月二十九日之夜,雷氏吐血死。玉康哭之恸,汝麟惟顿足呼天而已。

三姑未嫁而死,四姑嫁何氏,祖母之内侄女亦死,毫无能为之曾祖亦死,家中顿现零落。

《第七章》 此章叙甲午至戊戌间之国事。盛君生。

盛氏家中,祖母主守旧,力赞旧慈禧太后之圣明。父元麟则主维新,为戊戌党徒。政变后,潜伏家中,得免祸。

一八九九年二月六日之夜半(戊戌冬尽),盛成君生于江苏仪征县本宅。

《第八章》 宣统二年盛君生日,母乃述其幼时情形如下。

时国忧家难相逼至,而元龄与玉康伉俪之爱益笃。盛成君在襁褓中,玉康复生女盛荷(译音),意云莲花。不数月而殇,故元龄极力慰藉玉康。祖母以盛成君与于归何氏之四姑母所生之女,指腹为婚。女名何纨,小字络心(译音)。盛君幼即聪慧,且孝于其母。

于是有庚子之乱,祖母祷于观音,求义和团之胜利。又延僧道在家祈祷,卒皆无策。而伯父汝麟之子盛延昌死,祖母甚惜冢孙之殇,殓以官服,而以成人之礼葬之。非礼也。

《第九章》 盛君之父死。

庚子后,开捐纳之风,盛君之父盛元麟,以千金得授浙江省钱塘县。时盛君年五岁,有妹盛春已四岁。元麟强别家人,至杭州赴任。初欲锐意改革,为国家尽力,而抑于上官,厄于风气及积习,志不得行。不及一年,郁郁成疾。元龄去后,盛君之妹盛春殇。已酉一九〇六年(丙午)新年至矣,时日俄战已终,妹丈何君持上海报纸读,众争询时事。母玉康生少子盛武,才十七日,忽杭州电报至,云元龄重病请速遣长子盛廉来杭。于是遂遣(一)元龄之乳母、(二)孙氏表叔、(三)张某(四)及一仆,伴送盛廉赴杭。然元龄居杭州行宫,呕血,病日沉重。元宵灯节,陪上官宴,上官强之饮酒,弗敢违。以此病遂不起。再电家报告,玉康益忧急,三电来,元龄死矣。家人皆哭,玉康独止悲,强赴部署视事,迎亲归葬于青山祖茔。

《第十章》 盛君之母支持家务,而病。

盛君之母玉康寡居,有子女四人,而祖母乃以家政一切委之,又自储家中收入之半,仅以其半付玉康,使为无米之炊。其数微不足用。玉康辛苦筹划,夜不成眠,已而遂病。日者涕泣告子女,谓吾仅食白饭,而以鱼肉饷汝等,为求汝等身健而成大器也。子女询身上所着皆洋布洋缎,不用土货,何也?母答曰:以洋货较贱故。因痛言洋商之横暴及厘金之病国。

《第十一章》 乳母王妈。

盛君之乳母王妈,爱盛君甚,调护备至。盛君年四岁入塾。王妈呼之曰乖乖,勉以学好,而劝师勿扑责。宣统元年冬,王妈以年老辞归乡,其家人待之甚薄,盛君之母常顾存之。盛君虽至今日居欧洲,犹不忘王妈,且不忘故里乡间之情景也。

《第十二章》 故事数则。

盛君之母玉康,尝为诸子女述故事。如:

(一)乞丐求为乡约,求为知县,求为钦差,求为皇帝,求为天上之日,求为蔽日之云,求为阻云之山,求为山上之林,求为林中之蛇,其终仍求为弄蛇之乞丐。乃觉乞丐之尊荣显赫至无上也。

(二)织女牛郎故事。

(三)彭祖与阎罗王。

(四)愚公移山。

《第十三章》 盛君之母所常道之训言。

(一)死乃乐事,如饮美酒而长醉。(二)死不足畏,生乃实苦。(三)吾为汝等(子女)而生,而受苦,汝等应勉力。(四)慎思慎行。(五)人乃宇宙之一体。(六)必诚。毋欺。(七)千夫之诺诺,不如一士之谔谔。(八)季布一诺千金。(九)战胜艰难忧患。(十)尊敬妇女,而善为教导之。(十一)由辛苦以得智慧。(十二)妇女之苦,非男子所能想象,我一生惟与苦为缘。(十三)以粥米济贫,以善心救苦。(十四)善继汝父之志。

——本文原载于1929年2月18日出版之《大公报·文学副刊》第58期。

《清列朝后妃传稿》

杭县张尔田君（孟劬）生平长于史学。在清史馆任纂修十年，著作甚富。其《清列朝后妃传稿》一编，凡二卷，仿毛西河《彤史拾遗》，不虚美，不隐恶。据事直书，体例谨严，文采斐然。尤为晚年经意之作。题曰列朝者，用钱牧斋《列朝诗集》之例。去年《清史稿》出版，其中惟《乐志》八卷，用张君原稿。《后妃列传》，则但就君之初稿删改而成，识者病之。原稿旋经张君之姨甥山阴平毅（劼刚）君编辑成书，并出资为铅印若干部，分上下二册。卷首列引用参考书目凡九十三种。其近人笔记，语或诬妄，及坊间所行清代野史，牵合增饰，未足为据者，张君则于书中随处驳正，而不作为参考书。张君于作史之方法与艺术，常为究心，有精到之见解，历见本刊各期（三十七、四十二、七十四、七十五）通讯。张君于此书，自谓根据可靠之材料，遇事直书，不为曲讳。惟于清初（一）太后下嫁、（二）世祖出家两大疑案，则断为必无其事，兹分论之。

（一）太后下嫁事（卷上二十九页）。张君以为钞本张煌言诗言此事，系于顺治七年庚寅。而《顺治实录》载七年正月丁丑皇父摄政王纳肃亲王福金博尔济锦氏为妃以继正宫。八年刚林讯供及十二年王大臣议彭长庚疏均证明此事。是所纳者确为被戕害之肃王之妃。太后（即孝庄文皇后）事则无考。十八年七月六日张君致本刊编者书于此问题更为申说。兹录如下：

拙编出版,颇受此间学者之欢迎,而好持异议者亦间有之。有谓清初太后下嫁一事,本满洲旧俗如此,似可不必讳言者。不知拙编于此事,以其苦无显证,故暂尔阙疑,非讳之也。考张煌言《建夷宫词》只云"大礼恭逢太后婚",本无下嫁字样。记得亡友王静安曾言,罗叔言处藏有内阁档案,系顺治八年审讯睿亲王近侍供词。内一条略云,去年睿亲王到宫中,在皇太后前出言不逊云云。惜记忆不甚清楚,弟屡欲向叔言借钞,闻其所藏悉已转售,遂未果。据《建夷宫词》,太后大婚为顺治七年正月,而睿亲王墨尔根王府则在南池子。吴梅村诗所谓"七载金縢归掌握,百僚车马会南城"者也。使太后果下嫁,当在王府,何以仍居宫中?且详味供词,暧昧无礼之事,容或有之,亦不似堂堂下嫁情形。虽《建夷宫词》有"慈宁宫里烂盈门"之句,此乃煌言在海外传闻之误。岂可为据?故弟颇疑睿亲王以皇父纳其侄肃亲王妃继正宫,当时所谓太后大婚典礼者。因多尔衮既为皇父,则其妻自当尊称之为太后耳。满人朴略无文,当时号太后者,如苏台太后、囊囊太后等,殆不一而足。遍考诸书,别无下嫁之显证。则孝庄下嫁之说,或者因煌言一诗而传之失其真也。虽叔嫂通婚,满俗不禁,但历史事实,最重凭据。苟无真凭实据而但信传闻之说,则史家未敢负其责,固不如暂时阙疑之为愈矣。

拙编关于清初史料,搜讨殆近十年,始敢付之杀青。惟一人见闻有限,甚愿海内通人别出佐证,匡我未逮,但必须真正重要史料,方足据以定案。若牵合附会,考而不据,甚且不足为据,此等技俩,孰不能为。近世考据之学日精,凡古书事实出于传说者,且多持怀疑态度。乃独至于近史,而反轻信传闻流俗之言,是亦学者之大蔽也。大抵传闻之言,无不事出有因，而再传之后，又无不丧失真相。故不可一概抹杀，然又岂可一概轻信。若欲使人信从，必须于此传闻之外，别寻铁证。当此铁证未寻到以前，无论其事为真为伪，皆当暂时存而不论。弟所谓怀疑态度者如此。况历史是非，当与天下以共见，不能以一人好恶颠倒其间。尝见今之治学者，恶之，虽古史有因之口说，必议其伪；好之，虽近世无稽之谰言，亦认为真。此乃全属意见用事。所谓科学方法者，果若是浅稚乎？则吾不知之矣。又有谓我书于晚清政变记载太略者，实则拙编孝钦一传，于当时秕政，何尝不掇载无遗，所以不及详叙者，则后传体例宜然。国家大事，自有本纪，不能以一部分之书，强占全体篇幅也。盖彼辈见拙书语无褒贬，遂疑有意删略，不知修史最忌褒贬。褒贬既是主观，据事直书，见仁见智，一任读者，方为良史。凡真正具体之史，皆不以褒贬为重。即小说家如吴敬梓辈，且尚知遵守此例。惟宋人史学，妄效《春秋》，高谈书法，弟方恨之，而谓肯躬自蹈之耶！至若近代西洋史体，喜发议论，好下评判，不善为之，则去事实愈远。虽可取悦于一时，未必能传于永久。弟非以著述营利者，不如其已也。拙编成后，自知此二点必为当代掊击，今果然矣。虽然，立言不为一时，姑留此一段公案，写质于公，以待论定。高明以为如何？弟张尔田顿首。

（二）世祖出家事（卷上七十六页）。张君以为陈其年《读史杂感》诗“玉柙珠襦连岁事，茂陵应长并头花”可辟出家之浮谈。韩菼撰《王熙行状》，记王亲聆末命草诏事甚详。至吴伟业《清凉山赞佛诗》，则鼎湖寓言也。十七年十一月六日张君致本刊编者书解释吴诗，谓可为世祖未出家之佳证，节录如下：

此诗前二章皆叙董鄂贵妃事。第三章前半，假天人传语，劝其脱屣尘寰。后云："房星竟未动，天降白玉棺。惜哉善财洞，未得夸迎銮。"据《史记·天官书》注，房星主车驾，乘舆未驾而玉棺遽降，洞既未号迎銮，山岂曾传驻跸。尚得谓袈裟新换、弓剑虚埋耶？故第四章末句以"色空两不住"作结。全诗主要，可谓微而显矣。盖章皇信佛，当时或有讹为不死之说者，如木陈和尚《骨龛侍香记》一书，乾隆中以其妖妄禁毁，关涉斯秘，当必甚多。宫监闲谈、诗人雅咏，瑶池黄竹之谣、苍梧白云之想，妙笔写来，疑是疑非，是皆文章狡狯处。若以鸿都方士之寓言，解作西山老佛之信史，梅村有知，宁不齿冷。自《集览》"房星"注，引《晋书·天文志》云：房四星为明堂天子布政之宫，后人不察，遂误以帝座未移解之，传兹谬说。考《晋书·天文志》，但云：房为天驷。其明堂天子布政之宫，乃指角外三星。不知靳氏何以引彼而不引此。此不可不辨也。曩岁尹石公为言，京师有发见顺治二十一年题本者。题本为寻常咨达内阁之件，断无圣祖践阼已逾四年仍署先皇年号之理。纵使重晖在上，而金銮密记，外廷无得预闻，岂宜章明较著，形之章奏。颇疑本是顺治十一年题本，好事者于其中添加二字，以欺人耳。近世谈杂事秘辛者，最喜影附野闻，增成故实，冀炫庸众，俗语不实，流为丹青。吾独奈之何哉！张尔田拜。

迨至晚近，则张君信杜氏《请脉记》，指《崇陵传信录》之误，谓德宗先孝钦后一日而崩逝。又谓崇绮进药俾同治皇后自尽之谬，而阙疑之处亦颇有之。不悉记。

本书卷末附录张君乙卯（民国四年）《南归杂诗》十八首，清丽可诵，且与作史之事有关。殊可为谈掌故者之参考云。

——本文原载于1929年12月16日出版之《大公报·文学副刊》第101期。

评陈铨《冲突》

《冲突》，一册，长篇小说，陈铨著，民国十八年十二月初版，上海励志书局发行。定价大洋七角。陈铨君留学美国柯柏林大学，治文学。所著长篇小说三种：（一）《梦频》，未出版。（二）《天问》，新月书店发行。（三）即此书，叙留美学生陈云航因爱女生刘翠华，欲与其家中之妻玉英离婚，而有所不忍，以致内心冲突，故名。其后陈云航与刘翠华订婚。另有男生黄则凌，亦爱刘翠华，因妒生恨。遂于陈、刘在教堂举行婚礼之际，以枪杀二人，并自杀。此书中故事之大略也。

作者对于小说技术，精研有素，本刊（第四十六期）于《评〈天问〉》篇中，论列已详。凡《天问》所有之优点，如结构之细密，叙事之直捷，文字之流畅简洁等，此书大概皆已具有，允称佳作。夫吾国公私学生赴欧美（或日本）留学者，积数十年，其数多不可计。留学生久居彼土，饱尝西方（或日本）之文化思想及社会生活，身受心感，取而与中国之旧礼教、旧文艺、旧精神以及目前国内政治经济社会实在情形一一比较，其间之矛盾冲突自不可免，而和谐一贯之旨要亦可寻。总之复杂纠纷，非有广博之见闻，高敻之智慧，如葛德（Goethe）其人者，恐不易析其形象而言其得失。小说为艺术之表现，固不必于哲理学术方面深求。然非对于留学生之物质精神全部生活之今昔本末，洞悉备览无遗无偏者，纵欲描写二三留学生之一部分生活，亦必不能得其真而成其美，此则吾人可以断言。前此吾国留学生所为小说，如(1)《留东外史》，近于《广陵潮》等书。专写卑污流荡之事，于精神理智之分析综合，无可言。(2)《留西外史》(陈登恪著，详见本刊第九期评述)，惜仅出一册而止。其书叙事皆有所本，体例同于《儒林外史》。然其作意实为作者个人性情兴趣之表现，为抒情的、主观的，而非理解的、客观的也。(3)盛成之《我的母亲》(见本刊第五十八期及百十六期评述)，乃叙记中国情形供西人阅读者。其后三册未出书，未可遽断。但于兹所谓深广之哲理的了解，恐亦未具。(4)即今书《冲突》，作者写留美学生生活，随手拈来，皆甚真切。身历其境者当知其适合而无误。但以事实简单，篇幅有限，故就留学生之全部生活论，此书描写尚不能谓为详尽，抑亦体例使然。(5)外此则除以英文作成之中篇小说数种外，仅有近年《留美学生季报》中所刊发之笔记体白话小说，写留美男女学生轶事，近于滑稽新闻，尚未组织成书。故以小说而论，在留美学生之全史中，应推陈铨君之《冲突》矣。

吾人读《冲突》一书，所得全部之印象，可以轻清流利四字赅之。以此书较《天问》，则《天问》为庄严、深刻、悲凉。意者陈君著《天问》所费之心思时日必比撰此书所费者为多，不知然否。兹更分论之。

(一)先论文笔。陈铨君之文笔本极简洁流畅，无冗词，无枝意。又喜用简短之排比笔法，《天问》即然，此书亦同，且更有进。陈君为聪明之作者，在当世必甚成功，可预卜也。

(二)次论内容。此书叙陈云航对于离婚恋爱问题精神上之冲突痛苦，可云应有尽有，一切适合，然并不特别深刻。其间惟第十一章(六五至七二页)陈云航梦里还家见母妻一段，写得悲凄真挚,甚为出色。外此则多就浮表描写,未到内心深处,亦未极思想感情错杂纠纷之致。吾人读毕全书,并不深感悲痛或解脱,只觉昙花一梦倏忽过去。三数可怜男女,醉痴颠倒,与电影及戏剧中之角色,准备登场,用心表演。几幕景色,如走马灯之来去变幻。忽遂完毕,剧中诸人,同归死灭。而幕垂灯启,戏毕矣,事完矣。所谓爱情,所谓冲突,如是如是。观剧者微微慨叹,切切怜惜,顾仅止于此,既未随剧中人深陷网罗,亦不自感觉精神上有竭力超拔之必要。易言之,此书作者对人生社会之态度为滑稽的、嘲讽的,异乎悲天悯人、求真立极者。《冲突》一书,实非精严之悲剧,而为美妙之喜剧(麦雷迪斯所谓深思之笑是也)。恋爱不过逢场之游戏,离婚仅为适意之措施,无多义理可言,亦无多感情足据。然而愚痴男女,缘是迷惘,生苦生乐,相仇相杀,是亦不可以已乎!以上乃吾人读全书甫毕时所得之感想。吾人非谓作小说者皆须精严深刻,盖每一作法,各有其妙,以称题旨为宜,岂可预为轩轾?特欲点明《冲突》一书作者之方法及态度耳。书中开卷第一及第二页腹泻一段即见得作者以滑稽嘲讽之态度写人生,而非深沉庄肃。后此之例,处处皆是。如第三页"美乎灯一灭,什么问题都迎刃而解了",如第七页"他大骂母亲为什么不认识英文",余多不胜举。然此等处,欲不谓其真切谐妙,不可得也。

(三)更论结构。此书结构甚佳,接凑极紧。如三十八页陈云航致函刘翠华求婚之前一日,翠华得知陈家中已有妻室。此事乃黄则陵使人告知者,于六十一页末行点明。又如六十页黄则陵寄翠华之信一点消息也没有,此即四十四页末行翠华所扯碎扔于字篓之信。其他关节,毋须吾人指出。至全书结局,婚礼将毕,枪声遽发,局中人一齐毕命,极为震骇生动,尤见结构之巧,然颇嫌其太巧,微类电影中之故事矣。

总之，综论《冲突》全书，实系佳作，轻清流利，恰到分际，必受一般读者欢迎。至于书中误字[①]，谅皆抄写及排版之误，不一一为之勘正矣。

——本文原载于1930年6月9日出版之《大公报·文学副刊》第126期。

① 此处有对误字情况的举例说明，然底本漫漶不清，略。

《小雨点》再版

《小雨点》（短篇小说集）一册，陈衡哲女士（任鸿隽夫人）著，本年三月再版。实价五角。上海新月书店发行。中凡十篇。据作者云，皆是“内心冲动的产品”。其作出，由于“真诚”，由于“人类情感的共同与至诚”。吾人读之，深谓其然。诚挚之情，处处可见。绝异今世流行之矫揉造作、刻薄尖巧之作品。盖无分古今中外，凡佳作皆非为求名牟利，炫世媚俗。皆作者中怀郁积，欲不发抒而不可得者。此本书之长一也。凡作者须于本国文章熟读精思、沉浸涵泳，然后造句行文始能自然妥适，气体流畅而含蓄深厚。此理固无分于文言白话。惜今之作者皆不解此。本书寓言各篇如《小雨点》《西风》等，最足表见作者所受旧文学之影响。其他各篇之文体辞藻，亦足见作者旧文学用功之深。此本书之长二也。书中各篇，如《一日》《一支扣针的故事》等，写美国学校家庭生活，固已自然真切。而尤可称者，则以其中含理想成分，能将彼中人思想行事之佳处传述出来。吾人以为值今黑暗暴乱之中国，凡庸德之行，庸言之谨，以及抑己助人、从理尚情之小节微善，苟有其事，咸足称扬。即无其事，亦可造作，应于隐微之际，培植民德，树立邦本。此乃文人之责任。然今世作者十之九皆逆此道而行。此本书之长三也。惟是道德理想等均贵由本身体验而来。行事做人，处处认真。能反省，能负责者，其人为最有价值，而文人欲以道德理想写入书中，写得愈亲切，愈曲折，愈合实际，则愈佳。由此点论，本书各篇，当推《洛绮思的问题》为第一矣。

——本文原载于1930年6月30日出版之《大公报·文学副刊》第129期。

《人海微澜》序

作小说难，而在今日之中国作小说，则尤难。何者？凡百文章，皆贵精美，企于至上。独小说写社会人生之情状，纤微琐屑、卑污猥鄙之事实，期于摹影传声，维妙维肖，故常不免庸俗凡近之讥。若托体过高，命意甚深，则易流于空虚板滞，而描绘失真，不能动人。是故小说家之真正难事，厥为如何运理想于事实之中，藉事实以表现其理想，合斯两美，镕于一炉。工为此者，乃称大家。此作小说之难也。小说本为多数读者而作。近世小说盛行，亦以教育普及，读书之人较昔骤增多之故。然今之中国，正当东西接触，新旧蜕变，为由分而合、由整而杂、由同而异之时期。全国之人，其境遇事业思想经验识解嗜好，各各殊别，日趋于扞格不相为谋。欲使各地各界各业各派男女老少之多数读者悉能欣赏，则几于无从着笔。而其较材料作法为尤难者，则为文体。自昔长篇小说，皆以雅洁之俗语写成。乃在今中国，文字语言，至为纷乱而无标准。以白话论，由《红楼梦》《儒林外史》旧体，以至极新式之欧化的白话，其间千差万别，人自为体。虽云同用白话，而按之事实，作甲体者不肯阅读乙体之书。缘此二因，近今国中出版之小说，读之者各限于一种人，为数不多，而求其书真能风行广被者，则甚属寥寥。故曰在今之中国作小说为尤难也。虽然，其事之愈难而为之愈工者，则愈可见作者之才力。予自幼好读小说，中西各体，钻研涉猎者为数颇不少。于小说之技术法程，亦自谓有研究之一得。顾擘画经营几二十年，欲撰一书，卒未能成。固缘才力不足，亦以上所言之特别困难为之梗也。予以自作小说不成，故于他人所作、出版问世者，极为留心，而常多失望。求能与曹雪芹、沙克雷比肩，或可望其项背者，殊未有见。民国十五年，天津《大公报》改组发刊，日就其中读《人海微澜》小说，则窃喜之；读之久则甚佩之，而以思见其作者未得为憾。十七年岁暮，予撰《评陈铨君〈天问〉》一文，登该报《文学副刊》中，并论及《人海微澜》。以此因缘，始获识凫公先生（怀宁潘式），煮酒快谈，各述其对于著作小说及文字文体之意见，喜彼此之多契合，并悉此书正将刊印专册行世〔凫公小说集（一）《人海微澜》、（二）《隐刑》。现由北平世界日报社印售〕，则尤喜。盖予虽撰作小说未成，而深悉此中甘苦。予未能成之而凫公乃已卓然造就，且有过于予所能为者，予得非尤幸耶！此书佳处何在，读者谅能共见。其短处，则予之所指，均凫公之所自知，并已酌加修改，亦无烦赘词。故惟述撰作小说之难，俾读是书者，识良工之苦心云尔。

——本文原载于1931年1月出版之《学衡》杂志第73期。

评卢葆华女士《血泪集》

《血泪》为新诗集，凡二十七篇。全一册，定价四角。民国二十一年八月初版。发售处杭州仁和路四号。此书为作者痛苦悲哀之际所发之号呼。其情挚，其意诚，其境真，其词则甚明显，凡此均极不易得者。盖自新诗作者众多，其流弊诚为晦塞冗漫。旧诗中无病呻吟及堆积辞藻之病，乃恒见之于新诗。是故作新诗者，亦当以韩昌黎“惟陈言之务去”为圭臬，而英国Sir Phillip Sidney（1554—1586）针砭诗人之言，所谓“须从汝自己心中爬剔而出”（look into thy heart and write）者，尤当为新旧诗人所共遵矣。总之，诗之内容与形式，即感情与技术，二者缺一不可。今之论诗者，或主效法欧西近代某派，不问内容，专务技巧，斯实一偏非是。顾技术须养成于平日，而感情则发于临时。自然奔放之感情，必得细整之形式与精妙之技术，始能达其意而成其美。

《血泪》作者，夙为旧诗，颇究技术，而感情又驱迫而来，不能已于言。集中如二页《寄……》、四页《别离》等篇，实由旧诗脱化而出。而五页《病中》、八页《我恨》、二十页《忆友》等篇，随意书写，却非一般苦心推敲者所易为。三十页《我不是》、三十一页《我的心》等篇，形式完整，而意旨亦有因疑见道之趋向。然全集最佳之诗，实为最末二篇。四十一页《我突然想到了他的说话》虽嫌怨怒，殊见真切。四十三页《代我的菩华妹写给健群》，详叙经历，起伏回旋，悲欢离合，如是如是。夫人生本为迷阵，恋爱尤属孽缘。然人生之价值须视各人如何体认，恋爱之报酬亦恃各人奋力求取。简言之，恋爱可为人格之试金石，恋爱之痛苦亦即智慧之先导。吾人窃愿凡从事恋爱者必具大勇与大德，立足点不可不高，自待不可不厚，对人不可不诚，而不必以成败得失为意。吾人又奉劝由恋爱而获痛苦者，宜读(一)四书、《礼记》、《诗经》，(二)新旧约，(三)佛经，(四)柏拉图语录，(五)巴斯喀尔(Pascal)之《随感录》(*Pensées*)，(六)尤柏尔(J. Joubert)之《随感录》(*Pensées*)等书。《新约·约翰福音》第八章三十二节曰"尔将识真理，而真理必释尔"。既得真理，再从事于恋爱亦无不可。《血泪》四五页云："我想世界总应有真理，真理便是我重生后唯一的人生。"作者能见及此，韪矣。

——本文原载于1933年5月8日出版之《大公报·文学副刊》第279期。原题为《卢葆华女士新旧诗集》。

佛典与今之翻译

陈寅恪君近撰《支愍度学说考》,盖以支愍度足以代表晋代僧徒□译佛典之二种方法及学派,其人关系吾国中古思想史者甚钜。二种维何?(一)曰格义,(二)曰合本。二法似同为比较,而其结果实异。(一)格义者,乃以内典与外书相比较。如以周易老庄解释佛典而立“心无”义,遂成为傅会中西之学说。后世若宋之理学家融通儒释之理论,皆其支流演变之余也。(二)合本者,乃取同本异译之经典,以子注母互相参校,与今日语言学者之比较研究法暗合。后世如明代员珂之《楞伽经会译》,可称独得合本之遗意。按以今例昔,合本足征当时译事之精审,为吾侪所宜取法。而格义则今之以中西思想道理妄为比附者所蹈之覆辙。夫为修己立人实用得益计,固不妨兼古今东西各报各派之道理,融合而享受之。而为研究学术辩证清晰计,则其间不容丝毫含混,当世之从事译论者,盍以晋之高僧为法哉!

——本文原载于1931年10月26日出版之《大公报·文学副刊》第198期。

《洙泗考信录评误》

《洙泗考信录评误》一书，张昌圻著，列入“国学小丛书”，商务印书馆发行，民国二十年六月初版。定价大洋四角。

近年治国学者，多喜言科学方法及批评态度，主于求真。然其弊为疑古太过，反古太甚。于古史材料之可信者，亦指为伪托或后世之书。于古代人物之可崇敬者，亦诋毁侮蔑不留余地。此其弊，不特丧失国民之自尊心及爱国心，且考证不确，批评不当，尤悖求真之旨。其与科学方法及批评态度，实南辕而北辙，愈行且愈远也。欲救此弊，其法非禁止疑古，乃当以更精确之考证方法，分别材料真伪，信所当信，疑所当疑。其法亦非提倡尊古，乃于古代人物，务求以通达卓识，了解其全部之人格，敬所当敬，斥所当斥，真象既明，公论斯立，此种更进步之考证及批评工作，实今后治国学者所有事，吾人深为企望。而张昌圻君《洙泗考信录评误》一书，即此种工作之有良好成绩者，吾人尤乐为介绍引述之也。

张君以为整理国学，宜更求精密正确，认清客观之事实，极力减少成见及偏见之影响，然后评衡价值庶可得当。张君以孔子夙为中国古今最受崇敬之人，而崔述（东壁）《洙泗考信录》一书又为时贤以治国学负盛名者（如梁启超、胡适、顾颉刚、钱玄同诸君）所推尊，故即以此书为工作实验之材料，乃其结果极为失望。盖发见崔氏认孔子为一理想化之圣贤,先存成见,乃起怀疑。凡古书所记孔子之言行有不合于崔氏之圣贤之理想者,崔氏辄武断为必无。不信古人确凿可据之书,而惟信一己之臆想与偏见。崔氏之书之不可信如此,则据崔书以疑古非圣者又实足为信耶?然张君书之优点,非特勘证之精确,且在其常识之丰富,屡以西国历史人物为比较,又以心理分析及社会人生实事为衡,议论通达,殊可称道。如书中第九至十页一段尤精,谓圣贤极不易做,盖因:

> 圣贤不但消极能不为常人之所为,并且积极还能为常人之所不能为。……普通人真需要耶稣来救,释迦来度,孔子来教。……所以我们不要把圣贤当做"神",而要把他看成"人"的主张,实在不是"吹求",实在不是故意和他为难,乃是要大家用分析的眼光去认清人类社会上下左右前后客观的事实,以便彻底明了圣贤的功用和价值。一则自己有正当的态度和努力,期得较高的完美;再则也能与人共同合作,为人类的将来求真正的和平解放与幸福。

张君于其书第二章,分二十节逐条评驳崔氏之说。盖崔氏心目中有一彼所认为理想之圣贤,以为孔子必当如此。又以二千年后之风俗习惯,及陋儒俗夫之谬见,妄断为孔子亦必当如此。凡古书所记孔子有不如此者,则径斥古书为伪。呜呼!如此疑古,如此偏见与武断,既可笑,又可怜矣。张君各节之考证精确,词辩犀利,读者取原书细读,不特有益知识,且感受新奇之快乐。故今不征引,而惟补书其后曰:(一)凡论事论人,固须知识材料丰盈,尤贵有想象力,否则未有不陷于偏激固陋者。(二)圣人乃最近人情之人。圣人之身体习性与常人同,譬如登山,均自平地出发,均感疲劳,惟其心智较诚,精神较强,努力较大且久,而所至者较远较高耳。(三)凡最合道德最伟大艰难之事,常视若错误或平庸。又凡古今之大人物,在其本国当时未有不遭诋毁谗谤怨毒仇恨者。(四)未能了解人心中复杂隐微细密极速之变化者,无谈论道德之资格,亦无批评人物之资格。(五)人之价值,不在其表面之成功或失败,而视其人努力至何程度。于事业如此,于道德亦然。(六)圣贤所最反对者为乡愿。世间最恶劣者,为爱惜一己之生命财产,尤其一己之名誉之人,中国社会所常赞佩者,多系外示和柔,以暗箭伤人,所谓老谋深算,观变沉机。中国此种人多,故衰亡几不可救。孔子则正与此等人相反,而与西洋之Christian gentleman为近,盖皆热烈真挚、俊伟光明者。彼鄙陋之崔述乌足解此?于是如张君所云:

> 东壁自己就在求伪自欺,那能辨伪考信?以求伪自欺的人来辨伪考信,势非欺人误世不可。

由是观之,道德与知识未可分离,而学术对于人心之影响不綦重哉!

——本文原载于1932年9月26日出版之《大公报·文学副刊》第247期。

《中国新文学的源流》

本年三四月间，周作人君应辅仁大学之请，以《中国的新文学运动》为题作连续讲演。邓恭三君记其讲词，经周君校阅，易名《中国新文学的源流》，本年九月在北平出版。一册，定价五角。北平宣内大街人文书店发行。

周君自谓："这讲演里的主意，大抵是我杜撰的……并非依据西洋某人的论文，或是遵照东洋某人的书本演绎应用来的。"盖"民国以后的新文学运动，有人以为是一件破天荒的事情，胡适之先生……以为白话文学是文学唯一的目的地，以前的文学也是朝着这个方向走，只因为障碍物太多，直到现在才得走入正轨，而从今以后一定就要这样走下去"。周君意不谓然，以为"中国文学始终是两种互相反对的力量起伏着，过去如此，将来也是如此"。此两种力量（或思潮）如说评书者所谓"天下大势，合久必分，分久必合"。此次之新文学运动，不过两思潮中之一（曾经一再隐现于文学史上者）之再度显现而已。此一点，发前人之所未发，确为周君独到之创见。

书凡五讲。第一讲泛论"关于文学之诸问题"，略论文学的定义、范围、起源、用途及研究之对象与预备知识。此中意见，已散见周君之各著作中，但系统的立论，此其第一次。全书之最精彩部分，为第二讲。其中提出所谓两种思潮：（甲）诗言志——言志派,(乙)文以载道——载道派。前者为“即兴的文学”,后者为“赋得的文学”;或如鲁迅所说,一为“革命的文学”,一为“遵命的文学”。试将中国文学史分为下列诸时期:(一)晚周、(二)两汉、(三)魏晋六朝、(四)唐、(五)五代、(六)两宋、(七)元、(八)明、(九)明末、(十)清、(十一)民国,则单数诸时期悉为言志派,而双数为载道派。核之文史,若合符节。本书固题名《中国新文学的源流》,在周君之意,欲说明新文学运动,必先稔知前此之文学为如何。故本书即自明末之新文学运动说起,中经清代之反动,由此反动乃产生最近之文学革命运动。明末之新文学运动与民国以后之运动,其为言志派思潮之兴起,殆完全相同。故胡适之“八不主义”实无异明末公安派三袁(宗道、宏道、中道)及竟陵派钟(惺)、谭(元春)等“独抒性灵,不拘格套”“信腕信口,皆成律度”主张之复活。故得一结论曰:“明末的文学是现在这次文学运动的来源,而清朝的文学则是这次文学运动的原因。”明末之文学运动至清季乃渐衰微,虽有金喟、李渔、郑燮、金农、袁枚诸人,而袁氏已为绝响。当时有力量者实为八股文与桐城派古文。其下第三、第四讲即分论“清代文学之反动”,(上)八股文、(下)桐城派古文。周君尝在《骆驼草》周刊上发表《论八股文》一文,主张研究中国文学之学生必读八股,“因为八股文是中国文学史上承先启后的一个大关键,假如想要研究或了解本国文学而不先明白八股文这东西,结果将一无所得,既不能通旧传统之极致,亦遂不能知新的反动的起源”。八股之规则奇繁,流弊滋多,其引起反对乃属当然的。清季自洪杨乱后反对八股之势力即发动,迨及康(有为)、梁(启超),始得政治上的成功,而八股势力在社会上之思想方面、文学方面,则至陈(独秀)、胡(适)等正式提出文学革命口号始见动摇。桐城派自曾国藩扩大范围,吴汝纶、严复、林纾辈已渐与新兴起之文学运动接近。然及后新文学运动兴起时,诸人卒成反动者,则两者立于反对地位,严、林之基本观念在“言道”,而新文学之基本观念在“言志”也。自甲午战后,文学方面即随政治而时时动摇、时时变化。此时实为上一时代之结尾、下一时代之开端,而梁启超当其冲。一俟西洋科学哲学各方面思想输入,第五讲之“文学革命运动”的新时代遂产生矣。

周君认定中国文学中“言志”“载道”两派思潮互为消长。新文学运动初非新奇,不过言志思潮之再兴。殊为确当。于此不独为中国文学史得一新观点,且为中国新文学源流得一新解。即补充之谓时下新兴普罗文学为载道思潮之再起也可。

——本文原载于1932年9月26日出版之《大公报·文学副刊》第247期。

《廉俭救国说》

聂其杰君云台，急公好义，忧世爱国。以宦商公子，又曾为富商，而笃实勤劳，力行俭素，匪惟为求一身之康乐，一家之和安，且将以感化他人，风示当世，藉立国本而消大祸。其志其行，至足敬佩。聂君前数年编撰《聂氏家言旬刊》，本刊曾有介绍。又常撰印小册，或以杂文投登各报，大旨皆在励行道德，提倡勤俭。凡所论述，皆洞中时弊，关系国家民族生死存亡之前途，绝不能以旧儒迂说或老生常谈疑之斥之。盖聂君尝游欧美，晓悉外国社会情形，又为确实能读中国先儒古书者。经文典训，一经引述，以切己之经验解释之，以东西各国之事象例证之，顿成活泼有用，惟觉其极真极至入情入理耳。最近聂君又成《廉俭救国说》，乃笔述其母曾太夫人之言。太夫人名纪芬，为曾文正公女，今年八十一岁。此篇初登《申报》，后印单册。欲得者可函上海辽阳路一一三号聂宅索取(须附邮票以当寄费)。

本篇首言，国家社会之治乱兴衰，常与风俗之奢俭互为消息。奢，则纵欲肆志，杀机动而乱至；俭，则克己复礼，生机萌而治隆矣。次述曾文正公之家教及昔时名门之俭德。持与近年时髦男女之奢侈程度比较。盖其：

> 步趋欧美陋习，无所不用其极。……总之，一切举动，欲

完全似外国人,尤欲似外国富人,而以中国状态为可贱可耻。此毒深入脏腑,爱国观念无形消灭,欲保民族之独立难矣,盖国家的个性已亡也。

按此并非激论,昔英诗人华茨华斯(William Wordsworth)作十四行诗,论英国风俗之奢侈,将召危亡,且谓英国之使命重大,盖能抵抗法国革命破坏独夫摧残之狂潮洪祸,而保障世界文明建设之成绩于不坠者厥惟英国,吾于英国爱之深而责之切,故忧之亦特甚。譬之孝子事亲,见亲体温略增、饮食稍减辄蹙然虑亲或将弃养。今吾为英国危亡忧,实属太过,然吾之情可恕也云云。以此为例,则或疑聂君之论有悲观诅咒之嫌,恐遭时忌者,殊可释然矣。惟吾人所感有二:(一)步趋欧美陋习,及模仿外国富人,匪特时髦男女学生为然,上自军帅显宦富商名流,莫不如是,且风气实极普遍。(二)西洋文学史中,自古罗马Cato the Elder始,皆以俭德励其国民。而由罗马之小说作者Petronius以迄今日美国路易斯之《多兹华》一书(见本刊第七十四期介绍),皆描叙讽刺新兴富人,多有资产,而缺乏学识,不知如何享用,反致受苦而贻讥者。甚矣,富人尤不可不具学识。今日中国之大病根,凡在自上至下之人均无学问之根基与精神之修养,故既不能救贫,亦不善处富。中国旧日之道德精神固已吐弃,而西洋士夫所共具之学识习惯,若辈亦无之。故其所以自荣自尊而炫耀于人之法(即耗费大量资财所换得之快乐),皆极卑劣粗下。纵肉欲而不解清纯,重物质而忽略精神,好华美而不能鉴赏,积商品而不谙艺术。甚至衣饰服用、礼节交际,以及所谓浪漫之意义,风流之楷模,皆以美国式之电影明星为归,不知更求其上焉者。呜呼!此实可笑可怜。故匪特濡染中国旧文化甚深之人,即曾涉历西洋之高等社会及艺术文学苑囿者，目睹中国时髦奢侈情形，亦深感烦厌与愤苦也。易言之，今中国之都市社会，缺少中国西洋之美德，而兼备中国西洋之恶习。且以都市时髦人物之生活，与报纸所记载、亲友所传述之全国乡野之实在情形比较，更感其矛盾与不安焉。本刊第二三八期所记毕树棠君《女子与人生》一文，与本报《小公园》连载小说《盲人瞎马》，均可与聂君之论互相发明，而有棒喝之价值者也。

聂君原作，次述俭德为中国民族所以立国之精神，而今则：

> 输入欧风，尤以美国为最。尊富人曰上等人。称美豪奢，贱视俭素。学者且从而为之说，风气乃大坏。

按即以最近数日中报纸所载各地内外官吏携公款卷逃及营私舞弊互讦者，其数目皆甚可惊，孰谓中国贫至人相食耶。聂君又致叹于今人误诋克己制欲之礼教为有害，只图发展欲望。殊不知史册所示，中外古今：

> 凡能福其国而利其民者，皆富于此消极道德者也。……曾文正公有言："精神愈用而愈出，智慧愈苦而愈明。"此意惟能努力者自知之耳。……必能克除私人欲望，而后一切建设方可期。

聂君又谓古圣哲之旨训，皆人类经验智慧之结晶。世界演变，愈证其言之不误，可以解决种种困难纠纷。此亦确论。末段尤望全中国之妇女，悉能勉励男子：

> 牺牲个人之欲望，群策群力，以廉救国，以俭拯民，以不欺安群而和众。期以五年，国防固矣。

又能安于俭约：

> 能安于俭约，则不劳其神于种种事物欲念，而能专心于学问职务也。……今日时局艰危，百废待举。当事者虽竭全力以赴之，犹虑不足，若更重以私产之营办，嗜好之纷纭，姑无论其能否廉洁，而公事之敷衍废弛，不待言矣。

吾人窃怪何以西人治事勤敏、成绩美富，而中国人反是。又何以同一中国人，留学外国时治事勤敏、成绩美富，而回国后任职则反是。细思之，盖有二因。聂君所谓奢侈生活是其一。另一原因，则由中国旧习，亲友家庭，关系复杂，互相牵掣倚赖，尤其经济之供给无限，疲于奔命，愈仁贤之人愈苦。结果，同困同沦。而中国社会重虚伪之应酬，繁文浮节，需一一周到敷衍，费时糜财，疲精耗神。结果劳苦终日，未做一件正经事。自疚于心，而人不谅。此种痛苦，吾侪身历者多，亟须共图改良。是故在今之中国，虽有些须专门之成绩者，既须(一)实际上力行道德，克己俭约，又须(二)表面上违反道德(其实此乃小大轻重之选择取舍，并未违反道德)，不恤人言，破除一切，坚立意志，于最小范围内，必须要照我之计划，用我之时间，做我之事业。如无此负谤之勇力，必不能有成。于此又感宗教之功用。盖宗教能使人坚诚奋发，其做种种好事，乃为我所理想崇拜之上帝作事，全世不了解不同情，上帝则能认识称赞。内心之生活亦丰，四周人事之牵掣纠纷自少。是故宗教及精神修养不特不妨碍吾侪在社会中之事功，反能助成之也。中国人素乏宗教，故其感情不强烈深厚，故其内心之生活浅且枯，故其道德之想象力亦疲弱不振。旧日之道德，全寄托于礼节及习惯。今因社会变迁，礼节废，习惯改，于是道德失其根本，无所凭藉。如何而提倡精神个人之精神生活，发达个人之道德能力，诚今日救国保种之要着，而为吾侪所宜三致意者也。

——本文原载于1932年10月3日出版之《大公报·文学副刊》第248期。

《崇德老人八十自订年谱》

聂其杰君(云台)之太夫人聂曾纪芬女士，别号崇德老人，曾文正公之幼女也。咸丰二年(一八五二)生于北京。去岁(民国二十年)年届八十，于其寿辰，仅设蔬食款待亲友，不许称觞。而集子女、孙曾、内外共八十余人，融熙一堂，为述说此八十年中身历目睹之事，记念先德，兼资训迪。于是命其婿瞿宣颖君依所口授，诠叙成书，分年编列，题曰《崇德老人八十自订年谱》。并由其子聂其杰君等参订，其孙聂光堃君绘图插入。是集虽系私人述记，为备家乘，而一般人读之亦饶趣味。盖(一)此八十年为中国与西洋接触一切剧变之时期，而曾文正公又为此时期前段之中心人物。观夫人所叙曾氏及聂氏一门之生没迁徙、婚丧庆吊、居积投赠，而国家社会之大事皆隐然可迹寻焉。(二)英国文学史中，如Evelyn(1620—1706)及Pepys(1633—1703)之《日记》(*Diary*)，虽作者本系凡庸，所记又极琐屑，而乃为世推重者，亦以其能为风俗史之材料，兼供给文学史者之参考。夫人此谱叙数十年来风尚之变迁，如妇女发饰衣装、筵席车马之价格、礼物之品目轻重等，甚为详备。以与近今比较，则推陈出新，踵事增华。而国难危逼，物力衰减，奢俭之异，益可惊矣。(三)读此谱可见中国旧日家庭之轨范、礼教之实迹、主妇之勤劳、长幼之职分，以及亲友之互相扶助周恤。其行事之周密、宅心之仁厚、感情之真切，固由名贤热心救世者在家之特别训教，抑亦中国旧社会、旧文明中所常见之情事也。（四）至其叙曾文正公燕居轶事，及所立家规，虽今人或嫌其过于严肃，然成德立功非严整峻洁莫由致。总之，可与曾文正公家书及日记共参读也。此集非卖品，聂宅或尚有存书耳（参阅本刊第二百四十八期《廉俭救国说》）。

——本文原载于1932年11月7日出版之《大公报·文学副刊》第253期。

《归心》

《归心》一册，释题曰“从巴黎至广东的印象与感想”。解人（曾觉之君）著。民国二十一年十二月三十日初版。每册定价五角六分。代售处(一)新月书店、(二)星云堂书店、(三)开明书店。

此书为作者“一九二九年夏归国途中所写。船上多暇，遂尔多思。逐日记录，不觉成帙”。作者留法国满八年，治文学（参阅本期《菩萨蛮》词）。此集所录共三十六篇，其体裁介在日记与小品论文（familiar essays）之间。集中各篇尤率孤怀郁伊，幽思绵邈，体物细微，用笔轻妙。于以知作者乃一多情多感之人。以中国文人之素质，受西洋文学情感境界之熏陶，故发为感想，别有深婉清切之致。作者取黄山谷词句“去国十年，老尽少年心”笼概全书。序中谓：“生活在转变急激的时期中的人们，一方面狂喜大乐，他方面疲倦忧郁。”盖“人力有限，不能与无穷无限相驰骋”，转变愈多愈急，则疲倦忧郁亦愈深愈早。按生活转变之急激当以今日之中国为最，则吾侪纵如何摄心澄虑、壹志慎行，而欲不感觉疲倦忧郁，不可得也。昔当文艺复兴，近世文明初启，德国杜雷尔（Albrecht Dürer，1471—1528）已绘《忧郁夫人》（*Melancolia*）之图。而十七世纪革命内战未起之英国，业有巴登（Robert Burton，1577—1640）成其《忧郁解剖论》（*Anatomy of Melancholy*）之巨著（出版于一六二一年）。况乎吾侪今日，既永受西洋近世精神物质之种种变迁、种种痛苦，而所生息长养之中国，其政治、经济、社会、风俗、礼教、学术、文艺、典章又根本推翻全局混乱，日月转轴星辰易位，狂风骤雨飞沙走石。生乎其际，不免丧神失志，莫知所为。震骇罔两之余，或醉生而梦死，或禽栖而兽行。若仅疲倦忧郁之是感，尚其秉质纯厚而治心谨饬者也，呜呼伤哉。虽然，生于忧患者或能死于安乐，此人生之希望，亦世运之转机。窃念往昔中国圣哲，印土佛陀，西洋上古柏拉图、耶稣基督等等，以及今世白璧德、穆尔诸先生，莫不教人黾勉辛勤，精心毅力，由多以识一，入幻以求真，观变以知定。《约翰福音》第八章三十二节曰："尔将识真理，而真理必释尔。"盖惟圆满之智慧始能给人以真正之自由，此自由乃为幸福。诚能本斯道以行，终有所获而受用之，则其效益尚不止疲倦忧郁之减杀也。至语乎实际生活，则孔子与亚里士多德所言中庸之道最可依据。中庸者，有节制之谓，无过当之谓。人生欲望必须节制，不但(1)感情之欲，即(2)权力之欲，尤其(3)知识之欲，皆不可纵之过度，一往追求而不返，惟此非可语于卑懦顽钝、无志无行之人耳。夫中庸譬如航海之罗盘针，虽未必即免于风涛礁石之厄，要可减少其危险之程度，而使船渐近于其目的地耳。善哉本书作者解人君之言曰："人力有限，不能与无穷无限相驰骋。"知此，则已知解脱之道。书中各篇，甚多精言至理。吾人往复低徊于此，盖认作者为同病之患者，为先路之导师，而与商共救（救我救人）之术耳。

法国文人喜用Moral一字。此字殊难译，译为"道德"不合，译为"人性""人事"庶几近之。法国文学，最富于"人性""人事"之描写，及心理情感之分析。惟其方法，不专恃理智之明显划分，而多用直觉（所谓 Esprit de géométrie）之深微体会（所谓 Esprit de finesse）。法国文学之特长，正在于此（法国文学亦于人性人事之词字特富)。窃谓中国文学(文字亦同)之所长,亦在于此。盖中国与法国夙为亚欧二洲文化学艺之中心,此二国文学固皆悠久而成熟之文明社会之产物也。惟是,中国人对法国文学自应爱好特深。惟近世种种变迁,施行于人事而影响及于人性者,均已见之于法国文学中,而为中国文学所未具有。则中国今人研究法国文学所宜浸淫吸取者,与夫法国文学最能滋养裨益中国文学之处,正为此部分,似不容疑。窃谓《归心》作者解人君,于此实有独得之秘。孟德恩与巴斯喀尔及波德莱尔等之影响,字里行间随处可识。本书之特殊造诣与价值,实在于是。留法学生作者虽多,未有能见其比。读者试取其第一篇《不一定》而细读之,即知吾意之所指矣。(第三页云:"我欲借此一测使人眩晕的心的深处。"按此语可以移概全书。其书名曰"归心"其人号为"解人"亦见作者意旨所在。)

此下各篇,叙海程中之经历与感想。外写舟中及沿途各地之景况,内示作者个人之性情。着笔不多,而能栩栩传真。其韵味极似陈春随(登恪)君之《留西外史》。更举其中有精采者若干段如下。(一)第三四页论艺术。(二)三七页论海之迷人力量。(三)六七页第十至十一行,六九页第一至二行,七十页第一至二行,以上均论男女之爱。(四)八九页全页论感情,以迄九二页论爱情。(五)九四至一〇七页论期待,分析精微,论断确当,最足表现作者之能力。(六)一一七至一一八页论欧亚人生命之价值不同。(七)一二一页第三至八行论自杀,按屈原之自沉即此例。(八)一二三至一二四页论海与美女。(九)一三三页谓凡经过明白之自觉者始可为"一个人"。而作者之自期,惟在不愧为"一个人"。按此篇所言,实人文主义之要旨。昔希腊神之所以启示人者,首曰"汝当自知"(Know thyself)即此意。(十)一三六页续明前旨,此即人文主义者所提倡之“仁”是。(十一)一三八页续前。仁之本义即公同普遍之人。(十二)一四二页第一至五行,深明人性之巴斯喀尔(Pascal)所论正即如此,确乎不易者也。

至此书文笔之美,可举以下数段为例。(1)第四页第二至四行,(2)第十二页七至九行,(3)第八九页全页。本书排印错字极少。惟各篇题目应用较大之字。不宜与本文同用五号字。如在第十八、第十九、第三十九等页,尤滋混淆也。

——本文原载于《大公报·文学副刊》1933年第266期。

茅盾著长篇小说《子夜》

此书出版于本年一月。开明书店发售，价一元四角。约近六百页，近顷小说中最佳之作也。

茅盾君于全书之后撰一短跋，自述本于一九三〇年之见闻，而有大规模描写中国社会现象之企图，此书即为此企图之结果。惟以疾病所阻，仅成此偏重描写都市生活之书。其中有小结构数处皆未得充分发展，以此颇自憾疏漏。作者此言称心而出，质朴可爱。此书疏略诚亦有之，然其佳处初不因此而减。至少在最近吾国贫乏之文艺界中尚不闻有他书可与此抗衡者也。

此书之故事，系以企业家吴荪甫为主要人物，描写上海经营实业者之“作公债”。吴既挟雄财，复长谋略，身为丝厂之主而欲并吞小厂，以厚资力。初以与大贾人赵伯韬、其戚杜竹斋合力经营公债而大胜。并吞之策步步实现，卒至赵伯韬瞰于其侧，己身资力以计划太大，复劳于第二次公债之竞争不易周转，而见崩溃之势。同时内战之殷，经济之敝，在在皆与公债及工潮相关。吴以其精敏绝伦之才力奋斗补救，终以私欲之公债竞争一行失败而万事解体。顾胜利者初非赵伯韬，而其至戚杜竹斋也。全书于沉溺于公债者钩心斗角，烦闷痛苦之情写来最见精彩。……

吾人所为最激赏此书者，第一，以此书乃作者著作中结构最佳之书。盖作者善于表现现代中国之动摇，久为吾人所习知。其最初得名之“三部曲”即此类也。其灵思佳语，诚复动人，顾犹有结构零碎之憾。吾人至今回忆“三部曲”中之故事与人物，但觉有多数美丽飞动之碎片旋绕于意识，而无沛然一贯之观。此书则较之大见进步，而表现时代动摇之力，尤为深刻。不特穿插激射，具见曲而能直，复而能简之匠心，甚至每章之字数，皆几乎相等（每章总在三十页左右）。此固小事，然亦可见作者措置之不苟。其中有数事，如以盘剥起家之冯云卿，老而好货，闻赵伯韬喜女色，至不惜指使其女荐枕于赵以刺探公债消息。如吴荪甫工厂中之工潮，如双桥镇爨后之详情，皆为大可充分发展之小结构，而皆未能更作进一步之叙述。作者所自憾之疏漏或即此类。其他小疵亦有可议者，如吴荪甫之妻因吴之专心事业不能在吴之爱情上得满足，而怅惘，而游离，而卒与其旧日情人雷参谋相恋。作者于此以暗笔简述，殊有画龙只画鳞爪之妙。惟叙雷参谋所赠之小书签及萎残之白玫瑰，在荪甫眼中露出三次，使人稍有失真之感。盖此为两情人珍藏之物，既已重拾坠欢，此物宜不复长时把玩，以致屡为夫婿所见也。但此特末节耳。

第二，此书写人物之典型性与个性皆极轩豁，而环境之配置亦殊入妙。吴荪甫之为人固最跃然如在吾人目前，而“屠夜壶”之冷悍，“红头火柴”之颟顸，徐曼丽之昳荡，“曾剥皮”之奸猾，四小姐之矛盾，皆予人以最鲜明之认识。其环境之配置，屡以狂风大雨、惊雷骇电随文情以俱来。如工人策划罢工时、吴荪甫第一次公债胜利前之焦灼时，皆以雨与霹雳作衬。而写吴之空虚烦躁则以小火轮上之纵酒狂欢为之对比，殊为有力。当荪甫为工潮所逼焦灼失常之时，天色晦冥，独居一室，乃捕捉偶然入室送燕窝粥之王妈为性的发泄。此等方法表现暴躁，可云妙绝。

第三，茅盾君之笔势具如火如荼之美，酣恣喷薄，不可控搏。

而其微细处复能宛委多姿,殊为难能而可贵。尤可爱者,茅盾君之文字,系一种可读可听近于口语之文字。近顷作者所著之书名为语体,实则既非吾华之语亦非外国语,惟有不通之翻译文字差可与之相近。此为艺事难于精美之一大根本问题。试问近顷之所谓语体其诘屈聱牙直不下于《盘庚》《大诰》,而腐辞滥调、别字不通则又远过之,何能作表现文思之工具乎?吾人始终主张近于口语而有组织有锤炼之文字为新中国文艺之工具。国语之进步于兹亦有赖焉。茅盾君此书文体已视"三部曲"为更近于口语,而其清新锤炼之处亦更显著。殆所谓渐近自然者,吾人尤钦茅盾君于文字修养之努力也。

——本文原载于1933年4月10日出版之《大公报·文学副刊》第275期。

公民教育丛书《国族精神》（附《国族精神论例浅释》）

（一）公民教育丛书《国族精神》，陈筑山著，中华平民教育促进会发行。民国二十年初版。全一册，定价一角一分。（二）公民教育丛书《国族精神论例浅释》，堵述初编译（由文言译成白话），陈筑山等校。中华平民教育促进会发行。民国二十二年四月初版。全一册，定价大洋五角。

陈筑山君，为中华平民教育促进会公民教育科兼平民文学科主任。于民国十七年著《国魂论》，论述（1）日本之武士道、（2）中国之志士仁人的精神，比较阐发。又由堵述初君编译《国魂论例浅释》，取古书中所记：春秋战国至汉初之奇行伟事，足以表现吾中国志士仁人之精神者，凡三十条，译成白话。附译文天祥《正气歌》（谓可代表中国志士仁人的精神）及岳飞《满江红》词（谓可代表日本之武士道）。陈筑山君又于民国十八年著《公民道德根本义》，又名《中国的道德基本观念》，举（1）同体同心、（2）即公即德、（3）普遍圆满、（4）实现人格、（5）成己成物、（6）本在明德六端，为中国理想人格之标准。以上三书，均于民国十八年由中华平民教育促进会石印行世，但非卖品。吾人深佩陈筑山君之精思正见，对以上三书认为极有价值，在今之出版物中直可谓之凤毛麟角。本刊久拟为专文介绍，以人事匆促，迟延至今，时觉歉仄。最近该会复以各书铅印发售。《国魂论》改题为《国族精神》。书中略有删节，大体仍旧。惟原文国魂悉改为国族精神，心灵悉改为精神，国家悉改为国族。《国魂论例浅释》亦依此例改为《国族精神论例浅释》。按此种名词之改变无大关系，吾人认为改亦可，不改亦可。盖如斯之精神(或曰道)长存于天地之间，其事又属吾国旧日历史实迹。吾国人原有极强且明之国家观念。中国人在种族、文化、历史、地理上，任何说法，皆是一特殊而完整之民族，虽仇我者亦难否认。至于国魂或国族等名词，由于时代风气之变迁与翻译著作家细密矜持之用心，乃生差别。对一般读者，宁取其通熟与浑成者也。惟自陈君之书初出，以迄今日，三四年中，国步大改。外寇侵逼，半壁沦陷。空为新亭之泣，甘作城下之盟。况又法纪陵夷，民生疾苦。贪鄙中于人心，道德俨同梦话。彼日本民族“勇者不必有仁”之武士道，已得尽量发挥；而我中国“仁者必有勇”之志士仁人的根本精神，尚无表现。两两相形，憬然增悲。顾事境如斯，乃益见陈君之书之价值。盖知有理想人格之规范，则个人之生活当急谋改正，个人之志气应悉力振奋也。知我先民有精深博大之理想，则将热诚宝爱中国之历史文化，而愿舍身忘私以发扬卫护之也。知吾国古来之英杰有如斯勇毅坚诚之事迹，则可确信中华国族之必不亡，而当愧愤兴起，笃行义烈，毋侨毋缩，以继续吾祖先之光荣也。由此言之，陈君之书，在此时此境，乃真吾国民之暮鼓晨钟、参苓药饵，而当印万本，诵万遍，流传于乡市，刻印于心目者矣。

《公民道德根本义》应俟另论。兹撰述《国族精神》一书之内容如下。

全书分六节。

【第一节】一个大问题，即中国的国族精神问题。

【第二节】个人精神，分三类(表示精神努力向上、发展变化之程度)如下:(1)低等精神、(2)普通精神、(3)高等精神。人类的高等精神(即智、仁、勇)为一切文化的渊源。

【第三节】国族精神。国家之起原及其永续存在之理由,均由于人类的高等精神(即智、仁、勇)继续努力奋斗。故国族精神,必以个人的高等精神(即智、仁、勇)为构成元素。

【第四节】国族精神的特殊意义。国族精神,是国族(国家的民族)各个人的大生命的活动,直接或间接影响于国家的成仁取义的不朽的精神。是故国族精神,以国家为目的,计公而不计私,且须以牺牲显示之。不求个人肉体之得全,而求团体精神之长生。古来志士仁人,以身殉道,均能感动上下千古之人心,为国家社会一切兴革之原动力。

【第五节】日本国族精神,即武士道,即大和魂。比于朝阳下之樱花。而以切腹自杀最足证明之。至其变迁约分四时期:(1)在上古为胚胎时期,即武臣保卫皇室的忠心;(2)在中古为产生时期,即武士为主家死难的义勇;(3)在近古德川时代为成长时期,形成武士阶级完整的道德信条;(4)至明治维新以后为发展时期,即普遍的、国民的爱国精神。

据山鹿素行氏所揭示武士道之要旨,武士道之根本精神为忠孝仁义。武士道之修身方法为(一)意志的锻炼,其目曰(1)立本、(2)明心术、(3)练德全才;(二)行仪的修洁,其目曰(1)详威仪、(2)慎日用。而修身的方法归本于自省。

【第六节】中华国族精神。昔梁任公《中国之武士道》书中,列举中国武士之信条及其美德十八。今陈君更益以十三条,而总括之曰:春秋战国以迄汉初之中国武士,视(一)国家、(二)法纪、(三)职守、(四)风化、(五)道义、(六)信义、(七)节义、(八)廉耻、(九)志向、(十)名誉、(十一)恩仇、(十二)成人、(十三)朋友皆为重于生命。故中国之武士道比日本之武士道之精神为较丰富、磅礴、伟大。

但中国国族精神,实应名之曰中国志士仁人的精神。孔子曰:"志士仁人,无求生以害仁,有杀身以成仁。"孟子曰:"生亦我所欲也,义亦我所欲也。二者不可得兼,舍生而取义者也。"斯二语足以概括之。

【中国志士仁人的精神】	【日本武士的精神】
(一)为观念界的精神	(一)为现象界的精神
仁　义	大君　主家　国家
(二)为普遍性的精神	(二)为特殊性的精神
推爱　兼爱　大同	自尊　排外

上之比较表,本于柏拉图两世界之说,且可得而评判焉。中国志士仁人的精神,(一)以其为观念界的,故超越人我之界限,以一至高至善之观念为标准,而适用之于一切之人(是曰仁)、一切之事物(是曰义)。其德最大,其用最广。(二)以其为普遍性的,故能"老吾老,以及人之老;幼吾幼,以及人之幼","爱吾家,同时爱人之家;爱吾国,同时爱人之国"。仁义之所在,即道德之所归。此种极灵活、丰富、磅礴、伟大、高尚之精神,为吾中华国族之特色。苟能发扬光大,足以救人类社会之偏弊,拯人心之陷溺。(按关于此点,本刊屡有论述,并介绍美国新人文主义宗师白璧德、穆尔二先生之学说,读者可参证。编者识。)

日本武士的精神,(一)以其为现象界的,故常为一确定之自然人或一固定之团体尽忠效死,甚易收揽人心。故有万世一系之皇统,而忠于君主。又(二)以其为特殊性的,故自强、自卫、自爱、自负之心颇烈,而缺乏爱人的精神。流弊所极,发生极狭隘的国家主义,贪求无厌的侵略人国而不以为耻。(原书三七页,按陈君作此书尚在"九一八事变"之前三年，乃若为近事预言者。又按日本人近今之行事，固为其国族精神之表现，而我中国人所以应付之者，则绝未表现中华国族之精神。是故先民之伟烈与前哲之理想为一事，今人之颓败与目前之实况又为一事。吾侪著录此种种，固足以坚奋发有为者之信心，而决非为遍国中虚憍浮嚣之徒作辩护，由是而爱中国之精神文明可也，由是而妄自尊大、忝不知耻，但事称颂党国名贤，或誉扬社会民众，以自欺自侮，则不可也。编者识。)

由上比较，则知(一)中国志士仁人的精神，是"仁者必有勇"；(二)日本武士的精神，是"勇者不(原书三七页印脱此"不"字)必有仁"。征之文学，则(一)文天祥《正气歌》，可代表中国志士仁人的精神，(二)岳飞《满江红》词，可代表日本武士的精神。

全书末段云，今欲中国有真实之进步与伟大之成绩，"非希望有真正的志士仁人挺身而出，以自己的肝胆心血，为铸造国族精神的材料不可。"愿读者与全国全民族之人共勉之！

——本文原载于1933年6月19日出版之《大公报·文学副刊》第285期。

劝世人多读正经书

《实报》新年增刊，征文及我。窃以读书为人生第一要事。个人之苦乐、事业之成败、国家之盛衰、风俗之厚薄，皆视其国中大多数人（尤其领袖当权者）平日所读者为何种书籍。此所云读书，不限于学校，不关目前罢课等问题。又此所云读书，乃指技术科学专门以外之普通书籍报章。盖实际造成个人之心理，而影响国家民族之命运者，乃在此而不在彼也。今夫个人及国家，境遇常改变，事势极复杂。而在此昏昏雾气、滔滔横流之中，每人每日随地随时须用思、须决策、须说话、须做事。若问其如何思、如何决，说出什么话，做了什么事，则直接间接皆由于其所读过之书。即所谓父母、亲戚、师友之训教，新闻、杂志、戏剧、电影之提示，实亦系乎此等关系人及编辑著作家本身先曾读过某种书也。故就实际人生论，普通书籍最关重要。凡人总须极力多读正经书。正经书——即古来之名篇佳作，其中充满精言至理，为人生经验之宝藏、智慧之结晶，读时或觉平常，过后深得其用，且在任何事业及环境中均有用者。此所言正经书，又不限于一国家、一时代，更不能包容于一主义、一学派、一政党中。凡人应先读过正经书，然后自己可以了解一切、判断一切焉。此所言正经书，亦不系于文字。已通英文，则读英文中之Classics，其结果必为中国之正人君子、英雄志士。又如多读西洋历史文学者，即或不谙中文，亦必甚爱中国也。反之，但读中国古籍，其结果亦必可为通达时务而能措置适当之人。盖读书之所得者，乃精神道理与根本态度，非表面之形式与末节也。故如真心读书，真欲劝中国人读正经书，初不必为中西新旧之辨，更不必为文言白话之争，只问其书之内容与影响如何。然为大多数之中国人着想，欲得到名言至理，欲获取人生经验智慧之结晶，则必须读中国之文言书籍。即使自己专写白话，亦必兼通文言。即使认为文言已死，亦必学读文言书籍，方是中国人，方感觉中国之可爱，方知如何爱中国之法。深通西文者，尚可不读文言书，以白话为已足。只识得汉字者，更不可不多读文言旧籍也。

今略言读书之正法。读书是为自己受用。又读书须以个人为本位，不问职业、年龄、境遇、性别，有机会便抓着一本正经书来读。读书无一定次序，读得一页便是一页，而且贵明大意。勿究源流，勿谈版本，勿考琐屑之事实，勿治文字之校勘。而当以书中之人物事实，与我自己之生活经验感想，一一详细比证，深切体验，然后以书中之道理与方法，应用于自己之事业及日常生活中。如此读书，必有实益，而多乐趣。如此读书，非环境所能限制，非他人所能破坏，可以争争夺夺的读，亦可偷偷摸摸的读。在家中，在工场，在商店，在火车、轮船上，在山间古庙中，在田野犁耙后，甚至在受优待的牢狱中，皆可以读书。身边无书，卧床大病，或在战壕中、刑场上，尚可心中默诵我从前所读过的名篇佳作、真言至理。约旬余以前，《大公报》社论，曾勖平津学校师生，筹思他日无学可入、无书可读之时，如何办法。窃谓世间万事皆需要其人之真心实愿，而读书尤甚。我今云云，乃为真心要读书之人说法。至于应读何书，举例不易。今姑随意写出数种书名，此乃我所认为极当读之书，而为今人所未知或忽略者。又今所举,千百之一耳。

(一)《诗经》。(二)《左传》。(三)《资治通鉴》。(四)《顾亭林诗文集》。以上均古书。(五)《国史读本》。李岳瑞编,世界书局发行,十二册,三圆。(六)《中国文化史》。柳诒徵著,南京钟山书局印行,三大册。五圆。(七)《吴白屋先生遗书》,吴芳吉诗文函稿,门弟子周光午编,木刻本,六册,三圆,南京龙蟠里江苏省立国学图书馆发售。(八)《柏拉图五大对话集》,郭斌龢、景昌极合译,国立编译馆出版,商务印书馆印行,定价二圆五角。(九)亚里士多德《伦理学》,向达译,商务印书馆发行,定价一元。(十)《新约全书基督教圣经》。(十一)《耶稣传》,赵紫宸著,上海青年协会出版,定价一圆。

凡信我言之人,试取以上各书读之,久后再思我提举该书之理由。凡信我言之人,诚心要读书,苟蒙下问(附邮票、住址、信封)定必奉覆,但覆书只举书名,不写理由。其视吾言为不足轻重,或根本所见不同者,则亦无须辩论也。

【附言】立论者不举自己编著之书籍,乃中西通例。唯此稿取后,得见《实报》半月刊第五期七十三页,梁君诗话,论述及我,并录拙诗,而未计其出处,故附列拙著于此:《吴宓诗集》,中华书局发行,定价二圆四角。欲知我之一切者,请读此书,实深盼之。

——本文据《国风月刊》第8卷第6期整理,原载于1931年1月1日出版之北平《实报·星期偶感》。

续谈读书

我在元旦日《实报》《劝世人多读正经书》一文中，举出我所认为人生应读之佳书数种。此乃示例而已，非谓佳书即尽于此也。有对我所举之书不甚同意者，此亦无妨。最好各人就自己的心得，另举其他书籍，互为补益。但我之所举，多为今人之所未知或忽视者，譬如雪中送炭，无须锦上添花也。今再续举数书如下。

（一）冯友兰著《人生哲学》——新学制高级中学教科书，商务印书馆发行，定价一元一角。此书为人生理想之比较研究，合东西中外古今于一处，而明其异同关系。读之，不但取得人生正确观念，且能明了哲学全纲及研究门径。

（二）黎锦熙编《佛教十宗概要》——北平师范大学文学院及琉璃厂著者书店经售，定价四角。

（三）黎锦熙编《宋元明思想学术文选》第一册——经售处同上，定价五角五分。读此二书，可知佛教在中国之历史及其教义与名辞。又可知宋明理学家如何吸收外来之佛教理，而融汇于中国儒教之经典精神中，以造成一种中国的新文化。此种新文化，为中国人生道德之基本者，约一千年。正如西洋文化乃是希腊哲学与基督教融汇而成之一种道德精神，而以科学技术与民治组织为其应用。黎先生此二书，简明而充实，普通人读之受益必多。我们做人与读书，本是一件事，必须内外一体、本末兼修。但“智欲圆而行欲方","闭门造车,出门合辙",先须洞明一切道理与了解诸多事实,然后因地制宜,随机应变,如此方能措施得当,如此便是所谓中庸之道。由另一方面说,人生应有"常识"与"公道"。常识即是仁,即人人心中之所同然者。公道即是义,即是在此时此地我自己感觉得应当如此做,于是我遂不顾一切而坦然做了。如此,理想与实行方能互益,方能联合起来。其实,中国所谓义理之学即宋明儒者的道学,亦只是发明此"常识"与"公道"的意思和应用方法。他们以根本道理教人,原非拘泥于事务风俗礼节之末。后人误解了他们,更以自私自利之心,弄成"假道学",弄成"吃人的礼教"。我们现在应当洗去外面的泥污,吃下里面的滋养品。同时,我们亦当认识众生平等,人人可爱,而略迹原心,隐恶扬善。我们应当破除阶级、地位、党派等观念,而以情(仁)理(智)为抑扬取舍之标准。谁存好心,便是善人。能尽自己的义务和责任,便是贤者。货真价实的商人,其道德远在欺世盗名的士大夫之上。然而,乡下人娶妻必要真处女,与贵家小姐找女婿必要外国博士、银行经理,这是同一的愚蠢卑鄙。反之,旧式的贞女寡妇,与新式的离婚恋爱,只要是由于本人的真情自愿,牺牲奋斗,一面克尽自己的义务,一面寻求自己的幸福,以上二种人,一体值得我们尊敬。举此一例,以概其余。总之,道德无分公私,无别新旧,但必取其真而斥其伪,扬其善而抑其恶,重在精神,而不视乎形式和名义。但有人要问,如何得知真伪善恶的分别,如何可以对得起自己而不冤枉别人,亦不受人愚弄呢?解答此二问题,指示自己的方针,这便是义理之学的真正工夫。近多年来,义理之学受人鄙弃,我们劝人研读义理之书(如黎先生此二种选本即最好),多用自己随事体验、逐处辨别的工夫,勿为伪革命家所欺,亦勿为假道学家所愚。慢慢的走到"好德如好色——但我本性仍是好色”和“视死如归——但我仍旧是贪生而恶死”和“菩萨心肠，金刚手腕”的路上去……如是则义理之学决非无用，而又趣味浓深。并且义理之学便是救亡图存、爱国合群的基础。试读黎先生此二书必明吾意也。

（四）贺麟《经济与道德》一文，载于《国闻周报》十三卷三期。

（五）景昌极著《道德哲学新论》——南京成贤街一一一号钟山书局印行，定价六角。以上二种不及细叙，但祈读者取阅。

——本文据《国风月刊》第8卷第6期整理，原载于1931年2月2日北平《实报·星期偶感》。

(民国)二十四年我爱读的书

(一)《顾亭林诗集》。

(二)《吴梅村诗集》。

(以上)版本兹不论列。最价廉而易得者,为上海扫叶山房之石印本。

(三)*On the Nature and Destiny of Man*(译名:《人性与人之使命》)。

许思园著,一九三三年出版,南京钟山书局代售,定价一圆二角。

(四)《耶稣传》,赵紫宸著,上海青年协会书局发行,民国二十四年五月初版,定价一圆。

【附言】本年中,我出版《吴宓诗集》(中华书局印行),我之性情行事一切均具其中;即我所以爱读上列四书之故,亦可以该《诗集》为之说明。一月二十四日,黄晦闻师(节)殁于北平。黄师方讲授顾亭林之诗。宓承其志,故研读顾诗颇勤。窃以今日中国之时势比拟明末,则我辈文人所以自处之途径:(1)上应学顾亭林,为正面之奋斗;(2)下则效吴梅村,为旁观之悲叹。此谓志同意同,非必步趋形迹。大率亭林为阳性文人,其诗乃以明道(道即真理,智慧,道德,正谊,精神),而道本于情;梅村是阴性文人,其诗全系写情(情即仁爱,同情,伤感,觉悟,信仰),而情即见道。我幼读梅村诗甚熟，今与顾诗合读细参，更见其妙。其详俟另论。

暑假中，我始得读许思园君书，欣佩至极。约举所长：(1)英文文笔极美，精炼而深厚，千百留学生及博士所不能为；(2)其哲学本于自己之所思所感，非钞旧书，不辩虚理，乃由综合我之真切经验而蒸取其中之精纯智慧；(3)融汇古今东西之道德哲学，而观其全，知其通，既不牵强，又能深到。我读此书后久久，方知许君为一大学甫毕业（或未毕业）之少年。中国有如此之人物，名不列于教授作者之林，乃中国之光荣。我所未识面未闻名的人中有此人，亦我生所遇之一幸事。

入秋至冬，乃细读赵紫宸君之《耶稣传》。赵君固系真正之基督教徒，亦中国之诗人，能以西洋最高之情与理，运用入中国旧诗旧词（以及新诗）之形式中。此书所长：(1)作者考据功深，熟悉历史事实，而能以同情及想象，领悟耶稣之全部性情行事，了解深至；(2)读此《耶稣传》，如读一部用优美的白话写成之小说，人生趣味浓厚，而文笔又极生动；(3)作者以耶稣写成一位情智兼到而为理想奋斗至死犹乐的人物，即非基督教徒，即不信古典教训者，读之亦必欣感；(4)读此书时，每觉耶稣时之犹太与今日之中国各方面极相类似，因之，耶稣之主张及行事，乃今日中国真爱国者所当采取效法。综上所言，上列所列举之四书，对宓实为一部书，读之获益至多也。

——本文原载于1936年1月1日出版之《宇宙风》第8期。

中学生课外优良读物介绍

（一）《实用文字学》（上下二册），吴契宁著（去年亡故，江苏金坛人，年与宓相若），商务印书馆。作者根据《说文》及篆隶变迁之迹，又本于多年中学教授经验，详列每字之正体及俗讹。简单明了，切实有用。不但中学生，即宓自己，任敢[①]兄，以及官商人等，倘每日翻阅一二页，改正自己平日写错念错之字，为益至钜。适合各年级。

（二）《耶稣传》，赵紫宸著，上海青年协会书局。（教会机关，当易寻得。）作者为真正之基督徒，又为天生之诗人，深造于中国文化，性情类杜甫、陶潜。今以历史之眼光，用小说之文笔，运其想象同情作成此书（白话）。读者但觉耶稣之可爱可敬，如在我之左右，如我之师友兄。潜移默化，大可立品进德。适合各年级。

（三）《五种遗规》（《养正》《训俗》必读，《教女》《从政》等可不必读），陈宏谋编，有铅、石印本。此为宓中学时代之部定修身课本。《养正》中如朱子读书十法，古今东西，莫能逾此。《训俗》中如引薛文清君（瑄）名言："学问当看胜于我者，则愧耻自增；境遇当看不如我者，则怨尤自寡。"又如"由俭入奢易，由奢入俭难"等语，宓生平受用极深，恒诵记之。时代虽改，仍有用。适用各年级。

（四）Jameson：*A Short History of European Literature*（《欧洲

① 傅任敢，时任重庆清华中学校长。

文学史》),R. D. Jameson著,商务印书馆。此为清华多年教授(美国人)所编之欧西洋文学史课本,简述西洋文学史之大纲,均用简易之文体及普通之字作成(略如*Basic English*一类之书),故虽系大学课本,中学生尽可通解,有裨常识。适合高中二三年级。

(五)Zucker:*Western Literature*(共四册,《英文泰西文选》),A. E. Zucker著,商务印书馆。此书选集西洋文学名篇,各冠以导言,专为中国学生而作,而其文笔亦浅显明白,易于通解,大中学皆可读。第一二册尤善,适合高中二三年级。

(六)*Moment in Peking*(《瞬息京华》),林语堂著。有翻印本。此系抗战小说,带宣传性质(对外国人为中国人宣传)。然文笔顺利明显,圆转自如,且取材皆中国近今之人物情态,故学生读之,得知日常需用之许多名词生字,其英文应如何称、如何说。窃意读此胜读部颁之大学英文读本,以其实用也。适合高中二三年级。

(七)《吴白屋先生遗书》,长沙木刻本六册。

(八)《白屋吴生诗稿》,成都铅印本二册,必须购置。

(九)《吴宓诗集》,中华书局。亦望列入,可使人知碧柳之全。

——本文原载于1947年7月1日《重庆清华》月刊(重庆清华中学校刊)第7期。原序号有误,整理时已加以调整。

论诗之创作（答方玮德君）

《文学副刊》第二百零九期，载方玮德君《再谈志摩》一文，并辱教及仆，甚幸。方君此文，持论公平，仆甚赞成。兹略述仆对于作诗之方法之意见，以质方君，借答雅意云尔。

方君文中，叙及《学衡》杂志。按此志创始于梅光迪君，而柳诒徵先生及刘伯明、胡先骕诸君首赞之。此志之宗旨及理想实梅光迪君所草定。予加入略后，始惟每期译小说一章，旋同人以编辑之职见委，予遂尽力于本志之各种事务，凡编校（尤以译稿为重要）稿件、通信接洽，以及筹措款项（为印刷津贴之用）、计划版式等，为予之专责，亦常得诸友之助。予之目的，惟在维持本志使不停版，虽年出三数期，亦欲继续不断，迄今已出七十五期，仍续出。予游欧时，由胡稷咸君任总编辑。予每自比于一学校中之庶务会计及摇铃扫地之工役，而以教授及大师期梅、柳、胡（刘君伯明旋即弃世）及其他社员并投稿诸君。易言之，此志之内容及思想文学之价值，皆诸君之力，惟事务之经营、编校之工作，则由予担负。予弗能居功，尤不敢掠美也。世之读者，对于此志，或赞成，或蔑弃，是在个人。吾惟具一诚恳之希望，即凡读《学衡》杂志者，不可专看某篇某题，或专寻求某作者之名字而观其所撰述。应请统合七十余期之各门著译之稿，作为一体而观之，则知我罪我，皆本志同人所甘服已。（以上乃附带言之。）

兹述予个人对于作诗之意见。如下：

（一）予最服膺柏拉图之哲学，以为可以包括一切事象，解决一切问题。柏拉图哲学之精华，尤在其（1）两世界，及（2）一多相关无碍之二义。

（二）以柏拉图之学说用之于文学，则知（1）文学之原理、真善美之本体、批评之标准，以上均是绝对的，故可完全客观论究而得公平。但（2）对于某作者及某书某篇之论评，属于相对的范围，势必参以主观，只能得吾意所欲求、吾力所能致之公平。

（三）作诗，与作散文作戏剧作小说同，固可论究创作之原理与方法，然至我自己实行创作时，只当用我此际所认为最适当之方法。此种方法之选择，固须融汇一切文学艺术原理规律于心，而尤须了解我自己之特别才性。创作家之我，乃主观的活人，受我生数十年来性情、才调、经验、学问、境遇、修养之限制，故我此际创作此篇所用之方法，惟我所自为选择者最善，他人不能代谋。

（四）作诗（任何文学创作皆同），只当运用我之全力，使所作者材料（即思想感情之内质）、形式（即格律词藻之外形）并佳，且材料（内）与形式（外）融合为一体，不可分别。如此作成一篇之后，即静待朋友当世之人及后世之人之评判。所评者非，吾亦无暇辩驳；所评者是，吾亦无力改进。故一篇既成，即不当再置念，他日另努力于新作可也。由是言之，古今东西作家，无人无时不在"尝试"之中。但尝试非掉以轻心，率尔操觚之谓，乃既尽吾力，静待结果之谓也。

（五）欲为佳诗，须材料与形式并重，但二者应合为一体。且须成于自然，不可矜心作意，专务材料之富或形式之美，致露痕迹。若以作品强别等次，则可云：材料形式并佳者为上上；材料佳而形式劣者为中上；材料劣而形式佳者为中下；材料劣而形式亦劣者为下下。

(六)古今东西作者,其材料与形式皆有新旧之分别,如何舍此而取彼,授新以入旧,乃凡百作者皆须自为解决之困难问题,非独今之中国为然也。惟在今之中国,则新旧之差别过显过钜,故此问题尤为切要,亦更困难。今日吾侪所运用之旧材料,乃中国旧有之思想感情经验事物。新材料,则西洋传来学术文艺生活器物,及缘此而生之思想感情等,所号为现代之特征者是。今日吾侪所采用之新形式(专就诗言),即西文诗之形式与格律,以及文法词藻韵脚标点等。其旧形式,则为吾国诗中所固有之五七言律绝古体平仄及押韵等。

(七)斟酌选择于新旧材料格律之间,其途径可有千百,然可大概分为四类如下:

甲　旧材料——旧形式　(例)郑海藏

乙　旧材料——新形式　(例)某某等之语体诗

丙　新材料——旧形式　(例)黄公度(已故)、吴芳吉

丁　新材料——新形式　(例)徐志摩

现代极旧派之人,其所表示者,亦是现代人之思想感情,故上表自有缺点。但此处旧指中国,新指西洋。旧指已曾见于中国诗文中者,新指尚未见而今始见于中国诗文中者。读者幸勿以辞害意也。

(八)如上所言,每一作者,应按照己之性情嗜好才学经验等,为自己选择最适宜之一途(上文第三条)。适于我者未必适于人,反是亦然。故在理论上,对于上列四途不必强别高下。而在实际上,宜尽其毕生之力,成绩留待后人评判可也(第四条)。吾意徐志摩君既择丁途,则丁途必最适于徐君者,吾人可以置信。而予

不能诗,亦喜作诗,则窃自附于丙途之作者之后。予之所择,亦有不得不如是者存乎其间。更观上期本刊所载二文,杨丙辰君讥徐志摩君过重格律,而方玮德君则以此为徐君对于新诗之首功。平心而论,杨君之意旨略如予上文第五条。然而天才及修养既在个人,则对于一般人,极力提倡格律,使作者对于表现技术咸极努力而不苟且,此在任何时地任何派别,均属正道,均为美事。是则方君推重徐君之说,诚确乎不可易矣。

(九)予不敏,夙昔作诗,常主表现真我,不矫不饰,然同时更望将此我日日改善,期使所表现于诗中之思想感情日趋于高上精深。易言之,即以写实之法,表现趋向理想之我。数年前,编订拙作诗稿,曾为自序一篇,略谓诗中首重真挚之感情,一时一地之生活感想,均应存其真相。盖古今伟大之诗人,皆能以其经验中最重要最高贵之部分写入诗中,质美而量亦富,故不可及云云。又拙作《南游杂诗》第九十首云:

> 耻效浮夸骋艳辞,但凭真挚写情思。传神述事期能信,枯淡平庸我自知。

盖自道也。又予所编订之诗稿,取法人解尼埃(André Chénier,1762—1794)所作“L’Invention”(《创作》)诗中四句,为予诗册之格言(Motto),写印于首页。其诗云:

> Changeons en notre miel leurs plus antiques fleurs;
> Pour peindre notre idée empruntons leurs couleurs;
> Allumons nos flambeaux à leurs feus poétiques;
> Sur des pensers nouveaux faisons des vers antiques.

兹译其意如下(按此译首二行“蜜”“泽”二字韵未叶,容后改正）：

> 采撷远古之花兮，以酿造吾人之蜜。
> 为描画吾侪之感想兮，借古人之色泽。
> 就古人之诗火兮，吾侪之烈炬可以引燃。
> 用新来之俊思兮，成古体之佳篇。

黄公度之为诗，主以新材料入旧格律，安诺德（Matthew Arnold）所作诗，能融合浪漫之感情与古典之艺术，胥此意也。

——本文原载于1932年1月18日出版之《大公报·文学副刊》第210期。

诗韵问题之我见

吾友大弨[①]君，以所作《诗韵问题》一文见示，拟投登《大公报·文学副刊》。读竟，谨附管见于后。

予对于大弨君此篇持论，极为赞成。且更进一步，以为诗韵不特有其演进之历史，且有其当保存之价值。

予以为在今新诗（语体诗）可作，旧诗亦可作。（详另篇，题曰《论诗之作法》。）作新诗者，如何用韵，尽可自由实验，创造适用之新韵，非予今兹所欲讨论。若夫作旧诗者，予意必当严格的遵守旧韵（即现行的诗韵）。

【理由一】凡艺术必有规律，必需宗传（Tradition）。从事此道者，久久沿袭，人人遵守。然后作者有所依据，不致茫无津埃。然后评者可得标准（标准有精神、形式二种之不同，但皆关系重要），可为公平之裁判与比较。世界各国各体文学，皆有其特殊之规律及宗传。中国旧诗之形式上之规律及宗传，厥惟平仄之排置与协韵。去韵，则旧诗不成为一种艺术。破坏人人（指作旧诗、读旧诗、评旧诗者）所共遵所共守之韵，则旧诗已不成为旧诗，即等于完全消灭矣。

【理由二】凡人生社会各种规矩（Convention），似若束缚，实皆为全体或大多数人之利便。当初制定之时，纵属勉强，纵由专断，

① 大弨，为瞿宣颖君（字兑之，晚号蜕园）之笔名。

然既通行之后，则可赖以免除人间多少猜疑纷争、痛苦旁皇。譬如马路中车辆左侧东行、右侧西行，又譬如电话簿按字画多少编目，其无形中便利群众、便利个人之处，直不可思议，不可限量。上者如道德事功，下之如衣服装饰，于规矩定律之外，随时因人施以变化，乃见巧思与聪明，乃成新奇与美丽。(此又本乎一多共存而相关之根本原理，不赘释。)故各种规矩之存在，不但足以维持社会秩序之安宁，且足以增加个人生活之趣味也。文学艺术，理正同此。各种规律(诗韵亦其一)之存在，不特不至阻抑天才，且能赞助天才之发荣滋长。不特非枷锁之束缚手足，且如枪炮之便利战斗。故谓中国旧诗规律太严者，妄也。谓中国现今之韵应废除者，亦妄也。疑吾言者，请读华次华斯(Wordsworth)之“Nuns fret not at their convent's narrow room”诗(十四行体)。又请读韦拉里(Paul Valéry)之论文集(*Variètè* 第一集)中“Adonis”一篇。(此篇予曾节译，题曰《韦拉里说诗中韵律之功用》，先登《国闻周报》，又录登《学衡》杂志第六十三期。梁宗岱君于《水仙辞》及《诗刊》第二期中亦介绍甚详。)其他例证不胜举。

【理由三】姑不论源流沿革，只论现在。则以予本身实验之经验，常与生长各省之朋友谈话，积久乃知中国现今之诗韵(按照通行韵本)，其分别部居，对于任何一地之人，皆不能为完全之适合。**然其对于全国所有各地之人，则能为(比较的)最大量之适合**。譬犹算术中之公生数(或曰公因子)，诚可为文学界公用之标准也。大弨君以粤、吴、湘诸音比较，可证予言。大抵甲省之人每觉韵本中子丑诸韵字编置不近理，而乙省之人又觉韵本中寅卯等字不应同在一韵。(例如陕人读“门”“元”绝异，而苏人常错“仁”“清”。)北京话之应为全国标准语者，理由亦同此。昔但丁提倡意大利国语，创造新文学，而专取塔斯干之方言，正因此故。彼所取者谓之雅言，乃塔斯干方言之加以淘汰凝炼者，又非该地市井之流行语也。总之，北京话既可为全国标准语言，文言更应继续为全国统一之文字。而现今之诗韵尤当为作旧诗者所宜共遵守。此予所深信不疑者也。

虽然，立法宜严，而行法则当时予宽恕；论理宜真，而行事则必有时过、有时不及。此人生之实况，亦当然之理也。诗韵乃一理想之鹄的、公共之标准，故每一作者悉当恪遵严守。然事实上，如偶成佳诗，而某句不协韵，若强改为本韵中之字，则大失原意或减损其美，到此无可奈何之时，吾宁劝此作者勿改。宁可某句出韵，而保存全诗之光辉与价值。然此乃以破格及例外视之。作者不获已时，尽可行使此种自由，然却不可因自己一时之便利，而欲破坏诗韵之本体也。（盖诗韵推翻之后，此种出韵之自由，亦不觉其为可爱而便利矣。）

吾读阁君原文，以为徐志摩君以原籍之土音作语体诗，另为一事。若李释堪君挽徐诗“论”“原”二字不协，及陈散原先生题鹿川阁图诗“喧”“尊”二字不协，皆系一时失于检点，偶尔出韵。此在古人大家集中亦常见。即或李君与陈先生自知出韵而未改，亦可有其破格之理由，见上文。智者千虑，必有一失。立法宜严，执法宜宽。乃阁君径以此为罪案、为铁证，而欣然断定旧诗中现行诗韵之必废，谓立将寿终正寝。噫嘻嘻，过矣。

［附录］诗韵问题之尾声（节录）[1]总之，对于诗韵问题，(1)阁君[2]从徐志摩君，主以作者个人为单位，而遵从现代人及各地方言、土语之读音，以求真切而得自由。(2)大弨君与予，则主维持已

① 此段文字节录自吴宓《诗韵问题之尾声》，该文原载1932年1月25日出版之《大公报·文学副刊》第211期。

② 徐凌霄。

有之公共标准,遵依韵本之所区分、所规定,以严格律而尊艺术。吾人以为此二说之不同,仍可归本于一(the One)多(the Many)之对峙。盖主多者,常主自然(Nature)而讥斥人为。主一者,并主规律(Law; Convention)而力求统贯。此二种态度之双立背驰,其间何去何从,及相反相成之理,古希腊柏拉图已卓然发明尽致。今取柏氏之学说,证以后世之经历,则宇宙人生任何问题,无不可归纳于一多问题之下,而论学、论事、论文、论人之标准及态度,如由此根本出发点明察深辨,则一切不费文字言词,已可得其分别为之而解决矣。本刊对于诗韵,并存二说,待读者自为取择,即以此为本问题之结束云。

［附录］

诗韵问题　大招

本年一月四日《大公报·小公园》,有署名“阁”君的一篇短评,题目叫《志摩的韵与释堪的不韵》。意思仿佛说:志摩的新诗以个韵与遇韵通押,是可以的。而释堪在他的律诗里面以元韵的“原”“论”二字同押,不合现代的读音。这个问题,极有研究的兴味。

阁君大概只知道太湖流域的语音个遇相通,而不知道珠江流域的语音却的确是原论同韵。所以对于元韵发生这个疑问,以致硬说诗韵是古坟堆里所用的。平心而论,诗韵之应否改造,固是一个问题。但必须认清诗韵的价值,方才可以讨论。

现行的诗韵——或者说是截至今日止尚未完全作废的诗韵——是金代的平水韵,这是大家都知道的了。平水韵又是根据唐韵而加以简缩的。唐代继承南北两朝的文化,中原音与吴音一齐融合，以唐韵为准绳，的确是促进语音统一的一种好方法。辽金以来，北方语音势力甚张，正音已渐有式微之象。试看宋人的词韵，溃泱范围，无所不至。（注一）然后知金韵之制定，虽不能实际上统一语言，究竟使文学界上公用一种标准音。诚然不可抹煞也。

【注一】欧阳修"平芜尽处是青山，行人更在青山外"，以外地为韵，为吴人所讥。俞克成好我为韵，亦见讥于词品。

南方语言保存正音最多。徒以八百年来南人政治势力之不竞，多数人听了反以不误为误、不怪为怪。然而制定标准韵的，不能不详考其变迁之源，求在学理的根据与实际的应用两方面得一调和的方法。平水韵确是应这种需要而产生的。

北方人读寒韵与删韵绝不懂得有何分别。然而吴人读寒为oen，读删为an，毫不牵混。所以懂吴语的人方才知道寒删分韵大有道理。吴音读删覃又没有分别，然而粤人读删为an，读覃为am，也毫不牵混。所以懂粤语的人方才知道删覃分韵大有道理。阁君以原论为不协，这也是误以今日之北音为正音的原故。粤人读元韵的字都是uen的字。原论二字的确是协韵的。大抵粤音原出中古时代文化阶级，所以保存正音最多。例如齐韵的字可以与佳灰通，而不能与支通。庚韵的字可以与阳通，而绝不能与真通。尤其是入声的字，以t收尾的与以p收尾的，粤音分得极清楚。在别人要读过许多音韵书然后悟解出来的，在粤人简直村夫樵子都能脱口而出，切合学理。

总而言之，诗韵这件东西是为一班人而设的，要使无论何处的人都能大致适用，并且可以矫正不少错误的读音。（注二）

【注二】湘音读玉为遇,然而读书的时候仍读为屋韵。北人读大为达去声,然而读专名如大夫、大同、大名仍读为泰韵,都可以证明诗韵矫正误音、保存正音之功。

所以诗韵虽然不是现代的人做的,然他自有其演进的历史,可以合于现代之用。并且实际上粤人用的最多,吴人次之,北人又次之。阁君硬说他是古坟堆里用的,恐怕不确。

不过为今后适用起见,是否应当以国语为标准另定新韵,还是任人各行其是,却也是个可研究的问题。但我恐怕如果以国语为标准,则吴语与粤语同在牺牲之列,而志摩与释堪一齐要败诉了!

——本文原载于1932年1月18日出版之《大公报·文学副刊》第210期。

《旧诗新话》

《旧诗新话》一册，刘大白著。上海开明书店发行，实价大洋六角。

全书共五十五则。虽无特殊创解，其所论尚多耐人寻味。惟第三十八则云：“《碎金词谱》从《九宫大成谱》中摘录这仅存的一百八十阕古词底旧律吕谱，加以订补，使它流布世间，打破历来词底律吕谱完全亡失的瞎说。”案刘说非是。《九宫谱》诸词调大都当作引子用，虽与宋词之句法相合，然其音谱固曲而非词。词之真正音谱，是否如《九宫谱》所谱者，今已无从证明。姜白石词中自制腔虽有工谱，仍不能付之歌唱者，盖其音拍及唱法均已失传故也。张玉田谱吴梦窗《西子妆慢》有旧谱零落、不能倚声而歌之语。玉田去梦窗不远，词谱已零落不全，况在元明以后。故吴梅氏《顾曲麈谈》云：“与其词去就谱，何如谱去就词之为愈。”亦与叶堂《纳书楹曲谱》之谱“临川四梦”，同一苦衷。刘氏讥之，可谓南辕而北辙矣。他如《八病正误》一篇，作者亦未见《文镜秘府论》，容有小误，兹不赘叙。

——本文原载于1928年8月27日出版之《大公报·文学副刊》第34期。

《南帆集》序

《南帆集》一卷，吾姑丈三原陈公伯澜所为诗也。丙辰秋，予于读书之余，日积寸晷，抄录编次，笺注事实，以寄示吾知友，而并序其端曰：呜呼！予欲为此者，有年矣。以人事牵缠，苦不得暇。又予甚称道澜丈之诗，惧人以厚于所亲，讥为阿私，迹近铺张，遂暂从搁置。比来深思自念，以年华日长，忧患益滋；此后成立为人，随时世之所遭，则沉沦之苦、事业之繁，必将有加而无已，乌可坐待后日？且澜丈之诗，久为通人所盛道。其佳处压倒群俗，读者自能辨之，亦何待予之称道？

万事以无轻重为至公，吾于澜丈之诗，又岂得以私亲而废吾责？盖澜丈之诗，其能为笺注发明者，舍予更无其人。即有为是者，亦决不若予之详适。丈之于予，父也，亦师也。甲午庚子以还，世变日亟，丈家与吾家又曾共转徙于江湖。及辛亥以迄今日，更得常侍丈侧，饫闻绪论。于丈沉沦之戚、身世之感、怀抱之雄、风谊之高，予皆深悉熟察，无微不至。天时人事，触目警心。家国离忧，茫茫一慨。丈意之所注，予虽管窥蠡测，实皆同之。非予又安能笺注此集？而予称道丈之诗，实自觉有真知灼见之故，不得缄默，率更缕陈。通人君子，可以由是商榷质证。彼以庸俗之思想，妄肆毁誉，均予之所不计，而更何损益于澜丈之清名哉！析之予约有数层：

《南帆集》真正诗人之诗也。

玩物丧志，雕虫篆刻，为社会国家分利之蠹。此可以讥矫饰虚伪强作诗人者，而不可以妄渎真正之诗人也。真正诗人之诗，发乎中情，出以至诚。真正诗人，其人格高尚，其道德坚卓，其怀抱雄伟，其感情深挚，其目光能上下今古，烛照万变，而能纳巨细于轨物之中。其心则常萦切于国计民生之艰难疾苦。凡其一生之所见闻、所经历，山水风物之奇观，下至室家米盐之琐务，皆能表而出之，刻画精致，形容真切，毫发不爽。而以悲天悯人之仁心运用其间，故能扬善惩恶，移风易俗；期至道之昌明，促群治之改进。然在彼为真正诗人者，必将现一一身，始能说一一法。身入地狱，遍历人间，种种疾苦，乃可绘影传神，成妙文于炉锤，登苍生于衽席。故真正诗人，其功虽伟，其名虽远且久，而其生时，必至病愁贫苦，沉沦憔悴，极斯世之忧患，合千年之缺憾，以一身当之。苍苍者天，欲玉成之为真正诗人，则故拂逆其心志，危迫其境遇，即处膏粱锦绣之中，亦必使尽识富厚之苦。尤其甚者，则重之以水火刀兵，或生之世运升降之会，家国危亡之秋，若至陵谷变易，地老天荒，此身安归，人间何世。而彼真正之诗人之佳遇，乃至其极。知人论世者，于真正诗人之遭际，伤之，不可也；慰之，羡之可也。彼真正诗人之自处，盖亦若是而已矣。

惟其然也，故真正诗人之诗，不矫，不伪，不饰，不妄；不激于无端，不专务声华，不特重格律。惟发乎中情，出以至诚，故自然雄奇，自然精到，自然富丽，自然逼真，感喟忧愤，皆大不得已而然。哀而不淫，乐而不伤，怨诽而不乱。声韵一本天籁，动乎人心。其体裁流派，或逼肖前人，不加强勉，务为神似；或别开生面，造福学者。凡诗人所身历而心感者，必事事有诗以写之。若凭空造谣，无中生有，或拟古，或游仙，或无题，荒渺放荡，于以见其品性卑劣,则皆真正诗人之所不为。即或制题如此,亦必中有寄托,旨微而显,词卑而义高。又或偶尔抒才,亦决不专取黑牡丹、绿牡丹等琐题,一作数十首。故限窄险之韵,或用辘轳、回文等格,堆积字面,既属毫无意识,又剽窃铺陈,见笑大方,若百千庸流之所为。恶紫恐其夺朱,恶莠恐其乱苗,此辈皆是也。今夫天涯变换之奇趣,实有不可思议者。真正之诗人,惟就己之所遭,顺序写之而已。云峰千叠,色色俱备,无一遗漏。言宗国,则见揽辔澄清之怀;言室家,则有儿女喁喁之念。叙英雄,则哀歌起舞;叙山水,则胜境销魂。天机良材,俯拾皆是,既不待于外求,更何事于矫饰。譬如贫富之观念,在彼高明之士,禄位显达,固不足动其心,而箪瓢陋巷,岂为名高,藉以夸示于人。若乃丰衣美食,安舒快乐,而作诗则备述贫苦,使人疑其不伦。又或轮船火车,千里稳度,声色狗马,恣意顽乐;而作诗则仆仆风尘,望门投止,局外无从索解。此固今世之恶习,而亦诗界之大蠹也。要之,真正诗人,其天机甚高,而作诗则一本翔实,隐微深至,适如分际,是非曲直,昭然若揭。故后世天下万国,人人重译而乐读之,非特以其字字若从我心出,入人为深,亦以其足传一地一时之实状,后之究心群治者,可据以为信史。江河万古,此流不废,回观世中几多得失,几多兴亡,甚至如今世欧陆之大战争,转瞬亦如泡影空花。即中国万里长城、埃及金字塔、罗马之大剧院、犹太之圣教寺,丰功伟烈,藉以垂纪念者,亦将有丘墟埋没,不可辨认之一日。而真正诗人之诗,则凡有历史与社会之时,皆深中于人心,而永久长存。呜呼,伟矣!

准是以言,则古今之真正诗人,其生,与国家之盛衰、世运之升降,密相关系,如影随形;而于冥冥之中,实隐具旋转乾坤之能力。此非无故而然,盖据社会心理学家言,风俗之变,事业之成,多赖人民有一致之模仿心,勤劬朝夕,反复陶镕,终归定向。而欲驱世人之思想行诣于一途，则当使世人互相模仿者，在精神而不在形式，相导于善，而不相诱于恶。真正诗人，以诗为武器，直取肺腑，入人最深。而其理想极高，趋向甚正，群黎受其感化，则如久经训练之卒，临敌作战，无往不捷，而大功可也。故史乘可载之鸿业，多以诗人为之先驱，而指挥操纵之。中国往迹无论已，其在西国，希腊罗马之盛，本以诗人为其文化之中坚；及后诗人不作，百度俱废，而遂不免于亡。近世若法、意两国，实为诗人产出之地，流风流韵，沾溉滋多。故法虽久乱之后，大败于德，而仍强。意则脱千年之羁绊困厄，而复得自主。中古以来，若宗教之革新、文艺之复兴、政治之改进、科学之发明，无不以诗人为先路之导师。但丁、福禄特尔[①]之伦，为世所艳称。而英人更夸耀于世界，谓古今人所看书，读之最众者，莫如索士比亚[②]之诗集。索氏固英国产，以是为荣。至于近世削弱灭亡之国，若埃及，若犹太，若波兰，若突厥，则阒然无闻，将终于无望。乃如印度，近有塔果尔[③]者出，才力敻绝，群推为诗圣，欧人以是知印度之将脱奴劫而自立也。夫真正诗人之力，至能兴灭国，继绝世，则我中国之前途，固于是乎有赖。东西两洋接触以来，成古今未有之奇变，重以天演竞争之烈，文明利器之锐，磅礴刺激，我中国骤罹忧患，见逼强邻，事变重重，日处惊涛骇浪之中。国人震荡迷眩，莫知所措，身心失其常度，但觉劫运苍茫，来日大难，不忍计虑及是。而又当此新旧潮流之会，五千年之文明，受外来之渲染，分歧错误，离奇变幻，是非颠倒，理乱不明；举国跳荡狂掷，盲动群从，轻义趋利，道在尿溺，学在刍荛。无信仰故无目的，如同乘无舵之舟，横流驱遣，安

① 福禄特尔，今译伏尔泰。

② 索士比亚，今译莎士比亚。

③ 塔果尔，今译泰戈尔。

知所届?改进之机,保守之道,均将由是而绝。兼之政变纷叠,枯劫无可再转,社会群治,受其影响,乃成今日之现状。少数人肆意营私,劫掠自肥,而多数人则几于穷困颠连,无所求告,室庐悬罄,到处伤心,憔悴辗转,苍穹难问。于是国人之志愈放,气愈颓,行愈偷,旨愈卑,而前途尚可问哉!今欲救亡图存,当务为根本之计,先须纳国人之心理于正轨,使知群爱之急,严义利之辨,毋矫毋缩,毋诡毋暴;明乎中国之所固有,与撷采融洽之正法,而有乐天任命,鼓舞竞争之勇,则中国或可不亡。然此既非今日粉饰涂斫之教育所能为力,尤不能以宗教迷信,效昔日愚民之举。唯一收功之希望,则若有真正诗人者出,动以中情,启其睿机,先轸犹存,成此伟举,犹可为神州古国之福。即有不幸,而浩气之音,中于人心者,既深且久,渐图恢复,仍可冀日月之重光。呜呼,吾既寤寐以求之,馨香以祷之,犹未见斯人之生于世。而一知半解,偏隘浅薄之辈,乃于诗及诗人,横加痛诋,彼又何曾得窥见真正诗人之价值哉!故夫真正诗人之于世,如凤毛麟角,不数数觏,理固然矣。吾以中国先时得十余辈,而以杜甫之资格为最合。古之诗人惟藉诗以遣余兴,以寄别才;心目萦注者,另有其物,无以诗为终生之事业者。有之,自杜工部始,而其后又无继者。有唐一代,为吾国诗学最盛时期。工部以天赋卓才,矗处其间,又生当开元天宝之会,既已遍观盛治,歌舞太平,而戎狄内侵,陆沉世变,沧桑之感、离乱之情深至其极。及后乃沉沦憔悴,阅历种种,以助成其诗之材料,殆所谓应运而生,为时势造成之人物。故其诗之雄深,其人之高雅,实可谓前无古人,后无来者。群星之拱北辰,万流汇于东海。千年以来,凡为诗者,莫不以学杜、学杜为口头禅。呜呼,至矣!吾敢谓,此后中国纵有大诗人出,虽其派别气息迥异前人,而欲求如杜工部之造诣,诗圣、诗史居之无愧者,必不可得。欲知真正诗人之特异于凡庸，但于工部求之可耳。古有悬格以论人者，今世有所谓理想之人物，若杜工部之于诗人，可以当之矣。

吾又以求之西国，则真正诗人，亦得十数辈。而于其评判推崇之道，言之最详者，则有英儒嘉莱尔。其为诗人彭斯所作传，为英文中极精到之鸿篇巨制。彭斯者，苏格兰农家子，毕生劳苦，幼而失学，然天赋奇才，故于陇畔辍耕之时，豆棚瓜架戚党聚谈之会，辄随口作歌，不加涂饰，自然成章。而其诗性情之深挚，气格之高古，非古今人所易及。远近传诵，即及笄垂髫之女郎，乱头粗服之灶下婢，亦出其积聚之微资，购其集读之，不忍释，谓语语皆深印若辈心坎中也。积旬之间，声誉鹊起，偶入都府，则以一贫贱之农夫，而王公贵人咸来趋奉交欢。然彭斯既沉沦劳苦，以终其身；又慕善嫉恶，积愤过甚，以戕其性，故遂流于狂荡，跅弛不羁，体气益亏，而造物真若忌才，遂以颜回之年而殁。使其得享遐龄、略享富厚，造诣必不止是。顾已为古今罕觏之诗人，故嘉莱尔特作传以表彰之，曰：诗人有五要，一，诚，言必由衷。二，勇，见善如不及，见不善如探汤；是非褒贬，笔严斧钺。三，慧，触事生感，见物留情。凡风云月露之变、飞潜动植之形、死生离合之迹、喜怒哀乐之意，在在皆见造物之化工，供诗人之运用，而又能口宣笔答其幽冥微茫、嵚奇历落之感情。使圆颅方趾之伦，咸能知晓。四，遇，遇非安富尊荣之谓，必沉沦憔悴，贫病忧伤，至于极地，乃可为诗人。五，名，一时之毁誉，举世之颂扬诋诽，不足置念。诗人之上者，其诗必深厚。故在其生时，必不免曲高和寡，缺少知音。然历时愈久，则声名愈重，光焰万丈，传之百世，不晦不衰。若如电光泡影，转瞬生灭，如是之庸名，古今殆不可胜数，谁复能忆及之？况其涂饰铺张，依党类之势力，妄为标榜者哉！嘉莱尔又曰：造物忌才，决不使并世而生。故有真正之诗人出，同时必无能传此诗人者。欲为诗人作传,必一己先为知诗人之人,略具上言之五要,能文章,而出之以纤悉不爽、毫厘毕具之叙述。又常与此诗人密相近接,于其身世经历,知之綦详,兼能领悟诗人之思想观感,而出以写生妙手,为其人作传;则使读者见其精采奕奕,言动活现于目前。譬之作画,必能绘影绘声,传其全神,非片鳞只羽、刻眉修腰,比附凑搭而成之木偶,乃可从事。呜呼!若彭斯者,始足为真正之诗人,而嘉莱尔者,始足以传真正之诗人耳!

吾终以求之今世,则真正诗人渺不可得。今世非无工力深到之诗人,然格律讲求过细,而于诗人之大事反尽忽略。模山范水,遣性怡怀,而凡民读之,不解所谓。且有处元明之世,侈言巢燧,常不免枯枳逾淮之诮,不足为真正之诗人也。又非无聪明跌宕之才,而侧眉取容,妄行无忌,败坏风节,致作诗为世诟病,是直名教之罪人矣。外此或以派别相竞,或以粗豪为尚,略无诗人之学问性情,而亦堆砌金粉之词章,满纸琳琅,而实则晦涩无复意义,则更不足语于诗。予反复沉思,一再审虑,窃以为今世若澜丈《南帆》一集,庶几可为真正诗人之诗矣。故敢录之,以公同好。其诗之如何,读者当自评定。惟澜丈之为人,则纯然杜工部,其诗亦学杜,而深得其神髓者也。由嘉莱尔之说,则澜丈之诗实可传。然予缺乏澜丈之才与学,顾以生涯之关系论,则实责无旁贷。余虽愧耻不安,宁可废吾责耶?此《南帆集》笺注之所由作也。

——《南帆集》,乃吴宓姑丈陕西三原陈涛先生(字伯澜)所作诗集,后以聚珍版排印,改名《审安斋诗集》,今陕西图书馆有存。本文为作者早年在北京清华学堂学习时手书旧稿。

［附录一］

《审安斋诗集》序　康有为　遗稿

吾戊戌遁海外，携《元遗山诗集》，感伤身世，日讽其金亡都破诸作，恻恻心脾。不意十数年，竟于吾身亲见之。吾门人、陕之士陈伯澜（名涛，三原人），静笃而质敦，好学而隐秀。学于秦中大儒刘古愚先生（名光蕡，字焕唐，咸阳人。其传见本志第十九期及二十四期文录），而久客粤督幕府。昔来问学，吾多与谈经，未知伯澜之能诗也。当戊戌春夏之交，门人赴公车者以百数，能诗者夥。若麦孟华孺博、林旭暾谷，华实尤茂。而吾开堂讲学，说经外，多谈政治，不及诗。今二十余年，世变日深，伯澜怀抱郁郁不得展，皆托于诗。今诗刻成，请吾序之。八月二十三夕，乃得读其《审安斋诗集》，则沉痛飞惊，歌泣缠营，哀历幽清，悱恻芳馨，何其类遗山也！其《新秋》《伤春》《感秋》《和叔雅孝方扶万》诸律，一唱三叹，哀感顽艳，与遗山金亡都破诸作奚异耶！其他名章俊句，络绎弥满。杜少陵曰："赋诗何必多，往往凌鲍谢。"陕士多质，而伯澜华严若是。陕诗人自李天生、屈悔翁后，莫能或之先也。吾门以能诗名海内者，麦孺博、潘若海，往矣。今朱古微侍郎编为《粤两生集》。今存者，南洋则邱炜萲菽园，京师则罗惇曧瘿公，皆清丽沉郁，有古诗人风。今得伯澜，可骖靳连镳，抚尘并驾，驰驱中原，未知鹿在谁手也。嗟夫！士生乱世，怀抱珠玉，沉屈下僚，或为诸侯宾客，不能展才用；抑郁磊落，穷愁放歌，不过聊自娱耳。然后世讽少陵、玉谿之诗，浴日月而丽云汉者，彼岂非终身屈下僚而客诸侯，轗轲不遇，郁郁不展者耶！伯澜诗之雄健学少陵，锦丽学玉谿，而神似遗山，遇合亦同之。后之读其诗者，论世知人。沉吟感叹,当亦同之也。辛酉八月二十五夕南海康有为序。

[附录二]

《审安斋诗集》序 覃寿堃

予不能为诗,而嗜之甚至。谓夫诗者,乐歌之遗也。曰赋曰比曰兴,言乎其品性也。曰风曰雅曰颂,言乎其格律也。故曰:诗言志,歌永言。太史采之以观民风。季札观乐,征之诗歌。汉魏五言,犹有隶之乐府。齐梁之时,稍稍异矣。故其为诗,类多靡靡之音。迄于有唐,近体浸盛,而格律为之一变。然而当时所传诵,如李白之《清平调》、王建之《宫词》,以及秋槐叶落之章、黄河远上之曲,其被之弦管、著为声歌,而为乐师所采及者,抑亦汉魏之遗,不以古近体判也。惟诗本于乐,故当时掌之乐官,而后世传诵,得以审其音、知其政。抑惟诗为乐歌之遗,故必有品性格律之可言,然后谓之诗,而无舛于六义之旨。宋人之诗,则远于是矣。丰之则无骨,约之则无肉。纡余以取妍而无色,错落以赴节而无声。故夫宋人之为诗,与其为文无以异也。以文为诗,而不衷于乐。此其所以别于唐也。建国以来,时贤遗髦,承清季之余韵,振江西之逸响。京国士夫,凡号为能诗者,群以宋诗为标帜。其为之而最工者,窈窕幽洁,扬之若夏蝉,抑之若秋蛩。往复委宛,意态绵邈,斯诚宋诗之极观也。然而按其体质加以品藻,抑亦变体之桐城文而已。谓之为诗,则殆有间。风气时会之所趋,时流倡和,非是几无以与于作者之列,觇国者岂得无慨乎?予友三原陈君之诗,浸淫于唐而出入于汉魏。所为五七言近体,博厚精严。其品性格律,一以唐人为宗。君之志,不欲以诗名,而又不能为时贤仿宋之作,以故知君之诗者甚鲜。辛亥以后,君困于病,而自放于酒。辇尘人海,闭门翛然。与壶榼相左右,所为诗益不可多见。偶或为之,则亦酒之余沥耳。予自清季与君同服役于粤,其时读君之诗,类多零章断什。今年夏,始获睹君所手钞之诗集一册。展诵既竟,神志为之一快。既怂恿其付印,并揭论讨之主旨而为之叙。世有能读君之诗者,当不以予之言为阿其所好也。民国七年六月覃寿堃识于京师寓次。

——此二篇序文,原同载于1931年1月出版之《学衡》杂志第73期。

《艮斋诗草》后序

岁戊辰，予始因南川刘雨若，得识万县徐久成先生（际恒），蔼然仁者也。先生和予《落花诗》一首，规慰备至。壬申岁暮，乃获读先生所为《艮斋诗草》，感佩良深。予少学诗于三原陈伯澜姑丈（涛），并以传之碧柳（吴芳吉君）。约十年前，丈所为诗曰《审安斋诗集》者刊行，而丈旋即没世。予家三世咸久依姑丈、姑母居，恩勤提携，有逾寻常。世变益亟，予亦多悲欢离合之遭，每怀念丈之生平，并诵其诗，含悽五中，莫能自解。今春碧柳且亦殂谢，予于诗，虽自谓爱之更笃，知之甚明，乏师与友，孰为予评定斧削耶？伤哉！及获读徐先生诗，顿觉徐先生其人与诗，咸吾姑丈之俦，乃取《审安斋诗集》敬献先生。先生读而酷嗜，自诩为知音。予得重见姑丈于先生，予欣幸何如。

丈夙昔所以训予者二义，予久后验之于古今东西名贤大师所倡所教，咸能契合无讹。其一曰，诗必本于性情，必求真挚。父子兄弟朋友，死生离聚，梦魂颠倒，据实传真，笔而出之，便是佳诗。丈集中如《宿岐阳》（《审安斋诗集》卷一）、《山西道中寄怀范卓甫》（卷三）等，徐先生集中如《赠陈伯材》、《题李弥青太夫人墓志铭》、《回忆》二首、《哀情》三首等，均自然难得而可贵，绝非可以矫饰伪造，或强为摹拟者也。其二曰，诗人必存心济世，忧国忧民，常思大而怀远，宏识而溥爱。然此亦非可以叫嚣虚伪为之，仍赖发于内衷之至情。如杜工部之"穷年忧黎元,叹息肠内热"岂为求人之称赞而作此语者?姑丈集中,如"万方耕凿日,吾愿在长贫"(《审安斋诗集》卷三《癸丑新秋杂咏》)及"褪粉应知病蝶寒,风枝雨叶梦难安"(同上,《宵来风雨枕上偶成》)。徐先生集中,如《旱区日广感赋》《夜起偶成》《闵乱》《秋潦吟》等,又如《辽宁行》《哀济南》《述怀》《虹口炸案感怀》等,其怀抱志节之伟,皎如日月。而如《颐和园昆明湖》《咏拿破仑弃妃》《金陵怀古》《古意》《读史杂咏》,虽有所指寓,而皆以其事关系国风世运,乃出以法言说论,归本于道德。非同轻薄吹弹,或怨望讥讽者流。且其意固正,而其词又工。此亦姑丈与徐先生之所同也。

近世中国之以旧体诗鸣者,率皆宋诗,且姝姝于江西宗派。陈石遗为《近代诗钞》,唐诗长庆体概屏不录。窃谓此实诗界之蹇运,亦中国衰亡之征。旧诗为人攻诋,夫岂无故。盖约略比较言之,唐诗富于想象,重全部之领略,浑融包举;宋诗偏重理智,凭分析之功能,细微切至。西人论文学盛衰往史者,有(1)古典时期(如希腊纪元前五世纪)与(2)衰微时期(如希腊之亚历山大时代)之分。英人辜律己(S. T. Coleridge)论作诗宜凭(1)想象(Imagination),而勿用(2)谐趣(Fancy)。德人席勒(Schiller)又有(1)本真诗与(2)思感诗(Naive und Sentimentalische Dichtung)之说。凡此二者之分别,亦即(1)唐诗与(2)宋诗之所由异。则唐诗与宋诗之优劣高下,不待辩而自明。姑丈为诗取法盛唐,直学工部,参以玉溪。生平雅不喜宋诗,晚年偶为之,仍不类。徐先生之诗亦然。其体之正,其气之伟,近世不多见。覃孝方先生(寿堃)序姑丈诗,谓今之宋诗,乃变体之桐城文。徐先生亦有此论。先生全集最佳之作,当推《读蓼园诗集》一首。王静安先生尝谓柯凤老为近世中国正宗第一诗人。先生此诗推许极公,而音调复洪响。予窃拟以此诗移为《艮斋诗草》之题状矣。姑丈托身幕府，备员部曹，一生沉沦。而徐先生为议员，奔走国事，心在制宪，终则期望全空。其遭遇相似也。姑丈曾游蜀，久居粤，晚岁恒居北京。徐先生所到之地，有与丈相同也。康南海序姑丈集，引杜少陵“赋诗何必多，往往凌鲍谢”二语，以为丈诗极工，虽少，庸何伤？徐先生全集诗仅一百零六首，其少而工，亦与丈无殊也。姑丈生平嗜酒，且爱菊花，故尝自号迹陶。而徐先生集中有《读陶诗》一首，笼罩全集，述所向慕。吾侪亦可取以概先生。是则先生之志事与性情，皆类似姑丈，予之欣仰依依，情不能自已者，岂偶然之遇耶！敬题册末，以赞雅音云尔。民国二十一年冬，后学吴宓谨序。

［附录］

《艮斋诗草》引言

引言曰，壬申岁暮，徐久成先生以其所为《艮斋诗草》授宓，云将刊行，且命为序。宓读竟，辄妄加评语，又直述所感，成序一篇。以文词芜累，尚待修削，未即呈缴。次年春，先生归蜀，旋即弃世，年六十一。其秋，宓始由刘君伯量（运筹）处闻耗，唏嘘惊叹。向以身兼数役，昕夕劳忙，而情感怫郁，思绪不属。故此序久置屉中，未及润饰。不意鸿春楼（北平宣武门内大街）尔夕便宴，遂成千古。宓既深挂剑之悲，复抱人琴之痛。呜呼！今将于何处投献吾文，以偿宿诺耶？先生所为《代议文存》先已印行。宓乃发愿刊印《艮斋诗草》，近始得暇编钞。窃念时危事艰，世乱人忙。若刊行专集，印校费时，流布未易，何如乘今兹方便，与宓诗合印一册，不特早观厥成，而异日凡购读拙集者，无不得见先生琼瑶之什，吾意足矣。此种办法，乃宓所以自致其心中之极端诚敬。虽违通例，人言所不恤也。此集编次，全依先生自订手写之本，增入宓所为序。原稿有李惺樵先生（哲明）评语，总列卷末。今分注入各首之中。圈点均宓所加。又附录《代议文存自序》，以见先生文章志节之一斑。民国二十三年十一月，吴宓识。

——以上二文原载于上海中华书局1935年5月出版之《吴宓诗集》卷末。

《西安围城诗录》序

尝观古今东西人论诗之说，各有独到。然或缘识见不广，或因语意难周，但举一义，有所偏重。又所论多系枝节，更相争辩，无所底止。于是论诗者愈多，而诗之义愈晦，诗之法愈乱。善为诗者，遂谓诗不必论，亦不可论。诗中秘奥，惟作诗者自知之。将举古今东西论诗之说，而拉杂摧烧净尽，夫以后人之不善读书，不务体会，不能集众说之长而受用之，致使前人独到之见解亦将埋没而不传，此实事之大可悲者也。顾吾谓诗中有根本二义，则为众所公认而万不能废者，一曰温柔敦厚，是为诗教。诗之妙用，乃在持人性情之正，而使归于无邪。二曰作诗者必有忧患，诗必穷愁而后工也。由前之说，则非天性笃厚而深于情者不能为诗，强为之亦不工。由后之说，则非生于乱世、遭遇困厄、备历艰险，而悲天悯人、忧时伤世、蓄志未伸、郁郁以没，如唐之杜工部，西洋之但丁、弥尔顿者，必难成大诗人。然使有天性笃厚而深于情之人，生当海宇承平之世、民康物阜之秋。若其诞于高门世族，固可终身安乐，不愁温饱，所以寄其情思者，不过天伦骨肉之恩、吟风弄月之事、文酒冠裳之会，怨绮愁罗，征歌选舞；再则赏鉴珍奇，品题书画，富贵风流，动人歆羡而已。即或其人托身蓬筚，伏处山野，劳生作计，奔走衣食，其诗中之所表见者，亦不外室家朋友、离合聚散之情；啸傲烟霞、安贫乐道之意。再则写炎凉之世态，著里巷之琐闻，模山范水，叙记游踪；读史咏物，寄托怀抱。欲其诗之有进于是，固不能也。后之读诗评诗者，将谓此类作者千百，均出一体，无所特异，是宜覆瓿，勿庸检翻。故夫盘根错节，乃所以别利器。彼生于承平盛世者，虽具温柔敦厚之情，无由表见，不得发而为宏大精严之诗。其生涯之幸，固其诗之不幸也。此可谓有其人而不得其时者也。然而征之往史，凡当衰世末运，国乱民穷；干戈相寻，岁无宁日；流离丧亡，盗贼饥馑；生人所遭，惨痛逾恒；忧患之思，穷愁之境，宜若大有裨于诗矣。而出众之诗人仍不数数觏者，则又缘当此之时，世乱无已，人欲横流，屠杀劫夺，视等寻常。贪功攘利，惟日不足。其黠而在上者，固刍狗群氓，恣我所欲，万众骈戮，不值一顾。其愚而在下者，咸营私好货，视息偷生，狐媚鼠窃，蔑绝廉耻。而残酷凶狠，刻薄阴险，则又上下智愚之所同，不信有天命，不知有道德，无复有丝毫恻隐之情，存于其心。欲于此时，求温柔敦厚之人，固将如凤毛麟角之不易得。即有之，亦将为世所移易，不能自持。且当此之时，政行隳废，礼教衰微。雅化灭绝，文物土苴。纵有赋性可为诗人者，亦以无所禀承，不得训练陶冶之故，而终于无成。其时虽亦有诗，然其所谓诗，皆噍杀粗厉之声、苟偷淫靡之思。讽刺则流于刻，描状则伤乎俗，而工力艺术，则不免破碎支离而纤巧，此郎迦南〔Longinus，西历第三世纪希腊文学批评家，著有《超卓论》(*On the Sublime*)一书，本志前曾屡次征引及之〕所为致叹于亚历山大时代希腊文学之衰，而以晚唐皮日休、韦庄诸人之诗与李杜较，亦可见其差别。此所谓有其时而不得其人者也，亦诗之不幸也。惟独时与人合，二者兼备，佳诗乃可望成。以赋性温柔敦厚之人，生值浩劫大乱，处穷愁之境，有忧患之思，而能不改其本真，常保其性情之正，发而为诗。此如希世奇珍，更加琢磨，其光芒万丈，造诣夐绝，不卜可知矣。

呜呼！由上所论，则今日中国，吾知其必有伟大诗人之出现也。夫今中国之乱，以及世界之乱，可谓极矣。战争死亡，水火盗贼，古所常见。乃若论宗教之衰微、道德之崩丧、科学之奋兴、教育之歧误、政治之纷更、社会经济组织根本之动摇、文学艺术理论技术之偏谬，生人思想感情迷乱惶惑、愤激麻醉，则今之西洋，今之世界，实处千古一大变局。撮要言之，则功利盛而道德衰，分争烈而统一难。异说淫辞奇技新法愈多出，而正情雅化至道真福，益渺不可得。彼西洋数百年中所经之变迁，积渐以成今日之情势者，我中国于二三十年中乃悉领略之、承受之、体验之。故中国之变尤烈，而中国人之苦为尤甚也。然而中国五千年圣贤之教入人甚深，礼俗道德今虽澌灭，犹有些须存者。温柔敦厚之性情、忠信诚笃之行事，随处尚可遇之。又读书种子尚未尽绝，旧日之文章学术，亦尚有浸淫其中，深造有得，而能明其源流、传其规矩、达其精神者。呜呼！横流所趋，虽尽人力，其能挽救，过此以往，实不可知。而今则尚未湮绝。就诗而论，今之中国，可谓尚有其人而正值其时。瑰宝琼琚，奇光异彩，定必出现。疑吾言者，请观于今所甄录西安围城中三君之诗，可以知之矣。武昌围城与西安围城，并为丙寅(民国十五年)一岁中之巨劫，而西安尤久。自阴历三月初以迄十月之末，城被围凡二百三十余日。围解后月余而予往，得三君之诗，惊喜逾望，乃急谋集钞而刊布之。围城中作诗者尚有其人，然以所作不多，故今录以三君为限。三君者，一吴君芳吉，字碧柳，四川江津县人；二胡君文豹，字仲侯，陕西三原县人；三胡君步川，字竹铭，浙江临海县人。之三人者，地隔数千里，初不相识，而乃共命于危城，噢咻慰藉，以诗简相酬答，各写其闻见感想，而同著民生之疾苦、丧乱之境况。香山乐府、杜陵诗史，实近之矣。三君于予，为近亲密友。予今集录其诗，不惧私人标榜之讥者，则以予夙知三君皆温柔敦厚，围城八月，几濒于死。其所处固穷愁之境，而忧患之思甚深。其所为诗，虽有精粗高下之别，而皆能不失其性情之正，于以知中国诗尚未亡，而诗之前途大可为也。至予所作《西征杂诗》，弗逮三君远甚，而以关系西安围城，可资参证，故附录之。（民国十六年五月下旬《北京晨报》所登载黄成洸撰之《西安围城记》，叙记详实，可以参阅。黄君奉天人，任西北大学蒙古文教授，携眷居围城中。）夫以中国之大，年来战祸绵延，民生创巨痛深，岂止丙寅一岁之西安。而海内耆宿名贤文人雅士，其为诗较三君为工且多者，何可胜数。容当续为搜集刊布之，藉传中国此日之真景，而树立诗之根本二义焉。今之所录，其嚆矢耳。

——本文原载于1926年11月出版之《学衡》杂志第59期。

评顾随《无病词》《味辛词》

顾随君《味辛词》一卷，本副刊第四十七期镜君已为文评之①，并录其中最佳之作《八声甘州·哀济南》二阕。按顾君所为词，尚有《无病词》一卷（分上中下）刊于民国十七年夏。《味辛词》一卷（分上下）则刊于民国十六年夏。各印五百册，非卖品。欲得之者只有函请顾君寄赐。闻其第三集现正编辑整理，不日即付刊。是顾君每年可出词集一卷，爱读者正可拭目以俟之也。顾君词之佳处，镜君评《味辛词》文中已言之明确，兹更就文学创造之原理及吾所视为今日中国创作诗词惟一之正途，以论顾随君之词。简括言之，文学创作之事綦难，而诗词为尤甚。大率格律稳练者，每伤情薄而事空；情真而事实者，又往往于格律缺乏研究与训练。若夫斟酌于二者之间，得中道之至美，以新材料入旧格律，合浪漫之感情与古典之艺术；此乃惟一之正途，而亦至难极罕之事。顾君遵此途以行而所作大有成功，吾人虽不欲赞许称道之，不可得也。吾于六七年前撰《论今日文学创造之正法》②一文，于在今中国欲创作新旧各体文学其道何由，颇有所指陈，自谓所言大体不误。该篇之意今不复述，惟就顾君之词为例，评论阐发之如下。

① 镜君为赵万里之笔名，其所作《评顾随〈味辛词〉》刊于《大公报·文学副刊》第47期（1928年11月26日）。

② 吴宓所作《论今日文学创造之正法》，刊于《学衡》杂志第15期（上海中华书局1923年3月出版）。

【一】顾君作词之途径与方法，见于《无病词》二十二页上《临江仙》云：“自开新境界，何必似花间。”又《味辛词》十七页《朝中措》云：“先生觅句不寻常。一字一平章。只望保留面目，更非别有心肠。”大凡文学创作之第一要件，须作者视此事极为重大，不惜费时费力，牺牲一切以赴之，而终视己所作出者为不满意，欲更求有进；断不可出以轻心，苟且急遽成篇，贪一时之虚誉，甚或骄盈自满，则必归于失败无疑。今国中之从事创造者，盈千累万，多犯轻率油滑之病。所谓新派，以诗词各体格律繁难作成匪易也，则倡为解放之说，欲举中国旧文学之种种格律规矩而悉行铲除之破坏之，不知此实大背文学公例。盖（一）文学作品之美，在形式与材料并佳，二者融合为一体而相助相成。（二）凡文学之形式体制，必有所因袭，逐渐蜕变而来。征之任何国家时代之文学史，昭昭可见。（三）形式体制格律之可贵，即在其强迫作者精心苦思，而不至率尔成章，敷衍了事。（参阅《国闻周报》第五卷第二十三期拙译《韦拉里论诗中韵律之功用》篇。）故若全弃形式，或铲除旧日文学中之体制与格律，而从事于极端狂放自由之创作，则所成者皆毫无一读之价值而徒沾沾自喜之劣下作品耳。新派失败之机既伏于此，而所谓旧派老辈作家，知格律体制形式之要，且曾经长久之练习研究，所作悉能合拍按律、叶韵谐声，然亦以天才缺乏与不肯苦心精思之结果，其材料意旨则陈陈相因，其字句词藻则互相钞袭、千篇一律，曾何足贵？遭人攻诋，理固宜然。是故新旧二派，其行事方向相反，而同犯油滑轻率之病。新派以破除格律恣意乱写而油滑轻率；旧派以但知步武格律剿袭摹仿而亦油滑轻率，其失相等。（以上乃就大多数作者而言，新旧派中各有能手真才，非敢一概抹杀。）以若所为，新派固不能创造精美之文学，旧派亦终难保存昔日工细之格律形式体制。惟一希望，即在如顾君之所致力者,知词中格律等之不可废不必改,故一切遵依之,而苦心精思,语必己出,戛戛独造。先经过摹仿之阶级,深通格律,终乃底于创造,表现真正之自我。材料新奇而艺术工美,诚可贵矣。

【二】新派之失,在不肯摹仿便思创造,故唾弃旧格律;旧派之失,在仅能摹仿不能创造,故缺乏新材料。欲救其弊而归于正途,只有熔铸新材料以入旧格律之一法。此说在中国近世倡自黄公度(见所作《人境庐诗草·自序》。此序于光绪十七年作于伦敦使署),其实此乃古今中外文学创作之万有公例惟一方法。凡真正之批评家莫不知之,凡伟大之创作家莫不行之。以词而论,中国近世名家辈出,如王鹏运、郑文焯、文廷式、况周颐、朱祖谋诸氏,所作均能突过前人,卓然有成。其词中所表示者,亦身世之观感,不可谓非新材料,但非民国十七八年时之情景事物;又仅能代表遗老而不能代表此外各种人之思想感情经验。即硕果仅存之朱古微氏[①],吾人读其词既多,亦觉有意已尽而词常重复之感,故不得不望之于后起之少年词人,如顾君者。其于词之体制格律既已研究精熟、运用灵活,又舍梦窗、清真而学苏、辛,取体适宜于清新劲健之作,亦属卓见。而同时则处处入以新材料,其所表示者,乃今年此日顾君自己之思想感情经验,亦今年此日凡与顾君地位知识相同之人之思想感情经验。合此二美,故读顾君之词,只觉其真挚深切,浑脱流利,语语若自我心爬剔而出者也。

【三】以新材料入旧格律,则格律不得不有相当之变化,但其变化要必出于自然而非由外铄。旧派词家或嫌顾君之句调神理过于自由(句法有时似曲),然感觉现代之种种事象及心情之人,则谓顾君所变化之程度实未为太过。总之,此事之分寸之难决定,必须合乎中道。而所谓中道者又非一成不变,须临事审机,善

① 民国二十年(1931)十二月在沪逝世。

为裁量，视结果以为断。大率一篇之中，所铸入之新奇之材料愈多，则其格律较可变化自由，反是则格律愈当精严整练，必使读者但觉其浑然一体、美妙无穷，不见有斧凿胶粘之迹、矜心作意之态，而后此篇格律材料二者之分配取择方为适宜也。凡真正之艺术家，皆明白认识自己所据以创作之原理，但决非为证明或宣扬此原理之故从事而创作。故即熔铸新材料入旧格律之说，虽系确切不易，若入于俗子庸夫之手，以此为号召宣传，炫式矜夸，则亦徒滋流弊。观于顾君之作，亦当知所取法矣。

【四】顾君词中所熔铸之新材料，析而言之，约有数种：(一)曰爱国伤时之心。集中最佳之《八声甘州·哀济南》二首，属于此类。又于《无病词》第四页下《贺新凉·青岛樱花》亦同。其下半阕云：

> 花如解恨花应语，是伊谁、东瀛取种，移栽中土。故国华魂飞不到，一片异乡情绪。便待得、嬉春游侣。十里红霞迷望眼，更香车宝马樱花路。谁会得、此心苦。

读顾君词，似觉其为江南人，然闻其籍隶山东德州，而居济南与青岛甚久。(《无病词》上当系居青岛所作;《无病词》中则来往于济南青岛之间;《无病词》下则已至天津矣。)《无病词》十八页下《百字令》云“四载明湖，三年东海”惟然。故顾君对于日人之霸占山东及济南惨案，感痛特较他人为深，而铸之于词亦最工。济案发生时，顾君已在天津，故其《八声甘州》二阕(十七年五月)，为遥念济南之作。近二三年为中国战祸最烈之时，故顾君词中亦多悲干戈之重叠，哀民生之疾苦，如《味辛词》十四页上《永遇乐》云：

> 少岁无愁，爱将愁字，说又重说。近日闻人，言愁不觉，先自扪吾舌。沙场炮火，深沟弹雨，愁也怎生愁得。试翘首、

> 战云滚滚,江南直到江北。……万丈银河,可能倒挽,静洗平原血。……浑无寐、披衣坐听,声声画角。

又如《味辛词》十三页下《庆清朝慢》云:

> 梦又还醒,醒又还梦,如环往复无端。那堪入梦,比着醒梦尤难。待到梦时又怕,者番未必胜前番。无人会,有人会了,有甚相干。　　试听街头乞丐,正饥熬夜永,冷怨宵寒。号呼惨苦,堪怜无个人怜。不是世情落寞,乞人怜处得人嫌。君休矣,不如归去,一枕高眠。

又如《味辛词》十五页上《木兰花慢》云:

> 又沉沉醉也,却独下酒家楼。忽一阵风来,惊沙扑面,冷彻棉裘。街头。路灯焰小,正青燐数点乍成球。渐见幢幢暗影,似闻鬼语啾啾。　　心忧。欲去又迟留。春夜冷于秋。恨如许悲凉,全非人世,直是荒丘。悠悠。上天下地,有不知我者问何求。我问红桥春水,谁教无语东流。

其妙处在深刻真挚,决非彼空言叫嚣自诩爱民救世之伪人道主义者所能道出。确是我辈知识阶级,生活及感想皆较彼军人、乞丐、贫民为优胜为丰裕为精细者之实在心理。其哀矜之情,出乎真诚,不求人知,不敢自喜,虽乏实行救济之力,而对于社会之道德责任心固极强也。因忆黄节先生(晦闻)民国十五年《十一月初二雪夜归作寄俞伯扬》,念及是晨"过法部前街,路旁一妇两雏,哭声甚哀,未及下车给与银钱,归后思之歉然于怀",诗云:

> 醉归今日得平安,便卸狐裘近火盘。一雪趣行卿独急,九街严逻夜逾寒。灯前未至伤饥冻,道侧犹闻有哭叹。将意

入诗庸足补，痛哭全国付群残。

附录吾友某君民国十六年七月十六日《过打磨厂，见人力车夫倒毙于途，多人围观》，诗云：

凄然道左一尸横，暑热缠身尚急征。坏灭无常伤造化，勤劳终匮叹民生。能甘事畜完天职，未解猖狂窃世名。贵贱贤愚同荡析，阎浮界外倘清平。

顾君词之佳处，即在其意思重叠，一句一转，愈入愈深。以其感情皆自然流露，故词句能戛戛独道，不蹈因袭，此乃忠于自己、忠于艺术者之所为也。

顾君词中所铸入之新材料，（二）曰生活劳忙之苦。闻友人言顾君现任天津（河北天纬路）河北省立第一女子师范学校国文教员。夫每星期授课二十小时以上，改卷数十百本。薪金积欠半年，校中风潮迭起。平日应付周旋于校中当局同事之间，又常遇无理取闹有意为难之学生。凡此皆身为教员者所同受、所恒经之苦痛，谅顾君亦难幸免。按近世之生活日益机械化、功利化，使人劳忙困迫，不获喘息。即在美国，为教员者已患工作之繁重，无暇深思冥想，成为粹美之人文学者。司教育者又追求所谓教授之效率，以一定之方式驱策教员，使皆疲于奔命，急见成绩，而学生初未受益。若在中国，加以战乱之频仍、经济之困迫、一切生活位置之不安定，为教员者苦更不可胜言。尤可憾者，教育为知识阶级最大之出路，欲长期努力于学问而洁身自好之士，舍充任教员殆无他途。然此辈志行既高洁，感觉复灵敏，故其所受之痛苦，更比他种职业中人仅因饭碗问题为教员者为深且钜。痛苦如此，欲不藉诗词文章以发泄之，得乎？老辈讲道德者，每责人以学养，谓汝虽有苦痛,亦当克除,而不当表示。此言吾殊不赞成,以为不近人情。盖老辈所度者乃闲适优游之生活,今日我侪境遇之困迫、生活之繁忙、感情之复杂,断非吾父吾师等所可知、所能解也。虽然,表示痛苦感情之法,又须以精炼之艺术出之,决不可流于油滑率易。盖表现自我固为诗词创作之惟一要事,但所表现之自我,不当为(1)粗浅暴厉、骄妄空虚,毫无学识修养,惟事纵性任情,类似动物原人之自我。而应为(2)深思明辨、广读博览、富情依德、笃志力行,具有绝大学问、绝大智慧、绝大经验,锻炼成材,能实现理想之自我。如仅有第(1)种自我,而不图上进于第(2)种自我,则其创作之诗词,亦难为崇伟之杰作。易言之,吾之主张如下:凡作诗词等,首当表现自我,出以真诚,但此自我必须有价值。故欲为伟大之创作者,应先勉为伟大之人物。所谓伟大之人物,非以地位职业财产名誉言,乃以知识感情道德经验胸襟气度言。天爵之所尊,非人爵之所贵也。天爵真,人爵伪。天爵永久长在,人爵顷刻即亡。天爵中有合理之平等,人爵则迷乱颠倒,生于偶然之机会。古今东西伟大之文学艺术作者,皆贵于天爵而贱于人爵者也。惟然,故若辈之痛苦乃较常人为甚,其宣泄苦痛之需要亦较常人为急。但其在文学中作品中宣泄痛苦之方法与态度,则与平常之作者异。所异者何在?细察屈原、但丁、杜甫、弥尔顿等之所作而可知也。

今试观顾君所以表示今日中国身任教员者生活痛苦之方法与态度为何如。《无病词》十三页《行香子》四阕(三十初度自寿)表示最为完整明显。其第三阕云:

……近来生活,力尽声嘶。问几人怜,几人恨,几人知。少岁吟诗,中岁填词,把牢骚徒做谈资。……

《无病词》十五页《木兰花慢》云:

文章。有如爝火,只人生到此漫凄凉。君看孤星一个,尚摇万丈光芒。

《无病词》二十二页上《青玉案》云:

闷无人理,愁无人管,病了无人问。

同页下《临江仙》云:

脑海时时翻滚,心苗日日干枯。昔年故我变今吾。莫言今已老,不老便何如。

《无病词》二十三页上《绮罗香》云:

万斛闲愁,掮起掉首而走。挣暂时眼下安生,经多少不堪回首。

同页《水调歌头》云:

为问先生何事,连日登台说法,意气转飞扬。尝遍人生苦,有泪且深藏。

《味辛词》十一页上《蝶恋花》(丁卯除夕)云:

半卷新词重点检。对影凄然,写罢从头看。爆竹向晨犹不断,声声打得心头颤。

《味辛词》十七页下《鹧鸪天》云:

新苦恼,旧心情,廿年湖海一书生。只缘我是无家客,却被人呼面壁僧。

孤寂劳忙,情景如绘。又顾君《味辛词》十五页下《清平乐》四阕云:

晕头涨脑,忘却天昏晓。镇日穷忙忙不了,那有工夫烦恼。　　闲言闲事闲情,而今一笔勾清。领取忙中真趣,这般就是人生。

眠迟起早,都把愁忘了。磨道驴儿来往绕,那有工夫烦恼。　　我今不恨人生,自家料理调停。难道无花无酒,不教我过清明。

鸦鸣鹊噪,妙处谁知道。听说疲牛还吃草,那有工夫烦恼。　　天公真没天良,催人两鬓成霜。愁里翻身坐起,我能享乐穷忙。

天公弄巧,捉弄闲人老。近日忙多闲苦少,真没工夫烦恼。　　任他春夜凄清,新填数首词成。唤起天公听我,仰天大笑三声。

此真今时文人为教员者之真生活真感情,写来自然深刻。吾友某君亦有《感怀》诗二首(民国十七年)云:

落叶堆阶绿转丹,秋阴黯黯渐催寒。无根岂意情为累,有志徒伤力已殚。劳喘真同牛马走,枝栖未必鷦鹩安。投身便向清池了,得失盈亏等量看。

> 剥蕉幻梦层层尽，饮鸩心情惘惘非。愁极竟无人可语，理深终使愿长违。文章适性绝闲日，罗网牵身阻道机。锻羽韬光惊老近，哀歌空自怨芳菲。

以其所写之生活情景与顾君甚相似，故录之以为比较。顾君《味辛词》二十一页上《风入松》云：

> 中年如此无聊赖，是堪怜还是堪嫌，索性吐丝作茧。一生直似春蚕。

吾人读此，顿忆王国维先生（静安）以蚕喻己身并喻一般人生之诗[①]。其词旨至为悲苦。该诗已录登本副刊第二十二期《王静安先生与晚清思想界》文中，今不重录。王先生词中有句云："坐觉亡何消白日，更缘随例弄丹铅。"盖王先生少时心境已甚销沉悲苦，殁后人始有知之者。王先生之词，不但意境高超，自然浑成，且深含人生哲理，是真能以新材料入旧格律者之好榜样，造诣复绝。而数近世词人者多不及王先生，殆以其词名为考据之学所掩乎？今当王先生自沉于颐和园二周年之期。吾人因读顾君词，不禁又哀悼王先生矣。

综上所录，顾君表示一己生活及感情之词，虽非崇伟，然皆深至真切，殊可称也。

顾君词中所铸入之新材料，（三）曰**浪漫之情趣**。所谓浪漫者，非仅儿女艳情。举凡奇伟之思想、仁侠之行事，超乎平凡，迥

---

① 为方便读者参阅，兹重录如下，该诗实为王静安先生之人生观之直叙。诗曰："余家浙水滨，栽桑径百里。年年三四月，春蚕盈筐篚。蠕蠕食复息，蠢蠢眠又起。口腹虽累人，操作终自己。丝尽口卒瘏，织就鸳鸯被。一朝毛羽成，委之如蔽屣。喘喘索其偶，如马遭鞭棰。呴濡视遗卵，怡然即泥滓。明年二三月，儽儽长孙子。茫茫千万载，辗转周复始。嗟汝竟何为，草草阅生死。岂伊悦此生，良由天所畀。畀者固不仁，悦者长已矣。劝君歌少息，人生亦如此。"

异庸俗,而绝去功利自私之见者,皆属于浪漫之范围。中国旧日之文学中,缺乏近世西洋文学中之所谓浪漫特质。然中国古人以身殉道之义,及历代慷慨激昂忠孝节烈之行,悉是浪漫。如仅以饮酒狎妓为浪漫,渺乎小矣。西洋近世之浪漫主义,其要素凡二:一曰尊崇女性,以所爱之女子为理想之寄托。二曰崇拜自然,以一己为自然之友而人类之敌。前者起源于基督教之崇祀圣母马利亚及中世之骑士歌者,后者起源于文艺复兴以来之极端个人主义与十八世纪卢梭等之返乎自然之说。自西洋文学传入中国,此二浪漫要素乃影响中国文学。近世中国诗人之具浪漫性者,前有龚定庵,后有苏曼殊,并为人所称赞。然真能以西洋文学中之浪漫情趣注入中国文学中而成奇伟之创造之业者,在今尚未有见。其故因旧派老辈作者不知西洋此种情趣,新派作者知之,而完全破坏旧文学中之形式体制格律,虽有此材料,亦不克善用之也。近年尝见年少之旧派诗人中,颇有以浪漫情趣合于严整工细之艺术者,斯诚一好现象。今观顾君之词,格律既工,而甚多浪漫之新情趣。举一二例。《无病词》三页《蝶恋花》(寄其夫人)云:

> 仆仆风尘何所有,遍体鳞伤,直把心伤透。衣上泪痕新叠旧,愁深酒浅年年瘦。　　归去劳君为补救,一一伤痕,整理安排就。更要闲时舒玉手,熨平三缕眉心皱。

又《味辛词》十八页下《意难忘·纪梦》云:

> 回首生哀,凭分襟意绪,卧病形骸。依依花落尽,点点缀苍苔。多少事,没安排,便地角天涯。记那时,残阳冉冉,正下楼台。　　清眠梦见君来,似阳春乍暖,照进空斋。嫣然才一笑,蓦地万花开。春甚处,费疑猜,敢尽在双腮。梦又

醒，窗前漠漠，只见尘埃。

斯皆如烹调，味浓且美而不着痕迹者。《无病词》四页上《钗头凤》云“隔邻女卸残妆未”，吾人遂忆法国 Alfred de Musset 之“Le Rideau de ma Voisine”诗(写片刻之幻梦也)。李思纯君尝译此诗云：

> 邻女之窗帷，徐徐自揭起，吾心痴构思，揭帷何意旨。殆于片刻间，招风取凉美。
>
> 吾相对开窗，突突心跳久。女殆欲知吾，是否相期候。
>
> 惜哉此痴念，如梦仅片时。邻女未窥窗，蠢婿相伴居。窗帷小揭起，狡狯风为之。

盖中国诗词而入以浪漫之情趣，则所成者甚似西洋诗之译成中文者矣。

顾君词中所铸入之新材料，(四)曰现代人之心理。西洋之浪漫时代早已过去。浪漫之情趣在中国文学中虽为新奇，在西洋文学中则已成陈腐。西洋现代知识阶级人士之心理，大都枯索悲苦。理智太过澄明，感情无所发泄，缺乏信仰而偏于怀疑，无复热诚而徒工嘲讽。思想复杂，矛盾冲突，见闻繁多，迷离惝恍，想象力既湮沉，意志亦僵萎，心中极知某人之可爱而卒不能爱之，久已决定某事之当行而终不能行之。摧挫疑沮，销歇颓废，此种精神之苦痛，比之浪漫人物之绝望失恋者实远过之。斯乃衰世之特征，亦人生之绝境，稍读西洋现代文学作品及评论者，皆当知之。惟是此种不幸之精神、悲凉之心理，业已传入中国，岂缘今日世界密迩，一切流布迅速乎？抑人心自然之机，感于此，发于彼，不期然而偶合乎？顾君词中表现此种心理之处甚多，是亦可称。彼新派之百千作者，破除格律，恣意表现，其所表现者尚不外浪漫之情趣。而遵依保存中国文学旧体制旧格律之顾君,其词中乃能写出真正现代人之心理及精神。在顾君固足以自豪,而亦可证明真正之文学创造,贵得新材料者,不必先以破坏旧格律为能事也。

上文所举《味辛词》十四页上之《永遇乐》及十三页下之《庆清朝慢》,皆表示现代人之心理者。梦者幻象(Illusion),醒者解脱(Disillusion)也。此外(1)如《味辛词》四页《浣溪沙》第三、四首,则言归乡之无聊、故土之荒凉,而古人所谓思乡怀旧之情,今人不能有也。(2)如《味辛词》六页上《水调歌头》,则谓人世终难如意,愁事长存,而所谓天国、乌托邦、黄金世界之梦想,今人不能有也。十三页上《定风波》与此意同。(3)如《味辛词》六页下《贺新凉》,则谓文章著作之名,古来穷苦潦倒文人所恃以为惟一之慰藉者,今人不能有也。(4)如《味辛词》八页上《踏莎行》,则谓英雄之心肠事业,今人不能有也。(5)如《味辛词》八页下《念奴娇》,则谓古来诗人伤春惜花之美丽之幻想,今人不能有也。(6)如《味辛词》十三页下《摸鱼儿》,则谓今人看事过于清楚明白,感情枯塞。彼理想家之希望与浪漫者之奇梦,今人均不能有也。吾友某君《南游杂诗》第三十首云"曾经恨海苦为人,阅历多时悟本真。世态物情观了了,更从何地可安身"亦如此意。(7)如《味辛词》十六页上《最高楼》,则谓文人以发表思想、宣示感情,求得同心而自获安慰者,今人不能有也。(8)如《味辛词》十七页上《壶中天慢》"我误清明天误我,都自无凭无据",则谓世事多属偶然,毫无定规,犹哈代小说中之人生观。古人信天命,得安乐,今人则不能也。以上皆合于所谓现代人之心理者。(参阅本刊次期《罗素评现代人之心理》。)

以上论顾君词中所铸入之新材料,共有四种。以下论顾君词之格律。

顾君词学稼轩，渊源明显。其于格律，所造甚深，而能加以变化。吾人所特注意者二事：（一）者选辞用字，简单而真朴（Simple diction），不加雕饰，而能曲折达意，和谐传情。有时且近于白话，如《味辛词》三页上《玉楼春》云：

> 恰如花并不曾开，越发教人生寂寞。

又如《味辛词》十七页上《壶中天慢》云：

> 旁人笑我，说书生无分，小楼听雨。又说江南听雨好，楼在花深深处。我只摇头，凭栏却看，镇日风吹土。长杨垂穗，看他还似花否。　　忘了今日清明，午眠醒后，闷绕回廊步。我误清明天误我，都自无凭无据。如此人生，者般人世，却要人担负。打窗撼屋，一天风势如虎。

又如《味辛词》二十页上《浣溪纱》云：

> 已没半星儿雨意，更无一点子风丝。这般耐到几何时。

如此自然浑成、洒脱流利，固不嫌其为白话，而彼以作无韵律之白话诗自豪者，所作能及此百千分之一乎？（二）者顾君词中常加入现代流行之新名词。夫新名词非不可用，但须融化过来，能具融化之力量本领，则用之愈多愈佳（参阅本副刊第四十及四十一期《马勒尔白逝世三百年纪念篇》），否则毋宁避去不用为宜。顾君所用新名词，如《无病词》三页上《蝶恋花》之"补救"，同页下《采桑子》之"颓废"，九页上《蝶恋花》之"单调"，十三页上《行香子》之"不作超人，莫怕沉沦"，十四页下《蝶恋花》之"爱神烦恼诗神病"，二十二页下《临江仙》之"脑海"与"新苗"，以及《味辛词》一页下之"死神"等，似皆能融化过来者，可为引用新名词之佳例也。

以上所举各条,求为吾人立说之例证,不必即为顾君集中之佳作与名句,读者勿以选本视之。如(1)《无病词》十九页上《鹧鸪天》,写天津之景况云:

黄云都带金银气,白雨还浮酒肉腥。

乃极有力量之佳句。吾侪常居天津者,感受当最深也。吾友某君《南游杂诗》第二十二首写上海之景况云:

更拓洋场竞侈华,真成狗马送生涯。(注云是日申园赛狗。)此中但觉非人境,妖窟迷楼拟未差。

可为比较(参阅本报五月十九日社评《赛马场中之民众》篇)。又如(2)《味辛词》二十一页下《浣溪沙》云:

人在动中心寂寞,山于静处意缠绵。

以及(3)《无病词》十四页上《鹧鸪天》云:

相思谁道催人老,使我情怀更少年。

皆佳句也。如《无病词》二十一页上《天仙子》。则全首均佳,兹不录。

以《无病词》与《味辛词》相比较,则(一)《无病词》中较多浪漫之感情,《味辛词》中较多上文所言现代人之心理。(二)《无病词》中较多个人之心情与柔靡之嗟叹,《味辛词》中较多国家之大事与雄壮之悲歌。(三)《味辛词》中《八声甘州·哀济南》诸作,《无病词》中未见有其比者。(四)《无病词》中造句遣词,尚露痕迹(Self-conscious),不如《味辛词》较为圆融自然。且据吴芳吉君之说(见本副刊第五十六期《白屋吴生诗稿自叙》),谓上等诗人为宇宙之创造者，中等诗人为他人之同情者，下等诗人为自我之写照者。准是，则民国十七年出版之《味辛词》，较之民国十六年出版之《无病词》，实胜过之。凡为艺术家者，宜悬一至高之鹄的、绝对之标准，不必与他人争名，只当以我之近作与我之昔作比较，以觇我之创造精力及技术为增为减，为进步为退步。由此以谈，顾君自视其作词之成绩，当可欣然于心而有纯粹难名之乐。不日第三集出版，吾人尤望其中得读更胜过《味辛词》中之作也。顾君勉之哉！

——本文原载于1929年6月3日出版之《大公报·文学副刊》第73期。

环天诗人逝世

湘乡曾广钧先生，字重伯，号伋菴，为当代最负重名之诗人之一。生于清同治五年，今年六十四岁，近顷忽在湘溘逝（1866—1929）。《国闻周报》第六卷第四十九期登有倦知君之挽诗云："翩翩浊世过高轩，早岁承明试万言。几辈名流称博学，中兴元老此文孙。孝先腹副五经笥，正则身羁九死魂。遗稿茂陵他日事，朅来一瞑总烦冤。"按先生为曾文正公之长孙劼刚袭侯之侄（曾一度为继嗣）。家学渊源，早慧，有神童之誉，其后为翰林，以博学称。入民国，任清史馆纂修，后此即家居。前岁避乱至沪，旋回湘。先生之性行乃纯然一文人，清绮华贵，风流倜傥，实所谓名士中之第一流。生平为诗甚多。清末所刻曰《环天室诗集》，有正书局代售，今已不易得。续作曰《环天室诗外集》《环天室诗支集》，卷帙甚多，然均未刊。仅《学衡》杂志第三十二及三十五期中曾选载《外集》《支集》诗各若干首，欲读者可取阅。先生之诗学晚唐，以典丽华赡、温柔旖旎胜。先生博文强记，故诗中用典甚丰，为人所莫及，然以得力魏晋及南北史为多。此外如耶教《圣经》中蜜蜂、荆棘等典故亦用以入诗，顾其用典常有不甚工切之处。又集中应酬之诗太多，虽见学力，终不免敷衍堆砌之讥。舍此不计，则琳琅满目，尤以叙述国闻掌故及托讽政局时事之作，辞藻工美，情味深长，允称上选。先生性情潇洒，行为疏散，故虽为名臣元老后裔，而并不以遗老身份自居。读先生诗者,当知其俯仰今昔,慨叹废兴,以及臧否人物,讽讥事实,皆以真情为标准,以人生为对象,诚所谓诗人之诗也。

先生《庚子落叶词》之作(光绪二十六年),系悼珍妃之死,传诵当时。以其有关国故,在今仍当为集中最重要之篇章。此诗今不易见,故录如下:

(一)甄宫一夕沦秦玺,疏勒千年出汉泉。凤尾檀槽陪玉碗,龙文璎珞殉金钿。文鸾去日红为泪,轻燕仙时紫作烟。十月帝城飞木叶,更于何处听哀蝉。

(二)赤阑迴合翠沦漪,帝子精诚化鸟归。重璧招魂伤穆满,渐台持节召真妃。清明寒食年年忆,城郭人民事事非。湘瑟流哀弹别鹤,寒鱼哀雁尽惊飞。

(三)银床玉露冷金铺,碧化长虹转鹿卢。姑恶声声啼苦竹,子规夜夜叫苍梧。破家叵耐云昭训,殉国争怜李宝符。料得佩环归月下,满身星斗泣红蕖。

(四)朱雀乌衣巷战场,白龙鱼服出边墙。鸥波亭外风光惨,鱼藻宫中岁月长。水殿可怜珠宛转,冰绡赢得玉凄凉。君王莫问三生事,满驿梨花绕佛堂。

(五)王母传筹拥桂旗,阖门宣谢肯教迟。汉家法度天难问,敌国文明佛不知。十宅少人簪白柰,六宫同日策青骊。玉孃湖上粘天草,只托微波杀卷施。

(六)天文正策王良马,地络先摧蜀后蛇。太液自来涵圣泽,水仙从古是名家。蕙兰悼影伤琼树,河汉回心湿绛纱。狄女也怜人薄命,绕栏争挂相生花。

(七)十海停歌山罢舞,芙蓉猎猎鲤鱼风。璇台战鼓惊朱鹭,瑶席新香割绿熊。魂魄暗依秦凤辇,圣明终属晋蛟宫。景阳楼下胭脂水,神岳秋毫事不同。

(八)帘外晓风吹碧桃,未央前殿咽秦箫。石华广袖谁曾揽,沉水奇香定未烧。荷露有情抛粉泪,凌波无赖学纤腰。云袍枉绣留仙褶,白石清泉任寂寥。

(九)姊弟双飞侍望仙,凤闱原自赐恩偏。赏花处处陪铜辇,斗草朝朝费玉钱。秦苑绿芜催夕照,梁苑春雪忆华年。身名只合埋青史,何水何山认墓田。

(十)袅袅灵风起绿萍,幽怜明灭掩春星。白杨径断闻山鸟,红藕行疏度冷萤。山驿梦回悲羽檄,水亭愁思接丹青。鸾舆纵返填桥鹊,咫尺黄姑隔画屏。

(十一)鹤市山花蔓镜台,鱼灯汞海落妆梅。三泉纵涸悲宁塞,五胜空成恨未灰。福海生平愁似墨,泰陵回望绣成堆。如何齐女门前冢,惟有寒鸦啄冷苔。

(十二)横汾天子家何在,姑射山人雪未消。恨海万重应化石,柔乡三尺不通潮。青羊领底怜珠襟,白马潮头吊翠翘。八节四时佳丽夕,倩魂休上绣漪桥。

又录先生所为《纥干山歌》,记民国六年张勋复辟事。"燕子楼"言徐州会议,"河阳谷"指彰德会议。熟悉当时政局故事,及是年七月上旬身居北京者,读此歌当更能了解而欣赏之。如"笙歌未彻"二句指张勋在江西会馆演剧,邀大总统以下往观,张勋亦到,未晓而复辟宣布矣。(本刊第八十九期《王孙哈鲁纪游诗》二十一首可为比较。)"绿云"指翎顶,"盘蛇髻"指辫发。下句谓龙旗及邮票,李经羲逃,康南海来,"龙"为龙济光,"鹿"为陆荣廷,以及冯国璋、芩春煊等等,此下今不一一明释,政客军人离合反复之怪状，在今犹未已也。（参阅本报十二月十六及二十一日社评。）复辟固为政治上之罪恶，然在当时，独张勋一人凭真心出死力去做，众皆依违颟顸。由文学及个人之观点论之，张勋实可取也。王静安先生尝见此歌，甚不以为然。盖王先生对于清室一片忠爱之诚，以为张勋事虽不成，其人应受褒赞，不宜轻亵，如此歌之以嬉笑怒骂出之者。于此可见《纥干山歌》之作者对张勋亦不过诗人（脱离实事但论情之真伪）之同情。吾人今录此歌惟以其诗佳耳。歌云：

纥干山头冻杀雀，生处何如此间乐。冰井银床五月秋，肯向华严觅楼阁。南看已定波汹涌，北望徒惊雪崅崿。何事金楼一斛珠，偏献君王万年乐。别殿仙人号丽华，连天姓氏出兵家。天教艳极还招妒，地为恩殊每自夸。十二玉书逢内召，三千犀甲拥如花。新妆竞羡宫衣好，深抱谁知春带赊。水殿阿姨随水佩，云廊彩伴逐云车。笙歌未彻霓裳月，浮白犹喧九酝霞。争知事势朝来异，河婺星娥满元会。红粉初披雉扇开，紫袍已捧鸾舆至。瑶电俄通四大洲，签名最近重瞳字。耆旧中原见朔风，园陵东郡还佳气。喜极鸱夷酒作肠，悲来驼狄铅为泪。婑媠鬟长辫绿云，倾城争学盘蛇髻。飞旐依然舞两螭，邮筒仍是镌双鲤。老子西行去不回，山人南海闻风起。寺主鸳鸯且等闲，侍郎碧落先除拟。一经两海旧封疆，八座三貂议宪章。广召散仙登秘殿，还将十赉宠华阳。顷刻桃花求圣解，逡巡枣果觅灵香。只言天上光阴好，流浪人间抵十霜。谁知天上乌蟾速，更比人间钟漏促。逡巡造酒酒难香，顷刻开花花不馥。几处黄旗举未成，几家丹灶烧初熟。海上星罽献荔龙，陇头雪隔御芝鹿。南国当熊旧绿娥，鲛绡未到珠珍幅。西殿阿婆老令萱,雁飞尚滞关山曲。记得春风燕子楼,一群娇鸟河阳谷。素女为师态万方,红绡结约胸三覆。自矜白日可回中,自信黄河可西出。日不能中水不西,青琴绛树斗腰肢。卫贾相争因五可,尹邢互妒为偷窥。明明如月言犹在,暮暮为云梦更迷。羽书迫处鞶双翠,粉镜抛时杀一围。朱雀桁头星火急,翔鸾阁上纸鸢飞。浊泾姊妹参商恶,清渭君臣去住悲。还君昨夜香罗带,着妾来时黑蝶衣。珠帘甲帐成焦炬,永巷长门泪如雨。宝扇迎归驭气车,罗帷拥入清虚府。只隔宫墙一道红,凄凉便断仙凡路。隐隐犹闻长乐钟,依依正对昭阳树。烟岫浓边指泰陵,平芜尽处明鄂杜。独立自怜倾国人,凭栏细共余香语。寥廓何心逐海鸥,衷情无计瞒鹦鹉。罗绮从风任作灰,钗钿经乱抛如土。屡散万金何足惜,长垂双玉谁为主。绣枕斜攲晓到曛,银釭坐照今非古。恨海经过仔细思,情天影事从头数。锦帕封题密密藏,花笺细字层层贮。海月苍凉照蜃楼,春星华艳排鸾柱。安息氍毹没翠翘,扶南媚子安钗股。优婆色鸡曲项笳,答腊都昙细腰鼓。多谢摩登孔雀裙,蒲桃劝酒胭脂舞。舞经泪眼损横波,酒入愁肠蹙眉妩。此错原非铸六州,重来未必无三户。精卫难填尚渌波,重华不见空瑶圃。当时不杀任蛮奴,至今枉恨韩擒虎。黛谢红零觅赏音,人间只有嵇延祖。

由上所录,环天室之古今体诗可见一斑。集中又有《有感》三首,托讽项城取消帝制。末句云:“莫怪杨花轻薄尽,自家摇动最长条。”亦公允之论。又有《和秋璇卿(瑾)遗墨》一首,工丽凄婉,最可代表作者之风格也。

《环天室诗外集·平塘谒祖墓》诗中有云:“共知世德难绳武,

犹谨家风未坠文。”自来文明旧国，多重世家。然孔子云：“君子之泽七世而斩，小人之泽五世而斩。”（近英人Samuel Butler则谓：一家历三四世必衰。）此语中含至理，亦合实事。盖凡一家之兴，必(1)其祖上由忠厚勤朴之生活中发奋兴起。(2)历一二代，生计渐裕，子弟可以读书成学，而尚未沾染浮华，不计安乐，其遗传之道德质素甚强。是以德性坚定、智勇深沉，能建大功、立大业。(3)此下一代，则生长于最优良之家庭环境中，以类似圣贤、超越英雄之人为父，受理想完备之教育。自幼至长所亲习者皆名贤，故其学问艺术上之成就最宏，甚或突过乃翁。品行亦端，但身体精力则稍逊，已有盛极将衰之象。(4)再下一代，则缘久度富贵闲适之生活，学问文章固犹足称，而精神能力则已消耗，故常流于放纵愉惰、柔靡疲软。(5)更下则尤不易维持。其人往往愚蠢颓唐，并吟咏弹唱之末节别才亦不具。倾家荡产之后，仍不知治生。而以变卖先人收藏之书籍字画古玩为活，终沦乞丐。

以上所叙盛衰消长之情形，吾人见之甚多，阶段分明，因果毕具，正犹戏剧中之五幕，亦人生自然之规律也，不但中国如此，西洋罗马英吉利之世族亦然。不但私家如此，一国家一民族亦然。试取唐之高祖、太宗、高宗、玄宗以及后之懿宗、昭宗等，及清之太祖、圣祖、高宗以及后之文宗、德宗等为例证、为比较，可以知之。是故由空间地域论，一地方最盛之时期，乃其由野蛮进于文明之过程中最中之一小段。譬犹潮水之来，浸润岸地，适资艺稻，再过则淹没成灾矣。由时间世代论，一家族最盛之时期，乃其由贫穷勤俭之农民生活进于骄奢文雅之士夫生活中最中之一段。譬犹铸铁为刀，发硎新试，锋利且坚，再薄则尖缺背折矣。明乎此，则今昔盛衰之感虽由于自然，而持盈保泰之方应知所从事也。按之曾氏，文正公为中国近世第一名贤，亦世界史上伟大人物，然(1)

其祖若父两代实有以培其本、辅其基。此层公于其家书及日记中已再三申明。(2)至文正公乃成希世之德言事功。(3)曾劼刚如斯慧敏绩学,乃自然之理。其学术文艺既造诣精绝,而出使订约,挽利权,归侵地,为国服务,亦卓著成绩。但其体力甚弱,且短寿。(4)至环天翁虽以诗鸣,而道德功业则殊难继武矣。吾人居尝沉思默察,窃叹近世中国凡百均现衰象,而世家德泽之斩灭尤速。当代名贤,其后嗣多不治学问。父有遗书,不知读,则捐而售之。自操常业,视父之学问文章气节蔑如也。若曾公之泽则尚能持久。环天翁之女曾宝荪女士及翁之侄曾药农君,不惟能自成其学,且在湘办理艺芳女学多年。校课精实,校规整肃,不迎合潮流,受学者均获益而旁观者咸称道。然而曾氏一家则已入耶教,受洗礼。而宝荪女士留学英伦,得力于西学。其作事之成绩与毅力,乃由于西洋德教之熏陶。譬犹栽花艺谷者,接木借种,乃见繁荣,未尽出乎世泽。而以吾人所知,今犹殷殷纪念先烈,注意世族道德及家庭训教,且能克己修身,又刊印曾文正公之遗书佳言以诏世翼俗者,惟有公之外孙聂其杰君(云台)一人。是则曾氏之世德家风犹未尽湮绝欤!因述环天翁之诗,议论之如此。

——本文原载于1929年12月30日出版之《大公报·文学副刊》第103期。

吴芳吉论史诗计划书跋

按碧柳生平与诸友书，皆一律工楷书写于“白屋吴宅用笺”纵横红格（每页八行，每行二十字）纸上。虽于百忙中匆遽写成，而皆理正情深、旨高词妙。其与予书独多。箱中所藏，早已编订成帙。行将择尤钞布，使世人更得晓悉碧柳之真精神真面目。此书论史诗计划，嘱勿告人，故在碧柳生前予亦未尝以语一友。

予近年在清华授希腊罗马文学，每年秋必教诸生读桓吉尔（Virgil）之《伊尼德》（*Aeneid*）史诗（英译本），甚悉桓吉尔所以成功之道。又以中华与罗马东西遥对，民风历史酷似，窃意苟有人能为中华民国作成宏大之民族史诗一部，其义法必同桓吉尔，而其事非碧柳莫能任。故恒劝碧柳抛弃家庭学校朋友人事之纠纷及道德责任之小节，而专力于此。又望以吾之所见，与碧柳当面详说。今皆已矣。呜呼！继碧柳而起者谁耶？吾及身其能亲见之否也？吴宓附识。

［附录原书］

雨僧长兄：

本日此间第一届行毕业礼，稍暇，且告兄以史诗计划，但请勿语他人。古者言之不出，耻躬之不逮耳。

吉原拟以十年预备,今犹甚早。即欲下笔者,全由光午转示吾兄去岁之函,有以迫促之也。(原文谓“千古刹那,吾生已半”,令吉深省。)又原拟篇幅三万六千字(取人生三万六千日意),而自近日想来,乃嫌太短。决计扩大两倍,为十万八千字。仿《神曲》旧例,区为三部:第一部代表过去,第二部现在,第三部将来。每部事实各自独立,而精神一贯,种姓一贯,条理一贯,结构一贯。其所叙时间,第一部为三千年前,二部为民国以来,三部为三百年后。虽相距甚远,若互不相谋,实不外此精神、此种姓、此条理、此结构所反复循环演成。

第一部之主眼为神禹之肇造,其背景为四川。二部主眼为中山之继续,其背景为广东。三部主眼为孔子之复生,其背景为齐鲁。兹更进言第一部计划。

先圣删书,断自唐虞。西洋史诗,多半依据经典。今亦准此,以厚其胎息。所有材料,均自群经诸子求之。而自禹为开始者,则有数故。(一)学术所关。人天危微之分,精一执中之旨,实中国文化特色。(二)政治所关。传贤传子,万古大变。而七旬苗格,尤属王道精神。(三)道德所关。殛鲧羽山,乃能干父之蛊。(四)功业所关。地平天成,生民未有。若神话美谈,有若石纽之吞卵降生,有若涂山之望夫化石,有若神女之云雨扬灵(东坡、渔洋皆谓神女为助禹治水之人),有若竖亥之南北远跖(竖亥禹臣,尝穷南北极二亿万里)。与夫八年于外,四载交乘,佐命有契稷之臣,让位有子高之侣。趣味之丰,道德之盛,岂荷马中人所追及哉?

若发端大事,则拟取《孟子》“皋陶为士,瞽瞍杀人,舜负瞽瞍,逃之海滨”为始。一自奉法,一自尽孝。一必惩治祸首,一弃天子不为。示中国文明,情理交至,各得心之所安。远非四夷徒尚知识,专走直路,而计较利害价值者所及。又即在此一部之中,将吾族根性，如博大、和平、廉洁、勇敢种种美德，一一埋伏，一一表现。二部所云，无非此性之偶然丧失。三部所云，无非此性之依然再见。故相隔虽久，脉络一贯。而以助白俄之复国，建印度之新邦，普及孔教于四海苍生，出悌入孝，不求大同而自大同，为全诗结局。

至于体制句法，几经考虑，决用六言。盖以四言莫过于周，五言莫过汉，七言莫过唐。惟六言古今罕用，而吾惯用之。又《荷马史诗》，音节亦六。兹用六言，适符其数。且弹词嫌俚，赋体嫌拙，骚苦多顿，而乐府长短句苦杂。长短句虽有变化，然篇幅过巨，必有滥腔。鲍照《行路难》，十余首耳，重叠之调，已觉寡奇。故知伟大者必统一，悠久者必简单。通用六言，统一又简单矣。（六言句式只四种：1.平仄平仄平仄，2.仄平仄平仄平，3.仄仄平平仄仄，4.平平仄仄平平。）惟长兄进教之也。

兹定五月内起程回家。重庆、湖南两大学之邀亦均却之。秋凉拟移黑石山中，以风景幽胜堪娱，使性灵无滞阻。又聚奎略有藏书，差可参考。意在一年以内，从事第一部之创作。纵不完篇，可成多半。明夏为饥所累，必须再出。意欲在广东寻一职事，便窥其风土，为第二部之预备。匆匆不尽。弟芳吉叩安。

民国十九年六月八日，成都大学寄书。

——本篇原载于1932年6月20日出版之《大公报·文学副刊》第233期。

吴芳吉述家中情形书跋

吾生平阅人不少，又读书所及，常细绎中西古今人之性情行事，用为比较。窃谓若论其人之天真赤诚、深情至意、不知利害、不计苦乐、依德行志、自克自强、一往而不悔，则未有如吾友碧柳君(吴君芳吉字)者。陈铨君评碧柳之诗曰："中国近代诗人，无论新旧，吾未见有能比拟吴君者也。中国近代文人，吾亦未见有忠于艺术、历万苦千辛而不悔，如吴君者也。"(见《大公报·文学副刊》第四十五期。)呜呼！碧柳于诗之成就如此，希望无穷。生平所历艰苦，又非常人所能想象。而家庭配偶，乃有若此函所描叙者，可悲孰甚。顾碧柳犹坚贞自守，对其妻不存贰心，此尤为人所难能者矣。此虽叙说私情之函，吾今公布之，望天下知者共为诗人洒一掬同情之泪也。函中所叙数日中情形如此，半生可知。但就此函观察，则树坤乃一庸俗之妇人。凡旧式女子所有之恶劣习惯癖性，彼无一不备。碧柳只知以仁心向之，弥见碧柳之贤。虽然，以富于天才苦志之人，而常日如此折磨抑损，虽于道德小有保全，而于艺术文学之成就，则所失甚大。权衡轻重，高瞻远计，碧柳之所决行者，恐亦未尽当也。夫诗人多情多感，境遇又少丰舒，在在需人解慰，调护煦沫。如艺名花，如藏宝器，此正为妻者之责。是故诗人之妻，职任独重。而古今诗人婚姻配偶失意者多，如莎士比亚，如弥儿顿，如辜律己，如摆伦，如薛雷，皆有仳离之事，或幽郁之思。然浪漫人物，纵情尚气，家室乖忤，咎或由其自取。若碧柳夙励行道德，又笃情爱，而遭遇如此，不诚可悲之尤者耶？

［附录原书］

雨生长兄：

返清华后寄来两书，均收到。在此课忙，每欲作书告吉近况，而不能得。然及兹不告，将来事变愈多，痛苦愈甚，诚恐言之愈难。虽然，此事只告兄长，未尝以告他人。使兄知天地之间，有若吉之可怜人也。

树坤与吾母不和，始于吉在西安围城之际。（参阅本志第五十九期《西安围城诗录一》。）原因纷杂，不能细究。然以吉之顺从母意，不能抑母而扬其妻，遂乃迁怒于吉。自吉奔丧抵家之次日为始，年余以来，动以他家琐事，无关夫妇本身，而生伤发气，投江抹喉，一卧须三五日始得痊者。以吉健忘，殆难历举。吉以姑媳既不相安，自宜分居以缓其势。此次携之来省，专为此意。（参阅本期第六十二期文苑《赴成都》诗。）乃仅行至内江，即复大闹，欲中途弃去。抵省十日以内，而三次绝裂。两月之间，小闹更不可数。而本周四日之间，竟演急激不可堪者三次。今请略述原始。

（一）星期日午后，客来久坐，致误晚饭。吉称："此为客之无礼，非我之咎。以后当告客，勿以吃饭来。"遂即怒答我："今得罪你的客人，还须向客宣布我罪。你母亲诬我吃烟，到处宣布，惟恐气我不死。今又说我得罪你的客人，不如杀我，留我何用？"由是开始，直至夜半不睡。

（二）星期一午后，接儿子汉骧禀母一信，内容未给我阅。大概儿辈在聚奎读书,内侄等与之同学,以饮食游戏,不免龃龉云云。吉晚归,闻之。答以儿子不是,为母可复示责之。树坤乃谓:"你家欺人太甚。我家为你父母所藐视,为你所藐视,现在儿子也藐视我。离家两月,弄得儿子欺侮我来。倘非暗中有人挑拨(意指吾母),儿子岂敢如此?将来你们非害死我不了。"言罢,痛哭倒地不起,扶之上床。骂吾父吾母及吾人二子,历四五小时。吉幸未与再答也。

(三)昨日(星期三)在成大授课六时,晚归倦极,带转其兄树恒一信。信中所云,似系江津曾姓欠伊家银数百未偿。树恒往问,曾姓恃势不交(其戚人某充师长职)。吾母与曾氏家人善,疑由吾母唆之使然。饭时树坤言之,谓此事吉实其中阴谋之人。吉谓:"曾翁与父相善五十余年,知其情重有之。此事何关于我?"坤谓:"你在家与往来甚密,又尝教其子书。彼等素与我家为难,今其诸子来书并不问候及我。"吉笑与女言(汉骊随行)今日报上所闻奇事,某参谋长被人绑票。坤乃投箸起,谓:"我与你说话,你乃竟不睬我。"立即入室穿裙,无语而出。天雨阴寒,门外惟散学诸生,幢幢过泥水间。吉与乃弟树荣(同来居者)急追及之,问:"无伞何往?"曰:"死去。"树荣尽力挽之得返。坐灶侧,开始说其孤愤。吉与并坐,终不答。但谓:"放和平些,勿自伤身体。"坤怒益甚,谓:"我来你家,一样穿,一样吃。不像他家妇人,动耗千百。我儿现已十二三岁,还要压迫着我,不许我言乎?"且说且骂,又至半夜。吉于两点钟后始得就寝,而六钟又起床矣。

吉现任课二十五时,惟傍晚归来,得稍闲暇。然以此之故,每周必有数夜失眠。又房主徐朴生家,比邻而居。徐君有岳母,嗜鸦片。坤喜往谈,恒半日不归。某日归来,吉讯以何往,辄勃然怒曰:"是又疑我往吃鸦片烟乎?"以后吉虽知之,不复过问。上周某日午归，饭后当又往他校，然门锁不能得入。盖与徐君岳母上街未返。顾袋中无钱，只得忍饥自往上课。吉任课凡六校。远者如四川大学文学院，僻在城外数里。然往来从不坐车，意欲省钱，为树坤医药之资。坤病血崩，时时发作。每次诊金二圆。长年服药，无一日离。病则不喜米饭，须馄饨面饺，背我命人买吃。然我去买来，则又不吃。满口烟味，然总不承认。吉知其蕴，不愿问之，亦不敢问也。总之，吉此次携之同来，不能不自承失败。事已至此，别无可为。吉信教育万能，而由此经验，却为例外。其性情已必不可改，其身体亦必不可复。然吉终与永好，不敢携贰，或逢迎其意，竟离弃者。在此过渡时代，自有无数男女，牺牲其中。他人有然，我宁独异。又成大学生千五百人，兼课各校，数又倍之。吾人随事以身作则，倘有差失，贻害何穷？我若为此，则望风步尘之人，纵以十一计之，亦四五百家。或者人家妇女不如树坤之甚，而其夫亦效我之为。吉忍以部分之痛，更使全体俱与痛乎？嗟乎！雨生兄，吉此事除语兄外，不敢更语何人。老母远隔，吉亦不敢告之者，既恐母忧，又虑家书之中，偶来提及，则吉又将数日不能寝也。

虽然，兄勿忧我，我能好自宽解。天欲玉成吾诗，使吉为人类尝此滋味，吉不因此而自伤也。此信乃迁在敬业学院所写，忙不复阅，未知能道吉心之万一否？至兄长来信，万勿明白提及。彼爱私窥友函，恐又惹祸事也。

弟芳吉。民国十七年十一月一日，自成都敬业学院寄书

——本文原载于1928年11月出版之《学衡》杂志第66期，原题《与友述家中情形书》。

评王越《风沙集》

窃常谓居今日而作诗,自当以“熔铸新材料以入旧格律”为正法。而描写民生疾苦,宣示此时代中国大多数男女老少人之实际所感所受,又已成为众所公认之文人之职责。作诗之南针与评诗之标准,盖在乎是。然欲由此途有大成就,必兼具以下各资格。(一)其人天性乃一诗人。真挚而热诚,锐敏而多识,感情极强,观察力亦富。更以学问修养经验道德诸端助成之,使兼为真正之伟人志士。(二)其人于旧诗之艺术,深通而久习,能通用自如,而凝练精到。(三)其人生长民间,旅处各地。所描写之民生苦况社会琐情,乃由自己观察感受而来,非若“客厅中之社会党人”或绮窗绣户温雅士女煮酒围炉、咏雪说寒、悯丐伤农。(四)其写民生疾苦,乃用直接而具体之方法。即一人之遭遇及一地一时之闻见,代表全体。而不浑沦整个,妄以全社会或某一阶级为口号。易言之,即寓一于多,借特殊以示普遍。作诗者为人,读诗者为人,而诗中所描写而寄同情者,尤为栩栩生活之男人女人,非木偶,非印版字模,非虚理玄想,非符号标语。非空洞之社会意识,非显明之阶级代表。总之,作者必为真正之诗人,非虚伪之情感主义者,亦非激烈之宣传革命家。知乎此,而后可以言诗;明乎此,而后可与商所谓民众文学及普罗主义也。

从上之标准,则近世中国之诗人,前有黄遵宪(公度),后有吴芳吉，允宜推崇。除上所列数端外，二君皆具有伟大之志趣怀抱，而最能代表发扬中华民族之精神者。黄君久谢，吴君复新逝。吾侪见闻狭隘，未知继武者更有何人耶？顷见新出版之王越（士略）君之《风沙集》，则大喜，盖王君之造诣自不限于此集，而其方法是，其途趋正也。

《风沙集》乃一十五页之小册，非卖品，无定价。爱读者可函达北平北京大学国学研究所王君处请索，当蒙寄赠，或另订发售规例。《风沙集》自序云：

> 十年来，胸有所感，目有所触，不能自已，辄纪以诗。岁月飘忽，积稿已盈寸。暇中细检一遍，觉怨别伤离、状物抒兴之作，多无当于意，故十九皆删去。兹所选录者，大半为叙事之作也。一九三二年孟夏，于北京松公府。

亲切真挚，为诗之第一标准，亦《风沙集》价值所在。集中诗之章法，多模仿白香山《秦中》《新乐府》及杜工部《无家别》《新婚别》等诗。而精神气骨，实得之于汉魏乐府。兹录一二短篇为例。

逃 荒

> 草根皆啮尽，顽石岂可茹。幼儿饿已伤，瘦饥裹干肚。弃置土舍旁，三日不臭腐。无泪哭殇儿，还看妻与女。眶陷目迷茫，蓬首谓伛偻。商略作逃荒，扶杖携筐篓。出门踉蹡行，郊原俱赤土。饿莩亘冈丘，曾不挂麻缕。群乌啄其肠，哑哑相庆语。野犬争残骸，汹汹斗豺虎。道逢乡里人，鸠形枵复颠。乍见不相识，细认各凄然。自云潼关返，前路少人烟。但见商与贾，手携买儿钱。买得灾儿女，长绳犬豕牵。崎岖潼关道，日夕有啼声。（此述陕西事，遍中国乡野皆类此。）

缝衣妇

青灯何荧荧,鸣虫何切切。一针复一针,夜夜不得息。夜夜不得息,一针一针血。娇儿梦中啼,阿娘要糜食。昨午邻女至,款款恤寒婆。手携百花绸,舞衣教我裁。云有城中家,习得番朝仪。春秋佳节至,翩飘舞蹈开。士女群杂沓,华灯照高台。长歌须行乐,韶光不复回。舞衣漏夜缝,莫待贵人催。(此则中国之都市,与上首乡野对看,中国之现状毕睹矣。)

主与驴

主谓蹇驴,勿懈勿怠,劳工神圣,箴言宜履。驴曰我主,驴亦劳止,干草下咽,折我龋齿。蠢驴何知,竟复抗言,有鞭棰在,尚其慎旃。虽曰犬马,岂无畜道,夙夜靡休,旦夕就槁。咦何驴斯,顽梗若是,赐尔数鞭,庶其无悔。奋我蹇蹄,竖我巨耳,旷野苍茫,吾其遁矣。旷野苍茫,明星灿烂,蹇驴长鸣,声闻霄汉。(此篇似法人拉丰丹之寓言,为集中甚佳之作。经济压迫、社会革命、民生实况、时代消息,悉于是寄托,言近而旨远矣。)

读上所录,惟觉其为今日中国人之诗,王君可推为今日中国之一真诗人矣。集中长篇佳者亦多,不及备录。昔年见王君所为《茵梦湖曲》,窃善其能以新材料入旧格律。今读《风沙集》且服其能实状民生疾苦。吾人惟祝王君于诗之进步更从此远也。

——本文原载于1932年7月11日出版之《大公报·文学副刊》第236期。

评萧公权《反五苦诗》

《五苦诗》,周释佚名作。见《广弘明集》卷三十。

(一)生不苦

我生既已生,此身必致用。天行健不息,自强我与共。老农值凶荒,终不辍耕种。人生不求乐,讵觉忧苦重。

(二)老不苦

少壮自堪乐,临老亦奚悲。譬如远游客,行近歇足时。世险我自夷,昨非今喜知。夕阳无限好,秋菊多芳姿。

(三)病不苦

阴阳有舛乖,疾病人不免。短榻卧经旬,静里得消遣。染衣药石馨,贴身衾枕软。会当霍然瘳,健步仍黾勉。

(四)死不苦

身死神苟灭,死矣焉知忧。身死神不灭,逍遥千古游。天道兼生杀,时序互春秋。安用惜花落,挥泪空枝头。

(五)爱离不苦

聚会诚可喜,离别亦何妨。神交爱弥永,梦想情愈长。死别魂有知,泉下岂相忘。死别魂无知,焉用徒悲伤。

按吾人论诗,主以新材料入旧格律。夫格律变化无端,纵作者才性之所如,孰能制限?今曰旧者,谓必合乎中国文字之特性,不强以英法德日文之末节辩法施于汉文而已。至于新材料,则谓前此未曾见于诗中,而今始取用之者。易言之,即今时之种种事境情态,及西洋古今之学术、道艺、思想、文物,皆是也。夫西洋文明之精神,在其积极的理想主义。盖以明确之理智、高夐之想象、热烈之感情、坚苦之事功,专合而为一。柏拉图哲学与基督教乃此精神最高最大之表现,余波且成为(1)英雄崇拜、(2)浪漫之爱、(3)艺术的人生观等。总之,凡得此精神者,皆崇奉真理,自诩神狂。其施于日常行事,则极认真且极热心,能明察又能刚毅,愈高尚乃愈进取。窃谓此种精神,正吾虚伪怯懦之中国人所应了解所应效法,而在今创作诗文所应尽量写入者也。愚意立身行事能表见此"积极的理想主义"之精神者,可称为真正西洋化之人物。创作诗文能涵育发挥此"积极的理想主义"之精神者,即不愧为崭新之创作。格律虽旧,无伤也。由是推求,思过半矣。今萧君《反五苦诗》,即合于兹所言之标准,故似旧而实新,其新又在神而不在貌,读者细味自知。又按陶渊明之诗高绝千古,以渊明之心似冷实热,其超脱处正其悲愤处。此层古今人多误解。虽苏东坡和陶诗亦不足观,以其精神殊异。萧君兹篇,实近于渊明之真怀抱,斯更可喜者矣。编者识[1]。

——本文原载于1933年10月16日出版之《大公报·文学副刊》第302期。

① 吴宓时任《大公报·文学副刊》主编,此系其为萧君《反五苦诗》所作之编者按语。

《吴宓诗集》编辑例言

丙寅春，予编理诗稿既竟，欲作长序而苦无暇。（仅成英文短序，附册末。今删。）杂书数条，以告读者。

（一）刊印诗集，古人视为极重大之事。即不待至身后，亦当俟诸暮年。又费毕生之力，沉吟推敲，润饰修改，然后严行甄别，选取若干首以付剞劂。三四十岁以前之作，往往不留一首。今之老辈犹然如此。夫诗文著述，至宜矜重。古人若斯精心刻意，只有敬佩，何敢诋诬？惟今者时移势异，人之观念大变，且印刷便利，需费无多，故刊印诗集者纷纷。而自新诗风行，二十岁以下之诗人专集印行者，其多如鲫。于今兹编订此册，虽非效颦逐俗，然实窃取今人之用意。不敢上附昔贤，妄自尊大。此层首须郑重申明，读者谅之。

（二）此册所录，自光绪三十四年戊申予始学为吟咏之时起，至现时止（以后当为续编）。有作必录，毫无删汰，且均本当时所作，过后未更改一字，以存其真。（今兹刊印，除卷一《故园集》外，亦一体收入，不删不改。）盖诗为一时一地感情生活之表现，故作出之时，虽当苦心精思、力趋美善，然作出之后即不宜再改。异时异地，决难再寻得此诗中之感情及生活。譬诸照像，用一镜片重叠数次摄影，所得者必模糊纷错不可辨识矣。且留存全稿，首尾完备。既可寻绎一生之经历，又可为研究诗中模仿创造之步骤、之资料也。

(三)作诗本无定法,随人而异。区区之意,以为作诗固不可不讲格律,然感情首贵真挚。世中万事皆可作伪,惟诗不能作伪。人生处处须行节制,惟诗中之感情,则当令其自然发泄。强之不可出,抑之亦难止也。吾之缺失,若畏人知,则不当作诗。俗人不能了解或尊重吾之感情,则勿令其得见吾之诗稿。不诚,不能为诗也。旧诗之堆积词藻、搬弄典故、陈陈相因、千篇一律;新诗之渺茫晦昧、破碎支离、矫揉作态、矜张弄姿:皆由缺乏真挚之感情,又不肯为明显之表示之故。予所为诗,力求真挚明显,此旨始终不变。顾予乃一庸人,感情本来淡薄,学力又未充足,其所作诗,空疏无味,缺乏辞藻,亦自然之理。然勿以予成绩之劣,而遂谓诗以真挚之感情为主之说为不可信,则幸甚矣。

(四)窃尝谓人之一生,总当作成诗集一册、小说一部。一以存其主观之感情,一以记其客观之阅历。诗所存者,外境对吾心之印象。小说所记者,个人在社会之位置。诗由内而主于精,小说由外而主于博。故若谓小说为提炼之人生,则诗乃提炼之人生又经提炼者耳。予作诗之动机,为发泄一时之感情、留存生涯之历史。予编订诗稿之目的,则为专供一己之展读,重溯昔来之旧梦。于风晨雨夕、青灯书案,困顿之时、抑郁之际,取此一册,独自沉吟涵咏,使少年之感情、过去之经验,一一涌现心目,如观电影,聊以自慰,亦奇特之乐事也。虽然,人生经验至极广大繁复,瞬息千变,且壮岁事务匆迫,不容沉吟思度。故予诗所记载者,不过予全部经验之亿万分之一。返观重思,益自阙然。由此可得一标准曰,古今最大之诗人,皆能以其一生经验之最大部分写入诗中。而所写入者,又适为最重要、最高贵之部分。凡比较任何二诗人,皆可以其全集中所包含之经验之量与质(与其一生全部经验之比例)定之矣。

(五)此册编订,亦由外缘。吴芳吉君(碧柳)实今世少年中最伟大之诗人,为知者所共许。友朋咸劝碧柳刊其诗集,恐其犹豫,乃并要约以予之诗合刊一册,题曰《两吴生集》。(柳诒徵先生诗云:"陕蜀两吴生,挟我事清游。"见本集卷五附录。)以予与碧柳之交谊论,固可齐列。若以诗之优劣论,则相去天渊,殊自惭已。又此册既已编成,深望相知师友,切实指教,勿存客气。又当编订之时,承周君光午工楷誊钞,费时甚多,弥用感谢,并志于此。

民国十五年三月,吴宓识于清华园荷池西轩(即西客厅)。

——此文原题《编辑例言》,乃吴宓于1926年编订"雨僧诗稿"时所作,后曾刊于上海中华书局1935年5月出版之《吴宓诗集》卷首。

《吴宓诗集》刊印自序

予既自编其诗，题曰《泾阳吴生诗集》，拟与碧柳（吴芳吉君）之《白屋吴生诗集》合刊。而其时碧柳适处西安围城中，迨丁卯春脱险来北京，得抽暇将予已编之诗点勘一过，偶有更改删削。碧柳旋即由沈返蜀，相见无缘，刊行之事遂阻。民国十八年（己巳）春，碧柳乃自印其诗于成都，题曰《白屋吴生诗稿》。（此名予不谓然，盖手钞曰稿，刊印曰集。名义判分，不宜混淆，毋取乎过谦也。）分上下二册，售价二圆三角。原印二千部，上海新月书店曾为代售。今在成都书肆亦尚可购得之。民国二十一年五月九日，碧柳遽以校事劳瘁，病殁于江津家中。弟子周光午君，以碧柳生前谆托，携全部遗稿至长沙，重行编理，合诗文歌剧信函杂稿，都付木刻，题曰《吴白屋先生遗书》。久之刻成，每部六册，售价三圆。（外埠函购，加挂号邮费一角六分。）总代售处，南京龙蟠里国学图书馆。（或在北平清华大学吴宓教授处购买，亦可。）该书自编辑以至刊印发售，一切均由周光午君任劳负责。宓以事忙，未获参与。光午以宓与碧柳交谊最久且深，径以编订之名归诸宓，而自退居参校，但此非事实也。（成都铅印本，有碧柳自作之年谱及诗注等。木刻遗书中无之，是其缺失。但木刻遗书增书札一项，最为精彩。然即以诗论，两本皆不全。他年总应再有人编印吴芳吉全集，诸多材料，广搜备列，并增图画照像，方可无憾也。）外尚有碧柳手写日记(民国二年至九年)三十四册,约六十万言。现正在钞录,决拟丝毫不加删改,全付南京钟山书局印行。自碧柳之殁,予于诗,既失切磋之益,复深人琴之痛。前此欲附骥尾以自彰,今则独呻吟而谁语。望空堕泪,临楮伤神,于是予自印诗集之念亦久辍。癸酉岁暮,予以年届四十,师友凋零,叹逝伤今,忽生异感。念“人生短而艺术长”,即待至百年,造诣亦何足称?况今时危国破,世乱人忙,诸多小事微足称心适意者。此时不作,或即永无作成之时。故将诗稿重行编订,付托中华书局印行。今兹了此琐屑,余生得暇,另图正业。盖视此事为不足重轻,而坦然径行,异乎昔之审慎谦卑。深望读此集者,亦如是观之可耳。予之诗既不与碧柳之诗合刊,且为求明白简当,故径改题曰《吴宓诗集》。欲购独两吴生之诗者,遂不得不分别取求。虽曰精神合一,无间幽明,而事实判分,终归离散。碧柳与我生涯前后同归于尽,并此区区残稿,亦难什袭共藏、同共展玩,此诚伤心之至者矣。是故两吴生诗虽未得合刻,予今兹仍愿虔奉此册,以纪念怀才早逝之白屋诗人也。其他琐节,分条述陈。

(一)碧柳尝谓诗人可分为三等:其下,为自身之写照者(如唐之温、李);其中,为他人之同情者(如唐之元、白);其上,为世界之创造者(如唐之李、杜)。此论最真。碧柳盖托始于中而已臻乎上者。若予之诗,则终未脱“自身之写照”之范围,此乃性行之自然趋势,未可强致。故予之诗集,不啻即为予之自传。惟然,碧柳有年谱之作,而予则不自叙生平,以所叙将与诗重复也。又予诗既同自传,故于生活之所涉历,亲友互相酬答投赠之诗文,悉附录入集。即风景人物,照像图画,凡足助鉴赏而增兴趣者,亦插印各卷中。读者见此,或将斥为器小卑俗,然予自审非沾恋现实者流,情感所系,期与知我爱我者共来印证过去生涯之鸿爪,而志人世之因果渊源,或亦无大过乎?

(二)古人诗集从无自加圈点之例。虽然,文人之甘苦得失,惟自知之最明。倘以圈点为表示情志之所着重、艺术之所用心,则圈点固甚足助读者之了解与欣赏。此集各卷如《欧游杂诗》等,乃用《学衡》杂志纸版复印。原版已有圈点,不能改换。其余各卷遂亦不得不加圈点,以归一律。实则其中卷二之圈点为陈伯澜姑丈所加,卷三圈点为饶麓樵师所加。斯皆予所从学诗,故并录其所锡评语以资箴砭。卷六至十一之诗,每篇作成,随时写寄碧柳,当蒙立予批改,且加圈点,今悉遵依。故予直接自加圈点之处,亦并不多。独恨欧游归来不及一载,碧柳遽殁,致本集十二、十三两卷未获碧柳之讨论批改,于情于艺,所失多矣。

(三)本集于民国二十二年冬,交付上海中华书局印行,至民国二十四年春方得出版。阅时虽久,但校对甚为精细,排版形式亦力求完美。诗集非同他件,校对时尚不免增损改动,事甚烦累。作者谨对中华书局编辑部长舒新城君,及职司排校、印刷等之员工诸君,表示感谢。又承吴宗济君照像,以益插画。重编付印时,恒得清华校工吴延增君助理钞写寄发各事,亦并志谢。

(四)各地亲友及读者,对于集中之诗,如有高见不吝赐教,或校出排印之错字者,祈径函北平清华大学吴宓,俾得虚衷领受,或遵照改正,是所盼祷。

(五)此集编辑体例,有作必收。原待高明读者自为甄选去取,非敢谓集中之诗皆具可存之价值也。或问,设有人编为今世中国诗选,应录君集中何篇?则当对曰《壬申岁暮述怀》四首(卷十三)。再问,其次当取何篇?则谨答曰《海伦曲》(卷十三)。三问,更求其次,则如何?对曰所译罗色蒂女士《愿君常忆我》(卷七）及《古决绝辞》（卷十一）二篇。此外无可选录者矣。

（六）宓平日担任学校教课以尽职资生外，前此曾任《学衡》杂志（共出七十九期）总编辑十一年，又兼任《大公报·文学副刊》（共出三百一十三期）编辑六年。劳苦已甚，幸皆被止夺。今后决不再任此类为人之职务，而当以余生短暇从事一己之著作。按约十年前，宓早已决定，我今生只作三部书，（1）诗集；（2）长篇章回体小说《新旧因缘》，或改名；（3）《人生要义》，或名《道德哲学》，系由直接感觉、体验综合而成之人生哲学。取东西古今圣贤之言，触处阐释其确义，而以日常实际公私事物为之例证。〔按景昌极（幼南）著（一）《哲学新论》，南京书店印行；（二）《道德哲学新论》，钟山书局印行。二书皆精当，愿本集读者取读。〕今《诗集》既已出版，即拟专心致力于其余二者。所成如何，殊未敢必。《旧约·传道书》（第五章第三、第七节）云："多虑多梦，多言多拙。（中略）梦寐多属幻境，浮词亦属空虚。"罗马哲王安敦（Marcus Aurelius Antoninus）自祷之辞曰："哲学之为事简而卑，毋流于多言自炫。"此二语，宓尤当谨记。盖若其生存之目的为明道（即志在维护并实现真善美之理想于人事中，亦即止于至善，亦即宣扬上帝之教），则直当一书不作，方为最上之途径也。民国二十二年十二月十二日，吴宓识于清华园藤影荷声之馆（旧名西客厅）。

——本文原题《刊印自序》，载于上海中华书局1935年5月出版之《吴宓诗集》卷首。

［附录］

《两吴生集》序　柳诒徵

序曰：两吴生者，陕吴宓(雨僧)、川吴芳吉(碧柳)也。两人者，貌不同、迹不同、遇不同，诗亦不同。合刊之者，其本同也。诗之格律、声调、色泽、神韵、宗派、家法，末也；性情，本也。无其本，袭其末，羊质虎皮，牛头马脯，无当也。本其天赋之特性，昌之桄之滂之扬之，孕茹万象，出入百国，而一一不失吾之真性情，乃真诗也。曰汉、曰唐、曰宋、曰明，曰李、曰杜、曰韩、曰白、曰苏、曰黄，曰印度、曰日本、曰法兰西、曰英吉利、曰亚美利加，摽其词，摹其格，句句而比之，行行而绳之，人也。吾之真性情，天也。出天入人，人其能胜天乎？不本于天而徒责之人，歌哭人之歌哭，呻呼人之呻呼，是盗人而贼天也。不盗人，不贼天。掉臂游行，独往独来。一颦一叹，一波一磔，皆吾肺腑，于人无与。人知之，可也。人不知之，亦可也。此两吴生之诗也。

丁卯仲冬　柳诒徵

——吴宓于1927年春编就《泾阳吴生诗集》，与吴芳吉君(碧柳)商议拟与《白屋诗人吴生诗集》合刊，题曰《两吴生集》，柳诒徵先生并为之作序。旋以碧柳返蜀，相见无缘，刊行之事受阻。1929年碧柳自印其诗于成都，题曰《白屋吴生诗稿》，合刊之事遂作罢。吴宓于1933年重编其诗集时，于“刊印自序”中，说明其编印《吴宓诗集》的由来，特将柳先生原为《两吴生集》所作之序置于卷首，留作纪念。本文刊于1936年5月15日出版之《人物月刊》第1卷第1期。

《吴宓诗集》自识

吾于中国之诗人，所追摹者三家。一曰杜工部，二曰李义山，三曰吴梅村。以天性所近，学之自然而易成也。

吾于西方诗人，所追慕者亦三家，皆英人。一曰摆伦或译拜轮(Lord Byron)，二曰安诺德(Matthew Arnold)，三曰罗色蒂女士(Christina Rossetti)。(一)摆伦以雄奇俊伟之浪漫情感，写入精密整炼之古典艺术中。(二)安诺德谓诗人乃由痛苦之经验中取得智慧者。又谓诗中之意旨材料，必须以理智鉴别而归于中正。但诗人恒多悲苦孤独之情感，非借诗畅为宣泄不可。又谓诗为今世之宗教，其功用将日益大。(三)罗色蒂女士纯洁敏慧，多情善感，以生涯境遇之推迁，遂渐移其人间之爱而为天帝之爱。笃信宗教，企向至美至真至善。夫西洋文明之真精神，在其积极之理想主义。盖合柏拉图之知与耶稣基督之行而一之。此诚为人之正鹄，亦即作诗之极诣矣。吴宓自识。

——本文原载于上海中华书局1935年出版之《吴宓诗集》卷首，原文无题，今题为编者所加。

《宴池诗录甲集》

海门凌宴池君，久居北平香山之畅风楼，以画名于时，兼工诗善书，生平搜致珍奇之墨甚夥。其夫人长沙贺启兰，亦能画能诗能书，艺术生涯，文学伴侣。相爱甚笃，倡和至乐。前此不久，凌君夫妇之画曾在天津展览。去岁壬申，凌君年满四十，乃刊其所为诗二百数十首为一聚珍版小册，名曰《宴池诗录甲集》。每册定价大洋六角，发售处北平宣武门内象坊桥九号凌宅。集中仅有贺夫人一序，谓君“近诗于萧散之中，时露沉郁之气”，异乎昔年人诗两忘之小孩子语。而凌君《自序》则云：

> 只求语之不假。古人虽多，谁恰如我？我特写出自己当时本心之兴感，与夫外境之推移，可开卷而得之。

以个人生活经历为题材而作诗者（中国旧诗人率皆此类），倘能力求真切，深思不苟，语语自我心中爬剔而出，则其诗必精到而不隔。世间万事必立于诚，惟诗亦然。艺术道德于斯合一。此事似若甚易，而为之颇费力。古今中西万千诗人，皆因不肯走此真诚之路而失败，所谓道在迩而求诸远也。凌君诗之价值即在于是。自序又谓“意之不虚，而语之非泛”者，实足当之而无愧。其集中多宋诗，亦以宋诗偏于写实（白描），可状眼前平常景物事实，而幽邃清刚，格低而思深，较合末世之所需所授耳。晚近作宋诗者极多,虚伪作态固所常见,而凌君悉能免之。譬之泅水者昏暗激荡中紧握系身挂岸之长绳,不离真切,故殊可称。今录一二为例。(一)下卷十五页:

冬日偕启南赴燕京大学

门墙矗矗上过肩,地化弦歌俗已迁。雪掩修蛾沉远岭,泉藏妙舌涸低田。风前双载车迷辙,灯畔高谈斗插椽。炉火殷红帘幕重,不知园外是荒烟。

久居北平西郊,或由城中来赴茶会或晚宴者,试思其所写是否真切。第五句写汽车,六句则状西式之柱擎灯,故曰斗插椽。此所谓"以新材料入旧格律",吾侪夙为旧诗所主张之途径。然为此者必须将取来之新事物融汇于情境之中,否则类科学教本或商店货单。如(二)下卷十一至十二页:

志摩乘飞机罹祸赋此吊之,时倭寇正深

悬知大地机常伏,不道辽天路亦穷。松树当年曾挂月,琼楼高处竟愁风。海棠花底晨横笛,菡萏香间夜系逢。诗意不随新旧异,吟边才调谁能同。

山楼灯暗装神鬼,禁苑松高看鹿麋。事未忘情痴镂骨,诗元呕血相通眉。冰霜不返过墙蝶,风雨难防毁屋鸱。存者危城胡可恋?阴森天气雪来时。

此诗事境虽新,情韵不匮。"冰霜不返过墙蝶"一句,犹惋叹缠绵、低徊深往。而以新材料入旧格律最佳之例,实推(三)中卷十四页:

冬夜友人邀赴北京饭店,因与启南同看跳舞戏作

烁电成灯照针粒,截橡作地胜罽毲。帘幕密贮万斛春,不知冻月栖城阙。衣珩自挂薜荔裳,鞋纳韧鞣领穿结。镜中孔雀竞开翎,自顾犹惭形见绌。暖知爇火香疑麝,弦动啼禽鼓挝羯。讥啖甜食贵比珠,渴吸苦饮甘同蜜。琉璃盏外肉屏围,争舞自开何倏忽。趁声赴拍步学狐,进退低昂眩一瞥。足音渐促急管催,人海回旋苦牵掣。筛风弱柳腰自摆,笼烟暖玉手相捏。背影私语坠香帕,横波微睇踏罗袜。是谁辟此不夜场?目成无禁狎无罚。西方气味美人憨,雪肌袒露非媟亵。处子搂抱色相授,安事逾墙与窥穴。年来懒逐邯郸步,兀坐任嘲却克蹩。纵观步武瞻风姿,笑共细君品优劣。熨发点唇争相媚,悟在情场非理窟。蜂颠燕弹即文章,春无花草成冰铁。追欢合让狂童狂,适意当学哲人哲。睡魔驱客送先归,鹊起鸡喔霜疑雪。

通篇字字句句皆着力,以锻炼典雅之旧辞藻,写新奇之事境而能贴切,到底不懈。且如“西方气味”以下四句,识解通达而正确,是能知新之为新者。惟此诗中(末段)亦自有作者之身分及观点。否则造语虽工,将成一幅无生气之图画矣。

——本文原载于1933年5月8日出版之《大公报·文学副刊》第279期。

凌宴池[①]诗跋

本年十月，宓以事赴京沪。二旬而归，不到江南将满十四年。此行仅得诗一首："南游几度为谁来？劫后重临意倍哀。万里吴船秋色好，伊人却在西山隈。"在沪仅住四日，曾借友车驰驱沪西一带，访诗友海门凌宴池先生。而以街名门牌均改，不能得卫乐园所在。次日电约候访，又适彼此相左，或不克分身，"竟迷海市两难逢"，怅惘殊深。归校即欣奉宴池兄函及诗，其诗登布如下。宓与宴池订交在民国二十二年春。其时《宴池诗录甲集》早已出版，宓曾于天津《大公报·文学副刊》中为文评之，今见上海中华书局出版之《吴宓诗集》附录。闻《宴池诗录乙集》已编成待刊，丙集则所收尚不多。宴池多年寄身银行界，然能诗能画能书，又收藏佳墨极富。宓按宴池之诗，清刚沉郁，而词采丰赡，气韵生动。其所作力求真切，深思不苟。宓尝举其《北京饭店看跳舞》七古一篇，为以新材料入旧格律最佳之例。《宴池诗集甲集》自序云：

> 只求语之不假。古人虽多，谁恰如我。我特写出自己当时，本心之兴感，与夫外境之推移，可开卷而得之。

是故宴池作诗之目的与方法与宓相同，然其工力、技术、造诣

① 凌宴池(1893—1965)，江苏海门人。久在银行系统任职。以画名于时，兼工诗善书。生平搜致珍墨甚夥。

则远在宓上。宓每以所作诗请其批改。承宴池剀切指教。宓深倾服,恒奉其言以为圭臬。今箱中犹存宴池旧函二通,节录如下:

第一函(民国二十三年二月二十七日,自太原寄)云:

《空轩》十二首(按:今见《吴宓诗集》卷十二第十五至十八页)情景自是真实(好语极多)。西方名诗人,往往于题中将所爱慕之女人说出,对之以韵语申述情愫。女人姓名是否假托,弟因读西文书不多,无从辩证。此种做法,在中国便易惹是非,此非虚伪与赤裸问题,乃是艺术上直线与曲线问题,亦是光学上向阳与向阴问题。向阴者宜曲而模糊,有时故弄玄虚,说得若即若离,教后人捉摸不定。不可自己注出姓名。虽无不可告人之语,然终嫌太老实,且下字分寸更觉费力。不若无题之可以任意抒写,不受拘束也。兄以为然乎?

至于字面,弟以前曾学于诚斋,喜以俗字及极碍眼之字入句,大受老派诗人之诽议,既思亦有道理,故在律诗中已改此习。尊作用"单枪匹马""责任""获福""亲仁",皆犯此病。(但用"但丁"则不妨,此又作别论。若用华盛顿、拿破仑则大坏。此中真说不出道理。大约做诗是无理可讲,然亦有细微之天然界限可寻。兄以为然否?)此等字面,要用便全篇一律用,宋人有此力量,极不易为。在律诗中,还以避去为讨巧。凡逢新字、新境及新意有现代性者,往往发生此类困难。用经书字面,以黄山谷为最有本领,即将其暗中拆开用。弟虽略有所知,但时间有限,未能刻意为之,以打破难关也。承不以为非,故畅言之。尚望彼此商榷。

第二函(民国二十五年四月二十日,自汉口寄)云:

大作《大雪香山》二律,甚沉著。惟选声炼字颇有毛病。

叨爱，妄为注出，不知有当否？弟以为抒情之律诗，最重声词与色彩。重彩用高调，素彩用平调。高由伉爽得来，素由悠扬得来。至色彩则全在字面上，此所以须选炼也。又抒情律诗，意似不必深，亦不必多。因限于字句，其意多且深处，须在言外求之。若正面装入，则深者易晦，而多则易杂。温李言情之诗，未必皆有深意，特色彩与声调胜人耳。兄以为然否？今录呈前年旧作二首：

(1)《将行》

意自缠绵语不多，碧琉璃外是银河。将行小驻真无奈，已别还来又若何。袅袅风吹眠后柳，丝丝雨打泪中荷。背人后约低声问，开罢黄花九月过。

(2)《秋院海棠》

拥出障袖倚风泣，二月游蜂初相识。木棉吐艳栀子肥，一段娇云寻不得。宝枕选梦浪扑朔，昔饥那辨黄金屋。擘石研丹枉乞灵，满院成阴余寒绿。觅郎系锦轮阿侯，深锁黄昏同楚囚。月中兔魄锁难住，飞过东墙上树头。花篁凉透风猎猎，幽窗瑟索问落叶。坠叶飘香归不归，悟后诗篇比梵夹。

上诗(1)律诗用素彩，(2)七古用重彩，选炼未能到家。七古稍费解，七律则毫无深意，只写出无可奈何不尽怅惘之情绪耳。因与兄作异格，故录出请兄批评，以相切磋。

此后于民国二十五年八月，获宴池《住庐山，寄雨僧》诗云：

网得西施未有期，诗人何事镇相思。庐山真面终能识，待到云消雾散时。悬军深入力如何，料得文场敌不多。莫为花愁销锐气，明年我欲渡黄河。

宓旋作《书近况,依韵答宴池》诗云:

> 今年百事断心期,良友天边偶系思。叹逝忏情都赋了,正当蜷伏超尘时。生涯劳扰奈渠何,半日偷闲便足多。似锦秋光供独步,眼中微惜好山河。

迨民国二十六年七月抗日军兴,宓于十一月七日离故都北平,由天津泛海至青岛,再乘火车经济南、徐州、郑州,十一月十七日(正十年前今日)下午抵汉口。时宴池仍任汉口大陆银行经理,遣车迎宓至行中晚饭。酌酒谈诗,甚欢,并作诗赠行。是夕又在汉口大公报馆晤张季鸾兄,竟成永别。次日(十八日)小雨,宓率清华外文系三女生渡江,初访珞珈山,在刘弘度兄宅中午饭,宴池之公子亦在座。是晚宓等即乘火车赴长沙国立临时大学任教。不意十年后此日,我却在此枝栖。而到沪又与宴池兄咫尺相违。人生离合,何可言说!读宴池近诗,愈见苍劲自然,而真切不减,词简而意更深矣。未征求宴池同意,遽刊布其诗与函,未知能恕我狂愚否?

——本文原载于1947年11月17日出版之《武汉日报·文学副刊》第44期,原题《跋》,附于凌宴池《宴池近诗录》后,现题名为编者拟。吴宓时任该副刊主编。

胡步川著诗集《雕虫集》序言

《雕虫集》二册，共十八卷，今邮还。已细读数过，极爱且佩。大抵诗必须性情真挚、文章流利、气韵生动，使人能了解。此集实兼此数长，其根本已立。纵学问典故之充实，不及老辈诗家，不足为病。统观全集前册，以西安围城各篇为主体，实为诗史；后册，以祭悼李仪祉兄各篇诗文及联为主体，即精华所在，最有价值。仪祉兄为宓极敬佩之人，而兄之诗文，最能表扬之，而得其真，见其大。至其情之挚、谊之厚，穷根入理，怀念追思，至于多年，古亦不多，今尤希见。宓吟读此诸篇，不觉涕泪横流！此诸篇，即足以传仪祉兄，亦足以立兄诗矣。至若有关素芬诗，是一生情史。自叙水利工程之经历，诗中有大关系之志事在。他若叙状山水，虽亦有佳篇，非其至也。又由此得窥兄一生历史踪迹，比论古今人物及平生师友，弥增感慨！不尽欲言。

——以上乃吴宓于民国三十四年(1945)自成都致胡步川书，亦即其为胡步川诗集《雕虫集》所作的序言。

李自苏[①]先生绝笔诗

胃疾入冬转剧，乃于除夕入院诊察。确系胃瘤，延及食道，必须割治，而危险殊多。自审当乱离之世，保清白之躯，宛其死矣，宁非至幸，不如听天。复念老母在堂，乌私未罄，遂如医嘱。而手术既施，知成痼疾，则亦终须顺受而已，聊赋短章，以示微意。三十六年三月二十三日，自苏绝笔：

六十三年已作翁，天君自觉颇融融。一瞑荣辱缘俱了，九转肝肠愿未终。

且掷形骸随幻觉，难将心事语东方。人间再耗千钟水，春蚓秋蝉起甚功。

顷得教育部李觐高[②]先生函告"李自苏老先生已于三月二十六日作古，家事萧条，几至无以为葬。李老先生一生清苦，文经武纬，为近世不可多得人物。前年曾由觐高之介，得与先生畅谈迻译英诗，李老先生至死对此一事不能忘怀"云云。悲痛何极！谨录宓日记民国三十四年七月二十五日："考试院考选委员会委员李竟容先生，号自苏，字晓沧，河北赞皇人。年六十一。北洋

① 李自苏(1887—1947)，名竟容，字晓沧，河北赞皇人。中国同盟会会员，曾任职军政界。著有诗集《烬余草》。

② 李觐高(1910—1987)，字次峰，河北元氏人。北京大学1936年毕业，抗战期间曾任西南联合大学中文系教员、西安市政府秘书长，后任国民政府教育部文书科长，1949年随部去台湾，任"行政院"参事。

陆军速成学堂毕业。原拔贡。历任河北省财政厅长、三十二师副军长等职。近年任河南省政府委员。豫省沦陷后,始改今职。年五十四,始习英文,得友助,略如林纾之于小说,译英诗(Wordsworth, Burns, Fitz Gerald,etc. [①])百余首为旧体诗。曾由李觐高介绍,并直函宓。顷因公来蓉,寓老玉沙街五十五号杨宅(电话九〇一)。昨承赐访,值宓外出(时宓任教成都燕京大学,住何公巷文庙内),今晨如约再来访。其旧属何文仁君(福建福清)先来候。何为燕京1938毕业,又研究院1941毕业,现任外交特派员公署秘书。约近10:00,李竟容先生至,极健爽。先谈在豫曾与吾父晤识,极佩父之康健勤劳。宓因略陈父在豫西(去年五六月)历劫脱险情事。次述其译诗经过,及就正于宓之意。携来所译诗稿三册。宓以《学衡》四册及雪莱画片四幅示之。10:30重订后会而别。"又七月二十六日:"晴。晨何文仁来。又8:30李竟容先生来,慷慨爽直。请宓陕西街闵记早餐,甚饱。坐少城公园文化茶座山上茗谈,先译诗,次经历,次国事。正午,复请宓祠堂街老乡亲便宴,饮白酒。情谊甚可感。""夕4—7李竟容先生再来。同校阅其所译Wordsworth诗篇(一册)。急雨,顿减暑热。晚7—10陪李竟容赴何文仁请宴于宴宾楼,进黄酒。夜中雷雨。"李先生旋赴雅安等地,回蓉后,八月六日:"阴。雨。李竟容来,还书,谈译诗,与中国政治。正午,雨。至少城公园,寻访其友杜经田先生(仲番,河北密云,五十九岁,军人),邀同老乡亲便宴。"从此遂一别千古。以上所记皆事实糟粕,若夫李先生气概精神,宓当时及过后之感情,惟宓自知,兹不具述。今先生既溘逝,宓当搜求其所译英诗,设法刊布,此乃后学亦后死者之责也。

① 华兹华斯、彭斯、费慈·解罗等。

四月七日,吴宓谨识。

——本文原载于1947年4月14日出版之《武汉日报·文学副刊》第18期,今次重刊就作者日记对某些引文及排印错误做了文字调整。

《志学斋诗集》序

窃观古今之作序者，多系借题发挥。其序诗者恒宣示自己作诗之义法及此中之甘苦、经验与心得。再则叙记我与本集作者之交谊，两人识契之始末、游踪之离合而已。宓往者于诗尝取“以新材料入旧格律”之说，用为号召。然其本意，仍注重作者真实之情志。情态真，而技术工力又到，斯为佳耳。夫新旧本对待之名词，迁换靡定。古之人与今之人，唐、宋、元、明、清末民初以至民国三十七年之人，苟其情志真而技术工力又到，则其诗必向为佳诗。盖其诗中所写之人物事境，对彼为真实，非可以我衡之。其诗中所宣之思想情感，是彼心中之所蕴发，更非可以我衡之。若必以某年月日某国某邑某学校某银行某种环境教育中之偶然个别之我，据为裁别评判古今中外一切诗之标准，断断乎其不可，又不特于诗为然也。抑宓谓今日之诗，不患其不能新，但患其不能旧。该新事物新材料，层出不穷，俯拾即是，而技术工力之训练则日益难。世危乱而人苟且，凡事莫肯用力。自白话兴，旧学废，能作五七言诗而合韵律者已甚少，若求其餍饫经史，沉酣古籍，多识国闻掌故，吐词典雅，用字切当，诗中文中之句法字法均熟练通妥，更有一片忠诚仁厚祥和安雅之气贯注行间，充溢纸背，斯乃最足珍贵者。在今已如凤毛麟角，后二十年更不可思矣。宓尝观中西古今第一流思想文艺家，终极莫不偏于保守。其所止乃最高深之理境。顾在任何时代而敢言“保守”或“守旧”者,皆大丈夫也。盖彼皆锐观通识,富于想象力,确见前此数千百年中,文物典章诗艺理想之可宝可爱足为今后之裨益者是之多且美,我独识之而众不识,故欲保存以为世用。譬犹移家者,收检奇珍异品带往新居,并非固执不肯迁徙,尤非欲播旧宅之粪土以覆新宅之珠玉也。

请由以上所言之义,读黄先生之诗。黄梅黄颂南先生,名寿彰。戊子春,年七十九,寓居武昌楚材街六十六号。宓出翟君公正介,得谒先生,捧其编成待刊之《志学斋诗集》五卷,归而读之。先生为两湖书院高材生,受诗于梁节庵(鼎芬),以杜工部为宗。近十年中,兵戈离乱转徙,诗所叙尤详且真,若卷壹庚辰五月《紫阳出险赋怀》等篇,皆杜意也。然宓所最爱诵者,为数短篇。今录于后,更系于评曰:

> 诸诗格调高古,似陶与阮。感时爱世,清微淡远,而情意沉挚。佩甚,佩甚。

若黄先生之身世出处志业品德,则诸序中已详兹不赘言云。

民国三十八年一月后学吴宓序

——本文原载于1949年1月27日出版之《武汉日报·文学副刊》第17期。时吴宓已辞任该副刊主编。

笔答周显忠君问词与曲之分别

词为诗之一部分，由诗（抒情诗）发展而来，是带音乐性之纯粹诗。曲则是戏剧，先有散套，终则为元之杂剧（北曲）与明之传奇（南曲）。大凡文学之任何体裁（形式，genre），其初必简朴，富于人民性与音乐性。及其大发达以后，技术精工，内容丰富，趋向深微细巧，则渐失其人民性与音乐性，而成为少数贵族文士之专利品。至此，则必须开辟新疆土，而又有新体裁出矣。

诗在汉魏，乐府部分仍可入乐，而题材精神则接近人民大众之生活感情。至唐，诗臻极盛〔质与量皆大增，内容题材极广（政治、军事、生活、山水、器物、游览等等），无可再发展，且音乐性与人民性皆失，成为少数文士吟读之文学〕，故不得不增拓疆土、另建新国，而有词矣。

词之三特点：（一）形式（词法、句法、韵律）比诗更自由而多变化。（二）能配合音乐而歌唱出来（但只少数私人、文士与妓女、伶官）。（三）只表现某种（男女爱情、离别、相思、恩怨等）纯粹之感情（即写景亦然），屏除政治、道德伦理、社会生活、历史、叙述等材料（La Poesic Pure）。

然由唐至南宋，词之发展已穷尽，遂复有新生之曲。曲是戏剧：散曲（如短篇小说）是其开端，（北曲）南曲则（如章回体长篇小说）其集大成者。

曲之生成及发达,由于异族外国人之影响——北宋、南宋时之辽、金,继以蒙古(元)之统治全中国。故曲之特点亦有三:(一)形式(词法、句法、韵律)比较更自由而多变化,亦更通俗、易解。(二)配合音乐及服装等,用人物直接表演故事,即是演唱出来,备全社会之群众来观赏,每次数百人——是戏剧,不是诗。(三)内容极丰富,包括全社会各种人物之各种经验、感情,无不毕具。

元之杂剧(北曲)受外国异族之影响较大,较直捷,故元之杂剧亦较真朴而通俗,富于人民性。明之传奇(南曲),受外国异族之影响较小,且更晚出、更细巧、更繁杂,故更失去其人民性,只合少数士大夫、裙履、风流名士之欣赏。其题材亦更僻远、神秘或注重历史,无普遍感情。

在清代,京戏(皮黄)、川戏等遂又出现,取杂剧、传奇等而代之。京剧、川剧等又恢复了人民性与音乐性,回到简单、生动、真朴。(人民性——一般人爱看戏,而不听曲。音乐性——谭鑫培等改读字音之必要。)

参看:刘永济《中国文学体制发达图》——新体裁成立后,旧体裁仍存,平行发展,并行不悖。非乙出之后,甲即全废也。

——此为作者于上世纪六十年代对西南师院中文助教提问的笔答。

王国维在颐和园投河自尽之详情（附遗嘱原文）

名儒王国维愤世嫉俗，投河自尽等节，已志本报。兹接清华学校某君来函，叙其经过尤详。据云王氏之离校，在六月二日上午九时许（非六月一日）。王之死志，蓄之已久。日前已将校中职务及应评阅之学生成绩课卷，一一办理清结。六月二日晨八时，自其家（亦在清华园内）赴研究院教授室，于此中作遗嘱一通，藏衣袋中。次至研究院办公室中，与事务员侯厚培谈甚久。谈次，借银五元。侯未疑有他，即与之。王步行至校门外，雇三十五号人力车赴颐和园。十时至十一时间，购票入园。行至鱼藻轩，由此处之石阶，跃入水中。远处有巡警，闻声驰救。入水约二分钟即捞起，已气绝。园人未知其为何人也。迨人力车夫在园外，候至下午三时，不出，乃询之园中人，始知为王。适此时王之三公子王贞明，在家久候不归，追踪至园，乃认知为其父。此六月二日下午四时也。侯厚培旋亦来到。于是清华学校全校之人，于六月二日下午七时顷，均知此事矣。是晚九时，清华学校教职员，研究院学生二十余人，乘二汽车至颐和园。园门已闭，守兵不许，再三交涉，始准校长曹氏、教务长梅氏及守卫处处长乌氏入视。六月三日晨，教职员及学生，及王氏家属多人均来。时王之遗体，仍置于鱼藻轩亭中地上，覆以一破污之芦席。学生有失声痛哭者。直候至六月三日下午四时，时天隐隐有雷声，尸颇胀起，而检察厅之检察官始至验尸。此时于王之内衣袋中,搜出遗嘱一封,并现洋四元。验尸毕,即由校中员生之莅止者,约三四十人及家族,舁尸至颐和园西北角园门外之三间空屋中。于此正式入殓。以棺运来甚迟,直至晚九时,始正式运柩至清华园南之刚果寺中停放。校中员生来者,均执灯步行送殡。诸子麻衣执绋,入寺设祭。众行礼毕,始散。已六月三日夜十一时矣。

遗嘱封皮上,书“西院十八号王贞明先生收启”。文如下:

> 五十之年,只欠一死。经此事变,义无再辱。我死后当草草棺殓,即行稿葬于清华茔地。汝等不能南归,亦可暂于城内居住。汝兄亦不必奔丧,因道路不通,渠又不曾出门故也,书籍可托陈、吴二先生处理。家人自有人料理,必不至不能南归。我虽无财产分文遗汝等,然苟谨慎勤俭,亦必不至饿死也。
>
> 六月初二日,父字

——本文原载于1927年(民国十六年)6月6日北京《顺天时报》。据吴宓1927年6月5日日记:上午,作函致《顺天时报》总编辑,详述王先生死节情形。意在改正其新闻之错误,并附录王先生遗嘱原文。函署“清华学校一份子,爱敬王先生之一人启”。此函付邮寄去。次日即登出。

悼辜鸿铭先生

辜鸿铭氏(1857—1928)于四月三十日下午三时四十分,在京寓逝世,享年七十二岁。其遗像及略传,已见五月一日本报第二版新闻栏,兹不重叙。古语云盖棺论定,今仅以庄严公平之态度,就辜氏在学术思想文化上之地位,约略论之,以志哀悼。

除政治上最主要之一二领袖人物应作别论外,今日吾国人中,其姓名为欧美人士所熟知,其著作为欧美人士所常读者,盖无有如辜鸿铭氏。自诸多西人观之,辜氏实中国文化之代表,而中国在世界惟一有力之宣传员也。顾国人之于辜氏乃不重视,只知其行事怪癖、思想奇特,再则服其英德法等国文字之精通而已。以上二种观察,均无谬误,然仅各得事实之半。平心而论,辜氏于中国旧日之道德文化,具坚深之信仰,是其卓见。于西方之功利主义、个人主义、帝国主义痛斥不遗余力,且能以流畅犀利英文文笔表达之,是其特长,对国家世界,其功自不可没。然辜氏初非渊博通达、深思明辨之学者,于中国之文化学术及西方之思想精神,均不能深窥底蕴,故其言论多武断而偏激,虽有真知灼见,亦系得之偶然,而缺乏系统之创作及深厚之修养。其人之品性及行事亦多缺失,傲睨一切,诙谐谩骂,放浪不恭,决非崇奉人文主义而苦心化世者所宜出,决不足为今日中国及未来世界精神之师表。是故吾人之于辜氏,毁之固属无当,而尊之亦不宜太过。辜氏譬如有用之兴奋剂,足以刺激,使一种麻痹之人觉醒。而非滋补培养之良药,使病者元气恢复,健康增进也。

二十余年前,吾侪束发入塾,即闻辜氏之名,云其精通西文。又读其所译 William Cowper 之《痴汉骑马歌》(John Gilpin's Ride)。辜氏译此诗为吾国人介绍西洋诗歌之始。溯自吾国派遣西洋留学生以来,留学生之能究心西洋文学哲学而深明西洋之思想精神者盖鲜。严几道(复)晚年议论,颇多透辟精深之见解。然此实得自中国旧籍,而非得自西洋。严氏之于西洋思想,仅知十八及十九世纪之功利主义及进化论、天演论。其所介绍传译者,为孟德斯鸠、亚丹·斯密、约翰·弥勒、达尔文、赫胥黎、斯宾塞等,此非西洋思想精神最精要之部分,不待详说。而其对于吾国之影响如何,亦不难判定。若辜鸿铭氏则有进于是。辜氏身受英国之教育较为深彻长久,其所精心研读之作者,为英国之卡莱尔(Thomas Carlyle)、安诺德(Matthew Arnold)、罗斯金(John Ruskin)及美国之爱玛生(R. W. Emerson)等,故其思想出严氏翻译西籍时之上。由吾人观之,辜氏一生之根本主张及态度,实得之于此诸家之著作,而非直接取之于中国经子旧籍。其尊崇儒家,提倡中国之礼教道德精神,亦缘一己之思想见解确立之后,返而求之中国学术文明,见此中有与卡莱尔、安诺德、罗斯金、爱玛生之说相类似者,不禁爱不忍释,于是钻研之,启发之,孜孜焉。举此吾国固有之宝藏,以炫示西人。此其中又以国家主义(爱国思想)为之动机。盖辜氏久居外国,深痛中国国弱民贫,见侮于外人。又鉴于东邻日本维新富强之壮迹,于是国家之观念深、爱中国之心炽,而阐明国粹、表彰中国道德礼教之责任心,乃愈牢固不拔,行之终身,无缩无倦,此实辜氏思想学说真正之渊源。故辜氏生平痛恨中国人(尤以留学生为甚)之吐弃旧学、蔑视国俗。而以感情所激，趋彼极端，遂至力主忠君，长戴辫发，自比遗老。而其晚年最崇拜日本，乐居彼邦，亦可藉此说明。盖皆热烈之爱国主义所酿成者也。（吾国今日爱国之士应洞察此层，勿徒以顽旧讥斥辜氏。）

准是以谈，则今日世界中人物可与辜鸿铭氏相提并论者，莫若印度之泰戈尔（R. Tagore），盖（1）此二人者，其思想信仰皆出于西洋，特泰戈尔实得力于英国浪漫诗人如雪莱（P. B. Shelley）、济慈（Keats）、华次华斯（Wordsworth）等，而辜氏则如上文所言之卡莱尔等耳。（2）此二人均为极热烈之爱国主义者。泰戈尔敢于严斥英国帝国主义之侵略横暴，力倡印度民族之独立自由，毫无恇怯，乃反以此甚受英人尊礼，亦如辜氏之生平痛骂西人而反以此见重于西人也。（3）泰戈尔虽日言保存国粹与复古，然于印度古来婆罗门吠陀经典、六宗及佛教之宗教哲理，实未深研，仅能略述大意，取证己说。此与辜氏对于中国旧学之态度及造诣同。（4）泰戈尔与辜氏均以英文发为言论著作，见称于世。（5）由西人观之，泰戈尔乃印度民族之代表与宣传家，而中国人之膺此职任者则辜氏。二人对于欧洲近今思想影响极大。虽其学说浮浅而空疏，然其主张坚决，感情诚挚，文笔犀利，故其在欧美之势力实较其在本国为大。以上皆其相同之处也。更推而远之，则中国印度之有此二人，正如德国今日之有凯撒林（Count Hermann Keyserling）伯爵（著有《哲学家之旅途日记》及《婚姻全书》等，其为人及学说应具另篇详述），亦怪物，亦名人。或斥为狂徒，或尊为先觉，虽负盛名于当时，而实非今世思想学问之正轨，决不足为今后世界道德精神之导师，而远不能与实证之人文主义家如美国之白璧德先生（Irving Babbitt）等比肩同列也。

辜鸿铭氏英文著作甚多，其最著者为《春秋大义》（*Spirit of*

the Chinese People)及英译《中庸》(*The Conduct of Life*)。英译《中庸》曾列入"Wisdom of the East"丛书,英国伦敦John Murray书店出版。辜氏生平主张及学说大旨,具见于此书之序。而王国维先生曾撰《书辜汤生英译中庸后》一文评此书,二十年前登载《教育世界》杂志,近年又转录于《学衡》杂志第四十三期。读者如取阅以上二作,可见一斑。约而言之,辜氏非精密之学者,乃一有主义有感情之宣传家。其误处在所持之见解太狭,而知识甚多欠缺。其谓中国独具道德的文明而以功利主义、物质进步概括西洋,实属武断,而有语病。殊不知功利与道德之对峙,理想与实际之悬绝,亘宇宙而长存,而天理人情古今东西无二。中国西洋各有其历史环境及特出之人物,遂成为往昔及今日之情状,异日祸福休戚亦正相同。自道德精神论之,救国与救世原非二事,辜氏所见未为深彻,然其唤醒国人抑己尊人之迷误,除去国人崇功利、蔑道德之谬见,殊有裨益。欧战以还,欧洲人之精神思想大为振奋(参阅本副刊第三期《欧洲战后思想变迁之大势与吾人应有之觉悟》篇),徬徨扰攘,厌故喜新。德国新败,此情尤坚。故辜氏之说大为欧人所注意,而尤受德国青年团体之欢迎。然能对之下正确之评判者亦有人,读者试取阅雷希完(A. Reichwein)所著《十八世纪中国欧洲文化交通史略》(*China and Europe*)之绪论(《学衡》杂志第五十三期有译文①)及此类之书,实可知其详情也。

辜鸿铭氏近顷著成一书,极言在中国之欧美各国人不宜反对日本。其书方在北京付印,未及见此书出版而遽溘逝,可哀也已。闻此书于西人仍多痛诋。辜氏生性孤僻,行事多离奇放诞,已为众所共知,兹不论,惟寻绎其学说思想之渊源,以评定其在文

① 该文实际刊登于《学衡》杂志第55期。

学界之地位，此固本副刊之初旨也。

——本文原载于1928年5月7日出版之《大公报·文学副刊》第18期。

王静安先生逝世周年纪念

民国十六年六月二日(阴历丁卯年五月初三日),王静安先生自沉于颐和园之昆明湖中,迄今适满一年,允宜纪念。昔者俞曲园殁,时当清光绪末年,王静安先生于所撰《教育小言》(登载《教育世界》杂志)中论之曰:“德清俞氏之殁,几半年矣。俞氏之于学问,固非有所心得,然其为学之敏与著书之勤,至老而不衰,固今日学者之好模范也。然于其死也,社会上无铺张之者,亦无致哀悼之词者。计其价值,乃不如以脑病蹈海之留学生。吾国对学问之兴味如何,亦可于此观之矣。”自王先生自沉以来,国内学术界深致哀悼,称道弗衰。而以诗文或杂志专刊作为纪念者,尤后先相望。王先生在学术上之成就及其影响之大,固非俞曲园所及,然亦可征现今国人对于学术之注意,较昔似大有进步矣。王先生之生平及其著作,已为众所稔知,惟遍观一年来各种纪念刊物,于王先生治学成绩,多专取一端而详为推阐,至若融汇其学术思想之全体,为综合的论述者,殊未有见。本副刊爰从事于此,略以王先生之治学范围之变迁及其时间之先后为序,分为三篇:(一)曰《王静安先生与晚清思想界》,登本期。(二)曰《王静安先生之文学批评》,登二十三期。(三)曰《王静安先生之考证学》登二十四期。三篇本末一贯,只以每期篇幅有限,不得已,分登三期,读者谅之。

——本文原载于1928年6月4日出版之《大公报·文学副刊》第22期。

德国著名汉学家卫礼贤博士逝世

(一)路透电传消息

据三月六日《北平导报》(英文)载三月四日路透电,昔任北京大学教授、著名汉学家,中西人所共知之德人卫礼贤博士,顷在德国佛兰克福[1]地方逝世。按卫礼贤博士于一八七三年五月十日生于德国武敦堡[2]之斯突格[3]地方。先后毕业于该地之爱巴哈路易高等学校,突宾根大学,及斯体夫特神学院。一九〇〇年,与Salome Bluehart女士结婚,有子女四人。出校后,在武敦堡任耶稣新教会牧师。一八九九年(光绪二十五年己亥)至青岛,为牧师。自一九〇〇年以来,均为威玛教会牧师,在中国传道,尤尽力于学校及医院之事。博士深通中国学,著书甚多。拟成《中国之宗教与哲学》巨编,而未完工。已出版者如下:(一)卷二孔子《论语》、(二)卷七老子《道德经》、(三)卷八上《列子》、(四)卷八下《庄子》、(五)卷四《孟子》。其神学博士学位,乃耶拿大学所赠与。一九二二年四月,为研究中国文化问题而来北京,遂任国立北京大

---

① 佛兰克福,今译法兰克福。

② 武敦堡,今译图腾堡。

③ 斯突格,今译斯图加特。

学教授。阅二年，归德国，为佛兰克福“中国学院”院长。两旬前得病，竟致不起云。

（二）石坦安君特撰行述

按德人石坦安（Diether von Steinen）君，曾任佛兰克福“中国学院”助教，与卫礼贤博士共事一年，现任北平清华大学教授。闻耗，特撰此篇。兹为译登如下，本刊编者识。

卫礼贤博士终身尽力谋中国、德国国民之互相了解及增进友谊。今竟殒逝，享年仅五十有七。伤哉。

博士初治耶稣新教神学，一八九九年来中国。为寄居青岛之德人中之牧师。自是除偶尔回国一行外，常居中国，先后凡二十五年。以在青岛时为多，后在上海不久，一九二二至一九二四年居北京。

中国情形甚佳，西人多喜来华久居。然大都无深远之目的，只图生活闲适而已。卫礼贤博士独异是。博士性喜深思，发愿研究并了解中国之社会及国民性。于是仰观中国之天色，俯察中国之水土，谛审中国都市、村落、山间、平原、海岸各处人民之生活，精通中国语言文字。其投身耶稣教会为牧师也，非欲劝中国人入教受洗，乃谋为中国人切实尽力，盖博士及其同道者视宗教纯为不可遏抑之仁爱之表现耳。博士既得细察中国社会之各部分，深赞叹中国生活全体中之和谐精神。乃决意研究此种和谐精神之起源，即中国文明之基础，而求之于经书及古代哲学中。先读《老子》，次读《论语》，继读《孟子》《庄子》《列子》。深憾此等伟大之典籍未有德文译本，乃自从事翻译。非欲以汉学家自见，实欲矫正当时欧洲人(尤其德国人)对于中国人民之误解,实欲使德国人得知中国之真相及中国古昔高尚之文明。博士之工作,足使德国人耳目一新,如获异宝,此德国人所当永远感念不忘者。上文所举孔、孟、老、庄、列子之书,对于德国少年,有极大之影响。今后德国人对于中国绝不致再有帝国主义之思想。所以然者,非仅缘德国战败于列强,而实以卫礼贤博士翻译之功为多也。

入民国后,博士与中国学者往还更密。遂复校其以前所译诸书,更以劳乃宣(玉初)氏之协助,译《易经》为德文。《易经》者,中国各种哲学及文化思想之本源也。博士又编著中国神话及中国诗之书各一册,但非其重要之作耳。

博士在德国之影响业已甚大,然犹以德国人未能尽知中国为憾。遂舍其所极爱之中国,而归德国,以更积极宣传并提倡中德人民之深契。一九二四年,博士受聘为佛兰克福大学之中国文字及文化教授。于其地创立"中国学院"。该学院之宗旨为研究中国文物,而以研究所得之结果向德国人民宣传。博士归国后,著成《中国文学史》一册,关于孔子、老子之书各一册,《中国哲学史大纲》一册,《中国文化史》一册(此书英译本本刊百零二期曾经介绍);译《吕氏春秋》为德文,又译关于释道之新书数种。博士不但在"中国学院"授徒,又巡行德国各地,且至其他欧洲各国演讲中国文化问题,而同时兼编辑数种杂志,可谓勤且劳矣。

卫礼贤博士固深爱旧中国,然亦未尝不爱新中国,与中国之新少年常多为缘。居中国时,屡以德国文明之瑰宝召示中国学生,讲授德国哲学及诗,且译康德及葛德之短篇著作为中文。归德国后,常欢迎中国学者至"中国学院"演讲,如胡适君即其一。三年前,又尝邀集留德中国学生全体聚会。博士之音容,众当能忆之也。

《中国之灵魂》[1](*Die Seele Chinas*)一书,为博士最切己之著作,表示其爱中国之诚挚。盖博士终身为中国尽力,此书即表示其对中国诚挚之爱者。此书吾人直可名之为《卫礼贤博士之灵魂》。博士之灵魂虽系德国产,而兼包中国于其中。凡与博士相亲之中德两国人士之心中,皆当有此灵魂永远存在也。

(三)中国之灵魂

《中国之灵魂》一书,其英文译本,本副刊第五十五期曾为简短之介绍,原书德文名*Die Seele Chinas*,系一九二六年出版。柏林Reimar Hobbing书店发行。凡三百六十七页,插图三十六幅。此书叙卫礼贤博士在中国之经历闻见及感想,可视为博士之自传,至饶趣味,且多深彻中肯公允明达之议论。书分二十章。

第一章叙博士初至中国,抵青岛,为牧师,习中文,夜乘马游即墨。次日抵县。

第二章叙义和团之乱,及胶州德兵炮击民村,出任调解事。博士虽以传教为职业,而深悉此中实情及中国人民心理,故从不强劝人入教,亦从未敢洗一人。

第三章叙庚子回銮及维新事业、曾李袁张之为人、各大都会之形势、海关邮政等事业外人管理之得宜。

第四章叙辛亥革命至洪宪帝制间中国之大事。

第五章叙南北分立时代中国之政局及各国态度。

第六章叙中国思想革新及文学革命。其论康有为之《大同书》中之主张,谓原本佛家出家离世之思想,而加以康氏本人激烈严毅之性情,非由西方社会主义之影响。尚为有见。

---

① 《中国之灵魂》,今译《中国心灵》。

第七章游曲阜孔林。叙孔林之幽森深静足使游人想见古来圣贤伟大之精神。又谓孔子之教旨,在端正人类伦常骨肉间最真挚之感情。礼施诸外,乐施诸内,以达此的,然后推之于国家世界。易言之,即使自然与文化互相调和而不冲突背驰。孔子成此大功,为世界历史中所仅见。今者社会情状既变,孔子之方法及制度势不能留,亦不须留。惟孔子之精神及宗旨(即端正感情及调和文化与自然),则应保存并利用之云云。此所言实精当之论。

第八章游登泰山。

第九章记大同云冈之游。登长城,谓罗马帝国之基础在城市,中国之基础则在乡间之农民。故罗马倏亡而中国久存。

第十章叙村塾及教育之制度。

第十一章叙民国初年,前清宗室及官僚政客文人学者方外等遂居青岛者,常相聚会谈论之情形,并与劳乃宣氏合译《易经》之经过。德国凯撒林伯爵之来访并与辜鸿铭作彻夜谈。暨欧战起,日军来,寓公遂各四散。

第十二章叙恭王之为人及慈禧、光绪、宣统之轶事。

第十三章记乞丐、窃贼及盗匪。

第十四章论教会人士在中国之事业,持论甚为公允。

第十五章记杭州(西湖)及苏州之游。

第十六章记北京。中有云:“女子师范大学在石驸马大街。予尝至该校演讲,极为满意。予观女学生尤为聪明好学,而熟悉科学研究。女学生中有过重理想而失于偏激者,亦进步时代所应有。……中国女子得获解放毫不费力,比之西方妇女,亦谚所谓‘先来后到者’欤?”又云:“中国人重个人心性之和谐,故不拘囿于礼节及形式。此种自由之态度,此种真正之恭敬,使外人之见中国人者皆不得不爱之。”

第十七章叙宗教迷信及魔术。

第十八章叙历象节气及婚丧风俗等。

第十九章叙饮食宴会、赌博吸烟、妓院(附秀英小传,德文原书中有其照片)戏园。

第二十章结论。谓中国文化有二大潮流。北为孔子之儒教,以调和自然与文化而建立人类之良好社会为宗旨。南为老子之道教,以归依自然而与宇宙合一为宗旨。以此之故,中国人无违天之骄气,无真正之悲剧。表里如一,言行不殊,无精神之矛盾及冲突,比较的皆知足而快乐。其伟大之人物,不言不动而有影响于世。而功成不居,不计个人之名利。凡此种种,皆中国文化智慧可以裨益今世之处。

今者全世界皆已工业化、机械化,而女性得势,中国亦受此影响。然中国虽步趋西方之后尘,其所遇之各种困难,皆可由中国旧日之智术德教中寻得解决之法。同时,今日世界之危险在将全体人类悉化为物质之分子。夫东方之所长,在深入学识下,渐升以至幽微神秘境界,由是发挥个人精神之自由。西方之所长,在确立个人坚决之意志,以与外界之压力相抗。此二者不可缺一,是故东方文明与西方文明之融合,实未来世界所应趣之目标。而中国文化之所以贡献且裨益全世界者,亦正在此也。

——本文原载于1930年3月17日出版之《大公报·文学副刊》第114期。卫礼贤,Richard Wilhelm,1873—1930。

挽徐志摩君

牛津花园几经巡，檀德雪莱仰素因。殉道殉情完世业，依新依旧共诗神。曾逢琼岛鸳鸯社，忍忆开山火焰尘。万古云霄留片影，欢愉潇洒性灵真。

叙曰，徐志摩君于民国二十年十一月十九日乘济南号飞机在山东开山触岭遇难。本刊第二百零二期叶公超君悼徐君文开端所谓"我不忍细想那猛击的震动，那暴烈的毁焰，和那最后的知觉"，惨已！十二月六日，其友人在北平者，为开追悼会于北京大学第二院礼堂。是晨，予将赴会，乘车过金鳌玉蝀桥，念民国十五年十月，徐君与陆小曼女士结婚于北海，一时名流咸集，不胜悲感，遂为此诗挽之。

予始识徐君，在民国八年春美国哈佛大学，但与徐君交谊甚浅。徐君以新体诗鸣当代，予则专作旧体诗。顾念徐君之作新诗，盖取法于英国浪漫诗人。而予常拟以新材料（感情思想事实典故）入旧格律，其所取与徐君实同。虽彼此途径有殊，体裁各别，且予愧无所成就，然诗之根本精神及艺术原理，当无有二。此应为凡致力于诗者所共信。又予与徐君思想性情境遇阅历显然不同，然论生涯末迹、鸿爪雪泥，亦不无一二相合之处。如（1）世共以徐君拟雪莱（Shelley），徐君亦以此自许，而予昔亦尝喜慕雪莱之为人及其诗。牛津为徐君旧游地，而去年此日予居牛津，见雪莱像及遗物，曾作三诗凭吊，且自述所感，载登本刊第百五十五期。雪莱生平流寓之地，如英国之Keswick，瑞士之日内瓦，意大利之那波里等，予皆亲访其宅址。又昔一八二一年英国诗人济慈(Keats)既死，雪莱作"Adonais"长诗挽之，中有句云：Life, like a dome of many-coloured glass, / Stains the white radiance of eternity。予民国十七年作《解脱》诗，用其意，成二句云"万古遗痕污白璧，诸天色态染纯丝"。今挽徐君诗第七句"万古云霄留片影"，仍用雪莱斯句之意，以著人生真相，且状飞机之行过云尔。(2)钱稻孙君译但丁(Dante)《神曲》五篇，登本刊第百三十及百三十一期，又登《学衡》杂志第七十二期。钱君又译但丁《新生》(*Vita Nuova*)之一部，为徐君结婚贺仪，予得于婚筵中读之，今其稿竟佚。钱君译但丁之名曰檀德，今用之。檀德，即但丁也。但丁之故乡翡冷翠(Firenze)城，义云花国，予于今春百花盛开时游之。而徐君诗集《翡冷翠之一夜》即作于斯地。按但丁亦富热情，其性则较雪莱为严正深刻。但丁亦言爱，然非如雪莱之止于人间，失望悲丧，而更融合天人，归纳宇宙，使爱化为至善至美之理想、救己救人之福音，则其爱更为伟大更为高尚。此但丁为雪莱所莫及之处。使雪莱而得永年，使徐君而今不死，二人者，必将笃志毅力上企乎但丁，可知也。呜呼！徐君品性之真挚纯洁，及其所经历之隐微苦痛，诚如其知友所述，予自审为能窥见并极同情之一人，今兹作诗哀挽，惟抒予怀，词之工拙，所不计矣。

——本文原载于1931年12月14日出版之《大公报·文学副刊》第205期。

徐志摩与雪莱

在《宇宙风》第八期中，读了郁达夫先生《怀四十岁的志摩》一文，使我十分感动。郁先生本着“惺惺惜惺惺”的意思，说：“情热的人，当然是不能取悦于社会，周旋于家室，更或至于不善用这热情的。”所以，“悼伤志摩，或者也就是变相的自悼罢！”其实，古今东西的文人诗人，凡是哀悼之作，无非指出那人（惨死的）与我（作者）中间性情行事遭遇的一二共同之点，既主观而又客观，虽自悼亦是悼人。如此方是真诚的哀悼，不是应酬敷衍趋附声光；如此方是自己说自己心中的话，不是强文就题堆砌词句。自然，人与人不能全同，但上文所云“一二共同之点”最关重要，如其恰是此人与彼人性情行事遭遇之中心扼要之处，则哀悼之作必有可称，末节与表面之差异，不必论矣。

《二十今人志》中徐志摩传的作者，以志摩比雪莱（郁先生文中译作奢来），最为确当。凡是志摩之相识友人，亦莫不将志摩认做雪莱。（我觉得，另一位朋友，陈逵，字弼猷，更像雪莱，容另述。）而志摩与我中间的关键枢纽，也可以说介绍人，正是雪莱。如果有人肯翻读我那本文言旧诗集（编者按，指《吴宓诗集》，中华书局出版），不难详知一切。现在只说关于志摩的几件事。

我少时最喜读浪漫诗人的作品。及至转学到哈佛大学，那时正当美国参加欧战，在校学生较少，我选了 J. L. Lowes 教授的“英国浪漫诗人”(英文二十四)一门功课。班中学生仅五人:一美国少年,一英籍中年妇人,一黑人,一日本人,一即中国之我。教授遂命学生各取英国浪漫诗人之一,读其全集,并参读其同时人后世人与此诗人有关之各种文章记载。我便选定了雪莱。于是此一年中,我便和雪莱结了甚深的因缘。儒家说:君子当慎其所发。佛经云:寄语众生,慎勿造因。(我的贤明仁慈的父亲,恒举此二语以训我。)然而人生在世(除非自杀寂灭),无时无刻不在造因。欲不造因,其曷能得?或善或恶,非彼即此。苦乐得失,孰能预知?友敌褒贬,只有忍受。无意造因,且必食果。离缘得真,有身即累。哀彼雪莱;哀彼志摩!……我那时沉酣于雪莱诗集中(虽然同时上着白璧德师的文学批评课),以此因缘,便造成我后来情感生活中许多波折。直至十数年后,我身到了牛津大学,亲见雪莱的遗像遗物遗址,于是抚今追昔,溯源穷变,作成了以下的三首诗(录二):

(一)

少读雪莱诗,一往心向慕。理想入玄冥;热情生迷误。
淑世自辛勤,兼爱无新故。解衣赠贫寒,离婚偕知遇。
至诚能感人,庸德或失度。暴乱岂终极,风习仍闭锢。
到处炭投冰,徒令丹非素。天马绝尘驰,驽骀惭跬步。

(二)

君身有仙骨,容色何韶秀。急盼若不宁,坐此非长寿。
君诗妙音节,凄婉天乐奏。流动变态多,月露风云逗。
君爱如赤子,求乳母怀就。灯蛾身自焚,列星灿如绣。
君名似水清,长流同宇宙。狂童遭斥革,殊荣国学授。

上诗,每句每字皆有材料,皆有事实,此诗一面凭吊雪莱,一面感伤我自己——亦可完全移赠志摩。不过,那时志摩尚在人间。若在一九三一年十一月以后,如果志摩的朋友们细细读我此诗,完全当作志摩的挽诗读,必定觉得十分适当贴切的了。

言归正传,当我研读雪莱之时,我住在哈佛大学宿舍(Thayer Hall)三十五号室。同房的,是尹寰枢君(字任先),是中国国防会的副会长;我们的住室便是国防会办公和职员会议的地方。我那时十分爱国,日夕劳忙,与郑莱、陈宏振等一般朋友,帮助尹君办理会务:一会又要打电报到巴黎阻止中国和会代表签字;一会又要在美国报上写登文章;一面又要参与中国留美学生会的事情,讨论某案,弹劾某人。真是忙个不休,十分起劲。……就在那时,我初和志摩认识。一日,有克拉克大学的两位中国学生来加入国防会:其一位李济(济之);另一位便是徐章垿,字志摩。照例签名注册之后,大家便畅谈国事和外交政治等。以后还会见过几次,所谈仍不出此范围。不久,听说志摩便到欧洲去了。今按志摩诗集中《康桥再会罢》一诗,是为英国剑桥大学作的。英国的Cambridge,普通的译名是剑桥(或圜桥),不是"康桥"。志摩采用此名,一定是因为那时在美国波士顿一带的中国学生们,都把哈佛大学所在地的Cambridge译作康桥,于是沿用到大西洋那一边去。这也是关于志摩的诗的一个小小的考证!

回到中国之后,在南京,在北京,在清华,也曾会见过志摩,但是次数不多。在我与志摩中间作联锁的公共朋友,当时是张歆海君;志摩殁后,则为方玮德君。我的日记中,有这样的一段:

(一九二六年)十月三日,星期。……下午二时半(由西城）至北海公园门口，待R. Winter及楼光来君如约至，乃同入，至董事会，祝徐志摩君与陆小曼女士结婚之礼。梁任公先生致训辞，言离婚者应郑重将事，为世人之榜样云云。遇相识人士极多。又得读钱稻孙君所译但丁《新生》（*Vita Nuova*）二曲，以为贺礼者。五时，礼毕。叶崇智君邀同Winter至王府井大街一五一公司楼上茗叙。二君于美国现代文学极熟，论述滔滔，予多不知，殊愧。……是日为孔子圣诞。

此即所谓“曾逢琼岛鸳鸯社”也。

志摩遇难时，我正担任着天津《大公报·文学副刊》（不是文艺副刊）编辑，便立刻请叶公超君（崇智）撰一哀悼文，题为《志摩的风趣》，于那年（一九三一年）十一月三十日登出。接着，十二月六日，“其友人之在北平者，为开追悼会于北京大学第二院礼堂。是晨，予将赴会，乘车过金鳌玉蝀桥，念民国十五年十月徐君与陆女士结婚于此处，不胜悲感”。于是在会场中便作挽诗一首。会散后，赶忙到对门的景山书社，借用他们的纸笔和地方，将诗写出，投寄《北平晨报》。诗云：

牛津花园几经巡，檀德[①]雪莱仰素因。殉道殉情完世业，依新依旧共诗神。曾逢琼岛鸳鸯社，忍忆开山火焰尘。万古云霄留片影，欢愉潇洒性灵真。

十二月十四日的《文学副刊》，算是追悼这位遇难的诗人；胡适君的《狮子》一诗，是征求来的。但是，笔战从此开始了。杨丙辰君投来《大诗人——天才——徐志摩——和他的朋友们》一文，内容思想确实充实，大意说志摩不能与世界第一等诗人比肩，朋

---

① 作者原注：即但丁，从钱稻孙君译名。

友们把他称赞的太过了。杨君又说:

> 但是只知求爱求美求自由,而无一种真挚坚贞的性格,高尚伟大的思想,为这爱、美、自由底全盘的基础,那他的爱焉能不是一种轻薄的爱,他的美焉能不是一种虚浮的美,他的自由焉能不是一种假的自由。

由我的理智看来,此实精到之论,然而杨君责备志摩离婚等等都是"好玩",凡是受过雪莱影响,身历人生的困苦的人,谁不为志摩同情而哀悼呢?我个人心中确是袒护志摩;然而编辑的天职,遇有好文章,必须以公平的态度急为刊登。我一生处处感觉Love(所欲为)与Duty(所当为)的冲突,使我十分痛苦,结果,我便于一九三二年一月十一日的《文副》中,登出杨君之文,同时又登出方玮德君《再谈志摩》的一封信——是赞美志摩的。玮德信中有云:

> 吴宓先生有悼志摩诗一律,其后序大意云:志摩善于西洋诗之格律入语体诗,而余则以之用于中国旧诗中。盖志摩与吴先生之方法与意见全不相同,而其态度则一。夫文学本无分新旧,实质之美亦无须视乎语体与文言。志摩之诗才,使其专为旧诗,当不在杜牧之、王渔洋下。……盖志摩之为人,和平简易,待人以诚,而淡于功利,本有线装书气息也。

这封信,可算是我与玮德友谊的起始。我便于一月十八日的《文副》中,答复玮德,并详述我对于诗的意见。(此复函,今收入《吴宓诗集》卷末页一〇二至一〇五。)且说,有一位韩文佑君,是清华我班上的学生,其人多情善感,看见杨君那篇文章之后,立即跑到我的房中,泪落声嘶的,责问我何忍心登出杨君之文。我赶忙安慰他，并请他快快去写一篇为志摩辩护的文章来。韩君的文章，还有二三位的文章，大都是赞美志摩的，在以下数期的《文副》中接连登出了。

志摩逝世的一周年到了。那时方玮德已经北来，成为我的知友，便写了《志摩怎样了》一文，登在一九三二年十一月十四日的《大公报·文副》中。

志摩逝世的三周年到了。那三年之中，如许的变迁，难忘的痛苦，在我们的生活中！我于是情不自禁的，作了一首《再挽徐志摩》的诗：

> 君亡三载我犹存！异道同悲付世论。碎骨红颜知己泪，呕心诗卷爪泥痕。名山路险轻孤注，情海冤深甚覆盆。离合是非都不省，明星灿灿远天繁。

末句自注云："用雪莱诗意。"原来我初读雪莱集之时，我最爱他的"Revolt of Islam"长诗的献辞（Dedication），共十四首。直到一九二八年秋，方才译出其中第一首：

> 长夏事已完，归来重对汝。玛丽吾所欢，此心有寄处。譬彼仙侠客，奏凯诣后所，俘获颇足珍，魔宫辉锦炬。吾名尚未立，顾念常惭沮。羡彼众星光，拨云照寰宇。初出但纤纤，颇欲事遐举。吾名与君合，君能毋我拒？智慧兼爱情，生君非凡侣。

我的《再挽徐志摩》诗的末句，即用此诗的意思。雪莱呢？不必说，他的一切大家都知道。志摩呢？又已如此如此，长眠三载矣。玮德呢？这时在病中。我呢？我的Harriet，幸未投河自尽；我所追求眷恋的Mary，却未成为Mrs. Shelley；我也有我的Jane

Williame(见《吴宓诗集》[1]卷十一插像);我也有我的Emilia Viviani(见《吴宓诗集》卷十二插像,以上并参读集中之诗):是的,种种都合适,只是我的Mary未免使我失望。我的痛苦,自然是我所自造,应当自己负责,不错。但是,我何能比志摩,遑论雪莱。我哭志摩,便是哭我自己,这也是毋庸隐晦的了。

志摩逝世的三周年,我所主编的《文学(不是文艺)副刊》,早已不复存在! 近年只有玮德知我;只有他最了解(所以最爱读)我再挽徐志摩的诗。于是玮德便将此诗替我送给《北平晨报》,在那个不幸的纪念日登出了。

末路途穷,急转直下,不几日,便到了一九三五年。我的生活史,一部《浮华世界》(*Vanity Fair*)或是一部《老妇谭》(*Old Wives Tale*)业已撰作到最末的一章。这年二月中下旬,我仍在《北平晨报》中,发表了我所做的《忏情诗》三十八首,这是我自认又质实,又空灵;但却因此引起无穷的责难与谤毁!《忏情诗》第五首云:

> 卓志奇情慕雪莱,鸳湖艳侣未同陪。收场老妇谭遗事,听唱中郎最可哀。

可怜我要学雪莱,却是如何的结果? 我被那赵家庄里的负鼓盲翁,且唱且说的编派作《琵琶记》里忘恩负义的蔡邕——可是蔡邕娶了一双又贤又美的太太,连雪莱也赶不上他的幸福! 至于这诗的第二句,仍是说志摩:说志摩在北海结婚之后,享了五年的艳福方才遇难,而我始终未曾得到我的Mary……我在成功与享受上,又焉能比得上志摩呢? 大家哀悼志摩,我便更要哀悼我自己!

志摩和陆小曼女士,都是嘉兴人,都是鸳鸯湖畔的人物。然而我这诗的第二句"鸳鸯艳侣",另有一个新奇的典故在。话说一

[1] 此指吴宓所自编之《吴宓诗集》,上海中华书局1935年出版。

九三二年二月(所谓“一·二八”)上海抗日大战之时,有一段军官失却地图的新闻,见于报纸。那年三月十二日,《北平晨报》上便登出邓之诚(五石)先生新撰的《后鸳湖曲》(此曲,连评注,今录入《吴宓诗集》卷末页一八七)。我的评注,大意说:此诗虽因吴梅村的《鸳湖曲》而命名,但其意旨却类似吴梅村的《圆圆曲》;所云“汝自负人人汝负”,所云“才知女宠原祸水,破国亡家皆由此”,我殊不以为然。“离婚未为失德……沪战全局胜败,决不系此琐事”,这是我的见解。我在这一件事上,又为志摩辩护,仍由于始终一贯的同情。

我的《忏情诗》,玮德在医院中读了,十分赞赏。但此时他的病已成不治之症;到了五月九日,便真的追步了济慈,与世长辞!(我的知友诗人吴芳吉之殁,亦在五月九日。)我送殡法源寺之后,作成《挽方玮德》诗八首,今录其中的第四首:

炎夏高楼景,深宵灭烛谈。当时境可乐,回想味增醰。月旦诗新旧,意中人两三。红颜知己泪,猛虎共连骖。

此诗的意思,仍是怜我怜君,兼怜志摩。志摩的诗集,有一种名曰《猛虎集》,猛虎是指志摩。我与志摩、玮德都是崇拜雪莱的人——崇拜雪莱而能诗的人今世自然很多——但是在相识朋友当中,志摩死了,玮德病殁。现在呢?只剩了我这一匹老马,“命成此马非凡马,伏枥犹闻畏简书”,此所以读郁达夫先生文而感慨不置也。

语堂[①]案:雨僧此篇悼志摩亦所以自悼,过于坦白,吾知其必为刻薄者所诟病。然吾深知雨僧,宁可使其真坦白,不可使其为假雨僧。真坦白则不必顾及人之诟谇,此其一。雨

① 语堂,即林语堂,时为《宇宙风》杂志主编。

僧一副不识世故面目盖着极丰富之情感，亦求得中道而行者耳。而中国社会未必肯让人有丰富情感，有情感者亦必讪笑之、讥讽之；有情感而坦白者，更必讪笑之、讥讽之，此其二。中国社会缺乏同情，十年前《语丝》早有人论及，今日最流行最出风头的“批评家”仍是脱不了刻薄酸酷。本刊上期知堂先生论宋人文章思想，引《钝吟杂录》曰“以笔墨劝淫诗之戒，然犹胜于风刺而轻薄不近理者”，实在可喜。我取放荡之诗人，而不取风刺而不近理之道学。今日许多“前进”作家，仍袭宋人史论传统。宋儒论人苛刻，好在千古世下论古人是非，某者“自信不笃”，某者“自知不明”，史论史论，都是如此一套，一若古人非尽为完人不可。须知天下理学无一不酸，无一不腐，无一非刻薄鬼，理学之势力一日尚在，则中国舆论一日不能宽大同情。反之，有刻薄不近理之讽刺，则可知必有理学幽灵隐藏于社会，今日“严肃”之批评，亦不过如此一套，甚不足取也。在此理学社会，坦白要不得，自捧固然不可，自谦亦非所宜，惟有满纸世道人心，才是得体。昔黄石斋以“三罪”“四耻”“七不如”自责，自以为“不如郑鄤”，此种自谦语，亦被杨嗣昌藉为攻击口实，理学之险可知。雨僧以白璧德信徒而侃谈恋爱，城中刻薄鬼、乡下闲谈婆闻之，自必如拾至宝，搬嘴弄舌诟谇之以为乐。雨僧自知不懂世故，嘱我看看此稿，有无于己不利；我仍把他发表，不怕乡下婆闲谈也。惟我近已“学乖”，作文战战兢兢。雨僧亦能稍懂世故，与我“学乖”乎？

——本文原载于1936年3月1日出版之《宇宙风》杂志第12期。

白屋诗人吴芳吉逝世

白屋诗人吴芳吉君，已于五月九日在四川江津县本宅因病逝世。按吴君所为诗文零星登载本刊者极多，其《白屋吴生诗集自叙》见本刊第五十六期。陈铨君《评吴芳吉诗集》，见本刊第三十、三十六、四十四、四十五等期。君之学行精神均第一流，为今日旧体诗人之最有希望者，且久有志撰作极长之国史诗，以表扬民族文化精神而振衰救亡，其事业已草创。今遽溘逝，何胜哀悼！兹先志噩音，余容后刊布云。

逝世消息

【函一】雨僧夫子尊鉴：碧柳师月前因讲演来渝，曾有一函寄上，想已收到。返江津后二日，感染时症，为医药所误，转成肺炎。卧床不食，业已八日。现复咯血。顷得急电，嘱往省视。准星夜与柏荣先生兼程前往，到后再报。专上即请崇安。生光午谨叩。五月六日，自重庆大学。

【函二——快邮代电】北平清华大学吴雨僧先生，并转刘宏度、童季龄[①]、吕谷凡[②]先生鉴：碧柳本月青日下午一时在江津本宅病故。光午灰印。

---

① 童锡祥，字季龄，四川南川人。北京清华学校1916年留美学生，芝加哥大学社会学博士。曾任国民政府经济部次长。

② 吕国藩，后改名昌，字谷凡。吴宓在上海圣约翰大学预科学习时同学，介识与吴芳吉者，业商。

略传　吴芳吉,字碧柳,别号白屋吴生。为四川江津县人。生光绪二十二年丙申,即西历一八九六年。家素贫,然至性过人,以孝友任侠著称。幼学于本乡之聚奎小学。宣统三年,考选游美,入北京清华学校中等科一年级。民国元年秋,校中起风潮,以言论狂激被革。自是往来各地,流转谋食,备尝艰辛,详知民生苦况。顾志气日益豪放。其间曾任四川永宁中学国文教员,又任上海右文社及文明书局校对,月薪十二元。民国七年,任上海中国公学大学部国文教授,兼《新群》杂志编辑。君自幼即作旧诗,以盛唐为宗,而尤得力于汉魏乐府,才气横溢,而格律亦颇深细。至是值文学革命,新诗初兴,君亦多为新诗。而以天性笃挚,富感情,又深研旧诗格律,故所作自有特长,与众不同。是时君又多为文与人辩论诗之义旨方法,自有所持,而于新诗旧诗作者均有褒贬,极激昂淋漓之致。盖几于尽弃旧诗而作新诗矣。然其后乃复为旧诗,造诣宏深。但君之旧诗终与人异,盖真能镕合新诗旧诗之意境材料方法于一炉者。近二三年中,所作更多新影响,其变化正不可测也。民国九年入湘,任长沙明德中学教员。次年,兼任《湘君》文艺季刊编辑。居其地凡五载。此数年中,君广读古书,为君一生学问进步最多之时期。君性好游,年暑假必出游南北各地,而所至必有诗写叙之。民国十四年夏,北平清华大学、奉天东北大学、西安西北大学,同时礼聘。君雅不忍弃明德而去,其后卒就西北大学教席。是年九月入秦(本篇插像即是时在西安所摄)。明年春,即遭西安围城之难,其冬围解。在西安一年余,为君一生遭遇最危苦之时。而君生平所为诗,则以此期为最佳,后此莫能及。民国十六年春,经由北京而至沈阳,忽得家电,驰归蜀,省父病,至则七旬老父以前一日弃养。丧礼既终,则任成都大学国文系主任教授，又兼任各校讲师。十八年夏，游历平津沪汉，登泰山，自是未出蜀。二十年秋起，任江津中学校长。二十一年五月九日，殁于家。享年三十六岁（1896—1932）。堂上老母犹存，遗妻何树坤（民国三年结婚），又子二女一。君内刚毅而外和易，情坦放而志峻拔，交游极广，而所共游谈或从受学之友生，莫不倾诚爱戴，追随万里或守侍多年不忍去。君所为诗极多，其后自加甄选，弃去少作，成《白屋吴生诗稿》上下卷[①]。于民国十八年春印行于成都，上海新月书店曾为代售。君久拟辞世务而隐居，以十年或二十年之力，撰作中华民族之史诗。及其殁，甫草创耳。悲夫！君之一生，以诗为事业及生命，欲知君或悼君者，览其《白屋吴生诗集》可也。

——本文原载于1932年5月23日出版之《大公报·文学副刊》第229期。

［附录］

白屋吴生诗稿自叙　吴芳吉

按自本副刊第三十、第三十六、第四十四、第四十五各期登载陈铨君《评吴芳吉诗集》后，本刊接到各处来函甚多，询问吴君诗集何日出版，何处可购，本刊无以应也。今者吴君之诗将在蜀中刊印，俟发售有定价，再行公告。先登此篇，以慰爱读吴君之诗者之望云尔。本刊编者识。

① 有自叙一篇，今附录于下。

西蜀少年欲观吾诗者众,语既难遍,钞则无时。因搜乡里所得之稿,凡若干篇,悉以付印,以就正于知好。谨为叙曰:

余悲剧中之乐观人也。幼遭家难,长逢国变。综余平生所历,无殊战史。盖自六七龄后,与冻馁战,与金钱战,与世俗战,与积习战,与兵燹戎马战,与风尘劳顿战,与名利缰锁战,与生死关头战,与一切虚伪、蛮横、冷酷、圆滑战,无战不败,无败不极。二十年来,固无一日或息。又不入政党,不奉宗教,耻言军阀,讳为名士。是以城市山林,两无去路。宿儒时髦,难契同心。顾此后茫茫数十年中,身世之荣枯,理想之通塞,国步之夷险,文明之隆替,虽不可知,而余在此狂潮之间,飘流震荡,艰危孤苦,其必终于悲剧矣也无疑。然余无悔吝也,无感伤也。余不幸而生于乱世,既所遭如此矣。余幸而生于治世,其为悲剧终也一矣。何也?吾性天生,不以治乱易矣。虽然,余之性犹人之性也。人之乱其性者,有盗贼焉,有狙侩焉,有昼伏宵行者焉,有人面兽心者焉。而余百战百败,不至堕如此者(此句疑有误字。宓注),固以生机未绝,险阻不深,亦以古籍几篇,良朋数辈,薰染扶维,不致遽横决耳。尝试思之,使余素无父母之教,殆将如何?使余素无师友之助,又将如何?今人之所好者,如功利,如浪漫,如豪奢,如奔竞,如虚荣,如残杀,以至偷窃卑污、凶淫放纵,余无不知之羡之、安之乐之。天之生我,曾无以异于小人,或且小人之尤者。以余不肖,而余犹可救焉,他人之性,不皆如我,天下事宁不大可为耶?故曰余悲剧中之乐观人也。所谓悲剧,自断此生之必无幸也。所谓乐观,自信此世之终有为也。明知无幸,故敢自牺牲。既足有为,故无须尤怨。礼义甲胄,忠信干橹,吾将持此以永与斯世战争。兹欲语知好者,吾诗所载,未足为诗,但吾半生战况之一报告而已。

虽然,余非嫉视人类者也,余乃笃信性善之人也。《诗》曰:"天生蒸民，有物有则。”所谓此物此则，必至公也，尽人而皆同也；必至永也，历世而不变也。至永至公，乃所以为善矣。惟性之止于善也，故无不可以有为之时，无不可以行道之地，无不可以修明之政，无不可以教化之人。彼蚩蚩者流，所以昧溺浮嚣，终身陷于罪戾，余不以为性所禀赋，但为习所养成。盖由善性不胜恶习，故被征服于恶习而不能脱。余固不当责之，亦且不暇哀之，余惟有以觉之助之，以转败为胜也。古圣哲之用心，无不在于扶善制恶，以存人之本性。其为人类救济之功，宜非政治军事中人所能企及万一。然则君子小人之异，无非善恶之战，孰胜而孰败耳。旨哉柏拉图之论曰：“善恶永相战也。”其在一人，视善恶之战孰胜孰败，而其人之贤愚系之。其在一国，视善恶之战孰胜孰败，而其国之治乱系之。推之至于一民族、一世界、一文化之隆污兴废，莫不皆然。然则余生之长在战中，非好战也，不战，无以复余性之至善也。余之师友亦长在战中，非好战也，不战，无以跻斯世于大同也。《易》曰：“君子终日乾乾。”《书》曰：“君子所其无逸。”《礼》曰：“是故君子无所不用其极。”《诗》曰：“有斐君子，终不可喧兮。”君子之道，盖无在而非存其善性，制其恶习，亦无时而非战也。余既生长江湖，饱经离乱，每感人之相与，至可惊骇。以万类最灵之物，有千古不复之冤。虽文教昌明之秋，有意想不到之惨。或目睹之，或身受之。要为人类泯其善性之故，而究于何地亡之？何日亡之？何为一战而败，遂万劫不能拔之？余亦茫然不能自对。然余坚信人之善性苟不可复，则人类痛苦永不可除。谈学言政，亦必终无是处。久抱幽忧，时多痴想，以天下滔滔，亦必如我之可挽救。我与他人之性，虽二而一。人性不复，则吾性为未能尽。妄欲以人力挽回天运，以天运启悟众生，使已泯之性，失而复归，无涯之悲，稍能宽慰。吾诗所云，盖即充类至尽，以求完其为我者之一端耳。

然余今日之诗,未足言也。国家当旷古未有之大变,思想生活,既以时代精神,咸与维新,则自时代所产之诗,要亦不能自外。譬之乘火车者,既已在车,无问其人之欲行不行,要当载之前趋,欲罢不止。故处今日之势,欲变亦变,不变亦变,虽欲故步自封而势有不许。况有二力焉以驱之,使不得不变者。己身之衰老,不能禁其倾颓。他人之娇逸,不能止吾歆慕也。大抵体制之始也清新,其末也陈腐。格调之始也空灵,其末也濡滞。意境之始也浑融,其末也纤巧。辞章之始也天真,其末也繁饰。迨其积弊日滋,取用不足,必有人焉,起而除旧布新,披榛辟路,于是由常转变,变又转常。常者规律,变者解放,互为消长,而诗之演进无穷。余于此乃有说焉,旧诗体制不能谓其非佳。今之新人,以其规律过严,视若累梏重囚,余以为过。盖自不解诗者言之,虽无规律,未必竟能成诗。而伟大作家,每有游艺规律之中,焕彩常情之外,规律愈严,愈若不受其限制者。故余于历代体制,不轻弃之,不重视之,但因我便而利用之。然以今世事变之繁,人情之异,必非简单之体所能尽纳。此体制之不能不变者也。前辈之言诗者,曰宋,曰唐,曰汉与魏,无非悬此以为准则,便于初学师仿。然此学诗之过程,非可以为终极也。久假不归,从人忘己,古今一律,乃若印板文字。浦起龙所谓古董器物,肖古便是赝品,惟命世豪杰,卓然乃成。余以民国之诗,当有民国之风味,以异于汉魏唐宋者。此格调之不能不变者也。吾国之诗,虽包罗宏富,然自少数人外,颇病雷同。贪生怕死,叹老嗟卑,一也。吟风弄月,使酒狎倡,二也。疏懒兀傲,遁世逃禅,三也。赠人咏物,考据应酬,四也。夫嗜好所在,文章所生。如此类诗,非不可为,但不可广。处今之世,应有高尚优美之行,适于开明活泼之际者。此意境之不能不变者也。诗贵有学,不贵有才。所谓学者,学以高尚其志气,学以开拓其心胸,学以仁民爱物,学以明体达用而已。然今之学诗者,以故事为典雅,以僻奥为渊博,以出处为高古,以堆砌为缜密。上者无异书摊,下焉直等明器。性情之道,茫焉乎息。此辞章之不能不变者也。昔叶燮《原诗》,取譬精妙,以为《三百篇》者,根也;苏李之世,芽也;建安,拱把也;六朝,枝叶也;唐则绿荫成也;宋则落英粲也;自宋以后,开而谢,谢而开也。自今观之,其硕果仅存,散处海内外者,苟统计其人才之数,与乎造述之力,由既往以推将来,其能转移运会否耶?其将转移于运会否耶?《系辞》有言:"穷则变,变则通,通则久。"余恋旧强烈之人,然而不得不变者,非变不通,非通无以救诗亡也。

变之道奈何,有欲连根拔去之者;有欲迁地另植之者;有欲修剪枝叶,使勿为恶败累者。修剪之说当矣,然修剪之功,止于去秽,不足于敷荣,止于矫枉,不足于新生。其贤于旧者几希焉也。迁地另植之说,其心可钦,其术难就。盖无种则不能生,有种依然是旧。今欲自我作古,凭空托根,其何可得?若乃连根拔去,非惟世所未有,亦且势有不能。蚍蜉撼树,一何不自量矣!诗之衰也,由内感不足,由外来影响。坐使喧宾夺主,非我所堪。而深闭固绝,于情不顺。与其畏而避之,不如狎而玩之;与其怪而异之,不如汲引而同化之。文字,中西全异者也;文艺,中西半同者也;文理,中西全同者也。舍其全异,取其全同,酌其或同或异。吾知其生气蓬勃,光辉焕射,必有异于前矣。若此之行,不迁地以凭虚,不拔根以自败,有异剪枝,乃同接木,此则余之所为变也。夫文学公理,其同化于人之愈多者,其内容愈充足,其表现愈优美,无中西皆然。新会梁君有言:自古吾民族之与他民族相接,其影响于文学,辄生异彩。证之五胡南下,佛教东来,历试不爽。今吾民族与他民族之相关密切,又倍于前。要其生机所在,无过同化之方。盖吾诗虽老,固非全枯,不须迁地,难更拔除。今使两枝接合,一体蕃滋,在我不失其初,所谓松柏自有常性。在人交受其益,有如河海不择细流,既无忘乎本根,复有斐于华实。十载以来,此旨不易,他人未谅,动见讥弹,余不敢以望之他人,然余之为诗,自此往矣。

惟余所谓新诗,较新派之诗又有说者。吾侪感于旧诗衰老之不惬人意则同,所以各自创其新诗者不同也。新派之诗,在何以同化于西洋文学,使其声音笑貌宛然西洋人之所为。余之所谓新诗,在何以同化于西洋文学,略其声音笑貌,但取其精神情感,以凑成吾之所为。故新派多数之诗,俨若初用西文作成,然后译为本国诗者。余所理想之新诗,依然中国之人、中国之语、中国之习惯,而处处合乎新时代者。故新派之诗,与余所谓之新诗,非一源而异流,乃同因而异果也。虽然,余主张经验论者也。凡诗中原理,如无邪之教、逆志之说、辞达之诫、行远之箴,千古所共由者,不当以一时新解而违弃之。诗中艺术,如遗韵必谐、设辞必丽、起调必工、结意必远,各家所并用者,不得以一人癖嗜而破坏之。苟亦我之所短,不舍己以从人;自非我之所长,不媚人以病己。故余之取于外人,亦犹取于古人。读古人之诗,非欲返作古人,乃借鉴古人之诗以启发吾诗。读外人之诗,断非谄事外人,乃利用外人之诗以改良吾诗也。余又主张关系论者也。汉史以九品裁人,西儒分三级定位。有自身之写照者,有他人之同情者,有世界之创造者。且以唐诗言之,温李诸公,自身之写照者也。元白诸公,他人之同情者也。李杜诸公,世界之创造者也。彼自身写照之诗人,个人主义也,其关系也儿女矣。他人同情之诗人，社会主义也，其关系也国家矣。世界创造之诗人，人文主义也，其关系也圣凡矣。故诗之价值，一半在其自身，一半在其关系。关系之大小深浅，价值之高低贵贱定矣。斯二论者，各有其偏，而互能相济。由关系之说，即文学目的乃为人生者也。由经验之说，即文学目的亦为艺术者也。余既生于中国，凡与余之关系，以中国为最亲也。余之经验，悉中国所赋予也。余之于诗，欲以中国文章优美之工具，传述中国文化固有之精神。即一身为之起点，应时代以与无穷。不必高谈义理，但注重于躬行。不必虚矜考据，但终期于创作。不必专骛词章，但求为人为文之归一致。此余于新诗之认识，亦余作诗之根据。其他义法、条规、修辞、炼句、委琐之言，与新派或同或异，不及尽道，要即自此推演之也。

嗟乎！嗟乎！若余年过三十，未尝略慰亲心，稍纾国难，退既不能立身行道，进无望于化民成俗。而乃徒托空言，无裨实事，因人苟活，岂不可悲！故余刊印此稿，匪敢持以炫鬻于人。维桑与梓，非友即亲。此区区数什，要为余性天之战争与身世之战争之遗痕。所欲请教明达者，若余之孤陋拙迂，果堪造就否欤？抑不堪造就也欤？傥为可也，则余当自今日为发蒙之始，坦率前行，期于远大，求无负于爱我者之望。其不堪也，余将戒慎恐惧，三省吾身，以蕲日新之无止已。纵使所见不同，致来诟詈，亦由期我至殷，不我遐弃，余将何幸而得闻过耶！余每自喜，生长中国，侧闻孔道，不知前生如何修结。又值世界交通，生命扩大，自梵天史诗、波斯神颂、古希腊诸哲之叙述，近如美洲九子之咏歌，以迄芬兰、罗刹、诺曼、摄提之风，或直接，或重译，胥得一一而尽读之，俾余得周知人类感情之变，借探世界文化之根，此尤自古诗人未有之幸遇也。余生虽如悲剧，安得不乐观哉！安得不乐观哉！十八年元日,吴生成都自叙。

——本文原载于1929年2月4日出版之《大公报·文学副刊》第56期。

白屋诗人吴芳吉逝世续志

白屋诗人吴芳吉君逝世，讣音已见五月二十二日本报第二版。本刊第二百二十九期并有逝世消息及略传附遗像刊登。兹续志如下。

【函一】雨僧夫子尊鉴：昨函谅达，白屋病势已经过四度危险。手冷鼻冷，发汗气促，终日昏沉，面瘦余骨。业卧床十日矣，吉凶之数殊不可知。亲友皆已失措。特此奉闻。专上即请崇安。生光午谨上，五月九日，自四川江津县德感坝白屋吴宅。

【函二】雨僧夫子尊鉴：日前在江津寄上快邮代电，奉告碧柳不讳之讯，想必震悼。兹将此事前后再告一二。上月二十二日碧柳来渝，貌极清癯。生劝其暑假辞职来渝休养，碧柳欣然应诺。二十四日应旅渝西侨之请，在福音堂讲演。二十七日返江津。二十九日得疾。本月六日接江津县长谷醒华电，病危并求渝医。生星夜兼程偕校医前往，七日到白屋。至则热症已误作寒症诊矣，病深无救，遂于本月九日午后一时与世长辞。身后萧条，不能举葬。所遗一母一妻二子二女，亦不知如何办法。天乎痛哉！现葬事已责成江津中学举办。又拟集省内外友好赙赠款项，为储子女教育费。收款处推定重庆回水沟三号陈家花园陈少慧先生经管其事。请告平中友人如泗英[1]、季龄诸先生。又吕谷凡、黄华[2]两公务请去函告知。如蒙惠赠赙仪,请其寄交陈少慧先生收转。碧柳临终,嘱生为整理遗稿。现已将白屋所藏稿件一概携来,究应如何办理之处(碧柳意欲刻两种:《白屋先生遗书》《两吴生集》),请夫子从速详示为祷。又碧柳深有隐衷,并嘱为夫子转达。俟生有机会入平时当面细谈。此刻心绪纷乱,不能著笔,谅之。赐示亦请由陈少慧先生转交。此请崇安。生光午谨上,五月十八日,自重庆大学。

——本文原载于1932年5月30日出版之《大公报·文学副刊》第230期。

① 刘泗英,四川南川人。日本法政大学毕业。曾任重庆中学、川东师范学校教员,西南公学校长,东林煤矿公司董事长,四川省参政员,国民政府经济部顾问,代理政务次长。1949年去台湾,任“总统府国策顾问”。

② 黄华,字叔巍,广东东莞人。清华学校1916年毕业留美,达特茅斯大学政治经济学士,哈佛大学法学士。回国后,在上海市政府公安局服务,后改业律师。

白屋诗人吴芳吉逝世三志

下录二书，述吴芳吉君临终及近年在江津办学情形甚详。

（一）刘朴与刘鉴泉书

五月十八日，朴曰，鉴泉二十四兄足下：

初六夜离渝及初七晡到津（江津）两缄，必后初九晡电讣达于左右。嗟夫鉴泉！尚何言哉！朴到白屋，入见碧柳坐床前藤椅上。碧柳曰："汝来甚好，大家商量一下。"询知其病，前数日胸痛如割，鼻出血，痰包血。今皆已，惟呼吸迫，脉浮速。自始疾，即夜不安眠，呓无休已。虽貌殊瘦，目犹有神，言谈作作有势。朴告之曰：必久静养。即愈，不往中学，不辞而辞，暑假即还重庆大学。蒙以为然。又告之曰：为人泰多，为己泰少，所以病也。不答，而见光午辄笑。光午自去秋累累谏其勿以孱躯受任校长。去腊已还重庆大学。今年元旦，江津县长谷醒华重扳以去。积劳成疾，心已了然。初八上午，县长及中学同事与其家人亲友，集议择医。良医四人，三人以为热症，一人以为寒症，临诊初固皆效，然多信此一人，愈彼三人，遂更服发表药。下午朴从碧柳请，讲演东三省事于中学。碧柳后询人，演说动听乎？曰：然。大悦。其夜碧柳昏迷，掌冷至肱，汗出不已。以急方救之，汗已。县长日渡江视疾议方,是夜且守吴家,与以为热症者二医,审定明日当服之药。初九上午,脉频绝,足僵冷,痰壅喉,汗出如故。碧柳去其家女客,语朴为详白其生平于世。继呼朴入,朴问何事?曰摆龙门阵,然不能出一语。是时睛已上翻,朴泫然附其耳曰:碧柳著作,必为刊行。且问听到否?对曰:听到。继呼点灯,朴曰:昼何灯焉?又呼,乃为点灯,遂逝。凡病十日。二子汉骧、汉骥先数日归自白沙聚奎学校,至是慰其祖母及母曰:悲哭何益?有儿等在。朴等亦慰之曰:有后死者之友在。朴与光午急布署人事,分科负责,省内电讣,省外航空邮讣。县长设治丧处于中学,为备衣衾棺椁及他用度。初十上午,中学生三百人渡江谒尸。朴与光午揭巾而告之曰:学生来视校长。双目未闭,唇翕齿咬。学生一一行礼,皆反袂流涕。棺二百四十元。其夕入棺。将入棺,吕子方、邓少琴自渝得电讣赶到,犹及一见。朴与光午揭巾而告之曰:子方、少琴来视碧柳。光午议以遗诗二卷纳磁筒,铁盖漆封以殉,属朴题其卷面,如有神助,立得四句曰:“呕自君心,还于君椁。文栋倍雄,来世有作。”遂题以置其枕后。从兹何岁,再见人间?目犹未闭,朴与子方扪而慰之,尽闭。呜呼哀哉!先是初八夜,中学生有起小溲,见校长进礼堂者,追之而渺。初九正午,校钟十余年者,一击不响,再击而裂。不至江津中学,不知碧柳建设之伟,可以愧死办大学之不认真者。平日佩碧柳能立言,岂知发愤有为,乃能若是。其位苟愈崇,其动必弥大。江津无禄,不遗此人。遗恨之深,凭钟以见。是日上午,呼家人为取长衣马褂冠履,欲往中校。朴尼之,则曰:便于养病。终不与。又呼如前,欲出观山。朴尼之,则曰:久不见山,精神更苦。终不与。又呼为录耶教《圣经》祷词,骤无从录。窃意其欲告天而终。与西安围城内哭柳潜诗“相邀垂死际,冠带坐堂堂”之意同。曾无一语及于家事。其始病剧,曾语县长曰:我受尽磨折,乃得有此区区智慧,稍知为人。天所降任,宜不止此,则固不愿死也。初九晨,顾朴曰危险,朴慰之。又数问人已到何时,自言下午。果下午一时,则固知将死也。共和十八年夏,碧柳出川迎朴,先游南京孙陵,与文通、光午偕,甚乐。而顾光午曰:汝记之,我死,必葬江津白沙镇黑石山。光午对曰:我安能至四川?碧柳既还成都大学,半年,召光午至成都,荐之能教书聚奎中学,在黑石山上。光午今乃以白于众,定葬黑石山。十一下午,朴与光午、子方、少琴等分期讲碧柳事于江津中学,冀教职员学生真知碧柳。十二朴等归渝,以大学预科毕业考试,不能久留,亦不能再往送葬。临行,皆拜灵已,朴拍棺辞曰:碧柳,我今走矣。十九出殡,以舟载柩。中学生三百,送如白沙,二十可到。墓之图案,窃拟为石圆顶,周以石墙,高不掩冢。墙外植花,其前为门。石级下迤,其旁植柏,达于牌楼,树墓表于中。撰表众以与朴,而书必求鉴泉。当在白沙刻石,今尚未暇撰表。光午议为刻其遗书募捐。捐启一曰启,二曰像,三曰传,四曰梁任公与吴雨僧书墨迹评碧柳诗者,五曰碧柳墨迹诗文精者,均影印之。遗著自其家集二网篮,已携至重庆大学整理。朴先为传与启而后墓表。朴与光午俱远人,何意能送碧柳之终,于大江上游之白屋。碧柳非永命人,平日已可测度,然胡遽止三十六。聚奎中学尝欲为置田宅,以求永长其校。谷县长亦欲代为治产。碧柳均谢之曰:吾将奔走四方,老乃归蜀,虽办小学可也。见朴倦教,贻书相勉以睎顾黄。且料丧乱之极,必以儒生出掌师旅,如曾文正、罗忠节之立勋。今皆已矣。人生志行,决算恒或不及豫算,终无奈何命之短也。呜呼鉴泉!尚何言哉!投笔潸然,想同沾臆。

(二)周光午致海内师友公函

敬启者:

当白屋先生之噩耗一旦传出,直如半空霹雳,莫不震悼失声。至有不信其消息为真,而再三苦询之者。叹恨之深,无平日知好及志行异趋者皆然。呜呼噫嘻!请告海内师友,白屋先生其终于五月九日午后一时与世长辞矣。其得疾前后,及去年来办学情形,有吾师湘潭刘柏荣先生(朴)致成都大学双流刘鉴泉教授(咸炘)书,述之綦详,兹录之于上,为关心白屋先生者垂览焉。

刘师此书,所谈尚有未尽,请略补之。白屋先生系于去年下期接办江津中学。立旨以身作则,以铸成人格教育。每日晨四时即起,燃电灯与学生共读,自谓由此留下真读书种子。凡各教师请假所缺课程,能补授者,先生均为代授,惟恐荒废学生学业,而自笑为补充队。遇学生有过,密函告其改悔,不予悬牌记过,以励其耻。每夜十一时后,必提手灯,亲巡寝室三匝,俟全体安寝始寝。惯例三时即醒,不复入睡。关于初中改善,高中建设诸大端,均在此详悉计划,开江津中学二十六年未有之新纪元。坐言起行,绝无疑滞。历任校长所应入私囊之款,涓滴归公。又自入学校正门所悬"校警室"三字起,讫后院止,举凡校具标识、校长室布告、礼堂对联,及油印讲义,无在不有先生笔迹。自谓以办大学之道办中学。努力输入清华大学之一切设施。自一校旗一宫灯之微,至一房屋之建筑,无不由其设计。嗟乎!劳苦如此,谁谓其不以身殉哉!两月以前,合江穆济波君,避难返川,路过江津,与先生相见,告以丹徒柳翼谋先生(诒徵)有入川避地之意。柳老者,今日之史学界泰斗也。先生大喜,立即筹划为柳老结庐于中白沙之黑石山，而拟暑假偕光午东下，躬迎柳老于京。计议已定，即得此疾，吾知泉下亦不自知其忽焉殂化，不克遂此意也。自非平日私挟意气，疑忌先生，横相诋毁，而不出于良心之评论者，断无不以先生之早逝，为全国学术界最大之损失，决非江津一县，四川一省之损失。然而先生已自不朽矣。先生遗稿，光午现正积极为之编次，再交刘师柏荣，及北平吴雨僧，巴县向宗鲁、陈季皋，成都刘鉴泉、蒙文通诸先生，详加审订，以求实传先生之美。又凡先生知好所藏先生未刊诗稿书牍及他的文字，均乞抄下一份，寄重庆回水沟三号陈家花园，转交光午手收，俾得一次编入，免有遗珠之恨，至为至祷。他若关于述评先生诗歌及其道德思想之文字，如蒙源源寄赐，汇成《白屋诗人评传》专书，尤所感盼。专此不尽，敬颂大安。

周光午谨启，五月二十三日，渝州客次。

——本篇原载于1932年6月6日出版之《大公报·文学副刊》第231期。

汪荣宝君逝世

前驻日公使汪荣宝君（字衮甫），于七月十八日在北平协和医院因心脏病逝世（1878—1933），享年五十六岁。遗像及略历，已见七月十九日本报第七版。《国闻周报》第十卷第三十期亦有《忆汪衮甫先生》一文。按汪君为元和（苏州）世家。父若伯叔，均以文学名于时。弟东（原名东宝）为章炳麟君弟子，昔年主编《华国月刊》，今为国立中央大学文学院长兼国文系主任。君少负才名，当清光宣之交，声华藉甚，著作繁多，为外交政治中干练之才。而一生恒具学士文人之风趣，藏书考古，能画能诗，骈文尤美。宪法之修订，法律之编纂，以及外交公牍，出其一心一手者固多，而其文学之造诣亦甚足推重。盖君心思细密而文笔工丽，故考据词章兼擅其长。兹分论之。

（一）汪荣宝君之考据著作，可举北京大学《国学季刊》第一卷第二号中所载之《歌戈鱼虞模古读考》一文为例（该期又载汪君《释皇》短篇亦可参阅）。此文要旨如下：

> 人生最初之发声为阿（a）；世界各国字母多以阿为建首；阿音为一切音之根本，此语言学之公论也。
>
> 依余研究之结果，则唐宋以上，凡歌戈韵之字皆读a音，不读o音；魏晋以上，凡鱼虞模韵之字亦皆读a音，不读u音或ü音也。

全篇搜证广博，论断精确。既上下出入中国旧籍，又以梵藏回（阿剌伯）语及西国汉学家之著述为比征。如斯综合古今东西，而能观其会通、明其旨要，论据详实而文笔渊雅，诚近今考据文章之上选，庶可与王国维先生、陈寅恪君所作等类齐列者也。

汪君此文，又录登《华国月刊》第二期、第三期。《学衡》杂志第二十六期中，有李思纯君《读汪荣宝君歌戈鱼虞模古读考书后》一篇，极称赞汪君文，谓其所长者厥右二点：（一）本于世界人类发音之通则通例，故其结论真。（二）就古代译音以与原音对勘。故其证据确。李君更广征博引西洋古今各国语文中之例，以张汪君之说。

惟《华国月刊》第一卷第五期中，载章炳麟君（太炎）《与汪东论阿字长短音书》于汪荣宝之说抨击甚力。汪君继作《论阿字长短音答太炎》一文，载《学衡》杂志第四十三期中。大意谓古韵自有阿字长音，乃在鱼模而不在泰夬。古韵歌戈自是阿字短音，乃读ɑ而不读o。以是释太炎之疑，而破其祭泰夬废读阿之说。此文翔实精确，不减前篇，或且过之。今不具述。读者取汪君前后二篇细阅，更参以章、李二君赞否之文，则汪君于文字语音考据学之造诣亦可窥知矣。

（二）汪荣宝君之诗学李义山，绵密工丽，而自然清新，情韵不匮。晚近多为宋诗，重江西派，宗唐者寡。清光宣以来，专学李义山而能工者，仅有李希圣（亦元）之《雁影斋诗》（本刊昔年曾论述之）。汪荣宝君之诗，由是弥足珍贵。兹举汪君所作一二为例。

魏武一首和旭初（吊袁项城也）

邺台遗恨付衣裘，铜雀风高妓吹休。贤子极宜知舜禹，君王微惜过伊周。至今龙战当涂骇，终古乌啼绕树愁。异日多情吴客至,空将清泪注漳流。

留滞(欧战时驻比京[①]作)

艰危留滞欲何成,镜里朱颜惜渐更。对月略能推汉历,看花苦为译秦名。刘桢未遂漳滨卧,郑朴难忘谷口耕。自信雄心消祓尽,夜阑匣剑为谁鸣。

故国(同上)

故国烟尘首重回,风廊愁对夜帘开。天临大野星辰远,秋入空山草木哀。一夕商歌催鬓改,万方羽檄阻书来。龙拏蚁斗知何限,同付残僧话劫灰。

梅畹华生日集义山句

想象咸池日欲光,今朝歌管属檀郎。庄生晓梦迷胡蝶,侍女吹笙弄凤凰。检与神方教驻景,久留金勒为回肠。章台街里芳菲伴,一曲清尘绕画梁。

芝香三代继清风,心有灵犀一点通。总把春山扫眉黛,直教银汉堕怀中。姮娥捣药无时已,子晋吹笙此日同。赊取松醪一斗酒,彩衣称庆桂香浓。

忆向天阶问紫芝,披香新殿斗腰肢。荔枝卢橘沾恩幸,紫凤青鸾共羽仪。汉苑风烟吹客梦,嵩阳松雪有心期。前身应是梁江总,自有仙才自不知。

家近红蕖曲水滨,罗窗不识绕街尘。从来此地黄昏散,并觉今朝粉黛新。萼绿华来无定所,毛延寿画欲通神。浣花笺纸桃花色,一一莲花现佛身。

---

① 比京,比利时京城,即首都布鲁塞尔。

上所录,《魏武》一首,工切深稳,立言得体,最为佳构。《留滞》一首,“对月”一联极佳,非久居西土者不能设想及此。吕碧城女士《信芳集》中《忆江南》(寓瑞士日内瓦湖上作)词云“蟾影盈亏知汉历,桃源清浅误秦人”,与此异辞同工。梅畹华(兰芳)生日集义山句四首,不但词意蕴藉,自然工妙,且见汪君寝馈于义山者深,可明其诗渊源所自。以上所录虽少,然汪君诗之体格及所成就,亦可具见于斯矣。

——本文原载于1933年7月31日出版之《大公报·文学副刊》第291期。

悼白璧德先生

美国哈佛大学法国文学教授，当代人文主义之大师，白璧德先生（Irving Babbitt，1865—1933）于本年七月十五日，在美国康桥（Cambridge，Mass. 即哈佛大学所在地）地方本寓（6 Kirkland Road）逝世。本刊早已函请先生在中国之门弟子某某诸君撰文纪念，迄今尚未作成，故本刊亦未以此消息发表。白璧德先生之学说，本刊屡曾译述介绍。先生与美国穆尔先生（Paul Elmer More，1864—今存）为今日全世界中学德最高之人，其学术综合古今东西，其立言皆不为一时一地，其教旨在保存人性之优点与文明之精华，且发挥而光大之，以造福于来兹，为全世人类根本久远之图。虽谓白璧德与穆尔两先生乃今日之孔子、苏格拉底、耶稣、释迦，亦不为过；至于约翰生、安诺德、圣伯甫辈，则两先生实有过之无不及。两先生异日之声光，必更烈于今兹。是故白璧德先生之殂逝，实今世学术文化道德中最大之损失，匪特为一九三三年中最大不幸之事也。

【略传】白璧德先生，名欧文，以一八六五年八月二日，生于美国Ohio省之Dayton地方。一八八九年，毕业于哈佛大学。一八九〇至一八九二年，在巴黎大学（Sorbonne）研究。一八九三年，在哈佛大学得硕士（A. M.）学位，出任威廉士大学（Williams college）法文教员。一八九四年转任哈佛大学法文教员，一九〇二年升为副教授，一九一二年升为法国文学正教授，以迄今兹，盖教授哈佛大学者垂四十年。一九二三年被邀至巴黎大学讲授法国浪漫派文学，凡半载。夫人Dorothy Drew氏，前任中国副税务司美国人Edward P. Drew之女，生于福州，约一九〇二年顷与先生结婚，盖先生在Radcliffe大学之女弟子也。有子（长子名威廉）若女数人。先生一生博学勤读，孜孜不倦，而又热诚救世，有古圣贤之风，故其门弟子遍于全世界，无论识解性行事业何若，率皆笃信师说，愿终身竭力为之传布宣扬而不计孤危困苦。盖先生之学说本极真确，而先生之人格又能感人深至也。先生尝师事美国Charles E. Norton先生（翻译但丁《神曲》者）。先生与穆尔先生，为同学同志同道之生平惟一知友。先生门弟子之最有声名成绩者，为已故美国薛尔曼（Stuart P. Sherman，1881—1926）君（读者可参阅本刊第百零二及百零五期及《学衡》杂志第五十七期），及美国（今入英国籍）伊略脱（T. S. Eliot）君（久居伦敦，为*New Criterion*杂志编辑，所作新诗及论文甚多，为今日文学批评界重要之人物）。先生之中国门弟子，以（一）梅光迪君（现任哈佛大学汉文教授）从学最早且久，受知亦最深。其后有（二）吴宓、（三）汤用彤、（四）张歆海、（五）楼光来、（六）林语堂、（七）梁实秋、（八）郭斌龢君等等，不及遍举。就中如（六）林语堂君，则虽尝从先生受课，而极不赞成先生之学说。（七）梁实秋君，曾屡为文称述先生之人文主义，又编印《白璧德与人文主义》一书（民国十八年新月书店出版，定价五角），为欲知白璧德先生学说大纲者之最好读物。而要以（二）吴宓、（八）郭斌龢君，为最笃信师说，且致力宣扬者。门弟子以外，如（九）胡先骕君，尝译述先生之著作，又曾面谒先生，亲承教诲。如（十）吴芳吉、（十一）缪钺君等，或殁或存，皆读先生书，间接受先生之影响，其名更多不胜举云。

【著作一览表】白璧德先生之学说，博大精深，而结构整严，通体一贯。所著各书，皆以其全部之学说系统，应用于某一方面者，如(1)教育、(2)艺术、(3)道德哲学、(4)文学、(5)政治等是也。今列举先生所著各书如下：(1)《文学与美国大学教育》(*Literature and the American College*)一九〇八，(2)《新拉奥孔》(*The New Laocoon*)一九一〇，(3)《近世法国批评大家》(*Masters of Modern French Criticism*)一九一二，(4)《卢梭与浪漫主义》(*Rousseau and Romanticism*)一九一九，(5)《民治与领袖》(*Democray and Leadership*)一九二四年。以上各书皆美国波士顿(Boston)城Houghton Mifflin Co.书店出版。诸书价不等，平均每册约为美金三圆。外此如(6)《创造论》(*On Being Creative*)一九三二年(出版书店同上，定价美金二圆五角)，则系先生近年之论文集。如(7)《法国文学小史》(*French Literature*)一九二八年，列入"Reading with a Purpose"丛书，美国芝加哥城美国图书馆协会发行，定价美金五角。及先生所编选之法国文学名著读本(各有长序)多种，其重要皆不能比(1)至(5)五书也。

【著作之中文译本】白璧德先生之著作，尚无全书译成中文者。国内人士不通英文者，欲知先生学说，首宜购读(1)新月书店发售之《白璧德与人文主义》一书(定价五角)。再则细读(2)《学衡》全套，自第一至七十七期，整购连邮费特价十八圆，欲购者可径函北平清华大学吴宓教授或南京中央大学缪凤林教授。次则翻读(3)本刊(天津《大公报·文学副刊》)中散见之论文，自民国十七年一月二日起，应在《大公报》中检寻，无单行或重印本。(本刊编辑部不能代为征求，祈勿来函以此委托。)

【结论】西文书籍杂志，论述白璧德先生之说及新人文主义者，多不胜举，今不赘及，他日或另编列。今兹纪念之意，惟至诚祈望本刊读者购取白璧德先生自著各书(或中文节译本如上所举)而细读之,其他传叙颂扬,皆多事矣。

——本文原载于1933年12月25日出版之《大公报·文学副刊》第312期。

悼柯凤孙先生

胶县柯劭忞(近各报多误印为绍忞)先生,字凤孙(各报误凤荪),于八月三十一日上午七时四十分,在北平太仆寺街本宅逝世,享寿八十有四。先生为吾国旧学泰斗,耆年硕德,博学能文,值兹溘逝,学术界当同深哀悼。本刊已特约亲受教于先生而深悉先生之学术文章渊源及其道德行事者撰文叙述,容当陆续刊登。至先生履历,各报所登,间有错误。按先生早孤,幼承母教。中清同治丁卯庚午并科举人。光绪丙戌进士,授翰林院庶吉士。散馆后改编修,擢国子监司业,提督湖南学政,改翰林院侍讲,转侍读,授贵州提学使,署学部右参议,充京师大学堂监督,改三四品京堂,升典礼院学士,授山东宣慰使,督办山东全省团练。民国成立,先生隐居不仕,以著述自娱。毕生精力悉萃于此。已出版之著作,为《新元史》《春秋穀梁传注》《蓼园诗钞》《续诗钞》《清史·天文志稿》《时宪志稿》。未出版者,为《说经札记》《尔雅注》《后汉书注》《文献通考校注》《文选补注》《佚史补》《蓼园文集》等。夫人为桐城吴挚甫先生汝纶之女,遗二女三子。先生素不治家人生产,殁时家无余财。临终惟以勤慎立身、忠厚处世谆嘱子女,又以石刻十三经未成为恨,殊足表现儒者精神云。

按中西学术各有其一定之系统,自昔硕学名贤,率能博观约取,先之以纵横泛览,书无不读,事无不知。终之以专精独造,探获真理,发为文章。而其所以能致此者,则亦由于学术有一定系统可以遵循,故不至流荡无归或偏奇自喜。譬之河流之有堤岸,既防水患,更增水力,利用厚生,于是乎赖。学者依此系统,置身于文化之中心,陶镕浸润,人一我百,更遵从学术之正路而进行,日积月累,朝发夕至;遂能终底大成,登峰造极,包罗万象,号称博学,克获正智。故学术之系统,为学者不可不明晓,亦不可不遵依也。欲知西洋学术系统,宜细究柏拉图、亚里士多德全集,由是而下更参以基督教之规律德义,直底近世之哲学文学,及现今之政论艺术等,流变虽多,其系统要自分明也。吾国之学术系统,可以经史子集四部之名称及其次序赅之。(一)经者,先圣先贤所传之精理,人类智慧经验之结晶,万事万物之本原,而一切学术政教之准绳规矩也(Principles, standard, essentials, wisdom, eternal & fundamental truths)。(二)史者,人类活动之实迹。智愚贤不肖内心外境生活行事之摄影,成败得失之龟鉴,而经中所言之原理之实例与确证也(facts, images, demonstrations, records)。经言理,史述事。理为普遍永久,事乃一时一地偶然特殊之表现。理在真如观念(ideas)之境界,空虚证明,固定不移;事在幻影浮象之境界,淆杂纷错,变动不居。故经必在史上,而史必次于经。盖理能成事,事仅证理,宾主显分,轻重攸别,故(一)经、(二)史之次序必不可乱也(由此点言,"六经皆史"之说实误,至少亦有语病)。至于(三)子部之内容,为哲理,为学说,为个人思辩之记录,为某一心性对于宇宙人生自然全部之观感印象而组织成一系统者(philosophies, theories, individual speculations, personal intellectual constructions, logical systems)。真理为普遍永久,超乎一切个人之外。个人纵敏慧通博至极,所见之真理仍只沧海一粟,且即此几微,犹是模糊影响而不能云无错误。哲学家最大之成就,仅能使彼自己之学说各部分不互相矛盾。如此“持之有故,言之成理”,便谓之“颠扑不破”而可以“立”。然亦只相对的可取耳。其绝对的可信与否,仍不能定。即此一部分可信为真理,其非真理之全部固昭昭明甚。古人“管窥蠡测”之说最妙。故知子必远在经之下。又史所记乃全社会之事迹,子所阐乃个人之思考,社会重于个人,客观易成确据,故史又必在子上。(四)最后之集部,则个人情感意志之发挥,而出之以艺术的形式规律者也。既原出于个人,其必置于经史之下,理由与子部同。然子部之材料乃个人理智(Reason, intellect)之产物。而集部之文章则个人情志之表现。理性比之情感,较为固定而合于真理。在人心中,情感宜听命于理性。故在学术系统中,集部亦必在子部之下。况理智所定之法律道德等,乃全社会所必需。而诗词文章,在作者固由创造而得满足,在读者亦只境合情同者始能心领神会得获慰乐。即以功用言,艺术之本于审美观念者,究属末事。况集部常多绮靡骚愁之词旨、贪欲虚荣之表现,其当裁抑贬损更不待言。综上所言(未能尽详),则知中国学术系统之大纲为(一)经、(二)史、(三)子、(四)集之分类及次序。而此种分类及次序,实含有深远之至理。以普遍之标准(综合中西古今,或超一时一地)评察之,可明其意义及价值,而未可概斥为迂腐陈旧也。(附按《四库全书》乃应用经史子集之原理或系统而编列书籍者。此经史子集之原理或系统实不产生于四库。今兹之论,乃详究中国学术系统,与四库全书问题无关。)

中国学术之系统既为(一)经、(二)史、(三)子、(四)集,中国学术史中之典型人物及伟大作者,必由此系统而产生,亦非遵此系统莫能造成。大率古今中国之硕学通儒,其学问之根据及精力之所萃,必在于经。次则治史,为经之辅。凡其所理想之政治,及平生未展之抱负,悉于所著史书中寄托发挥(司马温公为最佳之例）。如一己性之所近，长于思辩推考，而欲组织个人思想之全部一己，成一家言，则为子书。集部之诗词文章，则人人能，而硕学通儒仅以余力游涉及此，或竟不为，而为之者亦有高下之分，视其经史根本学识何如焉。更有言者，中国之学术系统，并包含一种理想与精神，其所希望造成之人物，简言之，为(1)内圣外王，德行兼备；(2)诚意正心，修身齐家治国平天下；(3)富贵不能淫，贫贱不能移，威武不能屈；(4)穷则独善其身，达则兼善天下。此种理想人格，乃中国学术系统应有之产物（至于实际所产生者，其去原来之标准，有合有不合，有远有近，各有其例，自难一概而论）。而学术系统与理想人格，二者实组合一体，交相为用。惟由此系统乃能产生如此人格，亦惟产出此种人格，乃能证明此系统之成功及其存在之价值。呜呼！其在西方，学术分合流变之迹，亦既远且长矣。文艺复兴以还魁硕之士，如Casaubon、如Scaliger之流，好古勤读，以博学称，后此莫能及。然此诸人者，其学虽博，行能无足称，甚或流于猥鄙，已失古代学术系统与理想人格合一并用之精意。于是弥儿顿以能兼顾并全，被称为殿后之伟大人物。此后三百年中，革命迭起，学术益分，系统绵延，不绝如缕。理想人格，亦到处可寻，然而晦矣乱矣。若今世美国白璧德、穆尔先生等，实能上承柏拉图、亚里士多德之学术系统，兼具基督教德义，而又博通古今，以至理热诚，发展为庄论危言，藉图启愚救世。欲求欧西之学术系统与理想人格，其任斯乎？其在斯乎？呜呼！吾中国则何如耶？中国今后百度维新，臻于隆盛，人才千万，德学并昌，固吾侪之渴望馨祝。然中国古来之学术系统，与该系统所造成之理想人物，恐将从此而斩。今世纵有老师宿儒名贤硕学，可为代表，可作例证，然已寥如晨星，或声光未臻绝顶，至于他日纵承遗绪而昭示典型，实难有望矣。柯凤孙先生纯为中国学术系统所产生之博学通儒,况又耆年硕德,夙受海内外崇仰。今兹辞世,典型失坠,继武无人。上言之中国学术系统,与此系统所滋培之人物,今后何能再见,此吾人于柯先生之殁,深为痛悼者也。

中国近世最伟大之代表人物,实为曾文正公国藩。曾公固中国学术系统所产生之理想人物也。最近之学者中,王静安先生国维最为人所尊崇称道。王先生治西洋哲学,治词曲,治新发见之古史材料,其方法途径甚新,然王先生实亦恪遵中国学术系统而歆慕该系统所孕育之理想人格者。试细读《观堂集林》(王忠悫公遗书)中考经证史诸篇,及发明学术流变、政教大义之序文等,可知王先生固亦以此自期。若其自沉于昆明湖,尤足证其心志之所在矣。至于柯凤孙先生,以论中国学术系统人格规范,则更纯乎其纯者矣。柯先生生平精力所注,厥在经学,于《穀梁》所得尤深。其治元史,乃由经以及史,亦以清同光间风气,治西北史地(尤以元史),为新奇时髦之学问。然柯先生勤搜穷讨所得,不为零篇专题之贡献,而必宏大其体裁,精严其义例,醇美其文章,以撰成《新元史》二百五十七卷,与"二十四史"并列分席。不惮辛劳,舍易就难,亦中国学术系统之根本观念有以促之然也。往年王静安先生谈及《新元史》,颇惜柯先生不用新法,作成零篇,或作为旧《元史》之校勘增订本,致《新元史》更待校注。或又讥《新元史》无索引(Index),检查不易。凡此固亦甚是,然苟知中国学术系统之重要,及古来中国学者著述之精勤不苟,历数十年如一日。(例一,段玉裁之注《说文》。例二,司马温公之修《通鉴》。今不及详述。)此种精神,此种愿力,惟宏伟之柯先生有之。(李思纯君之《元史学》,定价八角,中华书局出版。读者可参阅。)日本东京帝国大学于十年前赠予先生文学博士,先生固不待此而荣,然亦可见异邦学者之尊仰有其道也(《学衡》杂志第三十期,有王桐龄君《介绍柯凤孙先生〈新元史〉》一文，并附译日本东京帝国大学教授会提出赠柯先生博士学位时之《新元史》论文审查报告书，读者可参阅）。至于柯先生之《蓼园诗钞》乃民国十三年南湖居士廉泉先生（已故）为之编印，中华书局代售，每册二圆。柯先生遵照中国学术系统，视诗为末艺小道。然诗亦表现柯先生之精神思想学术行事，此亦中国文学之正宗观念也。柯先生诗，宗盛唐而专学杜工部，光明俊伟，忠正和平，如其为人（集中要作佳篇，容后选录）。王静安先生于民国十四年尝语编者，谓“今世之诗，当推柯凤老为第一，以其为正宗，且所造甚高也”。四川万县徐际恒先生（久成）待刊之《艮斋诗草》中，有《读〈蓼园诗集〉》一首（去年所作）极致钦崇，然实为公论，深合吾人之私见。爰录之以当评赞云。

——本文原载于1933年9月11日出版之《大公报·文学副刊》第297期。

悼简竹居先生

本年十月二日本报第三版载中央社香港电云：

粤耆儒简竹居，清赐太常博士衔（本刊编者按，此非事实），与康有为齐名，惟不事政争。（本刊编者按，电文中忽着此二语，可笑可哀，亦可见中国人近今心理，岂一切必以名流为比附，又政争而外即无可为之事耶？噫！）数十年来专心著述，为西南唯一旧学家，九月二十九日午在省逝世，享年八十三。门弟子多往吊唁。

按柯凤孙先生（劭忞）在北平逝世（参阅本刊第二百九十七期《悼柯凤孙先生》文），其日为八月三十一日。一月之间，南北两失大儒，邦国殄瘁，岂特私人哀悼。简竹居（朝亮）先生学德久彰，声名远播，门弟子极众，黄晦闻君（节）亦其中之一。兹录黄君复本刊编者函云：

简先生立身无愧程朱。其为学不分汉宋，惟求其是。所谓是者，折衷于六经。著述有(1)《尚书集注述疏》三十五卷、(2)《论语集注补正述疏》十卷、(3)《孝经集注述疏》一卷、(4)《礼记子思子言郑注补正》四卷、(5)《明诗》四卷等书。最近有(6)《续资治通鉴论》，仅到南宋，此为未完之稿。诗文集有

(7)《读书堂集》十三卷,此为门人去岁请于简先生而刊者。其生平志学,可见以上所著诸书,皆有关于天下治术学术,皆有裨于后日。节违侍三十年,于五年前北来过沪,谒师于旅居,复亲教言半日。而今已矣,不能效桓春卿奔丧九江,负土成坟,百身何赎。斋中有师七十岁遗像,可得瞻仰也。十月五日,黄节顿首。

按此函所述简先生所著各书,除(6)未完者外,均有木刻本,欲得者,可径函"广州市,禺山路,广才中学,任子贞先生"处接洽购取。各书定价未详,任君为简先生门弟子,必可迅速恳切答覆也。欲知其人,宜读其书。经史为中国学术中心,欲知简先生学术之全体,自宜遍读上举各书。然先读先生之诗文集《读书堂集》十三卷,亦可窥其大凡。先生前后讲学之地(见下)曰读书草堂及读书山堂,故以名其集。集凡十三卷,约二十万言。岁庚午腊月(民国二十二年二月)刻成。门人南海张子沂序。卷一至卷七为文集(先生所著经学各书之序均在其中),卷八至卷十三为诗集。每卷各有门人新会梁应扬所为注,另刊附后。注详篇中字之音读,并略述本事及所以发端起兴,间附载师友评论要语。得此注以读集中诗文,可无困难。今翻译全集,刺取简先生行事之散见各篇者,并参照门弟子所撰年谱(民国十八年刊),草成略传如下。

简先生,讳朝亮,字季纪,竹居其号也。世居广东省广州府顺德县之简岸乡,自其祖旅居南海县佛山镇之忠义乡(距广州数十里)。清咸丰元年辛亥(西历一八五一年)十一月二十一日,先生于此诞生。家极贫,"无寸田衣食,僦屋侨居,岁时伏腊,追责临门"。同治八年,先生年十九,为童蒙师。同治十年辛未,获隽,为邑廪生。同治十三年,先生年二十四,受学于朱九江先生(次琦)

之门,凡三载。光绪三年,先生年二十七,是年十一月完婚,娶杨明经女,有书上朱先生。光绪五年,设馆郡中六榕寺,先后丧父母。光绪十二年,以宗人劫盗事系讯于臬署。光绪十六年,始在故里简岸乡之"读书草堂"讲学。光绪十七年,得樊恭煦学使荐,以教职选用。光绪二十六年六月,至连州阳山县留贤堂(乡名)将军山之"读书山堂"居焉。山堂乃门人黄赞襄所构,先生函谕草堂诸子多购书庋藏其中。光绪三十四年,杨夫人殁,先生自是鳏居终身。是年,礼部奏聘先生为礼部顾问官,辞不赴。宣统元年,南返,仍居佛山县忠义乡"双桂堂",门人李节文所筹备,仍于此读书讲学兼著述。先生于光绪二十七年著成《尚书集注述疏》三十五卷,民国六年著成《论语集注补正述疏》十卷,民国七年著成《孝经集注述疏》一卷,其后著成《礼记子思子言郑注补正》四卷及《明诗》四卷。又著《续资治通鉴论》未完。先生年近八十,足迹未出粤省,民国十七年始到上海,居一年复归粤。先生一生以读书讲学著述为业,自谓欲"酌言百家,会汉宋之学;采为经术,以共裨时务"。此外无他志事。民国二十一年十月到广州。民国二十二年(西历一九三三年)九月二十九日,殁于广州(1851—1933),享年八十有三。

简先生二十四至二十七岁之三年中,受学于南海朱九江先生(次琦),此为简先生一生最重要之时期,盖其学问渊源所自。《读书堂集》中,卷一《朱九江先生讲学记》及《朱九江先生讲学记书后》,卷三《婚礼上朱先生书》,卷五《朱九江先生集序》,卷六《朱九江先生传》,以上各篇皆宜细读,可见师承传授之迹,及简先生一生讲学大旨。按清季粤中大儒,以陈兰甫先生(澧)与朱九江(次琦)并称。两先生固皆兼包汉宋,以融合考据与义理为言,然陈兰甫实为汉学家,而朱九江则为宋学家。陈兰甫《东塾读书记》与顾亭林《日知录》体例同而义旨则异。亭林以"博学于文,行己有耻"为教,岂仅以琐屑饾饤为事者。若朱九江先生所以诏其徒者,则谓:

(1)朱子集汉宋学之大成,为百世之师。宋末以来,杀身成仁之士远轶前古,皆朱子之力。故当尊朱子而不当攻诋朱子。

(2)彼汉学家之考据,猎琐文,蠹大义,丛脞无用。二三子当志于古之实学。学孔子之学,无所谓汉学与宋学,修身读书斯其实也。修身之实四:①惇行孝弟、②崇尚名节、③变化气质、④检摄威仪。读书之实五:①经学、②史学、③掌故之学、④性理之学、⑤辞章之学。

(3)读书者格物之事,既不读书,何能致良知。

(4)六经者已然之迹也。六经之学,所以践迹也。〔附按,《圣经·新约·马太福音》第五章第十七节云"勿以我来坏律法及先知也。我来非以坏之,乃以成之",正即此处所言之义。所谓成之(fulfill the law),即践迹之确译。〕

(5)读书所以明理,通经所以致用。经学即理学也。故治经学不可执一,不可嗜道。班固所讥学者"务碎义逃难,便辞巧说,破坏形体,说五字之文,至于二三万言"。今之汉学家未能免也。

(6)经明其理,史证其事。史之于经,犹医案也。

(7)经史之义,通掌故而服性理焉。如是,则发于辞章方有可观。

以上皆节录《朱九江先生讲学记》。由是可知朱九江先生兼务格物穷理,本末一贯,体用齐明,而实为宋学家。故推尊程朱,重躬行实践，以正人心，裨治道，化民成俗，经邦济世，为修身讲学之终极目的。朱九江先生尝于咸丰二年出仕为山西襄陵县知县，数月即告归，然卓著政声，修《清史》者列先生入《循吏传》，后改《儒林传》。此亦可见真正学者坐言起行之效。朱九江先生(次琦)生于嘉庆十一年，殁于光绪七年(1806—1881)。其门弟子以(一)康南海、(二)简竹居二先生为最著名。以事功论，南海为烈；以学德言，则简先生为尚。南海从学于朱先生，为时仅一载。南海《新学伪经考》甫出，简先生即寓书驳正(《读书堂集》卷三《复康太学书》)，斥为言之太过，有违经义史实。今细按朱先生讲学大旨，及简先生所常勤孜称述其师之说，则知简先生实得朱先生之真传，而南海较多违异焉。盖一则恪守本末，集学之大成，上希朱元晦；一则急于用世，似陈龙川、叶水心。简先生虽终身不仕，然细读全集，则见其无日无时不忧心国事，关怀时局。说经读史，咸明治道。忠诚愤激，出于至情。但又绝无功名求达之心，不为躁妄媚俗之论。更以德教乃千古之业，治平非旦夕可期，故于奖借后生，识拔人才，尤视为天职，引为重责。以传道授业解惑为事之师，于门人中，偶遇有志趣崇高、识解宏伟之士，辄喜不自胜，极致勖勉。盖为世运升降、国家安危计，非仅系于私人情谊而已也。佛家有传灯之说，柏拉图有执火炬者(torch-bearers)之喻(见所著《理想国》篇)，耶稣望其门徒为地上之盐与山顶之光(见《新约·马太福音》第五章第十三至十六节)，孟子亦有尧舜禹相传及先觉觉后觉之论。古今东西圣贤其立意同，其取譬设喻之法亦何相似乃尔。简先生不愧为中国之人师，故于门弟子之识拔奖借至为殷切，身受之者亦永永感念不忘。盖简先生之所得于其师朱九江先生者亦至非凡。上文已略述朱九江先生讲学之大旨，简先生书其后曰：

(1)今之西学,其风介汉学之乱而成,且其分科先窒也。

(2)盖古之正学皆合而教之。曰文、行、忠、信之四教;曰德行、言语、政事、文学之四科;曰诗、书、礼、乐、易、春秋之六艺;曰经、史、掌故、性理、辞章之五学。皆合而教之,而能成通才也。今之以汉学为经学者,故训哓哓,多违大义,遂使经术晦,直道衰,民心死。

(3)格物致知,朱子释为穷至事理,明德新民皆在其中。旧学乃本末终始体用兼备。真德秀谓明道术,辨人才,审治体,察民情,皆格物致知之要。近世攻诋朱子,不知学艺之分,误以艺(专)为学(通),或但取艺(用)而弃学(体)。中国学术(汉学)之弊如此,故西学乘之而入,且以大盛。

(4)国之兴亡系于学。西学以其(一)巧术、(二)贱艺、(三)侈言、(四)清谭易我之学,我又忘其正学,故西学盛而国势益衰。

(5)居今兴学救亡之道,曰反之乎五经,正之乎四教,兴之乎五学。简言之曰:合而治之以观其全而求其通。

此下历举经、史、掌故、性理、辞章五学之要籍及其读法。盖简先生讲学之大旨,亦略具于是。(以上节录《朱九江先生讲学记书后》,作于光绪二十四年四月。)或曰:由今观之,简先生之论,似以未知西学之真相而致误。夫西学亦自有其全,而学西学者亦贵能得其通。西学亦有本末精粗终始体用之分。西学亦兼道与艺。西学并治灵魂、心智、情志、事功、艺术。西学包含宗教、道德、哲理、政法、经济及自然科学等。西学亦有(一)道学与器学、(二)为人与治事、(三)形上与形下、(四)精神与物质之分。举例言之,西学中有(甲)徐伯林之飞艇,马可尼之无线电报,牛顿之力学三律,比塔果拉氏之勾方加股方等于弦方律;而亦有(乙)柏拉图之《理想国》,亚里士多德之中庸之道,耶稣之山上训言,但丁之《神曲》,歌德之《浮士德》等。即以近今文学论,有(甲)尼采之超人主义,托尔斯泰之人道主义;即有(乙)白璧德与穆尔两先生之新人文主义。更以治文学之方法论,在美国有(甲)以古器物学、古文字学为文学,而专务考据,琐屑繁碎,以六七百页之博士论文证释古人诗中之数行者;亦有(乙)提撕宗教道德之精萃,讲明修身治国之要旨,论究人生万事之因果,发明义理博大宏通,以立人极而救世患,以此为文学者。不特其方法途径之分别及其间之得失短长,类似我中国之汉学与宋学。且破碎分歧,人各专治一事一物,不能合之观其全而求其通,亦为近世西学本身之大病。是故自其根本全体观之,理无古今新旧之别,事无远近东西之异。其道既一,学之之方法亦复何殊。简先生未知西学之真与全,其所论诚误矣。虽然,言者何不深思:自中西交通以来,我国所取于西学者果为何物?果为何事?果为何道?夫直至现今凡我国人所获者,仍为其中之艺而非道。以未得西学之道,故西学之艺亦竟无裨益于我。以未得西洋文明之精神,以未能吸收西洋学术、德教、理想之精华,而实现之于吾中国人之思想、言论、事业,故中国之国势日衰,群治不进。盖非西学之不佳,以取之用之未得其当而已。既未得其当,绌道而存艺,致艺亦莫能兴,则又何怪简先生之致讥于当时之西学哉!是故西学之利弊短长,正与中国之学术同。简先生所论系中国之学术,仅以当时中国人所知之西学为比证,故似若有误,而其实未误。若吾国人迟至今日,仍未能得窥西学之全而取其精华以为吾益,且转使吾本国之学术因受西学一偏之影响,而更加重昔日之弊,则吾侪诚为未知西学而辜负简先生之教诲者矣。(例如新来所谓科学方法考证疑古,正合于旧日汉学家支离破碎之弊，亦以用汉学家之眼光治西学，故适得如斯取舍之结果耳。）至于简先生集中忧国伤时之言，用之于此日当前，亦切时弊，则所望于读简先生书者之能感愤兴起者也。（按西学中知行合一，政教相关传授之迹，道艺之辨，凡兹问题，皆极重大，容另篇述说，今兹连类涉及，不能详也。）

简先生《读书堂集》中之文，乃以中国文集之类例编列。读者当细心密察，联合参证，庶可融为一体，明其关系。而（1）先生之立身行事、出处节概，（2）先生之思想宗旨、微言大义，（3）先生之忧国箴时、指陈策略，均见于其中。则知其内容充实，并非空疏。且每篇多系作成之年月，读者可以当时国家情势细按之。如卷一"病言"三十七条，摘录数条如下，此皆针对清光绪朝之时局而言，然今读者试细思"九一八"国难以来之情形而深味之：

（1）是故法非不可变也。所变之法，政之精意不存焉者，则不可也。

（2）《史记》称贡之言曰："无报人之志，而令人疑之，拙也。有报人之意，而使人知之，殆也。事未发而先闻，危也。"然则以敌为师而欲制敌者，不危且殆乎？

（3）治国者知敌之情伪，格物之大者也。不知敌之伪而不情，而师敌焉，不格物之大者也。

（4）春秋时向戌为弭兵会，楚人衷甲，宋子罕谓向戌之废兵不可也，智哉！

简先生素主以辞章与经史性理一贯。易言之，即以诗为表达其所讲学问中之义理情志之具。故先生之诗另有风格，不同寻常文士。兹录数首，以见一斑：

六公篇(一)范文肃公文程

天命一稽矢,龙兴定天下。云从有范公,东土辽之野。范公首决策,中原扑燎火。乃思明子孙,税饷斯屋社。拜疏请除苛,著令如王者。范公拜疏时,天子初下马。父老闻此言,忍死望宽假。至今语范公,百姓泣如泄。

庚子六月过虞夫人庙

风日青山笑色开,缘江迎我不相猜。携家祷祀时多难,同学论兵志可哀。天下宜无巾帼气,女中犹有丈夫才。伤心国事频挥泪,关路鸡鸣野客来。

学子黄佩文(节)辈购书数千卷至山中

将军山上赤云生,飞动文禽万木声。使者北来传载路,丈夫南面拥专城。六经不畏咸阳火,三略何忘海表兵。为报读书岩未远,秋高韩子可寻盟。

网球赛执法戊辰旅沪阅西报作

单人敌手争自由,双人并斗交相酬。应猝遥飞网上球,神似将军危急秋。飞球赛胜无利牟,台维司杯赏轮收。一胜一轮旌其尤,众钧不忮吾不求。壮士虽嬉非逸休,中藏兵术阴善筹。铁尔顿称美国优,赛胜私卖报章谋。藉名图利名因浮,美人察斯一国羞。赛场绝之毋与侔,执法高传五大州。呜呼赛异官嘉猷,天下法官防万流。执法无私能似不?

寄李香山

天下何人能念旧，献金微力尚依依。人言受献无穷泪，此报精心天下希。

——本文原载于1933年10月30日《大公报·文学副刊》第304期。

最近逝世之中国诗学宗师黄节先生学述

中华民国二十四年一月十四日晨九时，顺德黄晦闻先生（节），病逝于北平寓宅。其晚，门人吴宓始惊悉，乃于暗室静坐，含泪默祷。久久，肃然起，谨笔述黄先生志事之概略，以告世人。至于其他琐事详情，另行具状，今均不赘及云。

呜呼！黄先生生平以诗为教，盖将以正民志，立国本。由陶冶个人性情，进而淬厉道德，改善风俗。期于明耻笃行，尚勇合群，以保我国家民族之生命，而绵续先哲教化之德泽。诚今之人师也。即论其诗法与诗学，研究之勤，造诣之精，以及所作之诗之深厚佳妙，在今中国亦咸推第一人，是则今之闻先生逝世噩耗而哀伤者，岂仅系于私人情谊而已哉！

【一】黄先生之家世及其师承

黄先生，讳节，字晦闻，广东顺德县人。家世，宓未悉。仅知父为富商，故先生读书行志（见下），屡捐斥巨金。又虽内含狷介，热心救世，而一己起居生活，恒有贵族与名士之风。先生少勤学，尝居僧寺中读书，凡十载，一生学问实根柢于是。已而师事顺德简竹居先生（朝亮），从学于简岸乡之读书草堂。又尝购书籍数千卷，以实读书山堂，简先生后来讲学之地也。按简先生师事南海朱九江先生次琦。黄先生一生之学问志业,实由简先生所启发,居恒为门人述说,又见于诗中。读者祈参读民国二十二年十月三十日《大公报·文学副刊》第三〇四期吴宓撰《悼简竹居先生》一文,及简先生《读书堂集》并其他著述(发售处:广州市文明路一四九号岭南图书流通社),可知其渊源传授之详也。

【二】黄先生在清代之事业(民族革命及《国粹学报》)

光绪庚子前后,黄先生离粤出游各地,遍历大江大河南北,又至日本。先生深信民族主义,从事于革命甚早,世人类能道之。此时期先生所作之诗,举二首为例:

朱仙镇谒岳王庙

百战中原今见公,庙门桧柏夕阳红。
黄龙山色余残酒,白马河声望故宫。
入洛年华输杖策,背嵬经略痛临戎。
功名三十人休笑,尚有人间铁石忠。

庚子重九登镇海楼

东南佳气郁高楼,天到沧溟地陡收。
万舶青烟瀛海晚,千山红树越台秋。
曾闻栗里归陶令,谁作新亭泣楚囚。
凭眺莫遗桓武恨,陆沉何日起神州。

此时期先生之事业,为与邓实(秋枚)诸君创办《国粹学报》于上海。又设国学藏书楼,名曰风雨楼,先生匪特主持其事,藏书楼购置经费及《国粹学报》刊印之资,几全出于先生。先生实尽耗其丰厚之家资,以尽心尽力于革命文化事业者也。《国粹学报》当时销行极广,即异日在中国近世政治史、文化史上亦必占重要地位。该报中,黄先生著述极多。晚清谈革命者,往往有其志其情而无才无学,如黄先生之博学与实学尤难,此其所以可贵也欤。《国粹学报》之后,有南社,亦革命文士之组织,而主于风华之词章。黄先生与苏曼殊等,皆隶南社。然南社诗词,多受龚定庵之影响,风云儿女,剑气箫心,而中实空虚,且伤绮靡。按自中华民国成立之后,黄先生即不自道其革命之事业。虽当路故旧,再三招邀,终不肯投入政界(详下),而以读诗(研究)、讲授(教授)、作诗(创造)为其惟一之志业与职业。藉教授为禄养,而对于民族国家革命文化之努力及成绩,即表见于读诗、讲诗、作诗之中。合职业志业而为一,空言即是实行,隐居无殊从政。黄先生入民国后之生活,既高尚,且切实。由远大之理想成绩论之,实计之至得者也。

【三】黄先生入民国后之事业(北京大学诗学教授)

黄先生之生活,既超越一般从事革命之人,其对于诗之研究及创作,亦超越南社诸多文士,而进步极猛,底于大成。于是遂于民国八九年间,被聘为国立北京大学教授,专授中国诗学,迄今约十五年。其间亦在师范大学、清华大学兼任教授、讲师,然以北京大学为主。民国十五年,东北军入关,北京大学改组,先生即辞职隐居。其时寓前门外高井胡同,贫甚,则斥售其平昔珍聚之古玩书画以自给。民国十六年春,先生大病,几殆。十七年春,以梁漱溟君之招邀,及门弟子之筵请,回粤,任广东省府委员兼教育厅长,欲有以行其志。在职,自晨至夕,治事极勤密。诸多擘画,苦于扞格。所行,或有讥为过旧者,如男女分校之类。不知先生之志事并不在此,先生固极通达之人也。十八年春,先生辞教育厅长职,居澳门。其年夏,挈眷返北平。初居官帽胡同,旋奠居大羊仪宾胡同二十四号今寓。十八年秋,复任北京大学教授,以迄临殁。先生体貌魁伟,风神爽朗,性复超旷。平居衣食等自奉甚丰,书画古物鉴赏极精。少时经历颇富,英雄志业,儿女情场,亦均有以发散其精力,锻炼其神智。既阅中年,由博返约,由动入静,以艺术家兼道学家之修养,正合安居颐乐。由以上种种推溯,先生必为享寿最长之人,而乃遽归道山,年仅六十四五岁。呜呼伤哉!

【四】黄先生诗学之著作(古贤诗集笺注)

黄先生所以为今日中国诗学宗师者,以其兼为诗学家与诗人,研究与创造二者均能登峰造极。就研究方面论,黄先生任北京大学教授期中,著成下列各书(均北京大学出版部印行):

(一)《汉魏乐府风笺》(十五卷四册) 民国十二年出版(本书自序,载《学衡》杂志四十一期)

本自序云:“兹篇于辞艳外,务求其声。”此其著作大旨。

(二)《鲍参军诗注》(四卷二册) 民国十二年出版(张尔田序,载《学衡》杂志二十七期)

张尔田先生序云:“盖善诗者,或不善注诗。不善诗者,又或假注诗掩其不善诗。说古之诗如牛毛,求今之诗如麟角,两者交相诟,微先生通其邮。”此言作诗与注诗,二者相助而相成也。

(三)《谢康乐诗注》(四卷二册) 民国十三年出版(自序,载《学衡》杂志三十九期)

本书自序云:“嗟夫,康乐之诗,合诗、易、聃、周、骚、辩、仙、释以成之。其所寄怀,每寓本事。说山水则苞名理。康乐诗不易识也。”此言注诗之难,并自道其注诗之精慎。

(四)《诗律》(六卷一册) 民国十四年出版

自序云:“乃析五七言律诗而成兹编。顾编中所谱,第别乎平仄而已。至于轻重双叠……不能罄也。”

(五)《阮步兵咏怀诗注》(一卷一册) 民国十五年出版(自序,诸宗元序,并载《学衡》杂志五十七期)

自序云:“世变既亟,人心益坏。道德礼法,尽为奸人所假窃,黠者乃藉词图毁灭之。惟诗之为教,入人最深。独于此时,学者求诗则若饥渴。余职在说诗,欲使学者由诗以明志,而理其性情。于人之为人,庶有裨也。……国积人而成者,人之所以为人之道既废,国焉得而不绝。非今之世耶!……余亦尝以辨别种族,发扬民义,垂三十年。其于创建今国,岂曰无与。然坐视畴辈及后起者,藉手为国,乃使道德礼法坏乱务尽。天若命余重振救之,舍明诗莫由。天下方毁经,又强告而难入。故余于三百篇,既纂其辞旨,以文章之美,曲道学者蕲其进窥大义。不如是,不足以存诗也。今注嗣宗诗……于其事不敢妄附,于其志则务欲求明。不如是,不足以感发人也。……余是以穷老益力。虽心藏积疾,不遑告劳者,为古人也,为今人也。”

(六)《曹子建诗注》(二卷一册) 民国十九年出版(兼由商务印书馆印行,定价一圆二角。本书自序,载《学衡》杂志七十一期)

自序云:“至其(陈王之诗)闵风俗之薄,哀民生之艰,树人伦之式,情极于神仙而义深于朋友,则又见乎辞之表者,虽百世可思也。”

(七)《诗旨纂辞》(三卷一册,全书未完)　民国十九年出版

最近讲授之曹氏父子(魏武帝、文帝、明帝)诗,及顾亭林诗,亦作为笺注,印成讲义,惜均未完成。

先生又于民国十三四年间,发愿作《故宫赋》,曾登报征求材料,亦惜未及作出。

【五】黄先生讲授古人诗之目的及方法

黄先生之说诗(为古诗人作笺注,又为今之学生讲解)与其作诗,乃一事而非二事,以其志同也。黄先生《阮步兵咏怀诗注自序》一篇,极关重要。其以诗救世之志,明具于此。全文应细诵读。即就上段所节录,可知黄先生之目的,乃欲藉诗以理正人之性情,使人皆知所以为人,然后国乃强,世乱乃止。宓按英国安诺德(Matthew Arnold,1822—1888)论诗教(The study of Poetry)曰"诗之前途极伟大。因宗教既衰,诗将起而承其乏。宗教隶于制度,囿于传说,当今世变俗易,宗教势难更存。若诗则主于情感,不系于事实。事实虽殊,人之性情不变,故诗可永存,且将替代宗教,为人类所托命"云云(以上译意)。呜呼!此非黄先生之志耶,宓又按先师美国白璧德先生(Irving Babbitt,1865—1933),倡道所谓"新人文主义",欲使人性不役于物,发挥其所固有而进于善。一国全世,共此休戚,而藉端于文学。呜呼!此又非黄先生之志耶。黄先生曰:"天若命余重振救之,舍明诗莫繇。"其自任之重,有若孟子。而以说诗视为天命之职责,其意至诚,使吾侪读此文者莫不深切感动。则彼以学问为消遣,视教授仅为职业者,何足以知黄先生。然黄先生说诗之法,亦本于孟子。"于其事不敢妄

附,于其志则务欲求明。”此非孟子所云“不以文害辞,不以辞害志,以意逆志,是为得之”者乎。以今语言之,黄先生之说诗,乃本于精确之研究,丰备之学识,而来为正当之说明,并发挥高深之义理。注重精神而事实无缺,广搜材料而论断极慎。故即不赞成黄先生之志者,亦莫不敬佩其学力,此则其所笺注诸家之诗,均可征信。呜呼!能兼备黄先生之志与学,而继起负荷者谁耶。

【六】黄先生最近改讲顾亭林诗(最后之事业)

黄先生在北京大学讲授毛诗,并作《诗旨纂辞》,未完,乃于民国二十三年秋起,改讲顾亭林诗,仍如例作为笺注。盖鉴于国家民族危难之日亟,故欲踵仿亭林之志事,于人心学术深植根柢,以为后日恢复之计。呜呼!先生实乃今世之顾亭林,何遽弃诸门人后生以去耶。宓最后得见先生,在本年一月三日,往借取先生之顾亭林诗讲义,归而钞录。先生为阐述亭林事迹,谓其既绝望于恢复,乃矢志于学术,三百年后,中华民族卒能颠覆异族,成革命自主之业。今外祸日亟,覆亡恐将不免,吾国士子之自诗自策当如亭林。又谓“亭林之诗至伟。我亦非常人。以我而讲亭林之诗,真北大诸生之奇遇哉”。先生言至此,神采振奋。宓觉先生是时之矜重热诚,大有耶稣对门弟子临终告语“天地可灭,吾言不易”之情景。宓心默诵先生中央公园诗“束草低根留性在,寸稊寒柳待春分”。又忆先生咏史诗“人伦苟不绝,天意必有寄。方冬木尽脱,生机盖下被。……”颇以自警。然先生是日精神奕奕,毫无病容。及一月十六日宓再往谒送还顾亭林诗讲义,则先生已因病不能见矣。

附按民国十八年十一月,先生以所著《诗旨纂辞》一册(卷一至卷三)授宓,且题其封面云:“搜箧仅存此册。欲续成全编,恐年力不继矣。持赠雨生……后有续予此编者,予所至望也。节又记。”呜呼,此亦非谶语耶!

【七】黄先生自作之诗——何处可得

黄先生所作之诗,乃先生一生情志之表现,亦即其所讲授之诗学与诗法之例证也。先生少作,登《国粹学报》等处。先生于民国十六七年间,曾严加删汰,自编为一集,仅存约三百首,名曰《蒹葭楼集》。张尔田先生为之作序,序文载《学衡》杂志第六十四期。集虽编成,而先生终自谓其诗未企精工,迁延不肯付印,宓与李沧萍等诸门人屡请,均不获。宓主编《学衡》杂志,曾零星登载先生诗。自民国十五至二十年,则每年汇编,刊于一处,名曰“晦闻某某年诗”,如下表:

晦闻丙寅诗　登载《学衡》杂志第六十期
丁卯诗　六十一期
戊辰诗　六十九期
己巳诗　六十九期
庚午诗　七十六期
辛未诗　七十六期

自九一八国难起后,先生仅作《重关篇》等二三首。于是废诗不作,谓“今国家危亡,作诗奚补”。宓念时乱国危,屡请于先生,以《蒹葭楼集》先付铅印,印费及校雠,宓愿独力任之,印得若干本,可免残缺散佚之忧。而先生均不许。此刻惟祝先生未于病中自焚其稿。窃以诸门弟子今兹首要之责,为以《蒹葭楼集》全稿速付铅印,广其流传。但免误字,不必精装。先成铅印,徐议木雕。此事比于葬礼末节更为重要也。

《学衡》杂志,除登载黄先生之诗外,第七十期载黄先生撰《鉴庵诗集序》一篇。又该期登萧涤非君《读阮嗣宗诗札记》及《读曹子建诗札记》二篇,乃记黄先生之讲义也。

【八】黄先生所作之诗——评论

黄先生之诗,世有定评,共致推尊。张尔田先生《鲍参军诗注序》曰:"顺德黄先生,劭闻敦行,学无所不窥,而独昌于世。其诗历宋之后山宛陵诸家,尽规其度。又浸淫于汉魏六朝古乐苑被声之诗,得夫古所谓风者而好之。……"张尔田先生,作《黄晦闻诗集序》,又痛论今时世之危乱,而以黄先生比之(1)元遗山,(2)屈翁山,顾亭林。又谓"读君诗,味兼酸辣,乃如柠檬树果",盛许其可传。凡此论均确当。若以宓愚浅所见,则有二端:

(1)黄先生兼诗学诗教诗法而为诗。即其全部之生活及精力,悉用为作诗之预备(中国古人为此者惟有杜甫),绝异于世之以余事余力为诗者(不问其专力于道学或事功或考据或游乐狎玩)。作诗矜慎而以全力赴之,故黄先生之诗精。

(2)就黄先生今昔之诗比观,则以可见其由模仿而进于创造。民国十四年以后之所作,完全脱去陈言,删落芜词。句句字字,是黄先生自己表现自己之情志。而此情志亦日益高尚伟大坚实笃至。同时,技术已熟谙精通,而运用灵活,表现如意,绝不为技术所窒累。故黄先生近十年所作尤佳。(未完)

【附记】上文发出后，宓始悉黄先生之遗诗《蒹葭楼集》，已由今行政院长汪精卫先生，为之印行。聚珍本一册。样本于数日前寄到北平，黄先生临殁亦已获观厥成。此至可善之事也。

又黄先生逝世，在一月二十四日下午一时半。本文（昨日）开端误作上午九时。合即更正。吴宓附记。

【九】黄先生所作之诗——举例

兹就宓平昔所最爱诵者，选录黄先生之诗若干篇，以见一斑，乃民国十三年至二十年中之作也。

中秋（民国十三年）

云意深阴失月明，始知兵气满秋城。十年北客惟伤乱，双柝南街不断声。娇女别期方细数，故园安问更无程。可怜万里清辉夜，不见良时鼓乐生。

哭瘿公（民国十三年秋作）

论诗畴昔本寻常，今日回头辄可伤。十载郡斋相过地，数竿檜竹已成行。（檜竹黄孝觉所栽，孝觉殁后今已成林。）老逢国乱君先免，溘至秋分（君逝日秋分）露更苍。莫说平生康济愿，区区文字恐流亡。

咏史（民国十六年秋作，二首录一）

论学疑植党，著书或谤诽。陆宣校医方，程子却讲艺。

匪惟保厥身,正以善养气。痛赵尚笺骚,蒙伪乃注契。紫阳心更苦,矧复伤五季。人伦苟不绝,天意必有寄。方冬木尽脱,生机盖下被。乱世重吾儒,义长在天地。哀哉二刘子,冻馁死无畏。群盗已蜂起,谷食日踊贵。妻子相去远,教授废陈肄。刑不威小人,礼不正在位。虚有建学名,而无弘道计。方领矩步伦,展转沟壑毙。后进失师承,攘寇入不义。伤哉魏玄成,著论为流涕。

社园与林宰平话别(民国十七年三月作)

远瀑峰高近可闻,嶄嶄湖上有林君。诗怀欲静忘清浊,世眼无明及泯棼。束草低根留性在,寸稊寒柳带春分。人生离别花时节,惜此须臾尽夕云。

书愤二首(民国二十年九月沈变后作)

慷慨秦风对策言,襄阳挥泪我衔恩。眼中三十年来事,又见虾夷入国门。

过陈不式为无人,谁解尼山语痛辛。老去此忧无可寄,不从今日始伤神。

重关篇(民国二十年十月作)

重关尽撤女乐罗,飞仙舞姬纷婆娑。万夫辟易佳人歌,明烽警羽疾骑驮。绿江已失逾金河,铜符合虎趣偃戈。柳边龙塞委刹那,昆湖琼岛无曾波。洪都反绁趋尊华,长筵列炬明刀靴。死绥报国腾妖娥,控大思正相唯阿。江汉淮黄无稼禾,炎火千里蜒蝮蛇。白山黑水飞苍鹅,路严仆甲犹斜柯。

【十】黄先生之诗弟子

黄先生在北京大学等处授诗学十余年,著籍弟子极众。以宓所知,门弟子中最切实用功,可望传先生之学,而为先生所喜者,凡二人(皆北京大学国文系毕业)。

一曰李汉声——字沧萍,广东丰顺人。毕业后仍留居北京读书问学,至民国十七年又相从于粤。今为广州中山大学国文系教授,授诗学各门。黄先生有《岁暮示李沧萍》五古诗一首,载《学衡》杂志五十五期。沧萍之弟韶清,为黄先生婿。沧萍娶黄公度先生(遵宪)孙女。

二曰张鹏翘——字友鹤,陕西朝邑人。毕业后已十年,仍留居北平,孤栖邑馆,不求荣利,而恒听黄先生讲诗,即已听过者仍往再三听。黄先生有《赠张鹏翘》七律诗,载《学衡》杂志四十期。又《雪后问讯张鹏翘》五律诗,载《学衡》六十一期。张君能弹古琴,时出场演奏,故都人士多以此知张君云。

此外有王越君,字士略,广东梅县人。前数年在北京大学研究院国学门,从黄先生研究汉魏乐府诗,卓然有成。王越君有《风沙集》(转载于《学衡》七十七期)之作。九一八国难后,所作长篇叙事诗尤多,均能表扬民族精神,可追步吴梅村、黄公度。是故上列李张二君,可传黄先生之诗学,而在作诗(创造)方面,能继武黄先生者,当为王越君也。

黄先生在清华所教之学生中,最喜萧涤非君。萧君,江西人,现任青岛山东大学教授。

【十一】黄先生与本篇作者之私谊

宓昔于《国粹学报》中读黄先生诗文,主编《学衡》杂志时,屡上函先生,求刊登其著作。迨民国十四年到北平,始获谒见。宓既敬佩黄先生,又与沧萍等为知友,故对黄先生恒执弟子礼,而先生则尚谦逊。宓虽未上班听讲,然常读先生之书,聆先生之教,自问颇能了解先生之志事,而先生遇宓亦甚厚,此非吾师而何?宓久师先生,今此文中乃不称曰师而曰黄先生者,此文为公告世人而作故也。

黄先生风度,人所共知,张尔田先生谓其"内蕴耿介,外造隽澹"。宓则深知黄先生为富于至性之人。惟然,故能讲诗作诗。近十年中,宓侍先生谈,亲见先生流涕者屡。如十六年王静安先生之自沉,十八年宓将离婚向先生陈说苦衷,二十年秋九一八沈变后,二十二年冬简竹居先生逝世后宓至宅中拜瞻遗像,等等,先生皆同情悲愤,涕泪直流。是故先生之能以诚感人,乃在其本身,故其诗亦能感人。呜呼!世变日深,国难益亟,先生撒手人天,亦固其所。然而诗学之传授、诗之创造,以及顾亭林之志业,谁其能为继耶?此文信笔叙写,不文不饰,惟愿国人略知黄先生之真面目真精神而已。

【附记】按黄先生享寿六十二岁,正月生,本文第三段作六十四岁,未确。合此更正。吴宓记。

民国二十四年一月二十五日,吴宓谨述

——本文连载于1935年1月27日、28日、29日天津《大公报》第4版。

悼诗人王荫南烈士

顷接沈阳辽宁省政府秘书王挥宇[①]君一月九日来函告哀,云:

宓翁伯父:最能够了解父亲荫南(一叶)先生诗文的,只有您老人家了。您一定还会在想着他。然而他现在已做古人。民国三十三年一月二十四日夜(按在北平)父亲和我一同被日本鬼子抓去。我入了狱;他在日宪兵队中拘押十余日,因为忠贞不屈,日本人把他送走,也许就那时杀害了他(按此为三十四年春夏间)。从此消息渺茫。他在被捕后(卅三年)十月间,有难友从狱中带出最后四首绝句,题为《重九狱中占赠》,抄录如下:(一)霜晨短景易消磨,地狱逢君且高歌。莫作楚囚相对泣,天兵指日荡妖魔。(二)平生浮海居夷志,忍性动心愧未能。今日牢中逾九月,幡感忽似定中僧。(三)京华冠盖(原注:指故都北平)闹如云,消息沉沉久未闻。见说故人都无恙,悠然一笑向苍旻。(四)十年干戈困腐儒,家山反哺愧慈乌。欲将身后托知己,能做公孙杵臼无?(宓按:做宜作,能作)现在父亲还有两条包的诗文稿件留在北平,那就是他留下的全部可贵的遗产。不肖的我(今年二十四岁)已不配继承他的事业,愿老伯设法完成他的工作,并

① 王挥宇(1923—2017),辽宁海城人。王荫南哲嗣,后改名王黎。曾任九三学社大连市委员会副秘书长、顾问。

且请老伯教育我成人。(下略)

呜呼哀哉！吾友既已成仁,后死者一切责无旁贷。谨略叙亡友王荫南先生之生平,并附录其历年赐赠宓之诗文从未刊布者,成为此篇,以传作者,以志友情。先生以诗人而兼烈士。世人读先生之诗,自可知其性行、审其志节,而信宓之所哀非为私。篇中有誉宓过当之处,宓当时读之业已感激涕零,然阅之十年,在今更不敢惧标榜之讥嫌,径予刊布,俾读者由此可得王荫南先生之真面目、真精神,较彼空虚印板之墓志,与哀痛饰词之祭文,或有胜焉。

辽宁王荫南名汝棠,字荫南(入关后,以字行),别署一叶,辽宁省海城县人。生于清光绪三十一年甲辰(一九〇五),幼宓约十岁。毕业于沈阳东北大学[①]中文系,又从桐城吴北江先生(闿生)受诗与古文。民国二十年九月十八日,沈变起,日人据我东北,君奔走兵间,参加抗日,并作《沈变纪事诗》数十首。卅一年春入关,孑身至北平,任北平东北几处流亡中学教员。[②]是年冬,去张家口,任某报编辑,竭力鼓吹抗日。由是至二十二年癸酉春夏,有所谓长城之战,而以五月中之塘沽协定暂作结束。君乃以癸酉(民国廿二年)一年中所耳闻目见身历心伤者,作成《癸酉咏怀诗》五十首。方"九·一八"事变之起,宓甫归自欧洲,仍兼为天津《大公报·文学副刊》编辑,于是于报中多登抗战诗词,益以论文。旋历"一·二八"沪战,至长城之战,其间凡可以鼓舞士气而发扬国魂之佳什鸿文,无不尽力搜求刊布,而所得亦多名篇。廿二年春初,知友潘伯鹰(凫公)函告,谓有王荫南君"身历惨痠,间关西来,故所作悲

① 张学良将军创办的奉天萃昇书院。

② 王荫南君当时在北平担任东北流亡的知行中学、难民子弟学校、东北青年升学补习班等校教师,并参加抗日救亡工作。

壮沉雄，直得少陵之髓”。宓即急托伯鹰觅人钞来《沈变纪事诗》及杂文，合为一册，选登于《大公报·文学副刊》中。后又汇编为一卷，重刊于宓所编之《学衡》杂志（中华书局印行）第七十九期。宓既读王荫南君之诗文，深为惊佩。虽未识面，已于君之品格及性情气概，洞见无遗矣。廿二年六月某日，闻君偶回北平，乃具柬恭邀君至西长安街大陆春饭庄宴叙，座客尚有缪钺、贺麟、叶麐诸知友。君最后至，长身伟岸，布衣健谈，英爽之气逼人。宓于是初见君，深为心倾。后，觉君“粗豪意气陈同甫，慷慨诗篇陆放翁”之句，自状平生最合。此次会后，君又去张家口，贫穷抑郁益甚。是年（廿二年）底，宓得君《癸酉咏怀诗》一卷，狂喜，以为似阮嗣宗兼杜工部。十二月卅日上午，宓方伏案编《文学副刊》第三百一十三期，忽得天津《大公报》社快函，言“社务会议议决：《文学副刊》即行停办”云云。宓乃以《王荫南癸酉咏怀诗》五十首，全登入该期之《文学副刊》中，以殿此役。民国二十四年一月，《吴宓诗集》将印成出版（上海中华书局印行），宓赶撰该集附录之《空轩诗话》，乃以王荫南君列入第四十六条，略加叙评，而选录《癸酉咏怀诗》凡十首。今重录如下：

[十二]猎猎北风强，霏霏雨雪盛。阴虫倚壁蛰，归鸟入林暝。独坐斗室间，饥寒倏交病。犹存葵藿心，不改倾阳性。侧闻山海战，师克犹未定。健儿蹈长戈，血肉为飞迸。何来高楼人，弦歌乱遥听。百里非切肤，犹然恣欣庆。念此惄然伤，收泪对孤檠。

[十四]筑壕苦寒月，十指僵不伸。谁有奋锸力，奈非金石身。登高望远海，胡骑忽成群。朔风卷漠来，觱篥何酸辛。侧闻大官辈，辇重趋平津。健仆拥前驺，妖姬充下陈。

征夫虽穷窭,亦有骨肉亲。流离沟壑中,不得少因循。已矣无复言,中军复怒嗔。

[十八]日日望高丘,宵宵严斥堠。但见寇交侵,不见我逐寇。我军尚仁义,画地自株守。流离无所归,死伤不得救。谁知战仇雠,反若利婚媾。自从十月(二十一年)来,三军更饥瘦。杀马供一炊,夜藉马皮宿。冰霜迫岁残,零落半非旧。卒疲将益骄,持此向谁斗?

[二十三]阴阴虏气深,凭陵满畿甸。朝火甘泉宫,夕烽长乐观。城中(北平)百万户,素封半逃散。囊金东去津,飞舆南走汉。东南鱼米乡,山水足清玩。誓避胡虏尘,洁身逐征雁。

[二十八]老成益零落,后辈来无时。独以中岁情,一身当百危。蝉声乱静夏,草色复间之。谁能从薄闲,独听孤篌吹。

[三十四]东国倏丧乱,流民填沟渠。幸得逃一身,那复念妻孥。鸿雁从北来,贻我乡里书。千村余败垒,残灭无全庐。人少豺虎多,日薄炊烟疏。谁其为此者,盗寇交方隅。哀哉生人艰,今时古更无。强者恣横暴,弱者甘僮奴。苟无霍嫖姚,谁能抗强胡。

[三十九]众生皆嗷嗷,难为独饱客。停箸久不下,驱车向四国。道逢孤竹君,邀为采薇蕨。天寒松楸悲,日暮雪霜积。食久喜芳甘,欣然望回辙。

[四十一]南面如可为,鞭笞皆不耻。何况庙堂材,衣冠半傀儡。笼鸟安一枝,盆鱼嬉浅水。自乐园囿宽,宁知江海美。近时李院君,他日许百里。驰驱朝岛夷,远辱其祖矣。(此首指伪满清帝国。宓注。)

[四十二]明自天启来，朝政棼如麻。清流竞恩仇，武士私其家。辽疆日侵削，累卵投饥蛇。君相不自忧，重敛征童娃。天亦不佑朱，灾祲年年加。张李起田间，荼毒遍天涯。遂使大国君，引颈悬枯丫。亭亭万寿山，怀古使人嗟。时殊势则同，较昔无一差。寄语持衡者，重视前覆车。

[四十八]盗寇满乾坤，行役何能安。流离濒九死，奔走求一餐。旁人悯其穷，争以利禄干。掉首谢绝之，顽铁为心肝。西山有茅屋，高入浮云端。担囊从此逝，斧薪行天寒。饥食黄菊英，渴饮白云泉。故交华子鱼，驷马休相攀。（宓案：末句见君志节之坚。其后民国二十六年至三十三年间，君虽在北平，更不违此诗誓矣。）

民国二十三年一月初，新任江西全省烟酒税局局长荆某某[①]先生（宓忘其名）者，东北籍，一日在津浦火车中读《大公报》，得见《文学副刊》中之《癸酉咏怀诗》，乃大惊喜，曰："吾东北有如此人才，而竟不之知耶！"至北平，即辗转寻访，卒得王荫南君。立礼聘为秘书主任，邀同赴九江就职。二十四年八月《吴宓诗集》印成，宓邮寄君一部，至九江。已而荆先生调任湖北全省烟酒税局局长，君随来汉口。然后于民国二十五年一月二十三日，自汉口赐宓一函。对宓诗集详加评论，并媵以题词（七古）一篇，宓视为殊荣，且觉其评论悉当。今录如下：

雨生仁兄大鉴：

大集至汉阳时，值吏事迫琐，匆匆一阅，未及细读。近来尘务稍清，独居无偶，子夜寒灯，再三抽绎，虽燕雀之智未喻

---

① 指荆有岩先生，曾任职张学良所署政府财政部门，解放后任辽宁省政协常委、辽宁省参事室副主任，国民党革命委员会中央监委。

天高,而麟介之伦或窥海大。又见序论附录,足下虚怀若谷,惟求增益。盖有哲士不自满假,古多其人,公复见之。弟末士也。目未睹霱寰之大,手未接秘阁之珍,徒以肤受耳食,道听途说,窃诸一二师友,及臆想于平日者,其于足下之诗,亦聊持此以妄论焉。窃谓足下于文学之工作,批评胜于创造。于诗,理胜于情。要以得于西人者为多。盖自海通以来,文人学士务新炫奇,虽了生稗贩之说,然大抵皆捕捉光影,自己未得其真。胡适之以博雅之才,大事变革,然其所变者文体而已;所作文学诸论,殆亦未能鞭辟近里。其标八不主义尤多疏陋,昔年已言之矣。以弟见闻狭陋,所称论文精者,独有王静安先生,又惜其后逃于考古。惟有足下起,始介绍西洋之一贯理论,在国内作一贯之批评。文学流别万千,异军时时突起,如足下论固不敢阿其所好,谓为至圣至明,然而其为古今中外文学之一主潮,固人人而知之。足下于此努力,可谓勤矣。然而时人之排挤、诋讪愈力。岂正论终不见容于今时耶?抑乱世一切反常,固如此也。然足下慎勿自馁。大集虽出,不过一段落,此后年华方壮,取藉无穷,甚愿本其初衷,愈益振奋,将来必成为文运中兴之先导,此弟之最所望于足下者也。

又如诗,中国情胜于理,西洋则反是。弟有时寻绎其所以异同之故,殆由于文字。汉字简单整齐,故适于用短;英文复杂曲折,故适于用长。然诗歌宜短不宜长,小说宜长不宜短。故中国诗歌,自有独特之风,不同域外。且西洋史诗有时等于词曲,中国则不以之为诗。故弟之愚见,除长篇纪事叙史外,尚宜多重蕴藉飘渺神逸之致,若其坦易显豁,壮烈飞扬,西人所特长者,固宜多多取之以救我诗界庸懦不振之气。要之于他人,或可劝其大舍中而就西。于足下,则以为已甚有得于西诗三昧,故宜反取国宝,以增光饰彩,焕发声情,总以取精用宏,兼收众美为要。足下诗,弟以为最善者,即欧游杂诗及近年诸忏情之作。大抵游览之诗及女人之诗,较易擅扬。因山川、女人,皆为美之极则、艺术之代表。诗人在他处或时流于矜持,惟游览山水、恋爱女人,景真情至,乐固可以畅宣心肺,悲亦足以摧丧肝肠,触物兴怀,不求工而自工。所谓第一流诗人,当然有其特具之哲学及人生观,亦惟写之于山水、女人,为易表现。即非第一流之诗人,如元微之言情诸小绝,何等绵丽。柳子厚晨起诣超师观诸作,何等幽峭。一涉山水及女人,则诗境自高,诗神自逸。以上所谓第一流界线,乃准足下及吴碧柳(芳吉)之论,以杜甫为第一流故不能不以元、柳为第二流。非敢妄自菲薄古贤,实则三公之作,亦有终身学不到者。故弟于论诗之主旨,固以民生社稷为极则,然绝不敢屏弃山水、女人。何则?感时伤世之作,视之甚易而实难。句句指说时事,借用古典,非特径直,反成浅露。惟用含蓄之笔、隐讽之辞,又惧意义含糊,己既不明,何用示人。此等轻重之间,取舍至难。必如杜老之诸乐府,取一端以示全体。或如阮籍之《咏怀》,半隐半显,自见真意。且所谓忠义者,真有积而久自见也,非所遇皆以示人也。杜陵诗为千古忠义之祖,然集中除“三吏”、“三别”、《诸将》、《哀江头》,有题专指之作,其余十分之七,皆述行役、纪风土、感节序、寄亲故,然合而观之自有一忧国之杜甫在。古人所谓民胞物与者,非民自胞而物自与也。杜我即民胞之一也,故民有痛而我亦痛。我即物与之一也,物有苦即我有苦。诗人所以异于常人,惟敏感之速、同情之富耳。有敏感矣,有同情矣,随处可以作诗,随物可以入咏。故打枣之妇人、寻源之竖子、庭前之甘菊、江上之燕巢,至琐至细之事,皆可以触发恺恻之怀,寄托流浪之感。岂必规规然,申纸铺牍,攒眉扼腕,效宋玉之《九辩》,学张衡之《四愁》哉!又诗人最富于矛盾者也。惟其所谓矛盾,盖综合之矛盾,万变而不离其宗。人之观之者,不独不以矛盾而指其缺欠,反以矛盾而益见其天真。杜老《丈八沟陪诸公子游》二首,及《江上寻春》诸绝律,真或描摹声色,或依附放达,皆与平日悲壮之句不甚相类。然"片云头上黑,应是雨催诗"极兴会,"且看欲尽花经眼,莫厌伤多酒入唇"极兴伤。惟其于乐境如此执著,故其处悲境亦深陷而不克自恃。惟其于承平如此餍心,故一旦值丧乱,亦益甚覆亡沦落之痛。此所谓综合之矛盾也。故诗人之性,淳如处女,真如婴儿,狂若疯人,僻若恶魔。其得意也,则虽天地之大,亦不足以易其心。其穷愁也,则天地之大反无处以容其足。笑则致狂,哭则成疾。爱之或欲其生,恶之即欲其死。要以饥穷为本怀,恻隐为初志,博爱平等为其一生之大欲。故诗人,合世界国家于一身者也。有一夫不得其所,即诗人不得安。诗人之自身咏叹,非徒叹一身也,乃叹世间所有与诗人同遇者也。诗人之愤感家国也,非徒感愤家国也,亦以感愤寄身家国之一己也。天下国家,与诗人合而为一。诗人一身,四气皆备。诗人一身,万类俱托。而当国乱之时,则以秋气为独多,悲歌为独盛。且文字,以近取盛者也。感愤,由己及人者也。故诗人有作,以一为出发点,而远及于天下国家者,此至顺之序也。即有徒写一己者,而如以写者真挚生动,即为此时此地国家社会之一角。此亦足以为诗矣。李太白之《蜀道难》,谓之为蜀道难也可;谓之为喻守险之不易、割据之多乱、守土者之不可不慎其选而辑其民，亦无不可。白乐天之《长恨歌》，谓之为长恨歌也可；谓之为固宠之不终，席丰之不永，虽以皇帝之富贵，而终不能保厥永爱，以见男女之情，甘尽苦来，不可长视幻以为真，亦无不可。然则山川、女人，亦即苍生、社稷也。有大力者，居此变革之世，固可以写指事怀忠、轩天轾地之大文章，然如写山川、女人之不失其情，是亦足以观矣。弟于山川既未窥其万一，于女人又无从望其项背，然见足下所写之诗，自亦色飞意舞。若能以写欧洲名胜，写与海伦离合之情之笔，更磨炼洗刷，而以之写一切，或即更写山川写女人，则足下之诗其大进矣。弟当百歌千歌以颂之。

南来所任事，与诗邈不相入，所接者亦多碌碌，或数月不见人，不交一语。岁暮夜永，因读足下之所作，发为狂言如此。其亦当相逢一夕谈乎？附上拙作一篇，即祈教正。过旧年三二日，当为专文介足下之诗，登诸武汉报纸，以尽区区秀才之人情。咄嗟之间，又失数县（宓注：时日人取张北六县）。神州虽大，瞩堪日削？吾人默不自量，犹欲抱残守缺，专攻艺事，其不益为当代缙绅，非笑乎？耑此　即请

道祺！

弟王荫南顿首　民国二十五年元月二十三日

风骚废坠已千年，谁与挽者窥其全？李白杜甫不复作，宋元更覆何纷然。朱明一代皆靡靡，人才国运相终始。力从考据逃清儒，只数吴（梅村）黄（仲则）二三子。是时开户与海通，曩搜秦火沿欧风。吟诗窃取公羊义，首僻恢奇龚定公（定庵）。樊（樊山）易（实甫）温渊康（南海）梁（新会）悍，西江余

沫相交扇。乘时草窃绩溪胡(适之),约合陈王(独秀)骤发难。攻瑕蹈隙无完肤,色难丑诋章(孤桐)林(琴南)迂。《尝试》以后几新手,著者康(白情)谢(冰心)刘(大白)郭(沫若)徐(志摩)。二十年来文道变,欲成未成得失半。小说散记稍能工,独有诗篇无一善。初学词曲少元神,再摹自出丧其声。整齐束缚甚试帖,呻吟梦呓如幽灵。犹存旧派多陈腐,饾饤情神今无取。浮世沉埋地狱酣,青春憔悴诗神苦。吴生(宓)奋臂出西秦,少从白(白璧德)穆(穆尔)传人文(美国新人文主义)。十年执笔持正论,一扫俗耳如秋蝇。累牍连章破辩诡,矢以孤身当百毁,河山日削美人乖,四十空轩生壮悔。寄我浔江一卷诗,粗枝大叶如其辞。中西文字能交取,师友渊源得并窥。寒灯子夜贪读味,感事苍茫起长喟。无须淘炼已专家,自有宗风开万世。我闻诗教本人心,人心不淳诗不深。即看历代衰微际,不少噍哓亡国吟。身前世论更纷琐,径谓文章天下祸。獉狉野俗反原人,毛血生涯易钻火。羲黄创化替结绳,周孔传书遗政经。庄魂骚魄各有激,大开亿兆食文明。远忆希(希腊)罗(罗马)盛神话,《圣经》新旧范围大。但丁《神曲》苏国魂,拜伦狂歌划时代。至今欧美政教都,家刊其集人挟书。未闻诗歌能亡国,此说乃自无识徒。武夫文吏不足怪,曲学媚儒竞自坏。苟无大雅扶纲常,恐引齐民胥破败。观君意气何其强,孤军百战身负创。同时联袂赴敌者,或穷或老或先亡。天心未使中华定,此事尤遭神鬼憎(读去声)。料汝挥毫著述时,万千魔手争攫命。不挠不随心气完,倔强自喜昌黎韩。深知学力供开拓,即今继之何言难。一国区区宁足改,横流近被东西海。好从末日拯坤舆,尽辟邪说契真宰。贱子辽东一腐儒,国难九死留顽躯。(宓案:今竟就义死矣!)只身去北泛吴楚,骨肉荡析死生疏。惟余结习道难去,感愤危时幸一吐。终惭长剑斩鲸鲵,谬许孤忠寄词赋。遇合虽希志倘徉,吟哦重振大邦雄。建安他日修诗史,应列王郎七子中。

读大集既竟,敬吟长古,献之座右,以志文字因缘,且述私怀仰慕。时乙亥除夕前一日,辽东王荫南,作于汉口四民街之寓楼。

此后不久(二十五年春)荆先生去职,君回北平。时张学良任东北剿匪总司令,率东北各军驻西安。君遂入关投谒,有所献替,受任参议等职。宓初未知,是年七月三日,王荫南君忽自西安"以诗代柬,寄吴雨生兄"云:

[一]三年别久怆心颜,时世随人亦日艰。南海明珠今却贡,卢龙胡骑未应闲。身旁历乱新诗草,梦里苍茫故国山。独向绿荫看物色,斜阳栖鸟又飞还。

[二]江湖久已寄萍踪,又逐浮云过车嵩。西极流沙何所止,南山佳气此相逢。尚闻残寇撸[①]斧,妄许中兴纪鼎钟。变诡正难窥帝思,虚堂暑雨昼来浓。

[三]想见空轩夜坐时,露凉花气浸须眉。钟情忏苦肠翻热,独学功成谤可知。亚椠欧铅几商讨,夏声周雅要扶持。剧怜才地堪经国,尚拥皋比作一师。

[四]心情如潮激不平,波澜入海万千横。研经乙夜悲刘向,上策长安困贾生。白日当天常自笑,吾曹入世果何成。只应化作苌弘血,碧染辽沙照沈京。

① 原稿此处空缺一字。

此诗末二句,俱见君之气节。今者君既流血成仁,可谓不违所誓,而此语反成恶谶矣。密报书,讽君回故都,为教员自活。二十五年十一月,君以所言不用,知祸将作,未几而十二月十二日西安事变起。君居北平,深隐僻巷,寂寞读书,不接一人,而生计愈困。直至二十六年阳历四月,忽获君短函,始知早已归来。乃邀君在北平东安市场内五芳斋晚餐叙谈,各罄所怀。是为宓与君生平第二次晤面,当晚回清华园。君于是夜作诗七篇,明晨邮寄宓。题曰《丁丑春二月,喜见雨生兄于燕都,感事抒情,共得七章》。诗云:

[一]未见酷相思,相见语不倦。孰谓朋友情,乃如男女恋。君颜稍老苍,服义尚强健。余岁即方刚,中心折百难。世途多阻疑,人情易冰炭。文章既累人,声名复贾怨。形迹骤相亲,恐遭敌者讪。悲欢万种肠,社稷无穷愿。如何三载离,倾襟罄一饭。

[二]胡骑践旧邦,始拏浮海舟。抱诗千百篇,寂寞无所投。公骤见许之,拟我阮杜俦。报纸为游扬,篇章遍九州。虚名耸缙绅,三载食诸侯。坐令辽遗民,琐尾稍见收。尚恨公位轻,不得为伊周。置我廊庙中,共展经国谋。即今铩羽归,重凛饥寒忧。哀吟两凤凰,相对徒啾啾。

[三]是年公四十,博学无所成。黄金渐告空,美人更见轻。虽有数刊物,复为强者争。忽忽不自适,嘐嘐以诗鸣。上揽皇古秀,旁撷西国英。至道师人文,大言启后生。灿然著巨帙,怪诡交纷呈。千里寄浔阳,想见沆瀣情。大江雨风夜,一卷身前横。展读未终篇,已觉涕泗倾。我本多感人,何况为汝攖。世人重皮毛,取醨或遗精。燕雀笑云鹏,蝘蜓狎

海鲸。所贵风与骚，悱恻出至诚。任天故多合，弊人徒自营。规规文字间，尺寸求权衡。俯视何卑哉，矮屋苍蝇声。

［四］鹿鹿西入关，上书说秦王。怀古思轩羲，辨道陈禹汤。致身讵谓难，指日登庙堂。乘时拯万民，非独私一方。白日俄沉沦，黄沙莽飞扬。荐士无景监，谗人多臧仓。脱身樊笼中，复作鸿鹄翔。悲哉彼狡龙，好修故了当。水火哄党争，同列如蜩螗。遂启枢廷疑，辞简节钺强。赤帜树崇朝，幽囚到帝皇。运移终溃决，束身伏纪纲。向使从徒断，安见今日殃？少年师黄石，颇慕张子房。谋人家国多，于己殊不祥。舌在虽能言，心残早历创。因思招隐书，故人高谊长。

［五］寻君狭巷间，见君小楼上。秃头不着冠，嗒然形若丧。疑于竹林中，窃摹此颜状。今人无其俦，修饰务时尚。峨眉爱婉娈，子弟重笑浪。矧为守玄人，门户绝倚傍。以此与世竞，何怪无一当。故应阮嗣宗，独与叔夜抗。闻君坐空轩，深宵斗星荡。高咏杜陵诗，悲声破广帐。凄于渴骥嘶，激似哀猿唱。此时眸子横，尘芥万卿相。相从虽已迟，春光犹可望。西山眉黛浓，北海夭桃放。安得洛下吟，超尘契放旷。又恐岁华凋，因循非少壮。

［六］吾闻法巴黎，其名为花都。妖姬与蛮儿，衣马相驰驱。淫佚扇全欧，风靡荡寰球。亦有咖啡馆，衰敝不可留。尘埋狭座中，文士恣歌呼。卖文得几何，倾囊付酒垆。沧海方横流，力难只身扶。其侣虽时集，其道亦已孤。声名后世有，富贵当时无。空流千载芳，不及片刻娱。相逢恨跛扈，割据市场隅。未能追繁华，聊复酬羁孤。自疑莫泊桑，或即左拉徒。古今同一辙，东西无殊途。浩荡燕京春，良宵徒尔辜。

［七］岳岳泾阳吴，倔强我所敬。一面已心倾，再见觉逾

胜。我生不妄交,有之即性命。百年三万朝,因缘与永证。呜呼自东归,寒暑易时令。闭门非绝宾,客自断车乘。食藿恒终朝,著书时及暝。窘虑僮奴知,贫遭妻子诤。寸心不见明,肆辞反为佞。以此益缄口,噤若僧入定。今昔诚何心,泛然为子应。公行略类韩,我状适如孟。倘非肺腑同,形迹焉得并。方今值纷纭,士务取捷径。主信公孙诚,众誉叔孙圣。尔辈既飞腾,吾侪宜蹭蹬。守死抱儒冠,几何不穷病。黄昏契阔深,春月皎于镜。感激不能眠,挥毫寄孤咏。

是年端阳节,君作《长句四首,用代节礼,呈雨生兄》,寄清华园。今录其第四首,三、四两句,君之最确切自状(今可作自挽联)也。

[四]沦落仍能气吐虹,欲从破虏建奇功。粗豪意气陈同甫,慷慨诗篇陆放翁。绿艾朱樱佳节里,白山黑水梦魂中。西郊讲席今何似,料得殷忧与我同。

学校既放暑假,宓函邀君同作西山八大处之游。宓于二十六年七月五日晨入城,与君(生平第三次)会于西单牌楼亚北糖果店,由此同乘北平市政府第五路公共汽车,出阜成门,在灵光寺山下。登山游谈竟日,至为酣畅。夕仍乘原车入城至西单牌楼,宓由此乘校车回清华园。而君是夜作成《西山纪游诗,录呈雨生兄》,凡五首。次日付邮寄出。宓于七月七日晨收到,欣读。而是夜卢沟桥变起,日军炮击我守军,抗战实已开始矣。君诗录如下:

[一]名山在近郊,五载未曾蹑。交臂每失之,开目不见睫。有如邻里人,形容日相接。酬酢谓有时,礼数罢修摄。一旦迫远游,八荒浪登涉。归来视所亲,疏落翻不惬。又如

东家女,窥墙露秀靥。注想意长存,深期在鸳牒。良媒偶蹉跎,同心苦未协。长恐青春消,零落花间蝶。时间万物神,遇合争一霎。知机哉吴生,书笺约游叠。九州虽未完,国步略宁贴。君子方驰驱,小人宜躞蹀。出门视目影,忽若赴敌捷。游历贵躬先,多言徒喋喋。

[二]登车(市政府公共汽车第五路)意忽壮,已若凌极巅。马达拍不停,四轮驰风烟。初如鸥浮沉,转作蛇蜿蜒。绿树交通衢,黄埃明野田。不知远城郭,但觉抛市廛(出阜成门西行)。回视人力奔,伛偻汗流涎。望尘倏不及,迟速何相悬。亦有薄笨车,泥淖行不前。蹇驴竭力嘶,劣马生受鞭。豪富逮赤贫,阶级累万千。乘坐与推挽,劳逸千百间。吾侪有何德,坐获行路安。区区物质赐,秉受犹自天。当为蛟夔幸,无暇风目怜。尔勿愁枯槁,我亦轻饥寒。且尽一刻怀,聊追长日欢。妩媚渐近人,眉痕青一弯。

[三]山石虽荦确,斑斑不碍足。山木好扶疏,青青益娱目。望望野渐低,行行寺更复。田田池上莲,疏疏崖畔竹。午桥居可怀,观堂诗待读(以上灵光寺)。下坡笑颠驴,避路畏痴犊。联步后或先,清言断还续。所喜游客稀,可以惬幽独。平生周览情,力欲穷九陆。黄金炼未成,白日忽飞逐。胡为得同心,搴裳在空谷。丈夫已壮大,报国恐不速。步履虽少劳,聊取砺筋骨。更欲占幽栖,径借山僧屋。著书耗青春,采芝惊世俗。辽东管幼安,关西李二曲。高隐有两三,已足壮民族。何必谢东山,始为天下属。不见王介甫,翻作苍生毒(自灵光寺上,历三山庵、大悲寺)。

[四]危阑临大壑,古寺依山腰(龙王堂,即龙泉寺)。群木夏葱茏,殿角风萧萧。僧者亦夙识,煮茗为见招。谁言山

中寂,雄谈如海潮。或辨儒与释,或议桀与尧。或笑竖子骇,或悯齐民凋。或骂世儒卑,或讥薄俗嚣。或伤众芳芜,或忧独行焦。或惜美人去,或惊芳序消。种种絮无穷,一一难具描。但见齿颊动,辩舌流滔滔。青天为抵听,群籁亦自调。俯首视尘寰,墟落青白交。万田列棋局,远郭烟迢迢。仙凡瞬息殊,何必升丹霄。平时拘国论,言语多所胶。矮屋语音低,犹恐逻者遭。即此得放言,肆意绝科条。云山无耳目,林泉无讥嘲。造物视吾人,儿女相戏呶。乃知真自由,要在虚无郊。流血争民权,无乃身徒劳。尚惜光景匆,未得究根梢。留此未尽情,以为他日邀。一刻得欢娱,千年转寂寥。何如刘与阮,归忆天台桃。

[五]吟诗雕肝肾,定知神鬼愁。登山造险艰,又恐风云羞。最上寺益佳(历香界寺,至宝珠洞),高踞岩之幽。崇崖白日蔽,宝洞阴风浮。立阶一回瞩,亦可览九州。禹昔作土贡,大国如金瓯。历世二千年,恢廓盖有由。金元虽跋扈,族类犹我侔。奈何六载间,万里失咽喉。封蛇坐自大,方肆无厌求。残削到燕山,能复几日留。当今贤俊列,智勇各进筹。终无尺地还,天意非人谋。忆昔守边将,叱咤骄诸侯。运移宗亦覆,降为阶下囚。人事变如此,遗孑长飘流。安知绍兴后,不与景炎休。斜阳默无言,背客垂其头。《怀沙》暂未能,惝恍赋《远游》。

[六]远山山影淡,近山山影浓。浓淡交相间,设色如画工(此首归途)。回首望婵娟,盼睐疑相从。惘惘意有失,依依情何穷。道旁禾黍长,草树香蒙蒙。日色漏时出,蝉声咽复通。高粱节渐坚,豆叶青蒙茸。野景纷触眸,缅然忆辽东。多君重我诗,曼吟倚车篷(乘人力车,入阜成门)。导我

西山游，送我至城中。六街灯火深，枵腹归黉宫（宓自西四牌楼乘汽车，归清华）。何以报此情，交勉为事功。男儿生世间，不得挽强弓，奋袂赴疆场，杀敌致元戎。要当骋阔步，直前迈三公。复我禹域疆，振我华族风。安能长日下，残篇殉鱼虫。一身久不达，亲知望已慵。雷雨会有时，苍霄跃飞龙。又以文字酬，自愧非本衷。

八月二十八日战后，平津沦陷。宓入城居姑母家中，仍时往清华园。十月十三日，日军入据清华园。十一月七日，宓偕友生离平至津，航海南下，赴长沙国立临时大学任教。十月中曾见王荫南君二三次，不能多谈。时君为私立二十一中学国文教员，示宓其近作《移居》诗七律，词旨悲酸，寄托遥深。宓濒行，又承相送，遂成永别。二十七年在昆明，见故都报纸，有“一叶”君论文学，颇赞许宓，心知系君所为。呜呼！缘尽于此，不烦赘词。世之负气节而真爱文学者，读兹所录王荫南君之遗诗数篇，可以知君之才与志，而并知宓之悲矣。

——本文原载于1947年2月10日出版之《武汉日报·文学副刊》第9期。括号内所有文字，均为吴宓所加。此次刊出时，据王挥宇君所存旧报，个别文字，稍有改动。

悼诗人常乃悳先生

近各报载中央社成都电：中国青年党国府委员常乃悳[①]（按即德字）先生于七月二十六日晨七时半在蓉病逝。……常氏平日生活俭约，毫无积蓄，身后极为萧条。（按此在常君实真确而非门面语。）邓主席立拨治丧费三千万圆云云。次日，蒋主席赐电唁其家属，亦见各报。

然常君之为诗人，其诗已臻精上，则世人知者不多。使非近者荣任青年党国府委员，则常君逝世消息，恐亦难见之报纸。呜呼痛哉！常乃悳，字燕生，山西榆次县人。北平国立师范大学史地系毕业。今年逾五十，近年任成都齐鲁大学等校教授，零星著作甚多。中华书局出版之《吴宓诗集》卷末一八四至一八六页《空轩诗话》录常君二诗，如下。

（一）《翁将军歌并引》[②]

上海一·二八之役，国人识与不识，皆知有旅长翁照垣者。翁守闸北，率先应战；守吴淞，凭废垒与敌死拒，屹然不为下。及师解，又殿军整旅而退。十九路军之辉誉于世界，

① 常燕生（1898—1947）。又名乃悳，山西榆次（今晋中市辖区）人。北京高等师范毕业，曾任燕京大学、山西大学、四川大学、华西大学、齐鲁大学教授，爱国中学校长，《国论》月刊主编，《新中国日报》总主笔。1925年加入中国青年党，为第一至第四届国民参政会参政员。1947年任行政院政务委员，旋被选为国民政府委员。

② 此诗吴宓曾作注释，并为清华学生讲授。

翁之力盖多矣。闻其人沉默寡言,尝旅学欧日,于军事无所不窥。近以勋名为僚辈所挤。解职游海外。余惜其去,又为国家伤将材也,因作为歌诗以追送之。余与翁非素识,所言盖天下之公言,非以为私,故但寄知者,不复示翁。

李公昔驻春帆楼,旌旗破碎鱼龙愁。小儿弄舟嬉东海,欲断鳌足覆神州。修罗伸臂自天外,始遏贪吻完金瓯。当时经营颇惨淡,岂谓时会非人谋。榱崩栋折三十载,坐见沧海生狂流。高牙大纛裂疆土,赤眉铜马皆通侯。玄黄龙战日盈野,气尽亚美凌非欧。岂知卧榻有乳虎,磨厉渐欲吞金牛。潜师一夜入下蔡,万里膏腴森戈矛。三军禀令令曰遁,暮渡辽水朝滦州。此时元戎尚镇静,罗列丝管评清讴。中朝大官亦解事,卧阅陵谷百不忧。弭兵惟恃向戌舌,捐地未觉珠厓羞。扶余渤海吾故土,汉唐余烈垂千秋。尔来流民岁百万,斩伐蒿艾植松楸。卢龙塞断蠮螉绝,太息烈士无田畴。将军奋身起南纪,志挽日月回山丘。男儿报国自有道,毛锥弃去着兜牟。东穷扶桑西碧海,上研飞鸟深潜虬。归来风雨漫祖国,巫祁正待庚辰收。吴淞江头夜一弹,杳杳天际遮飞舟。沪人噤立色欲死,朝命仍拟和夷酋。将军长啸指须发,剑气喷薄如龙浮。乾坤一掷箭脱手,眼底势欲无仇雠。云蒸雾郁顷刻变,迅流转石雷鞭幽。袒怀白刃向前去,以血还血头还头。长江万里锁废垒,将军立马寒飕飕。兼旬环击不得下,伏尸百步惊沙鸥。沪人咋舌忭且舞,奔走僵汗吟啾啾。挈壶持糯供前线,后归中继无停留。兵残弹尽援不至,犹以殿退庇同仇。呜呼!君不见,廉颇、李牧、赵良将,生为逋客身羁囚;又不见,长城自坏檀道济,时人悔唱白符鸠。骑驴湖上岂得已,乘风聊作扶摇游。豺狼在邑狐在室,虽有奇志安能酬？天凝地闭万物死，穷寒野哭多鸺鹠。义军十万解甲去(原注:时苏炳文部甫自满洲里撤退。马占山、冯占海、唐聚五部等已先后溃退，东北义军垂垂尽矣)，白山黑水余荒陬。请君为我回辄迹，再整壮士成貔貅，为君勒石刻琉球。

宓按，此歌气格高古，旨意正大，深厚而沉雄，通体精炼，无懈可击。其序系仿杜甫《同元使君春陵行》，其诗亦直追少陵及唐贤。惟予细读之，觉其肖李义山《韩碑》诗，疑作者必于此规抚。至若香山与梅村，皆欲突过之而不屑追步者矣。统观"九·一八"后两年中，南北各地叙记国难之佳篇，应以常君此歌为首选。

(二)《论新诗》

物穷则变新机起，天演枢缄乃系此。余流震荡及文辞，亦复波兴而云诡。四言昌周风变雅，楚骚汉赋开新纪。建安风骨五言强，六代汲流敝则靡。堂堂李杜并时出，启后恢先称二美。元轻白俗贺仝奇，唐之为唐岂一轨。宋人作诗如说话，微觉着迹缘障理。元明逮清等蝉噪，罗列巴讴娱里耳。近来诗派盛西江，咀嚼空螯钝牙齿。不然古艳张六朝，剽窃生文吓新鬼。国乱民偷物力尽，安有精华泄文史。休言博大与雄深，即论偏师亦无几。绩溪博士(胡适)出新意，乞取欧芭续华蕾。著论恢奇动万言，一编《尝试》从兹始。诗人学士本殊道，论虽可取诗不似。大辂椎轮未可訾，君之所长不在是。《草儿》(康白情作)同出胜《冬夜》(俞平伯作)，颇近自然吾所喜。小诗独步有冰心，或谓《繁星》过《春水》。偶然印象非不佳，千篇一律则厌矣。以词为诗刘大白(其诗有《卖布谣》《秋之泪》《丁宁》《再造》等)，解放但觉不澈底。金莲衬底作旗装，步步生姿反可鄙。沫若(郭沫若，诗集曰《女神》)挺出颇尚气，志欲雄肆力不企。譬如寸寸挽强弓，天之所限划然止。从来真力在骨髓，不在行间与字里。汪（汪静之：其诗曰《蕙的风》《寂寞的国》）、徐（徐玉诺：其诗曰《将来的花园》）抒情尚热烈，但伤稚弱欠炼洗。《渡河》一集（陆志韦作）亦平平，偶有佳什糠间米。白屋诗人（吴芳吉）能立意，意胜未觉词为累。但惜新旧互杂糅，有似西装蒙西子。风会初成体未健，纷纷诗国茁兰芷。小草虽殊乔木材，蓬然生意非僵死。不知何人翻新调，掇拾螺蛤当甘旨。作诗一行定几字，为就敝屣割拇趾。长行字数逾廿余，其中一半为的底。语法俗事不足道，意快不辞朱易紫。楼台七宝装片段，挝鼓三通乱宫徵。居然风气倾市朝，此圣彼哲互比拟。别有文学号大众，口号宣言动满纸。没落篇篇布尔乔，意识个个普罗里。农工瞠目惊符咒，智士扪舌怕捣毁。倘能以此命为诗，歌诀《汤头》尽苏李。吾论新诗如新树，乔木千章起根柢。须令雨露灌柔苗，莫使蝗蛹伤嫩蕊。今之新诗甫十稔，已见萌芽啮蝼蚁。旧统已溃新未成，诗运国运亦同尔。何人起衰振绝代，巨刃摩天创壁垒。歌诗要歌民族魂，不作呢喃儿女体。雕饰去尽露天然，余味醰醰似醇醴。民谣蒙诵皆材料，读到老妪都可解。有诗如此始真诗，此意河清恐难俟。眼高手低古所讥，吾责诸人无诸己。我诗似论不成诗，但借古风抒鄙俚。诗成雪泪望将来，早见韩潮与苏海。

宓按，此篇议论正大，而格调高古，有清新自然之致。以上二诗刊布后，久久，予始得晤识常君。盖宓先读上二诗，为登布于天津《大公报·文学副刊》，然后始得与常君晤识定交。深佩其人渊雅静穆，而性情诚厚，纯然文士，绝异政海中人物也。君旋作《故都赋》并序,予以刊登民国二十二年五月二十二日《大公报·文学副刊》。其日正值日军进逼,北平危急,而我签《塘沽协定》,乞盟城下之时。故宓评谓:“此赋有关于历史国运者至重。盖今之《哀江南赋》,而又能真切详尽,包举无遗者也。”文长不录。

君旋回太原,居二三年,曾函寄所作近体诗,佳者极多。中有七律咏西安事变,宓尤服其立论之严正与隶事之精切,与瞿宣颖君之《上源驿行》七古可以媲美者也。

抗战多年,宓于民国三十三年十一月至成都,乃获访常君于南门外小天竺街邮局旁小巷内齐鲁大学教授宿舍第八宅君之寓所,得读其近作诗稿。十二月十二日,邀君与刘泗英兄(由渝至)李翥仪、蓝雅南二女校长便酌。君晚归作《雨僧兄招饮宴宾楼,赋感,并呈同席诸公》,诗云:

> 华发黄金两暗消,故人濯锦喜招邀。池鱼犹许成三聚。煦沫相存更几遭。剑外乌蛮传檄定,座中白堕称情浇。蜀弦未敢传愁意,接席何人按六幺?

时日寇陷桂林,进至独山,贵阳危急之后,甫趋稳定,故五句云云。常君礼貌清癯,风神淡远,颇似陈寅恪。使常君不亲政治,长为教授,安居幽处,或可不损其天年乎。此后在蓉年余,只晤一二次。常君曾宴宓于小天竺街中和餐厅,而“煦沫相存更几遭”,交期遂尽于此!今极望常君同党诸贤友,能搜寻其平生所作诗(极少),编为一集而印布之,使世人勿忘常乃悳之为诗人也。

——本文录自1947年8月4日出版之《武汉日报·文学副刊》第33期,个别文字据作者原稿略有改动。

《清华学报》第四卷第二期

《清华学报》第四卷第二期，已于民国十六年十二月下旬出版，并未愆期。该期要目如下：《汉三大乐歌声调辨》（朱希祖），《图式音标草创》（刘复），《由甲骨文考见商代之文化》（陆懋德），《童受喻鬘论梵文残本跋》（陈寅恪），《宋辽之关系》（王桐龄），《再论智慧发育的公式》（陆志韦），《三十年天津外汇指数及外汇循环》（何廉），《家庭工资制度》（李景汉），《清华学校大礼堂之听音困难及其改正》（叶企孙），《介绍与批评》十篇。

《清华学报》系北京清华学校所编辑发行，总编辑陈达。年出二期，为一卷。每期约二百余面，售价六角。宗旨为研究学术，注重材料之搜集与考证之精确。其内容之范围甚广，而以历史经济及自然科学为主，每期不乏长篇佳作，惟皆属于考据与调查，至文艺及评论思想之作，则不之及。该学报于排版形式极为讲求，校对尤为精细。如本期陆君文中多用甲骨文字，何君文中附表约二十面，均系数目字，而绝少错误。在今日中国印刷界出版物中，洵为不易得也。惟以吾人所见，有二点颇可商榷之处。(一)该学报文字横行。惟不曰民国十六年十二月，而必印为"民国一六年一二月"似属未合。盖即以英文惯例论，平常行文，应曰 twenty three，至列表简书之时，乃作23。今一概以列表及简书例行之，毋乃不可乎。(二)该学报力主精确，言必有据，故每页之下端详列小注。所引之书，必叙明其为某种版本某书之第几叶。然于极普通极主要之书，如此行之，反不便于读者，如云《汉书·艺文志·杂家》，或《文选》左太冲《咏史诗》，人皆知其出于何处，今乃曰“《汉书》卷二十一第七叶金陵局本”或“《文选》卷二十一第四叶汲古阁本”，徒增读者检寻之劳。有时或但著卷叶，不言版本，则更令人茫然矣。此则拘泥太过，有须改良者也。

本期该报所载朱希祖君《汉三大乐歌声调辨》一文，略谓汉之《安世房中歌》十六章，《郊祀歌》十九章，《铙歌》十八章，皆非中国旧有之雅乐，乃从别国新入之声调。析言之，则《安世房中歌》为楚声，《铙歌》为新声，即北狄西域之声。《郊祀歌》之《日出入》一章为新声，余十八章为楚声。语其性质，则出自南方之楚声。其歌辞皆整齐简短，近于骈文。而黄河流域所产生之雅乐，则歌辞句法较为长短参差，近于散文。若北狄西域传来之新声，其句调最为变幻无定，有时至不可读。有汉一代，武帝以前多楚声，武帝以后多新声，而雅乐则无人顾问。哀帝、献帝时两次欲复兴雅乐，均遭失败。民间流行之乐歌，不外楚声、新声二种，由此而两汉乐府诗之声调亦大概明矣云云。按考据之文以明显为首要，世所谓朴学经生之文，往往流于晦涩高古。若此篇说理辩事之明晰，实为可取。今人每致憾于中国无完善之文学史，然欲文学史之著成，必先赖多数学者，将各时代之各种问题，一一研索，得其真相，成为定论，然后集合而编纂之。若砖石材料购办未齐，安能建屋？如朱君此篇，所考虽只一事，实可谓之有贡献也。虽然，人之性行各异，世固有记诵未极繁博，考证未极精确，而其人目光远大、思想锐敏，能洞见中国古今文学源流变迁之大势，而与西洋比较，便可得明晰精辟之结论者，此其人而欲立时著作中国文学史，则亦未尝不可，虽有疏漏，众人固可为之补正。吾人之意，盖谓学者各有所长，宜各展其才能而互相裨助，不宜骄矜自满，以己之所能，笑他人之不能也。

陆懋德君之文，系采集罗振玉、王国维诸家考释殷墟甲骨文之说，分类罗列，为礼仪习惯、家族社会、宫室居住、饮食衣服、器皿工具、职业生活等，以显明商代文化之各方面。惟吾人之管见，以为甲骨文字与两周金文不同。甲骨文字之完整者至少，大都首尾不具。即完具者，亦以古代文字简阙，今人多无由证明其确义所在。罗振玉氏《殷墟书契考释》所释字之确当者固多，其单文孤证，须加以二重证明者，盖已不在少数矣。民国十六年夏罗氏所刊印之重订《殷墟书契考释》，已增订不少，可知考释文字之不易，而未可以穿凿说之者。陆君文中所言，大都据罗氏所释，其单文孤证各字，亦不能加以两重证明，反牵强附会而引伸之，如释纾即孙字。又谓商时已有妃妾之别。按妃字虽见于金文，如苏卫妃鼎。此妃字实即己姓之己字，乃己姓之女而嫁于他国者，故加女旁耳，非如后世之所谓妃也。妾字之解，是否为姬妾之义，亦不能知。凡此种种，均不能以后世之说绳之。商代去古辽远，文献不能详征，亦自然之势。学者于所不知，当存阙疑。昔日人林泰辅，为甲骨文中地名之研究，亦至审慎，仅谓其地名有合于后世载籍所见者，非敢断定即后世之某地也。较之陆君态度之不同，固有间矣。

陈寅恪君关于佛经译本考证之作，文虽简短，实为精湛。古代东方文字之研究，近今德、法各国学者，虽有致力而多发明者。我国人为此绝学者，则就吾人所知，陈君而外，未见其人。而陈君湛深国学、取证旧典，是又能为西洋学者之所不逮者矣。本篇大意，谓鸠摩罗什所译马鸣菩萨《大庄严论》，世以为此书在中文之中惟存孤本。而近者德国路德施（Luders）教授，于德人在龟兹所发见之梵文佛经中,发见《大庄严论》之残本。今据考证,知大庄严理论即童受之喻鬘论。而《至元法宝勘同录》卷九所载,庆吉祥等曾见此经论藏文译本,并列梵文音译之名。该藏文译本必系译自中文,而实不足为藏文别有一本译自梵文之证也。又就此经梵文原本与鸠摩罗什之译本对勘,则知鸠摩罗什译经之法,不逐字逐字直译,而或删去原文繁重,或不拘原文体制,或变易原文,另取读者所共知之事物,以代原文之例证。此其译文之所以精绝也云云。按此可为吾人今日译西书之所取法者矣。

王桐龄君《宋辽之关系》一篇,殊见草率敷衍,所叙皆普通历史教科书中应有之事实,毫无新材料、新发明。而每页底栏之小注,所引参考书大半标明王桐龄著之东洋史及中国史,甚至谓地名可按照笔画多少查《辞源》云云。未知此文为何种读者而作者乎?

——本文原载于1928年1月9日出版之《大公报·文学副刊》第2期。

《学衡》杂志第五十九、六十期

《学衡》杂志系《学衡》杂志社编辑，中华书局发行。该社社员散在各地。该杂志总编辑吴宓，通信处北京清华园邮局转交。该志出版已满五年，月出一期。近复将以前各期再版。整部廉价出售。第一至第五十期每部实价十元。第一至六十期每部实价十二元。邮费及挂号费在内。欲购者须汇款交该志总编辑，即为寄上。以上均见该志所登广告。此志形式上之特点，为(一)除小说、戏剧外，纯用文言，不用白话；(二)不用新式标点，只用旧式圈点。至其内容，则介绍西洋思想，翻译西洋文学名著，与整理国学，阐明道德并重。其"文苑"一门，每期选录时贤新作之古文及旧式诗词(翻译西诗亦用旧诗体)。至新式之诗，则未见登载。

该杂志第五十九期及第六十期，近同时出版。细绎内容，知其付印已在近一年以前。第五十九期之内容，前半为向达译亚里士多德《伦理学》卷九、卷十。全书兹已译完。按亚里士多德《伦理学》不但为西方名著，亦且为欧洲人二千年来道德行事之根据。今兹译成，实为幸事。吾人但就其卷九"论友爱"一篇，以常人之眼光细观之，则觉其描述人情物态至为真切而分析道德及行事之动机，尤权衡至当，精细周密。以中庸为实行道德之标准，以玄想生活为人生至乐至善之境界。此乃亚里士多德《伦理学》之二大发明。论者每以此书比中国之《论语》，窃谓就其立教之大旨论,亚里士多德与孔子固甚相近似。若以其书之体裁及方法论,则《伦理学》重分析,《论语》重经验。《伦理学》悬一标准造一系统以探求人生全部之真相,《论语》则为已窥见人生全部真相之后,藏之胸中,而但因人施教,举一端以相示。前者如医书,后者如药方,然皆非名医不能造也。合此二书而体会之,则诸多道德问题均得解决,而生活苦闷可以涤除矣。吾人甚望亚氏《伦理学》能印单行本。又昔见该杂志译登《柏拉图语录》已有数篇,苟能并将Phaedrus篇译出[①],则《柏拉图语录》最重要之部分已悉具,而可应普通人士之需求矣。

第五十九期之后半(占全书篇幅三分之二),为(一)吴芳吉、(二)胡文豹、(三)胡步川之《西安围城诗录》,各数十篇,附吴宓之《西征杂诗》一篇百零五首。又有吴宓之《西安围城诗录序》,说明原委。诸诗皆作于民国十五年西安围城中。(吴君之诗曾登《国闻周报》。)而此册出版之日,适当涿州围城方急而未解围之时。天祸中国,战乱靡已,两相比较,可为痛伤。未知涿州城中亦有如是之诗否。(如有之,本志愿代为发布。)诸诗论才气以吴芳吉君为首。其《壮岁诗》一篇,长三千字,虽不无冗蔓之处,而精力弥满,所希见也。论工力则以胡文豹君为深,其《续秦中吟》等篇,上追

---

① 《柏拉图对话录》之五《斐德罗篇》(Phaedrus),旋由郭斌龢君译出,刊于《学衡》杂志第六十九及第七十六期。吴宓于《学衡》第七十六期《斐德罗篇》译文后,作有编者识语如下:“按《柏拉图语录》最重要者五篇,本志皆已译出。其名列下:(一)《苏格拉底自辩篇》(Apology)登本志第三期。(二)《克利陀篇》(Crito)登本志第五期。(三)《斐都篇》(Phaedo)登本志第十及第二十期。以上三篇景昌君译。(四)《筵话篇》(Symposium),登本志第四十三及第四十八期。(五)《斐德罗篇》(Phaedrus)登本志第六十九及第七十六期。以上二篇郭斌龢君译。郭君治希腊文十余年,又留学美国哈弗大学与英国牛津大学,研究希腊拉丁文学。译时曾取希腊文原本与英文译本细为对照。又五篇皆由编者复校增注。此外《柏拉图语录》最重要者,尚有《理想国》(*The Republic*)一篇,则已有吴献书君译本,民国九年商务印书馆发行。(每部二册,定价一元五角。)列入尚志学会丛书。吾国学者,苟取以上各篇细心研读,则必深有所启发,而略窥人生之究竟与欧西文明之本原,何幸如之。”

香山西堂，而所写皆目前实事实景。自然流利，俨同白话，而实融化前人诗文成句，圆转浑成，不着痕迹，甚难能也。胡步川君之诗造诣较浅，颇嫌平直，然亦真挚可取。吴宓君之《西征杂诗》，以律诗作日记，合百余首为一篇，结构严整。章法完密，写景详切，叙情真挚，是其所长，但篇中瑕瑜互见，空疏粗浅，率尔吟成者颇多。苟能再加锤炼，材料不减而篇幅缩小，又详细推敲，处处务求合于声律，则较今当有进也。前三君对于西安围城，由正面实写，吴宓君则持京沪及外国之文明安乐与此中之野蛮痛苦较，且以昔年之熙攘丰和与今日之丧乱贫苦较，系由旁面反映，尤宜合刊为一集也。

第六十期之内容，以小说为主，陈钧译福禄特尔[①]之《查熙德传》(*Zadig*)完。该志译福禄特尔小说此为第三种。以前所登之《坦白少年》(*Candide*)即徐志摩君所译为《赣第德》者，而其译成较早。此期又有胡徵撰之长篇小说《慧华小传》，叙北京女学生生活，颇饶趣味。其文笔及意境似近旧小说，与时下新体不同。其结构之缺点，则末段嫌太凑巧。假使书中男主人之真姓名发露只早半小时，则男女两人均可不死，亦遂无此悲剧矣。外此则有王国维氏遗著《黑车子室韦考》，黄节氏之《晦闻丙寅诗》，缪凤林《评王桐龄新著东洋史》等篇。又有黄遵宪氏(公度)光绪十七年六月在伦敦使署所作之《人境庐诗草自序》，为家藏未刊遗稿，亦足珍也。

据本期所登启事，该志自六十一期起，暂改为两月一期。年出六期。志费连邮费，国内及日本，每期三角，全年一元五角。欧美各国每期四角，全年二元云。

——本文原载于1928年2月18日出版之《大公报·文学副刊》第7期。

① 福禄特尔，今译伏尔泰。

创造社三种刊物

在中国新文坛上独树一帜之创造社，原有《创造季刊》与《创造周报》两种定期刊物，后皆因故中辍。继而该社自行集股组织出版部，乃有《创造月刊》之发行，规模略如以前之《创造季刊》，惟不能按月出版。据吾人所知，今仅出至第一卷第八号，兹将本号目录列下：(一)麦克昂之《英雄树》、(二)郑伯奇之《抗争》(剧)、(三)段可情之《一封退回的信》(小说)、(四)张资平之《青春》(小说)、(五)冯乃超之《凋残的蔷薇》、(六)赵伯颜之《牛》(小说)、(七)蒋光慈之《十月革命与俄罗斯文学》(续)、(八)穆木天之《维尼及其诗歌》、(九)(十)许辛之与方璧君之插图各一幅、(十一)王独清之《貂蝉》(剧)、(十二)王独清之《余谈》。

近今该社文字，含有无产阶级文学之色彩，固属显而易见者。此号卷首之《英雄树》即为对于有产阶级专买爱情之杂感。郑君之《抗争》一剧，写英帝国主义者兵士之蛮横。段君之《一封退回的信》，写旧社会所造成的爱情悲剧，为出力之作品。张资平君之小说，近方于结构上努力，本号之《青春》(尚未登完)大抵为近于自然主义之爱情小说。赵伯颜君之《牛》，写一洋车夫受金钱之压迫与引诱而死，暗示有产阶级垄断爱情之罪恶。此虽为有主义之文学作品，惟文字多注意于表现事情，少抽象之理论，是其艺术比较高明者。王独清之《貂蝉》，本号仅登一幕，以新思想编历史剧，总觉有不自然之感，惟其中西施一曲，镕新旧体诗于一炉，词意均胜也。

创造社近来又将《创造周报》复活，另有《文化批判》月刊之编行，其目的在介绍纯正思想，批评实际问题。二种皆定一月出版，惟吾人均未得见也。

以上三种定期刊物，皆由上海北四川路麦拿里创造社出版部发行。《创造月刊》每册二角八分，半年一元六角，全年三元。国内及日本邮费在内。《周报》每期五分，全年五十期，二元二角，半年一元二角。邮费全年一角五分，半年一角三分。《文化批判》月刊购定办法与《创造月刊》同。

——本文原载于1928年2月18日出版之《大公报·文学副刊》第7期。

创造社刊物续志

本刊第七期介绍创造社三种定期刊物，谓有《创造周报》将复活，近悉该《周报》未能刊行。仅有《文化批判》月刊，第一期业已出版，内容大都为讨论社会经济，及文学批评等问题，思想仍偏重于社会革命，而反对资本主义。又《创造月刊》第九期亦已出版，本刊限于篇幅，未能逐一详叙也。

——本文原载于1928年3月19日出版之《大公报·文学副刊》第11期。

《一般杂志》

《一般杂志》由上海开明书店印行，立达学会编辑，主干原为夏丏尊君，近改方光焘君。本定月出一期，合四期为一卷，但未能按期出版。第一期发行在民国十五年九月，至今仅出至第三卷第三期（十一月号）。各期封面，依其出版之月称某月号，检查时不甚便利，不如改题某卷某号，较为明了也。

该杂志之态度与内容，于其第一期启事中宣称为公开的超然的民众化的出版物。又谓以趣味为主，以期供一般人的阅读。统观各期文字可见其大体名实相符，且自有其清淡平实之风，为该志之特色。各期关于文学、哲学、社会、美术、自然之文字均有之，而以文学及书评为较多。兹就其最近一期（第三卷第三期）中之内容，略述数篇如下：

李石岑君之《缺陷论》，以各种事实与学说，释明人生之不能不有缺陷，而人生之意义正在乎有缺陷。议论赡博生动，可以破除一般花好月圆人寿之俗见。惟此为一普通论文，不足为精密之学说。其中似有模糊影响之处，如李君谓老子之知荣守辱，孔子之乐道安贫，以及曾文正公之求阙，皆欢迎缺陷之苟安企图。此说未免望文生训。盖老之辱，孔之贫，曾之阙，在哲理上，皆不认为人生之大缺陷，而世俗蝇营狗偷之安富尊荣，乃所谓真正之缺陷也。其上文所引《庄子·人间世》《德充符》中所述之畸形人，正以明世俗所谓美恶优劣观念之浅薄狭隘,见得人情物理中无用之用,与守辱安贫求阙等观念相似。李君乃以此等畸形人为特殊境界之病态人,以与天才近于精神病者之学说相引证,则未免近于附会矣。

方欣庵君《词的起源和发展》一文,为所编《中国文学史》中之一章,对于词之初期历史,作有条理之论述,甚便初学。张凤君之《考古琐言》第一节"数字原始",有新颖之见解。心如君之《供状》,为个人杂感,其事虽平凡无奇,但在今日中国社会中,谅不乏同感者。绶百君之《实验室窗外》第一节,略述个人及外国研究浆糊之情形,可见真实之科学研究,良非轻易。第二节略述外人研究中国之景教碑,吾辈以国学自负之中国人,不免有愧色也。

张望君之《九呼》,为类乎书信之哀情小说。文中大部为描写心理,事迹较特别,情致亦曲折深切,乃矜意之作。但亦有描写过当之处,如写女子之美貌,未免流于中国旧小说刻画之俗套。

此外该杂志第三卷第二期(十月号)中,有章克标君《芥川龙之介之死》一文,对于芥川氏之自杀,有亲切之说明,并言及王国维先生之死,与芥川氏之意义相似,亦非附会之说。然此中情理,固非一般以常识衡量人物者所能领会耳。

——本文原载于1928年2月18日出版之《大公报·文学副刊》第7期。

述学社《国学月报》"王静安追悼专号"

北京述学社系陆侃如、杨鸿烈、徐嘉瑞、储皖峰、林之棠、姚名达、张为骐等所组织。该社所编之《国学月报》,创刊于民国十三年,出有《诗经》、《楚辞》、陶渊明等专号,后汇印为《国学月报汇刊第一集》。自第二卷起,由北京朴社发行,总代售处北京景山东街十七号景山书社。该报第二卷第八、九、十号合刊"王静安先生追悼专号"近已出版,内容之重要者为王静安未刊遗著《古史新证》等篇,及耘僧之《王静安先生整理国学之成绩述要》、储皖峰之《王静安先生著述表》、赵万里编《王观堂先生校本批本书目》、姚名达之《王静安先生年表》等。编成颇费时力,材料搜罗可谓详备,甚便读者,惟评论之作较少。

自王静安自沉后,国内出版物尚罕见能仿西国评传之体例,合王先生一生之学问著作及经历、思想、生活而综论之者也。吾人观王静安早年评《红楼梦》诸作及其所为词,盖已视人世为恶浊而谓生活为苦痛。其后毅然毕命,从容不迫,此正如太史公所云蝉蜕于浊秽以浮游尘埃之外。推王先生视死如归之心,不特"流俗恩怨荣辱,委琐龌龊之说,皆不足置辩"。(陈寅恪《王观堂先生挽词·序语》,此诗及序最能道出王先生心事。)即彼生时情况日常琐事,衣饰举止,交际言谈,亦不欲世人屡屡忆及,若更形之笔墨,资为谈助,虽系后死友生敬仰追思之诚心,实非王先生高蹈远引之本怀,而不足为先生荣者也。夫琐屑描摹,绘影绘声,纤悉并载,原系近世著作之风气,惟施之王先生似未尽适合。在爱敬王先生者,正宜取其精神而遗其形迹可也。至如上海出版之《文学周报》所载顾颉刚及某某等人之文,其谩骂诋諆及揣测离间之语,尤非对于如此高尚孤洁之学问家所宜出者矣。

——本文原载于1928年2月6日出版之《大公报·文学副刊》第5期。

《燕京学报》第二期

《燕京学报》系燕京大学所编辑发行，由该校教授担任撰述，而校外投稿亦并登载。编辑主任容庚。年出二期，每期售价五角。发售处燕京大学图书馆及北京景山书社。该学报“以发表研究中国学术之译著为主旨”，体例形式及内容悉仿照旧日北京大学之《国学季刊》，材料甚为精实。其第二期已于民国十六年十二月下旬出版，较第一期更为进步。第二期中各篇今分论如下。

陈垣君《元西域人华化考》为近年对于中国史学界大有贡献之著述。其上半部载北京大学《国学季刊》第一卷第四号。陈君为中国现今史学家最有资格与希望者之一，其治学方法精确而有条理，绝异伪托科学方法以自炫饰者。其专治之范围则为中国历史之与外国、外族、外教之有关系者，故能卓然有所发明。本篇罗列元代西域人或色目人之濡染浸淫中国教化、礼俗、美术、文学者，以后天所获与华人所独者为断。凡得百二十有一人，一一考其事迹，叙其著作，由此可见元时中国文化传布之广、影响之大。盖自辽金宋偏安后，南北隔绝者三百年。至元而门户洞开，西北拓地数万里，色目人杂居汉地无禁，所有中国之声明文物，一旦尽发无遗。西域人羡慕之余，不觉事事为之仿效。丧葬祠祭、宫室居处，咸模华风。而论者每轻视元之文化，盖以元享祚不及百年，明人又席战胜之余威，挟种族之成见，视如无物，或加嘲戏，甚或以元之文化归功于南宋遗民,实属失当。夫若以元之全世与汉、唐、清初之百年相较,则元岂必逊之,况元人并不轻视儒术及文学。王世祯论元代色目文人,谓其事功、节义、文章彬彬极盛,虽齐、鲁、吴、越衣冠士胄何以过之?实至平允。元人自论其时代之文化,比之成周,谓其一时鼎盛,无远弗届。细征史迹,方见其然。陈君书出,后之论列国史者,当不更弁髦此部分矣。

冯友兰君《孔子在中国历史中之地位》一篇,先引据旧籍,证明孔子并未著作,亦未删正六经(或大义),但谓孔子之价值自在,非即碌碌无所建树者。盖六艺乃当时名贵之典籍学问,受此教育者仅限于贵族。至孔子出,乃推而广之,凡自备束脩而来学者,无不以此教授。其时讲学者皆各以其一家之新学说传授门徒,而孔子则以自古传来之公共学问(六艺)教人,且以各种学问同时教人,目的在养成可为国家社会服务之完人,所以为大教育家。由是孔子在中国历史中之地位可简言如下:(一)孔子是中国第一个使学术民众化的,以教育为职业的教授老儒。他开战国讲学游说之风。他创立(至少亦发扬光大)中国之非农、非工、非商、非官僚之士之阶级。(二)孔子的行为,与希腊之“智者”相仿佛。(三)孔子的行为及其在中国历史上的影响,与苏格拉底的行为及其在西洋历史上的影响相仿佛。(以上三条录原文。)按义理与考据之学,截然两事。吾人不当以历史事实偶有摇动,发见穿错误漏,而遂谓昔之人物与理想均无价值,亦不当以欲尊重或诋毁昔之人物与理想之故,而变乱事实,虚造证据。孔子在昔之中国,为种种道德理想之所寄托。昔人之尊敬孔子固亦有过当而盲从者,而今人则专以攻诋孔子为能。先有成见在胸,本此一定之目的,搜寻各种证据,推勘文字,比列事实,以明古来传说之不足信,而孔子可以推倒。此则吾人未敢赞同者也。若冯君此篇,考证明确,持论平允,以二事分别进行而不相混，殊为可称者矣。冯君以孔子拟苏格拉底，甚为适合。其他如说明《易经》中之“天”与《论语》中孔子所言之“天”之观念之不同，亦甚精当。原文具在，读者取观可也。

许地山君《道家思想与道教》一篇，略谓道家（道德家）思想乃与汉族文化同时产生，而与儒家皆源出于《易》，主张弃绝仁义归于自然之道德生活。初本与道教无直接关系。道教思想远源于术数及巫觋的宗教，其终乃采用道德家之玄学，卒推演而为后世之道教。历举阴阳、五行、气运、建除、干支、风水、长生、炼丹、飞升诸事，以明其流变递嬗之迹，甚为详备明显云。

黄子通君《朱熹的哲学》一篇，略谓朱子言太极，太极者天地万物之理也，包括现象（气）与实在（理）。其谓太极非有非无，而以有无交相为用，与亚里士多德之方式（form）与质材（matter）之说相同。此实为朱子卓然之大发明，非尽源于印度之佛学也。（以上喻宇宙。）朱子谓性即理也，亦即天也，命也，道也。惟性就主观言之，理就客观言之。犹康德所谓主观世界中义务之觉悟与客观世界中之理智性。朱子之性与情，乃质材与方式之区别。性乃人生哲学中之本体，而情则其现象也。至若朱子之所谓心，乃统性情而言，犹今所谓人格（personality）。又近于伦理学之良心（Conscience）与神学家之灵（Soul）之义。又心即人生，体用兼备。朱子谓宇宙的本体即在我心中，我心为我身之主，亦即事务之主。此种保存个性、尊重内心之见解，实儒家之真精神，而与佛家绝异者也。朱子性情理气之说，可以解决哲学上诸多困难问题。谓情有善恶，而性则为全善，即所谓至善是也。（以上论性。）朱子以仁为仁、义、礼、智四德之一，而又为其全体之总名。仁与爱相关，亦即至善。但仁兼包动静体用，非与人之知觉情感毫不相涉也。（以上论仁。）朱子教人存心，即保全人格之意，兼情意志之正当发展而言。朱子教人持敬,乃调和动静、贯彻理气之工夫,并非专主实行。又朱子知行并重,并非但讲格物。故与王阳明之学说较,非一偏而相对待者也。(以上论修养。)按论者昔常以朱子比西洋中世之圣亚规那(St. Thomas Aquinas),此二人者,不惟其学识渊博,集一代之大成,且其学说之特点,在能包括一切材料,兼蓄并收,调和整理,而为系统之说明。易言之,即所谓综合之工夫是也。今世之大患,在思想之支离破碎。每一学派各据宇宙人生之一端,为偏重之主张,狭隘锢蔽而不自知。于是最近欧洲远识之士乃复务为综合。英国之麦雷(J. Middleton Murry)等,乃大倡圣亚规那之学说,以救今日精神之乱。虽赞成反对各有其人,所当解决之冲突亦不止信仰与理性二者,而要之综合之工夫与完整博大之学说之为急要,不待辩而明矣。吾国既与欧美同其休戚,则如何而发明朱子之学说以为全世之用,固吾人之责任矣。乃国内无知少年,反以朱子受专制君主尊崇,为儒教之功臣,因而攻诋不遗余力。吁其返矣!黄君文阐发朱子学说甚为警辟,以其在今关系尤属重要,故详述之如上。

张荫麟君《九章及两汉之数学》一篇,其考证九章之结论如下。《九章算术》一书,战国之末或已存在。其目盖为(一)方田、(二)粟米、(三)差分、(四)少广、(五)商功、(六)均输、(七)盈不足、(八)旁要。秦汉数学家如张苍(汉初)、耿寿昌(宣帝时)等时有增补。至迟在后汉初,新增(一)重差、(二)勾股二章。魏末刘徽注此书,于重差一章复加增补。其旁要一章,徽本已缺。重差一章,唐后析出单行,名《海岛算经》。按现今国中考述中国古来数学之历史及典籍者,张君而外,尚有李俨、钱宝琮、叶企孙诸氏。合而观之,知我先民于数学之造诣已甚足称。谓我国全无科学,诚瞽言矣。

顾敦鍒君《明清戏曲的特色》一文，论传奇之产生一节，似有穿凿之点。夫戏剧为民间通俗娱乐，当时学士大夫，广蓄声伎，竞尚新声。而宁献王、周宪王，以宗室藩属，财力自较他人为胜，故所作传奇杂剧词谱亦最夥。风气所播，当时文人遂均于此道中争胜。盖时会使然，初与太祖之杀戮无与也。其他论度、音律、排场等，均与吴梅氏《顾曲麈谈》所云多合，似有所本云。

容庚君《王国维先生考古学上之贡献》一文，不仅述王先生考古学上之贡献，且于王先生著述颇有质疑匡谬之点。其论王先生"战国时秦用籀文，六国用古文"颇有异辞。以吾人观之，似容说近是。然须视后此地下发见之材料而定。又除容君所论外，王先生考古学上之贡献亦尚有足述者，如据殷卜辞以考殷代祭礼，成《殷礼征文》一卷（今刊入《遗书》第二集）。其他金石题跋之收入别集者亦有悬解。盖容君作此篇时，尚未见此数文也。附志于此，以质留心王先生之学者。

——本文原载于1928年3月5日出版之《大公报·文学副刊》第9期。

《贡献旬刊》

《贡献旬刊》为上海孙伏园君主编。其第一期出版于去年十二月五日。每十日出一期，现已出至第八期。其第一期偏重政治方面，且遍征南方诸名人题字并手迹，其后则政治与学术并重。统观七期，其学术方面有胡适君之《中国近三百年的四个思想家》、林语堂君之《西汉方音区域考》及江绍原君之关于宗教迷信之小品文字。胡君之文为去年十二月中在上海东亚同文书院演讲稿。其所谓《中国近三百年的四个思想家》者，(一)顾亭林，(二)颜习斋，(三)戴东原，(四)则吴稚晖也。胡君以为中国哲学可分为两时期：一为理学时期，自西历一〇五〇至一六〇〇年；二为反理学时期，自一六〇〇年至今日。程朱陆王空谈性理，侈言致知格物。挂着儒家招牌，实为禅宗、道家、道教、儒家之混合产品。自清以来，顾亭林经世之学、颜习斋之实习工夫、戴东原之朴学、吴稚晖之实事求是精神，均对于宋元明理学之反动。胡君素抱实验主义及唯物主义，故其议论常有所偏，且此文中于论吴稚晖一章特别卖力。凡读此文者，当知其侧重所在，其捧死人不过用以映带活人而已。吴氏之文章言论已为国人所稔悉。人颇有称之者，不过喜其文章滑稽诙谐，又其议论往往有一二处痛快淋漓不可及。至其基本思想，其"漆黑一团"之宇宙观、人生观等，凡稍读哲学书者，皆知其为极粗鲁之议论。无系统，无根据，以科学的常识与玄学的空想杂糅，成“非驴非马”“乌烟瘴气”“漆黑一团”之怪东西。于哲学上心物问题、知识问题、因果问题等等，一概不闻其论及（即论亦不通）。哲学云乎哉！澈底云乎哉！而胡君频频称道之。若以吴氏为今日中国之第一大思想家者，夫中国之无思想家，实为至可悲之事实。然若以吴氏为大思想家、大哲学家，则岂不令人齿冷耶？民国十二年间，我国知识阶级忽发生一大战斗，曰“科学与人生观之论战”。参加战斗者皆博士、硕士、名教授、名哲学家、名科学家，或咒诵东方经典，或祭起西洋法宝，烈烈轰轰，一场恶战，煞是好看。然按考其实，非文不对题、乱跳乱骂，即东抄西袭、自相矛盾，大抵哲学上之常识都无，人生观之定义未晓也。吾人以为科学与人生观之论战，不啻宣告中国知识阶级之破产。今事已隔数年，我国学术思想在此数年中当已有大进步，对于此种幼稚无谓之论战当已忘却。今胡君于此文中又旧案重提，且认为理学与非理学之大争战。不亦大可笑耶！不亦大可悲耶！

《贡献旬刊》每册售价一角，预定十期八角，预定二十期一元五角。上海哈同路民厚南里六三一号嘤嘤书屋发行。

——本文原载于1928年3月5日出版之《大公报·文学副刊》第9期。

《新月》创刊号

上海望平街新月书店出版之《新月》月刊,此间已得见其创刊号。吾人读此创刊号后,所得之印象略有二:(一)该刊中执笔者颇多于文学较有研究之人;(二)该刊于文学主张尊严与健康。此卓然独立之见解,在今日吾国十分凌乱之新文坛中,甚可宝贵者也。该刊此期共二百〇三面,其中文字,论丛共四篇,介绍二篇,诗十七首(内闻君译《白朗宁夫人的情诗》作十首计),小说二篇,一创作,一翻译,内容甚为平匀。兹择要介绍并略附吾人之意见如下。

(一)《新月的态度》

在此文中,《新月》月刊社诸君,表明其对于文学全体及对于我国现代文坛所取之态度。换言之,即《新月》月刊之宣言,申明《新月》月刊之使命者也。其态度可分两端言之:一为消极的,二为积极的。消极的方面,该刊诸君对于今日新文坛中之感伤派、颓废派、唯美派、功利派、训世派、攻击派、偏激派、纤巧派、淫秽派、热狂派、稗贩派、标语派、主义派共十三派,提出反抗,绝对屏弃而不容。积极的方面,该刊诸君主张发挥人生与文学之两大原则,即尊严与健康是。案攻击、偏激、主义等,实不足以成派,不能与颓废、唯美等并立，似该刊特意巧立名目以壮文势者。至于积极方面，则该刊所主张者甚为正大，而健康二字，尤可为今日新文坛之当头棒喝。盖吾国现代文学已深陷于病态之中，无数青年，迷而不返，嗜痂成癖，鲜有知健康为良好文学之最大原则者。推原此病态的文学之滋蔓，吾人实当叹息于今日政治之不健康与国民生活之不健康也。夫以病态的中国，产生病态的文学，固不足怪，亦不足深责。然吾人岂能长此不自振拔？故提倡健康的文学，及阻遏病态的文学，为吾侪稍自觉悟者所当为。盖非此不足以促进健康之政治建设及健康之人生，而文学之职务，亦不徒在反映潮流，而在创造思想、创造潮流也。

（二）梁实秋君之《文学与纪律》

梁君此文，阐明文学不可无"纪律"之理，议论极正。其言曰："文学之所以重纪律，为的是要求文学的健康。"旨哉斯言！与《新月的态度》一文相表里也。梁君在美国哈佛大学留学多年，受该校白璧德教授（Irving Babbitt）之影响甚深，其所论亦多半根据白氏。吾国提倡新文学以来，最初起者，为写实主义及人道主义，至于今日，则各派销沉，独感伤主义、极端浪漫主义蔓延全国。若梁君者，可谓守正不阿者矣。而一般新文学家攻击之甚力。辄引Upton Sinclair辈之语以嘲笑之。夫为学理上之辩难，未始不足以服人；独出之以无理由的嘲笑，窃为彼等不取也。

（三）胡适君之《考证红楼梦的新材料》

《红楼梦》之考证，自王梦阮、沈瓶庵、钱静方、蔡元培、胡适、俞平伯,以至于最近之寿鹏飞,前后相接,不可谓不盛。然而聚讼纷纭,莫衷一是者,盖因诸人皆凭空想及推测,无新材料之发现,以作最后之定论也。至胡君此文出,乃能解决一切以前所未能解决之问题。而“红学”至此始可告一段落。

胡君近购得一较古之《红楼梦》钞本,名《脂砚斋重评石头记》,书已残缺,仅存第一回至第八回,第十三回至第十六回,第二十五回至第二十八回,共十六回。经胡君之研究,始知此脂砚斋者一字松斋,为曹雪芹极近之族人。《红楼梦》书中记宁国府中事,即脂砚斋家中之事。今观胡君所引原书第十三回之眉评与朱笔题语,可知胡君之所论断为确切不移也。又胡君研究此残缺之钞本,始知此钞本在同治癸亥为刘铨福所获得,而此钞本所根据之底本,则为乾隆十九年脂砚斋亲向曹雪芹抄出其已成之稿(其时雪芹尚在)。而在乾隆三十九年以前(此时雪芹已死),脂砚斋先后亲加批评之本,可称今日所获得之《红楼梦》本子中之最古者矣。根据此最古之钞本,于是以前所未解决之红学上问题,可一一解答如下。(一)《红楼梦》为曹雪芹所作,孔梅溪或为雪芹之弟棠村之假名。(二)《红楼梦》即记曹家往事,而加以点缀,成为文学之作品,决非影射政治上人物。旧时胡君之学说完全成立。(三)曹雪芹卒于乾隆壬午除夕(乾隆二十七年除夕即一七六三年二月十二日)。前此胡君根据敦诚《四松堂集》断定曹雪芹为卒于甲申年者,今须提前一年余矣。(四)《红楼梦》于乾隆十九年已有抄阅再评之本,则《红楼梦》著作之年当移前。俞平伯君之《红楼梦年表》须据此改正。(五)秦可卿淫丧天香楼事,俞平伯君之推测无讹。今可据此钞本之眉批、朱批断定。以上不过举其大者。此外,此残缺钞本之有裨于《红楼梦》之研究尚多也。然吾人言《红楼梦》之考证至此残缺之钞本出始告一段落,非谓此钞本出后种种问题已完全论定。盖谓今后红学可屏弃一切空想的推测，而纳入考证之正轨中。循此正轨以求，他日必有所获。今尚须研究之问题：(一)曹雪芹之生平。(二)曹雪芹书虽未成，今观其作书如是之早，至乾隆十九年已定二十八回或四十回之稿，则在乾隆二十七年除夕以前所成或不止八十回。(三)高鹗续作此书问题。(四)《红楼梦》之版本问题。《红楼梦》版本之历史，至今尚在黑暗中。据《樗散轩丛谭》，有苏大司寇本之坊刻。据周春松之《红楼梦随笔》，又有雁隅之二部抄本。据脂砚斋重评钞本之刘铨福跋，又有湖南之脂砚斋重评本之刊本。此种刊本或钞本之为佚为存，尚存探索也。以吾人目光观之，此种问题非毫无解决之望。胡君既能于无意中获此残缺钞本，则此后新材料之发现或尚未艾也。

(四)闻一多君译白朗宁夫人之《情诗》

白朗宁夫人殆可称为英国最大女诗家，其 *Sonnet from the Portuguese* 为英国诗史上之名篇。今得闻君译为中文，且完全遵照原诗格律，诚为艺苑之盛事。原诗共四十四首，今闻君先译出十首。译笔大体尚佳，惟以中西文字太不相似，故虽译者如此苦心经营，倘不读原文或徐志摩君之散文译释者，多恐不能尽解也。今有数点欲与闻君商酌者，述之如下。(一)第一首闻君以“明知道”三字译was aware语气太重，且此三字在中文中含完成式之意味，易引误解。不若徐君散文译释中用“觉得”二字之贴切。(二)第二首译诗，全体至晦涩不易解。其最大谬误，在略去原文第四行之that was God三字。又原文that下一附句，在文法结构上系紧随So字，译文乃紧随“隔绝”二字，致与原意远忤。(三)第三首“亭园”二字凑韵，不足为训。(四)第四首未将原文第七行

Unaware一字译出。吾人愚见以为"掉"字上可加一"空"字或其他字样。第十一行原文against一字极妙,译作"应和着"全非。(五)第六首第十三行,其意为我祈祷上帝时,上帝除听见我的名字以外,还听见你的名字,非全谓"他听见的姓名那个却是你的"也。(六)第十首末句至晦涩难解。徐君以"升华"二字译enhance,按"升华"二字系借用化学名词,与enhance亦不合。

(五)徐志摩君释《白朗宁夫人的情诗》

此篇为介绍体,叙白朗宁夫人原诗之本事甚详,且附以散文译,可与闻君译诗相辅而行也。徐君为文,常有词费之病。今观其介绍此一诗,而从天边极辽远之处说起,费洋洋数万言,概可知矣。窃意徐君欲叙述此诗,最好根据西人所作详赡之白朗宁夫妇传及二人往来之书札,且既有所根据,则当择要注明出处。如第一六二页后半页所述关于那四十四首诗之一段佳话,系从Edmund Gosse之*Critical Kit-Kats*第二页译出,而徐君乃不一言及之。何也?又第一六三页"一八五〇年的印本","印本"二字,应改为"白朗宁夫人增订本诗集"方合。案此四十四首诗,在一八四七年,由Miss Mitford编入*Sonnets by E. B. B.*小册中,供戚友传观。其后一八五〇年,白朗宁夫人增补其一八四四年所出版之诗集(二册)乃收入之。最初白朗宁夫人欲称此诗为*Sonnets from the Bosnian*,白朗宁争之,乃改为*Sonnets from Portuguese*。至于*Sonnets by E. B. B.*中是否已用此改称之名,及此小册中除四十四首Sonnets外尚有其他Sonnets否,则一时无从查考。因E. B. B.三字为白朗宁夫人名之缩写,戚友传观之小册或不止此四十首诗也。徐君谓初为by E. B. B.后改作from Portuguese,不知其初为

from Bosnian,后改作 from Portuguese 也。

(六)小说二篇

沈从文君所撰之《阿丽思中国游记》,极佳,文笔颇能追步 Jonathan Swift。西滢君所译之《一个懂得女子心理的人》原作甚平庸不足取,何以西滢君独有得于此而译之,诚吾人所不解也。

——本文原载于1928年4月16日出版之《大公报·文学副刊》第15期。

《新月》第二期

《新月》月刊，上海望平街新月书店出版，每期售洋四角。徐志摩、闻一多、饶孟侃三君所编辑。其创刊号之介绍已见本刊第十五期。兹又得见其第二期，要目如下：《文人有行》（梁实秋，通论），《元稹、白居易的文学主张》（胡适，文论），《疯了的诗人》（凌叔华，小说），《成功》（西滢，小说），《德日民族相肖说》（潘光旦，论著），《今后的历史剧》（顾仲彝，文论），《卞昆冈》（徐志摩、陆小曼，五幕剧）。此外续上期而登载者有闻一多君之译《白朗宁夫人诗》及沈从文君之《阿丽思中国游记》，尚待续。五幕剧《卞昆冈》此期亦未登完。此三者俟其登完后，再当评论，兹不及。

第一期中以胡适君之《红楼梦之新材料》为最重要，而此期胡君所作殊平庸无特色。盖考据之作，可贵者在有新材料、新发明。而文学批评之所以成文学批评者，在有特创的见解与美妙之文辞也。对于普通人人所谈论之文学家，欲为特创的见解，已觉难能。而胡君又以哲学史之文笔出之，去文学批评之真域远矣。西滢君少见其作小说，《成功》一篇写家况贫窘而热心功名之士，弃亲远学。而其父爱子心切，自节饮食服用，以筹学费，遂促天年。嗟乎！“树欲静而风不止，子欲养而亲不待。”事业纵有成，而天性汩丧，莫可赎矣。西滢君此作，旧道德之呼声甚高，而结构整严、感情沉挚，亦可称道者也。凌叔华女士之《疯了的诗人》趋空灵神秘之域，为不食烟火之作，盖去《花之寺》之风格渐远。又作者似特意欲显示其画家的色感之锐敏。吾人于此小说之上半篇中，平均每两行见一色彩字。使作有趣味之统计，则自第一页至第六页中，共用色彩字四十个。其中白六，雪白一，苍白一，嫩白一，白亮的一，粉白二，粉三，淡粉一，银一，银灰一，青灰一，灰黛一，黑一，淡墨一，绿一，墨绿色一，蔚蓝一，黄四，黄色一，浅杏黄一，淡黄色一，嫩黄一，姚黄一，红二，朱砂色一，暗红一，淡红一，紫赭色一。

——本文原载于1928年5月21日出版之《大公报·文学副刊》第20期。

《中国评论周报》

英文《中国评论周报》(*The China Critic*)第一卷第一期已于本年五月三十一日在上海出版。总编辑张歆海,经理编辑桂中枢,副编辑潘光旦等。特约撰述员胡适、马寅初、刘大钧。社址上海卡德路九十五号。全年报费兼邮费,国内七元,国外十元。

据其第一期中之《发刊辞》,则该报"以促进中国与各国间之互相谅解为目的。中国早应有代表舆论之英文报,独立发言,不受政府操纵,亦不屈从俗人之谬见。本报即为应此需要而刊行者。本报乃若干少数中国人士自动的组织,欲就中国与各国间之各种问题及事实,为极公平之叙述,既图保障国权,亦愿承认中国之短处。盖必如是而后中国与列国间之友谊方能巩固,而二十一条、五卅惨案及济南惨案等事或不至再出现也"云云。

按在京、津、沪各地发刊之西文报纸,对于中国外交政治具有甚大之势力,而悉为外国人所主办,则《中国评论周报》之应时而生,实至可喜之事也。且中国文化虽有久长之历史、灿烂之荣光,现时国内之学术艺术出版,亦源源不绝,精美之作屡见,然中国文化迄今仍与西洋隔绝。由世界眼光观之,中国之文化学术事业,各国之人毫不知晓,且不注意。偶尔一麟一爪,反资西报之介绍,如是而求东西文化之真正沟通,岂非至难。故吾人久望中国曾经留学欧美之士,学识宏通而英文文笔优长者,创办杂志,俾中国能加入世界文化之团体，而收观摩融汇之效。是则文学（广义的）之重要实不下于政治，或且过之。今兹《中国评论周报》于政治而外，兼及文学，此尤可喜之事也。

本期内容，以思想及文笔论，当以张歆海君之《辜鸿铭氏》一文为最重要。作者识解之博通、文笔之精美，读者自能审辨。本副刊第十八期《悼辜鸿铭先生》一文（五月七日），作者似未得见，故致叹于辜氏殁后各报毫不注意，无人为之表扬。而该篇之结论，谓不知西洋文明之真际，不究心于西洋精美伟大之文学、艺术、宗教等，而但视西洋文明为物质文明，此实大误。昔辜氏辅佐张之洞，惟以制枪炮、造兵舰、兴实业、辟利源期诸西学，西学遂未能造福于中国。此辜氏一生之失也。而今之教育家及一般人士，犹且如此，以科学及实业概括西洋文明，而使少年人均具物质功利之人生观。其失误乃正与辜氏同，而学识且不及辜氏云云。夫中国留学生中，精于专门学问者固多，而宏博通达，能深明西洋文明之全体及其精义者，则殊罕见。故张君之论，实吾人所甚赞同者也。

——本文原载于1928年6月25日出版之《大公报·文学副刊》25期。

《国学论丛》第一卷第三号

《国学论丛》为清华学校研究院编辑，上海商务印书馆发行，定价每册一元二角。现已出至第三号。内容为该校教授之著作及研究生之研究成绩。

细察其第一、第二两号中，实有空泛无谓、不合论理之作，如某君考《左氏传》作者为子夏，论证虽多，其立说之根据，已有不可持者，遑论其他。其去真相，不啻千万里也。然如余永梁君之《殷墟支字考》、杨筠如君之《释媵》、吴其昌君之《朱子著述考》、徐中舒君之《从古书中推测之殷周民族》等篇，允称佳构。而陈寅恪、王静安诸教授之作，尤足传示后来。

最近出版之第一卷第三号，为王静安先生纪念号，材料丰备，较前益见精善。近一年中，国内所出王静安纪念册子，几如雨后春笋，一齐怒发，五光十色，煞是好看。究其实，则与此后学术上之进步及成就可云无甚影响，而王静安之真相亦愈讲而愈晦。今此纪念号为王先生晚岁著述讲学所在地之清华研究院所出，所言自须较他人为切实，故吾人乐为之介绍并评论如下。

该号首列遗像、遗墨，次遗著，又次为年谱及著述目录，又次为学述及讲演笔记，总计约十万余言。研究院教授梁启超君并为序以弁其首。序评王静安为感情最丰富而情操最严正之人，并云充不屑不洁之量，不愿与虚浊之流同立于此世，故有六月二日之变。斯言也，适与其挽联所云"一死明行己有耻"之义云云相符。本刊第二十二期谷永君《论王静安先生之自沉》文中引叔本华学说以解释王先生之死纯为超然的解脱，亦与梁说殊途同归。由此观之，则章某所撰《王静安传》，仅寥寥二百字以殿《清史稿忠义传》，全不从学术上着眼者固为大谬，即他人之传王先生，不从客观的论证，而专就旧道德立言者，亦未为得也。

本号中有王静安遗著七篇，《宋代之金石学》虽为讲演稿，然学者读之，亦甚有益。遗书中不收，仅见之于此，故甚可贵。其《蒙古札记》为校释元朝秘史之作，塔纳一条援证详该。其谓塔纳，宋世谓之北珠，近世号为东珠。案宋元间有称西珠者，疑即与塔纳同类。《东堂烟画小品》[①]中所刊京本通俗小说第十三卷《志诚张主管》文中有云："小夫人将一串一百单八颗西珠，数珠颗颗大如鸡豆子，明光灿烂。张胜见了喝采道：'有眼不曾见此宝物。'"案此下文证之，此西珠决非北珠之字误，意西珠为西方市舶中来者，与北珠实同为一物。是塔纳亦可云西珠矣。又扫花一条，引《山居新话·黑鞑事略》以明扫花之义。案顾文荐《负暄杂录》(《说郛》卷十八引)有撒花一条，考订颇详。撒花即扫花之音转。其言曰"近者北兵侵犯城郭，于民间索金银等物，谓之撒花，不晓其义。盖夷狄以此为重礼。昔国朝三佛齐注辇国遣使来朝贡，见于延和殿。其使胡跪于地，先撒金莲花，其次真珠龙脑布于御座前，谓之撒殿花。初至阙，先具呈请；诏许之，方施。此亦所以重中国也。撒花之名，盖亦有自来矣"云云。此言撒花之由来，为他书所未载。王先生草此文时，明抄本《说郛》尚未出版，故不及具引。兹本阎百诗笺证《困学纪闻》及李金澜补正《日知录》之列，备记之于此。赵万里君所编年谱，搜集材料，不可谓不勤，其于王静安一

① 当指清末缪荃孙刻《烟画东堂小品》丛书。

生治学之程序,亦能分别叙出。考王先生行事或研究中国二十年来学术趋势者,均可于此中得其概略。文笔精警,不溢一辞。体例方面,容有可议,然亦不得不尔。尝见《屑玉丛谈》中有杜求煃《茶余漫录》一书,中述王静安之尊人逸事尚详,盖杜氏为海宁人,故有此一段记载也。年谱中尚未引及,亦当补入也。又著述目录,较日本神田喜一郎诸人所辑虽较详,然"农学丛书"第七集有王静安所译《中等教育动物学教科书》二卷亦未收。"农学丛书"即年谱中所谓《农学报》。该报为罗振玉君等所办,王静安尝为该报任撰述。近此书亦甚罕见矣。统观年谱,详于著述,而于其他行事则少叙及。昔段懋堂为其师戴东原撰年谱,漏略孔多,为世诟病。近且有人为之改编,以此谱较戴谱,方法似较严密,而材料尚有待于补充,不可遽认为定稿也。

吴其昌君《学述》一文,大体正确,惟云王静安之学于清儒中以程易畴、刘端临、吴清卿、孙仲容四人为近,似有可议。吴君所举者皆经学家。王静安一生精力胥在于史,不如以钱竹汀替代刘端临,较为妥善也。末附陈寅恪君挽词,精警绝伦,直可远绍白傅,而近揖梅村,亦近世不可多见之长歌也。

——本文原载于1928年8月20日出版之《大公报·文学副刊》第33期。

《新月》月刊第二卷第五号

《新月》杂志为现今国内甚有价值之杂志，本刊已一再评述介绍。近顷该月刊第二卷第五号出版，内容之精要者为下之二篇。

（一）梁实秋君撰《论批评的态度》一文，略谓凡批评者须有批评者的根据。即自有主张，先确立自己之根本思想，然后方可据此以衡量一切。又凡批评者须具严正之态度，乃今国内之从事批评者，惟以说俏皮话为能事，否则"胡凑"成篇，敷衍塞责。说俏皮话，近已成为风气。盖由（1）作者喜为幽默而讽刺之文，（2）青年欲发泄其心中之郁愤，（3）此类下流文章容易作成，故群趋于此途。再则以猜忌之心理，专务攻击作者本身。又或不问作者之根本思想，而专事挑剔字句，杂凑成篇。均非批评之正当态度也云云。

按梁君实秋为现今国内最有识力之批评家之一，能见人之所不及见，言人之所不敢言。兹所云云，吾人尤其同情。夫批评之作，非为炫才扬己，亦非诋毁他人，乃藉此机会以发明真理，宣示正道，使各种伟大高尚之价值与理想，得存在并实行于人间。但此岂常人所能解？况当今中国一切紊乱之世，则毋宁说俏皮话与胡凑而已。吾国人性喜实际而恶理想，故旧日学者长于考据词章者多，而精于义理思辨者寡。今之新式学者仍偏重考据，美其名曰科学，于搜集材料、分类编列，以及校勘版本、审定器物等，颇多成绩，而一及内蕴之哲理思想，则夷然不屑，或望望然去之。同时,以不重哲理与思想之故,其生活与学问分为二途,各不相涉。尽有学具专长,博洽成名,而于人生基本道理及修养则未尝注意,更忙于生活之竞争,习于快意之笑谈;于是急功近利,患得计失,寻疵摘瑕,捕风捉影,而对于学问及著作之态度益成为“对人的”(Personal)矣。总之,西洋之哲学思辨之工夫及风气尚未传入吾国,欲望批评的态度之养成,先须盛倡新式义理之学,而今日说俏皮话及胡凑之风气,自吾人观之,实旧日国民性弱点之留遗,决非新时代曙光中应有之征象耳。

(二)梁实秋君译《资产与法律》(Property and Law),原文系美国批评家穆尔(Paul E. More)先生所作,见其论文集(*Shelburne Eassys*)卷九。穆尔先生之为人与其著述,本刊已屡言及。其所撰《美国现代文学中之新潮流》一文,已译登本刊第二十七至三十各期。今此篇之大意,略谓资产为文明之基础。对于文明人,资产之权利比生命之权利尤为重要。法律大都为保护资产之权利而设。纵法律有不公平、不完善之处,亦不宜轻于破坏。盖使合法的掠夺存在以维持法律,较之消灭合法的掠夺因而损及法律,总为彼善于此。若改变法律,不承认资产,而以劳力为人在社会所享权利之标准,则其害将有不忍言者。盖若资产稳固,资产为达到他种目的(维持精神文明)之一工具。而若资产不稳固,则资产本身将变为一个目的(即众皆信从极端唯物论之人生观而以掠夺为能事)矣。按此文作于一九一四年欧战尚未开时。梁君之译此文,盖为今之认共产的理论为时髦,而以普罗列塔利亚的文明为动听者说法也。

——本文原载于1929年12月16日出版之《大公报·文学副刊》第101期。

《新月》第二卷第六、七期

《新月》月刊第二卷第六、七期合刊，现已出版。卷首“敬告读者”，谓该刊前此单重文艺，今后则兼及政治。自下期起，每期必登评论现今时局及一般政治之文字，并声明作者均无党派，且思想亦不完全一致，但皆主张思想及言论出版自由，以容忍之态度，发为稳健而合于理性之学说。每篇均署真姓名，由作者各自负责，并望读者赞助订阅云云。

至本期中各篇，自以胡适君《新文化运动与国民党》一文为最重要。胡君以为国民党起于民族主义之信仰，自始即含保守性而反抗新思想与新文化，并引《孙文学说》中赞美中国旧道德，及谓中国言语虽不进步而文字完美足用之数段，加以驳诘。吾人于此，雅不欲多所置论，惟以为政治乃实际之事，其设施主张之功过是非，应以试行后之结果为断，即视国利民福之损益增减若何。至于学术思想乃起于实际之事，其理论是否正确，其内质是否完美，不能以盛行于当时及受人欢迎与否而定。叶楚伧君，众固知其为宣传部长，代国民党立言是其职务。而胡适君亦不能忘其身为新文化运动之领袖，故于国民党主要人物，有误解或轻视我新文化运动之功绩之处，亦不得不切实声辩。此皆溺于实事之中而未能超乎其上者。吾人设想若干年后，有人作二十世纪初年之中国政治史，恐将以国民党为中国革新运动中之一团体、一事业、一时期、一分支而非即其全部。其时有人作二十世纪初年之中国学术思想史,亦将以胡适、陈独秀诸君所领导之新文化运动为中国革新运动中之一团体、一事业、一时期、一分支而非即其全部。胡君要求国民党应给他人以思想自由,吾人亦切望新文化运动家亦给他人以思想自由。中山先生之《孙文学说》第三章中(胡君此文第十一页所引)论文言白话一段,其中只“突过外人”四字稍有语病。盖中国文学中最佳之作品是否胜过西洋文学中最佳之作品,固难断言。吾人宁可云视彼实远不及,然而中国文学中最佳之作品比之西洋文学中平庸劣下之作品,则胜过之决无可疑。除此不论,则中山先生此段论中国文字语言之优劣短长,实甚积蓄。总之,国民党与新文化运动之关系如何,另为一事,但谓不赞成白话而曾作古文或骈文者即是反动,此亦胡君个人及其同志若干人之见解耳。胡君所望于国民党之事五条(原文第十五页),倘胡君当政,谅必严厉施行。其中前二条,(一)为一切公文法令改为国语,(二)为全国日报新闻论说一律改用白话。吾人独不解如是改制之后,政治即可进步乎?言论即皆精美而中肯乎?至于此二令行后,吾西北陕甘豫等省之灾民是否可以稍苏,则常识可以解答。在今国民党政治之下,吾人尚时发言论,若此令行,则决当默尔而息,不复执笔撰作任何文字矣。呜呼!吾人念西洋古今文学名著,若是具宏大精美而使人倾心向往也。吾人又念中国文学古今名著(以文言作成者),亦若是具宏大精美使人倾心向往也。吾人痛伤今日中国人民憔悴艰苦而未享受实际政治之福泽也。吾人又思念古今悠悠千载真善美以及忠厚仁爱等根本道德情感之光辉永存也。昔当欧洲文艺复兴、宗教改革之时,有马丁·路德一班人,又有Erasmus及Colet及More等一班人。此等人对于学术思想之功绩岂在马丁·路德等之下？所不及者，未能得志握权，有大影响于昔时政治耳。中国有新文化运动，世共以为此时代中国之光。中国有新文化运动，而西洋学术思想之输入，中国文化之改造，乃仅仅如此。此亦中国人所当自惕自奋者矣。

就文学之观点论之，本期中最重要之作当推梁实秋君《文学是有阶级性的吗?》一文。大意谓凡人无论有产无产，为贫为富，其人之“人性”并无别异。文学即是表现此最基本之人性之艺术。而今之盛倡无产阶级文学者，乃以阶级之束缚加于文学之上，乃以文学为阶级争斗之工具而否认其本身之价值，此实错误。综括言之，文学实无阶级的区别。所谓资产阶级文学，所谓无产阶级文学，皆是实际革命家所造出之口号标语，文学并无此种区别。近年来所谓无产阶级文学之运动，据梁君考查，在理论上尚不能成立，在实际上亦并未成功云云。以上梁君之论，吾人极端赞同。惟有附言者，即十年前新文化运动初起时所盛倡之平民文学与贵族文学，其本无区别而强为区别之错误亦正与此同。所谓平民文学，所谓贵族文学，皆是当时领导新文化之实际运动家所造出之口号标语，文学原无此种区别。但当平民文学之说喧腾于世之时，能明察此问题之真相者盖鲜。以吾人所见，民国十三年出版之《学衡》杂志第三十二期中，刘朴君撰《辟文学分贵族平民之讹》一文，例证繁博，而所持理由正与梁君同。世之沉溺平民文学者亦不肯细读。夫由贵族而平民，由平民而无产阶级，如下楼梯，如转齿轮，更下一层，更转一齿。自夸登峰造极，而实则终无止境。逆料将来必有他种新名目新花样出现，以表示取彼无产阶级下之一阶级为中心之文学者。届时仍可应用梁君之说而纠正之也。以上之分别，乃系于人民之社会经济状况之差异。若以人民间语言文字方式习惯之不同而来强作分别,则有文言文学与白话文学之名目。前者则恶谥之曰死曰鬼曰古,后者则美赞之曰活曰人曰新。此其强立名义,妄为分别,较彼有产无产、平民贵族文学之说,似更过之。盖文学虽不可以阶级区分,而社会中人民之有贫富贵贱之差,尚是实有而可以目睹数计。独是文言白话,何所取别,将以何术判分社会中人为此二种(如操法语与操德语者之不同耶)?尽有贵而富之人而能作且喜读白话文学,又常见贱而贫之人而能作且喜读文言文学,此其根据更属渺茫,此其区别更属虚伪。乃倡白话文学者每自诩实际已获成功。准是,则彼倡无产阶级文学者亦必有其成功之一日。然苟文明不灭,真理长存,人性弗变,则此类成功皆暂时的而无关大体。此则吾人于赞成梁君之见解之余,所深信不疑者也。

梁实秋君《论鲁迅先生的硬译》一文,谓生吞活剥,使人看不懂,则译如不译,实不若参用意译而能明白晓畅者为佳。此主张吾人亦极赞同。夫翻译之术,本系于不能兼顾之两者之中,强求其适宜之中道,故决无法定,尤不可取一偏以为标准。至若意译胜于句译字译(即曲译胜于直译),则昔者(一六八〇年),杜来登(Dryden)于*Ovid and the Art of Translation*中已言之矣。吾人尤有进者,即翻译乃一种艺术,视为之者造诣如何。事愈难而成绩愈美,则愈见译者之才力。故鲁迅先生谓译文艰涩乃由于中国文本来的缺点,实大错误。盖翻译之成绩高下,只能表见译者之巧拙,而绝不能据以判定该国文字之优劣。世之热心翻译者,宜更自勉,毋徒以讥斥中国文字或破坏中国文字为能也。

海外出版界一栏,前两期暂缺,本期又复出现,实为可喜之事。至本期创作中有冰心女士之《第一次宴会》小说,当系作者婚后生活之实写,可为注意者也。

——本文原载于1930年2月17、24日出版之《大公报·文学副刊》第110、111期。

《优生月刊》

凡百学术言论之价值高下，可视其合于人类正确之常识与否以为断，尤在有关人事之学问，如政治、社会、经济等学（即文学亦然）；理智分析及专门研究所得之结论，苟其不误而可据，必与常识相违不远。此理本极正常，而在思想混淆与社会变动剧烈如今日之中国，更关重要。潘光旦君，治社会学，尤注意家庭婚姻及种族改良问题。其所论述，率皆中正真确可据，即皆合于常识，吾人甚为赞同。三四年前，潘君《中国家庭问题》一书出版时，吾人曾于《国闻周报》中评论介绍，即申此义。顷者潘君主撰一《优生月刊》，年出十期，每期定价大洋三分，不预订。该刊为中国基督教青年会全国协会中华种族卫生委员会之定期刊物，除选登青年进步杂志外，另印单本。总寄售处：上海博物院路青年协会书局。编辑通信处：上海博物院路二十号内五二二室。

兹就其初版之二期，评论如下，以见一斑。本刊篇幅有限，故于各杂志、各学报不能每期介绍，但取一二期细评之，读者亦可得其大略，知所问津。夙例如此。今于《优生月刊》亦犹是也。

（一）该刊第一卷第一期中，谓："人生最大的问题、最好的归宿、最重的责任，莫过于人类共同生活力与文化创造力的提高，也就是人类体力、智力、操守力（按似可径曰德力）的提高。"语虽平凡，实可救今日支离偏激之学者及堕落迷恋之所谓摩登（按此并非真正之摩登之义)青年之大病。惟欲提高人类,应先反求诸己,由我身负责真诚的做起耳。

(二)第一期论贺双卿之婚姻并未失败,以其嫁后善能培养夫妇爱情适应家庭环境,结果能于选择未当之婚姻中自造实际之幸福,诚可为今世浪漫自私之青年所取法。又列举“婚前善选择,婚后善将护”为婚姻成功之二要素,亦极允当。可代答本报(现暂停刊)摩登栏之许多问题矣。

(三)第一期评卢梭小说《新哀绿绮思》(本刊旧称《玉丽传》)译本,论及书中人之行事及恋爱者所应自处之道,亦极正常。

(四)第一期评《汉化之婚姻奇象》一文,甚为中的。今日吾国所谓学者之大病,在妄引新说,误论中国古事。其目的惟在显示中国之野蛮而进化甚迟。其影响则陡足减损中国人之爱国心,为仇我轻我者张目。此事本已可悲,乃夷考其实。则执笔作文者,(1)既未有专门学识,所谓据某种学问以观察,实乃于此学问并未入门,妄为比附。(2)而又不细读多读中国旧书。所援据批评者,按之本书原文常错误,颠倒事实。今日杂志小册所刊论文,盈千累百,常皆不免此二病。如本刊第百九十六期《评郭沫若〈中国古代社会研究〉》一文,及兹所举《优生月刊》之文,仅能举一反三,略示体例耳。

(五)第一卷第二期《甘地与独身主义》《婚姻介绍所》诸短评,又评新出之陆著《新中国的婚姻问题》、罗著《中国之婚姻问题》等书,持论皆极确当。吾侪今日执笔将以指导社会(即作者本无此意,至少亦足影响社会)者,不当畏人斥为平凡腐旧,亦不必顾读者之赞许讥评。无一文出,只宜本一己之观察思考,为中正确当之言论。盖人生要旨不外中庸之道。中庸者,乃于“一”“多”二者之间折衷至当。易言之,即以某种共通之原理,应用于此处之特殊事境之中,而能确切不误的断定此事只做到几分(或某种程度)为最适宜。此断定务必求其确切不误,即求其对于此日之局中人为最有利、最可得福。故决不能执定第几分或第几度为一成不变之标准,以为在任何时境中均当如此也。(所谓执中无权犹执一也。)所据以断定之基础,在考论学术时,应纯用客观之理智,然在人生问题及本身行为中,则应兼用感情与理智(所谓情智双修)以求定意志之方向。兹所言中庸之理,极简亦极真。人生万事,无不适用。而在今日作文著论者,尤须常常采用。所谓东洋西洋、古代近世、新派旧派、左倾右倾,思想、言论、行事,皆可作如是观。既遍识两极端间之种种步骤阶段,然后权衡至当,选择至精,采取其中之一步骤阶段而用之,中庸之能事尽矣。

——本文原载于1932年4月25日出版之《大公报·文学副刊》第225期。

《国风》半月刊创刊号

最近在南京创立之钟山书局，组织完善，营业发达。所出各书，印刷精良，校对精细。按其内容，类皆审慎精严，期有裨于国家民族之前途。该局编辑所设于南京城北双井巷文安里五号。城北总局设于中央大学门前蓁巷巷口。各地特约分销处：上海北京路庆顺里恒裕庄张晨弗，上海慕尔鸣路一二一号中国科学公司，上海新月书店，北平东安市场佩文斋，武昌武汉大学出版部，开封豫文书局，济南艺林书局，南昌中山路大东书局，苏州小说林书庄，无锡千钟书局，杭州浙江省立图书馆，安庆高级中学，云南省城生活书报代办处，等等。该局招请各地特约经理，并有优待同业办法，详章函索即寄。该局营业分（一）教本、（二）丛刊、（三）杂志、（四）地图、（五）古书、（六）西书、（七）仪器、（八）文具、（九）寄售各部。该局常务董事四人：（一）编辑张其昀、（二）出版缪凤林、（三）会计倪尚达、（四）营业沈思瑱。该局最近出版新书有（一）柳诒徵著《中国文化史》全二册，五元。（二）柳诒徵、王焕镳编《高中国文》上册，六角。（三）缪凤林著《中国通史纲要》上册，二元。（四）缪凤林编《高中本国史》上册，八角。（五）张其昀编《高中本国地理》上册，一元。（六）张其昀著《人地学论丛》，一元六角。（七）倪尚达著《无线电学》，三元。（八）倪尚达等著《电学入门》，八角。（九）张树森著《平面测景学》，二元。（十）何浩若著《民族的前途》,一角。(十一)张其昀监制《中等本国地图集》上册,四角。(十二)张其昀监制《中国地形图分图》,已出四幅,每张八分。统观该局所出各书。无论史学科学、普通专门,似皆包涵一特殊之理想,表现一明显之精神,即兢兢企图中华民族前途运命之补救,物质精神并重,并注重中国固有文化道德之发挥光大。此种旨趣理想,吾人甚为赞同,故乐得而介绍之云。

钟山书局已出版之杂志,有《国风》半月刊,已出五号。系国风社所编,该社社长为柳诒徵君,编辑委员(一)张其昀、(二)缪凤林、(三)倪尚达三君。定价全年二元,半年一元一角,每期零售一角,但特刊二角。兹略论其内容。

【第一期创刊号】发刊辞,柳诒徵撰。大意谓"斯刊职志,本史迹以导政术,基地守以策民瘼:格物致知,择善固执。虽不囿于一家一派之成见,要以隆人格而升国格为主"。按"格物致知,择善固执",实为人生正途。略释之,即宇宙人生,经验所及,实有二世界,(一)为事实,(二)为价值;(一)主于多,(二)主于一;(一)启知识,(二)成道德;(一)由理智,(二)恃意志。寻常之格物致知(如研究科学及洞察事务),纯在(一)之境界中。格物致知而至于极精微之时,乃发见此二世界之分立而共存,于是明于一多相互之关系,于是知快乐非幸福,痛苦非灾祸,财产之损失不足伤神,正义之遵行乃为真乐。此所发见者乃真知识,乃格致工夫之极诣。然后本此以行,无惑无惧,取义舍生,行德黜利,视为固然,如鱼在水,岂特不出之勉强,抑且非行此不可,此即所谓择善固执矣。由此以论,知识与道德乃是一而非二,惟真智者能为仁,惟真看透人生世情者为能守德行义,所谓"惟上智与下愚不移"之上智是也。又既达此点,则理智与感情合一,知识与意志欲望合一,遂达于"从心之所欲不逾矩"之境界。儒家立诚希圣,佛家成佛生天,耶教之受圣灵感化而皈依(Conversion),实皆此一事而已。《柏拉图语录》中论此极透彻。美国穆尔先生(Paul E. More)于《柏拉图之宗教》(*The Religion of Plato*)书中更阐释之,可参阅也。吾国民诚能奋发而底于此,则人格可降而国格可升。如是方无愧于中国之古人,如是方可比肩于西方之人。夫道德精神,乃人间之至宝,而非一国所专有。谓东洋重精神,西洋重物质,妄也。东洋之孔子、释迦、耶稣与西洋之苏格拉底、柏拉图、亚里士多德等皆重精神,而军阀、市侩、盗匪、流氓东洋西洋固皆有之。谓今日不长进之中国人皆好利而贪私,可也。谓西洋古文明之宏大精深有为吾国人所未梦见者,是也。谓西洋即在今日,其所谓Christian gentleman(基督教之君子),其侠义诚笃之行事,远非吾国人所及,斯亦真也。然若指西洋之功利主义实验派人生哲学,及西洋之物质科学、经济建设,以为西洋之精神文明,此则误谬之极者矣。总之,世事复杂,难以概括标举,而自其通与全者观之,则物质之与精神、义之与利,犹白之与黑、大之与小,乃普遍、根本、抽象之区别,而东洋西洋、中国外国则复杂混乱之偶然特别的集合体耳。甲说谓中国之精神道德可以代新式武器之国防,是愚且诬。(因军士之勇毅与器械之精良二者皆必需,而中国之精神道德在今已大澌灭矣。)乙说反之,欲指西洋之物质、经济、功利、资产,以为此即是西洋之精神文明,以为此乃胜于我之精神文明。此亦愚且诬,因(一)在于不伦,(二)西洋之精神文明(其中最要者为希腊柏拉图、亚里士多德之哲学及基督教之教义)可谓胜于我,而言者固未采及也。

第二篇《正义之利》,柳诒徵撰。略谓吾民普遍之性,为嗜短浅之小利,而不明所谓正义。今当易董子之言,"正其义以谋其利,明其道以计其功",斯为今日急务。按刘君所易董子之言固是,然与原意并未违反,且即不改亦可达此旨。盖世人以为义利之辨,乃鱼与熊掌二者择一,其实不然。义者一种理想价值之标准,利者当前偶然事实之状况。以前者之标准,纳入后者之实况中,以前定后者之某一面为合于前者较大之一端,则取之。譬如以秤衡物,秤有两端(轻重),而物则大小至不齐。所择者物,非择秤之一端也。然所择者乃其所指示为较重之物,非妄择也,非以貌取(例如取空纸盒而舍宝石)而致受欺也。此仍本于上言两世界之义。是故道德之取择仍本于理智,而并不含牺牲。盖不以秤为之,则所谓物之大小轻重,妄也,幻也。不以义为理想标准衡之,则所谓利者反为害,所谓大利者或仅小利。易言之,惟以义为权衡,始可求得真实可靠之大利耳。义利各有小大轻重之两端。非于义利二件之中,取一而舍其他。所谓取舍,仅谓宜用真确之标准以为判断,而勿妄取致受欺耳。此固董子之原意,亦即柳君之意,故曰不改亦可。又亚里士多德谓凡事首重目的,目的实重于方法及材料。义者目的也。利者材料、方法也。义为理想价值之标准,属于一,故为绝对而易定。利乃事物状态之偶然,属于多,故为相对而恒变。譬如义乃罗盘针所指之南北方向,千年不变,故可据以观测。利如彼处有一岛,此处有一树一屋一塔。人生如舟之前行不息,左右前后纯系于我,而方向恒迷,忽见屋塔之易位,遽惊树岛之出没,惘然忧急,莫明其妙,苟无罗盘以指示舟行之路,则无时不在危疑震撼之中。惟依义以行,则坦然可以自信。是故(一)仁者不忧,智者不惑,勇者不惧;(二)莫非命也,顺受其正;(三)义,命也;(四)义,人路也。均言此理。古今宗教所以给人以内心之安和,宗教乃正智,非迷信。而世之逐大利者,危疑莫决,则乞灵于星象卜筮,终至蹈危履祸,亦曰无标准而已矣。董子之言,劝人重视此标准此目的,柳君之意亦然。故曰不改亦可达此旨也。

《热河省形势论》，张其昀撰，连登数期，分(一)国防、(二)国富、(三)国民三篇。指陈形势，极为明显。

《日本开化论》，缪凤林撰，胪列史实，极为详尽。

《天文与人生》，张钰哲撰，略谓天文基于数理，与美术同揆，尤影响吾人之哲学思想。"驰思于河汉牛斗，俗务岂复系其心曲。计时皆由旬亿兆，百年直似电光石火"，则是天文于国民实用之外，影响所及竟达灵台方寸而转达吾人之人生观。……科学之中，能挽人心而息争夺者，舍天文其谁与归?

《极短波无线电之回顾》，倪尚达撰，结论谓"权利之争有限，学术之道无穷"。此篇与上篇，述说科学原理，而归本于人生。斯正欧美科学名家之所为，而为近世人融合理智感情、主于博大精一者所应持之态度也。

《谈谈我国大学里外国文学课程》，范存忠撰。所谈实中肯綮，谓我国大学中的外国文学课程(一)应注重研读文学作品本身，(二)应勿专读今世作品，皆极是。按今日中国之风气，为虚浮诈伪。惟事巧立名目，以新奇炫人，而不究内容、不求实质。商人习惯如此，政治方术如此，学校课程亦然。未深造之学生，其所旁骛者亦不外是。窃尝谓今为中国某大学定外国文学课程，只须将各该国文学中之重要或标准的文学作品开列一单，并按该校该系经费、教授人数，及学生修业年限、外国文程度，就此单斟酌增减，定为第二单。于是将第二单中之书籍及作品，分配于历年各学科之中，而各给以相当之名目，不因人设科，不炫奇斗异，不顾此失彼。而求通体平均，大处无遗漏。务求避免重复，勿妄费教员之光阴与误用教员之才力。例如科目中无欧洲文学史或英国文学史，而D. G. Rossetti或Swinburne或Hazlitt则各立专科。一学年授完,此至不经济而失平均者也。又或久久专读文学史,而学生未尝诵读且不能了解莎士比亚之《汉姆来德》剧本或拜轮之《哀希腊歌》,此亦极端空疏而无益处者也。虽然,一大学某科之成绩,固在其课程之编制如何,而尤在教授之学问及热诚,与学生之勤奋肯切实读书与否。但就课程而论,范君之言为不可易矣。

——本文原载于1932年10月24日出版之《大公报·文学副刊》第251期。

吴宓

吴宓文集

吴宓◎著

吴学昭◎整理

译作编

人民文学出版社

在昆明西南联大任教时的吴宓先生

（杨立达摄）

吴宓先生 1962 年在西南师范学院与研究生讨论课程

1973年的吴宓先生

筆之妙。非末學不文所能曲達。則譯者所深愧歉。而願以留待大雅者之修正者也。民國十年冬。吳宓謹識。

第一回 烏萃鱗集寓言諷世 滌腥蕩穢壯士叱奸

話說有一烏鴉。口啣乳酪。由牛乳房窗口飛出。直到樹上棲止。望着樹下池中一隻大蝦蟆。蝦蟆頭上堆起兩隻兇惡的眼睛。左顧右盼。這烏鴉見那蝦蟆四腳扁平。滿身灰泥。便忍不住哼哼冷笑。離開蝦蟆不遠。一隻肥牛在地上吃草。又幾隻綿羊亦在那場上。跳來跳去。慢慢的嚙着花草吃。按此書開場。實本於法人La Fontaine (1621—1695)所著寓言。The Fables 藉禽獸之性行。以喻人生之機械變詐。世路之險巇。及善惡利害得失相關之道。該書於一千六百六十四年至一千六百七十五年之間。分數次出版。共十二卷。爲法國文學名著。然又脫胎於伊索寓言。Aesop's Fables 吾國近年通行之英文讀本。多選伊索寓言。故吾國學生。皆嘗熟知其中之事實。又據晚近學者所考證。希臘之伊索寓言。乃由印度流傳至彼。故印度實爲此等寓言產生之地。恒衆多習焉不察。數典忘祖耳。T. W. Rhys Davids 所譯輯之 Buddhist Birth Stories 又名 Jakata Tales 其序中卽略述印度寓言流傳西土之始末。至其詳則法國學生於校刊 La Fontaine 集時。所作序註。言之甚多云。 草場那邊。遠遠的一隻狼。蒙着羊皮。斯文大擺的走來。這一般綿羊。不知那狼適纔已將其母殺却。食其肉而衣其皮。反將此兒仇認作附親。跑上去迎接。維時蝦蟆垂涎烏鴉口中的乳酪。一面又罵那大吃大嚼的肥牛。此螳螂捕蟬。黃雀在後之旨。各有目的。惟利是圖。烏鴉棲止的樹旁籬笆之外。一狐緩緩潛身過來。說道。這一般綿羊眞蠢。對那惡狼哀哀的亂叫。不知狼身上披着一張羊皮。前次將紅公雞的老祖宗當作午飯。一口吞下。又拿紅公雞充晚飯吃。都是這個老狼幹的。俗語說得好。抽了楔使嬰拔釘子。

吴宓先生翻译《钮康氏家传》（*The Newcomes*）

（发表于《学衡》杂志）

译作编

穆莱撰《希腊对于世界将来之价值》

按古希腊之哲理文章艺术等,为西洋文化之中坚,源流所溯,菁华所在。而为吾国人研究西洋文化所首应注重者。此义本志业已反复申明。兹所译《希腊之留传》(*The Legacy of Greece*)一书,系英国李文斯敦(R. W. Livingstone,履历见下)君所编。前年[①]冬出版,牛津大学印书局印行。〔上海河南路C四四五号牛津图书公司(即广学书局)有存书发售,购之甚便。〕内集今时英国硕学名士所为文,凡十二篇。各就其生平之所专精,分论希腊哲理文章艺术科学之大要,并其及于后世之影响。陈义述学,引古证今,异常精湛。故今由同人分译之,以贡献于国人。每篇随所译者而先登,不依原书次序。篇目如下:

第一篇《希腊对于世界将来之价值》(The Value of Greece to the Future of the World)。作者穆莱(Gilbert Murray),牛津大学希腊文教授,英国学会会员。〔著述甚多,以《希腊文学史》(*History of Greek Literature*)及《希腊史诗之兴起》(*The Rise of the Greek Epic*)为最著。〕

第二篇《希腊之宗教》(Religion)。作者尹吉(W. R. Inge),伦敦圣保罗大礼拜堂堂长,神学博士。(著述甚多,本志后另

① 前年,指1921年。

有专篇述之。)

第三篇《希腊之哲学》(Philosophy)。作者庞乃特(J. Burnet),圣安德留大学希腊文教授,英国学会会员。(所著书以希腊哲学初期史二种为最有名:一名*Early Greek Philosophy*;一名*Greek Phylosophy I*: *Thales to Plato*。)

第四篇《希腊之数学及天文学》(Mathematics and Astronomy)。作者赫斯(Sir T. L. Heath),王家学会会员,尚有武职衔,从略。

第五篇《希腊之自然科学》(Natural Science,即格致学)。作者汤生(D'Arcy W. Thompson),圣安德留大学自然科学教授,王家学会会员。

第六篇《希腊之生物学》(Biology)。作者辛加(Charles Singer),伦敦大学医学史讲师。

第七篇《希腊之医学》(Medicine)。作者辛加,见上。

第八篇《希腊之文学》(Literature)。作者李文斯敦(R. W. Livingstone,即编此书之人),牛津大学圣体院学友。

第九篇《希腊之史学》(History)。作者童璧(Arnold Toynbee),伦敦大学东罗马及近世希腊方言、文学、历史教授。

第十篇《希腊之政治思想》(Political Thought)。作者芮曼(A. E. Zimmern,见本志第二十二期《沃姆中国教育谈》篇末及注),前威尔士大学国际政治教授。

第十一篇《希腊美术之特色》(The Lamps of Greek Art)。作者嘉德纳(Percy Gardner),牛津大学希腊罗马考古学教授,英国学会会员。

第十二篇《希腊之建筑》(Architecture)。作者卜朗斐尔(Sir Reginald Blomfield),伦敦美术学会及王家学会会员。

又按此下原序(Preface),乃《希腊之留传》原书编者李文斯敦君所作,载诸卷首,今附于此。原序之后,即为第一篇《希腊对于世界将来之价值》本文。本志编者识。

原　序

其间固有诸多不同之处,然吾人所处之时世,实与希腊古代最相近似。今世深厚之生活,盖皆本于希腊人所创造之理想也。古今固无出一辙者,然若遍观往古,以求与二十世纪精神最密迩之时期,则必于纪元前五世纪及三四等世纪得之矣。吾人一再研究希腊之思想文章,则见希腊人之真面目,若隐若现。虽其时境远隔悬殊,而实与今人之面目酷肖。惟彼年少而容丰,而少皱纹,而目光炯炯,显示其神凝而志定,是为今人所不及者耳。惟其然也,故前世之人不能了解希腊古代,而吾人今日则足能为之。由是以得希腊古代所予之教训,且研究希腊人之理想与其得失成败之迹,比附推求,借古镜今,亦可悟解吾人今日之时势而下确评矣。此书编辑体例,为英文书籍中向所未见。其宗旨则为叙述古希腊精神智慧之所遗留于后世者之大概,及今人所宜效法希腊人之处。如是而已。一千九百二十一年十月。编者识。

使人生斯世之价值而当以银元、英里、马力为测量之标准也,则希腊古代诚极贫穷微弱而不足称矣。彼希腊人所用之器械,其简陋实类野蛮民族之弓矛,而与吾人今世之电报机、飞行机相去甚远也。即不论物质之事,而以一民族知识品行之造诣为标准,则今日商店之夥友,日日入市营业,手披新闻纸而懒懒然诵之者,其人礼节之熟娴,知识之广博,必远胜于昔之希腊雅典之人。坐观爱斯克拉(屡见本志以前各期之注,兹不赘)之庄剧而乐之,至于出神也。惟若以精神之标准为衡,不贪成绩之多,而重在造此成绩之人之心性;不求知识之广博,而重在求知若渴之美德;不取发言盈庭,反复审计,而重在毅然自为英雄之行事而不居其功;夫然后乃以希腊之盛世为足惊羡,而特具不可磨灭之价值也。

用此合法合理之标准以为判断,则可知希腊古代文学,实为上古教育之基础。其后久经湮没而复见于世(指文艺复兴时代),虽残缺不全,真能领悟者少,而犹足使欧洲才智之士醉心倾倒,精神一新。近世于希腊文学几加研究,多所发明。而在今日,犹足有终身探索之价值,而能指导人类于正途而鼓舞其精神也。

或疑上言之标准果合法乎?合理乎?泛言其如此,无益也。吾则以为此乃凡百探察史事、寻究义理者,所皆必用之标准也,尚何疑哉!今设有谓今世之配制眼镜为业者,其光学知识之富,实过于始发明眼镜一物之罗加培根(Roger Bacon,1214—1294,英国哲学家,所著汇刊为 *Opus Majus*, *Opus Minus*, *Opus Tertium* 三集。但寻常所谓培根,皆指Francis Bacon,1561—1626,另为一人,切不可与此培根误混)。由是遂断言,若论光学,则罗加培根实远不能望此人之项背,而无足以启示吾人者。斯言也,似无以难之。虽然,罗加培根昔亦从师学,然自具天才神智,故能用其所学得之知识,创作新器(即制为眼镜)利用厚生,厥功至伟。今之配眼镜者,其所知或比罗加培根为稍多,然亦有限。而其知识必多淆乱含混,远不及罗加培根之思路清晰也。故今者研究罗加培根之生平及其著述,而能窥其用心,学得其穷理格物之道,则罗加培根教导吾人之功,必远过于彼配眼镜者矣。

此理在技术科学固不易见,至若在范围较广之书,如达尔文之著作等，则凡读者皆易见作者智力之夐绝。其感人之处，殊有异于最新式最完备之教科书也？凡宗教、哲学、诗词及高等艺术之书中，所最关重要者，厥为作者心胸之伟大。而其书之或今或古，何年出版，则直可不过问。所以然者，在技术科学，事实与知识已极重要，而想象、人品等则无足重轻。故在进步之时代中，科学书籍出版未久，即成为“陈旧”而不适于用。每经再版校订，则前此诸版所印者，均无人购读。科学书之用为学校教科书，罕有用至十年以上而不易他书者。若牛顿之《物理学》（*Principia, Philosophiae Naturalis*，一六八七年出版）乃近世独一无二之例外也。

虽然，此类之书亦固有之，如欧几里得（Eucleides）《几何原本》，作于纪元前三四世纪之间，而全欧洲学校之教授几何学者，悉用此书为课本，直至一千九百年之顷，乃有更换之事。〔［原注］吾此文作成后，《几何原本》卷一希腊原文，经赫斯君（即本书第四篇《希腊之数学及天文学》之作者）校订并加评释，剑桥大学一九二〇年出版。该书甚有价值而饶趣味也。〕故《几何原本》之为教科书者，垂二千余年。今人谓《几何原本》书中疵瑕甚多，然用之二千余年而始见其疵瑕，则其书之价值从可知矣。

吾所识某老人，自言幼时当十九世纪初年，在英国某名校读书。其所用之文法课本，乃邓尼斯（Dionysius Thrax，又称 Denis of Thrace）所编著。邓尼斯者，纪元前一世纪之希腊人，而始创立文法之学者也。邓尼斯悟得日常人与人之谈话，实暗合诸多复杂之条理规矩，特皆不自知。邓尼斯寻绎此等条理规矩，研究而整理之，遂成为文法。邓尼斯为此亦非纯出自力，而所受其师 Aristarchus 及其他人之启诱为多。自邓尼斯之后，其书几经校订，供世人诵读，至一千九百年之久焉。

更举一例，自上古之末期以历中世，医学之一科，全本于古代二名医所著书。二人者，一名加伦(Galen)，希腊种人，而生当罗马帝国之初叶。又一名希波奎提氏(Hippocrates)，亦希腊人，居Cos岛。其生较早，当纪元前五世纪。今夫近世医学之发达，主攻辟此二人之说，而别立义法。然世所传希波奎提氏所著之一短篇，今日苏格兰及美国若干大学之医科学生且诵读之焉。此篇所录，盖系希腊盛时，学习医术者始业之日所宣之誓词，以见医学之关系重大，而从事于此者务当矜慎也。其词略谓始受业之学徒誓愿尊服其师，扶掖长养其师之子女。遇有病者，当竭力为之调治，始终罔懈，决不施用魔术迷药或符咒祈祷等方，亦不以此教授他人。决不施用毒剂或以手术谋害人命。赴病人之家，得闻其家中之琐事隐情，定必缄口秘之，不泄漏于他人。且既至病家，则为其全家上下人等之密友，但当思有以扶助之成全之。此誓词之大略也。

今之学为医者，多不用此誓，世且以信誓为毫无价值之事。然昔之首制为此誓词者，其功至不可没。盖彼能窥见医道之高贵与其重要，而以词达之。其后凡为医者，异国异言，犹服膺其说，引为己之圭臬规矩，不敢违犯，如是行之二千余年，不亦伟哉！

吾之举以上三例者，盖亦有故。岂藉此以显今世于希腊文化摧毁至速，行且澌灭荡尽也哉？非也。吾之意盖欲证明科学之进步虽速，科学书籍虽不能经久，然希腊全盛时代之人，天才卓越，精力弥满，其所著科学之书，至能行之如是之久，古今无两，不亦伟哉！吾侪其勿谓《几何原本》为断烂残缺、陈腐不适用之教科书也。当思昔日之欧几里得氏作此书之时，无多卷籍，但有地上平铺之沙版供画图之用，遂能沉思冥索，尽得几何学之理，综辑成书。虽文极简，而蔚为世界名篇，传之久远，永为人类文化之柱石、智慧之明灯。迨夫时移势易，欧几里得并世之国家悉已破灭，欧氏所供奉之侯王悉为罗马人诛戮。又未几而罗马人又为条顿民族所征服。彼野蛮之条顿民族,几经艰难挫阻,诵读欧氏之书以及他书,乃得渐成其学问。至于今日,乃起而欲废弃欧氏之书,然非欧氏又曷克臻此?呜呼!欧氏之书,诚当去之,强留之,亦何益?科学之书类皆不能行久,而欧氏之《几何原本》其造福人群亦可谓久矣,尚何顾恋之有。吾之言此,欲以见彼希腊古人智慧之夐绝、精力之弥满,至使希波奎提斯、邓尼斯、欧几里得所著之书传授至二千余年。而当希腊全盛之时,其人又以此种智慧精力用于他途。(如文章、哲理、艺术等皆是,详下。)彼中造诣,异乎科学,不须进步,而能永久长存,光辉不减,是则为足称耳。

此层极浅显,然关系重要,宜再申说之。今试取古人所作医学或工程之书读之,虽或心服作者之天才,然终觉其书陈腐无用。今人著作,其精美早已凌驾其上矣。又试取荷马之诗或爱斯克拉之剧本读之,如不能领略而赞赏之也,则已;苟其能之,则终身觉其佳美无尽,趣味无穷。反复细读,于书中之小节,如所叙事实、所用法程,及希腊古代文明之见于此者等等,固能领略无余。至其书之菁华之精神,所以能为名篇者,纵读之百遍,而仍觉领略未尽。苟非下愚之人,每读皆有新得焉。(按中国旧诗云:"旧书不厌百回读。"所谓旧书者,乃历千百年之天演淘汰,优劣选择,而为众所公认之佳书也。故其书能读之百回而不厌,即此处所言之理也。)

故凡百艺术之中,必各有其知识或科学之成分焉。此成分能与时俱进(每变益上),然亦必另具一种成分,不由知识,又无进步,而其价值永久长存,一成而不变,如晨曦之美、慈母之爱其子、初生之犊之欢乐矫健,以身舍生殉道者之不避汤镬等是也。人类无论若何进步,终不能改变此等事物而使之益趋完美。有如山上之光,可望而不可即,能得近之,已为幸矣。人类以想象力所创造之文章艺术之最精美者,亦犹是也。千载而下,决无有仿效爱斯克拉《亚格满能》剧中加散德一段。(《亚格满能》系爱斯克拉所作剧名。至此诸人名及剧中本事,均见本志第十三期《希腊文学史》第一章。)作为剧本,不失其神味,而能胜过原作者,此则及今可以断言。故人类之于此剧此段,但当悉力领略,能尽得其可惊可喜之感情,斯已足矣。

此种永久之性质,于诗中最为显著。以诗中之事实及知识之成分,了无关系也。美术中所用之器具、媒质、技术等,时常发达精进。今之雕刻家纵或自知才力决不能造斐底亚斯(Phidias,500—432 B.C.,希腊雕刻大家)之石像,然总谓己之所知所学,有为彼斐底亚斯所未知所未学者。且己之艺术,兼备各种题目,易动人之感情,均非斐底亚斯所能及也。若论哲学,则此二种成分之配合,较为深微,不易窥测。哲学固不能全离科学而独立,然哲学之最精美者,其中常有创造之想象力存焉。如柏拉图作《语录》一篇,叙宇宙构成之状况,名《泰米斯篇》(Timaeus),在希腊季世,影响最巨。然以今日科学之眼光观之,则荒诞离奇,毫无足称者矣。若至于其《语录》中各篇之论知识之来源,及公与爱之真义者,则千载而下,不能废也。后之哲学之士,惟求上企于柏拉图,学其思想之高妙深微,斯为得耳。

于此另有一义,亦浅显而极关重要。欲明今古之关系,不可不知也。有人于此,其言曰:“吾亦知柏拉图、爱斯克拉等理解精到,然其名言至论,早已流布人间,成为天下后世之公产,又何必返而求之于古希腊之作者哉?人皆知地球绕日,固不待读歌白尼之书,以此例彼,又何取焉?”为此言者,殊不知进步与永久之别,又不知知识与想象之别,故其言似是而实非。今夫哈维(William

Harvey,1578—1657,英国人体解剖学家)之发明血液循环流行而非静止,歌白尼之发明地球绕日而非日绕地球而行。此其所发明之事,可以一言尽之,而晓谕全世之人。又设有某工匠创为新式改良之电话机,某社会改革家兴一利,除一弊,其所作为亦均可流布。二三年后,全世之人,皆遵之用之,而竟不知为谁氏之发明,漫然不记其功焉。彼世人固愚妄,然亦以兹所发明之事,性质固然也。(即为进步与知识,故如此下段所论,乃属永久与想象者。)

然而此法果可施之于*Macbeth*与*Romeo and Juliet*(均莎士比亚所作名剧)乎?不可也。此二剧非可以一言尽也。读之者只有虚心妙悟,反复熟玩,以求洞明作者之本意。苟不用此法而读之,决无从得益也。吾尝见世之诵读名诗者,不读原诗,而但于百科全书中取其本事而读之,又或但读外国文译本之极寻常者。(按兹所言二病,吾国今日研究西洋文学者犯之最深。)此乃下愚之人,与聋瞽无殊也。所谓永久之成分,所谓精神与想象之事,多存于制作之方法,而不在所作之成绩。苟欲得之,则只有寻绎其方法而自行体验一过。譬之某地风景之佳,须沿途缓步细察乃得之。今另寻捷径,绕越其地,或乘汽车疾驰而过,则为辜负好风景矣。

返观前史中文物昌明之时代,其所产生留遗之事物,常分二种:(一)如米罗之金星女神石像〔Venus of Milo,金星女神石像,乃希腊极美之雕刻之一。一千八百二十年,在米罗(Milos)岛发掘得之。鉴定者多断为纪元前一百年之作,亦有谓其必为纪元前四世纪之作者〕、《旧约》圣书中之《约伯记》、柏拉图之《理想国》等,以其性质之精美,而其物之本体至足珍赏。(二)如罗马之《十二铜标》法典,印书机之发明,及古今大战之记述等,其为人珍赏,只以其为造生他事之因。全副史事譬如网罗,此其一线,因果相牵,乃足重轻耳。以上二种，虽常混合于一处，而究可辨析。(一)者具艺术之价值，(二)者则仅有历史之价值耳。

古希腊之文物，则于此二种兼而有之。其诗文艺术，皆具异常之美质。试持与罗马比较，今于英国之干贝兰(Cumberland)地方，发掘罗马人之古城垣，则所得祭坛碑碣弓靴刀剑之属，其数不少，是皆有历史之价值者。然若论其形之美，则与今世之垃圾堆相等耳。更就世界他处发掘罗马古物，亦同。然使发掘希腊人之古迹，所得物品，纵与史事之成败得失无关，要必精美绝伦。其城垣之雉堞必美，其碑碣之铭刻必美。其雕像固有一二故为凶怪之状者，然大都真切而庄雅。其瓶罍之形必美，而其上之花样亦美。甚至于其墓冢上之残碑断碣，亦莫不具此不能言之美态，虽文甚简而字已脱，不足病也。

吾殊不欲妄发议论，试取希腊碑铭之收藏而细玩之，当能见其然也。希腊文物之美质，乃确乎不可掩之事实。至于此美之来源，则当略为分析推勘之，或能见其所以然耳。

第一，此美不在外表之装饰，而在内形之结构。其为美也正而简。试以轻装短衫，手拍网球之运动家，与冕旒黼黻、金袍玉带之王侯贵官相比较，又试以今世轻捷细长之小艇，与十六世纪高楼重台、金碧辉煌之巨舰，或与中国官眷所乘之民船比较，则其美各不同。小艇之装潢之富，不及巨舰百分之一，而美过于巨舰，则以小艇之边线及结构皆正而合法，而其美在其本身故也。至若巨舰民船及彼王侯贵官，躯体笨重粗拙，金漆装点，愈增其丑而已。今夫古希腊文物之美，正与此小艇之美同。希腊古庙，其简朴无殊茅棚，仅壁多垩漆。世之见惯画栋雕梁、绣阁朱户者，于此恐不能见其美也。又希腊雕像，毫无装饰，其像每作为少年竞走或祷于神，或老人俯首沉思之状，如是已足。庄严简朴，不求酷肖真容,亦不求尽合人体解剖之实况,惟求极真之美。吾昔游东欧某城,见有工匠刻木为傀儡,肖中世之王者。其冕以诸色玻璃成,身着紫袍,满缀锦绣花纹,光辉富丽。而王之相貌则类痴愚,无姿态、无骨骼、无筋肉,呆然如死人。此其美,非希腊人之所谓美也。然使此工匠观希腊雕像,必以为索漠简陋,而掉首去之矣。不特雕刻,于诗亦然。二者之间固多分别,然希腊之诗亦重结构,即谋篇布局之法是也。希腊诗并非黯淡无色,然质朴严重。近世人习见盛饰藻丽、铺张夸大之文者,每不能欣赏之。盖希腊诗之简而直,与希腊之雕刻同。诗人必中有所感而后发,修辞立其诚,体裁亦以适宜为尚。至若究能感动彼读者与否,固不暇计及也。总之,彼希腊诗人决不以术媚人,决不藉词藻之秾丽缤纷,以掩其意思之浅俚凡近,使人受愚而勉强读其诗也。

或有难者曰:谓希腊之诗甚直、甚简,而不假藻,固也。然试取希腊诗译为英文而读之,则光辉全减。昔之高华者,今乃变为卑鄙。凡通希腊文者,读希腊诗人之集,一开卷,即觉其意境夐绝,别有神致。有类《天国丧失记》[①](*Paradise Lost*,弥儿顿所作纪事诗)之处。惟《天国丧失记》之文词艰涩、矫揉造作,以成其高夐,而希腊诗之文词则直而简。迥乎不同,若是者何也?

此盖由希腊诗之文词,本极高华,故不假藻饰也。论者皆谓此事极浅显,然试问其何由而能致高华乎?一则曰:是由于音调之谐婉也。同一语句,希腊语较英语声音较为和美。然此犹未尽然。取希腊之诗,以古音或今音朗诵之,今人听之者只觉其粗恶而已。又曰:是由于希腊文之结构然也。据语言学家言,希腊文结构之精整,发达之完备,表示思想之有力,均为他种文字所莫及。故尝有希腊文中极自然和雅之句,译其意为拉丁文或英德法

① 《天国丧失记》,今译《失乐园》。

文,则繁复笨拙无比。虽然,以上二说,均非精到之论,寻根探源者也。

今先问同一字也,随所用而异其性,致使文体或高或卑。致此者何也?则曰:其所常相联合之意思也。因其常用于一处,故读者见此字则思彼事。歌楼酒馆中人口中所用之字,常带此等人之卑鄙污浊气。弥儿顿、卡莱尔喜用之字,常有峥嵘傲岸、愤世哀时之意。故吾敢断言,希腊之诗所以能特具一种真切庄严之美者,实由作此之诗人,其心常习于高尚诚恳之境,非吾人所能及也。其人美,故其文美,所谓诚于中,形于外也。吾所谓"其人美"者,非必举止文雅、礼节熟娴之谓,乃谓其人聪明睿智、见义勇为,一遇世间之美事,如初日、大海、繁星,人与人之相爱相争、扶善去恶。等而下之,如饮酒食肉,怨毒恐怖等事,皆立起敏锐之感觉,而为高尚之行事,所以谓之"美人"也。

综上所言,彼纪元前五世纪之希腊人,半由天运,半由人力,造出各种精美之物品,若庙宇,若雕像,若书籍,而尤以书籍为最要。此诸美物,不随其作者之身而俱死,又不为时尚所转移。为人宝爱,以至于今,犹能使观者读者起高尚之思,兴浓挚之情焉。细求此事之原因,则知希腊人爱美之天性极强,而其所爱者为一特种之美。其美不系于外表之装饰,而深藏于物品之本质及其结构。其在文学,则希腊文学,特著之美,半由于其文之质直真切简朴,作者每直言其心之所欲言;而半由于希腊人之聪明睿智,因而其所造之希腊文字亦高妙精密,足以成其文学也。以上诸端,今更综合而详说之,以明其因果之关系云。

人之常言曰:"当古希腊之时,世界尚在少年。"此语之出甚早,而其义每滋误解。苟细究之,实未必然。世界之生成已亿万年,而希腊至今仅区区二千年,何足分别?且古希腊人年及六十,必感老境之日迫，与今之老人无异。又其时尚无老光眼镜与镶牙补齿之术，则是希腊人比今人尤为老矣。虽然，吾西洋人最重进步而讲人道，而吾人所爱重之事物，几莫不于二千年前肇端于希腊。故由斯义言，则谓彼时世界尚在少年而今已老，可也。

谓之为少年，尚非尽确也。植物之中，如芦荟（又曰茄楠香）之类，其生千百年，潜伏地上，无声无色。及其积蓄之精力既足，一旦忽暴长至丈余之高，开鲜花，结硕果，其后乃渐死灭萎败。今夫人类固不死，然人类之所遭，常有与此植物相同者。试翻世界史，一究各族各国之既往，则知其间进步之时绝少，多腐败壅滞，或仅足以保守其旧礼旧法，或且复返于野蛮獉狉，故在世界史中不得留名。而所谓世界史者，实乃世界之一小方隅，在一二短时期中之历史，譬彼植物，世界史仅记其暴长勃兴而开花结实之事焉耳。

十九世纪即为此种繁荣滋茂之短时期之一。十九世纪中，人之生活道理以及地球上之大势，变迁至巨。自耶稣之生迄今，任举三四百年而合观之，亦不及也。吾侪生值此盛世，或将见其衰。而乃以一端概全体，遂谓人类由来进步不息，每变愈上，此实大谬不然矣。又若纪元前第六至第四世纪之间，巴尔干半岛之南端（即希腊），忽放异彩，亦蔚成一暴长勃兴、开花结实之时期。时短而地狭，范围甚小。然其兴至速，其实至精，最足惊叹景慕者也。

凡处此种繁荣滋茂、光辉灿烂之时期，举世之希望方长，后人遂觉其少而不谓其老也。试观人之发明新器新法、甫行成功者，有情人得成眷属者，致力于社会事业、始行发轫者，著书作画，而自知其所作必精美者。又试观遭大投艰、九死一生，而今幸得成事者。试思英国击破“无敌舰队”之顷（一五八八年，西班牙王腓立第二以海军大举伐英,号为“无敌舰队”。英国君臣上下,悉力御敌,竟以少胜众,大破其舰队云),法国大革命初起之时,美国独立军战胜于约克城之后〔一七八一年,美国独立军,以华盛顿为帅,大败英兵于约克城(Yorktown),英将举军降〕,以上各国各类之人,其感情为何如乎?盖已自忘其所以矣,而皆魄力雄厚,神志飞扬,欢乐无限,希望方长,勇往直前,深信“天下无难事,惟在有心人”。以如此之精神感情,诚足使世界少壮而不老。由此以言,则谓泽米斯多克里斯(Themistoeles,527—460 B.C.,雅典名将兼政治家。纪元前四八〇年,希腊人第二次大败波斯来伐之军,即出此人筹谋统率之力)、爱斯克拉(Aeschyius,见前注。其人当雅典与波斯军战时,曾置身行伍,以勇显。其后所作庄剧,又叙波斯王大举来伐而全军败没之事,以表现雅典克敌致果之后,举国欢忭之意。故此处特举此二人之名)生世之时(即纪元前五世纪),世界尚在少年,亦何不可哉?彼时世界之上,方充满朝气,其后则变成暮气。朝气也,少年也,斯皆希腊精神之主要成分也。

吾言至此,难者必曰:“尊论自谓根据历史之事实,而实皆虚空之幻想也。先生所尊为高贵文雅之希腊人,其真相早已为人所抉发窥破。人类学家于此考究,纤悉靡遗,不特其所用之耒耜、弓矢、琴瑟以及土偶、神像等物件,无异于野蛮人所用者。即彼希腊人之立身行事,无在不为野蛮也。或则迷信鬼神,或则渎乱人伦(谓淫烝等事,如苏封克里所作庄剧之本事即是也)。遇国有大难,群情惶惧,则以人命为牺牲以图祈禳。(如绮斐吉尼之事,略见本志第十三期《希腊文学史》第九页,尤里比底氏曾演此事为庄剧云。)况其社会组织以奴隶之制为基础,其人分居若干小城中,无异蜂巢。又常相斗争,内乱外寇,不得一日安。如此之国家之民族,何高贵文雅之足云哉?”

以上难者所言，尚属近理，过此则失矣，凡兹所举，皆确凿之实事。吾侪欲洞明希腊之关系者所当熟察而深思之者也。然兹有二事，至须分别：（一）纪元前五世纪之希腊人，曾造出世界古今最高贵之诗文艺术、最精美之政治思想、最切要之哲学。（二）造出并享受此伟大文明之希腊人，其本身则与野蛮人相去只一间耳。人之恒言曰：剥去近世俄罗斯人之浮表而观其里，则成为鞑靼族之野人。今若剥去古希腊人之浮表而观其里，则见其甚为质朴强悍，殊类昔日横行海之北人，与今日澳洲之土著遗种耳。

顾其奇妙之处亦正在此。以如是之人，而可自策自励，一变而上，造出如彼之文明，则希腊人之精神魄力为足惊矣。昔之野蛮部酋，为耶教或佛教之宣教师所感化，竟能于一年之间，尽弃其醉舞狂歌、杀人祀鬼之夙习，而进为仁厚贤明之王者。古籍所载，不乏其例。近如日本民族，其三四十年中之进步，寻常须历数百年始可企致。其突飞直前，亦实罕见。然此犹曰：彼野蛮部酋与日本人民，乃受他人文化甚高者之教导，非纯出自力，况该族该国，迄未能自显其天才，创造若何之文明也。反观古希腊人，则其所受外国外族之影响极微。即至其衰时，亦常“少所取而多所与”。布勒（J. B. Bury，现任英国剑桥大学史学教授，著述甚多。见本志第六期《西洋文学精要书目》第三及七页）教授亦曾言之。故希腊人纯以己力创造如斯之文明，毫无疑义。论者动指虐待奴隶、欺凌妇女、拜祀木石、崇尚巫蛊，以及异邦互相仇杀诸端，为希腊人野蛮天性、迷信故俗尚存之证。斯固是也，然性行如此之人，遍古今世界皆有之，多于野草，岂特希腊人为然？希腊之所以为希腊者，决不因若辈人，与夫此类常有习见之事。盖希腊之所以为希腊者，实由其文化之运动，竟能将此等野蛮迷信之人，引而进之，遂变为纪元前五世纪之“哲人”。哲人出而力斥奴隶制度之非，又破除各种残虐之迷信，而提倡以哲理及人道为本之宗教，尊重妇女与男子精神平等。又视四海之人皆如同胞，而谓全世界为“神与人所共居之大都”。夫此文化运动焉可于他国他时再见之？希腊之所以为希腊者，不以其有斐底亚斯之雕像，不以其有柏拉图之语录，不以其有爱斯克拉氏、尤里比底氏之剧本，而以其有此文化运动故也。

由是遂生以下之结果。第一，希腊文明以其起源之卑，用力之苦，成功之速，故虽在盛时，亦极不稳固而多疵瑕。此等疵瑕固使希腊人受害不浅，然在后世之人，研究而推寻之，则趣味浓深而殊足引为鉴戒也。第二，希腊人甫脱野蛮，故其心性，有为今世平安巩固之文明人所远不及者数端。希腊人之心性直而捷，毫无倦怠之意，视世间事物悉新奇而有味。第三，希腊人之心性直由自然而起，无繁复之礼教习俗学说以困扰之。此层极奇异而关重要，乃希腊文明之所独有也。

吾固知希腊文明之前，已有克里的岛海王之文明。（见本志的十三期《希腊文学史》第三十一页。）吾并知希腊人亦有其简单之宗教。吾多年以研究希腊文物为事，或致溺于所习而不自觉其陋劣之处。然即有以上各层，退一步言，吾犹认希腊人之凡事直起于自然，为不失其正鹄也。今设有欧美好学深思之士，欲研究中国、印度之事物，则必先通中国、印度之历史及神话，且须自变其心理以同于中国、印度之人，然后可。譬之戴眼镜始可视远物也。又如有欲研究欧洲中世之事物者，或仅欲读但丁之诗集者，其需预备之工夫，亦同。必先洞明教皇与神圣罗马皇帝之关系、经院派陈腐之哲学、近人所视为奇诡凶残之天主教神学，以及天堂地狱之状况。一一领会于心，然后始能了解但丁之诗意也。但若研究希腊文明，则不必如此。希腊诗文哲学中所用之史事及神话等，固极关重要，费近世诸多学者之力，为之爬剔整理。然就其大概言之，且姑暂不论翻译之能否达原意，则希腊哲学直入人心，凡愿用其正当之思想者，皆可领会之。希腊之文章艺术亦直入人心，凡能运用其想象力而爱美者，皆可享受之。固不必先以另一系统之镣铐枷锁自累其身，然后始能窥见，但须祛除一己之拘墟旧见，即足。此其事极轻易而且有益也。

兹所论定，当无有非驳之者，惟尚有繁难之事，请逐一详释之。

第一，希腊美术并非今人所称道之“自然派”（即物性派）及“写实派”，而适得其反者也。希腊人恒视美术为一种智慧，且具备格律法程，而须苦心学习之。其勿以希腊美术之外形简单而遂为其所愚也。彼直立之圆柱实成于隐微精密之曲线。彼墓碑上之凸凹画，绘母别子之状，似极简单，而实由惨淡经营，积累若干层平面而成，或且故乱透视线以示区别。总之，其间必有规矩，必有改良修缮之法，运理想以入实境，而增世间所不具之光辉。顾虽如此，而希腊美术仍不离自然。作者常注视其所描绘之事物而无失，虽各自有其体裁，而必合法适度，不矫饰，不夸张，不现郁激之性，又不惟摹拟形式之是求，实乃最自然最合法之美术也。人类始得自由表现美质之顷，乃能为此耳。例如希腊诗（戏剧亦属之）中之文字与散文大异，而各类之诗（如史诗、情诗、戏剧是）之文体，其间亦有别。又希腊之诗，绝少叙当世之事者，所叙均已往之史迹，而以己意变化之者也。惟今所应注意者，则此类之规矩法程，虽为古今大诗人之所共遵循，莫敢或外。而当其作成于希腊，实循一极自然之趋势，为生民初抒其诗情者之所必至，初无丝毫矫揉造作之意也。

且也，希腊人纯任自然，不以定于一尊、牢不可破之思想统系自行钳制。又益以他因，故希腊之生活与文明，极繁杂而多变化。此乃希腊之特长，而与古犹太、亚里西亚、罗马诸国绝异者也。以地理言，希腊乃一小国，有极曲折之海岸线，内陆多山，分全境为若干小区，各阻绝而不相通。以政治言，希腊乃聚诸多独立之小邦而成。邦之小者，仅有一雉堞围绕之都邑，与居民一二千而已。各邦之人民，其观感殊异，各愿为本邦力战效死。于是各邦分立对峙，隔离斗争，成为故常，同归微弱，希腊人本身受害不浅。然因此而希腊之思想文学多变化而富精神，反为吾侪后人研究希腊文化者多添益处也。古今各派之思想，各体之文章，希腊无不有之。特其出较早，而比之后来较为简朴耳。即与希腊人习性相去绝远之事物，亦均见之于希腊文学。如任情纵欲之与苦修克己，尊重知识之与贱视知识，无神派之与虔敬奉神派，救世之宗教之与逃世之宗教。以上所举，各系极端反背者，而区区之希腊则皆兼而有之。即本篇所陈义理，所发议论，无不可引希腊某人某事为例，以证其非是也。总之，希腊毫无束缚钳制之意。其人之心性自由，阅历尚浅。然视生涯极乐，满怀希望，无在而不求其最精最上之美德。又酷好美质而温和有节，盖其人之天性使之然也。

希腊之生活与文明，极繁杂而多变化，固也。然其间有普通主要之特色数事，皆由希腊人之清新浑朴、密迩自然而来，兹分言之。

今人观希腊雕像或凸凹画，读亚里士多德之著作，则首觉其索然寡味。何哉？以其若是之合法，若是之真切也。以其绝无浮夸激切与似是而非之语意也，以其断不以狂悖之方术媚人，而引动人心中狂悖之情，使之加甚也。今人每每呵斥曰："噫嘻！彼希腊雕像中之人，类皆美秀强健。其容庄，其骨肉均合式。然此等平庸之物，吾人已见之过多矣。亚里士多德谓道德乃两极端间之中庸，有德之人必乐。然此类陈腐之言，吾人已闻之过熟矣。欲歆动吾人之观听，非力趋新奇不可。必也谓克己而至于销声匿迹、戕生灭神，否则利己而至于暴戾恣睢、阴险毒狠者，乃可谓之道德，或径谓道德乃不可救药之大错误。至其为雕像也。则作为枯槁黧瘦之人，目眶深陷，饥饿将死，怨天尤人之状。或径以油墨颜料，涂作一团，陆离光怪，使人不能辨识其为何物。如此之学说，如此之美术，乃吾人所为叹服称赏者也。"

问今人之心理如此，何为使之然耶？吾兹所形容不无稍过，然试则对曰：由于积久而生厌，于是反常走怪，见异思迁。今世美术衣裳之时式花样，朝夕更变，行险伤德之游戏技艺〔如二人角力（Prizefight），而众以其胜败为赌博，一输千万。又如马戏（Circus），极丑怪粗恶，而皆盛行于美国，他国亦同〕最受欢赏。造谣生事，专纪谋杀离婚等事至于穷形尽相之新闻报纸，获利无穷。凡兹现象，何莫非此种心理为之哉！至美至上之物，见之多而厌之，知之悉而鄙之，于是求其次等稍逊者而好之。更久之，则专取最劣最下之物而奉为至宝矣。或者久后复厌此最劣最下者，而再思至美至上之物，亦理势之所必至也。彼希腊人之心理则与今人绝异。不惟无厌倦之意，且视世间事物异常有味，取精去粗，鉴别至审，又求知若渴。有所发明，惊喜相告。其观察事物，一主真切，不为己之感情所蒙蔽。其评判事物，一合法度，不缘己之思想而轻重。如见彼雕像中端正健强之骨骼，配以匀称合法之肌肉，则大乐，绝不生厌。苟作者故意矫揉，使像中人物之肌肉暴张扭转，以表一种感情，彼希腊人见之必蹙然曰："噫嘻丑哉！"或曰："岂有人体之肌肉而若是者？"又如读诗遇有泪珠微咸而温之句，彼或颔之。若如近人诗中谓女郎之泪珠："比火尤热，比海水尤咸。”则彼希腊人必夷然斥之为“不足动人”，以其“不近情理”故也。

向来于宗教道德之事，言者尤喜用激昂切挚之词，实则人当感情驱迫、意气飞动之顷偶一及此。今乃处处用之，诚非是矣。如曰：“见人受苦，比之自身受苦，其痛千倍。”又曰：“真有情人，惟愿所爱者能得称心适意。”此类激昂之词句，今人随地使用，久已成为习惯。正如文章中之譬喻，车载斗量，皆陈意烂套，而不能去也。惟然，故于希腊人非为状物生动，不用譬喻，非至表情真挚，不用激词者。今人见之，未免厌其冷枯无味。虽然，希腊人果皆一生心平气和乎？果无情感迷惘激烈之时乎？吾有以知其必不然。为此问者，诚为不解人生之价值者矣。夫感情非可伪致，而必由衷。又非可铺张夸饰，而必轻重悉合于事实。彼希腊人非无壮烈之情与慷慨之词也，留以有待，遇大事乃用之耳。人生必有身当大事之时，何必急急？若彼铺张夸饰成为习惯者，处非常之境，反缄默羞缩而无词矣。

能鉴物真切，爱美崇德，不为一时之烦厌所沮，不为常变之时尚所移，此极难之事，不能望之于人人。即古今能为之而无憾者亦无其人也。惟学者及作家，或遍习各派之法程，或专纵一己之神思，然当时时以“复渐渍于自然”之规律自按，庶几其有得矣。推而广之，此世界亦当时时以“复渐渍于希腊精神”之规律自按。详言之，则文学美术，虽其格律法程之变迁繁多，其作伪与浮夸之事层出不穷，然究心此道者，应常顾念前古之希腊人之所创造。盖希腊人首能洞悟真美之义，而观察世界，清新自然，无所拘束，故足尚也。

或疑吾言之太过。吾谓不然，兹不具辩。吾此篇惟论希腊艺术之成就，而未及其历史上之价值。盖西洋文明之种子，人类进步之胚胎，皆植于古希腊。希腊人首能视美为可乐，足为人生之南针,并以诗文美术表现此义,真切著明。且美丑之标准及其原理,多由希腊人发明而制定之。又自由、公平之义,若身体之自由、言论之自由、思想之自由,强弱间之公平、贫富间之公平,皆希腊政治思想之菁华,而在希腊最佳之国家已得见之实行者也。至其流弊显然,当俟另论。又真理本身之价值至为高贵,须以实验之方法、想象及理智之力,一再探索寻求而后得之。此种见解,实与自由(有规则有道理之自由)之义相符,而与乱动、盲从(即过度之自由与极端之专制)之事绝不相容者也。追溯古今,惟希腊科学哲理之士,于斯义见之最为透澈。而其思想之自然,一往无前,实至足惊叹者也。至于四海一家、物与民胞之义,则其出较迟。盖其时希腊畛域分明之诸小国,已合并为一大邦矣。希腊自战胜波斯(共二次。一在纪元前四百九十年,一在四百八十年)之后,即自命有将全世界化为文明之责任。所谓希腊之精神,乃人类之高尚生活,而与野蛮互不相容者也。又为至精至上之美德,而与劣下凡庸互不相容者也。其初希腊人爱国心热,未免鄙陋,谓凡希腊人皆在异族"野蛮人"之上。(按此正与吾国古时夷夏之别,同其意义。吾国古人自号华夏而斥他人为蛮夷戎狄,固不免有自尊骄傲之嫌。然实因他族之文明程度远逊于我,故以文化之代表人自命。与希腊人之用心若出一辙也。)后徐思之,见得希腊人不必皆能传播文明,而异族亦不必遂终于野蛮。且希腊之精神,既系精神之事,即与一人之种族、籍贯、里居无关。更后而斯多噶派出,创为"人道"之说,而视四海之内皆兄弟矣。凡此理想见解,在希腊以前,无人能道之。在其后虽能道之甚众,然皆拾希腊人之唾余而反复传诵之耳。

凡此诸义,若真理,若自由,若美,若至上最精之德,非可笼罩一切。自昔世界诸多纷争迷乱,悉以此为发端,故其流弊有不可胜言者。另有一义，与上对立，其势较强。且以视上之诸义为恶而谋铲除绝灭之。其义维何？曰服从，而不容自由也。曰塞明蔽聪，或以丑怪粗劣之品，充耳口腹之欲，而不计其美与否也。曰盲从古训，而不求真理也。曰放纵感情，崇尚狂悖，而不倚理智，又不平心深思也。曰侈谓众生平等，而于善恶不分，智愚不辨也。（以上之病，中世之耶教有犯之者，近世之学说行事，亦有犯之者。今世其病尤盛，故宜以希腊精神救之也。）苟使此类之理想行事而无误，而能有益于人也，则希腊对于人类所造成之孽诚大矣，则希腊前此实引导人类入于歧途矣。然而非是之谓也。希腊所指示者，实为正途。维彼首现光明，普照后世，为时虽短（谓二千年犹为短时也。此段所言，悉一一回顾篇首及前半篇各段。细观自明），造福无量。今日者，无论吾人主张个人生活，以自由、理智、真美、至精最上之德为根本，又从事国际运动，以世界大同为归宿（即奉行希腊之教），抑或斥上之诸义为人类之毒鸩、之网罗（即反背希腊之精神而行）。姑不问为祸为福，总之，希腊人为今人精神之先祖。以上诸义由彼初创，势力绝大。故吾侪应当费时费力以研究希腊之思想艺术而得之也。其中上之诸义，固极明显，即与之相反之思想道理，亦具备于此，清新显豁，而不糅杂混乱，最便研究。诚以希腊者古今之小影，宇宙之模型，欲明历代之治乱得失成败，及万事之是非善恶真伪者，悉可于希腊之哲理文章艺术中求之也。

——本文作者为英国穆莱（Gilbert Murray），译者吴宓，编者识语及所附评释亦均为吴宓作，原载于1923年11月出版之《学衡》杂志第23期。

赖斯德撰《罗马之家族及社会生活》

按希腊罗马，同为西洋文化之源泉。希腊之所以留贻后世者，为其哲理文章艺术等。罗马之所长，则在军事政治法律，及实用之工程建筑等。希腊人创造文明，罗马人继承之而传授于后世。然其间亦多特创之事物，非但以因袭为能。约而言之，则希腊文化造诣较为高深，罗马文化影响较为远大。皆当致力研究者也。《罗马之留传》(*The Legacy of Rome*)一书，系英国培莱(Cyril Bailey)君所编，前年出版，牛津大学印书局印行。其用意及编辑体例，均与《希腊之留传》一书相同。(参阅本志第二十三期、第二十四期、第二十七期《希腊之留传》各篇译文。)为文凡十四篇，论述罗马文化之大要并其及于后世之影响。今取而分译之。兹先译其第七篇《罗马之家族及社会生活》(Family and Social Life)。作者赖斯德君(Hugh Last)，牛津大学圣约翰院学友。论者每谓罗马人与吾中国人之性行最相近似，其礼俗制度及文明之特质，亦多符合之处。读此篇可以知其说为不诬矣。(参阅本志第十五期《西塞罗说老》篇。)编者识。

夫罗马文明之传于后者，自以罗马法为最重要。然欲明罗马法之精义，非仅穷研罗马法律家之判词案牍即能收功。盖罗马法律制度之精华,非彼等法律家所能造出也。罗马法为罗马人品德之所表现,罗马人常识之所寄托,历数百年,遇各种新生之问题,逐一解决之,积之而成此编,固非一二聪明才智之士之著作也。罗马法律家之巨擘,为巴宾尼央(Papinian,死于纪元后二一二年,为罗马皇帝所诛)、保罗(Paul,纪元后三世纪时人)、欧比央(Ulpian,纪元后二二八年为乱民所杀,其母亦遇害)三人。其中二人且非罗马本族。吾今人所亟须研究者,非此三人之著述,乃罗马法律原理中所寓之人生观。此诸人仅整辑而阐明之耳。罗马法之重要,既不在其中之名人,而在其法律全部之精神,罗马史亦同。罗马之所以异乎希腊者在此。希腊对于人类永久之贡献,为其诗人、史家、哲士、巧匠所留遗之成绩。此极少数人造诣精绝,挺然为希腊民族之光荣。罗马则异是。若卢克里霞斯、桓吉儿、该撒、奥古士都等人,固声名洋溢,远出其时人之上。然此类少数之人,断不足表现罗马民族全体之品格。欲知罗马人何以能创建前古所无之大帝国,而其成功有道,非由侥幸,则当细心深究蓬门荜窦、穷乡僻壤之罗马男女人等之生活。盖罗马之成败兴亡,悉由于此等人之短长得失。罗马者,罗马人也。罗马法之精神,即罗马人之精神也。吾人所当研究者此等人耳。而欲知未受外来影响以前,真正之罗马人为如何,则当上溯共和时代而察其始焉。

自罗马发轫,至奥古士都建立帝国,重整百度,及耶稣基督出世之时(即纪元前,亦即罗马共和时代),此其间之罗马社会史,可分为二期。纪元前二世纪之中叶(即纪元前一五〇年)以前为一期,其后为一期。前期中之罗马,尚未大受东方希腊之影响;后期中则东方之影响已甚显著,而罗马古昔传来之礼俗教化,几有绝灭之患焉。若问罗马人终能常保其祖先之典则与否,后来自知。然罗马人具笃守旧物之美德,能怀瑾握瑜,存其国粹,而不为东方灿烂辉煌之污秽习俗所倾陷、所转移，则至足感人者也。（中国人听者。）

古昔之世界，与吾人所熟见之世界（即近今之世），不同之处甚多。而有一端，尤不易领略。今世以道德与宗教密相关连，不能独立而自存〔虽其关系不若前此（中世耶教正盛之时）之密切而依然存在〕，而常人之道德之标准及力量，均直接间接出于其所信之宗教（即耶教），去宗教则无道德。（按此为西洋之情形，中国不然。中国向以宗教道德分为二事，与罗马正同。故兹所谓不易领略者，我中国人则甚易领略也。）而在希腊与罗马则不然，其时来生之说，渺茫无定，不见信于人。其时人民所崇奉之神，均不顾道德，且其行事，尤悖乎道德。希腊与罗马，固均有秘密传授之宗教，然当时人民所共信之宗教，则不外神与人间订立之一种契约。人对神之义务，仅按时如式，行祭祀之礼，其他无有也。（人之遵守道德，不视为对神之义务。〇按此正与中国旧俗同。）当耶稣纪元之初期，亚历山大城之斐罗（即 Philo Judaeus, 20 B. C. —54 A. D.），尝欲以犹太教之道德热诚，注入已衰之希腊教，使之重光，然亦未成其志。斐罗而外，值希腊罗马道德颠覆败坏之后，竟无有思以宗教救世者。及耶稣基督出而宣示大义，希腊罗马乃均屈服于耶教焉。耶教未起以前，道德之盛衰安危，系乎自身，无宗教为之援助。然处境虽同，而希腊人放纵不守规矩，卒致覆亡。罗马人则不然，此实罗马之至荣也。

罗马之宗教虽不能孕育道德，而罗马之家族则能之。家族者，罗马诸种制度中之最重要者也。罗马人所尊礼崇奉之德，皆由家中养成。其德为何，至有研究之价值也。德（Virtue）本为拉丁字，然后人之所谓德，几经变迁，已大非罗马之原义。罗马人之所谓德者，丈夫气也。当罗马人初用此字之时，视临阵勇敢，为丈夫一生最要之事。故其所谓德者(Virtus),体力之强与血气之勇耳。其后生活渐趋温文尔雅,社会之组织日益复杂,而德之义亦随之而变。勇力以外,其他种种,亦得称为德。试详言之,德之义散见于各书。西塞罗(参阅本志第十五期《西塞罗说老》篇)以家庭中所能养成之(一)厚重、(二)恭敬、(三)清明三事为德。此三者实罗马人天才最优越之处也。(一)所谓厚重之德Gravitas者,不外极重之责任心。视人生最细微之事,亦甚关重要,不敢玩忽,必须熟虑其结果,而后决断以行之。厚重之德,在今世为苏格兰人之特性,在古代则为罗马人所独有。故他国异族(希腊人最甚)顷刻之间,盲动盲从之狂热,轻言改革,而每况愈下者,罗马则无此病焉。罗马人不变则已,变则必成功(即有进于前)而无后悔。(二)所谓恭敬之德(Pietas)者,与厚重密相关连。罗马之法律制度,皆以厚重之德,审慎而创立者。故法律制度,皆须恪遵而恭守之。此即恭敬之德也。桓吉尔撰《伊尼德》一书(桓吉尔与伊尼德,注见本志第二十八期《坦白少年》篇第二三及二四页。〇伊尼斯注同此),使其中之主人翁伊尼斯(Aeneas)具罗马民族所有之诸德,而尤能恭敬(Pius)。桓吉尔之意,非谓伊尼斯谬托虔谨,谄事鬼神,抑且非纯然宗教之思想。其所谓恭敬,盖即兹所言者是也。罗马人之主恭敬,不啻承认人力神力之确乎存在者,应凛遵而无违。故由广义言之,恭敬者即循规蹈矩尊重职权之意也。(三)所谓清明之德(Simplicitas)者,即于事物之真情状,见之极明,而不为所蔽是也。世之评者,但观其表,未察其里。每谓罗马人毫无想象力,其实不然。罗马人理想之深邃,固不能与希腊人比,然使李卫(Livy,59 B. C.—17 A. D.,罗马大史家,著有《罗马建国以来史》)、卢克里霞斯、桓吉尔之诗文,长存世间,为人诵读,则谓罗马人缺乏想象力者,其说不待攻而自破也。罗马人自具一种想象力，但不至为想象力所驱遣而中心惶惑失主，此其异于人者耳。而所以能如此者，则缘罗马人有清明之德，事变之来，常能立足于坚固不拔之地，故不至随风飘荡。观于罗马版图之寥廓，建树之宏伟，则其人清明之德养成有素，盖可知矣。

以上诸德，皆罗马人之家族有史以养成之也。家族者，罗马社会组织之单位，而全体幸福所倚恃者也。英文“家族”(family)一字，即由罗马留传而来，其主要之意义至今未改。惟昔日罗马之家族(familia)与今之所谓家族者颇有不同。其所以不同者，则由罗马人之家族，不止父母及子女而已，家中且有仆役，且有扈从。而尤要者，为家中所祀之神，斯皆家族之一体也。(按吾中国人之家，与罗马正同。)罗马有史以前，其人民之家宅，率皆茅棚草舍，其形大类铁器时代初期拉丁诸部盛埋骨灰之屋形之坛，游观意大利之博物院者所常见者也。迨有史以后，罗马人之家宅，正中必有广厅，为全家人聚会之所即前此茅棚草舍之遗意也。家中房屋尚属平常，所以足重者，因其实可当家庭之名。罗马人首创立家庭，前此无所谓家庭也。古代诸国，除罗马外，亦无有也。(按此所谓古代，仅指西洋而言。吾中国人创立家庭，实远在罗马以前，故吾国人应得此荣名也。)如希腊人之所谓家者，仅住宅一所而已。宅中主人食于斯，寝于斯，财产器物藏于斯，此外无复他事。若罗马人之家则不然，试一读纪元前五七年西塞罗(参阅本志第十五期《西塞罗说老》篇)申诉之词，即知罗马人对于其家之感想矣。西塞罗此篇之作，盖缘其前一年，西塞罗避难出亡。行后，其政敌毁其家，坍其屋，而以其地基供献于自由之神，使永无修复之望。按其时习俗，此举之渎神蔑礼，可谓甚矣。西塞罗归来，乃申诉于法廷，请求赔偿修复。罗马习俗，视毁家绝祀为至残毒之事，故众皆直西塞罗。此举为在法廷与人争讼，故西塞罗词中不免有夸饰过当之处。然即谓其夸饰，犹可见西塞罗所倾吐之感情，实在廷之人众所同具之心理也。西塞罗之词犹曰："国中各人之家庭，最为神圣不可侵犯。明神呵护，精灵保障，岂不然乎？家中有祭祀之坛，有烹爨之灶。其人在此祀神祀祖，陈俎豆，设礼容。夫家之崇贵如此，而为恶者乃敢毁吾之家。此其罪盖上通于天矣。"故家庭生活，实罗马人所发明，而影响后世最大者也。

罗马人之家，为神与人所共居，而神尤为主要。上古之时，罗马民族之祖先，思想简单，遂以其所居四周之彰明显著之事，均命之为神。于是有田神，有林神，顾皆离家甚远。家之内更有神焉，曰灶神（此名借用，Vesta），曰家中库藏之神（Penates），曰祖先之灵及土地神（Lares），曰家庙主宰之神、家长（Pater familias）。尊奉之，乃能行家长之职权而无陨越焉。以上诸神，皆各种权力之赋形而尊之为神者。上古之罗马人，谓常在其家而监临其人之上下左右。其后历年既久，神之本性渐变，昔日之意义及职掌，率皆不存。然罗马犹尊之为家中之神，一体奉祀如故，且专为一家所有。故每家各有其灶神、库藏神、土地神等，不容淆混。罗马人所谓库藏之神及土地神者，其意义与今日英文中用此字不异。足见古事犹明于今，盖罗马人于其家中之神，崇祀至笃，保存最久。其后希腊思想风俗流入罗马，国中之神皆已湮灭不祀，而家中之神犹能岿然不断香火焉。

一家之人，自比一家之神为尤重要，而足资研究。家中有父，有母，有子女，此即近世之所谓家族，而一家团体之中心也。然罗马人之家中，除此之外，尚有附属之人若干，或为雇用之仆役（其本人自由），或为买来之奴隶，各与此家之父母子女有特殊之关系，而俨然为家中之一分子焉。居众人之上而为一家之主者，即子女之父，谓之家长。家长管理家中各人，其权之轻重大小，随人而异。遵照旧俗，亦不能逾限滥用职权。然家长之权力实为无限，甚至操生杀之权。此非虚言，确已见之行事。降至西塞罗之时，尚有元老院议员傅威氏（Fulvius）其人者，以其子随Catiline作乱，谋叛国家，竟置其子于死地。后来直至纪元后二世纪，乃以杀子悬为厉禁，著之刑律。向例，人家初生子女，不欲自养，则弃之山野，听其自死，或待人拾取者，如此为法律所不禁。至君士但丁大帝之时（其在位之年，为纪元后二七二至三三七年），缘耶教感化之力已深入人心，始修改旧章，以行此者为犯法之罪人焉。（按溺女之俗，吾国亦有之。虽有法律，不能禁止也。）

家长之权虽如此之大，然决不为残忍之暴行。盖若家长握此大权，而常滥用之以为无理之事，则其权早经废去而不能存留如是之久矣。其机至危，而竟不致滥用此权者，则缘彼为家长者，率皆恪遵旧传之礼教，斯固罗马人最显著之通性也。家长之权固尊，然欲用此权而不为人非难，则必遵照旧俗。旧俗与礼教，乃不成文之法律，虽未著之篇章，垂为典则，其力乃至伟。礼教所主张者，时或近于严酷，然皆端正合理，故众悉信从无违。由是家长之位置，并非专制国之君主，而实类法廷之审判官。审判官依法律断案，但其判决之罪名与所定之惩罚，则必完全执行，无或能阻之。所谓家长之权（或父权，patria potestas）者如斯而已。其权甚正而善，故能历久而犹存。罗马人纪律严明，规矩整肃，故能成其伟业。而所以能养成此种纪律与规矩者，则由家长具此权力也。

知乎此，而后方可与言罗马教育。盖当罗马盛时，教育实始于家庭，终于家庭，其他均无足重轻也。迨及后日，罗马国中之富厚者，蔑弃其旧有之理想，不重规矩与义务（按所谓忠孝节义，以及礼让恭俭等等，无非规矩与义务耳。今中国人已蔑弃尽矣。读此篇者亟宜猛省），而专务逞其野心大欲，图个人之成功。（即求名求利，贪私纵欲。今中国全国少年所务者是也。）此事虽为罗马之大不幸，然今姑置之不论。盖凡两种文化相接触之时，文化幼稚之国之人，必专取彼较高较古之文化中之卑劣部分，而歆慕之、仿效之。（此言诚确。故吾国所得于西洋文化者，不外选举运动……虐待劳工、破坏礼教、尊重物质、趋骛功利、肆无忌惮、离婚毁家、奢侈淫荡等等。吾欲详细列举，吾心滋痛，读者自思可矣。）罗马与希腊接触之时，其情形正如此。罗马虽学得希腊之长处不少，然于其缺点，亦并取之。如以修辞学为教育之主科是也。不幸罗马贵族，膺治国之责者，本好此道，故一见倾心，群务修辞之学。此其结果，固不能谓为有诸弊而无一利。然而从此罗马之人，不以真理为鹄的，而务逞口辩以求胜人。不视道德为准绳，而常习作伪以图欺世。故罗马文化大受其祸害，而为明达之士所痛心疾首者也。虽然，修辞一道，传自异域，本非罗马及其邻国所发明，故今亦可置之不论，而专究未受东方影响以前罗马教育之情形。当纪元前二世纪时，罗马尚有坚守其祖上所传之礼教而勿失者。克陀（注见本志第十五期《西塞罗说老》第五页）即其一人也。世共传，纪元前一五五年，雅典遣使至罗马，求将赔款减轻。此行以长于词令、工于辩说为主。故雅典人遂选其国中最负盛名之修辞学大家三人Carneades、Diogenes、Critolaus充任使职。其实三人皆非生长于雅典者。既抵罗马，外交谈判之暇，三人者则常以修辞之妙炫人，且愿以其术教授来学之人，当时备受欢迎。罗马城中之人，无少长咸集其门，闻三人谈说，如聆神语，欢欣鼓舞，莫能自主。于是老成之克陀，矍然而起，在元老院中发言，力主将该使臣等三人速行遣送回国，一刻不许容留。免其败坏青年，摇惑人心。谓希腊之青年，尽可稽首俯伏于此等人之前而聆其辩说。若吾罗马之青年，则惟当敬事长上，服从法律，无殊古昔，安用此等人哉！云云。观于克陀之论，以希腊与罗马对举比较，则罗马教育理想之所长及其所短之处，均可概见。其教育之目的，为养成纪律（即规矩）。然徒重纪律，而不以渊雅之文化陶镕之，则生活干枯寡味，遵例行事，但觉其辛苦而不见其可乐，非完备之教育也。罗马人忠于所事，之死靡他，固当为后世所矜式，然此种忠诚勇往之气，每不能收全功且招挫败者，则因其人缺乏思辨工夫，不自计其所忠者何事，所图者何功，此亦罗马一偏之教育有以致之也。

罗马训练其青年之方法，传于后世者甚少。今人所知者，大都与克陀之一身有关。克陀之著作中（按克陀著述甚多，然皆失传。仅有*De Re Rutica*今尚可读，然亦残缺不全），有论及此事者若干处。外此布鲁特奇（Plutarch，约生当46—120 A. D.希腊哲学家及历史家。著有《英雄传》及《道德论》等书）所撰克陀传中，亦有一章，专论此题。至罗马训练青年之目的，由西塞罗之说可以得之。盖当罗马民族初起之时，四围皆敌，近处危逼，多不胜防；因之崇尚勇力，训练首重此层，亦情理之自然。其后乃渐有更改，至西塞罗之时，而他种德性亦为人所重视矣。夫以勇力与他种德性较，则训练之最易成功者，莫勇力若，其他则甚难。大勇者临危而不惊，世间妄逞血气、粗莽急遽之人，亦往往冒大勇之名。然平和时代，文治之德，则极不易假冒。此文治之德为何耶？语其主要者有三种：一曰克己。二曰服从，自家中父母以至国之官吏，皆当尊重其职权而听从其命令。三曰慈和，以对邻人，即仁惠友爱之意也。此三德，西塞罗皆明言之。此外尚有一德，亦关重要，曰自重。〔旧译自尊（Self-respect），微嫌近于骄傲。故今改译自重。〕人不能自重（即严于责己），则不足语于道德也。克陀深知自重之德之切要，故其言曰：妻与子乃世间最神圣无上之物。其时之士夫,多以其子教育之事委之奴隶。(按彼时罗马之奴隶,多为希腊人,学问优长者不少,特品德卑劣耳。)克陀独恐陷溺其子,乃自任其事而充教师焉。其意盖谓,吾子日与奴隶为伍,狎昵群小,习染卑劣,固不可为训。(按中国古书,如《礼记》《左传》中之篇章,在在足以证明此篇之所言者。至若《颜氏家训》、司马温公《戒子书》、张杨园《训子语》,以及此外同类之书千百,皆足与此篇互相发明,然后此等书之价值乃见。惜乎!吾国今日之人,对于此类之书,已相率视为陈腐,不复取读。奈之何而不几于亡国,蹈罗马未造之覆辙哉!〇又评《石头记》者,引左氏语,责贾政不以宝玉归之师传,而置之婢妾之手。曰:讥失教也。此虽小见,然亦为可为此处克陀之语作注脚。近今之评《石头记》者,其见解远不及此。力反故辙专攻礼教,惟恐民德不漓,国亡不速。呜呼!克陀生时痛诋希腊文明。使克陀生于今日之中国,则时髦英俊,负盛名而成大功者,恐皆在罪人诛戮之列矣。)而教育为何等尊贵之事,今乃以奴隶任之,尊贱役为严师,岂不更不可为训耶?于是克陀辛勤匪懈,躬任其劳。欲其子之为丈夫也,则教之以骑马技击之术。又使入河泅水,习用诸种兵器,至于纯熟而止。其后此子当比德那(Pydna)之战(地在马其顿境内),勇敢赴敌,立功扬名,则知克陀之教为不虚矣。克陀又以身作则,使其子效法父与母之行事,以养成罗马人所谓克己与慈和之德。按罗马故俗,为父母者,并不自图安逸,以子女委之乳媪,贻后来无穷之害。而大率如瓦洛(Varro,116—27 B. C.,罗马考古家)之双亲之所为,使子女日夕在侧,即每饭亦须侍尊长共膳,以饫闻老成之谈论而裨益其德业。外此更有罗马古时英雄大贤之故事,如霍莱士(Horatius,罗马古勇士。某次,值 Etruscans 人来伐,兵临城下,罗马军战而败,霍莱士一身据桥断后,使众军皆渡河,随即急速拆桥以阻敌。桥拆后,霍莱士乃跃入河中，泅归彼岸。敌矢如雨，竟莫能伤。见马考莱Macaulay所作*Lays of Ancient Rome*）、科辽兰那（Coriolanus，古罗马名将，伐Volscians蛮族有功。为群小所谗害，乃出奔此蛮族之国，率其兵以攻罗马，谋复仇。兵临城下，罗马人百计请和，皆不许。罗马人卒遣其母与妻，并率襁褓中之两儿以往，责以大义，动以至情。科辽兰那感泣，乃退兵。此纪元前四八九年事也。莎士比亚*Coriolanus*一剧，即演此事。但与实在史迹不同）等，各寓劝惩之意。此即罗马儿童所诵读之书也。相传克陀惟恐其子不尽悉其国中先贤之嘉言懿行，乃亲笔书写此等故事于册，大字恭楷，以备其子日夕诵读。当时之所注重者，乃书中之材料、先贤之轶事，非为练习读书作文之法。盖读书作文之法，可由为父母者随时教授指点，积久自成，无所谓学，亦无一定之方术步骤也。至于温文尔雅之性格、陶情益智之艺术，以及所谓发展各人之本能与天才者，罗马家庭教育中全然无有，此缘罗马之人素轻视文化。而性情严峻拘谨如克陀者，且谓诗文艺术，足以玩物丧志，乃无益而有害之游戏也。然当纪元前二世纪之时，罗马人之思想行事，已有大异乎克陀者。盖希腊文明已经流入，罗马富贵之家，皆歆羡而为之倾倒。如战胜马其顿之名将Aemilius Pallus（注见本志第十五期《西塞罗说老》篇第七页第五行）生有四子，悉聘希腊之哲学修辞学家为之教师，而四子皆成名。其一且为彪炳赫奕之施克彪。（注见本志第十五期《西塞罗说老》第五页第三行。）语其结果，又安能谓其父教育之不当乎？

但观其表，罗马之教育，不过如克陀所行者而已。然细察其里，则其间尚有他种之影响存焉。（此段论宗教之影响。）按罗马人一般之信仰，家中到处之事事物物，各有神灵凭依其中。故儿童之一身，实常为神灵之所围绕监视，此层决不能使儿童顷刻忘之。不但家中有祭祀之典礼，足资惊醒。且乡野田园，凡百农事，亦各有祭神之礼节，自春徂冬，终岁不绝。（按此段所言，殊类中国郊坛祈谷及青幡牛土等习俗，皆重农而修德之意。）如祈谷节（Ambarvalia）之巡游即是也。此事行于仲春之末，时谷已成熟，正将收获，故郑重其事，绕场巡行。（牵所备之牲，绕场行二周，而后杀牲以享神。当其行时，农夫男女田工均随其后，歌且舞，并颂祷于谷神。）以防止凶恶不正之神来伤禾稼。此事不特行于乡间，城中人亦有需求于神，故亦如式仿行。夫祈谷之典，不过罗马古代诸多祭祀中之一种。然独为今世之人所当注意者，以后来天主教会曾采用之，而由是传入英国。吾英国（本篇作者自称）祈福节（Rogation-tide，按英国之祈福节，为升天节之前之三日。升天节则耶稣复活后之第四十日也）巡行田野及循游教区之边界之风俗，皆罗马祈谷之遗意也。所异者，耶教用此礼而后，其意旨已不同于古。今之祈福节，为求上帝赐福于农民。罗马人之祈谷，则望逼近窥伺之凶神勿来伤禾稼而已。夫此等节候祀典之在罗马，非仅一年一次，而几于每星期皆有。于以见罗马人之心理，常谓有神在其左右，威德远过于凡人，不敢斯须轻忽。人之一身而外，即为一种不可见而可知之世界，此世界鬼神所居。鬼神之力，伟大无穷，奇幻莫测。人与鬼神日日相对，乌得不严肃恭谨，以致其寅畏之诚心哉！此种寅畏之感情，即罗马人所谓religio（宗教）。苟谓笃于宗教者实为具此心理之人，不关仪式教条迷信神话等等，则世界古今最笃于宗教者固莫古罗马人若也。（按吾中国亦同此，今人每谓中国为无教之国，大谬不然。吾夙已驳斥之。夫即置孔教于不论，古人之敬天，乃中国真正之宗教，祀祖亦宗教也。古书中于庄肃寅畏之意反复言之，如《诗》《书》《左传》《中庸》等处，其例不胜枚举。但就此种心理之表现，亦可确乎断言吾中国为有宗教之国。且中国人之心性,比之今日西洋之凡夫俗子,为更笃于宗教。此说甚长,容俟另陈。总之,今得此篇,亦足证吾言之不诬,而中国确有其宗教矣。)

所以造成罗马人之品德者,宗教固其一端,而母教之功尤大。自襁褓以至成人为止,儿童之一身,常为其母心血之所专注,鞠育教导,惟恐不周。后世之所艳称而敬礼者,厥惟古代罗马妇人之能为贤母也。罗马母教之力若是之伟者,以罗马妇女在社会中地位甚高,为人所尊礼之故,斯实前此之所无而罗马之特长也。革拉哥兄弟〔The Gracchi,长名泰比革拉哥(Tiberius Gracchus),次名格亚革拉哥(Gaius Gracchus),同受其母康乃里亚(Cornelia)之教,并成名贤。纪元前一三三年,泰比革拉哥为护民官,定新律,行均田之法。限制每夫只能有田五百亩,每家一千亩,不能再多,以抑富豪之兼并而救农民之困厄。明年为人刺杀,年三十五。越十年(纪元前一二三年),其弟格亚革拉哥纵之为护民官,仍厉行前律,且加严。虽造福于民,而怨家倾陷之。明年为乱民所杀,罗马遂大乱〕之功业,实受其母康乃里亚(Cornelia)之赐。旧说相传,格亚革拉哥长大成立,身为护民官之时,犹恪遵其母之教训,凡政事悉取决焉。格亚革拉哥尝欲提出议案于国会,追究十年前杀人之凶犯,为其兄复仇。案已具矣,而从其母之命,竟撤销之。(盖母不欲其假公权以报私仇也。详情见上注。)母之贤德,感激者不独其二子而已,国人皆贤之德之。其后罗马人以国帑为母立像,而铭其上曰:“革拉哥兄弟之母,康乃里亚之像。”呜呼,此一字之褒,胜于千言之文章矣。(按罗马之贤母,类皆深明大义,急公爱国,又通达治体。其爱子也,并无私心,不为子计私利。康乃里亚以外,其例尚多不胜举也。)然而革拉哥兄弟之母氏,并非绝无仅有之例。荣名令德可与之媲美者,尚大有人在。虽古事汩没，多不传于后，而该撒之母之贤，则为人所共知者。母名欧雷里亚（Aurelia），生平教督该撒极严。详情虽不得而知，但事之不容疑者，则当纪元前五四年母氏逝世之前。该撒之丰功伟业，皆母氏所造成者耳。〔中国今日政局之乱，百度之坏，谓由于无贤母所致，亦无不可。中国古时，固以母教著称，即晚近亦不乏，特凤毛麟角，其德不彰。乃时髦之士（时髦女子亦同此），既蔑弃贤母良妻之说，又妄言女子参政，真所谓倒行逆施，丧心病狂。呜呼！国将亡，世已衰，汝等如何参政，在何处参政？国人皆为奴隶，汝求与何人平权乎？吾思罗马之伟大光荣，而伤吾国之衰亡暴乱，迻译此篇，几度掩卷流涕而不能自止也。〕

妇德与母教，实罗马文明之中心也。（中心之为言，精华也。）有家庭生活则社会善而兴，无之则社会恶而衰。而良善之家庭生活，惟妇女是赖。此中关系，不在妇女作何职业，而在男子对于妇女之态度如何。（按近年中国妇女竞言自谋生计，经济独立，而其为男子所轻视，则较昔为甚。新派之人，大都视妇女为玩物，婚姻视同游戏，信义付之东流。自表面观之，吾国妇女之地位视较前增高，而究其实，则较前降低。盖昔日中国妇女之地位，尚有类乎罗马，今日中国妇女之地位则远不及美国。一新一旧之间，天渊之别矣。此中原因甚复杂，然而兹所言之关系，愿吾国之热心妇女运动者一深长思也。）故如上古之埃及，男子安居家中，而妇女出外工作。（中国尚有此种情形之地。）以及近今西洋社会情形，又大不同。然而上言之理，则无论埃及与近世，实按诸古今而皆准者也。粤稽前史，常有礼法堕废，人欲横流之时。其时之男子，横暴无忌，于日常生活之琐事，亦以强权蛮力行之。古希腊之情形殆即如此。希腊政治上之罪恶多端，而最可痛者，厥为同国之人，为党争及私利之故，不惜动以干戈相见。（吾中国之人谛听者。）希腊党争为祸之深且钜，凡读苏锡德底氏之《比罗奔尼苏战史》第三卷者（参阅本志第二十七期《希腊之历史》篇第一八页）皆当知之稔矣。此种残酷好斗，轻人命而重细故之恶习，亦见于罗马。其时为何时耶？盖当罗马衰微之后，昔日纯洁高尚之道德理想已不复存。（即不复尊崇妇女。）而希腊文化与耶教（所谓耶教者即基督教，吾译从旧名）殊途同归，均足使妇女之地位一落千丈，受人卑视。故此时又成人道绝灭之世。其时耶稣教会中人，遇不从彼教或仅意见不合者，即肆行惨杀。杀之犹不足，且扬言汝等死后将以罪入地狱，受无穷之苦。问其所犯何罪，则仅持论略有不同，所争者至为微细。今人已不能举其名，或且不愿知其意，而当时竟以此惨杀，亦可谓穷凶极恶之行也已。以上所言之丧心病狂之事，仅恃妇女感化之力，固不足以完全制止，然在希腊罗马及类此情形之时，人皆以家为不足重。而男子卑视妇女，不与平等，社会如此，乃有如彼之残暴情形。此中因果，可以寻绎。夫谓妇女之力量，必能使人性化为仁柔，固属妄论，然此层不足计较。所宜知者，凡妇女若能如意（即不受妨碍男子之破坏）组织良善之家庭，则对于其丈夫（或儿子）在外办大事（如政治教育实业等）者，亦有裨益，使之心地光明，举止审慎，而不离于正。此则确乎无可疑者也。吾侪晨起阅报，见各地罢工风潮争执之多。苟细思之，其故亦不难索解。（以工人多无家者也。即或有家，亦贫困而不清白。）且征之前史，可以推知。若在今世，家庭生活忽被铲绝，使退化至于胚胎状态，复返于希腊诸小邦之时，则今世之人必立舍礼法，径趋野蛮。是则其固更显然矣。

罗马妇女之地位，极不易明了。以罗马各种制度，其理论与事实常不相合。不仅此一端也，罗马法律，对于妇女，甚为严峻。就原理言，妇女直不能独立生存。（按即中国所谓在家从父嫁从夫之意。)罗马上古之俗,成婚之后,为丈夫者,即有所谓夫权(Manus),得以管理其妻,与以家长资格,管理其子女者相同。此种夫权甚大,以法律释之,直可置其妻于死地。后虽渐改其义,不至如是严酷。然至罗马帝国成立后一世纪,此种理论犹然存在。塔克多(Tacitus,55—117 A. D.,罗马大史家。兹所引事,见其所著 *The Annals* 书中)所叙纪元后五十七年尼罗王在位时一事,当时罗马全城为之震动者,殊有研究之价值。谓有元老院议员名卜劳提(Aulus Plautius)者,曾任军职,尝统带十四年前,前皇Claudius率以征伐不列颠(即今英国之地)之军队,娶妻名彭波尼亚(Pomponia Graecina)。纪元前五七年,其妻以崇信"外国邪教"之罪名,为人告发。度其所谓"外国邪教"者,当指犹太教。其妻犯此嫌疑,被人诬告。惟时人皆谓犹太教与夫妻间之义务不能并容,故法庭对于此案,判该妇着归其夫处理,亦情理之自然。按此"外国邪教"者,究系犹太教,抑系耶教?彭波尼亚是否罗马城中信耶教最早之一人,即圣保罗寄书与之,而称为"上帝所爱,蒙召为圣徒者"(《新约·使徒保罗达罗马人书》第一章第七节之文)。又彭波尼亚死后是否葬于Callistus之墓穴中,此诸问题,今皆可置之不论。所当知者,其夫奉法庭之谕后,即邀集彭波尼亚之母族,共行审讯,以定罪名。彭波尼亚卒以无罪得释,幸耳。若其有罪,则其夫刑罚之严,概可想见。虽不至于死,亦当流配于地中海内穹远而多疫疠之荒岛,其去死亦无几耳。奥古士都大帝之独生女玉丽(Julia),即为其父罚配荒岛。缘奥古士都大帝时方力矫敝俗,欲返于共和时代淳朴之旧风,而玉丽公主独肆风流放诞,颇类近世之行事。(屡次与人通奸。)人言啧啧,令名日损。奥古士都大帝容忍久之,其后所犯情节较重,帝乃谪玉丽于荒岛,终身不得返。帝之为此,非以皇帝之刑威施及臣下,乃以家长之资格治理其生女也。玉丽居Ventotene之巅五年，帝为减其罪名，移置稍近之地Reggio di Carabria，后卒死于此云。

以上皆但就理论而言。夫权之重，至于如此，然考罗马通行之俗，则其实际大异于是。在共和时代之初，一种妇女解放运动已露端倪。如《十二铜标法典》所载，妇女亦可享有财产。至在家庭生活，则畏于婚礼之变革，亦可知之。(一)罗马上古之面饼婚礼(Confarreatio)为兼具宗教与法律意义者。就宗教言之，行礼者以面制之饼供天帝(Jupiter)。然后以神所降福之面饼(类耶教之圣餐)分给新郎新妇食之，以祛某种凶神，否则男女交接即为渎犯该神。就法律言之，行此礼后，为夫者即有全权管束其妻。其礼之详细节目，今虽不得而知，而就吾人所知者，则为妻者当绝对服从其夫，夫权实漫无限制也。(二)罗马人又有一种婚礼，名曰交易婚礼(Coemption)，较面饼婚礼已为进化。此礼之起原与真意，彼罗马人亦不自知。至其结果，则如欧比央(见前)所言，既行此礼，则夫妻为敌体。夫不能以奴隶待妻，而妻亦可向夫申言"君为一家之主人，我为一家之主妇"。罗马人常道此语，以表示夫妇共组织家庭，譬如合伙营商。此实罗马最通用之婚礼也。(三)第三种曰习惯婚礼，极为简单。凡未经婚嫁之男女，同居满一年者，国家法律，即作为已经行礼而成婚者论，男子即可行使夫权。(按中国古礼，婚姻必有父母之命，媒妁之言，乃普通之规矩，重其约束，所以保障妇人之地位，犹罗马之交易婚礼也。而《周官》"仲春之月，令会男女，于斯时也，奔者不禁"云云，则系特别之办法，宽其例外。所以通乎人情而使民各得其所，犹罗马之习惯婚礼也。比较而观，可知王道本乎人情，法律实至平允。今之欲废除婚礼，全听苟合者，固非是。而昔之老儒，必谓《周官》为伪书，谓此段非圣人所宜言者，亦徒见其迂拘而已。)此种办法固属奇特，然《十二铜标法典》中更有一条，据此则女子身虽嫁男子而法律上可不受其夫之管束。其法，男女虽终岁同居，然若一年之中，为妻者在外（他人之家）住宿三夜，每年如是为之，则法律上此妇人之地位，仍为未嫁之女。与未识此人以前无异。是之谓三夜使用（Usurpatio trinoctii）之条文。此则尤为恢诡者已。

此种办法，骤观之，每不易得其真相，而滋误解。盖其用意，并非容许苟合，奖励纳妾。（罗马法本不许纳妾，如是为之，则可有妾之实而无妾之名。）实缘旧制为妻者嫁后即归夫权管束，此与新来妇女解放运动之意见不相容，故设为此法以调剂之，使为妻者法律上亦得自由耳。罗马礼俗，视正式婚娶与苟合私姘之界限至严，绝不容相混。有妆奁者为正娶，以其足以表明男女双方愿终身和合而不分离之意。无妆奁者为苟合。上言之办法，为妻者每年三夜外宿，可不受夫权之管束。然除此一端不论，固俨然正式之妻，而非苟合之比也。古罗马离婚之事极易，然而其社会组织不至因此而破坏者，则亦有故，不可不详察。罗马室家生活甚为安定，绝少仳离脱辐行事。其最大之原因，厥为其订婚方法之奇特。（按罗马订婚方法，正即吾中国之旧俗。在吾国人观之，殊不奇特也。〇又兹言罗马婚姻制度与近世婚姻制度利弊之比较，实有至理。愿吾国之主张新式婚姻者三注意焉。）今人婚姻，以爱情（即时派所谓恋爱）为主，使少年男女自由选择。然彼所谓少年男女者，当其订婚之时，知识阅历均尚未足，徒以一时感情之冲动，骤订终身之约，可云危险已极。今世离婚之事层出不穷，致令审判厅中人员处理离婚之案者，疲于奔命。推原其故，无非订婚方法之不善耳。罗马则异是，罗马之社会生活，无破裂摇动之忧，实缘罗马人视爱情为婚姻之结果，而非婚姻之原因。质言之，即谓夫妇成婚之后，积久爱情自生。若先求有爱情而后订婚结婚，是未播种而欲收获也。故罗马订婚之法，当儿女尚在童稚之时，父母即为慎选配偶。两家订立婚约，而不从儿女本人之意。此法虽似奇特，然成婚之后，夫妇之间，爱情亦颇笃，结果未为不良也。（按中国旧日情形，大概亦如此。）就法律理论言，罗马父母之为儿女订婚者，必先得儿女之承诺，方为有效。然以其时家长之权之大，故实际全由父母决定之耳。卜林尼（Pliny the Younger，62—114 A. D.，罗马文人，所作以尺牍为最要）乃一多才多艺之庸人，其所撰尺牍之中，叙己为人作媒之一事，殊为有趣。其所择之婿，年已甚长，婚事犹须劳他人代媒，则尤奇也。其时有兄弟二人，兄名Rusticus Arulenus，弟名Junius Mauricus，皆卜林尼之知友。兄于广众之中，赞扬斯多噶派之二名士（一名Paetus Thrasea，又一名Helvidus Priscus），致触Domitian帝之怒而见杀。弟乃赡顾其兄之室家而抚养其遗孤。若干年后，兄之长女已及笄，弟欲为之择婿，乃托卜林尼代为物色。（按卜林尼身为显宦，曾任某省总督及其他要职。）卜林尼适得极合选之人，乃复书告，前途愿为执柯。书中略谓目前正有一人，极为合宜。其人名Minicius Acilianus，籍贯Brescia，曾充御前侍卫，现任元老院议员。以下历叙其人之家世、资产、品德。并及其容貌，纤悉毕具，极言此人可为佳婿，其语气直类卖马者之夸其马然。〔按吾中国日常所见为人做媒绍介及择婚者之通信，其中历叙琐屑，节节追求，卑鄙纤细之状，较此且远过之也。〇吾又忆孟德恩（Montaigne）之言，谓买马者犹且慎重其事，全身到处细勘，使无脱毛，无缺齿，无漏蹄，无肿瘤。岂可择妻择婿而忽略粗率者。故主张以后凡择婚者，须以男女共处一室，全身裸露，不着一丝。更以老人老妇各一，监视而帮助之，互相研究考察，俾无身体之缺陷云云。〇吾又忆《赵飞燕外传》中之一段，然用意不同矣。〕此罗马人订婚之法也，选择备极审慎，而爱情则听其后日自生。故罗马人之为婚也，专恃五十岁老人之理智，而吾今人则信任二十二岁少年男女之感情。以理智与感情相较，理智必远出感情之上，凡事皆然。则订婚之法，何者为善，不待辨而明矣。

由婚礼之变革，而罗马妇女遂得与其丈夫平等。其详已述于上节。至于成婚之后，夫妻间之感情如何，其伉俪究若何之笃，则征之各种墓志铭而可知者也。罗马之俗，夫妻本为百年偕老，苟中道二人中之一人先死(即夫或妻先死)，则其余一人(即妻或夫)为之立石，刻文其上，以留纪念而重恩情。此等墓志铭极有传后之价值。其中赞颂之词各各不同。然最常用者为S. U. Q. 三字(系拉丁文Sine ulla querela之简写，译为英文则为Without a quarrel)，意云“从未反目”。此文虽简，亦足见其夫妻和谐之情形。故罗马夫妻相处，常多至五十年以上，而无勃谿仳离之事，不足异也。三字之短铭，或嫌不足，更求他征，多不胜举。姑取一著名之墓志铭为例。此墓石立于奥古士都大帝，纵该撒之后，统御罗马，拨乱反治之时。立石者为韦比罗(Lucretius Vespillo)，以追悼其妻杜丽亚(Turia)者。韦比罗为罗马宦族，因置身政界，故当内乱战争之时，备受危难。(按此段事实，极有趣味。罗马此际情形极似吾中国现今之状。读者试设想韦氏夫妇遭遇乃在今日之中国，则其事更真切动人。所伤者，中国尚无奥古士都其人，雄才大略，跻吾民于治平耳。)墓志铭中所叙之事，众已熟知，然今覆述之亦无害。(二人之姓名不可深考，亦不必推究。)韦比罗与杜丽亚订婚，盖在该撒与邦贝交战之年(纪元前四九至四八年)。订婚之始，杜丽亚即能多方辅助其未婚之夫，使韦比罗感激备至。时值罗马大乱，二人历经患难，卒得于该撒当国之年(纪元前四八至四四年之间)成婚。未几而该撒遇刺死(纪元前四四年)，继之握权者肆行报复。(其时罗马无外国租界可逃。)韦比罗名列党籍,在骈诛之列,乃弃其妻而逃。由是鸳鸯分飞,各历无穷之艰辛危难。其后韦比罗被囚,将见杀,杜丽亚冒万死往谒彼凶残之列比铎〔列比铎(Lepidus)与安多尼及屋大维(即奥古士都)并称后三雄者是也。○试思中国战乱之时,寻常弱女子,敢有往见某某某某大军阀者乎?即往,亦能见面乎?〕辩明其夫无罪,请求开释,卒由奥古士都释之。自是夫妇乃得双栖,备极欢爱。惟杜丽亚不育,夫妇膝下犹虚,终为美中不足。杜丽亚乃自请离婚,俾其夫另娶而有后。韦比罗曰:吾闻此语,如疯如醉,吾受吾妻恩如此之多,而忍言另娶哉!卒不允,于是二人同居凡四十一载。而后杜丽亚殁,其夫爱之深故哭之哀,勒铭以纪其妻之德,如贞淑、柔顺、温和、仁慈诸端,以及理家之勤,信道之笃,不为其时之新潮所污染。凡此种种,韦比罗均再三致意。自谓不知如何报答。勒铭洒涕,力所能为者已尽于此,独恨不能有加于是耳,云云。(按元稹诗"惟将终夜常开眼,报答平生未展眉",即是此意。○元稹悼亡诗,实至情之作而诗之上品也。读元诗之后,再读近今之爱情诗,则只觉其虚伪空疏而无味,艺术之劣,尚不论焉。)

凡兹所言,非谓罗马人偏于感情作用也。罗马人实不如此。克陀尝作格言曰:"非至暴怒如雷之时(盖妻怒需慰藉也),勿与汝妻接吻。"亦可谓严冷之甚矣。克陀某次出门,本可步行,而改乘船,终日犹豫不知所可,归来以告其细君。克陀尝自诩,生平未尝以心中秘密之事令其妻得知,犯此例者仅彼一次而已。(《左传》云:"谋及妇人,宜其死也。"正可与此比较。)夫克陀之所为,未免太过。平常罗马人之待其妻,岂皆如克陀哉?克陀亦尝申言,妻与子乃世间最神圣无上之物。其后布鲁突(Brutus)将刺杀该撒,终日忧形于色。其妻询其心事,不以告,妻乃自伤其身,以死自矢，乃得悉丈夫之所图谋。（以上之事，见莎士比亚所著《该撒》一剧。）布鲁突之贤妻，盖即克陀之曾孙女耳。罗马人处理百事，神志清明，从不蔽于感情，偏激过当。其对待妇女也亦然。罗马之妇女固甚自由，然决不强效男子之行事。世间之事，有男子所能为，而女子以其天赋之资格所不能为者。（如当兵以及从政及工程师等。）不能为之亦何伤，罗马妇女不以此为耻辱而来喧呼争闹也。〔今世之女子，专务与男子酷肖，事事欲插足，此风美国最甚。（最近且遇一妇人为德撒省省长）而吾国之时派女子亦仿效之，其知识实在罗马女子之下矣。〕其间自必有例外，然亦不多见。罗马尝有女医，而以妇女充当律师者为较多。华莱留〔Valerius Maximus，纪元后一世纪时文人，著有《言行录九卷》（*De Factis Dictisque Memorabilibus Libri IX*）〕书中一章，专记当时之女律师，谓共和之末年，有女律师名 Afrania 者，“在法庭之上，狺狺作狗吠声”。纪元前四八年，该女律师殁。华莱留论之曰：“若此妇人者，吾愿叙其死，不愿叙其生。”（意谓此等人以速死为佳。）盖深恶而痛绝之。若华莱留者，实足代表罗马人之心理也。（意谓毫不带感情作用，不崇拜女子过度，尊如天神，事事以女子为尚也。）

以上所述，皆罗马盛时之景象，而足动人歆羡者也。此后值罗马之衰，种种情形，讳之则失真，言之则增悲。盖自共和末年，即纪元前一世纪中，有一大事，始见端倪，而影响远大，卒至危及国本。其事维何？即释放奴隶是也。按上古之经济组织，以奴隶制度为其基本。自是乃有释放奴隶，使之还复自由者。为此者相习成风，而仁慈慷慨之心日以加甚。阅数十年，此等释放之奴隶，其子若孙，皆已俨然成为公民，享受公权，与罗马原有种族一律平等。而因此等奴隶多来自希腊及东方各地，故意大利半岛及其邻近之居民日益混杂，东方异种之成分愈见其多，而罗马之种族衰微矣。伤时之士，叹为敖朗特河(Orontes，叙利亚最大之河)流入泰拔河(Tiber，在罗马城外，与城近连。○犹云泾以渭浊，其意甚明)，盖如尤温纳(Juvenal，c. 60—140 A. D.，罗马讽刺诗人)之所痛愤而掊击者，非仅东方之宗教。东方之风俗流入罗马而使其国粹丧失已也，实缘目睹夫异族劣种遍布于其故国全土，其祸已至于不可救矣。(所谓见披发于伊川，知百年而为戎矣。亦犹辛有之叹也。)此等人携东方之宗教及道德，与之俱来，今姑舍宗教而惟论道德。

此等奴隶，多在人家服役，而在田间作农工者甚少。故释放之后，大都麇聚城中，尤以罗马首都为甚，而散居乡间者则殊无几。不幸当纪元后一世纪之时，罗马城中之社会组织极不稳固，一遇此等释放之奴隶羼入，勉强吸收，受损滋多。夫释放之奴隶，非尽有害而无益者。在当时及后此数十年中，其所建之功颇不为小。自Claudian帝在位，至Flavian王朝之末(即自纪元后四一年至九六年之间)，罗马帝国之行政官吏(下及胥隶僚属)，皆释放之奴隶任之，极为得力。其办事之才，虽以精明强干之罗马人，尤远不及之也。且自纪元后三世纪之始以还，国家多故，变乱相寻，所倚为社会之中坚，能维持秩序于不坠，虽卑琐庸碌而实关重要者，厥为当时之平民。(最爱和平，重身家性命职业，而不喜激扰。不轻举妄动盲从者，必为中等社会，此在无论何时皆然。故中等社会实国家之重心，而秩序和平之所托命者也。)而此等平民，固皆释放之奴隶之子孙。凡此皆释放之奴隶之功，而事实之不容掩者也。虽然，就大体而论，自其释放之日起，此等奴隶，实大有害于罗马，其影响至为不良。盖以其曾为奴隶之故，重利好货，成为习性，积久愈深。方其为奴隶时，但计得钱财，别无所希冀。及其释放以后，亦仍奉钱财为神圣，别无所尊崇。罗马之自由公民，率皆仗义疏财，重责任而轻货利，以斯为正人君子之所当行。彼由奴隶出身者则毫不解此。若辈非生而为罗马人，未尝受如此之教育。其不解此，亦无足责。然今者同为国家之公民，相形之下，优劣显分。则无怪乎当时真正之罗马人，遇此辈释放之奴隶，皆鄙夷不屑，或恨之刺骨。如马蒂亚(Martial，40 B. C.—12 A. D.，罗马讽刺短诗作者)塔克多、尤温纳、卜林尼(均见前注)诸人，性行职业及著述，各不相同，而其于释放之奴隶，则异口同声，斥之詈之，不遗余力。而裴陀罗〔Petronius(the Arbiter)，纪元后一世纪时人，所著书名见下〕之《滑稽小说》(*Satyricon*)形容描绘，尤为淋漓尽致，此其故亦不难索解。盖彼释放之奴隶，事业成功，自鸣得意，实有招人忌嫉之道。而世界古今，凡暴发之家，坐拥巨资，苟其人毫无学问知识，不知用财之正法，则挥霍愈甚，愈形其卑鄙粗俗，令人生厌。(《儒林外史》叙盐商，是其一例。)彼辈亦正坐此也。巴拉斯(Pallas)者，释放之奴隶也。尝为Claudian帝之度支部大臣，积资巨万，其富为元老院议员家私之三百倍，乃建巍碑于罗马城外之驰道之旁，称颂己之功业。卜林尼每次经行此道，辄见之，则怒不可遏。此外到处均有穷奢极侈之设置，如宅第庭中之柱，以宝石为之；浴室之浴盆水管，皆以纯银铸造。彼罗马旧族之人士，既无其心，又无其力，以致如许钱财。而知识较高，精于鉴别，目睹此辈庸奴伧父用金如土，如此设置，于是且嫉且愤，亦自然之理也。

卑鄙粗俗，虽为恶事，尚无大害。彼释放之奴隶所以为罗马社会之祸患者，别有其原因在也。罗马共和末造，人民之财富骤增而分配不均，国中遂有贫富阶级之分。后日隐患已伏于此，今更益以释放之奴隶，使贫富之差愈甚，推波助澜，而大祸乃迫于眉睫矣。其时社会中人分为诸多党派，互相倾轧。党派既成，则人各忠于其私党而不忠于国家。此自然之势，无可避免者。党派之分，固缘罗马人士，目睹当时暴发奴隶之粗鄙行事，不胜其忿嫉之意，有以促成其机。而其根本之原因，则为自视其血统门第之清贵，耻与此等奴隶为伍。此固常人之通性，而罗马人为特甚，亦未可非之也。罗马本族之人，夙视希腊人为劣下之民族。甚至于来自意大利乡间者，亦存歧视之心，如西塞罗之怨家，攻诋西塞罗，谓彼不过Arpinum地方之乡绅耳。又如Gaius帝，当众丑诋奥古士都之后李维亚（Livia），而曰：彼李维亚之外祖，曾任Fundi地方之邑宰云云。凡此均可见罗马人之重门第也。然门第之见，至此时已不足激成党争。盖因罗马旧家耽于逸乐，每自限制生育，故多致绝嗣。其尚存之家，见帝位已移于外族，始则意大利中部之民籍，次则西班牙之军官，终则罗马帝国领土各部之人，皆先后跃登宝位而称皇帝。明知无力抗拒，亦遂习而安之，不复拘执旧见。盖至是而罗马古国，遂为其所卑视之民族，袭而取之矣。

夫为彼外来之各族计，能混入罗马之血统而承受其文化，殊为幸事。然而罗马之道德理想则因此而大受损害焉。在罗马京城以及各大都市，旧日之礼教业已不存。惟罗马法尚保留其精意。而在意大利北方等处，乡村僻地，则古来礼教之流风余韵，犹可得见，而未为东方新潮之所澌灭荡尽，然亦仅矣。罗马帝国时代，罗马京城中之生活，极为腐败。述之徒污笔墨，而增人之忉怛，宁以缄默为佳。顾其时一般人道德之堕落，则无能为之讳者。夫以身为帝王，统摄宇内之人。〔按此段指尼罗帝（Nero）之行事。〇帝生于纪元后三七年，五四年即帝位，六八年遇弑。以残暴著称。〕乃弑其生母，继复于黄夜，率酗醉之群小狎客，巡行街市。遇行道之人，拦路劫其财物，声言戒其深宵毋再外出，以此为鼓励道德之方。噫嘻！为万民之主者行事如此，而望其时之人克勤克俭，必敬必诚，岂可得哉！盖当是时也，帝王之为万民表率者，既有若尼罗之所为，而释放之奴隶，其暴发豪富，卑鄙粗俗之状，又如上述。且自希腊之怀疑派哲学输入，凡百宗教，皆为其所摧残破坏，人民失所信仰，至于旧日急公赴义、忠诚勇往之精神，在此承平又安之世，似若无所用之，故亦听其湮没销耗而不惜。实则国家政事，无分内外大小，悉已落于官僚吏胥（此等人皆释放之奴隶为之）之手，营私肆虐，其毒日深，视若隐微，终至不可救药。彼时罗马之人，前后左右，皆罪恶之陷阱，而无引导之人，指与正路，徬徨迷惑，遂至堕落。其所作之恶，日新月异，江河日下，层出不穷。所以驱之入邪路者，原因甚多，不及详述。惟其最关重要之一因，则不可不郑重申明，即奴隶之数，日增无限，足以败坏家中主人之道德，使之日趋残酷，尤以女主人为甚。历来妇女之位居人上，握生杀赏罚之大权者，多不免胡作妄为，而流于残酷暴虐。罗马此时之妇女即系如此。虽云统前后观之，罗马人待其奴隶日趋仁厚，然纪元后一及二世纪之情形，则多有不堪告人者，言之徒增愤悒。如尤温纳所作《恶女传》一诗，固不免言之过甚，然亦确系实情。谓某家主妇，一时性发，遽将其夫之奴隶钉于十字架上而毙之。此非凭空杜撰，当时确有此等人。且尤温纳言之若不胜愤怒者，彼妇人之夫（即家之主人）或且视若平常而不以为忤也。尤温纳论事虽欠平允，然义愤填膺，目睹时人之肆行残虐，成为风气，则不能默尔而息。至其时罗马京城中之普通居民，御奴隶极为残酷，此事决无可疑，亦无足怪。盖昔时主人之待其奴隶宽厚者，或由于经济之盘算。若此时，则家家富足，奴隶之价又如是之廉，不必为此。（即善遇奴隶，爱惜而厚养之，使之久活，需费甚多。若使奴隶菲衣恶食而苦作，死后另买一奴隶来，所需之身价较少，故宁以促之死为合算也。）且其时奴隶众多，每一殷实公民家中，均有奴隶成群。故罗马实在奴隶掌握之中，使其揭竿为乱，祸宁可言。罗马人念此咸有慄慄危惧之心，忌嫉既深，因而其待奴隶益酷矣。

罗马人道德之衰，征象多端。虐待奴隶，特其一事。祸患有更深于此者焉。东方传来之理想中，无所谓家庭生活。而罗马人则夙尊重妇女，不事压制。新旧相遇之结果，罗马妇德败坏，窬闲荡检，终至种族澌灭，亦云惨矣。彼希腊人之视妇女，但能默然侍其丈夫之侧，为之服役。其所受之教育不足，程度远出其夫之下，故于夫之事业思想均不能过问，仅能经理日常之家务而已。（即中国所谓女子惟“主中馈”“议酒食”。）罗马之妇女，则自由而尊贵，决不能如此卑屈退避。及希腊思想传入罗马，罗马之妇女，喜得其说以自便其私。（犹中国妇女之效法西洋，组织新家庭，甚或袭山额夫人之说。）故咸效法希腊妇女，在家中诸事不问，怠惰安居，而又袭用罗马旧俗，处处与其丈夫平等，不受拘束。于是罗马帝国初建之后，史册所载，有诸多妇女自成一派，秽德彰闻。既乏才艺，而专工为淫奸、诈术、毒杀等事，到处教人以自谋其私，但求快乐。罗马之家庭，遂为若辈所破坏矣。此等妇女自私自利，故多不生育而乏嗣续。而以当时情形之坏，则宁望罗马人速即灭种为佳，免长为斯世之玷也。罗马当共和时代之末，已有人种自行绝灭之忧。祸患迫切，奥古士都乃颁行各种惩奖之法律条例，以冀生育之增多。此事所关甚重，然成效殊微细。于是因缺乏嗣续而灭门绝户者，日多一日。旧族巨室，澌灭净尽。西塞罗之世（纪元前八〇至四三年），罗马所有之贵族，至Hadrian帝御极之时（纪元后一一七至一三八年），仅余一家而已，其余均归自行淘汰去矣。

罗马妇女之放纵自由，其流弊至于如此。积之既久，乃有耶教出而斥言其非，而务禁绝之。当使徒时代（即纪元后一世纪）耶教初兴之时，其待妇女并非严苛。宽容之意，久仍未衰。然耶教中人,另有见解相反,而于妇女主张严加管束之一派,亦于此时见端。盖目睹夫妇女如此放纵自由,文明将有灭绝之忧,故不能不谋救其弊。其见解固不及罗马人之宽大,然亦当时之所急需者也。彼时妇女既不能善用其自由,则罗马妇女所享之特权,不得不即行取销,而以希腊之理想代之,视妇女仅为丈夫之忠顺恭谨之仆婢而已。塔士梁(Tertullian, 160—230 A. D.,耶教长老兼文人)尝痛斥妇女,词旨极激烈。其言虽似论究婚姻嫁娶之是否合于圣道,流于诡辩,然其中实在之意,不过滋所言者耳。塔上梁曰:"汝妇女辈当知,汝等皆夏娃也。(即身带罪孽,天性流于作恶。〇此段用亚当夏娃事,见《旧约·创世纪》第三章。)汝为魔鬼作恶之门径,惟汝擅吞知识之果,首犯天帝之法。上帝肖己之形以造男子,而轻轻毁坏男子之道行者,即汝妇女是也。"此文中,上帝肖己之形以造人一句,最关重要。盖谓埃田乐园之情形至今犹在,妇女蛊惑男子,即无异干犯上帝也。

罗马城中,上流社会之人固甚腐败,而一般平民之情形亦非差强人意。古今之大都会,皆成为工业制造之所,而罗马城自始至终独否。罗马城中居民,虽有以手艺职工为业,制作什物,以自给而给人者。然罗马城中之多半数平民,则无职业,且不求职业,不思制作物品,以运售于他方。(按吾国之北京,颇有与罗马相似之处,而异乎伦敦、纽约等都会也。)此等人幸而不至流为乞丐,则相率居于湫隘拥挤之屋舍中,式类今世贫穷工人聚居之所,昏惰过日,不知有所谓家庭生活,日夕惟望公家散放面包(馒头),演唱戏剧,不劳心,不劳力,而得饱食,且获娱乐焉,且如此度日者非仅下等社会之人也。马蒂亚(注见前节)身为诗人,虽寒俭而尚非依人而活之乞丐,而居于三层楼之小室。前乎此,有大名鼎鼎之贵族苏拉(Sulla),曾以兵力执国柄,睥睨一世。而当其少时,乃尝与一极困穷之释放之奴隶，同居于一客寓之最上层焉。（即近屋顶之一层，取其房租最廉也。）罗马家屋建筑之得传于后世者，正即此种湫隘拥挤、上重下轻、形如兔圈之陋屋。观于近今奥斯梯亚（Ostia，村名，在意大利，当泰拔河口，古罗马城之外港也）地方所发掘者，其形状大略可知。而罗马盛时之家宅，中设广厅，为罗马家庭生活之所团聚者，今世反无由考见，宁非史迹之奇事而人间之缺憾乎！由上所言，罗马城中之人，如斯荒惰，则其生实于世无益。然以罗马之富，力能供养此等无业游民，使之饱食逸居。若辈不自操作依人为活，因惰生骄，且日流于奢侈焉。罗马物质文明之流传于今世者，以（一）罗马大戏园（见本期插画第一幅）、（二）诸神庙（Pantheon）、（三）喀拉克拉帝之浴场（见本期插画第二幅）三者为最壮丽动人。然其中（一）（三）两者，均为娱乐此等游惰之平民而建造。若辈只足为罗马辱，不足为罗马荣。此则足令人咨嗟太息者也。罗马戏园演艺（其剧多为人与人斗，或人与兽格，生死相搏，备极残忍）之时，举国若狂，远过于今世之比赛足球。男女成群结队，蜂拥而往，而其嗜好又极粗鄙卑污。此等男女人中，贫富贵贱皆有。然始其事者则为下等社会之流氓，为娱乐流氓乃有演艺之举也。又罗马公共之浴场，亦为此等流氓而设。此类浴场之存于今者（如地下掘出之邦贝城中即有之），壁上所画之淫秽图形，至不堪入目。游客过之，犹可想见当时之浴于此中而得其所乐者，其卑靡荒湎之状为何如也。

然时移世变，罗马京城已不复为全帝国之表率矣。今世所已发掘之罗马古城凡二：（一）为邦贝城（Pompeii），在意大利本土。（二）为提加（Timgad），在非洲北境。邦贝城中之居民，荒淫无度。设使维苏威火山（按该火山爆发于纪元后七九年，将邦贝城及其邻城覆埋于地下）爆发之日，将全城之人，均埋于飞灰之下，不仅死其中数十百人，则亦大佳事，以若辈死不足惜也。观于邦贝城之遗迹，可知其时罗马及意大利半岛诸城之人民堕落至于何地。而观于提加城之故址，则可知纪元后二及三世纪之时，罗马之道德理想，犹能广被于其海外属土，而光辉灿烂毫不减于昔也。提加城在今非洲Aurès地方，荒寒之高原上，为法国人所发掘者。该城自Trajan帝（在位之年为纪元后九八至一一七年）御极之日，已臻繁盛。罗马古昔之礼教，已绝灭于意大利故土者，犹得保存于提加及类此之城市，历时甚久焉。顾即在意大利本土，亦尚有流风未沫之地。惟因当时之诗人文士，著述讴歌，皆专言罗马京城中之腐败情形，故今人读之，遂忘却当日乡野僻地，与城市隔绝者，尚有多数朴鲁诚实、安分守己之农民。夫当此时，正值佃户之制盛行。为地主者，务以其田分给佃夫耕种。读柯兰美拉之书〔柯兰美拉（L. Junius Moderatus Columella），纪元后一世纪时人，著关于农事之书十二卷，名*De Re Rustica*，今存〕可以知之。前此大地主专务兼并，而多招奴隶以为农工。今则改用佃户分租之制。故知其时之佃户虽不皆殷实富厚，而乡间之风俗大抵纯善端正也。

顾即富家之人，亦非无其道德也。此时代上流社会，曾受教育之人，其品德之优点，可以斯多噶派一字概之。谓其属于斯多噶派者，乃以其人立身行事，实多与斯多噶派相合。（即重道德而贱视功利。又强毅奋发，能不动心。）若夫斯多噶派理论之缺点甚多，另为一事，可置不论。当此之时，举世之人，贪财好货，相习成风，排挤倾轧，视为故常，自私自利，肆无忌惮。而能有此一派之人，凤毛麟角，益世多多矣。此派人深信道德为至高无上，不需报酬；道德为人生惟一之目的，有德者即有权力；道德不知有贵贱尊卑之分，奴隶之德或且凌驾帝王而上之。例如其时贩卖或使用奴隶者，多凶残而暴虐。尤温纳诗中曾描绘及之。而伊壁提突斯(Epictetus，60—120 A. D.，斯多噶派哲学家。本为奴隶，生平不著书。今所传其道德论及语录，皆弟子所编)对此等人，则训斥之曰："汝自身亦奴隶，汝知之乎？汝之兄弟(指被虐待之奴隶而言)，亦上帝所生，与汝同气连根，乃歧视而虐待之乎？(中略)汝所管辖者，乃汝之亲族，天生之同胞，而神之嫡裔，其慎勿忘汝为何人而若辈又为何人也。"斯多噶派之人，信从如此道理，其待人慈惠可知。至其居家，亦能实行其所奉之旨训，使家中之人温恭有礼，融融泄泄。总之，此派人之思想，虽假借其时流行之哲学以为表达，然其内蕴之实质，则系罗马深厚久远之礼教，价值犹存，而光辉未减也。罗马帝国初期，颇不乏持正守贞之士，目睹其时伤风败俗之行事，而能廉洁端谨以终其身。使克陀得遇其人，犹必称道弗衰。此则今人读其遗书而可知者也。如塞尼加(Seneca，4 B. C. —65 A. D.，罗马哲学家)，如塔克多，如尤温纳，如卜林尼，皆尊视妇女，理想甚高。虽当其时，目击种种腐败情状，而持论犹能高尚不卑，无愧乃祖。且非仅作空谈而已，亦能见之行事。古代最纯挚之家人情爱，实亦在此时。姑举一例，以概其余。克西那(Caecina Paetus，纪元后一世纪时人。值罗马诸帝争立，克西那忽彼忽此，忽叛忽亲，后卒为Titus帝所诛)将伏诛，其妻Arria教之自尽，克西那怯懦不能为，其妻乃持刃自刳其腹，以示其夫。若克西那之妻者，犹可谓性行异常，不足为训。至如卜林尼之妻Calpurnia则无殊众人，而其行事有足多者。既嫁卜林尼为继室，则专以赞助其夫为事，以求悦其夫。凡其夫之所好者，无不从事焉。其夫好某书，则诵读不辍。其夫将在法庭演说，则切望其演说之受欢迎。又将其夫所作之诗制成乐谱，俟其夫诵读其诗于宾客朋友之前，已则于屏后窃听而乐不可支焉。卜林尼谓其妻之为此种种，无非由于爱彼之故。然而非仅妻之爱其夫也，夫之爱其妻亦无减于此。读卜林尼之书札可以知也。妻偶以事离家，卜林尼每夜入寝，辄悬其妻之像于床头。又妻在家时，每日以定时会晤。今妻不在，每日至此时，卜林尼亦习焉不察，径入其妻之卧室，而以室迩人远为恨。又函恳其妻每日必作书二次寄家，一次嫌其过少。而值妻抱病，则卜林尼中心忧急，苦至不可名状云云。

若卜林尼与其妻，可谓伉俪綦笃，而无间言者矣。然使此一对夫妻，在纪元后二世纪中，为绝无仅有，而罗马之礼俗教化自此而斩，则彼二人者其情亦殊可伤已。幸哉其不如是也！今世之人应毋忘此。卜林尼夫妇非过去时代之遗民，乃后日文明之导线。彼与其时之贤士淑女，生值风雨如晦之时，乃高举罗马礼教之明灯，以授其后之人。后人发挥继承，光焰复吐，遂蔚成安敦王纪(the Antonines)之盛世(纪元后九六至一八〇年)，为上古最休明治平之时期。故罗马之礼教，自始迄终，并未失传。其在意大利本土，如卜林尼夫妇者不止一家。贵族之中固不乏，而平民中为尤多。(即上二节所述之情形)其在各行省，则有如提加(亦见上节)城中之人，勇毅坚强，竭力保存此礼教，使不至失传，而留存于后世。惟其然也，故罗马人之行事，无论其为成为败，悉常具伟大之观，足以动人景仰，不随前古之陈迹以俱腐，而独为万世文明之宝藏焉。

——本文原载于1925年1月出版之《学衡》杂志第37期，作者为英国赖斯德(Hugh Last)，由吴宓翻译，其中评释及编者识语亦为译者所作。

葛兰坚《论新》

按葛兰坚先生(Charles Hall Grandgent)为美国哈佛大学南欧各国文(Romance Languages)教授,而美国当代研究但丁(Dante)专集之学者中,所共推为第一人者也。美国之有但丁学会,始于十九世纪之后半叶,为 Charles Eliot Norton 所创立,殁后(约十余年前)而先生继之。曾任该会会长,手自校刊《但丁全集》,而以英文注释之。又译《但丁全集》为英文诗。此外著有研究但丁之书多种,如 *The Power of Dante*,如 *The Spiritual Message of Dante*,如 *The Ladies of Dante's Lyrics* 皆是也。先生少留学法国多年,研究各国文字之源流变迁,造诣极深。著有法文、意大利文、通俗拉丁文等教科书多种,*Introduction to Vulgar Latin*,etc. 皆风行一时。先生又曾从事教育,任视学等职。前年,哈佛大学印书局以先生所为杂文八篇,论美国现今文学教育者,刊为一卷,颜曰《新旧杂识》(*Old and New: Sundry Papers*,1920)。今所译者,即其书中之第一篇,原题曰 *Nor yet the New*,系节取诗中成句(详见下),译言"新者未必尽真",今改为《论新》。原文虽不分段落,然循序求之,通篇可区为四节。(一)泛论近今骛新之风。(二)论新诗之不能成立。(三)论画术之日就堕落。(四)论新教育之流弊。译文分列,以醒眉目。葛兰坚先生亦奉行人文主义者也。其言博通明达，平和中正；本经验，重事实；进道义而黜功利，辟诡辩而节感情。与白璧德先生等所主张者相合（见本志第三期“通论”第一篇），皆可为淑世之先导者也。此篇之作，以其国人咸趋功利，惟以新相号召，相挟迫。先生目击时变，痛愤内激，欲缄默而有所不忍，发为文章，藉示针砭。读其“人性要当更贵于效率也”一语，亦可想见其忧世之深，与振俗之志矣。原文语婉而讽，似谐实庄，译笔不易曲达。惟以吾中国之人，近数年来，震眩于西学，舍本以求，而趋新之风遂炽。论人论事，不问是非，但责新旧。不知“事物之价值，在其本身之良否，而无与于新旧”。寻绎吾国古时，当新旧之争，识者亦莫不以此理自信，固非葛兰坚氏一人之言也。乃盲从伪新者，靡然成风，陷于一偏。不辨实事之利害短长，但以虚词相号召，名义相矜夸。苟稍与论是非，即以顽旧斥之。长此不图改善，将见人性日漓，其结果或有百倍于美国今日之情况者。兹篇论新诗、画术及教育三者之流弊，有已在吾国甚嚣尘上者，亦有始微露端倪者。语云：他山之石，可以攻玉。至理明言，箴时救弊，本无东西之界限，但别真伪，不论新旧。凡人皆当以此为的。彼西洋之鸡鸣风雨，砥柱中流者，固大有人在；而吾国人读此译文者，亦可以反省而沉思也。译者识。

（一）

克罗（Arthur Hugh Clough）之诗曰：

旧者诚多误，新者岂尽真？嗟嗟天下士，新旧何必论。

克罗此诗，持论虽似平允，而在今已成腐旧。“新者未必尽真”，今人闻此，鲜有不斥为务去之陈言矣。然二三十年前，则此语固如“闪闪者非皆黄金”及“有志者事竟成”诸谚，无或致疑者也。世变之速如此，固亦克罗当日所不及料者矣。

昔日者，人皆遵古而黜今，崇旧而斥新。行事之出乎故辙者，必曲为之解，思想之自标新异者，则众莫之信。戈斯密（Oliver Goldsmith）所撰*She Stoops to Conquer*一剧（戈斯密生于一千七百二十八年，殁于一千七百七十四年。此剧作于一千七百七十三年），剧中之人有言曰：“凡古旧之物，吾皆爱之。如古世、故友、古书、古礼，乃至陈酒，皆胜于今也。”戈斯密又有言曰：“吾方少时，急欲有以自见，遇事常创为新说，然不久吾乃知新者皆伪，遂毅然不更为此矣。”韦勃司德（Daniel Webster）亦有激而言曰：“凡有价值者皆非新，凡新者无价值。”此皆尚旧太过，固一偏武断之见解也。

至于今日，则又盲趋于新，而其一偏武断之处，较之昔之尊古者，有过之，无不及矣。莫利耶（Moliere，本名 Jean-Baptiste Poquelin，法兰西大戏曲家，生于一千六百二十二年，殁于一千六百七十三年）剧中之庸医所谓“吾人已尽变前调”，一若心肝五脏皆易其位置，与旧医家所说全然不同。流风所届，遂致凡以旧为词，即可不问是非而定其罪。旧文字，必为腐败者也。旧思想，不值费心者也。吾人所应致力者，乃“未来之音乐”“新文艺”“最近学说”种种。实则自识者视之，事物之为旧为新，初无与于其价值，吾人之从违取舍，应视事物之真价值为定。然时代狂潮，激荡而至，众惟盲附景从，滔滔者天下皆是。所谓识者，又乌可多得哉？

中世之人，大都尚古太过。盖其时进步之说，尚未中于人心也。及文艺复兴时代，人之眼界遽阔，古希腊罗马之文化复昌，又发见新大陆与新人种，于是世人好新之意大兴，凡事以变为尚，外界内心，并求新境。一己自视甚重，必尽历生涯之奇遇与乐境以为快。降至复古时代(Neo-Classical Period)，则尊古之风又盛，凡事惟笃守故辙，恪遵成例。然至十八世纪，则思想发达，新说复大兴。惟其时新机尚在萌芽，时虑摧残，仅克自保，旧者则根深蒂固。至法国大革命(一千七百八十九年)，而成亘古未有之奇变。从兹以还，新者独霸横行，旧者苟延残喘，岌岌危殆。从旧者须自圆其说，以避攻击。言新者则不待晓谕，众已听从。凡事但名之曰新，必可不胫而走，举世归依。于是革命家遂为万众心目中之英雄。多吉教授(Prof. R. E. Neil Dodge)尝作《天堂散失记中之神学》一文〔按弥儿顿(Milton)所作之*Paradise Lost*之诗，今人译其名为《天堂散失记》，虽未当，姑从之〕。其论魔鬼撒但，有曰：

> 撒但不特为诗中之重要人物，且为亘古人类一种精神之代表，即犯上作乱之徒是也。犯上作乱之徒，昔为世人所共弃。而自法国大革命以还，乃众不惟敬之，抑且爱之，此实弥儿顿所未及料者也。彼王党固以克林威尔及清教徒为犯上作乱之叛逆，而克林威尔等自命则救世之仁人也。犯上作乱，本为恶名，至摆伦以后，则为美称。今人之于犯上作乱者，敬爱至极。使弥儿顿有知，必亦瞠目结舌而惊诧矣。

吾所欲论者，即今日以叛乱为时髦之风气耳。暴戾恣睢已成一种美态，效尤者纷纷。今世众所共尊者非他，弥儿顿诗中之魔鬼也。彼酒筵宾座，高谈无政府主义者，作新诗新画等，而破除一切文章美术之法程者，皆指挥万众，号令一世之人也。今世最显著之风尚，曰叛乱之行。居今日而愿同乎流俗，不肯自标新异者，乃真特立独行之士,敢与世相违者也。盖人皆求异,似异而实同。而有求同者,彼乃真异于众者也。今人之赞人之诗与画者,必先曰,此人一反前人之成法。书籍报章,其措词行文,亦必以攻击为事。如有疑其无的而发矢,则众将以顽固与狂妄詈此人矣。处此滔滔横流之中,老成之人,探首水面,顾视周遭者(即众醉独醒,沉思默察之意),间亦有之,尚未绝迹也。

昔年基督教勉力会,开全国(指美国)大会于波士顿。凡街衢市廛、公园饭馆,阗溢充塞、肩摩踵接者皆该会中人,殊类结队春游,征逐以为乐者。有旁观者某,异之,研究数日,不得其故,乃就而嗫嚅问之曰:"贵会中人,专欲勉力于某事欤?抑一事不为,徒言勉力而已?"今有人焉,移此语以询今之好为叛乱者,曰:"公等专对某事,而叛之攻之欤?抑并无定鹄,徒事叛之攻之而已欤?"吾恐其多瞠目结舌而不能答。思索移时,则必答曰:"吾侪专攻维多利亚时代。"〔按此指英女皇维多利亚(Victoria)在位之年,即由一千八百三十七年至一千九百零一年。其时代之文学大都重视道德。作者咸以端正人心、改善风俗为己任,提倡忠君爱国、修身立行而不以个人之恣睢为然。如丁尼孙(Tennyson)可为其代表,故与今人异其趣也。〕此言是也。若辈深嫉维多利亚时代,欲辱詈某人者,则指之为维多利亚时代之余孽。彼以为维多利亚时代之人,皆胶执自是,饰行伪善,欺世盗名,拘牵仪文。而不知维多利亚时代,实人才辈出,辉煌灿烂,几可上拟希腊贝里克里时代〔按贝里克里(Pericles)为雅典大政治家,其从政之年为纪元前四六九年至前四二九年,是为贝里克里时代。为雅典文治武功最盛之时,亦希腊文学最盛之时也〕、罗马之奥古士都时代〔奥古士都(Augustus)为罗马帝国元首之称,此指第一奥古士都,即创建帝政者,其在位之年为纪元前二十七年至纪元后十四年,罗马政治文学最盛之时代也〕、英国之伊利查白时代〔英女皇伊利查白(Elizabeth)在位之年为一五五八年至一六〇三年。其时英国国威大张,人才济济,文学尤盛,莎士比亚即生此时〕、法国之路易十四时代〔法王路易十四在位之年为一六四三年至一七一五年,其时法国称霸全欧,国力鼎盛而文学尤盛,如莫利耶(Moliere),Racine, Boileau, Bossuet等均生此时〕而无逊色。如沙克雷、迭更司、伊利脱(George Eliot)、勃朗宁(Browning)、丁尼孙(Tennyson)、安诺德(Mattew Arnold)、约翰弥勒、达尔文、赫胥黎、斯宾塞、恺尔文(Kelvin)、李斯得(Lister)诸名贤博学,同时挺生。其盛非后世所能再见,焉可短之?然此惟可与洞明全史者言,难与若辈语也。

虽然,维多利亚时代逝矣,蹴踏陈尸,何须置论。第此辈妄事攻击者,不但归咎既往,抑且于当前尚存之事,如尽职、克己、守礼诸种,亦攻击不遗余力。或疑礼之一物,早为人蔑弃。而吾谓为当前尚存者,不无有误。然吾谓蔑礼者之势力虽猛,而守礼者今犹不乏其人也。依近人之说,婚姻固当废矣。即辛勤作事,正当谋生,亦禁不许为之。今之新伟人,无有能自营生业者,盖皆终日忙于"自己之表见""自己之发展""自己之思考",处处抱定我之一念,而不屑克求自立也。若使全世之人皆化为此种新伟人,则斯世不知成为何世?人人为高等流氓,皆思仰给于他人,则谁复肯为农工商贾,以拓殖生产耶?凡事行之过度者,鲜有不败。今之新人物之破坏事业,亦已过甚矣。彼固以违礼犯法,自标特异,以为惊人之举。然使其意得大行,礼法尽灭,届时欲违而无可违,欲犯而无可犯,则彼辈惊人骇俗之术,不其穷乎?彼辈何不思也。昔法国诗人鲍德来(Baudelaire,生一千八百二十一年,殁一千八百六十七年)生平喜为惊人之举,其法既穷,乃自染其发为绿色。适友来访,鲍意友必惊诧,乃竟不然。友闲谈天气及赛马之事,若无所见。卒之，鲍不能忍，呼曰："怪哉！汝竟未之见耶？"友曰："见何物乎？"鲍曰："吾之发。"友曰："汝发如何？"鲍曰："吾发之色绿。"友欠伸而言曰："诚然，今人之发皆绿，吾见之多矣。汝岂独异哉？"语云："见怪不怪，其怪自败。"今之以新异骇人者，应之只有一法，曰视若平常，无为所骇而已矣。

（二）

伊利渥（G. R. Eliot）撰《新诗与新美国》一文，实与吾心不期而契。兹引其论新诗一节曰：

> 今之新诗人，耽逐物象之自然（译者按Nature一字，其义几经改变。自十九世纪之初迄今，则指花草木石无生之物，及风云月露山水之形。与天及人相对而言，曰天理，曰人情，曰物象。故Naturalism宜译为物本主义或物象主义。近吾国人多译为自然主义，似不甚合），惟恐不至。绝弃人情之习惯，惟恐不尽。吾美国之新诗人，皆主求美，而破坏规矩，尤以罗威尔女士（Amy Lowell）为甚。其所著诗文，处处皆言打破规矩、解脱束缚、绝去信条。而卒之"打破规矩"四字，适成为其规矩；"解脱束缚"之一念，竟来束缚其心；而"绝去信条"之律，乃其无上独一之信条耳。奉此为金科玉律、天经地义，自由云乎哉？某君戏名之为拆墙主义。百年以前，如此拆墙，犹为新奇之事业，且其时确有坏墙理应拆去者。若在今日，则陈腐之尤，过时已久。遗蜕余腥，尚可以新号乎人哉？

其言至为精到，今更引其一节：

新诗家之言曰，吾人当今要务为尽情发泄其破坏之欲望，更进而制驭之。新诗作者鄂本海（Oppenheim）之言，颇及此制驭之道，曰：

任你的已然，

这样你便能增高而且节制你的欲望。

有大力能节制尼亚格拉瀑布的人，便也能够节制他的食量。

然新诗中言节制者绝不少见，即吾美国国民之心性，亦素乏节制之一念。然鄂氏果明知节制之真义，则必能发为佳诗。惜鄂氏与其侪初未解此，惟纵其心猿意马，脱缰去衔，驰骋诗文之域。故其所谓节制者，特纵肆其欲望，恶事而被之以美名耳。不其谬哉？

吾读伊氏此论，念及今之形象派（Imagists）而有所论列。此派新诗人，善自矜夸，为后生所仿效，风靡一时。然空言革新，初无特殊之建设。外虽以新文艺之产生接引为己功，实则不出模仿抄袭。取三十年前尝流行于法国之新诗，变为英语，遂敢以斯骇人。彼法国之象征派（Symbolists），实取法于美国诗人惠特曼（Walt Whitman，生一八一九年，殁一八九二年）。故形象派诗人，亦暗袭惠德曼之衣钵者也。乃数典忘祖，相戒不道惠德曼之名，以自成其新。昔意大利有versi sciolti（译言自由诗）之体，行之百余岁，彼等亦必知之。实则以松散而有变化之声律为文及诗，自邃古时而已然。例如古希伯来之颂神诗，古拉丁散文之有抑扬顿挫者，中世拉丁句尾之定式、教会之祭歌、以散文入乐而歌唱者，皆是也。又德国文人Ludwig Tieck之散文而用韵调，亦其一例。故今之所谓自由诗（vers libre）者，毫无新处。其所新者，仅二事：一曰奇异之标点、分段。二曰喧腾叫嚣之声而已。彼新诗人者，欲效撒但之变革叛乱而犹未能,似新而非新,自欺以欺人耳。

形象派诗人自谓发明新声律,此其说至为易破。哥伦比亚大学教授柏德孙博士(Dr. W. M. Patterson)以科学之方法,本实验之结果,严密审查,精确断定,著《散文之声律》(*The Rhythm of Prose*)一书,于新诗人之说,业已攻辟无遗。其言曰:

> 据吾等试验之所得,散文与诗二者之间,断无第三种文体立足之地。非散文即诗,非诗即散文,若一篇之中,忽而为文,忽而为诗(指新诗),乃二者拉杂合凑,并非另一新体。譬有藩篱,往复不断跳跃其上者,并非另辟新土地也。

即在常人,不用物理仪器、科学方法,亦可证明此理。试选散文一段,苟不厌烦琐,以新诗之标点分段法写出之,则亦俨然新诗,与若辈所作者无以异。所异者,若辈所作,浮泛空疏,毫无思想。不如今由散文变出者,中实有物,尚有可读之价值耳。哈佛大学罗斯(J. L. Lowes,著有 *Convention and Revolt in Poetry* 等书,本志前数期文中曾引及之)君尝以George Meredith(生一八二八年,殁一九〇九年,为英国十九世纪大小说家兼诗人,著述甚多)之散文,另行钞写一过,即成形象派之新诗。比之若辈新诗人所作者,且高出万万也。

故新诗人日日作散文,乃假诗之名以炫人。即察其作出之诗,与其自标之宗旨亦不相合。若辈常曰:新诗当以一首为一段。每首之中,音调抑扬若干次,各首皆同。故外似淆乱无规,内实整齐划一也。然吾所见之新诗,鲜有遵此例者。或又曰:新诗之要义,为声调之流利谐和,不必用韵律也。然凡散文之佳者,其声调皆流利谐和矣,何得以诗称?数年前,密希根大学教授司各脱(F. N. Scott)君,立说谓散文之声调,以字音之高低定之。诗之声律,以字音之轻重定之。其论当否,姑不必论。要之,今之自由诗,乃散文之变形,而非诗也。其佳处皆名家散文之所固有,其短处又下劣散文之所常见也。吾为此言,初无讥诃之意。惟"诗"之一字,妄为混用,要当力辩。谓散文为诗,不可也。咖啡与茶,皆解渴之佳品,常人各以其时饮而甘之,然必强谓咖啡为茶,夫何益哉?

法国文字与英德文异,法文诗之声调,本流利而柔和,不若英德之板滞坚强。故由法国旧诗而变为自由诗也甚易。但使句之长短各异,不必如旧之每句同长,则已成为新诗矣。La Fontaine(注见本志第一期《钮康氏家传》第四页)之寓言,朗声读之,固新诗也。故法人作新诗,并非力反前古之定法,而在英德人为之,则异矣。英文之诗,以句中之抑扬轻重为主。〔按此即中国诗之平仄也。凡 Rhythm 皆由不相同之甲乙二物依序排列,而相间(Alternation)相重(Repitition)即构成矣。其在拉丁古文诗中,则长音与短音相间相重也。其在近世英文诗中,则重读之部分与轻读之部分相间相重也。所以必相间相重者则寓散于整(Unity in Variety),实为人心审美之根本定律,去此则无美可言矣。惟其相间而有异,故为散也;惟其相重而有同,故为整也。凡相间相重者,皆为 Rhythm,而相间相重皆依定规。每段全相同者,始为 Metre。故 Metre 者,Rhythm 中之一种而最整齐者也。惟然,故散文有 Rhythm 而无 Metre,独诗有 Metre。Metre 者,所以区别诗文者也。自由诗仅有 Rhythm 而无 Metre,故自由诗不得为诗也。此其界限甚明。若吾国之诗正合此理,与西洋古今全同。盖吾国诗句由平声字、仄声字,相重相间而成者也,且依定规而每段相同者。故吾国之诗不惟具有 Rhythm,且具有 Metre,即平仄是已。吾国之文亦仅有 Rhythm,而无 Metre。故平仄之有无,实吾国之文与诗之别。无定平仄者不得为诗，故今之新诗实不得为诗。此非吾国所独异，实各国文所共同者也。准是，今必苦苦主张坚欲保存吾国诗之平仄者，非某等生性顽固、笃好古物也，实以世界古今诗之公性、诗之通例如此。惜乎今之作白话诗者，不一察诗中之根本原理也。且如英文诗以音段（Syllable）为单位，每句中字（Words）数虽不同，字母之总数亦不同，然其各句中音段之数则必同（或成一定之比例）。骤观之，一首诗中，句有长有短，其形甚为参差，然以音段按计之，则其长皆同。而吾国之文，一字一音，字数与音数相符。欲音数之有定，必求字数之有定。故吾国之诗，每句必须同长（或成一定比例）。明乎此，则知吾国人不得以英文诗句长短参差为例，而自作每句长短不同之新诗也，语云：要言不繁。诗中声律之原理，尽于数语。今之攻辩者旁敲乱扯，连篇累牍，似皆无当于是也。编者附识。〕法文之诗，以句尾之同音之韵为主。（按吾国诗之韵，正即西文诗之Rhythm，其为物同，其功用亦同。西国固有不用韵之诗，吾国古诗亦有几若无韵者，然此皆其一体。故他日者，若西人尽弃其诗之韵，则吾国诗人亦可自废其韵尚不为晚。今既非其时，而强以无韵为诗，不知是何用心矣？编者附识。）故英美之人，不宜强效法人之作自由诗也。且法人之自由诗，有似若无韵而实有韵者。其字形不同，而字音则固同也。马拉梅（Mallarmè，生千八百四十二年，殁千八百九十八年）者，法国象征派诗人之翘楚也，乃亦不辨散文与诗。其言曰："凡有声律Rhythm者皆可为诗。散文处处皆有声律，特较为松懈而不整齐耳。作散文而刻意求句法之工，则立变为诗。故吾谓世所号为散文者，实皆诗也。"（此其误在以Rhythm别散文与诗，而不知二者当以Metre别之。盖Rhythm为散文与诗所同具，而Metre则诗之所独有也。）此亦不辨菽麦、指鹿为马之类矣。

形象派之诗,就其本质论之,亦有可取者。特其体含浑缥缈已极,故非选字用词,刻意求异,则不成诗。取形象派之诗一卷读之,则有若肥皂水吹成之泡,浮游日光之中,斑斓缤纷,颇呈美观;然无定向,遇微风即灭,掩卷后即全忘之矣。即其所绘之形象,亦不一。有描画木料砖瓦堆者,有叙酒色沉湎之行,及一己之乖僻郁愁者,亦有以诙谐刺讥为主,而令人至不可解者。凡此皆随作者之才而异也。

(三)

吾不习音乐,不敢妄谈。惟颇谙画术,请论其略。今日者,绘画一道,亦有革新叛乱之举,与诗同。其新画家之所为,比之新诗人,尤为过分,结果尤不良。今日所号为后起印象派(Post-impressionism)、未来派、立体派、回旋派等,其所作之画,各思有以自见,然观之痛愤交并。古诗所谓(按此诗出 Pope 之 *Essay on Criticism*):

若曹何所为?所为在怪体。惊彼不学者,长贻识者讥。

虽然,画师之狂妄,较之诗人,情尚可恕。盖画师大率以其业谋生,而诗人则常不倚作诗为活。一也。以多寡言,能得千百名画师,而不易得一大诗人。二也。试游步各国博物院及巴黎之展览会,及发售图画之商店,见其中陈列之图画,其多如鲫,无人过问,即可知操此术求衣食者之苦矣。画笔工致,凡习画者皆能之,故必另有所长,出人头地,方可有所表见。然求作佳美之画,胜过他人,实非易事。若专作粗恶之画,旌怪标异,则易动人。呜呼!此后起印象派、立体派、未来派、回旋派等之所以日见繁衍也。虽然，其所作画，今已粗恶至极，欲求更粗恶于此者而不能。是则若辈欺世炫人之术，固已穷矣。

人事复杂，势难武断，彼画师之所以出此者，或有他故。人生而有求知之心，故喜为尝试。一也。画师饥寒交迫，困苦之中不免有怨天尤人之事，谓曲高和寡，斯世恶浊，无知我者，则掉头去之，自辟蹊径，独行所是耳。二也。且即不因饥寒，但以好名之心急，亦遂贸然张革新之帜。凡有倡者必有和者，而所倡者愈属偏激，则和者亦愈众。三也。且效法撒但魔鬼之行，乃今世之风尚。诗人既为此，则画师亦何独不可？革新叛乱，比之循规蹈矩者，总觉豪迈风流也。诗人既有《渎神集》之作，画师自可步武其后，以求人知。有社会党人，在此演说，语人曰：政党之党魁某，初本守旧党人，略有新意而已。继见其说之不能动人也，乃拍案厉声，握拳张目，讲演社会主义，痛攻资本制度，听者皆为感动，怒发冲冠，鼓掌如雷。乃知欲言之有效，为一己成名计，非藉极新极激之招牌不为功。且既激则不可复缓，既进则不能思退，势成骑虎，故遂为国中激烈党之党魁而不自知也。

人性盲趋盲从，有类群羊。为首之羊，或越沟跳涧，竟致殒身；或奔入栏笠，甘受束缚；群羊皆趋从之，略无迟疑之意。今之倡言革新者，名曰破除旧规，而实则自立一种极狭隘之新规矩，为所束缚。凡艺术皆有其规矩，特宽严之异耳。十九世纪之画术，自Ingres（法人，生一七八〇年，殁一八六七年）、Delacroix（法人，生一七九八年，殁一八六三年），以至Manet（法人，生一八三二年，殁一八八三年），虽各立家法，而各有不同，品类万殊，详赡丰备。习画者就其性之所近，善择而学之，皆可得师，固无所谓拘束也。今二十世纪所谓新派，其所恪守之规矩，乃伪秘错出、真伪狭隘。若立体派，则狭隘之尤，纯为规矩而已。常人观立体派之画，固全然不解，毫无美感。即知此中之秘诀者，亦怪此画师何为而深闭固拒，肆意刁难哉！呜呼！若辈岂特以新易旧，解而复缚；是直舍广厦而就卑室，更缩小范围，加重桎梏耳！

（四）

近者诗文艺术，若音学，若绘画，若雕刻（惟建筑尚未也），皆为布尔札维克主义所侵袭。然唯伤吾人之美感，尚未损吾人之生命，故其害尚浅。惟政治教育两途，亦横被其流潮，此则为害至深且烈。政治之现情，尽人而知，无庸赘述，兹惟论教育。教育之改革，与彼形象派之诗、回旋派之画、虚无派之政治，似若无关，而实则同出一源，同为一事。盖皆本于旧者皆恶，新者必善之一念。办学者以新式学校之名，威服一切，而不问其设施如何也。千百年来，学者所诵读所研习之学问，视为布帛菽粟不可须臾离者，今之新教育家乃谓其无用，一扫而空之，易以新科目。然其有益与否，尚未能知也。偏信新奇，不问实是。专趋时好，以定办学方针。凡儿童所喜之功课，则名之曰必需；儿童所厌之功课，则名之曰无用。而不知儿童贪顽好耍，畏难苟且，其于功课，易者则好之，难者则厌之。此岂足定各种功课之真价值哉？或曰：新科目亦颇繁难。然吾未见其如是。即使繁难，则他日者更新之教育家出，必删弃之，而代以简易。此方便之门一开，则每况愈下，无复止境矣。

要之，彼新教育家以为学问可不费心力而得之，但使此学问为儿童所喜者即足。此其根本之大误也。盖辛苦工作，本非人情所乐为，而以儿童为尤甚。男须耕，女须织；男须赡家，女须产子。此皆上帝因吾人类之远祖亚当夏娃违命犯罪，所以罚之之具。（见《旧约·创世纪》第三章第十六至第十九节。）而非以示恩施惠者也。苦也，非乐也。工作固亦有其乐，然在事完功成以后。若其始作，只有苦耳。（德谚曰：凡始皆难。吾国古语曰：行百里者半九十。）必须心志坚决，精神奋厉，所事方可进行。中途或虑事之不成，或得有摆脱之机会，则其时，事之进行愈难。靡不有初，鲜克有终者矣。少年之时，畏难苟安，常不免想入非非。明日开学矣，则望今日跌折一腿，藉可请假。今日之书难成诵矣，则祝先生忽然有事，午后放学。然年已长，则知工作痛苦，为不可逃之事。神佛无灵，父母不应，所畏惧者，无法幸免，只有俯就衔勒，如驾车之马，鞭箠在后，非达所至，不得休息也。于是人之作事，遂成习惯；应为者即为之，不复一一计较苦乐矣。且也，年长之人，见识较远，虽无目前之获，确信后日之果，则遇事益增其牺牲刻苦之志。凡此皆由于儿时已养成其凡事当作者须作、不问苦乐之习惯也。若儿时未经此番训练，不知责任之重，律己之法，遇事因循濡滞，推诿延宕，心中甚苦，而事卒无成，驯致终身潦倒，为无用之人，不亦哀哉！是其早年教育之不善误之也。

新教育家之谬误，由于不审工作与游戏之别，此二者皆出于人之天性，其事皆不可缺。其中皆有乐处，然乃相反之二事，非一事而异名也。工作之乐，原于吾自负才能也；作事时精神之振奋也；念将来其功告成，有益于人，有益于我也。故工作愈前，则其乐愈增，而其最乐之时，实在功成后之回顾。（按此言皆极其确，验之于己，可以知之。如作文者初下笔时最苦，出版后展卷披阅则甚乐。且凡有翻译或撰著之文，前半如锦里抽针，后半则如瓮泉泄水矣。）游戏之乐，则原于休息也，从天性之自适而无拘束也，享受此刹那顷之快乐也。故游戏愈久，则其乐愈减，而决不随时递增。而最乐之顷，实在将游戏而未游戏时之预想。（今人谓男女成婚之日，其爱情即由增而减，亦即此理。)故游戏之乐，实出自然。以游戏为功课，强迫儿童行之，即无乐之可言矣。反之，工作须郑重其事，而以游戏之方法行之，则两失之。盖既无游戏之乐，又无工作之益也。

新教育学说之大病，即在其迎合人类好为懒惰之天性也。彼新教育家，日扬言于众曰：希腊拉丁文及数学不惟艰深，抑且无用。(按此可与吾国之不读四书五经等比较，惟希腊拉丁对英美之人尚为异国之古文，若吾国之论孟学庸等有何艰深之可言乎？希腊拉丁与四书五经皆人类最高智慧之所集凝，皆教人以为人之道，为群治之本，而文明社会不可须臾离之也。□教授法之宜改良另为一事，不可因时而废食也。)则又何怪乎幼年学子及其家属蠢然纷起，要求删去希腊拉丁文数学等，而另代以有益而又多兴味之新功课也哉？然其多兴味固矣，有益与否则尚不可知也。今之学校，直游戏场而已。儿童天性喜游戏，到此而适其性，苟游戏一不尽欢，则以此校为不良矣。尤有说者，吾美国之学校，实由学生操管理之权。盖学校之办法，须听教育会之命。教育会之人员，由学生之父母选举出之，而学生之父母，溺爱姑容，惟将就其子女。故其事虽重重间接，而教育全权实操之幼童之手，不亦哀哉！

有新教育，斯有新教育家，所号为教育专家者是也。此辈生平未尝从事教育，毫无教授管理之经验，但本其测量实验之所得，置身局外，信口雌黄。在昔教习之卓然称职者，则进为校长；再著功绩，始擢为视学，而为众所共尊信之教育家也。今则不然，教授与监督，自初即判为二途：教员专主授课，而视学专任监察评骘，各不相谋。工厂之中有所谓效率专家焉，其职任不特计算机器之配置如何而可省物力，且督率指挥人之肢体动作，规定作工时间及休息时间,无微不至,总期尽用所有工人之力,以求出货之多而获厚利。厂中之工人,视此辈效率专家如蛇蝎、如魔鬼。终日植立身后,一手持表,一手执棒,投间伺隙。若工人作工迟缓一秒,或手之动作与定法有毫发之差,则效率专家立即登记,而工人即有扣资或遭斥退之忧矣。教育专家之与学校教员,亦正类此。教育专家不必身为教员也,惟腹中满储统计表、管理法、教育原理、教育心理等材料,遂高视阔步,来测量儿童之脑力,而定教员之成绩焉。其日常之口头禅,至非局外人所能理解焉。

然此辈教育专家最为aggressive(译言强横也,凶狠也。又活泼也,厉害也),故众皆尊之。aggressive一字,近已大变其原义。今之择人取材也,无论所需者为市长、为政党之交际员、为大学教授、为欧洲和会之代表团秘书,要之,皆非aggressive之人不可入选。吾尝见中学校长之保送学生入大学者,其保函中必郑重申明该生异常aggressive之意。一则曰:“张生在校功课不佳,但有为领袖之才,曾为足球队队长、本级级长、本校校刊总编辑,乃一漂亮英伟而aggressive之少年。若蒙赐予收录,决不致为贵校贻羞也。”二则曰:“李生功课成绩极优,性嗜读书,品行高卓,趋重道德,惟为领袖之才似不足。质言之,即其为人不甚aggressive。素仰贵校校风之良,今后当可变化其气质也。”吾殊异之,迟惑至再,始翻英文大字典,乃知aggressive为“常思aggress”之义。吾更求此字之义,则知aggress者,乃“首先启衅,与人争斗,或口角,又攻击也,侵袭也”。呜呼,今教育家所欲养成之人格,乃为“首先启衅,与人争斗,或口角,又攻击侵袭”他人者,是直以暴戾恣睢、犯法作乱为教也,是驱学生皆为叛乱之撒但也,尚忍言哉?

教育专家之虐政,其中于儿童者尚浅,而中于教员者最深。盖教育专家须俯顺儿童之心,否则儿童一怒而亦aggressive相向矣。惟为教员者之苦，知之者鲜。今之中小学教员，皆属女子。此等女教员，须受所谓新式之训练，须每日每时注目留心，通晓所谓最新之教育原理，又须费授课时间之大半，专编试验表册及统计等，但求合法，不受指摘，即已大幸，敢言一己之劳苦耶？近有某教育家演说云：“现今教育已发达成为科学，与数学无异。”其敢悍然言此，可觇进步矣。又一教育专家告众曰：“代数几何，皆不可学。凡须记忆事实者，皆大有损于儿童也。”吾又闻之某视学云：“吾人所倡之议，今各大学皆已采用之，实大幸也。吾人固言预备入大学者，不必习他科，但须习铁工足矣。今各大学亦多专重铁工，吾辈之功也。”呜呼！若此君之说竟行，则全国之大学，皆变为铁工厂矣。学生以工作为事，而所谓真正之教育，自初级以至高等，荡然澌灭，无复存者。愿身任教育者，其慎之哉！此外之例，不胜枚举。试浏览视学者之调查表等，即可知之。或戏书其后曰：“览表具见精审，凡百皆已严行核减撙节，至于极地，惟嫌作表者之词费耳。”

今试论职业教育，夫授男女儿童以职业之知识，使之自能谋生，本属美事，行之愈早愈善，又可使学生学为自尊与诚实，其益处显而易见。然此非即教育也，若以此为教育，则大不可。职业教育者，教育之一种，而非教育之全体也。尽废教育，而以职业教育代之，不可也。夫人非木石，非彼无知识无灵魂之机器也，工作之外，职业之外尚有他事焉。须通世事，须知人类思想行事之历史。苟非于幼时教之，及其既长，不必皆能入大学，而忙于糊口，是终其身将为愚夫，浑浑噩噩，虽为有用之职工，然非人也，不足为共和国之公民也。故人性要当更贵于效率也。效率可减，而人性决不可残贼之、斫丧之也。（按此言人文教育与物性教育之别。吾国近年职业教育风行一时，名流争道之，甚至取法于菲律宾，而不知美国于菲律宾专施奴隶教育，以遏其国民独立之性。吾国神明黄胄，岂遂以此自足耶？）

今之言革新者，无论其为教育、为美术、为文学，皆于人性有所忽略，有所欠缺，相率而墨守武断之法则，恪遵新立之规矩，而皆与人性相离日远，但求各种奇异反常之效率。是盖由于妄以新者皆必胜过旧者，而不暇细思。所谓改革家者，惟新新是骛，私心刚愎自用，置千百年生人之经验于不顾。呜呼！是将从撒但魔鬼而共陨越也。超俗自好者，应三复克罗之诗曰：

旧者诚多误，新者岂尽真？嗟嗟天下士，新旧何必论？

并诵史体尔牧师之祷文曰（案此系比喻，非有宗教意味）：

神赐美酒，有旧有新。饮之皆甘，勖哉下民！

——本篇为美国葛兰坚教授撰，吴宓与陈训慈君所合译，译者识语及附注为吴宓所撰。原载于1922年6月出版之《学衡》杂志第6期。

马西尔撰《白璧德之人文主义》

按本志自第三期译登《白璧德中西人文教育谈》之后，接到各处来函纷纷，佥以白璧德等人之学说裨益吾国今日甚大，嘱多为译述介绍，以窥究竟。本志亦亟欲为此。惟以梅光迪君于《近今西洋人文主义》篇中（其第一章绪言见本志第八期），将详述而精论之，故未另从事翻译。今此篇原载法国《星期杂志》（*La Revue Hebdomadaire*）第三十卷第二十九号（一九二一年七月十六日出版），题为“L'Humanisme positiviste d'Irving Babbitt”（按 positiviste 实证之谓，精确之谓）作者马西尔君（Louis-J. -A. Mercier）以白璧德先生之学说，撮要陈述于法国人之前，使其国人皆知有白璧德，皆知有人文主义。吾人从旁逖听，益深景慕之思矣。且其叙述简明赅括，故不嫌明日黄花，特为译出。《星期杂志》该期亦刊登白璧德先生像，并由马西尔君将白璧德《卢梭与浪漫主义》一书之卒章，译为法文载登，题曰《人文主义与想象》（L'Humanisme et l'imagination）。今从略。后此仍当续为译述。编者识。

第一节

在昔十八世纪之初年，英国始出现于法人之眼界。（意谓法人始知有英国，始重视英国。十八世纪中，法国政教学术思想文艺，皆受英国之影响甚大，尤以英国之立宪政体、洛克之实验派哲学、牛顿之物理学、Bolingbroke之有神论宗教、李查生之感情派小说诸端为最著。法国革新派重要人物，如孟德斯鸠，如福禄特尔[①]，如卢梭，皆曾游英国，或旅英甚久。前此则英国惟遵依模仿法国之文化耳。）至十九世纪之初年，德国始出现于法人之眼界。〔语意同上。盖法兰西夙为欧洲文明之中心，德国僻处北方，南欧人皆以朴僿野蛮概之。十八世纪古学派盛行之时，德人专以遵依模仿法国之礼俗文艺为事。如弗烈得力大王，谈话写信均用法文，而以用德文德语为耻辱。至十九世纪之初，浪漫主义发动，法人乃转而崇拜德国。一八一〇年，斯达尔夫人（Mme de Stael）著《德意志》（*De l'Allemagne*）一书，力言德国之人民质朴真诚，友爱敦厚；德国之文学自然清新，不假雕琢，而富于感情想象。凡此皆在法国之上，而为法人之所宜则效云云。斯达尔夫人此书传诵一时，影响极大，为转移法人观感之原动力。自是法人多崇拜德国，直至一八七〇年普法战后法人始恍然大悟，知德人之爱和平非出天性，苟经训练，适成为最刚勇残酷、黩武好战之国民耳。〕而今当二十世纪之初年，出现于法人之眼界者，则美洲之美利坚合众国也。

美国之立国，仅百年耳。而此百年中，由甫脱母国羁绊之殖民地，一变而为世界最强之国，致使世界文明之枢轴复为移动。古昔该撒之时，地中海之文明扩为欧洲之文明。今兹欧战，乃使大西洋成为文化交通之中心。自今以往，如置美国于不问，则欧洲种种问题不能解决。而彼美国，虽仍不欲弃其前此局外孤处之优势，亦审知此后欧洲种种问题之解决，与美国有切肤之关系。故今日者，诚新世局作始之会也。

---

① 福禄特尔，今译伏尔泰。

虽然，法国无所损也。法国地居欧洲南北之要冲，故历经近世史上种种变迁，而常为文明融汇之处所。今世局虽一新，而法国地当全球东西之中心，故仍将成为文明融汇之处所无疑。本其欧洲历史遗传之文明，而汲引美国，取其对于文明之贡献，以合于异日之新文明新潮流，此法国今日之责任也。前此之法国，仅为欧洲大陆北部野蛮与南部文明之通路。今后之法国，则应为新旧两世界、东西两半球之介绍人。惟兹事极艰巨，近以学者及学生之交换，业已逐渐进行。（按去年白璧德即赴法国，在巴黎大学为交换教授。）然仍须假众力，宽以时日，始可望有成也。

本志（作者指《星期杂志》）于此颇欲尽力，拟介绍美国思想家之最著者于吾法国人之前，而首以白璧德，此其选择至当。非以白璧德为今日美国最盛行之思潮之代表，如伊略脱（Charles William Eliot，生于一八三四年。任哈佛大学校长四十年，提倡新教育甚力，故名望及影响甚大。一九一〇年曾来中国游历）、詹姆斯、杜威（以上二人为吾国人所熟知），以及爱迪夫人〔Mrs Mary Baker Eddy，1821—1910，创立“耶教科学”（Christian Science），该教派之主张，谓一切因果皆由心造，如能善体耶稣教人之精意，则人生之罪恶疾病及死亡，均可消除。故宜效法《圣经》中所载耶稣为人治病之方术，而不用医药。此教派创立于一八六六年，信者甚众。今波士顿城中金顶辉煌最宏壮之礼拜堂，即该教派所建筑也。又在波士顿发行之*Christian Science Monitor*日报，即该教派之机关报，其中载关于吾国之新闻颇多。又主张公道，怜恤弱小之民族，而加以偏袒。故吾国报纸近顷常译载该报之新闻。总之，该教派存心济世，主张博爱，然以感情为宗教，又行事有近于催眠术及静坐法等，故在笃信耶教正宗者，视之为左道邪术。而由科学家观之，则不信医药，行事谬妄，故讥之者戏为改教派名为

“耶教科学”,然按其实际,既非耶教,又非科学也云云〕一流,而以白璧德及穆尔,及其日增月盛之徒众,方精勤奋励,专以遏止彼思潮,且转移其方向为职志也。

所谓美国之思想者,非仅取欧洲之思想持续奉行之也;又从而增损之、选择之,以意为之轻重取舍。夫人之所知者,惟其所能知而已。彼美国之人,百年之中由一千万人而增殖为十亿之人口,由蕞尔之片土,而据有广漠之大陆,诚所谓天之骄子,成功率易。故其于欧洲传来之各种思想,所最易了解。而遂取而厉行之者,厥惟近世无穷进步之说,以为个人愈得自由扩张,物质愈能为人驱使,则人类全体皆将享受最大之快乐矣。

白璧德之所攻辟者,即此种毫无管束,专务物质及感情之扩张之趋势也。本其所为,足促美国思想界之自觉,即恍然于夙所取之欧洲而变本加厉者,究为何种思想是也。

今征实言之,白璧德以为近世此种思想,实以英人培根及瑞士人卢梭分别代表之,故于二人着重研究。自歌白尼显明宇宙之大,人心为之震撼,既而渐能善自解慰,以为人苟遵从自然(物质)之律,则可凭科学之力,驱役自然(物质),以为吾用。此种新见解,以培根为其代表,故培根者,凡百科学的人道派之始祖也。其另一办法,则凭感情,以人自合于自然(物质)之中,而求安身立命。此说卢梭主之最力,故卢梭者,凡百感情的人道派之始祖也。

本于科学,则有实证主义与功利主义;本于想象,现有浪漫的感情主义。斯二者非近世思想之二大派别乎?人类无穷进步之说,即出于此。于是天国之福音不复闻,而人世之福音取而代之矣。(意谓宗教衰歇。而众乃迷信人类之进步,以为人力万能,不复有天命也。)

白璧德之批评,即由此着眼,旧文明以宗教为根据者,已为新说摧灭净尽；故白璧德不主张复古，而主张实证之人文主义。本于人类之经验，深思穷研之所得，持此以为比较，则彼科学及感情的自然主义之缺误立见。盖其所主张，实证不足。又惑于想象、溺于感情，将旧传之规矩尽行推翻，而不知凡个人及社会之能有组织、能得生存，其间所以管理制裁之道决不可少。故今者既已将身外（有形）之规矩推翻，则必须求内心（精神）之规矩以补其缺也。

彼科学的自然主义及感情的自然主义，皆未能以内心之规矩供给吾人，此近世最可悲最可痛之事也。

鸣呼！培根生平纳贿贪财，以此得罪，非无故也。或谓培根为能实行其学说者，彼专务物质，营营货利，为所驱役，遂忘人生道理，欲图制物，而卒至不能自制。鸣呼！卢梭所生子女五人，均送至育婴堂、孤儿院，不自抚养，亦非无故也。卢梭所以出此者，图免牵累。其学说之要点，即痛恶凡百牵累、凡百拘束、凡百规矩，凡百足以阻止吾人不得率意任情行事者，以及各种义务责任，卢梭皆欲划除之。鸣呼！近今欧洲大战，又非无故也。徇物而不知有人，其结局必当如是，盖弄权作威，尊己抑人，恃强凌弱，乃生人最显著之本性。苟一国之人，听其趋向此途，不加绳检，而又专营物质之事业，则必至于好大喜功，穷兵黩武，如疯如狂。于是托尔斯泰所倡柔靡之感情主义，遂变为尼采所倡刚劲之感情主义。其国之人，横思妄想，皆欲为“超人”，知四海同胞之非真与黄金世界之不可恃也，恍然梦醒，然欲图无限权力之扩张，重复入梦，专务整军嗜杀。此种感情主义，与人类弄权作威之天性，毫无拘束，以及操纵物质所得之力量，为所欲为。兹数者相遇，则必生大战。此势之必不可免，而千古莫能易者也。〔按当欧战方酣之时，英美之人，皆痛詈德人贪狠残暴、穷兵黩武，以起衅开端、涂炭生灵之罪;完全归狱于德人,而自诩并称赞法人为仁义之师,救民伐罪,保障文明。夫德人固有重罪,而此等说法,其一偏不合于理,人皆见之,惟无敢言之者。当是时,白璧德先生及其友其徒,即力持公道,将此段所述之义,反复申明,谓欧战乃事势之所必至。至若好大喜功、穷兵黩武,则英美法日与德国正同,决不可责人而恕己。纵其间功罪有轻重之差,亦不可谓德人全非而协约国全是也。易地则皆然,况同在疆场同为杀人流血之事耶!欲救世界之祸而免异日之战,惟有于人心道德上用工夫,或可收些须之缓效。若今之言国际联盟,或倡世界大同、弭兵减军者,皆可断其必无成耳。白璧德先生此等言论,在当时颇遭其国人之忌,毁之者不少,然国内国外诚笃公平之士,则莫不敬重先生。当美国与德国以潜艇事断绝邦交之时,哈佛大学前校长伊略脱博士联合国内学界名流数十人,作公函致德国学界,责其研究科学徒为战争之器具,供政府之利用,与之断绝知识学术上之交际。其时德国学者亦具公函还报,谓德国学者皆忠于德皇及德国,甘为尽力。盖以各国欲合谋以杀尽德国之人,故不得不出此云云。此事两方所为,白璧德先生等皆不直之。今日者,法军占据鲁尔,种种行动,世之公论,乃转而责法国之帝国主义。殊不知此等事,在稍有常识、稍读历史、稍悉国际情形者,皆早见及之。即昔之持偏袒一方之说者,亦未尝不知个中实情,但以既为美国人,即不能不为美国说话。既存心爱国,即不得不随机应变耳。吾国人近年以参加欧战之故,受英美派之宣传,故往往随人以为议论,窃意殊可不必。且人假我真,如诳小儿,昧于实情,后祸尤深。今国人方以国耻排日,函电纷驰。日遇我虐,然所以然者,以日本为我之近邻故,易地则皆然,不可谓日本效法德意志之帝国侵略政策,而英美则只知公道与仁爱也。至各国之中,各有贤者,联合高明之士,致力于世道人心之补救，此实药世息战之无二法门。闻白璧德之风者，可以兴矣。然白璧德乃美国人中之麟凤，决不能代表美国。彼日日扩张海军，制造飞机，以及磋商借款，严逼国债，强持克门案者，乃美国大多数人之代表，吾人无论对英对法对美对日，此二者之间，须分别明显，不可牵混。盖为国民生计、国家权利着想，与为人心世局、道德精神着想，自必完全分途。此至不可忽也。〇又按Charles Eliot Norton（1827—1908）者，首任哈佛大学教授，而白璧德之师也。其人之道德识见，亦为晚近美国人文派学者之所宗仰。一八九八年，美国与西班牙开战，是时美国人民及当局好大喜功，意欲乘机攫取菲律宾群岛而有之，故强行诱逼西班牙政府，使不能不战，又借口开衅，先发制人，遂奏肤功。当时Norton先生即极不以开战为然，力持公道，劝国人息兵，颇遭当局及群众之忌，几于得祸。此其所持之理及所行之事，与白璧德先生前后如出一辙者也。故特表而出之。〕

爱玛生（Emerson）曰："世间二律，显相背驰，一为人事，一为物质。用物质律，筑城制舰，奔放横决，乃灭人性。"（此诗白璧德用为其所著《文学与美国大学教育》一书之格言，表明全书大旨。）彼培根与卢梭之失其人性者，以其忘却人事之律（即为人之道理）也。而欧战所以终不可免者，以欧洲文明只知遵从物质之律，不及其他。积之既久，乃成此果故也。白璧德曰："今相邻之各国各族，以及一国中各阶级之间，各存好大喜功、互相嫉忌之心，更挟杀人之利器，则无论或迟或速，战争终不可免。若辈牺牲人生万事之价值，但求积聚物质之富（货财器用），既成，乃复自相残杀，并所积聚者而毁灭之。吁可怜哉！"

今者亟当谋所以改变之道，盖"吾人所生之世，按之文明社会所赖以持久生存之原理，取途已误。不谓前史具在，鉴戒昭然，竟复昧昧然沉溺于自然之主义之罗网，诚不知伊于胡底，此事之显而易见者也”。

以上乃白璧德《卢梭与浪漫主义》书中之言也。该书系欧战后（一九一九年）出版。然十余年前（一九〇七年），白璧德于其所著第一部书（《文学与美国大学教育》）中，即已明白确定其实证人文主义之要理。由是以得内心之规矩。惟因缺乏内心之规矩，故世变所极，终不能免空前之大祸（指欧战）。不幸而白璧德之言中。惩前毖后，可以悟矣。

白璧德首先郑重说明人文主义与各种人道主义之分别。盖人道主义重博爱，人文主义则重选择。（人道主兼，人文主别。人道即墨家之爱无差等。人文则儒家之分别贤愚亲疏。《论语》云："泛爱众，而亲仁。"但能泛爱众，是为人道派，兼能亲仁，则进于人文派矣。）泰伦斯（Terrence，罗马大谐剧作者，约190—159 B. C.）之言"凡人事无不适于我心者"，虽经卜龙铁（Brunetiere，法国文学批评家，1819—1906）取为人文主义之表征，其实乃人道主义之说法。盖其中毫无别择之义，将以柏拉图语录与流行之小说丛报同等嗜之矣。但有博爱（通译为同情）不足也，但有选择或规矩，亦不足也。必须二者兼之，具博爱之心而能选择并循规矩，斯可矣。人性好趋极端而矜偏颇，然人之所以学为人者，正以其能战胜此种天性，于人心中每种趋向，各以其反对之趋向调剂之，遂能合礼而有度焉。（所谓沉潜刚克，高明柔克，又佩韦佩弦，亦合此意。）

白璧德谓此种人文主义，古之圣贤多已言之。如释迦我佛云："偏则失当。"柏拉图云："有能兼备一多之人，吾将敬而礼之。"亚里士多德以中庸为道德，而巴斯喀尔（Blaise Pascal，1623—

1662，法国宗教哲学家兼物理数学家，所著有*Lettres Provincials*及*Pensées*，而以后者最为精要）之论最为完备。其言曰："人之所可贵而难能者，非在趋一极端，而在能同时兼具两极端，且全备其间之各等级也。"（意谓但能一往直前不足为勇，必能勇能怯，随所宜为之，而无不合适当之分际，通权达变，因境制宜，而无往不衷于义也。举此一端，余可类推。）

印度专务趋一，竟能实行其理想。希腊则不然，其人虽阐明合度之法则，以"毋过当"为教。然其后竟废弃其所藉以模围身心、统一生活之规矩，于绝对（即一）相对（即多）二者之间，无由得执中两全之术，于是杂说并起，扰攘纷纭，精神迷惘，而相率沉沦矣。

第二节

由上所陈之义理，白璧德进而考察其时美国之情形。

白璧德任哈佛大学教授〔［原注］白璧德略历：生于一八六五年，学于哈佛大学，后赴巴黎，入法国高等学院，从名儒西婉莱维学。一八九四年归国，在哈佛大学任教职，今犹为该大学教授，授法国文学及比较文学。除编订之文学课本若干种不计外，所著书如下：《文学与美国大学教育》（*Literature and the American College*，1908）、《新拉奥孔》（*The New Laocoon*，1910）、《近世法国批评大家》（*The Masters of Modern French Criticism*，1912）、《卢梭与浪漫主义》（*Rousseau and Romanticism*，1919）〇译者按，以上四书之外，白璧德先生尚拟著《民主政治与帝国主义》（*Democracy and Imperialism*）一书，数年前已计划停妥，惟以他故尚迟迟未出版耳。〇又按西婉莱维（Sylvain Levi）为法国著名东方学者，著述甚多。今春曾来吾国游历,并在北京演讲云。〇又按白璧德先生所著书四种,皆美国波士顿Houghton Mifflin Co.书局印行,日本丸善书店,皆有存书发售。〇又按白璧德先生在哈佛大学所授功课,主要者共四门,如下:[一]“卢梭及其影响”,[二]“法国文学批评”,以上属于法国文学之范围者。[三]“欧洲十九世纪浪漫运动”,[四]“十六世纪以来之文学批评”,以上属于比较文学之范围者。此外尚有辅课二门:[五]“夏土布良(Chateaubriand)及浪漫运动之始”,[六]“巴斯喀尔(Pascal)及王港学院(Port Royal)”。以上六课,分年教授。甲年授[一][三][五]三课,则乙年授[二][四][六]三课,丙年同甲年,丁年复同乙年。如是错综互换,以下可以类推〕,**故于自然主义在教育之影响,感受尤为深切。是时所谓选科制者犹盛行。**〔[原注]其后哈佛大学已有反动,于选科制已加修改。现哈佛大学于初入校之学生,各指派教授一人为其指导员,指导其选课之事。又定出所谓博通(Distribution)及专精(Concentration)之功课,均为必修。且第一年生另有必修之功课数门。此外学生欲以最优等或优等毕业者,更须照规定之办法,尽修若干门功课然后可。凡此皆所以挽救自由选科漫无限制之流弊也。〇译者按,哈佛大学定章,所有之功课,总分为四类。每门功课以每星期三小时授满一学年为单位。修满十六有半单位者为毕业,得学士学位。此十六有半单位之中,其六单位必同在一类,设为甲类,是之谓专精。此外必须有六单位,分配于其余之乙丙丁三类。且其分配之法,每类至少必须有一单位,而无论何类不得多于三单位(易言之,其法只能为乙二丙二丁二,或乙三丙二丁一。若夫乙四丙一丁一,或乙四丙二丁无,则均所不许),是之谓博通。此外所余者仅四单位有半,可以任选。故其所谓自由选科者,亦只如此,况尚有他种特别办法更限制之耶!〇又按近年哈佛大学历史、政治、经济系定章，凡以各该系为主科之学生，于毕业前须受所谓普通考试(General Examination)，即以历史、政治、经济之全部为范围，俾各人皆同具最要之普通知识。此考试不能及格者，虽学分已修足，亦不能毕业。〇又按最近一二年中，哈佛大学新章，凡以文学或文字学为主科之学生，无论其专治何国何种何时之文学或文字学，皆须同受所谓文学精华考试，所指定之书籍，如《圣经》及希腊之荷马、苏封克里、柏拉图、亚里士多德，罗马之桓吉尔，英国之莎士比亚、弥儿顿。法国之莫里哀，德国之葛德等(以上约举数例，未能遍及)。其所著诗文，乃欧洲文学名篇，为人人所必读。故凡专习文学或文字学之学生，皆须平日按照单中所开，研究有素，届时同受此等考试，不及格者，不得毕业。按此法系仿历史、政治、经济系之普通考试，而罗列古今文学杰作，强迫研读，用意尤善。以上诸种改革，白璧德先生倡导之力为多。按哈佛大学在美国为施行选科制最早之校，而于其流弊亦觉悟最先，首谋改良补救之办法。故谓哈佛大学为保守者，毋宁谓之为革新之前驱之先导者耳。近者选科制方在吾国盛行，而鲜有注意其流弊者。且吾国经费人才有限，科目设备不周，而骤行无限制之选科，徒使学生神昏意乱，舍精取粗，重小忽大。至毕业时，学分虽已足，而于某类学课最主要之全部系统知识，则尚无之。故科目不完，指导不殷，而竟行选科，是为学生谋而不忠也，是骛虚名而乏实益也。故即在主张及赞成选科者，行之亦不可不慎也。〕哈佛大学校长伊略脱先生(注见上)曰："年届十六岁，曾受教育之青年，与其由全校教员为之代定课程，不如听其自选之为当也。盖青年者极复杂之有机体，其天性各各不同，且可断言终无二青年之天性相同者，故决无能知之真切之人。"又曰："居今日而论教育，只能谓各种学科同一重要，其教育上之价值皆相等。"

(而不能谓其间有轻重尊卑之分也。)白璧德则谓彼十余龄之童子,性情无定,随一时之感触而转移。今弃千百年积蓄之智慧于不顾,而从若辈童子之自由嗜好,此其谬误显而易见。盖以若所为,是将一人之个性视之过重,而将人类全体之公性视之过轻。此种理解施之教育,当自卢梭始,前此无之也。又以若所为,是淆乱所有之价值,漫无分别,视人事之律与物质之律同等。此种理解,自培根始,前此亦无之也。

此种谬误之理解,其祸并及于高等教育,即大学毕业生,再修业一年,而得硕士学位。又修业三年,作成专门论文,经过普通考验,而得博士学位是也。白璧德谓今所行之制,按其实际,则彼求博士者,不行其所当务,不以熟读精思之工夫,与人类思想之精华、古今文章之杰作相接触、相亲近,理会而受用之。而乃专务搜求琐屑隐僻,无与人事之事实,纂辑以成论文,藉获虚衔。其数年之光阴全为枉废,诚为可惜。此其所造就者,并非真正之专门学者,博古而通今,援新而明旧,洞悉人类进化之前史,能为世用,而徒为虚伪之专门学者而已。耗矣哀哉!此辈盖亦为个性教育之牺牲。彼个性教育者,一方趋重科学,为琐屑干枯之考据,一方纵任感情,专务天性及情欲之自由,如前所言之选科制是已。

转言之,白璧德欲使学生先成为人文学者,而后始从事于专门也。夫为人类之将来及保障文明计,则负有传授承继文化之责者,必先能洞悉古来文化之精华,此层所关至重。今日急宜保存古文学,亦为此也。自经近世古文派与今文派偏激无谓之争,而古文学之真际全失、系统将绝,故今急宜返本溯源,直求之于古。盖以彼希腊罗马之大作者,皆能洞明规矩中节之道及人事之律。惟此等作者为能教导今世之人如何而节制个人主义及感情,而复归于适当之中庸。故诵读其书而取得其精神,为至不可缓也。

希腊人闲暇之义，亦为古来习俗之关系重要而急宜恢复者。彼培根之徒，误以闲暇为休息，为怠惰；卢梭之徒，误以闲暇为寻梦，为入魔。然古来东西圣哲，若希腊，若印度，若耶教，若佛教，若伊斯兰教，莫不重静修之工夫。耶稣谓马利（主静主知）之智慧在马沙（主动主行）之上（参阅《新约·路加福音》第十章第三十八至四十二节自明），实与亚里士多德所见不谋而合。（亚里士多德以静思为最高之生活。见其所著《伦理学》卷十第七章。）其所谓闲暇者，既非工作，亦非游戏，乃谓以人之智力专用于高尚之思想，及美术诗文宗教之域，使人觉有超乎一己之上，而又确为我之心目中一切实境之根据者。使人视己之生涯，不以目前有形得丧，及过顷即灭之我为标准，而以永久之价值为归宿焉。（按孟子云：壮者以暇日，教之以孝弟忠信之义云云。故道德工夫非闲暇不可致。至静修之义，吾国古人多视之极重。总之，白璧德先生所谓闲暇者，即存养修省之工夫，身心性命之学。故彼逐名趋利、孳孳营营者，固难与言闲暇。即彼日研考据词章科学文字，或侈谈经济事功爱国救世者，皆不足语于此也。）白璧德于此仍归本于中庸之道，谓所当求者，非专务动作，亦非专务静止，而为静中之动。苟欲图真正人生理想之实现，不以物质之律自足，而并遵依人事之律，则此层修养之工夫必不可少。若此者乃可谓之闲暇也。

必如此而真正之进步乃可致，而真实之创获，要必为汇萃精思之结果。夫前此之摹仿古文学者常不免为奴从，固矣。考近世（十七、十八世纪）之复古派，原为个人主义初起方盛时（文艺复兴时代）之反动，非无根据，惟其后个人主义之势已杀，至十七世纪之初，仅见之于好为奇诡、专务纤巧之一种文体而已。复古派志在发明古代文艺之理想，力趋纯正，所惜以精粗及常变之界限未明，每不自行观察体验，而但崇奉后世注释亚里士多德之书者所定之规律，至于自然浑成者亦斥之为离奇怪诞。艺术之范围既经复古派强为斩削而小之，则激烈之反动为不可免矣。此种反动，发自卢梭。卢梭曰："吾虽无过人之善，然能与众不同。"（参阅本志十八期《圣伯甫评卢梭〈忏悔录〉》篇及按语。）卢梭此语，今人诵习已久。今人以专务新奇之故，至于尽反古人之思想议论，甚至自安于固陋，于古人之书曾不寓目。故复古派趋一极端。今人反之而又趋他极端，欲为新奇而竟流于乖僻。今思救其弊，则仍须返于中庸。其法当效古希腊人利用前古之成绩以为创造，以个人自我之方法，表阐人类公性之精华。不当更于科学的及感情的自然主义中制胜图功，不当长堕迷途，自矜创获，专务搜寻未刊之残编、未道之只字，如疯如醉，效彼科学派之学究，疲精敝神，为琐屑之考据，诡僻之发明者，以及彼文学艺术派之学究，全为一己之感情印象所充塞禁锢而不能自拔者之所为也。而所当务者，则为熟读古人之佳书名篇，于以见人类所留遗之最高尚之思想言行，陆离彪炳，铭刻其中。更须继往开来，自为述作，比踪先哲，所作不必务为奇诡乖异，而当显示人生之要理。偶有所悟而寻常不及见者，于是古人之灵明睿智既得传于今，而今人本其新得之经验，亦可以其灵明睿智并传于后也。

第 三 节

以上所述白璧德先生之思想，皆本于其所著第一书《文学与美国大学教育》。白璧德其后所著各书，均就此意引而申之，成为系统。昔德人雷兴（Lessing，1729—1781）著《拉奥孔》（*Laocoon*）一书（参阅本志第八期插画僧人遇蛇像说明及《现今西洋人文主义》篇第六页小注),以攻辟伪古学派淆乱诗与画之畛域,所以致此者,由于误解摹仿之本义。(参阅本志第九期《诗学总论》篇第九页。)白璧德于所著《新拉奥孔》书中,先述雷兴之意,并为阐明之。然后攻辟浪漫派之淆乱各种艺术之畛域。而其所以致此者,则由于力主自然,及纵任想象自由不加节制之谬说。白璧德断曰:欲艺术之尽善尽美,仅有精湛之材料尚不足,而必须有既整齐且有变化之形式,以表达之而范围之。其形式愈臻完美,则愈能显示一种宁静之精神,异乎呆滞,而能提高艺术作品,远离此刹那生灭之世界,而上企于庄严高华之境。所谓真正之艺术者,须言之有物,而又须简单言之也。(谓不假雕琢,自然浑成。)故曰:言之无物,而又肆为奇诡繁复,此乃下流作者之所为,最堪痛恨者也。

阅二年,白璧德之《近世法国批评大家》一书出世,直攻十九世纪之潮流而斩其根株。盖白璧德先生之研究文学问题,不视为某国某时某种文学中之事,而凭哲学及人类思想沿革以观察之。故于此书中,乃取斯达尔夫人〔Madame de Staël-Holstein,1766—1817,略见前注。所著书除《德意志》外,以《论文学与社会制度之关系》(*De la Littérature*,etc.,1800)、《论感情及于个人民族幸福之影响》(*De l'Influence Des Passions*,etc.,1796)及小说二种*paelphine*(1802)*Corinne*(1807)为最要〕、夏土布良〔Chateaubriand(1768—1848),略见本志第十八期《圣伯甫评卢梭〈忏悔录〉》篇小注。所著书以《基督教之美质》(*Génie du Christianisme*,1802)、《身后见闻录》(*Memoires d'Outre-Tombe*,1849—1850)及小说数种,《雷奈》(*Rene*,1805)、《阿达拉》(1801)较为最要〕、尤柏尔〔Joubert(1754—1824),本志"通论"曾屡引其说。著有《思想录》(*Pensées*,1838)及《文集》《格言》《尺牍》等共二卷(1842)〕、圣伯甫(详见本志第十八期《圣伯甫释正宗》篇首小传及按语)、薛雷尔

〔Scherer，1815—1889，所著书以《现代文学批评研究》十卷（*Études critique sur la littérature contemporaine*，1863—1895）及《十八世纪文学批评研究》（*Études critique sur la littérature au XVIIIe Siécle*，1891）等为最要〕、但因〔Taine，1828—1893，所著书以《现代法国之由来史》六卷（*Les Origines de la France contemporaine*，1876—1893）、《英国文学史》五卷（*Historie*，etc.）、《智力论》（*De l'Intelligence*，1870）为最要〕、雷纳〔Rnan（1823—1892），所著书以《基督教之由来史》（*Les Origines du Christianisme*，1863—1881）、《以色列民族史》（*Histoire du people plsraël*，1888—1894）、《科学之未来》（*L'Avenir de la Science*，1848）、《少年回忆录》（*Souvenirs d' enfance et de jeunesses*，1883）为最要〕、卜龙铁〔Brunetiere，1849—1907，所著书以《法国文学批评研究》（*Etudes critique*，etc.，1880—1899）及《情诗之进化》（*L'evolution de la poésie lyreque*，1894）等为最要〕诸人（皆法国十九世纪批评大家），而一一质询之曰：彼其于近世思想问题曾如何解决乎？此白璧德著书之本旨也。

白璧德于斯达尔夫人及德法两国浪漫派卢梭之徒，则责其于伪古学派之形式主义固宜革除，然不当举法律之观念、选择之原理而同铲绝之，玉石俱焚，为害于世甚大。盖人类须常以超乎日常生活之上之完善之观念自律。苟一日无此，则将由理智之域而下堕于纵性任欲之野蛮生活。夫惟人类能自拔于此，而上进于理智裁判及直觉之生活，乃有文明之进步可言。今奈何反其道而行，毋怪乎末流竟有如托尔斯泰者，以彼俄国村农不能领略苏封克里及莎士比亚文章之美，而遂谓二子之剧本不当读也。（意谓托尔斯泰等论人论事论文，以最下最劣者为标准，实受斯达尔夫人等之影响也。）

白璧德于尤柏尔，则赞其卓识，知文学非仅为显示社会之变迁者，其中自有绝对不变者存。又知人性之中，亦有其永久不变之部分，且发见一种理智判断之原理，不专为形式，而本于内观直觉，且为居理性之上而非在其下之直觉，是可贵也。

白璧德因论尤柏尔而述其将人类生活分为三界之主张，极为明晰。略谓人之存心行事可别为三级。上者立于宗教界（或天界），如巴斯喀尔是也。中者为人文界（或人界），亚里士多德《伦理学》首数卷（见本志第十三、十四、十六等期译文）所言者是也。下者为自然界（或物界）如卢梭是也。白璧德谓三界之中，宗教界与自然界极易混淆，世人往往以此为彼，误认自然之直觉（即本来之物欲）为宗教之直觉（即悟道之内观），不辨巴斯喀尔之所谓心与卢梭之所谓心，固截然不同也。（一为坚定之道力，一为激扰之情欲。）

夏土布良者，过渡时代之作者也。按自十八世纪之末，直入十九世纪，此际人类思想之方向大为改变。昔常坚信绝对之理，今则一反故辙，而专信相对之说。夏土布良自命拥护王室及教会（为旧派之健将），而实则其所行事，皆是促众共信相对之理（反成为新派之先锋），故适成其为过渡时代之人物云。

白璧德全书之四分之一专论圣伯甫，盖以圣伯甫最能代表十九世纪之各种潮流，而尤能代表（一）旧传之希腊罗马古学派及耶教，与（二）新兴之科学的及感情的自然主义（即物性主义）之苦战也。细究圣伯甫之思想言论，则可见旧传之规矩已无复信仰之者矣。圣伯甫一生，亦尝有归依宗教之时，然以感情之所驱而为此，故变迁而无定见，迷乱而乏真知。其时之奉行自然主义者，及身亲见耶教教义之覆亡绝灭而宇宙共入于“无神”之世，莫不深抱奇愁，堕入悲观。圣伯甫亦然，虽曾立身于自然界（物界），而终不自适。至一八四八年以后，且痛攻感情派之自然主义。至于科学的自然主义，虽仍崇信之，而亦深知其过度之为害。当时文学中，嚣俄之浪漫主义与巴尔札克(Balzac)之写实主义，如狂飙突起，盛行一时。趋向虽殊，实皆有悖中节合度之义，故圣伯甫并攻辟之。足见圣伯甫之为真正人文学者矣。且圣伯甫取巴尔札克及但因“主性”之说〔其说谓人之性质多属一偏，每人天性中，必有其最显著最重要之一端，彼此不相同，或刚或柔，或缓或急，或易怒，或善愁，或贪财，或好名之类，是曰其人之“主性”(La faculté maitresse)。此人一生之思想言论行事及所作文章，无非为其主性之所表现。由因以得果，受其驱使，而不能自作主张。且此“主性”属之天，虽以教育及习惯之力，亦不能转移更改。按“主性”之说，渊源甚长，英国 Ben Jonson 所谓 Humour，蒲伯(Pope)所谓 ruling passion 皆是。而在但因及巴尔札克言之，则偏重物质，几同命运定数，不能补救，而易引人入悲观矣〕，固属于自然派，然谓人之“主性”必须以其相反者节制之、调济之，而防其踬突横决，则又人文派之见解矣。虽然，综合一切而论断，则圣伯甫终不免为相对学派之巨子。其言曰：“呜呼！若是其矛盾也，若是其相背驰也！今世言论思想之庞杂，有如大海中之横风巨浪，吾观其忽进忽止，忽起忽落，不胜惊骇叹赏。诚如是也，又安有规律之可言耶?”盖圣伯甫一生力求广博之知识、广博之感情，为无限之扩张。其所行事，正合十九世纪之趋势，而又无一种集中之力量、统合收敛之工夫以调济之，故终于散漫而无归宿。呜呼！此圣伯甫所以为最能代表十九世纪之人也欤？夫圣伯甫既未能解决彼繁苦之问题矣，白璧德从而质之曰：论者书责圣伯甫未能解决此事。虽然，此岂非时势为之乎？岂非以十九世纪对于人生之观念，实为残缺不完，而所缺者又适为全局最要之关键乎?(此所谓所缺者，即爱玛生所言之人事之律,精约之工夫,内心之规矩,中庸合度之德等。白璧德之学说,即为补此缺耳。)

白璧德以次更求批评家之得此关键,洞见十九世纪之症结,及薛雷尔。谓薛雷尔具世界知识,艰苦诚挚,持论亦精严,无所畏忌。然薛雷尔虽欲得固定之标准,而卒不能脱自然主义之桎梏,至谓变迁乃惟一之实在,由此可见十九世纪自然主义势力之大为何如矣。

至于但因,则去所悬之格尤远,然足可显示自然主义极端之为害。在昔中世之理想主义,视人为超乎空间时间之上者,行事一本己之自由意志及上帝之恩典,不受其他拘束。自文艺复兴之始,乃有反抗此种理想主义而崇拜物质之运动起,愈演愈烈,至但因而达其极。但因之实证主义,剿袭科学之形貌,狭隘愈甚,直卑视人类与物质同等矣。〔但因尝谓善恶乃物质之产物,与白糖青矾无异。又谓文章及思想即(一)种族、(二)环境、(三)时代三者之产物。〕

雷纳亦欲摆脱自然主义之束缚,而卒则陷溺愈深,牢固不拔。雷纳少时尝志为耶稣正教之牧师,其后竟专务提倡科学,奉科学之理论为金科玉律,不啻信条教规,敬礼科学大家,尊严无忤,无殊教皇,视科学之事业为神圣。总之,以昔日宗教之声势及其感人至深之情致,举而加诸科学,故不认世中有形而上之神,而谓其真理必由实验所得者乃可贵云。又雷纳不究人之本性,而以一己思想感情变迁之经过为准则。此种变动之历史观,原可矫十七世纪静止之历史观之弊,惟其失则在不信人类全体自有其公性与同具之真理存;又误以艺术只足为某种民族或文化之代表,如镜之映物,而不能有进于此也。雷纳之论耶稣,正如但因之论莎士比亚,强指其由于某某各种影响积聚而成。然此说势必不成立也，灵明神秘之域，非寻常之理性所可探索。雷纳强欲为之，遂少成功。雷纳忽而用其诡变之理智，忽而凭其柔媚之感情，竟欲薰沐盛饰，殓以殊礼，葬以隆仪，亲送耶教之终，而使诸神长眠地下。（意谓以其文笔之妙，花言巧语，灭绝耶教。日言尊之，实则杀之也。）其法可谓巧矣。然此法决不能用之于耶教，则彰彰明甚。昔人之述灵迹者，悍然武断其必有，雷纳则悍然武断其必无。殊不知吾人一生之经验细微已甚，遂敢据以断吾之所未见者为必无之事耶？焉知寻常物理之上，不有更高之道理，以与之矛盾而背驰耶？又雷纳之叙圣保罗，绘影绘声，一若及身亲见之者。至于佛教在当时，虽欧洲之专门学者，亦仅一知半解。而雷纳乃纵论佛教，虚拟妄断，言之浅显透彻，娓娓动听，而实则错谬百出，莫可究诘。甚矣，雷纳之好为武断也！呜呼，一八九〇年时（雷纳殁之前二年），雷纳虽仍信科学，然亦承认科学非尽能资吾人以真理者，仅能使吾人免于错误而已。盖已自知其非矣。雷纳之所曾见及者，仅凭理智以为分析耳。既知理智之不足尽恃，于是雷纳遂日堕于悲观而成为冷酷厌世之人。道德之根据，久为其所屏绝，故至是遂一无所信仰，视学问文章仅为消遣之具，聊以自娱。雷纳如此，其徒莫不然。故科学之信仰既失，相对之潮流无所依附，遂终陷于精神思想“大乱”之境。圣伯甫自言已见其端倪者是也。（“大乱”之名，乃圣伯甫所造。）变化之极，竟不有容存在之地。斯世也正如亚里斯多芬尼（Aristophanes，448—380 B. C.，古希腊谐剧大家）剧中所言〔［原注］按指亚里斯多芬尼所作《云》（*Les Nuées*）之一剧第八百二十八句，文云“狂飙骤起天上，上帝被逐去矣”〕，细流一变而为狂飙，吾侪今世之人，行将覆没而同归于尽矣。

于是遂有倡复古之说者，卜龙铁即主张复古，而其行事甚可称者也。卜龙铁欲综合古今，取前古信仰中不变之道与近世沿革进化之说,互相调济而用之。然即卜龙铁亦未能打破十九世纪思想之难关,而有顾此失彼之病。夫旧传统一人生之成规,既已尽行抛弃,则必须另求收敛精约之新原理,以限制个人情欲之泛滥横决,非此则人群社会必至终凶,而不免于危亡。此层道理,卜龙铁见之甚明,所惜其缺乏直觉之工夫,不能自拔于相对之漩涡。然卜龙铁固曾发愤为雄,以图解决今世思想之中心问题,意在调和定变二义,使之并存。一方保存自然主义之成绩,一方拥护人性中最高之部分,超乎刹那万变之现象之上者。此其旨不可谓不善,惟未悟今日虚妄之个人主义过度之病,首当以真正完美之个人主义药治之(所谓即以其人之道还治其人之身)。卜龙铁未见及此,斯则为可憾耳。

兹所言之真正完美之个人主义,即白璧德所自拟以解决现今精神思想问题之方也。故其全书(《近世法国批评大家》一书)之结论约如下:吾侪今世之人,须融汇从古相传之义理而受用之,并须以超乎理智之上而能创造之直觉工夫辅助其成。白璧德于欧战后出版之《卢梭与浪漫主义》一书中,即将此结论之意引申而阐发之。是书实为杰作,以白璧德读书之多、学问之博,并观察近年世事所得之教训,故其思想精深博大,非手自读毕全书者不能领会也。

第四节

本志(法国《星期杂志》,原作者自称)此期,曾以《卢梭与浪漫主义》一书之卒章,略加删节,译成法文登出(兹从略,详见篇首按语),实则全书急宜译成法文刊布也。在欧战之前,吾法国人士已有批评十九世纪思潮者,白璧德先生持论与之相合,此不容讳。

然白璧德所以卓然独异者，则以其思想确由学问中得来，逐步慎思明辨，以苦心毅力，久而致此（非凭感情意气而肆为论议也）。盖白璧德之学，既精且博，不惟邃于希腊拉丁古学，且深通欧洲近世各国文学，以及印度、中国、日本之文学。〔[原注]白璧德之学生中，东方人甚多。其《新拉奥孔》一书，日本早稻田大学用为课本，而《卢梭与浪漫主义》出版后，日本各杂志亦曾评论之云。〕而尤可贵者，则白璧德思想之构成，与吾国（指法国，原作者自称）政治宗教之诸种争端，均毫无关系也。

值兹时势危急之顷，吾人急宜筹善后之策，不特于政治社会之事为然，而精神界为尤要。凡善后之策，欲其可行，必处处根据事实。此白璧德再三郑重申明者也。白璧德之责斥十九世纪者，绝非以其厉行实证主义也，乃以其主义尚未能完全为实证耳。而白璧德之所竭力主张者，即欲以东方西方人群经验之裨助，造成一种学说，新颖至极。以彼极狭隘之实证派之激烈思想与之相较，反觉其为千年前朽腐之陈言，如是乃为满足也。

以上所述白璧德之学说，其中最要之点，厥为个人或社会欲图生存，则超出“物质之律”之原理，为其所不可须臾离者。无论个人或社会，苟除“物质之律”而外，不另思求一种“人事之律”，以为此乃可有可无者，则必日趋衰颓，万劫不复矣。所谓“人事之律”者，即收敛精约之原理，而使人精神上循规蹈矩、中节合度是也。此原理可由宗教中得之，亦可于宗教以外得之。其来源无甚区别，但为必不可缺者。以其关系重要，故凡倡言革除此种原理者，无论其用心如何，皆属社会之罪人，盖以其违悖人生经验之实证也。

顾白璧德对于主张由宗教中得精神之规矩者，甚尊敬之。甚且谓近世文明，全本于自然主义，毫无人性之拘束，如是行之已久，而人类犹未至于绝灭者，盖亦由昔日宗教教义盛行所养成之习惯规矩尚存，幸得其余力之庇荫耳。且今欲挽救文明而不假宗教之力，究能成事与否，殊未可知也。白璧德曰："吾虽主张以批评及实证之人文主义，治今时之病（而不藉宗教之力），然亦试为之而已，非敢谓其必是也。以今日西方局势之险恶，凡宗教之原理，无论其得恪遵成法，抑系自立批评，皆可造福人群，须知此乃近世思想中极隐微繁复之问题也。"

白璧德如此主张，期使信奉宗教者与不信宗教者，互相容让而不相争，其间能有协商之地；且常勖二派之人合衷共济、协力同心，以卫护人事之律。盖今者外形之规矩之拘束悉已破坏无遗，则内心精神之绳检之工夫，愈为重要矣。今人固不能学为圣贤，然当学为人，万不可舍弃人道而下堕于在理智之下之性欲之陷阱。宜立足于人文界，寻求人事之律而遵守之。宜勉为实证派之人文学者，毋再长此为自然主义之奴隶，视人与物同等（此科学的自然主义），或以人为飞扬之想象之傀儡，受其玩弄也（此感情的自然主义）。若谓昔日者，人文主义受神道宗教之凌逼，有须卫护；则今日人文主义受物质科学之凌逼，尤亟须卫护。彼科学本有其范围，乃妄自尊大，攘夺地位，灭绝人道者，吾知其为伪科学矣。此十九世纪铸成之大错也，以崇信科学至极，牺牲一切，而又不以真正人文或宗教之规矩补其缺陷，其结果遂致科学与道德分离。而此种不顾道德之科学，乃人间最大之恶魔，横行无忌，而为人患者也。

此其为患之深且钜，吾法国人之生于二十世纪者，知之当最审矣。（指欧洲大战，谓法国人受此奇创巨劫，皆科学的及感情的自然主义之赐也。）晚近一偏谬误之思想，流毒所极，致引起空前之浩劫（仍指欧战）；使吾法人不得不流血伏尸、倾家破国，以偿其失，诚可哀矣！然今日者，欲筹善后补救之良策，如何而归于实证之人文主义，亦惟吾法人最能为之。孰能逾于我耶？白璧德谓今世自然主义及人道主义如是盛行，致使人文主义之旨意无人能了解者。白璧德此语，盖由目击美国之情形而发，若夫吾法国则尚异是。彼以淆杂放纵之感情为本之人道主义，与注重选择而但取最精美者之人文主义，二者截然不同，吾法国人固亦多以之并为一谈而不克分辨者。然法国在今仍为最生发最久远之往古教化所积聚之地，举凡合度中节、赏鉴品藻诸义，以及文明之种种规矩（指宗教道德礼俗等），皆尚可于吾法国见之也。

十九世纪之自然主义，逼人类为“物质之律”之奴隶，丧失人性。今欲使之返本为人，则当复昌明“人事之律”，此二十世纪应尽之天职也。

此白璧德所拟救世救人之办法也，其言虽为全世界而发，而最能完全了解其义者，必当推我法人矣。呜呼，昔日之名贤巨子（指培根、卢梭以下诸人）喜倡异说，使世界盲于“人事之律”，吾愿其复生于今世。默察今日倾家破国之现状，而自悟其功罪如何也。呜呼！今之少年，生当兹天怒人怨、血战巨劫之余（谓欧战甫毕），吾愿其速谋保存人类留遗之精华，再加以一己经验之佐证，既光复旧物，并自行创造静美而真实之作，以求未来平安之福。呜呼！吾愿何极耶！

——本文为法国《星期杂志》马西尔原作，吴宓译，编者按语、译者识语及括注，均为吴宓所作。文中作者所作注释与译者所作注释及按语，俱以括号中不同字体刊出，但前者注明“［原注］”，以与译者所作注释、按语区别。原载于1923年7月出版之《学衡》杂志第19期。

白璧德论《民治与领袖》

按白璧德先生(Irving Babbitt)之著述及其讲学大旨,已见本志第三期《白璧德中西人文教育谈》及第十九期《白璧德之人文主义》两篇。其他各篇,亦时征引及之。本志以先生之学说,在今世为最精无上,而裨益吾国尤大。故决将其所著各书,悉行译出,按序登载。其《文学与美国大学教育》一书,已由徐震堮君译成数章,下期登出。白璧德先生最近所著书,名曰《民治与领袖》(*Democracy and Leadership*)者,前月出版(仍由美国Houghton Mifflin Co.发售),全书分七章。今所译者其绪论(Introduction)也。又先译书局所撰全书提要如下:

白璧德教授以为民主政治之成败得失,常视其国领袖之资格以为断,与他种政治同。今日美国之趋势,苟不纠正改良,则将灭绝个人之自由,而终归于一种堕落(或曰衰败)之帝国主义。至于美国领袖资格之不完美,实由于美国教育之败坏。盖各种功利及感情之潮流,已破毁道德之标准,而尤以高等教育为甚也。全书结论,与白璧德教授以前所著各书同归一体,而力主实证及精确之人文主义焉。

兹更撮述全书之大旨而推阐其意如下:白璧德先生以为政治之根本,在于道德。苟无道德之制裁,但务功利及感情之扩张，则凡人皆必纵欲贪财，损人利己，奔放恣睢，横行无忌，所谓“个人之霸道”，是也。〔按白壁德先生所用帝国主义(Imperalism)一字，应译为霸道。即强取豪夺、横行无忌之意也。〕一国之人皆主霸道，则于其国之内政，必专务植党营私、贪财黩货，而置国利民福于不顾。又于外交，必专务兼并侵略，强凌弱，众暴寡，尚诈术，喜战争，而弃人道和平如敝屣。(通常所谓帝国主义者，可称之曰国家或世界之霸道。)如是本末相维，内外相应。其结果，国内固无安乐，而世界之乱尤无已时。此正今日美国(中国亦近是)、今日世界之情形也。所以救之之法奈何？白壁德先生以为但事治标逐末，从事于政治经济之改革、资产权力之分配，必且无济；欲求永久之实效，惟有探源立本之一法，即改善人性，培植道德是已。然道德之标准，已为功利及感情之说所破坏。今欲重行树立之，而俾众人共信共守。其道何由？宗教昔尝为道德之根据，然宗教已见弃于今人，故白壁德提倡人文主义以代之。但其异乎昔时(如希腊罗马)异国(如孔子)之人文主义者，则主经验，重实证，尚批评，以求合于近世精神。易言之，即不假借威权，或祖述先圣先贤之言，强迫人承认道德之标准，而令各人反而验之于己，求之于内心；更证之以历史，辅之以科学，使人于善恶之辨、理欲之争、义利之际，及其远大之祸福因果，自有真知灼见，深信不疑；然后躬行实践，坚毅不易。惟关于此点，白壁德先生则融合中西，自辟蹊径。大率东方主行，西方主知。(耶稣乃东方之人。耶稣与孔子皆主行，即视道德为意志之事。希腊苏格拉底等三贤皆主知，后世宗之，即视道德为理智之事。惟释迦我佛似能兼之，即二者并重。)白壁德先生确认道德为意志之事，非理智所能解决。但既不以威权立道德之标准，则如何而能使各人心悦诚服而自愿遵守道德耶？（即于行之之先，如何使之知之耶？）白璧德先生以为此非辩论思想所能奏功，而须借助于想象。想象力有二种之别：其一使人洞见道德之因果，其二使人沉酣梦幻之快乐。为福为祸，适相背驰，故想象力必须慎择而善用之。（即取其第一种。）如是，则想象可补理智之不足，而助意志之成功。此又白璧德先生异乎西方道德学家之处也。（其与东方耶孔异者，在虽主行而并不废知。其与西方道德学家异者，在用想象以成其知，而不视理智为万能。就其知行并重一层言之，似与佛法为最近。真幻之对待，亦为其得力于佛法之处。然白璧德先生不涉宗教、不立规训、不取神话、不务玄理，又与佛教不同。总之，白璧德先生实兼采释迦、耶稣、孔子、亚里士多德四圣之说，而获集其大成。又可谓之为以释迦、耶稣之心，行孔子、亚里士多德之事。闻者或不讥为门人阿好乎？）故夫以想象窥知道德之真，而以意志实行道德，人咸能自治其一身，则国家社会以及世界，均可随之而治。此白璧德所拟救世救人之办法也，观之似属迂远难行，然此乃惟一正途。得寸进尺，不无裨补；更由他道，则愈行愈难达矣。

原书体大思精，今兹撮述，不免失真。读者当取原书读之，且当与白璧德先生以前所著之四书并读之。盖其各书前后一贯，关系密切，必通观合思，始能明其旨意也。白璧德先生于二十年前，刊布其第一书（《文学与美国大学教育》）时，其学说之全部梗概，即已成竹在胸。厥后分别部居，更为精微之研究。每阅数年，续刊一书。其精勤审慎之处，至足钦佩。（白璧德先生之为人行事，实是令吾侪奉为楷模，终身强勉行之，有不能及不能尽者。）今者《民治与领袖》一书发刊，逆料其本国而外，英法德等国之著名杂志、深心学者，必著为文章而批评之、颂誉之，又争先购读，纷纭谈论，或译为本国文而覆刊。其视此书之重要，可想象而知之也。即在日本，若丸善书店等处亦必有发售。独怪吾中国之人，昏昏扰扰，既蔑弃古来文化，又不问世界思潮，但知有金钱娼妓赌博鸦片之快乐。官商营营以攫利，农工孳孳以全生，固无论矣。编撰杂志书报者，莫肯专心用功，而安于肤浅钞袭；置身学校者，不索薪、不闹风潮，则心满意足，而开会演说、纪念运动、游艺俱乐，则视为最名贵之事业、最优美之成绩。无论教员学生，于功课以外，能博览旁读、按时计功者，百不得一。即号为沉潜、有志进学之士，吾仍见其日夕疲精耗神于公私社会之交际、庆吊宴会之应酬，再则田舍米盐之布署、衣服饮馔之考究。其每日静坐读书之时间，不及一小时。有异乎此而稍事潜心读书勤业之人，则众必指为迂腐，讥为怪僻，蹂躏排挤，使不得安居其位，不得自谋其生。呜呼！如此之国民，安望其能读白壁德之书，更安望其追踪白壁德之成学立教也哉！彼其于白壁德以外，千百之学者及其著述，固亦同此视之耳。窃尝以人事之繁、虚文之多，为中国社会之病根。即不论古圣之道理，但言今日之“效率”，宜乎中国之贫弱危乱而不能自存也。吾译白壁德先生之学说，又不禁感慨系之矣。译者识。

路德乔治氏（英国前首相）谓未来之世界，比之现今，当更注重经济问题，而以资本与劳工之问题为首要云云。诚如是也，则彼未来之世界亦殊肤浅而不足道。盖若稍事通澈研究，则凡经济问题必卷入政治问题，政治问题必卷入哲学问题。而彼哲学问题又必与宗教问题关系密切，不可分离。近世运动中，此种深微之关系，吾于以前所著各书，已略自阐明，今此书亦然。吾所著各书，虽各有专题，然前后一贯，皆以研究近世自然主义之思潮为职志。此思潮之起源，实远在文艺复兴时代。然其战胜古来相传之礼教而代之，则十八世纪中事也。十八世纪中人，为今世种种之先驱者，当推卢梭为首。故吾所著各书，皆着重研究卢梭。阿克登爵士曰："卢梭下笔为文，其影响之巨，古来虽亚里士多德、西塞罗、圣奥古斯丁、圣亚规那等，皆不能及之也。"〔按阿克登爵士(Lord Acton)，1834—1902，英国史学家，为晚近最博学锐识之一人。任剑桥大学史学总教授，著书不多，而极精。兹所引之语，见其与 Mary Gladstone 书第十二页。〕此其言之未免过甚，然而卢梭之重要可知已。窃意卢梭在思想史中之重要，实以其所发之疑问悉当，而所具之答案则皆误。顾能发此疑问，已非人所能及矣。

吾此书之题目，固亦卢梭所提示者也。盖卢梭为提倡激烈之民主政治之第一人，而又为攻击文明之人中之特出者。且在卢梭，其提倡民治与攻击文明之二事，实互相关合。他人之提倡民主政治者，咸以进步与守旧之对待立说。而卢梭则以文明与野蛮之对待立论，实为更进一解。盖使斯世不向文明而进行，则进步固不足贵；又使如卢梭所言，野蛮之人较多幸福，则又何取于进步乎？今人立论，尚多因袭十九世纪之陈言，以进步者与守旧者相对待。然细思之，则此等言论实陈腐虚泛，反不若文明与野蛮之别，为较切中事理而足动人也。彼十九世纪之人，蒙然以其所倡之进步为由野蛮而进于文明。斯旨也，在欧洲大战以前，已有人怀疑而非之者。欧战既起，疑此说者愈众。战后和成，以时势所激，更有疑之者焉。夫今世何世也？欧洲大战何事也？举世方自谓趋向"极乐之天国"而进行，而其实乃行抵血肉横飞之修罗地狱

（指欧战）。生于此时之人，惊心怵目，岂有不于进步之说迷惘而疑惧者？欲解此迷惘，则当受教于爱玛生（Emerson）所言“人事之律”与“物质之律”之分别。（见本志第十九期《白璧德之人文主义》篇第六页。）吾前已屡引而申之矣。孔子尝称其所爱之门徒曰：“吾见其进也，未见其止也。”孔子所谓进者，乃遵守人事之律而进于德行。若彼十九世纪之人所谓进步者，则皆指物质之进步而已。彼辈不暇深思，以为物质进步，道德自必随之而俱进。而不知人性本为二元（善恶），故此问题极为复杂，绝非如彼辈之所想象者。从物质之律而进步，则必具有高尚之目的，方可底于文明。惟此高尚之目的，须求之于物质之律以外，乃可得之耳。世人惟不知此理，故常见有自诩进步之人，而迹其所行，乃专务攫取权力、希望速成者。或谓此等人不自知其所往，惟求竭力前趋，愈行愈速。吁可怜已！

苟如此而名之曰进步，曰文明，则毋宁从卢梭之后，主张复返于野蛮獉狉之世为当也。卢梭谓野蛮胜于文明，实属持之有故，言之成理，盖以野蛮之世较多博爱之精神也。今夫博爱之精神，乃真正哲学及真正宗教之美满结果。幸而能得此，则凡百牺牲均宜在所弗恤。然吾尝谓卢梭所言之博爱精神，实不过一种感情之幻梦。为此种幻梦者，其心理之谬误，至足惊骇。例如惠特曼（Whitman）者，美国人中私淑卢梭之最著者也。惠特曼即主四海之内皆兄弟之说，且谓凡人皆可效我之所为，“自由发言，抒其天性，直情径行，毫无顾忌”（见其所著“Song of Myself”）。易言之，物与民胞，本为宗教之德，而惠特曼乃以放纵之欲当之，不其误耶？

吾尝一再申明，如卢梭、惠特曼等所主张之博爱，与功利派所主张之进步，虽似背驰，而实为一体。盖皆自然主义之别支也，可统称之曰人道主义。十余年前，吾即力言此种运动实有缺陷，而此缺陷乃正其根本致命之伤。(见《近世法国批评大家》一书第一八八页,一九一二年出版。)由是而生出诸多之谬误观念。今试举其最粗浅者言之,与庸子俗夫皆有关者。有销行甚广之杂志,名曰《电影杂志》,或于其中作为社论,痛斥人之动言"勿为某事"者,谓凡用"勿"字之人,皆消极之破坏家,而皆豪爽之创造冲动之仇敌也。又举耶稣基督教人之言:"我至,使汝等得生且盛。"(见《约翰福音》第十章第十节。)谓必将"勿"字尽行屏绝,而后合于此言云云。噫嘻!类此之议论,如使福德(Henry Ford,美国汽车大王)君闻之,必断为犹太种人所为,以破坏吾种人之文明者。虽然,昔之主此说者,若使斯达尔夫人(Mme de Stael,注见本志第十九期《白璧德之人文主义》第十四页)谓凡人性中之放纵者皆属神圣,彼固非犹太种人也。而实则此种放纵神圣之观念,在西洋之历史甚长。盖远起于古代新柏拉图派,并非托始于斯达尔夫人也。

要之,谓人若屏绝"勿"字不用,即可近于高尚圆满之精神生活,此实谬误。吾今者即拟与近世思潮中,此种谬误观念一为抗辩。吾书一出,必为人所訾议,以吾书乃专为否决权。(否决权非仅指法律政治而言,乃指人性中,不许人作某事之良心制裁也。)作辩护故也。今世可谓无奇不有,彼最恶闻人言否决权之人,乃方自勉为道德家,提倡和平、博爱等义,而殊不知,苟无否决权(即良心之制裁),则诸种道德决不能有也。故吾对于今世之主张放纵者,不得不持反对之说,毅然断言,人性之中,所以使人为人而可几于神圣者,厥惟一种意志。此种意志,对于一人平日之思想言动,专图制止而当思阻抑之。此说并非新创,古昔圣保罗谓心神之法,与四体之法对立而常相争战(见《新约·使徒保罗致罗马人书》第七章第十四及二十三各节),即指此也。就其大体言之,东方之宗教哲学,重意志而轻理智。谦卑之义,即谓人须尊崇一较高之意志（上帝）者，实由东方之耶教传入欧西。厥后耶教渐衰，而谦卑一义亦遂为西人所蔑弃。窃以各种高上之人生观，既皆首须承认意志之权力无上，非此不可。故吾于兹点，决从耶教之说，而与西方古今之推崇理智或感情为首要者，立意相违。然吾虽注重高上之意志，谓其有抑制放纵之私欲之功，但吾力持人文主义而不涉宗教。此又吾与耶教徒不同之处也。转言之，即吾不甚注重宗教中最高归宿之深思玄想，而力求中节及合度之律，以施之于人事。（是入世法，非出世法。）且也，吾之人文主义，以实证及批评之方法得之，而非恪遵从古相传之礼教。吾之不尊奉外表形式之权威，而专倚身心切己之经验，正与彼自然派（即物性主义）学者无二致也。人性中属于物质之律之部分，亦不为少。彼科学家，用此实证批评之方法以研究物质之律，自当受人尊敬。惟若以物质之律概括人性之全体，则谬误实甚。盖如此，则不惟无外铄之道德（即身外之制裁），且并人切己省察内心经验所得之事实而蔑弃之，不认有心神之法与四体之法之对峙而互争。诚若是，则所谓内心精神之生活已大半消亡矣。卡莱尔（Carlyle）所述法国大革命时卢梭学说与耶教教理之矛盾，实即功利、感情派之人道主义与凡百坚持高上意志之学说之矛盾也。卡莱尔之言曰："噫嘻！否否，罗君误矣。提倡博爱者，必当从古昔四大使徒（马可、路加、马太、约翰）之教，促人悔悟。使每人各自消除其罪恶，以图自救。今不此之为，而乃妄从此新圣人卢梭之教，使众人同来消除全世界之罪恶，而以一纸宪法之空文救之。（即以自由、平等、友爱三义编入新宪法。）此真南辕北辙，谬以千里矣。"（见其所著《法国大革命史》。）

吾之不慊于彼不务修身，而专图改良社会者，以其蹈空而远于事实经验也。吾之攻诋功利及感情派也，自始至终，力求避免本质论(玄学)及神道学之虚说,而专倚心理之分析,其证据确凿而繁夥。由是以言,吾所倡之人文主义,不惟为实证的批评的,且为个人的。窃谓今日世局转移升沉之枢纽,不在彼托名个人主义者与守旧派相争之胜败如何,亦不在彼托名个人主义者与兼爱派(救世派)相争之胜败如何,而实视真正之个人主义者与彼托名之个人主义者相争之胜败如何耳。吾以为真正之个人主义者,必能坚守其内心生活之真理。诚如是,则虽尽反前古之成说,亦在所不顾者矣。

吾以批评及人文主义之方法,研究意志之问题及其与政治之关系,及今宜略述吾前此所持之论,俾吾之意得以尽明。吾于《文学与美国大学教育》一书开卷之数章中,说明人文主义及人道主义之分别。奉行人道主义者又可分为二派:一曰功利派,二曰感情派。功利派又名培根派,感情派又名卢梭派。以此二人之生平及其著述,最足代表该二派之旨意故也。吾尝一再申言,奉行人文主义者,注重个人内心之生活。奉行人道主义者,则图谋人类全体之福利与进步,而倡言"社会服务"。二者之间,显然判分。今人不察,误以人文主义即人道主义之别名,于是种种之混淆纠葛,遂缘之而起云。

吾于《近世法国批评大家》一书中,更进一步,为精确之人文主义辩护。今夫人之高上意志及卑下意志之对峙(吾国先儒常言"以理制欲"。所谓理者,并非理性或理智,而实为高上之意志。所谓欲者,即卑下之意志也),虽为内心生活之根基,然所谓高上意志者,并非可以任其胡乱行事,而必遵从一定之标准。在昔之时,此标准可得之于古昔传来之礼教。例如耶教徒莫不遵从耶教之教理,稔知一己卑下之性行,应如何施以规律而矫正之。惟其然也,故每人之道德观念、道德行为,有定而如一。而凡守耶教之规训者，亦皆同此。然在今日奉行个人主义者，既将古昔礼教所定为人之标准完全破坏，欲另得新标准，须由自造，而惟赖乎批评之精神。故当其发轫之始，即困于哲学中最难之问题，即“一”“多”之问题是也。盖世间事物，纷纭繁多，不可纪极。苟无一定之所在，为之归宿，则又何从取得标准？此乃显而易见者。《近世法国批评大家》一书之旨趣，即在研究“一”“多”之问题，并说明法国奉行个人主义者如圣伯甫等人，均未能本近世批评之真精神，将此问题圆满解决也。十九世纪批评家之所致力从事者，可以“相对”之一字尽之。而今所苦者，个人瞬息万变之感觉。万物常动不息之流变，固为不可掩之事实。苟无居中有定之判断力以驾驭之，则人将堕迷惘，而文明终于败坏。诚以文明之保存，实有赖乎标准故也。吾于《新拉奥孔》一书中，表明标准逐渐破坏以后，文学艺术之淆乱情形，骤观之，一若此种情形由于感情之淆乱，而深思细察，则其因甚远而为祸犹烈。盖感情所以淆乱，实由想象之淆乱所致耳。《卢梭与浪漫主义》一书，与《新拉奥孔》密相联贯，而于想象之问题，论究特详。今吾于此书（《民治与领袖》），则及吾所主张之人文主义之另一端，特注重人之意志，而轻视理智。此吾异乎希腊罗马古学派之人文学者之处，且吾尤注重想象，视为最重要者。今夫人之放纵意志（即物性意志）与抑制意志（即人性意志）常相争战（前者即吾国先儒所谓理，后者即其所谓欲）。苟不误从狄德罗（见本志第二十四期插画）之说，以此为“矫揉造作”，而确认此为吾人本来天性中经验之事实，则必共信此一义。其义维何？曰：“心坎中内乱战争。”（此狄德罗语。）孰胜孰负，以想象之态度定之。转言之，人性之高上部分与卑下部分相斗，而想象实握其间胜负之机云尔。试一征之历史，即以近今欧洲大战为例，则知人类之行动决不遵从理性。而平心细察，必谓拿破仑之言千真万确。拿破仑曰:“宰制世界者,想象也。”非理性也。特想象有各种之别,十九世纪之世界,为拿破仑好大喜功之想象所宰制,然其间固非无他途也。

或谓“想象”一字,意义纷歧,随人乱用,言及想象,毫无是处。惟吾之用此字,则从其本来之义。试略溯其流变。英文想象(Imagination)一字出于拉丁(Imaginatio)字。而此拉丁字又出于希腊文“幻觉”(Phantasia),意云“似若如此”。故“幻觉”者,谓视听嗅味触之感觉,又谓储存此等感觉之功能,即记忆是也。希腊哲学常轻幻觉,而重实在,谓实在即心即理。斯多噶派尤力主推尊理性,谓理性宜居中固守,遇外来之感觉接于眼耳鼻舌身者,从严甄别,取其善者,其余一概拒而不纳云云。马克斯奥里留斯〔Marcus Aurelius,罗马皇帝,在位之年为161—180A. D. 又为哲学家,著有 *Thoughts*(*To Myself*)二卷,以希腊文作成〕曰:“铲除凡百浮动纷扰之幻觉而立返于寂静,此事殊非难也。”前乎此者,柏拉图亦言幻觉之为害,谓“人当皈依坚定之真理,而不为幻觉所颠簸所左右”。([原注]见柏拉图语录“Cratylus” 386 E柏拉图为最能善用想象之哲学家,惟其想象之说殊不易明。兹不具述。)以上皆重理性而轻想象者,然耶教教理则反是。耶教主谦卑,谓人凭己力,决不能获此真理。转言之,即谓感觉之迷惑,非理性所能控制也。例如巴斯喀尔(注见本志第十九期《白璧德之人文主义》篇第八页)亦言想象之为害,与斯多噶派同。其所谓想象,亦即希腊文之幻觉之意,惟巴斯喀尔则并理性而痛斥之,以为想象固为“错误之母”,理性亦软弱无力,二者均不可恃,所可恃者惟“心”。“心”者乃高上意志之发扬,而藉上帝之恩典(Grace)之力者也。内心之觉悟,固有赖乎外来之启示(指上帝之恩典)也。两者并得,然后可得坚定之真理与实在。由巴斯喀尔之说,则想象于人毫无裨益,内心之生活及外来之启示,皆不藉助于想象也。谓想象所得与实在之间,判若鸿沟,不容相混,此又巴斯喀尔与柏拉图相同之处也。然由心理学上精密论之,真幻之间,实无分别。尤柏尔(注见本志第十九期《白壁德之人文主义》篇第十五页)曰:“幻乃真之一部。”幻即真也,此言近是。谓真幻无别,则耶教之教条必为破坏,然标准犹可取得也。至于想象之第二意义,亦极重要。西方作者之用此字,多从斯义。其义维何?曰:想象者非内心及外官之感觉,而为思想之所及者也。按在英国古时,“奇思异想”一字(Conceit)并无恶意,且与想象一字同义,其后乃释为虚空之想象。其变迁之迹,兹不及述,惟究“思想”(Conceive)一字之原义,为集合诸多之事物,而观其相同相类之处,以变芜杂为整齐。辜律己(Coleridge)训想象为统一诸物之力,于其所著书中(见 *Biographia Literaria*)解释甚详。其所言均以想象为思想之意也。至释想象为感觉者,则有如阿狄生在《旁观报》(*The Spectator*)中之论文是。阿狄生拘于希腊字之原意,谓想象也者,不仅为外来之感觉,且即视觉之别名耳。

想象既兼有思想及感觉之二义,则想象之问题,与一多之问题及标准之问题,必有密切之关系,此不待言。盖若人生毫无一定常住之处,以为量度事物变迁之具,则又安从得精密之标准耶?“幻乃真之一部”(即谓真中有幻,此尤柏尔之言,见上),固也,然不能遂谓凡想象所得之一定不变者皆虚幻也。或且可强为之说曰:今于真幻之问题径置不论,亦可取得标准。而遇寻常之人,观其幻想与解脱之性质,即可知其为人之如何矣。虽然,绝对之一定与实在虽终不可寻获,绝对之问题虽为玄学之幻梦,然犹可本于经验,察看某种人生观之是否合于物性,而可断定其为真与否也。薛乃修(Synesius,希腊哲学家,卒于纪元后四三〇年。为

Ptolemais之主教。详见Kingsley所著小说*Hypatia*一书)谓上帝与人藉想象而交通。所可憾者,魔鬼与人之交通亦藉想象。(意谓想象之力,可以导人为善,亦可诱人为恶。)故不能凭想象以定交通之为益为损也。欲定所想象者之善恶高下,但凭(一)感觉及(二)思想之力尚不足,而有赖于(三)判别之力。吾亦知人之心性未可勉强划分,然为思想之故,不得不如此。吾今分之为三,其于实用,当甚有裨也。

吾甚重观人心中之判别力,非谓其虚空判别,乃谓其就经验所得之真实材料而从事耳。吾之简意准括言之如下:人生确有价值之事,为对于事物之一种精约之工夫,既能想象,又能判别。惟彼世间事物,其数之多无限,且有精粗高下之殊,不可不辨。今夫物质进步与道德进步,不惟不必同时并进,且二者常互不相容,其故即在于此也。近世物质之得以进步,由于世人专就物性之律之事实,强用其精约之工夫。然人之精力有限,既用功于此,遂荒于彼。物质日以进步,而世人于人事之律之事实,遂日增玩忽,其结果乃致精神之迷惘,亦可谓应得之果报与自造之罪孽。观于欧洲大战及晚近西方社会日增月盛之诸种现象,即可略知此果报之严、罪孽之巨为如何矣。

虽然,彼主张进步之说者,固不愿承认其精神之迷惘。此层自不待言,彼等既破坏古昔相传之标及可道德之常经,乃另创统一生活之新法,以补其缺。其所创之新法,颇见想象之丰富,然多与实在相违。此类统一人群之新法,尤以所谓浪漫运动中造成者为多。彼浪漫派之领袖,专务尊崇创造之想象力,而于判别力则摧毁无遗。此层关系重大。盖此种创造之想象力,并未经物质之律及人事之律之训练陶冶,而常如杨氏(Edward Yong,1681—1765,英国诗人兼文人,所著书以*Conjectures on Original Composition*为最重要）所言，“恣情游荡于梦幻之国”。人苟有专骛此种创造之想象力者，则必堕于虚空之妄想或无聊之醉梦。虚空之妄想固为生人之病根，然在今为尤甚，其病深于往昔。后世回视今日，必曰：二十世纪初年之人何其虚妄若此，动辄出其毫未试验之幻思，而被以“理想”之美名云云。今世之人，常自诩为高尚之“理想家”，而一经措之实事，则立见其为梦呓之人，徒足偾事。若此类者，实繁有徒矣。

想象虽足宰制人类，幻想则幸无此力量。今夫幻想之辈与远识之人截然不同，若论及领袖资格，则此分别尤为重要。吾所亟欲申明者，即领袖虽有善恶之分，而一国一群必常有其领袖。苟民主政治之国而不认有领袖，则民主政治将为文明之大害矣。至谓投票所得之多数，足以代表“人民之公意”（此卢梭所造之名），而可据此行政，不用领袖，此说尤为谬妄。要之，观其终始，则民主政治之成败，视其领袖之资格而定，于他种政治同。而领袖之资格，尤在其识见之如何。领袖皆无远识，固足亡国破家，而若其识见谬妄，则祸至尤速。窃尝以今世之大患，不在人之无识，而在于其识见之谬妄。转言之，即今日之所当忧者，尚非彼明目张胆之物质主义，而实为谬妄虚空之精神学说也。

以幻想之人，而攘窃卓识之名，如此者在近世当推卢梭为巨擘。卢梭以返乎自然召人，而其所得自然者幻想而已。以此幻想，遂令世人不以良心之制裁、高上之意志，管理自身，而以放纵之感情代之。思想界经此变迁，博爱主义遂盛行。然按之实际，但事服从放纵虚妄之感情，其结果并不成为博爱主义，而为一种衰败之帝国主义。吾此书屡用帝国主义之一名词，而其义则较英国美国之人所常用者为宽泛。吾之意盖因凡百帝国主义之根源，皆由人心中争权夺利之一念，可谓为个人之帝国主义。柏格森曰："帝国主义生于人之大欲，故不特为一国家一民族之事，而亦个人灵魂中之事也。"〔见其为塞里尔(E. Seillière)之*Balzac et la morale romantique*一书所作叙言。〕此说吾颇赞同。虽然，柏格森主张冲动之精力(élan vital)则实祖述卢梭之说，顾其间亦有不同处。而柏格森立说实较卢梭为胜。何则？惟制止之精力(frein vital)足以产生博爱。柏格森固已明言冲动之精力，非博爱主义之根源，而实为帝国主义之所寄托也。由柏格森之说，则世界中成功而操胜算者，非彼精神和善纯良之辈，而为冲动之精力(即大欲)最强之人。噫嘻！今柏格森之说方风行宇内，无怪乎贩夫走卒皆羡慕"有魄力""发狠心"之人，其故可以深长思矣。(按白璧德与柏格森所观察者相同，惟白璧德则谓人宜用其制止之精力以进于道德，柏格森谓人宜用其冲动之精力而攘取权利。从白璧德之说，则人皆相亲相让而世可治。从柏格森之说，则人皆相仇相杀而世益乱矣。此其立说之不同也。)

由卢梭以至柏格森，皆专务尊崇人性中之大欲，其结果惟产生帝国主义。吾名此种帝国主义为"衰败"之故，请略释之。今夫"帝国主义"一字，即不假借用之于心理学，而惟用之于政治，亦易涉含混，诚以帝国主义本有各种之不同。例如古罗马人所以能雄飞宇内、宰制世界者，由于其帝国主义；而其后乃憔悴呻吟、慑伏于暴君虐政之下者，亦由于其帝国主义。此二种帝国主义之不同，彰彰明甚。顾其要由盛而衰，先后蜕变之迹，亦可寻绎出之。罗马之盛衰关头，乃在其战胜迦太基之顷，执国政者，志骄意满，以为大功告成，从此无复强敌外患之足惧。(按《左传》鄢陵之战，范文子力主不战，曰盍释楚以为外惧乎云云，正即此意。史迹因果，亦可并观也。)于内政及个人立身行事，乃始逐渐蔑弃古来礼教法律之拘束，而惟从己意。孟德斯鸠曰，其结果"人欲大张"(见所著《罗马盛衰史论》），奢侈之风日甚。古今言之者夥矣。尤温纳（Juvenal，60—140 A. D.，罗马讽刺诗人）曰：“奢侈之毒，中于国人。其祸之烈，远过敌人之坚甲利兵。以若天遣其来罗马，以为世中之灭国绝世复仇者。”然其祸有较奢侈为尤烈者，则罗马国中执政率群之人，一变而专谋一身一家及一党一族之私利，阴狠无忌是也。此种新精神，足以破坏罗马之宪法。其结果，不惟对属国降人残暴寡恩，且内战频仍，自相屠戮，尤为惨酷。西塞罗已痛乎言之，原夫罗马人之衰败如此之速者，岂以其人善用制止之精力哉？毋亦其缺乏之故耳。窃谓若欲除治此等暴乱之个人主义者，非可赖彼恪遵古来礼教之人，而须觅先能自制其豪纵攘夺之欲之人，举为真正之领袖，方可倚恃也。罗马之衰亡，由其国中类此真正领袖之人数过少。吾美国人现今所处之难关，与昔时罗马人之难关，正相类似。盖吾国国势方盛，如日中天，而国人则竞蔑弃古昔礼法之标准，脱离向日之束缚，而奢侈自恣之风因之骤盛。凡百均暂置不论，而惟求一己之快乐“舒服”及商业之赢利。如此之人，在今美国，比昔之罗马当更多也。奢侈之风固足忧，然尚不如寡廉鲜耻、毫无道德之领袖，结党操纵政治之可忧。此辈专为一群私人谋得钱财利益，而使全国之人受其害。（按近今美国之海军受贿煤油合同各案，均其事之极显著者，而足为此处所言之证。）在今言者或不无过甚，然使长此不变，每况愈下，则吾国宪法所许之自由，必将毁灭无遗，而衰败之帝国主义，必代之而起，可预卜也。反复细思古罗马及现今美国之局势，则益信政治之帝国主义，其根源实在个人心理之帝国主义。转言之，诚欲根本从事，则当舍政局中争权夺利之表面行迹之事，而专于个人之内心精神用工夫矣。（所谓由正心诚意，以达治国平天下之目的是也。）

今请更以吾所持论与近今欧洲之二作者比较，以使吾所论卢梭运动与帝国主义之关系愈益阐明。二人者(一)为德人斯宾格勒(Oswald Spengler),(二)为法人塞里尔(Ernest Seillière)是也。斯宾格勒在其最重要之著作《西土沉沦论》〔*Der Untergang des Abendlandes*(*The Downfall of the Occident*),凡二卷,一九一九至一九二二年出版〕一书中,声言西方世界及欧洲文化,自卢梭提倡返乎自然之说以来,即一往直前,迅速进步,终必止于衰败之帝国主义而后已。今日吾人所处之局势,业已为由盛而衰。将来之祸患覆亡,必难幸免也。斯宾格勒又于其书上卷之附录中,列表以示预计西历二千年时,西方衰败之状况。(按斯氏之书甚关重要,而吾国人曾鲜论及之者,惟本志第二十二期李思纯君《论文化》篇第五页曾略述之,可参阅。)窃以斯氏之书,实为一种历史哲学,而其立论殊狂悖。盖人类高上之意志,吾所视为极重要者,斯氏则一概抹杀。故斯氏与吾立说纵有依稀相似之处,而实则思想极端相反,不容相提并论也。吾于各种历史哲学,皆甚不赞许。旧者如圣奥古斯丁(著有 *The City of God* 等书)及卜苏爱(Bossuet, 1627—1704,法国宗教家历史家兼文人,所著书以《世界史论》《耶稣新教各派异同史》等为最要)等,视人为上帝之傀儡,新者(如卢梭等)则视人为自然之傀儡。二者固同一误也。自吾观之,《西土沉沦论》一书,实为十九世纪自然主义各种谬说之总汇。此类谬说皆以悲观之命运主义为归宿。命运主义实足致西土之"沉沦"者,而斯氏之书即不脱命运主义之范围也。故吾意斯宾格勒天才虽富,然终不免为浮夸之徒。其书在德国销行极畅,固足见其影响之巨,然其事殊可忧而不足喜也。

若论塞里尔君,则与斯宾格勒迥异。塞君所著书约二十种。〔其最要者如下:《民治之帝国主义》(*L'impérialisme démocratique*, 1907)、《浪漫之恶疾》(*Le Mal romantique*, 1908)、《帝国主义哲学入门》(*Introduction à la philosophie de l' impérialisme*, 1911)、《近世民治精神之隐患》(*Le Péril mystique dans l' inspiration des démocraties modernes*, 1918)、《巴尔札克与浪漫道德》(*Balzac et la morale romantique*, 1922)、《合理之社会主义》(*Vers le socialisme rationnel*, 1923)。末举之书,最为重要,以塞里尔之学说悉赅括于此中也。法国人评论塞里尔之书,以R. Gillouin所著*Une nouvelle philosophie de l' histoire moderne*(1921)为最佳。又有当代法国文士七十二人合撰之*La Pensée d' Ernest Seillière*一书,亦可读。〕其中历叙卢梭对于十九世纪文学及生活之影响,甚见心思精细。塞君谓为卢梭影响实造成一种反理性之帝国主义,故在消极方面(即论前人之失)塞君研究所得,与吾之持论颇相合。然在积极建设方面(即自己之主张○前者如医之脉案,后者如药方),则塞君与吾之主张截然判分。塞君所拟以救反理性之帝国主义之失者,乃一种合理性之帝国主义,谓"个人宜互相团结,造成社会之军队,以图进攻而取得权力"。(见其所著《巴尔札克与浪漫道德》第四十二页。)其言如此,则塞君之见解,似承霍布士及十九世纪英国乐利派之遗绪,而远祖麦克韦里(Machiavelli, 1469—1527,意大利政治家兼文人,所著书以*Il Principe*为最重要)。塞君谓与反理性之帝国主义相反者,乃合理性之帝国主义,如水之与火,药之与症。而吾则谓与帝国主义相反者,厥惟人之高上意志,不主攫取权力而自恣也。又塞君视斯多噶派与耶教之道德无别,可以兼取并收。吾则谓二者截然不同,终必互不相容。吾以为古今斯多噶派之说,率皆谬误而不能实行。而真正之耶教,其中实含至理。在昔(罗马亡后蛮族侵入之时)已尝拯救文明,免其绝灭覆亡。苟能用之得法,耶教当不难再来拯救文明于今日也。

吾所用之方法，或恐为人误会，请得于兹开卷之始，略为解释。吾以前所著各书（《近世法国批评大家》一书不尽然）及此书中，皆未尝统括某某作者之生平著作而平均论断。盖吾之意不在此也，尤未尝统括某某时代（例如十九世纪）之政教风俗而平均论断。昔巴克（Burke）谓判定一国家一民族之功罪殊难。若欲判定一世纪一时代之功罪，恐尤不易也。吾所攻诋者，非十九世纪之全体，而仅其属于自然主义之部分。文艺复兴时代以还，即有各种潮流，为十九世纪之自然主义造其端。而十九世纪之自然主义亦延续至二十世纪而未已。凡此固皆在吾题之范围内者也。总之，吾但取自然主义，原始要终，而论究之。乃评者每有讥吾之态度为（一）一偏、（二）消极、（三）极端者，请得一一解答之。

（一）谓吾之评论自然主义为一偏，评者亦自持之有故。虽然，吾仍未失人文主义之本旨。何则，人性之一部（即高上之意志，制止之精力），彼自然派之人全然弃置不道，故吾不得不郑重反复言之。吾之不平，正所以求其平也。且也，彼自然派之人所忽略者，并非人类经验之边幅末节，而为中枢最扼要之部分，吾又安能无言哉？十九世纪以来，以自然派之努力，物质文明异常进步，使世人生活之边幅末节，极为丰富完美。此其功固不可没，吾决不欲菲薄之。惟吾谓生活边幅末节虽丰富，而中枢败坏，则实属得不偿失耳。吾虽攻诋自然派重要之缺陷，然吾力主用实验之法，则固与自然派为同道也。吾初不为空论，但就实事，推寻自然派缺陷之实在结果，列举千百之例证以实吾说。读者见吾之例证繁多，而无暇就一作者一时代，为平均综合之论断，因之遂有疑吾为一偏者耳。

（二）至谓吾为消极，则吾前已申明，人性中为自然派所忽略之部分，其功用正在消极之制止也。人苟不从物欲行事，而能听内心之告戒(即高上之意志,制止之精力),则必能养成品德而享受幸福。世间最积极之事,固未有如品德与幸福者也。嗟乎,此诚人生之奇幻已!如因此而指吾为消极,则吾亦不欲置辩,但若其故不在此,则须略为解释。自十九世纪初年以来,盛行于世之文学批评,“不事指摘缺失,而专图表彰美善”〔即不言其短,但著其长。〇按此句出韩士立(Hazlitt)文集〕。今吾则反其道而行。或谓近世空泛谀颂之行事,固须施以严正之批评,然吾之讥斥,未免过甚。盖吾常指出著名人物之种种缺失,而毫不及其长处也。人以吾为苛刻,固吾所深憾,然深知吾意者,必不以吾之方法为误也。

(三)吾奉行人文主义,而人文主义首重节制,故讥吾为极端者,其伤吾也实甚。然而节制之义,论者纷纭。今夫人能斟酌调处于一普通原理与实际生活之万千变化之间,而得其中道者,可以谓之有节制之人。然善能为此之人,必具和雅之德。和雅为最贵之德,而亦甚易假冒浑充者。今有人于此,智识道德均未充,处两难之间,未知孰从为是,则曰“各取其半”,以求均平。(所谓执中无权,犹执一也。)然其所取者不必皆是,或一是一非,或二者皆非,则又安能为之解?故凡人于折衷之先,须将是非辨明,否则将如彼英国政治家某氏,世称其模棱两可,终身常在是与非之间局促行事(可与苏味道相提并论),又何足取焉?巴斯喀尔所攻斥之诡辩家,即以其托名中立,见死不救,而自诩为无罪也。但丁书中叙万千中立不倚之人,均以既不助上帝,又不助魔鬼,并为所弃,而堕入地狱。凡此皆托名中立和雅,而实咎有应得也。要之,人文学者与模棱之乡愿,极不易辨别,如伊拉斯马斯(Erasmus,与路德同时,学问极博,主张和平改革,而不赞成宗教革命)对于其时之激烈暴动派,态度至为和雅庄重,至足钦佩,而马丁路德乃诋伊氏为不热心宗教之乡愿。噫嘻，难哉！

总之，吾此书所争论之问题道理，均极关重要，而不容有折衷退让之余地。人有重一己内心之生活者，亦有注重他事，如进步及社会服务者。此二种之人，根本宗旨不合，其间决不能调和。故吾所论者，非奉行人道主义者须有节制，而直谓人不当遵从人道主义也。综上所云，吾敢毅然直言，今世生活之原理，根本错误。转言之，即今人实为不良之领袖所误，走入歧途。及今苟非有领袖辈出，认明内心生活之要理，指斥自然主义之缺谬，则西方之文明将有不能保存之惧矣。今夫内心生活之真理，或赖宗教而成立，或藉人文主义而宣示，二法并行之于古昔，结果均大有裨于人类之品德行事。惟吾遍察今日所流行之各派哲学，其中毫无内心生活之真理，足为人类之滋养，乃不得不转而求之于古贤，岂敢薄当世哉？

——本文为白璧德先生所著《民治与领袖》(*Democracy and Leadership*)一书之绪论，篇首摄述全书大旨而推阐其意之译者识语，以及文中注释、按语(以不同字体排出者)，均为吴宓所作。原载于1924年8月出版之《学衡》杂志第32期。

白璧德论欧亚两洲文化

按白璧德先生所著《民治与领袖》(*Democracy and Leadership*)一书(一九二四年出版)之绪论(Introduction)已译登本志第三十二期,题曰《白璧德论民治与领袖》。全书大旨,亦已于篇首撮述,读者务取观。其书除绪论及附录外,共分七章。全书思想缜密,前后连贯,必须依序细心诵读,方可见其体大思精之处。惟以其第五章(Chapt.V: Europe and Asia)《论欧亚两洲文化》,与吾国及东洋关系尤切,故先取而译之,然犹深望好学有志之士之诵读全书也。译者识。

昔在新古学派盛行时代,著书立说者,每喜细究礼(Decorum)之一义,或且以东西两大陆划分界限,而曰欧洲人之有礼者(即足为欧洲人之表率者)如何如何,亚洲人之有礼者(即足为亚洲人之表率者)如何如何,以细较其异同焉。此类之说,骤观之似若谬妄,而其实不然。盖亚细亚人与欧罗巴人之性行,根本不同。其不同之处,不但可以审知,抑且可以言说而论定之也。惟所谓欧洲云云,非指欧洲之全体,乃指其一部而言,而于亚洲亦然。所谓亚洲云云,仅指亚洲文明最高,成绩最美之一部而言之耳。彼未开化或半开化之亚洲之人,昔尝侵入欧洲,横行蹂躏。(异日恐复见此事。)其为祸于欧洲,固矣。然其自古迄今,常为亚洲之害者,殆更烈也。古犹太人所传角(Gog)与马各(Magog)之故事(按此故事见《圣经·旧约·以西结书》第三十八章第二节,又第三十九章第一至六节,并见《创世纪》第十章第二节。角,盖亚洲北方蛮族之酋长,马各则角之国土或人民种族之名也),即于亚洲北方蛮族之侵袭,念念不忘。要之,亚洲全土,约可划分为两半,而以中国之长城为其有形之界线。在长城之北者,阿提拉(Attila,406—453A. D.,古匈奴之王,侵入欧洲,所至披靡,欧人畏之如魔鬼天神)、帖木儿、成吉思汗所生之亚洲也。而在长城之南者,则耶稣基督、释迦我佛、孔子所生之亚洲也。夫岂可并为一谈哉?

吾人一道耶稣基督、释迦我佛之名(孔子俟后另论),即知亚洲之所以难能而可贵,为欧洲及他洲所不及者,以亚洲为世界中大宗教发生之地也。故凡如吾今者之所为,以批评及实验之法,求得宗教二字之定义者,苟能洞明亚洲之所以为亚洲,与夫亚洲人对于人生之态度,则于此事,思过半矣。吾固知耶教(即基督教,吾译均从旧名)非纯粹亚洲之宗教。耶教之重要教理教规,有取之于希腊哲学者,举凡柏拉图、亚里士多德、斯多噶、新柏拉图各派,悉融汇而吸收之;亦有取之于罗马者,其中尤以罗马帝国之行政组织为最要。而其圣餐魔术,取之于当时各秘宗者(各秘宗虽为混合而成仍以希腊为主),尚不计焉。然则耶教中之教理,何者为耶稣所亲授乎?(即实出亚洲本土)欲知耶稣之真传,当聆耶稣所自言,谓此问题应以实验之法解决之。其言曰:"是可就其果识之。"(见《圣经·新约·马太福音》第七章第十六及二十节〇此语之意,谓学说理论之价值,可以其施行后所得结果之美恶测之,即万事以成效定其价值。)夫近世培根与功利派之人,亦常以结果之义,立说以教世人。但耶稣之所谓"果",与培根等之所谓"果"者绝异。此实显然,耶稣之所谓果者,乃精神修养之效果。(《圣经》

译本作“神之结实”。)其物为何？则圣保罗已确切言之矣，曰：“仁爱、喜乐、和平、忍耐、慈祥、良善、忠信、温柔、操节。”(见《圣经·新约·加拉太书》第五章第二十二及二十三节。又见《以弗所书》第九节○按《圣经》译本，亦有未妥之处。此所言和平，乃宁静恬爽之义。操节乃节制之义。以后不尽遵此译本。)凡此诸义，统而论之，在耶教出世以前，欧洲之各种宗教、各派哲学，未有能言之者也。然而亚洲远古之宗教思想中，则固已见之。当西历耶稣纪元前三世纪之中叶，印度之阿育王(一称阿输迦王)，崇信佛法，乃命于其广大之帝国中，到处立石，上刻诸种美德之名，以提示世人，曰：“慈悲、慷慨、真诚、纯洁、温柔、和平、喜乐、神圣、克己。”〔[原注]然则佛教对于耶教之影响如何？关于此问题，论者纷纭，殊无确断。吾人所可确知者，即阿育王常派遣徒众赴叙利亚、埃及、马其顿、希腊北部等处，传布佛教。但此一行人之结果成绩如何，则不能知矣。阿育王刻石之英文译本，见 Vincent A. Smith 所著之《阿育王》一书(*Asoka*)，一九○九年再版。〕何其酷类圣保罗之所列举者耶！故夫佛教与耶教，就其教之信条(或教律)观之，似属极端矛盾而不能相容，而本实验之法，察其效果，则见其道理如一，相得益彰，有如是者。

欲得宗教之真义，似须更进一步，而论究圣保罗与阿育王所举诸德之中，以何者对于真正宗教生活为最主要乎？安诺德所作宗教之定义，虽亦本于实验，是其所长。然于此主要之德，似忽略而未言及。安诺德曰：“宗教者，道德而加以感情者也。”(见其所著 *Literature and Dogma*。)夫宗教必须经过道德之一阶级，而在其初步，尤与感情混合为一。然而宗教所最着重之点，固别有在，此则东西大宗教家所曾一再申言之者也。耶稣与其门徒诀别，告之曰：“即以我之安赐尔。”(见《圣经·新约·约翰福音》第十四章第二十七节。其上句云:“我以安赐尔。”此所谓安,即上文之和平之义。实皆Peace一字,而译本前后歧异。至此字之义,已详上段小注。)又曰:“凡劳苦负重者就我,我赐尔安。”(见《新约·马太福音》第十一章第二十八节,字义同上。)释迦我佛所言宗教虔修成功之情形,与此正同。曰:“所思惟静,静言静行。宁静之人,智慧修成。”(原文见《法句经》第九十六偈。〇译者按,在此无佛经译本足供查考,故此段译文系出杜撰,甚歉。)此所谓安,由何道以得之耶?但丁为之答曰:“上帝之意使予得安。”此语深得耶教之精神。故凡人须以平常之自己(即一己之情欲等)屈服于一种高尚神圣之意志之下(即有所皈依),而始得安乐。此义非仅为耶教所独擅,实各种真正宗教之所共守者也。耶稣与佛言之,穆罕默德亦言之,如出一辙。伊斯兰教(Islam)一字,即屈服之义耳。

其在印度,虽亦注重意志,然谓人之平常自己所当向之屈服者,非超越人上之神圣之意志,而为此人内心中高尚之部分耳。耶教及他教所言笃信宗教者必具之事,佛多删除不讲,惟独于人之内心中高上之部分(即道德之意志)与平常劣下之部分(即放纵之情欲)并立互争之义,则谨守勿失。且佛之立说,全本于此心理上明显之事实,非其他创教者之所及。故在世界各大宗教之中,本来之佛教,为最富批评精神而不杂入神话之宗教焉。

惟印度古今盛行之各教派中,亦多主张泛神论,而与佛教及其他各大宗教之二元论相背驰者,此不可不察也。今世之印度人士,以宣传印度文化于世界自鸣者,多不免倾向泛神论之病。即如泰戈尔氏,以此事负盛名,不惟西方人重视之,即东方人亦颇尊之。(按白璧德此书出版之日,正泰戈尔在中国南北各地讲演而受欢迎之时也。)盖泰戈尔能洞见东西文化对峙问题之重要,而其由消极一方批评西方之失,言之亦甚透澈。泰戈尔谓西方之人,专务扩张权力与机械效率，遂能称雄独霸于全球。然而称雄独霸之人，必自贻伊戚而罹于祸，此自然之理也。泰戈尔此论，不惟中国、日本之人颇有信从之者，而今日回教诸国之牧师，自德里（印度境内）至丹及耳（非洲北境），皆嚣嚣然与之遥为唱和焉。虽然，事实必非如是之简单也。彼英吉利人所以能并吞印度而保有之者，既非由于其机械之效率，尤非由于英人厉行博爱，欲以白种人而为黄种野蛮民族造福。（此英国诗人吉百龄之说，以为英之并吞印度作辩护。其虚妄不待言而自明矣。）其原因实别有在。原因维何？半由于印度民族之分立互争，而实由于英人品德之优越，其于道德，精明沉毅。英人之所以为世界古今最善统治之民族者以此。其能夷灭印度者，亦以此也。

按吾国人今日之大病根，在不读西史，不研西洋文学，不细察西人之思想性行，不深究彼中强弱盛衰之故，而但浮光掠影，腾为口说。闻白壁德此言，可以警醒。顾兹所言，以及类此者，初非甚深之义，稍有常识，稍明西史者，皆能见之言之。前年之创为非宗教同盟者，于耶教之教理及其历史，并近世耶教衰微之情况，固多未悉。而今年之发起反帝国主义大同盟者，尤属不明世界大势，空口呼号，不值他人之一笑者已。夫欲杜绝帝国主义之侵略，而免于瓜分共管灭亡，只有提倡国家主义，改良百度，御侮图强，而其本尤在培植道德，树立品格，使国人皆精勤奋发，聪明强毅，不为利欲所驱，不为瞽说狂潮所中，爱护先圣先贤所创立之精神教化，有与共生死之决心。如是则不惟保国，且可进而谋救世。但如今之自命爱国者之所呼号标榜者，其于国家前途之福利，皆南辕而北辙也。白壁德先生立论，常从世界古今全体着眼，本不屑计一国一时之得失，然亦足为吾国人指示途径。若更细究西史，则知吾国古圣贤所言国家盛衰之理，治乱得失之故，实已见之于西洋，得征而益信。盖末节之迹象有异，而根本之原理无殊，识者固不以为奇也。

泰戈尔又谓，由今之道，无变今之俗，则虽合欧洲各国为一联邦，所成者亦只一堆蒸汽机关之锅炉而已。（意谓随时可以爆发而为战争。国际联盟与和平公约，徒虚说耳。）彼西方机械效率之恶魔世界，实由理智之分析而成，故欲治今世之病，应铲除理智，不用分析，而以仁爱代之云云。（见其所著《国家主义》一书。）观于此点，则知泰戈尔与印度古来之圣贤精神相去极远，而与吾西方卢梭一派之沉溺梦幻之人，实同流而合污焉。彼柔靡之泰戈尔、柏格森，以及其他东方西方之人，欲去理智以求其所谓“远识”者，吾人闻若辈之说，则应思释迦我佛之所教。佛固东方之人也，而乃谓最高之“识”，与最锐之理智分析，系一事而非二事也。〔［原注］佛教之悟澈因缘，即理智分析之工夫。○译者注：即谓惟凭理智，乃可得真知灼见，否则其所谓“远识”者，梦幻而已，妄想而已。〕

综上所言，源出亚洲之佛、耶两大宗教，其中枢最要之旨义，皆谓人之内心中，高上之意志，对于平常劣下之意志（即放纵之情欲），有制止之机能与权力。耶稣曰：“愿从天父之命。”（见《新约·马太福音》第二十四章第四十二节，《圣经》译本作“则尔旨得成焉”。今改译此。命即意志也。）佛曰：“惟我最尊，谁能制我？”（译者按在此无佛经可查，此杜撰之译文，明知不合也。）其说虽有不同（耶稣谓当遵从上帝之意志，佛谓当遵从自己之高上意志），然皆承认此高上意志之存在。此实庄敬与谦卑之心之根源也。屈服于此高上意志，推而至乎其极，则得精神之安乐焉。

若夫孔子，骤观之，似与亚洲三大圣人中其余二人（耶稣基督、释迦我佛）绝不类者。盖如前所言，孔子以人文化世，而不以宗教为务也。西方之人文大师，以亚里士多德为最重要。孔子与亚里士多德立说在在不谋而合，比而观之，若欲窥见历世积储之智慧，撷取普通人类经验之精华，则当求之于我佛与耶稣之宗教教理，及孔子与亚里士多德之人文学说，舍是无由得也。论其本身价值之高，及其后世影响之巨，此四圣者，实可谓为全人类精神文化史上最伟大之人物也。自此诸圣之生以迄今日，世界中之经验，固皆导源于诸圣。即其生世以前，人类之经验，亦多藉诸圣为归宿，岂不伟哉！（原注见下列。）西方有圣亚规那（St. Thomas Aquinas, 1225—1274）著《神学大全》（*Summa Theologiae*），融合亚里士多德与耶稣之智慧，而集其大成。适于此时，东方有朱熹，亦融合佛教与孔教之学理，以注释经书。二贤实遥相辉映，甚可相提并论，亦奇事也。

［原注］论孔子者，可取前法兰西学院教授（已故）沙畹氏（Chavannes）之说以为例。氏之言曰："孔子生当耶稣纪元前五百年，而已为其民族道德精神之所寄托。中国远古之理想，见于诸种经书者，已极深厚。然皆仅具大纲，孔子乃确定之而明其关系。（中略）孔子周游列国，以前此千百年所逐渐积累而成之道德理想，教导世人。其时之人，溺于利禄逸乐，恋恋不舍，故皆不肯从孔子之教。然而其视孔子殆如神明，聆其语，非仅人世之智慧而已。盖孔子所代表者，乃远古传来之精魂。孔子所教导者，乃若辈之祖先所窥见之真理。故遂不觉心动魂慑而感彻肺腑也。"以上云云，见氏所撰《中国人之道德理想》（Quelques Idées morales des Chinois）一文，原

系氏在巴黎大学之演讲稿。刊布于一九一八年正月至五月号之《世界学会会报》(*Bulletin de la Sociéte authour du Monde*)第四十七页起。

亚里士多德与孔子,虽皆以中庸为教,然究其人生观之全体,则截然不同,而足以显示欧洲人与亚洲人习性之殊异焉。盖亚里士多德之所从事者,非仅人文之学问而已,且究心于自然科学。传谓亚氏一生最乐之数年,乃其寓居爱琴海岛上之时,终日以考察鱼类及鳞介水族之生活为事,搜集材料,撰成生物学之书若干卷,至使达尔文读之亦深为倾倒云。夫以智识广博,而好奇心甚盛,如亚里士多德者,而犹望其兼具孔子及其他东方圣人(指耶稣)所再三申明之谦卑之义,岂非难哉?亚里士多德对于耶教以及犹太教、伊斯兰教之影响极钜,至于不可测度。然设使有人欲为亚里士多德建立祠庙而崇祀之者,闻者必觉不合也。(即谓亚氏有不足令人崇敬之处。)顾设有人欲为孔子建立祠庙,则闻者纵非儒教徒,亦决无讥此举为不合者。诚以亚里士多德者学问知识之泰斗(此乃但丁《神曲》中所下之评语),而孔则道德意志之完人也。常人反躬内省,必不免愧怍歉疚。此常人最无把握之处,而孔子于此,则最有把握。孔子尝欲以礼(即内心管束之原理)制止放纵之情欲。其所谓礼,显系意志之一端也。孔子固非神秘派之轻视理智者,然由孔子观之,理智仅附属于意志而供其驱使。二者之关系,如是而已。西方有苏格拉底,其专务道德,与孔子同。故若舍亚里士多德,而取苏格拉底以与孔子比较,则不复见东西人习性之不同矣。然而苏格拉底之道德观念,已有过重理智之流弊,迨夫欧西近世,脱离耶教之束缚,不复遵守东方首重意志之训。(耶教乃东方传来,即以此为教。)而自文艺复兴以来,众人亦并不从苏格拉底之教，以知识为道德，且更笃信培根之说，视知识为权力，其所悉心从事者为此，斯则尤为不幸者矣。

西方旧传之宗教式微，谦卑之德亦随之而衰减，此众所公认者也。法格（Émile Faguet，1847—1916，法国文学史家，所著*Initiation Littéraire*一书，已有顾锺序译本，名《欧洲文学入门》，商务印书馆出版）尝叹息谦卑一字，不久殆将受淘汰，而归入不用之古字丛中。今日者，此字虽尚生存，然已常为人误用，奇谬百出。〔［原注］谦谟（Hume）书中至有论动物之谦卑云云。见其所著*Treatise of Human Nature*，book II，Part I，Section XII。○译者注：动物亦有谦卑之德，则所谓谦卑者何物耶？〕或用以表示科学家震惊于宇宙自然之广漠深幻之感情，或以温恭和雅为谦卑，又或以怯懦之人、自视欿然若不及他人者为谦卑。其他之例，不胜枚举。夫人之对于自然及他人，均不当妄自骄矜，固也，然此非即谦卑。诚以谦卑乃对于天及神之事，其间畛域显分。巴斯喀尔（见本志第二十三期插画）所曾反复申明者也。巴克（Edmund Burke，1729—1797，英国大政治思想家兼雄辩家）之所谓谦卑者亦指此。故以谦卑为凡百道德之根本。谦卑既与根本原理攸关，故为绝对的，而无调和及中立之余地。以谦卑为是，则是。以谦卑为非，则非。而不能依违两可也。今使有赞成吾之意者，确信巴克之言为是，则当问谦卑之德在西方何以如是之衰微耶？此其故，实显而易见。盖以古昔常以谦卑寓于耶教“人类堕落”“上帝恩典”等教理之中。近世批评之精神大兴，此等教理为之摧残破坏。近世之人，既不信上帝之默示，又不许教会之威权。此等教理失所凭藉，不能自存，而所含之谦卑之义，亦随之俱归澌灭矣。故在近世，西人之自立之气概日增，而其谦卑之德性日减，二者殆成反比例焉。由是，今世之人，如欲求合近世精神，而不肯屈服于外界有形之制裁，则有最大之难关当前，即自立与谦卑二者不可得兼。如之何，能得其一而不失其二乎？此诚极难事也。由谦卑以论自立，则自立之说，在西方极不圆满而常多流弊。自古希腊以迄现今，皆然。古希腊之什匿克派（即犬儒派）为首倡自立之说（Autarkeia）之人，其于谦卑之德，去之远矣。斯多噶派亦主自立，故巴斯喀尔斥斯多噶派为妄逞瞽说“矜傲如魔鬼”。此言未免太过，况斯多噶派中，尚有如马克斯、奥里留斯等极温恭谦卑之人。然就其全体言之，决不能谓斯多噶派具柔和谦卑之德性也。

至论近世之提倡自立者，则当推卢梭为首。卢梭自立之说，具详见其《爱米尔》一书中。若其人谦卑之德毫无，则凡读卢梭《忏悔录》之开卷第二页，莫不稔知之也。（参阅本志第十八期《圣伯甫评卢梭〈忏悔录〉》第八页。）美国之力主自立者，以爱玛生为之魁。爱玛生岂谦卑出众之人耶？〔白朗尼（W. C. Brownell）君，至谓爱玛生为世界古今最缺乏之人。见其所著 *American Prose Masters* 第一七六页。〕

卢梭与爱玛生，皆不过取古斯多噶派之说而重复言之耳。今欲解决上言之难题，求能自立而不失谦卑，则当研究斯多噶派之个人主义。彼卢梭谓人之本能皆善，而斯多噶派则信理智为万能，故常乐观。斯多噶派以为，人能知某事之为善，即无异已行此善事。（按知行合一之说，流弊甚大，征之斯多噶派，已可见之审矣。）理智与意志，是一物而非二物也。彼斯多噶派之为此说者，自谓继承苏格拉底之遗绪。故此问题，又与苏格拉底、柏拉图之知识即道德之说密相关连，而其归宿仍在欧洲亚洲之人对于理智与意志之关系见解主张之异也。如上所述，亚洲之诸大宗教家，其立说皆谓人须以平常之自己、自然之天性（理智亦在其中）屈服于一种高上意志之下，然后始获精神之安乐。今姑以柏拉图与释迦我佛为比较，则东西理想之不同，可以了然矣。佛亦欲将宗教及哲学合而为一，与柏拉图同，然佛视心智之重要，则远不如柏拉图之甚。佛尝开列“不可思议”若干条，一若人生之真义无人能知之者。佛之所谓心（末那 Mano）非即柏拉图之所谓心（Nous）也。佛以“心”为变幻之机关，而柏拉图则尊“心”至于极地。由佛观之，视吾身为常住之体，其错误尚小，视吾“心”为常住之体，则谬妄之尤者也。西方哲学中，常有以思想与存在合一之一派。（即谓我思此物，即见此物。〇按即唯心派。）古希腊之巴门奈底氏（Parmenides，纪元前五世纪）实导其源。而自佛观之，则此派实西方哲学之根本大缺陷也。〔［原注］参阅 Diels 著 *Fragmente der Vorsokratiker* 卷一第一一七页〕夫人者至虚空变幻之物，又安得谓吾心之所思等等即存在之实物乎？品达曰（品达乃希腊大诗人 Pindar，522—448 B. C.）：“何者为人，何者非人耶？人者影之梦耳。”推其意，如云“人者梦之影耳”，犹嫌过沾实在，恐启人骄恣之心，故以“影之梦”喻之。人之本身与夫外界，既皆如此虚幻无常，而乃妄谓专凭理智即可超出此无常之外，此实大误，盖由不知“幻乃真之一部”（意言幻即真也。此系尤柏尔之言，已见本志第三十二期《白壁德论民治与领袖》篇第十二第十三页之间）故耳。世人之过信理智者，往往喜造作常住不变之“绝对”以立说，而彼崇信变幻与相对者，攻斥“绝对”之误，又并所有之标准而悉铲除之焉。其实彼主张绝对及主张相对者，皆有妄用理智、颠倒事实以自欺惘之病，诚以就实在经验所得，人生乃兼备一与多，和合而不可分离者也。（既为绝对，又为相对。二者兼具，非可执一。故人生哲学必为二元，一元必误也。）

兹更续言东西理想之异同。骤观之，佛家似若与吾西方之主张流转变化同科，以故近人常有以释迦我佛与柏格森（参观本期插画)相提并论,而称之为“变化哲学家”者。此其谬误之处,实足骇人听闻。盖佛与柏格森,不特其所生之时与地相去若是之远,其理想学说尤大相悬殊也。柏格森喜言变化,主张任情纵欲,不加裁制。其冲动之精力之说,实为帝国主义之发端。此层柏格森亦自承认不讳,前已述及矣。(参阅本志第三十二期《白璧德论民治与领袖》篇第十六页。)至若释迦我佛,则力求逃出变幻无常之罗网,与柏拉图正同。不惟帝国主义无从沾染,且专以其所谓“宁静”“智慧”“涅槃”者,为修养之鹄的。其他种种皆在所屏绝焉。佛虽讲变化哲学,而能兼具宗教之安乐与谦卑。此种造诣,西方哲学中绝乎无有。故吾西人论佛教者,至须审慎,而不可妄为比附臆度也。然而佛与西方历来哲学家不同之处,可得而言焉。佛为极端崇奉个人主义者,故于“一”“多”之问题,不得不急谋解决。诚使事物之中,无一贯之原理,以为测度繁复变化之标准,则个人必失无所依据,而沉溺于迷乱之印象感情。由佛探索得此一贯之原理,不在理智,而在意志(即不能以理智取得,而可以意志取得之),与其他亚洲诸圣哲所见相同。佛虽自用理智分析之法,视理智甚为重要,然终谓理智乃隶属于意志而供其驱使耳。惟然,故凡欲凭理智解决人生问题者,皆如注盛洋海之水于一小杯,其愚不可及也。佛意若曰:人生之秘奥,惟能实行之人乃得窥见,而各种行事之中,以内心之工夫(精神之修炼)为最难云。世之欲了解耶稣与佛者,首当知二圣皆实行之人物,而其所实行之事,则亚洲之贤哲在其最高境界所指示者是也。(即内心之工夫。)佛最不喜为空论。吾西方哲学者之最重实行者,以佛观之,恐犹嫌其过多空论。佛尝将世界古今之智慧,写入八字格言之中,备极简炼,曰:“拒恶行善,正心即佛。”(见《法句经》第一八六偈。在巴利原文仅有八字耳。○译者按无佛经可查,此译文系杜撰。)其教徒为之注解曰："诵此偈言，似极平常，若实行之，乃无穷尽。"此其义可以深长思也。（意言为使人受用之教理，不在以文辞空言，夸多斗靡也。）

一多之问题，苟视为知识而解决之，则困难殊甚。征之于柏拉图观念之说，可以知也。今夫同属一类之各个物体之中，必有其同一之点在。此为常人观察所能及知者，例如所有各个马之中，必有其所以为马者之同一点在。此同一之点，柏拉图即名之曰马之观念（又曰天上之模型）。然使其说遂止于是，则所谓同、所谓一者，不过虚空之名词而已。而人性恶虚而趋实，得此何所裨益？故以理智强求一与多之关系，其末路必陷于柏拉图于其语录《巴门奈底篇》下篇所叙之困难纠纷焉。诸种观念之中，以善之观念为最主要，盖善之观念即上帝，亦即人心中最高尚之部分。如是，则善之观念尤不当流于虚空，顾将如何而实之耶？夫表示善之观念者，乃字中之字也，即道也。由是逐步研究，不难洞见其转变之迹象。（即希腊哲学形成耶教之历史的实迹。）于是希腊之"字"，经犹太人斐罗（Philo Judeaus）等之传授，而卒成为耶教使徒约翰之"道"，见于其所撰之《约翰福音》（第一章）。耶教解决此"道"之问题之方，厥为主张（或明言或默认）上帝之理智实隶属于上帝之意志之下。耶教之所以不失为亚洲之宗教者，正以此也。（即重意志而轻理智。）上帝凭其坚强之意志，遂能沟通空泛之智慧与特殊之实物间之界限，而使之连为一体（若凭理智则不能成功），故曰"道成人身"。（《约翰福音》第一章第十四节〇第一章全章宜细读。）至此而常人喜实恶虚之心理，乃得如愿以偿。由此言之，则上帝之子（耶稣）投胎降生为人之意义，固极浅显易解。（耶稣降生为人，寓理想与实际合一之意。然有耶稣之降生乃上帝之意志坚欲如此，非理智之所为。此其意盖谓强以理智求索理想与实际之问题，一与多之问题，必无成功之望。只有凭意志可以达此鹄的。故善恶乃纯然意志之事也。〇耶稣降生，以接引为职务，即援引世人而上企于上帝。故降生也，接引也，皆天人合一之意，亦即一多合一之意，亦即理想与实际合一之意。由此以推，思过半矣，抑且不必妄诋宗教为无理之迷信矣。都云昔人痴，谁解其中味？吾欲举此语以为宗教辩护也。）但就心理作用研究之，则此中之理，固皆世人日常经验所已知者，即谓人心中所有之疑惧痛苦，非道德行为之学说所可救治，其学说虽完美亦属无效，而惟厚德笃行之人者出，始足救之。彼拉多曰："真理何欤？"（见《新约·约翰福音》第十九章第三十八节。）彼拉多之为此问，适见其为欧洲之人而已。（即欲以理智解决一切。）耶稣于他处答之曰："我即途也，真理也，生命也。"（见《约翰福音》第十四章第六节。）耶稣此答，则亚洲人之态度也。（即意志坚强而道德高尚之人，当为众所归依，足为众人造福。）耶教注重人格，实合至理。凡百精确之观察，亦能见及此层，惟耶教以神之人格及人之人格，扩而举之，至于广漠无涯、天长地久之域，此则耶教之高绝处，而为观察经验所不能及者也。（按《中庸》第二十章及二十三章所言，正可与此比较，于以见孔教之大也。）

吾兹所论者乃极繁难之事理，力求简明，故未免于柏拉图及苏格拉底门下诸人，评之过刻。吾固知柏拉图之智慧丰富，今人欲得宗教之真识而又不失其批评之精神者，惟当读柏拉图之书，藉得裨助。虽然，柏拉图、苏格拉底所主张之道德知识合一之说，实有疑义，不能为之曲解。吾非谓其说为肤浅也，焉有柏拉图、苏格拉底而肤浅者？知识尽有圆满至极之时，人若违其知识行事，如以指入火，自焚而伤，此境不能谓其无有。且人之迷惘谬误、胡行乱为者，事后回思，每觉我当时并非有意为恶，特不知其事之坏耳。此亦常人之情，故柏拉图与苏格拉底之说似甚有理，然而人类全体之经验，多与道德知识合一（能知即能行）之说相反。世人不惟明知其事为恶而竟行之，且每以作恶为称心之乐事，耶教神学家名之为“罪孽之快乐”。前此罗马之奥维德（Ovid，43 B. C.—17 A. D.，罗马诗人）于其诗中早已言之矣。总之，今所研究者，即欲自立而又能谦卑。其道何由？如从希腊哲学家之说，尊理智为无上，而同时又欲保有谦卑之德，其事必不能行也。诸种骄恣之心理中，以理智之骄恣为最足患，而妄欲知晓善恶之事，则理智骄恣之尤者也。故善恶不能知，强欲知之必败。耶教“人类堕落”之神话，无非说明此种心理之真际而已。（所谓“人类堕落”之神话，见《旧约·创世纪》第三章上帝不许亚当夏娃食知识之树之果者，即不许其知晓善恶也。二人违上帝命而摘果食之，即妄用理智，欲辨别善恶之真义，而其后之受罚谪降，则自贻伊戚。道德堕落而快乐消失也。）

试一究苏格拉底学说之结果（柏拉图及亚里士多德之影响均在其中），观其成效如何，则吾之意更为明显。夫柏拉图既于宗教上用工夫，而创立学院，则其学院之成绩，自当为宗教之美德。乃由其学院出身之博学名高之士，大都归于怀疑派。在昔苏格拉底固亦尝以怀疑之心理而确立信仰，然柏拉图学院中继起之人，则皆无信仰可言，可为伤叹。反而观之，释迦我佛所创立之僧伽，其中多信仰圣诚之士。其精神修养之效果，适有如上文圣保罗所言者（即仁爱、喜乐、和平、忍耐、慈祥、良善、忠信、温柔、操节），足当圣人之名，读古籍可以稔知。彼柏拉图学院与佛之僧伽，其结果相去如是之远，则其说之有无流弊，可以审矣。

所以然者，彼希腊人，甫推翻古来礼教之标准，即不能把持，而下堕于理智主义之渊，无分其为斯多噶派或依壁鸠鲁派。要之,理智主义决不能管束人心中纵放之情欲也。斯多噶派亦尝欲行宗教之事,求得一普遍正确之原理,以为统一人群之准绳,而以理智当之,谓理智之力足以致此。顾又谓崇尚理智之生活即放乎自然之生活,其意盖以为理智不假外力之助,即足胜过人心中复杂之印象及放纵之情欲。其然岂其然乎?夫当希腊罗马思想交汇之时,如苏格拉底、柏拉图、亚里士多德等各派学说,均糅混不清,本不易分辨,然而斯多噶派既谓所知者是,则所欲行者必是,而犹自诩谨遵苏格拉底之教,不亦误乎?斯多噶派竟失苏格拉底之心传,则能得苏格拉底真正精神者鲜矣。

就其全体论之,斯多噶派乃一自相矛盾之学派也。该派谓世间只有物质界为实有,又极力注重道德。其所谓道德,固非可得之于物质界也。转言之,即道德者真正二元哲学之出品也。而斯多噶派乃欲以一元哲学得之,宜其不能得。纵有所得,亦仅矣。故斯多噶派虽多可取之处,在当时亦颇有影响,而全局终归失败。不但该派为然也,希腊人欲以批评之精神解决道德品行之问题(即欲造出一种稳健之个人主义),盖无不归于失败者。至其所以失败之故,则缘未能了解想象力与高上意志(即道德意志)之密切关系。前已言之,既知"幻乃真之一部",又知欲得谦卑之德,必当重意志而轻理智,如亚洲先圣所指示者,则不能不断言曰:希腊哲学之病根,即在其自始至终过崇理智,固执而不变也。

希腊哲学之缺陷,耶教起而弥补之。耶教之教理,务在黜斥理智,而又造作种种符号,运用人之想象,以管束其意志焉。是时,值希腊罗马衰亡之后,蛮族侵入,毁灭一切。耶教本其东方之宗教信仰,竟能再造文明,挽既绪于不坠。但耶教虽成此大功,而批评之精神受损不少,遂致专务尊重威权,谓在个人"之先""之外""之上"而莫之能抗云。夫希腊人专信理智,固属偏谬,然若过崇意志,漫无区别,则其害亦甚大。如尼采之尊崇意志,酿祸之烈,固已众所共知。(尼采之超人主义,流为德意志之军国主义,遂有欧战。)而即东方人之尊崇道德意志,亦隐伏祸机。例如印度之苦行者,卧于钉板之上,或举臂向空,久久不移。其用心固为锻炼意志,然而其锻炼方法之合理与否,则实未必然也。至若回教,以高上之意志寓于神之意志之中,谓经典中之文,为神所授,须字字遵守,处处实行,莫敢或违,此则其害为尤大焉。如是为之,则不啻以活泼之人性,强纳入固定之模型之中。乌乎可?盖因过崇绝对之意志,而忽略变动相对之一端,与过崇绝对之理智而忽略此端,其害正相同也。如回教徒所为,是不知"幻乃真之一部"也。且既谓此意志为绝对、为自由行事,而又超出凡人之上(即入于上帝),固足使世人异常谦卑,然并其自立之德性而失之,遂笃信命运之不可逃,而颓然堕废。此东方所常见者也。

欲明本题,不惟须知东方过崇意志之弊,而尤当研究耶教尊崇意志之行事,即所谓神恩之说是也。此说发自圣保罗,而圣奥古斯丁阐而广之,故其影响于中世及近世之耶教者为至钜。论者每称圣奥古斯丁为耶教中之柏拉图,说固有理,以圣奥古斯丁喜言"瞬息流变"及"永久固定"之对立并存,与柏拉图同也。然细考二贤之性行,则知柏拉图偏重理智而圣奥古斯丁偏重意志,实迥然不侔矣。圣奥古斯丁尝自言:渠所欲知者,惟上帝与灵魂之二事,此外无有也。(Deum et animam scire cupio. Nihilne plus? Nihil omnino.)人所可见之上帝,固非理智,乃意志也。而人之灵魂,语其精要,亦意志也。(Nihil aliud habeo quam voluntatem.)但因前此"人类堕落"之故,人之意志与神之意志,高下悬殊,隔离甚远。欲求超度,非赖上帝之恩典(简称曰神恩)不可。但须先赎罪,而后上帝之恩典可得。二者皆灵迹也。(灵迹由上帝之意而出现,不可以常理推，不可以人力致。）欲使人之意志与神之意志和谐一致，不特须待耶稣基督之接引，且须有天主教会、圣餐仪节及各级僧侣牧师，以成此超度之功。彼柏拉图谓：能知其是者必能行其是。今圣奥古斯丁则谓：已经堕落之人类，专以作恶为正当之乐事。圣奥古斯丁自叙其幼时偷梨之举，而为之说曰：彼时吾舌尖上所觉其异常甘美者，实非梨之滋味，乃吾之罪恶之滋味也。又谓意志之颠倒错乱，本由于过矜理智之故。人欲与神同科，知晓善与恶，致堕落而生罪孽。故圣奥古斯丁不惟谓理智应隶属于意志，且视理智为有害之物，而欲慎防之。理智既黜，其流于神秘派，殆自然之势矣。耶教能令世人谦卑而重立其意志，然而批评之精神受损矣。若就历史实迹考之，耶教之所以重盲从者，盖缘其教先传于下等社会，逐渐而及上流人士。此层他教尚不如耶教之甚也。总之，耶教在当时之主张，某事某事，因其无理，故当信从。〔[原注]Credo quia absurdum 一语，并不见于 Tertullian 之 *De Carne Christi* 一书之第五章。但全章之大旨甚可以此语概括之也。〕又谓愚蠢无知乃生虔诚之信心。彼时之人，既尽失其自立之性，不复效苏格拉底派之希腊人之恃其理智，然后耶教救世之功乃易得成焉。卢梭曰："愚蠢无知，即能为善行乎？学问与道德果不能两全乎？"卢梭之意，以为不然。然而征之西洋历史，恐亦未能言其不如是也。阿克登爵士曰：平常所谓黑暗时代者，精神上实光明普照。其言不无稍过。（原注见下另列。）巴克亦曰：十八世纪，以智识之"启蒙时代"称，其精神则极黑暗也。

[原注]阿克登爵士（Lord Acton）《自由发达史》（*History of Freedom*）第二百页云：此后即所谓黑暗时代者是。其名虽亦有理，然后此人类所享受之快乐，所建树之伟绩，其根柢皆

植于此时也。(中略)黑暗时代,著名之圣贤不多见,然圣贤之道则遍行于人间,非他时可比。纪元后二三世纪中,社会风俗甚为腐败。相形之下,故觉其时之神圣之人矫然特出。至于后来之五百年中,由教理纷争之终局起,至新神学之兴及Hildebrand、Anselm、Bernard等创始新事业止。此时代学术晦昧,号为黑暗,然圣贤之多盈千累万,特其时社会风俗良好,故埋没而不见称于世耳。

十八世纪之所谓"启蒙(一译开明)运动"者,其起源实在中世,至十三世纪而大著。一方侈言理智之解放,一方又特设宗教审判厅(Inquisition)以遏止思想自由。此二事同时发生,其故可以深长思矣。然理智之真正解放,实发轫于文艺复兴时代。其时之人,复能自立,而失其谦卑之德,效法古希腊人之所为,视人生为知识之问题。惟其所谓知识者,非苏格拉底所倡之道德知识,而为自然界之知识耳。盖以道德知识已与彼不可理解之耶教教条合为一体,而不能分离。故古者谦卑之义与凭理智研究之新精神,常在一人之心中互争不息。今姑以巴斯喀尔为例说明之。巴斯喀尔者,名高之科学家,而又为渊深精刻之宗教作者。其主张谓于自然界(即物界)当完全施用批评实验之精神,但于超乎自然之上者,则当屏弃批评精神,而恪遵外来之权威,即上帝之默示与天主教会之规律是也。(见其所著*Fagment d'un Traité du Vide*。)耶教教条之中,有极不合道理者,如谓初生之婴儿即当入地狱是。然其中皆含精神之真理,不能另行划分。(见其所著*Pensées*第四三四页。)人之所以可贵者固以其理智,然理智实毫无裨益于人,以理智常为想象所左右、所玩弄故也。兹所云云,实耶教心理与斯多噶派冲突最烈之处。盖斯多噶派谓理智足能胜过想象,前已述及之矣。

理智既常为想象所玩弄，则斯多噶派以及他派所倡之自立之义，必不能行。而人之惟一希望，只有盼上帝之恩典而依赖其强制专断之意志而已。巴斯喀尔之所谓“心”者，即指上帝恩典骤降时之灵明澈悟而言。由此所言，则理智既与想象冲突，上帝恩典之意志亦与理智冲突。然而奉行稳健之个人主义者，须使理智想象二者同心协力，以为吾所谓道德意志之辅助，是则巴斯喀尔之说未为完备也。

然吾非谓巴斯喀尔对于奉行个人主义者遂无研究之价值也。巴斯喀尔所言，悉本于心理之体察，并非武断。以此之故，其主张谦卑、黜斥理智之学说，在今犹能成立。巴斯喀尔谓人既空悬于无穷大与无穷小之两极之间，两者均不能抵，故终无得到事物之究竟之一日。如此而可以自骄也耶？偶或自谓已确立基础，建立高塔，其巅行将上达于无穷之域。忽当此时，其基础骤然破坏，塔倾，而“地球且劈裂为无底之深壑”。哀哉！稳固之基础既终不能得，则人之所谓知识者，果即真确之知识耶？安知其非梦中之梦耶？人之不能得知识，固甚可羞，而尤可羞者，则其孤立无援之理智，断不能管束其外来之印象与放纵之情欲是也。就常人确切体验所得，则斯多噶派之说（谓理智力能管束印象与情欲）实误，而巴斯喀尔之说（谓不能管束）确是也。人之所以愚昧迷惘者，由其不愿自裁抑其强烈之欲。此欲有种种，人欲自由，以行伊拉斯马斯所谓种种愚妄之事（如贪财、好色、作恶等等）。但冥冥自然之中，自有其界限。人来与之冲撞，大感痛苦，然后乃废然知返矣。夫人皆有为恶之倾向，而作恶所得之刑罚又如是之酷虐，则人生似诚为诡幻至极者已。人生情形既如此，则虽非冉森之徒（注见本志第二十八期《坦白少年》篇第十一页。巴斯喀尔即冉森之徒),虽非耶教徒,亦可见古来旧说。以慄慄危惧为安心立命之法者,比之近世新说之主张"惊人之生活",即破除庄敬谦卑诸德,而专求无穷之奇思诡行者,实有一日之长也。(即旧说胜于新说。)古希腊人曾言:人之纵任其幻想者,必为骄恣过度之行事。由是遂成愚昧迷惘,而天道之惩罚随之至矣。故希腊人视人生为放纵之幻想及天道之惩罚二者间之因果。此说征之历史实迹,颇可见其无误。盖人适当大祸临头之顷,自信最深,趋赴最急,如前驰坠落悬崖而不自觉。当欧洲大战将启之时,欧洲之人,非知识不足也,而其精神愚昧迷惘,如希腊人之所云,故大祸遂速发而不可免。希腊诸大诗人,皆洞明天道之惩罚之义,此其所以为不可及。(按吾国古人深明此义。《易经》《左传》及他书所载之例,多不胜枚举。读者可自检寻也。)即尤里比底氏为其中最不主张道德者,亦于此义一再言之,如云〔[原注]见尤里比底氏所著《海拉克里之疯狂》(*The Madness of Hercules*)一剧,第七四四句起〕:

> 金多运复亨　威权慑四海　长驱下峻阪　覆亡不及待
> 礼法供溲溺　骄蹇增懈怠
> 悬崖犹策马　戒慎忘真宰　一旦身名裂　崩坠无穷悔

人之愚昧迷惘之行事,俱见于史册,实迹昭然,苟就而研究,则知谦卑之德为不可缺矣。彼东西之大宗教家,力主凡人应当屈服于高上意志者,岂欺我哉?尤要者,则当以理智受高上意志之管束。盖理智之放纵(libido sciendi,知识之欲)实为根本上之祸患。牛曼(John Henry Newman,1801—1890)曰:"理智之力,足以冲破一切,消融一切。今欲短兵相接,与之抵抗,且战胜之,夫岂易事?孰能为此哉?"牛曼此问,极为扼要。虽其解答不尽圆满,不足为病也。耶教能祛除理智之骄恣,固善;然乃视理智过卑,几于并理智而铲绝之,则非。(原注见下另列)故耶教常含神秘之意,前已述及,此则极不幸之事也。尽量广用理智,而又使理智隶属于他物,不至逾越范围而恣行所是,此事至难。西方古今之人,似无有能为此者,其理智则过度横恣,其信仰则以愚蠢无知之盲从为尚。二者常互争战不息,此盖西方自希腊迄今之大病根也。此种脑(理智)与心(信仰)间之争战,于语言文字中亦可见其遗迹。例如古法文中,"心力强壮"(esprit fort)之人,即"无神派"之义。而"有福"与"痴蠢"(benêt,此字源出 benedictus)同训。又"清白无辜"之人,义即不辨菽麦之人,而与彼"聪明如魔鬼"者相背而驰。至如英文"愚顽"(silly)一字,原即德文"神圣"(selig)一字。凡此均可见耶教黜斥理智、崇奖愚盲之意云尔。(按中国"妇女无才便是德"之旧说,其中或有此意,但专就妇女而言之耳。常人每以才智与道德,为互不相容,所谓"聪明反被聪明误"是也。)

[原注]耶教视理智过卑,即可以牛曼自身为例。牛曼尝曰:理智何物也? 乃人类堕落之成绩耳。天上无理智也,埃田乐园中无之也,小儿有之而不多也。天主教会时或纵容理智(然未尝崇奖之也),然已经改过迁善之心中,则不能有理智存也。(中略)或谓理智乃上帝所赐,焉得为恶事? 为此言者,岂不知情欲亦上帝所赐者耶?(中略)昔日夏娃为魔鬼所诱,纵情欲而听理智,遂以获罪而降谪(即堕落)焉。见牛曼所著 *Parochial and Plain Sermons* 第五篇第一一二页。

卢梭曰:吾心与脑,似若非一人所能具者。(意谓吾之感情欲望与吾之理智,常相冲突而背驰也。)卢梭之为此言,实创出一种新式之神秘主义,下文当详论之。(耶教之旧式神秘主义,黜理智而尚意志。卢梭之新式神秘主义,黜理智而尚情欲。二者皆卑视理智,故均为神秘主义,然其所崇尚者则大不同。至新旧乃对待之称耳。)惟卢梭所谓心与脑之冲突,至今日而犹未息。今世有绝非耶教徒之哲学家,亦动谓理智与直觉每相冲突。因之,欲效柏格森之富有生机者,舍黜斥理智外,无他法也。哀哉!〔柏格森卑视理智,实与卢梭同科。〇[原注]参阅柏格森《创化论》(*Évolution Créatrice*)第一七九页,有云"理智之特点,为不能自然了解人生"。〕

虽然,主张上帝之恩典者,与尊崇理性者,其不能相容之势,固依然在也。上帝之恩典之说,乃欧洲中世社会之基础。此说既摧毁,恐难望保存欧洲文明于不坠。要之,今世之奉行个人主义者,既知凡人不但须能自立,且尤须谦卑,则当搜求一种新理新说,以补上帝之恩典之说所留遗之缺陷,而存其功用,此乃至急之务也。欲得此新理新说,当借助于亚洲之人历来之经验。今之稍具常识者,固决不谓东亚之道德远出西方之上。然西方文化之大病,厥为理智与信仰之交争,东亚则未尝见此病也。释迦我佛与孔子,既能谦卑又能自立而具批评之精神。兼斯二者,实可为今人所取法。今人虽在近世生活之中,亟应取亚洲古昔之精神文明,以为药石。否则西方专骛速度与权力,将如疯如醉矣。吾所谓亚洲之精神之安乐者,非专指某国某地而言,亦非谓惟亚洲之人可免劫运。例如中国今日受西方之压迫,行将起工业革命。〔汉口之情形今已类似美国之比次堡(Pittsburg)矣。〕其结果,中国旧传之道德必将破坏,特迟速之间耳。而中国之人,精神道德,必致大乱而不可收拾。反之,吾西方尽可重行申明道德意志之真理,出以近世之方法。(即以批评之精神行之。)其所造诣,为前此东方所未尝梦见者。凡此皆意中事,吾就精神原理立论,岂有畛域之见哉?解决此问题之法如下。夫今之自命合于近世精神者,皆所谓爱自由者是也。由古昔之礼教,变革而为近世之新说,此变革之最大缺陷,乃误解自由之义。阿克登爵士生时欲著《自由发达史》一书,乃先撰就自由之定义二百条,以为发端。彼所撰之二百条中,有能合于今日之用者否,固未可知也。今之急务,厥为以批评之方法,求得自由之中"集中"精神。不能为此,而以"近世之人"自号于众,是欺人也。彼伪托"近世之人"者,每曰:爱自由者与守旧者互相冲突。其实不然。盖今日真正之冲突,乃在真爱自由者与伪爱自由者之两派。此事极关重要,故于下章详论之。

——本文为白璧德先生所著《民治与领袖》(*Democracy and Leadership*)一书之第五章《论欧亚两洲文化》(Chapter V: Europe and Asia),吴宓以该章内容与我国及东洋关系尤切,故先取而译之。文中所有按语、注释均以不同字体排出,作者原注,标明[原注],以兹区别。作者正文所作原注,则以正文字体排出。原载于1925年2月出版之《学衡》杂志第38期。

《世界文学史》

吴宓按：此篇乃译美国李查生、渥温二氏合著之《世界文学史》（William L. Richardson & Jesse M. Owen 之 *Literature of the World*），一九二二年出版。美国 Ginn & Co. 书店发售。此书简明精当，极合初学之用，故译之，并加评注，增补材料，以便读者。

第一章　绪论

凡著作记录之具有永久之价值、人生之兴趣、完美之形式者，始得称为“文学”。

按凡以文字表达者，不必皆文学也。所有之著作及纪录，必不能尽称为文学，仅其中一小部分能之。又按文学之定义甚多，此处所举三事均极重要，乃极佳之定义也。（又按 Literature 应译为文章，今通译为文学，故勉从之。观此段即有牵强之处。）

书籍亦由竞争而得生存，与动物、植物同。书籍之能留传于数百年之后者，盖已经过极艰苦之试验，而由此时代之人类证明其为确有价值者也。此类之书，必不至常为平淡无味，爱读之人极多。其感人也亲切而深挚，且以世界文明中最美富之成绩晓示吾人。吾人之读此类书，为爱其书而读之，非为他故，而读之必有所得，不至空手而归也。

按兹所言，最关重要。吾人所以重读古人之书而薄今世之著作者以此。例如杜甫之诗，乃自唐至今，全中国有识之人所公认。彼与其前、其同时、其后迄今之千百诗人竞争，而获锦标。投杜甫之票者，从古及今，不知若干万人。今之新体白话诗，虽盛行于今之学生社会，姑不论投票之人程度如何，举其全数，则投白话诗之票者，不过数万人。即以大多数取决，白话诗仍不及杜诗千万分之一也。奈何毁弃杜诗，而以白话诗奉为圭臬，选入教本耶？余可类推，中国古人所谓后世之名，实即此义。乃极浅之常识，而不容否认者也。

又按读诗文名篇，乃为得其本身之趣味、之益处，而非为求知其历史背景、社会环境等也。易言之，为文学而读文学，非为科学、史学、社会学、政治学、经济学、文字学等而读文学也。故如谓读《诗经》可知周代之风俗政教，读《石头记》藉以研究清初之衣饰礼节者，皆极悖谬之论也。（文学虽亦可为科学、史学等之材料，然文学家研究文学，不当如此。）至若读书以供记诵章句，夸耀朋友，排比撰述，售稿得钱者，更不足道矣。

第一节　知识之文学

通文学之人，居于一广大美丽之世界中，不为时间空间所限。（参阅《文哲学报》第二期，柳翼谋讲、钱堃新记《文学家之世界》篇。）在其实际生活，此人或与其左邻右舍都不相识，然一入书中之世界，则若具爱拉亭之魔术者然（详见商务印书馆译本《天方夜谭》第四册《神灯记》篇）。门户洞开，百宝实悉陈矣。于是偕艰苦卓绝之奥德西（参阅本志第十三期《希腊文学史》）而航远海；偕但丁而入深幽（指地狱），而陟崇天（指但丁《神曲》一诗梦游三界事）；偕唐克孝（见本志第四期《钮康氏家传》第九页小注）以行侠仗义；偕芮古德（Signrd，系挪威神话中之英雄，见后斯干的那维亚文学章）以奋身火窟；从赫胥黎以研究自然；从吉朋（见本志第四期《钮康氏家传》第十一页小注）以学历史；从罗斯金（见本志第二十七期《希腊之美术》篇）以习美术。欲闻妙歌，则有沙佛（希腊女诗人，详后）、大卫（见《圣经·旧约·诗篇》）、维央（François Villon，1431—1463，法国诗人，详后）、薛雷为之唱。欲辨哲理，则有苏格拉底、亚里士多德、卡莱尔（见本志第十四期《安诺德之文化论》篇）与之谈。凡百事物，如天之色、草之绿、小儿女之喁喁等，悉若别具深义者。又循千百纡曲径折之路，以得知人心中各种强烈之感情，如猜忌怨毒、和爱真美、命运生涯之问题皆是也。但读白朗宁《环与书》诗集一册，则所知意大利之山水、英文诗之类别、公道之离奇、罪恶之残毒、妇女心性之美等者，已甚丰富而广博。余可类推矣。

文学能使人祛除狭隘之见。由文学书中观之，则古今各国，对我毫无隔阂仇视之意。惟愚罔乃生偏见，而惟知识足以涤除之。于书中遇潘三哥（Sancho Panza，系唐克孝之仆，亦《唐克孝传》中之一人物。见上唐克孝注）、韦三苗（Sam Weller，系迭更司所作小说 *Pickwick Papers* 中人物。〇按韦三苗系英国人）、苏汤姆〔Tom Sawyer，乃美国马克·吐温（Mark Twain）所作 *Adventures of Tom Sawyer*（1876）书中之人物。〇按苏汤姆系美国人〕则莫不大笑。（不问其为某国人也。）彼李亚王（莎士比亚所著《李亚王》剧中之人物。参阅商务印书馆出版林译《吟边燕语·女变》一篇）、卜罗米修斯(Prometheus,乃希腊诸神之一。见本志第十四期《希腊文学史》第七及九页)、爱斯克拉〔Aeschylus,著有*Prometheus Bound*庄剧(《卜罗米修斯被缚记》)。此卜罗米修斯即指该剧中之人物〕、瓦约翰(Jean Valjean,系嚣俄所作小说《孤星泪》(*Les Miserables*)书中之主要人物。此书有林译本,商务印书馆出版)、婀娜〔系托尔斯泰所作小说《婀娜传》(*Anna Karenina*,今人有译本)中之女主人〕等,岂仅为一国一时之人哉!一闻悲惨之歌声曰:"我子押沙龙,我子我子押沙龙,我愿代尔死。我子我子押沙龙。"(见《圣经·旧约·撒母耳记下》第十八章第三十三节,此歌系大卫所作。○按凡兹译文中所引《圣经》新旧约中之词句,均遵照大英圣书公会之"文理"《圣经译本》,以归一律,而便查检核对。以下皆同。)则莫不感动,而种族之界不复存矣。故人由诵读文学而得为世界之公民焉。〔按戈斯密(Goldsmith)曾著书曰《世界之公民》(*Citizen of the World*),叙中国人某旅居伦敦,举所见所感,函告其故乡之亲友。今此句中世界之公民系暗用彼书之名。〕

第二节　快乐之文学

书籍不但能开拓眼界、增长闻见、禆益知识也,且能予人以快乐。世人之狂热,未有过于好读书者。他人以书痴目之,彼视书籍直如朋友伴侣。爱里亚〔按爱里亚(Elia)乃蓝姆所作文集*Essays of Elia*中之主要人物,亦即蓝姆自寓。详见本志第九期《梦中儿女》篇〕弃世时,此人之祖父或尚未生,相隔若是之久,然此人固视爱里亚为亲如手足之良友。又罗马之霍莱士(见本期《坦白少年》篇小注)、那威之皮觉生(Bjornson,1832—1910,戏剧家兼诗人)亦皆其友。即巴罗(George Borrow,1803—1892,英国小说家)、惠特曼(Walt Whitman,1819—1892,美国诗人)、孟德恩

(见本志第十八期《圣伯甫评卢梭忏悔录》篇第十一页)、鄂马开耶(Omar Khayyam,波斯诗人,详后)、史蒂芬孙(见《文哲学报》第三期《宿松记》篇)并与为莫逆。使彼获躬逢卡莱尔、易卜生,或且憎厌其人,然其精神则宣泄无隐。高斯(Edmund Gosse,英国今世文人)于其文中尝谓英国女诗人罗色蒂女士(Christina Rossetti,1830—1894)之为人,即在伦敦交际场中,亦极不易亲近。然罗女士之深曲隐衷,则尽情发露于其所作诗中。诗如下:

我心如歌鸟,营巢水木间。我心如果树,累累枝头弯。

我心如虹贝,浮荡海天闲。我心尤快适,所欢今来还。

年积月累,则读文学者之朋友数益众多。其中有尼姑焉、庵主焉(以上二人,皆乔塞 Chaucer 之 *Chanterbury Tales* 诗中之人物),有葛兰德(Eugénie Grandet,乃法人巴尔扎克所著与此同名之小说中之人物)、安多罗马克(见本志第十三期《希腊文学史》)、爱思孟比特(Beatrix Esmond,乃沙克雷所作小说 *Henry Esmond* 中之人物焉),又有梦中人约瑟(约瑟事见《旧约·创世记》,其所以称为梦中人之故,见《创世记》第三十七章第十九节"做梦者来矣"之句)、突里维生(Olaf Trygvesson,乃古挪威神话中之人物)、哈孟雷特〔乃莎士比亚剧本 *Hamlet* 中之主人。参阅林译《吟边燕语》"鬼诏"篇,及田汉译《哈孟雷特》剧本(中华书局出版)〕、道比伯父(My Uncle Toby,乃英国 Sterne 所著小说 *Tristram Shandy* 中之人物)、世中聪明人〔Mr. Wordly Wiseman,乃英国彭衍(Bunyan)所著之宗教寓言小说《天路历程》(*The Pilgrim's Progress*)中之人物〕、约翰生博士及卜思威(二人均见本志第四期《钮康氏家传》第八页)等,不胜缕举也。故威至威斯谓书为"实在之世界"者,诚不误也。其诗曰:

血肉盘结蔓牵成，人世快乐缘此生。

第三节　感化之文学

相传有妇人游于图画展览之所，见檀那（Joseph Mallord William Turner，1775—1851，英国山水画家。以著色浓艳见称）之山水画，顾其旁之客曰："吾敢断言，吾从未见世中有如此之景物。"盖讥之也。而不知此客即为作画之檀那，乃对曰："夫人言固是。虽然，苟得见之，岂非夫人之所深愿者乎！"（此妇人不识画理，但责形似。檀那则反讥夫人为肉眼，故不识美景耳。）

文学能使人见之较深，见之较远。感化者，文学最上之功用也。或批世界之名篇巨著为"有力量之书"（此即狄昆西语），诚以文学杰作均具伟大之宗旨，其性质普及通行，根深而枝繁。即如荷马、但丁、沙士比亚、弥儿顿、葛德诸人，皆名流胜侣。苟常与交接，必能受其潜移默化。希腊文学批评家郎迦南（见本志第三期《文德篇》第二页）曰："人之终生沉汨于卑鄙龌龊之思想者，未有能著成佳作，足以传后世者也。"

本书以下各章，将重行开发书中之世界，前乎我侪而往游之人已多，然而未可纯恃指引之目标，游客各自留心，逐处流连，探索其风光之美。即官道以外，纷驰旁出之曲径狭路，亦不可忽略之也。

第二章　东方各国文学

吾人（指西方之人）一言及东方，即觉其为时甚古，东方之文明久已消灭不存，而常带一种神秘虚幻之意，即东方之文学亦与吾人相去甚远。东方文学之蕴藏极富，而通英文者仅能读其一小部分。（指译成英文者言。）惟即此一小部分东方文学中所显示之思想生活，在今已不可复见。然略悉东方各国人民及其文学，为益滋钜，且可为研究欧洲文学培其根基也。

第一节 埃及文学

原始人类生息于地球之上，逐渐进而管理自身并管理环境，改良弓矢刀剑及日用器具，创立农事，驯服牛马牲畜以为人用。如是者历千万年，此今人之所知也。埃及、巴比伦之文章记载，为今世所传之最古者。然由此比较而观，则只觉其近而不觉其古。统世界史全部言之，则埃及、巴比伦之历史，实今日之历史也。盖当耶稣纪元五千余年前，尼罗河流域及美索包达米亚（即幼发拉底河及底格里斯河流域）之沃土，即有真正而颇进步之文明出现。首先统一埃及之王〔按王名米尼斯（Menes）〕，其御极之时约为纪元前三四〇〇年（或谓为四四〇〇年）。历五百年（即纪元前二九〇〇年）而吉塞〔Gizeh在尼罗河西五英里，开罗（Gairo）城之对岸〕地方之大金字塔筑成。（按筑此之王名Cheops，一称Khufu，乃第四王朝创业之君也。）此后二千年间，埃及人于美术、科学、文学、宗教悉有贡献不绝，乃古代埃及文明之盛时也。

古埃及人，发黑而躯小，种族不明，然其语言则与细米底语相似。久与邻国隔绝，不相往来，自造其特异而复杂之文明。埃及人并不好战，亦非皆甚聪慧。然其对于生活思想之贡献，则非常之钜。试思埃及人于美术、科学、宗教悉为创始者。筚路蓝缕，而成就如此，实足惊矣。至其道德见解，及生死轮回之观念，尤有大影响于他民族也。

埃及人甚古之时即用象形文字，俨同图画。其正体原名圣书

(hieroglyphics),其后加以改易,使之变为简单流利,以便行用,谓之僧书(hieratic)。其后更变为通俗之体,用于商业事务者,曰民书(Demotic)。纪元后二世纪以还,埃及文字多以希腊字母书写之,而益以民书中所用符号八种。(故共有三十二字母。)

按埃及文字之变迁情形,与中国篆隶行草等之递嬗极相似。大率笔画趋于简单而便于行用。(一)圣书为埃及文字之正体。纪元前三六〇〇至前二六〇〇年之间通行,多用于碑版石刻。埃及文字虽为象形文字,然字中亦有表音之部分。最初重形,其后渐重音。故圣书为最重形者。(后此本志当登载图画,以状示知。)(二)僧书为圣书之简写,行于纪元前二六〇〇年之后。今所传埃及文章之书写苇纸上者,均此体。故其用最广,不如圣书之重形之甚。然今非将僧书逐字改为圣书之体,则直不能读也。(三)民书盖起于纪元前第七世纪之初叶。其时俗语已兴,用此体以抄写圣书、僧书之文而求其简速,不计讹误。(四)以希腊字母书写之埃及文,名曰哥布特文(Copic)。哥布特者,盖埃及与埃及人之古称。此体乃由埃及古文与当时俗语混合而成,始于纪元后第二世纪,代民书而兴。埃及之基督教文学皆以此体书写。其后阿拉伯人侵入,哥布特文亦多搀入阿拉伯字。直至第十世纪时,阿拉伯文通行于埃及,而此体亦不甚见用矣。(今日埃及人之土语与古代埃及文字绝异。)

又按埃及文字,欧人本不能辨识。直至一七九九年,法国军官某,在尼罗河西岸罗塞达(Resetta)城附近掘地,得一黑绿石版。上镌埃及僧侣赞颂其王多禄某第五(Ptolemy Epiphanes)之文,而于纪元前一九六年,以王命刻之石上者。

该文系用埃及之圣书、民书及希腊文三者分别刻成。词同文异，故可用为翻译之基础。该石运至巴黎，供学者研究。于是法人向波梁(François Champollion，1760—1832)遂于一八二二年发见埃及文之字母，由是得通埃及文，进而考察埃及之历史文学等，乃得大显于世云。

埃及之文学甚为浩博，其种类约为碑铭、符咒、宗教典籍、颂神之歌、抒情之诗、历史纪载、法律条例、格言、俗谚及各种浅近之故事。今之存者，固有镌于保藏尸体之棺椁上，及墓内幽室隧道之墙壁间。然以书写于苇纸〔以一种芦苇(Papyrus［按英文“纸”(Paper)一字，原出于此。原系苇名，因其可以制纸，故以名纸］长条拼合巧制之纸〕之上者为多。埃及气候干燥，又保存得法，故今多无损云。

所号为金字塔之典籍，即于一八八〇年始发现于金字塔内部之幽室走廊者，殆为人类历史纪载得传于今者之最古者也。此类典籍所用之象形文字，固不出纪元前二十七世纪。然其中所含之材料，则较此为古。盖所叙述者，乃纪元前三六〇〇年至前二六〇〇年间之历史也。此类典籍，约分符咒、神话、赞颂之诗、祈祷之文及宗教礼仪等。原其所以作成，固为保佑国王死后得福，而专供国王之享用者。顾其范围甚广，由兹得窥见彼时之思想生活也。

死者之书(Book of the Dead)为埃及宗教文学之最有趣味者。其中有宗教之仪文，以为死者在冥世祈禳。此段盖于纪元前三四千年即已作成。此书之传于今者，有数百部之多。其中有断简残篇，而亦有书写于长及百尺之苇纸上者。此书共有二百六十五章，但今所传无完全之一部。此书盖为死者之灵魂而作。灵魂游于冥府，若诵书中之魔咒，可得平安无灾。即今所传者之中，亦有插入图画、缀以符号而甚为美观者。所惜古埃及之誊写者甚不留心，传抄多误，以是其文乃破晦不易读。而此份与彼份又互有出入。且埃及之文学，虽足显示古代优秀民族之生活，而因著作之人不措意于文章形式之美，不事惨淡经营，故其文常不工巧，读之易使人掩卷也。

埃及之诗，并无韵律，时作骈俪之体，与希伯来之诗（见下文第三章）同。今所传不乏史诗，例如叙埃及人战胜赫泰民族〔《圣经》译本作“赫人”（Hittites）〕之篇是。又有爱情之歌，而最有趣味者，厥为赞颂之诗。如颂国王色索突里（Sesostris，一称乌沙德森Usertesen）第三之篇是。今存苇纸上，其抄成盖阅千年矣。该诗中之四首，曾经葛里佛氏（F. L. Griffith）译成英文。今录其第二首之起句如下：

诸神乐倍增　王已供粢盛
王祖乐倍增　王已拓版图
王子乐倍增　王已赐封土
举国乐倍增　王已光旧物

外此埃及文学中，最足欣赏者为故事。此类故事，当皆本于古代人士之所纪述，而作成于中王国（Middle Kingdom）及新王国（New Kingdom）之时代。（约当纪元前三千年至七百年之间。）其中有实写人生者，有凭幻想而语及鬼神灵异者。今所存者，其一叙航海覆舟者之奇事，极类星柏达（见商务印书馆出版《天方夜谭》译本第一册《谈瀛记篇》）之所遭。又一故事叙某君王，生时卜者即谓其必死非命，卒如其言。又一平淡之故事，叙兄弟二人，而状田家生活。其余不胜悉举云。

读埃及古代之文学，则知埃及古作者之道德观念甚强。于无辜而受祸者，深致怜悯。又以故事为社会福音宣传之具，以力持人间之公道。读者甫一开卷，即觉其绝似《新约》《旧约》中之故事及寓言也。

第二节　巴比伦亚述文学

美索包达米亚（《圣经》新旧约译本中作“米所波大米”。然以此为通用之译名，故从之）之文明，或且较埃及为更古，藉近今东方语言及古物学者之力，始得略知其梗概。此土在昔久为苏马里人（Sumerians）所辖治，该族非细米底人种，然其后逐渐为细米底人所收服同化。细米底人崛起于此间之首领，名曰撒根（Sargon，是为撒根第一。约为纪元前二七五〇年）。其后巴比伦、亚述〔一译亚西里亚（Assyria）〕、迦勒底（Chaldean，一称“后巴比伦”帝国）诸帝国相继代兴，称霸于亚洲西者各数百年。卒为米底亚（《圣经》译本作“米太”）及波斯帝国（纪元前五三八年建立）所灭，而终归化于希腊罗马之文明焉。

苏马里人之历史及其文化，今世所得知者已不为少。该民族聚居城市，劈斩丛莽，擅长艺术。又行用一种甚简单之象形文字，名曰楔形文字（Cuneiform writing）。其宗教亦甚发达而见进步。此族之文化，及其法律、文学、宗教等，为起而代之之细米底人种所承受。苏马里人之种族未明，纪元前二千余年前，即已绝灭而不存，故恒为世所忽略。彼巴比伦及希伯来之文明，若者为自创，若者为取之苏马里人者，在今犹未能明辨而确知也。

巴比伦及亚述之文学留传至今者，皆刻于粘土制之泥版上。此二民族尚武好战而喜进取，其历史甚长，故其文学亦种类綦繁。传于今世之诗，有作成于远古者。当纪元前三八〇〇年之顷，其小国之诸侯即已编述史乘而留贻后世。迨其后盛时，为今人所熟知者，则其间所传来之史事年表、法律条例、纪事铭刻、商业及私事尺牍等，种别尤夥。兹节录其时客居远方之人致其家中妇人〔名加达苏（Kadasu）〕之书。书中有云："我久不得你信。我写回家信多封，亦无只字复音。不知何故？缘我当日曾函告家中，谓自我启程之日起，凡家中所有大小事件，均应写与我得知。今乃毫无消息，是何故耶？"此段文字甚短，然在当时，须用长三四寸（此寸指英寸，下同）、宽二三寸、厚一寸之泥版一方，将字迹刻满其上，方能刻完此篇。刻毕，以干土洒之，以防黏着。然后装入于黏土制之信封（实即大匣）中，以防泄漏散失。既乃寄出，由此可想见彼时作书之艰难矣。

尼尼微（亚述帝国之都城）城中，亚述班尼巴（Assurbanipal，亚述帝国之主 668—626 B. C.，纪元前第七世纪）之图书馆，近今发掘之后，曾检得泥版书籍二万二千块，盖集巴比伦人、亚述人科学、宗教、文学著作之大成。其中所藏之诗，有为今所得见、全世界最古之篇章云。

若论巴比伦、亚述人之散文著作，则最要者当推汉摩拉比（Hammurapi，巴比伦王 1958—1816 B. C.）之法典（约纪元前二一〇〇年）。其中之法律，不但为当时所制作，亦必有前此千百年所留遗者。摩西立法，在此一千年后。然其中条例多与之相同者。

按《汉摩拉比法典》系一九〇一年在苏萨（Susa）地方所发见。计石碑一座，高八尺。法典之文即镌刻其上。中多汉摩拉比王自赞之词。法典分二百八十节。兹录数条，以见一斑。（一）关于钱谷之案。作伪证者，此案之罚即归彼身。（二）如有在田中捉得在逃之男女俾仆人等，送还原主。该主应以银二两(原文中作Shekels)为酬。(三)如有挖墙作洞,图入人家偷盗者,应即在墙外处死,而以其身塞入所挖洞口。(四)抉人之目者,人亦抉其目。折人之骨者,人亦折其骨。击去同等人之一齿者,人亦击去其一齿。兹所举末条,与摩西立法所谓"目偿目,齿偿齿"(见《旧约·出埃及记》第二十一章第二十四节),而推为公道之准则者,词义全同,然早出殆千年矣。

然巴比伦、亚述文学之最有价值者,终推其中之古诗。其诗有祈祷、魔咒、神话故事各类。一诗叙世界创造之原始及男女诸神之统系。一诗以巴比伦城之神名马斗(Marduk)者为主人,而叙人类之造成,次及兽类之造成。又一诗以马斗与反叛之泰马(Tiamat)之战争为主,而并叙诸星辰之造成。又有关于鹫之诗,及关于风之诗,均多篇连续,甚为繁备云。

诸诗中之最著名者,为《格加梅希(Gilgamesh)史诗》,刻于十二泥版上,一八七二年所发见者也。每版所刻,专述一事。(故或以每版所刻名为一卷。谓此诗有十二卷。)略谓书中之主人格加梅希,乃一英雄,逐去以拦人(此名并见新旧约)而光复故国。(此事必当在纪元前二千年以前)为女神伊希塔(Ishtar)所爱悦,格加梅希拒之不从。女神之父阿奴(Anu)造神牛往噬格加梅希,为其所杀。女神乃入冥府,求报复之策。历入冥府七殿之门,均被拘系,旋复得释。此诗末段,人与挪亚(Noah)相类之人,名哈西沙达(Hasisadra)者,对格加梅希自述其遭遇洪水之情形。此巴比伦神话中世界开辟、洪水来侵之故事,与希伯来神话所传者(见《旧约·创世记》)固有不同,然比较研究,殊多获益也。

按商务印书馆出版A. E. Zucker所编《英文泰西文选》第

二册《圣经及中古文选》，其书中第二页至第七页，论此二民族所传洪水故事之比较甚详，读者可请取观，兹不赘。

巴比伦之诗，颇有抑扬顿挫，然无一定之音律。又常用骈俪之体，与后来希伯来民族之诗同。

第三节 中国日本文学

蒙古利亚种（即黄种）人所聚居之地，文明发达甚早。其科学、艺术、文学及各种器物之发明，进步极为可惊；乃是后则停滞不进，殊可异也。中国人以保守为其显著之特性，及今犹然。按其历史，中国人常与他国完全隔绝，若另自成一人类者然。中国之文学既能深切影响此芸芸之众，绵绵历数千年之久，则其重要可知。惟对于他国他族之影响殊微细耳。日本之文学亦然。故本节于中日二国之文学仅约略言及，不求详也。

由今一千九百余年以前，已有将中国文学中确有价值之书，编成书目者，其中所收之作家凡六百余人。〔按此书目指刘歆《七略》，实数为六百零三家。〇王先谦《汉书补注》卷三十引梁阮孝绪《七录》云："《七略》书三十八种，六百三家，一万三千二百一十九卷。《汉书·艺文志》书三十八种，五百九十六家，一万三千三百九十六卷。"（今本作一万三千二百六十九卷）盖班固就刘歆之目，新增入三家。（陶宪曾曰：三家者刘向、扬雄、杜林三家也。）而省去兵十家之重复者，分入各类。（《汉书·艺文志》班固自注）六百零三加三减十，故得五百九十六也。〕一七八二年（乾隆四十七年壬寅）《四库全书》目录编成，凡书七万五千余卷。〔此数未确，实系七万九千余卷。〇《四库全书》编纂之议，定于乾隆三十八年，开馆办事。全书至乾隆四十七年告竣。总计存书（著录四库者）三四五七部，七九〇七〇卷。存目（仅录书目者）六七六六部，九三五五六卷。书成同时缮录七部，分贮文渊、文源等阁。余不具详。〕由此亦可见中国著述典籍之宏富矣。其中有诗、史、传记、哲理、科学、小说、戏曲各类，余尚不能悉举。中国历史之中心人物厥推孔子（生当纪元前六世纪）。中国文学皆源本于四书五经。五经泰半为孔子所编订。四书则孔子教人之学说均在其中。五经之目如下：（一）《易经》凡六十四篇，作成甚古。以卜筮为主。（二）《书经》则中国古代之历史。上溯至纪元前十二世纪，其中有未可征信者。（三）《诗经》系古朴之诗歌三百篇，孔子所搜集也。（四）《礼记》叙礼节仪注及行事规矩，至为繁复详备，中国历代之人遵守弗替。（五）《春秋》系鲁国之史乘，孔子之宗邦也。四书记孔子教人之言，其学说悉见于此，盖教科书也。其目如下：（一）《论语》记孔子与人之谈话。（二）《大学》明修身之道。（三）《中庸》凡三十三章。（四）《孟子》七篇，阐明孔子之教。孟子乃孔门大弟子也。（按此节论中国文学，多有事实不合或议论欠通妥之处。今均不改正，以存其真，藉觇西人知识如何也。）

诗在中国极通行而为人所欢赏。中国古今诗人之名，多不胜数。二千余年中，前后相望。中国诗最常见者为短篇抒情诗，史诗则从未发达。一七〇七年，或曾为诗选，得诗约五万首之多。〔按此指清康熙四十六年丁亥（一七〇七年）敕编《全唐诗》。凡二千二百余家，得诗四万八千余首，都九百卷。然其所选，仅唐一代之诗耳。而此书作者乃惊以为多，不自审其误。若聚中国历代之诗计之，更合词曲等而统算之，则其数之巨，当更使异国之士闻之咋舌矣。〕近年译中国诗为英文者，已有数册出版行世。（参阅《文哲学报》第二期梅光迪《中国文学在现今西洋之情形》篇。）中国诗最普通之题旨，为以和婉之意观察自然，自抒胸怀，及略发议论，明道德之要。其思想与吾西人密合者颇不为少。又近年西人亦喜研究中国之短篇小说及戏剧。中国既与西方交通,关系日密,则将来中国文学之译成英文,供人诵读者,亦必日益加多,此自然之势也。

日本于纪元后六七世纪以还,大受中国文化之影响。前此日本固亦有文学,多含宗教性质。至是乃以中国文学为标准,取其思想,仿其作法。顾其国自产之文学亦有足称者,即日本之诗是也。日本之诗,其重要及其影响之巨,远不能及中国之诗。然日本之"能"剧(能剧乃由散乐之绪余所出之一种技艺,起于日本足利义满之时代。传闻系始于观世世阿弥,至后乃分为观世、宝生、今春、金刚之四派。又有喜多一派,乃系与谣曲相合而演成者),则近顷颇为西人所注意,译成英文之剧本已有数种。此类戏剧,泰半为十四、十五两世纪之作。(当日本足利义满之时代。)每出之中,诗与散文互见,而以诗为多而要。剧本皆甚短,每出仅需三人至六人演唱。剧中以一种奇异之神秘思想及道德之训诲为主,事实反不见重。盖此类剧本,乃日本旧精神之所寄托也。

近今之日本,受西方文明之影响极深,其文学亦表现新旧思想冲突之步骤。近今日本文学中,似无大作者出现。然日本书籍报章出版之多,及日本人民知识之灵敏,则足令人惊服。现今出版之书,以小说、普通文学美术,及社会科学为最多云。

第四节　印度文学

印度与波斯,同为阿利安人种(即印度欧罗巴人种)文明肇兴之地。约当纪元前二千年时,阿利安人侵入印度。近顷东方学者,将该种人留遗之记载,详加研究,趣味无穷。藉是得知阿利安人语言文字之起原,进而读其丰富之文学,而稔悉其人之思想及生活之状况焉。彼阿利安人于吠陀诗中,歌颂诸神之德威,而自表扬其种族之贵(阿利安义云高贵)与功业之伟。始则戴一家之长为首领,兼为祭司,成群结队,逐渐前行。至印度河之两岸,于是奠居,分为部落。该种人之文明程度颇高,以牲畜计财,乘马以行,且以作战。食牛肉而饮醇酒,播种于田以耕,泛舟于河以运。若铁工剃匠及其他手艺人等,均到处有之。一言以蔽之,阿利安人种远祖之情况,吾今人已能知之甚详,且深饶趣味也。

印度之文学可分为三时期:(一)吠陀时期　约自纪元前一五〇〇年至一〇〇〇年为止。然其后仍绵延未绝者数百年。(二)各宗文学时期　自释迦牟尼佛诞生时起。(三)梵文时期　其前半与吠陀时期相重,直至纪元后数百年为止。故印度文学连绵不断而发达,至三千年之久。其中典籍极宏富,合希腊罗马之书计之,尚不及其多。其体裁极新异而属特创,而以宗教哲学为最要。婆罗门教为一国一民族之宗教,佛教则世界之宗教。二教之仪节道理,悉寓于印度文学中。然印度之文学向由记诵口传,直至佛生后二三百年,始有笔之于书者。顾读书之人犹不多,而仍恃记诵口传之功。其所用心力之巨,亦足惊矣。印度有书籍著作之后,其文体泰半仿自北方细米底或腓尼基文。纪元后十四世纪以前之书,今几无传者。盖由印度之书皆写于桦树皮(Bhurja-pattra)及贝叶上,易破毁而不耐久故也。印度自经回族征服(纪元后一〇〇〇年)以后,始有用纸作书者。

印度古代之文字为吠陀文及梵文(梵文者"雅言"之谓),二者极相近。各地之方言,早已行用。今日印度之各种土语,即由此类方言变化而出。佛教经典则用佛生时之俗语作成,尤以佛所生之地之语为多,是曰巴利文。

(一)吠陀时期　印度文学,以四种吠陀(Vedas)为最重要。

吠陀者，颂神之诗之汇编，作成极古，而直传至今。四吠陀之中，以《黎俱（一译力荷）吠陀》（*Rig-Veda*）为主。其中有颂神之诗约千篇。音律则有十五种之不同。其诗句虽有抑扬顿挫，然惟每句之末四音段（Syllables）具有音律。《黎俱吠陀》共分十卷，多为僧侣或其族属所撰。其中颂神之诗，有颂天者，有颂晨曦者，有颂日者，有颂地者，然以颂诸神者为多。神之主要者为火神（又分为祭坛上之火、电光中之火、太阳中之火等）、因格罗神（狂风飙飓之神）、傞马神（祭祀中所用酒醴之神）三者。例如颂火神之诗有曰："神力无疆，人莫能外。"颂风神曰："神手摇鞭，鞭声甚近。神行愈远，愈增光荣。（中略）神之威力，人类震惊，山岳震惊。"颂日月之诗亦有之，外此则有为己身祈祷求福之诗，婚姻、丧祭、祝神之诗，宇宙创造之歌，及玄想哲理之诗，种别甚多。今举吠陀中颂晨曦之诗如下，其词甚美也。

仰彼晨曦，美光闪烁。升入中天，有如水波。（中略）神袒其胸，盛其容饰。神兮伟哉，闪烁晶莹。（中略）神路荡荡，走登山巅。神体自光，稳度瀛海。天之贵女，神路宽平。赐我货财，与我饮食。神兮神兮，长我活我。惟神所欲，使我获福。（中略）神曦既出，鸟飞离巢。人亦离家，相将觅食。

吠陀中颂星光之夜之诗，虽为晚出之作，与此实为一类。兹录其诗如下：

夜色既来，神兮光明。千眼（天上之星乃神之眼）远瞩，百美毕具。（中略）神兮既降，我侪归休。若鸟归巢，群飞至树。众人归休，兽各归休。鸟各归休，贪鹰归休。如波之夜，防我护我，遏彼豺狼，遏彼盗贼。战胜奏凯，供献群牲。我作此诗,献神求福。

此时代之文学,吠陀以外,则有《婆罗摩》(Brahmanas),专论祭祀仪节,以解释吠陀颂神之诗者也。《奥义书》〔一译《邬波尼煞昙》(Upanishads)〕,其中诗与散文互见,论究吠陀中之哲理者也。《修多罗》(Sutras),详释婆罗门教祭祀仪式之教科书也。

(二)各宗文学时期 《婆罗摩》著成以后,二大教宗勃兴,而皆有大影响于印度之文学。即佛教与耆那教是也。佛教本释迦牟尼佛之所教,起于印度东部,与婆罗门教绝不相容。耆那教则起于印度西部,而与旧日之婆罗门教尚可融洽。巴利文之文学,即由此各宗文学时期起,逐渐作成。中多说法之词、训诲之语及历史等。今就佛经中摘录其叙佛涅槃之一段,以见一斑。

按原书此段所录,乃英人大卫氏(Rhys Davids,注见后)所译佛经 Mahâ-parinibbâna-Sutta (The Book of the Great Decease)英文译本之第六章。见《东方圣书》(Sacred Book of the East)第十一卷第一一二至一一四页。大卫氏之英文译本与巴利文原本(今存)字句密合,可以覆按。然吾国昔时之译佛经者,多撮取大意,自造词句,或割裂拼合,颠倒次序。且彼时印度之佛经,浩博繁杂,未必皆传于后。此本与彼本,歧异互见之处自不能免。故今于中国人所译佛经中,求此段译文,欲其字句密合,毫无出入,竟不可得。《大藏经》中共有四段,皆与此段英文译本约略相似。兹录其二段于下。至其余二段则分见于《般泥洹经》《佛般泥洹经》中。原书之入此段,聊以示例。译文出入,固无妨也。

频伽精舍校勘《大藏经》昃九《佛说长阿含经》(竺佛念译)卷第四第二十一至二十二页。佛告诸比丘:汝等若于佛法众有疑、于道有疑者，当速咨问，宜及是时，无从后悔。及吾现存，当为汝说。时诸比丘默然无言。（中略）阿难白佛言：我信此众皆有净信，无一比丘疑佛法众疑于道者。佛告阿难：我亦自知今此众中最小比丘，皆见道迹不趣恶道，极七往返必尽苦际。尔时世尊即记别千二百弟子（一译作五百）所得道果。时世尊披郁多罗僧出金色臂，告诸比丘：汝等当观，如来时时出世，如优昙钵花时一现耳。尔时世尊重观此义，而说偈言：右臂紫金色，佛现如灵瑞，去来行无常，现灭无放逸。

频伽精舍校勘《大藏经》昃十《大般涅槃经》（释法显译）卷下第三十二至三十三页。尔时世尊告诸比丘：汝等今者若有疑难，恣意请问，莫我灭后生悔恨言。如来近在娑罗林中，我于尔时，不往咨决，致令今日情有所滞。我今虽复身体有疾，犹堪为汝等解释疑惑。若欲于我般涅槃后奉持正法利益天人，今宜速来决所疑也。世尊乃至如是三告，诸比丘等默然无有求决疑者。尔时阿难即白佛言：奇哉世尊！如是三诲，而此众中无有疑者。佛言：如是如是，阿难，今此众中，五百比丘，未得道者。我般涅槃后，未来世中，当得尽漏，汝亦当在此中数也。（中略）于是如来，即便说偈：诸行无常，是生灭法，生灭灭已，寂灭为乐。尔时如来，说此偈已，告诸比丘：汝等当知，一切诸行，皆悉无常。我今虽是金刚之体，亦复不免无常所迁。生死之中极为可畏，汝等宜应勤行精进，速求离此生死火坑。此则是我最后教也。

（三）梵文时期　梵文时期之著作，皆属世俗而无关宗教，与吠陀时期适成相反。其中有史诗、蒲罗那（Puranas，此乃以史诗之韵律作成而发明教义学理之诗)、奇特之寓言、戏剧(多为谐剧,情景殊可发噱),及表扬爱情及自然界之美之情诗等。兹不及备述,惟论其二大史诗。

一曰《大婆罗多谭》(*The Mahabharata*,译名悉从日本常盘大定《印度文明史》)。为史诗巨制。长至二十余万句(其长为荷马《伊里亚》及《奥德西》两诗合计之七倍),名为《大战记》,实乃描叙古代印度两种之人为争得恒河流域沿岸之土地而启衅之战争者也。其战场适在今之特里(Delhi)地方。此诗为史诗之体,叙事历历如绘。然诗中横插入之故实及哲理之论议甚多,致正题本事为之间断。意者《大婆罗多谭》于纪元前三四百年时,即有人着手编撰,经千百年始得竣事。又此诗当系由印度西部传来者云。

二曰《罗摩武勇谭》(*The Ramayana*)。此诗之作成,当在印度东部,叙印度民族之英雄罗摩之漂泊及其经历。较《大婆罗多谭》为简短,然事迹则较奇诡。相传此篇乃诗人跋弥仙(Valmiki)所作,其作成当在前诗之后约二三百年。其中包括印度民族诸多传说故事,叙述各宗教派之情形。诗中象征及神秘之处极多也。

> 按《罗摩武勇谭》曾见于中国旧译佛经。但作《逻摩衍摩》,逻摩即罗摩也。《阿毗达磨大毗婆沙论》第四十六云:"如《逻摩衍摩》(*Ramayana*)书,有一万二千颂。惟明二事:一明逻伐拿(Ravana)劫私多(Sita)去。二明逻摩将私多还。"其余详见下节。

晚近各国均公认印度为世界思想文学之一大中心。古印度有名之典籍,今西人均能熟知之,而深服其力量之宏。印度各宗哲学,究论之人尤夥。而即在印度本土,近二三十年中,亦确有文艺复兴之象,尤以孟加拉地方为甚。若太谷尔(一译塔果尔)者,其在文学界之声誉，固印度多年所未能见者矣。太谷尔生于一八八〇年，系出孟加拉之名族，父祖皆聪慧多才。太谷尔自其幼时，即著述宏多，或论自然，或叙爱情，或究哲理，或述灵魂无限之交接。太谷尔之诗，其本省之人皆取而歌唱，他省之人亦译成其地之方言而玩味之。太谷尔所作散文、戏剧及诗，均用孟加拉之方言，复自译成英文，遂得扬名各国。一九一三年（民国二年）之诺贝尔文学奖金归其所得。如太谷尔之学术渊深、才思卓绝，及文笔能畅所欲言者，今世实不数觏也。太谷尔诗中深微之美，于其所作《吉檀迦利》歌曲中，最能见之。此诗之英文译本，有叶慈君（W. B. Yeats，爱尔兰文人，爱尔兰文艺运动中之健将也）所作序。读太谷尔《吉檀迦利》歌曲，如读比利时人梅特林（Maeterlinck）之诗，又如读爱尔兰诗人之名作。读之者莫不深为感动，盖此等诗正代表今世所盛行之诗派者也。

按英文书籍之论述印度文学者，以 Arthur A. Macdonell 所著之 *A History of Sanskirt Literature*（Heinemann; Appleton. 1900）一书为最佳，学者可取读之。夫欧人之研究梵文，近百余年事耳。古代及中世，虽欧印尝相交通，文化学术互有影响，然欧人通习梵文者绝少。一六五一年，罗那氏（Abraham Roger）译印度诗人伐致诃梨（Bhartrihari）之梵文诗〔美国穆尔先生（Paul Elmer More）曾译伐致诃梨之诗为英文诗一小册，颜曰 *A Century of Indian Epigrams*, Houghton Mifflin Co. (Boston) 1899，极佳，宜取读〕为荷兰文，乃极不常见之事。除印度之寓言流传欧洲而外，欧人殆不知有印度文学。十八世纪中叶，福禄特尔得见 *Ezour Vedam* 一书，传谓来自印度，遂亟赏之。而于其所著 *Essai sur les Moeurs, etc.* 中，力赞作者学识之渊博。然为时尚早,故卒无应者。既乃知此书并非印度传来,而系十七世纪中耶稣会徒之传教者所伪造,其朦混欺罔之事既破,于是欧人益不信世间有印度文学在矣。至十九世纪中,尚有哲学家Dugald Stewart其人,著论谓即梵文之文字亦系奸诈之梵僧所伪造,而本于亚历山大王传入印度之希腊文而作者。一八三八年,都柏林某教授犹袭其说。当时情形亦可概见。迨英国名总督哈斯丁(Warren Hastings, 1732—1818)治印度之时,为抚驭得宜计,始命梵僧若干人,汇集印度古来法律之书之精华,成为印度法律汇编,以处理印人刑律诉讼之案。又将该法律汇编译为波斯文,复由波斯文转译为英文,于一七七六年刊布。此后欧洲之人始略知印度之文字与文学。其时,英人韦金斯(Charles Wilkins, 1749—1836)以哈斯丁之敦劝,研究梵文,遂得于一七八五年译《薄伽梵歌》即《世尊歌》(详见下节)为英文行世。越二年,又译寓言曰《忠言》(*Hitopadeça* [Friendly Advice])者,是为印度文学译为英文之始。琼斯爵士(Sir William Jones, 1746—1794)为治印度文学者之始祖,居印度十一年,殚心印度古代文学。又于一七八四年创建孟加拉之亚洲学会。一七八九年,译印度名剧《指环记》(*Çakuntalā*)为英文。当时文学钜子如德之葛德及海达(Herder)皆亟赏之。又译《摩奴法典》(*Code of Manu*),梵文法律最要之书也。又于一七九二年,以英文注释《四季诗》(*Rtusamhara* [Cycle of the Seasons])以为读本。其作始之功亦伟矣。继氏而起者为柯布鲁克(Henry Thomas Colebrooke, 1765—1837),资质聪慧而用功勤苦。始以科学条理研究梵文及文学,著译宏富,各类齐备,确立此学之根基。时当十九世纪之初年也。其时又有英人哈米顿(Alexander

Hamilton,1765—1824)者,尝居印度,通梵文。一八〇二年归英国,道出法国。适值英法开战,以拿破仑之命,被捕,幽囚于巴黎,历久始释。哈米顿身在羁囚之中,则以梵文教授法国学者以自遣。而德国浪漫诗人希雷格尔(Friedrich Schlegel,1772—1829)亦来学,就其所得,著《印度人之文字及智慧论》(*Uber die Sprache und Weisheit der Indier*)一八〇八年出版,风行一时,梵文及比较语言学之基础遂立。而自是德国学者之研究梵文者日益众。一八一六年,卜蒲氏(Franz Bopp,1791—1867)著*Vergleichende Grammatik*一书,以梵文之动词变化格与希腊、拉丁、波斯、德文比较,而明其关系。自时厥后,治语言学者,群视梵文为必修之学科矣。柯布鲁克虽于一八〇五年著《吠陀论》(*On the Vedas*),然在十九世纪之上半叶,学者仅通梵文时期之梵文而止。若古代吠陀时期之梵文,则尚无人问津也。一八三〇年后,德人罗森氏(Friedrich August Rosen,1805—1837)始在东印度公司搜集古梵文书籍,又校注《黎俱吠陀》之首卷(约八分之一),刊行于世(一八三八年)。然创立吠陀文字学者实为罗特氏(Rudolf Roth,1821—1895),氏于一八四六年刊行*Uber die Literatur und Geschichte der Vedas*(《吠陀文学及历史论》)。此书一出,影响极钜,于是吠陀时期之典籍遂得先后校注刊布。罗特氏造就极宏。近今梵文大家,若德之Paul Deussen,英之Richard Garbe,美之William Dwight Whitney(1827—1894)及Charles Roskhill Lanman(为哈佛大学教授,今犹存)等,皆氏之门徒也。德人马克弥勒(一译米留拉,Friedrich Max Müller,1823—1900)任英国牛津大学教授多年,著述校刊之书尤众,不能悉举。若《东方圣书》(英名已见前)巨集,则尚不限于印度与梵文也。近今之梵文学者固众,而以英人大卫氏(T. W. Rhys Davids,1843—1922)为最重要。盖前此之学者,如马克弥勒等,于印度六宗之哲理,推阐极明,或于佛教之源流历史,考证亦详;然于佛教之教义及道理,则多误解。盖多受叔本华(Arthur Schopenhauer,1788—1860)之影响,误以佛教为浪漫派之悲观主义。(Deussen为叔本华之徒,即堕此误。)直至大卫氏出,始研习巴利文,得读佛教经典,探源入室,佛教之旨义始明。故西人之论究佛法者虽多,而以大卫氏之言为纯正精当而可凭信云。大卫氏又于一八八一年创立巴利文典籍学会(The Pali Text Society)于伦敦,专以搜集校刊佛经真本为事,成就极伟。大卫氏前年冬殁后,其夫人能继其业。盖其夫妇咸诚心信服佛法,终身以阐扬教导为事。至东洋人之研究梵文者,则始于日本人南条文雄(净土宗僧)从马克弥勒学于牛津大学。继之者有荻原云来、高楠顺次郎、姊崎正治(数年前任美国哈佛大学教授)等。吾国人之研究梵文于欧美者,近今亦有其人,然为数极微。窃愿国人加以注意。异日昌明佛教,发扬东方文化,其道必由研习梵文、巴利文而诵读佛经原本,此惟一之正途也。

今日者,印度文学之全部,业已为西方学者所抉发。梵文中重要之典籍,皆经校刊翻译。其尚未及校刊翻译者,则亦皆搜集编藏于图书馆中。研究梵文需用之字典及印度学百科全书等,灿然具备。百余年中之成功亦伟矣。然从事于梵文及印度学之学者,其数远较他种学问为少,是则尤足称已。印度文学之浩博,已申明于前。至论印度文学之特点,约有数端:

(一)印度文学固极浩博,而除历史外,各类各体之文章无一不备。凡人类智识理想探索造诣之所能及者,此中无不有之。故印度之政治史虽甚惨淡,而其文学史则光明灿烂也。

(二)印度文学,皆印度民族之所自创,而非由他国他族影响。盖印度半岛,其北高山峙绕,阻绝外界之交通,故自阿利安人侵入之后,即在此土独力自造文明。至纪元前四世纪希腊人侵入之时,业已灿然完备。其后虽屡经波斯人、希腊人、塞种、回族之攻伐夷灭,而其文明终未受损。故印度文学绵延继续而发达者,三千余年,至今未绝。今印度之千百婆罗门僧人,犹能背诵吠陀经典,操梵语,以梵文著书作报,无异昔年。故欲究文学源流变迁始末一贯之迹者,则当于印度文学史中求之矣。

(三)印度文学,以宗教及哲学之著作为主,占其大部分。印度所以贡献于世界之文明者在此。

(四)印度文学中,诗多而散文少。甚至法律道德哲理科学之书,亦皆以具有音律之诗体作成,盖取便记诵耳。

(五)印度文学,常流于奇诡浮夸。如佛经中之事物必曰四万八千。其他空间时间数量等之形容词,必极其浩大久远繁多而不可纪极,乃至不可思议。其史诗之长,为世界各国所莫能及。他如祭祀礼节之繁琐,净身修道者之极端刻苦,神话中描叙人物宫殿之崇伟富丽、陆离光怪,皆此好为浮夸之心理作用也。

(六)印度文学,受其人宗教信仰之影响极深,故多主苦行虔修,悲观厌世。喜言他世中之极乐国,而能牺牲小己,绝对不存我见。

(七)印度文学,所最缺乏者为历史。盖其人急于逃世毁身,以生涯行事为毫无价值,不足传后。故史乘纪载及墓铭碑志之类,实属绝无仅有,而古来文人所生之时及诗文作成之年,皆淹没而不可考。仅可由种种凭据,从旁约略推测而已。如迦利陀沙(Kalidasa)为印度古今最大诗人,其所生之时亦不可确定。后人所臆断,竟有相差至千年者。而作者之生平更不可得知,此乃印度文学史者最难之事也。

印度文学史,通常区分为二时期,即吠陀时期与梵文时期是也。

(一)吠陀时期约自纪元前一五〇〇年起(或谓自纪元前二〇〇〇年起者,然似过早),至纪元前二〇〇〇年时止。吠陀时期更分为前半期与后半期。在其前半,印度文学多为创造,而以诗歌为主。文化之中心在印度河流域,即近世之旁加普地方(Panjab)。而至其后半,则文学多为宗教哲理之辩论,而以散文为主。文化之中心在恒河流域。可知此千年中,阿利安人之文明,已自东而西,流播于喜马拉雅山脉与频阇诃(Vindhya)山脉之间。

(二)梵文时期约自纪元前五〇〇年起(或曰自纪元前二〇〇年起,然如释迦牟尼佛殁于纪元前四八〇年,而佛教之文学固不隶于吠陀也),至纪元后一〇〇〇年止(或谓直至今日未止),其时印度遂为回人所征服。在梵文时期中,婆罗门之文明更由印度北部而推广至频阇诃山脉之南,遂渐被于印度全土。此时期之文学,种类繁杂,若诗歌戏剧小说等,均甚著精彩也。

至论印度之文字,通常亦分为二时期:一曰吠陀文(Vedic),二曰梵文古文(the Classical Sanskrit)。印度古代之典籍,多以口授及记诵而传。故写印之本得传于后者绝少。印度文字真迹传于今日之最古者，厥为阿育王（Asoka，一译阿输迦王）之石碑。阿育王当纪元前二五九至前二三二年之间，为北印度之主。时当佛教第三结集（纪元前二三一年）之顷，立碑各地，刻文其上，以纪念佛教之盛。其中一碑，形如石柱，所以志佛之生地者。近于一八九六年始行发见云。前此之文字，其真迹皆不得见。据德人布勒氏（Buhler）所考，印度古文有二种：其一曰佉卢文（Kharoshthi），源出纪元前五世纪细米底文中之Aramaic支，于纪元前四〇〇至纪元后二〇〇之间，行于印度之西北部。此种文字自右而左行。其二曰婆罗门文（Brahmi），乃印度真正之古文，自左而右行。（其最初或亦自右而左。）源出于纪元前八九〇年时之北方之细米底文即腓尼基文，约于纪元前八〇〇年传入印度。吠陀中之文字，盖即此婆罗门文也。婆罗门文初仅有二十二字母，其后增为四十六字母。至纪元前五〇〇年时，业已发达完备。其字母之排置，纯依文字音韵学之原理，母音在前，子音在后。凡梵文中所有之音，此中无不备具。其完美殆非今之英法文等所可及也。此婆罗短文（即吠陀文）旋分为南北二种，更由此南北二种文字而衍出无数之方言。当印度之中世，即梵文时代，此诸种方言行于各地，为通俗之用，故总称之曰质言（Prakrit）。而其时书籍著述所用之文字，及僧侣贵族文士所操之语言，则名曰梵文（Sanskrit）。梵文者，雅言之义，与质言相对而言也。（犹云文言俗语。）梵文之名始见于《罗摩武勇谭》中。梵文乃由昔之吠陀文（即婆罗门文）逐渐变化而成。其变化之迹大略有二：一则文法语尾由繁而趋简；二则所用之字由少而增多。今所谓印度文学，除吠陀经典及注释吠陀之书籍而外，盖皆用梵文作成者也。惟独佛经不然。当纪元前第五第四世纪，佛教初起时，佛教经典皆以佛所生地摩揭陀（Magadha，今曰伯哈Bahar）之方言作成，是曰摩揭陀文（Magadhi）。而至纪元前第三世纪以还，则悉改用另一种方言，曰巴利文（Pali）。旧有之经典，亦均由摩揭陀文译为巴利文。（摩揭陀文之佛经，今无存。）阿育王之碑刻，亦皆用巴利文。自是巴利文遂为南印度佛教之文字。又于纪元前第三世纪中，巴利文流入锡兰岛，遂为今世之锡兰文（Singhalese）之基础。阿育王竭力提倡佛教，诏令公牍，命悉以巴利文为之。故当其时巴利文甚盛，未几复衰，梵文仍起而代之。而其后佛教徒及耆那教徒均研习梵文，故北印度佛教及耆那教所用之文字，实为巴利文与梵文之混合物，名曰偈文（gathadialect）。迨久后回人征服印度之时（纪元后十世纪），梵文已全恢复其势力，而巴利文无复存矣。印度中世之方言即质言，大别为东西二种，由此更分为四种，再孳乳为多种。纪元后一〇〇〇年以还，遂逐渐变为今世印度各地之土语矣。此印度文字变迁源流之大略也。试以欧西文字为譬喻以明其关系，则吠陀文之与梵文，犹荷马诗中之希腊文与纪元前五世纪雅典之文字之分别。至印度中世之梵文，绝类欧洲中世之拉丁文。乃出于口中之文言，亦各族公用之文字。而质言则可比于欧洲中世自拉丁衍出之意大利文、西班牙文、法兰西文等。就中巴利文拟意大利文尤合。（巴利文较梵文为圆融柔软，如“经”之一字，梵文作Sutra，巴利文作Sutta是。）若今日印度之土语，则可比于近世欧洲之意、法、班等文也。

吠陀时期之文学，可分为三阶级：曰四种吠陀；曰婆罗摩；曰修多罗。兹约略分述之。

（一）吠陀（Vedas，一译皮陀，又译明论等）者，印度人之圣经也。共信为神所授，其实乃祭祀所用颂神之诗祈祷之词之总集(Samhita，即汇编)也。吠陀者，智识(或预言)之义，其字原出于动词“见”字(vid)。吠陀共分四部，其作成之时不一。四部之中，前三者较为重要。兹表列如下。(四部吠陀译名不一，《百论疏》作[1]力荷皮陀[2]三摩皮陀[3]冶受皮陀[4]阿闼皮陀。)

(1)《黎俱吠陀》(*Rig-Veda*，《赞颂吠陀》)，为四部吠陀中之最古而最重要者。其中皆赞颂诸神之诗(其名原出Rich一字，义云赞颂之诗)，与波斯人之圣书《阿威士陀经》(*Zend-Avesta*，详见下节《波斯文学》)文多相同之处，故当为阿利安人未入印度以前所作成者。共分十卷。

(2)《傞马吠陀》(*Sama-Veda*，《歌咏吠陀》)，其中除七十五首外，皆系摘取《黎俱吠陀》中之诗，而按照傞马祀典歌唱之次序而排列者。傞马乃酒醴之神，本为一种植物名，其汁用以奉神。

(3)《耶柔吠陀》(*Yajur-Veda*，《祭祀吠陀》)，其中之诗，亦皆由《黎俱吠陀》中摘取而来，然附以散文之程式规例，则系新撰。其内容亦按照诸种祭祀礼节之次序而编列，盖祈祷之词也。又分白黑二部。《白耶柔吠陀》中只有祷颂之诗，《黑耶柔吠陀》中则兼具散文注疏。详叙祭祀仪节，此其别也。

(4)《阿他婆吠陀》(*Atharva-Veda*，《禳灾吠陀》)，此为四部中最晚出者，故历久始得认为正宗经典。其中皆魔术咒语，诵之则可召集驱疫鬼神，以助人成事。盖本于当时下流社会之习俗，不出浅薄之迷信祈禳。故其作成虽晚，而比之《黎俱吠陀》实较简陋也。

(二)《婆罗摩》(*Brahmanas*)者，吠陀之注疏也。或训释吠陀中之词句，或详叙祭祀之仪节，或说明器物之形状，或追溯神话之渊源，常流于干枯琐细，其作成亦非一时。总之，较吠陀为晚，约在纪元前八百与五百年之间也。又有《森书》(*Aranyakas*)者，为《婆罗摩》之一部，乃后来之潜居林中修习之哲人所作，专以解释吠陀之义理者也。(《婆罗摩》偏于考据，故有别于《森书》。)至若《奥义书》(译音为邬波尼煞昙[Upanishads])，则为《森书》最后而最晚出之一部，而论究哲理之书也。作出非一时，至今犹有续作者。《奥义书》中所陈，多属泛神论。后来六宗之理论皆见于此中。然吠檀多(Vedanta，义云吠陀之终极)派，独自谓出于《奥义书》云。

(三)《修多罗》(Sutras)译云经，原义为丝或缝。盖节取吠陀及《婆罗摩》中重要之篇章，以其首句为系属，编成极简短之文句，取便记忆，诵此中一句而忆及原书之内容。故其文字至极简赅凝炼，固目录索引之类也。《修多罗》之作成，约在纪元前五百至二百年之间。《修多罗》之最要者如下：曰Sranta-Sutras吠陀中之字汇也；曰Grihya-Sutras居家祭祀之规程也；曰Dhamma-Sutras法律及习俗之规例也。

各宗文学时期之二大教宗，曰佛教与耆那教。佛教为人所熟知。耆那教(Jainism)乃尼犍陀(Nigantha)所创，故又称为尼犍子，或并其母之名若提子(Jnata-Patta)而称此教为尼犍子若提子。其实即耆那教也。该教徒称其教主曰耆那(Jina)，译云胜者。又称之曰大人(Maha-Vira)，所以名耆那教者以此。尼犍陀约于599—527 B. C. 时在世，其教与佛教同时同地创立，教义亦有相近之处。其后佛教既衰，耆那教犹盛，至今犹未灭绝也。

印度者，世界寓言(Fables)之渊泉也。欧洲寓言之始祖，群推希腊之伊索(Aesop),然伊索之书不传纪元后第一世纪中。罗马之斐都鲁斯(Phaedrus)及巴布留斯(Babrius)节译伊索之寓言,并自撰若干,而传于后。其实此类寓言多来自印度。印度文学中,若《佛本行经》(*Jatakatthavannana: Buddist Birth Stories*)尤寓言之宝藏与总汇也。其后流入欧洲之途经略如下:(一)古印度有《五书》(*Panchatantra*)者,寓言集也,曾经译为波斯古文。纪元后七五〇年顷,犹太人由波斯文译为叙利亚文,名Kalilag and Damnag。又译为阿拉伯文,名Kalilah and Dimnah。由是更译为希伯来文、希腊文、拉丁文,遂传于欧洲。(二)纪元后第八世纪,有号为达马斯加(Damascus)人圣约翰者,以希腊文著小说曰*Barlaam and Josaphat*,实即婆罗门(Brahman)与菩萨(Bodhisat)也。此书于第十一及十二世纪中,译成拉丁文。(三)外此若十字军,若西班牙之阿拉伯人,若匈奴,悉携带印度之寓言以入欧洲。故在欧洲中世,印度寓言实遍传于彼土。而最奇者莫如罗马教皇Sixtus V(在位之年1585—1590)册封印度之Barlaam及Josephat为天主教之圣人,后来《殉道录》中亦列此二圣之名。又希腊教皇亦命崇祀"印度王Abener之子圣约瑟(Joseph)",实即佛也。夫以佛教教主,而久为基督教各宗所崇祀,宁非趣事!总而言之,《佛本行经》实欧洲寓言之根源。若《天方夜谭》。若拉丰旦之寓言,若乔塞(Chaucer)诗中之故实,若莎士比亚《威尼斯商》(肉券)之本事,皆取给于印度文学中耳。

印度之史诗分为二类:一曰自然史诗。即根于历史之事实,成于积累之传说,自然生成,而为一国一族之所公有者(荷马之《伊里亚》《奥德西》即属此类),《大婆罗多谭》(*Maha-bharata*),其最著之代表也。二曰人为史诗。即诗人所作,而大体成于一人之手，事多虚造者（桓吉儿之《伊尼德》即属此类），《罗摩武勇谭》（*Ramayana*）其最著之代表也。此二诗中本事之比较，又颇似荷马《伊里亚》之与《奥德西》。《大婆罗多谭》之起源甚早，约在纪元前一千年以前。其大体之结构与事实，当已有定。传至纪元前五世纪中（约四五〇年顷），全诗作成。至纪元前三百年后，又复有改变增益之处，遂成为今世所传之本。至于《罗摩武勇谭》，世传为跋弥仙人所作。其初次作成，当在纪元前五百年以前。至纪元前第二世纪中，另有人增广之。后复加添材料，遂成今本。《大婆罗多谭》共分十九卷。《罗摩武勇谭》共分七卷，其中二卷当系后人所增补。至二诗之本事，今撮述如下：

《大婆罗多谭》叙婆罗多王（Bharata）之子孙，拘留（一译古路，Kurus）、般都（一译班杜，Pandus）两族间之大战。其战仅十八日，然书中事实则历数十年之久。先是婆罗多王之国（又称拘留国，从王族之称）都城曰象城〔Hastinapura，其遗址在今特里（Delhi）之东北五十七英里〕。王之后裔有兄弟二人，兄名德里达拉塔（Dhritarashtra），立为王而盲。乃以其弟般都（Pandu）摄政，英武贤明，国人爱戴。般都有子五人，是曰般都氏之族。五子中以长子由德希拉（Yudhishthira）、中子比玛（Bhima）、幼子阿圆那（Arjuna）为最知名。德里达拉塔（即盲王）有子百人，是曰拘留氏之族。其中以杜罗达那（Duryodhana）为最知名。未几般都遽死，盲王乃复亲理政务。以侄五人均养之宫中，待如己子。五人者均武勇，屡著战功。盲王乃立长侄由德希拉为太子，拘留氏之族百人者忌之，力谋陷害。此五人不获已，出亡至般遮罗国（Panchala），适值国王为其女道巴底公主（Draupadi）择婿，以比武定去取。各国君王将帅群集于此,而阿圆那力能挽国王之劲弓,又射鹄而中之。武艺出诸人上,遂为驸马。公主恐五人兄弟之间复相斗争,乃自愿为五人之妻。又于比武之时,般都氏兄弟得识耶达巴国(Yadavas)之英主黑天王〔Krishna,乃毗搜纽天王(Vishnu)之化身〕,与订深交,自是黑天王遂为般都族之主谋者。盲王见般都族与二强国相结,缔姻联盟;虑有不利,乃招之归。分其国为二:一与己之诸子,使居故都象城;而以其一予般都族,为城因陀罗拉沙(Indraprastha,即今之特里)以居之。(以上卷一)般都族以贤得民心,日益强盛。杜罗达那深为忌嫉,决歼除之。乃用其叔莎库尼(Çakuni)之计,怂恿盲王招般都族归居象城。既至,杜罗达那诱由德希拉为掷骰之戏。由德希拉屡博屡负,于是己之国土、货财、军旅,合诸弟一妻之身,所用以为博注者,悉归杜罗达那所有。般都族欲不遵行,争持久之。乃议决由德希拉应挈诸弟及妻,出亡于外者十二年,再隐居姓名一年,然后归来,仍得主其旧国。(以上卷二)于是般都族遂出亡至莎拉斯巴底(Sarasvati)河上之甘亚伽(Kamyaka)林中。居此凡十二年,听人叙说故事以自遣。(以上卷三,为全书中最长之卷。)至第十三年中,则变服为马慈耶(Matsyas)国王比拉陀(Virata)之仆隶。时值拘留族与他国联盟,合兵攻伐马慈耶国。王败逃,般那族乃出而击退敌兵,复王之国,并自道其姓名及爵位,乃与比拉陀王联盟。(以上卷四)又遣使赴拘留族索还己族之国土,以符前约。不报,般都族大愤。乃兴师,两族之兵遇于本国之平原。时印度诸国或助拘留族,或助般都族,各以兵来会。声势浩大,震动天下,为空前之大战。(以上卷五)此战历十八日而毕,两败俱伤。拘留族之众尽歼,般都族及同盟各国亦全军覆灭，仅由德希拉兄弟及黑天王与其御者得以身免。（以上卷六至卷十）战死将士，以次殡葬如仪。（卷十一）般都族之主帅比玛临殁，教其长兄由德希拉以为君之道，语极详尽。（卷十二及十三）盲王以百子皆死，乃与般都族言归于好。迎诸侄回国，禅位于由德希拉，仍都象城，杀马以祭神。（卷十四）盲王既禅位，退居十五年，然后挈其妻Gandhari走入林中隐居。林灾，皆焚死。（卷十五）当两军大战时，耶达巴国之人，有助拘留族者，亦有助般都族者。至是不相协，起兵寻仇，自相残杀，全国之人诛戮殆尽。黑天王悲痛之极，退居山野，不问人事，为猎者误以矢中之而死。（以上卷十六）般都族之众，亦深厌世，乃立阿圆那之孙名巴里克希（Parikshit）者为王，仍都象城。而众相率隐居林中，望神山之所在而趋，将至而皆死。（以上卷十七）死后乃偕其妻道巴底共登天堂。（卷十八）《大婆罗多谭》遂终。又传新立之国王巴里克希为毒蛇所噬而死。其子继立，乃命以礼祭蛇。祭时，伯莎巴亚那（Vaishampayana）诵《大婆罗多谭》之诗。诗乃广博仙人（Vyasa）所作。仙人既编次四种吠陀，乃复作此诗。以著般都族之善、拘留族之恶，及黑天王之伟云云。至续作一卷（卷十九），则专述黑天王之事，名曰《毗搜纽天王家乘》（*Harivamça*）。此卷长约一万六千句，分为三段。首段述黑天王祖上之历史，直至毗搜纽降凡，化身为黑天王为止。次段叙黑天王之功业，末段论世界将来之四大时期（Kali）。以上所述，为《大婆罗多谭》本事之大略。至此诗中插入之故事自成段落者，多不胜数，而以《薄伽梵歌》又曰《世尊歌》（见下节）为最重要云。

《罗摩武勇谭》纪罗摩（Rama）之奇迹，分为二段：前半叙罗摩为人，皆入情入理之事。后半则以罗摩为毗搜纽天王之所托化，故多灵异神怪之事，以示尊崇此神之旨。先是拘萨罗国（Kosala，都于阿逾阇城［Ayodhya］）之名王曰十车王（Daçaratha）有后妃三人：名高沙亚（Kauçalya），开克伊（Kaikeyi），苏米塔（Sumitra）。各生一子，名罗摩（Rama）、婆罗多（Bharata，即《大婆罗多谭》中之人）、拉克希摩那（Lakshmana）。罗摩娶毗提诃（Videha）王阮那加（Janaka）之女私多（Sita）为妻。十车王自以年已古稀，乃当众宣谕，立罗摩为太子，众皆欢庆。盖罗摩贤，久为众所爱戴也。开克伊谋立已子婆罗多，乃告于王，谓王尝许彼以二事，必从所欲。今敢请，王郑重诺之。开克伊乃曰：第一事，请立婆罗多为太子。第二事，请命罗摩居外十四年。王谓此实难行，而开克伊必不许王失信。王辗转忧思，终夜无眠，卒从其所请。次日，罗摩册立为太子。礼将具，忽闻父王之召，命其出亡。罗摩受命，以为孝莫大于顺亲，毫无怨怼之意。即日辞父去，其妻私多与异母弟拉克希摩那从之行。王实不忍见罗摩之去，悲痛不胜，乃弃开克伊而与罗摩之母高沙亚同居，以乐余年。未几，因思子成疾而死。罗摩出亡后，偕妻及弟居丹达加（Dandaka）之林中。是时婆罗多居于外家，及老王崩，其母召婆罗多登极。婆罗多耻夺其兄之位，怒而去之，走入林中，拟挽罗摩归而践祚。（见本期插画第一图）罗摩虽感其弟之义，然以誓言在先，父命难违，坚不肯归。继乃以金彩履一双赠婆罗多，曰：持此归而为君，犹吾禅让与子者也。婆罗多归，仍不敢自立为君。置金彩履于御座，上张伞盖，旁列羽葆。率百官而朝，遥奉罗摩为君，而自摄行政务焉。此下乃入全书之后半。时丹达加林中常多巨魔出现，远近震慑，隐居修道者不得宁处。罗摩决往讨之，从仙人（Agastya）之教，神因陀罗神之兵器,遂与魔战而胜之,诛斩魔数千。魔王逻伐拿(Ravana)愤甚,谋复仇。乃使其徒变形为金色之鹿,现于私多公主之前。私多见而悦之,请罗摩共拉克希摩那往追获此鹿。逻伐拿乃乘机幻形为道士,劫私多去。(见本期插画第二图)大鹫(Jatayu)守护私多之居者被伤。罗摩归,悲痛不自胜,乃焚大鹫之尸体而葬之。忽闻体中有声出,告以如何而可复仇并救还私多。罗摩乃往与猿猴之王汉努马(Hanumat)及苏格巴(Sugriva)订盟,苏格巴助罗摩殪巨魔巴里(Bali)。而汉努马渡海至逻伐拿所居之楞伽(Lanka)岛,得见私多倘佯园中,惨然不欢,乃告之故,遂斩魔多名,归报罗摩。于是定攻战之策。猿王以海神之助,筑造巨桥,自大陆直抵楞伽岛。罗摩遂引军飞渡,直入魔窟,斩逻伐拿而取还私多公主。罗摩疑其妻不贞,以火刑验之,证得其未失节,乃迎之同归阿逾阇城。罗摩践位为王,引其弟婆罗多共图治理。天下大治,人民欢乐,咸歌颂升平焉。

以上乃《罗摩武勇谭》之本事也。至此诗之首卷及末卷必系跋弥仙人所增,以颂毗搜纽天王之威德者。据此,则逻伐拿者,初受大梵天王(Brahma)之敕许,具勇力,凡百鬼神皆不能伤其肢体。乃其后逻伐拿为诸种罪恶,诸神悔之而无可如何。忽忆逻伐拿之体,虽为鬼神所不能伤害,而人则能之,乃共吁请毗搜纽天王降凡投胎为人,以除此魔患。毗搜纽天王遂托生为罗摩,而奏此奇功。此首卷中之所叙也。末卷(即卷七)之结穴处,则谓诸神自大梵天王以下,均来展谒罗摩,庆其成功,尊之为天上之毗搜纽天王,而称其威德不置。以《罗摩武勇谭》之所载,故印度之人共尊罗摩为神,至今犹崇祀之也。又《罗摩武勇谭》中亦插入自成段落之故事数则,惟其数甚少。《罗摩武勇谭》中之婆罗多，即《大婆罗多谭》中交战之两族之祖。是则以事迹渊源论，《罗摩武勇谭》当在《大婆罗多谭》之前，特其作成似较晚耳。

《薄伽梵歌》又名《世尊歌》〔*Bhagavad Gita*（*The Songs of the Exalted One*）〕，乃印度文学中译成欧文最早（一七八五年英人韦金斯（Charles Wilkins）之英文译本出版，见前）之篇章，而最为西人所称赏之妙文也。此歌本系《大婆罗多谭》中之一段，后人或提取出之，列为专书。歌分十八节，每节若干首。此歌之作，约在纪元后二百五十年顷。其时耶教已渐传于印度，故西人谓此歌曾受耶教之影响。至其中道理，半取之于六宗中之数论，半取之于瑜伽，益之以泛神论之哲理。而其宗旨，则在申明"行而无着"（work without Attachment）之义，以此为教。（参读美人穆尔先生文集 Paul E. More, *Shelburne Essays* 卷六第四三至六四页。〇又参阅本志第十六期《我之人生观》第二十二至二十三页。）

兹略述其事，次明其旨。歌叙拘留族与般都族大战之时，两军各自成阵，未及交锋。般都族之大将阿圆那驾兵车直至战场之中心，黑天王（即毗搜纽天王之化身，所谓《世尊歌》之世尊，即指毗搜纽天王）为之御。阿圆那忽念今日之事，鼓角一鸣，则此两军数十万众，甲仗鲜明、精神勇迈者，将霎时毕命，同归于尽。且其中又多叔侄昆弟，骨肉相残，宁不可悲？遂命停车。顾其御曰："我身战栗，口干发竖，四肢疲软，不能战矣。／芸芸此众，皆我亲族，杀之何益？徒以取祸。／荣名快乐，非我所欲，战胜攻取，终亦何裨？／宁人杀我，我不杀人。纵得天下，亦所不为。／我必不战，愿神恕我。"其时阿圆那身处两军之冲，悲丧万状。为其御之毗搜纽天王，顾而微笑。语之曰："汝言有理，顾诚多事，知者不忧，何虑生死？／人无死者，我固不死，汝亦不死，此众不死。／人生如寄，体亡魂存，魂兮悠久，常住不灭。／古语有云，谓我杀人，谓人见杀，二者皆误。／譬人更衣，以新代旧。魂脱此体，复入彼体。（古语止此）／体内所藏，永不能灭。睹此众士，汝不当忧。（以上为一段）／汝身为将，当为义战，溺职背义，无所逃罪。／勿计苦乐，勿问成败，挺身入战，庶可免尔。／不问收获，但问耕耘。既不贪功，亦毋袖手。（按此四句乃全篇之主旨。）／立诚无着，致行不息。成败无惊，无惊即诚。／智慧之士，行不邀功，遂免轮回，得往福地。／汝能用智，不堕迷惘，古往今来，都不系心。／即有迷眩，立定脚跟。静思笃信，必底真诚。／惑溺诸色，缘着遂起。由看生欲，由欲起争。／行诸色界，而无爱憎，内凝立己，得致宁静。／绝去诸欲，所向无求。不存我见，必获静福。／古语有云：桎梏手足，纵心妄想，是谓伪善。／若彼真人，心为体主，用其肢骸，行而无着。（古语止此）／行所当行，较不行善。血脉凝滞，人身亦死。／故应无着，行事不息。行而无着，便成大觉。／俯仰三界，万事毕具。我（神自道）无可为，犹当力行。／若我倦休，众人仿效。三界将灭，混乱无归。／愚人行事，为所着故。知者无着，行以励人。／勿同愚人，触处迷惘。效彼知者，行事得乐。／万事安排，自然之机。据为己功，愚不可及。／无欲而为，行必所知。若斯之人，乃可云智。／成败等观，不为行缚。随遇而安，不忮不求。／如火燃薪，变灰而灭。知之所烛，万行皆空。／坚信苦行，绝欲得知。知定而安，遂入正觉。"阿圆那闻神之教，恍然大悟，乃奋身入战，大战遂合。

《世尊歌》旨在宣明毗搜纽天王所教“行而无着”之道理，故其本事简单如此。阿圆那者，东方之汉姆来德〔一译哈孟雷特（Hamlet）〕也。夫人之理想与义务，宗教信仰与实际生活，二者之间，往往互相冲突。于是世之行事者，皆冥然无知，可悯可叹。而一二高明智慧之士，既知矣，而视世事皆为不合乎理，不衷于义。于是疑惑畏缩，无行事之勇气，甚或放荡荒淫以自遣，并知行二者悉蔑弃不顾。然则人之出处进退之间，诚为极难解决之问题矣。《世尊歌》于此问题之答案，持调和而并存之说。意谓知行既不能合一，则不必求其强合；但当知其所能知，行其所当行。二者之间，各从其是，无妨听其矛盾。若行事不背道德，义务完全尽到，实事上已收佳果。较之过崇理性，强作曲解，不为愈乎？知行之所以不能合一者，以人性二元，本存町畦。知属于一，行附于多。知识须求诸内心，行事则缘于外境。故欲以理智解决此问题，实势所不能。不如专就实际行事，定一完美之标准，则莫善于“行而无着”之律矣。行而无着，则不堕迷惘而无害于知。彼厌世悲观，一事不行者，实由我见过深。今既不计苦乐，不问成败，则欲行事固不难也。于是由动作而获安定，遵道德而得自由，诚两全之妙法也。（按《世尊歌》所立做人之二大规矩，曰知曰行。又谓地狱之门有三，皆易使人陷溺：一曰淫欲，二曰忿怒，三曰贪吝。此正与孟子人由少而老，戒之在色、戒之在斗、戒之在得之说符合也。）

第五节　波斯文学

波斯文学与印度文学颇有关系，该其起原在伊兰高原，而当阿利安种之印度、波斯两支尚未分离之时也。贾克孙教授(Jackson,今美国哥伦比亚大学教授)曰:“诗之发生于此僻远之区,若晨星之始现而对歌。其所唱者赞颂神祇之词。印度河恒河流域(即印度)与里海波斯湾之间(即波斯),固同一例也。”

波斯文学可显分为三时期:一曰伊兰文(Iranian,即波斯古文)时期,或上古时期。此期文学,以创教之先知苏鲁阿士德(Zarathustra, or Zoroaster,纪元前第七世纪或更在其前)之著作为主,尊为圣书。二曰巴拉韦文(Pahlavi)时期,或中世时期,自西历纪元后第三世纪至第九、第十世纪之间。三曰近世时期,实自回教徒征服波斯之年(纪元后六四一年)起,以至今日。波斯古文极类梵文,巴拉韦文及波斯今文亦然,惟后来千余年中颇多变化耳。

按波斯古文,又名生文〔Zendie,义云生(living)〕即《阿威士陀经》(*Zend-Avesta*)中之文字(详见下节),起于波斯北方。半似梵文,而半似迦勒底文。书写自右而左,与日耳曼文亦有相同之处。巴拉韦文(一作Pahlavi,义云英雄)乃古波斯西部之方言,与生文无多出入。当安息(Parthia)诸王时代,发达臻于美备。巴拉韦文时期之后,又有波斯西南部之方言名Parsee者,盛行于萨珊王朝(Sassanides,纪元后二二九至六三六年)之时。波斯今文即系此文及阿拉伯文相合而成者也。

(一)上古时期　波斯古文之记载中,有楔形文字之石刻。其中最可观者,厥为大流士第一(波斯王其在位之年约为纪元前五二一至四八六年)所命镌于伯赫斯坦(Behistun)山侧之五方石上之文。《阿威士陀经》〔*Avesta*, or *Zend-Avesta*,义云生言(living word)〕为古波斯文章之最重要者。古波斯文学甚为丰富,其传于今者仅此而已。〔据罗马人卜林尼(指Pliny the Elder 23—79 A.

D.，著有博物志*Historia Naturalis*三十七卷）所说，仅苏鲁阿士德一手所撰之经文，即有二百万句之多。〕《阿威士陀经》为火祆教之圣经。其中最为人尊崇之部分，厥为赞颂诸神之诗；再则典籍及祈祷之文，法律礼仪之记述，与夫古波斯人所作宇宙创造之故事而已。苏鲁阿士德自述得与光明之神（Ormazd）会接，能知诸天及未来事，劝谕世人速速改悔。盖神道设教者之常有事也。近百年中，《阿威士陀经》已译成欧西各国文字便人诵读。其翻译之历史及批评之著作，均深饶趣味者也。

按苏鲁阿士德（Zoroaster，Zarathustra），旧译之名甚多。《四裔编年表》作琐罗阿司得，《西史纲目》作琐罗斯的，《东洋史要》作曾吕亚斯太，宋姚宽撰《西溪丛话》作苏鲁支。（见陈垣所引）今从陈垣《火祆教入中国考》（载北京大学《国学季刊》第一卷第一号）中译名，作苏鲁阿士德。其所创之宗（Zoroastrianisa）旧称波斯教、拜火教、太阳教、天神教、胡天神教、祆教、火祆教等名。今亦从陈垣，作火祆教。（陈垣文述该教在中国之历史甚详，宜参读。）至苏鲁阿士德所作该教经典（*Zend-Avesta*），近已经日本人译出，名曰《阿威士陀经》，《西史纲目》旧译作《仁遏瓦斯太经》。苏鲁阿士德之生，约当纪元前第八世纪，为火神、星神之祭司，因其国之故俗而创教。阴阳善恶二元之说，及谓善神（ormuzd，旧译作沃尔摩）清净而光明，恶魔（Ahriman，旧译作亚利曼）污浊而黑暗。善神与恶魔常互斗争。凡此皆波斯原有之信仰。苏鲁阿士德沿用之，而加以改正，遂另成一新教。谓至世界末日，善神必完全战胜恶魔。故人当弃恶从善，弃暗投明，为善神之徒。其于人生道德，三致意焉。《阿威士陀经》相传乃其所作，共二十一篇。今存三篇。全书分二部：一部以波斯古文作成；一部则用巴拉韦文。书叙波斯上古开创殖民之神话历史、道德格言、宗教规律、祈祷之词，及天文之视察记载等。

（二）中世时期　此时期之著作，有《阿威士陀经》之译文（译为巴拉韦文）及注疏、宗教历史典籍及小说等。然在文学史上皆不关重要也。

（三）近世时期　近世时期之典籍材料，则异常丰美。寻常所谓波斯文学者，殆指此时期而言者也。诗人费图锡（Firdausi，义云天堂诗人，纪元后九三五年生）裒然居首，其主要之著作为史诗《诸王纪》（*Shah Namah*，*Book of Kings*），费三十五年之力始作成，初版于一〇一〇年行世。其诗叙波斯国史，自纪元前三千六百年之神话时代起，至回教徒（阿拉伯人）征服波斯之时（纪元后六四一年）止。篇幅极长，以两句同韵者为一联，则全书有六万联。其叙事以伊兰人（即波斯人，为阿利安种）与土兰人（Turanian，非阿利安种，为欧亚两洲最先之土著）之战争为主。中间插入之故事，有极能动人者。如安诺德之诗《索拉与鲁斯突》（*Sohrab and Rustum*，鲁斯突出外从军，多年未回，其子索拉长成亦外出从军，以觅父。父子初不相识，两军交战，各在一边。阵前交锋，子为父所斩杀）所咏之事是也。此时期所作，《诸王纪》而外，尚有其他史诗，根据史事，奇美动人。又有戏剧、小说、短篇小说、故事、寓言等。他类文学，不及备举，而究以情诗为此时期文学之大宗。或尝谓："波斯之国，蔷薇生树，群莺乱飞，实为情诗产生之地。"诚非虚语。波斯之诗，其题目材料之范围甚狭，又过事雕琢，然其形式美备，音韵和谐，有足称者。波斯情诗中最常见之题旨，为男女爱情及饮酒二事。情诗而外，并有宫廷之诗，及宗教、训诲之诗焉。

按费图锡，本名Abul Kasim Mansur。国人以其诗精美无瑕，故称之“费图锡”。费图锡者，天堂诗人之义也。其生约当马穆德王（Mahmud）在位之时（纪元后九四〇至一〇二〇年），王命费图锡作诗，述波斯历代诸王之事迹。且谓诗成，每联当赐以金币千枚。费图锡惨淡经营三十余年，及《诸王纪》作成，而费图锡已垂垂老矣。其诗进呈后，王意殊不满，不加褒赏，并食前言。费图锡怨王，作诗讽刺之。王见诗甚怒，乃命赐费图锡以制钱六万（以其诗长六万联也），而不给金，以辱之。费图锡于公共浴场得钱，愤不可遏，尽举其钱以与仆御。又探知王之吝于赏赐，乃由其所宠之宰相某进谗所致。遂再作为讽刺之诗，语更激切，而辗转托人进呈此诗与某宰相。缄封甚固，书其外曰：此诗值王政务繁难、身心不豫时读之，可以解王忧云云。费图锡乃逃之异国。消息传来，知王读诗大恚，立罢斥某宰相。费图锡既复前怨，乃走之报达（Baghdad）王所，作《诸王续纪》一千节，颂报达王之威德。报达王赐以金币六万枚。费图锡诗名益著，遐迩知闻。波斯王乃命人往赐以六万金，并朝服一袭，道王自悔自怨之意；求其捐弃前嫌，速即返国，且当重用。然使者至时，费图锡已以疾卒，享年八十。家人得赏金，用作善举，修治故乡之道路，建造屋宇，从费图锡意也。

鄂马开亚谟　波斯诗人所作情诗之佳篇，为西人所称赏者，已历数世。译成英文诗者，亦有多家。就中尤以十二世纪之鄂马开亚谟（Omar Khayyam，或传其卒于一一二三年）及十四世纪之哈非思（Halfiz，或传其卒于一三八九年）最为英国人所爱读，非其他波斯诗人所能及。鄂马开亚谟之《四句诗集》〔*Rubaiyat*，按此字系Rubai之多数，义云每首四句之诗也(每句即一行verse)。中国之五七言绝句皆每首四句，故初拟译为绝句集，以嫌近于勉强凑合，乃译今名。〇下段译此诗为中文，亦每首四句，以符原意〕经由斐慈解罗(Edward Fitzgerald，1809—1883，英国文人，所译之《四句诗集》为其生平最佳之名作)译为英诗者，其译笔之工，以较英译他国之诗最佳之篇章，毫无逊色也。鄂马开亚谟者，诗人而兼天文学家，波斯之尼夏普(Nishapur)城人。相传其生平所作"四句诗"多至一千二百首。大率怨命运之多舛、世事之不平，讥彼貌为虔诚之作伪、恪奉正教者之迂腐。言男女相爱者离合之情，赞春日百花之鲜妍美媚，盛道饮酒寻乐者之陶然自得，又杂以输诚悔过之词。此其大略也。斐慈解罗所选译者约有百首，其中之半数，能谨遵原作之意而达以丽词；余则杂以己意，不尽密合原诗也。

今择其最足动人者，录若干首如下。(以下所列即系由斐慈解罗之英诗转译为中文者。每首之数目字，乃指斐慈解罗所译《四句诗集》中之第几首而言也。)

(其七)春到何须恋敝裘，劝君斟酒且消愁。由来时逝如飞鸟，震翼凌空不可留。

(其十六)绞脑回肠大可哀，人生希望总成灰。青沙覆雪连天白，一现昙花安在哉。

(其二十一)莽莽奇愁古又今，与卿斟酒涤烦襟。冢中枯骨七千载，明日吾身何处寻。

(其二十七)笔舌纷腾无一是，天人消息许相窥。村氓圣哲同愚鲁，却悔当年苦择师。

(其二十八)虚心问学事耕耘，明辨慎思为底勤。智海无边吾未饮，空空来去水天云。

(其四十六)莫缘死别泪长挥，撒手人天尔我归。亿兆浮生原泡幻，女神造命故难违。

(其四十七)筵散曲终人不见，天荒地老世仍存。石沉大海无消息，微末死生何足论。

(其六十四)几人曾过鬼门关，此路悠悠去不还。夷险平陂君莫问，余生未尽怅缘悭。

(其六十六)界隔幽明未许通，游心造化涉鸿蒙。天堂地狱今才悟，只在灵台方寸中。

(其六十八)傀儡登场俨若神，衣冠谁怜梦中身。长夜漫漫灯一盏，笑啼歌哭总由人。

(其六十九)解道生涯似弈棋，朝来夕去任推移。局终惟剩枯枰在，成败兴亡空尔为。

(其一百)阴晴圆缺变无端，月到中天夜气寒。园林大好光长在，照人不见涕泛澜。

(其一百零一)清露如珠点翠苔，星光掩映骨长埋。寻欢良夜卿来过，慰我仍倾酒一杯。

按莎士比亚《汉姆来德》(*Hamlet*)剧第三幕第一节(Act III Scene I)自语一段，言死后情形不可得知，故人以畏死而偷生。正与此处(其六十四)之诗，意思相同。

哈非思　哈非思(Hafiz)非仅以诗鸣者，与鄂马开亚谟同。盖哈非思性嗜科学，又尝讲授神学及哲学。其一生行事之传于后者，如游行各地、谒见帖木儿大王、违犯回教正宗之规律等等，均奇诡动人。其殁约当十四世纪之末叶云(按系一三八九年。)

哈非思之诗，固有专为一人而作者，然大率歌咏饮酒、欢爱、少年、美人、春景、花香、莺歌等事,常多寓意。即其诗之词意最直率、最明显者,或亦有神秘奥妙之哲理蕴藏于中也。哈非思欣赏自然景物,所作又极自然浑成,笔力雅洁,造词迥不犹人。故人多爱读哈非思之诗。哈非思最擅长之诗体,为其所作之短歌,名曰Ghazals。此体每篇长自五至十六联(联,即Couplet,每相连二句而同韵者曰一联)不等。其押韵之法极繁复,往往于末句中嵌入作者之名氏。若一题而作若干首,则各首之第一字须按照字母之次序而排列,以此定各首之孰先孰后云。

哈非思所作诗之最主要者,厥为《一卷集》(*Divan*,按波斯文之Divan,本系"诗集"之义,指一人之专集而言。今因此字又训为书卷,故译为一卷集)。集中所收之诗约七百首,强半皆上节所言短歌之体(Ghazals)。《一卷集》中之诗,已经雷葛良(Richard Le Galienne)、马加西(Justin Huntley McCarthy)、李夫(Walter Leaf)、皮克奈(H. Bicknell)、贝尔女士(G. L. Bell)等人(以上诸人皆英国近今文人,且大部生存。今不一一详注)译为英文。而以贝尔女士所译为最佳。除斐慈解罗之《四句诗集》外,波斯诗译为英文,莫能及此译之精美者矣。

今节录哈非思《自题墓碣之歌》,以见一斑。(歌系贝尔女士所译,今即由彼之英译转译成中文也。)

骨未化灰随风舞　冢中犹是人间土
愿神福我如昔时　护以慈云注法雨
神兮念我惠临存　玉箫在手酒满樽
厚椁重衾遮不住　便当起舞答神恩
定知神明不我弃　良宵偎倚征灵瑞
髑髅也使变红颜　老朽何难还童稚
神态庄严神体芳　人天接引泛慈航

亿兆苍生蒙顾复　岂独私衷遗爱长

第六节　阿剌伯文学

阿剌伯文学甚为丰富，而种类繁多，有诗、故事、东方之奇谭、历史、哲学及宗教之论著等。吾西人心目中之东方之情况，每得之于阿剌伯及其他回教诸国所传来之奇诡新颖之故事，此殆势所难免者。一读此类故事，则恍若复置身于报达、开罗、科斗瓦(Cordova，西班牙名城，中世回教徒占领西班牙时之大都会也)之盛时，行过其喧阗辐辏之市廛，入其宏阔壮丽之清真寺，邂逅其教中之长老及幂面之妇人，瞻仰其名王赫仑挨力斯怯得〔Harun al-Rashid(Aaron the Just)，兹译名从《天方夜谭》译本。(详见下)该王于纪元后七八六至八〇九年之间，为报达(Baghdad)之王〕，而浮游于彼灵诡奇妙之仙境中焉。

阿剌伯文诗之最盛时代，厥为穆罕默德生前及在世之时(即纪元后七世纪。按穆罕默德之生世为五七〇至六三二年)。其诗人叙述阿剌伯之风土习俗，若沙漠，若水田，若骆驼，若羚羊，若畋猎之追逐，若部落之转徙，悉诗中之材料也。其诗由众口相传，辗转诵述，遂成为阿剌伯人一群之所公有。后此之时代，则都市生活发达。若报达、开罗诸名城，皆为回教文化之中心。西班牙既归隶属，阿剌伯人之在其地者，亦作诗极多。第十世纪中，选诗者得二万句，则其多可知。又哈克(Hakim，义云贤人，盖阿剌伯人在西班牙所建国之主也)矢意奖励文学，建图书馆于科斗瓦城，馆中藏书多至四十万卷。及阿剌伯人吟咏之风既衰，他类文学乃大兴盛，尤以故事轶闻，及卷帙浩繁之宗教注疏之书，为最夥云。阿剌伯者，《可兰经》作成之地。而《可兰经》，则全世界中回教诸国之所共虔遵而恪守者也。《可兰经》英文译本，有塞氏(George Sale,

1680—1736，其译本*Translation of the Koran*成于一七三四年）、冷氏（Edward William Lane，1801—1876）诸家，译笔并甚佳。惟今人之研究《可兰经》者，则多视为宗教经典，而不视为文学之书耳。

《天方夜谭》 自西方之人观之，《天方夜谭》〔*The Arabian Nights*，中文译本有奚若所译，凡四册，译笔甚佳，不减林译，商务印书馆出版（《说部丛书》初集第五十四编）本节所用人名、地名、篇名，凡曾见于《天方夜谭》中者，皆从该译本之名，以求划一云〕中所叙东方奇僻美妙之生活，殆为千古所不能易者矣。《天方夜谭》一书，系故事汇编。其得传于欧洲，则始于十八世纪初年加兰氏（Antoine Galland，1646—1716，法国古物学及东方语言学者）之法文译本。自时厥后，《天方夜谭》中之著名人物，如赫仑挨力斯怯得（见前〇见书中《二黑犬》及《加利弗挨力斯怯得轶事》等篇，篇名悉从奚若译本）、史希罕拉才得（Scheherazade，人名，亦悉从奚若译本）、噶棱达三人〔见《二黑犬》《生圹记》《樵遇》《金门马》诸篇。按噶棱达（Calender）本系回教某派游行募化之僧人，非一人之姓名也〕，爱里巴柏（Ali Baba，见《记玛奇亚那杀盗事》篇）、星柏达（Sindbad，见《谈瀛记》篇）、爱拉亭（Aladdin，见《神灯记》篇）等，乃成为全世界之人消遣娱乐之资矣。

《天方夜谭》何时作成，说者纷纭，末由断定。然谓其作于纪元后第十三、第十四世纪之间，当非误也。书中所志各地风俗民情，多与十三、十四世纪开罗（Cario，埃及之大都会，临尼罗河右岸）城中之情形相同，故此书似当在开罗编成。惟书中之故事，则来自多国。或源出数百年前，而非得之于一时一地者。论者尝谓，国土之名，见于此诸故事中者，有非洲西部、埃及、叙利亚及古印度。而书中叙仙魔等等，则波斯国之旧俗也。其一故事（按此指《谈瀛记》）似脱胎于荷马之《奥德西》，另一故事（按此指《波斯女》)似脱胎于犹太人所作《圣经·旧约》中之《以士帖记》(*Esther*)。而书中叙名王赫仑挨力斯怯得御极时报达京城中之景况,则确类阿剌伯回教国都城(麦加)最繁盛时也。鲍尔敦氏〔Sir Richard Burton,1821—1890,曾译《天方夜谭》为英文,定名曰《一千一夜》(*The Thousand Nights and a Night*),一八八五至一八八八年出版)坚持彼之说,谓此书之大体结构,原出波斯。书中故事之最古者,当系纪元后八世纪时事。全书之规模,于纪元后十世纪时已略具;其后但事增修,而要必为多人所共作,非出一手者云。

鲍尔敦氏又申明《天方夜谭》描画中世时之阿剌伯人,善恶并著,瑕瑜互见,无所隐讳。其人性行颇高贵。幼童则孝敬父母,笃爱朋友,读书勤奋,举止大方。至成人则勇而和,能自立,忠于国王,忠于回教,遇外人殷勤而有恩礼。为父则慈,为夫则贤,为友则忠。好名而有信,任侠而尚义。又其赋性循良,笃信天心及命运而不思违抗。对贫病疾苦之人,极为仁厚,亦其天性。且自信死后可得极乐,故少郁郁之意。凡此均其所长也。

顾《天方夜谭》中之阿剌伯人,其性行之疵瑕亦甚多,常流于蛮野横暴。"其人幼稚而精干,愚鲁而狡狯。外貌温恭庄严,而内心则轻佻浮靡,盖极复杂之能事者矣。"(按此段乃引鲍尔敦氏之说。)又懒惰而倨傲,顽梗而迷信鬼神。天性狂热而一偏,故崇奉回教,而于此外所有之宗教,则皆攻斥不遗余力云。

《天方夜谭》中之故事,以小说中常用之一法(即由一人口述),强勉连贯组合,故结构甚不严密。其"缘起"中,谓昔者印度某王(按王名史加利安,书中称为苏丹,实系波斯之王而兼领印度者)因其后不贞,怒而欲尽杀国中诸妇女。乃著为令甲,每夜必以良家女一进御为妃,次晨破晓即缢杀之。令行,全国妇女皆汹惧。幸得维齐(Vizier,即宰相)之长女曰史希罕拉才得(名见前)

者以巧计解之,乃免。盖女以己身进御,而于每晨破晓前为王(即苏丹)述说故事,极恢诡动听,滔滔不绝。王欲听故事之究竟,遂命暂缓行刑。如是夜复一夜,积至一千零一夜之久,而王往日残刻之心业已消灭净尽,遂除此苛律,而册女为后云。(详见《天方夜谭》缘起及全书之末页,读者可参读译本。)此即《一千一夜》(此书之别名)书中故事之所由来也。其实,此诸故事来源匪一,优劣杂厕,汇编而成者耳。然全书描叙东方风俗人情,璀璨陆离,若万花镜(俗名百花筒)之鉴物,至足动人之称赏者也。

《天方夜谭》固非完备之文学著作,然如潘氏(John Payne)、鲍尔敦氏(见前)诸家译本,则几于文学名著之林矣。盖一经此诸家之传译,原文冗漫缺略之处,均于无形中删节弥补。冷氏(见前)译本最为通行,然非最佳之译本。(奚若之中文译本,即系由冷氏之英文本转译出者。按冷氏之译本成于一八三九年。)鲍尔敦氏译本中之注释及论评,具见其学问之渊博。此君研究东方学之著述,篇篇皆可贵也。吾西方之人,读《天方夜谭》,不宜读字句密合原文之译本。盖因原书卷帙过繁钜(鲍尔敦氏译本有十六册之多),且常多猥亵及重复枝蔓之处,故以读已经删节而撮取大意之译本,为较善也。

今试录取书中一段,以史各脱氏(Jonathan Scott)通行之意译本,与鲍尔敦氏富于诗情之直译本,两相比较,趣味殊深。如下:(按今在中文译本,不能比较。姑录奚若所译此段,以见译笔之一斑。兹所录为《谈瀛记》之一段,见译本第一册一百十六页。)

> 一日风骤作,帆若飞鸟疾。数时许,抵一岛,草芊芊一碧,景色幽寂。舟下碇,客多登陆眺瞩,余亦从。舟处久,倦闷,得散步游目。心畅甚,相与席地饮。忽岛摇曳若浮舟波

浪中。主舟者忽大呼亟归。稍迟,难将及。盖巨鲸往往背出海面,峙若山岳,且丛生草木,多误为岛。(下略)

《天方夜谭》书中之材料,虽极杂糅,然可约别为数类:一曰历史,其中有长篇者,情事奇诡,然多本于前代之实事。二曰前朝轶事,多述某朝诸多加利弗(Caliph,国君而兼教主)之生平。三曰神仙鬼怪故事,最为奇诡,为全书之特点。四曰显示学问之故事,或穷究哲理,或图状名物。(有类《山海经》《博物志》等书。)五曰禽兽寓言。至文中引用杂出之诗句,则多取之于古代阿剌伯正宗之诗,或后此著名诗人之作。其中优劣不齐。有设想甚美妙者,亦有情致极平庸者。

按上言之五类。今每类各为举例如下:(一)《海陆缔婚记》,(二)《二黑犬》,(三)《神灯记》,(四)《谈瀛记》,(五)《杂谈》。

《天方夜谭》一书,开卷即云:"仁慈悲悯之上帝(回教人称上帝为Allah,与耶教不同)鉴之:上帝乃仁惠之王,宇宙之创造者,三界之主。愿上帝无疆之庥!"由是可知书中故事,实表明回教正宗信徒奉神之虔与信道之笃,而足为研究回教各国之风俗习惯信仰者借镜之资也。

今就《天方夜谭》中,择取故事一篇,题为《荒塔仙术记》(见译本第二册一百十七至一百五十八页),撮述其情节,以概其余。即如下:

太子客马力儿瑟孟(Camaralzaman)者,英伟之少年,而某岛国王之嗣子也。太子年十五,国王欲内禅,先命选贤淑女为太子妃。太子夙谓女为不祥之尤,祸中于男子且无极。闻命怵惕,不愿立妃以自蹈不测,遂坚辞。阅二载,仍无成议。国王怒其子之顽梗，乃幽诸荒塔。当是时，中华国亦有类此之奇事。盖中国皇帝有女，名白达力(Badur)，美如晨曦，姿容绝世。求婚者踵相接，公主无一当意。久之，皇帝怒，遂幽公主于别院。女仙密梦里(Maimoune)者，潜居于太子所幽之荒塔壁中。某夜，得睹太子，惊为修美映丽，绝世无匹。又有恶魔登赫斯客(Danhasch)者，尝出漫游，至中华，得见白达力公主，亦震眩于其美。已而密梦里与登赫斯客飞翔天空，不期而遇。因互道其所见太子及公主之美，争持各不相下，遂决比较以定轩轾。于是登赫斯客以电光一闪，摄公主至荒塔，置太子榻上，使共枕相偎傍。太子寤，见公主，不觉神为之荡。爱情如炽，与互易约指，旋复入寐。女仙与魔促公主醒，见太子，亦惊羡且爱。自语曰：不意天壤间有此俊物，余自悔畴昔孟浪，遽逆父言。今不复能坚执前说矣。既复酣睡，魔乃携公主返中华。翌晨，太子必欲得梦中所见之美人为妻，顾遍觅弗能得。太子自此意惘惘，容锐减，瘦骨柴立，呻吟床褥间，病日剧。公主起，亦以梦中所遇者语人，人咸以为狂。皇帝卒乃宣谕国中，有能愈公主疾者，即以妻之，且嗣帝位；但承命而治之不愈者，杀无赦。惟此事至难，挟术而至，不能奏效，因而见杀者，百五十人。初，公主之乳媪，有子曰墨沙文(Marzavan)，幼与公主同抚育，亲爱若兄弟。游海外归，得悉宫中事。以计潜入宫禁，谓公主，已将漫游天下，穷搜博访，必觅得太子之所在也。墨沙文出行四月，至一国，闻人道太子之奇疾。墨沙文寻迹求之，进谒国王，自言能愈太子病。试之，太子疾果立愈，众以为神。墨沙文与太子以计脱离岛国，行抵中华。太子乔装为方士，自言具法术，能治公主疾。众见其为美少年，怜而劝阻之。不听，太子乃作书致公主,自陈颠末,具道相爱之情,而以公主之约指封入函中,并寄呈之。公主得书惊喜,拔关趋出,相见,互通款曲。于是众皆大欢喜,即日为公主、太子行合卺礼。仪文丰盛,又置酒高会,如是者数月。后此太子偕公主返已国,途中散失,公主所佩之玛瑙驱邪符,误为太子携去。太子至异教人之国,几遭杀戮,隐居避祸。掘地,得窖中藏金,又复获驱邪符于死鸟腹中,终局团圆。太子并得意白里岛公主为妻,两后和洽无间,幸福靡极。情事繁多,述之有不能尽者。要之,此篇为极奇美之小说,而东方色彩精神之所寓也。

此奇美玄妙之幻境,吾人莫不遨游其中。盖凡读此诸故事者,莫不称赏艳羡,而手不忍释卷也。(按《天方夜谭》为西人所最爱读而最通行之书,虽妇孺皆知之,有类吾国之《三国志》《封神演义》等,故此处如是云云。)曰噶棱达三人所述之故事〔按此实为三篇(名见前注),并非一篇之题目〕,曰《谈瀛记》,曰《报德记》〔即《盖纳曼(Ganem)传》〕,曰《橐驼》,曰《神灯记》,曰《记玛奇亚那杀盗事》〔即《爱里巴柏(Ali Baba)传》〕,曰《异马记》。但一读此等故事之题目,即已忆及其中无穷生动之情事。彼印度之王,因出令残毒,故须得人以此等故事娱而解之。彼慧美贤淑之妃史希罕拉才得,乃能讲述此诸多故事。吾侪生百世之下者(指读《天方夜谭》之众人)并深感王与妃之恩惠矣。(微王与妃,则无此书故也。)《天方夜谭》全书之结局曰:(照录奚若译本第四册一百六十六页。)

史希罕拉才得历道异闻,以娱苏丹之听,言若炙毂,日出不穷。苏丹深奇后具此记忆力,且嘉其颖悟,益嬖之。(原书所录由此处始)日月荏苒,自史希罕拉才得入宫以来,已阅千有一夜,并已产三子。苏丹徐察其幽娴贞静,既悦其美,复钦其贤,往日残刻之心,为之渐杀,隐自悔前日设律之苛矣。史希罕拉才得揣知其意,乘机求赦,并请废杀妃苛例。苏丹笑许之,且曰:卿灵心慧舌,假述故事,以为谲谏,朕早有感于中。曩徒以盛怒,设此苛例,实则非朕本意。然微卿,女子之死吾手者,将不知凡几矣。卿明知白刃在前,甘牺牲己身为众女请命,勇义尤不可及。朕今册汝为后,立母仪为天下率,勿负朕厚望焉。史希罕拉才得俯伏而谢,抱苏丹足,以示感戴。苏丹即以告大维齐(即史希罕拉才得之父),使布告国中。闻者咸额手颂后德,且为苏丹祈福也。

第三章 《圣经》之文学

第一节 总论

东方各国之文学中,以希伯来人(即古犹太人)之成就为最宏。东方又为世界各大宗教之发源地,而希伯来人之宗教尤为杰出。其思想之纯粹,人生问题理解之深至,精神内观之透彻,均非他国他族所能及也。《圣经》中之《旧约》《新约》,诗思丰富,叙事清晰,即不论宗教之道理,而其文章之美,已足使读者莫不感动也。然则距今二三百年前,吾美国人之祖上,以"专读《圣经》一部"见称于世。(按美国人之祖上,始自英国迁殖兹土者,皆为清教徒,笃信宗教,嗜读《圣经》,故有此称。)即近今人事日繁,学术发达,而《圣经》仍为英文及其他各国文中流传最广之书者,诚有由矣。昔固有据《圣经》以立专横武断之信条,又误用为历史科学之标准,然大都取作世人立身行事之轨范。若本章所言,则视为文学而研究之也。

《圣经》之内容　按今英文译本《圣经·旧约全书》共三十九篇。其中有先知、历史、法律、诗歌等类,而皆作成于纪元前一千年至一百年之间。《新约全书》共二十七篇,似皆作成于耶稣纪元后一百五十年中。记耶稣生平言行,又载基督教会初期之历史及文章。新、旧《约》合共六十六篇,虽其中作者生不同时而境遇大殊,然实皆犹太种人。又著述之宗旨惟一,故汇为一编,缜密连贯,无拉杂堆凑之痕也。

按以上所言之六十六篇,乃所谓《圣经本传》或《正编》(*the Canonical Books*),而基督教之各宗各派所共奉为经典及规约者也。其各篇之名目及次序,平常《圣经》英文、中文译本中皆备具,检寻极易,故兹不举述。此外有称为《圣经外传》或《杂编》(*the Apocrypha*,义云隐秘)者,旧译为《不经之书》或《伪书》,凡十四篇,大都作成于纪元前三世纪至一世纪中,而并出于埃及、巴比伦等国,非尽由犹太本土。古犹太人之《圣经》(《旧约》)中,不列此诸篇,然七十子之希腊文译本(详见下)中则有之。圣觉罗之通俗拉丁文译本(详见下)亦收存此诸篇。早年基督教会人士,视此与《圣经本传》无殊,然约瑟夫斯(Flavius Josephus,37—95 A. D.,犹太史家,以希腊文著书)始不认为《圣经本传》之一部。至纪元后二世纪之末以还,人多视此诸篇为"伪书",厥后区别益严。各宗之态度,一言以蔽之,希腊教会则始终不认其为伪书,与《圣经本传》各篇一体崇奉,毫无畛域。天主教会则以此十四篇中之最后三篇(见下所列)为伪书,而以其余之十一篇归入《正传》。耶稣教会则全视为伪书,故《圣经》英文译本及平常中文译本,均不载此诸篇。(《圣经外传》之英文译本与希腊、拉丁文旧本中,各篇次序又不相同。)今列《圣经外传》之篇目如下:(一)《多比记》(*Tobit*),(二)《犹滴记》(*Judith*),(三)《以士帖记》(*Esther*),(四)《所罗门智慧书》(*The Wisdom of Solomon*),(五)《西勒之子耶稣智慧书》(*The Wisdom of Jesus the Son of Sirach, er Ecclesiasticus*),(六)《巴录记》(*Baruch*),(七)《三神童歌》(*Song of the Three [Holy] Children*),(八)《苏撒拿记》(*Susanna*),(九)《巴勒及龙记》(*Bel and the Dragon*),(十)《麦考伯记》(*Maccabees*)上,(十一)《麦考伯记》下,(十二)《以士德拉书》(*Esdras*)上,(十三)《以士德拉书》下,(十四)《马拿西祈祷文》(*The Prayer of Manasseh*)。

历史之事实　据希伯来人之传说,其远祖(按Patriach一字,《圣经》译本中,有时作先祖,有时作族长。今酌择用之)亚伯拉罕(Abraham,原名Abram,义云尊父。上帝为改今名,义云群众之父,望其子孙蕃殖也)自美索包达米亚迁来,奠居于巴勒斯坦,为时甚古。其子孙世居斯土,皆以游牧为业。及后为饥馑所迫,乃走入埃及,留居彼国约二三百年。初至颇受优待,既则降而为奴。卒由其族之伟人摩西(Moses,义云拯。命名之意,见《出埃及记》第二章第十节)率领之,阖族逃出埃及,行旷野中,备受艰辛挫厄,得抵其故国之边境。故国即巴勒斯坦,义云上帝所许以锡该族人之土也。至是而摩西殁,约书亚〔Joshua,与耶稣(Jesus)同为一字,义云耶和华是救主〕继为族长,进入巴勒斯坦,与占据其地而文化较高之民族(殆皆细米底族,与希伯来人同)苦战,逐渐胜之,而夺其土地焉。

自兹以后,史乘较备,可以征信。希伯来人之既征服巴勒斯坦而于此奠居，乃建立王国。(是曰以色列王国。Israel疑是上帝之兵卒之义。)一传至大辟〔Devin，义云眷爱(神所眷爱)。《圣经》译本作大辟，通译大卫〕，雄姿英发，以勇武魁桀著称。其在位而国势最盛之时，约当纪元前一千年。大辟统一全国，削平内乱，又四出征战，开拓疆土，南接沙漠之边，北抵黑门山(Mt. Hermon，义云神山)之麓(南北相距二百五十英里)。其时国威张，民气奋，文学宗教皆大进步，大辟王之力为多也。继立之君〔即所罗门(Solomon)，大辟之子。〕横暴失人心，致国土分裂为二：北曰以色列国，南曰犹大国。对峙阋墙，不能合力御侮，强邻乘之，卒于纪元前七二二年(以色列国之亡)及五八六年(犹大国之亡)先后为亚述人及巴比伦人所灭，举国之人皆为俘虏以去。(是曰巴比伦之俘囚。十四世纪时，罗马教皇依法兰西王之势力被迁至法国境内之Avignon地方，居此约七十年。史家亦称之为“教会之巴比伦之俘囚”，其源盖出于此也。)及其后(纪元前五三八年)波斯王古列(Cyrus，《圣经》译本波斯作巴西)诏谕天下，使两国遗民重归故土。然其时尚生存而得归者已无多，且皆为犹大国之人。自是而希伯来种人通称曰犹太人，今犹存此名也。

以色列与犹大亡后，旧都耶路撒冷(义云平和中所建。此城乃大辟王所筑，而定都于此。故又称为“大辟王之城”)依然为思想及信仰之中心。六百年中，先知(prophets，一译预言家)挺生，为犹太民族宣泄其意旨。先知之责任有二：一则准时势以立言垂训；二则期望后日苦尽甘来及救主之降临是也。然其时之巴勒斯坦，历为巴比伦、波斯及希腊诸国所统治，而当耶稣基督诞生之年，则又隶于罗马帝国之版图者多时矣。

拿撒勒(Nazareth，邑名。耶稣原籍为此地人，然生于伯利恒)人耶稣之生平及其设教，影响于世界之思想者至为深厚。耶稣盖世界古今最能感动人之人物也。耶稣自其诞生，居加利利省之故家，地当耶路撒冷之北六十五英里。业木匠，寂然无闻。行年三十，乃出赴各地传道。教人以持正行义之旨，并以身作则。如是者仅二年有半，即被惑众作乱之罪名，以残刑处死。（即钉死于十字架。）阅四十年（纪元后七十年），罗马镇将提多（Titus，其在帝位之年为79—81A. D.）攻陷耶路撒冷城，夷为邱墟。自是而犹太民族之历史乃与世界各国之历史合而为一矣。（意谓犹太之国不复存。然犹太人所创之基督教，则世界各国咸奉之，故各国之历史亦即犹太之历史也。）

文学与历史之关系　巴勒斯坦幅员狭小，而希伯来人种又与他种隔绝，用能常保其纯粹之血统及特异之制度文物。然四境以外之影响时时侵入，使希伯来人之生活及文学愈益丰富。其西南则有埃及，时为友好，时为寇仇，而其政治文化上之影响至不可没者也。其近邻则有非利士地，该处居民非细米底族，而艺术文明极发达之国也。其北则有叙利亚，都于大马色城。此国与希伯来人之历史在在均有关系，且其势骎欲吞并希伯来之国而夷灭之者也。而诸邻国中之最重要者则推亚述。亚述为东方武功最盛之国，古文明发源之地。希伯来文明且远在其后焉。巴比伦及亚述国人所传宇宙创造及洪水之故事，与希伯来人所传者相同（参阅本志第二十八期《世界文学史》第十三页按语），而摩西立法之所依据者实巴比伦之法律也。亚述国之商人结队以赴埃及者，例须经行巴勒斯坦，自东北而趋西南。而他国他族之商人，复来自他方，所过遂成大道。又有自远东贩运香料及珠宝而归者，亦自南方度沙漠而入巴勒斯坦。至于各国交战之时，兵队之往返经过巴勒斯坦，蹂躏其田地者，更难数计。隙衅丛生，常启战端。致古犹太之人，虽非其所愿，而干戈争持，历久不息。其国既当通衢要路之冲，为四战之地，则古犹太人深受邻国文化思想及其强弱得失之影响极深，此又何足异哉！

希伯来文学史可分数段。(一)远古时期，即大辟王御极以前之五百年中是。(约自纪元前一五五〇至一〇五〇年。)其时之文学，均由口传。关于宇宙之起原及人类历史之发轫等种种思想，均成于此时。又希伯来人在埃及之遭遇及归来光复故国之战绩等种种旧说，亦皆采集确定于此时也。至论法制，则有诸多之规训、法律及部落之旧习遗风，以及细米底族之立法，均渐著成明文。至论诗歌，则有宇宙创造及洪水等史诗。其源固出于他国之细米底族，然能除恶去秽，修琢完善。又于短篇之通俗歌曲，如井泉之歌曰：

泉之始达　唱予和汝(见《旧约·民数纪略》第二十一章第十七节。下略。)

又有战争之歌曲，如《士师记》第五章底破喇(Deborah)所唱之歌，雄放而邻于粗犷。更如《出埃及记》第十五章摩西颂美耶和华之歌曰：(歌词甚长，今仅录第六、第七、第八三节，以示梗概)

耶和华显其大能　施力而群敌丧亡　作威而仇雠覆灭　其怒如火　毁敌若茎　其扬烈风　使水骤起　涛若堆立　波凝海中

而此期文学之传于后者，又有通俗之寓言及哑谜等，悉著以诗体。例如参孙(Samson)之隐语(见《士师记》十四及十五章)及约担(Jotham)之寓言(见《士师记》第九章，第八至十五节)是也。

(二)第二时期(纪元前一〇五〇至七五〇年)，即所谓"诗歌及预言史乘之创造时期"者是。《旧约》中自《创世记》至《列王纪略下》诸篇之预言及历史之材料，大率皆出于此时期；即诸篇中所引古书中质朴英雄之故事而不传于后者，亦然。法典律例等，亦系此时期所编著。又诗歌篇章，如《撒母耳记上》第十章及第二十四章所引之谚语。又如雅各为众子祝福，预言未来事一段。(其词见《创世记》第四十九章第一至二十七节。)又如巴兰所作歌，均此时期之佳作也。

(三)继之者则所谓先知之时期(纪元前七五〇至四〇〇年)，盖文学著作最盛之时也。其著作或成于巴勒斯坦本土，或成于俘囚流亡之后。最要者为《旧约》中之《亚摩士书》《何西书》《以赛亚书》《米迦书》《耶利米书》《以西结书》《以赛亚书》续编(即《以赛亚书》第四十至六十六章)等篇。而《申命记》及《以西结书》中之律法，《尼希米记》中之记录，及诸多祭司之著述，皆此时期之作也。至论此时期中之诗，则有《耶利米哀歌》及《诗篇》中之多篇云。

(四)《旧约》作成时代之最后三百年中(纪元前四〇〇至一〇〇年)为摹古之时期，以规抚前人为事。生于此时期之著作家，有最晚出之先知马拉基(详见《马拉基书》)，《圣经外传》(即不经之书)诸篇之作者，编纂先知及祭司所作史乘及诗歌之人。又《以士帖记》《约伯记》《箴言》《雅歌》《传道》诸篇之作者，皆是也。《旧约全书》于此时期编成定本，永远奉为经典。又于此时期译成希腊文行世云。(详见下节。)

《新约》书中各篇作成之先后，于兹不必深究。总之，直至纪元后第二世纪之末叶，始有将关于耶稣生平言行之圣书及早年基督教会之历史，汇为一编，垂为恪遵不易之经典者，即今之所谓《新约全书》是也。其中撰述之人，皆系最初之使徒及耶稣之门弟子，或从其教诲受其指示之人。(即私淑耶稣者)《新约》中之各篇，当以耶稣之传四篇，即所谓四大福音者为最重要，然其作成并非最早。外此则有致各地教会人士之书信多篇,传教历史一篇(即《使徒行传》),而殿以《默示录》。《默示录》灵秘深奥,甚不易解,与《旧约》中之若干篇极有关系云。

《圣经》编辑及翻译之略史　古犹太人所奉为经典之《旧约全书》,分为三部:一曰法典;二曰先知书;三曰杂著。法典凡五篇(自《创世记》至《申命记》),即所谓《摩西五书》(*Pentateuch*)者是。先知书凡八篇。〔一《约书亚记》,二《士师记》,三《撒母耳记上下》,四《列王记略上下》,五《以赛亚书》,六《耶利米书》,七《以西结书》,八《小先知书》。(小先知凡十二人,其书凡十二篇。即《何西书》《约耳书》《亚麽士书》《阿巴底书》《约拿书》《米迦书》《拿翁书》《哈巴谷书》《西番雅亚哈基书》《撒加利亚书》《马拉基书》是。)〕杂著凡十一篇。(其目如下:一《诗篇》,二《箴言》,三《约伯记》,四《雅歌》,五《路得》,六《耶利米哀歌》,七《传道》,八《以士帖记》,九《但以理书》,十《以士喇记及尼希米记》,十一《历代志略上下》。)《旧约全书》,系用希伯来文作成。惟《但以理书》之若干部分及《以士喇记》,则用亚兰文(Aramaic)即北方细米底方言之一种云。纪元前第二世纪中,亚历山大城(在埃及尼罗河口)中之希伯来学者七十人,共译《旧约全书》为希腊文,即所谓七十子之译本(Septuagint)是也。《新约》中所引《旧约》书中之词句,多系取之于七十子之译本。盖《新约全书》乃以希腊文作成,特其为亚历山大时代(即大希腊时代。见本志第二十七期《希腊美术之特色》篇第二十三及二十四页小注)之希腊文耳。纪元后四〇五年,圣觉罗(St. Jerome)译《圣经》为拉丁文竣功,是曰通俗拉丁文译本(the Vulgate)。其中之《旧约》一部,即系由七十子之希腊文译本转译出者,而非由希伯来文原本直译者也。

《圣经》译成英文之历史,此自为吾人(指美国人)所急欲知者。按《圣经》之英文译本，其重要者有十家，而以韦克里夫（John Wycliffe，1324—1384，为宗教改革之先驱，著述颇多）、丁达尔（William Tyndale，1485—1536）、英王詹姆士第一敕定、天主教会、英国校订、美国校订诸译本为尤关重要云。所号为韦克里夫之译本，实告成于韦克里夫殁后数年（约系一三八八年）。丁达尔之译本，则成于一五二六年以还。天主教会《圣经》译本《新约》之部，于一五八二年译成，刊行于吕木（Rheims）地方（在法国东北部）。其序曰："此本系由最确凿可据之拉丁文本，译成英文。又与希腊文及其他各国文原译之本精细对勘，以求无误而不失原意云。"其《旧约》之部，则于一六〇九至一六一〇年刊行于杜埃（Douai）地方（在法国境内）。以上二部合成之天主教会译本，复于一七四九至一七五〇年，又于一七六三至一七六四年，详加校订。今世英美各国之天主教徒，其所读之《圣经》，即此两番校订后之译本也。

英王詹姆士第一敕定之译本，系于一六〇四年着手编译。由王钦派神学名家五十人司其事，一六一一年译成，敕令颁行，著为定本。该译本文体之庄美，词句之巧妙，为凡读者所共见，实非他种译本所能望其项背也。虽其中间有错误之处，然后来诸种译本无能取而代之者，至今犹为人所宝贵焉。且此译本有厘定英国文字之功。其时（女王伊利沙伯及詹姆士第一在位之时）为英国之盛世，文治武功，并极灿烂。而此《圣经》译本之成功，实足为光荣之点缀也。该译本刊行之时，其端题曰"此本系新自《圣经》原文译出，又与以前各种译本精细对勘，逐处改正"云云。试由韦克里夫、丁达尔及詹姆士第一敕定之三种译本中，取人所熟知之一段（《新约·马太福音》第七章第二十四至二十七节），比较而读之，必可获益也。（按今在中文译本，不能显示三种英译本之同异，仅能录此段之译文如下。）

闻吾言而行之者，譬彼智人，建屋磐上。雨降潦行，风吹撞屋，而不倾覆，因基磐上。闻吾言而不行者，譬彼愚人，建屋沙上。雨降潦行，风吹撞屋，遂以倾覆，而倾覆者大也。

费拔神父(George Stanley Faber，1773—1854，英国神学家)论詹姆士第一敕定之译本曰："读此译本者，如听天乐，余音绕梁，历久而不能忘。(中略)斯乃吾国民心理之一端，而英国民族严正精神之所寄托也。人类之在艰难挫折困苦牢愁中者所具之无穷力量，实含蓄于其字里行间云。"

第二节 《旧约》中之诗歌

希伯来文字甚为简朴，无复杂之句法。每段每句起处，常用一"又"字或"而"字。文中所用之字亦属有限。其诗则具自然之音节。吕斯教授(Ernest Rhys，今世英国文人，即编辑Everyman's Library丛书者，又选辑*Lyric Poetry From the Bible*凡二卷。此处即该书中语)谓："希伯来诗可译为任何各国文字，而其原有之音节不至损失。希伯来诗中之骈俪及排句，译成他国文，不惟不减其措词之巧妙，且存其原有之魔力焉。"

古希伯来之人，目睹上帝所造世界之种种奇美，深为感动。此其例证极多，彼著作《旧约》各篇者，其视自然世界，实为上帝之德威之所表现，故凡歌咏及于自然，其立意仍常不离宗教也。举例如下：

《撒母耳记下》第二十二章第十二节：以晦冥为宫，以叆叇为帱。

《诗篇》第一篇第三节：譬彼林木，植于溪旁。随时结果，其叶青苍，百事允臧。

《诗篇》第十九篇第一节:上帝兮,上天彰其荣光,穹苍显其经纶兮。

《诗篇》第二十三篇第二节:使我伏芳草之苑,引我至静水之溪。

《诗篇》第四十二篇第一节:我一心仰慕上帝,犹鹿渴慕溪水兮。

《诗篇》第六十五篇第九至十三节:尔眷顾斯土,使之丰亨,有大河以资灌溉,五谷繁熟。/甘霖雱霈,沃其田畴,润泽土壤,使生庶物,锡以绥祉兮。/恩惠相加,秋收饶足。尔所经行之地,沐以恩膏兮。/旷野有苑,咸霑膏泽。万山之民,靡不喜乐兮。/群羊遍野,五谷盈阡。居民欢呼,咸讴歌兮。(按此可与《以赛亚书》第五十五章第十二节“山冈缘尔讴歌”二句比较。)

《诗篇》第八十四篇第三节:万有之主耶和华,我之君王,我之上帝兮,彼雀构宅,彼燕营巢,以庇厥雏,余愿居尔坛侧兮。

《诗篇》第一百零三篇第十五及十六节:人之生也,譬彼草莱,欣欣以向荣兮。/疾风一吹,立见凋枯,无从觅迹兮。

《诗篇》第一百零四篇第一至七节,又第十至十二节:我之上帝耶和华兮,其大无比,其威赫奕兮。/焕光华为衣,张穹苍若帱兮。/建宫于玄冥,乘云为大辂,藉风为翼而翱翔兮。/其用使者犹风,役者犹火兮。/立地于四维,永不迁移兮。/使水遍地,如衣被身,怀山襄陵兮。/主发雷声,叱咤波涛,水奔腾而尽退兮。(中略)主使陵谷浚其泉源,山峦有其涧溪兮。/俾野驴解渴,百兽得饮兮。/维彼飞鸟,栖于山冈,鸣于树间兮。

《诗篇》第一百零七篇第二十三至三十节：世人驾舟，航海为业兮。/在彼深渊，得窥耶和华之经纶兮。/主降厥命，狂风骤起，波腾浪涌兮。/维彼舟子，倏而随之起，有若升于穹苍。倏而随之下，有若堕于海底兮。因其危险，厥魂丧失兮。/摇撼不定，譬彼醉人，无所施其技兮。/患难之时，呼吁耶和华，蒙厥拯救兮。/主使风恬浪静。/人得平息，欣喜不胜。蒙主护佑，得至泊所，如其所愿兮。

《约伯记》第九章第四至十一节：上帝具至智，有大能，违之者乌能得福？/上帝一怒，则冈峦迁徙，山岳倾颓。/大地摇撼，坤舆震动。/阖则日不出，闭则星无光。/手辟天宇，足乘海涛。斗柄旋，参昴见，南方之宫，运气躔度。/上帝所行，大不可测，异不可数。/其至我不见，其过我不知。

如此清简朴茂，恺切动人之诗，诵读之余，何敢复赞一辞！惟其诗之美，固由音节之和谐与思想之高尚，而亦由其骈俪之体裁，即以两句两段平列而互为对仗是也。例如下：

《撒母耳记下》第一章第二十三节：扫罗及约拿单(一)生存之日，相爱相悦。(二)虽至死亡，亦弗离逖。彼二人者，(一)疾于鹰。(二)猛于狮。

《诗篇》第二十四篇第一节：(一)大地(二)万有。耶和华主宰之兮。

《诗篇》第二十七篇第一节：耶和华兮。(一)赐予光明福祉，予何虑兮？(二)扞卫我躬，予何惧兮？

对举之二段，有时意适相反，从中翻转，力为映衬。例如下：

《以赛亚书》第一章第十八节：耶和华又曰：尔来，吾语汝。(一)尔罪贯盈,其色浓若赭,深若绛。(二)我必使之皓然洁白,如棉如雪。

又或前段词意未完,后段重复申说,以足其意。例如下:

《诗篇》第二十九篇第一节:天使以尊荣能力,归于耶和华兮。(按此段译成中文,与英文原本之句法适成颠倒,无由晓示前后二段之关系。读者当于英文本中求之也。)

又或对举之二段,一问一答。例如下:

《诗篇》第二十四篇第三及四节:(一)耶和华兮,尔有山冈,孰能陟之？尔有圣所,谁其立之?(二)手惟洁,心惟清。不虚诞,不妄誓兮。

乃如《诗篇》第一百一十九篇,每句之中,皆有与“法律”同义之字。(如行、法度、道、命、礼仪、典章等。○皆指法律而言。)其诗以八联为一首。而就全篇以观,各首之第一字母,实按希伯来文字母之次序而排列者,具见匠心之奇妙。然诗情因之斫丧不少。又如《耶利米哀歌》,亦系按照字母之次序而排列者,其组织形式至为繁复,不易撮述。〔参阅杜来华(Samuel Rolles Driver,1846—1914,英国《圣经》学者。著《旧约文学导言》*Introduction to the Literature of the Old Testament*)及毛尔登(Richard Green Moulton,美国今世文学家,曾任芝加哥大学教授,著述颇多)著《近世圣经读本》*Modern Reader's Bible*。〕惟其内容则较《诗篇》第一百十九篇为佳美耳。

试翻阅《圣经·旧约》中诗歌诸篇,则见言情之佳作,纷纭络绎而来,表示生人之各种感情。惟皆严重而绝无诙谐之趣,是足异耳。今于各种感情,分举其例于下:

一曰愁思

《诗篇》第一百三十七篇第一至四节：我坐于巴比伦河滨，追思郇邑，哭泣不已兮。/爰有杨柳，植于其间，悬琴于上兮。/盖虏我者，迫余讴歌。导我至远邦者，强余作欢容曰，当讴郇邑之歌兮。/我在异邦，安能讴耶和华之歌兮！

《耶利米哀歌》第一章第一节：维昔郇邑，居民众多，今则不胜寂寞兮。昔为大国，今若嫠妇兮。昔也列邦为彼所制，今则为人供役，能勿悲兮？

二曰赞颂

《诗篇》第一百篇第二及三节：在耶和华前，欣喜以供役，讴歌而颂赞兮。/宗耶和华为上帝，彼造我躬。我为其民，收我若羊兮。

三曰恐惧与钦敬

《诗篇》第一百三十九篇第七至十二节：尔之神无乎不在，余安能避之？无乎不有，余乌能逃之兮？/如上升于穹苍，尔居于彼，如长眠于地下，尔亦在彼兮。/黎明迅速，如鸟展翮，我藉其翼而奋飞，至于海涯兮。/我得至彼，乃尔引导，扶翼予兮。/如我匿于幽暗之所，自谓人不及见，其暗必光兮。/我不能自藏于幽暗，使尔不见。虽在昏夜，无异日之昭明。光兮暗兮，自尔视之，无以异兮。

四曰忏悔

《诗篇》第五十一篇第一至三节：上帝矜恤无涯，怜悯乎我，涂抹我愆尤。/洗涤我罪恶，消除我过失兮。/予自言己罪,恒念己恶。

五曰**信托**

《诗篇》第九十一篇第一及二节:全能至上之主,爰有密室,凡居之者,得蒙覆翼兮。/我谓耶和华保佑予,范围予,予惟上帝是赖兮。

六曰**仁爱**

《诗篇》第一百零三篇第十一至十四节:譬诸天高于地,体恤倍至,眷祐敬虔之士兮。/譬诸东之远于西,除我罪愆,不加责罚兮。/譬诸父之恤其子,寅畏之人,耶和华矜悯之兮。/上帝抟土为人,永不忘兮。

《圣经》中有极美之诗一篇,述男女之情,而幸得传于今日者,即《雅歌》(一称《所罗门之歌》)是也。此篇似与《旧约》通体之结构及宗旨皆不相合。盖此一套歌曲乃颂扬婚姻之事者,然试持与东方各国类此之作并读,即可见希伯来人思想之高尚纯洁矣。

《雅歌》第二章第十至十三节,又第十六至十七节:夫子告我曰,爱妃美人,与我偕往。/冬已过,雨已止。/花开鸟啼,鸠声遍闻。/无花果树,结果青青。葡萄舒蕊,远吐奇馨。爱妃美人,与我偕往。(中略)夫子属我,我属夫子,其味若百合花。/夫子我所眷爱,譬彼麀鹿,游于庇得之山,曷归曷归。待夕已过,待旦已明,然后相离。

全篇之中,尚有多处,其词意之美,不逊此段也。

《约伯记》在《旧约》各篇中为晚出之作。其时作者,多经历忧患,趋重哲理,一往思深。卡莱尔(Thomas Carlyle,英国文人。见本志第十四期《安诺德之文化论》篇所引)曰:“《约伯记》乃极高贵之书,人人所当读也。人生世间之命运,与上帝之所以待人,此乃亘古难决之问题,而《约伯记》则其最初最古之说法也。统观全篇,其大体自然而舒畅。其情真挚,其词简约。有史诗之音节,止于和平而安定。凡此皆其所以为大也。”《约伯记》乃宇宙间之杰作,而世界文学中最奇伟之篇章也。此诗特具一种宗旨,伟大而完备,故亦可称之为史诗。篇中约伯与其友三人之辩说,极类柏拉图语录。(见本志第三、第五、第十、第二十各期译文。)又可与爱斯克拉(希腊庄剧作者,屡见前注)之庄剧《卜罗米修斯被缚记》(*Prometheus Bound*,已见前注)相提并论。以故解农教授(Prof. Genung,著有 *Guidebook to the Biblical Literature*, Ginn & Co. 出版)谓细绎此诗,寻究约伯奋志修行,得达光明与真理之步骤,则可如庄剧结构之式,分为下之五段,或五幕,并其每幕之结局如下:

第一幕(《约伯记》第一至三章)终于约伯之由福得祸。○此段叙撒但之计得行,约伯遭祸。惶惑无主,诸友相对无言。

第二幕(第四至十章)终于约伯之全堕疑惧。○聪明之误用,人世之艰难紊乱,约伯求上帝宽恕及解救。

第三幕(第十一至十九章)终于约伯之复归信仰。○诸友之谬论,约伯决至死不易其操,并深信救主之长在。

第四幕(第二十至三十一章)终于约伯之论断世事。○浮表之利害不足为凭,智慧终属无上。约伯历举己所行事,一一不违于理。

第五幕(第三十二至四十二章)终于约伯之卒得善果。○自审愚昧不足判断世事。上帝乘大风以显其智慧及创造之力。约伯自厌自悔,敬服上帝。

统观《约伯记》一篇,自约伯始罹忧苦时咒诅之言起:

> 《约伯记》第三章第三第四节：我生之辰，不如无此辰。我生之夜，不如无此夜。/ 孰若是日晦冥为愈，孰若上帝不降以福，勿烛以光。

至其后来归服上帝为止。

> 《约伯记》第四十二章第三节：我诚以愚昧之词，使道不明。我前所言，我不自知。斯事神妙莫测，我不得而窥焉。

其间于人生至高至深之境界，及内心精神之问题，殆莫不论究及之焉。

今兹论《旧约》中之诗歌止此。诸多佳美之篇什，如《耶利米哀歌》《以西结书》第十九、第二十七、第三十二各章，《以赛亚书》第十四章中所载希伯来人之哀歌以及挽诗，如《箴言》中之哲理之诗，如《传道》中悲切之叙述（尤以第十二章叙老年之苦况为最能动人）以篇幅所限，遂皆略而不述云。

第三节　《旧约》中之史事记载

更进而读《旧约》各篇中之史事记载，其文章清简高贵，恺切动人，则可想见昔日吾先人初次诵读此书时之乐趣。且可想见远古之时，彼巴勒斯坦之希伯来人，群集于山巅之上、帐幕之中，相互述说此类故事，若者为世界创造之起源，若者为其祖若宗苦乐成败之经历，至千百遍，不厌其繁。言者固津津乐道，听者亦倾心洗耳，不知倦怠。呜呼！此其情形，殆如前日事耳。吾侪生于今日，读此诸篇，犹为感动，况彼当时之希伯来人耶！兹摘录数段如下：

> 《创世记》第一章第一至二节：太初之时，上帝创造天地，

地乃虚旷,渊际晦冥。上帝之神,煦育乎水面。

《创世记》第二章第七节:耶和华上帝抟土为人,嘘气入鼻,而成血气之人。

《创世记》第十二章第一至二节:耶和华谕亚伯兰云:尔可出故土,离戚族,远父家,往我所示之地。我将使尔后成为大邦,锡嘏于尔,畀尔显名,必蒙绥祉。

《创世记》第二十二章第七至八节:以撒谓父曰:吾父与?曰:吾子,吾在此。曰:火与柴,则有之矣。而所燔之羔何在?曰:吾子,上帝将备羔,以为燔祭。

《创世记》第二十八章第十一至十二节:日入时,雅各至一方,遂留宿焉。取石为枕,在彼偃卧,梦有梯,自地参天。上帝之使者,陟降于上。

《出埃及记》第三章第四至五节:耶和华上帝见摩西回步履,则自棘中呼之曰:摩西,摩西,我在此。曰:尔勿前,解尔屦,尔立之所乃圣地。

《士师记》第七章第十九至二十节:时值夜半,守营者初易其班。其田与从者百人至营外,吹角破瓮。三队亦吹角破瓮,左执炬,右执角,呼云:耶和华及其田之刃。

《路得记》第一章第十六至十七节:路得曰:勿使我离尔,不与尔偕。汝所往我亦往,汝所居我亦居。汝民亦为我民,汝上帝亦为我上帝。汝所没之处,我亦死于彼,葬于彼。我惟至死,则可相离。我不若是,愿耶和华降罚。

《撒母耳记下》第十八章第二十四至二十五节,又第三十二至三十三节:大辟坐邑之月城间,戍卒登邑之门楼,遥见一人独趋,呼告于王。王曰:如惟一人,必报信者。其人疾走渐近。(中略)王曰:少者押沙龙安否?古示曰:愿我主我王之

> 敌，暨诸犯上欲害尔者，咸如彼少者。王甚忧，登邑门之楼而哭，且行且言曰：我子押沙龙，我子我子押沙龙。我愿代尔死，我子我子押沙龙。
>
> 《列王记略上》第十八章第三十六节，又第三十八至三十九节：当献祭之时，先知以利亚前，曰：耶和华欤！亚伯拉罕、以撒、以色列之上帝，今日使民咸知，尔在以色列族中为上帝；亦知我属尔仆，凡有所为，悉遵尔命。(中略)耶和华遂降火，毁其燔祭，以及其柴其石其土。沟中之水亦涸。民众见此，则俯伏曰：耶和华诚上帝矣，耶和华诚上帝矣。

《旧约》中历史之部，《路得记》《以士帖记》两篇，及《但以理书》之前半，均有极佳之长篇叙事文。斯乃真正文学之上品也。

第四节　《旧约》中之先知书

能熟读希伯来诸先知之书，而得悉其行事。见其嫉恶若仇，趋善如渴，守义而不屈，立信而不疑；则其裨益吾人之身心，良非浅鲜也。彼提哥亚之牧人亚麽士，说教于伯特利之市中，从之游者，其乐如何。

> 《亚麽士书》第二章第六节，又第四章第十二至十三节：耶和华又曰：以色列犯罪，至三至四，更鬻义人以得金，以贫者易履，故我必罚其罪。(中略)故我必降尔以罚。以色列族乎，尔之上帝将临汝，必预为备，思何以当之。昔我造山作风，使昼往夜来，陟诸崇丘，推测人意。万有之主耶和华，我名也。

彼何西家遭不幸(妇有淫行)，身罹苦难，而其教人，乃以仁慈宽厚、尽心安命立说，感人之深可知已。彼米迦之言，陈义甚高。

> 《米迦书》第六章第七至八节：抑耶和华将以牡绵羊数千为悦，或以万溪流油为悦。我当以初产之婴孩赎我愆尤，抑以亲生之骨肉赎我邪念乎？曰：人之所当为者，言之已彰彰矣。耶和华愿尔无他，惟秉公义，矜悯为怀，退抑以事上帝。

而若诸大先知（按《旧约》中之先知，共十六人。其中最重要者四人：一以赛亚，二耶利米，三以西结，四但以理。称为“大先知”。其余之十二人，即自何西至马拉基，称为“小先知”。此上所述三人均小先知之数）之见解，则尤为高尚而至足钦崇。此诸人者，生时备受艰苦，然后世之荣名乃极辉耀。以赛亚曰：“为义者必获平康。有义之功，必有义之效，永享绥安。我民将居宁宇，无所震动。”（见《以赛亚书》第三十二章第十七至十八节。）又曰：“大声讴歌，耶路撒冷城今已倾圮。今耶和华慰斯民，救斯城，故当欣然，欢声而呼。”（见《以赛亚书》第五十二章第九节。）以西结流居异邦，以上帝之命，告其国人曰：“我必抚集尔曹，来自异邦，反尔故土。（中略）昔以斯土赐尔祖，今必使尔居之；俾尔为我民，我为尔上帝。”（见《以西结书》第三十六章第二十四及二十八节。）以赛亚亦大声疾呼，告此流亡之众曰：

> 《以赛亚书》第四十章第一至五节：上帝曰：尔其慰藉我民，慰藉我民。必以善言慰耶路撒冷之人，告之云，尔居苦境，已终其年，尔罪赦宥。耶和华以恩宠锡尔，较昔降灾，其数维倍。野有声呼云，在彼旷野，备我上帝耶和华之道，直其径，诸谷填之，冈陵卑之，屈曲使直，崎岖使平。耶和华将荣显，凡有血气者得见之。盖耶和华已言之矣。

若此诸段文词之美，音节之响，殆所谓至矣尽矣，蔑以加矣。

后来诸先知，其心目中皆谓将有救主出世，以拯其国人于苦难。以赛亚曰:“耶和华之神赋之,使有智慧,使有谋力。知耶和华之道而寅畏之,知人崇事耶和华之诚伪,不待目见耳闻,而是非悉辨。(中略)腰束以诚,肾系以信。”(见《以赛亚书》第十一章第二、第三、第五节)《以赛亚书》之后半(按《以赛亚书》之第四十至六十六章,近人疑出另一作者之手,而划出之,名曰《以赛亚书下》篇云),描绘此上帝之仆,历劫遭难,以为世人赎罪者。其词曰:

> 《以赛亚书》第五十三章第四至六节:见其困苦,以为上帝谴责之。不知任我恙,肩我病者,正斯人也。彼因我罪,而被伤残。缘我咎而受疮痍。彼遭刑罚,我享平康。彼见鞭扑,我得医痊。我迷于歧途,譬诸亡羊,所向靡定,耶和华使我愆尤丛于其身。

此其人即耶稣基督也。今论述《旧约》止此甚合,可进而研究《新约》矣。

第五节 《新约》

《新约》与《旧约》中之思想,实相连贯,而互为照应。《新约》各篇之作者,深信耶稣即《旧约》中诸先知所预言之弥赛亚〔按弥赛亚(Messiah)系希伯来文,译为希腊文即基督(Christ)也。此字义云沐膏之君主〕,故详记其一生之言行以示后。此诸作者,实继承前人之遗绪。《新约》中引述《旧约》之道理思想之处极多,为读者所共见,则《新约》与《旧约》本为一体,彰彰明矣。

就文学而论,则《新约》中以四种《福音》为最重要。至诸使徒致各地人士之书札,如《保罗致哥林多人前书》第一章,又如《保罗致希伯来人书》第十二章、《使徒雅各书》第三章、《使徒约翰第一书》第三章,论上帝仁慈及灵魂不灭等事,亦甚有关系,然殊不足

与《福音》四书相提并论也。《传道约翰默示录》之理想境界固极美,如其卒二章云:

> 《默示录》第二十一章第一至四节:始造之天地崩矣,海归无有,我则见天地一新。我约翰见圣城,即再造之耶路撒冷。上帝使自天降,预以相待。譬诸新妇,饰貌修容,迓其夫子。我闻大声自天出云。上帝殿在人间,与众偕居。众将为其民,上帝祐之。为其上帝,人昔出涕,上帝拭之。盖旧事已往,然后无死亡,无忧患,无哭泣,无疾病。
>
> 《默示录》第二十二章第一至二节:天使以生命之河示我,其水澄洁如水晶。自上帝及羔位出,河左右植生命之树,树外有衢。结果之时十有二,月结其果,叶可入药,医异邦人。

然《新约》文章之翘楚,究为四种《福音》也。今进而论之。

以下所录诸段,乃由四种《福音》中随意摘出者。试观其文词之妙何如:

> 《路加福音》第二章第八至十节:野有牧者,于夜迭守群羊。主之使者降临,主之光华环照,牧者大惧。使者曰:勿惧,我报尔佳音,关众民之大喜者也。
>
> 《马太福音》第六章第二十六及二十八至二十九节:试观飞鸟不稼不穑,无积无廪,天父且养之,尔岂不贵于鸟乎?(中略)曷为衣服虑耶?试思野有百合花,如何而长,不劳不纺。我语汝,当所罗门荣华之极,其衣不及此花之一。
>
> 《马太福音》第十一章第二十八至三十节:凡劳苦负重者就我,我赐尔安。我温柔谦逊,负我轭而学我,则尔心获安;盖吾轭易,吾负轻也。

《约翰福音》第十四章第一至三节:尔心勿戚戚,当信上帝,亦信我矣。我父家多第宅,否则我必告尔,我往为尔备所居。若往备所居,必复来接尔归我。我所在,使尔亦在。

《约翰福音》第二十一章第十五至十八节:卒食,耶稣谓西门彼得曰:约拿子西门,尔较斯众,尤爱我乎?曰:然。主知我爱尔矣。曰:牧我羔。又曰:约拿子西门,尔爱我乎?曰:然。主知我爱尔矣。曰:牧我羊。则又曰:约拿子西门,尔爱我乎?彼得见三问爱我,忧曰:主无所不知,知我爱尔矣。耶稣曰:牧我羊。我诚告尔,尔少时束带,任意而游,及其老也,将伸手见束于人,曳至不欲往之处。

凡读四种《福音》书者,皆知耶稣与各种人周旋,至为机警无失。无论贫富贵贱贤愚老少。耶稣均能深入其人之心,解除其忧疑危惧、烦难困苦。故耶稣之所言,古今万国之人悉能一体领会,毫无隔阂。耶稣又善为譬喻,非人所及。其所设之喻,如播种者(见《马太福音》第十三章第三节。又见《马可福音》第四章第三节。又见《路加福音》第八章第五节)、败子(见《路加福音》第十五章第十一节)、撒马利亚人(见《路加福音》第十章第三十节)等故事,异常通妥完密,无费词,无剩义。如云:(按此所录乃败子之故事之末段。)

《路加福音》第十五章第十八至二十节:我将反就父曰:我获罪于天,及于父前。今而后,不堪称为尔子,视我如佣人足矣。于是反就父,相去尚远。父见悯之,趋抱其颈,接吻焉。

耶稣所持以教人者,不外仁慈与博爱之义。惟其能洞悉人情,故能善体天心,隐微深曲无不至。此乃耶稣非古今人所能及之处也。

今人之所取于耶稣者，尤以耶稣之精神，实为极端奉行平民主义者。耶稣目睹世间恃强凌弱、倚势欺人，及种种含冤负屈之事，则常气愤填膺，中心如焚。盖耶稣乃真能继《旧约》中诸先知之志者。设想其读《旧约》至“贫乏者流，王拯救之。豪强之辈，王糜烂之”（见《诗篇》第七十二篇第四节），“盖耶和华临格，以鞫天下。公义是秉，正直是行兮”（见《诗篇》第九十八篇第九节），“彼屈抑贫乏，不申其冤，攘夺孤寡，而取其利。其有祸乎”（见《以赛亚书》第十章第一至二节）诸段，其中心之喜慰可知已。耶稣以为自上帝观之，人皆平等。耶稣尝谓其门徒曰：“今而后，我不仆尔，以仆不知主所行。我惟友尔。”（见《约翰福音》第十五章第十五节。）惟然，故不但耶稣生时之犹太平民，听其言而悦之。而后世之闻其风而兴起，得以安身立命、舍生取义、不忧不惧者，尚有耶教初兴时殉道诸人，及后世（约在十六、十七世纪时）苏格兰山间之佃户、法国之新教徒、德国之农民，英国初来美洲之殖民等众也。（详见宗教改革时代之历史，兹不具详。）允矣，耶稣为最伟大之平民领袖。古今奋发有为之人民，诵其所言，遂得感动于中，而有所树立焉。

［原注］本章于希伯来文学，除《圣经》外，均未述及。其实《圣经》以外之典籍材料尚多，且有极佳者。今但述《圣经》，俾有所专重，免致淆乱。读者谅之。

按《圣经》新、旧《约》为人人所必当读之书，其重要可不待繁言而喻。夫西洋之文化，由（一）希腊罗马之哲理文艺与（二）耶教之两大宗传，构合而成。而耶教之所本，厥惟《圣经》。今研究西洋文化而不致力于《圣经》，是犹研究中国文化而置“四书五经”于不读也。此乌可哉！又，西洋中古及近世文学，在在征引及于《圣经》。不熟读《圣经》，则莫明出处，莫解词意，而扞格异常。于以知虽研近今文学者，亦不可舍弃《圣经》也。虽然，为了解文化研究文学而须读《圣经》，此已为众人所共许。惟吾之意，则谓为身心修养、培植道德计，尤不可不常读《圣经》也。年来宗教已为国内之少年时流所诟病。（中略）顾吾则以为我辈之读《圣经》，不当视为某某教会之书，甚至全部耶教历史亦可暂时忘却，而当视为我之书而读之，随我之意自由读之，且可与“四书五经”及佛经并读之。读之既得其一二精义，则当内省默察，身体力行。夫宗教有其精华，亦有其糟粕。终极言之，宗教乃至美至上之事，未可漫无分别，妄肆攻诋。吾人生于今日，本身承受孔教、佛教、耶教之文明，而不克取得孔教、佛教、耶教之精华而享用之，则吾为自暴自弃矣。而宗教之精华，厥为其培植道德，养成人格之能力。故凡百宗教，其目的皆主实行，玄想神秘，仍皆为助成实行地耳。个人能取得宗教之精华，则其人必高尚安乐，果毅有为。国民能不失宗教之精华，则其国必富且强，文化昌明，纪纲整饬，风俗淳厚。此一定不易之理。吾于各种高尚之宗教，皆爱敬其精神。兹所言初非偏袒耶教，惟吾以为对于《圣经》，应如斯研读受用。至于考订字句，比拟篇章，探索器物，抉发史事，苟以此法研究《圣经》，则犹不免为伪科学派之书匠。有之无之，非吾之所暇计也。兹所言须另发挥，惟因叙及《圣经》，连类而言及之如此。

又按《圣经》一书，文长而意深，后人解释评论之书，更浩如烟海。即就个人研读所得，撮取群书之意而约述之，已不胜其繁，故本章仅将原书（李查生、沃温之《世界文学史》）之文译出。其中所引之例证亦悉录存。此外则不加材料，但入下之二三条，以为读本章译文者之俾助耳。

希伯来历史大事年表　希伯来历史已撮述于前，惟未详年代。此类史事，为时甚古，荒远难稽。后人推详其年代，又未能一致。兹取近今学者之定案，折衷诸家，而用其最通行而可信者，列为大事年表如下：

【一】上帝创造世界。（太初最古之时不可纪极）

【二】亚当、夏娃出世。（约当纪元前四〇〇〇年）

【三】大洪水。（约纪元前二三五〇年）

【四】亚伯拉罕率其族，自美索包达米亚迁居巴勒斯坦。（约纪元前一九〇〇年）

【五】约瑟与其诸兄之故事。（约纪元前一七〇〇年）

【六】摩西率族走出埃及。（约纪元前一四九〇年）

【七】约书亚征服迦南，建以色列王国。（约纪元前一四五〇年）

【八】士师执政。（约自纪元前一四〇〇年至一〇五〇年）

【九】扫罗为以色列王，与非利士人（Philistines）战，败之。（约纪元前一〇五〇年）

【十】大辟王在位，以色列及犹大二国归于一统。（纪元前一〇〇〇年至九七〇年）

【十一】所罗门王在位，国势由盛而衰。（纪元前九七〇年至九三〇年）

【十二】国土复分裂为二。（纪元前九三〇年）北为以色列国（亡于纪元前七二二年），南为犹大国（亡于纪元前五八六年）。

【十三】诸先知相继挺生。（自纪元前九三〇年至前五三八年）

【十四】巴比伦俘虏之时期告终，犹太民族复归本土。（纪元前五三八年）

【十五】祭司长执政。巴勒斯坦历为波斯、希腊、埃及、罗

马之属地。(纪元前五三八年至四年)

【十六】耶稣基督降生。(纪元前四年)

《旧约》与欧洲文学之关系表　《旧约》中事实,无非欧洲文学之材料,不胜枚举。今表列其中事实见于文学之最重要者,详其出处,著其意旨,并于英国文学中举例以明其关系。虽云挂一漏万,然可以见梗概也。

【一】亚当、夏娃居埃田乐园,以罪获谴。出《创世记》第二至三章。弥儿顿之《天国丧失记》(*Paradise Lost*)即咏此事。

【二】该隐杀其胞弟亚伯,是为人类骨肉相残之始。出《创世记》第四章。摆伦作《该隐》(*Gain*)即用此为本事。

【三】大洪水,诺亚之舟(Noah's Ark)出《创世记》第七、第八章。

【四】亚伯拉罕以其爱子以撒为上帝牺牲,由是以证其信上帝之诚笃。出《创世记》第二十二章。英国戏剧发达之初,常用此故事。

【五】约瑟为其诸兄所卖之故事,见得骨肉间之薄情。出《创世记》第三十七至四十七章。

【六】摩西十诫,是为西方耶教诸国人伦道德之基本。出《出埃及记》第二十章。十九世纪中,克罗(Arthur Hugh Clough)反其意,作《最新十诫》(*The Latest Decalogue*)以痛讥今世道德之败坏与风俗之浇薄。

【七】参孙之勇力,其事迹出《士师记》第十三至十六章。弥儿顿所作悲剧《参孙力士传》(*Samson Agonistes*)即用其事。

【八】大辟以鼓琴愈扫罗王之沉疴。出《撒母耳记上》第十六章。白朗宁所作《扫罗王》(*Saul*)一诗,即咏其事。

【九】大辟与坷利亚(Goliath)战,斩之。以短小精悍之资,矫捷飞翻之技,而战胜重盔贯中、硕大伟岸之敌人。其事见《撒母耳记上》第十七章。

【十】大辟王强纳其臣之妻拔示巴,遂生叛乱。出《撒母耳记下》第十二章。伊丽沙白时代,皮尔(George Peele)作《大辟与拔示巴》(*David and Bathsheba*)一剧,即用其事。

【十一】押沙龙之叛,出《撒母耳记下》第三至第九章。杜来登(Dryden)作《押沙龙与亚希多弗》(*Absalom and Achitophel*)一诗,即借用此事,以影射当时之人。

【十二】所罗门王之聪慧,善决疑狱。其最著之一事,见《列王纪略上》第三章第十六至二十八节。〇按A. E. Zucker所编之《英文圣经及中古文选》(商务印书馆出版)书中第一二七页,谓所罗门此段决狱之故事,与中国元曲中之*The Circle of Chalk*之本事相同云云。今查彼所谓*The Circle of Chalk*者,即指李行道所撰之《灰阑记》一剧。(其目曰:张海棠屈下开封府,包待制智勘灰阑记。)其中事实,有同处,有不同处。读者取而比并观之可也。

【十三】《约伯记》(*book of Job*)于忧患痛苦之中,证明信道之笃,论究善人得祸、天道有私与否之问题,故为古今之大悲剧。

【十四】万事空虚,其文出《传道》第一章第二节。彭衍(Bunyan)之《天路历程》(*Pilgrim's Progress*)中曾引用之。而沙克雷(Thackeray)之《名利场》(*Vanity Fair*)小说,其命名取意,全出于此也。

【十五】所罗门之雅歌,乃赞颂婚礼之诗。(前已论及)其中意思及词藻,最关重要。如罗色蒂女士(Christina Rossetti,

注见本志第二十八期《世界文学史》篇第四页）生平杰作《逝兮逝兮》（*Passing Away*）一诗，即运用之以成其美也。

《新约》四种《福音》比较异同表

【一】《马太福音》，作者马太，系十二使徒之一。《马太福音》乃为犹太人而作，过去之福音也。其视基督教为完成犹太教者，内容以记议论为主。目的在教人为善，奉耶稣为犹太民族之基督。（即弥赛亚〇沐膏之君王）书中第五章第十七节"我来非以坏之，乃以成之"云云，可代表全书之意旨。

【二】《马可福音》，作者马可，系圣彼得之徒，而耶稣之再传门徒也。《马可福音》乃为罗马人而作，现在之福音也。内容以记事迹为主。目的在叙说故事，奉耶稣为上帝之子及世界之主。书中第一章第十四节"耶稣来传上帝国福音"一句，可代表全书之意旨。

【三】《路加福音》，作者路加，叙利亚人，业医。盖异国人（谓非犹太人）而入基督教最早之一人也。又为圣保罗之友及伴侣。其书作成当在纪元后六四与七〇年之间。《路加福音》乃为希腊人而作，未来之福音也。其视基督教为进步之宗教，以宣传普及及慈惠悲悯之福音。目的在著成信史，奉耶稣为人类之良医及救主。书中第四章第十八节"主之神临我，膏我，俾传福音于贫人、伤心者医之"云云。可代表全书之意旨。又《使徒行传》，亦路加所作。其书中第十章第三十八节"耶稣周游行善，治魔鬼所挟制者"，亦可代表《路加福音》之意旨也。

【四】《约翰福音》，作者约翰，系十二使徒之一。《约翰福音》乃为基督教会人士而作，万世之福音也。目的在阐发教理，演述灵魂，奉耶稣为万世之上帝之子，又为“道”之化身。书中第一章第十四节“夫道成人身”一句，可代全书之意旨。

《路加福音》杂识　欲知耶稣生平言行，以由诵读《路加福音》入手为最宜。今取《路加福音》书中之文，择其有特别关系者，杂识若干条如下：

【一】第四章第二十四节　“未有先知而见重于故土者。”从来圣贤志士，苦口热肠，卫道救民，而往往不见容于其本国当时之人，则以忠言逆耳，直言招怨，故必受诛戮困辱，而后群众之心始快。不特耶稣预知己身必死，即如苏格拉底之死、孔子之黜、屈原之放，其他之例，更不胜枚举。由是可推知，时流所痛诋者，往往为最忠、最贤、最高明之士也。《路加福音》第二十三章第二十五节，罗马镇将，为徇犹太之“民意”而钉死耶稣。呜呼！民意之昏盲而不可恃也，如是夫。

【二】第五章第三十四节　耶稣设喻，自称新娶之人(Bridegroom)。按中世以来，虔修之僧尼，移其男女夫妇之爱情以事神，想望耶稣之接引会见，梦魂颠倒，于是以耶稣为新郎而自比于新妇。在文学中其例甚多，其原即出于此。

【三】第六章第九节　耶稣答法利赛人之问，见得耶稣机警多智，善于答辩。且敌人投间抵隙，故相诘难，耶稣于原题置不答复，而另设一问，以反窘之。此其法，正与孟子答屋庐子述任人之问者相同。虽然，此等处，耶稣匪特词锋犀利而已，其所言亦至理也。世间万事，各有其精神与形式之分(Spirit vs. Letters)，彼法利赛人等只知拘泥形式，而蔑弃古来规训之真意。此种误会，此种困难，亘万世而不能消解也。噫！总之，圣人(耶稣、孔子皆是)所行，处处无不合于天理人情，而得礼法之精意。所谓“大贤虎变愚不测”者，其实乃非不可测也。

【四】第六章第二十至四十九节　是为耶稣“山上训言”(Sermon on the Mount)，乃基督教道德行事之标准也。其中最要之一语，为第六章第三十一节“尔欲人施诸己者，亦如是施诸人”。后人称为金科玉律(The Golden Rule)者是。此与《论语》“己所不欲，勿施于人”义本相同。而现今肤浅偏狭之耶教中人，动谓耶稣之言为积极，《论语》之文为消极。以此扬耶稣而抑《论语》，不知二句之一正一反，仅文法之差异，毫无关于其意义也。〇第六章第四十二节，即《论语》“未有不正己而能正人者也”之义。

【五】第九章第二十五节　“利尽天下而自丧亡者，何益之有。”此句译文殊不佳。然其意义可分三层释之：(一)即孟子所谓“行一不义，杀一不辜，而得天下，所不为也”。(二)精神道德，最为重要。物质荣利，所不当计。(三)人首须克己，而救人次之，断不可舍己芸人。故今之不事修身养性，而终日孳孳扰扰于社会服务者，皆为耶稣所不许者也。

【六】第九章第五十节　意谓须认定宗旨，而不存党见。人人可以行义，功不必自我成也。第十一章第二十三节之意，则谓是非之辨，绝对精严，不容丝毫含混假借也。此二段文虽相似而义实各别，故不可以互相矛盾疑之也。

【七】第十章第三十八至四十二节　马大(Martha)逐逐营营，然所为者琐屑形式之事。马利亚(Mary)似若怠惰，然实用功于存心养性。耶稣黜马大而特取马利亚，亦孔子奖颜回而黜子路之意也。中世以来，以马大代表实行之生活(Vita Activa)，以马利亚代表理想之生活(Vita Contemplativa)。耶教自始至终，重后者而轻前者。今之青年会中人，侈谈社会服务，呼号奔走，而自以为尽力于耶稣之道。呜呼，此诚南辕而北辙者已。

【八】第十一章第八节　此节可与孟子“昏夜叩人之门户，求水火，无弗与者”比较参证。

【九】第十一章第三十五节　“慎之哉！尔光勿暗。”安诺德论希腊主义与希伯来主义之不同。（见所著“Hellenism and Hebraism”一文）以此句为可代表希腊主义，而此句实出于耶稣之口。故可知耶教之原始真精神，实以理智（Reason）与信仰（Faith）并重。（佛教之专重理智，更不待论。）彼以耶教为徒事迷信，又或以科学与宗教之间为理智与信仰之争者，皆有所蔽也。

【十】第十六章第十三节　“尔不能事上帝，又事货财也。”按此节可与《孟子》“阳虎曰：为富不仁矣，为仁不富矣”互相比较参证，其意义正同。

【十一】第十六章第十七节　谓法律之堕废，较天地之毁灭尤难。此所谓常存而不变之法律，乃指道德之原理、是非善恶之标准而言，非寻常所称之法律也。（参阅本志第十六期《我之人生观》。）

【十二】第十七章第二十一节　谓天国即在汝心中云云。（译文劣甚）可知欲邀神眷，应自修德。又祸福惟人自召，彼烧香拜佛者可以休矣，即彼徒事祈祷施洗者亦可以休矣。

【十三】第二十章第二十五节　耶稣此句答词，不仅显其机警之辩才，而其间亦实有真正之分别存，即物质与精神、外形与内心生活、入世法与出世法。二者之间长存町畦，不容混而为一也。〔参阅本志第九期《世界文学史》论《薄伽梵歌》

(《世尊歌》)一段。]中世政教分离,并为治理,实明于此理,特行之不得其道,故多陨越耳。

【十四】第二十一章第三十三节　“天地可废,我言不可废。”此句极悲壮,极沉痛,所谓语重心急。盖即不论神道设教之关系,以终身疲精费神,瘏口敝舌,专务教导门徒之人,今明知己身将死,而深惧夫死后门徒之竟忘其说而不思奉行,故为此谆嘱激励之语。其热诚、希望、顾虑为何如!此句应与前期(二十九期)本篇所录《大般涅槃经》文一段,相参共读也。

【十五】第二十三章第三十四节　耶稣临终之语,毫无怨怒,只有怜悯其愚之意。盖君子贤人,行道而受祸,其心均如此矣。

附按　研读《圣经》者,除置备英文(及中文译本)《圣经》一部外,应首购 *Helps to the Study of the Bible* 一部(上海河南路牛津图书分公司发售)以为辅助。〇本章所用《圣经》中之人名、地名、篇名,及所引《圣经》中之文句,均系照录大英圣书公会印发之文理新旧约圣书译本。译者附识。

——本篇乃吴宓据美国 William L. Richardson 及 Jesse M. Owen 两氏合著之 *Literature of the World* 所译《世界文学史》之前三章,而增补材料并加以评注者。三章译文先后刊载于1924年4月、5月、6月出版的《学衡》杂志第28期、第29期、第30期。又,本文编辑时,将原作译文以宋体字排印,译者评注及所增补材料以不同体字排印,以资区分。

钢和泰男爵撰《一七三四年班禅喇嘛告谕译释》

按俄国钢和泰男爵(Baron Alexander von Staël-Holstein)为今世西人研究东方学大家,精通西藏文及梵文,又通中国文及汉译佛典。其来中国,居北京已八年,现任国立北京大学教授。其寓中收藏藏文佛经,及大小各种佛像画卷等甚多。终年闭门研索古籍,澹如也。现方据藏文及梵文佛经,以校正中国旧译佛经之讹误,多所发明。所编《大宝积经迦叶品梵藏汉(汉晋唐宋)六种合刊》(*The Kāçyapaparivarta: a Mahāyānasūtra of the Ratnakūṭa Class, edited in the original Sanscrit in Tibetan and in Chinese*)由上海商务印书馆承印,不日即可出版。男爵曾于民国十年,在北京过往商人处,购得《十八世纪喇嘛文告》一幅,亦书于黄绢上。长四十九英寸,阔二十八英寸。细绎其上所书藏文,断为乾隆三十四年(一七七〇年)。第二章嘉呼图克图,名Lalitavajra者之告谕,略如今之护照之类。男爵曾将其上所书藏文译成英文,并加考证注释,登载北京大学《国学季刊》第一卷第三期,篇名《十八世纪喇嘛文告译释》(Remarks on an Eighteenth Century Lamaist Document。该篇未尝译成中文,原件影像亦未插入《国学季刊》。本志次期或拟译登之。)自后直至本年三月,男爵复于该商人处购得《一七三四年班禅喇嘛告谕》一幅,亦系藏文，书于黄绢上。绢长二米突，宽七十五生的米突(糎)，本期插画所摄者是也。男爵既得此卷，乃复加考证注释，译成法文，题曰Notes sur un décret du Paṇchen Lama daté de 1734，登载一九二五年四月五日之法文《北京政闻报》(*Politique de Pékin*)，第十四期。今此篇即由该报中译出，经钢和泰男爵删改一二处。而译成中文后，复得男爵审阅纠正，不胜感谢。按十八世纪之喇嘛文告，世人向未得见。仅有钢和泰男爵所寻获之二三幅，亦足珍已。又按男爵撰此文时，今之班禅喇嘛适来北京，受政府及在野人士之欢迎。而班禅二字，原为“博学之人”之义(英文Great Pundit，梵文此字作Paṇḍita)，此则为市井中人所未知者矣。吴宓附识。

图解(参看本期插画第一幅，自此以下均译钢和泰男爵原作)

此图系将一七三四年班禅喇嘛告谕缩小影印。告谕系西藏文，书于黄绢之上。绢长二米突，宽七十五生的米突(糎)。一九二五年三月，予由北京某古玩商处购得之。幅中第一行字迹之上，居中者为创立西藏黄教之宗喀巴之像。(见下注一)左右则其高徒Rgyal-çhab与Mkras-grub也。

论此幅之内容，略如今世外交官所持领之护照。幅之下端，绘有可怖之尊神多位。持此护照而行之人，如有来加害者，诸神即惩罚云云。(见下注九)

藏文原文

按绢上字迹，皆西藏文，且系草书，不易钞写辨认，故钢和泰男爵改以罗马字母写出。(见下注一)即本期插画第二幅所示者是也。

中文译文

释迦比丘(释迦牟尼教募化僧人)须摩提(善意)若那(智)跋陀(贤)室利(吉祥),无上甘蔗王种喜之教徒,彼于众生,识与不识,悉行保佑。(以上系班禅喇嘛自称)〇今特谕尔阎浮提洲所有居民,尤以诸活佛、教中博士学者、诸王公贵人、大臣、将军、亲王、贝勒、贝子、公爵、安本、札萨克、关塞镇将、台吉、塔布囊、宰桑、武士、统领、大使、盗贼、险要山川守将,以及其他文武官员人民,无分上中下等,凡居住大中国,沾被(皇帝)御容之月光之恩者,又居住满洲,居住[内]蒙古之四十部,居住库伦、乌拉、库库淖尔(青海)、鄂穆多、喀木等处者,各应遵奉此谕无违。(以上历举兹所晓谕之人众)〇凡以上所言人等,无分大小,均应保护援助[执此告谕之人],不得加以阻碍伤害。(以上系告谕[护照]本文)缘善意吉祥(执此告谕之人名)者,道高德尊,爱护正法及众生。今兹前往金刚石光高山之麓,建立寺院。[又缘]其徒虔心修行禅定(一准有益于正教及众生之法)等因。(以上叙发给护照之理由)〇予将常为奉行此谕之人众祈福,并特行告戒[全世之人],兹有无量数护法尊者已经特派(监理此事)。如有胆敢违抗此谕之罪人,该尊神等即将加以严厉之刑罚。(以上威吓使人不敢不行此谕。)〇此谕作于虎与木[又称]大欢喜之年,灵异之月,白半,吉日。胜者(佛)无边法藏,札什伦布,正教学院,宝幡飘拂之宫。(以上注明发出此谕之时与地)

附 注

(一)今兹传钞藏文原文(参看本期插画第二幅),所用之罗马字,与予昔著《犍椎梵赞》(*kien-ch'ui-fan-tsan*)一书(见*Bibliotheca Buddhica*第十五卷第十一页一九一三年圣彼得堡出版)及予所撰《十八世纪喇嘛文告译释》(《国学季刊》第一卷第三期)篇中所用者相同。宗喀巴(一译葱克巴,Çoṅ-kha-pa,1356—1417)一字,作者多作Tsong-kha-pa,见Sir Charles Eliot所著*Hinduism and Buddhism*卷三第三五九页,一九二一年伦敦出版。

此种类似护照之喇嘛文告,既经刊布者,仅有二件。今所释者为第二件。其前此之一件,则乃驻居北京之活佛所发给,予已于一九二三年译释之矣。(见《国学季刊》第一卷第三期)

(二)此文中所自谦称为"募化贫僧"(藏文之dge-slon即梵文之bhikshu比丘)之人非他,正即西藏之教皇须摩提跋陀室利Blo-bzan-ye-çes-dpal-bzan-po。而近日在京,受上下尊礼欢迎,比于帝王之班禅喇嘛Blo-bzaṅ-thub-bstan-chos-kyi-ñi-ma之前任也。据Sarat Chandra Das之说(见所撰《藏英字典》第七八〇页),当时居班禅喇嘛之位之人,名须摩提跋陀室利Blo-bzan-ye-çes-dpal-bzan-po,一七三七年(乾隆二年)卒,享年七十五岁。并见Schulemann所著《达赖喇嘛史》(*Geschichte der Dalailamas*)第一八二页。一九一一年Heidelberg出版。且此幅中第二行之末之小印,正即Waddell所著《拉萨》一书(*Lhasa and its Mysteries*一九〇六年伦敦出版)第四四八页所摹绘,而号为札什喇嘛(Tachi Lama)之印者是也。札什喇嘛即班禅喇嘛之别号,居札什伦布(译云吉祥集,Tachiloumpo[写作Bkra-çis-lhun-po])。该处系一喇嘛庙,约在拉萨之西南二百五十克罗米突(粁)。藏文Tachi(bkra-çis)一字,梵文作Maṅgala,"吉祥"之意。而班禅喇嘛之印中亦有此字。此外尚有他种证据,可知今所译刊之件,必为班禅喇嘛之告谕无疑也。

(三)Aikshavâka系梵字,义云Ikshvâku之后裔也。而Ikshvâku者,佛教徒共传为生于纪元前六世纪之释迦牟尼佛之先祖,故其称释迦牟尼佛亦用此字。Aikshvâka(一作Ikshvâkulanandana)通常译为甘蔗王种喜(藏文作bu-ram-çiṅ-paẖi-rigs-dgaẖ-ba),以梵字ikshu乃甘蔗之意也。见柔克义(Rockhill)著《俄佛传》(*Life of the Buddha*)十一至十三页。又Wieger著*Les vies chinoises du Buddha*第十三页。又日本西京帝国大学出版之《翻译名义大集》(*Mahâvyutpatti*)第六页。又据Sarat Chandra Das之《藏英字典》,谓藏文bu-ram-çiṅ-pa,意云甘蔗之属,亦释迦牟尼佛之称号也。

(四)此条删。

(五)据Eitel所著*Handbook of Chinese Buddhism*第五十一页,谓梵文"阎浮"(Jambu)即阎浮树(Eugenia Jambolana)而梵文阎浮提洲(一译南瞻部洲,Jambudvīpa[藏文作hẓam-bu-gliṅ])为世界中四大洲之一,位置南方,佛教徒之所知之疆域也。

(六)Paẖi-le即贝勒,Paẖi-se即贝子,满洲职官名。据俄人Brunnert与Hagelstrom合著之*Sovremennaia polititcheskaia organizatsiia Kitaia*一书第三页,谓多罗贝勒为满洲宗室之第三级,而固山贝子为宗室第四级职衔。Ja-sag即札萨克,为蒙古官名,正与台吉(Thah-ji)、塔布囊(Tha-bu-naṅ)、宰桑(Jahi-saṅ)同也。见上文所引Brunnert与Hagelstrom合著之书,第三七二及三七三页。B. I. Pankratoff君深通蒙古文,并熟悉蒙古事情。据云,mi-bzaṅ一字(善人)乃由一蒙古字,义云"武士"者译出。Rda-ro-kha系蒙古官名。Darouga(统领)见上文所引Brunnert与Hagelstrom

合著之书三七一页。至Dmag-jag-gi-agrim-agrul(第一字为兵卒,第二字为强盗,第三字为所有格,第四字为交通或旅客之义)之职衔名(今之班禅喇嘛面告予,此系一小官),则予不知何以译之也。(下删)

(七)一八〇六年Blo-bzaṅ-dpal-ldan-bstan-paḫi-ñi-ma班禅喇嘛所发之告谕,中谓内蒙古分为四十九大部,此数当不误。见上所引Brunnert与Hagelstorm合著之书,三八二至三八三页。然今此文中则作四十部,将谓一七三四年内蒙古仅有四十部乎?抑文中有讹脱之处,不可得而知矣。

(八)此山名为"金刚石之光"之义,山未知在何地。至善意吉祥Blo-bzaṅ-bkra-çis之为何如人,则亦非予所能得知矣。(今之班禅喇嘛亦不知。)

(九)护法之神,自为一级。此幅下端所绘者是也。细观其中有阎曼德迦(Yamântaka)、毗沙门(Vaiçravana)、大黑(Mahâ-kâla)、天母(Çridevī)、法王(Dharmarāja)、甲胄之神(Begçe)等,见Gruenwedel所著*Mythologie des Buddhismus*一五九页。一九〇〇年Leipzig出版。

(十)西藏人所通用之地支属相纪年(按西藏番人不识天干,惟以地支属相纪年,更配以水火木金土,遂满六十年一周之数。详见黄沛翘著《西藏图考》光绪十二年出版),六十年中之第四十八年,名为"虎与木之年",又曰"大欢喜之年"。西历一九一四年(欧战起)即值此年。颁发此告谕之班禅喇嘛,生于一六六二年,殁于一七三七年。细推之,则彼之一生,经过虎与木之年凡二次。一在一六七四年,一在一七三四年。(一七三四年系甲寅年)当一六七四年时,此班禅喇嘛年仅十二龄。按西藏之活佛,亦必苦学多年,从严考试,始得为"比丘"。决无十二龄之幼童,即得为比丘之理。故此告谕必非一六七四年所颁发，而其必作于一七三四年，可断言也。见上文所引 Waddell 所著之书，四五〇页。又 Csoma de Koeroes 所著 *Grammar of the Tibetan Language* 一五〇及一五二页，一八三四年加尔各达出版。又上文所引 Schulemann 之书，四八页、一一七页、一二〇页。（第四传之达赖喇嘛，年二十以上，始得为喇嘛云。）

——本文原载于1925年7月出版之《学衡》杂志第43期，作者为俄国钢和泰男爵（Baron Alexander von Staël-Holstein），吴宓译。篇首识语及注释均为译者所作。原刊中法文译文略。

亨勒撰《物质生命心神论》

今世百家争鸣，学派繁多。言哲理者，各立义界，互相诋谌。使从学之士，走入其中，迷惘纷错，而不知所向。故知明辨之功，实为首要。而抉择之事，乃成至难。吾尝于今世哲学家之书，略为䌷绎，而独取亨勒（R. F. Alfred Hoernlé）氏之说，**以为最获我心，而足资服膺而无失**。亨勒属唯心派，远绍海格尔（Hegel，一译黑智儿），近承格林（T. H. Green，1836—1882）、鲍桑葵（Bernard Bosanquet，1848—1924）之绪，而自有所阐发。其立说之根本，在一全字。以为哲学固必本于人类之经验，然此经验必兼包含精神与物质，玄想与实际生活，价值与事实，推理与观察实验，宗教道德与自然科学。苟取其一而弃其二，则其经验必偏而不全。又必着眼于全体之宇宙，千古之历史，方始能得全部之经验。**以人类全部之经验为思考之材料，则可得颠扑不破之真正哲学**。今世科学家言，以及哲学各派，多以一部分之经验为根据，偏而不全，故立说多有疵累而不可尽信。夫哲学所以解释人类之经验者，有如胰泡，刺其一点，立时消灭。必圆满无隙，而后能成立。惟人类之经验，日新月异，愈增积而愈富。所谓全部者，亦愈扩而愈大。**故哲学亦须时时改造，以能包含新增之经验而仍得成立为目的**。更如胰泡，嘘气于中，则泡展延增大，其壁亦愈薄,而泡遂不免于破灭。如何而防护之使不破灭?或另吹成一更大之泡,此哲学家之职志也。由上言之,亨勒氏之说,在今实为最广大最圆满之哲学。他日人类经验更有增拓,此腠泡犹能不破与否,固未敢知,即破亦当然之理。顾今尚未破,而在诸腠泡中为最大,故吾信从之也。

亨勒氏,英国人,学于牛津大学。数年前,尝任美国哈佛大学哲学教授。现任英国斗兰大学(University of Durham)之阿穆斯特朗学院(Armstrong College)哲学教授。著有《今世形而上学之研究》(*Studies in Contemporary Metaphysics*, 1920),其学说具见于此书中。其后更为阿穆斯特朗学院所在地之人士,演讲《今世思想之趋势》。乃撮取前书大旨,去其辨析精微之处,而以明白浅显之词出之,俾众共晓。今所译之《物质生命心神论》(*Matter, Life, Mind, and God*, 1922)一书,即就当时之讲稿增饰而成者也。书分五章。第一章总论。第二章论物理学。第三章论生物学。第四章论心理学。第五章论宗教哲学。至全书纲领,具见原序,兹不赘述。编者识。

原 序

此区区小册子,而以《物质生命心神论》(*Matter, Life, Mind, and God*)为名,殊嫌谬妄,一若作者于此诸端,将一一详细论究之者。实则吾之初意,**仅欲约略论述今世思想界之领袖关于物质生命心神之见解**。此册之内容,如是而已。

此册原系演讲稿。其缘起盖因阿穆斯特朗学院所在之地,适为工商业之中心,故本校不特对于校内学生,即对于校外地方人士，亦有一种责任，而当勉为邻近各地之智识生活之焦点。昔惟富厚小康之家，乃有享受教育之特种权利。今则不然，凡今之人，就其兴趣之所近，能力之所至，皆当享受教育。此理已为众所共认，无或致疑者。况近年成人教育运动，盛极一时。足见求知之欲，与生俱长，无分老幼。由是而学校中身任教员者，其观感亦为之一变。知我之一身，果欲尽力于所研究之专科，所任事之学校，所居住之城邑，则当以各科研究之最新发见及学说，为众人介绍讲述，而尤以科学哲学宗教中之重大思潮，不易从表面窥察，而实为世界文明盛衰存亡之所系者，为最重要之材料也。

此册中所录吾之演讲稿，即为求达此目的而作者，非为大学教授及专门学者说法。盖当时来听吾演讲之人士，多未研究哲学，但皆曾受普通教育，而渴欲知晓今世思想界之领袖，对于物质、生命、心神诸种历久难决之问题，其思潮之趋向如何。吾之演讲，亦惟就吾力之所能，答覆若辈之疑问而已。今者吾之演讲稿，刊印成书，深望读者亦作如是观可耳。

昔吾演讲之时，仅有极简短之底稿，略示纲领，就此口头阐发。全稿则系久后方始作成，中间复以他事梗阻。因之，今书对于当时口头所讲者，颇有增减，不尽相同。且讲时为时间所限，须分六次讲毕。今既成书，则可不拘。故另行分段，改为五章，然其内容及全书大纲，则无异于前也。

此书大纲及其主旨，厥为论述今世主要之思潮，以探求此诸种分歧而矛盾之思潮，其间是否有一贯之规模存；此诸思潮之趋势，是否能使吾人之精神生活归于一致，使吾人之思想及感情融合而不相冲突；斯皆吾所三致意者也。本书第一章叙述科学对于近世思想深广之影响。次说明科学上之“自然”概念实甚狭小，不足概括人类经验中之“宇宙”全体。哲学家之所以亟须通观合览者,正谓此也。第二章述自然哲学中对于“唯物主义”(Materialism)之反动。此种反动,惠得海氏(A. N. Whitehead,英国人,生于一八六一年。现任英国“帝国科学院”应用数学教授)为之领袖。然前此已有诸多之哲学家及物理学家,为之植其基而导其源,故能有此盛也。此反动之意义,厥为今兹重行分析吾人经验之真实材料,以判定物理学上各种学说之果为颠扑不破与否。此正哲学家之所有事也。(判定之结果,乃知此等物理学说,前此为人所共信者,并不能成立也。)第三章根据此点,以评判彼对立互争之机械主义与生机主义二派之是非,而折衷之,以见所谓生命者,固为一种特殊之现象。可以实验之方法研究之,然不当强以物理学及化学解释之(此机械主义之误),又不当假设一种生机力以掩饰之(此生机主义之误),二者皆可不必也。机械主义,昔甚为人所崇信,乃经近今哲学之分析,其根据已失,不复能成立矣。第四章先述关于心之学说之历史,次论今日心理学分歧紊乱之原因,末乃申明作者之意,以为“行为”(behavior)之概念,苟不如一派之扬之过高(此指行为派心理学),又不如他派之抑之过低(此指内观派心理学),则正可用为适当之根据,以调和今日之心理学之各派,而破除其矛盾争执焉。第五章论述哲学对于宗教及神学之态度,并宗教哲学(Philosophy of Religion)之主要趋势。其中以有神论(Theism)之复兴为最著云。

由上所言,吾于此书,有如商家之贩卖货物,仅称述他人之学说而止。然于选择之际,注重之处,评判之词,以及通观合览之目的,皆足表见吾之思想之趋向,亦自然之势也。顾吾之初意,实欲为听众讲解当代第一流思想家之学说。既从事于此,自不能不引用诸先生所著之书。以此吾深感之,且吾之所讲述,自不免有缺而失真。夫论究思想之趋势,而但择取原书某篇,征引其中一二语句，囫囵概括，代为申述，何能表现原书之价值。但其书具在，今于每章之末著录其名。（译文拟从略。）读者可自取而精究之也。吾不欲读者读吾此书而遂止，乃冀读者因读吾书之结果，而有所感发，径取原书读之。此实吾演讲及作书之本意。前之听吾演讲者，已多进窥原书。今之读吾此书，因遂往取今世哲学名篇而诵之者，当亦不少。诚能如是，则吾书之作，未为无益矣。（译者之译此书，亦犹斯志也。）

一千九百二十二年十二月，亨勒自识于英国阿穆思特朗学院。

第一章　科学宗教哲学之关系

第一节

柏拉图《理想国》（*The Republic*）书中有云："能于天下事物通观合览者，可以谓之真正思辨家矣。"其所谓思辨家者，即今之所谓"哲学家"也。

谓哲学家当于天下事物"通观合览"，当综合观察而见其全体。此意云何？何以必须为此？从何因缘？有何必要？科学之所以召示吾人者，不已足乎？科学之外，尚有宗教在，又何必舍而他求乎？

吾书正可由此诸问题借端开始。吾今将论述今世思想之主要趋势，讨论吾人所居之世界之性质者。此种研究，并非因闲暇无事，探奇消遣。实因吾人对于世界之性质之信仰，大足影响其人之感情行为及其一切态度也。吾人生于斯世，本何精神；立身行己，从何规范；敬仰崇信，凭何选择：凡此皆视吾人所自认为在此世界中之地位义务命运如何以为断。则当先问，此世界究竟如何耶？自人类知识初启，吾人之远祖，即苦思冥索，以求解答。延至今日，此问题犹悬而未解。所可知者，人类之知识已大进步，新理之发明，亦日增月盛。而近二百年中，科学发达，厥功尤伟，远非吾人之祖先所能梦见。自科学盛兴，其所言之世界与前不同。因之，吾人对于世界之态度，亦与前迥异焉。

然试细察所得知识之结果，则不能无疑虑存焉。夫所谓“知识”者何耶？谓人有“知识”，即谓此世界确是吾人所意想者。转言之，即承认吾人所想所信所断定者，皆真而可靠，更无缺陷及怀疑之余地也。

今试问，何以科学之断案独为可靠？何以科学之理论足当“知识”之名？答者必曰，是由于科学方法之精密也。自培根及笛卡儿以来，哲学思辨之士，莫不注重论究，何者为思想判断此世界之正当方法。科学方法之细节如何，应俟后论。然其方法实用之而收效，故大为人所崇信，莫或致疑。盖科学能预测自然界之事，且能使吾人控制自然，而随意驱役之以为人用。近世工业之发达，悉以科学为基本。科学之知识，诚可谓之权力矣。（古语云，知识即权力。故此处云云。）

然而以上云云，未必遂能解释吾侪之疑团也。盖所谓“科学”，乃一概括之名，其中有各种特殊之科学。苟细察之而详为比较，则知此诸种科学，各自独立，绝未成为单纯统一而互相关连之组织。是故有专究物质之科学焉（物理学），有专究生物及其行为之科学焉（生物学），有专究心性之科学焉（心理学），然物质与生命与心性，其间相互之关系若何，此问题彼科学家或不置答，或虽具答案而词意模糊不可解。且即此诸名词（物质、生命、心性）之意义，亦无定准，后当详论。彼哲学家喜为坚白同异之说。辩争无当，固不必论，即号称科学家者，亦人各一词。由是言之，此庞大之组织,名为"科学",实用之而收效者,其基础乃极不稳固。每一种特殊之科学,各论究世界之一部分。然合之则不能融为一体,或且自相矛盾冲突,又何解乎?

不但此也,吾人与世界接触,而生起各种之感想,于是表以言词,见之行事。顾依科学家解释世界之究竟之说,则此诸多感想均无根据,且无理由。例如艺术家感觉世界中之美,而于其作品中表现之。人皆公认有道德价值,而以社会之组织制度保持之。天性富于宗教之人,见有所谓至善,于是崇敬俯伏。而凡此美也,至善也,道德价值也,彼科学家之世界中,皆不许其占一席,直不承认有此物。盖若辈造成其世界观之时,心中固未计及所谓美善与道德价值也。不特蔑弃如遗,且谓万物之本性中即无此等之根据。更如科学与宗教之争,人所熟知,自古迄今而未已。然则科学之世界观,果能概括一切乎?

科学之根本概念既不一致,而科学之世界观,又未能赅括吾人经验中之世界之全体。由是可知科学本身未必即能圆满无缺,而通观合览之工夫实为不可缓也。吾人试欲避免感情思想行事中之矛盾冲突,则必当综合天下事物而观察之思考之。吾人既知有此矛盾冲突,则益亟思解决调和之方。既知此一部分之见解、一偏之态度(指科学的世界观),为碎而不整,脆而易破,则欲超越其上而求其全者坚者。此非感情作用,毫无归宿。亦非无理要求,终无成就。盖此乃求知识之枢纽。理性告我,欲使世界确如吾人所意想者,舍此更无他途也。所谓通观合览之工夫,其目的厥为综合吾人经验中所有之事物,以为思想之材料。(若彼科学家,则仅以经验之一部分,为思想之材料也。)此层极不易致,然必先具尽吾心力、不求成功之心,方可继续用工夫也。今但谓吾人之思想感情行事,欲求其一致而有定,在此世界中并无阻碍,尽可致力。(若彼科学家,则谓此事违反世界之本性,决必无成,无庸致力也。)能深信此层,其裨益于立身正己,遵理而行者,亦已甚大矣。

然若遂谓哲学上通观合览之工夫,必须造成圆满整齐、一成不变之“系统”,而后方为成功,则大误矣。盖对于世界持安定之态度,与构成一严密之系统,乃截然两事,不可混淆。古之哲学家,其学说为严密之系统者,有如斯宾挪沙(Spinoza,1632—1677)之著《伦理学》(*Ethics*)一书。以几何学之方法,逐步证明人之幸福惟在以其理智之爱服事上帝。然吾人所取于斯宾挪沙者,惟在其态度及其精神而已。夫态度之安定,必根据于原理而始终如一。然亦必随时改变,因事制宜,方能应万变之生活而无误。盖生活复杂而多变,诚如前人所云,决不能以片词只义武断赅括之而无漏。世界运行流转不息,无论用何“系统”,亦不能牢锁而禁阻之也。举凡科学之发明及其学说,艺术、宗教中各种运动,政治、经济之组织制度,皆必日新月异,层出不穷,决无止境。旧日之风俗习惯,逐渐废弛,而新者代之而起。每经数十百年,必有大劫,或战争,或革命。前此众人所遵从之礼教规训,几于尽遭铲灭。由是言之,新生变异,乃千古之常例。而如何适宜变化以因应前此所未曾经之新事物新境遇,乃成为一般人最切要之问题,无时不需解决。在科学家之研究室、实验室中固如此,而在家庭生活及商业政治中,亦如此也。此所以哲学上“通观合览”之问题,常存而不灭,且常新常变,而每一时代,每一辈人,必须用其人其时之经验为新材料,而重新解决之也。

是故吾作此书之主旨,并非欲另创一哲学之系统,即吾以通观合览之法研究近世生活思想,亦不能遍及于其各方面。以今日人类学术之渊博,文明之复杂,已断非一人之心力所能涵盖全局,烛照无遗,如上古时之亚里士多德,中世末叶之圣亚规那(St.

Thomas Aquinas，1225—1275）及十七世纪、近世知识尚未十分发达时之莱布尼慈（Leibniz，1646—1716）之所为也。吾之目的甚小，仅欲论述最近思想界关于物质、生命、心神诸问题之见解。转言之，即物理学、生物学、心理学、神学之最近思潮而已。至若今世思想感情之潮流中，其力足以影响改变各国家各阶级之情况者（即政治学、经济学、社会学之最近思潮），吾书则概不涉及。又伦理道德及艺术界之思潮，亦不论述。诚欲通观合览，求其周密完备，则凡此种种，皆当在研究之中。即历史及上未及列举之各种科学，其中最近思想趋势，亦不能舍而不论。然非今兹所有事也。今兹吾书不得不严立界限，慎选材料，只能就科学及神学之理论中，提出二三问题而研究之。以此诸问题，实为古今人讨论世界之究竟时，攻诘辩难之焦点也。

吾将搜寻种种证据，以证明吾说曰，今世思想趋势中，关于上述之问题，主张虽多歧异，然亦未尽矛盾相违。虽各为一体，而其间似有密切之关系。合之则可成为一大规模，一大组织。由斯义言，吾对于今世之科学及神学，将以哲学家综合观察之术施之矣。

第二节

此下所述之哲学理论，多不免偏于专门，于近世所谓虚空抽象。然须知最虚空最抽象之理论，皆由人类生活行事之复杂实况及社会文明之久远历史推衍而出，层层悉有根据。此则于讨论之时所不可须臾忘怀者也。今设喻以明之。人类生息于地球之上，亦已久矣。其间陈迹万千，一一可以想象。兹设吾与读者立身英国北安布里（Northumbria）之高原，俯瞰潭阴河（the Tyne）之谷。见彼昔日罗马人所筑长城（用以截断今之英格兰与苏格兰地方者）之颓垣废址，蔓延盘亘于山顶，自东徂西，纵目所及，渺无端绪。对此十分荒凉寂寞之景，迎风吊古，追想罗马帝国盛时。迨其既衰，二千年后，遗迹仅此。惟睹三五牛羊，啮草于山麓，以及峰回路转之处，农家田舍鹄立，为山所隐蔽。此景此地，似属天然矣。而实则目之所接，殆无尺寸之土未经人工之陶冶者。胼胝之劳，由心所主使。昔居此地之人，就其知识之所及，运用天然之利源及势力，以供其本身生活之所急需，然后逐渐造成今日之文明。此文明之要点，厥为以天然之物、天然之力，为造成精神价值之资，且为表现精神价值之地。即此而言，人力亦伟矣。顾或谓人力之所及者，不过自然之浮表，到处皆然。至若青青者天，苍苍者山，汤汤之河，茫茫之海，则自古迄今，曾无少变。即斯土从未见人迹，而彼天也山也河也海也依然犹是，人力何足称哉！此言是也。吾亦知行星之轨道，阴晴之变迁，潮汐之涨落，皆非人力之所能改变。人能削平丘陵以筑城市，而未能化山脉为平原也。人能掘运河以便航行，设水闸以资灌溉，或藉水力以转机器。然使天不与以河流，不使水性下就，则人亦不能有所为也。人能化沼泽为耕地，填淤湖作平陆，然究未能变沧海为桑田也。虽然，有此种种，而仍当知文明人所居之环境，实乃以人力艰难造作而成，卒底今日之盛。所以供其需求，成其志愿，而表现其对于人生意义及目的之诸种信仰者也。凡文明所及之地，未垦之土，及太古未经人迹之广漠森林，已不可得见。彼禾田牧场，皆经农夫累世之辛勤致力。举凡植树种谷，饲养牲畜，悉以人工为之。人之知识无限，其能力亦无限。人能运用心思，取诸自然，以为厚生利用之资。苟无人来为之经营，则其效亦未睹。例如各种家畜及园中花果树木，其始非皆“野生”之物，经人力逐渐饲养培植、配合交接而成此者乎！自有历史可考以来，生物之传种改良，实以人类之创造智慧为其主要之一原因也。

请毕吾喻。今试舍旷漠之高原，而至人烟稠密之低地，则见沿河村邑无数，环矿坑及工厂而成积聚，马路铁轨电线连之，远通于城市。更舍此而入城市，则见街衢之中，肩摩毂接，层楼巨厦，上接霄汉。举凡店肆、衙署、寺院、学校，皆为人所充满。万头如蚁，各事其事。至此而自然之经人力改造，乃益远矣。昔之山麓土阜，今已堑平，而建立砖石灰泥之崇楼杰阁于其上。昔之广漠森林，今并其名亦仅存。昔之潺湲泉水，今则引入地下水管，以为冲荡污秽、排除废物之用。昔之河岸，今则工场栉比，烟突林立。昔之摆渡处所，今则为远浮海洋、航通五洲之雄舶巨舰下碇起货之码头矣。使非人力，何能致此？

然此犹其外表，显而易见者也。由丛莽沙冈，进而为农田工厂石衢巨埠。此种变化，必须以人之心性解释之，而后始能明其意义也。苟欲识其全体，则当窥其实际，就农工商业政治战争诸端一一研究之。又须研究娱悦性情之美术作品，纯粹知识之高深学问，以及宇宙间善恶之交争，上帝之崇拜等等。凡所接于目者，无非精神事实之所表现。例如人之住宅，固所以蔽风雨，调寒温，然亦家之所在，骨肉伦常之所聚也。农田与工厂，匪特耕作制造，亦人之智慧所创造，以满足生活之需要者也。学校之设，非以制造文凭，乃为实现教育理想者也。至如教堂寺院，建筑如是宏伟，结构如是严整，部分如是繁复，雕饰如是华丽，必须深研宗教之人，乃能了解其何为而设立，及其中每一段落每一事物之意义，否则未有不讥其无用而糜费者矣。（以上论吾人必须遍研各种学问，深思其故，然后方能了解人以智力变化自然所缔造经营之世界也。）

人之变化自然，诚为无所不至矣。天工与人力，相助为理，关系至为密切。自然所供给之材料，须待人之制造，方足利用厚生。人来运其心思手腕，取天产之诸物，本其固有之性质，一一范形成器，撷其美，广其用。又如自然之力，各有其“定律”，然人能遵从此定律，而收自然之力以为人用。故夫文明愈进步，则吾人日常生活之实境中，天然之部分愈减少，而人所制造经营之事物，为适应新生之需要者，日益增多。此日常生活之实境，乃由人为之种种器具机械构合而成。不但使人足能维持生命，并享受逸乐奢侈，且使人得于兢兢全身果腹（所谓生存竞争是也）而外，能有余力，勤求知识及美丽之物，无所为而为之，吁其盛已。近世文明成就之伟大盖若此。兴念及此，请诵古希腊大诗人苏封克里（Sophocles）于其所作《安体哥尼》（*Antigone*）剧中，赞美人之成功之曲曰：

世事无穷奇　惟人殊灵慧　驾舟浮沧海　烟波渺无际　惊涛声如雷　逆风莫能滞　厚德称坤母　载物无沦替　乃亦为人耕　锄犁无宁岁　纵横尽爬梳　倘亦伤衰敝

飞鸟凌空翔　无端触网罗　野鹿窜林麓　游鱼潜江河　人心工机诈　阱饵何其多　雄狮王百兽　猛兕据岩阿　骏马垂长鬣　千里挽辕轲　或死或为役　人智终难过

有思便能言　妙此莲花舌　聚居成邦国　礼义为矩絜　一室暖如春　风霜任惨烈　人智随时进　取用常不竭　痼疾起膏肓　良医肱三折　惜无长生术　盖棺终永诀

第 三 节

苏封克里生于纪元前五世纪，所见人之智力已如此敻绝。使其生于今日，得见种种科学发明及机器之盛，不知其更作何语也。今世之美，较昔为减。今世之力，则大为增加。世间到处，皆凭使知识，驱役自然，以为人用。盖今之世，乃机器之世也，应用科学之世也。今世奉培根之格言“知识即权力”为圭臬。用此权力，以改良人之生活状况。此人所熟知者也。近百五十年来，科学之进步尤至速且钜，遂使近世之人对于世界之态度，为之大变。科学之发达，为欧洲文艺复兴、宗教改革、发见新大陆、开拓殖民地，及全世界互相交通以来，登峰造极之事业。近世新国家之崛兴，各用其国之语言文字、文化及国家之感情。异乎前此之统一情况者，实与科学同时并起，而民主政治之发达及传播，亦与科学相辅而行。近世工业制度，聚万千之男女工人于工厂所在之城市，使社会经济及人与人间道德之关系因之大变者，亦因科学之发达有以使之然也。由以上种种，近世之人，其眼界既已开拓，与昔不同。其精神亦遂于无形中大为改变。盖缘科学之收功，自觉人之权力无限，于是希望之心大生。深信未来之幸福及人类命运之伟大，以“进步”二字为口头禅。昔人谓黄金时代在既往，天国已失不可复得。今人则谓黄金时代尚在未来，天国可以吾人之知识力量造成之。（参阅本志第二十七期《柯克斯论进步之幻梦》篇，篇首按语尤为重要。）布勒教授（J. B. Bury，现任剑桥大学史学总教授）近著《进步观念发达史》（*History of the Idea of Progress*）一书，谓对于进步信仰之深如此，至近世方始见之也。且也，昔人恃有上帝之宠眷庇佑，而心安意得。今人则谓人类之知识日辟，必能宰制一切，自造运命。以此志骄意满，谓人类异日之知识，较今当更为进步，必更能改善其生活之状况，操纵其身心之动作。于是为大多数人谋健康，求幸福，遂成为“人道主义之宗教”之新福音矣。盖奉行人道主义者，实不异创立一新宗教。该教不事神而事人，专主服务社会。该教以科学与宗教二者相辅而行。盖谓道德以减除人间之贫病罪恶为目的，而科学即为达此目的之方法。（按人道主义之错误，本志于译述白璧德先生之学说之诸篇中,已屡有论列,读者参阅可也。)是故如何而利用人类所有之知识,以减除罪恶而取得幸福,斯乃奉行人道主义者之目标,而可用以简单表明此新精神者矣。至此新精神之见于言论者,不胜列举。今但录其一二:(一)哈佛大学哲学教授裴黎氏(R. B. Perry)于其所著《现代哲学之趋势》(*Present Philosophical Tendencies*)书中(第四至第五页)有曰:"近世文明之本旨,厥为由知识之增进,而管理自然。世界之进步系此,吾人之希望在此。(中略)全体人类应为全体人类谋幸福。人类之幸福在未来。非全体同心协力,持久有恒以求之,不能得也。而人类之所以有求得此幸福之力量者,则以人能增进知识而管理自然故耳。"(二)马文氏(F. S. Marvin)(英人,著有《哲学史》等。本志前曾引述。)在其所编《文明之一贯》(*The Unity of Civilization*)书中(第三十二页)有曰:"近世所以求国际和谐一致之方法非一端,其中要以科学为最确实可恃,而功效亦最大。盖科学施之实用,可以便利世界之交通,使五洲成为一家。又可以减除人类之痛苦,使人之生活充实而有光辉也。故今讲授历史,若注重科学发达之事迹,则人类全体(即人类之公性)于世界全史之活动写真中,亦可多占地位也。"今世论者莫不赞颂科学,谓科学使世界有进步;科学使人能互相辅助;科学无国界种界之分;科学之力量至伟,苟能以诚心善用之,必可造福于人类云云。彼"人道主义之宗教"之宣传者,其人大率义愤填胸,嫉恶若仇。又其中实不乏热心志士,能躬行实践,以改良社会为己任者。故其言论若是,以为人皆如我,皆具诚心,必能善用科学于正途以为世福。虽然,其然岂其然乎?

呜呼!谓人皆具诚心,善用科学,实希望之意,想像之词,实际并不然也。谓科学之力足以造福人类,存此希望,可也。然科学之力亦能造孽召祸。而谓人性皆善,必志于善而决不为恶,则大不可也。且何者谓之福，人类如何便为得福，此则人各异说，未能确定。由是进而研究，则知新派乐观之精神中，实带悲观。遇事稍不如意，则其希望顿变为失望，悲愤郁愁，不能自止矣。罗素君（Bertrand Russell）谓世人如能平心细思，以善意相见，则今世所有之忧患困苦，二三年中，即可消除净尽云云。吾侪固深愿罗素君所言之无误，然试问世人何以不用思想，或用之而思想极端谬误？何故常以恶意相见？何以高唱种种理想而不肯实行？欧洲大战固难言矣，何以战后仍无觉悟耶！彼巴黎和会（此指一九一九年之事）之成绩如是不良，足证今之世界已甚广大复杂，治理之责，断非三数政治家凭其知识所能胜任。又就和会中各国代表之行事及议决案观之，可知今日各国国民之品德，实未能及格，不克应付今日之世局，此则较前一层尤为可忧者也。盖今人之于公众幸福，常为私欲感情所蒙蔽，而见之不真。瓦雷士君（Graham Wallas，英国政治思想家。任伦敦经济政治学院教授）谓人类之“大同社会”（“The Great Society”，此乃瓦雷士所著书名。一九一四年出版）今已逐渐确立，而尤以各国人民间之经济关系为最密切云。顾瓦雷士君又谓“大同社会”之公民所应具之心性，惜今尚未养成。此则然矣。今人互相了解之能力及组织合作之能力，均尚未足。虽其思想行事，勉欲破除国界，为各国共谋幸福，然进步殊迟缓也。且今人既不能使各国间免除战争，诚心合作，亦不能使各国各种族之人不存畛域，免除猜嫌，一视同仁。使有天性冷漠而喜为笑谑讥讽之人于此，必将曰，今人管理自然，制伏物界，如彼成功，而其自治则若是失败，何二者之大相悬殊哉！意者，今日人类之心思实甚狭小，知识过形欠缺，目的极不纯粹，遂不足以解决人所自造之种种问题乎！夫白种人之受耶教之训教陶冶者，已历一千九百年，而观于今日欧洲之现状，则谓其人全未受耶教之益可也。

由上所言，人之本性既有缺陷，故人道教所宣传之福音，实未可以尽信。然维多利亚时代杰出之士，热心公益者，多崇信此教。其最高尚之感情及希望，悉由兹表见。此则事实之不可掩者也。人道教创于法国之孔德（Auguste Comte，1798—1857），穆勒约翰（John Stuart Mill，1806—1873）受之而传入英国。英国之科学家咸崇信之。若辈稔知科学造福人类，为功已钜，未来之希望更多，故其世界观亦由此而定。如达尔文之进化论，颇足为人道教张目。而达尔文之戚高尔登（Francis Galton，1822—1911），以为按照进化论所说，人类行将日日上进，有胜于前，并非低降退化。盖影响于人类进化之诸种原因，既可一一以科学方法推求得知，则正不难随人意以操纵进化之事业，不难运用知识，使人类进化悉遵正轨而进行加速也。故高尔登谓进化论乃一“最正确而有希望之信仰，人性中高贵之感情多倾向于此”。因遂创立优生学（即传种改良学）之一科。又如梅克尼考夫（Metchnikoff，1845—1916，俄人，居法国。为动物学及微生物学家），亦当时有名之科学家，而研究却病防老延年增寿之法者也。梅氏因读巴克尔（Henry Thomas Buckle，1821—1862）之《文明史》（*History of Civilization*）遂亦信科学能促进人类之进步。其他如丁德尔（John Tyndall，1820—1893，英国物理学家）、赫胥黎（Thomas Henry Huxley，1825—1895）之态度亦同。今世之为此宣传者，为苏德〔F. Soddy，英国科学思想家，著有 *Science and Life* 一书（1920）〕等。今世生活之各部分，凡科学思想所及之处，莫不受此新说之影响。今人因心理学之发达，遂谓人之心性，可以一定之技术方法管理而矫正之。今之教育，因教授法及训练上之种种新试验，而大为改变。今之广告之术及政治宣传之方法，能操纵人民之感情及信仰,结果利弊惟均。今之社会心理学,专务研究人在社会中之行为及其动机,以使政治家得洞悉群众之心理,而用适当之方术操纵之。

瓦雷士(Graham Wallas)《大同社会》(*The Great Society*)第二章第二十页社会心理学之目的,在发明并整理一种知识,俾吾人得预悉社会组织中,大多数人之行事,而可影响操纵之也。〔按此书(*The Great Society*)已经梁启勋君译出,名曰《社会心理之分析》,列入尚志学会丛书。兹所引者,非由梁君译本。编者注。〕

今之心理分析,考究癫狂及郁闷等之原因,而定治疗此类心病之完善方法,并进而规定道德训练之方术。于工场中,则用泰拉氏(Taylor)之制度(注见下),以增进工人作工之效率及工场出品之数量。于监狱中,则主张犯罪之人大率有神经病,故不应判罚科条,而当以精神病治疗法医治之。统观以上诸端,其理想皆归于应用科学方术以治理人类,皆不出人道教进化论之范围者也。

按泰拉氏(Frederick W. Taylor)系美国人,著有《科学管理法》(*Principles of Scientific Management*)一书,一九一一年出版。先出是泰拉氏,于一八八一年,任美国伯利恒铁厂(Bethlehem Steel Works)经理时,因监督工人运铁入货车,而悟工作效率之根本原理,曰"工作至一定限度,必当为等量之休息"(Rest must adequately balance exertion),庶可得最大之效率(Efficiency)。乃就运铁之工人,作为种种试验,以统计测其结果,遂著《断铁术》(*The Art of Cutting Metals*)一书,以说明其所发明之原理。厥后更推之于他业,细为分析调查。于是泰拉氏遂为工作效率之专家,以此知名矣。译者注。

此种新精神，于今世之哲学中亦可见之。斯乃当然之理。盖哲学乃人之精神回思反省而说明己之性质及需要之地也。今世哲学之各派中，如詹美士（William James，1842—1910）之实验主义（Pragmatism）、锡娄（F. C. S. Schiller）之人本主义（Humanism）、杜威之工具主义（Instrumentalism）均注重此新精神、新态度，而各有所偏畸。锡娄谓凡人之思想，均为(1)其人之目的、(2)待解决之问题、(3)待行之事三者所拘束。詹美士则谓思想乃所以指导行为者。凡人思想之时，必须预计实行此事以后结果之为祸为福，有益有损。于是遂不能不事分别，遵从善而真之思想，而屏弃恶而伪之思想。詹美士又以完善主义（Meliorism）教人，即谓人极当努力于道德，以消除罪恶，以完成人类并改善此世界，必可达到其目的与希望云云。杜威持"创造智慧"（Creative Intelligence）之概念，劝人用心思于世间之事，而以科学方法解决教育及社会改良之各问题。兹所用之"创造"一字，最足表明今世思想家所认为今世精神之特点。柏格森之《创化论》书中即屡用之。该书描叙人类，蕴蓄宇宙之生机力（élan vital）于中。如善战之马军，勇往疾驰而前，突入未来之域，追奔逐北，即"死"亦为之惊怖却走云云。〔撮译柏格森《创化论》（*L'Evolution Créatrice*）第三章之末第二百九十五页之文，原文不具录（按《创化论》一书已经张东荪译出，商务印书馆出版）。〕若更于较此深奥之形而上学之思想中求之，则有亚历山大教授（S. Alexander）于所著之《空间时间及神》（*Space, Time, and Deity*）一书中（该书于一九二〇年出版），力主进化乃世界日趋于完善之运动。而意大利之新理想派柯洛齐（Croce）、任体禄（Gentile）等，则于其著述中，谓心乃纯然行动（pure act）而已。二派皆承认时间为究竟之实在，无时间则无进步及创化之可言。以上皆近世精神之表现于哲学者也。

上文已言及，此种近世之精神，提倡之者每视为一种宗教，而以孔德之“人道教”为最显著。惟然，故“人道教”与旧有之宗教不免争持，而对于旧日之神学之内容，则显为攻诋。此新旧二者之间，有同有异，有离有合，不易辨识。今述其显著之二事。一曰道德上之攻诋。如穆勒约翰，于其死后出版之遗著《宗教论》（*Essays on Religion*）中，谓如旧日神学所言，上帝既为至善极智，则当不愿世间有些须罪恶。上帝之权力既为无限，则当能消除罪恶。乃今信有上帝，世间又有诸多罪恶。二者矛盾，何以自解？由罪恶之实有，可知上帝之必无也。二曰科学上之攻诋。专对“自然神学”（Physico-theology）而发，即反对以科学之知识辅助神学。不容许科学家仍信宗教，于世界到处搜寻证据，以证明上帝之仁德、智慧、勇力，而为神学旧说张目也。

科学反抗神学而独立，不信上帝以一定之计划（design）创造世界，而主以科学原理，寻求世间万事之原因（cause）。此事当于下节详论之。

第四节

以上所论，皆以科学为一种权力，与道德联合，而影响及于近世之人之感情思想行为者也。

然此特其一方，而未尽全体也。科学不仅为权力，且为一种理论，一种学说。由此亦足改变近世人之心性及其世界观也。就其理论而言，科学乃诸多之命题或判断，以确定世界之组织及其性质者。凡科学家，皆信世界之性质确如科学诸命题所说，而如本书开端所云，则凡具科学“知识”者，即皆深信世界之情况，确如科学家所思所言者也。

前已申明，凡说明世界之情况之理论，皆足影响于吾人之感情及行为。而以上节所言之科学对于宗教之反动尤关重要。盖科学思想家所说世界之情况，与宗教及神学中所说者截然不同，且有互相矛盾之处也。

然则科学家所说世界之情况果如何乎？

科学所论究之世界，可以“自然”（Nature）一字概括之，决不越此范围。宗教家以“神”为世界，科学家以“自然”为世界。故凡言宗教与科学之冲突云云，皆指“自然科学”（Natural Science）而言也。然则“自然”之界说如何？欲答此问，请引惠得海教授（A. N. Whitehead）之说。惠氏为解释科学立说最新之人。惠氏于其所著《自然之概念》（*Concept of Nature*，一九二〇年出版）一书中，谓“自然”乃“吾人以感官所知觉者”（that with we observe in perception through the senses）。凡吾人以感官所知觉之事物，即可谓其必然存在。无论吾人之知之思之与否也。有物于此，吾人以感官约略察知之，则据以断定此物为独立而自存。然即使适间吾人未尝见有此物，未尝思及此物，此物仍必存在，而其性质亦丝毫不变也。（知之固在，不知亦在。思及之时，固有此物，即未思及，亦有此物。）惠氏说之曰：“自然在心外而绝不相通。”（Nature is closed to mind.）盖谓吾人研究自然，只当就自然之本身研究之。至于自然与吾心之关系如何，一物与知有此物、思及此物之人之关系如何，则皆可置之不问。推之于“各种道德美术之价值，须人心自觉之活动，始能见之明审者”。由科学家观之，亦可谓其与自然“绝不相通”，而可置之不问也。

谓各种道德美术之价值皆与自然绝不相通，竟可置之不问。此语所关甚大，不可不细察也。诚如此说，则是吾人日常实际生活中所见之“自然”，业已丧失其大半。盖吾人各种经验中均有自然在，而自然与人生之关系至密切也。自然固为“吾人以感官所知觉者”,然当不止于此。何则?自然乃吾人身体动作之场所,其中之物,有为吾人所必取得以满足吾人之需要者。有为吾人所当战胜,以保全吾人之生命者(前者如饮水,后者如食人之虎),有以其美震惊吾人者(如花,如云霞,如翠鸟),有足动吾人之怜爱眷顾者(如依人之小鸟,盛开之桃花)。今夫吾人日常所见之物,至极繁夥。若者为人,若者为动物,若者为植物,若者为无生之物,盖无一而非“吾人以感官所知觉者”。此诸物与人之关系各各不同,而吾人对于诸物之感情行事,亦逐件而异。吾人经验中所见诸物之差别如此,而惠得海氏乃欲以一语概括而整齐之,谓就纯粹科学而论,所谓有生之物与无生之物,以及生物之具有心性者与不具者,其间皆毫无分别。得毋误乎?

[原注]惠得海氏于其所著《自然知识之原理》(*Principles of Natural Knowledge*,一九一九年出版)一书之末章,论及“自然”中之有生命,正如“吾人以感官所知觉”之事中之有谐律(Rhythm)。惜其语过简短,未尽发挥。惟此论虽有价值,而仍不能说明有生机体之作用,尤不能说明自然界所表见之心性。(即表见于若干种有生机体之行为者。)由此可知惠得海氏本为应用数学专家,故其所创立之“自然”之概念,甚合于物理学之理论部分,而与生物学及心理学,则不能符合也。

又惠氏之说,将吾人对于诸种自然物之态度及反应,概视为相同而无分别。因之,将各种“道德美术之价值”一概抹杀,而按之吾人日常经验。一言及“自然”,则觉其中有可变之美,可怖之威力。观于自然界之有系统,秩然不紊,则得智识上之快乐。又观于自然界既美而有力有序,而又神秘广大,不可思维,则顿起严恭寅畏之宗教感情。由此观之,惠氏又得毋误乎?总之,科学家所言之“自然”，比之吾人全部经验中所得之“自然”实较为狭小，而近于矫揉造作，此事实之不可掩者也。所谓科学重抽象而行选择者，即指此而言，然兹非谓科学之方法遂不可用也。科学于理论及实用方面，所以能正确精密而有如是之成功者，实赖其所用之方法。就其方法而论，科学专主以抽象之眼光，观察世界；由人类全体经验中，选取若干事物材料，用为证据，而悉弃其余；又采用若干概念以造成理论，其他概念，则弃而不取。科学方法既以选择为主，如此去取分别，亦其所当为者，又何可厚非之？虽然，科学所言之“自然”，与日常实际经验所得之“自然”，二者之性质截然不同，是当分别。此层须一再申明者，以其为哲学上通观合览之主要问题也。今有科学家某君，其人并能诗而信有上帝，然某君研究科学之时，则决不使其诗文、宗教之思想及感情，得混入其科学中。盖如此逾越界限，实为科学之所不许。某君纵信有上帝，然遇关于自然事实之记载，而以宗教感情之文笔出之者，彼必不用为其科学之引证。自然物（如云，如花）之庄严美丽，虽艺术家视为至真，然某君但为科学取材，则可弃之如遗也。生人之需要及利害祸福，常倚于自然之运行及规律。此事在常人视之，以为极关重要（例如旱灾、洪水等），而在科学家则视为偶然之事，毫不动心。科学家之观察自然，乃以极纯粹极虚空之眼光及心智，自然者专供吾侪之观察及思辨之材料而已。顾即专为观察思辨之资，科学中“自然”之概念，已经极钜之改变。缘寻常所不能见、所不能知之事实（如显微镜下之微菌，有机物之化学成分等），已多藉科学之观察及实验而得发明。而寻常以自然为凌乱芜杂、变化无定者，科学乃揭示其中之系统与规律。（如植物之分类，牛顿之力与运动之定律等。）此皆科学实能变化“自然”者也。虽然，就大体而论，科学之特殊方法，乃专务选择人类经验之一部，期使所选得之物，可完全以科学文字描叙之，表达之。而寻常表示生人情欲、美术欣赏、道德修养、宗教信仰之文字，均不许阑入其文中也。惟然，故尤当注意惠得海氏之结论。惠氏谓："自然之价值，当为形而上学，综合归纳一切存在（即万有）之枢机。"转言之，即研究自然之价值，实为吾前所谓哲学上通观合览之工夫之起点也。

然科学之改变吾人对于自然及人在世界中之地位之观念者，尚不止上言之一事，而有他途焉。旧时之思想，表见于言语文字及文学者，其解释自然之现象，率用"以人喻物"或"人物同性"之法（anthropomorphically），即以人之行为比拟物之现象是也。其想象世界之构造，率用"人为物主"之法（anthropocentrically），即谓人类之幸福及命运，实为宇宙间最重要之事。宇宙万物皆为人而设者是也。迨近世科学蹶兴，乃将此类"以人喻物"及"人为物主"之信仰，攻诋摧陷，一扫而空。即有存者，已非昔日之本来面目矣。在昔中世之人，遵奉《旧约·创世纪》中之宇宙观，以为人乃宇宙之中心。欲明宇宙之意义，但观人类始祖亚当夏娃之犯罪堕落，及上帝爱子耶稣基督降生此土舍身赎罪之一场戏剧，斯可矣。乃自天文学新说发明〔哥白尼（Copernicus，1473—1543）实倡此说〕知地球并非太阳系之中心，仅为行星之一，绕日而行。其结果，不但地球失其重要，而地球上之人类，亦不成为宇宙之主宰矣。今世之科学家，其幼时曾受旧说之教育者，尚不乏人。若辈今则意气扬扬，欣然自得，谓以宇宙之大，其间星球如此之多，时间空间广漠不可纪极，而地球在其中，仅如沧海中一粒粟。地上之人，其渺小更不足道矣。十九世纪中，进化论出，此种态度更为之变本加厉。缘进化论之立说，既谓人由下等动物蜕化而出（与人为万物之灵之观念相反），又谓按照天文学之所预测，将来太阳及诸行星光销热减，地球上之人类及生物，必有全遭灭绝、同归于尽之一日。（参阅下文编者按语。）由是天文学与生物学相资相成，而旧传之宇宙观，乃不能存立。按兹新说，则所谓人类之历史及文明者，不过“最渺小之一行星”（即地球）上，偶然之小事。而人者乃真为彼毫无意识之自然之力所玩弄操纵，而不能自主矣。人既如是之渺小轻微，又安能凭人之希望忧惧及所想象，以解释宇宙之真象耶？（意谓旧日“以人喻物”及“人为物主”之宇宙观，均不可信也。）无论人之欲望感情如何，客观之事实，决不为其所移易、所影响，惟可由科学之研究以窥得之耳。上文所述惠得海氏之说，尚为道德、美术之种种“价值”稍留余地。若如此说，则径不然。盖逐层推阐，必至谓艺术、道德、宗教，皆系迷惘无知之人，以其感情及欲望所造成，以自欺而欺人者也。我辈信科学者，只当用客观研究本来之事实。若杂以“主观”及“人性”之见解，则谬误不可穷极。故当严为分别，使不得阑入。此科学家及信从新说者之态度也。

> 编者按：亚当夏娃犯罪、耶稣降生赎罪，及耶教中之迷信传说，虽为吾国所无，然统观吾国旧日之神话历史及人生道德学说习惯，其中“以人喻物”及“人为物主”之观念，则与西洋旧说正同。谓人为万物之灵，万物皆备于我。其视人之高贵伟大为何如乎？古圣制作发明，如燧人氏之钻木取火、神农之尝百草、禹之治水等，皆取诸自然以为民利，皆谓人能利用自然、役使自然，皆以人为主而自然为奴，绝非倒置。其确为历史事实与否，无关重轻，不足争辩。但其中所涵之意义，则如是高贵，如是美善，有西洋旧说之精华，而无其牵强之迷信。此则为吾侪所当洞明深悉而竭力维护者也。数千年来，

吾国之政治社会，虽多变迁，然“以人喻物”及“人为物主”之根本观念、根本信仰，则弥漫普及，深入人心，而未尝稍为移易。就科学之发达而论，吾国人不知地圆及地球绕日等事，又昧于声光电化之理，固为所短；然吾国能卓然存立数千年，久乱必归于治。又其人民率皆纯良温和，而于人生哲学及道德原理，能大有贡献于世界者，实皆由于此，未可以其与科学抵触而非之也。夫以科学治科学，可也。以科学评判或解释宗教、道德、人生，或但凭科学创造哲理、文学、艺术等等，则大不可。此中关系，应俟另论。总之，天人物三者，其上中下之位置及阶级，决不可颠倒错乱。顺此阶级及次序，则世治而人乐。乱此阶级次序，则世乱而人苦。（即不信有天者，亦当使人在物上，物在人下。以人役物，不能以人为物役。）窃尝谓今欲救国救世，度人度己，惟当自信并力教人信此天人物三者之正当阶级次序。而其所以信之之故，则由通观合览之哲学及内思反省之经验，为之确立义证也。凡此亦均俟另论。兹所欲申明者，即吾国旧说（tradition）与西洋旧说，于此点根本相同。而当科学发明，新说盛倡之后，其所得结果，及人心道德所受之影响，亦自然无异。于欧西于中国，虽有先后迟速之殊，而同其轨辙，若合符节也。

吾国自维新以来，知名之士，热心之人，自谓提倡文明，打破迷信，而不知其于无形中造孽极多，种祸无穷。则以其未能通观深究宇宙人生之究竟，而但以枝节小慧相炫示也。今举二例，以其适可为此段所译之文之引证，即（一）吴稚晖所著《上下古今谈》、（二）梁任公所办之《新小说》月报第一期中译登之《世界末日记》是也。二者皆科学小说。吴书成于十年前，经教育部审定颁布，流行极广。夫以《上下古今谈》

与今国人所畏惧之共产学说及吴君今日在报端骂人之粗秽谰言比较，则《上下古今谈》不其忠厚和平，然就思想义理而论，《上下古今谈》之危险性乃更大。盖其为害，正即此段译文所言者耳。且吴君于该书《自序》中，已明言其书陈述无历史之时代之世界历史。如是宏阔久远，以见有历史以后之世界历史渺乎其小，而不足称道。（大意如此，兹未录其词。）夫推翻历史，蔑视过去，轻人事之实迹，而重科学之假说，乃新派之通病。吴君固已蹈其失矣。至《世界末日记》一篇，出版在今二十四年前。儿时读之，固惊骇忧惧，即成人读之，亦必凄然意尽，由悲观颓惰而流于放纵恣睢。盖其书之内容，正如此段译文所云，描叙"太阳及诸行星，光销热减。地球上之人类及生物，全遭灭绝，同归于尽之一日"者也。而译者按语，乃引证佛说，以为非解脱不获了悟，非破灭不能建设。故以此篇为爱国志士之清凉散云云。（亦但叙其大意。然原书具在，可覆按也。）此其意纵是，而其行则非。盖佛教之根本，非寂灭虚无，乃致力于精神道德上之建设，不能与物质破灭之说相提并论。且先破灭而后建设之主张，施之于人事（政治社会），常多危害也。吾非反对科学，又非谓科学小说不当作，乃谓科学有其范围，不可举科学而抹杀一切经验，不可使人为物所宰制，其理信如兹所译之书所言者也。至科学小说，用以寓科学之理想，则可；用以为道德之训教，则非。呜呼！昔安诺德作"Dover Beach"一诗，想象旧信仰之去，新思想之来，如海岸边之波涛，重叠相迫而至。欧西如此，吾国亦然。《上下古今谈》与《世界末日记》，不过百千中之一二显著之例。国中忧时爱世之士，其亦有于近三四十年中，吾国人精神思想之变迁，加意研究，而推详其层次步骤者乎？

夫既不信“人为物主”，则亦不能“以人喻物”，以生人之行为，比拟自然之现象。此亦为科学所不容许也。此种态度，最显而易见者，厥为所谓“自然之机械说”(Mechanical Theory of Nature)。常人之思想，每于无意中承认凡百自然现象皆有其主动之人(the theory of agency)，而“自然之机械说”则严行反对此种思想者也。常人述说自然现象，每用动词之主动被动时，如云“日融冰”“花为霜所杀”等等(按文学中其例尤多，如“池上春归何处”“纤云弄巧，飞星传恨”“芳草有情，夕阳无语”“做冷欺花，将烟困柳”等。然此犹曰文人想象，未必真信。故今直译原句为例，以见常人言谈之口吻。吾国人固有类此者也)，皆于无意中以物拟人，一若彼无生之物乃能如人之行事，且能施能受者。此在科学，则断不容许。谓吾人仅能“按照一定之规律，说明此事与彼事之相互关系”而已。今世科学中所谓因果，并不含主使行动之意。科学既不信有行动(activity)，与此相关之意志(will)、目的(purpose)、计画(design)、智慧(intelligence)诸观念，遂皆为科学所屏弃不取矣。自一方言之，此种变迁亦系佳事。盖科学对于自然之现象，不究其“何故”，而但察其“如何”。故能为极繁赜深奥之研究，而洞明诸现象相互关系之定律〔如物理学、化学上各种定律(法则)皆是也〕。又初民之思想，率谓自然现象皆由鬼神随意所主使，是曰“有灵魂说”(Animism)。科学既发明各种定律，故能将“有灵魂说”一扫而空之。然而自然之机械说亦有其重大之缺陷焉。盖如天文学、物理学、化学等，凡不涉及生命心性问题之科学，用此说收效最大。然推至生物及有意识、智慧之物之研究(即生物学及心理学等)，则机械之观念甚为窒碍不通。其故非因此中无定律之可寻，实因生命与心性乃显然特异之物。凡具此者(如马，如人)，其身体固属“物质”而为“感官所能知觉者”，但别能表现其生命以及智慧意志，故与彼无生命之自然物迥乎不同。因之，径欲以研究分析自然物之方法及条件，施之于有生命心性之物，其势有所不可也。今兹所言，与上文指正惠得海氏之“自然”观念之说，实异途而同归。（皆见得自然科学研究之对象，不能包涵人类经验及宇宙事物之全体也。）今世科学家立说，每喜以身体与灵魂，又以物质与心性（或意识）相对列举，而严为分别。其所以为此者，多由鉴于以上之困难扞格，不得已，乃以科学专务研究“自然”，而将凡百事物（如意识等）不能以机械范围、不能以理论物理学解析之者，均屏之于“自然”之界域之外，谓此均非科学研究之对象。用此办法，科学之疆域缩小。壁垒乃坚，自可号令一致，而无勉强之事矣。

自然之机械说，既不承认以人类及动物之目的及心性解释自然（如上节所言），则更不能容许以上帝之意志或计画立说者（宗教家言是也）亦势也。近世之科学家，决不用“上帝之假定”。喧腾一时之《桥水论文集》〔*Bridgewater Treatises*，按此系一八三三年一八四〇年之间，英国名士 Thomas Chalmers 及 Charles Bell 及 William Whewell 等，所撰论文八篇，题为《由创造世界所见之上帝之权力智慧及仁德》（*The Power, Wisdom, and Goodness of God, as Manifested in Creation*）用桥水子爵（Earl of Bridgewater）所捐之金印刷流布，故名《桥水论文集》〕殆为以神学言科学之最后之例。自时厥后，科学家相戒不用神学家之言辞，已成定规。新思想之铲除旧信仰而代之，科学之脱离宗教而独立，其事至是始告成功。今之科学家，决不以创造之故事诏示吾人，而勖吾人以敬慕上帝之智慧权力及仁德。今之科学家，决不谓自然现象所以如此如此者，乃由上帝为之使然，如此乃正好也。今之科学家，于“上帝”一字，直不道及。科学与神学，是否终于势不两立，无法调和，应俟后详论。如上所言，科学以选择为方法，然不必即以科学之所选择者，而径谓吾人美术、道德、宗教之经验为不实在。明乎此义，则知科学与神学之间，似有分工之关系，尽可独立并存，各事其事，不必强谓此真彼伪，以攻诋摧残为能也。（此言科学虽真，神学亦非伪。科学不能废神学，以二者各研究人类经验之一部分，故可相合而成者也。）

正惟科学主乎选择，故科学不能为"通观合览"之事，故科学决不能替代哲学。哲学之鹄的，在超乎诸多抽象之观点之上，以综合事物而观察之，而了悟世界之全体者也。由是言之，科学不废哲学，二者亦可各事其事，不必相侵凌、相攻诋也。

第 五 节

近世之人之世界观，及其对此世界所生之感情及行事，均曾受科学深钜之影响。上文已约略述其梗概。科学为一种权力，又为一种学说，能使近世之人，始则怀疑，终则蔑弃。不但蔑弃从古传来之神学信条，且并蔑弃宗教态度，蔑弃宗教之世界观。夫神学信条，不过宗教之世界观之经沉思默察而著之篇章者耳。改之犹可，今乃并宗教之世界观之本身，而蔑弃之焉。顾以上所描叙之近世之人及近世精神，仅为今世文明中极有力量而日益显著之一种趋势而已。若谓今世文明之全体，正即如此。或谓今世曾受教育之人之心理大率如此，则不然也。夫今世文明之全体，及今世普通人士，与科学家往还接触，或聆其讲演，读其著述，固皆不免深受科学思想之影响。然若辈同时并为此外诸多关系、诸多经验之所陶冶铸造。况文学也，教育也，以国家与社会各种机关组织所培植、所整饬之思想感情行为，均能使从古传来之礼教，绵续不绝，光辉尚在。礼教之对于今人，自亦必有其影响，未容科学独行无碍也。例如吾人受物理学之影响,则谓世界由物质与运动二者所成。又受生物学之影响,则高谈生命及行为。又受心理学之影响,则本意识及心性以立说。而同时吾人亦甚注意于工商业、艺术、道德、政治、宗教等,故并运用财富、美丽、仁善、公民、政府、上帝诸观念,以为言谈思想行事之资。试就今世略受教育,常阅日报之一人,探寻其日常口头笔底所用之字,则见以上各项专门名词术语,均阑入其中,和合不可分辨。而此人每当使用某项名词(例如科学或美术名词)之时,则常改变一己之态度及因应之方,使合于该项名词所表示之专门学问及事业。(即顺从科学家或美术家之态度及见解。)此细察可知者也。

准是以谈,今之语言文字,可谓糅杂极矣。今人之态度及主见,可谓混乱极矣。此种混乱情形,吾人日常生活乃不觉察者,则由吾人时时改变一己之态度及所用之语言文字,由甲及乙,由乙至丙,积久而成习惯,故不觉其间之悬隔矛盾。因之,亦不觉调和之必要,与通观合览之工夫之不可缓也。然使有人于此,澄心细思,聚今世文明之各方面,合而观之,则见今世文明实为破碎糅杂,零星补缀而成,其间矛盾之处,可一一见。至此乃始知求吾之见解态度之一致,其事为不可缓矣。然而人之关系愈繁,接触愈多者,求其见解态度之一致亦愈难。必须造成一种综合解释全宇宙之学说,使此人生活之各方面均涵概无遗,且和合而无所矛盾,然后方为满意。转言之,即须创出类似昔日哲学之系统,而后方为成功也。乃事之绝可异者,近世教育(尤以所谓高等教育为甚)全不图造成此种学说,且丝毫无意于此事。所以然者,以在今尚无综合解释全宇宙之学说,以为教育家之用也。以近世文明,尚未经人细思深究,而以一种哲学系统表现之也。在今有各派之哲学,而无一贯之综合哲学。在今有诸种"趋势",诸种"运动",诸种试验，而缺乏公认之前提，尤缺乏公认之结论（又曰断案）。昔之宗教，实为文明一贯综合之枢纽，而今则宗教早已失势，且其后教育脱离教会而独立，益使智识界趋于破碎分裂。今世大学所授之课程科目，当可代表智识界之内容。然若细察各大学之课程，而于其中欲求一贯之系统，本吾人之"知识"以说明宇宙之情状者，其可得乎？且近世知识之增加，遂使为教员者不得不有所专精，研究之范围极狭，而综合观察之能力永久丧失矣。又使为学生者，就其选习之科目，于智识界之数处，窥其一斑，各成片段，不相连属。于是若辈之心目中，无所谓智识之"世界"，仅有诸多细微之专门学科而已。由是学科愈分愈细，研究材料愈出愈多，而由此诸多片段之理论中，求得一贯之学说，以解释世界之全体，此其事乃愈艰难而不可致矣。而况今之教育制度，使学生自行选课，听其自行决定并自行造成一己对于艺术、政治、宗教之态度。如何决定，如何造成，无人过问。无怪乎近世"教育"号称如此进步，而今世之人中，具有谐和一致之人生观者，以及因有此种人生观而其人之品格纯良坚定者，乃竟寥寥不可得见也。

幸而此问题常人多不注意，故其心尚可安闲宁静而无扰。盖世人为生活所驱迫，日夕忙碌，竟无暇以自审核其信仰，无暇得悉其信仰之为杂乱矛盾，无暇讨究其信仰之真伪，亦无暇反省一己之生活究能符于其所信仰者否也。常人于其所信仰之事，自以为并世之人与我同此信仰者必多，且专门学者曾言其如是，当必无误，我又何必多疑？彼恒以此自慰自解，故其心坦然，无所忧惧惶惑。外此则以专心致志于一己之工作及事业，为求福得乐之正方。盖一人之事业，为一己最易表见之途径。由事业之成功失败，即可察出一己智识品德之优劣短长。又事业者即我之一身对于世界文明，对于人类精神创造之总成绩之贡献。前乎我之古人，继我而起之后人，皆与我同心合作，以造成此世界文明，并发挥光大之。兴念及此，不假思索，遂乃感慕奋发，力壮十倍。夫即使如某某科学家所说，世界终于绝灭，全体人类及其功业成就，将有同归于尽之一日，然其为期尚远，我何必效杞人之忧？我但于此时此地，尽力于人体精神创造之事，使我之一生不至虚度而无补于世，则我亦大可心乐而意舒矣。凡此所述，皆世间人之心理也。

常人患在不思，故能享安闲之福。然使一旦用其思想，悟悉通观并览之工夫为不可缓，则虽欲止而不能矣。然此事亦非难致，故不必即行失望。观于汤姆生教授（J. A. Thomson，英国人，生于一八六一年。现任Aberdeen大学生物学教授。商务印书馆译行之《科学大纲》即其所编者）之所为，亦足使吾人胆为之壮，气为之豪。汤姆生教授为著名之科学家，乃其一方作科学之研究，一方又常开拓心眼，注意科学以外之问题。科学以选择为方法。吾人研究科学者，盖感通观合览之态度之急要，而求之益不能得。然如汤姆生教授之所为，则知吾人欲求得此种态度，科学决不足为阻碍也。汤姆生教授于其所著之《有生自然界之系统》（*System of Animate Nature*，一九二〇年出版）一书中，综论生物学之全部。自言其著书之目的，为欲造成一种"有生自然界之哲学"（*Philosophy of Animate Nature*），即欲"将吾人对于有生自然界（即生物界）所知所感者，及吾人对于其他部分之事实所知所感者，聚合于一处，而运以一贯之思想"是也。此文中"吾人所知所感"等字，极关重要。汤姆生教授更引申之曰："世间事物，固有由吾人之感情知之，较之由科学所知，更为切近者。"又曰："感情之趋势，厥为得见事物之全体，即通观合览之工夫是也。"又曰："欲保存人生之价值，欲图哲学整理之成功，则决不当专事科学之分析，而遗弃诗人、艺术家以及凡百爱好自然者之所共见之事。此种事物全部之见识,中正完全,无所偏弃者,吾人以直觉感受之较易,而以理智察知之较难。既感受之后,则觉其非虚幻,非神秘,而为交感同情、浑沦圆整之全体而已。"

曰理智,曰感情,其意义似属虚空而无当。然同一物体,同一对象,科学家以其学说解释之,是为理智之事。诗人又以其想象领会之,是为感情之事。此二者固相反,然未必即不能相成也。二者各有其优点,各有其真际。相合而为美,缺一则其他亦不完。诗人侈言领会,而不实以科学之材料,则必堕落为感情主义(Sentimentalism)。科学家专事分析,则不易见事物之全体。又科学家相戒勿犯"以人喻物"之病,然行之过当,遂致其笔底所书者,并非其适间所得之印象之全体,而有所缺损。准是以思,彼物理学、化学家,其实验室中研究之种种布置,皆以人力造作而成。因之其立说亦喜为物理学、化学之机械主义。而生物学家,在野外采集标本,亲见动植物生活之实境,并享受全体"自然"之美,因之其立说遂敢用"以人喻物"之法。二者之别,其以此欤?总之,汤姆生教授不仅为科学家,且为爱好自然之人。惟然,故其客观较有价值。其结果,汤姆生之科学成绩决不减色,而其哲学见解乃高人一等,缘能充分利用经验(而不自拘囿)者。其"达到实在之途径"(pathways to reality)亦较多,遂能观察"自然"之全体而无遗矣。吾人与自然接触,默思欣赏之际,所留于吾心之印象,亦为观察自然所得之一部分,固不当摈之于外,弃之如遗。而据汤姆生教授所言,则此种与自然之接触,对于吾人之精神大有补益。盖人既能知觉并欣赏生物界全体及其相互关系,窥见其中之权力、秩序、美丽、繁复,则心乐意舒,而心境不宁之苦,及琐屑之烦恼、卑鄙之思想,皆消灭不存。无此接触,则精神觉匮乏。有之,则精神强固，希望多而信仰笃焉。

惟汤姆生教授之所论究者，仅为"有生自然界"，即生物学研究之范围。而所谓"自然"者，则如前所述（第四节），属之数学、物理学矣。生物学家深感通观合览之哲学之需要，乃过于物理学家。此非偶然之事。在各种学问中，其所研究之事物，离心性之现象愈远者，科学之抽象方法亦较易施行，近者反是。然即强为解释，力持所谓科学家之态度（即崇信自然之机械说），而试一回思吾人实际经验之全体，则知此种态度实有缺漏而未必全是也。（见上第四节。）此种态度，其基础已为生物学所动摇，又为心理学所蔑弃，更由历史、社会、经济、政治、艺术各项，一察人类心性之实在之成绩，则此种态度之缺失，益不可掩。而纯正之宗教哲学，更超乎其上而立说。其详当于以下各章分言之。（第一章完。）

按末段综括以下各章，明示全集主旨。今更为简括解释如下。彼拘囿之科学家之态度，所以不能成立，即"自然之机械说"所以根本错误者。其理由可分以下各层：（一）彼辈（多为物理学及化学家）之实验，皆系人工特造，未尝直接与自然接触，领受其全部印象，如生物学家之所为也。（二）自然科学研究之对象，既以"吾人感官所能知觉者"为范围，生命与心性，即在其范围之外。而征之经验，生命与心性，确具特质。故生命已非可以"机械之自然"概括，而心性更在其外而独立者也。（三）历史、社会、经济、政治、艺术等，皆人之心性所造成者，占人类全体实际经验之大部分，而未能以"机械之自然"说明之，归纳之也。（四）宗教属于精神生活，亦人类经验之一部，更非可以物质机械解释之者。故科学不废宗教。（五）综上各层，得结论如下。哲学以通观合览为目的，即综合人类经验之全部(须无所遗漏),而以一贯之原理说明之。自然科学仅研究人类经验之一小部分,故“自然之机械说”不能为正确之哲理,而科学亦不废哲学也。

又按原书每章之末,均附参考书目,并约略说明各书之内容得失,及读之先后缓急之序,以便学者。惟窃思凡能读此参考书之人,必已读过今兹所译之原书,无待于译本。故该项参考书目,均从略。译者识。

——本文原载于1926年5月出版之《学衡》杂志第53期,作者为英国亨勒(R. F. A. Alfred Hoernlé),译者为吴宓,其中注释及编者、译者之按语、识语,均为译者吴宓所作。

葛兰坚撰《但丁〈神曲〉通论》

按美国葛兰坚先生(Charles Hall Grandgent)为今世但丁学名家。(详见本志第六期《葛兰坚〈论新〉》篇。)其所校刻之但丁《神曲》一书(Dante's *Divina Commedia*, "Heath Modern Language Series")系美国D. C. Heath & Co.书局出版,学者称便。其中有《总序》一篇(Introduction),述但丁生平事迹,及《神曲》之内容、体制种种,系荟萃群书而成,简明精当。爰取译之。本志近顷颇有关于但丁之作,如第三十九期钱稻孙《但丁神曲杂剧》等。读者如先读此篇,藉知大概,则可逐处了解欣赏,而不致味同嚼蜡矣。其书中每部(《地狱》《净罪界》《天国》各为一部。每部三十三曲。惟《地狱》一部,连全书开场之一曲,共三十四曲。三部合共百曲。详后)之前,各有分序。每曲又有叙略(Argument),当以次分译云。译者识。

但丁者(Dante Alighieri, 1265—1321),意大利之斐棱州〔Fiorenze (Florence)通译作佛罗棱斯,今从钱译。以下皆同〕人也。当其生时,斐棱州实为一独立之市府,政权由各行商会操之。市民爱乡心切,多才多艺,百事振兴,且热心政治而党争亦烈,故有生气蓬勃之象。是时,斐棱城方蔚起而为欧洲名城之一,工商业均甲各地,财源茂盛,而风俗华美,故人多喜居之。且凡此种种,若自治,若商业，若奢侈之生活，在其时均属创举，故尤足动人。外此若绘画之术，则有乔陀（Giotto，参阅本志第三十九期插画第一幅）继齐马布（Cimabue）而起，别创新法。若雕刻及建筑，亦然。若文学，则有通俗之意大利文学，方于但丁生前传至斯土。然此数者，均非偶然而来，自然生成，实由斐棱州为甚古之都邑，具历世相传之旧文明。礼教规程，浸润渐渍，有以厚其本而活其源也。惟然，故斐棱城人创造之事业，无论其为物质或精神，皆具美术之形性，既细致明晰，而又具和谐之意。斐棱城既非甚小，诸事俱备，需用种种智能才艺，而又非甚大。人民比户居处，彼此熟悉。出众之才，易于表见，故为最适于产生人才之地。其设官命职，名目繁多，而在职之年限则甚短，故市民皆得轮流从政，直接处理国务。然其时党争至烈，为患实深。富有资产及能力之中等社会，为旧日之军阀贵族所嫉恶。此等军阀，其先多系日耳曼族，盘踞城内城外之堡寨中，厚置兵卫，常思藉端起衅。而中等社会之市民，则欲削去军阀贵族之政权而后快。斐棱城中，旧有教皇党与帝党（拥戴神圣罗马皇帝而与教皇抗争者）之争。一二六六年，战于倍那文德（Benevento）地方，帝党大败，其争遂息。然复有白党与黑党者，代之而起，常为内战，怨毒衅隙，不减昔时。白党以Cerchi族为首领，代表工商界之新势力，具有资财。黑党以Donati族为主干，代表旧日之贵族，而下等社会之人多依附之。一三〇〇年，市政府将两党为首倡乱之人，均放逐国外。而彼黑党者，既不得逞志于本国，乃转而求外援。适教皇彭尼法第八（Boniface VIII）以斐棱州一带，依旧律当归其统治，乃据为口实，派彼觊觎王位之法国亲王查理（Charles of Valois）提兵入斐城。声言调和党争，维持和平。及斐城归其掌握，乃举而畀诸黑党，于是白党悉被放逐，飘流异邦。但丁亦在其列，竟终身不得返其故国。此一三〇二年事也。

但丁生于一二六五年，约为五月下旬。其生平事迹，罕为后人所知。仅由其著述中窥见一二，而当时载籍可资考证者亦甚少。与但丁比邻而居之韦兰尼（Giovanni Villani）氏，撰著《史乘》（*Chronicle*）略叙但丁一生行事。但丁殁后，鲍卡雀[①]〔Boccaccio，1313—1375，意大利文人，著《十日谈》（*Decameron*），极知名〕乃为之作传而称道备至。（鲍卡雀尝为教授，以教人读但丁之著作，以为但丁专集研究之始，亦斐棱州人尊礼但丁之始也。）越百年，布吕尼（Leonardo Bruni）又传叙之焉。故后人之所由得知但丁，惟赖此四者。（一但丁之著作，二韦兰尼《史乘》，三鲍卡雀所作传，四布吕尼所作传。）历时既久，关于但丁之种种传说，缘之而生。轶闻奇事，语多不信。正史与野史杂糅，真伪莫辨，而但丁之生平益难考定矣。按但丁生于名门，先世贵显，然非富家，在当时亦不为人所重。但丁之姓，原为Alagherius，一作Alaghieri（今讹为Alighieri）。但丁（Dante）之名，则Durante一字之简写耳。但丁幼即丧母，其父续娶，旋于一二八三年辞世。但丁有弟名Francese，有妹名Tana，皆继母所生。但丁尚有一妹，是否同胞，则亦无从得知。由《神曲》一书考之，但丁幼时在家颇甚快乐，从师受学，并未怠荒。初从Dominican派僧侣发蒙，继乃入Franciscan派僧侣所设之圣十字学校。读其著作，可知但丁不但久惯居城市，抑且熟悉田间风物。但丁多读波罗罔斯[②]（Provençal，即法国南部）及法兰西（指法国北部而言）诗人之诗，想象力顿启，且由是学得诗中声韵格律之秘，未尝受他人指示也。但丁又研究其时人之美术，深受影响。又曾习为绘画。斐棱城中，时方重视诗与画之二

① 鲍卡雀，今译薄伽丘。

② 波罗罔斯，今译普罗旺斯。

事,奖励提倡,不遗余力。而但丁早年即以其诗知名,由是得交益友甚多。其"生平第一朋友"为圭多(Guido),亦诗人,生富家(Calvacanti之族),年长于但丁。但丁所作,悉就正焉。又有布吕乃多(Brunetto Latini),为著名之拉丁学者,时任斐棱共和国枢密长官,亦为但丁之友,多所箴规。外此常相往还者,则有书记官Lapo Gianni,及年少之Cino da Pistoia,均诗人。又有Casella,则音乐家也。至若相交而不获切磋之益者,则有Forese Donati。其人为黑党首领Corso之弟,性情暴躁,声名恶劣,尝与但丁作诗若干首,互相攻诋云。但丁于其国中交际游乐之事,固皆参与,而亦关心国事,投身政治。一二八九年,于役兵间,与某国战。但丁从戎,此殆非初次也。约当一二八九年之顷,但丁尝至波隆(Bologna)。而其游隆巴地(Lombardy,通译伦巴的,今从钱译),必在一三〇〇年以前。一二九三至一三〇〇年之间,但丁负债累累。一二九七年或稍前,但丁娶Donati族之女,名Gemma(译云宝石)者为妻。女为黑党首领Corso及无行诗人Forese(二人均见上文)之远族。但丁与之订婚,当在儿时。娶后,生二子,一名彼得,一名雅各。又生二女,名未详。其后但丁被放,流亡于外,家室并未相从。但儿女三人,则谒父于拉韦纳(Ravenna)地方(见下)。但丁之妻独留本国,至一三三二年(但丁殁已十一年)犹生存云。但丁于一二九五年始从政。越二三年,即为国中政界要人。但丁力求维持斐棱共和国之独立,抵抗教皇吞并之阴谋。一三〇〇年夏,但丁奉使往见Gan Gemignano归来,遂得为斐棱国执政Priors(名从钱译)。执政共六人,但丁在职仅二月。一三〇一年,复被任为市政督办,修治城中市街而增广之。当法国亲王查理(Charles of Valois,见上)提兵入斐棱城之时,但丁适奉使至罗马。(罗马乃教皇之都城。〇此举甚幸,若在本国,或不免于难。此层似确凿可信。)政变以后,乃科但丁以阴谋作乱之罪,罚金,且放逐于国外。其后又加重罪名,改为焚死之刑。一三一五年,或为居间,纳金得赎罪;而但丁不肯屈身事仇,遂终不得返故国。当其初被放逐之时,尚与同党之在外者,图谋归国复仇革命,事在一三〇二年。既而与若辈意见不合,厌其卑污,且惧为若辈所戕害,乃逃而去之。至是"孤行独立,不更结党"(但丁自道之词)。但丁飘流外国多年,其行迹亦不可尽考。始则逃至韦洛那(Verona),依施克拉氏(Scala)以居。及一三〇四年,慷慨仁厚之居停Bartolommeo辞世,但丁失所倚恃,乃游于波隆(Bologna),观光于其地之大学(是为欧洲最古而有声之大学)。或云,但丁且在该地人家作教师云。总之,但丁常往来于意大利北方及其他各地,游踪极广。一三〇六年,但丁在Lunigiana,依Malaspina氏,且为该氏之使,与Luni主教订立和约。其年十月六日事也。由此走之亚纳(Arno)河上流之Casentino山中。且据韦拉尼及鲍卡雀二氏(均见上)所记,则一三〇七至一三〇九年之间,但丁尝身游巴黎。一三〇八年,卢森堡公爵亨利,被选为神圣罗马皇帝,其人高贵而富理想,为众望所归。次年,即皇帝位于Aix地方,称亨利第七。一三一〇年,率兵入意大利,意在联合政教两党,解息纷争,维持秩序,而讨伐叛逆称兵之诸小国。一时人心震动,而或迎或拒,或亲或仇,对之亦不一致。斐棱城则坚决抗命,帝不能屈。但丁夙谓斐棱国中及意大利全土之乱(世界到处亦然),悉由无皇帝足以统治之。必得英武贤明之皇帝,而天下定于一,则斯民始可得救。故于亨利第七之来,极致其欢迎及仰望之诚。一三一〇至一三一一年间,但丁尝四次上书于亨利帝,推崇备至,勖帝以戡乱救民之大业。一三一二年,但丁或且至比撒(Pisa)地方,图谒帝。然而亨利第七兵锋不利,所至挫阻,劫持于各党之间,不能为主。昔者教皇实召帝来，今则教皇与帝为敌。迨其后局势略改，希望方生，而帝竟殂于Sienna附近地方，功业志愿，尽付东流。时一三一三年也。亨利第七既殂，但丁知境内和平及国中改革无望，已身亦终不得返。一三一四年，但丁走之韦洛纳，依施克拉氏(Della Scala)以居。其族之主人康格兰(Can Grande)固尝以兵力助亨利帝者也。读《神曲》可知但丁尝至Lucca地方。此举当在亨利帝崩之后，约为一三一五年。其年或次年，但丁复归韦洛纳。其后但丁之诗及《神曲》各部先后为人传诵，已负盛名。拉韦纳(Ravenna)之圭多(Guido Novello da Polenta)招聘前往，但丁乃往依之。但究于何年至该地，则不可知。但丁自是居拉韦纳，直至一三二一年九月十三或十四日，竟殁于该地，即葬于此。(参观本期插画。)但丁之女斐雅德(Beatrice)在该城中为尼，但丁之子彼得亦在其地任牧师云。但丁辞世之前，曾奉使至威尼斯(Venice)一次。但丁晚年似甚宁静和乐。其居拉韦纳，甚为该地人士所敬重。宾主相处极恰，而从之受学者亦众。康格兰为帝党同盟之领袖，但丁望其后来得成大事，故与之相交甚厚。又波隆之人闻但丁名，亦尝招致前往。故但丁虽见弃于本国，而外邦之人反甚尊礼之，斯亦可以无憾也矣。

以上叙但丁略传，而独未及其一生最重要之事，即与斐雅德(Beatrice)之爱情是也。先是法国南部之诗人，常歌咏英雄武士，爱恋美人。每乐为效奔走，舍身命而不惜。此类诗料，经后来所谓troubadours(波罗罔斯之歌者)之手，又受第十三世纪中崇拜圣母马利亚之风之影响，遂一变而为藉描写美人，以寓其高尚之理想；又引入宗教之观念，以致其爱恋之忠诚。迨后者波隆及斐棱州之诗人，起而效法，又复一变。于是常人之感情，乃变为超世俗之恋爱。于是宗教之神秘，人心中之欲望，与阿韦洛(Averroes，阿刺伯哲学家。生长于西班牙,约于一一九八年殁)个人被动之灵魂与超乎其上之主动之灵魂之说,均混合为一。有圭多(Guido Guinizelli)者,其生适当但丁以前。观其诗中所写,则女子身实为神仙本性之显于外者。上天之智慧寓于女子,男子之所崇拜者此耳。惟高尚之胸怀始能有爱情,然非有适当之实物(即美丽之女身)以引起潜伏人心中之爱情,则虽高尚之胸怀,亦不能自显其所蕴蓄之宏富也。以上云云,均见圭多所作《高尚之心,必来爱情》一诗,但丁尝引用之。但丁又直称圭多为其师。且为凡作爱情艳体诗者之师也。夫但丁本富理想而笃于宗教,其易深受此类学说之影响,自无足怪。然则裴雅德果真为实有之女子耶?抑仅寓理想而并无其人耶?此事从来论者纷纷,莫能断定。鲍卡雀谓裴雅德实有其人,姓Portinari。其父名Folco Portinari,斐棱城中人,富有资财,热心公益,殁于一二八九年。父未殁时,裴雅德即已嫁Simone dei Bardi为妻。其人身家清白,为钱业中之富商云云。鲍卡雀之说,固无术以证明其非是,似属可据。虽然,彼生世之裴雅德究为何如人,此事实无足重轻。诗人但丁,睹此实有之裴雅德而兴感,由是遂描写其理想中之美人。二者之间,不容并论。刻舟求剑,适见其愚耳。由来富于想象之人,陷于爱情之中,皆莫不加倍描写其意想中之美人,至与真者毫无类似之处,又何必于但丁独为深求。但丁诗中所描画之裴雅德,似曾见其音容笑貌而长共居处者。然实皆但丁之所虚构。至若世中实有之裴雅德,但丁不过与此女偶尔相识,并无深交。但丁虽爱彼,彼曾知之否?知之而有以报但丁否?则均未能确断也。但丁初识彼女(裴雅德),盖当但丁八岁之年,彼时女方七岁。然就后来但丁所叙者观之,即此初次觌面,已若神仙之骤降,使但丁若不胜其震骇迷眩者。自是经过九年之久,但丁始与裴雅德邂逅而互相问讯。已而但丁复对另一少妇表示殷勤，裴雅德甚不谓然，于是竟不与但丁交谈，但丁殊为悔恨。越时未久，但丁于诸妇女中遇裴雅德，不能自制其感情（几于晕倒）。裴雅德与诸妇女共笑之，但丁益痛苦难胜。继而裴雅德丧其女友，又丧其父，但丁因裴雅德之悲哀而亦为之伤痛。且念生死须臾，一若裴雅德不久亦将辞人世者，于是忧戚益难自遣。其后因妇女之笑谑，乃决不再作吁请乞求之词，而专作诗以颂扬裴雅德之美德。但丁《新生篇》（*Vita Nuova*）一书中所叙其与裴雅德生前之关系仅此。及一二九〇年裴雅德殁后，但丁心目中所存裴雅德之影像，较生前愈益深切著明。然但丁虽不能忘情于裴雅德，而犹不免忧伤自残，间或自甘暴弃，另求所欢。良心上之责备，虽时致但丁不能自安，然尚能潜心书卷，或究讨世务，聊以自慰。盖当其幼时，但丁即常用情于诸多妇女。其与卑污之Forese Donati（见上）为伍，当亦在此时。及裴雅德死后，但丁自谓因见某少妇深悯己之遭遇，中心感激，颇为所动。然但丁此时心营目注者厥惟哲学。（即人生之道理，应译道学。）故此少妇亦遂变为哲学之化身。其后但丁寓Casentino山中时，又眷爱另一少妇，作诗自道其情。其诗之美，为古今艳体诗之冠。然此等艳体诗，但丁作之，确为表情欤？抑藉以寓一己之理想，则依然未能剖断也。

今试问，但丁生平事迹既多不传于后，其生距今已六百年，思想又与今人大异，而今人犹爱读其诗，低徊感动至于斯极。此何故耶？曰：此其故有二。一者，但丁善叙人类所同具之感情，而不杂入己身在某时某地之特别经验。二者，但丁之所感极为深切。彼之苦乐爱憎、得失恩怨诸种感情，皆极切挚。彼时所发，历世至今而犹弗衰，遂令今人读其诗者，亦随之而为哭笑悲欢也。但丁之所以异于其他中世诗人而超乎其上者，惟在此一端。他人无如此切挚之感情。纵有之，亦无文才以自表达，而惟但丁能兼具此二者。但丁精通文字之秘奥，而善能运用之。其文才，非特中世之诗人不能望其项背，即世界古今之大作家，可与之比肩者，亦不过三数人而已。但丁观察各物极为精细，目睹自然之变化及其森严之状，中心甚乐。此皆其与今人极类似之处，而与彼同时之人相去甚远也。但丁鉴别人性，其精细之处，不减于观察自然。《神曲》一书，其原来命名并非有戏剧之意，然书中叙事极合戏剧之要理，善能以交谈之数语而表明一人之性行。统观尤里比底以后，莎士比亚以前之戏剧作家，其才未有能及但丁者也。外此尚有一事，非一时代所独有，而为万世之艺术大家所同具者，但丁亦有之，即以虚为实之想象力是也。取人间习见之实物（如花木鸟兽、云雾山川）而描画之；且取人所未见，而专凭想象力以构成之巨大事物（如天国、地狱等）而实写之；更取虚空之义理观念（如理智信仰、哲学道德及诸种过失罪名等）而为之赋形，叙入诗中，有声有色，不特己身若亲见亲闻，且使读者亦恍如身历其境，目睹其形。但丁才能及此，亦云伟矣。外此则但丁之思想见解，初无异于其时之人。如于哲理及科学，则恪遵前人之成说而不敢非议。恭守耶教之信条，而不敢致疑。又如重真而轻美，且主功利而以美为其附属。又如视个人非完全独立之单体，而为全人类之一部分，故力斥妄自尊大之习。文中亦决不叙及一己之特性及经历。且但丁之神秘主义，亦显其为中世之人。夫但丁观察实在，至为精微；关怀世事，至为切挚。而乃深信实有之世界初不过精神之世界之幻影而已。或谓但丁脚踏实地，而又掉首云中，诚哉是言也。（见J. R. Lowell《文集·但丁论》，一八九七年出版。）

但丁虽涉虚幻，生平备受荼苦，亲见人间种种穷凶极恶之事。然其性情，乃极平正中和，是诚难能而可贵矣。但丁之感情极强烈，而能克己自制。虽激躁，而常能内观反省，自行绳检。又富想象而亦兼具推理之力。但丁称道纯朴之生活，甚至绝欲残身，苦志修行，亦彼所许。然于文化，及世中名贵风雅之行事，则决不菲薄之。但丁习于宫廷之礼仪、贵人之技艺，且乐之不疲。又重学问，甚至寻章摘句，自矜渊博。上古希腊罗马之名篇佳作，但丁最喜读之，百回不厌，且与耶教之典章载籍一体尊重。但丁所最艳羡崇拜者，尚非耶教徒之以身殉道者，而乃希腊罗马之英雄义士，临难被逼，慷慨自杀者也。但丁理想中之耶稣，常为显赫威奕，堪为三位一体之尊神，而绝非迦利利之传道者，柔弱如绵羊。但丁对于人生，常具无穷之希望，谓今世界败坏已极，然终必有改善之一日；上帝之智慧，非人所能窥测；纵或不屑计较，使恶贯满盈，而上帝之天国终必实现；善必酬而恶必斩也。但丁之政治思想，多属虚幻而但说空理。且在当时观之，已嫌其守旧，偏于复古。盖但丁之所论究者，皆普通之原理，而不就一事一人以为评骘也。但丁谓人既生而为能群之动物，故政治之组织不可不有。一以应社会各种需要，设官分职，使各治其事；一以惩贪止暴，伸公理而保平和，庶每一公民皆能有发达智德、日进于善之机会。由是以言，国家政府，虽不如天主教会之尊贵，而其为用之急则一。国家与教会，皆上帝所设置。上帝命罗马皇帝建立国家（国家指神圣罗马帝国，继承当日之罗马帝国，而传其大统。但丁之时，政教之争极烈，故其立论如此。见上文），又命耶稣基督建立耶教，故神圣罗马帝国之皇帝，与统辖天主教会之教皇，实并立而平等。其职权不互相统属，而皆直接上达于上帝。必国家与教会之权力均平，不相雄长侵凌，而后世中之民可得安乐幸福。乃事之大不幸者，晚近教会中握权之人多贪求无厌，而为皇帝者则优柔怠惰，纵容宽假，以致皇帝之实权多归教皇掌握，而国家教会权力乃不均平。今非重为均之，使教会不得欺压国家，自居其上，越俎代庖，则生人决不能安居乐业也。但丁始读圣亚规那（St. Thomas Aquinas，1225—1275）之论疏，而得知亚里士多德之思想。其论国家政治，又以贪之一字为世间万恶之根源，皆从亚里士多德之说。但丁之科学知识，以及其哲学思想之方法及名词，亦皆受之于亚里士多德。但丁分罪恶为若干等级，别其轻重。又其释各种道德之义，悉由亚里士多德之教。惟但丁对于罪恶与道德之根本观念，则同于耶教，而与亚里士多德绝异。论但丁之性情，原与柏拉图为近，而与亚里士多德相去甚远。所惜但丁未得读柏拉图之书而窥其学说之真际。果其能之，则未知但丁之造诣当如何耳。但丁之道德论，乃集合各家之说而融汇之。但丁于古人师西塞罗及波绮修斯（Boethius，475—525 A. D.），此二人亦系集合诸家而成其学说者。但丁兼取色尼加（Seneca，4 B. C. —65 A. D.）之斯多噶派之教，及圣方济（St. Francis，1182—1226）之神秘主义，而并容纳之。又圣亚规那，注释亚里士多德之书，发明耶教教理及道德哲学，博学多才。但丁读其书，而得知宗教学说及种种细微繁复之观察及论辩，其中自有统系，前后一贯。但丁生性本喜穷理，反复推阐，不厌详密，至是乃愈甚焉。圣亚规那之师阿尔巴特（Albertus Magnus，1193—1280）者，统称博学，无所不知，盖中世最伟大之学者。但丁亦读其书。其科学道德之见解，取资于是者不少。但丁之学说，由圣保罗“前定”及“恩惠”之说推衍而出，与圣奥古斯丁同，然其结论则大异。但丁亦如圣保罗，谓爱为最高无上，而亦宇宙及上帝本身之原动力也。上帝以爱之故，不得不造出万物，使与上帝同享幸福。故凡上帝所造出之物，无不充满爱上帝之心。飞潜动植以及无生之物，秉上帝所赋之形与性而存在，是即所以爱上帝也。如石则坚而具吸力，如星则有光而足影响世间之事(此旧日星相家之迷信),如兽类则从其天性而饮食游行:凡此皆所以爱上帝也。惟彼等自无选择可否之权,故其行事无所谓是与非。上帝之意于此犹未满足,故复造为人。人者自具良知良能,而能自成其生活。惟然,故人必须有自由之意志。意志能自由,始有所谓罪矣。神仙与人可以获罪,他物则否。则以罪实由自由之意志而来,非明辨是非、有意为之者,不为罪也。神仙既生成之后,上帝施恩,与以识见,使能洞烛几微,故神仙之意志遂与上帝之意志合一而无忤。撒但之反叛,率众以攻上帝,即在此恩未施以前。因尚属愚昧,故倒行逆施也。诸神仙之识见不齐,其所见有浅有深,视上帝各异。故虽皆向善,而其性质及职务则各各不同也。惟人亦然,上帝既造人,各赋以灵魂,而并施恩,与以识见,有浅有深。人之知识与仁爱,皆赖此识见。识见有明有暗。因之其人爱上帝之心亦有浓有淡,其人之智慧亦有大有小,其择善避恶之工夫亦有易有难。而久后升天之时,其在天上之禄位亦有高有卑,随之而为区分也。凡具有灵魂者,其识见至偏狭,亦能得救。故凡人皆负善恶之责任,惟识见广博者,能得较大之福禄耳。故由但丁所论,命运前定之说,不过上帝之仁爱之表现于外者,深不可测。全人类皆上帝所爱,然上帝造作天上及世中之人,为特别之目的,故其爱之所施亦有深浅大小之不同。人类之天性,为归依上帝,而与同号为人者互相亲爱。然由缺乏经验,缺乏指导,故其初乃误以恶为善。但人皆具上帝所予之识见,能分别善恶。苟怙恶不悛,则上帝之恩典不复至,而彼为有罪矣。如至死犹未悔悟,则死后亦终不获恩典。而若生前确能悔悟,则可由修炼而复得恩典,仍为清白无罪之人矣。使人类全体皆能善用其自由之意志,则自初即无死之一事,而人皆可生息地上,极为快乐。直至审判末日之临,仍归以血肉之躯,完归天上。若是者岂不甚善。不幸亚当不从上帝之命，于是世中始有死与罪恶，人类不复能得救。直至耶稣降生，舍身为人赎罪，乃复能之。人之欲得救者，非信仰耶稣不可。然此信仰非难，在理人人能之。世中治理不善，统御乏人，故人类处处荆棘，此实由帝国政府权力不振所致，前已言之。人之诞生之顷，天上之星辰之位置，足以定其人之运命，故人之才具性情各各不同。然此种天生之缺陷，为命中所注定者，可以己力克之，而能有复归天上之资格。夫宇宙间之缺陷，何因而至？此实一极难之问题，恐终难解答。但丁虽屡言之，而不能自圆其说。但丁略谓凡直接由上帝造作者必为完善，而凡属自然（即星宿之影响）造成者，必有缺陷。浑沌之物质、诸天星宿、天上神仙及初生之人之灵魂，是为上帝所造作。此外则皆出乎自然，故疵瑕百出云云。然试问自然之本身亦上帝所造，何以自然所生成者竟至疵瑕百出乎？此则但丁未言其故。但丁又曰，上帝造作具有形体之物，必用物质，而物质本有缺陷，故上帝不能如意行事，因之所造成者亦非完善云云。然试问物质亦上帝所造，何以尚有缺陷？意者但丁此处所谓物质，非本来浑沌之物质，乃为与自然混合而经变化之物质。如此则尚可勉强自解，否则但丁何能终逃矛盾之讥乎？综上所说但丁之意，可简言之如下：神仙之识见有限，不能尽解上帝之意旨，故受上帝之命而行事，其成绩亦不若上帝所自为者之圆满佳妙也。虽然，彼神仙之识见有限，上帝已尽知之，何以尚遣之作事，不虞覆悚乎？又既委以重任，何以不增广其识见，使之明烛一切而无偾事乎？但丁于此，亦无解答之明文。后世另有为之解者，谓上帝使人世中有罪恶，正以试验人之去恶从善之能力，否则人之自由意志何从表见。此说甚妙，然但丁则未知此，亦未言之也。

《神曲》而外，但丁之思想，可于《会宴篇》〔*Convivio*（II

Convito)〕中求之。该篇以意大利文作成,规模宏大,综括一切,然未及作成。初拟分为十五卷。首卷为绪论。自第二卷以下,则每卷各有但丁所作之诗“Canzoni”一篇,而冠以散文长序,详释该诗之命意及作法。计当有诗及序各十四篇,实则仅作成四卷,得诗三篇而止。《帝国篇》(De Monarchia)以拉丁文作成,凡三卷。结构极为细密,然所言皆虚空之理想。但丁之政治思想,悉具于此书矣。《通俗文字篇》亦以拉丁文作成,未完。论文字之功用及派别,今世文字可否用以创制文学,意大利各种方言之优劣等,而断以意大利各地之方言悉不合用。惟一种理想之意大利文,异乎各种方言而最能通行者(按此实相当于吾国今日之文言,拉丁文则相当于篆隶等文。今人所倡之白话,近乎一地之方言。但丁书中有雅言、俗语之分,而主以雅言创作文字。其实雅言即吾国之文言也。近今吾国提倡白话者,每举但丁此篇以为先例,不知其间情势不同,比附有误。使但丁而在,必主张中国人以文言为通用之文字也),则可用以创制文学。不但艳体诗,即战阵之曲、道德之文,亦可以此种文字作出也。《水陆篇》(De Aqua et Terra)亦传为但丁所作,以拉丁文作成,为一三二〇年,但丁在韦洛纳城演讲之稿,辩大地之上,水面与陆地孰高。外此有拉丁文书札十四篇,云出但丁手笔,其作成不在一时。十四篇原稿今存,余则失传。十四篇不必皆属真确,然其中十篇则为但丁所作无疑。其中《致意大利各邦君主人民书》《上神圣罗马皇帝书》《致斐棱人书》《致教廷诸大臣书》《致斐棱城某友书》《致康格兰(名见前)第一书》,皆谈论当时政治。而就文学论,则以其《致康格兰第二书》(*Epistola ad Canem Grandem*)为最重要。该书系但丁作成《天国》(《神曲》之第三部)之第一曲后,以稿送呈康格兰就正,附寄此书。详释该曲首段之意义,及寓言之作法。《神曲》之本旨可由是得之也。其他但丁所作之诗及信札，必甚繁夥，然皆不传。而今所传为但丁所作之诗，其中亦不免有伪托者。即如《咏花》(Tl Fiore)之长诗，连缀十四行诗若干首而成，节取《蔷薇曲》(Roman de la Rose，法人Guillaume Morris及Jean de Meung所作。分正续二篇，为中世极有名之长诗)之本事，而浑括叙之，此篇即未必出但丁手笔也。至长篇著作以外，但丁所作杂诗，零星散见于各处者，其中约有曲(canzoni)十二首，歌(ballate)六七首，六行诗二首，十四行诗二十五首至三十首，可断为但丁之作。其作成非在一时，杂叙艳情、道德、哲理及时事等。细玩其诗之语意，有与《会宴篇》中之诗相似者，亦有与《新生篇》中之三十一首相似者。《新生篇》为一"小册"之书，中有极精工之艳情诗若干首，甄选从严，排列甚巧，杂以散体序文及疏释，叙但丁少年用情于裴雅德之始末本事。诗虽非一时所作，而散体序文及疏释约作于一二九四年。《新生篇》之末章，叙但丁忽作奇梦，遂决意断绝吟咏。非俟诗才有进，足以表现其高尚之理想之时，不再作诗赞扬裴雅德，藉免玷辱佳人。于是刻苦用功，废寝忘餐，求达此的。自念苟天假之年，必可以至美无上之辞，为前人所未道者，称颂裴雅德，以绳其美而无惭也。但丁始因所爱之人香消玉殒，悲痛之极，乃发愿作诗(见《会宴篇》所述)，以自排遣，其后乃以此为正当事业。久之而读书为学之乐，填满胸臆，根深蒂固，遂并昔日对于裴雅德之爱情及哀思而淡忘之矣。但丁自西塞乐《论取友》及波绮修斯《哲学之安慰》二书入手，深研哲理及神学，昼夜孜孜，遂成博学之人。但丁于一己学问之博、读书之多，颇自矜喜。因于《会宴篇》中略自陈述，将以此书作为自叙，且示他人以修学之方法也。但丁之作《会宴篇》，确在一三〇五至一三〇八年之间。已而亨利第七提兵入境，意大利统一似可立奏肤功，而不幸旋即败死。但丁当此际关心政治及国运，故《会宴篇》遂置搁笔，所作成者未及全书三分之二也。《通俗文字篇》亦由是而辍，未克终篇。自是厥后，但丁复转而赓续前业。盖诗虽多年未作，而颂美裴雅德之心则未尝间断也。由是言之，《神曲》一书之命意，虽远在一二九三至一二九四年之顷（即但丁撰作《新生篇》末章之时），然直至亨利第七崩后，但丁重理旧业之时，此书之大体计划始定。亨利第七以一三一〇年提兵入意大利，但丁备极欢迎。亨利第七崩于一三一三年，而但丁殁于一三二一年。故可知《神曲》一书，实作于一三一三至一三二一年之间，前后共约七年。顾或谓《地狱》（《神曲》之第一部）作成甚早，而《地狱》及《净罪界》（本志旧译作《净业界》，今从钱译作《净罪界》）二篇之公诸世（或一先一后或同时，未确悉），则远在《天国》作成以前。相传但丁至临殁之时，《天国》一篇犹未搁笔也。然但丁晚岁尚有余暇作拉丁文《牧歌》（*Eclogues*）二首。又作《致康格兰书》（见前。确否未悉）及《水陆篇》，亦可谓好整以暇矣。至《帝国篇》作于何时，因证据缺乏，无由判定。观其笔法之浑成工炼，当亦但丁晚岁之作也。

今试考但丁于作《神曲》之前，曾读何书，以为预备工夫，则当以桓吉尔〔钱译作韦吉尔（Virgil）〕之《伊尼德》（*Aeneid*）首屈一指。此书为中世教育之基础。但丁自其幼时当必读之精熟，自言能将全书背诵云云。但丁曾读桓吉尔之第四《牧歌》（Eclogues），至其曾读第一至第三《牧歌》及桓吉尔之《田功诗》（Georgics）与否，则未可知也。《圣经》新旧约拉丁文译本，但丁亦常熟读，至于得心应手。又读西塞罗（详见本志第十五期《西塞罗说老》篇）论道德之书，如《论取友》（De Amicitia）及《责任论》（De Officiis）等篇，及波绮修斯之名著《哲学之安慰》，遂得窥哲学门径。其后但丁又研习亚里士多德之书多种（但《诗学》则不在其列）及柏拉图之《泰米斯》篇(Timaeus)。顾所读皆系拉丁文译本,非希腊文原本也。塞尼加(Seneca)之论著,但丁亦似涉猎及之。若夫耶教之博学家及神道学者,但丁先后所勤读者,为圣亚规那(见前)、阿尔拔特(见前)、圣奥古斯丁、圣维克多寺之二生(Hugh and Richard of St.Victor)、圣波那文德(St. Bonaventura)、圣百纳(St. Bernard)、隆巴地人彼得(Peter Lombard)、圣革里哥黎(St. Gregory the Great)、圣伊西多(St. Isidore of Seville)、丹米那(Peter Damiano)诸家之书。此外尚多,不及备举。但丁所最用力之史书,为李维(Livy)之罗马史及耶教作者奥罗修(Paulus Orosius)之《排斥异教史》(*Historiae Adversus Paganos*)。又尝读各家编辑之类书,尤以Valerius Maximus所辑注之书为最要。Aegidius Romanus及John of Paris之书,但丁或亦见之。卜里尼(Pliny, the Elder)及Soliuns之书,但丁必熟知之。布吕尼(Brunetto Latini)之诗集*Trésor*但丁亦必读之。Ristoro d'Arezzo之*Composizione del mondo*一书,但丁或亦读之也。若论天文学,则但丁研究颇有工夫。其初则读Afraganus之《天文原本》(*Elementa Astronomica*),又读十二世纪后半叶之Uguccione da Pisa所著之*Magnae Derivationes*一书,所得荒唐事实及奇僻名辞甚多。罗马之诗人,桓吉尔而外,但丁又熟读Ovid及Lucan及Statius诸家之诗。但丁所知希腊罗马之神话及上古史,均由是取资也。霍莱士(Horace)之《诗学》(*Ars Poetica*),但丁亦知之。尚有上古诸多作者,但丁虽未得读其书,而颇知其名,荷马即此类也。但丁未尝习希腊文及希伯来文,仅识二三单字而已。但丁通拉丁文,能效中世之时习,作为藻丽之体,然不如其用意大利文著作之圆转流畅也。但丁兼能读波罗冈斯文(Provençal)。其能通法文,毫无疑义。法国南部之情诗,但丁研究至深。法国北部之史诗,但丁亦直接间接通习之。但丁又细心研读西西里、斐棱州、波隆各地意大利诗人之诗集,而批评其优劣短长。不但《通俗文字篇》中,多所论列,即《新生篇》及《神曲》中,亦常见其月旦之词也。但丁情诗之精工,为前此之作者所远莫能及,亦可谓青出于蓝者已。以上具述但丁所读之书,以成其博学。凡此学问,不能谓之无用,盖皆消纳熔铸之于《神曲》一书。读《神曲》,莫不惊但丁之博学也。《神曲》思想之伟大,结构之严整,固为独一无二,即其材料之丰富,亦不易几及。苟细心考核,则《神曲》实由六种不同之原料融汇而成,而所成者天衣无缝。非天才其孰能致此乎?但丁诗中固已自言之矣。(诗意略谓诸凡融合一处,而吾所言,乃若一光,不可分析。)故夫但丁《神曲》实兼具六种文学之体制,合为一篇。六种之目如下:(一)百科全书、(二)游记、(三)纪梦、(四)自传、(五)妇女之赞颂、(六)寓言。兹分详之:

(一)百科全书　编纂类书,综括凡百学问,以供参考而裨实用。此事,古罗马人亦尝为之矣。卜里尼(见上)有《自然史》(*Historia Naturalis*),又克尔苏(Celsus)亦有《艺术编》(*De Artibus*)之作。至上古中世之交,乃有圣伊西多(St. Isidore of Seville)《辞源》(*Origines or Etymologiae*)之巨制。(凡二十卷,其中材料无所不备。)其后效法者继起,或用拉丁文,或用近世通俗文字。又有以诗体为之者,如波罗罔斯文之《艳情汇编》(*Breviari d'Amors*),系一极长之寓言,作于但丁生世之时,流传极广。又如与但丁同里,而尝教但丁以"名传不朽之术"之布吕尼(Brunetto Latini),曾以法文著*Trésor*,以意大利文著*Tesoretto*,即设为神秘虚幻之游记,编成歌诀,而示人以凡百学问之门径者也。惟《神曲》亦然。《神曲》一书,具备各种科学及神学之大要。细究其中繁难之问题,又论哲理及道德修养之原则,且《神曲》叙说天文学及宇宙之构造,甚为详备,兼及物理学。又有历史及神话。读兹一编，可以贯通诸学。而此等材料，初非勉强阑入，乃经作者匠心运用，成为全书之基础者。斯则尤可贵也。

（二）游记　中世之人好奇，喜读诸种游记故事，而犹喜纪述埃田[①]乐园者。其中最著名之作，为《圣布伦丹游记》(*Voyage of St. Brendan*)。叙爱尔兰僧人，航海西游，深入大西洋中，备历奇险，终得福岛(Isles of the Blest)云。读但丁《神曲》之《净罪界》一部，观其描叙地上天国，则知但丁实受此等说部之影响。如其地之险峻不易攀登、四壁发火，以及翠鸟鲜花、清河长泉诸端，皆非但丁所创，而屡见于前人之书者。即管领该地之仙女（名Matilda）亦取诸《圣布伦丹游记》者也。昔之描叙埃田乐园者，或谓园在极高之峰顶，或谓在远海之岛中，而但丁则兼采二说而并用之。谓大洋中心，孤峰高耸，上入云霄，峰巅乃埃田乐园所在。人类始祖初次犯罪（指亚当夏娃），在此乐园中。耶稣舍身为人类赎罪，在耶路撒冷城中，而乐园与耶路撒冷之位置正相反。（适当地球圆径之两端。）但丁之设此，盖有深意存焉者矣。

（三）纪梦　《新约》载《圣保罗致哥林多人后书》第十二章（第四节）云："见引至乐园，闻奥言，不可为他人道者。"圣保罗所闻所见，不欲宣示于人。然后世之人则不许其缄默。当第四世纪之末。有所谓《圣保罗外传》者出世，以希腊文著成。云系得之Tarsus地方，圣保罗旧居之屋中者。此书虽经圣奥古斯丁力辩其为伪书，天主教会始终查禁，然风行一时，爱读者众，至译为叙利亚文及拉丁文。拉丁文译本，名《圣保罗之梦》(*Visio Sancti Pauli*)，中叙圣保罗〔按"所选之器"(Chosen Vessel)乃圣保罗之别号。《使徒行传》第九章第十五节云："主曰，往哉。彼乃我选之器，将播我名于异邦人。"此其出处也〕得神仙指引，往游冥府，见诸已死者。

① 埃田，今译伊甸。

此本又经译为近世各国文，复有增改，流传益广。然《圣保罗外传》非独一无二之书。自上世迄中世，数百年至千年之中，梦游幻境之事，其多不可数计。或确有其事，或纯由臆造，而皆笔之于书，供人传诵。最著者为爱尔兰之Tundal及《圣巴特力克之净罪界》(St. Patrick's Purgatory)二篇。意大利则有《阿尔拔之梦》(*Visio Alberici*)等书。斯皆描绘地下冥府之情形，而以地狱及净罪界并列一处。但丁所叙恶人在地狱所受苦难，多为前人幻境游记中所常见。所不同者，他人所叙常极丑恶污秽，但丁则删去之。又非肆意乱写，而运以理想，使成系统。赏罚轻重，各视其罪名之大小。又将净罪界移置地面，与地狱远相隔离，即在埃田乐园之下，使光明与希望充满其间，亦可见但丁设想之高也，此外另有一书，亦依据圣保罗而伪托者，书名《天上神仙职位等级论》(*On the Celestial Hierarchy*)实系第五世纪以后之新柏拉图派之人所作，而伪托为雅典人陶尼修(Dionysius the Aeropagite)所撰，谓陶尼修既经圣保罗收为门徒，信奉耶教，圣保罗乃以上帝显灵启示(即所谓默示)之真迹详告陶尼修，而陶笔之于书云。但此虽伪书，而但丁所叙天上神仙之职位等级种种，则皆本之此书。顾梦游幻境，非仅耶教之人能为之。异教之人，亦有先彼而行之者，如西塞罗《理想国》(*De Republica*)书中《施克彪之梦》(Somnium Scipionis)一篇，叙述善人死后，其魂上升而归入列星。又地居宇宙中心，其外绕地而回旋者有九天焉。荷马《奥德西》书中，亦有冥府之游。中世之人虽未得见荷马之书，然Ovid及Lucan及Statius所描叙者，中世之学者固皆熟知。而桓吉尔之诗，则入塾儿童所必研诵者。但丁叙地狱，其各部之名，多沿袭桓吉尔。而地狱中耶教与异教之人物，混居一处。在后人虽觉其不称，而在但丁则不以为怪。盖其时之人，谓希腊罗马神话中之神，皆耶教之仙人，因求人类之崇祀而致堕落,变为鬼魅云。且但丁谓古之诗人皆能知未来,略窥真理之所在,而隐约言之。及后日得上帝为之证明,乃知彼等诗人之预言皆准。例如奥维德(Ovid)之叙未来之黄金世界,及巨灵之战争。彼盖已窥知人类未堕落以前之状况,及天上诸神之叛逆,举兵而攻上帝之事也。

(四)自传 《神曲》一书,不仅为百科全书,为游记,为纪梦而已也,且为但丁之灵魂之自传。但丁作此书,于一己生平行事之显于外者,均故意深为隐讳。不言其父母,不言其儿女,亦不详其妻。《新生篇》中,虽一言及其妹,然词意甚简括,仅偶尔述及己之物质生活而已。《新生篇》虽号称但丁自叙其幼时经历之作,然最难了解者,莫如此书。夫据但丁自言:"与人言及自己,殊为失当。"(见《会宴篇》)固也。然于一己精神之生活则不避叙述。诚以一己可作为人类之模型,而自叙其经历,足为他人之鉴戒也。自叙一己,而极有裨益于他人,何乐不为。但丁与圣保罗及伊尼斯同,具无上之天职,以传道觉民为己任。而《神曲》乃一首尾完具之史诗,由怨恨而生忏悔,由忏悔而得清净,更由清净而得进于高尚之域。此其书之本旨也。而并叙世中堕落之状,而示救世正俗之良法。但丁之作此书,盖隐以圣奥古斯丁之《忏悔录》及波绮修斯《哲学之安慰》(亦寓言体)为模范也。

(五)妇女之赞颂 自波罗冏斯有艳情诗以来,诗人皆以赞颂其所爱之妇女为事。必谓其意中人之美与德,远在其他妇女之上。且谓己之才华文章,均意中人之所赐。故己之一生,乐为彼女之用,己之诗亦以著彼女之功也。但丁之赞颂裴雅德,亦遵此故习,惟言之较他人尤为高尚而历久不渝耳。但丁曰:"吾将赞颂彼女,言之均为前人所未道者。"《神曲》一书,赞美裴雅德,使之名垂不朽,诚为其命意遣词之精工。诚所谓前无古人,后无来者矣。

（六）寓言　但丁《致康格兰书》（见前）中有论《神曲》一段曰："须知此书之命意并非简单。约言之，有数义焉。一则逐字逐句，就表面解释之意思，一则文中所寓之深义。前者可名曰文义，或本来之意义；后者可名曰寓言，或神秘之意义。"夫古昔希伯来人尝以《旧约》中之预言，释为寓言。而当希腊季世，人心繁诡，乃有以荷马之诗释为寓言者。罗马诗人之诗，亦尝有以寓言视之者，如桓吉尔之《伊尼德》（*Aeneid*）即是。此类注释之书，但丁必曾读之。而此风之长，盖莫甚于耶教长老之解释《圣经》。但丁于《会宴篇》第二卷尝详论之。但丁谓神学之寓言与诗中之寓言不同。神学寓言中，本来之意义与神秘之意义皆真，而诗中则本来之意义全假，惟所寓之意义为真。例如《旧约》中所记，皆系确切之实事，而又预言后来《新约》中耶稣降生等事。而奥斐斯（Orpheus）之故事，则全属虚假，仅其意可以体会。故《旧约》为神学之寓言，而奥斐斯之故事则诗中之寓言也。但丁又谓以上二种之外，尚有所谓道德之意义与精神之意义者焉。书中所寓劝善惩恶之意，读书者自能了解，因取之以为一己立身行事之规范，是即所谓道德之意义也。精神之意义，盖谓书中所隐藏含蓄之精神之道理，要待读者自来领悟。但丁言之未能明晰也。但丁于《会宴篇》中，自释其所作短诗，仅及本来之意义及神秘之意义，而未言及后二者。但丁喜作神秘之寓言，此乃极自然、极平常之事，并非矫揉造作，亦不足为怪。盖但丁之时代，盛行神秘之说，人皆偏于迷信而喜为比附。数也，是也，石也，兽也，各有其神秘之意义。即历史中之实事，亦径以神秘之象征解释之。且谓事实与征兆，必预如所期，处处符合，事事皆真，并非偶然。惟其如是，故但丁《神曲》中，外表之叙纪，与内蕴之意义，处处密合为一而不可分离。二者不相妨害，相得益彰，缺一不可。善读书者，视二者同一重要而并饶趣味也。古今之寓言名作,能当此说者,惟但丁之《神曲》而已。其他如彭衍(Bunyan)之《天路历程》(*Pilgrim's Progress*),则其中本来之事实过于生硬奇怪,惟儿童或喜读之耳。而其寓意,则仅年长有识之人方能了解,所谓离则两伤也。又如《蔷薇曲》(见前),其寓意固甚巧妙精美,然其事实殊无足称。至如斯宾塞(Spenser)之《仙后》(*Faerie Queene*)则适得其反。(即事实丰富而寓意粗浅。)但丁独能二美兼具,此其所以为不可及也。

昔但丁自释其所作短诗,曰:"凡为注释者,应先明本来之意义。故吾今者将先按文字之迹,述吾诗之本义,然后乃明其中所寓之真正神秘之义焉。"今释《神曲》,亦可遵用但丁之方法次第。就其本来之意义言之,《神曲》乃纪但丁游地狱、净罪界、天国之事。中叙但丁正及中年,生涯方半,忽于夜间在深林中迷路,昏黑莫知所之,瞥见山顶有初日照耀,急欲攀登此山以自救,顾为当道之三兽(豹狮狼)所阻,不能越过,恐惧思返。圣母马利亚悯之,遣圣露西趣告裴雅德,裴雅德转托桓吉尔(即费琪尔),于是桓吉尔来救,引导但丁以行。然欲越过此丛林,则非钻入地中,由此方以达彼方不可。于是迂绕而前。行途所经,先至地狱,遍观各部。但丁得见诸种罪恶各以其轻重而受罚。又得与在此受罪之人交谈。行至地心,已达地狱之末端。(地狱形如漏斗。但丁行程略如水之下注,绕地狱一周而及底。自是遂缘直管以达彼端。)遂入一昏黑弯曲之隧道,缘此既尽,攀登地面(方向未变)。已至另一半球矣。(此点与耶路撒冷居地球直径之两端,遥遥相对。按其所在,当在南太平洋中。)既出地面,见大洋之中,一岛孤立,形如极大之山,高出天际。于是登岸,遇克陀(Cato of Utica)为该处土地之神,指示路径。山边石壁峻峭,但丁奋力攀登,桓吉尔仍伴护之。山间岩际,有诸多死者之灵魂,自悔生前罪过,力行修炼,冀入天国。其中有罗马诗人Statius修炼工夫已成。但丁与桓吉尔行近山顶时遇之，于是三人同行，进至山巅，遂抵埃田乐园。于其中遇美艳欢乐而多风情之少女，名马体达（Matilda），盖埃田乐园之土地神也。三人于花丛林际，见天上之神剧，显示耶稣升天及天主教会所经历所遭遇之种种事实。剧将终，诸仙竞掷散白莲花。万朵纷飞之中，裴雅德现身而出。于是桓吉尔引退，Statius亦不复叙及。独裴雅德引导但丁，脱离地面（净罪界形如尖塔，下为圆盘，愈上愈小，埃田乐园即在塔顶。再上即入空际矣），凌空而行，上升回旋之诸天，一一遍历，遂抵真正之天国，是为上帝所居。裴雅德嘱圣百纳（St. Bernard）照管但丁，于是但丁得见人天诸剧，演于其前。古往今来，宇宙之大，奇迹巨景，一一毕现。但丁意想中之世界，为极有组织而排列匀整者，物质界、知识界、精神界，处处皆绾合而照应焉。最后但丁得仰瞻上帝，威灵赫奕。《神曲》一诗遂终。

次就其神秘之意义，即但丁所谓真正之寓意言之，《神曲》乃一篇历史，纪叙但丁之灵魂，与罪恶相抗争，得天神之助，而卒获无上之安乐者也。昏暗之丛林指世俗之生活。日光所照之山指义。（孟子曰：义，人路也。）三猛兽指人之恶习惯，使灵魂非得神助无由改善。惟若幸得上帝大发慈悲恩惠，而以默示显灵启悟之，则此人之灵魂庶几得救。故书中有圣马利亚与圣露西遣裴雅德前来之事。圣马利亚指慈悲，圣露西指恩惠，而裴雅德则指默示。裴雅德之名（Beatrix）为传播福祉之人之意。由但丁观之，最大之福祉，莫如上帝之启示，与凡人所不能得之高尚智慧，故必待裴雅德之携来而为开导也。顾有罪之人尚无直接领受默示之资格，必须由理性中寻求之。故先有桓吉尔之来，以罪之本质及其凶残之状，详细晓示但丁。桓吉尔即指理性，故导但丁游地狱，遍观其中罪人所受之苦，描画精详。此皆罪恶留遗之影像，可以为鉴也。及理性所晓，大罪极恶，皆已领略。于是但丁震惊悚惧，立地改悔。亟思苦苦湔心自拔，脱离罪恶之羁绊。此所以书中但丁由地狱中心，备历艰苦，不久而达净罪界之岛上也。然虽已脱离旧日之罪恶，异日或不免再犯。故但丁之灵魂须再受一番湔洗，纯洁不留污垢，始可仰瞻上帝而无陨越。故书中有经行净罪界一段。此种修炼工夫，须由天主教会为之指导。及罪恶之枷锁全去，灵魂始得复享其本来之自由。自由之意志，为上帝所以宠锡人类而至可宝贵之物。其主旨，无非宣明各人于道德上自负责任，实为有益世道之学说，而但丁之所深信而诚服者也。故以克陀代表之。克陀特力立独行，舍生取义。但丁深敬爱其人，故选用之。但丁在净罪界各级所见受苦之人，乃指修炼时期内，灵魂所必受之痛苦。必历此苦，而后可回复其自由与天真焉。修炼殆将成就之时，必有繁难之问题出现，非人类寻常理性所能置答，而必生人之智慧曾受耶教之开导者始可。故书中但丁将达净罪界绝顶之时，复有Statius出，与桓吉尔一同伴送但丁，即指此也。即灵魂已复得其昔日之纯洁，而依然天真活泼，则其所有之本能皆善而非恶，更无需乎理性。故书中但丁既抵埃田乐园，而得遇马体达（指天真活泼等件）之后，桓吉尔即退去（桓吉尔指理性）。而当此际，天主教会之荣迹盛典，既一一表见于其前，但丁之灵魂遂能上升诸天，与上帝接近，直达真正之天国。故书中自埃田乐园起，桓吉尔遂不复见，而但丁独归裴雅德（指默示）引导，上升诸天，浮游太空，而展谒上帝也。上帝为各种知识之源泉，既与上帝密接，诸知完成，并默示亦非必需，故至是而裴雅德亦退去，独留圣百纳以保护指导但丁。圣百纳指静心冥思之生活。《圣经》云（见《新约·马太福音》第五章第八节）："清心者福矣，以其将见上帝也。”故书中必用圣百纳以为最后之接引也。以上乃《神曲》一书所寓之大意，其详须俟另篇云。

本意及寓意以外，尚有道德之意义与精神之意义焉。就道德之意义言之，《神曲》一诗，乃警告人勿犯罪作恶，劝人速改悔为善，并指示途径，且导人入于宗教之静思生活者也。就精神之意义言之，但丁《神曲》中所描绘之《地狱》，乃指己所涉历之罪恶充斥之人间社会。其《净罪界》，则指少数高尚之人之得救而脱离尘世者。其《天国》，则指未来之天国，而本于耶教之信仰者也。

《神曲》之神字（Divina），于十六世纪时始有之。盖一五五五年之刊行本，始有《神曲》之名，自后遂沿用之。其实但丁之原名，仅为“曲”（Commedia）而非“神”。但丁之所谓“曲”者，乃指诗之一种。其文体不如庄剧之高贵庄严，又不用哀挽诗之通俗句调，而实介于二者之间者，夫是之谓曲。然据但丁《致康格兰书》，则曲也者，其事必先苦后乐。以忧愁悲思起，而以美满欢愉终者也。但丁作神曲，力求文笔简炼，描画有力。虽意晦而伤于雅，时亦在所不顾。盖但丁之作此书，望后人读之者之苦研深思，而不可忽略匆促看过也。故当其下笔之时，不知何者为作诗之正法、文章之通例，但求刻画精细，用字确切，渲染得宜。其所描叙之事物，能使读者一一恍如身历目睹，连续不辍。其思想则新颖，其文笔则紧炼，其用字则丰富而多变化。故《神曲》一书，能使读者探幽寻胜，快乐无穷。试思但丁未出世之前，诗之一道尚未发达。意大利文实不足用，则但丁创造之力，尤为伟大可惊者矣。盖但丁所用之意大利文及诗之格律，实皆但丁一手造成。但丁诗情虽浓，事属创举，然所造作出之诗，格律极为精细，声调极为和谐。读之有若万千兵卒，步伐整齐，随优美之鼓角声而前进。其间有若母音之和谐也，柔和而不生硬之子音重叠也，抑扬轻重之配布得宜也。凡此均足使但丁之诗之美,为人所不能及者也。但丁所用之文字,乃其时斐棱城中文人雅士所出于口者。但其中亦杂古字、法文,及意大利各地方言之俗字,而以拉丁字为多。外国文中借来之字及意义奇僻之字,多用之于韵脚。但丁不喜浮词,多直说事理。每句中之字,无空用者。无一字不有其力量。偶亦由不得已而押韵极勉强者,亦不能为之讳也。

至论《神曲》之外形,则最可惊叹者,厥为其排列之匀整。《神曲》篇幅如此之长,其内容如此之繁杂,顾乃计划精详,丝毫不紊,有若中世之大礼拜堂然。但丁能刻意经营其一部,而同时兼能顾及其全体之结构。此种能力,非人所及。其书中每事每人,各自发展,而对于全书之精彩,亦有所增益。苟细心研读《神曲》,历时愈久,则其大体之区划愈见清晰,其细微之照应愈见繁复。其极峰之位置愈见精巧。例如《地狱》之末,则有撒旦魔鬼之出现。《净罪界》之末,则有裴雅德之出现。《天国》之末,则有上帝之出现。故每篇之末,各以一大事作结。而其前更有无限阶级,无数步骤,逐渐变化而臻此终局。其布局之细密,有非细心反复研读不能察知者。《神曲》之排列,以三为本。三者神秘之数,而耶教中三位一体之信仰之符号也。但丁与其时之人,均迷信术数之学,以三为神秘之数。故《神曲》一书,先分《地狱》《净罪界》《天国》之三部,其长约略相等。每部凡三十三曲,惟《地狱》一部多得一曲,冠于其前,为全书之绪论。三部合计,共得一百曲。此为号称完全之数之十,自乘而得者也。《神曲》之诗句,亦系但丁所特创,是曰三联韵(Terza Rima)。其法,每三句为一段,每段之第一第三两句,与此上一段之第二句叶韵。而本段之第二句,则又与此下一段之第一第三两句叶韵,如是循环套锁,首尾连贯。《神曲》诗句之音律,名曰十一字句(endecasillabo)即每句由十一语音部分构成。

此在但丁以前，早已经人行用，与法文诗中之十字句同为一物。所异者，法文以阳句（即双数之部分）为标准，而间或多出一部分。意大利文以阴句（即单数之部分）为标准，而间有缺少一部分之事。亦有将句尾最末之一部分，因其音甚轻微而略去者，是则亦成为阳句，其实皆一物，毫无差别也。故夫意大利诗人所用之句法，多为每句十一行，而读重之处必在该句之第十部分。例如《地狱》第一曲第一句即是。间亦有句中最末之部分不发音遂径截而去之，是曰截句，亦属阳句一类。如《地狱》第四曲第六十句是也。顾时亦有于句末加一读轻音之部分，使该句变为十二字句（Sdrucciolo）者，如《地狱》第二十四曲第六十六句是也。其计算部分之法，凡相连之母音，无论其同在一字之中，或分在两字之内，皆合于一处，作为一音计算，不分为二音。如《地狱》第一曲第二十五至二十六句是也。其文云（照录钱稻孙译）：

Co-si —— l'a-ni-mo —— mio —— che an-cor —— fug-gi-va 余兹时兮怖犹伏

Si —— vol-se in-die-tro a —— ri-mi-rar —— lo —— pas-so. 亦临睨夫故途

惟若相连之二母音，在散文中本为截然二部分者，今在诗中亦以二部分计。此种大率在句末，如《地狱》第一曲第十二句云（钱译）：

Che——la——ve-ra-ce——vi-a ab-ban-do-na-i. 遂离弃夫真馗

每句之第十部分固必重读，而该句中又必有一重读之处。或在第四部分，或在第六部分，如《地狱》第一曲第一第二句云（钱译）：

Nel mezzo del cammin di nostra vita　方吾生之半路

Mi ritrovai per una selva oscura.　恍余处乎幽林

实则但丁诗中，强音之部分与弱音之部分，常相间替换而来，极为整齐。与英文诗韵颇相似。论者初不察也。如《地狱》第五曲第一〇六句云：

Amor condusse noi ad una morte.　遂殉情而同死

《神曲》一书，手写之本，传于今世者，约有六百种。不惟但丁之亲笔原稿不存，即直接由但丁原稿钞摹者，此六百种中亦无之。六百种之中，有二百种在斐棱城，余则或收集于意大利，或散在欧洲各国。每部每曲之首字，多有绘成精美之图画者。（按此乃西书善本通例。）其中虽有但丁殁后不及十五年或二十年，即钞写成本者，然即此诸钞本亦不相符合。而最初评注《神曲》者，其所引用《神曲》中之词句，亦彼此互异。可知但丁甫殁或尚在世之时，《神曲》原本，已经传写而多舛误脱落之处矣。《神曲》初次刊印成书，在一四七二年。一五〇二年 Aldo Manuzio 之刊本，及一五九五年 Accademia della Crusca 之刊本，并可征信，而久为世所重。至一八六二年，始有评注之本，出 K. Witte 氏之手，乃参合较可征信之钞本四种而成者。氏为校定一曲中之词句，而参稽钞本至四百种之多，其用力可谓勤矣。一八六五年，A. Mussafia 又参合钞本二种而成一定本。又经多年，乃有 P. Toynbee 及 G. Vandelli 氏校刊之本。G. Scartazzini 氏尝欲考定诸种钞本钞成之先后次第及其关系，卒无成功。今所有之钞本，尚不能区别高下，厘为数类。然其中必无一完全可征信而无讹者，则可断言也。一八九四年，牛津刊本之《但丁全集》（*Tutte le opere di Dante Alighieri*）出版，系 E. Moore 氏所校订（一九〇四年三版）。遇有疑难之处，曾参稽各钞本至二百种以上。又本于其他学者研究考证之结果，故今世咸推为善本云。

《神曲》一书，至不易读。盖但丁学问广博，又引用当时之事，或不常见之书，故为深奥。且其文简炼而造句新奇，寓言象征，词意晦昧。凡此皆足令读者异常为难。固缘今人所生之时世，与但丁相去甚远。风俗习惯、名物制度之殊异，思想之不同，文字之高古，其困难乃意中事。然亦有在当时已不可解者，故《神曲》甫经流传，即有从事注释之者。十四世纪中，有注释《神曲》者十一家。十五世纪中有五家，或通考全书，或但论某段。所可考定而确知者，以 Graziolo de Bambagliloi 氏之注释为最早，时为一三二四年（但丁殁后三年）。此后十六年中，则有 Jacopo della Lana 之注释，但丁之二子雅各、彼得之注释，及所谓"八家注"之本，先后出现。十四世纪后半叶，有鲍卡雀（Boccaccio）之注释本。鲍卡雀被任为斐棱城学院教授，以注释但丁《神曲》为专职，乃仅及十六曲而止。又有 Benvenuto da Imola 氏之本，及 Buti 氏之本。其中要以彼得（Pietro）注释之本及 Benvenuto 氏之本，为最渊博。然此诸本，均未可尽信。缘作者多不解诗之精意，又考证史事，真伪杂出。故注释之事，须待后人为之，延至今日而未穷，语其精博，各有所长。今世每年所出关于但丁之书，甚为繁夥。一人之时力，不治他事，但求遍观此类新书，亦已不及矣。（下略）

按原文此下一段，罗列研究但丁《神曲》应读之书籍，甚为详备。然皆为学有程度者说法。吾国人今日断不及此，译录无用，故均从略。而以己意，选列最精要之书，为吾国学生研究但丁所当购读者数种，力求减少，或裨实用也。译者识。

(一)《神曲》意大利文原本,并附英文注释者:*Dante's Divinina Commedia*, edited and annotated by C. H. Grandgent (Heath's Modern Language Series)出版处 D. C. Heath Co.(美国)

(二)《神曲》英文译本(散文体):*The Divine Comedy of Dante Alighieri*, translated by Charles Eliot Norton(Student's Edition 三册合订一册)出版处 Houghton Mifflin and Co.(美国)

(三)参考书(汇集群书,选录要篇,而成一卷者):C. A. Dinsmore *Aids to the Study of Dante* 出版处 Houghton Mifflin Co.(美国)

(四)参考书:E. G. Gardner *Handbook of Dante*,出版处 Macmillian Co.(英美二国)

(五)字典:P. Toynbee *A Dictionary of Proper Names and Notable Matters in the Works of Dante* 出版处 Oxford University Press(英国)

(六)中文译本(附注未完,仅开卷数曲,尚待续译):钱稻孙《神曲一脔》,载商务印书馆《小说月报》第十二卷第九号(民国十年九月,现有单行本出售)。

——本文原载于1925年5月出版之《学衡》杂志第41期,原作者为美国葛兰坚教授,译者为吴宓,注释及译者识语均为吴宓所作。

吉罗德夫人
《论循规蹈矩之益与纵性任情之害》

按吉罗德夫人(Mrs. Katharine Fullerton Gerould)为美国今日最负盛名之文人之一,学博而识锐。其所作,多关于风俗礼教各端。见解主张,大致与本志所屡译述之葛兰坚、柯克斯诸人相合,实皆今世之良药,而尤足为吾国人之宝鉴也。夫人之夫,为卜林斯顿(Princeton)大学德文教授。夫人所著书甚多,其《风俗道德杂论》(*Modes and Morals*)一书,一九二〇年出版,中为文凡十二篇。兹所译者,其第七篇也,原题曰《禁忌与脾性》(Tabu and Temperament)。为释其意,改用今题。篇中大意,谓社会中之礼节规矩,皆为人生利便而设,有益而无害,且为不可须臾离者。无论文明国家与野蛮人种,皆有其规矩。苟如今人所主张,欲破坏一切规矩,使凡人皆纵情任性,行事无所忌惮,则社会乱,生涯苦,文明亡,而人道息矣。文中多作诙谐语,然意实深长。有心人宜细读而三复之也。

又按吾中华号称礼教之国。优秀之先民,聪睿之圣哲,于人生之真理,窥察至深。是非利害之际,见之极明。故设为种种礼教规矩,以为人类福。末流细节,纵有偏畸过当,然其本质及大体,实不容蔑弃。夫礼教既为吾国之国粹,则研究国学者,首当力求了解礼教之精意。此非善用想象,以领悟古昔，不为功。而今之治国学者，但知从事考据，琐屑推勘，甚或专务疑古，以推波助澜，破坏礼教。斯诚大可悲者已！夫礼教者何？简言之，道德之标准耳。今所亟欲申明者，即精神之标准固不可忽略，而形式之标准，亦不容蔑弃。改良修正，未尝不可；遽尔全行革除，则为患实深。即如婚姻之事，何以必有父母之命、媒妁之言？则譬如购物者与售物者，常以十六两为一斤。付一斤之值，则得货重十六两。夫一斤何以定为十六两？十四两、十五两、十七两，奚不可者？应之曰：皆可也。然当日既已定为十六两，而已历久通行，则毋宁以十六两为一斤者为便。苟甲欲改为十五两，乙欲改为十七两，则紊乱无复归宿，而斤之效用失矣。夫婚姻之礼，无非禁止男女不得随意苟合，使人视婚姻为极重大之事。转言之，婚礼者，乃一种方术，故意使夫妇配合，男女交接之事，成为较难者耳。（非绝对之极难，乃以此较彼为难耳。）难易为两极端，由极难至极易，其间可有无数阶级。因之，其方术亦有种种。父母之命，媒妁之言，特其一耳。然既经立为标准，垂为定则，行之久远，即不宜擅行改动。纵或时移势易，于社会实在情形扞格不合，而须改定，亦当以极矜慎出之。盖恐一改再改，改之无有已时。所贵乎标准者，以其有之必胜于无。至其标准之是否尽为恰当，犹其小焉者耳。例如某学校考试，以六十分为及格，满六十分者得升级，否则留原级重习旧课。六十分是否过严或过宽，姑置不论。然全校学生，均须按此为进退。不能因有王生李生，平日功课甚优，此次因病请假，竟只考得五十八分，未免冤屈，而遂主张改用五十五分为及格之标准也。尤不能因每年各级必有不及格者，而遂欲将标准取消，不记分数，许人人皆得升级也。夫父母之命、媒妁之言，犹此处之六十分得升级。其要全在此种标准之有无之问题，非以六十分与八十分、七十分对待而细较优劣也。今人之攻击婚礼者，每以儿女之自由与父母之干涉二者，相对待而互为争持，其误正在于此。呜呼！今人之攻诋礼教规矩，可谓极烈。然而人类之需有礼教，需有规矩，正犹航海者之需舵楫，登山者之需绳杖，寒冬之需裘，沙漠之需水。礼教规矩之造福人类，明眼人皆能见之，且深信之。彼肆行攻诋者，吾徒见其可怜可悲耳。今世诚有志切爱国，心存救世之士乎？愿共立定脚跟，揭明宗旨，正言危行，拥护礼教。中国及西洋之礼教之菁华，皆当一体保存。纵或因此而为反对者唾骂，受绝大之牺牲，亦所甘心。盖当今日滔滔横流之中，尚有为人类之道德精神尽力之人，则我辈之生当此际，亦未为可伤也。编者识。

今人喜用脾性（Temperament）一字，此风不知始于何时。法国人所谓脾性者，与吾美国人大异。故此字当非由法文传来。或者，吾国人袭用法文原字，而辗转讹谬，遂致大失其原义耳。总之，姑不论脾性一字之本义为何。晚近谓女子具有脾性者，常为赞美其品德之词。谓男子具有脾性者，则为曲恕其过失之语。意者，近人悟得艺术家亦属人类，脾性一字自此遂见用于世。否则近人之称赞艺术家者，何必申言其人具有脾性乎！脾性非温厚可亲之意。盖世人常有温厚可亲而毫无脾性者，亦有脾性坚强而毫无温厚可亲之处者。固知脾性非庸俗之人所能具，然则其义究为何？愿诸明神有以教我也。

脾性者，盖谓个人违反礼俗，破除规矩之行为也。其违反与破除之程度，则有轻重之别。昔尝有自命“异乎凡人”之人，性喜为俳谑,毫无顾忌,处处必欲自行表见,痛恶凡百拘束,于是逢场作戏,成为习惯。随其所之而恣为滑稽。观之者莫不捧腹,以优孟视之。但觉其人善解人颐,纵有开罪于人之处,人亦恕之而不与计较。然细思之,人之所以恕之而不与计较者,以彼仅善为插科打诨,词令之隽妙尖刻,初无实在之关系也。苟进而见之行事,举凡五花八门、离奇怪诞之言,出于其口中者,彼乃一一躬行实践,如此则开罪于人者深矣。人见彼具有脾性者肆口放言,中伤他人而不顾,则颇信其言必由衷,且言出必能行,于是不得不郑重视之,此亦情理之自然。顾事实则不尽如此。盖善为高谈阔论者,往往为词锋所驱遣,口若悬河,滔滔不能自休。然心中初未细加思考,更安有信仰之可言?疑彼必实行此事者,妄也。常人易为具有脾性之人所炫惑,往往如此,遂多无故自扰。虽然,苟若辈日日言之而不能行之,历久则其术不售。故彼盛倡违反礼俗,破除规矩者,如不由己身实行做起,作为榜样,则世人对于若辈,终亦不复惊骇,不复畏惧,不复措之意矣。

彼务为破坏规矩者,卒亦窥破此中奥妙,故其破坏之手段有进,不复徒托空言,而务见之行事。此所以当今之时,礼俗规矩,乃真陷于垂危之地。尤可惊者,今人视违反规矩之行事,为美德而非过恶,为有益于社会而无害于人群。噫嘻!此风一开,滔滔横流,莫知所届矣。(原文以机关已拨,火车前行,愈进愈速,不能制止为喻。不过江河日下之意,今易此以求醒豁。)以纵性任情为可称道之美德,此种风气,恐将从今而益甚。今人谓某某“循规蹈矩”者,辄含有轻鄙其人之意。此事殊离奇,至耐寻味。夫“循规蹈矩”何至受人非议?何以吾既与某人交厚,即不忍以“循规蹈矩”四字加诸其人。而他人有指此君为“循规蹈矩”者,吾必力与争辩,坚谓非是。此何故哉?即如作者生平之知友皆“循规蹈矩”

之人,窃尝引为幸事。然在广坐之中,与外人交谈,则亦决不敢以此情告人。呜呼!“循规蹈矩”竟成罪大恶极,必须讳莫如深者,何耶?

今人动谓循规蹈矩之人,缺乏智识,不能思想自由,而但服从他人。(异哉此说也,见解与众不同,固我之自由,见解与众相同,独非我之自由耶?自审其当赞同公共之主张而赞同之,岂即为缺乏智识耶?)又谓循规蹈矩之辈,毫无足动人之处,其行事率皆平平无奇,不能使人惊诧,使人艳羡,使人欢乐。且此辈循规蹈矩者,冥顽锢蔽,无法可施。他人方在极力改造社会,而此辈仍坚守旧俗,不图进步,甘为时代之落伍者,故实为人群之蠹贼、社会之罪人。(今人最喜深文入罪,不意一至于此。)噫嘻!循规蹈矩一字,其所涵之罪状,有如此者。(今之立言者何其酷也。)

夫为以上之言者,盖误以循规蹈矩为愚蠢无知,为头脑简单,不能运用繁复细微之思想。又误以纵性任情、越礼犯规者,为极有组织、极有思想之人,而实皆大谬不然。人类学者早已明示吾人矣。昔者吾(作者吉罗德夫人自称)尝往聆某希腊文学大家演讲荷马,演讲逾一小时之久,而但描叙野牛之咆哮,虎豹之团体等,吾不禁废然。自时厥后,即深信人类学家不足凭信,其目光之短浅,正与研究其他科学者同。吾虽生于二十世纪,而服膺“凡人事无不适于我心者”之格言(见本志第三十四期《白璧德释人文主义》篇第七页第六行),与彼罗马人无异。吾岂好为严苛,然必其为人事,而后吾方取之。强以古生物学冒充历史,不可也。故吾殊不满于世之科学家,并不满于人类学家。然而人类学家之功亦不可没,盖人类学家已曾证明,彼未开化之野蛮民族,其循规蹈矩之情形,实百倍于吾人。其礼节规矩之琐细繁复,断非聪明睿智之欧洲人所能了解。居今日如尚有为卢梭、夏土布良等之瞽说所惑者(卢梭等谓野蛮人自由行事，生活简易，心性愉乐，不知有礼节规矩云云，其实不然。盖卢梭等未知野蛮人之实况，但凭幻想以立说而已)，吾愿其平心静气，取斯宾塞、格伦(Spencer and Gillen)二氏之书读之，观其叙澳洲土番举族为婚之情况，则知其礼制复杂已极。如读者能于掩卷之时，明言该族之人，娶妻应娶何姓何宗不至以违礼而受罚或且致死，则吾诚服其敏慧，且将愿虔告此君，以公之资格，大可往澳洲内地而卜居，不必虱此文明之土，致才思无所施展也。(此段甚为诙谐。意谓以野蛮人礼制之复杂，远过文明人，故文明人即欲屈尊往与野蛮人共处，亦嫌无此资格也。)

或有驳吾者曰：子欲侈陈规矩对于人群之功用，而以澳洲之土番为例，若辈向以淫秽著称，无乃玷辱规矩乎？应之曰：不然。**吾意盖谓规矩既如是琐细繁复，则斥循规蹈矩之人为朴陋简单，不可也。遵守规矩，既如是之不易，非聪慧出群之人，鲜能举止咸宜。而不越礼犯讥者，则斥循规蹈矩之人为冥顽愚蠢，亦不可也。**反之，欲自行立异，与举世之人乖忤，其事甚易。但闭若目，塞若耳，不闻不见，从若神经系统之支配，而恣意行事。经此一反手之劳，而随若所往，人皆惊骇却走，或广坐华筵，啧啧论议，叹为奇怪。若已成功，而初未丝毫用心也。彼澳洲土番固非文雅，但彼族尚不终岁颠倒于自由恋爱之中，以此为事。(文明人而终岁肆行自由恋爱，不诚可羞耶？)仅以定期偶尔为之，固犹有可取也。彼族之礼节规矩，即其族之道德也。去此，则更无道德。异日者，彼澳洲土番或亦有改良维新之时，然欲改良维新而受其益，则决非尽行铲绝其族之礼节规矩，此层可以断言。(今之文明国民，其所为奈何出澳洲土番之下乎？)**诚以欲求生涯美善，必须有理想，必须有节制，可变而不可亡也。**所谓文明者，不过品藻、赏鉴、嗜好之进化而已。虽常变不息，然须每变愈上，所取之新必胜过所弃之旧，则可渐脱秽陋而趋文雅，否则不得以文明称也。

彼纵性任情、越礼犯规之人，苟非窃效古人之奇言诡行，放辟邪侈以自豪（如狎妓者自谓信陵醇酒妇人，怠荒职务者自托于竹林七贤之类），则不知有历史，于古昔一概蔑弃。吾非谓循规蹈矩之人皆能好古而多闻也。然循规蹈矩之人，确具择善而从之美德。其不敢自作聪明，不好与人立异，实由深悉身所服从之道理规矩甚为美善，远胜于吾所自创造者。夫愚鲁之人，宁以从众行事为是。苟强来自作聪明，独辟蹊径，则在己徒苦烦难，对人亦多开罪。何以此为？古今之礼节规矩，其初何莫非三数聪明强毅之人所创立，他人见其善而从之。行用既久，乃成为礼节规矩，乌可概以因袭薄之？惟然，故循规蹈矩之人，所言所行，实追步奇伟之天才于数世乃至百世之上。诚能步趋维谨，则我亦奇伟之天才矣。我既愚鲁而非天才，如此行事，岂非甚善？乌得以庸言庸行轻之？又试以畋猎为譬。世人非皆天才也，必使全世之人各走荆榛未辟之道，孤身以逐猛兽，所得几何，何苦为此？固不若随众驰逐，结队而行，既多擒获，又添乐趣。夫人之遵依习俗，与同国同族同级同类之人一体行事，和合无间，其益其乐，亦犹是也。越礼犯规之人，往往有类惠斯拉（详见本志第二十三期《柯克斯论美术家及公众》篇第八页），自夸其才而实不能作画。（惠斯拉系画家。）又何足重？彼恪遵社会之礼俗以行事，而不能言其所当为此之故。若此之人，似近愚鲁，固也。然与其纵任毫未训练之天性以行事，何如顺从已经训练之天性之为愈？故如此愚鲁之人，实远在越礼犯规者之上也。吾尝谓维多利亚时代（注见本志第六期《葛兰坚〈论新〉》篇第五及第六页）中叶之人士，其视男女优伶极为卑贱，实有至理。盖当是时，各家戏班，尚未受政府之监督，上流士夫及大家妇女，均不常登台演戏。优伶之品本低，贱视之乃当然之理。设使招一下流社会之人至家饮宴，而彼终席瑟缩踧踖不安，诸客亦因之寂郁寡欢，则此举又胡为者。所以不敢邀此人来家者，非仅以其食时用刀入口（此系西餐，故云。犹孟子放饭流歠之类），有失仪注也。此节小节，尚可不必计较，然由用刀入口一端，即可推知此人之品格及其余种种。处今狂飙飞砂之世，人各行其所好。彼用刀入口，孰得而干涉之？然此人之父母，当年既未教子食时不当用刀入口，则亦未必教子曰，汝当尊重妇女，汝当不负人之所托等等可知，故今不愿其入我门。（按仪注乃品性之表现，古圣贤之所谓礼，言至最粗浅处，不过如是如是。或尝举《论语》席不正不坐及不撤姜食等，以讥孔子之迂腐及中国礼教之无价值。说亦有理，然苦于不知形式精神合而不离之原理。礼教之精神固当保重，但为爱惜此精神计，形式之事亦不可遽尽革除。孔子曰：赐也，尔爱其羊，我爱其礼。可为此语作注脚，亦即本文此段所申言之义也。）如此推测，固嫌武断，时多失误，然实际不用此法推测，更有何法以资判别乎？世固有生而仁贤高贵者，吾敢不敬之？然必汝先能证明本身为仁厚高贵之人，方可受人破格逾分之尊礼也。故仪容举止，有别于道德，固也。然实际则二者不可强分，而皆以"己所不欲，勿施于人"之义为基本者也。我与人处，必不使有一人因我在前而烦闷愁苦，故我须谨守礼节，恪遵规矩，此仪注也，亦道德也。推其用心，亦仁人之所为也。乌得而小之？今夫王尔德（Oscar Wilde，1856—1900，英国文人）之言固辩黠，然坐对俗客而生厌，终较一生愁苦沉沦之为易处。（王尔德则适反此说。）故吾（作者吉罗德夫人自称）宁甘为平常谐剧中之女主人，而不愿为上等庄剧中之女主人。不但吾之一身为然，常人年逾二十，则皆不喜为惊人之奇事，类剧场中人，而甘愿安分守己，恪遵规矩也。彼循规蹈矩之人，纵或令同座之人厌烦（实际亦未必如此），但决不立意作恶以害人，使人苦不能堪。惟受人欺侮时，间或一行报复耳。彼循规蹈矩之人，其所言所行，决不驱人入于卑污狭邪之域。至谓若辈顾亦不能使人惊绝拜倒，异常愉乐，是或有之，然乃另一事也。

今人常谓循规蹈矩之人率皆蠢呆无味，以其不能自为新主张，而但因袭前人之陈说（甚矣今世之重视新创之主张也）。此言是也，然而确不因袭陈说而自抒谠论者，古今能有几人？盖亦甚少。寻常所谓创新者，无非由不甚通行之书籍中，窃取一二事理，以号召于众而已。（按吾国今日之提倡各种新奇之事理，及非孝疑古者，皆可作如是观。已有人指出之矣。吴芳吉君诗云：翻新皆旧物，世运长可猜。即有慨乎是也。）古之文人哲士，如享受著作权（一译版权）法律之保护，则其冢中枯骨，必将群起而控讦近世名流，求治彼等剽窃他人菁华之罪矣。即如卢梭者，不过掺水（稀薄不纯，贬价出售之意）之卜罗米修斯耳。〔卜罗米修斯（Promethus）见本志第十四期《希腊文学史》第九页。爱斯克拉著有*Promethus Bound*一剧。薛雷又著有*Promethus Unbound*一剧。卜罗米修斯盖代表革命之精神者也。〕自亚里士多德立言而后，直迄今日，真能推陈出新者殊寡。所号为自创之新说者，不过变换前人之词句，而仍因袭其意旨。（所谓换汤不换药。）譬诸舍旧灯而用新灯，而灯中所燃者固犹此同一之油也。又如萧伯纳、钱斯德顿等人，专务攻诋他人，以自显其能创新，一若前人之立说者，竟不知此问题尚有反面，须留待萧伯纳等始能发见，岂不谬乎？（例如前人谓"马为动物"，彼岂不知"马非动物"亦可说乎？特彼深信马为动物，故不作此语耳。乃后人沾沾自矜创获，谓前人不知"马非动物"之理，妄甚。欲判其得失高下，应先问马究系动物否，不当拘拘于因袭创新之问题也。然今中国之以尽反前人成说而成功得名者，悉萧伯纳之类矣。）此辈之术有时而穷，遂致自相矛盾。然世人则共信此辈为能自创新说，故尊之，畏之，爱之，其实皆不足当此也。又即今世激烈主张女子参政者，亦尚不及古希腊亚里斯多芬尼之激烈。彼萧伯纳之《劣货》一剧，不过钞袭亚里斯多芬尼之*Lysistrata*一剧〔按此剧作于纪元前四一一年，时雅典方为斯巴达战败，国人厌兵戈。故此剧即以鼓吹和平为旨。略谓有雅典女子名Lysistrata（译言遣散军队之人）者，纠合雅典及斯巴达两国中同志之妇女，设立女同盟会，相约向男子罢工，即全体妇女同时离家而走之他所，不问家事，以困其丈夫，而以罢兵缔和为要挟云云〕，而去其秽恶之词句而已。今乃郑重其事，于戏园中演《劣货》一剧，观者略为赞赏，便自洋洋得意，不亦见笑于大方乎！噫嘻！今世所自鸣敢为越礼犯法者，不过词句新颖而已。吾尝溯其流而穷其源，乃知某篇某段，实取材于《旧约》圣书中之文字。又某日下午，吾与一客谈。客之言论，皆钞袭陈说，有如印版。自午至晡，乃说出一二新奇之意，痛诋礼教。然吾陪坐倾听已久，实厌倦思睡矣。细究其故，盖缘文字词章最能动人，故世人常为善于辞令者所播弄所左右，而不自觉。彼政客者，可称为下等社会之辞令家，今请改易《阿丽司漫游奇境记》（此书有赵元任君译本，商务印书馆发售）书中，公爵夫人之言，而反其意曰："通其音，则其义自见。"惟然，故世谓某人愚蠢无味者，由此人不娴辞令，不善修词所致耳。然越礼犯规之人中，尽有不善辞令者，岂循规蹈矩之人，遂皆口吃而词笨哉！彼越礼犯规之人，固以诙谐动人，使人愉乐为事。能此者固善，否则一无足取，反不若循规蹈矩之人，所言所行，能使他人心安意舒。社会中循规蹈矩之人多，则如昏然思睡者，尚可酣卧于安乐椅上也。

某日，吾与女友三人共午餐，因纵论越礼犯规之利害如何。此三人者，由世俗观之，皆循规蹈矩之人，顾皆力言越礼犯规之为美事。（谚云：这山望见那山高。世情往往如是。身为耶教徒，而尊羡回教之极乐天国，亦此类欤。）谈次，并告吾以智识界领袖某女士之趣史云：该女士尝于大雨倾盆之际，不携伞，步行穿过三十条街，至一小饭店午餐。及入门，骤脱其水淋淋之冠，置椅中，而坐于冠上云云。吾闻此言，忽起不快之感，一若吾全身为雨水湿透者。吾固知吾客家中富有，珍珠盈箧。然此际视对坐之吾客，一若彼即坐于湿冠上之女士，吾客之苦我甚矣。故知与人同处，而决勿使人起不快之感，亦礼之不可缺者也。（礼之精意正在此。）而一社会之礼节规矩，所以必须遵守者，则缘此等礼节规矩，不过日常生活使用之符号，藉此以自省察，俾吾能令他人乐，而勿致他人苦也。夫人决不当窘迫他人，增其苦恼。独改革家或不在此例。然而改革家如约翰·诺克斯（John Knox，1513—1572，苏格兰宗教改革家）一流，孰愿请其至家中饮宴乎？吾亦知，时至今日，社会中几于人人皆以改革家自命，正犹群往聚观改革家所提倡之《劣货》等剧，其用心无非欲为些须惊人之事，而又不至受人非议而已。虽然，此事俟下文另论，今姑置之。

或又误以脾性为温雅之德，而谓彼愚蠢依傍之循规蹈矩之人，实缺乏温雅之德，谓若辈充其极，不过如雕版摹印之图画。板木已朽，其画甚模糊不清，决无可取。纵原本系出名手，今兹摹印之片，破碎不完。且一版可印千百张，同一形状，如此之多，又何足贵？温雅之德，乃个人所具之美德，不易比拟，不能预期，安能望循规蹈矩之人具此德乎？

以画片喻人，则吾所攻诋者，非真正之收藏家，非深通人性、识见广博之人士。吾所不满者，厥为彼自己愚蠢，反说他人愚蠢之辈，不明事理，而常以“循规蹈矩”四字为口头禅，以诋諆他人。如曰：“某君（或某女士）十分循规蹈矩，吾与之谈话，深以为苦。”噫嘻！此何言乎？循规蹈矩之人虽无他长，何至使交谈者深以为苦。其人即愚蠢，然常遵规矩而行，必能应付裕如，使交谈之人称心乐意，但以不失礼、不伤德为限耳。若彼越礼犯规（即纵任脾性）之人，乃真不易与之接谈，以彼自有是非权宜，藏之心中，非人所知，有类山间之野人故也。或又谓循规蹈矩之人，城府过深，不能与人倾心吐胆，故可云缺乏温雅之德也。吾则谓：先请问，一人之心胆应在何处？是否可以道逢不识面之人，而即向之倾吐？吾常出外就餐，巾堕于地，吾径俯身拾之，固不虑吾肩之触邻座之人之心与胆。幸哉！吾知其心胆不挂在身外也。吾非蠢鹿，要彼之心胆何用？彼不肯无故妄行倾吐其心胆，吾安敢遽断定彼人不具心与胆乎？且正惟不愿倾吐其心胆者，愈使人爱恋思慕而欲亲近之。盖难得者为可贵，此人之情也。有疑吾言者，试取世界古今爱情之诗读之。钱斯德顿君尝云：克罗（Chloe，乃希腊神话所传，西西里岛之牧女，与牧童Daphis相爱悦）之为人“严冷不可近”，情诗缘之以生。此言是也。使克罗当日倾心吐胆以为常，则无如此之佳诗矣，于世中之妇女亦然。今之风流男子，其感动妇女之心肠，决不能如古之多情男子之深。盖古之多情男子，率皆刊落声华，壮怀奇伟，愁绪堆叠。其中心固如烈火，而外围铜墙铁壁，不易洞穿。一旦用情既深，则奔腾澎湃，一往直前，以积之久而所蓄者厚也。今之郎君，虽亦得妻，然决不能令妇女如斯感动。诚以男女皆以震骇迷眩为美事，而循规蹈矩之人，平日冷如冰霜，高不可跻，一旦输诚，则大足令妇女震骇迷眩而倾心。彼越礼犯规之人，则无此魔力。此乃笃论，并非戏言。盖循规蹈矩之人，似若严冷而实仁厚可亲；纵性任情、越礼犯规之人，似若和易而实残刻能忍。世事之迷离颠倒有如此者，凡事各有其始，而肇基不可不慎。人与人接，亦然。如西班牙王后驾出，围观者固望王后四肢无缺，然亦皆信王后具有两腿，不必俟王后着紧束之短裙而后始释然也。又如观傀儡戏者，明知面具之下，有真正之人面在，然面具可以增益美态，固不必强之揭去而一睹演戏者之真容也。夫礼节规矩，譬犹跳舞时之衣冠及面具。文明社会之人，通用此种衣冠面具，暂时逢场作戏，而过顷便复脱去，露出各人真容。吾非谓世人皆当终身作伪以欺人，吾盖谓人与人初识面而交谈之顷，须有所隐蔽，不当剖心相示耳。

初次识面之人，性情未悉，相接必以一定之方法。此方法既经大多数人制定，且行之而甚便利。吾等二三人又何必独违反之哉？故礼节规矩者，乃将人生由复杂化为简单之方术也。吾之友朋相识如是之多，苟每接一人，须用一种特别之方法，则吾将不胜其繁。试思每晨与五百人见面，而须腹中牢记五百种问候之公式，分别用于各人，夫岂易事？恐文字语言亦有穷时。何如公用一种套语之便捷哉？且行事如此混淆纠纷，其足当温雅之称？夫温雅之德，至可贵而难得。必欲求之，似惟循规蹈矩之人，乃具有温雅之资格耳。彼行事奇异，不近人情，瞬息千变，无从预测者，固足令旁人啧啧称羡，然实如剧中之丑角，偶一观之足解颐，长日坐对则生厌，愿于剧台上观之，而不愿其为吾家人也。盖彼越礼犯规之人，仍自有其印板之规矩，即专于他人不经意时，以奇言奇行震惊其人，藉售其术。吾人遇此，初或敷衍，然当事忙心烦之时，屡受意外之惊扰，而必特别设法应付，则深厌之矣。惟然，故今之激烈派主张“试婚”制度，亦无足怪。盖此等奇异变幻而不可测之人，托以终身，实属危险。不如暂时同居以为试验，不合，则翩然引去之为愈也。然即与之同居久之，犹难定其为人，非尽历人生种种情境，不能知彼之意旨所在，某时某刻将如何行事。例如汝与之同赴宴会，彼着通行之礼服而往，食次或掷碗碟于地；彼与在座宾客谈笑欢洽，而忽曳进餐之仆役并肩同坐而食；或终席毫不失礼，顿异平日。总之，此类事无大小，汝皆不能知之而防之。顾即与之同居，直至于死，亦无术测定彼之行为与意旨所在。故礼节规矩者，乃社交中必需之一种入学考试，以验其资格程度之合否。正如外国人之移住美国者，则先于入境时，试其认识英文字若干，以定拒留。此种考试方法，固未尽公平，然有之实远胜于无。且求及格甚易，可无遗珠之憾。故吾人凭礼节规矩，以验他人之资格，合者乃敢引为知己。礼节规矩对于社会之功用，正在此也。

且所贵乎温雅之人者，以其能时时用新奇之法使人快乐。若彼越礼犯规者，但能用新奇之法使人震惊，乌足以当温雅之称？盖人受震惊，苦也，非乐也。即寻常酬应，偶尔失礼，其事纵极微细，亦足令人感觉不快；若以大故而饱受震惊，则其痛苦可知已。古今聪明睿智之人，如有能制为中庸之道、至善之律，使人出言行事，恪遵礼节规矩，而又变化多端，不厌其板滞，则诚全世之福。然即谓礼节规矩有板滞之病，亦不当径行纵性任情，一无拘检。譬如斗纸牌，汝今新创规则若干条，或较当日 Hoyle（始创纸牌者）所制定之规则，为多趣味，然汝欲行汝之规则，则无人能解。因之，遂无人与汝斗牌。（博弈有道，故为之犹贤乎已。○吾观今日中国之叉麻雀者，真能用心，真能服从，真能合作矣。噫！）此虽游戏，可以喻大。且通常之破坏礼法规矩者，率由一时之幻想。旧者既除，而不能树立新者以代之。夫人生有类足球之戏，非同心协力不能成事，独行妄为者必败。如易卜生剧本中所描写之新式妇女在戏台观之固美，而日常与之相处，则令人难受。且即崇拜此等妇女子者，戏毕回家，亦必吃晚饭，又闲谈少顷，而后乃可向黑甜乡寻其理想之梦也。(意言人生非尽理想，尤非妄想。)

实则温雅之德，初不待哓哓置辩。盖具此德者，无论其为循规蹈矩者，抑为越礼犯规者，随所至，而人必敬之爱之也。昔有少年，因见某女伶能踢去己头上之冠，为态至轻巧，至亲戚同辈中之闺秀皆不能，遂欣然娶此女伶为妻。成婚后，乃知此女伶诸种越礼犯规、狂荡不羁之处，十分粗恶可厌，非皆如踢冠时作态之轻巧可爱，大为悔恨。故但以狂放脱俗取人者，当以此少年为鉴矣。婚姻之事，最关重要。所谓某君(或某女士)具温雅之德者，非谓吾身得嫁(或得娶)此人，于愿已足。即不能，亦愿吾之知心朋友嫁之(或娶之)而后快耶。至若萍水相逢，旋即分散，不思后来，纵聚首喁喁时极为欢乐，而别后毫无系恋，此所遇之人，其未具温雅之德可知也。故凡具温雅之德者，能使人力求亲近而不能自止，且远地亦思，历久不衰。温雅之资格，不能列举。如其可以言宣，则吾敢谓循规蹈矩之人皆已具有之矣。

至于循规蹈矩之妙处、之乐趣，只可以意会而不可以言传。其要端在形式之美，所谓形式者尚非比较之美恶，以其具有形式故美。反对礼节规矩者，在社会中，常喜作一偏之主张，而以强烈之感情持之，有类华格纳(wagner，前已有注)之乐剧。至于真正越礼犯规、纵性任情之人，则并此一偏之主张而无之，盖若辈最恶连续，最恶重复，刻刻变化，故毫无主张可言。如有询彼对于某事之意见如何，彼必艴然大怒。盖彼之性情变化初无已时，疑若始终如一，是辱彼也。文学批评家亦有纵性任情者(是曰印象派)，如法国赖梅脱(Jules Lemaitre，1853—1914)少年狂放不羁之时，常自诩对于世界文学名著，每读一次，所见不同，从无前后如一者。而纵性任情之人，其月旦人物，亦从无前后出语相同者。设使彼与某人同席用膳而叙谈欢洽，下次再与同席，则必由厌恶而起冲突。盖不如是，不足见其性情之过人也。在今日不能预言彼明日将如何如何，当申时亦不能悬揣彼酉时将如何如何。彼自负超出凡人之上者以此。顾性情虽无定而规矩有定，故与循规蹈矩之人交接，所得关于此人之知识，均可倚恃，不至今日是，明朝非，而陷于迷误也。然遇纵性任情之人，则几于束手无策，心理学全无所用，占星问卜又未可凭信。彼来输诚相与，旋忽反颜为仇雠。彼来倾心吐胆，过顷则委之于一时之感情冲动。其异人处，厥为前后出言判若两人，而所言又未必为自己之真意。因之，其言断不可凭，而亦不能责彼守信。呜呼！如此之人，为戏台上之丑角，供茶余酒后之消遣，固佳，若遇之于实在生涯之中，则诚个人及社会之大不幸已。（按如此之人，今日中国甚多。此所以中国团体公益之事多失败，而国家益陷于危乱也。）

由吾侪观之，礼节规矩，正自有其奇妙之处。凡百风俗习惯，苟其中寓有理想，得坚诚不渝之人遵守而奉行之，则奇妙实甚。虽极古旧，亦无妨也。作文者尝有一字不可易之境，行事亦然，必非如此行之不可，方为举措得宜。若能仓促应变，机敏颖悟，固足胜人；然究以通体大方，从容不迫，为行事之正道。而无论行事或措词，必须融汇世界前古留遗之菁华而运用之，方可称为大手笔，断非专倚一己之薄才，趋奇走怪，所可致也。

异哉！今人竟有谓循规蹈矩足以破坏道德之根基，而越礼犯规者流，乃均俨然自命为改革家矣。呜呼！岂谓纵欲丧检者，其力尚不足以摧残礼教规矩，乃更假道德之名，以竟破坏之全功乎？此辈改革家，行事殊粗恶，决无奇妙动人之处。夫昔之纵欲丧检者，以诙谐技俩媚悦世俗，以图自存。所作不正经之小说，足以捧腹解颐，故人乐读之。（例如福禄特尔之《坦白少年》即是。）今之社会改革家，则不复注重滑稽，而但托名提倡道德，则其术亦售。于是酒席宴会，出言不许略带滑稽，又不许引用十八世纪之词句。然初次识面之人，可以畅谈娼妓问题，而无禁忌。又若正言说论，出以诙谐之体，令人笑颜逐开，即此便成罪案。苟蹙其眉，苦其容，哀其音，则虽攻讦他人阴私，亦无或非之者。挟提倡道德之威，以临众人，逼其越礼犯规，孰敢不从者？若曰：社会公益所在，个人之苦乐利害，尚何足计较？此说久已成为天经地义矣。故世人于昔之优孟侏儒，可以叱责，而于今之慈善为怀，热心公益者，不敢置喙，恐因此而自贬其声价也。（即畏他人斥我为不热心公益，不兼爱救世。）今人于世间不道德之事，无不曲为之宥而深加矜恤，而以娼妓为首。不谈娼妓问题者，其人即为不爱国，不爱群。故常闻人曰：汝虽于娼妓之事向无闻知，亦当注重此问题。听他人之有知识、有经验者为汝讲述，以广汝智。（实则不啻教之嫖耳。）与此人素未识面，何妨乎？盖研究此问题，已成今日最时髦之事业，虽欲以看戏及读书二事为消遣，以求免讨论娼妓问题，亦有所不能，则以今世著名之书籍及剧本，无不以伤风败俗之事，为其题目及材料故耳。

国家所设研究娼妓之事之机关，其所编造之报告，对于社会，益少而害多，先已有人言之。盖此类报告，不惟上流社会之人读之。就吾所知，有某女，以打字为业者，因读此类报告而惊悸成疾，遂入纽约公立医院之神经病科而求治焉。又今之各家日报，其持论多谓女工所获工资过低，不能自养，非秘密卖淫不可。苟欲保其贞洁，则每星期仅能有十元之进款耳。（按每星期十元，在美国为甚低之工价，而在中国，则已为极高矣。哀哉！）此类女工之才貌，固远不及吕贝珈〔Rebecca Sharp，系沙克雷之小说《名利场》（*Vanity Fair*）书中之人物。该书吾曾译出二回，未及续译也〕，然其伤德害义一也。彼在小店中执业之少女，盈千累万，用其每星期所得之佣资，购此等日报而读之。一读之后，恍然大悟，知失身丧德，初非罪恶，从此悍然为之，无复顾忌。故日报之效用，乃不异当年德色尔（Tetzel，一五一七年，教皇命德色尔售卖免罪符以敛财，马丁路德愤而斥之。此宗教革命之导火线也）所售之免罪符。盖今之舆论，已自命有出他人于地狱而纳之于天堂之力矣。又托名劝戒而实则诲淫之电影，全美国到处有之。即吾所居之小村镇，亦不能免。常见幼童行过电影戏园门前者，观其处所陈列之纸画，积伶相谓曰："嘻！此中便有暗娼。"呜呼！吾闻人之性行成于儿时。（原句系威至威斯[①]诗句中语。）此等幼童之知识亦未免过于开通矣。今之坏规矩之改革家，当亦读过下录之旧诗句，何犹不悟乎？诗曰〔按此四句系蒲伯（Pope）所作 *Essay on Man* 第二篇第二一七至二二〇句〕：

恶事如魔鬼　Vice is a monster of so frightful mien,
面目殊可憎　As to be hated needs but to be seen;
习焉久自化　Yet seen too oft, familiar with her face,
履霜懔坚冰　We first endure, then pity, then embrace.

蒲伯谓世人与罪恶相遇，必经三步骤：（一）始则容忍。（谓任其自然发达而不思为之防。）（二）继则怜惜。（谓深惜犯人之有罪而曲为之解恕。）（三）终则拥抱。（谓视罪恶为美事而力求亲之近之。）盖今日者，吾英美之人，已经过第（一）步，而行至第（二）步，窃恐第（三）步正不远耳。今人虽重专门学识，顾于道德之事，则必听信群众之意见，不就神学大家以询宗教之教理，而求之于 Winston Churchill（美国今世小说家）之小说；不就医学名著以考

① 威至威斯，今译华兹华斯。

人身之病状，而求之于布吕（Eugene Brieux，法国今世戏剧家）之戏剧。又当宴饮或会食之顷，必须谈叙下流社会之污行，曰：彼对座容枯而珠饰之老妇，或有动人之言论以益我辈也。苟其时座中有闻之而蹙然不乐者，则众必以自私自利、不热心救世斥之矣。

夫谓心性纯洁之人士，与知己朋友叙谈，某事某事不可出诸口中，固属非理。盖既为知己，则凡言出而有伤于彼人者，吾初不忍言之，不必更立禁例也。虽然，旧礼俗中有一美事，为今日新礼俗中所必不能有者。其事维何？即昔日人士聚谈，必绝口不道及男女之事，以免在座者难乎为情。（按男女应避嫌之说，为今之时流所诟病。殊不知嫌疑云者，非谓其一见即为桑中之约，乃图避去座中人当面羞愧忸怩之情境耳。简言之，嫌疑者即Sensibility之意也。）夫座中各人，其身非男即女，故虽所谈不涉及个人，亦不能使诸人不受感触。感触即苦，故不忍谈也。（中略）今夫究其实际，社会中贵贱之阶级，无非可与为婚、不可与为婚之区别而已。既明知甲与乙不可成为配偶，则使彼二人亲近聚处，又胡为者，吾非谓寻常同赴宴会而得相识之男女，百人中必有若干人能结为夫妇，故须深心远虑以为之预防也。吾盖谓既知此二人不能结婚，即系贵贱悬殊，而贵贱悬殊之人，固不当使之共席耳。然则社会中贵贱之别，非以婚姻之能成与否定之耳。故礼节规矩，不可但视为浮表之虚文，而实本乎人情，通于人事者也。欲求文明人种之得享幸福而不至芟夷绝灭，则男女之嫌不可不避。苟男女之间毫无隔阂，则不能有新奇多趣（即所谓浪漫者是）之婚姻。而若一群中之婚姻，皆非新奇多趣，成为通例，则影响所及，其群之人必日趋粗野。〔至其影响之流行，由于遗传乎？抑由于环境乎？望孟代尔（Gregor Johannes，1822—1884，奥国植物家）之鬼有以语我来。〕今有房主全家与房客八人，夜间均同在一室寝处，则凡人必谓其为粗野。而事之但可与一人言者,乃径宣之于众。其为粗野,亦正不减于此。(例如父子夫妇之间,所谈之话,实不便以告外人,非缘其中有不利于他人之计谋也。又闺房之内,有甚于画眉者,然亦不足为外人道也。小说中写猥亵之事,狎昵之语,独坐静室读之,尚可勉强读下,如有人走过而察知之,则读书者愧悔至于无地。此所谓善恶之心人皆有之也。然小说中所叙者,苟于戏台上当众演之,则其粗恶遽增十倍,而足征风俗之败坏矣。吾十余岁时,在上海丹桂戏园观剧,是夜演《纺棉花》。女伶某,以净桶置台前,作为将便溺之状。吾彼时极为难过,若呕若眩,自不知其所以然,而至今犹能忆及。呜呼!中国风俗败坏已甚,人之粗野,有非意想所可及者。吾不忍举例述说,读者但观日报中之地方琐闻可矣。今年江浙战事中,有江苏军士,在某地奸淫以逞,至以枪尖刺少女之下体。吾读此段新闻,岂止作数日恶。呜呼!中国人之粗野如此,行凶者之兽性如彼发达,吾中国同胞其默然而不痛愤于中乎?其尚忍推波助澜以破坏道德礼教乎!)总之,凡秘密不可告人之私事私情,而宣泄之,皆足令一群之人日趋粗野。譬如吃饭之时,将己之牙刷携至食桌。此虽细故,不足计较(不久恐即到此境界,吾复何言),然亦足令此人及同食之人变成粗野也。夫直言无隐,不至过度,诚属善事。然今日则已嫌其过度,而非大多数人之所能堪矣。彼少数狂徒,自命为道德家者,因社会中之礼俗规矩,不便于己,故肆行诋諆。吾独怪夫此大多数人何以不起而纠正之,而竟任其愈演愈烈也。

向例,凡与不甚熟识之人杂坐一处,则断不谈及身体之事,为此者初非厌世。或曰:老辈常不免拘谨过甚,斯固是也。窃疑老辈相见必谈灵魂者,盖缘身体之各部,五官四肢,皆认为卑鄙粗俗,不宜形之语言,故只谈灵魂。而其所以能笃信宗教而不贰,则缘当时深信灵魂与肉体毫无关系。而今之精神病学者，已将此种足以安慰人心之信仰，剥夺去矣。（即倡言精神病亦由身体某部不健全之所致，而无所谓灵魂。）其在吾美国，此风尤盛，几于无事不由科学实验室中解决之。*The Madras House* 剧中，叙一庄重而爱国之美国人，询另一人曰："汝非卑鄙而多欲之人乎？"此问殊奇特，至可发噱。然使世中素未谋面之人，遽入他人之家而以此问叩之，则主人未有不艴然发怒者也。此种情形，盖由今人极喜观易卜生、史特林堡、苏德曼之戏剧，不但在台上注目谛视，且本身居家行事，亦欲效法戏中之人，以假为真，而不悟处世初不可如是率直而深刻也。今人咸谓礼俗必本于道德，不合道德者则去之。而实则昔日以礼俗为道德之世。（即凡不合礼制或习俗者，即为不道德。）其人之流于不道德者，恐尚比今日为数少也。凡为吾所不忍以言语中伤之者，吾决不至以行事加害其人。而若吾竟不惜以言语中伤若而人者，则吾势必以行事加害其人，无疑也，今之越礼犯规者，已以言语诋諆世人，久而无效，遂乃转而以行事加害其身，而犹以拥护道德自诩。此诚今日之大忧也。已身不适于社会之人，不知愧耻，反侈然谓社会不适于我侪。此种因果是非颠倒之情形，自有史以来，盖未有若今日之甚者也。由彼高谈博爱、尽力慈善者之提倡，通晓贫民状况，遂为今日社交之必要之资格，但须证明我对于此题（贫民生活）所知不少，其他种种资格皆可不问。异哉！此标准也。然而上流人士及名门闺秀，竟皆信从此标准。或语之曰：注意贫民，扶助贫民，乃公等之天职。则渠等更不敢不信从之矣。且误以通晓恶事为道德，而纵令青年学生乱读各种书籍，不知别择，毫无避忌。其结果实为贼害青年。所以贼害之者有二：（一）曰开其欲；（二）曰长其骄。盖青年学生知识初启，今骤得知晓男女狎邪之事，大足动其邪欲而斫丧天真。又彼翻阅杂书既多，自谓于人生之事无所不知，而不肯受年长而确具知识经验之人之指教，亦自然之理也。今特为大学学生演讲娼妓问题，诸生遵命到堂听讲。然使有于不能把持之时，陷身花柳丛中，则又谁之咎哉？初次识面之人，竟以离婚之病患为谈论之资，则离婚必将愈演愈多，将必成为日常最习见之事，又何足怪？夫出言业已毫无禁忌，更安望其行事能有拘检哉！（无所不言，必将无所不为。）盖人性中有一定之理，确乎如是。即前言所及之澳洲土番，亦只许业医者畅言男女病理等事，而他人则绝口不道，有所忌讳。岂吾英美之人，以其生性质直，竟欲从卢梭"返乎自然"之教，奋力向前，变为野蛮，且欲超过澳洲土番乎？不然，何不知羞耻也。或曰：至治之世，人不知耻曰：此非该世之人无羞恶之心，乃由其行事悉合道德而无足愧耻者耳。或又曰：人之羞耻，存于良心。人当藉良心以勤自省察，使所思所行悉合于道德。良心之赏罚惟我自知，道德之标准由我自定，又何必顾恤人言而遵守规矩乎？曰：兹所言陈义过高，世间人之大多数，均不及此，故亦无需乎此说。世间常有具道德标准之人，亦有不具之人。而此辈因畏彼具有道德标准者知晓之故，竟自不敢犯罪为恶，此亦美事，何必深求？盖以若所为，固非至高之道德，然亦足使人群社会免去诸多污点，乃实际之福也。人生所行之事，非皆可以理论。苟遇事争持辩说，哓哓不休，则不能以理喻之，邪事恶行，必将乘机蜂拥而至矣。（是求福而得祸也。）

吾前读某杂志，见有著论力言，普通妇女有无参政权，尚为不足轻重，但娼妓必须有投票选举及被选举权，否则社会中之淫污病毒，终不能有摧陷廓清之一日云云。此言殊离奇怪诞，然确有其人，发为此论，赞成之者虽不多，然时至今日，向所称为循规蹈矩之人士，亦皆不敢自信，而竟从反对者之教训。此风于今为烈。夫谓娼妓之意见，自有其价值，为集思广益计，为关心世局之人所当知，斯固可也。然谓知之而即当行之，则吾弗敢承。夫古今人之才智相去不远，古之人所以斥娼妓为下流，严别畛域，不使娼妓得与此外之人相混者，焉知其非业已熟知娼妓之意见，审其无当，然后为是，藉以裁抑之耶？乌可断定娼妓之意见不见知于世也？所不幸者，今世于社会道德问题，谓凡人之意见，皆关重要而当遍询及之，独上流社会正经人士，则可弃置不问，亦可谓倒行逆施也已。吾尝谓今世假博爱慈善之名，以破坏礼教规矩者，大都为本身愚蠢怠惰放纵，而不能守规矩之人。而其所以能成此破坏之功者，则由所号为循规蹈矩之人，过于忠厚柔和，对人仁恕，对己谦抑，以故毫不为防御自保之计，遂致敌人纵放骄恣，益不可制。总之，世变之来，如水赴壑。今人咸视口不出恶言者为怯懦畏葸，行事有分别者为骄横蛮野。举世之人，易受欺罔，为邪说莠言所愚，殊堪悯恻。有类卜摩西〔Moses Primrose，性痴骇，为人所愚。事见戈斯密著《双鸳侣》(*The Vicar of Wakefield*)小说〕徘徊市集，购得绿色眼镜者然。顾绿色眼镜，虽已购来而仍不可用以视物。今世虽多邪说莠言，吾人亦姑听其存在，而毋据以评断事理可也。

纵性任情与社会服务，二者似若漠不相涉，而实为一事。吾尝见诸多人士兢兢从事于社会服务，而细察之，则社会未食其益，徒受其害耳。今之攻诋礼节规矩者，其动机固甚复杂而不一致，有若北极与南极相去之远〔但据Peary(美国人，一九〇九年四月发见北极)及Amundsen(挪威人，一九一一年十二月发见南极)所述则北极南极情形亦甚相同〕，然其目的则同，即皆以摧毁千百年所辛苦造成之文明社会复杂组织为职志者也。(即美其名曰改良，曰复兴，亦仍不外此事。犹之古物毁坏，后人摹制兴修，终难返其旧观,此美术家建筑师所熟知者也。)当其死后,此热心社会之激烈革新派,或蒙天上司命裁判之神略迹原心,加以曲宥,使不与逞醉行凶之流氓同科。然在其生前,按其所行,则固无别,盖皆以破坏礼教、摧毁文物为事耳。所恶于死刑而主张废除之者,以社会不能造出生命,故亦不当夺取生命,置人于死。今激烈之破坏家,日日摧毁文明,试问若辈能造出文明乎?夫文明必历年深远,始能蔚成,岂一二人之力所可左右?夫使世人皆能如澳洲土番之用心,则遵守规矩,初非甚苦之事。文明社会之规矩与野蛮社会之规矩,根本相同,仅有精粗之异耳。如野蛮民族之繁文缛节,禁忌多端,固嫌板滞无理,不待言说。文明者,仅乃一种淘汰选择之方术,而以每出愈上之知识,操纵管理之者也。故吾今人之规矩实较野蛮民族为繁多,特皆通乎理而无悖乎于人情者而已。今世之攻诋礼节规矩者,不能创立更美、更善、更完备之新规矩,以代旧规矩;而但胡行妄为,欲将世间所有之规矩,悉行摧毁铲除,然后乃大快于心。其视禁忌之说,为根本错误。殊不知此乃世间最真确最美善之原理之一,人必有所不为,然后可望为善士。故古来之禁忌,如有留存者,不问其精粗美恶,固皆远胜于无也。而今之败坏礼节规矩者,竟欲将禁忌(即有所不为)之义完全摧毁。呜呼!若辈一何愚不可及哉!即使地球忽有大地震,将现时所有人类悉行轰死,变为化石,以供后来科学家研究之资料。而经此沧桑大劫以后,地球上新生而继起之人类,仍必有其规矩,凭藉之以建立社会。是则破坏者之功,终难有成矣。世人皆斥澳洲土番为野蛮,觉其生活直非人所能堪。然吾宁往与澳洲土番为伍,而不愿居此二十世纪文明世界之乱国,不知有恭敬,不信有羞耻。如此之社会,乃真令人痛心疾首,而不可一日居矣。或将谓澳洲土番之礼节规矩若是其繁,其人之聪明才力,疲敝于此中,实属枉费，宜有以开化而善导之。此言固亦有理，彼澳洲土番或亦有进于文明之一日。然今之澳洲土番，所以能高出禽兽上者，正缘彼土番能运用其聪明才力，以造成一种道德之标准。虽不衷于善，固远胜于无有也。其人之聪明才力，别无所用，专萃于此，故其礼节规矩若是之繁，而能运用自如，正犹吾人之研究科学、历史、文字、美术者，一志研几，则可化繁为简，而不觉其困难。苟研究礼节规矩之本意，而运以精思，则亦可以逐渐化繁为简，化粗为精焉。今之激烈破坏者流，于其教科书中学得之知识，亦尚坚守勿失，而于全人类千百年逐渐养成之不肯为恶之习惯，则急欲铲除之以为快，倒行逆施是诚何心？岂不知革除人类本来之天性，而以一家一派之偏激学说注入其心中，实为最难之事。惟“进化”“天演”，庶或能之。彼辈狂愚，功未必成，此吾侪所可私自庆幸者。然而建设难，破坏易。若辈虽不能有所建设，然其力实足破坏数千年所树立之礼教文明，即后来能有恢复之望，亦殆又非经过数千年之光阴不可矣。

故从激烈革新家之主张，直将使文明民族堕落至澳洲土番以下矣。彼辈闻吾此言，或有不服者，盖彼辈之中，确有崇拜卢梭而自命为理想家者。其见解之一偏，由于昧于生人之本性，与奉行社会主义者同，所行虽误，其心固尚有可原也。然此特其中极少数人为然。若其大多数，则于庄严高贵之人格，及精神道德之品级，古今流传继承之智慧，肆意攻击，不留余地。因若辈本无自制之能力，故主张出言行事，均不必有所避忌。殊不知就人类之往迹察之，苟无自制之工夫，则社会直犬羊之群耳。昔某女学校校长告卜克哈曰：“诸女生之头发卷曲，乃系天生如此。”卜克哈驳之曰：“吾望诸女生改变其天生之气质，其成为温良和雅之闺秀也。”夫卜克哈之为人，善于作伪，其言固不足为重，但人无分于男女，皆应学为温良和雅，而不可存其粗犷之天性，则诚是也。昔阿提拉（Atila，古匈奴之王）即反此说，以蛮兵攻罗马而陷其都城（事在纪元后四一〇年）。今后人类恐亦不免于凌夷，文明或竟遭澌灭。然劫运虽或难挽，而奉敌为神，认贼作父，且尊彼破坏礼教规矩者为圣贤，则大不可也。

——本文原载于1925年2月出版之《学衡》杂志第38期。原作者为美国吉罗德夫人（Mrs. Katharine Fullerton Gerould），译者为吴宓，评释与编者识语皆为译者所作。

雷赫完撰
《孔子老子学说对于德国青年之影响》

德人雷赫完氏(Adolf Reichwein)著《十八世纪中国与欧洲文化交通史略》(*China and Europe*: *Intellectual and Artistic Contacts in the Eighteenth Century*)一书,J. C. Powell氏译为英文,一九二五年出版。兹译其绪论(Introduction: The Younger Generation of Today and the Wisdom of the East)以见中国古圣贤之说对于现今德国青年影响之一斑。篇中论中国哲学之精华,为孔子礼治之教,而非老子无为之论,尤为卓见。平心而论,孔、老固为中国思想之两大中枢,对立共存,相反相成。然其中究以孔子为正,老子为辅。孔子近于西洋上古希腊亚里士多德之学说,老子则近于近世浪漫主义之卢梭、托尔斯泰等。美国白璧德先生已论之详矣。(参阅本志各期译文。)其对于人心世道之功用,则孔子譬如医生之施刀圭,进药饵。以医学之成规,按部就班,来施诊治。其道虽似迂缓,然舍此更无二途。老子则如医生之用麻醉剂,使病人昏睡而忘痛苦。夫欲病愈身健,实赖刀圭药饵。但当病人垂危,身体衰弱、精神激扰之时,则非先用麻醉剂以使之休息安眠不可。然徒使休息而不更为善后之计,则失之一偏,而陷于谬误矣。今欧洲青年,承机械生活自然主义之极弊,渴望清凉散以消炎毒。其欢迎老子之说,亦固其所。然须知此种态度，仍不免为浪漫主义之余波。以此而求精神之安乐，殊非正轨。不如研究孔子之学说，得其精义，身体而力行之，则可有平和中正之人生观，而又不悖于文明之基础与进步之趋向。转言之，即彼欧洲青年，如能讲明希腊哲学及耶教中之人生道德之精义，琢磨发挥而实用之，则所得结果，与受我国孔子之感化相同，固不必以好奇之心，远寻旁骛，徒事呼号激扰也。由是推之，则我国之青年，与彼欧西之青年，其道德精神问题，实为一而非二。而中西真正之文化，在今实有共休戚、同存亡之形势者矣。编者识。

绪论　东方圣贤学说对于今世青年之影响

“吾欧洲之人，今始受中国古圣贤之教化。”此十年以前，巴格氏(Alphonse Paquet)之言，用以形容当时少数具有世界眼光及知识之思想家，与夫研究东方学术事物之人士者也。今世吾欧洲之青年，其读中国古圣贤之书，固有视为其知识经历中之一必要部分，非得此则其知识不能连贯而完备者；而亦有仅视为世界文学之一部，供我辈研究文学者之随意取拾而欣赏吟味者。此二种人皆属不少，而后一派人，每以东方文化与西方文化并为一谈，漫无分别。其缺乏精密之处，实足为今世思想懈怠之代表。今人侈言“综合”之思想，其无价值，皆此类也。

此种高谈东西文化之风气，盛行于今时。其所谈虽不正确，然亦足表见东方文化与西方文化内中实在之关系。近顷倭铿氏(Rudolf Eucken)曾言：“使东方与西方之关系更为密切，在今实为至极重要之事。”即在欧洲大战以前，那陀普(Natorp)已预言：“今日者，崦嵫途穷之西方人，正将回身转向东方，以求旭日初出之精神之光明。彼东方实为真人产生之地，而人对于上帝及灵魂之深奥之梦想，亦始起于东方者也。”

西方人此种言谈，东方之人亦起而响应。泰戈尔（Tagore）曰：“此火炬（指西方文明）烧完而熄灭之后，惟余一团黑灰以作纪念。届时，东方必再放光明，盖东方者，人类历史始见曙光之地也。”又辜鸿铭乃一具备常识之儒教徒，非若泰戈尔之为富于感情之诗人。而辜氏亦劝告欧洲人，及今速由中国学习“良善公民之宗教”（即君子之道），而自治其“尊崇势力”与“尊崇乱民”之狂热病，乃无上之策也。

即在不留心此问题者观之，亦能了然审知，东方文化在欧洲之势力及影响，早已超出少数消遣文人及专门古董家之范围，而及于大多数之人。凡今世精神激扰不宁之人，皆在其列。至其何由而致此，则繁复不易窥测矣。此种“崇拜亚洲之狂热”之结果，行将使欧洲之人，自审其衰弱病症之所在，因而返本还原，复由欧洲昔日文明之源泉（即希腊罗马之文明及耶教之精神）求诊治之方欤？抑将从此遂受东方之感化，而西方之精神界终为之全然改变欤？则俟之百年后当可知之也。

总之，昔在十八世纪中，东亚与欧洲之智识界业已沟通，是为第一次。而今则第二次，东亚与欧洲复为精神上之接触也。

欧洲之青年中，其为今世种种精神问题所困扰者，一遇东方圣贤宁静安乐之教，则其所受之影响为尤深而能久。此影响之为祸为福，有益有害，论者各异其说，兹可不必细究。惟当问欧洲此辈青年之精神状态如何，因而乃易了解东方之智慧而慕之如饥渴也。夫今世青年之所感受者，乃全世人之所同，特青年之感受较为锐敏而深切耳。故青年不能离全世而独立，青年乃今世陶铸而成，其所取资，比之前此诸时代尤为丰富。惟然，故今世之青年，对于往古之文明及学术，益当持谦卑慎重之态度。盖人当少年，如春花怒发，血脉活动，于空渺之事境、幽微之消息、将来而未来者，常能首先辨识。既有感触，则不得不发为言论文章，确切宣示。而其识解未精到，或不合实际，则亦自然之势，所难免者。故吾人对于青年之趋附东方文化，不宜即行嘲笑斥责，而当注意细察此种态度中所寓之宗教热情为如何也。

若辈所撰《敬告亚洲人》（*A Message to Asia*）之宣言，极少年激昂慷慨之致。其中有云："使全世之人皆当知晓，此地球之上，必当为精神之文明所主宰。他种文明，无所插足。"此处极言人当注重内心之生活，与十九世纪（物质生活、自然主义）之趋向，正相反对而下针砭焉。

若辈青年，已常结合少数同志。成为团体，以从事于精神之修养。而以近十年中，创痛巨劫（指欧洲大战）之后为尤多。咸奉老子为宗师，以求智慧。《道德经》一书，已成今世东西文化沟通汇合之枢纽。二十世纪开幕以来，在德国翻译《道德经》出版者，已有八家之多，此其故可深长思。而欧洲之所谓汉学家者，全然不解，仅指摘其译本中训诂之错误，及翻译字句之不当。如法兰克氏（Otto Franck）于《神学汇刊》（*Archiv für Religionswissenschaft*）第十三卷一三〇页，痛斥翻译《道德经》为一种癫狂之病。又如英国某学者，谓《道德经》何以使人爱读如此！即非治汉学之专家，亦常读之不忍释，此其故诚为我所不解云云。嘻，亦奇已！夫此类《道德经》之译本，持与原本比较，译笔实多未工。然以其为今世人宗教信仰之宣示，表明其崇奉东方之老子，故而关系重大。苟以校勘训诂之标准绳之，则误矣。

老子以虚静为道。（《道德经》第十六章曰："致虚极，守静笃。")道家专心致志,自察其内心精神之消息,以此为即宇宙之中心。当今机械之世,生活喧扰急迫,使人不可终日。隐居习静,实为要务。老子书中说明以道战胜外界之方;今世之人,欲厉行精神之生活,正可于此求之,此其所以崇拜老子也。

若斯退藏于密,直抵灵魂之至静之域,足使人之心理变为"放任而怠惰",此亦今世所常见者也。若辈固非专务虚无寂灭,较彼尚胜一筹。然今世之青年,常多以老子"无为"之说,为圣灵之启示。虽生性活泼好胜而近于事功者,亦转趋于此途焉。老子之影响,至是乃与托尔斯泰之影响,同流合归。彼信从老子并信从托尔斯泰者,遂以"不作事"为金科玉律。托尔斯泰生时,亦自知其立说大旨与老子相同,且尝拟自译《道德经》为俄文。又自言,耶稣登山训众"惟我语汝,勿敌恶"一语(《新约·马太福音》第五章第三十九节),彼深服膺,以为除此而外,更无智慧。而老子亦深信宇宙间善恶之争,必可自行解决,不待人力。故曰:"唯之与可,相去几何?善之与恶,相去几何?"(《道德经》第二十章。)由兹可见托尔斯泰与老子立说根本,同出于消极之无政府主义也。(老子像及托尔斯泰像并见本期插画。)

今世人之精神激扰不宁,固当急求安神止痛之药,不可刻缓。然此药在青年用之,每易过度,而有危害焉。夫既以老子之学说为治病之药,其结果遂皆好静畏动,不喜作事。此于今世之青年运动中往往见之。而与其所欲治之病,即今世之积极的"动作主义"(Activism),适相反背者也。史达林氏(Stählin)于所著《青年运动之狂热及其救治之法》(*Fieber und Heil in der Jugendbewegung*)书中,谓青年之企慕老子、崇尚虚静无为,与积极的动作主义,二者皆为逃避实际生活,同系一偏而谬误。此说甚是。彼青年之观察不正确、思想不锐敏,乃藉老子之纯粹神秘主义以自掩饰者,闻史达林之言，亦可幡然知悔矣。史氏之言曰："西方广博之智识中，缺乏一种智慧。汝辈今由远东及近东传来之学说中，始乃获之。然东方深至之见解，须与西方缜密之思想，融为一体，乃克有济。否则汝辈对于东方智慧及神秘主义之热诚崇拜，只足证明汝辈缺欠智识训练之工夫耳。"按葛德(Goethe)曾云："欲得高尚之文化及修养，必须于一定之狭小范围内切实发愤用功。"亦可作此辈青年之警钟也。无为之说，少数上智之人用之，或能使其胸襟旷达，断除俗累。然今之世之醉心此说者，大都走入邪路，养成奇癖，如镜面着污痕，照物而无往不失真象也。

除上述之二义以外(一为注重内心精神生活，二为无为之说，即不动作)，其三则"返于自然"(Back to Nature)，亦今世欧洲青年之一部分与老子之《道德经》宗旨相同之处也。

今世之机械生活，足使人性堕落，下同禽兽。有感于此者颇多，遂各设法以避免操劳工作。盖物质之势力大张，人性为所牢缚，不能自脱，世运沉沦，至是乃臻其极。其反动之结果，则今世大群中之人，各自为谋，而合群团结力消灭无存。凡当文明存亡绝续之交，其时人之思想及态度，必分为二派，在今亦然。其一派则鼓吹进步之说，眼见今世种种烦恼危乱困苦，而仍谓科学发达，方法益趋完密，异日之光明可卜，而世运进化犹未止也。其又一派之人，则受卢梭之影响，感情均甚浪漫(参阅本志第十九期《白璧德之人文主义》篇)，提倡自然之生活，而奉老子为先觉之宗师。在昔十九世纪之人，尝信人世之文明及道德可有无穷之进步，今此派人则全不信之，而欲复返于上古淳朴时代之情状。例如青年运动(Jeunesse)所标榜之口号曰："欲重返而与自然谐合。"又如所谓谐合运动(Eurhythmics)主张人之创造力，须令其发达无碍，即在儿童亦然。总之，到处所见之诸多运动，皆欲归依自然之机运，而此正老子之说也。老子欲使人道与宇宙自然之道合而为一。老子对于礼教道德典章制度文明，皆持怀疑而攻诋之态度，此又老子与卢梭及托尔斯泰之所同，故三人皆大受今世青年之欢迎也。凡具此种心理者，视他派所谓进步，皆为世运沉沦之征。盖不以相爱相助之心，为自然之活动，而强守有组织之国家之公民道德。又不率本来之人性，行其所谓天真，而步趋以法律严密管理之近世生活。此种变迁，自若辈观之，只有可痛可悲，何进步之足云？老子生当中国春秋之时，亲见其时之人，于礼教道德，徒存空名，不务实行遵守，甚或利用假借，视为儿戏。其人之内心根本败坏，而精神日益消亡。老子沉思冥察，乃知惟一补救之法，在深思静观，务绝去彼毫无实在之繁文虚礼，而专听一己内心精神之告诫，即以人之神与宇宙之道合而为一是也。

老子谓非彻底改革不可，而以孔子之方法为未善。但事治标，不图治本。以若所为，何能愈病？故老子之言曰："大道废，有仁义。慧智出，有大伪。六亲不和有孝慈，国家昏乱有忠臣。"（《道德经》第十八章。）又曰："故失道而后德，失德而后仁，失仁而后义，失义而后礼。夫礼者忠信之薄而乱之首。"（《道德经》第三十八章。）又曰："绝圣弃利，盗贼无有。"（《道德经》第十九章。）此言刻酷，殊似卢梭。卢梭所做狄养（Dijon）学会悬奖征文，题为《问科学文艺之发达，使风俗淳美乎？抑衰敝乎？》者（参阅本志第十八期《圣伯甫评卢梭〈忏悔录〉》篇第四页），其持论与此实不谋而合也。托尔斯泰自其十五岁时，即熟读卢梭之著作。生平痛恨音乐，谓音乐能使人心醉，致失去其宁静之理性及与自然之谐合。托尔斯泰之宗旨，与老子及卢梭均近似，而大倡归依自然之说于近今之时。老子之言，有与托尔斯泰极相同者。如云："乐于饵，过客止。道之出口，淡乎其无味。视之不足见，听之不足闻，用之不足既。"(《道德经》第三十五章。)此其言亦深可玩味也。

距今七十年前,托尔斯泰即讥斥进步之信仰为"当时之异说邪教"。盖托尔斯泰,亦如老子,眼见其时之世界破裂分崩,不可挽救,只余毫无根据之诸多散碎事物,失却精神之一贯;遂谓凡人欲自拯拔,必当与一己之内心精神时相交接,而自救其灵魂曰:"人生之责任为自救其灵魂。欲自救其灵魂,必当立身行事,效法上帝。欲立身行事效法上帝,先须绝去寻常生活之种种快乐然后可。"老子亦曰:"是以圣人为腹不为目,故去彼取此。"(《道德经》第十二章。)其言若合符节也。是故老子与托尔斯泰,以及信从其说者,皆认定由分而合,由异而同之理。凡以思想所分析而成之诸多散碎事物,紊乱无纪者,由是返本还原,使复归于自然之精纯一致。惟此种"返于自然"之说,每流为泛神论。因之今世亦有泛神论之各派,互为号召。老子视道为合于宇宙,道乃先天帝而生,附于万物,无所不在。其立说适与孔子相反。老子曰:"道之为物,惟恍惟惚。惚兮恍兮,其中有象。恍兮惚兮,其中有物,窈兮冥兮,其中有精。其精甚真,其中有信。"(《道德经》第二十一章。)此亦当注意也。

此种"返于自然"之说,其中固含有宗教之感情,而无实质。然如潘韦慈(Rudolf Pannwitz)等,则赞扬此说为集世界各种宗教之大成(Summa religionum mundi),欲奉为今日全世界之宗教,以确立根据,而救今时相对观念盛行、人心悲观失望之苦。潘氏之言曰:"卓哉老子之思想也!当今之时,吾欧洲之凡百礼教旧说,悉遭破坏。吾欧洲之人,譬如航海覆舟,舟中人众漂浮至岸。其地荒凉,绝无人迹。四顾愁惨,无以为生。乃当此际,忽得援救。人类前此创造留遗之宝藏,陆离璀璨,聚于一窟,今乃为吾人所寻获,有如特罗古城(参阅本志第十三期《希腊文学史》),静待发掘。于是吾人未来之眼界大为开拓。渺无涯际矣。”又曰：“尼采之书，可用为未来之宗教，至为完善，有识者当能见之。古东方老子之所倡者，乃全宇宙之宗教。尼采与老子殊相近似也。”〔见潘韦慈所撰《世界宗教论》（Weltreligion），载《精神文明与国民教育》杂志（*Geisteskultur und Volksbildung*）一九二一年七月八月号第一五五至一五六页。〕

此言诚过矣。潘韦慈氏心志虚浮，精神激躁，全不察历史之实迹，遂致见解谬误。其批评今世，实属过刻，以为全无是处，而不知处今放纵之世，持论行事，尤宜合度而有节制也。吾意凡信从老子之精深奇美之神秘主义而奉行之者，首当记省老子教人之言：“其出弥远，其知弥少。”（《道德经》第四十七章。）获益必不浅也。

夫欧洲之青年，醉心于东方之学说而大受其感化，此事实之昭昭不可掩者也。然而此种远寻旁骛，无非吾西方文明衰败、精神危乱之结果；故须返而求之于我，自知西方昔来之精神何在，而后东方之刺激教导，方为有价值也，而后方能免去青年思想浮浅之病，使毋假借东方古圣之说，以自掩其思想之幼稚矛盾也。（此段云云，我中国人之吸取西方文化者，亦可反用之以作指针。）历来各种文化，衰败之余，奄奄待毙，千钧一发，正望起死回生。何以适当此时，思想乃益趋矛盾，强词夺理，颠倒黑白之说，流行广被，势力日盛？（今日欧洲即如此，今日中国亦如此。）此问题关系重大，应细为研究。彼老子所生之时势即是如此，而老子亦喜用深奥两歧之言，既易发人深省，亦易使人误解。“正言若反”（《道德经》第七十八章），殆老子自道其立言之秘诀。然其说在当时及后世之流弊，乃从此生矣。〔按正言若反（Paradox），苏格拉底亦喜用之。然苏氏之用此，以破敌人之诡辩，犹孟子对齐宣王言好货好色不足为病也。耶稣亦常用此法以避人之攻击陷害。至其正式训教之时,则皆用正言。孔子常用正言,盖深知反言之害者,非不能为之也。庄子之流,几于全用反言。后世如晋贤之倡为清谈,歆慕庄老,多用反言。故可断曰:清谈不至亡国,反言必可亡国。降至今日,西洋如萧伯纳(Bernard Shaw)之流,专以反言媚世取名,卑不足道。而吾国吴稚晖等之反言,更下之尤下者矣。此事当俟另为文详论之。]

确切言之,今日欧洲崇拜东方之人,虽皆倾心于老子,然孔子立说之价值及其势力,并未十分减损。著书立说者,若其目的不尽在解决今世理智之问题,而欲本于常识实证,重新造成平正通实之伦理观念,以为国民立身行事之规范,则其书必常引孔子之言。(按美国白璧德先生即属此类。)由此派作者观之,老子之神秘主义,理想虽深,不合实用。而老子之无政府主义,尤与人生实况相背戾,直可谓之毫无意识也。即在欧洲大战以前,恪守规矩之孔教徒辜鸿铭氏,其著作在德国已有深钜之影响。而潘韦慈氏(Pannwitz)著《欧洲文化之危机》(*The Crisis in European Culture*)一书,虽注重理论之问题,亦始终承认孔子所定之社会组织之原理,实甚安全切实而又开明。虽系为其时之中国说法,今人仍可遵照而仿行之也。又苟廷根(Göttingen)大学讷尔逊氏(Nelson)及其徒众,从事于政治思想者,竟搜辑辜鸿铭氏之论文,译成德文,而刊布之。辜氏文中大旨,正如二百年前之人之所为(详下),力劝欧洲人实行孔子之教,正名务本,藉可取得确实详明之世界观,而后政治上之纷争扰攘,或可免也。

请更简括言之,今日欧洲人研究东方圣贤之学说者,约可分为二派:其一为无理性的,崇奉老子。其二为有理性的,崇奉孔子。按照现今智识思想之趋势,则前一派崇奉老子者,较为著名,后派知者较少，亦自然之理，无足深怪者也。今世青年之无理性的态度，与十八世纪哲学思想中之所谓开明运动（Enlightenment，一译启蒙运动）者，互有同异，颇可比较，当于后文略论之。

吾书之内容，将约略叙述十八世纪中，东方与西方之关系，尤注重其智识互换沟通之情形，以其为物质及形式之交通之根本也。次则叙次其变化之步骤，以见文化之交易，亦本于供给需求之原理。我有所缺，则始取之于彼，以资弥补。所缺之物既随时改变，所取者自亦刻刻不同也。

今日欧洲人之留心东方事者，颇不为少。此书之作，未始无益。惟其范围甚大，论述决不能详尽，即作者所搜集之材料，亦未全行收入，仅选其精要，简括叙述，以为研究中国与欧洲文化交通史者入门之助而已。

——本文原载于1926年6月出版之《学衡》杂志第54期，作者为德国雷赫完（A. Reichwein），译者为吴宓，编者识语及注释亦为译者作。

雷赫完撰《中国欧洲文化交通史略》

按德人雷赫完氏所著《十八世纪中国与欧洲文化交通史略》(*China and Europe: Intellectual and Artistic Contacts in the Eighteenth Century*)一书,其绪论(Introduction)已经译出,题曰《孔子老子学说对于德国青年之影响》,登载本志第五十四期。兹更就书中各章,摘取其重要之事实,及有特别关系之处,撮述如下,并略为引申评断之云。编者识。

目次

绪论

第一章:十八世纪以前中国欧洲交通史略

第二章:罗柯柯时代

第三章:开明时代

第四章:重农学派

第五章:感情主义

第六章:葛德

第七章:结论

第一章　十八世纪以前中国欧洲交通史略

始译中国经书为西文者,为耶稣教会教士(the Jesuits)。一六六二年，耶稣会教士郭纳爵（Ignatius da Costa，1599—1666）所译《大学》及《论语》最前五篇为拉丁文，题曰 Sapientia Sinica 者，经耶稣会教士殷铎泽（Prospero Intorcetta，1628—1696）在建昌为之刊行，并附木刻图画。殷铎泽又自译《中庸》（*Chum Yum*）为拉丁文，并附孔子传，题曰 Sinarum scientia politico-moralis。一六六九年，初刊于广东；一六七三年，再刊于巴黎。又译为法文，同时刊行。出版后，耶稣会教士柏应理（Philippe Couplet，1623—1693）归游欧洲，到处为之宣传。于是一六八七年，以上三书之拉丁文译本，始在巴黎汇为一编出版。列名编撰者，为殷铎泽、恩理格（Christian Herdtrich）、鲁日满（François de Rougemont）、柏应理等。所谓《西文四书直解》是也。该书拉丁文题名，称孔子为“道德及政治哲学最为渊博之硕学圣灵”。盖自是时以迄十八世纪之末，欧人常以（1）中国、（2）孔子、（3）政治道德，三者并为一谈。一六九九年前后，耶稣会教士李明（Louis Le Comte，一七二九年殁于中国，生年未详），以法文著《中国现状新论》（*Nouveaux Mémoires sur l'état présent de la Chine*）刊于巴黎。其书中论暹罗人曰：“在印度人中（当时称东亚之人胥曰印度人），惟暹罗人之灵魂与其身体相称。而暹罗人之形貌，亦为我法国人所最熟知者。彼暹罗人谓天赋才能，各有所特异。故法兰西人勇敢而长于战术，荷兰人机敏而长于营商，英吉利人长于航海，中国人长于治国行政，而暹罗人则长于学问智慧云云。”（中略）是时耶稣会教士盛称中国之善，谓为欧洲人所不及。而商人则恨之，谓教士言多无据；彼中国政府之坚执不肯通商，未始非教士诬毁欧人之言论有以致之云云。总之，在一七六〇年以前，欧人皆信耶稣会教士之说，尊视中国。而一七六〇年以后，则欧洲各国重商务，以经济政策为归宿，多利害得失之计较，而不言是非。故其嫉恶诋毁中国乃日甚焉，此前后两期大势之不同也。

> 按最初之印象，常能得其大体而较为正确。久居熟习，则所知虽多，而材料糅杂，头绪纷繁，不易辨识矣。此理如诚可信，则欧人来中国之始，即谓孔子为中国最大之人物，足以代表中国。而孔子之所教，中国人之所长，胥在政治道德。此种议论，适可为吾侪之观察信仰添一旁证矣。

第二章　罗柯柯时代

一七六〇年以后，约百年之间，为欧洲美术上之罗柯柯(Rococo)时代。注重装饰点缀之美，常用奇幻飘逸之曲线及椭圆形细致之花纹，兼喜以花草为饰。而是时法国文物昌盛，生活优美，宗教理想趋于乐观。此中国磁器漆器等之所以见重于欧洲，亦时势为之也。

一七〇九年，德国人Böttger始在Dresden地方仿造中国磁器。一七一〇年，移至Meissen地方，建大厂工作，是为欧洲人仿造中国磁器之始。该厂所造磁器，销售遍于欧洲。故磁器之制造，实为普鲁士王最大之富源。七年战争时，弗烈得力大王战败，禀上其母，有曰："儿今之贫，乃同乞丐。仅此微物(磁器)为吾资产。今来万事俱空，所存者惟荣名宝剑及磁器而已。"亦趣史也。

欧洲人仿造中国漆器，实始于十七世纪之末。至一七三〇年，而法国所造之漆器，已足与中国、日本漆器并美矣。

中国之肩舆，亦以十七世纪之初年传入欧洲。其得以见重于彼土者，以法国路易十四在位，行君主专制，文物典章灿然俱备。时方大修朝仪，而中国肩舆之顶围，其质料及颜色等，均有定制，可别官爵职位之尊卑，等级秩然，故乐得仿用之也。一六四四年，巴黎人士以肩舆为最新之时尚，见于纪载。毛里哀(Molière)剧中亦屡言之。维也纳官厅以“病人仆隶及犹太人不得乘轿”著为法令，直至一八六一年，此项法令犹有见于德国者，然欧人久已不用肩舆矣。肩舆之盛行于欧洲，约历百年。近世欧洲之轿式马车，即由肩舆蜕化而出，闻始创其制者为日本人云。

中国丝绸之输入于欧洲，大盛于十七世纪中。当十七世纪之后半，法国人已能仿造之。该世纪之末，禁止输入中国丝绸之文告，层见叠出。然私运者众，俨同具文。政府且藉此收税，明禁实奖。法国制绸之地，以里昂为中心。其染织之技术，亦由中国学得，非仅模仿中国之花样而已。又绣货及糊墙之花纸，亦于十七世纪中，由中国传入欧洲云。

法国十八世纪初年之大画家华士(Jean Antoine Watteau，1684—1721)，颇受中国画之影响。其山水背景，酷类宋人。顾华士画中之中国事物，多由意想造作，非必传摹中国之实况。当时之所取于中国美术者，以其疏散自然，可矫路易十四时代过崇规律而务整齐之病。于图画如此，于建筑亦然。十七世纪之末，在法国虽有称道中国建筑之工妙悦目者，然均以缺乏整齐匀正之配置为病。至十八世纪之初，乃一变而极力赞美中国建筑，谓其变化多端，奇幻莫测，富丽为我法人之所不及。于是当时欧洲诸国，多仿中国式而造园亭池馆及宝塔等。与同时(十八世纪中叶)法国耶稣会教士，在北京为清帝筑造之圆明园，遥相辉映。盖二者皆参合中西建筑而成，惟进行之方向及注重之分量，适相反背耳。是时欧洲所取于中国之建筑，多能用之得宜，融化无迹。惟彼专以中国事物为装点及古董品者，乃故为奇异，眩人耳目，遂致所作不近人情。在中国决无此事(如筑屋树巅，祀神屋顶，团坐门前吸烟饮茶等事)，笑话百出。以上二事，实不相关，要不当相混也。房屋建筑而外，即屋内之装饰，亦效中国式。窗棂栏杆，均取中国之制。又力避方隅锐角，而改用圆角。不但屋角门棱，即箱橱等亦均用圆角，足见中国建筑装饰在当时欧洲影响之大云。

十八世纪中，中国之风俗杂艺之传入欧洲者，则有(一)影戏，当时谓之ombres chinoises。(二)酒肆茶馆，巴黎即有三数处。当垆女子，着中国衣服，而更雇一真正之中国人，为司阍及招待。(三)浴所。(四)孔雀及金鱼之饲养。(五)中国衣冠之跳舞。(六)中国戏剧。一六九二年，巴黎之意大利班，在御前演唱Regnard及Dufresny合编之《中国人》一剧(*Les Chinois*)。其中丑角为一中国医生，是为演唱中国戏剧之始，此后则多不胜纪。北京之皇宫，中国之公主，均在剧中出现，奇趣横生。而中国戏剧之输入，对于乐剧(opéra)之发达，尤有极大之影响云。(七)中国小说，继孟德斯鸠(Montesquieu)之《波斯人之书札》(*Lettres persanes*，编者按，此书已经译成中文，名曰《鱼雁抉微》，载《东方杂志》第十二卷九号至十三卷。译者为林纾及王庆骥)而起者，不一而足。有阿然侯爵(Marquis d'Argens)所撰之《中国人之书札》(*Lettres chinoises*)；有福禄特尔托名僧人所撰之《中国人印度人鞑靼人之书札》(原名直译故从略)；又有托为中国皇帝遣驻欧洲密探所作之奏报，由中文译出者；又有托为中国皇帝派来欧洲之使臣Phihihu氏之传述；等等。凡此或登报章，或刊专书，名为通信，其实论文杂编及读书笔记之类，以自著其思想闻见而攻诋他人者也。(八)中国木器，其传入法国，在十七世纪之初年。至十七世纪之下半，法国人已仿造之。因之欧洲所制之木器，其形式花样亦多仿效中国。总之，欧洲当Rococo时代，其人之心理，大都喜柔和工致，自由疏散。中国种种适投其所好，故能盛行若此也。

第三章　开明时代

由罗柯柯时代而进于开明时代(the Enlightenment),欧洲人之精神思想嗜好,为之一变。昔则注重社会交际,今则注重学理研究。昔则欣赏乎飘荡之诗情,今则从事于严密之思想。昔以美术为归宿,今以数理为方法。昔务潇洒自乐,以风雅相高,而与尘世隔绝;今则倡言救世济民,悉力讲求修身行政之方术,以及经济农工之实务。昔重幻想,故以秘奥为高;今行推理,乃以明显相尚。昔为清言,但求隽妙;今务政治道德,故以立说纯正精确,能裨益实际之人生为贵。昔惟藻饰升平,今则亟图维新改革。此乃罗柯柯时代(十七世纪后半及十八世纪初年)与开明时代(十八世纪中叶)前后两期截然不同之处。惟其如是,故罗柯柯时代之欧洲人,爱好中国之磁器、漆器、丝绸等,而隐得老子之精神。开明时代之欧洲人,探究中国之政治道德学说,而力崇孔子之教化。十八世纪之欧洲人,常以孔子与穆罕默德、苏鲁阿士达(Zoroastre)相提并论。欧人知穆罕默德较早,若苏鲁阿士达,则自一七七一年Anquetil-Duperron译《阿威士陀经》(*Zend-Avesta*)为法文后,始见知于欧人。故自一七〇〇年至一七六〇年之间,孔子实为欧人所专重。前此欧人几不知有孔子(福禄特尔语)。而自一七〇〇年以还,则欧人更无迟疑,皆尊重此文明之古国(指中国)。谓其宗教及智慧悉卓然特异〔此乃一七六九年Clerc所撰《中国史大禹传》(法文)中语〕,应者群起。而一七六〇年,福禄特尔撰*Essai sur les mœurs*一书,欧人之盛称中国,致其钦羡,于斯实已登峰造极矣。

始知中国文明之重要,而力主融汇采取者,实为德国大哲学家莱布尼慈氏（Leibniz，1646—1716，参阅本志第二十二期《坦白少年》篇第一第二页）。莱布尼慈“灵子”（Monads）之说，与老子孔子及中国佛家之观念，多相符合。而其所谓前定之和谐（Pre-established Harmony），即中国圣贤所谓宇宙之道。宇宙原为一体，秩然有序，逐渐推衍进化，故莱布尼慈亦遂为极端之乐观派也。莱布尼慈以为凡百宗教之精义，厥为改善世人之实际之生活，以知识为体，以教育政治为用。人能知道，则进于德。人能行德，则获至乐。凡此所见，均与孔子契合，而能代表欧洲开明时代之思想者也。

莱布尼慈自其少时即留心中国事，当时欧洲新出之书籍，论述中国者，若 Athanasius Kircher 之 *China monumentis qua sacris qua profanis illustrata*（1636）等书，无不首先阅读。又与曾居中国之耶稣会教士，如Grimaldi（意大利人）等结识，时与书函往还，询问一切，故所知中国之事不少。莱布尼慈遂于一六九七年撰成《中国最近情况》（*Novissima Sinica*）一书刊行。于其序（Praefatio）中，谓中国与欧洲之两大文明，远相隔绝，而今则汇合，互为裨益。此乃上帝之意旨，而上帝并欲介在其间之国家（即俄罗斯）亦并加入此文明之团体。又可知也，吾西方之理论及思辨之学（数学、天文学、伦理学、形而上学），确为东方之所不及，然中国之实用哲学及政治道德，则决其必在欧洲之上也。孔子之礼教，对于中国人之公私道德生活，有如斯之大效，实可惊服。“彼国下之事上，奉命惟谨。幼之于老，致其尊崇。子女之于父母，尽其孝思。甚至不敬之词，亵慢之语，亦所未闻。以言语诋侮长上，在彼国为罪之重。殆如吾欧洲人之手刃其父也。”中国人于道德造诣如此，苟非天帝宠锡之力，何由致之？吾欧洲人之理论思辨之学，已有专长，而于实际生活，则当效法中国之人，获益且无限矣。莱布尼慈续曰："今日吾欧洲人之道德，败坏至于斯极，业已无可讳言。故吾意应速聘中国教士来欧洲，讲授自然神学之目的及实行方法，正如欧洲教士远赴中国，以传宣上帝启示之神学也者。（前者指儒教，后者指耶教。）盖吾深信，如有贤圣之人出而为裁判，不论其女神之美，而但实察其人民之道德，则必以中国为第一，可无疑也。惟吾欧洲有耶教，乃天所赐，非复凡品，以此转赠中国人，或可见吾之盛惠耳。"（末句乃应酬敷衍之语。）

然莱布尼慈素重实行，尝谓学问信仰，必须见之行事。故其著《中国最近情况》一书，欲使天主旧教及耶稣新教各国，联为一体，以企图输入东方之文明也。又力谋建立柏林科学会，以"与中国交通，而使中国与欧洲互换其文明"。且拟于莫斯科亦建科学会，藉彼得大帝之力，使俄国成为东西文明交通之孔道焉。惟莱布尼慈与其徒游说国君，颇少成就。其后会既成立，目的亦未尽达。然据莱布尼慈所上普鲁士王书中，铺叙柏林科学会之功绩，谓"中国最古之易卦，传之二千余年无人能晓者，今本会已能洞明其中所含之数理。"（指莱布尼慈所著 *De Arte Combinatoria* 一书，一六六六年出版。）由此术推之，则可解释无中生有、一切创造之原故。一六九七年，莱布尼慈致某公爵（Duke Rudolf August of Wolfenbüttel）书曰："耶教教理，谓上帝由无有而创生万物。此其故，学者多不寻求解释，而吾今以中国之数理说明之，则一切了然，毫无窒碍疑难。于自然及学术中，更求深奥义法如此者，不可得矣。"莱布尼慈之算术，乃由中国之易卦推演得之，颇自矜许。一六九七年，致耶稣会教士 Verjus 书曰："用此哲学之算术，则虽远在东方而语言文字隔绝之中国人，亦可使其明晓自然宗教之要义。以算术中之符号可离文字而独立也。"是年又与公爵书曰："彼〔耶稣会教士 Grimaldi（南怀仁之弟子，时在中国）〕谓中国皇帝（康熙）深喜算术，曾由其师南怀仁学得西洋算法，今以吾之算术授之，或可使彼国皇帝亦信从耶教也。”

莱布尼慈之高足弟子二人，一曰佛兰克（A. H. Francke），一曰武鲁夫（Christian Wolff）。佛兰克因莱布尼慈之教，遂于一七〇七年，在Halle地方，创立东方神学院（Collegii Orientalis theologici），专以养成赴东方传教之教士。院中以汉文（sinic）列入课程表中。武鲁夫任Halle大学教授，一七二一年七月十二日，演讲中国之实用哲学（De Sinarum Philosophia Practica）。大意谓中国古圣贤道德之说，本乎人性，而与耶教教理，实异途同归，并不冲突。有曰："今姑不论人之行为何所根据，或为上帝启示之真理，或为自然之现象。总之，人之行为必常合乎道德，此孔教与耶教之所同也。"人心之所同然，乃道德之惟一准绳。中国古来之道德学说，皆不悖生人之本性，故决其无误而可信也云云。顾此等言论，在当时耶教中人已视为异端邪说，于是有以倡无神之说告讦武鲁夫者，普鲁士王乃下诏逐武鲁夫于国外。然而持此论者，实不止武鲁夫一人。当时之耶稣会士，皆谓孔教徒与耶教徒共尊一神，道德观念，东西不异，毋须排斥。于是巴黎大学遂成为此种新说之中心点，论辩蜂起。其时赴该大学留学者，多感叹于正教之式微，异说之朋兴。所谓异说，即兼指孔教而言也。武鲁夫既信善恶均由人性，则国家政府应于学校中施行道德教育。而施行最完善者，莫如中国古时。中国教育分为大学（Schola adultorum）及小学（Schola parvulorum）二级。小学所教者，八岁至十五岁之儿童。其理性尚未发达，故宜施以感官之教育，而以良心之威临之。大学则主启发理性，养成自治之能力及道德之行为。大学乃选国之秀士入之，而使之治己治人，以进而治国治世。凡此均当为欧洲学校之所取法。又中国之教育最有统系，专主启发理性，以向于至善真乐之鹄的。此亦欧洲之所宜取则者也。一七一一年，耶稣会士比利时人卫方济（François Noël）刊行《中国六经》之拉丁文译本（*6 libri classici sinensis*）于Prague地方。六经者，《大学》《中庸》《论语》《孟子》《孝经》及《三字经》[①]也。六经译本，武鲁夫虽曾读之，然其立说大旨，早定于此书刊行以前。其时又有Bülfinger of Tübingen者，以拉丁文著《古中国古代教育政治示范》（名长不录）一书，亦以道德政治合一，贤者在位，为中国之特征，而为欧洲之所不及云。

福禄特尔（参阅本志第十八期、第二十二期、二十五期、二十八期、三十四期福禄特尔小说各篇）亦为崇拜中国之一人，藉颂扬中国，以攻击其国之君主政治及天主教会。先是福禄之得知中国文明，实由于耶稣会士之所启迪。其后乃用其知识以与耶稣会为敌，此则为耶稣会之所不及料者也。其时之耶稣会士并非固执，如上述之卫方济等，于其著述中，已一再申言，欧洲人当实行效法中国人之道德，不仅托之空言而已。中国经书中之道理，乃人类理性之所寄，乃自然法律（Jus naturae）之表现，而中国之政治尤为完美。盖是时之耶稣会士，一方称道中国之开明专制，以减缩法王之威权；一方又于无意之中，奖励重农学派（Physiocrats，详见下章）之运动，而拥护旧传之政体。故即在政治学，中国亦为辩争之根据也。总之，当时欧洲人之心理，多奉中国为模范国家，谓中国之人皆具道德。故如福禄特尔，即谓："道德学为学问中之首要者，而中国人讲求之最精。"又自称其所编译之《中国之孤儿》一剧（见下）为"孔子之道德学说，表演于五幕中者"。福禄特尔又曰："欧洲之君主王侯及商人，所求得于东方者，无非货财。而贤人学士之视东方，则为道德之新世界也。"又曰："吾尝细读孔子之书，

① 《三字经》，原文作*Siao Hio*，或译为《小学》为宜。

并手自撮钞。吾观孔子所言不出纯粹道德。孔子但说品德，而不谈鬼神灵异。孔子书中，从无荒唐奇怪之寓言。”（凡此均反讥耶教之语。）又述其所识某学者，室中惟悬孔子像，并为题赞，谓孔子专以理性为本，故所言无不可信。彼不自称先知（一曰预言家），而人莫不以圣贤尊之云。（原注：福禄特尔论孔子及中国之语，多见其所著 *Essai sur les moeurs*，及 *Dictionnaire Philosophique*，及 *Papiers de Jean Nesliers*，及 *Du bannissement des Jésuites* 诸书，可检寻也。）

福禄特尔所最歆羡中国之处，则以中国圣贤之教化，能普及于为治之阶级，而国家由之治理得宜也。故其言曰：“吾人即不盲从膜拜，至少亦当知中华帝国为全世界古今治理最善之国家，且以父权宗法为治本者。”福禄特尔深信中国之官吏士人，皆文雅而博学，谓孔子实足崇敬。又谓中国之普通人民亦当与欧洲无异，而中国之政府国家，能以匀整细密之系统，和合各种之人为一体，使之同被雅化而乐居相亲，则殊可惊羡者也。福禄特尔以有神论（Theism）为学者所当奉之宗教，而“世界各国中，以有神论尊为国教者，惟中国而已”。又曰：“吾亦知，彼中国之大多数平民，其卑鄙蛮横，亦与吾欧洲之人无异，常相争攘，具各种锢蔽之谬见，又溺于符咒星相等迷信，亦皆与吾人同也。”又谓中国人遇重病始请医诊治，小病则待其自愈，亦与欧人无殊。又藉中国以痛斥欧洲各国人之好分党派，斗争不休，谓中国人只奉一神，足见其明理而多智，而吾欧洲人则宗教之派别繁多，不能细数。“而最不可解者，则一方痛斥倡无神论者，谓世中必无无神之国，而一方又强指世界中治理最善之中华帝国为无神之国。何其言之自相矛盾至于此极？”意者，吾欧洲之气候风土特别，异乎亚洲，因之吾人好为门户之争，而中国人则不屑耳。彼中国人从未派遣教士来欧宣传，而吾欧洲人则以己之见解主张，与货物视同一例，世界到处，运输贩卖，强人以必收。何其度量相越如是之甚乎？"吾欧洲之君主王公，得闻中国之情形，除歆羡羞惭以外，尚有何说？然当勉力追步，实心效法而已。"

福禄特尔指责卜苏爱（Bossuet，见本志第二十三期插画）之《世界史论》（*Discours sur l'histoire universelle*，一六八一年出版）中，未有一字言及东方，实为不当。谓"学者欲通知世界之往事，则首应着眼于东方。盖东方为一切学术文艺之发源地，而西方之所由取资者也"。故福禄特尔撰《历代风俗史》（*Essai sur les mœurs*，一七五八年出版）专以一章论中国云。

前此欧人之所取于中国之戏曲，悉为娱乐。而福禄特尔之编著《中国之孤儿》（*L' Orphelin de la Chine*）一剧，则为提倡道德。福禄特尔自言其所编者虽与Metastasio之剧同名，然情节内容绝异。福禄特尔所据之蓝本，为Prémare所译之《赵氏孤儿》（*L' Orphelin du Chao*）一剧。谓"此剧所关至重，欲知中国人之心理，则读此剧本，胜于读其他千百之书多矣"。而福禄特尔之改编此剧，乃使法人知中国人道德之高，而毋为耶稣会教士之所惑也。

先是卢梭著论，谓学术文艺发达，足使道德风俗败坏。（参阅本志第十八期《圣伯甫评卢梭〈忏悔录〉》篇第四页。）福禄特尔欲反对其说，故于《中国之孤儿》剧中，使文明之汉人战胜野蛮之成吉思汗之军。且于初版时，插入致卢梭书明言之。卢梭答辩有云："吾人读昔贤之书，应下评判工夫，岂可盲目受教？（中略）《中国之孤儿》一剧，演之曾受欢迎。故多愚夫俗子，亦交口称赞，不自知其浅陋可笑。实则此等人并原剧之缺点亦不识，安望其称誉得当哉？"似卢梭已明解福禄特尔之矢为对己而发者矣。

福禄特尔以孟德斯鸠《法意》(*Esprit des lois*)书中论述东方各国多未允当,乃作《历代风俗史》(名见上)以著其崇拜中国之意。书出,颇为时论所斥,谓今人称美中国太过。顾狄德罗(见本志第二十四期插画)编著《百科全书》(*Dictionnaire encyclopédique*)则仍为赞美之词,谓:"中国立国之久远,其学术智慧之精,政治之修明,哲理之造诣,均远非亚洲各国所可及,或谓且可进而与欧洲最文明之国家抗衡焉。"海威修斯(Helvétius,1715—1771)于所著《心性论》(*De l'esprit*)中所言亦同。而巴乌氏Poivre于其《哲学家之游记》(*Travels of a Philosopher*)中,至谓"使世界各国均采用中国之法制,则世界各国之富强安乐亦如今之中国。趣往北京,瞻仰中国皇帝之仪表,当知其为天人也",盖是时法国之人,多有以与中国之高尚精神接触为救国之惟一方针者,不足异也。

然在当时,不附和此种崇拜中国之狂潮,而为冷静之判断或讥斥者,亦不乏人。如普鲁士王弗烈得力大王(Frederick the Great)及卢梭等是也。弗烈得力大王于一七七〇年至一七七六年之间,致函福禄特尔,屡道及中国,谓中国乾隆皇帝行幸盛京之御制诗,彼曾见之。又得见乾隆之书翰,皆平平无奇。此等劣诗,在北京或有人献媚颂扬,在欧洲则绝无人称赏。中国之诗,佳者不过如此,则学习中国文字,欲进而研究中国学问者,其事殊不值矣。又谓昨与近臣某(Pauw)谈,某深叹今人足迹未到中国,辄喜妄谈中国事。如福禄特尔先生,坚执己说,反谓久居中国之耶稣会士所言为不可信,此大可不必也。若朕则实无暇研究中国之问题。欧洲之戎机政事外交,一日万几,已足使朕疲于应付矣云云。又云:"朕顷告近臣某(Pauw)曰,福禄特尔先生之竭力赞美中国,亦犹昔日罗马大史家塔克多(Tacitus,55—117 A. D.)称道吾国祖先日耳曼蛮族之用心耳。夫日耳曼蛮族何足取?而塔克多必谓其人正直勇敢，刚健质朴（见所著 *Germania* 一书，叙日耳曼族之风俗习惯等），罗马人应极力效法，特藉此以立言而已。今福禄特尔先生，亦逢人便说中国人道德之高。又美中国人注重农事，其法律整齐划一，通行全国。盖福禄特尔先生之意若曰，吾法国人如能效法中国人，则良田千里，刈获累累，可立辟也。刑赏平等，不徇威势，可立致也。凡此赞美中国之词，无非勖其国人勤勉奋发而已。"此可谓一语道着矣。

卢梭之言，则较弗烈得力大王更为明显。卢梭曰："吾所持之论，证据即在眼前。何须求之远古？试观彼中国，为亚洲大国。其国人素重学术，以学术而致通显。夫使学术果能改善风俗，果能鼓舞人民之勇气，毅然为国家捐躯效死，则中国之人宜若皆贤良自由而可无敌于天下矣。而按之实际，中国之人，罪无不犯，恶无不作，则又何说？以中国执政者之多才，法制之完善，与其人民之众多，而乃衰弱不能自存，竟为愚蠢之蛮族（指蒙古及满洲人）所征服。其国虽多圣贤，何所裨补哉？"〔卢梭此论，见其所著 *Discourse on Arts and Sciences* etc.（1750）〕

孟德斯鸠（Montesquieu）与卢梭，皆欲藉中国为其学说之例证。先有成见，故不如福禄特尔之能见其大也。孟德斯鸠谓立国之治制有三，而各有其根本之精神。一曰公治，本于道德。二曰君主，本于荣宠。三曰专制，本于恐怖。然中国行开明专制，"其所以为精神者，实兼道德、荣宠、恐怖三者而并用之"。此显与孟氏之说抵触，故孟氏遂痛斥中国。（参阅严复译孟德斯鸠《法意》卷八第二十一章〇此书商务印书馆发行。）夫孟德斯鸠所知中国之事，悉闻之于彼土归来之商人。然此辈商人，大都不谙中国文化。其在彼所遇者，无非中国之商贾。商人以营利为业，且处对敌之势，其言中国商贾好行欺诈，亦不足怪。而孟氏乃断曰："又使叩支那之俗，于吾国之商于彼土者，将其所言，于支那人之道德，未见如传教者之倾倒也。”又曰：“彼景教宣福之徒，游于东土而归也，莫不曰，美哉支那之治制也。其所以为精神者，实兼道德、荣宠、恐怖三者而并用之，而实则其民之奉令守法，皆出于怀刑畏威而后为之。虑一不当，则鞭笞随其后。则吾不知其民所谓荣宠者，为何等观念也？”（今兹引用《法意》之文，悉录严译。）孟氏此论，福禄特尔于所著《历代风俗史》中驳之曰：“孟德斯鸠强欲谓欧洲峨特等蛮族酋长所建立之国家（指法德等国）为本于荣宠，而不以此许中国。诚吾所不解也。”孟德斯鸠又谓东方之人甘于驯伏而不作乱，此实由于其气候之温和，中国“为政之祈向曰，惟吾国安且治而已”，其立法“有正鹄焉，曰四封宁谧，民物相安而已”，此其国立法之根本原理也。然中国历代开创之君及其古代之圣人，立法实亦甚善，务使民勤力苦作。“盖彼知息土之民好逸，故极意使之为勤，以救其弊耳。”又凡实业发达之国家，其法制刑律必宽和而舒缓。中国南部亦有实业，与荷兰同，故虽国土广阔，气候适宜，人民天性易趋怠惰，驯伏于积威之下，而中国之法制亦甚可称也。

孟德斯鸠又论中国之特别之治术曰，中国政家所为，乃“合宗教、法典、仪文、习俗四者于一炉而冶之。凡此皆民之行谊也，皆民之道德也。总是四者之科条，而一言以括之曰礼；使上下由礼而无违，斯政府之治定，斯政府之功成矣。举民生所日用常行，一切不外于是道；使为上者能得此于其民，斯支那之治为极盛”。今夫中国以礼为治之成功若此，当时欧洲之论者方歆羡称道之不暇。而孟德斯鸠独短之曰：“由此而人伦至不幸之事生焉。盖基督之景教，欲其行于支那，坐是之故，殆无望也。故使景教风行，将支那之法典宗教，扫地而尽，不仅其礼其俗，为不足存也。”孟氏对于基督之教，热心至于此极。是亦不可以已乎！

格里木(Friedrich Melchior von Grimm,1723—1807,德国人而久居法国,以法文著作)虽为著名文人,其论中国之事,与卢梭、孟德斯鸠同一不足为据。格里木于一七七六年之言曰(见其所著*Correspondance Littéraire*):“中华帝国,今世人已莫不注意及之,且有作专门研究者。始则由往彼土传教者,归来盛道中国之种种情形,几于天花乱坠。相距辽远,无由证明其非是。继则学者踵起,援引中国材料,藉为攻击本国各种弊端之具。于是不几何时,而中国遂成为智慧道德及纯正宗教之渊薮。谓中国之政府,组织完善,历时最久。谓中国之道德,高尚优美,古今无比。谓中国法律、政治、美术、实业等等,皆足为全世界各国之模范。”推崇中国至于如此,不亦违真而失当乎?“而能指明此类传闻见解之错误而纠正之者,吾意当以安孙提督(Baron George Anson,1697—1762,英国海军提督,尝以寥寥数舟,大挫西班牙海军于菲律宾附近。盖尝亲至吾国闽粤之南境云)为始。”故中国者实“君主专制凶毒最甚之国”。而所谓中国之道德礼教,亦仅适于“一群畏慑驯伏之奴隶”之用者耳。

费尼朗(Fénelon,1651—1715)之对于中国,严加贬斥,盖远在孟德斯鸠以前。(费尼朗殁于一七一五年。孟德斯鸠《法意》一书一七四九年始出版。)费尼朗对于政治绝望以后〔费尼朗尝为皇太孙(路易十四之孙Duc de Bourgogne)师傅,悉心教导,以他日宰辅自期。不幸一七一二年皇太孙病死,费尼朗不复能展其怀抱,见之行事,故而绝望〕,晚年深抱悲观,蒿目世事,乃益笃志古学,沉溺于希腊之文章哲理以自遣。时当十八世纪之初年,世人崇拜中国者日多,古希腊反为中国所掩。费尼朗欲提倡保存希腊学,故贬斥中国。其所撰《死人会谈录》(*Dialogues des Morts*)中有一长篇,题曰《论世人所诩为中国之优点》(Sur la prééminence tant vantée des Chinois),设为苏格拉底与孔子问答之词。略谓苏格拉底初见孔子,即语孔子曰:人多称君(孔子)为中国之苏格拉底,实属大误特误。吾与君大不相同,何可相提并论?吾意天下之人决不能使其皆明哲理,吾既不以教导天下之人自期,故亦从未著书立说以示世;仅以耳提面命之口说,求得二三入室弟子,以传吾道于后日而已。且吾不特不敢著书,尚自悔其言之过多也云云。费尼朗力写苏格拉底之虚心怀疑,正以著孔子之乐观而好为大言。孔子对苏格拉底亟亟力辩,几于不能支持。苏格拉底谓欲使民为善,惟当饵之以希望,威之以恐怖,乃可。如孔子所拟使民行德之办法,徒存空想,决无成功。试问中国之大多数人民,其果具道德与否?中国作史者不知别择材料,故中国史书不可尽信。西方之人,研究中国文学多未精确,但就其所已知者言之。中国史固属热闹而多趣,然岂足证明中国人皆具道德也哉云云。孔子于是盛道中国人之成绩及己之所建树。苏格拉底驳之曰:否否。中国人发明区区印刷术,此何足道?火药之发明,适为杀人之利器,罪浮于功。中国之算学素无方法之可言。至磁器乃"中国地土所产,非人力所能致"。漆器亦同。中国之建筑,毫无比例而不匀称。中国之绘画,不讲结构而殊散漫。苏格拉底言至此,孔子词穷理屈,乃曰:中国立国甚古,不无足称。苏格拉底驳之曰:中国人本非东亚土著,乃由亚洲西部迁移而来,其文明非由自创。后之作史者,讳言其祖,意图掩饰真迹,乃以神话寓言杂入其历史,不足信也。其时,辩论已将终结。孔子曰:吾将往叩之于古之帝尧。苏格拉底曰:嘻!异哉,子之所为也!吾欲知希腊上古事者,决不往寻彼单眼魔王(见荷马《奥德西》史诗)或荷马诗中之英雄而问之。吾惟恃一己之知识而已。(意谓帝尧亦犹说部中之英雄鬼怪,并无其人也。〇按此段费尼朗设为苏格拉底驳孔子之语,极似今日国中伪新派攻诋中国礼教并推翻历史者之所为。由是寻绎，此段实饶有趣味也。）

按此所言，以中国人之盲从好古，与希腊人之重知识而务批评，两相比较。虽然，与费尼朗并世之人皆信人性本善，而以中国为极乐之土，足为世界各国之模范。如费尼朗之思想议论，乃重古而蔑今，从多而抗多者耳。然亦可以征世变矣。

第四章　重农学派

经济思想史上，有所谓“重农学派”（the Physiocrats）者，见于法国十八世纪之中叶。其主张谓（一）为治须本于“自然法”（Natural Law），（二）土地为一切财富及赋税之源，（三）立国当以农业为首务，（四）开明之君主专制为最善之政体。按重农学派（该派之人喜自称为“经济学派”，斯密亚丹称之为“重农学派”）实开明时代维新思想之一支，未可划分。今欲申明者，即重农学派之领袖及其创始人凯奈（François Quesnay，1694—1774），常视中国为模范国家，而其思想著述，实大受中国古圣贤学说之影响。盖开明时代之思想，注重“自然法”，力图其实现。而求之当时国家，惟亚洲之中国，实行自然法而岿然尚存。又闻耶稣会教士，称道中国文物之盛、治化之隆，心焉向往，故径以中国为现世之乌托邦。且中国素重农业，亦与凯奈等之思想有合。时路易十五宠姬庞巴多夫人（Mme de Pompadour）颇爱好提倡中国器物。其家中为文人名士会集之所，常共谈中国学术事理。耶稣会教士出入于其门，且于一七五〇年顷，携中国学者郭某至巴黎，居十三年之久。巴黎大学并考求中国之古史年历，盛极一时。凯奈身为庞巴多夫人之侍医，其受中国影响，不言可知。虽于晚年之著作始明言中国，然其思想统系前后一贯，可知其早年之著作亦多取材于中国，不能讳也。

凯奈以为彼等所奉为圭臬之自然法，即中国古人所言之“道”。中国之法律制度等，必准道而立。道虽虚空，长存于宇宙之间，而必期其实行于现世。今彼等倡言改革，无非汲汲使经济政治等悉本诸自然法，即以天道合于人事，以理想纳于实际，此中国早已行之而著成效者也。中国立国以农为本，专务休养生息，使民保其天真，淳朴不争。故中国之国家，乃合于自然之经济组织，而中国所行之君主专制，亦实为最善之政体，而当为欧人所取法者矣。当时重农学派之人，共称凯奈为“欧洲之孔夫子”，而望其传孔子之道而继孔子未竟之业。凯奈殁后，临葬之时，其徒米拉布（Mirabeau）当众致词曰：“孔子之教，无非使人涤除愚妄及情欲之习染，而还复其光明之本性。故勖其当时之人以敬天畏天、顺从无违、爱人无私、克己复礼，毋以情欲为行事之标准。而一切思想言语行事，必依理性为归，毋或违忤。夫宗教道德如孔子所教者，可谓完美至极，蔑以加矣。然如何而推行之于斯世，乃成为最重要之事。此则吾师凯奈之夙志也。吾师聪慧天成，由自然之源，窥赢利（produit net）之理。其所成就远矣。”

凯奈《中国之君主专治》（*Le despotisme de la Chine*）一书，出版于一七六七年。凯奈之取资于中国思想，此为最显之证。其时作者，多喜称引希腊罗马古贤之说，盛道昔时之共和政治。而凯奈则否，不但所称引极少，且视中国哲学高出希腊哲学之上。其言曰：“论语二十篇，皆言政治道德及善行。其中之原理及道德格言，远非希腊七贤之所能及也。”凯奈之徒包斗氏（Baudeau）亦谓古希腊之共和国，不知有仁爱、公正及自然法，杀人流血，争战不休。乃其所行之“混合”政体，近人犹称道歆羡；不但著书鼓吹，且欲实行仿效，不亦谬乎云云。原凯奈及开明时代之人，所取于中国者，以中国立政之目的，为谋人民之“和平及幸福”，故欲奉为君主专制国家之模范也。

凯奈之思想多非自创，特其方法有足称者。《百科全书》第三卷中有《论语》译本，而Pétis de la Croix所辑元太祖之典章，凯奈似皆读之。与其同时之某人驳斥凯奈曰：“足下以农为惟一财源，此乃苏格拉底之说，亦即伏羲尧舜及孔子之说。何新奇之有?”此亦足见凯奈之立说取资于中国也。凯奈又藉庞巴多夫人之力，进言于路易十五。于是一七五六年春季，路易十五仿中国古帝王之制，亲行耕籍田云。

凯奈又称道中国教育之发达，谓：“中国教育之方法，应为世界各国之模范。”盖“中国之国家，乃建立于学术及自然法之上”。为政者之责任，在遵守自然法而自进于德，同时又须教导其民共由此道。孔子曰：吾尝终日不食，终夜不寝，以思，无益。不如学也。凯奈曰：“知自然法，乃可使国家长治久安。”一七六五年，凯奈撰《自然法论》(*Du Droit Naturel*)有曰：“人为法开宗明义之第一章，必先制定公私教育，以自然之法教导国民。无此，则政府之设施及个人之行事皆混乱无复秩序。盖自然法乃凡百立法之根据而人生行事之准绳。不知此，则是非之辨莫能明也。(中略)此种教育，为政治之根本。然今世各国，除中国外，均蔑弃不讲，是可伤也。”凯奈论述中国教育，则举《周礼》州长、党正、族师、闾胥读法之制，使乡村细民无不知国家之政令。且曰：“由兹可见中国国家重要之法制典章，人人得知，人人能解。其国之小学，实能与人以知识，非若吾国之仅教学生以诵读而已。”是凯奈以中国教育为政治之基本，非二者各不相关，故足重也。

凯奈所主张之赋税制度(单税田地)，似亦取资于中国。凯奈尝叙述中国古代征税之法(《周礼》均田贡赋之制)曰:“是故中国人民所纳于国家之赋税,视其田产之多寡以为轻重,而田之肥瘠厚薄亦复计及。在昔中国,惟地主纳粮,而耕植苦作之人则否。(中略)凡此皆中国千百年中所行之制度,其理至善。然欲行之于欧洲各国,则决不能也。”

凯奈之“经济表”(Tableau économique)亦取中国理想而以算式表示之者。其徒巴斗氏赞之曰:“经济原理,欲叙述详备,非数卷莫能明。而吾师以四行概括之,正如伏羲之六十四卦,亦可以四行解释之也。”又曰:“中国之圣贤,自古教人以明道而信从天命,行事依此为归。此诚世中各国仅见者也。”

第五章　感情主义

十八世纪之中叶,法兰西大革命以前,欧洲人之思想精神分为二派。其一崇尚理性,注重国家社会、政治经济之改革,以福禄特尔等为领袖,是曰开明运动(Enlightenment;Aufklärung)。其二崇尚感情,注重个人之放任,欲返依自然,归于上古淳朴之世,以卢梭为领袖,是曰感情主义(Sentimentalism)。二者同代表当时之新潮,然互相对峙,或至攻诋。感情主义之起较晚,故对于开明运动为一种之反动。其于情感之表现,务张大其辞,加重其语。盖感情主义实即浪漫主义之初期也。开明运动之人,倡言改革,奉中国为理想之楷模,已详述于前章。而当感情主义盛行之时代(The Age of Feeling),则中国园艺之术见重于欧洲。先是法国路易十四时代,文物声教,冠绝欧洲,故法国园艺术为当世楷模。园中之布置,务极整齐匀称。亭树甬路,位置井然,丝毫不乱。而台阁山石花木,一切务极雕琢。刻镂精巧,纯尚人工,不类自然,久而人心生厌。于是十八世纪之初年，反动遂起，而英国园艺术(English Gardening)乃取法国园艺术而代之。一切务求合于自然，不用人力雕琢。花园之内，几与荒野无异。丰草茂林，杂花枯树，怪石深窟，瀑布飞泉，以及山间田野之飞禽走兽，无一不备。总使游人置身其中，自觉徜徉郊野，非复有意游观也者。然此种反动趋于极端，自难持久。已而中国园艺术适于其时传入，说者以为中国园艺术实能兼具英法二者之长，而调和折衷之。既不悖于自然，复深资于人工，奇美无穷，变幻多端。使游眺其中者，凡幽忧暇豫，惊喜痛快，各种感情心境，无不得以发舒陶写，可谓此术之大观。于是当感情主义之时代，中国园艺术遂盛行于欧洲。谓此纯缘时会，亦无不可。今略述其事迹。

阿狄生(Addison)于一七一二年七月之《旁观报》(*Spectator*)中著论，有曰："吾欧洲之园墅，位置整齐，悉按一定之规则。此颇为中国人所笑，谓种树成行，距离均等，或作正圆正方，此事人人能为之，夫何待于艺术？必如彼国人之所为，匠心苦运而不着痕迹，深密布画而非绝对匀整，乃可称为园艺术也。"同时蒲伯(Pope)亦在 *Guardian* 报中著论提倡。二人并自造园林以为模范。由是英国园艺术遂盛行。据格莱(Thomas Gray, 1716—1771)之说，英国之园艺术并未取资于中国，曰："吾英人所创之园艺术，殊可自豪。前此法意诸国之人，既未梦想及之，即今见之，亦不能解。吾英人惟以自然为模范，自行创造艺术。欧洲既未有雷同者，而亦决非由中国学得者也。"格莱此言实误，阿狄生之言可证。且一六九六至一六九七年间，李明之《中国现状新论》(见第一章所引)中，已论及中国园艺术，而 E. Kaempfer 之 *Histoire naturelle, civile et ecclésiastique de l'empire du Japon*(一七二九年译本，海牙出版)及 Du Halde 之 *Description géographique, historique, etc., de l'empire de la Chine et de la Tartarie chinoise*（一七三五年巴黎出版）两书亦言之。尤以居中国之耶稣会教士Attiret神父一七四七年（清乾隆十二年）之函，详述圆明园之内容者，为流传甚广而最能动人。凡论中国园艺术之书，无不引之。中国园艺术之见重于英国，此函之功为甚大也。

始以中国园艺术实用于欧洲者，为英王御用之建筑师谦巴斯氏（W. Chambers）。谦巴斯少时，执事于瑞典之东印度公司，曾至中国游历。其后既任英王御用之建筑师，复来东方一次，归后著《东方园艺术论》（*Essays on Oriental Gardening*，一七七二年伦敦出版），其书中明言英国园艺术之完全模仿自然者之缺点，谓其"毫无变化，材料亦无选择，且无想象能力，使游客烦闷欲死"。此非真正之返依自然，乃过度之感情作用为之也。于是一七五〇至一七五九年间，谦巴斯为肯特公爵（Duke of Kent）建造圆墅（Kew Garden），多仿中国式，堆叠拳石假山，引细流小涧贯之。时复杂以丛林广场，更造佛塔（见本期插画第一幅），凡九层，高十六丈，塔之檐角，以龙为饰。据云登塔顶可望见四十英里之远。又于小湖之滨，建一孔子庙（The House of Confucius，见本期插画第二幅），其实小亭而已。雕栏文窗，颇仿中国式。其建筑大体，则杂以他国他教之规制，非尽纯也。是为欧洲有中国式建筑之始。此园及佛塔等造成后，荷兰德法各国仿造者纷纷，遗迹颇有存于今者，兹不具述。

时有德国人温齐（Ludwig A. Unzer）于一七七三年，著《中国园艺术论》（*Über die chinesischen Gärten*）一书，谓中国之园艺术，具阳刚之美，允堪推为模范。欧洲人宜亟学习之，不必引以为耻云云。又曰"彼英人较易审知高华壮烈之美，故英人之推崇中国园艺术而采用之者，实较他国为早，今急宜追步"云云。又谓中国园艺术中喜用曲线，此足表示其人心灵之活动。"彼中国人园中喜用如蛇之曲线，谓较直线为生动而多姿致。故不但羊肠甬路、山径石级，以及千回百折之幽谷小溪，即桥之圆形而上拱者，亦均用曲线也。”又谓中国园林极多变化，故能使人接连而起各种之感情，曰：“中国之善为园艺者，其布置之目的有三：其一，以悦目之景物，使人油然起深邃之思，或生幽凄之感。其二，则以庄严之景物，使人起恐怖及畏惧之心。其三，则以美观之物，使人目迷眩，而生惊异之感觉。”又曰：“其种种布置，不厌重复，有时堆聚一处，乃大足感人也。”“又常使瀑布急湍，奔赴冲击。其旁岩石虎蹲，苍凉驱迈之气，使人畏慑。然前行数武，或略一转身，则赏心悦目之景复见，斯固中国园艺之主体也。”

温齐书中又曰：“中国之布置园景者，善以幽暗与光明之色，简单与复杂之形，相间成文。从心所为，本无定律。而其结果，虽部分厘然各成一体，而合之则异常谐和，使人起美快之感觉。”又恒用奇特之物为点缀，以激起人之感情。“而如盘根错节，虬形蟠屈之老树，则于中国园墅中常见之，以其最易引人注意也。”

其时有讥谦巴斯等所为之中国式园墅，其中点缀过繁。徒以各种奇特之事物取自东方者，纷纭堆积，炫人耳目。然凌杂繁重，失却自然之美。如Weise即作诗讥之。卢梭亦以此为言，谓“人之消遣之具，应简单而轻妙”，何取乎此？温齐驳之曰：“卢梭欲使园中丝毫不用人工之艺术，是则不如废去此园而不设之为愈。盖卢梭之所求者，无非一片安适幽静之地，为独居修学致思之所，异乎常人之所求者耳。夫园墅之设，乃择取自然之一部而范围之。以欣赏其细微精致之美，固非欲观览自然之全体也。”

又其时有德国Kiel大学美学教授哈希非德氏（C. C. L Hirschfeld）于一七七九至一七八五年间，著《园艺术之原理》（*Theorie der Gartenkunst*）一书。细究园中各色布置所引起游客之感情，续曰："今世所称为中国园艺术者，未知究竟是否传自中国。然其风行之广，动人之深，则世界到处莫能与匹者也。英国之人，久已倾倒，而今者德法之人亦相率皈依。凡建造园墅者，不问一己之嗜好，亦不比较今古之优劣，而但曰，吾园须为中国式，或为中国英国之混合式。"如是风靡仿效，恐欧洲人行将丧失其固有之智慧矣云云。

然中国园艺术之行于欧洲，为时甚暂。其盛约始于一七五〇年之顷，而自一七六七年起，即有实行攻诋之者。先由英国而及于德法，逐渐废弃改辙。越二十年，至法国大革命起时，中国园艺已全衰矣。独在荷兰，犹延其残喘至十九世纪初年，顾亦微末不足道者耳。

又当感情主义之时代中，中国之水墨画法，传入欧洲。画家如英国之John Robert Cozens等。皆以中国之毛笔及墨汁作画。先用墨勾勒，而后设色，但为此者亦不多耳。

欧洲之感情主义与中国老庄之神秘浪漫思想，甚相近似。故一七五〇年，有耶稣会教士某，译老子《道德经》为拉丁文，其稿今犹存于英国伦敦之印度事务局（Indian office）中。其后法人芮慕萨（Jean-Pierre Abel-Rémusat，1788—1832）于一八二四年，译出《道德经》之第一至第四章。至一八四二年，法人尤里安（Stanislas Julien，1799—1873）始将《道德经》之全文译成。自是而老子在欧洲人心目中，乃骎骎与孔子同等并肩矣。

第六章　葛德

以识解及智慧论，葛德（Goethe，1749—1832，其像见本志第五十三期插画）实为近世最大之人物。其与中国之关系虽浅，然考究寻绎，亦足资启发吾人之心思也。葛德对于中国及中国文化之态度，约可分为二期。(一)葛德少时(一八〇〇年以前)，每以中国与浪漫主义并为一谈。视中国之器物习尚皆离奇怪诞。虽以其新异歆动世人，葛德亦偶尔涉猎赏玩，然其心殊鄙弃中国，以为无足重轻也。(二)至其晚年(一八〇〇年以后)，则葛德之态度幡然改变，知中国与欧西之古学精神(Classicism)，较为相近。葛德虽读中国书籍极少，然其观察深至，谓中国文明有宁静中和之精神，其人之生活以及文艺器物之所表见者，皆光明而纯粹，健全而安定。时欧洲正当法国大革命及拿破仑时代，兵戈扰攘之余，又值一偏而含病态之浪漫主义盛行之后，两两相形，中国之优点及其真价值，乃易窥见也。故夫葛德对于中国态度之改变，正可表示其一生精神思想进化之阶级。第一期乃十八世纪欧洲普通人所共有之见解，第二期则葛德独到之观察也。(按即在今日，以好奇及戏谑之心理对待中国事物及文明，如葛德第一期所为者，其人数仍极多。而具葛德第二期之观察，或赞同其说者，则甚寥寥。诚可哀也。)

葛德在其自传《诗与真理》(*Dichtung und Wahrheit*)中，记其幼时在家，尝将壁间所悬之中国帷幔扯脱。其父因之大怒，严加斥责。又谓："此等帷幔上所绘之花卉，有时甚自然，有时则为奇趣怪诞之中国式。"是葛德以中国器物艺术为奇趣怪诞也。

一七七〇年，葛德居Strassburg之日记(*Ephemerides*)中，记其所拟读之书。其一曰："中国'六经'之译本，多言道德哲学者。"此当指一七一一年卫方济之拉丁文译本。(见第三章。)惟葛德是否用心读之，则不可知。

一七七三年，葛德评该年诗选集(*Musenalmanach*)之文中，有评温齐(见第五章)之中国诗一首，曰："温齐君之诗，乃以中国之散碎材料堆砌而成，置之镜奁(中国漆器)茶盘之间，甚合宜也。"

葛德所作《情胜》(*The Triumph of Sentiment*)一剧,其中一幕布景,用中国之陈设,以见其浪漫之意。又历举中国器物之流行于欧洲者,而以中国式与中世之峨特式(Gothic)并称云。

葛德与许雷(Schiller,其像见本志第四十二期插画)合撰之《赏鉴赘言》(*Paralipomena on Dilettantism*)中有云:"英人之所为赏鉴者,重其物之有用。法人则否,效英人而不类,则成为中国人之赏鉴矣。"此盖指中国之园艺术而言也。

葛德旋作*Elpenor*一剧,仅成二幕而止,颇为许雷所赞赏。今考葛德日记,一七八一年正月十日云:现方读耶稣会士(Jean-Baptiste Du Halde, 1674—1743)所编之《中国全志》(*Description géographique, historique, chronologique, politique et physique de l'empire de la chine et de la Tartarie chinoise*,第五章已引及)一书。该书中有中国故事戏剧各一种。戏剧即耶稣会士马若瑟(Joseph-Maria de Premare,一六九八年到中国,一七三八年死于澳门)所译之《赵氏孤儿》剧。又考葛德日记,是年八月十一日,始着手撰*Elpenor*剧本。至次年三月,撰成两幕。知该剧实脱胎于《赵氏孤儿》,暗用其事者。旋欲改用希腊剧中之情节,一再试之,知其不可强合,于是旋作旋辍,而此剧卒未完成焉。

一七八七年,葛德游意大利,于那波里(Naples)博物院中,见中国二物,许其"甚为工美"。盖葛德颇能赏鉴中国手工艺术之精致而工细也。越数年,葛德撰《设色之原理论》(*Farbenlehre*)有曰:"文明未甚发达之国家,选择颜料颇能精细,常必其纯粹不变,相沿成风,而技术遂大进步。此所以静止文明之国如埃及、印度、中国者,其设色乃至工美也。盖静止之国,其人以宗教精神纳于艺术。凡事前之筹备、材料之选择,无不悉心考虑。丝毫不苟,临事又力求精工,不厌辛勤。其按部就班,迟缓而有恒之态,正与自然之行事相同,故其所制作之器物,彼文明较高、进步甚速之国,渴欲摹仿之而不能也。”

一七九一年,葛德撰*Grosskophta*一剧,其中欲显示神魔鬼怪之处,用中国之帐幔灯烛为装点云。

葛德在威匿思(Venice)作打油诗云:“纵彼中国之人,以其工致之笔,绘少年维特及其所眷女子于玻璃镜上,与我何益哉?”盖讥其时之爱读《少年维特之烦恼》(*Die Leiden des jungen Werthers*)一书如狂之人也。(使葛德知今日中国新少年之奉此书译本为拱璧者,不更冷笑于地下乎? 编者注。)

一七九六年葛德作《罗马城中之中国人》(*The Chinaman in Rome*)之打油诗,托此以讥嘲同时德国浪漫派文人Jean Paul Richter者,非真评论中国人也。

葛德其时又读英国海军提督安孙(见第三章所引)之《世界周游记》(*Lord Anson's Voyage Round the World in the Years,* 1740—1744)。其时关于中国之书甚少,译本亦恶劣失真,宜葛德之卑视中国也。

许雷作*Turandot*一剧,葛德见而悦之。谓此剧中描叙“奇怪之北京”及彼“爱和平、喜游乐,而多愁思之中国皇帝”,颇为谐妙,足见戏台上无所不可也。

以上拉杂记述者,皆第一期中之葛德也。一八一三至一八一五年,又一八二七至一八二八年,为葛德诚心研究中国学问之时。一八一三年十月,葛德书其日记曰:“吾之性行奇特,尚有一事足记者,即吾每遇政治上将有大变动,举世震撼之时,辄潜心研究最僻远而无关系之事物,以为一己安舒之计。故此次由Karlsbad归后,惟埋首于叙述中华帝国之各种书籍中,他无所为也。”是年十月二日至十六日,正值莱布齐希(Leipzig)大战(此战拿破仑为普鲁士等国所大败,被流于圣爱巴岛。逾年又复位,卒未成)之前数日。而据葛德日记中所载,则此半月中,其所读之书如下:(一)《马哥孛罗游记》(*Marco Polo's De Regionibus Orientalibus*)、(二)英国巴罗(Barrow)、马加尼(Macartney)所作《出使中国记》、(三)包氏(Pauw)《关于中国及埃及人之哲理研究》(*Recherches philosophiques sur les Egyptiens et les Chinois*)、(四)卫匡国(Martino Martini,1614—1661,一六四三年到中国,后死于杭州)之《中国地图》(*Atlas Sinensis*)等。盖此时之葛德,已能脱离主观而为普遍之观察。欲于万变之中,求得定律,藉是以获知识,而以中国为和平发展之国家,代表宁静之精神,故倾心于中国也。

然葛德之研究中国学问,不仅战乱之顷为之也,即平时亦用功此途。一八一五年十月,格里木(Wilhelm Grimm,1786—1859,德国语言学家)与其兄书,谓"葛德方读《好逑传》(*Hao-Chiu-Chuan*),并作笔记"。又据葛德一八一七年九月四日致其友函,谓方读毕英人大卫氏(Davis)所译之中国戏剧名《老生儿》者(*Lao-sheng-erh: An Heir in His Old Age*),初读似无味,细读乃见其妙云云[①]。葛德于《印度及中国诗论》(*Essay on Indian and Chinese Poetry*)中,谓中国人最重礼节,故凡宗教及国家之典礼仪文,均当为剧中情节之所取资云云。

葛德所撰小说*Wilhelm Meisters Wanderjahre*中,谓:"某日威廉外出访友,徘徊乡野歧路之间。忽见道左林际有隐士之屋,屋顶为中国式。隐士道貌盎然,立檐下,注视威廉。乃知隐士多日来并未病也。"此段之隐士殆指圣贤垂教之中国,若威廉岂葛德自寓乎?

葛德虽称道中国,而决不如十八世纪中人崇拜之狂热。葛德曰:"吾欧洲人之高等教育,仍当以希腊罗马文学之研究为本。至

① 歌德日记称其一八一七年九月四日读《老生儿》,致友人克耐希特(Carl Ludwig von Knecht)之信写于一八一七年十月九日,信中谈及读后感。

若中国印度埃及古代之学术,则以好奇之心偶尔涉猎可耳。通之亦固有益,顾不足为吾人道德美术教育之资也。”然葛德此言,初非为真正价值之评判。盖谓东西之历史风俗截然不同,其文明一则静而已成,一则动而方进。故教育之设施应各有权宜,未可以此而强易彼。此则葛德之意,不可不知者也。

葛德晚年之所从事者,为输入中国文学之材料于德国文学。葛德身后出版之遗诗中,有由中国《百美新咏》(*The Hundred Poems of Beautiful Women*)译出之诗数首。其第一首题为“最美之中国女子”,下注“一八二六年二月二日”。葛德集中又有文一篇,题曰“《百美新咏》中之中国材料”,文中有云“由是可知,虽以今世种种情形,而彼奇异之中国之人,仍可言情赋诗而无阻也”。又查葛德日记云:一八二七年二月二日、三日,读中国诗一篇曰《中国人之求婚》(*Chinese Courtship*);二月二十五日,读《中国女诗人》;五月十四日又十九日,读芮慕萨(见前引)所译之小说一篇,曰《玉娇李》;八月二十二日,续读《中国故事》。一八二八年正月三十一日,葛德告其友,谓已读毕《花笺记》之英文译本,极赏其轻清俊妙。而一八二〇年译成英文之《中国故事》(*The Affectionate Pair*)叙少年男女同宿一宵而不乱者(未详),葛德亦必于此时读之也。积以上之材料,乃有《年日杂记》(*Chinesisch-Deutsche Jahres-und Tageszeiten*)之作。葛德能收中国之材料以为己用,而同时又足以传中国之精神。晴爽之日光,精致之雕刻,金鱼之活跃,美女之笑声,凡此皆足表见东方人之快乐宁静。而葛德诗中亦均能表达之也。且此等译诗,实可表示葛德晚年研究中国学问所受之益处。其心若谓世中万物皆轻清纯粹,物与物之关系皆明白确定,内外之生活皆安静无扰,有如踢毽之戏,技已精熟,则依循旧式,平稳前进,毫无声响。葛德之视世事,亦正如斯耳。

葛德一八二七年十月三十一日，与其友 Eckermann 之谈话曰："中国人较清，较纯，较合道德。中国人处处常为有意识之良善公民，无私欲，亦无诗情。颇似吾所撰 *Hermann and Dorothea* 诗中及英国李查生（Richardson）小说中之人物也。"又曰："中国之故事皆正当而合乎道德。"又曰："中国人凡事均有节制，不行之过当，故能立国数千年之久。他日亦不至灭亡，赖有此耳。"盖葛德深喜中国之所谓道。当其少时，视中国事物为芜杂而躁乱，深为厌之。而至晚岁，乃弥爱中国公德之平正安静，而称赞之不已也。一八二七年正月三十一日，葛德又告其友 Eckermann 曰："吾今益信诗乃全世人类之所公有。国家文学本不成一名词，今后为世界文学之时代。如何而促进世界文学，则吾人之责也。"葛德晚年见解如是之高，其所以能致此者，亦由其研究中国学术事理，深受裨益。此本章之大旨也。

第七章　结论

综上所述，十八世纪之初年，中国之器物艺术流传至欧洲，法国宫廷首先采用，成为风尚。中国南部之珍贵物产，与罗柯柯艺术相合，而增其富丽焉。（上文第二章。）开明时代，则有取于中国北方严正明晰、崇尚理性之哲学，而奉孔子为导师。（上文第三章。）重农学派之人，以生计为立国之本。其立说多取资于中国古代之制度及中国北方经济实况。（上文第四章。）迨一七六〇至一七八〇年之间，感情主义兴，力图"返于自然"，于是亟赏中国之园艺术，谓可使其感情曲折表达。（上文第五章。）中国文明之流传于欧洲，至是将满百年。自十八世纪之末而遽衰。入十九世纪后，更寂无声响。其由盛而衰之原因，可分以下诸端。

（一）耶稣会教士态度地位之改变也。十七、十八世纪中，中国与欧洲文明之交通，全赖耶稣会教士为之转输。然一七二三年（雍正元年）中国政府禁止教士居住内地（仅许居澳门）。又改天主教堂为公所，严禁人民信教。自是以后，耶稣会教士之事业大受亏损。中国当局，以天主教各派之互争，疑教士以构衅煽乱为能，故行厉禁。而因此之故，耶稣会教士，亦深怨望，对于中国之态度一变。前此但事称赞，今则为确切严正之批评，时或不免诋諆。试以一七四九年之*Lettres édifiantes et curieuses*与一七七六年以后之*Mémoires concernant l'histoire, etc., de la Chine*（均耶稣会教士通信汇编，在巴黎出版）两相比较，即显见其前后之不同。而在欧洲，一七六二年，法国政府下令解散耶稣会，次年完全实行。于是耶稣会在欧洲之势力亦失，耶稣会教士之势力日减。而商人逐利者之势力，随之递增。若辈日言中国之野蛮腐败，中国之文化乃不能见重于欧西矣。

（二）欧洲学者之攻诋中国文明也。法国学者德基留氏（Joseph de Guignes, 1721—1800，其人深通中国文字，著有《匈奴突厥起源论》及《塞外民族史》等。原书名过长，不录）于一七七四年，撰《中国史鉴论评》（*Examen critique des Annales chinoises ou Mémoire sur l'incertitude des douze premiers siècles de ces Annales et de la chronologie chinoise*）。又于一七七九年，撰《中国年历论》（*Réflexions sur quelques passages rapportés par les missionnaires concernant la chronologie chinoise*），谓中国史鉴多不可信。其所纪中国上古一千二百年之事，实无根据，且年月亦多错误云云。自此种讥弹疑古之书出，欧人对中国文明之信仰骤减。（乃今吾国中妄为疑古之士，犹欲推波助澜，何也？）而英国学者宗士氏（Sir William Jones, 1746—1794）于一七九〇年，撰《论中国人》（*Discours sur les*

Chinois)一篇,对于中国哲学大肆攻诋,谓中国哲学本极粗浅幼稚,何足有研究之价值云云。此种论调一出,而中国之文明益难行于欧土矣。

(三)经济商业之注重也。欧洲人对于中国,学术之研究既乏,而经济权利之思想日重。一七八六年耶稣会教士之通信汇编(名见前),已多述中国硼砂、水银、竹木、牛羊等出产,鲜及他事。欧洲舆论,视中国仅为大好之商场已耳。十八世纪下半叶,欧洲与中国之交通,渐为英国所独有。而英国人所撰关于中国之书籍,无非物产调查、商业报告之类,再则地图游记等,欲鼓励英国少壮之人,前赴中国营商逐利。其在法国情形较佳,研究中国学术之人士尚不乏。然十九世纪中叶,法国学者鲍梯尔(Jean-Pierre Guillaume Pauthier,1801—1873)已深为叹惜,谓昔人所盛为研究之中国学问,“今仅三五特别人士注意及之”。又谓:“当吾人之远祖尚蛰居于日耳曼及高卢之森林中时,前此数百年,彼东亚各国,文明程度已甚高,而吾人乃斥此诸国之人为野蛮,到今犹存鄙视。不亦误乎?”

(四)希腊罗马学之复盛也。一七六〇年以后,欧人复喜研究希腊罗马之学问,遂取东方而代之。其极遂有谓中国文明亦出于希腊者,如一七七八年,德国苟廷根大学(Göttingen)哲学教授麦纳司氏(Christopher Meiners)著 *Übersetzungen der Abhandlungen chinesischer Jesuiten über die Geschichte, Wissenschaften und Künste, Sitten und Gebräuche der Chinesen* 一书,谓“汉时中国与西域交通,大夏、粟特等国,文明皆已甚高。希腊之文明必于此时传入中国。盖尚在希腊文明流布于欧洲西北部之前,史迹确凿,无可疑也”。又谓亚拉伯人亦曾输入希腊文明于中国云。此说当时之人多信之。而哈格氏(Josph Hager)著 *Panthéon chinois, ou parallèle entre le culte religieux des Grecs et celui des Chinois*（一八〇六年巴黎出版）一书，则反其说，谓希腊祭神之仪节及所用之礼器，均传自中国。顾无人信之也。麦纳司之书又曰："夫希腊人乃欧洲之导师。希腊尚无文字书籍之时，而谓彼东方野蛮之中国人，已作成史鉴诗歌，创出完备之宗教及道德，其谁信之？当亚历山大王出世之前数百年，而谓彼中国之文学，已能如此工美，其辞采之富丽庄严，则不亚于罗马之名篇杰构。其中所言之宗教道德哲学之道理，则除耶教《圣经》而外，莫能与之抗衡。此其事又其谁信之？"总之，欧洲之人，当十八世纪之初，共尊中国为人类智慧之发源地，而至十八世纪之末，则转而以此推许希腊。昔之崇拜中国，固属过当；今之鄙夷中国，则尤为无据也。

（五）艺术观念之改变也。中国磁器行之已久，渐有讥斥之者。一七五三年，意大利邦贝等二古城（Pompeii and Herculaneum）发见，希腊罗马古器物出土，中国艺术器物遂不如前之珍视。且此时中等社会逐渐得势，不能欣赏罗柯柯轻妙细致之艺术，中国艺术之地位随之而低。即设色一端，亦喜用单色或重色，异于中国之画法矣。

（六）印度文明之见重于欧洲人也。欧洲之人于十八世纪中，共推重中国之文明；于十九世纪中，则推重印度之文明。前后如出一辙。舍此邦哲学之光明，而取彼土宗教之神秘。研究印度之宗教思想文字艺术者日众，而中国文明在欧洲之势力大衰，以至于今焉。

——本文原载于1926年7月出版之《学衡》杂志第55期。作者为德国雷赫完（A. Reichwein），译者为吴宓，识语、按语、括注文字为译者所作。

韦拉里论理智之危机

按韦拉里[①](Paul Valéry)为法国现今最负盛名之文人,生于一八七一年,现年五十余。所作有诗、小说及批评论文集等,均风行一时。每书重印至数十版,发售预约立尽,远道购之且不易得。韦拉里初未知名,弱冠至巴黎,时为一八九二年,适当象征派(Symbolistes)之纯粹诗(La poésie pure)之运动正盛之时,韦拉里亦出其所作,为时所重。顾韦拉里乃舍是而弗为,不求世誉,退隐潜伏者二十余年。此二十余年中,一意博学精思,尤注重心智之问题,终乃造成一定之态度,使己之心智可以了解分析处置极复杂、极繁难、极纷乱之问题而不惑不乱。韦拉里具此久经训练陶冶之心智,譬犹利刃,磨厉以须,及锋而试,其再出遂不可当。凡所评论,精锐而深澈。此在今世为尤难能而可贵也。

一九一七年,韦拉里刊布其诗集《司命女》(*La jeune parque*),又续刊其他之诗,名骤起,一时法国诗人共推为当世第一作家。顾知者犹少。及一九二四年冬,法郎士(Anatole France)死,法兰西学院(Académie)推选韦拉里为会员以补其缺,名乃大噪。尊之者至于狂热崇拜。法郎士以讥讽谩骂为能,对于世间万事,轻鄙不屑,虽长于文才,而实不能代表法

① 韦拉里,今译瓦莱里。

国之国民性。盖法兰西人长于运思，善于推理，以心智为事业及文明之基础，其思想言论之正确明晰，匪异国人所及，而韦拉里即最能发挥此特长者也。韦拉里以为理智乃欧洲文明之原动力，亦为一切文明之要素，而在今有汩没堕废之忧，故理智至应保存，而澄明之心性急须拥护。即以今世之文学论，若崇信佛洛德之心理学说，以性欲解释一切。若浪漫派之末流，谓诗为一种无目的之迷梦。若极端之写实派，以机械印版纤悉毫末之刻画描摹为能。若Sherwood Anderson及D. H. Lawrence一派之小说家，专主消灭意志而听从欲望及本能之驱遣。若行为派之心理学，以物质机械解释人生，而不容有道德意志之存在。若社会学家之艺术观念，谓艺术乃由社会经济之环境及势力之造成，有此环境及势力，不难制造出百千之莎士比亚于今日。若各种之定命论之人生观。若斯宾格勒等之妄说，谓近世文明行将覆亡，无法挽救，只有求财纵欲而已。又若轻取东方老庄等人之学说，不求甚解，但以消极悲观厌世无为为修养之鹄的，其结果惟造成颓废怠惰之人物，而益增迷惘激躁沉郁之精神痛苦。凡此种种皆理智之敌，又皆文明之患，而人类进步之障也。

又今世思想学问事业过于繁杂，人各治专门之学，其结果，人之才性日益偏狭。而人与人间，分别部居，划成町畦，各不相通。治专门之学，操专门之业者，误认其中片段之道理及假定之学说为全部永久之真理，以其一偏之见解武断一切。于是科学家与科学家争，科学家又与宗教家、文学家、艺术家各各互争。争益乱，争益盲，于是真理益晦，理智益汩，而无复心性之可言矣。是故欲救今世之弊，惟当尊崇理智，保持心性。但此理智及心性之力，至须伟大，须能了解今世极繁杂之各种学问思想事物，**兼收并蓄，而归纳综合之。由极繁以致极简，乃为有用。**细观古今伟大之科学发明家及伟大之文学艺术作者，盖无不具有此种包举一切而能行归纳以致综合之理智心性者。万物既皆备于我矣，吾道又一以贯之。此种理智，此种心性，此种人物，正今世所急需，正即韦拉里一己所致力以求得而勉为之者，而亦即韦拉里所认为欧洲文明之精华而今须拥护者也。吾人之以韦拉里之学说介绍于国人，其用意与希望亦在是矣。

韦拉里思想深邃，其文则艰深不易读。其见知于普通人士，始于其批评论文集《杂俎》(*Variété*)一书，一九二四年出版。直至一九二七年始有Malcolm Cowley之英文译本，美国纽约Harcourt，Brace & Co.书店发行。此册中最重要之作，为一九一九年四月五日韦拉里所作与人书二通，其后题曰《理智之危机》(La Crise de l'Esprit)。又一九二二年十一月十五日韦拉里在瑞士国修内希(Zurich)大学之演讲稿，改题曰《附记》(Note)，盖续阐前二函中未竟之义者。韦拉里生平立说之大旨，具见于此三篇中，故今逐一译出，以谂国人。译者识。

第一函

近世文明亦将不免于死亡，此吾人所已知也。古之埃及、亚述、巴比伦等，强盛之帝国，炳蔚之文明，璀璨之政教学术典章文艺，久已荡然无存，埋没于荒原之中。譬犹巨舟载货，沉沦大海，泯然无迹。然此犹可曰其时代去吾人甚远，于其生灭，毋须措意。至若法兰西、英吉利、俄罗斯等，则吾人所不能恝置者，而今者事变所趋，全世有覆没之忧，文明呈危亡之象(指欧洲大战)，但观日报所记载者即可知之矣。

由吾人当前之经验，知世间最古最美最可宝贵之物，以一时偶然之机，悉遭毁灭。（如欧战中Rheims礼拜堂之炮毁是。）不宁惟是，其在思想感情常识界中，极奇特、极矛盾、极不合理之事，乃亦层出不穷。即如德意志人之勤敏果敢、奉公守法、研究学术，为世所称，然非是则德人所酿之祸、所造之孽何至如此之大？科学能杀人固矣，道德亦能杀人。知识也，义务也，其果有益于人群乎？

是故近世文明之精神与物质同遭破毁，前途岌岌可忧。而当此际欧洲之思想界乃极萎靡而纷乱，以前此千百年特出人物之才智精力，与地理、人种、历史、环境、事实所共造成之欧洲人之理智，今将汩没而不存。危疑彷徨，莫知所措，因而倒行逆施，杂药乱投。有主复古者，于是欧战方酣之时，人乃争读古书。又虔心祈祷，乞灵于古之宗教。古之英雄圣哲诗人学者，一一奉为偶像，资以鼓吹，一若行其所言世即可救者。而极奇僻极矛盾之学说及教理，各皆有人提倡，有人信从。此兴彼仆，盛行一时。陆离光怪，莫可名状。此种纷乱而复杂之情形，适足见欧洲人精神之悲苦。其时几多科学家发明家，方绞脑回肠，细读古昔战史，精为科学实验，以破电网，毁潜艇，修空中之战备。而所谓精神界思想家者，则颠倒错乱，妄信各种离奇之学说及预言，于古书古人古事中，强行搜索安心立命之道理及方法，无殊迷信符箓祈禳之术者。凡此皆忧虑过度之征。盖由神思昏乱，故徘徊歧路，莫知所可，忽而趋重事实，忽而沉溺幻梦，实则初无一当也。（译者按，中国近今情形正是如此，读者自行比较推考可矣。）

战事虽已终局，经济问题方待解决，而理智之危机尤为迫切。以其隐微深秘，故甚不易测。文学哲学艺术，若者将存，若者将亡，异日新发见者或复兴者又为何种思想何种材料，孰能言之？吾人固可具满怀之希望，然而事实不容否认。欧战中，各国聪明才智之文人学者多死于疆场，此其对于欧洲文化之损失何限？科学但成杀人利器，理想主义虽似战胜，岌岌未能自存。实在主义大遭挫折，罪恶为人所指。贪既不可，廉又不能。耶教徒与回教徒麇聚一处，同奉一教者互相残杀，而诸教之人同隶一军。睹此情形，即怀疑者亦不敢复有所疑。盖事实之纷乱，不容思想前来整理，无人更敢作导师矣。

一九一四年欧战将起时，欧洲智识界之情形究为何等，殊不易言，以其内容极复杂，而考史之难无殊预言未来事也。惟当时人士所研究之学问，所出版之书籍，吾今尚能约略记忆。其内容固极丰富，然言其全体之印象，则空洞若无一物。譬犹强光触眼，则于纷纭万态之物，只觉其浑然毫无所见。盖此类之事，所谓平等者，实完全无秩序之谓也。欧洲人之心智何以纷乱无秩序，则因智识界每一人之心中，乃有极不同之思想，极矛盾之人生观，极乖忤反悖之学问道理，同时存在，若不相妨也者。所谓“近世”之特征，盖即此耳。（译者按，今日中国智识界之人，其心理亦正如此，但云新旧冲突，尚系肤泛之论也。）

由上之定义，所谓“近世”，非仅今日。古昔凡具此同一精神同状况之时代，皆可谓之近世。如上古特罗央帝 Trajan 治下之罗马，及多禄米王朝（the Ptolemies）之埃及（亚历山大城）皆近世，以其与吾人当前之情境相同也。而其后世种族文化风俗习惯思想行事统一之时代，反非近世矣。

此种近世之特别情况，至一九一四年之欧洲而极。其时每一人之心中具备各国各派之思想，每一思想家皆为世界思想总汇之地。其时之著作包含矛盾纷歧之观感，有类当时伦敦、巴黎等不夜城中之电光，使人目眩而神疲。呜呼！以此为盛治，以此为智慧之精华、人道之极轨,其所需之材料、工力、心计、历史、人命之多为何如耶?(意谓欧洲大战,实为此种心智状态之自然结果。)

取当时所出版之某书观之,则可见作者曾受以下各事之影响:(一)俄国之跳舞、(二)巴斯喀尔(Pascal)庄重之文体、(三)弓枯尔(Goncourt)之印象、(四)尼采、(五)栾补(Rimbaud)、(六)画家之言谈、(七)科学论文、(八)所谓英国精神等等。而此每一事又有其复杂之成分,其全体之复杂更不易分析矣。

今日者,据欧洲中原,横亘德法比各国之境,莽莽战场,白骨如山。欧洲人之理智,对此景象,将作何解?智士之所思者,盖为真理之生死问题。吾人今所斤斤争辩之种种理论,得毋虚幻耶?吾人今所认为光荣之种种功业,得毋可惜耶?发明愈多,学问益繁,至令人不能驾驭,不能负荷。无限之心智工作,疲精耗神,欲进不能,欲止不可,将何所适耶?取古史中繁琐干枯之事,一一研究整理,得毋令人厌苦耶?凡所著作,必矜自创,不肯因袭前人,此非愚蠢之极者耶?欧洲之智士对此种种,无穷疑惧之心生,且又徘徊于"有秩序"与"无秩序"之两极端之间,知二者今皆为世大害,如左右皆危崖深渊,而无中道之可循。已矣夫,将如之何而可哉?

取冢中枯骨而研究之,(一)古之人有廖那多(Leonardo da Vinci)者,尝思制造飞艇,夏日由高山取雪,以洒布城市,使成清凉世界,而今则飞艇用于战争矣。(二)古之人又有莱布尼兹(Leibniz)者,梦想世界大同,弭兵息战,而今则何如?(三)古之人又有康德,(四)康德生海格尔,(五)海格尔生马克斯,(六)马克斯更生某某等。欧洲之智士茫然不知所为,将尽弃此诸枯骨而不问乎?则不成其为欧洲之智士矣。于是智士乃以其冷静澄明之心性,观察战后全世之情形,则其激扰不宁之危险状态更甚于前。智士废然叹曰:"人类互相仇视之心,乃自天生。见之于创造,则曰平和之时;见之于破坏,则曰战争之时。今世仍相竞于科学发明,造舰制器,为备战耳。以吾之理智用之于科学发明,其功效已大见,尚何汲汲为?然则吾之理智将何所用之?将为大报馆之主笔,顺应潮流,以阿世取利乎?将投身航空事业,果敢效死乎?将从俄人之后,推行赤化乎?唯唯否否,凡此种种虚妄之事,皆非世所需。世亦不需理智,世以精确之科学方法号为进步,是并生死为一谈,爱之适所以杀之也。今固一切混乱,然过顷云雾既消,真象可睹,则知在吾眼前足下者,非他,乃一纯然禽兽之世界,乃一完全而终古之蚁穴而已。"

第二函

如前函所言,平和之与战争,犹生之与死,故较为复杂隐秘。而以平和之初步为尤甚,亦犹生机之萌蘖,比之幼孩之成长,为更不易窥察也。此种复杂之情势,今人靡不知晓。于是有自谓身在局中者,有侈言未来事者。若吾则异是。吾之观察世事,仅求其与理智之关系,谓吾视理智为偶像,吾亦无憾。但凭理智以观察世事,容或有误,然他种办法更不足恃也。

吾人所谓文化智识等等,皆不离"欧洲"之观念,自古已然矣。世界各地亦尝产生盛大之文明,然地理上从无如欧洲地位之优越者。盖欧洲兼具极强之放射力与极强之吸收力,输入输出文明,其事均极盛也。

试问今后之欧洲能长为各种事业之领袖乎?今后之欧洲,(一)其将降为实际之欧洲,即仅为亚洲大陆之一岬角乎?抑(二)仍为理想之欧洲,即为大地上最可宝贵之区域,文明之所萃,智慧之所积乎？欲答此问，披阅地图，则见全地球可分若干区。每一区中，各有人口稠密而民族资性优越之地。其地又必壤土肥沃，有灌溉之利与运输之便。然后统观全史，则知在任何时代，世界之大势，可以此诸特别地域互相悬殊之程度定之，而由其畸轻畸重之处，可预测未来之世变。今试以此理征之实事，则世界之特别地域首推欧洲。欧洲面积最小，壤土非肥沃，矿产非富饶，然千百年来，欧洲常为世界之主宰。所以能致此者，当由其民族资性之优越，以印度之大而隶属于英伦三岛，是其显例。是故此中之不平可谓甚矣。而由此可以预知，今后之变迁，必将反其方向，扬此抑彼，使不平者归于平衡。前此欧洲人之特性，约略言之，则为(一)强烈之欲望，(二)热烈而不为实利之好奇心，(三)想象力与精确之推理力同时并具，(四)怀疑而不悲观，(五)神秘而不颓丧，等等。所谓欧洲之精神，如此而已。

欧洲精神之最重要之例，即古希腊人之创立几何学是也。此其影响至为深远。盖埃及、迦勒底、中国、印度之人，智力均未及此，而几何学之发明乃至难至险而至多趣味之业也。盖从事于几何学，须有专一勇往之心智，不为思虑所扰，不为印象所诱，不以前题之单简而疑难沮丧，不以推论之繁复而纷扰无归。彼多情感而无恒心之黑种人，与喜神秘而趋空冥之瑜伽派，皆不能治此学也。几何学以详确之理解施之于日常之言语，实极精微而难成之事。又分析人之动觉、视觉之作用之极复杂者，而使一一合于文法及语言学上之规则。但凭言语文字，于广漠之空间之中，构造种种，设置种种，而空间之性质历久愈明。厥后欧人之思想愈发达，而几何学之用愈显。由其初步之神秘虚空，蔚为精确实在之学问，具备种种公理定义问题证明等，于以见理性能力之伟大，而此学足为凡百思想学术之规范矣。此事非片言可尽。然几何学实足表见欧洲人天才之所长,则无可疑也。

几何学之功用既显,其势力亦历久而愈大。各种研究,各种经验,莫不仿效几何学中方法之精确,材料之经济,概论之自生,例证之细巧,步骤之谨严与目的之敻远。是故近世之科学,实由几何学之教育所造成者也。然既经施于实用而著功效,科学乃成为强权实力之器械,乃成为致富殖产之方法,乃成为贸易兑换之价值,而失其昔日不为实利之目的与艺术活动之性质矣。以知识施之实用,遂使科学变为一种货物、一种商品,非少数卓越优秀之士之所专企,而为凡夫俗子人人之所共羡共求者矣。于是科学之知识,亦如凡百货物商品然,不得不特别制造,美其形式,便人取携,以售诸千万之顾客。既成营业,不能专利,于是大地之上,到处模仿制造,利愈薄而价愈廉矣。其结果,则向日欧洲所藉以雄视全世者,概消灭而不复存。举凡应用科学,工业技术,战争平和各种利器之制造,今后将非复欧洲人之专有,而全世界之民族皆能之。既经此变,昔日不平之状态归于平衡。于是世界中各区域盛衰强弱之形势,将纯以(一)面积之大小、(二)人口之众寡、(三)资产原料等统计之多少定之。欧洲昔日以质胜人者,今后以量,则反相形见绌,由胜变衰,由强转弱,不卜可知。上文所谓不平之状态顿失而将变其方向者此也。愚哉!欧洲之人,使力与质量为比例(即不论质而论量),卒乃举利器以资敌,以所长者自害,自身铸此大错,尚何言哉!

今世各国国内之形势,亦与全世界之大势同,即教育之普及与知识之推广是也。此其结果使人间万事不论质而论量,文明程度恐将为之低减,此为至可研究之问题。倾瓶水于盘,盘中之水必不能如瓶中之高。然而人非物质之分子,人事与物理有同有不同,不能尽取以为喻也。以一滴之红酒入水,过顷酒散,则全皿之水皆白，一若不含酒者。求纯酒与纯水，均不可复得，此物理也。然在教育普及、知识推广之后，或仍可见渊博之学者、深邃之思想家，不平等之现象仍存。此则由于人类之天才不能以外境限制之也。

是故，如前所言，则欧洲与他洲之间不平衡之状态存立甚久，不随轻重为转移。由今所言，则文化普及之后，仍可变浑然一体之同为厘为等差之异。高深学术，优秀天才，仍可卓然独立自存。此二现象，似甚离奇，然合而用之，则正可说明一万年或五千年来世界史中理智之功用及能力，至简单而至确切也。或问曰：欧洲理智之精华究否能普及于全世乎？世界之开发及拓殖，技术工业之划一，民主政治之建设，此类现象，皆足使欧洲失其所凭藉之权力及其优越地位。然欧洲岂遂不可救乎？吾人更无术以转变潮流挽回机运乎？则应之曰：姑勿论其能否，苟勉强致力焉。或可能之，欲得其道，应舍欧洲与他洲之关系，而先研究今人思想中个人生活与社会生活之冲突。（原文止此未完，其所欲阐明之意，则见于韦拉里氏一九二二年十一月十五日在瑞士修利希大学之演说稿，题曰《附记》。见下。）

附　记

大战既已告终，而群情犹危疑惶骇，不可终日。盖欧战之所损失，有终不能偿补而恢复者，理智之损失即是也。智识界人士之烦苦若此，吾今得而论之。

人之所以异于凡百动物者，以其有梦想之故。人之梦想，既强且密且杂，足以转移人性及环境。人当以世间所无与世间所有者相对比，力求其梦想之实现而谋百度之改良。凡百生物，但求适应环境以自生存，若非外力压迫，断无舍此而谋他迁者。苟安而知足，不求更善于此，惟恐不能保持现状。若人则异是，人以具有理智，故虽饮食生活一切充足，而内心乃若有激动驱策指导之者。其需求无限，常感不安，而不惜破坏目前之环境。人之理智对于各种事理常起疑问，常以去来今及虚实真幻互相对比。人之理智能立意亦能实行，能建设亦能破坏，能趁机亦能定策，以有为无，由无生有。而人之理智实生梦想，世界之文化学术，皆梦想之已得实现者，皆理智之产物也。试读《旧约·创世纪》及以下各篇，即知远古之人之所梦想者为知识，为长生不老，为世界一家同文同轨，为效鱼类浮游之潜水艇。希腊之英雄，力能排山倒海，驭气行空，不特制伏猛兽，且以音乐之美而移转砖石建筑城寺。（按此类理想，吾中国古人皆有之，亦可荣幸之事，不得以神话荒唐抹杀古籍也。）至于今人所梦想之多，尤为无限。点铁成金、奔星入月、缩地航空、视听及远、预知未来、长生不死、久动不息等等。一部人类之历史，即合此诸多梦想而一一谋其实现者。所谓文化进步科学艺术等，皆人欲征服一切而改变人生环境所得之成绩也。人为动物之灵长，人之生活范围时时扩大而益趋繁杂。人之每种梦想，皆图破除其生活中之一种限制者。今试将人类前此所有之梦想列为一表，于每条之下分别注明此种梦想已否实现。如已实现，系何人之力所致。然后细察之，则知如圆内容方及新生势力等梦想早已失败且决无成功之望者外，已经实现之梦想已不为少。此中之大多数，其最精微奇妙者，均出欧洲人之力，均为欧洲理智之产物。而欧洲之面积人口乃仅占全世界之一小部分，此至可异之事也。夫以地理论，欧罗巴仅亚细亚洲面西之一小半岛而已，其南有地中海，实为上古各民族聚会混合之地，为商业文化交通之中心。埃及、腓尼基、希腊、罗马、西班牙、亚拉伯人递代而兴,各以其语言、文字、风俗、习惯、宗教、学术于此中互易而融洽。厥后条顿、斯拉夫各民族亦皆由远道而至,群趋此处,若磁石之引铁。于是人类之经济、政治、宗教、艺术、智识、生活,莫不集中于地中海区域,在此积极发达。而近世之欧洲乃以形成,且使世界之上厘然分为二部:其一为欧洲以外之各洲,占世界土地之大半,而一切久久无进步。其二则为欧洲本土,其人活泼而喜创获,互换智识,勤求学问,无事不谈,无理不究,故其权力及实用智识远出他洲之上。均平之势既破,如水之由高趋下,欧洲之势力乃奔放横溢,弥漫全世。而在蕞尔欧洲之本土,则各种智识思想主张统系宗教等,莫不于此互相竞争,互相切劘,互相摩荡,互相比较,资人谈说评论,或赞成而立见施行,或攻诋至不留余地。亚非澳各洲皆遣人来欧洲受学,以变化其气质,而东方之文明及哲理,亦输入欧洲,供此间睿智之士之采择受用。至是欧洲不特为工业之中心,且为制造知识之大工场,吸取各地之原料,分配于各种机器,而整理调和之。其间有主激烈而务急进者,有重过去而倡保守者。思想之归宿,当为折衷于两极端之间,而成于严正之批评态度。过度之整饬固非佳象,而过度之凌乱尤足召祸。其卒也,全欧洲乃如一大城市,具备图书馆、博物院、实验室、研究所等,科学艺术并极发达。欧洲疆域虽小,不足重轻,然实具备各种气候风土及景物,无太过,无不及,最适于人之生活者也。以此种种环境,乃产生吾所谓之欧洲人。其人既皆富于经验,具有雄心,渴慕知识,而亦好货贪财,傲睨自尊而多希望。即或偶尔悲观,亦必藉诗歌文艺以陶写情感,而不至堕神丧志,且以悲观而志愈强、行愈笃、胆愈壮也。

“欧洲人”之定义如何,极不易言。顾吾征之往史,欧洲人皆尝受(1)罗马文化、(2)基督教、(3)希腊精神之影响。故凡曾受以上三种之影响者，皆可谓之欧洲人矣。更析言之：(1)罗马为组织巩固之权力之永久模范。罗马帝国之统治，乃合法律军事宗教礼仪之精神而一之，对于所征服之民族，宽仁施政，抚驭得宜，实由罗马开其端也。(2)基督教传布之范围与罗马帝国同大，愈推愈广。罗马帝国以统御世界为目标，语言文字宗教习俗各各互异之诸多民族，无不纳入范围，兼蓄并收，以法律政治齐一之，而致同文同轨之盛。此实政治上一大发明，基督教即仿照而依附之。教会之组织，全仿罗马帝国中央地方之官制。立罗马城为首都，采用拉丁文字，以受洗之典礼及基督教徒之资格，使全世之人平等，蔚成世界之宗教。二者相得而益彰，猗欤其盛也！罗马帝国之统治，仅及人之形体动作，基督教则感化及于人之心性及道德。基督教最大之功绩，厥为唤醒各人良心之觉悟，造成以个人为本位之主观的道德。于是道德亦归统一，而与罗马帝国法律内外相维，合为一体矣。以基督教之故，欧洲人之精神生活乃益丰富，心性理智乃大发达。诸多幽深玄渺之问题，如理智信仰感情行事之关系、自由平等博爱之意义、宇宙人天之来源、安身立命之正道等等，无不深思明辨博征详考。而运思治学之方法，如典籍之校勘、证据之推审、立论断案之精密无懈等，亦渐次发明，传为圭臬。故夫启发心性，阐论理智，树立治学方法，实基督教对于欧洲之大贡献也。(3)希腊之精神亦由罗马帝国而传布久远。欧洲人心智之训练，一切行事之企求完善，宇宙人生万事万物间之正确关系，谐和平均等之人生要义，屏绝冥漠偏激之幻想，而以理性为归，厉行格物致知求真求备之工夫，凡此种种，无不得自希腊。欧洲人之所以为欧洲人而异于他洲之人者，其故实在于此。惟然，故惟欧洲人能创立科学。科学乃欧洲之特产，而欧洲人理智最高之表现也。他洲之科学渺不足称。科学之能发达于欧洲，实以有几何学为之基本，为之模范，而几何学固希腊人所发明者也。几何学之价值及功用，前已述及，兹不复赘。简言之，几何学乃欧洲人理智之模范。治此学者，需有坚强之意志、锐敏之想象、精密之理性，具备实行家、艺术家、思想家之天才于一身，非是则勿能。人莫不知希腊神庙建筑之完美，以其全部谐和，而每一砖石花纹各有其用，位置得宜，似简实繁，精密无间。几何学之性质正与此同，实希腊精神、欧洲精神之所寓也。

由上所言，凡兼受(1)罗马文化、(2)基督教、(3)希腊精神之陶冶者，乃可谓之欧洲人。三者缺一，此名便不能假。欧洲人之可贵，非以其种族，非以其地位，非以其权力及事业，乃以其独具此种特别之理智也。故即在今日，以知识学术论，欧洲犹远出他洲之上。凡欧洲精神所到之处，其需要工作资本赢余野心权力，以及征服自然改造环境种种交易、种种关系，无不立见增加而繁多至极。欧洲之盛，由其人性质之特别。其人欲望多而意志强，而理智之完美，尤非他洲之人所及也。虽然……(原文止此，未完。然以此篇与前二函合而读之，则韦拉里氏之意固已大明矣。)

——本篇原载于1928年3月出版之《学衡》杂志第62期。

韦拉里说诗中韵律之功用

按韦拉里(Paul Valéry)立论之宗旨及态度,已详见本志第六十二期所译登之《论理智之危机》篇。大致注重理智,无论对何问题,深思密察,务求真知灼见,通彻透辟,而不为古今成说俗见所囿。但其思想之材料,则力求通博,包括一切而无遗漏,由综合之工夫以得精确之结论,诚可为吾人所取法者也。其《杂俎》(*Variétè*)一书中,又有评拉丰旦(La Fontaine, 1621—1695,其像见本志第二十三期插画)之“Adonis”诗一篇(即以此诗名为题),略谓世人多以拉丰旦为怠惰悠游之人,放浪形骸之外,浮沉梦幻之中,日与麋鹿猿鹤为群,乐天忘机。偶然兴之所至,提笔作诗,纯出自然,不假思索,故其诗多山林之美而富烟霞之趣云云。殊不知此类见解乃极谬误。若细考之,则知拉丰旦者,治生虽拙,作诗则苦。虽无功名之念,而凡所著述吟咏,则务极精勤。其为人传诵之《寓言》(*Fables*)虽写鸟兽,而实寓当时法国朝野上下各种人物之性行。非涉世经验宏富、观察深刻者何能办此。至其“Adonis”诗,长至六百余行,韵律精严,尤须苦心组织,惨淡经营,方能有成。韦拉里氏于是推论文学创造之原理,谓凡伟大之文学作品,皆以理智构成。即描写梦幻及疯狂,亦须以分析之理智逐步造作,求模拟之似,而非纵任一己之想象及感情所能致者。近世浪漫派以下所谓艺术须出于自然，但凭一己之天才，为无意识之表现，所得便为佳作者，实自欺欺人之语也。且文学中之规律尤不可不遵守。规律乃所以助成天才，不可比于枷锁。今世之无韵自由诗，但求破坏规律，脱除束缚，直与作诗之正法背道而驰，所得者不能谓之诗也云云。今节译韦拉里氏此篇中所论关于原理之处，以资考镜。吾国之效颦西方自然的创作及无韵自由诗者，亦可废然返矣。

又按英国今世文学批评家缪莱（John Middleton Murry）于所著论文集《随笔》（*Pencillings*，一九二三年出版）中，谓凡今之文学杂志，介绍新出版之书籍作品，别无他语，而但谓作者富有天才（Genius），其书颇具诗意（Poetic）者，此书定必恶劣不足观也。又英国今世诗人诺伊斯（Alfred Noyes）著《近世诗论》（*Some Aspects of Modern Poetry*，一九二四年出版）一书，谓诗以声音之美为主，而声音之美必寄托于韵律。今世之诗学革命家，破除韵律，侈言天才，于是声音之美全无，而所作者直不成为诗矣。试以古之大诗人之作，与今之无韵自由诗较，孰具天才？孰为佳诗？不待辨而明。然则天才必需韵律乃成佳诗，反是则妄。以上二人之说，应俟另篇译述，兹略及之，以其可与韦拉里氏之论互相发明耳。编者识。

（上略）心思简单之人，不能为政客，固也。浮游梦幻、心思旁骛者，亦不能拼合字句而成精美无上之诗。作诗决非梦想之事。欲作诗，须精心研究，力求一己思想之圆活，步步牺牲，无穷辛苦。且即作诗描写一己之幻梦者，亦须以清醒之头脑，澄明之心志为之。如欲模仿昔日一己梦想中迷离矛盾之情态，使一己之灵魂浮游于今所忆及往时缥缈惝恍之境界，如枯叶之飘然下沉也者，亦非极端专心致志不为功。非是，则所欲描写之境界事物不能得见也。盖精确之描写及文笔均与梦幻正相反对。艺术作品之佳者，必作者曾大费时间精力，常妨止一己心思之驰骛，乃能成此也。最美之事物只存于幻境，创造云者不外由幻即真(如摄影然)，由流动纷乱之影像中，乘机攫取其几微之媚态、之清容、之定相，使固定而存立于永久。此极艰难之事，非游戏消遣也。所欲攫取者愈隐微不可捉摸，则愈当专心致志，使流动不居之影像若在吾眼前者，而后可也。

(中略)吾人所见之印象虽极清切，而以文字表达出之，则迥乎不同。(陆机《文赋》云：恒患意不称物，文不逮意。即是此理。)此种差异，于有韵律之诗为最大而最显。请略论之。

自由乃一柔媚之女神，足为人蛊，而其害诗人也尤甚。自由之说，若甚新奇而中含智慧，易动诗人之想像，于诗人之缺点则代为掩饰，而常炫诱诗人，使共破弃古来陈腐无用之规律，而顺从灵魂及声音之自然节奏以为诗。其说几无以难之，顾自由之为物，与“粗率”“不经意”密相关联。世间颇多具有韵律之旧体诗，率尔作成，油腔滑调，诵之亦颇顺适，然中实无物，千篇一律。此类之旧诗，乃与彼无韵律之新诗同一可厌。虽新旧门户各别，互相对立，此之所美乃彼之所恶。然此二类之诗其无价值实相等，盖皆自由之产物也。徘徊于二等之间，吾诚不知所择。虽云各有理由，惟人所好，然吾独观于从古至近今之诗人，自愿造出种种规律、种种枷锁，遵从而无违，其事殊可称羡。何以行之千百年而无忤者，至今日乃始嫌其侵害诗人之自由乎？谓此种规律悉皆有害无益，则何以古来诗人均遵用之而无异言乎？岂古之大作家，心志极自由极广大者，竟迷误相承而不悟乎？近自论理学衰，人皆喜为吊诡矛盾之言。姑仿效之曰“是盖由人之天性喜作伪”，然此解答犹未足以释吾疑也。

另有一事，吾亦不解。今世之所谓诗人，好创立新体裁新韵律，或一人而创数种。于是体裁韵律之类别乃比诗人之数为尤多。试观今世之科学界及实业界方趋向统一，采用同一之标准，同一之度量衡，更以法律条约为之保障。而诗人之所为则反乎是，各以己之所为所好者为一切之标准。一若己之身体、己之节奏，皆足为绝对之模范。而己之耳，己之心，遂可测量世间之声音时间而无误者。其结果，则诗人所作之诗，能了解而愿诵读之人甚少，即有强为之解者亦未必能得作者之意。哀哉彼诗人也，世固有误解作者之意而反使原文增其价值者，亦犹破污之镜或足使丑人之像变美。然苟主张作者读者之间不宜有隔阂误会（即谓须使读者能明作者之真意）者，则当承认诗必需有一定之韵律。彼旧体诗之格律形式，虽近于机械，然遵而用之，大可减少上言之危险，即使读者能了解作者之意思是已。至或谓此种种格律形式太过专制，则试问吾人之言语、文字、文法、句之构造等等，何莫非专制？何莫非束缚人之自由？乃独不慊于诗之韵律，何耶？（参考阅本志第三十三期《柯克斯论美术家及公众》篇。）

且此类形式及规矩，实自有其价值。请试言之。夫作旧体诗固须强勉遵守严密而无理之规矩，致有种种损失，然韵律句调亦能引起诸多幽远而新奇之思想，有失亦有得也。今即谓兹所引起之思想，半属无用，可以增益此诗之美者仅其他一半。二者相消，结果为零，可置不论。今即谓诗人心中本有种种美思美意美词，只以韵律句调所限，不得已，屏弃勿用，尽作牺牲，损失极大，可为痛哭。然而且勿哭，请毕吾说，则知前所视为损失者实乃利益。其间并无丝毫牺牲。闻吾说者遂将转悲为乐，此固哲学家之所有事欤？

今试以雕刻为喻，抟陶土为人形，备极精巧。然聚此类偶像千百，终不如一大理石雕像之能表达吾意中之美。何以故？以抟土易而雕石难也。盖土柔松而石坚硬。雕刻家以錾向之，彼石则顽强抵抗，一若不愿像之造成者。雕刻家乃益不得不辛勤致力，像中之一口一臂，费时至不可计。雕刻家以錾击石，至千百次，砉然有声。其每一击均足使所成之像变形，于石之碎屑断片及微尘细粉飞扬之中，美丽之像逐渐产生。是故此人与石相斗争而求胜之，而以时间为其工具。所欲成之像，譬犹其所恋之美妇人，方在酣睡于未来之中。此人乃匍匐近前，强呼使醒，更修饰其缘角，徐使成为吾有。此美妇人卒乃由混沌之世界及渺茫之意想中现形而出，植立吾前。若斯之美也，又若斯之坚而不可磨，历劫而能永存也。而其生则由雕刻家一时之思想，坚持不放，孜孜用力，奋心苦志，卒以有成。成之愈艰难则愈可贵。凡伟大作家常思创造一种之物，与己之精神相似而更胜过之，其美至不可解，比己之精神更为纯粹坚贞，在世界中更有价值，然后方为满意。但当创作之时，此作家有时精力弥满，有时懈怠敷衍，自亦不能分辨，然于所成之作品中则皆可见之。作品乃作家善恶得失短长之明镜，作家心之所欲为者，力皆能为之，然其力之所不能为者，其心固亦未尝欲之也。作家于此事虽云自由而无全权。呜呼！作家正以此事如是艰难，乃可使汝勉强用力，不至粗心敷衍，率尔作成。彼石如是之坚，不受汝錾，汝遂即失望，汝之心冷，汝之志灰，汝之意阻。汝或且以训练不足，必须如汝意立得效果而不能奋力战胜困难。虽然，汝当从吾教，勿以此石为坚，彼土之柔与蜡之滑均不可用也。汝但当勇猛进行，不久即知此格言之深有意味，曰："美者常在虚无之域，得之便非美矣。"

诗中韵律之功用，正以吾人出言下笔太过轻易，遂特设此种种严密复杂之规矩，作为抵抗之材料。忽来此心外之物，禁止吾人不得率意行事，乃可得佳诗也。此种规矩必须强半无理，使吾人愤怒不平，否则其功用失。奉行此规矩，遵守此韵律，然后作诗者乃失其自由而免危险。乃不至信口吟成，乃不至徒有意思，徒具印象，而昏沉醉梦，坐失良机，使其心目中已成之美人形象逃逸而去未得擒获。夫所思者皆能见之行事，此惟神为然。吾侪既生而为人，只有辛苦致力，行其所能行者而已。诗人于飘忽之词句，深微之比兴，应急起力追。虽云力弱，亦当奋勉，使韵律与意思合而为一。以清醒之心智，造成迷离之形象，有如白昼作梦。梦中所见，真幻相接，乍离乍合，是一是二，不可分辨。是故诗人应具恒心而毋急躁，穷年累月，淬厉琢磨，所思所望亦勿甚广大而空泛，庶几可有成耳。

时至今日，更无外力（如朝廷之功令，父师之训教等）强迫作诗之人遵守韵律。然诗中韵律及其他规矩必须遵守者，以其能确定诗人表现之绝对世界之范围，以吾所发见其中之新意义，而谓韵律规矩为不可废也。诗不能信口而出，语言文字之外，又有此种种规矩，似属多此一举。然吾人既已造成此种种规矩，则必宝而用之，且亦不必企图改良，不必另造他种规矩。此凡诗人所当知、所当为者也。或谓韵律等规矩非出自然，乃系人为，有类国家之法令。斯固是矣，然作诗读诗之人，遵守此法令，其快乐并不因而减少，其感情亦不因之消灭。凡此规矩，皆众人之所公认赞同，且以历久遵行而愈增多者也。不见彼赌博中规矩之繁杂为何如乎？从事于此之人遵守无违，而皆兴高采烈，一若视吾注所下，或东或西，盆中之骰亦将为之转向者，其中之吸引力及盈亏之关系，恐非专治磁力之物理学家所能洞见。方其赌兴正浓之际，专心致志，几同入魔，视此种种若固有之。及一局既终，离座而起，则此种种亦均消灭而不复存。回思前情，有如梦幻，而人之所以高出于禽兽者，则以人独能以梦幻为真也。

读者其勿误解吾旨，吾非谓诗人不可追寻“冥漠之快乐”。吾亦知常人每以一颦一笑一言一动之感触，而忽忆及已往之百千境界百千情事，咸可为丰富之诗料。然自有文学以来，绝无有由偶然之发见或意外之回忆而造成艺术作品者也。

吾仅欲申明诗中之韵律及其他种种规矩，似若专横，然遵而用之，则可见其中所含之至理。此等枷锁羁勒，能常紧束诗人之天才，使不至一刻放纵怠惰，而率尔粗心吟成劣诗。世之俗人见此劣诗，辄妄赞曰此其思想甚美。殊不知思想之出于自然者，其渺茫无定而不易索解，不亚于猜谜，思想亦必须整理就范乃有价值也。

是故诗乃以苦心作成，并非出之自然。诗人须就其思想感觉之全部中自由选择。昔者神固尝以佳诗锡吾人矣，然仅止一次。此后之诗，悉待人之自作。而所作者，须能与神所锡者比并而无愧。是则非运用其人所有之思想经验而专心致志以赴之不可也。(下略)

——本篇乃吴宓所节译《韦拉里说诗中韵律之功用》，编者按语亦为译者所撰。原载于1928年5月出版之《学衡》杂志第63期。

穆尔论现今美国之新文学

按本篇原文登载美国《论坛》杂志(*Forum*)第七十九卷第一号(一九二八年正月号),题为"The Modern Currents in American Literature"。作者穆尔先生(Paul Elmer More),为美国现今数一数二之文学批评家,提倡人文主义,曾任纽约《国民》周报(*Nation*)及《纽约晚邮报》(*New York Evening Post*)文学编辑。又任卜林斯顿大学及哈佛大学讲师,生平著述甚多,而以*Shelburne Eassys*批评论文集凡十一卷为最有名。近年专心致志,取希腊文化哲学之精华,参以一己深彻敏锐之见解,成《希腊宗传》(*Greek Tradition*)之巨著,分为五册。第一册名《柏拉图主义》(*Platonism*),一九一七年出版。第二册名《柏拉图之宗教》(*The Religion of Plato*),一九二一年出版。第三册名《希腊季世之哲学》(*Hellenistic Philosophies*),一九二三年出版。第四册名《新约中之耶稣基督》(*Christ of the New Testament*),一九二四年出版。第五册名《基督之道》(*Christ the Word:A Study in Neo-Platonic Theology*),一九二八年二月出版,均美国卜林斯顿大学出版部印行,牛津大学出版部代售。欲窥西洋文明之真际及享受今日西方最高之理想者,不可不细读以上各书也。

又按穆尔先生与白璧德先生齐名,本志以前各期已屡述及,读者谅已稔知。此篇末段列举美国新人文主义派之作家,推白璧德先生为领袖,而于穆尔先生自身则毫不提及,此足见先生之谦德。又白璧德先生之高足薛尔曼君(Stuart P. Sherman)极关重要。兹亦不言及者,以薛君已于前年秋间逝世,而此篇所列举者以生存之人为限故也。读此篇者,祈先取本志第五十七期《薛尔曼现代文学论序》读之。至此篇所言美国今日文学之弊病,与中国今日之文学大致相同,可为借鉴。然亦有不同者,是在读者分别审观,兹不一一指出之云。

又按近来传述白璧德先生之学说者,有以下二篇,言之甚为确当。(一)《英国新标准杂志》(*The New Criterion*)第四卷第三号(一九二六年六月出版)登载孟孙君(Gorham B. Munson)所撰《白璧德为今之苏格拉底论》(The Socratic Virtues of Irving Babbitt)。(二)英国《十九世纪杂志》(*The Nineteenth Century and After*)第一百零三卷第六一四至六一五号(一九二八年四月五月出版)登载李查芝君(Phillip S. Richards)所撰《白璧德之新人文主义》(Irving Babbitt: [I] A New Humanism; [II] Religion and Romanticism)。此二篇为英国之人而作,与本志第十九期所译登之马西尔君《白璧德之人文主义》一篇为法人而作者,用意正同。虽互有详略,而于白璧德先生之学说并能得其真而撷其要。读者可参阅之,知白璧德先生之人文主义已渐行于各国,而吾国之人研究享受,益不容缓矣。译者识。

本篇题目及范围,系论究今日美国文学中之所谓新派。(参观本期插画第一幅《现今美国文人滑稽画像》。)故于工力最深之小说家华顿夫人(Edith Wharton)及声名最著之诗人鲁滨孙(E. A. Robinson)、福罗斯特(Robert Frost)均不能论及。此诸人者,其地位及成绩已为众所公认,然不能谓为美国之新派文学家,与彼宣告独立而专务反对旧文学者异其趣。华顿夫人之小说及鲁滨孙君之诗,固皆叙述美国之生活及近今之情事,然其思想及体裁均无异于英国维多利亚时代之文学。至福罗斯特君之文体虽甚奇诡,然其人之精神,实与新英伦文学宗派中之旧作家如Jewett女士及Freeman夫人等相同而无所别异也。

以此之故,于彼大多数之作家,成书极多而甚受社会欢迎者,今亦不能论及。此中如Booth Tarkington之颇能自树,如Hamlin Garland及Meredith Nicholson虽平凡而无瑕可指,如胡礼德(Harold Bell Wright)之书销售极多,其名腾于众口,而严正之批评家则鄙弃不屑齿及(予独窃赏此君之作可云例外)者,皆是也。

吾人对于以上两种作家,无多可说,仅可云此诸人者,常有新书出版。其书之工力有深有浅,其书之文辞有美有恶,其书之内容则或写此地或写彼地之风光。人之读其书者,只为娱乐消遣,平日亦不多谈论及之。至所号为新派之文学家则不然,其人数虽微,而喧阗扰攘不休。世人如或漠视之,则彼中之勇者,情甘牺牲,特作成一书出版,以奇特淫秽动人之耳目,于是有司提议禁止行销,社会中人乃纷纷寻求此书读之,而新派遂又喧腾人口矣。

新派对于文学艺术之主张,虽自诩创造发明,而实则追步效颦英国之新派,而英国之新派又模仿法国或俄国之新派。由巴黎传至伦敦,已阅二三十年。由伦敦传至纽约,更阅二三十年。此常例也。如是,又何新之足云?惟有一事,系美国之新派所自创,即专务攻诋新英伦之清教徒(New England Puritans)及其精神,不遗余力是也。彼英国之新文学家,亦常鄙笑维多利亚时代之作者。文人相轻,自古已然。今之后生,尤好诋前修,然从未有如吾美国新派文人之甚者。彼辈血脉偾张,苟有对于昔日波士顿诸文学宗匠表示些须之崇敬,或略溯旧文学之渊源者,则怒不可遏,几将逞凶用武而后快焉。

夫具同仇之心者,其团体之结合最坚。新派文人,于所主张虽多歧异,而于其反对者则极为一致。彼辈以反抗并破坏美国之国性为共同之目的,故能自成一派,而有别于欧洲之新文学家焉。夫美国自建国以迄于今日,所可以代表美国国性之文学作品,仅有新英伦之清教徒如爱玛生(Emerson)、郎法罗(Longfellow)、罗威尔(Lowell)、惠体尔(Whittier)、霍桑(Hawthorne)、索鲁[①](Thoreau)等人之著作。虽其宏大精严之处,不能与欧洲文学中之杰作相比并,然亦自有其价值而具特长。新派文人固亦知之,而乃一概攻诋,思欲破除之以为快。彼之所取者,为阿伦波(Poe)与惠特曼(Whitman)二家,于近今之作者则推尊 Stephan Crane 氏,岂非异事哉?

细究新派文人力求推翻新英伦文学正统之原因,盖有三焉。

(一)曰褊狭之地域之见。文学与政治同,彼西部各省 Oshkosh 与 Kalamazoo 等地之人,傲睨自喜,以为吾所生长之乡村,亦可为世界文化之中心,较彼清教徒所居之大都会(波士顿)何多让焉?其心固不甘居人下,然迹其所行,则此诸地之文人,以及芝加哥城中之文人,其稍稍成名,足以自立者,则莫不急急东徙,奔赴纽约城中而居住焉。纽约者,亿万人之所聚居,而实等于无人之境,居民皆系他处迁来者,于此经商,于此食宿,于此死而葬者极多。然实各不相谋,五方杂处,语言淆乱。意大利等国语流行,而纯粹之英语几于无闻。故来自田间之文人多乐就之,而

① 索鲁,今译梭罗。

迁至波士顿者则无一人焉。

（二）曰误谬之爱国心。或谓昔日波士顿之诸大家，爱玛生等，其文化学术得自外国，其著作中所用之文字悉力模仿伦敦之英文，未免为他人之奴隶。于是新派文人，本其爱国之心，力求表现自己，行文径用美国之方言白话，以造成一种特别而新奇之美国文学。此其志固甚可嘉，然与事实相反。盖新英伦之诗人文士，其著作之外形虽力遵文法之成规与艺术之定律，然其精神则正足表现其时美国之国性，非若今之新派文人专以摧毁国性为能事。新派倡为解放之说，破坏种种礼法规矩，使道德与宗教荡灭无余。此岂美国之国性耶？今日他国之新派文人亦盛倡此说，吾人追步其后尘，又何独立自尊之可言耶？

（三）曰对于宗教道德之反抗。十九世纪中叶之清教徒作家，亦尝有反对旧日宗教中之信条与仪式者。如爱玛生，即以不满于其教派枯燥无味之礼文，弃其牧师之职而不为。然爱玛生之徒，固皆植品砺行，以道德为世宗尚。其著作中充满道德宗教之真理，无殊古希腊之史诗悲剧。近今反抗宗教道德，则已成为风气。其主张态度亦人各不同。有以无宗教无道德为生人最乐之境界，于是造为“宗教主义”“道德主义”等名词，以为攻击之目标。生活及艺术中，均不许有宗教及道德之存在。偶有见端，则奋力排除之，不使有萌蘖再长之机而后已。此一派也。有谓道德宗教对于人之实际生活，均为有益，然与文学艺术之原理无关。人生纵有一定之规律，艺术则为艺术而存立，不宜牵混于一处。此又一派也。

是故提倡文学之自由与解放者，本非一致，然以同仇之故，遂隶于一旗帜之下，攻诋清教徒，反对道德及宗教。又使艺术与人生分立绝缘。彼辈鄙视新英伦之清教徒，而实窃取其独立自尊之精神，但误用之耳。

就大体言之，新派文人又可分为二类：一曰审美派，二曰写实派。二派有时亦互相牴牾，兹分论之。

（一）审美派。审美派以近年逝世之罗威尔女士（Amy Lowell）为领袖。女士于诗之技术造诣颇深，然于作诗之方法，则多因袭而少创造。无韵律之自由诗，为一时风尚，女士遂亦效颦而趋从之。初学美国之惠德曼，继又摹仿法国形象派（Imagism）之新诗人。然此尚不足云自创，女士必欲矜奇立异，乃造为所谓“繁音散文”（polyphonic prose）之体。此体实本于法国诗人佛阿氏（Paul Fort）之说。惟佛阿氏所用者乃旧诗中之音律，而女士则以“雄辩式之散文中之纡徐流动之音节”代之。女士云：“所谓繁音散文者，乃如乐队合奏之音乐，其调非若自由诗之简单谐和，而繁复多变化。”女士之计划颇大，方其初出之时，绩学之诗人亦尝重视之，至其终局之成绩则直无可言者矣。

今后罗威尔女士如能长保其声名，必系由于其所作旧诗之佳，而非由于其繁音散文之新制，此事之无可疑者也。女士于旧诗确具工夫，不乏琢磨光辉之佳作。苟不肆意创立新体，则其成就实不可限量。女士之天才盖为其学说所误者也。女士生时颇负盛名，其离奇怪诞之行事亦津津为人所乐道。然女士在文学上之影响殊甚微细，今已渐归消灭。不但女士一人，所谓自由诗者，今已为极新派之文人所唾弃。某大学二年级学生，以不道德之文学主张，被校中勒令休学。此君尝告予，谓彼自由诗大作家桑布氏（Carl Sandburg）以芝加哥城中之“煤烟与钢铁”为作诗之材料者，今已死去，其所作新诗已无人读之矣。

审美派之新文学家，其著作今犹为人所喜读者，当以喀伯尔（J. B. Cabell）为最有名。喀氏乃一奇人，初未知名，旋以其《甲根》

(*Jurgen*)一书出版,政府当局认为有伤风化,严禁发售及邮递。美国智识阶级中人,思想简单,以为凡官厅所禁止者必为艺术上之佳作,于是立奉喀氏为文学界之殉道者,而其名遂大显。至该书之价值如何,甚不易言。亦有博学能文之士,称赞此书为不朽之杰作,推喀伯尔为现今美国第一作者。而大多数头脑清醒之人,则谓此书毫无足观,喀氏乃一性喜自炫之妄人耳。以吾所知,今日极新派之少年皆不称许此书。然彼辈于本国之文学一无所取,仅取James Joyce之*Ulysses*小说,以作者非美国人。是则新派少年之去取固不足为评判之标准也。

此书中所叙之甲根,乃中世之才子,能诗,以当商为业。其后得魔术之助,梦中返老还童,重度一生,看破一切,恣意所欲为。盖人生哲学之寓言,而以神奇魔幻之情事写出者也。世界各国之神话奇谈,均网罗入书。作者自谓已窥破人生之秘奥,无所依恋,无所信仰,遣词用笔,一主冷峭,而常流于淫荡。盖合许赖(Maurice Hewlett)与法郎士(Anatole France)之法而一之。故作明白浅显之文笔,而造成极繁复极凝炼之作品。吾读此书,觉其前后颇不一致。偶得一章,甚喜其内容之佳,感于人事之无常,深心久思,而得智慧,言之若甚旷达,其心乃愈悲苦。吾读至此,方恣欣赏,乃其下忽转为粗厉之音,杂以俚文鄙词,出其小慧炫人,**则吾对作者顿为失望,而谓作者之学似博而实浅,作者之艺术似巧而实劣**。**书中之优点亦皆常见而不足道者也**。读《甲根》一书,每觉作者之天才学问均过人而未获施展,评者之称赏其书,盖以此故。而予则颇疑此书之见赏于多数人,只因其以柔丽之笔,写淫荡之情而已。

除《甲根》一书外,喀伯尔君又曾著成互相关连之小说多种。誉之者至谓驾巴尔札克(Balzac)与左拉(Zola)而上之。巴尔札克仅叙法国拿破仑第三帝政时代之社会，左拉亦只叙Rougon-Macquart一家之渊源。若此美国勿吉居亚省Richmond城中之作者喀伯尔君，其想象力之伟大乃非彼二人所及。予今引约克曼君（Bjorkman）所作《喀伯尔小说全集》之序中之言曰，“喀伯尔君小说中之所叙述者，自其幼年时代所经历之环境起始。细溯一社会团体之根底，历时与地，穷源竟委，遂能造成诸多恢奇动人而又合乎情理之人生片影，表明人类命运相关之道。苟按其次序，将各书一一研读，则可完全洞见血统遗传之事象。自中世直至最近三四年为止，彼巴尔札克之书，仅能写一地一乡一时之情形，又未能著其变化之迹，岂可与喀伯尔君如斯宏大之著作相提并论”云云。予谓约克曼君此说直是谰言。喀伯尔之小说固甚巧妙，间有讽世嘲俗之语，亦可玩味，然细究之，则皆小慧而已，不足为伟大之征。今乃谓其胜过巴尔札克之《人间喜剧》（*Comédie Humaine*），如此颠倒错乱，足证约克曼君于艺术及人生毫无所知。然今之慧黠之报馆中人概皆如是，安能于约克曼君而独深责之哉？

喀伯尔君所著各书中，予最喜其《超过生活》（*Beyond Life*）一书。喀伯尔君于此书中自述其对于文学之见解，与彼写实派之所言所行者正相反对。此书前后美恶不均，书中隐居之小说家，乃喀伯尔君自寓。其人博学而性殊怪僻，写来颇似傀儡，无甚生气，然其口中之议论则甚正大。其言曰：“诗与小说，乃以一种预示之魔术，使活动之幻象显露于外，而鼓舞人心，俾日趋于高尚之目的者也。此种活动之幻象，即世人所号为奇迹艳史者，并非虚无之物。苟作者能将人生之根本事理，本诸己之所见者而确切写出之，则可近于人生之真谛，而幻象即成实在矣。是故艺术作者乃人生之先导与僧侣。吾人心中皆希望世间之事事物物，不止如现今之实在情形，而能有胜于此，能合乎理想。所谓种种奇迹艳史，即表示此种愿望者。人生到处皆为此种愿望所驱遣。作者苟能明见及此而写出之，则已进于神明之域而笃信上帝矣。”

精确细密之读者，或将讥喀伯尔君误将观念与理想并为一谈，未加分别。盖透过浮表之现象而直窥物之本性，是曰观念。以不满于现实世界之情形之故，故意造作种种美丽之幻象以掩饰之，是曰理想。然今世蹈此失者甚多，非止喀伯尔君一人。今世之求逃脱卑下之悲观主义者，往往趋于伪柏拉图主义，以圣陀亚那教授(Santayana)之盛名及大手笔，且为之倡。盖皆误以理想为观念者也。观于喀伯尔君之论奇迹艳史与人生道德之关系，即可知之。喀伯尔君取亚里士多德之格言，谓文学中所描写之人生，不当为实在之情形，而当为理想之境界，斯固是也。凡真正之古学派文人，未有不进苏封克里氏之理想戏剧而绌尤里比底氏之写实戏剧者，即未有不赞成喀伯尔君之说者。然试问其所谓理想之境界为何？喀伯尔君则曰：“所谓善恶，乃美术上之惯例，而起源于浪漫之观感，此事之不容疑者也。”又曰：“愚人之所称为道德者，持与美较，则相形见绌而不足重轻。非道德不足重也，以其在美术上之价值渺乎其小也。”是故由喀伯尔君理想之境界之说，则是世间人之为恶犯罪者虽常有种种之痛苦，而小说中所描写之人物，则可恣意为恶犯罪，而结果仍甚快乐圆满。姑不论此说奖励人之为恶，岂合于真理实事耶？喀伯尔君之言，仅足以破“道德主义”及“宗教主义”，不足损伤道德。然喀伯尔君以人生之真与文学艺术中之美，划分为二，各不相关，如是为之，则文学艺术中决不能有庄严切挚之情感，此其失误之关系重大者也。

罗威尔女士与喀伯尔君，为吾美国审美派文人之领袖。而二人皆生长于东部以保守著名之通都大邑，皆出身名门贵家，皆受高等教育。此事之甚足注意者也。罗威尔女士为博学之诗人James Russell Lowell之族孙，哈佛大学校长A. Lawrence Lowell之胞妹。以世系论，固麻省昔日诸大名贤之嫡派也。喀伯尔君之家，亦为勿吉尼亚省之名族，在威廉玛利大学毕业，复在该校为希腊文教授。试问今之新派文人能通希腊文者有几人哉？

（二）写实派。新派最激进之文人，所号为写实派者，则正与以上所言者相反，盖皆生长于美国中部Kansas至Ohio诸省之小邑。少时并未受真正之教育，虽自奋于文学，而缺乏历史环境之陶镕，故所造均不深。其中若路易斯（Sinclair Lewis）生于米乃苏达省[①]之Sauk Centre地方，曾在耶鲁大学毕业，获得学位。然其人智识粗浅，尚不如杜来色[②]（Theodore Dreiser）之奔驰于芝加哥之市街或蹀躞于各地之公立图书馆而成其学问者，且不如安德生（Sherwood Anderson）之粗识文字亦由天惠而未尝入学未尝读书者也。

写实派文人又有多巴索（John Dos Passos）者，生于芝加哥，毕业哈佛大学，受法国作者及西班牙之易班乃士（Ibáñez，1867—1928）之影响甚深。就知识及艺术论，其著作不能谓之粗浅，然就其反映人生之处观之，则此君之著作实为最劣下者。其《纽约电车站》（*Manhattan Transfer*）一书，甚为人所称道。然此书内容乱杂无章，专写纽约城中卑下污秽之情况，以今世流行之语说之。此书乃直接表现人之“流动之意识”而甚得其真者。吾则谓不知称此书为污水沟中之爆发之为愈也。

以上历叙新派文人之出身，予非敢自诩名贵，亦非存地域之见（吾本身亦籍隶中部之一省）。盖以其与该派之主张及著作至

① 米乃苏达省，今译明尼苏达州。

② 杜来色，今译德莱塞。

有关系，因此而成为一种特性，致与今世法国英国之写实派截然划分，研究批评之者不可不注意也。写实派之中，以杜来色君势力为最大，杜君与安德生君并为该派之代表，故今于杜来色君之平生，请更详论之。

幸哉此事非难，盖杜来色君与其同派之作者，均自视甚重，以为茫茫世界之中，我为第一主要之人。于是其著作小说也，处处藉书中人物之姓名，以表现一己之性行，且进而撰作自传，以详述我之历史。杜来色君之*Book About Myself*一书，即其自传也。杜君年已五十，未能有闻，关心后世之名，乃以其少年及壮岁极平常极琐屑极无味之生活及行事，堆积搜罗，而成此五百余页之巨帙。及审其内容，则作者自言其少时恋爱一清白而忠厚之少女，屡欲奸污之而卒未果。待至多年之后，乃娶之为妻，而此时情欲已减，淫心不炽，索然无味，深悔昔日之不径行恣意求欢也。呜呼！杜来色君所欲告天下后世者如此，吾人惟深服其勇。盖书中所叙情事有极猥琐者，虽写实派小说家亦将搁笔，而杜君直叙之不稍隐讳。但为研究杜君之生平，此书固系无价之宝矣。

按杜来色君自传，杜君于一八七一年，生于印第安那省之Terre Haute地方。父为德国人种，奉天主教，为一小牧师，贫穷而无志气，但多卑靡之情感，旋携家至芝加哥城中居住。杜来色自幼即终日流连踯躅于芝加哥之街市中，为一小商店沿街售卖货物为生。已而窃取店中银币二十五圆而逃，深恐为人发觉，自是力行谨慎，竭力遁藏。年二十二，在本区某政客所办之小报馆中得一微职。旋于一八九二年至圣路易城，为某报馆访员。该报主笔某，负一时盛名，杜君从之学，获益不少云。

圣路易城为予之故里，方杜君来圣路易之日，正予将离此而出游之时。杜君所叙当时圣路易城中情形，甚为真确而生动。

街巷坊陌，都存掌故，人物俗尚，历历在目。予尚可为杜君证也。然杜君旋亦去此而东，一再飘流，卒抵纽约。其后又经多年之辛勤困苦，所撰小说为人所注意，名誉渐起。及三四年前《美国之悲剧》(*An American Tragedy*)小说出版，凡二巨册，大受群众欢迎。国内国外之评者许为一时之名著，而杜来色之名乃如雷贯耳，而杜君遂为美国之大作家矣。

予意写实派之作品中，当以杜来色君之自传 *Book About Myself* 与安德生君之自传 *Story Teller's Story* 为最重要，其所著之小说远不能及也。杜君行事经历虽与予殊，然其自传中所叙昔年美国之情况，与予幼时之知识及感情在在关合，今已渺焉不可复睹。予之独赏此自传，或缘此故。然平心论之，杜君自传之文笔，简明直捷，不愧为训练有素之报馆访员。而其所作小说之文笔，虽刻意求工，而粗恶不堪。市井之淫乱浪语，与生物学实验室中之科学名词，混于一处，杂而不纯。至论自传之内容，则欲穷究美国写实派文学之来源者，正可于此处得之。盖杜君言之不事讳饰也。

三四十年前，在美国中部各省，出身微贱之少年，盖皆与杜君同其境遇涂辙。其精神生活，惟赖宗教，或为锢闭专制之天主教，如杜君所奉者是。又或为穷困薄弱之耶稣新教，其教中之典礼仪节皆已废除，想象无所寄托，而文学与艺术则从未梦见，不殊非洲穴居之蛮人，其知识其感情皆抑塞穷乏，不获发育。如此之少年，或未尝受学，或即在当时穷乡僻壤经费不足设备简陋之大学毕业，得一有名无实之学位，流转而至喧阗扰攘之芝加哥城，虱身此中。欲以著作文章自见，偶在专务登载奇闻丑事之报馆中得一位置，以资糊口。彼于人生之大事业大道理，固未尝窥见，而其到此后新得之经验，皆取资于警区法厅验尸场，及污秽之街坊、破败之人家。其材料则不外图财害命、奸淫诱拐、欺诈劫夺之罪恶行事，而乃悉心探访，辗转传述，笔而书之，以为文章。境遇如斯之少年，其世界观人生观为如何，可想而知矣。杜来色君自叙其当时之感触，极为动听，谓其初彼犹“念念不忘耶稣山上训言及天国无上之福，以为世中之活人其性情行事亦必如是”。继乃知其大谬不然。盖社会中人，凡彼所遇者，“莫不视生活为一猛烈辛苦之奋斗战争。此中只有劫夺而无礼让，尔诈我虞，不以为非。种种陷阱机械，偶一失误，便堕其中。或缘幻想错觉，枉费心力，走入歧途，其中得失成败毫无定理”。诚如其至友某君所云“人世乃一渎神背义污秽丑恶机械变诈之赌博场耳”。安有所谓人情天理哉？

当是时，杜来色君颇有志于名利，性复聪敏，遂自行研读书籍，所读者适为巴尔札克及左拉小说之英文译本。杜来色君乃悉彼红尘十丈繁华世界之巴黎，正与吾目所见之芝加哥相同。如斯社会，如斯事业，特彼中竞争活动之范围较大，参加之人物较多，结果之成败得失亦较钜耳。由是杜君遂断定著作小说之方法惟在写实，与彼平昔所撰之新闻访稿，无二趣也。其后杜君又涉猎赫胥黎、斯宾塞等人之书。此诸人者，固当时未受教育之人及一偏狭隘之科学家所奉为万世之圣人及导师者也。于是杜君怃然曰：“吾见人生如是蛮横混乱而无道理，甚深疑惧，及读此诸名贤之书，乃知人生原本如是，历千古而不变，吾乃废然止矣。”

杜君续言曰：“前此吾常努力苦心，欲有所为，以为行之必有结果。今则热心顿减，深信人之精神决无目的及进步，只有当前之快乐，无复未来之希望。人之生世，至不得已。其事甚苦，生死问题极不重要。所谓人之理想奋斗忧患幸福等等，皆不过化学作用之结果。人之行事之动机，均由好乐而恶苦。苦乐之情，宰制人生。其所以然，固莫能明，亦毋庸措意。总之，人身乃一机器，既无计划之施，亦无创造之人，偶尔成形，强驱而前，胡乱行使，亦无爱护顾惜此机器之人，时来整理拂拭，使其不坏者也。”

杜君所受之教育既如斯，性复聪敏，善能观察市中之纷纭景象而详为叙记。又易受感动，了解社会中人之心理，故其所作皆类乎《美国之悲剧》之写实派小说。此书特其中巨擘耳。细按此书，描写下等社会及纽约之戏园娼寮中人，作者实有余力。书中之主人，乃一困穷飘流之牧师之子，幼年在家，常患抑郁，及离家外出谋生，初为旅馆之茶役，次为工厂之监工，卒乃谋杀其所姘识之少妇，以此犯罪受刑。综其始末，皆类似杜来色君自身之所遭，故写来异常亲切生动。而作者描叙此心志萎靡而情欲放纵之人，实能了解其人之性情，体贴入微，委曲详尽，洵可称也。

然书中每至描写礼俗教化所及之中上等社会之处，则作者知识才具之短绌立见。即网球一事，描写亦不如式，盖已身未尝涉历及之也。此种矛盾缺漏之情形，又可于其文体觇之。书中忽而作刚劲残忍之语调，忽而又显柔靡恳切之感情。盖前者为杜君之人生观所应然，后者则其幼年在本乡习性熏染之涤除未尽者尔。杜君自传中谓彼乃一“沉郁悲哀而富于诗情之人，更参以极强烈极动荡之物质的生活欲”。书中人亦如是也。又如书中之写宗教，亦甚矛盾。始则蔑视宗教，斥为可恨可怜之欺世愚人之迷信，而至全书结局处，则描写彼龙钟之老牧师，手执《圣经》，守于死囚之侧，为之伴侣，竭力宣慰。又描写彼死囚之孀母，惨痛逾恒，其面容乃表现上帝之仁慈恩爱，及笃信敬礼之诚心。读者读至此处，必谓作者之意在表扬宗教，推崇宗教。此盖由杜来色君下笔之时，其幼年时代之经验与意识，乘机又复出现故也。

予读毕杜来色君《美国之悲剧》，废书而叹曰，诚哉！其为美国之悲剧矣。杜君之命名，盖以书中之故事为可悲，而予则为杜君悲耳。使杜君之知识经验不止于人生之卑鄙污秽方面，而并见其精美高尚之处；使杜君于古来伟大之文学所造甚深，其想象力得以琢磨修整，而不专以社会之罪恶及科学之糟粕为作书之材料；使杜君能了解真正宗教之精神及功用，而不视宗教为谬妄之迷信或狂激之感情；使杜君生平得有如斯之机会，则其所撰者必为美国小说界空前之杰构，而竟不然。于是虽以杜君之雄才，其《美国之悲剧》一书乃为奇怪丑恶而不成形之庞然巨物，此则为可悲也。

美国写实派文学，虽以杜来色君之书为最著名之作品，然始创此派之功，应归之于马斯特君（Edgar Lee Masters）。马斯特君之《勺河诗选》（*Spoon River Anthology*，按此书正可比吾国胡适之《尝试集》）以新诗为倡，而显然铲除礼法，蔑绝廉耻，实自此诗集始。马君后此之作，均平淡枯窘。故《勺河诗选》虽有其特长，亦如空枪一响，只觉烟药之气味，而不见弹丸之射出也。继马君而起者，为路易斯君（Sinclair Lewis）之《大街》（*Main Street*）。此小说篇幅甚长，其材料亦为中等社会庸俗之人之生活，与马斯特君之诗集同。

《大街》一书最受欢迎。其销行之广，爱读者之多，与《美国之悲剧》盖相等，而难分轩轾。犹忆二年前，予游英国，所遇之人，莫不殷殷询问此书描写美国情形是否真确者。书中写Gopher Prairie镇中各种人之性行，大都愚蠢无知而假冒为善。此镇虽系假托，然路易斯君之故里Sauk Centre以及中部各省之小邑，盖莫不如是。细究此书见赏于众之原因，有二：（一）则其书命名之巧妙，每一城镇皆有其大街；（二）则读者虚荣心之满足。盖每一读者心中必自谓我非书中所描写之俗人，而为超乎其上者。否则以此书材料之平庸、文笔之艰涩，何能受人欢迎若是？或谓此书于写实派小说所常描写之俗人俗事，深致讽刺之意，实为有功。然予读毕全书，觉作者路易斯君对于道德艺术之见解亦甚平庸，未能稍出书中人物之上。马斯特君之诗集亦然，又何功之可言哉！

差可与杜来色君齐名而比肩者，厥为安德生君（Sherwood Anderson）。此君亦系写实派，然其描写日常生活之实事，常若在惝恍迷离之幻境，则其特长也。安德生君最重要之作，为其自传（*Story Teller's Story*）。叙其儿时及少年往事，杂以诗情及幻迹，如葛德（Goethe）然。安德生君所作短篇故事曰《温乃堡集》（*Winesburg, Ohio*）者，描写西部城镇之情况，亦类似其故乡。有合于予上文所言写实派文学之发源地之说矣。

斯坦因女士（Gertrude Stein）可谓文学界之狂人，其所新创之奇怪之文体，乃非人意想所及。斯坦因女士自叙其作文之法曰："吾此二书之作法，为将所有材料均化为复杂而并用之，使现在之一刻连续于永久，又周而复始，说来说去，仍回到原起之处。"此所言之法虽可令人发噱，然安德生君所用者正即此法也。安德生君善能周而复始，以过去与现在混而为一。方其叙述现今某事之顷，忽将过去之种种回忆悉行羼入，致书中之人与事，笼罩于云雾之中，迷离莫辨。一若作者下笔之时，方患病，身体发热，半醒半睡。此际心中模糊，所思所忆者往复回旋，无复有时间之观念，过去与现在渺不可分，遂造出此等作品。岂安德生君之身心果如是耶？

安德生君之小说中，喜言男女性欲之事，如中邪魔，读者多深厌之。论安德生君之态度原非错误，彼谓每一男子必须占有一女子，为其伴侣，以同度此寂寞之生涯。然在其书中，此态度不易表现，而各种烦闷之奇思，淫秽之想象，纷纭并起，缠绕不清。一若来自安君心性之深处，虽欲不写出之而不能者。吾人读安君之小说，顿忆柏拉图之言。柏拉图谓人当酒食醉饱，颓然偃卧之顷，内心之私欲，不受理性之管束，奔放驰突，如猛兽之出柙，引此人为种种卑劣淫荡之事，皆其神志清醒时之所深耻而断不肯为者。安君得毋类是欤？

淫秽之幻想，常人能抑制之而安德生君则不能者，非由安君朝夕酣眠，盖由其身体衰弱，而想象力激发过度之故耳。细观安君身心健康时之所作，固甚工为山林田野之诗，又审悉人生之正路，对于一己之混乱污秽之行事及心情，并深致憾，谓“身体萎靡之人乃流于邪恶”。又谓：“今之作者，不当以近世生活之各种事象分其心志，而当专力于其所从事之文学艺术，乃始有修养与文化之可言也。”是故安德生君之才性颇可为一上等之作者，所惜不自检束，兼受外界不良之影响，成为习惯，遂至丝毫不能自行抑制其潜伏于意识之下之兽欲之提示。试读其晚近所作诸书，则可见其所想象所感觉之事物之污秽不洁为何如也。

综上所论，公平之批评家，对于美国现代文学中之新派作者，既愤其痴愚狂悖，又深惜若辈枉费如许才力与热诚，而所作之书乃无一足当文学之名。二十年后，将无人读之，不亦大可哀哉！细究其著作所以无价值之故，固非止一端，而最重大之原因，厥为误信人生无道德律，且谓即有之亦与文学毫无关系。此说非新，其源甚古，而近始传至西土。愚者信之，遂致自误而误人焉。

盖此奇谬之学说，关系重大。始聆之者，惊其新异，迷信尤深。其祸害之中于文学，正与研究科学之人不信有各种科学定律而妄行实验者相等也。喀伯尔君欲废道德之规律，而以美的哲学代之。其说甚为模糊影响。然试取证于其著作，则喀伯尔君之意旨固非新奇，谓彼专骛至美者终必悔悟其错误而归于懊丧。而以喀伯尔君不承认世间有道德律控制生人之命运及感情之故，其小说中之人物，率皆粗浅，无殊小儿辈纸制而画色之傀儡。此亦自然之势也。

与此相反者，杜来色君本其写实之说，所作小说，仅能写彼观察所及之人生之表面。既不务艺术之组织，亦不为哲理之解释。故其书中可云并无人物，可云毫无所创造。究其所为，但将日报之一版展伸之为小说一巨册而已。其作小说，固仍用其探访新闻之方法也。然杜来色君竟以此成大名，社会中盈千累万之读者，若商店中售货之女子，公司中写账之书记，以及蠢愚无知之少年，日夕营营，操业谋生，异常劳倦，得杜来色君之书，适投其所好，故群取而争读之。以书中所叙者，皆若辈所熟知习见之人物行事，足以刺激感情，而不需理智之探索。过此以上，则非若辈所能解悟者矣。

以上备述今日美国所谓新派之文学。论其全体，缺陷重重，殊为可憾。使美国现代之文学已尽于此，则美国智识界学术界之前途可谓毫无希望。幸哉！其不然也。盖除此辈新派而外，尚有予于篇首所言及而未及细论之旧派作家，遵奉前人之典型及技术，所为诗及小说，颇多佳制。此外更有特立独行之作者数人，不属以上二派，其所著作，虽非世俗之所谓"新"，然实为美国前此所无之积极的创造，可以自豪于世界者，以较今日英国同此志愿之人士之所为，实胜过之。以较法国，亦决无愧色也。

吾兹所言之作者，皆为文学批评家，散居美国各地，而精神上自成一种团体。诸君深憾大多数人之思想不澈底而又不负责任，于是穷研苦思深通前古东西之文化学术，而创造一种新颖之人文主义，以为今世之用。其中以（一）哈佛大学教授白璧德君（Irving Babbitt）为最显著。白璧德君，盖今日全美国批评界学术界学问最渊博而人格最宏伟之人。其学说在法国亦甚有影响，近已被举为法国学院之通信会员。与白璧德君旨趣相同而协力从事者,则有(二)卜林斯顿大学之麦沙教授(F. J. Mather),虽以绘画史为其专长之学,而于文学艺术各项悉提倡精美之赏鉴,不遗余力;(三)尼布拉斯加省立大学之佛莱教授(P. H. Frye),著作甚多,而以《传奇与悲剧》(*Romance and Tragedy*)一书为最有名,其中论究希腊悲剧原本道德,至为精辟;(四)尼布拉斯加省立大学之嘉斯教授(S. B. Gass)所著之《书生自述》(*A Lover of the Chair*)一书,对于教育道德艺术之根本问题,均有极精到极明通之见解;(五)新西那地大学之夏法教授(Robert Shafer),年辈较以上诸人为幼,然其《基督教与自然主义》(*Christianity and Naturalism*)一书,已为哲理批评之杰构,他日之成就尤未艾也。

此外尚有数人,兹不备举。以上诸君皆任大学教授,其不以教授为职业者,独(六)白朗奈君(W. C. Brownell)而已。此君高年硕学,为吾美国文学界所共推尊者,而与各大学皆无关系,终身居纽约。其思想之锐,文笔之美,著述之丰,足证营商逐利喧嚣繁华之纽约城中,亦可涵育文人学者也。以上所列举诸人,既为大学中有名之教授,深孚众望,而又为正确之思想家与颖锐之文士。教育界中有此等人,足见为群治根本之教育事业,尚有可望。而今日世界文明之各种困难缺陷,不难得解决救正改良之方矣。所可痛者,则各大学对此诸君毫不加以援助是也,使此诸君而生于欧洲各国,则其著作一经出版,众必争先读之,纷纷讨论不休。而诸君亦自成一团体,以结合而势力雄厚。不幸而生在美国,散居各校,相隔数千里,不相闻问。孤寂寡欢,虽辛勤奋励,哓音瘏口,而一傅众咻,不胜彼顽固之学究与无知之愚民之喧嚣排抵。即发为惊人之杰作,书出应为举世所共尊者,实际乃亦毫无影响,毫无效果。试就国中所谓名流学者,或所谓好读书之人士,而询其对于佛莱教授之《传奇与悲剧》或嘉斯教授之《书生自述》一书意见如何，则皆瞠然答曰，吾未尝读此书，且并其书名亦未闻之也。哀哉！

此种不幸之情形，亦由吾美国幅员辽阔，而通国中无有如伦敦、巴黎之文化中心地。然使国中著名之大学，有具胆识者，将予上文所列举诸君，悉聘为教授，使其聚居一处，志同道合。朝夕讲论，相观摩，相慰藉，则其精神快乐，势力雄厚，然后同心协力，不患其学说之不行于全国，由东之大西洋岸直抵西之太平洋岸也。此事行之非难，诸君既各以一己之力辛勤奋斗，则以一大学之力，出而维持团结扶助之，事极轻易，而竟无为之者，故曰国中各大学不能辞其责也。（中国之学校现状，更难望此。而其间困苦情形，恐较美国更有过之者矣。）

所以然者，各大学之英文系，不特无乘机援助之心，且于此诸君之所主张甚不赞成，更表示反对焉。盖把持各大学英文系之主任教授，其目的只欲养成研究英法古文字学或关于乔塞(Chaucer)之目录学之专家。如学生中有不愿遵守彼狭隘严酷之章程以考取博士学位，而拟广读精要之书，以造成高尚纯正之人生观者，辄为彼等主任教授所嫉视而摧抑。彼等既如是陈腐隘陋，不问思想，于是文学界遂为无知少年所占领。如孟肯(H. L. Mencken)等庸俗谬妄之徒，出其幼稚愚昧之批评学说，狂谈无忌，凡新派粗劣之文学作品，适合于若辈无学之人之脾胃者，则盛为赞赏，竭力鼓吹。于是是非淆乱，标准低微，而文学之前途益不可问矣。（现今中国各大学之国文系则何如？曰甲骨文之研究；曰经史子字句之校勘；曰撰作新诗及白话文；曰注音字母；曰民间猥鄙歌谣之采集；曰攻诋孔孟；曰杂钞《文献通考》《图书集成》以为论文。其不屑俯首为此者，则不能见容矣。外此更不必言。）

然近今各大学学生中，对于英文系此种办法，已有反抗者。学究之势力或将推倒，嗣后各大学英文系或可望逐渐改良。而美国文学所最需要之事，即健全之人文主义之训练，或可见诸事实。一方凭想象力通古今之邮，以欣赏领受古来伟大之文学；一方养成思想之自由及创造之能力，庶不沉溺于市井庸俗之见解，是则吾所馨香祷祝者也。

——本文原载于1928年5月出版之《学衡》杂志第63期。

穆尔论自然主义与人文主义之文学

按穆尔先生(Paul Elmer More)学说大旨及其所著书目,本刊已屡述及。先生少年尝为诗及小说,而其知名则由于*Shelburne Essays*论文集十一卷,精实宏博。其中之文皆成于二十世纪之最初十年,而刊于欧战以前。最近十余年中,则专力于《希腊宗传》一书,凡五卷。及去年春此书之第五册《基督之道》出版,兹役告终,先生乃复从事撰作论文。岁底,遂汇刊其近作之论文集一卷曰《绝对之鬼》(*The Demon of the Absolute*: *New Shelburne Essays* Vol.I)。今所译者其序(Preface)也。此书系美国卜林斯顿(Princeton)大学出版部发行,定价美金二圆五角。论文集冠以新字,以别于昔年之旧集十一卷也。至书名则以书中第一篇论文之题为之,虽本常例,而意实一贯。所谓"绝对之鬼"者,即"暴戾恣睢之理性"是也。作者以为今世之大病根即在于此。夫理性运用得其宜,固可为吾人之良师益友。然理性乃极危险之物,常易超出实际经验之范围,而以虚空之绝对为真理,妄欲以某种公式来解释复杂生活之各方面。于是使人迷惘,忘却爱玛生所谓二元之意识。即不复体察人性乃兼具神性物性之二种原素,而误以人性为纯善或纯恶。古今伟大之道德及文艺,悉托始于人性二元之观念。昧乎此,则走入歧途,终无是处。

盖人性非绝对的。所谓绝对者，妄也，幻也。惟此种谬误之绝对观念，在古来各家之宗教道德科学主张中，常常见之，似若持之有故，言之成理，而实引人堕入魔障，故特以鬼称之。而今世之事业及生活中，仍常见此绝对之鬼之踪迹，是不可不明辨而慎防之也。

古来之文学批评，首重标准。而今人则谓："世间决无正当之标准，可以衡量一切艺术作品而无误者。"穆尔先生曰，此言是也，然必以"无标准"及"不负责任"为文学艺术中绝对之规律，强人以必从，岂非更为谬妄耶！又今日欧美之文人，主张极端纵性任情之说，其拘泥顽固，实不异于昔之学究。穆尔先生曰："此等文人乃绝对之鬼之奴隶，而主张应有合理的赏鉴之标准者则非也。"穆尔先生生平最重理性，然极反对"理性主义"，以为"理性主义与合理之常识（即上智之公性）决不相容"。盖合理之常识实可为万事之标准也。

穆尔先生以为今日哲学中之类似宗教之自然主义，乃绝对之鬼最恶之现形。因评F. J. Sheen之《上帝与知识》一书而痛论之。又评惠德海（Whitehead）教授之主张曰："前此谓人之灵魂遵从石之规律，灵魂即石也。今乃谓石之性质与灵魂无异，凡石皆灵魂矣。"是故今日最急要之事，厥为"推翻此种一元之偶像，而剀切承认石与灵魂乃为二物，绝难混为一体。今之主张科学的绝对主义以代宗教者，吾人只有坦直语之曰：君休矣，君归而治杂事，为琐役，不当于学问中寻门路也"。

此下一篇，题曰《现今美国之新文学》。（已译登本志第六十三期，可参阅。）盖美国今日流行之文学创作，皆受绝对之鬼之影响，甚或作者亦不自知也。

又有《吾之所得于杜洛布者》一篇。杜洛布(Anthony Trollope,1815—1882)为英国维多利亚时代之小说家。穆尔先生喜读其书,则以杜洛布能认明道德与艺术之关系之故。“道德非艺术,此言固是。然绝对之鬼由是遂为武断而害世之结论曰:艺术与道德毫无关系。此则谬矣。”今人多为此谬说所中,故不能见杜洛布小说之佳处。盖杜洛布写状“人之品性与其环境之关系”最得其宜也。

穆尔先生又甚喜读英国十七世纪宗教诗人武汉(Henry Vaughan,1622—1695)之诗。盖近今之绝对主义,以神与物混为一体,武汉则未中此绝对之鬼之毒。武汉谓自然界中有神之势力存,但神为幽渺不可知者。武汉深悉人类之罪恶及苦痛,但谓“人生之缺陷,日常之愁苦及烦郁,皆非由于一时一地偶然之环境,乃由于人类之本性如斯”。其关系,在人而不在物,在内而非在外者也。于是武汉遂遁居山谷间。“彼以自然为栖止之所,然谓上帝之存在灼然可见,故不敢违上帝之教而妄行。”神虽不可知,而实能为人助。此穆尔先生有取于武汉之处也。

综上言之,穆尔先生以近世之绝对主义及一元论,实属一偏而违真理,武断而昧事实,笼统杂糅,愚妄自是。故于此书中明白攻诋之。穆尔先生认定天人物三界截然划分。杜洛布书中表现人性二元之真理,明示人性有别于物性。武汉之诗,则显言神性与人性并与物性有异。故穆尔先生推重此二作者,藉以明己之意而已。其他各篇,关系较小,兹均略而不述云。译者识。

浅见者每谓今日艺术家及一般人之迷乱惶惑,乃由于各种不同之人生观之矛盾冲突。然细究之,则知今世之人实皆为一种学说所左右,而此学说之本身即藏有矛盾冲突之种子。今人所崇信之主义多矣,然其源皆出于自然主义。自然主义为文艺复兴时代之产物,在英国则培根盛倡之。培根生时受贿枉法。今人降心从物而欲得自由,行事无殊培根。今人自认为自然(物)之一部,而欲宰制自然,是乌可能?其父杀人,其子行劫。培根为提倡权力与自由,力攻亚里士多德而摧其势。夫以中世经院派哲学源出于亚里士多德之形而上学,攻诋亚里士多德,其事在当时为不可缓。然亚里士多德哲学中之人文主义亦同遭摧残,此则近世祸患之所由来者矣。亚里士多德谓自然物之特征为其内蕴之目的。易言之,即宇宙之"最终因"之表现于物体内者。是故亚里士多德以自然为有目的、有意义者。例如橡实之最终因(即橡实存在之目的)为生长而为一大橡树。此目的早已隐含于橡实中。又如驹之目的为生长而为马。其他动植各物悉可按此类推。又凡动植物之行为,亦为求达其目的者,或觅食,或求安,或生殖,皆是也。自然物又有一同具之特征,即其生长及行为之目的所在,彼等并不自知。充其量,亦只由于本能(天性)而已。例如橡实与驹之生长,并非自行决定,有意为是。凡百动物与植物之行为,皆缘其本能(天性)所驱迫,出之无心,而不能自主。此乃自然界之极限,莫能逾越者也。而如亚里士多德之说,人类则既在自然界(万物)之中,又在自然界(万物)之外。人为动物之一,故属于仅具无意识之目的之自然界之范围。然人又生而为人,故除动物之本能(天性)以外,兼具有意识有方向之目的。人惟具此有意识之目的,故能凭所选择而自由行事,于是有品行,有道德,有政治,有宗教。人惟具此有意识之目的,故能凭所想望而自由创造,于是有艺术。是故人性二元,一为自然(同于物),二为超乎自然(在物之上)者。又可云,人之本性中实有高下之二部分。(或称之曰理曰欲。)人文主义之哲学,承认此书,谓人之所以为人者,以其独具有意识有方向之意志,自然主义之哲学则否。此二者之所以别也。自文艺复兴时代迄今,一部欧西文化史,不外人文主义(谓人异于物)与自然主义(谓人同于物)之势力迭为起伏互争雄长而已。

降至近今,思想界乃为自然主义所独霸,吾人竟受制于绝对之鬼。此鬼出没无定,备现诸形,人所常见,名曰自然。高踞宝座,俨同帝王,势力雄大,莫能与京。由自然主义之源泉,而生两种思想之潮流。两种者何?(一)为科学,僭妄称尊。科学极盛于十九世纪之中叶。其说谓世间万事悉遵一定之轨道而行,为复杂之机械规律所支配。又谓宇宙乃一庞大之机器,人则其中之一小齿轮而已。此说见于近世心理学者,为“行为主义”。见于文学者,为现今小说中之写实主义。(二)为变之哲学,蛊媚伤人。其说谓世界并非固定之机器,乃永久变动不息之偶然之事实,其间毫无一定之计划与意义。此说之见于文学者,为“意识之流”之说,谓人仅如受此之水管。按以上二种思想,似矛盾而互不相容,然皆同出一源,即谓人性中无超出自然以外之成分在,谓人亦不具有意识有方向之目的。是故,(一)科学与(二)变之哲学,皆与人文主义反对者,而其归宿,皆使人委心任运,谓人间万事无可为,只可安于颓放。又谓人生并无庄严之事理与深至之感情可供描摹,于是道德丧而文学亦坏矣。

最近吾美国青年文人,不满于科学,起而为一种反抗之运动,欲破除培根以来科学万能之迷信。(读者可参阅本志第六十三期《穆尔论现今美国之新文学》篇。)然其所为实不尽允当。盖破坏易而建设难,扶得西来又东倒也。此派青年文人之英俊者,毅然主张想象力与人生之规律道理无关,应使想象力完全独立自由,且谓艺术应与人生绝缘。呜呼！去一绝对，又来一绝对，甫脱羁绊，遽陷泥淖。前此过嫌固定，今则只存空虚。误矣，误矣！不知真正自由之路只有一条，即亚里士多德在昔所垂示之人文主义是也。吾非谓亚里士多德之说完全无缺，吾且谓亚里士多德之超乎自然之观念甚为浅薄，须以对于精神永久真理之更深澈之见解补足之。虽然，今欲重兴文学而使有生气，则非提倡人文主义不为功。此则毫无疑义。欲使今人怀疑而悲苦之心理有所安顿寄托，则譬如筑室，必须取人文主义为稳固之地基也。

昔卢梭有言："理论不能开导，使人益晦。"吾切望读者勿误吾旨，吾所攻诋之"唯理主义"与常识之合于理性者有别。近世之人，正以误用理性，遂乃钻入牛角，走入歧途，逃于空虚。不识人类复杂心性全部之伟大作用，而谓人之灵魂等于废物。(一)或受一定之规律所支配，而桎梏羁绊，命运定数至不可逃。(二)或为永久之变动所吸引，而随风飘荡，无道德责任之足信。(一为科学之说，二为变之哲学之说。)故必以精深博大之人文主义救之也。

——本文原载于1929年11月出版之《学衡》杂志第72期。

白璧德论今后诗之趋势

美国伊略脱教授(G. R. Elliott)近著论文集曰《近世诗之循环》(*The Cycle of Modern Poetry*),卜林斯顿(Princeton)大学出版部发行,每册定价美金二圆五角。白璧德先生撰文评此书,载《论坛》(*Forum*)杂志第八十二卷第四号(一九二九年十月)。兹译如下。译者识。

此书为文凡九篇。评(一)雪莱、(二)摆轮、(三)济慈、(四)安诺德、(五)郎法罗、(六)白朗宁、(七)哈代、(八)佛罗斯特诸人之诗,而殿以长篇,占全书三分之一,题曰《弥儿顿与现今之诗》。就全书而论,作者虽有一定之主张,然并不兀傲自是,力陈己见,强人以必从。作者引安诺德之言,谓"发明诗之真理,乃世间最精妙而艰难之事"。作者此书中各篇可云精妙,独惜其喜用辞藻而多设譬喻,不如以明白晓畅之文字,直道其胸中之所欲言,读者反易通其旨也。

末篇《弥儿顿与现今之诗》为全书精华,伊略脱君之意具在于是。其陈义之宏深,说理之透辟,实近年批评界所不多觏者。大意谓"今日之诗,仍走十九世纪思想艺术之绝路",非急谋改良,另辟新途径不可。其要着厥为恢复想象力之良质,使根本于人性及动作。而欲为此,则先须认明人性中实有互相冲突之二成分:"其一为放纵之欲，其二为制止之理。其一为被动而成形者，其二能选择而使形成者。其一乃尘秕，其二则圣神也。”(按其一为人性中卑下之部分，其二为人性中高上之部分。东西古今凡创立宗教及提倡人文道德者，皆洞见此二者之分别，而主张以其二宰制其一。各家之说，名不同而实则无异也。译者注。)

此玄妙精实之“人性二元”之观念，在近世诗之潮流中，日益衰晦，而始作俑者厥为威至威斯(Wordsworth)。威至威斯崇拜自然，有类泛神论者，谓有“一种精神，流荡浑沦于宇宙万物之中”。自此说行，凡为诗者，皆轻人性而重物性，遂舍正路而趋邪径。今则绝壁当前，非幡然回首改辙不可矣。为今之计，当复返而以弥儿顿为宗师及规范。盖弥儿顿亦生值变乱之世，凡文艺复兴时代思想艺术文明之精华，彼悉承受而吸收之。然弥儿顿固重视人性中高上之部分，非若威至威斯盲乎不知人性之为二元者。试取莎士比亚之《麦克白斯》(*Macbeth*)剧及弥儿顿《失乐园》诗细读之，则知人性二元之观念，此中已言之极为明显。“今世之诗，如斯衰弱枯索，盖由缺乏宗教及道德想象力之故。欲救其弊而补此缺，必须奉弥儿顿为吾人之师表，以热诚至意，研诵其诗篇，一若其诗为今世而作者，不当视为高古，弃置不读。或仅读其一二小段，便自足也。”

伊略脱君之为此说，初未尝以诗与哲学伦理并为一谈也。伊略脱君书中再三申言，诗自有其境界及生活，不缘附于道德义理。然诗非可于空中立足，必须言之有物。由自然主义之观点所作之诗，与以宗教及人文道德为根据之诗，其性质根本不同，不但优劣显分而已。故评诗者亦不能离乎道德哲理，则伊略脱君之说是也。虽然，伊略脱君谓人之想象为种种神话(此神话乃广义的，非世俗迷信)所宰制。而近百年来诗人之想象受威至威斯自然主义泛神论之神话之毒过深，今急当救之以弥儿顿。但弥儿顿诗中之表现人性二元之真理，亦假藉一种神话，即基督教上帝天国与魔鬼地狱之上下对立，以及亚当违上帝命而造成历世人类与生俱来之罪恶。此亦一神话，而此神话已不复能激动今世大多数人之想象，焉可望其读弥儿顿之诗篇而爱好之乎？昔法国批评家薛雷尔(Scherer，1815—1889)谓："今人之读《失乐园》诗，非取其宗教之题材；因爱其诗，故虽不悦于其题材而仍勉强读之耳。"又如伊略脱君所叙，济慈(Keats)一生之大悲剧，即在其作诗误以威至威斯为良师，而不专效弥儿顿。济慈于此固属辨之未明，然其理由则缘弥儿顿诗中之宗教主张已成陈腐，此举又谁得而非之？伊略脱君论至此处，似未能自圆其说。然即吾人甚不赞成弥儿顿之神学，固可取弥儿顿为培本摄生之药饵，以求脱离"彼势穷力竭之十九世纪之自然主义"而上企于宗教及人文道德之境界，庸何伤乎？伊略脱君又曰：今望诗之复兴，而欲提倡改良之，有一大障碍当前，即人道主义(Humanitarianism)之伪宗教是也。〔按人道主义主张兼爱，与人文主义(Humanism)之主张别择而注重修身克己者截然不同。〕今后诗人之想象中，"必须将彼人道主义之迷信之余毒铲除净尽。其说以为感情之虚爱与物质之互助能使人类团结巩固。又以为凭科学之魔力，能使人之自私自利之心造成物与民胞之大同世界。此皆瞽言，此皆瞽说，而当摧辟之无余者也"。

夫当美国(十九世纪)南北内战告终之时，人道主义之诗人惠德曼(Whitman)告其国人曰："愿勿忧惧，情爱犹能解决自由之种种问题也。"而昔当英国(十七世纪)王党民党内战告终之时，宗教及人文道德之诗人弥儿顿则告其国人曰："勿徒烦恼自伤，凡此丧乱痛苦，皆各人所自召，不可以责他人。当知欲得自由，先须诚敬，先须明智，先须温良公正，先须节俭。又须宽大而勇毅，舍此无他途也。”(译者按,今正当中国内战再起,久而未息之时,吾中国之政治军事领袖及全体国民,其谛听弥儿顿之言而各自省,其勿妄窃惠德曼之说,以欺人而终以自害。)伊略脱君引此二诗人之说,续评之曰:“惠德曼之言,可代表十九世纪之诗之主旨。而今则人类相残益烈,社会愈不巩固。此说径成陈腐之空言而已。今欧洲大战之祸甫毕,吾人聆弥儿顿之言而细味之,只觉其字字真切,大足为吾人提撕惊醒者也。”噫嘻!聆弥儿顿之言而能憬然省悟者,不知究有几何人,在今恐亦非甚多。盖人道主义之伪宗教,以社会服务及爱人利群相号召、相欺炫者,其势力犹大,而在美国为尤甚也。吾美国大多数营业得利而昏昏自足之人,苟以伊略脱君之说语之曰:“汝等误乘人道主义之舟,舟已颠覆于海,汝等浮游巨浪中行将惨遭灭顶。”彼等必笑且怒以为狂矣。

要之,伊略脱君之书,意深旨远。读之者苟不极端赞同,定必极端反对,二者应居其一。今美国各大学犹多为威至威斯之徒所盘踞。若辈当不甘默尔而息,必将有说以与伊略脱君抗辩也。

> 译者按,白壁德先生及伊略脱君以威至威斯代表人道主义,而以弥儿顿代表宗教及人文道德,谓此二诗人截然有别。亦只就其大体言之,藉以说明人道主义与人文主义之不同耳。其实威至威斯固甚注重道德者,彼虽为卢梭之徒,主张与自然交接,然谓旧日之礼教风俗极当保存,不可轻言破坏。彼以与自然交接为一种道德训练。其诗中于道德反覆致意。其*Ode to Duty*一诗,已明白承认人性二元为道德之本之说。此类之诗,与弥儿顿又有何异处?更读威至威斯*Milton! Thou shouldst be living at this hour*之诗,则知彼且奉弥儿顿为

己身及一切诗人之模范。夫岂异涂而背驰者？读者幸毋以辞害意可也。

——本文原载于1929年11月出版之《学衡》杂志第72期。

古拉塞作事格言

叙曰，此篇系法国文人古拉塞（Bernard Grasset）近顷所作，传诵一时。有英国 Geoffrey Saintsbury 之英文译本，载 *The New Adelphi* 杂志第一卷第四期（本年六月），读者可参阅。今译此篇，以代表西方文学中所谓格言之一体。格言之所以可贵者，以其词虽简短而意味深长。读书处世，阅人察事，经若干年，积无穷之经验智慧，笔之于纸，乃仅得寥寥数条，其简炼含蓄可想而知，故不宜忽略读过，而须细为咀嚼寻味，方可见其价值也。按格言以人生经验为本，故凡趋重实际人生之文学皆富于格言。中国旧文学中格言极丰夥，或单出成集，或零星散见。综而论之，多属平正中和。而注重道德训诲，至深刻辛辣之语，虽亦有之，非通例也。西方文学中之格言，在古代以罗马文学为盛，在近世以法国文学为主。古代霍莱斯（Horace）等之格言，几成凡为文人者笔底口头之典故材料。近代若法国 La Rochefoucauld（1613—1680）之格言 *Les Maximes*[①]（1665）固属此体正宗。而若 La Bruyère（1645—1696）之 *Les Caractères*（1688）与同时诸人所作笔记信札中，格言亦络绎充盈。盖凡文化渊源深长而社会生活繁盛之时与地，皆格言孳乳之区，非无故也。近世生活复杂而

① 全名为：*Réflexions ou sentences et maximes morales*。

急迫，一则观察了解不易，归纳论断更难。二则人少闲适暇豫之时，作者急于成章，不及思索。读者亦但求速解，无暇揣摩体会，故格言断难为人所赏。然犹有如兹译古拉塞君之作，传诵一时，足见此体尚未至灭绝耳。

又按本篇篇首引法国文人武望纳举(Vauvenargues，1715—1747)之言，以为发端，曰："凡吾人思虑所得，笔之于书。目的为教导我自己或安慰我自己者，亦他人读之亦必获益。盖世间必有与我性行相同之人，而文字为我自己而作者，方能真切生动，感人最深也。"是故世界古今最精妙之格言，其初皆为自己而作，非欲炫示世人。且皆为不获行志，隐居逊世，忧郁孤苦中，自怜自慰自勖自勉者之所作。由古代罗马王安敦[①](Marcus Aurelius，121—180)之《自记》(*To Myself*，一译 *Thoughts*[②])，至近世巴斯喀尔(Pascal[③]，1623—1662)之《杂思录》(*Thoughts*，*Pensées*)，悉符此例，盖为应世而作之文。终必有所瞻徇顾忌，不敢畅所欲言。若肆为深刻之论，直抉他人肺腑之隐秘，必得罪而受祸。其为教人化世而作者，则或主因势利导，对人以立言，则欲意存忠厚，隐恶而扬善，故皆不能为真切精到，深刻透辟之格言，此乃自然之理。不但此也，世间无意为文者，其日记信函中，往往有极佳妙之议论，极灵动之描写，虽评述琐事，而读之乃觉其道理高出哲人而趣味胜于小说，此有意无意以及诚与不诚之辨也。文学之事，由是推察，思过半矣。

又按近今中国文人所为闲话杂谈，以及日报副刊中所登

---

① 今译马可·奥勒留。

② 又译 *Thoughts to Myself*。

③ 全名Blaise Pascal。

零星短篇，亦常有评述人情世故，作简峭之格言体者。虽不无一二佳制，然大都不免为滑稽刻薄口吻，此至可惜者也。大凡格言之作，词虽简，意虽专，要必本于通博之学识，深广之阅历，既能明见人生宇宙之全体，乃又细察此问题此事理之一端，然后所言乃不至流于浅薄狭隘。古今之著名格言，论虽深刻而意则忠厚。作者断不宜出以轻心，但图快意。彼滑稽刻薄者流，不负责任而徒逞一己之小慧，乌足以当格言之正体哉？今译此篇，以其新出，固非如何精到，然持此以衡当世人物，或有观察得间之乐欤！

又按格言之体，言简意赅，译之至难。例如英国Bulwer-Lytton所作之*Rienzi*：*The Last of the Tribunes*（1835）小说中有句云：Love is the business of the idle, but the idleness of the busy。仅可勉强译为“爱情者，闲人之正业而忙人之余事也”。而原文以两字对举互换，关合颠倒之妙，则非译笔所能传矣。今译此篇格言，以明白达意为主，不求简炼，甚或增改一二字，以求尽情说明原文之意，读者谅之。译者识。

壹

大多数人以作事为一种方法。有少数人，苟不作事，则其精神不能安适。

能作事之人，仅注意于能改变之事物。

作事之兴味之起，盖有目睹当前情形必须改革，而自觉吾有力足以改革之。

作事之成败利钝,全系于能否知人而善用之。

因其天性喜作事而作事,不为任何利益,如此者始足当“作事人”之名。正犹因贪财而求恋者,不足当“有情人”之称也。

利之所在,人皆见之。故欲强为分别,谓某人之心中,几分之几为性喜作事而作事,又几分之几为欲得利益,此乃极难之事。虽然,真正之爱情,与缘此而得之利益,又岂易分别耶?

真能作事之人,目睹社会中最钜最烈之变乱而无忧无惧,且其深信到时必有能了解一切指挥一切之人出现也。希腊某哲学家曾云“人生只欲成一事耳”,谓作事之价值及快乐即在为作事而作事,此一语足以尽其故矣。

如何度此一生,途径至多。比较言之,作事尚为不甚谬妄之途径耳。

能作事之人,玄学不足以扰其心。彼但感觉人性之神秘,则已足矣。

凡锐意作事者,其心性必已漓,感情必已涸,与专心于义理之学者同。

贰

所谓作事者,即由极复杂纠纷之事境中,抽出目前所能解决之一简单问题是也。

能作事之人,爱其所生之时代。

发思古之幽情,慕前世之典制,此其人必不能作大事。

志行薄弱之人,常厌其所生之时代。此由其人无才,不能用世,反生怨诟焉。

能作事之人,而乃提笔自叙生平,此人已与其时代隔绝,不复能了解其时代矣。

真能了解其时代之人,常觉斯世之印象始终不改,而新奇可喜。

活动能力,生于感情。伟大之事业,皆由情性中来。

能作事之人,除自信一己有作事之能力外,不必别有所信仰。是故事业之进展,常由于一种人,已悟到世间万事枉费精力不能有成,而另无路可走,不得不勉强坚持如旧前进,卒以成事焉。此言虽若奇谬,实含至理。(译者按印度《薄伽梵歌》所言"行而无著"即系此旨。又曾文正亦深见及此。其教人明知已无收获之望,且事耕耘。到时若有收获乃意外之天幸,若无之亦不足伤吾心。以上云云,实作大事者成功之秘诀。非观察人生极透彻者不能为此言,亦不肯信此说也。)

能作事之人,对于自己一身毫不注意,毫不体察。使其生性如此,即天之所以厚赐彼作事之人者也。

既欲作事,又欲为精神之修养,一人心中兼具此二愿者,必至冲突破裂,痛苦无极。人心中偶有所动,则全副欲望为之奋起,譬犹星星之火可以燎原。人之天性如此,故天之与人实甚厚,疑为啬者误矣。

欲望繁多而分心驰骛之人,必至一事无成,殊可悲悯。

欲垂荣名于后世,只有一途,标准极严,不可通假。即能集中一生精力于一事者成,分心驰骛者败。人其知所择乎?

作事之人,不可多为文章。盖事业如一嫉妒之女郎,不许其情人别有所爱,有则立刻屏绝其人不许近前。

知识渊博之人,不宜于作事。盖作事之要诀,不外一种最高无上之真朴的精神。知识丰富,则此精神不能存矣。人各有一心,不能有二。既以此心付诸事业,则不当更言爱情。

为事业而牺牲爱情者,居常有悔恨之意,见于词色。一若前此之牺牲,如是即可得偿补者。

所谓爱者,即从此不再比较之意。

叁

政治与商业之经营,皆欲使人服我之欲望之表现也。有天生能说服他人之人，其思想本不清楚，及与来攻之敌辩难之顷，方觉□种种思想是我所有。

在政治理财外交商业中，某事应如何作。无论其问题如何复杂，未有不可以简单之常识尽先解决者。

彼专门家，决不知以常识解决问题。

一问题最妙之解决法，往往视若近于谬妄者。

能作事之人，遇人来以某问题相询，即知此问题之下另有彼问题在。

谓必详察事境而后可决断如何行事，一若逻辑中三段式之由前提以得结论者，此大误也。凡行事之决断，丝毫不受事境之限制，乃由天性之召示。行之适宜而不能言其故，正与几何学中之公理同。从事恋爱者，有时至不能自主，不得不放开一切随波逐流以去，从事功业者亦然。

肆

苟名实皆相符，则世间无失败之事矣。

在政治场中，如何行事尚非重要。首要者为一己辩护得法，故政治中名重而实轻。

群众不可以理喻,然可以词屈。

无论何种事业,苟管理之主权一分,则各种浮辞浪说谬误重重者相连而至矣。

能作事之人,必不喜筑室道谋,长久费时,空言计划。彼深知研究实际办法,得目前之需要,而人多误以急躁讥之。

能作事之人,在未与实际之事境接触以前,决不以己所怀抱之某种思想道理为有丝毫之价值。

无论若何大事业,在初思及之顷,即可确立基本,为行事之初步。

能作事之人,其计划遭反对或遇挫折之时,决无暇愤恨怨苦,而但视此种种反对挫折为新增之材料事项,就此更研究解决问题之新方法。与能作事之人言,则勿称颂其以前之功绩,但盛道其今后之能力与希望,必可得其欢心。

伍

权力者,对事对人有真知灼见之谓也。

权力乃一种兴趣及嗜好,如不以治理人群为吾生最大乐事,则为之必不能有成。

以我之目的为他人之理想,所谓权力者此耳。

凡能握大权者,己身必服从一种高尚之理想。苟其目的纯为自私自利,决不能使他人为之竭忠尽智。

能作事之人,虽施惠于人,其形迹亦似若专制独断者。

陆

真正之领袖,仅于世间只有我一人能做之事,乃自为之(外此则皆假手于人)。

管理一绝大之团体或国家,与领导四人合组之乐队,二者所需之精力相等。但有此天才,皆易为之。

为领袖者,必不为日常生活中人与人间诸种感情所激扰。其视所治理之民众,皆若虚空抽象之物。准是以谈,古今精力绝伦而成大事之人,率皆性情凉薄,其事固不足异矣。

真知灼见,并非特有之禀赋,亦藉耳目口鼻等五官。特其人用五官之法,非如常人之但观察事物之浮表,所得悉行记忆。而能善用此类材料,由是以求对于事物之本体及其关系之真正知识。此其异耳。

为主者性情之复杂,仅常随侍左右共参密议之二三人能知之。此诸人亲见重要之事件如何决定,然后宣示于外,期全体以奉行。此诸人亲见各种计划逐渐成熟，其时定此计划者心中之感情尚可窥知，及后此成为法律，著之令章，则为虚空严不可犯之物，为主者亦须凛遵恪守矣。

握大威权之人，时则发怒，谓由其位之崇，或才之大，均无不可。盖彼自谓具有威迫他人之权及说服他人之力，久之遂不信吾之计划竟可有遭人反对之事。此其怒酷似小儿之意中无欲不遂者。是故暴君英主之激怒，与小儿之顽癖，其间不能以寸（盖深相类似也）。

出言谨慎者，非卑辞以下人之谓，乃言者能预睹最后结果之如何而不得不为之地也。

柒

锐意作事之人，其视钱财，仅为成事之资而已。

欲一身一家事业之有成，亦不可存自私自利之心，与办公共事业无异。盖其事虽在吾一人之掌握中，然有其本体及目的。吾之忠于此事，亦当如吾之忠于国家也。

能作事之人，其办大事所需之忍耐力及恒心，乃由日常经营诸多繁杂之事项而能有成得来。

能作事之人，其心智专注于今日所能为所当为之事，至其远大之目的则存于情性中。

究极言之，各种之大事业，实皆一事。虽千类万殊，而皆不外一种虚空之探索，谓为作事之诗情或作事之数理，均无不可。

能作事之人，罕有向人夸说其野心志愿如何之大者。

世所谓智识界人士，多轻鄙作事。此由若辈不知作事之动力发源于何处耳（实由性情中来。见上文第二节第七条）。

古今大事业，根本皆带几分愚诚及天真，非此莫能成。

——本文原载于1928年9月24日出版之《大公报·文学副刊》第38期。

班达论智识阶级之罪恶

按法国著名文人班达氏(Julien Benda)于一九二八年春间,著《智识阶级之罪恶》(*La Trahison des Clercs*)一书,立论精奇,震惊一时。书系巴黎Grasset书店出版,售价十二佛郎。其英文译本,出奥丁顿君(Richard Aldington)之手。在英国出版者,书名题曰《溺职之大者》(*The Great Betrayal*);而在美国出版者则题曰《智识阶级之罪恶》(*The Treason of the Intelectuals*)。纽约William Morrow书店发行,定价美金二圆五角。此英译本出版后(时在一九二八年冬)美国贝尔江君(Montgomery Belgion)曾为文评之,题曰《今世之一思想家》(A Man of Ideas),登载纽约《星期六文学评论》(*The Saturday Review of Literature*)第五卷第十四期,述班达所著各书及其学说之大概,即今所译者是也。(白璧德先生亦有评论班达一文,并译登本期,读者可参阅。)班达《智识阶级之罪恶》书中大意,谓昔日各国政治之施设,乃以政治之理想运用之,而今则纯为政治之感情所操纵。此种变迁,固由积渐而来,然以入二十世纪后为最著。感情奋张,则盲于事理,不察实情。于是从事政治者,所行专趋暴烈偏激,但以鼓吹宣传,煽起各国、各族、各党派、各阶级互相忌嫉仇恨之心,以求达其政治之目的。于是危机四伏,国际之战争,社会之骚乱,益不可免。推原其故，则所号称智识阶级之人士不能辞其责。盖智识阶级本以独立自尊、拥护理性、研究学问、主张义理为天职，而今之智识阶级则多醉心实利，于是纷纷违反一己之理性，舍弃其平日之所学，而发为种种离奇谬妄之议论，以迎合当政者之心理，助若辈张目。彼利用人类之弱点，以感情操纵政治者，乃得取智识阶级之学说及言论为其行事之根据及辩护之资料。所谓智识阶级之罪恶者此也。若法国之哲学家柏格森、英国之诗人吉百龄、美国已故哲学家詹姆士等，皆在其列。为今之计，智识阶级亟宜反省，应专以虚空之义理及纯粹之思想为己事，勿再参与政治，勿多讨论实际之问题，庶可免耳云云。

评此书者曰：班达君所观察者固是矣，而其所主张者则非也。今使智识阶级均束身自好，缄口无言，专心学问，不谈实事，则政治社会之前途不更黑暗乎？不更完全沉溺于感情乎？此所谓因噎废食也。古今圣哲，莫不以政治与道德合一，莫不主张以理性运用政治，而莫不热心行道救人、治国济世。政治固书生学者所有事也，惟是智识阶级之主张，应本于一己之良心及理性，以是非真伪为归，而不以己身之成败荣枯为意，然后竭力推广，希望己之学说理想能得实现。而决不可迁就一己，修改学说，以媚人而求容，或阿谀以图利。此中界限及所趋之方向，固须明白划分也。

班达氏又著《自誓》(*Mon Premier Testament*)一书，出版于一九一〇年，而读者不多。近因《智识阶级之罪恶》风行一时，巴黎《法国新评论》社乃将《自誓》重印发售，定价六佛郎。班达生平立说之大旨，于此书中早已确定。大意谓人世为感情所宰制，而理性不足重轻。常人对于宗教及政治之主张，既不缘推理论证，更不计利害得失，只以感情之趋向为依归，特为之者不自知耳。即如法国人之虐待犹太种人，非由研究犹太人之性质及其国家之往史而觉其可憎厌，实缘常人之感情中必需有所嫉恶，姑以犹太人为嫉恶之目标而已。是故凡政治上之信仰及行事，皆感情所使，非由理性。彼极端保守、主张复辟，以及极端趋新、主张革命者，同为感情之奴隶也。至其所以致是，盖由私人生活中常有不满意之事。如婚姻配偶之失宜、金钱事业之亏折、名誉志愿之阻挫、身体精神之衰弱等，皆足以刺激其感情，使之暴厉偾张，无所发泄，乃用之于政治中焉。试观吾人日常与人相处，为仇为友，相争相爱，行为飘忽，岂缘理性？呜呼！吾今乃恍然大悟："而今而后，吾不更望彼恨我者能以公平之心认识我之长处，亦不复忧彼爱我者惧蹈阿私之讥而遂不颂誉我至于溢量。"盖恨者自恨，爱者终爱，皆不求体察我之真相也。以上为原书之上编。其下编分析各种感情足以支配人之行事主张者，如仇恨同情骄傲等等，班达氏新作之定义曰："骄傲者，察见我与人之不同而所起之惊异之感情也。"其结论有云，由上所言，支配敌对之党派及相反之政见者，乃同一之感情，初无二种。反对天主教会与反对犹太人，迷信基督教与迷信革命，服从军阀之命令与服从教会之信条，泛爱民众与仇视智识阶级，提倡全民平等与鼓吹无政府主义，事虽相反，所以激动之情则一。吾之揭明此理，初非于实际政治社会中某方面有所偏袒或讥刺也云云。

班达氏最近又著《永久之终极》(*La fin de l'éternel*)一书。此篇未及叙述，容后另详。译者识。

距今数月前，白璧德先生（Irving Babbitt）发表一文，题曰《批评家与美国之生活》（The Critic and American Life）登载《论坛》杂志（*Forum*）第七十九卷第二期（一九二八年二月出版）。谓美国于浴盆之制造及卫生水管、汽管之装置，常能有所创造发明，使欧洲人咸来取法。而于文学及艺术之风尚及格调，则恒步欧洲人之后尘。新见于欧洲者，必经过五年乃至四十年之久，方能传至美国云云。又曰："现今法国文学及批评思想中，有一极新之运动，虽尚未十分显明，然其所主张，乃与十八世纪以来之主要思潮相反。而就某某方面论之，直与文艺复兴以来之主要思潮相反，而谋所以变革之，解救之。此新运动，吾美人今尚未悉，不久或当闻知之也。"据白璧德先生所举，此新运动之最著名人物凡五：（一）马吕丹（Maritain），（二）毛拉（Maurras），（三）拉塞尔（Lasserre），（四）塞里尔（Seillière），（五）班达（Julien Benda）是也。（按关于拉塞尔，祈参阅本期《拉塞尔论柏格森之哲学》篇。余人容后一一介绍。）然则班达与其著作之重要，亦可知矣。

班达氏《智识阶级之罪恶》一书，虽系虚空说理，又系忤时直言，乃出版后在法国大为风行，人争取读。迄今尚未满一年，其英文译本已出现于美国，可见班达之重要，实如白璧德先生之所推崇。而白璧德先生美国思想较法国落后五年乃至四十年之久之说，则殊嫌过刻，此次幸而言不中矣。虽然，班达氏今年六十有一。昔当一九一〇年，班达氏始著成其第一部书，名曰《自誓》（*Mon Premier Testament*），为裴逵（Charles Péguy）之书店所印售之禁书五十种之一。该书店设于巴黎城中国立大学路八号，颇有名。班达由是得以笔墨与世人相见。时班达氏思想业已成熟，前此不轻著作，至是一鸣惊人。他人为著作而勉求思想，彼则以具有思想故不得不从事著作。豁径固异，彼颇以此自豪云。

使班达不得不深思而放言者，厥为十九世纪最末数年中法国之两大事件：(一)为杜莱夫少尉(Dreyfus)审理受屈案，(二)为柏格森被选入法兰西学会是也。班达氏赞成批评家Renouvier氏，而反对柏格森之学说。班达氏与杜莱夫少尉同为犹太种人，因此案益感种族上法律待遇之不平等，遂断定普通人之行事，不由理想而由感情。其坚抱深信某种政治或宗教上之见解主张者，并非信其理之真，乃取其与己之情感适合而已。即如世人之卑视虐待犹太种人，岂缘历史之研究或个人之经验使彼深知犹太人之为卑劣耶？盖因仇恨欺凌乃生人之本性，此类感情必须有发泄之机会。犹太人不过偶然相遭，遂作无辜之牺牲而已。是故思想非理性之结果，乃感情之产物。感情每欲藉理性以自圆其说，故专造作或攫取合于此种感情之思想。犹太人之到处见嫉，职是故耳。班达续谓现今所有之各种政治宗教思想，可视其与某种感情为缘，而分为三类：(一)第一类为由于仇恨嫌疑者，(二)第二类为由于骄傲心及占有欲者，(三)第三类为由于人心之好奇而喜变者。此三类皆班达所反对者也。

以上乃班达《自誓》书中之大旨。阅二年(一九一二年)其所著《柏格森主义又曰动之哲学》(*Le Bergsonisme ou Une Philosophie de la Mobilité*)一书出版，其结论谓柏格森主义不外以嗜好为理想，以感情代理智而已。前书谓一般世人以合于己之感情者尊为理想，柏格森学说则将理想完全消灭，但留感情，使其横行而无忌，故比一般世人尤为错误云。

班达氏次撰《柏格森主义之成功论》(*Sur le succès du Bergsonisme*)，细究柏格森之学说何故为法人崇拜欢迎至于此极。其答案曰：盖由今日法国之人专尚感情，其他皆非所重故耳。欧战甫毕，班达氏乃著《恶魔》(*Belphégor*)一书，痛诋法国社会(指统治阶级,即有学问而闲暇之人,非指一般人)美术标准之堕落。谓法国人士,既厌恶一切合乎理性者,又具有一种专喜神秘奇诡之感情。其实玩艺术作品,非为求理智上之快乐,只求感情之激动与奋兴而已。今之艺术家,竞欲本其纯粹之爱之艺术之心,竞欲以其良知与同情,来直接表现事物之本真。谓艺术应与事物合为一体,艺术应攫得事物活动及生命之原理。不但艺术为然,即哲学、科学(生物学)、文学批评、历史等皆当如此。班达氏以为法国上流人士态度之骤变者,乃(1)由一般文化程度低降之故,(2)由今日文艺心智之事均操诸妇女之手,而妇女对于男性精神之态度顿改,昔常尊敬此精神,今则卑视之,所以有异云。(按男性精神指阳刚、正直、庄严、伟大诸德,其源出于意志及理智。女性精神则以同情及了解为主,其源出于感情。法人 Jean Carrère 曾著一书,名曰 *Les Mauvais Maîtres*,一九二一年出版,有英文译本,名 *Degeneration in the Great French Masters*,一九二二年出版。大意谓近百年中,法国文学之衰降,即由男性精神衰而女性精神盛之故,与此处互相发明,可参阅。)

《恶魔》(*Belphégor*)一书出,甚受欢迎。热心信从班达氏之说者颇有其人,班达氏遂为今世著作思想界之一名人,其影响且及于外邦焉。伊略脱君(T. S. Eliot,美国人而久居英国,现为 *The Monthly Criterion* 杂志总编辑。此乃今日以英文印行之杂志中之最有价值,不可不读者)谓班达君所言法国社会衰败堕落之情形,英国正复相同,即美国亦不异是;盖今日世界之通病也。外国作者之受班达氏之影响最深者,莫如英人路易斯,其《西方人与时间之观念》书中(参阅本志本期专论)固已言之不讳矣。

由上所述,可进窥班达氏悉心结撰之《智识阶级之罪恶》一书之内容。此书之译名易滋误解,盖所谓罪恶者,只不过责任未尽之意。而犯此过失者，亦非尽世之所谓智识阶级。班达氏谓政治感情之偏激，今比昔日为甚。今日每一个人，对其所隶属之团体（种族、阶级、国家）悉为宗教式之热烈崇拜，实则妄视自己之感情为神圣耳。近顷政治感情表见于外之尤激烈者，举例如下：（一）犹太人之国家主义，（二）柏格森主义，（三）法西斯主义（一译汎系主义）。且事之尤关重要者，每一个人，对于其所隶属之政治运动必以学理为之解释辩护。或曰循进化之正途，或曰由历史之启示，其说不一，各极动听云。次论政治感情可分二种：（甲）为求得某种利益，（乙）为求满足个人之虚荣心。实乃各人自谋实在生存之欲望之两方面耳。故今日政治之感情趋于激烈。同时，则全人类皆欲为自己求得实在或实际之生存，异于无私心或玄学上之存在。易言之，即视本国本县本阶级为神圣，而不信上帝（理想价值之结晶）之存在焉。班达氏谓普通大多数俗人，如工人，如市民，如帝王，如宰相，如政客等，总之，以此世中之事业利益为重之人，自昔常如斯，固无足怪。惟此外有所谓智识阶级（Cleres）者焉，不以实际之利益为目的，而由艺术科学或玄想中求得无上之快乐及安慰。此智识阶级昔亦有之，而在距今约五十年前，则归荡灭无存。此阶级所奉之旨训，可借取耶稣基督“我国不属乎世”之言。（《新约·约翰福音》第十八章第三十六节。）以有此阶级之故，二千年来，世人虽为恶而尚能志于善，对善事常加尊敬。乃至十九世纪之末，情形顿变。所谓智识阶级者，乃亦不甘寂静，出而与世合污同流，周旋于政治之感情之中。智识阶级忽自抛弃其超离现世之种种理想价值，此智识阶级不能尽其责任之处，此即智识阶级之罪恶也。

白璧德先生所以称班达氏等人之见解主张“与十八世纪甚或文艺复兴以来之主要潮流相反”者，盖以其注重超离现世之理想价值耳。许穆(T. F. Hulme)氏于其*Speculations*书中,谓中世之人,深信(1)有超乎人类之上之绝对的价值;(2)人性终非完美。此二者视为事实,不视为理想。至文艺复兴而大变,众共信(1)万事无一定之标准,随人而异;(2)价值均在现实世界中,外此无之。此二者亦均视为事实,不视为理想。至十八世纪而又变,有所谓“高贵之野蛮人”出,而人之欲望本能乃成为评判一切之标准矣。附言者,白璧德先生似谓美国之理想均须取自法国者,予殊疑之。即如超离现实世界之价值,英国唯实派哲学之复兴运动实提倡之,而美国哈佛大学哲学教授G. E. Moore亦尚有学生热心信从之者。故知此事不必专求之法国矣。白璧德先生所举五人中,惟马吕丹及班达二人攻诋文艺复兴以来之思潮,余三人则仅不赞成十八世纪以后之新说耳。马吕丹崇奉圣妥玛(即圣亚规那)之学说,欲恢宏而重兴之。班达则不以为然,谓彼仍是太偏于特殊。谓欲求切实而分明,固仍是今人力图实在生存之欲望之表现耳。班达谓马吕丹君虽以存在与变化相对立,但仅以其新妥玛派之一党为存在之代表,此犹号于众曰:“我等数人为人,余人皆猪狗耳。”不亦太一偏而狭隘乎?白璧德先生论究人文主义与人道主义之区别,至极明晰,班达之说与之相合。班达氏固系反对人道主义而提倡人文主义者,顾以为毛拉及拉塞尔二氏所倡之人文主义则不足取,以其不以超离现实世界之理想价值为基础(有若白璧德先生之所持)。而反谓理想价值本来无有,不营私、不求利者世无其人。只可以威权压抑一切,管理一切,以图世界之治理耳。此主张则班达氏与白璧德先生皆所不许者也。

此书译笔极佳,虽小有缺略,不足为病。惟原书所引论者多法国之著作,吾美国人皆不甚知晓。苟吾国有能细读班达氏之书而融会贯通,于是自为专书,述其大旨,为美国人说法,则比之翻译原书，裨益读者当较大也。虽然，今之西洋，今之世界，文化精神之问题，同一而普遍，欧美彼此休戚相关，不能以此书原为法国人士而作，遂乃漠视之也。班达氏书中曾论及詹姆斯·杜威之实验主义，惟在美国，其情形殊奇异。盖近三十年中，理想（知）与实行（行）互易地位。在昔年清教之教旨盛行全国之时，众谓世人共知某事为恶则决无一人为之者。其实绝非如此（为恶者常甚多），乃自欺而伪善之说也。易言之，知之而不能行，理想高而实践不能上比理想是也。若今则大相反。今日者，不但美国之人皆明目张胆为自私自利之行事，为求货利，于手段方法无所择。且一种新道德口吻（或论调）业已成立，径谓凡此恶行为均属正当。（不但行恶，且强说恶是善。）此乃害心蔑理之言，而人人奉行之。易言之，既不能行，又不能知。行为卑劣，又强抑理想使下降于卑劣，以求所谓知行合一，此则实验主义之为害也。是故欧洲与美国今日，其道德之堕落、风俗之败坏同，而原因有异。在美国则由于实验主义之哲学。此层班达氏似未能详确言之，故为补充如上。（按此处所言情形，在中国亦同。而杜威一派实验主义之哲学，在中国亦因提倡有人，盛为流行。读者试就此而深思细考，或可略知学术与人心、风俗、政治、社会之关系，而不以哓哓辩究学说道理者，为日为无益之事，为不爱国，为不热心世局乎？是则译者之微意已。）

——本文原载于1930年3月出版之《学衡》杂志第74期。

佛斯特《小说杂论》

英人佛斯特氏(E. M. Forster)著《小说杂论》(*Aspects of the Novel*)一书,一九二七年出版,伦敦Edward Arnold书店发行。书虽简短,而议论精到,为时所称。爰译述其大意如下。(按佛斯特氏著有小说五六种,以*A Passage to India*为最著名。)

第一章　绪论

以散文作成之稗史而长至五万字以上者,谓之小说。

今之论小说者,或叙述历史,或分别种类,或寻求影响,或描画背景。凡此皆是浮光掠影,未能道着只字。此类之书,概可不观。

历史向前发展,而艺术则为固定不移。小说反映人生,如镜鉴物,物改而镜未改。故古今小说,其根本之法则必同,不得以时代而立异说。吾今评论小说,先假设古今(东西)之小说家,均坐于一室之中,围炉啜茗吸烟,各道其所知之故事。吾耳聆而心赏之,因为评判焉。(不问其所生之时代如何。)

第二章　故事

按照时间先后之次序,叙述事实者,谓之故事。

吾人日常生活，实含二种成分：（一）为时间之生活，晨起吃早饭然后上课堂是也；（二）为价值之生活，王君谓“得见李女士，虽只五分钟，吾终身无憾矣”是也。小说中亦须兼具此二种成分，无（一）则模糊不清，无（二）则毫无精采。

举例以明之：(1)司各脱(Scott)之《古董客》(*Antiquary*)仅按时间之先后，叙述事实；(2)班乃德(Arnold Bennett)之《老妇谭》(*The Old Wives' Tale*)以时间为全书之主，但惜无宏远之意旨，故不能为伟大之作品；(3)托尔斯泰之《战争与和平》，则于时间而外，兼有空间之观念，故读之觉其广博浩瀚允称杰作矣。

第三章　人物

故事本于时间，人物则系乎价值。

史传中之人物，完全遵依事实及证据。小说中之人物，则由作者之脾性，增减变化以成之。人之生活，有外内二部分。史传所写及日常实际经验中所见者，仅其外表之生活，小说则注重描写内蕴之生活。故古今实有之人物，吾人仅得知其片面之性行，而小说中之人物，读者则尽窥其全部之真相。此二者不同之处也。

（一）所谓外表之生活，即其人之衣服、居处、声音、笑貌、语言、动作等，以及藉声音、笑貌、语言、动作而显示于外之思想感情。（又可称为形迹或实际之生活。）

（二）所谓内蕴之生活，即其人存之中心、隐藏不露之喜怒哀乐，以及种种奇思幻想、深思密计，或遇事自作商量、忐忑犹疑之心情。凡此种种，平日以利害所关，或缘拘于礼法，畏人耻笑，不敢告人。即其至亲密友，亦无由得知者。（又可称为意想或浪漫之生活。)

小说家不但传叙人物,抑且造作人物,故能揭示其人物之内蕴生活而无缺漏与隔膜。由是(1)小说中所叙之事亦真,惟其方法则假。即其中人物,因有某种思想欲望,遂能果敢力行,演为事实。此在实际人生中不可多见。(2)史传中所叙之人之成败得失,皆若命运早已注定。而小说中人物,则若处处抱一定之宗旨,事无大小,均属有意为之而愿自负责任,即情欲罪恶亦不能归咎于他人者。

人生大事有五:曰生,曰食,曰眠,曰爱,曰死。(一)在实际生活中,生与死不可得知。食为一日不可免之事。眠之时间占全生三分之一。爱(广义之爱,即人与人之关系及感情)之成分甚少,势力亦有限。然(二)在小说中,则叙一人之生,如包裹带来,要时便至,不烦多说。叙死,则用为此人一生之结局,或即为全书之终点。叙食,则只写其社交方面,不计其营养与滋味。叙眠,则用为此人昼醒时生活之点染,兼叙梦,亦半真半假。叙爱,独多且至。一若书中人除爱以外无他事,一人于己身对他人之关系,异常留心,处处不忘记,刻刻求应付。不特广义之爱,且尤注重描写男女之爱,一若无男女之爱则其人不成为人,而此书亦不成为书者。此盖由作者作小说之时,自己之心境感情异常紧张,故写出人物亦如此。又因爱之结果,或婚或死或离,均可用为全书之好结局。故视爱为重大而永久之事。总之,以上皆小说与实际生活之异也。

第四章　续论人物

小说中之人物,不但内外俱全,且必符合于小说艺术之法则,方得谓之为真。

(一)宜多用圆体人物。小说中之人物,有平面(Flat)与圆体(Round)之别。性质简单,一语可尽。而始终不变者,曰平面人物。迭更司与韦尔斯之书中多此类。性质复杂,变化莫测,前后异辙,工于应付,而能为惊人之事者,曰圆体人物。沙克雷及托尔斯泰及陀斯妥夫思克等之书中多此类。大抵平面人物,为一事之代表而少个性。然使读者易得辨认,又易记忆不忘,是其所长。但只宜用为不重要或滑稽之人物。若悲剧之主人,必须用立体人物。立体人物之能力伟大,多用之则能使全书发飞动。奥斯丁女士(Jane Austen)之书,以精细灵巧见长,惟以时用立体人物,故得免于平凡之讥。

(二)善择观点。作者之观点(Point of View)虽有内观(明见各人内心)、外观(只见表面)、旁观(由书中之一人代表观察)之不同,然无妨随所宜而变换,只以能感动读者为目的。因日常生活中,人之观察力,时强时弱,忽伸忽缩,如此正合实际也。作者虽可泛论世事,然若对书中人物自下批评,以其命意及作法明告读者,则殊有损,宜切戒之。

第五章　结构

人之祸福苦乐,在其内蕴之生活,而无关于外表之生活。小说以描写内蕴之生活为职志(戏剧则但描写外表之生活),故小说作者可悉力描写人之行事之动机、之潜伏于意识之下者。

叙述事实,而显明其因果之关系,谓之结构。

小说作者,本乎逻辑,运用理智,乃成其书之结构。结构之善者,其书中之人物与事实密相关连。事实由人物之性行产出,亦足以改变人物之性行。人物与结构，须相助相成，而不可偏重。书中每一重要事实出现，必使读者出乎意外、拍案惊奇，而结局却谓其尽在意中。盖小说作者之于全书结构，须有成竹在胸，但不可使读者早即窥破，方为得耳。

寻常小说之结局多劣败不堪，盖缘作者才力已尽，而人物已均长成或死去，不能供读者驱使故也。

小说家最长结构者，当推麦里迭斯（George Meredith）。至哈代过重结构，其小说乃如机器，以命运安排定妥，人物仅如机件，无生趣之可言矣。

近今小说家亦有主张不用结构者，如法国吉德（André Gide）之《造伪币者》（*Les Faux Monnayeurs*）一书是也。其书以研究实际生活中之真与艺术中之真之关系为主旨，而将小说家（吉德自身）作小说之方法及经验均写入书中，盖以有意识的描写潜意识之作用者。

第六章　幻想

亦有不注重人物与结构而作为佳小说者，是为小说之别体。列举之，曰幻想，曰预言。

幻想（Fantasy）之体，或明说，或隐寓，必不离乎神怪。如（1）Sterne之*Tristram Shandy*，（2）Norman Matson之*Flecker's Magic*，（3）Max Beerbohm之*Zuleika Dobson*是也。

第七章　预言

预言者，乃一种激越之声调，使读者谦卑自警，绝去诙之谐意，而终底于怜悯与仁爱之境者也。如陀思道夫斯克之*Karamazov*（《兄弟传》）及Herman Melville之*Moby Dick*可以为例。

第八章　图样与音节

小说之价值，有系于艺术之美者，凡二事：曰图样，曰音节。

图样（Pattern）生于结构之美，然组织过于细密，则材料不免枯窘，如Henry James之*The Ambassadors*一书是也。

音节（Rhythm）者，乃以一言一动一事一物，在书中屡次出现，而情景各不相同，合重叠与变异二事，而成音节。善用之，则使全书增其美，类似精妙宏大之乐曲，如卜鲁斯特（Proust）之《旧事回忆录》[1]及托尔斯泰之《战争与和平》是也。

第九章　结论

未来之小说，材料当更新奇广博，然创作之方法与心理终必无异于前。

——本文原载于1929年11月11日出版之《大公报·文学副刊》第96期，后收入1929年7月出版之《学衡》杂志第70期。本文据《学衡》收录版本整理。

① 《旧事回忆录》，今译《追忆似水年华》。

拉塞尔论柏格森之哲学

拉塞尔(Pierre Lasserre)为现今法国著名之文人,著述甚多,而以《法国浪漫主义》(*Le Romantisme Français*, 1907)等书为最重要。盖氏于二十余年前,即极言浪漫主义之流弊,诋斥卢梭甚力。在今日已为众口之常谈,在当时则为异俗之创见也。拉塞尔氏近顷撰一文,题曰《柏格森之运命》(Le destin de Bergson),载登《法国文学新闻》(*Les Nouvelles Littéraires*,详见本刊第二十六期)兹译之如下。此篇可与本期英人路易斯论柏格森者(本刊第三十一及三十二期)合看也。译者识。

二十世纪开幕之十五年中,世人莫不盛道柏格森之哲学。(柏格森像见本志第三十八期插画。)"生力"(élan vital)、"创化"(L'evolution créatrice)等名词腾于众口,亦犹十七世纪之喜言笛卡儿之哲学,常用涡动之微体(tourbillons)、灵火(esprits animaux)等名词而不求甚解也。其时之名媛贵妇尤好言涡动之微体,此乃由论理分析及机械力学推衍而出,细密艰深,若辈固亦不解,但觉此精妙而渺茫之新名词、新学说滋可喜耳。柏格森之"生力",原系玄学上之名词。而今之智识界之妇女,震惊其名,日日言"生力",恐于玄学亦未深造也。然而"生力""生力",以柏格森氏设词之妙，文笔之工，又孰能不信其说乎？不特妇女为然，今之文学家、艺术家、道德学家，甚至神学家、政治家、军事家，亦莫不为“生力”之说所迷惑，于其思想制作，均主顿悟，而不屑用深思密察循序渐进之旧工夫。以“生活”（la Vie）为标准，为原动力。轻视慎重之筹思及理智之批判，轻视经验及观察，轻视一切旧说成法，而惟趋从“生活”之所召示。按生活之说，则旧有之规矩悉当破除，凡哲学家所谓已有之价值均不承认。盖柏格森曾云创造新物，永永不休，是乃生活之特性也。由是而种种便宜之学说遂生，无论在何方面，均赞许一种昏乱轻剽之行事（大悖临事而惧、好谋而成之义），使知识及理性均大受损，又由是而文人及著作家，以思想新颖及自由表现为口实，于结构及技术丝毫不下工夫。论者以此种种均归罪于柏格森，虽不无过当之处，而言非无据也。

此事实显而易见，生存之作者不必言。即如已故之Péguy及Sore二氏，皆极端信仰柏格森之学说。虽不能谓为茫乎不解，然以二氏才性之美，其著作中推崇柏格森之处，乃多疵瑕，反而害之。以其多属感情作用而欠节制。文笔虽尚矜炼，而于思想及立意，则惟以“誉之至于极地”为能事。至谓“生力”之说如是之美，固无须以平常之逻辑步勘证之也云云。然此岂其师（谓柏格森）所教者乎？柏格森潜心十余载，著书乃成，精勤筹备，至为费力。今读其书，逐字逐句，皆可见其苦思精心，惨淡经营。下至意旨之连络。词语之表达，无不求其明显正确，位置得宜。是可知柏格森之弟子，率尔著作之法，去其师远矣。虽然，若辈所阐“生力”之说，又岂其师之所教者乎？

柏格森固以“生力”为第一原则，为诸种生活之创制者，然此原则，非柏格森以一己活动之能力所独创。乃由发见一种障碍，于是竭力攻击之，穷治之，卒乃战胜之。苟无此障碍，则柏格森活动之能力亦将消失而无所成功也。此障碍者何？物质是已。“生力”与混沌之物质相遇相冲，乃能灼之使热，驱之使动。又以一己所含之意想范之成形。嗣后彼物质之动作（即此意想之表现）受其限制焉。惟此种物质之改变，并非处处成功。其所造之程度有深有浅，大率视自然之阻力大小如何而定。“生力”之进于物质而弥漫充塞之程度不同。以此不同，故所造之生物亦有高下之等差。由极下等植物进至最上为人类。彼“生力”既与混沌之物质冲击搏战，驱除无穷之障碍，略得成功，于是经验渐增，遂益专注其力量于较高等之物质，视为难敌者。而就吾人今日知识所及者言之，则彼“生力”最高之意想最大成功，厥为人类。盖以智慧论，人为万物之灵，故为生物之首长也。是故凡百生物之中，惟人之智慧最高，惟人自保其生命之能力最大，能驱役自然以为己用，又能在各方面进步不息，而在创造之际，亦惟人为最艰难，为最耗费“生力”，所成结果有失原意，而以逐渐积累之经验始成勉强成此者也。昔者拉辛（Racine）既受巴鲁（Boileau）之教，最美妙之诗句，即读之最觉其圆转流利者，作出乃实最难。“生力”之创造亦犹是耳。（按国内读者，可参读张东荪译柏格森之《创化论》，商务印书馆出版。）

是故柏格森之行事与其学说，均未教人以率尔成事，任心性之所趋而为之也。世谓柏格森主“直觉”之说，用此直觉，则人类所能知之最深最贵之真理，可以一种神秘之启示，忽然发现，忽然领悟，岂不妙哉！又谓直觉既与思虑相反，故最不用思虑工夫之人，亦最多凭直觉而得真理之希望云云。然而柏格森氏之意则大异于是。盖柏格森氏所尊重之直觉，乃辛苦为学及思虑之结果及报酬，决难不劳而获。惟已潜心细究各种已有之问题事物而按定法思虑推考者，始能有顿悟之望，非所语于常人。譬犹植物，潜生土中，吸收肥料，为日已久。一旦开花结果，美丽动人，其所由来者渐矣。（按明心见性，原系格物致知之结果。相连并存，而不能废程朱陆王。门户纷争，如此判决，一语得真。今古东西学说流弊，有同慨也。）

为柏格森真正之学说之荣光计，吾人今者亟应铲除时世流行之伪柏格森学说，即喧腾众口，饰以词藻（柏格森氏自身亦常犯此病），奉为神奇，自欺欺人，而未能了解其中所含之科学思想者是也。今之愚夫及妄自尊大者流，动谓柏格森之学说业已风靡全世。吾人则曰未也。从今去伪崇真，则柏格森学说始有推行之望耳。近顷一般人于柏格森学说不更信口雌黄，而研究柏格森学说之少数人士似皆具研究之资格，此实好现象。前此之浮嚣哄动，不足道也。

柏格森之著作（尚有数种已见出版预告，吾人惟拭目俟之），已列于古今大哲家之林。夫取柏格森书中之各细节，而详为评论。采柏格森自身所用之分析方法，而佐之以今日所未能预窥之实际及发见。此事虽有待于异日，而在人类思想史上，柏格森终必占一位置，则决无可疑者。此本篇之大旨也。

上文所诋斥之宣传柏格森之学者，失于一偏。吾人今者亦不当陷于他一偏，而评判过严也。柏格森心中所最注意者，非虚空之玄学问题，非超乎实际使众人畏难却沮之辩论方法问题。盖柏格森视玄学论理与人生最重大之问题了无关系。所谓人生最重大之问题者，如（1）人类之起原，（2）人类最终之运命（假设人类有其终极），（3）人死后之情况等是也。此类问题非柏格森氏所乐于研究。彼之所愿治者乃较小较狭之专门问题，如（1）意识中之已知条件，（2）记忆之性质及作用，（3）身与心之关系，（4）由有机体至能群之动物之进化等是耳。柏格森于其所乐治之问题，均能言之深中肯綮，且明显确切。其锐利之分析，似已直指吾人心性源头深处。柏格森于此类专门事项，所以晓示吾人者，至为精详。如谓人之记忆中之材料决不能悉存于人之脑中是也。吾人颇欲由此等事项进而推绎心性道德之要理。斯为吾人所最痛切关心而欲得知之者，顾柏格森氏以其澄明忠实之态度，则径止而弗为也。澄明忠实之态度，乃柏格森氏所以见信于人之处，氏亦自知之也。柏格森氏可谓毫无执拗之偏见。其推求真理，一以事物之梗概及现象之网络为指归。氏非理论家，氏乃描叙实况而能直指深处者。读其书者，谓柏格森氏关于某点某件之叙述亦有失真或勉强之处，然于外此各部分则皆信之无疑也。读柏格森书所得之最大益处，即能开拓吾人之心胸是也。柏格森氏初不造成一种思想系统，氏谓凡哲学系统均属错误。古之大哲学家，如笛卡儿及莱布尼慈之流，其造为哲学系统，皆欲举其所得之一部分之实证之真理，以概全体，使成为真理之大结构，万事万物悉钩连布置于其中。此乌可为？徒见其心劳日拙耳。是故武断派与怀疑派并属错误，其间无所高下，不容抉择。观柏格森一己之态度，乃教人中立于此二者之间，保持心性之自由，容纳各种之影响，不肯故步自封，亦不肯强勉造成一定之德性而以此自见也。

柏格森之哲学中，尚有一点，苟非其方法之严密与言词之明显，则此点意旨不清，将成为聚讼纷纭之地。此为何？即世人常谓柏格森氏重兴“精神主义”是也。“精神主义”一字意思主为模糊晦昧，凡真正之哲学家悉不喜道此名词。今舍其词而质言其义，则可曰，宇宙人生有诸多之事象，召示吾人，使吾人确信世间有超过人生而扩展个人之运命使底于无限者，此可名之为精神之实证。所惜实验派之哲学及康德派之批判，亦已毁坏此精神之实证，其为害不减于武断派及客观之哲学也。然苟细究吾人最高尚而又自然之行事之动机，及最高贵之情感，则人各能于一己之心性中发见上帝之存在。此吾所深信而不疑者也。此种内心灵机之启示，乃柏格森哲学中所未具者，故可谓柏格森之哲学为未来哲学在人心中发见上帝者之预备。譬之以钥启闸，宣泄河水。能使今后精确而灵智之玄学成其大功，俾不必返于前古，不必依托旧说，而人类仍可沐上帝之真惠而成其高尚之德性。苟能及此，则柏格森之哲学亦未始无益于人世也。

——本文原载于1928年8月20日出版之《大公报·文学副刊》第33期，后收入《学衡》杂志第74期。本文据《学衡》收录版本整理。

薛尔曼评传

按美国现代文学批评家薛尔曼君(Stuart Pratt Sherman),于一九二六年八月二十一日溺死密西根湖中。本志第五十七期有《薛尔曼现代文学论序》译文,并附薛尔曼略传及其所著书一览表。读者务祈取阅。兹不赘。美国近二三十年中文学及批评之派别及变迁,亦见《美国文学批评》及《美国文学新解》等文所述。美国老辈批评家白璧德及穆尔两先生,博学宏识,倡所谓新人文主义,欲以觉世正俗。勤勤恳恳,凡三十年于兹。近十年中,影响乃大,美国风气为之一变。两先生之门徒中,最慧敏绩学而能文,足以绍述两先生之志业,与异派以笔墨战争,使新人文主义大行于世者,厥惟薛尔曼君。薛君固世人之所属望,而亦两先生最为倚重者。乃距今约十年前,薛君遽改变其思想议论,弃师说,反故辙,改从新派。与昔日文学之友为敌,与敌为友。世人或以自由进步许之,而服事两先生而笃信人文主义者则大痛惜焉。乃未数年而薛君亦以休沐闲游,覆舟湖中毕命,尤可伤已。最近美国Jacob Zeitlin及Homer Woodbridge二君编辑《薛尔曼君传及书札》(*Life & Letters of Stuart P. Sherman*)成,凡二册。一九二九年十一月号(七十卷三期)之美国*Bookman*杂志,特为文评此书(二八九至三〇五页),兼叙论薛尔曼君之生平。兹译之如下。译者识。

第一节

为并世之人作传，其事难。而为聪慧博学之薛尔曼氏作传，则尤难。今二君所编辑者，可谓为二十世纪美国文学界最重要之典籍矣。

薛尔曼氏一生极为勤奋，于其时文艺学术各种潮流，皆曾参加，而卓著所绩。故其传记之材料繁多。今二君编辑秩然不紊，明白而多趣味，至为可称。惟其书有一大缺陷，即编者虽以笔札日记等为根据，顾何以只叙见于外之行事而不及其内心之生活？薛氏批评工作由第一期至第二期之变迁，即既已取得一定之哲理以为标准而旋弃之。何故遽变其态度及方向？此就其著作中不能寻绎得之，岂编者于此有所隐讳耶？编者于序中有云："薛尔曼氏之感情的冲突及理智之疑沮，为其传记中最有趣之部分。欲明其批评之主张，不可不知此也。"然二君所为传中，未尝言及薛氏感情之冲突，亦未及其理智之疑沮。读者但见其思想及感情前后不同，其间之经过及因果，则未能明也。

第二节

薛尔曼之一生，实甚可悲，匪特以其早死而已。盖薛氏之内心生活固非吾侪所能知，而以彼之才华，自始迄终，乃为一思想不清之人，是可悲也。薛氏资禀颖异，天性纯良。又慷慨仁厚而多感情，然理智则欠缺。以此之故，彼心中自初即有矛盾之思想，厥后矛盾愈甚。至晚年则矛盾乃成为其最显著之特性，使平生亲厚之师友亦莫测其宗旨及意向。今细读薛氏之传，则知彼之中途变节，由保守派之健将，一变而为彼夙昔所反对之新派文学之同情研究与努力宣传者。非由理性之所启示，以改辙为正当，盖缘作用好恶爱憎忽尔转变故耳。彼之理智，始终未能使之思想明晰，亦未能使之感情一致而免于冲突也。

或谓薛尔曼氏之中途变节，乃使彼"归于中道，介于新旧各派之间，不偏不倚，为并世其他文人所莫及"。今兹作传之二君即持此论。苟以其时文学思想派别势力及人物绘为图。薛氏之位置自居中央。然为此说者实大谬误。言者盖谓薛尔曼氏业已尽量吸收其老辈保守派大师所能传授之义理之精华，乃更加以调剂，归于温和，复以广博之同情兼取其时新兴之各种生活之冲动，故变节乃系美事。殊不知薛氏之变，乃变其根本之原理及信仰。此其间只有是非真伪之辨择，初无中道可言。其后薛氏乃尽舍弃其师所认为不可须臾离之大道（即根本原理），而反采纳其昔日之敌派之主张，以成其功名事业。今略观其生平行事，即可知其然矣。

第三节

薛尔曼既毕业于威廉士大学（按该校在美国麻省，注重古文学。白璧德先生曾任该校教授），乃升入哈佛大学。时薛尔曼为英俊之少年，博学多识，踔厉风发，富于诗情，而酷爱文学。以家庭责任綦重，故早类成人。其在中学及威廉士大学时，均得良师益友启发指导，使其文学之工夫益进。毕业前一年，乃决以教授文学为己之终身事业。旋得奖学金之补助，遂入哈佛大学研究院，以资深造。居此凡三年。

一九〇三年，即薛尔曼肄业哈佛大学之第二年，薛尔曼年方二十三岁，得遇白璧德教授而从之学，是为薛尔曼一生心智生活上最重要之事。盖白璧德教授乃今世学术界最有势力之一领袖，而美国最伟大之人师也。传曰：

> 薛尔曼师事白璧德先生，心悦诚服，受其感动日益深。……此后数年中薛尔曼思想之趋势，实成于白璧德先生之影响。……薛尔曼初至哈佛大学，研究戏剧。至是乃遵依白璧德先生之标准，而留意于文学趋势及思想之总批评。……此外复得穆尔先生之教导。穆尔者，白璧德先生同道之友。白璧德先生于课堂中常称述穆尔之论文集。且于穆尔来访时，约薛尔曼至其宅中会见焉。

上文第一节言二君所为薛尔曼传之缺点，读此段益明。盖此二年中实为薛尔曼一生智识学问进步最速之时期。其一生之宗旨主张于是遂定，阅十余年不改。而后世之知薛尔曼亦即以此。夫以如斯重要之时期，而传中记载不详。全传长至八十余页，仅以三页半记此二年之事，而亦未诠究薛尔曼心智变化之情形。固由此段之作者木桥君(Woodbridge)素不赞成白璧德先生之学说，且己身先已离哈佛大学而他去，未得悉薛尔曼受学于白璧德先生之详情。然以如斯重要之部分，作者实应另行设法补足题材，方可使读者豁然于心也。

顾本书于薛尔曼早岁与白璧德先生之关系，亦非无有价值之记述。如所录薛尔曼笔记中之两段是也。其(一)乃薛尔曼自记与白璧德先生争辩裴德(W. Pater)之短长。一若为异日违反其师之预兆者。其(二)为后日所补记。描状白璧德先生之为人，极为生动。薛尔曼于哈佛大学所从受业之教师，皆尝为文一一描状之，灵活巧妙，深得各人之精神。赞颂中杂以诙谐，此段亦然。今录于下，以白璧德先生身居一校，寂然为师垂三十年。对于美国文化生活之主潮影响极大，后此且将益盛。而描状其音容举止者仅有此文，允宜与众共读也。笔记曰：

白璧德先生为研究生讲授（一）文学批评史、（二）卢梭及其影响两学程。予往上其课，获识先生。时先生班中学生甚少，上课时围桌而坐。先生携布囊来，囊中储书且满，至不能容。先生先入座，则由囊中取出讲义稿若干页，排列案头。于是先生于椅中大摇其身躯，而批评之学说忽自其口中如潮涌出。或抨击某派之主张，或纠正某诗之章旨，“以圣神之色泽，饰彼错误之言行”。〔译者按，此句出摆伦《王孙哈鲁纪游诗》（*Childe Harold*）第三曲第七十七首。原意谓卢梭富文才，所作《忏悔录》，叙一己猥（□）卑鄙邪污之行事，而能出以绮丽精美之文笔，使读者为之迷惑感动，赞赏不置。今薛尔曼氏借用之，意谓白璧德先生，以其精思名论微言大义，施诸各家不合正轨之学说行事也。又按白璧德先生，于课堂中论及卢梭常高声背诵此段诗。故薛尔曼氏引此句，兼以描状先生之音容举止也。〕至其所称述，则忽而释迦，忽而亚里士多德，忽而柏拉图，忽而霍莱士，忽而但丁，忽而巴斯喀尔，忽而弥儿顿，以及其他，不可具举。先生以古今东西之智慧，浸灌学生之身。先生之思想，如急流巨潮，奋迅冲决，使学生承受应接之不暇。学生多未能了解先生所言，但皆知先生异常认真，十分热诚；皆知先生所言者极关重要，他日于世道人心必有绝大之影响；又皆知先生所言者词意坚决，自信不疑，直对学生平昔之信仰深深刺入，于学生往日所爱好者，出以讥笑而摧毁无余，使学生不得不细心整理从新建设其智识之全部系统。先生积年累月，以此为训。如炮火矢石，愈来愈猛。使学生之幻思妄念尽行消除，而先生之思想义理之系统遂得成立矣。

学生决不视白璧德先生为寻常学校中按时上课之教员，但谓先生乃今之辜律己，今之加莱尔，今之释迦，以全世中之宝物惠赐与我辈。又学生决不自觉在程度粗浅之班中受课，而知先生特藉文学以为其人生哲学之例证而已。先生所提出研究之问题，与各国之运命及世界之前途均有关系。先生似成竹在胸，对此诸问题均已有正确之答案，而综合古希腊以迄今兹之义理思想，以组成一完备之系统学说。

学生课毕走出，则觉胸中充满各种义理，经白璧德先生之启示而认为不可须臾离者。……本来诸多分离独立各不相关之趋势，先生乃皆以思想潮流之中心问题解释之，而明其间之关系。同时，学生又深知博学之益与多读书之要。先生所传授之文学及人生之理论，虽尽终身遵行之，体验之，有不能尽者矣。

第四节

薛尔曼离哈佛大学后，即任大学教授，前后凡十四年。除第一年外，皆在伊利诺省立大学，名誉优隆，升迁极速。年甫三十，即任大学正教授之职，旋兼英文系主任。薛尔曼之能为良师，毫无容疑。盖其人才性优卓，对于文学爱好笃至，能说明文学与各种思潮之关系。又勤奋而有恒心，兼具此数者已不易得，且有办事才，处理校务裕如也。

自一九〇八年起，薛尔曼又常为纽约《民族周报》及《纽约晚邮报》撰文，或社论，或书评，所作源源不绝。于是薛尔曼与当时学术界之关系益深。阅一年，始撰长篇论文。其发轫之情形如下。传曰：

> 是年（一九〇九年）五月，《民族周报》总编辑（穆尔先生）来电云，麦雷迭斯逝世，请速撰一文。时薛尔曼正往上课。接电，即奔至教室中，于黑板上大书"麦雷迭斯死矣"，遂缺课而回寓作文，不久脱稿。是为薛尔曼有声有色之批评论文之第一篇。此诸文出，薛尔曼之名遂立，世皆尊之为重要之批评家矣。

此后十年中，薛尔曼常为《民族周报》撰稿。守旧派之老辈批评家以薛尔曼为后起之健将，而穆尔先生尤倚重之。穆尔先生为《民族周报》总编辑凡五年（一九〇九至一九一四年），使该报声誉益隆，为近今周报中首屈一指者，传中谓：

> 穆尔先生待薛尔曼至为宽厚。与人谈，每极力称道之。谓薛尔曼君乃美国最伟大之批评家与最显赫之作者中之一人。

然按之内部实情，则穆尔先生屡发见薛尔曼之立论有与彼自己之根本主张矛盾之处，遂不得不予以规劝。本报（即美国*Bookman*）九月号中载有穆尔先生与薛尔曼往来之书信，讨论民治主义者，可为例证也。

盖当《民族周报》归于民主党之时，薛尔曼亦倾向于民治主义。一九一二年，穆尔先生即已有函婉责薛尔曼，其所争者，非政治问题，乃个人立论之态度也。薛尔曼于隐约模糊中，趋向于博放，以为人民全体之心性必无错误而可以教育使其进步无穷。于是薛尔曼甚推许各省之省立大学。尝为文以赞之曰：

> 省立大学之职责，乃为全体人民发见每种事业之正当优美之形式，而使上下贵贱贤愚之人悉遵照此形式，将使人类行为之全部悉变为高尚也。

薛尔曼自赞成平民教育后，其思想更趋于无限制之民治主义。此态度与其师之说适反，而与自己平日之主张亦不合也。未几，而薛尔曼乃肆言“民治主义之宗教”足使“人类全体得有和谐适意之生活与圆满充实之关系”云云。穆尔先生闻之，寓书劝其“勿动于浮情”，且戒之曰：

> 人性奇特而复杂，誉之适所以毁之。苟以浮词妄说盛赞民治主义，诩为伟大，而不许有批评之者，则民治主义断不能为福，适足为祸而已。以足下之才与识，乃孳孳来为民治主义粉饰，吾实为足下惜。由足下所为，恐终将牺牲自家良心以博众誉矣。

薛尔曼心志之变迁，盖由其身任伊利诺大学教授之故。是时，该大学校长为詹姆士(James)氏，其为人(据薛尔曼所述)：

> 常梦想欲凭普通人民之助，而造成一理想之大学。不但可供普通人民生活之需要，且使普通人民智识之程度标准均得提高，以证明民治主义之信仰为不虚。此公笃志力行，能以热诚感人。又善于处事用人，故阅时未久，遂能使其所梦想者大体实现焉。

薛尔曼生性易为他人之热诚感动，故深受詹姆士校长之影响，而久留伊利诺大学。他处虽厚薪高位以苦邀之，其友若妻均劝往就，薛尔曼终不为动也。一九一五年晏摩斯大学(Amherst)又来敦聘，条件极优，薛尔曼将就之矣。詹姆士校长忽来访，作片刻谈，薛尔曼遂决留伊利诺大学不去，谓“不愿身离火线，退向后方。又在此大可为民治主义之试验尽力，不敢自弃此机会也”。诚如是，则穆尔先生致书薛尔曼而痛责之者，不为无见。其书中有云：“为足下计，必须离开伊利诺大学而他适。此吾所深信以为是，而敢直进忠告者也。”然薛尔曼卒不去。

第 五 节

顾此乃后来之事。薛尔曼思想宗旨之变迁，此时尚未露端倪也。在欧战告终以前，薛尔曼之功业，为善能应用其师白璧德及穆尔先生之学说，侵入敌境，以与自然主义及将衰之浪漫主张宣战。一九一七年岁暮，薛尔曼之《现代文学论》一书出版，于是众乃公认薛尔曼为尚宗传而具权威之旧派文学之宣传者，而新派少年之提倡“自由”与“创造”者之劲敌矣。此书一出，各地新派之杂志及日报竞起攻诋，叫嚣谩骂，无所不至，尤以芝加哥为甚。缘该地报纸中执笔为评论者皆为新派人。故传檄一呼，万矢齐发，备极猛烈，连至数星期之久。当其时，且必有以攻诋之文章悬挂市中以示群众者。由今返观，亦殊可笑。然而薛尔曼作战之勇，为敌所慑，亦可见矣。

参与此役者，谓当时芝加哥新派报纸痛攻薛尔曼，非尽为《现代文学论》一书之故。盖当前此一月，孟肯(H. L. Mencken)之《序集》(*A Book of Prefaces*)一书出版。薛尔曼于一九一七年十一月二十九日在《民族周报》中为文以评之，题曰《美国文学之美化》，将孟肯之书一笔抹杀，指其缺失，不留余地。毋怪孟肯之友徒见之暴怒逾恒。该篇具见薛尔曼之慧黠，冷嘲热骂，而又持之有故，言之成理，更能诙谐动人，实为攻诋文章中之极品。孟肯以三十年之笔墨生涯，为此中斫轮老手，亦未能为类此之作也。或谓薛尔曼于此文中屡申言孟肯对于德国之崇仰与同情，利用欧战时期美国人嫉恶德国之心理，以中伤孟肯，实为有犯道德。孟肯及其徒咸认此举为真，以为非扑灭斩杀此獠不足以泄恨。然细究之，则事实并不如此。孟肯及其徒盛怒若狂者，只以薛尔曼谓孟肯之思想著作，仅足覆瓿充薪而已。

今为薛尔曼作传之二君，记芝加哥之役，并未说明此层关系，徒以不满于孟肯之徒之出言粗鄙，论述亦遂有过当者。例如既谓薛尔曼不屑与罗斯柯(Burton Rascoe)效邻妇相骂之举矣，而又以薛尔曼致罗斯柯书附载于传中。胡为者？薛尔曼此书中斥罗斯柯为诡秘不正，其理由又至愚蠢可笑。虽彼此皆当盛气争辩之时，而竟指敌人为诡诈腐败，吾人殊难为薛尔曼恕。乃若于十余年之后，静思回观，执笔述作，而亦指Mary Colum及Francis Hackett为不诚，詈罗斯柯及Ernest Boyd等为诡诈，则吾人更不能为作传之二君宽解。嘻！二君其休矣！

按此战实为美国文学思想史中之一大事。于旧派一方，则有白璧德与穆尔两先生，以其敻绝之智慧、渊博之学识、敏妙之文才，阅岁历年，辛苦著书，说明文学道德政治哲学中自古留传之精理。其所著成出版之书，足为旧传之道理确立新根据，以应今世之需。而其说又与(1)美国道学之先辈、(2)欧洲文化之正流、(3)东方西方古今宗尚之规矩义理，在在有关，可以疏通比证。两先生既得薛尔曼为门徒，爱其才华，深喜吾道不孤。盖薛尔曼学识虽有限，不能于极长之战线之各段，一齐进兵，而骁勇可用，能直摧敌阵而破其坚，使两先生之学说，得应用于美国文学界而大行于今世。薛尔曼之责任与人之属望于彼身者，亦可谓重且大矣。

于新派一方，则推倒权威反抗礼教之破坏的趋势，传遍欧陆而于十九世纪之最后十年风行于英国者，自二十世纪之初，即在美国渐有势力。一九一〇年而后，更得孟肯氏为其精悍而能动人之宣传者。孟肯自幼即满吸饱载当时所谓邪说异端之各种主张，如(1)赫胥黎之怀疑主义及科学万能说，(2)裴德之唯美主义及王尔德修正之说，(3)法朗士之快乐主义及嘲讽之态度，(4)尼采、易卜生以及五十年前其他名人之感情主义等。此外孟肯更加以(一)波希米人式之个人主义，又口谈联邦主义及少数文明人等以见其高贵，及(二)极漂亮之时髦风尚，(三)美国内地报界所盛行之激烈谩骂，孟肯于此亦具天才。以上种种备于一身，故孟肯具有魔力，甚能动众云。

以上新旧两种趋势，始则分道扬镳而不相冲突者，凡若干年。新派仅潜伏于不出名之杂志、倏起倏灭之日报，及偶尔出版而少人诵读无人谈论之书籍。及得孟肯而新派之势力乃不可侮。旧派亦幸得薛尔曼为大将，熟知当世之人物与事故，决然有所主张。此二人者，年岁相同，于一九〇八年同时加入文学批评之事业。而其第一部重要著作又于一九一七年冬同时出版，披甲执戈，相遇于疆场之上。其结果如上文所述，新旧正式开火，杀气飞腾矣。

第六节

在此第一战，薛尔曼可云获胜，而旧派得庆成功。然阅时未久，情势大变。薛尔曼遽迷失其方向而为潮流冲卷以去。始则屈，继则挠，终则以此殒命。此英年之大将既丧，旧派之老辈亦遂退守壁垒，默尔而息。新派之势力弥漫横决，无人能阻，亦无人或议之。其结果，遂为一九二一至今十年中之现象。此十年在美国文学中相当于法国之一八七〇至一八九〇年，又相当于英国之一八九〇至一九〇〇年。盖效颦学步而为时已甚迟，然此十年之光阴今已垂尽，其精神亦仅奄奄一息而已。

观于薛尔曼此时期对于其师及文学批评之意见，亦可见其态度之变迁为如何之钜也。一九二〇年，此倒戈从敌之薛尔曼始印行其著作。是年薛尔曼撰文一篇，评叙穆尔先生，虽仍多赞颂之辞，然于篇末乃劝穆尔先生勿高自位置而来与众同流。噫嘻！彼为此言，盖于穆尔先生之主张及价值全不了解。薛尔曼又于一九二二年，与Van Wyck Brooks同来嘲笑，“身拥皋比之老辈批评家，不特对于新事物不具同情，且不欲闻见。若辈俯观吾侪少年之世界，只有厌恶与畏惧之心而已”。

一九二一年之薛尔曼，不复以批评为判断之事，而谓“理想批评家之使命为折衷与调和”。至于拥护礼教、崇尚旧规，则薛尔曼更无此意，而谓：“文人之使命在求一适当之立足点，使新真理之微光，能冲破习惯礼俗之铜墙铁壁而照入室中。文人最高最大之职责，在建立新法以破旧法。”逾数月，又讥穆尔先生之见解为偏私而骄傲。次年即一九二二年，竟谓“今日美国文学最大希望，在其流行普遍之悲观主义”。盖已忘却一九一七年己所著之《现代文学论》一书，即为攻击此悲观主义而谋铲绝其根株者。何薛尔曼之前后判若两人也？

至一九二四年，薛尔曼早年之严正精神完全失却，观者已知其生命之不久矣。其日记中所记者，皆愚蠢未学之少年之思想，自言我未尝“享受生活之趣味”，又坚持审美态度，视人生“非道德行为之事，而为戏剧之表演。如是观察人生，岂不更有趣味也哉！"前此二年，薛尔曼犹讥斥柯洛齐(Croce)艺术为艺术而作之说，而一九二四年，薛尔曼竟以(1)柯洛齐与(2)其在美国宣传学说之高足斯品甘(Spingarn)，以及(3)杜威、(4)孟肯、(5)Vablen、(6)Lewisohn、(7)Villard等之名，共列入一单中，谓"吾国人在言论及思想上，对此诸先生之学识及功绩，未尝加以充分之承认，实为有负此诸公"云云。噫嘻，从可睹矣！

是时薛尔曼谓人生及文学批评之目的，为"轻步趋就各种生物，而倾听其呼吸及心房震动之奇妙之音。吾近始知，苟能细心探索，则凡伟大势力所现之处，皆见有清新之道德之存在。易言之，权力之所在即道德也"。薛尔曼受任为纽约《宣传护民报》(*Herald Tribune*)文学编辑之时，竟全然脱离实在，而曰："吾侪在此大机关中为职员，其任务如何：一曰主张公道；二曰欢慰国民；三曰公平裁决；四曰联络群众；五曰鼓舞热诚。一言以蔽之，有如欢呼队之领导者而已。"夫既曰重要之职员，而止为欢呼队之领导者。呜呼，岂特词不清哉？其意亦不清矣！

方薛尔曼寻求"势力"与"生活"之时，纽约《宣传护民报》之聘约适至，乃欣然就之，而其人之堕落分崩遂益迅速。薛尔曼自言文学编辑之职务及目的，为"使本报之千万读者均爱读书"。故薛尔曼耗费其一生最后二年之光阴从事此役。专心致力，辛苦工作，可比昔之圣伯甫。然以薛尔曼之天才及学力，乃连费三四日，专读现代一作家之著述，继又费二三日，撰作论文一篇，作成复尽心删改或另作。每星期一次，以为常。而所成者，不过如评论Don Marquis之剧本之类。以此人所作上比希腊爱斯克拉及苏封克里之名篇。凡兹所为，可笑亦可怜。呜呼！从来批评家不善自用而妄耗其才，盖未有如此之甚者也。且薛尔曼秉其同情与热诚，初读新派作家之书，其所论述介绍，往往先已有人道及，远在多年以前,不期而陷于重复。舍长用短,效颦随人,尤为无当也。

第七节

薛尔曼甚喜纽约城中之文人生活,盖无殊女学生之初至纽约百老汇路登台演剧者之甚喜优伶生活。饭局茶会宴饮等应酬交际,费去光阴甚多。昔当一九一七年,薛尔曼以在校授课满七年,循例得休息一年,乃至纽约小住半载。其时,薛尔曼最大之快乐,为聆穆尔先生及Trent教授及Henry Holt君等在世纪俱乐部谈话,其言津津有味。薛尔曼尝以半庄半谐轻清婉妙之笔记之,题曰《与穆尔先生谈话记》。忽忽八载,今为一九二五年,薛尔曼再来纽约,而其在世纪俱乐部午餐共谈之伴侣乃为安德生(Sherwood Anderson),宿酒未醒,昏昏倦怠。薛尔曼记其所言曰:"安德生君告予,其妻甚希望(不敢必)彼能如予所描状之为人。安德生君方著一新书,论房屋与居人之关系,其间有何影响。又谓居人能使屋中有酸味。安德生君以为杜来色始终纯良而和善。"嗟乎!今昔所遇所行,霄壤判分矣。(参阅本志第六十三期穆尔论美国现代文学中之新潮流篇。)

第八节

上文第一节已言,今兹为薛尔曼作传之二君,于薛尔曼一生之紧要关头,未能解释明白。读此传者,将谓薛尔曼之由负重名之大学教授,一变而为粗狂之新闻记者。又由提倡秩序规律之健将,一变而为热心趋时随波逐流之懦夫。其间乃毫无内心之观感及经验,仅若脱夏衣而着冬衣然。薛尔曼尽弃其十余年来之师友及生平之学说主张，而传中绝未叙及其疑虑惶惑之心情。既不自行苦思，亦不与人商量。既无所丧失，亦无所顿悟。传中于此岂不有所漏略？薛尔曼一生常作日记，又喜多与朋友通函，乃谓其日记及信函中，毫无彼身当此转变时期思想感情之记录。又谓薛尔曼亦未尝与其知交密友开诚商说。以上二事，其谁信之？是必有重要之材料，而作传者未尝采用以入书耳。否则薛尔曼竟至不知其所经之变迁为何等？以彼之敏慧，苟或知之，必至深感内心之矛盾冲突，品性之分崩离析，无殊精神受病。如此而不形之笔墨，见于言词，吾不信也。

今设薛尔曼精神未尝受病，其态度主张之改变，无殊常人之所为。则试问其改变之原因，果何在乎？就吾人推测所及，原因凡五，似均有关系。其中二者系于薛尔曼之本性，余三者则缘于外境。兹分述之。

系于其人之本性者，第(1)为深固不拔之乡土性。薛尔曼于二十余岁时，从师取得一种人生观及文学标准。此时急当努力用功，研究希腊罗马古文名篇，或近世他国文学名篇，比较勘证，以得深远之根据。乃不此之为，遂终成拘囿。第(2)薛尔曼似喜迁就其学说主张，以求动多人之观听。盖其天性常喜为群众之领袖也。

第九节

至论外来之原因，则其最重要者，厥为(3)欧战。上文第四节曾言薛尔曼热心倾向于极端之民治主义，故为詹姆士校长所感动而久留伊利诺大学。此种趋势，以美国之参加欧战而益甚。薛尔曼极崇拜威尔逊总统，赞成参战之举。至是为爱国之热诚所驱，乃用心研究所谓“美国之旧说”。而其受此美国之旧说之害，则显而易见。盖美国旧传之思想学问，一方含有国家初兴时之浪漫的个人的平等的观念；一方含有清教徒之偏激的主张。此等旧说，苟不加体察别择而径取之，则所谓美国之旧说者，适足以破坏一切旧传礼教道德之精华而有余也。

薛尔曼改变主张态度之第(4)原因，为其孤立而无助。薛尔曼本非重理智之批评家。其感情甚强，故常需赋性坚强而才学较逊之同志，以为之后援。是时老辈批评家皆默尔而息。而薛尔曼势成孤立。一身作战，四面受敌。而当此之时(5)其敌人所施之技俩得售，是为又一原因。盖其敌日以薛尔曼所熟闻之言，重覆叙说，强聒不休。一则曰大学教授与生活完全隔离。二则曰充足之精力至可宝贵。三则曰同情重于判断。四则曰美感胜过道德。薛尔曼本易为热诚所动，日聆此类言论，不期然而受其影响，遂幡然舍其故我以从之矣。

第 十 节

设使薛尔曼不死，则其晚岁之趋势及成就将如何？此极有趣之问题也。为薛尔曼作传之二君及薛尔曼之友人，每谓薛尔曼临殁前，正在构造一思想之“综合”。使其不遽死，当可有成。虽然，此言吾人殊未敢置信。吾人之意，以为苟薛尔曼不即死，则其结果当如下：薛尔曼将必成为现代美国文学界更重要之人物，然对于美国文学批评则决不能有所贡献。彼其对于一人一书之零星批评之言论，信之者必益众。然此等言论必缺乏中心系统学说以为其根源，仅为美国所谓新派最佳之思想。或已经人道，或独具先见，而以出自富于情感工于修辞之薛尔曼之心头笔底，故特为光明美丽;其实亦殊平常,无重要之价值已。

更就实事说明之。设使薛尔曼不死,则将必愿受聘为书局之主任,按月选择新出佳书,以指示千万之读者。其为此事必大成功。各大学先后来请薛尔曼任校长者,薛尔曼必始终拒绝。而适《大西洋月报》社聘其为该报编辑,薛尔曼则乐就之。已而民主党得政,乃以薛尔曼为驻某国大使。薛尔曼既得势,则必设法使路易斯(Sinclair Lewis)及Ernest Hemingway为"国立学院"会员,又必使斯品甘及Ellery Sedgwick为"美国学会"会员。薛尔曼所著之《美国文学史》一书,此后二十年中仍必风行。然而薛尔曼终必有惶惑疑虑之时,尤以偶见他人文中引用其昔年所作刊登《民族周报》之论文及《现代文学论》书中之名言隽句,必不胜奇异之感慨而力求忘却。综识之,薛尔曼当可快乐成功,一切满意,享寿甚高。而值白璧德与穆尔二老辈名贤殂谢之日,为文以称述其学说而赞颂其生平者,必无能逾于薛尔曼之佳制者也。使薛尔曼而尚生(其死因溺毙湖中,事出偶然,尽可不死),其情形之可臆测者,如此而已。

——本文为吴宓所译,原载于1931年1月出版之《学衡》杂志第73期。文后原附有译者所作"附录"文论三篇:一、《美国文学批评》;二、《美国文学新解》;三、《文人三十自忏》。今全自本文后删除,而分别收入本文集第二编中。

钮康氏家传(前六回)

本《文集》编者按:《钮康氏家传》(*The Newcomes*)一书共八十章,吴宓仅译六章而止。译文原据作者原著,各章通篇为文,不分段落。本《文集》所载该书六章译文之段落,均为本集编者所分,以便于读者阅读。译者附有大量注释,均以不同字体刊出,以与正文区别。

又,译者于本小说第一章前,原附有译序一篇,以其内容与《钮康氏家传》原书无太多关连,故此处删去而于本《文集》著作编(下)另立成篇,题名《关于英国小说》。

译者又于《钮康氏家传》第六回译文之后,附陈其译此书之初衷。谓其遵循英国大翻译家译文虽多疵瑕,然不惜费时费力,处处力求精细。其用意有二,详见第六回译文后附。

第一回　乌萃鳞集寓言讽世　涤腥荡秽壮士叱奸

话说有一乌鸦,口衔乳酪,由牛乳房窗口飞出,直到树上栖止,望着树下池中一只大虾蟆。虾蟆头上,堆起两只凶恶的眼睛,左顾右盼。这乌鸦见那虾蟆四脚扁平,满身灰泥,便忍不住哼哼冷笑。离开虾蟆不远,一只肥牛,在地上吃草。又几只绵羊,亦在那场上,跳来跳去,慢慢的啮着花草吃。〔按此书开场,实本于法人

La Fontaine(1621—1695)所著寓言*The Fables*。藉禽兽之性行,以喻人生之机械变诈,世路之险巇,及善恶利害得失相关之道。该书于一千六百六十四年至一千六百七十五年之间,分数次出版,共十二卷,为法国文学名著,然又脱胎于《伊索寓言》(*Aesop's Fables*)。吾国近年通行之英文读本,多选《伊索寓言》为材料。故吾国学生,皆当熟知其中之事实。又据晚近学者所考证,希腊之《伊索寓言》,乃由印度流传至彼,故印度实为此等寓言产生之地。惟众多习焉不察,数典忘祖耳。T. W. Rhys Davids所译编之*Buddhist Birth Stories*,又名*Jataka Tales*,其序中即略述印度寓言流传西土之始末。至其详,则法国学生于校刊La Fontaine集时,所作序注,言之者甚多云。〕

草场那边,远远的一只狼,蒙着羊皮,斯文大摆的走来。这一般绵羊,不知那狼适才已将其母杀却,食其肉而衣其皮。反将此凶仇,认作母亲,跑上去迎接。维时,虾蟆垂涎乌鸦口中的乳酪,一面又骂那大吃大嚼的肥牛。(此犹"螳螂捕蝉,黄雀在后"之旨。各有目的,唯利是图。)乌鸦栖止的树旁,篱笆之外,一狐缓缓潜身过来,说道:"这一般绵羊真蠢,对那恶狼哀哀的乱叫,不知狼身上披着一张羊皮。前次将红公鸡的老祖宗,当作午饭,一口吞下,又拿红公鸡充晚饭吃,都是这个老狼干的。俗语说得好,'抽了梁便要拔钉子'。(意盖谓得陇望蜀,人之常情。又既擒其王,则擒贼易易矣。今狼已食母羊,则其心愈贪。且小羊无护卫之者,更易攫得之。)哼哼。"那空心树身之中,躲着一只母鸱鸮,当时惊醒,便接口道:"哦,是的,狐先生,我瞧不见你,可是我闻着你的气味儿,有的人喜欢绵羊(指狼),有的人却喜欢鹅(鸱鸮指狐,以讥之也)。"狐道:"鸱鸮太太,你喜欢老鼠。"鸱鸮接着道:"中国人常吃老鼠,我在书里边读过。中国人甚喜吃狗肉。"狐道:"我盼望他们中国人将世界上所有的恶狗一齐划除干净。”(猎者必用犬,犬为狐之敌,故狐恨之。)

鸱鸮道:“我在游记中读过,法国人吃虾蟆。哈哈。我的朋友乌龟先生,你也在此吗?昨晚我们开了个好的音乐会。”(意谓鸱鸮与蛙之鸣声,互相应和酬答也。)虾蟆叫道:“法国人固然伤残我的兄弟,英国人却吃牛肉,专要极肥又大的牛。”鸱鸮道:“我听说英国人连乌龟肉也吃。”狐道:“从没听说他们吃鸱鸮同狐狸,或是坐在桌上吃乌鸦的。”那狐一面说着,一面向树上口衔乳酪的乌鸦,深深打躬。(盖望乌鸦开言,而乳酪落地,藉得食之,故谀乌鸦。)又道:“我们大家都是高贵的动物,从不捉去杀了供盘餐的。”

鸱鸮道:“我乃鸟中之智者,昔曾与Pallas Minerva女神为伴。(按Minerva乃罗马司手艺之女神,后与希腊司都市及工艺之女神Athena混而为一。Pallas者Athena之别名也。)埃及碑塔中,屡图吾像。”狐把牙齿一露,说道:“我却在英国谷仓门上看见过你。鸱鸮太太,你的学问十分渊博。我虽有一知半解,实在不能算学者,不过在世俗中浮沉,凭着自己一点儿聪明吃饭,厕身于乡绅之林而已。”鸱鸮的尊容,现出轻鄙之色,说道:“你瞧不起学问,我每天夜里读书很多。”狐道:“我那时正在鸡架上审别公鸡与母鸡呢!”鸱鸮道:“可惜你不识字,你实在应当看我头顶上悬挂的木板。”狐道:“那板上说些什么?”鸱鸮道:“我白天瞧不出字的笔画。”说着便欠伸一下,竟入睡乡去了。狐骂道:“这些混账的蝌蚪文字。”又眼看着那乌鸦,说道:“我们这位邻家,真会摆架子,装腔作势,自命智者。(指鸱鸮言)若你们乌鸦一族,方算得禀赋卓越。比之那昼伏夜出,呜呜怪叫的鸱鸮,不高出十百倍吗!我所常到的树林附近,有鸦宿(星名)的门徒二十四位建造一庵居住。他们歌声悠扬,委实好听。但比之你老先生,那又不算得了甚么了。

你老合唱是最好的,现在求你千万先单唱一曲,赏我听罢!”(狐诶鸦,请其开口唱歌,则乳酪堕地,而狐可得食之也。)

话说狐与鸦谈话之时,那牛仍在场中吃草。那虾蟆见牛身如此肥大,忿嫉之极,恨不能立刻注射毒水于牛身,自己气得胸腹几乎胀破。(蛙鼓腹而鸣,故云。)那小羊仍安卧在狼身旁,不知祸在眉睫。那狼因吃了母羊,腹中尚饱,故亦无所举动。过了一歇,渐不能忍,便将二目圆睁,白牙外露,咆哮一声,立起身来,要吃那小羊。那小羊战兢兢地说道:“你那一双眼睛真大啊!”狼道:“好朋友,眼睛大,看你更看得清楚些。”小羊道:“你那牙齿真大啊!”狼道:“牙齿大……”话未说完,只听得广场之上,一声怪叫,大家都十分惊骇。

原来是一只驴,不知怎样弄到一张狮之皮,披在身上,由那篱边走进来。后面一群人,拿着棍棒刀枪追赶。且说那蒙着羊皮的饿狼,一闻驴叫,被其所欺,以为百兽之王狮子到此,遂急忙踉跄逃去。那牛闻声亦即转身而奔,越沟跳过,顺势一踣,将适间骂他之虾蟆,踏为齑粉。那乌鸦看见多人持枪而来,连忙将口一张,乳酪落地,振翼飞逃。惟有那狐最精明,听见驴效狮鸣,知系假的,毫不惧怯,一见乳酪落地,赶快去抢。却不防落在陷阱机关之中,将一只狐尾巴砍去。自此之后,狐虽周游人世,只好强作解事,说尾巴一物,现在不时派了,故狐群皆不要此物。

且说那时,一童子持棍走上来,冲着驴先生痛打,驴先生愈哭声音愈大。那狼拖着羊皮,不能快跑,遂为人察出,用枪击毙。那老鸱鸮双目皆盲,闻声甚为诧异,由树身中飞出,却撞在一耕田的童子面上。那童子举起犁头,立时将鸱鸮打死。那牛及小羊,为一屠户缓缓牵去。那农夫在陷坑找得狐尾巴,便拿去挂在家中厅堂上。逢人便夸口,说狐狸精是他打死的。

且说有一般评书的人，看见我这一段文章，必定痛骂为陈言烂套，毫无意味。说："我们学德兼优，知识广博，方敢以评书为己任。驴狐等故典，在别处早已读过。难道我们还不知狐与乌鸦的谈话吗？哦，是了，出在La fontaine寓言上边。我们快在大字典中找La fontaine一条及寓言一条，便可依法凭证，治此人剽窃之罪了。"那一般评书的人又道："作这书的人，骂世人真是刻毒。你看他这段寓言（按即指《钮康氏家传》全书）之中，竟无一个好人，全是光棍：狐谄佞取利；虾蟆无能而又嫉妒；狼着羊衣，张牙吮血，而假为仁慈；驴蒙狮皮，毫无学问能力，而冒充行家。此层还恐怕是有意骂我们评书的人。如此僭越污辱，我们只可付之一笑而已。至于那牛，庸碌无足道。其中只有小绵羊，可谓之清白无疵。然自己生身之母，亦不能辨认，其愚蠢亦可知已。"评书人谈到此处，要是兴高采烈，还可作一篇大文章，盛言为母者之慈爱，此乃评书人之常情。作书人既可刻薄世人，评书人自亦可刻薄作书人。因评书人既以寻觅他人破绽为事，必须自命不凡，比作书人高出一等，然后人家方肯听他的评话。且平心论之，小说中许多故事，许多人物，确系陈旧相因，新的能有几个？寓言所载，千篇一律。或则纯谨，或则浮夸。强凌弱，智欺愚。长耳公而竟效狮鸣，Tartuffe而自称善士。（按*Tartuffe*乃法国Molière所作名剧。且剧中之主人，即名Tartuffe。其人与一富家结交，欲得其产，又欲得其美妇。后奸谋为人窥破，全局暴露，身败名裂焉。）男欢女爱，任性妄为。蹈危受苦，或咎有应得，或贞固不移。凡叙人事之书，一开卷不就是男女爱悦，互相欺蒙吗？

伊索生世千百年前，已有寓言。驴蒙狮皮，原出犹太古籍。狐性狡猾，见于罗马前史。狼被羊毛而磨牙欲试，则出于印度古文。每晨日出东方，千万年前已是如此。即彼树上之鸟，昔日亦仍歌此曲。吾有友曾游美洲,言新旧两大陆,同类之鸟,其形式全是一般一样。故世界之上,本无新之一物。即太阳亦已陈旧,但每次初出东海,状颇新奇。大家见日出而起,各治其事。斗智斗力,积爱积仇,恣哭恣笑。日入之后,众亦归休。明晨再起,依然印板文章,递代循环,至无穷尽。既然如此,评书人单以陈旧乏新责我,未免过矣。我这部书中,万象包罗,色色俱备。其中有乌鸦而插戴孔雀之羽毛,为孔雀所斥笑。书中虽极力恭维孔雀,盛言其色之美、颈之光、尾之丽,而于其高视阔步、扬扬自得,及引吭高歌、粗恶不堪之情形,则决不曲为隐讳。书中又有风流之狮,其爪竟为巧媚之女儿攫去。书中恶人虽屡得志,而善人亦足自活。书中有送丧而确能尽哀者,亦有施恩而竟不望报者。书中有彩舆临门而暗哭者,亦有柩车在道而喜笑者。书中有饭蔬食饮水而晏然自乐者,亦有饭蔬食饮水而忿不甘心者。有食前方丈而忧愤交迫,不能下咽者,亦有食前方丈而宾主尽欢者。(以上各层,均暗指书中主要人物之行事。读者读毕全书自明,今不加注释。)未可一概而论。

由此可见得贫者不皆能廉,而富人中亦有慷慨好行其德者焉。未必个个房东,加重租以逼寓客。未必个个牧师,皆饰行以愚黔首。民党之中,亦确有通达爱国者。激进派中,亦未必皆心慕权势禄位者焉。〔意谓世人动辄以愤世嫉俗之旨,为一偏武断之谈。言世中竟无一好人,善者必遭殃,恶者必得志。凡道德感情,实图利己。善言美行,假托欺人。或言凡贫者皆清高廉正,凡富者皆吝啬刻薄。凡营业者,皆重利盘剥,敷教者皆空言欺世。政界之中,更无完人。凡民党皆暴烈好乱者;而攻击政府者,实皆最想作官者也,如此见解,视世太浊,论人过刻,实非平正中和之意,而尤悖于社会实情。今著者此书之内容,即可以证其非而指其误。故著者存心忠厚，立意正大，读者不可不察。若径如前段假设之评书者之见解，则大非著者之所望矣。〇按，论者或以沙克雷为写实派小说家，而遂谓其视世太刻，专以讥刺为能事，此实大误。沙克雷外似刻薄，内实仁厚。且自壮而老，见识工夫，益有进境。故论者尝以沙克雷所著书，以其先后之次序，分为三类：一曰戏谑时期（Spirit of Burlesque），例如*Barry Lyndon*一书属之。二曰讽刺时期（Spirit of Satire），例如《名利场》（*Vanity Fair*）一书属之。三曰仁爱时期（Spirit of Love），例如《钮康氏家传》（*The Newcomes*）一书即属之。此书之出最晚，故亦最精到，纯系仁厚之旨，而少刻薄之意。故吾首译《钮康氏家传》，非无因也。读者谅之。〕

且住，寓言向例，总是先叙故事，使小孩子们听得高兴。然后申明正旨，略施教训。从未有颠倒次序而为之者。今作书人如此喋喋不休，恐读者索然无味，连书中本文亦不看了。故此速速开场，说甚么狼呀，羊呀，狐呀，狮呀，驴叫呀，票鸽呀，母鸡呀，公鸡呀，一齐放他们出来罢。（以上楔子，此处完结。以下方入本文。）

话说昔日（按此书事实，均在十九世纪上半叶）当我年少之时（按沙克雷所作佳小说，有*Pendennis*一书，先于一千八百五十年出版。书中主人为Arthur Pendennis。其人乃中上流乡绅之子，早丧父，为寡母所钟爱。其戚有孤女，名Laura Bell，寄养于家，美而贤，与Arthur同读，互相爱悦。母意亦欲聘之为妇。迨Arthur稍长，赴伦敦，入大学肄业。Arthur固风流倜傥，自是为朋辈引诱，荒嬉广交，不务学业。赌博烟酒，为狭邪游，日趋浮靡。识一女曰Emily Blanche，慕其华贵，竟与订婚。然此女殊无诚信，后竟绝Arthur而归他人。Arthur始而悲，继而悔悟。大病，归。母与Laura尽心调护，病愈。一改前非，聘Laura为妻，旋即娶之，潜心学业，为文人，居伦敦。主某报*Pall Mall Magazine*笔政，兼为滑稽画，与沙克雷自身之职业同。此*Pendennis*书中事实之大略也。迨沙克雷作《钮康氏家传》,则假设为赓续前书也者。以前书中之人物,均牵入此中,一再登场,新知故交,别饶兴趣。Arthur Pendennis则用为此书中之线索,及旁观批评者,一若此书为渠所作。故凡书中自称曰我之处,皆Arthur Pendennis自谓也。自此句起以下皆同。当此书开场之际,Arthur与Laura虽已订婚而尚未成礼。至此书中幅过半之时,然后方明言二人成婚。此后则Laura亦出场,与钮康氏等人周旋,绾合极为巧妙。且Arthur与Laura之性行,悉遵照前书,毫无更改。又Arthur之叔Major Pendennis及Arthur之友George Warrington亦前书中之旧人。而George Warrington又再见于*The Virginians*书中。故三次露面,著者如此牵合,使读者觉各书连为一体,异常真切生动。良工心苦,不可不察也。〇此所谓当我少年之时者,乃Arthur Pendennis年二十余之时,亦即沙克雷未及三十之时。按之当为一千八百卅年到四十年之间也),一切光景与今日十九世纪下半叶的情形,大不相同。(今日指此书初出版之年,即一千八百五十四年。)

那时日光十分明亮(非阴霾愁惨之况也),那时人生多有兴趣(非憔悴闷损之况也)。那时美酒佳肴,十分可口。(并非有土气息,泥滋味也。)那时小说报章,洛阳纸贵。(并非千篇一律,而人皆厌读之也。)那时能结识得一二文人作者,便算得无上光荣。那时交际场中的名媛贵妇,大多美艳出群。(非如今日之平凡丑陋也。)戏园中的坤伶名角,实能摄魂勾魄。观者人山人海,到戏园门口,必须拥挤争闹至半点钟之久,方能进去占得座位。那时裁缝常来客寓中拿那时式新样的坎肩炫人。那时年少童子,未生胡须,亦要买一套修面剃须的器械,以备后日之用。(言注意修洁,顾影风流,非萎靡颓唐,无心媚世也。)正如十余岁的新嫁娘,先忙着做两套婴儿的衣帽,异样精工,用心则一。那时出两块钱(原文作十先令),雇一乘马车,在公园里兜圈子,便算得出头顽阔。在大街上,鞭马疾驰,车轮上的青泥,溅在自己学校的教员身上,便算得逞凶闯祸。那时会同几位酒肉朋友,约下几个优伶歌妓吃饭叫局,评色选舞,消遣一日,便算得人世中无上快乐。(沙克雷文笔极工,如上文说甚么狼呀,羊呀,狐呀,狮呀,至一齐放他们出来罢一段,笔阵雄阔,挥洒迅疾。如江河赴海,如万马奔腾,已足令读者称赏。而此段连用十余"那时"字,反复重叠,累累如贯珠,而又大气包举,其妙处译者深愧不能达之。〇至此段之意,无非欢场旧梦,今不如昔之感而已。正如久居上海者,由今而追想昔日开埠未久,天南遁叟及龙华会之时代。久居北京者,因梅兰芳而追想当年田际云、程长庚之时代也。)

就在那时,我所交识得一二朋友,却做了此书中的主要人物。须俟我逐一介绍与读者诸君,缓缓熟识。我现在一想到他们,便觉得眼前花光莺声,一片春境,十分舒畅。话休烦絮,且说按照那时的规矩,我同一般年少的朋友,每晚看戏,兴高采烈。夜半十二点钟戏毕之后,腹中饥饿,便同到何思根(Hoskins)所开那家酒店,名叫和鸣洞(Cave of Harmony)的,吃些酒菜,唱歌戏笑,顽耍尽欢。那何思根店东,同我们十分相熟,一进门必定点头含笑招呼。那堂倌阿二,立刻找个好座儿让给我们。那店里最好的三个唱家,都同我们做朋友,白吃我们的酒菜。我们之中,有一位在何思根酒店里请过一次客,大家都觉得尽兴。噫!那大名鼎鼎的欢喜神何思根,而今安在?言念及此,又不觉感慨系之了。

且说一天晚上,我们照常到此酒店,举凡麦酒、鸦腿酒、乌鸦酒、乳酪酒、红十字酒、愈黑红愈好的白兰地酒,发泡滚腾,今日不能再得的燕麦酒,都要了来,痛饮尽欢。适逢那晚客人甚少,在座的都是同调,故大家更为放肆,更觉亲热。放声狂歌,极激越悲哀之致,也是当时风尚如此。酒席方半,那和鸣洞中进来一位客官。一副枣红色的瘦面孔,两撇儿黑色长胡须,衣服松大。一望而知为生平未曾涉足此中,或与此酒馆长别多年之人。那客官一面向那同来的一个孩子,诉说酒店中今昔种种不同之处,一面要来西班牙白酒,听着音乐,手抿着胡须,十分高兴。客官身旁的那孩子,一眼看见我,立刻涌身而起,跳过这边来,伸着手,跑到我面前,脸上一红,说道:“难道你不认识我吗?”原来这孩子就是我的同学小钮康。不见已有六年之久,现在却长成一个高大英伟的美少年了。那两只光明明的青眼睛却还是小时候的样儿,我还记得清楚。我便道:“甚么好风吹你到这儿呢!”小钮康笑了,做出积伶的样子说道:“我父亲。那位就是我父亲。我父亲要来,他刚才由印度回来。他说,这个地方,从前许多文人名士常到过的。甚么薛立丹先生(Sheridan,英国戏曲家兼政客,生于一千七百五十一年,殁于一千八百十六年)、马立斯团长、韩加少尉、包桑教授一般人。我把你的名字,告诉我父亲,并说我从前刚到学堂去的时候,你待我十分的好。我现在不上学堂去了,要请一位先生在家里读书。听我说,我弄到一匹小马,真是好,比那学堂里面好顽的多了。”说到此处,那有胡须的客官,小钮康之父,一面指点堂倌把他的酒瓶酒杯搬过来,一面手撚胡须,直走到我们坐的桌旁,执帽在手,深深打了一个躬。那店东何思根忙即还礼。那一般唱曲子的便互相交头接耳,一面吃着酒,一面挤眉弄眼,彼此会意。那号称最淘气的小鬼李阿三Nadab方才进来,便即卖弄聪明,学那客官的样子,手撚着空中的胡须,抖开一方手巾,十分难看。何思根向他重重的看了一眼,那小鬼方才止住。

何思根一面请大家点菜点曲子,便即开唱。且说小钮康之父，走上来与我握手，我不禁满面通红。原来我心中正在作滑稽文章，用他比某戏里一个角色，又替他起个虬髯公的外号。但他语音亲和，仪容恭整，一副诚恳之气，使我十分惭愧，笑也笑不出来了，忙即肃然改容起敬。可见涉世已深者，虽则恩仇并视，惟利是择，然少年人尚有良心发现之时。且说那客官说道："先生，我听说你待我孩子种种好处。凡待我孩子好的，实就是待我好。你准我坐在你旁边吗？请你尝尝我的方头烟卷。"于是我们顷刻之间，便成知友。小钮康挤在我的身旁。他父亲即在我的对面，一同坐下，谈了几句。我便介绍三位同学朋友和这位钮康太尉相见。钮康太尉（即小钮康之父）道："诸君到此，想为瞻仰当今的名士而来。座中不知有无大名士在此？我在外国三十五载，方才回到故乡，极欲一饱我的眼福。那时便有一最顽劣的小鬼，外号叫做乌鸦大王的，正要打一个躬，指出那座中张三李四等人，为当时的名士班头的领袖。幸亏我暗中在他小腿上踢了一下，他方才不敢做声。"另有一位心肠甚好，后来作了牧师的龚先生Jones说道："培养青年人，人人有责。"一面在自己名片上写下几个字，递给何思根，说今晚有年轻人及生客在此，歌曲务宜加意慎选等语。那晚所唱之曲，确是十分考究。要不是嫌有烟酒的气味，便请女学堂的师生到此，亦无妨碍。（谓是晚之歌曲中，毫无淫秽之词也。）

酒肆茶楼，本应如此。今之当垆者，即惟利是图，谅亦不许伶工唱不堪入耳之歌曲也。大凡声音之道，感人最深。大贤大恶，悉受陶镕。当时钮康太尉闻歌极为高兴，亦不再访寻名士了。说道："克儿，听我说，唱的真好。比你婶娘家里的音乐会，甚么外国名手，好得多了。我以后是要常常来的。老板呀，你替我问问他们诸位（指歌曲者而言）要吃点心吗？"（意谓我愿作东，请诸位吃也。）又向身旁坐的一位说道："他们叫什么名字呢？我出门之前，并莫有听过唱曲子,只听过用《圣经》故事编出的歌儿,我简直睡着了。但是我的老祖宗,今晚的曲子真好啊!”那钮康太尉吃了西班牙白酒,兴致勃发,便又说道:“我真不愿看见你们吃这种白兰地劣货,我们的儿郎们(兵士也)在印度的,受这酒的害不浅哪。”每次唱到应该合唱的地方,钮康太尉便亦加入同唱,声音十分好听。一面又笑某那戴圆筒帽的小丑,笑声听之亦使人开颜。后来何思根唱了一曲英国老义士歌,唱的甚好。唱到那老义士临死之时,尤其声调铿锵。那身经百战的钮康老太尉热泪直淌下来,连忙同何思根握手(表示赞赏之意),一面说道:“先生,谢谢你。此歌足为生人吐气。”连那何思根也忍不住哭了。下一段便是那小鬼李阿三,出场打诨凑趣。早经有人告诉他,今晚要慎重小心。(盖 Arthur Pendennis 为之也。)他打扮得十分奇怪出色,连唱自己当时所编之歌多首。每歌专取笑在座的一位,如是轮流普及。钮康太尉甚为赞赏,亦加入合唱。末后轮到钮康太尉身上,那小鬼唱道:

> 眼前一位老军官,似从印度刚生还。旁坐小儿笑合肩,最好回家床上眠。(后二句指小钮康。)

太尉听了,大乐不止。抱着他儿子的肩说道:“听见莫有?他编排你些甚么话?克莱武,我儿,最好去睡觉罢!去罢!哦,不去。不去。比这个加倍好的顽意儿,我们亦经见过啦。歌儿说得好,‘不到天亮不回家’。我们忙着回去作甚么呢?我的儿在此规规矩矩的顽耍一歇,有甚么不好呢?我作小孩子的时候,简直不得顽要,害得我一生受苦不浅,我定要去同那位小先生(指唱歌之人,即李阿三)谈谈,他这歌儿真好。我从来莫有听见过。他姓甚么?哦,李先生,恕我冒失,明天晚上六点钟,请你到我的地方吃个饭。你请到克利弗街尼罗旅馆,问钮康太尉就是了。我一向喜欢结识有天才的朋友,你现在实在可算得是一位。要不然,我就不姓钮康。"那李阿三一面整理自己衣领,答道:"先生,你厚待我了。将来世上或有能知我之一日。现在我的诗集,先生肯惠购一册吗?"那兴高采烈的太尉道:"自然,自然。我替你送到印度各处去传名,先让我买下六本。明天你来吃饭的时候,随带过来就是了。"

说着,何思根走来,问大家那一位愿自唱一曲?那朴实的太尉却自己答应愿唱。我们心中十分诧异,在座的人,都欢呼称赞。惟有克莱武〔即钮康太尉之子,而本书主人,按克莱武(Robert Clive,1725—1774)以名将而兼总督,当机立断,用兵神速。遂得收取印度归英国版图,而又统治咸宜,厥功极伟。今太尉服役印度,故尤慕克莱武之为人,追念勋烈,而以名其子焉〕低下头去,满脸飞红,如一朵芍药花一般。我瞧见,替他十分难受。想一想,若是我自己的叔叔彭东尼团长(Major Pendennis,按彭团长亦前书 *Pendennis* 中之一人,于此书中再出现者也)在此,忽欲对众清歌一曲,那我不晓得如何难为情呢。且说当时钮康太尉唱了一支山歌,名曰掷梯子。其情节之哀感动人,文字之优美绝俗,虽置之英国,无论那一位大诗人的集中,亦可算上品。太尉唱来又十分好听,其声音之高下疾徐,抑扬顿挫,纯是当年殷克敦(Henry Incledon)的格调章法,今已不易再见的了。那太尉唱时,全神贯注,把那歌中难女的心事苦情宣泄无遗,连那以弹唱为生的一般人,亦不得不唧唧称叹。另有几个促狭鬼,初本忍不住要笑,到太尉唱完之时,亦砸杯(祝贺之意,西俗如此)击节,佩服赞赏不已。太尉刚唱了一首,克莱武便往四下一看,目露惊喜之色。及至全歌唱毕,他亦抬起头来。太尉不但安然脱险,且又如此奏凯报捷,我们自然替他高兴。那太尉见我们称赞他,满面笑容,鞠躬道谢。好像威克斐牧师在狱中,劝化那一般囚犯的光景。〔见 Oliver Goldsmith 所著小说《双鸳侣》(*The Vicar of Wakefield*,一译《威克斐牧师传》),第二十五章。〕那一番质朴的本色,实令人十分感动。

维时,那巍巍的何思根,雄踞高座,为乐工队中的领袖(按此二句 placed on high, amid the tuneful choir 本系成句。出 John Dryden 所作之"Alexander's Feast, or the Power of Music"诗中,第二节,第一行。今沙克雷持引用之。该诗见 *Golden Treasury* 卷二之末),亦大加欣赏。照他平日的规矩,缓缓说道:"先生,我很感激你,在座的都感激你。我愿你百年长寿。"说着举杯在手,恭恭敬敬的向太尉打了一个躬,把杯中的酒呷了一口。又说道:"自从殷克敦先生去世之后,我莫有听过这样好的歌儿了。他老人家真唱的好,我借用我们索士比亚[①]一句现成话,如他这样的人,世界之上,永不能再见第二个的了。"(按索士比亚此言,出于 *Julius Caesar* 剧中,Brutus 兵败自杀,在军同人悲而吊之乃作是语。)那太尉面上发红(欲自表彰,而又谦虚,不好意思也),转身对着他儿子笑了一笑,说道:"我是从殷克敦学来的。我常由学堂里偷跑出来,去听他唱。我的老天爷呀,已经四十年过了,回到学堂以后,为此挨打,打的委实不轻啊。哎哎!时光真过的快。"太尉说罢,吃了一大口酒,向后往椅子上一靠,默坐不语。我们晓得他想着年少时候的情景,那可爱的光阴,无上的快乐,一去不返,但却永远不能忘记的。我虽只行年二十二岁,当时触动心怀,觉得我自己好像比那太尉还老过几年一样。

且说太尉唱歌之际,有一位客官,身穿土黄色军服,披着外

① 索士比亚,今译莎士比亚。

套，踉踉跄跄，一颠一倒的，走了进来。不是别人，却是我的老友葛体甘少校（Captain Costigan，此亦前书*Pendennis*中之旧人，即引诱我Arthur Pendennis在外游荡为恶者也）。照他平常的规矩，深夜此时，自然是大醉醺醺的，左斜右歪。两手不断的撑在两旁桌子上。幸而桌上的杯盏碗碟，尚未打翻。一直走到我们的桌上，靠近我的身边坐下。太尉唱歌，他亦引声而和。唱完之时，他打了一个喷嚏，眼泪交流，说道："他娘的，唱的好。"殷克敦老头儿唱，我是听过多少回了。乌鸦大王当时坐在钮康太尉身旁，因告诉太尉说："这位真对了不起，他是营中的一个少校，我们都称他为将军。"又道："葛少校，你吃点儿酒罢。"葛少校道："他娘的，我酒是要吃的。吃了酒，我亦要唱一个曲子。"便向身旁走过的堂倌，讨了一杯威士忌酒吃了。然后把面容一收，作出一副狰狞的鬼脸，斜着眯眯的眼儿，向人一看。原来他每次唱歌之前，必有如此丑态，是其习惯，不必细表。

单说这个不知天高地厚的流氓，当晚所唱之歌，乃是下等歌曲中最淫秽粗鄙、不堪入耳的。他怪叫一声，便一路直唱出来。刚唱完了第二首，钮康太尉立起身躯，将帽子往头上胡乱一按，抓着手杖，面上一团杀气，好似身临战场，威慑胡虏，厉声喝道："住口！"那边桌上，便有几个小流氓叫道："听着！听着！"其余的几个说道："老葛，唱下去！"钮康太尉气得满身发抖，高声叫道："唱下去么？竟有人说唱下去么？谁人家中莫有妻妹子女，听见这样粗恶的曲子，还要唱下去么？"又冲着葛体甘道："你竟敢公然自命绅士，位居军职，与耶稣教徒及清白正直的人，一同起坐，却在此处唱这般粗鄙的调子，污坏少年人的耳朵吗？"有一位不服气的答道："你为甚么要把少年人带到这种地方来呢？"钮康太尉气的叫道："为什么？因为我想着这儿都是上流绅士，我那知道堂堂大英国的人,竟能大家聚在一块,准一个老头子这样污辱自己！你这老东西真羞死啦。你白发苍苍的罪人,快回家睡觉去吧。我儿子今天遇见这一回事,我并不后悔,亦可藉此让我儿子,看看世间竟有如此毫无廉耻之事,皆因吃酒所致。”说到此处,一个堂倌递上会账找来的零钱。钮康太尉喝道:“那零钱要他干甚么？你拿去,等候下一次我来此地,再找还我。这一种场合我还来吗？永不来了。”说着,把手杖往肩上一横,回转头,对着那一般吃惊呆的坐客,挨次轮流恶狠狠的看了一眼,方才气愤愤的,大踏步去了。克莱武在后跟随,形容甚为羞惭。其余的人,更恨无地缝可钻。乌鸦大王打个法国话,向龚先生道:“我真不解,甚么缘故把他气成这个样子呢?”龚先生积伶,趁机把双肩一耸,原来钮康太尉手杖举起之时,横扫过去,各人背上都轻轻着了一下。(龚先生悲痛故耸肩,又掩饰不欲人知,故乘机。)欲知书中本事,且听下回分解。

按原书共八十章,今译为八十回。以每章为一回,分画段落。悉依原书,俾读者可比并而观,惟每回题目,八言二句,则系译者所杜撰。大雅谅之,译者附识。

——本文原载于1922年1月出版之《学衡》杂志第1期,原署名为:英国沙克雷(W. M. Thackeray)著,泾阳吴宓译。

第二回　织素缘恩深完好梦　芦花孽情误走天涯

上回书讲到钮康克莱武，谨随父亲钮康太尉，回家去睡觉。这钮康克莱武既是本书之主人，作者不得不先将其家世渊源叙说一番。（按名家所为长篇小说，局势宏阔，因之入题纡缓，徐徐从旁引进，而不径取核心。然如此乃见其万户千门，庄严邃密之境。此书至第十回，女主人方出场。故开卷之初，凡十余回皆追溯当年，或从旁铺叙。然每回各有其趣味浓深之处，读者切不可有厌烦之心，忽略看过，辜负良工苦心。此回为本书第二回，其位置及内容，均与《石头记》第二回《冷子兴演说荣国府》相同。足见大作者取途之暗合矣。）

且说一千七百七十几年间，那时（此处连用"那时"字，与上文第一回，连用十余"那时"字，同一笔法。注见前）英国官绅老爷，仍戴假发，结成大辫，拖在背后，如同豚尾。（西人常以豚尾讥辱吾国人，作者乃以此字加之英国之官绅，趣极。）其夫人太太，头顶厚垫，藏于发中。而将发盘于垫上，满施香水香粉。（发本稀少，如此伪饰，以使人见其发之多。按此皆当时习尚也。）那时内阁各部大臣，佩戴宝星徽章，纷纷驰入下议院。院中每夜开会，反对党辩士，攻击那饰蓝带衣的勋爵（按此指Frederick North，1732—1792，8th Baron，又为2d Earl of Guilford时任内阁总理大臣，执国政。美洲殖民地独立，即由此公刚愎，措施失当所致）不遗余力。那时华盛顿做美洲叛党的首领，指挥作战，异常勇敢。只他那一番才力，未得大用，屈身为此，未免太可惜了。（按沙克雷非不表同情于美国之独立，非不钦仰华盛顿之为人也。此所谓叛党云云，屈身为此云云，特文人诙谐之笔。读者毋以词害意可也。）

闲话休题。当此之时，克莱武的祖父，钮康妥玛〔按克莱武之祖及父同名,盖钮康太尉,亦名妥玛(Thomas)也〕,特由北方某县搬来伦敦京城居住,后来做到伦敦保甲团长及市政厅董事,人皆称为钮康老爷。我这部书,就是专为此人及其子孙所做的家传了。其时正值乔治第三御极,这钮康先生赶着一辆货车,载着几捆布,一直进城,到主教门街,投止且住。这钮康先生的子孙,乃当今的贵族,声势煊赫,举止豪奢。所与酬酢往还者,无非名门显宦,再则外国公使、骚坛名流。一举一动,各日报皆特为记载。无如天下之事,亦有财神势力不到之处。任你贿赂周济,一掷巨万。而欲改变前史,颠倒实迹,换朝易代,移花接木。如谓周穆王乘坐飞艇汽车,漫游五洲,又谓诸葛孔明用火牛阵破洪秀全(原文用英国史事为例。今改此,以求读者易于领悟其设喻之意而已)如此奇说怪论,断不能强人听从信服。否则当今之钮康贵族,必早已重贿铨叙局职员,涂改册籍,以免先世系出寒微之大辱了。

原来钮康贵族,确是在铨叙局弄得一个世职。《大英缙绅录》中,亦明明载着。当日克林威尔军中,有一钮康。玛利女皇〔Queen Mary,一五一六年生,一五五三年即位,一五五八年崩。复改以天主教为英国国教。耶稣教徒,均遭杀戮,或逮捕放逐。史家称之曰血后(Bloody Mary)云。〕末次所杀之耶稣教徒六人,其中一人亦姓钮康。又波士瓦斯之战〔按此战(Battle of Bosworth)在一千四百八十五年六月。英王查理第三兵败被杀,York王朝遂亡。亨利第七战胜,即王位。是为Tudor王朝之始〕,亦有一个姓钮康的,卓著军功。以上诸人,亦当今钮康府中之祖上。另有钮康其人,曾任爱德华牧师王的御医兼御用剃发匠,后来哈斯丁之战,随从赫罗王,兵败殉节,以忠勇名传后代。即此人便是今钮康府之始祖云云。〔按英国初为盎格鲁撒克逊族之王所统治,该族之王曰爱德华。在位二十四年,1042—1066,性仁厚而懦弱，笃信宗教，故国人称之曰牧师王。Edward the Confessor王崩后，其兄赫罗王（Harold）继立。时Norman族之王威廉（William the Conqueror）大举来攻，赫罗王迎战于哈斯丁（Battle of Hastings）。王虽负才勇，而大势已去，兵败阵殁。威廉即位，建立Norman王朝。自是英国为Norman族所统治。时一千零六十六年十月也。〕《缙绅录》上，虽如此大书特书，世人却未必深信。即现今钮康府中的主人，自己心中，亦知以上所言一段根源，纯属虚妄，穿凿附会。但姑藉此装点门面，夸耀世系罢了。

话休烦絮，且说钮康妥玛的故乡，原是一小村，今已变成繁华城镇，以人而贵，遂名曰钮康镇。前次值选举议员之期，双方竞争。钮康府中的主人属保守党，在本镇力求当选。其敌手叶某，属自由党，在外散布流言，说今钮康府主之父钮康妥玛，系一私生无人收养的孤儿，自小在村中某厂中做工。并将那工厂的图形画起，到处悬挂，以见钮康氏本出寒微，骤然暴发，毫无贵族之资格。话虽如此说法，虚实未可凭信。钮康府中太太请客，被邀者引为至荣，亦不暇追究根源。钮康氏究竟由妥玛起家，抑确系爱德华王御用剃匠之后，当日祖上曾亲近龙颜，渥承恩泽。（骂剃匠，妙极。）凡此疑问，旁人固可不必代为费心的了。书中交代，那钮康妥玛，原是本乡的一个织工，出名的正直勤俭，干练精明。到伦敦之后，在何布生布店里作伙计，由贫致富。后来做了东家老板的女婿，布店便改了钮康家的招牌。又充当伦敦城中保甲团长及市政厅董事，一生行状如此而已。（原文谓钮康妥玛此番事迹殊类昔日之Whittington云云。此句今略之。按所谓Whittington即Sir Richard Whittington。生年不详，死于一四二三年。贫寒起家，后授勋爵，任伦敦京城市长。）

伦敦京城里商家的学徒伙伴，与钮康妥玛一样发迹的，盈千累万,本无足奇。但钮康妥玛娶那东家的女儿之时,却是续弦,不是元配。那何布生小姐,芳名慧真(Sophia Alethea Hobson),有财有德,年纪比丈夫大了许多岁,却比丈夫尚多活得几年。因她生平虔信上帝,故家中常为教会中上流人物聚集之所。举凡滔滔能辩之牧师,衮衮多才之宣教士,以及外国异族,皈依耶教之人,无一不备。均常在这钮康太太家中吃饱饭,鲜蔬佳肴,罗列方丈,座客无不尽欢。皆称赞她园中自种的葡萄桃杏等,味之甘美,走遍英国,难寻其匹。据说这位钮康太太诞生之时,是那大名鼎鼎的白野牧师(George Whitfield,亦作 Whitefield,1714—1770,英国公理会教派复兴时,主动之人)亲手施洗,赐名慧真二字,故一生乐善好施。钮康太太家中之园亭池馆,虽已颓废埋没,不能复寻,然而附近的街衢里巷,均取这位太太的姓字为名,藉存纪念。而太太果园中之树,至今每年犹结果甚繁,供她的子孙们享受。此是后话,暂且不表。却说当日钮康妥玛到了伦敦,在何布生布店里作伙计。过了两年,辞了出来,自己开了一个小小铺子。生意倒还顺手,便急忙回到故乡,同一个标致小姑娘叫做苏珊的成婚。那苏珊姑娘家中赤贫,毫无产业。兼之守候丈夫多年,青春早过,颜色已衰,一无可取。他人处此,必定另打主意,但是钮康妥玛以信义为重。当日未出里门以前,既与苏珊姑娘有白头之约,如今自己发迹,绝不忍轻负宿诺,忘了贫贱之交,遂即毅然成婚。阖村的人,无不啧啧称赞。

钮康妥玛回到伦敦之后,那一般大布商,听说他如此正直诚信,一定不负委托,多来找着他做生意,于是钮康妥玛反得此糟糠之助。苏珊若多活得几年,定可享福。无奈她嫁后不及一载,即生一子。(此子即第一回中之钮康太尉也。)产时得病,竟尔身亡。钮康妥玛给孩子雇了乳母,租了一所小屋子,紧靠着旧东家何布生的家中居住。逢星期日，常到何家花园子里踱几转。何家的人，便亦请他进内，同吃几杯酒。原来那何布生一家，归依兄弟会教派（Quakerism，按该教派系George Fox于一千六百五十年所创立，又曰 Society of Friends）。自从钮康妥玛出了他家布店之后，因得同教门中人之助，布店生意日渐兴隆。钮康妥玛自己进款日多，手中所有的钱，便亦存在他家布店里。何布生一家人，很能看得起钮康妥玛，故屡次请他到家茶叙。但钮康妥玛是做生意的人，一天忙到晚，业已甚为疲倦，勉强应酬。且何家每开宴会，座客无非教士牧师，读《圣经》，讲教理，布清规，歌颂诗，做个不了，冗长无味，使人十分烦厌。捱到入席吃饭，肴馔虽然精美，钮康妥玛的饭量却甚平常，脾胃又不大好。每天并要赶早起来，步行入城，比公马车还要早一点钟。故在何家宴会之时，总觉得毫无兴致。

但当钮康妥玛丧耦之时，何布生亦已死去，所有产业，归其女何慧真小姐掌管。何小姐的叔叔，膝下无子，他那一分家私，亦由何小姐承受。忽一日，适值星期，何小姐会毕出来，即撞见钮康妥玛手牵着孩子同走。书中交代，钮康妥玛面容丰整，一表人材，可算得商界中的人物尖儿，又刻意修饰，常傅何郎之粉，衣冠整洁鲜明。他那孩子，看来亦甚可爱。当时何小姐便请他父子到家耍一会儿。那草场上，满地铺晒着干花。小妥玛儿（父子同名注见前）一团孩子气，便在草中跑来跑去。何小姐却亦不责备他，临去之时，反送给他一大块点心，一串儿新葡萄，一本小儿读的劝善书。到了明天，小妥玛便病了。他父亲却特来与何小姐相会。过了一些时，钮康妥玛竟改头换面，另作了一个人。左邻右舍，商店伙友，以及街市里的流氓小儿，无不纷纷向钮康妥玛道喜说："钮先生，你做了何布生布店的东家，大喜呀！你拿这张支据到何布生布店里去，他们一定肯付钱的。"又有某某两位大牧师，虽二人宗旨不同,常相辩争,然皆爱慕何小姐而妒忌钮先生。听得这番消息,便不谋而合,相向叫苦。

凡此种种闲文琐事,不必细述。单说那钮康先生(此下均称钮康先生,而称其子为小妥玛。盖父子同名,处处混淆,只可如此勉求识别之耳)最富决断,最有胆量。当日辛勤刻苦,自营生业,甘心娶一家无寸储之贫女,毫无迟疑。今日亦遂不恤人言,竟与何慧真小姐鸾胶重续,唾手而得了二十五万镑的家业。所有亲朋故旧,凡是喜欢正直勤俭、精明强干的人,莫不前来称贺。连说:“老钮,恭喜,恭喜!”且说钮康先生此时尽可捐个功名,走入仕途,或充当议员,或弄到世职。但钮康先生见事明通,说:“我岳家都是兄弟会教门中的人,必不乐意。”遂于功名二字,避之若浼。

他这位新太太(即何慧真小姐),亦不喜欢做诰命夫人。每日间所做之事,无非握着算盘,经理布店的生意。再则想出种种法子;如何释放黑奴;如何教导非洲土番,启发其灵性;如何感化犹太、土耳其,及天主教之人,使皆归依本派正教;如何扶植海军目兵水手的道德;如何维持洗衣女工的生计。此外尚有各种公益慈善事业,钮康太太必定身为倡首。遇穷困孤苦之人,暗中博施周济。每天要写几百封信,接连不断的,发放牧师养赡之费。又忙着送小儿的衣服,给那牧师的娘子们。一天倒用几点钟的工夫,听宣教师演讲。忙劳整日,到晚还要恭恭敬敬的跪下,请那一般信口开河的牧师,抚弄着她头顶的垫子,替她喃喃祈福。这位钮康太太,经营照顾着那许多事情,七十余年如一日,毫无倦容。虽秉性专横,而才具优长。处事刻薄,而责任完成。御下严酷,而博施广济。与人慷慨,而自身却十分勤俭。总可算得一个超群出众的女子了。惟对于前妻之子,小妥玛儿,未免刻薄寡恩。当初固亦爱之深而责之切,然后来母子失和。钮康太太至死未能释然于心,此是后话。

且说钮康先生续娶之后,新夫人一胎双生,得了二子。再过了几年,钮康便死了。原来的钮康先生毕竟是布店里的二店东,他的太太仍旧总管一切。无论在针线街布店里,或在家里,事事总让太太当先。那牧师们来祈福的,必先虔求上苍保佑女菩萨,过了许久,方想到女菩萨还有个丈夫。钮康先生走出来,园丁们遇着,自然脱帽请安。到了店里,伙计们亦拿账本来给他过目。但园丁伙计们,均惟太太之命是听,不问先生的意向。钮康先生在家,每日尽碰着祈祷开会,未免厌烦。听人家诉说黑奴之苦难,自己由不得昏然思睡,心中便骂那一般皈依正教的犹太人,该死该死。〔原文 Go to Jericho(a town in Palestine)即 Go to devil 之意,今以此语译之。〕举凡他的太太所作所行之事,钮康先生皆以为索然无味。故此不到几年,当法兰西大皇帝(按指拿破仑第一)兵败于俄国之时(按当为一千八百一十二年左右),钮康妥玛遂与斯世长别,溘然而逝。葬在附近礼拜堂坟园之内,与前妻的遗冢,相离不远。

且说当日钮康先生续娶之后,便将前妻之子小妥玛,同他的乳母苏娜,由那间舒服适意的小屋中,接来这宏阔壮丽的新宅中,一同居住。这新宅即何布生家之产业,在京城近郊乡中。有草场,有花园,果木繁多,四周高树为墙,隔绝尘嚣,大门上满长着青藤。凡坐着公马车进京城的人,由此经过,园内的景致,只看得一眼。虽未得窥全豹,而已羡为天堂。但此中一切森严整肃,来客甫入大门,即觉得一片齐庄中正之气。由不得必恭必敬,一步一趋。那屠家的孩子,在邻巷别家,驱车鞭马,疾驰而过。口中打着呼啸,词意秽鄙,不堪入耳。又与厨下丫头们,任意调笑弄情。但一到这何府庄子旁边,便同送殡的一般,默不作声。慢慢的走到了房门口,将送来的蹄子及馒头,交代清楚,即便转去,亦可见何府规矩之严了。

那榆树上的乌鸦,自朝至暮,喃喃有词,亦像劝人为善一般。那山坡上的孔雀,呆然走过,无精打采。其他各种花雀儿,亦像受了兄弟会教门的感化,性行举止,与他家的雀儿,迥不相同。那守门的人,乃是邻近某礼拜堂的司书生,容色亦极严正。牧师们走进之时,与他的妻子儿女,打打招呼,便拿劝善的书册子喂羊羔儿。(此语不通之至。盖诙谐耳。极言牧师等之迂腐。而善书固不救羊之饥,此所谓假人情也。)园丁的头目,是苏格兰人,信从长老会教门。(Calvinism 乃 John Calvin 所创。Presbyterianism 即出于此。)其中规律最严,他在此不过偶然高兴,种几亩瓜,栽几株松树,自言计算精密无误。明知世界末日之大劫,至远不出两三年即到。因见那管家酿酒,预备藏至三年之后方吃。又见那女管家积蓄下许多布单及果酱,便大为叹息,说不久同归于尽,何必如此呢?这何府中,上下人等,各从各教。到星期日,亦各走各路。自择所适,通共上礼拜堂去的,不过是钮康妥玛带着小妥玛,同乳母苏娜三人。

小妥玛才会说话,便有人教他读赞颂上帝之诗歌。并将世间小儿,为非作歹,应受天罚,从及地狱中种种情形,详细讲给他听。每晚饭罢,小妥玛必须将所读之诗歌,当面背着她继母听。那楠木桌上,鲜明有光,堆着各种果子,点心及上等美酒。一大群黑衣白巾的教士,围着桌子坐着,将小妥玛拉至怀中,用两腿夹着,严加拷问。若回答得好,便用他们的肥手,在小妥玛头顶上抚摩几下。若小妥玛说话造次,免不得要斥责一番。且说小妥玛之乳母苏娜,有人说即系他生母苏姗的胞姊,有人说是表姊,但小妥玛以苏老老呼之。昔年在乡间,曾与小妥玛之生母苏姗,同一机房作工。后来苏珊嫁了钮康,他便跟随过来做老妈子。苏珊临死之时,将新生之婴儿,托付与他。故苏娜看待小妥玛异常忠心,断不忍舍之他去。

无奈钮康先生续娶之后,苏娜搬来何府住了几时,便十分难过,煎熬欲死。府中上下人等,将她只不过当个雇来的乳母看待,在何府中,自然是不兴时。苏姗对人永远莫有泄露过真情,钮康先生亦不敢告诉太太同何家的人,说她是小妥玛的嫡亲姨母。那女管家暗禀太太,说她遵奉邪教。〔按十六世纪德人有名Thomas Erastus者,业医,兼治神学。从Zwingli之教派,立说谓凡刑罚必由君主官吏操之。教会自教皇以下,实无施刑罚之权。即驱逐出教(Excommunication)一事,虽为历来教皇常用之手段,然亦悖于教理。上帝并未以此权予教皇也云云。Erastus之说止此。后人以讹传讹,因缘相会。遂于凡主张国家君主及政府,于宗教之事,亦操无上之权者,均诋之为此人之徒Erastian。而Erastian一字,在俗人用之,则更讹为不遵正教、归附邪说异端之义。其去原义远矣。〕钮康太太的贴身丫头,亦来诉说他迷信女巫,左道惑人。并以此教导小少爷等情。甚至那粗使的黑奴,因见管家同太太房中贴身丫头暗配鸳鸯,亦想效法他们,遂屡次来逼苏娜干些鬼勾当。太太知而不禁,还说将来要派他去非洲传教,感化那黑种人改邪归正呢!

且说苏娜因为疼爱小妥玛,一片忠心,故而忍辱受气,勉强在何府住着。直到小妥玛要进学堂之时,便欲决然辞去。却亏着钮康先生私下再三苦苦求告挽留,并说你应看死去妹妹的分上,在此看顾孩子。那苏娜亦因小妥玛十分爱他,苦苦缠住不放。又因家中那时请了某牧师,作小妥玛的先生,教给他赞颂上帝的诗歌及教门中玄妙之理。太太又吩咐先生说,不要爱惜孩子,只管多用夏楚。以此小妥玛常常被责,哭叫不休。苏娜极不放心,不忍别去,便又答应再留住几时。

正当那时,何府中另有一桩惊天动地的事情发现。阖府之人,无不惊喜欢呼。你道是甚么事呢?原来这位钮康太太四十一岁出嫁,嫁了两年,四十三岁上,一胎却生了两位公子。大的取钮康何布生,小的取名钮康波莱央,沿用外祖及舅父之姓名为名,以明渊源所自,尊崇母族之意。现在小妥玛更不得不进学堂了。当日钮康太太之父及叔,何布生兄弟们,均在灰道士学堂读书,于是遂将小妥玛亦送入这个学堂。小妥玛脱离了家中的那一番大家规矩,到学堂里,觉得异常快活。学堂的饭食虽粗,却吃得饱。照英国学堂里的规矩,初来的小学生,必须服侍大学生,充当各种差遣,直到后来资格老了,亦弄到一个小学生来服侍自己。小妥玛免不得照例行事,替年长的同学刷皮鞋,但他却干得十分高兴。有时逃学出来,回去甘受责罚。或则与同学打架,你一拳,我一脚,你的眼睛青肿,我的鼻子流血。今晚打架,明日却又握手言欢,做好朋友。一年中春夏秋冬,按着时节,做各种玩意儿。或足球,或棒球,或钩球,不一而足。自己手里有钱之时,便买点心,同朋友们吃个尽饱。但小妥玛读书颇算勤敏,名字亦曾刻在最优等题名录的牌坊上。后来乔治第四(英王名,一千八百二十年即位,一千八百三十年崩)在位之时,我〔即彭亚瑟(Arthur Pendennis)自称〕与小妥玛的儿子(按即克莱武也)同学在此读书,他儿子还指给我看的。

且说小妥玛在学堂里,觉着十分快活,逢星期放假之日,亦不愿回家。本来小妥玛在家,性情强横,举止浮躁,每因淘气好顽,打破了窗上的玻璃,又夺取园丁的桃同女管家的果子酱来吃。有时两位小兄弟坐着小车儿,小妥玛拿车推翻,将小兄弟跌伤,至今那钮康波莱央鼻上犹有遗迹。再则钮康太太请来牧师说教之时，小妥玛当场竟睡熟了，或对着那一般老牧师，倨傲不堪。因此种种原因，他的继母十分生气，一面谆切责劝，说他如此胡闹，死后必受天罚。一面便用夏楚，立时实行惩戒。至于他父亲呢，那一次因小妥玛推翻了两位小兄弟的车儿，当不住钮康太太的絮叨，遂将小妥玛鞭打一顿。但过了几天，另因他事，钮康太太又要他动鞭子。他便坚持不肯，说："儿子在学堂里鞭子吃得尽够了，我死也不肯再下手的。"

这一句冷言冷语，要在别人听了，自然十分难受。但钮康太太不惜严刑峻法，一心要小妥玛学好。他父亲既不肯打他，便自出主意。有一天，他父亲进城去了，小妥玛又倔强起来。钮康太太便唤那诚实的管家同粗使的黑奴进来，命他们动手打小妥玛。钮康太太平日只说美洲的黑奴可怜，想着许多法子去解救。但是在小妥玛身上，却是一丝不肯放松的。无奈小妥玛颇有蛮力，猛向那管家下身，尽力撞去。那管家纤弱的腿上，登时流血，一病多日。小妥玛夺得棍子在手，赌着咒说，要将那黑鬼的丑面孔打成稀烂。又喝禁他们，说："再要想动手，我这棍子便向太太头上打去。"于是钮康太太未能如愿行事。晚间钮康先生回家，听说早晨这一回事情，夫妻便吵闹一场。钮康先生大为动气，乱骂着人，威风凛凛，拿出主人的架子来，说："再有下人敢动手打我的儿子，我先抽他一顿皮鞭，然后赶他走。"并十分懊悔气愤，说："我悔不该娶了一房妻子，不听我的说话，我在这家里竟自己做不得主！"家中经此一闹，免不得惊动亲友邻居。连那一般常来吃饭的牧师们，都请了来，替他们夫妻和解。那钮康太太虽然专断，却还明白道理。虽然自是，却有时还能认错。当不住大家劝说，便向丈夫认罪，暂时屈服。

过了两日,小妥玛得了猩红热症,钮康太太亲身看护服侍,直至病好方止。那一片关切亲爱之情,虽其乳母苏娜在旁,想亦不过如此。小妥玛病中吃药吃饭,钮康太太不许别人动手,定要亲自喂他。小妥玛夜间发烧,她在旁守着,一夜不曾合眼,钮康先生陪着她。后来小妥玛的病,传染到两位小兄弟身上,幸而不久便愈。钮康太太为人本极瘦小,小妥玛病中不省人事,管着她叫苏老老,说她肥胖,一时胡言乱语。又骂他的继母,叫她做野猫,又叫她做老尼姑。一面在床上跳起身来,说要立刻穿上衣服,跑去找苏老老。诸如此类,钮康太太坐在旁边听了,亏着她始终未曾向丈夫发作一声儿。

书中交代,苏娜此时业已回到北方老家里去了。钮康先生,常送着一笔钱,供她度用。后来到了钮康先生的子孙手里,不问处境之丰啬,这一笔养老费,仍是源源不绝的送去。且说小钮康说要去看苏老老,虽系病中谵语,但平日星期回家,不快活之时,必已早存此心。病好之后,过了一年,他果然由家里偷跑出来,走了六百里的长途。有一天早晨,苏娜开门接着见是他,又饿又瘦,连忙带他进内,将一只牛犊宰了给他吃。一面流泪,一面接连不断的亲嘴,替他洗了身子,安顿他在床上睡下。当下小妥玛便睡着了。梦中惊醒,却见他的父亲站在身旁。原来小钮康逃走之后,钮康先生立刻猜着他一定是到苏娜那里去了。钮康太太妙算如神,亦断定必是如此。钮康先生便提了一条马鞭子,一路赶来。想着自己做小孩子的时候,却也淘气。父亲是个老织工,别无他法,总是剥了衣服一顿鞭子。今日小妥玛胡行乱走,亦只得如此治理他。

且说小妥玛睡得正好,梦中同着几个孩子拍球顽耍,十分快乐。忽然惊醒,看见父亲,马鞭在手,将那哭啼啼战兢兢的苏娜,推出门外，关上了门。知道祸从天降，便起身下床，不言不语，不哭不喊，静听他父亲把他痛打一顿。这其间做父亲的比做儿子的恐怕还要痛苦几倍。打完之后，小妥玛的身子尚在痛的摇颤不止，伸出一只血淋淋的小手（握手言和，以示不怨其父也），说道：“父亲，你……你……你打我，我可以受得……”（意谓继母打我，则我所不甘受也。）说到此，面上发光，眼圈儿一红，眼中方才有泪。他父亲却忍不住眼泪直流，大哭一场。抱着小妥玛亲嘴，教他从今学好，不要再胡闹了。又将手中的马鞭望远处一掷，赌着咒说：“此后无论闹到甚么田地，绝不再打儿子了。”所以这一顿打，反使父子之间，释嫌修好，变怨作恩。晚饭之后，钮康先生出来，在邻近巷衢田园游步一回。想起自己幼时在家乡的情景，百感丛生。又想起小妥玛的母亲，亡妻苏姗，当日如何的恩爱，为我苦守多年，备尝艰辛，未能享用我的钱财，受我的报答，即便死了，使我至今耿耿，不胜悲悼之意。

次日，钮康先生带着儿子回家。到家以后，钮康太太对小妥玛十分和善亲爱，毫不提起这回私逃之事。晚间，柔声低气的，念那浪子回头的故事（The Prodigal Son，出《圣经·新约·路加福音》第十五章第十一节至第三十二节）与他听。但这样光景，不能长久。不多些时，母子之间，又闹起来了。小妥玛并非异常顽劣，钮康太太，比别家做母亲的，亦不算严酷。不过一个生性暴躁，一个喜用威严，绝不能在一块儿长处。小妥玛在家觉得日子十分难过，便逾闲荡检，渐入下流。始则跑到马房里去，同马夫们一处吃酒，继则偷跑出去看马戏，后来发觉，未免受责。

过后有一天，钮康太太到一个家里去吃早饭，听一位教士讲经，讲得天花乱坠。钮康太太饭毕，回家坐着自己极阔绰的马车，一对栗色马拖着，跟着从人，好不排场。路上忽遇见小妥玛，吃得醉醺醺的,同着一群不成形的男女,坐在一辆板车上。钮康太太便命跟随的黑奴,把小妥玛带至马车旁边说话。小妥玛见了钮康太太,仍是酒气熏人,狂笑一阵,诉说他方才看见人家打架的情形。钮康太太见他如此下流不堪,若长留住在家,恐怕两个知识初开、爱如拱璧的小儿子,被他引诱坏了,故即与钮康先生商量发遣小妥玛的法子。

原来小妥玛往常听见人说印度,非常喜欢。他父亲书房里许多书,他最爱读的是翁氏(Orme)著的印度史,内叙克莱武(注见第一回)、罗伦斯(按此指Sir Henry Montgomery Lawrence,1806—1857,英国驻印度统兵大将,又任行政长官。治理印度,功勋卓著)等人,经略印度的丰功伟绩。甚想追步他们的后尘,建立一番功业。当时有人荐他到东印度公司(1600—1858,英国之灭印度实出此公司之力)充当书记生。小妥玛不屑文事,定要去当兵。钮康先生便替他捐了一个马队正兵的职衔。于是小妥玛的终身,由此决定。他继母初尚不肯让他去当兵,后来方答应了。钮康先生想教他得些军事知识,便命小妥玛由伦敦学堂里,告退出来。原来小妥玛于希腊拉丁古文,非其所好。故读书数年,甚少进境。现在父亲命他跟着一位先生,专学算术测量以及开炮筑城,各种战术,甚为专心用功,故成绩甚优。法国话说的尤为娴熟,一时少年中罕见其匹,其中却别有原故。因为先生之外,另有人教他说法国话。以此家中又起风波,亦是小妥玛不幸之处。

且说离开小妥玛的先生家中不远,住着一位法国的贵族军官,名叫卜銮河。原是名门世胄,无奈法国遭了大革命之乱,贵族旧家,不能栖身。卜銮河之兄,袭封侯爵,随着皇帝逃亡外国,联络德国诸侯,日图起兵恢复。卜銮河却同着一大帮人,逃来英国,流寓此间,暂时栖身,以待太平。那小妥玛的先生,脾气极为随和。因卜銮河当日从役军中，同那赫赫烈烈的佛烈得力大王(Frederick the Great，普鲁士王，一千七百十二年生，一千七百四十年即位，一千七百八十六年卒。以善用兵著称。兹所言之战，指七年战争，1756—1763)打过仗，经验宏深，韬略娴熟，故命小妥玛常到卜銮河处学习炮术同法国话，那自然是第一良师了，故而小妥玛十分用功。

卜銮河夫人早丧，膝下所生两女，大的叫做蓼娜。每日当他父亲给小妥玛教书之时，她亦坐在旁边，或绘画，或刺绣，或做别样的辛勤活计，劳忙不休。无非为多弄一两个钱，供一家人流离困穷，客中度日之资。卜銮河并不在意，缘他已将女儿许配与华伯爵(Comte de Florac)为室。那华伯爵亦是法国一位有名的军官，年纪比卜銮河只小得一岁。多年的老友，现今一同逃亡在此，在伦敦教人家吹笛子为生。有时逢着星期，便手拿着笛子，步行出城，到卜銮河家里，看望他的聘妻，并同卜銮河叙说今昔盛衰荣枯之情。小妥玛星期日照例不上课，却回家去过一日。但他在家，于卜小姐之事，从来一字不提。

且说，小妥玛与卜小姐，两人年纪皆正一十八岁。一则聪明美丽，一则豪迈风流，孤露无依。同处困境，少年热情如潮，而心无所系。日日同在一处，读书作工，几案相共，其亲密之情，自不待言说。这位卜小姐，本是名门闺秀，最识体统。遵照法国旧俗，女子从一而终。婚姻之事，惟父母之命是听，岂敢再作妄想。无奈那年老的华伯爵，远在伦敦，而这个年少的小妥玛，日日却在面前，故其中自有难处的情形。话休烦絮，小妥玛明白告诉卜小姐，极道他一片爱慕之诚。求卜小姐立刻同他到邻近礼拜堂中成婚，然后到印度去，双飞双栖，一生快乐，岂不是好！此层卜小姐却不能照行。

且说那精明强干的钮康太太,高瞻远瞩,无微不见,凡事难逃她的眼光。小妥玛与卜小姐互相爱悦,已有数月。有一天,钮康太太坐车到了先生家中,不见小妥玛。听说他在卜銮河先生家里上法文同图画课,便赶了过来,见小妥玛确是在那儿读书。卜小姐亦同在房内画图,一见钮康太太两只眼睛,对他冷看,由不得含羞着慌。钮康太太立刻心中恍然大悟。可怜那卜銮河年老昏聩,数月之久,眼巴巴看着他们两人,尚不明白其中底蕴。当时钮康太太对卜銮河说,今天家中有事,要带儿子回去。未及到家,在马车中,母子便大闹一场。钮康太太骂他儿子是畜生败类,小妥玛亦恶声相报,毫不承受,并说已拿定主意,立刻要同那最美貌最贤德的姑娘成为婚配。无奈钮康太太生平最恨天主教的人(卜氏父女法国人,自属天主教也),小妥玛也知此事为难,叫苦不迭。钮康太太到家,命人将钮康先生请回来,夫妇两人,直将儿子责斥了大半夜。小妥玛年已长大,不便再用笞杖。钮康太太只可逞怒作威,以言语中伤之而已。

且说小妥玛,因父母命他不许再到卜銮河家去。他听了,冷笑几声,弹着指头,赌着咒道,他同卜小姐,无论如何,永不分开的。第二天,钮康先生避过钮康太太,独自来苦苦求他,不要再胡闹,他仍不为动,定要娶卜小姐,无人能阻止得。说罢,将帽子往头上一按,走出家门,扬长而去。钮康先生见儿子如此顽强,自己面上发青,眼中含泪,亦径进城。一路上想到昨夜的争闹,小妥玛说的话,尽出诚心,又有志气。"我做父亲的,年少之时,亦曾爱上了一个窈窕的闺女,把他娶了来。今日如何能责备儿子呢?"原来钮康先生心中并不十分动怒,不过因钮康太太最恨天主教的人,若娶来这个媳妇,怕那太太不晓得要气成甚么样子了。

却说小妥玛出门,便一直往卜家走来。心想到了卜家,一见卜女小姐,便跪倒苦求,卜銮河亦必允许,可以即时成婚。至于那在伦敦城里教学吹笛的华伯爵,小妥玛把他直不放在心里。想着他比卜小姐的父亲还老(上言卜銮河较华伯爵年长一岁,乃真实之岁数,相差如此。今言华伯爵年较长于卜銮河,乃小妥玛心中悬揣之词,并非著者失于检点,前后矛盾也),怎么好把卜小姐嫁给他?天下那有这样无道理的事情呢?小妥玛却不知当日法国名门贵族,最重名誉,最讲诚信。一诺千金,言出必行。而法国闺秀女郎,尤重贞操,从一而终,断无退婚改许他人之理。

闲话休提,且说钮康太太机敏迅速,先发制人。那日清早,鸡鸣五鼓之时,钮康太太即已亲身来到卜家。指着卜銮河,当面骂他奸猾老贼,小妥玛与他女儿要好,自己从中帮忙,不知廉耻。又骂他许多不堪入耳的话头,说他是天主教徒,形同乞丐流氓,从法国跑到此间,趁机夤缘图利等语。这位太太出口伤人,倒累得钮康先生过后来此替他赔不是。当时卜銮河气得答道:"你……你敢来劝我不要把女儿嫁给你们妥玛吗?你不想一想,我们的门第,肯同你们那样的人家做亲吗?你们钮康先生还在替人家刷皮鞋的时候,我的女儿早就许配与一位堂堂贵胄了。你放心罢。"

可怜那小妥玛那里知道钮康太太早来闹过了这一场。进门之后,找不见娇羞满面的卜小姐,但见卜銮河,气得面上发青,身子摇颤不止,不胜吃惊。当时情景,不必细叙。小妥玛始则哀求,继以暴怒,终于绝望。那卜銮河为顾全女儿的名节,同自己的脸面起见,便命女儿与华伯爵,立刻成礼,结为夫妇。卜小姐一向贤孝,默不作声,遵命行事。小妥玛眼睁睁的看着他们成婚,愤怒气苦之极。一转身,便上了海船,直往印度而去。与父母从此长别,生前竟未得再见一面。小妥玛去后,钮康太太家中,从无人再提到他的名字,只当他不在世一般。

小妥玛在外写给父亲的安禀,总是写到城里,不寄家中。禀中措词委婉恳切,钮康先生看了心中十分快活。暗中汇寄许多银钱到印度,给小妥玛使用,直到后来小妥玛来信说,已能自赡,不必再寄,方才停止。照钮康先生的本意,是要把自己的一份私产留给小妥玛。因为那一双小儿子,不愁无人照顾。钮康先生虽有此心,然惧怕他夫人何慧真的威势,终久未敢动作。虽父子二人心中,早已不存芥蒂,然直到钮康先生自己死去之时,犹未能当着众人面前,正大光明的,与小妥玛言归于好。

欲知后事如何,且听下回分解。

——本文原载于1922年2月出版之《学衡》杂志第2期。

第三回　青鸟传书金钱骨肉　白头话旧风雨沧桑

上回书所讲的那小钮康妥玛，远走高飞，到了印度，投入军中，屡著战功，后来升授太尉之职。一直过了三十五载，钮康太尉年已五十余岁，方才告老退休，回到英国。（按此书局势宏阔，结构细密。惟开卷处四五章，其中事实，穿插错综，往复重叠，前后倒置，忽此忽彼。或用追叙之法，至于数次。读者苟能细心紬绎，固可通彻领悟，且见其文心之妙，布置之工。然若稍行忽略，则迷离淆乱，如堕五里雾中。故译者随处略加注释，标明前后层次关系，以求醒目。即如此章，原文只录信六封。信稿以外，不着一字。今译文不得不酌加数段。故本回凡信稿以外之语，皆译者以己意所增入者，非好为哓哓。读者谅之。）

钮康太尉在印度之时，本无心婚娶。（盖终身不忘卜小姐也。）后来因见一位同事的寡妇，流落异乡，孤苦无依，便把她娶为妻室。所生一子，即克莱武。生下不久，他母亲便死了。（详见第五回，兹约略言之而已。）钮康太尉等克莱武到了九岁的那年，便送他先回英国读书。〔是年彭亚瑟（Arthur Pendennis）十五岁，太尉约四十七八岁。观后文自明。〕自己在印度又过了七年，方才辞职回来。（即此书第一回所叙之时也。是年克莱武十六岁，彭亚瑟二十二岁，太尉约五十四五岁。）

目前且把太尉遣送儿子回国之时，所接收的信札，钞出几封，供读者阅看，自可知晓当时太尉的景况了。〔按信札体小说，实创始于英人李查生（Samuel Richardson）。李查生业印刷，境颇优裕。一千七百四十年，李查生年五十岁，某书商请其编著女子尺牍范本印售。李查生以通行之尺牍，皆虚空撰拟，每首各无关系，则读之者不免干枯无味。遂思得一新法，假设一段故事，谓有婢女曰潘美拉(Pamela)者,佣于贵家,为少主人所逼。然女性贞洁,重以父母日夕寓书劝戒,谓吾家虽贫,亦重礼义,决不可失身于人。故女始终坚拒。少主人卒感悟,自悔前非,乃娶潘美拉为妻云云。李查生则拟为潘美拉与其父母亲朋往还之信札。故前后联贯而中有事实,别饶兴趣,足以动人,出版后风行一世。李查生之名大显。当其作《潘美拉》一书之时,始意固仍作尺牍范本也,非作小说也。然于无意中,遂创信札体小说之一格。盖书中惟录各人往还之信札,著者不着一语,而令读者自寻绎之。信札体小说,有利有弊。约略言之,读者可以次遍窥书中各人之行事及性情,而不至局于一偏。其长一也。写信与至亲密友,衷怀无微不吐,故由所写之信而可状本人之性情,不费作书人刻画之力。其长二也。常人鲜有倾泄一己心中之秘密者,然今既作函与至亲密友,则为之亦可有辞,不至违悖情理。其长三也。然用此体则甲所告乙者,丙丁未能知。须甲另作函,分别致丙及丁,告以此事。而读者则殊厌其重复无味。其短一也。各人写各人之信,孤立散处,漫无收束。书中事实既不团聚,则其书之结构,自必松散而不谨严。其短二也。李查生所作之小说,又有*Clarissa Harlowe*(1748)及*Sir Charles Grandison*(1753)两书,亦均用信札体。自后小说大家用此体者甚多。沙克雷偶一用之。如此书《钮康氏家传》,全书非信札体,而其中一二章则用此体。又如司各脱(Sir Walter Scott)之*Redgauntlet*一书,亦其例也。]

第一封信自克莱武的嫡亲姨母韩马沙(Martha Honeyman)写来的。原来这韩姨妈中年未嫁,家住伦敦。钮康太尉将克莱武即送往他家,托其照管抚视。那信上写道:

姊丈大人尊鉴：

顷鸾强轮船(the Ram Chunder)抵埠，克莱武甥业已来家。接到时，见其美秀可爱(原文用斜体字，为表作函之人，欲特别注重此数语。今以旁圈代之。此圈乃系韩马沙所加也)，至为欣慰，而其身体强健，一路平安。谨即飞告，以便放心，克甥虽生长远方，然本国语言圆熟。下船后，即由船中货物总管施尼君，乘坐马车，挈送来此。施尼君别去之时，克甥未免哭泣，然过时便复收泪，小儿情性大都如此。据施尼君云，沿途风平浪静，共行四个月零十一日即抵，可谓甚速。

以视昔年先姊赴印度之时，在海凡八个月，风浪凶恶，无日不晕眩呕吐者，真有天渊之殊矣。忆先姊是时，满怀希望，一天幸福。方拟到彼间之后，无非琴瑟燕尔之欢，与儿童绕膝之乐。何意昙花一现，不久便即与世长别，思之痛心。然斯世恶浊，先姊九泉之下，正可享受清福也。先姊始嫁克思团长，遇人不淑，备受荼苦。惟其后再归姊丈，备承优遇，亦可无憾。凡伦敦巴黎最华美之衣裳，最珍贵之首饰，最工巧之花边，以及其他时式新样之物，为女流所欲得而称心者，先姊于临殁前之四年中，无不享有之。尚复何憾？然既死，则亦复何补哉！

据施尼君云，沿途风平浪静。在好望角停轮一星期，又在圣希利那岛停轮三日，上岸访拿破仑之墓，亦足感人事之无常矣。当飞升节日(即耶稣复活后之第四十日，是日必为星期四，耶教之祭日也)，舟人在海中捕绿龟，食之甘美，聊破长途之寂寞云。姊丈惠赐之巨款，以贱名存放于何布生银行者，定必谨慎从事，专用于克甥之一身，可乞放心。钮康老太太，实不足当祖母之名，亦勿望其照应克甥也。或者老太太系公理会中人,以克甥之外祖,系英国教会牧师,故而鄙弃不屑来往耳。

日前舍弟查理,因姊丈厚赐之款,自持支票赴何布生银行取银,遂即请见钮康老太太。讵知老太太待之十分傲慢无理,谓世间之呆子,手中是存不住钱的。(盖老太太不悦于太尉之给查理巨金也。)当时舍弟即答称:“老太太,某乃太尉亡妻之胞弟,并非外人。”老太太乃云:“先生,我不敢评论人,但据大家传说,你那位过去的令姊,确是一个懒惰奢华、好阔绰、无见识的女人。钮康妥玛(按即钮康太尉)用钱即无账算,择妻更欠斟酌。姊丈试思老太太竟能出此言,故若将来老太太不派人来接,则亦不命克甥前赴其家拜见也。承惠赐围巾,至为佳美。惟现时天气甚热,谨即珍重储藏,以作来冬之用。舍弟屡承厚惠,心感靡既,下月当有函上达,叙述克甥读书进境如何。克甥写就一短禀,今并附呈。受姊丈之深恩,不知何以言谢,只有诚心感激而已。谨布私衷,即请

旅安

韩马沙谨上

信中并附有克莱武的短禀,用铅笔画的格子,字迹圆健。上面写道:

父亲大人膝下:

儿在此甚好,儿盼望你也好。施尼先生同我坐马车来,我很欢喜施尼先生。我喜欢韩姨妈,我喜欢汉娜(女仆名)。此地莫有船。儿克莱武敬禀。(克莱武在印度,日日见船,海途中亦久居船上。到英国陆居,故以不见船为异。写小儿心理妙极。)

第二封信是华伯爵夫人(即第二回中卜銮河之女卜小姐也)写来的,上面写道:

钮康太尉足下:

吾幼居英国,熟习于其国之山川风土人物。长而去之,然常历历在目,眷怀于心,未尝一日忘也。(其中自有一段情史在,意盖谓未尝一日忘钮康太尉,特不明言之。华伯爵夫人性贞淑,又以身分地位所关,故书中深自敛抑,无限含蓄,隐约其词。然其情之深,正于此见之也。)托天之福,虚度一生。今所处境,与当日识君时,大不同矣。吾嫁后已有子女多人,吾夫家之财产,革命时遭收没者,今已一半给还。

近者吾法兰西之正统君王(按指路易第十八)复辟,旧日扈从蒙尘之勋爵贵胄,悉得还其职位。然皇帝未回銮之时,吾夫(即华伯爵,第二回中教人吹笛者也)先已归国。比之同时诸臣,尤为差幸。盖当日者,吾夫明知抗拒(即在外之勤王兵,与拿破仑抗战也)无益,又见夫已氏(指拿破仑)以一世枭雄之姿,底定内乱,克御外侮。其所设施,足使法人爱戴。而兵锋所指,全欧震慑。马伦哥(Marengo,意大利北境之平原,一千八百年六月十四日,拿破仑大败奥军于此)、奥斯特里芝(Austerlitz,地在奥国境,一千八百零五年十二月二日,拿破仑大破俄奥等国联军于此)两战,尤建奇绩,用兵如神,殆天所授。故吾夫首即与之言归于好,遄返故国,在京供职。吾夫屈事夫已氏,对君上(指路易第十八)则为不忠不义,然幸获赦免。

盖复辟百日(由一千八百十五年三月,至是年六月,即拿破仑由Elba逃回二次称帝之时期也)之中,吾夫备受辛苦,承蒙朝廷怜悯,且以当时夫已氏确系法国之主,从之不无可原,故置前事于不究也。吾夫今已甚老矣。莫斯科之败衄(即一千八百十二年,至十三年,拿破仑伐俄之役),吾夫亦曾从征军中,任拿破仑之副官。今则衰弱不堪,故闭门退休,谢绝世事。惟央家人周旋,默思神惠而已。

回念昔日者,吾以父命,于归为华伯爵妇。当时情景(即与钮康太尉之爱情),未之或忘。又屡闻人道君之经历事业,吾翁尝从役于印度英军中,以君之事来详告。谓君当少年时,即已在阿冈及巴普两战,建立奇功。拉思瓦里一役,则几于殒命。吾就地图以按迹君之所在,一若君之奏凯立功,吾亦躬与其事也者。呜呼!吾心虽冷,然闻君履险蹈危,未尝不骨折心惊也。吾年虽已老,然请受兵略于吾父之英年(指钮康太尉),弗勒得力大王再传之弟子(其父卜銮河,曾从弗勒得力大王学习军事,故云再传弟子),则未尝一日忘之也。君之仁心,君之真情,君之大勇,皆君之所固有,皆天之所以与君,而非人力之所可授也。

吾父幸得生还故国,然殁已有年矣。吾常读英国各报,得悉君不惟娶妻,且已有子。尊夫人及令郎前,乞代致鄙意为幸。钮康老太太早已寡居,然吾不为之惜也。(盖犹憾之也。)君乎,吾深望君夫妇之间,年龄相差不远,不至如吾所见他人(伯爵年长于夫人者数十岁,夫人抱恨终生。此所谓他人,本即指自身。特隐约其词,讳言之耳)伉俪之老少悬殊也。吾敬祝明神,佑君夫妇。吾实未尝一日忘君,决无忘君之一日。吾今临楮之际,恍若见当年英伟之少年(即钮康太尉),柔其声而褐色其目。又若见伦敦汤汤之河水,与其近郊含笑迎人之平原。恍若置身昔年小屋之中,吾父与君讲学,而吾则侧坐旁听而默祷。又恍若俯窗下窥见君一去更不回首。呜呼！彼一时，此一时矣！

吾之诸子，亦皆成人。长者从役于军中，次者为牧师。吾女膝前亦已有儿女。时哉！时哉！多年长别，默无音息。忆今日为君生辰，谨在家称觞遥贺，又率陈其情如此。言不尽意，诸维

亮鉴不宣

归华门伯爵夫人卜氏敬上

（一千八百二十年十一月十五日，自巴黎圣多明葛路宅中上。）

第三封是钮康布莱央（Sir Brian Newcome，钮康老太太所生之次子，太尉之异母弟，现为其家银行总理。又捐得贵爵，充上议院议员）写来的，上面写道：

大哥大人尊鉴：

昨日航行印度之銮强轮船货物总管施尼君，交来我哥之信，敬悉一是。今日当即购到年利三分之内国公债票，计值金额三千三百二十三镑、陆先令、八辨士整，存放吾家银行钮康字号内。提取利息，以供克莱武侄儿之用度。据施尼君言，克侄一切甚好，前日由施尼君送往其姨母韩马沙女士家中居住。我哥在银行之存款中，已由弟等遵照来嘱，拨出二百镑，归于韩女士名下取用。

蒙赐赠各物，内人极为欣感。谓白色围巾，华美工致已极，母亲收到各物，亦极欢喜。（历观各信，则钮康太尉傅赠厚施，多情多义，不念旧恶之心，灼然可见。而返观钮康老太太之所为，则大异其趣。又如上文第一函，韩马沙写来者，词意恳挚。而此函乃手足之亲，有同陌路。但慎详钱财之交涉，

而无亲切之感情。相形之下,难为解矣。)

今日乘邮车之便,已将一大包书籍文件等,寄与克侄,供其研读,以养成其幼年之德性。(谅不过陈腐断烂之劝善书耳。以与第二回太尉幼时情形比较,则此姬之假惺惺,依然如旧也。)又近有薛登翰牧师者,由印度遄归,来家对母亲述及我哥情形,谓在彼间屡蒙我哥照拂,又在家中厚为款待等情。是晚祈祷乞福之时,伊亦涉及我哥云。弟意将来母亲必有命克侄来家之一日,弟夫妇现与母亲同住。若将来分居之后,弟夫妇定喜克侄之常来也。专上。即请

台安

弟布莱央上

第四封信是韩查理(Charles Honeyman)写来的。原来这韩查理,即韩马沙之弟,钮康太尉之内弟,克莱武之母舅。身为牧师,但一时却无位置。那信中写道:

姊丈大人尊前:

与兄未尝识面,仅托尺素神交。然忝附姻亲,屡承厚惠,今更不揣冒昧,欲有求于兄。素知吾父赋性慷慨,喜助人之急。天又以多资畀兄,以成其博施广济之心,不至事与愿违,否则弟不敢为此求也。且弟此次若得兄之助,则谋生有术,久后决无再困之一日。而此区区之数,弟于六个月内,定可清偿无误,否则弟亦不敢为此求也。

其事非他,盖伦敦丹麦街之惠德西夫人礼拜堂,宏敞雅洁,今方出售于人。弟拟竭所有之财力以购得之,自为该堂住持,月有收入,则弟与家姊(即韩马沙韩姨妈)衣食用度,皆可无忧矣。试思家姊目前所经营之小客寓,岂谋生之善道?

家姊幼年席丰履厚，习于安乐。而今者则日盼游客入城者之偶尔光顾，来寓下榻，藉得度日之资，殊不知此事万不可靠。今日则车马盈门，明日则空室寂寞。家姊为计之拙，无异守株待兔。克莱武甥未来此居住之前，家姊之一层楼上，阒其无人，如是者数月。

若论克甥，诚属可爱。为之父者，为之舅者，为之师傅者，喜慰至极矣。弟忝为教读，窃意克甥并非如世所谓少年英俊一流，髫龄颖异，才华惊人，然年稍长，不待四十五十，即已碌碌无闻。语云：大器晚成。其克甥之谓乎？克甥于古文算学等科，工夫有限。年少于克甥之学生，且有出其上者，弟不敢为之隐讳。惟克甥身体坚强，精神活泼。性既诚朴，尤善诙谐。此数者实为人生谋事成功之要件，比之学问文章，尤为切要。人遗子，金满籯，固不可恃，而书痴读破万卷，亦终必流为乞丐。今克甥如此，实克甥之幸也。（韩查理为人浮夸奢侈，此段谀颂之语趣极，不自责为师之无方，学生之无进境，反以此为克莱武幸。然亦涉世有得之谈也。）

絮絮言之，竟忘本题。弟所求者，即欲兄助我购得该礼拜堂，为之住持。取其月入，不惟衣食有资，且可致富。虽云人事无常，然此局则十全八稳，可无过虑。若今者弟为乡区牧师，实饿死鬼之别名耳。吾侪读史，见古之隐士，弃世入山林，苦行潜修，辄共非之。谓若所为，初无益于人世，而望其实有建树。若乃当今盛明之世，而犹有几多耶稣新教之牧师如弟者，埋头伏处于约克县之荒陬，志业日以颓堕，才华日以销磨，委声名于污泥，掷光阴于逝水。吾兄其谓之何？窃尝抚躬自问，吾果有才乎？吾果否具雄辩之术，足以感励人之志气，激发人之天良，使听吾说教者，且愧且慰，且警且惧；顽夫廉;懦夫有立志;迷途彷徨者,得彼岸之宝筏;强项不服者,受当头之棒喝。吾果有此才乎?吾之良知告我日有。而百千宝刹名寺之听众,百千广场法院之男女,以及贵显之主教,赫弈之牧师,亦均告我曰有。吾于冥冥之中,似觉有来勖勉我者,其言曰:韩查理,汝其速去此,出而竭力传道,毋避艰险,彼伏地忏悔之罪人,汝其往拯之。宛传呼号之死囚,汝其往慰之。将死之人,念幽明之异路,惧地狱之磨折,汝其往扶掖而奖励之。邪教之徒,不辨是非,罔识忌讳,汝其往开导而折服之。惟其如是,故弟敢有求于兄。至于钱财之事,弟已计算精密,不逾毫厘,有利无损,有盈无亏。

盖弟若得为惠德西夫人礼拜堂之住持,则每年至少可有一千镑之收入。然节俭为百事之本,弟再行之以节俭,则此数足供弟之需,又偿还弟欠兄及家姊之项,以及弟欠他人之债。其人与兄之蹊径迥异,尤非速还不可。此外所余,尚足置办一清静丰裕之家宅,迎家姊入居之。盖今日者,家姊操客寓之业,随旅客之喜怒,而迁徙无常。(盖其地无多客来住,即须另迁一宅,而图招客也。)不成光景,实非久计,兄之所熟知也。(韩查理为人浮夸奢侈,于此函可见。前段论克莱武学业,绝不类牧师及教读者口吻。而下文自诩才华,洋洋洒洒,笔阵纵横,大作文章,徒逞词藻。足见其言不由衷,而尤见其骄傲成习,大言不惭也。彼今之所图,欲购某礼拜堂之位置者,无非为得巨资供其酒色挥霍,岂有行道济人之心哉!至其姊韩马沙,则恪谨廉洁,与乃弟情性大异。韩查理已将其姊之钱财,借来用尽。而此函乃托言为姊谋安身立命之地。又其此举,隐瞒其姊,不敢使之闻知。观次函自见。而此函中乃云,其姊已赞成,以欺太尉。又其姊每以受太尉之恩过重为惧。而韩查理则只图骗得钱来，自己挥霍，反侈言节俭，亦无行之甚者矣。）家姊于弟此举，亦谓为可行，惟其后略有变迁，尚未及禀知家姊。以急欲得兄之赞许，故先飞函上闻。（吞吐其词，与次函韩马沙所写者，可比并而观之也。）将来惠德西礼拜堂之进款，弟当每年以二百镑拨给家姊收用，按季交付。弟素性慷慨，闻人有急难，辄必解囊。（实则为酒色之事，而致倾家耳。）家姊则异常节俭，故弟手中先人之遗产已尽，而家姊犹有存储，以之合于上项之二百镑，则家姊自可优游过日，而具备吾家应有之排场矣。

尤有进者，则家姊既得养赡之资，克甥亦可不必再归家姊照管，而改由弟一心教养。弟既为之舅，又为之师，必可尽责。克甥既在弟家居住，则照克甥现所得之月费之数，衣食书籍等必已足用，不需吾兄添给。弟于克甥之学业品行，及人生要事等，自可切实训导，时常监察，若今则多所不便。盖今者弟无异家姊之雇佣，有时所见不同，各持一是。弟虽稔知，为克甥计，应尽如弟说，然究末如之何，不得不曲从家姊之意也。（实则其姊禁之使不得乱用克莱武之钱耳，故亟谋以克莱武归己管理，而挪用其钱，以恣挥霍焉。）

故今者弟特向傅拉沙牧师借款二百五十金镑，而写具支票一纸，付傅牧师收执。不日傅牧师行抵印度，即持该票，向加尔各达城中吾兄所存放之银行取款。务恳吾兄知照前途，届时给款勿误。如此转折通挪，实因弟恐机会易失，急欲用款，故不待兄命而径为之。至兄以此项假弟，将来当由克甥住弟家中之火食束脩各费中，逐渐扣除抵消。否则由今日起，三个月内，准由弟直接偿清，亦可。弟忝列士绅，又为牧师，言出为信，必可办到。如兄苟有意外，写支票向弟提款,弟虽贫无一文,亦定必设法应付。以是推之,弟今写支票与兄处,兄亦当不见拒,而使弟失信于他人也。此举固属冒险,然弟现今在此城中之信用,所欠傅牧师之债务,来日之艰难,弟毕生之志业之希望,家姊暮年之养赡,凡此种种,皆操于兄之手。成败祸福,惟视兄之一言。以兄仁厚成性,岂有坐视弟之危急而不救者?固知兄之必允付款也,临楮不胜感激待命之至。专此敬请

钧安

姻愚弟韩查理顿首

再启者,克甥日前曾入城拜见其二位叔父。又赴别庄拜见其祖母,即出名巨富之钮康老太太。克甥归来后,秉其小儿之天真,述说钮康老太太种种不堪入耳之谈,讥辱弟身,今亦不必告兄知之。惟老太太待克甥则甚好,赐克甥五磅之金币一纸,《白克诗集》一部。又一书名《小亨利事略》,叙述印度情形者。又《大英国正教格言汇编》一册。克甥滑稽多趣,今附上其所绘之钮康老太太图像一张。又某君图像(按即韩查理自身)一张。寥寥数笔,虽粗疏而极有意致。吾兄观之,可以解颐也。弟韩查理又及。

第五封是韩姨妈写来的,上面写道:

姊丈大人尊鉴:

顷接傅拉沙牧师来函,不胜骇异。据云,舍弟查理给伊支票一张,计二百五十镑。命伊到印度向尊处取款。窃思愚姊弟受惠已深,一切出之姊丈。岂有姊丈转欠舍弟,而可以支票索款乎?及询之舍弟,乃谓此事实出尊意。以尊处前曾

来函,言缓急之时,尽可通融。且今需此款以致富,故敢累姊丈云云。可叹舍弟日日言致富,而卒未见其增财。前年欲以教学为生,姊丈与我各出半资,为购来小学校一所,舍弟经营毫无成效。半年之中,全校生徒,先后告退。仅余黑白杂种,乱发蓬蓬者二名。其父流荡无业,因事入狱。二生无家可归,我不得已,留之于二层楼上后面之室中。其时律师来索账清欠,舍弟逃往法国,情形可想。及克甥到此,窃思舍弟才略恢宏,学问超群,既非一小学校所可展布,何不即在家教克甥读书,岂非一举两得?若论舍弟登坛说教,其才实为优长,足使听者感动。非同时诸牧师所可比肩。其演讲之稿,刊印成书者,前蒙姊丈定购,以及舍弟之诗集。评者均称为极佳之作,教克甥当绰有余裕。故自舍弟由法国归来,与索欠之律师交涉清结之后,我即请其在家上馆。是时舍弟憔悴支离,不能再任乡区牧师,居家休养,亦计之得。承姊丈每年拨下二百五十镑,为克甥之费用。我即从中提出一百镑整,送给舍弟,作为一年束脩。再加舍弟及克甥两人全年之火食,则所余之款归入我手者,当亦无几。姊丈当亦明白也。

今则舍弟又不能安心,欲作别图,来向我言,谓欲在城中购此礼拜堂栖身。又言每年拨一巨款,给我享用。舍弟心虽好,恐我无此福。舍弟日日望梅止渴,画饼充饥,何尝成功一次!舍弟并欲将克甥携往伦敦,随同居住。窃意此事万不可行,我决不肯如此办理。盖舍弟气性宽和,毫无威严,不堪为师。克甥对之,略无畏惧之心,且嬉笑相向。上月二十三日,曾上一书,言克甥往见其祖母钮康老太太等情。克甥到家之后,即画出钮康老太太及舍弟之图像,均戴眼镜,十分工肖。我夺而置之屉中,然其后又为某顽童(实即其弟查理所为,见前函。)窃去。克甥又为我及女仆汉娜,均图有形像。为画师施培克君所见,取之以去,谓克甥实属画工奇材。(预伏后文)其情形如此,故我决不许克甥随同舍弟前往,而拟下月间将克甥送入丁邦尼博士所设之学校读书。据闻该校一切甚好,然此系暂局。仍望姊丈速为克甥另择著名之良校也。先严在日,曾言此校之善,先慈则溺爱舍弟纵容过甚,不肯多事笞挞,以致舍弟成为无行之荡子,可为前车之鉴也。谨此虔请

旅安

韩马沙敬上

第六封信是钮康何布生(Hobson Newcome,钮康老太太所生之长子,太尉之异母弟,现为其家银行总理)写来的,上面写道:

大哥大人见知:

昊天不吊,遘降闵凶。吾慈惠贤明之母钮康太夫人何氏,讳慧真,竟于今晨四时有半,弃弟等而长逝矣,享寿八十三岁。不惟阖家悲哀,抑且全市震悼。

谨按十四日,星期二晚,母亲在书斋中写字读书,直至深夜。母亲向例,不令仆婢辈守候在侧。而三弟及三弟妇(即钮康布莱央及其妻,钮康央及其老太太与此夫妇同居也),平日入寝亦早。故是夜均承命退休,只余母亲独坐。其后当系将灯熄灭,手持小烛,入房安寝。行至楼梯口,忽然跌倒。经女仆辈察觉之时,则见母亲坐于地上,头靠栏杆。跌倒之际,前额撞触楼梯之石级,血流如注,母亲手犹按塞伤口也。当发觉之时,母亲已不能言语,然犹省人事。遂即召医来看,而将母亲抬至屋内床上安卧。三弟及三弟妇,闻言驰至。母亲分执其手,犹能认识。惟因跌倒之势过重,致全身麻木,不能

言语,仅闻呻吟痛楚之微声而已。故自昨晚三弟与三弟妇辞别母亲归寝之后,遂未得再闻母亲之遗训。

念母亲年高德重,一生乐善好施,造福无量,为乡里所崇仰,贫乏所归依。而其经营吾家大银行数十年,精神才力尤堪惊服。至其待儿妇辈,专以慈惠仁爱。今竟冥然长逝,使弟等并失所恃,孤露无依。呜呼哀哉!母亲身后遗嘱,早于父亲弃世后一月内制就。其内容亦皆为兄与弟等所熟知。当日父亲自身之产业(按此实区区之数耳),即为三子所平分,则母亲所遗财物(按此其所值不赀矣),自当专贻其亲生之二子,即弟与三弟,各得其半,此乃正理。母亲生时博施广济,今虽已殁,遗嘱中犹指拨巨款,赏赐家中仆婢。(但苏娜虽存,亦当无所得耳。)又捐入各教会各善堂及贫儿院等,其数颇不为少也。

母亲殁后,竟无物留贻与我哥,弟实引为深憾。盖母亲晚年,常语及我哥,不胜眷恋之意。昨晨又写一信与克莱武侄,该信未及写完,今犹在书斋中案上也。三弟告我,言昨日早饭时,母亲指架上翁氏著印度全志(见第二回),谓当日使我哥一读而壮心勃发,非赴印度不可者,即此书也。母亲晚年屡言,我哥幼时甚为母亲钟爱。(此事果确耶?读者宜参照第二回。)足见其近者已渐心回意转,故弟絮絮言琐屑事。我哥闻之,当亦感激涕零也。家中遽遭此凶变,事务繁多,均待处理。又心伤意乱,不能成语。谨此讣闻,余容后布。还乞珍重。

弟何布生泣上

读者看过此六封信,当时情形,可略见一斑。欲知后事,且听下回分解。

——本文原载于1922年3月出版之《学衡》杂志第3期。

第四回　陋室德馨英雄训子　谈言微中壮士衡文

话说本书的主人，既是钮康克莱武。今作者追溯渊源，上及乃祖生平，并其父钮康太尉襁褓中的情形，亦曾详为叙述。如此做法，恐此书永无完卷之一日了。细思世间做老太太的，含饴弄孙，以为至乐。故于其孙幼时一举一动，一言一笑，顽憨活泼，早弄聪明的情事，永记不忘，时常在口。今作者若长此絮叨，专写儿女喁喁之况，则是将读者诸君，尽当作老妪看待，作者万万不敢为此。大凡一人幼时的事迹，全世界中，愿意知道的，不过三四个人，此外皆痛痒无关。第一是母亲，曾受鞠育哺乳之苦。第二是妻子与儿女，具恩爱及孝顺之心，亦尚觉有休戚之分。第三是本人自己，最为关切。入世成年，由壮而老。无论处境之难易丰啬，荣枯升沉，但一回想儿时的情景，总觉得十分亲切有味。甜蜜蜜，乐融融，依依不能忘怀，百年如一日。然若遇萍水相逢之人，而强聒以垂髫斑衣之事，便为多此一举，自讨没趣，故作者今为钮康氏作家传，于克莱武幼时之历史，决不多叙。但取其与本人性行及后来事迹有关者，略述一二而已。

且说我（彭亚瑟自称）与钮康克莱武虽为同学，然在校不过偶尔相识，且相聚之日甚少。克莱武年纪比我小了六岁，按照英国中小学校里的规矩，自然是不能做朋友的。原来英国中小学校，班次阶级最严。那甫着长裤的（西俗，小儿皆着短裤，下仅及膝，而接以紧束于外之长袜。至年近二十，或逾十五，始易长裤，以示年已成人。下级生年幼，故云）下级学生，见了那冠服垂带的上级学生，异常惧怕，不敢亲近。其分际之严，虽禁卫军中的棋牌官见了军统，初次按巡的律师见了司法大臣，亦不过如此。但我与克莱武，因各人家中本来认识，故在校亦得共聚一处。原来克莱武的母舅,那多才多艺的韩查理牧师,任丹麦街惠德西夫人礼拜堂住持之时,宣道说教,颇负盛名。我的叔叔彭东尼团长,亦常随同一班时髦贵人,前往听讲,对韩查理牧师甚为佩服。我幼时亦具佩服之心,后来年稍长,知识渐高,却不然了。单说我就此得识韩查理牧师,及至一千八百二十几年,正月初,开学之时,韩查理牧师送钮康克莱武到灰道士学堂来读书,特引来见我,说了一大片谦恭客气的话,托我照管克莱武。当时韩查理牧师,面容整肃,郑重其词的告诉我说:“克莱武的父亲钮康妥玛太尉,乃是一位极勇武而有声著名的军官,现在东印度公司任事,驻扎印度某地。至克莱武的二位叔父,即何布生钮康银号的东家兼总理,皆当今之大财主。二老爷钮康何布生,在京住布良斯顿街,在乡住大理石庄。三老爷钮康布莱央,人称为钮康大人,在京住公园巷,在乡住钮康村。”那韩查理牧师向来雄辩滔滔,虽极平常琐碎之事,亦渲染增色,说得天花乱坠。当时接着告诉我道:“若说到这钮康老爷兄弟,可算得全世界第一座繁华都城(指伦敦)中富贵场中的领袖。而钮康三老爷,又是全欧洲最冠冕最堂皇最文雅的朝廷(指英国)之上侍从的近臣。”(牧师而欣羡富贵如此,攀附骄人,所以深讥之也。)我便对韩牧师说:“自当竭力照应令甥,不负所嘱。”当下韩牧师便当我面前,与克莱武告别。又滔滔不断的说了一大篇话,腰间掏出一个细而长的绿色钱袋,从中取出二先令六辨士金钱,送给克莱武使用。那孩子眼珠儿一闪,接了。韩牧师自回家去。那日学堂里功课毕后,我在一个糕点铺附近,碰见克莱武,手中拿着油酥卷儿,向口中尽塞。我生性喜讥笑人,当时便道:“我的小先生,你舅舅给你的钱,你可不要全拿去买春卷及姜酒吃呀。”那孩子嘴边沾满了油酥卷儿中的蜜汁,伸上手去抹了一抹。一面答道:“先生,不妨事。我的钱多的很呢!”照着学堂里的规矩，遇着新来的学生，总是问他第一，你名叫甚么？第二，你父亲是谁？第三，你手中有多少钱？所以我当时追问道："你究竟有多少钱呢？"那孩子向腰包中一掏，掏出一大把金钱（每一金钱值一镑）来。全堂的学生，要是看见，想来莫有一个不眼红的。那孩子一面数着，一面口中说道："二叔叔何布生给了我两块，二婶婶给了我一块。哎，不对。二婶婶给了我一块半。（兹以一镑为一块，三十先令适为一块半也。）三叔叔布莱央给了我三块，三婶婶给了我一块零五先令。韩姨妈写封信，送了十先令给我。爱瑟儿要给我一块，我却不肯收。你想，爱瑟儿年纪比我小，我手里钱又多，怎好受她的呢？"那孩子天真烂漫，尽情吐露，如数家珍。我由不得笑着问道："爱瑟儿是谁呢？"（爱瑟儿乃本书之女主人，读者亦请注意。）克莱武答道："爱瑟儿是三婶婶的女儿，是我的堂妹。我三婶婶跟前，有爱瑟儿同阿礼斯两个女儿。新添的这个女孩子，三婶婶要取名叫鲍地加，三叔叔却不肯。男的呢，有庞乃斯同爱格巴。还有一个小的，叫做阿佛勒。不过阿佛勒还很小，算不得甚么呢。爱格巴从前同我在丁邦尼学堂里同学读书，他下学期要上贵胄学堂去了。（按Eton学校，系英王亨利第六所建。英国贵族子弟，预备入大学者，多入此校。）爱格巴年纪比我还大，但我能打得过他。"我笑问道："爱格巴今年几岁了？"克莱武摆着肥圆憨实的脸答道："爱格巴今年十岁，我九岁，爱瑟儿八岁。"克莱武一面说着，一面伸手入裤袋中，兜着那金钱琅琅锵锵的响。我劝他用我作他账房先生。他便自己留了一块，余下去尽交给我，替他收管，不时前来取用，以供挥霍，直至用完方此。

且说那时上级生与下级生上课时间不同，那一般小孩子，比第五第六年级生，早半点钟先出学堂。我屡次一走出讲堂，便看见克莱武穿着蓝色坎肩，一块老老实实的方面孔，一双闪闪烁烁的青眼睛,站在那里等候着我,我知道他又来取钱用了。过了不久,我有天见了他,那一双极美的青眼睛,却变了黑肿。我料他又是同本班一个彪形大汉的学生打了架。那大汉却打不过他。克莱武得胜之后,正在扬扬得意,便告诉我说:“莫有别的事,我把他揍了一顿罢了。”我问克莱武为甚么事打架。他雄赳赳气昂昂的答道:“那小狼子欺负一个小学生,我姓钮康的实在看不过眼,故把小狼子教训了一顿。”

话休烦絮,我那时因事须得退学,便向克莱武告别,祝他前程远大。我去后,他又在那灰道士学堂住了些时。其一生之事业,以及挫折困苦,方从此始。我自后再未与他见面,直到我已成人,做了学习律师,在那律师公会里边,租了一间屋子住着。有天晚上,在何思根酒店里,无意中方与克莱武父子遇见。其情形已详述于前。(见第一回)那晚不幸遇着葛体甘的种种奇形丑态,致令我与早年同学的朋友,不及细谈,匆匆分手。彼此心中,又皆极不爽快,我以为此后恐难再见克莱武。至于那位出征东印度的老将军(指钮康太尉),大发雷霆,盛怒之下,仓皇离席而去,将来与我恐更无交谊之可言了。

那知第二天早晨,我在寓中早饭方罢,忽听敲门的声音。我们用的书记生,进来通报说,钮康太尉同钮康少爷拜会。我听了心中十分惭愧,原来我在律师公会里所租的那间屋子,是同我终身相伴的老友吴林敦(George Warrington,亦前书 *Pendennis* 中旧人。注见第一回,兹不赘)同住。那律师公会中一班少年人,每晨饭罢,大都口衔烟卷,手拿《伦敦时报》阅看。所以我亦一面吸烟,一面看报,一副惫懒的神情,正同昨晚在何思根酒店里不相上下,不免为钮康太尉所见,故此十分难受。吴林敦亦正吸烟,毕竟老成,听说来客,毫不惊慌。恐即大英国主教降临,他亦不为动的。

当下客人业已走进来，克莱武看见我们那两间奇怪的屋子，由不得四下张望。那钮康太尉和颜悦色的同我握手，昨晚暴怒的神情面上已毫无留踪。向屋内四边略略一看，看见那黑污潮霉的帐子，书架上乱堆着书籍及校对的印件。桌上罗列着涂改纵横、朱墨狼藉的文稿。人家交来评阅的新书，空的荷兰水瓶子，纸烟匣子，此外等等，不一而足。狼藉纷繁，实属不成体统。那诚朴的太尉光油油的赤面上，由不得露出笑容，转身向我说道："昨晚我一时动火，急急走出。今晨清醒，觉得自己举动粗暴，十分失礼。故此特来彭先生这边谢罪。那位吃醉酒的老少校（即葛体甘少校也），他的名字我忘记了，作事实是混账，我不能让克莱武眼瞧着他的样子，故而匆匆去了，不及告别，请彭先生原谅我罢。昨晚真是对不起。"说着又伸出手来同我再握。

太尉又说道："此地真可为诗人之雅居。彭先生，你的著作，我久已拜读。克莱武每月总将你们的《罩布街报》寄往印度给我看的。"克莱武道："因为这《罩布街报》是我们灰道士学堂出身的人办的，所以我们在铁匠铺里的时候，常要定阅此报。"书中交代，灰道士学堂附近，有一铁匠村，为贩卖牛羊的大市集，故学生们顽笑之间，又常称本校为铁匠铺。（原文Cistercians即指灰道士学堂之学生而言。按欧洲中世时，The Benedictine Order教派，于一千零九十八年，设一支派于Citeaux地方。此支派之僧徒，皆名曰Cistercians。今以其校名灰道士，故戏称学生为僧也。）太尉道："克莱武每月寄贵报给我看的，我这次离开印度之前，坐船沿河而下，往加尔各达。（印度首府，距恒河入海之处不远。兹所谓沿河而下，即指恒河也。）一路上就专读你的大作《罗伦传》那本小说。"吴林敦向来不轻信人言，又以为晚近文章，毫无足读。当时便插口道："吾不信彭亚瑟的不朽之作，竟已流传至天竺古国。而其名篇锦字,竟已飞扬于圆纳河两岸也。”〔按圆纳河(Jumna[1])在印度北部,长八百六十英里。发源于喜马拉雅山中,东南流,入恒河。〕太尉道:“我到了加尔各答,将那本书送给狄明夫人阅看。狄明夫人,你想亦知道,是全印度出名的女子,眼界甚高,不轻于称许的。读了你那本小说,却十分赞赏。”太尉说着,自己点头,表示许可之意。克莱武道:“那本小说真做的好。你记得中间一段,罗伦带着他所爱的女子逃走,大元帅预备要去追赶,马车已套好在门口,却因大元帅的木腿被一个小鬼偷藏起了,只好让那一双鸳鸯飞去。这一段做的真好,那诙谐有趣之处,我皆喜欢,但却不耐烦读那一味写情(克莱武不久即自堕情网。此处反映后文)以及悲伤自尽的几段。至于你那书里的诗词,此物却是我一向最痛恨的。”吴林敦道:“亚瑟的诗词并不算杰作。”告诉太尉说:“我过几天,倒不得不把亚瑟剀切教训一番。不然,他便一味骄傲,目空一切,令人难堪了。”克莱武道:“我说……”吴林敦连忙问道:“你说什么呢?”克莱武憨憨的说道:“我说,亚瑟,我一向以为你真是一位漂亮的阔人。我们在学堂里看《罩布街报》,中间叙说接二连三的盛会。同学们总说你每会必到,躬与其盛。我想来你一定是在贵人府中居住,自家养着几十匹好马。至少亦有一辆马车,管家马夫,前呼后拥着。好不快活呀!”钮康太尉道:“克儿,我盼望你,不要用那些俗事小节取人。文人著述,是世界上最高贵的职业。我宁可有本领作出一篇好文章,不愿为全印度的总督。我生平最佩服才子,每次遇见才子,定必恭恭敬敬打个招呼。我因自己生性最宜于当兵,故一辈子在军中效力,始终不愿改途。若要我作一首七言四句的诗,我却不行。就把我捉去枪毙,我亦是作不出的。人生不能百事齐全,所求皆遂。一个人若确是才子,作出好

[1] Jumna,又名Yamuna,今译亚穆纳河。

文章来,名传后代,谁不羡慕他。贫穷又何害呢?你看当年的约翰生博士(Dr. Samuel Johnson,为英国十八世纪大文豪,著有《大字典》及《英国诗人列传》等。生平境遇最苦,其详见Macaulay所作传*Life of Johnson*),如彼的才学,住的是甚么样子的房子呢?我敢说,他那房子,决莫有这间屋子好。”太尉说到此处,恐怕他说我们屋子不好,得罪了我们。忙转身对着我们道:“二位先生这间屋子,总算十分宽敞舒服的了。我这一次由印度回国,所想着回国后求快活的法子。第一就是自己有幸,能同有才学的文人词客,常相聚会,听他们谈谈,得些益处。我离开本国之时,年纪过小,还够不上同文人结交。我父亲家里来往的人,似乎总以钱财为重,不谈到学问。我父亲与我,当日均失了机会。故我一心望你造成学问。你今日来到一位文人诗翁的寓所,只有钦佩羡慕。你却专想到彭先生的处境贫乏,居处不佳,实出我意料之外的了。”太尉说到此,转身向我们说道:“对不起。”又道:“那边一张纸,是校对过的文稿吗?请给我拜读。”我们便递给他去看,心中由不得好笑。那种文章,断烂陈腐,不值覆瓿。太尉却如此郑重其事,可谓有嗜痂之癖的了。钮康太尉那日自以为同文人共坐,应当如此。故只谈文学,不及他事。后来我同太尉多年深交相知共处,方知太尉虽曾在印度二十余战,建立大功。与人谈话,却从不肯道及军旅之事,及自己行伍中的阅历。一若此皆戋戋不足道者。其毫无矜伐之心,实足令人敬服的了。

且说那日一席之谈,我遂得知钮康太尉最尊崇约翰生博士。(按约翰生博士,不惟学识渊博,抑且道德隆重,故凡正人君子,植品修行者,莫不钦服约翰生博士。凡此皆极写太尉之为人也。)言谈之间,常引约翰生博士的说话。踪迹所至,总必带着一本卜思威作的《约翰生传》,不离身的阅看。〔按卜思威(James Boswell)系约翰生博士之门徒,自获见博士后,发愿作一日记,凡日间在博士处之所见,每夜必详记之。博士之饮食起居,言谈动作,虽至微细琐屑,莫不详确记之。一千七百九十一年出版,是为《约翰生博士传》(*Life of Dr. Johnson*),亦文学上之要书也。〕此外太尉最爱读的,是该撒[①]〔Julius Caesar(100—44 B. C.),罗马大政治家,著有*Commentaries on Gallic War*及*On the Civil War*等书〕、塔克多[②]〔Cornelius Tacitus,罗马大史家,著有《罗马史》(*History*)及*Annals*及*Germania*及*Agricola*各书〕之书。太尉又道:"我在灰道士学堂所学的拉丁古文,幸而还没有全行忘记。但读这几本书,须用英文译本对看的。"太尉遇着日常之事,屡次引用拉丁文法书中之格言古训,自己十分得意。太尉平昔上路所带之书,除上言诸书之外,尚有《旁观报》(*Spectator*,此报系英国Joseph Addison及Richard Steele所办。一千七百十一年至十四年出版,每星期二次。其报之出,于世道人心,具有大功。英国风俗,为之一变。而人民道德,亦渐趋端正云)、《唐克孝传》[③]〔*Don Quixote*,系西班牙人Miguel De Cervantes所著小说。一千六百零五年及十五年出版,为世界大小说之一。书叙唐克孝偕其仆同出漫游,欲效中世侠客骑士之所为,济困扶危,助人间种种不平事。无如世已非古,其道难行。故所至皆受挫败,为众耻笑。原Cervantes作此书,为讥斥盛行于当时之义侠小说(Romance of Chivalry)千篇一律,至为可厌。至若侠客骑士之行,则以时易势迁,早归消灭,不待攻掊。故以《唐克孝》一书,为划绝侠客骑士之命脉,而以此罪Cervantes者,诚非确论也〕、《格兰孙传》〔*Sir Charles Grandison*,

① 该撒,今译凯撒。

② 塔克多,今译塔西佗。

③ 《唐克孝传》,今译《堂吉诃德》。

系英人李查生(Samuel Richardson)所作小说。共七册,一千七百五十三年出版。书用函札体,叙贵家孤女Harriet Byron寄养外家,为恶少所劫。途遇格兰孙,乃贵族美少年,救之以归。格兰孙先已与一意大利女定婚,后卒劝其改嫁他人,而格兰孙遂与彼孤女成鸳侣云云。李查生写格兰孙为一至善至美之君子,宽宏仁恕,持躬廉正,而多施厚惠,人皆爱敬之。而又倜傥风流,慷慨任侠。盖兼安学海与贾宝玉而为一人,足副李查生最高之理想者也。李查生与费尔丁等之比较,见《学衡》第一期本篇译序。函札体小说之短长得失,见《学衡》第三期本篇小注]。

太尉常说:“如罗加爵士(Sir Roger de Coverley,乃《旁观报》中之主要人物。盖该报以小说之法作时评。假设有罗加爵士,其人之品德议论均高绝,而记其行事及与友人之谈话,以针砭时俗,而为世人之模范。《旁观报》发刊之时,英国尚无小说,故该报实开小说之先河,而其能收功,亦以此也)、格兰孙、唐克孝这一般人,真古今之君子。我喜欢读这几本书,为是我要同君子时常亲近亲近。”我们问太尉喜欢费尔丁的小说吗?太尉手撚着胡须,高声道:“先生,你休要提《龚腾》〔*Tom Jones*,费尔丁所著小说,一千七百四十九年出版。按费尔丁(Henry Fielding)为写实派小说家,故其书中不免多猥亵之处,然立意甚正。费尔丁与李查生等之比较,详见《学衡》第一期本篇译序]《安约瑟》(*Joseph Andrews*,亦费尔丁所著小说。一千七百四十二年出版。详见下文)那一般不成形的书,我做小孩子的时候却也看过。那时我同着一般下流人钻在一处,做出许多的丑事。现在回想真是羞愧无地。先生,实告诉你说,我那时屡次偷跑出去,同马房里的这张三李四们,一块儿吃酒抽烟,斗公鸡顽耍。我既如此不成器,所以有一天在父亲书房里,翻出这几本坏书来,便亦私自去读。(吾国少年,受《红楼梦》

《金瓶梅》之害者多矣。有治家之责者,其以太尉之言为鉴哉。)给我继母瞧见了,还当那本装钉精工的书,是穆尔夫人(Mrs. Hannah More,1745—1833,英国文人,幼为约翰生博士所赏识。著有*Caelebs in Search of A Wife*小说,及他书。多关于宗教道德,寓劝世之意)等人的著作。先生,我对天可以发誓,一生只撒过三次谎。那天本无意撒谎,但由不得语言支吾,将我继母欺瞒过去。一天晚上,我继母自己也拿这本书,当作正经去看。我继母生平不识诙谐顽笑之事,后来直看到安约瑟同卜太太的那一段(按安约瑟乃贵家之俊僮,然守身如玉,非礼不能干。旋值主人去世,主母卜太太,年已四十,夫死不及二旬,乃遽诱逼安约瑟为苟且之事。其管家妇亦以此强逼安约瑟。安约瑟皆坚拒之,卒不能安,乃逃而去之。遇其聘妻于野,则为婢于人家,亦以受非礼之逼而逃去者,遂同归故乡而成婚焉。此安约瑟书中事实之大略也。兹所指之一段,见原书卷一第五章及第八章),由不得勃然大怒。将书一掩,恶狠狠的钉我那一眼。先生,可惜你不曾看见,我那时非常顽劣,只狂笑一阵。但是我继母实在有理,是我错了,先生。一本书单讲一般当差的马夫,同太太房里的丫头,吃酒鬼混胡闹,这还可以入目吗?我们何苦要晓得他们的下作勾当呢?先生,我向来一点不敢骄傲,但其间却有个分别。我同克莱武,幸而生在上流人家,读书明礼,便决不肯去坐在下房里,同那一般混账下流的人攀谈了。至于那个龚腾(*Tom Jones*书中事迹甚繁,不易撮述。惟龚腾乃一美少年,佻达无行。既与一贵家女郎有白首之约,又时时逾闲荡检,为狎邪游。昵一村女,醉酒狂肆,屡戒不悛。然卒改过迁善,美满团圆而了结云),那个丧心蔑理的东西〔西语卖却自己云云,谓卖身于魔鬼(撒旦)。自无主宰,供其役使,与上帝正神为敌。故凡丧心蔑理,弃情背义,种种不良之行,皆曰卖却自己也〕,我的老天啊,我一提起他来,我牙齿都要咬碎了。我同那样的东西,决不肯一同起坐。先生,若是龚腾进了这个房门,我立刻对他说:'哼!下作流氓,我同我的朋友在此谈话,你敢来冲犯吗?我们饭后随意吃两杯酒,混账东西,你敢在此胡闹吗?'"

且说那钮康太尉说话之时,气愤愤的在房内大踏步走来走去,口衔烟卷,时时狂喷口中烟气。身穿白衣,手中摇着黄色手巾,形状十分威猛。说到此处,可巧我的书记生赖金斯开门进来,太尉正骂得高兴,连忙对赖金斯说道:"我不是申斥你,先生,对不起!对不起!我们一向在房中胡闹,无所不至。"赖金斯是司空见惯,故当时并不吃惊。原来那吴林敦因事外出,当时房中只余我与太尉父子二人。我便问赖金斯:"有甚么事?"赖金斯道:"白家的人又来了。"我便骂白家的人混账,告诉他改日再来。赖金斯出去,一会儿工夫,又走进来,愁眉苦脸的说道:"回先生,那人说,家里吩咐过的,拿不到钱不走开。"我喝声道:"这真混账!告诉他,我家里莫有现钱。教他明天再来罢。"我说话的这个当儿,钮康太尉凝神注视,十分惊讶,面现悲悯之色,大不忍的样子。

赖金斯去后,太尉勉强重续前题,接着说道:"如同龚腾那一般人,我痛恨已极,一言难尽。实在这些话我都不必说,从前巍巍大名的约翰生博士,早下确评了。你还记得他告诉卜思威的话,讲到费尔丁的小说吗?"(约翰生博士斥费尔丁之言,及下文吉朋推尊之论,均见卜思威著之《约翰生博士传》。)我答道:"是的。但吉朋却称赞费尔丁呢,并且十分恭维。他说,费尔丁祖上系出哈布斯堡伯爵,可算的天潢贵胄。〔按哈布斯堡(Hapsburg)即欧战前奥国之皇室,其世祚渊源极远。为中世纪时最有名之王室,尝为神圣罗马帝国之主云。〕不过是……"太尉忙接口道:"吉朋吗?吉朋是不信圣教的人。他的话算得甚么呢?〔按吉朋(Edward Gibbon, 1737—1794)为英国大史家,著《罗马帝国衰亡史》(*The Decline and Fall of the Roman Empire*),一千七百七十六年至一千七百八十八年出版。以二十年之力,成书六巨册,宏大详博,为古今名著之一。惟吉朋少时,几变所信之宗教,忽而天主教,忽而耶稣教,遂致以宗教为不足重轻之事。其罗马史中,叙耶教常存轻鄙之意。谓耶教西来,而不能救罗马之亡,以此为耶教短。吉朋于此实属过当,实全书瑜中之瑕。摆伦[①](Byron)诗(Childe Harold, Canto III, Stanza CVII)至谓吉朋Sapping a solemn creed with solemn sneer。故凡热心崇奉耶教者,皆于吉朋深所不满云。〕费尔丁果然系出贵族,更应当好好做人,今作出这等坏书,祖宗亦被他玷污了。我信口乱说,恐怕白耽搁了你彭先生的工夫。谢谢你,我不抽烟了。我本来要进城去的,由这边走过,想起你当年照应我的孩子,怎好不进来看看你呢?我想请你吃个便饭,或明天,或后天,或是你另拣一天,全可以的。贵友(指吴林敦)上别处去了吗?回来时请你替我致意。克儿,我们去罢。"

那时克莱武正在捧着一本何加斯[②](William Hogarth, 1697—1764,英国著名画家兼雕刻家。〇克莱武后为画师,此亦伏笔)的雕刻图画册,细细观看出神。太尉的那一大篇议论,并不曾听得。现在忽闻他父亲唤他,连忙起身告别,一面又约我不日过去试骑他新买的小马。彼此又客气一回,太尉父子便去了。我转身进来,正拿起报纸要看,忽又听敲门的声音。太尉跑回房来,十分着慌为难的样子,向我道:"对不起,我好像忘记带去一件东西。我的……我的……"甚么东西,却许久说不上来。这个当儿,赖金

① 摆伦,今译拜伦。

② 何加斯,又译霍加斯。

斯走出房外去了。太尉方明白说道："好彭先生，我有一件事要和你商量。我因为你同克儿是好朋友，我才敢开这个口，但求你务必预先包涵。我故意教克儿在外边院子里候着。(太尉议论方酣，因见有人索账，即中止而告别。然后设计独返室中，与彭亚瑟密谈，行惠而不欲人知，又体贴人情，曲折入微。太尉之行事，真可感也。)彭先生，才子文人，常受一时之困，我见之已多。适才我们谈话的时候，忽然有个意外，来了个要账的。你似乎一时手头不便，请你恕我爽直。在我这里挪借一点儿罢。你说你正在作一本书，你前一本书作的极好，这一本想亦不凡。我是一个老兵，行踪漂忽，不定常在此地。你这本新书未出版之前，先让我预购二十本。现在就算付了价。"(借钱与人，而婉言出之。又托名购书，不求偿还。太尉真仁人哉！)我见太尉如此厚道，心中异常感激，便答道："不瞒太尉说，适才来讨帐的，并非他处，是那洗衣服的女人派来的。那白女人，细算起来，恐怕还欠我的钱呢。况且我已经向太尉府上支过银钱了。"太尉惊疑道："你在我家里支过银钱吗？"我道："我手中有点钱的时候，总是存在针线街你们二位令弟所开的那钮康银号内，零星支用。目前算起来，其中还有点存款。太尉的盛意，我万分感激。只可惜我现时不在困境，不能受惠，只可心领罢了。"于是太尉又与我握手一次。总计那日早间，共与我握了四次手(细观前文即得此数)。然后太尉方和颜悦色的，去找克莱武，一同回家去了。欲知后事如何，且听下回分解。

——本文原载于1922年4月出版之《学衡》杂志第4期。

第五回　慕荣华至亲成陌路　娱晚景老父抱痴心

上回书中讲到钮康太尉请我(彭亚瑟自称)吃饭,我欣然答应了。接着又宴会多次,均是那慷慨的太尉作东。那时太尉住在克利弗街尼罗旅馆,与他在印度交结的一个好朋友名叫宾尼的同寓。克莱武亦常到旅馆中来,觉得旅馆中吃得好顽得好,几乎不想回学堂去了。

且说灰道士学堂里饭食菜蔬,本可算得丰美。有许多学生,年长离校以后,生计艰难,贫乏潦倒。回想到当年学堂里现成的肴馔,真如山珍海错,天上之福,不可再得的了。但当我们做学生之时,每顿总是眉头一皱,鼻尖一撅,说饭菜太坏,不堪入口。此亦大家之通例,不必细表。单说我同钮康太尉父子,交情日深,觉得十分投契。比之我与克莱武的二位叔父,只有银钱来往,一味勉强敷衍,其亲疏之情,大不可同日而语了。我一向手中的银钱,总是存放在那钮康银号内。那二位东家兼老板的钮康先生(即钮康何布生及钮康布莱央兄弟),账算是最精密的。居积营运,是其所长。要不然,他那堂皇高大的住宅,华丽精巧的陈设,又从何处得来呢?我的账算却是最糊涂的,然我力行节俭,在那钮康银号中,时常总存留下二三块金钱,不全提得干净,否则不免要断绝关系了。我每次到钮康银号中提款之时,自己心虚,好像觉得那一般管账写字的先生们,皆对我怒目而视,狰狞可怖。后来我竟不敢自己前去,却派我的书记生赖金斯或洗衣服的女人前往凭票代取。

那银号后边,照例有几间密室,用白漆涂的玻璃板隔开,为银号中老板与富有资财的存户密谈之所。我屡次望见二位钮康先生脱了发的秃顶(按用心过度,则血枯而发脱。故今美国之商界巨公及大学教员，十之九，头皆秃也）在里边晃来晃去，但却视那两间密室，如禁地森严，不敢进去。有时不得不进内，心中焦愁，好像在学堂里冲着先生背书，或是坐在那牙医的皮椅上，等医生来拔我的牙一般。寒士之苦处，可想而知了。

我叔叔彭东尼团长，却与我行事不同。他在世之时，亦曾在这钮康银号小有存款。他却不自己短气，每次昂然直入，高视阔步，与那二位东家老板，径行攀谈，好像自己是一位富商财主的样子。〔按 Rothschild 乃昔日犹太之巨族，遍欧美各大城，皆设有银号，办汇兑存款之事，蔚成巨富，操世界之财权。各国王公贵人，争相纳交，正如今之摩尔根（J. P. Morgan）等然。〕我叔叔常对我说道："好侄儿，大凡一个人总要抬高自己，硬往前去冲，人家才看你得起。（按此实涉世有得之言）他那银号里人，无论那位贵客的款子，都愿收存。锱铢可贵，巨细兼营，原是不分彼此。你若认定他们专去奉承富商财主，瞧不起穷主顾，那便是你错了。你瞧我，我每次进城，总要到钮康银号，一直走进去，同他们谈几句。听他们讲讲银根票价，汇兑的行情。回到我住的那一方，传报给他们知道。那一方的人，晓得我同银号里的老板交情好，自然看得我起。我这样还可替钮康银号多拉拢一点生意，岂不是一举两得吗？"

且说我叔叔在他住的那一方，确是负有声望，与商场中的钮康兄弟，不相悬殊。我每次来到伦敦，他总可以替我弄到一份请柬，或是公园巷钮康夫人（即钮康布莱央之妻，钮康三太太也。布莱央已捐得贵爵，故称之曰夫人——Lady Newcome，以别于何布生之妻）家的，或是布良斯顿街钮康二太太（即钮康何布生之妻）家的，请我去茶会或吃饭。但钮康二太太那边，老实说，我去了几次，便不肯再上门了。我那精通世故的老叔叔，便对我说道："好侄儿,我们说句体己的话。钮康二太太请来的客人,并不算高贵,二太太自己亦不是大家出身。但是在银号东家老板的家里常常出入,故意使大众看见了,也分外瞧你得起。所以我劝你,但凡他请的时候,总是去走一趟的好。”我因叔叔的劝说,故有时亦到钮康二太太家里去去。但每次我总觉得钮康二太太待我的那副神情,异常难看。好像他已经知道我在钮康银号里的存款将要提光了,故以白眼相加。我两三年之中,或者碰见钮康何布生一次,他便约我那天晚上或第二天晚上,到他家吃饭。我有时去,有时不去。但他请我,无非因是晚桌上适有空位子,故请我去叨陪末座。这样残杯冷炙,也不能算做请客。伦敦城中,如此类陪侍贵人吃饭的,非常之多。主客均不在意,施者固无礼贤下士之心,受者更无所谓一饭之德,永远不忘也。我叔叔常说:“哼!我们同他们吃了饭,要不拿他们作话柄,来开心,那伦敦城中,可就太寂寞无味了。我生平最快活的事情,就是晚间酒席已完,大家客人都散了,我们三两个知己朋友,团座在一起,品评同席的人。笑骂诙谐,信口开河,兴高采烈,毫无禁忌。好侄儿,就是你,亦不免人家的谈论。我自己的短处,以及乖僻的地方,我的朋友们那个不知,那个不谈。难道我不知道么?我就是知道,也禁不得他们,我乐得笑合合的。凭着我的种种怪处,让他们去谈论便了。好侄儿,我再说句体己的话,钮康老二(即何布生)是个好人,但是个极俗的人。他的妻子呢?哼,配着他正合适了。”

我叔叔虽喜信口雌黄,但对于高位厚禄之人,则不轻为月旦。故虽常谈起钮康二太太,而一提及钮康夫人(即三太太),则说话极有分寸,异常慎重。那钮康夫人,一年之中,亦有一两次,在家大会宾客,或音乐,或跳舞。那时车马辐辏,一条街都堆满了。府内冠裳络绎,灯彩辉煌。不惟富贵缙绅之家,齐来赴会。

即贫寒平庸之人,亦间有厕身其间者,十分热闹。钮康二太太家中,亦开跳舞会,但一切排场自然不同。即如钮康夫人家中吹弹,尽是意大利的乐工。钮康二太太却用的英国的音乐。说:"我有了本国的音乐就够了,不用学他们闹洋牌子。"即此一事,亦可见她们妯娌之间,极不和睦。

那钮康二太太,处处总记得钮康夫人门第高贵,看见钮康夫人请客之时,贴子上写着许多王公诰命,因羡生嫉,心中十分愤恨。世上人心不同,有的人一见富贵,便眼红心热,屈膝下拜,蚁趋膻附,惟恐不及。又有一般人,视富贵为恶浊,见之欲呕。遇仆从车马,煊赫过市,则出恶言辱骂,无所忌惮。(按拉丁文dives富之义,其训为富人,则出于《圣经·新约·路加福音》第十六章第十九至三十一节之拉丁译文。)

单说那钮康二太太,据我所知,不惟忌嫉他人之富贵,反以此自鸣得意。误以忌嫉之私怀,为正直,为爱国。自居维持世道人心之功,谓我之一身,非富贵所能淫,贫贱所能移。常对人说:"我知道我丈夫是个商家,我父亲是个律师。我亦用不着摆虚架子,不如自安本分的好。可怜我的三叔叔钮康布莱央,因为娶了一个贵家的女儿,成日价攀高附势,奉承不暇。每天由店里回家之后,总是跟着岳家的一般老爷太太们,出入周旋(按钮康布莱央之夫人,乃已故Lord Kew之女,现袭爵之Lord Kew之姑母。详见后文),连自己家里姓钮康的天伦骨肉都不认识了。难道不怕人家说闲话吗?"这一番话,钮康二太太碰见亲戚朋友,逢人便说,并且每次必要提及。其妯娌之间,感情已伤,自以不常往来为是。话说世上有一般人,视世太刻。说凡教会中人皆是假冒伪善,凡革命家皆是流氓乱党,凡做官的皆是贪黩敲剥。又说凡贵家之人,皆倨傲凌人,不可亲近。钮康二太太即是如此。自己总觉得是一位有志气有胆量的女人,却不想到自己胸中有了成见,不分皂白,将人家一笔抹杀,未免冤枉了好人。

其实钮康家几辈人(上自钮康先生、钮康太尉,下至克莱武),一样的性情,皆是受制于女人。何布生与布莱央兄弟,一般的惧内,惟夫人之命是听,跟着岳家行事。故而布莱央当选举之时,总投王党之票,何布生却投民党改革党之票。布莱央进了下议院,总是坐在保守党的一边。何布生却异常激烈,揭出贵族执政的种种弊端,斥为卖国,慷慨激昂。一篇演说,听者十分感动。布莱央之妻钮康夫人,带着一群儿女,每逢四旬节(按Lent系每年耶稣复活节前之四十日,礼拜日不计。此四十日中,教徒遵照旧规,应虔诚斋戒),总是吃斋茹素。又遵奉旧派主教的信条〔按英国教会Anglican Church成立于一千五百三十四年,宗教改革之际。其信条仪节,介在新旧二教之间,名为耶稣教,而仍沿用天主教之礼文甚多。自是以后,英国之耶稣教徒与天主教徒,分党互争,且政教之关系密切,因之牵动外交。若英国君主为耶稣教徒,而耶稣教徒握政权,则主与荷兰等国联盟。而在欧陆行连横之策,以自保其独立。而若英国君主为天主教徒,而天主教徒握政权,则主与西班牙(或法兰西)亲善,而在欧陆行合纵之策,以服事大国。此二派之争,为时甚久。一千五百八十八年,英女王以利沙伯[①]在位,大破西班牙之海军The Spanish Armada,于是英之国基乃得巩固,不受外国之操纵。天主教徒失势,然二派之争仍未已,叠为起伏,各自危惧,互相攻击。其间若克林威尔之革命,查理斯第二之复辟,一千六百八十九年之革命易君,以及十八世纪之西班牙王位继承战争,奥地利王位继承战争等。固为保列强均势之局,实亦由国中政教二派对峙之酝酿也。至十九世纪,虽外患已消,而

① 以利沙伯,今译伊丽莎白。

内争犹常见。一千八百四十年前后，以有牛津宗教之运动(Oxford Movement)，欲英国教会力复古制，多采用天主教之礼文，易清简为缛丽。于是耶稣教徒中之反抗之者，则斥为天主教徒之阴谋。谓教皇势力将复伸于英国，固仍以昔年之积忿为口实也。钮康二太太即为此反抗者之一。又其时英国教会中人，分为数派。职位之高者，如主教等，力主保守。宗教之信条仪节，当悉遵旧习，是为High-Church party。而贵族既以拥护王室，拥护教会为职志，故与此派联为一气。布莱央及钮康夫人之所为，亦自显其贵族之身份而已。反之，教会中人职位之卑者，如牧师等，多倡改革，喜采科学理性之说，欲改易宗教之信条仪节，趋于简单，是为Broad-Church party。而平民以攻击贵族为职志，因之皆属于此派，而并攻击彼贵族所拥护之教会派。何布生及钮康二太太之所为，亦惟自显其平民之意气而已。故彼兄弟妯娌之所为，初非由宗教之热诚，理性之推勘，惟各就一己之身分地位，追随同辈，行流俗之所是，以为社交之资。谚云：随乡入乡。又云：到甚么地步说甚么话。作者皆暗讥之也〕，一心皈依。钮康二太太却惊惶失度，只恐罗马教皇的党人得势。(注见上。)

有一天，在礼拜堂听讲，见那说教牧师穿着白袈裟。(按此系天主教之制，英国教会亦尝用之。然亦有不遵者，本可通融。惟当一千八百四十年前后，旧派主教厉行旧法，严令各地牧师必须着此。故一时复又风行，而钮康二太太则素所未见也。)钮康二太太大惊，便立刻走出。原来那说教的牧师不是别人，正是克莱武的母舅韩查理。那韩查理，生平最讲修饰，口中甜蜜蜜的说词，和气迎人；身上簇新新的衣裳，芳香扑鼻。内外却亦相配。那天穿着一件鲜明整洁、熨得毫无褶皱、十分称体的白袈裟，手握着百花粉洒过的小方帕，一番兴头，方才登坛。忽见钮康二太太挺身而起,离开座位,抓着了钮康何布生,掀开堂门,一面晃一晃洋伞,将他的一群儿女,一并赶出,同着去了。那一般小儿女虽是吃惊,却也乐得到外边顽耍。钮康二太太又招呼跟班阿三,将他全家人所读的《圣经》颂诗之类,一概收检起来,装入袋中带去,以示永不再来此听讲之意。当时韩查理吓得面如土色,心想钮康二太太一家人这一去,自己一年便少了二十五金镑的进款。由不得伸起那带着宝石约指的手,乱搔着头发,懊恼叫苦不迭。一面又恨那主管的长老,做自己上司的,“为甚么要逼我穿上这件白袈裟,弄得我得罪了许多贵人,少吃了几顿酒席”,如此想着,一面却做出那以身殉道舍生取义的一副神情,好像虽有猛虎在前,威吓势迫,我韩查理亦恬然不动声色,任其所为,仍然要穿上我这一件道袍,行我的职分,昂然不屈,泰然不惊。礼拜堂中众人看了,自甚敬服。

且住,这一番话,还是后来的事情。当我年少之时,那牧师穿白袈裟的风气,尚未推行,大家尽可自由。(盖其时牛津宗教运动尚未发轫。此所谓当我年少之时,指钮康太尉尚在印度未归,而钮康老太太犹在生之时。)韩查理牧师当时穿着一件缎子做的硕士袍,甚为阔绰。那件袍子,是皮头镇的百姓送给他的。又送他许多金钱,装满了一壶。

闲话休提,且说我(指彭亚瑟)适才讲到钮康二太太的事情,恐有人说我有意辱没善人,或因我自己偶尔受她薄待,便造出一番谣言,传说那位既富且贤的太太种种坏处,以快私忿。其实不然,我还记得钮康二太太的近戚吉尔士先生告诉我的一番话,现在可引来作我的证人。原来那吉尔士先生,是钮康何布生的连襟。钮康二太太芳名玛利,便是吉尔士先生的小姨子。有一天,我在钮康二太太家吃饭,与吉尔士先生同席遇着。席散后一同回家,且走且谈。我拿纸烟让他吃,那吉尔士先生略有醉意,十分高兴。一面吞云吐雾，一面便滔滔不断，把钮康二太太家里的事情，尽情宣泄出来。

他说道："先生，今天的饭菜很好，我生平尝过味儿的。钮康何布生家里的饭菜，要算最好的了。他家请客，每顿的斑鸠总是连上两盘，可算丰富。这一层不知你如何，我每次总牢记在心。因为我晓得他的斑鸠是甚么地方买来的。我一向同何布生同在一家买肉买菜，那家店子叫作牡蛎公司。他家的斑鸠是好的，我们吃的不亦乐乎。老实说，真好！真好！咳，不坏！不坏！"接着说道："先生，我估量你是一个初出世的律师，大约总不出此类。我瞧刚才吃饭的时候，他们把你安在末席，所以明白。那个位置，一向是我坐惯了的。我同他们家是亲戚，钮康何布生请客，遇着席上有剩下的空座儿，便知会我来。就如今天早上，他在城里碰着我，便对我说：'今晚七点半钟，我家里有客人来吃饭，你可以来。大姐姐我们好久莫有看见，你把她亦带来罢。'先生，钮康何布生口中的大姐姐，就是我的内人。"

何布生的女人小名叫玛利，是我内人的胞妹，当日还是由我家里嫁出去的。我便对何布生说："不必，不必。家里第八个小孩子要吃奶，我的女人是不能离开的。倒是我可以来，吃得一顿是一顿。我的女人不肯来……实在是不能来，我来陪客就是了。（不肯来是真情，故急改口掩饰之曰，不能来，谓非不欲也，乃欲来而不得也。）彭先生，老实对你讲，凭他怎么样，我的内人再亦不到他家去了。钮康二太太那一番混账的做作，看得自己高，看得人家贱。无论是谁当着都要起恶心，我内人实在受不住。"

且说那吉尔士先生酒后开怀，大发牢骚。我一面听着，一面自己寻思。回想我彭亚瑟今日下午在"食蚁兽俱乐部"（俱乐部而以食蚁兽为名者，以暗讯银行中人及钱商之欲壑难填，损人肥己，兼并剥削,积聚资财,而成大腹之巨富也)门前台阶上,撞见钮康二老爷,他请我到家吃饭的那种神情,我还有脸来吃这顿饭?吉尔士的太太虽是女流,究竟比我这个寒士,志气高得多了。那吉尔士先生,兴高采烈的接着说道:“我是个识途的老马(言其通达世故,历练人情也。老马识途,此语出吉尔士口中,殊嫌过于文雅。惟以其密合原句,故勉用之),女人家见面吵闹,背后数说,我皆全不在意。据我看来,钮康二太太同钮康夫人,好歹是一样的。我亦晓得二太太时常指责钮康夫人,说他这样不好,那样不好。又是骄傲,又是恃势凌人,种种说法。但我内人说,钮康二太太虽自命不染习气,却因眼中只看得钮康夫人门第高贵,连我们这样的至亲,亦不肯带去见一见钮康夫人,恐怕玷辱了他们,这不是更势利吗?所以我内人常说:‘这又何苦来呢。’我并不是争着要去见钮康夫人以及她那一般富贵亲眷,甚么辜爵爷呀?(Lord Kew,按钮康夫人母氏辜。现袭爵之辜爵爷,乃钮康夫人之内侄。其父母均亡,有祖母在堂,即钮康夫人之母,布莱央之岳母,书中称为辜老夫人,亦书中重要人物。其位置有如《石头记》之史太君云。)那个辜爵爷年纪虽小,十分漂亮,性子暴躁,却是好阔绰,好排场,放荡得很。”

那吉尔士先生说得高兴,一发详溯渊源,对我说道:“从前他们家钮康老太爷(即第二回书中之钮康先生,而太尉等之父)为人极好,老太爷同老太太(即第二回书中之何慧真小姐及钮康太太,何布生、布莱央之母)在世的时候,我就在他家银号做伙计。那钮康银号,原即何布生银号,当时还算不得京城中为首的大银号。但已经做了多年的生意,名声极好,来往的多是兄弟会公理会各种教派的中等人家。直到后来何布生、布莱央兄弟接管。布莱央同辜府结亲,拉拢了一般富贵亲眷,于是钮康银号才做上官宦人家的生意。”

吉尔士先生又说：“钮康家几辈子人，要算去世的老太太最会做生意。乃父乃叔，以及丈夫同两个儿子，皆赶不上他。从前弗烈得力大王（注见第三回）称赞其妹为巾帼须眉，这位钮康老太太亦可当之无愧。并且老太太确有许多像男人的去处，说话声音深宏而粗，老年又生起胡须，少年人望尘不及。每次老太太由家中到银号来，穿着一件深绿色大毛出风的长袍，戴着海虎皮的帽子，海虎皮的手套，一副金丝大眼镜，在门口下车。银号中的伙友同学生意的徒弟，看见老太太莫不战栗失色。有人说，老太太那一种威风，若再口衔烟筒，便与德国伯鲁查大将的形象，一般无二了。〔按伯鲁查大将（Field Marshal Prince Gebhard Leberecht Blücher，1742—1819）乃一千八百十五年滑铁卢之战，统帅德军，与惠灵吞同败拿破仑之人。〕老太太归西之时，殡葬礼节，异常热闹。来送葬的人极多，冠盖络绎，车马辐辏，好像每年一次的跑马会一样。其中有京城中几家最大商号的执事，兄弟会公理会等各教派的富豪，大英国教会以及各教会的长老牧师，辜老子爵（布莱央之岳父，前上文所言辜爵爷之祖，时尚在世），同他的女儿钮康夫人，各送着自己家里的马车，前呼后拥着，伴送钮康老太太的灵柩入土。各地礼拜堂替钮康老太太做功德的，共有九处之多。”又讲到钮康老太太寿终的情形：“据说晚间全家皆已入寝，老太太由楼下书房里独自回房安歇，走到楼上，便栽倒了。第二天早上，经丫头们看见，已经不能出声，但尚未绝气。额上被手中的烛台割破流血，情形甚惨。这年逾古稀的老太太，便如此归天了。”

吉尔士先生又说道：“一路送殡的，除了许多空马车，黑衣的教士，以及雇来执绋打旗的一般人，此外还有成千成万的百姓，不穿素服,亦随同送殡。这都是受过钮康老太太恩惠的穷人,所以前来哭送灵柩。钮康老太太的错处固然不少,但一生所做的善事极多,无人能及,这却是他所积的福,阴司里的判官定要给他记下来的。”

又道:“这位老太太性子狠怪,除在银号办公以外,无论甚么人的事情,他都要打听清楚,知道详细。即如银号里的司事们,老太太定要问他们归附那一种教派,又向礼拜堂的牧师,打听这些司事先生,是否常去听讲。至于自己的一双儿子,管束得十分严紧,直到他们成了人,娶了亲,老太太还当他们作学堂里念书的小孩子一样看待。但究竟有甚么好处呢?他们同老太太先房的儿子(指钮康太尉)闹了一场,那先房的儿子性气刚烈,一口气偷跑出去,便直到了印度。彭先生,我说句体己话,那何布生、布莱央兄弟二人,在家虽是循规蹈矩,一言不发。却是私下常到外边去,或看戏,或做那些风流的事情,同别家的少年子弟,一个样子。只不过瞒哄着母亲罢了。我的老天呀!我还记得有一天,在草场胡同撞见钮康何布生,打从戏园里走出来,穿着紧身靠的衣服,戴着听戏的帽子,真像上礼拜六看见那虾蟆求亲一出戏里的人物。这时他母亲,还当他在家里床上安安稳稳的睡觉。你看不是诳人吗?但是第二天早上,何布生跟着母亲上礼拜堂去祈祷。那时,他那一顶听戏的帽子,自然不按在头上。这一层我吉尔士约翰却可以担保的,说着哈哈大笑。”

又道:“及至钮康老太太去世,何布生亦不必再作假骗人了,便公然出来寻乐,尽情游耍。斗鸡走马,寻花问柳,甚么事不干呢?何布生同他的双生兄弟布莱央,却很和睦(按西文兄与弟之称无别,姊与妹之称无别。况何布生与布莱央又系孪生,尤难分别长幼。译者因全书中叙及二人之处,皆首言何布生,而列布莱央于其后。又确忆书中某处曾言何布生长于布莱央云云，故自第二回起，均以何布生为兄，而布莱央为弟。兄弟妯娌之称呼，二三之排行，悉以此为准。今据吉尔士此处之言，则布莱央实为兄而何布生当为弟矣。盖孪生之际，布莱央先坠地也。如是则译者实误将二人之次序颠倒，以弟为兄，疏忽之罪，百口奚辞。惟以吉尔士醉后之谈，未可据以为准，且若即此改正，则下文将与前三回矛盾，颠倒错乱，使读者如坠五里雾中。不如以讹沿讹，将错就错。即以何布生为兄而布莱央为弟，亦无大碍。必欲改正，可留待全书杀青，单本付印时为之。倘其未误，则尤不宜蛇足也。惭愧之至，惟乞读者谅之），一块儿顽耍，直到布莱央娶了亲，做了规规矩矩的人。家中除斗花牌以外，不作别事。何布生便耐不下来，说他自己总要另找顽意儿。又常对人说，他预备一生不娶妻。其实却又不然。生死姻缘，各有定数。口说不娶妻，迟早总是要娶的。何布生同我一样，两人都娶了，并且还娶了一双姊妹，做了连襟。当时大家都说何布生的妻子命好，嫁得兴时。究竟我的拙荆，在家里一切比她恐怕还如意些。彭先生，你若碰着星期日下午六点钟的时候，有事打从百衲街走过，要高兴吃几片牛肉，喝两杯白酒。我就请你进我的门，看看拙荆在家的样子如何？”吉尔士先生一面说着，便与我分路，扬长而去。

且说钮康太尉在印度多年，何布生同布莱央二人，对他十分冷淡，不加存问。此亦人情之常，未足深怪。第一，他们的母亲钮康老太太，因钮康太尉生性顽梗，心中气总未平。即或后来气消了，亦未见明言饶恕与他。何布生等二人，只知钮康太尉是一个怙恶不悛的荡子。在外交结得一般下流朋友，正经人都不屑与他往来。父亲钮康先生，又十分惧内。虽明知大儿子诚实仁厚，当年出亡，实有不得已的苦情，但亦不敢讲给两个小儿子听。所以家中上下人等,只当钮康太尉是个不成器的小子。后来又听说他在印度娶了一个穷姑娘,毫无妆奁。(即克莱武之母)家中更不睬他,直到后来钮康太尉业已鳏居,屡次建立军功,名字上了政府公报。东印度公司伦敦总行里的人,都传说他的好处。何布生兄弟在公司里亦有股份,常常来往,因此得知。又见钮康太尉有大注银钱,一笔一笔的汇回来,在钮康银号存放。然后何布生兄弟方才另眼相待,与太尉言归于好,认他作手足之亲。此等行事,虽是势利,然亦人情之常,何可深怪?世上惟有至亲骨肉,最喜生事造谣,说出某人种种坏处,愈说愈觉可信。此人得意之时,尔我本无关系。但若遭过不幸,大家忽起了一片怜悯之心。各人教训各人的儿子,休要学某家叔叔的榜样。及至此人再交好运,腰包装满了银钱回来,大家又赶着上前,把臂拍肩的认亲戚。

正如当年约瑟出亡在外,做了宰相,富贵满身,你看他的哥哥兄弟们一大群,赶着上前招呼,一片恭维,好不亲热。(按约瑟事见《旧约·创世纪》第三十七章至第五十章。兹所言二事,见第三十七章,第二十四及二十八两节,及第四十章全章。)常言说:山川易改,人性难移。古今还不是一样么!何布生兄弟二人,虽不同约瑟的弟兄们一般忍心害理,把约瑟掀到枯井里,又捆去卖了。但钮康太尉自作自受,却能跳出陷坑,向上学好。如今发迹回来,显亲扬名。他二人乐得认太尉为手足之亲,自己亦可沾上些光彩。那何布生与布莱央夫妇,既有心与太尉亲近,便就克莱武身上施展起来。

且说克莱武由印度回到英国之时,满身疾病,直到他中年未嫁的姨母韩马沙家里居住,归其照管。那时何布生兄弟们,就同莫有看见一样,听他自寻门路。到了年底下,钮康太尉忽然汇了一大宗银钱回来,存放在钮康银号里,给克莱武使用。三叔叔布莱央便命人接克莱武来自己家里过年。第二年夏天，钮康太尉升了官，名字上了政府公报。二叔叔何布生便命人接克莱武去庄子上住着消夏。又过了些时，有某大帅，由印度总督任里，卸任回来。到京之后，东印度公司董事人等，在大英酒馆设宴公请。席间，大帅会着何布生同布莱央，因说起他们令兄的功绩，十分夸奖。第二天，钮康二太太便亲身坐车到了韩马沙家里，来看克莱武，荷包中掏出一块金钱给他。又说定要将克莱武侄儿送到丁邦尼博士的学堂里，同自己的儿子一同读书。自此以后，克莱武便常到两位叔叔家里去顽耍，叔叔婶婶都喜欢他，备起小马给他骑，又派庄头陪他出去打兔子，又给他荷包里装满了零用钱，但这钱却由他老子钮康太尉的帐下支出。一面又叫京城里的裁缝，给他做衣服。这克莱武十分称心，便不愿回到他姨妈冷冷清清的家里去了。

且说克莱武的二位叔叔，自家兄弟分上，总算过得去，平日甚为和睦。不过二位婶婶互相忌嫉，但一见克莱武，却都喜欢他，待他十分娇宠。此皆世中常态，趋附势利。遇见失意困苦的人，便又避之若浼，好像带有传染病一般。大家都说，那种倒运晦气的人，还有甚么才华之可言？如其有之，又何至沦落到这般田地呢？那何布生、布莱央兄弟二人，本已十分忙碌，白天有银号里的公务，晚间同星期休假，又要出外应酬。在家亦有家里的事体，那有全副精神来照顾克莱武侄儿？亦不过同别家富翁贵族一样，遇着放假，接他来家。临去上学堂的时候，给他些零用银钱。听说他感冒咳嗽，便派一名亲信的店伙，顺路到灰道士学堂去看他。后来医生说克莱武应到海边居住，钮康二太太便接他到自己的庄子上来，住了些时，仍由他回到韩姨妈家中。那克莱武告辞出去，两扇大门一关，钮康二太太心中便亦莫有了克莱武。自己忙着自己的事情,身上的皮袄,院中的桂花,窗外的栏杆,这便是钮康二太太的世界。钮康二太太一面照管着自己的儿女,家中的事务,一面又要养鸡,又要种瓜,又要栽玫瑰花,又要办星期学校,又要同牧师吵闹。诸如此类,不一而足。那里还记挂着克莱武呢?那日适逢星期六,晚间。二老爷何布生回家,听说克莱武已去,说了一声哦,亦就罢了。接着便问那庄子外边的石路修的怎么样?又问家里养的猪,这几天可长肥了莫有?

话休烦絮,且说克莱武坐着母舅差来的小马车,一直到了韩姨妈家中。那韩姨妈十分爱他,一家上下的人都捧着克莱武,如同小皇帝一般。克莱武来的时候,他母舅韩查理特地搬开,腾出那间最精的房间给他住。克莱武每顿有糖馒头、果子酱,尽量的吃。星期日不高兴上礼拜堂,韩姨妈便给他托病请假。每晚临睡,有韩姨妈的丫头送他到床上安置。早晨醒来,按铃叫人,韩姨妈便笑容满面的亲身走来。全家的人,都当克莱武作宝贝一般的宠爱,谅真正皇帝的儿子亦不过如此。那韩姨妈心中着实感激钮康太尉待自己的一番盛情,寄来许多东西。围巾、象牙棋子、檀香木的针线匣子、金线缎的手套等等,不一而足。韩姨妈常对自己的丫头夸说:"钮康太尉在印度十分阔绰。家里用的男女下人,有五十名之多。"那丫头十分惊异:"说我的老天爷,他要那许多人干什么呢?"韩姨妈家道中衰,想着写下一所房子,布置布置,再租给客人来住,藉此为生。写信通知钮康太尉,太尉便寄来一百英镑给他使用。后来兄弟韩查理要吃官司,太尉前后寄来给韩查理的银钱,更不知有几百镑。故而韩姨妈十分感激太尉。究竟韩姨妈尽心抚养克莱武,是因为亡姊的手足情深呢?觉得外甥孤苦可怜呢?还是羡慕钮康太尉的名声势力,因为太尉送他许多财物,欲藉此报答,并且盼望太尉再送东西来呢?这其间我就不敢妄为断定了。我常觉得世人每做一件事,其中原因甚多,用心极繁,决不能一一分别数清。即我自己生平做了许多事情,自以为行道任侠,爱人济物,高尚其志。做过之后,心中方在十分得意,忽然转念一想,天良发现。哦,是了,方才仍不免是一片利禄熏心,机诈用事,欺世盗名,自己诳自己还诳不成。不由得汗流浃背,毛发悚然。冥冥之中,觉得良心来责备我,说:“作假是作不来的,快招认罢。”原来昨日宴会之间,我未吃酒,却是我因恐醉后不检,出言肇祸,所以未吃,并非以饮酒伤德,故而自制。又如前日在街上给了流氓一块金钱,乃是一时昏惰,随意挥霍,并非有志博施济贫。接连又想起前次竟不肯做某一件事,并非因我克己的功夫确有把握,绝不暗室亏心。实因惧怕机事不密,将来破案,那罪名担承不起。诸如此类,又觉得良心来劝我,以后总要坦白做人,一切现出了我本来面目,亦不至坏到甚么田地。何必作假欺人呢?

言归正传,且说韩马沙本来秉性慈和,又因钮康太尉功业彪炳,声名浩大,遇人慷慨,送来如许珍物。缘此种种,故而尽心抚养克莱武,并非专为一事。韩姨妈虽然看着克莱武如同小皇帝一样,究竟克莱武还不是贵家公子。如果克莱武的父亲,是一位公爷侯爷,那心慈面善的钮康二太太,一定请克莱武在家中最精雅的书房里下榻,决不至把他安置在耳房中,同小厮们去睡觉。一定每顿拿果子酱鸡蛋糕给克莱武吃,决不至只拿肉汤下饭,加上一块酒米糕,敷衍了事。到了克莱武临去之时,一定套起自己坐的马车送他,决不至由那马夫赶着小车儿接去,就放心了。那日晚上,一定还要写封信给克莱武母亲某某诰命夫人,尽情称赞,说克莱武万分可爱。又美秀,又聪明,又活泼,又知礼,怎不令人欢喜?从今以后,我定要把他当作我自己的儿子看待的一番话。只可惜克莱武不是贵家公子,无福受此。且住,看官必定要骂我作书的人太刻薄了,说:“人情虽坏,不至如此。贫富贵贱之际,谁能如是丘壑分明呢?”看官此言,固然有理。但看官自己不势利,恐怕间壁那家的人就势利。我这一篇话,并不是当面指着看官辱骂,我虽放肆,亦不敢如此。不过世上既有这种势利的人,我们无妨私下评评他们。要是你我皆不背后议论人,那世事可就太清淡、太寂寞了。

如今且说钮康太尉由印度遣送克莱武回英国,别时衷肠寸断,别后更念念不忘,一刻不能放心。直到七年之后,太尉自己回来,父子相会,其悲喜交集之情,自不必说。当日遣送之时,轮船起碇,太尉独自坐着小艇子回到岸上,心中异常悲苦。克莱武年纪甚幼,无识无知。不到半点钟,便在有阳光一面甲板上,同船中一般十来个小孩子恣情顽耍。过一会儿,铃声两响,便一齐跑到船上的饭厅里,手忙脚乱的吃饭,连父亲亦忘记了。可怜他们的父亲母亲,那日那有心情吃饭呢?身躯虽在印度,却是每人一条心,都跟着儿女们乘船而西,横越大海,直到英国。一面却跪在地上,眼泪双流,口中喃喃断续,虔诚祷告上天,保佑儿女一路平安。想着自己的儿女,适才还在绕膝承欢,怎么此刻就不见了。回想起那一番娇憨无知贪顽的情态,怎不令人酸鼻?又看见孩子们在园中所种之花,以及顽过的东西,睡过的车床,亦莫不触动心怀。大凡在世上多活过几年的人,离合悲欢之事,在所必经。想到钮康太尉那日的一番痴心,一番苦情,自能加以体谅的了。那钮康太尉天性忠诚,故自儿子去后,时刻想念,爱屋及乌,克莱武的乳母,以及旧日所用的本地仆役(指印度土人,以别于欧侨)服侍过他的,太尉均不忍舍弃,重重的赏钱给他们。又因印度本地人生性节俭,物价低廉,太尉赏给的钱,足供他们终身养赡度用之资了。以后每逢有熟人要回家乡,有轮船开赴欧洲,太尉必定寄钱物书信与克莱武,以及在彼照顾克莱武的人,以表感谢之意。

且说我们大英帝国,收取印度全土,归入版图,丰功伟略,昭昭在人耳目。皆由将士忠勇异常,冒锋镝,拔坚城,流血被面,马革裹尸。自布拉西(一千七百五十七年六月二十三日,英将克莱武,率欧兵九百,土兵一千五百,大破印酋Surajah Dowlah五万众之兵于布拉西。Plassey以诈术得胜。自此战以后,英人威慑全印。法人势力一蹶不振矣)以至麦尼(此战未详),大小数百战。我英国之忠臣义士,健儿壮丁,捐躯殒生的,何止数十万人?实属可惨可敬。然而报捷奏凯,给奖授勋,位列封圻,名乘竹帛,国家酬庸之典,亦自不薄。那一般忌嫉我们的人,以及自命道德之士,更到处造谣,传说英国将帅兵卒在印度种种不端,或贪黩敲剥,侵蚀公帑,或奸淫掳掠,残害土民。总之,这一般忠勇将士,或生或死,或名或利,各自有其报酬。惟有他们家中的父母妻子,半世的苦楚,绝大的牺牲,一副痛泪,无人知晓。区区愚见,实应表彰一番。未可令其埋没,置而不论。(按沙克雷自身即生于印度,年五岁,回英国受学,与克莱武同。此回所叙,多系其所身历目睹,故言之深切动人。又英国小说家,以侨居印度之英人,为其书中之人物者,实自沙克雷作始云。)即至全印收服大功告成以后,虽不再见兵戈杀戮之惨,然其中仍有一番苦情。我们的总督以及驻防将官,在那边自然作威作福,可以就地成家,或接眷迎养。但生出儿女来,总不能常在膝前。因印度天气酷热,风土瘴疠,譬如一朵鲜花,烘在火炉子上,立刻枯焦萎败。故此小儿女长到几岁的时候,便不能再住在印度,定须送回英国。生离之惨,必不可免。听说美洲的黑奴,生出儿女来,不能自养,被人家活活夺去贩卖,其情固然可惨。可是堂堂驻印总督,亦不能将亲生的儿女,随身抚养,那不更可伤吗?

且说钮康太尉硬将克莱武遣送回英国,身受此等苦楚,故而心肠极软。看见人家的儿女都爱。那一般未嫁的老女,失偶的鳏夫,以及自命正经的人,都将太尉传为笑柄。却因太尉待小孩子们极好,不分尊卑贵贱,也不管他是征收局长的公子,坐轿出门,或是连长的儿子,随营顽要,以及本地土著,男女用人所养的小黑鬼子,沿门打滚。太尉碰着了,总要逗他们顽要。故而小孩子们莫有一个不喜欢太尉的。在印度寄居的人,常说该地妇女之美,世界各国罕有。又因印度天气炎热,男女春情容易发动,故而好事易成。即如那张小姐到了印度省城,不到十天,便有人聘她为室。那李小姐到了汛地,不上一星期,便有六七位军官前来求婚。而且那般小姐们,得逢年少郎君,固然愿嫁。即遇着头白鳏夫,亦甘于委身。这钮康太尉,体貌魁伟,性情豪爽,品行端正,兼之颇有积蓄,件件齐全,人人喜悦。如今既然断弦,那一个女人不想嫁他呢?却说钮康太尉在印度交结的那位好朋友宾尼先生,回到伦敦,仍同住在一处。我因那宾尼先生爱说爱笑,常同他谈谈。因此得知当日太尉在印度的细情。

其时,那一般姑娘小姐以及寡妇太太们,或明攻,或诈取,千方百计,费尽神思,来收服太尉。弄得太尉几乎改变心肠,屡有续弦之意,但却都莫有成功。只缘这位太尉秉性古怪,行事与人不同。当日克莱武之母,亦是寡妇。其夫克思团长在世之时,吃酒赌博,在家时常发气。手执碗碟,直向太太头上摔去,到底因吃酒过多得病身亡。那克思太太并未用何手段,不过太尉见她孤苦无依,异常可怜,意存周济,遂娶为妻室。只当她一个望门投止的过客,家里有的现成饭与她吃,多余钱与她用,待她可谓仁至义尽。故据宾尼先生说来,钮康太尉娶她来家,非为别故,只为做成一番善事,代她出衣饰用度之资而已。那克思太太,多管是前世积修,幸而遇着太尉，却亦享了半辈子的福。太尉住在尼罗旅馆，卧房里正中壁上，就挂着亡妻克思太太的小像，戴着金耳环，手捧琵琶。我去过几次，常常看见。后来太尉同宾尼先生自己租了房子住着，太尉便收拾起一间空屋子，连克思团长的画像也挂起来，与克思太太的像配成一对。我估量钮康太尉与克思太太，恩爱甚是平常。即后来克思太太去世，太尉亦未必十分伤悼。克莱武天真浪漫，常说，从莫有听见他父亲口中提过母亲的名字。故虽克思太太去世多年，钮康太尉仍然照顾着克思太太的亲族，厚施博赠，仁至义尽。然而夫妻之间，并非情投意合，却是怨偶而非嘉偶了。

言归正传，且说那一般姑娘太太们，意在收服钮康太尉，运兵设计，攻打了许久，方知太尉的那条心好像铜墙铁壁，牢不可破，只得罢休。其中有位边小姐，善弹风琴，总来找着钮康太尉吹箫相和。想要传出曲中心事，凭着这女司马相如的一张琴，去感动那雄的卓文君，得配鸾凤。无如边小姐费尽气力，弹出种种风流高调，却是毫无影响。到后来，不得已，只好抱着琵琶，另上别船，去同那霍参将琴瑟倡和，双栖双飞去了。还有一个魏寡妇，颇有姿色，带着两个小儿女，前往印度省城，路过钮康太尉家中，便叩门投宿，自以为一入此门，便可为主，永远不再出来了。无如那钮康太尉，照常行事，招待殷勤，劝慰了魏太太几句，给了孩子们许多好吃好顽的东西，但却不提他事。魏太太住了三月，只好告别。一天早晨，便坐着钮康太尉的轿子，哭哭啼啼的出门去了。自此之后，或在省城，或在营中，凡魏太太所到之处，逢人便骂钮康太尉，说他贪鄙骄奢，风魔狂荡。

宾尼先生又告诉我说，除此之外，还有六七位姑娘太太，现在都已做了东印度公司执事人员家里的人。那时却彼此同心，不谋而合，千方百计，争着要来钮康门中做克莱武的继母。却因钮康太尉自己幼年在家受过一番苦楚(事见第二回),因此拿定主意说,我决不再给克莱武添上一位继母。既然他生身之母死了,此亦天意。我做父亲的,就权当他的母亲一样罢。克莱武身边一切,太尉亲自经营料理。到了克莱武七岁上,因气候水土不适,不能再住下去,太尉方将他送回英国。(事见第三回)克莱武去后,太尉便一心一意的积攒银钱,留为儿子之用。原来太尉性慷慨,别人花一块钱,便可弄得好排场。太尉处此,却非花去五块钱不可,故太尉省钱极非易事。不过世人倾家破产,多由一己奢侈浪用,至于乐善好施,其数究竟有限,不足为累的。

那钮康太尉一身毫无嗜好,自奉俭约,要同本地土人一样的饮食起居,亦做得来。家中养的马,但供骑坐,不为比赛炫耀于人。身上的军服同便装,已经破旧不堪,还是穿着,弄得满营里的人都笑他。又因妻子业已去世,更不必撑场面,学阔绰。故而太尉积攒的银钱颇不为少。自己筹算,一年比一年富足些,将来克莱武总可无忧了。又自己同自己商量,说道:"克儿在学堂里读过五六年之后,学问想已造成,所学的古文古学,想已足用,尽可侧身于士绅之林了。那时我便回国,同儿子一块儿住上三四年,克儿亦可同我熟识熟识,或者不厌弃我,我就拿克儿当做我的老师,跟他学希腊拉丁文,以补前缺。我向来深知淹通古学,方能算做博雅君子。古人云:玉不琢,不成器。人不学,不知道。又云:学问之事,足以陶淑德性,变化气质。可惜我终是一个不学之人,但是我在世路上多阅历过几年,比克儿却老成精明一点。现在到处有的是流氓骗子,引诱人作恶。少年人最容易上当,我可随处提醒克儿几句,就作他的一个诤友,决不妄自尊大。克儿福气大,遭遇好,胜过我的地方多了。他如今在学读书,我当日不成器在外游荡,我何能比他呢?大凡一个人,总应先通晓本国的情形,所以我打算带着克儿，先在英伦三岛游历一回，然后再上欧洲访寻名胜。克儿到了十八岁上，他便可自择职业，要当兵亦好，将来建功立业，上追当年的克莱武将军，不枉我命名之意。或者克儿喜欢去作牧师，或作律师，均可由他。到了克儿入大学之时，我总可以升到少将，还可再来印度，干上两三年。等克儿娶了亲，有了家，可以养活我，然后我再回到英国，或者我就在那时死了，亦总算尽了我的力量，对得住儿子。我儿子学问已经造成，钱财也不缺乏，我也可瞑目归西去了。”

且说钮康太尉心中此一番盘算，极为周到。千回万转，想来想去，心中十分得意。又屡次写信去告诉克莱武得知，自己有暇，便去读前人著作的游记。又翻开欧洲地图细看，对营中的医官马达克及一般幕僚说道：“罗马的丰功壮图，百世无两。我父子不久就可瞻仰遗迹了。到了罗马，先去看大戏园[①]〔大戏园(Colosseum)系Vespasian及Titus两帝所建。纪元八十年完工，可容八万七千人〕，还要参拜罗马教皇。另溯莱茵河而上，游瑞士，度新布伦山路之险，凭吊拿破仑的壮迹〔新布伦(Simplon)，村名，在瑞士境内，阿尔伯斯(Alps)山间之险隘也，初不通人迹。拿破仑行兵迅速，类邓艾之偷渡阴平。跨越阿尔伯斯山[②]，如飞将军从天而下。始于其地设防。一千八百年至一千八百零六年之间，凿山筑路，以利军行。近自铁路通后，一八九八至一九〇六年之间，其地筑有火车隧道，长十二又四分之一英里〕，再到维也纳。

哈哈！试想当年土耳其兵临城下，八万之众，声势浩大。那波兰王(John Sobieski III，一六二四年生。一六七四年即波兰王位。一六九六年卒。此战在一六八三年)横枪跃马，一鼓荡平，真可算

① 大戏园，罗马Colosseum，原名弗莱文圆形剧场，又译为罗马角斗场、罗马竞技场。

② 阿尔伯斯山，今译阿尔卑斯山。

得英雄哪！维也纳城里的图画陈列馆，是有名的。还有尤金王爷(Eugene, Prince of Savoy, François Eugène de Savoie- Carignan, 1663—1736，为奥国名将，以善战称)收藏的画，我的儿瞧见，一定快活极了。我想尤金王爷是古今有数的名将，却又肆情风雅，收藏名画，真是难得。古人所谓文武双全，智勇兼备了。”那马医官明知道太尉错了(盖画集以尤金为名，或垂纪念或作商标，初无深意。而太尉遂断其为尤金王爷所收藏之画。此其误也。又太尉引用拉丁古画中句，亦有误)，却不肯纠正，恐怕得罪了他。便应道：“太尉可晓得那个尤金王爷，行事蛮横粗暴之处，也就同那土耳其蛮子不相上下。(其非肆情风雅可知。)他所作的笔记，太尉可读过吗？”太尉答道：“是的，我只知道尤金王爷确是一位名将，又留下许多名画于后人。真是不错，克儿瞧见一定欢喜的。说起我们克儿，倒是有点画家的天才。他前天还寄来一张给我，上面画的就是灰道士学堂。我从前也读过书的，画里简直就同真的一样。哦！那纸上有礼拜堂、讲堂，学长穿着黑袍，手提板子进来，先生走在后面。马先生，你若看见，真笑的肚肠都要断了。”

且说钮康太尉见了营中同僚的女眷们，便拿克莱武写来的安禀，以及韩马沙的信，叙说克莱武情形的，给他们饱看。甚至来送信的人，太尉亦嬲着他叨絮不休。有一种好事的子弟，便相约赌东道，说钮康太尉与人谈话，口中总道着克莱武的名字。至远五分钟内，必说一次。十分钟内，必说三次。吃一顿饭时，必说二十五次。诸如此类。但是他们都安着好心，与太尉顽笑，并无讥讽诽谤之意。缘太尉慷慨正直而又谦恭，同他相处之人，竟莫有一个不爱他的。有话即长，无话即短。钮康太尉日日想着解职回国，看视克莱武。心中焦急，比那学生盼望放假还要厉害。好容易捱过数年，已到回国之期。太尉便辞别了营中上下人等，副官唐金生得蒙升擢，接统全军。太尉到了印度省城，见了总督胡斯拉。那胡总督出示布告，说驻孟买马队统领钮康妥玛太尉，自来印度三十四年，从未请假旷职，屡经巨战，功绩卓著，而又治军有方，现当回国之时，查得其所统军队，纪律严明，操法纯熟，为各军冠，本督深为嘉奖云云。太尉上了海船，扬帆西去，不日到了英国，一别数十年，重临故土。（按此书开卷数回，多用穿插补叙之法，往复重叠，前后错综，易致淆乱迷惘。然此种章法，至本回之末，业已完结。此后一线到底，依序直下，不再有此。而易领会矣。）见了克莱武，并与彭亚瑟等会着了。（按此回所叙事，皆在第一回以前，第二回之后，而包括第三回于其中。若第四回，则更在第一回之后也。）欲知后事如何，且听下回分解。

——本文原载于1922年7月出版之《学衡》杂志第7期。

第六回　薰莸冰炭两弟薄情　腹剑唇枪一侄构怨

话说钮康太尉天性慈和,除了自己心爱的儿子克莱武以外,还有别人家的二十多个孩子,都认他作义父。太尉成日价坐着马车,跑来跑去,到了这个学堂,又到那个家里,看过了马队上张国栋的孩子,又忙着去看那文案处李静轩的女儿。更有那惠克堂夫妇得了霍乱症死了,遗下一个孤儿,太尉待他尤为尽心。太尉由印度回国之时,轮船上有十来个男女孩子同行,太尉一路照应着。到了英国上岸,太尉虽然巴不得立刻就到灰道士学堂里去看克莱武,却先把人家的孩子,一一亲身送到下处,安顿好了,然后方去瞧自己的儿子。那一般孩子在学堂里读书,因其父母均在远方,故平日只有钮康太尉来瞧他们。太尉腰包里满装的是钱,金圆银角子一大堆。太尉不去撇胡须,便用手抖着那钱包儿,琅琅锵锵的响。看见了一般干儿女,便随手抓一把给他们。旁边的人都恨不得立刻返老还童,好受太尉的赏赐。那太尉跑到启斯威克路卞克登女子所设的女学堂〔按沙克雷善于绾合,常以己所著甲书之人物牵入乙书,使读者恍若此等皆真有之人,并时生存而互有交涉者,益觉作者书中之情境逼真矣。即如此处之启斯威克路卞克登女士之女学堂,原出沙氏所著小说《名利场》(*Vanity Fair*)第一回,兹复引之。该书亦曾由译者译出,惜旋作旋辍,未能有成耳〕,又到间壁羊角学堂,看了一双干儿女。回到家中,赶忙写一封长信到印度去,给那一双干儿女的父母,报告情形,以便他们安心快活。太尉如此仁至义尽,体贴周到,故而那一般干儿女以及他们的父母,都一样的感激太尉。并且太尉住在尼罗旅馆,由尼罗旅馆直到东亚旅馆那一条街上卖橘子卖苹果的女人,以及清道夫之类,都认识钮康太尉,受过太尉的恩赏。那摆小摊子卖吃食的女人，自己身旁有小儿女的，尤为感激太尉。却是那针线街钮康银号里两位东家老板，看见太尉发来许多支票，提取银钱，由不得面上失色，心中盘算起来，按下不表。

且说钮康太尉同船带回来的，其中有海军少将费布斯的女儿，她家就住在海口，离轮船码头甚近。所以太尉一上岸，就先送她到家，交给她的祖母费老太太。可是那费小姐，将太尉紧紧抱住，大哭大叫，不放他去。后来众人勉强拖开，太尉方得走脱，费小姐仍哭叫不止。却亏她的姑姑姨姨们，拿出各种糖果以及草莓之类，费小姐一向在印度从未吃过的，得着了方才止哭。又有那步兵队里柯克思的儿子，亦定不肯离开太尉，后来只得仿那齐姜醉遣晋公子的法子，乘他晚间睡熟，便把他抱下轮船，装入马车。第二天早晨，那孩子醒来。看见马车两边一溜一溜的绿草肥田，乡村树木，如飞而过。不知到了甚么境界，心中十分惊诧。那太尉把费家的孩子交给乃叔，诸事完毕，自己方才下了旅馆，接着便来看克莱武。原来钮康太尉，轮船一到码头，便发了一封信给二位兄弟。又写了一两句话给克莱武，说自己业已安抵等情。（不见二弟来接，足见薄情。）

那日克莱武正同着那寄宿舍里住的八十个孩子，在食堂中长桌上吃饭。每人一碗茶，一块牛油面包。接着了信，知父亲已到，由不得笑逐颜开，眼中闪闪有光。接着学监卜金生牧师走进来，和颜悦色的说道："钮康克莱武，有客要会你。"克莱武晓得父亲到了，涌身而起，却不防撞着了邻座的一个雄赳赳、出名会打架的学生。那学生高声骂道："钮康克莱武，混账东西！你把茶倒翻在我的新裤子上，我回来同你算账。"克莱武不去理他，一直跑到应接室，见果是父亲在那儿等候着。室门一闭，当时父子相见，悲喜交集的情形，我这一支笔实在写不出来了。

且说父母爱子之心,无所不至。故多不免有些偏私,在钮康太尉眼中看来,儿子克莱武自然是美秀英伟,冠绝侪辈。通国之中,无人能及的了。其实此层克莱武却也当之无愧,他那品貌仪容,言谈动作,确是令人可羡可爱。将来若有人拿我这本《钮康氏家传》小说,去增像绘图,精本刊印之时,那位给克莱武画像之人,须得格外小心,不要描摹失真,玷污了他,克莱武可是不答应的。当钮康太尉回国之时,克莱武尚未生出他那两撇儿英雄髭须。后来有了,十分顾盼自喜。但他已是一表人材,说不尽的活泼强健,风流俊爽。前额阔大,上面虚罩着许多头发,轻松摇曳。脸上的颜色,太太小姐们看见都要羡杀的。笑口常开,一对青眼睛,闪烁有光,露出一副又精明又和厚的性情。总而言之,他那形象体态,正合做一部大小说书中的主人翁。看官你想他的老父钮康太尉看见了怎得不乐呢?

言归正传,且说那灰道士学堂中铃声琅琅,午后要上课了。那卜金生牧师,穿着学士青袍,戴着方顶帽,来到应接室中,与钮康太尉握手相见,并说今天克莱武想是不去上课的了。那克莱武素来淘气,昨天晚上,还同着三个小学生,买了许多猪肉包子,并由那街上酒店里弄来了两瓶上等陈酒,在寝室里私自大吃大喝,吵闹的惊天动地,被学监走来捉着了。但此层卜金生牧师却对太尉一字不提。过了一歇儿,铃声已止,学生各各入了讲堂,如同蜜蜂归巢。学堂内外霎时荒凉寂静。太尉带着儿子,在操场中走了一回。那场上寸草毫无,如同沙漠,学堂里的人却唤做绿草地。太尉父子们越过绿草地,游观校舍。克莱武指给他父亲看那铜牌上太尉自己的名字。四十年前,因得优奖刻在上面的。克莱武走着,一面偷眼从旁去瞧那太尉。松松的裤子,长长的胡须,黄黄的面皮。克莱武心中十分纳罕,觉得太尉如此奇形怪状,却又仁慈亲厚。浑身上下,无一处不像一位官绅老爷的派头。比不得那马丁的父亲,前天来此看他儿子,穿着高底靴,戴着一顶破帽。竟公然将铜子儿摔在地上,看一群小学生去抢,滚作一团,实属不成体统。转念一想:“我克莱武平常自命上等阔人,那日却亦跟着他们去抢铜子儿,岂不更可笑吗!”想到此处,便由不得扑哧一声笑了出来。

且说钮康太尉嘱咐克莱武等着他回头再来,克莱武自然从命,眼巴巴的望着,太尉便坐马车进城,去看两位兄弟。心想从前分别之时,他们还是小孩子,穿着青色短裤(注见第四回第一页),跟着一位好利害的先生读书,一声儿也不响。至今已近四十年,不曾相见。说着车已到了钮康银号门口停住。钮康太尉大踏步一直闯入,由那一群书记生办事员身旁越过,一径冲入那两位东家老板办公的密室。那何布生、布莱央兄弟二人,衣饰修洁,举止沉着。忽见太尉到来,见面十分亲热,握手异常有力,说话声音宏亮,足可透过那层玻璃门扇,连那前厅办事的人员,亦听得清楚,由不得十分诧异。却因布莱央鼻梁上有当年太尉推翻小车跌倒的伤痕(见第二回第十一页),遗迹尚在。故虽二人面貌相同,太尉一见便能立刻分别出谁长谁幼。(按此二人系孪生,其长幼之差,只数分钟。布莱央实居长,惟因译者失于检点,误以何布生为长,自第五回始觉察而已不及。故决将错就错,即以何布生为长,以免紊乱。理由详具于第五回之注。此处仍言布莱央居长,亦只得置之不问也。)

原来那钮康布莱央,人称钮康大人,顶上已秃,头发稀少。两撇儿八字胡须,剪得齐楚。身穿一件红黄色外褂,靴子刷得鲜明,两只手亦十分白细。说起来绝像我前次在博览会看见的那张大英国贵官阔老的图像,威仪整肃,态度庄严,微微含笑,一副堂皇的样子。坐在那里拆阅信件,面前桌子上摆着一个封送要信的匣子,一只银的墨盒。身后一根柱子,紫色的帐屏。窗外远远的一个花园。天上风雷交作,乌压压大雨将至。钮康布莱央恰像这图中的贵官,他家中挂着自己的真容。其中衣饰器用,风景点缀,亦正与此图相同。真容底下,摆着三个大银盘,乃是钮康家所开各家店里的伙友们合拢送的。至于那钮康何布生,面貌与乃弟一般无二,身材却较丰实。一脸的串脸红胡须,不剃不修。足穿的不是上了钉子的厚底鞋,便是圆头的靴子。紧而窄小的裤子,只系一条皮带。打扮的样子,纯然是一位乡绅。头戴宽沿帽,衣袋里装着各样田禾种子,五谷蔬豆,无一不备。无论身在何地,不时掏出,拿在口中去嚼。此外又装着马鞭梢儿,和兽医给马吃的丸药。总而言之,钮康何布生是大英国一个诚悫本分的老乡绅。他在针线街钮康银号里,说话亦离不开乡间的事情。人家说今天天晴,他便说场里的干草好晒得透。碰着天下雨,他便说庄稼人正在盼望雨呢。若是那日霜重,他便说:"老三呀,今天打猎是打不成的了。"他由庄子上一路进城,人家都看他作一位乡绅,他亦以此自居。却不知钮康何布生是城中一位富商,十分精明干练。他那做生意的本领,实远出乃弟之上。眼看着布莱央庄严高贵的神情,时常拿来取笑。他自己对人说:"我们乡下人的规矩,不睡早觉。有人要想同我合得拢来,须得赶天亮就起床。"诸如此类,不必细述。

且说那日钮康太尉闯入那间密室,他那二位兄弟,接待之法各不相同,却都显出本人的身份脾气来。钮康布莱央先说可惜他的夫人不在京中,因儿女们都出麻疹,故此带了儿女们,去海边上住着。何布生接着道:"我们家里,比不得三弟的排场,请不到阔人贵客陪你,却也盼望你约定一个日子,到家里吃个便饭。让我算一算，今天是礼拜三，明天我们本来要请客……”说到此，忽然想到太尉恐要疑心。既然请客，何不就将他添上呢？但席间拥挤过度，客人皆要抱怨。此层难处，不便讲给太尉听，便急忙改口说道：“不对，明天是人家请我们。后天礼拜五，又是巴吉推事约在他家里吃饭。这位推事姓巴，却也姓得奇怪，你瞧是不是？礼拜六我要到庄子上去看晒的干草。大哥，你索性就是下礼拜一来家罢，我叫侄儿侄女们都出来拜见你。”那太尉见此情形，心中甚不舒服，便道：“这么我把克莱武也带来罢。前次克儿病后，他二婶婶待他十分好。”何布生叫道：“不可，万万不可。我说你别要带孩子来。那孩子们淘气得很，吵的人家都说不成话了。客厅里一般女客，最厌烦他们。你定要克莱武来时，教他礼拜那天来，同侄儿侄女们一同吃饭。你跟着我到庄子上去，瞧瞧我那一大堆干草，也可以广见广见。大哥，你喜欢做庄稼吗？”太尉道：“我多年不见我的儿子。所以礼拜六礼拜日两天，很想同他在一起，改日我们再同到庄子上去罢。”何布生道：“也好。我请你，不过尽一尽我的心，来不来在你。我遇着礼拜日，总想逃出这座混账的京城，到乡间，闻一闻野草山花的味儿。眼看着田禾一天一天长高起来，这样逍遥过一天，也算世界上顶快活的事情了。”原来那何布生，自己性喜务农，便断定别人都如此。

且说布莱央干笑了一声，说道：“今年冬天，我请大哥到钮康镇上去住。我们那边是打不着老虎的，但山里野鸡极多，也可以顽一顽（谓打猎也）。”自己觉得这句话说得婉转有趣，由不得笑了一笑。那太尉把布莱央钉了一眼，说道：“钮康镇上，我等不到冬天就要去的。老天知道，我再过三五天就去。”布莱央十分吃惊，说道：“是吗？你要去看看我们家里发迹之地，却也很好。我想当年威廉皇帝未到之先，就有了钮康镇。（注见第二回第二页）在我们祖父手里,还是一个小小村庄,现在已成极繁华茂盛的大城镇了。我想不久一定可以给本镇弄到一张上谕,特许将本镇升为选举区。”太尉道:“我上钮康镇去看一家亲戚。”布莱央叫道:“看亲戚吗?那里还有我们的甚么亲戚呢?我跟前几个儿女,除过庞乃斯……”正说到此处,只见一位阔绰少年走了进来,头发梳得油光,身上衣服是最新时式,却是面色青白,没精打采的。布莱央便道:“庞儿,快来见见大伯父钮康妥玛太尉。”又道:“大哥,这就是你大侄儿庞乃斯。”太尉连忙招呼。那庞乃斯含笑还礼,道:“伯父,你老人家来的很好,你瞧你多年不在家,京城里光景比先前大不同了。你来得正好,恰当一年中热闹的时节。”

且说钮康太尉看见如此情形,心中倒抽了一口凉气。原来太尉天性纯挚,满想着弟兄们多年未见,不知若何亲热,亦可稍慰自己四十年背井离乡孤身于役之苦。那知见面之时,一个兄弟请他下礼拜一方才到家吃饭,一个兄弟请他年底下去打野鸡,如同望梅止渴。现在又出来一个雏发未燥的侄儿,也居然大模大样,做出居高临下,富贵凌人的体态,说京城里与先大不同了,这种冷淡无味的闲话。当下太尉一面恶狠狠掐着自己的指爪,一面答道:“京城里与先前如何不同,我实不知。不过现在的情形,竟至如此,却是我梦想所不到的。”庞乃斯道:“今天天气真热,恐怕同印度也差不多。”(屡提印度,以讥笑太尉之贫贱能耐苦也。)太尉冷笑了一声道:“真热吗?我瞧你们大家还是冷冷的。”庞乃斯回转身对他父亲说道:“那次蒲妥玛蒲大人也是如此说。我还记得那蒲大人刚由印度回来,一天晚上,在毛太太家里,天热得要命,我真受不住。蒲大人却说他觉得很冷。”又对太尉道:“大伯父,你在印度认识蒲大人么?听说同僚军官,都和他相好,可是自己营中的兵丁,恨他极了。”太尉暗中便骂那蒲妥玛蒲大人该死该死。

且说布莱央想要博太尉的高兴，便对庞乃斯说道：“大伯父打算下礼拜到钮康镇上去一遭，刚才你走进来的时候，我正在问他为甚么事去呢。”太尉接着道：“你还记得苏娜吗？”布莱央答道：“委实不记得。”庞乃斯答道：“苏娜吗？说老实话，我想不出这个人是谁。”太尉冷笑一声道：“你们真是不得了。苏老老也算是你们的亲戚。怎么竟不记得？她是我的姨妈，我管她叫苏老老。（所以不直称姨母之故，详见第二回。）她当日在钮康镇上，同父亲，还有我的母亲，在一家机房里做工。”布莱央叫道：“我记得了。我的菩萨啊！我现在记起来了。”说着，看着何布生道：“二哥，你知道，大哥在此的存款，每年支出四十镑一项，就是付给此人。我记得她的名字。（不记恩情，不念戚谊而银钱账则甚熟。）我一向只当她是大哥的奶妈子，父亲手下一名仆妇罢了。”太尉答道：“不错，她是我的奶妈子，她是父亲手下一名仆妇，但她确是我母亲的姐姐。我母亲一生得到这样的一名仆妇，实是万幸。论起苏老老的为人行事，忠诚可靠，普天之下，再找不出第二个来的。”

那何布生见布莱央踧踖不安，想他平日趾高气扬，亦有受屈的时候，心中暗地快活。却说布莱央半吞半吐的说道：“大哥，我真佩服你。你父亲手里的一个穷亲戚，你还记得这样清楚。”太尉因见布莱央如此狠心寡情，气得紫涨了面皮，厉声说道：“兄弟，这个穷亲戚，你也应当记得她才是。”布莱央道：“大哥不要见怪，这一层缘故，我却不明白了。我同苏老老本来毫无亲戚，连我见过她的面莫有，我也不记得。大哥，目前我可以帮你的甚么忙？你要什么东西，只管对我同庞乃斯说。庞乃斯每天公事完了，乐得服侍大哥。我这一身，上半天是捆在这张公事桌同算盘上。夜间又要到下议院，一直闹个通宵。”说到此，抬头望着他的亲信书记说道：“桂先生，请你等一等，我立刻过来。”又接着道：“大哥，再见罢。大哥你在印度住的真好,面色还同少年一样。印度的风虽热,那里赶得上我们在议院里所受的苦呢?”又悄悄的嘱咐何布生道:“二哥,那律师来谈那件事情,劳你去对付。还有那两位主儿,为着那一件事情,十二点钟要来此地。”又高声说道:“大哥,再见罢。我真觉得过意不去。我们弟兄多年不见,竟不能多聚一刻儿。”太尉道:“我也很……”话未说完,布莱央插口道:“大哥,我说你有事尽管交代给我去办。”太尉口中答道:“那是自然。”心中却寻思,今生恐无来求老弟之一日。布莱央道:“你兄弟媳妇听见你回到家,一定高兴的了不得。替我问候克莱武侄儿。克侄儿真英伟得很。再见罢!”布莱央这才去了。顷刻之间,但见两颗秃头晃来晃去,却是布莱央同他的亲信书记桂先生,伏在案边,揭开一本厚而且大的总账,去凝神研究。维时,太尉早已起身告辞。何布生一直送他到门口,握手而别。看他上了马车,方才进去。

那马夫问太尉要上那儿去。太尉当时已不辨东西南北,不知身在何处。半晌方喝道:“哼,哼,哼,无论上那儿都好,只要赶快离开这个肮脏地方!”那马夫还只道车中的客人拖欠了这家银号的钱财,要将借票展期,磋商不成,故而如此懊恼。那知太尉所求者,并非钱财,乃是天伦骨肉的恩情。错在希望逾分,所遇非人。那何布生、布莱央的心,怎同太尉的心呢?就盲问道,对牛弹琴,自然要乘兴而来,败兴而返了。

闲话休提,且说太尉去后,布莱央仍旧回到那间密室。庞乃斯正坐着看报,便道:“父亲,我这位贤惠的伯父,打从印度回来,带了不少的胡椒。”(此语双关。盖印度本为产胡椒香料之地,而庞乃斯则讥太尉之性气暴躁也。)布莱央道:“你大伯父似乎忠厚老实,他离家已有三十余年,性气乖僻,自然怪不得他。你明天早晨应当去看他,替他安排一切,使他称心乐意。我们要请他吃饭,问他是欢喜甚么人同席,或者我请公司几位董事来陪他。就约定下礼拜三或礼拜六。哦,不成,礼拜六议长请我吃饭。总之,你处处用心照应他便了。"庞乃斯干笑道:"不知道大伯父是不是要请钮康镇上那位老亲戚来陪他吃饭,我却非常的想瞻仰瞻仰这苏老老。据我想来,大约是一个浆洗衣服的女人,不然就是开小客店的女荐头罢了。"布莱央忙喝声道:"住口,庞乃斯,你无论甚么事也拿来取笑开心。少年人大都如此,你尤其厉害。你大伯父惦记着他的奶妈子,我们只有敬服的。"原来布莱央这句话,倒出诚心。庞乃斯并不在意,仍旧说道:"我母亲回到钮康镇上的时候,我盼望她多多招请苏老老来家居住。我想苏老老一定是洗衣服的女人,大伯父年纪小的时候,衣服都是她浆洗缝补的。大伯父今天身上穿的衣服,我看见了又佩服又奇怪。他裤子上不扎带儿,又好像一辈子莫有见过手套。我还在寻思,要是大伯父早先死在印度,我那去世的伯母不是要被他们拉去烧死殉葬吗?"那庞乃斯字字刻薄尖毒,还要往下说,却亏桂先生抱了一大包账本、信札进来,把话头打断,庞乃斯便入座办公。这银号里的事情,他本是出色行家,第一能手,做起事来专心致志,将他的大伯父忘在九霄云外。直到午后事毕,跑到桂花俱乐部,遇着几个朋友,便又调侃起大伯父来。

且说那钮康庞乃斯,无论他晚间怎么样花天酒地,寻乐追欢,第二天大清早便起来,手中撑着一根精致的洋伞,昂头挺身,健步如飞,走到城中钮康银号里去。但到每天下午,公事已完,他由银号里出来,由东往西,便现出没精打采的样子。两只靴子脚几乎无力提起,洋伞拖在身后。垂头曲背,路上遇见马车里有相识的女太太们,便即脱帽,将头益发低下,有气无力的勉强笑一笑。看起来,那大街之上,所有的狎客浪子,更莫有像他游手好闲的,与早间判若两人了。

却说那日正当下午五点钟,这几条热闹街上,以及顽要之所,方同晌午一般,游人渐渐的多起来了。维时,圣雅各街上桂花俱乐部临街窗口,站着三人。第一位是禁卫军少校、现充下议院议员解查理。第二位是卸任印度统兵大员蒲妥玛蒲大人。第三位便是那名声恶劣,曾任外交官的傅和来。三人都无精打采,张口欠伸。窗外街上,身穿红色号衣的马夫,三五成群,走来走去溜马。马篷下的马车夫,捧着酒瓶子大喝。绅士老爷们,带着底下人,往公园中散步。官府老太太的轻稳马车,如飞而过,车帷子上绣着官衔的标记。赶车的马夫都是银光光的头发,簇新新的衣服。乡下的人,贼头贼脑,向那桂花俱乐部窗内张望。一大群外国人,随口乱说,恣情狂笑。遇着太太小姐们马车走过,便品头评足,一面抽烟,一面到处吐痰。还有那站岗的巡警,亦无精打采的踱来踱去。

且说那窗口上三人之中,傅和来先生眼尖,先说道:“那边钮康庞乃斯来了,他每天总是同那卖烧饼的一同走到的。”蒲妥玛道:“庞乃斯那个混账小鬼,我不懂他们为甚么弄他到俱乐部里来。混账东西,我要不是到印度去过一趟,混账东西,我定要把这个混账东西打个半死。”(此语似不通,然意甚明显。详见下。盖因蒲大人曾服官于印度,今罢归,尚谋再往该处活动,故不敢得罪钮康氏。虽屡受庞乃斯之气而姑忍之也。)原来这位蒲大人,说话粗野,随口设神赌咒,总离不了混账两个字,是其常态,不必细表。当下解查理和颜悦色地说道:“庞乃斯那个积伶小鬼,却很凑我的趣儿。”傅和来道:“要凑着你的趣儿,容易的很。”解查理道:“老傅,你却凑不上。你的笨法子,我都晓得。你讲的那些故事,我都听过千百回了。”说着,庞乃斯已经走入,解查理便打招呼,并即问道："庞乃斯，你这个小滑头，那三厘利息的钱怎么样了，借得到手吗？咳！你原可以大大的帮我的忙，弄到一笔现钱。你只要对你家老太爷讲一讲，让我存款完了，在你们银号里多支一点。将来议院里无论投甚么票，我总跟着他老人家行事就是了。我若食言，天打雷劈。"庞乃斯自己要了一杯艾草汁，慢慢的喝着。解查理接着道："庞儿，人家都叫你做庞儿。你是银行里的大财主，却有点像犹太人的吝啬。也好，我托你的事究竟怎么样呢？"庞乃斯无精打采的答道："你在这个地方不要学驴叫，等到了下议院里面，再把你那哼哈的声音放出来罢。人家举你作议员，也就是为着你那个本领，此地却用不着。我出了公事房，是不谈公事的。"

书中交代，这解查理在下议院里，以惯学驴叫出名。乱嚷乱喊，故意搅得反对党议员说不成话，以此为本党尽力。（按民国元二年间，北京国会亦有类此之事。当时报纸所载哼哈二将，最为出名。〇庞乃斯居心阴险，办事精明，出语刻薄，即此回可见。太尉父子后来之大敌也。〇历观太尉父子所与亲近之人，及布莱央、何布生、庞乃斯等之党徒狎友，其性行大相径庭，俨分二派，判若云泥。即以彭亚瑟与解查理比较可知也。故克莱武与爱瑟儿婚事之不成，早已预定。天造地设之局，无可挽回。不特贫富贵贱之差，与外婆之一味作梗也。〇此回专写布莱央、何布生、庞乃斯三人之性情。下回则写布莱央、何布生之妻之性情，而爱瑟儿为主要人物，其出乃最晚。盖烘托陪衬，宾主轻重，法宜然也。）

且说当时蒲妥玛蒲大人，听见庞乃斯如此说法，气得腰带都挣断了，暗地里叽哩咕噜的骂道："这个小滑头，混账东西！"傅和来问道："你听见城里的人讲俄国的交涉怎么样了？兵船离开了克仑城莫有呢？"庞乃斯道："我怎么知道？晚报上不讲的清楚吗？"傅和来道："蒲大人，听说印度那边消息很不好。"说到此，忽指着窗外道："那马车里坐的是陶太太，你瞧他神色很好。"又接着道："銮吉部酋带兵到北下坞去，兵船已调去防备了，我看这风头很是不妙。当此多事之秋，彭根的省长是有点做不来的。"蒲妥玛道："胡思拉(此人见第五回之末)更不配做总督。那个混账老东西，胡作妄为。他只好吃斋念佛，做个老妈妈的身份。"

书中交代，蒲妥玛自己想做这个总督，故于胡总督信口雌黄。庞乃斯机警，便说道："蒲大人，你一向不吃斋念佛的，你行事刚与胡总督相反。"原来那蒲大人细行不检，年少之时，曾与约克公爷同葛体甘少校(见第一回)一块儿比赛歌曲，却唱不过那位风流豪迈的葛少校。(胡思拉能赏识钮康太尉而录其功，则其人之贤可知。葛少校之劣迹，又已在人耳目。而蒲大人乃抑胡而亲葛，则蒲大人品格之卑下可知矣。〇风流豪迈，反讥语。)当时蒲大人被庞乃斯将他面揭破，心中大怒，便想骂庞乃斯混账。转念一想，自己还想再到印度去一趟，他们钮康家在东印度公司里势力甚大，未便得罪这个小老虎，只得自己强忍着气，腰带又几乎挣断了。

庞乃斯道："我有一个伯父刚由印度回来。我说的是老实话，一点儿不错。我就因这件事累了大半天(读者欲问，汝为太尉曾作何事？世之助人行惠者，往往如此)，我明天要去替他买一副手套，号码十四的大小。我还要给他找一个裁缝，平常给我们少年人做衣服的裁缝，是用不得的。老傅的裁缝或者可以成。我本想找我父亲照顾的裁缝，无奈我父亲是做官的人，他吃的穿的用的，都是由钮康镇上买来的，亦是照应同乡的意思(为得选举票之故)。"蒲妥玛问道："原来驻孟加拉马军统带钮康太尉就是令伯么？"庞乃斯道："是的。蒲大人，下礼拜三，请你陪他吃饭。老傅，请你也来。我晓得你是口馋的。蒲大人，你晓得我伯父有甚么受人指摘的事情吗?我伯父在那边养下印度杂种的儿女莫有呢?我们同他亲近,不至玷辱我们罢?”蒲妥玛道:“玷辱吗?老实对你说,你要是学得你伯父的样儿,决不至有损的。你伯父为人古怪,在印度他们都替他取了绰号叫唐克孝。(注见第四回第九页。)我想《唐克孝传》,你总读过了。”庞乃斯道:“说老实话,这本书的名字我也莫有听见过。你为甚么说我应当学我伯父的样子呢?我就不懂。谢谢你罢,我一点儿也不愿学他。”蒲妥玛厉声喝道:“为甚么?为着你伯父是勇猛无双的军官,是有情有义的君子。他自己功劳不小,资望甚高,却毫不骄傲,从莫有那些混账的做伴。你明白吗?”(蒲大人屡有所顾忌,而今卒不能忍,竟痛快直陈,当面抢白,足见太尉德望之隆,服人之深。凡此等处,皆力写太尉也。)那蒲妥玛气愤愤的,面红气喘,话说完,便大踏步去了。

解查理便从旁奚落道:“庞乃斯,你今天可也碰着对手了。”庞乃斯毫不惊慌,从从容容把杯中的艾草汁喝完了,方装痴作呆的说道:“我不懂这个老蠢物说些甚么,他总是寻我的破绽。自己疯癫癫的,本来不懂顽牌,一同我斗牌,便和我闹一场。他还强装教导我打弹子,其实我每次让他五个弹子,还可以把他的老头颅都打碎了。这样的人,他们为甚么弄他到俱乐部来呢?(与上文蒲妥玛之言正同,相映成文。)解查理,我们俩去顽一回纸牌,等着吃饭罢。”又道:“嚇,你瞧,那就是我的伯父。那个身材高大,有胡须,裤子很短的便是。带着他的儿子在街上走。他们父子一定要上康文园去吃饭,饭毕还要去听戏。”又同对面来的一个人打招呼道:“南克,你好!”庞乃斯说着,便同解查理走进牌室,两人斗着纸牌,等候吃晚饭。按下这一边,欲知钮康太尉那晚情形如何,且听下回分解。

[附录]

译者陈述其译此书之初衷

吾译此书,虽多疵瑕,然不惜费时费力,处处力求精细。用意有二,附陈于此。读者谅之,译者谨识。

(一)昔英国翻译大家Jowett(即译《柏拉图语录》者)尝言:翻译之法,在不能两全之中,强求其折衷而无失。(The soul of translation is compromise.)盖谓既须密合原文之意,又须遵此国文字之定例,明畅自然,使人读之不知其由翻译来者。亦即严又陵所谓信达雅是也。此事至难,惟在每一译者勉强致力,为人之所不能而已。今此译稿,首求密合原文之词意,非不得已,决不增损一字,读者取英文比并观之,可知译者之拙之苦。至于加评加注,乃为解释原文之意义,俾明显至极。盖非详知英国历史及当时风俗制度等,断难了解句中之义,故为之注;又非领悟对谈中之机锋及语句中之含蓄,则读之味同嚼蜡,故为之评。非好为蛇足也。且有此评注之后,学习英文者可购原书及此译本,逐句对看,亦可作英文教科书用也。

(二)吾屡言今日吾国文学界最急要之事,即为创造一新文体,强以固有之文字,表西来之思想,以旧形式入新材料。融合之后,完美无疵。此本极难之事,执笔者人人有责。时人竞尚语体,而欲铲除文言,未免有误。且无论文言白话,皆必有其文心文律,皆必出以凝炼陶冶之工夫,而致于简洁明通之域。大凡文言首须求其明显，以避难涩饾饤。白话则首须求其雅洁，以免冗沓粗鄙。文言白话，各有其用。分野殊途，本可并存。然无论文言白话，皆须精心结撰，凝炼修饰如法，方有可观。昔约翰生博士（Dr. Johnson）赞阿狄生（Addison）之文章，谓为：familiar but not coarse, elegant but not ostentatious。其上半句可用作吾国今日白话之模范，下半句可用作吾国今日文言之模范。吾译《钮康氏家传》，亦惟竞竞焉求尽一分子之责，以图白话之创造之改良而已。

——本文原载于1922年8月出版之《学衡》杂志第8期。

《名利场》(第一回)

译者对作者此书书名及书中人物姓名寓意识语

译书难,译书名尤难。此书名*Vanity Fair*,直译应作《虚荣市》。但究嫌不典,且“名利场”三字,为吾国常用之词,而虚荣实即名利之义,故径定名曰《名利场》。(近京中各剧场,演映美国人用此书中之本事所拍制之电影,译其名为《战地鸳鸯》。此与商务印书馆“小本小说”译*The Vicar of Wakefield*为《双鸳侣》同一荒谬。盖全不察原书之主旨及其作法,而率意杜撰,以寻常说部之名词,为歆动俗人之举也。)至原书之名,乃本于耶教《圣经·旧约·诗篇》之第六十二章第九节,其文云:“贫贱之人,确如无物。富贵之人,亦属虚假。衡以天平,浮而不沉,比之嘘气,尤为轻空。”意盖谓贫贱固不足道,即富贵亦安可恃?富贵本身外物,毫无价值。凡人但当猛省彻悟,虔信上帝,斯为得耳。诗中无物及嘘气二字,原文中实系一字,皆为Vanity。今译为二字。Vanity一字,亦系自希伯来文译出者,原义即嘘出之气也。故凡世人营营逐逐,力求不得。得之而自以为荣,他人亦嫉羡不置之物,皆此类也。皆如嘘气,瞬即消灭,毫无价值者也。又《旧约·传道书》

(*Ecclesiastes*)第一章第二节曰:“吾观万事,空之又空,虚之又虚。”所译亦即Vanity一字。

十七世纪中,彭衍(John Bunyan,1628—1688)作宗教小说《天路历程》(*Pilgrim's Progress*),中有虚荣城。城中有市集曰虚荣市(Vanity Fair)。商贾麇集专售虚荣,入市者皆购得虚荣而去。至市之得名,以该城。城极轻,如嘘气,故曰虚荣市云云。此即用上述《旧约》中之典。而Vanity仍为嘘气之意,亦即名利之谓。今沙克雷之书,其名即由《天路历程》此段而来。盖谓社会之中,扰攘争夺,钻营奔竞,绞脑回肠,勾心斗角,所求者无非名利。当局者热中昏盲,旁观者但觉其可怜,而起悲天悯人之念而已。

原书之全名为*Vanity Fair*: *A Novel Without A Hero*。后半意谓此书杂写多人之事,而书中无一定之主人,超出余人之上。有违小说常例,然若勉求一主人,则沙贝珈①(Becky Sharp)实足以当之,若薛美理②(Amelia Sedley)则用作陪客而已。然沙贝珈固系女奸雄,其他人物,无分男女邪正,所营求者,亦莫非虚荣之一物。即道德爱情,若在冷眼人,亦虚空之物,泡影空花,一例视之矣。

凡大小说之作者,其书中人物之姓名,咸有寓意。或本古书,或造新典,以示其人之身分性行,而著褒贬抑扬之旨,然又**不丝毫出之勉强**。骤观之,则固通用常见之姓与名也。贵族取贵族之名,贫民有贫民之称。闺媛则珠玉慧淑,婢妾则梅桃莺燕。仆则曰李升,车夫则曰王阿二。由行伍而跻将帅,则名曰何定国。以娼妓而兼优伶,则名曰金宝宝。凡此

① 沙贝珈,今译蓓基·夏泼。

② 薛美理,今译爱米丽亚·赛特笠。

皆求密合当时社会习尚,俾读者见姓名而知其为人,但觉其亲切有味而情境逼真也(To complete the illusion)。以上二事,须兼备之,乃足见良工心苦。故姓名寓意,决不可过于明显。如县官判案糊涂,则名之曰胡图;吏胥舞弊索钱,则名之曰钱惟命。上焉者如詹光单聘仁之类,皆嫌寓意过显,毫无含蓄,且近勉强,刻薄滑稽,鄙俚不典,非大作者所宜出也。

而书中主要人物,其姓名尤以含蓄深远为贵。所寓之意,既有出典,而其意又在若有若无之间。例如古有陶潜其人,今吾书叙一清高之隐士,可名曰陈潜,号又陶。或叙一旧家庭之女郎,名曰伍淑仪,则正合分际。斯为最佳矣。(小说取材,不贵实事。脱化选择,实为首要。以实有或生存之人物入书,乃作小说所宜忌。由是则影射人之姓名,如猜谜语,更非所宜出矣。《儿女英雄传》称年羹尧曰纪献唐。民国十五年春北京《晨报·星期副刊》所登绮青撰之家庭小说《江亭恨》,其书中之余慕欧指徐枕亚,金秋飏指刘春霖。所谓金桂魄一书即玉梨魂。凡此皆极易猜知,似嫌过于显露。其他近顷出版之小说,影射政界要人者,尤不胜例举也。)

沙克雷之《名利场》书中主要人物之姓名,皆有寓意,而符此例。即如(一)沙菩·吕贝珈(Rebecca Sharp,简称沙贝珈,又称曰贝儿)。其姓曰沙菩,锐利之意。盖谓此女聪明灵巧,精悍活泼,而又专主机变,喜用诡诈,乘时进身,损人利己,所以讥之也。(二)薛德雷·阿美理亚(Amelia Sedley,简称薛美理)。其人性情行事,适与沙菩·吕贝珈相反。才短而德厚,贤淑和善,与友忠而赋情笃,故以阿米里亚名之。先是英国大小说家费尔丁(Henry Fielding)著有小说一种,颜曰《阿美理亚》(*Amelia*),一千七百五十一年出版。书中之女主人,即名阿美理亚。其人为极贤淑端正之少妇，性情笃厚。嫁后，备尝艰苦。其夫放纵狎邪，赌博酗酒，无所不为。旋入缧绁，产业荡废。且遇其妻无恩，而妻则始终如一，毫无怨怼，惟事自责，而百方营救解慰其夫。受人逼陷，不失贞操。今此书中之阿美理亚，亦贤妻也，且又孝女而兼良友。其夫乃深负之。遭遇性情，殊相类似，故取此名，非无因也。(三)陶宾·威廉[①](William Dobbin，简称陶威廉)。威廉乃极质朴本分之名，而陶宾Dobbin则农家耕作用之马也。书中此人异常忠勤，秉性诚恳，作事迂缓，然待友朋至厚。扶持阿美理亚，兢兢孜孜，几二十年，足见情深。而阿美理亚卒感而归之，故以此为姓氏云。(四)此外如Rawdon Crawley之名，所以状其粗鲁俗鄙。其他之例，兹不遍举云。译者识。

楔子(Before The Curtain)

某年月日，名利场中演戏。(通篇比喻。名利场指世中社会而言；所演之戏即此书；而戏班主人，则沙克雷自谓也。)一切齐备，正将开台。维时，戏班主人(即编演该剧之人)身坐前台，举目向台下四周一望，不禁悲从中来，心酸泪落。原来那闹烘烘的名利场中，吃饭喝酒，吸烟吹笛，定情绝交，欺骗斗争，各种事业无一不备。肥硕丈夫，挺胸昂头，横冲直撞。油滑少年，挤眉弄眼，调笑妇女。流氓扒手，趁机探囊取物。巡警四下张望。最可恶的那般庸医，以及星相卜筮骗人弄钱之流，各在小棚之前，喧嚷不休。又有乡村小儿，围看一般女人跳舞。身穿金底缎带镶边的衣服，已老徐娘，涂脂抹粉，立足不稳，亦夹杂其中。兴会方酣，不知衣袋

① 陶宾·威廉，今译都宾·威廉。

中之钱物,业已不翼而飞。各色人物,无一不有。噫嘻,名利场原来如此!此中固不合言道德,虽甚热闹,实亦毫无兴趣,盖皆逢场作戏而已。

试观那般戏子,各人事毕,退至后台,始现本色。那唱小丑的阿二,自将眼上的粉圈儿洗去,然后方同其妻,以及那充当小卒、插科凑趣的孩子们,在棚后坐下吃饭。过顷新戏开场,帘子起处,阿二又要出台,打滚翻斤斗,招呼台下的贵客,请来开心了。名利场既是如此,有心人游步其中,焉能十分快乐?其间不无一二可感可喜之事,如见一可爱之小孩,眼巴巴望着卖糖果的摊子。又一个美貌女郎,两颊微红,其情人喁喁在侧,买物相送。又那唱小丑的阿二,同着一家人,躲在大车后面啃骨头。此类之事固可赏心,然统观全局,实觉愁多乐少。游兴既毕,回家静坐。或作事,或读书,此时心境反觉清醒宽和也。

今吾著《名利场》一书,别无寓意。世人或以为名利场中,毫无道德,因而避之若浼。其家人仆婢,亦不敢轻于涉足。如此之人,不能谓为非是。但另有一种生性懒惰,或乐善好施,或专喜嘲笑他人者流,其所见不同。颇喜偶来名利场中,看戏消遣。至于戏中所演之事,不一而足。或打苦仗,或骑快马,或为贵族之安富尊荣,或为贫家而清白寡过。或用深情,或喜浅谑。观者可随心所好,自为赏鉴。但全戏布景皆甚合宜,编戏人自备有烛多枝,照耀台上,甚为可观也。(按沙克雷以小说家而兼画家。此书初出版,系在报章登载,零星发布。其中插画,均系沙克雷自手所绘,烛光即指插画而言也。)戏班主人,别无他言。惟此戏曾在英国各大城中演过,备受欢迎。猥蒙报馆先生及贵官老爷,谬加赞赏。(按此书初出版,在一千八百四十六年,由某月报发表,分登二十四期。始将全书登完。刊出之后,确有洛阳纸贵之誉。此楔子则作于一千八百四十八年，盖全书在报上登完之后，另印单行本出售，沙氏方增入此楔子云。）至于戏中之傀儡人物，得国中最上流人士称赏，编者尤惭喜交并。其中以沙贝儿众口同誉，谓其手足宛转，机纽灵活，栩栩如生。薛美理虽誉之者少，然编者当日于此实煞费苦心。陶威廉为人虽笨拙，然舞蹈自然，亦足娱乐。此外有甚喜戏中小儿者〔按此指小乔治(George Osborne The Younger)，即薛美理第一次嫁后所生之子。观后书中自明〕，亦有称赏彼华衣鲜服、穷凶极恶之贵官者〔按此指史丹侯爵(Lord Steyne)〕，此角色亦由编者惨淡经营而来。此次演毕之后，将必为魔鬼(Old Nick)抓之去矣。戏班主人言尽于此，谨向台下贵客深深打躬。帘起处，戏开场矣。

第一回　媚高门校长送尺牍　泄奇愤学生掷字典

话说一千八百十几年（按书中叙滑铁卢之战，事在一千八百十五年。则此书开场，应在一千八百十三年左右也）六月十五日（六月者，学校放暑假之时也），英国伦敦京城启斯威克路(Chiswick Mall)卞克登[①]女士(Miss Pinkerton)所设私立女学校门口，忽来一马车，直至那两扇铁门旁边停住。那马车是富贵人家自养的，两匹肥马拖着。鞍围丝缰，鲜明有光。赶车的马夫，身体肥胖，戴着三角帽及假头发，扬鞭疾驰，一点钟约行十二里（原文作四英里）。马夫身旁坐着一个仆人，系黑种人，躺卧打盹。马车回到学校门旁，直对着那闪烁发光的铜牌。那黑仆忙即跳下，按着门铃。维时，便有二十几位女学生，住在那砖造古式的校舍中的，闻声便一齐由那窄小的窗口，向外窥看。校长之

① 卞克登，今译平克顿。

妹卞仁美女士(Miss Jemima Pinkerton),伸着小小的红鼻子,亦俯在自己房中窗口,窗台上堆着几盆风吕草。略看一眼,便回头向内说道:“姐姐,来的是薛德雷[①]太太(Mrs. Sedley)的马车。她那黑管家阿三在压门铃,马夫今天穿一件红色的新坎肩。”(贵家之厮养,而能稔其姓名,而注意其衣饰,以见其势利卑鄙之情也。)说至此,本校校长、大名鼎鼎,当初作过某铁匠眼中的美人,后来自夸能结识文士交通贵家的卞克登女士,走过来问道:“薛小姐回家的一切事情,都预备好了没有?”卞仁美答道:“今天一早四点钟,女孩子们就起来,装好薛小姐的衣箱了。我们做了一个花朵儿送她。”卞克登忙道:“你说花球,那才合体统。”(原文花球一字系法文。卞仁美读音痴笨有误,其姊急为纠正。今姑以花朵字代之。)卞仁美接着说道:“是,我们又送她一本书,有稻草堆样子一般大。我把送给薛太太的两瓶香水,连那制造香水的方子,都装在美理(薛小姐之名)的箱中了。”卞克登道:“仁美,薛小姐的账,我想你总钞出一份了。哦,已经钞好在此。好极,九十三镑四先令整。请你账上开明,呈上薛约翰薛老爷(即薛美理之父)台照。等候我写给薛太太的这封信写好之时,请你替我封好。”在卞仁美女士眼中看来,那卞克登校长的亲笔信函,就同天王谕旨一般,异常宝贵。平日不轻与学生的家属通函,只有学生离校,或学生将要出嫁之时,方肯举笔一挥。又有一次,学生柏小姐染猩红热死了,卞校长写了一封信给她的母亲。据卞仁美的愚见,柏小姐之母,得此一封信,恩荣已极。虽失掌珠,亦可无憾了。闲话休提,当时卞校长提笔写道:

---

① 薛德雷,今译赛特笠。

薛太太尊鉴：

令爱在敝校业已六年，今得以奉还尊府。令爱资格完备，令周旋于名门贵族之间，决无丝毫逊色，鄙人与有荣焉。窃意凡英国大家闺秀应有之品德，富绅女郎应具之才艺，令爱无一不备。令爱在校勤勉柔顺(此圈乃卞校长自加。以下皆同)，诸先生无不赞许。又其性情仁厚和蔼，同学无论长幼，皆乐亲之。令爱于音乐、跳舞、国文、刺绣诸科，尤具特长，必能满其双亲之厚望。地理一科，尚须多读。又姿势，尚宜纠正。拟请用背板，每日四小时，不可间断。行之三年，必有大效。而在交际场中，可以举动合格矣。敝校曾经约翰生博士之临观与夏朋夫人之助款，故于德育异常注重。(攀引大人物以自诩，然勉强拉扯，不值识者一笑矣。)令爱于宗教道德之事，实不负敝校之陶镕。令值毕业离校，上自鄙人，下逮同学侪辈，莫不具恋恋惜别之情，谨此奉达区区。即请

玉安

卞克登敬启　六月十五日

再启者此次令爱回府，沙贝珈姑娘伴送同来。沙姑娘到尊府，乞万勿留住至旬日以上，缘沙姑娘已就某贵家之职事，而该府需人甚急故也。

信已写完，卞校长便取过一本约翰生博士编著的大字典，在里面第一页上，提笔写下“美理贤妹惠存　卞克登敬赠”几个字。按照本校规矩，学生毕业离校之时，每人照例得此一本字典。那字典封皮上，印有约翰生博士做的一篇诗，题目是“赠某女士，时女士方在卞克登私立女学校毕业”。原来当日约翰生博士确曾到过卞克登女学校一次，卞校长引以为荣，逢人便说。平日言谈之间，

总不离约翰生博士五字。可是自经这番吹嘘,卞克登女学校声名大起。学生来者极多,卞校长名利双收,也不枉她一番用心了。

且说当时卞仁美受姊姊之命,由书橱中,共取出大字典二本。静候卞校长在第一本上写完了字,便虚怯怯的递上第二本。卞校长冷冷的问道:"仁美,这一本给谁的?"卞仁美战兢兢的答道:"给沙贝儿,给沙贝儿。不是她今日亦要走开吗?"一面说着,背转身躯,由颊至颈,满脸通红。卞校长便咬重她的名字,高声道:"仁美,你不是要疯了吗?快把那本字典,仍旧放在书橱里,以后不得再随意乱取。"卞仁美道:"好姐姐,一本字典不过值二先令九辨士,贝儿要不得到一本,心中恐怕委屈不下。"卞校长道:"快去找薛小姐来见我。"(其妹之前言,置之不理。)可怜那卞仁美不敢再说一字,赶忙连跌带抢的去了。原来薛小姐之父,乃伦敦商家,颇有资财。那沙姑娘在此读书,却是当日立有字据,言明不收学费,相帮作事。所以在卞校长眼中看来,这几年白吃白住,给她的恩惠已是不少。临别之时,还送她大字典做什么?

且说向来校长保荐学生之函,正如坟碑及墓志铭一般,不足征信。墓碑所镌,多属无谓之称颂。然间亦有据事直书者,其人在生,确系笃于伦常,厚于戚友。死后其家属族党,哀伤追吊之情,亦出诚心。那墓碑所记,便非虚假。学校中男女学生,品学兼优的,原本不少。故其校长保荐之函,有时亦语语有征,而非过誉。今薛美理小姐,即是如此一个出类拔萃之人。不惟卞校长信中所言,字字足以当之无愧,且尚有好处多端,为彼女诸葛校长所不及见。只因年龄不同,贵贱悬隔。虽以彼积世老婆婆,亦有未能尽知此贤淑小姐之处。

原来薛小姐不惟莺喉宛转,燕态翩跹,歌舞刺绣,无一不精。文字通熟,不让字典。且尤秉性和厚,仁慈慷慨。故上自女诸侯校长，下至洗刷碗碟的婢女，以及那瞎了一只眼睛，卖烧饼点心的女儿，每星期只来女学校一次的，均无不与薛小姐亲厚。同学的女学生共只二十四人，其中倒有十二人，是薛小姐的知己朋友。虽以李姑娘(Miss Briggs)之生性嫉妒，亦未听见他讲薛小姐的坏处。又有曹小姐(Miss Saltire)，乃祖官封侯爵，平日使性弄势，亦说薛小姐样子极大方。至于那苏姑娘(Miss Swartz)，乃系黑白合种，发如羊毛，然却有钱，尤与薛小姐交厚。薛小姐离校之日，苏姑娘大哭一场，闹得大家慌忙请傅医生(Dr. Floss)来诊视，吃了些药酒，方能安贴。

卞克登女士身为校长，举动威严，其爱恋薛小姐之心，自不形于辞色。(此反讥语，反映前写信一段。)至于卞仁美几番想到薛小姐要去了，便呜咽的哭出来。要不是惧怕她姊姊，早已大哭大闹，同那交纳双份学膳费的苏姑娘一样行事了。(苏姑娘为黑白杂种，恐学校不见收，故出双份学膳费。又既出双份学膳费之后，学校之人，以其钱多，亦特加优遇焉。)只那有体面的寄宿学生，可以嚎啕痛哭。卞仁美那能望得此权利。卞仁美每日管着种种账目，又要洗衣服，又要补缀，又要做糕饼，又要洗碗盏盆缸，又要督察仆婢，却也忙累得很。但自薛小姐去后，那两扇校门砰然一阖，将卞仁美及她的校长姊姊关闭其中，恐怕永远不能再到我这书中的世界出头露面。既然如此，说书人又何必替卞仁美长久担忧呢？然而薛小姐之事方长，故此书开卷之初，亦不妨即替她着实表白一番。

大凡人生涉世，以及小说戏剧中所遇之人，总是阴险小人居多。如今碰见像薛小姐这样清白仁厚的一位天仙，陪伴着读书的人消遣，大家心中岂不快活。但薛小姐既不是我这书中的正角，故亦不必描画她的形貌。据说书人看来，薛小姐鼻子稍短，两颊太圆太红,但脸泛红霞,足征精神强健。樱唇常常含笑,一对眼睛,露出无限光明磊落、和蔼可亲之意。但可惜薛小姐眼中流泪之时过多,因其生性好哭,看见一只金丝雀儿死了,便哭。看见一只老鼠被猫擒去吃了,也哭。虽极无味的小说,看到收场之时,亦哭。至于有人胆敢硬着心肠,向薛小姐说几句刻薄不中听的话,那更不用说,究竟彼时还是此出言不逊的人吃亏了。(意谓薛小姐一哭,此人必大感动。既愧且悔,自咎莽撞,十分过意不去也。)即当日卞克登校长,生性严厉,也只责骂过薛小姐一次。卞校长虽然生性愚笨,不通人情,然当时一见薛小姐的样儿,并晓谕全校的先生们,对薛小姐须格外宽和,不可从严,反致生出毛病来。

且说薛小姐平日,既喜哭,又喜笑。到了离校的那一天,竟不知如何是好。想到回家,固然喜欢。想到离校,却又悲伤。校中有一小孤女,名叫马劳拉。自三天以前起,便同一只小狗一般,常常追随着薛小姐,不肯离开。有十四位朋友,送薛小姐许多的东西。薛小姐亦一一回赠物品,又再三答应她们,每一星期,给她们每人写一封信。那衣饰不整的曹小姐说道:“你给我的信,可写明我爷爷德斯特(Dexter)侯爵收下转交。”那发卷性躁,却又慷慨多情的苏姑娘说道:“好姐姐,不要可惜邮费,一天写一封信来罢。”那孤女马劳垃,用她圆软的手,紧握住薛小姐的手。仰着薛小姐的脸上看,一面积伶的说道:“美理,我若是写信给你,定要称你做我的亲妈妈。”且住,我这本书,如有人在稠人广座之中,开卷展读,读到这一段亲昵琐细的情形,必定骂我作书人卑鄙柔靡,有伤大雅。倘是那人方才吃了几杯热酒,半斤羊肉,正当兴高采烈之时,恐怕还不免怀中掏出铅笔来,在他自己所写的那卑鄙柔靡四字旁边,添上一行小注道,确评确评。像这位先生一样的人,胸怀高亢,见识宏远。我这本书决难中他的意,只有奉劝他早些丢手,另寻好书去看罢了。

闲话休提，且说那黑仆阿三，把薛小姐的衣箱帽盒，以及大家送薛小姐的花球礼物等件，一一安放在马车里边。另外有一只久经风吹雨打的小牛皮箱子，上面钉着沙小姐的名片，阿三亦搬至车上，搬时却做出一副鬼脸。马夫捆那箱之时，亦现出十分不乐意的样子。说着，时刻已到。幸亏卞克登校长一篇训词，方得减却了薛小姐离别的悲痛。说书人交代，并非卞校长以大义相勖，使闻者恍然大悟，爽然若失。她那训词，实在是冗长无味，且费时甚久，听之厌倦。不过薛小姐素惧校长的尊严，故不敢在她面前大放悲声，自己勉强忍住而已。客堂中原有香饼及酒，预备郑重款待学生父母来校的，当时取出，让薛小姐吃过了，然后预备要行。

那时，有一位女学生，无人理会，自己手提一只小箱，正将下楼。卞仁美却向她说道："贝儿，你不进去向校长告辞吗？"沙小姐（即沙贝珈）从容镇静的答道："我想我须得去一下。"卞仁美反觉十分诧异。（卞仁美只知贝儿平日之倔强暴躁，而不知其城府之深也。）轻轻将房门一敲，里面应声说："进来。"沙小姐做出毫不在意的样子，走了进去，口中讲着极圆熟无错的法国话，说道："校长，我来向你告辞。"卞校长手下所管的人，虽会说法国话，卞校长自己却一点儿不懂，便咬着嘴唇，将头望起一横。头顶上的髻儿，有帽子罩着。说道："沙小姐你可好。"说着，把手一挥，一则道别，一则使沙小姐得与她轻轻握手之意。那知沙小姐将双手叉起，勉强笑了一笑，鞠了一躬，并不同校长握手。卞校长气极，头顶上的罩髻更加摇动不止。这一战，那年老的校长，竟为那年轻的学生所败。卞校长一面抱住薛小姐说道："美理愿老天爷保佑你。"一面恶狠狠的眼睛盯着沙小姐。卞仁美大惊，拖着沙小姐便走，说道："贝儿来来。"行至楼下，又有一番难舍难分的光景，说书人实在描画不出来。楼下厅中,有校中的仆婢,薛小姐的一般好朋友,全校的女学生,均在彼相候。教跳舞的先生,亦方才赶到。说不尽的深握紧抱,亲嘴悲伤。那出双份学费的苏小姐,更在自家房中,嚎啕大哭,非笔墨所能形容。而亦心肠柔软之人所不忍闻见的。搂抱已毕,薛小姐方才走上马车。沙小姐因无人理她,早已自己沉默不语的上了车,在内相候多时。薛小姐一面哭着,走入车中。那两腿粗圆的阿三,把车门砰然一关,自己跳上车后的位置。却见卞仁美手拿一个包裹,跑到门前,叫车停住。一面将包裹递给薛小姐,说道:"好小姐,恐怕你受饿,这是些火腿面包。"又向沙小姐道:"贝儿,贝儿,就一本书,是我姐姐……是是是我,我给你的(意谓此书乃我赠汝者。特假托吾姊之名耳。卞仁美与贝儿厚,恐其不得字典而伤心,而乃姊又不许给。故以己之私蓄赠之,而托言姊命,以安贝儿之心也。仁美多情之至)约翰生编的大字典。你瞧,你不能不带一本去的。再会罢,马车夫,走罢。老天保佑你们!"那心慈面善的卞仁美,说完这一番话,觉得心中十分难受,便自回去。那车轮刚一转动,沙小姐青白的面容,伸出车窗之外,只听拍的一声,把那本大字典直抛入校园之中。卞仁美看见,大惊欲绝。口中说道:"好,我断不……"少歇,又道:"竟有这样利害的。"(意谓我决不意其竟不受此字典,世间竟有如此忘恩不知情之人乎!)百感交集,一句话亦说不完。马车去了,校门一关。校中复又摇铃上课。薛、沙二位小姐,一世生涯,方从此始,但却与这启斯威克路终古长别了。欲知后事如何,且听下回分解。

按原书共六十七章,今译为六十七回。原文一章,今亦适译作一回。每回之起结分划,悉如原文,不稍改易。惟每回回目,八言两句,则译者所杜撰耳。译者附识。

洩憤奇學生擲字典（沙克雷手繪）
Rebecca's Farewell (By W. M. Thackeray)

——本文原载于1926年7月出版之《学衡》杂志第55期。原署名为：英国沙克雷（W. M. Thackeray）著，泾阳吴宓译。文前《译者对作者此书书名及书中人物姓名寓意识语》为译者按语，标题为整理者所拟。

特　录

改造思想，站稳立场，勉为人民教师

此次的教师思想改造运动开始之时，我认识到，对我个人说来，完全是立场与标准之取得与个人态度之转变问题。即是要抛弃或脱离以前我所遵依的“普遍标准”或可称之曰“无标准”，如所谓“人类之公性”“惟是为归，惟善是从”“无偏无党，不激不随”以及“超党派”“超阶级”等，而接受服从我昔所未见未知的新的真理，正确而高尚的标准：即是（一）唯物论，（二）无产阶级思想与领导，（三）为人民的利益而生存、而动作。我个人之态度，须照此标准完全转变（虽然是逐步渐进地），即是：要舍弃或改正我前此五十余年曾有之旧思想、旧感情、旧行为、旧习惯，而按照新标准来造成我今后所要有的新思想、新感情、新行为、新习惯，以勉为中华人民共和国之一人民教师。这是我目前应当做而且极愿做的事情。

在听了动员启发报告，又和工作同志谈话之后，我便很快地坦白地说出了我心中的三种顾虑：（一）我怕被特别标明出来作为顽固的旧文人旧学者之典型；（二）怕在大会上说话，受群众的叱责凌辱；（三）我去年冬天曾作旧诗，对个别地主及反动军官表示同情，误解了政府的土地改革和镇压反革命政策：虽我早已悔悟并已经检讨过，但怕此次结合起来施行处分。现在事实证明，我的顾虑是多余的。所以我感觉心中十分轻松愉快，便无忧无虑地专心学习改造。

我在学习改造中，细心检查我过去的生活、职业、著作，慢慢地发现了我的主导思想。

一

我是封建地主家庭出身，多年浸润在旧礼教旧生活中，所以我有极深的封建思想。而我自幼喜读旧书，自四书五经至小说笔记，所读极多。这都是数千年中国封建社会的产物，封建统治阶级的思想法规与生活写照，我却极端地迷恋、向往、憧憬着。我自幼未历贫苦，“不辨菽麦”，虽七岁以前长住乡间，七岁即旅行由陕至沪，而丝毫不知观察农民以及舟车负贩、劳苦大众的实际生活情形；社会中的人情世故我亦不留心，只是钻在书中，走入一个空虚的理想世界，完全脱离了现实。而且我将中国旧书所明白揭载的中国封建的历史文化的暴乱、残酷、丑恶方面，故意不去注意，“眼不见为净”。只要看着、想着其中我所佩爱的那一部分，譬如尧、舜、禹、汤以至孔子、孟子，我认为全是真的最好的人物模范，下而崔莺莺、杜丽娘、林黛玉等，虽是小说虚造，亦认为比真的人物更完美，更值得欣赏爱慕。类此，我把《周礼》(《周官》)一书，认为是中国古代所曾经实行的政治社会制度的写真，可以说是纲举目张，对人民福利关怀的无微不至。这样，我以虚幻的想象、造作的感情、唯心论的主观，把整个中国封建制度的历史与文化完全理想化了。我只倾心注目于我所造的图画影片，而不知不看中国古来以及现今的实际情形，自然更无所谓劳动人民创造历史的观点与阶级观点。在具体的事物中，我最爱中国文字之美，我亦爱中国的山水画、人物画，却亦爱街市商店所陈列的手工制造的物品，认为都是中国历史的遗产、中国文化的结晶，这些都应当珍贵、爱护、保存，并且继续发展。但不知这都是数千年来我国劳动人民的血汗与劳动的结晶。总之，我认为中国文化是好的，古今政治是坏的。我们的责任，是在任何阶级统治、任何现实情况之下，去努力保存并发展中国文化之好的部分、好的方面（用不着摧毁反动统治），至于那坏的部分、坏的方面，自然会消灭的，不劳我们去注意的。我甚至假定说：中国即使亡于日本或任何国家，都不足忧，二三百年后中华民族一定可以恢复独立，驱除异族的统治，但若中国文化灭亡或损失了，那真是万劫不复，不管这灭亡或损失是外国人或是中国人所造成的。我又说：大多数人都溺于实际，喜作政治活动，只有极少数人才知宝爱理想的文化，愿为文化尽力，我便是其中之一人了。以上是我的封建思想的国粹主义。这由于我的地主家庭出身，亦由于我所饱读的旧书全是中国数千年封建统治制度的产物。这种封建思想的国粹主义，在我心中根深蒂固，是我一生最主要的思想。我后来在我所主编的七十九期《学衡》杂志中，又在《大公报·文学副刊》以及他处所表现的，全不外乎此。《学衡》杂志在五四运动后，提倡文言文与旧诗，并主张要尽可能的保存旧礼教、旧道德，在当时确曾阻碍了革命与进步，为顽固派、保守派张目吐气，间接拥护着那时的封建统治。当时的《大公报》本系官僚资产阶级吴鼎昌等所创办，该报标榜言论自由独立，实则为国民党反动政府所利用，终于强迫收买。我为之主编副刊，自然亦是提倡封建思想，为反动统治阶级服务的了。此外，我作清华国学研究院主任时，亦极力发挥我的国粹主义，反对琐细事物的考证研究，虽未能畅行其志，不久便被迫辞职。

二

我所受的教育，是欧美资产阶级的教育。我在清华学校肄业六年，毕业后在美国留学四年，后来又在英国留学一年。在清华大学任外文系教授（连西南联大时期）近二十年。清华是用美国退还的庚子赔款所办，而间接受美国人管理的学校。我作学生时，校中师生讲的全是英语，唱的是美国歌，美国史和美国公民学列为正课。举此可知清华师生所授崇美思想熏染之深了。我在美国，追随“新人文主义”大师白璧德，认为他的学说是综合古今东西的文化传统，是超国界的，他并且明白斥责当时的美国政治是“颓废无力的帝国主义”而将趋于衰亡。但实际是因为白璧德的学说，提倡“人类之公性”；表明“人性”与“物性”不同，尊崇希腊的唯心哲学，兼取中国的儒教与印度的佛教；强调古典主义文学之道德与纪律等等，都与我的好古保守、唯心理想的倾向相合，都与我原有的封建思想国粹主义水乳交融，所以我热烈的接受了。这样，我在留学时期所吸收来的，是西洋的保守的反动的资产阶级思想，是现代欧美资产阶级维持他们的残酷的剥削与统治所凭藉的学说，亦即是帝国主义实行侵略所利用的文化宣传资料。此外还有一般的英美式政治社会思想，无非是资本主义经济下的改良主义，我都饱吸满载而归。归国后，便在我所主编的《学衡》杂志中、《大公报·文学副刊》中，作了多年的发挥与宣传。这样，我虽自命为一贯超然与中立，以为我未曾加入任何党派，《学衡》杂志未收取过分文稿费或津贴，而且自己曾捐薪水作经费，实则，在工作与思想上，我多年很用力地为中西反动统治阶级及帝国主义服务，为唯心哲学、自由主义、改良主义作宣传，阻碍了进步与革命。所以我的地主阶级出身与我的欧美资产阶级教育，是殊途同归、相得益彰，两方面有同样的恶果，而更加重了我的责任与罪过。因为，很多读我的文章的人，认为我是学贯中西，知此知彼，既然亚里士多德同孔子都主张中庸，既然英法古典文学亦注重"君子"人格的模仿，岂不是《论语》《礼记》以及《人谱类记》《五种遗规》等书更应当熟诵而实践么？我曾被誉为"留学生中的圣人之徒"。又曾被人作剧本嘲笑为"新学究"。此等事正说明我曾挂着中西合璧、新旧兼营的招牌，在制造着、贩卖着双料加工的思想毒素，比那漂亮时髦的"新人物"，比那迂腐呻吟的老学究，种下了更深远更广大的恶影响。请只看两件事：第一，在我所编的刊物中，登载有各时各地那许多素不相识的人的来信，欢欣地表示赞许与同情，这些人自愿地都成为我们的同道知己，无形中构成了一个宗派，代表着一种风气。第二，我在清华和联大任教授近二十年，在外文系毕业，在我班中上课，或同我亲近的那许多学生中，几乎找不出一个著名的共产党员或多年参加革命而光荣牺牲的人，这不是我罪过的铁证吗？

我于民国十年（一九二一年，那是中国共产党成立的一年，可怜我全不知道）回国，在东南、东北、清华、西南联大、川大、武大等国立大学，不断地作了三十年教授，又在许多大学兼课或短期讲学，所教的是西洋文学。在我的职业中，我犯了纯技术观点与雇佣观点的错误。我自以为我很能勤苦负责，以劳力换得薪水，而且从不作任何政治活动，从不营商投资图获利润，从未参加任何党派，亦无宗派主义。这样，我可算是自食其力的清高学者，不愧不怍的了。但试问：所谓国立大学是谁所立？经费何来？我究竟为谁服务？我真是"超政治"的吗？现在我明白了：这三十年中的中国政府，乃是封建地主阶级、官僚资产阶级与帝国主义走狗的买办阶级联合而建立的反动统治政权。所谓国立大学,便是他们所设立的机关。我在里面任教授,便是为以上各反动统治阶级忠实地服务,甘心做他们的帮凶和奴隶。我所领得的月薪和研究费,便是他们压榨剥削劳苦人民工农大众而得的馂余。而且我教课的方法与内容,全是抄袭欧、美(尤其美国)大学的成规,这就是:资产阶级的教材与教法,改良主义的思想。我鼓励学生多多读书,成为"博雅之士",我曾指导作专题研究的论文,注意琐细事物的考证,我喜爱"天才"的学生,而轻视成绩中等下等的学生。更常说中国古代和西洋中世纪如何的美好,英、法、德、美等国学术文化如何的渊深并称赞英国政治上的思想自由,社会中的合理秩序,等等,用这些伪说妄谈,麻醉了青年的心目,助长了反动统治政权的声威。特别是我个人,在教课中提倡人文主义,讲授超政治的世界文学史,事实材料极为详备,而毫无思想与批判。我又时常表现出,我喜爱欧洲十八世纪以来的和平改革运动,而厌恶那激烈的流血革命斗争,即是,我一贯提倡着资产阶级的改良主义,即是英美式旧民主主义的政治思想。抗战前,我在清华对学生运动,不参加亦不反对,对当时所谓左派或右派的学生,我一律平视,又曾在教授会中发言,自许为中立,不偏不倚地支持张奚若亦同情张申府,我又最喜欢谈雪莱式与托尔斯泰式、罗曼·罗兰式的博爱与人道与儒家的仁德、佛教的慈悲结合,于是主张止杀与息争,无标准地反战、主和。甚至到了一九四九年春,我还赞成那种划长江为界,让国共南北分立,和平竞赛的荒谬主张(实是国民党缓兵之计,苟且求存的一种策略)。像我这样愚蠢的错误,完全不能认明敌我、划清界限,都是欧美资产阶级教育所给我的病毒。现在检讨起来真觉得不寒而栗了。

三

我出身封建地主阶级，受了欧美资产阶级的教育，然而我的性情与我的生活方式却是小资产阶级的。我对事对人喜用感情，缺乏理智的判断与意志的坚持。我充分表现了小资产阶级的软弱性与动摇性，毫无斗争心。早年清华闹风潮，我作学生代表，被开除。当时，如吴芳吉先生等掉臂而去，而我却与几个代表俯首乞怜，上书悔过，竟蒙校长准许回校，卒得毕业出洋。上段所说我的旧民主主义的主张惯走中间路线，并来自同一的根源。我深深具有小资产阶级的个人主义、自由主义思想，在我的生活史中处处都可看到。抗战前，我在北京，在号称世外桃源的清华园中"藤影荷声之馆"，一直安住了十几年，过着那西洋式的享乐卫生又加上中国士大夫的清闲安逸的生活，这生活完全是效法欧美小资产阶级的。当时中国各省的兵灾旱灾，劳动人民的痛苦呻吟，我只在报章中循例阅读，诗词随意歌咏。至于反帝反封建的革命解放战争，红军二万五千里长征的壮举，唯物论、马克思列宁主义、毛泽东思想的号召与其内容的真理，我更几乎是"耳无闻，目无见"的。同时我还有一种毛病，我注重文学与生活中的男女关系，我喜谈恋爱。这其中有三种错误的、虚幻的，乃至不健康的思想成分。第一是中国风花雪月的旧诗词与才子佳人式的旧小说。第二是西洋浪漫主义文学如歌德、雪莱、缪塞等诗人之爱情观，加上中世纪骑士文学所产生的吉诃德先生精神。第三是英美通行的男女交际及当时所谓新家庭新人物之礼俗习尚，例如认为太太必须能说英语法语，能与外国人交际应酬等。总之，这些思想成分，都是有闲阶级的，都是虚幻不合现实，恶劣，乃至十分可耻的，而其发展之终极，直到资产阶级的高度奢侈享乐腐化生活，与利用势力霸占，强取豪夺，视女子为美丽的商品，而许多所谓交际花、名媛闺秀，亦甘为“花瓶”“玩偶”而不自惜。这样的生活，这类的人物，若与现今人民解放军、志愿军的战斗英雄，新中国社会的劳动模范以及共产党辛勤廉洁的工作同志和供给制干部比较起来，其清浊美恶，真有天渊之别的了。且说我在这种氛围中，于一九二九年和我的太太离了婚，所追求的女士，与我将合复散，以后又和若干女友女生往来多年，结局只感觉到厌倦、空虚、烦闷，我于是想皈依佛教，以宗教麻醉自己，解慰自己。现在回头正视那时的生活及心情，更痛悔我浪掷了宝贵的时间、金钱、精力于无用之地，实在愧对人民！仅仅能够体验出认识了那种小资产阶级生活之无聊，与那一类唯情主义、唯美主义的文学之毒害而已。我这种生活涉历，有两个实际的结果。第一是一九三五年出版的《吴宓诗集》。这是一部旧诗集，我的文学传记。当然以象牙之塔中的我自己为中心，分析情感，抒写性灵，整齐的韵律，美丽的词华，然而全是违背毛主席《在延安文艺座谈会上的讲话》所指示的民族的、大众的、科学的、以工农兵为题材与对象的人民文学。现在看来，自应拉杂摧烧，不敢示人。然在出版后多年中，诵读并欣赏甚至摹仿《吴宓诗集》的青年亦有人在。我在思想上毒害了这些青年，自应在此坦白地承认不讳。第二是我在昆明、成都、武汉等地，屡次为人讲说《红楼梦》。虽未售票敛钱，有时亦隐寓道德之教训，暗指时政之得失，然而正当人民革命解放战争将成功的时候，我却作此演讲，以娱乐资产阶级的少爷小姐们，结果是把许多来听讲的男女青年，引离革命的现实而趋向于享乐腐化。这种麻醉青年的举动，对当时的反动统治阶级是有利的。

综合以上所叙述，新中国成立前许多年中，我有极深的封建思想与国粹主义，又有欧美资产阶级的纯技术观点，雇佣观点及改良主义，又有小资产阶级的个人主义、自由主义，以及爱好浪漫文学、唯美艺术等癖性。新中国成立后回头检查自己，真觉得今是而昨非了。一九四八年秋，我即决意辞卸国立武汉大学外文系主任职务，到成都任教，目的是要在王恩洋先生主办的东方文教学院研修佛教，慢慢地出家为僧，并撰作一部描写旧时代生活的长篇小说《新旧因缘》以偿我多年的宿愿。直至一九四九年春夏之交，方能来到重庆，暂止于北碚勉仁学院、相辉学院。新中国成立后，我当然与时偕行，一切生活计划都改变了。那时我所持的是坦率的消极态度：一身静待安排，个人无忧无惧，但担心中国文化此番不免大受损失。一九五〇年起，开始学习社会发展史、新民主主义论等，大体了解，无多心得。但用我的旧眼光，看出了人民政府之丰功伟绩：(一)一年内全国解放平定；(二)半世纪所未有之全国(连西藏)统一，且人民志愿军出援朝鲜；(三)百政具举，人民生活有关各事无不改良尽善，且能细密配合；(四)政令可推行至穷乡僻壤，真成家喻户晓；(五)共产党人之忠勤廉勇，具有干大业、排大难之救世精神；(六)各地各界男女人民，悉受了教育感化，转眼之间，移风易俗，已成了道德改革之功，今几于路不拾遗，人不敢伪言(以上都是中国旧日儒生所想望者)；(七)绘画、音乐、舞蹈各艺术均能善用旧形式入新材料，艺术家与人民中潜伏之天才及精力，由此全得发挥出来，而其所表现之格调又皆正大宏深，一洗昔日靡靡之音与薄弱贫乏之态。这类的观察，都使我衷心感佩，极愿归附新中国与人民政府，自然我对于唯物论的新学说，以及各种政策设施之本意，还是未能认识的。到了一九五一年经过参加各种运动及学习，尤其是批判《武训传》的学习，又得李源澄先生之一贯督促(由与中国旧学之比较而推动新思想，并力劝多读新书),方敬先生之随机启发(如指明维吉尔死在耶稣基督诞生之前,又希腊某某两神话可解释为劳动创造世界及人民智慧等),我的思想方才渐渐地转变,提高了不少。

我发现我的情形是如此:在事实与行动方面,我能很容易(而且很快)明白地认识,诚心地服从,并负责地实行。但一到虚空抽象概括的理论方面。我便多疑惑,便多困难。例如:(一)我不相信"地主之中,没有一个好人";(二)对唯心唯物的根本问题,我还以为:昔之所见未必全非,今之所言未必全是,"要在知其全,观其通,取其宜而已"。关于(一)类的问题,我迅速的得到了解答及纠正,我已明白相信了。而关于(二)类的问题,我仍不断地思考,总想望把旧思想与新思想,唯心论与唯物论,融合成一个全体而解除其中的矛盾。我这样辛苦了好久,毫无成绩,直到一九五一年秋,我读了金岳霖教授《学习了实践论》那篇文章,得了启发,知道"缘木求鱼"终是无益。我决计仿照金先生的办法,不再努力去融合铸造,而立刻"一刀两断"把旧思想、旧哲学整个包封起来,锁在箱中,不留在我的心底,只当没有他或完全忘记了一般。反过来,我从今作始,只用新思想、新哲学方法去处理一切问题,等到一切全通之后,我原有的疑虑便自然都已解决了。好了,好了。我决定这样做,我要忘记一切旧的哲学,我暂不多读旧的文学作品,等到我大体识解了新哲学之后,再去结合旧哲学的思想,再去阅读旧文学的作品,那时我或可办到对旧哲学毫无扞格,对旧文学亦可实行"批判地接受"了。我这个决心,当时在学习《武训传》的第三小组会上曾讲过,但因我忙且懒,又想自修一点俄文,所以此决心未能实行,所读的新哲学书籍实极少极少,只有以后自己努力。另一方面,我对旧文学的爱好,对旧社会旧事物的感情,依然存在,譬如戒酒的人,有时又独酌一两杯,或梦想着酒的旨味。于是我便有一九五一年十月作出旧诗，同情个别的地主与反动军官之死，不了解政府土地改革及镇压反革命的政策之事。这一个重大的错误，我很快地检讨了。当时我总以为我思想上极能了解这问题的一切一切，只是感情的出轨与妄动而已。现在我进一步地明白了：这感情上所犯的过失，正是由于我思想的不明确。是的，以后我要加强我的思想学习与训练。如果思想真能明确无误，那时我的一切感情便都纯正，而决不至出轨，到了所谓“从心所欲不逾矩”的境界，我应当是如何的快乐，如何的坦然自适呀！

今年六月五日，我在第三小组学习会中作了自我检查，大体与以上所叙的相同（原来事实较详，今则批判略进），承蒙本组的各位先生给我提出许多条正确而中肯的意见与批评。这许多条意见，可归纳为三点。我即就此三点，作出书面的答复。我很明白，这三点是我过去生活历史中最主要的缺点。我现在想：这三点亦就是今后我思想与工作上所应改进、所当努力的方向。我下了决心，一定要由这三点去做，以勉为新中国的一个人民教师。

（一）我今后定要多读理论书籍，学习唯物论的新哲学，追求唯一的真理，深彻了解马克思列宁主义与毛泽东思想，以使我更能深刻地批判我的过去，知道我从前错误之所以然，今后可以改正，不再犯。又就我教书的工作来说，同学们的意见，是我讲授英国文学史及世界文学史，总嫌事实材料太多，思想批判太少。是的。以前我因为所读的新书太少，未能用社会发展史、阶级观点，去说明文学史中的一个一个历史事实，作者生活、作品内容是如何造成的，又觉得同学们的思想水平、政治水平比我高，便依靠他们自己去加批判，这是错误的态度。这是我未能尽教师的责任。以后我学习有得，定要每件事都能加以批判。并且要寻求苏联出版的世界文学史一类的书籍，以供参考，可免错误（最近我讲莎士比亚，已经是这样做了）。

（二）我今后定要站稳无产阶级立场，由阶级观点去看人看事。政治上要认明敌我，思想上要划清界限，不再纵任个人的感情，造成思想与行动上的错误。政治经济固然有阶级对立，文学思想亦各有阶级的基础，所以不但抗美援朝、反细菌战等事要站稳立场，即在教课中，讲授文学史时，一事的解释、一语的评判，亦须详细辨别，不可丧失了或迷糊了阶级立场。

（三）我今后定要加强我对祖国、对人民的责任感，遇事必须坚持原则，不再依违两可，或调和并存，走中间路线。如一九四八年暑假，我在武汉大学，答复我第三女儿学昭"各行其是"的话，我决不再说。因为是非只有一边，此是则彼必非，我应当根据（一）马克思列宁主义、（二）无产阶级思想、（三）人民利益，三者辨明是非之后，从善如流、嫉恶如仇，方为合理。

除以上个人之收获及我所要努力改进之三重点以外，我再表明我一般的态度和今后的决心：我要彻底改造我的思想，勉为中华人民共和国之一人民教师。我要认明敌我，划清界限。在思想上，学习辩证的、历史的唯物论，而铲除唯心论的哲学，接受马克思列宁主义、毛泽东思想，而舍弃其他之各种反动学说，确立无产阶级思想而排斥资产阶级思想。在行动上，服从代表工人阶级之共产党的领导，遵依人民政府的政令和毛主席的训示，亲苏反美，并反对资产阶级思想之改良主义，而赞成由无产阶级领导而彻底改造世界，由社会主义进至共产主义，以底真正大同而造成全世界人民幸福。在我个人之职业及生活中，当处处以人民利益为归宿，用我有限余生之全心全力为人民服务，更结合实际；具体说来，即是我愿在西南师范学院及重庆大学将我所担任之课程教好，改正从前的错误，要能以正确之思想批判与明显之政治立场，领导学生，联系群众，而在此目的及条件下，过我个人正当而愉快之生活。

本《文集》整理者按，本文系吴宓1952年在西南师范学院参加思想改造运动的总结，为西南军政委员会文教部刊布于1952年7月8日重庆《新华日报》，北京《光明日报》、上海《大公报》等先后转载，有些高校并印发为教师思想改造学习参考资料。吴宓为此心甚不安，尤其同人告以闻当局已将其思想改造文译成英文对外广播宣传，以作招降胡适等之用，更为不快。在同年10月3日的日记中写道："宓今愧若人矣。"①有诗："心死身为赘，名残节已亏。逼来诅楚状，巧作绝秦资。恋旧从新法，逢人效鬼辞。儒宗与佛教，深信自不疑。"②1954年致柳公翼谋书坦称："宓虽刊文自责忏，内心仍完全是《学衡》初刊时之思想耳。"③

①② 见吴宓著，吴学昭整理注释《吴宓日记续编》第一册，生活·读书·新知三联书店2006年版，第432页。

③ 见吴学昭整理、注释、翻译《吴宓书信集》，生活·读书·新知三联书店2011年版，第401页。

毛主席讲话给我之启示

我聆悉毛主席的两篇讲话[①]之后，极为感奋，极为欣快。作为一个知识分子、老教师，我觉得从今以后，我在生活、言论、行事中，可以（而且应当）用如下之标准（两方面必须密切结合，此不待言）：

（一）根本立场和观点，（即是：1. 马克思主义唯物世界观；2. 人民民主专政；3. 中苏友好，社会主义国家团结）我必须坚持，必须明确不误；要处处分清敌我，划清界限，不容丝毫含混。

（二）但在具体事物中，在个别问题上，我尽可更大胆、更自由地，用更活泼、更有效的方式，说出我自己之见解、主张、办法，不存顾忌，不必瞻徇。只有这样，方可发挥我的潜力，对工作有贡献，而与同志们更可亲密，更能做到“团结——批评——团结”。（当然，所说的话，必须深思细考，不可随意乱说：说出来，亦只供参考、研究、讨论，并非要强人从我；又，说出来，为求对事、对人有益，不为表现自己。）

我们响应毛主席的号召，现在应当“鸣”，并应当“争鸣”——但似乎应当这样“鸣”才对：第一，不为自己鸣冤泄愤——因虽有冤愤，究竟个人所关者小，况如“我的薪水太低”“我住的房子太

① 指毛泽东在最高国务会议上的讲话《关于正确处理人民内部矛盾问题》（1957 年 2 月 27 日）及《在中国共产党全国宣传工作会议上的讲话》（1957 年 3 月 12 日）。

坏”等话，早可说出，早应提出请求改正，不必待到今天。第二，不要太多指责。批评别人（领导和同志）——要多作积极性的具体建议，但图今后改正，不究往日之过咎；况我认为是某人之错误者，先要检查是否我的思想认识有不周到、不深细之处。第三，不可有甲地对乙地、甲校对乙校、甲系对乙系、教师对职员等本位思想，你轻我重之看法——因如此，每不免笼统而有所蔽。第四，应先择我所认为最重大、最切要、最紧急、最有关系和影响，而恰恰为一般人所忽略而为我所独看到并曾细想过之问题——应择此类问题，着重先谈；平心静气，不屈不挠地，“强聒不舍”，一谈再谈，久久慢慢地谈。其他琐细之问题，在我可以不谈。以上的“鸣”法，为着是要忠于人民，忠于国家，忠于毛主席，忠于我自己（“尽心之谓忠”；真心实意去说话、做事，要“心到、眼到、口到、手到”，便是我所了解的“忠”）。

根据以上之标准，我准备要谈简字问题。我要说出我不赞同、我反对简化汉字的理由：纵或被人讥为顽固、保守，但由于毛主席的感召，由于我的“忠”之观念，我对此问题实不忍缄默、不敢缄默。今年一月底，我在重庆市教育工会所主办的敬老会上，曾说过：“除(1)完全废除汉字（过去曾有人如此主张过）和(2)使用简体字外，我对党和国家所有的政策、所有的改革和号召，没有一件我不是完全赞同、积极拥护的。”我现在再作此声明。（附带要声明：我所有的文稿皆用楷书繁体字写成，但排印出来却变成简体字了！）

——本文原载于1957年5月10日出版之《重庆日报》。

再谈毛主席讲话对我之启示

毛主席关于处理人民内部矛盾的讲话对我之启示，我在五月十日的《重庆日报》上登出。余意未尽，又作此篇。但须声明：这只是我个人的体会与感想，决不是说毛主席讲话包含有如此的内容。

大家都常说："毛主席能把马列主义和中国实际结合得极好。"这种"好"，就构成了完整的"毛泽东思想"。所谓"毛泽东思想"，即将马克思列宁主义之学说理论，与中国革命之具体实践相结合之思想。有此结合中国实际之思想，乃能将马列学说中国化。中国化之马列学说，才不是教条主义或经验主义之学说，才能真正建设社会主义之中国新文化，然后乃能使我国日进于富强康乐之境。——这里表现出毛主席的天才；亦即是毛主席领导中国人民革命、社会主义建设和改造，在军事政治外交经济各方面取得伟大成功之主要原因。

但"中国实际"是什么呢？据我的愚见，"中国实际"包含两方面、两部分：（一）毛主席深彻地了解中国社会、中国人民（包括各阶层、各职业、各类型）的生活、习惯、心理；（二）毛主席学识渊博，曾广读了中国旧书，而且读得最得法，又能发挥每书的效用。英国人汤森德（Townsend）近著《中国重生记》（*China Phoenix*），说他在解放前到延安，见毛主席谈话，"毛泽东先生学识广博，虽未出洋，而对欧美各国之形势及其利害恩仇错综复杂之关系，了如指掌。”单看毛主席在最高国务会议上的讲话，篇中引用了(1)《论语》、(2)《老子》、(3)《史记》、(4)《通鉴》、(5)《西厢记》、(6)《红楼梦》六书；这类千百部的旧书，皆是中华民族遗产之精华，我人民祖先丰富的经验与智慧之宝库，是人人所当吸收而利用的。而若不读书，但凭个人生活之直接体验，断不能十分了解中国人民的心理和其潜在的能力。所以，我们必须学习毛主席的读书。自白话盛行、文言废弃以来，中国旧书的大部分，譬如锁在箱中，现今一般大学生和许多大学教师都不能读懂了。若“简字”推行日广，三十年后，中国旧书的全部，譬如久埋地下，腐蚀坏没，无从取读：那时的人，连《中国近代史资料汇编》，连1948年的《大公报》和《东方杂志》，亦不能阅读了；那时的人，要想追踪毛主席，由广读旧书以了解中国人民的历史根源和心理习惯，便都无办法了（把旧书翻译成简字，决不能很多，且不能完全表达原意）。

此外，我认为：马列主义的原理（根本义），在中国旧书和西洋古典哲学中，亦可以寻找得出，要当披沙拣金，好好地采集融炼，好好地结合。例如，中国旧书中，(一)相反相成，(二)一多无碍，(三)执两用中，(四)随时变通，(五)因地制宜，(六)实事求是，(七)斟酌尽善、权衡至当，(八)无可无不可等道理；其个别的语句，如(1)“民生在勤，勤则不匮”，(2)“得民心者行，失民心者亡”，(3)“己所不欲，勿施于人”，(4)“毋长傲，毋怙乱”等，又如今晨偶读(5)《庄子·山木篇》：“若夫万物之情、人伦之传则不然；合则离，成则毁，廉则挫，尊则议，有为则亏，贤则谋，不肖则欺，胡可得而必（即是固执，即是教条主义，亦即孔子‘毋必’之必）乎哉？”——这岂不是实践论和矛盾论很好的资料吗？我们要搞好工作、纠正错误、解除矛盾，中国旧书是大大能给我们以参考和启示的。

马列主义之一重要部分，为中国旧书和西书古典哲学所没有（无）的，那就是阶级斗争（社会发展史、历史唯物主义）和阶级革命（人民民主专政、社会主义改造、国际两大阵营、分清敌我）之学说。而此学说之信守奉行，端赖于我们必先具有非剥削阶级之行为与意识。而今日我国宪法明白规定以马克思列宁主义主导思想，则此连所谓“立场”与“观点”，属政治范围，乃实行之事，即使某人思想尚未通（不明其理）亦当服从勿违。根据此种认识，所以我（在五月十日登出之文中）主张分为二步：（一）先确定观点，站稳立场；（二）在此范围内、标准下，可以自由谈论，结合中国实际，征引丰富之旧材料（农工人民的技术经验，加上书籍中的智慧道理）以发挥潜力、办好各种事业。

——本文原载于1957年5月24日出版之《重庆日报》。